国家社科基金项目

———〜———

（项目号：16BZW079）

商务印书馆（上海）有限公司 出品
The Commercial Press (Shanghai) Co. Ltd.

民国词学编年史

（上 册）

李剑亮 著

商务印书馆
The Commercial Press

图书在版编目（CIP）数据

民国词学编年史：全二册 / 李剑亮著 . — 北京：商务印书馆，2023

ISBN 978-7-100-22255-6

Ⅰ.①民…　Ⅱ.①李…　Ⅲ.①词学—编年史—中国—民国　Ⅳ.① I207.23

中国国家版本馆 CIP 数据核字（2023）第 059368 号

民国词学编年史（全二册）

李剑亮　著

商　务　印　书　馆　出　版
（北京王府井大街36号　邮政编码100710）
商　务　印　书　馆　发　行
上海盛通时代印刷有限公司印刷
ISBN　978-7-100-22255-6

2023 年 8 月第 1 版　　　开本 710×1000　　1/16
2023 年 8 月第 1 次印刷　　印张 88

定价：398.00 元（全二册）

作者简介

　　李剑亮，1963 年 4 月生，浙江平湖人。文学博士。浙江树人大学人文与外国语学院院长，浙江工业大学人文学院原院长、教授，浙江省哲学社会科学重点研究基地浙江学术文化研究中心执行主任。浙江省高校中青年学术带头人，浙江省 151 人才第二层次培养人员。国家级精品资源共享课"中国古代文学"负责人。浙江省文学学会副会长，浙江省汉语言文学专业教学指导委员会秘书长。主持国家社科基金项目、教育部人文项目、省社科基金项目等。出版《唐宋词与唐宋歌妓制度》、《唐宋词汇评》(与吴熊和教授等合著)、《宋词诠释学论稿》、《流行歌曲与古典诗词》、《夏承焘年谱》、《民国词的多元解读》、《民国教授与民国词坛》、《吴熊和学术年谱》等著作，在《文学遗产》《词学》等刊物发表论文 60 多篇。获教育部国家教育成果二等奖（合作）1 项，浙江省哲学社会科学优秀成果一等奖 1 项（合作），三等奖、优秀奖各 1 项，第五、六届夏承焘词学奖二等奖各 1 项。曾被评为浙江省高校优秀中青年教师，浙江省师德先进个人。

序

    李剑亮教授出示其近撰《民国词学编年史》，洋洋百余万言，于民国词史资料，搜罗殆尽。且系以年、月、日，排列整比，加以精审的考证，可以说是民国词学研究的重大的基础工程。

    词学本有两义。一指辞章之学，故又称"辞学"，宋人又专指词科之学。南宋王应麟有《辞学指南》，即是词科的专书。这一义流行于唐宋时代，侧重于博学属文之义，与诗词之学也不无关系。一指曲子词之学。这个词学概念，在词体流行的宋代好像还不太使用。宋人著作如王灼《碧鸡漫志》、张炎《词源》、沈义父《乐府指迷》、陆行直《词旨》，都是词学专著，却未以词学命名，也没有运用词学这个概念。这一方面是因为宋人所说的词学，仍是指辞章之学，不太会把它运用到曲子词上面。另一方面也是因为古人对"学"这个词，看得很重。词在宋代虽然爱好者众，但一直被视为小道，雕虫小技，不足以学称。明清以来，专指曲子词的词学一词才开始流行，清江顺诒就撰有《词学集成》一书。迄于当代，使用最广。然揆其义，实亦有两种理解，或者说两种不同的使用方法。一种是准于传统诗学、赋学、书学等范畴之义，包括了词的创作与理论批评在内。吴梅的《词学通论》就是在这个意义上使用的，如其论云："词之为学，意内言外。发始于唐，滋衍于五代，而造极于两宋。调有定格，字有定音，实乐府之余，故曰'诗余'。"又如其论云："盖开元全盛之时，即词学权舆之日。"此义的词学，重在作词之学。它是包括词体创作实践在内的。恐怕前者还是重心。另一种理解，则是侧重于词体文学的理论批评与研究。现代词学研究者所说的"词学"，主要是指后面一义。如本书所引 1929 年《清华月刊》第 31 卷中敏《与张大东论清词书》即分清词与清代词学两端而论。其所谓词学，重在研究而不重在创作。又如《中国词学大辞典》"词学"条目在说到晚清词学大昌时，也是从词律、词乐、词韵研究、词史之学、词集校勘、词话等六方面来阐述的，并不包括词家的实际创作在内。如从这一义来说，则有词史，有词学史。两者虽相关，但却是分流。我的理解，还是要重视传统的、合作词与研词为一体的词学这个意义。今人所重视词学的后一义，实在离不开前一义。剑亮教授的这部《民国词学编年史》，就是体现"词学"这一词的全面意义的，即合民国之词事与词史两者为一的。此书《凡例》就指明了一点："编年内容包括对词史有重大影响的历史事件、文学事件、词学结社、词学流派、词人（词学家）交往、词人（词学家）生平事迹，词人（词学家）重要作品的创作、出版和评论，以及民国词学家对前代词学文献，特别是唐宋词学文献的研究整理与评论等各个方面。"它是将民国时期的词的创作与词的研究两方面都包括在内。此书不仅充分展示民国词史研究的全貌，还首次以编年史的方法展示民国词史。而且我觉得后一方面的价值更大。

民国是词学史上十分重要的时代。词之为学，虽然如吴梅所言权舆于开元，但其学术地位的提高，或者上面说的词学中后面一义的明确，的确是到了清代中后期才有的。词体创作与词体研究的紧密结合，也可以说是这个时期词史的特点。这与词本身的发展历史有关系。从词的发生到五代北宋，词学其实是依附于乐学的。王灼《碧鸡漫志》的词学，就属于这种形态。就词体创作的实际情况来讲，五代北宋的倚曲作词，是一种比较自然的创作状态。其所谓"词之为学"的性质，还处于融而未明的状态。文人词的进一步发展，尤其是其不同流派的出现，应该是词体创作中理论批评增强的原因，也可以说是词学之义开始明确的标志。如王灼评价苏轼的词指出向上一路，李清照则认为词"别是一家，知之者少"，观点虽然迥异，但都体现了"词之有学"。晚唐五代词，如南唐西蜀，虽有地域词风的不同，难说有自觉的流派意识。词史上所说的花间派，更多的是后人的追认。北宋苏、柳异流，词才开始有派。词之有派，或许可视为词学的正式展开。尤其是南宋复雅一派如姜夔、张炎等重视声律，词体创作的专门化程度更高了，词学作为文人士大夫专门之学的性质更加明确了。这可以说是词学发展的又一个重要时期。但元明之词附于曲，词的地位仍低，文人倚声，上与诗混，下与曲混，词学专门化程度反而下降。这时候，有心者着眼于词谱、词律、词韵等学，上探宋词之规，有所谓五代词之说，南北词之说。词学发展又进入新的时期，出现浙西词派、常州词派。这个时期，词的创作与辨别流派、讲究体制、研讨声律联系在一起，词之为学的意识更加明确。晚清词学之盛，词学专门化程度之高，即是这一趋势的发展。"词学"一词也是在这个时期开始广泛使用，其在各种传统学问中的地位也大大地提高了。

民国的词学是从清代词学中发展过来的。所以，虽然文学史及其研究进入新旧交替的时代，但词体却在诸种旧文体中特著声色。我们看民国乃至当代的学界，多位词学家被称为"词宗"，但却鲜见有诗宗、文宗之说。仅此就可见民国词学，在诗词曲赋等学术中，有一种特殊的地位。这一切，恐怕都要追溯到清代词体复兴、词学兴起的事实中去。但民国词学相对清代词学来说，其变化也是巨大的。就词体创作来讲，宗派观念开始被打破，甚至传统风格本身也不再是一种清规戒律，出现各种不同的词风。大体可分为严守词之学的规范的严律尊体的一派，和将词作为众多诗歌体裁之一种来抒情言志，却不深究声韵格律之学这样两种倾向。本书1915年所引《民权素》月刊第4集刊发的陈匪石《与擘子论词书》云："窃尝论近人为词，易犯之弊有二：五官失传，四声不讲，破律则以碎金为借口，失韵则以叔夏为护符。既非自度之腔，转多误填之调。此其一也。或则遣词不择，造语多粗，獭祭及重译之书，兔册列生硬之字。泥沙俱下，粗粝并咽，不独失'晓风残月'之遗，抑亦非'铁板铜琶'所取。此其二也。"陈匪石的观点就代表了民国词学中以词为专门之学、重律尊体一派的观点。

民国词学有沿承清代词学的一派，还有接受西方文学观念的王国维一派的词学，以及影响更大的胡适一派的新文学观的词学。本书所引查猛济在《词学季刊》第1卷第3期（1933）发表《刘子庚先生的词学》中说："近代的词学，大概可以分做两派：一派主张侧重音律方面的，像朱古微、况夔生诸先生是；一派主张侧重意境方面的，像王静庵、胡适之诸先生是。只有《词史》的作者刘先生，能兼顾这两方面的长处。"这种流派的区分，不仅体现在词体创作上，也体现在词史的研究上。词史研究上，存在着只运用一般的文艺批评方法来研究词和特别重视词为专门之学的两种不同倾向。还有一点就是，虽然民国时期的词学研究与词体创作已经开始出现分流的现象，但是总的来说，在民国词学中，倚声之业与研究之事还是结合在一起的。尤其是相比诗、赋、小说等领域的研究，词体研究更加重视当行本色。

迄今为止，还没有系统的民国词史、词学史著作的出现。要撰写民国词史，先要做文献方面的基础工作，近年内已有《清末民国旧体诗词结社文献续编》《民国名家词集选刊》等较大型文献的出版。剑亮教授的这部《民国词学编年史》，全面地盘点民国词学文献，为撰写民国词史做了准备，正是适时之作，其在词学研究中的价值自不待言。其对当代的词体创作，也有借鉴作用。

我和剑亮教授都曾从吴熊和先生学词。吴师的"唐宋词通论"课，我听过两次。第二次就是与剑亮教授当年这一届本科生一起听的。那时候吴师的《唐宋词通论》还未出版。但我对于词，虽爱好而无深研。平时写作，也是诗比词写得多。自己后来的研究偏重在诗史方面，近几年偶尔染指词学，也多是从诗史尤其是乐府史的角度梳理下来的。剑亮兄则一直以词学为专工，并且努力地学习夏承焘、吴熊和先生的词学研究方法。吴师的词学研究，最重词为专门之学之义，与并世的许多词学研究家是有所不同的。除了重视词为专门之学之外，吴师还重视词亦有史的观念，重视千年词史的通贯之义。平居曾自称以浙西人而推重浙东史学。他在完成《唐宋词通论》之后，继续研究清词。除了他自己的研究外，还带领好几位同门分别对清词的几个流派展开系统的研究。重视词为专门之学，考求词亦有史之义，或许是夏、吴词学的精义所在。仅于此提出，与诸位同门相勉励。

剑亮治词，也是由唐宋词、清词这样沿流而下的。他在民国词学的研究方面已有不少成果，主持"民国词人研究""民国浙江词坛研究"等项目，并出版了相关专著。近几年我们都对夏承焘先生的词学感兴趣，他在这方面也写了好几篇文章，并撰《夏承焘年谱》。去年12月初，剑亮兄在浙工大之江学院主持"浙江诗路文化带的发掘与重构学术研讨会"，热情邀我参加。会上他又送给我新著《吴熊和学术年谱》，其中所充注的对吴师的感情，令我感动！当晚捧读吴师年谱，前尘影事，历历在眼。现在他的这部巨作又要出版了，邀我写序，我曾以自己并非词学专家为理由而婉辞，但他强调同门之谊，我也不好再推托了。略书上面这几段文字，权当是大著出版的祝贺之词吧！

钱志熙

2021年2月25日于京北寓所

目　录

凡　例

一、本书为民国词学编年史，编年时限自中华民国建立至中华人民共和国成立，即公元 1912 年至 1949 年 10 月，近三十八年。

二、凡编年有年月日的系年到年月日。有年月而无日的系年到年月，以"本月"领起。有年而无月日的系年到年，以"本年"领起，置于该年十二月之后。"本年"条下，又分列"词人创作"、"词人交往"、"词籍出版"、"报刊发表"、"词人生平"等栏目，以方便阅读、检索。

三、同一年内，按月份先后顺序排列。月份不详而仅知季度的，春季置于三月之后，夏季置于六月之后，其他以此类推。

四、春、夏、秋、冬虽有科学的划分方法，但习惯上将阳历的 3 月至 5 月视为春，6 月至 8 月视为夏，9 月至 11 月视为秋，12 月至来年 2 月视为冬。而阴历通常将 1 月至 3 月视为春，4 月至 6 月视为夏，7 月至 9 月视为秋，10 月至 12 月视为冬。为求统一与便于操作，本编年史按阳历标目。若资料中采用阴历，则换算成阳历，并用括号随记其原来的阴历时间。

五、编年内容包括对词史有重大影响的历史事件、文学事件、词学结社、词学流派、词人（词学家）交往、词人（词学家）生平事迹，词人（词学家）重要作品的创作、出版和评论，以及民国词学家对前代词学文献，特别是唐宋词学文献的研究整理与评论等各个方面。

六、本书主要采用编年体史书的形式为民国词学系年，以体现民国词学发展脉络。但编年体词学史易失之琐碎，故辅助以中国史书的纪传体、纪事本末体等形式。

七、词人（词学家），基本采用纪传体形式叙述。大家、名家有卒年在民国者，于其卒年处简介其生卒年、字号、籍贯、生平梗概，并择要录其著述及他人对其词学成就的评介。词学成就评介，一般只节录前人定评，并注明出处，只有少数为本书编者所评。大家、名家的重要仕履、重大词学活动、重要作品仍分别系于各年。

八、词作或词学著作，包括总集、别集、词话、词学笔记的写作时间、写作背景及主要评论资料之类，或系于编订或刊刻之时，或系于该作者名下，视情况而定。

九、资料出处，一般随文括注。同一资料涉及不同时间的条目，采用互著法，分别著录于不同时间的条目中。资料所刊载的刊物第一次引用时，以按语形式，对其做简要介绍。

1912 年

（民国元年　壬子）

1 月

1 日，孙中山在南京就任中华民国临时大总统，宣告中华民国成立，定都南京。

2 月

11 日，赵元成作《买陂塘》（经年雁旅，岁暮言旋，慨念生平，长歌当哭，不独沧桑之感也）。（赵元成著，倪春军整理：《赵元成日记［外一种］》，凤凰出版社，2015 年，第 56 页）

12 日，清帝溥仪退位，清亡。授袁世凯全权组织临时共和政府。

13 日，袁世凯通电全国赞成共和。孙中山向参议院辞去临时大总统职务，推荐袁世凯继任临时大总统。

15 日，南京临时参议院正式选举袁世凯为临时大总统。

17 日，张素作《高阳台》（岁除）。（后收入张素：《南社张素诗文集》，大众文艺出版社，2008 年，第 600 页）

18 日，邓邦述作《齐天乐》（壬子元旦）。（邓邦述：《沤梦词》，民国二十二年［1933］刻本，第 9 页。后收入朱惠国、吴平编：《民国名家词集选刊》第 7 册，国家图书馆出版社，2015 年，第 26 页）

3 月

4 日，李岳瑞作《塞孤》（壬子正月十六日，用《乐章》韵，简子培、彊村、剑丞）。（李岳瑞：《郘云词》，民国二十二年［1933］《彊村遗书》本，第 13 页。后收入朱惠国、吴平编：《民国名家词集选刊》第 1 册，第 215 页）

10 日，袁世凯在北京宣誓就职中华民国临时大总统，旋即任命唐绍仪为国务院总理。中华民国政府就此成立。

13 日，南社第六次雅集在上海愚园举行。

剑亮按：南社，1909 年 11 月 13 日成立于苏州。发起人为同盟会会员陈去病、高旭和柳亚子。社名取"操南音不忘其旧"之意。1911 年，绍兴、沈阳、广州、南京等地相继成立分社。1923 年解体。1910 年至 1923 年间出版《南社丛刻》共 22 集，刊载社员的诗、词、文。词作者主要有王蕴章、吴梅、柳亚子、俞锷、庞树柏、徐蕴华、徐珂、高旭、陈匪石、陈去病、叶玉森等人。

13 日，庞树柏作《浣溪沙》（壬子沪上元夕雨）词。（后收入《南社》第 11 集，民国三年 [1914] 铅印本。亦收入曹辛华、钟振振选编：《清末民国旧体诗词结社文献续编》第 13 册，国家图书馆出版社，2015 年，第 267 页）

15 日，徐自华作《满江红》（民国元年正月二十七日，为璇卿开追悼会于越中大善寺，谱此为迎神之曲）。（后刊于《江苏革命博物馆月刊》1912 年第 1 卷第 2 期。又收入郭延礼、郭蓁编：《秋瑾集　徐自华集》，中华书局，2015 年，第474 页。参见 1915 年 1 月"本月"）

剑亮按：《陈去病诗文集》下编，记曰："26 日，秋社、越社联合在大善寺广场召开悼念秋瑾烈士大会。"（殷安儒等编：《陈去病诗文集》，社会科学文献出版社，2009 年，第 1087 页）其中的"26 日"为农历正月二十六日。与徐自华《满江红》词序所记相差一天。

本月

冒鹤亭作《虞美人》（出都，同柳屏过周丽娟）。（后收入冒广生著，冒怀辛整理：《冒鹤亭词曲论文集》，上海古籍出版社，1992 年，第 917 页）

庞树柏作《百字令》（壬子孟春，南社第六次雅集于沪上）词。（后收入《南社》第 8 集，民国三年 [1914] 铅印本。亦收入曹辛华、钟振振选编：《清末民国旧体诗词结社文献续编》第 12 册，第 211 页）

黄兴将自己所作《蝶恋花》（赠侠少年）词书写后赠予友人。

剑亮按：《黄克强先生书翰墨迹》收录该词，曰："画舸天风吹客去，一段新秋，不诵新词句。闻道高楼人独住，感怀定有登临赋。　昨夜晚凉添几许，梦枕惊回，犹自思君语。不道珠江行役苦，只忧博浪锥难铸。调寄《蝶恋花》，赠侠少年也。中华民国元年三月书，觉生吟正。克强。"后收入刘泱泱编《黄兴集》，且有编者注:"据黄一欧云，此词系黄兴于 1911 年避居香港时作。黄花岗之役失败后，黄兴在香港养伤。是年夏，组织东方暗杀团，以为复仇之计。8 月 13 日，林冠慈、陈敬岳受黄兴的派遣，谋炸清广东水师提督李准，未果。8 月下旬，决定实行第二次暗杀。9 月上旬，派李沛基前往广州执行任务。对此次行动，黄兴至为关怀，特作词书赠李沛基。此词当写于 8 月下旬至 9 月上旬之间。后以此词书赠居正。侠少年，据黄一欧云，指李沛基，同盟会会员，与徐宗汉有戚谊。1911 年 5 月初起，黄兴、徐宗汉、李沛基、卓文、李应生夫妇，同住九龙筲箕湾。时李沛基尚未成年，即赴广州执行任务，于 10 月 25 日炸毙清广州将军凤山。"（刘泱泱编:《黄兴集》，湖南人民出版社，2008 年，第 110 页）

春，程颂万作《东风第一枝》（壬子中春，晤子申汉上，别之沪渎，以词见寄，改岁检录，赓韵寄情）。（程颂万:《定巢词集》卷七，民国十八年 [1929] 刻本。后收入朱惠国、吴平编:《民国名家词集选刊》第 5 册，第 347 页）

春，汪曾武作《踏莎行》（壬子初春，宝瑞臣侍郎招饮，有感）。（汪曾武:《趣园诗余・味莼词乙稿》，民国三十年 [1941] 铅印本，第 1 页。后收入朱惠国、吴平编:《民国名家词集选刊》第 6 册，第 45 页）

春，丁立棠作《高阳台》（壬子春仲，犹御重裘，中夜端居，悄然不乐，漫赋此解，以写我忧）。（丁立棠:《寄沤词稿》，丁立棠、杨世沅:《寄沤止厂词合钞》，民国二十九年 [1940] 鹤天精舍刻本，第 8 页。后收入曹辛华主编:《民国词集丛刊》第 1 册，国家图书馆出版社，2016 年，第 23 页）

4 月

1 日，张素作《水调歌头》（郡人士追悼伯先于琴园，为赋此阕）。（后收入张素:《南社张素诗文集》，第 603 页）

4 日，赵元成作《点绛唇》（用吴梦窗韵）。（赵元成著，倪春军整理:《赵元成日记 [外一种]》，第 69 页）

5 日，张素作《兰陵王》（归江南后，写寄明星关外）。（后收入张素:《南社张素诗文集》，第 628 页）

22 日，赵元成致函述周，并附旧作《买陂塘》（更望断）词。记曰:"夜致述周一书，附旧填《买陂塘》一阕。"（赵元成著，倪春军整理:《赵元成日记 [外一种]》，第 73 页）

5月

2日，赵元成作《小重山》词。记曰："日来比婴小极，弥觉无聊，日课一词，以遣长昼。词不命题，亦不限韵，偷声减字，聊寄吾思而已。"（赵元成著，倪春军整理：《赵元成日记［外一种］》，第75页）

3日，赵元成作《秋波媚》词。记曰："夜习填词，调寄《眼儿媚》，此调又名《秋波媚》。"（赵元成著，倪春军整理：《赵元成日记［外一种］》，第75页）

4日，赵元成作《一落索》词二首。记曰："填小令两阕，调寄《一落索》。"（赵元成著，倪春军整理：《赵元成日记［外一种］》，第76页）

5日，赵元成作《秋蕊香》词。记曰："习填词，成《秋蕊香》一阕。"（赵元成著，倪春军整理：《赵元成日记［外一种］》，第76页）

21日，叶德辉作《山中白云词跋》，曰："《山中白云词》，康熙中有钱塘龚翔麟刻本，源出朱竹垞太史彝尊曝书亭抄本，即明初陶南村所传三百余阕之足本也。其书印行不多，故世罕传本。雍正四年，上海曹炳曾据以重刊，版心下有'城书室'三字，即此本也。乾隆时其版售之仁和赵氏，去版心'城书室'三字印，亦不多见。光绪庚寅，余获之京师厂肆，印已在后，行字间有损缺。乾隆辛未，扬州汪中曾据龚、曹两本校刻，行字甚精，而亦少见。故近日桂林王氏四印斋刻《双白词》乃先得节钞本，后得曹刻本，始刻全。其书之难遇有如此者。此为曹刻初印，卷四前七页火毁其半，余据赵氏印本影钞补之。全书有圈点，以牙刻印之，较之朱墨涂抹，尚不刺目。虽无佳人黥面之恨，然寿阳点额，不如虢国扫眉之倾城绝世也。壬子小满记。"（后收入叶德辉：《郋园读书志》，上海古籍出版社，2010年，第741页）

剑亮按："壬子小满"，为1912年5月21日，故编年于此。

6月

1日，南社编《南社》第5集在上海出版，收18位词人共183首词。（后收入曹辛华、钟振振选编：《清末民国旧体诗词结社文献续编》第11册）作品有：

李凡《喝火令》（故国鸣鹧鸪）、《高阳台》（忆歌者金郎）、《满江红》（皎皎昆仑山）；

古直《霜花腴》（汤坑舟中）、《罗敷媚》（春风旧日销魂路）、《罗敷媚》（七夕）、《菩萨蛮》（故国尽有伤心处）；

陈柱尊《误佳期》（秋色忽侵华阁）、《虞美人》（多情终惹苍天妒）；

林学衡《菩萨蛮》（春词）、《菩萨蛮》（送别）、《蝶恋花》（春夜闺思）、《摸鱼儿》（红豆）、《金缕曲》（春柳）、《贺新郎》（赠知渊）；

黄侃《解语花》（题《红礁画桨录》）、《六丑》（对蛮花进酒）、《兰陵王》（海波碧）；

刘瑗《拜星月慢》（静阁收暄）、《踏莎行》（远道秋还高楼）；

宁调远《浪淘沙》（用钝剑韵）、《青玉案》（怀钝根）、《青玉案》（古年今日分飞疾）、《虞美人》（灯花坠落寒风骤）、《蝶恋花》（寒气暗侵毛与骨）、《河传》（今生怎了）、《一斛珠》（从君去也）、《罗敷媚》（金笼鹦鹉年年困）、《一剪梅》（出狱日作）、《采桑子》（和钝剑移居留溪）、《减兰》（和钝剑移居留溪）、《琵琶仙》（寂寞黄昏）、《潇湘神》（侬断肠）；

郑泽《长亭怨》（问湘水年年呜咽）、《一枝春》（春城晴望）；

谭作民《鹧鸪天》（逐日花开连理枝）；

傅钝根《桂枝香》（中秋感怀，赋示觉子）、《喜迁莺》（和钝剑移居留溪）、《扫花游》（登阁）、《水调歌头》（九月十一日邀蜕庵登麓山）、《高阳台》（登长沙城作）、《点绛唇》（去雁来鸿）、《清商怨》（新来情意渐懒）、《忆江南》（闲情绪）、《相见欢》（次韵和钝剑）、《浪淘沙》（七十二鸳鸯词）、《罗敷媚》（集定庵句）、《浣溪沙》（山庄晚眺）、《一痕沙》（买得良田二顷）、《卖花声》（柳）、《卖花声》（窗外又晨鸡）、《金缕曲》（海上赠少屏）、《水龙吟》（海上旅怀）、《水龙吟》（观爱俪园筹赈游览会）、《人月圆》（戏用坡句，和谭介夫）、《虞美人》（感事，次北伐队某君韵，即寄）、《蝶恋花》（感事，次和贞韵）、《水调歌头》（游虎丘作）；

陶牧《满江红》（三十八初度作）、《念奴娇》（亡妇忌辰）、《念奴娇》（坐雨，寄怀小宋慧僧）、《高阳台》（月夜忆家）、《大酺》（秋风回首，家书促归，凄然有感）；

杨铨《醉花阴》（《藤花血传奇》题词）、《蝶恋花》（山上蘼芜山下路）；

胡怀琛《浣溪沙》（答苓农）；

徐蕴华《百字令》（庚戌冬日游虎丘）、《思佳客》（南社频索初稿，病榻经春，束笺未报。近见卷中稍载数年前西溪断句"明日黄花"，奚足供诗人一粲哉！因书此谢之）；

李拙《红娘子》（次韵酬剑华）；

胡颖之《齐天乐》(送俶仁赴京师)、《声声慢》(同俶仁游寒山寺)、《寿楼春》(登沧浪亭作)、《长亭怨慢》(用石帚韵,题孟枚《苏州杨柳枝词卷》)、《锁阳台》(和贞壮韵)、《芳草渡》(又听到)、《红林檎近》(新浴)、《水龙吟》(浮萍和筱树)、《念奴娇》(同贞壮、佩忍游虎丘,和贞壮元韵);

叶玉森《卜算子》(用鹜翁韵)、《点绛唇》(原用梦窗韵)、《相见欢》(用沤尹韵)、《鹧鸪天》(用鹜翁韵)、《踏莎行》(用沤尹韵)、《太常引》(用忍庵韵)、《燕归梁》(用忍庵韵,梦窗体)、《夜游宫》(用鹜翁韵)、《霜天晓角》(用沤尹韵)、《极相思》(用沤尹韵)、《夜行船》(用鹜翁韵)、《浣溪沙》(用忍庵韵,灵岩吊西施)、《浣溪沙》(又一体,用鹜翁韵,虎丘访阖闾墓)、《愁倚兰陵》(用复庵师韵)、《蝶恋花》(用复庵师韵)、《贺圣朝》(用鹜翁第二首韵)、《莺声绕红楼》(用鹜翁韵)、《南乡子》(用鹜翁第一首韵)、《惜春郎》(用沤尹第二首韵)、《关河令》(用沤尹韵)、《减字木兰花》(用鹜翁韵)、《蕃女怨》(用忍庵韵)、《芳草渡》(用忍庵韵)、《西江月》(用沤尹第一首韵)、《忆王孙》(用鹜翁韵)二首、《醉吟商小品》(用沤尹第一首韵)、《庆春时》(原用小山韵)、《临江仙》(用沤尹韵)二首、《思远人》(用鹜翁韵)、《酒泉子》(用沤尹第一首韵)、《遐方怨》(用沤尹前二首韵)二首、《玉团儿》(用沤尹韵)、《三字令》(用鹜翁第一首韵)、《南歌子》(用沤尹韵)、《琴调相思引》(用沤尹韵,寄怀丁阇公)、《玉楼春》(用鹜翁韵)三首、《凤衔杯》(用忍庵韵)、《凤衔杯》(又一体用鹜翁韵)、《七娘子》(用沤尹韵)、《玉树后庭花》(原用安陆韵,送冶庵之金陵)、《斗鸡回》(用沤尹韵)二首、《摘红英》(用沤尹韵)、《庆金枝》(用忍庵韵)、《浪淘沙》(用沤尹韵,自题《春冰词卷》后)。

剑亮按:《南社》,丛刊。柳亚子编。本月出版第 5 集。共收文 49 篇、诗 371 首、词 183 首。10 月,出版第 6 集,共收文 56 篇、诗 393 首、词 155 首。12 月,出版第 7 集,共收文 45 篇、诗 556 首、词 111 首。三集均由柳亚子编校。参见本年 10 月、12 月相关条目。

5 日,《真相画报》第 1 期《文苑》栏目刊发:民恭《辛亥广州竹枝词十咏》。

剑亮按:《真相画报》,高翕主编。1912 年 6 月 5 日创刊,旬刊。至 1913 年 3 月 1 日(第 17 期)终刊。上海,真相画报社;广州,中华写真队事务所、真相画报粤局。参见许志浩:《1911—1949 中国美术期刊过眼录》,上海书画出版社,1992 年,第 1 页。

10 日，《太平洋报》刊发：林一厂《百字令》（百无聊赖）。（后收入 1912 年 10 月《南社》第 6 集。亦收入林一厂著，林抗曾整理：《林一厂集》上，广东人民出版社，2015 年，第 35 页）

13 日，赵元成作《燕归梁》词。记曰："夜坐无事，填小令一阕，调寄《燕归梁》。"（赵元成著，倪春军整理：《赵元成日记［外一种］》，第 86 页）

15 日，朱祖谋致函夏敬观，谈《清真集》板片剜改及校定《缀芬阁词稿》事。曰："映庵先生道席，两奉书，并《清真》板本等，一一照收。穆工可以挖改，板片令送大鹤，覆校之毕，即付梓也。《缀芬阁词稿》中有讹脱，奉乞校定寄来，再议写样。"（后收入黄显功、严峰主编：《夏敬观友朋书札》第 5 册，复旦大学出版社，2021 年，第 102 页）

21 日，《真相画报》第 2 期《文苑》栏目刊发：吴尚熹《写韵楼诗余》（一）。

22 日（农历五月八日），况周颐从缪荃孙处借《倚靠声初集》《朱竹垞词》。（缪荃孙：《艺风老人日记》第 6 册，北京大学出版社，1986 年，第 2486 页）

24 日，《太平洋报》刊发：林一厂《减字木兰花》（美人笑，为冯春航赋）。（后收入 1912 年 10 月《南社》第 6 集。又收入林一厂著，林抗曾整理：《林一厂集》上，第 36 页）

24 日，缪荃孙往访况周颐，借给况周颐《荆溪词》《留云借月盦诗》《明湖四客词》《珂雪词》《张鸿卓词》。（缪荃孙：《艺风老人日记》第 6 册，第 2486 页）

25 日，缪荃孙送《姚梅伯词》与况周颐。（缪荃孙：《艺风老人日记》第 6 册，第 2487 页）

29 日（农历五月十五日），王国维致函缪荃孙谈词籍刻印。中曰："伯宛亦通信，渠在北京为郑叔问刻《樵风乐府》，乃刻工无事，以此应酬之耳。"（谢维扬、房鑫亮主编：《王国维全集》第 15 卷，浙江教育出版社、广东教育出版社，2009 年，第 41 页）

本月

夏，况周颐访冒广生于赛金花家，听赛金花自述其遭遇，作《莺啼序》词，程颂万和之。（冒怀苏编著：《冒鹤亭先生年谱》，学林出版社，1998 年，第 178 页）

剑亮按：郑炜明《况周颐先生年谱》认为，冒怀苏《冒鹤亭先生年谱》将况周颐为赛金花赋《莺啼序》以及程子大和作一事系于本年（1912年）夏，有失考之嫌。详见郑炜明：《况周颐先生年谱》，上海古籍出版社，2009年，第208页。

夏，刘毓盘作《柯山词校记》，中曰："今岁春，自秦中归，襄浙江图书馆事，以文潜词不传，求之文澜阁旧钞本。只此数首，以备一家，恐有所未尽耳。壬子夏，江山刘毓盘校毕并识。"（后收入谭新红等整理：《刘毓盘词学文集》，河南文艺出版社，2016年，第275页）

夏，张素与董继昌、姜若、叶玉森等避暑丹阳普宁禅寺，张素作《百字令》（夏日偕影禅、揆伯、胎石、畏庵、羡渔诸子避暑普宁禅寺，即事赋呈）。（后收入张素：《南社张素诗文集》，第603页）

7月

1日，况周颐访缪荃孙，还《曝书亭词》《三十六夫容行馆词》《留云借月盦诗》与缪荃孙。（缪荃孙：《艺风老人日记》第6册，第2489页）

1日，《真相画报》第3期《文苑》栏目刊发：吴尚憙《写韵楼诗余》（二）。

11日，《真相画报》第4期《文苑》栏目刊发：吴尚憙《写韵楼诗余》（三）。

21日，《真相画报》第5期《文苑》栏目刊发：吴尚憙《写韵楼诗余》（四）。

本月

黄侃编《缤华词》，并撰文曰："右词一卷，一百六十五首，起丁未（1907），讫辛亥（1911），五岁间所得。华年易去，密誓虚存；深恨遥情，于焉寄托。茧牵丝而自缚，烛有泪而难灰。聊为怊怅之词，但以缠绵为主。作无益之事，自遣劳生；续已断之缘，犹期来世。壬子六月，编成自记。"（后收入黄侃著，黄延祖重辑：《黄季刚诗文集》，中华书局，2016年，第372页）

剑亮按：黄侃《缤华词》卷首有"原刻《缤华词》况周仪题词"《减字浣溪沙》四首，署"临桂况周仪阮堪"。四首题词分别为：《减字浣溪沙》（容易金风到海湄）、《减字浣溪沙》（雁后霜前百不堪）、《减字浣溪沙》（忆昔梅边失赏音）、《减字浣溪沙》（彩笔能扶大雅轮）。后收入黄侃著，黄延祖重辑：《黄季刚诗文集》，第342页。

又按：8月，王邕为《缤华词》作序；10月，汪东为《缤华词》作序。参见本年8月、10月相关条目。

8 月

1 日，《真相画报》第 6 期《文苑》栏目刊发：吴尚熹《写韵楼诗余》（五）。

12 日（农历六月三十日），况周颐辑成《绘芳词》，作《高阳台》（春女化身）："岁在壬子，避地海隅，立秋后四日，辑《绘芳词》成，漫拈一阕，以当楔子。"（玉梅词隐撰录：《绘芳词》，中华图书馆印行，民国四年 [1915]。参见郑炜明：《况周颐先生年谱》，第 206 页）

15 日，朱祖谋致函夏敬观谈论词籍。中曰："《缀芬阁词稿》中有讹脱，奉乞校定寄来，再议写样。新近访得一郑姓工，以可刻欧宋，尚未接谈也。《苕溪集》《湖州词》各二部承教。"（陈谊：《夏敬观年谱》，黄山书社，2007 年，第 62 页）

19 日，王邕为黄侃《缤华词》作序。曰："黄生大弟以所为《缤华词》一卷示余。余观其自记文，为之感慨。夫文生于情，情深者其文茂；言不尽意，意隐者其言微。若乃时珠婉娈，而《汉广》兴歌；神光离合，而《洛神》作赋。采芳华以贻远，令鸩鸟以为媒，托想既虚，动心弥甚，斯亦贤者所宜悼叹乎！阮公有言：既不以万物累心兮，何一女子之足思。抑情无聊之言，犹未能超然自丧也。嗟乎！人间何世，万事伤心。听流水于陇头，见夕阳于故国，当沉督离忧之日，为缠绵怨慕之辞。意所不宣，情尤可感已。邕自伤同病，幸附知音。识楚雨之含情，愧《阳春》之难和。用抽微旨，以告词人。壬子七月七日，东湖王邕撰。"（后收入黄侃著，黄延祖重辑：《黄季刚诗文集》，第 340 页）

28 日，刘承幹获赠《湖州词征》。记曰："午后徐冠南来，并赠《湖州词征》一部，归安朱古微所刊，计四册。"（刘承幹著，陈谊整理：《嘉业堂藏书日记抄》，凤凰出版社，2016 年，第 49 页）

9 月

8 日，许宝蘅读《清声阁词》。记曰："观赵剑秋夫人所著《清声阁词》。"（许宝蘅著，许恪儒整理：《许宝蘅日记》第 2 册，中华书局，2010 年，第 419 页）

剑亮按：《清声阁词》，吕凤著。上海图书馆藏。后收入朱惠国、吴平编：《民国名家词集选刊》第 3 册。赵剑秋，名椿年，民国初年任审计院长。

11 日，《真相画报》第 10 期《词林》栏目刊发：吴尚熹《写韵楼诗余》（六）。

21 日，《真相画报》第 11 期《词林》栏目刊发：吴尚熹《写韵楼诗余》（七）。

25日（中秋），冯煦致函朱孝臧托录其序王鹏运《和珠玉词》。函中曰："煦前序幼遐《和珠玉词》无副墨，乞属写言于四印斋词刻中，别录一通寄下，俾为敝帚之享。"（马兴荣：《朱孝臧年谱》下，马兴荣等主编：《词学》第15辑，华东师范大学出版社，2004年，第210页）

26日，缪荃孙自况周颐处取走《常州词录》一部。（缪荃孙：《艺风老人日记》第6册，第2512页）

本月

秋，潘承谋作《风蝶令》（壬子之秋，宿焦山松寥阁。夜来风雨声答江潮。晨起，题自然庵主六瀞上人《秋山无尽图卷》）。（潘承谋：《瘦叶词》，民国二十三年［1934］石印本，第6页。后收入朱惠国、吴平编：《民国名家词集选刊》第12册，第103页）

秋，丁立棠作《水调歌头》（壬子新秋，邗江舟次感赋）。（丁立棠：《寄沤词稿》，第9页。后收入曹辛华主编：《民国词集丛刊》第1册，第25页）

秋，吴梅作《摸鱼子》（秦淮秋集，有歌旧作《折桂令》北词者，赋此寄慨）。（王卫民：《吴梅评传》，河北教育出版社，2002年，第262页）

秋，朱孝臧作《虞美人》（晚秋病起，浮家石湖）。（马兴荣：《朱孝臧年谱》下，马兴荣等主编：《词学》第15辑，第210页）

10月

1日，南社编《南社》第6集在上海出版，收19位词人共115首词。（后收入曹辛华、钟振振选编：《清末民国旧体诗词结社文献续编》第11册）作品有：

林百举《百字令》（百无聊赖）、《减字木兰花》（美人笑，为冯春航赋）；

林学衡《兰陵王》（送□□赴法，兼讯璧君夫人）、《贺新郎》（本意，赠鹓雏，与楚伧联句）；

宁调元《摸鱼儿》（赠别牧狶、静森，用稼轩韵）；

傅钝根《虞美人》（次梦蘧韵）、《忆江南》（叹逝）、《生查子》（题《秋夜听雨图》）、《贺新凉》（笑指天边月）、《浣溪沙》（小步空庭夜色凉）、《蝶恋花》（不道秋来人正苦）、《相见欢》（幽闺月）；

胡怀琛《柳梢青》（天遂为余画扇，填此酬之）、《洞仙歌》（楚伧、鹓雏各以寄内、赠内词示余，反其意填此阕和之）；

杨杏佛《贺新凉》（送苻煌返蜀）、《满庭芳》（复生归蜀，赋此赠别）；

周亮《小阑干》（伤春）；

钱厚贻《菩萨蛮》（簪花压帽应嫌重）；

周实《如梦令》（九十韶光如电）、《浣溪沙》（玉勒金鞭取次过）、《醉太平》（星明月明）、《蝶恋花》（草色连天花委地）、《一剪梅》（百年岁月等蜉蝣）、《菩萨蛮》（春寒自拥重衾）、《一丛花》（秣陵春感）、《琴调相思引》（秋海棠）、《念奴娇》（咏泪）、《昭君怨》（春草）、《浣溪沙》（游玄武湖，同人菊作）三首、《满江红》（寄宗兄人菊）、《金缕曲》（七夕伤逝）、《水龙吟》（题钝剑《花前说剑图》）、《水龙吟》（题钝剑《听秋图》）、《满庭芳》（夜闻虫声，不能成寐，起制斯曲）；

叶玉森《甘州》（夜度太平洋）；

张素《齐天乐》（秋夜闻雨声）、《摸鱼儿》（寄怡父大梁）、《百字令》（夜步公园，林木萧萧，觉有秋意。天涯宋玉，不能自塞。其悲凄然，因有此作）、《凤凰台上忆吹箫》（七夕寄亚兰）、《凄凉犯》（雨窗读南社词）、《恋绣衾》（梨花院落深闭门）、《杏花天影》（检书中得花片一，为写此词）、《大酺》（春感，用美成韵）、《长相思》（感近事，写寄参兰、力山）、《声声慢》（觥秋自吉林赴奉，词以赠行）、《西河》（年少事）、《忆旧游》（月夜至江边垂钓）、《木兰花慢》（寄亚兰）、《金缕曲》（沈阳与明星别）、《百字令》（渤海舟中）、《齐天乐》（金坛访次回先生故宅）、《百字令》（偕味莼游于氏废园）、《水调歌头》（郡人士追悼伯先于琴园，为赋此阕）、《金缕曲》（题钝剑《花前说剑图》）；

姜胎石《贺新凉》（吊史阁部墓）、《满江红》（辛亥五月哭伯先）二首、《高阳台》（挽随园诗孙）、《安公子》（舟泊枫桥，游重建寒山寺，怀张懿孙）、《惜红衣》（莫愁湖残荷，用白石老仙韵）、《金缕曲》（叠韵代赠）；

陈蜕《金缕曲》（题红拂墓）、《迈坡塘》（听雪，赠文娘）、《临江仙》（遣春词）七首；

汪文溥《大江东去》（吊广州死难七十二烈士，用东坡原韵）二首、《满江红》（送蜕庵北上）、《八声甘州》（春暮，愚园登楼有感）、《酹江月》（吴季从长沙来，为告西池近状，月夜倚阑，追念畴曩，怆然有作）三首；

王蕴章《貂裘换酒》（追悼冯绍清）、《菩萨蛮》（漱药庵戏酬）、《蝶恋花》（敲断燕钗弹烛凤）、《菩萨蛮》（梨花飑作晴天雪）、《醉花阴》（冷彻情根冰袜划）、《高阳台》（念劬召集秦淮灯舫，即席赋别）、《乳燕飞》（题《风洞山传奇》）；

浦武《意难忘》（暑夜）；

姚锡钧《阮郎归》（风荷红白漾轻枝）、《潇湘夜雨》（半卷湘帘微垂）、《河传》（索笑牙檐）、《惜分飞》（浅笑深颦无意绪）、《南浦》（初试五铢轻）、《长相思》（别时愁）、《减字木兰花》（美人笑，和一厂）、《洞仙歌》（赠内）、《点绛唇》（有忆）、《生查子》（闺情）；

高吹万《微招》（题王船山《鼓棹词》）、《暗香》（落梅）、《新雁过妆楼》（题钝剑《听秋图》）、《百字令》（题钝剑《花前说剑图》）、《临江仙》（题姚石子伉俪《浮梅槛检诗图》）、《忆旧游》（题周实丹烈士遗集）二首；

高旭《少年游》（春光大地，神州陆沉，顾影自怜，凄然欲绝。填此寄怀亚子、钝根、太一，世无同忧患者，不以示人可耳）、《少年游》（次韵答太一、钝根）、《青玉案》（戊申春日，驱车过太安里，顿触旧尘，有怀卧子、亚子，写成一解，分寄樱岛、梨里）、《桃源忆故人》（感事，太一韵）二首、《浪淘沙》（题钝根《废雅集》）、《虞美人》（戊申六月十三日作，用钝根韵）、《采桑子》（移居留溪，填此寄意）、《减字木兰花》（留溪寓庐作）、《清平乐》（沧浪亭偶赋）。

1日，《庸言》第1卷第21号刊《彊村词》广告。曰："湖州朱古微先生，当代词家。其词镕铸藻采，沉丽俊迈，造端微茫，而恰得其分际，自成一家之言。王半塘常拟之南宋吴梦窗，谓为六百年来无此作也。学词者尤宜人手一编，以为模楷。每部二本，售价大洋四角。上海广智书局白。"

剑亮按：《庸言》，1912年12月1日创刊于天津。梁启超主编，吴贯因、黄远庸编辑。天津庸言报馆发行。初为半月刊，自第1卷第3期起改为月刊，内容分建言、译述、艺林、金载、杂录五门。艺林门辟有《艺谈》《文录》《诗录》《说部》等栏目，为该刊主要内容。终刊时间不详。

6日，希社拟举行第3次社集。刘承幹记曰："是日，周湘舲在寓中宴客。因近日高君太痴创设希社，已举行二次。首则以百盆花室雅集为题，即太痴斋名。次则秋感诗也。今为第三集，湘舲介余入社，余已允之。"（刘承幹著，陈谊整理：《嘉业堂藏书日记抄》，第55页）

剑亮按：据周延祁编《吴兴周梦坡（庆云）先生年谱》（《近代中国史料丛刊》第82辑，台湾文海出版社），本年8月27日（农历七月十五日），高翀在上海创办希社。

10 日，李岳瑞作《六丑》（壬子九月朔日，沪上纪见，用梦窗韵，和季刚）。（李岳瑞：《郢云词》，第 15 页。后收入朱惠国、吴平编：《民国名家词集选刊》第 1 册，第 220 页）

16 日（农历九月初七日），朱孝臧赴商务印书馆访郑□□，并赠其所刻《东坡乐府》。郑□□记曰："朱古微来印书馆，谈久之，赠所刻《东坡乐府》，用编年体例，视毛氏、王氏刻为精。"（中国国家博物馆编，劳祖德整理：《郑孝胥日记》第 3 册，中华书局，1993 年，第 2518 页）

17 日（农历九月初八日），郑□□托人为朱孝臧抄录刘克庄词作。郑□□记曰："为古微作书致江叔海，托抄《刘后村长短句》第五卷末叶《西江月》一阕，《朝中措》四阕，古微欲刻《后村词》，叔海方在北京图书馆。"（中国国家博物馆编，劳祖德整理：《郑孝胥日记》第 3 册，第 2520 页）

18 日（农历九月初九日），朱孝臧校毕刘克庄《后村长短句》，并撰写《后村长短句校记》，落款曰："壬子九日，彊村遗民朱孝臧跋。"（朱孝臧辑校：《彊村丛书》上册，上海书店出版社、江苏广陵古籍刻印社，1989 年，第 951 页）

20 日，黄侃作《尉迟杯》（九月十一夜，饮席早归，独留寓楼。忆去年此夜，与两友人自危城逸出。维舟江畔，感念兵戈，悲吟达曙。今忽忽一岁矣。飘零如故，时事益非，怀旧伤离。和清真此解）。（后收入黄侃著，黄延祖重辑：《黄季刚诗文集》，第 375 页）

27 日，南社第 7 次雅集在上海愚园举行，推王蕴章为词集编辑员。

本月

汪东为黄侃《缞华词》作序。曰："蕲春黄君所为词一卷，共若干首。取张平子语，名曰《缞华词》。尝谓词原于《国风》，而与《离骚》犹近。夫诗以言志，志者与物相应者也。世变既繁，感慨纷集。仁人君子，怀菀结之情，抱难言之痛。罗网甚密，则庄语或以召危；芳菲弥章，而奇文因之益肆。自屈原之作，以为诗者，结体四言，般桓跬寸，悁微而隐，辞气不敷，故拓之以造《离骚》，所由济《风》《雅》之穷也。详其宛转就意，斯句有长短；吐辞芬芳，则音节尤美。词之为体，不犹此乎？至于后主被羁，怆思故国；稼轩愤时，托怨烟柳。白石嗣响与《黍离》，碧山沉恨于落叶。岂非假物喻情，所谓称文小而指极大，举类迩而见义弥远者邪。黄君夙罹忧幽，回翔异域，又复生三闾之徂土，袭往哲之修能，宜其所述有《哀郢》之志，思美之遗也。若云宋玉作赋，不无微辞，《玉台》所传，犹多新咏，遂以雕虫篆刻，壮夫不为，屏《郑》《卫》于风人，嗤《闲情》为玷璧。斯又曲士之谈，异乎通方之论矣。壬子九月，吴县汪东撰。"（原载《国故》1919 年第 2 期。后收入黄侃著，黄延祖重辑：《黄季刚诗文集》，第 341 页）

邓潜作《烛影摇红》（壬子九月，辟地至渝）。（邓潜：《牟珠词》，民国十一年［1922］刻本，第 5 页。后收入朱惠国、吴平编：《民国名家词集选刊》第 1 册，255 页）

张仲炘作《浪淘沙》（壬子九月，暂归武昌，赋寄内子上海）。（张仲炘：《瞻园词续》，民国二十五年［1936］刻本，第 17 页。后收入朱惠国、吴平编：《民国名家词集选刊》第 3 册，第 64 页）

11 月

2 日，况周颐还《倚声集》《种水词》《绿雪轩词》《疏影楼词》等书与缪荃孙。（缪荃孙：《艺风老人日记》第 6 册，第 2524 页）

6 日，胡适作《水龙吟》（送秋）。（刊《留美学生年报》第 3 年本。后收入胡适：《尝试集》附《去国集》，亚东图书馆，1920 年初版，第 2 页）

12 日，朱孝臧致函缪荃孙商借宋本《乐章集》。中曰："侍拟校刻毛抄宋本《乐章集》，往年公为吴仲饴校此书，据陆藏宋本。据曹君直云，陆氏曾有转抄本在尊处，未知尚可检出否？缘毛、陆虽同为宋本，颇有异同也。此恳，敬请道安，不一一。姻侍祖谋谨启。十月初四。"（缪荃孙：《艺风堂友朋书札》上，上海古籍出版社，1980 年，第 192 页）

剑亮按：11 月 15 日（农历十月初七日），缪荃孙接朱孝臧函："接朱古微信。"（缪荃孙：《艺风老人日记》第 6 册，第 2520 页）16 日（农历十月初八日），缪荃孙复函朱孝臧："发朱古微信。"（缪荃孙：《艺风老人日记》第 6 册，第 2520 页）可参读。

12 月

1 日，南社编《南社》第 7 集在上海出版，收 8 位词人共 111 首词。（后收入曹辛华、钟振振选编：《清末民国旧体诗词结社文献续编》第 11 册）作品有：

俞剑华《赤枣子》（赠周仲穆）、《醉公子》（赠周天石）、《七娘子》（赠汪桐生）、《南乡子》（赠承玉书）、《番抢子》（赠朱子湘）、《风流子》（赠冯余生）、《天仙子》（赠姚石子）、《红娘子》（赠李康弼）、《破阵子》（赠阳惕生）、《行香子》（赠漆云卿）、《酒泉子》（赠俞语霜）、《绣带子》（赠陆冠春）、《摸鱼儿》（酬楚伧汕头）、《摸鱼儿》（亚子书来，谓风雨恼人，苦无已时，九十韶光，已将过半，而枝头尚不着一花。人天愁恨，宁有逾于斯者，怅然赋示）、《念奴娇》（海上重寄春航）、《如此江山》（《梅浮槛检诗图》，为石子粲君作）、《朝天子》（送顾四北上）、《虞美人》（怀朱三粤中，并讯某君消息）、《汉宫春》（夏日寄楚伧）、《金缕曲》（狂甚猖猖犬）、《金缕曲》（洵美非吾土）、《蝶恋花》（铁崖来书，颇有所勖，并以犁舌地狱为诫，赓此以报）二首、《蝶恋花》（银汉红墙遥不阻）、《蝶恋花》（酝酿芳心春几许）、《蝶恋花》（生小心灵能解语）、《蝶恋花》（孤负平生应莫恝）、《洞仙歌》（金枝玉叶自玲珑）、《金缕曲》（箫鼓江城里）、《巫山一段云》（皎洁宜随月）、《巫山一段云》（行雨高丘女）、《金缕曲》（闲逐寻访骑）、《金缕曲》（金粉江南地）、《满江红》（读史杂感）二首、《隔帘听》（为钝剑题《听秋图》）、《百字令》（饮鸩后写寄南社诸子）、《浪淘沙》（中国海中晚眺）、《一剪梅》（调亚子）、《金缕曲》（赠春航）二首；

庞树柏《西子妆》（己酉三月，小留沪渎，与秋枚、真长、哲夫驱车往徐家汇。哲夫邀至寓庐茗憩，归途游味莼园。是日，西商赛马，鞭丝帽影，游事甚盛。晚间，真长招饮于岭南楼。有侑觞人凤仙，聆口音，误为乡亲苏小。询之，则梁溪人也）、《端正好》（石友藏一砚，侧镌易安二小篆，盖李清照旧物也。索题以词）、《玉烛新》（彊村先生寄示《瑞香词》，依原调奉和）、《朝中措》（舟行水郭，见堤柳数株，摇落可怜。触绪萦怀，悄然歌此）、《喜迁莺》（辛亥春晚，重游湖上。赋此，索龙尾和）、《贺新凉》（钝剑属题《花前说剑图》）、《采桑子》（横塘夜泊）、《浣溪沙》（垂柳依依画槛边）、《菩萨蛮》（舟中，雨霁月出，笛声凄然）、《寿楼春》（之园秋集，既纪以诗，意有未尽，漫赋此解，即赠龙慧先生）、《鹧鸪天》（题病鹤丈《石屋寻梦图》）、《惜秋华》（海上遇龙尾，篝灯话旧，各极身世之感。明日，龙尾赴杭州，赋此送之）、《琵琶仙》（八月十三夜，沪上归车，望月有怀）、《水调歌头》（和鹤公夜梦登黄鹤楼韵）、《莺啼序》（壬子三月，劫后过吴阊感赋，步梦窗韵）、《风蝶令》（红蜡笼花颤）；

黄人《高阳台》（常州吕侠出其姊氏《春阴词》见示，立和二阕）二首、《贺新凉》(赠杏儿)、《贺新凉》(赠阿素)、《贺新凉》(稚侬避仇,寄屋吾室,娇稚未化,啼笑无端,革庵来作,颇致微词,赓此解嘲)四首、《贺新凉》(《风洞山传奇》题词,和噙椒韵)、《洞仙歌》(前题,和慧珠韵)、《念奴娇》(送梁任至白下,用东坡韵)、《念奴娇》(用稼轩韵);

余寿颐《金缕曲》(石予夫子以自画墨梅命题,谨填此阕)、《菩萨蛮》(明珠入眼心先喜)、《眼儿媚》(绿窗新月淡烟浮)、《柳梢青》(答寄尘,即和原韵);

朱梁任《谪仙怨》(咏怀)、《蝶恋花》(荷亭晚兴)、《三姝媚》(与瞿庵联句);

邹铨《水调歌头》(湖游,示钝剑);

叶楚伧《绿稀红暗处》(绿稀红暗处)、《昭君怨》(七夕)、《醉太平》(七夕)、《菩萨蛮》(赠亚云、布雷)、《满江红》(金陵)、《云仙引》(赠春航)、《菩萨蛮》(戏送一厂归粤,并调亚子)、《洞仙歌》(寄内)、《贺新郎》(本意,赠宿慧);

柳亚子《蝶恋花》(得卧子狱中书,感赋)二首、《满江红》(吊蒋清烈女士,用岳鄂王韵)、《满江红》(题剑魂《汉侠图》,用前韵)、《金缕曲》(哲夫枯笔山水一小帧见赠,为订交之券。荒寒寥寂,忽有感于余心。爰取戴子高影事,名之曰《梦隐第二图》,词以张之,即用三年前为钝剑题《万树梅花卷子》旧韵。抚今追昔,若不胜情,海内词坛,所不敢望。二三同志,庶几和余)、《蝶恋花》(喜卧子出狱,用前韵)二首、《金缕曲》(寄卧子云间,叠旧韵)、《高阳台》(楚伧泛舟分湖,寻午梦堂遗址,不得,作《分堤吊梦图》以寄慨,为题此解)、《金缕曲》(六月六日秋侠忌辰,寄忏慧、小淑、巢南索和)、《沁园春》(寿巢南三纪初度)二首、《高阳台》(云间感旧,写示卧子)、《罗敷媚》(重过沪南有感)、《金缕曲》(巢南就医魏塘,迁道过此,余小病初痊,冒雨往舟中访之,复招颖若倾谈竟日而别,词以纪事)、《齐天乐》(中秋夜无月)、《金缕曲》(剑华自海外归,留梨中旬日而去,倚此为别,并坚南社之约)、《金缕曲》(十月日朔,南社同人,会于虎丘。楚伧、钝剑以事未集,并有词驰寄,依韵和此)、《金缕曲》(剑华有齐鲁之行,迟余海上,欲牵衣一别,而余未能赴,填此代柬)、《金缕曲》(楚伧入粤,道出春江,邂逅卧子,开尊斗酒,乐可知矣。书来索词,填此奉寄)、《金缕曲》(三月朔日,南社同人会于武林,泛舟西湖,醉而有作)、《蝶恋花》(上巳日,余自武林发武塘,钝剑适以是日至,觅余不得,怅怅而归,书来极哀怨之致,词以慰之)、《高阳台》(自武塘归梨,阻风不得达,维舟分湖之滨,庐中诸子握手道故,置酒相慰,至可感也。别后赋此寄谢)、《金缕曲》(题沈咏霓《齐眉春泛图》)、《蝶恋花》(寒夜忆内)。

6 日，朱孝臧致函缪荃孙询问《刘须溪全集》。函中曰："侍近得刘须溪词三百余阕（丁氏抄本），惜多讹脱，邺架有须溪全集否？此请著安，不一一。侍祖谋顿首。廿八日。"（缪荃孙:《艺风堂友朋书札》上，第 193 页）

20 日，朱孝臧校毕辛弃疾《稼轩词补遗》，并撰写《稼轩词补遗校记》，落款曰："壬子立冬后四日，彊村遗民朱孝臧跋。"（朱孝臧辑校:《彊村丛书》下册，第 819 页）

25 日，《小说月报》第 3 年第 9 期《文苑》栏目刊发：檗子《菩萨蛮》(君复悼亡，以己小影为殉，亦有情痴也，慰以此解)。

剑亮按:《小说月报》，1910 年 8 月 29 日创刊于上海，由商务印书馆出版发行。第一、第二卷由王蕴章（西神）主编，第三卷至第八卷由恽铁樵主编，第九卷至第十一卷由王蕴章主编。1920 年 11 月下旬，沈雁冰（茅盾）接任主编。至1931 年 12 月终刊。前后共出 258 期。前期以刊登小说为主，兼有散文、诗词、剧本、游记、文论等。

31 日，《亚东丛报》第 1 期刊发：

公度《双双燕》(题潘兰史《罗浮记游图》)；

老兰《高阳台》(题万剑盟《姜露庵填词图》)、《台城路》(寄黄椒升茂才)；

澹庐《太常引》(京口夜发)。(后收入《民国珍稀短刊断刊·北京卷》第 29册，全国图书馆文献缩微复制中心，2006 年，第 216 页）

剑亮按:《亚东丛报》，月刊，1912 年 12 月 31 日创刊于北京，主编唐群英、仇鳌。亚东丛报社出版发行。内容分社说、选论、译著、女子教育、时事、时评、选瑜、文苑等门类。文苑门又辟有《文录》《诗录》《词录》《小说》《联语》等栏目。终刊时间不详。

本月

冬，汪兆镛作《点绛唇》(壬子冬暮，偶过学海堂，壁间石刻为乱兵椎毁，此君亭竹亦摧残尽矣。徘徊凄感，倚声写哀)。(汪兆镛:《雨屋深灯词续稿》，民国十七年 [1928] 铅印本，第 1 页。后收入朱惠国、吴平编:《民国名家词集选刊》第 3 册，第 296 页）

本年

【词人创作】

高燮作《忆旧游》（题《周实丹烈士遗集》）。

剑亮按：周实（1885—1911），原名桂生，字实丹，号无尽，江苏山阳（今淮安）人。1902 年考中淮安府秀才，1907 年入南京两江师范学校学习。1909 年参加革命文学团体"南社"。1911 年武昌起义后，周实从南京回家与阮式共谋响应于淮安，他们集合城中学生和各界人士数千人在旧漕署开会，宣布光复，被山阳县令所诱杀，时年 26 岁。《周实丹烈士遗集》由柳亚子所辑录。高燮除创作这首《忆旧游》（题《周实丹烈士遗集》）词外，于"民国元年五月"撰《周烈士实丹遗集·序》。此外，还有姚锡钧于"壬子六月"撰《跋〈周实丹烈士遗集〉》。

黄侃作《解连环》（暮阴犹结）、《浣溪沙》（落叶还能绕树飞）、《还京乐》（甚情绪）、《蝶恋花》（辛苦恰如春后絮）、《月下笛》（月影空寒）。（司马朝军、王文晖：《黄侃年谱》，湖北人民出版社，2005 年，第 69 页）

黄侃与汪东、刘仲遬和清真词。汪东有《和清真词序》。中曰："蕲春黄君，精研学术，文尤安雅，余暇为词，有北宋之遗音。平生友善，唯东及黄安刘仲遬。岁在壬子，侨居海堧，遭世艰屯，意思萧槭，进无弥乱之方，退乏巢居之乐，酒醑相对，泣下沾襟。一夕相约重和清真词……仲遬既以事中辍，独与黄君互相程督，期以必成。短令徘曲，屏真弗与，凡得若干首，诚不敢仰冀清真，以视方、杨，或无多让。"（汪东：《汪旭初先生遗集》，《近代中国史料丛刊续辑》第 40 辑，台北文海出版社，1996 年，第 376 页）

吴芳吉应族兄吴际泰之请，绘《乘风破浪图》，并作《望海潮》词。（后收入吴芳吉著，傅宏星校：《吴芳吉全集》下，华东师范大学出版社，2014 年，1064 页）

剑亮按：姚雪垠评吴芳吉："关于中国现代文学史，我常常应该有两种编写方法。一种是目前通行的编写方法，只论述'五四'新文学运动以来的白话体文学作品，供广大读者阅读，也作为大学中文系的教材或补充教材。另外有一种编写方法，打破这个流行的框框，论述的作品、作家、流派要广阔得多，姑名之曰'大文学史'的编写方法，不是对一般读者写的。我所说的'大文学史'中，第一，要包括'五四'新文学运动以来的旧体诗、词。毛主席和许多党内老一代革命家写了不少旧体诗、词，早已在社会上广泛传诵。新文学作家也有许多人擅长写旧体诗、词，不管从内容看，从艺术技巧可看，都达到较高造诣。因为这些作家有新思想、新感情，往往是真正有感而发，偶一为之，故能反映作家深沉的现实感触和时代精神……还有一种类型，例如柳亚子、苏曼殊等，人数不少，不写白话作品，却以旧体诗、词蜚声文苑，受到重视，也应该在现代文学史中有适当地位。其中思想感情陈腐，无真正特色者可作别论。在论述这一部分作品时，不仅须要打破文言白话的框框，还要打破另外一些框框。例如学衡派有一位较有才华的诗人吴芳吉，号白屋诗人，不到三十岁就死了，在当时很引人重视。他死后，吴宓将他的诗编辑出版。既然在社会上发生过较大影响，要研究一下原因何在。"（上海图书馆中国文化名人手稿馆编：《尘封的记忆：茅盾友朋手札》，文汇出版社，2004 年，第 96 页）

李孺作《水调歌头》（辛亥秋陷贼中。脱虎口后，印伯寄示壬子九日新咏诸作，依韵和之，兼示石巢诸君）、《貂裘换酒》（辛亥春，吴汇香词人客武昌，以《竹屋填词图》属题，簿书鲜暇，阁置几上。秋间乱起，遂付劫尘。壬子同客海上）。（李孺：《仑阇词》，民国二十二年［1933］铅印本，第 7 页。后收入朱惠国、吴平编：《民国名家词集选刊》第 3 册，第 229 页）

吕凤作《金缕曲》（壬子）。（吕凤：《清声阁词》卷二，《清声阁四种》，民国二十五年［1936］刻本，第 1 页。后收入朱惠国、吴平编：《民国名家词集选刊》第 8 册，第 235 页）

陈曾寿作《暗香》（壬子，寄巢云）。（陈曾寿：《旧月簃词》，民国十年［1921］铅印本，第 1 页。后收入朱惠国、吴平编：《民国名家词集选刊》第 12 册，第 213 页。亦收入陈曾寿著，张彭寅、王培军校点：《苍虬阁诗集》，上海古籍出版社，2009 年，第 405 页）

陈夔作《点绛唇》（壬子，花满春城）。（陈夔：《虑尊词》，民国十一年［1922］铅印本，第 1 页。后收入朱惠国、吴平编：《民国名家词集选刊》第 16 册，第 249 页）

王嘉诜作《二郎神》（江干看红叶，壬子）、《齐天乐》（西湖秋泛）、《浣溪沙》（苏小墓）、《浣溪沙》（过扬州）。（王嘉诜：《劫余词》，民国十三年［1924］彭城王氏刻本，第 1 页。后收入曹辛华主编：《民国词集丛刊》第 2 册，第 61 页）

【词人交往】

黄侃向郑文焯请教词学。汪东《寄庵随笔》："民国元年，余在上海，为《大共和日报》总编辑。季刚则主《民声日报》，所居亦相近，游宴过从无虚日。季刚方好为词，约同和《清真集》，未成。又联句和李后主词，刻烛而就。时郑叔问为词家宗匠，录以请益。郑书其后云：'悱恻缠绵，不忍卒读。'季刚怒，以为讽也，作诗报之，有'独弦何用卖声名'之句。"（汪东：《寄庵随笔》，上海书店出版社，1987年，第2页）

况周颐在上海，与朱彊村讨论词学。况周颐《餐樱词·自序》："壬子已还，辟地沪上，与沤尹以词相切磨。"（朱惠国、吴平编：《民国名家词集选刊》第3册，第160页）

刘永济从海南琼崖到上海，向朱彊村、况周颐两先生请益词之创作。刘永济《诵帚盦词两卷·自序》曰："既壮，游于沪滨，适清社已屋，骚人行吟，若蕙风况先生、彊村朱先生，皆词坛巨手，均寓斯土，偶以所作《浣溪沙》'几日东风上柳枝，冶游人尽着春衣。鞭丝争指市桥西。 寂寞楼台人语外，阑珊灯火夜凉时。舞余歌罢一沉思'，请益蕙风先生。先生喜曰：'能道沉思一语，可以作词矣。词正当如此作矣。'心知此乃长者诱掖后生之雅意，然亦私自喜。时彊村先生主海上沤社，社题有绿樱花、红杜鹃分咏。予非社中人，蕙风命试作，彊村见之曰：'此能用方笔者。'予谨受命，然于此语不甚解也。"（刘永济：《刘永济词集》，湖南人民出版社，1984年，第3页。参见1922年6月）

【词籍出版】

许禧身《亭秋馆词钞》四卷、附录《词》一卷刊行。各卷别署《偕园吟草》。卷首有叶庆增《序》、陈夔龙《序》以及徐琪等《题词》。（后收入曹辛华主编：《民国词集丛刊》第18册）

叶庆增《序》曰："在昔《玉台新咏》，标体格于徐陵；《金缕》研词，播讴吟于唐代。厥后清照之工托兴，淑真之善言情。靡不艺苑蜚声，文人却步。然而乖中和之乐职，何与正宗；留绮语为香奁，终惭大雅。求其发乎性情之正，止乎礼义之间，夏乎难矣，可多得哉！尚书筱石陈公德配亭秋夫人以浙水之名媛，嫔颍川之华胄。昌征凤卜，曲谱双声；宠贲鸾纶，封崇一品。人咸谓居富贵之地，必工为欢愉之言矣。顾取《偕园词钞》读之，乃竟怅触多端，郁伊善感者，何哉？盖夫人礼宗淑范，女士清才。祥虽钟于阀阅之门，遇备历乎辕轲之境。病风椿树，稚岁早凋；向日萱花，中途遽陨。就诸父诸兄之鞠养，问尔顾尔，复以何堪。加以劫历红羊，危城几遭身殉（夫人从尚书公官京兆尹时，与于庚子拳匪之难）；使来青鸟，弱息竟赋仙游（集中多悼女公子之作）。玦在身而腰佩不离，珠如意而掌珍倏碎。埽愁无帚，记曲有箱。疑夫人之触绪兴怀，回肠荡气。假锦机以织出，丝缚红蟫；烧银烛以填成，泪凝绛蜡也已。虽然，阎浮世界，幻等空花；积累根因，获同种树。夫人三车烂然，一鉴渊澂。何妨付诸达观，藉自修其正觉。而况持躬省约，供顿胥捐；济物恢台，亲疏罔间。将勤施于人者既厚，即获报于天者必优。仙衔罔极之恩，或竟尔重翔彩燕；神感至诚之德，安知不再降绂麟。是绰板焉用其敲残，唾壶奚须乎击缺耶？所愿叩宫弹徵，谐《韶頀》之音；刻羽引商，成清平之调。丝竹黜其哀滥，笙管流其铿锵。以《雅》以《南》，可歌可颂。此日取七条弦以静奏，群钦拍合朱丝；他年偕一品集以俱传，定卜芬扬彤史。是为序。慈溪子川叶庆增谨题。"

陈夔龙《序》曰："仲萱主人《亭秋馆诗钞》六卷，余既序而刊之矣。主人吟诗之暇，尤好填词。每当花朝月夕，酒阑茶罢，兴之所至，一寄于倚声。积久得《偕园词钞》若干首。偕园者，客岁卜宅杭州横河里桥，小有园林，名之曰偕，为他日乞身偕隐地也。余素不喜词，又赋性直率，吟亦不工，旋作亦旋置。主人则以莲藕玲珑之质，运芭蕉展转之心。于其乡先辈厉太鸿、赵秋舲诸君子得其近似。犹忆庚子、辛丑间，京畿烽火，逼处危城，偶值事变之棘，余急切穷于因应，主人神闲气静，临乱不惊，时出一阕，索余唱和，余颇讶主人别调独弹，而又未尝不佩其心怀之浩落也。兹编辑成，附以长女昌纹幼时联语并遗诗数首，以志不忘。适同年友冯梦华中丞访余武昌，承代为审订，幕中诸宾从亦有诗文以张之。爰付手民，如绘心曲。后日西湖归隐，渔歌樵答，不知人间有苍狗浮云事，则以此编为偕归之券可也。己酉重阳后十日，筱石陈夔龙序。"

卷首《题辞》有：

仁和徐琪花农《买陂塘》（奉题亭秋夫人词集，即希拍政）；

金坛冯煦梦华《浣溪沙》（伏读亭秋夫人《偕园词钞》，莫名钦佩，敬倚此阕）、《浣溪沙》（一驻春明碧幰车）、《浣溪沙》（恨雨颦烟渺紫都）；

江都郭宝珩楚卿《沁园春》（敬题《亭秋馆词》后）。

姜继襄《天泪庵词》一卷刊行。卷首有作者《自序》。（浙江图书馆等有藏。后收入曹辛华主编：《民国词集丛刊》第 11 册）

作者《自序》中曰："余心肠木石，素不工绮语。辛亥秋困金陵危城中，兵燹逼人。夜不成寐，千愁万感，借声哭之，成词二卷。初卷伤感失律，尚待改作。兹录其次，起十月十二日，讫除夕，杂写乱后情事。呜呼，吾辈生丁末造，哀时感事，并非无病之呻吟，使梦窗遭逢今日，亦必撤其七宝楼台，啼血哀鸣，追步苏、辛之不暇，又岂独于湖为然哉。读者亦哀其志矣。"

刘毓盘辑《唐五代宋辽金元名家词辑六十种》刊行。收录唐词两种三家，五代词四种五家，宋词四十四种六十四家，辽金词四种十家，元词五种五家，高丽词一种一家。凡六十种，有刘氏《跋》。末附《补遗》一页。外有《自序》一。

剑亮按：赵万里作《唐五代宋辽金元名家词辑题记》，曰："此书自《李翰林集》起，至《高丽人词》终，凡六十种。辑本居大半，其弊不仅在所见材料之少，而在真伪不分，校勘不精，出处不明，使人读之如坠五里雾中，其病与吴兴蒋氏旧藏无名氏辑《宋元人词》、汪曰桢辑《钓月词》、王鹏运辑《漱玉词》同。盖先生笃志著述，得书不易，牢守陈说，不辨缁黄，固不独先生为然也。编中收《金荃词》据海源阁本，《荆台佣稿》据宋刻本，《舒学士词》据天一阁本，皆在可疑之列。《柯山词》、《月岩集》据文澜阁本，《秋崖词》、《碧涧词》据关中图书馆本，而不悟其皆出后人所辑。而《柯山词》且收赝作，尤非先生所及料。《宣懿皇后集》据《四朝名贤词》本，而余所见明抄本《四朝名贤词》则无之，而不悟其即出《焚椒录》。《黄华居士词》、《疏斋词》，云并据常熟瞿氏藏本，然瞿氏固无此二书也。细按之，知即本《中州乐府》与《天下同文》。至卷后附跋，亦泥沙俱下，纰缪时见。余初辑《宋金元人词》，闻先生有此书，以为先获我心，转辗自友人处假归读之，始知其书实未尽完善。然大辂椎轮，创始不易，后之览者，自当为先生谅也。"

【词人生平】

志锐逝世。

志锐（1852—1912），子伯遇，号廓轩，又号公颖，别号穷塞主，满洲镶红旗人。光绪六年（1880）进士，官礼部右侍，乌里雅苏台、伊犁将军。有《穷塞微吟词》《廓轩竹枝词》。

1913 年

（民国二年　癸丑）

1 月

6 日，沈泽棠作《买陂塘》（酒后登城晚眺，寒飚逼人，春游尚阻，填此遣怀。时壬子冬至后十五日也）。（沈泽棠：《忏庵遗稿·词》，民国十八年 [1929] 刻本，第 10 页。后收入朱惠国、吴平编：《民国名家词集选刊》第 1 册，第 47 页）

7 日，王国维致函铃木虎雄，并请对方指正自己的词作。中曰："前年在北京和吴伯宛除夕一词写呈尊鉴。《鹧鸪天》：绛蜡红梅竟作花，客中惊又度年华。离离长柄垂天斗，隐隐轻雷隔巷车。倾醁醑，和尖叉。新词飞寄舍人家。可将平日丝纶手，系取今宵赴壑蛇。此词以下半阕不佳，故词稿中不存。"（谢维扬、房鑫亮主编：《王国维全集》第 15 卷，第 64 页）

2 月

1 日，《庸言》第 1 卷第 5 号《文录》栏目刊发：冯煦《东坡乐府序》。曰："词之有南北宋，以世言也。曰秦、柳，曰姜、张，以人言也。若东坡之于北宋，稼轩之于南宋，并独树一帜，不域于世，亦与他家绝殊，世第以豪放目之，非知苏、辛者也。顾二家专刻，世不恒有，坡词尤鲜善本。古微前辈，词家之南董也，酷嗜坡词，乃取世所传毛、王二刻，订伪补缺，以年为经而纬以词。既定本，属煦一言简端。煦嗜坡词，与前辈同。综其旨要，厥有四难：词尚要眇，不贵质实，显者约之使隐，直者揉之使曲。一或不善，钩辀格磔，比于禽言；扑朔迷离，或侪兔迹。而东坡独往独来，一空羁靮，如列子御风以游无穷，如藐姑射神人吸风饮露，而超乎六合之表。其难一也。词有二派，曰刚与柔。毗刚者斥温厚妖冶，毗柔者目纵轶为粗犷。而东坡刚亦不吐，柔亦不茹。缠绵芳悱，树秦、柳之前旆；空灵动荡，导姜、张之大辂。唯其所之，皆为绝诣。其难二也。

文不苟作，寄托寓焉，所谓文外有事在也。于词亦然。然世非怀襄而效灵均《九歌》之奏，时非天宝而拟杜陵《八哀》之篇，无病而呻，识者恫之。而东坡夙负时望，横遭谗口，连蹇廿年，飘萧万里，酒边花下，其忠爱之诚，幽忧之隐，磅礴郁积于方寸间者，时一流露。若有意，若无意，若可知，若不可知。后之读者，莫不翼然思，逌然会，而得其不得已之故，非无病而呻者比。其难三也。夫侧艳之作，止以导淫，悠缪之辞，或将损性，拘墟小儒，悬为徽缠。而东坡涉乐必笑，言哀已叹。暗香水殿，时轸旧国之思；缺月疏桐，空吊幽人之影。皆属寓言，无惭大雅。其难四也。噫！东坡往矣。前辈早登鹤禁，晚栖虎阜。沉冥自放，聊乞玉局之祠；峭直不阿，几蹈乌台之案。其于东坡，若合符契。今乐府一刻，殆亦有旷百世而相感者乎？若夫校订之审，笺注之精，则前辈发其凡矣，此不具书。时宣统二年庚戌夏五月，金坛冯煦。"（后收入朱孝臧辑：《彊村丛书》，第 204 页）

5 日，李绮青作《烛影摇红》（壬子家居除夕）。（李绮青：《草间词》，民国七年［1918］铅印本，第 2 页。后收入朱惠国、吴平编：《民国名家词集选刊》第 3 册，第 114 页）

15 日，《庸言》第 1 卷第 6 号刊发：姚华《菉漪室曲话》，卷一概述词曲同异。

25 日，《小说月报》第 3 卷第 11 号刊发：眉庵《长安旅夜，与金子慰樵读〈词苑丛谈〉，至"功名有分平吴易，贫贱无交访戴难"之句，各有怅触。因以次句推衍成诗，出示慰樵，相与轩渠不止》诗。

本月

《四川国学杂志》第 3 期刊发：刘师培《国学学校论文五则（附文笔诗笔词笔考）》。

剑亮按：《四川国学杂志》，月刊，1912 年 9 月 20 日创刊于四川成都。四川国学院主办，存古书局出版发行。1913 年 8 月 20 日第 12 期改组为《国学荟编》。

3 月

2 日，刘承幹欲购《宋八十一家词》以赠朱彊村。刘承幹记曰："钱长美、朱甸卿来。长美去岁携来《宋八十一家词》抄本，余就质朱古微侍郎。据云，有刻有未刻，伊拟择其未刻者买刻之。余思此书索价尚微，特以买赠，于今日将书价说定，计洋四十五元。"（刘承幹著，陈谊整理：《嘉业堂藏书日记抄》，第 72 页）

本月

春，庞树柏作《水调歌头》（赠陈匪石）。

剑亮按：陈匪石作《水调歌头》（癸丑春，自海外归。檗子赋词相劳，次韵酬之。越十余年，乃克改定，檗子已不及见矣）。该词后收入陈匪石著，刘梦芙校：《陈匪石先生遗稿》，黄山书社，2012 年，第 47 页。

春，魏元旷作《高阳台》（癸丑早春，雨雪，与宁愚夜饮潜园，语及都中旧事，有感）。（魏元旷：《潜园词》卷三，民国二十二年 [1933]《魏氏全书》本，第 11 页。后收入朱惠国、吴平编：《民国名家词集选刊》第 2 册，第 286 页）

春，潘承谋作《点绛唇》（癸丑暮春，婉姬来侍）。（潘承谋：《瘦叶词》，第 7 页。后收入朱惠国、吴平编：《民国名家词集选刊》第 12 册，第 104 页）

春，丁立棠作《金缕曲》（癸丑莫春，风雨）。（丁立棠：《寄沤词稿》，第 10 页。后收入曹辛华主编：《民国词集丛刊》第 1 册，第 28 页）

春，张尔田为朱彊村校辑《梦窗词集》作《跋》，落款曰："癸丑仲春，遯庵居士钱塘张尔田跋。"（后收入朱孝臧辑：《彊村丛书》下册，第 1068 页）

春，朱孝臧第三次校毕《梦窗词集》后，撰《梦窗词集小笺》，并作一跋文。中曰："余治之二十年，一校于己亥，再勘于戊申，深鉴戈氏、杜氏肆为专辄之弊，一守半塘翁五例，不敢妄有窜乱，迷误方来。今遭是编，覆审汇刻，都凡订补毛刊二百余事，并调名亦有举正者，旧校疏记兼为理董，依词散附，取便审帘，质之声家，或无訾焉。"

剑亮按：朱孝臧此跋未著写作年月，今依上述张尔田作《梦窗词集》跋文之年月，编年于此。

4 月

4 日，朱孝臧为此前校毕的蒋捷《竹山词》撰写《竹山词跋》。中曰："往从吾乡张石铭假录勘正毛本数十字，异时倘并其缺佚者补得之，是所蕲于同志已。癸丑清明前一日，朱孝臧跋于吴下听风园寓。"（朱孝臧辑校：《彊村丛书》下册，第 1240 页）

9日，朱孝臧撰写《石湖词跋》。中曰："宋刘昌诗《芦浦笔记》载《白玉楼赋》，道君皇帝亲洒宸翰于图后，石湖跋有《法驾道引》《步虚词》六章（原跋云：'白玉阶及红云法驾之后，以至六小楼，意趣超绝，形容高妙，必梦游帝所者，仿佛得之，非世间俗史意匠可到。晴窗净几，几卷展玩，恍然便觉身在九霄三景之上。《简斋集》有《水府法驾引道曲》，乃倚其体作，《步虚词》六章，羽人有不俗者，使歌之，风清月明之下，虽未得仙，亦足于豪易。'）今并附卷尾。癸丑上巳，归安朱孝臧跋于无著庵。"（朱孝臧辑校：《彊村丛书》上册，第628页）

9日，淞滨吟社同人上巳日修禊徐园。"会者二十二人，周梦坡与刘翰怡为主席，是为淞社第一集。先后入社者有金粟香、许子颂、缪艺凤、沈絜斋、钱听邠、吴仓硕、叶鞠裳、王息存、刘谦甫、杨诚之、王旭庄、褚稚昭、李梅庵、郑叔问、李审言、刘语石、施琴南、汪渊若、李橘农、戴子开、吴子修、金甸丞、钱亮臣、潘毅远、汪符生、朱念陶、恽孟乐、李孟符、曹揆一、唐元素、崔盘石、张让三、宗子戴、冯孟余、姚东木、刘葆良、李经畬、程子大、况蕙风、吕幼玲、陆纯伯、刘聚卿、张砚孙、胡幼嘉、潘兰史、孙恂如、徐仲可、钱履璆、张石铭、费景韩、王静安、王叔用、洪鹭汀、陆冕侪、吴颖丞、缪蘅甫、白也诗、长尾雨山、喻长霖、曹恂卿、章一山、恽季申、陶拙存、杨仲庄、胡定丞、徐积余、杨芷眺、童心安、赵叔雍、恽瑾叔、俞瘦石、褚季迟、姚虞琴、孙益庵、褚礼堂、夏剑丞、赵浣孙、胡朴安、刘翰怡、张孟劬、白石农、沈醉愚、戴嚣皋、许松如、王莼农、黄公渚诸先生。"（周延祁编：《吴兴周梦坡［庆云］先生年谱》，《近代中国史料丛刊》第82辑，第51页）

9日，张素作《洞仙歌》（三月三日修禊江村，为拈此阕）。（后收入张素：《南社张素诗文集》，第629页）

21日（农历三月十五日），朱孝臧为此前校毕的《天下同文》作跋。中曰："右《天下同文词》一卷，汲古阁抄本，殆从《天下同文》前甲集裁篇别出也。往岁录自罟里瞿氏，寄吴伯宛京师，伯宛依式付印，并补卢疏斋四词于后。偶取元《草堂诗余》校其同异，如右所疑者。元《草堂》未收之词，厉樊榭据《天下同文》辑入者，其字句亦参差耳。曹君直言闻之周季贶《天下同文》传写本有歧出，然则樊榭所据未知视瞿氏本为何如。伯宛又据程文海《雪楼乐府》附录续补疏斋一首，非《天下同文》所载，今不复附。癸丑谷雨日，归安朱孝臧跋。"（朱孝臧辑校：《彊村丛书》上册，第88页）

本月

陈曾寿作《鹧鸪天》（癸丑三月，灵壁道中见燕子）。（陈曾寿：《旧月簃词》，第 1 页。后收入朱惠国、吴平编：《民国名家词集选刊》第 12 册，第 213 页）

陈去病在上海撰《胡元仪〈词旨畅〉书后》，落款曰："民国二年四月国会成立后一日，去病记于海上。"（《南社》第 8 集。后收入曹辛华、钟振振选编：《清末民国旧体诗词结社文献续编》第 12 册，第 83 页）

曹元忠在松江致函上海朱彊村，谈论词学。曹元忠《与朱古微侍郎书二》谈《梅苑》版本；《与朱古微侍郎书三》谈《梅苑》、稼轩词、《乐章集》等；《与朱古微侍郎书四》谈粤刻《六十家词》《半山词》等；《与朱古微侍郎书五》谈《龙洲词》抄本等。（后收入曹元忠：《笺经室遗集》卷十五，民国三十年［1941］印行本，第 49—51 页）

5 月

1 日，《庸言》第 1 卷第 11 号《文录》栏刊发：

易顺鼎《湘绮词自序》；

陈锐《冷红词序》。

11 日，《文艺周报》第 6 期刊发：半酣《满庭芳》（佛以阎浮提为娑婆世界，一切有为法，不可思议。半酣静观之际，又得四世界焉：曰梦、曰剧、曰醉、曰定。幻而真，真而幻者也，会心人岂在远□）。（后收入《民国珍稀短刊断刊·四川卷》第 15 册，全国图书馆文献缩微复制中心，2006 年，第 7531 页）

剑亮按：半酣四首词分别为《满庭芳·梦》（彩蝶家乡）、《满庭芳·剧》（游戏文章）、《满庭芳·醉》（船里拍浮）、《满庭芳·定》（葡萄风清）。

又按：《文艺周报》，周刊，1913 年创刊于四川成都，由文艺周报社出版发行。当年终刊。

29 日，《民主报》刊发：张素《凄凉犯》（雨窗读南社词）。（后收入张素：《南社张素诗文集》，第 611 页）

本月

《白阳》诞生号《词集》栏目刊发：子庚三首，微颖一首，息霜一首。

剑亮按：《白阳》，李叔同编。1913 年 5 月（癸丑四月）创刊。浙师校友会发行。存见"诞生号"。

6月

28日，黄侃访况周颐。黄侃记曰："至神州馆小坐，晤况夔老，谈词甚久。"（黄侃著，黄延祖重辑：《黄侃日记》，中华书局，2007年，第2页）

本月

夏，潘承谋作《水调歌头》（癸丑夏日，登北固山放歌）。（潘承谋：《瘦叶词》，第8页。后收入朱惠国、吴平编：《民国名家词集选刊》第12册，第105页）

夏，朱孝臧校毕卢祖皋《蒲江词稿》，撰写《蒲江词稿跋》。中曰："毛刻与花庵《中兴绝妙词选》略同，而增《好事近》（雁外雨丝丝）一阕，《中兴词选》载之，标为君特词，今考彭本亦无是阕，殆非申之作也。癸丑仲夏校讫并记，归安朱孝臧。"（朱孝臧辑校：《彊村丛书》上册，第842页）

7月

6日，黄侃接吴二送来填词图，请其转交况周颐。（黄侃著，黄延祖重辑：《黄侃日记》，第3页）

剑亮按： 吴二，当为吴玉才。黄侃6月23日《日记》有"吴玉才来为母亲立方"的记录，8月6日《日记》有"吴二来为母诊疾"的记载。

10日，张素作《金缕曲》（寿小柳四十生朝，即用其自寿原韵）、《金缕曲》（同前韵，奉题小柳四十小影）。（后收入张素：《南社张素诗文集》，第612页）

28日，余寿颐作《霜叶飞》（沪地剧战时，尝以画扇遗莼农。越三日，报我以词，哀艳凄馨，不减兰成《江南赋》也。即用其韵，倚声和之。时战事暂息，恶耗犹多，流离之民尚未安集，我辈欲哭无泪，弄此闲情，毋亦有不得已者乎？甫脱稿，门外嚣然，炮声如雷，又起于百步之外矣。二年七月二十八日夜）。（《南社》第9集。后收入曹辛华、钟振振选编：《清末民国旧体诗词结社文献续编》第12册，第439页）

本月

朱孝臧校毕秦观《淮海居士长短句》，撰《淮海居士长短句校记》。（朱孝臧

辑校：《彊村丛书》上册，第 285 页）

朱孝臧校毕元好问《遗山乐府》，撰《遗山乐府跋》。中曰："顾是编，遗山自序亦称《新乐府》，'新'之云者，殆别乎诗中之乐府而言。或谓遗山词有《旧乐府》已佚者，非也。而篇次多寡，与五卷本不合，且有廿余阕溢乎其外者。张啸山谓五卷本抄本流传，谬乱百出，故二张所刊未为尽善。或脱载全题，或漏列注语，且有附刻他人之作不为标明，尤其失之甚者。是编讹字阙文间亦不免。老友吴伯宛寄属校刊，遂援凌、张诸本勘举若干条，其异文得两通者，亦附著焉……张玉田谓先生词深于用事，精于炼句。杜善夫谓先生诗如佛说法，其言如蜜，中边皆甜。吾于先生词亦云。癸丑六月，归安朱孝臧。"（朱孝臧辑校：《彊村丛书》下册，第 1380 页）

8 月

9 日，吴芳吉作《忆江南》（彝陵道）六首。记曰："晚间，凉风拂拂，明月当空。回望彝陵城，渔火角声，千里一色，重叠远山，若浮于云际之蜃楼海市者。自念余何事而来彝陵，更何事勾留两月，复何为而宿此冷岩荒石之下。又念此两月内所经历之苦境，所感怀之事物，层层叠叠，则幻如梦，不觉凄然而悲，百感交集。乃作《忆江南》数首云（词略）。"（吴芳吉著，傅宏星校：《吴芳吉全集》下，第 990 页）

19 日，吴芳吉作《巫山一片云》（朦胧夜半涛声急）。记曰："舟宿滩上，凉风拂人，颇有秋意。半夜时，余起立船尾，残月一轮，增人烦恼。余为吟《巫山一段云》云（词略）。"（吴芳吉著，傅宏星校：《吴芳吉全集》下，第 1009 页）

24 日，吴芳吉作《南歌子》（望秦川词）。记曰："及归舟，天复晴朗，入夔州城一游，无足观者。夜间偕老齐，复雇小舟，游瞿塘，别饶逸兴。余口占《望秦川词》云（词略）。"（吴芳吉著，傅宏星校：《吴芳吉全集》下，第 1018 页）

9 月

15 日，徐珂作《湘月》（癸丑中秋，月食）。（徐珂：《纯飞馆词》，民国三年[1914]《天苏阁丛刊》本，第 28 页。后收入朱惠国、吴平编：《民国名家词集选刊》第 7 册，第 465 页）

15 日，张素作《浪淘沙慢》（中秋对月，用美成韵）。（后收入张素：《南社张

素诗文集》，第 606 页）

20 日，《自由杂志》第 1 期刊发：舜湖王鹏《伤逝词序》《尊闻阁词选》。

舜湖王鹏《伤逝词序》曰："呜呼！吾友惜花痴半者，鸳湖望族也。尝读其继室汪恭人《伤逝词》，字字伤心，声声凄腑。盖其一腔悲慨，泄为炊臼之哀歌；百感凄凉，抱此鼓盆之沉痛也。回忆初射雀屏，一缕丝牵期白首；嘉联鸳耦，三生幸福缔红颜。玉台镜畔，既倡汝于三年；红豆稍头，忽思亲于一夕。于是迢迢鸳水，高唱骊歌；安知渺渺虎林，陡传噩耗。呜呼！玉碎蓝田，珠沉合浦。可怜泣雨呼风，魂断香衾无一语；最是生离死别，梦虚罗帐怨三更。真个如湖上鸳鸯，惊残两两；花间蝴蝶，飞失双双矣。尔其月冷芙蓉帐里，香消翡翠楼中。怕对尘痕，深锁菱花于帘下；痛翻墨汁，莫修柳叶于窗前。刺残鸳凤于金箱，看到针针欲泣；妆剩胭脂于粉匣，那堪片片含娇。更难堪者，萧条金屋，伴读无人；冷落玉钗，添香失侣。检点数行遗墨，韵高咏絮才华；搜罗几卷残篇，笔妙若兰风格。题留满座，应珍以纱笼；饮记交杯，复分以玉斝。绿窗鹦鹉，犹呼碧玉之芳名；银汉女牛，谁拜双星于七夕。肠浇似醋，心痛如酸。既天兮之莫问，复人也之何知耶。呜呼！山环水绕，致疏药灶茶炉；月散云收，又判人间泉壤。玉棺香锁，寂寂续命无丹；碧草粉埋，萋萋返魂乏药。争说折磨伉俪，叠成镜里空花；岂知消受因缘，都是水中泡影。自此莲花桥畔，怕看连理之枝；杨柳堤边，谁绾同心之结。于是读君《伤逝》，赘我鄙词。曰，且泣且歌，是江郎之恨赋；如怨如诉，正潘岳之哀文也。"

《尊闻阁词选》，有《岳武穆诗词》。

剑亮按：《自由杂志》，月刊，是日在上海创刊。为《申报·自由谈》汇刊。主编童爱楼（石窗山民）。申报馆刊行。同年出至第 2 期停刊。后改为《游戏杂志》。

26 日，李绮青作《霜叶飞》（癸丑八月二十六日重到都门）。（李绮青：《草间词》，第 3 页。后收入朱惠国、吴平编：《民国名家词集选刊》第 3 册，第 116 页）

本月

秋，朱孝臧作《曲玉管》（癸丑秋日，京口作）。（朱祖谋：《鹜音集》，民国七年［1918］铅印本，第 34 页。后收入曹辛华主编：《民国词集丛刊》第 3 册，第 212 页）

秋，夏仁虎《啸庵词》刊行。夏仁虎《零梦词·自注》:"《啸庵词》刊于癸丑之秋。"（王景山主编:《国学家夏仁虎》，浙江文艺出版社，2009 年，第187 页）

秋，朱孝臧据其湖州同乡张石铭所藏《后村集》补辑《后村长短句》。记曰:"癸丑秋仲，吾郡张石铭得旧抄《后村集》六十卷本于沪上，小珊前辈录张、刘二本所阙《西江月》结拍二句、《朝中措》四阕见示，遂补刻之。孝臧又记。"（朱孝臧辑校:《彊村丛书》上册，第 951 页）

10 月

8 日，徐珂作《洞仙歌》（癸丑九日，梦坡招饮徐园，为淞社十集）。（徐珂:《纯飞馆词》，第 30 页。后收入朱惠国、吴平编:《民国名家词集选刊》第 7 册，第 469 页）

8 日，张素作《丑奴儿》（九日吟寄小柳、明星）、《生查子》（九日寄亚兰）。（后收入张素:《南社张素诗文集》，第 617 页）

10 日，张素作《百字令》（十月十日国庆纪念日）。（后收入张素:《南社张素诗文集》，第 615 页）

10 日（农历九月十一日），缪荃孙将新校补的《后村词》交与朱孝臧。缪荃孙记曰:"交吴甘遯所刻书、新校补《后村词》与朱古微。"（缪荃孙:《艺风老人日记》第 7 册，第 2636 页）

19 日（农历九月二十日），缪荃孙收到朱孝臧寄还的《后村词》。缪荃孙记曰:"朱古微寄还《后村词》。"（缪荃孙:《艺风老人日记》第 7 册，第 2638 页）

11 月

22 日，黄侃复函汪东，并寄《风入松》词。记曰:"得旭初书。覆一书并《风入松》词。"（黄侃著，黄延祖重辑:《黄侃日记》，第 21 页）

12 月

10 日，黄侃往访况周颐，谈论词学。记曰:"还访夔老谈词，遂同至晓敦处晚饭。"（黄侃著，黄延祖重辑:《黄侃日记》，第 23 页）

22 日，朱孝臧校毕姜夔《白石道人歌曲》，撰《白石道人歌曲跋》。中曰:

"今年秋，陈彦通（方恪）于吴江得江研南乾隆二年手录《白石道人歌曲》，亦陶南村本也。以校二刻，互为异同，且有与二刻并歧者，大抵张之失在字画小讹，尚足存旧文、资异证；陆则并卷移篇、部居失次，大非陶抄六卷之旧。江氏手写自校，未付剞人，亥豕之嫌自较二刻为鲜。"落款曰："癸丑五月日短至，彊村老民朱孝臧跋于苏州寓园。"（朱孝臧辑校：《彊村丛书》下册，第779页）

剑亮按：此处朱孝臧落款时间中的"五月"或有误。据其"日短至"（冬至日）及跋文中"今年秋"之语，编年于此。可参见沈文泉：《朱彊村年谱》，浙江古籍出版社，2013年，第143页。

25日，《小说月报》第4卷第9号刊发：

程子大《鹿川田父词》，作品有：《兰陵王》（女墙直）、《南柯子》（石巢植牡丹三年矣，今春移巢西邻，始得一花，词以慰之）二首、《定风波》（饮蔡耐庵余圃有赠）、《定风波》（饮圃折白桃花）、《台城路》（壬子七月十九日，易由父自沪还湘，道出武昌，同杨喆甫集顾印伯塞向宧，用玉田韵连句）。

仲可《纯飞馆词》，作品有：《洞仙歌》（席次酬程子大丈）、《扫花游》（夏映庵、诸贞北招饮寓园。病，不克与，赋此报之）、《瑶华》（独游张园，有怀季迟杭州）、《陌上花》（与程海年、子大两丈，李君心莲游徐园作）、《减字木兰花》（哀季调卿）、《蝶恋花》（题丁修甫前辈《小槐簃词》）。

本月

吴重熹作《无闷》（咏万红友凤砚……时维癸丑腊月，樊山正以《无闷》调作催雪词，用尧章韵。谓此词白雪歌曲中不载，推红友网罗之功，故即用此调，以题红友之砚）。（吴重熹：《石莲阉词》，民国四年[1915]刻本，第16页。后收入曹辛华主编：《民国词集丛刊》第5册，第167页）

本年

《壬子癸丑学制》颁布。《壬子癸丑学制》中关于大学的法令法规主要有：《专门学校令》、《大学令》、《法政专门学校准暂设别科至四年七月停止令》、《法政专门学校规程令》、《工业专门学校规程令》、《公立私立专门学校规程》等。其中《大学规程》第一章第一条规定文理分科，第二条规定文科分为哲学、文学、历史学、地理学等，第二章第七条"文科之科目"将文学门分为哲学、文学、梵文学、英文学、法文学、德文学、俄文学、意大利文学、言语学共八类，除言语学之外，其他七类开设的课程都有"中国文学史"。（参见《教育部定大学规程》，《申报》1913 年 2 月 28 日第 8 版）

【词人创作】

黄侃作《迷神引》（烽火惊心江关暮）。（司马朝军、王文晖：《黄侃年谱》，第 82 页）

林一厂作《瑞鹤仙》（题春航小影）。（后收入上海广益书局《春航集》。亦收入 1914 年 3 月《南社》第 8 集。又收入林一厂著，林抗曾整理：《林一厂集》上，第 116 页）

李绮青作《国香慢》（癸丑初度有感）。（李绮青：《草间词》，第 5 页。后收入朱惠国、吴平编：《民国名家词集选刊》第 3 册，第 119 页）

吕凤作《鹊踏枝》（癸丑）。（吕凤：《清声阁词》卷二，第 4 页。后收入朱惠国、吴平编：《民国名家词集选刊》第 8 册，第 245 页）

陈夔作《太常引》（癸丑，西风依旧绕庭门）。（陈夔：《虑尊词》，第 3 页。后收入朱惠国、吴平编：《民国名家词集选刊》第 16 册，第 254 页）

王嘉诜作《高阳台》（题北固甘露寺，癸丑）。（王嘉诜：《劫余词》，第 2 页。后收入曹辛华主编：《民国词集丛刊》第 2 册，第 63 页）

易孺作《祝英台近》（都下伍□公二次宠书，无以报也，倚此写之，尤痛托于元和第三子之接席耳。癸丑）。（易孺：《大厂词稿》之《简宦词》，民国二十四年 [1935] 影印手写本，第 1 页。后收入曹辛华主编：《民国词集丛刊》第 8 册，第 148 页）

【词籍出版】

吴虞《秋水集》所附《朝华词》一卷，由吴氏爱智庐刊行。

《秋水集》收录：

胡薇元《望湘人》（为爱智所赏陈朝华碧秀作）；

吴虞《望湘人》（酬玉津老人赠陈朝华碧秀作）、《望湘人》（次山腴和鹤叟赠陈朝华碧秀韵）、《望湘人》（成都乱后，予方卧病，陈朝华碧秀来视，感成此阕）、《望湘人》（用前韵，和鹤叟成都乱后感怀）、《摸鱼儿》（成都再乱，得陈朝华碧秀渝中书，予既不知兵，又未能辟世，慨然于怀，因用前韵题寄）；

江子愚《望湘人》（陈朝华碧秀为爱智所赏，玉津老人有词赠之。爱智既和，录以示予，予与朝华止一面缘，固不及两公见惯也，书此奉嘲）、《望湘人》（渝中留别陈朝华碧秀，叠春初韵）；

刘德馨《望湘人》（和爱智，酬玉津老人，为陈朝华碧秀作）；

李思纯《望湘人》（和爱智，酬玉津老人，为陈朝华碧秀作）；

方旭《望湘人》（美陈朝华碧秀，嘲爱智也）、《望湘人》（和爱智成都乱后感怀）、《春风袅娜》（陈朝华碧秀自渝归爱智，喜可知也，情见乎词，鹤叟述焉）；

邓鸿荃《望湘人》（和鹤叟，赠陈朝华碧秀作）、《金缕曲》（虬髯斋中宴集，陈朝华碧秀适至，爱智所欣赏也，即席率赋）；

林思进《望湘人》（次鹤叟韵，赠陈朝华碧秀，兼调爱智）；

萧其祥《望湘人》（爱庐主人以赠陈朝华碧秀词见示，继成此阕）；

邓维琪《摸鱼儿》（为陈朝华碧秀作，朝华为爱智所赏也）；

吴永权《摸鱼儿》（次鹤叟韵，赠陈朝华碧秀，时在日本东京，闻成都乱事，故及之）；

黄振镛《望湘人》（次子愚韵，赠陈朝华碧秀）；

高培英《孤鸾》（赠陈朝华碧秀作）；

辛楷《霓裳中序第一》（赠陈朝华碧秀）；

钟炳麟《念奴娇》（题陈朝华碧秀小照）；

沈宗元《摸鱼儿》（和爱智，题寄陈朝华碧秀）。

郑文焯《樵风乐府》（双照楼刻本）刊行。卷首有易顺鼎《瘦碧词序》、俞樾《序》、陈锐《序》、王闿运《序》。（后收入朱惠国、吴平编：《民国名家词集选刊》第2册）

易顺鼎《瘦碧词序》曰："国朝肇兴，文学武功并盛。自天潢以讫兰锜，称诗者亡虑千数。至填词，则二百数十年，仅成德容若、承龄子受两家。岂其道婥婥要眇，为造物所靳，故鲜能工，抑审音定律，其事甚难，山泽之癯，或擅厥长，而为举世之所废欤。叔问家世兰锜，累叶通显。先德清芬，不异寒畯。门生故吏，托荫烜赫。或相招要，去之若浼。凭借虽高，睇青云而不赴；乐贫不改，寂朱门而自贺。以贵公子孙羁滞吴下，姿格散朗，神思萧闲。虽陈蕃解榻，北海标门，怡然傲啸，玉晖霞举。尘缨俗组，染迹而化。经籍窾奥，目寓即解；文章恢丽，骎乎范、沈。尝究音吕，颇喜为词，所得辄经奇，固多凄异之响。而夷犹淡远，清旷骚雅，怨而不怒，哀而不伤。故尝论其身世，微类玉田，其人与词，则雅近清真、白石。余与君乡举齐年，俱在弱冠。迨遇江表，忽及壮龄。两人者卓荦偏世，皆有遗天下轻万物之心。阅世寖深，伤于哀乐。且以承平年少，胥疏江湖。行吟菰蒲之中，与沤鹭为伍，凄寒感人。又尝读书传，慕古高人列士，若范蠡、梁鸿、要离者流，而吴中多有其迹，相与选屧攀棹，旁皇求索于无人之境，呼啸精灵，恍与晤言。昔人谓滞其所资之累，拥其所适之性者，吾两人非邪。君词体洁旨远，句妍韵美。以为诗乐失传，词延一线。宋畅其本根，元亡于歧路，自后南北作者，率以短声，逞其纤笔，安蔽乖方，汔今益靡靡而不可纪。君才力雄独，进复古音，少作《琴言》一卷，以伤绮弃之。既别一年，始刊《瘦碧词》二卷，邮寄示余。其追撢两宋，精辨七始，抉微睰奥，梳节披奏，听于无声，眇忽成律。使乐官比响，不累于咏歌；文士摛华，靡淆于弦笛。故能郁伊善感，和平荡听，沨沨洋洋，契灵乐祖，容若、子受固将愧其前辙者也。余尝举似君，词之为道，言外意内，哀乐横生，涕笑交沸，百灵奔赴，万感寂会，邀接神思，妙遗言诠。今君审律如此，其力足以破造物之所斳，其才足以兴举世之所废矣。汉寿易顺鼎实父叙于大梁。"

俞樾《瘦碧词序二》曰："元明以来，词学衰息。迨本朝万氏《词律》出，而后人知词之不可无律。然万氏止取诸名家之词，排比以求其律，而律之原，固未之知也。戈顺卿氏踵其后，似视万氏所得有进矣。乃戈氏深于律，而不甚工于词，读其词者惜焉。夫律之不知，固不足言词，而词之不工，又何以律为？高密郑小坡孝廉精于词律，深明管弦声数之异同，上以考古燕乐之旧谱，姜白石自制曲，其字旁所记音拍，皆能以意通之。余尝戏谓君真得不传之秘于遗文者也。乃其所为词，又何其清丽婉约，而情文相生欤。如《绕佛阁》《寿楼春》诸调，皆不易作，而诵之抑扬顿挫，沨沨移人，岂非深于律而又工于词者乎。小坡，为吾故人兰坡中丞之子，顾以承平故家，贵游年少，而淡于名利，牢落不偶。喜吴中湖山风月之胜，侨居久之。日与二三名俊，云唱雪和，陶写性灵。余每入其室，左琴右书，一鹤翔舞其间，超然有人外之致，宜其词之工矣。光绪十四年，岁在戊子，仲冬之月，曲园居士俞樾。"

陈锐《冷红词序》曰："叔问居士宏博精敏，著书满家。出其绪余，尤长倚声。同时词流，如中实、梦湘，未之或先也。夫词非声也，而托于声，自制氏云祖，采风不下，协律之事盖寡，讽喻之道忽焉。居士于词，导源乐府，振骚雅于微言，掩周姜而孤上。余读而爱之，未尝释手。于时公车麏集，广陌尘喧。蓟城之榆荚晨飞，燕池之柳条晚绿。访东京之旧事，惟余梦华；过通德之高门，先知世学。投辖留饮，刻烛分题。举东海以为杯，指西山而送啸。有惭蓬蒌，托植修麻；生长茞兰，非无杂佩。然而饰无盐而齐姹女，引牛铎以应黄钟。略仿铿铃，无嫌唐突。居士嗛嗛，若未遑也。既而谓余果知词者，自兹已往，年与志迫，哀与乐盈。名恶乎修，情恶乎正邪。余曰不然，是诚在我。夫言以足志，乐以宣滞。世莫我知，而无闷之谊明；天下宗予，故栖栖之行苦。然内切情于孤吟，则体充矣；外取感于同声，则道宏矣。今居士发言芬悱，按拍厉清。寄窈窕之深哀，谐声文于浩倡。词虽小道，必有可观，综厥生平，抑又末已。方与子屏绝语言，愒阴畏垒，江南罢弄，苍梧不谣。遂使夫海淫之子，矜其侧艳；鸷性之夫，腾其诙啁。俗儒鸡骇，蔽所未见。是以红友断断于校雠，皋文临简而郑重，诚耻之也。武陵陈锐，甲午立夏，篝灯写讫。"

王闿运《比竹余音序》曰："往昔邓辛眉从孙月坡学词。邓父语余曰，词能幽人，使志不申，非壮夫之事，盛世之音也。余窃笑焉。以为才人固甘于寂寞，传世无怨于凉独。使我登台鼎，不如一清吟远矣。特病不工词，不恨穷而工也。未三五年，天下大乱，曩之公卿多福寿者，相继倾覆。而词客楚士，流转兵间，憔悴行歌，不妨其乐。余亦渐收摄壮志，时一曼声。既患学者粗率，颇教以词律。东南底定，海氛未起，于天津行辕，得见叔问中书。叔问，贵公子，不乐仕进，乞食吴门，与一时名士游。文章尔雅，艺世多能，而尤工倚声。吴门，孙君故国也。前五十年，孙君与如冠九以词唱和于浔阳庐山间，佳句犹在人口。冠九，则叔问乡前辈。再前，则成容若，湛沦盛时，而词冠本朝。邓丈所言，吁其验矣。余交叔问又将廿年，而时事愈变，吴越海疆，不能有歌舞湖山之乐。余居三闾之徂土，无公子之离忧。樵唱田歌，一销绮思。穷则至矣，词于何有。邓丈之言，其犹衰世之盛耶？叔问远来征文，辄述师友身世之感以告之。时光绪壬寅夏四月五日，王闿运题于长沙城中湘绮楼。"

野衲辑《新乐府初集》石印本刊行。（后收入南江涛选编：《清末民国旧体诗词结社文献汇编》第 3 册，国家图书馆出版社，2013 年）内收：

吴承烜《沁园春》（癸丑元旦）；

叔子《满江红》（明怀宗殉国日有感）。

野衲辑《新乐府二集》石印本刊行。（后收入南江涛选编：《清末民国旧体诗
词结社文献汇编》第 3 册）内收：

筌父氏《满江红》（前年春，黄剑秋游白门骎赠余以词，并用赵希迈韵，因
次韵寄答）、《满江红》（今夏观沪南血战，叠前韵）、《满江红》（吴淞让还炮台，
三叠韵）、《满江红》（张军攻克金陵，四叠韵）、《满江红》（举定正式总统，五
叠韵）；

张世源《满江红》（感怀）；

四明下帷室主菊如《满江红》（癸丑五月，叙呈野衲先生正拍）；

李樵《金缕曲》（有感）。

程松生《香雪庵词賸》刊行。卷首有徐燮荔《序》、吴承烜《叙》。（后收入
曹辛华主编：《民国词集丛刊》第 21 册）

徐燮荔《序》曰："仆于少年时耳筠甫先生词名久矣。先生侨寓珠溪，与盐业
溇只隔一衣带水耳。间获读其所填诸令，风神蕴藉，秀韵天成，秦、柳以后，可
称嗣响。犹忆二十年前，仆刊有《别鹤吟》一卷，蒙惠题词，哀感玩艳。此后屡
属欲乞观全集，结三生文字之缘。乃先生选胜邗江，供职薇省。仆秋风氍毹，康
了频呼。未获联社宣南，醉歌燕市。此文字之缘悭者一也。继先生改官南河，榷
税吾邑，稽核劳形，日无停晷。仆授徒里闬，笔耕依人。月夕花晨，两呼负负。
此文字之缘悭者再也。后先生捧檄堰盱，治河劳瘁。仆亦冷官苜蓿，典铎吴门，
南北分途，共伤匏系。此文字之缘悭者三也。辛亥秋，汉皋烽火，人心惊悸。仆
适檄办当涂赈务，事甫竣，匆促回里，息影蓬庐。时袁浦又猝遭兵溃，先生积年
宦橐，席卷一空。两袖风清，墵乡驻足。望衡咫尺，时相过从。三十年来，不得
与先生结文字之缘者，天若故藉此万方多难之秋，如倦鸟投林。至此，使能挑灯
把盏，选韵征歌，抒胸中之积悃。而先生全集，又遗弃于流离转徙之中，未窥全
豹，仆亦自惭眼福太浅。此编大半追忆曩时旧作，兼从同社友处转录者，吉光片
羽，珍若璆琳。其丽句，无一非长吉锦囊、梅舜俞算袋中物。然后知人生聚散，
各有前因，剑气珠光，终不可磨灭于天壤间也！抑仆重有慨焉。先生凤具异才，

苟尽展所长，未尝不可以经济文章，表见于当世。奈丁此厄运，虽《阳春》《白雪》，至老弥工，而旅恨穷愁，填胸未去。昔秦淮海飘零浙处，柳屯田羁旅江南，千古词人，同声一叹。先生之词，其风韵与秦、柳同；先生之境，其抑塞何亦与秦、柳同乎！嗟乎！江关萧瑟，愁绝兰成；门径蓬蒿，栖迟仲蔚。先生之志虽未展，先生之作可以传矣！癸丑菊秋月下浣，盐城徐燮荔亭甫拜识。"

左又宜《缀芬阁词》一卷刊行。卷首有诸宗元《序》和陈诗《题词》。（浙江图书馆等有藏。后收入曹辛华主编：《民国词集丛刊》第2册）

诸宗元《序》曰："吾友映庵丧其妇左夫人之明年，蒐辑遗词，裒为一卷，将墨诸木以塞余哀。映庵夫妇妙词翰，固夙知之。近岁来吴中，与映庵相聚，时时得诵其夫人之单词片阕，辄复嗟叹。初谓房闱燕婉，文采辉微，仅得窥于往籍。今乃于映庵夫妇见之，非今无人，宗元之言验矣。"

吕光辰《留我相庵词》刊行。卷首有钱振锽《序》，卷尾有徐宗浩《跋》。（后收入曹辛华主编：《民国词集丛刊》第2册）

徐宗浩《跋》曰："绪承富于学，而诗工力尤深。检其行箧，得诗六卷、文四卷、词一卷，绮语上、下卷。钱君梦鲸，绪承知己也，力任编定，为之刊诗四卷、词一卷、绮语二卷。"

言家驹《鸥影词钞》印行。
剑亮按：言家驹（1842—1909），字应千，别号鸥影，江苏常熟人。官直隶井陉县知县。

王闿运《湘绮楼绝妙词选》刊行。

钱振锽辑《毗陵三少年词》刊行。

【报刊发表】
《东方杂志》10卷3期发表：王国维《宋之乐曲》。
剑亮按：《东方杂志》，1904年3月11日（农历正月二十五），创刊于上海，商务印书馆出版发行。历任主编徐珂、孟森、陈仲逸（杜亚泉）、钱智修、胡愈之、李圣五、郑允恭、苏继顾等。1948 年 12 月终刊，总计出版 44 卷 828 期。

【词人生平】
黄人逝世。

黄人（1866—1913），字振元，号梦庵，一号摩西，江苏常熟人。1900 年后任东吴大学教授，有《摩西词》。钱仲联《近百年词坛点将录》曰："黄摩西，清末奇人也。于书无所不读，自诗、词、小说以及名学、法律、医药、内典、道籍，莫不穷究。撰《中国文学史》二十九巨册，不特空前，亦恐绝后。为文章千言立就，盖王昙、龚自珍之流。其词最工，遍和《定庵词》《茗柯词》及《芬陀利室词》，才思横溢，荒忽幼眇，究极情状，牢笼物态。吴梅少时，与摩西同讲学吴门，二子齐名，友好无间。金天翮谓黄词'于律度外不能沉细，若丰文逸态，往往驾吴梅而上，如饥鹰怒骥，继勒所加，惟奔放是惧'（《艺中九友歌》序）。遯庵选《全清词钞》《广箧中词》，乃取其规行矩步者一二阕，云海天鹏，固非抢榆枋者所能知。"（钱仲联：《梦苕庵论集》，中华书局，1993 年，第 396 页）

张仲炘逝世。

张仲炘（1857—1913），字慕京，号次珊，又号瞻园，湖北江夏（今武汉）人。1913 年 3 月，湖北武昌《文史杂志》创刊，张仲炘任社长。不久逝世，终年 56 岁。著有《瞻园词》二卷、《续瞻园词》一卷。陈匪石（1882—1959）曾师从其学词。

夏敬观《忍古楼词话》曰："江夏张次珊通参仲炘，光绪庚子以言事忤太后被放。己酉，予被陈伯平中丞辟为江苏巡抚左参议，通参先在幕中，因得朝夕共谈䜩。有见和花花步饯春《一萼红》词云：'小楼深。敞沉香绮户，春色尚沉沉。筝柱弦温，棋枰玉冷，红袖来劝芳斟。乱花过、庭芜自碧，耐絮语、枝底和双禽。古苑台池，旧家园榭，都付闲吟。　欢事不堪重念，对金杯满引，白发愁侵。烟柳春城，林亭白下，飘荡还又而今。倦飞绕、南枝几匝，浩歌里、空负乱山心。未识明年，共谁底处开襟。'通参有《瞻园词》二卷，刊于光绪乙巳。其词芬芳悱恻，骚雅之遗。惜乙巳以后之词，未见刊本。盖通参殁于己未，公子善都又先

卒，一孙尚幼，无人为之续刊遗稿也。"（唐圭璋编：《词话丛编》第 5 册，中华书局，1986 年，第 4754 页）

钱仲联《近百年词坛点将录》评曰："《瞻园词》中颇有与半塘、叔问、彊村酬赠之篇，诚如遐庵所评，'忧生念乱'，'感深情切'，'江南风景，重遇龟年，结舌断肠，言之凄咽'。"（钱仲联：《梦苕庵论集》，第 390 页）

剑亮按：张仲炘与半塘的"酬赠之篇"有《月华清》，词序曰："乙未中秋，曾谱是调柬半塘，今忽忽两年矣。浮云万变，悲从中来。半塘复倚之索和。诚如来札所云：'圆缺频惊，悲欢无据，正不独岁月如流之足感也。'怆然赋此。"与叔问的"酬赠之篇"有《塞翁吟》，词序曰："壬寅春季，晤叔问同年于沪渎，盖别又五年矣，颓然各老，握手无可言者。临别嘱题词卷，漫拈清真涩调以应命，正如来教所云：'聊充相思券耳。'"

严迪昌云："仲炘为以王鹏运为首之词群中重要作手，词功力甚深，出入各家，而要以周清真为旨归。沉着处不减半塘，密涩处过于彊村。"（严迪昌编著：《近代词钞》三，江苏古籍出版社，1996 年，第 1687 页）

1914 年

（民国三年　甲寅）

1 月

2 月

9 日（农历正月十五日），况周颐自缪荃孙处取回《薇省词钞》《粤西词见》及自撰词。（缪荃孙：《艺风老人日记》第 7 册，第 2691 页）

25 日，《小说月报》第 4 卷第 11 号刊发：

况周颐《扫花游》（和仲可、子大）；

夏敬观《扫花游》（答徐仲可）；

徐珂《纯飞馆词》，有《百字令》（饮席寿周梦坡）、《洞仙歌》（癸丑九日，周梦坡招饮徐园，为淞社第十集，赋此以赠）。

28 日（农历二月初四日），朱孝臧向缪荃孙借阅《中州乐府》。缪荃孙记曰："古微借九本汲古本《中州乐府》去。"（缪荃孙：《艺风老人日记》第 7 册，第 2699 页）

3 月

8 日（农历二月十二日），况周颐撰《二云词序》。中曰："《菱景词》刻于戊戌夏秋间，距今十六年。中间刻《玉梅后词》十数阕，附笔记别行。谓涉淫艳，为伧父所诃。自是断手，间有所作，辄复弃去，亦不足存也。岁在癸丑，避地海隅，索居多暇，稍复从事。顽而不艳，穷而不工。姜白石乘肩小女，花月堪悲；张材甫回首长安，星霜易换。此际浔阳商妇，琵琶忽闻；何戡旧人，渭城重唱。有不托兰情之婉缔，瑶想之蝉嫣者乎？重以江关萧条，知爱断绝，言愁欲愁，则春水方滋，斯世何世，则秋云非薄，似曾相识，唯吾二云，二云而外，吾词何属？以二云名，非必为二云作也，写付乌丝，但博倾城一笑。上元甲寅花朝，自题于海上眉庐。"（况周颐:《二云词》,《第一生修梅花馆词》第六,《蕙风丛书》第 11 册,上海中国书店丙寅四月刊本,第 1 页。后收入况周颐原著,孙克强辑考:《蕙风词话　广蕙风词话》,中州古籍出版社,2003 年,第 443 页）

10 日,《东吴》第 1 卷第 2 号刊发:王鼎《壶中天》（为马医生题铅笔欧服照）、《金缕曲》（为沈小荷丈题照）、《念奴娇》（为某君题其未婚继夫人照）。（后收入《民国珍稀短刊断刊·江苏卷》第 3 册,全国图书馆文献缩微复制中心,2006 年,第 1031 页）

21 日（农历二月二十五日）,朱孝臧致函缪荃孙,商谈刊印《中州乐府》。中曰:"《中州乐府》粗校一遍,略有同异。尊藏抄元本固极精,毛本亦不可多得,未敢率尔加墨,已别为疏记,他日刊成,再呈请教益。元本是否《中州集》全部?九峰书院所刻小传,间有脱误,转不如毛本之善（专指小传而言）。录出拟携沪就尊处元本一校,方敢付梓也。复请台安,不一一。侍祖谋顿首。二月二十五日。"（缪荃孙:《艺风堂友朋书札》上,第 191 页）

22 日（农历二月二十六日）,朱孝臧再次致函缪荃孙,商谈《中州乐府》书稿校对。中曰:"《中州乐府》九峰本有小传,与毛刻《中州集》小传小有参差,异日当携就尊藏一校。《山谷琴趣》今年必付梓。天一阁书散出,闻之一叹。属致孙端甫书奉上。复请道安,不一一。侍祖谋顿首。廿六夕。"（缪荃孙:《艺风堂友朋书札》上,第 191 页）

25 日,《小说月报》第 4 卷第 12 号刊发:

徐仲可《纯飞馆词》,有《镇西》（淞社十二集,观刘翰怡所藏翁苏斋学士手篆《四库全书提要稿本》）、《洞仙歌》（东坡生日,吴子修年丈,周梦坡、褚稚昭、杨诵庄三君招饮小有天,为寿苏雅集）、《洞仙歌》（题朱剑侯《枣花纪游图》）、《殢人娇》（张石铭嘱题其亡妇徐咸安女士《韫玉楼遗稿》）、《好事近》（癸丑十一月二十七日,会饮桃源隐酒楼,为淞社十集。胡鼎臣出示所藏陶文毅公印心石屋图瓷器。谱此赠之）;

苓农《莺啼序》（题《虞山庞檗子填词图》）。

30 日（农历三月初四日）,朱孝臧致函缪荃孙,商谈《芦川词》校对。中曰:"印丞寄来《芦川词》红本属校,侍无影宋底本,其中虽有讹夺,不敢以毛刻改之也,仍呈大鉴,最好以瞿藏原本校之,方为信心耳。元遗山自叙其新乐府,有'壶头大鹅',语出何书?或云是金头,草书不能辨。公如知之,希示及。此请道

安。侍祖谋谨启。三月四日。"（缪荃孙：《艺风堂友朋书札》上，第 192 页）

本月

南社编《南社》第 8 集在上海出版，收 26 位词人共 112 首词。（后收入曹辛华、钟振振选编：《清末民国旧体诗词结社文献续编》第 12 册）作品有：

杜羲《满江红》（《夏声杂志》题词）二首；

李凡《菩萨蛮》（燕支山上花如雪）、《菩萨蛮》（晓风无力残杨懒）；

王汉章《生查子》（闻某君有《安重根传》之作，随意讽咏，得句数四，适合此调，因略窜数字以协律）、《生查子》（题艺棠肖像，并寄之都门）；

汪□□《台城路》（题江仁矩《六朝花管斋填词图》)、《台城路》（赠黄椒升）、《金缕曲》（别后平安否）；

潘飞声《浪淘沙》（襟江阁题壁）、《摸鱼儿》（荡湖船花天酒地）、《浣溪沙》（有赠）五首、《如梦令》（玉蓉楼录别）；

林百举《瑞鹤仙》（题春航小影）；

古植《金缕曲》（夜望西贡感赋）；

温见《忆王孙》（寒风如织雨如丝）、《浣溪沙》（月下书感）、《谒金门》（水逝花飞，已伤春去。伯劳孤燕，又复东西。调此持问同人）、《谒金门》（河山依旧，风景全非。孤燕绝飞，日暮途远。真不知涕之何从矣）；

李小白《一痕沙》（闺思）、《金缕曲》（有所别）、《昭君怨》（者样玲珑娇小）、《菩萨蛮》（携手碧桃花下立）、《金缕曲》（题楚伧《粤吟》）；

邓家彦《浣溪沙》（狱中作）；

宁调元《柳梢青》（丁未南幽除夕）；

傅钝根《浣溪沙》（别长沙诸友）；

黄钧《水龙吟》（夜游哈同花园筹赈游览会）；

王钟麒《菩萨蛮》（绿罗掩口金钗颤）、《念奴娇》（手帕）、《满江红》（赠谢无量）、《金缕曲》（寄无量）、《摸鱼儿》（赠人）、《鹧鸪天》（有忆）、《齐天乐》（金诃子）、《鹧鸪天》（纪事）、《凤凰台上忆吹箫》（客感）、《摸鱼儿》（秋感）；

程善之《长亭怨慢》（松藤先生谓，自来赋杨花者，皆在辞枝以后。若其嫩黄初吐，弱翠采分时，宛转枝头，亦自缠绵可爱。古来词人题咏，曾未之及，宁非憾事。拈《长亭怨慢》一阕，嘱为谱之）、《高阳台》（寒食天涯）、《菩萨蛮》

（有悼）、《浣溪沙》（有见）；

陶牧《菩萨蛮》（对雪）、《春风袅娜》（偶感）；

沈砺《忆旧游》（金陵感事）；

胡颖之《醉蓬莱》（同伯苏游焦山）、《渡江云》（登北固山）、《八声甘州》（登金山）；

徐自华《如梦令》（题画）、《菩萨蛮》（题野梅画幅）；

陈匪石《菩萨蛮》（观春郎《孟姜女新剧》，为亚子告）、《玉京谣》（亚子游沪，为春郎作三日淹。今归矣，倚梦窗自度曲以当歌骊，想亚子、春郎同一黯然也。亚子约余寻梦西庵，卒阻未果，故词中及之）、《蝶恋花》（和中叠均，即以为赠）二首、《夜行船》（玉宇高寒凋月桂）、《卜算子》（记得冶春时）、《烛影摇红》（久滞瘴海，归期屡讹，倚此写怨）、《霜叶飞》（夜窗无事，重检旧稿，凄然有作）、《浣溪沙》（碎剪轻罗叶叶衣）、《浣溪沙》（幺凤初调宝鸭熏）、《满江红》（燕燕飞归）；

叶玉森《莺啼序》（寒雨游石城，向夕微霁，用梦窗韵）；

俞剑华《瑶花》（题《穷花富叶》中春航小影）、《法曲献仙音》（题春航蛮妆凭榻小影）；

黄人《霜花腴》（重过安定君宅，和梦窗自度曲韵）、《霜花腴》（寄怀安定君，仍用梦窗韵）、《霜花腴》（戊申十月二十二日后作，仍前韵）、《霜花腴》（有忆，仍前韵）、《瑞龙吟》（题《櫗子填词图》，踵和清真韵）、《三姝媚》（和瞿庵韵）、《三姝媚》（苍凉金粉地）、《声声慢》（过王废基安定君浮厝处，和郑枫人《玉句草堂词》韵）、《声声慢》（香桃蚁蚀）、《西子妆慢》（壬子元夜，和龙尾韵）、《西子妆慢》（壬子花朝，叠前韵）、《莺啼序》（和梦窗韵）、《摸鱼子》（《人面桃花图》，和定庵《小奢摩词·桃叶归舟卷》韵）、《贺新凉》（偕延陵君游虎丘后山，和定庵《庚子雅词·寓沧浪亭》韵）、《解语花》（花魂，和芬陀育室原题韵，从片玉体）、《解语花》（花泪，从草窗体）、《一枝春》（闺中拖鞋，和芬陀利室腊梅花篮韵）；

庞树柏《百字令》（壬子孟春，南社第六次雅集于沪上）、《玉京谣》（赠春航，即题其小彩后）、《绮罗香》（寒夜见月，寄怀秋蒩）、《昭君怨》（霜天玩月，庭梅已开）、《临江仙》（斋头水仙著花，用小词写之）、《天仙子》（题画白莲）、《贺新郎》（沈职公归娶，赋此寄之）、《八声甘州》（为徐寄尘女士题《西泠悲秋图》）、

《水龙吟》（春雪）；

陈去病《鹧鸪天》（辛亥九秋，吴门赁庑养疴有作）、《清平乐》（泰山绝顶骋望）；

王蕴章《摸鱼儿》（亚子出示春郎小影，触绪兴怀，怆然成赋。频伽所云"我亦江南贺梅子"，愿为影中人进一解也）、《江城梅花引》（梳烟缝月柳千条）、《水龙吟》（萤）、《疏帘淡月》（钿筝斜落）、《柳梢青》（和微波词）、《谒金门》（拟孙光宪）、《醉花间》（拟毛文锡）二首、《河传》（春远人怨马蹄骄）、《霜叶飞》（七月二十四日之夕，高昌庙血战剧烈时，大颠书来，媵以画扇一枋，取"红树青山好放船"诗意，荒亭落叶，秋思可怜。书中有"炮声隆隆中，有迂妄似我者乎"等语，率倚此调奉答。微吟三叹，时正窗外月痕如水，惊飙挟飞弹而过也，颠公见之，倘亦许为同调，相视而笑乎。时客上海嵩山路寓庐）、《貂裘换酒》（寿袁母薛太夫人六十，渐西村人爽秋先生之德配，慰农先生之女侄也）、《台城路》（碧云筛破斜阳影）、《绿意》（春来曲径）、《长亭怨慢》（壬子雪兰峨七夕）、《菩萨蛮》（癸丑秋词）二首。

春，魏元旷作《壶中天慢》（甲寅春感）。（魏元旷：《潜园词》卷三，第12页。后收入朱惠国、吴平编：《民国名家词集选刊》第2册，第287页）

春，李孺作《月下笛》（甲寅暮春，友人约游扬州，计与红桥别二十年矣。追溯昔游，已成隔世，归途赋此，太息弥襟）。（李孺：《仑阁词》，第7页。后收入朱惠国、吴平编：《民国名家词集选刊》第3册，第230页）

春，丁立棠作《临江仙》（甲寅初春，于役昭阳。乡人假拱极台觞余及姜君证禅，即席赋此）。（丁立棠：《寄沤词稿》，第10页。后收入曹辛华主编：《民国词集丛刊》第1册，第28页）

春，况周颐作《瑞龙吟》（甲寅暮春，得子大湘中书附赠别诗，倚此却寄）。（况周颐：《鹜音集》之《蕙风琴趣》，第14页。后收入曹辛华主编：《民国词集丛刊》第3册，第246页。亦收入况周颐、赵尊岳：《蕙风词二卷和小山词一卷》，民国十四年［1925］刻本，第4页；收入朱惠国、吴平编：《民国名家词集选刊》第6册，第341页）

剑亮按：有关况、程两人在此期间的交往，况周颐有如下记载："宁乡程子大颂万，自号十发居士，与余投分，垂三十稔。壬子、癸丑间，淞滨捧袂，觞咏甚乐。俄复别去，游寓武昌。"（况周颐：《餐樱庑漫笔》，《申报·自由谈》，民

国十四年乙丑年 [1925] 正月二十六日。参见郑炜明：《况周颐先生年谱》，第216 页）

春，金兆蕃作《金缕曲》（甲寅春夏间，重至天津，林豫卿丈际康置酒，邀陆似梅丈安清及程尔楣光榤、姚伯绳宝炘、赵金缄炳林、陆幼香炳文诸君共饮，皆先学士旧时宾从。金缄方以是日至，尔楣翌朝当行，尘海浮踪，暂焉相聚，非易事也）。（金兆蕃：《药梦词》卷一，民国二十年 [1931] 铅印本，第 7 页。后收入曹辛华主编：《民国词集丛刊》第 8 册，第 306 页）

4 月

25 日，朱孝臧校毕张镃《南湖诗余》，撰《南湖诗余跋》。中曰："寄闲老人张枢，字斗南，一字云窈，叔夏父也，为功甫诸孙。仁和许增辑其词于《山中白云》卷首，老友吴伯宛以为宜附此集后，今从其说，并录付剞氏云。甲寅四月朔辛巳，彊村老民朱孝臧跋。"（朱孝臧辑校：《彊村丛书》上册，第 869 页）

25 日，《民权素》第 1 集《艺林·词》栏目刊发：

孟劬《浣溪沙》（过眼红韶属蝶蜂）、《木兰花慢》（倚轮天似醉）；

柱尊《忆江南》（多少恨）二首；

剑人《浪淘沙》（帘卷小红楼）、《浪淘沙》（愁外碧山幽）、《瑶台第一层》（万古销魂愁易老）、《浣溪沙》（拟竹屋）；

海鸣《解佩令》（哭友）、《捣练子》（观贾璧云剧）、《蝶恋花》（一夜相思眠不住）、《昼夜乐》（有缘喜在今生遇）；

映庵《鹧鸪天》（往日城南乍解舟）、《少年游》（海棠初放）；

小柳《百字令》（送謇公南归皖江，并问影公）、《高阳台》（在京寄小由，并有所询）、《小重山》（询凤）、《菩萨蛮》（代骞公题像）；

匪石《六么令》（薄寒侵幕）；

渭生《蝶恋花》（题友人《春闺望远图》）二首、《风入松》（游张园）二首、《江城梅花引》（赠妓）、《沁园春》（愤世）、《水龙吟》（挈伴游虎丘即事）、《意难忘》（本意）；

丽轩《鹊踏枝》（春事三分才过二）、《浣溪沙》（凤蜡烧残翠被温）；

回儒《红情》（花魂）、《绿意》（鸟梦）；

亚庐《蝶恋花》（寒夜忆内）；

拜花《临江仙》（有赠）、《南柯子》（别意）；

秋梦《绮霞轩诗话》，有《叠字》一则曰："《西青散记》中亦有善用叠字填词者，录其《凤凰台上忆吹箫》一阕云：'寸寸微云，丝丝残照，有无明灭难消。正断魂魂断，闪闪摇摇。望望山山水水，人去去、隐隐迢迢。从今后，酸酸楚楚，只似今宵。　问天不应，看小小双卿，袅袅无聊。更见谁，谁见谁痛，花娇谁望，欢欢喜喜偷素粉，写写描描。谁还管、生生世世，夜夜朝朝。'连用四十余叠字，脱口如生，灵心慧舌，不让易安专美于前朝矣。"

剑亮按：《民权素》，是日创刊于上海。初为不定期刊，自 1915 年 5 月 5 日出版的第 6 集起改为月刊。其前身为《民权报》，由《民权报》副刊编辑刘铁冷、蒋箸超编纂，第 2 集起改由蒋箸超编辑。各集辟有《艺林》《名著》《游记》《诗话》《说海》《谈丛》《谐薮》《瀛闻》《剧评》《碎玉》等栏目。1916 年 4 月 15 日终刊。共出 17 集。

本月

朱孝臧校毕柳永《乐章集》，撰《乐章集跋》。中曰："柳词传诵既广，别墨实繁，选家所见，匪尽辜较，今止惟是之从，亦依违不能斠若也。甲寅三月，彊村老民朱孝臧跋。"（朱孝臧辑校：《彊村丛书》上册，第 167 页）

《香艳小品》第 1 册刊发：潘飞声《长相思词》，作品有《浪淘沙》（长相思室夜坐感赋。室，即亡妇梁佩琼所居红芳馆。丁亥闰四月悼亡，因取苏子卿"死当长相思"句，改颜其室）二首、《菩萨蛮》（花语楼夜起，见月凄然，成调）、《金菊对芙蓉》（仲夏葬亡室于禅山带雾冈，夜宿山家作）、《木兰花慢》（七夕偶述）、《孤鸾》（佩兰琴红芳馆挂壁物也。数月不抚，飞尘满弦，对之伤怀，为拈此解。时余将作海外行矣）、《虞美人》（重阳日，检亡妇佩琼居士遗箧，得居士古泉山人旧为居士画菊扇子，哭题一词）、《沁园春》（丁亥十月十夜柏林客馆梦亡妇）、《鹧鸪天》（十一月二十八夜，客楼听雨，感不成寐。明日是亡妇生辰，用成容若韵）、《长相思》（庚寅八月二十四夜，自海外归宿长相思室，感赋二解）二首、《浣溪沙》（说剑道士题长相思室诗云："检点征裘夜不眠，百愁如影堕灯前。谁知海外归来客，重扫绳床一惘然。""憔悴心情我自知，月凉谁与话当时。人间无著相思处，泣对银河数鬓丝。"隔山樵子为作《绳床问月图》）、《菩萨蛮》（花语楼检亡妇遗稿，中有小字，书"春夜月如烟，春人花共怜"二句。妇虽通诗，然素未解词，殆学填《菩萨蛮》调者，因补成之）、《醉太平》（重题《风露种兰图》）、《台城路》（余家栖栅门临龙溪巷，折西行有稻田数顷，荷塘松径，绿香晚凉，曩与佩琼居士踏月赋诗，凭栏瀹茗处也。航海归来，重寻陈迹。旧愁如梦，触绪纷来，鹤唳虫鸣，只益苍凉惆怅耳）、《沁园春》（雨夜续述）。（后收入《民国珍稀短刊断刊·上海卷》第48册，全国图书馆文献缩微复制中心，2006年，第23915页）

剑亮按：《香艳小品》，月刊，1914年创刊于上海，由中华图书馆出版发行。1915年终刊。

5月

1日，《新剧杂志》第1期刊发：

新戏迷《清平乐》（癸丑民鸣社封箱倒串戏十咏），其一咏双宜，其二咏子青，其三咏化佛，其四二人合咏，其五咏民侠，其六咏孤雁，其七咏翠翠，其八二人合咏，其九咏瘦梅，其十咏天影；

瘦月《高阳台》（观新剧《血手印》赠韵珂）；

笠渔《齐天乐》（登台歌舞翻新样）；

楚囚《满江红》（赠别凌怜影）。（后收入《民国珍稀短刊断刊·上海卷》第51册，第25258页）

剑亮按：《新剧杂志》，双月刊，1914年创刊于上海，由新剧杂志社出版发行。

3日，朱孝臧为此前校毕的朱敦儒《樵歌》作跋。中曰："近有梅里许氏、临桂王氏两刊本。王刊为吴枚庵抄校，稽录致详，足资参斠。往年于家冀良案头见吾乡范白舫（锴）藏抄一帙，与吴抄举注一作云云，十九吻合，疑此本枚庵先亦寓目，惜皆未著所出。今据范本兼校吴本，其许本之显属讹误者不复赘及。他日倘获《直斋》一卷本勘之，尤足快已。《词综》亦称《樵歌》三卷，而所选《念奴娇》（别离情绪）一阕，为此本及吴、许二本所不载，又不可解也。甲寅四月先立夏三日，朱孝臧跋。"（朱孝臧辑校：《彊村丛书》上册，第472页）

16日（农历四月二十二日），况周颐作《紫玉箫》（甲寅四月二十二日，晤沤尹苏州，商定近词，深潭移暑，略涉身世，因以曲终奏雅自嘲。向来危苦之言以跌宕出之，愈益沉痛，是亦填词之微旨也。行沽市楼，草草握别，归途惘然，倚此却寄）。（况周颐：《二云词》，《第一生修梅花馆词》第六，《蕙风丛书》第11

册，第 19 页。参见郑炜明：《况周颐先生年谱》，第 229 页）

29 日，朱孝臧作《八声甘州》（甲寅闰端阳）。（朱孝臧：《彊村集外词》，民国二十二年［1933］《彊村遗书》本，第 11 页。后收入朱惠国、吴平编：《民国名家词集选刊》第 2 册，第 741 页）

29 日，沈曾植作《贺新郎》（甲寅重午日沪西麦根路作），并寄示朱孝臧。沈曾植致函朱孝臧，中曰："《贺新郎》（甲寅重午日沪西麦根路作）（词略）。不及后村老练，乃颇有稼轩皮毛。录寄彊村先生呵政。"（许全胜：《沈曾植年谱长编》，中华书局，2007 年，第 399 页）

本月

况周颐作《千秋岁》（云帆万里）。况周颐《眉庐丛话》："甲寅四月，日本涩泽青渊男爵来游沪上……余尝赋词赠之，调寄《千秋岁》，云：'云帆万里。人自日边至。桑海后，登临地。湖犹西子笑，江更春申醉。谁得似。董陵浇酒平生谊。　九点齐烟翠。指顾停征辔。洙泗远，宫墙峙。乘桴知有愿，淑艾尝言志。道东矣。蓬山回首呈佳气。'"（《东方杂志》1915 年 6 月第 12 卷第 6 号。后收入《民国笔记小说大观》第 1 辑第 3 册，山西古籍出版社，1995 年，第 153 页。参见郑炜明：《况周颐先生年谱》，第 230 页）

南社编《南社》第 9 集在上海出版，收 30 位词人共 129 首词。（后收入曹辛华、钟振振选编：《清末民国旧体诗词结社文献续编》第 12 册）作品有：

杜羲《金缕曲》（吊亡友姚剑生）；

王汉章《生查子》（送衡甫东归）、《生查子》（漫书）；

潘飞声《临江仙》（记情）、《浣溪沙》（自题《海山听琴图》）二首；

沈宗畸《洞仙歌》（有题）五首；

成本璞《梦江南》（春欲去）二首、《月下笛》（放棹寒江，依依傍晚。烟水苍茫，渔歌答响。用玉田韵作，寄仲章）、《金缕曲》（渡洞庭而泊，风水苍茫，怆然有作）；

陈翼郎《金缕曲》（题《安重根传》）二首、《齐天乐》（杨花）；

郑泽《蝶恋花》（夜步街月）、《谒金门》（题醉庵小像）、《点绛唇》（题画）、《海棠春》（题画）、《江南好》（栏杆外）、《声声慢》（残菊）；

傅钝根《踏莎行》（新中秋，时方有日俄新约之耗）、《如梦令》（清景闲庭深）、《踏莎行》（小阁当风）；

程善之《虞美人》（绛纱窗下珠绒堕）、《祝英台近》（和陈烈妇纫兰毡词，即用原韵）、《一萼红》（悼亡）、《菩萨蛮》（眼底屏山天样远）；

杨铨《念奴娇》（罗花山中，用东坡韵）；

陶牧《渡江云》（久客燕京，得遇高钝剑、陈去病，填此志之）、《菩萨蛮》（隔墙绿树笼新月）、《菩萨蛮》（鹃啼枝上禽填石）、《菩萨蛮》（好花只被春耽误）、《菩萨蛮》（路迷更觉天涯远）、《菩萨蛮》（海枯必到桑耕尽）；

胡颖之《二郎神》（曹园夜坐，与小柳话旧，用徐典乐韵）、《霜天晚角》（秋夜曹园）；

周伟《意难忘》（无尽烈士纪念日）；

陈世宜《念奴娇》（渡中国海，舟中和钟山韵）、《齐天乐》（槟玙椰林蔽天，弥望皆是，词以纪之）、《水龙吟》（四时不断生香）、《惜红衣》（梅雨经年）、《丁香结》（槟玙有感）；

叶玉森《更漏子》（和飞卿）六首、《杨柳枝》（和皇甫松）、《大酺》（酬匪石见怀韵，并怀楚伧、中垒、杏痴）；

吴清庠《齐天乐》（蟋蟀）二首、《水龙吟》（咏萍）；

张素《金缕曲》（送力山之官太平）、《摸鱼儿》（赠影禅）、《木兰花慢》（亚子书来邀作沪上游，此却寄）、《水调歌头》（寄怀眉佛）、《水调歌头》（酒阑感赋）；

汪文溥《大江东去》（忆旧）；

吴有章《摸鱼儿》（明知兰皋住提篮桥，而未识途径，欲诣无从，并不能以一纸通问，闷甚，词以写之）；

宋一鸿《采桑子》（无端又是团圞月）、《摘芳词》（莺声寂）、《醉公子》（湘中送伯升之山左）、《女冠子第一体》（良宵如此）、《太平时》（良夜迢迢低玉绳）、《水晶帘》（倚栏掠鬓露葱尖）、《碧窗梦》（挽个抛家髻）、《金缕曲》（新中秋）；

蒋士超《相见欢》（忆远）、《离亭燕》（忆远）；

王蕴章《金缕曲》（鹦鹉偏能语）、《满江红》（笔立苍茫）、《琵琶仙》（三度太平，车外见夹岸池荷，摇落尽矣，感成一解）、《如此江山》（天梯石栈钩连上）、《浣溪沙》（太平公园绝似扬州红桥风景。赋此，为故乡鸥鸟问）、《虞美人》（薄游芙蓉，墙角一枝红艳，镜槛中小影也，宠之以词）；

姚锡钧《水调歌头》（中夜阅《杜十娘》小说，悲愉无端，感激万状，因成此解，寄一厂、楚伧、亚子、刘三）、《导引曲》（有忆）、《减兰》（五月十日即事）二首、《浣溪沙》（赠素珍，用映庵集中韵）二首、《金缕曲》（午夜不寐，感成一阕。知我罪我，所不及计）、《金缕曲》（剑气箫心死）；

俞剑华《菩萨蛮》（同心结绾青丝辫）、《菩萨蛮》（玲珑皓腕环金粟）、《菩萨蛮》（轻云委堕蝉双鬓）、《菩萨蛮》（双双携手花街晚）、《虞美人》（冰眸莲脸娇无匹）、《虞美人》（本来王谢多亲故）、《虞美人》（云屏忽地传青教）、《虞美人》（云英嫁了琼英杳）；

庞树柏《水调歌头》（海上遇陈匪石，赋此为赠）、《满江红》（赠鹓雏）、《念奴娇》（题陈巢南《笠泽词征》）、《长亭怨慢》（芳农属题《填词图》，感事怀人，为赋此解）、《桃源忆故人》（遁初周忌，赋此吊之）；

余寿颐《霜叶飞》（浮沉人海无欢意）、《诉衷情》（听邻妇述终身事，伤之）；

吴梅《薄倖》（莽香人影）、《清商怨》（题仇英《秋宵捣衣图》）、《霜花腴》（步梦窗韵）、《浣溪沙》（轻约梨云蘸碧罗）、《如梦令》（一剪秋痕消瘦）、《虞美人》（银荷回照江波浅）、《寿楼春》（题洪昉思《长生殿》乐府）、《绣佛阁》（题徐寄尘《忏慧词》）、《清波引》（可园春禊，步休穆韵）、《湘春夜月》（步张孟劬韵）、《买陂塘》（步西麓韵）、《西子妆慢》（步慕先韵）、《步月》（和清梦韵）、《醉太平》（和清梦韵）、《辘轳金井》（和清梦韵）、《莺啼序》（春老倦游，冶愁删尽。沈君缓成见示《西湖困雨词》，余方羁游，感此凄音，不自知其悲戾也。次韵答之）、《菩萨蛮》（绿波揩槛红阑曲）、《忆旧游》（示梓仲）；

叶叶《永遇乐》（题《芳农填词图》）；

蔡寅《百字令》（为高钝公题《花前说剑图》，时同客燕邸）；

陈去病《浣溪沙》（昨梦漫游塞外，见土田肥沃，颇宜耕植，欣然有屯垦之志。未几，峰回路转，徐度溪桥，则微茫万顷，宛然身在水云乡矣。枕上偶得二阕，推衾写之）二首、《踏莎行》（张家口旅行，竟日愁不能已，写此寄怀）。

6 月

27 日（农历闰五月初五日），朱孝臧校毕贺铸《东山词》，撰写《东山词跋》。中曰："半塘翁所谓'东山一集，销沉剥蚀，仅而获存，而复帝虎焉，乌使读者不能快然满意者，仍未尽免。他日宋本复出，庶乎一晰疑尘'。《寓声》之名，盖用旧调谱词，即摘取本此中语，易以新名，后来《东泽绮语债》略同。兹例半塘翁以《平园近体》、遗山《新乐府》拟之，似犹未伦也。甲寅闰端阳，归安朱孝臧跋于无著庵。"（朱孝臧辑校：《彊村丛书》上册，第365页）

本月

《文艺杂志》第1期《词录》栏目刊发：

庄礼本《金缕曲》（悼梅）、《金缕曲》（忆兰）、《金缕曲》（荆门客次，史君益三招饮望湖楼，填此记之）、《满江红》（送檀次古内翰归望江）、《采桑子》（别时相送和愁泪）、《采桑子》（别时庭院东风静）、《昭君怨》（记得那人多病）、《昭君怨》（见说梅花清瘦）、《蝶恋花》（梦里春痕闲里逗）；

郁文盛《金缕曲》（清太保苏州陆凤石先生至松江钱氏复园）；

王锡元《杏花天》（松松髻子初拢就）、《清平乐》（落花深处）、《声声慢》（衾留朝暖）、《天仙子》（风际落花吹不定）、《红娘子》（饮罢红筒酒）、《河传》（明月）、《虞美人》（去年人在南云外）、《高阳台》（题《熏笼斜倚图》）；

晋玉《香艳诗话》，其中一则曰："《漱玉》、《断肠》之词，独有千古。而一以'桑榆晚景'一书致诮，一以'柳梢月上'一词贻讥。后人力辨易安无此事，淑真无此词，此不过为才人开脱。其实改嫁本非圣贤所禁，《生查子》一阕亦未见定是淫奔之词。此与欧公'簸钱'一事，今古哓哓辩论，殊可不必，不若竹垞翁之'吾宁不食两庑豚，不删风怀二百韵'为直截痛快也。"

剑亮按：《文艺杂志》创刊于上海。松江雷瑨（君曜）主编。内容以诗词为主，兼及杂文。由文艺杂志社发行。

7月

1日，《新剧杂志》第2期刊发：

荨农《摸鱼子》（亚子有《子美集》之辑，书来索题，为赋此解）；

剑华《双红豆》（亚子既刊《春航集》，复以《子美集》索题，率成一阕）；

倦鹤《玉楼春》（题《子美集》，为亚子作）、《满江红》（观《落花梦》，赠优游）；

鹓雏《高阳台》（题《子美集》）；

一厂《清平乐》（题《子美集》）；

檗子《满江红》（观演《落花梦》，即赠无恐、优游，并示小凤）；

公展《满江红》（《落花梦》可歌可泣，优游之慧君有天人之誉。惜余缘悭不获领略，因倚此赠之，并寄小凤）；

唐养侯《一剪梅》（淡扫蛾眉理晚妆）。（后收入《民国珍稀短刊断刊·上海卷》第 51 册，第 25547 页）

15 日，《民权素》月刊第 2 集刊发：

箸超《毛选〈宋六十一家词〉书后》；

孽儿《菩萨蛮》（集定庵句）；

遇春《浪淘沙》（集定庵句）；

伯华《浪淘沙》（集定庵句）；

了公《蝶恋花》（集定庵句）；

垂钓客《念奴娇》（《曼陀罗馆图》题词）、《蝶恋花》（前意）；

梦轩《十六字令》（感怀）、《南歌子》（七夕）；

剑华《金缕曲》（赠冯春航）；

万里《相见欢》（忆远）、《离亭燕》（前意）；

匪石《水调歌头》（依韵和檗子并题其《玉玲珑馆词集》）；

恫百《一剪梅》（闺中即事）；

骞公《满江红》（有感）、《鹧鸪天》（秋夜）；

悔余《摸鱼儿》（饯秋）；

秋梦《青玉案》（有寄）、《蝶恋花》（前意）；

雪影《念奴娇》（和《断肠词》）；

天放《踏莎行》（杂感）、《小重山》（前意）；

泣花《相见欢》（别季英）；

味岑《忆秦娥》（和《断肠词》）、《浣溪沙》（前意）；

箸超《忆王孙》（西湖放棹）二首；

秋梦《绮霞轩诗话》（续第一集），一则曰："六代繁华，萃于金陵，千古词人，莫不慕其名胜。《汉南春柳词钞》中，亦有《江南好》八阕云（词略）。按，翰臣先生生于前清咸、同间，时金陵为洪、杨所据，正在战争中，故感慨深，情溢于言表。今冯、张又为曾、左之续，江左人民复陷于水深火热之中，读先生词者，当与先生洒一掬同情之泪也。"又一则曰："《返生香词钞》为明才媛叶小鸾遗著。清词丽句，飘飘欲仙，然倩女离魂已于此露其先兆矣。录其《浣溪沙》五阕云（词略）。予素不信诗谶之说，今读小鸾诸词，一若真有可凭者，乃知天下之事未可尽以常理论也。"

竺仙《清芬室诗话》，一则曰："'缺月挂疏桐，漏断人初静。谁见幽人独往来，缥缈孤鸿影。 惊起却回头，有恨无人省。拣尽寒枝不肯栖，寂寞沙洲冷。'此东坡词也。《野客丛书》谓坡至惠州，居白鹤观。其邻有温都监者，有女年十六。闻坡至，欲嫁焉。坡吟咏，则其女徘徊窗外。坡亦知之，欲呼王说为媒。会坡有南海之行，遂止。其女旋卒。坡回，闻之，乃作此词以记当日情事也。又，秦少游南迁至长沙，有妓者酷爱秦学士词，至是知其为少游，请于母，愿托以终身。少游赠词所谓'郴江幸自绕郴山，为谁流下潇湘去'是也。会时事严切，不敢偕往贬所。及少游卒于滕，丧还，将至长沙。妓前一夕得诸梦，即逆于途，祭毕，归而自缢。按二公之南，皆逐客，且暮年矣，而诸女甘为之死。可见二公才名，震烁一时，且当时风尚，女子皆知爱才也。"

红篱《读词法》文，曰："余不善填词而喜读词。此种奥妙，百不获一。诚未免作门外汉语，但以一己之爱恶而评他人之优劣，此所谓我之观也。余于词，喜清新一派。盖清则医浊，新则医腐，总之医俗而已。若悲壮之词，如稼轩、东坡非不动人，总觉细腻风光似不同也。闺秀之词，更以清新两字为无上秘宝，不知老于顾曲家以为何如。"

狂笑《浪淘沙》（咏怕老婆史）四首。

剑亮按：狂笑《浪淘沙》（咏怕老婆史）四首，所咏对象为刘备、唐中宗、百里奚、陈季常。

本月

南社编《南社》第10集在上海出版，收23位词人的126首词。（后收入曹辛华、钟振振选编：《清末民国旧体诗词结社文献续编》第12册）作品有：

白炎《桃源忆故人》（匪石招同楚伧诸词人小集，出词征示，则以《玉茗曲》"雨丝风片，烟波画船"八字分冠句首，谓禁体也。《白雪》《阳春》已得七阕，余时将有远行，骊驹在门，勉谱二解，并以志别）二首、《月下笛》（月当头夜，与匪石、中冷联句）；

林百举《桃源忆故人》（效檗子，用匪石韵）；

谢良牧《桃源忆故人》（和一厂作）；

古直《摸鱼儿》（蓦惊心一场春梦）、《百字令》（秋宵被酒，露坐达旦）；

郑泽《瑶华慢》（武昌七夕）、《声声慢》（秋柳）、《点绛唇》（萃绿池塘）、《菩萨蛮》（赤栏桥畔东风暖）、《上西楼》（述感）、《珍珠帘》（梅花下作）；

傅钝根《采桑子》（秋风，和痴萍韵）、《望江南》（自妙高峰望麓山卓林墓）、《采桑子》（秋风一夜摇霜碧）、《蝶恋花》（强欲悲秋秋已半）、《金缕曲》（与痴萍饮后，强余填词。荡气回肠，聊以为笑）、《一剪梅》（前词既成，复填此解）；

周宗泽《桃源忆故人》（檗子、匪石以词唱和，仿吴江钮玉樵七律嵌"雨丝风片，烟波画船"八字于句首，余亦效之，并用匪石韵）；

程善之《金缕曲》（题《安重根传》）二首、《高阳台》（题《金刚石传奇》）、《唐多令》（何处话春愁）；

胡蕴玉《桃源忆故人》（赓庞、陈诸子，效玉樵领句作）；

陶牧《满江红》（与慧僧同摄小影，时客滨江）、《琵琶仙》（沪上征歌，近无弹琵琶者，凄然占此）、《浣溪沙》（和眏庵韵）七首；

胡颖之《解语花》（庚戌上元，用美成韵）、《泛清波摘遍》（用小山韵）、《琵琶仙》（近十年来，吴中歌妓罕有能琵琶者，同伯苏作）、《连理枝》（用书舟韵）、《念奴娇》（和伯苏见贻元韵）；

周伟《桃源忆故人》（檗子、芟农、匪石诸子，仿钮玉樵"雨丝风片，烟波画船"嵌字体填词相唱和，因亦效颦）；

陈世宜《贺新凉》（吊史阁部墓）、《六幺令》（薄寒侵幕）、《沁园春》（槟玙赠芟农）、《浣溪沙》（和孟硕狱中韵）、《摸鱼儿》（重九）、《浣溪沙》（徐固祭宋钝初书感）、《桃源忆故人》（檗子仿钮玉樵诗用"雨丝风片，烟波画船"嵌字格谱此，强余效颦）、《烛影摇红》（题《芟农填词图》）、《台城路》（楚伧为天寥胄裔，既得《午梦堂集》稿本，复泛舟分湖，访叶小鸾墓址，作《分湖吊梦图》记之。甲寅上巳，出图见示，为赋一解）、《淡黄柳》（寒食前一日风雨，和白石老仙"明朝又寒食"之作，送剑华归里）、《惜黄花》（黄花岗纪念日，和檗子作）；

叶玉森《西河》（姑苏怀古，用片玉韵）、《贺新凉》（吊史阁部墓）、《蝶恋花》（匪石和蒿庵韵，强余效颦）四首、《齐天乐》（蟋蟀）、《水龙吟》（海中望琅琊诸山）、《瑞龙吟》（用梦窗赋蓬莱阁韵）、《倦寻芳》（旧元夕即新上巳，吴门坐雨，与匪石联句，用梦窗韵）；

张素《兰陵王》（归江南后，写寄明星关外）、《蝶恋花》（赠杏痴）、《红林檎近》（珠斛酒香满）、《菩萨蛮》（金坛归舟，寄力山、小柳）、《鹧鸪天》（题石如《采药归来图》）、《洞仙歌》（三月三日修禊江村，为拈此阕）、《红林檎近》（咏腊梅）、《百字令》（舟行渤海中作）；

王蕴章《如此江山》（辛亥之春，吴烈士绥卿偕同里南湖、寒崖诸君，在京师小万柳堂作寒食，酒酣录其东省筹边诸作，顷刻数十纸。江南老画师吴观岱即席绘《西城寒食图》，万柳夫人题"墨林星凤"四字。烈士殉国后，南湖辑其《西征》《戍延》二草，并此图寄钱君子泉为作诗序。子泉出图相示，并索题词。篝灯展玩，怆成此解，不自知其涕之何从也）、《金缕曲》（桃源逝矣，洛阳铜驼重有荆棘之慨。国魂何在，词以招之）、《西子妆》（西湖晚眺，和梦窗自度腔）、《玉漏迟》（癸丑中秋月蚀，和半塘老人中秋雨中扶病视姬人抱贤拜月韵）、《水龙吟》（眉月眷夕，秋魂独招，倚声及此，不知词之所以然。比之竹山和稼轩之作，世说靡耶？六朝隃耶？世有毛子，定复绝倒）、《绮罗香》（胆瓶中插晚香玉数枝，凌波罗袜，顾影生怜，词以宠之）、《换巢鸾凤》（偶偕忏红过寒香楼，美人已远，落花不春，犹记其楼中一联云："香雪海中怀旧尉，长生殿里话今宵。"坠欢追拾，殊不胜情，用梅溪平仄互叶体咏之，复堂所谓调易堕曲，须以沉着大雅出之者也）、《金缕曲》（题胡石予《近游图》。刘武陵之到处恤隙，郭栎阳之所如枳棘，遐想所结，正复相同，不止概念三径之荒也）、《霓裳中序第一》（游惠山某氏园，见亡友剑霜遗墨。回忆曩时文燕之欢，倏忽十年矣）、《洞仙歌》（相逢一笑）、《洞仙歌》（兰期初七）、《洞仙歌》（红绒睡罢）、《洞仙歌》（黯然别也）、《洞仙歌》（归来无恙）、《黄金缕》（从良牧处借录梅县吴兰修《桐华阁词》竟，即仿其集中体，成小词四阕，借抒古咏，用写新愁，不自知其音之凄戾也。时癸丑六月初六夜）四首、《莺啼序》（题《檗子填词图》）、《虞美人》（迟菊影双清别墅不至，赋此奏记妆阁）、《酹江月》（偶感钮玉樵《舣胜》红桃事，谱《香桃骨乐府》竟，记之以词）、《桃源忆故人》（檗子仿钮玉樵律诗嵌"雨丝风片，烟波画船"八字入词，则东坡"郑庄好客"体也。书来索和，倚此答之）二首、《洞仙歌》（题菊影《风帘读曲图》）、《摸鱼子》（亚子有《子美集》之辑，书来索题，为赋此解）；

俞剑华《浪淘沙》（苦为解愁怀典尽）、《一剪梅》（题哲夫伉俪龙尾画砚。砚为罗两峰夫妇故物，背有小篆，曰两峰白莲伉俪画砚。罗方雅擅丹青，名盛一时。哲夫倾城，亦俱善画。今乃得此，诚千古风流佳话也）、《霓裳中序第一》（孙郎与余交最深，东瀛一别，忽忽五载。西燕东劳，相思良苦。然尺素往来，无日无之。去秋，自燕至海上，而余适归里，书来约十日聚。以事迟出，及往，而君复行矣。时方闻其负病也。世路干戈，关河险阻，由是不得通音问者将半岁。正在寻消问息，而双鲤忽来自蓬岛，并偕曼殊合摄小影一枚。曼殊固旧识，云尘久隔，魂梦为劳，今并得之，喜可知矣。唯容颜无恙，而客感苍凉，愁溢言表，读之又不禁凄然欲绝。为谱此阕，即题照后）、《湘月》（忆陈大吴中）、《愁春未醒》（消磨病沉）、《沁园春》（壬子十一月七日初度，独酌荒江，醉后调此自寿）、《渡江云》（花朝）、《桃源忆故人》（雨中红泫桃花泪）、《淡黄柳》（匪石以和白石道人"明朝又寒食"之作，送余还里，依韵酬之，即以为别）、《双红豆》（亚子既刊《春航集》，复以《子美集》索题，率成一阕）、《齐天乐》（赠芷畦分南）、《齐天乐》（一民魏塘）、《桃源忆故人》（檗子、匪石效钮玉樵"雨丝风片，烟波画船"嵌字格，赋此继声，即送孝侯赴之江）；

庞树柏《霜花腴》（秋晚汛棹枫桥，和梦窗自度曲韵）、《浣溪沙》（寒山寺题壁）、《潇湘夜雨》（为徐仲可先生题《湘楼听雨图》）、《念奴娇》（为歌者朱郎幼芬赋）、《虞美人》（戏赠雏鬟佩青）、《浣溪沙》（与寄帆游徐园作）、《虞美人》（花朝雨）、《桃源忆故人》（吴江钮玉樵尝作七律，每句之首以"雨丝风片，烟波画船"为限，戏效其体，约匪石、芗农同赋）、《摊破浣溪沙》（题楚伧《分湖吊梦图》）、《桃源忆故人》（寒食日欲展宋墓，积潦妨行，不果）、《西子妆》（西湖春泛，和梦窗韵）、《生查子》（过秋社偶题，用梦窗秋社韵）、《惜黄花》（黄花岗纪念日感赋）；

吴梅《龙山会》（颖巢南《征献论词图》）、《秋霁》（题王严士《渊明采菊图》）、《十六字令》（题瘦鹃《愿天速变作女儿图》）；

叶叶《桃源忆故人》（效檗子、芗农、匪石诸子作）；

陈去病《蝶恋花》（寒食清明都过了）、《鹧鸪天》（春暮与景瞻、匪石、痴萍、楚伧、无射旗亭偶集）。

胡先骕作《海国春》（题柳亚子《分湖归隐图》）。（后收入胡宗刚：《胡先骕先生年谱长编》，江西教育出版社，2008年，第39页）

剑亮按：是时，柳亚子欲隐居吴江分湖，作诗代简，并请陆子美绘图明志，广征题咏。除胡先骕此词外，还有杨杏佛《贺新郎》（题柳亚子《分湖归隐图》）等。

8 月

15 日，况周颐校毕《东海渔歌》，并撰跋文。中曰："《东海渔歌》三卷附《补遗》五阕，甲寅荷花生日校毕。各阕后间缀评语。"（后收入况周颐原著，孙克强辑考：《蕙风词话　广蕙风词话》，第 442 页）

剑亮按：况周颐此跋中"甲寅荷花生日"，指农历六月二十四日。况氏撰写此文前，已写有《东海渔歌序》，中曰："《东海渔歌》凡四卷，缺第二卷，曩阅沈女士善宝《闺秀词话》，得太清词五阕，录入《兰云菱梦楼笔记》，今此三卷中适无此五阕，当是编入第二卷者，则是第二卷亦不尽缺。"（况周颐原著，孙克强辑考：《蕙风词话　广蕙风词话》，第 440 页。参见郑炜明：《况周颐先生年谱》，第 230 页）

15 日，《快活世界》第 1 期刊发：

肝若《剑气词》，有《夏临初》（怨鸩声悲）、《金缕曲》（读《太白集》）、《秋宵吟》（周草窗《绝妙好词》为宋词选本之最佳者，余为之笺证，计六易寒暑而成。脱稿之日，恰值己亥中秋。披卷一读，意为之适，倚石帚自度腔一解题其端。石帚此调，当分作三叠，所谓双拽头者是也，今改之）、《天净沙》（为人题《春帆细雨图》）、《并头傲霜雪》（偶以小影倩刘君桐笙补景。桐笙为绘丛菊满其隙，且媵以诗。人非陶令，花自清高，长日对之，不无所感，因度长调一阕系之）、《百字令》（题黄绥云《柳阴罢钓图》）、《氐州第一》（春日偕忏桐过女伶寇桂凤旧居。斜阳门巷，絮影不留。薄暮泪鹃，兰情未死。问去年崔护，旧恨几多；正善感春阳，别怀新动。无言相对，各自思量。宛转离肠，忍听一声珍重；凄凉艳魄，为歌两叠《楚词》）、《摸鱼子》（题顺德卢艺亭《陈塘回首集》）、《双燕儿》（戏拈叠字寄意）、《风入松》（忏桐又号菜傭，以扇嘱题，扇上绘菜一本，无他物也）、《望远行》（弱柳千丝不系船）、《南乡子》（久雨放晴，词以志喜）、《百字令》（憨十四郎编沈阳菊部，漫题一解）、《长亭怨慢》（前词意有未尽，乃复倚此解，不自觉其言之感也）、《菩萨蛮》（郑曼陀画裸体美人，名重一时。兹题其《浴罢持扇》一图）。（后收入《民国珍稀短刊断刊·上海卷》第 15 册，第 7141 页）

剑亮按：《快活世界》，月刊，1914 年创刊于上海。庄乘黄编辑，和记中国图书公司（中国图书公司和记）发行。至 10 月即停刊。

25 日，《小说月报》第 5 卷第 5 号刊发：

况周颐《高阳台》（题水绘图书画合璧册）、《绛都春》（子大别五年矣。申江捧袂，怅触昔游，赋此索和）、《买陂塘》（又匆匆沧桑阅尽）；

语石《醉翁操》（夔伯新制一琴，字曰默君，乞铭以词）、《念奴娇》（圆冰一片）、《百字令》（明姜如农给谏宣州老兵遗砚）、《辘轳金井》（黄梨洲先生井栌砚）、《齐天乐》（仲春于役南浔，偶憩庞氏宣园，遇雨）。

本月

南社编《南社》第 11 集在上海出版，收录 25 位词人的 160 首词。（后收入曹辛华、钟振振选编：《清末民国旧体诗词结社文献续编》第 13 册）作品有：

林百举《清平乐》（题《子美集》）；

成本璞《扫花游》（罗云织暝）、《琐窗寒》（亡妇二十生日，以杯酒麦饭哭于墓）、《金缕曲》（绿断蘼芜路）、《金缕曲》（梦断东风路）、《三姝媚》（春夜方午，沉吟不寐，起步花阴之下。明河在天，疏星照水。淡烟横空，斜月欲没。微雨俄来，寒生衣袂。吊影徘徊，不谓人世。怅触恨事，感涕绝久。倚阑曼咏，尔遂达曙，谱此纪之）、《芳草》（春夜作）、《徵招》（茂陵秋雨琴心冷）、《角招》（碧空展）；

郑泽《相见欢》（有见）、《虞美人》（人生不住西风外）、《忆故人》（柬叔乾）、《虞美人》（闺情）、《采桑子》（秋阴又锁芙蓉幕）、《双双燕》（秋燕）、《百字令》（评诗读画）；

傅钝根《水调歌头》（小除夕，僧寺写忧）、《西江月》（醒后还为蝴蝶）、《菩萨蛮》（春来不到高楼上）；

吕碧城《烛影摇红》（庚戌感事，偕徐芷升同赋）、《烛影摇红》（癸丑春，感蒙古事有作，用旧韵，寄示芷升）、《法曲献仙音》（题吴虚白女士《看剑引杯图》）、《南歌子》（寒意透云帱）；

程善之《水调歌头》（京江渡次有感）、《蝶恋花》（归去志感）二首、《西平乐慢》（感旧）、《花犯》（白桃花）、《解连环》（赠爱云）、《齐天乐》（题《香艳丛话》）；

陶牧《唐多令》（温语逗春愁）、《八声甘州》（泛舟百花洲，用西人摄影法拍之，同游者凡七人）、《声声慢》（题张公束《琴话图》）、《绿意》（听蝉）、《念奴娇》（南社诸子约赴崇效寺筵赏牡丹，因事未践，填此谢之）；

徐自华《满江红》（民国元年正月二十七日为璿卿开追悼会于越中大善寺，谱此为迎神之曲）、《贺新凉》（慧僧先生解职归里，武林四十二会社咸争相祖饯，余更绘《西湖送别图》，倚声寄之）；

周斌《蝶恋花》（和巢南、匪石）；

胡颖之《琵琶仙》（庚戌二月二日，同贞壮、小芙、伯苏泛舟虎丘，用白石韵）、《满庭芳》（贞壮以此调记虎丘之游，依韵和之）、《琵琶仙》（用白石韵，送贞壮赴鄂）、《齐天乐》（和陈匪石有赠韵）；

邵瑞彭《虞美人》（和天梅，用南唐韵）、《捣练子》（双燕去）、《浪淘沙》（几处玉龙哀）、《忆江南》（思往事）、《菩萨蛮》（前身绮孽何时免）、《相见欢》（轻盈秀脸偎红）、《相见欢》（今宵玉宇琼楼）、《浪淘沙》（枕畔泪潺潺）、《临江仙》（帐饮都门无意绪）、《木兰花》（凤城西畔吹残雪）、《应天长》（横波蹙损愁看镜）、《蝶恋花》（白日速于夸父步）、《虞美人》（游仙人去春波绿）、《清平乐》（良宵已半提起）；

洪为藩《一剪梅》（海上重游，获交子美，谱此以赠）；

陈世宜《虞美人》（和李后主，同天梅作）、《捣练子》（蝴蝶梦）、《浪淘沙》（彻夜朔风哀）、《忆江南》（多少恨）、《菩萨蛮》（王孙迟暮情谁免）、《相见欢》（海棠褪了残红）、《相见欢》（连宵月上妆楼）、《浪淘沙》（檐际溜声潺）、《临江仙》（羽毛自惜蹁跹鹤）、《木兰花》（天山一夜飞寒雪）、《应天长》（银河手抉开明镜）、《蝶恋花》（玉宇高寒天上步）、《虞美人》（隔帘鬓影堆云绿）、《清平乐》（青春刚半鞢路）、《玉楼春》（题《子美集》，为亚子作）、《法曲献仙音》（巢南以十四年之心力为《笠泽词征》一书，乃为《〈征献论词图〉记》，同社檗子、瞷庵各题一解，巢南复征余作，珠玉在前，弥自恧矣）；

叶玉森《百字令》（过明孝陵）、《金缕曲》（台城秋柳）、《金缕曲》（匪石自槟榔屿归国，示予《天南集》。因邀之酒家，话海天风景。匪石即席成词，依韵和之）、《金缕曲》（招阖公、眉孙、匪石饮于秦淮酒楼，时眉孙将有鸠江之行，爰叠前韵以赠）、《金缕曲》（改七芗绢本莫愁小像，为郑庵题）、《蝶恋花》（唤燕）、《胡捣练》（玉门关外散春风）、《胡捣练》（旃檀零落贝多枯）、《杨柳枝》（一树初青入画时）、《水龙吟》（唐花，和沤尹韵）、《醉吟商》（用白石韵）、《蕃女怨》（雪山头白朝暮见）；

吴清庠《喝火令》（别后寄阿连）；

姜可生《浣溪沙》（赠子美、怜影海上，用唐人句）四首；

汪文溥《消息》（有感，集秀水词句）、《忆江南》（和高剑公）、《虞美人》（忽忽又送春归了）、《浪淘沙》（心事剧堪哀）、《应天长》（菩提非树台非镜）、《蝶恋花》（芳草无情迷故步）、《南乡子》（题楚伧《分湖吊梦图》）；

姚锡钧《高阳台》（题《子美集》）；

高旭《虞美人》（和李后主）、《捣练子》（人世事）、《浪淘沙》（残局不胜哀）、《忆江南》（伤春苦）、《菩萨蛮》（词人漂泊原难免）、《相见欢》（斜阳一抹余红）、《浪淘沙》（到耳浪潺潺）、《临江仙》（余生虎口差无恙）、《木兰花》（森严帝阙冷欲雪）、《应天长》（英雄宝剑佳人镜）、《蝶恋花》（蹋踦九州何可步）、《虞美人》（沉吟夜半灯光绿）、《清平乐》（惊涛天半）、《蝶恋花》（芟农以所和《浮海词》五解见寄，辞意凄惋。昏暮索居，怅然念旧，再为倚声答之）；

俞剑华《沁园春》（沁水名园）、《玉楼春》（画桥东畔）、《画堂春》（淡霞一抹脸波光）、《占春芳》（箫史去）、《蝶恋花》（席帽曾经游宴地）、《蝶恋花》（一曲尊前谁惜取）；

黄人《菩萨蛮》（绿波揩镜红兰曲）、《菩萨蛮》（离情分聚双眉曲）、《卜算子》（仿佛意中人）、《虞美人》（借病消闲）、《虞美人》（一花低颤蜻头绿）、《醉太平》（虫吟叶吟）、《清平乐》（蓬莱路远）、《太常引》（梦中天上醒人间）、《端正好》（微波不动银河黯）、《浪淘沙》（难把艳魂留）、《浪淘沙》（梦也不能留）、《如梦令》（身是琴中仙凤）、《喝火令》（心比珠还慧）、《喝火令》（再觅仙源路）、《惜分钗》（红窗晓花开早）、《青玉案》（名花忍泪辞枝去）、《临江仙》（隔岁青鸾曾有约）、《临江仙》（燕子穿花忙未了）、《浣溪沙》（婀验红痕玉臂寒）、《浣溪沙》（草草兰盟未忍寒）、《玉连环影》（纤月）、《南歌子》（枕匣鸾情话）、《南歌子》（霞颊含嗔晕）；

庞树柏《浣溪沙》（辛亥闰六月初七夜，小榭纳凉。遥想双星，秋期迟阻，感而赋此。人间天上，各自悄然）二首、《菩萨蛮》（寒夜写示闺人）、《浣溪沙》（壬子，沪上元夕雨）、《清商怨》（丝杨新绿带憾放）、《杨柳枝》（废苑丛台易夕阳）、《扫花游》（春日过爱俪园）、《浣溪沙》（纪遇集句）、《菩萨蛮》（君复悼亡，以己小影为殉，亦有情痴也，倚此慰之）、《西子妆》（夜饮秋蕤阁，即席赋赠）、《八声甘州》（送柳亚子还吴江，用耆卿韵）；

吴梅《浣溪沙》（一杵西风雁影移）、《虞美人》（美人合向横塘住）、《西子妆》

（弹泪折花）；

陈去病《鹧鸪天》（绝妙清新俊逸才）。

本月

《文艺杂志》第 3 期《词录》栏目刊发：

曹元忠《金缕曲》（刘随州云，春尽絮非留不得，随风好去落谁家。凄讽是语，属有同感，题汴塘旅壁，时癸卯四月朔也）、《汉宫春》（岁丁酉，钱仲仙大令葆青获汉镜于襄阳独树村古圹中。径汉尺七寸七分强。文曰："熹平三年正月丙午吾造作尚方明竟广汉西蜀合涷白黄舟利无极世得光明买人大富子孙延年益受长乐未央兮凡四十七字。"皆左行。自为长歌纪之，竭来都下，以拓本征题，因谱此调）、《绿盖舞风轻》（出南西门里许，为南河泡子，奉宸苑地也。荷花之盛，甲于辇下。都人士张宴于斯。闰月廿四日，同征陈石遗孝廉衍试罢还鄂。沈子封编修曾桐，招集诸同志饯于红香翠影间。飞雨忽至，凉思洒然。不知松雪万柳堂后，此乐有几也）、《思佳客》（就翁笏斋学士斌孙读画，得陈居中卷，写红袍白马行巨浪中，龙凤龟鹤，负之而趋，后列数骑于崖岸间，若踶渡者，岂南宋《瑞应图》耶）、《思佳客》（凝碧池头又落槐）、《思佳客》（脉脉初蟾瞪目时）；

沈桐威《绝妙好词》，并任廷昶《绝妙好词序》。

王梦曾《中国文学史》，由上海商务印书馆印行。全书分四篇十一章七十二节，叙述从先秦至清代的文学史。其中，第二篇"词胜时代"的第六章有"词学之兴起"一节；第三篇"理胜时代"的第八章有"词之昌盛"和"词之就衰"两节，第九章有"词之复盛"一节；第四篇"词理两派并胜时代"的第十章有"词家之驰骛"一节，第十一章有"词家之改进"一节。

剑亮按：王梦曾（1873—1959），字肖岩，浙江东阳人。此《中国文学史》为中华民国成立后由教育部审定供中学校使用的"共和国教科书"。编纂者王梦曾时任杭州浙江省立第一中学教员。

9 月

10 日，《民权素》月刊第 3 集刊发：

垂钓客《菩萨蛮》（《曼陀罗馆图》题词）、《行香子》（前意）；

恫百《长相思》（闺思）二首；

蹇公《望海潮》(病起感作)；

天声《水调歌头》(醉后感怀)二首；

枕亚《南乡子》(秋词)、《卜算子》(前意)、《丑奴儿》(前意)；

悔意《摸鱼儿》(饯秋词)；

秋梦《点绛唇》(三径秋光)、《御街行》(惨雨凄风增懊恼)；

芙岑《满江红》(感时)；

剑鸣《满江红》(感时)；

雪《念奴娇》(和《断肠词》)；

天放《点绛唇》(和《断肠词》)二首；

味芩《浣溪沙》(和《断肠词》)、《生查子》(前意)；

泣花《少年游》(酬郭二)；

箸超《满江红》(周子瘦鹃以《香艳丛话》索题，率倚一阕)；

秋梦《绮霞轩诗话》(续第二集)，一则曰："余乡张婉侬女士，性耽书史，工吟咏，著有《绿梅花馆吟草》。未嫁而夭。所为诗词，多涉哀感，言为心声，宜乎其不永年也。兹录其《自挽》四律云……然此类，集中殊不多见。又待月寄调《虞美人》五阕云：'耐寒独自窗前坐，没个红炉火。待看明月上雕桄，争奈嫦娥深避广寒宫。　夜深犹自慵临镜，那管离人闷。三分怨与七分愁，并作十分幽恨在心头。''几回怕见银蟾影，为恐添愁恨。早垂帘幕掩重关，独抱一腔幽意向邯郸。者番愁绪浑无着，拟对嫦娥说。偏他终夜只朦胧，恰是玉人深病绣帷中。''莲花漏急铜壶泻，又是更残也。鸭炉香冷水沉烟，寒气侵肌陡觉缕衣宽。浓愁压损眉峰翠，已分成憔悴。倩谁传语问嫦娥，知否宵来赢得泪痕多。''晨曦渐渐明窗纸，错认心惊喜。卷帘惟见晓星稀，始觉一宵空自太情痴。　离魂销尽罗衣重，那有邯郸梦。回头蜡泪已成堆，剩有中心一寸不曾灰。''残宵易尽愁无尽，酿得朝来病。病愁自解自相怜。镇日临窗伏枕思恹恹。　妆迟岂是耽娇懒，只为柔肠断。就中多半未分明，应怪如何直恁不关情。'又《忆萝月》云：'浇愁无酒，独自沉吟久。心是梧桐身是柳，禁得怎般消瘦。　生来不解眉颦，秋风断送痴魂。一样闲庭凉月，恼人最是黄昏。'《卜算子》云：'酒边诗思空，眼底莺花过。一抹凉痕上碧纱，幽梦残钟破。　闷已没支持，愁更如何可，秋雨秋风黄叶堆，著个伤心我。'《踏莎行》咏晓妆美人云：'暖日烘檐，凉飔穿牖。开帘花气浓薰袖。云鬟绿腻玉钗斜，枕痕红晕胭脂透。　一味悲秋，三分病酒。镜中影比年时瘦。长眉原不解愁颦，无端也学春山皱。'送春寄调《如梦令》云：'留也留他不住，一霎韶光忽去。肠断落花天，满径嫣红无语。风雨，风雨。添得离愁几许。'重九前一夕调寄《虞美人》云：'寒窗一夜风兼雨，凑合愁心绪。天公着意做重阳，不管凄风楚雨断人肠。　孤灯一点荧荧碧，黯淡浑如泣。秋声搅碎不堪听，独对瓶花如醉思冥冥。'以上诸词，均饶风韵，合而观之，词似较胜于诗也。"

11 日，徐珂作《浣溪沙》（民国三年九月十一日作。是时，政府方以全欧战争波及青岛，守局部之中立）。（徐珂：《纯飞馆词》，第 36 页。后收入朱惠国、吴平编：《民国名家词集选刊》第 7 册，第 501 页）

25 日，《小说月报》第 5 卷第 9 号刊发：子大《花犯》（齐头红白梅盛开，慰情感艳，和梦窗韵）、《花犯》（赋水仙，和梦窗韵）、《疏影》（约庵以画梅见寄，兼示新词，依韵和之）。

本月

《繁华杂志》第 1 期《吟啸》栏目刊发：铁情、周炳城、秋水的词 12 首。

剑亮按：《繁华杂志》，月刊，1914 年 9 月在上海创刊，至 1915 年 2 月（第 6 期）终刊。海上漱石生（孙玉声）主编。锦章图书局发行。

《织云杂志》，1914 年 9 月在上海创刊，席悟奕创办，痴遁编辑。刊期及停刊期均不详，今见第 1、2 期，内容以诗词为主。

陈蜕庵《蜕翁诗词刊存》在上海刊行。收诗 706 首、词 30 首。书前有著者《自序》，后有《自跋》及《残句附录》《蜕词残稿》。

秋，朱孝臧作《洞仙歌》（过玉泉山）。（朱孝臧著，白敦仁笺注：《彊村语业笺注》，巴蜀书社，2002 年，第 264 页）

10 月

10 日，《妇女鉴》第 1 卷刊发：

浣璋《贺圣朝》（赠雅村）、《桃源忆故人》（雨丝风细花成阵）；

侣琴《忆秦娥》（望庭阴）。（后收入《民国珍稀短刊断刊·四川卷》第 4 册，第 1635 页）

剑亮按：《妇女鉴》，月刊，1914 年创刊于四川成都，由妇女鉴杂志社出版发行。当年终刊。

18 日，《快活世界》第 2 期刊发：肝若《剑气词》，有《齐天乐》（和翠薇花馆听春闲咏六阕，用元韵）六首、《南浦》（答张虚一并简黄剑缘，时客白门）、《洞仙歌》（朱栏屈曲）、《琵琶仙》（秦淮）、《留客住》（七夕饯别，即席拈林钟商调，倚万红友考证柳屯田体）、《高阳台》（晤南昌余竹笏堂，笏堂邃于琴）、《江城子》（春慵睡足午窗明）、《月下笛》（笛阑人静，坐月忘眠。旧恨新愁，数之如家珍也）、《满江红》（送菊处、满堂之天津）。（后收入《民国珍稀短刊断刊·上海卷》第 15 册，第 7395 页）

25 日，《小说月报》第 5 卷第 10 号刊发：

况周颐《玉楼春》（金猊香冷罗衣薄）、《减字浣溪沙》（啼鴂啼鹃不忍闻）、《绛都春》（子大别五年矣，瀛壖捧袂，怅触昔游，倚此索和）、《减字木兰花》（红瘦何因怨绿肥）；

芟农《寿楼春》（题乌程张钧衡德配徐夫人《韫玉楼遗稿》）、《苏幕遮》（剪红情）、《洞仙歌》（乌尼卜罢）、《江城梅花引》（梳烟缝月柳千条）、《摸鱼儿》（题金侣卿先生《桐阴觅句图》，为辟疆园主作）、《虞美人》（迟菊影双清别墅不至，赋此奏记妆阁）二首。

本月

林一厂作《百字令》（题亚子《分湖旧隐图》）。（后收入 1915 年 3 月《南社》第 13 集。也收入林一厂著，林抗曾整理：《林一厂集》上，第 185 页）

南社编《南社》（第 12 集）在上海出版，内收柳亚子《题檗子〈玉玲珑馆填词图〉》、《题芟农〈四婵娟室填词图〉》诗。收 23 位词人共 132 首词。（后收入曹辛华、钟振振选编：《清末民国旧体诗词结社文献续编》第 13 册）作品有：

潘飞声《湘月》（出都，陈楚卿大使饯余于禹山馆，出所画山水册索题，皆越国纪游也。词以写之）、《湘月》（题吕眉生新居，即用眉生前年在关外送余出都韵）、《渔家傲》（将归岭南，与友人述村居之乐）、《渔家傲》（磷石归禾中，以《鸳湖垂钓图》索题，余亦将返白鹅湖矣，乡心别绪见乎词）；

张昭汉《虞美人》（金陵怀古）；

傅钝根《十六字令》（题石子粲君《浮梅槛检诗图》）三首、《满江红》（八月五日联句）二首；

程善之《蝶恋花》（送春有感）、《浪淘沙》（花发去年丛）；

王瘦月《踏莎行》（裙带）、《踏莎行》（袖笼）；

陶牧《渡江云》（游北固山，次栗长韵）、《小重山》（秋思）、《菩萨蛮》（古意）二首、《满江红》（送小宋笏臣出关，余亦去津）、《高阳台》（京门苦雨，晨起又复晴矣，喜寄子由）；

胡颖之《踏莎行》（庚戌春分坐雨，和伯苏韵）、《琵琶仙》（春晓江南）、《卜算子》（秋色老梧桐）、《湘春夜月》（尚勾留）、《绕佛阁》（用清真韵）二首、《拜星月慢》（贞壮自武昌来苏视眷属，晤谈客京师时事，怅然不怡。用清真韵写之）、《拜星月慢》（费玉如归，话游京师某园，感赋。用清真韵）、《步蟾宫》（茶花又放红矣，赋寄伯苏）、《寿楼春》（留园纪游，用梅溪韵）、《虞美人》（送质夫倩俶仁，代书邮寄金陵）、《虞美人》（清明时节潇潇雨）、《清平乐》（酬俶仁）、《西平乐慢》（过沧浪亭，怆然有作，用梦窗韵）、《绛都春》（用西麓韵）、《玉烛新》（酬伯苏，用清真韵）、《莺啼序》（和叔问秋感，用梦窗丰乐楼原韵）；

陈匪石《六丑》（自荼藦事了）、《惜红衣》（莫愁湖残荷，用石帚韵）、《虞美人》（春霖一片，流潦妨车，适读檗子新词，渺渺兮予怀也。次韵和之）、《满路花》（前词意有未尽。用清真韵，再示檗子）、《满路花》（韶光不再，又是春三，适景瞻以悼逝初诗见示，不啻山阳邻笛也。再用清真韵，以写予悲）、《蝶恋花》（寒食清明都过了）、《西江月》（中泠《都中见怀》诗曰："翩翩一只羽衣鹤，海外飞来海上闲。昨夜梦魂游赤壁，他年饮啄誓西山。人前强学鳷鸜舞，酒后还歌《菩萨蛮》。敢问尚存鸿鹄志，无端来作入笼鹇。"似我耶，不似我耶，然直以我为鹤矣。作小词以自况）、《采桑子》（新移居跑马厅畔。闻之居人，旧日吴中费某藏娇之所也。词以纪之）、《满江红》（观《落花梦》赠优游）、《国香慢》（兰皋始编《梅陆集》，予作两绝句题之，继改《兰芳集》，复索填词。用弁阳翁夷则商调，勉赋一解）；

叶玉森《踏莎行》（裙带）、《踏莎行》（袖笼）；

姜可生《浣溪沙》（曼睩蛾眉绝代姿）、《诉衷情》（衡阳归雁）、《碧窗梦》（玉关无主，雁字依稀，东阁呼郎，梅魂缥缈。贮灵芸之泪，拂薛涛之笺。往事休提，断肠此日；坠欢重拾，屈指何年。绮梦初醒，词成六阕）六首、《如此江山》（束挥孙关外）；

汪文溥《柳梢青》（集秀水词句）；

　　王蕴章《迈坡塘》（题金侣卿先生《桐阴觅句图》，为辟疆园主作）、《貂裘换酒》（徐子彦宽自海陵监制署寄词相询，倚此和之）、《貂裘换酒》（和徐彦宽）、《忆旧游》（檗子书来，道有明圣湖之游。回忆去年今日，正偕忏红买醉楼外楼时也。赋此，索檗子和）、《瑶华》（赋六三园绿樱花，同徐丈仲可作）、《凄凉犯》（岁己酉，刊亡友秦剑霜遗诗，求其哭明陵稿不可得。去冬，倪大无斋始从箧衍中录以相示，因谱《霜花影》乐府四出，以志梗概。徐子彦宽书来，备致奖借，且媵以《金缕曲》二解，赋此奉答，兼约西湖之游。用白石咏合肥秋柳仙吕调犯商调原韵）；

　　姚锡钧《减兰》（示亚子）、《卖花声》（寄申公）、《虞美人》（廉纤微雨春风细）、《蝶恋花》（天上人间成小住）、《少年游》（有恨多情相逢）、《念奴娇》（柳色长亭）、《减兰》（题畹华小影）、《浣溪沙》（题畹华小影）、《满江红》（柬檗子）；

　　高旭《菩萨蛮》（即晚）、《念奴娇》（巢南嘱题《笠泽词征》，卒卒未报，今以一册见贻。因步檗子题词韵，成一阕寄之）；

　　俞剑华《满江红》（南北东西）、《满江红》（愁浅愁深）、《满江红》（扰扰尘寰）、《忆江南》（娄东好）二首、《满江红》（题哲夫汉六花鉴）、《金缕曲》（亚子辱题小影，读之不胜摇落之感。沈腰顿减，潘鬓皆皤，况复厉气横侵，愤血时下，生还之日，殆无望矣。倚此却寄）、《金缕曲》（亚子以父忧成疾，远书来告，并及近事，怆然赋此慰之。时值华阿交争，被毙二人，余亦几遭不测，因并及焉）二首、《金缕曲》（有寄）、《沁园春》（报二兄札）、《长亭怨慢》（乍相见垂虹桥畔）、《春光好》（花颜色）、《洞仙歌》（铜壶咽玉）、《浪淘沙》（题《挥泪余音》，为锡九作）二首、《金缕曲》（破尽青衫缠）、《浣溪沙》（细柳轻烟雨乍晴）、《庆春宫》（巫峡情怀）、《念奴娇》（赠小五）、《满江红》（楼外楼与可生、匪石联句）、《惜秋华》（劫后归来，篱菊犹存。淡妆浓抹，翠雅有余姿。唤酒吟看，聊遣厥怀）、《倦寻芳》（甲寅春暮，访心侠于宁静庐。剪灯话雨，共欣无恙。偶翻书箧，得五年前误闻君死所作《金缕曲》挽词，蟫蚀过半矣。各怆然久之，因属补填，以留纪念，并出去年所摄鼓琴小影索题，为用梦窗韵成此一阕，盖不胜死生流转之感云）、《凄凉犯》（观《落花梦》，示楚伧并赠优游）、《采桑子》（和匪石新居。居旧为吴中某氏藏娇所，隔邻则名优潘月樵居也）；

　　庞树柏《水调歌头》（三十自述）、《忆旧游》（周梦坡先生在灵峰筑亭补梅，且辑《灵峰志》以张之，出此见贻，敬题一解）、《意难忘》（梅魂难返，芳绪未芟。寒琼为余写图，因步清真韵，依四声谱此）、《木兰花令》（旧元宵感赋）、《浣溪沙》（侵晓冒雨折梅供瓶）、《踏莎行》（盆梅著花，幽兰亦放，赋此宠之）、《玲珑四犯》（徐仲可丈招饮，得识王又点、李拔可两先生，席上赋呈）、《玲珑四犯》（巢南席上，即赠湘乡成君琢如，叠前韵）、《浣溪沙》（小阿凤，楚产，入都下勾栏，芳誉姚一时。罗瘿公赠以联，云"睁发阳阿吾老矣，添香幺凤意如何"，惜阿字作平。余亦得一联，因足成小令投之）、《兰陵王》（送龙尾移官武昌，步清真韵）、《满路花》（匪石见示感春之作，步清真韵，赋此酬之）、《满江红》（观演《落花梦》，即赠无恐、优游，并示楚伧）、《念奴娇》（春柳剧场观演《不如归》，即赠绛士）、《水调歌头》（芟农词家以《西神樵唱图》暨《四婵娟室填词图》嘱题，并填此阕）；

吴梅《蝶恋花》（虮虱浮生同一梦）、《蝶恋花》（拍案悲歌中夜起）、《蝶恋花》（大道青楼摇策去）、《蝶恋花》（悔向名场标赤帜）；

陈安澜《念奴娇》（赠亚子）；

陈去病《湘月》（题忏慧画兰纨扇。扇为其祖亚陶翁所命绘，阅稔已二十余矣。翁风流弘奖，艺事兼长。为清同光间词林尊宿，晚岁悉以所学授诸女孙，故君亦遂通六法。自翁殂谢，君即不复挥洒，会谈往事，遽承见畀。爰填是解，用寄感慨）、《人月圆》（咏折枝桂花香橼）、《菩萨蛮》（题慈姑鹭鸶画稿）、《菩萨蛮》（题菖蒲佛手柑画稿）、《清平乐》（题钝剑《花前说剑图》）；

沈昌眉《高阳台》（庚戌上巳后六日，亚子自魏塘归梨。道出芦中，阻风留泊。醉后赋此奉赠）、《清平乐》（辛亥夏五望日，亚子偕叔度、织云诸君泛舟来芦，连床话旧，致足乐也。惜一宿即去，苦留未得。为成此阕，以志鸿爪）；

沈毓清《金缕曲》（寄故乡诸友）；

金光弼《采桑子》（昏灯独坐，闻邻家奏风琴，声颇凄婉，令人生感，因赋两阕）二首、《金缕曲》（年假将届，与安澜把酒深谈，不胜别离之感，倚此以赠）。

《文艺杂志》第 5 期刊发：

曹元忠《秦刻〈乐府雅词〉跋》，文曰：

　　曾慥编《乐府雅词》三卷、《拾遗》二卷，见于《书录解题》者，宋刊不可得见矣。今世通行秦敦甫《词学丛书》本，其书经光绪六年重修，舛讹极多。以《粤雅堂丛书》本校之，乃知非复旧观，顾秦刻亦未善也。去年见读有用书斋所藏竹垞传抄本，今岁又从鹤庐借得士礼居旧藏明抄本，为焦弱侯、毛子晋故物。先后互校，始恍然于两本同是每半页八行，每行十六字，必出宋刊。惜抄胥未依原本行款格式，令人目乱意迷。然细心检详，则转可从其颠倒错误之处，一一寻得其原。如李易安《满庭芳》"晚晴透窗纱"下、"寂寞尊前惟"下、"酴釄落尽犹赖有"下、"生香熏袖活火分茶"下，皆空二字。以每半页八行，行十六字计之，其所空字，齐在第一页上半页第八行及下半页第一二三行第十五六字，当是烂脱。又《菩萨蛮》"角声催晓露"下、《浣溪沙》"未成沉醉意先融"下，皆亦空二字，依前半页八行行十六字计之，其所空字在第三页下半页第四行、七行第十五六字，又以烂脱缺之。又《诉衷情》"酒醒熏破惜春梦"句，竹垞传抄本无"惜"字，明抄本则"春梦"已下半阕接于《蝶恋花》"泪湿罗衣"词过片"惜"字之下。以"惜"字适当第五页上半页第八行第十六字，脱去下半页八行，乃以第六页下半页第三行接写（接写当从第一行《诉衷情》或"夜来沉醉卸妆迟"，其在三行，恐亦如明抄本《雅词》序，去首两行耳），致误衍"惜"字，犹贺方回《木兰花》"酒阑歌罢欲"下，竹垞传抄本空去数行，至"眉韵半深唇浅注"又起，为脱去第十四页下半页八行，幸适当卷尽，未取他页羼入。其《蝶恋花》词"眉韵半深"，则第十五页上半页第一行也。至《拾遗》上卷寇平叔《踏莎行》之上，明抄本标题"乐府雅词拾遗卷之二"九字，疑《踏莎行》已上，自《声声慢》至《侍香金童》十六阕，皆御制及官掖流传之作，故其下以"卷之二"以别之，犹《雅词》首列转踏、集句、调笑，明抄本于此目录下注"或云宣和中九重传出"九字，自为体例，可以想见。而竹垞传抄之本无之。又拾遗上卷之二《苏幕遮》"芳草无情，更在斜阳外"下，竹垞传抄本接"楚台归路"四字已下。《点绛唇》《倦寻芳慢》《清平乐》《减字木兰花》《鹧鸪天》至《满庭芳》"裂楮裁筠"词"汤饼一盂斋"适下始接"黯芳魂"半阕。已下《潇湘逢故人慢》至《洞仙歌》"与遮断江皋"，次行题"又"字，接《满庭芳》"北苑先春"词，次序颇为紊乱。第卷之二第一页下半页第八行至"更在斜阳外"止，误以第三页上半页第一行"楚台归路"接之。

第四页下半页第八行至"汤饼一盂斋"止，误以第二页上半页第一行"黯芳魂"接之。其"又"字及"北苑先春"则第五页上半页第一二行矣。又沈唐《霜叶飞》"霜林凋晚"词，竹垞传抄本"万红千翠"后（当至"更萧索东风吹渭水"，此页已尽，其"有长安飞舞"已下恐是据他本补足），又空数行，至"来也畅"又起。而于《拾遗》下卷《宴桃源》名后接"长安飞舞千门里"半阕，已下《蝶恋花》至《永遇乐》"做得一个宽袖布衫著"，下接"落日霞消一缕"一阕，更为舛误。乃《拾遗》上卷之二第五页下半页第八行至"更萧索东风吹渭水"止，误以第七页上半页第一行"来也畅"接之，因文义不贯，故作空行。其第六页上半页第一行"长安飞舞"至下半页第八行"著"字止，则误装在下卷第十五页下半页第八行《宴桃源》之后，第十六页上半页第一行"落日霞消"之前。钞者不知，遂成巨谬。倘以宋刊每半页八行十六字求之，尚可得其本原，每半页八行自未计及，仅每行十六字，明抄本于《拾遗》上卷《御制念奴娇》"玉子声乾纹楸"下校云："脱一行，计十六字。"微露端倪。若竹垞传抄本但于"楸"字旁注"下落十六字"，不言脱一行矣。其他《潇湘逢故人慢》"疏檐广厦寄潇"下脱十六字。下卷《望远行》"但涓涓珠"下本阕"仙郎"已上三字，乃误空一行，成十九字，且并未之知，无怪世见秦刻义从字顺，群奉为善本也。岂知秦刻即从此两本出，而两本除此数处颠倒错误之外，尚是宋刊传写，秦刻转多臆改也哉！甲寅中秋。元忠。

《词录》栏目刊发：

曹元忠《河传》（俗演《荡湖船》一出，皆侬欢尔汝之词，其声荡矣。然原其始，固皇甫松《采莲子》之"举棹、年少"、孙光宪《竹枝》之"竹枝、女儿"也。今年秋，余游浙中，道出石门，夜闻邻舟歌月子弯弯者，此唱彼和，动我羁愁，以五十五字写之。"月子弯弯照九州，几家欢乐几家愁"，乃吴中舟师之歌。每于更阑月夜，操舟荡桨，抑遏其词而歌之，声其凄怨。见《云麓漫钞》。故丘崇《诉衷情》云"夜深人静何处，一声月子弯弯"，南渡诸公已有用之，则至近亦宋初诗已）、《极相思》（合肥夜泊）、《满江红》（八月四日，纮秋学士毓隆按部庐江，招余同行。道出巢湖，隐隐闻箫鼓声，知居民人为神姥寿，如石帚所言。因考神姥当本《淮南王》书历阳之郡，一夕成湖事，故《方舆胜览》云，姥山在巢湖中，湖陷姥升，此山有庙。罗隐诗亦云"借问邑人沉水事，已经秦汉几千年"也。然首云"临塘古庙一神仙，绣幌花容尚俨然。为逐朝云来此地，因随暮雨不归天"，则又非神姥。盖流传失真，如蒋侯三妹彭郎小姑比矣。余谓与其伪谬，不若依《玉台新咏·孔雀东南飞》诗，改祀庐江小吏焦仲卿妻，且后汉焦仲卿妻为姑所遣，见于《艺文类聚》。唐欧阳询犹能知之，论其节义，庙食亦宜。缏秋曰，然子盍作平韵《满江红》正之，庶为此湖添故实也）；

毓隆《菩萨蛮》（灞桥折柳丝盈把）、《菩萨蛮》（玉阶明月光如雪）、《菩萨蛮》（伯劳飞燕东西去）、《临江仙》（回首罗帷双笑处）、《蝶恋花》（往昔分襟谙别苦）；

沈桐威《绝妙好词》（续）；

曹元忠《瑶池宴》（游船归尽秦淮冷）、《忆王孙》（海天尽处是乡关）、《隔浦莲近拍》（连宵梅雨逗晓）、《沁园春》（四月六日，行次保定，忆是冰栗生朝，倚此却寄）、《瑞鹤仙》（题归安朱古微学士祖谋《斜街补屋图》，同弢翁调）、《六丑》（甲辰游杭，元夕雨，行湖上）、《祝英台近》（题王幹臣太守仁俊《海东访学图》，回念辛丑旧游已四载矣）；

毓隆《踏莎行》（委绿鬟松）、《卜算子》（送凌波归吴）、《浣溪沙》（一段青山一段愁）、《菩萨蛮》（屏山小梦遭莺妒）、《菩萨蛮》（娇莺乍试新簧涩）。

《繁华杂志》第 2 期《吟啸》栏目刊发：铁情、樵裔、影秋等词 10 首。

朱孝臧校毕韩淲《涧泉诗余》，撰写《涧泉诗余跋》。中曰："吴伯宛谓宋人父子并有词集，临川晏氏、江阴葛氏而外，殆不多觏。余方刊《南涧词》，又获此本，一家父子皆属完书，尤可喜矣。甲寅九月，朱孝臧跋于沪北春江里行窝。"（朱孝臧辑校：《彊村丛书》上册，第 809 页）

11 月

本月

《文艺杂志》第 6 期刊发：秉衡居士《柳如是词》《袁随园词》。

《繁华杂志》第 3 期《吟啸》栏目刊发：天香馆主、朗圃、韵琴女士等词 30 首。

12月

10日，《妇女鉴》第3卷刊发：浣璋《长相思》（秋月凉）、《长相思》（琴悠悠）。（后收入《民国珍稀短刊断刊·四川卷》第4册，第1853页）

23日（农历十一月初七日），朱孝臧为其此前校毕的张炎《山中白云词》撰写《山中白云词跋》。中曰："卷六《清平乐》（为伯寿题四花），按赵由初《保姆帖跋》称'清江罗伯寿志仁同观'。又，大德三年重跋，有云'辛卯之秋，余同伯寿过浩然斋，弁阳翁俾赋诗题此卷'，知伯寿为江西罗志仁，即罗壶秋也。甲寅冬十有一月日长至，归安朱孝臧记。"（朱孝臧辑校:《彊村丛书》下册，1304页）

25日，《小说月报》第5卷第12号刊发：

况周颐《凤凰台上忆吹箫》（刘葱石得唐大小两胡雷作《枕雷图》，属题）、《莺啼序》（拟赠彩云）；

子大《浪淘沙慢》（偕由父过汉，宿王病山斋中，同美成作）、《水调歌头》（壬子九日，集潜木先生汉上寓庐置酒，用稼轩九日游云洞韵）。

31日，《朔望》第1期刊发：

《补广书屋词草》，作品有《醉红妆》（题《蕉竹美人图》）、《长相思》（本意，代友作）、《十六字令》（客窗立冬戏谱四阕）、《一叶落》（昼眠醒后）、《行香子》（秋海棠）、《秦楼月》（七夕）、《菩萨蛮》（雨后晚眺）、《菩萨蛮》（别情）三首、《双调江城子》（午梦）、《意难忘》（送别）、《惜分飞》（昔日欢情今记否）、《惜分飞》（郎懒读书侬倦绣）、《减字木兰花》（访友不遇）、《惜分钗》（即事）、《如梦令》（写眼）二首；

洗璧瑛女士《行香子》（吊残菊）；

二峰《金缕曲》（追吊钱明侯表兄）。（后收入《民国珍稀短刊断刊·上海卷》第32册，第12925页）

本月

朱孝臧校毕《尊前集》，撰写《尊前集跋》。中曰："今依梅（禹金）本写定，其脱误处以毛（晋）本斠补，未暇旁证也。甲寅冬十有一月，归安朱孝臧跋。"（朱孝臧辑校:《彊村丛书》上册，第42页）

《繁华杂志》第4期《吟啸》栏目刊发：华魂、朗圃、健侬等词17首。

冬，周庆云作《淞滨吟社集序》，曰："古君子遭际时艰，往往遁迹山林，不求闻达，以终其生。后之人读《隐逸传》，辄心向慕之而不能已。今者崔苻不靖，蔓草盈前，虽欲求晏处山林而不可得，其为不幸为何如耶？当辛壬之际，东南人士胥避地淞滨。余于暇日，仿月泉吟社之例，招邀朋旧，月必一集，集必以诗，选胜携尊，命俦啸侣。或怀古咏物，或拈题分韵，各极其至。每当酒酣耳热，亦有悲《黍离》《麦秀》之歌，生去国离乡之感者。嗟乎！诸君子才皆匡济，学究天人。今乃仅托诸吟咏，抒其怀抱，其合于乐天知命之旨欤？余自结社以来，哀录诸作，题曰《淞滨吟社集》。先将甲、乙两集付诸手民，后有所得，将赓续付梓。虽然，世变未已，来日大难，与兴废靡常，古今一辙，兰亭、金谷、陈迹都荒。后之视今，亦犹今之视昔。况兹韵事不可无述，爰为是序，以留鸿雪云。甲寅冬十二月，乌程周庆云序于晨风庐。"（后收入南江涛选编：《清末民国旧体诗词结社文献汇编》第 10 册，第 371 页）

本年

【词人创作】

胡先骕作《海国春》（题柳亚子《分湖归隐图》）。（后收入胡先骕著，熊盛元、胡启鹏编校：《胡先骕诗文集》，黄山书社，2013 年，第 235 页）

林一厂作《桃源忆故人》（效檗子，用匼石韵）、《清平乐》（题《子美集》）。（均载于 1914 年 7 月《南社丛刻》第 10 集。后收入林一厂著，林抗曾整理：《林一厂集》上，第 187 页）

吕凤作《浪淘沙》（甲寅）。（吕凤：《清声阁词》卷二，第 7 页。后收入朱惠国、吴平编：《民国名家词集选刊》第 8 册，第 248 页）

金天羽作《扫花游》（甲寅为印濂题叶琼章小鸾遗影）。（金天羽：《红鹤词》，民国三十六年［1947］刻本，第 1 页。后收入《民国名家词集选刊》第 10 册，第 447 页。亦收入金天羽：《红鹤山房词》，民国二十一年［1932］铅印本，第 1 页，曹辛华主编：《民国词集丛刊》第 8 册，第 282 页）

李遂贤作《乳燕飞》（甲寅和陈企董先生）。（李遂贤：《懊侬词》，民国十九年［1930］铅印本，第 2 页。后收入曹辛华主编：《民国词集丛刊》第 4 册，第 162 页）

易孺作《莺啼序》（西湖素园楼夜独饮，依梦窗韵。甲寅）。（易孺：《大厂词

稿》之《湖梦词》，第 1 页。后收入曹辛华主编:《民国词集丛刊》第 8 册，第 174 页）

【词籍出版】

宋伯鲁《蕤红词》一卷刊行。卷首有舒沅《序》。（华东师范大学图书馆藏。后收入曹辛华主编:《民国词集丛刊》第 7 册）

舒沅《序》曰:"沅十八试京兆，因兴平杨春峰得谒醴泉子钝宋先生于宣南。先生时官御史，纡尊抑贵，加颜色焉。甲辰，先君宰醴泉，先生退居林下，问视之暇，辄往从游，间谱小令，许为可造。于是，沅始知词学途径，而先君与先生交亦日密。未几，沅与弟鼐执经门下。是岁十月，先君见背，扶丧奔里。次年，先生应聘伊犁，赞翊节幕。沅墨经，橐笔砚，食贵阳，比听鼓长安，文事日废。越二载，投劾去。适先生自塞外归，再诣函丈，欷歔道故，盖不相见者已六稔矣。辛亥国变，蛰居白门，忧患余生，与世乖忤。今春闻先生就征京师，亟脂车赴日下。先生进而慰之，以《蕤红词》见赐。拜读既竟，怅触靡已。回忆甲辰、乙巳间，春秋胜日，集海棠仙馆。园亭幽邃，花木明瑟。先生巾塵萧闲，兴到据几，新声谱出。有时命小子援笔倚和，欣赏移日，不复有世外想。曾不弹指而园居已罹兵火，追味曩尘，能勿感慨系之? 先生文章政事，照耀寰区，诗余特其一斑。然关中自屈悔翁后，二百年来，骚坛辍响。先生起而振之，方将突过前人，昭兹来许。又况自汉通西域，天山南北，乐章寥落，先生则筹笔万里，举身之所经、目之所接，于穷荒广漠、冰天雪地之中，含咀英华，发为雅音，是又于历代词家独标一帜。吾知是编一出，将见笔秃纸贵，价重鸡林，岂仅树吾党之典型也哉? 如沅者，由瑟不文，点琴奚鼓，谬列门墙，殊惭趋步。故略述及门以来离合之颠末，于声律指归未遑征引，亦游、夏不赞一词之意也。甲寅三月，门下士舒沅。"

易顺豫《琴思楼词》刊行。卷首有作者"甲寅夏至"作的《自叙》。（浙江图书馆藏。后收入曹辛华主编:《民国词集丛刊》第 8 册）

作者《自叙》中曰:"癸卯客武昌，子大留居寓庐，始督责余于残丛故纸中得录出诗、词各三十余首。顾录诗乃未竣，仅以词属子大为之点定，诗则携以自随。明年覆舟靖江，则稿又殁于水，余诗遂亡矣，独词以在子大处得存至今，不可谓非幸也。子大既自刊《鹿川田父集》，乃更为余搜辑所未录之词，并益以湘社诸作，足为一卷，名之《琴思楼词》。恐复散佚，复督责余刊而存之。"

毕振达辑《销魂词》一卷刊行。卷首有胡朴安《序》、毕振达《序》。（后收入曹辛华主编：《民国词集丛刊》第 13 册）

毕振达《序》曰："辛亥秋末，避地沪壖，楼居近乡，门鲜人迹。烧烛夜坐，意殊寂然。展读南陵徐积余丈所刊有清一代闺秀词抄，每至词意凄婉，几为肠断，往复歔欷，不忍掩卷。暇尝摘诸家词中芳馨悱恻、哀感顽艳者，写成卷帙，以供吟讽，类多伤春怨别之辞，共选词凡九十五家二百三十四首。昔杨蓉裳之序容若词，谓为'凄风暗雨，凉月三星。曼声长吟，辄复魂销心死'。兹篇所甄录者，其凄艳往往仿佛《饮水》，爰以《销魂词》题名。后之读者，其亦黯然有蓉裳之感与。壬子二月清明后三日，仪征毕振达抄竟自记。"

《销魂词》收录：

李佩金《青衫湿》（题《浔阳送客图》）；

顾翎《临江仙》（寂寞青芜帘不卷）、《浪淘沙》（何处杜鹃声）；

孙荪意《蝶恋花》（深掩重门春院静）；

曹慎仪《清平乐》（送春）、《青衫湿》（海棠枝上春将暮）、《惜分钗》（伤离绪）、《夜行船》（送春）；

徐灿《菩萨蛮》（春闺）、《木兰花》（秋暮）、《忆秦娥》（春感，次素庵韵）、《采桑子》（春宵）、《一剪梅》（送春）；

钟韫《重叠金》（美人晓妆）；

江瑛《长相思》（和秋玉病中）、《谒金门》（忆大师）、《子野》（白秋海棠）、《菩萨蛮》（留别秋玉）；

宗琬《醉花阴》（春暮）；

顾贞立《菩萨蛮》（绿杨烟锁深深院）；

张令仪《蝶恋花》（不寐）、《临江仙》（春晓）；

沈纕《菩萨蛮》（回文）、《河传》（送春）；

赵我佩《浪淘沙》（断梦倩谁招）、《菩萨蛮》（瘦）、《菩萨蛮》（罗帷昨夜秋先逗）、《眼儿媚》（白蘋江上晚来秋）、《苏幕遮》（曲廊斜）、《浣溪沙》（紫陌吹箫唱卖饧）、《青门引》（飞絮）、《采桑子》（月钩斜挂云罗薄）、《菩萨蛮》（春雨连绵，园花零落。风前独立，怅然久之。谱《钱花词》四章，并寄丽轩）四首、《卜算子》（密意乱如丝）、《减兰》（春分夜偶成）、《苏幕遮》（绿窗闲）；

庄盘珠《醉花阴》（清明）、《浣溪沙》（睡起红留枕上纹）、《柳梢青》（风声鸟声）、《苏幕遮》（柳絮）、《踏莎行》（病起）；

钱斐仲《生查子》（昨夜月朦胧）；

关锳《菩萨蛮》（绿窗风雨菭生满）、《蝶恋花》（几日池塘云不住）、《清平乐》（画梁春浅）、《生查子》（侬家江上头）、《卜算子》（示蔼卿）、《菩萨蛮》（白蘋多处人争渡）；

吴藻《浪淘沙》（莲漏正迢迢）、《菩萨蛮》（梨云漠漠围春院）、《卜算子》（时节未清明）、《菩萨蛮》（一年难得韶华住）、《柳梢青》（旧雨人遥，绿波春皱，江南草长莺啼，正昔年联袂时也。怅触余怀，漫拈此解）、《浣溪沙》（一卷《离骚》一卷经）、《鬓云松令》（漏沉沉）、《虞美人》（一杯变尾香边酒）、《行香子》（楼外残霞）；

吕采芝《一剪梅》（深院无聊香懒照）、《菩萨蛮》（芳尘不碍行人路）；

席佩兰《苏幕遮》（送春，寄子潇）；

濮文绮《浣溪沙》（题沈鹤子表叔荷花册页，盖其悼亡之粉本也）、《菩萨蛮》（送外之作）；

孙云鹤《点绛唇》（草）、《点绛唇》（杨花）、《菩萨蛮》（绣帘风定炉烟直）、《清平乐》（兰州催泊）；

袁绥《浣溪沙》（绣幌低垂燕未还）、《喜迁莺》（夜初长）；

谈印梅《鹊桥仙》（锦字偷裁）、《满宫花第二体》（寒意新添半臂）；

陶淑《玉连环影》（送春寄外）、《菩萨蛮》（采莲，郑氏向甫二兄侍婢也。顷以《春草词》来，依韵写之）；

郑莲《菩萨蛮》（春草）；

王贞仪《眼儿媚》（舟泊江浦道中）；

左锡璇《清平乐》（春阴）、《南乡子》（寂寞又黄昏）、《忆秦娥》（柳）；

左锡嘉《菩萨蛮》（秋闺）、《菩萨蛮》（春闺）、《醉春风》（柳）、《菩萨蛮》（不寐）、《梧桐影》（春阴）、《十二时》（春思）；

郑兰孙《渔家傲》（至吴门舟中晚眺）、《菩萨蛮》（忆夫子）、《浣溪沙》（闷倚龙须八尺床）；

汪淑娟《眼儿媚》（秋海棠）、《卖花声》（寄韵仙）、《蝶恋花》（蝴蝶天天花底住）；

商景兰《菩萨蛮》（忆外，代人作）、《钗头凤》（春游）、《醉花阴》（闺怨）；

葛秀英《忆王孙》（集旧句寄呈夫子）、《虞美人》（集旧句寄呈夫子）、《巫山一段云》（集旧句寄呈夫子）、《惜分飞》（送春）；

刘琬怀《临江仙》（袅袅余音竟绝）；

张玉珍《柳梢青》（怕是芳春）、《柳梢青》（燕惜余香）、《生查子》（记得别离时）；

钱孟钿《蝶恋花》（著雨林花红晕湿）、《淡黄柳》（晴光艳漪）、《点绛唇》（细雨廉纤）；

朱中楣《菩萨蛮》（春闺）；

钱凤纶《鹊桥仙》（寄外）；

钟筠《生查子》（和钱淑仪查夫人）、《点绛唇》（秋闺）、《阮郎归》（送别长姊艾夫人）；

孙凤云《菩萨蛮》（玉阶露冷虫声咽）、《蝶恋花》（春暮）、《苏幕遮》（白蘋洲）、《诉衷情》（红楼梦断晓啼莺）、《昭君怨》（斜雨半帘飞絮）、《菩萨蛮》（华堂宴罢笙歌歇）、《菩萨蛮》（翠衾锦帐春寒夜）、《十六字令》（明雨过）、《浪淘沙》（风静绣帘闲）、《菩萨蛮》（小庭春去重帘下）、《点绛唇》（折柳樽前）、《菩萨蛮》（日长深柳黄鹂啭）、《菩萨蛮》（炉烟袅袅人初定）、《虞美人》（昨年燕子衔花去）、《菩萨蛮》（寄仙品妹）；

屈秉筠《重叠金》（梨花双燕便面）；

季兰韵《菩萨蛮》（妒花风雨来何速）；

曹景芝《浣溪沙》（清明）、《虞美人》（蟋蟀）、《菩萨蛮》（秋夜，用朱淑真韵）；

屈蕙纕《菩萨蛮》（和韵）；

俞庆曾《浪淘沙》（往事惯销魂）、《浣溪沙》（惜别情怀几度猜）、《浪淘沙》（七夕）；

沈宜修《忆王孙》（梨花梦转杏花寒）、《忆王孙》（银灯花谢酒初醒）、《浣溪沙》（闺情）三首、《菩萨蛮》（回文）、《菩萨蛮》（春闺）、《菩萨蛮》（回文）、《菩萨蛮》（春思）、《忆秦娥》（风萧萧）、《清平乐》（柔情如结）、《踏莎行》（君庸屡约，归期无定，忽而梦归，觉后不胜悲感，赋此寄情）；

叶纨纨《浣溪沙》（憔悴东风鬓影轻）、《浣溪沙》（寂寂重帘昼影沉）、《浣溪沙》（闲闷闲愁不自持）、《浣溪沙》（斗草庭边事已迁）、《菩萨蛮》（和老母赠别）；

叶小鸾《后庭花》（夜思）、《浣溪沙》（春思）、《浣溪沙》（春闺）、《菩萨蛮》（初秋）、《减字木兰花》（秋思）、《上阳春》（咏柳）、《阮郎归》（秋思）、《浪淘沙》（薄暮峭寒分）、《虞美人》（看花）、《千秋岁》（即用秦少游韵）；

缪珠荪《点绛唇》（花芳鬓云）；

张学雅《生查子》（梦醒烛条斜）；

丁白《醉花间》（眉敛翠）；

顾绣琴《长相思》（忆叶昭齐表妹）；

徐映玉《点绛唇》（上元后一日）；

钱贞嘉《天仙子》（宝髻蓬松羞翠镜）、《月笼沙》（新犯曲）；

林绿《忆王孙》（本意）；

吴文柔《谒金门》（寄汉槎兄塞外）；

张粲《感恩多》（捧卮河畔立）；

宋瑊《卖花声》（春暮寄外）；

顾树芬《浣溪沙》（杨花）；

虞兆淑《点绛唇》（梅绽芳菲）；

陈口口《醉公子》（绿窗残梦醒）、《谒金门》（春情）；

倪小《菩萨蛮》（秋夜独坐）；

陈挈《菩萨蛮》（今生浪拟来生约）；

叶文《凭栏人》（渺渺春风忆瘦腰）；

秦昙《醉公子》（香囊垂绣凤）、《蝶恋花》（寒食才过春又半）；

胡莲《蝶恋花》（忆惜相逢银烛底）；

吴湘《菩萨蛮》（谁家玉笛声呜咽）；

吴琪《蝶恋花》（淡月溶溶花映绿）；

吴九思《生查子》（子夜体）；

蓉湖女子《菩萨蛮》（仿王修微回文）；

侯承恩《捣练子》（春梦杳）；

吴永汝《如梦令》（帘外一枝花影）；

吉珠《菩萨蛮》（南天一雁飞无迹）；

陈沅《荷叶杯》（有所思）、《转应曲》（送人南迁）；

顾媚《花深深》（闺怨）；

寇湄《蝶恋花》（眉淡衫轻春思乱）；

张阿钱《减字木兰花》（寄姊）；

顾信芳《点绛唇》（雨过晴窗）、《浣溪沙》（凤髻梳成整翠钿）、《浣溪沙》（嫩绿新红映碧池）、《菩萨蛮》（春云剪剪春烟薄）、《菩萨蛮》（秋声飒飒惊秋睡）；

刘□□《清平乐》（柳丝）；

王佩兰《苏幕遮》（簾边红）；

吴规臣《青玉案》（烟痕吹暮风丝冷）；

范玉《阑干万里心》（春山平远不宜秋）；

许庭珠《采桑子》（红樱斗帐愁难寝）；

管筠《浪淘沙》（日迟芳氅声）；

熊象慧《卜算子》（杨柳弄轻柔）；

戴锦《如梦令》（春夜）；

王淑《蝶恋花》（春日病起）；

孙汝兰《百尺楼》（采莲词，戏用独木体）；

冯兰因《酷相思》（怀归佩珊）；

陆姮《菩萨蛮》（寄外）；

沈珂《雨中花》（风雨连宵花外骤）；

吴麟珠《长相思》（题《美人斜倚熏笼图》）；

刘□□《行香子》（柳色才匀）；

丁采芝《浪淘沙》（重读《生香馆诗词》题后）；

蒋□□《浪淘沙》（立夏前送妹）；

李道清《浣溪沙》（小阁红箫韵未休）、《浣溪沙》（春水悠悠澹远空）、《浪淘沙》（春闺）、《青玉案》（暮春）、《更漏子》（秋思）、《菩萨蛮》（博山香定烟丝直）、《菩萨蛮》（莲塘夜静箫声起）、《相见欢》（昼长正自堪眠）；

杨全荫《醉桃源》（晚妆楼上夕阳斜）、《珍珠令》（鹧鸪唱断江南路）、《太常引》（断肠春色）。

陈梦坡《蜕词残稿》(《蜕翁诗词刊存》本)一卷刊行。内含《瓣心词》《续录》。浙江图书馆等有藏。(后收入曹辛华主编:《民国词集丛刊》第 16 册)

项炳珩《环山楼词》一卷刊行。(后收入曹辛华主编:《民国词集丛刊》第 21 册)

邹弢《三借庐词賸》一卷刊行。(后收入曹辛华主编:《民国词集丛刊》第 22 册)

刘炳熙《无长物斋词存》刊行。内含《梦痕词》《焦尾词》《春丝词》。卷首有缪荃孙《叙》,卷尾有周庆云《跋》、刘承幹《跋》。(华东师范大学图书馆等有藏。后收入曹辛华主编:《民国词集丛刊》第 29 册)
周庆云《跋》中曰:"右毗陵刘语石先生所为词曰《梦痕词》、曰《焦尾词》、曰《春丝词》,都凡五卷二百七十余首。先生之于词,若是其勤欤?虽然,犹鳞爪也。庆云习闻先生词名,而相见独晚。"

刘鉴《分绿窗词钞》一卷刊行。(浙江图书馆等有藏。后收入曹辛华主编:《民国词集丛刊》第 29 册)

薛绍徽《黛韵楼词集》二卷刊行。卷首有薛裕昆《序》。(后收入曹辛华主编:《民国词集丛刊》第 30 册)

徐珂《纯飞馆词》《纯飞馆词三集》,由上海商务印书馆刊行。卷首有夏敬观《序》。为《天苏阁丛刊》一种。(上海图书馆藏。后收入朱惠国、吴平编:《民国名家词集选刊》第 7 册)
夏敬观《序》中曰:"余既久知仲可,初未尝以文章为识面之贽。昨年,始得见仲可于沪,读其所为歌词。今仲可复次第所作,来质于余,则小站军次感赋诸阕,皆在编中。而其近今所为,哀时感事,沉郁顿挫,非徒曼声靡歌,回肠荡气,以尽其情而已矣。"

《艺社诗词钞》一卷附《诗钟选》一卷刊行。（后收入曹辛华、钟振振选编：
《清末民国旧体诗词结社文献续编》第 40 册）词作有：

沈宗畸《忆旧游》（重过什刹海酒楼感旧）；

张景延《忆旧游》（重过什刹海酒楼感旧）；

贺良朴《忆旧游》（重过什刹海酒楼感旧）、《金缕曲》（陶然亭怀古）；

袁祖光《忆旧游》（重过什刹海酒楼感旧）、《金缕曲》（陶然亭怀古）；

吴坚《忆旧游》（重过什刹海酒楼感旧）；

曾福谦《忆旧游》（重过什刹海酒楼感旧）；

唐复一《忆旧游》（重过什刹海酒楼感旧）；

成昌《忆旧游》（重过什刹海酒楼感旧）；

周焌圻《忆旧游》（重过什刹海酒楼感旧）、《金缕曲》（陶然亭怀古）；

寿玺《忆旧游》（重过什刹海酒楼感旧，从梦窗韵）；

萧亮飞《金缕曲》（陶然亭怀古）、《忆江南》（什刹海赏荷）；

项乃登《金缕曲》（陶然亭怀古）、《忆江南》（什刹海赏荷）；

李丙荣《金缕曲》（陶然亭怀古）、《忆江南》（什刹海赏荷）；

剑亮按：以上部分词作，附有评语。沈宗畸《忆旧游》词被评曰"不堪卒
读"；张景延《忆旧游》词被评曰"如画如话"；贺良朴《忆旧游》词被评曰"疏
隽"，《金缕曲》词被评曰"上半阕音节高亮，尤擅胜场"；袁祖光《忆旧游》词
被评曰"谐而稍率，却是能手"，《金缕曲》词被评曰"歌离吊梦，荡气回肠。下
半阕稍以专咏香冢，然词自佳妙"；吴坚《忆旧游》词被评曰"凄艳在骨"；曾
福谦《忆旧游》词被评曰"音律谐熟"；唐复一《忆旧游》词被评曰"饶有警句"；
萧亮飞《金缕曲》、《忆江南》词被评曰"斐亹跌宕，一往情深"；项乃登《金缕
曲》、《忆江南》词被评曰"有过于流利处"；周焌圻《金缕曲》词被评曰"一起
尤胜"；李丙荣《金缕曲》、《忆江南》词被评曰"小令更佳"。

又按：艺社成立于北京。由易顺鼎、沈宗畸主事。社员 42 人。社课诗、词
并作。辑有《艺社诗词钞》一卷附《诗钟选》一卷，上海图书馆藏。

【报刊发表】

《雅言》第 8 期刊发：黄侃、汪东联句《和南唐李后主词》。有黄侃题记，曰：
"壬子十月十九夜漏三下和成。颇愧不如重光，然尚无近代纤佻拗涩之病。余与

旭初相竞为此，和成后细观，初无轩轾。藏之箧中，以志良朋吟赏之乐云尔。黄侃记。"作品有《清平乐》（玉楼天半）、《喜迁莺》（斜照敛）、《阮郎归》（行云和梦下遥山）、《锦棠春》（雨湿香泥透）、《应天长》（凤帷妆倦羞窥镜）、《望远行》（自有闲愁不肯明）、《浪淘沙》（花径水潺潺）、《浪淘沙》（漂泊易成哀）、《木兰花》（梨花院宇春飞雪）、《虞美人》（平芜又见春痕绿）、《虞美人》（一年芳事匆匆了）、《一斛珠》（小梅开过）、《临江仙》（落花深院无人见）、《蝶恋花》（谁见凌波花下步）、《破阵子》（梦里已忘身世）。

剑亮按：《雅言》，半月刊，1913 年 12 月 25 日创刊于上海。主编康逵窘。雅言杂志社编辑发行。内容有论说、记事、文艺、杂录四大门类。其中文艺门又辟有《名贤遗著》《学录》《文选》《诗录》《诗话》《丛谈》《小说》等栏目。终刊时间不详。

《东吴》第 1 卷第 4 号刊发：王佩诤《摩西遗词》《吊陶公璞青词》《击楫图题词》《钟钟山词》。（后收入王佩诤撰，王学雷辑校：《瓠庐笔记》，山东画报出版社，2017 年，第 5 页）

【词人生平】

吴昌绶逝世。

吴昌绶（1856—1914），字伯宛，一字甘遁，号印丞，晚号松邻，浙江仁和（今杭州）人。官内阁中书。有《松邻遗词》。另辑刻《双照楼影刊宋金元本词》。钱仲联《近百年词坛点将录》曰："伯宛《长亭怨慢》（题忍庵春蛰吟）句云'恨芬菲世界，划地乱红无数'，'采笔零星，赋愁如许'。《松邻遗词》一卷，可作如是观。《双照楼影刊宋元本词》，世称精椠。"（钱仲联：《梦苕庵论集》，第 413 页）

陈昭常逝世。

陈昭常（1868—1914），字平叔，号谏墀，一字简始，亦作简持，广东新会（今属江门）人。官至吉林巡抚。与梁启超、曾习经等唱和。有《廿四花风馆词钞》。

1915 年

（民国四年　乙卯）

1 月

10 日，《民权素》月刊第 4 集刊发：

匪石《与樊子论词书》，中曰："窃尝论近人为词，易犯之弊有二：五宫失传，四声不讲，破律则以碎金为借口，失韵则以叔夏为护符。既非自度之腔，转多误填之调。此其一也。或则遣词不择，造语多粗，獭祭及重译之书，兔册列生硬之字。泥沙俱下，粗粝并咽，不独失'晓风残月'之遗，抑亦非'铁板铜琶'所取。此其二也"；

天骄《醉花阴》（无题）、《雨中花》（一任残红飞去了）；

叔子《金缕曲》（濒返吴矣，匪石邀饮酒家，并为词属和，倚此示之）、《虞美人》（依韵和匪石）；

匪石《虞美人》（游静安寺，口占示叔子）；

枕石《眼儿媚》（寄钝庵）、《小重山》（前意）；

砺须《鹧鸪天》（贺归娶）五首；

剑华《金缕曲》（赠春航）；

觇庐《菩萨蛮》（过旧销魂处题壁）四首；

泣花《菩萨蛮》（别季英）；

天放《清平乐》（和断肠词）、《生查子》（前意）、《浪淘沙》（前意）、《菩萨蛮》（前意）；

箸超《桃源忆故人》（无题）、《浣溪沙》（无题）；

龚侠《嘲脱馆先生词》，词作有《一斛珠》（人谁自晓）、《感皇恩》（一到了家庭）、《蝶恋花》（娘子你何为乱道）。

10 日，《游艺杂志》第 1 期刊发：

佩夫《菩萨蛮》（烛花惨淡光明灭）、《谒金门》（忆年时）；

傅希轼《满江红》(斯世何心)。

剑亮按:《游艺杂志》,月刊,1915 年 1 月 10 日创刊。游艺杂志社(浙江台州黄岩)编。存见第 1 期。

15 日,《双星杂志》第 1 期刊发:

影虹女史《浣溪沙》(祝词),曰:"湖海元龙气未降,明河秋影落吟窗,寒星作作作光芒。 鹊脑焚余怀昔梦,鸳针度与为谁忙。相思名字总成双";

国学昌明社《精印龚芝麓词钞》广告,曰:"龚芝麓先生为有清一代大家,与钱牧斋、吴梅村等齐名。读者虽读其《三十二芙蓉馆全集》,终未得见其词集为憾。本社觅得海内孤本张山来手校之《香严词》,都数百首。每首之下有王西樵、宋荔裳、尤西堂、纪映钟、计甫草、丁飞涛、王渔洋、彭羡门、朱竹垞、钱葆酚、董文友、陈其年、曹顾庵、吴薗次、孙豹人、邹程村、汪蛟门、顾梁汾、毛稚黄、杜于呈、汪苕文诸名家评语。有语皆香,无文不艳。先生词探源北宋,分轨五代。机智善巧,谓如芙蕖出水,秀色天然,晓黛横秋,苍翠欲滴,良非虚语。尤善为叠韵之作,愈狭愈工,其所传秋水唱和一词,硬句盘空,纵横排奡,共有三十余首,可为大观。集中附载先生与横波夫人之逸事,并可以资考证,诚艺林之瑰宝,亦词苑之宏裁也,倚声家不可不先睹为快。现已付印,不日出版";

梅魂《菊影楼话堕》,曰:"花雨连朝,春寒弥甚。雨霁,过徐园,期兰不至,怅然而返。会忏红自东京惠我桃花笺,率书《虞美人》二词,奏记妆阁云:'轻烟澹粉春如画,新月初三夜。弯弯月子恰如钩,钩起一丝杨柳一丝愁。 疏香小艳东风冷,比著人儿病。病来怕瘦旧梨云,且倚药栏花砌当香薰。'(其一)'小庭花落无人管,点点春愁惨。落花不肯作香泥,早又乱鸦衔过粉墙西。 曲阑觅句敲难稳,载著春愁等。愁来还说不相思,忘了满身风露立多时。'(其二)翌日,兰报以手制绣囊。余更集羽琤诗,为七律四章赠之,记有句云:'一番心上温磨过,艺是针神貌洛神。'盖纪实也";

苓农《点绛唇》(孙子颂陀以所集定公句曰《缀珍集》见示,且索题词。宵灯篝诵,触绪悲来,为赋二解)二首、《好事近》(四明周氏仿日人六三园式筑学圃于静安寺南,梦坡约同倦鹤、涤尘及予往游,归赋五古一章纪事。涤尘以《迈陂塘》词和之,予亦继声)、《减字木兰花》(题武进庄繁诗女士手写《楚辞》);

语石《忆旧游》(题王苓农《梅魂菊影室填词图》);

雾壑《共和竹枝词》(江东一片花如雪)、(东风吹起愁如海)、(记得凤箫初引处）、（画向空山雪满时）。

剑亮按：《双星杂志》，月刊，1915 年创刊于上海。当年终刊，共出 8 期。倪羲抱主编。双星杂志社编辑出版，文明书局发行。首载西神残客、姚鹓雏《发行词》各一篇。设小说、传奇、文苑、话剧和京剧方面的论说、剧本及野史、剧评、杂俎、词话、曲话等栏目。

24 日，傅岳棻（字治香）访许宝蘅，并"以近作《石湖仙》词相示"。（许宝蘅著，许恪儒整理：《许宝蘅日记》第 2 册，第 519 页）

25 日，《小说月报》第 6 卷第 1 号刊发：

仲可《惜奴娇》（董洵五属题其大父枯匏先生所摹戴务旃《山水行册子》）、《望云涯引》（金台怀古）、《雪狮儿》（金陵怀古）；

子大《水调歌头》（九日与塞向携榼渡江，醉于潜木斋中。塞向和稼轩九日词韵见赠，和答）、《水调歌头》（塞向追赋庚戌九日吴祠山游。忆戊申秋，为节庵主禊，并在山堂，时塞向方令武昌，未归。庚戌以后，山丘零落，抚今思昔，能毋慨然！再叠辛韵，赠塞向）、《水调歌头》（九日之集，罗四峰、郭百迟、黄竺友、舒湜生并在座，三叠韵，赠潜木，并示诸公）、《水调歌头》（九日，四叠韵，题《酒人抱瓮图》）、《水调歌头》（十日，偕塞向翁还武昌，潜公、迟父散步送至渡口，循览洋场。风景黯然，赋之，五叠辛韵）、《水调歌头》（十日，归舟望黄鹤楼，慨念昔游，六叠辛韵）。

本月

《繁华杂志》第 5 期《吟啸》栏目刊发：樗瘿、一鹤、轶池词。

《女子杂志》刊发：徐自华《满江红》（民国元年正月二十七日，为璇卿开追悼会于越中大善寺，谱此为迎神之曲）。（后收入《民国珍稀短刊断刊·上海卷》第 22 册，第 10687 页。参见 1912 年 3 月 15 日）

剑亮按：《女子杂志》，月刊，1915 年创刊于上海，由女子杂志社出版发行。当年终刊。

2 月

13 日，李绮青作《绛都春》（甲寅除夕，自酒楼饮归）。（李绮青：《草间词》，第 9 页。后收入朱惠国、吴平编：《民国名家词集选刊》第 3 册，第 128 页）

13 日，况周颐作《烛影摇红》(甲寅除夕)。(况周颐:《鹜音集》之《蕙风琴趣》，第 15 页。后收入曹辛华主编:《民国词集丛刊》第 3 册，第 248 页。亦收入况周颐、赵尊岳:《蕙风词二卷和小山词一卷》，第 5 页，朱惠国、吴平编:《民国名家词集选刊》第 6 册，第 343 页)

13 日，周岸登作《春从天上来》(甲寅除夕，用玉田体)。(周岸登:《长江词》，民国三年[1914]刻本，第 28 页。后收入曹辛华主编:《民国词集丛刊》第 8 册，第 519 页)

13 日，张素作《百字令》(除夕)。(后收入张素:《南社张素诗文集》，第 632 页)

14 日，周岸登作《八节长欢》(乙卯元旦赋)。(周岸登:《长江词》，第 28 页。后收入曹辛华主编:《民国词集丛刊》第 8 册，第 520 页)

15 日，《双星杂志》月刊第 2 期刊发:

仆本恨人《尘海燃犀录》(续)，中曰:"接着，婚礼已毕，花魂连忙请倪老先生等在园中吃酒。子民、无斋一班相熟的人也都在那里。倪老先生也就不复推辞，并且叫花魂不要招呼，独与痴蝶、子民、无斋、剑虹、联元等几个人在一只岸船中聚饮，吃了几杯，高兴起来，说起那天的酒令。倪老先生今天道要别开生面，每人做一首词，不限调，不限题，不限韵，但是须用词牌名集成的。子民道，这个法子更难，我第一个要交白卷，大家也齐说难做。倪老先生道，你们还没有做，怎么晓得难不难。我算令官，我就第一做吧。说着，凝思了一回，说道，有了。就拿纸笔写将出来。《菩萨蛮》:'个侬月底修箫谱，六幺花犯黄金缕。消息隔帘听，瑶台第一层。 暗香爪茉莉，凤帐春多丽。芳草怨王孙，巫山一片云。'大家齐声道，究竟是斫轮老手，天衣无缝，允推此种。痴蝶道，我也勉强凑成一阕，不知好不好，写出来，请诸位方家教正吧。也就写道:《忆秦娥》:'思佳客，霜天晓角城头月。城头月，早梅芳近，暗香消息。 皂罗特髻丁香结，怨春未醒金蕉叶。金蕉叶，青衫湿遍，洞庭春色。'大家看了，都嚷说，一时瑜亮，莫分优劣";

檗子《琴调相思引》(袁子《辛未采菱图》，伽庵属题)、《章台月》(七夕过含芳妆阁);

芟农《南洋竹枝词》(上元)十首;

芟农《梅魂菊影室词话》四则;

企翁《剩墨斋笔记》，一则曰："秦小红，海盐名妓也。明眸善睐，皓齿流芳。通文翰，与人相接，恂恂然有儒者气，故人多乐就之。颜其居曰谈笑轩，壁间名士题赠殆遍。中有张青在先生所题红娘子词云（略）。按先生海盐人，名宗松。博学，工诗，词亦楚楚可诵。著有《意花集》。中载四时闺词《捣练子》四阕，全集调名，信手拈来，如天衣无缝，佳作也。词云：'春光好，柳初新。传言玉女摘红英。一枝花，一枝春。 红窗睡，恋香衾。愁春未醒踏莎行。寻芳草，忆王孙。''夏初临，瑞云浓。倚阑调笑击梧桐。双头莲，满江红。 爪茉莉，玉珑璁。疏帘淡月一丝风。澡兰香，鬓云松。''一叶落，撼庭秋。声声新雁过妆楼。卷珠帘，金凤钩。 拨棹子，泛兰舟。清波簇水调歌头。惜秋华，扫花游。''琐窗寒，十二时。小楼连院雪花飞。早梅芳，玉交枝。 红罗袄，金缕衣。双双捉拍丑奴儿。辊绣球，踏歌辞。'"；

仙芝《梨园劂抹》，曰："蕙兰，乔姓，名桂琪，号纫仙。唱昆旦，善书画。先君《梦痕词》有调《减兰》云：'秉简濮上，忆昔春风正骀荡。秾李无言，回首天涯欲断魂。 山礬是弟，相对柔情渺无际。如此幽芳，位置词人越缦堂（谓莼客）。'又题画，调《百字令》云：'空山无语。怅西风摇落，天涯迟暮。满眼榛荆摧未尽，谁识冰霜情绪。感旧怀人，悲秋病酒，并入愁如许。人生难得，同心知己相聚。 最是灯炧挑残，炉烟蒸尽，怕读《离骚》句。我亦伤心同落魄，独抱冬心未遇。写入湘缣，情苗恨叶，脉脉经秋雨。孤芳珍重，莫叹生涯如絮。'"又一则曰："诸桂枝，号秋芬，顺天人。昆旦。善弈。《梦痕词》有赠秋芬，调《桂枝香》词云：'翩翩年少，正情绪缠绵，丰姿夭矫。小字偷来月里，吴郎应恼。红灯绿酒浑游戏，各分曹、藏钩斗巧。海棠沉醉，驮来骢马，霜天初晓。 一弹指、铅华渐老。叹珠转歌喉，不如春鸟。犹幸风流潇洒，旧愁如扫。可知我亦无肠断，玉山颓、一尊倾倒。词场落拓，生涯依旧，莫谈天宝。'"又一则曰："钱秋菱，号苻香，本苏州人，居京师久，遂为顺天人。唱昆旦，工管弦。麋月楼主诗云：'江左风流不易逢，神清卫玠最雍容。人间乍听湘灵瑟，数遍青青江上峰。'《梦痕词》有为秋菱、砚芬作，调《解佩令》云：'梨花清睡，桃花沉醉，着些儿、使娇矜媚。活色生香，身价重、鲜伴丹荔。怎禁他、蝶须蜂尾。 荀郎香细，何郎粉腻。最难忘、暗传眉意。侧侧春寒，苦劝着、团花半臂。正青春、一般佳丽。'按砚芬即余紫云字，名伶余三胜子也，工艺事，善琵琶。"又一则曰："张天元，号瑞香，天津人。青衣兼花旦、刀马旦。工《六月雪》《宇宙锋》《樊江关》

《攻潼关》《翠屏山》诸剧。先君《潭水词》有调《人月圆》云：'长房不缩相思地，咫尺即天涯。可人何处，寒潭摇影，秋雪吹花。　盈盈一水，年年一度，贯月虹槎。千金身价，红珠有泪，紫玉无瑕。'"

20日，周岸登作《一萼红》（乙卯人日，用石帚淳熙丙午人日韵，赋西园官梅）。（周岸登：《长江词》，第29页。后收入曹辛华主编：《民国词集丛刊》第8册，第521页）

25日，朱孝臧作《水龙吟》（麦孺博挽词）。（马兴荣：《朱孝臧年谱》下，马兴荣等主编：《词学》第15辑，第236页）

25日，《小说月报》第6卷第2号刊发：仲可《减字木兰花》（民国三年九月十一日作，时政府方以全欧战争波及青岛，守局部之中立也）、《探芳信》（赠孟纯生）、《梦玉人引》（自题《天苏阁娱晚图》）。

本月

《繁华杂志》第6期《吟啸》栏目刊发：

樗瘿《长相思》（送别）；

轶池《轶庐诗余》。

春音词社在上海成立。由王蕴章、陈匪石、周庆云等人倡导成立，推举朱祖谋为社长。先后加入的社员有庞树柏、袁思亮、夏敬观、吴梅、潘飞声、况周颐、郭则沄、林葆恒、杨铁夫、黄孝纾等。1918年词社解散。

剑亮按：有关春音词社的活动，《吴兴周梦坡（庆云）先生年谱》记曰："府君创春音社，初夏为第一集，以樱花命题，调限《花犯》，推朱沤尹年丈为社长。先后入社者有朱沤尹、徐仲可、庞檗子、白也诗、恽季申、恽瑾叔、夏剑丞、袁伯夔、叶楚沧、吴瞿安、陈倦鹤、王莼农诸先生。"《吴兴周梦坡（庆云）先生年谱》所述之词，列举一二如下。

徐珂《花犯》（春音词社第一集赋樱花）："抚危栏，看花倦眼，斜阳迟残醉。玉窗何地。拼寸许芳心，轻负姝丽。海天恨远孤根倚，琼阴扶困起。便与说、佳期蓬岛，啼鹃春万里。　嫣然弄姿殢东风，邻墙畔总是、蛮妆红紫。仙路迥，倾城色，黯销英气。余寒外、翠苔更点、莺燕妒、枝头空绣绮。漫记省、旧家眉妩，前尘寻梦里。"

徐蕴华《花犯》（赋樱花，步调和春音诸子）："隔蓬莱，飘云一片，胭脂洗芳雾。虎飙微动。恁斗取铅华，鼓点催暮。北洲血溅移根苦，凄情鸿鹄诉。奈转首、东邻一笑，窥人终肯顾。 仙娥岂屑作浓妆，箜篌咽翠帷、依稀回护。遭碧水，潜勾引，妒春应妒。休羞看、并肩绰约，只曾向、层台承玉露。怎料得、莲前梅后，南天花作絮。"（《南社》第 17 集。后收入曹辛华、钟振振选编：《清末民国旧体诗词结社文献续编》第 16 册，第 249 页）

庞树柏《瑞龙吟》（徐园春音词社雅集，用清真韵）："淞波路。犹有暝翠笼烟，晚香漂树。伤春残客重来，画栏倚遍，寻诗甚处（自注：予自甲寅春日赏梅于此，不到园中已一年有半矣）。 共延伫。输与傍人秋燕，久栖堂户。花前待说相思，倚尊忍积，新亭对语。 多少沧桑余影，凤愁徽冷，鸾羞奁舞（自注：时梦坡丈以徽宗琴，予以河东君镜先后征题）。空费几回哀吟，人事非故。零星醉墨，分补题襟句。 还应念、灵峰旧梦，吴皋幽步。料理疏狂去。休教酒醒，翻牵恨绪。青鬓惊霜缕。无奈又、催归车尘吹雨。俊游自惜，一般萍絮。"

陈匪石《瑞龙吟》（淞滨久客，游赏多在徐园，离合悲欢事乃万状。乙卯立秋前一日，春音社又集于此，檗子和清真此调见示，率同其韵）："长堤路。还见冷翠侵苔，暝烟笼树。枝头声咽残蝉，院槐自老，新凉处处。 漫回伫。前度绽桃春晚，笑窥帘户。年年换却秋风，旧时燕子，西窗倦语。 重鼓探芳余兴，采菱低唱，垂杨慵舞。桑海泪中相看，人半新故。冰弦掩抑，无限伤心句。凭谁话，江皋佩影，幽廊屟步。过眼繁华去。题襟剩有，诗情酒绪。平剪愁千缕。偏又是、纷纷梧桐吹雨。梦痕暗结，一天云絮。"（陈匪石著，刘梦芙校：《陈匪石先生遗稿》，第 49 页）

王蕴章有《花犯》（春音社第一集赋樱花，依清真四声）、《花犯》（数繁华）、《眉妩》（春音社二集，赋河东君妆镜拓本）、《眉妩》（算香留奁史）、《高山流水》（春音社三集赋宋徽宗琴）、《高山流水》（凤池一勺啸龙寒）、《霜花腴》（春音社四集，赋菊花）、《霜花腴》（晚香傲客）等（《南社丛刻》第 19 集）。其中，《霜花腴》（春音社四集，赋菊花）："晚香傲客，淡围容、重逢晋代衣冠。南国霜多，西风人瘦，东篱避世都难。带围尽宽。认泪痕、犹湿花前。误年时、旧约餐英，变骚声动楚江寒。 消息故园如梦，又闲阶叶落，唱彻哀蝉。摇日分黄，移云裁紫，新来恨墨盈笺。待归系船。料两开、清影娟娟。过重阳、几误佳期，卷帘还怕看。"

白炎（中垒）有《眉妩》（春音社第二集，赋河东君妆）三首。（《南社》第

22 集。后收入曹辛华、钟振振选编:《清末民国旧体诗词结社文献续编》第 19 册,第 457 页)

叶楚沧有《眉妩》(春音社第二集,题河东君妆镜拓本):"便青留波眼,翠拥山眉,妆点斗娥(女苗)。只惜琉璃翠,垂虹夜,回灯长记双照。绛云春晓,映一枝、红豆娇小。间鸾影、秋水冰奁里,换几度颦笑。 相看应知愁少。是汉宫眠起,风柳纤袅。至竟春何许,千秋恨、金碗魂返香草。麝纹暗绕,认冻痕、落晕轻扫。退想圆姿零,落成玉台稿。"(《南社》第 22 集。后收入曹辛华、钟振振选编:《清末民国旧体诗词结社文献续编》第 19 册,第 520 页)

赵尊岳《蕙风词史》:"其时海上有词社,徐仲可、王纯农、周庆云诸君奉彊村为社长。先生填词,独往独来,初未入为社友;而彊翁促为词课,始赋《高阳台》。"

况周颐在朱彊村的要求下,也为春音词社作社课,即《高阳台》(和沤尹社作韵,我非社中人也)。词曰:"网户斜曛,铜街薄暝,窥人柳眼犹青。几换晴阴,东风又绿林亭。流莺劝我花前醉,怕花枝、万一多情。最愁人、何处高楼,今夕残筝。 韶华不分成萧瑟,奈江关庾信,略约平生。戏鼓铙箫,尊前尽费春声。蘼芜特地伤心碧,算年年、总负清明。更何堪、旧垒红襟,来话飘零。"

3 月

15 日,《双星杂志》月刊第 3 期刊发:

王蕴章《点绛唇》(上巳修禊,佛士招领惜春妆阁,分韵得在字)、《湘月》(星洲秋感,寄示沪上诸友)、《迈陂塘》(帆影)、《喝火令》(宝瑟楼台冷)、《虞美人》(新霜昨夜迎秋到)、《高阳台》(病叶敲秋)、《金缕曲》(赠仰光杨子贞,用蒋竹山韵)、《凤凰台上忆吹箫》(用漱玉韵)、《祝英台近》(怨红绡)、《南洋竹枝词》十二首;

芟农《梅魂菊影室词话》二则。一则曰:"《东欧草堂词》,祥符周星誉著。星誉,字畇叔,著作甚富。词学辛、柳,非其所长,而时有佳致。亦如项羽读书不成,去而学剑,而又不肯竟学者也。《洞仙歌》十阕,旖旎风流,别开一格。于诗为冬郎、玉溪,于字为河南、松雪,足为全集压卷。录之如下(略)。"又一则曰:"《画梅楼倚声》四卷,武进汤雨生都尉著。雨生以武家子殉难金陵,大节凛然。而词乃缠绵往复,得一唱三叹之遗,足与画笔并传。如《鹧鸪天》(苏州作）云：'春风绿水杨花命，细雨红楼燕子家。'《采桑子》（题画有感）云：'白鸥家在蘋风里，秋水长天。细雨空烟，一别天涯思渺然。　美人不记青衫湿，宛转冰弦。江月弹圆，仍上当年送客船。'皆有晏家风格。雨生一门风雅，眷属神仙，如双湖夫人、碧春女公子，皆以诗画著称。《红豆》《双声》不乏言情之作。其《喝火令》词云：'中酒迎人懒，调鹦挽髻迟。开帘已是又中时。团扇羞看细字，前夜定情诗。　斗草输群佩，含毫褪口脂。堂前冷落赏花卮。姊去吹箫，小妹去弹丝。郎去红牙低按，侬去唱郎词。'歇拍翻古乐府中妇小妇入词，抑何绮丽乃尔"；

藤花亭长《藤花亭曲话》。一则曰："吴毂人祭酒《有正味斋词》，人多读之。其所为南北曲，亦复妙墨淋漓，欲与元人争席。所作《渔家傲》乐府，尤为集中最得意之作。其自序云：'余游富春之渚，经七里之滩。万竹光中，针阳晒网；一波折处，细雨施罘。缅怀高寄之踪，指点归耕之处。径路或迷于黄叶，人家全在乎翠薇。弄水相思，寻烟欲问。台高百尺，其钓维何。祠阅千秋，伊人宛在。只觉风流之足慕，敢辞《水调》之难工。恣我楮毫，被之弦索。演逸民之列传，写渔父之家风。人将读之而解颐，吾亦因之而寄傲也。'"

太原宦隐《奇想天开集》，有《宦景十调》，曰："右稿系自署绍伊者寄来，词仿山谷演雅，描摹官场情形，极绘色绘声之妙。味其语意，当是清代盐业全盛时，淮上听鼓者所作。观第一阕及第七阕，可以想见。其自跋云：'春日昼永，独坐无聊，戏以鸟兽虫鱼凑成宦景十调，工拙不计也。'亦可云好事者矣。特为揭载，以供茶余酒后之谭助，非敢为个中人写照也。其《宦情十调》倚《南乡子》，俟下期再刊。鹊脑注。'《南柯子》（到淮）、《南柯子》（初见进呈履历）、《南柯子》（例见朔望三八五十衙期）、《南柯子》（燕见不拘日期）、《南柯子》（接见按次序坐）、《南柯子》（见毕鱼贯而出）、《南柯子》（归家）、《南柯子》（委缺）、《南柯子》（委差）、《南柯子》（谋差）。"

22 日，《民权素》月刊第 5 集刊发：

笠丈《湘春夜月》（尚勾留嫩寒天气）、《绕佛阁》（画眉翠敛）；

孟劬《金缕曲》（送东荪弟之日本）、《阮郎归》（雨后快晴，郊外闲步，怅然成咏）、《寿楼春》（皋桥酒座招小鬟度曲。时盆花盛开，欣然沾醉，感音而作，不知司马青衫视此何如也）；

东荪《浣溪沙》（万里西风欲暮秋）；

枕亚《菩萨蛮》（庚戌秋词）、《鹧鸪天》（两鬓飘萧奈何尔）、《踏莎行》（一径荒榛三更败）、《太平引》（灯前清泪落纷纷）、《点绛唇》（落魄半生）；

天放《清平乐》（和《断肠词》）；

鸳春《浪淘沙》（红豆种心苗）、《浪淘沙》（梅瘦雪魂骄）；

箬超《玉京谣》（舟行鉴湖）。

22日，周岸登作《长江词自序》，曰："《邛都词》既削稿，明年乃返成都。求词学旧书，渺不可得。华阳林山腴同年思进，以万红友《词律》见贻，颇用弹正，未暇一一追改也。适再出知蓬溪，蓬兼有唐长江、唐兴、青石三县地，而长江以贾簿故最名。江山文藻，触感弥深。从政之余，引宫比律。倚双白之新声，无小红之低唱。自歌谁答，良用慨然。历秋涉春，亦复成裒。中有《和庚子秋词》百余首，别录为卷，最而刊之。弁以《长江》，犹是《邛都》之意也。乙卯春分，蓬溪官廨记。时将受代，漫卷诗书矣。"（李谊辑校：《历代蜀词全辑》，重庆出版社，2007年，第986页）

25日，《小说月报》第6卷第3号刊发：

仲可《摸鱼子》（呈郑苏戡前辈）、《一丛花》（梦坡招饮于若兰妆阁，即席作。座客赋诗以宋潘邠老"满城风雨近重阳"句为首唱，余谱此词应之）、《剔银灯》（席次酬陈倦鹤、庞檗子、王荸农）。

27日，朱孝臧作《高阳台》（花朝，渝楼同蒿叟作）。（后收入曹辛华主编：《民国词集丛刊》第3册《鸳音集》，第210页）

剑亮按：况周颐有《高阳台》（和沤尹社作韵，我非社中人也）。后收入曹辛华主编：《民国词集丛刊》第3册《鸳音集》，第248页。白敦仁谓《高阳台》词乃朱孝臧逸社第二次社集之作（朱孝臧著，白敦仁笺注：《彊村语业笺注》，第271页）。郑炜明谓况周颐"和沤尹社作韵"之"社"，"应指逸社"（参见郑炜明：《况周颐先生年谱》，第245页）。

又按：缪荃孙《艺风老人日记》："逸社第二集，冯中丞主社，以'白日放歌须纵酒，青春作伴好还乡'分韵。"（缪荃孙：《艺风老人日记》第7册，第2821页）比对朱孝臧、况周颐两词，所用韵字为"青、亭、情、筝、生、声、明、零"，为"庚青部"，符合缪荃孙《日记》所记用韵规则，即以"青春作伴好还乡"的首字"青"韵。据此，朱孝臧作《高阳台》词乃逸社第二次社集之作。

30日（农历二月十五日），周岸登作《和〈庚子秋词〉自序》，曰："《庚子秋词》者，临桂王幼遐给谏、归安朱古微侍郎、临桂刘伯崇殿撰所同作也。是时给谏居下斜街，予于五六月间拳祸初疱时曾屡过之。后余先出京，甲辰重入京师，始得《秋词》读之。半塘已归道山，每过斜街，辄踟蹰移晷，不能为怀。革除已后，回忆旧所经历，时一展读，俯仰身世，都如梦影之视，今更不知当作何语。簿领多暇，取而和之，起甲寅腊日，迄乙卯灯节，得词百有十六，随所得为先后，不复排次。昔者方、杨、西麓俱和清真，陈三聘亦和石湖。兹之所和，未能终卷，意有愧焉。但以一时思感，寄诸文字，弃之未忍，姑录存之云尔。乙卯花朝，蓬溪县斋写竟记。"（李谊辑校：《历代蜀词全辑》，第 1103 页）

剑亮按：花朝，农历二月十五，故编于是日。

本月

姚倩、姚茝合著《南湘室诗草》出版。分"南湘室诗草"及"南湘室诗余"两部分。收诗、词 160 余首。书前有林鹍翔、朱纨的题诗。

南社编《南社》第 13 集在上海出版。（后收入曹辛华、钟振振选编：《清末民国旧体诗词结社文献续编》第 14 册）词作有：

潘飞声《抛球乐》（子梁招饮槎上，傍晚移尊猗园赏荷）、《青玉案》（寄眉子）；

马骏声《忆王孙》（连天大雨，不出户庭。无聊作此，写寄客星）；

林百举《百字令》（题亚子《分湖旧隐图》）；

谢国华《高阳台》（题茗柯先生《寒夜听琴图》）；

张光厚《换巢鸾凤》（友人归国，即题其像志别）、《如梦令》（友人归国，即题其像志别）、《鹧鸪天》（代题友人像送友）、《谒金门》（代题友人像送友）；

张昭汉《渔家傲》（七夕）二首、《何满子》（中秋月色不佳）、《青玉案》（秋日纪游）；

郑泽《秋波媚》（夏城蒸郁，时憩荷池，浓花盛开，怃焉成慨。夫以藩溷之下，鲜空旷之气。行潦一勺，凉波不生。宛彼朱华，寄身其际。低茎弱蕊，清芬莞然，泥而不滓，吁，可歌矣）、《菩萨蛮》（壬子春仲，从事城中。淫潦兼旬，赏游靡暇。偶经前院，瞥见夭桃，短枝繁华，亭亭怒发。夫以明艳之质，居风雨之中，绽蕊无妨，嫣然自笑，入诸歌谱，亦纫兰、搴芷意也）；

傅钝根《浣溪沙》（万感峥嵘到眼前）、《浣溪沙》（已是春光三月三）、《浣溪沙》(清慧还期庸福修)、《蝶恋花》(偏是花开风又雨)、《浣溪沙》(集唐)、《水龙吟》(题画《雨中春树万人家》,十二年前吴石明笔也)、《满江红》(题画《半江红树卖鲈鱼》)、《水调歌头》(题画《杨柳依依人访船》)、《百字令》(题画《偶逢樵者问山名》)、《浣溪沙》(集定庵句)五首、《满江红》(采崖出狱,赋赠)二首;

黄钧《点绛唇》(一昔词)、《忆王孙》(香车宝马逐花丛)、《眼儿媚》(山桃带雨不胜娇)、《如梦令》(眉眼盈盈秋水)、《醉太平》(楼高月明)、《丑奴儿》(酒阑人静春无那)、《菩萨蛮》(红楼几度曾相识)、《调笑令》(调笑调笑)、《相见欢》(一腔心事)、《忆江南》(花信早);

刘鹏年《一剪梅》(旅沪偶成)、《蝶恋花》(满院东风兼细雨);

陶牧《太常行》(题哲夫《冲雪访碑图》)、《三犯渡江云》(题石予《近游图》)、《甘州》(题亚子《分湖旧隐图》);

胡先骕《忆旧游》(怀仲通,步玉田寄元文韵)、《沁园春》(步晓湘见赠元韵,即以奉答)、《长亭怨慢》(怀啸迟,用白石韵)、《翠楼吟》(劫后重来,山河易色。抚今思昔,百感横生。适仲通索影,即赠一帧,赘以此阕)、《夜半乐》(马缨盛开,有感而作)、《台城路》(言志)、《上林春》(春情)、《转应曲》(明月明月);

杨铨《贺新凉》(吊季彭自溺);

沈砺《浣溪沙》(集李义山句)七首、《女冠子》(风前小立);

周斌《桃源忆故人》(用玉茗曲体,和匪石原韵)、《满江红》(题李彝士《十香词》)、《满江红》(赠詹天容,叠前韵)、《满江红》(醉后,三叠前韵)、《满江红》(重阳后三日,东园雨中赏菊,示一民誉侯,四叠前韵)、《满江红》(答卤香,五叠前韵)、《洞仙歌》(答陆丈鸥安七十五岁感怀诗,即以为寿)、《蝶恋花》(题心侠《三姝媚》说部)、《菩萨蛮》(夏日骤雨回文);

余一《虞美人》(探梅)、《满江红》(送春有感);

周亮才《浪淘沙》(武昌怀古)、《金缕曲》(落花);

刘筠《临江仙》(夏夜雨后);

陈世宜《好事近》(题娄东某夫人《红情绿意图》)、《声声慢》(题秦特臣《淮海诗词丛话》);

叶玉森《桃源忆故人》(檗子仿钮玉樵诗嵌"雨丝风片,烟波画船"八字于本调句首,专农、匪石、楚伧、剑华、朴庵诸子均有和作,索余效颦,勉成此

解)、《桃源忆故人》(与半梦谈边事，呜咽久之。复谱此阕，直变徵声矣)；

姜可生《满江红》(南嚣吊张苍水先生)；

徐梦《更漏子》(碧鸳鸯)、《南楼令》(金粉卷潇湘)；

蒋同超《大江东去》(扬子江)、《望海潮》(黄河)；

王蕴章《鹧鸪天》(西风树树，言愁欲愁。偶拈此解，奉和梦坡丈《礼查感事》之作)、《秋宵吟》(暝蛩啼)、《如此江山》(题秦涤尘《淮海先生诗词丛话》)、《貂裘换酒》(钝根老友遁迹山中，憔悴可念。日前以《红薇感旧记》索题，率成此解，以为他日相思张本。钝根见之，当知余怀之渺渺也)、《太常引》(题亚子《分湖旧隐图》)、《鹊踏花翻》(题天梅《变雅楼三十年诗征》)、《好事近》(四明周氏仿日人六三园风景，筑学圃于静安寺南。梦坡约同涤尘、匪石及予往游，首赋五古一章纪事，涤尘以《迈陂塘》词和之，余亦继声)、《点绛唇》(孙北溟肇圻以所集定公句曰《缀珍集》见示索题，为赋二解) 二首、《减字木兰花》(题武进庄綮诗女士手写《楚辞》)、《偷声木兰花》(题乐闲翁写生小册。册中画狸奴双睡，饥鼠窃食盘中飧，虫蚁蠕蠕行，争欲分其余润。翁自题乐府短章，至有思理)；

姚锡钧《高阳台》(题《兰芳集》)、《水调歌头》(中夜阅《杜十娘》小说，悲愉无端，感激万状。因成此解，寄一厂、楚伧、亚子、刘三)、《浣溪沙》(碧玉青溪宛宛流)、《浣溪沙》(绕郭青山一带斜)、《卖花声》(雨望)、《点绛唇》(阅辛亥年所作诗，有怀楚伧、亚子、浚南、道非)、《菩萨蛮》(白花惠赠徽墨湖笔，赋谢两解)、《清平乐》(龙蛇在手)；

杨锡章《疏影》(秋风至矣)；

高增《虞美人》(家兄钝剑用李后主韵成《浮海词》十四阕，极凄凉哀艳之致。昔桓子闻歌辄唤奈何，余亦恨人，谁能遣此耶？长夜无聊，和成八阕，写示钝剑，其谓之何)、《忆江南》(关山月)、《相见欢》(银屏灯影摇红)、《相见欢》(东风掩上西楼)、《浪淘沙》(嘹呖雁声哀)、《菩萨蛮》(天开杀运人难免)、《浪淘沙》(何处水淙淙)、《蝶恋花》(悄向乐游原上步)、《桃源忆故人》(庞、陈诸子用钮玉樵"雨丝风片，烟波画船"嵌字格，余读而好之，因亦继声)、《水调歌头》(题亚子《分湖旧隐图》)；

钱润瑗《减兰》(佳期未遇)；

邹铨《沁园春》(吴门简心侠)；

俞剑华《鹊桥仙》（七夕，约匪石、可生同赋）、《惜分钗》（寄尘见慰悼亡之作，怅然赋答）、《忆秦娥》（刀环折）、《暗香疏影》（溪山小农出其夫人所绘红绿梅二枝，题曰《红情绿意图》，索词，为赋是阕）、《莺啼序》（用梦窗韵）；

庞树松《凤衔杯》（希姚属题毛韵珂饰约瑟芬小影，率填一解）；

庞树柏《菩萨蛮》（拟花间）、《秋宵吟》（专农招饮，即席有作，踵和白石自度腔协四声）、《清平乐》（古泥为余琢白石砚，题以此解）、《减字木兰花》（题秦特臣《淮海诗词丛话》）、《贺新凉》（题南通徐澹庐《梅花山馆读书图》）、《剔银灯》（夜饮若兰妆阁，次仲可丈韵）、《剔银灯》（题亚子《分湖旧隐图》，叠前韵）、《踏莎行》（张园访菊，偕匪石、专农、楚伧）；

黄人《贺新凉》（吊吴江范振中）；

陈去病《清平乐》（题潘兰史《惠山访听松石图》）；

沈昌眉《买陂塘》（题石子《近游图》）、《换巢鸾凤》（题亚子《分湖旧隐图》）。

春，易孺作《踏莎行》（暮春游西湖，住素园。自泛小舟，期茂叔主人不至。寄怀乔上谭三京师，用梦窗韵。乙卯）。（易孺：《大厂词稿》之《简宧词》，第11页。后收入曹辛华主编：《民国词集丛刊》第8册，第168页）

4月

6日，冯煦作《高阳台》（乙卯清明，张园坐雨。阒其无人，孤抱凄黯，仍倚沤尹韵写之）。（冯煦：《蒿庵词賸》，民国十三年 [1924] 刻本，第4页。后收入朱惠国、吴平编：《民国名家词集选刊》第1册，第9页）

14日，《国学杂志》第1期刊发：陈匪石《法曲献仙音》（陈子巢以十四年之心力纂《笠泽词征》一书索题，赋此）。

剑亮按：《国学杂志》，月刊，是日创刊于上海。倪羲抱编辑。国学昌明社发行。终刊时间不详。

15日，《双星杂志》月刊第4期刊发：

专农《鹊脑词》，有《减字木兰花》（题南通徐澹庐《梅花山馆读书图》）、《浣溪沙》（题云间宋梦仙女士遗画，为许幻园赋）；

鹊脑《梅魂菊影室词话》四则；

尤翔玄《捧苏楼墨屑》，有《文待诏词》一则，曰："《古今词话》言及文衡山待诏，素性不喜声妓。祝枝山、唐子畏邀登画舫，预匿二姬，出以侑觞。待诏愤欲投水，乃别呼小艇送归。此与倪云林高士传有洁癖，偶眷一妓，虑其不洁，令之沐浴，至再三而天明矣，同一言过其实。不知待诏风情亦颇不薄。《南乡子》云：'雨过绿云稠，燕子还来认旧游。日暮重重帘幕闭，悠悠。残梦关心懒下楼。　芳草弄春柔，欲下晴丝不自由。青粉墙西人独自，休休。花自纷飞水自流。'此词岂规行矩步者所能为耶？"

25 日，《小说月报》第 6 卷第 4 号刊发：仲可《西河》（孙谷纫《秋思集》题辞）、《蓦山溪》（许觉园《洪涢耕钓图》题辞）。

本月

《文艺杂志》第 10 期刊发：

冒广生《虞美人》（瓯隐园送春）、《采桑子》（当初自把芳菲误）；

朱寿保《昼夜乐》（春风柳上回初遇）；

陈祖绶《蝶恋花》（园柳依依三月暮）；

洪炳文《减字木兰花》（栋花香绕）、《金缕曲》（玉介名园处）；

洪赵《菩萨蛮》（韶光荏苒如流水）；

陈启泰《齐天乐》（晋阳怀古）、《菩萨蛮》（梅心酸透莲心苦）、《霜天晓角》（题画扇《月下黄梅》）、《齐天乐》（酬周石君集杜五言见寄）、《齐天乐》（石君以题画词见寄，依韵答之）、《绿意》（芭蕉，和石君韵）、《醉太平》（鸳屏燕嗔）、《满庭芳》（茉莉，和韵）；

秉衡居士《荷香馆琐言》，有《柳如是寒柳词》一则，曰："柳河东送王皆令一词，余已录于前。其寒柳一篇，调寄《金明池》，附载抄本《有学集》中，刻本已脱去。友人张君南械曾以活字印行柳夫人诗，亦未及采此词。恐久而湮没，为录于此。词云：'有恨寒潮，无情残照，正是萧萧南浦。更吹起、霜条孤影，还记得旧时飞絮。况晚来、烟浪斜阳，见行客、特地瘦腰如舞。总一种凄凉，十分憔悴，尚有燕台佳句。　春日酿成秋日雨。念畴昔风流，暗伤如许。纵饶有、绕堤画舸，冷落尽、水云犹故。忆从前、一点东风，几隔着重帘，眉儿愁苦。待梅魂、黄昏月淡，与伊深怜细语。'"

剑亮按：《文艺杂志》，月刊，1912 年创刊于上海，由扫叶山房发行。1915 年终刊。

5 月

14 日,李孺作《长亭怨慢》(乙卯三月晦,汪甘卿参赞约余与温毅甫侍御偕至苏州,遂主其家。明日,招同曹庚荪、石子源两太守泛舟,作虎丘之游。夕阳西下,晚风送凉,余与毅甫徘徊斟酌桥畔,不忍归去。屈指流年,今日已是绿阴时节矣。凄然赋此,呈同游诸子。四月朔日记)。(李孺:《仑阉词》,第 8 页。后收入朱惠国、吴平编:《民国名家词集选刊》第 3 册,第 232 页)

15 日,《民权素》月刊第 6 集刊发:

韦庐《摸鱼儿》(重游沧浪亭,吊苏子美)、《满江红》(泊舟金陵,用《雁门集》中韵);

利贞《蝶恋花》(伤北征之不进也);

古香《风蝶令》(西湖舟中遇雨);

浪仙《忆旧游》(小住桐江,赋此寄沪上友人);

孟劬《鹧鸪天》(何用浮名伴此生)、《浣溪沙》(碧乳调冰雪藕丝)、《临江仙》(留得青山歌舞地);

天仇《蝶恋花》(斜月莺啼花满树);

钝庵《念奴娇》(百年醉眼是麻鞋);

箸超《南楼令》(偕家兄古香游西湖,舟中遇雨,各赋);

钝剑《愿无尽庐诗话》,一则曰:"《石头记》为小说中有名之作,而题词无一佳者。我友傅钝根所填《念奴娇》一解,可称隽妙绝伦,真不厌百回读也。兹采于此。'天生顽石,是何年、鞭走青埂峰下。填海补天都未得,息息尘埃野马。钗黛升沉,玉金离合,情问谁真假。红楼梦觉,忍挥珠泪盈把。 何物盲左腌孙,中情郁结,自把牢愁写。别有伤心怀抱恶,千载更无知者。儿女嗔痴,家常琐屑,字字声咿呀。几时撒手,大家从此归也。'"又一则曰:"余去年思刊文学杂志。李叔同,上海能文之士,素工歌诗小说,而词尤极哀艳感怨之致,以数章见寄,虽属绮情,却有无限苍凉意也。忆歌郎金娃娃,调寄《高阳台》一阕:'十日沉愁,一声杜宇,相思啼上花梢。春隔天涯,剧怜别梦迢遥。前溪芳草经年绿,只风情、辜负良宵。最难抛,门巷依依,暮雨萧萧。 而今未改双眉妩,只江南春老,红了樱桃。忒煞迷离,匆匆已过花朝。游丝若挽行人驻,奈东风、冷到溪桥。镇无聊,记取离愁,吹彻琼箫。'又有赠两阕,调寄《菩萨蛮》:'燕支山上花如雪,燕支山下人如月。额发翠云铺,眉弯淡欲无。 夕阳微雨后,叶底秋痕瘦。生小怕言愁，言愁不耐羞。''晓风无力垂杨柳，情长忘却游丝短。酒醒月痕低，江南杜宇啼。　痴魂销一捻，愿化穿花蝶。帘外隔花阴，朝朝香梦沈。'"又一则曰："沈道非素工诗文，在浦东中学校教授。当同人组织一杂志，以第一号惠寄，发而读之，见其中有读伯初五日纪程，题《高阳台》词一解，又叹其词之工矣。'缩地长房，乘风宗悫，双轮飞过轻埃。碧渚晴峦，依依笑逐人来。南朝箫管今何在，付渔樵、短笛酸哀。殢吟魂，胭脂废井，花雨荒台。　江山一派鲜妍画，似天公粉本，留待删裁。百两送鞋，探幽踏破青苔。平添多少风骚料，逐征尘、俯仰低徊。判安排，十笏隃麋，五斗清才。'道非词不多作，偶一为之，而风骨之高骞如是，所谓五斗清才，洵无愧矣"；

南邨《摭怀斋诗话》（续第五集），一则曰："戊戌被难六君子，最以名闻者厥为谭壮飞。生平诗文尤脍炙人口。湖南有郭四者，郭嵩焘之子，以文自矜，目空千古。尝评定前此文章之士，独谭浏阳得六十分，其他如韩、柳、归、方诸贤，率在四十分以下也。所为诗有《莽苍苍集》行世。说者谓其谨严豪放，才兼杜、苏。兹获其遗稿数章，移录如下……自题小照《望海潮》词云：'曾经沧海，又来沙漠，四千里外关河。骨相空谈，肠轮自转，回头十八年过。春梦醒来波。对春帆细雨，独自吟哦。惟有瓶花，数枝相伴不须多。　寒江才脱渔蓑。剩风尘面貌，自看如何。鉴不似人，形还问影，岂缘醉后颜酡？拔剑欲高歌。有几根侠骨，禁得揉搓。忽说此人是我，睁眼细瞧科。'"；

肝若《琴心剑气楼诗话》，一则曰："余幼年学词于外叔祖金仰之文楏。外叔祖为前清孝廉，邃于词，有所作，必协于律，不以难而苟率也。尝谓余曰：词学今已失传，近时只许鹤巢玉琢一人，尚知考究（许鹤巢，即刻《四印斋八家词》及《词林正韵》者），其他则依样葫芦，不过凑成百十字之长短韵语耳，实未知所谓音律也。又曰：君家隐之先生所为《二白词》若干卷，乃字字叶律之作，初学者正宜服膺云云。于是，复出其所校订之周草窗《绝妙好词》一函，珍重相视，谓宋词选本，此为最佳。然亦有出入纰缪之处，竭余半生心力，始为之校订如斯。虽未敢以尽善自诩，要不致误及后学之人。余唯唯受教。试阅之，见蝇头小楷，丹墨已满其隙，遂向坊间购他本，照录一通。此余学词之初步也。晴窗无俚，偶忆儿时事，爱记之以质今之学为词者。"又一则曰："弁阳老人《绝妙好词选》，旧有仁和厉樊榭笺注，乃大半纪述作者之履历与其本事耳。他则无所及也。余既得外叔祖之校订本，遂遵其所指，益肆力于此书，旁求博采，见他书中有足以阐发于是者，悉汇录之。计六易寒暑，辑成《笺证》若干卷。脱稿之日，恰值己亥中秋，因倚石帚自度腔《秋宵吟》一阕，题其端曰：'漏声长，月影皎。一缕秋心萦绕。阑干外，把半卷新词，尽情歌啸。况新词、正绝妙，拼得工夫精校。休相诮、只刻羽移宫，未教错了。 旧曲重闻，想昔日、江湖数老。诗盟围艳，酒社扶香，集几许同调。此后俊游少。胜地烟销，绮梦絮漂。恨空留、梵谱宫楣，弹入琴轸韵易杳。'庚子以后，余浪迹海外，是卷每藏诸行箧，希冀遇一同调而就正之，不意为胠箧者所窃去，悬重赏不获归。十年辛苦，付诸泡影。知之者代惋惜，然亦未始不是天欲令余藏拙，故使此妙手空空儿攫之去也。"又一则曰："填词有即集词句者，且亦有通阕只集一人之句者。考其端，实始于荆公《临川集》，如《咏梅》《甘露歌》三首，草堂《菩萨蛮》一首，皆集句也。有清之时，竹垞每喜为之，有《蕃锦集》一卷行世。吾家隐之公于《二白词》外，亦有《霏玉集》一卷，或取诸各家，或专集一人。剪雪裁冰，移宫换羽，极鬼斧神工之能事，与竹垞《蕃锦集》洵当先后媲美。且《霏玉集》卷首有自序一篇及吴嘉淦序文一篇，虽骈四俪六，亦皆集宋元人词句而成，对仗工整，气势贯串，灭尽针线之迹，能者固无所不能也。"又一则曰："往见吴县陈小松兆元题《翠薇花馆词集》《金缕曲》一阕，系专集词牌者。词云：'月底修箫谱，步虚词减字偷声，霓裳中序。揉碎花笺双红豆（原注：君号双红词客），翠羽吟歌白纻。且坐令、潇湘夜雨（原注：君诗集名《潇湘轩集》，并习用"一帘烟雨梦潇湘"小印）。愁倚阑干青玉案。调中腔，哨遍黄金缕。无闷甚、个侬绪。 春从天上来多丽，意难忘，长亭怨慢，垂杨南浦。庭院深深留客住，花发沁园大酺（原注：丙子岁，梅花开时，君招集半树书屋，创为词筹酒令，裙屐风流，一时佳话。后订牡丹芳宴，以赴邗江，未与雅集）。生别怨、江南春去。如梦扬州探信芳，极相思，消息愁春未（原注：余在扬州，君有见怀词数首，此即用其句意）。离亭燕，又秋霁。'通篇皆系调名，所用以连续意义者，只三五字耳，具见巧思。然究非正格，仅能目为一时游戏之作，方诸集词句而成者，更退以席矣。"

25 日，《小说月报》第 6 卷第 5 号刊发：

剑丞《纯飞馆词序》，曰："文章之道，系乎其人之性情品概。其性情深，品概高，则其为文章，必有以杰出一世者。余善徐子仲可，匪特文章而已，惟其人之性情与夫品概也。仲可初以儒生从军小站，卒郁郁去，而佣笔于沪。今其侪辈皆显贵，仲可则犹是贫贱，吟玩岁月以老。其性情品概为何如，人不待读其文章而后知之也。余既久知仲可，初未尝以文章为识面之贽。昨年始得见仲可于沪，读其所为歌词。今仲可复次第所作，来质于余，则小站军次感赋诸阕，皆在编中。而其近今所为，哀时感事，沉郁顿挫，非徒曼声靡歌，回肠荡气，以尽其情而已矣。余曩在吴门，与归安朱古微、高密郑叔问、武陵王伯弢，或日或数日，歌一词以相唱酬。暇则从事斠正宋元诸名家词。积数岁，未稍间。辛亥后，遁迹沪上。伯弢归武陵，古微、叔问虽不出吴门，然皆废歌咏，不复能寄其情。余用是有叹于词，以为衰世之音也。夫文章之美，能尽人之情者，莫若有韵之文。风雅骚赋，莫不然也。风始《关雎》，雅始《鹿鸣》，皆出于衰周之世。骚赋则始于屈原、宋玉，其君为楚之怀、灵。其为忧思感愤之郁积而兴于怨刺，则彰彰矣。然而《小雅》不歌而王道绝，衰世之音其犹未废，庶几其愈于无耳。余又以为，今之世，词境顿铿。凡曩之所言，非夫今之所与言也。曩之所为尽其情，非夫今之所有情也。鹈鴂先鸣，使夫百草为之不芳。秋既尽矣，将待夫春。余之所由不歌，与仲可之不废其歌，不同而同。昔子舆至子桑之门，闻其若歌若哭。子桑之歌诗，何故若是，曰，吾思使我至于此极而不得也。余与仲可，亦犹夫子与之于子桑也。仲可将刊其词。余虽不文，不可以默然无言，因为之序"；

东园《寿星明》（仲谋先生以李公所作诸将十一诗见示，洛诵之余，莫名心折。此公身前游夏，有皮里阳秋，为赋《寿星明》四阕跋之于后，以志景行云）四首；

仲可《千秋岁》（石铭乞为其母夫人撰寿词）、《减字木兰花》（题董乐闲先生写生小册）。

本月

南社编《南社》第 14 集在上海出版。（后收入曹辛华、钟振振选编：《清末民国旧体诗词结社文献续编》第 14 册）词作有：

蔡守《意难忘》（纪遇阿菘，用清真韵）、《忆江南》（题释白丁画兰）、《湿罗衣》（甲寅十二月廿七夕，仲瑛以守己酉客上海时，寄赠之黄滨虹仿程穆倩枯笔《壶天阁图》，索题。守癸丑岁莫北游，正是日过沪渎，与滨虹重逢，为作《泰岱游踪》卷子，亦有是图，但非焦墨耳，走笔填此一阕，剩欲纪实，固未求工也）、《小楼连苑》（甲寅岁莫，偶翻《断肠词》，夹有残丝数缕。忆是去年小除前一夕，王素君绣睡鞋剩者。玩物思人，遂成此解，用放翁韵）、《望梅花》（题徐江庵墨

梅)、《喜迁莺》(用吴梦窗福山萧寺岁除韵)、《一落索》(甲寅元旦次夕，刘三招友博簺。余与灵素夫人灯前对坐，索画水仙花一帧，破晓才毕。今夜看花，忽又经岁，遂成此阕，用陈后山韵)、《塞垣春》(乙卯上日，寒琼水榭坐雨书所见，用吴梦窗丙午岁旦韵)、《换巢鸾凤》(以瓶中牡丹委瓣，封寄骚香子，用史邦卿元韵)；

郑泽《谢秋娘》(阑夜里)、《双红豆》(别情)、《浣溪沙》(效《蕃锦集》集唐) 六首、《点绛唇》(题浣香阁女史《诗草》)、《浣溪沙》(荷花)、《浣溪沙》(社鼓声声起素秋)、《卜算子》(帘外东风瘦)、《长亭怨》(赠朱益斋东归)、《念奴娇》(重重出戍)、《绮罗香》(豆蔻荫红)、《绮罗香》(新中秋)、《陌上花》(素娥霜影)；

周宗泽《蝶恋花》(东风着意吹春去)；

胡蕴玉《满江红》(古乐云亡，戎狄之声，杂然并作，请君为我歌一曲，琵琶胡语不堪听，怆我元音，为填斯阕)；

胡怀琛《罗敷媚》(分明是个伤心地)、《罗敷媚》(夜雨)、《采桑子》(匪石有此调，题曰新移居跑马厅畔，闻之居人，旧为吴中费某藏娇之所，词以记之。余居与君为邻，依调填和)；

徐自华《摸鱼儿》(为楚伧居士题《分堤吊梦图》)；

徐蕴华《意难忘》(薄暮视鉴湖旧舍，归沿河往浦滩，軿窗写感，有寄慧僧)、《点绛唇》(题自绘越牡丹双带鸟帐额，为淯芙四姊作)、《点绛唇》(题自绘双燕白莲花帐额)、《新雁过妆楼》(仲可叔父命题《纯飞馆填词图卷》)、《声声慢》(岁暮哀感，忽得陈、柳诸贤先后手柬。或约西碛之探寻，或征胜溪之题咏。缅想世外游侪，独能以无怀为乐也。因谱此曲，奉题《分湖旧隐图》后)、《壶中天》(巢南先生既刊《笠泽词征》，客有为画《征献论词图卷》，因题其后)、《丑奴儿令》(楚伧居士嘱题《分堤吊梦图》)；

周斌《碧窗梦》(题《绿蕉吟馆词笺》)、《惜分飞》(送剑华入闽)；

周亮才《买陂塘》(次铁庵韵)、《卜算子》(昔日送郎行)；

邵瑞彭《菩萨蛮》(效《蕃锦集》，用太白韵) 二首、《浣溪沙》(效《蕃锦集》) 二首；

陈世宜《虞美人》(答可生)、《暗香》(癸丑重午)、《浣溪沙》(张园、愚园书所见)、《如梦令》(天气阴晴一半)、《芳草渡》(花事了)、《祝英台近》(和苹

农韵 ）、《绮寮怨》(中秋对月，百感交集，用清真韵)、《水调歌头》(依韵和檗子，并题其《玉玎玑馆词集》)、《金缕曲》(偶谈小说，不可思议，有感作)、《二郎神》(用徐干臣韵)、《满庭芳》(春雨)、《临江仙》(记与蘱姑曾有约)、《卜算子》(仙骨自珊珊)、《点绛唇》(秀挺孤标)、《相见欢》(蛾眉淡扫为容月)、《好事近》(瘦影写横斜)、《瑞鹤仙》(用梦窗韵，与中泠、中垒联句)、《玉楼春》(冥迷竟日催肠断)、《踏莎行》(题中泠《春冰词卷》)、《兰陵王》(送友人南渡，用清真韵)、《瑞龙吟》(中泠书来，以近制新词见示，依元韵奉和一解)、《西河》(和清真金陵怀古，用元韵)、《大酺》(寄中泠鸠江，并怀眉孙)、《洞仙歌》(啼鸟不春，斜阳欲泣。予怀渺渺，悲从何来。偶检旧日词稿，觉伤心泪不可抑止也。用蒋剑人韵题词其上)、《倦寻芳》(甲寅元夕，和梦窗韵)、《暗香疏影》(梅郎来沪，檗子为谱《暗香》《疏影》二曲，约予同作，逡巡未果。今梅郎去已两月矣。依梦窗体，赋此补志。梅郎、檗子见之，其亦有歌逐云沉之感否耶)、《木兰花》(送中垒之鸠江)、《水龙吟》(寿汪府生丈六十，用梦窗寿梅津韵)、《石湖仙》(亚子故居，为陆辅之桃园遗址，既移家梨川，乃为《分湖旧隐图》记之。甲寅秋暮，驰书索题。荏苒数月，倚此寄之。时乙卯元旦后一日)；

张素《忆旧游》(题石予近游图)；

姜可生《卜算子》(秋夜怀杏子)、《何满子》(海上赠剑华)、《虞美人》(次匪石韵)、《秦楼月》(鹃啼夕)、《昭君怨》(扶病)、《蝶恋花》(调剑华)、《渔家傲》(示秋社诸子)、《踏莎行》(春夜)、《鹧鸪天》(邵园雅集，杜鹃盛开，醉后赋呈席上诸公)、《眼儿媚》(偶经小园，见并蒂蛱蝶一株，含苞欲吐。折置案头胆瓶中，晨起双花争放，填此宠之)、《霜天晓角》(瓶中双射子，右株憔悴，左枝凄黯无色，似悼亡然。呜呼！鸳鸯同命，蝴蝶双生，物犹如是，何况吾人。偶感近事，触目怆怀，赋此以当一哭)、《醉落魄》(自题小影)；

王蕴章《湘月》(星洲秋感，寄示沪上诸友)、《迈陂塘》(帆影)、《喝火令》(宝瑟栖尘冷)、《虞美人》(新霜昨夜迎秋到)、《高阳台》(病叶敲秋)、《金缕曲》(赠仰光杨子贞，用蒋竹山韵)、《凤凰台上忆吹箫》(用漱玉韵)、《祝英台近》(怨红绡)、《水调歌头》(星洲步月)、《醉太平》(乞玉梅花道人作《西湖寻梦行看子》)、《采桑子》(东风不伴愁人住)、《减字木兰花》(箫残剑怒)、《南乡子》(双髻罢调笙)、《清平乐》(别情难说)、《疏影》(读樊榭《秋声词》，悄然有感，倚此和之)、《踏莎美人》(寒夜放言)、《台城路》(登惠山云起楼，题壁)、《清平

乐》(菊影楼小坐，口占)、《祝英台近》(题钱謍笙《玉烟珠泪词》)、《摸鱼儿》
(珍珠菜，汕俗宴客多用之)、《百字令》(偕忏红双清别墅联句)、《踏莎行》(裙
带)、《踏莎行》(袖笼)、《踏莎行》(裙带)、《踏莎行》(袖笼)、《踏莎行》(裙
带)、《踏莎行》(袖笼)、《苏幕遮》(太仓陈丈玉笙宝书，有才女曰佩薆，吟咏而
外，兼工绘事。尝绘清绿梅花小幅，其女婿王君慧言颜曰《红情绿意图》，遍征
题咏。笙红簧暖，活色生香。韵人韵事，如青鸟翡翠之婉娈矣。用红友体咏之)、
《寿楼春》(题乌程张钧衡德配徐夫人《韫玉楼遗稿》)、《洞仙歌》(刍尼卜罢)、
《无俗念》(徐丈仲可有才女曰新华，工书法，擅文笔。平居喜读佛家言，守贞不
字，有北宫婴儿子之风。甲寅四月，以伺母病忧劳成疾，母愈而女竟不起，年仅
二十有一。仆曾披柔翰，目睹芳华。近睹遗真，心伤馨逸。感彩云之易散，问观
星而已移，率制芜词，藉伸哀诔云尔)、《玲珑四犯》(梅郎兰芳玉珠歌舞，弁冕
一时。来沪未久，旋复北行，沪之人勿能忘也。汪君兰皋有《兰芳集》之辑，檗
子、鹓雏、楚伧诸君斐然有作，余亦继声)、《酹江月》(题宋梦仙女士遗画《清
英草堂图》)；

姚锡钧《蝶恋花》(玉鸭烟消寒恻恻)、《点绛唇》(九十流光)、《浣溪沙》(刘
三有"一天风雪艺黄精"之句，戏及之，兼示其夫人灵素女士。文字游戏不失雅
谐，弗诮轻薄尔)、《蝶恋花》(寒食清明都过了)、《卜算子》(好是画帘疏)；

杨锡章《浣溪沙》(秋夜销沉几许温)；

俞剑华《垂丝钓近》(题亚子《分湖旧隐图》)、《百字令》(题无闷女士东篱
采菊小影)；

庞树柏《霜天晓角》(秋怨)、《望江南》(水乡枯坐，回首秣陵，旧游如梦，
赋此寄子均)四首、《踏莎行》(裙带)、《踏莎行》(袖笼)、《转应曲》(效彊村作)
三首、《玉楼春》(用宋人韵)、《一萼红》(近效樊樊山红梅禁体和诗八篇。寒窗
枯坐，意绪未尽，再用玉田生红梅词原调倚此，索病鹤丈和)、《高阳台》(春草)、
《永遇乐》(癸丑七夕立秋)、《眼儿媚》(低照银灯十万枝)、《荷叶杯》(梦里相
逢何地)、《浣溪沙》(未待飘零早可怜)、《生查子》(悼亡女阿琐，即题其小影)、
《点绛唇》(片石摩挲)、《相见欢》(玉溪生象砚，为石友题)、《暗香》(赠梅兰芳，
和白石道人韵)、《疏影》(前影)、《金菊对芙蓉》(观凤卿、兰芳合演《回荆州》)、
《眼儿媚》(题兰芳化妆小影)、《绛都春》(兰皋为梅郎编《兰芳集》，属题谱此)、
《金缕曲》(送春，集宋人词句)；

黄人《沁园春》（美人泪）、《沁园春》（美人唾）、《沁园春》（美人汗）、《沁园春》（美人气）。

《风雅杂志》第 1 期刊发：朱素贞《洞仙歌》（题《楸阴感旧图》，应番禺沈南雅先生之索）、《减字木兰花》（春闺）、《南柯子》（题柳禅佛装小像）。（后收入《民国珍稀短刊断刊·江苏卷》第 4 册，第 1496 页）

剑亮按：《风雅杂志》，1915 年创刊于江苏无锡，由风雅杂志社发行。当年终刊。

6 月

10 日，《东风杂志》第 12 卷第 7 号刊发：况周颐《眉庐丛话》。其中有况周颐《念奴娇》（踏花行遍）及 "吴县某闺媛"《醉春风》（频换红帮样）。（参见郑炜明：《况周颐先生年谱》，第 247 页）

12 日，胡适作《满庭芳》（枫翼敲帘）。（刊《留美学生季报》1915 年秋季第 3 号。后收入胡适：《尝试集》附《去国集》初版，第 35 页）

13 日，李孺作《浪淘沙》（咏蛛。胡琴初约为消夏之会，同社为张子蔚、贺邻庵、丁阇公、陈相、尘长、叔起、许守之及余共八人，七日一局，迭为宾主。此第一集也。子蔚主席，命题咏物，题为蚊蝇蛙蚤虱蛛蚁八字。余分得蛛字。乙卯夏五月朔日记）。（李孺：《仑阁词》，第 9 页。后收入朱惠国、吴平编：《民国名家词集选刊》第 3 册，第 233 页）

15 日，《民权素》第 7 集刊发：

浪仙《湘月》（寓斋独坐有怀）；

古香《临江仙》（题先大父玉坡公《听雨楼著书图》）；

钝庵《水调歌头》（吴淞口晚眺）；

孟劬《望海潮》（送人出使日本）、《南歌子》（短褐登楼赋）；

天仇《菩萨蛮》（蝇头蜗角都休竞）、《清平乐》（唾绒残线）、《临江仙》（留得青山歌舞地）；

海鸣《满江红》（大好男儿）、《蝴蝶儿》（本意）、《卜算子》（春晚）；

南村《菩萨蛮》（冬夜有怀）、《浪淘沙》（帘幕昼沉沉）；

梦龙《满江红》（画川吊古）；

箸超《买陂塘》（柳絮）；

钝剑《愿无尽庐诗话》(续第六集),一则曰:"太一词,都是血泪结成。即以工拙论,亦不减姜斋,况气概又绝相似者耶?《满江红》(感事)二阕,其一云:'旅梦十年,问蝴蝶、庄生谁是。只可恨、盗多如鲫,圣人不死。长夜苍蝇声断续,漫天贝锦文凄斐。恐从今黑暗更难分,人和鬼。 挽千斛,银河水。洗千种,平生罪。卧高楼百尺,元龙差拟。腐鼠任凭鸱鹓吓,泥鳅莫喻蛟龙旨。便浮云转眼过长空,休提起。'其二云:'黄鹄高飞,待唤取、归来同住。剧劳汝、暮三朝四,狙公赋芋。一曲广陵今夜月,千钟鲁酒黄昏雨。叹炎凉时节已推移,天如故。 惜往日,屈原赋。投五体,要离墓。笑壮怀勃郁,而今老去。灯火险为魑魅灭,山头听惯婴儿语。猛回头世事几沧桑,心魂怖。'《柳梢青》(除夕)云:'一年容易,惟闻更鼓声流替。五个除宵,家园客子,断肠各自。 二老料知何似。误一片、倚门心事。天若有情,念侬孤苦,也应回睬。'"又一则曰:"我友柳亚子,以'像生花'一词见寄,调寄《念奴娇》,可谓神妙之作。古人云:'情生文耶?文生情耶?'盖一而二、二而一者矣。词如下:'芙蓉迟暮,况迢迢远道,涉江千里。眼底秋容谁赠我?绝妙兰心蕙意。不似枝头,风痕雨点,狼藉斓斑里。孤眠伴我,铜瓶怅情味。 岂是当日唐寅,缕金剪彩。装点春三二,中有美人魂一缕,独自背灯摇曳。憔悴年华,花开花落,漂泊浑非计。人天惆怅,铜仙无限铅泪。'"又一则曰:"余移居留溪,成小词两解,一时和者颇众。就中平平者较多,而佳者亦复不少,当以钝根《喜迁莺》一首为最胜云。词如下:'飞来一纸,道移住留溪,遣怀赋此。秋雨潇潇,秋风渐渐,拚把愁肠惊起。又作稚川移宅,漫说晏婴近市。心空净,境清闲,不怕阿侬羡死。 否否,任凭他,抱膝高吟,未必安便耳。红豆抛残,青山买得,翻怨今非昨是。肯使弯强压骏,付与黄冠草履。都休了,待归来,且自饮醇拥美。'"又一则曰:"《民呼报》出版,余成七古一章以祝……亚子亦有《满江红》一词祝之,惜未刊入,为录于此:'禹域尧封,叹频年,自由钟歇。蓦涌现,崤函紫气,三辰争烈。凤羽朝阳仪五色,麟经大义王正月。誓从今,只手挽狂澜,雄心切。秽史耻,须湔雪。黄史谊,肯埋灭!看悲歌慷慨,舌存未缺。衮钺无情南史简,江湖有党东林血。向昆仑顶上大声呼,撑天阙。'"

18日,周曾锦作《渔家傲》(乙卯端阳后一日,与顾子青田游钟山。青田有村舍在山之西,余亦有先垅在其东。因成此解,为他日耦耕之约)。(周曾锦:《香草词》,民国十年[1921]铅印本,第15页。后收入曹辛华主编:《民国词集丛

刊》第 10 册，第 176 页）

本月

况周颐著《漱玉词笺》，由中华图书馆印行，署名为"蕙风簃主"。（参见郑炜明：《况周颐先生年谱》，第 246 页）

况周颐编《绘芳词》，由中华图书馆印行，署名为"玉梅词隐"。（参见郑炜明：《况周颐先生年谱》，第 239 页）

浙江第五中学《焱社丛刊》第 2 期刊发：

谢五宽《生查子》（步月怀旧）、《菩萨蛮》（落花春去人情薄）；

真《如梦令》（春雨秋风几度）、《如梦令》（亚陆尘沙漫布）；

黄夜号《蝶恋花》（送春）；

杜啸泉《点绛唇》（春残）；

陈诵洛《沁园春》（读《兰娘哀史》有感）、《凤凰台上忆吹箫》（秋思）；

陈载荣《卖花声》（夏闺）。（后收入《民国珍稀短刊断刊·浙江卷》第 8 册，全国图书馆文献缩微复印中心，2007 年，第 3826 页）

剑亮按：民国二年（1913），浙江省立第五中学成立焱社。同年 12 月出版《焱社丛刊》第 1 期。共出刊 5 期。

夏，周庆云在上海成立春音词社。朱孝臧被公推为社长。（周延祁编：《吴兴周梦坡［庆云］先生年谱》，第 59 页）

夏，杨钟羲作《淞滨吟社集序》，曰："梦坡居士以吴兴词人为淞社祭酒。三年以来，同人酬唱之作，衰然成集，次第理董而校刊之。谬承授简，使为之序。在昔韩李断金之集，汝阴倡和之编，类皆生当承平，交联黻佩。乾嘉之际，如津门之水西庄、邗上之玲珑山馆、杭州之东轩南屏，风流标映，亦皆治世之音，不可尚已。歇浦一隅，为游子盛商之所道，无山水之观，园林之胜，骚人墨客过而不留响。非海内风尘，中原板荡，吾与诸君子安得抟沙不散，如今日之多且久哉！避地来此，将成土断。情好既洽，觞咏遂兴。钟羲，燕人也。吾乡常山太傅推诗人之意，作为《内外传》。今《内传》及薛氏《章句》俱不传，而时时见于他说。其曰：饮当自适，能者饮，不能者已，谓之醑。今者岁时会合，宾尔笾豆，犹有古意存焉。考槃在干，干者，地下而黄硗瘠之区也。吾侪郁郁久居，其庶几硕人之风乎？鹊巢处知风，穴处知雨，欲集还翔，圣人所与。'匪风发兮，匪车偈兮，顾瞻周道，中心怛兮。' 是非古之风也。发，发者，是非古之车也。偈，揭者，盖伤之也。相怨一方，莫之敢指。颙颙仰天，蹙蹙靡施，变雅之音，因寄所托。或歌劳者之事，或伤年岁之晚。譬诸周之诗人，忧懑不识于物，彼黍离离，反以为稷，绳以钟仲伟之品，张为之图，吾知其概乎未有当也。若夫颇有所知，苟欲得禄，忘周折之忧而冒如火之烈，吾知免矣。乙卯夏五月尼堪杨钟羲序。"（后收入南江涛选编：《清末民国旧体诗词结社文献汇编》第 10 册，第 367 页）

夏，《浙江安定中学校课余诗学社吟稿第一集》刊印。后收入《清末民国旧体诗词结社文献续编》第 33 册。卷首有"分阳王晴怒涛"《序》，中曰："自前清之季，新学盛行，操觚之士，皆从事于旁行斜上之文、声光化电之学，薄声律为陈言，视咏歌为末务。求所谓扬风挹雅者，十不得一。而古今盛衰之迹，民物变迁之故，更无论矣。国粹将亡，吾道之忧。因与吴子天放招集同志，课余之暇，结社联吟。月凡两课，积一岁之久，得诗如干首，汇而存之。非敢云诗教之衰，藉吾侪以振兴之也，亦以见欧风广被中，尚有此下里巴人之词，冀维持于一二，而能为阳春白雪，卓然有以成家者，忍坐视其音沉响绝，不起而提倡之欤？"

《浙江安定中学校课余诗学社吟稿第一集》收录：

残僧《蝶恋花》（送别）；

槎荪《离亭燕》（送别吴君天放）、《菩萨蛮》（送别秋君颂获）、《阮郎归》（送别金君奋庸）、《惜分飞》（送别吴君雨溪）、《阑干万里心》（送别陈君悲观）、《南浦月》（送别钱君颖周）；

怒涛《虞美人》（春晓）；

天放《满江红》（明妃出塞）。

剑亮按：《浙江安定中学校课余诗学社吟稿第一集》卷末附作者信息表。其中：

陆煐，字敬明，别号残僧，年龄十八。籍贯：平湖。住址：乍浦。通信处：乍浦北河滩。

张湛，字若水，别号槎荪，年龄二十一。籍贯：杭县。住址：塘栖镇市心春星堂。

王晴，字玉鸣，别号怒涛，年龄二十。籍贯：分水。住址：县南门。

吴载盛，字际卿，别号天放，年龄二十二。籍贯：奉化。住址：吴家埠。通信处：宁波城内全家湾奉化会馆转宁波江东中灰街史协和号转。

况周颐《漱玉词笺》，由中华图书馆发行。（张晖：《龙榆生先生年谱》，第11 页）

顾麟士为朱孝臧作《彊村校词图》。（马兴荣：《朱孝臧年谱》下，马兴荣等主编：《词学》第 15 辑，第 238 页）

《东风杂志》第 12 卷第 6 号刊发：况周颐《眉庐丛话》第 205 条："上海新闸桥迤东，有缪筱山医寓……余尝作诗赋其事。越翼月，（缪荃孙）先生至自都门，见而赏之，因再占一词，调寄《点绛唇》：'男女分科，霜红龛主原耆宿（自注：太原傅青主先生山，以医名，著有《男科》《女科》，今盛行）。藕香盈匊。何用蔆苓剧（自注：先生刻精本丛书，名《藕香零拾》）。 八代文衰，和缓功谁属。医吾俗。牙签玉轴。乞借闲中读。'"（后收入况周颐《眉庐丛话》，《民国笔记小说大观》第 1 辑第 3 册，第 142 页。参见郑炜明：《况周颐先生年谱》，第239 页）

7 月

10 日（农历五月廿八日），朱孝臧为其此前校毕的王恽《秋涧乐府》作跋。中曰："十年前与吴伯宛同客沪上，见一旧写本，有朱竹垞、姚伯昂藏印，为孙问清所得。伯宛尝从假录一帙。去年，伯宛于都中获觏此本，嘱章式之就写本比勘见寄，中仍不免脱误，疏校如右。明弘治中，河南按察副使车玺与河北道祝直夫、金事包好问有校正翻刻本，或视此又有异同也。乙卯五月小暑后二日，归安朱孝臧跋。"（朱孝臧辑校：《彊村丛书》下册，第 1465 页）

11 日，李孺作《法曲献仙音》（乙卯五月晦日，同陈散原、胡瘦篁、吴鉴泉、胡惜仲、丁闇公、贺邻庵、陈相尘、沈小阑、许守之小集金陵城南胡园）。（李孺：《仑閤词》，第 9 页。后收入朱惠国、吴平编：《民国名家词集选刊》第 3 册，第234 页）

15 日，《民权素》第 8 集刊发：

孟劬《绛都春》（春夜为清河画舫赋）、《上行杯》（庚子秋，闻半塘老人与古微、伯崇诸君围城中，余亦同经乱离，曼声低唱，不能无南斗京华之感矣）；

韦庐《念奴娇》（岳阳楼晚眺，用苏韵）；

复苏《高阳台》（挽岳女士）；

匪石《尾犯》（竹荪过海上，倚此为赠）；

笑生《念奴娇》（莫愁湖）、《念奴娇》（秦淮河）；

海鸣《蝶恋花》（相思愿）、《露华》（孤愤）；

箸超《菩萨蛮》（晚凉，得鲜鱼乐甚，沽酒偕昂弟就湖滨饮之，信口倚此，不计工拙也）。

22日，朱峙三与刘季樊谈论诗词。朱峙三记曰："在刘家闲谈旧事，或论诗词。季樊示以其六兄蘧仲填词，又与黄季刚相酬和之诗词订本，又与季刚同照之相片一张，着日本和服。"（胡香生辑录，严昌洪编：《朱峙三日记［1893—1919］》，华中师范大学出版社，2011年，第456页）

剑亮按："刘家"，为刘伯英家。同年7月15日《日记》曰："再三思维，不如往刘伯英家去休息二旬，秋初开学归来可也。"7月18日《日记》曰："上午十时已到刘宅。伯英在汉未归，由其弟季樊来招呼，并介绍拳师程燕亭晤谈。""六兄蘧仲"，7月18日《日记》也有介绍，曰："伯英与已死之老六名刘瑗者，亦均忠厚人。刘瑗号蘧仲，留学日本，为章太炎高足。清末为北京财政部技正，惜已早亡。此人与黄侃同时受业于章，蘧仲诗文、学术均佳，尚能弹七弦琴，吹箫笛，多于黄侃一技也。使其现存，则黄之声名必出彼下矣。"

23日，况周颐作《减字浣溪沙》（余赋樱花词屡矣，率羌无故实。偶阅黄公度《日本杂事诗注》及日人原善公道《先哲丛谈》，再占此九调。时乙卯大暑前一日）九首。（况周颐：《鹜音集》之《蕙风琴趣》，第16页。后收入曹辛华主编：《民国词集丛刊》第3册，第249页）

25日，《小说月报》第6卷第7号刊发：

子大《木兰花慢》（题罗四峰《仙源归棹图》）、《绛都春》（别况夔笙六年，遇于海上，以词索和，不自觉其骚抑也）、《临江仙》（与夔笙联句八阕）；

瀣碧《八声甘州》（癸丑残腊，薄游武林，遂登吴山，泛西湖。主人情重，羁客有怀，信宿言归，感成此解）。

本月

张仲炘作《水龙吟》（乙卯七月，重至京师，和裴韵珊）。（张仲炘：《瞻园词续》，第18页。后收入朱惠国、吴平编：《民国名家词集选刊》第3册，第68页）

《张堰救国演剧纪念录》刊行，词作有：

吹万《虞美人》（观《来生缘》新剧，择其尤感人者，记以小词）、《临江仙》（观《家庭恩怨记》新剧）；

天梅《百字令》（观《来生缘》新剧）；

佛子《点绛唇》（观《来生缘》新剧）、《浣溪沙》（观《来生缘》新剧，意犹未尽，再填此解）、《菩萨蛮》（观《家庭恩怨记》新剧）、《浣溪沙》（观《警世钟》新剧）、《浣溪沙》（观《来生缘》新剧，赠笑乡化生，集定公句）。（后收入上海文献汇编编委会编：《上海文献汇编·艺术卷》第 5 册，天津古籍出版社，2017 年，第 78 页）

剑亮按：《张堰救国演剧纪念录》卷首有"中华民国四年七月姚石子序"，故编年于此。《序》中曰："东邻无道，横肆要求。政府瞆瞆，唯诺是从。推厥原因，由无实力。实力维何，曰富曰强。富强之道，兵备实业。练兵兴业，端在经济。我国民知其然也，是以有救国储金之举。沪上一呼，四方响应。张堰虽僻处一隅，然公益之事，每不落人后。于是，冯君子冶、何君旭东、张君慰民等，约集同人，谋诸商会，组织演剧团以为筹募之助。爰于六月十六起，假地于济婴局，演剧四日。同人皆辍其所事，尽义务于兹。观者联翩云集，至地仄不能容，虽冒风雨有所不避，共得金若干元，斥去用度若干元外，实得救国储金若干元，存诸沪上中国银行。呜呼，难矣。事既竣，子冶嘱余与高君君深辑成一书，以为纪念，题曰《张堰救国演剧纪念录》，内分剧史、剧谈、诗苑、词林、剧员姓氏录、附录六类。"

8 月

3 日，胡适作《水调歌头》（今别离）。（收入胡适：《尝试集》附《去国集》初版，第 36 页）

7 日，周庆云作《风入松》（余旧藏古琴二，曰宋徽宗松风琴，曰赵雪风入松琴。乙卯立秋前一日，值春音社集，出以征题，并与李君子昭各抚数弄，盖不胜移宫换羽之悲云）。（周庆云：《梦坡词存》，民国二十二年 [1933] 刻本，第 2 页。后收入朱惠国、吴平编：《民国名家词集选刊》第 5 册，第 68 页）

15 日，《民权素》第 9 集刊发：

天婴《读定公词》诗二首；

枚道子《高阳台》（题陈厚甫先生《红楼梦传奇》）、《滴滴金》（闺怨）；

韦庐《水调歌头》（九日，偕同人饮虎丘涌金亭，即席赋此）、《水龙吟》（夜半闻笛有作）；

古香《两同心》（戏效子昂体，殊无谓也）；

孟劬《烛影摇红》（孟冬十二夜寒月大佳，一白如霜霰。花影在地，作绀碧色。与妇潘兰仪欹徙中庭，相对凄然，顿起旅思。忆昔年曾约妇淞泖偕隐，人事匆匆，此愿未知何日偿矣。妇善愁，余亦善怨，爱制此词，扣栏歌之，以宣幽滞。感音清异，不减龚定庵《寒月吟》也）、《八声甘州》（记西风吹□玉关行）；

匪石《暗香》（癸丑重午）；

海鸣《鹊桥仙》（为珠泪雨作）二首；

佛郎《蝶恋花》（闺情）二首、《南歌子》（时事）；

果痴《卜算子》（残梦绕屏山）；

箸超《水调歌头》（枚丈咏怀四章，幼时未曾见之，今读一过，感喟百倍。因用坡公韵，以书其后）；

碧痕《竹雨绿窗词话》。

24日，胡适作《临江仙》（隔树溪声细碎）。（刊《留美学生季报》1917年秋季第3号。后收入胡适：《尝试集》附《去国集》初版，第38页）

本月

沈宗畸作《钗头凤》（观女伶刘昭容即十三旦演《花田错》。乙卯八月，时客汉皋）。（沈宗畸：《繁霜词》，民国五年［1916］铅印本，第12页。后收入朱惠国、吴平编：《民国名家词集选刊》第3册，第100页）

曹元忠应朱孝臧之邀撰写《舒艺室白石词校语跋》。中曰："彊村既取余笔刊江研南本《白石道人歌曲》后，复属为之说，冀当世审音知乐者正之焉。乙卯七月，吴曹元忠，时客峄县，写记。"（朱孝臧辑校：《彊村丛书》上册，第786页）

9月

2日，胡适作《沁园春》（别杨杏佛）。（收入胡适：《尝试集》附《去国集》初版，第40页）

4日，况周颐作《西江月》（乙卯七月二十五日梦中哭醒，口占）。（况周颐：《餐樱词》，民国五年［1916］刻本，第14页。后收入朱惠国、吴平编：《民国名家词集选刊》第 3 册，第 190 页。亦收入况周颐:《蕙音集》之《蕙风琴趣》，第 22 页，曹辛华主编:《民国词集丛刊》第 3 册，第 259 页。亦收入况周颐、赵尊岳:《蕙风词二卷和小山词一卷》，第 11 页，曹辛华主编:《民国词集丛刊》第 6 册，第 356 页）

14 日，朱孝臧应陈夔龙之邀，赴逸社第七次社集，并作《寿楼春》（查楼菊部）。（许全胜:《沈曾植年谱长编》，第 412 页）

15 日，《民权素》第 10 集刊发:

枚道子《离亭燕》（励庵清明馆归，连日扫松，不获畅谈。今日又闻理装矣，心中怅怅，难已于言）、《西江月》（成病旬余，不觉春光如许。倚声写此，渺渺兮余怀也）；

笑生《念奴娇》（金陵纪游）二首；

古香《蝶恋花》（春燕）；

韦庐《如此江山》（海上留别郭子雪怀）；

孟劻《阮郎归》（桃花结子柳垂丝）、《御街行》（东风直恁无情绪）；

起予《沁园春》（题《梦鞋图》）；

南邨《鹊桥仙》（七夕）；

箸超《栏干万里心》（秋宵）、《栏干万里心》（秋闺）；

碧痕《竹雨绿窗词话》（续第 9 集）。

23 日，朱祖谋作《夜飞鹊》（乙卯中秋）。（朱孝臧:《彊村语业》卷二，民国十三年 [1924] 刻本，第 36 页。后收入朱惠国、吴平编:《民国名家词集选刊》第 2 册，第 483 页）

23 日，况周颐作《解连环》（乙卯中秋，和沤尹《夜飞鹊》）。（况周颐:《餐樱词》，第 14 页。后收入朱惠国、吴平编:《民国名家词集选刊》第 3 册，第 191 页）

25 日，《小说月报》第 6 卷第 9 号刊发:

彊村《金缕曲》（井上新桐，植七年矣。无觉顾而叹曰，此手种前朝树也。斯语极可念，拈以发端）、《水龙吟》（麦孺博挽词）、《还京乐》（赠庞檗子）；

又点《夜行船》（题徐又铮《汉江秋望图》）、《花犯》（题徐又铮《填词图》）；

夔笙《玉京谣》（徐仲可以其女公子新华山水画稿二帧见贻。冰雪聪明流露楮墨之表，于石谷、麓台胜处庶几具体。为谱夷则商犯无射宫腔，即以答谢）；

仲可《清平乐》（和陈芷庭题曹娥庙词）、《浣溪沙》（题朱研涛《天山归猎图》）。

本月

连文澄（字孟青）至滨江，为张素作《闷寻鹦馆填词图》，张素作《闷寻鹦馆填词图记》，刊于 1916 年 5 月《南社丛刻》第 17 集。《闷寻鹦馆填词图记》曰："'寒与梅花同不睡，闷寻鹦鹉说无聊'，此陆放翁诗也。余年十五六即喜诵之，遂颜所居曰'闷寻鹦馆'。其时，余方在壮盛，同游者亦各豪气向湖海，诧余些些胸臆中何便贮得无聊如许。余但笑而不答。然由今思之，天下之无聊人，固未有甚于我辈者也。余之坎坷抑塞二十年于兹，入洛游辽，所如辄阻，其境遇，亦谁则悯之？而惟一意为词，以自写其无聊之胸臆而已。余词虽不工，要亦放翁所心许者。余窃叹昔日同游者诸君子其身世亦皆与放翁相类，惟当年少气盛则遂忘之，及夫皓首穷经，一灯风雨，抚今追昔，岂能免于雪涕者耶？放翁虽窭，犹有鹦鹉可寻，而余在客中思一梦过旧居，重与诸君子烂醉狂吟且不可得，馆中鹦鹉能毋窃笑余后者乎？嗟嗟！余之愧此鸟也多矣。孟青老友于乙卯九月再出塞，相见滨江，为余作《填词图》。余惟孟青亦无聊人，故肯与我辈游。而当其含毫渺然，亦自有难于言说者在。试更得海内同志一题咏焉，则余之无聊其或将犹可说耳。是为记。"

剑亮按：此文后收入张素：《南社张素诗文集》第 802 页。然将标题误写成《闷寻鹦馆填图记》，当正之。张素后又作《金缕曲》（自题《闷寻鹦馆填词图》，乞诸同人和）词，刊发于 1916 年 5 月《南社丛刻》第 17 集。后又收入张素：《南社张素诗文集》，第 648 页。参见 1916 年 5 月"本月"条。

朱孝臧嘱孙德谦校王旭《兰轩词》。孙德谦作《兰轩词跋》，中曰："沤尹先生辑刻《宋元人词集》已成甲、乙两编，今又赓续刊布，而以此词属校，爰识数语归之。乙卯秋八月，隘堪居士孙德谦跋。"（朱孝臧辑校：《彊村丛书》下册，第 1567 页）

秋，朱孝臧作《六幺令》（和况夔笙）。（沈文泉：《朱彊村年谱》，第 169 页）

秋，陈世宜作《瑞龙吟》（乙卯秋初，陪彊村翁游沪西园林。和清真，同檗子作）。（陈世宜：《倦鹤近体乐府》，1949 年油印本，第 3 页。后收入陈世宜著，刘梦芙校：《陈匪石先生遗稿》，第 49 页。亦收入朱惠国、吴平编：《民国名家词

集选刊》第 13 册，第 133 页）

秋，沈宗畸作《蝶恋花》（乙卯秋日，和罻威）四首。（沈宗畸：《繁霜词》，第 12 页。后收入朱惠国、吴平编：《民国名家词集选刊》第 3 册，第 99 页）

秋，潘承谋作《浪淘沙》（乙卯秋尽，倚枕听雨）。（潘承谋：《瘦叶词》，第 8 页。后收入朱惠国、吴平编：《民国名家词集选刊》第 12 册，第 106 页）

曾毅《中国文学史》，由上海泰东书局出版。1929 年 9 月出版修正版。全书有五编九十章，起于上古，讫至清代。修正版分五编七十七章。其中第四编"近古文学"的第十八章为"词学之发展"，第三十一章为"词学之极盛"（修正版为"宋代词学之极盛"），第五编"近世文学"的第十三章为"词学之复兴"（修正版为"词学之复盛"）。

剑亮按：曾毅（1879—1950），字松甫，湖南汉寿人。

10 月

13 日，况周颐作《定风波》（九月五日咏牡丹，或曰非时，沤尹曰非非时）。（况周颐：《餐樱词》，第 16 页。后收入朱惠国、吴平编：《民国名家词集选刊》第 3 册，第 193 页）

剑亮按：赵尊岳《蕙风词史》曰："在甲寅、乙卯间，项城柄国，辄有僭位之思，其事渐显。先生以胜朝故老，益为痛心，遂作《定风波》《多丽》以讽之。"（《词学季刊》第 1 卷第 4 号）《多丽》指《多丽》（秋雨），见《鸳音集》之《蕙风琴趣》，第 21 页。后收入曹辛华主编：《民国词集丛刊》第 3 册，第 259 页。

15 日，《民权素》第 11 集刊发：

枚道子《齐天乐》（家慈为骊儿绣抹胸，读东野《游子吟》，曷胜慨然）；

孟劬《双双燕》（余既读马克事，噩梦如潮。因念女子用情挚于男，夜苦不睡，辄以春怨寄意，谱此词，发乎情，止乎礼义，亦风人之极致也）；

古香《雨中花》（垂柳岸）；

起予《沁园春》（题《昭君出塞图》）；

碧痕《深院月》（集古句）二首；

愚农《浪淘沙》（寄怀杨秋心同学）；

佛郎《蝶恋花》（一径裙腰凝隔浦）；

味韶《卜算子》（和东坡韵）、《如梦令》（淡淡孤灯）；

鸳春《双调江南好》（相思苦）；

昂孙《如梦令》（题立斋画菊）；

箸超《踏莎行》（秋夜读《名臣言行录》）；

碧痕《竹雨绿窗词话》（续第 10 集）。

17 日（农历九月初九日），朱孝臧、况周颐等逸社同人游哈同花园。朱孝臧作《霜花腴》（九日哈氏园），况周颐作《霜花腴》（哈园九日，同沤尹作）和《紫萸香慢》（九日再赋）。沈曾植亦作《霜花腴》（彊村示我九日词，感和）。（参见郑炜明：《况周颐先生年谱》，第 258 页。朱孝臧著，白敦仁笺注：《彊村语业笺注》，第 273 页）

18 日（农历九月初十日），《文星杂志》第 2 期刊发：

古微《采桑子》（双蛾桂叶吴妆浅）、《蕙兰芳引》（吹露晚芳）；

彦通《蝶恋花》（青嶂露零山月小）；

茧庐《高阳台》（用季刚韵，再饯神武门残荷）；

古微《齐天乐》（旧家池馆追凉地）；

吴清庠《齐天乐》（蟋蟀）二首；

王蕴章《金缕曲》（鹦鹉偏能语）。后有编者按语："按，此阕为苌农三年前在南洋作。"（后收入《民国珍稀短刊断刊·上海卷》第 37 册，第 18323 页）

剑亮按：《文星杂志》，月刊，1915 年创刊于上海，由上海国学昌明社出版发行。1916 年终刊。

25 日，《小说月报》第 6 卷第 10 号刊发：

花农《百字令》（枕上闻雨声，梦中得赋新章一阕，醒而记之，寄仲可）；

又点《湘月》（为臧翮秋题《校史图》）；

仲可《百字令》（艺社第十三课，赋浮瓜）、《百字令》（艺社第十三课，赋沈李）、《风入松》（春音词社第三集，拟赋宋徽宗宣和年制松风琴）；

疚斋《采桑子》（当初自把芳菲误）；

鋆碧《浣溪沙》（乙卯秋日，海上见疚斋词曰"于今那有商量地"。嘻，疚斋误矣，痴男怨女，何时何事不可商量者。辄为下一转语，疚斋兄之其有以语我来）。

11 月

6 日（农历九月二十九日），况周颐作《最高楼》（雨夕饯秋）、《鹧鸪天》（如梦如烟）。（况周颐:《蕙音集》之《蕙风琴趣》，第 22 页。后收入曹辛华主编:《民国词集丛刊》第 3 册，第 261 页）

剑亮按：饯秋日，为秋季最后一日，是年九月为小月，故饯秋日为九月二十九日。参见郑炜明:《况周颐先生年谱》，第 258 页。

15 日，《民权素》第 12 集刊发:

枚道子《沁园春》（八月断壶）；

古香《踏莎行》（驱蝇）、《踏莎行》（憎蚁）；

楚伧《满江红》（金陵偶感）；

孟劬《祝英台近》（绛绡单）、《蝶恋花》（日日高楼凝望眼）；

起予《金缕曲》（题沈佩韦《秋树读书图》）；

魏羽《浣溪沙》（题《思春图》一）、《误佳期》（题《思春图》二）；

佛郎《浪淘沙》（酒气暖于烟）；

箬超《惜分钗》（天台道）；

碧痕《竹雨绿窗词话》（续第 11 集）。

12 月

15 日，《民权素》第 13 集刊发:

枚道子《玉漏迟》（雨夜岑寂，有怀励庵）；

孟劬《好事近》（纪梦）、《踏莎行》（读冷红生译小仲马《巴黎马克格尼尔遗事》，感其情文缠绵悱恻，涕为之堕。辄题小词，以谂神官家）；

中冷《莺啼序》（寒雨游石城，向夕微霁，用梦窗韵）；

剑厂《金缕曲》（病中有感）；

匪石《西河》（和清真《金陵怀古》，用元韵）；

鸳春《水晶帘》（中秋夜怀人）；

鸳冷《十六字令》（箫）、《十六字令》（花）；

昂孙《浣溪沙》（题雪坡老人墨水仙画册）；

箬超《桃源忆故人》；

匪石《旧时月色斋词谭》。

24 日，况周颐作《醉翁操》（一九初交，寒消未几，海滨风日，饶有春意，天时人事，我愁如何，倚此索陒庵、孟劬、沤尹和）。（况周颐：《鸾音集》之《蕙风琴趣》，第 24 页。后收入曹辛华主编：《民国词集丛刊》第 3 册，第 265 页）

剑亮按："一九"从冬至日开始算起。冬至后即开始"数九"，俗称"交九"，意味进入到一年中最寒冷的时节。故"一九"当为冬至日。是年 12 月 23 日为冬至日，故将此词编年于此。

25 日，《小说月报》第 6 卷第 12 号刊发：

怀荃《浣溪沙》（和鋆碧韵）二首；

天徒《玉漏迟》（癸丑春日，和吴伯琴丈，即用原体原韵。时同游愚园）、《菩萨蛮》（刺桐开罢莺声老）；

西神《惜红衣》（沪南李公祠池荷特盛。池后小山，曲径回环，幽秀尤绝。乙卯晚秋，余偕徐丈仲可往游。花事凋零，空梁泥落。合肥铜像，仆于辛亥之役，劫后重建，金碧凄黯，亦非复曩观矣。感怆成吟，和石帚韵）、《花犯》（春音社第一集，赋樱花，依清真四声）。

28 日，况周颐与朱孝臧连句作《千秋岁引》（连句诗自汉时有之，连句词未详所自，始沈雄《古今词话》张枢言席上刘巨源、僧仲殊在焉，命作西湖词。巨源口占云："凭谁好笔，横扫素缣三百尺。天下应无，此是钱唐湖上图。"仲殊应声云："一般奇绝，云澹天高秋夜月。费尽丹青，只这些儿画不成。"又命赋梅花，仲殊先吟云："江南二月，犹有枝头千点雪。邀上芳尊，却占东风一半春。"巨源续和云："尊前眼底，南国风光都在此。移过江来，从此江南不复开。"调寄《减字木兰花》。此连咏体也。乙卯长至后五日，与沤尹眆为之）。（况周颐：《餐樱词》，第 21 页。后收入朱惠国、吴平编：《民国名家词集选刊》第 3 册，第 205 页）

本月

朱孝臧校毕吴激《中州乐府》，撰写《中州乐府跋》。落款曰："宣统旃蒙单阏之岁辜月，归安朱孝臧跋。"（朱孝臧辑校：《彊村丛书》上册，第 81 页）

剑亮按：落款中"宣统旃蒙单阏"为民国四年（乙卯年，1915）。朱孝臧以清遗民自居，故仍沿用清宣统纪年。"旃蒙单阏"为乙卯年之别称，"辜月"指农历十一月，故编年于此。

冬，刘毓盘作《金诸主词校记》。中曰："女真能词者，惟璹及完颜文卿二人，余皆汉人也。意者，国书不同，故习之者少欤？"（后收入谭新红等整理：《刘毓盘词学文集》，第 184 页）

冬，况周颐作《玲珑玉》（元姚云文，字圣瑞，高安人。有《江村遗稿》，当是倚声专家。《紫萸香慢》《玲珑玉》皆自度曲，声情悱恻，饶弦外音。余极喜之。今年九月既赋《紫萸香慢》，寒宵无聊，更昉此调，圣瑞咏雪，余则咏霜，此题盖仅有作者）。（况周颐：《蕙风词》，民国十四年 [1925] 刻本，第 43 页。后收入曹辛华主编：《民国词集丛刊》第 6 册，第 361 页。参见郑炜明：《况周颐先生年谱》，第 264 页）

本年

【词人创作】

况周颐作《玉京谣》（徐仲可以其女公子新华山水画稿二帧见贻。冰雪聪明，流露楮墨之表，于石谷、麓台胜处庶几具体。为谱夷则商犯无射宫腔，即以答谢）。（况周颐：《餐樱词》，第 11 页。后收入朱惠国、吴平编：《民国名家词集选刊》第 3 册，第 184 页。参见郑炜明：《况周颐先生年谱》，第 265 页）

况周颐作《风入松》（宋徽宗琴名松风）。（况周颐：《蕙风词》，第 45 页。后收入曹辛华主编：《民国词集丛刊》第 6 册，第 352 页。参见郑炜明：《况周颐先生年谱》，第 265 页）

吴梅与任澍南联句，成《金缕曲》词。《蠡言》："虱处申江，为糊口计耳。而不如意事，十常八九。闲时自思，往往破啼而笑。友人任澍南（光济）云：'若得二万金，即可安居读书矣。'余曰：'此是上清仙福。吾辈穷措大，只好傍残羹冷炙讨生活耳。'相对太息久之。余曰：'读昌黎《送穷文》，穷偏送不去；读子厚《乞巧文》，巧又乞不来。历落嶔崎可笑人，我辈之谓也。'因联句成《金缕曲》一首云。"（王卫民：《吴梅评传》，第 268 页）

黄侃作《惜红衣》（别意惊秋）、《浣溪沙》（窗暗时闻语细禽）。（司马朝军、王文晖：《黄侃年谱》，第 108 页）

邓潜作《满江红》（六十初度，自题小影）。（邓潜：《牟珠词》，第 6 页。后收入朱惠国、吴平编：《民国名家词集选刊》第 1 册，第 257 页）

魏元旷作《秋霁》（乙卯复出长江，感赋）。（魏元旷：《潜园词》卷四，第 1

页。后收入朱惠国、吴平编:《民国名家词集选刊》第 2 册，第 297 页）

陈夔作《鹧鸪天》(乙卯，春到蔷薇已可怜)。(陈夔:《虑尊词》，第 8 页。后收入朱惠国、吴平编:《民国名家词集选刊》第 16 册，第 262 页）

施祖皋作《十六字令》(题《家庭共弈图》。乙卯任教上海务本女校，同事嵇景修出此图嘱题之)。(施祖皋:《硕果斋词》，民国二十二年 [1933] 铅印本，第 1 页。后收入朱惠国、吴平编:《民国名家词集选刊》第 16 册，第 363 页）

【词籍出版】

吴重憙《石莲阁词》刊行。卷首有李葆恂《序》、章钰《序》。卷尾有吴昌绶《跋》。(华东师范大学图书馆等有藏。后收入曹辛华主编:《民国词集丛刊》第 5 册）

黄玉堂《痴梦斋词草》二卷刊行。卷首有缪云湘《序》、缪国钧《序》、李鹤年《序》。(后收入曹辛华主编:《民国词集丛刊》第 17 册）

张锡麟编《柳斋词选》一卷刊行。卷首有编者《序》。(后收入曹辛华主编:《民国词集丛刊》第 21 册）

《序》曰:"长明填词行且二十年。在燕京及鸡林时，多与余相依，有所作，必相示。余则邮达，不谓远者。今夏余游西塞，哲嗣甘仲欲编次其诗文词稿，求之长明而不得，因转索于余，且乞审定。辛亥后，自叹身世类浮梗，拙稿散佚过半，何有于其他。独长明词稿存行箧中者，尚得五十二首，先序而归之，以应其求。长明，吾甥也，官法部，有时名。其为词，意境至清。其声可拟林籁，可比石泉。有所感则发不自禁，盖原于天性。近年尤肆力于是。道精进当不止乎此者，甘仲能嗣其家声乎? 余日望之。乙卯六月，番禺张锡麟。"

汪渊《瑶天笙鹤词》二卷刊行。卷首有王咏霓《序》和吴承烜《序》。(华东师范大学图书馆藏。后收入《清代诗文集汇编》编纂委员会编:《清代诗文集汇编》第 773 册，上海古籍出版社，2010 年。亦收入曹辛华主编:《民国词集丛刊》第 7 册）

王咏霓《序》曰:"在昔诗篇类均入乐。汉初制氏，尚记铿锵。唐山著《房中》之歌，戚姬善《望归》之曲。白麟赤雁，协律集乎五弦；西曲南弄，清商延于六代。有唐而后，因事立题。黄河白云，赌旗亭之一唱；渭城朝雨，听《阳关》之四声。三叠八拍，始有衬字。是以《竹枝》《柳枝》，异名而变腔；《法曲》《大曲》，应节以转步。倚声制词，所由仿也。绩溪汪君诗圃，以清夐之才，工侧艳之语。琼想梦月，清思浣云。刻羽引商，遂多篇什。拗成莲寸，有踘蕃锦之观（君集古词句为一集，名《麝尘莲寸》）；拈出藕丝，大似梅溪之制（《藕丝词》四卷，君少作也，已刻盛传）。近邻芳躅，寄示新编。命以题辞，为述甘苦。观其因物抽绮，穷力追新，委婉如诉，缠绵若结。情深而不冶，辞缛而不繁，意密而不流，韵芳而不匮。笙孔万悦，似步虚之有声；鹤鸣九霄，或写怨而堕泪。洵可谓惊采绝艳，独秀前哲者已。新安古郡，大好江山；谪仙寓居，导我先路。求诸近代，尤多词彦。《箧中》一选，记谭子之《化书》（复堂选《续箧中词》，曾录君作。又为《麝尘莲寸集》作序）；小筑《双桥》（江蓉舫都转近刻词集名），灿江郎之彩笔。辱窥兹集，喜应同声。按律审音，各臻微诣。君真雕手，盛传梅子之名；仆亦狐禅，解唱桂枝之曲。漫为嚆引，证此襟期。四海之内，避世之徒，岂无慕严陵之钓，买棹而溯渐源；访浮丘之迹，啸侣而跻云海者乎？光绪己亥四月，天台王咏霓撰。"

吴承烜《序》曰："慨自荆棘塞途，枉堕铜驼之泪；芙蓉隔嶕，难传玉燕之书。世局沧桑，惟管城未怀；生涯潦草，幸纸界犹宽。减字偷声，且修箫谱；长吟短咏，敢辍弦歌。巢父巢居，巢外无地；壶公壶隐，壶中有天。挈廉吏之琴龟，控故人之笙鹤。神交千里，情寄一缄。诗伯甫来，词仙又至。甲张恐后，乙李争先。梨枣欲春，桑榆非晚。由庚一律，续补南陔；知己几人，得如东野。设宫分羽，经徵列商。总众清以为林，汇万类而逗节。嘉宾鸣鹿，仙令飞凫。舒啸兰皋，周行苹野。我徽有汪先生诗圃者，余之同门友也。以文苑凤毛，主骚坛牛耳。既属同心之契，非无一面之缘。犹忆少时，薄游芹泮；缅怀壮岁，几度棘闱。但识姓名，未通謦欬。不道报平安之日，乃今在衰朽之年。去日苦多，同嗟寒素；夕阳虽好，已近黄昏。世上千年，不过希夷沉睡；山中七日，愿为王子求仙。此《瑶天笙鹤》之词所由成也。鲟鲽参差，蝾蛇上下。跱翾歧之企鸟，潘安仁刻划雅音（潘岳有《笙赋》）；伟胎化之仙禽，鲍明远揣摩舞态（鲍照有《舞鹤赋》）。一言均赋，六代清才。流逸韵于九皋，结长悲于万古。琼楼玉宇，高处生寒；金柱银筝，愁中消夜。云花黑白，郁为玟瑐之梁；霜树红黄，掩映珊瑚

之海。自来逸老,惯挟飞仙。三百篇莲麝齐香(谓诗圃之《麝尘莲寸集》词),
六十载芸蕈俱化。况诗圃之为词也,较白石,轶碧山;轩玉田,轻樊榭。得草窗
之隽,有竹屋之痴。风雨空山,江花笔底;烟云佳境,谢草池边。登群玉之峰,
凤鸾有律;入众香之国,蝴蝶皆仙。掷地成金石之声,烛天夺珠玑之色。秋鸿春
燕,无感不通;早雁初莺,有来斯应。黄花笑冷,红豆拈新。卅载青衫,一编白
纻。客星散而德星聚,旧雨少而今雨多。云水踪留,雪泥印在。汪伦送我,情深
绕岸之桃;吴质依人,愧比逾淮之橘。琼瑰无梦,翰墨有灵。白岳之英,黄山之
秀。斯文未丧,吾道不孤。浮白讴思,觉素心其默契;杀青伊迩,厘篇目于灵
飞。笙磬同音,协律振千秋之奇响;瑶琚永好,论文定一代之词宗。乐观厥成,
敢为之序。岁在民国四年乙卯秋,同门弟歙吴承烜拜叙于淮东。"

周庆云辑《淞滨吟社集·甲集》一卷、《乙集》一卷刊行。卷首有杨钟羲
《序》、周庆云《序》。(后收入南江涛选编:《清末民国旧体诗词结社文献》第
10 册)

剑亮按:杨钟羲《序》见本年 6 月,周庆云《序》见民国三年(1914)12 月。

周岸登《邛都词》二卷刊行。卷首有作者《自序》。(后收入曹辛华主编:《民
国词集丛刊》第 9 册)

【报刊发表】
《小说新报》第 7 期《文苑》栏目刊发:郑文焯《瘦碧词》9 首。

剑亮按:《小说新报》,月刊,1915 年创刊于上海,由国华书局出版发行。
1923 年终刊。

《小说新报》第 8 期《文苑》栏目刊发:郑文焯《瘦碧词》12 首。
《国学杂志》第 5 期刊发:

秦云《裁云阁词钞》卷一《锦鸳词》,有《双红豆》(李花香)、《生查子》(春
色恼人天)、《中兴乐》(《虢国夫人骑马图》)、《醉太平》(琼姬冢)、《满江红》(题
柳敬亭遗像)、《春光好》(《美人梳头图》)、《中兴乐》(观绳妓作)、《浪淘沙》(碧
梧雨打夜窗声)、《玉漏迟》(陆梧生为言钱塘女士赵湘绿酷爱予诗,谱此以志知
己之感)、《菩萨蛮》(茉莉花)、《洞仙歌》(灵岩吴宫井)、《满江红》(题秦良玉

遗像）、《调笑令》（春倦春倦）、《被花恼》（吊智娥作。智娥，滑县倡李氏之女。嘉庆癸酉九月，教匪陷县城。贼头目牛亮臣故从倡李游，召诸倡行酒。娥告其母曰："往为客行酒，今贼矣，女虽贱，不能行贼酒。"贼迫使行酒，娥詈曰："若犬豕也，今日宁不行酒死。"贼怒，并收其母，磔之，时娥年十六也。往余有《古风》纪其事，刊集中。今已删去，为补此词）、《上林春慢》（南宋宫人斜）、《女冠子》（过梨花庄作。相传吴兴富民沈万三置妾于此。妾深爱梨花，曾植梨万本，今废址尚存）、《定西番》（旅夜）、《金浮图》（董贤玉印，今藏怀宁陈龙岩家）、《菩萨蛮》（娉婷十五腰如削）、《桂枝香》（寄梦云）、《菩萨蛮》（忽惊九十韶华尽）、《念奴娇》（杨花）、《满庭芳》（孝陵瓜）、《天香》（栏杆）、《一箩金》（红日纱窗春起早）、《秋夜月》（飞絮萦愁，漂花抱恨。坠欢若梦，影事难追。爰填是腔，聊以遣闷）、《酒泉子》（扬州隋宫故址）、《阮郎归》（博山炉袅篆烟微）、《海棠春》（压残金线红罗绣）、《系裙腰》（玉闺秋静晚风凉）、《醉春风》（宝帐流苏袅）、《摸鱼儿》（燕）、《绿意》（寒柳）、《喝火令》（启匣收鸾镜）；

丁绍仪《听秋声馆词话》。

《国学杂志》第 6 期刊发：

秦云《裁云阁词钞》卷二《瑶笙词》，有《赤枣子》（游仙）、《酒泉子》（夜色沉沉）、《意难忘》（同人为扶鸾之戏，有仙女韩碧霞降坛，自称紫府侍书。赠余诗云"重将旧事说瑶清，一隔人天岁月惊。记否松阴同小立，郁洲山上看云生"。茫茫三生是耶非，因填是阕，以答乩仙）、《三台令》（啼鸟啼鸟）、《百尺楼》（刘碧鬟墓）、《满江红》（苏武）、《罗敷媚》（萧窗风雨钉花）、《劝金船》（代仙子忆刘阮）、《劝金船》（代刘阮忆仙子）、《糖多令》（闻扬州近事，追忆昔日之盛，为谱是阕）、《菩萨蛮》（《美人睡春图》）、《菩萨蛮》（柳枝）、《满江红》（读《吴梅村集》题后）、《菩萨蛮》（蔡经故宅）、《望湘人》（送友人之湘中）、《清平乐》（香闺怯冷）、《金明池》（宫髻盘鸦）、《卜算子》（送春）、《满江红》（伍相国祠）、《一剪梅》（江行即景）、《阳台路》（纪梦）、《摸鱼儿》（陆格生买妾才三年，忽异香满室，无疾而逝，自赋诗悼之，更征予作。妾姓杜，字若香，年十有九。因思神仙少谪，事或有之，春红易凋，予亦替惜花人下泪，为填是调以应之）、《一叶落》（撤妾去）、《回字令》（旅感）、《齐天乐》（帆）、《菩萨蛮》（上头夫婿听人说）、《糖多令》（昨夜饮芳醪）、《西江月》（重纪梦）、《祭天神》（鼋山神女祠神弦词）、《鹧鸪天》（湖天问桃）。

《四川公报》特别增刊《娱闲录》半月刊第 20 册刊发：吴虞《高阳台》（姊字蕙芳）、《疏影》（鬓软鬟欹）。

剑亮按：《四川公报》特别增刊《娱闲录》，半月刊，1914 年创刊于四川成都，创办人樊孔周。主笔及编辑吴虞、方觚斋、刘觉奴、度公等。由四川昌福公司出版发行。1915 年 10 月 6 日，《四川公报》改名《四川群报》，该刊即作为该报副刊，不再单独出版。

《九十天的杂志》季刊第 1 期刊发：

补谷老农《绿意》（芭蕉）、《高阳台》（柏坚书来，得佳石蕉旧章，镌曰"此情烟水深"，于老□颇近，欲以见赠，乃先寄此词聘之）、《扫花游》（题渊利寺）、《甘州》（书柏坚婿《海棠本事诗》后）、《虞美人》（病兰复苏，未叶先花，喜而有作）、《一萼红》（赋池上红莲）；

味青老人《壶中天》（雨亭落成）、《鹧鸪天》（平明池上赏荷）、《齐天乐》（立秋后好雨送凉，西亭小憩，清兴悠然）；

补叟《壶中天》（牛婆坤塘岸壕基上树木丛生，樱栏交杂，初不经意，今乙卯秋，忽闻木樨香味，乃见一株金粟矗立其上。余居此三年矣，此桂湮没于草莽间，一旦物色及之，殊可喜也）、《惜秋华》（艺菊工夫，在乎周密。时而分根，时而掐头，无或失时。他如芟繁枝，去蟊虫，皆非朝夕从事不可。山居多暇，莳菊数十本。率家人辈，如法培植之，秋来着蕊颇肥，顾而乐之，爰赋此解）。（后收入《民国珍稀短刊断刊·湖南卷》第 12 册，全国图书馆文献缩微复制中心，2006 年，第 5838 页）

剑亮按：《九十天的杂志》，季刊，1915 年创刊于湖南长沙，由九十天杂志社出版发行。1917 年终刊。

《莺花杂志》第 2 期刊发：无闷《薄命词序》。

剑亮按：《莺花杂志》，月刊，1915 年创刊于上海，由莺花杂志社出版发行。当年终刊。

《东吴》第 1 卷第 5 号刊发：王佩诤《张仲甫〈听雨图〉题词》。（后收入王佩诤撰，王学雷辑校：《瓠庐笔记》，第 24 页）

《东吴》第 2 卷第 2、3 号刊发：王佩诤《叶小鸾像题词》。（后收入王佩诤撰，王学雷辑校：《瓠庐笔记》，第 87 页）

【词人生平】

麦孟华逝世。

麦孟华（1875—1915），字孺博，号蜕庵，广东顺德人，康有为弟子。有《蜕庵词》。钱仲联《近百年词坛点将录》曰："蜕庵与弱庵齐名，《六丑》（丁未除夕）句云：'澜翻万态趋残夕，更箭沉沉，群喧向寂。''铜驼梦断消息。倚危栏黯望，浮云西北。'彊村《水龙吟》挽词所以有'京华游侠，山林栖遁，斯人憔悴'之叹。"（钱仲联：《梦苕庵论集》，第 393 页）

桂赤逝世。

桂赤（1869—1915），原名念祖，字伯华，江西德化人。光绪二十三年（1897）举人。师从皮锡瑞，曾从康有为、梁启超变法，后随杨会文学佛。有词见《艺蘅馆词选》。

夏敬观《忍古楼词话》曰："德化桂伯华念祖，丁酉举人。与予同师善化皮鹿门先生，经学词章，根底深厚。中岁学佛法于杨仁山先生，因东渡习梵文，通密宗，遂证涅槃于日本。其遗著未刊……伯华词多不注意平仄，是学佛人所作，当例外视之也。"（唐圭璋编：《词话丛编》第 5 册，第 4754 页）

钱仲联《近百年词坛点将录》曰："伯华沉酣内典，妙悟三乘。东游秋津，精究梵语。《临江仙》一阕，梦雨灵风，云英路隔，语含哲理，歌罢魂消，《止观》所谓'转魔事为佛事'也。"（钱仲联：《梦苕庵论集》，第 399 页）

1916年

（民国五年　丙辰）

1月

11日（农历乙卯十二月初七日），缪荃孙将《题彊村校词图》送给朱孝臧。缪荃孙记曰："送甘遯信与《题校词图》与古微。"（缪荃孙：《艺风老人日记》第7册，第2901页）

15日，《民权素》第14集刊发：

壬秋《湘雨楼词序》，曰："词盛于宋。南渡至今，苏、杭濡染其风，吴中犹有北宋遗响，越中则纯乎南音。数百年来，浙人词为正宗，天下莫胜也。至本朝二百余年，共推成容若、吴毂人，则北人几夺浙鹿矣。朱竹垞，亦浙人，而尤自信其词。既选《词综》，又作《词话》。其词稿率多点易，再三斟酌，自以为尽善。然观其所选汗漫如黄茅白苇，其所作乃如嚼蜡，浙词之木者也，未为浙派也。湘人质实，宜不能词，故先辈遂无词家。近代乃有杨蓬海与雨珊并驱，闿运不能骖靳也。王益吾自负宗工，乃选《六家词》，五湘而一浙，欲以张楚军。益吾、雨珊，昆弟交也。余不能词，以文张扬，亦时示笔，而酬唱之作无多。及蓬海先殂，雨珊继逝，益寂寥矣。蓬海蓄刻工，有作辄付印行。雨珊亦有书局，顾不肯刊己作，词稿丛残，多不可辨，有类于竹垞手稿。其子仲卣，抄集成卷。中有疑字，未敢写定，则空阙之。余以为非子刻父集所宜，属其以所知见存焉，而加墨识。因并论天下词，以诒知者。词之工妙，览者自得之，非私所赞赏也"；

壬秋《芳草》（水仙花。自山谷有"一笑横江"之句，以关西大汉吓十八女郎胆破矣。作此正之）；

樊山《玲珑四犯》（泊园纳凉，用白石韵）；

孟劬《点绛唇》（弹罢湘弦）；

黄节《卖花声》（桂树满空山）；

春生《百字令》（昼长无事，重阅《红楼梦》一过，择其尤者，各赠百字）

二首、《百字令》（怡红公子）、《百字令》（潇湘妃子）；

权予《离亭燕》（满地落英人静）、《满江红》（题曹玉圃先生《艺圃图》）；

愚农《浪淘沙》（细雨掩重门）；

碧痕《竹雨绿窗词话》（续第 12 集）。

28 日（农历乙卯十二月二十四日），朱孝臧为况周颐完成《餐樱词》刊刻。况周颐《餐樱词自序》："乙卯风雪中，沤尹为锲《餐樱词》竣，因略述得力所由……岁不尽六日，夔笙书于餐樱庑。"（况周颐：《餐樱词》，第 1 页。后收入朱惠国、吴平编：《民国名家词集选刊》第 3 册，第 159 页。参见郑炜明：《况周颐先生年谱》，第 263 页）

本月

南社编《南社》第 15 集在上海出版。收 21 位词人共 122 首词。（后收入曹辛华、钟振振选编：《清末民国旧体诗词结社文献续编》第 15 册）词作有：

景定成《浣溪沙》（秋闱）、《菩萨蛮》（中秋月蚀，口占）、《浪淘沙》（江亭书感）、《临江仙》（过江有感）、《西河》（题《南枝集》）、《汉宫春》（观海棠花演《宦海潮》，书此赠之）、《烛影摇红》（赠赵素玉）、《声声慢》（秋夜骑驴山行，戏拟）、《满江红》（半耕园春望）、《鹊桥仙》（七夕遣怀）二首、《行香子》（桥头七夕，戏拟）、《千秋调》（惜花）、《分湖柳》（题亚子《分湖旧隐图》，自度曲）三首；

沈宗畸《莺啼序》（自题《塞上雪痕集》，用梦窗韵，庚戌冬日，客鸡林作）二首；

蔡守《马家春慢》（用贺方回韵）、《凄凉犯》（题《游魂落月图》，用梦窗韵）、《甘州令》（寄蕴瑜，用柳屯田韵）、《玲珑四犯》（题鸿璧女士写赠《双莺图》，图己酉春所画也。用《竹屋痴语》韵）、《凤鸾双舞》（寄骚香子，用汪水云韵）、《西江月》（荔枝湾调冰室纳凉，寄阮月娘，用龚山隐韵。山隐词见《洞口诗集》卷七）、《五福降中天》（乙卯重午，从康乐㳍棹归水关寓斋，舟次书所见，用宋人江致和韵）、《韵令》（乙卯重午后一日，殇弱子阿朔）、《山居好》（七月十七日，与檇李陆四娘贵真登风篁岭作，用宋山隐道士龚大明韵。山隐词见《洞口诗集》卷七）四首、《有何不可》（与檇李陆四娘贵真、泉唐吴三娘子和宿巢居阁作，用宋月溪道士贝守一韵，词见《洞口诗集》）四首、《怨秋曲》（七月十八日薄暮，陆贵真在高庄采菱堕水，怀中《大吉碑拓》亦湿，戏作嘲之，用宋穆风道人韵）；

温见《花非花》（感事）二首、《踏莎行》（感事）、《酹江月》（赋寄舍弟南行）；

谭作民《瑞鹤仙》（群芳花圃有大荷一钵，对予旅户。云系别种白蕊，渐次耸开，团簇香润，辄动爱怜。游人每摘去，凋零无似，作此感伤）、《暗香》（梅）、《疏影》（梅）、《莺啼序》（京中晚登城楼，远望乌鸦有感，次梦窗韵）；

郑泽《误佳期》（病里）、《菩萨蛮》（萧斋卧病，凉雨鸣阶。独寐寤歌，乍惊秋早。索填此调，倘亦蜀江秋雨诉琵琶之意也）、《菩萨蛮》（湘楼住有伤春客）、《青玉案》（桂华凝露秋香冷）、《月华清》（秋砧）、《陂塘柳》（辛丑夏，别叔乾重有所感）、《蝶恋花》（春雨）、《秋波媚》（黄州春雨）、《满江红》（辛亥冬，感议和事）、《汉宫春》（旧历壬子元旦）、《水龙吟》（题亚子《分湖旧隐图》）；

傅钝根《浣溪沙》（又近西风瑟瑟秋）、《蝶恋花》（七夕）三首、《蝶恋花》（集词）、《念奴娇》（送梦蘧北游）、《疏影》（题高天梅《红楼梦隐图》）、《浣溪沙》（夜起空阶见月明）、《浣溪沙》（乍透新凉枕簟秋）、《减字木兰花》（旧游俊处）、《水龙吟》（崂山四景词·章壁撑晴）、《高阳台》（崂冈带雨）、《瑞鹤仙》（岱松横翠）、《大江东去》（藤塔摇青）、《水龙吟》（题张挥孙《闷寻鹦馆填词图》）、《摸鱼儿》（用稼轩韵）、《踏莎行》（题幻庵日本双照）、《踏莎行》（题画）、《点绛唇》（为王祝朋题画）、《百尺楼》（题画）、《菩萨蛮》（途中偶兴）三首、《沁园春》（水冷芦枯）、《蝶恋花》（浮生万恨无堪遣）、《点绛唇》（笑指黄花）、《临江仙》（记得当年明月夜）、《念奴娇》（为蔡哲夫题魏李映超等造像残拓）、《南乡子》（风雨近重阳）；

刘谦《蝶恋花》（花朝，大雨竟日）二首；

刘鹏年《如梦令》（题画梅，新婚贺客促作）；

程善之《水调歌头》（题亚子《分湖旧隐图》）；

胡韫玉《一剪梅》（重九，示小柳、剑华）；

胡怀琛《浣溪沙》（夜雨）；

陶牧《菩萨蛮》（哭子美，并简亚子）、《三姝媚》（题天梅《变雅楼三十年诗征》）、《浣溪沙》（暮鸟声催细雨迟）、《浣溪沙》（六幅屏山幅幅开）、《浣溪沙》（薄薄单衣逐面尘）、《浣溪沙》（瘦损腰肢懒上妆）、《摸鱼儿》（中秋）、《摸鱼儿》（和剑华见赠韵）、《菩萨蛮》（重九，并示剑华）、《一剪梅》（重九，和朴庵韵）、

《摸鱼儿》（约朴庵游西湖归作，并简剑华）、《一萼红》（赠一品红，并示剑华）；

　　胡先骕《蝶恋花》（塞雁归来秋又半）、《蝶恋花》（水精帘外西风紧）、《蝶恋花》（海天万里长相忆）、《蝶恋花》（落叶萧萧秋已老）、《海国春》（题亚子《分湖旧隐图》，自度曲）；

　　杨铨《贺新凉》（题亚子《分湖旧隐图》）；

　　萧笃平《菩萨蛮》（东风吹入垂杨树）、《虞美人》（清明节近春将半）、《忆萝月》（春光难住）、《忆萝月》（峡中作）、《忆萝月》（重阳）、《金缕曲》（马嵬驿）；

　　沈砺《满江红》（题芳墅《四十述怀》诗后）；

　　周斌《一剪梅》（春病）、《踏莎行》（春恨）；

　　余一《巫山一段云》（夏夜听美人歌）、《醉公子》（纪梦）二首、《卖花声》（夜雨）、《生查子》（听莺）；

　　周亮才《钗头凤》（砧声切）；

　　张长《少年游》（为春航题名小青墓作，用彧尊韵）。

2 月

　　1 日，张素作《满江红》（四十初度）。（后收入张素：《南社张素诗文集》，第632 页）

　　1 日（农历乙卯十二月廿八日），朱孝臧请郑□□题词。郑□□记曰："朱古微送来《彊村校词图》卷求题。"（中国国家博物馆编，劳祖德整理：《郑孝胥日记》第 3 册，第 1595 页）

　　2 日，张素作《百字令》（衣帽岁除，用甲寅旧韵，并寄生公）。（后收入张素：《南社张素诗文集》，第 649 页）

　　2 日，陈曾寿作《祝英台近》（乙卯除夕）。（陈曾寿：《旧月簃词》，第 2 页。后收入朱惠国、吴平编：《民国名家词集选刊》第 12 册，第 216 页）

　　3 日，《春声》在上海创刊，月刊。姚锡钧主编，文明书局发行。以长篇小说为主，兼收剧本、笔记、诗词等。1917 年 6 月停刊。

　　9 日，王易致函胡先骕。中曰："自旧历十月廿二日寄奉前函后，次日又得尊函并《菩萨蛮》十阕。"（后收入胡宗刚：《胡先骕先生年谱长编》，第 43 页）

　　15 日（农历正月十二日），郑□□为朱孝臧题词。郑□□记曰："为古微题《彊村校词图》。"（中国国家博物馆编，劳祖德整理：《郑孝胥日记》第 3 册，第

1597 页）

15 日,《民权素》第 15 集刊发:

茧叟《高阳台》（用季刚韵，饯神武门残荷）；

樊山《秋波媚》（调石甫）二首；

瘿公《扫花游》（崇效寺看牡丹）；

彦通《疏影》（咏梅）；

孟劬《清平乐》（唾绒残线）、《鹧鸪天》（故人招饮四北高楼，即席赋赠）；

黄节《浣溪沙》（争奈魂销未死前）；

起予《临江仙》（幻出烂银世界）；

吁公《如此江山》（中秋夜过天安门）；

梦秋《满江红》（读《民权素》，有怀箸超）；

匪石《旧时月色斋词谭》（续第 13 集），有《复剑公书》，曰:"弟近亦有一奢愿，拟辑一清代词选，依宗派而类别之。盖乾嘉以前，湖海宗苏、辛，竹垞宗玉田，衍为两派。茗柯起，碧山家法，卓然成为一支。迄于清末，白石、梦窗由冷红、彊村两先生，各拔一帜，为三百年之殿。窃以此读清词，当可什得八九。但词家别集，搜辑既难，而甄采时鉴别或有未精，必贻笑炳。"

剑亮按: 上述陈匪石《复剑公书》所谓"弟近亦有一奢愿，拟辑一清代词选"，后刊载于 1916 年《民国日报·艺文部·词选》栏目。选录 63 位词人的词作 220 首（有张景祁两首重出）。其中录词较多者有: 朱祖谋（12 首）、况周颐（10 首）、陈锐（9 首）、郑文焯（8 首）、庄棫（8 首）、程颂万（8 首）、夏敬观（8 首）、徐珂（8 首）、刘毓盘（8 首）、张仲炘（7 首）。

18 日（农历正月十五日），周岸登作《宝鼎现》（丙辰灯节，和须溪）。（周岸登:《蜀雅》卷二《北梦词一》，民国二十年 [1931] 铅印本，第 5 页。后收入曹辛华主编:《民国词集丛刊》第 9 册，第 253 页）

20 日，周曾锦作《浪淘沙》（丙辰正月落灯日，雪中同人集静修阁作诗钟）。（周曾锦:《香草词》，第 16 页。后收入曹辛华主编:《民国词集丛刊》第 10 册，第 178 页）

25 日,《小说月报》第 7 卷第 2 号刊发:《寒夜兰闺分咏》。内收:

杨碧珠《浪淘沙》（东台雪夜舟中）；

张碧琴《江南好》（雪后舟行见月）；

吴绛珠《鹧鸪天》（别意）、《一丛花》（江干重九，用秦少游体）；

许碧霞《浣溪沙》（赠东园）；

陈琴仙《醉太平》（新年）、《沁园春》（上栩园、东园两公）；

许卿贞《卖花声》（除夜）。

3 月

14 日（农历二月十一日），夏承焘作《卖花声》（看《饮冰室集》，载歌词颇多，因戏效作渔父词，得《卖花声》一阕）、《一剪梅》（暮春）。（吴蓓主编：《夏承焘日记全编》第 1 册，浙江古籍出版社，2021 年，第 4 页）

15 日，《民权素》第 16 集刊发：

樊山《送我入门来》（昔□伯师尝以此调题《明妃抱子图》，晚年盼子甚切，故赋此寓意。余既制《明妃出塞词》，感于前事，复赋此篇）；

彦通《蝶恋花》（青嶂露零山月小）、《蝶恋花》（习习秋风回玉殿）；

孟劬《青衫湿遍》（余初娶于舅氏妇陈，结缡甫五月，昙花遽萎，遗榇尚旅殡吴淞。十五年断梦，夜长追忆，黯然销魂矣。纳兰容若往制此调，写黄门之哀。龙壁山人、金梁外史、半塘老人俱和之。悼往伤今，辄复继声。词成覆读，不知是字是泪也）；

琴韵《金缕曲》（送杨清如师之燕，并和原韵）、《满江红》（春日迟迟）；

病倩《玉漏迟》（见怀，赠王相阁）；

味仙《一剪梅》（元宵独坐，感怀寄内）；

佛慈《如此江山》（题汤孤芳《残菊悲秋图》）；

起予《武陵春》（咏风）、《怨三三》（咏花）；

碧痕《竹雨绿窗词话》（续第 14 集）；

柳桥《忆江南》（新年词）十首。

25 日，《小说月报》第 7 卷第 3 号刊发：

龚文清《虞美人》；

东园《鹧鸪天》（隋堤新柳）、《思佳客》（平山堂）；

镜湄《点绛唇》（春意）；

诗圃《惜寒梅》（闺思）、《高阳台》（嘉树）、《木兰花慢》（集成句）；

琴仙女史《浣溪沙》（秋日登黄鹤楼，寄怀吴绛珠、杨碧珠、鲍苹香、许碧霞四女史）；

绛珠女史《浣溪沙》（和陈女史琴仙见怀之作，次韵）；

苹香女史《浣溪沙》（次扬州得琴仙见怀之作，次韵奉酬）；

碧霞女史《浣溪沙》（和琴仙见怀之作，次韵）；

碧珠女史《浣溪沙》（和琴仙女史鹤楼见怀之作，次韵）；

绛珠女史《春宵曲》（送杨碧珠女史之沪）。

本月

黄节作《卖花声》（桂树满空山）、《浪淘沙》（争奈魂销为死前）。（马以君编：《黄节诗集》附录，中国人民大学出版社，1989年，第277页）

春，《北洋大学校季刊》第2期刊发：

徐美烈《九秋词》，作品有《忆仙姿》（秋夜）、《相见欢》（秋月）、《青衫湿》（秋雨）、《踏莎行》（秋江）、《忆萝月》（秋柳）、《一痕沙》（秋菊）、《风蝶令》（秋雁）、《点绛唇》（秋鹭）、《眼儿媚》（秋簟）；

施肇夔《菩萨蛮》（北固题壁）。（后收入《民国珍稀短刊断刊·天津卷》第2册，全国图书馆文献缩微复制中心，2006年，第1385页）

春，王国维在上海访朱孝臧。王国维《彊村校词图序》曰："先生光绪之季奉使粤峤，遽乞病归，往来苏、沪间，讫于近岁，居上海之日为多。丙辰春，国维自海外归，过先生于上海，同时流寓之贤大夫颇得相从捧手焉。"（参见朱孝臧著，白敦仁笺注：《彊村语业笺注》，第275页）

4月

2日（农历二月三十日），朱孝臧校《宋徽宗词》毕，曹元忠作《跋》。（朱孝臧辑校：《彊村丛书》上册，第111页）

5日，李宝淦作《满庭芳》（丙辰上巳，值清明节，周梦坡庆云招集愚园修禊，拈此调索和，次韵答之）。（李宝淦：《问月词》，民国十一年 [1922] 铅印本，第16页。后收入曹辛华主编：《民国词集丛刊》第5册，第55页）

5日，陈匪石作《甘州》（丙辰春禊，是日余初度）。（陈世宜：《倦鹤近体乐府》卷一，第3页。后收入朱惠国、吴平编：《民国名家词集选刊》第13册，第134页。亦收入陈匪石著，刘梦芙校：《陈匪石先生遗稿》，第50页）

5 日，缪荃孙访朱孝臧，并以《常州词》相赠。缪荃孙记曰："诣王雪丞、朱古微谈，赠以《常州词》一部。"（缪荃孙：《艺风老人日记》第 7 册，第 2940 页）

12 日，胡适作《沁园春》（誓诗）。（收入胡适：《尝试集》附《去国集》初版，第 50 页）

15 日，《民权素》第 17 集刊发：

樊山《绛都春》（观梅郎演《明妃出塞》，邀邵南、石甫、瘿公同赋）；

若海《西平乐慢》（题章太守铜官《感旧图》）；

公愚《金缕曲》（夜望西贡，感赋）；

碧城《法曲献仙音》（题吴灵白女士《看剑引杯图》）、《南歌子》（寒意透云帱）；

小柳《春风袅娜》（怨东风苦苦）；

海鸣《忆江南》（别离后）；

佛郎《添声杨柳枝》（病了梨花醉了莺）、《鹊踏枝》（斜倚吴绫娇倦绣）；

愚农《江南好》（为庶祖妣安窆事往乡，舟中有感，用竹垞韵）、《十六字令》（雨）二首；

权予《高阳台》（题沈佩韦先生《秋树读书图》）；

匪石《旧时月色斋词谭》（续第 14 集）。

20 日，朱孝臧为其此前校毕的温庭筠《金奁集》作跋。中曰："吴伯宛谓：'《尊前》就词以注调，《金奁》依调以类词，义例正相比附也。'"落款曰："丙辰三月谷雨日，归安朱孝臧。"（朱孝臧辑校：《彊村丛书》上册，第 100 页）

25 日，《小说月报》第 7 卷第 4 号刊发：

诗圃《念奴娇》（春晚，集成句）、《壶中天》（集成句）、《行香子》（集成句）；

贞卿《菩萨蛮》（七夕）、《菩萨蛮》（次庄之女士韵）；

秋白《巫山一段云》（扬州怀古二阕，用尤西堂韵）二首；

绛珠《菩萨蛮》（用西堂韵）。

本月

南社编《南社》第 16 集在上海出版。收 15 位词人共 133 首词。（后收入曹辛华、钟振振选编：《清末民国旧体诗词结社文献续编》第 15 册）词作有：

傅钝根《浣溪沙》(以下和云耘《鞭影楼词》十四阕,次元韵)、《卜算子》(寒月转三更)、《采桑子》(西风吹断相思泪)、《转应曲》(朝暮朝暮)、《转应曲》(人瘦人瘦)、《点绛唇》(一叶飞红)、《虞美人》(良缘倘觊天排定)、《醉花阴》(过尽斜阳天欲暮)、《双红豆》(情一丝)、《点绛唇》(翠歇红消)、《烛影摇红》(今古同流)、《忆萝月》(月圆能几)、《菩萨蛮》(不分吾行成踽踽)、《临江仙》(雪词谓其妇劝勿作诗,会吾妇亦劝余止酒,因并及之以为笑);

刘师陶《调笑令》(闲情)二首;

胡韫玉《阮郎归》(送小柳还申江)、《蝶恋花》(将归申江,留别剑华)、《百字令》(趁津浦车过徐淮,吊汉楚遗址);

潘有猷《金缕曲》(故友逸鸣作维摩现身想。余怀渺渺,重有感焉,谱此寄之)、《满江红》(《落花梦》可歌可泣。优游饰杜慧君,有天人之誉。惜予缘悭,不获领略,因倚此赠之)、《薄倖》(观怜影演《恨海》)、《贺新凉》(病夜)、《清波引》(题亚子《分湖旧隐图》,用白石韵)、《醉太平》(题瘦鹃《香艳丛话》);

丁三在《少年游》(为春航题名小青墓作,用虑尊韵)、《少年游》(前词意有未尽,重拈一阕,仍用虑尊韵。拉杂之诮,在所不免)、《减兰》(为佩弦题荀郎小影)、《减兰》(题吹万、亚子、石子暨眷属三潭泛舟照片,次吹万韵)、《一痕沙》(题武林同游照片,次吹万韵)、《浣溪沙》(题西泠雅集照片,次吹万韵)、《罗敷媚》(题亚子、虑尊、越流、春航、小云清波弄影照片)、《菩萨蛮》(偕绛士、苏新、恨生、亚父、冥飞、展庵三潭夜泛)二首、《相见欢》(湖上对月,调冥飞)、《罗敷媚》(寄怀春航)、《减兰》(赠春柳剧场镜若、绛士、苏新、镜澄诸子)、《采桑子》(赠恨生,为冥飞作)、《浣溪沙》(赠恨生)、《西子妆》(为醉侬题化妆西湖采莲小影,用梦窗韵)、《迈陂塘》(题风木庵凫戏池)、《减兰》(题《戏猫图》)二首、《南歌子》(自题三潭对影照片)、《鹊桥仙》(七夕悼亡);

丁以布《少年游》(为春航题名小青墓作,用虑尊韵)、《双红豆》(题龙丁社友春秋愁怨诗);

陆绍棠《少年游》(为春航题名小青墓作,用虑尊韵);

潘普恩《少年游》(为春航题名小青墓作,用虑尊韵);

胡颖之《浣溪沙慢》(南社雅集,每以事羁未赴,戏缀以词,用美成韵。时三年三月十日)、《六州歌头》(潇潇暮雨)、《水调歌头》(十一月八日夜作)、《千秋岁》(民国三年十月十八日,同黄镜人出涌金门,谒钱王祠,观苏书表忠观残碑二方。表忠观碑文，不知为何人笔，向庙祝购拓本归，赋此记之）；

陈无用《西子妆》（为冯春航作）、《三姝媚》（为毛韵珂作）、《柳梢青》（见小杨月楼学步作）、《少年游》（为春航题名小青墓作）二首、《清平乐》（赠孙供奉）、《浣溪沙》（亚子招饮湖楼，即席分得歌韵）、《苏幕遮》（观《血泪碑》感赋）、《青玉案》（观《自由泪》感赋）、《点绛唇》（赠别春航）、《菩萨蛮》（赠别小云）、《减兰》（赠别天声）、《石湖仙》（题亚子《分湖旧隐图》）、《水龙吟》（寿春航）；

陈无名《少年游》（为春航题名小青墓作，用虑尊韵）、《菩萨蛮》（春航、小云、天声同时去杭，虑尊各赋长短言赠之。亦倚此阕，兼寄越流）、《减兰》（越流来书云，春航此来，兄忍不一顾，殊快快。读之怅惋，倚声答之。闻春航玉体益丰硕，故以太真为比）；

陈梨梦《少年游》（为春航题名小青墓作，用虑尊韵）、《点绛唇》（遥送春航，和虑尊）、《菩萨蛮》（遥送小云，和虑尊）、《减兰》（遥送天声，和虑尊）、《减兰》（越流书来，云与春航过从近匝月，一旦别去，能无黯然？因作此词）、《贺新凉》（题亚子《分湖旧隐图》）；

陈樗《少年游》（为春航题名小青墓作，用虑尊韵）；

邱志贞《菩萨蛮》（题亚子《分湖旧隐图》）二首；

邵瑞彭《蝶恋花》（一剪香风吹梦语）、《蝶恋花》（红玉轻寒春睡美）、《蝶恋花》（满院吴烟花未醒）、《蝶恋花》（迢递朱楼春事好）、《丑奴儿令》（春水）、《菩萨蛮》（江南游女新装束）、《菩萨蛮》（颇黎窗冷黄昏小）、《菩萨蛮》（玉阶风细花无力）、《菩萨蛮》（苕华小印红丝籀）、《醉春风》（湖上惜春词，和梅村韵）、《醉春风》（同上，和衍波韵）、《杏花天》（烟丝踠地晴漪软）、《浪淘沙》（池阁小逡巡）、《解语花》（白桃花）、《风入松》（湘纹如水湿萤飞）、《少年游》（十分秋意上帘钩）、《南浦》（冬水）、《忆王孙》（吴兴道中有赋）、《醉落魄》（用花外韵）、《探春》（绿浦啼珠）、《瑞鹤仙影》（云蓝暗褪连环字）、《琐窗寒》（吴城春感）、《洞仙歌》（愁春未醒）、《祝英台近》（宁波城外，梁神君、祝夫人墓）、《恋绣衾》（过明州，追次西麓韵）、《鹊桥仙》（咏电灯。吴中里歌《十杯酒》有电气清凉句，写夜阑景色绝佳，故及之）、《巫山一段云》（烛下红花烔）、《一络索》（钱塘舟次）、《转应曲》（记榜人语）、《疏影》（九里州梅花）、《望江南》（江南好）、《清平乐》（花开花落）、《虞美人》（门前舣个吴船小）、《唐多令》（孤山题壁）、《法曲献仙音》（江上）、《忆秦娥》（歌淫淫）、《长亭怨慢》（癸丑四月，赋桃花）、《踏莎行》（禁火光阴）、《减字木兰花》（小小微波隔画帘）、《十六字令》（枣花寺访西来阁故址，阁旁丁香一树，今不存矣）、《齐天乐》（辽后洗妆台）、《子夜》（屏山画出天涯近）、《减字木兰花》（花底帘衣一桁单）、《谢秋娘》（春尽日）、《绮罗香》（下斜街独游，小憩畿辅先哲祠）、《惜秋华》（沪上夜游）、《西河》（癸丑九月，再至金陵，赋此，用美成韵）、《霜叶飞》（初七日乘津浦车遄返京师。景物关情，川途换目，感慨系之矣）、《水龙吟》（独游十刹海，枯荷已尽，景物都非，怆然赋之）、《罗敷艳歌》（潘阑史《桃叶渡填词图》）、《临江仙》（万柳堂）、《梦横塘》（颐和园）、《月华清》（月张园听秋）、《徵招》（香冢，在陶然亭西北小阜上，碑阴题句哀艳。予读而悲焉，系之以词）。

《北京高等师范学校校友会杂志》第 1 辑刊发：戴曾锡（国文专修科）《浣溪沙》（独自上高楼）。

5 月

13 日，潘承谋作《满庭芳》（丙辰浴佛后三日，万舫叔祖招赏娑罗花。乞得一枝归，倩刘沄生涛写照。翌日，画成而长孙裕然生，因以佛香为之小名）。（潘承谋：《瘦叶词》，第 9 页。后收入朱惠国、吴平编：《民国名家词集选刊》第 12 册，第 107 页）

25 日，《小说月报》第 7 卷第 5 号刊发：

绛珠《江南好》（和东园黄歇浦之作，次韵四阕）、《明月生南浦》（庭草无人随意绿）；

苹香《摊破浣溪沙》（一片幽香袭水仙）。

本月

《南社》第 17 集由柳亚子编辑，在上海出版。收 16 位词人的 132 首词。（后收入曹辛华、钟振振选编：《清末民国旧体诗词结社文献续编》第 16 册）词作有：

蔡守《长相思》（用袁真韵，见《知不足斋丛书》宋旧宫人诗词。与子和、贵真泛舟湖上，笑指双峰云，余当馆吴于南峰，馆陆于北峰，时乘飞槎，往来两峰之间）、《长相思》（用宋宫人章丽真韵）、《望江南》（登吴山，赠子和，用宋宫人金德淑韵）、《莺啼序》（重游西湖，感旧怜新，遂成此阕。用汪水云原韵，并依其体）、《诉衷情》（用宋杨妹子原韵。杨词题马远《松院鸣琴》小幅，见《韵石斋笔谈》）、《花心动》（湖曲暗记，用刘叔安韵）、《花心动》（西陵纪遇，和蟾英韵。《历代诗余》载宋诸葛章妻蟾英此首，与诸作迥异，因依其体）、《西湖月》（用黄逢甕原韵）、《向湖边》（用江纬原韵）、《折丹桂》（用王相山原韵，访仙槎中与陆贵真、吴子和审定新得石墨，有李是庵、俞滋兰、吴小荷、李莲性旧藏本）、《少年游》（月夜舣舟小青墓侧。与泉唐吴三娘子和槜李陆四娘贵真，酾酒湖水，低徊凭吊，并肩共读《小青传》。吴、陆皆泣下，遂成此阕）、《少年游》（与子和、贵真读《孤山环珮集》竟，子和述亲见春航歌小青影事，极哀艳之致。更成一首，和集中南社诸子韵）、《少年游》（集句，用白石竹屋体，仍和《孤山环珮集》韵）、《瑞鹤仙》（石屋洞观造像，用方秋崖体，并和原韵，词见《词律拾遗》卷四）、《瑞鹤仙》（偕吴三娘、陆四娘登烟霞洞，礼千官塔）、《瑞鹤仙》（灵隐观造像，怀曼殊）、《平湖乐》（月夜舣舟花港，和王秋涧韵，词见《太平乐府》）、《凭阑人》（四照阁，与子和、贵真并枕卧看湖山，口占小令，令两妹歌之，真不知身在人间也。调见《词律补遗》）、《庆宣和》（孤山顶赏雨，用小山乐府韵）、《菩萨蛮》（回文体，和李致美原韵，词见《中州乐府》。此单调二十二字，回字读之，则成全调四十四字矣。尚有黄华老人等三首，可证非脱误也）、《菩萨蛮》（湖上晚归贵真妆阁，回文，用黄华老人王子端韵）、《菩萨蛮》（花边暗记，回文，用孟友之韵）、《黄鹤洞仙》（和马钰韵，调见元彭中《鸣鹤余音》。词前后阕，皆用马也，二韵结，亦福唐体也）、《阮郎归》（和山谷韵，独木桥体）、《柳梢青》（和稼轩八难辞，戏贵真、子和）、《皂罗特髻》（用东坡原韵）、《字字双》（见王丽真原韵）、《醉妆词》（用蜀王衍原韵）、《竹枝》（清嬉玉湢）、《踏歌辞》（用崔润甫原韵）、《莺啼序》（用黄在轩体，并和其韵。倾城为芷畦画《水村第五图》）、《木笪》（安如寄诗，钤"分湖旧隐"一印，秀峭如悲庵。函问，知为费君龙丁所治。因以贵真赠罗两峰遗石寄乞篆刻水窗词，倚声代柬）、《满庭芳》（寿刘子贞先生六十）；

傅钝根《摊破浣溪沙》（用李中主韵，和雪耘）二首、《误佳期》（闲情，用旧韵，和雪耘）三首、《采桑子》（次韵，和雪耘）；

刘鹏年《虞美人》（和南唐后主词十四阕并叙）、《捣练子》（莺语细）、《浪淘沙》（风紧雁声哀）、《忆江南》（相忆苦）、《菩萨蛮》（离多会少谁能免）、《相见欢》（当年酒绿灯红）、《相见欢》（西风又到高楼）、《浪淘沙》（花谢水潺潺）、《临江仙》（安得身如梁上燕）、《木兰花》（东风起处花如雪）、《应天长》（轻尘飞满菱花镜）、《蝶恋花》（日午空庭聊小步）、《虞美人》（蛮腰袅娜双娥绿）、《清平乐》（絮飞天半）、《浣溪沙》（用忆云词韵）、《卜算子》（用忆云词韵）、《采桑子》（年年此日悲离别）、《转应曲》（朝暮朝暮）、《转应曲》（消瘦消瘦）、《点绛唇》（结习难删）、《虞美人》（天涯冷暖浑无定）、《醉花阴》（病眼开时秋又暮）、《双红豆》（风丝丝）、《点绛唇》（独立苍茫）、《烛影摇红》（咏泪）、《忆萝月》（年光剩几）、《菩萨蛮》（顾影茕茕行踽踽）、《临江仙》（竹啸书来，劝予稍废吟事，谓郊寒岛瘦，徒自苦耳。填此寄之）、《摊破浣溪沙》（用李中主韵）二首、《误佳期》（闲情，步钝师旧作韵）、《采桑子》（依稀记得山居乐）、《醉太平》（养疴申江医院作）二首、《菩萨蛮》（拟飞卿，用忆云词韵）四首、《高阳台》（为卧霞题画）、《金缕曲》（和钝师见赠三阕之一，步元韵）、《眼儿媚》（东南佳丽数扬州）、《蝶恋花》（和韵）、《一剪梅》（如许光阴不易过）；

陶牧《齐天乐》（赠剑华）、《东风第一枝》（乙卯除夕）、《菩萨蛮》（立春）、《菩萨蛮》（别意）、《朝中措》（春雨愁古）；

胡先骕《一枝春》（西国椒香树，枝叶芬馥，柯干婆娑，极似垂杨，较增妩媚。秋冬结实，朱颗累累，尤为可爱。爰拈此解赋之，即用草窗元韵）、《海国春》（岁月如驶，冬尽春还。蒹葭飞动，新绿齐苗。异乡远客，春色愁人。乃自度此曲，聊舒心曲，辞之工拙不计也）、《天香》（海仙花，略似水仙花，具五色，幽香清艳绝伦，洵名芳也，倚此赋之）、《高阳台》（和晓湘见赠，即步元韵）、《高阳台》（答瘦湘）、《烛影摇红》（春雨）、《声声慢》（月夜金合欢盛开，感赋）、《买陂塘》（咏雁）、《齐天乐》（馥丽蕤花，产南非洲好望角。移植园亭已久，姿态楚楚，花白略似晚香玉，芬馥袭人。瓶供一枝，香盈满室，名芳也。倚此赋之）、《菩萨蛮》（仿温助教体）十首；

萧笃平《百字令》（题亚子《分湖旧隐图》）；

徐蕴华《花犯》（赋樱花，步调和春音社诸君子）；

周斌《摸鱼儿》（题大觉《乡居百绝》）；

周亮才《望江南》（题亚子《分湖旧隐图》）四首；

陈世宜《减兰》（题丁氏《风木庵图》）、《蝶恋花》（四年国庆日）、《霜花腴》（菊花。和梦窗韵，依四声）、《瑞龙吟》（淞滨久客，游赏多在徐园，离合悲欢，事乃万状。乙卯立秋前一日，春音词社又集于此。檗子和清真此调见示，率同其韵）、《甘州》（送重由二弟之京师）；

叶玉森《柳梢青》（题亚子《分湖旧隐图》）、《百字令》（题钝根《红薇感旧记》）；

张素《金缕曲》（自题《闷寻鹦馆填词图》，乞诸同人和）、《水龙吟》（题钝根《红薇感旧记》）；

徐梦《浣溪沙》（之西子湖头）、《蝶恋花》（过苏小墓）、《桂殿秋》（过阮墩）、《高阳台》（过曲院风荷故址）、《满江红》（和太一，即次其二五初度韵）、《水调歌头》（题文雪吟先生《渔舟垂柳图》）；

庄先识《长相思》（闺思）、《鹊桥仙》（舟中忆别，寄余君特、陆炽卿、绳卿诸子二阕）二首、《金缕曲》（忆鹤园余、陆诸子）。

6 月

5 日，朱孝臧为其此前校毕的陈允平《西麓继周集》作《跋》。中曰："《西麓继周集》一卷，劳巽卿传录，新城罗氏写本，都词百二十有三首，和美成韵者百二十一首……集中序次与汲古阁刻《片玉词》粗合，惟多在上、下卷之前半。亦有同调而未尽和者。窃意当时周词原有此本，后经强焕增辑，故较衡仲所和有溢出者。然衡仲所见亦非善本，观于《荔枝香》《拜星月》《满路花》《西平乐》诸词可见也。先衡仲而和周词者有方千里、杨泽民，时人并周词裒刻之，称为《三英集》。方、杨所居同为周词分类本，此与迥异，然足以见美成旧本面目，亦可贵已。"落款曰："丙辰端阳日，朱孝臧校毕记。"（朱孝臧辑校：《彊村丛书》下册，第 1226 页）

6 日，周岸登作《念奴娇》（丙辰端午后一日书事，次东坡《赤壁》韵）。（周岸登：《蜀雅》卷三《北梦词一》，第 8 页。后收入曹辛华主编：《民国词集丛刊》第 9 册，第 259 页）

15 日，《民铎》第 1 卷第 1 期《词录》栏目刊发：小巫《齐天乐》（齐宫新怨无端绪）、《浪淘沙》（破冢枯骨）、《青衫湿》（良辰美景成虚设）。

剑亮按：《民铎》，季刊，1916 年创刊于日本东京，由泰东图书局出版发行。1931 年终刊。

17 日，周岸登作《月下笛》（丙辰六月十七日夜，邀月延凉，凄然闻笛，不知悲之何自起也。和石帚）。（周岸登：《蜀雅》卷四《北梦词二》，第 5 页。后收

入曹辛华主编：《民国词集丛刊》第 9 册，第 281 页）

24 日，朱孝臧为其此前校毕的陈允平《日湖渔唱》作《跋》，落款曰："丙辰五月夏至后二日，朱孝臧跋。"（朱孝臧辑校：《彊村丛书》下册，第 1208 页）

25 日，《小说月报》第 7 卷第 6 号刊发：

琴仙《百媚娘》（梅窗赋感）；

成舍我《踏莎美人》（月染云衣）、《南柯子》（雪压梨花瘦）、《点绛唇》（倦倚窗纱）、《浪淘沙》（天际乍轻阴）、《西江月》（门外绿花将尽）；

实甫《江城梅花引》（用陈西麓原韵）、《双头莲》（除夕，靖州作）；

东园《明月引》（赵白云初赋此词，以为自度曲，实即《梅花引》也。倚以排愁）、《江南好》（落落五千载）；

镜湄《花犯念奴》（旷望阁宴集，分得山字）。

本月

《民铎》第 1 卷第 3 期《词录》栏目刊发：

雄泪《渡江云》（东京怀铁汉楼）；

骄子《临江仙》（庭院深深人悄悄）、《满庭芳》（宿雨才收）；

慕先《剔银灯》（题时报寄赠《夏景仕女图》）、《菩萨蛮》（早起即事，时小住津门）、《大江东去》（次雪耘自题韵，题哲夫先生所写《钓月山房图》）；

雪僧《满江红》（蟋蟀）、《齐天乐》（前题，次姜白石韵）；

弘度《临江仙》（中秋）二首、《高阳台》（七月十七日，家人于石池中得两虫圆规汉钱，张若华盖，如裁剪冰绡，雕镂翠玉。虽浮沉尺波之中，飘然有凌霄之概。遍检《齐谐》志怪之篇，莫得其名，词以记之）、《绿意》（绿樱花）。

南社编《南社》第 18 集在上海出版。收 11 位词人的 136 首词。（后收入曹辛华、钟振振选编：《清末民国旧体诗词结社文献续编》第 16 册）词作有：

叶玉森《步蟾宫》（君心已上蓬山去）、《摊破浣溪沙》（整装赴沪，乘春日丸东渡，偕杨若庵）、《满庭芳》（上野动物园中之澳洲桃花鹦鹉，衣绿腹毛淡红，艳绝，赋此宠之）、《玉山枕》（雨后登九段坂寻秋，因至靖国神社。入观甲午、庚子两役掠取之战利品，函泪而出，乃成此辞，用淮海韵）、《沁园春》（醉歌）、《疏影》（品川秋柳）、《扫花游》（小楼夜闻屐声）、《遐方怨》（鸾镜黯）、《春风袅娜》（东京市上，见汉海马蒲桃镜一面。盖庚子之役掠自大内者，赋此写恨）、《河传》（春晓）、《江南好》（偕若庵游博物馆，略志所见）六首、《木兰花》（暮见玳梁新燕乳）、《念奴娇》（别东京时，江岚、佛崖、逸崎、星薇、献芝、岘斋诸君，均送至新桥。江岚更伴至横滨，时日薄暝，偕游公园。落樱如雨，扑人衫袖，凄然占此）二首、《念奴娇》（舟至长崎，偕若庵登岸访问同学孙新盘于四海楼。适新盘先一日已归国，因与韵笙、澧青游蛾眉山下中川，试温泉浴。中川以樱泷胜。时零香坠粉，点缀惊波。曼声吟此，殊令人回肠荡气也）、《菩萨蛮》（六鳌晓策秋澜紫）、《菩萨蛮》（碧愁如海帘波冻）、《菩萨蛮》（花边苦说沧桑事）、《菩萨蛮》（烟龙辛苦衔瑶草）、《菩萨蛮》（五铢衣薄寒如水）、《菩萨蛮》（山阿若有人含睇）、《菩萨蛮》（红禅梦幻骖灵鹜）、《菩萨蛮》（飞琼泥唱西洲曲）、《菩萨蛮》（银河欲转明星靥）、《菩萨蛮》（伯劳东去声何苦）、《蝶恋花》（效《味雪龛词》体）、《水龙吟》（高丽茧纸）、《摸鱼儿》（赋英小说《橡湖仙影》中之安琪拉女士）、《水调歌头》（挽贲湖许荻村先生）、《菩萨蛮》（赠易庵）、《菩萨蛮》（东风三月杨花雪）、《木兰花慢》（冒雨游清凉山，偕思岘、俊尘、泽芙。是日，为地藏诞辰）、《浣溪沙》（一线银河玉宇秋）、《浣溪沙》（寒食清明次第经）、《浣溪沙》（高髻纤腰一尺时）、《望江南》（效《云起轩词》体）四首、《踏莎行》（《沧桑艳传奇》，演陈圆圆故事。为丁大秀夫题）、《金缕曲》（青溪访张丽华祠）、《天香》（藏香）、《绮罗香》（春水）、《声声慢》（许少嵩师《多心经》遗墨谨跋）、《忆旧游》（春草，和蒿庵韵，同眉孙赋）、《洞仙歌》（挽枫泾蒋蕴华女士璇）、《莺啼序》（寒檠孤坐，眷怀故欢。读雁峰海外书，益念眉孙不置。乃倚长调，录寄都门。用梦窗韵）、《大酺》（眉孙南来，就津浦路局译席。某日约游韬园，为风雨所阻，示予此解，依韵酬之）、《木兰花慢》（清明日，薄晴不温，申之夜雨。时秀夫、醇园次第北上，黯然赋此，离绪梦如）、《水调歌头》（眉孙冒雨乘汽车入城，梦书亦自邗江来，因偕往酒家觅醉。越日晴霁，乃同游莫愁湖。桂轩、师孟、髯泽、均芙与俱，爰狂歌记之）二首、《忆旧游》（澄江谢冶庵同学以诗卷属审定，因话南菁旧梦，凄咽成解，即当题辞）、《壶中天》（赵子枚先生《百尺梧桐阁图》）、《忆旧游》（蒲夏某日，偕小树游西园。碧水湛然，稍知鱼乐。间作碎语，非禅非仙。小树既归石城，独居苦寂。用玉田韵，聊寄退思）、《水龙吟》（枇杷）、《水调歌头》（程、陆二公重修寒山寺落成。某日，策蹇独往，拜瞻寒山、拾得二大士画像，并购二大士诗集，归而虔诵，如闻清钟，醉梦大觉。时方夜半，乃成此词）四首、《水龙吟》（唐花，和沤尹《春蛰吟韵》）、《摸鱼子》（冬笋，和沤尹）、《忆江南》（苏州梦）十五首、《高阳台》（庚戌，都门作）、《满庭芳》（马樱花）、《金缕曲》（乌江）、《金缕曲》（亚父城）、《金缕曲》（鲁妃庙）、《金缕曲》（当利口）、《金缕曲》（张籍宅）、《金缕曲》（牛渚）、《金缕曲》（鸡笼山）、《金缕曲》（天门山）、《金缕曲》（香泉）、《金缕曲》（陋室）、《喜迁莺》（浓寒逼雪，因念海氛，用梦窗韵写之）；

宋一鸿《贺新郎》（戏和钝根，并寄叔容）；

蒋同超《如此江山》（江山如此无人管）；

王蕴章《点绛唇》（乙卯上巳修禊，随庵招饮惜春妆阁，分韵得在字）、《减字木兰花》（题南通徐澹庐《梅花山馆读书图》）、《浣溪沙》（题云间宋梦仙女士遗画，为许幻园赋）、《醉太平》（倾城夫人《拗风廊图》，为寒琼题）、《惜红衣》（沪南李公祠池荷特盛。池后小山，曲径回环，幽秀尤绝。乙卯晚秋，余偕徐丈仲可往游，花事凋零，空梁泥落。合肥铜像仆于辛亥之役，劫后重建，金碧凄黯，亦非复曩观矣。感怆成吟，和石帚韵）、《浣溪沙》（题芷畦《柳溪柳枝词》）二首；

姚锡钧《春夜情》（书怀）、《长亭怨慢》（题菊仙妆阁）、《减字木兰花》（戏赠鸳雏）、《浣溪沙》（即事）、《倚所思》（怀人）四首、《玉漏迟》（吹万新有丧明之痛，握手茸城，神采不属，赋此奉慰，用樊榭韵）；

杨锡章《西江月》（天梅《变雅楼三十年诗征》题辞）二首、《菩萨蛮》（松风社于八月二十四日作展中秋集，赋此）；

朱玺《台城路》（丙辰正月十二日有柬）、《烛影摇红》（吹冷冰肌）、《惜红衣》（顽仙题《柳塘诗思图》，强余继声。因以白石调写之，叔问辨第二句为韵，兹依其说）；

顾保瑢《虞美人》（谒月下老人祠）、《减兰》（游西湖，与外子同作）、《少年游》（为春航题名小青墓作，用彊尊韵）、《一痕沙》（题武林同游照片，和外子韵）、《浣溪沙》（题西泠雅集照片，和外子韵）、《减兰》（题三潭泛舟照片，和外子韵）、《罗敷媚》（题清波弄影照片，和外子韵）、《虞美人》（佩宜以玉照见赠，小词答之）；

高燮《少年游》（为春航题名小青墓作，用彊尊韵）、《一痕沙》（题武林同游照片）、《浣溪沙》（题西泠雅集照片）、《减兰》（题三潭泛舟照片）、《罗敷媚》（题清波弄影照片）；

高增《少年游》（为春航题名小青墓作，用彊尊韵）、《迈陂塘》（题三子游草）、《菩萨蛮》（春光渐老，言愁欲愁，托之倚声，聊写别恨云尔）二首；

姚光《如梦令》（湖上春归）。

浙江第五中学《爻社丛刊》第 3 期刊发：

雨邨《浪淘沙》（湖上）；

拜石《蝶恋花》（落花）；

杜尔梅《百尺楼》（春感）；

谢五宽《如梦令》（洞房）；

世琦《满江红》（金陵山怀古）；

耐子《浣溪沙》（闺情）。（后收入《民国珍稀短刊断刊·浙江卷》第 9 册，第 3964 页）

7 月

25 日，《小说月报》第 7 卷第 7 号刊发：

东园《望江南》（柬程筠甫）四首、《浪淘沙》（春初东台道中）、《望江南》（吴陵旅夜）；

绛珠《江南好》（春感，用易先生实甫韵）；

署仙《江南好》（和绛珠春感之作，次韵）。

27 日，缪荃孙将词学资料借给朱孝臧。缪荃孙记曰：“送《兵要望江南》《南乐浦词》与古微。”（缪荃孙：《艺风老人日记》第 7 册，第 2971 页）

剑亮按：朱孝臧有一函致缪荃孙。中曰：“昨日造谒，匆匆未尽所怀。比日披读藏书两记，拟求假词刻数种，敢希清暇检出，容亲自走领，何如？敬上艺风年姻老前辈大人鉴。侍功祖谋顿首。廿五。元王义山《稼村类稿》（有词，不知残否）。元张雨《贞居词》（古香楼版本）。唐易静《兵要望江南》词。韩玉《东浦词》（诵芬室抄本）。”（缪荃孙：《艺风堂友朋书札》上，第 193 页）朱孝臧此函仅署日期“廿五”，不著月份。今据 7 月 27 日（农历六月廿八日）缪荃孙日记，将朱孝臧此函附录于此。

8 月

25 日，《小说月报》第 7 卷第 8 号刊发：

五芝《金缕曲》(沤尹谱此曲寿余六十，叠韵报谢)；

沤尹《金缕曲》(元唱)；

五芝《金缕曲》(再叠沤老韵自嘲，并以自寿)、《金缕曲》(感赋三叠韵)、《金缕曲》(听芸老言客有谈桃源一处者，四叠前韵，以抒感慨)；

镜湄《临江仙》(春日怀伯先)、《点绛唇》(新年近)；

东园《桂殿秋》(留别)、《深院月》(竹西夜月)、《江南好》(离家久，寄书未果)。

9 月

12 日，胡适作《虞美人》(戏朱经农)。词前有序曰："朱经农来书云：'昨得家书，语短而意长；虽有白字，颇极缠绵之致。晨间复得一梦，于枕上成两词，录呈适之，以博一笑。'经农去国才四五月，其词已有'传笺寄语，莫说归期误'之句，于此可以窥见家书中之大意也。因作此戏之。"(收入胡适：《尝试集》初版，第 8 页)

12 日，周岸登作《玉漏迟》(丙辰中秋，和梦窗，瓜泾作)。(周岸登：《蜀雅》卷四《北梦词二》，第 9 页。后收入曹辛华主编：《民国词集丛刊》第 9 册，第 290 页)

12 日，况周颐作《石湖仙》(中秋集愚园为彊村补祝)、《定风波》(前词意有未罄，再填此解)。(参见郑炜明：《况周颐先生年谱》，第 271 页)

25 日，《小说月报》第 7 卷第 9 号刊发：

彦通《三姝媚》(崇孝寺牡丹)、《疏影》(王伯沆师属题《孤雁图》)；

映庵《蝶恋花》(阆苑泪花凉泫露)、《蝶恋花》(薇帐逗烟朝选梦)、《蝶恋花》(□□云居真不易)。

27 日(农历九月初一日)，况周颐作《倾杯》(丙辰自寿)。(况周颐：《鹜音集》，第 25 页。后收入曹辛华主编：《民国词集丛刊》第 3 册，第 269 页。参见郑炜明：《况周颐先生年谱》，第 273 页)

本月

秋，吕碧城作《木兰花慢》(丙辰秋，与老友韦斋及廖公子孟昂同游杭之西溪。顷韦斋寄示新词，述及旧事。孟昂早归道山，予亦远适异国。栋风隽句，深寓沧桑之感。赋此奉和，亦用梦窗韵）。（吕碧城：《晓珠词》，民国二十六年［1937］铅印本，第 24 页。后收入朱惠国、吴平编：《民国名家词集选刊》第 13 册，第 335 页）

况周颐作《洞仙歌》（秋日独游某氏园）。（况周颐：《鹜音集》，第 26 页。后收入曹辛华主编：《民国词集丛刊》第 3 册，第 270 页。参见郑炜明：《况周颐先生年谱》，第 273 页）

10 月

5 日，况周颐作《紫萸香慢》（丙辰重九）。（况周颐：《鹜音集》之《蕙风琴趣》，第 27 页。后收入曹辛华主编：《民国词集丛刊》第 3 册，第 271 页。亦收入况周颐、赵尊岳：《蕙风词二卷和小山词一卷》，第 17 页，曹辛华主编：《民国词集丛刊》第 6 册，第 368 页）

5 日，周岸登作《忆旧游》（丙辰重九，同孟癯及番禺沈太侔宗畸集陶然亭，题壁）。（周岸登：《蜀雅》卷五《烊梦词一》，第 2 页。后收入曹辛华主编：《民国词集丛刊》第 9 册，第 301 页）

25 日，《小说月报》第 7 卷第 10 号刊发：

语石《踏莎行》（潘兰史索题《桃叶渡填词图》，借碧山、草窗词韵）、《菩萨蛮》（题淮生《粟香室词稿》）；

东园《沁园春》（应奉贤友之征）。

本月

沈曾植应朱孝臧之邀作《彊村校词图序》。中曰：“逸社冬集，彊村居士以《校词图》属题，余为诗为词，皆不就，久而无以成也。病山屡趣之。一日，阅《直斋书录解题》，于《笑笑词》下得一事，曰：自南唐二主以下，皆长沙书坊所刻，号《百家词》云云。默数历年，盖词起五代，越三百余年，而有长沙汇刻。又越四百余年，而有海虞毛氏之刻。又且三百年，而后有居士之校刻也。辽乎邈哉！乃起而书其后，曰：词莫盛于宋，而宋人以词为小道，名之曰诗余。及我朝而其道大昌。秀水朱氏、钱塘厉氏，先后以博奥澹雅之才，舒窈之思倚于声，以恢其坛宇，浙派流风，泱泱大矣。其后乃有毗陵派起。张皋文氏、董晋卿氏，《易》学大师，周止庵治《晋书》，为《春秋》学者，各以所学，益推其义，张皇而润色之，由乐府以上溯《诗》《骚》，约旨而闳思，微言而婉寄，盖至于是，而词家之业乃与诗家方轨并驰，而诗之所不能达者，或转藉词以达之。周氏退姜、张而进辛、王，尊梦窗以当义山、昌谷。其所以标异于浙派者，岂非置重于意内，以权衡其言外，诸诸乎焉有国史吟咏之志者哉！昔者吾友鹜翁王给谏，以直言名天下。顾其闲暇好为词，词多且工，复校刻其所得善本于京师，以诏后进。方是时，彊村与相唱和，若钟吕之相宜，前后喁于，而曲直归分也。鹜翁取义于周氏，而取谱于万氏。彊村精识分铢，本万氏而益加博，究上去阴阳，矢口平亭，不假检本，同人惮焉，谓之'律博士'。盖校词之举，鹜翁造其端，而彊村竟其事，志益博而智专，心益勤而业广。乾坤道息，身隐焉文。海内知交，助搜秘逸，校成之词，已刊者数十家，未刊者方日出而未有已也，轶海虞而比数长沙，褒然于词坛为三，结集可谓富欤。彊村者，居士。祖居埭溪，在上彊山麓。唐白文公诗所谓'惟有上彊精舍寺'，其后刘商学仙升举地也。吾浙山川，名在《山海经》而至今可指其所在，按图了然者，东惟会稽，西惟浮玉、苕水为最古。上彊为浮玉支麓，而埭溪与施渚则苕水西源也。禹、益所经，夏少康、帝杼封辑之墟，越王勾践铸剑之迹。山水清绝，灵物泆莽，往往令人俯仰古今，悲思感慨而不可止。居士虽家在彊村，平生出入中外，退而寄居他郡，图中风物，梦想所寄耳。而长楸夏首之思，感不绝而苑莫达者。鹜翁往矣，独伫眙乎荒塍枉渚之间，惆怅讴调，所自为词与所校之词，乃相与沕潏，联绵延于无已。嗟夫！《离骚》之辞本《易》象，刘勰言之，宋玉微词，世或以为铎椒《春秋》之裔绪。辞与词，古今字，后世读居士所为与所著录，其将有感乎无声之乐、不尽之意乎？抑亦且曰：不可见之《易》，莫赞之《春秋》，且于是焉在乎。世变浸淫于文字，是又非张、董、周三先生所及知，而五代之后复有五代，余惧夫师说不传，或且以《花间》《尊前》等观也，于是乎言。宣统丙辰秋九月，寐叟沈曾植。"（朱孝臧辑校：《彊村丛书》上册，第5页）

剑亮按：落款中"宣统丙辰"为民国五年（1916）。盖沈曾植与朱孝臧均以清遗民自居，故仍沿用清宣统纪年。

又按：沈曾植此文后发表于1922年3月《亚洲学术杂志》第2期。署名"释持"。个别文字有异。参见1922年3月"本月"条。

王国维致函罗振玉，谈及作《彊村校词图序》之事。中曰："又为朱古微作《彊村校词图序》，借彊村二字，记近来士大夫居上海一事。乙老、叶鞠裳亦

作之，则皆言校词事也。"（谢维扬、王鑫亮主编：《王国维全集》第 15 卷，第 223 页）

剑亮按：王国维《彊村校词图序》，原载《学术丛编》第 24 册《永观堂海内外杂文》下，后编入《观堂集林》。《序》曰："古者，卿大夫老则归于乡里，大夫以上曰'父师'，士曰'少师'，皆称之曰'乡先生'。与于乡饮酒、乡射之礼，则谓之'遵'。遵者，以言其尊也。席于宾主之间者，以言其亲也。乡之人尊而亲之，归者亦习而安之。故古者有去国，无去乡。后世士大夫退休者，乃或异于是，如白太傅之居东都，欧阳永叔之居颍上，王介甫之居金陵，盖有不归其乡者矣。然犹皆其平生游宦之地，乐其山川之美，而习于其士大夫之情，非欲归老其乡而不可得也。至于近世，抑又异于是。光、宣以来，士大夫流寓之地，北则天津，南则上海。其初，席丰厚、耽游豫者萃焉。辛亥以后，通都小邑，桴鼓时鸣，恒不可以居，于是趋海滨者如水之赴壑，而避世避地之贤亦往往而在。然二地皆湫隘卑湿，又中外互市之所，士薄而俗偷，奸商傀民，鳞萃鸟集；妖言巫风，胥于是乎出。士大夫寄居者，非徒不知尊亲，又加以老侮焉。夫入非桑梓之地，出非游宦之所；内则无父老子弟谈谶之乐，外则乏名山大川奇伟之观。惟友朋文字之往复，差便于居乡。然当春秋佳日，命俦啸侣，促坐分笺，壹握为笑，伤时怨生、追往悲来之意，往往见于言表。是诚无所乐于斯土，而顾沉冥而不反者，盖风俗人心之变，由都邑而乡聚，居乡者虑有所掣曳，不能安其身与心，故隐忍而出此也。归安朱古微先生以文学官侍郎，光绪之季奉使粤峤，遽乞病归，往来苏、沪间。迄于近岁，居上海之日为多。丙辰秋日，先生出所绘《彊村校词图》，授简命序。彊村者，在苕水之滨、浮玉之麓，先生之故里也。先生既以词雄海内，复汇刊宋元人词集，成数百种。铅椠之役，恒在松江、歇浦间，而顾以彊村名是图，图中风物，亦作苕、霅间意，盖以志其故乡之思云尔。夫封嵎之山，于《山经》为'浮玉'，上古群神之所守，五湖四水拥抱，其域山川清美，古之词人张子同、子野、叶少蕴、姜尧章、周公谨之伦，胥卜居于是。千秋万岁后，其魂魄犹若可招而复也。先生少长于是，垂老而不得归，遭遇世变，惟以填词、刊词自遣，盖不独视古之乡先生矜式游燕于其乡者如天上人，即求如乐天、永叔诸先生退休之乐，亦不可复得，宜其为斯图以见意也。夫有乡而不得归者，今日士大夫之所同也。而为图以见意，自先生始。故略序此旨，且以纪世变也。"该文后收入谢维扬、王鑫亮主编：《王国维全集》第 8 卷，第 620 页。

又按：王国维与朱彊村之交往，日本学者铃木虎雄《追忆王静庵君》文中亦有记载，其曰："王君回上海后，我们音信疏阔。大正六年（1917 年。——引者注）末，我到中国留学，在上海逗留了半年，又与王君频繁来往……王君还要将我介绍给朱祖谋先生，可是我归期在即，未能拜访，至今尚以为憾。朱先生是词学的前辈大家，辈分远比王君高，但好像与正当壮年的王君熟悉得很。王君与朱先生对词的见解并不相同，朱先生主南宋，王君却重北宋。这一点王君也不讳言，可能他们是互为他山之石吧。"该文后收入谢维扬、王鑫亮主编：《王国维全集》第 20 卷，第 377 页。

天虚我生《天虚我生诗词稿（附曲）》（上、下册），由上海中华图书馆出版。下册分"海棠看梦词""眉山冷翠词""清可轩词"等，共收 248 首词。书前有孙浚源、吴承烜等 8 人的《序》及 20 余人的题词。

谢无量《中国妇女文学史》，由上海中华书局印行。1992 年 9 月，中州古籍出版社出版了该版的影印本。全书分上古、中古、近世三编，共四十章，由上古讫于明代。其中第三编上"近世妇女文学"的第二章"李易安"的第三节为"李易安与词学"，第四章为"宋妇女之词"。

11 月

19 日（农历十月廿四日），朱孝臧向缪荃孙借阅词籍。缪荃孙记曰："朱古微取词一部去。"（缪荃孙：《艺风老人日记》第 7 册，第 3002 页）

25 日，《小说月报》第 7 卷第 11 号刊发：

芸巢《金缕曲》（叠韵，赠五芝翁）；

沤尹《金缕曲》（芸巢小病初起，赋此奉简，叠前韵）；

诗圃《水调歌头》（舟次中秋，用坡老丙辰中秋怀子由韵，寄怀海上诸吟友）；

槁蟫《水调歌头》（答诗圃中秋夕在屯浦舟次见怀）；

舍我《百字令》（感怀）、《生查子》（秋雨）。

本月

南社编《南社》第 19 集在上海出版。收 16 位词人共 132 首词。（后收入曹辛华、钟振振选编：《清末民国旧体诗词结社文献续编》第 17 册）词作有：

沈宗畸《水龙吟》（白莲，用玉田韵）、《好事近》（五月望日夜坐）；

黄澜《扬州慢》（丙辰五年三月，拟访亚子，未成行。而亚子以避兵旅沪，贻题《分湖旧隐图》诗，弗尽意，用白石自制曲韵倚声，呈亚子并寄松江朱鸳雏）；

陆峤南《减字木兰花》（咏絮）、《十六字令》（谐，卜尽金钱音信乖）、《十六字令》（闲，月午纱窗尚未关）、《十六字令》（卿，真个销魂特地情）、《十六字令》（缘，十五楼头月正圆）、《采桑子》（题金娇墓）三首、《菩萨蛮》（春恨）、《望江南》（十五夜月）、《江南春》（落花）、《望江南》（春睡起）、《望江南》（香未尽）、《望江南》（虬箭咽）、《凤蝶令》（咏蝶）、《南歌子》（闺情）、《浣溪沙》（夜宿江干观潮社）、《巫山一段云》（烟霞洞）、《满庭芳》（湖上，用夔笙前辈韵）、《醉花阴》（秋蝉）、《西江月》（秋千）、《踏莎行》（苍翠粘天）、《小阑干》（西风容易瘦琼枝）、《苏幕遮》（枕鸳寒）、《后庭花》（简邵次公）、《捣练子》（忆家）、《长相思》（雨潇潇）、《水调歌头》（乙卯海上，清明，用东坡中秋韵）、《鹧鸪天》（春游）、《步蟾宫》（题《邵次公词卷》）二首、《淡黄柳》（夜雨不寐，怅然远怀）、《风入松》（夜雨凉生，悠然一梦）、《卜算子》（答木道人）、《天仙子》（剑钝词人以碧螺春见赠，赋此报之）、《河满子》（题小黄昏馆）、《点绛唇》（有怀苏州，梦窗韵）、《玉楼春》（咏荷）、《离亭燕》（绿婴武）、《琐窗寒》（夏雨）、《长亭怨慢》（用白石韵）、《连理枝》（夔笙丈《粤西词》见录吾邑李岩山前辈《守仁词》六阕。闻若山著《红蕉词》，都二百余首，为王竹一先生维新称许，此外有《绮云词》二卷，迭经变乱，稿多不存，良用惋惜，为拈此词，即用红蕉韵）、《齐天乐》（蕙仙种竹窗前，飘飘有夏玉凌云之意。客中对此，转觉洒然。偶拈此词写之）、《御街行》（新秋）、《兰陵王》（窗外芙蓉，飒飒作声，与寒蛩相和答。披衣夜起，明月在地，人语初定，因度曲以写怀）、《江月晃重山》（人影瘦于残柳）、《浣溪沙》（红蓼花开水国寒）、《望海潮》（灯花）、《东风第一枝》（乙卯七夕）、《浣溪沙》（酒家）、《浣溪沙》（渔家）、《多丽》（浊吾别余十年，近客琼岛，辱书存问，拈此答之）、《折红英》（六三园池上看鸳鸯，同蕙仙作）、《摸鱼子》（忆别哲夫，用玉田别处梅韵）、《秋思耗》（秋夜闻蟋蟀声作）、《尉迟杯》（乙卯七月廿三日，次公用片玉韵寄怀，因次韵奉答。回忆去年西湖文酒之乐，今已不可得矣）、《木兰花》（中秋微雨待月作）、《高阳台》（秋夜寄怀邵次公、高天梅、蔡哲夫、庞栋岩、杨寄园、何剑吴、谢抱香，用周草窗寄越中诸友韵）、《浪淘沙》（如梦复如花）、

《相见欢》（用后主韵）、《玲珑四犯》（重九）、《永遇乐》（祝刘廉卿丈七十寿辰）、《百字令》（用程正伯韵）、《河满子》（未必花前再见）、《浣溪沙》（一阵东风一阵寒）、《浣溪沙》（镜面桃花倒泻枝）、《浣溪沙》（送春）、《莺啼序》（用宋人韵，赋绿波）；

傅钝根《虞美人》（目成怎得狂如许）、《相见欢》（次韵和绍禹）二首；

萧笃平《蝶恋花》（杜宇声声花乱落）；

周斌《临江仙》（题更存《绿波词卷》）；

杨贻谋《浪淘沙》（秋柳）、《鬓云松》（春闺）、《如梦令》（柳絮）、《卜算子》（闺怨）；

陈世宜《眉妩》（赋河东君妆镜拓本）、《桃源忆故人》（遯初三周忌日感赋）、《浣溪沙》（三月二十一日，同檗子作）；

叶玉森《眉妩》（赋河东君妆镜拓本）；

王蕴章《花犯》（春音社第一集，赋樱花，依清真四声）、《眉妩》（春音社二集，赋河东君妆镜拓本）、《高山流水》（春音社三集，赋宋徽宗琴）、《霜花腴》（春音社第四集，赋菊花）、《烛影摇红》（春音社五集，赋唐花）、《高阳台》（腻逼琴纹）、《思佳客》（题武林丁松生先生《丙风木庵图》。庵毁于红羊之劫，今先生之哲嗣和甫丈重建于西溪）、《庆清朝》（题徐仲可女公子新华遗画）、《桃源忆故人》（遯初三周忌日，匪石赋词追悼，予亦继声）、《喝火令》（丙辰三月廿一日作）、《八声甘州》（别侯大戬庵久矣。今春两见于里门，并为介于凌大伯升，同登东横山梅园望太湖，取道惠麓，买醉泉亭而归。翌日，又为春申江之行，赋此却寄）、《临江仙》（沪宁车中所见，满地皆菜花。杨柳中，时露春旗一角，则戒严声中之防务也。忏红内史曰，农事荒矣，子盍为词纪之。感成一解）、《六丑》（丙辰春尽作日）、《瑞鹤仙》（题李抱真残砚。砚作半月形，陈白沙制铭，屈翁山题识，为武林马彝初赋）；

俞剑华《摸鱼儿》（题芷畦《柳溪竹枝词》）、《摸鱼儿》（喜小柳同居赋示，即次其游西湖韵）、《菩萨蛮》（九日，和小柳韵）、《一剪梅》（和朴庵）、《一萼红》（赠一品红，继小柳作）、《倦寻芳》（送小柳还歇浦，并示朴庵）、《蝶恋花》（朴庵将赴申江，赋词留别，依韵报之）、《齐天乐》（酬小柳见贻韵）；

狄膺《长相思慢》（秋柳属题《风雨梨花图》）、《迈陂塘》（题亚子《分湖旧隐图》，用郭频伽自题《山阴归棹图》韵）；

庞树柏《霜叶飞》（挽沈职公母夫人赵节孝，用梦窗韵）、《花犯》（樱花）、《点绛唇》（别馆梦中诵梦窗"夜来风雨洗春娇"句，醒而闻帘外雨声，感赋）、《秋蕊香》（为桂姬写桂花小帧题此）、《眉妩》（河东君妆镜拓本）、《瑞龙吟》（徐园春音社雅集，用清真韵）、《好事近》（池亭见西湖柳作花，纤妍可爱，以小令赋之）、《采桑子》（立秋夜作）、《霜叶飞》（题钱塘丁竹舟、松生两先生《风木庵图》，用梦窗韵）、《尾犯》（乙卯除夕，用梦窗韵）、《烛影摇红》（唐花）、《烛影摇红》（元夜微有月，以闺人卧病未出，和梦窗韵记之）、《桃源忆故人》（逊初三周忌日，匪石有词悼之，即步其韵）、《玉楼春》（啼花恨絮春无奈）、《浣溪沙》（三月二十一日作）、《南柯子》（春尽夜卧病，梦中得"春花愿化作春星"七字，醒后足成此解）；

姚肖尧《满江红》（偕笑云登高，感成此什）、《醉落魄》（秋容老去，一年佳境，从此逝矣，怆然倚此）、《金缕曲》（依韵酬笑云）、《蝶恋花》（闲情）；

余天遂《小重山》（题亚子《分湖旧隐图》）、《高阳台》（茸城钱剑秋得龙泉宝剑，因作《秋灯剑影图》。石予夫子代为索题，谨填此阕）、《台城路》（代赵心壶先生挽其从子伯雅。为吾乡有文行者，晚号松下居士，遗言题墓阡为清遗民，尝作《松下居士自传》以见志。心壶年少于伯雅，言尝从之受学）；

吴梅《眉妩》（赋河东君妆镜拓本）。

12 月

2 日，《民国日报》刊发：朱祖谋《〈半塘定稿〉弁言》。

17 日，胡适作《沁园春》（二十五岁生日自寿）。（刊 1917 年 6 月 1 日《新青年》第 3 卷第 4 号。后收入胡适：《尝试集》初版，第 11 页）

22 日，周岸登作《白苎》（丙辰长至大雪，戏赋）。（周岸登：《蜀雅》卷五《烬梦词一》，第 6 页。后收入曹辛华主编：《民国词集丛刊》第 9 册，第 310 页）

24 日，《瓯海潮》第 1 期刊发：永嘉陈祖绶《琴调相思引》（和王六潭兰露词韵。原作以斋中盆兰初放，茎间垂露似珠欲滴，味之甘芳沁人，感触旧事，遂谱为兰露词）、《琴调相思引》（兰畹）、《琴调相思引》（犹忆）。（后收入《民国珍稀短刊断刊·浙江卷》第 4 册，第 3058 页）

25 日，《小说月报》第 7 卷第 12 号刊发：

仲可《百字令》（沈李）、《蓦山溪》（许觉园《洪涏耕钓图》题辞）；

子大《寿楼春》（散帙得叔由《登黄鹤楼旧稿》断句，为足成之。时予辟地汉上）、《寿楼春》（送王梦湘还武陵）；

庆霖《摸鱼子》（听琵琶四弦掩抑）、《阮郎归》（碧阑干外海棠红）、《蝶恋花》（柳眼啼烟花泣露）、《桃源忆故人》（雕栏曲似柔肠转）。

31日，《瓯海潮》第2期刊发：申翰周《少年游》（春感，叠兰露词韵）、《少年游》（宁烦蜂蝶）、《少年游》（一春佳景）、《少年游》（牵襟无语）。（后收入《民国珍稀短刊断刊·浙江卷》第4册，第3058页）

本月

《丙辰杂志》（月刊）在上海创办。由郑三立等主持。设《艺苑》《诗词录》等栏目。

本年

【词人创作】

顾随开始作词。顾随《稼轩词说·自序》："二十岁时，始更自学为词。先君子未尝为词，吾又漫无师承，信吾意读之，亦信吾意写之而已。先君子时一见之，未尝有所训示，而意似听之也。"（顾随：《顾随文集》，上海古籍出版社，1986年，第51页）

吕凤作《南乡子》（丙辰）。（吕凤：《清声阁词》卷二，第11页。后收入朱惠国、吴平编：《民国名家词集选刊》第8册，第255页）

陈夔作《好事近》（丙辰小祥后作）。（陈夔：《虑尊词》，第9页。后收入朱惠国、吴平编：《民国名家词集选刊》第16册，第266页）

刘麟生作《踏莎行》（苏州道中）、《浣溪沙》（撩乱杨花总断肠）。（刘麟生：《春灯词》，民国二十八年[1939]铅印本，第3页。后收入朱惠国、吴平编：《民国名家词集选刊》第15册，第57页）

左桢作《玲珑四犯》（丙辰夏秋间，淫雨为灾，田皆泽国。农人护稻，腰镰涉水。水深于腰，场圃波平，更无打稻处。良深悯惜，赋此纪感）。（左桢：《甓湖草堂诗余》，民国十一年[1922]铅印本，第10页。后收入曹辛华主编：《民国词集丛刊》第2册，第279页）

况周颐作《倾杯》（丙辰自寿）。（况周颐：《鹜音集》之《蕙风琴趣》，第26

页。后收入曹辛华主编:《民国词集丛刊》第 3 册，第 269 页。亦收入况周颐、赵尊岳:《蕙风词二卷和小山词一卷》，第 17 页，曹辛华主编:《民国词集丛刊》第 6 册，第 367 页）

易孺作《宴清都》（次梦窗韵，寿人母，丙辰）。（易孺:《大厂词稿》之《简宧词》，第 12 页。后收入曹辛华主编:《民国词集丛刊》第 8 册，第 169 页）

黄侃作《浣溪沙》（社坛晚坐）。（司马朝军、王文晖:《黄侃年谱》，第 112 页）

【词学教学】

黄侃在北京大学讲授词学。俞平伯记曰:"民国五六年间访肄业于北京大学，黄季刚老师在上正课以外忽然高兴，讲了一点词，从周济《词辨》选录凡二十二首，称为'词辨选'。讲义至今尚存……他又把一本郑文焯校刊的《清真词》借给我读，即所谓'大鹤山人校本'也。这是我于《清真词》的初见。"（俞平伯:《读词偶得　清真词释》，人民文学出版社，2000 年，第 69 页）

【词籍出版】

赵光荣撰辑《海门吟社初编六集》刊行。（后收入南江涛选编:《清末民国旧体诗词结社文献汇编》第 9 册）《海门吟社第一集》有:

张承恩《贺新凉》（吊史阁部墓）；

陈世宜《贺新凉》（吊史阁部墓）；

黄咸泽《贺新凉》（吊史阁部墓）；

叶玉森《贺新凉》（吊史阁部墓）；

姜若《贺新凉》（吊史阁部墓）；

李翰翔《贺新凉》（吊史阁部墓）。

《海门吟社第二集》有:

吴清庠《安公子》（舟泊枫桥，游重建寒山寺，怀张懿孙）；

叶玉森《安公子》（用放翁体）；

陈世宜《安公子》（玉宇琼楼还）；

阙名《安公子》（霜叶红无数）；

吴清庠《惜红衣》（莫愁湖残荷）；

叶玉森《惜红衣》（水珮仙归）；

陈世宜《惜红衣》（冷翠凝烟）；

阙名《惜红衣》（紫玉烟飞）；

阙名《惜红衣》（雪腕惊愁）；

阙名《惜红衣》（打桨船归）。

《海门吟社第五集》有：

白曾然《浣溪沙》（冬闺）四首；

叶玉森《浣溪沙》（一线银河玉宇秋）、《浣溪沙》（寒食清明次第经）、《浣溪沙》（高髻纤腰一尺时）。

高燮编《春晖社选第一集》刊行。（后收入曹辛华、钟振振选编：《清末民国旧体诗词结社文献续编》第9册）词作有：

周凤翔《百字令》（奉题春晖文社社选）；

朱家骅《十六字令》（题春晖文社社选）四首、《百字令》（又题和莼老《百字令》原调原韵）；

高增《菩萨蛮》（奉题春晖文社社选）。

沈宗畸《繁霜词》刊行。（上海图书馆藏。后收入朱惠国、吴平编：《民国名家词集选刊》第3册）

徐寿兹《济游词钞》刊行。卷首有王以敏《序》，卷尾有谢善诒《跋》。（后收入曹辛华主编：《民国词集丛刊》第13册）

王以敏《序》中曰："敏少客济南，性嗜倚声。七桥烟柳间，挐舟独往，行吟憔悴，时与鸥鹭为伍，久之，得徐君袖芝。君体絜心远，散朗不群。生长东南，石湖邓尉，为古词人游历之乡，又渐于戈顺卿、沈闰生诸先生辈之绪论，故其为词清旷绵渺，一如其人。"

程宗岱《梦芗词》二卷刊行。卷首有袁镛《序》，以及作者《自序》。（后收入曹辛华主编：《民国词集丛刊》第22册）

《自序》曰："余词学未深，好作艳语。阅者多以风流自赏目之，而不知余固古之伤心人别有怀抱者也。余自幼而壮而老，伤心事多。家国之恨，身世之感，辄寄于诗词。又不欲显言，往往托诸劳人思妇，吊月悲花，以寓其意。芬芳悱恻，窃比于美人香草之遗；杳渺荒唐，亦近乎山鬼女萝之旨。余何敢僭妄拟《骚》，姑取譬于此，庶不为法秀道人所诃。嗟乎！区区敝帚，真赏难期。落落孤琴，哀音独奏。或有知我者，必能相喻于语言文字外乎？乙卯季秋，青岳自叙。"

况周颐《餐樱词》刊行。卷首有作者《餐樱词自序》。（上海图书馆等有藏。后收入朱惠国、吴平编：《民国名家词集选刊》第 3 册）

杨敬传《春水词钞》印行。
杨敬传（生卒年不详），字艮生，号师白，江苏太仓人。

汪承庆《墨寿阁词》印行。
汪承庆（生卒年不详），字葆余、馨士，江苏太仓人。

【报刊发表】
《小说新报》第 2 卷第 7 期《艺府》栏目刊发：吴东园《与黄花奴论词书》。中曰："词至姜白石（夔）、王碧山（沂孙）、张玉田（叔夏）鼎足而立之。三人词皆雅正，故玉田云，词欲雅而正。玉田所谓雅正者，泂词学之津梁，实为自家之面目。知此始可与言词，始可与言玉田之词。玉田空灵婉丽，开词家雅正之宗。白石、碧山，后先一揆。然今之学词者，如以空灵为主，但学其空灵，而笔不转深，则其意浅，非入于滑，即入于粗矣。以婉丽为宗，但学其婉丽，而句不炼精，则其音卑，非近于弱，即近于靡矣。"

剑亮按：吴东园（1854—1940），字子融，又字紫蓉，安徽歙县人。著有《东园丛编》。黄花奴，"鸳鸯蝴蝶"派作家。民国时期曾任《上海秘幕》编辑部主任。著有小说《江山青峰记》。

《留美学生季报》第 3 卷第 1 号刊发：胡先骕《一枝春》（咏西方所产花卉淑香树）、《天香》（咏海仙花）、《齐天乐》（咏馥丽蕤）、《海国春》（岁月如驶，冬尽春还。蒹葭飞动，新绿齐茁。异乡远客，春色愁人。乃自度此曲，聊舒心曲，辞之工拙不计也）、《蝶恋花》（寒雁归来秋又半）、《蝶恋花》（水精帘外西风紧）、

《蝶恋花》(海天万里长相忆)、《蝶恋花》(落叶萧萧秋已老)、《虞美人》(贺友人新婚)。(后收入胡先骕著,熊盛元、胡启鹏编校:《胡先骕诗文集》,第235页)

《留美学生季报》第3卷第2号刊发:胡先骕《竹枝词》(美洲度岁)十首。有(严冬满地起商风)、(神话仙翁太渺茫)、(家购桋椿树一枝)、(丹实冬青插万枝)、(新年圣节例相酬)、(走索神哥技可夸)、(当街妙舞杂清歌)、(喇叭呜呜耳畔吹)、(满街花雨竞翻飞)、(咚咚街鼓转三更)、(不似怀人不似禅)、(尘劫成尘感不销)、(盗诗补诗还祭诗)、(江湖侠骨恐无多)、(少年哀乐过于人)、(侧身天地久孤绝)。(后收入胡先骕著,熊盛元、胡启鹏编校:《胡先骕诗文集》,第159页)

剑亮按:胡适:"今试举吾友胡先骕先生一词以证之:'荧荧夜灯如豆,映幢幢孤影,凌乱无据。翡翠衾寒,鸳鸯瓦冷,禁得秋宵几度。幺弦漫语,早丁字帘前,繁霜飞舞。袅袅余音,片时犹绕柱。'此词骤观之,觉字字句句皆词也,其实仅一大堆陈词套语耳。'翡翠衾''鸳鸯瓦',用之白香山《长恨歌》则可,以其所言乃帝王之衾之瓦也。'丁字帘''幺弦',皆套语也。此词在美国所作,其夜灯决不'荧荧如豆',其居室尤无'柱'可绕也。至于'繁霜飞舞',则更不成话矣,谁曾见繁霜之'飞舞'耶?"(欧阳哲生主编:《胡适文集》第2卷,北京大学出版社,1998年,第9页)

又按:钱仲联谓胡先骕"自为词有被胡适所讥者,时人学梦窗者多有此失,不独步曾为然"(钱仲联:《钱仲联自选集·近百年词坛点将录》,安徽教育出版社,1999年,第717页)。

《东吴》第2卷第4、5号刊发:王佩诤《题花前说剑图词》《余天遂词》《曹叔飞词》。(后收入王佩诤撰,王学雷辑校:《瓠庐笔记》,第98页)

【词人生平】

庞树柏逝世。

庞树柏(1884—1916),字檗子,号芑庵,别署龙禅居士,江苏常熟人。曾任上海圣约翰大学教授,南社社员,曾从朱祖谋学词。钱仲联《近百年词坛点将录》曰:"叶玉森《鹧鸪天》题檗子词云:'绝代才人不碍狂,鹿门月色称萝裳。苦吟舌底参黄檗,散尽天花悟道场。'檗子瓣香彊村,为南社词流眉目。《玉玪珑馆词》趋向南宋,得白石之警秀,其稿为彊村删定。中年伤于哀乐,谢世过早,所诒仅此。其《莺啼序》（壬子三月，劫后过吴阊感赋，步梦窗韵），邵次公《声声慢》题词，所谓'吴波荡春千里'者，词家之《哀江南赋》也。"（钱仲联：《梦苕庵论集》，第 394 页）

王闿运逝世。

王闿运（1832—1916），初名开运，字壬甫，又字纫秋，改字壬秋，号湘绮，湖南湘潭人。先后任尊经书院、船山书院讲席。民国初为清史馆馆长。初从孙麟趾学词，有《湘绮楼词钞》《湘绮楼词选》。

夏敬观《忍古楼词话》曰："光绪间，先君子官湖南粮储道，重修定王台，每岁人日，踵姜白石探梅故事，必有赋咏。先君子不作词，其和白石《一萼红》词者，湘潭王壬秋丈闿运、长沙杨蓬海丈恩涛、会稽陶子缜丈方琦。王丈词云：'汉王宫。正良辰胜赏，荆楚岁华秋。草衬骢嘶，松留鹤守，谁道时序匆匆。入春早商量梅柳，看嫩蕊新绿引东风。　花在诗前，雁归人后，酒满吟中。怀古感时都罢，喜清时政暇，故国年丰。一水西浮，层阴北望，还见云树重重。似今欲归归便得，休惆怅寒涧石床东。寄语繁花，明年更映人红。'……杨丈、陶丈，仅童时曾见之。予后与杨丈子绍六太守逢辰同年乡举，同官江苏。杨丈已前殁，王丈则复先后遇于江宁、北京，获以文字见赏。杨丈著有《坦园词》，王丈著有《湘绮楼词》，陶丈词询之绍兴人，皆不之知矣。"（唐圭璋编：《词话丛编》第 5 册，第 4788 页）

钱仲联《近百年词坛点将录》曰："湘绮八代高文，自谓'余不能词，以文张'（《湘绮楼词序》），然《湘绮楼词》亦是作手。叶退庵编《全清词钞》取冠附录之首，《辘轳金井》（废圃寻春，见樱桃花感赋），亦可谓从有寄托入，从无寄托出者。"（钱仲联：《梦苕庵论集》，第 402 页）

潘之博逝世。

潘之博（1874—1916），初名博，字若海，一字弱海，号弱庵，广东南海（今广州）人。受业于康有为，与麦孟华齐名。后加入倒袁世凯活动。有《弱庵词》。

夏敬观《忍古楼词话》曰："南海潘若海民部之博，乙卯、丙辰岁，佐江苏军幕，假兵符，趋黔桂，起兵以抗袁项城。项城悬重金购捕之，乃走香港，匿亚宾律道康南海宅，悲愤呕血而死。所著有《弱庵诗》《词》各一卷。兹得其集中未收词一阕，别后寄魏豹公天津《木兰花慢》云：'慢相逢湖海，怪豪气，减元龙。叹尊酒天涯，聚原草草，别更匆匆。雕虫。耻谈小技，只长歌当哭豁愁胸。不复貂裘夜走，时忧炊米晨空。 孤蓬，飘转任西风。身世苦相同。念少误学书，老犹弹铗，归去无从。途穷。我今不恸，且闭门种菜托英雄。万里俱伤久客，百年将近衰翁。'若海与顺德麦孺博征君孟华齐名。孺博有《蜕庵诗》《词》各一卷，与若海诗词并刊，名《粤两生集》。"（唐圭璋编:《词话丛编》第 5 册，第 4788 页）

钱仲联《近百年词坛点将录》曰："弱庵《醉蓬莱》（题叶南雪《秋梦庵填词图》）句云：'觑词人老去，鬓雪盈簪，泪花斑袖。一寸秋怀，付雁孤虫瘦。'伤心人自别有怀抱。"（钱仲联:《梦苕庵论集》，第 393 页）

张上龢逝世。

张上龢（1839—1916），字沚荸，又作子荸，号怡苏，浙江钱塘人。受词学于蒋春霖，与郑文焯等唱酬。创鸥隐词社。有《吴沤烟语》。钱仲联《近百年词坛点将录》曰："芷莼为孟劬之父，曾从蒋鹿潭受词学。侨寓吴门，又与郑叔问为词画至契。《吴沤烟语》选入《广箧中词》之作，遐庵特多好评。"（钱仲联:《梦苕庵论集》，第 393 页）

1917年

（民国六年 丁巳）

1月

1日，胡适作《沁园春》（新年）。原载1917年《留美学生季报》夏季号，后收入1939年亚东图书馆出版的《藏晖室札记》卷十五。有序曰："蒋竹山（捷）有《声声慢》一词，全篇韵脚尽用声字。以吾所知，此为创体。自竹山以来，似无用之者。今年元旦，吾病中曾用此体作《沁园春》一阕，全篇以年字押韵（兹不录）。明日，复用此体作此词。皆'尝试'也。"

1日，周岸登作《飞雪满群山》（丙辰腊节，为阳历六年元日。灯会步雪，怆然有赋，用蔡伸道韵）。（周岸登：《蜀雅》卷五《爝梦词一》，第9页。后收入曹辛华主编：《民国词集丛刊》第9册，第315页）

6日，《豫言》第1号刊发：小朔《双调南歌子》（送别）、《鹊桥仙》（蜂游画阁）、《鹊桥仙》（红嫣紫姹）。（后收入《民国珍稀短刊断刊·河南卷》第16册，全国图书馆文献缩微复制中心，2006年，第7498页）

7日，《瓯海潮》第3期刊发：申翰周《琴调相思引》（无题，用前韵）、《琴调相思引》（一笑生怜）、《琴调相思引》（冬去春来）、《琴调相思引》（时忆临歧）。（后收入《民国珍稀短刊断刊·浙江卷》第6册，第3147页）

12日，张素作《满江红》（四十一初度）。（后收入张素：《南社张素诗文集》，第649页）

13日，胡适作《采桑子》（江上雪）。（刊1917年6月1日《新青年》第3卷第4号）

13日，《豫言》第2号刊发：破壁《齐天乐》（铁石道人筑宋园于潘杨湖畔。竹石秀润，花草鲜妍。名流题咏，壁为之满。惟绝无倚声，兹拟《齐天乐》一阕，聊备一格，亦道人所不弃也）。（后收入《民国珍稀短刊断刊·河南卷》第16册，第7506页）

19 日，《瓯海潮》第 4 期刊发：陈祖绶《浣溪沙》（四首，题陈圆圆小影，叠前韵）、《浣溪沙》（料检香闺纂组功）、《浣溪沙》（氄径桃花吹影过）、《浣溪沙》（长乐宜春春色留）。（后收入《民国珍稀短刊断刊·浙江卷》第 6 册，第 3190 页）

20 日，《豫言》第 3 号刊发：少劬《满江红》（别叔雨三叔数月。中秋夕，校《淡轩拾草》已竣，因题此阕）。（后收入《民国珍稀短刊断刊·河南卷》第 16 册，第 7514 页）

22 日，陈曾寿作《喜迁莺》（丙辰除夕，次梦窗福山萧寺岁除韵，寄呈寐叟）。（陈曾寿：《旧月簃词》，第 5 页。后收入朱惠国、吴平编：《民国名家词集选刊》第 12 册，第 222 页）

22 日，张素作《高阳台》（丙辰除夕，和阿梦韵）、《望江南》（丙辰度岁词）。（后收入张素：《南社张素诗文集》，第 662、663 页）

23 日，周岸登作《宴山亭》（丁巳元日，车过金鳌玉蝀桥。圆殿琼岛，参差盈望。岁华转换，风景不殊。怆然动念，因调此解）。（周岸登：《蜀雅》卷六《㜫梦词二》，第 1 页。后收入曹辛华主编：《民国词集丛刊》第 9 册，第 327 页）

23 日，张素作《定风波》（丁巳新岁作）。（后收入张素：《南社张素诗文集》，第 664 页）

25 日，《小说月报》第 8 卷第 1 号刊发：

仲可《惜红衣》（秋晚与苇农游李文忠祠，用白石韵同作）；

子大《西平乐》（寄云隐翁申江）；

庆霖《踏莎行》（水阁风凉）、《相见欢》（一丝风）、《浪淘沙》（凉信逼梧桐）。

27 日，《豫言》第 4 号刊发：小朔《卜算子》（和王半唐先生《庚子秋词》，并步原韵）、《清平乐》（前题）、《菩萨蛮》（前题）。（后收入《民国珍稀短刊断刊·河南卷》第 16 册，第 7522 页）

29 日，张慎仪作《探春》（丁巳人日，集浣花草堂）。（张慎仪：《今悔庵词》，民国八年 [1919] 刻本，第 23 页。后收入朱惠国、吴平编：《民国名家词集选刊》第 1 册，第 106 页）

2 月

4 日，张素作《清平乐》（丁巳立春）。（后收入张素：《南社张素诗文集》，第

665 页）

6 日，朱祖谋作《戚氏》（丁巳沪上元夕）。（朱孝臧：《彊村语业》卷二，第 37 页。后收入朱惠国、吴平编：《民国名家词集选刊》第 2 册，第 486 页）

剑亮按：此词，《鹜音集》之《彊村乐府》作《戚氏》（丁巳沪上元夕，索夔笙同作）。后收入曹辛华主编：《民国词集丛刊》第 3 册，第 214 页。夔笙，况周颐。况氏其时有无同作，暂未详。

6 日，吴汉声作《台城路》（丁巳元宵，游金闾，寓苏台旅馆）。（吴汉声：《莽庐词稿》，民国十九年［1930］铅印本，第 10 页。后收入朱惠国、吴平：《民国名家词集选刊》第 12 册，第 267 页）

6 日，周岸登作《宝鼎现》（丁巳灯节，再和须溪）。（周岸登：《蜀雅》卷六《烬梦词二》，第 1 页。后收入曹辛华主编：《民国词集丛刊》第 9 册，第 328 页）

6 日，张素作《生查子》（滨江元夕出游）、《浣溪沙》（元夕有怀）。（后收入张素：《南社张素诗文集》，第 665 页）

16 日（农历正月廿五日），夏承焘作《高阳台》（杨花）。（吴蓓主编：《夏承焘日记全编》第 1 册，第 34 页）

17 日，《豫言》第 7 号刊发：小朔《朝中措》（和王半唐先生《庚子秋词》，并步原韵）、《丑奴儿》（前题）。（后收入《民国珍稀短刊断刊·河南卷》第 16 册，第 7546 页）

20 日，王蕴章为庞树柏《玉筝琼馆词》作《后序》，曰："右《玉筝琼馆词》一卷、《龙禅室诗》一卷，常熟庞君檗子之遗著也。夫其金管三品，玉海一家。蹑灵胎于香国，迫魄奴于众芳。倚旄荫旗态之婵，玉烟珠泪韵之幽；镂胞排焦声之姚，羽容月色彩之鲜，则同社诸子论之备矣。余识檗子，在壬、癸之交。时则投荒作记，王粲倦海外之游；采药无山，庞公思鹿门之隐。醇醪一醉而盖倾，芝兰同气而味悦。其后，余为阚德润之傭书，君作熊安生之教授。居邻巷曲，社结春音。古欢益亲，新知无对。遄遄陈爵，星晚坐花，以当春挥麈露，初不爨而忘返。妍手发藻，则思酤茗余；才语隔烟，则声堕竹外。风雨晦而惠心孕，金石击而悲歌和。盘盘焉，偲偲焉，此乐可与终古，百年常若旦暮矣。一日，君袖小词于余，曰：'吾有感于梦窗"雨洗春娇"之句，荡气回肠，遂成此段。举似佳人，其谓我何！'余曰：'沉湘逐臣，撷香草乎；彭泽卑官，赋《闲情》乎？不然，靡腻伐也，荒腆贼也。拂面之花，宁不致累于微之；《香奁》之集，盍且嫁名于韩偓乎？'君歌而不起，不余答也。泣琼瑰兮一知，洹水汤汤；惟淮海之千秋，藤阴黯黯。风流顿渺，烟墨犹新。盖去君之奄忽，曾不数月耳。嗟乎！下寿六十，君才半之。生也有涯，人间何世。阅惯沧桑之劫，棋局难平；淬成辟灌之锋，头颅依旧。霾忧入地，无可疢之腰；抉眼问天，多欲弹之血。未能遣此，有托而逃。求知己于此乎，事可知矣；郁相思于长夜，伤如之何。先是，君以词稿乞归安朱古微先生点定，亟为录副，付之梓人。并丏萧君蜕庵最录遗诗，得若干首，都为一卷，附于词后，成君志也。杀青既竟，执简泫然。用述曩游，口审来者。问江都之绝学，董帐尘栖；寻吴市之酒痕，黄垆人杳。（扬州王无生、常熟黄摩西，同为社中眉目，先后谢世。黄殇于吴门。）幺弦触响，动秋士之吟；荒翰增欷，为冬郎编集云尔。丁巳窃九日，专农王蕴章书于涵芬楼之南荣。"（后收入钱仲联主编：《历代别集序跋综录》，江苏教育出版社，2005 年，第 1832 页）

剑亮按：窃九，农历正月二十九日，故编于是年。

23 日，郁达夫在日本作《望仙门》（昨夜相思梦未成）。词后有落款："一九一七年二月二十三日，日本。"（后收入吴秀明主编：《郁达夫全集》第 7 卷，浙江大学出版社，2007 年，第 225 页）

24 日，《豫言》第 8 号刊发：小朔《生查子》（谁家玉笛声）、《生查子》（丁东玉漏清）、《生查子》（银屏曙色分）。（后收入《民国珍稀短刊断刊·河南卷》第 16 册，第 7554 页）

本月

《翼社》第 1 集第 1 期刊发：

倪承灿《沁园春》（菱角）、《沁园春》（藕丝）、《蝶恋花》（雨后即景）、《浪淘沙》（郊行偶成）、《浪淘沙》（题陈君孤雁《雁月图》）、《浣溪沙》（春情）、《虞美人》（吊道左故宅）、《一罗金》（怀侬词）；

潘普恩《台城路》（和周剑青"秋夜不寐"韵）；

林绍櫄《祝英台近》（别恨）；

陈丘裔《鹊桥仙》（对月）；

朱紫茎《清平乐》（题《饯春图》）。

《翼社》第 1 集第 2 期刊发：

倪承灿《金缕曲》（题俞君病雁《孤栖旅雁图》）；

潘普恩《洞仙歌》（消夏）、《望江南》（秋闺，用南唐李后主韵）；

张庆珍《虞美人》（黄昏月黑秋声闹）、《菩萨蛮》（夕阳庭角归鸦噪）；

荆少英《转应曲》（相见）、《转应曲》（秋冷）、《西江月》（抒怀）；

吴启枫《荆州亭》（金陵怀古）、《西江月》（临安怀古）；

吴宣《蝶恋花》（题美人写真）；

林绍櫩《浣溪沙》（湖上春兴）；

王希成《踏莎行》（书怀）；

张世源《满江红》（感怀）。（后收入《民国珍稀短刊断刊·浙江卷》第 13 册，第 5977 页）

剑亮按：《翼社》，季刊，1917 年创刊于上海，由翼社事务所出版发行。当年终刊。

3 月

1 日，《太平洋》第 1 卷第 1 号刊发：梅园《莺啼序》（南雅将自鸡林返粤，索题《塞上雪痕集》。同南雅、秋荦、根齐作，用梦窗韵）、《浣溪沙》（影事迷离二十年）、《浣溪沙》（分得些儿玉背凉）、《浣溪沙》（一夜西风鬓有丝）、《浣溪沙》（一角吴淞半壁天）、《庆春宫》（癸丑秋，自上海归潜龙河感赋）。

剑亮按：《太平洋》，月刊，是日创刊于北京，李剑农、杨端六先后任主编。辟有《论说》《评林》《译述》《论坛》《通讯》《文苑》《小说》《诗录》《新著介绍》等栏目。1924 年 12 月第 4 卷第 9 号改组为《现代评论》。1925 年 6 月，又继续出刊至第 4 卷第 10 号。

3 日，吴虞作《望乡人》（答玉津）词。吴虞记曰："午后用《望乡人》调作词一首答玉津，云：'叹平生经济，只剩微言，司马壮游都倦。春草香名，紫云丽质，许我寻芳非晚。海墨垂云，畹兰回雪，豪情无限。记草堂酒绿灯红，笑把玉纤相伴。　休道沧桑易变，尽东山诗竹，中年堪遣。况姑射仙妹，正窈窕瑶华擅。仙老倚词，小红顽艳。千载风流何远。问可似舞柳歌桃，写入梦窗吟卷。漫托微言（用陈同甫语），宝儿憨态。笑我寻芳嫌晚，畹兰蜚雪，醉把练裙书遍。况韫玉传奇，正窈窕声华擅。仙翁丽句，小红顽艳。'"（荣孟源审校：《吴虞日记》上册，四川人民出版社，1986 年，第 298 页）

6 日，胡适作《生查子》（前度月来时）。（刊 1917 年 6 月 1 日《新青年》第

3 卷第 4 号。后收入胡适:《尝试集》初版,第 15 页)

6 日,周岸登作《梦横塘》(丁巳惊蛰日,书感)。(周岸登:《蜀雅》卷六《烬梦词二》,第 2 页。后收入曹辛华主编:《民国词集丛刊》第 9 册,第 330 页)

16 日,朱彊村与刘承幹谈《词人征略》编刻。刘承幹记曰:"朱古微、况夔笙在益庵书房中,持片来请余至书房谈。去年,古微劝余编刻《词人征略》,以夔笙词苑擅场,聘伊主持其事,已经谈定。后夔笙因闻筱珊有言,遂尔停辍,余亦一笑置之。今又续提前事,一切仍照前议。惟计字授修,照商务印书馆例,约每字一千计洋四元。余允之。"(刘承幹著,陈谊整理:《嘉业堂藏书日记抄》,第 300 页)

25 日,《瓯海潮》第 7 期刊发:天台屈蕙娘《摊破浣溪沙》(和外唐宫怨叠兰露词韵)、《摊破浣溪沙》(减字偷声煞费功)、《摊破浣溪沙》(隐隐羊车梦里过)、《摊破浣溪沙》(太液芙蓉艳影留)。(后收入《民国珍稀短刊断刊·浙江卷》第 7 册,第 3235 页)

本月

朱孝臧校毕史浩《鄮峰真隐词曲》,撰写《跋》。中曰:"《鄮峰真隐词曲》二卷、《词曲》二卷,史氏裔孙传写。四库《鄮峰真隐漫录》本乃天一阁范氏所进呈者。范氏藏底本今归缪氏艺风堂。去年腊月借校一过,卷中率信笔芟薙,殆写进时出于妄人之手,《词曲》亦多窜改字句,鄙刻正与符合,始知经进本亦未足尽据也。"落款曰:"丁巳二月,朱孝臧跋。"(朱孝臧辑校:《彊村丛书》上册,第 545 页)

《留美学生季报》春季第 1 号刊发:胡适《沁园春》(誓诗)、《水调歌头》(今别离)。

剑亮按:《水调歌头》(今别离)后收入 1920 年 3 月出版的《尝试集》附录《去国集》,并增加一序,曰:"民国四年七月二十五夜,月圆,疑是阴历六月十五也。余步行月光中,赏玩无厌。忽念黄公度《今别离》第四章,以梦咏东西两半球昼夜之美,其意甚新,于四章之中,此为最佳矣。又念此意亦可假月写之。杜工部'今夜鄜州月,闺中只独看',白香山韵'共看明月应垂泪,一夜乡心五处同',苏子瞻云'但愿人长久,千里共婵娟',皆古别离之月也。今去国三万里,虽欲与国中骨肉欢好,共此婵娟之月色,安可得哉!感此,成英文小诗二章。复自译之，以为《今别离》之续。人境庐有知，或当笑我为狗尾之续貂耳。"

春，汪曾武作《齐天乐》（丁巳暮春，偕浣芸南旋，同游西湖，忆别杭州已十年矣）。（汪曾武：《趣园诗余·味莼词乙稿》，第 1 页。后收入朱惠国、吴平编：《民国名家词集选刊》第 6 册，第 46 页）

春，邓邦述作《绕佛阁》（丁巳春暮，独游崇效寺。牡丹正花，倾赏移时，归过法源寺小坐，丁香已谢尽矣）。（邓邦述：《沤梦词》卷二《燕筑集》，第 5 页。后收入朱惠国、吴平编：《民国名家词集选刊》第 7 册，第 47 页）

4 月

1 日，《艺文杂志》第 1 期刊发：

吴启枫《雨中花》（送春）二首；

吴复生《洞仙歌》（暮春送别）、《菩萨蛮》（消夏词）四首；

何培湘《菩萨蛮》（消夏词）、《满江红》（金陵怀古）；

周松绥《水调歌头》（消夏词）；

冯宪臣《锦缠道》（消夏词）；

吴江冷《绣带子》（消夏词）、《临江仙》（不是北窗容寄傲）、《临江仙》（十里银塘清浅水）、《后庭宴》（幽秀古桐）；

黄家瑜《望江南》（消夏词）；

谢友竹《浣溪沙》（思友）、《更漏子》（寄友）。（后收入《民国珍稀短刊断刊·上海卷》第 59 册，第 29377 页）

剑亮按：《艺文杂志》，年刊，1917 年创刊于上海，由艺术函授社出版发行。当年终刊。

3 日，邓潜作《摸鱼子》（丁巳闰花朝，又小寒食也。问琴前辈招游花市）。（邓潜：《牟珠词》，第 53 页。后收入朱惠国、吴平编：《民国名家词集选刊》第 1 册，第 352 页）

3 日，潘承谋作《一剪梅》（丁巳花朝，无锡华艺三文川招游梅园，出示为梅园主人画梅卷。携归属刘沄生补绿萼一枝，赋以归之）。（潘承谋：《瘦叶词》，第 10 页。后收入朱惠国、吴平编：《民国名家词集选刊》第 12 册，第 109 页）

23 日，周岸登作《摸鱼子》（丁巳上巳，禊饮陶然亭，同沈南雅）。（周岸登：

《蜀雅》卷六《烬梦词二》，第 8 页。后收入曹辛华主编:《民国词集丛刊》第 9 册，第 341 页）

23 日，赵熙撰《春禅词社词序》，曰:"成都胡延长木清，官江苏粮储道，卒十逾年矣。著《茋乌馆词》，中与樊山唱和，有《甘州》十二忆，戏和之，寄锦城词社。社中八声竞作，独林子山腴裹手，曰:我乃不成一忆。群诅其惰，未之能改也。已而，宋芸子前辈出闺花朝词，仍寄《甘州》旧调。自谓禅心冷定，不复作绮语。然则绮语特不冷不定耳，固亦禅心也。客有哀斯作者，因题曰《春禅词社词》。丁巳三月三日，赵熙。"（赵熙:《春禅词社词》，民国六年［1917］铅印本。后收入南江涛选编:《清末民国旧体诗词结社文献汇编》第 7 册，第 383 页）

本月

胡适作《沁园春》（新俄万岁）。（刊《留美学生季报》1917 年秋季第 3 号。后收入胡适:《尝试集》初版，第 17 页）

5 月

1 日，《丙辰杂志》第 3 期刊发:刘永济《瑞龙吟》（重过拙政园，用清真韵）。

剑亮按:此为刘永济首次发表词作。后收入刘永济:《诵帚词集 云巢诗存》，中华书局，2010 年，第 3 页。

5 日，《豫言》第 18 号刊发:小朔《满庭芳》（祝谢母六十寿）。（后收入《民国珍稀短刊断刊·河南卷》第 16 册，第 7633 页）

12 日，《豫言》第 19 号刊发:小朔《浪淘沙》（感怀）、《南乡子》（细草满庭除）、《金缕曲》（赠金雅楼校书）。（后收入《民国珍稀短刊断刊·河南卷》第 16 册，第 7642 页）

21 日，周岸登作《齐天乐》（丁巳小满，宣南浣花旧邻记）。（周岸登:《蜀雅》卷六《烬梦词二》，第 11 页。后收入曹辛华主编:《民国词集丛刊》第 9 册，第 347 页）

6 月

1 日，《太平洋》第 1 卷第 4 号刊发:

梅园《天啸忆稿》，词作有《菩萨蛮》（清光绪三十四年戊申十二月辽阳道中作，次沈子明韵）、《浣溪沙》（辛亥四月朔日，松花江早发）、《忆江南》（东清道中，屡为俄人所苦，倚此寄意）、《捣练子》（道听日俄军乐，怆然有作）、《摸鱼儿》（戊申秋日，偕莘斋南归途中，追录丁未见赠之作示予。家园岑寂，次韵和之）、《摸鱼儿》（次韵答莘斋）。

1 日，《新青年》第 3 卷第 4 号刊发：胡适《采桑子慢》（江上雪）、《沁园春》（生日自寿）、《沁园春》（新俄万岁自序）、《生查子》（前度月来时）。

剑亮按：《采桑子慢》（江上雪），后收入 1939 年亚东图书馆出版的《藏晖室札记》卷十五，有《跋》曰："此吾自造调，以其最近于《采桑子》，故名。"《沁园春》（生日自寿）后收入 1920 年 3 月《尝试集》，易题为"二十五岁生日自寿"。词序曰："五年十二月十七日，是我二十五岁的生日。独坐江楼，回想这几年思想的变迁，又念不久即当归去，因作此词，并非自寿，只可算是一种自誓。"《沁园春》（新俄万岁）有词序曰："俄京革命时，报记其事。有云'俄京之大学生杂众兵中巷战，其蓝帽乌衣，易识别也'。吾读而喜之，因摭其语作《沁园春》词，仅成半阕，而意已矣，遂弃置之，谓且俟柏林革命时再作下半阕耳。后读报记俄政府大赦党犯，其自西伯利亚召归者，盖十万人云。夫放逐囚拘十万男女志士于西伯利亚，此俄之所以不振而'沙'之所以终倒也。然爱自由、谋革命者乃至十万人之多，囚拘流徙，挫辱惨杀而无悔，此革命之所以终成，而新俄之前途所以正未可量也。遂续成前词以颂之，不更待柏林之革命消息矣。"《生查子》（前度月来时）后收入《尝试集》。

19 日，吴虞记林山腴评《朝华词》。记曰："《朝华词》，山腴至为称许，云川中无人解此，《秋水》《朝华》尤天然妙对适合也。"（荣孟源审校：《吴虞日记》上册，第 317 页）

剑亮按：《朝华词》于本月刊印，收录词作 24 首，为吴虞与友朋唱和之作。该词集之刊刻，由柳亚子先生倡议。《吴虞日记》1917 年 5 月 17 日云："柳亚子来函言：'先生于碧秀如此用情，何不衰朋侪唱和之作别刊一帙耶？'"1917 年 6 月 4 日云：柳亚子来信，"言余与山腴唱和之词及鹤叟词，《民国日报》均登出，惟江子愚词未登。颇愿余为碧秀编集，成一佳话"。陈碧秀（1895—1948），旦角演员。本名洪朝华，字子华，后改字朝华。

本月

李岳瑞作《新雁过妆楼》(丁巳六月，薄游沪上。梦坡招饮春宵楼，听小鬟歌《惨睹》一曲，感赋，用君特韵)。(李岳瑞:《郢云词》，第 22 页。后收入朱惠国、吴平编:《民国名家词集选刊》第 1 册，第 234 页)

7 月

1 日，《太平洋》第 1 卷第 5 号刊发：梅园词《真珠帘》(同秋根、荦斋作，和南雅韵)、《高阳台》(津门客次，为萍紫题小宝小影)、《霜腴花》(重九后，同剑池、秋根、荦斋作，用梦窗韵)、《翠楼吟》(题《澹庵诗梦图》)、《水调歌头》(将之朝鲜，别东京留学诸子)、《春从天上来》(哭李三，有序)。

4 日，胡适作《百字令》(几天风雾)。(后收入 1920 年 3 月初版《尝试集》。词序曰:"六年七月三夜，太平洋舟中见月有怀。")

7 日，《豫言》第 27 号刊发：

平不鸣子《满江红》(咏杜大桂)、《浪淘沙》(咏杨氏姊妹)；

劼情《南村子》(赠郭桂贞)。(后收入《民国珍稀短刊断刊·河南卷》第 16 册，第 7705 页)

本月

吕碧城作《沁园春》(丁巳七月，游匡庐寓 Fairy Glen 旅馆，译为仙谷。高踞山坳，风景奇丽，名颇称也。纵览之余，慨然有出尘之想，率成此阕)。(吕碧城:《晓珠词》，第 5 页。后收入朱惠国、吴平编:《民国名家词集选刊》第 13 册，第 271 页)

南社编《南社》第 20 集在上海出版，收 13 位词人的 163 首词。(后收入曹辛华、钟振振选编:《清末民国旧体诗词结社文献续编》第 18 册) 词作有：

邵瑞彭《减字木兰花》(河水沦漪与汉通)、《满庭芳》(析津旅次)、《齐天乐》(自题《斜街惜别图》。图中予与天梅等七人，盖癸丑去国时摄景)、《风蝶令》(重至沪上)、《望江南》(天梅去国时，舟中和重光韵，得词一卷，署曰《浮海词》。予亦继声，词语如瀼如酗，本不足存，选录数首，以当时微尚所托，不忍没云)、《捣练子》(双燕去)、《相见欢》(相思豆)、《应天长》(横波蹙损愁看镜)、《浪淘沙》(枕畔泪潺潺)、《浪淘沙》(聒耳玉龙哀)、《虞美人》(相思似债原难了)、

《虞美人》（游仙人去春波绿）、《玉楼春》（春明门外华如雪）、《天仙子》（山下燕支红簏簌）、《阮郎归》（春浮树倚碧玲珑）、《采桑子》（金铃黄耳消长夜）、《卜算子》（檐角月波横）、《定风波》（未必情禅怕入魔）、《菩萨蛮》（流莺啼碎杨花梦）、《清平乐》（湖上索居即事）、《百字令》（月夜湖上泛舟）、《柳梢青》（六月，自沪上至杭州）、《一枝春》（本事）、《玉漏迟》（惺忪花外雨）、《烛影摇红》（寄天梅）、《桃源忆故人》（琼窗遥映秋痕浅）、《减字木兰花》（塘上）、《高阳台》（听罢吴歈）、《清平乐》（柳花）、《齐天乐》（题更存《绿波词》）、《明月生南浦》（山中听雨）、《临江仙》（谁道懊侬时节）、《宴清都》（空山卧病，节物惊心。怀人感事，情见乎词矣）、《青玉案》（绿窗关住闲烦恼）、《清平乐》（为人题照）、《步蟾宫》（次更存见怀韵，却寄）二首、《苏幕遮》（月微微）、《减字浣溪沙》（漠漠平林小小村）、《如此江山》（莲芳）、《凤凰台上忆吹箫》（放下帘钩）、《尉迟杯》（怀天梅，用清真韵）、《木兰花慢》（中秋）、《梦江南》（拟皇甫松，次元韵）、《菩萨蛮》（拟韦庄）、《醉公子》（拟顾夐）、《菩萨蛮》（拟牛峤）、《喜迁莺》（拟冯延巳）、《多丽》（长秋多病，万感毕集。用蜕岩韵，寄兴）、《甘州》（正吴宫廷罢柘枝歌）、《水龙吟》（红叶）、《减字浣溪沙》（旅思）、《莺啼序》（怀天梅）、《临江仙》（迷迭香销春旖旎）、《临江仙》（细马桃花人乍去）、《临江仙》（满地江湖昏又晓）、《临江仙》（剪剪春山螺子黛）、《减字浣溪沙》（燕语莺歌未可禁）、《减字浣溪沙》（何止销魂似去年）、《一萼红》（碧帘寒放）、《浪淘沙》（春水晚来添）、《醉花阴》（天半朱霞飞到晚）、《月下笛》（瑟柱移情）、《南柯子》（红叶千林尽）、《尉迟杯》（和片玉）、《瑞鹤仙》（玉丝弹到怨）、《子夜》（东风不信罗帏窄）、《减字浣溪沙》（漠漠春阴策策寒）、《减字浣溪沙》（兰叶芳心托短歌）、《南浦》（折枝梅花）、《二郎神》（用徐干臣韵，按杨西村和徐词，第五句之作五字，今从之）、《绛都春》（用觉翁韵）、《莺啼序》（予与钝根闻声相思数载，读其《红薇感旧记》，凄馨哀艳，怅触予怀。亚子属为词纪之，率成此阕。异病同呻，不自知其言之长也）、《玲珑四犯》（玉簪浮香）、《锯解令》（琐窗残梦唤初醒）、《望湘人》（穀人祭酒曾于吾郡旅次，填此解。复翁和之，音尤凄戾。予天涯倦客，言愁未工。率步元韵，当醉瞑梦寐观也）、《减字浣溪沙》（细细薰风斗帐凉）、《清平乐》（红绡几尺）、《临江仙》（十里香街双玉鞓）、《临江仙》（子夜娇歌春又夏）、《清平乐》（题方瘦坡《香痕奁影集》）、《长亭怨慢》（亚子《分湖旧隐图》曾以三截句题之，意有未尽，再成此词）、《摸鱼子》（武强溪上赋竹筏）、《曲游春》（予最爱《萧斋曲》《游春词》，因忆壬子春间，流连湖上情事，追填此解，即步其韵）、《齐天乐》（牡丹）、《瑞龙吟》（和清真）、《踏莎行》（孙尔安小照）、《甘草子》（将暮）、《虞美人》（题余十眉《寄心琐语》）、《临江仙》（八月徐园雅集）、《点绛唇》（用觉翁韵）；

叶叶《眉妩》（春音社第二集，题河东君妆镜拓本）；

王德钟《点绛唇》（题《拈花微笑图》）、《捣练子》（题《踏雪寻梅图》）、《念奴娇》（题十眉《瓜山忆梦图》）、《诉衷情》（题十眉《南泓寻诗图》）、《六幺令》（题芷畦《柳溪竹枝词》）、《滴滴金》（寄酒社诸友）；

陈去病《念奴娇》（丁未清明，虎阜谒张东阳祠，不果）、《虞美人》（五人墓）、《天仙子》（重谒张东阳祠）、《念奴娇》（由山塘泛舟，过野芳浜，游留园及戒幢寺有慨）、《减兰》（席上有感）、《惜分飞》（欲游支硎未果，戏代船娘谱此阕）、《念奴娇》（丁未七月朔日，马齿三十有四矣。漂泊海上，百感填膺。适值秋至，因邀秋枚、晦闻、真长、屏子、天笑、屒庐、无涯、式如小饮，酒间赋呈）、《蝶恋花》（寒食清明都过了）、《摊破浣溪沙》（月殿云廊锁碧流）；

蔡寅《行香子》（次韵和天梅、亚子）二首、《高阳台》（送友归国，即事偶成）、《忆汉月》（为沈丈养和题宫女旧影）、《洞仙歌》（吊金宫芸女士）；

黄复《金缕曲》（寄怜影海上）；

朱霞《清平乐》（成园消夏作）、《如梦令》（即事）；

朱慕家《菩萨蛮》（东风吹落花无数）、《南浦》（别西子湖）、《采桑子》（旅夜感怀）、《十六字令》（《闺怨录》三十阕之十四）十四首、《三台令》（成园消夏即景）、《梧桐影》（月夜纳凉）；

周云《望江南》（读《白门悲秋集》书后）、《满江红》（开鉴草堂消夏即事）；

顾无咎《十六字令》（书斋秋景）、《十六字令》（秋夜不寐，填此排闷）、《大江东去》（写怀）、《南歌子》（黄梅即景）、《酷相思》（夏晚）、《忆秦娥》（夏夜即事）、《罗敷媚》（咏秋柳）、《诉衷情》（即事）、《渡江云》（寄怀剑芒梅花堰）、《忆秦娥》（夜夜，夜了凉生也。萧萧）、《忆秦娥》（夜夜，夜了凉生也。三更）、《罗敷艳歌》（集定庵句，为某书扇）、《酷相思》（疏雨初过，填此遣兴）、《浣溪沙》（疏雨初过月渐明）、《误佳期》（纳凉）、《风蝶令》（开鉴草堂消夏作）、《相思引》（过成园作）、《眼儿媚》（过成园作）、《月晓》（白荷花，自度腔）、《偷声木兰花》（成园吹笛）、《减字木兰花》（七夕作）；

沈次约《醉吟商》（用白石韵，寄怀剑芒）、《罗敷媚》（席上赠某姬）、《御街行》（纳凉）；

陈洪涛《望江南》（海上寄亚子）；

沈毓清《金缕曲》（题芷畦《柳溪竹枝词》）。

秋，邵瑞彭作《新雁过妆楼》（丁巳秋前，上海倡楼听歌，彊村老人拈此调）。（邵瑞彭：《扬荷集》卷一，民国十九年［1930］双玉蝉馆刻本，第 19 页。后收入朱惠国、吴平编：《民国名家词集选刊》第 14 册，第 42 页）

8 月

1 日，《太平洋》第 1 卷第 6 号刊发：梅园《东风第一枝》（春雪，用梅溪韵，同秋根、白溪、夑公作）、《念奴娇》（为浙江孙子鹗题《海天孤立图》）、《瑞龙吟》（清明后一日，松花江冰泮，感而赋此）、《金缕曲》（题沈钧平《吉林纪事诗》）、《一萼红》（月初圆）、《水龙吟》（祝《吉林自治日报》出版）、《水龙吟》（与之有归志，赋此慰之）。

27 日，王国维致函罗振玉，谈及况周颐编纂《历代词人征略》事。中曰："夔笙在沪颇不理于人口，然其人尚有志节，议论亦平，其追述涅阳知遇，几至涕零，文采亦远在缪种诸人之上，近为翰怡编《历代词人征略》，仅可自了耳。"（谢维扬、房鑫亮主编：《王国维全集》第 15 卷，第 331 页）

本月

胡适作《如梦令》（天上风吹云破）。（刊 1918 年 10 月 15 日《新青年》第 5 卷第 4 号。后收入胡适：《尝试集》初版，第 44 页）

9 月

1 日，《太平洋》第 1 卷第 7 号刊发：

刘宏度《蕙兰芳引》（徐园看兰，归后有作）、《西江月》（晒粉凤儿栏槛）、《花犯》（倚苍烟）、《浣溪沙》（前调成后，独游六三园，见樱花亦为风雨摧残，凄然赋之）四首；

陈彦通《临江仙》（有忆）、《鹧鸪天》（见杏花作）、《蝶恋花》（门外柳绵和泪洒）、《蝶恋花》（悠扬游丝飞满院）、《蝶恋花》（归卧重衾如病酒）、《蝶恋花》

（掩笑深颦浑莫据）、《踏莎行》（丁巳寒食）、《玉楼春》（洞房红烛花枝暖）；

演生《高阳台》（伤龙华桃花零落之作）。

18日，樊增祥为夏仁虎《啸庵词》作《序》，曰："天下之物，无禅于世用，卒能自存于天地之间者，珠玉也，花卉也，书画也，诗词也，皆无与于世之治乱与民之生活。其甚者，或至于妨事而取讥，召争而婴忌，然皆足以怡性情、悦耳目，以故笃嗜之有人，宝贵之有人，护惜之有人。虽理学家、新学家屡欲屏弃而禁断之，卒莫能绝其波流，而损其名价也。顾隋珠、和璧，牡丹、芍药，精光艳质，得之天者也。至于歌舞、书画，则天赋之，师授之，心知其意，而又益以勤学好问、吐故纳新之功，积十数年、数十年，乃得有名于世。诗词亦犹是也。夫以致力之苦，成名之难如是，学成而后，曾不若歌舞、书画之鬻钱，与棳玉、园花之易于求售也。则习之者少，而深于是道者，若晨星矣。顾以怡情之故，虽不能者亦往往为之。但使号于众曰：吾诗家也，吾词家也；则人亦从而和之曰：某某真诗人、真词人。夫惟知之者稀，是以作者多而窃名易也。仆溷迹词场五十余年，畴昔故人，什九宿草。易代以后，从寒山诸君子游，怀玉抱珠，致多俊异。夏子蔚如，即同社高流也。尝出所刊《啸庵词》四卷见示，曰：锓木三年，未敢问世，唯先生正之。词分甲、乙、丙、丁四集，其详见于《自序》。余论词须缘情赋色，依律谐音，滴粉成珠，炼钢绕指。又必有真意真气，贯注其间，斯为美耳。《啸庵词》似夜明帘，似群玉峰，似锦熏笼，似铜琶铁板歌，似《霓裳羽衣舞》，似拟山园书，似胶留山人画，以句中有意，篇中有气，故声之抗坠与彩之浓淡皆宜。盖具体稼轩、龙洲，而亦兼有美成、少游者。此足以自娱，而亦足以娱人矣。故乐为之序。丁巳八月初三日，身云居士樊增祥拜撰。"

剑亮按：夏仁虎《啸庵词》共四卷，为《和阳春词》《淮波词》《梁尘词》《燕筑词》。1911年，夏仁虎为《啸庵词》作《自叙》，曰："余幼嗜倚声，粗谙令体。往得冯正中《阳春集》，读而爱之，间辄依韵和作。日月浸久，遂至卒章。置诸箧衍，以自吟讽。见者不察，拟诸东坡之和渊明、方回之步白石，兹大谬也。尝谓倚声一事，不难于选句，而难于觅题。自国朝词人阳羡导其先河，频伽郁为后劲；竹垞、阮亭之提命，梁汾、容若之挚交，竟擅旗亭，并传井水。其时遭逢清宴，文雅方滋，京朝士夫，各有近局。更唱迭和，赠往答来。求友乐其嘤鸣，同声叶于笙磬。词人辈出，兹其会也。仆翘滞京华，遂逾十谂。周旋人海，俗尘积臆；浮湛郎署，幽事盖希；出无雅游，谭鲜俊侣。面朋聚散，无役于心脾；市道往还，宁结于魂梦。事匪可纪，题何由生。间近樽俎，亦命弦歌；或衣冠献酬，杯盘桎梏；或酒食征逐，喧呶伧楚。假以被之新声，托诸歌咏。姜、张于焉齿冷，周、秦从而减色，重不可也。性灵所钟，久而弗瀹，惧遂沦泪。借昔人之体韵，便疏懒之情怀。独弦哀歌，孤调自引。魂香梦稳，或逢古人；蚓唱鹃啼，何关时局。当夫曼声长吟，心危志苦，庄谐杂进，郑雅纵横，宁自知其命意之何在耶？嗟嗟！仆与正中，同是江南。乃若身世之感，盖不侔矣。世有师旷，必知我心；征之本事，兹非其伦。或谓芳草香荃寓言十九者，抑亦知二五，而未知一十也。辛亥三月，江宁夏仁虎啸庵甫自叙于大梁行馆。"（王景山主编：《国学家夏仁虎》，第 184 页）

25 日，《小说月报》第 8 卷第 10 号刊发：

仲可《祭天神》（题李云谷残研拓本）；

梦坡《绛都春》（崇效寺展禊赏牡丹，赋此纪事，用君衡体）。

29 日，《豫言》第 39 号刊发：小朔《虞美人》（题《双花记》小说）。（后收入《民国珍稀短刊断刊·河南卷》第 16 册，第 7802 页）

30 日，周庆云作《秋霁》（丁巳海上中秋，春音社集）。（周庆云：《梦坡词存》，第 5 页。后收入朱惠国、吴平编：《民国名家词集选刊》第 5 册，第 76 页）

30 日，周岸登作《莺啼序》（丁巳中秋夜，泛月东湖，用梦窗韵）。（周岸登：《蜀雅》之卷七《南潜词一》，第 2 页。后收入曹辛华主编：《民国词集丛刊》第 9 册，第 357 页）

30 日，夏敬观作《秋霁》（丁巳中秋作）。（陈谊：《夏敬观年谱》，第 86 页）

本月

周庆云作《霜叶飞》（丁巳九月，偕词社同人至苏台登天平山看红叶，春音社集）。（周庆云：《梦坡词存》，第 6 页。后收入朱惠国、吴平编：《民国名家词集选刊》第 5 册，第 77 页）

《留美学生季报》秋季第 3 号刊发：胡适《沁园春》（别杏佛）。有序曰："杏佛赠别词有'三稔不相见，一笑遇他乡，暗惊狂奴非故，收束入名场'之句，实则杏佛亦扬州梦醒之杜牧耳。其词又有'欲共斯民温饱，此愿几时偿'之语。余既喜吾与杏佛今皆能放弃故我，重修学立身，又壮其志愿之宏，故造此词奉答，即以为别。"

秋，胡先骕作《齐天乐》（丁巳季秋，于故纸中觅得先外王父郑晓涵先生手书，自辑《晚翠轩词》残稿一卷。先外王父曾自刊《晚学斋集》，流传亦稀，仅存硕果。览物怆怀，赋此一解）。（后收入胡先骕著，熊盛元、胡启鹏编校：《胡先骕诗文集》，第245页）

秋，魏元旷作《水龙吟》（丁巳秋月，居退庐作）。（魏元旷：《潜园词》卷四，第12页。后收入朱惠国、吴平编：《民国名家词集选刊》第2册，第302页）

10月

24日，蒋兆兰作《买陂塘》（丁巳重九，寄怀陈慈首思江阴）。（蒋兆兰：《青蕤庵词》卷四，民国二十八年[1939]刻本，第1页。后收入朱惠国、吴平编：《民国名家词集选刊》第1册，第510页）

24日，夏敬观作《霜叶飞》（曩借宅吴门，岁辄一登天平，揽枫林之胜。自来海滨，遂疏游屐。丁巳九月，始挈词侣重登此山。酒畔倚声，不胜衰感）。（陈谊：《夏敬观年谱》，第86页）

24日，朱孝臧校毕赵彦端《介庵琴趣外编》，撰写《介庵琴趣外编跋》。中曰："介庵宦游多在湘中暨闽山赣水间。坦庵踪迹颇同。编者于二家词未能一一抉别，似未可遽以赝作摈之。子晋又言，介庵席上赠人《清平乐》，昔人称为集中之冠。《琴趣》逸去，以为坊本乱真，而是编载之，则又非子晋所见矣。今粗校条记如右，惜子晋所藏宝文（原作文宝），《雅词》四卷未得寓目耳。丁巳重九，朱孝臧。"（朱孝臧辑校：《彊村丛书》上册，第686页）

本月

方旭为张慎仪《菱园丛书》作《百字令》题辞。《菱园丛书》内收《今悔庵词》。上海图书馆藏。《百字令》词曰："杜陵而后，有黄陆，援例天涯羁泊。自古诗人多在蜀，一卷山灵付托。箖竹三章，梅花数点，窝里人安乐。清词如雪，九天珠玉霏落。　我亦落魄于斯，蛮吟自喜，浊酒频孤酌。何幸七贤吟社启，也许山僧入幕。流水知音，阳春同调，天籁嘘松壑。江南声好，采莲还唱菱角。"辞曰："江南人幕游于蜀者，以顾子远先生为词坛泰斗。余来犹及见之，以余为可与言也。至今思其言论丰采，不能去诸怀。嗣是唯菱园张先生亦以风雅称，其所著《广释》及《续方言新校补》，余既读之矣。丁巳春，宋芸子、邓休庵频为文酒之谦，时诸君子结词社，余亦引商刻羽，偶一效颦。我菱园见余词而善之，乃牵入社。值客军再变，城内为战场。同人或走或伏，社事废矣。然菱园见余纪乱《陂塘柳》词，辄依韵寄和。余复叠韵答之。自是闭户养疴半年不相见。十月几望，病中得菱园书，以《今悔词卷》见示。皆清新俊逸，读之而余病良已，乃题《百字令》于简端而志其崖略。嗟乎！久客数千里外，乍闻乡人语音，辄欣然神怡，菱园其亦然乎？岁在丁巳十月中旬，桐城方旭鹤斋，时年六十有六。"（后收入朱惠国、吴平编：《民国名家词集选刊》第 1 册，第 57 页）

11 月

4 日，曹元忠为《彊村丛书》作《序》。中曰"彊村侍郎校刻唐五代宋金元词，以元忠尝助搜讨，共抱微尚，约书成序其首。今年秋工竣，得别集百有十三家，总集所收犹不在此数，盛矣哉！自汲古以来，至于近时，朋旧若四印斋、灵鹣阁、石莲山房、双照楼诸刻，皆未足方也。虽然，彊村是刻之所以独绝者，则尚不因此。盖尝取今世所传《国策》《管》《晏》《荀》《列》诸子书录，而知其校刻各词犹有刘向家法为不可及焉……且夫唐五代宋金元之词，汉魏六朝之乐府也。往读《宋书·乐志·汉鼓吹铙歌十八曲》至《有所思》之'妃呼豨'、《临高台》之'收中吾'，虽已索解无从，然犹得据王僧虔《启》所云'诸调曲皆有声、有辞。辞者，歌诗声者，若羊吾夷、伊那何之类'引为比例。独至宋鼓吹铙歌《上邪》《晚芝》《田艾》《如张》诸曲，几于满纸皆'几令吾、微令吾'，令人口呿舌挢，不知其作何语。及考诸《乐府解题》，则云'凡古乐录皆大字是辞，细字是声，声辞合写致然'。然后知乐工、伶官既无左马真、史妠、謇姐名倡理董其事，士大夫复以非肆业所及而不屑道，又谁为之刊正者。故自宋迄梁，不过七八十年，而沈约所见已蹖驳如此。使当时有如彊村者出而校勘，岂非《宋书·乐志》《导引》《六州》《十二时》《降仙台》之流，纵音节不传不可歌，宁至不可读哉？然则汉魏六朝乐府以声辞杂糅之故，等诸若存若亡。知凡夫唐五代宋金元词之仅存者，欲延坠绪于一线，殆非精校传刻不可。我彊村惟有鉴于此，故梦窗锓版者三，而草窗亦至于再，其余诸家亦复广搜珍秘，博访通雅，必使毫发无憾而后已。"落款曰："宣统丁巳冬十月癸未，吴县曹元忠序。"（朱孝臧辑校：《彊村丛书》上册，第 1 页）

剑亮按：落款中"宣统丁巳"为民国六年（1917）。盖曹元忠与朱孝臧均以清遗民自居，故仍沿用清宣统纪年。

朱孝臧校毕毛滂《东堂词》，撰写《东堂词跋》。落款曰："宣统强圉大荒落之岁，朱孝臧跋。"（朱孝臧辑校:《彊村丛书》上册，第 310 页）

12月

本月

章梫为朱孝臧作《题校词图》诗一首。诗序曰："丁巳冬月，奉题彊村老前辈《校词图》，兼补寿丙辰六旬生日，时同寓上海。"（朱孝臧著，白敦仁笺注:《彊村语业笺注》，第 279 页）

本年
【词人创作】

夏敬观作《霜花腴》（寿朱沤尹六十）、《新雁过妆楼》（春音社席上闻歌）、《六幺令》（为周梦坡题所藏《汤贞愍香雪草堂图》）、《婆罗门令》（彦通有放鹤琴客之感，赋此调之）。（陈谊:《夏敬观年谱》，第 86 页）

黄侃作《西平乐》（故国颓阳）、《高阳台》（禁苑春深）、《浣溪沙》（颐和园）。（司马朝军、王文晖:《黄侃年谱》，第 123 页）

周岸登作《大酺》（金陵舟次，酬胡步曾见赠）。（后收入周岸登:《蜀雅》，第 116 页）

吕凤作《百字令》（丁巳）。（吕凤:《清声阁词》卷二，第 12 页。后收入朱惠国、吴平编:《民国名家词集选刊》第 8 册，第 258 页）

林思进作《一枝春》（芍药，草窗韵，丁巳词社作）。（林思进:《清寂词录》卷一，民国三十二年［1943］刻本，第 1 页。后收入朱惠国、吴平编:《民国名家词集选刊》第 10 册，第 469 页）

陈夔作《探春慢》（丁巳，迟日烘晴断云阁）。（陈夔:《虑尊词》，第 9 页。后收入朱惠国、吴平编:《民国名家词集选刊》第 16 册，第 266 页）

陈夔作《诉衷情》（恩晓峰，岁在丁巳，西湖歌舞台广征女伶，一时称盛。主人请作新词以张之，欣然命笔）。（陈夔:《虑尊词》之《然脂词》，第 5 页。后收入朱惠国、吴平编:《民国名家词集选刊》第 16 册，第 311 页）

刘麟生作《菩萨蛮》（深深翠幕余香歇）、《点绛唇》（帘影沉沉）。（刘麟生：《春灯词》，第 3 页。后收入朱惠国、吴平编：《民国名家词集选刊》第 15 册，第 58 页）

易孺作《声声慢》（无意南来，匆匆春去。为送春词，示同社诸子）。（易孺：《大厂词稿》之《绝影楼词》，第 1 页。后收入曹辛华主编：《民国词集丛刊》第 8 册，第 128 页）

吕思勉撰《陈君雨农家传》，论陈雨农词，曰："记诵博洽，文法六朝，诗宗晚唐，皆沉博绝丽。词近梦窗，书效颜平原，挺劲中自含秀丽。三十后精研训诂，于许书用力尤勤，惜未及有所述作。遗著存者，《雨农文稿》若干卷，《影亭诗草》若干卷，《搯红词稿》若干卷，皆未刊。"（后收入吕思勉：《吕思勉全集》第 26 册，上海古籍出版社，2016 年，第 513 页）

【词籍出版】

赵熙编《春禅词社词》刊行。卷首有赵熙《序》（参见本年 4 月）。（后收入南江涛选编：《清末民国旧体诗词结社文献汇编》第 7 册）收录词有：

赵熙《八声甘州》（戏和苾刍馆。忆来时蟢子未收丝）、《八声甘州》（忆去时悯悯送春归）、《八声甘州》（忆眠时哈欠到郎边）、《八声甘州》（忆食时先饵九华丹）、《八声甘州》（忆坐时一镜一瓶花）、《八声甘州》（忆立时绝世北方人）、《八声甘州》（忆愁时催老有情天）、《八声甘州》（忆笑时白雪绽朱樱）、《八声甘州》（忆起时梦引露桃寒）、《八声甘州》（忆醉时菊里觅西施）、《八声甘州》（忆行时精妙世无双）、《八声甘州》（忆浴时流水泛桃花）；

邓潜《八声甘州》（和香宋。忆来时消息报乌尼）、《八声甘州》（忆去时一曲彩云归）、《八声甘州》（忆眠时取次卸残妆）、《八声甘州》（忆食时香稻熟红莲）、《八声甘州》（忆坐时棐几净无尘）、《八声甘州》（忆立时玉树映庭阶）、《八声甘州》（忆愁时无绪复无情）、《八声甘州》（忆笑时百媚态横生）、《八声甘州》（忆起时檐角上朝暾）、《八声甘州》（忆醉时小饮报花开）、《八声甘州》（忆行时贴地蹴金莲）、《八声甘州》（忆浴时出水白莲开）；

邓鸿荃《八声甘州》（奉和香宋和苾刍馆前后六忆词。忆来时有信似宾鸿）、《八声甘州》（忆去时判醉不教醒）、《八声甘州》（忆眠时络角影秋河）、《八声甘州》（忆食时餐玉似仙人）、《八声甘州》（忆坐时一榻似参禅）、《八声甘州》（忆立时楚楚石苔边）、《八声甘州》（忆愁时酸楚自家知）、《八声甘州》（忆笑时得意向春风）、《八声甘州》（忆起时随手挽云鬟）、《八声甘州》（忆醉时不觉玉颜酡）、《八声甘州》（忆行时风袅绿杨枝）、《八声甘州》（忆浴时亲手试兰汤）；

路朝銮《八声甘州》（香宋和苾刍馆前后六忆词，依调赋寄。忆来时绛蜡拜双星）、《八声甘州》（忆去时软语忒匆匆）、《八声甘州》（忆眠时锦瑟正横陈）、《八声甘州》（忆食时举案与齐眉）、《八声甘州》（忆坐时半面睇菱花）、《八声甘州》（忆立时破睡背东风）、《八声甘州》（忆愁时百转不胜情）、《八声甘州》（忆笑时巧倩世无双）、《八声甘州》（忆起时日影上花梢）、《八声甘州》（忆醉时翠袖酒痕多）、《八声甘州》（忆行时雅步转纤腰）、《八声甘州》（忆浴时菡萏出清波）；

胡宪《八声甘州》（忆来时得宝唱宏农）、《八声甘州》（忆去时暂别不须啼）、《八声甘州》（忆眠时蝴蝶宿花房）、《八声甘州》（忆食时香馔出麻姑）、《八声甘州》（忆坐时伏案定翻书）、《八声甘州》（忆立时俏影百花中）、《八声甘州》（忆愁时天上寄应难）、《八声甘州》（忆笑时平日敛容多）、《八声甘州》（忆起时杨柳嫩眼初）、《八声甘州》（忆醉时人唤女青莲）、《八声甘州》（忆行时款款不禁风）、《八声甘州》（忆浴时西式澡兰香）；

江子愚《八声甘州》（奉和十二忆。忆来时秋水望将穿）、《八声甘州》（忆去时青鸟欲归飞）、《八声甘州》（忆眠时花压鬓云偏）、《八声甘州》（忆食时玉指罢吹箫）、《八声甘州》（忆坐时日影度花砖）、《八声甘州》（忆立时小院落花天）、《八声甘州》（忆愁时脉脉复厌厌）、《八声甘州》（忆笑时掩袂半含羞）、《八声甘州》（忆起时眼缬尚迷离）、《八声甘州》（忆醉时蜀国旧宫妆）、《八声甘州》（忆行时如雁踏圆沙）、《八声甘州》（忆浴时褪却碧蝉纱）；

李思纯《八声甘州》（忆来时宛转出帘栊）、《八声甘州》（忆去时欲别未成行）、《八声甘州》（忆眠时倦态软于绵）、《八声甘州》（忆食时握箸一双齐）、《八声甘州》（忆坐时倦绣日初长）、《八声甘州》（忆立时照眼玉婷婷）、《八声甘州》（忆愁时蹙损翠眉心）、《八声甘州》（忆笑时玉颊浅生波）、《八声甘州》（忆起时新自梦中回）、《八声甘州》（忆醉时素面艳朝霞）、《八声甘州》（忆行时冉冉石榴裙）、《八声甘州》（忆浴时密掩茜红窗）。

剑亮按：在赵熙词后附苾刍馆原作，即胡延《八声甘州》（沈休文六忆诗仅存其四，今以忆去、忆立足成而以倚声传之）十二首。

朱兆蓉《染雪庵遗稿》刊行。内含《染雪庵词》一卷。卷首有天虚我生《染雪庵遗稿序》、翟振亚《染雪庵遗稿序》。（浙江图书馆藏。后收入曹辛华主编：《民国词集丛刊》第 3 册）

天虚我生《染雪庵遗稿序》中曰："吾友朱君芙镜则犹大幸。今其夫人及公子竟以君生平所著，悉以付予嘱为编印矣。君诗冲淡如其人，而蕴藉处亦颇雅近晚唐。曩仆与君共昕夕，有所作辄见示，推敲一字，恒苦不自安，则商适而易之。惟今编其遗作，余殊不敢妄易一字。"

翟振亚《染雪庵遗稿序》中曰："其夫人包者香女士惧时迁湮没，岁久佚亡，乃哀所作诗词、题画、笔记汇为四卷，眉曰《染雪庵遗稿》。诗则粲心花之艳，唾牙慧之余。丽句缤纷，古香摭拾。掩庾、徐之峻逸，兼颜、谢之孤高。词则韵振丁丁，思抽乙乙。扬芬则并收华实，和声则克播宫商。有字皆清，无调不炼。"

庞树柏《玉玓珑馆词》刊行。卷首有萧蜕《庞檗子传》、柳弃疾《叙》。（后收入曹辛华主编：《民国词集丛刊》第 32 册）

剑亮按：王蕴章有《玉玓珑馆词后序》，参见本年 2 月。

赵熙《香宋词》二卷刊行。卷首有作者《自叙》。（华东师范大学图书馆等有藏。后收入戴安常选编：《近代蜀四家词》。亦收入朱惠国、吴平编：《民国名家词集选刊》第 6 册）

作者《自叙》曰："余于词，诚所谓不知而作之者。顾尝读史矣，读《党锢传》《王莽传》《褚渊冯道传》《义儿传》，讫朱温之世，天道人事，茫乎未晰。余心毋宁。以詹詹者自外，于德人其言，盖昏荒者流也，然不能自惩其失。《诗》曰'蟋蟀在堂'，彼自鸣其秋尔，以亡国之音当之，则哀以思矣。于是贸然哀录，不敢掩其不善。六百日中，凡如干篇。云香宋者，汉许君有言，宋居也。《离骚草本疏》中'其芳菲菲，树之维宜'，而余今实无一椽之庇。噫！自欺而已。赵熙。"

洪汝冲《候蛩词》一卷刊行。卷首有作者《自序》。（华东师范大学图书馆等有藏。后收入曹辛华主编：《民国词集丛刊》第 11 册）

樊增祥《咏物词》一卷刊行。（后收入曹辛华主编：《民国词集丛刊》第27 册）

【报刊发表】

浙江第五中学《焱社丛刊》第 4 期刊发：

啸侯《点绛唇》（蚕妇）、《减字木兰花》（写志）；

福洪《渔家傲》（忆兄）；

耐子《望江南》（闺情）；

仰厂《清平乐》（落花如许）、《蝶恋花》（集句）、《减字木兰花》（题绮霞《风雨梨花图》）、《浪淘沙》（好梦最难留）。（后收入《民国珍稀短刊断刊·浙江卷》第 9 册，第 4082 页）

《民国日报·民国艺文》栏目刊发：陈去病《病倩词话》。（后收入殷安如等编：《陈去病诗文集》，第 778 页）

《新青年》第 2 卷第 5 期刊发：胡适《文学改良刍议·论词》。（后收入欧阳哲生主编：《胡适文集》第 2 卷，第 6 页）

【词人生平】

刘炳照逝世。

刘炳照（1847—1917），字光珊，号语石词隐，室名留云借月庵，江苏阳湖（今常州）人。有《留云借月庵词》。

1918 年

（民国七年　戊午）

1 月

12 日，《豫言》第 54 号刊发：

香雨《惜分飞》（重阳怀旧）；

巢云《惜分飞》（重阳怀旧）；

笨伯《惜分飞》（重阳怀旧）；

岩厂《惜分飞》（重阳怀旧）；

寓情《惜分飞》（重阳怀旧）；

钝根《惜分飞》（重阳怀旧）；

亦农《惜分飞》（重阳怀旧）。（后收入《民国珍稀短刊断刊·河南卷》第 16 册，第 7920 页）

19 日，《豫言》第 55 号刊发：

香雨《醉花阴》（重阳即事，用李清照韵）；

巢云《醉花阴》（重阳即事，用李清照韵）；

笨伯《醉花阴》（重阳即事，用李清照韵）；

岩厂《醉花阴》（重阳即事，用李清照韵）；

寓情《醉花阴》（重阳即事，用李清照韵）；

钝根《醉花阴》（重阳即事，用李清照韵）；

亦农《醉花阴》（重阳即事，用李清照韵）。（后收入《民国珍稀短刊断刊·河南卷》第 16 册，第 7928 页）

25 日，《小说月报》第 9 卷第 1 号刊发：

仲可《高阳台》（赋铜雀瓦研）；

伯揆《曲游春》（徐园，与彦通同赋）。

27 日，《彊村丛书》刊刻竣工。朱孝臧记曰："《彊村丛书》刻既竣，丐寐叟

为之序，卒卒未有以应也。叟尝为序《彊村校词图》，于三百年来词刻条流昭晰
而不断断于雠刊之旨，以弁简端，犹叟志也。丁巳十二月甲戌望，孝臧识。"（朱
孝臧辑校：《彊村丛书》上册，第 5 页）

剑亮按：朱孝臧此记题于《彊村丛书》卷首所附沈曾植《彊村校词图序》后。
沈曾植《彊村校词图序》，可参见 1916 年 10 月"沈曾植"条。

2月

11 日，黄侃作《浣溪沙》（戊午元日纪游）。（后收入黄侃著，黄延祖重辑：
《黄季刚诗文集》下册，第 386 页）

11 日，周岸登作《汉宫春》（戊午元日新霁）。（周岸登：《蜀雅》卷八《南潜
词二》，第 1 页。后收入曹辛华主编：《民国词集丛刊》第 9 册，第 377 页）

3月

4月

7 日（农历二月廿六日），郑文焯逝世。

郑文焯（1856—1918），字俊臣，一字叔问，号小坡，晚号大鹤山人，满洲
汉军正白旗籍。其词删存为《樵风乐府》九卷。

《大鹤山人词话附录》自评曰："为词实自丙戌岁始，入手即爱白石骚雅。勤
学十年，乃悟清真之高妙。进求《花间》，据宋刻制令曲，往往似张舍人，其哀
艳不数小晏风流也。若夫学文英之秾，患在无气；学龙洲之放，又患在无笔。二
者洵后学所厚诫，未可率拟也。复堂谓余善学清真，吾斯未信。词无学以辅文，
则失之黯浅；无文以达意，则失之隐怪，并不足以言词。而猥曰不屑小道，吾不
知其所为远大者又何如耶。"（唐圭璋编：《词话丛编》第 5 册，第 4331 页）

张尔田《近代词人逸事》"大鹤山人逸事"曰："文小坡（焯）为瑛兰坡中丞
子。一门鼎盛，兄弟十八，裘马丽都。惟小坡被服儒雅，少登乙科，官内阁中
书，不乐仕进。旅食江苏，为巡抚幕客四十余年。善诙谐，工尺牍。故所历贤主
人，无不善遇之。然其中落落，恒有不自得者。先君子讳上和，字沚莼，曾从蒋
鹿潭学词，从沈旭庭（梧）学画，与小坡为词画至交。时余居苏州天灯巷。曾记
一日大雪，晚饭后，小坡携烟具敲门入，欲拉同赴盘门观女伶林黛玉演戏。或

曰：此是残花败柳。小坡笑曰：我辈又何尝非残花败柳？余隅坐，诵昔人句云：'多谢秦川贵公子，肯持红烛赏残花。'小坡为太息久之，盖自伤其老而依人也。小坡填词之外，能画，兼工医术。自谓于音律有神悟。所著《词源斠律》，大抵依据《燕乐考原》。余为纠正数条，小坡大惊曰：是能传吾大晟之业者也。"（唐圭璋编：《词话丛编》第 5 册，第 4367 页）

钱仲联《近百年词坛点将录》评郑文焯曰："《樵风乐府》融清真、白石为一手。清华灵秀，彩异声高。感时之作，足当词史。斠律之细，媲美彊村。彊村《望江南》词云：'招隐处，大鹤洞天开。避客过江成旅逸，哀时无地费仙才。天放一间来。'斯为定论。"（钱仲联：《梦苕庵论集》，第 388 页）

16 日（农历三月初六日），朱孝臧访缪荃孙，并以词刻相赠。缪荃孙记曰："王雪丞、菊存、朱古微来。古微赠词刻。"（缪荃孙：《艺风老人日记》第 8 册，第 3152 页）

25 日，《小说月报》第 9 卷第 4 号刊发：

沤尹《新雁过妆楼》（酒边闻歌）；

君直《摸鱼儿》（昆山访刘龙洲墓）；

映庵《霜叶飞》（曩借宅吴门，岁辄一登天平，览枫林之胜。迩来避地海上，事遂废。丁巳九月，始偕词侣重登此山。酒畔倚声，不胜衰感）；

次公《满庭芳》（析津旅次）；

瞿安《眉妩》（赋河东君妆台拓本）；

苓农《探芳信》（秋感）、《高阳台》（自题都元敬旧藏铜雀瓦砚）、《徵招》（寒夜）。

27 日（农历三月十七日），许宝蘅借阅词集。记曰："梁众异太夫人手抄《金桥公词》一册，借来，当抄副本藏之。"（许宝蘅著，许恪儒整理：《许宝蘅日记》第 2 册，第 633 页）

5 月

23 日，况周颐作《州山吴氏词萃序》，落款曰："岁在戊午四月几望，临桂况周颐夔笙序。"（后收入况周颐原著，孙克强辑考：《蕙风词话 广蕙风词话》，第 447 页）

25 日，《小说月报》第 9 卷第 5 号刊发：

张之洞《摸鱼儿》（鄞城怀古）；

郑□□《百字令》（雨晴山出）；

金鸿佺《摸鱼儿》（恁匆匆）、《绮罗香》（咏野茉莉）；

谭献《摸鱼子》（用张仙鹿韵，题叶襄云夫人遗绘陈容叔同年亡室）；

吕景端《高阳台》（题叶小鸾画像）；

芇农《浣溪沙》（题叶小鸾画像）。

本月

况周颐作《清平乐》（戊午四月，晤睆华于都门）四首：《清平乐》（一声檀板）、《清平乐》（天然名贵）、《清平乐》（国香服媚）、《清平乐》（弦繁管急）、《清平乐》（散花天女）、《清平乐》（新妆宜面）。（况周颐：《鸳音集》，第 13 页。后收入曹辛华主编：《民国词集丛刊》第 3 册，第 518 页）

《民铎》第 1 卷第 4 期《词录》栏目刊发：

弘度《临江仙》（中秋）二首、《高阳台》（七月十七日，家人于石池中得两虫圆规汉钱，张若华盖，如裁剪冰绡，雕镂翠玉，虽浮沉尺波之中，飘然有凌霄之概。遍检《齐谐》志怪之篇，莫得其名，词以记之）、《绿意》（绿樱花）、《寿楼春》（赠陈彦通）、《烛影摇红》（送柏荣度太平洋，用梦窗元夕微雨韵）、《烛影摇红》（天近中秋）、《孤鸾》（挽易白沙内子蒋保仁夫人）；

芃生《清平乐》（咏絮）、《相思儿令》（惜春）、《忆少年》（登孝陵感赋）、《忆少年》（登孝陵，与友人摄影题背）。

6 月

4 日，南社在上海愚园举行第 14 次雅集。

8 日，王国维作《〈履霜词〉跋》，曰："光、宣之间为小词，得六七十阕。戊午夏日，小疾无聊，录存二十四阕，题曰《履霜词》。呜呼！所以有今日之坚冰者，非一朝一夕之故矣。四月晦日，国维书于海上寓庐之永观堂。"（谢维扬、王鑫亮主编：《王国维全集》第 14 卷，第 639 页）

剑亮按：王国维词最初集为《人间词》甲稿和乙稿，分别发表于 1906 年 4 月和 1907 年 11 月《教育世界》杂志，凡 104 首。1909 年，王氏曾选录历年所作，集为《人间词》97 首，并加修改，其中 90 首见于《人间词》甲、乙稿，

7 首为新增（如加上中国国家图书馆藏《人间词》手稿末 1910 年初所题《鹧鸪天·庚戌除夕和吴伯宛舍人》1 首，则共 98 首，新增为 8 首）。1918 年，复从中选定 24 首，题作《履霜词》，并作跋语（见上），其后《观堂集林》所收长短句 23 首即出自《履霜词》（唯《应天长》一阕未选入）。王氏卒后，罗、赵两家所编《遗书》，又将王国维其余词作 92 首集为《苕华词》收入。

15 日，沈尹默作《西江月》（七年五月七日生辰作）。（沈尹默：《秋明集词》，民国十八年 [1929] 铅印本，第 8 页。后收入朱惠国、吴平编：《民国名家词集选刊》第 13 册，第 219 页）

15 日，《新无锡》刊发：钱基博《〈张南湖诗词存〉序》，曰："大江之濆，君山之阳，博曾大父观涛公退老之园在焉。园实踞平野中，有阜隆然而起，高二三丈，广不盈亩许，一部娄耳！然古木数章，参差怒生。大者抱，细者拱，葱茏夹道。蜿蜒循登巅，北望长江如带，而黄歇诸山，云气朝暮，俯仰可接。曾大父尝客游，得其地而乐之。购营园，筑室三楹阜上。搜秘笈，册逾万，实之，颜曰'似山居'，以来四方贤士大夫。一时如武进李养一大令兆洛、吴县冯敬亭宫允桂芬、乡老秦澹如都转湘业、张南湖孝廉兰阶之属，道出江上，类推曾大父，许作江山主人。一切图书、器玩之娱，牲牢、酒醴供张之盛，所费殆不赀，绝无分毫顾惜，虽古诸侯所称'宾至如归'者弗是过。南湖《似山居夜话图诗》所谓'主人张灯开锦筵，高朋六七差比肩'者也。忽忽七十年，而南湖外孙女夫张杏邨先生手《南湖诗词存》一册见示，曰：'邑志称南湖擅才藻，工诗歌骈体文词，一时有声，而今所存近此。吾将为刊之，子其不可以无言。'博受而读，我曾大父之名字赫然在焉，宜杏邨之有以相属也。以吾观南湖所著，清雄隽拔，不作啜嚅语，大率类其为人。传者说南湖貌如好女子，而意气极盛，客河南，守某所，不相中，即拂衣抵几作绝交书遗之，传诵京洛，而其迈往不屑之概可想。今读其诗，犹仿佛于眉睫间遇之也。而南湖乃以义烈不屈强暴死，亦其素所蓄积然哉！遂以复于杏邨，而为序之如右。同县后生钱基博再拜。"（后收入傅宏星主编，龚琼芳校订：《钱基博集·序跋合编》，华中师范大学出版社，2014 年，第 157 页）

25 日，《小说月报》第 9 卷第 6 号刊发：

中磊《金明池》（与客谈近事，写之以词）；

次公《绮罗香》（东邻处子，窥臣者三年。北方佳人，遗世而独立。适次公见示此调两阕，因效为之）、《绮罗香》（中磊见和旧作，托兴芳菲，渺渺兮予怀也，赋此答之）、《国香慢》（病鹤赠虞山红豆，词以谢之）、《三姝媚》（展孙花翁墓）、《瑞龙吟》（和清真）；

苕农《高阳台》（戊午春晚，偕新宁邝富灼、南海黄访书、吴兴周由廑、松江平海澜、同里程觉生游西湖，遇雨作）、《陂塘柳》（次公西湖书来，盛道与病鹤唱酬之乐。顷复与病鹤各以新词见贶。赋此却寄，兼订秋深西溪之约）、《齐天乐》（虞山金病鹤贻次公双红豆，次公赋《国香慢》词纪之，顷承见寄。因忆昔年归君杏书，亦以此为赠。怅触成吟，寄博次公、杏书一笑）。

27 日，王国维致函罗振玉，谈及查韬荒《渐江诗抄》与其词集关系。中曰："承询查韬荒，今检《备志·艺文志七》得之。韬荒名容，号渐江，又号沾翁。布衣，天才超绝，尤肆力于史学。所著有《咏归录》。《尚志堂文集》六卷、《渐江诗抄》十二卷、《江汉诗集》、《渐江文钞》二册，不载其有词集。观其诗集诸名，殆终身作客者，故管芷湘于吾乡文献最熟，亦不知其有词也。"（谢维扬、房鑫亮主编：《王国维全集》第 15 卷，第 426 页）

剑亮按：王国维函中两次说明未见有查韬荒词集著录，可知罗振玉所关注者，当为查韬荒有无词集之著录。

本月

汪曾武作《买陂塘》（戊午六月，遗臣招饮什刹海。回忆乙未孟夏，道希、连生、伯羲、仲弢诸君，更番招饮觞咏于斯。今则墓门宿草，不独沧桑之感也）。（汪曾武：《趣园诗余·味莼词乙稿》，第 1 页。后收入朱惠国、吴平编：《民国名家词集选刊》第 6 册，第 46 页）

邓邦述作《梦芙蓉》（戊午六月，晨过北海。荷香袭裾，花事正盛。下车移赏，凝望久之。长虹偃波，缭以垣曲。知如此清凉世界，只许羁人领受。归以梦窗自度曲记此雅遭，若于沅芷湘兰，则惧非其类也）。（邓邦述：《沤梦词》卷二《燕筑集》，第 5 页。后收入朱惠国、吴平编：《民国名家词集选刊》第 7 册，第 48 页）

王国维致函沈曾植，并请对方指正自己的词作。中曰："病中录得旧词廿四阕，末章甚有'苕华''何草'之意，呈请教正，并加斧削，至幸。"（谢维扬、房鑫亮主编：《王国维全集》第 15 卷，第 73 页）

剑亮按："病中录得旧词廿四阕"，与中国国家图书馆藏王国维《履霜词》手稿跋语"戊午夏日小疾无聊"，从作于光、宣之间得六七十阕词中录存二十四阕，

"名曰《履霜词》"等文字相合。

《墨梯》第 2 期刊发：潘韵若《浪淘沙》（夜月）、《如梦令》（清明）、《如梦令》（春鸟）。（后收入《民国珍稀短刊断刊·上海卷》第 20 册，第 9817 页）

《新青年》第 4 卷第 3 号发表：胡适《记石鹤舫的白话词》。

夏，陈夔作《好事近》（戊午初夏）。（陈夔：《虑尊词》，第 12 页。后收入朱惠国、吴平编：《民国名家词集选刊》第 16 册，第 271 页）

夏，俞平伯作《忆江南》。（后收入俞平伯：《忆》，北京朴社，1925 年，第 14 页）

春音词社第 17 次社集。社课为《雪梅香》词调。春音词社活动至此止。（周延祁编：《吴兴周梦坡［庆云］先生年谱》，《近代中国史料丛刊》第 82 辑，第 267 页）

7 月

25 日，《小说月报》第 9 卷第 7 号刊发：

次公《清平乐》（用樊榭《续集》词韵，题子用《溪楼延月补图》）、《清平乐》（《复堂集外稿》）、《梦芙蓉》（西溪过茭芦庵，用梦窗韵）、《陂塘柳》（送病鹤还虞山）；

病鹤《高阳台》（湖上，同次公）；

芎农《鹧鸪天》（题巀山刘忠节公遗像）、《雪梅香》（春感）。

29 日，冯煦作《高阳台》（戊午六月二十二日，均轩舣小舟，招同彀村、绍伊、欣木、忆仢、镜川、庶侯、翊清，并挈慕孙至莲花社观荷。往在辇下，雅复似之。赋此示同游诸子）。（冯煦：《蒿庵词賸》，第 6 页。后收入朱惠国、吴平编：《民国名家词集选刊》第 1 册，第 14 页）

本月

陈曾寿作《太常引》（戊午七月，太常仙蝶来苍虬阁中，二日始去。时病山、彊村二老适来，约同人赋词记之，仑长作图）。（陈曾寿：《旧月簃词》，第 9 页。后收入朱惠国、吴平编：《民国名家词集选刊》第 12 册，第 230 页）

8 月

20 日，许宝蘅抄词。记曰："晚饭后抄《师竹轩词》一千字。"至 8 月 24 日，

抄毕。(许宝蘅著,许恪儒整理:《许宝蘅日记》第2册,第644页)

本月

《小说月报》第9卷第8号刊发:

映庵《雪梅香》(春感);

彦通《南浦》(湖上)。

9月

19日,中秋,余端《武进苔岑社丛编》戊午本社出版第1集。(后收入曹辛华、钟振振选编:《清末民国旧体诗词结社文献续编》第3册)收录作品有:

吴放《菩萨蛮》(春雨)、《湘月》(雨夜,寄方修)、《醉花阴》(社日)、《南柯子》(清明)、《减兰》(杨花)、《踏莎行》(旅夜有怀,并寄湘蘋)、《贺新郎》(述词)、《霜天晓角》(自题蒲团图小影)、《蝶恋花》(李琴生倩题蝴蝶帐额)、《长亭怨》(送春)、《凤凰台上忆吹箫》(书怀)、《凤凰台上忆吹箫》(有赠)、《百字令》(春意);

吴承烜《浪淘沙》(燕京八景,蜀友以胡太史长本《苾刍吟馆词》见贻,中有与樊山方伯唱和燕京八景词,属余继声,因倚之)八首、《怨回纥》(泌水秋日)、《南歌子》(中元)、《思佳客》(怀甄宇美洲)、《鹧鸪天》(泌上初秋)、《菩萨蛮》(雨夜)二首、《蝶恋花》(甄宇自美洲遗书,赋此代柬)、《花发念奴》(甄宇避暑于美洲之俄海,以词来赋答)、《水调歌头》(题心存同社《乘风破浪图》)、《高阳台》(秋日)、《高阳台》(森林吊古)、《沁园春》(过汉秋,以先世《慕劬室图咏汇编》索题,倚此应之),方泽久《浪淘沙》(申江修禊集兰亭,答槁蟫)、《望海潮》(送田少白司长赴鄂);

钱振锽《满江红》(题十二楼图),钟大元《如梦令》三首、《南歌子》(兰叶笼烟腻)、《虞美人》(银台烛穗残蛾绿)、《醉花阴》(枕上闻雁)、《水调歌头》(阻险黑石滩,在巫峡中著名险恶)、《白苎》(书吴醉僧悼亡室闵淑人哀词后);

丁介石《浪淘沙慢》(用周美成韵)、《蝶恋花》(狼山吊骆宾王墓)、《春草碧》(清明和景骞韵);

李馨《蝶恋花》(纳凉)、《满江红》(读《明史·杨继盛传》)、《满江红》(题《苔岑雅集图》);

邓澍《青玉案》（九月十四日，赴梦鲸赏菊之约。归驻红梅道院，率成此阕，用方回韵）；

汪湜《蝶恋花》（章子百熙自沪旋里，邀苔岑社友欢饮于南郊古寺，赋此志之）、《忆秦娥》（上巳送秉彝先生之沪）；

顾福棠《菩萨蛮》（高楼）、《采桑子》（苏台怀古）、《采桑子》（登黄鹤楼）；

程松生《西江月》（登金山绝顶）、《蝶恋花》（为吴东园茂才题《何桥送别图》）、《西河》（金陵怀古，用周清真韵）；

钱融《念奴娇》（自题看菊小影）、《朝天子》（代奚雪珊题其亲家楚云先生玉照）；

章百熙《蝶恋花》（别启贤、仲涵，并柬苔岑社诸君子）；

谢觐虞《偷声木兰花》（春来愿祝春长好）、《百尺楼》（浴罢晚凉初待月）；

王心存《望江南》（春去也）、《浪淘沙》（早秋）、《罗敷媚》（秋夜）；

金成电《深院月》（孤舟）；

傅涧南《西泠即事》；

瞿王瀛仙《如梦令》（淡月夜凉时候）、《长相思》（风潇潇）、《浣溪沙》（秋夜）、《谒金门》（真痛惜）、《浪淘沙》（赠别贞妹）、《浪淘沙》（风劲逼秋宵）。

本月

李绮青（汉珍）邀冒鹤亭为其《草间词》作序。（冒怀苏编著：《冒鹤亭先生年谱》，第 207 页）

张慎仪作《齐天乐》（戊午九月，同王咏斋、张子高仿行宋文潞公丙午同甲会）。（张慎仪：《今悔庵词》，第 29 页。后收入朱惠国、吴平编：《民国名家词集选刊》第 1 册，第 118 页）

《小说月报》第 9 卷第 9 号刊发：

仲可《眉妩》（赋河东君妆镜）；

伯揆《烛影摇红》（咏荷，同彦通作）、《曲游春》（与彦通游徐园。时彦通将北行）；

次公《绿意》（荷花生日，赋呈沤尹师、中垒）、《玲珑四犯》（杭州秋别）、《霜叶飞》（遥和春音诸子天平看叶之作）、《渡江云》（戊午秋夕，梦坡、中垒、荐农饮酒江楼，当歌记梦，促拍成词）、《雪梅香》；

苇农《绿意》(荷花生日)。

秋,李孺作《太常引》(戊午之秋,朱彊村、王病山两侍郎,况夔笙舍人集于陈苍虬西湖好秋轩。仙蝶适来,因各制词记事,函索作图,并和原调)。(李孺:《仑阉词》,第17页。后收入朱惠国、吴平编:《民国名家词集选刊》第3册,第250页)

秋,吴汉声作《桂枝香》(戊午秋,游天台,过舟山,登城望海,用王荆公《金陵怀古》韵)。(吴汉声:《莽庐词稿》,第18页。后收入朱惠国、吴平编:《民国名家词集选刊》第12册,第283页)

秋,浙江省立第一师范学校《校友会志》第16期刊发:丰仁(丰子恺)《浪淘沙》(百卉竞阳春)、《朝中措》(一湾碧水小窗前)、《满宫花》(荻花洲)、《减兰》(他乡作客)、《西江月》(百尺游丝莫系)。(后收入陈星等主编:《丰子恺全集》第6卷,海豚出版社,2016年,第208页)

10月

13日,冯煦作《茱萸香慢》(戊午九日,沤尹前辈同病山、憺仲、仁先、焦山登高。赋此记之,怅触予怀,亦成此解)。(冯煦:《蒿庵词滕》,第7页。后收入朱惠国、吴平编:《民国名家词集选刊》第1册,第15页)

13日,朱孝臧作《茱萸香慢》(焦山九日,同病山、仁先、憺仲)。(朱孝臧:《彊村语业》,第29页。后收入朱惠国、吴平编:《民国名家词集选刊》第2册,第490页)

25日,《小说月报》第9卷第10号刊发:

次公《甘州》(裂帛湖秋词,同□斋);

苇农《渡江云》(秋夕饯别次公);

恂叔《铜鼓书堂词话》十五则。

本月

皣皣子为谢无量《词学指南》作序。曰:"美文凌夷,风雅道衰。诗虽为硕果之遗,而后生小子稍谙音韵,便解讽吟,其流犹可相衍不绝。至于词,则屈指海内,不过数人,直如景星卿云之不可复见。无他,词之难学,甚于诗也。安寿谢无量先生有鉴于是,因于《诗学指南》之外,更辑《词学指南》一书,集名人之议论

（所采古今词话不少），树词学之标准。既辨万氏之误，又补舒氏之略。其于诚斋'五要'之说、世文'二体'之旨，复有以发明，而张、王之金针之度何难非易？行见纸贵风行，有兴灭继绝之功焉，岂不伟欤？民国七年十月，吴兴皞皞子序。"（谢无量：《谢无量文集》第 7 卷，中国人民大学出版社，2011 年，第 89 页）

谢无量《中国大文学史》，由上海中华书局出版。全书分五编六十三章一百六十节。其中第四编"近古文学史"有"五代词曲之盛"和"宋之词曲小说"章节。

11 月

7 日，李绮青作《草间词·自叙》。曰："余少耽倚声，中岁驱饥南北，此事遂辍，而结习未尝忘也。辛亥以来，端居噎郁，辄检习宋人集，日手一篇。以吟以叹，有所感触，遂亦模效。江湖郢曲，未脱凡艳；病榻越吟，宁协音律。因思词人如玉田、草窗、碧山、山村及箕房兄弟，皆生际承平，晚遭末季。牢愁山谷，无补于国，莫救于时。一以黍离之思，托之歌词，百世之下，犹想见其怀抱。余于昔贤，辨律辨韵，实未能窥其一二也。而无补于国，莫救于时，空山偃蹇，假托咏歌，排遣永日，则与昔贤有同慨焉。爰检壬子以来所作，共得若干首，题曰《草间词》。谓如哀蛩自语，鸣蜩独吟。物候使然，非希世人之赏音，不必向其中论工拙也。戊午十月四日，倦斋老人序于天津听风听水庵。"（后收入朱惠国、吴平编：《民国名家词集选刊》第 3 册，第 109 页）

8 日，吉城作《寄沤、止广词合钞序》。

剑亮按：《寄沤词、止广词合集》为丹徒禾生甫丁立棠《寄沤词稿》和句容蘅皋甫杨世沅《止广词钞》的合集。浙江图书馆藏。卷尾又有杨祚职《寄沤止广词合钞跋》，落款曰："太岁在上章执徐相月既望，男甥杨祚职敬识于海陵鹤天精舍。"吉城序中曰："同、光之际，江淮间言词者，往往称吾郡陈亦峰。切斋与亦峰雅故，颇得其秘奥。蘅皋又饫闻切斋所得于亦峰者。中年与其乡人端木子畴相唱和，厥艺益精。蘅皋玄默自守，切斋慷慨言兵事，有不可一世之慨。两君者为词，亦雅似其为人。呜呼！切斋其几于阳刚，蘅皋其近于阴柔者耶？虽然，两君于词甚深矣，顾不苟作，一岁之中，出稿草数阕而已。亥子事起，时事岌岌不可问，有识之士大都发为苍凉激楚之音，乐府歌谣缘感哀乐。两君之作于斯时最进，亦最多。殆以世变愈迫，其感触于耳目间者，纡郁愈深。而言之短长与声之高下，亦若自然为之，而有所不能已者。其人籁与，其天倪也。蘅皋卒于壬子，切斋以今年春卒。蘅皋之子浣石，切斋甥男也。出先人暨舅氏遗稿请序……武昌军起时，切斋见义深入，脱东台于险。事既定，筑屋奉母，眉其堂曰寄沤。止广，则蘅皋著书处也。戊午立冬，丹阳吉城。"该文后收入曹辛华主编：《民国词集丛刊》第 1 册，第 5 页。

21 日，汪兆镛作《贺新凉》（戊午十月十八日，莘伯兄生朝）。（汪兆镛：《雨屋深灯词续稿》，第 5 页。后收入朱惠国、吴平编：《民国名家词集选刊》第 3 册，第 303 页）

25 日，《小说月报》第 9 卷第 11 号刊发：

次公《洞仙歌》（阿靖亡十日，词以哀之）、《高阳台》（湖上）、《浣溪沙》（秋暮）；

倦鹤《高阳台》。

28 日，冯煦作《茱萸香慢》（戊午孟冬二十五日，同绍伊过淞西二园，景物凄寂，游屐罕至，慨然有作）。（冯煦：《蒿庵词賸》，第 7 页。后收入朱惠国、吴平编：《民国名家词集选刊》第 1 册，第 16 页）

本月

谢无量编著《词学指南》，由上海中华书局出版，1933 年 9 月 14 版。分"词学通论"（包括词之渊源及体制、作词法、古今词家略评、词韵等）和"填词实用格式"（包括小令、中调、长调等）两章。

康有为作《清词人郑大鹤先生墓表》。其中曰："高密郑文焯叔问，善为词，沉丽幽嫕，哀感顽艳。其辨音，律研分刌，扣宫协角，皆中经首之会。凡唐、宋以来词部遍批细字，评得失，精别毫发。"（后收入康有为著，姜义华、张荣华主编：《康有为全集》第 11 集，中国人民大学出版社，2007 年，第 91 页）

12 月

14 日，张素作《醉公子》（仲可生朝，属题《衔杯春笑图》为寿）。（后收入张素：《南社张素诗文集》，第 689 页）

25 日，《小说月报》第 9 卷第 12 号刊发：

映庵《高山流水》（梦坡斋中有宋徽宗风入松琴，赵子昂松风琴）；

次公《洞仙歌》（连墙颓粉）、《虞美人》（绕城一箭银湾水）、《徵招》（秋郊，和倦鹤）；

倦鹤《徵招》（九日登高天宁寺，循银湾而归）、《八声甘州》（裂帛湖秋词，和次公用梦窗韵）；

夸农《减字浣溪沙》（密字珠裁韵字纱）、《采桑子》（生来王谢堂前住）、《采桑子》（惊心长白山头路）。

31 日（农历十一月二十九日），俞明震卒于杭州，享年 59 岁。

本月

杭州之江大学《之江潮声》第 2 期刊发：

周经《满江红》（乙卯冬，祝方君桐生结褵十载）；

俞麒（本校大学预科二年级生）《虞美人》（闺怨）；

吴孝乾（本校大学预科一年级生）《人月圆》（《之江潮声》题词）；

胡山源（本校大学预科一年级生）《浪淘沙》（本校东斋，临江晚眺）。（后收入《民国珍稀短刊断刊·浙江卷》第 17 册，第 7823 页）

本年

【词人创作】

黄侃作《浣溪沙》（偶忆年时心字衣）。（司马朝军、王文晖：《黄侃年谱》，第 130 页）

冯煦作《如此江山》（题宗湘文《江天晓角图》，用卷中自题韵。图成于咸丰戊午，今甲子一周矣。世变沧桑，不堪回首。卷中诸老，零落都尽。倚灯谱此，不自知其辞之怨抑也）。（冯煦：《蒿庵词賸》，第 9 页。后收入朱惠国、吴平编：《民国名家词集选刊》第 1 册，第 18 页）

刘麟生作《浣溪沙》（用清真韵）。（刘麟生：《春灯词》，第 4 页。后收入朱惠国、吴平编：《民国名家词集选刊》第 15 册，第 59 页）

易孺作《霜叶飞》（戊午秋社晨饮宝汉茶寮诗缩鄘不至。次清真韵）。（易孺：《大厂词稿》之《绝影楼词》，第 2 页。后收入曹辛华主编：《民国词集丛刊》第 8 册，第 130 页）

吴梅作《玉漏迟》（路金坡访我斜街寓斋，次草窗韵，即题其瓠庐词后）。（王卫民：《吴梅评传》，第 271 页）

【词籍出版】

松江修暇社辑《松江修暇集》刊行。（后收入南江涛选编：《清末民国旧体诗词结社文献汇编》第 6 册）作品有：

臣庵《南浦》（题澹堪《香雪寻诗图》）；

未丹《侧犯》（北山宴集，赋呈在座诸位）、《雪梅香》（松江酒楼）、《石州慢》（题澹堪《香雪寻诗图》，用卷中大鹤韵）；

棹渔《石州慢》（题澹堪《香雪寻诗图》，用卷中大鹤韵）；

未丹《玉楼春》（时雨初霁，棹小舟渡松江，入农场与诸同社诸公会诗。时值新涨，万绿迷烟，风物撩人，江山如画，仿佛身在江南也。予分得晓字，辄倚此代之）；

棹渔《玉楼春》（和未丹韵）、《侧犯》（和未丹北山宴集韵）、《雪梅香》（雨后饮松江酒楼，次韵和未丹作）；

棹渔《声声慢》（微雨，舟过团山至龙潭山寺）；

未丹《夜飞鹊》（晓泛至龙潭山寺，限支字，因用清真韵）；

未丹《秋思》（七夕，同棹渔作，次梦窗韵）；

棹渔《秋思》（和未丹）；

未丹《安公子》（丁巳阳历九月九日，值休暇，陪同社诸公登北山赋诗。旧节新时，古欢今约。为谱此解，感慨因之。塞上风高，即此为龙山之会矣）、《阳台路》（怀湘社诸子）、《霜叶飞》（红叶）。

梦白等著《戊午春词》刊行。浙江图书馆等有藏。（后收入南江涛选编：《清末民国旧体诗词结社文献汇编》第 2 册。曹辛华主编：《民国词集丛刊》第 21 册）词作有：

茳渔《国香慢》（赋三海牡丹）；

梦白《国香慢》（赋三海牡丹）；

夔文《国香慢》（赋三海牡丹）；

茳渔《长亭怨》（记携手）；

梦白《长亭怨》（且浇酒）；

夔文《长亭怨》（在一角）；

茳渔《长亭怨慢》（又拖屐）；

梦白《长亭怨慢》（叹落拓）；

夔文《长亭怨慢》（甚一片）；

梦白《金缕曲》（落花）；

夔文《金缕曲》（落花）二首；

梦白《金缕曲》（昨以春感写落花，夔文、茳渔各有和作。天涯倦旅，此时心事良苦也，重述是解）；

夔文《金缕曲》（落花）；

茳渔《金缕曲》（落花）；

梦白《南浦》（和玉田春水韵）；

夔文《南浦》（一夜雨声声）、《南浦》（风剪脆冰声）；

梦白《莺啼序》（春晚感怀，约夔文、茳渔同赋）；

夔文《莺啼序》（疏灯夜寒）；

茳渔《莺啼序》（杨花又吹）；

茳渔《婆罗门引》（梦翁出示贝多罗一页，绘维摩佛像，乃萧山任渭长手笔。敬题此解，以志赞叹）；

梦白《婆罗门引》（香花散后）；

夔文《婆罗门引》（西方缥缈）；

梦白《貂裘换酒》（为夔文画梅花扇头。暮寒如水，淡欲无春。只恐阑干月上时，化清梦飞去也）；

夔文《貂裘换酒》（老去山阴客）；

茳渔《貂裘换酒》（驴背寻诗客）；

夔文《貂裘换酒》（淮上歌筵，迟梅郎畹华不至。叠和梦翁题梅花便面韵，用写孤闷）；

梦白《貂裘换酒》（旧日青衫客）；

茳渔《貂裘换酒》（花是青春客）；

夔文《小梅花》（奉和樊山社长观梅郎演《木兰从军》新剧之作）；

樊山《小梅花》（天山月龙城）；

梦白《小梅花》（箫声断）；

茳渔《小梅花》（沉沉鼓）。

杨芃栻等辑《小罗浮社唱和诗存》四卷刊行。（后收入南江涛选编：《清末民国旧体诗词结社文献汇编》第 1 册）

《小罗浮社唱和诗存》卷一，词作有：

钱衡璋《百字令》（小罗浮消夏，题壁）；

施槁蟑《百字令》（小罗浮消夏，次韵庵韵）；

王承霖《百字令》（积雨生寒，鸥乡水涨。潜阳不达，盛暑如秋。读蟑丈次和韵庵《小罗浮消夏》词，愀然生感，爰依调步韵，谱此两解）二首；

刘炳照《百字令》（罗溪吟社诸子寄示消夏《百字令》词索和，久而不报。适有所触，借韵抒感，不自知言之偏宕也，知我者印正之。中秋后二日，语石词隐并记）。

《小罗浮社唱和诗存》卷二，词作有：

王鼎梅《水调歌头》（中秋前一日，小罗浮赏月，兼寿钱丈南屿生日，并谢惠画竹，用东坡丙辰中秋韵）；

钱衡璋《百字令》（重九登高，寄怀海上诸词侣）；

施槁蟑《百字令》（次韵庵九日登高怀语石韵，兼寄晨风庐主）；

刘炳照《百字令》（和韵庵、槁蟑九日登高韵）；

汪渊《百字令》（和韵庵、槁蟑九日登高韵）；

王承霖《百字令》（尾更以赏菊诗索和，拈蟑丈九日登高韵酬之）。

《小罗浮社唱和诗存》卷三，词作有：

王承霖《庆春泽》（小罗浮消寒第一集，槁蟑同社赋诗属和。诗成，意仍为惬，续谱此解以寄）；

吴承烜《浣溪沙》（得耐圃函，悉病仍未愈。同日又奉到槁蟑《消寒诗》，谱此却寄）三首；

王承霖《浣溪沙》（东园先生拈此调，寄怀诗圃、槁蟑二老，索余和作。因次原韵，得岁暮怀人三解）三首；

汪渊《浣溪沙》（答东园、睫庵见怀元韵，并寄槁蟑）三首；

施槁蟑《浣溪沙》（答诗圃见怀，并寄东园、睫庵）三首；

汪渊《玉漏迟》（集句题《语石先生词》）。

《小罗浮社唱和诗存》卷四，词作有：

孙肇圻《蝶恋花》（秦淮饯春，用欧九春晚韵）；

汪渊《蝶恋花》（和颂陀秦淮饯春）二首；

吴承烜《蝶恋花》（姹紫嫣红千万许）、《蝶恋花》（水榭潮平三尺许）；

程松生《蝶恋花》（别绪离情添几许）；

王承霖《蝶恋花》（乞借春阴天未许）、《蝶恋花》（春去寻春痴尔许）；

施槁蟫《蝶恋花》（絮絮花花忙底许）、《蝶恋花》（卖弄春光天不许）；

杨芃棫《蝶恋花》（春到今朝能几许）；

钱衡章《蝶恋花》（水涨秦淮添几许）。

陈衍《朱丝词》二卷刊行。卷尾有沈曾植《跋》和作者《记》。（后收入曹辛华主编：《民国词集丛刊》第 15 册）

沈曾植《跋》曰："慧情冶思，欲界天人。正使绝笔于斯，不妨与晚明诸公分席。若为之不已，将恐华鬓渐凋，身香浸减。耆卿、美成晚作皆尔，达者当有味斯言。戊戌，东湖庵主沈曾植记。"

作者《记》曰："余本不工词，又雅不喜为无题诗。少壮日，偶有缠绵悱恻之隐，则量移于长短句。非必绝无好语，而举止生硬，不能烟视媚行，良用自憎。乙盦跋时，已绝笔十余年，迄于今，盖绝笔三十余年矣。此卷久欲焚弃，以是先人写本，未之忍也。既而翻阅一及，则旧事历历上心，虽酸辛尤足咀味，遂竟存之。著雍敦牂七月，石遗老人记。"

李绮青《草间词》刊行。卷首有冒广生《草间词序》，以及作者《自叙》。（上海图书馆藏。后收入朱惠国、吴平编：《民国名家词集选刊》第 3 册）

冒广生《草间词序》中曰："国变以后，汉珍以贫故，留滞周南，端居寡欢，则益肆力于词。自言，南宋词人如玉田、草窗、碧山及箕房兄弟，皆生际承平，晚遭离乱，牢愁山谷，无补于世。一以禾黍之痛，托之歌谣，百世之下，犹想见其怀抱。颜其所作曰《草间词》。盖取梅村'草间偷活'之语，以寓其感。"

朱祖谋、况周颐《鹜音集》二卷刊行。内含《彊村乐府》和《蕙风琴趣》。卷首有孙德谦《序》。（后收入曹辛华主编：《民国词集丛刊》第 3 册）

孙德谦《序》中曰："两先生客居京师，于半塘老人渔谱齐妍、樵歌互答。半塘之词，深文隐蔚，高格远标，雕琢曼辞，蹈入夸饰，则不屑染其烟墨也。今读两先生词，亦复道林造微，参轨乎正始；泉明指事，植体于比兴。东莞论文，标举才略，以阮籍命诗，嵇康遣论，谓其殊声合响，异翮同飞。吾于两先生今亦云然。半塘别字鹜翁，因以'鹜音'题其集，授之削氏，为序其简端云尔。"

杨延年《椿荫庐词存》 一卷刊行。卷首有曾刘鉴《序》、况周颐《序》。（浙江图书馆等有藏。后收入曹辛华主编:《民国词集丛刊》第 23 册）

谢无量《词学指南》，由上海中华书局出版。（后收入汪梦川主编:《民国诗词作法丛书》，凤凰出版社，2016 年）

剑亮按：该书设两章，第一章为"词学通论"，第二章为"填词实用格式"。

吴梅校勘《词源》，由北京大学出版社出版。（王卫民:《吴梅评传》）

邹弢《词学捷径》，由苏州振新书社刊行石印本。（后收入孙克强、和希林主编:《民国词学史著作集成补编》上卷，南开大学出版社，2018 年）

剑亮按：该书设十三章及附录，第一章为"词学之缘起"，第二章为"词学之源流"，第三章为"词与诗之比较"，第四章为"论学词与学诗难易之比较"，第五章为"词韵与诗韵之分"，第六章为"填词之要韵"，第七章为"学词之换韵"，第八章为"押韵阴阳之辨"，第九章为"词律之分音"，第十章为"词调之分目"，第十一章为"词学之练习"，第十二章为"词学之津梁"，第十三章为"词牌之要录"。

【词人生平】

吴重熹逝世。

吴重熹（1838—1918），字仲怿，号石莲，山东海丰（今无棣）人。清同治元年（1862）举人。历官陈州知府、福建按察使、驻沪会办电政大臣、河南巡抚等。曾辑刻《山左人词》，著有《石莲阁诗》《石莲阁词》各一卷。

孙正礽逝世。

孙正礽（1845—1918），字伯云，晚号蠖叟，江苏江宁人。有《忆香词》。

1919 年

（民国八年　己未）

1 月

16 日，袁毓麟作《念奴娇》（戊午腊月十五日，抵临潼县，宿骊山旅舍。曲廊雕榭，掩映山麓，温泉清澈，芳草芊绵。劳薪暂憩，顾之忻然。忽馆人来告，山后溃卒，啸聚戎装，待旦始行）。（袁毓麟:《香兰词》，民国二十一年 [1932]刻本，第 2 页。后收入朱惠国、吴平编:《民国名家词集选刊》第 10 册，第380 页）

19 日，《边声》周报第 19 期刊发：黄钺《怡凫庵词》，作品有:《临江仙》（香到荼蘼风淡荡）、《玉京秋》（珠钿叠）、《望江南》（清露重）、《踏莎行》（蕙圃生尘）。（后收入《民国珍稀短刊断刊·甘肃卷》第 2 册，全国图书馆文献缩微复制中心，2006 年，第 501 页）

25 日，《小说月报》第 10 卷第 1 号刊发：

瘿公《题〈纯飞馆填词图〉》诗；

曹君直《摸鱼儿》（昆山访刘龙洲墓，偕沤尹，同泠然斋韵）；

次公《三姝媚》（阁公《松阡比翼图》）、《喜迁莺》（沉云芳路）、《好事近》（寒吹送昏黄）；

瞿安《浣溪沙》（马鞍山拜龙洲道人墓）二首；

王桢《桂殿秋》（晴絮桥）、《凤凰台上忆吹箫》（题金倚花丈《板桥春影图》）；

芎农《柳梢青》（题食研斋主画河东君像）、《湘春夜月》（题薛素素为王伯穀画马湘兰遗像）。

31 日，张素作《水龙吟》（戊午都门除夕，用花翁韵）。（后收入张素:《南社张素诗文集》，第 679 页）

本月

浙江第五中学《灻社丛刊》第5期刊发：

湘魂《西江月》（丁巳秋暮，同友人泛舟东湖有赋）二首、《疏帘淡月》（丁巳秋暮，同张天汉、李安伯、王恕常、范守白、孙禹甘、王支航、祝钦庵诸君，坐烟波画舫，过上亭公园小饮，调寄《疏帘淡月》第一体）、《醉蓬莱》（徐以荪先生以爱女宛麜女士奁帧属书，为谱《醉蓬莱》一阕）；

陈毓芳《卜算子》（越王台）、《忆江南》（闺情）；

福洪《沁园春》（书怀）；

养吾《阑干万里心》（秋夜怅旧）、《浪淘沙》（感怀）、《满江红》（红叶）；

侠民《醉太平》（秋闺）。（后收入《民国珍稀短刊断刊·浙江卷》第9册，第4186页）

2月

1日，周岸登作《塞垣春》（己未岁朝大雪，咫园和梦窗丙午岁日词，走示，即席酬之）。（周岸登：《蜀雅》卷八《南潜词二》，第1页。后收入曹辛华主编：《民国词集丛刊》第9册，第393页）

1日，张素作《东风第一枝》（元日城南公园）、《春从天上来》（乙未岁朝遣怀）。（后收入张素：《南社张素诗文集》，第680页）

15日，蒋兆兰作《高阳台》（己未元夕，丹徒李树人邮寄词稿属定，并谱此调寄怀。依韵奉酬，即题其《绣春馆填词图》）。（蒋兆兰：《青菱庵词》卷四，第2页。后收入朱惠国、吴平编：《民国名家词集选刊》第1册，第512页）

25日，《小说月报》第10卷第2号刊发：

彊村《鹧鸪天》（君直中饮海淀莲花白）；

樊山《一枝春》（和次公红豆）；

寐叟《高阳台》（借月湔愁）；

次公《莺啼序》（题荜农《十年说梦图》，用梦窗韵）。

3月

15日，《新青年》第6卷第3号刊发：钱玄同《随感录》。该文不点名地批评黄侃的一首词。文曰：

　　昨天在一本上，看见某先生填的一首词，起头几句道："过国颓阳，怀宫芳草，秋燕似客谁依。笳咽严城，漏停高阁，何年翠辇重归。"我是不研究旧文学的，这首词里没有什么深远的意思，我却不管。不过照字面看来，这"过国颓阳，怀宫芳草"两句，有点像"遗老"的口吻，"何年翠辇重归"一句，似乎有希望"复辟"的意思……照这样看来填这首词的人，大概总是"遗老""遗少"一流人物了。可是这话说得很不对；因为我认得填这首词的某先生；某先生的确不是"遗老""遗少"，并且还是同盟会里的老革命党。我还记得距今十一年前，这位某先生做过一篇文章，其中有几句道："借使皇天右汉，俾其克缵旧服，斯为吾曹莫大之欣。"当初希望"缵旧服"，现在又来希望"翠辇重归"，无论如何说法，这前后的议论，总该算是矛盾罢。有人说，大约这位某先生今昔的见解不同了。我说，这话也不对。我知道这位某先生当初做革命党，的确是真心的；但是现在也的确没有变节。不过，他的眼界很高，对于一班创造民国的人，总不能很满意，常常要讥刺他们。他自己对于"选学"工夫又用得很深，因此对于我们这班主张国语文学的人，更是嫉之如仇。去年春天，我看他有几句文章道："今世妄人，耻其不学。己既生而无目，遂乃憎人之明；己则陷于横溷，因复援人入水；谓文以不典为宗，词以通俗为贵；假于殊俗之论，以陵前古之师；无愧无惭，如羹如沸。此真庾子山所以为驴鸣狗吠，颜介所以为强事饰辞者也。"但是这种嬉笑怒骂，都不过是名士应有的派头。他决非因为眷念清廷，才来讥刺创造民国的人，他更非附和林纾、樊增祥这班"文理不通的大文豪"，才来骂主张国语文学的人。我深晓得他近来的状况，我敢保他现在的确是民国的国民，决不是想做"遗老"，也决不是抱住"遗老"的腿想做"遗少"。那么，何以这首词里有这样的口气呢？这并不难懂。这个理由，简单几句就说得明白的，就是中国旧文学的格局和用字之类，据说都有一定"谱"的。做某派的文章，做某体的文章，必须按"谱"填写，才能做得像。像了，就好了。要是不像，那就凭你文情深厚，用字的当，声调铿锵，还是不行，总以"旁门左道""野狐禅"论。所谓像者，是像什么呢？原来是像这派文章的祖师。比如做骈文，一定要像《文选》；做桐城派的古文，一定要像唐宋八大家；学周秦诸子，一定要有几个不认得的字，和佶屈聱牙很难读的句子。要是做桐城派古文的人用上几句《文选》的句调，或做骈文的人用上几句九家的句调，那就不像了，不像，就不对了。这位某先生就是很守这戒律的。他看见从前填词的人对于古迹，总有几句感慨怀旧的话；他这首词意的说明，是"晚经玉蛛桥……因和梦窗西湖先贤堂感旧韵，以写伤今怀往之情"，即当然要用"故国"……这些字样才能像啊！有人说："像虽像了，但是和他所抱的宗旨不是相反对吗？"我说：这是新文学和旧文学旨趣不同的缘故：新文学以真为要义，旧文学以像为要义。既然以像为要义，那便除了取消自己，求像古人，是没有别的办法了。比如现在有人要造钟鼎，自非照那真钟鼎上的古文"依样葫芦"不可。要是把现行的楷书、行书、草书刻上去，不是不像个钟鼎了吗？

剑亮按：据黎锦熙《钱玄同先生传》："钱先生和黄侃先生的吵架问题，其远因实起于民七八间的新文学运动，《新青年》中常骂旧体诗词，曾批评黄先生《北海怀古》的词中一句'何年翠辇重归'，说是希望复辟的意思。黄先生大怒，骂为看词都看不通。"

又按：钱玄同文中所批评黄侃词为《西平乐》。词曰："故国颓阳，坏宫芳草，秋燕似客谁依？笳咽严城，漏停高阁，何年翠辇重归。看殿角孤云覆苑，林杪轻烟漾晚，疏灯数点，波间替却余晖。还爱西山暮色，苍萃处，散影入杨丝。　坠梧瞀井，漂花暗水，一夕西风，人事潜移。空漫想，楼延宝月，桥压金鳌，剩有深苔碎蟀，丛竹残萤，犹伴惊鸦认旧枝。凭吊废兴，铜盘再徙，沧海三尘，树老台平，尽刬琼华，孤蓬更逐沙飞。"词调下有一词序，曰："晚经玉蛛桥，见团城以北，宫观渐荒，岸柳渚荷，无复生意。西风乍过，蘙蒉吹愁。因和梦窗西湖先贤堂词韵，以写感今伤往之怀。"

22 日（农历二月十一日），缪荃孙催朱孝臧归还所借词籍。缪荃孙记曰："致古微一简，索《片玉词》。"（缪荃孙：《艺风老人日记》第 8 册，第 3253 页）

23 日，朱孝臧将所借词籍归还缪荃孙。缪荃孙记曰："古微送还《片玉词》《草堂词》前集，即□之。"（缪荃孙：《艺风老人日记》第 8 册，第 3253 页）

25 日，《小说月报》第 10 卷第 3 号刊发：

陈伯弢《过秦楼》（倚月阑孤）、《阳台路》（绮疏晚堕粉尘）；

瘿公《忆旧游》（题纯农《十年说梦图》，用吴君特体）；

石工《忆旧游》（题纯农《十年说梦图》，用梦窗体，依婴公韵）；

兰史《阮郎归》（题莼农《十年说梦图》）。

本月

夏敬观作《卜算子》（己未始春，邓尉山探梅，次韵白石道人《梅花》八首）、《扫花游》（答徐仲可，兼怀大鹤、沤尹苏州）。（陈谊：《夏敬观年谱》，第 97 页）

陈夔作《湘月》（己未仲春之初，与同人游水仙阁。宋本张功甫玉照堂故址也，宣舍为寺，今仍禅者居之，而割其半以驻军乐队。归而赋此。功甫姬人病起，有入道之志。又堂前有鸳鸯梅，有牡丹名瑞露，俱见《南湖诗余》。今犹存古梅数十本，碑碣凡六，序舍宅为寺甚详）。（陈夔：《虑尊词》，第 16 页。后收入朱惠国、吴平编：《民国名家词集选刊》第 16 册，第 280 页）

春，梁文灿作《浣溪沙》（己未春，再观孙供奉菊仙演剧）。（梁文灿：《蒙拾堂词稿》之《红豆词》，民国十八年 [1929] 铅印本，第 5 页。后收入朱惠国、吴平编：《民国名家词集选刊》第 7 册，第 306 页）

春，邵瑞彭作《长亭怨慢》（己未春日，城南闲步）。（邵瑞彭：《扬荷集》卷二，第 1 页。后收入朱惠国、吴平编：《民国名家词集选刊》第 14 册，第 65 页）

春，向迪琮作《惜红衣》（己未仲春，移家东华门北。河沿垂柳千株，绿阴蔽日。徘徊容与，逸兴脩然。去余居里余，是为景山。鼎革以来，亭馆荒芜，不复旧时风物。春暮登临，欷歔不已。用石帚自制腔，以写怀抱）。（向迪琮：《柳溪长短句》，民国十八年 [1929] 刻本，第 9 页。后收入曹辛华主编：《民国词集丛刊》第 3 册，第 510 页）

春，张素作《曲游春》（香冢旁边所见，用石公韵）。（后收入张素：《南社张素诗文集》，第 688 页）

4 月

1 日，《春柳》第 5 期《文苑》栏目刊发：众异"词录"。

剑亮按：《春柳》，月刊，1918 年 12 月 1 日创刊于天津，李涛痕主编。由春柳杂志事务所出版发行。1919 年 10 月 1 日（第 8 期）终刊。

3 日，吕凤作《高阳台》（己未上巳，外子瀛台修禊，分得南海二字韵）。（吕凤：《清声阁词》卷二，第 17 页。后收入朱惠国、吴平编：《民国名家词集选刊》第 8 册，第 267 页）

6日，南社第 17 次雅集在上海徐园举行。

25 日，《小说月报》第 10 卷第 4 号刊发：

次公《花犯》（樱花）、《虞美人》（孙子潇《双红豆图》，为朴庵太史题）、《减字浣溪沙》（桂殿西头玉作丛）、《南乡子》（梦断水云乡）；

陈庆佑《念奴娇》（题荨农《十年说梦图》）；

倦鹤《秋思》（题荨农《十年说梦图》，用梦窗韵，依太原张氏本删耗字）；

荨农《忆旧游》（题番禺沈太侔《楸阴感旧图》）、《金缕曲》（袖墨苍龙啸）。

本月

《国故》月刊第 2 期刊发：汪东《〈缤华词〉序》。中曰："蕲春黄君为词一卷，共若干首，取张平子语，名曰《缤华词》。尝谓词源于《国风》，而与《离骚》尤近。夫诗以言志，志者与物相应者也。世变既繁，感慨纷集。仁人君子，怀菀结之情，抱难言之痛。罗网甚密，则庄语或以召危；芳菲弥章，而奇文因之益肆。"

剑亮按：《国故》，月刊，1919 年创刊于北京，由国故刊行社出版发行。当年终刊。

又按：《缤华词》，为黄侃词集，1912 年刊行。后收入黄侃著，黄延祖重辑：《黄季刚诗文集》，第 343 页。

张素为寿铄《珏庵词·枯桐怨语》《珏庵词·消息词》作序。

《珏庵词第一·枯桐怨语》序曰："有清一代词家夥矣。顾言律者必称梦窗，如酉生、沤尹诸贤断断于四声，其所为词皆肖梦窗，皆协于律，而学者难之。吾友石工固以学梦窗自见者，其所为词往往眇曼而幽咽，令人不可猝读。至揆之于律，则四声悉准原制，无毫发之差，盖亦酉生、沤尹类也。余自念学词且近二十年，颇亦私淑梦窗，有所模拟而苦不能肖之，即并世所识诸词人，其宗周、柳者失之庸，宗姜、张者失之弱，宗苏、辛者失之粗，求一深于词而精于律者盖寡。至梦窗一派，则尤少问津。不善学之，其失也碎。今石工乃独为诸词家所难，一切炼字选声，务以梦窗为法，可不谓为有志者欤？昔尹惟晓论宋人词，尝曰：'前有清真，后有梦窗。'此非苟为推许而已。清真以格胜，梦窗以气胜。夫格者显露于外，有目所易知；气者潜蓄于内，浅人所难晓。梦窗词之眇曼而幽咽，皆气为之，万非可以袭取者。吾家玉田不谙梦窗蓄气之法，乃谬谓梦窗之词如七宝楼台拆下不成片段，而况不如玉田者乎？今之人将欲学梦窗之词，必先蓄梦窗之气；将欲蓄梦窗之气，必先求梦窗之词。此中甘苦，石工或能言之，而余之所望于石工者奢矣。石工方在壮年，兴会飙举，刻意为词，不似余之衰陋，其他日造诣益孟晋，似不难夺酉生、沤尹之席而代之。然则余序此编，亦仅为之嚆矢之云尔。己未三月，丹阳张素。"（后收入张素：《南社张素诗文集》，第841页）

《珏庵词第二·消息词》序曰："石工此等词往往得之歌坊、曲园间，世或以艳语少之。然吾观宋元以来词家若周美成之'橙香纤手'、蔡松年之'衣卷宫腰'，其逸情妍韵，亦足有存者焉。此盖未足为吾石工盛名之累也。张素。"（后收入张素：《南社张素诗文集》，第842页）

朱孝臧校毕张先《张子野词》，撰写《张子野词跋》，曰："鲍刻《张子野词》二卷、《补遗》二卷，原校稍繁，经江都黄子鸿芟正，仍著卷中，兹举诸条据黄氏改订或谬见所及者疏记如右。孝臧。"（朱孝臧辑校：《彊村丛书》上册，第130页）

5月

1日，《春柳》第6期《文苑》栏目刊发：瘿公、彦通"词录"。

3日，张素作《八声甘州》（石公以四月四日事词见示，即同其韵）。（后收入张素：《南社张素诗文集》，第691页）

25日，《小说月报》第10卷第5号刊发：

次公《小重山》（残冬，和白石）；

袁伯夔《临江仙》（瘿公书来，为程郎艳秋索词，率赋二解以赠）二首；

汪旭初《瑞龙吟》（泛舟至西湖公园，为清行宫故址，追忆旧游十五年矣。用清真韵，赋此解）、《水调歌头》（余年三十而有早衰之感，春光暮矣，倚此饯之）；

吹万《愁倚阑令》（题苓农《十年说梦图》）；

中冷《木兰花慢》（题苓农《十年说梦图》）。

本月

寿钵作《早梅芳近》（歌者梅澜，炫妆东渡日，闻喧载訾誉异辞，拈此为瀛海仙山之问）。（后收入曹辛华主编：《民国词集选刊》第24册，第343页）

张素作《早梅芳近》（和石工韵，为梅澜东渡作）、《倦寻芳》（荄兹意有所寓，

用梦窗吴门与伎李伶韵成次词，次公、印匃、倦鹤各有和章，予亦继作）。（后收入张素：《南社张素诗文集》，第695页）

6月

1日，《台湾文艺丛志》第6号刊发：江涤生《浪淘沙》（落花）。（后收入方宝川、谢必震主编：《台湾文献汇刊续编》第91册，九州出版社，2016年，第294页）

剑亮按：《台湾文艺丛志》，1919年创刊于台湾台南，由台湾文社出版发行。1923年终刊。

10日，胡适作《读沈尹默的旧诗词》。中曰："词中小令诸阕皆佳，长调稍差，老兄以为何如？适最爱'更寻高处倚危阑，闲看垂杨风里老'两句，这也是'红老之学'的表示了。'天气薄晴如中酒'，以文法绳之，颇觉少一二字。"（后发表于《每周评论》第28号）

25日，《小说月报》第10卷第6号刊发：

樊山《寿楼春》（次公集魏景明造像制笺文，曰樊山高寿赠笺。至日，适值内子生日，赋谢嘉贶）；

次公《寿楼春》（和樊山见谢赠笺之作）；

兰史《惜余春慢》（三月二十五日，偕月子泛舟湖上，由三潭登孤山，饮楼外楼，用樊榭三月二十二日泛湖次清真韵。是日所乘舟，即曲园叟小游梅舰也）、《摸鱼儿》（泛西湖至交芦庵，观所藏西溪图画。是日，谒樊榭先生与月上夫人栗主，因用樊榭题《西溪卜居图》韵）、《买陂塘》（西湖莼菜，余最嗜食，用樊榭老人韵赋之）、《高阳台》（杏花楼，昔年与眉子寻春对酌处）；

芟农《四犯剪梅花》（题叶中冷《和玉田、梦窗咏物词卷》）、《醉操翁》（邝湛若藏唐琴绿绮台题辞）。

本月

杭州之江大学《之江潮声》第3期刊发：

金熙农《浣溪沙》（送春）、《菩萨蛮》（留春）；

俞麒（本校大学预科二年级生）《望江南》（忆亡妹）；

陈德徵（本校大学预科一年级生）《蝶恋花》（思友）。（后收入《民国珍稀短

刊断刊·浙江卷》第 17 册，第 7973 页）

　　夏，向迪琮作《徵招》（己未夏末，泛舟大通河。芦苇萧骚，水木明瑟，澄波不动，新月窥人，颇疑身在秦淮烟水间。追念昔游，感赋此解）。（向迪琮：《柳溪长短句》，第 10 页。后收入曹辛华主编：《民国词集丛刊》第 3 册，第 511 页）

　　夏，林鹍翔、姚劲秋和朱孝臧相聚况周颐餐樱庑，谈论词学。况周颐《半樱词序》记曰："己未长夏，归安林君铁尊介姚君劲秋，访余于餐樱庑，适彊村先生在座，谈次多涉倚声之学。彊公语予，铁尊微尚清远，填词尤所笃好，偶一为之，笔近骞举，不蹈纤艳之失，诚能取法乎上。"（林鹍翔：《半樱词》，民国十六年［1927］铅印本，第 1 页。后收入朱惠国、吴平编：《民国名家词集选刊》第 9 册，第 95 页）

7 月

25 日，《小说月报》第 10 卷第 7 号刊发：

樊山《倦寻芳》（和孟符，用梦窗韵）；

孟符《浣溪沙》（春暮感事）；

次公《倦寻芳》（和孟符，用梦窗韵）；

彭世襄《濯绛宧词序》。

8 月

2 日，张素作《祭天神》（七夕归自城南剧场）。（后收入张素：《南社张素诗文集》，第 699 页）

25 日，《小说月报》第 10 卷第 8 号刊发：

樊山《忆瑶姬》（初夏代意）；

次公《过秦楼》（雨濯残芜）。

31 日，张素作《鹊桥仙》（闰七夕感事）。（后收入张素：《南社张素诗文集》，第 700 页）

　　剑亮按：农历己未年，有七月与闰七月，相应也有七夕与闰七夕。闰七夕为 1919 年 8 月 31 日，故系此词于是日。

31 日，李岳瑞作《齐天乐》（己未闰七夕）。（李岳瑞：《郘云词》，第 23 页。后收入朱惠国、吴平编：《民国名家词集选刊》第 1 册，第 235 页）

本月

范烟桥、徐稚稚编辑《同南集》第 8 集刊发："自范烟桥起至郑北野止计四十三首"词。（后收入曹辛华、钟振振选编：《清末民国旧体诗词结社文献续编》第 2 册）作品有：

范烟桥《贺新郎》（贺陆桐声结婚）；

聂熙杰《忆江南》（残照尽）、《忆江南》（怀旧）、《相见欢》（别意）、《菩萨蛮》（忆别）、《贺圣朝》（年华似水忧同去）、《江亭怨》（寄兄）、《蝶恋花》（袅袅娉娉无限好）、《青玉案》（落花流水匆匆去）、《感皇恩》（亭北倚栏杆）、《红情》（秦淮月好）、《满江红》（即景有感）；

殷莘孟《卖花声》（步张病鹤原韵）；

张默公《竹香子》（和海门林君直艳体词）三首、《庆春泽》（题《剑门探奇图》）；

朱剑芒《金缕衣》（题茂芝玉照）、《减字木兰花》（西郊野步）、《貂裘换酒》（赠杨子尘，因即题其《新华春梦记》）、《凤栖梧》（淡月梨花春已半）；

过耀桂《满江红》（次匀简淡雨）；

萧鸣骐《连理枝》（自题《寒宵展卷图》）；

蔡羽皋《忆秦娥》（弦歌息）、《忆秦娥》（伤离别）、《忆秦娥》（沉沉月）、《忆秦娥》（音尘绝）、《金缕曲》（世局竟如斯）、《台城路》（辛酸世味经尝饱）；

许豫《金缕曲》（同震泽张润之夜饮某酒家醉赋）、《清平乐》（秋夜宿五路堂）、《酷相思》（和魏塘诸子灵芬访旧之作）、《南浦月》（题史剑尘女史《海棠轩诗存》，似同社印子水心）、《菩萨蛮》（题周天愁为王翠芬所作《懊恼词》）、《丑奴儿》（题盥孚《武林游草》）；

曹澧兰《归自谣》（怀旧）、《长相思》（梦回时）、《金缕曲》（寄烟桥）、《浪淘沙》（寄答烟桥）、《诉衷情》（拈来红豆似燕支）；

庄觉《南浦别》（西湖忠烈祠，和汪振声，用鲁仲逸韵）；

杨佩玉《凤凰台上忆吹箫》（贺陆子桐声大喜）；

郑北野《卜算子》（题杨子佩玉《孤室读书图》）。

31 日，刘麟生作《蝶恋花》（闰七夕，观剧夜归）、《摸鱼儿》（虎丘纪游）。（刘麟生：《春灯词》，第 4 页。后收入朱惠国、吴平编：《民国名家词集选刊》第 15 册，第 59 页）

9 月

1 日，《春柳》第 7 期《文苑》栏目刊发：袁伯夔"词录"。

3 日，梁文灿作《生查子》（己未吴中，九月三日自寿）。（梁文灿：《蒙拾堂词稿》之《杏雨词》，第 6 页。后收入朱惠国、吴平编：《民国名家词集选刊》第 7 册，第 308 页）

3 日，张素作《清平乐》（师郑五十四生朝）。（后收入张素：《南社张素诗文集》，第 700 页）

8 日，白采作《夜游宫》（己未闰七月望夜，偕彭芙生、陈兰史放舟江中作，预中秋之会，时兰史将别）。（白采：《绝俗楼词》，民国二十四年［1935］铅印本，第 3 页。后收入曹辛华主编：《民国词集丛刊》第 2 册，第 386 页）

剑亮按：己未年闰七望为 1919 年 9 月 8 日，故系此词于是日。

25 日，《小说月报》第 10 卷第 9 号刊发：苧农《减兰》（题许狷叟《晶帘梦影图》）二首。

本月

冯煦作《高阳台》（己未秋中，重到南湖，虚馆凄寂，冷月窥人。追悼恪士，并怀仁先、蓟北，用沤尹戊午初秋过仁先湖舍韵）。（冯煦：《蒿庵词賸》，第 9 页。后收入朱惠国、吴平编：《民国名家词集选刊》第 1 册，第 19 页）

10 月

1 日，《春柳》第 8 期《文苑》栏目刊发：樊山、噙椒"词录"。

8 日，魏元旷作《水龙吟》（己未中秋，对月）。（魏元旷：《潜园词》卷四，第 4 页。后收入朱惠国、吴平编：《民国名家词集选刊》第 2 册，第 304 页）

8 日，龚元凯作《满江红》（己未中秋）。（龚元凯：《鸥影词稿》之《换芳集》，民国十七年［1928］刻本，第 1 页。后收入朱惠国、吴平编：《民国名家词集选刊》第 8 册，第 11 页）

8 日，张素作《玉漏迟》（都下中秋，用梦窗瓜泾度中秋韵，写寄亚兰）。（后收入张素：《南社张素诗文集》，第 703 页）

25 日，《小说月报》第 10 卷第 10 号刊发：

梁公约《浣溪沙》（题苧农《十年说梦图》）；

樊山《满庭芳》(月子夫人画扇为赠。红梅翠鸟，秀绝人寰。款署女弟子，何敢当也。倚《满庭芳》调报之，并索兰史和）；

老兰《满庭芳》(月子画红梅翠鸟扇呈樊山先生。承赠词，谨次韵奉酬）；

次公《水龙吟》(题潘兰史征君《桃叶渡填词图》）；

师愚《金缕曲》(与公璞谈近事感赋）、《蝶恋花》(几日浓阴凉似水）。

11 月

1 日，张素作《菩萨蛮》(九日，作家书）。(后收入张素：《南社张素诗文集》，第 705 页）

8 日（农历九月十六日），况周颐作《八声甘州》(女郎李雪芳，毓秀穗垣，蜚声菊部。己未秋日，来游沪滨。重阳后六夕演宋潘生、陈妙常"诗媒舟别"故事，蕙风是时移寓朱家木桥，猝遭沉珠之痛，抚琴书之散乱，重骨肉之摧残，未能达观，何忍寻乐。沤尹强拉顾曲。当时惘然，越日占此，不自觉情文之掩抑也）。(参见郑炜明：《况周颐先生年谱》，第 296 页）

25 日，《小说月报》第 10 卷第 11 号刊发：

刘鹏年《疏影》(题西神《十年说梦图》）；

蔡宝善《摸鱼儿》(题西神王莼农《十年说梦图》）；

次公《还京乐》(宫桥夕眺，同小树作）；

莼农《翠楼吟》(钱塘汪鸥客为梦坡作《南湖秋禊图》，余缀二诗，云："隔着陂塘听雨眠，高荷大芋乱如烟。寻常一样沧州趣，才伫秋心便渺然。""曝书亭子久荒凉，烟柳危栏倚夕阳。管领南湖新拜号，闲情分与万鸳鸯。"意有未尽，复成此解）。

本月

朱孝臧校毕仲元《松坡词》，撰写《松坡词跋》。中曰："《松坡词》一卷，彭氏知圣道斋藏明抄本。锓木既竣，始于沪肆见吴兔床手写本，亟校改若干字如右……己未十月，朱孝臧跋。"(朱孝臧辑校：《彊村丛书》上册，第 644 页）

12 月

24 日，陈匪石作《霜叶飞》(己未长至后二日，驱车近郊。天阴人静，林梢

挂雪，一白无垠。《公羊》曰"木冰"，《释名》曰"氛"，其实一也）。（后收入陈
匪石著，刘梦芙校：《陈匪石先生遗稿》，第 56 页）

25 日，《小说月报》第 10 卷第 12 号刊发：

潘老兰《减兰》（庚戌春，在都门购得金春波《河阳探春图卷》。画中人，与
余少年时酷肖。而题者洪北江、赵味辛三十余人，又多用吾家典故。此图俨为余
作也，梦坡成《减字木兰花》一阕，余亦继声）；

周梦坡《减兰》（为兰史征君题《河阳探春图》）；

芟农《念奴娇》（题王大觉《风雨闭门卷子》，即送其还青浦）。

本月

邵瑞彭作《玉烛新》（木冰，俗曰雾凇，己未十一月见于京师）。（邵瑞彭：
《扬荷集》卷二，第 4 页。后收入朱惠国、吴平编：《民国名家词集选刊》第 14
册，第 72 页）

南社编《南社》第 21 集在上海出版。（后收入曹辛华、钟振振选编：《清末民
国旧体诗词结社文献续编》第 18 册）词作有：

吕志伊《临江仙》（记得江干春识别）、《临江仙》（记得长亭秋饯别）；

蔡守《疏影》（大通寺探梅，与张琅儿，同石帚韵）、《蝶恋花》（和琅儿寄怀
韵）、《生查子》（纪梦，用毛滂韵）、《生查子》（和琅儿韵）、《雨中花》（和琅儿
韵）、《探春令》（和琅儿韵）、《满宫花》（和琅儿韵）、《天仙子》（纪梦，和琅儿
韵）、《风入松》（寄琅儿，用张二乔韵）、《醉翁操》（和稼轩韵，寄琅儿）、《寿楼
春》（琅儿用梅溪韵寄怀，即和之）、《法曲献仙音》（曹溪南华寺七夕，寄张兰娘，
用美成韵）、《满江红》（南华七夕，和剑川尚书赵石禅藩韵）、《南柯子》（曹溪荡
水石，和石禅韵）、《换巢鸾凤》（得琅儿书，用梅溪元韵）、《意难忘》（答琅儿，
仍用美成韵）、《蝶恋花》（和琅儿寄怀元韵）；

张光蕙《蝶恋花》（怀检泪）、《雨中花》（二月春光如画）、《如梦令》（尝透
病愁滋味）、《春楼月》（秋萧索）、《望江南》（寒琼属题广州拆城发现黄益之残砖。
砖文，永州团练□使黄损□□即平生愿作乐中筝者也）；

邓万岁《换巢鸾凤》（检泪为蜀中女子张心琼作此令，余亦有所思，因和之，
仍用史邦卿原韵）、《青玉案》（调思琅心琼，用贺方回韵）、《琐窗寒》（秋夜，与
寒琼同宿曹溪之苏程庵。一夕，寒琼不寐，知其思琅儿也，戏为此令调之）、《西

施》（所思何处紫茸茵）、《意难忘》（南华寺立秋夜坐，与剑川赵尚书、顺德蔡秘书、南海潘画师同用周美成韵，四声相依，一字不易）；

黄兴《蝶恋花》（画舫天风吹客去）；

张启汉《蝶恋花》（星沙晚春）、《木兰花慢》（前阕意有未尽，续填此广之，不自知其哀以思也。昔年此际，集南社之吟朋，赓兰亭之韵事。今非其时矣，屯艮远在海上，见此得无泪下耶）、《扬州慢》（此白石自制中吕宫调也。中有云"自胡马窥江去后，废池乔木，犹厌言兵"，及今读此，尚有余痛，况身撄其祸者乎！余因倚声和之，以冀与邦人士同声一哭）；

傅熊湘《浣溪沙》（和芗农五月八日作）二首、《浣溪沙》（栩园于临武得赵明诚《金石考》，贻书来告，并道李易安跋语。会余从蔡哲夫得赵、李夫妇《归来堂校碑砚拓》，因以移赠，并题一词）、《满江红》（海上，同痴萍、阿琴作）、《菩萨蛮》（东风吹絮无寻处）、《长相思》（花一丛）、《清平乐》（恹恹病起）；

刘鹏年《浣溪沙》（便得重逢路恐迷）、《浣溪沙》（信有三生未了缘）、《浣溪沙》（一寸相思一寸灰）、《浣溪沙》（小小朱楼曲曲桥）、《浣溪沙》（偶落吟鞭偶驻车）、《浣溪沙》（到此真销未死魂）、《蝶恋花》（欧会闭幕，倚此志悲）；

傅道博《浣溪沙》（集唐）三首、《菩萨蛮》（笙歌起处光明灭）、《菩萨蛮》（芙蓉帐里鸳鸯枕）、《菩萨蛮》（宫妆新抹梅花额）、《菩萨蛮》（一双翠羽金鹦鹉）、《菩萨蛮》（小楼朱户轻飞雪）、《菩萨蛮》（年时旧事成追忆）、《菩萨蛮》（丁香结就同心缕）、《菩萨蛮》（黄鹂欲老流莺歇）、《菩萨蛮》（瑶琴罢弄东方白）、《菩萨蛮》（南唐烟水双鹦鹉）、《菩萨蛮》（妾心已作沾地絮）、《菩萨蛮》（画楼睡起日初午）、《菩萨蛮》（高楼睡暖红红日）、《菩萨蛮》（东风一夜鸳鸯冷）、《临江仙》（几日落花无语）、《误佳期》（庭院深深深几许）、《绿意》（自题《蘼芜图》）、《陂塘柳》（题哲夫画赠《高柳水堂图》）；

吕碧城《瑞龙吟》（和清真）、《声声慢》（听残蜡鼓）、《祝英台近》（坠银瓶）、《喜迁莺》（层峦幽回）、《浣溪沙》（帘幕春寒懒上钩）、《浣溪沙》（风籁鸣哀起翠条）、《浣溪沙》（残雪皑皑晓日红）、《念奴娇》（排云殿清孝钦后画像）、《绮罗香》（汤山温泉）；

洪焕《庆春宫》（送别张砚公）、《江城梅花引》（冬柳）、《一剪梅》（和蕃卿先生原韵）、《声声慢》（晓风梳柳）、《绮罗香》（为词史张文艳作）、《忆江南》（无限憾）；

邵瑞彭《齐天乐》（辽后妆台，国初诸老多赋此调，效颦一解）、《采桑子》（倾城一顾怜秋去）、《清平乐》（旧携手地）、《三姝媚》（姑蔑舟次赠人）、《玲珑四犯》（杭州秋别）、《向湖边》（和樊山翁论词之作）、《浣溪沙》（似水芳华阅暮朝）、《过秦楼》（雨濯残芜）、《少年游慢》（夜坐，和安陆韵）、《惜红衣》（和孟符，用白石韵）、《绮寮怨》（和樊山翁水榭纳凉）、《曲玉管》（悲思）；

王蕴章《探芳信》（先秋三日，梦坡招同次公、也诗散步学圃。回忆去年七夕，同社为沤尹介寿于此，分咏晚香玉词，歌啸极乐。今樊子墓草宿矣，芳事成尘，坠欢难拾。江谭憔悴之感，有不能已于言者。明日，次公又为春明之行。倚弁阳老人韵赋别，兼询陈大倦鹤消息）、《高阳台》（自题都元敬旧藏铜雀瓦砚）、《徵招》（寒夜）、《雪梅香》（春感）、《绿意》（荷花生日）、《渡江云》（秋夕，饯别次公）、《忆旧游》（题番禺沈太侔《楸阴感旧图》）、《金缕曲》（东莞邓尔雅以余有海雪畸人《绿绮台传奇》之作，邮赠此琴。墨脱琴，故明武宗物，上距唐武德二年制阅岁千有三百，首尾略有残缺。尔雅工琴，此琴由琴师杨子遂许转辗得之。余于壬子游南洋群岛，道出粤东，恨未与尔雅订交。赋此报谢，兼为他日访戴张本）、《四犯剪梅花》（题叶中冷《和玉田、梦窗咏物词卷》）、《醉翁操》（题邝湛若藏唐琴绿绮台，为东官邓尔雅赋）、《高阳台》（戊午春晚，偕新宁邝富灼、南海访书、吴兴周由廑、松江平海岚、同里程觉生游西湖，遇雨作）、《齐天乐》（虞山金病鹤贻次公双红豆，次公赋《国香慢》词纪之，顷承见寄。因忆昔年归君杏书亦以此为赠，怅触成吟，寄博次公、杏书一笑）、《浣溪沙》（五月八日漫赋）二首；

汪文溥《翠楼吟》（丁、戊之交，闻南北争岳州有感，用姜白石韵）；

黄复《湘月》（莘安凌三自分湖驰书燕市，以《紫云楼图》属加题咏。紫云楼者，君所新葺与其夫人琬雯女士倡和之居也。因填此解张之，即以寄怀，用定公韵）、《罗敷艳歌》（纪恨，集定公句）、《水调歌头》（亚子结客十数辈，雅集柳溪之水月庵。有书见告，附以新诗。念景怀人，感拈此解，用宋人丘宗卿韵）、《高阳台》（寒夜怀太侔丈）；

赵逸贤《菩萨蛮》（辑梦仙亡室《遗稿》竟，凄然赋此）；

杨锡章《点绛唇》（半淞园即事）；

姚锡钧《点绛唇》（半淞园秋泛）、《浣溪沙》（海上即事）。

冬，吴放作《问梅盦诗余序》，曰："外王父鸣一公，弱冠补博士弟子员，以文章气节著于时。虽家徒壁立，伯道无儿，晏如也。中岁，橐笔游四方，所交皆当世知名士，学遂大进。咸丰庚申，红巾变起。挈眷避乡间，竹屋数椽，日与药炉、茶灶、酒榼、诗囊相伴侣。手录生平所著作，授之吾母，曰：'吾之文字，但求自适，不计工拙。初无意于身后之名，然一生辛苦，知我者要可于此中求之也，汝其善守之。'吾母敬谨受教。公年四十有六，卒于南乡之厚余镇。其时，戎马仓皇，日无宁宇。吾母于流离颠沛中，携公所授《探梅山斋骈文》二卷、《听香读画楼赋》四卷、《古今体诗》四卷、《问梅盦诗余》一卷，藏之行箧以自随，无少散失。今吾母见背垂三十有二年，放且皤然老矣。回思吾母保存手泽之心，不敢不有所表襮于后世。爰先录《问梅盦诗余》一卷，寿之梨枣，竟吾母未逮之志，而公九京有知，其亦可以少慰也夫。己未冬日，剑门吴放谨序。"（余端辑：《苕岑丛书》，民国九年［1920］铅印本，第2页。后收入南江涛选编：《清末民国旧体诗词结社文献汇编》第5册，第551页）

本年

【词人创作】

吴梅作《鹧鸪天》（答徐树铮）、《眉妩》（河东君妆镜，偕曹君直元忠登八达岭作）、《瑞龙吟》（过颐和园）、《鹧鸪天》（崇孝寺牡丹）。（王卫民：《吴梅评传》，第272页）

冯煦作《探春慢》（己未生日，秦邮道中作，用白石韵）。（冯煦：《蒿庵词滕》，第9页。后收入朱惠国、吴平编：《民国名家词集选刊》第1册，第20页）

黄侃作《瑞鹤仙》（春幡迎夜剪）。（司马朝军、王文晖：《黄侃年谱》，第156页）

冒鹤亭作《满江红》（京口怀古）十首、《金缕曲》（题康更生戊戌手札）。（倪鼎元：《冒鹤亭先生年谱》，第211、213页）

陈曾寿作《浣溪沙》（己未都门，重遇云和主人）。（陈曾寿：《旧月簃词》，第12页。后收入朱惠国、吴平编：《民国名家词集选刊》第12册，第236页）

沈尹默作《采桑子》（八年，西京新年作）。（沈尹默：《秋明集词》，第9页。后收入朱惠国、吴平编：《民国名家词集选刊》第13册，第211页）

【词籍出版】

余端辑《武进苔岑社丛编》刊行。卷首有顾福棠《序》。（后收入南江涛选编：《清末民国旧体诗词结社文献汇编》第 5 册）该《丛编》内收《苔痕词》，作品有：

缨义老人《拜星月慢》（元夜）、《菩萨蛮》（年年惯作他乡客）、《如梦令》（一抹寒烟罩月）、《一剪梅》（零落残红吹满庭）；

衲兰词人《鹧鸪天》（却寄紫仙）、《浣溪沙》（晓起）、《忆江南》（迟眠）、《长相思》（问梦）、《相见欢》（视病）、《江城子》（乞方）、《谒金门》（别恨）、《菩萨蛮》（留行）、《更漏子》（相思）；

濑樵居士《沁园春》（叠韵答吴东园吟长）；

东园居士《浣溪沙》（杏雨红飘两袖尘）、《桂殿秋》（蒲扇却）、《桂殿秋》（年已半）、《桂殿秋》（霞散绮）、《桂殿秋》（悲宋玉）；

养拙居士《凤凰台上忆吹箫》（题《剑门集》）；

病鹤居士《喜迁莺》（题《剑门集》）；

石顽老人《木兰花慢》（题过孝子谨言先生《展墓图》）、《木兰花慢》（又题《携酒奉亲图》）、《湘月》（题《知非集》，为秦君镜秋作。借绩溪汪叟诗圃贺词韵二阕）；

潜蛟居士《望江南》（春暮）、《卜算子》（春困）、《如梦令》（听雨）；

啸岑居士《金缕曲》（题《剑门集》）；

梦蝶居士《浣溪沙》（晓起）、《忆江南》（迟眠）、《长相思》（问梦）、《相见欢》（视病）、《江城子》（乞方）、《谒金门》（别恨）、《菩萨蛮》（留行）、《更漏子》（相思）；

虞麓醉樵《南歌子》（己未秋日，偕同人游北郭，赋此纪之）、《凤凰台上忆吹箫》（己未闰七夕，同人会饮近芳园，以贺佳节，爰赋是解）、《传言玉女》（折束相招）。

张慎仪《今悔庵词》刊行。（上海图书馆藏。后收入朱惠国、吴平编：《民国名家词集选刊》第 1 册）

李绮青《听风听水词》刊行。卷首有作者《自叙》。（浙江图书馆藏。后收入

曹辛华主编:《民国词集丛刊》第 4 册)

作者《自叙》曰:"余自光绪戊子间,与孝通学填词,然不过取宋人作规仿一二而已。迨辛卯之官闽中,始识张韵梅。韵梅固浙西所称词家者也,乃相与讨论音律,辩正声韵,遂为填词之始。韵梅自言其酷嗜倚声,自十八至今五十年,万氏《词律》凡批点至十六次。谓长调创自北宋,然如耆卿、淮海,间有协律者,其他皆未能也。至美成、梦窗、梅溪、白石、草窗、玉田、碧山,递相祖述,抽秘骋妍,以律为主,所辨别去、上二声尤细,彼此互证,不差累黍……今韵梅墓木拱矣。余亦萍飘人海,牢落终岁。绮语之债分亦将了。久以少作,不敢示人。自惟年逾六十,精力销耗,已无涂乙之暇晷,而词家如韵梅可以就商者,尤无其人也。爰检戊子迄壬子夏,得词若干首暂付刊,并详记韵梅之论于简端,以志良友切磋之谊焉。己未十月四日,归善李绮青识于天津听风水楼。"

邓嘉缜《晴花暖玉词》二卷刊行。卷尾有邓邦述《跋》。(后收入曹辛华主编:《民国词集丛刊》第 26 册。又收入邓邦述:《双砚斋丛书》第 7 册)

邓邦述《跋》曰:"右裒录先大夫《晴花暖玉词》,凡二卷,共一百九十五首。先大夫生平所为诗文多不存稿,四十以后之官黔中,始为小词。在官二十五年,所历五行省。虽久速简剧不一,然治事有暇,不废倚声。中间惟在诸罗,簿书填委,遭时多故,吟咏偶稀,自余未尝辍也。宣统纪元,先大夫年六十有五,乞身□门,益依度曲自遣。七年之中,积稿盈寸,比诸在官,正复相埒。今之所录,以在官时为上卷,去官后为下卷。茧纸蚓书,杂厕丛束,不敢谓移写必无失次。粗举先后,以告子孙。嗟乎!使先大夫得假贞寿,则不肖所述宁止此耶,宁止此耶?己未十一月长至,不肖男邦述录竟谨识。"

张克家《如法受持馆诗余》一卷刊行。卷首有作者《如法受持馆诗余小引》,卷尾有作者《跋》。(后收入曹辛华主编:《民国词集丛刊》第 20 册)

作者《如法受持馆诗余小引》曰:"士至欲以文字传,其志亦大可哀已。况复所志在吴歈,残山剩水南塘史。自从亚子困伶官,协律诸郎散江浒。人人握瑾家怀瑜,遂谓沦潜发正始。《词综》《词律》皆南人,古音反陋中州士。尤怪鬒眉莽莽尘,幽并豪客被吓死。我本颓然自放身,得句即将书茧纸。凄凉啼杀两失之,感时伤遇不由已。若还黄钟定中声,此种自然销灭矣。天津张克家题,时己未夏四月一日。"

作者《跋》曰："诗以道性情、正风俗、明礼义也。词则不然，其志淫，其气靡，其辞纤而缛，其音噍杀而哀。盖优俳之所蓄、倡伎之所弄，而亡国之士宜之。余幼时案头得《词律》，纵读，爱而惮之，将求师而从学焉。奄忽五十年，改步改玉，实亲见之，怦然有动于中。适王君切庵宦成归里，切庵固先余而为此者，喜而往叩之，不吾告也。曰：此非古人之所云云云尔。复叩之，曰：能歌乎？曰：未也。并吾世而有能歌者乎？曰：未之闻也。上而至于朱竹垞、万红友何如？曰：莫之或知也。然则等于自郐以下而已。世有师旷，则将投于濮水之上矣。是卷多成于乙卯之夏、乙未之春，以其用力也勤，而得失也小，姑存之。如法老人自跋。"

窦镇《小绿天庵词草》一卷刊行。卷首有陆绍云《序》。（浙江图书馆等有藏。后收入曹辛华主编：《民国词集丛刊》第 32 册）

陆绍云《序》："古者，立德、立功、立言谓三不朽。言而有益于身谓功，言而有关乎世教谓德。德不可见，赖言词以传之；功不及施，赖笔墨以宣之。言患其浮而不实也，或本性情以抒写之。言病其质而无交也，或托咏歌以寄讽之。自《国风》、《小雅》之篇亡，而魏晋、汉唐之诗，出骚人逸士之辞，有功于世教也大矣，非特陶写性灵，畅发天机已也。吾邑窦氏叔英先生，予姨丈也。其先君子月栽公，文名素著。游庠后三载即逝世，以故先生一秉厥祖俊三公之遗训。于是幼娴诗礼，长更能文。弱冠应童子试，为邑侯傅兰槎先生拔取第一人。工书善诗，名噪一邑。一时之钦慕者，罔弗指为凤阁通才，玉堂清品矣。无如科名蹭蹬，知己者稀，而精神所注，益肆力于诗书画。早岁以馆为生，从游者众。中年以后，秉铎江浦，以平素得力于唐宋诸大家者课生，而江邑学风为之一变。今先生春秋古稀外矣，于书画之余，搜集其平生散佚之作，剩有稿本可录者汇而成编，名曰《小绿天庵诗词存草》，都五卷。披览之余，俱涵泳乎庾、鲍，出入乎郊、岛，俊逸淡雅，皆可诵也。嗟乎！世有早掇巍科，骤登显位，而帖括之余，叩以抒写性情，往往不能成一字者，无他，窒塞其天机，混浊其灵明故也。先生则触景即以言情，矢口都成妙语，适性娱情之趣，实寓引年却老之方，非第立言以垂不朽者也。是为序。丁巳年嘉平月上浣，锡山陆绍云谨撰。"

施赞唐《蜕尘轩诗余附存》一卷刊行。卷尾有金其源《跋》。（后收入曹辛华主编:《民国词集丛刊》第 11 册）

崔宗武《壶隐词钞》一卷刊行。卷首有孙学濂《序》和作者《自序》，卷尾有陈如璋《跋》。（后收入曹辛华主编:《民国词集丛刊》第 17 册）

邹弢《词学速成指南》，由上海尚友社出版。（后收入孙克强、和希林主编:《民国词学史著作集成补编》上卷，南开大学出版社，2018 年）

剑亮按：本书分词之源流、辨音韵法、用字造句法、辨阴阳声、填词须先填谱、学词应用之书、词牌选要、押声换韵法、押韵阴阳之辨九部分内容。

【报刊发表】

《广益杂志》第 5 期刊发：陈陈《词话》。全文曰："小令中以《浣溪沙》《柳梢青》两体为最难作。《浣溪沙》上半阕三句，句句押韵，每患堆砌而失层次，而《柳梢青》末三句同时四字，尤易于运调不灵，全阕情势，遂为之收押不住矣。余尝拟集今人稿中此两调之善者，汇录一编。苦于谫狭，积久仍寥寥数纸耳。兹略录一二，以示同好。梁秋云君《浣溪沙》云：'花事盈盈过海棠，一声风笛下寒塘。烟波何处只茫茫。　十里风尘笼暮霭，几回鹃血滴清香，可怜无语又斜阳。'费无我君《浣溪沙》云：'客思依依绕短篷，一桡去也忒匆匆。只余山色入吟中。　和我愁诗唯竹籁，吹将归梦有春风。两边心事可相同。'庞檗子《浣溪沙》云：'垂柳依依画槛边，倡条冶叶把愁牵。总教攀折也堪怜。　惨碧山塘春似水，落红门巷雨如烟。怎生消受断肠天。'郭楚主《浣溪沙》云：'玉拨珠弦夜未休，满湖灯火放兰舟。是乡端合号温柔。　粉黛三千新按队，朱帘十二半垂钩。素心花下看梳头。'夏玉廷《柳梢青》（题横波画兰）云：'春去天涯，江南哀怨，定属谁家。想见临时，无多几笔，玉腕微斜。　风流翠袖乌纱。空赚了、尚书鬓华。扇低香消，眉边墨淡，愁对湘花。'赵寒庵《柳梢青》云：'泪湿梨云，春容一片，红了斜曛。且拓璇窗，展将裙褶，重印新纹。　袷衣蕉萃残春。只剩得、银蟾二分。蝶散云寒，花欹露重，愁煞那人。'旖旎缤纷，均属不可多得之作。按《浣溪沙》以风韵胜，起三句，宜一句一意，而一句中尤宜转折生波，乃有情致。第三句尤重，后起对句，尤贵细腻浓郁。结句宜有余情不尽，庶不类于诗。近人作者，往往非粗率即扯淡，直是一首不完全之律绝诗耳。《柳梢青》以四字句为主，每一句中，至少亦宜练一字以作眼。三句连者，宜用虾须格一气呵成。后起二句宜呼应，便不觉难。最忌袭用骈文句法，不善作者，往往类于幕宾四六书禀，俗腐逼人。竹轩所选，亦未足称上乘也。"

《广益杂志》第 6 期刊发：胡椒远《长相思》（花见羞）。

《广益杂志》第 10 期刊发：

吴东园《捣练子》（灯黯黯）；

罗惇融《金缕曲》（寿桂植东原五十）。

剑亮按： 桂东原，时任中国驻菲律宾领事。

《东吴》第 1 卷第 1 号刊发：王佩净《沈思齐词》《陶公芑孙词》。（后收入王佩净撰，王学雷辑校：《瓠庐笔记》，第 134 页）

【词人生平】

缪荃孙逝世。

缪荃孙（1844—1919），字炎之，号筱珊，世称艺风先生，江苏江阴人。官至国史馆总纂、学部候补参议。有《碧香词》，辑《常州词录》《云自在龛刻名家词》。

冒广生《小三吾亭词话》卷五曰："江阴缪筱珊太史荃孙，覃心金石目录，艺风堂所藏四部，皆旧抄名椠。尤好词，辑《国朝常州词录》三十卷，毗陵文献，赖以不坠。其自著如《齐天乐》云：'九龙山色空濛里，乱烟织成新暝。湖雨抽丝，岭云擘絮，蓦地白销千顷。天公做冷。渐乡梦催回，酒潮逼醒。隔岸渔家，菰蒲深处响笭箸。 沧江惊又岁晚，衔泥同燕子，巢幕难稳。一样清游，灯前酒底，换了旧时情性。凋年急景，恁转瞬阴晴，也无定准。夜半枫桥，听钟声猛省。'……其词殊怨，几于辛稼轩之'烟柳斜阳'。"（唐圭璋编：《词话丛编》第 5 册，第 4740 页）

钱仲联《近百年词坛点将录》曰："艺风目录名家，所藏历代精椠名抄之词甚富。辑刊《常州词录》，世称其详审。彊村校词，常有函札与之商讨得失，并自谓'学倚声历十年所，毫无心得，拟请紫霞翁指正'云。《碧香词》存词不多，而《水龙吟》（桐绵）一阕，退庵评为'深婉'。"（钱仲联：《梦苕庵论集》，第 412 页）

王嘉诜逝世。

王嘉诜（1860—1919），原名如曾，字少沂，一字劭宜，晚号蛰庵，江苏铜山人。官试用通判。冯煦弟子。有《蛰庵词》《劫余词》。

1920 年

（民国九年 庚申）

1 月

25 日，《小说月报》第 11 卷第 1 号刊发：

次公《夜飞鹊》（西楼旧游地）；

荇农《水龙吟》（题《来台集》，为醴陵傅屯艮、武进汪阆皋作）。

本月

邵瑞彭为张素《瘦眉词卷》作《序》。（后收入张素：《南社张素诗文集》，第708 页）

剑亮按：邵瑞彭《瘦眉词卷序》署曰："己未十二月，淳安邵瑞彭。"故系年于此。

2 月

19 日，向迪琮作《喜迁莺》（己未除夕）。（向迪琮：《柳溪长短句》，第 11 页。后收入曹辛华主编：《民国词集丛刊》第 3 册，第 514 页）

19 日，张素于盐浦（今海参崴）作《真珠帘》（盐浦海滨度岁）。（后收入张素：《南社张素诗文集》，第 707 页）

20 日，张素作《齐天乐》（元日书寄明星、印匄）。（后收入张素：《南社张素诗文集》，第 709 页）

25 日，《小说月报》第 11 卷第 2 号刊发：鹤亭《满江红》（京口怀古词十首，仿稼轩。昭关）、《满江红》（算山）、《满江红》（丹徒宫）、《满江红》（丹阳宫）、《满江红》（韩公墩）、《满江红》（金山城）、《满江红》（谭家洲）、《满江红》（银山）、《满江红》（鼎石山）、《满江红》（穆都护祠）。

本月

张素作《还京乐》（印匄以新岁中央公园雅集词见示，因忆去春城南之游，依韵和寄）。（后收入张素：《南社张素诗文集》，第 707 页）

3 月

5 日，张素作《柳梢青》（上元夜赋寄亚兰）。（后收入张素：《南社张素诗文集》，第 709 页）

11 日，陈洵致函朱孝臧。中曰："若洵者，生而孤贱，虽颇闻君子之教，偃蹇荒落，迄无所底。今年五十矣，学词廿年，泛滥于两宋，得失每不自省。近似稍稍有寤，而力屡思劣，恐终不能有益。今将癸卯至己未十七年中所存稿写上，去其非而存其是，维先生与蕙风老人实教之。正月廿一日。"（马兴荣等主编：《词学》第 26 辑，华东师范大学出版社，2011 年，第 302 页）

22 日，俞平伯作《祝英台近》（怒涛狂，眉月俏）。（后收入乐齐、孙玉蓉编：《俞平伯诗全编》，浙江文艺出版社，1992 年，第 576 页）

25 日，《小说月报》第 11 卷第 3 号刊发：

倦鹤《洞仙歌》（答次公）、《减字木兰花》（题周□畦《水邨第六图》）；

高梧《喜迁莺》（岁阑，怀孝若）。

本月

陈曾寿作《扬州慢》（庚申二月，同愔仲至高氏园，看残梅新柳）。（陈曾寿：《旧月簃词》，第 13 页。后收入朱惠国、吴平编：《民国名家词集选刊》第 12 册，第 237 页）

春，况周颐作《清平乐》（庚申春暮，畹华重来沪滨。叔雍公子赋《清平乐》赠之。余亦继声，得廿一解，即以题《香南雅集图》，博吾畹华一粲）。（况周颐：《秀道人咏梅词》，民国九年［1920］铅印本，第 1 页。后收入曹辛华主编：《民国词集丛刊》第 6 册，第 517 页）

春，刘伯端作《心影词自序》，曰："余少喜倚声，困于簿书，未能致力。辛亥移家海峤，与六禾昕夕过从，复亲韵事，故余词与六禾唱和为多。六禾严于格律，凡一调必依某家某阕，五声不紊。余苦其束缚，且力有未逮。然又病近代词家之漫不叶律者，故一调之中，如古人平仄互用，则宽其限制；至若孤调之无可假借，亦不敢稍有出入。此余之志也。然或意眩目迷，不自知其舛误，深望大雅君子，摘其瑕而告之。又余词寓怀十之八九，即景咏物十之一二，已事迷离，都成心影，故以名词。要之言与过俱，罪随心灭，亦何待人之相谅哉！庚申（1920）春夜，守璞自识。"（刘景堂原著，黄坤尧编纂：《刘伯端沧海楼集》，商务印书馆香港有限公司，2001 年，第 3 页）

4 月

2 日（农历二月十四日），夏承焘誊录二十岁以前所作之词。"是日窗下录毕小词三十余阙，又继录诗草数页。诗虽较词稍多，然总觉境格不高，朋辈中尚自谓不及李仲湘，遑论古人哉！"（吴蓓主编：《夏承焘日记全编》第 1 册，第 506 页）

4 日，况周颐致函赵尊岳。中曰："叔雍仁兄邃于词学，夙规模梦窗，从余假观，谋付排印，以广其传，为识其崖略如此。庚申熟食日，临桂况周颐书于海上赁庑之天春楼。"（后收入国家图书馆善本部编：《赵凤昌藏札》，国家图书馆出版社，2009 年，第 3092 页）

5 日，张素作《清平乐》（清明）。（后收入张素：《南社张素诗文集》，第 710 页）

25 日，《小说月报》第 11 卷第 4 号刊发：

范君博《浣溪沙》（朱户禁寒隔水居）；

荮农《鹧鸪天》（题南汉芳华苑铁花盆铭字脱本）。

本月

陈世宜作《齐天乐》（庚申三月，重过象坊桥）。（陈世宜：《倦鹤近体乐府》卷二，第 4 页。后收入朱惠国、吴平编：《民国名家词集选刊》第 13 册，第 144 页。亦收入陈匪石著，刘梦芙校：《陈匪石先生遗稿》，第 58 页）

5 月

2 日，况周颐作《蓼园词选序》。中曰："叔雍从余假观是书，谋付排印，以广其传，以为初学周行之乐。属序于余，为识崖略如此。庚申季春月几望，临桂况周颐夔笙书于秀盦。"（后收入况周颐原著，孙克强辑考：《蕙风词话　广蕙风词

话》，第449页)

剑亮按："季春月几望"，农历三月十四日，故编年于此。参见郑炜明：《况周颐先生年谱》，第239页。

9日，顾颉刚为陈万里题《游踪图》长短句一首。全文为："独有我和你，泉石膏肓，烟霞痼疾，浑无二。休闲恨少，尝不饱灵山滋味。只芒鞋竹杖，付与相思憔悴。去年胜赏弥堪记，想听雨桃园，品泉坛刹，旧欢不坠。更东西指点盘、房，依稀天际。猜几时，容攀履。自笑我输矣。看独访恒山，损君豪气。还待得秋来，壮游万里。握手而今将小别，只怜吾想象斜阳外，奋双翼，梦魂里。京华久住真非计。这扑人尘土，逆耳喧嚣，何处容相避。怨孤负了，今夜月明如此。想那时诸天阁下，长松徙倚。"题文曰："从前的词，因为有音节，所以有词牌。现在音节久失去了，词牌只存个名目；填词的人，照着平仄填词罢了；至于读的时候，各各不同的词牌，已经成了各各相同的读调。所以现在要做词，只消成了词调好了；用不着再去用词牌，让他拿形式来束缚人家。或者要说，现在时候用不着做词；现在做诗，用不到词式的诗。但我觉得词的调子，很能够表情——因为他字数长短不定，音调宛转顿挫——可以做现在诗的一格。做的人随性情所至好了。做中国诗，平仄很要紧；否则便难读，也难动人，也难记忆。现在做新体诗好的人，像胡适之先生等，差不多都有平仄。从无平仄的古诗，而成为有平仄的诗词曲，实在是进步。颉刚自记。九，五，九。"(后收入顾颉刚：《顾颉刚全集·宝树园文存》，中华书局，2011年，第83页)

14日，顾福棠为程鸣一《问梅盦诗余》作《序》。曰："予读谢氏宛村之《会稽山斋词》，又读吾友剑门之《衲兰龛词》，风致高，气韵古，予既倾倒而不可释矣。近剑门示予以程鸣一先生之词。读之觉'大江东去'之中，亦时有'杨柳晓风'之度。询其详，乃知是会稽山斋之快婿、衲兰龛之外祖父也。传家衣钵，一脉相通。陶铸而成，浑融而出。刚柔疏密，虽略有不同，然揆厥渊源，皆苏、辛而兼秦、柳者也。吾乡自乾、嘉之后，黄氏仲则之《竹眠词》出，倚声风气特为之一变。读《竹眠词》，戛戛新意，炎炎大言，如波涛夜惊，风雨骤至，声激越而气排荡，每压苏、辛而上之。是以道、咸至宣统五朝之间，学苏、辛者多，学秦、柳者少。即有秦、柳，亦必兼以苏、辛。故前乎先生者，谈氏鸿儒之《云西词》、赵氏于岗之《约园词》、汤氏雨生之《琴隐园词》、许氏太眉之《三槐老屋词》；并乎先生者，沈氏子佩之《泥雪堂词》、陆氏文泉之《怀白轩词》、方氏子可之《句娄词》、汪氏晋莱之《碧萝盦词》。合之先生之所著，皆若鹤鸣天表，响彻云霄，文采蹁跹，气高爽而神隽逸也。惟诸子或云卧空山、或名浮宦海。皆处世坦易而未及艰屯，然偶至不平之时，尚不免有萧骚之气。况先生半生奔走，常凭吊于名山大泽之间，长揖诸侯，不拘绳尺，其所遇已坎坷矣。晚遭兵燹而复贫病交困，卒之终老于穷僻之乡，故其词变徵之声尤多。然其纵横之势，夭矫之辞，非有激而成之，恐不能造于斯极也。虽然，龙门有言，藏之名山，传之其人。传者，非仅以书传于世也，并望其文之有传人也。然龙门之文，传之者只有外孙平通侯一人，跌荡淋漓，其风致与史迁无异。后三百年，伯喈无嗣，而有贤女，其题《曹娥碑》曰：'黄绢幼妇，外孙齑臼。'此虽是'绝妙好辞'之隐语，然念兹在兹，非亦专注于外孙者乎？天下之不传于内而传于外者，未始非不幸中之幸也。剑门传家学，而又传外祖之学。今将其外祖之词付之手民，吾乃叹先生之词因传人而得以传世也，是尤世之不多觏也，不更为先生大幸哉？庚申立夏后八日，后学顾福棠咏植谨序。"（余端辑：《苔岑丛书》，第1页。后收入南江涛选编：《清末民国旧体诗词结社文献汇编》第5册，第549页）

25日，《小说月报》第11卷第5号刊发：

赵叔雍《宴山亭》（杏梅）、《国香慢》（曩岁丙辰秋日，梅郎句留沪滨，蕙风词隐屡有赠贻之作。销魂一别，弹指二年。今兹缟袂重逢，天春楼中，又增新词几许，率倚曼声为之喤引，倘付绿衣童子按拍而歌，亦庶几吾宗雅故也）；

君博《眼儿媚》（探春）；

荇农《月华清》（题许狷叟世丈《焚裸女图》）、《探春慢》（春寒贞疾，游屐久虚，上巳日偕朴安同至半淞园）、《法驾导引》（题惠山女道士王韵香《空山听雨册子》）；

况周颐《餐樱庑词话》。

30日（农历四月十三日），夏承焘参加慎社第一次雅集。"是日慎社假座曾氏怡园开第一次雅集。"（吴蓓主编：《夏承焘日记全编》第1册，第528页）

剑亮按：慎社发起人为梅冷生。社员有郑姜门、吴性健、林默君、沈墨池、郑远夫、江步瀛、夏承焘、陈仲陶、李仲骞、陈纯白、严琴隐、陈竺同、宋慈抱、李雁晴等。出版社刊《慎社》，分诗、词、文三类。1921年3月，举行第三次雅集时，又增社员14人，其中有瓯海道尹林鹍翔。当年，《慎社》第四集出版后，社事终结。据《慎社》第二集《编者记》曰："中华民国九年五月三十日，慎社成立，举行第一次雅集于永嘉怡园。上午，社友戾止者三十二人。席间，翟君楚材首倡一诗，同人复约以表圣《诗品》'何如樽酒，日住烟萝。花覆茅檐，疏雨相过。倒酒既尽，杖藜行歌。孰不有古，南山莪莪'三十二字分韵赋诗。下午到者，复三人，合摄一影而散。越日，诸君子多以诗词来。沈君墨池复为序弁首，汇录于兹，以志一时之盛绩。有投寄，当更刊之。编者记。"后收入曹辛华、钟振振选编：《晚清民国旧体诗词结社文献续编》第39册，第199页。

6月

20日，吕碧城作《满江红》（庚申端午，偕缦华女士、迂琐词人泛舟吴会石湖，用梦窗苏州过重五词韵。时予将有美洲之行）。（吕碧城：《晓珠词》，第12页。后收入朱惠国、吴平编：《民国名家词集选刊》第13册，第285页）

20日，张素作《青玉案》（五日感事）。（后收入张素：《南社张素诗文集》，第712页）

25日，《小说月报》第11卷第6号刊发：况周颐《餐樱庑词话》（续一）。

26日，马叙伦与沈尹默等宴集，并唱和。马叙伦记曰："九年旧历五月十一日，北京大学同人宴集于城东金鱼胡同之海军联欢社。沈尹默出示其生朝述怀之作。越日，余有继造。张孟劬尔田、伦哲如明复和余辞。余因集而名之曰《金鱼唱和词》。尹默原唱云：'户外犹悬艾叶，筵前深映榴花。端阳过了数年华，节物居然增价。　新我原非故我，有涯任逐无涯。人生行乐底须赊，好自心情多暇。''脑后尽多闲事，眼中颇有佳花。饭余一盏雨前茶，敌得琼浆无价。　午睡一时半晌，客谈百种千家。兴来执笔且涂鸦，遣此炎炎长夏。''眼底凭谁检点，案头费甚功夫。天然风月见真吾，漫道孔颜乐处。　骑马看山也得，乘桴浮海能无。人间何处不相娱，随分行行且住。''不道死生有命，便云富贵在天。现成言语不能言，读甚圣经贤传。　流水高山自乐，名缰利锁依然。老牛有鼻总须牵，绕得磨盘千转。'余和云：'户上犹悬艾绿，尊中尚染雄黄。儿颜隐隐虎头王（杭州旧俗重午日饮雄黄酒，即以饮余书王字于小儿额上，取威胜之义），故事年年依样。　须鬓添来种种，年岁任去堂堂。酸甜苦辣已都尝，只是心田无恙。''往事那堪重忆，泪丝不觉先垂。哀吟《陟岵》覆鬌时，风雪也衔悲思。　漫道熊丸荻笔，只看计食谋衣。心机费尽鬓毛衰，子子孙孙须记。''少小自矜头角，春秋勤习诗书。汝南月旦颇相誉，同甫文中之虎。　时向长城饮马，还趋东府呼卢。

从来壮士耻为儒，莫为儒冠儿误。''灯下频看宝剑，梦中时击天间。舳舻十万王扶余，年少气真如虎。　已往付他莺燕，从今觅我莼鲈。春衣行典付黄垆，微个渔翁闲语。''爽意满阶幽草，陶情一盏清茶。娇儿隔户笑呼爹，欲语不成咿呀。白马东来震旦，青牛西去流沙。人间万事看分瓜，底用蜗头争霸。''小径幽花惹蝶，邻家老树归鸦。渐生新月映余霞，篱落忽闻情话。　闲事无须多管，浊醪大可时赊，买山快快种桑麻，归卧风篁岭下。''映户两颗疏树，侵阶几点苍苔。芭蕉半展木丹肥，采蜜蜂儿成队。　事到头边做起，闲来书本摊开。酒余谈笑杂庄谐，也算辩才无碍。''薄醉午床赊梦，微熏乙帐观书。寂寥门巷耳生车，无事看天倚杵。　篱角柔猫弄子，池头老鹳窥鱼。苦吟不得尽捻须，好鸟一声飞去。''草绿溪桥断处，鸟飞残月天边。烟波江上钓鱼船，赊取闲情无限。　入社先求许饮，多情偏要参禅。此中欲辩已忘言，且自饱餐茶饭。''只为寻花迷路，转因踏草迟归。溪流缓缓送斜晖，羌笛一声牛背。　困则埋头便睡，醒来随意衔杯。暖风吹蕊蝶齐飞，极好一般滋味。''欲雨先来暑气，招风急卸凉篷。推敲几误践花丛，一副词人面孔。　文字虽然着相，心情彻底都空。西东还是付西东，不问风幡谁动。''柳岸鸟声啾唶，花桥流水潺湲。淡烟疏月夕阳边，清兴无端难绾。　佳句争安一字，苦吟竟费三年。虚名成就已堪怜，冷了回肠一半。'哲如和云:'依样桃符秬黍，客中佳节经过。五陵裘马少年多，屠狗场中着我。　共道田文启薛，休提屈子沉罗。客来燕市例悲歌，慷慨荆高唱和。''最忆江乡乐事，家家竞赛端阳。海潮涌现万龙舣，箫鼓中流荡漾。　更有荔枝湾口，绿阴夹岸清凉。晚风柔软浪花香，唤起桃根打桨。''早慕小长芦叟，微官七品归欤。空疏补读十年书，泛宅烟波深处。　何事长安索米，翻成稷下吹竽。忝颜还自托师儒，笑问为人为己。'坊肆百千评价，斋厨黄绿标签。书城高与债台连，典尽春衣还欠。　不是催租败兴，难教识字成仙。门多恶客橐无钱，笑咏桃花人面。''谁奏回风妙曲，竞传堕马新妆，风情半老徐娘，未解入时眉样。　女伴踏青斗草，朝朝芳约匆忙。兽垆香里日偏长，独自倚楼惆怅。''几度兴刘覆楚，何人怨李恩牛。青灯评史笑休休，天上白云苍狗。　见说干戈蜀道，又传鼓角黄州。他乡伤乱仲宣楼，可仗清愁被酒。'（哲如，广东东莞县人。少有文名，家世丰厚，多藏书。哲如肄业京师大学堂，毕业，得知县。分发，不到省。从事教育，亦以聚书为乐。与人共设通学斋书店于北平琉璃厂之南，得善本即自藏之。其所见渊博，尝欲续为《四库目录》。）孟劬和云:'午梦澡兰寂寂，光风炊黍匆匆。榴花还似去年红，只是舞销香褪。 往事曾题彩篚，新愁自剪秋蓬。昨宵残酒发春慵，今日扶头忒重。’‘菰叶翠香别浦，菖花红缕谁家。酒醒忘却在天涯，愁满绿尘芳榭。 珍粟侵肌宛转，凉簪坠发欹斜。并池千绕数归鸦，看到风林月下。’‘糁地朱英诙荡，绕庐绿树恢台。人生底处不开怀，斗取闲身自在。 听水安排翠簟，看山料理青鞋。马驹踏杀不凡材，跳出栗篷儿外。’（孟劬，杭州人，选学名家张仲雅先生之曾孙。尊人亏沚先生即以诗余称于时。孟劬勠力文史，其所著《史微》，章实斋后一人而已。于诗深于李义山，尝为《玉溪生年谱注》，于旧注多所辩证。仕为知府，候补于江苏，不事衙参，日以品茶阅书为乐。）”（后收入马叙伦：《马叙伦自述·石屋余沈》，中国大百科全书出版社，2012 年，第 91 页）

剑亮按：沈尹默原唱以及马叙伦等人和词，词调为《西江月》。

本月

《美育》第 3 期《诗词》栏目刊发：朱伺僧《春去也》（燕）、《东风第一枝》（鹤）。（后收入上海文献汇编编委会编：《上海文献汇编·艺术卷》第 5 册，第 196 页）

剑亮按：《美育》，月刊，1920 年 4 月创刊于上海，至 1922 年 4 月（第 7 期）停刊。中华美育会发行。总编辑吴梦非。

《国学卮林》第 1 卷刊发：

汪东《浣溪沙》（倚笛谁闻醉后歌）、《蝶恋花》（托意哀弦移中柱）、《西平乐》（向晚鸦归）、《解蹀躞》（半顷红香初减）、《高阳台》（绣幕围香）、《蝶恋花》（用清真韵）、《浣溪沙》（几曲屏风画折枝）、《还京乐》（素秋近）、《浣溪沙》（怅想红楼隔几层）；

黄侃《西平乐》（晚经玉蛛桥，见团城以北，宫观渐荒。岸柳渚荷，无复生意。西风乍过，觱篥吹愁。因和梦窗西溪先贤堂祠韵，以写感今伤往之怀）、《洞仙歌》（重过神武门咏荷）、《浣溪沙》（戊午春感）四首、《浣溪沙》（和南唐中主）二首、《浪淘沙慢》（乡思，和清真）、《秋思》（怨别，和梦窗）、《高阳台》（纤月摇情）、《迷神引》（烽火惊心江关暮）、《莺啼序》（层阴傍楼□晚）。（后收入《民国珍稀短刊断刊·湖北卷》第 11 册，全国图书馆文献缩微复制中心，2006 年，第 5183 页）

7 月

25 日，《小说月报》第 11 卷第 7 号刊发：

况周颐《清平乐》（庚申春暮，畹华重来沪滨，叔雍公子赋《清平乐》赠之。余亦继声，得廿一解，即以题《香南雅集图》）十一首；

赵叔雍《清平乐》（题《香南雅集图》）四首；

朱彊村《清平乐》（题《香南雅集图》）；

王静安《清平乐》（题《香南雅集图》）；

老兰《忆旧游》（叶小凤在吴江访得午梦堂遗址，并酹小鸾墓，作《分堤吊梦图》）；

苓农《水调歌头》（题傅屯艮、熊湘章《龙归梦图》，即送其归醴陵）；

况周颐《餐樱庑词话》（续二）。

本月

江西心远中学《心远》第 2 期刊发：帅道恪《南乡子》（梅影）、《菩萨蛮》（渔村）。（后收入《民国珍稀短刊断刊·江西卷》第 15 册，全国图书馆文献缩微复制中心，2006 年，第 7183 页）

朱孝臧校毕《乐府补题》，请王树荣作《跋》。落款曰："庚申六月，归安王树荣刚斋跋。"（朱孝臧辑校：《彊村丛书》上册，第 49 页）

8 月

15 日，《台湾文艺丛志》第 2 卷第 4 号刊发：

范君博《浣溪沙》（朱户禁寒隔水居）；

苓农《鹧鸪天》（题南汉芳华苑铁花盆铭字脱本）；

睡公《声声慢》（秋柳）。（后收入方宝川、谢必震主编：《台湾文献汇刊续编》第 93 册，第 166 页）

20 日，黄侃作《摸鱼儿》（庚申七夕，和白石韵）。（后收入黄侃著，黄延祖重辑：《黄季刚诗文集》，第 401 页）

20 日，张素作《唐多令》（七夕坐雨）。（后收入张素：《南社张素诗文集》，第 714 页）

25 日，《小说月报》第 11 卷第 8 号刊发：

况周颐《清平乐》（庚申春暮，畹华重来沪滨，叔雍公子赋《清平乐》赠之，余亦继声，得廿一解，即以题《香南雅集图》）（续）十首；

况周颐《餐樱庑词话》（续三）。

本月

《美育》第 5 期刊发：梦非辑《弘一上人诗词集》。

9 月

15 日，《台湾文艺丛志》第 2 卷第 5 号刊发：叔雍《燕山亭》（杏梅）。（后收入方宝川、谢必震主编：《台湾文献汇刊续编》第 93 册，第 248 页）

24 日，缪金源致函胡适，讨论白话词。中曰："不过对于白话词却有个疑问，因为我们做白话诗的目的，原是要拿日用的语言，表自然的情景，所以不限定每首有多少句，每句有多少字，每字分什么平仄。我们却为什么要废去'平平仄仄平'和'平平仄仄仄平平'的诗，而反去做那比诗限制更严的'一枝春'和'大江东去'的词呢？何况词是诗余，内中已经包含了许多白话，和我们的白话诗，字面既差不多，而反添了许多词调的麻烦……我因为曾经在《新青年》里，读过先生的《如梦令》，又在《每周评论》上读过先生的《生查子》，知道先生是主张做白话词的，所以提出这个疑问来，求先生指教。"（后收入耿云志主编：《胡适遗稿及秘藏书信》第 14 册，黄山书社，1992 年，第 5012 页）

25 日，《小说月报》第 11 卷第 9 号刊发：

夔笙《戚氏》（沤尹为吾兄畹华索赋此调，走笔应之）；

况周颐《餐樱庑词话》（续四）。

26 日，易孺作《拜星月慢》（庚申中秋沽上作）。（易孺：《大厂词稿》之《绝影楼词》，第 4 页。后收入曹辛华主编：《民国词集丛刊》第 8 册，第 134 页）

26 日，张素作《华胥引》（中秋夕，燕集博园寓楼，用宋奚倬然紫霞翁席上词韵）。（后收入张素：《南社张素诗文集》，第 716 页）

27 日，钟大元为吕耀台《蒤鹤山房词》作《序》，曰："阳湖吕氏，清代推望族。以文章鸣者殆难偻指数，固不仅科第功名称一时之盛也。外舅阶甫公，为外舅祖子恬公第六子，娶于丁佛持先生长女也。子恬公以能文负时誉，举茂才。后屡不得志于有司，旋以知县服官吾浙。咸丰庚申，红巾变起，死于望江门城守之难。时外舅年甫弱冠，蚤有文名。以世乱家贫，遂弃举子业，橐笔游公卿间，为上客，声华藉甚。大吏刮目相待，所至咸倒屣迎之。王普帆方伯一见器重，劝以微秩，听鼓浙垣，将试以吏治，列荐剡以汲引之，俾展其才而竟其用。嗣为金陵何青耜先生所特识。然外舅虽从大夫之后，而笔耕墨织，仍恃砚田为活计。生平于诗文之外，尤工长短句。身历宦途，未尝废吟咏。与陆广敷、陶巽行、杨思载、于笙伯诸名流，互有唱酬。脱稿后，遐迩传观，洛阳纸贵，侪辈莫不期以远到。乃怀才不禄，一病长辞，年仅三十有九。知己同僚，扼腕痛惜，多泣下者。大元忝居甥馆，抚今追昔，宁不重可悲耶？公著有《豢鹤山房诗余》一卷，都大、小令各百余阕。词多缠绵悱恻之音，不堪卒读。大元曾窥全豹，抄录一通。洎乎壮岁，奔走四方。历两京，趋百粤，捧檄青齐，宦游黑省。水帆陆马，袭藏行箧，屈指四十三年矣。吉光片羽，加意保存，屡拟刊行，卒卒未果。今特重行校勘，删其繁杂，正其伪字，附刊《苔岑丛书》，以广流传。俾知公天假之年，不难奏龚、黄之绩，夫岂徒以雕虫末技争身后名哉！至公之立身行谊，卓荦可传，有家乘在，大元曷敢赘一辞。惟是公遗著诗文共若干卷，兹因限于篇幅，不克以全稿付梓，异日汇而编之，寿之梨枣，大元虽无似，所愿与敏生、澄生两内弟共负其责焉。九京有知，当亦公所心许而默慰于地下者乎。剞劂氏以蒇事告，爰记其崖略如此。心香有在，手泽长存。期我后人，毋忘先德，是尤大元私心所馨香祷祝者矣。岁在庚申，中秋既望，子婿海宁钟大元拜撰。"（余端辑：《苔岑丛书》，第 1 页。后收入南江涛选编：《清末民国旧体诗词结社文献汇编》第 5 册，第 567 页）

本月

劳乃宣作《醉翁操》（题《彊村校词图》）。（参见朱孝臧著，白敦仁笺注：《彊村语业笺注》，第 275 页）

吕碧城赴美游学。行前，名流樊增祥、费树蔚、李经义等均赋诗送别。（吕碧城著，李保民笺注：《吕碧城词笺注》附录，上海古籍出版社，2001 年，第 578 页）

秋，邓邦述作《玉京谣》（朗润园者，荫坪上公之赐第也。园在西直门外，旧为直庐。花木萧疏，亭榭幽敞。光绪戊午之夏，五使以考察政治，自海外归国。建策中朝，厘定官制，妙选才俊，就议纲条。爰假斯园，以为休沐。余谬厕兹选，信宿其中。朝歌夕吟，流连不舍。乃改革未久，钟簇已移。庚申秋日，复过此园，则缭垣犹存，双扉永闭。念空桑之曾宿，伤离黍之旋歌。伫立徘徊，感随涕下。归度此曲，庶几言哀之已叹也）。（邓邦述：《沤梦词》卷二《燕筑集》，第 7 页。后收入朱惠国、吴平编：《民国名家词集选刊》第 7 册，第 51 页）

秋，向迪琮作《氐州第一》（庚申暮秋，游汤山，和清真）。（向迪琮：《柳溪长短句》，第 12 页。后收入曹辛华主编：《民国词集丛刊》第 3 册，第 516 页）

10 月

20 日，易孺作《六幺令》（庚申重阳，析津携属登河北公园小山）。（易孺：《大厂词稿》之《绝影楼词》，第 6 页。后收入曹辛华主编：《民国词集丛刊》第 8 册，第 137 页）

20 日，张素作《鹧鸪天》（九日）。（后收入张素：《南社张素诗文集》，第 717 页）

20 日，刘承幹为朱孝臧新辑成的《国朝湖州词录》作《跋》，曰："《国朝湖州词录》六卷，朱彊村侍郎囊编。《湖州词征》所载宋、元、明诸家别集及选本之流传者，网罗维备。是编撰录小变其例，而甄采尤精，洵吾郡一代词林之薮泽也。昔汪谢城广文录竹垞、樊榭、縠人三家词，戏题《眼儿媚》一阕有云'秀州也好，杭州也好，忘了湖州'，意似歉于吾郡声家。然者，顾洛诵是编，深美如修能，隐秀如萧士，丽密如立斋、陶斋，讵不堪与西泠方轨？即《荔墙》一帙，守律之谨，审韵之严，虽三贤容亦微有未逮。是编既出，吾知读者必不以广文所云，而有轩轾之见存也。庚申重阳节，吴兴刘承幹跋。"（朱孝臧：《湖州词征　渚山堂词话　国朝湖州词录》，文物出版社，1987 年，第 140 页）

剑亮按：汪谢城《眼儿媚》（录浙西三家词，竹垞、樊榭、縠人，戏题）："之江文物足风流，小技也千秋。南湖花柳，西泠山水，一卷都收。　白蘋红蓼清华地，渔笛谱谁修。秀州也好，杭州也好，忘了湖州。"（汪日桢：《荔墙词》，见朱孝臧：《湖州词征　渚山堂词话　国朝湖州词录》，第 3 页）

25 日，《小说月报》第 11 卷第 10 号刊发：

夔笙《五福降中天》（畹华大母陈八十寿词）、《鹧鸪天》（徐仲可属题其先德印香中翰《复庵觅句图》）；

况周颐《餐樱庑词话》（续五）。

25 日，《东方杂志》第 17 卷第 20 号刊发：夒笙《鹧鸪天》（徐仲可属题其先德印香中翰《复庵觅句图》）。

本月

陈洵致函朱孝臧。中曰："学词廿年，今日始得于归，知无师之难也。"（马兴荣等主编：《词学》第 26 辑，第 303 页）

11 月

15 日，《台湾文艺丛志》第 2 卷第 7 号刊发：

旭初《风入松》（呈寄庐主人）；

香林《锁阳台》（戏呈梅樵先生）。（后收入方宝川、谢必震主编：《台湾文献汇刊续编》第 93 册，第 415 页）

25 日，《小说月报》第 11 卷第 11 号刊发：况周颐《餐樱庑词话》（续六）。

本月

夏仁虎作《零梦词自注》，曰："《啸庵词》刊于癸丑之秋。盖自辛亥以后，久不填词，即偶有所作，辄亦随手弃置，更无付刊意矣。今年冬初，索居京邸，尘事渐希，乃拟印所刊词，分送朋好。间于败楮断册中，复搜得词若干首，并付剞劂。夫以有涯之日月，消磨于填词，无聊极矣。词人之词，大半等诸梦呓，不可究诘其理绪，是故美名之曰填词，毋宁质言之曰说梦。今并旧梦新梦之零乱错落者而并拾之，因名之曰《零梦词》。庚申十月，啸庵自注。"（王景山主编：《国学家夏仁虎》，第 187 页）

张元济作《清乾隆四十年海盐张氏涉园刊本〈词林纪事〉题辞及跋》。（后收入张元济：《张元济全集》第 10 卷，商务印书馆，2010 年，第 91 页）

朱孝臧将《湖州词征》由 24 卷增补为 30 卷，交刘承幹嘉业堂刊行。刘承幹为《湖州词征》作《跋》，曰："《湖州词征》三十卷，朱彊村侍郎庚申重订本。是书侍郎初编为二十四卷，尝病明代专集阙如。岁丙辰，承幹于金陵故家得陈声伯《水南集》，侍郎睹之曰：'可以补吾《词征》矣。'□录付梓。又举初编之沈与求、吴渊、牟巘，改列专集，增刘述、李仁本、朱嗣发、张□、吴鼎芳入辑本，而删误收之陈璧、沈恒二家。余若沈瀛、吴潜、章谦亨、王国器、茅维、范沏、董斯张、孟称舜、韩纯玉、韩智玥诸家，各增若干首；赵孟頫、胡仔二家，各汰若干首，博收慎取，斠若画一。吾郡山水清远，夙为词人浪漫之乡，天水一代，子野、石林振清响于前，草窗、二隐并芳镳于后，元明以降，风流未沫。侍郎是编，理孤絜，振危绪，扶护先辈之盛心，不以异世而或致。承幹方辑《吴兴丛书》，得借以镂板。呜呼，岂偶然哉！岂偶然哉！庚申孟冬，吴兴刘承幹跋。"（朱孝臧：《湖州词征　渚山堂词话　国朝湖州词录》，第 192 页）

12 月

15 日，《台湾文艺丛志》第 2 卷第 8 号刊发：香林《采莲令》（秋声）、《氐州第一》（帆）、《长亭怨慢》（柳）。（后收入方宝川、谢必震主编：《台湾文献汇刊续编》第 94 册，第 44 页）

25 日，《小说月报》第 11 卷第 4 号刊发：况周颐《餐樱庑词话》（完）。

本月

《游戏新报》第 1 期刊发：

砖簃词选；

胡石予《菩萨蛮》（集韩致光句）。

剑亮按：《游戏新报》，月刊，1920 年 12 月创刊于江苏苏州。赵眠云、范君博、郑逸梅编。由游戏社出版发行。当年终刊。

本年
【词人创作】

蒋兆兰作《鹧鸪天》（戴小琴先生原配徐氏双龄，工吟咏。以咸丰庚申病殁，年二十有二。越六十年庚申，其哲嗣长卿甥婿出遗著《同声吟草》见示，为题此解）。（蒋兆兰：《青薆庵词》卷四，第 5 页。后收入朱惠国、吴平编：《民国名家词集选刊》第 1 册，第 517 页）

吕凤作《更漏子》（庚申）。（吕凤：《清声阁词》卷二，第 19 页。后收入朱惠国、吴平编：《民国名家词集选刊》第 8 册，第 271 页）

潘承谋作《望江南》（乌程陈湘湄应增招饮澹庐即席，庚申）。（潘承谋：《瘦叶词》，第 12 页。后收入朱惠国、吴平编：《民国名家词集选刊》第 12 册，第

114 页）

陈夒作《祝英台近》（庚申荷池纳凉）。（陈夒：《虑尊词》，第 19 页。后收入朱惠国、吴平编：《民国名家词集选刊》第 16 册，第 285 页）

刘麟生作《玲珑四犯》（梵渡钟声）、《浣溪沙》（乍见无言觑翠衿）。（刘麟生：《春灯词》，第 5 页。后收入朱惠国、吴平编：《民国名家词集选刊》第 15 册，第 61 页）

李遂贤作《虞美人》（秋千，庚申）。（李遂贤：《懊侬词》，第 4 页。后收入曹辛华主编：《民国词集丛刊》第 4 册，第 166 页）

陈仁先作《高阳台》（赠彊村老人）。（朱孝臧著，白敦仁笺注：《彊村语业笺注》，第 309 页）

【词籍出版】

黄人《摩西词》刊行。卷首有张鸿《摩西词序》。（上海图书馆藏。后收入朱惠国、吴平编：《民国名家词集选刊》第 6 册）

张鸿《摩西词序》曰：“慨夫众生类别，遭境万千。荣悴殊归，菀枯各受。宛转尘滓之间，缠缚文字之末。心精所造，幽光炯然。如水冷暖，饮者自知。此事甘苦，不求人解，固靡得而言焉。若夫达意之制，咏叹之辞，其奥如子，其怨如骚，其空寂如禅，其幽渺如鬼，其冶荡如素女。说不可说之言，达不能达之意，寄无可寄之情，如游丝之袅于长空，不知所住，而亦无不住。唏！微词其谁与归？黄子摩西学博而遇啬，其所为词，曷为使予悄然而悲，幽然而思，如见黄子鬖鬖短发，披拂项背，负手微吟于残灯曲屏间，其殆所谓究极情状，牢笼物态，有以致之欤？呜呼！黄土一抔，佳人难再。余音在耳，剩馥犹馨。世有知之者欤，抑无有知之者欤？黄子逝矣，精魂若存，应悔绮语。子建定文，中郎赞赏。生前寥寂，皇论身后云。庚申九月，张鸿叙。”

余端辑《苔岑丛书（庚申）》刊行。卷首有余端“庚申八月”所作的《序》。（后收入南江涛选编：《清末民国旧体诗词结社文献汇编》第 5 册）该丛书内收《纫秋轩词钞》，作品有：

歙县程松生筠甫《凤凰台上忆吹箫》（赠剑门）、《苏幕遮》（雨初晴）、《浣溪沙》（曲曲栏干绣幕遮）、《小重山》（蝶散鹣分剧可怜）、《思佳客》（吴剑门以其外舅傅渭矶同年手札属题，赋此志感）、《菩萨蛮》（雁奴忽报重阳近）、《虞美人》（感旧）、《点绛唇》（滴碎离愁）、《南柯子》（将之金陵，留别同社诸子）；

歙县吴承烜东园《水调歌头》（赠剑门宗长）三阕；

常熟金鹤翔病鹤《喜迁莺》（寄祕兰龛主）；

武进钱振锽梦鲸《满江红》（题《十二楼图》）；

武进吴放祕兰《湘月》（雨夜，寄方修）、《醉花阴》（社日）、《南柯子》（清明）、《减兰》（杨花）、《踏莎行》（旅夜有怀，并寄湘蘋）、《贺新郎》（述词）；

常熟陆宝树醉樵《南歌子》（己未秋日，偕同人游北郭，赋此纪之）、《凤凰台上忆吹箫》（己未闰七夕，同人会饮近芳园以贺佳节，爰赋是解）、《传言玉女》（折柬相招）；

武进傅絅方修《金缕曲》（汉南秋感）、《金缕曲》（题剑门《山居图》）、《齐天乐》（楚江醉歌）、《天香》（长沙纪游）；

兰陵女士董倩芳笑薇《解语花》（有怀并寄外子方修）、《醉落魄》（春夕）；

武进谢觐虞玉岑《醉花阴》（赠许紫庵）、《满江红》（题玉虬忆昔词）、《洞仙歌》（题苎萝记韵词，为玉虬赋）、《迈陂塘》（秋塘听雨，怀人渺然。寄玉虬燕北，用招南归）；

程鸣一《问梅庵诗余》，前有"庚申立夏日后八日，后学顾福棠咏植"《序》和"己未冬日，剑门吴放"《序》，后有姚文《跋》。《跋》曰："少时与龚定庵填词，互为商榷，各抒心得，为词二卷。定庵归道山后，旧稿无存。曩在皖中，曾与蔡小石、顾兼塘、严小秋诸君共述之。本昧音律，年来又满目尘氛，此调不弹久矣。获读《问梅庵诗余》，喜于温靡之中时露爽气，是合秦、柳、苏、辛而不事摹肖者。触感畴昔，用志倾倒。邛生姚文时寄寓惠山之麓。"作品有：《青衫湿》（感旧）、《满江红》（春暮）、《十六字令》（记梦）、《一剪梅》（题《美人春梦图》）、《摸鱼儿》（送春）、《满江红》（咏垓下）、《摸鱼儿》（虎丘吊真娘墓）、《念奴娇》（花朝有感）、《清平乐》（暮春即事）、《浣溪沙》（题《绿杨楼隐图》）、《菩萨蛮》（过半园即景）、《虞美人》（连天芳草迷天树）、《柳梢青》（秋夜怀张芸畦）、《百字令》（茉莉）、《贺新郎》（题《铜弦词集》）、《百字令》（题《吕玖芸诗卷》）、《踏莎行》（秋暮，留宿爽心寺）、《如梦令》（送春）、《满江红》（题《秋林读书图》）、《蝶恋花》（秋雨）、《满江红》（寄怀许尉堂）、《踏莎行》（秋日感怀）、《贺新郎》（题《莲塘秋霁图》）、《百字令》（题友人《皖江归棹图》）、《探春》（吊沈余庵太史）、《水龙吟》（赠陈敬亭）、《金缕曲》（送龚少卿之真州）、《蝶恋花》（题《扫花图》）、《蝶恋花》（纸鹞）、《虞美人》（春日避乱厚余）、《摊破浣溪沙》（闺情）、《眼儿媚》（旅夜）、《贺新凉》（感旧）、《浣溪沙》（闺怨）、《蝶恋花》（榆钱）、《芭蕉雨》（听雨）、《卖花声》（寒夜）、《临江仙》（除夕）；

　　吕耀台（阶甫）《鬃鹤山房词》，作品有：《摸鱼儿》（寒鸦）、《摸鱼儿》（寒月）、《甘州》（对雪）、《湘江夜月》（赠陆大广夐）、《鹊桥仙》（途中有感）二首、《菩萨蛮》（秋蝶）四首、《阮郎归》（闺思）、《绿意》（题《柳阴双蝶图》）、《浪淘沙》（有感）二首、《暗香》（中秋别内）、《相见欢》（中秋别内）二首、《满庭芳》（题《涉江采芙蓉图》）、《鹊桥仙》（题《斜倚薰笼坐到明图》）、《暗香》（题赵舒甫别驾《酦醸春醇图》）、《浣溪沙》（题《萼绿华图》）、《阮郎归》（忆崇川诸校书）、《八声甘州》（泊三江营作）、《八声甘州》（泊三江营，怀陆大广甫寓崇川，将有入都之役）、《鹊桥仙》（旅怀）、《满庭芳》（题皋蓉仙校书小影并序）、《祝英台近》（题蓉仙校书小影，代吴八劲曾作）、《甘州》（有赠）、《长亭怨慢》（有赠）、《蝶恋花》（有感）二首、《隔溪梅》（秋蝶，与陆大广甫联吟）二首、《摸鱼儿》（别崇川诸友）、《祝英台近》（别薛大宝卿、陶巽行、杨思载茂才）、《金缕曲》（别柳大友松、于二笙伯）、《南浦》（别友）、《踏莎美人》（闺思）、《虞美人》（春闺）、《八归》（闰中秋，抵家）、《扬州慢》（送陆大广甫入都）、《凤凰台上忆吹箫》（代友作）、《临江仙》（秋海棠）、《临江仙》（红叶）、《临江仙》（菊）、《齐天乐》（自题举杯邀明月小影）、《贺新凉》（中秋遇雨，寄陆大广甫）、《祝英台近》（怀虞山诸友，时在慈湖作）、《高阳台》（有感）二首、《百字令》（寒梅半放，风雪吹残。正下第刘蒉，孙山感落，赋此一阕，聊以舒怀。是年甲子秋闱改期冬月）、《虞美人》（寄内二首并序）、《虞美人》（忆女幼仙）、《临江仙》（阻风，忆家人）二首、《百字令》（草堰阻风）、《菩萨蛮》（乱后返故里）二首、《踏莎美人》（雨织疏帘）、《菩萨蛮》（严陵戎次）二首、《浪淘沙》八首、《洞仙韵》（随园先生云，写怀假托闲情为最。读庾兰成《怨歌行》等作，亦以女子自喻。爱填二阕，以俟赏音）、《罗敷媚》（《浪淘沙》八首意犹未尽，谱此足之）、《南乡子》（归途风阻）、《百字令》（代钱鲛吟讲学题刘笏堂观察《琴苋图》）。

余端辑《苔岑丛书·艳体词选》刊行。卷首有余端"庚申仲春之月"作的《序》。《艳体词选》由"姑苏紫仙女士编"，选录了温庭筠至李甲的有关词作。（后

收入曹辛华、钟振振选编:《清末民国旧体诗词结社文献续编》第 3 册)

郑文焯《冷红词》四卷刊行。卷首有陈锐《序》、沈瑞琳《叙》。(后收入曹辛华主编:《民国词集丛刊》第 25 册)

夏仁虎《啸庵词》刊行。内含《啸庵词丙稿》(《梁尘词》)、《啸庵词丁稿》(《燕筑词》) 和《啸庵词拾》(《零梦词》)。(上海图书馆藏。后收入朱惠国、吴平编:《民国名家词集选刊》第 11 册)
剑亮按: 樊增祥曾为《啸庵阁》作《序》。参见 1917 年 9 月。

况周颐《秀道人咏梅词》一卷刊行。(浙江图书馆藏。后收入曹辛华主编:《民国词集丛刊》第 6 册)
《秀道人咏梅词》收录:《清平乐》(庚申春暮,畹华重来沪渎,叔雍公子赋《清平乐》赠之。余亦继声,得廿以解,即以题《香南雅集图》,博吾畹华一粲) 二十二首。

林鹍翔《广咏梅词》一卷刊行。内收《清平乐》咏梅词二十二首。(浙江图书馆藏。后收入曹辛华主编:《民国词集丛刊》第 8 册)
《广咏梅词》收录:《清平乐》(读秀道人咏梅词意,有所触,即拈是调赋之,得二十二解,为广咏梅词。梅耶,非耶,或亦秀道人所云,当于无声无字处求之者与) 二十二首。

郑文焯《苕雅余集》一卷刊行。卷首有朱孝臧《叙》、陈锐《题词》。(浙江图书馆藏。后收入曹辛华主编:《民国词集丛刊》第 26 册)

郑文焯《瘦碧词》二卷刊行。卷尾有王树荣《跋》。(浙江图书馆等有藏。后收入曹辛华主编:《民国词集丛刊》第 26 册)

吴莽汉《词学初桄》八卷,由上海朝记书庄刊行。
剑亮按: 该书卷首冠以词论。按小令、中调、长调编次,凡二百八十七调,三百四十五体。

【词人生平】

易顺鼎逝世。

易顺鼎（1858—1920），字实甫、仲实，号哭庵，湖南龙阳（今汉寿）人。光绪元年（1875）举人，官至广西右江道、广东钦廉道。有《琴志楼丛书》等。

夏敬观《忍古楼词话》曰："汉寿易实甫观察顺鼎，文思泉涌，下笔惊人。晚年潦倒故都，有'江淹才尽'之叹。江夏樊樊山曾目为六十神童，以相讥讽。樊山文词艳冶，至老犹然。一时同辈，因亦目为八十美女，以为对值。然实甫诗词，多可传之作，文品实较樊山为高。殁后，宁乡程子大太守颂万，将为刊行遗集，未果，而子大遽殁。其生前自刊诗词，传本绝稀，亦文人之厄运也。"（唐圭璋编:《词话丛编》第 5 册，第 4772 页）

钱仲联《近百年词坛点将录》曰："实甫少为神童，长为才子，惊才绝艳，放笔自恣。词集有《鬘天影事谱》《楚颂亭词》《丁戊之间行卷词》《湘弦词》《琴台梦语》《摩围阁词》，可谓沉沉夥颐，英词壮采，泉涌飙发，盖照天腾渊之才，窘若囚拘者为之咋舌。"（钱仲联:《梦苕庵论集》，第 396 页）

梁鼎芬逝世。

梁鼎芬（1859—1920），字星海，一字伯烈，号节庵，广东番禺（今广州市）人。官至湖北按察使，先后主广雅书院、钟山书院讲席。有《款红楼词》。叶恭绰跋曰："至先生词笔清迥，极馨烈缠绵之况，当世自有定评。"钱仲联《近百年词坛点将录》曰："梁髯词如其诗，吐语幽窈，芳兰竟体。"（钱仲联:《梦苕庵论集》，第 391 页）

李瑞清逝世。

李瑞清（1867—1920），字仲麟，号梅庵，晚号清道人，江西临川人。官两江师范学堂监督兼江宁提堂使、江苏布政使。有《梅庵词》。钱仲联《近百年词坛点将录》曰："梅庵书法名家，小令亦自然馨逸。"（钱仲联:《梦苕庵论集》，第 409 页）

1921 年

（民国十年　辛酉）

1 月

1 日，吴虞作《金缕曲》（飞艇行空图）。吴虞记曰："夜作皮怀白《飞艇行空图》《金缕曲》一阕：'眼底云烟起，羡真人空虚身世，浮舟堪拟。便与庄休游一气，妙悟逍遥微旨。料远胜琴高朱鲤。一笑乘船过日月，恨燕昭汉武凡才耳。御风去，九万里。　还闻上界尊官贵。叹卑仙在天劳苦，合居朝市。浪说淮王鸡犬好，舔得余丹而已。君应傲、当年黄绮。游戏灵均文采秀，曳履声、直到星辰里。空中象，试弹指。'自注：'上界尊官''淮王鸡犬'，皆讽时之语也。《抱朴子》彭祖言：'天上多尊官大神。新仙者位卑，所奉事者非一。但无劳苦，故不足于汲汲登天，而止人间八百余岁也。'又，王逸《远游序》：'文采铺发，遂叙妙思。托配仙人，与俱游戏。周历天地，无所不到。'杜诗：'曳履上星辰。'"（荣孟源审校：《吴虞日记》上册，第 298 页）

24 日（农历庚申年十二月十六日），况周颐校毕朱孝臧《彊村丛书》之《清庵先生词》，并撰写《清庵先生词跋》。中曰："庚申嘉平月既望，阅《清庵先生词》竟……临桂况周颐识于沪寓之天香楼。"（朱孝臧辑校：《彊村丛书》下册，第 1576 页）

30 日，蒋兆兰作《高阳台》（白雪词社第一课。庚申祀灶前一日，焕琪燕集同人于拙庐，乡人有献瓜者，问何名，曰冻瓜也。同人指是为题，约同赋，不拘体韵。余拈此解）。（蒋兆兰：《青蕪庵词》卷三，第 1 页。后收入朱惠国、吴平编：《民国名家词集选刊》第 1 册，第 473 页）

2 月

7 日，吕惠如作《浣溪沙》（庚申除夕）。（吕惠如：《晓珠词》刊附《惠如长短句》，第 5 页。后收入朱惠国、吴平编：《民国名家词集选刊》第 13 册，第

413 页）

7 日，张素作《齐天乐》（除夕）。（后收入张素：《南社张素诗文集》，第718 页）

8 日，张素作《东风第一枝》（元日同立佛闲行坊室间）、《百字令》（元日写寄还樵）。（后收入张素：《南社张素诗文集》，第 719 页）

8 日，梁文灿作《壶中天慢》（元旦赠婢，用漱玉词韵）。（梁文灿：《蒙拾堂词稿》之《杏雨词》，第 14 页。后收入朱惠国、吴平编：《民国名家词集选刊》第 7 册，第 323 页）

8 日，陈曾寿作《无闷》（辛酉元旦）。（陈曾寿：《旧月簃词》，第 15 页。后收入朱惠国、吴平编：《民国名家词集选刊》第 12 册，第 242 页。亦收入陈曾寿著，张彭寅、王培军校点：《苍虬阁诗集》，第 367 页）

14 日，蒋兆兰作《一萼红》（白雪词社第二课。辛酉人日，与徐焕琪、霖生、倩仲、程蛰庵、朱捷臣、储映波，燕集倩仲双溪草堂作，借白石韵）。（蒋兆兰：《青蕤庵词》卷三，第 1 页。后收入朱惠国、吴平编：《民国名家词集选刊》第 1 册，第 474 页）

22 日，潘承谋作《壶中天》（辛酉元宵，适社饮集告成一星周矣）。（潘承谋：《瘦叶词》，第 13 页。后收入朱惠国、吴平编：《民国名家词集选刊》第 12 册，第 115 页）

3 月

5 日，张素作《浣溪沙》（夜怨春愁满鬓丝）。（后收入张素：《南社张素诗文集》，第 719 页）

9 日，许宝蘅阅读《词话》。记曰："阅吴子律《莲子居词话》。内有藕舲、颂年两公词四首，录入《高阳碎金》。"（许宝蘅著，许恪儒整理：《许宝蘅日记》第 2 册，第 799 页）

11 日（农历二月初二日），朱孝臧校毕吴潜《履斋先生诗余》，并作《跋》。落款曰："辛酉二月社日，朱孝臧跋于礼霜堂。"（朱孝臧辑校：《彊村丛书》下册，第 991 页）

18 日，蒋兆兰作《齐天乐》（丹徒李树人，名丙荣，系出南唐。龙眠李公麟，其远祖也。父恩绶，号讷庵，京口称宿学。著有《讷庵骈文》《冬心书屋诗录》

《缝月轩词》等书。树人能承家学，亦著《绣春馆词》。辛酉仲春九日，六十初度，兼为其季子续婚。金坛冯中丞煦首制骈文为寿，征言于仆，为谱此阕）。（蒋兆兰：《青蕊庵词》卷四，第 5 页。后收入朱惠国、吴平编：《民国名家词集选刊》第 1 册，第 518 页）

本月

赵尊岳师从况周颐学词。《蕙风词话》赵尊岳《跋》曰："溯自辛酉二月，尊岳始受词学于蕙风先生。此五年中，月必数见，见必诏以源流正变之道，风会升降之殊，于宗派家数定于一尊，于体格声调求其是，耳提面命，朝斯夕斯……甲子双莲节，受业武进赵尊岳。"（况周颐撰，屈兴国辑注：《蕙风词话辑注》，江西人民出版社，2000 年，第 650 页）

朱孝臧校毕牟巘《须溪词》，并作《跋》。中曰："庚申春，南城李振堂大令（之鼎）传录文渊阁本《须溪集》词三卷见贻。稽其异同，又无虑数十百字，亟就原刻比勘遵改，庶臻完善。其不可通者，仍参以他校，惟卷叶未分，但于目录标明卷次耳……辛酉二月，朱孝臧跋于礼霜堂。"（朱孝臧辑校：《彊村丛书》下册，第 1149 页）

瓯社在浙江温州成立。是年，瓯海道尹林鹍翔以及梅冷生等人，仿照杭州西溪两浙词人祠堂建"永嘉词人祠堂"，并建词社，取名瓯社。林鹍翔任社长。社员有梅冷生、夏承焘、郑猷、王渡、龚均、黄光、郑岳、曾廷贤、徐锡昌、严琴隐等 10 人。社集之作有《瓯社词钞》二辑。1927 年，废除道制，瓯社也随之解散。（吴无闻：《夏承焘教授纪念集》，第 216 页）

春，陈匪石作《曲游春》（龙树院与江亭一水相望，瞻园师尝讲学其中。师庚子出都，半塘诸老饯之于此，有《日望楼饯别图》，今改抱冰堂矣。辛酉春暮，独游感赋）。（后收入陈匪石著，刘梦芙校：《陈匪石先生遗稿》，第 60 页）

春，周岸登作《东风齐著力》（辛酉孟春，之官宁都，初发南昌，却寄幕府同人）。（周岸登：《蜀雅》卷九《丹石词》，第 1 页。后收入曹辛华主编：《民国词集丛刊》第 9 册，第 407 页）

春，朱孝臧向张元暨借阅《山谷琴趣》以作校对之用。朱孝臧记曰："往岁吴伯宛尝以见示小山何仲子，据张南伯抄本校录者也。劳巽卿又校以《琴趣》，并于书眉标其卷次。余据劳校移写，即以《琴趣》名之。以不睹原书《琴趣》之名，未遽征实，未付手民。今年春，张君菊生获是书于海盐，为其先世清绮旧藏。余亟假归，比勘劳校，一一符合。"（朱孝臧辑校：《彊村丛书》上册，第 271 页）

4 月

10 日，蒋兆兰作《永遇乐》（辛酉重三，双溪草堂禊饮）。（蒋兆兰：《青蕤庵词》卷三，第 3 页。后收入朱惠国、吴平编：《民国名家词集选刊》第 1 册，第 477 页）

本月

汪兆镛作《水调歌头》（辛酉四月，六十一初度，感赋）。（汪兆镛：《雨屋深灯词续稿》，第 6 页。后收入朱惠国、吴平编：《民国名家词集选刊》第 3 册，第 305 页）

5 月

16 日，许宝蘅研读词集。记曰："夜草先曾王父平湖府君《诗集》及《跋》，又作从伯祖驾部公《师竹轩词集跋》。阅族叔祖芷卿公《蕉石轩词》《秋隐庵词》。"（许宝蘅著，许恪儒整理：《许宝蘅日记》第 2 册，第 816 页）

6 月

10 日，张素作《尉迟杯》（五日客北都作）。（后收入张素：《南社张素诗文集》，第 721 页）

10 日，朱孝臧为其此前校毕的黄庭坚《山谷琴趣外编》作《跋》。中曰："宋词称《琴趣》传于今者，醉翁、二晁、介庵诸家，皆捃摭繁备，甚或阑入他人之作，惟山谷此编较别本仅得其半，卷中讹文脱字往往而有，题尤芟节太甚，或乖本旨。今以祠堂本斠补，间涉他校，撮录如右……辛酉端阳，归安朱孝臧跋于礼霜堂。"（朱孝臧辑校：《彊村丛书》上册，第 271 页）

7 月

本月

《美育》第 6 期刊发：梦非辑《弘一上人诗词集》（二），词作有：《菩萨蛮》（忆杨翠喜）、《金缕曲》（将之日本，留别祖国，并呈同学诸子）、《喝火令》（故国呜呜鹧）、《高阳台》（忆金娃娃）。（后收入上海文献汇编编委会编：《上海文献汇编·艺术卷》，第 5 册，第 225 页。又收入弘一法师：《李叔同全集》第 6 册，哈尔滨出版社，2014 年，第 171 页）

剑亮按：《美育》，月刊，1920 年创刊于上海，由中华美育会出版发行。1922 年终刊。

陈曾任作《旧月簃词序》，曰："任未学为词，而心好之，见伯兄所作，尤怅触于怀。顾伯兄于诗致力至深，词则乘兴而作，不自存稿。十年以来，幽忧往复，间一倚声，意郁天通，哀沉志上。极幽渺以昭彰，寓动宕于绵邈。袁涕阮啸，庶几近之。任长夏无事，辄以平昔手录者校付排印。同时和作，亦附入焉。辛酉六月，陈曾任书于南浔寓庐。"（后收入陈曾寿著，张彭寅、王培军校点：《苍虬阁诗集》，第 496 页）

严既澄作《驻梦词自跋》，曰："右存少作若干首。华年哀乐，略备于斯。从此洗净心尘，当不复事此雕虫小技。天空海阔，何施不可，夫奚以呻吟拥鼻为？辛酉六月，录稿后自记。"（曹辛华主编：《民国词集丛刊》第 31 册，第 531 页）

朱孝臧与张尔田选编《词莂》，张尔田撰写《词莂序》。落款曰："辛酉季夏，遯庵居士张尔田。"（朱祖谋、张尔田选编，罗仲鼎、钱之江校注：《词莂校注》，浙江人民美术出版社，2019 年，第 1 页）

剑亮按：龙榆生于张尔田《词莂序》后有一补记，曰："《词莂》一卷，原出彊村翁手，当选辑时，翁与张君孟劬同寓吴下，恒共商略去取。翁旋至沪，与况蕙风踪迹日密，复以况词入选。孟劬则力主录翁所自为词，卒乃托名孟劬，以避标榜。予既从翁录副，辄请于翁，曷不与《宋词三百首》合刊行世？则答以尚待删订。去年翁归道山，爰商诸孟劬，亟出付梓，仍以原序冠篇首，而附著其始末如此云。"

8 月

4 日，况周颐辑录《词话丛钞》，由上海大东书局出版。（参见郑炜明：《况周颐先生年谱》，第 313 页）

10 日，周庆云作《逍遥乐》（辛酉七夕，晨风庐禊饮，兼约西溪之游）。（周庆云：《梦坡词存》，第 9 页。后收入朱惠国、吴平编：《民国名家词集选刊》第 5 册，第 84 页）

9 月

20 日，严既澄作《驻梦词后记》，曰："余年十五，就学私塾中。偶于塾师案头，获睹《白香词谱》一册。取而诵之，雅爱其音节之谐婉。因以作法质于师，师曰：'兹道大难，今世已无作者，非尔曹所能学也。'为之怃然者久之。逾年，获见时人之作于日报中，始悟塾师之言，不过自文其陋。复于扫叶山房购得石印本毛氏《词学全书》、万氏《词律》，爰稍稍依谱试填，以自娱焉。洎夫游艺京华，为之益力。间出所作示人，为乡先辈沈太侔（宗畸）先生所见，亟加称赏，以书抵余，谓吾词幽微婉约，实得词之正则。且于余南归而后，数以书来，督余勿荒故业，为斯道延一线之传。实则时彦之工于词者固多，若余则作辍不恒，旁骛滋甚，已无复抗手前贤之盛心。沈翁阿其所好，适以增吾愧汗而已。昔人有言：韩退之以文为诗，苏子瞻以诗为词，虽极天下之工，要非本色。余亦向持此论，以为一切文体，胥各自有其特征，岂可比而齐之，乱其畛域。词之气骨，略逊于诗。至其缠绵幽咽，疏状入微，若《姚姬传》所谓得阴柔之美者，求诸古近体诗中，惟七言绝句，庶几得其一二，斯吾所谓词之特质，论词者，所当依为圭臬者也。胜清三百年间，词人辈出，可谓洋洋乎大观矣。然试执此以绳，纳兰才高，时或失之纵恣；竹垞则华妆盛饰，真美反掩而不彰。其能掇周、柳之流风，嗣南唐之逸响者，惟项忆云庶乎近之。此吾夙昔之薪向，沈翁品题之语，可谓先得吾心，惜乎有志焉而未逮耳。向者，浙中词人某公，尝为吾友言，吾词亦自佳，独惜了无寄托，不耐寻味耳，是殆年龄所限欤？不知常州诸子所谓主风骚、托比兴之言，余向目为魔道。温飞卿之好为侧艳，本传未尝讳言。而张皋文之俦，必语语笺其遥旨。绮罗芗泽，借为朝野君臣；荆棘斜阳，绎以小人亡国。自谓能探奥窔，实皆比附陈言。夫作家之处境万殊，其所作又安得咸趋一轨！偶然寄意，固不必无。即兴成文，尤为数见。又岂必人人工部，语语灵均，而后能垂诸久远耶？余少不更事，闲来弄翰，奚敢谬托风骚！亦如小鸟嬉春，无心自炫；孤蛩吊月，有感斯鸣。固不解以迷离隐约之辞，耸人观听也。纪元二十有一年，九月二十日，记于故都。"（后收入曹辛华主编：《民国词集丛刊》第 31 册，

第 549 页）

本月

溥儒作《望江南》（辛酉秋日，戒台寺作）。（溥儒：《凝碧余音》，民国三十三年［1944］铅印本，第 1 页。后收入朱惠国、吴平编：《民国名家词集选刊》第 15 册，第 171 页。亦收入毛小庆整理：《溥儒集》，浙江人民美术出版社，2019 年，第 455 页）

沈昌眉作《百字令》（辛酉秋雨为灾。妻弟夏楦耳病疟，佃人以勘灾相迫，中情焦灼，而病不能起。填此慰之）。（沈昌眉：《长公词钞》，民国二十年［1931］铅印本，第 1 页。后收入曹辛华主编：《民国词集丛刊》第 7 册，第 243 页）

秋，朱孝臧校毕朱晞颜《瓢泉词》，并作《跋》。中曰："《四库提要》考元代有两朱晞颜，其一为作《鲸背吟》者，一字景渊，长兴人，即著此稿者也。卷中原有《浣溪沙》（银海清泉）一调，《菩萨蛮》（乡关散尽）一调、（芙蓉红落）一调，《柳梢青》《临江仙》《蓦山溪》《苏武慢》各一调，并见宋朱希真《樵歌》。吾友章怡田明经校此词，以为馆臣误录，如《菩萨蛮》之'嵩少参差碧'，《柳梢青》之'洛浦莺花，伊川山水，何时归得'，率非浙人语气。余曩刻《湖州词征》，已依其说，删此七调。今怡田墓已宿草，故附著之。宣统辛酉仲秋之月，朱孝臧跋。"（朱孝臧辑校：《彊村丛书》下册，第 1428 页）

10 月

10 日，《东方朔》第 2 期国庆号刊发：柳亚子《冶春词小序》。（后收入《民国珍稀短刊断刊·上海卷》第 6 册，第 2561 页）

剑亮按：《东方朔》，月刊，1921 年创刊于上海，由群英书店出版发行。当年终刊。

12 日，钟大元作《墨禅诗余跋》，曰："大先兄讳启元，号宝田。幼颖异过人，有隽才，下笔千言，倚马可待。年十三，侍先子之官八闽，度庾岭题壁，有句云'二分明月千秋恨，几树梅花半岭愁'，为山阴王庵观察所击赏，妻以爱女，亦工吟咏，人艳羡之。然性嗜饮，崖岸自高，与世多忤。及冠，丁红羊厄，不能归试武林，乃捐纳知县，听鼓粤东，颇受知当道，前后坐办善后局者，几数十年。虽晋阶知府，仅一权罗定州知州篆，两署虎门同知事，而宦橐萧然。盖生平有三好：良友、名花、美酒也。即处窘乡，苟得邂逅斯三者，辄不吝解囊过从。故忌者之馋谤，与爱者之揄扬，并出一时，几淆黑白，致未能遂其志而展其才，论者每引为惋惜焉。今逝世且三十年，身后遗子女各一，早卒。所著《退扫闲轩文》一卷已散失，仅有《墨禅诗存》《诗余》两册，贮大元箧中久矣。恐为虫鱼侵蚀，特丐盟友余君信芳为各选若干首，附刊《苔岑丛书》，用广其传，使他日大先兄半生心血能得藉以常存天地间，为赏音者之爱护，则大元亦可告慰吾兄于九京矣。稿将付印，爰识崖略如是。辛酉重阳后三日，海昌钟大元冕夫谨识。”（余端辑：《苔岑丛书》，第 3 页。后收入南江涛选编：《清末民国旧体诗词结社文献汇编》第 6 册，第 227 页）

本月

乔曾劬作《解连环》（辛酉十月，将之海上，用觉翁留别石帚韵答柳溪）。（乔曾劬：《波外乐章》卷一，民国二十九年［1940］成都茹古书局刊印本，第 1 页。后收入朱惠国、吴平编：《民国名家词集选刊》第 14 册，第 468 页）

11 月

8 日，杭州西溪秋雪庵历代词人祠堂落成。刘承幹记曰：“十时，钮觐唐、吴一臣来。遂与二公并从叔、杞儿乘舆至东岳水口。梦坡备舟相迓，至舟中，遇于向山（名南，江西金溪人，教育科长）。十二时半，抵秋雪庵，已在行亚献礼。余亦随同叩首，到者五十四人，由朱古微侍郎主祭，盖当代词家也。在弹指楼午饭，同席者为葛稚威、祖芬乔梓，杨见心、陶拙存、张石铭、宗子戴。散后至茭芦庵，略观书画，小坐即出。过老东岳，进去叩头，过老和山（即秦亭山），乃登山一观而归。是日西溪之行，因梦坡在秋雪庵创建历代词人祠堂（指定全浙一省），于是日落成，前为祠堂三间，后为弹指楼亦三楹也。余亦捐助田二十亩有零，每亩约计六十元也。”（刘承幹著，陈谊整理：《嘉业堂藏书日记抄》，第 421 页）

本月

周庆云筑历代词人祠堂落成，朱彊村、夏敬观、恽瑾叔、徐仲可、钱亮臣等均作词以记之。（周延祁编：《吴兴周梦坡［庆元］先生年谱》，《近代中国史料丛

刊》第 82 辑，第 82 页）

《亚洲学术杂志》第 2 期刊发：

况周颐《蕙风簃随笔》，一则曰："梅宛陵诗：'不上楼来今几日，满城多少柳丝黄。'《晁氏客语》记欧公云，非圣俞不能到（宋无名氏《爱日斋丛钞》）。按，李易安词'几日不来楼上望，粉红香白已争妍'，由此脱胎，却自是词笔。"又一则曰："曩辑《薇省词钞》，屡访颜修来、曹颂嘉、赵云菘三先生词弗获，例言引为恨事。比阅《茶语客话》，壬午春王月偶作《望江南》词二十阕，分咏淮南岁寒食品，王蓬心宸读而艳之，为写《岁朝填词图》云云。唐山先生曾官中书，据此知先生亦尝填词，惜无从搜访矣。"

剑亮按：《亚洲学术杂志》由"亚洲学术研究会"创办。"亚洲学术研究会"，1921 年秋成立于上海。主体人物为一批"积学之士"，从政治倾向来讲，基本上是流寓上海的一群遗民。他们在讲学的基础上，出版了刊物《亚洲学术杂志》。武汉大学图书馆藏有该刊。据《亚洲学术研究会记事》所载，该会以"亚洲学术与世道人心有极大关系，须加以研究，故名曰亚洲（原文为'名亚曰洲'）学术研究会"，研究会在上海租屋一间（即上海横滨桥克明路顺大里 71 号），为会友讲习之地，计划每月讲书 3 次或两次，月出杂志 1 册（后因故月刊变成季刊，8 月出版第 1 期，11 月出版第 2 期，1922 年 3 月、8 月出版第 3、4 期，实际仅刊发 4 期），以发表学术上研究之所得，会友资格必须在 30 岁以上且与本会宗旨学派不相背谬。孙德谦为编辑人，汪钟霖、邓彦远为理事人，投稿会员有王国维、罗振玉、曹元弼、张尔田等。杂志在上海和日本大阪市设有销售处。参见罗惠缙：《从〈亚洲学术杂志〉看民初遗民的文化倾向》，《武汉大学学报（人文科学版）》2008 年第 2 期。

12 月

本月

康有为作《粤二生诗词集序》，中曰："吾自海外归，以甲寅六月居上海申嘉园，日与沈子培尚书游，而问人才曰：自戊戌吾亡外十六年，与中国人士不久接。后起多才贤，孰冠冕者？尚书应曰：以所见人才，能冠一国，莫如君之门生麦孺博、潘若海也……朱彊村侍郎久与二子游，多所倡和。既叹念逝者，为录校其所遗诗词，令吾序之。披卷咏叹，天寒日短。夕阳在山，朔风振厉。修竹萧条，如闻山阳之笛。哀怨微茫，感旧伤怀，能无怆恨。朱侍郎曰：潘、麦二子之才贤，庶几鲁二生。若海，南海人；孺博，顺德人，吾遂名为《粤二生诗词集》而序之。"（后收入康有为著，姜义华、张荣华编校：《康有为全集》第 11 卷，第 177 页）

剑亮按：《粤二生诗词集》由朱孝臧校录麦孺博、潘若海所遗诗词而成，上述《粤二生诗词集序》，也是由朱孝臧约请康有为所作。

冬，刘毓盘作《南唐二主词校记》。落款曰："辛酉冬，江山刘毓盘校毕并识。"（后收入谭新红等整理：《刘毓盘词学文集》，第 194 页）

冬，梁文灿作《念奴娇》（辛酉仲冬，余权同里榷政，期满回宁，本镇绅商饯余于米业公所，即席赋此）。（梁文灿：《蒙拾堂词稿》之《杏雨词》，第 17 页。后收入朱惠国、吴平编：《民国名家词集选刊》第 7 册，第 331 页）

年末，朱孝臧作《临江仙》（此辛酉岁暮同寐叟作，叟目为调高意远者也。稿佚不复省，慈护世讲检叟遗箧，得之）。（朱祖谋：《彊村语业》卷三，第 2 页。后收入朱惠国、吴平编：《民国名家词集选刊》第 2 册，第 503 页。亦收入曹辛华主编：《民国词集丛刊》第 3 册，第 298 页）

《台湾文艺丛志》第 3 卷第 6 号刊发：

佚名（丘逢甲?）《念奴娇》（科山生圹集成戏题）、《水调歌头》（青城哀二阕）、《水调歌头》（击剑饮君酒）、《水调歌头》（花月大梁道）、《潇潇雨》（听雨）、《渡江云》（坠鞭江上路）、《隔浦莲》（塞鸿衔到锦字）、《殢人娇》（赠宝柱）。（后收入方宝川、谢必震主编：《台湾文献汇刊续编》第 94 册，第 442 页）

本年

【词人创作】

毛泽东作《虞美人》（枕上）。（中共中央文献研究室编：《毛泽东诗词集》，中央文献出版社，2003 年，第 145 页）

剑亮按：《毛泽东诗词集》收录该词，词后有注曰："这首词最早发表在一九九四年十二月二十六日《人民日报》。"

夏承焘作《石湖仙》（白石道人像，半樱师嘱题，与瓯社诸子同作）、《清平乐》（鸿门道中）。（吴无闻：《夏承焘教授纪念集》，第 216 页）

吴梅作《水龙吟》(昌平州谒明陵)、《清平乐》(和张孟劬)。(王卫民:《吴梅评传》,第 276 页)

黄侃作《金缕曲》(此事能成赖蹇修)。(司马朝军、王文晖:《黄侃年谱》,第162 页)

陈夔作《清平乐》(辛酉晚妆风细)。(陈夔:《虑尊词》,第 21 页。后收入朱惠国、吴平编:《民国名家词集选刊》第 16 册,第 289 页)

胡士莹作《菩萨蛮》(凤楼尘锁金徽索)、《浣溪沙》(小簟轻衾梦不稠)、《踏莎行》(雁户延秋)。(胡士莹:《霜红词》,民国二十年 [1931] 刻本,第 1 页。后收入曹辛华主编:《民国词集丛刊》第 10 册,第 363 页)

易孺作《玉楼春》(和叔问《冷红词》卷二第一首意,为玉霜辛酉生朝寿)。(易孺:《大厂词稿》之《绝影楼词》,第 7 页。后收入曹辛华主编:《民国词集丛刊》第 8 册,第 140 页)

吴其昌在无锡作《秋蕊香》(公园残柳)二首。(后收入吴令华主编:《吴其昌文集·诗词文在》,三晋出版社,2009 年,第 20 页)

吕凤作《花屏秋色》(辛酉)。(吕凤:《清声阁词》卷二,第 20 页。后收入朱惠国、吴平编:《民国名家词集选刊》第 8 册,第 273 页)

沈尹默作《减字木兰花》(为援庵题陈白沙所书《心贺诗卷》)。(后收入马国权编:《沈尹默论书丛稿》,岭南美术出版社、生活·读书·新知三联书店香港分店,1981 年,第 245 页)

剑亮按:《心贺诗卷》为陈白沙《寄贺柯明府》诗。陈白沙,即陈献章。诗歌见《陈献章集》,中华书局,1987 年。

【词籍出版】

朱家驹等撰《苔岑丛书》(辛酉)刊行。(后收入南江涛选编:《晚清民国旧体诗词结社文献汇编》第 6 册。亦收入曹辛华、钟振振选编:《晚清民国旧体诗词结社文献续编》第 3 册)

该《丛书》收《劬秋轩词钞》。作品有:

歙县程松生筠甫《满江红》(金陵试院,自科举罢后荒废久矣。近来改辟市场,独西瞭楼巍然尚存留,为士人游憩之所。汪叔带道尹有词题壁,邀余同作。爰填此阕,以志感尔)、《满江红》(门巷悁悁)、《满江红》(题谢玉岑同社《青山草堂鬻书图》）；

　　常熟陆宝树醉樵《声声慢》（九秋吟，和东园丈作，次韵）九首；

　　高邮俞琪玉其《醉太平》（和永嘉林甄宇）二首、《浣溪沙》（极愿归来庑下居）、《高阳台》（题刘麓孙天台别墅）；

　　盐城曹树桐晓墅《虞美人》（赠夏承之表叔）、《蝶恋花》（题王璞山百花图册）、《水调歌头》（题谢玉岑同社《青山草堂鬻书图》）；

　　常熟郑之骏北野《新荷叶》（风柳疏烟依依）、《芭蕉雨》（漠漠湖田润溢）、《华清引》（筠廊曲处置匡床）、《珠帘卷》（雷乍歇）、《风入松》（凉飙穿树动风澜）、《惜红衣》（鸥梦迷香蕉阴浸）、《鹊桥仙》（罗云淡薄）、《凤栖梧》（昼色暝暝天似暮）、《虞美人》（疏帘半卷凉风紧）；

　　武进谢觐虞玉岑《高阳台》（钱塘陆碧峰为绘《深巷卖花图》，用成此解）、《南浦》（送玉虬重赴津门，时在寄园赋）、《满江红》（赠碧峰西湖，即题其《痴云馆填词图》）；

　　缨义老人《拜星月慢》（元夜）、《菩萨蛮》（年年惯作他乡客）、《如梦令》（一抹寒烟罩月）、《一剪梅》（零落残红吹满庭）；

　　武进吴放我才《霜天晓角》（自题《蒲团图》小影）、《蝶恋花》（李琴生倩题蝴蝶帐额）、《长亭怨》（送春）、《凤凰台上忆吹箫》（书怀）、《凤凰台上忆吹箫》（有赠）、《百字令》（春意）、《菩萨蛮》（春雨）；

　　阳湖钱世秉钧《放如斋词草》，作品有：《西江月》（即景）、《蝶恋花》（月夜）、《渔父》（赠歌妓）、《踏莎美人》（有赠）、《虞美人》（风情态度人间少）、《蝶恋花》（才过清明蒲节到）、《踏莎行》（秋兴）、《清商怨》（有忆）、《朝中措》（心头情事有万千）、《南柯子》（鹤骨支离立）、《鬓云松令》（说春愁）、《江城梅花引》（半庭花影半庭霜）、《踏莎行》（龙虎山吊古）、《蝶恋花》（十五盈盈人正小）、《苏幕遮》（扫春山）、《夜行船》（绿遍青山春早去）、《唐多令》（除夕）、《齐天乐》（夜月有感）、《小桃红》（春愁）、《满江红》（元宵）、《离亭燕》（感旧）、《谢秋娘》（悼亡）、《河满子》（肠断春风秋月）、《解语花》（天心难测人事）、《醉花间》（生离别）、《浣溪沙》（夜冷纱窗月正中）、《浣溪沙》（奉倩离魂却有缘）、《浣溪沙》（一片雄心化作灰）、《浣溪沙》（杨柳丝垂傍镜台）；

　　海昌钟启元葆田《墨禅诗余》，作品有：《如梦令》（题瑞仲文中丞璸《醉蝶图》，奉家大人命代作）、《汉宫春》（丁吉云以仕女便面索题，倚此以应）、《忆秦娥》（题仕女便面）、《摸鱼儿》（自题墨禅小影）、《极相思》（忆内）四首、《惜余春慢》（题李默庵《秋山采药图》，并以志别）、《越溪春》（题会稽王秋浦丈《渔隐图》）、《醉花阴》（茉莉）、《一枝春》（春事阑珊，新愁怅触。刘光珊以模草窗韵新词索和，谱此以应）、《喝火令》（光珊戏作艳体索和，即步原韵）、《锦帐春》（白梅花）、《暗香》（广州署斋绿珠粉牡丹盛开，驾航师与幕中诸公用白石道人自制咏梅词韵唱和，因命拟作，勉成二曲）、《疏影》（梨涡绽玉）。卷尾有"三山质轩黄光彬"和"新罗藻舲胡鉴"分别题写的《读墨禅诗词书后》，以及"海昌钟大元"于"辛酉重阳后三日"写的《跋》。

剑亮按：《纫秋轩词钞》亦收入曹辛华主编：《民国词集丛刊》第21册。

余端编《苔岑丛书·蘋香室校订盘珠词》刊行。《盘珠词》由"武进庄莲佩盘珠著"。卷首有"咸丰五年乙卯长至日钱唐女士关镆作于梦影楼"的《盘珠词序》。卷尾有"辛酉七月武进余端"作的《题跋》。（后收入曹辛华、钟振振选编：《晚清民国旧体诗词结社文献续编》第4册）

《慎社第二集》刊行。卷首有吕渭英《序》、王毓英《序》，卷尾有《编者记》。参见1920年5月慎社成立条。（后收入曹辛华、钟振振选编：《晚清民国旧体诗词结社文献续编》第39册）收录词作有：

阮埙《满江红》（偶兴）、《满江红》（林汉如先生之扬州送别）、《明月棹孤舟》（浔阳琵琶）、《竹夫人》（玉玲珑）；

李笠《青玉案》（海棠）、《青玉案》（秋海棠）；

曾廷贤《凤凰台上忆吹箫》（秋日游江心寺感作）；

夏承焘《满江红》（怀林默君厦门军中）、《满江红》（李仲骞《秣陵游草》题词）、《满江红》（赠叶二子平）、《摸鱼儿》（醉昏昏）、《青玉案》（碧烟吹作风丝冷）、《江南好》（湖上）、《满江红》（杭州客感）、《如梦令》（花谢闲庭风紧）、《金缕曲》（自题《忏红词》）、《满江红》（怡园雅集）；

张成鹗《无俗念》（题林浮沚《孤山放鹤图》）、《忆秦娥》（砧声歇）、《忆旧游》（归自金陵，寄别友人）；

薛显名《水调歌头》（送陈纯白之燕京）。

剑亮按：阮埙，字惠斋，浙江绍县人。李笠，字鹤臣，浙江瑞安人。曾廷贤，字公侠，浙江永嘉人。夏承焘，字瞿禅，浙江永嘉人。张成鹗，字剑秋，浙江永嘉人。薛显名，字立夫，浙江永嘉人。

《慎社第三集》刊行。卷首有林鹍翔"辛酉春正月"所作之《序》、郑猷《满庭芳》（登息劳亭有怀汪侯楚生，即书刘厚庄先生所撰碑记后却寄）。（后收入曹辛华、钟振振选编：《晚清民国旧体诗词结社文献续编》第 39 册）收录词作有：

林鹍翔《贺新凉》（在浙三载，忽奉调粤之命。西湖日短，南浦波长。赠策有人，挂帆何意？黯然倚此）、《解连环》（用梦窗留别石帚韵，题许逸云同年《七夕寻梦图》）、《寿楼春》（山荷属题《红楼饯月图》，即用原韵）四首、《渡江云》（去浙后北游累月，旧雨今雨，把酒言欢，寄谢代简）、《卖花声》（周晋仙明日新年之作，前人多敩之。戏用其韵，时将有羊城之行）、《忆旧游》（重游武林，与社友排日欢宴，别后寄酬）、《好事近》（彊村先生书示《灵隐夜归蒋氏湖舍》新作，和韵感赋）、《扫花游》（春雨）、《望江南》（奉调岭峤，忽忽半载。待舟沪上，为风雨败兴。折回晋陵，柳昏花暝，渺兮余怀也）二首、《花犯》（约园在常州城南古村，园中池塘深窈，赵于冈先生全家同殉处。偕周企闲、朱季安访之，并游静园、意园，用碧山韵）、《梦玉人引》（红梅阁访梅。阁在常州东门外元妙观，旧传紫阳真人手植红梅于此。瓯北先生诗云"出郭寻芳羽士家，红梅一树灿如霞。樵阳未即游仙去，先向瑶台扫落花"。因衍其意，从石湖体）、《临江仙》（和况夔笙先生韵）八首、《齐天乐》（寿金粟香先生八十）、《临江仙》（和彊村先生韵）、《临江仙》（与周怡厂联句，用前韵）；

夏承焘《念奴娇》（送冷生游杭）、《菩萨蛮》（拟《花间》六首）、《金缕曲》（金闿旅次作）、《眼儿媚》（道上送春）、《减字木兰花》（过白门）、《百字令》（送炎生游闽）、《临江仙》（睡损新妆人懒去）、《金缕曲》（题董门社兄《涉江采怨图》）、《摸鱼子》（甚匆匆）、《蝶恋花》（幽恨花前谁与诉）、《百字令》（寄子韶扬州）；

陈闳慧《甘州子》（题《罗浮梦境图》）、《青玉案》（炉温宝鸭香）；

邵池师孟《满江红》（读岳忠《满江红》词，即寄原调）；

李笠《望云涯引》（悼薛君储石）；

王渡《八声甘州》（辛酉春季，孤屿文丞相祠修祭事，慎社同人即集澄鲜阁禊饮）、《八声甘州》（郁烟云丞相旧崇祠）、《连理枝》（沪上广仓学会辛酉春三月举行乡饮、乡射、投壶诸典，海内耆宿，联翩与会，甚盛事也。时爱俪园主即为罗友兰、友山昆仲行婚礼，先期修加笄之典，准今酌古，繁简悉当。来函征诗文，赋此报之）、《摘得新》（同前题）四首、《满江红》（西湖白文公祠附祀樊谏议敬赋，用平韵）、《鹧鸪天》（茶山桃花）二首、《百字令》（仙岩纪游）二首；

龚均《百字令》（和梅伯仙岩纪游）、《八声甘州》（辛酉春季，孤屿文丞相祠修祀事，慎社同人即集澄鲜阁禊饮）、《画堂春》（沪上广仓学会辛酉春三月举行乡饮、乡射、投壶诸典，海内耆宿，联翩与会，甚盛事也。时爱俪园主即为罗友兰、友山昆仲行婚礼，先期修加笄之典，准今酌古，繁简悉当。来函征诗文，赋此报之）；

翟骏《百字令》（和梅伯游仙岩）、《八声甘州》（辛酉春季，孤屿文丞相祠修祀事，慎社同人即集澄鲜阁禊饮）、《鹧鸪天》（茶山桃花）；

严文虎《百字令》（和梅伯游仙岩）二首、《八声甘州》（辛酉春季，孤屿文丞相祠修祀事，慎社同人即集澄鲜阁禊饮）；

徐锡昌《百字令》（和梅伯游仙岩）、《八声甘州》（辛酉春季，孤屿文丞相祠修祀事，慎社同人即集澄鲜阁禊饮）、《鹧鸪天》（茶山桃花）；

曾廷贤《百字令》（和梅伯游仙岩作）、《满江红》（西湖白文公祠附祀樊谏议敬赋）、《鹧鸪天》（茶山桃花）；

郑猷《念奴娇》（西山吊古，用东坡赤壁韵）、《如梦令》（蜡照香熏几许）、《暗香》（茶山探梅）、《阮郎归》（陈莼白以某女士绘秋海棠画帧属题，为成此解）、《减兰》（新植杜鹃一本，花发秾丽逾常。因触亡儿之痛，走笔成此）、《疏影》（敬题白石道人遗像，为林铁师作）、《满江红》（西湖白文公祠附祀樊谏议敬赋）、《鹧鸪天》（茶山桃花）、《八声甘州》（辛酉春季，孤屿文丞相祠修祀事，慎社同人即集澄鲜阁禊饮）、《百字令》（和梅伯游仙岩）、《鱼水同欢》（贺沪上爱俪园主为罗友兰昆仲行婚礼）；

陈经《木兰花慢》（瓯江怀古）。

剑亮按：郑猷，字薑门，浙江永嘉人。林鹍翔，字铁尊，浙江吴兴人。陈闳慧，字仲陶，浙江永嘉人。邵池师孟，字念慈，浙江瑞安人。王渡，字梅伯，浙江余杭人。龚均，字雪澄，湖北汉阳人。翟骏，字楚材，安徽泾县人。严文虎，字琴隐，浙江永嘉人。徐锡昌，字秋桐，浙江永嘉人。陈经，字洒周，浙江永嘉人。

　　陈曾寿《旧月簃词》刊行。卷首有陈曾任《序》，参见本年 7 月。（浙江图书馆藏。后收入朱惠国、吴平编：《民国名家词集选刊》第 12 册）

　　周曾锦《香草词》刊行。卷首有作者《自序》。（华东师范大学图书馆等有藏。后收入曹辛华主编：《民国词集丛刊》第 10 册）

　　作者《自序》曰："锦自髫年好为韵语，于古人词集每喜玩索，间仿为之，弗能工也。客游四方，或寂处一室，意如云兴，辄复弄笔。然雕虫小技，心知无益，有朋相爱，亦稍稍见规，由是辍弗作者亦有年。既而藩枑屡抉，弗能自坚。甚且浸淫不已，亦以见结习之难除，改过之不勇也。今年夏，梅雨淹旬，间理旧稿，写定一本，行付剞劂。老子曰：将欲歙之，必固张之。以张之者歙之，兹戒庶几勿复犯乎。昔郭频伽三十七岁刊其所作《蘅梦词》，其自序云：自今已往，息心学道，无作可也。今予年适与之符，谨引频伽之言以自勖，且谢爱我者。"

　　王守恂《仁安词稿》二卷刊行。（后收入曹辛华主编：《民国词集丛刊》第 1 册）

　　黄荣康《凹园词钞》一卷刊行。（后收入曹辛华主编：《民国词集丛刊》第 17 册）

　　程松生等《纫秋轩词钞》一卷刊行。（后收入曹辛华主编：《民国词集丛刊》第 21 册）

　　剑亮按：《纫秋轩词钞》也收入朱家驹等撰《苔岑丛书》（辛酉）刊行，已见前。

　　钱世《放如斋词草》一卷刊行。（后收入曹辛华主编：《民国词集丛刊》第 30 册）

　　剑亮按：《放如斋词草》收词见本年前《苔岑丛书》（辛酉）。

　　罗振常《微声集》一卷刊行。内收《颓檐词》《浮海词》《旗亭词》。卷首有秦遇赓《序》和作者《自序》。卷尾有南村旧农《跋》。（后收入曹辛华主编：《民

国词集丛刊》第 32 册）

作者《自序》曰："为学贵乎为己，贱乎为人。学则有然，文亦犹是。儿时尝学诗矣，征题索和，赠往答来，纯乎其为人也。既壮而悔之，尽弃其稿，不复作。已而世变日亟，举世如饮狂泉。郁伊之怀，无可共语，则托之于词。啸歌寤寐，日月不淹，忽又十余年矣。泻陆成江，已无可说。问天搔首，自笑其劳。则今日者弃其稿，如曩之弃诗，固其宜也。惟是有生而后有戚无欢。昔人谓乐不长留，即悲亦岂能久在。当夫不眠漏永，病起春残，酒酣耳热之余，指发裂眦之会，追其情景，非不可思述，于今兹等为陈迹，惟此斜行细草，用作鸿泥，斯亦未可尽弃矣。寒尽春来，心烦虑乱。杜康之劝，未足解忧。夜寐复起，则尽取旧稿，重事排比。其近似于为人者，悉汰弗留。都为一帙，命长女庄录而存之。夫词之以集名者，《阳春》《乐章》，夐乎尚已。诸人生当盛世，宜有元音。若仆则叔季鲜民，饱更忧患。宫商雅奏，无复能成。命曰《徵声》，从其实也。嗟嗟。横流未已，来日大难。虽欲鼓枻清潭，屏机汉曲，求之今日，宁可得耶？后此或竟焚笔砚，或续有呕思，又或激楚之音，仍得归于和雅，非可逆观。譬彼舟流，瞻乌爰止，吾不知其所之矣。时辛酉仲春七日，心井自记。"

罗庄《初日楼正续稿》二卷刊行。卷尾有作者《跋》。（后收入曹辛华主编：《民国词集丛刊》第 32 册）

作者《跋》中曰："余自辛酉年成诗词稿一卷，后此遂少所作。"

王均卿校阅《词话丛钞》，由上海大东书局石印本印行。

廖平著作集《六译馆丛书》，由成都存古书局编成、刊行。内收张祥龄《子苾词钞》一卷，收词 163 首。有张祥龄本人之作，以及张氏与王鹏运、郑文焯、况周颐等人的联句之作。

陈闳慧编、林鹍翔审定《瓯社词钞》，由温州同文印书馆刊行。
剑亮按：陈闳慧（1894—1953），字仲陶，号剑庐，浙江永嘉人。

【词人生平】

王景沂逝世。

王景沂（1871—1921），字义门，号昧如，江苏江都（今扬州）人。官福建长乐知县。有《瀊碧词》一卷。冒广生《小三吾亭词话》卷四曰："江都王义门大令景沂，病口吃，而天才骏发，倚马万言，吾党之畏友也。往刘星甫礼部尝欲以己作合余与义门词刻之为《淮左三家词》，余逡巡未敢遽应。今星甫殁，遗稿存南中朱古微侍郎处。茫茫息壤，何忍食言，当约义门共偿此诺耳。义门旧刻《瀊碧词》一卷。"（唐圭璋编：《词话丛编》第 5 册，第 4724 页）

王以敏逝世。

王以敏（1855—1921），原名以愍，字子捷，一字梦湘，号梦湘，湖南武陵（今常德市）人。官江西瑞州知府。与程颂万、郑文焯、朱祖谋等人唱和。有《檗坞词存》。冒广生《小三吾亭词话》卷五曰："又尝以沙河道中见武陵王梦湘太守以愍题壁词云：'霜月凄骨，辞凤阙，照关山。山驿悄，秋早不胜寒。昨夜梦长安。花残。五更君莫看，是孤弦。'（《诉衷情》）挑灯读之，觉其凄异，因填《河传》一解和之……梦湘尝主讲吾州紫琅书院，时余已入都。去年王聘三观察自江西来，以梦湘《檗坞诗存》见贶，余亦以所刻《小三吾亭集》报之。延津之剑，合并何时，望美人兮天一方，渺渺兮余怀。"（唐圭璋编：《词话丛编》第 5 册，第 4742 页）

姚鹏图逝世。

姚鹏图（1872—1921），字柳坪，一字柳屏，号古凤，江苏镇洋（今太仓）人。官山东临沂知县，民国任内务部司长。有《柳坪词》。

董受祺逝世。

董受祺（1862—1921），字绶紫，江苏阳湖人。光绪十五年（1889）举人，入镇抚使陈毅幕，任军法科科长。有《铸铁词》《碧云词》。

严复逝世。

严复（1854—1921），字又陵，一字几道，晚号愈野老人，福建侯官人。英国格林尼茨海军大学毕业。曾任复旦公学校长，充资政院议员。民国居沪。有《严复集》。钱仲联《近百年词坛点将录》评曰："几道早游英伦学海军，归而以译事名其家。译哲学、经济名著，与琴南各树一帜。余事为词，情深文明。《摸鱼儿》词，退庵拟之'嗣宗咏怀'，《金缕曲》评为'胸襟甚大，气倍词前'，此非刻翠裁红者流所能道。"（钱仲联：《梦苕庵论集》，第403页）

1922 年

（民国十一年　壬戌）

1 月

15 日，《南开季刊》第 1 期刊发：饶汉礽《高山流水》（池塘怎乃柳阴依）。（后收入《民国珍稀短刊断刊·天津卷》第 10 册，第 5038 页）

23 日，黄侃作《浣溪沙》（记梦）。（黄侃著，黄延祖重辑：《黄侃日记》，第 59 页。后收入黄侃著，黄延祖重辑：《黄季刚诗文集》，第 418 页）

28 日，周岸登作《齐天乐》（壬戌岁旦，示大侄以文）。（周岸登：《蜀雅》卷九《丹石词》，第 7 页。后收入曹辛华主编：《民国词集丛刊》第 9 册，第 420 页）

2 月

22 日（农历正月二十六日），林铁尊为夏承焘修改《踏莎行》（红叠愁深）、《减兰》（海棠开后）、《齐天乐》（《风雨填词图》，仲陶嘱题）。（吴蓓主编：《夏承焘日记全编》第 2 册，第 663 页）

本月

向迪琮作《浣溪沙》（壬戌二月，于役沪滨。大壮为诗见诒，次韵倚此为报，兼简沪上诸公、季璧两弟）。（向迪琮：《柳溪长短句》，第 20 页。后收入曹辛华主编：《民国词集丛刊》第 3 册，第 531 页）

郁达夫作《卖花声》（送外东行）。落款曰："一九二二年二月，富阳。"（后收入吴秀明主编：《郁达夫全集》第 7 卷，第 225 页）

3 月

1 日，《学衡》第 3 期刊发：周岸登《一萼红》（泸山秋海棠，缘岑被涧，滋孕蕃硕。紫白花者尤异，兹山殆其原产地欤，词以宠之）。

剑亮按:《学衡》，月刊，1922 年 1 月 1 日创刊于江苏南京，由南京钟山书局出版发行。1933 年终刊。

20 日（农历二月二十二日），夏承焘作《百字令》（和灵峰摩崖词，寄刘厚庄前辈）。（吴蓓主编:《夏承焘日记全编》第 2 册，第 676 页）

22 日，黄侃阅《绝妙好词笺》，并撰笔记，曰:"宋词用字，盖有三例。一曰熟语（用典故、训诂皆属此类。如辛词《摸鱼儿》用长门事、用千金买相如赋，曰玉环、飞燕，此用典故也。用匆匆、脉脉，危栏之危，此用训诂也）。二曰造语（有造字、造句之异。造字如姜词'冰胶雪老'、'吹凉销酒'诸虚字之类。造句如'高柳晚蝉，说西风消息'之类）。三曰时俗语（有用时俗语为形容接续介系助句之词，而中加以熟语造语者。如刘翰词:'怨得王孙老'，'得'字时俗也。刘克庄词:'蓦然作暖晴三日'，'蓦然'字，时俗语也）……拟专取宋人选词，辑《宋词用字举例》一书。一以示填词用字造句之法，二以告今之高举常语为诗者，知亦有矩矱，非能率尔成章也。若夫恉义、格调、声律，皆已屡见前人之书，不复观缕可矣。"（黄侃著，黄延祖重辑:《黄侃日记》，第 123 页）

29 日，钱玄同访单不庵，谈李烈钧词。钱玄同记曰:"访不庵，他对我说《八家四六文》中之洪北江《再与孙季述（球）书》真好，此等骈文断非堆砌典故者可比。又云，近于报端见李烈钧《满江红》词一首，满纸全无真言。若岳飞所为，如'八千里路云和月'等语，何等真切。据此，此公对于文学实已采得骊珠矣。彼言不懂纯文学者，伪也。"（杨天石主编:《钱玄同日记》上册，北京大学出版社，2014 年，第 401 页）

30 日，向迪琮作《大酺》（壬戌上巳，社坛禊集，和草窗）。（向迪琮:《柳溪长短句》，第 22 页。后收入曹辛华主编:《民国词集丛刊》第 3 册，第 536 页）

本月

《亚洲学术杂志》第 2 期刊发: 释持《彊村校词图序》。

剑亮按: 释持，即沈曾植。此《彊村校词图序》，作于民国五年九月（1916 年 10 月）。全文参见 1916 年 10 月沈曾植条，个别文字有异。

春，蒋兆兰作《念奴娇》（白雪词社第二十五课。壬戌初春，余与白雪词社诸子探梅邓尉，憩万峰寺还元阁。寺僧出示诺瞿上人《一蒲团外万梅花》图册，常熟翁相国借白石吴兴荷花次韵倡题。厥后，郑叔问文焯、易实甫顺鼎、张玉珊鸣珂诸老，皆踵韵续题。余亦继声，并约社友同赋）。（蒋兆兰：《青蓊庵词》卷三，第 11 页。后收入朱惠国、吴平编：《民国名家词集选刊》第 1 册，第 493 页）

春，施祖皋作《望海潮》（壬戌孟春，偕中国领事与各校教职员环游星岛全境，参观马来王宫，作此以留纪念）。（施祖皋：《硕果斋词》，第 39 页。后收入朱惠国、吴平编：《民国名家词集选刊》第 16 册，第 439 页）

春，周岸登作《沁园春》（壬戌暮春，陪石城令固始吴述先嗣让游金精翠薇）。（周岸登：《蜀雅》卷九《丹石词》，第 17 页。后收入曹辛华主编：《民国词集丛刊》第 9 册，第 439 页）

春，李遂贤作《凉州令》（壬戌暮春，自京汉调移中东路。适值军事又作，至四月中旬始克东行，留别同人，即题照像）。（李遂贤：《懊侬词》，第 10 页。后收入曹辛华主编：《民国词集丛刊》第 4 册，第 178 页）

春，朱孝臧作《摸鱼子》（龙华看桃花）、《鹧鸪天》（越日重游，遂访石芝居士）。（沈文泉：《朱彊村年谱》，第 249 页）

剑亮按：沈曾植《曼陀罗㜗词》有《摸鱼子》（彊村写示龙华桃花词，依韵答之。是日寺僧约看花，未往）、《鹧鸪天》（再和彊村韵）。后收入朱惠国、吴平编：《民国名家词集选刊》第 1 册。当为朱孝臧上述两词之和作。

春，陶湘作《景宋金元明本词叙录》。中曰："吾友吴子伯宛于三君为交旧，与吾邑董绶经大理同在京师，撢研尤富。乃创意专搜宋元旧本，影写刻之，使后来获见原书面目。所辑皆善本、足本，藉证向时一切抄校之陋。旧有阙误者，亦存其真，不失乾嘉前辈影刻诸书家法。始成十有七种。戊午岁，以刊版归湘。数载以来，湘复踵其义例，选工精刻，又得二十三种。海内藏弃之家，名编珍帙，可据以传摹者，大致备于是矣。昔胡氏《秘册汇函》归于子晋，广为《津逮秘书》。昭文张氏、金山钱氏之书，亦后行赓续。倚声小道，孤绪垂绝。三十年来，乃得博闻好事，相为搜香。凡《历代诗余》与竹垞《词综》、凫乡《续词综》发凡所举宋元别集、总集，校其部目，咸有增益。而前人目为罕觏秘册者，复令家有其书。虽镌椠之工，远惭曩代，模形写范，庶几似之。汇次既竣，因为叙录一卷，略著梗概，俾后来撰词目者有所考焉。壬戌春仲，武进陶湘记。"

剑亮按：《景刊宋金元明本词五十种》，明毛晋，清吴昌绶、陶湘辑。《正编》吴氏双照楼十七种，《续编》陶氏涉园二十三种，《补编》三种，影汲古阁抄宋金词七种，共五十种。中国书店 1982 年据原版汇刊重印。

4 月

1 日,《学衡》第 4 期刊发:

周岸登《台城路》(重过金陵);

王易《高阳台》(过达官故居有感);

胡先骕《评赵尧生〈香宋词〉》。

剑亮按: 胡先骕《评赵尧生〈香宋词〉》指出, 赵"为词始于民国五年, 六百日中, 已裒然成集"。

7 日, 黄侃与梅僧道经长湖北岸人家, 见一花姝绝, 作《江神子》(长湖北畔路横斜)。(黄侃著, 黄延祖重辑:《黄侃日记》, 第 140 页。亦收入黄侃著, 黄延祖重辑:《黄季刚诗文集》, 第 441 页)

10 日, 黄侃阅《稼轩词》, 论曰:"稼轩词《临江仙》为岳母寿, 此等俗称, 入之文字, 殊可讶也。"作《恋绣衾》(春梦醒后休更寻)。(黄侃著, 黄延祖重辑:《黄侃日记》, 第 143 页。《恋绣衾》词, 亦收入黄侃著, 黄延祖重辑:《黄季刚诗文集》, 第 442 页)

17 日, 黄侃阅杨无咎《逃禅词》, 论曰:"《逃禅词》俳语过多, 有枚皋之病, 如《醉落魄》(咏龙涎)云:'几回殢酒襟怀恶, 莺舌偷传, 低语教人嚼。'《瑞鹤仙》:'渐娇慵不语, 迷奚带笑, 柳柔花弱。难貌。扶归鸳帐, 不褪罗裳, 要人求托。偷偷弄搦。红玉软, 暖香薄。'《明月棹孤舟》(咏园三五):'记得谯门相见处, 禁不定飞魂飞去。掌托鞋儿, 肩挑裙子, 悔不做闲男女。'诸词直是淫哇, 而《明月棹孤舟》后三语, 尤为遁洗, 虽壮士阅之, 亦未免荡心也。至《步蟾宫》一词所咏:'一斑两点从初起。这手脚、渐不灵利。背人只待暗搔爬, 腥臭气、薰天炙地。下梢管取好脓水。要洁净、怎生堪洗。自身作坏匹如闲, 更和傍人带累。'则癛疽花瘘亦以入词, 瞀矣。"(黄侃著, 黄延祖重辑:《黄侃日记》, 第 148 页)

21 日, 黄侃作《浣溪沙》(燕恋虚堂集不飞)。(黄侃著, 黄延祖重辑:《黄侃日记》, 第 152 页。亦收入黄侃著, 黄延祖重辑:《黄季刚诗文集》, 第 417 页)

22 日 (农历三月二十六日), 夏承焘作《齐天乐》(西安元夜)。(吴蓓主编:《夏承焘日记全编》第 2 册, 第 692 页)

22 日, 黄侃阅蒋捷词, 论曰:"竹山词, 其深至曲折处, 真可千吟万讽, 毛晋评其纤巧, 则非也。"作《虞美人》(竹山有听雨词, 后二语殊弱, 试即其调而微变之）。（黄侃著，黄延祖重辑：《黄侃日记》，第 152 页。《虞美人》词，后收入黄侃著，黄延祖重辑：《黄季刚诗文集》，第 417 页）

24 日，金毓黼论赵熙词曰："赵尧生所著之词曰《香宋》，胡氏评其得力于山水者为多，又直抒其忠爱故君之忱，其身世与杜陵为近，故其词尤可贵云云。尧生之词，为余所未见，就胡氏所节录者，可以知其大凡矣。"（金毓黼：《静晤室日记》第 1 册，辽沈书社，1993 年，第 586 页）

25 日，黄侃作《水调歌头》（留春）。（黄侃著，黄延祖重辑：《黄侃日记》，第 154 页。亦收入黄侃著，黄延祖重辑：《黄季刚诗文集》，第 422 页）

28 日，黄侃作《高阳台》（晓枕鹃愁）。词后有批语："此词怨咽颓唐，读至掩涕。"（黄侃著，黄延祖重辑：《黄侃日记》，第 156 页。亦收入黄侃著，黄延祖重辑：《黄季刚诗文集》，第 418 页）

5 月

1 日，《学衡》第 5 期刊发：

王易《台城路》（忏庵寄示秦淮闻歌词，赋此报之）；

刘永济《鹧鸪天》（江行杂兴）四首。

6 月

1 日，《学衡》第 6 期刊发：刘永济《疏影》（残柳）、《江城子》（闻雁）。

29 日，钱玄同评阅《双照楼影宋词》。记曰："在马处见陶兰泉续刻《双照楼影宋词》，其中有辛稼轩词，有出于四印斋本以外者，其一种即四印斋之娘家也。"（杨天石主编：《钱玄同日记》上册，第 420 页）

剑亮按：这里的"在马处"，指在马衡（叔平）住处。《钱玄同日记》6 月 28 日："访士远，与同至叔平家吃饭，叔平今晚宴客，为沈大、二、三、麟伯、君哲及其弟兄数人。"

本月

《湘君季刊》第 1 号刊发：刘永济《浣溪沙》（几日东风上柳枝）。该词后又刊发于 1927 年 11 月 24 日的《东北大学周刊》。参见 1912 年"词人交往"。

剑亮按：《湘君季刊》（实不定期）在胡子靖（元倓，1872—1940）任校长的湖南长沙明德学校创刊，同时发起成立长沙"明德社"。主要成员为吴宓的清华同学吴芳吉、刘朴、刘永济等。其中，刘永济为社长，吴芳吉、刘朴为编辑。

7月

1日，《学衡》第7期刊发：

周岸登《寿楼春》（西楼独凭，次梅溪韵）；

王易《祝英台近》（海绘扇面赋谢）；

胡先骕《齐天乐》（鸦）。

12日（农历闰五月十八日），夏承焘作《念奴娇》（孙仁玉前辈招观新剧《蝴蝶杯》全部，归成此解却寄）。（吴蓓主编：《夏承焘日记全编》第2册，第730页）

23日（农历闰五月二十九日），夏承焘作《卜算子》（双燕不归来）。（吴蓓主编：《夏承焘日记全编》第2册，第741页）

25日，任援道作《露华》（白雪词社第二十七集，双溪草堂咏金丝桃，时妇亡四十日矣。壬戌六月初二日也）。（任援道：《青萍词》，民国二十九年［1940］刻本，第22页。后收入曹辛华主编：《民国词集丛刊》第3册，第470页）

8月

1日，《学衡》第8期刊发：周正权《木兰花慢》（题文衡山遗像）。

3日，况周颐作《水调歌头》（壬戌六月十一日集海日楼，为寐叟金婚贺。海外国俗，结缡五十年为金婚）。（况周颐、赵尊岳：《蕙风词二卷和小山词一卷》，第35页。后收入曹辛华主编：《民国词集丛刊》第6册，第384页）

11日，钱玄同论《樵歌》。记曰："午后在尹默家中看《樵歌》，其中白话好诗甚多，而且此人胸襟洒脱，气象阔大也。"（杨天石主编：《钱玄同日记》上册，第427页）

14日，吴虞作《满江红》（祝王俊三先生暨德配唐夫人双寿）。（荣孟源审校：《吴虞日记》上，第289页）

29日（七夕），廖仲恺作《蝶恋花》（余自广州脱险后，陈璧君暨芗侬九妹、香凝内子送余趋海上。居旬日，复南归。徐君又铮招饮于家，为唱昆曲，中有《阳关》一节，时刚七夕，怅触予怀，率成此解）。（后收入广东省社会科学院历史研究所编：《廖仲恺集》，中华书局，2011年，第293页）

剑亮按：1922 年 5 月，廖仲恺被孙中山任命为广东省省长。同年 6 月，陈炯明叛变，将廖仲恺囚禁 60 多天。后经何香凝等营救，廖仲恺脱险。据词序中"余自广州脱险后""送余趋海上。居旬日，复南归""时刚七夕"诸语，故编年于此。

30 日，时新书局出版汪吉门《上海六十年花界史》，卷首有燕子《虞美人》（题汪了翁《上海六十年花界史》）。卷尾《诗词》栏目有遹叟《沪上词场竹枝词》十六首、《沪上妓女竹枝词》十首，燕子《花界调头竹枝词》二首，龚楼《花界调头竹枝词》二首，朱颂词《花界调头竹枝词》八首。（后收入上海文献汇编编委会编：《上海文献汇编·史地卷》第 3 册，第 1475、1637 页）

本月

李孺作《疏影》（壬戌秋七月，李七允庵自徐州以家藏白石道人旧砚相赠。背铭"清赏"二字，下款"白石翁"三字。砚质虽非上品，确系老端石也。为填此词报之）。（李孺：《仑阁词》，第 18 页。后收入朱惠国、吴平编：《民国名家词集选刊》第 3 册，第 251 页）

《亚洲学术杂志》第 2 期刊发：况周颐《礼科掌印给事中王鹏运传》，中曰：鹏运"精研词学，生平悃款抑塞，一寄托乎是。其《四印斋所刻词》自南唐迄元如干家。著有《半塘定稿》《袖墨》《虫秋》《味梨》《蜩知》等集"。

9 月

7 日，朱孝臧作《水调歌头》（壬戌七月十六日，甘翰臣招同王息存、王病山、况夔生、潘饼庵、劳敬修及令弟璧生、予季闰生非园秋禊，赋此纪事）。（钱仲联选：《清八大名家词集》之《彊村词》，岳麓书社，1992 年，第 959 页）

17 日，蒋兆兰作《齐天乐》（白雪词社第三十七课。壬戌九月十七日，倩仲宴同人于双溪草堂，展重阳，兼补寿觞也。酒罢，偕往亦园看菊，谱此呈倩公）。（蒋兆兰：《青菰庵词》卷三，第 15 页。后收入朱惠国、吴平编：《民国名家词集选刊》第 1 册，第 501 页）

本月

廖仲恺作《虞美人》（壬戌九月赴日本舟中）。（后收入广东省社会科学院历

史研究所编:《廖仲恺集》,第 294 页)

剑亮按:《廖仲恺集》收录此词时有编者注:"1922 年 9 月,廖仲恺代表孙中山赴日本与苏俄代表会谈反对帝国主义及中苏联席问题。"

吴梅就聘于东南大学国文系,主讲词曲。

秋,刘毓盘作《词史·自序》。中曰:"上自三唐,迄于元季,根柢骚雅,各有可观。言词者必奉以为宗,不独其音节之可法也。盖风人之意,犹有存焉者尔。入明洪武以来,以至有清乾隆之末,目为小道,此道几丧。复惑于张綖《诗余图谱》、程明善《啸余谱》、赖以邠《填词图谱》诸书,以为字句可以出入。阳羡万氏出,始辞而辟之。嘉庆以远,学者知长短句之不足以言词也,于是考四声,明读法,而斤斤于去上之分以纠其失。所惜者,乐谱沦亡,无从按拍,文人弄笔,仅在一字之工。然而浙派、常州派之分,即由之而起。虽曰可有可取,亦无谓之争矣。若不知而妄作者,则间亦有之焉。王昶《明词综》《清词综》、黄燮清《续清词综》诸书,不过以人存词,以词存人,要无当于风雅之义,以之泛览焉可也。夫取法乎上,仅得乎中。爱古薄今,必求一当。综其得失,以识盛衰。或略或详,在所不计。知我罪我,尤非所知已。壬戌仲秋,毓盘并记。"(后收入谭新红等整理:《刘毓盘词学文集》,第 54 页)

10 月

1 日,《学衡》第 10 期刊发:

周岸登《望海潮》(星回节,孤云阁赋);

胡先骕《宝鼎现》(双十节,浥城箫鼓甚盛,感赋);

向迪琮《八声甘州》(书梦瘿《闻妙香室词卷》);

郭延《买陂塘》(题辜云叟《竹西精舍图》);

刘麟生《浣溪沙》(月);

刘永济《祝英台近》(日疏疏);

胡先骕《评朱古微〈彊村乐府〉》。

5 日,吕凤作《一箩金》(壬戌中秋夜,怅触旧梦,黯然魂销,仍用卅年前短调重填一解)。(吕凤:《清声阁词》卷二,第 21 页。后收入朱惠国、吴平编:《民国名家词集选刊》第 8 册,第 275 页)

8 日,俞平伯作《浣溪沙》(飒飒西风夜已凉)。(后收入乐齐、孙玉蓉编:《俞

平伯诗全编》，第 576 页）

10 日，廖仲恺作《忆江南》（壬戌双十节，承荔侄女以小册索书，为赋此令）。（廖仲恺：《双青词草》，民国十七年 [1928] 上海开明书店影印原稿本，第 18 页。后收入朱惠国、吴平编：《民国名家词集选刊》第 12 册，第 194 页）

12 日，俞平伯改写《临江仙》（记六年夏在天津养疴事）。（后收入俞平伯：《忆》，第 42 页）

20 日，"国学研究会"举办演讲，由吴梅主讲《词与曲之区别》。

剑亮按："国学研究会"由东南大学、南京高师国文系发起成立。该研究会确立了"指导员职员录"和具体的工作机构。指导员有陈中凡、顾实、吴梅、陈去病、柳诒徵等。

22 日，刘麟生作《齐天乐》（重九前六日，丹城约游天平山）。（刘麟生：《春灯词》，第 6 页。后收入朱惠国、吴平编：《民国名家词集选刊》第 15 册，第 64 页）

23 日，况周颐为周庆云《历代两浙词人小传》作《序》，落款曰："岁在壬戌，重九前五日，临桂况周颐序于沪上赁庑之天春楼。"（周庆云编：《历代两浙词人小传》，周氏梦坡室藏壬戌 [1922] 刊本。后收入况周颐原著，孙克强辑考：《蕙风词话　广蕙风词话》，第 446 页）

24 日，廖仲恺作《千秋岁》（壬戌十月二十四日，许君志澄偕承麓侄如在驻日本使署行结婚礼。赋此催妆，并祝偕老）。（廖仲恺：《双青词草》。后收入朱惠国、吴平编：《民国名家词集选刊》第 12 册，第 195 页。亦收入广东省社会科学院历史研究所编：《廖仲恺集》，第 294 页）

剑亮按：《廖仲恺集》所收该词有词序曰："许君志澄，服官广州时，由余作伐与承麓侄女订婚。壬戌九月，余因事赴日本，约与俱东，以十月二十四日在中国使署行合卺礼。赋此催妆，并祝偕老。"

28 日，陈世宜作《木兰花慢》（壬戌展重阳，集次公寓园）。（陈世宜：《倦鹤近体乐府》卷二，第 7 页。后收入朱惠国、吴平编：《民国名家词集选刊》第 13 册，第 150 页。亦收入陈匪石著，刘梦芙校：《陈匪石先生遗稿》，第 64 页）

28 日，廖仲恺作《黄金缕》（壬戌重九，偕路君丹甫、许志澄侄婿暨荔、麓芸诸侄女，同登箱根山顶。路君，陕中将领，故末句云云）。（廖仲恺：《双青词草》。后收入朱惠国、吴平编：《民国名家词集选刊》第 12 册，第 194 页。亦收

入广东省社会科学院历史研究所编:《廖仲恺集》,第294页)

剑亮按:《廖仲恺集》所收该词有词序曰:"壬戌重九,偕路君丹甫、许志澄倅婿暨麓、荔、芸诸倅女,同登箱根山顶。路君,陕中将领,去年逼于冯玉祥军,率所部退驻蜀边,沉机观变,故末句云。"

又按:廖仲恺此词末句曰:"风雨驱车云作导,期君叱咤长安道。"

11月

1日,《学衡》第11期刊发:

周岸登《内家娇》(忆邛池,用张来韵);

向迪琮《解连环》(送大壮之沪,和梦窗留别石帚韵);

郭延《探春慢》(成都度岁,用草窗修门韵);

王易《临江仙》(昔陆平原作《叹逝赋》,深致哀于春华朝露,以为松茂柏悦,芝焚蕙叹,气韵类之,亲固宜若此。余年仅三十,亦时有故旧凋落之感。新秋坐雨,默默追忆,不胜惘然,率拈数解,或不减邻笛之感也)四首。

14日,章衣萍撰写《记濮文昶的词》。中曰:"据《金陵词钞》的小注上说,濮文昶著有《珠雪龛词钞》,我曾花了一天的功夫,找遍了琉璃厂的书店,终于没有找得。他死后不过几十年,他的《词钞》竟几乎绝迹,不是《金陵词钞》选的九十九首,我们几乎不知道这个好白话的大词人了。我现在且举出吴虞《秋水集》上的两句诗,做这篇短文的结束:我论诸家还一叹,古来佳作半无名。十一,十一,十四,早。"(后收入章衣萍:《古庙集》,上海科学技术文献出版社,2015年,第21页)

21日(农历十月初三日),沈曾植逝世。

沈曾植(1850—1922),字子培,号乙庵,晚号寐叟,别号蕙庵、逊斋、谷隐居士、姚埭老民等,浙江嘉兴人。光绪六年(1880)进士,历任刑部主事、江西按察使、安徽提学使、安徽布政使。宣统二年(1910)辞官归里。入民国,以遗老寓居上海。有《海日楼诗》《曼陀罗寱词》等。

冒广生《小三吾亭词话》卷四:"嘉兴沈子培提学曾植,与其弟子封提学并负时名。子培学问尤渊博,今日之朱锡鬯也。词不多作,录其《红情》云:'苇间风绪。有亭亭青蓝,为人起舞。欲采还休,郑重花身奈何许。几度窥妆瘦减,又还是、碧云天暮。念解佩何处,江皋离合感交甫。 凝伫。堤前路。尽水静香圆,

叶深鱼聚。冰弦漫抚。一叶惊秋淡回顾。三十六陂南北，纨扇上、断烟零雨。鼓
枻远，重骋望，延缘谁语。'……殊有玉田之神，盖浙西词派然也。"（唐圭璋编：
《词话丛编》第 5 册，第 4721 页）

　　夏敬观《忍古楼词话》评曰："嘉兴沈子培方伯曾植有《曼陀罗㜖词》一卷。
兹搜得集外词一解，和陈子纯韵《喜迁莺》云：'南湖日暮。伫看遍游冶，总宜
船舻。瘴雨飘襟，蛮花侧帽，叹今日江湖倦旅。为问渔庄蟹舍，何似马人龙户。
听夜雨寒潮生，还有婆留知否。　是处。深巷踏歌女。春声点彻都昙鼓。鹤去亭
孤，龙移潭冷，望到江莲白羽。几日竹林游迹，拍遍梅边乐句。莫苦忆武昌鱼，
试鲙宋家霜缕。'子纯仁先叔也，亦字止存。今子培词集中，有和韵寄仁先《喜
迁莺》一解，乃叠此韵也。"（唐圭璋编：《词话丛编》第 5 册，第 4816 页）

　　钱仲联《近百年词坛点将录》评曰："寐叟博通万卷，不着一字，佛家所谓
'圣默然'者也。然叟亦终非不着一字者，诗篇达十四卷之多，经史百氏、髀经
地志、竺书云笈，澜翻笔底，世推大家。词如其诗，可作西藏曼荼罗画观。盖魁
儒硕师，出其绪余，一弄狡狯，若以流派正变之说求之，则傎矣。"（钱仲联：《梦
苕庵论集》，第 398 页）

　　25 日，《沪江大学月刊》第 12 卷第 1 期刊发：何仲萧《浪淘沙》（用李后主
原韵）。

12 月

　　1 日，《晨报》副刊刊发：胡适《南宋的白话词》。

　　剑亮按：《晨报》，1922 年创刊于北京，由晨报社出版发行。1925 年终刊。

　　1 日，《学衡》第 12 期刊发：

　　王瀣《齐天乐》（独游清溪，作寄呈芸□学士）；

　　周岸登《忆瑶姬》（苏小墓，依梅溪韵）；

　　郭延《法曲献仙音》（休庵招饮，借草窗韵题其秋雁词）；

　　向迪琮《氐州第一》（庚申暮秋，内子淑琼三十初度，挈游汤山行宫，并和
清真韵为寿）。

本月

　　《无锡杂志》第 1 期刊发：毓珍《忆江南》（客中忆）二首、《忆江南》（追悼

钱师枚生）二首、《十六字令》（愁花）二首。（后收入《民国珍稀短刊断刊·江苏卷》第 15 册，第 7088 页）

《南海教育会杂志》第 1 周第 3 期《文艺》栏目刊发：柏露《台城路》（忆高凉旧游，寄怀惠生、颂平、眉伶、子刚）、《满江红》（越王台）、《金缕曲》（乙巳春暮，偕伯灵、湘帆、彝庵、典三饯春于象山别墅，即陈子壮诸公诗社处也）、《台城路》（听琴）、《祝英台近》（折梅寄远人，滕以小令）。（后收入《民国珍稀短刊断刊·广州卷》第 7 册，全国图书馆文献缩微复制中心，2006 年，第 3319 页）

《觉灯》第 1 卷第 1 期刊发：灵岑《忆仙姿》（述往）、《浪淘沙》（乡思）。（后收入《民国珍稀短刊断刊·湖北卷》第 15 册，第 7124 页）

冬，吴汉声作《高阳台》（壬戌冬初，入都寄友）。（吴汉声：《莽庐词稿》，第 19 页。后收入朱惠国、吴平编：《民国名家词集选刊》第 12 册，第 285 页）

年末，周岸登作《水龙吟》（壬戌岁暮，于役新淦、峡江。舟行颇滞，望阁皂诸山，因倚越调寄意）。（周岸登：《蜀雅》卷九《丹石词》，第 17 页。后收入曹辛华主编：《民国词集丛刊》第 9 册，第 440 页）

年末，廖仲恺作《一斛珠》（壬戌岁暮，张君星羽赴福州谒许总戎，为陈炯明说合。值余于旅次，因出所购张子祥花鸟画幅索题，赋此寄意）。（廖仲恺：《双青词草》。后收入朱惠国、吴平编：《民国名家词集选刊》第 12 册，第 200 页。亦收入广东省社会科学院历史研究所编：《廖仲恺集》，第 295 页）

本年

【词人创作】

夏敬观作《为李拔可题其先人〈双辛夷楼填词图〉》诗、《扬州慢》（昔于役淮徐，曾系舟维扬城下，一宿而去，不及登览胜地。距今十八年，乱离瘼矣。居者转徙迁避，非复富庶之邦。因林铁铮寄示游观诸词，感赋此解，即以为答）。（陈谊：《夏敬观年谱》，第 104 页）

吴梅作《兰陵王》（南归别京华故人，次清真韵）。（王卫民：《吴梅评传》，第 276 页）

龚元凯作《齐天乐》（珏生侍讲招饮宣南龙爪槐抱冰堂，即事）。（龚元凯：《鸥影词稿》之《峨冰集》，第 1 页。后收入朱惠国、吴平编：《民国名家词集选

刊》第 8 册，第 124 页）

剑亮按：该词云"十年不到城南路，搴裳又逢词侣"句，有作者自注："壬子，公宴湘绮于江亭，今十年矣。"据此，编于是年。

刘麟生作《浣溪沙》（小沙渡望月）、《齐天乐》（重九前六日，丹城约游天平山）、《南歌子》（拱宸桥皋园主人属题）。（刘麟生：《春灯词》，第 6 页。后收入朱惠国、吴平编：《民国名家词集选刊》第 15 册，第 64 页）

胡士莹作《减字木兰花》（雪肤花貌）、《阮郎归》（秋笼栏槛叶笼阶）、《霜叶飞》（谒明陵，用梦窗韵，继声越作）。（胡士莹：《霜红词》，第 1 页。后收入曹辛华主编：《民国词集丛刊》第 10 册，第 364 页）

【词籍出版】

余端编《苔岑丛书（壬戌四）》刊行。其中一种为《纫秋轩词钞》。（后收入曹辛华、钟振振选编：《晚清民国旧体诗词结社文献续编》第 5 册）

《纫秋轩词钞》收录：

程松生《一箩金》（落尽梅花飘尽雪）、《惜红衣》（题谢玉岑同社《白菡萏香室填词图》）、《忆旧游》（记琼筵赌酒）、《喝火令》（宝鼎留香久）；

陆宝树《金缕曲》（题杭州王少廷先生《怡红仙馆诗思图》）、《苏幕遮》（春寒逼人，黯然赋此）、《高阳台》（杏花未放，燕子不来。雨窗闷坐，益复无聊。过娄江陆冠秋先生，以此解寄示，因依韵答之）；

张端瀛《蝶恋花》（饯春）、《双调忆江南》（咏芍药）；

俞炳龙《卜算子》（带病倚雕栏）、《摊破浣溪沙》（懒把眉痕对镜看）；

俞鸿筹《绮罗香》（秋日怀小蝶海上）、《满江红》（闰端午）；

曹树桐《清平乐》（题上海顾景炎《晴窗读书图》）、《浪淘沙》（谢吴剑门先生惠《盘珠集》）、《苏幕遮》（谢玉岑同社倩题《秋风说剑图卷》）、《减字木兰花》（仲氏树铭负笈邗上，余亦于役黄海之滨，见怀以诗，弥殷离思，倚此答之）；

宋达权《高阳台》（墙外花娇）、《绿意》（小楼深处）。

邓潜《牟珠词》《牟珠词补遗》刊行。卷首有作者《自叙》，卷尾有聂树楷《跋》。（浙江图书馆藏。后收入朱惠国、吴平编：《民国名家词集选刊》第 1 册。亦收入贵州省文史研究馆主编：《黔南丛书》第 4 集第 9 册，贵州人民出版社，

2009 年）

作者《自叙》曰："余旧为诗皆馆式，当官然也。出外并此遂废。其创为词，自交邓休庵、胡玉津始。两君笃于词，牵率以成多什，然无专工者。后乃交赵香宋侍御，侍御言：词不传无意之色，以幽心为主。期于宋人深求之过，以陈西麓、周草窗相诱进。余固笑，不自信也。侍御遂与宋问琴前辈甄录若干篇，而子庆桢不请，妄以付刻，要非初意也。吾黔贵定山中有牟珠洞，奇诡独绝。余老矣，泊乎无寄，时时有乡关之思。侍御曰，是宜名词。邓潜自叙，时年六十九。"

聂树楷《跋》曰："邓花溪观察名维琪，贵筑人。清光绪己丑进士，选庶吉士，散馆出为四川富顺知县，迁邛州知州，旋过班道员。国变后，更名潜。流寓成都，不复归。民国十七年卒，年七十有三。刻有《牟珠词》一卷。自叙云，赵香宋侍御言词不传无意之色，以幽心为主。花溪所为词，盖力求有合于香宋之言者。又余曩岁曾于友人处见花溪东坡生日七古一首，意格在苏、陆间，固非仅工馆式者所能。自叙发端云云者，欲专以词见耳。民国丙子仲春，婺川聂树楷尊吾识。"

董绶祺《碧云词》一卷刊行。卷首有董康《先兄绶紫家传》、作者《自记》、黄丽中《序》、董康《序》。（浙江图书馆等有藏。后收入曹辛华主编：《民国词集丛刊》第 21 册）

董康《先兄绶紫家传》中曰："兄讳祺，原名受祺，字绶紫，江苏阳湖人。后因省并，遂为武进人。"

作者《自记》中曰："后复诵宋词而爱之，仿其眉目，强为描摹，朱粉杂施，钗翘横插，柔脆芜委，无当立言，不尤可鄙乎！有进而言者曰：古人以词峙千古者，莫如苏、辛。如子言，二公之词可不作矣。余曰：不然。苏公之治徐也，武备修明，其他崇论宏议，见诸施行者，至今犹利赖焉。稼轩以恢复自振厉，一意孤行，百折不改，其蓄藏难言之隐，特假词以泄之。词固二公绪余也。或又曰：南宋姜白石、王沂孙词名震一时，皆无可取乎？余曰：又不然。二子始非无意于功名者也。读石帚生《自叙》及词中《扬州慢》《暗香》《疏影》诸作，忧国深思，恍然如见。碧山秋蝉二阕，直《黍离》嗣响，岂真逍遥忘世哉。或曰：嘻！子幸际承平，与二子异，正可奋发自雄，否则怡养林泉，乐而忘返，乃终日拈三寸管，引宫刻羽，为无病之呻，毋乃太自苦。余曰：唯唯否否。词特适性一端耳。惜信陵公子尝饮酒近妇人矣，彼固有托而逃也。余中年病痺不能饮，好声伎不能畜。信笔为词，于抑郁无聊之乡以自秽而自放弃。吁！亦足悲矣。后之见余词者，谓之遣兴也可，谓以词为遁世之具，亦无不可。若云借以冀后日名，虽不肖，尚弗屑。铸铁生自记。"

黄丽中《序》中曰："洎庚子秋，余女韵眉不禄，绥紫既遭拂逆，复抱骑省之痛。凡生平难宣之隐，悉于词乎宣之。于是词格一变，视前《唫雪》《铸铁》二刻，辞意愈婉，法律亦较精严。"

陈夔《虑尊词》刊行。内含《虑尊词》和《然脂词》两种。卷首有作者《自序》，卷尾有陈锡桢等人共作的《跋》。（浙江图书馆藏。后收入朱惠国、吴平编：《民国名家词集选刊》第 16 册）

作者《自序》中曰："弱冠应秋试，得朱氏《词综》、万氏《词律》，忘寝食披览，愈入愈歧，然固乐此不为疲也。戊申游吴门，时族兄梦蝶方与吴中耆旧讲求声律，始得见汲古诸刻。鼎革后，获交会稽马一浮先生，曾以所业就正。谓词胜于诗，始专致力于词，故编词自壬子始。"

李宝浍《问月词》刊行。（后收入曹辛华主编：《民国词集丛刊》第 5 册）

左桢《甓湖草堂诗余》刊行。卷首有作者《自序》。（后收入曹辛华主编：《民国词集丛刊》第 2 册）

作者《自序》曰："余素不娴音律，何敢腼颜言词。况唐音如温、韦，宋调苏、辛、姜、李，暨乎有清梅村、芝麓、竹垞诸公，于词卓然成家，鸣盛于时，岂后进所能学步！惟是好读古人词，名句吟哦，蕴结于胸。兴之所到，笔亦随之，初未暇计工拙也。生当季世，乱离之感，俯仰生情，更不自觉其音之哀厉耳。宣统逊位之十一年，岁次壬戌，淮南大隐左桢。"

徐寿兹《亢庵词稿》一卷刊行。卷首有费树蔚《序》，卷尾有陈恩梓《跋》。（后收入曹辛华主编：《民国词集丛刊》第 13 册）

朱祖谋辑《彊村丛书》刊行。卷首有"壬戌十月，三次校补印行"题记。

剑亮按：上海书店出版社、江苏广陵古籍刻印社 1989 年据此影印。刻唐宋金元明词总集五种，唐词别集一种，宋词别集一百一十二家，金词别集五家，元明词别集五十家。多附有朱氏校记。目录如下：

《云谣集杂曲子》一卷，敦煌石室唐写卷子本。

《尊前集》一卷，梅禹金藏明抄本。

《乐府补题》一卷，鲍氏《知不足斋丛书》本。

《中州乐府》一卷，明九峰书院刊本。

《天下同文》一卷，毛氏汲古阁抄本;《补遗》一卷，吴伯宛据述古堂写本补。

右唐五代宋金元词总集五种。

温庭筠《金奁集》一卷，鲍渌饮抄本。

右唐词别集一家。

《宋徽宗词》一卷，曹君直辑本。

范仲淹《范文正公诗余》一卷，曹君直校补岁寒堂刊《范文正公集》补编本，附《忠宣公诗余》。

张先《张子野词》二卷、《补遗》二卷，黄子鸿校《知不足斋丛书》本。

柳三变《乐章集》三卷、《续添曲子》一卷，毛斧季据宋本校补本。

晏几道《小山词》一卷，赵氏星凤阁藏明抄本。

韩维《南阳词》一卷，丁氏善本书室藏抄《南阳集》本。

王安石《临川先生歌曲》一卷，宋绍兴刊《临川集》中本;《补遗》一卷附《校记》，无著庵辑本。

韦骧《韦先生词》一卷，吴氏瓶花斋藏抄《韦先生集》本。

张伯端《紫阳真人词》一卷，元刊《悟真篇》本。

苏轼《东坡乐府》三卷，无著庵校订编年本。

黄庭坚《山谷琴趣外篇》三卷，宋闽刊本，以明刊祠堂本校。

刘弇《龙云先生乐府》一卷，明刊《龙云先生文集》本。

秦观《淮海居士长短句》三卷，黄荛圃以残宋本校旧抄本。

毛滂《东堂词》一卷，吴氏璜川书屋影写宋本，以丁氏善本书室藏明抄及他选本校。

米芾《宝晋长短句》一卷，星凤阁抄《宝晋英光集》本。

谢逸《竹友词》一卷，彭氏知圣道斋藏明抄本。

张舜民《画墁词》一卷，《永乐大典·画墁集》本。

吴则礼《北湖诗余》一卷，知不足斋藏抄《北湖集》本。

周邦彦《片玉集》十卷，宋嘉定刊本。

贺铸《东山词上》一卷，瞿氏铁琴铜剑楼藏残宋本。

《贺方回词》二卷，劳巽传录知不足斋抄本。

《东山词补》一卷，吴伯宛辑本。

王灼《颐堂词》一卷，宋乾道刊本。

张继先《虚靖真君词》一卷，知圣道斋藏明抄本。

米友仁《阳春词》一卷，聚珍版《宝真斋法书赞》本。

汪藻《浮溪词》一卷，明刊《浮溪文粹》本。

刘一止《苕溪乐章》一卷，善本书室藏抄《苕溪集》本。

陈克《赤诚词》一卷，林无垢校补旧抄本。

阮阅《阮户部词》一卷，善本书室藏《典雅词》本。

张纲《华阳长短句》一卷，善本书室藏抄《华阳集》本。

沈与求《龟溪长短句》一卷，明刊《龟溪集》本。

洪皓《鄱阳词》一卷，吴伯宛校补旧抄《鄱阳集》本。

陈与义《无住词》一卷，鲍渌饮校影宋抄胡仲孺笺《简斋集》本。

王之道《相山居士词》一卷，梅禹金藏明抄本。

朱敦儒《樵歌》三卷，范声山校旧抄本。

欧阳澈《飘然先生词》一卷，善本书室藏抄《欧阳修撰集》本。

朱翌《灊山诗余》一卷，邵二云藏抄《灊山集》本。

曹勋《松隐乐府》三卷，卢氏抱经楼藏明抄《松隐文集》本;《补遗》一卷，无著庵据善本书室藏抄《松隐词》补。

刘子翚《屏山词》一卷，明刊《屏山集》本。

仲并《浮山诗余》一卷，《大典·浮山集》本。

王以宁《王周士词》一卷，汲古阁抄本。

李流谦《澹斋词》一卷，《大典·澹斋集》本。

史皓《鄮峰真隐大曲》二卷、《词曲》二卷，史氏裔孙传录《四库》本，以天一阁藏抄进呈底本校。

张抡《莲社词》一卷，善本书室藏抄本。

韩元吉《南涧诗余》一卷，吴伯宛校补《南涧甲乙稿》本。

洪适《盘洲乐章》三卷，洪氏晦木斋校勘《盘洲集》本。

王之望《汉滨诗余》一卷，《大典·汉滨集》本

李洪《芸庵诗余》一卷，《大典·芸庵集》本。

曾协《云庄词》一卷，《大典·云庄集》本。

李吕《澹轩诗余》一卷，《大典·澹轩集》本。

程大昌《文简公词》一卷，《典雅词》本。

王质《雪山词》一卷，聚珍版《雪山集》本。

杨万里《诚斋乐府》一卷，日本旧抄《诚斋集》本。

周必大《平园近体乐府》一卷，宋刊《平园集》本。

范成大《石湖词》一卷、《补遗》一卷，王半塘校《知不足斋丛书》本，以韩氏读有用书斋藏汲古阁抄本校。

陈三聘《和石湖词》一卷，汲古阁抄本。

京镗《松坡词》一卷，知圣道斋藏明抄本。

吕胜己《渭川居士词》一卷，善本书室藏抄本，以铁琴铜剑楼抄本校。

姚述尧《箫台公余词》一卷，劳氏沤喜亭藏旧抄本。

赵彦端《介庵琴趣外篇》六卷，汪阆源藏旧抄本；《补遗》一卷，无著庵据汲古阁刊《介庵词》补。

高观国《竹屋词》一卷，《痴语》一卷，汲古阁抄本。

刘过《龙洲词》二卷，黄荛圃藏钱遵王校本；《补遗》一卷，无著庵辑本。

沈瀛《竹斋词》一卷，知圣道斋藏明抄本。

葛长庚《玉蟾先生诗余》一卷、《续》一卷，唐元素校旧抄《玉蟾集》本。

李石《方舟词》一卷，《大典·方舟集》本。

姜夔《白石道人歌曲》六卷、《补遗》一卷，江研南传录陶南村抄本，附张文虎《舒艺室余笔》校白石歌曲。

韩淲《涧泉诗余》一卷，善本书室藏抄本。

杨冠卿《客亭乐府》一卷，《大典·客亭类稿》本。

辛弃疾《稼轩词补遗》一卷，辛敬甫辑刊《稼轩集》本。

汪晫《康范诗余》一卷，劳巽卿传录《康范集》本。

赵善括《应斋词》一卷，《大典·应斋杂著》本。

卢祖皋《蒲江词稿》一卷，知圣道斋藏明抄本。

蔡戡《定斋诗余》一卷，《大典·定斋集》本。

丘崈《丘文定公词》一卷，朱氏结一庐藏旧抄本。

廖行之《省斋诗余》一卷，姚氏邃雅堂藏抄本。

张镃《南湖诗余》一卷，《知不足斋丛书》本，附张枢《张枢词》。

吴泳《鹤林词》一卷，《大典·鹤林集》本。

郭应祥《笑笑词》一卷，毛斧季校紫芝抄本。

徐鹿卿《徐清正公词》一卷，明刊《徐清正公存稿》本。

张辑《东泽绮语》一卷，善本书室藏明抄本。

《清江渔谱》一卷，吴伯宛辑本。

游九言《默斋词》一卷，鲍渌饮校补默遗稿本。

汪莘《方壶诗余》二卷，传抄《方壶存稿》本。

王迈《臞轩诗余》一卷，《大典·臞轩集》本。

刘克庄《后村长短句》五卷，刘燕庭藏抄《后村大全集》本，以张氏爱日精庐、张氏适园藏两旧抄本校补。

徐经孙《矩山词》一卷，明刊《矩山存稿》本。

陈耆卿《筼窗词》一卷，《大典·筼窗集》本。

吴渊《退庵词》一卷，善本书室藏抄《退庵遗集》本。

吴潜《履斋先生诗余》一卷、《续集》一卷，邃雅堂藏抄本；《别集》二卷，宋刊开庆四明志本。

赵孟坚《彝斋诗余》一卷，知不足斋藏抄《彝斋文编》本。

赵崇嶓《白云小稿》一卷，吴伯宛辑本。

夏元鼎《蓬莱鼓吹》一卷，知圣道斋藏明抄本。

吴文英《梦窗词集》一卷，张廷璋藏明抄本；《补遗》一卷，无著庵据汲古阁刊《梦窗甲乙丙丁稿》补，附《梦窗词集小笺》。

刘学箕《方是闲居词》一卷，善本书室藏抄《方是闲居小稿》本。

柴望《秋堂诗余》一卷，善本书室藏抄《秋堂集》本。

陈著《本堂词》一卷，善本书室藏抄《本堂集》本。

卫宗武《秋声诗余》一卷，《大典·秋声集》本。

牟巘《陵阳词》一卷，王伯沆校旧抄《陵阳集》本。

刘辰翁《须溪词》一卷，善本书室藏旧抄本；《补遗》一卷，无著庵据《翰墨全书》补。

周密《蘋州渔谱》二卷、《集外词》一卷，江宾谷考证本。

汪元量《水云词》一卷，赵氏小山堂抄《湖山类稿》本。

冯取洽《双溪词》一卷，《典雅词》本，以《花庵中兴词》选补。

陈允平《日湖渔唱》一卷，劳巽卿传录新城罗氏抄本。

《西麓继周集》一卷，何氏梦华馆抄本。

蒋捷《竹山词》一卷，黄荛圃藏元抄本。

熊禾《勿轩长短句》一卷，汪氏裘杼楼藏抄《勿轩文集》本。

张炎《山中白云词》八卷，江宾谷疏证本。

李彭老、李莱老《龟溪二隐词》一卷，汪谢城辑本。

黄公绍《在轩词》一卷，邃雅堂藏抄本。

陈德武《白雪遗音》一卷，知圣道斋藏明抄本。

陈深《宁极斋乐府》一卷，善本书室藏明抄宁极斋稿本。

家铉翁《则堂诗余》一卷，《大典·则堂集》本。

汪梦斗《北游词》一卷，文津阁藏《北游集》本。

蒲寿宬《心泉诗余》一卷，结一庐藏《心泉学诗》稿本。

张玉娘《兰雪词》一卷，孔氏微波榭传录小山堂抄本。

右宋别集一百二十家。

王寂《拙轩词》一卷，聚珍版《拙轩集》本。

李俊民《庄靖先生乐府》一卷，汪鱼亭藏《庄靖先生集》本。

元好问《遗山乐府》三卷，明高丽刊本。

段克己《遯庵乐府》一卷，邃雅堂藏抄本。

段成己《菊轩乐府》一卷，邃雅堂藏抄本。

右金词别集五家。

丘处机《磻溪词》一卷，晦木庵藏旧抄《磻溪集》本。

许衡《鲁斋词》一卷，明刊《鲁斋遗书》本。

王义山《稼村乐府》一卷，明刊《稼村类稿》本。

朱晞颜《瓢泉词》一卷，章怡田校《瓢泉吟稿》本。

王恽《秋涧乐府》四卷，元刊《秋涧大全集》本。

萧㪺《勤斋词》一卷，善本书室藏抄《勤斋集》本。

姚燧《牧庵词》二卷，聚珍版《牧庵集》本。

赵文《青山诗余》一卷，《大典·青山集》本;《补遗》一卷，无著庵据凤林书院《草堂诗余》补。

刘壎《水云村诗余》一卷，南丰刘氏家刻《水云村稿》本。

张伯淳《养蒙先生词》一卷，绣谷亭藏明刊《养蒙先生集》本。

刘敏中《中庵诗余》一卷，《大典·中庵集》本。

刘因《樵庵词》一卷，元刊《静修先生文集》本。

《樵庵乐府》一卷，元刊《静修先生遗诗》本。

胡炳文《云峰诗余》一卷，明刊《云峰文集》本。

陈栎《定宇诗余》一卷，袠杆楼藏抄《陈定宇文集》本。

曹伯启《汉泉乐府》一卷，善本书室藏抄本。

刘将孙《养吾斋诗余》一卷，《大典·养吾斋集》本。

吴存《乐庵诗余》一卷，《鄱阳五家集》本。

黎廷瑞《芳洲诗余》一卷，《鄱阳五家集》本。

蒲道源《顺斋乐府》一卷，善本书室藏抄《顺斋闲居丛稿》本。

仇远《无弦琴谱》二卷，邃雅堂藏抄本。

王奕《玉斗山人词》一卷，金氏文瑞楼抄本。

刘诜《桂隐诗余》一卷，璜川吴氏藏抄《桂隐集》本。

安熙《默庵乐府》一卷，善本书室藏抄《默庵文集》本。

虞集《道园乐府》一卷，吴伯宛据《道园学古录》及《遗稿》辑本，附《鸣鹤余音词》一卷。

朱思本《贞一斋词》一卷，吴匏庵抄《贞一斋集》本。

张雨《贞居词》一卷，邃雅堂藏抄本。

王旭《兰轩词》一卷，《大典·兰轩集》本。

李道纯《清庵先生词》一卷，元刊《清庵先生中和集》本。

周权《此山先生乐府》一卷，元刊《此山先生集》本。

张埜《古山乐府》二卷，知圣道斋藏明抄本。

吴镇《梅花道人词》一卷，吴伯宛校补《梅花道人集》本。

王结《王文忠词》一卷，韩氏玉雨堂藏抄《王文忠集》本。

洪希文《去华山人词》一卷，善本书室藏抄《续轩渠集》本。

欧阳玄《圭斋词》一卷，明刊《圭斋文集》本。

许有壬《圭塘乐府》四卷，《至正集》本；《别集》一卷，吴伯宛据《圭塘小稿》辑本。

张翥《蜕岩词》二卷，《知不足斋丛书》本，以汪季青、金绘卣二抄本校。

赵雍《赵待制词》一卷，《知不足斋丛书》《赵待制遗稿》本。

吴景奎《药房词》一卷，《大典·药房樵唱》本。

宋褧《燕石近体乐府》一卷，梁氏两般秋雨庵藏《燕石集》本。

谢应芳《龟巢词》一卷、《补遗》一卷，善本书室藏抄《龟巢集》本。

耶律铸《双溪醉隐词》一卷，善本书室藏抄《双溪醉隐集》本。

李庭《寓庵词》一卷，孔荭谷藏抄《寓庵集》本。

梁寅《石门词》一卷，吴伯宛校唐鹪庵抄本。

袁士元《书林词》一卷，传抄《书林集》本。

舒頔《贞素斋诗余》一卷，善本书室藏抄《华阳贞素文集》本。

舒逊《可庵诗余》一卷，善本书室藏抄《可庵搜枯集》本。

沈禧《竹窗词》一卷，知圣道斋藏明抄本。

凌云翰《柘轩词》一卷，吴伯宛据《西泠词萃》重编本。

韩奕《韩山人词》一卷，明刊《韩山人集》本。

李齐贤《益斋长短句》一卷，明刊《益斋乱稿》本。

右元词别集五十家。

蔡突灵《变风遗操》刊行。内含《变风遗操》和《冰蚕残韵》2辑，分别收词277首和177首。末附诗20余首、文2篇。书前有林森于1922年所作的《叙》。

陈希恕《闹红一舸词选》印行。

周庆云《历代两浙词人小传》，由周氏梦坡室刊行。（后收入孙克强、和希林主编：《民国词学史著集成》第 11 卷，南开大学出版社，2016 年）

【报刊发表】

《亚洲学术杂志》第 1 卷第 4 期刊发：况周颐《礼科掌印给事中王鹏运传》。

【词人生平】

陈锐逝世。

陈锐（1859—1922），字伯弢，一字伯涛，又字纯方，号裒碧，湖南武陵（今常德）人。王湘绮弟子。有《裒碧斋诗》《裒碧斋词》《词话》。钱仲联《近百年词坛点将录》曰："裒碧，湘绮高足，久客吴越，与朱、郑为词甚早。彊村《望江南》词云：'《秋醒》意，抱碧契灵襟。生长莭兰工杂佩，较量台鼎让清吟。欣戚道源深。'裒碧《水龙吟》（题大鹤山人《樵风乐府》）云：'十年雪涕神州，气酣西蹴昆仑倒。'殆夫子之自道。"（钱仲联：《梦苕庵论集》，第 391 页）

1923 年

（民国十二年　癸亥）

1 月

1 日，《学衡》第 13 期刊发：

赵熙《满庭芳》（得哲生欧洲来书，却寄）；

李思纯《水调歌头》（寄呈尧帅荣县）、《高阳台》（柏林西郊多湖沼，人家因水为台榭。轩窗掩映，花木扶疏，颇极佳胜。凭眺兴感，为词纪之）、《虞美人》（夜步色仑河岸）；

刘麟生《齐天乐》（重九前七日，偕诸弟访寿宇。翌日，丹弟约游天平山）。

1 日，洪汝闿作《长亭怨慢》（十二年一月一日为月当头夕，赋此）。（洪汝闿著，陈匪石校勘：《勺庐词》，民国间尹山堂刻本，第 2 页。后收入朱惠国、吴平编：《民国名家词集选刊》第 7 册，第 120 页）

剑亮按：月当头，为每年农历十一月十五。民国十二年一月一日，为壬戌十一月十五。

2 日，洪汝闿作《长亭怨慢》（月当头夕后一夜作）。（洪汝闿著，陈匪石校勘：《勺庐词》，第 3 页。后收入朱惠国、吴平编：《民国名家词集选刊》第 7 册，第 121 页）

25 日，《台湾文艺丛志》第 5 卷第 1 号刊发：子昭《高阳台》（哭社兄枕山先生）。（后收入方宝川、谢必震主编：《台湾文献汇刊续编》第 95 册，第 154 页）

本月

《国学丛刊》第 1 期《词录》栏目刊发：

吴梅《霜厓词》，有《浣溪沙》（薛素素为王伯毂画马湘兰小影，今藏周梦坡处，因题此解）、《霓裳中序第一》（毕节路君金坡朝銮见访京寓，为话南都近事，赋此）、《寿楼春》（和金坡）、《眉妩》（寿石公玺见示近词，拈此赠之）、《浣溪沙》

（楼外轻帆帆外星）、《浣溪沙》（一夜清晖满袖罗）；

陆维钊《玲珑四犯》（淡日云繁）、《木兰花慢》（偕畹春晚步秦淮）、《齐天乐》（白杨老尽江南梦）、

赵祥瑗《一萼红》（重九登鸡鸣寺）、《甘州》（寄扬州旧友）、《尉迟杯》（台城闲眺）、《洞仙歌》（秋柳，用东坡韵）；

李万育《清平乐》（竹篱谁卷）、《八声甘州》（望盈盈湖水锡微波）；

袁鹏程《桂枝香》（中秋登台城玩月）；

胡士莹《菩萨蛮》（夕阳霞尾明还灭）、《菩萨蛮》（凤楼尘锁金徽索）、《齐天乐》（江楼秋望）、《踏莎行》（雁索归心）。

剑亮按：《国学丛刊》，季刊，1923 年 1 月创刊于上海，由商务印书馆出版发行。1926 年终刊。

《国学丛刊》第 2 期《词录》栏目刊发：

王玉章《满江红》（同里某氏称豪，清末癸丑以还，渐次衰落，今则人亡屋破矣。暇日过其地，赋此）、《雨霖铃》（送别袁君鹏程）；

陆维钊《浣溪沙》（谁道飘零见已难）；

胡光炜《夏庐长短句》，有《点绛唇》（午梦飘萧）、《浣溪沙》（罢酒阑干笛未终）、《浣溪沙》（一雨秋光变黛鬟）、《浣溪沙》（江汉东流日夜声）、《浣溪沙》（笳鼓严城晚更多）、《浣溪沙》（林杪凉蟾远不辞）。

《国学丛刊》第 3 期刊发：

李万育《说词》。该文由"词之缘起""词之滥觞""词之体尚"三部分组成（未完）；

陈去病《词旨叙》、《笠泽词征序》；

邵瑞彭《灵枫长短句》，有《罗敷歌》（春水）、《浣溪沙》（嬴子山低月堕迟）、《临江仙》（访万柳堂旧址）、《西河》（金陵怀古，和美成韵）、《梦江南》（和皇甫先辈韵）二首、《临江仙》（迷迭香销银烛暗）、《摸鱼子》（武强溪上赋鲼）、《踏莎行》（锦瑟歌残）、《三姝媚》（和梅溪韵）、《谒金门》（衰柳直）、《谒金门》（华影湿）、《卜算子》（和耆卿韵）、《玉楼春》（社稷坛晚坐）、《采桑子》（倾城一顾怜秋去）（未完）。

2月

1 日，《学衡》第 14 期刊发：周岸登《绿盖舞风轻》（观荷贝子园，用弇阳老人韵）。

15 日，洪汝闿作《一萼红》（壬戌除夜作）。（洪汝闿著，陈匪石校勘：《勺庐词》，第 6 页。后收入朱惠国、吴平编：《民国名家词集选刊》第 7 册，第 127 页）

16 日，洪汝闿作《一萼红》（癸亥岁朝，广和楼观剧）。（洪汝闿著，陈匪石校勘：《勺庐词》，第 6 页。后收入朱惠国、吴平编：《民国名家词集选刊》第 7 册，第 127 页）

16 日，李遂贤作《万里春》（癸亥元旦试笔，时谒假归省京师）。（李遂贤：《懊侬词》，第 16 页。后收入曹辛华主编：《民国词集丛刊》第 4 册，第 190 页）

16 日，王渭作《画堂春》（元旦作）。（王渭：《花周集》，民国十三年 [1924] 铅印本，第 1 页。后收入朱惠国、吴平编：《民国名家词集选刊》第 5 册，第 7 页）

剑亮按：王渭"民国十有三年夏历仲秋月上浣"所作《花周集·自叙》曰："今春乃议刊余癸亥词稿，以为周甲纪念，勉狗其请，录百余首，名之曰《花周集》。"朱家驹《叙花周词》曰："古游里王子孟培以所作《花周词草》见示，余读而喜之。大小令百余阕，云此一年内所作也。"据此可知，王渭《花周词》收录，为其癸亥年内所作之词，故编于是年。

22 日，汪曾武作《凄凉犯》（癸亥人日，得曹君直同年讣，词以哭之）。（汪曾武：《趣园诗余·味莼词乙稿》，第 2 页。后收入朱惠国、吴平编：《民国名家词集选刊》第 6 册，第 47 页）

本月

魏元旷作《浪淘沙》（癸亥正月，和弟岁暮作）。（魏元旷：《潜园词续钞》，第 1 页。后收入朱惠国、吴平编：《民国名家词集选刊》第 2 册，第 311 页）

3月

1 日，《学衡》第 15 期刊发：

赵熙《酹江月》（日湖平均。庚申九月十三日，方鹤叟、邓休庵、邓约园、林山公、胡玉叔、龚慧修、唐仲威、龚向农、李季讷，招同宋问琴、向皈公泛舟百花潭中，归饮唐氏铜华馆。越日，问琴、约园、鹤叟以诗词见寿，遂依西麓此调纪胜。西麓词，知名南宋，不知兹用其韵，视西麓原作何如）；

周岸登《惜红衣》（何雨辰拓赠所藏黄忠端东坡诗残刻石研。旁有铭云："身可污，心不辱。藏三年，化碧玉。"一端有小印，曰："道周并征题也。"为次白石原韵，作此解）；

向迪琮《临江仙》（巴县道中）；

刘永济《鹧鸪天》（闭门独坐，流莺恼人。梦雨含情，尽皆有托。录呈知己，当不以罗绮脂粉弃之也）二首、《临江仙》（十二月十五夜纪梦）二首；

李思纯《南乡子》（暮春风雨中，独游卢森堡园，拈梦窗"风雨春娇"之句成此）、《浣溪沙》（十一月二十五日为圣加陀邻节，巴黎女郎年届二十五者，彩衣簪花胜，踏歌市中，戏为小词纪之）、《采桑子》（向晚，车马声中，独坐道旁小园，黯然兴感）；

刘麟生《高阳台》（初冬之雪）。

2 日，王渭作《东风第一枝》（元宵）。（王渭：《花周集》，第 2 页。后收入朱惠国、吴平编：《民国名家词集选刊》第 5 册，第 8 页。参见本年 2 月 16 日"王渭"条）

25 日，《台湾文艺丛志》第 5 卷第 3 号刊发：冬薐《水调歌头》（彭公少芝为余述生平游迹，王仲宣不能专美于前，宗少文不能夸张于后，赋以美之）。（后收入方宝川、谢必震主编：《台湾文献汇刊续编》第 95 册，第 265 页）

28 日，王渭作《踏莎行》（花朝）。（王渭：《花周集》，第 2 页。后收入朱惠国、吴平编：《民国名家词集选刊》第 5 册，第 13 页。参见本年 2 月 16 日"王渭"条）

本月

《文哲学报》第 3 期《词录》栏目刊发：

胡士莹《渡江云》（西风嘶瘦马）、《八声甘州》（闻东道有北游消息，寄此讯之，并怀子石、允言）、《浣溪沙》（一片湖光满镜愁）、《好事近》（霜气满帘栊）、《清平乐》（孤灯影悄）；

陆维钊《八声甘州》（秣陵旅食二载，于兹回首行程，客怀如是）、《菩萨蛮》（朱阑一角吴天渺）、《齐天乐》（白杨老尽江南梦）、《满江红》（赋雁）；

赵祥瑗《一萼红》（重九，登鸡鸣寺）、《甘州》（寄扬州旧友）；

邵森《古香慢》（莫愁湖，用梦窗韵）；

袁鹏程《菩萨蛮》（烟笼曲水涵晴碧）、《菩萨蛮》（残星几点天如水）；

王玉章《水龙吟》（金凤谢后作）。

剑亮按：《文哲学报》，半年刊，1922 年创刊于上海，由中华书局出版发行。1923 年终刊。

《无锡杂志》第 2 期刊发：王以仁《百尺楼》（听松石床）。（后收入《民国珍稀短刊断刊·江苏卷》第 15 册，第 7120 页）

春，王渭作《上西楼》（春寒）。（王渭：《花周集》，第 5 页。后收入朱惠国、吴平编：《民国名家词集选刊》第 5 册，第 15 页。参见本年 2 月 16 日"王渭"条）

4 月

1 日，《学衡》第 16 期刊发：

刘永济《鹧鸪天》（八年春，湘中作，摇落平生一段愁）、《鹧鸪天》（谁与金炉共夕薰）、《鹧鸪天》（柳自成荫花自残）、《南乡子》（湘乱后作）；

李思纯《采桑子》（去年三月居巴黎，为小词，有"散□天涯萍梗，不知何处明年"之句。今年三月果来柏林，追念□词，若有预征，复为小词纪之）、《菩萨蛮》（帝耶尔湖夜坐）、《南乡子》（秋日游西郊凡瑟大湖，独饮酒家）。

6 日，王渭作《临江仙》（清明扫墓）。（王渭：《花周集》，第 5 页。后收入朱惠国、吴平编：《民国名家词集选刊》第 5 册，第 15 页）

17 日，蔡元培阅评《迦陵词》，曰："《迦陵词》卷一《望江南》（寄东皋冒巢民先生并一二旧游）：'如皋忆，曾记卧湘中（阁名）。万点水花笼夜碧，半岩火树落春红。飐起妓衣风。'卷八《隔浦莲近》（夏日寓吴门花溪草堂，与西溟夹水而居，赋示西溟）：'林际濛濛皓月吐，四鼓隔波尚有人语。'卷十《洞仙歌》（夏夜儋园隔水闻笛）。卷十二《满江红》（春光甚冶，健庵挈我鱼墩精舍小憩，同潘次耕弟纬云赋）：'颖士仆，康成婢，营小筑，饶名理（精舍乃健庵纪纲所构）。'卷十四《水调歌头》（毛会侯席上限咏鹿脯诗。词以代之，同王惟夏、方雪眠、毛大可、允大诸君赋）。卷十五《庆清朝慢》（儋园即景。园系玉峰徐健庵太史新筑）。卷十八《念奴娇》（读屈翁山诗有作。屈名大均，番禺人。初为庐山僧，后遍历九塞，登华山，挟秦女以归）。卷十九《百字令》（己未长安中秋，时值京都地震，是夜微云掩月）。卷二十一《齐天乐》（重游水绘园有感）：'园丁不认曾游客，嗔人饶廊寻玩。'（题《松萱图》，为姜西溟母夫人寿）。卷二十二《喜迁莺》（石濂和尚自粤东来梁园为余画小像，作《天女散花图》，词以谢之）。卷二十四《五彩结同心》（过惠山蒋氏酒楼感赋。余昨年与云郎曾宿此楼）。卷二十五《沁园春》（甲寅十月，余客梁溪。初五夜刚半，忽有声从空来，窅然长鸣，乍扬复沉，或曰此鬼声也。明日乡人远近续至，则夜中尽然，既知城中数十万户无一家不然。嘻！亦太异矣。词以记之）。（题袁孝子重其《负母看花图》）。（题汪舍人《蛟门少壮三好图》，图作群姬挟筝琵度曲，拥书万卷数，鸱夷贮酒其旁。图上题词甚多，豹人则欲开阖禁酿，于皇则欲焚砚烧书，二说纷然，余故作此词）。卷二十六《贺新郎》（云郎合卺，为赋此词）。卷二十七《贺新郎》（宴玉峰徐健庵太史宅，歌舞烟火甚盛）。卷二十八《贺新郎》（送姜西溟入都）。（赠成容若）。（赠高内翰澹人）：'尘世哪知天上景，但微闻、奏赋天颜喜。'（送西溟南归和容若韵，时西溟丁内艰）：'三载徐园住，记缠绵春衫，雪履几曾离徂。'又'作昭王台畔客，日日旗亭画'句。'最难得他乡欢聚，眼底独怜君，落拓，又何堪杜鹃啼血去，都不信竟如许。'（腊月初六日是余生日，即亡妇忌辰也，词以志痛）。卷三十《瑞龙吟》（春夜见壁间三弦子，是云郎旧物，感而填词）。"（王世儒编：《蔡元培日记》上，北京大学出版社，2010 年，第 305 页）

本月

邵章作《清平乐》（癸亥四月，清史馆舫斋落成）。（邵章：《云淙琴趣》卷一，民国二十四年［1935］刻本，第 1 页。后收入朱惠国、吴平编：《民国名家词集选刊》第 10 册，第 7 页）

5 月

1 日，《学衡》第 17 期刊发：

赵熙《风入松》（草堂留别）；

周岸登《木兰花慢》（桂林山水，号甲寰中。绕郭清游，不减百数。十年边宦，未厌孤襟。回首前尘，都如梦影。次忆云韵）；

刘永济《鹧鸪天》（寄季弟湘生家园，桃园花开日日晴）、《鹧鸪天》（漫写逢

春惆怅词)、《南楼令》(袖墨十年痕);

陈寂《南乡子》(咏柳)。

6日,王渭作《减字木兰花》(立夏日)。(王渭:《花周集》,第7页。后收入朱惠国、吴平编:《民国名家词集选刊》第5册,第19页。参见本年2月16日"王渭"条)

8日,蔡元培评阅张宗橚《词林纪事》,曰:"《词林纪事》秦少游《醉乡春》词'醉乡广大人间少'。(案:'少'或是'小'字,因上阕末句'春色又添多少'已押'少'韵也),陈师道、叶石林云:'世言陈无己每登览得句,即急归,卧一榻,以被蒙首,恶闻人声,谓之吟榻。家人知之,即猫犬皆逐去。婴儿稚子,亦抱寄邻家。徐待诗成,乃敢复常。'秦观《高斋诗话》:少游举《水龙吟》(寄营妓娄婉):'小楼连苑横空,下窥绣毂雕鞍骤。'东坡曰:'十三个字只说得一个人骑马楼前过。'卷七,葛胜仲《词品》、葛鲁卿《蓦山溪》词咏天穿节郊射也。宋以前以正月二十三日为天穿节。相传云女娲氏以是日补天,俗以煎饼置屋上,名曰'补天穿'。"(王世儒编:《蔡元培日记》上,第319页)

10日,蔡元培评阅张宗橚《词林纪事》,曰:"《词林纪事》卷十一,谢直,元名希孟,字古民,台州黄岩人,从陆象山游。《古今词话》:'希孟少豪俊,与妓陆氏狎,象山屡责之,但敬谢而已……一日,在妓所,恍然有所悟,不告而行。妓返,长江浒,悲恋涕泣,孟不顾,取领巾书一词与之。其词勇决,真象山门人之利根也。'案:词如左:《卜算子》(赠妓):'双桨浪花平,夹岸青山锁。你自归家我自归,说着如何过。 我断不思量,你莫思量我。将你从前与我心,付与他人可。'卷二十,蔡松年《尉迟杯》:'喜银屏小语,私心麝月春心一点。'《词品》:'麝月,茶名,麝言香也,月言圆也。或说,麝月是画眉香煤,亦通,但下不得分字。'赵可橚按:'内翰使高丽时有暖老正思燕地玉之句。'"(王世儒编:《蔡元培日记》上,第320页)

11日,黄侃作《少年游》(三月二十六日,检历知春尽)。(发表于《华国》月刊第1卷第2期。后收入黄侃著,黄延祖重辑:《黄季刚诗文集》,第411页)

25日,《台湾文艺丛志》第5卷第5号刊发:

灵峰《满江红》(春闺);

当圆《浣溪沙》(秋夜)。(后收入方宝川、谢必震主编:《台湾文献汇刊续编》第95册,第381页)

6 月

1 日，《学衡》第 18 期刊发：

赵熙《梁园春夜》（酒醒灯作伴）；

王易《木兰花慢》（西斋夜坐，凉飙入窗，微引秋感。用美成谱，更作入韵调之。癸丈谓，此调疑本入声，翻作平声而入韵之词不传耳，殆其信与。此词词调实为《绮寮怨》）；

胡先骕《木兰花慢》（重九日作）；

陈寂《虞美人》（灯前独坐成幽弄）。

16 日，王渭作《醉太平》（端午日，戏题钟馗像）。（王渭：《花周集》，第 8 页。后收入朱惠国、吴平编：《民国名家词集选刊》第 5 册，第 22 页。参见本年 2 月 16 日"王渭"条）

25 日，《台湾文艺丛志》第 5 卷第 6 号刊发：

剑客《水调歌头》（对月）；

沤庐《浪淘沙》（采莲）。（后收入方宝川、谢必震主编：《台湾文献汇刊续编》第 95 册，第 439 页）

29 日，况周颐为《和珠玉词》作《跋》。中曰："癸亥五月既望，临桂况周颐跋于天春楼。"（张祥龄、王鹏运、况周颐：《和珠玉词》，民国十二年 [1923] 癸亥重刊本，第 2 页。后收入况周颐原著，孙克强辑考：《蕙风词话　广蕙风词话》，第 450 页）

本月

《国文研究会演讲录》第一集刊发：吴梅《词与曲的区别》。（王卫民：《吴梅评传》，第 277 页）

况周颐为赵尊岳《和小山词》作《序》。中曰："癸亥五月，叔雍《和小山词》成，属为审定，并缀数言卷端……蕙风词隐况周颐书于沪滨赁庑之天春楼。"（曹辛华主编：《民国词集丛刊》第 6 册，第 403 页）

7 月

1 日，《学衡》第 19 期刊发：

陈衡恪《南浦》（春帆，次碧山春水韵）；

王易《木兰花慢》（出门揩倦眼）。

1 日，《无锡杂志》第 1 期刊发：毓珍《忆江南》（客中忆）、《忆江南》（回首忆）、《忆江南》（追悼钱师枚生）、《忆江南》（蒿歌作）、《十六字令》（愁花）、《十六字令》（花明媚）。（后收入《民国珍稀短刊断刊·江苏卷》第 18 册，第 7088 页）

4 日，王国维自北平致函上海蒋汝藻，谈《彊村校词图》题诗之事。中曰："古老《校词图》仍在箧中。叔言引首早已题就，闻印丞近益贫病，恐不能缴此卷，故未敢送去。或先请叟老题诗。请一问古老，并示为荷。"（谢维扬、房鑫亮主编：《王国维全集》第 15 卷，第 720 页。参见袁英光、刘寅生：《王国维年谱长编》，天津人民出版社，2005 年，第 371 页。参见 1924 年 7 月"本月""王国维"条）

25 日，《台湾文艺丛志》第 5 卷第 7 号刊发：

剑客《念奴娇》（西风何苦把闲愁霎时吹起）。（后收入方宝川、谢必震主编：《台湾文献汇刊续编》第 96 册，第 41 页）

8 月

10 日，《北京朝阳大学四川江津同学会会刊》第 1 卷第 2 期刊发：樊樊山《玉山枕》（秋怀）。

16 日（农历七月初五日），黄节为陈洵《海绡词》作《序》，曰："陈洵，字述叔，本新会人，补南海生员。少有才思，游江右十年，归粤。辛亥秋七月，番禺梁文忠重开南园，述叔与余始相识。文忠与人每称'陈词黄诗'，此实勉励后进。余诗未成，甚愧。述叔蚤为词，悦稼轩、梦窗、碧山，其时年未五十，今又十余年，归安朱彊村先生见其词，糜金刊之。以余知述叔平生，命余属序。述叔数赠余词，余未学词，虽心知其能，以彊村词宗当世，而称述叔词，且为刊而传焉，则知其词之有可传世也。述叔穷老，授徒郡居。微彊村，世无由知述叔者矣。癸亥七月五日，黄节序。"（陈洵著，刘斯翰笺注：《海绡词笺注》附录，上海古籍出版社，2002 年，第 494 页）

18 日，王渭作《凤凰台上忆吹箫》（七夕）。（王渭：《花周集》，第 13 页。后收入朱惠国、吴平编：《民国名家词集选刊》第 5 册，第 31 页。参见本年 2 月 16 日"王渭"条）

9 月

1 日，《学衡》第 21 期刊发：

陈衡恪《一尊红》（题背面女士画）；

陈寂《鹧鸪天》二首；

陈寂《采桑子》（五月十八夜课罢，犹闻残滴，潇然生感，遂成此词）。

12 日，况周颐作《摸鱼儿》（癸亥八月初二日赋）。（况周颐、赵尊岳：《蕙风词二卷和小山词一卷》，第 37 页。后收入曹辛华主编：《民国词集丛刊》第 6 册，第 388 页）

剑亮按：赵尊岳《蕙风词史》："《摸鱼儿》（癸亥八月初二日赋），盖挽张少轩者。少轩复辟不成，遁而之津，是年死，先生为词哀之。"（《词学季刊》第 1 卷第 4 号）

15 日，《华国》月刊第 1 期《词录》栏目刊发：

朱祖谋《解蝶蝶》（雁声带愁）、《定风波》（点镜春姿起翠禽）；

况周颐《浣溪沙》（绿叶成阴，苦忆阊门杨柳）、《浣溪沙》（翠袖单寒亦自伤）、《最高楼》（题徐仲可《湘楼听雨图》）；

黄侃《莺啼序》（秋感，用文英韵）；

汪东《浣溪沙》（何事人生有别离）、《忆旧游》（记熏炉永昼）。

剑亮按：《华国》，月刊，1923 年 9 月 15 日创刊于上海。章太炎任社长，汪东任编辑兼撰述，黄侃为主要撰稿人之一。《华国》月刊的宗旨是："志在甄明学术，发扬国光，选材则慎，而体例至宽，举凡《七略》所录，分科所隶，以及艺术之微，稗官之说，靡不兼收并容。"

25 日，夏敬观作《湘春夜月》（癸亥中秋）。（陈谊：《夏敬观年谱》，第 106 页）

25 日，王渭作《水调歌头》（中秋夜，层云遮月，用东坡韵倚此）。（王渭：《花周集》，第 15 页。后收入朱惠国、吴平编：《民国名家词集选刊》第 5 册，第 36 页。参见本年 2 月 16 日"王渭"条）

本月

秋，俞鸥侣作《萍缘集总序》，曰："盖闻江湖浪迹，柳絮前身；茵溷无心，升沉曷据。帆共春波而并远，山随秋叶而同枯。所以有心人诗酒放怀，月泉结社。或订寒交于千里，或召胜侣于一堂。借翰墨以抒情，感川流之易逝。浮生若梦，胜会何常。蝶之与周，犹鹤之与梅也；云之与月，犹水之与萍也。吾儒所谓如旧相识，非即佛氏所谓缘乎？缘之所合情自深焉，言之所发心相印焉。若仆者疏狂情性，冷淡生涯。株守乡庐，敬承遗砚。思亲有泪，愧披欧子之文；济世无才，虚抱贾生之愿。聊寄情于山水，更结契于云霞。所幸江东骚客、海内名流，不弃非才，许为同调。春秋佳日，唱酬之什纷投；云树离情，鱼雁之书不绝。冀留鸿爪，庶广传《白雪》之篇；不负鸥盟，愿永践春风之约。题曰萍缘，感水云之作合也。谋以刊本，借楮烟以垂久也。是为序。癸亥秋仲，俞鸥侣撰。"（南江涛选编：《清末民国旧体诗词结社文献汇编》第15册，第549页）

秋，徐自华作《百字令》（题《江楼秋思图》）。有词序曰："癸亥秋日，柳君亚子偕夫人佩宜养疴沪渎。江楼一角，海燕双栖。画眉写韵，消磨花月之晨；茗碗药炉，领略清闲之福。乃作《江楼秋思图》，遍征题咏。时余适遭大故，更抱采薪。思亲有泪，羁歇浦而魂飞；寄妹无书，望语溪兮目断。支离病骨，久废词章；潦倒愁怀，将焚笔砚。渐非漱玉，乏花黄人瘦之吟；敢比耆卿，工残月晓风之句。重违嘉命，勉倚新声。休遽付念奴娇歌，浅斟低唱；只恐似《大江东去》，铁板铜琶。"（后收入郭延礼、郭蓁编：《秋瑾集　徐自华集》，第478页）

秋，周岸登作《西平乐》（癸亥秋，莅官清江，政简多暇……用清真韵）。（周岸登：《蜀雅》卷九《丹石词》，第18页。后收入曹辛华主编：《民国词集丛刊》第9册，第441页）

秋，吴梅作《玉簟凉》（重至金陵，寓斋寥寂，闲庭对月，凄然其为秋也）。（王卫民：《吴梅评传》，第278页）

秋，王渭作《忆秦娥》（新秋）、《渔家傲》（秋思）、《祝英台近》（秋夜）、《卖花声》（闲步秋郊观纳稼）。（王渭：《花周集》，第12、13、18页。后收入朱惠国、吴平编：《民国名家词集选刊》第5册，第30、32、40页。参见本年2月16日"王渭"条）

10月

1日，《学衡》第22期刊发：
赵熙《玉漏迟》（梁园春夜）、《卖花声》（题自画秦吉了）；
陈寂《鹧鸪天》（倦眼回灯照碧窗）；

毛乃庸《踏莎行》（出万县，赴夔州）；

刘永济《寿楼春》（赠彦通）。

15 日，《华国》月刊第 1 卷第 2 期《词录》栏目刊发：

夏敬观《鹧鸪天》（往日城南乍解舟）、《生查子》（含情每上楼）；

黄侃《思佳客》（蟋蟀空阶带冷吟）、《卜算子》（柳）、《少年游》（三月廿六日检历知春尽，感赋）；

汪东《夜半乐》（断云尚滞天半）、《踏莎行》（银烛交枝）、《清平乐》（去年凄绝）、《兰陵王》（雨丝直）；

汪东《诗词射隐录》。

18 日，陈世宜作《紫萸香慢》（癸亥重九，独游琼岛）。（陈世宜：《倦鹤近体乐府》卷二，第 7 页。后收入朱惠国、吴平编：《民国名家词集选刊》第 13 册，第 150 页。亦收入陈匪石著，刘梦芙校：《陈匪石先生遗稿》，第 65 页）

18 日，王渭作《南乡子》（九日作）。（王渭：《花周集》，第 17 页。后收入朱惠国、吴平编：《民国名家词集选刊》第 5 册，第 39 页。参见本年 2 月 16 日"王渭"条）

本月

《文哲学报》第 4 期《词录》刊发：

袁鹏程《满江红》（残月）；

胡士莹《兰陵王》（草痕直）、《解连环》（用清真韵）、《齐天乐》（天涯只在阑干曲）、《虞美人》（平芜迢递归心直）、《六丑》（留别徐君声跃）、《清平乐》（纳凉作）；

赵祥瑗《三姝媚》（星期日，冠丹约赴玄武湖樱桃花。至则落红成阵，飘零过半矣。悄然赋此）、《三姝媚》（课余散步校园，见梅株三五，相次凋谢。回首乡林，感慨系之。适子屋以落梅之作见示，亦用梅溪均和之）、《绮寮怨》（太平门外观桃花，归后作，用清真韵）、《惜余春慢》（淫雨连朝，佳期屡阻。青灯夜坐，辄不成寐，爰成此阕）、《八声甘州》（钱君子屋，往年同学铁甓，时或流连三山二水间。虽为期不久，而意气相投，莫或能间也。嗣君去扬州，予来金陵。小别六载，梦寐为劳。及余入成均，君已先来一年。旧雨重逢，晨夕聚首。长干载酒，小舫行歌。寒暑骎更，瞬将藏事。聚散离合，若有前定者，斯不可以无词）。

11 月

1 日，《学衡》第 23 期刊发：徐桢立《鹧鸪天》（和诵帚）三首、《鹧鸪天》（再和原韵）三首。

7 日，顾颉刚为严既澄《初日楼诗驻梦词合刊》作《跋》，曰："此编凄迷哀怨。读者且不胜情，想作者下笔时，其心头之酸苦，当不知作何状。予与既澄游，常谓是乐天一流。今读此编，乃知所为欢笑，悉由强作。予性木讷，自知情感不深，不能为文辞。然入世以来，犹觉我之真性未泯，而他人鱼鱼鹿鹿，即此尚不能求其保持领略。人我之间，遂触手生障壁。况既澄灵心善感，其处世之不安，必有什百倍于我者，其低回怅惘之情，更何能自已耶。愿既澄更抒心声，多为歌哭。招回人间已失之性灵，勿自鄙于呻吟拥鼻，闷情怀而弗宣也。十二年十一月七日也，颉刚读记。"（原载严既澄：《初日楼诗驻梦词合刊》，人文书店，1932 年，第 138 页。后收入顾颉刚：《顾颉刚全集·宝树园文存》卷五，第 142 页）

15 日，《华国》月刊第 3 期《词录》栏目刊发：

陈衡恪《庆清朝》（公湛用梅溪韵赋此解，倚声和寄）、《疏影》（秋莲词人诣孤山观梅，词以纪之。予不得同游，次韵寄意）；

黄侃《鹧鸪天》（林叶将风入夜来）、《高阳台》（立秋前一日作）、《丑奴儿》（年年三月伤怀日）；

汪东《齐天乐》（玉骢嘶向青楼去）、《荔枝香近》（絮影纷飞）、《荔枝香近》（又一体，暮春闲庭）。

26 日，《学灯》杂志刊发：贾凫西《二百四五十年前平民文学家（秦少游、柳三变）》。

12 月

1 日，《学衡》第 24 期刊发：

况周颐《摸鱼儿》（癸亥八月二日赋）；

陈衡恪遗稿《蝶恋花》（京师妓姚华，与吾友同姓名，赋此调之）；

徐桢立《疏影》（和诵帚残柳韵）；

陈寂《虞美人》(晓来明镜添憔悴)、《浣溪沙》(掩画楼台倚暮空)。

5 日，王国维致函蒋汝藻，谈词籍求购比价。中曰："顷有唐元素之子持其家藏《宋元七十家词》(廿四册)，欲求介绍于公。其书弟见过四册，确是毛藏，又有斧季手校及手补之页，但索价甚奢。"(谢维扬、房鑫亮主编：《王国维全集》第15 卷，第 736 页)

15 日，《华国》月刊第 4 期《词录》栏目刊发：

陈锐《眉妩》(师曾大兄新婚将别，词以慰之，即送其赴日本，用白石韵)；

金天羽《百字令》(为蔡冶民题《击楫图》)、《扫花游》(题叶小鸾《招魂写真手卷》，为印濂)；

黄侃《清平乐》(一枝片玉)、《唐多令》(高树早凉)；

汪东《宴清都》(倦逐闲箫鼓)、《琐窗寒》(暗水潺湲)、《四园竹》(高梧悴叶)。

23 日，王渭作《何满子》(冬至)。(王渭：《花周集》，第 21 页。后收入朱惠国、吴平编：《民国名家词集选刊》第 5 册，第 48 页。参见本年 2 月 16 日 "王渭" 条)

本月

南社编《南社》第 22 集在上海出版。(后收入曹辛华、钟振振选编：《清末民国旧体诗词结社文献续编》第 19 册) 词作有：

白炎《人月圆》(樱桃红了芭蕉绿)、《清平乐》(惺忪扶醉)、《清平乐》(花阴春窄)、《眉妩》(春音社第二集，赋河东君妆镜)、《踏莎行》(题方瘦坡《香痕奁影录》)；

景定成《踏莎行》(狱中拟春愁)、《清平乐》(狱中拟春闺)、《湘春夜月》(狱中清明感事)、《钗头凤》(狱中拟秋怀，戏用放翁原韵)、《菩萨蛮》(闺怨，梦中作)；

潘飞声《浪淘沙》(题《空山听雨图》)、《满庭芳》(丙辰上巳，周湘舲召集愚园，次湘舲韵)、《高阳台》(杏花楼，昔年与高眉子新春对酌处)；

沈宗畸《菩萨蛮》(信封) 三首、《江南好》(题日本小纨扇)、《鹧鸪天》(自信倾城碧玉姿)、《浣溪沙》(书成容若悼亡词后) 二首、《祝英台近》(自题亡妾赵静其哀辞后)、《薄命女》(花命薄) 二首、《霓裳中序第一》(春事迟暮，燕子不来。彳亍庭除，凄然有作）、《露华》（绿华去后）、《水龙吟》（白莲，用碧山韵）、《蝶恋花》（斜日阑干妆阁静）、《蝶恋花》（柳絮癫狂春似醉）、《蝶恋花》（昨夜江头风送雨）；

陆峤南《临江仙》（苔）；

吕志伊《临江仙》（别意）二首；

林之夏《金缕曲》（次韵答王庾楼）；

林学衡《忆秦娥》（东风歇）；

刘伯端《蝶恋花》（三月三日，恰是清明。春光如客，春怀如酒。因忆梅溪词"今岁清明逢上巳"，用作首句，足成是阕）、《金缕曲》（春夜闻虫，和汪莘、白兆铨原韵）；

吴虞《菩萨蛮》（金堂乍启光明灭）、《菩萨蛮》（玉梅红绽初胜露）、《菩萨蛮》（淡妆浓抹皆如意）、《菩萨蛮》（花开花落长相忆）、《菩萨蛮》（枣花帘底春无主）、《菩萨蛮》（翠屏竟作蓬山隔）、《疏影》（鬓软鬟欹）、《望湘人》（酬胡玉津，为陈碧秀作）、《摸鱼儿》（次林山腴和方鹤叟赠陈碧秀韵）、《摸鱼儿》（成都乱后，余方卧病。陈碧秀来视，感成此阕）、《摸鱼儿》（用前韵，酬方鹤叟和予成都乱后感怀之作）；

骆鹏《水调歌头》（题鼎芬像）；

易象《浣溪沙》（影事迷离二十年）、《浣溪沙》（分得些儿玉臂凉）、《浣溪沙》（一夜西风鬓有丝）；

郑泽《菩萨蛮》（桂花，示沧霞）、《长亭怨》（正秋暮、丝丝寒雨）、《声声慢》（题《仕女图》）；

刘鹏年《大江东去》（题蔡哲夫先生《湖舫校碑图》）；

傅道博《忆江南》（题亚子《分湖旧隐图》）六首；

黄堃《如梦令》（南望湘云千里）、《意难忘》（寄内子淑惠）、《摸鱼儿》（和胡彦远韵）、《玉蝴蝶》（才过韶华十五）、《点绛唇》（旅夜）；

周宗泽《点绛唇》（小立庭除）；

吕碧城《金缕曲》（德妇D夫人一见倾谈，相知恨晚。据云青岛陷后，家族悉俘囚于某国，已独漂流至沪。言次黯然，余为感赋此阕）、《祝英台近》（题余十眉《神伤集》）；

陶牧《江南好》（南社雅集燕京徐园分韵）、《垂杨》（清明日，偕友至镇署看琼花，感作）、《采桑子》（春风天上传歌舞）、《翠楼吟》（感旧，寄星厂长沙、小宋龙江、菜傭燕京）、《菩萨蛮》（题一粟李后主词后）、《菩萨蛮》（开到桃花春已半）、《暗香》（哭素馨）、《夜飞鹊》（味莼园感旧）、《蝶恋花》（和剑华韵）、《轮台子》（丙辰五月二十八日大雨纪事）、《菩萨蛮》（春来多病纤腰削）、《菩萨蛮》（可知夕照红难久）、《菩萨蛮》（画梁燕子双双语）、《菩萨蛮》（深沉音信云山隔）、《菩萨蛮》（相怜相弃千金贱）、《菩萨蛮》（雨似游丝牵不断）、《相见欢》（楼头一抹斜阳）、《满庭芳》（旅况，用少游韵）；

徐珂《花犯》（春音词社第一集，赋樱花）、《祭天神》（题李云谷残砚拓本）、《浣溪沙》（松江重九）、《新雁过妆楼》（春音词社第十集，席次闻歌者为素娥楼、春宵楼二校书，梦坡所招以侑酒者也）、《百字令》（春音词社第十集，为梦坡题汤贞愍《香雪草堂图》）、《探芳信》（题梦坡《灵峰忆梅图》）、《秋霁》（丁巳中秋，春音词社十三集赋）、《祝英台》（题潘阆史《山塘听雨图》）、《满庭芳》（春音词社十五集，为梦坡题句容骆佩香女士《绮兰小墨百花长卷》）、《六幺令》（题疏香阁主叶小鸾画像）、《定风波》（题陈佩忍《绿玉青瑶馆图》）；

陆绍棠《蝶恋花》（夐绝今来横太古）、《蝶恋花》（试问金天谁作宰）、《蝶恋花》（敢作敢为由敢忍）、《蝶恋花》（淮水妇人能市饭）；

徐自华《高阳台》（七夕，戏填寄闺友）、《念奴娇》（中秋夜感旧，寄小淑）、《菩萨蛮》（题《美人桐阶秋思图》）、《贺新凉》（题《西湖饯别图》）、《台城路》（别广州三十年矣，重来不胜桑海之感。会蔡君哲夫以所获城砖见示，皆南汉以来古物。其一有"成城"二字，尤与君别号相印，因填此解奉贻）、《鬈云松》（今春余君十眉曾约佩子与余探梅邓尉，并梦余填词得红冰句，驰书见告。旋因他事未果往，顷索题《鸳湖双桨图》，为赋此解，即用其语于末，以志梦灵也）、《鬈云松》（孤山探梅，写寄十眉、亨利）、《鬈云松》（寄佩忍）；

周斌《长亭怨慢》（题筱墅《沙湖钓月图》）；

周亮才《沁园春》（题芷畦《柳溪竹枝词》）、《长亭怨慢》（再休问青鸾音信）、《醉妆词》（来何处）、《长亭怨慢》（更何处红牙按拍）、《凤孤飞》（挽胡淑娟女士）二首、《长亭怨慢》（早知道匆匆别也）、《减字木兰花》（绿窗红豆）、《减字木兰花》（凭肩软语）、《南歌子》（皓月窥罗幕）；

寿玺《四犯剪梅花》（龙洲此调，采《解连环》、《醉蓬莱》至《团儿》三调合成。万红友谓，前段起句与《解连环》全不相似。细按之，当改"水殿风凉"

为"风凉水殿"。换头句误多一字，韵亦失叶。龙洲本不精于律也。感事漫拈一解）、《天香》（茧庐几上香灰结字，同邕威韵，清如、师曾、茧庐、寒梧同作）；

胡颖之《永遇乐》（焦山《瘗鹤铭》，王、陶、顾聚讼纷纭，而实出于皮逸少，同时陆鲁望、魏不琢皆有和诗。元年冬，同小柳鼓轮登山。今复过此，率成此阕。四年四月）、《金缕曲》（薛涛井）、《暗香》（万花一色）、《疏影》（飞琼碎玉）、《卜算子》（寂寞卧山城）、《齐天乐》（予只身往来吴头楚尾十五年矣。名姬骏马，侠客文人，因缘甚盛。今来开江，山城寂处不怡。中夜，爱集定庵词句写之。所谓借他酒杯，浇我块垒也）、《南柯子》（窗影玻璃绿）、《蝶恋花》（试换袷衣天欲暮）、《三台》（春兴，用词隐韵）、《三台》（夏夜，用词隐韵）、《三台》（秋感，用词隐韵）、《三台》（寒夜有感，用词隐韵）、《玲珑四犯》（风景依稀）、《玲珑四犯》（游兰亭，用白石韵）、《西河》（泛鸳鸯湖，登烟雨楼。招伎来，皆唱谭鑫培戏本。因思梦窗在吴江闻伎歌《清真词》故事，以《清真词》韵记之）、《夜飞鹊》（用清真韵）、《尉迟杯》（用清真韵）；

陈无用《菩萨蛮》（庚戌秋初，假馆武林望仙桥畔之旅舍。有某君者，挈一姬一婢亦寓于是。鹣鲽相爱，形影不离。情好之隆，殆无其匹。但姬固可人，婢亦妙年，恼人春色，何堪令泥中人也。戏纪其事）二首、《菩萨蛮》（调友人）、《清平乐》（戏题友人小影）、《绮罗香》（某女士者，既备工容，兼擅书数。紫钗待聘，本号王孙；乌鹊高飞，自甘蓬户。有某君者，多情好色，雅意怜才。一见倾心，三生有约。方羡扬州小杜不愁绿叶之成阴，其奈百里故妻颇怼窀寥之忘我。为索催妆，倚此调之）、《水龙吟》（佛倩以杜老新婚之别，有高柔爱玩之心。曾托尺素，索赋催妆，而人事冗繁，久而未就。会有所触，遂成此解。要之骅骝万里，弧矢四方。詹詹之言，只取适一时而已）、《解语花》（为女伶王克琴作也。王伶，色善事人，艺能倾俗。芳踪所至，举国若狂。而居津沽间为最久，某大吏眷之尤笃。一时冠盖裙屐，争以得一识面为幸。三径主人，东浙诗人也。赏其色艺，屡见之吟咏，为之延誉。辛亥秋，归自京师，过析津。闻王伶奏技，忻然往观。至则彼美含情脉脉，若独与目成，依者其有知己之感乎？主人作《邯郸曲》纪其事，屡索和章，为赋此解）、《翠楼吟》（观女伶王克琴、林黛玉、陆菊芬、周桂宝缥缈楼演剧。窃叹造物者予以绝世之姿，惊人之技，而复使之流转天涯，以供众目之欣赏。岂元相所谓物之尤者，不妖于人，必妖于身欤？仆本恨人，感吟成调）；

陈无名《清平乐》（七夕）；

邵瑞彭《菩萨蛮》（回波不驻惊鸿影）、《烛影摇红》（寒夜联句，叠前韵）、《氐州第一》（风色江头）、《黄鹂绕碧树》（十三日游可园，为展上巳之会）、《洞仙歌》（小楼红处）、《小重山》（残冬，和白石）、《蓦山溪》（过天坛）、《梁州令》（玉蝀桥，和耆卿韵）、《惜红衣》（和孟敏）、《双头莲》（和樊山翁，用美成韵）、《双头莲》（樊山翁叠和美成，要予同作，并云周词后阕收句"但只听消息"，与前阕收句"合有人相识"，平仄正同，"听"字当作平音，今从之）、《虞美人》（孙子潇《双红豆图》，为朴庵太史题）、《减字木兰花》（桂殿西头玉作丛）、《南乡子》（梦断水云乡）；

洪焕《高阳台》（碎雨迷烟）、《南浦》（浓绿涨晴窗）、《虞美人》（湖船曲，和次公）六首、《醉太平》（三更四更）、《如梦令》（和木公）、《庆春泽》（题十眉《鸳湖双桨图》）；

杨贻谋《捣练子》（秋夜）；

陈世宜《安公子》（玉宇琼楼换）、《烛影摇红》（屑玉凝珠）、《丁香结》（槟玙有感）、《祝英台近》（和芛农韵，依梦窗体）、《玉漏迟》（题《檗子遗集》，用草窗题梦窗《霜花腴》词卷韵）、《踏莎行》（题叶兹渔《春冰词》卷）、《贺新凉》（吊史阁部墓）、《夜行船》（玉宇高寒凋月桂）、《水龙吟》（槟玙公园，峭壁悬瀑，潴为清池，引供民食。用梦窗惠山酌泉韵）、《还京乐》（题徐仲可丈《纯飞馆填词图》）；

叶玉森《蝶恋花》（和匪石韵）；

张素《水龙吟》（雪窗寒透明灯）、《高阳台》（除夕，和阿梦韵）、《水龙吟》（元日纪事，用宋人韵赋之）、《绛都春》（飘空笛怨）、《百字令》（自题双鬟小影）、《满庭芳》（病中赋示亚蘐）、《祝英台近》（即席有赠）、《解蹀躞》（用梦窗词韵）；

庄山《蝶恋花》（忆甄翘云）、《蝶恋花》（忆宝姬）、《蝶恋花》（忆五儿）、《浣溪沙》（阅报知王小莲校书仰药死矣。昔年宝姬与小莲为曲中姊妹，情好甚笃。余亦时时过从，今闻此变，既伤小莲，且伤宝姬也）；

傅绚《深院月》（闻箫）、《子夜歌》（秋虫唧唧风凄急）；

俞剑华《蝶恋花》（帘幕重重遮不住）、《烛影摇红》（和次公、倦鹤联句韵）、《减字木兰花》（次韵和南村）、《踏莎行》（题《庞檗子遗集》，用碧山题草窗词卷韵）、《瑞鹤仙》（小柳自赣归，赠以小影，即赋）；

金燕《摸鱼子》(秋病)、《买陂塘》(秋思);

王蕴章《忆旧游》(题《檗子遗稿》,依乐笑翁体)、《高阳台》(题十眉《鸳湖双桨图》)、《浣溪沙》(题哲夫端平残砖)二首;

吴梅《浣溪沙》(薛素素为王伯縠画马湘兰小影,今藏周梦坡处,因题此解)、《霓裳中序第一》(毕节路君金坡朝銮见访京寓,为话南都近事,赋此)、《寿楼春》(和金坡)、《眉妩》(寿石公见示近词,拈此赠之)、《凄凉犯》(题庞檗子遗词,依石帚四声)、《多丽》(秦淮画舫有名多丽者,余与姚子鹓雏、陈子佩忍小集其中。文燕流连,皆一时彦俊。余别金陵十年矣,追念昔尘,弥增惆怅。因依蜕岩旧律,赋此为同人唱云);

顾无咎《醉太平》(江城纳凉听山歌)、《浪淘沙》(八慵园茗饮即事)、《买陂塘》(赋"雨丝风片,烟波画船"之意)、《蝶恋花》(斜日珑松烟袅娜)、《湘月》(初冬即事,从石帚体,并示内子老兰,以为料理经卷嚆矢);

杨锡章《念奴娇》(乙卯第二日书感)、《少年游》(一帘新雨)。

王渭作《摸鱼儿》(岁暮杂感)。(王渭:《花周集》,第302页。后收入朱惠国、吴平编:《民国名家词集选刊》第5册,第55页。参见本年2月16日"王渭"条)

本年

【词人创作】

毛泽东作《贺新郎》(别友)。(中共中央文献研究室编:《毛泽东诗词集》,第1页)

剑亮按:《毛泽东诗词集》收录该词,词后有注曰:"这首词最早发表在一九七八年九月九日《人民日报》。"

夏敬观作《念奴娇》(左南生游西溪,观芦花,次稼轩韵见寄。念往辄同游,自顷避兵海隅,遂负秋雪。因倚声寄感,写付杭邮,即以题畏庐《西溪图卷》)。(陈谊:《夏敬观年谱》,第106页)

吴其昌在广陵作《菩萨蛮》(与瑗仲、立厂、云阁、惠苍登北固山望大江。学制),在扬州作《忆秦娥》(夜泊扬州城外,与王二、唐四、吴三、戴一低拥一篷。瑗仲命学制)。(后收入吴令华主编:《吴其昌文集·诗词文在》,第20页)

王渭作《如梦令》(忆梅)、《浪淘沙》(题刁君也白《两京侍游草》)、《一剪梅》（题《美人对镜簪花图》）、《念奴娇》（有感）、《金缕曲》（题吴君茵鹿所著《新诗婢》小说）、《虞美人》（怀旧）、《满江红》（观欧阳予倩新排之《卧薪尝胆》剧）、《卜算子》（风筝）、《醉花阴》（燕）、《千秋岁》（祝朱粥叟征士古稀大庆）、《沁园春》（读《长生殿传奇》）、《蝶恋花》（本意）、《贺新郎》（李望逵表阮为文郎福鋆授室，招余证昏，倚此）、《调笑令》（陇西客次，喜晤老友金君雨若）、《高阳台》（报载明夷阁主人征八股试帖题，戏拟一卷，倚此自嘲）、《西江月》（感怀）、《风蝶令》（笋）、《摸鱼儿》（感时）、《南乡子》（不倒翁）、《蓦山溪》（南梁客次，听陈心、徐村舟诸君夜半度曲）、《满庭芳》（南梁归棹，喜放新晴）、《白蘋香》（题《西游记》小说）、《多丽》（金陵怀古）、《菩萨蛮》（梦）、《解佩令》（"老去填词，一半是空中传恨"，朱竹垞先生句也。心有所感，用原韵倚此）、《卖花声》（闲愁）、《风蝶令》（鲥鱼）、《青玉案》（蚕茧）、《南浦》（紫藤花，用白香集程韵）、《望江南》（夜不成寐，枕上倚此）、《翠楼吟》（庭前枇杷初熟，摘分诸孙，用黄中允韵倚此）、《西江月》（南梁旅次，晨起口占）、《桂枝香》（荔枝）、《金缕曲》（为友代求浙江实业厅长云海秋先生墨宝）、《苏幕遮》（夜半闻笛）、《采桑子》（感事）、《金缕曲》（感时）、《暗香》（第一校廿周纪念，来宾纷赐珠玉，都承谬誉，作此鸣谢）、《风入松》（本意）、《齐天乐》（蝉）、《人月圆》（午睡）、《点绛唇》（余以病久不食蟹，暑天青蟹拒之尤严，倚此解嘲）、《潇湘夜雨》（白荷花）、《点绛唇》（刁君警华惠瓶储西湖莼菜）、《琐窗寒》（日来飓风肆虐，足为稼害。秋收在迩，心焉忧之）、《清平乐》（风息雨至，良苗勃兴。倚此志喜，并呈欧扩刚县长）、《转应曲》（感时）、《忆秦娥》（新秋）、《凤凰台上忆吹箫》（观提丝戏）、《渔家傲》（秋思）、《桃源忆故人》（蟋蟀）、《沁园春》（新美人目）、《沁园春》（新美人口）、《沁园春》（新美人手）、《沁园春》（新美人足）、《沁园春》（新美人心）、《卖花声》（闲步秋郊观纳稼）、《鹧鸪天》（德儿从其师秉农山先生采集海物标本于海东北各处。昨得家书，约中秋归省）、《虞美人》（桂庭偶感）、《疏帘淡月》（文庙以待修需款，减省祭品，不用牲牢。今晨戊祭关岳，有以燔肉馈余者，感而倚此）、《临江仙》（读《昌黎诗集》）、《调笑令》（双十节，各校都为提灯庆祝之举）、《诉衷情》（喜陈泊庵孝廉至）、《洞仙歌》（咏菊）、《夺锦标》（咏史）、《念奴娇》（老少年）、《减字木兰花》（独酌）、《昭君怨》（灯花）、《醉太平》（戏题某君言情小说）、《瑶台聚八仙》（汪生仞墙寄来广仓学会证书，印有哈同君暨迦陵夫人肖像，喜倚此阕）、《金缕曲》（奉怀粥叟词丈暨呈遯庸师）、

《满庭芳》(菜羹)、《渔家傲》(落叶)、《水龙吟》(柬汪瑞粟孝廉)、《行香子》(闺情)、《洞仙歌》(题《三苏文集》)、《唐多令》(四腮鲈)、《菩萨蛮》(即景)、《大江东去》(用东坡赤壁韵,赠姑苏金君辛伯,并寄老友印佛)、《大江东去》(用秋间咏老少年韵,欢迎前县长赖葆忱先生)、《采桑子》(咏杖)、《水调歌头》(东皋河工开局志喜)、《昼夜乐》(规嗜赌博者)、《如梦令》(对镜)、《满江红》(风尘三侠)、《满江红》(红线取合)、《满江红》(昆仑盗绡)、《满江红》(桴鼓同仇)、《卖花声》(薄暮自东皋冒雨归)、《声声慢》(更柝)、《拂霓裳》(酿雪)、《喜迁莺》(即事)。(后收入朱惠国、吴平编:《民国名家词集选刊》第5册,第7页。参见本年2月16日"王渭"条)

吕凤作《蝶恋花》(癸亥)。(吕凤:《清声阁词》卷二,第22页。后收入朱惠国、吴平编:《民国名家词集选刊》第8册,第278页)

潘承谋作《渔歌子》(泛雨西湖,归路晚晴。癸亥)。(潘承谋:《瘦叶词》,第13页。后收入朱惠国、吴平编:《民国名家词集选刊》第12册,第115页)

刘麟生作《浪淘沙》(丹城招游邓尉观梅)、《鹧鸪天》(南湖秋泛)。(刘麟生:《春灯词》,第6页。后收入朱惠国、吴平编:《民国名家词集选刊》第15册,第57页)

胡士莹作《蝶恋花》(陌上钿车春共远)、《忆旧游》(题吴瞿安师《藕舲忆曲图》)、《寿楼春》(趁斜阳花梢)、《兰陵王》(草痕直)、《六丑》(将去秣陵,留别声越)、《木兰花慢》(声越寄示此调,词旨哀婉似蒋鹿潭。微昭和之,余亦继声)、《采桑子》(烛花惯傍愁鸾泣)。(胡士莹:《霜红词》,第2页。后收入曹辛华主编:《民国词集丛刊》第10册,第366页)

【词籍出版】

俞鸥侣辑《萍缘集》(癸亥秋仲)刊行。为《虞社丛书》一种。内收《萍缘词选》和《诗词补刊》。(后收入南江涛选编:《清末民国旧体诗词结社文献汇编》第15册)

《萍缘词选》收录:

俞钟颖《貂裘换酒》(海南)、《水调歌头》(秋夜);

金翔鹤《满江红》(沈玉可属题刻诗酒筹筒);

陆宝树《莺啼序》(春日游西湖,用梦窗韵);

吴承烜《多丽》（奉和醉樵见怀之作，用张仲举韵）；

王承霖《千秋岁》（瘦农以述怀近作寄示，作和拈此奉酬，辛酉岁作）；

叶毓文《青玉案》（春暮怀信芳）、《河满子》（立秋怀信芳）；

余端《河满子》（连朝风雨，用原韵答肖斋）；

张荣培《蝶恋花》（花朝）；

戴坤《蝶恋花》（次秋厂韵）；

许泰《洞仙歌》（河东君墓）；

单恩藻《临江仙》（寄友）、《风蝶令》（别情）；

谢玉岑《解语花》（别来几日）；

俞筹《惜红衣》（和朱遁老两廉亭赏勺药，用白石韵）；

俞鸥侣《浣溪沙》（春日放棹三桥，倚此志游）、《春风袅娜》（问莹娘年纪）、《梁州令》（离情）。

《诗词补刊》收录：

徐坤侯《满江红》（九日登望海墩，极天云树，到眼苍茫。俯听潮声，蛟龙尽泣。此正如晋人所云，风景不殊，举目有山河之异。感此成阕，歌竟凄然）；

金寿松《蝶恋花》（春日即景）；

戴鸣《太常引》（柳堤）；

虞韶《昭君怨》（秋闺）。

陈洵《海绡词》一卷刊行。 卷首有黄节《序》（参见 1923 年 7 月 5 日条目）。（后收入曹辛华主编：《民国词集丛刊》第 15 册）

王揆堮《蚓篆词》一卷刊行。 卷首有作者《弁言》。（后收入曹辛华主编：《民国词集丛刊》第 1 册）

徐珂《纯飞馆词续》一卷刊行。（后收入曹辛华主编：《民国词集丛刊》第 13 册）

凌学彶《溉泉楼词》一卷刊行。 卷尾有龚毂成《后序》。（后收入曹辛华主编：《民国词集丛刊》第 14 册）

龚毅成《后序》中曰:"顾先生文,雄奇万变。而六入乡闱,累荐未售。能文之士,莫不为之惋惜焉。平昔寡交游,惟钱孝廉史才、侯广文戢庵,相与赏奇析疑,最称莫逆。戊午冬,先生归道山,年五十七。戢庵、广文承其遗命,为收拾散亡,校订行世。若侯子者可以风世励俗矣。余既承校雠之乏,得读全稿,为畅发其宗法。"

汤声清《怡怡室词》一卷刊行。卷首有汤荣宝《序》。(浙江图书馆等有藏。后收入曹辛华主编:《民国词集丛刊》第23册)

包天白《天白诗词》刊行。收诗80余首、词14首。书前有秦伯未、程门雪等亲友的题词及序文数篇。

江红蕉《红蕉词》,由江苏昆山赵氏印行。

江红蕉(生卒年不详),原名江涛,字镜心,笔名江红蕉,江苏吴县(今苏州)人。曾主《新申报》笔政,编辑《家庭》杂志。

【报刊发表】

《国立北京大学国学季刊》第1卷第4期刊发:王国维《韦庄的〈秦妇吟〉》。(后收入闵定庆整理:《唐五代词研究论文集》,河南文艺出版社,2016年,第370页)

剑亮按:《国立北京大学国学季刊》,季刊,1923年创刊于北京,由北京大学出版部出版发行。1951年终刊。

《小说月报》第14卷第1期刊发:西谛《纳兰容若》《李后主词》《碧鸡漫志》。

《小说月报》第14卷第3期刊发:郑振铎《词与词话》《几部词集》。

《国学丛刊》第1卷第3期刊发:

陈去病《笠泽词征序》《词旨叙》;

李万育《说词——词的起源、大兴、体尚》。

《文史哲报》第4期刊发:赵祥瑗《论秦柳之异点》。

《科学》第8卷第4期刊发:周辨明《词的界说》。

【词社活动】

壶社在汕头成立。

剑亮按：据《壶社丛选五集》（上海图书馆收藏），壶社由蔡卓勋发起。社员有朱家驹、金式陶、陆宝树、高燮、庞友兰、郭绍裘、吴承烜、左学昌、沈籥、丁乃潜、吴汝霖、吴沛霖、戴祺孙、侯节、朱家骅、李允年、戴鸣等 59 人。有《壶社丛选》。第一集于 1925 年秋刊行，录词 13 首。第二集录词 17 首。第三集录词 8 首。第四集刻于 1926 年，录词 15 首。第五集录词 16 首。主要词人有陈兑庵、马英、强光治、吴清丽、潘逸园、蔡楚畹、沈南雅、郭瑞珊（女）、陆熊祥、岳松轩、蔡少铭等。

【词人生平】

曹元忠逝世。

曹元忠（1865—1923），字夔一，一作揆一，号君直，晚号凌波居士，江苏吴县人。官内阁侍读学士。辛亥后，曾入清史馆，后家居讲学。与朱祖谋、郑文焯、王鹏运等交游。精通版本、目录、校勘之学。有《凌波词》《云瓶词》《乐府补亡》等。

冒广生《小三吾亭词话》卷三曰："吴县曹君直舍人元忠，精校勘之学，有其乡黄荛圃师法。所著《云瓶词》一卷，余尝序之。谓机九张而泽鲜，丝一钩而络贵，岂陈思华胄，雅擅风华，抑吴女故都，能传哀怨者也。"（唐圭璋编：《词话丛编》第 5 册，第 4710 页）

钱仲联《近百年词坛点将录》曰："君直经师，早岁与蛮巢诸君为诗楬橥西昆，于同光体外，别兴中吴诗派。词笔骚雅，得白石神理。"（钱仲联：《梦苕庵论集》，第 399 页）

徐致章逝世。

徐致章（1847—1923），字焕琪，号拙庐，江苏宜兴人。学词于蒋兆兰。入民国，居里与蒋兆兰等创白雪词社。有《拙庐词》。

陈衡恪逝世。

陈衡恪（1876—1923），字师曾，号槐堂，别号朽道人，江西义宁（今修水）

人。曾任江西教育司长。有《觭庵词》。

夏敬观《忍古楼词话》曰："义宁陈师曾衡恪，右铭中丞之孙，伯严吏部之子也。其遗诗为女弟子江采所楷写，叶君遐庵为之影印。师曾亦工词，未有刊本。予箧中有其遗词数阕，亟录于此。海棠花下作《春从天上来》云：'翠拥红幢。是琼壶窈窕，飞影殊乡。宿露搓酥，断霞凝粉，帘卷恰对秾芳。好自珠楼灿晓，多少意、酒力难将。剪绡缃，尽一春蜂蝶，都隔银潢。　霓裳。又成恨舞，算唤起瑶姬，有泪如江。吹转朱幡，绛云迷却，犹怜蘸水凄凉。一捻殢娇慵学，东风里、曾讶浓妆。解零珰。渐丝丝细雨，委尽柔肠。'……诸词皆大雅之音，长调步武碧山，非徒模拟。"（唐圭璋编：《词话丛编》第5册，第4814页）

钱仲联《近百年词坛点将录》曰："师曾为散原长子，书画、诗词、印章，无不工绝。《觭庵词》用清真韵诸作，缜密典丽，流风可仰。"（钱仲联：《梦苕庵论集》，第407页）

1924 年

（民国十三年　甲子）

1 月

1 日，王渭作《烛影摇红》（阳历元旦，因公寓南承欧县长招宴，作此鸣谢）。（王渭：《花周集》，第 22 页。后收入朱惠国、吴平编：《民国名家词集选刊》第 5 册，第 50 页。参见 1923 年 2 月 16 日"王渭"条）

15 日，《华国》月刊第 1 卷第 5 期《闺媛词录》栏目刊发：

左又宜《浪淘沙》（寄映庵金陵）、《临江仙》（莫道春归愁已绝）；

汪梅未《庆清朝》（用梅溪韵，同师曾作。汪夫人，字春绮，吴县人，陈师曾先生继室，民国二年卒）；

曹元燕《木兰花慢》（望云天似洗）、《忆江南》（挑灯坐）；

影观《菩萨蛮》（蓬窗悄倚愁如织）、《菩萨蛮》（池塘一碧离离草）、《虞美人》（春蚕）、《误佳期》（雨过苔痕如扫）。

27 日，胡适作《江城子》（翠微山上乱松鸣）。（后收入胡适：《胡适之先生诗歌手迹》，台湾商务印书馆影印，1964 年，第 83 页）

本月

《学衡》第 25 期刊发：

徐桢立《鹧鸪天》（自写屈子小像）；

赵熙《满庭芳》（风替花愁）；

陈寂《鹧鸪天》（新柳河堤拂别裾）、《鹧鸪天》（微雨东风送薄醺）、《鹧鸪天》（客漳州作）；

刘永济《鹧鸪天》（飞尽林花减尽莺）。

剑亮按：据吴宓自述，1922—1923 年，《学衡》每月初定能按期出版。以后便不能保证，故以下按月记该刊物出版日期。若拖期，则以实际出版日期记。不明者，则注明。

吴梅作《解连环》（独游怡园感赋）。（王卫民：《吴梅评传》，第 278 页）

2 月

4 日，吴梅作《洞仙歌》（癸亥除夕）。（吴梅：《霜厓词录》，民国三十二年[1943] 影印本，第 4 页。后收入朱惠国、吴平编：《民国名家词集选刊》第 13 册，第 429 页）

4 日，向迪琮作《江城梅花引》（癸亥除夕，效竹山体）。（向迪琮：《柳溪长短句》，第 16 页。后收入曹辛华主编：《民国词集丛刊》第 3 册，第 524 页）

4 日，金嗣芬作《念奴娇》（癸亥除夕）。（金嗣芬：《睿灵修馆词钞》，民国二十一年 [1932] 铅印本，第 1 页。后收入曹辛华主编：《民国词集丛刊》第 8 册，第 393 页）

4 日，徐自华作《浪淘沙》（十二年除夕，即席赠何香凝夫人）、《浪淘沙》（除夕）。（后收入郭延礼、郭蓁编：《秋瑾集　徐自华集》，第 479 页）

4 日，《台湾诗报》创刊号刊发：佚名《南乡子》（罢绣偶作）。（后收入方宝川、谢必震主编：《台湾文献汇刊续编》第 96 册，第 453 页）

剑亮按：《台湾诗报》，丛刊，1924 年创刊于台北。由星社、潜社出版发行。

5 日，蒋兆兰作《柳梢青》（甲子元日立春，和云壑韵。是年，兰七十矣）。（蒋兆兰：《青蕤庵词》卷四，第 7 页。后收入朱惠国、吴平编：《民国名家词集选刊》第 1 册，第 521 页）

5 日，洪汝闿作《探芳信》（甲子岁朝立春作）。（洪汝闿：《勺庐词》，第 22 页。后收入朱惠国、吴平编：《民国名家词集选刊》第 7 册，第 160 页）

5 日，梁文灿作《庆春泽》（甲子元日立春雨）。（梁文灿：《蒙拾堂词稿》之《积翠词》，第 26 页。后收入朱惠国、吴平编：《民国名家词集选刊》第 7 册，第 347 页）

5 日，吕凤作《探春慢》（甲子元旦试笔）。（吕凤：《清声阁词》卷三，第 1 页。后收入朱惠国、吴平编：《民国名家词集选刊》第 8 册，第 287 页）

5 日，邵章作《探芳讯》（甲子岁朝春）。（邵章：《云淙琴趣》卷一，第 9 页。后收入朱惠国、吴平编：《民国名家词集选刊》第 10 册，第 23 页）

15 日，《华国》月刊第 1 卷第 6 期《词录》栏目刊发：

李宗祎《朝玉阶》（梦也愁也甚日休）、《归朝欢》（杨花满地愁痕阔）、《感恩多》（夜凉莲漏永）；

蔡可权《小重山》（用白石韵）、《长相思》（更深深）；

黄侃《南柯子》（游法净寺，从功德林还舟，经长春岭作）、《蝶恋花》（将去扬州，重至湖上作）、《扫花游》（夜读碧山赋秋声词，试步其韵）；

汪东《蝶恋花》（托意哀弦移中柱）、《清平乐》（盆中植蕙数本，春晚作花，娟娟可爱，对此有怀，弥增凄恋）；

樊增祥《庆春泽》（题盋民藏大周国宝）；

李祖年《六丑》（北溟表弟以所得大周国宝诧余，余深以未见为憾，爱此阕以为息壤）。

15 日，台湾文社《台湾文艺丛志》第 6 卷第 1 号刊发：耳公《月华清》（一点青灯）。（后收入方宝川、谢必震主编：《台湾文献汇刊续编》第 96 册，第 94 页）

18 日，汪仲虎约请许宝蘅等人和词。许宝蘅记曰："六时赴伯绚与汪仲虎约，仲虎有《山亭宴》词嘱和，同集者奭召南良（七十六）、吴子明焘（七十一）、夏闰枝孙桐（六十八）、吴子和煦（六十？）、章曼仙华（五十）、赵剑秋椿年、俞阶丈、吴印丞、金箴孙（四君皆五十七），余居末座，仲虎（五十九）、伯绚（五十三），九时散。"（许宝蘅著，许恪儒整理：《许宝蘅日记》第 3 册，第 993 页）

19 日，梁文灿作《金缕曲》（甲子上元夜无月）。（梁文灿：《蒙拾堂词稿》之《积翠词》，第 26 页。后收入朱惠国、吴平编：《民国名家词集选刊》第 7 册，第 347 页）

23 日（农历正月十九日），况周颐为朱孝臧《宋词三百首》作《序》，落款曰："中元甲子燕九日，临桂况周颐。"（后收入况周颐原著，孙克强辑考：《蕙风词话　广蕙风词话》，第 448 页）

剑亮按：燕九日，即农历正月十九日。况周颐《餐樱庑漫笔》："彊村先生选《宋词三百首》，蕙风为之序，开版于金陵。比又选近人词，自王姜斋以次，凡百名家，并鸿生巨儒，家喻户晓者。鄙意不如甄采遗佚，俾深林寂壑，湮没不彰之作，得以表于世，不尤功德靡涯耶？"（蕙风：《餐樱庑漫笔》，《申报·自由谈》1924 年 8 月 15 日）

本月

刘麟生作《虞美人》(人日后新晴)。(刘麟生:《春灯词》,第7页。后收入朱惠国、吴平编:《民国名家词集选刊》第15册,第65页)

胡士莹作《三姝媚》(甲子新春,遇声越鸳鸯湖畔。旋同至嘉善,纵谈二日夜。别后以词见寄,赋此奉答,并示微昭)。(胡士莹:《霜红词》,第5页。后收入曹辛华主编:《民国词集丛刊》第10册,第372页)

杨圻作《江山万里楼诗词钞自序》,曰:"潘安仁赋《闲居》,引司马安巧宦为戒。因历述平生出处,自谓拙宦。其言拙也,其心躁也,卒以乾浸致败。余少有不羁之誉,长负公卿之许,年二十一,以秀才为詹事府主簿。二十七为户部郎中,举孝廉,邮部奏调郎中,外部奏充英国南洋领事。迄辛亥逊国,弃职东归。所谓宦者如是而已。计弱冠从政,事德宗景皇帝者十二年,事幼帝者三年,闲居者又十二年,以至于今,则苍然将老矣。当少年时,亦尝长揖王侯,驰骛声誉,以求激昂青云,致身谋国。迨尔哀诏晨下,谢表夕发,皓素登舟,涕泣归国,长为百姓,潇洒江海,盖非拙也,不欲宦也已。自兹以往,无禄为养,幸赖余业以自给。我妻徐檀,曼容厚养,曳纨绣而被明珠,固贵媛也。哀余之志,则裙布而荆钗,从我贫矣。相与奉事我母,婚嫁我子女,怡如也。坐食既久,生产斯困。尝事什一,又复挫折,五年之内,数失巨万,余则稍稍苦矣。然余性疏野,乐文字,喜山水。既幽居,则心萧然闲,身悠然逸。初知宇宙之广,始识性命之趣。花鸟在林,琴歌自咏。秋山孤往,春舟共移。或则采撷芳菲,徜徉乎涧溪之上;或则浏览篇简,高咏乎疏帘文簟之间。抟抗物理,刻画万象;耳无俗声,目无世态。我妻则自督奴仆,洒扫园宇;买鱼江市,烧笋竹林,以供我起居吟诵游览宾客之兴。虽苦也,能乐其乐也,则我妻之助我也。当此之时,瞑坐一室,起视天下,则带甲满地,膏血在野,裂冠毁冕,不可以国者,亦既十有一年矣。其间英雄豪杰之自起自灭,以至得失兴亡、成败生死之迭为变化者,不知其几何人矣,而我无与也。其宦而巧者,驾骊黄,被貂蝉,宫室铜街,饫饮金谷,日处富贵之中,而我无与也。其宦而拙者,势穷力促,身败名僇,束身司李,顾语东门,日处忧患之中,而我亦无与也。当此之时,余则遨游京海,偕隐林间,登匡庐,游江汉,独赏秋月,共坐落英;耽林下之欢,受妻孥之奉。时则绎孔子之言,究佛氏之旨,穷至理于无极,返大本而莫二。则知万类同体,殊圣一途。物我已非,大道无外。瞿然思反,冥然知止。是盖举世扰攘,而我独乐之秋也。虽然,我亦尝与其所谓士大夫者交，从其所谓豪杰者游矣。知余志者，莫不曰：先生昔名公子，富贵中人，何自苦为？先生盖诗人也。嗟乎！我少时，闻有诗人我者，则色然怒，今闻之则欣然喜。嗟乎！我何幸而为诗人也，则我知勉矣。近年知交多索歌诗，缮写勿给，则催督刊集。乃辑诗十二卷，词四卷，以质当世。抑闻海内人士誉我者，曰：云史诗如少陵。嗟乎！我又何不幸为诗人而为少陵也。甲子正月，杨圻自序于洛阳金谷园军次。"（后收入杨圻著，马卫中、潘虹校点：《江山万里楼诗词钞》，上海古籍出版社，2003 年，第 688 页）

《学衡》第 26 期刊发：徐桢立《拜星月慢》（棋）、《霓裳中序第一》（早秋游晚香别墅）。

3 月

5 日，《半月》杂志第 3 卷第 2 期刊发：郑周寿梅《双梅花龛词话》。

剑亮按：《半月》，1921 年 9 月 16 日创刊于上海，周瘦鹃编辑，上海大东书局发行。1925 年 11 月 30 日（第 4 卷第 24 期）终刊。

15 日，《华国》月刊第 1 卷第 7 期刊发：

金天羽《〈惆怅词〉自序》；

徐虙复《忆江南》（姑苏杂咏）八首、《醉花阴》（泊垂虹桥）；

影观《南柯子》（帘卷当窗月）、《鹊桥仙》（腊梅）；

黄侃《水龙吟》（白莲）、《好事近》（秋晓闻笛）；

汪东《浣溪沙》（倚笛谁闻醉后歌）、《踏莎行》（题《挈蕙词》，用碧山题《草窗词》卷韵）。

15 日，《台湾诗荟》第 2 号刊发：

铁生《满庭芳》（雅棠发刊《诗荟》，来书索词，填此以祝。时适旧历元旦也）、《鹊踏枝》（呈南强兄）二首；

沁园《浪淘沙》（北游戏赠花幡生二阕）二首；

豁轩《金缕曲》（和友人韵）、《踏莎行》（送友人重游大连）。（后收入陈支平主编：《台湾文献汇刊》第 4 辑第 15 册，九州出版社、厦门大学出版社，2004 年，第 217 页）

剑亮按：《台湾诗荟》，月刊，1924 年创刊于台北，由台湾诗荟发行所发行。1925 年终刊。

15日，《台湾文艺丛志》第6卷第2号刊发：耳公《齐天乐》（敬和周世叔）。（后收入方宝川、谢必震主编：《台湾文献汇刊续编》第96册，第135页）

29日，许宝蘅阅读词集。记曰："阅黄菊人《瓶隐山房词》。"（许宝蘅著，许恪儒整理：《许宝蘅日记》第3册，第1001页）

30日，易孺作《剪淞波》（甲子三月三十日，独自饯春于半淞园。时小雨浥人，新绿如海。忆去年黎六禾来□□市之楼，归港后，补寄"九日游半淞园青门饮"一词，屡欲和声，卒卒未暇。昨闻素园言，六禾又已在都门矣，不能同此举饯，且次韵奉怀。"青门饮"三字不佳，辄改此名，以原词有"半剪淞波语"也）。（易孺：《大厂词稿》之《绝影楼词》，第8页。后收入曹辛华主编：《民国词集丛刊》第8册，第141页）

本月

《学衡》第27期刊发：

向迪琮《凄凉犯》（己未夏末，于役浑河。小憩工廨，金风乍动，秋气初肃，迟徊水榭，怅触百端，用石帚自度腔写之）；

郭延《曲游春》（重三，用草窗韵）；

王易《渡江云》（穷秋自劳，茗香送日。端任既亡，久废操缦。午夜籁细，偶复理之。指涩韵枯，繁忧无端。念往昔仲弟善琴，亦遽不永。岂声音感人，殆害多益寡乎？占此，行复自警也）；

况周颐《王鹏运传》；

胡先骕《评文芸阁〈云起轩词钞〉、王幼遐〈半塘定稿剩稿〉》。

叶景葵作《类编草堂诗余题识》。（后收入叶景葵：《卷盦书跋》，上海古籍出版社，2006年，第184页。又收入叶景葵著，柳和城编：《叶景葵文集》，上海科学技术文献出版社，2016年，第975页）

春，廖仲恺作《临江仙》（题柳亚子《江楼秋思图》）。（后收入广东省社会科学院历史研究所编：《廖仲恺集》，第293页）

剑亮按：此词词末有词人注文，曰："民国甲子年春初，以党事赴沪，柳亚子出其所存《江楼秋思图》属题，为填《临江仙》阕与之，附五七诗。"故编年于此。

春，朱孝臧为冯煦《蒿庵词滕》作《序》。（后收入冯煦：《蒿庵词滕》，第1页）

剑亮按：该《序》曰："辛亥国变后，先侨海上，同作流人。忧离伤生，往往托之谣咏，以遣其无涯之悲。而与孝臧唱酬为独多。逃空谷者闻足音而喜，君与孝臧殆有同感矣。君词瓣香石帚，又出入草窗、玉田间。数十年前，吾乡词宗谭复堂大令已倾心敛手，固无俟孝臧安赘一语也。甲子始春，归安朱孝臧。"《蒿庵词滕》卷首有"金坛冯煦时年八十有二"。冯煦生于 1844 年，据此，《蒿庵词滕》当刊于 1926 年，故编年于此。

春，朱孝臧校毕《云谣集杂曲子》，撰写《云谣集杂曲子跋》。中曰："《云谣集杂曲子》，敦煌石室旧藏唐人写卷子本，今归英京博物馆。毗陵董绶经游伦敦，手录见贻。原题三十首，存十八首，《倾杯乐》以下佚，目亦无存。集中脱句讹文触目而是，绶经间有谠正，未尽祛疑。旋从吴伯宛索得石印本，用疏举若干条质之。况蕙风细意钩撦，复多创获。爰稽同异，胪识如右。其为词朴拙可喜，洵倚声中椎轮大辂。且为中土千余年来未睹之秘籍，亟付剞人，以冠吾书，以飨同嗜。倘《倾杯乐》诸佚词得旦暮遇之，俾斯集复成完帙，益幸矣。中元甲子始春，朱孝臧跋。"（朱孝臧辑校：《彊村丛书》上册，第 13 页）

春，汪曾武作《山亭宴》（甲子春，瘦招集词人小饮，谱此代束）。（汪曾武：《趣园诗余·味莼词乙稿》，第 2 页。后收入朱惠国、吴平编：《民国名家词集选刊》第 6 册，第 48 页）

春，施祖皋作《夺锦标》（赠星洲檀社同人。甲子春，星洲诗人邱菽园孝廉创设檀社于城隍庙内。因该庙瑞宇和尚亦能诗者也，每二星期一开社。余被邀入社，异乡诗友，举酒狂吟，极一时之乐。因填一词以赠同人）。（施祖皋：《硕果斋词》，第 39 页。后收入朱惠国、吴平编：《民国名家词集选刊》第 16 册，第 440 页）

春，金兆丰作《探芳信》（甲子岁朝春，夏闰枝前辈、邵伯絅同年并赋此阕，倚声和之）。（金兆丰：《拾翠轩词稿》，1949 年铅印本，第 4 页。后收入曹辛华主编：《民国词集丛刊》第 8 册，第 378 页）

春，向迪琮作《三姝媚》（甲子暮春，重游汤山，和梦窗）。（向迪琮：《柳溪长短句》，第 13 页。后收入曹辛华主编：《民国词集丛刊》第 3 册，第 518 页）

春，赵万里作《虞美人》（甲子正月稿）、《鹧鸪天》（甲子二月稿）。（后收入赵万里：《赵万里文集》第 2 卷《斐云词录》，国家图书馆出版社，2012 年，第 3、5 页）

4 月

5 日，张素作《清平乐》（清明）。（后收入张素：《南社张素诗文集》，第 723 页）

6 日，金天羽作《名园绿水》（甲子龙堪韦斋上巳修禊网师园，宾主合兰亭之数。余久不倚声，专制此曲，倩瞿安订谱）。（金天羽：《红鹤词》，第 2 页。后收入朱惠国、吴平编：《民国名家词集选刊》第 10 册，第 448 页）

6 日，白采作《疏影》（甲子清明后一日，江边修禊）。（白采：《绝俗楼词》，第 10 页。后收入曹辛华主编：《民国词集丛刊》第 2 册，第 399 页）

9 日，张素作《秋宵吟》（将有越游，留别里中诸友）。（后收入张素：《南社张素诗文集》，第 727 页）

15 日，《华国》月刊第 1 卷第 8 期《词录》栏目刊发：

孙诒让《苏武慢》（题岳忠武王印钤本后，为杨大令稚洪作）；

陈衡恪《庆清朝》（海棠，用碧山榴花韵）、《一萼红》（题背面仕女画）；

汪楫《高阳台》（秋花落尽，怆然有感）、《暗香》（水仙）；

汪东《西平乐》（和季刚，次清真韵）。

15 日，《台湾文艺丛志》第 6 卷第 3 号刊发：豁轩《一萼鸿》（寄南强、铁生二兄）。（后收入方宝川、谢必震主编：《台湾文献汇刊续编》第 96 册，第 173 页）

15 日，《台湾诗荟》第 3 号刊发：

铁生《水龙吟》（菽庄既成来征题咏，用元人张野夫湖山胜概亭韵）；

沁园《渡江云》（步痴仙韵，抄己酉年旧作）、《隔浦莲》（步痴仙韵，抄己酉年旧作）；

豁轩《高阳台》（秋柳）、《小重山》（和友人九日登高）；

鹤道人《鹤道人论词书》。（后收入陈支平主编：《台湾文献汇刊》第 4 辑第 15 册，第 291 页）

剑亮按：《鹤道人论词书》后，有雅棠跋文，曰："鹤道人为现代词家，名著大江南北。曩游燕京，吾宗梦琴亦善词，以此书授余，久藏箧底。顾自弱冠后，虽学倚声，而笔砚尘劳，心思粗劣，未能为缠绵悱恻之音，以是舍弃，潜修文史。今台湾诗学虽盛，词学未兴，为载于此，藉作指南，愿与骚坛一研求之。雅棠识。"

22 日，许宝蘅阅读词集。记曰："读《芸窗词》《竹坡词》《竹屋痴语》。"（许宝蘅著，许恪儒整理:《许宝蘅日记》第 3 册，第 1005 页）

本月

《学衡》第 28 期刊发：刘永济《鹧鸪天》（题自写《离骚经》后）、《鹧鸪天》（细写重吟一卷辞）、《浣溪沙》（爱晚亭红叶）。

5 月

2 日，北京《晨报副刊》刊出吴虞致《晨报》记者函。函中曰："（六）诗集后附词。民国五六年间，罗、刘之战，刘、戴之战，成都几成焦土，人不聊生，朝不保夕。诸老先生于忧患之中，藉资排遣。时胡玉津年七十（赵熙之师，浙人），方鹤叟（桐城人）、邓雨人（王半塘妹夫，广西人）、邓华溪（贵州人）皆六十余。观方词'看蝶影飞红，血痕染碧，幻芙蓉无数'，可知当时情景，岂尚有肉欲之可言哉……吴虞启。四月二十九日。"（后收入吴虞:《吴虞集》，四川人民出版社，1985 年，第 435 页）

15 日，《华国》月刊第 1 卷第 9 期《词录八首》刊发：

陈亮畴《东风第一枝》（衰草承舆）；

程颂万《菩萨蛮》（和冯正中韵）二首、《虞美人》（和陈卧子咏镜）、《玉楼春》（咏莲房）；

黄侃《买陂塘》（去年六月三日，风雨中独上十刹海酒楼观荷。行柳绿添，丛蕖红湿，景山琼岛，烟树葱茏。今兹追忆，始觉风物娱人，故乡无此也。寓斋苦热，赋此追摹。清景已逋，远怀弥轸）；

陈方恪《春从天上来》（海棠花下作）、《疏影》（辛亥孟春，载雪诣孤山观梅。时值高花半吐，韶秀欲绝，抚玩尽日。归以白石老仙飘逸之笔写之，久而未就。适雨窗濡笔，悠然会心，顷刻成此）。

15 日，《台湾文艺丛志》第 6 卷第 4 号刊发：

豁轩《瑞鹤仙》（栎社纪念银瓶赠与式当日，赠鹤亭社长）、《沁园春》（写怀，和心水韵）；

澈心《一萼红》（和豁轩兄见赠原韵）；

心水《沁园春》（春日散步小园有作，呈同志吟友）；

剑华《满江红》（读史杂感）。（后收入方宝川、谢必震主编：《台湾文献汇刊续编》第 96 册，第 212 页）

28 日，《学灯》杂志刊发：姜华《李后主及其词》。至 30 日连载完毕。

本月

《学衡》第 29 期刊发：

叶玉森《卜算子》（和鹜翁韵）、《菩萨蛮》（和沤尹韵）、《踏莎行》（和沤尹韵）；

刘永济《鹧鸪天》（甲子元日立春作）二首、《喜迁莺》（霖雨添秋，黯然成赋）。

湖南兑泽中学校学生会《兑泽月刊》第 2 期刊发：

幹中《望江南》（当年好）八首；

陈粹劳《如梦令》（人把东风都骂）；

剪红《醉花阴》（暮春）、《西地锦》（暮春）、《采桑子》（初夏）。（后收入《民国珍稀短刊断刊·湖南卷》第 4 册，第 1961 页）

6 月

15 日，《华国》月刊第 1 卷第 10 期《词录八首》刊发：

言家驹《点绛唇》（集句）、《水龙吟》（夏夜听雨）；

闻宥《阮郎归》（少年绿鬓看花时）、《八六子》（望长堤）、《临江仙》（拟后主）；

金天羽《洞仙歌》（龙堪设酒，招莫君伯衡、毕丈勋阁、亢宙民李鄂楼，观青阳地扶桑邸后樱花。春色恼人，感成此阕）；

黄侃《江神子》（案头以瓶供黄梅，幽兰伴之，水仙亦将花矣，晴日欣然为赋）；

曹元燕《金缕曲》（夏日观棋感赋）。

15 日，《台湾诗荟》第 5 号刊发：

兵爪《壶中天》（寿季弟）；

菱槎《洞仙歌》（寄调兵爪）；

沁园《望海潮》（题《环镜楼唱和集》）、《意难忘》（栎社同人以银瓶呈赠鹤亭社长，并媵以词）；

豁轩《高阳台》（牡丹）、《临江仙》（溪边书感）。（后收入陈支平主编：《台湾文献汇刊》第 4 辑第 15 册，第 439 页）

15 日，《台湾文艺丛志》第 6 卷第 5 号刊发：叔容《蝶恋花》（步月）。（后收入方宝川、谢必震主编：《台湾文献汇刊续编》第 96 册，第 263 页）

本月

《学衡》第 30 期刊发：

况周颐《沁园春》（沧江晚卧，触绪无聊。偶占小词，无当大雅。彊堪先生，硕学宿望，今之斗山，下征巴歈，弥用愧悚）；

朱祖谋《水调歌头》（彊堪索词，为赋此解）；

叶玉森《小重山》（和沤尹韵）、《太常引》（和忍庵韵）、《霜天晓角》（和沤尹韵）、《更漏子》（和沤尹）。

《国学丛刊》第 2 卷第 2 号刊发：赵万里、陆维钊、赵祥瑗《浣溪沙》（鸡鸣寺联句）。（后收入赵万里：《赵万里文集》第 2 卷《斐云词录》，第 8 页）

夏，汪东作《一萼红》（余十五岁时，与叶仲裕、伍通伯、沈步洲、张季良共赁居西湖退省庵销夏。修竹夹径，荷香袭裾。长日一枰，用遣烦暑。薄暮则艇子划波，任意所适，留连啸咏，每达深宵。既而胜事不常，队欢难继。诸子星散，或为异物。今忽忽历二十年，重游斯地。俯仰兴感，不能去怀。因拈白石此解，并和其韵。不无愁苦之音，庶几缘情有作。时民国甲子中夏之日也）。（后刊于《华国月刊》第 3 卷第 2 期）

夏，康有为作《江南万里楼词钞序》。中曰："吾门人杨圻云史生世于京师华腴之地，游宦乎南溟诡异之俗。遭逢国难，朝市变迁，感激既多，郁而为词，盖与李后主之身世亦近焉。其旨远而微，其情深而文，其声逸而哀。回肠荡气，感人顽艳。清词丽句，自成馨逸。"（后收入康有为著，姜义华、张荣华编校：《康有为全集》第 13 卷，第 330 页）

夏，赵万里校读明崇祯毛氏汲古阁刻《宋名家词》本《小山词》一卷，并在此本封面题识："甲子夏点读一过，以贻琴妹存念。丙寅中秋节后七日。"（刘波：《赵万里先生年谱长编》，中华书局，2018 年，第 13 页）

7月

7日，刘麟生作《念奴娇》（六月六日，偕威阁、云舫游莫愁湖）。（刘麟生：《春灯词》，第7页。后收入朱惠国、吴平编：《民国名家词集选刊》第15册，第65页）

7日，王国维致函胡适，讨论宋词中"衮遍"之义。函中曰："承询后村词中'衮遍'之义，此句忆曩所见《后村别调》作'笑煞街坊拍衮'，而尊函中作'鸡坊'，不知弟误忆，抑兄误书也。'衮'字不见《宋史·乐志》，实是大曲中之一遍。"（谢维扬、房鑫亮主编：《王国维全集》第15卷，第889页）

10日，《台湾诗报》第6号刊发：

祷过山人《卜算子》（离思）、《西江月》（落花）；

李炳煌《南歌子》（咏白燕）；

剑零《满庭芳》（旅怀杂感）；

杨雪沧《大江东去》（题孙寿卿司马《曾经沧海图》，兼送荣行）、《满江红》（十万楼船）。（后收入方宝川、谢必震主编：《台湾文献汇刊续编》第97册，第185页）

15日，《华国》月刊第1卷第11期《词录八首》刊发：

孙鼎臣《西湖月》（本意）、《河传》（春去何处）、《湘月》（送朱石禅归长沙）；

陈衡恪《蝶恋花》（莺绿灯前迷彩凤）；

黄侃《小重山》（北牖微风近隐囊）、《念奴娇》（海山兜率）；

汪东《解蹀躞》（半顷红香初减）、《西江月》（秋草将衰）。

15日，《台湾文艺丛志》第6卷第6号刊发：

沁园《桃源忆故人》（暑中寄友）；

觉庵《满江红》（载酒江湖）；

魏国祯《武陵春》（客中喜晤雪沧、樱航、香国诸君子，并谢招饮）。（后收入方宝川、谢必震主编：《台湾文献汇刊续编》第96册，第303页）

本月

《学衡》第31期刊发：

况周颐《浣溪沙》（烂漫枝头见八重）、《浣溪沙》（万里移春海亦香）、《浣溪沙》(不分群芳首尽低)、《浣溪沙》(一晌温存爱落晖)、《浣溪沙》(红到山榴恨事多)、《浣溪沙》(彩笔能扶大雅轮)、《浣溪沙》(何处楼台罨画中)、《浣溪沙》(风雨高楼悄四围)、《浣溪沙》(惜起残红泪满衣)；

刘永济《鹧鸪天》(兰絮凭谁论果因)、《鹧鸪天》(不记人间钿合分)、《鹧鸪天》(幸会休欢别莫思)。

王国维致函蒋汝藻，委托蒋将自己题写的《彊村校词图卷》带给上海的朱孝臧。中曰："古老校词图卷、聚卿枕雷图卷，请带沪分别饬交。"(谢维扬、房鑫亮主编：《王国维全集》第 15 卷，第 755 页。参见袁英光、刘寅生：《王国维年谱长编》，第 408 页。参见 1923 年 7 月"本月""王国维"条)

8 月

5 日，《申报·自由谈》刊发：况周颐《百字令》(武进许君寿如，今之国医手也，悬壶沪上山海里，夙有半仙品目。鲰生沧江晚卧，衰病侵寻，屡蒙诊治，辄占勿药，赋此致谢)。(参见郑炜明：《况周颐先生年谱》，第 321 页)

6 日，顾随致函卢伯屏，并附《浣溪沙》(红是相思绿是愁)词。中曰："前寄《南乡子》，曾缩作为《浣溪沙》，兹再录呈。"(顾随：《顾随全集》第 8 卷，河北教育出版社，2014 年，第 75 页)

7 日，赵尊岳为况周颐刊刻《蕙风词话》，并题跋。中曰："先生旧有词话未分卷，比岁鞶文少暇，风雨篝灯，辄草数则见示，合以旧作，自厘订为五卷，尊岳受而读之……甲子双莲节，受业武进赵尊岳。"(后收入况周颐原著，孙克强辑考：《蕙风词话　广蕙风词话》，第 452 页)

7 日，林鹍翔作《清波引》(程艳秋贻便面，书白石此阕，步韵赋赠。时甲子七夕也)。(林鹍翔：《半樱词》卷二，第 6 页。后收入朱惠国、吴平编：《民国名家词集选刊》第 9 册，第 159 页)

9 日，蒋兆兰作《水龙吟》(甲子立秋后一日，同人宴辽阳陈慈首、武进钱名山、潘霞青于雪堂，会者十有八人。薄暮泛舟西溪，对月更酌。兰倚此解)。(蒋兆兰：《青蕤庵词》卷四，第 8 页。后收入朱惠国、吴平编：《民国名家词集选刊》第 1 册，第 523 页)

10 日，《台湾诗报》第 7 号刊发：

王香禅《武陵春》(春情)；

何振岱《玉蝴蝶》(题慕梁《碧桃月下听吹箫》小影);

梅客《雨中花》(题寄公《看花记》);

张贞《误佳期》(赏菊)。(后收入方宝川、谢必震主编:《台湾文献汇刊续编》第97册,第234)

15日,《华国》月刊第1卷第12期《词录八首》刊发:

周寿昌《卜算子》(闰三月饯春)、《四字令》(波寒似冰)、《浪淘沙》(何处箫声向晚天)、《喝火令》(绿软苔梳鬓)、《踏莎行》(苦雨);

黄侃《鹧鸪天》(苦热)、《泛清波摘遍》(和晏几道韵,用万树说,分四段。晏词"空把吴霜鬓华"句,无误字,《词谱》于"霜"下横增一"点"字,不可从);

姚华《南浦》(春帆,次碧山春水韵)。

15日,《台湾诗荟》第7号刊发:

雅棠《如此江山》(将去吉林,杨怡山嘱题写真册子,倚此志别);

沁园《沁园春》(春日散步小园有作,寄同志吟友)、《桃源忆故人》(暑中寄友);

谿轩《瑞鹤仙》(栎社同人以银瓶赠鹤亭社长,滕之以词)、《长亭怨慢》(送蔡伯毅之大陆)。(后收入陈支平主编:《台湾文献汇刊》第4辑第16册,第86页)

15日,《台湾文艺丛志》第6卷第7号刊发:

鹤亭《桃源忆故人》(和心水暑中寄友)、《醉落魄》(依心水调填,慰铁生);

介子《如此江山》(题《董小宛演义》)。(后收入方宝川、谢必震主编:《台湾文献汇刊续编》第97册,第341页)

26日,顾随致函卢伯屏,并附《临江仙》(三载光阴东逝水)、《江城子》(一年好景去匆匆)词。中曰:"日前曾有小词记我近中情怀,今录出寄去。兄读之,得勿生同病相怜之感乎?……眼前弄月吟风之句,尽成感旧怀人之词,其言为心之声,而流露于不自觉者也?"(顾随:《顾随全集》第8卷,第77页)

本月

胡适作《鹊桥仙》(七夕)。后收入台湾商务印书馆影印《胡适之先生诗歌手迹》。词后有注,曰:"一九二四年八月,与丁在君同在北戴河。"

朱祖谋《彊村语业》刊行。卷首有张尔田《序》。(后收入朱惠国、吴平编:

《民国名家词集选刊》第 2 册，第 333 页）

9 月

10 日，《台湾诗报》第 8 号刊发：

王袖海《满江红》（哭高南卿司马）二首；

梦痴《潇湘逢故人慢》（题寄公《基津看花记》）；

一鸥《貂裘换酒》（有感）、《一半儿》（春闺）。（后收入方宝川、谢必震主编：《台湾文献汇刊续编》第 97 册，第 278 页）

13 日，刘永济作《人月圆》（甲子中秋余与惠君初结偕老之约，赋此定情）。（刊发于 1925 年 3 月《学衡》第 39 期。后收入刘永济：《诵帚词集 云巢诗存》，第 20 页）

剑亮按：刘永济业师程颂万作《清平乐》（题自画兰石小幅，为宏度新婚贺）。后刊于 1925 年 6 月《学衡》第 42 期。

13 日，况周颐为林鹍翔词集《半樱词》作《序》，并题《八声甘州》（数词名当代一彊村）词于卷首。《半樱词序》落款曰："甲子中秋，临桂况周颐撰。"（朱惠国、吴平编：《民国名家词集选刊》第 9 册，第 95、105 页）

15 日，《台湾文艺丛志》第 6 卷第 8 号刊发：

疢侬《诉衷情》（听邻妇述终身事，伤之）；

醉樵《菩萨蛮》（夏日有怀）。（后收入方宝川、谢必震主编：《台湾文献汇刊续编》第 97 册，第 384 页）

25 日（农历八月二十七日），陈曾寿作《八声甘州》（甲子八月二十七日，雷峰塔圮，据塔中所藏《陀罗尼宝箧印经》，造时为乙亥八月，正宋艺祖开宝八年，距今九百五十余年，千载神归，一条练去。末劫魔深，莫护金刚之杵；暂时眼对，如游乾闼之城。半湖秋水，空遗蜕之龙身；无际斜阳，杳残痕于鸦影。爰同惝仲同年共赋此阕，聊写愁哀云尔）。（陈曾寿著，张彭寅、王培军校点：《苍虬阁诗集》，第 371 页）

本月

李孺作《高山流水》（越凡六兄同年善鼓琴，翛然物外。昨出旧册索书，填此赠之。甲子秋九月）。（李孺：《仑阁词》，第 18 页。后收入朱惠国、吴平编：

《民国名家词集选刊》第 3 册，第 252 页）

《学衡》第 33 期刊发：

张尔田《浣溪沙》（细雨春城白裕天）；

陈寂《浣溪沙》（山馆清宵忆往时）、《浣溪沙》（轻暖轻寒试裕衣）；

叶玉森《临江仙》（和六一韵）、《相见欢》（和南唐后主韵）、《点绛唇》（和□江韵）。

秋，林鹍翔作《绮寮怨》（甲子秋，雷峰塔圮，吴越忠懿王刊藏《陀罗尼经》遂见于世。周左季得之，征题）。（林鹍翔：《半樱词》卷二，第 17 页。后收入朱惠国、吴平编：《民国名家词集选刊》第 9 册，第 182 页）

秋，梁文灿作《减字木兰花》（甲子秋暮）、《满江红》（甲子秋日感愤，用宋玉昭仪清惠北行题壁原韵）、《人月圆》（甲子秋日感愤，用吴彦高南朝千古伤心事歌之）。（梁文灿：《蒙拾堂词稿》之《积翠词》，第 28 页。后收入朱惠国、吴平编：《民国名家词集选刊》第 7 册，第 353 页）

秋，施祖皋作《疏影》（甲子早秋，送星洲秦领事亮工先生归田）。（施祖皋：《硕果斋词》，第 40 页。后收入朱惠国、吴平编：《民国名家词集选刊》第 16 册，第 442 页）

秋，邵瑞彭作《解连环》（甲子秋，雷峰塔圮，塔砖中有吴越忠懿王所藏雕本《陀罗尼经卷》，倬庵得其二）。（邵瑞彭：《扬荷集》卷二，第 23 页。后收入朱惠国、吴平编：《民国名家词集选刊》第 14 册，第 111 页）

秋，张素作《清平乐》（西湖雷峰塔崩，砖中藏有吴越宫人所书《法华经》卷。余时客越州，以道远购求未获，为赋一词）。（后收入张素：《南社张素诗文集》，第 722 页）

秋，蔡桢作《摸鱼儿》（甲子初秋，京西访圆明园遗址）。（蔡桢：《柯亭长短句》卷上，民国三十七年 [1948] 上海中华书局铅印本，第 1 页。后收入朱惠国、吴平编：《民国名家词集选刊》第 14 册，第 355 页）

胡士莹作《莺啼序》（秋感，和梦窗）。（胡士莹：《霜红词》，第 5 页。后收入曹辛华主编：《民国词集丛刊》第 10 册，第 372 页）

10 月

7 日，金兆丰作《金菊对芙蓉》（甲子重九，为四川李乾初先生六十寿辰。

其子荣昭长吾邑高等审判分厅，邮示征诗文启，因倚声祝之）。（金兆丰：《拾翠轩词稿》，第 5 页。后收入曹辛华主编：《民国词集丛刊》第 8 册，第 380 页）

7 日，周岸登作《念奴娇》（甲子重九，庐陵耆宿同登赢山，展谒文山祠。遂川警报沓至而返，倚平调志感）。（周岸登：《蜀雅》卷九《丹石词》，第 20 页。后收入曹辛华主编：《民国词集丛刊》第 9 册，第 446 页）

7 日，张素作《霜花腴》（战后九日感赋，用梦窗韵）、《霜花腴》（非园观菊，用前韵）。（后收入张素：《南社张素诗文集》，第 728 页）

9 日，王国维致函胡适，讨论词的起源。中曰："至谓长短句不起于盛唐，以词人方面言之，弟无异议；若就乐工方面论，则教坊实早有此种曲调（《菩萨蛮》之属）。崔令钦《教坊记》可证也。"（谢维扬、房鑫亮主编：《王国维全集》第 15 卷，第 890 页）

10 日，《台湾诗报》第 9 号刊发：

任雪崖《临江仙》（山落毫端刚一尺）、《叨叨令》（天涯久病君怜我）；

一鸥《蝶恋花》（送春）；

野鹤《摊破浣溪沙》（寄友）；

祷过山人《醉花阴》（八月十六日夜，中秋无月）。（后收入方宝川、谢必震主编：《台湾文献汇刊续编》第 97 册，第 322 页）

15 日，《台湾诗荟》第 9 号刊发：

梦琴《金缕曲》（七夕感旧）；

铁生《满庭芳》（狱中岁暮寄妾）；

沁园《醉落魄》（慰铁生坠车伤足）；

鹤亭《醉落魄》（和沁园《醉落魄》，慰铁生坠车伤足）、《桃源忆故人》（和沁园暑中寄友）；

豂轩《桃源忆故人》（和鹤亭《桃源忆故人》）。（后收入陈支平主编：《台湾文献汇刊》第 4 辑第 16 册，第 232 页）

15 日，《台湾文艺丛志》第 6 卷第 9 号刊发：

子昭《念奴娇》（中秋有感），词后有豂轩评语："回肠荡气，目送手挥，可与坡公《水调歌头》并传矣"；

冷秋《烛影摇红》（寄豂轩词丈惠正）、《浪淘沙》（哭亡友采薇）二首；

祷过山人《霜天晓角》（登旗山旧炮垒）；

芝麓《水调歌头》(有怀)二首。(后收入方宝川、谢必震主编:《台湾文献汇刊续编》第97册,第423页)

18日,顾随致函卢继韶,并附其《江城子》(留春不住怨天公)词。中曰:"自来青后,甚喜作词。送CP两首,怀CP一首都很可以站得住。今晚独坐无俚,因将旧作断句足成之。惜年岁老大,情调变迁,前后不相称耳。"(顾随:《顾随全集》第8卷,第439页)

27日,顾随致函卢伯屏,并附《少年游》(自嘲)、《惜分飞》(赞倭女肉美)词。中曰:"第二首亦苦闷之象征也,不知兄以为然否。更有数日前作《虞美人》一首,忘记曾否寄曹(曹州。——引者注)矣。"(顾随:《顾随全集》第8卷,第86页)

本月

胡士莹作《八声甘州》(九月避兵海上感赋,用梦窗韵)。(胡士莹:《霜红词》,第5页。后收入曹辛华主编:《民国词集丛刊》第10册,第372页)

王国维致函胡适,讨论《望江南》曲调。中曰:"弟意如谓教坊旧有《望江南》曲调,至李卫公而始依托此调作词;旧有《菩萨蛮》曲调,至宣宗时始为其词,此说似非不可通,与尊说亦无抵牾。"(谢维扬、房鑫亮主编:《王国维全集》第15卷,第891页)

陈寂编定《寂园诗词钞》一卷,抄本。所录者皆为广东《商报》文艺专栏者,计40余篇。后有《鱼尾集》一卷,刊于1935年。录诗71首、词30首。(陈永正:《沚斋丛稿》,中山大学出版社,2012年,第152页)

11月

14日,顾随致函卢伯屏,并附《破阵子》(寄内)词。(顾随:《顾随全集》第8卷,第88页)

15日,《台湾诗荟》第10号刊发:仲可词(一),有《玉漏迟》(楼外楼夜眺,时吴淞战事正急)、《定风波》(一径斜阳草色深)、《清平乐》(香港晓望)、《霓裳中序》(落花)、《临江仙》(题寿石工《珏庵词》)、《虞美人》(兰史属题其副室姜月子《虎丘探梅旧图》)。(后收入陈支平主编:《台湾文献汇刊》第4辑第16册,第308页)

剑亮按：词前有雅棠按语，曰："仲可先生为杭州名孝廉，学问淹博，著述宏多，尤湛词学，直入宋人之室。现客沪上，吟咏自娱。项由洪君弃生转示所作数十阕，因登《诗荟》，以饷同人。雅棠识。"

16 日，《台湾诗报》第 10 号刊发：

任雪崖《如梦令》（夏兴）、《黄莺儿》（杂感）；

野鹤《法驾道引》（夏庄夏夜）。（后收入方宝川、谢必震主编：《台湾文献汇刊续编》第 97 册，第 367 页）

28 日，顾随致函卢伯屏，并附《如此江山》（青社第四次例课）词。（顾随：《顾随全集》第 8 卷，第 90 页）

本月

严既澄《初日楼少作》，由上海霜枫社出版。分上、下部分。收作者作于 1918 年至 1923 年间的诗 78 首、词 35 首。书前有黎世蘅《序》，王伯祥、叶圣陶《题辞》。书末有顾颉刚、俞平伯《跋》。

《华国》月刊第 2 卷第 1 期《词录七首》刊发：

王闿运《摸鱼儿》（洞庭舟望，用稼轩韵）、《宴清都》（和卢蒲江）、《梦芙蓉》（为王梦湘题《匡山戴笠图》）；

汪东《高阳台》（绣幕围香）、《醉太平》（无情有情）；

俞庆曾《南乡子》（绣罢偶作）、《木兰花慢》（和瑟庵韵）；

宋翔凤《乐府余论》。

12 月

15 日，《台湾诗荟》第 11 号刊发：

豁轩《暗香》（秋日游莱园，呈灌园）；

沁园《暗香》（和豁轩游莱园，呈灌园）；

菱槎《意难忘》（《梅魂菊影图》，为李幼岩悼亡姬作）；

傲樵《卖花声》（甲子暮春，菱槎同年自台归厦，赋诗道故。酬以是词，即送之香江）；

铁生《苏幕遮》（狱中晓起）；

雪崖《如梦令》（示惠生）。（后收入陈支平主编：《台湾文献汇刊》第 4 辑第

16 册，第 378 页）

26 日，《台湾诗报》第 11、12 号刊发：

熊希龄《楚宫春慢》（云山万叠）；

陈世宜《满路花》（感春）；

金鹤翔《水调歌头》（梦登黄鹤楼）；

庞树柏《浣溪沙》（寒山寺题壁）；

梅林生《醉高歌》（久客）；

聋仙《临江仙》（次韵答唐山客先生）。（后收入方宝川、谢必震主编：《台湾文献汇刊续编》第 97 册，第 419 页）

27 日，《文学周刊》第 3 期刊发：寿林《易安居士评传》（一）。

剑亮按：《文学周刊》，周刊，1924 年创刊于北京，由京报社出版发行。1925 年终刊。

30 日，《台湾诗荟》第 12 号刊发：林朝崧《无闷草堂诗余》（一），有《念奴娇》（栎社雅集）、《南浦》（赠别云从）、《潇潇雨》（听雨）、《渡江云》（坠鞭江上路）、《隔浦莲》（寒鸿衔到锦字）。（后收入陈支平主编：《台湾文献汇刊》第 4 辑第 16 册，第 453 页）

本月

张尔田作《〈彊村语业〉序》，落款曰："甲子嘉平月，遯庵居士张尔田引。"（后收入朱孝臧著，白敦仁笺注：《彊村语业笺注》，第 721 页）

《学衡》第 36 期刊发：

向迪琮《个侬》（颐和园感赋）；

刘永济《绮罗香》（士行侄寄颐和园红叶索词，为谱此调）；

陈寂《踏莎行》（得二兄书，却寄）。

《华国》月刊第 2 卷第 2 期《词录八首》刊发：

张祖同《摸鱼儿》（恨重重楚峰十二）、《摸鱼儿》（是清狂未妨惆怅）、《谒金门》（帘影动）；

夏敬观《玉楼春》（故栽碧柳听莺语）、《满路花》（瓶花拂镜床）；

黄侃《侧犯》（送审伯至江干，还登抱膝亭望去棹）、《凄凉犯》（乍秋已凉，楼坐成咏，和白石）；

陈方恪《水龙吟》（赋荷花）。

冬，梁文灿作《蝶恋花》（甲子寒夜）四首。（梁文灿：《蒙拾堂词稿》之《积翠词》，第 29 页。后收入朱惠国、吴平编：《民国名家词集选刊》第 7 册，第 354 页）

冬，舒昌森作《壶中天》（寄怀菽庄主人林公尔嘉侨寓神户）。词后有注文曰："甲子冬日，宝山问梅山人舒昌森贡草，时年七十有三。"（后收入林尔嘉：《菽庄相关诗文集》，陈支平主编：《台湾文献汇刊》第 7 辑第 4 册，第 327 页）

本年

【词人创作】

夏敬观作《湘月》（曾寿赋坏塔见示，因用白石体和之）、《满庭芳》（题汪璇甫《静寄庐写词图》）、《浣溪沙》（为吴湖帆题《隋董美人墓志铭》，即集铭字）、《浣溪沙》（为高野侯题许玉年先生《孤山补梅图》）。（陈谊：《夏敬观年谱》，第 110 页）

顾随作《蝶恋花》（十年诗书成自娱）、《生查子》（当年血战踪）、《南歌子》（倦续黄粱梦）、《临江仙》（去岁天坛曾看雨）、《临江仙》（三载光阴东逝水）、《少年游》（饱尝苦酒）、《定风波》（纵酒吟诗莫说愁）、《破阵子》（飘荡满林黄叶）、《蝶恋花》（仆仆风尘何所有）、《临江仙》（无赖渐成颓废）、《江城子》（一年好景去匆匆）、《浣溪沙》（红是相思绿是愁）、《惜分飞》（赞倭女肉美）、《如此江山》（青社第四次例课）。（闵军：《顾随年谱》，中华书局，2006 年，第 52 页）

夏承焘作《清平乐》（黄河舟中）。（吴无闻：《夏承焘教授纪念集》，第 218 页）

吴其昌作《满江红》（容州作。余居粤西，六弟自杭垣书来，曲折四千余里，感极，作此以答。语劣，见性情而已）、《浣溪沙》（天津作，寄仲诰沪上）、《蝶恋花》（春意阑珊春又暮）、《卜算子》（寂寞掩黄昏）、《卜算子》（独自倚阑干）、《卜算子》（坐待月华生）、《浣溪沙》（苏门作。旅邸寒雨，孕泪听之）。（后收入吴令华主编：《吴其昌文集·诗词文在》，第 21 页）

李遂贤作《点绛唇》（七阕，题《江湖觅食图》。甲子）七首。（李遂贤：《懊侬词》，第 33 页。后收入曹辛华主编：《民国词集丛刊》第 4 册，第 223 页）

李遂贤作《烛影摇红》（哈尔滨，中秋闻江浙之役）。（李遂贤：《懊侬词》，第

41 页。后收入曹辛华主编：《民国词集丛刊》第 4 册，第 240 页）

剑亮按：据词人《烛影摇红》（中秋大风，不见月，有怀旧京诸友，用甲子哈尔滨度中秋原韵）一词（李遂贤：《懊侬词》，第 57 页。后收入曹辛华主编：《民国词集丛刊》第 4 册，第 271 页），编于此年。

金天羽作《名园绿水》（自制曲，甲子）。（金天羽：《红鹤山房词》，第 1 页。后收入曹辛华主编：《民国词集丛刊》第 8 册，第 282 页）

胡士莹作《菩萨蛮》（瑶华玉匣空相忆）、《菩萨蛮》（绿窗今已花如雪）、《徵招》（寄怀微昭白下）、《大酺》（又一番风）、《浣溪沙》（漫寄明珠缭绕簪）、《浣溪沙》（黯黯春心杜宇知）、《点绛唇》（雨横风狂）、《虞美人》（碧苔静锁无人院）、《醉翁操》（翩翩）、《琐窗寒》（虚斋兀坐，凉月半窗；宿酒微醒，愁端纷沓。感成此解，斐云以为有断襟零佩之思）、《夜飞鹊》（红栏印江水）、《秋霁》（寄怀声越鸳湖，用梅溪韵。时江浙风云日亟）。（胡士莹：《霜红词》，第 5 页。后收入曹辛华主编：《民国词集丛刊》第 10 册，第 372 页）

徐自华作《陈家庆女士示〈碧湘阁〉词，并其外子徐澄宇近作，却寄》二首。其一：“如此仙才得未曾，风华韶秀笔锋凌。芝芙入梦真佳偶，翰墨和鸣比友朋。乐府新声侣清照，玉台丽句重徐陵。西风帘卷侬憔悴，尔后词坛敢自矜。”其二：“玉箫吹彻凤凰楼，眷属神仙第一流。笔架珊瑚同觅句，镜奁翡翠看梳头。归来堂上文心斗，拙政园中韵事留。慎莫填词太辛苦，祝君福慧好双修。”（后收入郭延礼、郭蓁编：《秋瑾集　徐自华集》，第 449 页）

【词籍出版】

沈曾植《曼陀罗㝤词》，由上海商务印书馆铅印刊行。（上海图书馆藏。后收入朱惠国、吴平编：《民国名家词集选刊》第 1 册）

朱祖谋《彊村语业》三卷刊行。卷首有张尔田《序》，卷尾有龙榆生《跋》。（上海图书馆等有藏。后收入朱惠国、吴平编：《民国名家词集选刊》第 2 册）

张尔田《序》曰：“《语业》二卷，彊村先生晚年所定也。曩者，半塘翁固尝目先生词似梦窗。夫词家之有梦窗，亦犹诗家之有玉溪。玉溪以瑰迈高材，崎岖于钩党门户，所谓篇什幽忆怨断，世或小之为闺襜之言。顾其他诗‘如何匡国分，不与素心期’。又曰‘夕阳无限好，只是近黄昏’，岂与夫丰艳曼睐竞丽者。

窃以为感物之情，古今不易，第读之者，弗之知尔。先生早侍承明，壮跻懋列。庚子先拨之始，折槛一疏，直声震天下。既不得当，一抒之于词。解佩纕以结言，欲自适而不可，灵均怀服之思；昊天不平，我王不宁，嘉父究讻之忾。其哀感顽艳，子夜吴趋；其芬芳悱恻，哀蝉落叶。玉溪官不挂朝籍，先生显矣。触绪造端，湛冥过之。信乎所忧者广，发乎一人之本身，抑声之所被者有藉之者耶？复堂老人评《水云词》曰：咸、同兵事，天挺此才，为声家老杜。余亦谓当崇陵末叶，庙堂厝薪，玄黄水火，天生先生，将使之为曲中玉溪耶？迨至《王风》委草，《小雅》寝声。江澒飞遁，卧龙无首。长图大念，隐心已矣。懂留此未断樵风，与神皋寒吹，响答终古。向之瘏口哓音，沈泣饮章，腐心白马者，且随艰难天步以俱去。玉溪未遭之境，先生亲遭之矣。我乐也，其无知乎。我寐也，其无吪乎。是又讽先生词者，微吟焉，低徊独抱焉，而不能自已也。甲子嘉平月，遯庵居士张尔田引。"

龙榆生《跋》曰："右《彊村语业》三卷，前二卷为先生所自刻，而卷三则先生卒后据手稿写定补刊者也。先生始以光绪乙巳，从半塘翁旨，删存所自为词三卷。而以己亥以前作为前集，曾见《庚子秋词》《春蛰吟》者为别集附焉。后又增刻一卷而汰去前集、别集，即世传《彊村词》四卷本是也。晚年复并各集，厘订为《语业》二卷，嗣是不复多作。尝戏语沐勋，身丁末季，理屈词穷，使天假之年，庶几足成一卷。而竟不及待矣，伤哉！先生临卒之前二日，呼沐勋至榻前，执手呜咽，以遗稿见授。曰：'使吾疾有间，犹思细定。'其矜慎不苟如此。兹所编次，一以定稿为准。其散见别本，或出传抄者，不敢妄有增益，虑乖遗志也。壬申初夏，龙沐勋谨跋。"

谢恩灏辑《南泠诗社》一卷，由新民印刷所刊行。卷首有谢恩灏《自序》。（后收入南江涛选编：《清末民国旧体诗词结社文献汇编》第 8 册）内收词作有：仲静思《满江红》（残菊）、《沁园春》（赠别默庵夫子，兼示南泠诗社诸友）。

王渭《花周集》（又名《一粟居癸亥词稿》）刊行。卷首有朱家驹《叙花周词》、赖丰熙《叙》以及作者《自叙》。（上海图书馆藏。后收入朱惠国、吴平编：《民国名家词集选刊》第 5 册）

朱家驹《叙花周词》曰："余素不知词，三五年来，亦复强填一二，不成腔调。适陈君泊盦以金坛冯梦华先所选《宋人六十一家词钞》见遗，取而读之，始知所谓词者，亦复支派纷歧，不可举似。而独集中苏、辛两家，最觉豪迈可喜。视一般捣麝成尘、拗莲作寸之作，迥乎不同。或谓苏、辛非词家正宗，顾偶然作词，取适吾兴而已，必拘拘声律奚为者？文章一道，主乎气盛言宜，词何独不然？古游里王子孟培以所作《花周词草》见示，余读而喜之。大小令百余阕，云此一年内所作也。孟培故雄于文，其为词也，与余向者有取乎宋词之苏、辛者合。行将付之剞劂，为弧辰花甲一周之纪念。与余兄粥叟所作之《半甲乙词》旨趣同，故以《花周》名之，并丐余一言。余知孟培于词好之深，必为之不已。康强逢吉，转瞬十年。到古稀时，续出一集。虽不离乎苏、辛之质，而当益苍老矣。因书而归之。岁甲子季夏六月，友生盐溪遯叟朱家驹。"

赖丰熙《叙》曰："奉贤，滨海东南，地不百里，而词坛厉藻，代有其人。明袁海叟、清黄唐堂，尤其卓著者。庚申秋，余摄篆是邦，知邦人士类喜吟咏。袁、黄遗芬，至今犹扇。耆宿若朱粥叟征君，与其介弟遯庸孝廉，若陈泊盦孝廉，若王忆荄明经，则皆穆行内孚，德华外著，余恨相见之晚焉。周旋既稔，时荷筒投赠，相得甚欢。惜余簿书鲜暇，偶答一二，未尽西泠唱和之乐。癸亥春，卸县篆，留办塘工。住青村廖味蓉茂才家，得时与忆荄明经把晤。知近好填词，索稿读之。豪迈则'铁板铜琶'，疏朗则'晓风残月'，一洗靡音曼志之习。尝赠余《大江东去》一阕，不假雕琢，自成逸调，洵杰搆也。兹味蓉邮书来，谓忆荄允及门之请，选录旧岁所作词若干首，将付剞劂，名之曰《花周集》，以为悬弧一周甲之纪念。因乞叙于余。余与忆荄交只数载，而敲诗赌酒，欢若生平，何敢以不文辞？谨叙其大略，以志雪泥鸿爪，殆有前因，所望庾信文章，更成老境。他日古稀瞬届，大集踵刊，曙后明星，幸而故人无恙，当再磨墨伸纸，旧事重提，请以此叙为天涯息壤可也。甲子秋月，古闽赖丰熙叙于沪江旅次，时年六十有九。"

《自叙》中曰："余幼时喜读词，特为科举帖括所误，未暇摹仿。中年家庭世故，俗累纷乘，抛弃笔墨者久之。今幸天假之年，重与古词人晤对，结未了缘，殆亦佛氏三生之证。爰自去岁新春始，按谱倚调，学步邯郸。所至袖小册自随，耳目所接，即事寓声，辄录于册。会余六十初度，及门与儿辈私议所以寿余者，余既闻而拒之。今春乃议刊余癸亥词稿，以为周甲纪念。勉狥其请，录百余首，名之曰《花周集》。"

卷尾有作者门生徐明艺等人共撰《跋》，曰："右《花周词》百有七首，为我师王孟培先生癸亥年所作。师造就后进，循循善诱。晚年则以吟咏自适。去岁并好填词，年终积一小册。明艺等因请付刊，以志向往，且为师花甲一周纪念。师《自叙》中已及之。"

剑亮按：《花周集》收录词作，详见上年"词人创作"。

余端编《苔岑丛书·丰野草堂新书（甲子二）》刊行。（后收入曹辛华、钟振振选编：《清末民国旧体诗词结社文献续编》第 5 册）

内收蘋香傅绚《十二楼图题词为外子作》，分别为：《西溪子》（晓日文窗初起）、《忆江南》（深闺夜）、《如梦令》（梦境迷离何许）、《感恩多》（搴帷愁不语）、《诉衷情》（乞来妙药胜仙浆）、《愁倚兰令》（银蒜启绣屏）、《上行杯》（指点楼头鞍马）、《长相思》（恨悠悠）。卷前有余端《十二楼记并序》。《序》中曰："衲兰旧有《黄昏月上》《画楼风雨》两图，其夫人蘋香女士为之填词八阕，曰晓起、迟眠、问梦、视病、乞方、别恨、留行、相思，纪实事也。邓君春澍补绘《十二楼图》八帧，信为艺林之佳话云。"

嘉诜《蛰庵词》《劫余词》刊行。《劫余词》卷尾有冯煦《王劭宜墓志铭》。（后收入曹辛华主编：《民国词集丛刊》第 2 册）

冯煦《王劭宜墓志铭》中曰："君姓王氏，名如曾，更名嘉诜，字少沂，一字劭宜，晚号蛰庵……君幼颖异，十岁能诗，十五补学官弟子，旋食廪饩。既从南丰刘慈民丈及予游，益力于学，为文博丽，不屑道唐以下只字。诗宗樊南，近代亦出入梅村、竹垞间，兼善为词，有双白遗意。东南作者，莫之先也……著有《养真室文存》二卷、《诗存》三卷、《蛰庵词》一卷。又《养真室文》《诗后集》各一卷、《劫余词》一卷，则国变后作也。"

冯煦《蒿庵词賸》一卷刊行。卷首有朱祖谋《序》。（后收入朱惠国、吴平编：《民国名家词集选刊》第 1 册）

闵尔昌《雷塘词》一卷刊行。（后收入曹辛华主编：《民国词集丛刊》第 21 册）

严既澄《初日楼少作》刊行。为朴社发行《霜枫》之二。内含《初日楼少作上》诗78首,《初日楼少作下》词35首。卷首有黎世衡《序》,以及王伯祥、叶圣陶《题辞》。卷尾有作者《自跋》、顾颉刚《跋》、俞平伯《跋》。(浙江图书馆等有藏。后收入曹辛华主编:《民国词集丛刊》第31册)

胡朴安编《南社丛选》,由上海国学社出版。(后收入曹辛华、钟振振选编:《清末民国旧体诗词结社文献续编》第24册)内收:

《文选》卷一,傅熊湘《钝庵词自序》《钝庵诗词后序》《一昔词序》;

《文选》卷三,潘飞声《粤东词钞三编序》、林学衡《梅花同心馆词话自序》;

《文选》卷五,邵瑞彭《小黄昏馆词自叙》、周斌《柳溪竹枝词自序》。

《文选》卷六,陈世宜《柳溪竹枝词跋》、吴清庠《叶中冷词卷序》、孙素《瘦目词卷自序》《闷寻鹦馆填词图记》。(后收入曹辛华、钟振振选编:《清末民国旧体诗词结社文献续编》第22册)

《词选》卷一,作品有:

宁调元《南乡子》(己酉闰花朝)、《洞仙歌》(碧天似水)、《浪淘沙》(次韵答钝剑)、《貂裘换酒》(赠人)、《如梦令》(感事)、《柳梢青》(丁未,南幽除夕);

傅熊湘《江城子》(己酉五月五日,与牧豨、茝生、约真携酒饮太一狱中。太一赋词见示,次韵酬之)、《鹊踏枝》(老我年华驱我苦)、《如梦令》(见也匆匆如梦)、《罗敷媚》(灵均天问无消息)、《天仙子》(送别)、《点绛唇》(小院冬残)、《浪淘沙》(孤馆夜灯昏)、《浣溪沙》(别长沙诸友);

郑泽《瑶华慢》(武昌七夕)、《声声慢》(秋柳)、《点绛唇》(萃绿池塘);

张昭汉《渔家傲》(七夕)二首、《河满子》(中秋月色不佳);

黄钧《水龙吟》(夜游哈同花园,筹赈游览会)、《眼儿媚》(山桃带雨不胜娇)、《如梦令》(眉眼盈盈秋水)、《醉太平》(楼高月明);

成本璞《梦江南》(春欲去)二首、《月下笛》(放棹寒江,依依傍晚,烟水苍茫,渔歌答响。用玉田韵作,寄仲章);

张启汉《蝶恋花》(星沙晚春)、《木兰花慢》(前阕意有未尽,续填此广之,不自知其哀以思也。昔年此际,集南社之吟朋,赓兰亭之韵事。今非其时矣,屯艮远在海上，见此得无泪下耶）、《扬州慢》（此白石自制中吕宫调也。中有云"自胡马窥江去后，废池乔木，犹讳言兵"，及今读此，尚有余痛，况身撄其祸者乎？余因倚声和之，以冀与邦人士同声一哭）；

刘鹏年《浣溪沙》（便得重逢路恐迷）、《浣溪沙》（信有三生未了缘）、《浣溪沙》（一寸相思一寸灰）、《浣溪沙》（小小朱楼曲曲桥）、《浣溪沙》（偶落吟鞭偶驻车）、《浣溪沙》（到此真销未死魂）；

傅道博《误佳期》（庭院深深几许）、《绿意》（自题蘼芜园）、《陂塘柳》（题哲夫画《赠高柳水堂图》）；

黄季刚《解语花》（题《红礁画桨录》）、《六丑》（对蛮花进酒）、《兰陵王》（海波碧）；

刘瑗《拜星月慢》（静阁收暄）、《踏莎行》（远道秋还）、《蝶恋花》（山上蘼芜山下路）；

沈宗畸《水龙吟》（白莲，用玉田韵）、《好事近》（五月望日夜坐）、《洞仙歌》（有题）五首；

潘飞声《浪淘沙》（襟江阁题壁）、《摸鱼儿》（荡湖船花天酒地）、《临江仙》（记情）、《浣溪沙》（自题《海山听琴图》）二首、《抛球乐》（子梁招饮槎上，傍晚移尊猗园赏荷）、《青玉案》（寄眉子）；

蔡守《疏影》（大通寺探梅，与张琅儿，同石帚韵）、《蝶恋花》（和琅儿寄怀韵）；

邓万岁《西施》（所思何处紫茸茵）、《意难忘》（南华寺立秋夜坐，与剑川赵尚书、顺德蔡秘书、南海潘画师同用周美成韵，四声相依，一字不易）；

林百举《百字令》（题亚子《分湖旧隐图》）、《百字令》（百无聊赖）、《减字木兰花》（美人笑为冯春航赋）、《瑞鹤仙》（题春航小影）；

黄澜《扬州慢》（丙辰五年三月，拟访亚子，未成行。而亚子以避兵旅沪，贻题《分湖旧隐图》。诗弗尽意，用白石自制曲韵倚声呈亚子，并寄松江朱鸳雏）；

王汉章《生查子》（闻某君有《安重根传》之作，随意讽咏，得句数四，适合此调，因略窜数字以协律）、《生查子》（题艺棠肖像，并寄之都门）；

邓家彦《浣溪沙》（狱中作）；

陆峤南《减字木兰花》（咏絮）、《十六字令》（谐）、《十六字令》（闲）、《十六字令》（卿）、《十六字令》（缘）；

吕志伊《临江仙》（记得江干春送别）、《临江仙》（记得长亭秋饯别）；

张光原《换巢鸾凤》（友人归国，即题其像志别）、《如梦令》（友人归国，即题其像志别）；

李凡《喝火令》（故国鸣鹩鸽）、《高阳台》（忆歌者金郎）、《满江红》（皎皎昆仑山）、《菩萨蛮》（燕支山上花如雪）、《菩萨蛮》（晓风无力残杨懒）；

林学衡《菩萨蛮》（春词）二首、《菩萨蛮》（送别）、《蝶恋花》（春夜闺思）、《摸鱼儿》（红豆）、《金缕曲》（春柳）、《贺新凉》（赠知渊）、《兰陵王》（送□□赴法，兼讯璧君夫人）；

陶牧《多丽》（简病倩论词）、《莺啼序》（为蔡哲夫题汉六花鉴）、《菩萨蛮》（对雪）、《春风袅娜》（偶感）、《渡江云》（久客燕京，得遇高钝剑、陈去病，填此志之）、《菩萨蛮》（隔墙绿树笼新月）、《菩萨蛮》（鹃啼枝上禽填石）、《菩萨蛮》（好花只被春耽误）、《菩萨蛮》（路迷更觉天涯远）、《菩萨蛮》（海枯必到桑耕尽）、《满江红》（与慧僧同摄小影，时客滨江）、《琵琶仙》（沪上征歌，近无弹琵琶者，凄然占此）、《浣溪沙》（和映庵韵）七首、《菩萨蛮》（哭子美，并简亚子）、《三姝媚》（题天梅《变雅楼三十年诗征》）、《浣溪沙》四首、《摸鱼儿》（中秋）、《摸鱼儿》（和剑华见赠韵）、《菩萨蛮》（重九，并呈剑华）、《一剪梅》（重九，和朴庵韵）、《摸鱼儿》（约朴庵游西湖，归作，并简剑华）；

胡先骕《忆旧游》（怀仲通，步玉田寄元文韵）；

胡颖之《莺啼序》（为哲夫题汉六花鉴，用梦窗韵）；

余其锵《虞美人》（探梅）、《满江红》（送春有感）；

徐自华《如梦令》（题画）、《菩萨蛮》（题野梅画幅）、《摸鱼儿》（为楚伧居士题《分堤吊梦图》）、《意难忘》（秋宵忆韵清）、《渡江云》（霜风吹渐紧）、《满江红》（感怀）、《满江红》（雪夜课儿）、《金缕曲》（送璿卿之沪，时将赴扬州）、《百字令》（中秋夜对月，寄巢南、小淑）；

徐蕴华《惜红衣》（往岁旅居吴淞，数系艇石公长崎间 wangle 湾。荷花数十顷，夏景幽寒，终日但闻泉响。每值夕峰收雨，湖气弥清，临去怅然。欲索李隐玉表姊写意王碧栖词丈题册而未竟。病窗经岁，转眼薰来，晓起舒襟，偶填此阕以寄意）、《齐天乐》（庚戌夏秋，逭暑刘庄。晚值平湖雨过，红香狼藉。荡桨荷丛，归桡写此，戏足玉溪之意）、《百字令》（庚戌冬日，游虎丘）、《思佳客》（南社频索初稿，病榻经春，束笺未报。近见卷中稍载数年前西溪断句，明日黄花，奚足供诗人一粲哉，因书此谢之）、《意难忘》（薄暮，视鉴湖旧舍归，沿河往浦滩，辁窗写感，有寄慧僧）、《点绛唇》（题自绘《越牡丹双带鸟》帐额，为淘芙四姊作）、《点绛唇》（题自绘《双燕白莲花》帐额）、《新雁过妆楼》（仲可叔父命题《纯飞馆填词图卷》）、《声声慢》（岁暮哀感，忽得陈、柳诸贤先后手束，或约西碛之探寻，或征胜溪之题咏。缅想世外游侪，独能以无怀为乐也，因谱此曲，奉题《分湖旧隐图》后）、《壶中天》（巢南先生既刊《笠泽词征》，客有为画《征献论词图卷》，因题其后）、《丑奴儿令》（楚伧居士嘱题《分堤吊梦图》）；

邵瑞彭《罗敷艳歌》（潘兰史《桃叶渡填词图》）、《临江仙》（万柳堂）、《梦横塘》（颐和园）、《月华清》（张园听秋）、《徵招》（香冢，在陶然亭西北小阜上。碑阴题句哀艳，予读而悲焉，系之以词）、《蝶恋花》（一剪香风吹梦语）、《蝶恋花》（红玉轻寒春睡美）、《蝶恋花》（满院吴烟花未醒）、《蝶恋花》（迢递朱楼春事好）、《丑奴儿令》（春水）、《菩萨蛮》（江南游女新妆束）、《菩萨蛮》（玻璃窗冷黄昏小）、《菩萨蛮》（玉阶风细花无力）、《菩萨蛮》（苔华小印红丝籍）、《清平乐》（题方瘦坡《香痕奁影集》）、《长亭怨慢》（亚子《分湖旧隐图》，曾以三截句题之，意有未尽，再成此词）、《摸鱼子》（武强溪上赋竹筏）、《曲游春》（予最爱萧斋《曲游春》词，因忆壬子春间流连湖上情事，追填此解，即步其韵）、《齐天乐》（牡丹）、《踏莎行》（孙尔安小照）、《甘草子》（将暮扑面香尘）、《虞美人》（题余十眉《寄心琐语》）、《临江仙》（八月徐园雅集）、《点绛唇》（用觉翁韵）；

洪焌《庆春宫》（送别张砚公）、《江城梅花引》（冬柳）、《一剪梅》（和蕃卿先生原韵）。

《词选》卷二，作品有：

陈世宜《贺新凉》（吊史阁部墓）、《六幺令》（薄寒侵幕）、《沁园春》（槟玙，赠荇农）、《浣溪沙》（和孟硕狱中韵）、《摸鱼儿》（重九）、《蝶恋花》（和中垒韵，即以为赠）二首、《卜算子》（记得冶春时）、《烛影摇红》（久滞瘴海，归期屡讹，倚此写怨）、《好事近》（题娄东某夫人《红情绿意图》）、《声声慢》（题秦特臣《淮海诗词丛话》）、《霜花腴》（菊花，和梦窗韵，依四声）、《瑞龙吟》（淞滨久客，游赏多在徐园，离合悲欢，事乃万状。乙卯立秋前一日，春音词社又集于此。檗子和清真此调见示，率同其韵）、《甘州》（送重由二弟之京师）、《桃源忆故人》（遯初三周忌日，赋感）、《浣溪沙》（三月二十一日，同檗子作）；

杨铨《贺新凉》(送苪煌返蜀)、《满庭芳》(复生归蜀，赋此赠别)、《念奴娇》(罗花山中，用东坡韵)、《贺新凉》(题亚子《分湖旧隐图》)、《贺新凉》(吊季彭自溺);

叶玉森《卜算子》(用骛翁韵)、《点绛唇》(原用梦窗韵)、《相见欢》(用沤尹韵)、《鹧鸪天》(用骛翁韵)、《踏莎行》(用沤尹韵)、《太常引》(用忍庵韵)、《燕归梁》(用忍庵韵，梦窗体)、《夜游宫》(用骛翁韵)、《霜天晓角》(用沤尹韵)、《极相思》(用沤尹韵)、《夜行船》(用骛翁韵)、《眉妩》(赋河东君妆镜拓本);

吴清庠《齐天乐》(蟋蟀)二首、《水龙吟》(咏萍);

张素《八声甘州》(雨意，和小柳韵)、《兰陵王》(用美成韵，送小柳赴沈阳)、《琵琶仙》(客窗坐雨)、《金缕曲》(送力山之官太平)、《摸鱼儿》(赠影禅);

蒋同超《如此江山》(江山如此无人管);

王蕴章《貂裘换酒》(题剑霖《鸿影楼诗记》)、《买陂塘》(《剑霜遗稿》付印，阅两月而竣。感逝怀人，复填此解。玉笋云霾，牙琴弦涩，言愁我始愁矣)、《金缕曲》(鹦鹉偏能语)、《满江红》(缅甸金塔，丛立如笔。缅甸俗侫佛，相传昔英兵据缅，王犹膜拜塔下也。最著者为大光塔，西人游览者，履声橐橐。华人则必跣而后入，不则以为污亵佛地，山僧且呵斥及之矣)、《琵琶仙》(三度太平，车外见夹岸池荷摇落尽矣，感成一解)、《如此江山》(香港太平山，崖崩壁立。西人置机山巅，设轨敷练，曳两车辖轳而上。山中楼台如画，绣球、杜鹃之花遍植皆是。天风吹衣，海波如镜，殊有清都咫尺想，凝眺徘徊，怆然成赋)、《浣溪沙》(太平公园绝似扬州红桥风景，赋此为故乡鸥鸟问)、《虞美人》(薄游芙蓉，墙角一枝红艳，镜鉴中小影也，宠之以词)、《鹧鸪天》(西风树树，言愁欲愁。偶拈此解，奉和梦坡丈礼查感事之作)二首、《秋宵吟》(暝蛮啼)、《如此江山》(题秦涤尘《淮海先生诗词丛话》)、《貂裘换酒》(钝根老友遁迹山中，憔悴可念。日前以《红薇感旧记》索题，率成此解。以为他日相思张本。钝根见之，当知余怀之渺渺也)、《点绛唇》(乙卯上巳修禊，随庵招饮惜春妆阁，分韵得在字)、《减字木兰花》(题南通徐澹庐《梅花山馆读书图》)、《浣溪沙》(题云间宋梦仙女士遗画，为许幻园赋)、《醉太平》(倾城夫人拗风廊，为寒琼题)、《惜红衣》(淡柳扶烟)、《浣溪沙》(题芷畦《柳溪竹枝词》)、《烛影摇红》(春音社五集，赋唐花)、

《高阳台》（腻逼琴纹）、《思佳客》（题武林丁松生先生丙《风庵图》。庵毁于红羊之劫，今先生之哲嗣和甫丈重建于西溪）、《庆清朝》（题徐仲可女公子新华遗画）、《桃源忆故人》（遯初三周忌日，匪石赋词追悼，予亦继声）、《喝火令》（丙辰三月廿一日作）、《八声甘州》（又东风吹我落天涯）、《临江仙》（几日平芜愁满眼）、《六丑》（丙辰春尽日作）、《瑞鹤仙》（半规残月）；

陈蜕《金缕曲》（题红拂墓）、《迈陂塘》（听雪，赠文娘）、《临江仙》（遣春词）七首、《满江红》（和太一郎，即次其二五初度韵）、《水调歌头》（题文雪吟先生《渔舟垂柳图》）；

吴梅《眉妩》（赋河东君妆镜拓本）、《薄倖》（荠香人影）、《清商怨》（题仇英《秋宵捣衣图》）、《霜花腴》（步梦窗韵）、《浣溪沙》（轻约梨云醮碧罗）、《如梦令》（一剪秋痕消瘦）、《虞美人》（银河回照江波浅）、《寿楼春》（题洪昉思《长生殿》乐府）；

余天遂《小重山》（题亚子《分湖旧隐图》）、《高阳台》（古色幽微）、《台城路》（玉楼一夜修文召）；

俞剑华《鹊桥仙》（七夕约匪石、可生同赋）、《惜秋华》（中元月蚀）、《惜分钗》（寄尘见慰悼亡之作，怅然赋答）、《摸鱼儿》（题芷畦《柳溪竹枝词》）、《菩萨蛮》（九日和小柳韵）、《一剪梅》（和朴庵）、《一萼红》（一品红，继小柳作）、《倦寻芳》（送小柳还歙浦，并示朴庵）、《蝶恋花》（朴庵将赴申江，赋词留别，依韵报之）；

黄人《高阳台》（常州吕侠出其姊氏《春阴词》见示，和二阕）二首、《贺新凉》（赠杏儿）、《贺新凉》（赠阿素）、《贺新凉》（吊吴江范振中）；

庞树松《凤衔杯》（希姚属题毛韵珂饰约瑟芬小影，率填一解）；

庞树柏《满江红》（灵隐谒韩蕲王墓，并读《记功碑》，敬赋）、《惜红衣》（早春，至严氏羡园探梅。园在灵岩之麓。是日，遇雨雪，登楼四眺，凄然有作，用石帚韵）、《惜红衣》（读王半塘《庚子秋词》感赋，用石帚韵）、《法曲献仙音》（金雁栖尘玉）、《徵招》（题蔡哲夫《拗风廊图》，图为夫人张倾城所作）、《点绛唇》（家兄北行，雨夜独坐，寄怀）、《点绛唇》（秋枚属题董小池墨兰）、《齐天乐》（沈丈石友以《西泠觅句图》属题，近又将鼓棹武林，赋此寄之，借以送行）、《齐天乐》（吴绵未减东风浅）、《百字令》（邓秋枚《鸡鸣寺风雨楼图》）、《百字令》（沈丈石友自撰生圹志，刻古砚上，拓本属题）、《西子妆》（七夕偕友舣棹尚湖，双鬟侑酒，漫拈此解）、《桂枝香》（读长沙华秀芬女史《庚子落叶诗》，哀感顽艳，千古绝作。时孤馆夜坐，烛跋香销，凄然成咏）、《湘月》（新秋夜，闺人卧病，孤坐灯窗，感时抚己，漫拈此解，不觉其词之凄异也）、《瑞龙吟》（病鹤属介龛作《秋湖问月图》，再次清真韵，以题其后）、《霓裳中序第一》（中秋前一夕，次辂先生招同石友丈暨鸣晦昆仲对月小酌，用白石道人谱）、《西子妆》（旧草随轮）、《端正好》（石友丈藏一砚，侧镌"易安"二小篆，盖李清照旧物也。索题以词）、《玉烛新》（彊村先生寄示《瑞香词》，依原调奉和）、《朝中措》（舟行水郭，见堤柳数株，摇落可怜。触绪萦怀，悄然歌此）、《喜迁莺》（辛亥春晚，重游湖上，赋此，索龙尾和）、《贺新凉》（钝剑属题《花前说剑图》）、《采桑子》（横塘夜泊）、《浣溪沙》（垂柳依依画槛边）、《菩萨蛮》（舟中，雨霁月出，笛声凄然）、《寿楼春》（之园秋集，既纪以诗，意有未尽，漫赋此解，即赠龙慧先生）、《菩萨蛮》（拟《花间》）、《秋宵吟》（苄农招饮，即席有作，踵和白石自度腔协四声）、《清平乐》（古泥为余琢白石研，题以此解）、《减字木兰花》（题秦特臣《淮海诗词丛话》）、《贺新凉》（题南通徐澹庐《梅花山馆读书图》）、《剔银灯》（夜饮若兰妆阁，次仲可丈韵）、《剔银灯》（题亚子《分湖旧隐图》，叠前韵）、《踏莎行》（张园访菊，偕匪石、苄农、楚伧）；

杨锡章《点绛唇》（半淞园即事）、《疏影》（秋风至矣）；

姚锡钧《点绛唇》（半淞园秋泛）、《浣溪沙》（海上即事）、《蝶恋花》（玉鸭烟消寒恻恻）、《点绛唇》（九十流光）、《浣溪沙》（刘三有"一天风雪艺黄精"之句，戏及之，兼示其夫人灵素女士。文字游戏，不失雅谐，弗诮轻薄尔）、《蝶恋花》（寒食清明都过了）、《卜算子》（好是画帘疏）；

高燮《少年游》（为春航题名小青墓作，用虑尊韵）、《一痕沙》（题武林同游照片）、《浣溪沙》（题西泠雅集照片）、《减兰》（题三潭泛舟照片）、《罗敷媚》（题清波弄影照片）；

高增《少年游》（为春航题名小青墓作，用虑尊韵）、《迈陂塘》（题三子游草）、《菩萨蛮》（春光渐老，言愁欲愁。托之倚声，聊写别恨云解）二首；

陈去病《百字令》（土华晕碧）、《高阳台》（有感徐湘蘋夫人事）、《高阳台》（拥髻填词）、《虞美人》（五人墓）、《天仙子》（重谒张东阳祠）、《念奴娇》（由山塘泛舟过野芳浜，游留园及戒幢寺，有慨）、《减兰》（席上有感）、《惜分飞》（欲游支硎未果，戏代船娘谱此曲）、《浣溪沙》（塞草青青塞柳妍）二首、《踏莎行》

（张家口旅行，竟日愁不能已，写此寄怀）、《清平乐》（题潘兰史惠山访听松石）；

柳亚子《蝶恋花》（得卧子狱中书，感赋）二首、《满江红》（吊蒋清烈女士，用岳鄂王韵）、《满江红》（题《剑魂汉侠图》，用前韵）、《金缕曲》（哲夫作枯笔山水一小帧见赠，为订交之券。荒寒寥寂，忽有感于余心，爰取戴子高影事，名之曰《梦隐第二图》，词以张之。即用三年前为钝剑题《万树梅花卷子》旧韵，抚今追昔，若不胜情。海内词坛所不敢望，二三同志庶几和余）、《蝶恋花》（喜卧子出狱，用前韵）二首；

蔡寅《行香子》（次韵和天梅、亚子）二首、《高阳台》（送友归国，即事偶成）；

王德钟《点绛唇》（题《拈花微笑图》）、《捣练子》（题《踏雪寻梅图》）、《念奴娇》（题十眉《瓜山忆梦图》）；

黄复《湘月》（莘安凌三自分湖驰书燕市，以《紫云楼图》属加题咏。紫云楼者，君所新葺，与其夫人琬雯女士倡和之居也。因填此解张之，即以寄怀，用定公韵）、《水调歌头》（亚子结客十数辈，雅集柳溪之水月庵，有书见告，附以新诗。念景怀人，感拈此解，用宋人丘宗卿韵）、《高阳台》（寒夜怀太侔丈）；

王钟麒《摸鱼儿》（题自撰《血泪痕传奇》）、《如梦令》（携手画帘深处）、《蝶恋花》（睡鸭香残天欲暮）、《蝶恋花》（为人题团扇）、《凤凰台上忆吹箫》（花种将离）、《贺新凉》（指点离亭路）、《满江红》（《藤花血传奇》题词）、《菩萨蛮》（绿罗掩口金钗颤）、《金缕曲》（寄无量）、《摸鱼儿》（赠人）、《鹧鸪天》（有忆）、《齐天乐》（金诃子）；

程善之《长亭怨慢》（杨花）、《高阳台》（寒食天涯）、《菩萨蛮》（有悼）、《浣溪沙》（有见）、《虞美人》（绛纱窗下珠绒堕）、《祝英台近》（和陈烈妇纫兰乩词，即用原韵）、《一萼红》（悼亡）、《菩萨蛮》（眼底屏山天样远）；

吕碧城《瑞龙吟》（和清真）、《声声慢》（听残腊鼓）；

胡怀琛《浣溪沙》（答苓农）、《柳梢青》（天遂为余画扇，填此酬之）、《洞仙歌》（楚伧、鹣雏各以寄内赠内词示余，反其意填此阕和之）、《浣溪沙》（夜雨）、《罗敷媚》（分明是个伤心地）、《罗敷媚》（夜雨）、《采桑子》（匪石有此调，题曰新移居跑马厅畔，闻之居人，旧为吴中费某藏娇之所，词以记之，余居与君为邻，依调填和）。

刘毓盘辑《唐五代宋辽金元名家词集（四十名家词)》，由北京大学刊行。

【报刊发表】

《国学丛刊》第 2 期刊发：

万里《浣溪沙》（鸡鸣寺，偕中棷、思伯联句）二首、《鹧鸪天》（似有笙歌散绮尘）、《鹧鸪天》（暂借华阴作翠屏）、《徵招》（再回首）、《买陂塘》（困春烟、满庭凉碧）、《蓦山溪》（玉楼试望）、《菩萨蛮》（薄寒知是清明节）；

孙为霆《石州慢》（大好秋容）、《忆旧游》（重到莫愁湖）。

《国学丛刊》第 3 期刊发：

李冰若《论北宋慢词》；

王玉章《平迦陵〈曝书亭词〉》；

胡光炜《踏莎行》（坠叶潮翻）；

田世昌《法曲献仙音》（寒月流霞）、《绮罗香》（客久穷诗）；

李冰若《鹧鸪天》（过雨微闻草木馨）、《浣溪沙》（万草摇风夕照寒）；

金致中《朝中措》（花香鸟语近清明）；

余永梁《石州慢》（春雨如旧）。

《清华学报》第 1 卷第 2 期刊发：胡适《词的起源》。

《清华周刊》第 305 期刊发：

徐裕昆《纳兰容若评传》；

陈铨《清代第一词家纳兰性德之略传及其著作》。

《星海》第 8 期刊发：王伯祥《辛弃疾的生平》。

剑亮按：《星海》，1924 年创刊于上海，由上海商务印书馆出版发行。当年终刊。

1925 年

（民国十四年　乙丑）

1 月

6 日（农历甲子十二月十二日），李宣龚为朱孝臧《彊村填词图》题词。李宣龚记曰："甲子小寒，奉题沤尹丈《校词图》。距焦岩之游已有十有二年矣。"（朱孝臧著，白敦仁笺注：《彊村语业笺注》，第 305 页）

10 日，《文学周刊》第 4 期刊发：张寿林《易安居士评传》（续）。

15 日，《台湾诗荟》第 13 号刊发：仲可词（二），有《御街行》（乙卯元日，与董询五、赵伯英游上海也是园）、《花犯》（乙卯初夏，赋樱花）。（后收入陈支平主编：《台湾文献汇刊》第 4 辑第 17 册，第 26 页）

17 日，《文学周刊》第 5 期刊发：张寿林《易安居士评传》（续）。

23 日，蒋兆兰作《浪淘沙》（甲子除夕，和周晋仙"明日新年"之作）。（蒋兆兰：《青蕤庵词》卷四，第 8 页。后收入朱惠国、吴平编：《民国名家词集选刊》第 1 册，第 524 页）

23 日，胡士莹作《烛影摇红》（除夕用梦窗元夕微雨韵，同声越赋）。（胡士莹：《霜红词》，第 5 页。后收入曹辛华主编：《民国词集丛刊》第 10 册，第 372 页）

24 日（农历正月初一日），夏孙桐作《烛影摇红》（乙丑元日书怀，次邵伯絅韵）。（夏孙桐：《悔龛词》，民国二十二年 [1933]《彊村遗书》本，第 12 页。后收入朱惠国、吴平编：《民国名家词集选刊》第 2 册，第 218 页）

24 日，朱祖谋作《烛影摇红》（乙丑元日，和闰枝）。（朱祖谋：《彊村语业》卷三，第 2 页。后收入朱惠国、吴平编：《民国名家词集选刊》第 2 册，第 504 页）

24 日，邵章作《烛影摇红》（乙丑元旦）。（邵章：《云淙琴趣》卷一，第 14 页。后收入朱惠国、吴平编：《民国名家词集选刊》第 10 册，第 34 页）

24 日，李遂贤作《画堂春》（乙丑元旦，试笔即题）。（李遂贤：《懊侬词》，第 47 页。后收入曹辛华主编：《民国词集丛刊》第 4 册，第 251 页）

25 日，《台湾诗报》第 4 号刊发：剑虹《浪淘沙》（贺金寿弟新婚）、《念奴娇》（有赠）、《卜算子》（湘帘）、《江南春》（踏青）。（后收入方宝川、谢必震主编：《台湾文献汇刊续编》第 97 册，第 98 页）

31 日，《文学周刊》第 6 期刊发：张寿林《易安居士评传》（完）。

本月

《学衡》第 37 期刊发：

陈寂《鹧鸪天》（夜泊漳州）；

毛乃庸《浣溪沙》（童时外家园林颇盛，夏日绿荫四垂，蝉声如雨。匆匆三十余年，每闻嘒嘒之声，未尝不沧然有感也）。

《华国》月刊第 2 卷第 3 期《词录八首》刊发：

宋翔凤《八六子》（舟中听雨）、《水龙吟》（陈芝年《观海第二图》）；

杜贵墀《湘月》（声连万户）、《绮罗香》（秋柳）；

黄侃《浪淘沙》（己酉年，在日本东京作）、《风入松》（夜憩日本酒垆，感旧）；

汪东《浣溪沙》（几曲屏风画折枝）、《浣溪沙》（怅想红楼隔几层）。

沈尹默将历年所作诗词辑为《秋明集》（上、下册），由北京书局印行。

2 月

4 日，洪汝闿作《甘州》（乙丑立春作）。（洪汝闿：《勺庐词》，第 30 页。后收入朱惠国、吴平编：《民国名家词集选刊》第 7 册，第 176 页）

7 日，吕凤作《南浦月》（乙丑元宵，月淡）。（吕凤：《清声阁词》卷三，第 7 页。后收入朱惠国、吴平编：《民国名家词集选刊》第 8 册，第 299 页）

7 日，张素作《生查子》（元夕）。（后收入张素：《南社张素诗文集》，第 732 页）

15 日，《台湾诗荟》第 14 号刊发：

沁园《离别难》（送蔡伯毅之中华）；

豁轩《疏影》（延平郡王祠古梅）；

菱槎《解佩令》（《疏桐倚月图》）、《长相思》（秋景）；

雪崖《酷相思》（长至怀惠生、春林二君）、《重叠金》（春闺）。（后收入陈支平主编：《台湾文献汇刊》第 4 辑第 17 册，第 91 页）

17 日，钱玄同获赠刘毓盘校《南唐二主词》。钱玄同记曰："刘子庚赠示以他校印的《南唐二主词》。下午略读之。"（杨天石主编：《钱玄同日记》中册，第 619 页）

25 日，《台湾诗报》第 5 号刊发：

许钓龙《御街行》（午篱茅舍孤山路）；

丁文蔚《浣溪沙》（画箑题句）。（后收入方宝川、谢必震主编：《台湾文献汇刊续编》第 97 册，第 149 页）

本月

夏承焘作《鹊桥仙》（曲沃元夕作家书）。（吴无闻：《夏承焘教授纪念集》，第 218 页）

《学衡》第 38 期刊发：

徐桢立《蝶恋花》（题《鹿川诗境图》）、《虞美人》（题《鹿川诗境图》）；

刘永济《鹧鸪天》（友古六兄弟属题宝权室主人造摩诘小像）。

《华国》月刊第 2 卷第 4 期《词录十三首》刊发：

况周颐《临江仙》（子大来申，词事云涌，《临江仙》连句八阕，极掩抑零乱之致。讷翁和之，余亦叠均。晨夕素心之乐，身世断蓬之感，固有言之不足者）八首；

陈衡恪《菩萨蛮》（十月十八日，集杜少陵句）四首；

黄侃《风流子》（和清真韵）。

王国维致函陈垣，谈李珣词。中曰："《花间集》卷十有李秀才洵词三十七首（此据绍兴中晁谦之刊本，宋鄂州本'洵'作'珣'）。《鉴诚录》卷四：李珣，字德润，本蜀中土，生波斯也。少小苦心，屡称宾贡，所吟诗句，往往动人。尹校书鄂者，锦城烟月之士也，与李生常为善友，因戏过嘲之，李生文章扫地而尽……王灼《碧鸡漫志》五：李珣《琼瑶集》有凤台一曲，注云'俗谓之呵驮子'。又云《花间集》和凝有《长命女曲》，伪蜀李珣《琼瑶集》亦有之。又卷三云，李珣《倒排甘州》。卷四云，李珣有《河满子》。此四首皆在《花间集》所选

三十七首之外，是珣词有专集，且至南宋初尚存。"（谢维扬、房鑫亮主编：《王国维全集》第 15 卷，第 892 页）

3 月

3 日，《申报》刊发：《文学界应用〈蓼园词选〉为课本》。

6 日，张素作《蝶恋花》（花朝）。（后收入张素：《南社张素诗文集》，第 734 页）

7 日，《台湾诗报》第 2 年第 2 月号刊发：

王闿运《摸鱼儿》（洞庭舟望，用稼轩韵）；

汪东《高阳台》（绣幕围香）；

陈春林《酷相思》（次雪崖韵，却寄）；

高云鹤《临江仙》（游旗山旧炮台）；

黄传心《恋芳春》（落花）。（后收入方宝川、谢必震主编：《台湾文献汇刊续编》第 98 册，第 67 页）

12 日，孙中山先生逝世。

15 日，《申报·自由谈》刊发：蕙风《餐樱庑漫笔》，内收录蕙风《百字令》（倚云撑碧）。（参见郑炜明：《况周颐先生年谱》，第 330 页）

15 日，《台湾诗荟》第 15 号刊发：林朝崧《无闷草堂诗余》（二），有《念奴娇》（《科山生塘集》编成，戏题）、《少年游》（赠宝桂）、《浪淘沙》（淡江留别）、《蝶恋花》（学南唐冯延巳）三首、《探春慢》（除夕，用草窗韵）。（后收入陈支平主编：《台湾文献汇刊》第 4 辑第 17 册，第 165 页）

15 日，湖南第一师范平江同学会《汨源季刊》第 2 期刊发：袁慨《浪淘沙》（一望渺无际）、《浪淘沙》（春雨）。（后收入《民国珍稀短刊断刊·湖南卷》第 16 册，第 7895 页）

17 日，吴宓致函刘永济、吴芳吉、刘朴，谈《学衡》稿件。中曰："《学衡》续办，稿件缺乏。二月未发稿，已间断两期，心急如焚，望公等速撰著。'词录'此间所存甚多，且即缺'词录'，亦不妨事。望宏度兄速撰长篇寄下，勿但寄'词录'而止。"（后收入吴宓著，吴学昭编：《吴宓书信集》，生活·读书·新知三联书店，2011 年，第 102 页）

24 日，顾随致函卢伯屏，并附《西江月》（自题小影）词。中曰："近无所作，

次箫小词一首，录呈。"（顾随：《顾随全集》第 8 卷，第 100 页）

25 日，张素作《水龙吟》（水乡春晓，游兴怦然，时修禊前一日也）。（后收入张素：《南社张素诗文集》，第 736 页）

26 日，张素作《探芳信》（和友人春游）、《探芳信》（兰亭纪游，用前韵）。（后收入张素：《南社张素诗文集》，第 737 页）

27 日，张素作《百字令》（游兰亭归，检行箧中所藏禊帖，感而赋之）。（后收入张素：《南社张素诗文集》，第 745 页）

28 日，《台湾诗报》第 2 年第 3 月号刊发：

俞庆曾《木兰花慢》（和瑟庵韵）、《南乡子》（罢绣偶作）；

宋翔凤《乐府余论》。（后收入方宝川、谢必震主编：《台湾文献汇刊续编》，第 98 册，第 110 页）

29 日，《申报·自由谈》刊发：蕙风《餐樱庑漫笔》，内收录蕙风《蝶恋花》（少日年芳）、《蝶恋花》（庭院阴阴）。（参见郑炜明：《况周颐先生年谱》，第 332 页）

本月

《华国》月刊第 2 卷第 5 期《词录七首》刊发：

王闿运《辘轳金井》（废圃寻春，见樱桃花感赋）、《八音谐》（成都寄张永州）；

黄侃《喝火令》（会少期仍误）、《琐窗寒》（读《水云楼》词，有感鹿潭晚岁事，赋此吊之）；

陈方恪《临江仙》（十载琴书供跌宕）；

汪东《还京乐》（素秋近）、《瑞龙吟》（泛舟至西湖公园，为清行宫故址。追思旧游十五年矣，依清真韵赋此）；

汪东《和清真词序》，中曰："词家之清真，集大成者也。"

顾随致函卢伯屏，并附《八声甘州》（春日寄荫庭）、《钗头凤》（登临废）词。中曰："近十日中，共得词五首，本拟名为《浴海词二集》，以寄荫庭此调之故，命名曰《簪樱词》，兄以为何如？"（顾随：《顾随全集》第 8 卷，第 101 页）

春，陈匪石作《绛都春》（米市胡同我园，清同治初乡先生许海秋所居。乙丑春，偶经其地，感赋此解。仲可见之，戏谓余为海秋后身云）。（后收入陈匪石

著，刘梦芙校:《陈匪石先生遗稿》，第 66 页）

春，溥儒作《秋波媚》（乙丑春日）。（溥儒:《凝碧余音》，第 2 页。后收入朱惠国、吴平编:《民国名家词集选刊》第 15 册，第 173 页。又收入毛小庆整理:《溥儒集》，第 458 页）

4 月

1 日，吴宓编发《学衡》杂志第 39 期。

剑亮按：本期《学衡》本应在 3 月初出版，从此《学衡》杂志拖期，出版时间打乱，无法确定具体的出版时间。

4 日，刘麟生作《西子妆》（清明前一日，偕仲乐、衡之泛湖）。（刘麟生:《春灯词》，第 7 页。后收入朱惠国、吴平编:《民国名家词集选刊》第 15 册，第 66 页）

6 日，叶德辉作《〈湘雨楼词〉三卷〈步清真词〉一卷〈湘弦离恨谱〉一卷跋》。曰:"填词而不辨字之阴阳，以求协乎律吕，此只谓之长短句，不得谓之词也。近日吾湘词人以余所交者，如巴陵杜仲丹孝廉贵墀、龙阳易实父观察顺鼎同年、武陵陈伯弢大令锐，皆其首屈一指者也。三子行辈稍后，其先老宿则王湘绮侍读闿运、张雨珊观察祖同。二老于词，用力至深。侍读力追北宋，观察则学白石、白云。以视三子者，固高出一头，然侍读尚不如观察审音定律之精密也。仲丹学者，实父才人，出其绪余，不愧作手。伯弢诗传侍读衣钵，而词则拔帜立帜，脱屣师门。海内词家如桂林王幼霞侍御鹏运、汉军郑小坡孝廉文焯、仁和朱古微侍郎祖谋，共相推许于伯弢者甚至，然亦不如观察之精微高絜，秀出一时。余不工词，观察每过余斋，借检《钦定词谱》《御撰历代诗余》等书。一字推敲，至数易其稿而未定，今词中所缺字是也。余偶有商榷，从善如流。尝谓余:'惜不爱填词，填词必是高手。'又尝谓:'余不通小学，不能考定字音。子固深于小学者，一入门则得捷径，胜于他人黑夜行路耶。'余固心知其意，雅不愿为此琐琐者。一日，送山阴俞廙轩中丞廉三解组去官，公饯于濯锦坊贾傅祠。同人皆以诗文相赠，观察出《大江东去》词一首见示，曰:子试阅之。此词以何句为余得意处? 余曰:词中以'贾傅祠前闻太息，此意苍生能说'二句为最佳，是得意处否? 观察大笑曰:'此清冷处，人或不措意，子独知之。余向谓子如填词，必超出时流，同时作者皆当退避三舍，即此可断也。'观察归道山已廿年，世兄仲卣大令刻其词稿，以一册见贻。读集中诸词，多太平游谯、赠答友朋之作。忽经世变，使观察犹健在，则视白石、白云遭遇相似，其词必更有进者，岂仅学得其神髓已乎？乙丑暮春清明后一日。"（后收入叶德辉：《郋园读书志》，上海古籍出版社，2010 年，第 742 页）

8 日，顾随致函卢伯屏，并附《隔梅溪令》（得屏兄书，谓"久不出门，闻人言杏花已残，桃花将放矣"。不禁怅然，赋此答之）词。（顾随：《顾随全集》第 8 卷，第 103 页）

11 日，顾随致函卢伯屏，谈郑燮词。中曰："兄前来函，谓读板桥词，有断不清句读之处；板桥词并不甚好，置之可也。"（顾随：《顾随全集》第 8 卷，第 104 页）

12 日，《申报·自由谈》刊发：蕙风《餐樱庑漫笔》，内收录蕙风《八声甘州》（题许奏云《云亭垂钓图》）。（参见郑炜明：《况周颐先生年谱》，第 331 页）

15 日，《申报·自由谈》刊发：蕙风《餐樱庑漫笔》，内收录蕙风《蝶恋花》（帘幕残寒）。

19 日，顾随致函卢伯屏，并附《高阳台》（客里高歌）。中曰："此种词，亦殊少佳趣，但既为弟作，兄必不唾弃之也。"（顾随：《顾随全集》第 8 卷，第 108 页）

22 日，《申报·自由谈》刊发：蕙风《餐樱庑漫笔》，内收录蕙风《念奴娇》（题程君姬人俪青墓志后）。

24 日，《申报·自由谈》刊发：蕙风《餐樱庑漫笔》，内收录蕙风《水龙吟》（为邓尔雅题邝湛若绿绮台琴拓本）。

本月

陈曾寿作《丑奴儿慢》（乙丑春三月，赴行在所，寓小石斋中，海棠盛开）。（后收入陈曾寿著，张彭寅、王培军校点：《苍虬阁诗集》，第 372 页）

《华国》月刊第 2 卷第 6 期《词录八首》刊发：

徐珂《御街行》（乙卯元日，与董询五、赵伯英游上海也是园）、《花犯》（乙卯初夏，赋樱花）；

黄侃《定风波》（感旧怀人）四首；

陈启泰《霜天晓角》（湘云望极）；

影观《满庭芳》（芳景初回）。

《台湾诗报》第 2 年第 4 月号刊发：

王闿运《宴清都》（和卢蒲江）、《梦芙蓉》（为王梦湘题《匡山戴笠图》）；

剑亮按：词后有注，曰："按此词乃王湘绮老人近作也。湘绮为中国近代大诗伯，而词不多见，故搜罗数阕，以为吾岛倚声家广眼界耳。"

庞树柏《玲珑四犯》（巢南席上赠湘乡成君琢如）；

周士衡《桃源忆故人》（寄述三、莼圃诸先生）、《忆仙姿》（春闺）。（后收入方宝川、谢必震主编：《台湾文献汇刊续编》第 98 册，第 170 页）

《文艺》第 1 卷第 1 期刊发：王志刚《晓春阁词稿》，有《大酺》（春雨，和清真）、《兰陵王》（草，和清真）、《六丑》（秋晚，怀家兄梓谊，和清真）、《瑞龙吟》（破晓车过洹上村，吊项城，用清真韵）、《扫花游》（秋夜不寐，忽动乡思。病怀益恶，爰赋此阕）。（后收入《民国珍稀短刊断刊·上海卷》第 43 册，第 21366 页）

剑亮按：《文艺》，1925 年创刊于上海，由中西女塾中文文艺会出版发行。当年终刊。

徐敬修编著《词学常识》，由上海大东书局出版。1933 年 8 版。本书概述词的起源，词与诗、乐府、戏曲的关系，历代词学之变迁，以及填词方法等。

5 月

1 日，《申报·自由谈》刊发：蕙风《餐樱庑漫笔》，内收录蕙风《喜迁莺》（游存先生新居落成索赋）。（参见郑炜明：《况周颐先生年谱》，第 335 页）

3 日，《申报·自由谈》刊发：蕙风《餐樱庑漫笔》，内收录蕙风《台城路》（题戴锡三《春帆入蜀图》）。

6 日，《申报·自由谈》刊发：蕙风《餐樱庑漫笔》，内收录蕙风《百字令》（某夫人挽词）。

6 日，顾随致函卢伯屏，谈词学典籍，并附《浣溪沙》（尽日山巅又水涯）词。中曰："《词学全书》可不必再购。《词律》颇完备，足为研究词学之用。"（顾随：《顾随全集》第 8 卷，第 110 页）

13 日，《申报·自由谈》刊发：蕙风《餐樱庑漫笔》，内收录蕙风《鹧鸪天》（袁母唐太夫人八十寿词）。

15 日，《台湾诗荟》第 17 号刊发：仲可词（三），有《眉妩》（题河东君妆镜拓本）、《惜红衣》（秋晚，与王苄农游李文忠祠，用白石韵）、《永遇乐》（庚子，烟台军次除夕）、《浣溪沙》（憔悴江湖载酒行）、《清平乐》（梨云弄暝）。（后收入陈支平主编：《台湾文献汇刊》第 4 辑第 17 册，第 313 页）

25 日，《京报副刊》刊发：霄《歌词与诗律》。

27 日，顾随致函卢伯屏，并抄录刘过《唐多令》词与之。中曰："昨检宋人词，得刘改之（过）词一首，不禁怅然，兹录呈。"（顾随：《顾随全集》第 8 卷，第 103 页）

本月

《华国》月刊第 2 卷第 7 期《词录七首》刊发：

郑文焯《被花恼》（春江感梦，和紫霞翁自度腔）、《侧犯》（天平山题壁）、《钗头凤》（花步里记所见）；

陈锐《水龙吟》（题《郑叔问词集》）；

黄侃《浣溪沙》（暂热仍凉恰是秋）、《摸鱼儿》（庚申七夕，和白石韵）；

汪东《清平乐》（车行津浦道中作）。

《学衡》第 39 期刊发：

陈寂《浣溪沙》（夜夜流光冷碧丛）、《虞美人》（十月十六日晚眺作）、《采桑子》（十月十八日经□居作）；

谷家儒《菩萨蛮》（凤楼玉漏严相逼）、《菩萨蛮》（年时枯尽伤春泪）；

刘永济《人月圆》（甲子中秋，余与惠君初结偕老之幻，赋此定情）。

《福湘杂志》刊发：陈敬《长相思》（游碧浪湖）、《如梦令》（一角夕阳烟渚）、《忆王孙》（春日）、《忆江南》（周南好）。（后收入《民国珍稀短刊断刊·湖南卷》第 5 册，第 2419 页）

闰四月，赵尊岳刊刻《蕙风词》二卷，并作跋文。

6 月

8 日，白采作《柳梢青》（乙丑闰四月十八夜，纪梦）。（白采：《绝俗楼词》，第 10 页。后收入曹辛华主编：《民国词集丛刊》第 2 册，第 399 页）

15 日，《台湾诗荟》第 18 号刊发：

豁轩《一萼红》（寄南强、铁生二兄狱中）、《水调歌头》（赤嵌楼晚眺）；

沁园《四园竹》（题林母罗太夫人墓石）、《蝶恋花》（和豁轩见嘲韵）；

雪崖《喝火令》（春柳）、《减字木兰花》（圆山）。（后收入陈支平主编：《台湾文献汇刊》第4辑第17册，第374页）

本月

《学衡》第40期刊发：

张尔田《木兰花慢》（为孟蘋题《盆柏图》）；

陈寂《凤栖梧》（郭北茶寮小坐）、《蝶恋花》（小阁恹恹人午倦）、《浪淘沙》（寂寞小楼西）；

刘永济《浣溪沙》（小阁春回，雪深愁出。屏边韵事，托以短词。燕婉之私，风物之感，兼而有之也。穷巷泥深隔旧游）、《浣溪沙》（冻牖晴曦淡欲无）、《浣溪沙》（玉雪凝寒锁画楼）、《浣溪沙》（翠羽枝南唤不休）、《浣溪沙》（谁解春风识面初）、《浣溪沙》（锦瑟华年寄怨思）。

朱自清主编诗词集《我们的六月》，由上海亚东图书馆出版。

夏，刘麟生作《高阳台》（夏夜访友归，过淞桥）。（刘麟生：《春灯词》，第7页。后收入朱惠国、吴平编：《民国名家词集选刊》第15册，第66页）

夏，刘毓盘作《退斋词校记》。中曰："余辑词，至刘药房、郑觉斋、黄双溪、胡伯雨诸家，以其人无可考录，既成而复置之。汲古小跋，略而不详。四印王本、彊村朱本、灵鹣江本、双照吴本，皆有功于词，不在朱彝尊、陶梁之下。昔曹君直、吴伯宛之约余辑词也，今二十余年矣。二君先后归道山，所辑词已刻入彊村本。余则取各汇刻本所未收及二君所未辑者，成六十种。各附校识一通，为论世知人之助。历年之行迹，亦间及之。续有得，俟为补编。疏漏之讥，诸所不免，博雅君子，幸以教我焉。乙丑夏，江山刘毓盘校毕并识。"（后收入谭新红等整理：《刘毓盘词学文集》，第279页）

7月

6日，梁启超致函梁启勋。中曰："追怀成容若词写上。近词皆学《樵歌》，此间可辟出新国土也。但长调较难下手耳。咏白处回话否？北戴河之游想不成矣。附词《鹊桥仙》（成容若卒于康熙乙丑五月十六日，今年今日共二百四十年周忌也。深夜坐月，讽纳兰词，怅触成咏。'冷瓢饮水，塞驴侧帽，（注一）绝调更无人和。为谁夜夜梦红楼。（注二）却不道当时真错。（注三）寄愁天上，和天也瘦，廿纪年光迅过。（十二年岁星一周，谓之一纪）断肠声里忆平生，（注四）寄不去的愁，有么。'注一：《饮水》《侧帽》皆容若词集名。注二：'只休隔梦里红楼，有几个人儿见'，集中《雨霖铃》句。'此夜红楼，天上人间一样愁'，集中《减兰》句。容若词屡说'红楼'，好事附会红楼中人物。注三：'而今才道当时错'，集中《采桑子》句。注四：集中《浣溪沙》原句。"（后收入张品兴主编：《梁启超全集》第 20 册，北京出版社，1999 年，第 251 页）

15 日，四川江津留学同学会《几水声》第 2 卷第 1 号刊发：婉君女士《清平乐》（春）、《清平乐》（夏）、《清平乐》（秋）、《清平乐》（冬）。（后收入《民国珍稀短刊断刊·北京卷》第 12 册，第 6007 页）

15 日，《台湾诗荟》第 19 号刊发：林朝崧《无闷草堂诗余》（三），有《念奴娇》（次任公留别韵）、《浣溪沙》（次任公归舟晚眺韵）、《蝶恋花》（感春，次任公韵）六首。（后收入陈支平主编：《台湾文献汇刊》第 4 辑第 17 册，第 448 页）

30 日，《晨报副刊》刊发：傅君剑《学词大意》。

本月

《学衡》第 41 期刊发：

邓翊《减字木兰花》（灯昏酝梦）、《点绛唇》（过城西某氏坏园）、《虞美人》（春风秋月闲抛弃）；

徐桢立《鹧鸪天》（怨极灵山堕落身）；

刘永济《鹧鸪天》（和绍周原韵）。

《学衡》第 42 期刊发：

程颂万《清平乐》（题自画兰石小幅，为宏度新婚贺）；

徐桢立《轮台子》（和卷凤天心阁，用屯田韵）；

陈寂《减兰》（余将南行，邓翊、希颖饯于松华馆，各为长句见赠，倚此作答）。

8月

15日，《台湾诗荟》第20号刊发：仲可词（四），有《秋霁》（丁巳中秋）、《浣溪沙》（松江重九）、《祝英台近》（题潘兰史《山塘听雨图》）、《徵招》（寒夜）、《定风波》（题吴越王钱俶《华严经》残石拓本）、《临江仙》（题积余五十小影）。（后收入陈支平主编：《台湾文献汇刊》第4辑第18册，第23页）

15日，胥社在嘉善成立。

剑亮按：胥社，社长江雪塍，社员有蔡文铺、李篆卿等人。辑有《胥社文选》，分文选、诗选、词选三部分。其中，词作者有余其锵、江树霖、凌景坚、蔡文铺、周斌、李钟奇、沈德铺等。

23日，谭泽闿为夏敬观题所藏《大鹤山人手书词卷》。题词末尾曰："旧为人题文大鹤简札册诗，顷映厂先生出示此集，因录奉教。乙丑处暑，弟泽闿记。"（后收入黄显功、严峰主编：《夏敬观友朋书札》第4册，第1363页）

24日，《晨报副刊》刊发：胡云翼《词人辛弃疾》。至30日连载完毕。

29日，王国维致函陈乃乾，谈《人间词话》的翻印。中曰："《人间词话》乃弟十四年前之作，当时曾登《国粹学报》。与邓君如何约束，弟已忘却，现在翻印，邓君想未必有他言。但此书弟亦无底稿，不知其中所言如何？请将原本寄来一阅，或有所（有）删定再付印如何？但不必由弟出名。"（谢维扬、房鑫亮主编：《王国维全集》第15卷，第702页）

本月

《华国》月刊第2卷第8期《词录七首》刊发：

陈曾寿《八声甘州》（为周左季题雷峰塔吴越藏经卷子）；

冯煦《八声甘州》（为周左季题雷峰塔吴越藏经卷子）；

胡嗣瑗《八声甘州》（为周左季题雷峰塔吴越藏经卷子）；

况周颐《八声甘州》（为周左季题雷峰塔吴越藏经卷子）；

吴士鉴《八声甘州》（为周左季题雷峰塔吴越藏经卷子）；

吕圣因《浣溪沙》（帘幕春寒懒上钩）、《浣溪沙》（残雪皑皑晓日红）。

《学衡》第43期刊发：

张尔田《浣溪沙》（烟锁红窗细柳垂）；

陈寂《浣溪沙》（重阳日，重游五村，约书农同作）三首；

刘永济《水龙吟》（送别碧柳、柏荣）。

张友鹤编《白话词选》，由上海文明书局出版。后有 1930 年 8 月 5 版。选收段成式、王衍、白居易、李煜、李白、温庭筠、辛弃疾、黄庭坚、欧阳修、韦庄、赵长卿、李清照、石孝友、苏轼、朱淑真、司马光、王安石、蒲松龄等 100 余人的词作 270 首。

9 月

2 日，张素作《百字令》（中元观越中盂兰盆会感赋）。（后收入张素：《南社张素诗文集》，第 741 页）

5 日，《文学周刊》第 34 期刊发：周仿溪《赓虞近作与旧词》文。中曰："在他的近作里——仿佛孤帆在烟波里——可以找出和旧词的用字造句有许多相类的地方。我们读到薄暮冷风、枫寒森……寂冷霜重，幽凄……浪凶雾重……的句子，几疑我们在读着古词呢。像薄暮冷风、浪凶雾重的句子，在新诗中是不多有，而在旧词中则数见不鲜。此类短句，负载情景的容量至宏。妥用之，则能增加新诗简劲的美。在现在还有许多反对新诗的人以新诗节长句冗而含义短浅，比旧诗词之寥寥数字而意味深长无穷者，实是相差太远。现在新诗，许多确有此病，我不愿曲讳。然如赓虞的近作，我们又将怎样的说呢？我在此处，有应该声明的，我不赞成袭用前人惯用的现成句子——短句或是长句——然如薄暮、青空、山影、霜重、潮音、松风之类，久已成了一种词。词和字是任人随便的使用而不加限制的。天才的诗人，能用有强大活力的词和字，这不特能令诗歌美化，而且能令诗歌内涵的情景益加活跃起来。所以诗人的创造，不限于诗的外形与内涵，即造句制词择字亦属重要。这在我们读罢赓虞近作后，也可使我们联悟到这顶上的。"

15 日，《台湾诗荟》第 21 号刊发：

铁生《壶中天》（寄玉庐主人）、《浪淘沙》（春日偕南强芳园游北投）；

雪崖《解佩令》（花朝）、《玉漏迟》（剑潭，用元好问咏怀韵）；

豀轩《念奴娇》（和铁生狱中夜雨韵）、《惜秋华》（重九前一日，游无闷草堂）。（后收入陈支平主编：《台湾文献汇刊》第 4 辑第 18 册，第 89 页）

18 日，《申报·自由谈》刊发：蕙风《餐樱庑漫笔》，内收录蕙风与冯开联句词《浣溪沙》（左顾余情到酒边）、《浣溪沙》（风满雕枕月满楼）。（参见郑炜明：

《况周颐先生年谱》，第 340 页）

18 日，王国维致函陈乃乾，谈《人间词话》的翻印。中曰："前日接手书，并《人间词话》一册，敬悉一切。《词话》有讹字，已改正，兹行寄上，请察入。但发行时，请声明系弟十五年前所作，今觅得手稿，因加标点印行云云为要。"（谢维扬、房鑫亮主编：《王国维全集》第 15 卷，第 703 页）

30 日，《申报·自由谈》刊发：蕙风《餐樱庑漫笔》，内收录蕙风《鹧鸪天》（匝地娇雷）。（参见郑炜明：《况周颐先生年谱》，第 340 页）

本月

《学衡》第 44 期刊发：

陈寂《踏莎行》（三月八日，由安铺至雷州车中作）、《临江仙》（五月十日，与三兄出西门至小西湖苏公亭小坐。时客雷州）；

徐震堮《忆旧游》（台城秋柳）、《锁窗寒》（远浦沉蓝）。

秋，蒋兆兰作《齐天乐》（乙丑孟秋，余将有吴门之役，同社诸子各以诗词赠行，谱此留别，兼呈王饮鹤都讲）、《霜花腴》（乙丑秋杪，童伯章招同王饮鹤、汪鼎丞、彭稼志、吴毂宜诸君游于天平，与饮鹤同作）。（蒋兆兰：《青蕊庵词》卷四，第 10 页。后收入朱惠国、吴平编：《民国名家词集选刊》第 1 册，第 527 页）

汪曾武作《摸鱼子》（乙丑秋日，冒鹤亭同年重来京师。南北兵阻，不克言归，赠此慰之）。（汪曾武：《趣园诗余·味莼词乙稿》，第 2 页。后收入朱惠国、吴平编：《民国名家词集选刊》第 6 册，第 48 页）

10 月

2 日，徐珂作《鹧鸪天》（乙丑中秋，题梦坡《息园秋禊图》）。（徐珂：《纯飞馆词三集》，民国十四年 [1925] 胥山朱氏宝彝室铅印本，第 14 页。后收入朱惠国、吴平编：《民国名家词集选刊》第 7 册，第 549 页）

2 日，吴宓在清华学校作《水龙吟》（乙丑中秋寄怀宏度、碧柳、赞虞等及翼谋先生）。（后收入吴宓著，吴学昭整理：《吴宓诗集》第 7 卷，商务印书馆，2004 年，第 134 页）

10 日，施祖皋作《花自落》（乙丑双十节有感）。（施祖皋：《硕果斋词》，第 8 页。后收入朱惠国、吴平编：《民国名家词集选刊》第 16 册，第 377 页）

15 日，《台湾诗荟》第 22 号刊发：

王蕴章《烛影摇红》（唐花）；

吴清庠《齐天乐》（蟋蟀）；

傅荢《相见欢》（春愁诉与谁同）；

高旭《蝶恋花》（一夜狂风，红梅落尽。闲愁偶触，不能无词）；

弘一《喝火令》（故国鸣鹈鸪）。（后收入陈支平主编:《台湾文献汇刊》第 4 辑第 18 册，第 161 页）

17 日，《文学周刊》第 38 期刊发：何子京《读雪压轩词》。

21 日，顾随致函卢伯屏，并附《采桑子》（题溥仪夫人小照）词。中曰:"昨晚十时半，解衣拟就寝，忽思填词。因即以溥仪夫人小照为题，成《采桑子》一阕。"（顾随:《顾随全集》第 8 卷，第 131 页）

24 日，顾随致函卢伯屏，并附《促拍满路花》（萧萧叶乱鸣）词。中曰:"廿日晚填，费竟夜之力。"（顾随:《顾随全集》第 8 卷，第 134 页）

26 日，朱孝臧作《齐天乐》（乙丑九日，庸庵招集江楼）。（朱孝臧:《彊村语业》卷三，第 8 页。后收入朱慧国、吴平编:《民国名家词集选刊》第 2 册，第 515 页。又见《朱彊村先生手书词稿》，收入曹辛华主编:《民国词集丛刊》第 3 册，第 307 页）

剑亮按：词序中"庸庵"，即陈夔龙（1857—1948），字筱石，一作小石，号庸庵、花近楼主。其《花近楼诗存七编》卷二《乙丑集》有《重九日招同梦华、雪垂、伯行、尧衢、古微、病山诸老，并少石兄江楼登高，迟铭伯不至，地主远甫、韵秋两君预会，即席得句，奉简兼怀伯严、晓南杭州》。清宣统三年（1911）刊本，第 37 页。可参阅。

26 日，张素作《翠楼吟》（九日登越王台，用石帚韵，赋示同游诸子）、《蓦山溪》（九日游卧龙山归，过饮酒家，感而赋之）。（后收入张素:《南社张素诗文集》，第 746 页）

26 日，刘麟生作《浣溪沙》（重九汉皋舟中）。（刘麟生:《春灯词》，第 7 页。后收入朱惠国、吴平编:《民国名家词集选刊》第 15 册，第 66 页）

本月

叶剑英作《满江红》（香洲烈士）。（后收入中共中央文献研究室编:《叶剑英

诗词集》，中央文献出版社，2008年，第15页）

《华国》月刊第2卷第9期《词录七首》刊发：

李宗祎《春光好》（人渺渺）、《浪淘沙》（疏雨过幽窗）；

陈锐《阳台路》（绮疏晚）；

徐珂《浣溪沙》（看桂花）；

汪东《水调歌头》（余年三十而有早衰之戚，赋此送春，凄然泣下）、《忆帝京》（于潜县作，寄怀季刚京师，用耆卿韵）；

吕圣因《瑞龙吟》（和清真）、《洞仙歌》（秋葵）。

《学衡》第45期刊发：

徐震堮《鹧鸪天》（读严几道书札）、《六幺令》（甲子四月望作，即书宛春扇）；

陈寂《浣溪沙》（六月二十一日，重至苏公亭作）、《浣溪沙》（六月二十一日小饮作）；

刘永济《祝英台近》（雨痕深）；

张尔田《彊村语业序》。

余肇康为夏敬观题所藏《大鹤山人手书词卷》。题词末尾曰："越四年，乙丑秋九月，映庵吾仲世兄出示此册。皆前册所未有，松风大调，寒香泠然，非今人所能弹也。卧病支离，一辞莫赞，勉录前跋，以谂吾映庵。甚矣吾衰，书此惘惘。倦知老人长沙余肇康，时年七十有二，同客申江。"（后收入黄显功、严峰主编：《夏敬观友朋书札》第4册，第1371页）

11月

7日，顾随致函卢伯屏，并附《梦扬州》（旅魂惊）、《蝶恋花》（寄君培，乙丑重九）、《还京乐》（旧负笈京华）词。（顾随：《顾随全集》第8卷，第137页）

8日，顾随致函卢伯屏，谈词创作。中曰："昨晚有长函及小词三首寄呈，此刻想早已入览。弟词近渐趋于平淡工稳一途——所谓由北宋词派转入南宋词派也。兄读之以为何如？"（顾随：《顾随全集》第8卷，第139页）

9日，《申报·自由谈》刊发：蕙风《餐樱庑漫笔》，内收录蕙风《清平乐》（断无尘涴）。（参见郑炜明：《况周颐先生年谱》，第342页）

15日，《申报·自由谈》刊发：蕙风《餐樱庑漫笔》，内收录蕙风《鹧鸪天》

（惨绿韶华付酒杯）、《鹧鸪天》（返舍羲轮不可期）。

16 日，顾随致函卢伯屏，并附《渡江云》（西国池畔，去岁霜枫如锦。今年重阳雨过，独往过访，则陨黄满地，非复昔时盛况，填此吊之）。（顾随：《顾随全集》第 8 卷，第 141 页）

23 日，顾随致函卢伯屏，并附《望海潮》（无边枯草）、《唐多令》（秋叶）词。（顾随：《顾随全集》第 8 卷，第 145 页）

27 日，顾随致函卢伯屏，并附《唐多令》（秋叶）词。中曰："小词一首，奉寄，解闷。"（顾随：《顾随全集》第 8 卷，第 147 页）

本月

《华国》月刊第 2 卷第 10 期《词录十首》刊发：

潘诚贵《高阳台》（盘香）、《摸鱼儿》（初秋病中）、《浣溪沙》（春尽池塘柳似波）、《浣溪沙》（深院沉沉漏转迟）；

黄侃《三姝媚》（杨诤方自宋步来访。留宿，话十二年前邪马台之游，达旦不寐，感赋此曲）；

曹昌麟《菩萨蛮》（寄怀有作，集定庵）四首、《玉连环影》（题意园画梅横幅，集定庵）。

《学衡》第 46 期刊发：

徐震堮《菩萨蛮》（萧萧戚戚梧桐雨）、《六幺令》（书宛春扇）；

胡士莹《菩萨蛮》（瑶华玉匣空相忆）、《菩萨蛮》（绿窗今已花如雪）；

赵万里《鹧鸪天》（暂借花阴作翠屏）、《鹧鸪天》（未负灯华划地寒）；

陆维钊《浣溪沙》（乍见山青水又青）、《浣溪沙》（谁道飘零见已难）。

12 月

1 日，《晨报·增刊》刊发：胡云翼《北宋四大词人评传（柳永、欧阳修、苏轼、秦观）》。

本月

《学衡》第 48 期刊发：

王瀣《玲珑四犯》（庚戌上元前一日，半山亭和梦湘壁间旧题）、《大酺》（春阴束雨叟）；

刘永济《浪淘沙慢》（《樵风乐府》有和清真此调，写邓尉旧游之情，词意苍凉，音节高古。今樵风已下世，同时游者亦无存焉。余于还元阁观其题句，缅怀昔贤，聊复继声）。

冬，郁达夫在杭州作《蝶恋花》（赠前年冬相识之女友）。（后收入吴秀明主编：《郁达夫全集》第 7 卷，第 225 页）

冬，郁达夫在杭州作《金缕曲》（寄北京丁巽甫、杨金甫，仿顾梁汾寄吴季子）。词后有原注："二君当时催我寄稿于《现代评论》。"（后收入吴秀明主编：《郁达夫全集》第 7 卷，第 226 页）

剑亮按：《郁达夫全集》"书信"卷第 56 页，有《说几句话》文。据此，该文原载 1925 年 10 月 24 日《现代评论》第 2 卷第 46 期。

冬，吴汉声作《法曲献仙音》（乙丑冬日，买舟南下）。（吴汉声：《莽庐词稿》，第 20 页。后收入朱惠国、吴平编：《民国名家词集选刊》第 12 册，第 287 页）

本年

【词人创作】

毛泽东作《沁园春》（长沙）。（中共中央文献研究室编：《毛泽东诗词集》，第 6 页）

剑亮按：《毛泽东诗词集》收录该词，词后有注曰："这首词最早发表在《诗刊》一九五七年一月号。"

周岸登作《念奴娇》（乙丑归自庐陵，僦屋东湖未果，经苏圃，有怀云卿，用竹垞韵）。（周岸登：《蜀雅》卷十《退圃词》，第 1 页。后收入曹辛华主编：《民国词集丛刊》第 9 册，第 449 页）

胡士莹作《临江仙》（莫道阑干容易近）、《清平乐》（柳烟摇翠）、《鹧鸪天》（独上高楼伫夕阳）、《鹧鸪天》（闻道佳人八骏游）、《鹧鸪天》（记得鸾钗一昔期）、《鹧鸪天》（哀乐心头苦不磨）、《六么令》（绿波芳菲）、《西江月》（花落香痕不灭）、《鹧鸪天》（读彊村先生和元裕之《宫词》书后，寄示斐云）、《琵琶仙》（寄怀斐云北京）、《戚氏》（倚危楼）。（胡士莹：《霜红词》，第 12 页。后收入曹辛华主编：《民国词集丛刊》第 10 册，第 385 页）

顾随作《采桑子》（重来携酒高歌地）、《八声甘州》（嫩朝阳一抹上窗纱）、

《钗头凤》（登临废）、《贺新凉》（海上春无主）、《好事近》（几日东风暖）、《高阳台》（客里高歌）、《浣溪沙》（行尽山巅又水涯）、《木兰花慢》（蓦青山翠敛）、《踏莎行》（已撤冰壶）、《忆少年》（年年西去）、《一萼红》（静无尘）、《望远行》（开尽荷花夏已阑）、《祝英台近》（夏初阑）、《婆罗门引》（年年此际）、《蝶恋花》（一自故人从此去）、《蝶恋花》（岁岁悲秋人渐老）、《丑奴儿慢》（夜归）、《醉花阴》（说愁绝）、《还京乐》（近来苦）、《渡江云》（西园曾几日）、《蝶恋花》（时序恼人秋已暮）、《蓦山溪》（填词觅句）、《圣无忧》（落叶东山下）、《定风波》（口北黄风塞北沙）、《望海潮》（无边枯草）、《唐多令》（秋叶总堪伤）、《南乡子》（记得海中央）、《南乡子》（我亦有家园）、《鬲梅溪令》（得屏兄书）、《采桑子》（题溥仪夫人小照）。（闵军：《顾随年谱》，第 58 页）

夏承焘作《鹊桥仙》（解县怀黄仲则）、《齐天乐》（西安客舍闻歌）。（吴无闻：《夏承焘教授纪念集》，第 219 页）

剑亮按：《夏承焘日记全编》1925 年 4 月 11 日记曰："今日成一诗：《过解县吊黄仲则》。"（吴蓓主编：《夏承焘日记全编》第 2 册，第 1102 页）可参阅。

吴其昌在桐乡作《点绛唇》（渺渺愁予），在武陵作《乌夜啼》（深深浓霭疏烟）、《乌夜啼》（重重积翠深遮）、《乌夜啼》（沉沉冷月侵扉）、《乌夜啼》（沄沄波縠轻皱）四首、《贺新郎》（贺仲诰新婚，践宿诺也），在桐乡作《踏莎行》（病中闻蝉，呈瑗仲），在清华作《鹧鸪啼》（叠小山原韵）、《浣溪沙》（寄六弟二首，一步清真原韵，一步珠玉原韵。词极陋劣，又乃强步古人，拥鼻捧心，深堪自哂。但念弟情切，出自真诚，故亦附存云尔）、《浣溪沙》（见新月）。（后收入吴令华主编：《吴其昌文集·诗词文在》，第 22 页）

汪曾武作《满江红》（乙丑六十感怀）四首。（汪曾武：《趣园诗余·味莼词乙稿》，第 2 页。后收入朱惠国、吴平编：《民国名家词集选刊》第 6 册，第 48 页）

梁文灿作《蝶恋花》（乙丑，潍阳十二月鼓子词并序）。（梁文灿：《蒙拾堂词稿》之《劫余词》，第 30 页。后收入朱惠国、吴平编：《民国名家词集选刊》第 7 册，第 357 页）

潘承谋作《蓦山溪》（题《溪山静寄图》，为陈湘湄，乙丑）。（潘承谋：《瘦叶词》，第 13 页。后收入朱惠国、吴平编：《民国名家词集选刊》第 12 册，第 116 页）

刘麟生作《惜红衣》（徐园榴花）、《山花子》（玉簪、百合花同置案头清供）、

《齐天乐》（蚰蛉）。（刘麟生：《春灯词》，第7页。后收入朱惠国、吴平编：《民国名家词集选刊》第15册，第66页）

【词籍出版】

樊增祥等撰《乙丑江亭修禊分韵诗存》刊行。（后收入南江涛选编：《清末民国旧体诗词结社文献汇编》第12册）内收：

邵章（伯䌹）《烛影摇红》（乙丑上巳修禊江亭，分韵得骇字）；

赵尔巽（无补）《烛影摇红》（乙丑上巳，稊园主人偕同人约修禊江亭，得水字，以词代柬答谢）；

黄孝平（君坦）《浣溪沙》（江亭修禊，得鸦字，有序）；

黄福颐《喜迁莺》（乙丑上巳修禊江亭，分韵得急字）；

金兆藩《烛影摇红》（禊集既成无言诗，次珊馆长首填此阕，因仍用翠字韵和作）；

夏孙桐（润枝）《尉迟杯》（江亭修禊未至，分韵得黛字）；

朱文炳（谦甫）《陂塘柳》（乙丑上巳江亭修禊，拈得用字韵，率谱长词）。

邹弢《希社丛编》第八册刊行。（后收入南江涛选编：《清末民国旧体诗词结社文献汇编》第3册）内收《同人诗文钞》，其中词作有：

周庆云《鹧鸪天》（和沤尹香严宫体词）四首；

舒畅森《朝中措》（泰伯市访酒匄）、《壶中天》（乙丑立秋后二日，偕酒匄、月禅、梅孙观荷于鲸溪南荡，拈此以纪）、《子夜歌》（甲子冬暮，哭同社黄式权并题其《宾红阁艳体诗》）、《玉楼春》（纪梦）；

刘承幹《好事近》（题铁岭郑叔问舍人文焯画猫）、《水龙吟》（己未五月，祗谒孔林燕庭上公邸，相得甚欢。嗣余游泰山，蒙饬人导卫，情意优挚。余旋游济南，上公亦赴冀北。迨余归里，忽闻讣音，离判祀只三月耳。人海虚舟，浮生若梦，爰倚此作，以写我忧）、《满江红》（奉新张忠武公挽辞）；

许遂《蝶恋花》（白门闲行）；

张汝钊女士《摊破浣溪沙》（清晨游法华寺）、《忆王孙》（甬江月夜，远眺）、《浣溪沙》（四时闺情）四首。

又收《各家诗文钞》，其中词作有：

朱孝臧《鹧鸪天》（效元遗山宫体）八首；

金蓉镜《鹧鸪天》（和彊村宫体词）三首；

陈蝶仙《沁园春》（新美人口）。

徐珂《纯飞馆词三集》一卷刊行。为《宝彝室集刊》一种。卷首有樊增祥题诗四首、冯煦《浣溪沙》题词一首、冯开《鹧鸪天》题词一首，以及俞樾《序》、徐琪《序》、金麯伯《序》、吴汝让《序》、朱景彝《序》等。（上海图书馆藏。后收入朱惠国、吴平编：《民国名家词集选刊》第 7 册）

朱青长《朱青长词集》，由东华学社刊行手稿本。内含七部词稿，分别为：《北来词稿》《南北之间词稿》《炊余集》《南归词稿》《南归以后词稿》《锦水集》和《筱棠诗余》（又名《广陵词稿》）。卷尾有作者《跋》。（上海图书馆藏。后收入朱惠国、吴平编：《民国名家词集选刊》第 3、4 册）

作者《跋》曰："通计二十八卷，共一千一百七十二词。乙丑四月，天顽居士以番墨自写雪花笺于南还斋，时年六十有二。东华学社社长刘自乾辑刊。"

吴昌绶、张祖廉《城东唱和词》刊行。卷首有徐珂《序》，卷尾有张祖廉《记》。（浙江图书馆藏。后收入曹辛华主编：《民国词集丛刊》第 5 册）

徐珂《序》中曰："既而彦云还京师，以《城东唱和词》寄予，则光绪戊戌侨吴赓酬之作具在是编。盖欲以伯宛之词与天下相见，分义之竺，并世所罕。予于是益伟重之。始予之识彦云也，为光绪辛丑，及再见，则别逾廿年，革政久矣。旦晚相过从，道旧故，论时运，以为古今之变，至于斯极。群盗蔽野，郡国分裂，而号称儒衣冠之徒，方挟奸崇党以逞其诐辞，饰其无涯之私，宇内扰扰，人道至是而几息。由今思之，戊戌、辛丑殆犹为承平之世也。则彦云之追念昔游，俯仰时会而刊此，宁惟感念故人已耶？至若二君之词，绵丽婉约，不愧雅言，于礼乐崩坏、文蔽道丧之日，而犹维护风雅弗使旷废，抑亦今之有心人矣。丙寅人日，杭县徐珂仲可。"

《城东唱和词集》收录：

祖廉《瑶华》（香田手艺兰菊，有同心并蒂之异。石芝崦主写图，属题此解）；

昌绶《南乡子》（前题，同作）；

祖廉《浣溪沙》（花冢词）；

昌绶《浣溪沙》（前题，同作）；

昌绶《满江红》（仪征方处士仰之殁于苏州旅舍，彦云集同人经纪其丧）；

祖廉《满江红》（仰之既殁，予以嘉平六日棹舟视室，川途寒雪）；

祖廉《庆春宫》（汉齐安宫行烛盘）；

昌绶《庆春宫》（前题，同作）；

祖廉《庆春宫》（魏帐构铜）；

昌绶《庆春宫》（前蜀妆镜）；

祖廉《高阳台》（《天香阁画兰图》）；

昌绶《高阳台》（彦云题《天香阁画兰图》次韵）；

昌绶《祝英台近》（岁除前五日立春，用梦窗韵）；

祖廉《祝英台近》（和伯宛）；

昌绶《一萼红》（己亥人日，同人集城东寓庐，荐白石老仙画香，用白石登长沙定王台韵）；

祖廉《一萼红》（和白石韵，同伯宛作）；

昌绶《摸鱼儿》（己亥清明，吴门春感）；

祖廉《摸鱼儿》（伯宛示感春词，倚稼轩韵和之）；

昌绶《高阳台》（南荡泛荷，追感旧事）；

祖廉《高阳台》（己亥六月，泛舟南荡。暑薄宜葛，水凉袭襟。舻声入波，花气杂酒。崦嵫暮催，归榜徐动。盖招凉之雅游，而羁寄之胜开也。伯宛先成一解，辄次其韵）；

祖廉《沁园春》（伯宛曩佐吴布政幕，啸咏一室，插架甚富。丁酉入都，封庋而去。越岁归来，书为署宾所略，仅有存者，比闻料检残帙，词以慰之）；

昌绶《沁园春》（仆前岁北行，有书数千卷，留归安吴布政所。其明年布政殁，书为一残客胠窃殆尽。归来料检畸零，叹惋不置。以词见慰，惊采绝艳，令人破涕为笑，依调赋此）；

昌绶《清平乐》（以二十四节书箑分贻彦云，媵以小词）；

祖廉《清平乐》（伯宛以笺箑刻《二十四节故事》者见饷，并侑一词，即酬原调）；

祖廉《琵琶仙》（中秋坐雨，迟葆之不至。追和成容若韵，索伯宛同作）；

昌绥《琵琶仙》（中秋坐雨，彦云倚容若韵见示，勉和应教。家国之思，身世之感，不自觉其沉痛也）；

祖廉《木兰花慢》（泰西善制蜡人，特辟广苑，以恣观览）；

昌绥《木兰花慢》（彦云咏蜡美人，戏为继声）。

况周颐、赵尊岳《蕙风词二卷和小山词一卷》刊行。内含况周颐《蕙风词》、赵尊岳《和小山词》。为《惜阴堂丛书》一种。《蕙风词》卷尾有赵尊岳《跋》。（后收入曹辛华主编：《民国词集丛刊》第 6 册）

赵尊岳《跋》中曰："吾师临桂况先生自定词，曩与归安朱先生词合编为《鸳音集》者，名《蕙风琴趣》，前于丁巳夏秋间仿聚珍版印行，仅二百本，未足广其传也。客岁，尊岳校刻《蕙风词话》断手，亟请并刻自定词，缅属以行词，凡若干阕。"《和小山词》卷前有况周颐《序》，中曰："癸亥五月，叔雍《和小山词》成，属为审定，并缀数言卷端。"

黄濬《聆风簃词》一卷刊行。（后收入曹辛华主编：《民国词集丛刊》第 17 册）

崔瑛、崔肇琳《璚笙吟馆诗余》二卷、《扶荔词》一卷刊行。卷首有王增祺《叙》，以及金椿题诗、邓鸿仪《金缕曲》（题《璚笙吟馆词卷》）、王增祺《金缕曲》（雨过秋生，重读《璚笙吟馆诗词》偶成斯阕，盖文字之快心，无异秋风之快体也）。（后收入曹辛华主编：《民国词集丛刊》第 18 册）

张汝钊《绿天簃词集》一卷刊行。卷首有邹弢《序》、王蕴章《序》、罗云《序》、王肇《序》。（浙江图书馆等有藏。后收入曹辛华主编：《民国词集丛刊》第 20 册）

汤宝荣《宾香词》一卷刊行。卷首有作者《序》。（浙江图书馆等有藏。后收入曹辛华主编：《民国词集丛刊》第 23 册）

作者《序》曰："此余二十至四十五所作之词，删二十余首，录五十余首。忽忽老矣。回视前作，极知戾于古人，其于今人，号称专家名家，则似各有得失，未觉百步之可笑五十步也，故竟过而存之。四十五岁后无词，前数年与获堂翁倡和，颇复有之，稿皆随手佚去，只存数阕。云颐道人识。"

剑亮按：汤宝荣（？—1932），字伯迟，号颐锁，江苏吴县（苏州）人。曾任商务印书馆总记室。

罗云《一分屋诗草》刊行。末附《瓶笙词》。书前有作者《自序》和邹弢等人的《序》共 3 篇及《题词》多则。

范烟桥《销魂词选》，由上海中央书店出版。

【报刊发表】

《华国月刊》第 2 卷第 5 期刊发：汪东《〈和清真词〉序》。中曰："东少治朴学，亦好倚声，偶然仿效，终无一似。蕲春黄君，精研学术，文尤安雅，余暇为词，有北宋之遗音。平生友善，唯东及黄安刘仲邃。岁在壬子，侨居海壖。遭世艰屯，意思萧槭。进无弭乱之方，退乏巢居之乐。酒酣相对，泣下沾襟。一夕相约，重和清真词。零露在庭，更鼓皆寂。犹复徘徊吟咏，忘此遥夜。仁和项生有言，不为无益之事，何以遣有涯之生。其言何哀，而合于予心乎。仲邃既以事中辍，独与黄君互相程督，期以必成。短令俳曲，屏置弗与，凡得若干首。诚不敢仰冀清真，以视方、杨，或无多让。倘有聆其怨响，怜其苦心，匡其违失，俾成雅音，此则东与我友之所望于当代词人者也。"

《鉴赏周刊》第 4 期刊发：颜虚心《朱淑真及其〈断肠词〉》。

《新月》第 1 卷第 1 期刊发：王天恨《双红室笔乘·志秋瑾中秋词》。

剑亮按：《新月》，月刊，1925 年创刊于上海，由新月杂志社出版发行。1926 年终刊。

【词社活动】

年底，聊园词社成立于北京。由谭篆青发起成立。成员有赵椿年、吕桐花（赵椿年夫人）、奭召南、左笏卿、俞陛云、章华、王书衡、汪曾武、夏孙桐、邵伯章、陆增炜、三多、邵瑞彭、金兆藩、洪汝闿、溥儒、罗复堪、向迪琮、寿铢等。（参见夏纬明：《近五十年北京词人社集之梗概》，张伯驹主编：《春游社琐谈 素月楼联语》，北京出版社，1998 年，第 361 页）

陶社在江阴成立。

剑亮按：陶社社长祝廷华，名誉社长夏孙桐、陈衍。社员有谢鼎镕、吴宝廉、祝书根、章廷华、周大封等。抗战爆发，社务停顿。1944 年，由吴增甲等人在上海复社。吴增甲任社长，钱振煌、孙儆任名誉社长。

【词人生平】

金武祥逝世。

金武祥（1841—1925），原名则仁，字溎生，又字菽乡，号粟香，别署水月主人，江苏江阴人。有《芙蓉江上草堂诗词稿》《木兰书屋词》《粟香行年录》。冒广生尝为《芙蓉江上草堂诗词稿》作《跋》。冒广生《小三吾亭词话》卷三："江阴金溎生同转丈武祥，与先祖同官岭南。所著《粟香五笔》，多记乡邦文献及朋辈往还投赠之什。尝引李穆堂语，谓拾人零篇断句，其功德等于掩骼埋胔。五十后，弃官浪游吴越，芒鞋竹杖，意翛如也。"（唐圭璋编：《词话丛编》第 5 册，第 4733 页）

李绮青逝世。

李绮青（1864—1925），字汉父，又字汉珍，别号倦斋老人，广东惠阳（今惠城区）人。有《草间词》《听风听水词》。钱仲联《近百年词坛点将录》曰："汉父为词三十载，《听风听水词》《草间词》，岭表词场之射雕手，上接翁山。持节龙荒，铜琶乱拨，雄丽绵密，得未曾有。'暖风吹遍蛮花，海天更产英雄树'（《水龙吟·木棉》），可即为汉父词赞。"（钱仲联：《梦苕庵论集》，第 390 页）

吕惠如逝世。

吕惠如（1875—1925），名湘，字惠如，又字云英，安徽旌德人，吕碧城姊。民国初任南京女子师范学校校长。有《惠如长短句》。

何震彝逝世。

何震彝（1880—1925），字鬯威，号苍苇，江苏江阴人。光绪二十三年

（1897）举人，三十年进士，官邮传部郎中。有《八十一寒词》《鞠芬室词》。钱仲联《近百年词坛点将录》曰："邼威著《八十一寒词》《鞠芬室词》各一卷外，又集词为诗，名《词花珠尘》一卷，天衣无缝，为集句之作别开生面。"（钱仲联：《梦苕庵论集》，第 410 页）

廖仲恺逝世。

廖仲恺（1877—1925），原名恩煦，字仲恺，号夷白，广东惠阳（今惠城区）人。同盟会元老，民国任广东财政厅厅长。有《双清词草》。

徐树铮逝世。

徐树铮（1880—1925），字又铮，号铁珊，又号则林，江苏萧县（今属安徽）人。毕业于日本士官学校。民国时任陆军部次长。师林纾。有《碧梦龛词》。钱仲联《近百年词坛点将录》曰："近代武将能词，碧梦庵殆推翘楚。善为拗句，而壮采幽奇，神游象外，退庵之评如此。"（钱仲联：《梦苕庵论集》，第 399 页）

高旭逝世。

高旭（1877—1925），字天梅，号剑公、钝剑，江苏金山（今属上海）人。曾留学日本，回国后任教于上海健行公学。南社发起人之一。有《天梅遗集》《天梅佚词》。钱仲联《近百年词坛点将录》曰："'黄金华发两飘萧，剑气箫心一例消。洗尽东华尘土否，清尊读曲是明朝。'此庞檗子集定庵句赠天梅诗也。天梅与柳亚子创立南社，所为《箫心剑胆词》、《沧桑红泪词》、《鸳鸯湖上词》等，有八种之多，工力殊胜于柳。短令如《桃源忆故人》，'如怨如慕'，诚如退庵之评。"（钱仲联：《梦苕庵论集》，第 397 页）

1926 年

（民国十五年　丙寅）

1 月

1 日，吕凤作《高阳台》（阳历元旦，丙寅）。（吕凤：《清声阁词》卷三，第 8 页。后收入朱惠国、吴平编：《民国名家词集选刊》第 8 册，第 302 页）

21 日，《晨报·副刊》第 1428 号刊发：张寿林《贺双卿（1715—？）》（上篇）。（后收入张寿林：《张寿林著作集——古典文学论著》上，台北"中央研究院"中国文哲研究所，2009 年，第 572 页。题作《贺双卿及其词》）

23 日，《晨报·副刊》第 1429 号刊发：张寿林《贺双卿（1715—？）》（下篇）。（后收入张寿林：《张寿林著作集——古典文学论著》上，第 584 页。题作《贺双卿及其词》）

本月

《华国》月刊第 2 卷第 11 期《词录八首》刊发：

沈维贤《琵琶仙》（送友人之武林，用白石韵）、《解连环》（和梦窗）；

黄侃《临江仙》（楼外轻雷惊倦梦）、《四和香》（移床忆半屏）、《阮郎归》（灯稀露里罢歌声）；

吕圣因《生查子》（清明烟雨浓）、《法曲献仙音》（鸦影偎烟）、《祝英台近》（为余十眉君题《神伤集》）。

《学衡》第 49 期刊发：

徐震堮《烛影摇红》（甲子除夕，避地平湖，用梦窗元夕微雨韵）；

胡士莹《烛影摇红》（冻雨荒斋）；

赵万里《菩萨蛮》（琼花不驻瑶山景）、《菩萨蛮》（晚莺消息愁如雾）、《菩萨蛮》（十三筝雁双飞去）、《菩萨蛮》（画堂旧有销魂地）。

年末，朱孝臧校毕苏轼《东坡乐府》，撰写《东坡乐府跋》。中曰："曩纂次

《东坡乐府编年》本，以急于观成，漏误滋甚。今年春，徐君积余以旧抄《傅幹注坡词》残本见示，《南歌子》（海上乘槎侣）、（苒苒中秋过）二阕，题作八月十八日……事实佚闻，胥足为考订坡词之一助，姑类记之，以俟他日补编焉。乙丑残岁，孝臧记。"（朱孝臧辑校：《彊村丛书》上册，第256页）

2月

4日，俞平伯作《重印〈人间词话〉序》。（收入王国维：《人间词话》，北京朴社，1926年，第1页。又收入俞平伯：《杂拌儿》，上海开明书店，1928年，第63页）

俞平伯《重印〈人间词话〉序》曰："作文艺批评，一在能体会，二在能超脱。必须身居局中，局中人知甘苦；又须身处局外，局外人有公论。此书论诗人之素养，以为'入乎其内，故能写之；出乎其外，故能观之'。吾于论文艺批评亦云然。自来诗话虽多，能兼此二妙者寥寥；此《人间词话》之真价也。虽只薄薄的三十页，而此中所蓄几全是深辨甘苦惬心贵当之言，固非胸罗万卷者不能道。读者宜深加玩味，不以少而忽之。其实书中所暗示的端绪，如引而申之，正可成一庞然巨帙，特其耐人寻味之力或顿减耳。明珠翠羽，俯拾即是，莫非瑰宝；装成七宝楼台，反添蛇足矣。此日记短札各体之所以为人爱重，不因世间曾有materpieces，而遂销声匿迹也。作者论词标举'境界'，更辨词境有隔不隔之别；而谓南宋逊于北宋，可与颉颃者惟辛幼安一人耳……凡此等评衡论断之处，俱持平入妙，铢两悉称，良无间然。颇思得暇引申其义，却恐'佛头著粪'，遂终于不为。今朴社同人重印此书，遂缀此短序以介绍于读者。一九二六，二，四，平伯记。"

12日，朱孝臧作《高阳台》（除夕闰生宅守岁）。（沈文泉：《朱彊村年谱》，第275页）

12日，朱孝臧为其此前校毕的刘过《龙洲词》作《跋》。中曰："曩刻钱遵王校本《龙洲词》，曹君直谓出宋椠。罗经之则谓出明王朝用覆刊端平龙洲弟龙瀚辑刻《龙洲道人集》而加补辑者，是亦源出宋椠也。经之得明沈愚《怀贤录》载龙洲词六十九首，其为他本所无者三十一首，又就他本及《全芳备祖》诸书补辑若干首，称为足本……乙丑除夕，朱孝臧跋。"（朱孝臧辑校：《彊村丛书》上册，第711页）

13 日，邓邦述作《早梅芳近》（丙寅元旦）。（邓邦述：《沤梦词》卷三《吴箫集》，第 5 页。后收入朱惠国、吴平编：《民国名家词集选刊》第 7 册，第 65 页）

13 日，蔡宝善作《早梅芳近》（丙寅元旦，次邓孝先韵）。（蔡宝善：《听潮音馆词集》之《瓶笙花影词》，民国十九年［1930］铅印本，第 7 页。后收入朱惠国、吴平编：《民国名家词集选刊》第 7 册，第 258 页）

13 日，邵章作《六幺令》（丙寅元旦）。（邵章：《云淙琴趣》卷一，第 19 页。后收入朱惠国、吴平编：《民国名家词集选刊》第 10 册，第 44 页）

19 日，夏承焘作《减兰》（唐花）。（吴蓓主编：《夏承焘日记全编》第 3 册，第 1298 页）

23 日，《申报·自由谈》刊发：蕙风《餐樱庑漫笔》，内收录蕙风《百字令》（虎头三绝）。（参见郑炜明：《况周颐先生年谱》，第 345 页）

25 日，《申报·自由谈》刊发：蕙风《餐樱庑漫笔》，内收录蕙风《如梦令》（明月一窗谁共）。

27 日，向迪琮作《瑞龙吟》（丙寅元夕，和片玉）。（向迪琮：《柳溪长短句》，第 18 页。后收入曹辛华主编：《民国词集丛刊》第 3 册，第 527 页）

本月

《学衡》第 50 期刊发：

徐震堮《醉操翁》（参差）、《绮寮怨》（悼宛扬）；

陆维钊《徵招》（回首八月哀蝉夕）、《虞美人》（阑干西北浮云起）。

《文艺》第 1 卷第 2 期刊发：

李笠《倚剑室词存》，有《虞美人》（秋夜步月西郊。渔舟逐浪，萤火高低，即景赋此）、《临江仙》（独倚阑干思往事）、《忆秦娥》（珠帘卷）、《调笑令》（芳草）、《青玉案》（海棠）、《青玉案》（秋海棠）、《长相思》（月一弯）、《踏莎行》（秋社同人雅集西□山房）、《临江仙》（和杨君炽岗画蟹诗）；

王志刚《晓春阁词稿》（续），有《相见欢》（杜鹃底事无情）、《风光好》（晚风清）、《点绛唇》（不解愁来）、《六愁》（望长空漪碧）、《浪淘沙慢》（和清真韵）、《贺新郎》（小院梅开也）、《虞美人》（留春不住愁偏住）；

刘揆黎《踏莎行》（院宇沉沉）、《南乡子》（寄马非百长沙，喜其将道过金陵赴德）；

张孝友《长相思》（暮雨霏）、《忆王孙》（秋思）；

崔世钧《清江引》（秋夜）。（后收入《民国珍稀短刊断刊·上海卷》第 43 册，第 21523 页）

杨圻《江山万里楼诗词钞》（上、下册），由作者在上海刊行。收作者 1894 年至 1925 年间的诗 12 卷共 1452 首，词 4 卷共 223 首。卷首有吴佩孚《序》及作者《自叙》等。卷末附其妻子《国香饮露词》1 卷 17 首。由孙师郑、曾孟朴、易实甫、康南海等 13 人评点。其子宏祚、丰祚、炎祚等 4 人辑。

王静安《人间词话》，由北京朴社出版。卷首有俞平伯《重印〈人间词话序〉》。

3 月

11 日，《申报·自由谈》刊发：蕙风《餐樱庑漫笔》，内收录蕙风《八声甘州》（向天涯能得几情亲）、《高阳台》（正月十六夕听歌，为雪艳赋）。

28 日，张素作《蝶恋花》（花朝）。（后收入张素：《南社张素诗文集》，第 734 页）

本月

陈曾寿作《一萼红》（黄冈县长圻墝，沿江岸四十里，平畴弥望。予由里门至黄州，率经其地。曩值郡试之岁，士人毕至，商贾辐辏，兵后荒凉，无异僻壤。丙寅二月重经感赋）。（后收入陈曾寿著，张彭寅、王培军校点：《苍虬阁诗集》，第 373 页）

《华国》月刊第 2 卷第 12 期《词录七首》刊发：

沈维贤《烛影摇红》（春晓观梅，感赋，和王晋卿）、《绮罗香》（丙辰重午前一日作）、《西河》（题南沙顾旬侯《梅花村卷子》，和清真韵）；

蔡宝善《解珮令》（春尽无俚，适有骑省之戚。篝灯谱此，不自知其音之悲也）、《玉蝴蝶》（听吴歌，有"卅六鸳鸯绣并头"句，因仿其意，以成此词）；

黄侃《琴调相思引》（又向琼台见玉真）、《浣溪沙》（翠匼江楼四面天）；

蔡宝善《绿芜秋雨词自序》。

《学衡》第 51 期刊发：

徐震堮《梦芙蓉》（梦窗韵）、《菩萨蛮》（画帘不放东风度）；

胡士莹《莺啼序》（甲子秋感，用梦窗韵）、《菩萨蛮》（斐云以手录秀水王仲瞿昙《黼黻图回文诗》征题，为赋此解）。

《国学专刊》第 1 卷第 1 期刊发：叶更生《忆萝月》（金炉香袅）、《菩萨蛮》（子规破梦啼残月）。

剑亮按：《国学专刊》，双月刊，1926 年 3 月创刊于上海。栏目有《通论》《专著》《文录》《诗录》《通讯》《书目介绍》等。主要撰稿人有陈衍、陈柱、刘师培等。由国学专刊社编辑，上海群众图书公司发行。至 1927 年 10 月第 4 期停刊。台湾文史哲出版社于 1970 年 2 月影印出版《国学专刊》（全一册，第 1 卷第 1 期至第 4 期）。涉及词学文献有：（一）第 1 期叶更生词 2 首（如上）；（二）第 2 期刊发：任中敏《玉簟秋》（入秋羊城述感，即武瞿师白门对月原韵，并依梅溪四声寄呈斠玄道长）、《浣溪沙》（中秋后又月圆）；（三）第 4 期刊发：何达安词 1 首及叶长青撰词学书目介绍（参见 1927 年 10 月）。

春，刘麟生作《东风第一枝》（新春阴黯，病起书怀）。（刘麟生：《春灯词》，第 9 页。后收入朱惠国、吴平编：《民国名家词集选刊》第 15 册，第 70 页）

袁韬壶标点《花间集》，由上海扫叶山房出版。书前有欧阳炯《〈花间集〉原序》及陈益《序》。

胡云翼《宋词研究》，由上海中华书局出版。1927 年 1 月再版，1929 年 4 版，1932 年 12 月 5 版。为《少年中国学会丛书》一种。本书分上、下篇。上篇为宋词通论，下篇为宋词人评传，末附《词的参考书举要》。

张惠言、董毅选编《正续词选》，由上海扫叶山房出版。分为张惠言编《词选》，收 44 位词人的 116 首词；董毅编《续词选》，收 52 位词人的 122 首词。书前有张奇《词选序》、金应珪《词选后序》、张惠言《词选目录叙》。另附郑善长所选清代 9 位词人的 37 首词。

春，吴汉声作《贺新凉》（丙寅初春北上，用迦陵韵）。（吴汉声：《莽庐词稿》，第 20 页。后收入朱惠国、吴平编：《民国名家词集选刊》第 12 册，第 288 页）

春，林鹍翔作《南浦》（丙寅仲春，津京战事正剧，间道入都，和冯息庐韵）。（林鹍翔：《半樱词》卷二，第 10 页。后收入朱惠国、吴平编：《民国名家词集选刊》第 9 册，第 168 页）

4 月

4 日，刘麟生作《浪淘沙》（寒食日，遍游虞山诸名刹）。（刘麟生：《春灯词》，

第9页。后收入朱惠国、吴平编:《民国名家词集选刊》第15册，第70页）

5日，蒋兆兰作《一萼红》（丙寅清明，重游虎丘，憩冷香阁。作词未就，会鹤公以仲春朔《虎丘词》见示，依调和之）。（蒋兆兰:《青蕤庵词》卷四，第11页。后收入朱惠国、吴平编:《民国名家词集选刊》第1册，第530页）

25日，许宝蘅为《藕香词》作跋文。记曰:“跋马兰台《藕香词》。”（许宝蘅著，许恪儒整理:《许宝蘅日记》第3册，第1129页）

本月

《学衡》第52期刊发：姚华《少年游》（仲春题雁来红扇，一名老少年）、《西江月》（竹坞来琴秋景巨幅自题）、《菩萨蛮》（西风一夜霜团屋）。

5月

6日，张元济致函赵叔雍论词。中曰:“公司送到手教并《明人词目》，均诵悉。承惠近刻数种，拜领谢谢。敝处所藏明人集，检得张芳洲、曹淳村两家（小传别纸另录呈），均附有《诗余》。兹先送呈，计各一册，敬祈察入，即付写官录存。又，朱朴《西村词》是否就嘉靖刻本录出，仅《风入松》、《念奴娇》两阕？弟处藏有传抄足本，增出《风入松》、《满江红》、《水调歌》、《蝶恋花》、《西江月》（二阕）六首，惟阙去一叶，致弟一、弟四均不全，而二、三且仅存其目。尊处所抄如尚未有此，乞示知，当抄呈。”（张元济:《张元济全集》第2卷，第425页）

12日，张元济致函赵叔雍论词。中曰:“《淳村词》原系抄本，蒙代勘正讹字，感荷之至。惟卷下第二十二叶第二行《蝶恋花》第五首‘检点’作‘简点’，想系避怀宗之讳。第二十五叶《西平乐》‘呼朋击鲜朝舞杯枝’，‘鲜’字似应短句，‘朝’字应属下句。第二十九叶《望梅》第三首‘笑击毬僻洗’，似当作‘澼’，不作‘僻’，仍乞纠正。朱《西村词》补录三首，别纸呈上，乞察入。”（张元济:《张元济全集》第2卷，第425页）

28日，《申报·自由谈》刊发：蕙风《鹧鸪天》（题丁眄庭所著《切梦刀》）。

本月

《华国》月刊第3卷第1期《词录八首》刊发：

　　蒋师辙《浪淘沙》（寒雨隔重帘）、《忆罗月》（闺怨）、《如梦令》（天外夕阳红杏）、《青门饮》（明故宫）、《小诺皋》（泊舟崒山湖口作）；

　　金天羽《换巢鸾凤》（况蕙风舍人、量珠、金阊、瞿庵、韦斋等燕之怡园，先夕赋此阕，步梅溪韵。时乙丑季冬十有四日）；

　　吴梅《绛都春》（夔笙新纳小姬，作此调之，用梦窗韵）；

　　闻宥《绛都春》（夔笙新纳小姬，作此调之，用梦窗韵）；

　　余生《铅椠余录》，一则曰："壬子，在上海始识况夔笙丈，体貌清癯而逸情豪迈，不减少年。尝过民声报馆剧谈，午夜不倦，论词尤细入毫发。闻丈有宠姬，出必扃户纳管，慎为之坊。比岁，病殁，丈哀思弥永。近以友人之劝，乃复量珠吴门。一时名流，置酒为贺。鹤望于席上得抱子橘，举以授丈。丈揖而怀之，曰：'此佳谶也。'瞿安、鹤望、野鹤，皆侑之以词。如别录。鹤望更为七言一章，云：'吴中多丽价量珠，桂海才人老厌儒。乐府旧传三影句，闺房新写十眉图。春生酒面觥船窄，风动梁尘笛韵纤。大好名园斗妍唱，贺新郎调我终输。'是日，集顾氏怡园故云。"

　　《学衡》第 53 期刊发：

　　朱祖谋《鹧鸪天》（宫词，和元裕之）八首；

　　胡士莹《鹧鸪天》（读彊村先生和元裕之《宫词》书后，寄示斐云）。

　　《福湘杂志》刊发：陈敬《长相思》（游碧浪湖）、《如梦令》（一角夕阳烟渚）、《忆王孙》（春日）、《忆江南》（周南好）。（后收入《民国珍稀短刊断刊·湖南卷》第 5 册，第 2419 页）

　　《国学专刊》第 1 卷第 2 期刊发：

　　张鹤群《论苏辛词之异同》；

　　任中敏《玉簟凉》（入秋羊城述感，即武瞿师白门对月原韵，并依梅溪四声寄呈斠玄道长）、《浣溪沙》（中秋后又月圆）。

6 月

　　7 日，许宝蘅为林铁尊作词。记曰："阅林铁尊《半樱词》稿，题《清波引》一阕送其行。"（许宝蘅著，许恪儒整理：《许宝蘅日记》第 3 册，第 1134 页）

　　7 日，《申报·自由谈》刊发：蕙风《百字令》（曲石先生拓地筑园奉母阙太夫人，名曰阙园，为赋此词）。

10 日，《北平益世报》刊发：豫戡《论南唐后主李重光词》。至 11 日连载完毕。

14 日，蒋兆兰作《贺新凉》（丙寅重午，客吴门作，寄援道历城）。（蒋兆兰：《青蕤庵词》卷四，第 12 页。后收入朱惠国、吴平编：《民国名家词集选刊》第 1 册，第 531 页）

27 日，夏承焘作《南浦》（和玉岑留别永嘉）。（吴蓓主编：《夏承焘日记全编》第 3 册，第 1380 页）

本月

《学衡》第 54 期刊发：

姚华（茫父）《题朽道人京俗画册十七阕》。十七首作品为：《瑞鹧鸪》（旗下仕女）、《虞美人》（雪泥酥尽成春水）、《菩萨蛮》（宵来叶上飞蝴蝶）、《点绛唇》（心事斜阳）、《西江月》（雪后苔枝缀玉）、《朝中措》（每逢月夕数花辰）、《月下笛》（似俏仍村）、《太常引》（烟中离落水中天）、《氐州第一》（晴色江皋）、《阮郎归》（低头日日寄人檐）、《蝶恋花》（气霁澄空霜日吐）、《八声甘州》（向幽都）、《醉太平》（山亭燕新）、《生查子》（夜来寒渐消）、《如梦令》（宫额沉黄涂就）、《昭君怨》（截竹安弦甫罢）、《法驾导引》（丧门鼓）。

胡云翼编《李清照及其漱玉词》，由武昌时中合作书社出版。为《艺林小丛书》一种。收《漱玉词》52 首，卷首有《李清照评传》，后附《宋女性词选》31 首及朱淑真《断肠词》10 余首。

夏，周岸登作《塞翁吟》（丙寅夏仲，苦雨兼旬，夜寒无寐，倚黄钟商一解）。（周岸登：《蜀雅》卷十《退圃词》，第 2 页。后收入曹辛华主编：《民国词集丛刊》第 9 册，第 451 页）

夏，周岸登作《庆春宫》（丙寅初伏，南海康长素同年来章门，三日而别。别时语我，乱邦不居，期我以八月观潮于杭，既而不果行，倚此寄之）。（周岸登：《蜀雅》卷十《退圃词》，第 8 页。后收入曹辛华主编：《民国词集丛刊》第 9 册，第 464 页）

7 月

1 日，安徽贵池杏花村省立第一师范分校《杏坛》第 1 卷第 2、3 期合刊刊发：

张庆生《浪淘沙》（初夏即事）、《捣练子》（花落尽）；

胡申叔《浪淘沙》（送四年级同学毕业）；

稼庵《意难忘》（楼外晨光）、《满庭芳》（春晚宴集）；

仲龢《蝶恋花》（本意）。（后收入《民国珍稀短刊断刊·安徽卷》第 13 册，全国图书馆文献缩微复制中心，2006 年，第 6086 页）

3 日，夏承焘作《蝶恋花》（宛妹《春海棠》画帧）。（吴蓓主编：《夏承焘日记全编》第 3 册，第 1386 页）

22 日（农历六月十三日），朱孝臧致函陈洵论词。中曰："述叔先生足下：春尾奉书并新词四阕，适返吴门料理移居，旋又病湿痰，牵率两月，碌碌未作答，疚歉至今。公词渐趋沉朴，窃以为美成具体。所称八十阕者，亟欲窥全豹为快。弟思路日枯，岁不过一两阕，了无深湛之思，与古人格格不相入。此中关捩何在？苦不自知。公慧眼人，肯为钝根道破否？不敢请了，复颂起居。弟孝臧顿首，六月十三日。"（陈洵著，刘斯翰笺注：《海绡词笺注》附录，第 500 页）

25 日（农历六月十六日），黄宾虹作《长兴词存序》，落款曰："丙寅六月既望黄宾虹撰。"（温㛃辑录：《长兴词存》，民国十五年 [1926] 刻本，第 32 页）

剑亮按：《长兴词存》一卷，由温㛃依据朱孝臧《湖州词征》《国朝湖州词录》而辑成。1926 年刊行。温㛃（1898—1930），字彝罂，广东嘉应（今梅县）人。有《彝罂词》一卷。其丈夫王季欢（1898—1936），浙江长兴稚城人。辑有《长兴诗存》四十卷。

本月

《华国》月刊第 3 卷第 2 期《词录七首》刊发：

孙景贤《浣溪沙》（灯花）、《霜花腴》（岁晚重泛秦淮，用云甋丈韵）、《祝英台近》（岱云低）；

黄侃《捣练子》（斟白酒）、《八声甘州》（赋得红叶）、《生查子》（江上采珠还）；

汪东《一萼红》（余十五岁时，与叶仲裕、伍博纯、庄通伯、沈步洲、张季良共赁居西湖退省庵销夏。修竹夹径，荷香袭裾。长日一枰，用遣烦暑。薄暮则艇子划波，任意所适，留连啸咏，每达深宵。既而胜事不常，坠欢难继。诸子星散，或为异物。今忽忽历二十年，重游斯地，俯仰兴感，不能去怀，因拈白石此解，并和其韵。不无愁苦之音，庶几缘情有作。时民国甲子中夏之日也）。

《学衡》第55期刊发：朱祖谋《高阳台》（乙丑除夕，闰生宅守岁）、《齐天乐》（九日，庸庵召集江楼，赋示同坐）。

《国学专刊》第1卷第3期刊发：苏雪林女士《虞美人》（春愁）、《高阳台》（金园湖上书所见）。

成肇麟《唐五代词选》，由上海商务印书馆出版。为《国学基本丛书》一种。分上、中、下卷，收李白、王建、白居易等50人的词作357首。卷首有冯煦、成肇麟《序》各一篇。

周密辑、许天啸校点《绝妙好词笺》，由上海群学社出版。1933年4月3版。

8月

4日，《安徽警务杂志》第1期刊发：□□《满江红》（癸亥冬，时客浙江）。（后收入《民国珍稀短刊断刊·安徽卷》第1册，第546页）

8日，张素作《菩萨蛮》（立秋夕）。（后收入张素：《南社张素诗文集》，第734页）

14日，张素作《洞仙歌》（七夕，用东坡韵）。（后收入张素：《南社张素诗文集》，第740页）

16日，许宝蘅为左笏卿作词。记曰："谱《石湖仙》词，赠左笏卿年丈八十寿，写扇送去。"（许宝蘅著，许恪儒整理：《许宝蘅日记》第3册，第1143页）

剑亮按：左笏卿，即左绍佐（1846—1928），字季云，号笏卿。有《竹笏斋词抄》一卷。

25日（农历七月十八日），况周颐逝世。

况周颐（1859—1926），原名周仪，字夔笙，号蕙风，又别署餐樱庑主等，广西临桂（今桂林）人。曾任内阁中书，后入张之洞、端方幕。民国后寓居上海。著有词九种，合刊为《第一生修梅花观词》，后删定为《蕙风词》一卷。另有《蕙风词话》等。

冒广生《小三吾亭词话》卷一曰："葵生尝与幼遐暨端木子畴、许鹤巢合刻词曰《薇省同声集》。其所刻《新莺》《玉梅》《锦钱》《蕙风》《菱景》《存悔》诸词，婉约微至，多可传之作。《法曲献仙音》云：'残月窥尊，冻云沉笛，况是天涯庭院。烛泪红深，枕棉香薄，伤心画谯清点。伴梦短梅花冷，么禽语春怨。　玉容远。也应怜、杜郎落拓，悲锦瑟弦柱，暗惊泪染。宛转碧淞潮，共垂杨、萦恨难剪。凤纸题残，奈云边、珠珮声断。判尘销鬓绿，万一跨鸾相见。'……去岁，沈子封提学游江南归，尝以葵生近著笔记五种见贻，谈艺为多，间资考证。所著《香海棠馆词话》，则寥寥短章，恨其易尽也。"（唐圭璋编：《词话丛编》第 5 册，第 4678 页）

钱仲联《近百年词坛点将录》曰："蕙风致力倚声五十年，所为词话，扬搉今古，洞瞩渊微，彊村推为绝作。自为词沉思独往，王静安以为'彊村虽富丽精工，犹逊其真挚'。褒扬未免过当。要之，一时巨匠，与半塘、彊村、大鹤被称为'清末四大家'，各树旗鼓，自有真价。"（钱仲联：《梦苕庵论集》，第 388 页）

26 日，《申报》刊发：《文学家况夔笙昨晨逝世》。

本月

《学衡》第 56 期刊发：

陈寂《谒金门》（旅居九龙作）、《临江仙》（旅居赤坎作）、《采桑子》（刺桐阴里清溪畔）、《生查子》（立春日，偕邓翊登海珠水亭）；

刘永济《鹧鸪天》（哀碧柳秦中）。

徐珂选辑《历代闺秀词选集评》，由上海商务印书馆出版。1931 年 2 月再版。收宋人李清照等人的词 9 首，明人张娴情的词 1 首，清人徐灿、金庄等 10 余人的词 56 首。词后附谭献、况周颐等人评语。书前有《编者识》。

郑宾于《长短句（中国文学流变史稿）》，由北京海音书局出版。该书叙述长短句的演变史。有潘梓年《序》及著者《自序》。

9 月

3 日，《北平益世报》刊发：新《李煜的生平及其作品》。至 21 日连载完毕。

13 日，《快哉亭·词坛》刊发：桂从周《点绛唇》（闺情）。

14 日，《快哉亭·词坛》刊发：桂从周《离亭燕》（题《新浴小憩图》）。

15 日，《快哉亭·词坛》刊发：桂从周《眼儿媚》（秋闺）。

18 日，《快哉亭·词坛》刊发：桂从周《河满子》（挽赵仲铭烈士）。

20 日，《快哉亭·词坛》刊发：桂从周《风入松》（悲逝者）。

20 日，向迪琮作《念奴娇》（丙寅中秋前一日，秉三翁邀友泛舟玉泉看月。

用东坡韵，赋词属和）。（向迪琮：《柳溪长短句》，第 17 页。后收入曹辛华主编：《民国词集丛刊》第 3 册，第 520 页）

21 日，张素作《水调歌头》（屈指几佳节）。（后收入张素：《南社张素诗文集》，第 742 页）

24 日，《快哉亭·词坛》刊发：桂从周《菩萨蛮》（有题）、《一痕沙》（题小照赠友）。

30 日，夜，胡适在伦敦撰写《〈词选〉序》。全文如下：

《词选》的工作起于三年之前，中间时有间断，然此书费去的时间却已不少。我本想还搁一两年，等我的见解更老到一点，方才出版。但今年匆匆出国，归国之期遥遥不可预定，有些未了之事总想作一结束，使我在外国心里舒服一点。所以我决计把这部书先行付印。有些地方，本想改动；但行期太匆忙，我竟无法细细修改，只可留待将来再版时候了。

我本想作一篇长序，但去年写了近两万字，一时不能完功，只好把其中一部分——"词的起源"——抽出作一个附录。其余部分也须将来补作了。

今天从英国博物院里回来，接着王云五先生的信，知道此书已付印，我想趁此机会写一篇短序，略略指出我选词的意思。有许多简介，已散见于各此人的小传之中了；我在此地要补说的，只是我这部书里选择去取的大旨。

我深信，凡是文学的选本都应该表现选家个人的见解。今年朱疆村先生选了一部《宋词三百首》，那就代表朱先生个人的见解；我这三百多首的五代宋词，就代表我个人的见解。

我是一个有历史癖的人，所以我得《词选》就代表我对于词的历史见解。

我认为词的历史有三个大时期：

第一时期：自晚唐到元初（850—1250），为词的自然演变时期。

第二时期：自元到明清之际（1250—1650），为曲子时期。

第三时期：自清初到今日（1650—1900），为模仿填词的时期。

第一个时期是词的"本身"的历史。第二个时期是词的"替身"的历史，也可以说是他"投胎再世"的历史。第三个时期是词的"鬼"的历史。

词起于民间，流传于娼女歌伶之口，后来才渐渐被文人学士采用，体裁渐渐加多，内容渐渐变丰富。但这样一来，词的文学就和平民离远了。到了宋末时期，连文人都看不懂了，词的生气全没有了。词到了宋末，早已死了。但民间的娼女歌伶仍旧继续变化他们的歌曲，他们翻出的花样就是"曲子"。他们现有"小令"，次有"双调"，次有"套数"。套数一变就成了"杂剧"；"杂剧"又变为明代的剧曲。这时候，文人学士来了，他们也做"曲子"，也做剧本；题材又变复杂了，内容又变丰富了。然而他们带来的古典，搬来的书袋，传染来的酸腐气味，又使这一类新文学渐渐和平民远离，渐渐失去生气，渐渐死下去了。

清朝的学者读书最博，离开平民也最远。清朝的文学，除了小说之外，都是朝着"复古"的方面走的。他们一面做骈文，一面做"词的中兴"的运动。陈其年、朱彝尊以后，二百多年之中很出了不少的词人。他们有学《花间》的，有学北宋的，有学南宋的，有学苏、辛的，有学白石、玉田的，有学清真的，有学梦窗的。他们很有全力作词的人，他们也有许多很好的词，这是不可完全抹杀的。然而词的时代早过去了，过去了四百年了。天才与学力终归不能挽回过去的潮流。三百年的清词，终他熬不出模仿宋词的境地。所以那个时代可说是词的鬼影的时代，潮流辇去，补课复返，这不过是一点之回波，一点之浪花飞沫而已。

我的本意想选三部长短句的选本：第一部是《词选》，表现词的演变；第二部是《曲选》，表现第二时期的曲子；第三部是《清词选》，代表清朝一代才人借词体表现的作品。

这部《词选》专表现第一个大时期。这个时期，也可分作三个段落。

1. 歌者的词，

2. 诗人的词，

3. 词匠的词。

苏东坡以前，是教坊乐工与娼家妓女歌唱的词；东坡到稼轩、后村，是诗人的词；白石以后，直到宋末元初，是词匠的词。

《花间集》五百首，全是为娼家歌者作的，这是无可疑的。不但《花间集序》明明如此说；即看其中许多科举的鄙词，如《喜迁莺》、《鹤冲天》之类便可明白。此风直到北宋盛时，还不曾衰败。柳耆卿是长住在娼家、专替妓女乐工作词的。晏小山的词集自序也明明说他的词是作了就交与几个歌妓去唱的。这是词史的第一段落。这个时代的词有一个特征：就是这二百年的词都是无题的；内容都很简单，不是相思，便是离别，不是绮语，便是醉歌，所以用不着标题；题底也许有别的寄托，但题面仍不出男女的艳歌，所以也不用特别标出题目。南唐李后主与冯延巳出来撞击后，悲哀的境遇与深刻的感情自然抬高了词的意境，加浓了词的内容；但他们的词仍是要给歌者去唱的，所以他们的作品始终不曾脱离平民文学的形式。北宋的词人继续这个风气，所以晏氏父子与欧阳永叔的词都还是无题的。他们在别种文艺作品上，尽管极力复古，但他们做词时，总不能不采用乐工歌女的语言声口。

这个时代的词还有一个特征：就是大家都接近平民的文学，都采用乐工娼女的声口，所以作者的个性都不充分的表现，所以彼此的作品容易混乱。冯延巳的词往往混作欧阳修的词；欧阳修的词也往往混作晏氏父子的词。(周济选词，强作聪明，说冯延巳小人，绝不能做某首某首《蝶恋花》！这是主观见解；其实"几日行云何处去"一类的词可做忠君解，也可做患得患失解。)

到了十一世纪的晚年，苏东坡一班人以绝顶的天才，采用这新起的词体来作他们的"新诗"。从此以后，词便大变了。东坡作词，并不希望给十五六岁的女郎在红氍毹上袅袅婷婷地去唱。他只是用一种新的诗体来作他的"新体诗"。词体到了他手里，可以咏古，可以悼亡，可以谈禅，可以说理，可以发议论。同时的王荆公也这样做；苏门的词人黄山谷、秦少游、晁补之，也都这样做。山谷、少游都还常常给妓人作小词，不失第一时代的风格。稍后起的大词人周美成也能作绝好的小词。但风气已经开了，再关不住了；词的用处推广了，词的内容变复杂了，词人的个性也更显出了。到了朱希真与辛稼轩，词的应用范围，越推越大；词人的个性的风格，越发表现出来。无论什么题目，无论何种内容，都可以入词。悲壮、苍凉、哀艳、闲逸、放浪、颓废、讥弹、忠爱、游戏、诙谐……这种种风格都呈现在各人的词里。

这一段落的词是"诗人的词"。这些作者都是有天才的诗人；他们不管能歌不能歌，也不管协律不协律；他们只是用词体作新诗。这种"诗人的词"，起于荆公、东坡，至稼轩而大成。

这个时代的词也有它的特征。第一，词的题目不能少了，因为内容太复杂了。第二，词人的个性出来了：东坡自是东坡，稼轩自是稼轩，希真自是希真，不能随便混乱了。

但文学史上有一个逃不了的公式。文学的信访室都是出于民间的。久而久之，文人学士受到了民间文学的影响，采用这种新题材来做他们的文艺作品。文人的参加自有他们的好处：浅薄的内容变丰富了，幼稚的技术变高明了，平凡的意境变高超了。但文人把这种新题材学到手之后，劣等的文人便来模仿；模仿的结果，往往学得了形式上的技术，而丢掉了创作的精神。天才堕落为匠手，创作堕落而为机械。生气剥丧完了，只剩下一点小技巧，一堆烂书袋，一套烂调子！于是这种文学方式的命运便完结了，文学的生命又须向民间去寻新方向发展了。

四言诗如此，《楚辞》也如此，乐府也如此。词的历史也是如此。词到了稼轩，可算是极盛的时期。姜白石是个音乐家，他要向音律上去做功夫。从此以后，词便转到音律的专门技术上去。史梅溪、吴梦窗、张叔夏都是精于音律的人；他们都走到这条路上去。他们不惜牺牲词的内容，来牵就音律上的和谐。例如张叔夏，《词源》里说，他的父亲作一句"琐窗深"，觉得不协律，遂改为"琐窗幽"，还觉得不协律，后来改为"琐窗明"，才协律了。"深"改为"幽"还不差多少："幽"改为"明"，便是恰相反的意义了。究竟那窗子是"幽暗"呢，还是"明敞"？这上面，他们全不计较！他们只追求音律上的协婉，不管内容的矛盾！这种人不是词人，不是诗人，只可叫做"词匠"。

这个时代的词，叫做"词匠"的词。这个时代的词，也有几种特征。第一，是重音律而不重内容。词起于歌，而词不必可歌，正如诗起于乐府，而诗不必都是乐府，又正如戏剧起于歌舞，而戏剧不必都是歌舞。这种单有音律而没有意境与情感的词，全没有文学上的价值。第二，这时代的词侧重"咏物"，又多用古典。他们没有情感，没有意境，却要作词，所以只好作"咏物"的词。这种词等于文中的八股，诗中的试帖；这是一班词匠的笨把戏，算不得文学。这个时代，张叔夏以南宋功臣之后，身遭亡国之痛，还偶有一两首沉痛的词（如《高阳台》）。但"词匠"的风气已成，音律与古典压死了天才与情感，词的末运已经不可挽救了。

这是我对词的历史的见解，也就是我选词的标准。我的去取也许有不能尽满人意之处，也许有不能尽满我自己意思之处。但我相信我对于词的四百年历史的见地是根本不错的。

这部《词选》里的词，大都是不用注解的。所加的注解大都是关于方言或文法的。关于分行及标点，我要负完全责任。《词律》等书，我常用作参考，但我往往不依他们的句读。有许多人的词，例如东坡，是不能依《词律》去点读的。

顾颉刚先生为我校读一遍，并替我加上一些注，我很感谢他的好意。

胡适，十五，九，三十夜，伦敦。

本月

《华国》月刊第 3 卷第 3 期《词录八首》刊发：

蔡宝善《探春慢》（落红满院，春事深矣。游倦归来，怅然有作）、《高阳台》（题武周凤阁之宝，为莫楚生作）、《齐天乐》（月夜泛舟湖上）；

陈闳慧《苏武慢》（梅花）；

黄人《临江仙》（隔岁青鸾曾有约）、《临江仙》（记得玉人扶病至）、《好事近》（春困怯尖寒）、《浣溪沙》（惨黛啼波镜懒持）。

《国学专刊》第 1 卷第 4 期刊发：

何达安《西江月》（镜里似生华发）；

沈曾植《菌阁琐谈》；

《石遗室丛书提要》。

剑亮按：《石遗室丛书提要》词集《提要》二则。其一："《朱丝词》二卷，侯官陈衍著。先生词宗北宋，此三十年前所作，前有沈乙庵先生跋。"其二："《戴花平安室词》一卷，侯官萧道管著。词虽不多，甚有才思。"

中国国学研究会《国学辑林》第 1 卷第 1 期刊发：

刘信秋《长相思》（莫凭栏）、《如梦令》（一点孤灯影）、《蝶恋花》（绿染芭蕉庭宇暮）、《忆江南》（天又晚）、《忆江南》（多少梦）；

刘康曾《霜花腴》（访凤凰台故址，次吴文英韵）、《高阳台》（桃靥争娇）、《洞仙歌》（寒林）二首。（后收入《民国珍稀短刊断刊·上海卷》第 9 册，第 4501 页）

秋，胡士莹作《清平乐》（画堂香细）、《玉京秋》（秣陵重客，又是西风。忆癸亥之年，与斐云、江清、声越、微昭清游联咏，正此时也，而篱菊已是三度花

矣，用草窗韵）、《扬州慢》（丙寅秋暮，旅食白门，东南烽燧，又逼故乡，因拈
白石此调写之。忧生念乱，情见乎词）。（胡士莹：《霜红词》，第 15 页。后收入
曹辛华主编：《民国词集丛刊》第 10 册，第 391 页）

10 月

1 日，《北平益世报》刊发：汝舟《宋代妇女的词》。至 18 日连载完毕。

4 日，《沪大天籁》第 16 卷第 1 期刊发：刘熙麐《念奴娇》（秋感）、《西江
月》（感旧）。

10 日，《国学》第 1 卷第 1 期刊发：

陈曾寿《八声甘州》（雷峰塔圮，同悕仲同年作）；

胡嗣瑗《八声甘州》（同作）；

周庆云《八声甘州》（和前韵）。

15 日，朱祖谋作《定风波》（丙寅九日）。（朱祖谋：《彊村语业》卷三，第 9
页。后收入朱惠国、吴平编：《民国名家词集选刊》第 2 册，第 517 页）

15 日，胡士莹作《霓裳中序第一》（丙寅九日）。（胡士莹：《霜红词》，第 15
页。后收入曹辛华主编：《民国词集丛刊》第 10 册，第 391 页）

15 日，张元济作《影印清道光乙未夏重修本〈词林纪事〉跋》，曰："涉园林
泉台榭之盛，与夫藏书之富，康、乾以来，著称浙右。先比部公盛年归养，悠游
林下，率子弟读书其中，延海宁许蒿庐先生为诸子师。先生善倚声，余六世叔祖
咏川公从之肄习，尝取先生所辑《晴雪雅词》梓以行世。其书评骘精审，学词者
奉为圭臬。公得力于先生之教，喜为长短句。晚年成《词林纪事》一书，于《词
苑丛谈》《古今词话》之外别树一帜，多引师说。书末并附先生所著《词韵考略》。
初刊于乾隆戊戌，至道光乙未重修，两次版行，流布甚广。乃曾几何时，洪、杨
构乱，雕版毁失，百无一存。余搜求是书，凡数十年，至今仅得五部。近岁余有
《涉园丛刻》之辑，因覆印之，俾免湮没，亦后人缵绪之责也。卷末附刊宋张炎
《乐府指迷》、陆韶《词旨》二书，均为世所罕见。卷中引用之书凡三百九十五
种，同时诸昆弟复互出善本，藉相考证。开卷庄诵，想见当时天伦之乐，与夫涉
园藏弆之盛。抚今思昔，如在天上，尤不能不感慨系之已。丙寅重阳日，族孙元
济谨跋。"（原载《词林纪事》1926 年影印本。后收入张元济：《张元济全集》第
10 卷，第 93 页）

19 日，《快哉亭·词坛》刊发：桂从周《昼夜乐》（有忆）、《夺锦标》（怀人）。

19 日，《申报·自由谈》刊发：蕙风遗稿《八声甘州》（题林铁尊《半樱簃填词图》）、《忆旧游》（题鲍花潭中丞《鸠江送别图》）、《桂枝香》（又题花潭中丞《诒经书屋冬日课孙图》）。

20 日，《快哉亭·词坛》刊发：桂从周《玉漏迟》（绥阳途中大雪）。

21 日，《沪大天籁》第 16 卷第 2 期刊发：澄秋《满江红》（哀武昌兵燹）、《菩萨蛮》（秋夜）。

23 日，《世界日报·副刊》刊发：闻国新《项鸿祚的小词》。

本月

《学衡》第 57 期刊发：

王易《词曲史》（第一至四篇）；

刘永济《鹧鸪天》（再寄碧柳西安围城，何日江山可定居）、《鹧鸪天》（愁绝长沙赋鹏）、《西江月》（六月初一夜起作）。

徐珂《清代词学概论》，由上海大东书局出版。读书概论清代词的派别（浙派和常州派）、选本、评语、词谱、词韵、词话等。有葆光子《序》。

11 月

5 日，顾随致函卢伯屏，并附《临江仙》（廊下风吹败叶）词。中曰："又词一首，题为'不寐，口占'。"（顾随：《顾随全集》第 8 卷，第 211 页）

8 日，顾随致函卢伯屏，并附《鹧鸪天》（屏兄寄红叶来，赋此为酬）。中曰："六日晚，不寐，枕上口占。"（顾随：《顾随全集》第 8 卷，第 212 页）

9 日，《快哉亭·词坛》刊发：桂从周《渔父》（叶效光先生婚期将届，依赠诗原韵戏成俚词，以博大雅一笑）。

10 日，《正轨旬刊》刊发：筱池《金缕曲》（杨督返川感赋）。（后收入《民国珍稀短刊断刊·四川卷》第 15 册，第 8649 页）

15 日，《晨报副刊》刊发：天行《南唐后主词》。至 17 日连载完毕。

17 日，《沪大天籁》第 16 卷第 4 期刊发：刘熙麐《八声甘州》（万县惨案感作）、《绛都春》（再哀武昌兵燹）、《减兰》（寄怀京友）、《点绛唇》（秋夜有感）。

23 日，许宝蘅访吴董卿、冒鹤亭。记曰："同子安访吴董卿、冒鹤亭谈，董卿赠所刻吴尺凫《玲珑帘词》。"（许宝蘅著，许恪儒整理：《许宝蘅日记》第 3 册，第 1161 页）

25 日，《快哉亭·词坛》刊发：桂从周《菩萨蛮》（题《悄立怀人图》）。

26 日，《快哉亭·词坛》刊发：桂从周《蝶恋花》（无题）。

28 日（农历十月廿四日），朱孝臧请郑□□书写匾文和碑文等。郑□□记曰："朱古微及蒋雅初、郭起庭来。古微求书'礼霜堂'匾、生圹墓碣，文曰'清故彊村词人之墓'。"（中国国家博物馆编，劳祖德整理：《郑孝胥日记》第 4 册，第 2125 页）

29 日，《快哉亭·词坛》刊发：叶效光《虞美人》（秋思）二首、《满江红》（中秋感怀）。

本月

朱自清作《虞美人》（月华如水笼轻雾）、《虞美人》（西风衰柳斜阳影）、《虞美人》（画楼残烛催人去）、《虞美人》（天涯消息无凭准）、《虞美人》（芙蓉老去秋江暮）。（朱乔森主编：《朱自清全集》第 5 卷，江苏教育出版社，1999 年，第 231 页）

剑亮按：其中，《虞美人》（画楼残烛催人去）一词，俞平伯有修改。朱自清原词为："画楼残烛催人去，执手都无语。帘前惊雁一声寒，记取旧愁新恨两眉弯。　逢君只说江南好，月冷花枝袅。脂车明日隔天涯，却念江南微雨梦回时。"俞平伯改本为："画楼残烛催人去，执手凄无语。帘前惊雁一声寒，认取旧愁新恨两眉弯。　相逢只说江南道，待阙鸳鸯好。来朝陌上走轻车，不意江南从此隔天涯。"对此，朱自清有自注曰："平伯改本用朱笔录如右，烟水似可易，从此更为直落。"当时，朱自清在北京清华大学任教。参见朱乔森主编：《朱自清全集》第 5 卷，第 216 页。

《华国》月刊第 3 卷第 3 期《词录八首》刊发：

姚朋图《尉迟杯》（丁巳春暮，济南席上听南伎风语度南北曲。倚笛发声，音圆律细，得未曾有。吴娘老矣，曲高知稀，自嗟沦落。大明湖白门秋柳以后三百年，无此歌声韵事也。予不作曲中游，不填词且二十年矣，破戒拈此，用美成体）；

孙景贤《摊破浣溪沙》(春事阑珊昼闭门)、《风入松》(宝月楼);

黄侃《高阳台》(咏鞋肆新制女舄)、《八六子》(忆吴靓)、《南歌子》(青羽裁裙短);

汪东《相见欢》(当时瞥见惊鸿)、《菩萨蛮》(玉人临晓开妆)。

徐珂《清词选集评》,由上海商务印书馆出版。1929年3月再版。选辑吴伟业、龚鼎孳、李雯等词人的620余首词。词后附谭献等人的词评。

12 月

1日,《沪大天籁》第16卷第5期刊发:宜林《蓦山溪》(贺同学王君建绩新婚)。

4日,《快哉亭·词坛》刊发:桂从周《桃源忆故人》(昨载画梅小词,误刊画眉,即以画眉为题。用《桃源忆故人》原调,戏缀一阕,并呈子通社长哂政)。

5日,《快哉亭·词坛》刊发:桂从周《女冠子》(去年今日)。

7日,郁达夫在广州作《风流子》(三十初度)。曰:"小丑又登场。大家起,为我举离觞。想此夕清樽,千金难买;他年回忆,未免神伤。最好是,题诗各一首,写字两三行。踏雪鸿踪,印成指爪,落花水面,留住文章。 明朝三十一。数从前事业,羞煞潘郎。只几篇小说,两鬓青霜。谅今后生涯,也长碌碌,老奴故不改伴狂。君等若来劝酒,醉死无妨。"词后有原注:"小丑登场事,见旧作《十一月初三》小说中。"落款曰:"一九二六年十二月七日,广州。"(后收入吴秀明主编:《郁达夫全集》第7卷,第227页)

9日,张元济致夏敬观信,曰:"影印《词林纪事》已成,谨呈上一部,伏乞菀存。"(张元济:《张元济全集》第3卷,第27页)

19日,《快哉亭·词坛》刊发:桂从周《如梦令》(昨在幼老寓斋见悬徐石雪先生松梅小屏。归后技痒,辄画梅花一幅,并题《如梦令》小词,奉呈幼老,尚乞哂正)。

22日,张素作《清平乐》(长至日作)。(后收入张素:《南社张素诗文集》,第743页)

31日,《快哉亭·词坛》刊发:桂从周《看花回》(昨与金纯之先生同游,戏缀《看花回》小词,录呈粲正)。

本月

《学衡》第 58 期刊发：姚华《生查子》（元夜，作柳梢月上口小满补题，和欧词）、《醉太平》（山亭燕）、《菩萨蛮》（连线细雨搓烟涩）、《南柯子》（落絮粘泥过）、《如梦令》（宫额沉黄涂就）。

南京东方公学校刊《东方季刊》12 月号刊发：孙雨廷《寿楼春》（乙丑三月维钊、斐云将去白下，倩内子画可离花赠之，因题此解）。（后收入刘波：《赵万里先生年谱长编》，第 17 页）

《东南论衡》第 1 卷第 26 期刊发：唐圭璋《温韦词之比较》。

张友鹤编《历代女子白话词选》，由上海文明书局出版。辑选隋至清各代女词人的作品 350 余首。书前有《词人略史》，书末附《宋代两大女词人评传》及《从女子的词中看出中国的婚姻问题》。

年末，吴梅作《木兰花慢》（丙寅岁杪，吴中长吏有迎春之举，已而未果。蒋香谷兆兰赋此见示，余因继声）。（吴梅：《霜厓词录》，第 6 页。后收入朱惠国、吴平编：《民国名家词集选刊》第 13 册，第 433 页）

胡士莹作《念奴娇》（秣陵岁暮，得微昭杭州书，却寄）。（胡士莹：《霜红词》，第 15 页。后收入曹辛华主编：《民国词集丛刊》第 10 册，第 391 页）

本年

【词人创作】

吴其昌在清华作《浣溪沙》（翠箔香罗冷四围）、《浣溪沙》（作态轻阴欲暮时）、《浣溪沙》（枝上啼鹃苦语谁）、《浣溪沙》（清华园夜坐）、《点绛唇》（薄晕粉潮）、《菩萨蛮》（曲栏回榭春寒浅）、《菩萨蛮》（篆炉心字沉檀细）、《菩萨蛮》（著人长觉春如酒）、《菩萨蛮》（云罗万里青禽觅）、《菩萨蛮》（落红飞雨春撩乱）、《菩萨蛮》（轻雷塘外疑云起）、《菩萨蛮》（棠梨沉睡酣云拥）、《菩萨蛮》（彩鸾惊照娇黄蕊）、《菩萨蛮》（罗衣香冷惊寒食）、《菩萨蛮》（麹尘软涨流离縠）、《菩萨蛮》（白云庵隐蘅芜屿）、《菩萨蛮》（堆鬟倒影澄波潋）、《菩萨蛮》（春归怕见花憔悴）、《菩萨蛮》（碧荷飔细销残暑）、《菩萨蛮》（蓬山知否无重数）、《菩萨蛮》（银屏翠幌灯如昼）、《菩萨蛮》（金轮碾碎朦胧影）、《菩萨蛮》（曲阑干绕秋水碧）、《菩萨蛮》（葡萄液注玻璃盏）、《菩萨蛮》（行云天外归灵岫）。（后收入吴令华主编：《吴其昌文集·诗词文在》，第 25 页）

汪兆镛作《三姝媚》（丙寅，偕今婴登万松山，有紫花数丛，不知其名。询之花傭，言来自海西，以棠梨接之，花色益艳，因名以海紫杜鹃花。今婴绘图寄词属和，依王碧山韵）。（汪兆镛:《雨屋深灯词续稿》，第6页。后收入朱惠国、吴平编:《民国名家词集选刊》第3册，第306页）

潘承谋作《绮罗香》（题湖帆姑丈藏《隋董美人志》拓本。丁卯）。（潘承谋:《瘦叶词》，第14页。后收入朱惠国、吴平编:《民国名家词集选刊》第12册，第118页）

刘麟生作《鹊桥仙》（冰绡罢织）、《齐天乐》（英人葛尔德童年自澳洲移居中土，雅善吴语，尤精摄影，集北里歌鬟小影成帙。深秋邀游其园林，次兑之韵，兼示同游）。（刘麟生:《春灯词》，第9页。后收入朱惠国、吴平编:《民国名家词集选刊》第15册，第70页）

胡士莹作《谒金门》（街漏急）、《木兰花令》（故园花事垂垂浅）、《木兰花令》（人间风月堪留恋）、《临江仙》（又是樱桃天气也）、《倾杯乐》（偕雨亭小饮秦淮）、《好事近》（江雁唤霜心）。（胡士莹:《霜红词》，第15页。后收入曹辛华主编:《民国词集丛刊》第10册，第391页）

顾随作《行香子》（陆起龙蛇）、《行香子》（不作超人）、《行香子》（春日迟迟）、《清平乐》（孤眠况味）、《鹧鸪天》（午睡醒来觉嫩寒）、《临江仙》（拄杖掉头径去）、《蝶恋花》（昨夜宿醒浑未醒）、《临江仙》（尽把中年哀乐事）、《木兰花慢》（又他乡聚首）、《浣溪沙》（高树吟蝉过别枝）、《采桑子》（一重山作天涯远）、《采桑子》（清宵细数当年事）、《归国谣》（如梦里）、《水调歌头》（拄杖去东海）、《踏莎行》（岁暮情怀）、《忆秦娥》（同为客）。（闵军:《顾随年谱》，第65页）

俞平伯作《浣溪沙》（答朱佩弦）。（后收入夏承焘等主编:《词学》第1辑，华东师范大学出版社，1981年，第294页）

吴梅作《千秋岁》（题归玄恭《击筑余音》）、《风入松》（宋徽宗琴名松风）、《桂枝香》（扫叶楼秋禊）、《鹧鸪天》（咏史）。（王卫民:《吴梅评传》，第281页）

黄节作《满庭芳》（雨送轻阴）。（马以君编:《黄节诗集》附录，第279页）

【词籍出版】

郁世烈等撰《胥社第一集》刊行。（后收入南江涛选编:《清末民国旧体诗词结社文献汇编》第8册）卷首有《胥社缘起》。内收《胥社词选》，作品有:

余其锵《望海潮》（题《春申觞月图》）、《酷相思》（花朝，病中有作）、《瑞鹤仙》（题亚子《江楼秋思图》）、《齐天乐》（龚璱人西湖春泛，其《湘月》词有"湖云如梦，记前年此地，垂杨系马，一抹春山螺子黛，对我轻镬姚冶"云云。又"罗袜音尘何处觅，渺渺予怀孤寄"。爱广其意，为填此解）、《满江红》（开父写示其旧作，谒岳墓，用填此阕于后，敬和岳鄂王原韵）；

江树霖《壶中天》（酒国春秋题词）、《寿星明》（寿许姻伯母方太夫人六十）；

凌景坚《迈陂塘》（文窗朱鸟深深掩）、《月华清》（飘梦灯青）、《蝶恋花》（己未七夕）；

蔡文镛《貂裘换酒》（题酒国春秋）、《满庭芳》（赋寒鸦）、《庆春泽》（题李贞女生传）；

周斌《风中柳》（题剑华《小窗吟梦图》，用延露词韵）、《踏莎行》（伤春）、《百字令》（元石一阕，为疏园作）；

李钟奇《金缕曲》（乙丑生日感赋）、《踏莎行》（花朝寒甚，芳事寂然，赋此以遣）；

沈德镛《贺新郎》（贺光裕婚）。

杨圻《江山万里楼诗词钞》，由上海中华书局出版。内含《江山万里楼词钞》四卷、《饮露词》一卷。卷首有何震彝《序》以及作者《自叙》。（后收入曹辛华主编：《民国词集丛刊》第 23 册）

何震彝《序》曰："陈卧子论词旨，有曰：以沉挚之思，而出之必浅近，使读者骤遇之如在耳目之前，久诵之而得隽永之趣，则用意难也。以儇利之词，而制之必工炼，使篇无累句，句无累字，圆润明密，言如贯珠，则铸词难也。其为体也纤弱，明珠翠羽，犹嫌其重，何况龙鸾，必有鲜妍之姿，则命篇难也。尝持此意质之当世，惟吾友云史庶几通斯旨已。云史少时即负隽才，与翁泽芝、王义门、章曼仙、曹君直、张璚隐有声京师，争以词鸣。题襟结社，雅音远姚。荏苒二十年，友好星散。云史转展江湖，跌宕文史，以名公子而具隐德，慕海山之胜，隐居南溟。种树将老，濯足沧海。行吟大泽，蜕遗荣利。若幼安之居辽左，忧生念乱，寓有深思，而词乃益工，骎骎直夺古人之席。忆甲辰同客大梁，曾读其词，请录副而去。近年以来，增益尤繁，不以震为鄙陋，命预删定之役。云史为词，不尚饾饤，不事艰涩，自然高明，一洗凡音。用古入化，其实也若虚；出语必圆，其清也则厚。所存词稿，海内词人转展抄写，有绝代江山之誉。方诸南唐，小令脱胎李氏二主。衡诸宋人，近小晏、秦七，旁逮石帚、玉田，若清真、梦窗之取径纤仄，遣词堆累，并屏焉不屑，可谓抉词之心矣。毛驰黄论宋词之盛，其妙处不在豪快，而在高健；不在艳冶，而在幽咽。豪快可以气取，艳冶可以言工，高健幽咽，则关乎神理骨性，难可强也。云史诗文不狗世好风气推移，曒然无滓，独行孤往，自起拔戟，别成一队。昔张文达公称其诗二十年后江东独步，今王晋卿先生谓其魄力沉雄，直追少陵，泂非虚语。而词之高健幽咽，神理骨性，又为人所难到之境。云史既写定《回首词》《楼下词》《海山词》《望帝词》各一卷，都若干篇，付之铅椠，以诏海内声家，俾知词虽小道，自有真谛，而歧趋外道，推陷廓清，他日论词苑中兴之功，云史其首也。虽然，固贤于仕宦远矣。甲寅冬至，江阴何震彝撰。"

作者《自叙》曰："《回首词》、《楼下词》两卷，少年作也。《海山词》、《望帝词》两卷，壮年作也。弱冠时，君父之政，国家禔福。当如锦之年华，际方盛之日月。裘马清狂，流连光景，有乐无苦，其心熙熙，其声和。年齿既长，忧患遂来。天时人事之故，与夫物我之际，盖有不可以告人者。为有昔欢，能无今感，知天下事惟往者为佳耳。秋虫春鸟，声同而音异矣。何子畅威为我录存四卷。海内君子，誉我者曰：近年诗如工部，词如后主。嗟乎！是岂我所乐闻者哉？丙辰花朝，野王自叙。"

剑亮按：《江山万里楼词钞》分别收录《回首词》《楼下词》《海山词》《望帝词》，附《饮露词》。《饮露词》，李国香著。李国香（1873—1900），字道清，号味兰，安徽合肥人。李鸿章孙女，杨圻妻。参见本年2月"杨圻"条。又1924年2月杨圻作《自序》，6月康有为有序。

吴庆焘《陶陶集》附词一卷刊行。（后收入曹辛华主编：《民国词集丛刊》第6册）

郭传昌《惜斋词草》一卷刊行。卷首有作者《自叙》，卷尾有郭曾炘《跋》。（后收入曹辛华主编：《民国词集丛刊》第14册）

樊增祥《樊山诗词文稿》刊行。卷九、卷十为"词稿"。（浙江图书馆等有藏。

后收入曹辛华主编:《民国词集丛刊》第 27 册）

刘富槐《璁园词录》一卷刊行。（后收入曹辛华主编:《民国词集丛刊》第 29 册）

雷缙辑《近人词录》，由上海扫叶山房刊行。（后收入马俊芬、程诚整理:《民国人选民国词之一》，河南文艺出版社，2016 年）

剑亮按:《近人词录》分上、下两卷，各取词人 50 人。上卷选录词作 171 首，下卷选录词作 165 首。

徐谦《诗词学》，由上海商务印书馆初版。（后收入汪梦川主编:《民国诗词作法丛书》，凤凰出版社，2016 年）

剑亮按: 此书虽名曰"诗词学"，实未论及词学。

【报刊发表】

《国学丛刊》第 1 期《词录》栏目刊发:

孙景谢《龙山会》（莫愁湖观荷，步梦窗载酒双清原韵）、《曲游春》（游玄武湖，步草窗禁烟湖上薄游韵）、《蓦山溪》（垂杨小院）；

李达《鹧鸪天》（剪剪风声似卷蓬）；

王敬《踏莎行》（点点团团）、《山花子》（幽居春晓）、《谒金门》（情如结）、《浪淘沙》（絮尽柳深垂）、《庐山谣》（夜色冥濛星纵纵）、《画堂春》（余来京师数月，居常闭门，郁郁若不胜愁。昨承友人邀游，始一登眺）、《惜分飞》（蛙鼓秧田鸠唤雨）、《天仙子》（庚申岁十一月既望，与友人聚饮于邑西大士阁之涌月楼。余以醉疲留宿僧舍，既酒醒则风涛慢耳，皓月当空，已夜半矣。因乘兴作《天仙子》一阕题壁上）。

《东北大学周刊》第 1 期刊发:

刘毓盘《词史》；

刘德成《一苇轩词话》。

《东北大学周刊》第 2 期刊发: 刘毓盘《词史》（续）。

《东北大学周刊》第 5 期刊发: 刘德成《一苇轩词话》（续）。

《东北大学周刊》第 7 期刊发：刘毓盘《词史》(续二)。

《东北大学周刊》第 8 期刊发：刘毓盘《词史》(续三)。

《东方杂志》第 23 卷 1 期刊发：唐钺《入声演化和词曲发达的关系》。

《国闻周报》第 3 卷第 8、9、10 期刊发：宣雨苍《词澜》。

剑亮按：《国闻周报》，周刊，1924 年创刊于上海，由国闻周报社出版发行。1937 年终刊。

《小说世界》第 13 卷第 4 期刊发：胡怀琛《辨〈竹枝词〉非咏风俗》。

剑亮按：《小说世界》，周刊，1923 年创刊于上海，由上海商务印书馆出版发行。1929 年终刊。

《小说世界》第 13 卷第 15 期刊发：求幸福斋主《民歌之〈竹枝词〉与艳诗》。

《孤兴》第 9 期刊发：王志刚《温飞卿〈菩萨蛮〉词之研究》。

剑亮按：《孤兴》，月刊，1925 年创刊于河南开封，由中州大学孤兴杂志社发行。

北京大学研究所《国学门月刊》第 1 卷第 3 期刊发：冯沅君《南宋词人小记二则——张镃略传 (附录)》。

《弘毅月刊》第 1 卷第 2 期刊发：陈铨《清代第一词家纳兰性德评传》。

《晨报副刊》第 52 期刊发：张寿林《贺双卿》。

《语丝》第 91 期刊发：胡适《朱敦儒小传》。

剑亮按：《语丝》，周刊，1924 年创刊于北京，由北京大学新潮社、北新书局出版发行。1930 年终刊。

《美术周刊》第 17 期刊发：鼎窝《黄太玄词》。

《晨报》第 1 卷第 36 期刊发：仲策《曼殊室填词》。

【词人生平】

沈宗畸逝世。

沈宗畸 (1865—1926)，原名宗畴，字孝耕，号太侔，又号南雅，别号聋道人，晚署繁霜阁主。祖籍浙江，世居广东番禺 (今广州市)。官于礼部。参与组建著涒吟社。南社社员，又创国学萃编社。有《繁霜词》。钱仲联《近百年词坛点将录》曰："太侔南社词人，蜚声岭表，曾辑《今词综》四卷。自为《繁霜词》。《烛影摇红》《真珠帘》二首，退庵谓其皆有本事，辞亦高华。"(钱仲联：《梦苕庵

论集》，第 405 页）

曾习经逝世。

曾习经（1867—1926），字刚甫，号蛰庵，广东揭阳（今揭西）人。官户部主事、度支部右丞，兼印刷局总办。有《蛰庵词》。钱仲联《近百年词坛点将录》曰："蛰庵诗笔瑰丽，岭表名家。其词狄平子谓为'婉约善言情，直如万缕晴丝，裹空无尽'。退庵评其《高阳台》一阕为'词中温、李，上溯《浣花》'，《桂枝香》为'变雅之音'，《天香》为'寓物兴怀，义兼比兴'，可以知其所诣矣。"（钱仲联:《梦苕庵论集》，第 392 页）

1927年

（民国十六年　丁卯）

1月

5日，《世界日报·副刊》刊发：关仲濠《屯田词话》。至7日连载完毕。

10日，《国学》第1卷第4期刊发：姚光《怀旧楼丛录》（续），中曰："我邑朱泾镇有法忍寺，俗名西林寺，志书称未详创始。唐咸通十年僧藏晖重建。其后几经兴废，近则坍毁日甚，今更将大殿等夷为学校操场矣。往年有人于砖砾中检得一瓦，瓦上有字迹，赫然梁武帝年号在焉。瓦作半筒形，其文为'能仁寺比丘正鹫仿铜雀剩瓦五万片，舍入法忍寺，愿先妣童氏十九娘超生佛界。大同元年四月，陆墓甘郎造'，共四十三字。查大同至今已一千三百余年，而字迹完好无损，锋颖劲健，在隶楷之间，古拙可爱，神味焕发，甚可珍也。因知志书又称寺本名建兴，宋治平中易法忍教寺额，额为米芾书，亦未尽然也。瓦发现后，初藏里中汪叔纯先生之味兰斋，继叔纯先生以归之于余，一时朋好颇为题咏。余亦自题二绝句，自备于后。"

剑亮按：所附题咏之作中得词作有：金山高燮（吹万）《满江红》（儿女痴情），金山高旭（天梅）《虞美人》（果能识得西来意）、《虞美人》（遗徽铜雀犹存杨）3首。

本月

陈去病作《〈陶芑孙先生词集〉叙》。（殷安如等编：《陈去病诗文集》，第239页）

剑亮按：陶然（1830—1880），字芑孙。祖籍原为江苏兴化，明末迁吴中（今苏州）周庄。咸丰十一年（1861）拔贡，曾任光绪朝吏部尚书。著有《味闲堂词钞》《味闲堂诗文集》等。

朱自清作《虞美人》（烟尘千里愁何极）、《虞美人》（千山一霎头都白）、《虞

美人》（三年相别还相见）。（朱乔森主编：《朱自清全集》第 5 卷，第 219 页）

2 月

2 日，邵章作《浣溪沙》（丁卯元旦）。（邵章：《云淙琴趣》卷一，第 24 页。后收入朱惠国、吴平编：《民国名家词集选刊》第 10 册，第 53 页）

4 日，陈洵致函朱孝臧论词。中曰："拙稿《烛影摇红》换头'无限银屏，春来迤逦都行遍'，第二句第一字，宋人无用平者，今拟改作'好春来处都行遍'何如？近词两首，别纸录上。"（后收入马兴荣等主编：《词学》第 26 辑，第 327 页）

16 日，吴梅作《解语花》（丁卯元夕，倚清真体）。（吴梅：《霜厓词录》，第 6 页。后收入朱惠国、吴平编：《民国名家词集选刊》第 13 册，第 434 页）

16 日，蒋兆兰作《解语花》（琴社第四集。丁卯元夕，暂返里门作）。（蒋兆兰：《青蕤庵词》卷四，第 14 页。后收入朱惠国、吴平编：《民国名家词集选刊》第 1 册，第 536 页）

16 日，张素作《齐天乐》（元夕感事）、《齐天乐》（忆蠡城灯，写寄石工）。（后收入张素：《南社张素诗文集》，第 748 页）

26 日，《快哉亭·词坛》刊发：桂从周《解蹀躞》（新春游园）。

本月

丁宁作《浣溪沙》（丁卯二月）。（后收入丁宁著，刘梦芙编校：《还轩词》，黄山书社，2012 年，第 5 页）

剑亮按：郭沫若后来致函丁宁，曰："丁宁同志：信和《还轩词存》已接到。《词存》读了一遍，清泠澈骨，悱恻动人，确是您的心声。微嫌囿于个人身世之感，未能自广。您已十年不作。想必正屈以求伸，蛰以求升。我很喜欢您下列的一些词句：1.'海棠莫怨霜寒重，犹有梅花雪里开。'2.'搔首几回将天问，问神州何日烟尘歇。天不语，乱云叠……再休道沧桑坐阅。好展平生医国手，把羼夫旧恨从头雪。金瓯举，满于月。'3.'为汝低徊，有声争似无声。青芜未必埋愁地，胜筠笼绮户长扃。'这些词句中都孕育着新的更广阔的天地。祝您朝这方面发展，老老以及人老，幼幼以及人幼，以人民的愿望为愿望，以时代的感情为感情，脱却个人哀怨，开拓万古心胸。精神振奋，百病可以消除。祝您的眼力恢复，内障一扫而空。案头有剪报二纸，系近作，附上以为您抛玉引砖之报。郭沫若。一九六三年三月五日写于北京西城。"（丁宁著，刘梦芙编校：《还轩词》，第115页）

白采《绝俗楼我辈语》，由上海开明书店出版。浙江图书馆藏。其中，卷一收录白采《春光好》词；卷三收录沈春雨《惜分飞》《蝶恋花》，收录张鸿词、玉屏居士《荆州亭》词。

陈钟凡《中国文学批评史》，由上海中华书局出版。为中华书局《文学丛书》第一种。该书共有十二章。其中第十章"两宋批评史"有"词评"一节，第十一章"元明批评史"有"词曲评"一节，第十二章"清代批评史"有"词曲评"一节。

3月

6日，蒋兆兰作《琴社词存序》。中曰："丙寅岁除之日，吴县霜厓吴梅瞿庵，招致常熟忘我王朝阳野鹤，同县蛰公张荣培蛰甫、黄钧颂尧、顾建勋巍成及兰兆，凡六人，联琴社为词，即日为第一集。其后，以五日为期，迭为宾主，六集而为一周。时诸子太半任教育，有专责，不能久事声律。既少闲，乃汇集诸作为一编，以蜡纸板印赋同人用代写录。佥谓不可以无序，而以文属诸兆兰。辞不获已，叙曰：词者，本诸诗而比于乐，非苟为曼词，雕琢已也，又非徒流连景光，嘲美风月已也。诗之蕴有四始焉，有六义焉。其用足以经夫妇，成孝敬，厚人伦，美教化，移风俗，故诵其诗足以知其政。乐之和，有五声二变焉，有八音十二律焉。其效足以格天地，降神祇，娱宾客，正性情，涤邪秽，故闻其乐有以验其德。而词者，本诸诗而比于乐者也……今琴社诸子，本其所学，抒其所见，因乎时以立言，倘亦变风变雅之义也与。丁卯惊蛰节，宜兴青蕤蒋兆兰香谷序。"（后收入裴喆、李雪整理：《民国人选民国词之三》，河南文艺出版社，2016年，第127页）

剑亮按：琴社社集六次，分别以《鹧鸪天》（咏史）、《探春慢》（探梅）、《木兰花慢》（迎春）、《解语花》（丁卯）、《国香慢》（水仙）、《曲游春》（横塘春泛）为题课词。社员：王朝阳（1882—1932），字旭轮，号饮鹤，晚号野鹤，江苏常熟人。时任江苏省立第一师范校长。张荣培（1872—1947），字蛰公，江苏长洲（今苏州）人。黄钧（1878—1934），字颂尧，号次欧，江苏吴县（今苏州）人。

顾建勋（1881—?），字巍成，号瓠斋，江苏吴县（今苏州）人。时任苏州女子中学教员。

16 日，顾随致函卢伯屏，并附《鹧鸪天》（雪夜）、《夜飞鹊》（津门晤樗园）、《百字令》（屋山起伏）词。中曰："小词数首，录呈备吟诵消遣。"（顾随：《顾随全集》第 8 卷，第 222 页）

18 日，《快哉亭·词坛》刊发：桂从周《减字木兰花》（春雨）、《好时光》（题壁）。

20 日，《快哉亭·词坛》刊发：桂从周《春草碧》（春游）、《十六字令》（早起）。

21 日，《快哉亭·词坛》刊发：桂从周《月当厅》（丁卯仲春有感）、《忆罗月》（春雪）。

24 日，《快哉亭·词坛》刊发：桂从周《洛阳春》（别情）、《美少年》（春景）。

24 日，《民彝》第 2 期刊发：伴鹃《醉月楼词话》，曰："词家之有温、韦，犹诗家之有李、杜也。李、杜各有所长，不能强分上下。飞卿根柢《离骚》，十九寓言，不愧千古词家正宗。端己深情曲致，清雅宜人，然终不免有意填词。故温、韦并称，似非平允。苏东坡之词豪放，周美成之词沉郁，晁无咎之词伉爽，辛稼轩之词激壮，而黄山谷则近于粗鄙矣。北宋词家以东坡、少游、山谷、美成为最著名，实则坡等皆以诗笔填词，未必真解音律。真解音律之词家，乃寇准、韩琦、司马光、范仲淹诸名臣也，惜后人多不知耳。"

24 日，董康作《小重山》（纪梦）词，曰："消受湖波万顷凉。双鬟曾共载，尽徜徉。无端巫峡阻河梁。猜心字，屈曲篆云长。　梦境耐思量。依然花解语，玉生香。擘笺试写十三行。惊鸿影，徙倚怆陈王。"词前记曰："夜梦偕玉娟共坐乌篷，赴陈湾上冢。烟波万顷，上下蔚蓝。扶椒、洞庭诸峰，历历在目。笑谓娟曰：'范大夫扁舟五湖，未识较此时奚若？'娟微愠曰：'鸱夷之沉，开藏弓之先例，此獠千古忍人。'余欲有辩，忽尔惊觉。起视中庭，残星待曙。追维梦境，怅触难胜。填小词一阕，书寄玉姬。盖此次仓皇出走，阿娟坚以春仲回国上冢为约，故历久萦结于意象中也。"（董康著，朱慧整理：《书舶庸谭》，中华书局，2013 年，第 99 页）

27 日，袁毓麟作《惜红衣》（丁卯三月二十七日作）。（袁毓麟：《香兰词》，

第 20 页。后收入朱惠国、吴平编：《民国名家词集选刊》第 10 册，第 414 页）

30 日，董康作《醉春风》（题闺人散花小影）。记曰："清晨接玉姬函，并附散花小影，为沪上某女士笔。鬟云绰约，花雨缤纷，颇饶逸致。"（董康著，朱慧整理：《书舶庸谭》，第 113 页）

30 日，夏承焘作《眼儿媚》（放鹤亭）、《好事近》（重过放鹤亭）。（吴蓓主编：《夏承焘日记全编》第 3 册，第 1574 页）

本月

春，毛泽东作《菩萨蛮》（黄鹤楼）。（中共中央文献研究室编：《毛泽东诗词集》，第 10 页）

剑亮按：《毛泽东诗词集》收录该词，词后有注曰："这首词最早发表在《诗刊》一九五七年一月号。"

春，邵瑞彭作《霓裳中序第一》（丁卯早春，沽上试笔）。（邵瑞彭：《扬荷集》卷三，第 9 页。后收入朱惠国、吴平编：《民国名家词集选刊》第 14 册，第 149 页）

春，杨铁夫作《扫花游》（丁卯孟春，海上坐雨作）。（杨铁夫：《抱香词》，民国二十三年 [1934] 铅印本，第 1 页。后收入朱惠国、吴平编：《民国名家词集选刊》第 8 册，第 495 页）

4 月

4 日，董康校读朱竹垞《词稿》。记曰："晚接玉姬信并朱竹垞《词稿》二册，凡《江湖载酒集》六卷、《茶烟阁体物词》二卷、《静志堂诗余》一卷，附《叶儿乐府》，旧为汉军杨幼云所藏。前有曹尔堪、叶舒崇二序（今刻集中），内《江湖载酒集》之《鹊桥仙》（十一月八日）仅留后二句，移作前阕，易名《步蟾宫》。《体物词》之《满江红》（西湖荷花）为《倦寻芳》所改，其为老人手迹无疑。中乙抹凡八十余阕，然多半仍存刻本中，或小朱付梓时未忍割弃也。索价一千二百元。适箧中有《曝书亭集》，乃互勘过其圈点，并溢出词四十一首、乐府十七首。虞山翁泽之刻本较此本多集外词九首，《蕃锦集拾遗》廿四首，《叶儿乐府》内《醉太平》一首，所见又是一本。此本较翁刻《载酒集》仍多《玉连环》（赠宋玉环）一首、《叶儿乐府》《一半儿》（西溪）、《水仙子》（挽毛大可姬人曼殊）二首

也。"（董康著，朱慧整理:《书舶庸谭》，第 122 页）

5 日，董康作《南楼令》（题个侬影）。（董康著，朱慧整理:《书舶庸谭》，第 124 页）

8 日，《快哉亭·词坛》刊发:桂从周《潇湘神》（郊游）、《调笑令》（寄兴）。

9 日，顾随致函卢伯屏，并附《汉宫春》（梦里神游）词。中曰:"弟近来填词，似又是一番境界。填长调较昔日尤为长进。即如此词，步骤极其清晰，亦原先所不能办者:第一先说晓眠，忆旧。第二说被军号（画角）惊醒。第三说起来之后，别有感慨，便风雨轻寒，都复忘却。下半起句，亦宋人词中所未有。"（顾随:《顾随全集》第 8 卷，第 228 页）

11 日，《快哉亭·词坛》刊发:木寿《踏莎行》（春思，次晏同叔韵）。

12 日，《快哉亭·词坛》刊发:

木寿《玉楼春》（春恨，次晏同叔韵）;

桂从周《罗衣湿》（听曲）。

13 日，《快哉亭·词坛》刊发:木寿《点绛唇》（伯刚寄云题旧君小影，颇有愁怨之思。适触所忆，沅然有作）。

13 日，夏承焘作《鹧鸪天》（野店荒鸡夜向阑）、《临江仙》（谁念天涯憔悴损）。（吴蓓主编:《夏承焘日记全编》第 3 册，第 1585 页）

14 日，夏承焘作《如梦令》（寒浅灯深时节）、《天仙子》（换了春衣寒未定）、《蝶恋花》（镜里晨昏愁里度）、《生查子》（似真不解愁）。（吴蓓主编:《夏承焘日记全编》第 3 册，第 1586 页）

14 日，《快哉亭·词坛》刊发:木寿《曲游春》（纪游）。

14 日，董康作《菩萨蛮》（题福禄鸳鸯册子，效王衍波）。（董康著，朱慧整理:《书舶庸谭》，第 135 页）

剑亮按: 此组词共八首，分别题曰"聘珠""却扇""星夜""花时""妆台""博局""课婢""弄儿"。

15 日，夏承焘作《踏莎行》（如此春寒）、《忆江南》（扶阑路）、《踏莎行》（人去春休）、《赤枣子》（春欲半）、《忆江南》（春来病）。（吴蓓主编:《夏承焘日记全编》第 3 册，第 1588 页）

16 日，夏承焘作《虞美人》（黄昏依旧团团月）。（吴蓓主编:《夏承焘日记全编》第 3 册，第 1589 页）

22 日,《民彝》第 3 期刊发:周鼎衡《小重山》(旅夜)、《汉宫春》(春感)、《大酺》(春雨)。

22 日(农历三月廿一日),陈洵致函朱孝臧。中曰:"癸亥来,又得词八十余首,行将尘左右耳。兹先将近作四首呈教。"(后收入马兴荣等主编:《词学》第 26 辑,第 303 页)

24 日,董康作《满江红》(高野归,检旧历,知前日为余生日,书此寄慨)。词后自注:"曾刻《中州》、《花间》等集,故词中及之。"(董康著,朱慧整理:《书舶庸谭》,第 162 页)

25 日,《快哉亭·词坛》刊发:桂从周《临江仙》(题画,用和凝体韵)。

26 日,董康作《水调歌头》(书瓢亭壁)。词曰:"宇宙一何窄,濯足此间游。东山长日坐对,黛写镜中秋。此是长安都市(京都袭唐时旧名,亦称平安府),可有唐时人物,与我互赓酬。不尽苍茫感,都付洛川流。 春去也,江南忆,总休休。料想个侬,此际妆竟怯登楼。箧贮名山著述,笔挟玉台诗思,落拓孰为俦。且买瓢亭醉,一浣古今愁。"董康记曰:"十一时,偕小林至瓢亭午餐。亭在南禅寺境内,室仅三叠,殊饶幽趣。廿年前曾觞神田香岩君于此。今度重来,恍如栖燕之认旧巢也。小林氏因博物馆加藤氏前次坚订后约,物品虽不多,亦聊供品评。餐后一时同往博物馆,待至半小时,加藤始出见,以持取障碍谢客。窃谓博物、图书等馆,无论为官立、私立,皆文明之标帜,对于社会有贡献之义务。"(董康著,朱慧整理:《书舶庸谭》,第 168 页)

29 日,董康作《金缕曲》(将发京都,题旅舍壁)。(董康著,朱慧整理:《书舶庸谭》,第 178 页)

本月

胡适《国语文学史》,由北京文化学社出版。全书共三编十五章。其中,第二编"唐代文学的白话化"的第五章为"晚唐五代的词",第三编"两宋的白话文"的第四章为"北宋的词",第五章为"南宋的白话词"。

5 月

7 日,《快哉亭·词坛》刊发:桂从周《暗香》(诵洛先生赠诗,有"明朝一幅鹅溪绢,要乞君家谱暗香"句,故依白石体韵,赋成此阕,留待画梅时题之)。

8 日，《大公报·艺林》刊发：黎桂山《浪淘沙》（西沽看桃花，花已落矣）。

9 日，《快哉亭·词坛》刊发：桂从周《浣溪沙》（夜饮闻歌，怅然成咏）。

12 日，《快哉亭·词坛》刊发：桂从周《玉堂春》（山居，用晏殊体韵旧作）。

13 日，《快哉亭·词坛》刊发：桂从周《锦帐春》（春暮旧作）。

14 日，《快哉亭·词坛》刊发：彭醇士《长亭怨慢》（春尽日，送缫蕾赏樱辽东）。

15 日，《快哉亭·词坛》刊发：

彭醇士《无愁可解》（哀逝）；

桂从周《长相思》（致远姻丈谓，自四十五岁以后渐见衰退，闻而感赋）。

19 日，《快哉亭·词坛》刊发：佚名《清平乐》（丁卯上巳，津门诗社禊饮）。

21 日，《民彝》第 4 期刊发：病鹃词话一则，曰："宋之词家多矣，晏小山尤罕其匹。《漫志》谓小山如金陵王谢子弟，秀气天然。晁补之谓小山不蹈袭人语，风度闲雅。毛子晋欲以晏氏父子配李氏父子。评赞纷纷，各中肯要，然皆非真知小山者也。小山词自立规模，常欲轩轾人而不受世之轻重，未尝以词迎合权贵。观其初，见忤于王安石，复见忤于蔡京。其词品之高，可以见矣。世人多谓小山一佳公子耳，荒于酒色，填词不出赠姬、冶游之作。不知小山古之伤心人也。目击当时执政者之奸邪，宁乞身退居京城，誓不践诸贵之门。怀借美人香草，以摅其愤世嫉俗之心，实较颂扬显贵纯洁多多也。况小山词全从肺腹中发出，见其词如见其人。视彼无病呻吟者，相去岂可以道里计哉！余尝谓其词抄，除自写性情，不肯作一段进士语外，未尝强作世俗应酬之词。所填《满江红》虽系寿词之一种，然仅见之《历代诗余》，各本所无，恐非小山之手笔也。呜呼！词虽小道，品节攸关。若抛却人格，仅以词论，则舒信道陷东坡于罪者，其《菩萨蛮》词极为王阮亭所称赏；严分宜《钤山堂诗》冠绝一时，闲作小词，亦妩媚可人，独能奉为词家正宗乎？愿世之学词者，以小山为法。"

23 日，《快哉亭·词坛》刊发：桂从周《行香子》（泛舟，用东坡体韵）。

24 日，《快哉亭·词坛》刊发：桂从周《望远行》（丁卯初夏，问公约纯之先生与予同游八里台。风景绝佳，欣然赋此）。

26 日，顾随致函卢伯屏，并附《临江仙》（脑海时时翻滚）词。（顾随：《顾随全集》第 8 卷，第 234 页）

28 日，《快哉亭·词坛》刊发：桂从周《百尺楼》（便面画梅，题赠致远姻丈）。

28 日，顾随致函卢伯屏，并附《绮罗香》（旧日豪情）词。中曰："此昨夜所填。虽不甚佳，颇具哲理，亦宋人词中所无之境也。"（顾随：《顾随全集》第 8 卷，第 235 页）

本月

朱自清作《菩萨蛮》（烟笼远树浑如幂）。（后收入朱乔森主编：《朱自清全集》第 5 卷，第 221 页）

邓邦述作《石湖仙》（丁卯五月，韦斋招同楚生、师愚、甘卿、季孺、芝符、耿吾、伯纯诸君泛舟石湖，谒范文穆祠，兼揽茶磨、治平诸胜。归作一图纪游，并谱白石自度曲题奉韦斋）。（邓邦述：《沤梦词》卷三《吴箫集》，第 6 页。后收入朱惠国、吴平编：《民国名家词集选刊》第 7 册，第 68 页）

陈匪石撰《宋词举叙》，曰："词之为物，深者入黄泉，高者出苍天，大者含元气，细者入无间。虽应手之妙，难以辞逮；而先民有作，轨迹可寻。若境，若气，若笔，若意，若辞，视诗与文，同一科条。惟隐而难见，微而难知，曲而难状。向之词人，或惩夫雨粟鬼哭而不肯泄其秘，或鄙夫寻章摘句而不屑笔之书。否则驰恍忽之辞，若玄妙而莫测；摭肤浅之说，每浑沦而无纪。学者扪籥叩槃，莫窥奥窔，知句而不知遍，知遍而不知篇，不独游词、鄙词、淫词为金应珪所讥也。至张玉田、沈义父、陆辅之及近代之周止庵、陈亦峰、谭复堂、冯蒿盫、况蕙风，论词之著，咸有伦脊矣。然始学之时，仍体会匪易。余曩者尝苦之，乃久而有得焉，久而有进焉。高曾之矩矱，固时闻于师友；康庄之途径，乏可览之图经。盖由能读而能解、而能作，而知所抉择，冥行摘埴，不知其几由旬矣。比年以来，簧序之中，强以讲授，而晷日限之，收千里于尺幅，吐澎沛乎寸心，既不易为；蹊径任其塞茅，寸阴掷诸虚牝，又非所忍。然余平日读词，偶得善本，校理异文，有读宋元词之记；心所向往，取则伐柯，有宋十二家词之选。师刘《略》、阮《录》之例，仿《经义》《小学》之考，又拟辑《唐五代宋元词略》。万氏《词律》经王敬之、戈顺卿、丁杏舲之攻错，杜小舫之校勘，徐诚庵之拾遗，而一二疏漏，尚堪捃拾，偶有所获，亦时缀记简端。卒业未遑，徐俟研讨。乃先就所选之宋十二家各举数首，附著其所校理者、辑录者，并申刍见，以与诸生讲习，命之曰《宋词举》。一隅虽隘，或能反三；滥觞虽微，终于汇海。盖欲学者触类旁通，由是而能读、能解，驯致于能作，悉衷大雅，毋入歧途。过而存之，此物此志，非敢窃比张、周也。若核其取舍而訾所未当，因其说解而嗤为短书，余诚愿拜受嘉赐。中华民国十有六年五月，江宁陈世宜。"（陈匪石编著：《宋词举》，金陵书画社，1983 年，第 1 页。后收入陈匪石编著，钟振振校注：《宋词举［外三种］》，上海古籍出版社，2016 年，第 5 页）

6 月

2 日（农历五月初三日），王国维卒，享年五十一。

剑亮按：王国维逝世后，张尔田于 6 月 14 日撰文纪念，曰："忆初与静庵定交，时新从日本归，任苏州师范校务，方治康德、叔本华哲学，间作诗词。其诗学陆放翁，词学纳兰容若。时时引用新名词作论文，强余辈谈美术，固俨然一今之新人物也。其与今之新人物不同者，则为学问研究学问，别无何等作用。彼时弟之学亦未有所成，殊无以测其深浅，但惊为新而已。其后十年不见，而静庵之学乃一变。鼎革以还，相聚海上，无三日不晤，思想言论，粹然一轨于正，从前种种绝口不复道（笑）矣。其治学也，缜密谨严，奄有三百年声韵、训诂、目录、校勘、金石、舆地之长而变化之。其所见新出史料最多，又能综合各国古文字而析其意义。彼尝有一名言曰：治古文字遇不可解之字，不可强解。读书多，见闻富，久之自然触发，其终不可通者，则置之可也。故彼最不满意者，为庄保琛、龚自珍之治金文，以其强作解事也。考证钟鼎文字及殷墟书契，一皆用此法。近年校勘蒙古史料，于对音尤审。又欲注《蒙古源流》，研究满洲、蒙、藏三种文字，惜尚未竟其业。此皆三百年学者有志未逮者，而静庵乃一人集其成，固宜其精博过前人矣。世之崇拜静庵者，不能窥其学之大本大原，专喜推许其《人间词话》、《戏曲考》种种，而岂知皆静庵之所吐弃不屑道者乎？惟其于文事似不欲究心，然亦多独到之论。其于文也，主清真，不尚模仿，而尤恶有色泽而无本质者。又尝谓读古书当以美术眼光观之，方可一洗时人功利之弊，亦皆为名言。至其与人交也，初甚落落，久乃愈醇。弟与相处数十年，未尝见其臧否人物，临财无苟，不可干以非义，盖出于天性使然。呜呼！静庵之学不特为三百年所无，即其人亦非晚近之人也。今静庵死矣，何处再得一静庵，此弟于知交中尤为怆叹者也。静庵名在天壤，逆料必有无知妄作大书特笔以污吾良友者，一息尚存，后死之责，不敢不尽。然而所以报吾友者，仅乃如此，亦已吝矣。奈何奈何……五月十五日，弟张尔田顿首。"（《文字同盟》1927年第4号。后又收入谢维扬、房鑫亮主编：《王国维全集》第20卷，第263页）

4日，周岸登作《〈丹石词〉自序》，曰："昔葛稚川闻勾漏有丹砂，求为令，求长生也，出世法也。予在江右，三为县，一尹庐陵，非求长生，偷生而已。无出世法，度世而已。比之稚川愧已。稚川求长生、出世不得，载郁林片石归耳。予求偷生度世不得，载石无石，思归无归，其遇较稚川，为何如也。姑亦曰，吾所求丹耳，所载石耳。噫！自诡而已，吾宁好丹，吾岂恶石。今将去赣，哀辛酉至甲子在官日所为词五十八首，命之云尔。丁卯端午，周岸登。"（李谊辑校：《历代蜀词全辑》，第983页）

13日，《快哉亭·词坛》刊发：桂从周《南柯子》（致远姻丈，命画山水便面）、《木兰花》（惕香来书，询近状，赋此却寄）。

14日，《快哉亭·词坛》刊发：桂从周《菩萨蛮慢》（丁卯三月初九日，有感）。

25日，《东方杂志》第24卷第12号刊发：任中敏《南宋词之音谱拍眼考》。（后收入王小盾等主编：《任中敏文集·词学研究》，凤凰出版社，2013年，第1页）

本月

朱自清作《渔歌子》（红树青山理钓丝）、《菩萨蛮》（云屏玉枕金猊冷）、《更漏子》（锦衾寒）。（后收入朱乔森主编：《朱自清全集》第5卷，第223页）

《四川国专学校学生会季刊》刊发：李清泉《水调歌头》（望江楼感怀）、《大江东去》（月下闻笛，用东坡中秋原韵）。（后收入《民国珍稀短刊断刊·四川卷》第12册，第6149页）

《秋棠月刊》创刊号刊发：黄意城《与潘与刚论词中分段落书》。

剑亮按：《秋棠月刊》，1927年6月创刊于上海，由秋棠社出版发行。发起人为黄意城、金世德、潘与刚等人。主要发表社员诗词作品。黄意城、金世德、潘与刚等，均为上海朱家角人。当年终刊。

夏，沈昌眉作《满江红》（丁卯夏）。（沈昌眉：《长公词钞》，第1页。后收入曹辛华主编：《民国词集丛刊》第7册，第244页）

7 月

2 日，《快哉亭·词坛》刊发：桂从周《梦江口》（画荷花）、《洞仙歌》（惕吾感旧索赋）。

4 日，郁达夫在上海作《扬州慢》（寄映霞），落款曰："一九二七年七月四日。"（后收入吴秀明主编：《郁达夫全集》第 7 卷，第 227 页）

剑亮按：同日，郁达夫《日记》曰："晚上很想念映霞，写了一封信，中间附词一首：《扬州慢》（略）。"（吴秀明主编：《郁达夫全集》第 5 卷，第 202 页）

19 日，《快哉亭·词坛》刊发：桂从周《秋瑞香》（赵君路先生为余画菊花便面，赋此答谢）。

29 日（农历七月朔），夏承焘致函谢玉岑论词。中曰："弟客甬数月，亦颇于此得佳兴。曾抉弃格律，成漫词数十首。顷诵钱先生《谪星说诗》论词诸节，为之击节。"夏承焘又致函钱名山论词。中曰："《谪星说诗》一卷，精义名通，得未曾有。一时瑜亮，有近人王静安《人间词话》，倾佩，倾佩。"（后收入沈迦编撰：《夏承焘致谢玉岑手札笺释》，国家图书馆出版社，2011 年，第 6、15 页）

本月

胡适选注《词选》，由上海商务印书馆出版。1928 年 5 月再版，1947 年 3 月 3 版。选注五代和宋代词 361 首。按作者时代先后分为 6 编。有选注者《自序》。末附胡适《词的起源》一文。

朱自清作《河传》（双桨）、《菩萨蛮》（春风又绿江南草）、《浣溪沙》（望眼河桥思不禁）、《菩萨蛮》（仙群双舞泥金凤）。（后收入朱乔森主编：《朱自清全集》第 5 卷，第 225 页）

叶绍钧选注《苏辛词》，由上海商务印书馆出版。为《学生国学丛书》一种。选注苏轼词 49 首、辛弃疾词 45 首。书前有选注者《绪言》，简要论述苏、辛生平及其作品。

戴景素编注《李后主词》，由上海商务印书馆出版。为《学生国学丛书》一种。

王易作《蜀雅序》，曰："余自逊清鼎革之际，与亡弟然父侍先大夫于梁园，始学倚声。昆弟唱酬，不一岁，居然盈帙，遽刊行，以示友朋。以文之能发人性情者莫词若，骤获之足以自壮。友朋亦姑息誉之，不与绳检，无以自发其弊也。丁巳秋，二窗来南昌，倾盖莫逆，示以所作，则抨弹声律义法无隐盖，益我广矣。嗣二窗三为令，不废吟啸。余则陆沉黉序间，辍响六七年。今二窗将往教厦门，汇为倚声八稿，属余序端。嗟夫！余曷能序二窗词。二窗为词，未尝先余，而所就质量远过之，则其根柢盘错为何如。顾余自省于词有深嗜，旧岁于心远大学讲述词曲史。未竟，战祸忽起，震炮啐胆中，尚闭门钩辑，得稿数万言。以视二窗力薄而好则通焉。二窗词博雅矜炼，语出己铸。律细韵严，气度弘远，一以君特、公谨为宗。或微病其矜博而失情，牵律而害意。然余谓是者，宁涩毋滑，宁密毋疏，奚竟俗赏为？至于忧时念乱，契阔死生。自鸣不平，歌以代哭，亦犹是王风楚骚之志，而引商刻羽，不恤呕心，一篇甫成，如土委地，此中甘苦，不足语于外人，惟余与二窗相向太息而已。丁卯六月，南昌王易。"（李谊辑校：《历代蜀词全辑》，第 986 页）

8月

8 日，陈洵致函朱孝臧。中曰："洵始学为词，即欲由梦窗以阙美成，自今益知勉矣。与词五阕，纯用正锋，直写心素，由文返质，吾从先进以结来一代，微先生，谁与归哉。癸亥来得词七十八阕，今全写上，清暇时乞为删存，评其得失，俾知有无进益，幸甚幸甚。"（后收入马兴荣等主编：《词学》第 26 辑，第 304 页）

14 日，顾随致函卢伯屏，并附《南乡子》（镜里鬓星星）、《鹧鸪天》（一阵潇潇正打窗）词。（顾随：《顾随全集》第 8 卷，第 241 页）

23 日，沈尹默致函顾随，谈及词集。中曰："日前由君培兄处得大著《无病词》一册，顷又奉手示，忻忻无似。我词辛苦得来，仍余辛苦之迹，不若君词手笔，差多自然清丽处，读之令人辄生空谷足音之感。"（后收入赵林涛：《顾随与现代学人》，中华书局，2012 年，第 82 页）

本月

朱自清作《江城子》（小红桥畔见伊行）、《生查子》（平林余薄烟）。（后收入朱乔森主编：《朱自清全集》第 5 卷，第 229 页）

《平阳县志》刊发：夏承焘《百字令》（和厚庄前辈灵峰摩崖石拓原韵）。（吴无闻：《夏承焘教授纪念集》，第 222 页）

9 月

6 日，《晨报副刊》刊发：闻国新《郑叔问与其作品》。至 8 日连载完毕。

10 日，吴汉声作《齐天乐》（丁卯中秋节，挈舟北征）。（吴汉声:《莽庐词稿》，第 22 页。后收入朱惠国、吴平编:《民国名家词集选刊》第 12 册，第 292 页）

11 日，夏承焘致函钱名山。中曰："附呈新作清人廿种词话选题引数纸，乞一一绳其纰缪。清代词话，晚已知者共廿种左右，贵乡邹祗谟之《远志斋词衷》则见而未详阅。董以宁之《蓉塘词话》、董潮之《东皋杂钞》则并未寓目（潮书只于《莲子居词》中见其一则，未悉是否词话体裁）。他如钱唐许田（莘野）之《屏山词话》，华亭钱葆馚之《莼鲈词话》、陈廷焯之《白雨斋词话》，仁和卓人月之《词统》、郭频伽《词话》、余仲茅《彦园词话》，四明袁钧之《西屋词话》，无锡丁绍仪之《听秋馆词话》等，皆搜求未获。"（后收入沈迦编撰:《夏承焘致谢玉岑手札笺释》，第 21 页）

14 日，夏承焘作《眼儿媚》（戏为王崇玉题）。（吴蓓主编:《夏承焘日记全编》第 3 册，第 1651 页）

19 日，顾随作《采桑子》（携手赤栏桥畔立）、《采桑子》（咏萤）二首词。《日记》记曰："日间睡了一大觉，所以晚间虽在十二点以后才躺下，也终于睡不着。枕上填了两首词。（词略）依旧脱不掉伤感的味儿，大概我是永远不长进的了。"（顾随:《顾随全集》第 2 卷，第 197 页）

21 日，顾随作《浣溪沙》（方寸心田火一团）、《浣溪沙》（携手人间觅乐园）二首。《日记》记曰："下午躺下想睡午觉，因为二首未成的词，颠来倒去地想，终于睡不成。爬起之后，到教务课室小坐，抓起笔来胡画，却顺手把未成的词写了出来，是这样的两首《浣溪沙》。"（顾随:《顾随全集》第 2 卷，第 198 页）

22 日，顾随作《鹧鸪天》（说到天涯事可哀）、《玉楼春》（效六一琴趣体）二首。《日记》记曰："十二点躺下，直到三点多才朦胧睡去，枕上又填了两首词。"（顾随:《顾随全集》第 2 卷，第 199 页）

24 日，《快哉亭·词坛》刊发：蔡公湛《拂霓裳》（和莆怡西苑望月，用晏同叔韵）。

27 日，《快哉亭·词坛》刊发：醇士《无愁可解》（哀逝）。

28 日，《快哉亭·词坛》刊发：醇士《长亭怨慢》（春尽日，送缥蘅赏樱辽东哀逝）。

本月

贺锦斋作《浪淘沙》（我由广东回到上海，见反革命在各地屠杀工农群众，令人不胜悲愤；而美丽的上海，当时亦呈现出一片恐怖和凄凉的景象，因感而作此词，时 1927 年 9 月）。（后收入萧三主编：《革命烈士诗抄》，中国青年出版社，2004 年，第 32 页）

陈钟凡《中国韵文通论》，由上海中华书局出版。全书共九章六十六节。其中，第八章"论唐五代及两宋词"，下设"词之起原""词之体制""词之声律""词之修词""词之艺术"、"词家之派别""余论"七节。

秋，吴汉声作《齐天乐》（丁卯秋日，病起遣怀）。（吴汉声：《莽庐词稿》，第 22 页。后收入朱惠国、吴平编：《民国名家词集选刊》第 12 册，第 292 页）

秋，赵万里开始编纂《校辑宋金元人词》。赵万里《校辑宋金元人词》"例言"末条谓："此编草创于十六年之秋，至十九年冬蒇事。"

10 月

2 日，顾随作《清平乐》（故人盛意）。《日记》记曰："上午季韶上课之后，独自出去登山。一路上摘了许多黑枣儿吃。走着吃着，想出一首词来，不值得录在《再青词》上，记在这儿吧。"（顾随：《顾随全集》第 2 卷，第 202 页）

4 日，夏孙桐作《安公子》（丁卯重九，用屯田"远岸收残雨"体）。（夏孙桐：《悔龛词》，第 23 页。后收入朱惠国、吴平编：《民国名家词集选刊》第 2 册，第 237 页）

4 日，李孺作《齐天乐》（丁卯重九，李氏莹园登高）。（李孺：《仑阁词》，第 12 页。后收入朱惠国、吴平编：《民国名家词集选刊》第 3 册，第 239 页）

4 日，邵瑞彭作《安公子》（丁卯九日，词社同人限此调，强予为之）。（邵瑞彭：《扬荷集》卷二，第 12 页。后收入朱惠国、吴平编：《民国名家词集选刊》第 14 册，第 155 页）

4 日，向迪琮作《安公子》（丁卯九日，倬庵、次公褉集寓斋，限调赋词。余以行迈沽河，苦不能与，倚此报之）。（向迪琮：《柳溪长短句》，第 25 页。后收入曹辛华主编：《民国词集丛刊》第 3 册，第 542 页）

8日，《晨报副刊》刊发：罗慕华《纳兰性德》。10日、12日、13日、14日、15日、17日，连载完毕。

10日，魏元旷作《浪淘沙》（丁卯九月望，与弟及默襄小饮补作。重阳溽暑蒸炎，天呈异色。用弟原调，谱以纪事）。（魏元旷：《潜园词续钞》，第4页。后收入朱惠国、吴平编：《民国名家词集选刊》第2册，第317页）

16日，夏承焘作《朝中措》（芋）。（吴蓓主编：《夏承焘日记全编》第3册，第1664页）

20日，章衣萍撰写《记石鹤舫的词·附记》。曰："这篇小文为六七年前在北京时的日记中的一节，后曾抄出发表于《暨南周刊》。关于石鹤舫的历史，尚待考据。我希望将来有替石鹤舫作评传的机会。替石鹤舫作序的齐彦槐，从《中国人名大辞典》（1424页）查得其小史如下：'清，婺源人。字梦树，号梅麓，又号荫三。嘉庆进士，授庶吉士，选金匮知县，有治绩。尝建海运议于苏抚陶澍，得旨优奖，以知府候补。罢官后，侨寓荆溪。精鉴藏，工书法，为诗出入韩、苏，尤长骈体律赋，有《双溪草堂诗文集》《书画录》《天球浅说》《海运南漕丛议》等书。'"（后收入章衣萍：《古庙集》，第27页）

剑亮按：章衣萍《记石鹤舫的词》全文亦收入章衣萍《古庙集》。该文曰："石鹤舫，安徽绩溪人。生当前清道光季。其生平事迹不甚可考。著有《鹤舫诗词》一卷。胡适之先生曾藏有抄本。数年前，余偶然与胡先生谈起有清一代的词，提到世人所崇拜的纳兰性德，先生昂然曰：'纳兰性德的词，远不如我们绩溪的石鹤舫。'可见先生推崇鹤舫之深。其后，余曾见残本《鹤舫诗词》，为道光庚子（1840）扫花山房所刊。卷首有婺源齐彦槐一序。扫花山房不知为何处书坊，此残卷之《鹤舫诗词》实为海内孤本矣。当时曾将所爱读之词，抄录十余首。齐彦槐谓鹤舫之词'有南唐宋人遗韵'，信为知言。今仅抄录数首如下（略）。"

本月

朱自清作《浣溪沙》（绿暗红稀絮似烟）。（后收入朱乔森主编：《朱自清全集》第5卷，第231页）

《国学专刊》第1卷第4期刊发：

何达安《西江月》（镜里似生华发）；

叶长青《书目介绍》。

剑亮按：叶长青《书目介绍》中有词学书目二则，一则曰："《朱丝词》二卷，侯官陈衍著。先生词宗北宋，此三十年前所作，前有沈乙庵先生跋。"另一则曰："《戴花平安室词》一卷，侯官萧道管著。词虽不多，甚有才思。"

11 月

7 日，夏承焘致函谢玉岑谈读词计划。（吴蓓主编：《夏承焘日记全编》第 3 册，第 1681 页）

剑亮按：夏承焘此函后收入沈迦编撰：《夏承焘致谢玉岑手札笺释》，第 29 页。

8 日，张素编订完成《丹阳乡献词传》，并作《序言》。《序言》曰："吾邑词人，自宋葛胜仲以下无虑百数十家。当明清间，各有专集行世，号称极盛。一再兵燹以后，故书放佚且尽，仅存者惟刘时庵所辑《曲阿词综》而已，黄少铁尝辑《丹阳词钞》未付刊而殁。余屡与同学周君肖山论及，窃用叹喟。以刘辑《曲阿词综》微病芜杂，所选词多有韵乖律舛者。此乃明清间风气使然，即矫矫若贺氏黄公天山二家尚不获免，况其下焉者乎？刘既漫然不复校正，概与甄录，其审核且不若黄氏《词钞》，以至孤本流传，益滋疑误，识者惜之。肖山固凤留心邑中文献者，家富藏书，又适预修邑志，因力任搜集，凡单腔断句，悉录以见饷。余亦不揣梼陋，奋然命笔，为校而存之。书既成，命名曰《乡献词传》，传其人亦以传其词，意在去乖去舛，兼去芜杂，各存其真，庶几有合于表彰先哲之义焉耳。嗟乎！词学晦废者数十年，余又奔走四方，岁不得宁息，即次戋戋三卷者，计属草于辛酉之春，讫丁卯冬始克写定，前后共历六寒暑。余之塞拙迟钝，其可笑孰甚，而顾犹勤勤为之，亦聊附于诸词家诤友之列，知我罪我，盖无蔕焉。先是肖山于词主广为选录，吾友慧禅则持论谨严，余意亦不甚与肖山合，中间往复研讨，始归一致。或以词存人，或以人存词。学者欲进窥其全，则自有各家之专集在。至刘辑所载石曼卿、苏养直兄弟、张方叔及延安夫人、僧祖可等，皆非邑人，惟尝流寓兹土，暇当补选《丹阳寓公词》一卷，求正于肖山、慧禅二君，必更有以益我也。丁卯冬十月望日，张素自序于闷寻鹦馆。"（后刊发于 1946 年 9 月镇、丹、金、溧、扬《联合月刊》创刊号。亦收入张素：《南社张素诗文集》，第 849 页）

10 日，《南金》第 4 期刊发：宗澹云《一叶庵说词》。

剑亮按：《南金》，月刊，1927 年 8 月 10 日创刊于天津。至 1928 年 8 月 30 日出至第 10 期。南金杂志社发行。姚君素、唐箓猗、胡叔磊、傅芸子先后任主编。

13 日，顾随致函卢伯屏，并附《鹧鸪天》（断尽回肠是此生）、《浣溪沙》（自笑衣冠似沐猴）词。（顾随：《顾随全集》第 8 卷，第 241 页）

15 日，《湖社月刊》创刊。

剑亮按：《湖社》创刊于北平。初为半月刊，金荫湖主编。《湖社》宗旨是："提倡艺术，阐扬国光，除刊登古今名人书画外，旁及历代金石文器，时贤诗词，论说。"1928 年 10 月（第 11 册至第 21 册）改为月刊，至 1936 年 3 月 1 日出至第 100 册，共 150 期。由湖社月刊发行部发行。天津古籍出版社于 2005 年影印出版，前有史树青 2005 年 4 月 1 日《序》。今依天津古籍出版社影印本辑录如下：

第 24 册刊发：

帅南《满江红》（怀古）、《绿腰》（和小止词原韵）；

汝南公子《连理枝》。

第 32 册刊发：况葵生《浣溪沙》（题金西厓刻竹拓本）。

第 50 册刊发：金开藩《本刊百号纪念感言》："本刊发行，转瞬五年，廿一年元旦，恰值一百号出版。"

第 53 册刊发：寿铄《词学讲义》。

第 54 册刊发：寿铄《词学讲义》（续一）。

第 55 册刊发：寿铄《词学讲义》（续二）。

第 56 册刊发：寿铄《词学讲义》（续三）。

第 57 册刊发：寿铄《词学讲义》（续四）。

第 58 册刊发：寿铄《词学讲义》（续五）。

第 59 册刊发：寿铄《词学讲义》（续六）。

第 60 册刊发：寿铄《珏庵词》之《枯桐怨语》，作品有《天香》（茧庐几上香灰结字，同□威韵）、《柳梢青》（甲寅上巳，寒云修禊流水音。余以事未与，越日补作，分韵得均字），寿铄《词学讲义》（续七）。

第 61 册刊发：寿铄《珏庵词》（续），作品有《宴清都》（寿姜颖生丈）、《瑶华》（太侔属题《楸阴感旧图》）、《烛影摇红》（茧庐摹印图），铄《词学讲义》

（续八）。

第 62 册刊发：寿钵《珏庵词》（续），作品有《绛都春》（歌席，赋赠养安）、《凄凉犯》（穆庵属题《岳云闻笛图》），寿钵《词学讲义》（续九）。

第 63 册刊发：寿钵《珏庵词》（续），作品有《莺啼序》（《天女散花图卷》，为寒云作），寿钵《词学讲义》（续十一）。

第 64 册刊发：寿钵《珏庵词》（续），作品有《双双燕》（养安、默娴夫妇合画册子），寿钵《词学讲义》（续十二）。

第 65 册刊发：寿钵《珏庵词》（续），作品有《秋宵吟》（《秋思集》题辞，为谷纫赋），寿钵《词学讲义》（续十三）。

第 66 册刊发：寿钵《珏庵词》（续），作品有《清波引》（山荷得薛镜，背錾"思娟"二字。因以娟镜名其楼，绘图属题，为赋一解），寿钵《词学讲义》（续十四）。

第 67 册刊发：寿钵《珏庵词》（续），作品有《万年欢》（寿寒云），寿钵《词学讲义》（续十五）。

第 68 册刊发：寿钵《珏庵词》（续），作品有《婆罗门引》（客有话本事者，为述一词）、《一枝春》（寿仲迁丈五十）、《齐天乐》（丙辰三月，幼同至自辽左，与夕玉、诚斋、绣君、寒梧、鹿君同饮市楼，西斋旧游，回首十五年矣。越日，幼同将复出关。夕玉画"菊花雁来红"横幅赠行，题曰《风雨同忧图》，绣君、寒梧皆有题辞，余亦继声），寿钵《词学讲义》（续十六）。

第 69 册刊发：寿钵《珏庵词》（续），作品有《汉宫春》（眉孙有诗，书含光《述乱赋》后。余广其意，更拈此解），寿钵《词学讲义》（续十七）。

第 70 册刊发：寿钵《珏庵词》（续），作品有《瑶华》（钱冶民夫妇哀辞），寿钵《词学讲义》（续十八）。

第 71 册刊发：

寿钵《珏庵词》（续），作品有《绿意》（丁巳闰月，主蘧至自历下，行沽市楼，闲话辽天旧事。濒行，索马伯瑰画菜小幅，并属纪念之以词。昔梦自怜，春情非旧，风雨东园，同深漂泊之感矣）、《翠楼吟》（答小柳，用原韵），寿钵《词学讲义》（续十九）。

杨慎修《蝶恋花》（黄宾虹夫子癸酉初夏赐诗书画，写画湘妃苏扇，赋此送敬）。

第72册刊发：寿锑《珏庵词》（续），作品有《买陂塘》（丁巳上巳，江亭禊饮，抚时感事，同太侔韵）、《浣溪沙》（丁巳感事），寿锑《词学讲义》（续二十）。

第73册刊发：寿锑《珏庵词》（续），作品有《浣溪沙》（丁巳感事），寿锑《词学讲义》（续二十一）。

第74册刊发：寿锑《珏庵词》（续），作品有《浣溪沙》（丁巳感事），寿锑《词学讲义》（续二十二）。

第75册刊发：寿锑《珏庵词》（续），作品有《四犯剪梅花》（有寄）、《秋霁》（夕玉龙江书来，属题黛玉录事小影，倚声寄之。黛玉之去龙江盖经月矣。夕玉有《九回肠》曲纪事，至悲婉也）、《浣溪沙》（戊午感事）、《解连环》（送春），寿锑《词学讲义》（续二十三）。

第76册刊发：寿锑《珏庵词》（续），作品有《东风第一枝》（己未元日，城南公园和婴公韵）、《大酺》（己未元夜和婴公，依梦窗体）、《忆旧游》（次韵婴公，题芟农《十年说梦图》，依梦窗体）、《三部乐》（依韵，答明星论词），寿锑《词学讲义》（续二十四）。

第77册刊发：寿锑《珏庵词》（续），作品有《国香慢》（吴静蕙女士索余治印，画牡丹小帧为报，赋词题谢）、《上行杯》（题《衔杯春笑图》，寿徐仲可丈）、《倚风娇近》（城南雨中，赋示肝若）、《甘州》（己未四月四日书事，用梦窗韵），寿锑《词学讲义》（续二十五）。

第78册刊发：寿锑《珏庵词》（续），作品有《早梅芳近》（歌者梅澜炫妆东渡，日闻喧载，訾誉异辞，拈此为瀛海仙山之间）、《早梅芳近》（己未立夏后一日书事，同婴公韵）、《倦寻芳》（和孟符丈，用梦窗韵，同次公作）、《西河》（燕台怀古，用清真韵）、《侧犯》（茧庐属题静蕙《牡丹画》）、《浣溪沙》（和小柳韵）二首，寿锑《词学讲义》（续二十六）。

第79册刊发：寿锑《珏庵词》（续），有《浣溪沙》（和小柳韵）六首、《蓦山溪》（师郑属题先德子潇公遗墨，依清真第二体），寿锑《词学讲义》（续二十七）。

第80册刊发：寿锑《珏庵词》（续），作品有《应天长》（送娄生南归）、《应天长》（婴公将北行，有词留别同游，奉和一首）、《还京乐》（京师新岁，南社同人集社坛水榭，即事有作。分得水字，借清真韵旧）、《霓裳中序第一》（稻孙所画霓羽便面，子元索题）、《梦芙蓉》（庚申书事）、《荔枝香近》（荔枝）、《荔枝香近》（五伶六扇册子，为陈万里题）、《十二郎》（沈太侔填词图卷），寿钵《词学讲义》（续二十八）。

第81册刊发：寿钵《珏庵词》（续），作品有《绕佛阁》（龚璱人先生手札，为钱塘钱大根题）、《渡江云》（戢翼海上书来，写示新词，有"凤城鸳枕"之句，赋此调之）、《解连环》（诸城女子与寒叶有华鬘匏爵之因。未几，而香车入别家矣。寒叶旧有赠句，写之生绡，更续题辞，属赋此解）、《惜红衣》（癸亥五月一日，茧庐寓楼望西苑荷花，踵白石韵）、《花犯》（佛士所为《花元春传》，拈此题之）、《角招》（万室女毓琛遗画，为介庐题）、《踏歌》（大登居士词集，"漆灯渐吐微光"，居士自题语也）、《侧犯》（赵味沧手摹元押册子）、《法曲献仙音》（乙丑嘉平，聊园词社第一集。为谭篆青题《填词图》）、《解蹀躞》（张栩人以母夫人画绘双袖属题。画作藤花燕子，王式杜先生所作，以媵女嫁者。先生有画名湘中）、《蕙兰芳引》（杨仲子居欧西所作画，为燕呢夫人题），寿钵《词学讲义》（续二十九）。

第82册刊发：寿钵《珏庵词》（续），作品有《兰陵王》（柳，和清真）、《小重山》（山荷属题《娟镜楼第二图》）、《拜星月慢》（七夕）、《还京乐》（晴波丈所得鹿床翁画卷），寿钵《词学讲义》（续三十）。

第83册刊发：寿钵《珏庵词》（续），作品有《一寸金》（俞伯扬挽词）、《绛都春》（聊园社集，分咏京师词人第宅，得陶凫芗红豆树馆，地在今上斜街）、《鬲浦莲近拍》（北海秋莲）、《霜花腴》（踵梦窗韵，自题《珏庵填词图》，并简同社诸子）、《梦玉人引》（路瓠厂尝梦至万山中，飞瀑淙淙，悬崖陡绝。有六字曰"汪水云濯发处"。作《仙山濯发图》。聊园社集，酒半属题，为倚石湖此解）、《雪梅香》（和柳溪韵）、《扫花游》（花朝夜集，送大壮）、《满路花》（戊辰闰花朝□顾初度）、《清平乐》（题画）、《还京乐》（题《柳溪填词图》，寄仲坚津市）、《金缕曲》（己巳六月，积雨初霁。释戡见示新词，依韵答和）、《金凤钩》（梦白画十二辰卷子）、《菩萨蛮》（回文，少鹿画红梅四帧，回环可读，为拟补齐居士此体题之），寿钵《词学讲义》（续三十一）。

第84册刊发：寿钵《珏庵词》（续），作品有《解连环》（野渡桃花）、《惜红衣》（桂缘衍《新茶花病讯》一幕，小柳极称许之，为谱《念奴娇》一阕。余亦拈石帚此调，为之写怨）、《夜合花》（书所见，为珊洛赋）、《探芳信》（桂堂夜

话)、《念奴娇》(歌席有似秋痴者，感赋一解)、《薄倖》(有悼)，寿铄《词学讲义》(续三十二)。

第 85 册刊发：寿铄《珏庵词》(续)，作品有《薄倖》(有寄，用前韵)、《玲珑四犯》(有寄)、《水龙吟》(歌席谢贻襟花)、《红情》(津女每嬉春游，辄炫红妆。癸叔有词纪之，即同其韵)、《解连环》(燕轻旧居，海棠娟妍犹昔，不胜去年今日之感，用石帚调赋之)、《夜合花》(记恨)、《临江仙》(燕轻旧居)，寿铄《词学讲义》(续三十三)(完)。

第 86 册刊发：寿铄《珏庵词》(续)，作品有《惜秋华》(天津晤丽秋，道将再至京师)、《琵琶仙》(绿阴何处，舞榭重来，拈此为素兰问)、《玲珑四犯》(拟赠素忱)、《虞美人》(兰英小影)、《六幺令》(津游有怊怅之怀，倚小山调寄之。筝语通愁，镜尘掩瘦。亦付之短音，三叹而已)、《祭天神》(前词意有未尽，再赋一解)、《永遇乐》(有题)、《虞美人》(分张二首)、《临江仙》(津楼坐雨，用耆卿第二体)、《兰陵王》(城南歌席)、《锁阳台》(本意)、《西子妆慢》(王琴小影)。

第 87 册刊发：寿铄《珏庵词》(续)，作品有《惜秋华》(别菊贞垂十年，忽于津上遇之，歌酒相劳，若叔夏之于沈梅娇也。感成此解)、《解连环》("密炬笼花，镜屏锁梦"，记丁巳留滞津楼，与湘君歌酒迎年，正此日也。伤春念往，爰托于音)、《花草度》(与菊贞话秋痴往事，怅然有作。秋痴犹女大隽，宛娈能歌，非复十年前之雏鬟矣)、《曲玉管》(津楼感遇)、《法曲献仙音》(城南听歌)、《雨霖铃》(蓉楼雨中)、《花犯》(慧君湖上摄影)、《秋思》(燕轻菊花画扇)、《烛影摇红》(天津重晤月清，垂垂老矣。凄然乐笑翁，毗陵客中之闻歌也)、《瑞龙吟》(湘君重步章台，栖迟白下，瞬经月矣。津上旧游，渺渺兮予怀也。借清真韵赋之)。

第 88 册刊发：寿铄《珏庵词》(续完)，作品有《瑞龙吟》(前词意有未尽，叠韵再赋一解)、《珍珠帘》(津楼酒半，感念事影。时甲子中秋，无月)。

剑亮按：《湖社月刊》所刊寿铄《词学讲义》包含以下几个方面内容：一、凡论；二、探源；三、唐五代词学；四、北宋词学；五、南宋词学；六、辽金人词学；七、元人词学；八、明人词学；九、清人词学；十、词之研究；十一、余论。后亦收入孙克强、和希林主编：《民国词学史著集成补编》中卷，第 509 页。

17 日，《东北大学周刊》第 39 期刊发：刘永济《鹧鸪天》(耐庵翁约游邓尉，遂及惠山，盘桓七日而归。一时兴会，不可不纪。爰就所经，各制一阕。短楫冲寒出远汀）、《鹧鸪天》（万顷湖光扑槛凉）、《鹧鸪天》（晓云收雨又成晴）、《鹧鸪天》（胜境新开似画图）。（后收入刘永济：《诵帚词集　云巢诗存》，第10页）

24日，《东北大学周刊》第40期刊发：刘永济《浣溪沙》（几日东风上柳枝）、《临江仙》（归计花前未稳）。（后收入刘永济：《诵帚词集　云巢诗存》，第9页）

31日，《东北大学周刊》第41期刊发：刘永济《鹧鸪天》（桂冷孤兰好梦惊）。（后收入刘永济：《诵帚词集　云巢诗存》，第11页）

本月

《学衡》第59期刊发：胡步川《西安围城诗录三》附词，有《风流子》（哀长安）、《如梦令》（听跛声）、《望海潮》（舞罗纨）、《浣溪沙》（闾阎怨）、《蝶恋花》（思家乡）、《如梦令》（入迷境）、《菩萨蛮》（守战壕）、《南歌子》（扑坚城）、《忆江南》（伤残躯）、《念奴娇》（破迷惘）、《浣溪沙》（烧麦田）、《浣溪沙》（搜粮炭）、《西江月》（丙寅自寿）、《金陵好》（长安围城，忆金陵旧游）。

剑亮按：胡步川（1892—1981），名竹铭，字步川，浙江临海人。水利专家。此时在陕西从事水利工程设计。

《一般》第3卷第3期刊发：方欣庵《词的起源和发展》。中曰："以上是拙编文学史稿件中的一章，因为急于交稿，所以很粗率地拿来塞责了。付印之后，又找到胡适之先生的《词的起源》一文，细看一遍，觉得我们的主张大体相同。本想根据胡先生的文章将本文增订数处，但既付印，亦不便过烦手民了。"

剑亮按：《一般》，月刊，1926年9月创刊于上海，由立达学会主办、开明书店出版发行。1929年12月5日出版至第9卷第4期终刊。

12月

3日，夏承焘作《齐天乐》（再到杭州）。（吴蓓主编：《夏承焘日记全编》第3册，第1697页）

7日，《东北大学周刊》第42期刊发：刘永济《鹧鸪天》（暂返田园似客房）、《鹧鸪天》（一曲琼沙一嶂山）、《鹧鸪天》（云锁青山树掩溪）、《鹧鸪天》（宿雾横江晓未开）、《鹧鸪天》（如此溪山好避秦）、《鹧鸪天》（草舍临江景最佳）、《鹧鸪天》（白渚青山叫水禽）、《鹧鸪天》（一嶂云山九面看）、《鹧鸪天》（几点流萤出暗沙）。（后收入刘永济：《诵帚词集　云巢诗存》，第 6 页）

8 日，蒋兆兰作《月中行》（丁卯十一月望，援道与懿君自津来）。（蒋兆兰：《青蕤庵词》卷四，第 16 页。后收入朱惠国、吴平编：《民国名家词集选刊》第 1 册，第 540 页）

10 日，《南金》第 5 期刊发：仲坚《柳溪词话》。

11 日，夏承焘致函谢玉岑。夏承焘记曰："发玉岑常州一信，托买《蕙风词话》，告欲尽搜清人词书在徐钒《丛谈》后者，稍变其体例，汇为一书，问吴门毕寿颐藏词书目。附写'再到杭州'《齐天乐》一词。"（吴蓓主编：《夏承焘日记全编》第 3 册，第 1701 页）

剑亮按：夏承焘此函后收入沈迦编撰：《夏承焘致谢玉岑手札笺释》，第 40 页。

本月

吴梅《词学通论》，由广州国立中山大学出版部出版。全书目次如下：第一章"绪论"，第二章"论平仄四声"，第三章"论韵"，第四章"论音律"，第五章"作法"，第六章"概论一：唐五代"，第七章"概论二：两宋"，第八章"概论三：金元"，第九章"概论四：明清"。

本年

【词人创作】

毛泽东作《西江月》（秋收起义）。（中共中央文献研究室编：《毛泽东诗词集》，第 147 页）

剑亮按：《毛泽东诗词集》收录该词，词后有注曰："这首词最早非正式地发表在《中学生》一九五六年八月号，是由谢觉哉在题为《关于红军的几首词和歌》的文章中提供的。"

顾随作《浣溪沙》（恻恻轻寒似早秋）、《鹧鸪天》（灯火楼台渐窈冥）、《夜飞鹊》（津门晤樗园）、《百字令》（屋山起伏）、《满江红》（与樗园夜话）、《鹧鸪天》（向晓阴阴向晚晴）、《采桑子》（恼人天气微吟好）、《采桑子》（乍寒乍暖清明近）、《汉宫春》（梦里神游）、《青玉案》（秾桃艳李春犹浅）、《雨中花慢》（哀乐中年）、《菩萨蛮》（春江鱼浪空千里）、《清平乐》（春归何处）、《天仙子》（万丈游丝心不定）、《御街行》（春光九十成婪尾）、《鹧鸪天》（月影银灰更淡黄）、《临江仙》（题纳兰《饮水》《侧帽》二词）、《青玉案》（阴晴寒暖无冤准）、《木兰花慢》（正东风送雨）、《临江仙》（继韶屡有书来却寄）、《绮罗香》（旧日豪情）、《高阳台》（戏咏榴花）、《水调歌头》（佳节届重五）、《望海潮》（夕阳楼阁）、《浣溪沙》（咏马缨花）、《南乡子》（镜里鬓星星）、《浣溪沙》（白露泠泠湿碧苔）、《浣溪沙》（一日阴阴一日晴）、《浣溪沙》（一阵西方彻夜吹）、《浣溪沙》（莫道衣冠似沐猴）、《浣溪沙》（不是他乡胜故乡）、《鹧鸪天》（一阵潇潇正打窗）、《鹧鸪天》（也是山巅与水涯）、《鹧鸪天》（万事消磨是此生）、《鹧鸪天》（绝代佳人独倚楼）、《鹧鸪天》（绝代佳人独倚栏）、《鹧鸪天》（绝代佳人独倚床）、《鹧鸪天》（绝代佳人独敛眉）、《木兰花慢》（是何人弄笛）、《临江仙》（自是诗人年少）、《玉楼春》（马樱别我初生萼）、《十拍子》（别怕暗牵旧恨）、《台城路》（梦中醒后迷离甚）、《汉宫春》（底事悲秋）、《南歌子》（此意无人晓）、《渔家傲》（楼外红桥桥下水）、《踏莎行》（放眼楼头）、《踏莎行》（对烛长叹）、《金人捧露盘》（雪漫漫）、《水调歌头》（收汝眼中泪）、《瑞鹧鸪》（安心还是住他乡）、《贺新凉》（天远星飘渺）、《西河》（愁未已）、《清平乐》（知交分散）、《踏莎行》（天压楼低）、《生查子》（身如入定僧）、《夜游宫》（一纸书来道苦）、《念奴娇》（词人长是）、《侧犯》（水仙两字）。（闵军：《顾随年谱》，第70页）

夏承焘作《望江南》（呼酒去）、《望江南》（惊春去）、《卜算子》（吹作满江愁）、《浣溪沙》（寄玉岑）。（吴无闻：《夏承焘教授纪念集》，第223页）

吴梅作《玉京谣》（客广南三月，龟岗独酌，辄动乡思，依梦窗调）、《浣溪沙》（黄瘿缥《芦雁图》）、《忆瑶姬》（吴湖帆翼燕出示《隋董美人墓志》，为赋此解）、《清平乐》（溪山秋晚）、《减字木兰花》（过胥江，有悼）、《寿楼春》（观演《湘真阁》南剧），以及《谢顾鹤逸绘赠〈霜厓填词图〉》诗。（王卫民：《吴梅评传》，第282页）

吴其昌在京师作《长相思》（长相思）、《长相思》（山迢迢）、《长相思》（晴黄昏）、《长相思》（恨无端）、《踏莎行》（立厂命作，学晏元献）、《玉楼春》（次韵晏同叔，兼和立厂）、《菩萨蛮》（京居闻故乡惨陷乱中，辄怆然不知涕之何从。因学五代人作《江南词》，未能解忧，益增于邑耳）、《菩萨蛮》（人人尽说江南好）、《浣溪沙》（晚坐北海远帆阁，与芸阁、仰苕同赋）、《浣溪沙》（慵意三分慧一分）、《浣溪沙》（皱绿成波意未忘）、《浣溪沙》（夜坐公园春明馆绿树下，芸阁、徇厂俱）、

《浣溪沙》（再度出京师。一夕深更，坐中央公园绿萝树下，怆然感来，不能自已，其悲也）、《金缕曲》（奉题惠衣三兄《北堂夜课图》）、《金缕曲》（君亦应如此）、《采桑子》（清华作，枕上口占）、《蝶恋花》（清华作，见麇月写寄）、《蝶恋花》（蓦地修蛾千皱折）。（后收入吴令华主编：《吴其昌文集·诗词文在》，第 27 页）

吕凤作《百字令》（丁卯生朝）。（吕凤：《清声阁词》卷三，第 12 页。后收入朱惠国、吴平编：《民国名家词集选刊》第 8 册，第 310 页）

刘麟生作《虞美人》（徐汇酴醾）、《齐天乐》（与寿宇寓居鉴园东顾楼，宾朋过从，置酒甚欢）、《渔家傲》（赠台湾蔡北仑）、《山花子》（清凉山夕归，和南桥寄词）、《台城路》（车中野望）。（刘麟生：《春灯词》，第 10 页。后收入朱惠国、吴平编：《民国名家词集选刊》第 15 册，第 72 页）

胡士莹作《蝶恋花》（和斐云）四首、《清平乐》（曲屏山底）、《玉楼春》（紫骝嘶向天涯去）、《玉楼春》（高楼又是斜阳近）、《玉楼春》（画阑日日和香凭）、《点绛唇》（薄雾冥蒙）、《浣溪沙》（楼外青山解送迎）、《踏莎行》（夜步湖滨公园）。（胡士莹：《霜红词》，第 19 页。后收入曹辛华主编：《民国词集丛刊》第 10 册，第 399 页）

【词籍出版】

林鹍翔《半樱词》刊行。卷首有况周颐《序》、胡惟德《序》。（上海图书馆藏。后收入朱惠国、吴平编：《民国名家词集选刊》第 9 册）

况周颐《序》中曰："《半樱词》者，起癸丑，迄庚申。此数年中，泰半旅居日本，得词如干阕。遥情深致，寄托于樱花者为多。"

顾随《无病词》刊行。（华东师范大学图书馆藏。后收入曹辛华主编：《民国词集丛刊》第 32 册）

陆日章《西邨词草》二卷刊行。（后收入曹辛华主编：《民国词集丛刊》第 15 册）

陆日曛《花村词滕》一卷刊行。（后收入曹辛华主编：《民国词集丛刊》第 15 册）

张荣培《惜余春馆词钞》一卷附《耦园课存》刊行。卷首有吴梅《序》、张茂炯《序》。卷尾有顾建勋《跋》、杨鸿年《跋》。(后收入曹辛华主编:《民国词集丛刊》第 20 册)

程仲清《兰锜词》刊行。收词 46 首。书前有叶惟善、诸宗元等人的《题辞》。书后有松岩写于 1927 年的《跋》。

叶圣陶选注《苏辛词》,由上海商务印书馆出版。

陈中凡《词通论》,由上海中华书局出版。《词通论》从陈中凡《中国韵文通论》中辑出。(后收入孙克强、和希林主编:《民国词学史著集成》第 15 卷)

【报刊发表】
《北京大学研究所国学门月刊》第 1 卷第 4 号刊发:
沅君《南宋词人小记》之三《草窗年谱拟稿》,《南宋词人小记》之四《草窗朋辈考》,之五《草窗词学之渊源》;
陆侃如《词选笺自序》(写于十四年十月十二日)。
《小说月报》17 卷刊发:
西谛《宋人词话》;
台静农《宋初词人》;
张友仁《论北宋慢词》;
滕固《纳兰容若》。
《小说月报》第 18 卷刊发:胡适《词选自序》。
《国闻周报·采风录》第 4 卷第 35 期刊发:郭则沄《齐天乐》(为葆生社兄题迦陵手书词稿)。
《东北大学周刊》第 31 期刊发:刘毓盘《词史》。此后第 32、34、36—38、40—42、44、46 期连续刊发。
《国学月报》第 2 卷第 4 期刊发:储皖峰《词坛趣韵跋》。
《国学月报》第 2 卷第 8—10 期刊发:赵万里《王观堂先生校本批本目录》。
《国学月报》第 2 卷第 12 期刊发:储皖峰《关于清代女词人顾太清》。

《浙江图书馆报》第 2 卷第 1 期刊发：曹雨群《李后主的著述及其版本》。

《燕大月刊》第 1 卷第 3 期刊发：胡肇椿《评晏叔原（几道）词》。

《国学年刊》第 1 卷第 1 期刊发：毕寿颐《于湖词校录》。

《燕大月刊》第 1 卷第 2—4 期刊发：顾敦鍒《李笠翁词学》。

《北新半月刊》第 1 卷第 51、52 期刊发：赵景深《关于纳兰词》。

《暨南周刊》第 2 期刊发：衣萍《记石鹤舫的词》。

《国学论丛》第 1 卷第 1 期刊发：颜虚心《陈同文生卒年月考》。

《学生杂志》第 14 卷第 6 期刊发：景逸《论李清照的漱玉词》。

【词社活动】

兰社成立于武进。

发起人为周葆贻。社员为周葆贻及其弟子。编有《武进兰社男女弟子诗词百人集》，收录陈倚楼、刘雁秋、惠粲等 128 人的诗词作品。

【词人生平】

冯煦逝世。

冯煦（1843—1927），字梦华，号蒿庵，江苏金坛人。光绪十二年（1886）进士，授编修，官至安徽巡抚。有《蒙香室词》（一名《蒿庵词》二卷）、《蒿庵论词》一卷，编有《宋六十一家词选》十二卷。

冒广生《小三吾亭词话》卷四曰："金坛冯梦华中丞煦，早饮香名，填词大手。四十后，始通籍为皖抚，有声。挂冠神武，未竟其用。《蒙香室词》多其少作。幽咽怨断，感遇为多。"（唐圭璋编：《词话丛编》第 5 册，第 4722 页）

钱仲联《近百年词坛点将录》曰："蒿庵生早于半塘、大鹤、彊村诸家，而殁后于半塘、大鹤。词名早著。《蒙香室词》无愧正宗雅音。著《蒿庵词话》，选《宋六十一家词选》，可谓总探词坛声息。"（钱仲联：《梦苕庵论集》，第 405 页）

王德楷逝世。

王德楷（1866—1927），字木斋，江苏上元（今南京）人。与文廷式、靳志、易顺鼎等唱和。有《娱生轩词》。

夏敬观《忍古楼词话》曰："上元王木斋德楷，与予侄承庆为丁酉同年生，昔年在文芸阁席上见之，遂与订交。木斋记问博雅，善谈论。庚子、辛丑间，在沪上，盖无日不相往还。所著《娱生轩词》，近年其乡人卢君冀野始获录刊一卷，盖遗稿散佚者多矣。《寿楼春》云：'听啼莺销魂，向垂杨万绿，立尽黄昏。输与浇愁红友，醉乡延春。频怅望，年时人。数飘零、谁依王孙。算鹣镜盟尽，鸳楼梦熟，芳思总成尘。　重来处，空斜曛。荡歌云一片，犹恋芳尊。应有文蛛冒壁，候虫迎门。聊纵酒，张吾军。眷旧情、翻怜桃根。任頹影扶花，东风泪盈欹岸巾。'此词作于秦淮水榭，时有所眷，已他适矣，予略知其本事也。"（唐圭璋编：《词话丛编》第5册，第4826页）

钱仲联《近百年词坛点将录》曰："木斋与黄公度、文芸阁交游，《娱生轩词》迥异凡流。《金缕曲》（赠公度）有云：'一撮乾坤净土，几许浮埃野马，但斗柄垂垂南挂。脚底三山尘未洗，诏东皇为我飞龙驾。倚阊阖，望华夏。'自可羽翼芸阁。"（钱仲联：《梦苕庵论集》，第393页）

康有为逝世。

康有为（1858—1927），又名祖怡，字广厦，号长素，广东南海人。为清末维新运动领袖。有《康有为全集》，内附词一卷。钱仲联《近百年词坛点将录》曰："长素《蝶恋花》词：'翠叶飘零秋自语，晓风吹堕横塘路。''三十六陂飞细雨，明朝颜色难如故。'岂戊戌失败史之缩影耶？"（钱仲联：《梦苕庵论集》，第398页）

魏戫逝世。

魏戫（1860—1927），字铁三，一作铁珊，晚号瓠公，别号龙藏居士，浙江山阴人。候选知府。有《寄榆词》。钱仲联《近百年词坛点将录》曰："《寄榆词》塞垣边角，秋声哀怨，所谓'算只有，女萝山鬼愁堪诉'也。"（钱仲联：《梦苕庵论集》，第393页）

李岳瑞逝世。

李岳瑞（1852—1927），字孟符，号春冰，别号小郳、郳云，陕西咸阳人。官工部员外郎，充总理衙门章京，民国时任清史馆协修。有《郳云词》。

1928 年

（民国十七年　戊辰）

1月

1日，《嘤求》月刊第1期刊发：徐同《忆江南》（自述）。（后收入《民国珍稀短刊断刊·浙江卷》第13册，第6046页）

剑亮按：《嘤求》，月刊，1928年创刊于浙江兰溪，由兰溪地方银行行员互助会嘤求月刊社出版发行。当年终刊。

15日，《快哉亭·文苑》刊发：铁铮《西江月》（无题）。（后收入南江涛选编：《清末民国旧体诗词结社文献汇编》第4册，第78页）

23日，黄侃作《金缕曲》（丧乱何时了）赠金毓黻。金毓黻《静晤室日记》曰："先师黄季刚先生曾于戊辰岁首写《金缕曲》一首贻余。亡命江南，展转入蜀，未将写件携去。还里以来，在书箧中搜得之。原用素绢写成，已付装池。兹录存其词如下：'丧乱何时了，叹无端羁栖辽海，新年又到。半世厄穷曾不闵，那有福祥堪祷。拼辛苦长餐虞蓼。何限故交无酒醑，笑菜根、纵淡犹能咬。公自爱，锡难老。　百龄毕竟分彭夭。喜芳春依然入眼，且宽怀抱。悼俗忧天皆早计，鬈发几人能皓。又何贵苍蝇来吊。仰屋著书尤妄语，覆酱瓿，岂少玄亭稿。算唯有，醉吟好。'"（金毓黻：《静晤室日记》，第6384页）

23日，邵章作《六州歌头》（戊辰元旦）。（邵章：《云淙琴趣》卷二，第1页。后收入朱惠国、吴平编：《民国名家词集选刊》第10册，第79页）

本月

汪兆镛作《蝶恋花》（丁卯十二月，澳门病中作）。（汪兆镛：《雨屋深灯词续稿》，第7页。后收入朱惠国、吴平编：《民国名家词集选刊》第3册，第308页）

向迪琮作《六州歌头》（丁卯岁暮感怀，拟东山）。（向迪琮：《柳溪长短句》，第26页。后收入曹辛华主编：《民国词集丛刊》第3册，第544页）

《学衡》第 60 期刊发:《张尔田致黄节函》。中曰:"比阅杂报,多有载静庵学行者,全失其真,令人欲呕。呜呼! 亡友死不瞑目矣。忆初与静安定交,时新从日本归,任苏州师范校务。方治康德、叔本华哲学,间作诗词。其诗学陆放翁,词学纳兰容若。时时引用新名词作论文,强余辈谈美术,固俨然一今之新人物也。其与今之新人物不同者,则为学问,研究学问,别无何等作用……世之崇拜静庵者,不能窥见其学术之大本大原,专喜推许其《人间词话》《戏曲考》种种,而岂知皆静庵之所吐弃不屑道者乎?"

剑亮按:此函后又以《呜呼亡友死不瞑目矣》之题,发表于《文字同盟》1927 年第 4 号"王国维专号"。

靳德峻《人间词话笺证》,由北京文化学社出版。1930 年 7 月再版,1935 年 3 版。本书系王国维《人间词话》的注释本,对原著所引人名、书名等作了笺证。黎锦熙题签书名。再版本略作修正,并有极苍的《再版赘语》。

赵景深《中国文学小史》,由上海光华书局出版。全书共三十五章。其中,第二十三章为"词家三李",第二十四章为"北宋词人",第二十五章为"南宋词人"。

年初,贺锦斋作《浪淘沙》(1928 年初,我在湖北藕池一带打游击,闻毛泽东同志已在湘南组织农民起义,朱德同志亦收集散部由粤回湘,令人喜而不能成寐)。(后收入萧三主编:《革命烈士诗抄》,第 31 页)

2 月

1 日,《嘤求》月刊第 2 期刊发:姜恂如《寿星明》(寿武义林静卿丈八旬双庆)。(后收入《民国珍稀短刊断刊·浙江卷》第 13 册,第 6137 页)

6 日,《大公报·文学副刊》第 6 期刊发:赵万里《评罗庄女士〈初日楼词〉》。

9 日,赵万里辑成《〈人间词话〉未刊稿及其它》。

16 日,夏承焘作《金缕曲》(十六年春挈闺人浮海,同客严陵)。(吴蓓主编:《夏承焘日记全编》第 3 册,第 1752 页)

19 日,刘麟生作《谒金门》(雨水前一日,偕宝沣、凤元登鸡鸣寺摄影。疏枝掩映,殊饶画意)。(刘麟生:《春灯词》,第 12 页。后收入朱惠国、吴平编:《民国名家词集选刊》第 15 册,第 75 页)

25 日,夏承焘作《百字令》(厉樊榭泊桐江咏《百字令》词,颇以自诧。十七年挈内子夜过桐庐,继声为此)。(吴蓓主编:《夏承焘日记全编》第 3 册,

第 1755 页）

26 日，聊园词社第一次社集。许宝蘅记曰："赴谭篆青约，聊园词社第一集。夏闰枝、汪仲虎、李星桥、金镄孙、赵剑秋、三六桥、陆彤士、邵伯纲、路金坡、寿石工，主客十二人，拟题为《氐州第一·咏春雁》《东风第一枝·咏早春》。三时散。"（许宝蘅著，许恪儒整理：《许宝蘅日记》第 3 册，第 1231 页）

本月

吴其昌作《清平乐》（年时一首，京师作）。（后收入吴令华主编：《吴其昌文集·诗词文在》，第 31 页）

3 月

1 日，《嘤求》月刊第 3 期刊发：姜恂如《蝶恋花》（对美人蕉有感）。（后收入《民国珍稀短刊断刊·浙江卷》第 13 册，第 6228 页）

5 日，《世界日报副刊》刊发：盛世强《词牌考证》。12 日、19 日连载。

7 日，顾随致函卢伯屏，并附《添字采桑子》（劝君莫问花开未）、《浣溪沙》（郁郁心情打不开）词。（顾随：《顾随全集》第 8 卷，第 267 页）

12 日，《大公报·文学副刊》第 10 期刊发：《胡适选注本〈词选〉》。

25 日，《文学周报》第 6 卷第 9 期刊发：施蛰存《李清照词的标点》。中曰："《幻洲》第 2 卷第 4 期上有一位闻涛先生做了一篇尖刻的文章，校订胡云翼的《李清照词》的标点，指出了六项标点的错误和数处文句的不妥。对于后者，我也觉得有同样的不满，而对于前者，我却觉得校订胡云翼的闻涛先生自己也错了不少。看闻涛先生文章的时候，我手头不会有胡云翼标点的《漱玉词》，也没有一本任何版本的李清照的词，只凭着自己对于旧词的句律方面的一些儿记忆，妄指了闻涛的错误。曾写了一段短文寄去，至今也不曾看到什么更正。大约《十字街头》的编辑先生是不愿意替闻涛君改善的了，但我想买胡标《李清照词》的人很多，而买《幻洲》的人恐怕尤多。闻涛的文字影响所及，或许会使许多青年人更误读了《漱玉词》。这样的以误正误，为害不浅。所以我特地去找了一本胡标《李清照词》来，诵读之下，觉得那本小小的铅印书，似乎有着很多的讹误。因此又去找到了一本香海阁木刊本《三李词》之的《漱玉词》来对读。经过了一度的比勘，断定胡标《李清照词》是一本错得很多的印本，而闻涛君的校订胡云翼的错误，也大都仍是错的。"

29 日，《东北大学周刊》第 47 期刊发：刘永济《鹧鸪天》（小河沿酒楼饯郭学士洽周游美）、《浣溪沙》（赠汪锡箴学长）、《浣溪沙》（万里榆关有梦过）、《采桑子》（塞门三月寒犹峭）。（参见刘永济：《诵帚词集　云巢诗存》，第 300 页）

本月

吴梅重新启动"潜社"的集会活动，并转以作曲为主。填词由汪辟疆、汪旭初指导，吴梅改为指导南北曲。学生有王起、唐廉、卢炳普、常任侠、张惠衣等。

《小说月报》第 19 卷号外刊发：赵万里辑《〈人间词话〉未刊稿及其它》。

春，汪曾武作《疏影》（戊辰春首，连日佳会。夜半言归，快雪初晴，泥途泞滑。回忆江亭赏雪，故人早悲宿草。怅触前尘，为拈此解）。（汪曾武：《趣园诗余·味莼词乙稿》，第 5 页。后收入朱惠国、吴平编：《民国名家词集选刊》第 6 册，第 53 页）

春，丁宁作《一萼红》（戊辰春暮，题葬花美人）。（后收入丁宁著，刘梦芙编校：《还轩词》，第 6 页）

4 月

1 日，聊园词社第二次社集。许宝蘅记曰："六时到藕香榭，夏闰枝、李星桥约，聊园词社第二集。到者赵剑秋、汪仲虎、三六桥、邵伯䌹、袁文薮、陆彤士、谭篆青、邵次公、寿石工、章曼仙，未到者金篯孙、路金坡。前集《氐州第一·咏春雁》以曼仙作为最，《东风第一枝·早春》以星桥为最、篆青次之。伯䌹、仲虎、金坡、六桥皆有作。九时归。"（许宝蘅著，许恪儒整理：《许宝蘅日记》第 3 册，第 1237 页）

1 日，《快哉亭·文苑》刊发：桂从周《河传》（题渊如老叔梅花遗册）。（后收入南江涛选编：《清末民国旧体诗词结社文献汇编》第 4 册，第 101 页）

2 日，张素作《尉迟杯》（闰花朝）。（后收入张素：《南社张素诗文集》，第 749 页）

5 日，吕凤作《金缕曲》（戊辰清明日，外子偕樊山、味云、鹤亭诸公在雩坛桃林下啜茗。风吹花片，坠入瓯中。味云曰，此桃花茶也。请樊山先生赋之，诸公继和）。（吕凤：《清声阁词》卷三，第 13 页。后收入朱惠国、吴平编：《民国名家词集选刊》第 8 册，第 311 页）

7 日，袁毓麟作《一萼红》（戊辰清明后二日游旸台山。时杏花盛开，遍三十里，弥望无际。辽时清水院藏经处遗址尚在，近则响堂、普照、秀峰、莲花、朝阳各寺，为清太监产，自被放后，群栖息于此。宫人入道，古今同慨）。（袁毓麟：《香兰词》，第 22 页。后收入朱惠国、吴平编：《民国名家词集选刊》第 10 册，第 420 页）

8 日，吴虞阅评胡适词。评曰："取胡适之《词选》一册……阅《词选》。适之推重苏、辛，极与予意合。而目白石、梦窗、碧山诸人为词匠，尤具卓识。"（荣孟源审校：《吴虞日记》下，第 400 页）

12 日，顾随致函卢伯屏，并附《减兰》（狂风甚意）、《蝶恋花》（谁道聪明天也妒）词。中曰："何如？太偏于哲理，使 F 君见之，将谓我不艺术化矣。其实老顾填词，只要以词之形式，写内心的话，不管艺术化与否耳。"（顾随：《顾随全集》第 8 卷，第 269 页）

12 日，《快哉亭·文苑》刊发：

孙念希《浣溪沙》（西沽看桃花过客题名处，漫赋）；

赵幼梅《浣溪沙》（和孙念希）；

杨意□《浣溪沙》（和孙念希）。（后收入南江涛选编：《清末民国旧体诗词结社文献汇编》第 4 册，第 103 页）

18 日，夏承焘阅评胡云翼《宋词研究》。记曰："阅《宋词研究》，胡云翼作。虽不甚可取，而首章主词起源于音乐（当时胡乐入中国），谓词是写情诗，皆有见地。"（吴蓓主编：《夏承焘日记全编》第 3 册，第 1776 页）

22 日，汪曾武作《忆旧游》（戊辰上巳，同人北海修禊、摄景，分得非字）。（汪曾武：《趣园诗余·味莼词补遗》，第 1 页。后收入朱惠国、吴平编：《民国名家词集选刊》第 6 册，第 65 页）

23 日，夏承焘致函谢玉岑。中曰："拙作《重到西湖》词，钱先生亦谓'人间何世'必不可改'甚人间世'，拟再改之。《词有衬字考》已脱稿，《词律论》则属稿未誊。拟取王灼《碧鸡漫志》、凌廷堪《燕乐考原》、沈义甫《乐府指迷》、张炎《词源》、陈澧《声律通考》（东塾丛书）诸书一阅。尊处如可代借，乞与丁、况二书同惠。"（后收入沈迦编撰：《夏承焘致谢玉岑手札笺释》，第 63 页）

27 日（农历三月初八日），《快哉亭·文苑》刊发：杨□华《西江月》（南苑归来过午）、《鹊啼慢》（南郊春游）。（后收入南江涛选编：《清末民国旧体诗词结社文献汇编》第 4 册，第 105 页）

29 日，聊园词社第四次社集。许宝蘅记曰："到团城承光殿。篯孙约词社第四集，分题为《承光殿古松》，相传曾封为翠云侯。调寄《瑞鹤仙》。"（许宝蘅著，许恪儒整理：《许宝蘅日记》第 3 册，第 1243 页）

本月

陈曾寿作《天香》（戊辰三月，同夷希、君适返湖庐）。（陈曾寿著，张彭寅、王培军校点：《苍虬阁诗集》，第 375 页）

徐珂选辑《历代词选集评》，由上海商务印书馆出版。1930 年 8 月再版。辑选唐至明代词 568 首。词后附古今名人评语。有选编者《序》。

5 月

2 日，《仪陇留省学会会刊》第 2 期刊发：邬丹阳《虞美人》（清明忆家）。（后收入《民国珍稀短刊断刊·四川卷》第 17 册，第 8533 页）

6 日，汪曾武作《春夏两相期》（戊辰立夏前一日，招集樱园词社赏芍药，咏金带围）。（汪曾武：《趣园诗余·味莼词乙稿》，第 6 页。后收入朱惠国、吴平编：《民国名家词集选刊》第 6 册，第 55 页）

13 日，李遂贤作《江亭怨》（戊辰春闰二月二十三日，牍辞京汉路局暨交部路司史会各职，得请三月初四日重游东辂。溯自壬子，由洛之燕，瞬经十有七载。临歧回首，有姜尧章别母随郎滋味。赋此自嘲。时三月二十四日，临眺松花江上。韩开鼎世兄为予写照，即以补白）。（李遂贤：《懊侬词》，第 52 页。后收入曹辛华主编：《民国词集丛刊》第 4 册，第 261 页）

31 日，顾随致函卢伯屏，并附《浣溪沙》（赤日当头热似炙）词。（顾随：《顾随全集》第 8 卷，第 277 页）

本月

《东方杂志》第 25 卷第 9 号刊发：任中敏《研究词集之方法》。（后收入王小盾等主编：《任中敏文集·词学研究》，第 35 页）

《学衡》第 62 期刊发：姚华《弗堂丙寅词》，有《太常引》（题林畏庐画，原题云：芦花深处一茅亭，雨后山光分外青。游遍燕南无此景，能毋回首望西泠）、《生查子》（元夜，题山水小景）、《徽招》（《三山籙校碑图》，为劈堪谱石帚）、《春浦》（春草，和玉田春水韵）、《西江月》（病院感兴）、《菩萨蛮》（《灯光梦影图》。梦影，蝴蝶花也）、《三姝媚》（八月初五夜，预中秋，和《金梁梦月词》韵）、《三姝媚》（中秋，叠前韵）、《浪淘沙》（九月十九，石工约集词社同人为展重阳。病不克兴，走笔赋呈。不耐苦吟，聊慰猎心耳）、《琐窗寒》（《山茶江梅》画幅）。

6 月

1 日，夏承焘致函谢玉岑商讨词学论文。中曰："拙作《词有衬字考》顷付写讲义。明后日奉教，并乞代质沪上词流，请其评骘。如以为不足观，则为我藏拙。"（后收入沈迦编撰：《夏承焘致谢玉岑手札笺释》，第 68 页）

3 日，顾随致函卢伯屏，并附《惜分钗》（熏风动）、《蝶恋花》（飞絮随风蚁转磨）词。中曰："昨儿下午睡午觉不成，填了一首词，抄去使兄见近中心情之一斑……索性再抄一首吧。"（顾随：《顾随全集》第 8 卷，第 277 页）

15 日，国立暨南大学《中国语言文学系期刊》创刊号刊发：董每戡《绮罗香》（禅心）、《浪淘沙》（飘零）、《忆江南》（野寺秋暮）、《蝶恋花》（夜酌）、《浪淘沙》（秋怀）二首、《望秦川》（重阳夜）、《龚定庵的词》。（后收入陈寿楠等编：《董每戡集》第 5 卷，岳麓书社，2011 年，第 430 页）

20 日，汪东偕黄侃至北极房书店，看王官寿所辑《宋词钞》，并转述吴梅论柳永词。黄侃记曰："偕旭初至北极房（近定名），看近人所辑《宋词钞》，欲合词律词选而一之，印甚精，书未善也。旭初述吴某语，柳耆卿词无全篇佳者，彼但知'天淡云闲，朝来翠袖凉'耳。柳词即其赤文绿字之秘纬，焉能悉其意旨乎？"（黄侃著，黄延祖重辑：《黄侃日记》，第 314 页）

22 日，吴梅作《凄凉犯》（戊辰端午）。（吴梅：《霜厓词录》，第 8 页。后收入朱惠国、吴平编：《民国名家词集选刊》第 13 册，第 437 页）

24 日，黄侃作《青衫湿》（鼎湖龙去随年远），并与伯弢、小石等社集，游明宫午门。黄侃记曰："小石题名，并录诸人连句纪游词及辟疆诗。"（黄侃著，黄延祖重辑：《黄侃日记》，第 318 页。后收入黄侃著，黄延祖重辑：《黄季刚诗文集》，第 419 页。题作《青衫湿》[明陵纪游]）

本月

夏，魏元旷作《高阳台》（戊辰夏日，经旧居法轮庵）。（魏元旷:《潜园词续钞》，第 6 页。后收入朱惠国、吴平编:《民国名家词集选刊》第 2 册，第 321 页）

夏，须社成立于天津。据《烟沽渔唱》，须社由郭则沄、林葆恒等人发起。郭则沄任社长。社员有陈恩澍、查尔崇、李孺、章钰、周登皞、白廷夔、杨寿楠、林葆恒、王承垣、郭宗熙、徐沅、陈宝铭、周学渊、许钟璐、胡嗣瑗、陈曾寿、李书勋、郭则沄、唐兰、周伟等 20 人。至 1931 年春，社集 100 次。社集之作汇编成《烟沽渔唱》4 册。

夏，陈三立作《余澹心玉琴斋词题词》，曰:"吾友柳君翼谋主金陵图书馆，出所藏余澹心《玉琴斋词》若干卷。为澹心手抄本，将付诸石印，过沪持示余，盖世所未经见者也……翼谋耽其嗜古，倘续有所获，并为流传，亦书生好事作痴之私幸也。戊辰伏日，散原老人陈三立题记。"（潘益民、李开军辑注:《散原精舍诗文集补编·诗文补遗》，江西人民出版社，2007 年，第 298 页）

7 月

17 日，袁克文作《雨霖铃》（戊辰七月十七日书事）。（袁克文:《洹上词》，民国二十七年 [1938] 油印本，第 34 页。后收入朱惠国、吴平编:《民国名家词集选刊》第 14 册，第 290 页）

25 日，刘毓盘逝世。

剑亮按:刘毓盘逝世后，查猛济、杨世骥分别撰文纪念。查猛济在《词学季刊》第 1 卷第 3 期（1933 年）发表《刘子庚先生的词学》。其文曰:"公元一九二八年的夏天，北大词学教授刘子庚先生，暴死在北平西四牌楼胡同内的一所破陋不堪的屋子里面。不但中国的词坛上顿时失去了一位忠实的导师，就是一切山水、星辰、森林、花草，也该都变了颜色，悼惜它们管领的主人。最可纪念的:北大中国文学系里'词史'这门功课从此再没有人敢继续他讲下去。这一点，也可证明近代词学的消沉和先生在词坛上的地位了。近代的词学，大概可以分做两派:一派主张侧重音律方面的，像朱古微、况夔生诸先生是;一派主张侧重意境方面的，像王静庵、胡适之诸先生是。只有《词史》的作者刘先生，能兼顾这两方面的长处。我和聚仁校刊《词史》的时候，曾把作者词学的梗概约略介绍过一下。凡是读过《词史》的人，总会相信先生对于词学批评的眼光，于此便有人希望再见他的创作，可是他的词集《嚬椒词》，只有光绪年间的刻本，外间很少流通，所以大家觉得这番介绍的工作尤其重要……刻本《嚬椒词》不到百首，可见当时选择的精审了。先生曾经对我说过：'凡载在这册集子里的词，没有一首不能按之管弦的。'第一首《菩萨蛮》中'花约夕阳迟，一齐红几时'两句，一时传遍京华。他自己也很夸喜，时常向人家说起这回事。凡是读过他词集的人，都会知道这首词的价值。"

又按：杨世骥《刘毓盘》曰："在近代词学上，刘毓盘的名字，虽然是十分生疏，而他的词既能着重意境，又非常讲究音律，大抵都是能按之管弦的。他不像同时一般词人们，为了要追踪梦窗、玉田，乃至字模句拟，徒工涂藻，缺乏真趣。他对于词的整理，也能兼顾到这个方面，终身孜孜矻矻地工作着，除词以外无他嗜，其贡献适足与况周颐、王国维鼎足而三，他们都是能屹立于当时词坛风气之外的。毓盘，字子庚，别署嚬椒，浙江江山人。父彦清，字泖生，有《古红梅阁集》。他三岁的时候，就遭到失怙之痛。年既长，学词于谭献，曾搜集彦清集外诗词，由雷浚作序行世。又因彦清的《古红梅阁集》是经高心夔编定的，心夔长于诗，对于词的去取，颇为未当，故急谋续刊，虽然没有成功，却很受一般长辈的器重。中岁以后，牢落不振，再丧其偶，两置簉室，而迄未生子；五战棘闱，一试京兆，而终不得售，既不能忘情于世，遂一一寄托在他的词里。宣统之末，他始以举人分发陕西知县，但也没有补到实缺，只是任抚院文牍之职。辛亥改革，携眷南归，路过汉口，又遭母丧，及至苏州，贫困益甚，幸得嘉兴中学国文教席，赖以自存，旋应北京大学之聘，讲授词史，以民国十七年患暴疾卒。毓盘的词，我所见到的有《濯绛宧词》一卷，系光绪自刊本，集中刻字多作古体，经过手民钩描上版，误植颇多。他的弟子查猛济，在《刘子庚先生的词学》一文中（载《词学季刊》第三期，国内介绍他的词学的文字，似仅此一篇），称述他的《嚬椒词》，据云亦系光绪自刊本，我却不曾见过，想必即是此集重刻时更改过题名的。最显著的证明是：（一）《濯绛宧词》所录亦不足百首，与《嚬椒词》相同；（二）《濯绛宧词》第一首也是《菩萨蛮》，他的名句'花约夕阳迟，一齐红几时'便是出自这首里面的。《濯绛宧词》也诚如查君所说三分之二皆是为悼亡而写的，可惜查君引例，多系节取断句，不能窥见整个面貌。他的悼亡之作，如《菩萨蛮》：'梨花飑作晴天雪，罘罳低似银潢阕。蝴蝶赶春忙，飞来总一双！　蕉香心事里，不许风吹破，新绿又成荫，旧欢无处寻。'又《青玉案》：'秾芳不与长晴见，忒输与春光贱。天与人愁天亦变，风酥倦蝶，雨收羁燕，英气销花片。　旧欢冷落夫容荐，枉擘得同功茧。怪说故衣缘分浅，青罗暗写，绛纱偷剪，总是成单线。'又《醉花阴》：'冷澈情根冰袜划，可惜寻春晚。纵不病恹恹，开落由他，人比番风懒。　征衣消尽输花眼，醉倒流霞盏。还说未曾愁，瞥地空梁，燕语闻长叹。'有如高天雁唳，凄清悱恻，他生平的不幸，使他写下了这些血泪凝成的篇什，方诸清初纳兰容若，亦未多让。他与一般友人惜别之作，亦有极工致者，如《高阳台》（钱念恂观察招集秦淮歌舫，即席赋别）：'借泪酬春，将心托月，哀筝挡作清商。娄尾尊开，欢期闲了壶觞。兰烟淡抹琼枝影。问飞花甚处家乡？莫逢场，又唱当年，金缕衣裳。　红酥旧约留情地，有宫莺瞥见，密意端相。证说萍飘，蝶魂扶下钗梁。板桥恨不通潮汐，也如人九曲回肠。尽思量，说与南朝，几树垂阳。'此词着力于白石、白云之间，尤足代表他在音律方面的成就。他的《濯绛宦词》里面以写恋情的作品成分最少，但偶一为之，亦复不凡，如《菩萨蛮》（漱药庵戏酬）：'贴鬓花串熏琼押，裙鸳双证刀环约。酒半粉涡红，挨郎团扇风。　七香金勒马，偷放嬉春假，信手弄春梅，酸心知为谁！'至于他在词的整理方面，最重要的著述计有下列数种：（一）《词史》（上海群众图书公司出版）：词的产生虽有一千余年的历史，而向无一部系统的评述的专著；有之，则以他的这部《词史》为嚆矢，其价值殆无异王国维《宋元戏曲史》在曲一方面的地位。他撰著此书，自谓本于一种客观的态度，是以'上自三唐，迄于元季，根柢骚雅，各有可观'。不专宗一代，亦不专重一家，详征博引，叙论至为公允。而于词的作风的流变，解释亦时有独特之见，如谓南宋词意之所以日见晦涩，是由于当时政治黑暗，'文网'束缚的缘故——因为一般作者感慨着亡国之痛，又不敢宣达出来，只得寄意于深微了。发于前人所未发，不愧卓识。直到今日一般文学史之类著作中论词的部分，内容尚没有超过这部书的精审的。（二）《词略》，是他的中国文学史讲稿中的一种，全书除《词略》外，尚有文、诗、曲略各一种，北京大学排印本。此书成于《词史》之前，较《词史》简略扼要，极便初学者的阅读。（三）《唐五代宋辽金元词辑》，北京大学排印本。词的总集的刊校，自毛晋《汲古阁宋六十一家词》以来，至近代尤为发达，其最著者有王鹏运《四印斋所刻词》及《四印斋汇刻三十一家词》，江标《宋元名家词》，吴昌绶《双照楼影刊宋元明本词》，陶湘《涉园景宋元明本词》，朱祖谋《彊村丛书》，或使我们扩大了词的眼界，或使我们看见了宋元人所刻词的本来面貌。而他的这部

《唐五代宋辽金元词辑》，则纯以辑佚为主旨，搜集也很广博，每家之末，皆附有他的跋言，虽不免校核欠精，真赝杂糅，然极有功词苑。由于他的影响，使治词的人都能着重这个吃力的'网罗散失'的工作，因此，稍后王国维的《唐五代二十家词》（《王忠悫公遗书》四卷本），赵万里的《校辑唐宋辽金元人词》（中央研究院刊本）和唐圭璋的《全宋词》（上海商务版），都是承继着他的启示，后出转精，从事辑佚，而有着非常伟大的贡献。他更有《词学斠注》《词律斠注》《词话》诸项稿本，皆经散失，未能刊刻行世，我们既无法读到它的内容，只好不去叙述了。"该文后收入胡全章编:《杨世骥文存》，中国大百科全书出版社，2015年，第 63 页。

本月

王君纲编《离别词选》，由上海良友图书印刷公司出版。辑选历代咏叹离别的词 100 首。

谢秋萍编校《饮水词集》，由上海光华书局出版。为《欣赏丛书》一种。共收词 333 首。书前有胡云翼《纳兰性德及其词》文。

8 月

4 日，夏承焘阅读胡适《词选》，并作《致胡适论词书》（未寄发）。（夏承焘:《天风阁学词日记》，浙江古籍出版社，1984 年，第 19 页）

6 日，夏承焘评胡适《词选》，曰:"以晚唐至东坡以前皆娼妓歌人之词，《花间集》全为给歌妓唱者，此语亦须斟酌。"（夏承焘:《天风阁学词日记》，第 23 页）

本月

汪兆镛作《霜叶飞》（戊辰八月，送金君湛霖北行）。（汪兆镛:《雨屋深灯词》，民国十七年 [1928] 铅印本，第 1 页。后收入曹辛华主编:《民国词集丛刊》第 7 册，第 27 页）

9 月

13 日，夏承焘阅评刘克庄词，曰:"自寿生日及寿人生日之作居大半，旷达

豪语，多看亦生厌。然胜刘改之粗犷之作，折中于阴柔阳刚两者。近颇喜玉田也。"（夏承焘：《天风阁学词日记》，第 32 页）

14 日，夏承焘作《台城路》（得陆兄金陵复，知其方自北疆归婚秦中。别后匆匆五年矣）。（夏承焘：《天风阁学词日记》，第 33 页）

17 日，《大公报·文学副刊》第 37 期刊发：

刘永济《采桑子》（雨坐，示惠君）；

蠡舟《鹊踏枝》（梅）；

赵万里《鹊踏枝》（消息春魂知远近）、《鹊踏枝》（一桁湘帘尘四倚）、《鹊踏枝》（乞与翠云庭院住）、《鹊踏枝》（百尺晴丝青倒景）。

22 日，易孺作《杏花天影》（戊辰九月廿二日，偕南君容弟至杭，携《樊榭集》泛湖访素园，知主人将自沪来，留以代简，即次厉集中《丁巳秋日舟过荷叶浦》一首韵。明日予单入西溪）。（易孺：《大厂词稿》之《花邻词》，第 1 页。后收入曹辛华主编：《民国词集丛刊》第 8 册，第 114 页）

28 日，李孺作《月华清》（戊辰中秋，杨昧云同年招饮莹园，分韵得一字）。（李孺：《仑阁词》，第 12 页。后收入朱惠国、吴平编：《民国名家词集选刊》第 3 册，第 239 页）

28 日，袁毓麟作《玉蝴蝶》（戊辰中秋）。（袁毓麟：《香兰词》，第 23 页。后收入朱惠国、吴平编：《民国名家词集选刊》第 10 册，第 422 页）

28 日，吕碧城作《洞仙歌》（戊辰中秋，计予再度去国，又二年矣）。（吕碧城：《晓珠词》，第 16 页。后收入朱惠国、吴平编：《民国名家词集选刊》第 13 册，第 320 页。亦见吕碧城：《信芳词》之《信芳词增刊》，民国十八年 [1929] 铅印本，第 12 页。后收入曹辛华主编：《民国词集丛刊》第 3 册，第 47 页）

28 日，邵瑞彭作《夜半乐》（戊辰中秋）。（邵瑞彭：《扬荷集》卷二，第 14 页。后收入朱惠国、吴平编：《民国名家词集选刊》第 14 册，第 161 页）

29 日，夏承焘代陈鼎丞作《满江红》（袖海挐云）词，挽日本友人。（夏承焘：《天风阁学词日记》，第 36 页）

本月

毛泽东作《西江月》（井冈山）。（中共中央文献研究室编：《毛泽东诗词集》，第 13 页）

剑亮按:《毛泽东诗词集》收录该词，词后有注曰:"这首词最早发表在《诗刊》一九五七年一月号。"

易孺作《忆旧游》（樊榭以辛丑九月得此为西溪绝唱。予以戊辰九月来杭，首作交芦、秋雪二庵之游。亟和一首，律依清真）。（易孺:《大厂词稿》之《花邻词》，第 2 页。后收入曹辛华主编:《民国词集丛刊》第 8 册，第 116 页）

胡云翼《抒情词选》，由上海亚细亚书局出版。选取唐宋词人温庭筠、韦庄、周邦彦、辛弃疾等人的抒情词 180 余首。

秋，吴其昌作《少年游》（秋夜闻络纬）。（后收入吴令华主编:《吴其昌文集·诗词文在》，第 31 页）

10 月

15 日，吴其昌作《苏幕遮》（九月初三黄昏）。（后收入吴令华主编:《吴其昌文集·诗词文在》，第 31 页）

16 日，《益世报》刊发:齐续哲、隋树桂《纳兰成德的词》。连载至 11 月 4 日完毕。

16 日，《亚波罗》第 2 期刊发:王月芝《渡江云》（秋帆）、《潇潇雨》（秋夜）、《惜分飞》（秋叶）。

剑亮按:《亚波罗》，半月刊，1928 年 10 月 1 日创刊于浙江杭州。由西湖国立艺术院出版，嘤嘤书屋发行。1936 年 10 月 1 日（第 17 期）终刊。

17 日，夏承焘作《水调歌头》（蒲城子彝丈，长安乱后，久隔音耗。十月，陆一南京来书，知其游浙时曾问予踪迹不得。亟用韩无咎寄陆务观韵寄之）。（夏承焘:《天风阁学词日记》，第 39 页）

21 日，夏孙桐作《霜叶飞》（戊辰重九，江亭登高。归检尘箧，有数年前挈家人来游未成词稿，补完之，仍用梦窗韵）。（夏孙桐:《悔龛词》，第 27 页。后收入朱惠国、吴平编:《民国名家词集选刊》第 2 册，第 247 页）

21 日，李孺作《霜花腴》（戊辰重九，词社同人于李氏莹园为登高之会，凡二十人，分咏得溪字）。（李孺:《仑阇词》，第 12 页。后收入朱惠国、吴平编:《民国名家词集选刊》第 3 册，第 240 页）

21 日，郭则沄作《瑞鹤仙》（戊辰九日，窀堵冈登高，用梦窗韵）。（郭则沄:《龙顾山房诗余》之《潇梦词》，民国十七年 [1928] 栩楼刻本，第 11 页。后收

入朱惠国、吴平编:《民国名家词集选刊》第 13 册, 第 28 页)

21 日, 周岸登作《木兰花慢》(戊辰重九, 南普陀寺后最高处舒眺)。(周岸登:《蜀雅》卷十一《海客词》, 第 3 页。后收入曹辛华主编:《民国词集丛刊》第 10 册, 第 6 页)

21 日, 汪东作《虞美人》(登北极阁故址, 今为气象台)。(后收入汪东:《梦秋词》卷一《餐英集》, 齐鲁书社, 1985 年, 第 16 页)

剑亮按: 黄侃《戊辰九月日记》:"重九日甲午 (十月廿一日, 礼拜), 旭初、晓湘、君济来。偕出登高, 自北极阁之鸡鸣寺, 久坐豁蒙楼。北极阁改修观象台, 所谓高耸天空者, 已彻毁化为碉房矣。"(黄侃著, 黄延祖重辑:《黄侃日记》, 第 384 页) 据此, 将汪东《虞美人》词编年于此。汪东《虞美人》词曰:"高秋与我襟怀好, 落叶纷如扫。天风吹上九层台, 但见连山如垤水如杯。 明明河汉通微路, 也拟骖鸾去。沉思依旧住人间, 上界仙官不似散人闲。"

22 日, 夏承焘作《西江月》(敬赋江西笑拈丈《无题诗存》, 和玉田题《绝妙好词》)。(夏承焘:《天风阁学词日记》, 第 40 页)

25 日, 夏承焘作《错相怜》(偶忆及十年前钱家姝, 戏忆时下俚词, 写舟中事)。(夏承焘:《天风阁学词日记》, 第 40 页)

25 日,《武进商报》刊发: 谢玉岑《阮郎归》(题公展画菊)。(后收入谢玉岑:《玉岑遗稿》卷三, 见谢建红:《玉树临风: 谢玉岑传》, 上海书店出版社, 2017 年, 第 365 页)

29 日, 金兆蕃作《台城路》(戊辰九日, 赋秋阴, 寄怀旧都同社)。(金兆蕃:《药梦词》卷二, 第 9 页。后收入曹辛华主编:《民国词集丛刊》第 8 册, 第 334 页)

29 日,《大公报·文学副刊》第 43 期刊发:《悼江山刘毓盘先生》。

29 日, 夏承焘致函谢玉岑请求购买词学书籍。中曰:"北大教员江山刘毓盘 (子庚) 著《词史》, 杭州图书馆有其书, 弟未及见。前询其友人陈君, 谓近不知在北京否。上海如有购售处, 或于尊著有足裨补也 (北大讲义课出版, 其人著《濯绛宦词》甚工, 弟曾见过, 洵近日一名家。古微诸公有提及否? 又有《唐五代辽金元名家词六十种辑》, 二册, 亦北大出版)。侯文灿《名家词》、江标《灵鹣阁刻词》、吴昌绶《景宋本词》, 沪上有可求处否? 乞代弟留意。弟之《词人年谱》以唐五代宋金元为限, 近以不得《彊村丛书》外诸词集为苦也。历代词人姓氏, 尊处有否? 辛、秦年谱请代访。"并附《台城路》(得王陆一南京书, 知方自

俄国归娶，长安别后，忽忽五载矣）。(后一并收入沈迦辑撰:《夏承焘致谢玉岑手札笺释》，第 77 页)

30 日，夏承焘作《酹江月》(十七年秋，余挈眷属寓建德字民坊釐舍，沿宋至清旧县廨也。偶阅《癸辛杂识》云"先子于绍定四年辛卯出宰富春，壬辰岁余实生于县斋"云云，乃知是周草窗诞生处。方撰《词人年谱》，得此惊喜。凉夕坐月，即用《蘋州渔笛谱》中秋对月韵作此。距草窗之生六百九十七年矣)。(夏承焘:《天风阁学词日记》，第 42 页)

本月

《学衡》第 63 期刊发：姚华《弗堂丁卯词》，有《蝶恋花》(上巳社园禊集)、《点绛唇》(和朱希真韵，题陈孟群画)、《减字木兰花》(七夕，咏牵牛花)《鹧鸪天》(和倬庵四首，次韵)、《减字木兰花》(牵牛花扇，以江南豆汁写之)、《鹧鸪天》(晚香玉菊花双供)、《浣溪沙》(重九日，因病不出，画登高小景，题此)、《齐天乐》(重阳，采江南豆取汁作雁来红，因赋，和清真韵)、《满宫花》(鲤门以四十之年，举千秋之庆，预图十事，藉写半生。余已分绘其二，复以外孙之句，征及老妇之吟。自念病废逾载，声调久疏，便欲搁笔。惟是桑海数更，旧人益少，不无系怀，因酬高唱)、《八拟步韵》(一)《减字木兰花》(六一 "留春不住")、(二)《少年游》(屯田 "参差烟树霸陵桥")、(三)《武陵春》(小山 "绿蕙红兰")、(四)《海棠春》(淮海 "流莺窗外啼声巧")、(五)《天仙子》(子野 "水调数声持酒听")、(六)《好事近》(东坡 "湖上雨晴时")、(七)《感皇恩》(东山 "兰芷满汀州")、(八)《醉花阴》(漱玉 "薄云浓雾愁永昼")、《千秋岁》(题《藏山草堂图》为主人寿，六一体)、《减字木兰花》(凉秋又老)、《谢池春》(岱宗堂前新植梅，含苞向坼，冬至赋，用子野 "缭墙重院" 韵)、《好事近》(内子生辰，李曾廉自斐岛画梅见寄，因题)、《减字木兰花》(见缀玉茶腊梅扇赋)、《减字木兰花》(当年辕下)、《念奴娇》(用平韵，题松梅画幅，丁卯小寒，时宪戊辰初月也)、《汉宫春》(腊梅。和子野，并谱四声。子野词收《梅苑》)。

夏承焘作《词人年表》。(吴无闻:《夏承焘教授纪念集》，第 223 页)

11 月

1 日，夏承焘撰写《周邦彦年谱》，指出:"《片玉集》以春景、夏景、秋

景、冬景分卷，不可解，殆为歌妓所制词乎？"（夏承焘：《天风阁学词日记》，第42页）

2日，夏承焘致函上海商务印书馆周予同，托求《四印斋所刻词》及侯文灿《名家词》《灵鹣阁汇刻词》《双照楼影宋本词》。（夏承焘：《天风阁学词日记》，第42页）

3日，夏承焘撰写成《周密事辑》。（夏承焘：《天风阁学词日记》，第49页）

5日，《大公报·文学副刊》第43期刊发：赵万里《悼江山刘毓盘先生》。（后收入清华大学国学研究院主编：《赵万里文存》，江苏人民出版社，2016年，第326页）

6日，夏承焘撰写《赵彦端事辑》。（夏承焘：《天风阁学词日记》，第50页）

6日，《申报》刊发：《吕碧城近词》。

8日，夏承焘作《韩元吉事辑》。（夏承焘：《天风阁学词日记》，第54页）

14日，夏承焘接谢玉岑复函，函中称夏承焘词"逼真玉田。然玉田不足依傍，幸早舍去"。（夏承焘：《天风阁学词日记》，第56页）

15日，夏承焘作《刘辰翁年谱》。（夏承焘：《天风阁学词日记》，第56页）

23日，夏承焘作《水调歌头》（寿呆明尊人）。（夏承焘：《天风阁学词日记》，第58页）

24日，夏承焘作《水调歌头》（桐庐）。（夏承焘：《天风阁学词日记》，第56页）

26日，《大公报·文学副刊》第47期刊发：

镜《评顾随〈味辛词〉》；

李维《读〈悼江山刘毓盘先生〉（来稿）》。

剑亮按：26日，顾随致函卢伯屏，中曰："今日《大公报》文学副刊上，有署名'镜'者，批评《味辛词》，大捧特捧，但不知究系伊谁。"（顾随：《顾随全集》，第86页）

又按：镜，赵万里笔名。

本月

冯沅君编《张玉田》，由北平朴社出版。为研究张炎的生平以及《山中白云词》的汇编。含《玉田先生年谱》《玉田家世与其词学》《玉田朋辈考》《张镃略传》《山中白云词》8 卷以及《山中白云词校注》。

12 月

6 日，顾随致函卢伯屏。中曰："此间学生本不知弟又出版了《味辛词》，昨在《大公报·文学副刊》中见有人作文赞扬《味辛》，遂有思一读者……在《大公报》批评弟词者，为北平北海图书馆之赵万里君（弟与之不相识，亦由《大公报》馆中函询得者）。弟已允再送他一部《无病词》。"（顾随：《顾随全集》第 8 卷，第 387—388 页）

10 日，夏承焘作《金代词人年谱》，认为"金词可成家者，实止吴激、蔡松年、赵秉文、元好问诸家也"。（夏承焘：《天风阁学词日记》，第 61 页）

25 日，吴宓修改词作。记曰："上午，修改前日所作《木兰花》词，寄宏度改之。恐亦未必肯改。"（吴宓著，吴学昭整理：《吴宓日记》，生活·读书·新知三联书店，1998 年，第 184 页）

剑亮按：吴宓此处所言之《木兰花》词，指《木兰花》（岁暮病中吟）三阕之一（渔翁久在磻溪住）。后收入吴宓著，吴学昭整理：《吴宓诗集》，第 197 页。

29 日，夏承焘作《朱敦儒年谱》。（夏承焘：《天风阁学词日记》，第 56 页）

本月

冬，林廷玉《仙溪流杂俎初集》，由汕头升平路华侨印刷公司承印。浙江图书馆藏。卷首有："茫茫天地一蓬庐，独啸林泉自隐居。为览江山悲世道，吟坛常作救时世。刊诗摄影自述，戊辰冬醉仙并书。"有《自序》，曰："戊辰秋九月既望，余因避乱汕岛，满腹牢愁，遂行吟于鮀江之畔，徘徊于葱茏之墟。"落款曰："醉仙林廷玉序并书。"其中，卷十收录：《忆秦娥》（秋思）、《长相思》（别情）、《西江月》（佳人，和司马光词韵）、《南歌子》（闺情，和欧阳修词韵）。

《学衡》第 64 期刊发：《王静安先生逝世周年纪念》文。第二部分为"王静安先生之文学批评"，曰："千百年来，能以历史的眼光论文学之得失者，二人而已。其一，江都焦里堂氏。其又一，则海宁王静安先生也。焦氏之说，详见《易余籥录》卷十五，谓一代有一代之胜。故周以前惟有《三百篇》，楚惟有骚，汉惟有赋，魏晋六朝惟有五言，唐惟有律绝。宋惟有词，金、元惟有曲，明惟有八股。其说通古今之变，确然不可移易。然犹有未尽者，则言其然，而不言其所以然也。王先生好西人叔本华之哲学，于治宇宙论、人生论之暇，遂旁及其美学及艺术论。故先生一生之文学批评，亦每以叔氏之说为出发点。叔氏当德国浪漫运动特盛之时，推崇天才之创造而抑模拟，时为璀璨激烈之论。其言谓，文者心之影，而人心之不同如其面。故窃他人之文格，犹戴种种之面具，声容笑貌，无一真处。虽备施嫱之姿，曾不若嫫母之为愈也。（详见其 Uber Schriftstellerei und Stil。）叔氏之说如此，焦氏之说如彼。先生参酌而并观之，遂悟历代文学蜕变之理，拈出真不真之说，以通古今文学之盛衰，发前人所未发，言焦氏之所未言。夫诗言志，歌永言。文学者，莫不情生于内而词形乎外，故感自己之感，言自己之言者，真文学也，有价值的文学也。反是者，伪文学也，无价值的文学也。屈子感自己之感，言自己之言者，故真于宋玉、景差。宋玉、景差真于贾谊、刘向。贾谊、刘向真于王叔书。王叔书以下，袭前人之貌而无真情以济之，非楚辞矣。魏晋六朝之间，惟渊明为最真。唐韦应物、柳宗元之视渊明，犹贾、刘之视屈子。彼感他人之所感，而言他人之所言，宜乎其不若李、杜。宋以后能感自己之感，言自己之言者，惟东坡之诗为真文学。山谷可谓能言其言矣，未可谓能感所感也。遗山以下亦然。诗至唐中叶以后，殆为羔雁之具矣。故五季、北宋之间，以词为真文学。其诗词兼擅，如永叔、少游者，皆诗不如词远甚。何则，以其写之于诗者，不若写之于词者之真也。南宋以后，词亦为羔雁之具矣，而词亦替。故金、元以戏曲为真文学。且文学者，生于情；情者，天下之所共，非一人可得而私有也。最真之文学，或妇孺之所讴歌，或贤圣发愤之所作，或出于离人孽子之口，皆感所不得不感，言所不得不言。真情充溢乎文词，不期然而合自然之声音节奏耳。古代文学之所以有不朽之价值者，以为之者无居名之心。后世文学之名起，于是有因之以为名者，而真正文学乃复托于不重于世之文体以自见。逮此体流行之后，则又为虚车矣。故词之代诗，曲之代词，千古文学蜕变之迹，若处一辙。此先生文学真伪论及文学变迁论之大略也。（以上采其《文学小言》中之语。以引文与论文间杂，一律不加引号。）"

冬，李孺作《瑞鹤仙》（戊辰冬，东坡生日。惜仲同年招饮于诇伯斋中，与诸同社同赋）。（李孺：《仑阖词》，第 19 页。后收入朱惠国、吴平编：《民国名家词集选刊》第 3 册，第 253 页）

本年

【词人创作】

顾随作《蝶恋花》（为怕故人相劝慰）、《蝶恋花》（不为登高心眼放）、《蝶恋花》（我爱天边初二月）、《蓦山溪》（年年客里）、《临江仙》（莫恨诗书自误）、《添字采桑子》（朝来方寸都何物）、《浣溪沙》（真今年胜去年）、《浣溪沙》（郁郁心情打不开）、《定风波》（扰扰纷纷数十年）、《添字采桑子》（君莫问春来未）、《庆清朝慢》（又还醒）、《永遇乐》（少岁无愁）、《唐多令》（春雨只消魂）、《摸鱼儿》（又孤身）、《木兰花慢》（又沉沉醉也）、《清平乐》（晕头胀脑）、《清平乐》（眠迟起早）、《清平乐》（鸦鸣鹊噪）、《清平乐》（天公弄巧）、《最高楼》（愁来了）、《减字木兰花》（狂风甚意）、《忆帝京》（木棉袍子君休换）、《壶中天慢》（旁人笑我）、《朝中措》（先生觅句不寻常）、《鹧鸪天》（点滴敲窗渐作声）、《清平乐》（白天黑夜）、《贺新凉》（又到三春矣）、《意难忘》（回首生哀）、《八声甘州》（记明湖最好是黄昏）、《八声甘州》（便将来重复到明湖）、《浣溪沙》（北地风高雨易晴）、《浣溪沙》（海国秋光雨乍晴）、《蝶恋花》（飞絮随风蚁转磨）、《浣溪沙》（赤日当头热不支）、《八声甘州》（数今来古往几词人）、《惜分钗》（熏风动）、《风入松》（隔窗日影下层檐）、《灼灼花》（旧地重来到）、《浣溪沙》（未到都门先见山）、《采桑子》（年时梦到江南梦）、《卜算子》（荒草慢荒原）、《采桑子》（赤栏桥畔同携手）、《采桑子》（水边点点光明灭）、《鹧鸪天》（说到天涯自可哀）、《菩萨蛮》（今年人比前年老）、《凤栖梧》（我梦君时君梦我）、《清平乐》（故人好意）、《采桑子》（双肩担起闲哀乐）、《菩萨蛮》（夜来一阵潇潇雨）、《小桃红》（烛焰摇摇）、《鹧鸪天》（百尺高楼万盏灯）、《踏莎行》（万屋堆银）、《采桑子》（如今拈得新词句）、《鹊桥仙》（早晨也雾）、《浣溪沙》（花自西飞水自东）、《踏莎行》（当日桃源）。（闵军：《顾随年谱》，第 78 页）

吴梅作《绮寮怨》（淮张旧基新拓池囿，索仲清和）、《六丑》（虎阜秋眺，偕仲清作）、《翠楼吟》（金陵秋感，寄张仲清）。（王卫民：《吴梅评传》，第 284 页）

吴其昌作《浣溪沙》（夜泊大连，欹枕听潮）、《临江仙》（威海卫舟中晚望。作于青岛饮店）、《水龙吟》（杨花，用东坡和章质夫韵，呈梁先生）、《蝶恋花》（短柳回溪游尘软）、《媚儿眼》（偶得精景宋拓《大令十三行》寄远，媵以短言）、《浣溪沙》（刘二新得欧名画，丛绿施衡，璿廊抱海，一美人绰约仙姿，临兰凝立。刘二竟为所颠倒，作此调之）。（后收入吴令华主编：《吴其昌文集·诗词文

在》，第 31 页）

潘承谋作《寿楼春》（观演吴瞿安撰《湘真阁》剧本。戊辰）。（潘承谋：《瘦叶词》，第 15 页。后收入朱惠国、吴平编：《民国名家词集选刊》第 12 册，第 120 页）

刘麟生作《浣溪沙》（月夜，赛桨陶谷潭中）、《浣溪沙》（常记溪边杨柳枝）。（刘麟生：《春灯词》，第 12 页。后收入朱惠国、吴平编：《民国名家词集选刊》第 15 册，第 75 页）

胡士莹作《浣溪沙》（肠断东风燕不来）、《鹧鸪天》（帘外严霜一曙惊）、《蝶恋花》（门外清溪深柳渡）、《如梦令》（客枕惊寒频醒）、《眼儿媚》（支寒病叶受风欺）、《浣溪沙》（十二楼西紫阁东）、《浣溪沙》（薄怨轻颦两不胜）。（胡士莹：《霜红词》，第 21 页。后收入曹辛华主编：《民国词集丛刊》第 10 册，第 404 页）

【词籍出版】

汪兆镛《雨屋深灯词》《雨屋深灯词续稿》刊行。（上海图书馆藏。后收入朱惠国、吴平编：《民国名家词集选刊》第 3 册）汪氏曾于民国元年（1912）春刻有《雨屋深灯词》一卷，收清光绪十一年（1885）至宣统三年（1911）年间词42 首，1928 年刊行本即以 1912 年本为底本，并增补《雨屋深灯词续稿》，收录民国元年至民国十六年间的词 25 首。汪氏晚年的词为《雨屋深灯词三编》，于1940 年刊行。

郭则沄《龙顾山房诗余》刊行。内含《潇梦词》《镜波词》《絮尘词》《蘋雪词》《冰蚕词》《咮影词》六种。卷首有徐沅《序》。（上海图书馆藏。后收入朱惠国、吴平编：《民国名家词集选刊》第 13 册）

徐沅《序》曰："词惟小道，原于诗之比兴讽刺。天水一朝，乐章滋畅。续《骚》抗《雅》，群、怨兼存。时乎清泰，厥有'山抹微云'之丽，'露花倒影'之工。时乎沦胥，厥有'丛台暮云'之恨，'斜阳烟柳'之凄。正变不同，源流斯贯。秀上人罪鲁直劝淫，冯当世顾小晏损才，补德固嫌迂持。刘后邨又谓，长短句当使雪儿啭春莺可歌，方是本色，亦难衡于值流乱而抗音者焉。余持此旨，谬以自写。而啸麓词宗许以应求于时，海水群飞，钧天方醉。悠然人世，渺兮余怀。相与筮遁云津，寓声汐社。乍栖毫而风咽，旋抚笛而波凉。言以达心，滋危苦之凑会；乐以宣滞，乃郁纡其弗申。始恍然于身世所际，若玉田之'万花吹泪''一叶飘零'，碧山之'病翼惊秋''枯形阅世'者，适取之矣。啸麓天才轶举，靡不精诣。而感时揽物，托寄微至所不尽，时出曼声。于悱于恻，回荡于肠魄；一珠一泪，拍浮于酒悲。读所著词，但觉织绡腕底，去尘眼中。叔夏中仙，郁焉何远。余少嗜此道，每恨悠忽乎世，初不能托旨骋妍。中岁而还，又嫌于吞声损格，废弃者有年矣。近与啸麓从事社咏，回理前绪，繁音急拍，无当雅趣。以视啸麓，涵情婉约，一往而深，其能不有愧于中乎？戊辰晚秋，姜盦徐沅。"

马汝邺《晦珠馆近稿》词稿一卷刊行。卷首有福祥《序》、钱葆青《序》和作者《自序》。（后收入曹辛华主编：《民国词集丛刊》第 12 册）

　　钱葆青《序》中曰："丁卯冬，云亭将军裒其夫人书城文若干首、诗词若干首属余点定，将付刊，问序于余。"

缪金源《缪金源诗词集》刊行。内含《鸡肋集》二卷、《灾梨集》二卷。《鸡肋集》卷上为"一九二四年十二月至一九二五年九月所作诗。一九二零年四月至一九二五年六月所作词曲"，其中词 11 首。《鸡肋集》卷下为"一九二六年三月至十月所作诗词"，其中词 2 首。《灾梨集》卷上为"一九二六年十一月至一九二七年八月所作诗词"，其中词 5 首。《灾梨集》卷下为"一九二七年八月至一九二八年十月所作诗"。卷首有作者《自叙》。（浙江图书馆等有藏。后收入曹辛华主编：《民国词集丛刊》第 31 册）

　　作者《自叙》曰："余年十六七即学为诗，规模香山。师大惊叹，许为神似。自入北京大学从绩溪胡先生游，尽弃所学。六载之间，所为新诗，都数十百篇。已而悔之，以为新诗声律未臻尽美，乃复为古乐府近体诗，且及于词。间尝论其要指，几达万言。暇辄编削所作，付诸剞劂，而时自观焉。嗟夫！国难未已，曾不能上马杀贼，又不能得小邑以试，又不能有所述作，成一家言，而徒以诗鸣，盖可羞已。虽然，诗之中有人，世倘有赏音者乎？斯则夜阑人寂所为，抚卷低吟而长太息者也。西历一九二八年十月十日。"

顾随《味辛词》二卷刊行。（后收入曹辛华主编：《民国词集丛刊》第 32 册）

龚元凯《鸥影词稿》五卷刊行。卷首有作者《自叙》。内含《换芳集》《反袂集》《檣语集》《孤云集》《峨冰集》五卷。（上海图书馆等有藏。后收入朱惠国、吴平编：《民国名家词集选刊》第 8 册）

廖仲恺《双清词草》，由上海开明书店影印出版。（后收入朱惠国、吴平编：《民国名家词集选刊》第 11 册）

余端编《苔岑丛书·椿寿楼称觥集（戊辰）》刊行。（后收入曹辛华、钟振振选编：《清末民国旧体诗词结社文献续编》第 7 册）收词有：

金兆芝《金缕曲》（莱采承颜久）；

高景宪《烛影摇红》（落帽风高）；

王菊圃《锦堂春》（堂上霞翻彩舞）；

赵锡德《满庭芳》（城近青山）。

舒梦兰辑《白香词谱笺》，由上海扫叶山房书局出版。1932 年 5 月再版。选录从唐至清初 59 位词人的 100 首词。有笺注。

【报刊发表】

《邮声》第 2 卷冬季汇刊刊发：周铼霞《浣溪沙》（对镜应怜病骨轻）、《浪淘沙》（佳节又重阳）、《浣溪沙》（烟霞洞题壁）。（后收入刘聪著辑：《无灯无月两心知：周铼霞其人与其诗》，北京出版社，2012 年，第 128、152 页）

《国立第一中山大学语言历史学研究所周刊》第 4 卷第 38 期刊发：任中敏《研究词乐之意见》。（后收入王小盾等主编：《任中敏文集·词学研究》，第 29 页）

《国立第一中山大学语言历史学研究所周刊》第 4 卷第 39 期刊发：任二北《研究词乐之意见》（续）。（后收入王小盾等主编：《任中敏文集·词学研究》，第 29 页）

《小说月报》第 19 卷第 3 期刊发：赵万里《人间词话未刊稿及其他》。

《东方杂志》第 25 卷第 6 期刊发：胡适《读双辛夷楼词致李拔可》。

《东方杂志》第 25 卷第 9 期刊发：任二北《研究词集之方法》。

《北平北海图书馆月刊》第 1 卷第 5 期刊发：

梁启超《静春词跋》；

赵万里《跋向滆乐斋词》《宋词搜逸之一——贺方回东山词》。

《北平北海图书馆月刊》第 1 卷第 6 期刊发：赵万里《宋词搜逸之二——李易安漱玉词》《宋词搜逸之三——陈亮龙川词》《馆藏善本书提要——辛稼轩词》。

《国闻周报》第 5 卷第 12 期刊发：朱健和《刘伯温的词》。

【词人生平】

宣哲逝世。

宣哲（1866—1928），字绍泉，别号书佣，晚号花隐，江苏山阳（今淮安）人。光绪三十年（1904）进士，官翰林学士。辛亥后挂冠返里。有《寸灰词》《花隐诗存》。

徐珂逝世。

徐珂（1869—1928），字仲可，浙江仁和（今杭州市）人。官内阁中书，改同知。谭献弟子。有《纯飞馆词》《仲可词》《六忆词》，并著《近词丛话》《清代词学概论》《历代词选集评》等。

夏敬观《忍古楼词话》曰：“杭县徐仲可舍人珂，早岁学词于谭复堂，《续箧中词》曾收数阕。复堂评周止庵《词辨》，为仲可作也。仲可著述最勤，晚卜居康桥，与余比邻，朝夕相过，辄以所撰笔记诗文词就相商榷，谦问再四，恂恂然君子人也……仲可有《纯飞馆词》，癸亥以后词则尚未付梓。”（唐圭璋编：《词话丛编》第 5 册，第 4808 页）

钱仲联《近百年词坛点将录》曰：“仲可著作等身，词学则有《近词丛话》《清代词学概论》《历代词选集评》《清词选集评》等，度人金针。自著《纯飞馆词》，笔意淡宕疏快，不同于时人之好为艰涩者。”（钱仲联：《梦苕庵论集》，第 413 页）

汪兆铨逝世。

汪兆铨（1859—1928），字莘伯，晚号惺默，广东番禺人。官广东海阳县教谕。有《惺默斋词》。钱仲联《近百年词坛点将录》曰：“《惺默斋词》，岭南一作手也。芬芳悱恻，自是瑶台婵娟。《买陂塘》（落花辛亥冬作）虽不免殷顽故态，

而亦未尝不叹息痛恨于桓、灵之世也。"（钱仲联:《梦苕庵论集》，第 406 页）

龚元凯逝世。

龚元凯（1869—1928），字佛平，号蜕庵，安徽合肥人。官翰林院编修。与王以敏、沈宗畸、秦际唐、寿石工等有交游。有《蜕庵词》《鸥影词稿》。

1929 年

（民国十八年　己巳）

1月

1日，《亚波罗》第6期刊发：春丹《如梦令》（遣春词）。

5日，夏承焘作《水龙吟》（得笑拈翁书，再奉题《无题诗存》）。（夏承焘：《天风阁学词日记》，第66页）

6日，王易、汪辟疆访黄侃。黄侃作《洞仙歌》（古林寺效连咏体，余得前拍，晓湘足成之）。（黄侃著，黄延祖重辑:《黄侃日记》，第410页。后收入黄侃著，黄延祖重辑:《黄季刚诗文集》，第419页）

7日，汪东作《洞仙歌》（与季刚晚步至古林寺，同作）。（后收入汪东:《梦秋词》，第12页）

剑亮按：黄侃《戊辰十一月日记》二十七日壬子（1月7日，礼拜一）:"旭初见古林寺词，亦填《洞仙歌》一阕，予为审定。"故编年于此。汪东《洞仙歌》词曰:"万方多难，望城西高处。落日荒寒试闲步。剩苍苔、萧寺白发残僧，浑未识，舟壑潜移几度。　人间同一梦，地不埋忧，天又无言向谁诉。后日待如何，载酒重经，青青鬓、依前青否。又何况、黄尘蔽空来，怕江燕、飞回定巢无树。"

13日，王易、汪东来访黄侃。黄侃作《渡江云》（十二月三日夕，晓湘、旭初集予斋，乙夜酒罢，围炉深谈，颇动旧山之思。因用玉田"山阴久客"词韵，联句抒怀。后阕转趋和婉，相与抚掌，高歌身世，闲愁一时冰释矣）。（黄侃著，黄延祖重辑:《黄侃日记》，第413页。后收入黄侃著，黄延祖重辑:《黄季刚诗文集》，第419页）

13日，夏承焘致函杭州陈鼎丞，托其向刘毓盘讨要《唐五代宋金元名家词辑》及《词史》。（夏承焘:《天风阁学词日记》，第67页）

14日，黄侃"改昨词，写二通与晓湘及旭初"。（黄侃著，黄延祖重辑:《黄侃日记》，第413页）

17 日，汪东访黄侃。黄侃作《西江月》（咏水仙连句）、《一剪梅》（再咏水仙连句），并自评曰："均稳惬。"（黄侃著，黄延祖重辑：《黄侃日记》，第 415 页。后收入黄侃著，黄延祖重辑：《黄季刚诗文集》，第 420 页）

19 日，梁启超逝世。

梁启超（1873—1929），字卓如，号任公，别署饮冰室主人，广东新会人。康有为弟子，与康有为发动戊戌变法。民国初曾任司法总长，民国八年（1919）后为清华国学研究院导师。有《饮冰室合集》。梁启超逝世后，《北平北海图书馆月刊》第 2 卷第 2 期刊发《馆讯》："前馆长梁任公先生自去秋十月卧病后，迄未能恢复健康。去年十一月间，就医协和医院，由各专门医学者分别诊治，方期恢复健康，不意竟于一月十九日午后二时作古，享年仅五十六岁，实为吾国学术界一大损失云。"

20 日，吴宓致函刘永济详述自己创作的《木兰花》（渔翁久在磻溪住）一词之意，并请其再为修改。（吴宓著，吴学昭整理：《吴宓日记》，第 191 页）

21 日，张元济致叶恭绰信。中曰："再编辑《清代词综》事，商之敝公司同人，殊欠踊跃。"又，张元济致叶恭绰信。中曰："纂辑《清词综》事，商馆虽不主办，然借用书籍，弟自当勉任其劳。至列名纂辑，则似可不必，尚祈鉴谅。"（张元济：《张元济全集》第 1 卷，第 301 页）

21 日，顾随致函卢伯屏，并附其《减字木兰花》（人间无路）词。（顾随：《顾随全集》第 8 卷，第 311 页）

25 日，黄侃作《探春》（雪中感怀，旭初先倡，用玉田韵，余亦继声）。记曰："旭初以《探春》词一首见示，余依韵和之。"（黄侃著，黄延祖重辑：《黄侃日记》，第 417 页。后收入黄侃著，黄延祖重辑：《黄季刚诗文集》，第 421 页）

剑亮按：汪东《梦秋词》卷一有《探春慢》（岁晚登楼），词序曰："寓楼对雪，颇动羁愁。季刚次玉田韵先成此解，邀余同赋。"与黄侃《探春》词序以及《黄侃日记》"旭初以《探春》词一首见示，余依韵和之"，文字略有不同。

27 日，夏承焘作《清平乐》（黄河舟中）、《清平乐》（富阳），修改旧作《清平乐》（鸿门道中）。（夏承焘：《天风阁学词日记》，第 70 页）

本月

《学衡》第 67 期刊发：姚华《弗堂戊辰词》。词作有《好事近》（戊辰元旦，题松梅画幅）、《减字木兰花》（卓君庸示《柳梅诗》，且云柳条而花梅也。意是倭梅，状若龙爪槐者，邦人别字之柳耳，戏赋答之）、《菩萨蛮》（行云不碍青山路）、《偷声木兰花》（洋晚香玉，种疑出扶桑。郡人以其似也，名之梅后桃前，最宜窗供）、《减字木兰花》（香蕉苹果，出芝罘，盖亦新嫁之品。色香颇盛，似香蕉实，故得名。文甥赠到，因赋）、《菩萨蛮》（夕阳浅水喧春渡）、《氐州第一》（春雁，惊蛰后五日作）、《木兰花慢》（题夏景扇）、《菩萨蛮》（陆丹林《鼎湖感旧图》）、《丑奴儿》（桃花）、《扬州慢》（画琼花，题此和郑觉斋、赵以夫韵）、《塞孤》（和倬庵白海棠韵）、《塞孤》（题《秋庄图》，用屯田韵）、《祭天神》（黄牡丹，和倬庵韵）、《蝶恋花》（黄牡丹。倬庵和师曾韵，叠韵报之）、《蝶恋花》（倬庵见候，话黄牡丹词。讯及词成，征图。仍叠前韵，赋其事）、《蝶恋花》（谢倬庵和词。三叠韵，限康节事）、《蝶恋花》（以黄牡丹画扇赠倬庵，四叠前韵，书其上）、《蝶恋花》（倬庵得画扇，复叠韵，书一词于金笺扇见诒。五叠前韵，谢之）、《蝶恋花》（六叠前韵，书师曾《绿尊尊前词》后）、《蝶恋花》（追维前梦，怅触成吟，七叠前韵）、《蝶恋花》（感事，八叠前韵）、《蝶恋花》（赋本事，九叠前韵）、《蝶恋花》（十叠前韵，单题叶御衣黄图中女鬟临师曾本，并遗墨也）、《蝶恋花》（芍药）、《减字木兰花》（烧烛石剑仕女）、《蝶恋花》（题渺一粟斋画册洋菊）、《大酺》（一丈红）、《木兰花》（青芜犹记春来路）、《清平乐》（题注蔼士竹卷）、《减字木兰花》（守瑕得旧扇，故宫物也。中舟已作篆书，署臣字，更属补桂，因题）、《应天长》（倬庵书示《九日退谷登高见红叶》之作，久病不出，替吾张目矣。有触于怀，和声奉酬）。

《北平北海图书馆月刊》第 2 卷第 1 号刊发：

梁启超《记〈时贤本事曲子集〉》《记兰畹集》；

赵万里《馆藏善本书提要》，有《东坡词二卷补遗一卷》、《友古词一卷》、《宋词搜逸》之四《李石方舟词》；

陈鳢《〈唐才子传〉简端记·温庭筠》。

《东方杂志》第 26 卷第 1 号刊发：任中敏《增订词律之商榷》。（后收入王小盾等主编：《任中敏文集·词学研究》，第 55 页）

2 月

5 日，夏承焘作《鹧鸪天》（戊辰腊不尽四日，大雪，冲寒至富春西湖）。（夏

承焘:《天风阁学词日记》,第 73 页)

6 日,《秋棠》刊发:夏承焘《清平乐》(次日雪更大。早出,遍行城内外各胜地,尽日方归)。(夏承焘:《天风阁学词日记》,第 73 页)

9 日,夏承焘作《浣溪沙》(闲事寻思各有情)、《清平乐》(戊辰客富春,共内子守岁)。自评《浣溪沙》词曰:"两结各能融情于景,极自喜。今年所作小令,此为第一矣。"(夏承焘:《天风阁学词日记》,第 75 页)

10 日,朱祖谋作《隔溪梅令》(己巳元日,赋示诂禅)。(朱祖谋:《彊村语业》卷三,第 12 页。后收入朱惠国、吴平编:《民国名家词集选刊》第 2 册,第 523 页)

10 日,邵章作《临江仙》(己巳元旦,和正中)。(邵章:《云淙琴趣》卷二,第 15 页。后收入朱惠国、吴平编:《民国名家词集选刊》第 10 册,第 107 页)

11 日,黄侃评阅稼轩词,曰:"辛弃疾《稼轩词》四《西江月》(遣兴)云:'只疑松动要来扶,以手推松曰:去。'今之为俚诗喜之,不知弃疾用《龚胜传》'以手推常曰去'也。"(黄侃著,黄延祖重辑:《黄侃日记》,第 490 页)

13 日,胡适作《好事近》(小词)。(后收入台湾商务印书馆影印《胡适之先生诗歌手迹》,第 58 页)

13 日,夏承焘作《虞美人》(十年梦想桐君碧)。(夏承焘:《天风阁学词日记》,第 77 页)

14 日,夏承焘作《忆秦娥》(富春西湖)。(夏承焘:《天风阁学词日记》,第 77 页)

16 日,夏承焘评阅况周颐《玉楳后词》,曰"皆怀妓作,好处可解甚少";作《水调歌头》(庭梅初放,呼酒作歌)。(夏承焘:《天风阁学词日记》,第 78 页)

16 日,林葆恒作《玉烛新》(己巳人日,集栖白庼)。(林葆恒:《瀼溪渔唱》,民国二十七年[1938]刻本,第 7 页。后收入朱惠国、吴平编:《民国名家词集选刊》第 9 册,第 392 页)

17 日,夏承焘开始作《梦窗年谱》,至 3 月 1 日完成《梦窗行实考》,含《生卒考》《行迹考》《交游考》等。(夏承焘:《天风阁学词日记》,第 79、82 页)

18 日,《大公报·文学副刊》第 58 期刊发:镜《淮海居士长短句》书评。

21 日,夏承焘阅评朱孝臧《梦窗词笺》,曰:"朱祖谋《梦窗词笺》甚详备,资采伐不少也。"(夏承焘:《天风阁学词日记》,第 80 页)

24 日，邵瑞彭作《透碧霄》（己巳上元，和柳）。（邵瑞彭：《扬荷集》卷二，第 18 页。后收入朱惠国、吴平编：《民国名家词集选刊》第 14 册，第 168 页）

25 日，刘咸炘完成《词学肄言》一书。（后收入刘咸炘：《推十书》戊辑第 3 册，上海科学技术文献出版社，2009 年。亦收入孙克强、和希林主编：《民国词学史著集成补编》上卷，第 109 页）

剑亮按：刘咸炘《词学肄言》卷首有弁言："己巳正月编。初六日始笔，游戏间之，至十六日乃毕。"故编年于此。该书分四个部分：一、体格；二、源流；三、作术；四、读法。

本月

金兆蕃作《水龙吟》（己巳二月，象雨还里，出竹石丈象，征题，象为郑叔问补图，即用叔问题象韵）。（金兆蕃：《药梦词》卷二，第 10 页。后收入曹辛华主编：《民国词集丛刊》第 8 册，第 336 页）

年初，田汉作《忆秦娥》（寄大琳）、《桂枝香》（香港）、《御街行》（香港）、《桃源忆故人》（寻康姊不见）、《水龙吟》（白鹅潭纪游）、《苏幕遮》（禅院逃席）、《一斛珠》（代康姊作）、《念奴娇》（元宵，与洪深泛舟遇雨）。（后收入《田汉全集》编委会编：《田汉全集》第 11 卷，花山文艺出版社，2000 年，第 80 页）

剑亮按：《田汉全集》编者在《忆秦娥》（寄大琳）词后有注释，曰："1929年初，作者为南国社公演事与洪深同往广州。在此期间，他写了《忆秦娥》（寄大琳）等词若干首。1930 年，作者将这些词再次发表时，前有序言：'去年冬间，与洪深先生游粤，写过一些小词。今届春初，南国又素馨花发。回思旧游，感慨系之，因集其一部，发表于此。我从不曾填词，但觉得旧形式亦未尝不可装新的感情也。'此词作者原有题注：'时大琳旅寓厦门。邮船过其地不停，但见水天接处，云山一线，波头如白马奔腾而来。波光山影中，仿佛见她凄然而立也。'"今依《田汉全集》编者之注释，并据《念奴娇》（元宵，与洪深泛舟遇雨）词，将上述诸词编年于此，盖 1929 年元宵为 2 月 24 日。

《北平北海图书馆月刊》第 2 卷第 2 号刊发：

赵万里《宋词搜逸》之五《阮阅〈阮户部词〉》、《宋词搜逸》之六《陈克〈赤城词〉》、《馆藏善本书提要·典雅词十四种》（缪艺风旧藏写本）；

傅增湘《藏园群书校记》之《乐章集》，曰："戊辰九月展重阳日校毕。原本为赵元度手勘，曾藏士礼居，荛翁手书《渑水燕谈》一则于后。近日入徐梧生司业家，余从其婿史宝安得之。藏园居士附记。"

3 月

1 日，龙榆生作《周清真评传》文。（张晖：《龙榆生先生年谱》，第 24 页）

5 日，夏承焘作《减兰》（青浦孝晖君嘱题《龙潭故居图》）。（夏承焘：《天风阁学词日记》，第 82 页）

17 日，夏承焘作《临江仙》（赠池仲霖先生，并序）。（夏承焘：《天风阁学词日记》，第 85 页）

本月

夏承焘作《菩萨蛮》（春夜）。（吴无闻：《夏承焘教授纪念集》，第 224 页）

春，吕碧城作《祝英台近》（己巳春，瑞士水仙满山。方抽寸翠，未及见花，有奥京维也纳之役，归来寻赏，零落已尽，怅赋三解）三首。（吕碧城：《晓珠词》，第 25 页。后收入朱惠国、吴平编：《民国名家词集选刊》第 13 册，第 337 页。又见吕碧城：《信芳词》之《信芳词增刊》，第 18 页。后收入曹辛华主编：《民国词集丛刊》第 3 册，第 57 页）

4 月

3 日，黄侃与汪东出游，并联句《虞美人》词。黄侃记曰："午后邀旭初出游，经覆舟山下至太平门，入中央大学养蚕舍。从湖堤步至莲萼洲，路中有略约跨水上，惮于度，适有小舟，载予度焉。坐湖楼与旭初连句，成《虞美人》一首。归，泛舟至丰润门，以马车还寓。午间成《西子妆》一首，纪昨日之游，示同社诸人，皆称赏之。王伯沆以为梦窗、玉田之间，过片处直到清真云。"（黄侃著，黄延祖重辑：《黄侃日记》，第 538 页）

剑亮按：《虞美人》后收入《黄季刚诗文集》第 445 页，题作"《虞美人》（二月二十四日，复偕旭初出太平门，绕堤至莲萼洲）"。《西子妆》后收入《黄季刚诗文集》第 433 页，题作"《西子妆》（二月廿三日，社集北湖祠楼，感会有作）"。

4 日，周应昌作《满江红》（己巳寒食日，戏柬二石双桥）。（周应昌：《霞栖诗词续钞》之《霞栖词续钞》，民国二十一年［1932］铅印本，第 1 页。后收入曹辛华主编：《民国词集丛刊》第 10 册，第 266 页）

5 日，黄侃"作《高阳台》一首"。（黄侃著，黄延祖重辑：《黄侃日记》，第 539 页）

剑亮按：《高阳台》后收入《黄季刚诗文集》第 434 页，题作"《高阳台》（二月廿六日清明薄游）"。

5 日，黄侃"作《小重山》一首、《恋绣衾》一首"。（黄侃著，黄延祖重辑：《黄侃日记》，第 539 页）

剑亮按：《小重山》后收入《黄季刚诗文集》第 433 页，题作"《小重山令》（二月二十五日寒食，游高座寺）"。《恋绣衾》后收入《黄季刚诗文集》第 446 页，题作"《恋绣衾》（春日经淮上感忆）"。

6 日，《清华周刊》第 31 卷第 2 期 455 号刊发：任中敏《与张大东论清词书》，曰："奉书敬悉，拟作《三百年来之词学》一文，好极。其承嘱开示清代与近时之代表词人词集，讷愧于此节，未尝十分注意。年来用力，多在元明散曲……散曲以外，亦曾涉猎宋词与剧曲。特所得格外肤浅，不足成学。关于清词者，既承下问，敢举所知以告，聊供大文参考，未足云为南针也。清初如王士祯、纳兰成德多祖《花间》为小令，是一派。朱彝尊主姜、张，使学问，为又一派。同时，陈其年主苏、辛，使才气，为又一派。既而厉鹗承朱派而一味以清越峭厉为面目，实仍不离乎学问，浙派于是乎成。既而张惠言力排朱、陈末流之失，专以风骚比兴为主，常州派于是乎成。既而谢章铤诋诃浙派之偏至，且多习气，少性灵；以容纳众长，不拘一格为倡，遂开闽派。（谢氏于张氏主张，亦以为拘。）常州派至周济实已改进，而人多不察；至陈廷焯则于皋文风骚比兴之说，益变本加厉。同时成肇麐、冯煦选唐五代两宋词选，主张议论，颇平实，不拘于浙与常州，则与闽为相近。而王鹏运之为《半塘词》，实振起于清末之格雅律散之一派。郑文焯、朱祖谋、况周颐、程子大辈皆与焉。格高莫过于郑，律散莫过于朱。郑事事模仿姜白石，观其《大鹤山房全集》中《樵风乐府》《比竹余音》等集可知。后来郑又留心柳永之词境，见其与友人书中（载《国粹学报》），亦可注意。朱有'律博士'之雅号，人谓其词由梦窗入而东坡出，最为化境。此外，文廷式、赵熙等人亦先后与半塘一系相沆瀣（忆《学衡杂志》中胡先骕曾著文以评文、赵诸人之词，可以参览）。以上清代词派之大概也。若言清人词学，则尚多可言者：万树、叶申芗、徐本立、杜文澜之阶，终不及《钦定词谱》规模之大。朱彝尊《词综》之后，王昶、陶梁继之，黄燮清续之，丁绍仪补之，一系相承，几成词选之正统。先有蒋重光之《明代词选》，姚阶之《国朝词雅》，沈时栋之《国朝词选》等，后有谭献之《箧中词》等皆不及焉。然官书之《历代诗余》究为古今选本之大观，所谓正统之选亦难以掩此耳。虽非揣摩之书，要于精博两面兼而有之，清人不朽之词业也。他如张惠言一选之简，清绮轩一选之靡；词林褒贬，久别于人口，要皆清人词选之流行者也。毛先舒、吴宁、戈载之'词韵学'，亦足以独当一面；毛氏《韵白》、戈氏《词林正韵》其说均甚详。若词话则有徐釚之《词话丛谈》、冯金伯之《词苑萃编》、张宗橚之《词林纪事》、叶申芗之《本事词》，皆卓卓可数。而《历代诗余》所附之《历代词话》，搜集繁博，又官书之不可及者。寻常词话以外，有词评词论，如《西河词话》之论源流，《词曲概》之论作法，《赌棋》《白雨》之论词派，皆其要也……至于谢章铤《赌棋山庄词话》，议论、欣赏、考证，皆极精当，无《白雨》之偏颇，而有《艺概》之妥治，可以一读。至研究词乐者：前有毛奇龄、凌廷堪，后有方成培，近有郑文焯；而许宝善、谢元淮，以昆腔谱词，虽不足为训，要亦明代词人所未尝为。若为校勘之学者，则王之《四印斋》，朱之《彊村》，其最著者，校刻《梦窗词》之条例，可以见其精审之一斑也。弟为此文，既标'词学'为题，则凡选、乐、韵、腔、校勘种种方面均宜论及，不可仅论作风、境界、派别而已也。任讷上。"（后收入王小盾等主编：《任中敏文集·词学研究》，第 81 页）

剑亮按：张大东（1904—？），字旭光，江苏阜宁人。清华大学 1930 年（第二级）历史系毕业，在校时为清华文学社成员，曾任《清华周刊》总编辑。

7 日，黄侃阅评王伯沆《寿楼春》词，曰："小有献替。"（黄侃著，黄延祖重辑：《黄侃日记》，第 540 页）

8 日，顾随致函卢伯屏，并附其《思佳客》（记返里时心情）、《小桃红》（不是豪情废）词。中曰："我近中的思想，是在那首《小桃红》里充分表现出来。我最得意的是后半阕。后半阕中我最得意的是：'待举杯一吸莫留残，更推杯还睡'两句。我的意思是说，好好地爱惜我们的生命，好好地生活下去，有如把一杯好酒，一气喝干，待到青春已去，生命已完，我们便老老实实地躺在大地母亲的怀里休息，永远地，永远地。"（顾随：《顾随全集》第 8 卷，第 317 页）

11 日，黄侃作《水调歌头》（留春）。（黄侃著，黄延祖重辑：《黄侃日记》，

第 541 页。后收入黄侃著，黄延祖重辑:《黄季刚诗文集》，第 422 页）

16 日，夏敬观作《浣溪沙慢》（三月七日）。（陈谊:《夏敬观年谱》，第 129 页）

27 日，夏承焘完成《梦窗年谱》。（夏承焘:《天风阁学词日记》，第 92 页）

28 日，黄侃作《浣溪沙》（春晚示内）。（黄侃著，黄延祖重辑:《黄侃日记》，第 544 页。后收入黄侃著，黄延祖重辑:《黄季刚诗文集》，第 421 页）

本月

《瓯报》刊发：夏承焘《临江仙》（赠池仲霖翁）。（吴无闻:《夏承焘教授纪念集》，第 224 页）

《学衡》第 70 期刊发：顾随《八声甘州》（庚午）。

《北平北海图书馆月刊》第 2 卷第 3、4 号合刊刊发：

王国维《〈湖山类稿〉补遗》（词 3 首）；

赵万里《宋词搜逸》（续）《张先〈张子野词〉》《范成大〈石湖词〉》《张辑〈清江渔谱〉》《蔡枏〈浩歌集〉》《张孝忠〈野逸堂词〉》《周端臣〈葵窗词稿〉》《万俟绍之〈郢庄词〉》，《二金人词辑》之《吴激〈东山乐府〉》《耶律履〈文献公词〉》；

万里《〈永乐大典〉内之元人佚词》。

陈子展《中国近代文学之变迁》，由上海中华书局印行。全书共九章。始自戊戌变法，讫于革命文学。其中第四章为"词曲价值的新认识"。

喻永浩等《幽丛小憩图题咏集》刊行。该集为喻永浩以《幽丛小憩图》请人题咏的诗词合集。

5 月

5 日，《夏声季刊》第 1 卷第 1 期刊发：

刘弘度《鹧鸪天》（丁巳中秋后一夜）、《绮罗香》（士行寄颐和园红叶一片，索词，为谱此调）、《寿楼春》（赠陈彦通）、《浪淘沙慢》（《樵风乐府》有和清真此调，写邓尉旧游之情，词意苍凉，音节高古。今樵风已下世，同时游者亦无存焉。余于还元阁观其题句，归后，取卷中游山诸作读之，缅怀昔贤，聊复继声）；

柏庵《清平乐》（客情）、《鹧鸪天》（万泉河即事）。（后收入《民国珍稀短刊

断刊·东北卷》第 15 册，全国图书馆文献缩微复制中心，2006 年，第 7269 页）

剑亮按：《夏声季刊》，季刊，1929 年创刊于辽宁沈阳，由东北大学夏声学社出版发行。当年终刊。

6 日，夏承焘《吴梦窗年谱》由学校寄送西湖博览会。（夏承焘：《天风阁学词日记》，第 93 页）

8 日，夏承焘开始作《韦庄年谱》。至本月 29 日脱稿。（夏承焘：《天风阁学词日记》，第 94、97 页）

9 日，吕凤作《声声慢》（己巳四月一日，开箱取衣，从高处跌坠，右腰受损，卧床日久，感填此解）。（吕凤：《清声阁词》卷三，第 16 页。后收入朱惠国、吴平编：《民国名家词集选刊》第 8 册，第 318 页）

12 日，黄侃作《瑞龙吟》（吴门送春作，用清真韵）。（黄侃著，黄延祖重辑：《黄侃日记》，第 548 页。后收入黄侃著，黄延祖重辑：《黄季刚诗文集》，第 423 页）

17 日，夏承焘致函谢玉岑，询问朱彊村住址，欲寄《梦窗年谱》与朱彊村。（夏承焘：《天风阁学词日记》，第 95 页）

30 日，夏承焘开始作《温庭筠年谱》，至 6 月 7 日完成初稿。（夏承焘：《天风阁学词日记》，第 97、99 页）

本月

刘麟生《中国文学 ABC》，由世界书局印行。共六章十七节。书前有《序》和《例言》各一篇。其中，第四章"词"，下设"唐五代词"和"宋词"两节。

6 月

1 日（农历四月廿四日），朱孝臧致函陈洵论词。中曰："述叔我兄道席：前冬羊城兵火时，曾一度函询起居不达，遂缺嗣音。铁夫言两函误也。昨得书及新词六首，极慰饥渴。《风入松》阕，澹而弥腴，如渊明诗，殆为前人所未造之境。此事推表海内，定无异喙矣。前示一帙，把读数十过，拟发七首，别纸录上，酌定后便可印第二卷。铁夫言从者端阳后作沪游，尤用翘跂。近作《六丑》，写求指教。貌似深婉，终落窠臼，衰钝殆无进境，一叹。衰复，祗颂道安。弟孝臧顿首。四月廿四日。"（陈洵著，刘斯翰笺注：《海绡词笺注》附录，第 500 页）

3 日，《大公报·文学副刊》第 73 期刊发：余生《评顾随〈无病词〉〈味辛词〉》。

剑亮按：余生，即吴宓。《评顾随〈无病词〉〈味辛词〉》曰："顾随君《味辛词》一卷，本副刊第四十七期镜君已为文评之，并录其中最佳之作《八声甘州》（哀济南）二阕。按顾君所为词，尚有《无病词》一卷（分上、中、下）刊于民国十六年夏，《味辛词》一卷（分上、下）则刊于民国十七年夏。各印五百册，非卖品，欲得之者只有函请顾君寄赠。闻其第三集现正编辑整理，不日即付刊。是顾君每年可出词集一卷，爱读者正可拭目以俟之也。顾君词之佳处，镜君评《味辛词》文中已言之明确。兹更就文学创造之原理，及吾所视为在今日中国创作诗词唯一之正途，以论顾君之词。简括言之：文学创作之事綦难，而诗词为尤甚。大率格律稳练者，每伤情薄而事空；情真而事实者，又往往于格律缺乏研究与训练。若夫斟酌于二者之间，得中道之至美，以新材料入旧格律，合浪漫之感情与古典之艺术，此乃唯一之正途，而亦至难极罕之事。顾君遵此途以行而所作大有成功，吾人虽不欲赞许称道之不可得也。"文末曰："以《无病词》与《味辛词》相比较，则（一）《无病词》中较多浪漫之感情，《味辛词》中较多上文所言现代人之心理。（二）《无病词》之较多个人之心情与柔靡之嗟叹，《味辛词》中较多国家之大事与雄壮之悲歌。（三）《味辛词》之《八声甘州》（哀济南）诸作，《无病词》中未见有其比者。（四）《无病词》中造句遣词，尚露痕迹（Self-conscious），不如《味辛词》较为圆融自然。且据吴芳吉君之说，谓上等诗人为宇宙之创造者，中等诗人为他人之同情者，下等诗人为自我之写照者。准是，则民国十七年出版之《味辛词》，较之民国十六年出版之《无病词》，实胜过之。凡为艺术家者，宜悬一至高之鹄的，绝对之标准，不必与他人争名，只当以我之近作与我之昔作比较，以觇我之创造精力及技术为增为减、为进步为退步。由此以谈，顾君自视其作词之成绩，当可欣然于心而有纯粹难名之乐。不日第三集出版，吾人尤望于其中得读更胜过《味辛词》中之作也。顾君勉之哉。"

又按：余生文中所及之"镜君"即赵万里。其作《评顾随〈味辛词〉》刊于1928 年 11 月 26 日《大公报·文学副刊》第 47 期。

15 日，《艺观》第 4 期刊发：长子《皱水轩词筌序》。

剑亮按：《艺观》，1926 年 2 月 20 日创刊于上海，由中国金石书画艺观学会编辑出版，黄宾虹主编。初名《艺观画报》，为双周刊，至 1926 年 5 月为第 4

期。1926 年 7 月 19 日更名《艺观》，为季刊。1929 年 4 月复刊为月刊。

15 日，安徽省立大学预科中国文学研究会《爇火》第 1 期刊发：

王西欧《如梦令》（杏花春雨）、《忆王孙》（春闺）；

李范之《高阳台》（春初感赋）；

汪吟龙《高阳台》（依韵奉酬李范之先生春初感赋）。（后收入《民国珍稀短刊断刊·安徽卷》第 8 册，第 3850 页）

剑亮按：《爇火》，半月刊，1929 年创刊于安徽立煌（今金寨县），由安徽大学预科中国文学研究会出版发行。当年终刊。

16 日（农历五月十日），陈洵致函朱孝臧论词。中曰："《风入松》调，是年来最称心之作，果蒙赏誉。特恐他作，未能称是，无以副愿望耳。"（后收入马兴荣等编：《词学》第 26 辑，第 304 页）

17 日，夏承焘阅评朱孝臧词，曰："阅《彊村语业》，小令少性灵语，长调坚炼，未忘涂饰，梦窗派固如此。况夔笙题林铁尊《半樱簃填词图》云：'数词名，当代一彊村。余音洗筝琶。' 推尊至矣。"（夏承焘：《天风阁学词日记》，第 100 页）

18 日，夏承焘致函厦门大学李雁晴，托其打听朱彊村消息；作《卜算子》（严州听雨）。（夏承焘：《天风阁学词日记》，第 100 页）

本月

〔日〕盐谷温著、孙俍工译《中国文学概论讲话》，由上海开明书店印行。分上、下两篇，共六章。其中，第四章为 "乐府及填词"。

张尔田为朱彊村所辑《遯庵乐府》作《自记》。（后收入朱孝臧：《彊村遗书》，民国二十二年 [1933] 刻本，第 1 页）

夏，汪兆镛作《一萼红》（己巳初夏，薄游沪渎，潘兰史招集净土庵为诗钟）。（汪兆镛：《雨屋深灯词》，第 3 页。后收入曹辛华主编：《民国词集丛刊》第 7 册，第 31 页）

7 月

1 日，顾随致函卢伯屏，并附其《江城子》（去年此际曾填《风入松》一阕，有句云："夜短两人同梦，日长各自垂帘。"流光一瞬，又到重五。尘劳浮生，此身可虑。何必回首前尘，始兴慨叹。倚声赋此，寄之天涯 ）、《贺新凉》（赋恨终何益 ）词。（顾随：《顾随全集》第 8 卷，第 325 页 ）

5 日，顾随致函卢伯屏，并附其《浣溪沙》（真是归期未有期 ）词。中曰："昨日收拾书籍，得旧岁在青岛所作《浣溪沙》词一阕，惆怅不能自已。吾生有涯，俗累日甚，奈何奈何。"（顾随：《顾随全集》第 8 卷，第 327 页 ）

10 日，夏承焘作《鹊桥仙》（挈眷住严陵年半，将送内子归温州 ）。（夏承焘：《天风阁学词日记》，第 105 页 ）

18 日（农历六月十二日），陈洵致函朱孝臧论词。中曰："清真格调天成，离合顺逆，自然中度；梦窗神力独运，飞沉起伏，实处皆空……铁夫问周、吴异同，答之如右，未敢遽与铁夫也。维长者正之。"（后收入马兴荣等主编：《词学》第 26 辑，第 305 页 ）

25 日，夏承焘接李雁晴函，知朱彊村住上海虹口东有恒路德裕里。（夏承焘：《天风阁学词日记》，第 107 页 ）

26 日，夏承焘致函周岸登，并将《梦窗生卒考》寄之；作《南歌子》（一笛堕江水 ）。（夏承焘：《天风阁学词日记》，第 107 页 ）

31 日，夏承焘作《临江仙》（当日富春楼上饮 ）。（夏承焘：《天风阁学词日记》，第 109 页 ）

本月

叶绍钧选注《周姜词》，由上海商务印书馆出版。为《学生国学丛书》一种。选收周邦彦词 55 首、姜夔词 35 首。书前有选注者《绪言》。

六一消夏社成立于苏州。

剑亮按：据邓邦述《六一消夏词·序》，六一消夏社由吴曾源、吴梅等人倡立。社员有邓邦述、吴曾源、杨俊、潘承谋、张茂炯、蔡晋镛、顾建勋、吴梅、王謇等 9 人。历时 3 个月，集会 18 次，有《六一消夏词》刊行，收词 18 调 190 首。吴梅作《江南好》（喜芯庐至，并怀鲜隐 ）、《隔莲浦》（消夏湾怀古 ）、《徵招》（荷荡小集 ）、《西子妆》（西湖 ）、《国香慢》（盆兰 ）、《惜红衣》（荷花 ）、《采绿吟》（荷叶 ）、《夜飞鹊》（七夕 ）、《拜星月慢》（萤 ）、《鹧鸪天》（村居即事 ）、《古香慢》（柏因社纪游 ）、《减字木兰花》（无题 ）、《洞仙歌》（拟坡仙赋蜀主孟昶与花蕊夫人摩诃池纳凉事 ）、《水调歌头》（沧浪亭 ）、《瑞云浓》（过旧尚衣使署赋瑞云峰）、《霓裳中序第一》（残暑将退）、《垂杨》（秋柳）、《露华》（咏桂）。参见王卫民：《吴梅评传》，第 286 页。

8 月

7 日，夏承焘作《阮郎归》（遣愁无计醉难凭）。（夏承焘：《天风阁学词日记》，第 110 页）

11 日，吴曾源作《夜飞鹊》（己巳七夕）。（吴曾源：《井眉轩长短句》，民国二十二年［1933］刻本，第 12 页。后收入朱惠国、吴平编：《民国名家词集选刊》第 9 册，第 40 页）

13 日，夏承焘始作《萧闲年谱》，至本月 19 日完成。（夏承焘：《天风阁学词日记》，第 111 页）

20 日，夏承焘作《菩萨蛮》（兰溪）、《浣溪沙》（往事山河尊酒前）。（夏承焘：《天风阁学词日记》，第 112 页）

21 日，夏承焘开始作《张先年谱》。（夏承焘：《天风阁学词日记》，第 112 页）

24 日，夏承焘作《浪淘沙》（桐庐）、《一落索》（严州七夕）、《金缕曲》（陆一寄予《金缕曲》，哀音结楚，不堪卒读。来书并有相从富春江上之约，作此招之）。词曰："万象挂空明，秋欲三更。短篷摇梦过江城。可惜层楼无铁笛，负我诗成。　杯酒劝长庚，高咏谁听。此间无地着浮名。一雁不飞钟未动，只有滩声。"（夏承焘：《天风阁学词日记》，第 113 页）

剑亮按：据周笃文《侍读札记》曰："此词将月下泛舟的奇绝秋光，与词人高夐绝尘的意识融为一片。星辰万象，随口吟出。老人在逝世前嘱咐吴闻师母和我们说：'我过老时，你们不要哭，在耳边哼这首词就可以了。'老师这种风月同天的宇宙意识，着实令人无比感佩。"（夏承焘研究会编：《夏承焘研究》第 1 辑，线装书局，2017 年，第 18 页）

26 日，夏承焘作《鹧鸪天》（见糊窗前清报纸，记诸荣贵升降，其一面则杀六君子也）。（夏承焘：《天风阁学词日记》，第 115 页）

27 日，夏承焘作《如梦令》（翠禽一双尾短）、《谒金门》（十八年夏看西湖博览会）。（夏承焘：《天风阁学词日记》，第 115 页）

本月

《国学论丛》刊发：梁启超《跋四卷本〈稼轩词〉》《跋程正伯〈书舟词〉》。

9 月

1 日，《国闻周报》第 6 卷第 34 期《采风录》刊发：昀谷《金缕曲》（述梦，次释戡观剧韵）。

1 日，《邮星》第 10 期《周年纪念增刊》刊发：

忠义《捣练子》（题《美人看花图》）；

西园《卖花声》（秋雨）。（后收入《民国珍稀短刊断刊·天津卷》第 23 册，第 11395 页）

1 日，《江苏革命博物馆月刊》第 2 期刊发：徐自华《摸鱼儿》（为楚伧题《分堤吊梦图》）、《满江红》（感怀）、《金缕曲》（送璿卿之沪，时将赴扬州）、《满江红》（悼秋竞雄）。

8 日，汪兆镛为沈泽棠《忏庵遗稿·诗二卷词一卷》作《序》。《序》云："忏庵早岁诗词皆已付梓，余曾为之叙。辛亥后，乱离奔走，不废吟咏。与余唱和尤多，每一篇成，辄折简相示，情景宛然在目。今归道山将逾一稔矣……己巳白露节，罗浮汪兆镛识于微尚斋。"（汪兆镛：《忏庵遗稿》，第 1 页。后收入朱惠国、吴平编：《民国名家词集选刊》第 1 册，第 41 页）

10 日，《葱岭·上海美术专门学校季刊》第 2 期刊发：

施春瘦《眼儿媚》（春月）；

周崑《南乡子》（春月）。

剑亮按：《葱岭·上海美术专门学校季刊》，季刊，1929 年 4 月 1 日创刊。郑午昌主编。当年 9 月 10 日（第 2 期）终刊。

10 日，夏承焘阅《稼轩词》，曰："欲为作注，特恐太费事耳。又梁任公之《稼轩年谱》未出，亦不敢率尔下手。"（夏承焘：《天风阁学词日记》，第 118 页）

10 日，《虞美人杂志》第 1 期刊发：

周瘦鹃《虞美人词选》，叙曰："予于词中，酷喜小令。月夕花晨，每讽诵弗辍，而尤喜《虞美人》词，盖不特韵调特美，且令人联想及于楚霸王楚歌四面时，有一美人，曾宛转帐下而死也。暑夕无俚，偶选数阕，曰《虞美人词选》，会我友碧梧有《虞美人杂志》之作，因以贻之。"有《虞美人》（新寒惹砌鸣蛩

乱)、《虞美人》(杜鹃庭院春将了)、《虞美人》(瑶琴一弄清商怨)、《虞美人》(冰肌自是去来瘦)、《虞美人》(长空一夜霜风吼)、《虞美人》(玉楼缥缈孤燕际)、《虞美人》(断蝉高柳斜阳处)、《虞美人》(海棠不碍窗纱影)、《虞美人》(闻说碧桃开满园);

王梅璩《虞美人》(题碧梧先生近编《虞美人杂志》),有《虞美人》(楚宫幽恨无时遣)、《虞美人》(文星书带皆奇草)、《虞美人》(伊谁翻出同心曲)、《虞美人》(浓妆新近窥西子)。(后收入《民国珍稀短刊断刊·上海卷》第 62 册,第 30582 页)

剑亮按:《虞美人杂志》,月刊,1929 年创刊于上海,由环球书报社出版发行。当年终刊。

11 日,龙榆生补订清人万载辛梅臣《辛稼轩年谱》(内署《专家词——稼轩先生年谱》)脱稿。该书《卷后语》曰:"本年秋,为暨南大学国文系讲授苏、辛词,因发愿为苏、辛词合笺,拟先成稼轩年谱。适从故里觅得辛氏祠堂本《稼轩集钞存》,后附乡先辈辛梅臣先生所编年谱,乃大喜过望,以为可以无作矣。既展读,知其'所采摭,以《宋史》及《纲鉴》补宋元史略为主,以所抄《稼轩集》及各家集为附,世系从济南谱,生卒年月日时从铅山谱'。殊简略,未尽当人意。因复检校群书,重加排比。其所增益,视原编约得三倍。然犹苦求书不易,又限于日力,未能悉心审订,谬误之处,时时有之。去年梁任公先生拟为此谱,草创未竟,赍志以殁。顷又从《北海图书馆月刊》中见赵君万里有为《稼轩长短句》编年之意。何当得睹任公遗稿,且与赵君商榷兹事乎?心所同然,附记于此。已巳中秋前六日,沐勋脱稿于暨南村寓庐。"该书是年由暨南大学出版,朱祖谋题签。

14 日,夏承焘阅评《小说月报》第 266 号刊郑振铎《词的启源》。评曰:"余所见郑君文字,此篇最不苟者矣。"(夏承焘:《天风阁学词日记》,第 118 页)

17 日,夏承焘致函谢玉岑陈述词人年谱撰写情况。中曰:"弟顷为各词集作考证,将脱稿者有白石、子野二种。下月拟着手为稼轩、后村。《词人年谱》已成者亦有飞卿、端己、梦窗、子野、萧闲、东山数种。"(后收入沈迦编撰:《夏承焘致谢玉岑手札笺释》,第 88 页)

22 日,夏承焘开始作《白石道人歌曲考证》。(夏承焘:《天风阁学词日记》,第 120 页)

27 日，黄侃接汪东苏州寄来《影宋金元明词正续集》。评曰："美矣，妙矣，无以再加矣，远过《彊村》《四印》，何论《汲古》哉！"（黄侃著，黄延祖重辑：《黄侃日记》，第 578 页）

30 日（农历八月廿八日），陈洵致函朱孝臧。中曰："近颇欲推演周、吴，惟发挥己意与俟人领会。"（后收入马兴荣等主编：《词学》第 26 辑，第 305 页）

本月

周应昌作《烛影摇红》（己巳九月，廖麓樵将归宁乡，先挈眷至金陵。同人饯于西溪，爰为作《西溪饯别图》，并题）。（周应昌《霞栖诗词续钞》之《霞栖词续钞》，第 6 页。后收入曹辛华主编：《民国词集丛刊》第 10 册，第 276 页）

秋，毛泽东作《清平乐》（蒋桂战争）。（中共中央文献研究室编：《毛泽东诗词集》，第 10 页）

剑亮按：《毛泽东诗词集》收录该词，词后有注曰："这首词最早发表在《人民文学》一九六二年五月号。"

秋，龙榆生作《秋感，和清真》。（后收入龙榆生：《忍寒诗词歌词集》，复旦大学出版社，2012 年，第 9 页）

谭正璧《中国文学进化史》，由光明书局出版发行。共十二章六十九节。其中，第七章"长短句：词"，下设"词的起源""歌者的词""诗人的词""词匠的词""金及宋以后的词人"五节。

10 月

1 日，《江苏革命博物馆月刊》第 3 期刊发：

陈家庆《水龙吟》（长江舟次，大雪）、《徵招》（毕业国立北平大学南归，寄北都诸友）；

徐蕴华《意难忘》（薄暮视鉴湖旧舍归，沿河往浦滩，凭窗写感，有寄慧僧）、《声声慢》（岁暮哀感，忽得陈、柳诸贤先后手柬，或约西碛之探寻，或征胜溪之题咏。缅想世外游侪，独能以无怀为乐也。因谱此曲，奉题《分湖旧隐图》后）、《壶中天》（巢南先生既刊《笠泽词征》，客有为画《征献论词图卷》，因题其后）。

7 日，《大公报·文学副刊》第 91 期刊发：孤云《评吕碧城〈信芳集〉》。（后收入吕碧城著，李保民笺注：《吕碧城词笺注》附录三，第 553 页）

10 日，汪东与黄侃等游后湖，并联句填词。黄侃记曰："旭初、晓湘、辟疆、瞿安来，遂偕游后湖……约连句填词一首。"所填之词为《霜腴花》（重阳前一日，适值休沐，偕游北湖，用梦窗重阳前一日泛石湖韵连句）。（黄侃著，黄延祖重辑：《黄侃日记》，第 582 页。后收入黄侃著，黄延祖重辑：《黄季刚诗文集》，第547 页）

11 日，周岸登作《瑞鹤仙》（己巳重九，和梦窗丙午重九之叶）。（周岸登：《蜀雅》之卷十一《海客词》，第 4 页。后收入曹辛华主编：《民国词集丛刊》第10 册，第 7 页）

12 日，夏承焘接陈适君上海函，告知其有关任二北行履。（夏承焘：《天风阁学词日记》，第 123 页）

14 日，《大公报·文学副刊》第 92 期刊发：孤云《评吕碧城〈信芳集〉（续第九十一期）》。（后收入吕碧城著，李保民笺注：《吕碧城词笺注》附录三，第553 页）

14 日，丁宁作《台城路》（冷雨敲窗，乱愁扰梦，拥衾待旦，咽泪成歌。时己巳重阳后三日也）。（后收入丁宁著，刘梦芙编校：《还轩词》，第 10 页）

15 日，顾随致函卢伯屏，并附其《眼儿媚》（拟将愁绪托杨枝）、《浣溪沙》（且对西山一解颜）词。中曰："'同情不值半文钱'者，亦鲁迅先生之论调。今人辄谓'我对君甚表同情'云云，其实有甚用处？不能解衣与人，不问人之寒暖；不能推食与人，不问人之饥饱。何则？引起其痛苦，而又无以救济之，徒令人难堪而已。"（顾随：《顾随全集》第 8 卷，第 337 页）

剑亮按：顾随此首《浣溪沙》词中有"同情不值半文钱，最无聊是尘寰"句。

19 日，夏承焘接由李雁晴转示龙榆生信笺。此为夏承焘与龙榆生缔交之初始。时龙榆生任教暨南大学。（夏承焘：《天风阁学词日记》，第 124 页）

20 日，夏承焘致函武汉大学李雁晴，附致龙榆生一笺。（夏承焘：《天风阁学词日记》，第 125 页）

21 日，夏承焘接厦门大学周岸登复函。函中论梦窗词，并附《瑞鹤仙》（重九）词一首。（夏承焘：《天风阁学词日记》，第 125 页）

22 日，夏承焘复函周岸登。函中陈述《梦窗年谱》《张先年谱》等撰写情况。（夏承焘：《天风阁学词日记》，第 126 页）

26 日，夏承焘致函谢玉岑谈词集研究进展。中曰："拙作各词集考证，体例差同江宾谷《山中白云词》《蘋洲渔笛》二书。子野、明秀集两种已夺脱，白石歌曲一种如求得各参考书，年内粗可就绪。惟客处僻左，无师友之助，不能不益念吾兄耳。"（后收入沈迦编撰：《夏承焘致谢玉岑手札笺释》，第 96 页）

27 日，夏承焘致函朱彊村谈词人年谱撰写。中曰："七八年前，林铁尊道尹宦温州时，曾承其介数词请益于先生，并于林公处数见先生手教。日月不居，计先生忘怀久久矣。顷从事《梦窗年谱》，于尊著《词笺》略有出入。又得四川周癸叔岸登、江西龙榆生二先生书，敬悉先生履定一二。怀企之私，不能自已。因为此书，冒昧求通于左右，尚祈鉴其向往之诚，一一垂教之。"（夏承焘：《天风阁学词日记》，第 128 页）

28 日，《大公报·文学副刊》第 94 期刊发：汪玉笙《浣溪沙》（寒食）、《采桑子》（登高）。

本月

毛泽东作《采桑子》（重阳）。（中共中央文献研究室编：《毛泽东诗词集》，第 19 页）

剑亮按：《毛泽东诗词集》收录该词，词后有注曰："这首词最早发表在《人民文学》一九六二年五月号。"

《学衡》第 67 期刊发：姚华《弗堂戊辰词》。

陈鸿慈为沈泽棠《忏庵遗稿·诗二卷词一卷》作《跋》。中曰："吾邑沈伯眉先生撰《粤东词钞》，搜集南汉赵宋以来粤人工长短句者六十余家，艺林推重。忏庵丈谓先生之哲嗣，渊源家学，工倚声。旧稿数十阕……辛亥后所为诗，皆丈手自录存，蝇头细书，精雅不苟，而点窜涂乙者多。遂请汪憬老为之校订，并将丈自定词稿附于后，都凡诗二卷、词一卷，统署曰《忏庵遗稿》，盖以别于先年自刊本也。"（沈泽棠：《忏庵遗稿》，第 12 页。后收入朱惠国、吴平编：《民国名家词集选刊》第 1 册，第 53 页）

11 月

1 日，夏承焘开始作姜白石词集考证。（夏承焘：《天风阁学词日记》，第 130 页）

1 日，《江苏革命博物馆月刊》第 1 卷第 4 期刊发：徐自华《台城路》（寄

妹)、《渡江云》(问秋)、《台城路》(十月五日，蓉女生日，赋此代哭)、《高阳台》
(沪江客次，盼归人不至)、《金缕曲》(春江即事，有序)。(后收入郭延礼、郭秦
编：《秋瑾集　徐自华集》，第 470 页)

7 日，叶恭绰与刘承幹商谈《清词钞》编辑之事。刘承幹记曰："叶誉虎、赵
叔雍偕至，欲选有清一代诗余，定名《清词钞》，约一百卷。推余与公渚为总干
事，其意以叔雍从事报馆而誉虎寓居偏僻，欲就余处为征集之所。余以精神疲
惫，且自己事务亦在懵办，婉言辞谢。而伊等以为事可责成公渚，惟借余寓为叙
事所耳，因邀公渚来此同谈良久而去。"(刘承幹著，陈谊整理：《嘉业堂藏书日记
抄》，第 590 页)

8 日，《大公报》刊发：阁《雅词》。

12 日 (农历十月十二日)，陈洵致函朱孝臧。中曰："洵得先生玉成，遂有名
字于世，此非区区感激之言所能尽，勉求无辱而已。说词数则附呈，先生纠其谬
而正之，幸甚。"(后收入马兴荣等主编：《词学》第 26 辑，第 306 页)

13 日，夏承焘接龙榆生来函。函中陈述其已完成《稼轩年谱》，发愿为苏、
辛词合笺。夏承焘即复函龙榆生，函中曰："拙作数种词集考证，专就词中人事、
年、地阐发词意，不笺释字句。"(夏承焘：《天风阁学词日记》，第 132 页)

13 日，顾随致函卢伯屏，并附其《好事近》(灯火伴空斋)、《浣溪沙》(不
是眠迟是梦迟)。中曰："此调殊不易填，须有清淡萧闲之意，音节方调叶。弟此
词尚得此意，惟稍觉不自然耳。后半，弟甚满意，脚踏落叶，瑟瑟有声，因忆起
冬日行积雪上之情形。非在静中，不能有此等笔墨也。"(顾随：《顾随全集》第 8
卷，第 340 页)

剑亮按：函中"此调"指《好事近》词。全文为："灯火伴空斋，恰似故人亲
切。无意搴帏却见，好一天明月。　忻然启户下阶行，满地古槐叶。脚底声声清
脆，踏荒原积雪。"

18 日，张元济在《清词钞》编纂处来信上批注："万不胜任。东方书以改编
目录，一时恐不克应命 (指搜辑材料言)。张元济覆。18/11/29。"(后收入张元
济：《张元济全集》第 10 卷，第 512 页)

剑亮按：是年冬，由叶恭绰提议，约集朱祖谋、夏敬观、徐乃昌、董康、潘
飞声、周庆云、刘承幹、陈方恪、易孺、黄孝纾、龙榆生等沪上词人于觉林素
菜馆，商议设《清词钞》编纂处，并推举朱祖谋为总编辑。同时广约南北专家，

分主选政，兼征海内藏家所有清人词集，编纂及名誉编纂达 40 多人。《清词钞》编纂处来信全文为："盖闻词学之兴，原于《风》《骚》。《金荃》一集，始号专家；《花间》十编，爰操选政。自宋迄明，声学大昌，专书踵出。《中兴绝妙》之编，《群英草堂》之集，《花庵》《四水》之所搜疏，凤林、汲古之所鸠刻，莫不津逮学林，炳麟艺苑。爰暨清代，缥缃益富。《历代诗余》之选，列于官书；《四朝词综》之篇，汇为巨制。晖丽万有，皋牢百昌。发潜德之幽晖，恢大晟之宏绪，裒辑之富，视前代且犹过焉。惟是三百年间，文运昌明，才俊踵系。人歌井水之词，家宝石帚之集。康、乾之际，趋步南唐；咸、同以来，竞称北宋。藏山待后，悉为乐府之雅词；断代成书，尚阙声家之总集。华亭词雅之编，长水名家之辑，以及《粤西词》，见《金陵词抄》。浙西六家之书，常州三人之作，或意存乡献而仅及偏隅，或取备箧中而但征伦好。譬诸绝潢断港，未臻溟涬之观；片石单椒，难语嵯峨之状。风流渐灭，识者恫焉。同人生当叔季，矜服前修。慨《小雅》之将亡，幸英尘之未沫。思集众制，勒为一书。敬维菊生先生，词林哲匠，学府宗师。志发幽光，有君子当仁之责；家藏秘帙，多人间未见之书。兹特公推为本处编纂，尚冀时贶教言，共襄盛举。他山攻错，有待宏裁；赤水求珠，期无遗宝。庶几观成剞劂，考千秋得失之林；附庸诗歌，备一代风俗之史。朱彊村、金甸丞、徐积余、程十发、林铁尊、夏剑丞、陈彦通、吴湖帆、董绶经、易由甫、潘兰史、易大庵、冒鹤亭、邵次公、袁伯夔、周梦坡、周梅泉、陈鹤柴、赵叔雍、谭篆卿、况又韩、刘翰怡、黄公渚、叶玉甫同启。"（《词学季刊》创刊号，第 219 页。又见《文字同盟》第 4 年第 2 号）

28 日，夏承焘作《题稼轩词》诗："幽窗一卷稼轩词，风雪刁刁灯火迟。小倦支颐梦何许，听笳夜度二陵时。"（夏承焘：《天风阁学词日记》，第 136 页）

29 日，《新无锡》刊发：钱基博《琴趣居词话·序》，曰："《琴趣居词话》者，闽侯池则文先生之所纂也。其大指在明学词之道，贵乎能读，由读选进而读集。读选可概观各家崖略，读集可遍撷名家精英。由校读进而唱读，校读可寻门径以入，唱读可巡堂奥而通。斯诚词学之津逮，足诏后生以途辙。惟论词之正变，以晚唐五代之赋情婀娜为正，以东坡之寓感苍凉为变，犹为常见，未当知言。词者，诗之余也。温柔敦厚，诗教也。微言相感，以谕其志，诗法也。然而长言永叹，极之，手舞足蹈而不自知，依永和声而言志之旨益明，则寓感苍凉，固亦诗余之驯而必致。词之初载，必推太白，所传《菩萨蛮》《忆秦娥》两阕，发唱敬挺，何尝不寓感苍凉。晚唐五代，乃趋婉丽，而南唐后主最称大家。冯氏《阳春》足相羽翼，启晏、欧之先河。其音固哀以思，而情深文明，视若流连风雅，实则百感彷徨，胥寓乎词。晏、欧嗣响，出之闲雅。此自遭遇盛平，身世使然。至东坡逸调高迥，力能复古。而论者或以变调目之，不知变《风》、变《雅》，趣异《二南》，词之于诗，更自不同。诗以微言相感为法，词以寓感苍凉为宗。倘宗太白为初祖，而推东坡称后劲，则晚唐五代之赋情婀娜，曼响细调，不无蜂腰之讥焉。又其盛推清真、梦窗，以为美成无蕴不赅，隐执南宋之奥。君特则尽南宋众妙，而时能契追北宋，沆瀣相通，此自常州周济以迄近今王鹏运、朱祖谋，罔不云然。特自我而论，美成工于创调而会心不远，梦窗巧于炼句而驶篇或滞，以云尽美，未尽善也。则文治词，读而能唱，引商刻羽，尤孽审律。仆之所万不逮，而自谓读词能会其意，质所疑滞，则文或不以唐突为嫌。则文旧尝薄宦京都，而能淡仕进，执业其乡人林纾称高第弟子，为古文词，简练部勒，俨有师法，而出其余技以事词；又能作籀篆榜书，解衣盘薄，作龙拏虎踞之势，每相诏曰：'填词者，我之唱歌也。作字者，吾之跳舞也。'栖神娱志于是，而以不撄吾生焉。独仆生平无他嗜好，而能为深沉之思。比婴末疾，久而不瘳，知者谬谓媚学然也。於戏！安得如则文者时相过从，而游艺自娱嬉，以全吾天，以不撄厥生哉？"（后收入傅宏星主编，龚琼芳校订：《钱基博集·序跋合编》，第203页）

剑亮按：钱基博《琴趣居词话·序》在《新无锡》分两天连载。这里将全文一并系年于此。

30日，《新无锡》刊发：钱基博《琴趣居词话·序》（续）。

30日，《清华周报》第32卷第7期刊发：东言《菩萨蛮》（春风又绿江南草）。

剑亮按：东言，朱自清笔名。

12月

2日，夏承焘致函龙榆生。中曰："十四日奉一书，并彊村先生一函，计承垂察。尊著《稼轩年谱》，至今未获快睹。知邮寄浮沉否，至以为念。拙作《梦窗生卒考》，如承彊村先生印可，乞示我一笺。"（夏承焘：《天风阁学词日记》，第137页）

4 日，夏承焘接龙榆生"十一月廿九夜函"，约夏承焘赴上海一同访问朱彊村。（夏承焘：《天风阁学词日记》，第 139 页）

7 日，《清华周报》第 32 卷第 8 期刊发：东言《河传》（双桨）、《浣溪沙》（望眼河桥思不禁）。

8 日，夏承焘接龙榆生转来《清词钞》编纂处征求书籍启。发启人有朱彊村、林铁尊、冒鹤亭等廿五人。总编辑朱彊村。（夏承焘：《天风阁学词日记》，第 140 页）

9 日，顾随致函卢伯屏，并附其《思佳客》（谁道先生是酒狂）词。中曰："意思甚晦，兄或不解弟意之所在也。"（顾随：《顾随全集》第 8 卷，第 347 页）

9 日，《大公报·文学副刊》第 100 期刊发：顾随《临江仙》（此地曾经小住）、《贺新郎》（赋恨终何益）、《南乡子》（三十有三年）。

11 日，夏承焘接朱彊村上海东有恒路德裕里函。中曰："瞿禅道兄阁下：榆生兄转赉惠笺，十年影事，约略眼中。而我兄修学之猛，索古之精，不朽盛业，跂足可待，佩仰曷极。梦窗生卒考订，凿凿可信，益惭谫说之莽卤矣。"夏承焘即作一复函，请龙榆生转达。（夏承焘：《天风阁学词日记》，第 140 页）

16 日，《大公报·文学副刊》第 101 期刊发：汪玉笙《沁园春》（骊山怀古）。

17 日（农历十一月十七日），陈洵致函朱孝臧。中曰："近评稼轩一篇，亟写呈，统俟明教。"（后收入马兴荣等主编：《词学》第 26 辑，第 307 页）

19 日，夏承焘接冯沅君函，表示愿意向出版社介绍夏承焘的各种词人年谱。（夏承焘：《天风阁学词日记》，第 142 页）

19 日，夏承焘致函谢玉岑。中曰："弟《白石歌曲考证》初稿粗就，彊村老人前日来一书，《梦窗生卒考》已承其印可。"（后收入沈迦编撰：《夏承焘致谢玉岑手札笺释》，第 109 页）

22 日，潘静淑作《点绛唇》（己巳冬至夜对雪）。（吴湖帆、潘静淑：《梅景书屋词集》之《绿草集》，民国二十八年［1939］吴氏四欧堂铅印本，第 1 页。后收入朱惠国、吴平编：《民国名家词集选刊》第 15 册，第 35 页）

23 日，夏承焘接朱彊村函。中曰："沈阳陈思亦有《白石词考证》及《年谱》，弟曾睹稿本，极翔实，惜未刊行。陈君在北方，近亦不稔其踪迹也。台从道沪，幸一相闻，当图良晤。"（夏承焘：《天风阁学词日记》，第 143 页）

25 日，天津《益世报副刊》刊发：罗曼思《纳兰成德传》。至 31 日连载完毕。

剑亮按：天津《益世报副刊》，不定期，1928 年创刊于天津，由益世报馆出版发行。1930 年终刊。

30 日，夏承焘致函谢玉岑谈读词体会。中曰："顷友人万载龙榆生得一郑叔问写本沈逊斋本《白石词校语》寄示，怡悦数日。"（后收入沈迦编撰：《夏承焘致谢玉岑手札笺释》，第 119 页）

本月

沈尹默《秋明集词》，由北京书局印行，收词 70 首。（上海图书馆藏。后收入朱惠国、吴平编：《民国名家词集选刊》第 13 册）

冬，龙榆生作《满江红》（己巳冬游鼋头渚，登陶朱阁望太湖，依白石）。（后收入龙榆生：《忍寒诗词歌词集》，第 9 页）

年末，吕碧城作《定风波》（己巳岁阑，梦幻志感）。（吕碧城：《信芳词》之《信芳词增刊》，第 23 页。后收入曹辛华主编：《民国词集丛刊》第 3 册，第 67 页）

本年
【词人创作】

顾随作《减字木兰花》（人间无路）、《破阵子》（却笑昨宵祝祷）、《鹊踏枝》（过了花朝寒未退）、《浣溪沙》（三日春阴尚不开）、《鹧鸪天》（说到人生剑已鸣）、《灼灼花》（不是豪情废）、《踏莎行》（天气难凭）、《临江仙》（此地曾经小住）、《清平乐》（怕看风色）、《贺新郎》（赋恨终何益）、《千秋岁》（独来独往）、《渔家傲》（梦里春光何澹宕）、《木兰花慢》（策疲驴过市）、《行香子》（不会参禅）、《鹊桥仙》（试舒皓腕）、《江神子》（去年此际两心知）、《浣溪沙》（享受宵来雨后凉）、《浣溪沙》（一带高城一带水）、《鹧鸪天》（又是重阳落叶时）、《浣溪沙》（卧病伤离次第过）、《眼儿媚》（拟将愁绪托杨枝）、《鹧鸪天》（壮岁功名两卷词）、《定风波》（把酒东篱欲问公）、《定风波》（把酒东篱欲问君）、《定风波》（把酒东篱欲问他）、《定风波》（把酒东篱欲问伊）、《定风波》（酒醒扶头曳杖行）、《临江仙》（眼看重阳又过）、《临江仙》（散步闲扶短杖）、《临江仙》（皓月光同水月）、《沁园春》（踏遍郊原）、《虞美人》（更深一盏灯如旧）、《破阵子》（珠玉词中好句）、《破阵子》（昨日霜枫似锦）、《贺新郎》（多少萧闲意）、《好事近》（灯火伴空斋）、

《沁园春》（暮色苍凉）、《浣溪沙》（课罢归来一盏茶）、《贺新郎》（又是寒冬矣）、《三字令》（愁塞北）、《东坡引》（柔肠愁不断）、《浣溪沙》（且对西山一解颜）、《浣溪沙》（不是眠迟是梦迟）。（闵军：《顾随年谱》，第 84 页）

缪钺作《江城子》（燕）。（缪钺：《缪钺全集》第 7、8 合卷，河北教育出版社，2004 年，第 9 页）

吴其昌作《齐天乐》（楼高一首，南开作）、《高阳台》（曲岸一首，南开作）、《浣溪沙》（独卧海淀别业）、《浣溪沙》（寂寞斜阳如水流）。（后收入吴令华主编：《吴其昌文集·诗词文在》，第 34 页）

张涤华作《如梦令》（月夜游玄武湖）二首、《谒金门》（西湖暮归）。（后收入张涤华：《张涤华文集》第 4 集，安徽师范大学出版社，2011 年，第 335 页）

潘承谋作《江南好》（喜潘由笙南归，并怀高远香。己巳）。（潘承谋：《瘦叶词》，第 18 页。后收入朱惠国、吴平编：《民国名家词集选刊》第 12 册，第 126 页）

潘承谋作《己巳消寒词》，词作有《雪狮儿》（尧峰霁雪）、《隔溪梅令》（海涌冷香）、《散余霞》（天平枫林）、《夜行船》（枫桥夜钟）、《望云涯引》（林屋仙窟）、《遍地花》（虎丘花窖）、《东风齐著力》（震泽风帆）、《梅子黄雨时》（横塘烟絮）、《千秋岁引》（灵岩勋碑）、《醉翁操》（洋澄箉蟹）、《渔家傲》（崦西笼虾）、《石湖仙》（石湖春棹）。（潘承谋：《瘦叶词附编》，第 1 页。后收入朱惠国、吴平编：《民国名家词集选刊》第 12 册，第 149 页）

刘麟生作《风入松》（乒乓）、《菩萨蛮》（澄辉没水波如织）。（刘麟生：《春灯词》，第 13 页。后收入朱惠国、吴平编：《民国名家词集选刊》第 15 册，第 77 页）

胡士莹作《蝶恋花》（花近高楼人又别）、《玉楼春》（西楼昨夜刚三五）、《玉楼春》（银屏不怨春风窄）、《鹧鸪天》（镜里朱颜一晌非）、《鹧鸪天》（未必归期未有期）、《最高楼》（思君处）、《齐天乐》（蟋蟀）、《满庭芳》（峭寒侵户，繁星乍稀；倚灯冥坐，羁思悄然）、《齐天乐》（乱鸦啼破荒崦梦）、《鹧鸪天》（缥缈房栊旧日居）、《玲珑四犯》（江清归自北平，过余武唐寓次。联床话雨，尘襟洒然，仿佛七年前，秣陵校斋共读时也。别后感时赋寄，兼讯斐云北海近居）、《曲玉管》（与大樗、驾吾别七年矣。关河间隔，音书寂寥。大樗自都邮示新制，吟诵不能去口。赋此寄怀，并示驾吾。抚时念往，不独旅逸之感也）、《凄凉犯》（天寒岁暮，归有日矣。依白石自度腔，赋寄禹钟，并示韶声、雪塍、汝为）。（胡士莹：《霜红词》，第 23 页。后收入曹辛华主编：《民国词集丛刊》第 10 册，第 407 页）

李宣龚作《清平乐》（题单家店曹公亭。己巳）。（李宣龚：《墨巢词》，民国二十九年［1940］铅印《墨巢丛刻》本，第 1 页。后收入曹辛华主编：《民国词集丛刊》第 4 册，第 63 页）

【词籍出版】

柳亚子编《苏曼殊全集》，上海北新书局出版。内收：

蔡守《瑞鹤仙》（灵隐观造象，怀曼殊）；

沈尹默《浣溪沙》（题子穀《红叶疏钟诗》后）、《采桑子》（再题子穀《红叶疏钟诗》后）；

俞锷《霓裳中序第一》（题曼殊、仲戢合影）；

严既澄《高阳台》（清夜读《断鸿零雁记》，凄凉无已，为填此词，恨不能寄示曼殊大师于泉壤也）；

叶么凤《踏莎行》（题曼殊大师遗著，柬柳无忌）；

张昭汉《解珮令》（孤山吊曼殊上人）。

程颂万《定巢词集》十卷刊行。收《言愁词》《蛮语词》《横览词》《石巢词》《鹿川词》《集句词》《连句词》。卷首有谢善诒《序》和谭献、王鹏运、易顺鼎、况周颐《题词》。（浙江图书馆藏。后收入朱惠国、吴平编：《民国名家词集选刊》第 5 册）

谢善诒《序》曰："《定巢词》十卷，《十发居士全集》之一，宁乡程丈子大观察所作也。溯原骚辨，合辙风雅，颉颃同辈，左右数人。往则王（半塘给谏）、郑（大鹤山人）扇其芬，存则况（阮庵舍人）、朱（古薇侍郎）专其美。惟缘情体物，作者攸同，行气驱才，成章各异。同归殊穀，合微契妙。独论积健，终以推袁。丈之于词，少规双白，继步二窗。含緜邈于小令，弦上黄莺；托委宛于长歌，春边双燕。豪宕疏快，间杂苏、辛。犹之忧感易伤，宜振凌云之气；繁丝多靡，或催解桫之声。鹃住鸹啼，鸣筛激壮。涛惊石乱，俪竹苍茫。及虏劫运身遭，蒿庐海隐。西台涕泪，北阙心情。赋花外之斜阳，吟蝉身世；诵于湖之猎火，乱马河山。哀思之音，悱恻之意，沉挚隐内，寄托能出。鹿川二卷，直造于成，综其所制，删勒八卷，又附集句、联句各一卷。妙同番锦百衲春葩，嬾比城南连璧绮藻。乃以善诒粗解倚声，命参订律，僭为雠校，以付剞劂。矧以其辞既工，其人尤重。上延道系，绍洛水之先风；深抉文心，合杜陵之恳款。至于泼墨画石，不羡米家；余事雕虫，印承穆倩。柳恽了十人难敌一，郑虔擅三令已能倍（文诗词书画印）。岂止三韩使辂，远携纳（容若）顾（梁汾）之词；七字长城，堪夺邓（弥之）王（壬父）之席而已。癸亥四月既望，江阴谢善诒砚毂父校讫并序。"

梁文灿《蒙拾堂词稿》刊行。内含《红豆词》《杏雨词》《积翠词》《劫余词》四种。为《小书巢丛刊》一种。卷首有丁锡田《叙》。（上海图书馆藏。后收入朱惠国、吴平编：《民国名家词集选刊》第 7 册）

丁锡田《叙》曰：梁文灿"入民国后傲游南北，放情诗酒，尤工于长短句。寄迹金陵时，每有所作，士林争相传诵，名满大江南北。或以艳体为病，殊不知美人香草，古人多所寄托，今之视昔，顾不同欤"。

郑骞《永阴集》刊行。内含《永阴集》和《永阴存稿》。（上海图书馆藏。后收入朱惠国、吴平编：《民国名家词集选刊》第 16 册）

沈尹默《秋明集词》一卷刊行。（上海图书馆等有藏。后收入朱惠国、吴平编：《民国名家词集选刊》第 13 册）

吕碧城《信芳词》刊行。内含《信芳词》、《信芳词增刊》（戊辰至己巳皆成于欧洲）。有樊樊山先生评语。（首都图书馆藏。后收入曹辛华主编：《民国词集丛刊》第 3 册）

俞陛云《乐静词》附《乐静词二编》刊行。（后收入朱惠国、吴平编：《民国名家词集选刊》第 6 册）

奭良《野棠轩词集》四卷刊行。（浙江图书馆等藏。后收入曹辛华主编:《民国词集丛刊》第26册。又收入沈云龙主编:《近代中国史料丛刊》第17辑《野棠轩文集》）

沈泽棠《忏庵词钞》一卷刊行。（后收入朱惠国、吴平编:《民国名家词集选刊》第1册）

向迪琮《柳溪长短句》刊行。卷首有朱孝臧《序》、邵瑞彭《序》。王履康《叙》、乔曾劬《序》,卷尾有作者《自记》。（华东师范大学图书馆藏。后收入曹辛华主编:《民国词集丛刊》第3册）

作者《自记》曰:"右旧稿《柳溪长短句》一卷,始戊午,迄于己巳,为时十有二年,得词百五十余首。丙寅、丁卯间,邵次公、乔大壮同客故都,共相商榷,计汰存百二十余首。彊村翁复为删定,都凡百有九首。王仲明助资付梓,大壮与刘千里、寿石工、冯若飞诸君,躬任斠雠之役,阅三月而刊成。"

叶玉森《和东山乐府》刊行。收词200首。书前有张学宽《序》及著者《自序》。

夏仁虎《零梦词》一卷刊行。有作者作于庚申（1920）十月的"自注"。

龙榆生《周清真词研究》,由暨南大学出版社出版。（张晖:《龙榆生先生年谱》）

刘咸炘《文学述林》刻印本印行。为作者《推十书》之一。1996年成都古籍书店影印。四卷。其中"卷三"有"辛稼轩词说"一节。

朱炳熙《唐代文学概论》,由上海群众图书公司印行。全书不分编章。其中"唐词"部分含"唐词的演进""唐词举例"。

剑亮按:朱炳熙（1895—1952）,字耀球,又名毓秀,浙江青田人。

邓邦述辑《六一消夏词和作》出版。

叶圣陶选注《周姜词》，由上海商务印书馆出版。

吴曾源《六一消夏词》十八集印行。
剑亮按：吴曾源（生卒年不详），字伯渊，号九珠，江苏吴县（今苏州）人。清光绪二十四年（1898）举人，官内阁中书。

【报刊发表】

《江苏省立国学图书馆第二年刊》刊发：柳诒徵《〈玉琴斋词手稿〉跋》。（后收入杨共乐、张昭军主编：《柳诒徵文集》第 8 卷，商务印书馆，2018 年，第 280 页）

《邮声》第 3 卷第 1 期刊发：周錬霞《浣溪沙》（曲曲帘栊剪素波）。（后收入刘聪著辑：《无灯无月两心知：周錬霞其人与其诗》，第 133 页）

《邮声》第 3 卷第 3 期刊发：周錬霞《江城梅花引》（近来愁绪苦牵萦）。（后收入刘聪著辑：《无灯无月两心知：周錬霞其人与其诗》，第 131 页）

《中国文学季刊》创刊号刊发：何寿慈《韦庄评传》。
剑亮按：《中国文学季刊》，季刊，1929 年创刊于上海，由述学社部出版发行。1930 年终刊。

《齐大国学丛刊》第 1 期刊发：王敦化《宋词体制略考》。中曰："自《草堂诗余》出，以小令、中调、长调之分而定词之体制，后之言词者，莫不因之。而毛氏《填词名解》更进为字数之规定，其说益完。万红友氏则力诋其不当。徐釚于其《词苑丛谈》中，亦宗万氏而驳毛说。盖以词之体制甚繁，而小令、中调、长调之说，不过为概括之辞，取其便于流俗则可，若以志备研究之资，为一定之论，则简陋矣。世之言词之体制者，莫先于玉田张叔夏氏。张氏于其《词源》曰：'古之乐章、乐府、乐歌、乐曲，皆出于雅正。粤自隋唐以来，声诗间为长短句。至唐人则有《尊前》《花间》集。迄于崇宁立大晟府，命周美成诸人，讨论古音，审定古调，沦落之后，少得存者。自此八十四调之声稍传，而美成诸人又复增演慢曲、引、近，或移宫换羽，为三犯四犯之曲，按月律为之，其曲遂繁。'按此，则知词之初起者，为小令，其后将小令引长，而有引、近、慢曲等等体制。

周美成诸人又复增之。至是，因之亦愈繁矣。宋虞廷氏之《乐府余论》中，论之甚详。曰：'诗之余，先有小令，其后以小令微引而长之，又为之近，以音调相近，从而引之也。引而愈长者，则为慢。慢与曼通。曼之训引也，长也。其始皆令也。'按此则令、引、近、慢之分详矣。然于令、引、近、慢之外，其体制之可考者甚多，兹将各体类列而论之……按以上所论，共二十二体。由简而繁，其嬗变之迹，不难考订。然所举各体，兼或有未尽处。如后读书有得，当再补正。而调名尚有以行乐歌词等字贯之者，皆系古乐府之遗制，后于研究乐府古调考时，当详论之。而此二十二体中，以散词歌者，为令、引、近、慢、犯五体。截取其他曲等之一遍而歌者，为歌头、序、摘遍三体。以散词之一调，而重叠歌一事，或叶一韵者，为叠韵、联章二体。以一调之词，顺逆歌之，为回文体。或作者韵脚只叶一字，为福唐体。若其词，为集他人名句而成，则为集句体。然率皆歌而不舞。就散词只歌一阕者为单调，重者为双调。虽重歌之，而下阕之第一句，与上阕之第一句不同者，为换头，并有三换、四换之别。较原调减字而歌者则曰减字，如词调之《减字木兰花》即此体也。如歌时须促节短拍者曰促拍，如《促拍丑奴儿》即此体也。以一曲而歌舞相兼者，有《传踏》《舞队》《法曲》《大曲》《曲破》五体。然《法曲》《大曲》《曲破》亦同名之为大遍。至合数曲之歌舞相兼者，则有鼓吹曲、诸宫调、赚词、杂剧四体。然鼓吹曲与诸宫调，则不限一宫之调，其他则其调只限于一宫者方可。此其区分之大概也。然词之至于鼓吹四体，则下开元曲之先导矣。而今之谈宋词者，多重于散词，而不及其他。是宋词之名，专为令、引、近、慢、犯而设者。愚意宋词既为宋代文学之精华，而其前后相承之迹象，与其嬗变之关系，尤当推考。故除散词外，其他曲调之有关于宋词者，皆为之考索之，庶于词曲之变迁，有以尽之。"

《睿湖》第 1 期刊发：罗慕华《关于饮水诗词版本的话》。

剑亮按：《睿湖》，1929 年创刊于北京，后移至上海。先后由朴社和神州国光社出版发行。1930 年终刊。

《北大图书部月刊》第 1 卷第 2 期刊发：赵万里《马子严古洲词校辑》。

《中国学术研究季刊》第 1 期刊发：陈廷宪《唐温飞卿词论》。（后收入闵定庆整理：《唐五代词研究论文集》，第 354 页）

《新民半月刊》第 2、3 期刊发：任二北《词曲合并研究》。

《采社杂志》第 2 期刊发：曲宜振《词之研究》。

《国学论丛》第 2 卷第 1 期刊发：梁启超《跋四卷本稼轩词》《跋程正伯书舟词》。

《北海图书馆月刊》第 2 卷第 3、4 期刊发：赵万里《宋词搜逸（续）——张辑清江渔谱》《宋词搜逸（续）——蔡枏浩歌集》。

《北海图书馆月刊》第 2 卷第 5 期刊发：麟《新书介绍——历代诗余》。

《北海图书馆月刊》第 3 卷第 1 期刊发：赵万里《宋词搜逸（续）——吴儆竹洲词》。

《图书馆学季刊》第 3 卷第 3 期刊发：梁启超《吴梦窗年齿与姜白帚》。

《艺观》第 4 期刊发：长子《皱水轩词筌序》。

《妇女杂志》（上海）第 15 卷第 4 期刊发：左梅村《朱淑真及其诗词》。

《小说月报》第 20 卷第 4 期刊发：郑振铎《词的启源》。中曰："根据了这样的考察，所谓'词史'大约可分为左列的四期：第一期是词的胚胎期，便是引入了胡夷里巷之曲而融冶为己有的一个时期。这个时期的词，是有曲而未必有辞的。第二期是词的形成期，利用了胡夷里巷之曲以及皇族豪家的制作，作为新词。这一期是曲旧而词则新创。第三期是词的创作期，一方面皇族豪家创作的曲调益多，一方面文人学士对于音律也日益精进，喜于进一步而自创新调，以谱自作的新词，不欲常常袭用旧调旧曲。这一期的曲与辞，有一部分皆为新创的。第四期是词的模拟期。在这个时期之内的词人，只知墨守旧规，依腔填词，因无别创新调之能力，也少另辟蹊径的野心。词的活动时代已经过去了，已经不复为活人所歌唱了，然而，他们却还在依腔填词，一点也不问这些词填起来有什么意思。第一期的时代约自唐初至开元、天宝之时。第二期的时代，约自开元、天宝以后至唐之末年。第三期约自五代至南宋的灭亡。第四期约自元初至清末。第四期的时间最长，也最恹恹无生气。这里所指的词的启源时代，便是包括了第一期与第二期的。我们在这个词的启源时代，看见了词由胡夷里巷之曲而登于廊庙，看见了皇家豪族，受了胡夷里巷的感化而自创新调，看见了文人学士采取了这个新的诗体或歌体，作为新词新语。但我们还没有看见词人们自创新谱，自填新词。这是要留到第三期的开始，即唐末五代之时，方才造成了这个风气的。我们看，这个启源期中的几个词家，刘禹锡、白居易、皇甫松他们都是依了旧曲填词的。"

《小说月报》第 20 卷第 11 期刊发：郑振铎《北宋词人》。

《小说月报》第 20 卷第 12 期刊发：郑振铎《南宋词人》。

《东方杂志》第 26 卷第 1 期刊发：任二北《增订〈词律〉之商榷》。

《学衡》第 70 期刊发：张荫麟《纳兰成德传》。

《大公报·文学副刊》第 77—80 期刊发：素痴《纳兰成德传》。

1930年

（民国十九年　庚午）

1月

1日，《江苏革命博物馆月刊》第6期刊发：

徐自华《浪淘沙》（十二年除夕，即席赠何香凝夫人）、《浪淘沙》（新历除夕，适值月圆之夜，南社同人会饮酒家。倦鹤有明日新年之作，余亦继声）、《百字令》（题《江楼秋思图》）；

陈家庆《齐天乐》（题胡宛春《霜红簃填词图》）、《石州慢》（秋感）、《水龙吟》（题蔡韶声《获秋访旧图》）、《水龙吟》（题子庚《噙椒室填词图》）；

柳弃庆《摸鱼儿》（题沈晒之《瘗雀图》）；

林浚南《摸鱼儿》（题沈晒之《瘗雀图》，用亚子韵）。

1日，《济南大学新年特刊》刊发：吴隆赫《水调歌头》（十七年旧历除夕作。民国久颁布新历，而民间因循积习，迄未废除。每值除夕，闾里居民，无论贫富，辄燃爆竹，饮屠苏，换桃符，饯腊迎春，通宵不寐，盖一年工作劳苦之安慰，止此而已。今年国府厉行新历，旧俗寝废。此作殆将明日黄花，沦为故事。适郭君编辑新年特刊，写此应之，以志民俗之变更焉。十八年十二月廿三日补记）。

4日，《中央日报》刊发：唐圭璋《女性词人秦少游》。

4日，周麟书作《买陂塘》（廿九年一月四日事，涧秋、咫天各填《满江红》见示，别成此解奉酬）。（周麟书：《笏园词钞》卷五，民国三十年[1941]铅印本，第2页。后收入曹辛华主编：《民国词集丛刊》第10册，第301页）

5日，《中央日报》刊发：唐圭璋《女性词人秦少游（续）》。

11日，夏承焘作词赠予王陆一。记曰："寄陆一词脱稿，颇自喜。寄陆一数词，此为第一。"（吴蓓主编：《夏承焘日记全编》第4册，第2044页）

剑亮按：夏承焘寄陆一词，参见本月13日。

13日，夏承焘致函谢玉岑，并附《水调歌头》（王陆一筑室长安，取所获秦镜铭为颜曰"长毋相忘之馆",属为小词,以存风雨想望之意。与陆一别于秦中六载矣。顷同客南土,复成相左。追惟昔游,益念今之离索也)。(后收入沈迦编撰:《夏承焘致谢玉岑手札笺释》,第123页)

13日(农历腊月十四日),陈洵致函朱孝臧。中曰:"下期校课拟广选两宋诸家,以证周、吴,使学者知其浅深高下与源流分合之故。"(后收入马兴荣等主编:《词学》第26辑,第308页)

20日,《大公报·文学副刊》第106期刊发:《编纂〈清词钞〉征书》。参见本年2月"《文字同盟》第4年第2号"条。

本月

邵章作《玉烛新》(庚午元旦,和美成)。(邵章:《云淙琴趣》卷三,第1页。后收入朱惠国、吴平编:《民国名家词集选刊》第10册,第157页)

徐礼辅作《意难忘》(庚午新岁)。(徐礼辅:《绿水余音》卷一,民国三十三年[1944]影印本,第31页。后收入朱惠国、吴平编:《民国名家词集选刊》第14册,第644页)

毛泽东作《如梦令》(元旦)。(中共中央文献研究室编:《毛泽东诗词集》,第21页)

剑亮按:《毛泽东诗词集》收录该词,词后有注曰:"这首词最早发表在《诗刊》一九五七年一月号。"

胡云翼著《词学ABC》,由上海ABC丛书社出版。卷首有胡云翼《本书主旨》,曰:"我这本书是'词学',而不是'学词',所以也不会告诉读者怎样去学习填词。如果读者抱了一种热心学习填词的目标来读这本书,那便糟了。因为我不但不会告诉他一些填词的方法,而且极端反对现在的我们还去填词。为什么我们不应该再去填词?读者不要疑心我是看不起词体才说这种话。我们对于曾经有过伟大的光荣的词体,是异常尊重的。可是,这种光荣已经过去很久了,词体在五百年前便死了。"

剑亮按:该书1933年7月再版。后收入刘永翔、李露蕾编:《胡云翼说词》,华东师范大学出版社,2004年。

刘麟生编《词絜》,由上海世界书局出版。选收唐五代、南北宋词共369首。词后附注解,间或有纪事、评语及考证。另有词人小传。附录《简明词学书目》。

孙佩苣编《女作家词选》，由上海女作家小丛书社出版。1932 年 9 月再版。为《女作家小丛书》一种。选收历代女词人侯夫人（隋）、柳氏（唐）、陈氏（五代）、王微（明）、吴藻（清）等 80 余人的 80 余首词作。

赵万里在北京大学讲授"词史"，授课时间为每周六下午（〔日〕仓石武四郎著，荣新江、朱玉麒辑注：《仓石武四郎中国留学记》，中华书局，2002 年，第 53 页），并编写讲义《词概》（又名《词史》），由北京大学出版组印行。（后收入赵万里：《赵万里文集》第 2 卷，上海科学技术文献出版社、国家图书馆出版社，2012 年，第 15 页）

2 月

1 日，《江苏革命博物馆月刊》第 6 期刊发：陈去病《清平乐》（丁卯上巳感怀）、《清平乐》（翌日寒食，重赋）、《清平乐》（清明，三叠前调）。

4 日，张素作《瑶华》（立春日有雨）。（后收入张素：《南社张素诗文集》，第 751 页）

11 日，日本学者仓石武四郎阅评吴文英词。记曰："阅吴梦窗词，极晦涩难会。蜀丞先生云《风入松》（听风听雨过清明）一词可略知其风格。"（〔日〕仓石武四郎：《仓石武四郎中国留学记》，第 63 页）

13 日，张素作《鸭头绿》（都门灯事）。（后收入张素：《南社张素诗文集》，第 751 页）

13 日，邵瑞彭作《解语花》（庚午上元，和美成）。（邵瑞彭：《扬荷集》卷四，第 6 页。后收入朱惠国、吴平编：《民国名家词集选刊》第 14 册，第 187 页）

17 日（农历正月十九日），陈洵致函朱孝臧。中曰："说吴词，得廿余首，今先录上数阕。"（后收入马兴荣等主编：《词学》第 26 辑，第 308 页）

本月

毛泽东作《减字木兰花》（广昌路上）。（中共中央文献研究室编：《毛泽东诗词集》，第 23 页）

剑亮按：《毛泽东诗词集》收录该词，词后有注曰："这首词最早发表在《人民文学》一九六二年五月号。"

《文字同盟》第 4 年第 2 号刊发：《编纂〈清词钞〉征书》。曰："词始于唐，盛于宋。而有清一代，裒集之富，视前代且犹过焉。近顷沪上朱彊村（祖谋）、董绶经（康）、刘翰怡（承幹）、叶遐庵（恭绰）等，鉴于《历代诗余》之选列于官书，《四朝词宗》之编汇为巨制，而深慨乎有清乐府之雅词，尚阙声家之总集，爰有《清词钞》之编纂。上年十月二十七日，集海上名流于觉林，议决设《清词钞》编纂处，从事编纂，期以一年观成，并推举朱彊村为总编纂兼审定，编纂及名誉编纂达四十余人之多。现正函向各地图书馆征求书籍。兹将其简则录后。"参见本年 1 月 20 日"《大公报·文学副刊》"条。

《观海艺刊》第 1 期刊发：

况夔笙《半樱词序》；

陈训正《题半樱词》；

朱孝臧《侧犯》（题半樱词）；

程颂万《紫萸香慢》；

林鹍翔《摸鱼子》（莺）、《浣溪沙》（和冯息卢惆怅词）；

赵尊岳《清平乐》；

陈彰《长亭怨慢》；

况夔笙《蕙风集外词》；

赵颐《清平乐》（柳浪闻莺）、《浣溪沙》（卍字亭）；

况维琦《清平乐》（柳浪闻莺）、《浣溪沙》（卍字亭）、《暗香》（梅）。

剑亮按：《观海艺刊》，1930 年 2 月创刊于上海，由观海谈艺社出版发行。存见第 1 期。

李白英编校《断肠诗词》，由上海光华书局出版。1930 年 9 月再版。为《欣赏丛书》一种。内收词 31 首。书前有编校者《序》。

3 月

1 日，《江苏革命博物馆月刊》第 8 期刊发：杨侣琼《九张机》（拟宋杂剧小令）。

11 日，张素作《祝英台近》（花朝日雨，用前韵）、《清平乐》（花朝）。（后收入张素：《南社张素诗文集》，第 752 页）

17 日，顾随致函卢伯屏，并附其弟《浣溪沙》（人事昏昏乱似麻）、《浣溪沙》（千里春风草又青）词。中曰："舍弟有信来，附近作词数首，尚属可适。录两首，博兄一粲……何如？他之填词，与我一样，皆是无师自通。去年暑假弟在家居时，他欲学词，我不肯教。不料半年之中，他竟借《无病》《味辛》两部词而进步到如此田地，真是喜人。预想再使之读南北宋大家之作，其长进自在意中。"（顾随：《顾随全集》第 8 卷，第 359 页）

21 日，《蜜蜂》刊发：谢玉岑《浣溪沙》（题曼青夜窗画帧）。（后收入谢玉岑《玉岑遗稿》卷三，题作《浣溪沙》[题天匠夜窗直幅]。谢建红：《玉树临风：谢玉岑传》，第 323 页）

31 日，《大公报·文学副刊》第 116 期刊发：

俞陛云《小竹里馆吟草》附《乐静词》；

吕碧城《莺啼序》外三种。

本月

顾随编成第三部词集《荒原词》，并请卢伯屏作序。（闵军：《顾随年谱》，第 85 页）

胡小石《中国文学史讲稿》（上编），由上海人文社股份有限公司发行。共十一章。其中，第十一章"五代文学"有"南唐词人"一节。

春，魏元旷作《玉烛新》（己巳庚午，冬春之交，九旬之中，晴未十日。雨雪交加，阴风沍寒。邮载南北直省冻毙凡数千人，兵祸复不解。苦闷无聊，感而赋此）。（魏元旷：《潜园词续钞》，第 6 页。后收入朱惠国、吴平编：《民国名家词集选刊》第 2 册，第 322 页）

吴其昌作《新荷叶》（北平作。吾母弃养已十有四年，吾父弃养已十有一年。不肖孤其昌流泊天涯，致浅土浮葬而未能永安窀穸。今岁春始能南下奉安。寒宵风雪，一念堕泪）。（后收入吴令华主编：《吴其昌文集·诗词文在》，第 35 页）

春，施祖皋作《洞仙歌》（庚午春暮，题海上环龙花园）。（施祖皋：《硕果斋词》，第 25 页。后收入朱惠国、吴平编：《民国名家词集选刊》第 16 册，第 412 页）

春，吴湖帆作《千秋岁》（庚午春，静淑返苏。集宋人句，柬寄）。（吴湖帆、潘静淑：《梅景书屋词集》附录，第 1 页。后收入朱惠国、吴平编：《民国名家词集选刊》第 15 册，第 44 页）

春，李遂贤作《菩萨蛮》（庚午暮春）。（李遂贤：《懊侬词》，第 64 页。后收

入曹辛华主编：《民国词集丛刊》第 4 册，第 286 页）

春，潘承谋作《莺啼序》（送春，庚午）。（潘承谋：《瘦叶词》，第 26 页。后收入朱惠国、吴平编：《民国名家词集选刊》第 12 册，第 141 页）

4 月

1 日，《乐艺》第 1 卷第 1 号《歌谱》栏目刊发：

柳永《雨霖铃》词，陈厚庵曲；

李煜《浪淘沙》词，华丽丝曲；

华丽丝《〈浪淘沙〉作曲大意》。

剑亮按：《乐艺》，季刊，1930 年 4 月 1 日创刊于上海。主编青主。由国立音乐专科学校乐艺社出版发行。1931 年 7 月（第 1 卷第 6 号）终刊。

1 日，国民革命军二十一军同学会《武光》第 2 期刊发：陈均抚（学员）《桂仙子》（巴山磨剑）。（后收入《民国珍稀短刊断刊·重庆卷》第 7 册，全国图书馆文献缩微复制中心，2006 年，第 3326 页）

3 日，袁毓麟作《兀令》（春阴，庚午上巳后三日）。（袁毓麟：《香兰词》，第 27 页。后收入朱惠国、吴平编：《民国名家词集选刊》第 10 册，第 430 页）

9 日（农历三月十一日），陈曾寿作《踏莎行》（三月十一日，梦见桃花数十株，落红无数）。（后收入陈曾寿著，张彭寅、王培军校点：《苍虬阁诗集》，第 378 页）

10 日，暨南大学中国语文系开始实行导师制，本系学生自二年级起，适用此制。龙榆生指导诗、词。（《暨南校刊》第 55 期《中国语文系导师制简章》，4 月 19 日出版）

14 日，《大公报·文学副刊》第 118 期刊发：吕碧城《浪淘沙》（寒意透云帱）外五种。

21 日（农历三月廿三日），陈洵致函朱孝臧。中曰："洵久不填词。近得小令两首。词境视前小异，此中消长不知如何。"（后收入马兴荣等主编：《词学》第 26 辑，第 308 页）

本月

夏承焘赴上海，与龙榆生初次会晤，初谒朱彊村。（吴无闻：《夏承焘教授纪

念集》，第 226 页)

5 月

1 日，《江苏革命博物馆月刊》第 9、10 期刊发：张素《瑶华》(立春日有雨)、《瑶华》(春后三日微雪，用前韵)、《探芳讯》(水仙)、《鸭头绿》(都门灯事)。(后收入张素：《南社张素诗文集》，第 751 页)

7 日，黄侃作《点绛唇》(后湖饮席，小石被酒，为诵文英"明月茫茫"之作。有感予怀，因和吴韵)。(黄侃著，黄延祖重辑：《黄侃日记》，第 643 页。后收入黄侃著，黄延祖重辑：《黄季刚诗文集》，第 423 页)

13 日，黄侃作《浣溪沙》(谁写春风入画图)、《浣溪沙》(闺里工词有几人)。(黄侃著，黄延祖重辑：《黄侃日记》，第 644 页。后收入黄侃著，黄延祖重辑：《黄季刚诗文集》，第 426 页)

13 日，吴其昌作《浪淘沙》(北平作。四月十五夜半)。(后收入吴令华主编：《吴其昌文集·诗词文在》，第 35 页)

15 日，叶恭绰作《清代词学之撮影：民国十九年五月国立暨南大学学术讲演》(孟廉泉记录)。中曰："鄙人因为好词之故，所以打算把词的一部分归拢起来，做一个清账，以作为文化史和学术史的一部分。因此，搜罗词家很是不少，截至现在止，已得四千余人。除去不明籍贯及年代者外，依照地域分配，作一统计如下。清代词人产地表：江苏，2009；浙江，1248；安徽，200；广东，159；福建，87；江西，71；湖南，60；满洲，58；直隶，58；山东，53；四川，34；河南，34；贵州，32；湖北，32；山西，26；云南，18；广西，18；陕西，13；奉天，11；顺天，10；甘肃，3；蒙古，3；绥远，无；察哈尔，无；吉林，无；黑龙江，无；新疆，无……词是文学当中的一种，他的发达实与其他文化学术有密切的关系。观于上表所列可知江浙文化之盛，亦可知扬子江流域文化传播来得容易。安徽居第三位，亦因扬子流域灌输较易之故。广东是属珠江流域。江西和四川也是为着长江的关系。至于满洲，一部分是有特殊情形的——不是指满洲那地方而言，乃是指散处各地的满洲作家——这是要附带说明的。最少是甘肃、蒙古两地，与江浙相差到数十倍，可知词之发达与否，与文化学术适成正比例，这是纵的研究。"(后刊于《暨南校刊》第 67 期，并出版单行本。南京图书馆收藏。又载《遐庵词稿》1930 年第 1 辑。后收入彭玉平、姜波整理：《叶恭绰词学文

集》，河南文艺出版社，2016 年，第 19 页）

27 日，黄侃往访王易，王易邀黄侃为其《词学通论》作序。（黄侃著，黄延祖重辑：《黄侃日记》，第 648 页）

26 日，日本学者仓石武四郎校读清人词籍。记曰："校《冯云伯词》及《诗略》。"（〔日〕仓石武四郎：《仓石武四郎中国留学记》，第 152 页）

27 日，夏承焘致函谢玉岑陈述研究进展。中曰："五月四日手教及《律话》五本久已接到。顷参校各书，成《白石歌曲旁谱说》一篇，俟誊出当奉以请教。屡承吾兄为一鸥之借，极感雅爱。拙稿如得写定，兄及榆生兄最不敢忘也。"（后收入沈迦编撰：《夏承焘致谢玉岑手札笺释》，第 137 页）

本月

胡朴安、胡寄尘标点《断肠词》，由上海文艺小丛书社出版。1933 年 3 月再版。末附《四库全书总目提要》中关于《断肠词》的介绍。本书根据第一生修梅花馆刻本略加改动重印。

郑振铎《中国文学史（词史）》，由上海商务印书馆发行。共五章。其中，第一章"词的启源"，设"词的消长""词与诗的区别""词非诗余""歌词产生的原因""胡夷之曲与里巷之曲""词的四个时代"等；第二章"五代文学"，设"五代的文艺中心""温庭筠的影响""花间派""词牌名的演变"等；第三章"敦煌的俗文学"；第四章"北宋词人"，设"歌词的流行""词的黄金时代""北宋词的三个时期"；第五章"南宋词人"，设"南宋词人的三个时期"。

6 月

1 日，《国立中央大学半月刊》第 1 卷第 15 期刊发：黄侃（季刚）、汪东（旭初）、王易（晓湘）、胡光炜（小石）、何鲁（奎垣）五人联句《浣溪沙》（后湖夜泛，连句）。

23 日，徐乃昌与日本学者仓石武四郎谈《词林韵释》。记曰："过蟫隐庐，求其导路，到徐积余先生，先生长髯冉冉，和光可掬，出宋刻菉菲轩《词林韵释》。予举厉太鸿诗，质所谓宋本可信否？先生云'词林'二字未必解填词，所括甚弘。此语颇解人颐。"（〔日〕仓石武四郎：《仓石武四郎中国留学记》，第 176 页）

本月

夏承焘作《梦窗词跋》《龙洲词跋》。（吴无闻：《夏承焘教授纪念集》，第226 页）

贺扬灵校《南唐二主诗词》，由上海光华书局出版。1931 年 5 月再版。为《欣赏丛书》一种。

卢前《温飞卿及其词》，由上海会文堂书局刊行。卷首有卢前《弁言》，曰："少日攻词，酷爱温飞卿。以其为词人之祖，犹诗中之苏、李也。前岁，尝为作传。一日，中敏过我，曰：'子治温词，吾当有以为助。'未几，出示一卷，展而视之，则辑录两宋以来诸家评温之语。置予箧中既两年矣，灯窗相对，每以此往复谈论。近代崇温词者，莫常州诸子若；而温词自此遂为常州词论所蔽，甚矣，论词之不易也。比来海上，偶出旧稿，董理经句，并校录全词，而成此编。附书鄙见，以供有志词史者之采择，倘亦读者所乐闻乎。民国十七年暮春，饮虹自识。"

《江苏革命博物馆月刊》第 11 期刊发：张素《祝英台近》（雨夜和伯纯韵）、《祝英台近》（花朝日雨，用前韵）、《生查子》（绿野散红妆）、《如梦令》（春色偏明罗绮）、《清平乐》（花朝）、《浣溪沙》（骨瘦香桃病起慵）、《减字木兰花》（春来几日）、《菩萨蛮》（淮流始见粼粼绿）。（后收入张素：《南社张素诗文集》，第752 页）

夏，夏敬观作《玲珑四犯》（暑枕听雨，感念长沙之乱，却寄妇弟左南生）。（陈谊：《夏敬观年谱》，第 136 页）

7 月

5 日，《南音》第 3 期刊发：龙榆生《周清真评传》文。

本月

毛泽东作《蝶恋花》（从汀州向长沙）。（中共中央文献研究室编：《毛泽东诗词集》，第 25 页）

剑亮按：《毛泽东诗词集》收录该词，词后有注曰："这首词最早发表在《人民文学》一九六二年五月号。"

夏承焘在上海第二次与龙榆生会晤，第二次谒见朱彊村。（吴无闻：《夏承焘

教授纪念集》，第226页）

《乐艺》第1卷第2号《乐歌》栏目刊发：李之仪《卜算子》（我住长江头），青主曲。

8月

1日，《江苏革命博物馆月刊》第2卷第1号刊发：

陈匪石《绛都春》（社集，分咏词人故居，得许海秋我园。园在懒眠胡同）；

张素《二郎神》（和小柳雨中祝百花生日词，用原韵）、《八声甘州》（雨夜书感）、《八声甘州》（夜闻雨声，赋寄小柳）。

8日，夏敬观作《还京乐》（庚午闰六月十四日立秋作）。（陈谊：《夏敬观年谱》，第136页）

11日，《大公报·文学副刊》第135期刊发：顾随《定风波》（扰扰纷纷数十年）、《临江仙》（游圆明园）。

18日，吴曾源作《莺啼序》（庚午闰六月，重祝荷花生日，用梦窗韵，同艮庐作）。（吴曾源：《井眉轩长短句》，第3页。后收入朱惠国、吴平编：《民国名家词集选刊》第9册，第21页）

18日，张茂炯作《莺啼序》（庚午立秋后十日，重祝荷花生日。用梦窗咏荷体韵，同吴九珠作）。（张茂炯：《艮庐词》，民国二十年[1931]石印本，第34页。后收入朱惠国、吴平编：《民国名家词集选刊》第11册，第477页）

25日，黄侃作《长亭怨慢》（连夕卧病书怀）。（黄侃著，黄延祖重辑：《黄侃日记》，第664页。后收入黄侃著，黄延祖重辑：《黄季刚诗文集》，第424页）

30日，吴曾源作《诉衷情近》（庚午七夕）。（吴曾源：《井眉轩长短句》，第21页。后收入朱惠国、吴平编：《民国名家词集选刊》第9册，第58页）

本月

欧阳溥存《中国文学史纲》，由上海商务印书馆出版。全书上、下两卷，分上古、中古、近古、近世四编十九章七十五节。其中，第三编"近古文学史"之第五节为"词家"，第四编"近世文学史"之第五节为"词曲小说"。

剑亮按：欧阳溥存，字仲涛，江西丰城人。

9 月

1 日，《大公报·文学副刊》第 138 期刊发：顾随《卜算子》（荒草漫荒原）。

8 日，《大公报·文学副刊》第 139 期刊发：顾随《临江仙》（飘忽断云来去）。

15 日，《大公报·文学副刊》第 140 期刊发：顾随《好事近》（灯火伴空斋）。

本月

汪曾武作《迈陂塘》（庚午九月作。千佛山）、《浪淘沙》（趵突泉）、《台城路》（锦屏山龙洞）、《江南好》（游大明湖诸名胜。历下亭）、《江南好》（南丰祠）、《江南好》（小沧浪）、《江南好》（铁公祠）、《江南好》（铁公祠湖亭）、《江南好》（张公祠）、《江南好》（北极阁）、《江南好》（汇泉寺文昌阁）、《江南好》（晏公台）、《江南好》（汇波楼）、《迈陂塘》（四风闸甸柳庄访辛稼轩故宅）、《念奴娇》（访王渔洋秋柳园）、《浣溪沙》（柳絮泉吊李易安）二首。（汪曾武：《趣园诗余·味莼词历下行吟》，第 1 页。后收入朱惠国、吴平编：《民国名家词集选刊》第 6 册，第 67 页）

《河南大学文学院季刊》第 2 期刊发：缪钺《冰茧词》。内收《踏莎行》（庚午九月赋）、《齐天乐》（岁聿云暮，束装将归。夜永灯孤，悄然赋此。时在大梁）、《一萼红》（自大梁北还，赋呈礼社诸子）、《眼儿媚》（去岁，余购盆桂一株，清丽绝俗。今秋，南游大梁归后，闻人言桂花茂发，风香郁然，怅余未及见也）、《八声甘州》（一月二十四日，偕子植、杜衡游龙亭，归饮酒肆）。

秋，林鹍翔作《满路花》（庚午秋，偕彊村师、香严翁、朱庵看台桂翁绘图，征题）。（林鹍翔：《半樱词续》，民国二十七年 [1938] 铅印本，第 1 页。后收入朱惠国、吴平编：《民国名家词集选刊》第 9 册，第 215 页）

秋，吴梅作《八宝妆》（甫里保圣寺罗汉像，杨惠之作。庚午九秋，挐舟参谒，又读太仓奚中石士柱长歌，欢喜赞叹，因成此解）。（吴梅：《霜厓词录》，第 17 页。后收入朱惠国、吴平编：《民国名家词集选刊》第 13 册，第 455 页）

10 月

1 日，俞平伯作《词课示例》，有《菩萨蛮》（好天良夜秋如水）、《菩萨蛮》（匆匆梳理匆匆洗）、《玲珑四犯》（草窗体）、《浣溪沙》（和梦窗韵，八首）。（后收入俞平伯:《燕郊集》,上海良友图书印刷公司,1936 年,第 84 页。又收入乐齐、孙玉蓉编:《俞平伯诗全编》,第 569、570、572 页)

4 日,夏承焘自评其词,曰:"读年来所为词,总嫌锤骨不坚,剽滑不涩,浑不自信。"(夏承焘:《天风阁学词日记》,第 148 页)

4 日(中秋前二日),陈洵致函朱孝臧。中曰:"湖帆先生许作谈词图,至深铭感。卷首得孟劬先生书之,尤为两美,长者倘亦以为然耶?"(后收入马兴荣等主编:《词学》第 26 辑,第 309 页)

5 日,龙榆生致函夏承焘,向夏承焘约《白石年谱》《白石石帚辨》文稿,以应暨南大学文学季刊征稿。(夏承焘:《天风阁学词日记》,第 148 页)

6 日,夏承焘致函朱彊村。中云:"附奉薄楮一方,敬乞如椽题'白石道人歌曲考证'六字,为拙作光宠。"(夏承焘:《天风阁学词日记》,第 150 页)

9 日,夏承焘接朱彊村函。函中评夏承焘"新作词高朗,诗沉窈"。并托夏承焘代为借阅刘毓盘《词辑》。(夏承焘:《天风阁学词日记》,第 151 页)

12 日,夏承焘从浙江图书馆"借刘子庚《词辑》二册来",寄给朱彊村。(夏承焘:《天风阁学词日记》,第 153 页)

12 日(农历九月廿一日),陈洵致函朱孝臧。中曰:"近又得《大酺》一阕,写呈改定。"(后收入马兴荣等主编:《词学》第 26 辑,第 309 页)

13 日,《大公报·文学副刊》第 144 期刊发:郑骞《浣溪沙》(细细新凉薄薄情)。

15 日,夏承焘作《题稼轩词》,其一曰:"青兕词坛一老兵,偶能侧媚倍移情。好风只在朱阑角,自有千门万户声。"其二曰:"不教横槊建安间,典质相疑信等闲。我为岳生续狂语,百篇献寿不如删。"(夏承焘:《天风阁学词日记》,第 154 页)

16 日,夏承焘作《鹊桥仙》(曲沃元夕作家书)。(夏承焘:《天风阁学词日记》,第 154 页)

21 日,夏承焘作《望江南》(之江好)六首。(夏承焘:《天风阁学词日记》,第 156 页)

22 日,夏承焘致函朱彊村。中曰:"十月十二日邮奉刘子庚先生《词辑》二册,计达记室。昨得榆生兄书,谓欲为印一二百部,以广流布。不知已向尊处携去否?此书西湖图书馆初以无副本不肯出借,晚生托馆中主任聂君以其私人名义假出，限二星期还归。万一榆生兄不果代印，乞先生先邮还原书。其几种须缮写者，可由晚生倩馆人录奉，以符夙诺。如已由榆生兄付印，亦乞惠一笺，以便再与聂君订约，因前日聂君有电话来询也。"（夏承焘：《天风阁学词日记》，第157 页）

28 日，夏承焘作《金缕曲》（顾梁汾手书寄吴汉槎宁古塔词笺，今存无锡胡汀鹭画师处，玉岑嘱为汀鹭赋）。三日后，夏承焘将该词寄给在常州的谢玉岑。（夏承焘：《天风阁学词日记》，第 159、161 页）

本月

缪钺作《踏莎行》（庚午九月，感时事赋）、《眼儿媚》（去岁余购盆桂一枝，清娇绝俗。今秋南游大梁，归后闻人言，盆桂发花繁茂，怅余未及见也）。（缪钺：《缪钺全集》第 7、8 合集，第 12 页）

《乐艺》第 1 卷第 3 号《乐歌》栏目刊发：

周邦彦《少年游》（并刀如水）词，华丽丝曲；

韦庄《女冠子》（四月十七）词，华丽丝曲。

《江苏革命博物馆月刊》第 2 卷第 3 号刊发：

成本璞《琐窗寒》（庚午秋日，重到江南，连宵苦雨。用清真体作此，寄佩忍）；

林鹍翔《好事近》（和彊村师）二首。

胡云翼编《辛弃疾的词》，由上海亚细亚书局出版。分"辛弃疾评传""稼轩词选"及"辛弃疾的轶事"三部分。

谢秋萍编《吴藻女士的白话词》，由上海亚细亚书局再版。收词 100 余首，分别选自《花帘词》及《香南雪北庐词》。卷首有编者所撰《吴藻女士的白话词》文，以及写于 1929 年 11 月的题记。

张宗祥《清代文学》，由上海商务印书馆出版。共十章。其中，第九章为"清词概述（附戏曲）"。

11 月

1 日，《江苏革命博物馆月刊》第 2 卷第 4 号刊发：林鹍翔《柳梢青》（题何佐仁《新都百咏》）、《满路花》（丁卯八月，偕彊村师、香严翁、姚虞琴、朱大可、朱庵看桂，香严翁绘图征题）、《浣溪沙》（为华祝三题《雷峰塔经手卷》）。

2日，夏承焘致函朱彊村，"催还刘子庚《词辑》"。（夏承焘：《天风阁学词日记》，第161页）

3日，夏承焘致函谢玉岑。中曰："清人论词绝句，弟前年搜得百余首。不谓蕙老已有成作，必大可观。如已付印，并祈向赵君代乞一部（沪上词人于赵甚不满，兄知之否？）《十六家词选》（附《心日斋词》后），弟在温馆假观。《词史》已求得一部，但教课有用，俟他日奉借。前月，彊老托弟向浙江图书馆借得刘氏《词辑》一部寄与（有数种极可宝），至今未寄还（榆生书来，谓彊老赴苏未返），馆中屡来催索。榆生欲在暨南为代印一二百部，如能做到，弟或将《词史》亦交其代印，印成可分赠友人。"（后收入沈迦编撰：《夏承焘致谢玉岑手札笺释》，第155页）

4日，夏承焘接朱彊村函。中曰："臞禅吾兄足下：日前奉书，并《词辑》二册，碌碌未答。适有吴门之行，昨甫言旋，又读惠笺，缕承一一。子庚先生辑本，诚有功词苑，而所称得自诸家藏本者，如《金荃集》具出《金奁集》，所增《杨柳枝》十首，则见诸诗集。《荆台倡稿》即《花间》《尊前》之词，此外更无一字。舒学士词较《乐府雅词》止多一首，黄华先生词即《中州集》之十二首。《疏斋词》较《天下同文》多二首，不知昔人何以定为别集之本。若文澜阁之柯山、月岩，关中图书馆之秋崖、碧涧，洵为珍籍，非裁篇别出可比。弟拟补入拙刻《丛书》中，惟仓猝未克录副，如能由馆人代抄甚善，抄费当照缴。榆生付印，聂君如见许最便。不则当先行寄还，以清手续，统候示复遵行。白石歌曲，范氏刻三家词本，未经寓目也。论词二首，持论甚新，何不多为之，以补厉氏所不及。率复，即颂著安。"夏承焘接谢玉岑函，评夏承焘《金缕曲》（题顾贞观词簏）词"苍凉沉郁"。（夏承焘：《天风阁学词日记》，第163页）

5日，夏承焘致函镇江中学任中敏，并附去《姜词叙例》《白石石帚辨》论文。（夏承焘：《天风阁学词日记》，第163页）

9日，夏承焘接龙榆生《东坡乐府笺》二册、刘子庚《词辑》二册。午后，夏承焘将《词辑》送还西湖图书馆。（夏承焘：《天风阁学词日记》，第164页）

12日，夏承焘接赵叔雍上海来函，谈姜白石词版本。次日，夏承焘复函赵叔雍，托赵氏抄录姜白石词。（夏承焘：《天风阁学词日记》，第164、165页）

17日，夏承焘致函厦门大学周癸叔，向其借阅《梦窗词稿》及万涧民圈《梦

窗词》；致函朱彊村，询问其旧作《梦窗年谱稿》；接吴梅函，中曰："读大作
《姜词考证序例》《白石石帚辨》，精博确当，无任钦服。承询姜谱歌法，弟实无
心得，何足以答足下问。惟兹事之难，不在译成俗谱，在译成后不知节拍。且
一字一声，尤不美听。曩尝与蕙风议及，辄相对太息而已。姜词工尺，皆当时俗
字。南汇张氏，已一一订明，无须更易。弟所谓节拍者，盖按歌时之节奏也。今
曲歌时，辄以鼓板按定拍眼，北曲有四拍、两拍之别，南曲有多至八拍者，抑扬
顿挫，皆随拍生。今姜谱止有工尺，未点节奏，缓急迟速，无从臆断。纵译今
谱，仍不能歌。雍如弟谓弟能歌姜词者，仅就工尺高下聊以和声而已，非真能按
节也。"（夏承焘：《天风阁学词日记》，第 166 页）

　　19 日，夏承焘接赵叔雍《白石大全集》挂号信件，并附况蕙风所辑论词诗
目，计王僧保 36 首、周稚圭 16 首、朱依真 28 首、孙尔准 22 首、谭玉生 180
首、杨恩寿 30 首、潘兰史 20 首。（夏承焘：《天风阁学词日记》，第 168 页）

　　24 日，夏承焘致函谢玉岑。中曰："拙作《歌曲考证》，近欲写洁本。目前承
赵叔雍君慨以其《白石大全集》邮示，姜虬绿抄白石晚年重定本及张啸山校自度
曲，弟梦寐存念者，皆赫然具在，为大喜累日。拙作颇承师友嘉贶，彊老及赵君
惠我最大。慈首君学行何如？极望其亦有发予弇陋也。扬州任中敏君（二北）治
词律甚精，前在立法院任秘书，近见报，镇江中学校长任中敏，知即二北否？便
中乞就近一访。《两浙词人小传》，弟在温一过目，乃湖州周梦坡（庆云）撰（即
选秋雪庵两浙词人词者），如《历代诗余》下词人小传，无多新材料。西溪比西
湖更好，明春望兄有兴拏舟。"（后收入沈迦编撰：《夏承焘致谢玉岑手札笺释》，
第 161 页）

　　25 日，夏承焘寄还赵叔雍《白石大全集》。（夏承焘：《天风阁学词日记》，第
172 页）

　　26 日，夏承焘接龙榆生函，邀请夏承焘为其校读《东坡乐府》。（夏承焘：
《天风阁学词日记》，第 173 页）

　　27 日，夏承焘致函朱彊村，附《月轮楼纪事》四首、《金缕曲》（题顾梁汾
遗墨词）；致函龙榆生，附《姜词考证叙例》三份。（夏承焘：《天风阁学词日记》，
第 173 页）

　　27 日（农历十月八日），陈洵致函朱孝臧。中曰："近又成《蓦山溪》一阕，
并写呈教。"（后收入马兴荣等主编：《词学》第 26 辑，第 310 页）

本月

潘静淑作《点绛唇》（庚午十月，题曹墨琴书改七芗画列女图卷）。（吴湖帆、潘静淑：《梅景书屋词集》之《绿草集》第 4 页。后收入朱惠国、吴平编：《民国名家词集选刊》第 15 册，第 42 页）

陈柱编《白石道人词笺平》，由上海商务印书馆出版。共八卷。前三卷分别为"版本考""白石道人事略""白石道人文艺之批评"，后五卷为姜夔词。每首词后均有笺注。书前有编者《自序》。

谭正璧《中国女性的文学生活》，由上海光明书局出版。共七章五十一节。其中，第五章"两宋词人"设"词的来源""萧皇后""李清照""魏夫人与孙夫人""吴淑姬""朱淑真""严蕊""张玉娘""管道升"九节。

12 月

1 日，夏承焘接赵叔雍函，函中告知夏承焘有关白石词版本。（夏承焘：《天风阁学词日记》，第 173 页）

1 日，《大公报·文学副刊》第 151 期刊发：浦江清《百字令》（江南春）。

1 日，《江苏革命博物馆月刊》第 2 卷第 5 号刊发：林鹍翔《浣溪沙》（急劫风回再谪身）、《浣溪沙》（远树烟含客未归）、《浣溪沙》（烟浦云江一水通）、《浣溪沙》（梦尾深杯意已微）、《浣溪沙》（玉树烟埋万古愁）、《浣溪沙》（来是空言去绝踪）、《浣溪沙》（筝玩更番破寂寥）、《浣溪沙》（花雨缤纷不着身）、《浣溪沙》（只是销金乃如何）、《浣溪沙》（江水江花动客愁）、《浣溪沙》（烛暗帘垂只自怜）、《浣溪沙》（泪尽鲛人不自知）。

2 日，夏承焘修改《鹧鸪天》（残柳河桥不可攀）。（夏承焘：《天风阁学词日记》，第 174 页）

5 日，夏承焘接朱彊村函。中曰："承示珠玉，诗非所喻，不敢妄谈；词则历落有风格，绝非涂附秾丽者所能梦见。题梁汾词扇一阕尤胜，私庆吾调不孤矣。梦窗年谱，曩日妄作此想，竟未属笔，以无资粮故也。小笺承是正疏谬，极为佩荷。"（夏承焘：《天风阁学词日记》，第 174 页）

6 日，夏承焘致函谢玉岑。中曰："题梁汾遗墨一词，自嫌有犷气，不敢示人。旋得兄及榆生过誉，乃写奉古微丈。"（后收入沈迦编撰：《夏承焘致谢玉岑手札笺释》，第 168 页）

剑亮按：函中所说"题梁汾遗墨一词"，指夏承焘《金缕曲》（展卷寒芒立）一词。该词首刊于《词学季刊》第 1 卷第 2 号，有词序曰："顾梁汾寄吴汉槎词笺，今藏胡汀鹭画师，许玉岑属为汀鹭题。"后收入《天风阁词集前编》，词序为："胡汀鹭画家藏顾梁汾书寄吴汉槎《金缕曲》词笺，谢玉岑嘱题。"（夏承焘：《夏承焘集》第 4 册，浙江古籍出版社、浙江教育出版社，1997 年，第 130 页。可参阅李剑亮：《〈金缕曲〉：夏承焘在〈词学季刊〉上发表的第一首词》，李剑亮：《民国词的多元解读》，浙江大学出版社，2012 年，第 229 页）

10 日，《民中双周》第 4 期刊发：

澄波《忆江南》（杂感）；

美晨《苏幕遮》（新婚）、《醉春风》（新婚）。（后收入《民国珍稀短刊断刊·河北卷》第 7 册，全国图书馆文献缩微复制中心，2006 年，第 3302 页）

11 日，夏承焘接龙榆生函。函中表示欲为夏承焘印行《词人年谱》。（夏承焘：《天风阁学词日记》，第 176 页）

15 日，龙榆生《清季四大词人》一文脱稿。（刊《暨南大学文学院集刊》1931 年第 1 集。后收入龙榆生：《龙榆生词学论文集》，上海古籍出版社，1997 年，第 436—470 页）

16 日，龙榆生撰写《水云楼词跋》《冷红词跋》。（刊《同声同刊》第 1 卷第 8 号。后收入龙榆生：《龙榆生词学论文集》，第 492 页）

17 日，北平《晨报·学园》12 期刊发：赵荫堂《〈菉斐轩词韵〉时代考》。

18 日，夏承焘赴暨南大学晤龙榆生。获借龙榆生、朱彊村、黄侃评点本《梦窗词》。（夏承焘：《天风阁学词日记》，第 177 页）

本月

《国立北京大学国学季刊》第 2 卷第 4 号刊发：张任政《纳兰性德年谱》。有著者《自序》，曰：

> 诗词必具有真性情，所谓声律、词采尤其次。然而有清之为词者，无虑数十百家，其能是者盖尟。纳兰容若先生所著，有《通志堂集》，凡赋、古文、诗、词、杂识五种。而于词尤瘁力焉，故在当时，都下已竞相传写。教坊歌曲不知有《侧帽词》者，人谓其出于《花间》及小山、稼轩，乃仅以

词学之渊源与功力言之；至其不朽处，固不在于此也。梁佩兰祭先生文曰："黄金如土，惟义是赴。见才必怜，见贤必慕。生平至性，固结于君亲，举以待人，无事不真。"夫梁氏可谓知先生者矣。先生之待人也以真；其所为词，亦正得一真字；此其所以冠一代、排余子也。同时之以词名家者，如朱彝尊、陈维崧辈，非皆不工，只是欠一真切耳。故读先生词，勿徒视为《花间》晏辛之嗣响，致失其所以为先生之词，庶可矣。顾先生之传于世，不仅以文字而已。先生笃友谊，生平挚友如严绳孙、顾贞观、朱彝尊、姜宸英辈，初皆不过布衣，而先生固已早登科第，虚己纳交，竭至诚，倾肺腑。又凡士之走京师，侘傺而失路者，必亲访慰藉；及邀寓其家，每不忍其辞去；间有经时之别，书札、诗词之寄甚频。韩菼撰《神道碑》曰："或未一造门，而闻声相思，必致之乃已。"惟时朝野，满汉种族之见甚深，而先生所友俱江南人，且皆坎坷失意之士；惟先生能知之，复同情之，而交谊益以笃。以故"先生之丧，有平生未识面者，皆为之出涕"，是岂偶然而得哉？先生弱冠时，已赋悼亡，缱绻哀感之作，居词集之半；声泪俱随，令人不能卒读。惜年月卒不可考，为兹编之憾事。余十八九岁时，即好读先生词。今年春，始来故都，过先生之里第，复得睹遗著《通志堂集》。每于考览事迹，至待人接物，性情诚厚之发露，有不禁泪落焉。自恨生晚，不及为先生执鞭。因欲纂述言行，聊以伸景慕之私；惜乎三百年来，人事迁改，所捃拾者，当什不一二。然考其原因，约有数端：一为先生本集及他家集中所记载，类皆无年月可稽，不敢凭抒臆见，致乖事实，故多阙漏。一为满族文献凋落，耆旧遗逸，皆叩之茫然，不能道其大略。一为终有清之始末，满汉种族之隔阂，未或解除；故搜载往事，致少及焉。一为太傅公为郭琇疏劾削官，及先生弟恺功涉拥立皇太子胤礽事，雍正初，夺其谥。又其后和珅与政，籍故籍家产。有此三厄，当时文士均不无贾祸之惧，即有传记文字，而复自删抹者，殆不免焉。尝考太傅公与恺功均身膺显爵，除有国史馆本传而外，别无传、状、碑志之见于他籍，此一证也。什刹海第宅，乾隆册封成王，光绪改赐醇邸，近质于日人。余因原田氏之介，始得一履其地。宅之西偏有园，宽可六七亩。亭、榭、泉、石，虽历有改置，无复旧观；而先生读书之所，以及实从吟燕之地，度即在兹，有余慕矣。先生后裔，自籍产后，渐式微。有名鲲钰者，先生之后裔也。前数年卒，有子一，年甫壮，□沦无室家。初依其族伯。族伯亦贫甚，不堪久依。今且执挽父之役，贾劳力以自为活。短衣黧面，奔走于通衢间。盖自改国以还，满族之贫乏而不能为生者，什之八九，固不独先生之后为然也。余撰谱时，访求先生后裔，始得其详。而家谱卒以无存，求累月不得，最后竟获见道光三年抄本，曰《叶赫那兰氏八旗族谱》，署有十四玄孙额腾额修一行，适为北平图书馆新入藏者。由是纳兰氏世系，上自元末始祖，下逮先生之子若孙，厘然具在。殆先生默相之乎？先生遗像一，禹之鼎绘，即当日所以赠凌元焕者。先生殁后，严绳孙得自闽中，有绳孙题诗，流转数千里，幸未失去。遗容之传于世而得见者，止此矣，可不宝哉！先生手迹，闻有津人某氏藏墨本数页，数年前，曾携请梁启超氏题跋。因不详姓氏，无从借观。仅以海盐吴氏所摹刻书札一通，与图像俱存诸卷端。其事迹之阙漏者，当俟异日考知。凡谱余材料，及先后各家之记载文字，汇为一卷，曰《丛录》。遗著存佚数种，与先后各家刊本，并附弟恺功遗著，略加考述，曰《遗著考略》，均列附年谱后，总其名曰《后记》，俾景行之士，得观览焉。十九年冬，海宁张任政序于燕市寓庐。

《学衡》第 70 期刊发：顾随《八声甘州》（怕今宵无处解雕鞍）。

章衣萍校点《樵歌》，由上海商务印书馆出版。分三卷。卷首有吴枚庵《关于〈樵歌〉考证及朱敦儒史料》和胡适《朱敦儒小传》。书末有黎锦熙、林语堂等人的《跋》和校点者《后记》。

冬，《退庵汇稿》编成。《叶退庵先生年谱》民国十九年庚午："冬，《退庵汇稿》成。《汇稿》别为三部：一曰公牍。先生从政后，阁议提案、各项会议提案、计划草案，以及衙司署拟奏咨、照会、呈函、电令、条陈等悉属之。一曰诗文。诗歌杂咏，以及论文、序跋、记述、文电、书启、哀祭、墓碣、杂文等悉属之。一曰演讲。先生平日演讲训词，或录自及门，或从僚笔记均属之。本年冬，由门生故吏编印万部，为先生生日纪念。"（后收入彭玉平、姜波整理：《叶恭绰词学文集》，第 236 页）

冬，曹聚仁作《〈词史〉跋》。中曰："刊印《词史》之议，始于民国十六年冬间。其时，余任职浙江省立图书馆，单师不庵以此相属，而未果行也。其明年，余以先君子之丧，不遑宁处。冬间，单师病殁沪上，又不果行。今岁得查兄猛济之助，校定全稿，乃以付梓。迁延忽已三年矣。呜呼！刘、单二师，淹通赅博，为一代宗。及其殁也，贫无以庇其嗣，并生平节衣缩食所得之典籍，且有散佚之虞。天之于贤者，固如是其酷邪？《词史》都一卷，刘师讲学北京大学时之手稿，先后刊印数次，随刊随有更定，此其晚年定本也……刘师治词，以歌词上接《乐府》，条达源流甚明，谓'唐五代人作词，多按乐府旧曲以立名'，佐证班班可考。今之言词者多矣，此其圭臬欤？抚手泽之长存，痛导师之不作，不知涕泗之所自矣。时中华民国十九年初冬，弟子曹聚仁跋。"（后收入谭新红等整理：《刘毓盘词学文集》，第178页）

冬，顾随《荒原词》出版。扉页有题词："往事织成连夜梦，归云闪出满天星。"后附"弃余词"12首。书前有卢宗藩（伯屏）《序》，曰："羡季取其近两年中所为词，命曰《荒原》，又最录其所删旧稿如干首，命曰《弃余》，合为一册，将继其《无病》《味辛》两集而付印，且属宗藩为序。余自维既不能词，又不能文，将何以序也。虽然，吾两人订交且十年，羡季视余若长兄，余虽未敢即弟视之，然友朋中知羡季宜莫余若者矣，是则不可以无一言。以余所知，八年以来，羡季殆无一日不读词，又未尝十日不作，其用力可谓勤矣。人之读《无病词》者，曰是学少游、清真；读《味辛词》者，曰是学樵歌、稼轩。不知人之读是集者，又将谓其何所学也。而余则谓：《无病》如天际微阴，薄云未雨；《味辛》如山雨欲来，万木号风；及夫《荒原》，则雾飙之后，又有渐趋晴明之势。余之所能言者，如斯而已。抑更有进者，八年中，作者每有所作，辄先以示余。余受而读之，觉其或愀然以悲，或悠然以思，或倏然意远，或磅礴郁积而不能自已。作者固一任感情之冲动而不加以遏止约束，而极其所至，亦未必无与古人暗合之处。要其初，本无心于规规之摹拟，盖假词之形式而表现其胸中所欲言。当其下笔，不自知为填词，其心目中庸讵复有古人？惟其忘词，故词益工；惟其无古人，而后或与古人合也。然而羡季今兹病矣，故是集卷末诸词，虽不能自掩其倔强奔放之本色，要亦渐趋于平淡萧疏之途。余不知此集出版后，作者尚作词否？余又不知作者此后如有所作，即循此途以进否耶？羡季尝语余曰：自来作家，年龄既老大，则其作品亦逐渐趋于硬化，而衰老，而干枯。宗藩每取昔之《无病》与今之《荒原》比并而观之，深惧夫羡季之作品亦将硬化也。郑板桥自序其词谓'人亦何能逃气数'，《荒原词》之作者，殆亦难逃此气数也夫。十九年秋日，涿县卢宗藩序于旧京宣外之直隶新馆。"（顾随：《顾随文集》，第495页。曹辛华主编：《民国词集丛刊》第32册，第343页）

冬，夏敬观与黄孝纾于家宅倡立同人词社——沤社。先后加入者 29 人。社长朱彊村。成员有潘飞声、周庆云、程颂万、洪汝闿、林鹍翔、谢抡元、林葆恒、杨玉衔、姚景之、许崇熙、冒广生、刘肇隅、夏敬观、高毓浵、袁思亮、叶恭绰、郭则沄、梁□□、王蕴章、徐桢立、陈祖壬、吴湖帆、陈方恪、彭醇士、赵尊岳、黄孝纾、龙沐勋、袁荣法。

剑亮按：关于沤社成立之具体时间有不同记载。潘飞声《沤社词选序》云："辛未（1931）之秋，夏君剑丞，招集映园，同人议倡词会。时朱古微先生以词坛耆宿，翩然戾止，厥兴甚豪，遂推祭酒。是日拟调《齐天乐》，有即席成者。会中共十四人。嗣后每月一会，以二人主之，题各写意，调则同一。必循古法，不务艰涩。襟抱之偕，酬唱之乐，虽王仲仙集中咏物诸作，箴以加焉。由是遂成沤社。"（《词学季刊》第 1 卷第 4 号《词林文苑》，第 185 页）又，龙榆生《彊村晚岁词稿跋》云："予年三十……时旅沪词流如番禺潘兰史飞声、宁乡程颂万……新建夏剑丞敬观、湘潭袁伯夔思亮、番禺叶玉虎恭绰、吴县吴湖帆、义宁陈方恪、闽县黄孝纾等二十余人，约为沤社。月课一词，以相切磋，共推先生（指朱祖谋。——引者注）为盟主。"又，《词学季刊》创刊号"词集介绍"《映庵词》云："夏剑丞先生……前年（指 1931 年。——引者注）沪上词流，发起沤社，既推彊村翁为盟主，先生亦故调重弹。"然据《沤社词钞》中沤社第一集，袁思亮《齐天乐》词序云"庚午初冬，映庵、公渚续举词社，有怀散原师庐山、苍虬津门"，第四集林葆恒《东坡引》词序云"庚午十二月十九日，子大、绍周两君招集市楼川馆，作东坡生日"等，又因沤社为每月一集，且首集拈调为《齐天乐》，故沤社成立的具体时间，应在 1930 年秋冬间。

本年

【词人创作】

龙榆生作《倒犯》（次韵酬大厂，依清真作）、《红林檎近》（大厂旅游白门，和清真此阕见寄，依韵奉答，但守四声，不判阴阳，仍无当于大厂所定规律也）、《芳草渡》（旅枕闻雁）。（龙榆生：《忍寒诗词歌词集》，第 10 页）

夏敬观作《齐天乐》（题沈子培《山水图》）、《石湖仙》（题郑叔问手书词简）、《石州慢》（自题《填词图》）。（陈谊：《夏敬观年谱》，第 136 页）

顾随作《鹧鸪天》（拨得心弦不住鸣）、《木兰花慢》（向闲庭散步）、《浣溪沙》

（案上盆梅几点花）、《鹧鸪天》（小院无人日影窗）、《浣溪沙》（风软杨花尚自飞）、《浣溪沙》（微雨新晴碧藓滋）、《浣溪沙》（西北浮云结暮阴）、《山亭柳》（古道长林）、《山花子》（竟日潇潇雨未停）、《浣溪沙》（漫道心湖不起波）、《浣溪沙》（豌豆荚成麦穗齐）、《鹧鸪天》（雨后苔痕欲上阶）、《鹧鸪天》（知是留春是送行）、《浣溪沙》（杏子青黄半未匀）、《浣溪沙》（叹息春光亦有涯）、《八声甘州》（怕今宵无处解雕鞍）、《南柯子》（梦好身还懒）、《贺新郎》（烛影摇虚幌）、《浣溪沙》（百岁光阴只此身）、《浣溪沙》（抱得秦筝为我弹）、《南柯子》（寂寞余微笑）、《小重山》（疏雨几番菰渐黄）、《临江仙》（小草都含微笑）、《临江仙》（夜雨住了愁倚枕）、《促拍满路花》（潇潇叶乱鸣）、《风入松》（燕南赵北少年身）、《最高楼》（携手去）、《浣溪沙》（真是归期未有期）、《鹧鸪天》（知到人生第几程）、《临江仙》（自古燕南游侠子）、《采桑子》（文章事业词人小）、《鹧鸪天》（真个先生老酒狂）、《浣溪沙》（一抹残阳一抹山）、《诉衷情》（戍楼夜静角声残）、《浣溪沙》（青女飞霜斗素娥）、《留春令》（去年别夜）、《忆秦娥》（黄昏时）、《声声慢》（收寒放暖）、《浣溪沙》（梦未成时酒半醒）、《清平乐》（朝阳屋角）、《浣溪沙》（没得相思亦可怜）、《木兰花慢》（问长安甚处）、《浣溪沙》（千古文章一寸心）。（闵军：《顾随年谱》，第86页）

夏承焘作《卜算子》（月轮楼坐雨）、《望江南》（秦望山黉舍）四首、《百字令》（秦望山中秋坐月）、《金缕曲》（顾梁汾手书吴汉槎词笺，玉岑嘱题）、《阮郎归》（有忆）、《菩萨蛮》（兰溪）。（吴无闻：《夏承焘教授纪念集》，第226页）

吴梅作《秋思》（读旧作落叶诗，次梦窗韵）、《烛影摇红》（寒夜过仲清斋话旧）。（王卫民：《吴梅评传》，第289页）

吕凤作《百字令》（庚午年蒙诸公题《清声阁填词图》，自题二阕答谢）二首。（吕凤：《清声阁词》卷三，第21页。后收入朱惠国、吴平编：《民国名家词集选刊》第8册，第328页）

金天羽作《水龙吟》（庚午，湖帆示《董美人墓志》精拓，请以此阕题句）。（金天羽：《红鹤词》，第2页。后收入朱惠国、吴平编：《民国名家词集选刊》第10册，第449页。亦收入金天羽：《红鹤山房词》，第2页，曹辛华主编：《民国词集丛刊》第8册，第283页）

潘承谋作《庚午消夏词》，有《曲玉管》（蝉）、《醉蓬莱》（竹叶青）、《解红》（荔枝）、《月华清》（团扇）、《玉簟凉》（凉枕）、《八六子》（白莲）、《荷叶杯》（本意）、《玲珑玉》（藕）、《雨霖铃》（芭蕉）、《四园竹》（咏五百梅花草堂丛竹）、《诉衷情近》（七夕）、《六州歌头》（从张于湖体，过张吴故宫遗址）。（潘承谋：《瘦叶词附编二》，第 1 页。后收入朱惠国、吴平编：《民国名家词集选刊》第 12 册，第 159 页）

刘麟生作《浣溪沙》（吴苑品茗）、《鹧鸪天》（长沙陈氏松蓼题壁）、《浪淘沙》（太平门外踏青，黎寿宇偕行）、《齐天乐》（皖江小暑，遍游诸名胜）、《浣溪沙》（负汝情怀是昔时）、《点绛唇》（云影留空）、《浪淘沙》（夜宿陶谷）、《琵琶仙》（独游汪庄看菊，步石帚韵）、《浣溪沙》（白云楼夜归）。（刘麟生：《春灯词》，第 13 页。后收入朱惠国、吴平编：《民国名家词集选刊》第 15 册，第 78 页）

吴湖帆作《水龙吟》（叶遐庵丈五十寿，次吴梦窗韵。庚午在沪）。（吴湖帆：《佞宋词痕》卷三，1954 年石印本，第 4 页。后收入曹辛华主编：《民国词集丛刊》第 5 册，第 280 页）

易孺作《红林檎慢》（白门，依片玉，寄榆生。庚午）。（易孺：《大厂词稿·敧眠词》，第 1 页。后收入曹辛华主编：《民国词集丛刊》第 8 册，第 53 页）

吴其昌作《鹧鸪天》（瀛台香扆殿、春明楼，与永嘉刘氏兄弟夜坐眺月未终遍，憎听雨）、《生查子》（与惠衣、子植、叔扬夜泛北海弄月，期六弟不至）、《生查子》（翌宵又与希深、六弟夜泛北海，中夜希深怯露先归。予与六弟绕琼岛一周，月下望铜仙承露盘独立云表，真置身汉魏以上也）、《江城子》（湖上宵风细细吹）、《江城子》（花外轮声归去迟）、《江城子》（二月晚晴抽柳丝）、《江城子》（满园繁星渐觉稀）、《江城子》（声颤偎人不自持）、《江城子》（坐对孤灯不辞痴）、《蝶恋花》（那不人生容易老）、《减兰》（清清楚楚）、《临江仙》（与湘娣、六弟同宿温泉芸圻寓庐，晡游答觉寺，登慈力阁，汲泉煮莘，卧听松涛）、《永遇乐》（寿湘娣秋间初度，持永嘉刘叔扬为予所绘《改派士女图》为仪，倚声为滕）、《水龙吟》（哀居庸关）、《疏影》（哀卢沟桥）、《贺新凉》（哀仁寿宫铜兽）、《百字令》（哀远瀛观玉柱）、《八声甘州》（哀长城）、《金缕曲》（哀圆明园）、《临江仙》（哀慈仁寺）、《南乡子》（哀睿王邸）。（后收入吴令华主编：《吴其昌文集·诗词文在》，第 35 页）

剑亮按：《吴其昌文集·诗词文在》收入上述作品时，其系年的表述为"庚午及辛未"。但未细分何者为庚午之作，何者为辛未之作。这里暂且编年于此。又，上述作品中自《水龙吟》（哀居庸关）至《南乡子》（哀睿王邸）八首前冠以"燕

都八哀词"之名,曾刊发于 1933 年 6 月 19 日《大公报·文学副刊》。参见本书
1933 年 6 月 19 日。

【词籍出版】

吴汉声《莽庐词稿》刊行。前有陈宧《序》。(浙江图书馆收藏。后收入朱惠
国、吴平编:《民国名家词集选刊》第 12 册)

陈宧《序》中曰:"吴子手录其《莽庐词稿》以示予。莽庐者,吴子之别署
也。予读其词,悱恻沉郁,卓然成家。昔人谓诗必穷而后工,孤羁憔悴之士如吴
子者,宜优为之。然词正未必尔。若南唐二主,与宋之晏同叔、六一翁,皆富贵
而得志者也,其词咸冠绝当世。伊古以诗名家者,率为骚人墨客。而词又未必
尔。若朱淑真、李易安,并以闺阃之秀,为词苑之英。吴子乃舍诗而事词,岂欲
以寒畯抗颜华腴,以须眉竞爽巾帼耶?因相与嗢噱久之。夫词肇于唐,而盛于
宋,自白石、梦窗以下,逮于清之竹垞、迦陵,至晚近彊村一老,岿然为之殿。
亘八百余年,词家以百数,而十之七八,皆产江南。王湘绮熹张湘人之诗,而
又谓湘人质实不能词,独推美江南。江南信词人之薮哉!吴子与予皆江南之岛民
耳。予生也晚,乡先辈诗词其卓卓可传诵者,恨罕有所睹。求之朋侪,惟黄子觐
庐以诗鸣,吴子莽庐以词鸣。予远游归故乡,而黄子已前丧,仅得与吴子上下议
论,重违其意,为弁数言简首。抚卷掷管,与予心有戚戚焉,复乌能已于跫然足
音之慨也夫。岁戊辰长夏,同里璧禅陈宧拜序。"

蔡宝善《听潮音馆词集》刊行。内含《绿芜秋雨词》《箫心剑气词》《瓶笙
花影词》三卷。前两种,收录词人 1908 年之前的词,后一种收录词人 1909 年
至 1930 年间的词。卷尾有谢芝《跋》。(上海图书馆藏。后收入朱惠国、吴平编:
《民国名家词集选刊》第 7 册)

谢芝《跋》曰:"右词三卷,吾师德清蔡孟庵先生所作。前两卷辛亥以前西安
图书馆曾为印行,后一卷则近年所作。顷徇朋好之请,并付校印。"

章华《澹月平芳馆词》刊行。(上海图书馆藏。后收入朱惠国、吴平编:《民
国名家词集选刊》第 9 册)

邵瑞彭《扬荷集》三卷刊行。（上海图书馆藏。后收入朱惠国、吴平编:《民国名家词集选刊》第 14 册）

王鸿年《南华词存中集》二卷刊行。卷首有作者《自识》。（首都图书馆等有藏。后收入曹辛华主编:《民国词集丛刊》第 2 册）

作者《自识》曰:"余幼年倚声之作,曾于戊辰春间编缀付梓,聊资自娱。年来闭户读书,莳花从酒,颇多暇晷。因复检点破箧,将己亥东游起,至辛亥革命止旧作,删录成帙,以次前集,置之座右。虽语多芜陋,无当宫商,而此十二年间所身经之山川胜景,至今展阅,犹历历在心目中,殊有重游之感。玉田先生所云'万里舟车,十年书剑,此意青天识',又云'只可自怡悦,持寄应难',其语实深获余心也。"

李遂贤《懊侬词》一卷刊行。卷首有作者《自叙》。（浙江图书馆藏。后收入曹辛华主编:《民国词集丛刊》第 4 册）

作者《自叙》曰:"先大夫通守公当清宣之际,远游土默特,转辙汴京,寻游日下。著述余闲,以词自遣。时谕不肖,谓词能养性,宜善学之。又谓南宋词家张玉田所赋,苍凉激楚,允为正宗。遗著《记中兴事堂丛书》有《絮影词》一集,以卷中有辛亥十二月十三日赋《渔家傲》词云:'呼酒夷门拼一醉,归与未赋家千里。莽莽山河残照里,风景异。伤心不是离人泪。　百尺高楼休独倚,风风雨雨愁无比。试觅春痕能有几,飞不起,化萍柳絮东流水。'因以名集也。不肖楗书,慎守为裘,未工。溯自辛亥、壬子以降,饥驱梁郑,而燕而辽沈,傭书奉母,忽忽十三稔。烟云过眼,风雨惊心。往复低徊,无非词境。嗟嗟! 吴侬生小,仆本恨人。残月晓风,酒醒何处。《懊侬》一曲,等诸吴歈,夫何词之足云! 甲子仲冬,遂贤自叙。"

陈昭常《廿四花风馆词钞》一卷刊行。卷首有李家驹《叙》,卷尾有陈同轼《跋》。（后收入曹辛华主编:《民国词集丛刊》第 15 册）

李家驹《叙》中曰:"简持中丞没后十余年,其嗣君景苏搜辑遗稿,得诗词若干首,裒为此集,大抵庚子以后作,残鳞片甲,弥足珍也。"

孙肇圻《箫心剑气楼诗余》一卷刊行。（后收入曹辛华主编:《民国词集丛刊》第 16 册）

杨寿楠《鸳摩馆词》一卷、《补钞》一卷刊行。卷首有汪曾武《序》，郭则沄《序》。（浙江图书馆等有藏。后收入曹辛华主编:《民国词集丛刊》第 24 册）

廖仲恺《廖仲恺先生自书词稿》一卷刊行。（浙江图书馆等有藏。后收入曹辛华主编:《民国词集丛刊》第 25 册）

顾随《荒原词》一卷、《弃余词》一卷刊行。（后收入曹辛华主编:《民国词集丛刊》第 32 册）

陈柱《白石道人词笺平》，由上海商务印书馆刊行。该书卷一为《版本考》，考辨白石词 19 个版本源流异同；卷二为《白石道人事略》，汇编姜夔生平事迹资料；卷三为《白石道人文艺之批评》，荟萃历代评说姜夔词之论；卷四至卷八为《白石道人词》，对姜夔词校勘笺注。

【报刊发表】

《退庵汇稿》第 1 辑刊发：叶恭绰《清代词学之影响——民国十九年五月国立暨南大学学术演讲》《跋〈徐隽邨词〉》《俞伯扬〈水周堂诗词序〉》。其中，《跋〈徐隽邨词〉》曰："三月前，次公以隽邨此帙寄余，且述隽邨学词之经过。余携示彊村翁，同为叹异，因及次公指授之得法，暨次公及门陈文中、姜可均诸人词学之孟晋。余曰：次公之法，无他，不令学者读宋以后词。犹习字者从篆籀入，学诗者从风骚入……故次公之法，似远而实近，似拙而实巧。翁莞尔曰：有是哉？子之善于昭晰也。因书以为跋，且以劝隽村之词之日进焉。"（后收入彭玉平、姜波整理:《叶恭绰词学文集》，第 183 页）

《江苏省立无锡中学校刊》第 1 卷第 4 期刊发：仲殊《五代词述》、朱有福《五代词家韦庄》。（后收入闵定庆整理:《唐五代词研究论文集》，第 123 页）

《现代文学》月刊第 1 卷第 5 期刊发：姜亮夫《词的原始与形成》。中曰："我以为词的源流是：六朝以前长短句的自然歌、诗，到了唐初，感染了快要过去的那入乐底、修饰底，绝句的声律——即是被文人采取而稍修饰的意思——而渐与声诗相近。到了中唐以后，因他的声调底缓急更能使文人与乐工自然地得以控制，遂替代绝句而成为当时的新乐府。"全文由"自然诗歌与修饰诗歌""自然的长短诗词的正宗""六朝长短诗歌的演进与绝句的并行""初唐古曲之灭亡，胡夷里巷之杂糅新乐府之放发，绝句之入乐，三事为词之所胎袭""加减绝句的调儿成为小令为词的雏儿""词的一切完成"六个部分构成。（后收入姜亮夫：《姜亮夫全集》第 21 册，云南人民出版社，2002 年，第 481 页）

剑亮按：《现代文学》，月刊，1930 年创刊于上海，由北新书局出版发行。当年终刊。

《北大学生》第 1 卷第 3 期刊发：许之衡《唐宋乐曲内容考略》。

剑亮按：《北大学生》，不定期，1930 年创刊于北京，由北京大学学生月刊委员会出版发行。1931 年终刊。

《北大学生》第 1 卷第 5 期刊发：许之衡《唐宋乐曲内容考略》（续一）、《研究宋词的我见》（续）。

《北大学生》第 1 卷第 6 期刊发：许之衡《唐宋乐曲内容考略》（续二）、《研究宋词的我见》（续一）。

《师大国学丛刊》第 1 卷第 1 期刊发：

孙人和《校订花外集跋》；

吴其作《唐代词坛的鸟瞰》。

《文哲季刊》第 1 卷第 3 期刊发：雪林女士《清代男女两大词人恋爱史的研究——纳兰性德、顾春》。

剑亮按：《文哲季刊》，季刊，1930 年创刊于湖北武昌，由国立武汉大学出版发行。1943 年终刊。

《文哲季刊》第 1 卷第 4 期刊发：雪林女士《清代男女两大词人恋爱史的研究——纳兰性德、顾春》（续）。

《乐艺》第 1 卷第 1 期刊发：

华丽丝《浪淘沙作曲大意》；

易韦斋《声韵是歌之美》。

《国专学生自治会季刊》第 1 期刊发：张君达《原词》。

《河北大学周刊》第 1 期刊发：张希录《王贻上之诗与李重光之词》。

《国立中央大学半月刊》第 2 卷第 5 期刊发：刘尧民《吴歌与词》。(后收入孙克强、和希林主编：《民国词学史著集成补编》中卷，第 317 页)

剑亮按：《吴歌与词》为刘尧民计划撰写的《唐宋音乐文学史》的第三章。内容包含：一、导言；二、词之渊源；三、长江流域之诗人与词人之关系；四、白居易与词的关系；五、刘禹锡与词的关系；六、韦应物与词的关系；七、词之成长与音乐之关系；八、吴歌与词的关系；九、结论。

《小雅》第 2 期刊发：张尔田《与光华大学潘正铎书》。中曰："足下皆少年，处此浊世，自不能无所感慨。然但当以词闲其情，而不可溺于情。溺，则人格堕落，其作品亦必不高矣。欲精此道，又须略涉猎哲学诸书，才愈高，哲理愈邃，则不必事事亲历，自能创造种种意境。昔见任公梁氏论《楚辞》，谓屈原系恋爱一女，说得灵均如此不济，真属可笑。彼盖不知词章高手，其写情也，全乞灵于一己之想象力，本不必先阅历一番真境……仆少年所为词，小令在淮海、小山之间，长调学步二窗。遭世乱离，才华告退，已不似从前之惊采绝艳矣。"(该文，陈柱《四十年来吾国文学之略谈》亦引录，见《上海交通大学四十周年纪念刊》[1936 年])

《南音》第 3 期刊发：

吴复虞《评胡适〈词选〉》；

唐谿《清真词的艺术概观》。

《吴淞月刊》第 4 期刊发：

胡适《跋贺双卿的诗词》；

储皖峰《欧阳修〈忆江南〉词的考证及其变迁》。

《中华图书馆协会会报》第 5 卷第 5、6 期，第 6 卷第 1、3、5 期刊发：赵尊岳《词籍考》。

《东北丛刊》第 7、8 期刊发：陈思《辛稼轩年谱》。

《东北丛刊》第 10 期刊发：郭则沄《惜秋华》(六桥大兄有姬人玉井之戚，赋此奉慰，兼题玉姬所绘梅花便面，即乞正拍)。

《清华周刊》第 34 卷第 1 期刊发：朱保雄《选读轩词话》。

《金陵大学中国文化研究所丛刊甲种》刊发：吕澂《词源疏证序》。(后又刊于 1933 年 4 月《词学季刊》创刊号)

《朝大季刊》第 1 卷第 1 期刊发：沈逢甘《词学源流序》。

【词人生平】

奭良逝世。

奭良（1851—1930），字召南，裕瑚鲁氏，满洲镶红旗人。官至江苏淮南道。民国入清史馆，与夏桐孙、汪曾武等有唱和。有《野棠轩词集》。

王允皙逝世。

王允皙（1867—1930），字又点，号碧栖，福建长乐人。学词于王鹏运。著有《碧栖词》。

夏敬观《忍古楼词话》曰："长乐王允皙又点，予三十年之文字交也。所著有《碧栖词》一卷，吐属清婉，有一唱三叹之妙。曩赠予聚头扇，写所作送珍午入都《长亭怨慢》词，云：'又还是将离时节。酒尽江楼，雁声相接。唤得愁生，半篙云浪涨天阔。故人都散，争忍唱旗亭阕。那处不飘零，恨莫恨长安秋叶。　凄切。拥吟鞭试望，缥缈梦华宫阙。芦沟过也，怕冰渡暗澌先结。更问讯近日西山，可犹有梅花香发。念一片阴阴，谁扫苍崖苔雪。'予极许其嗣声白石。顷李拔可同年将为刊遗集，以校雠相属，亟录数阕，以志予所欣赏。"（唐圭璋编：《词话丛编》第 5 册，第 4758 页）

钱仲联《近百年词坛点将录》曰："又点诗词，俱以少胜多。《碧栖词》清疏駘宕，胎息姜、张，论者谓可并辔。"（钱仲联：《梦苕庵论集》，第 394 页）

姚华逝世。

姚华（1876—1930），字一鄂，晚字茫父，号弗堂，贵州贵筑人。官邮传部主事。民国任北京女子师范学校校长。有《弗堂词》《庚午春词》。

章华逝世。

章华（1872—1930），字缦仙，号啸苏，湖南长沙人。光绪乙未年（1895）进士，官邮传部郎中、军机章京。民国曾任国务院佥事。入聊园词社。有《淡月平芳馆词》。

1931 年

（民国二十年　辛未）

1 月

1 日，《江苏革命博物馆月刊》第 2 卷第 6 号刊发：

王苾《蝶恋花》（记得那时和月送）、《蝶恋花》（一曲骊歌刚谱就）、《菩萨蛮》（金樽银烛春无价）、《菩萨蛮》（缕金双凤钗头颤）、《减字木兰花》（小庭寂寂）、《虞美人》（南园几日秋光老）；

吴梅《秋思》（步月有怀，次梦窗韵）；

林鹍翔《八声甘州》（滮湖曲社征词，倚此应之。社友许鸿宾善歌，谱以昆曲工尺。谓尚无戾歌喉）。

8 日，夏承焘与梅冷生赴暨南大学访龙榆生，获借《词荊》。（夏承焘：《天风阁学词日记》，第 180 页）

11 日，刘承幹托人校勘《词人考略》。记曰："嘱刚甫写信致罗子敬，送去《词人考略》三十一册，嘱其令媛（即子美夫人）校勘。"（刘承幹著，陈谊整理：《嘉业堂藏书日记抄》，第 606 页）

11 日，浦江清将顾随《荒原词》赠予叶公超。此时叶公超叔父叶退庵正在收集现代人词集。（闵军：《顾随年谱》，第 88 页）

19 日，朱孝臧致函陈洵。中曰："述叔道兄阁下：月前叠诵手书并辛、吴词评，豁我心目。《说词》书成自应单行，如散入本集，转失大方也。沪上叶、赵诸公谋纂清词，约弟与其事。铁夫所谓选宋词而欲公为评者，殆误会耶？大集卷二梓成，先寄阅，校改后再印。校课'说词'讲艺盼陆续寄数份，索阅者多也。率复，即颂著安。弟期孝臧顿首。腊月朔。"（陈洵著，刘斯翰笺注：《海绡词笺注》附录，第 503 页）

剑亮按："腊月朔"即农历十二月初一，阳历为 1 月 19 日。

19 日，夏承焘致函谢玉岑。中曰："拙作《姜词考证》数纸奉求指教。春间

能与玉岑来湖上一把晤，则并欲丐兄为我绘月轮楼也。"（后收入沈迦编撰：《夏承
焘致谢玉岑手札笺释》，第 178 页）

19 日，《大公报·文学副刊》第 158 期刊发：胡宛春《评〈声越诗词录〉》（续）。

25 日，夏承焘致函龙榆生，与龙榆生商量姜夔词考证体例。（夏承焘：《天风
阁学词日记》，第 183 页）

26 日，《大公报·文学副刊》第 159 期刊发：胡宛春《评〈声越诗词录〉》（续）。

本月

《暨南大学文学院集刊》第 1 集刊发：夏承焘《姜白石与姜石帚》。

剑亮按：据《天风阁学词日记》，此文原由龙榆生于 1930 年 10 月 5 日向夏
承焘之约稿。夏承焘当天日记曰："接榆生片，嘱寄《白石年谱》《白石石帚辨》，
应《暨南大学文学院集刊》征稿。"

《建国月刊》第 12 卷第 1 期刊发：唐圭璋《南宋词侠刘龙洲》。（后收入唐圭
璋：《词学论丛》，上海古籍出版社，1986 年，第 957 页）

赵万里致函傅斯年。函中谈及印行《校辑宋金元人词》，曰："弟之《校辑宋
金元人词》已印成五之四，全书五厚册，得约四百页，都十七卷。俟'自序''凡
例''引用书目''总目'印成后，即可装订，封皮拟请沈尹默先生书之。关于定
价等事，拟日内来所与先生一商。"（原函存傅斯年图书馆。后收入刘波：《赵万里
先生年谱长编》，第 84 页）

陈登元辑注《词林佳话》，由南京书店出版。本书据清徐钪《词苑丛谈》辑
录唐宋词人佳话 46 则，每则记一词人，共收词百余首。卷首有辑者《导言》。

龙榆生完成《东坡乐府笺》，夏敬观作《序》。（陈谊：《夏敬观年谱》，第
138 页）

赵尊岳、林葆恒为夏敬观题所藏《大鹤山人手书词》。赵尊岳题词末尾曰：
"昨映庵社长以残墨词卷见示，缅想旧游，益增惆怅，为题此解。庚午岁不尽
四日，尊岳。"林葆恒题词末尾曰："映庵社长属题所藏《大鹤山人手书词》册，
爰倚《石湖仙》录乙教拍。庚午腊尽，弟林葆恒。"（陈谊：《夏敬观年谱》，第
138 页）

陈彬龢《中国文学论略》，由上海商务印书馆出版。共八章。其中，第六章
"词"，设"词的起源""词之体裁""词之声调""词之流别""词之修辞"五节。

陆侃如、冯沅君《中国诗史》，由大江书铺印行。共三卷。其中，第三卷"近代诗史"第一篇为"李煜时代"，第二篇为"苏轼时代"，第三篇为"姜夔时代"。

2月

2日（农历腊月十五日），陈洵致函朱孝臧。中曰："近校生举词社，名曰'风余'，月一命题，请洵阅卷。"（后收入马兴荣等主编：《词学》第26辑，第310页）

12日（农历腊月廿五日），陈洵致函朱孝臧。中曰："读大词《石湖仙》'风怀销尽'，不禁兴发。适得一题目，遂下一转语，作我发端。先生见之，得无笑其强颜耶？"（后收入马兴荣等主编：《词学》第26辑，第310页）

12日，夏承焘接龙榆生寄《暨南大学文学院集刊》第1集，刊有夏承焘《白石石帚辨》一文。（夏承焘：《天风阁学词日记》，第186页）

14日，龙榆生作《东坡引》（岁不尽二日，大雪，访彊村先生）。（后收入龙榆生：《忍寒诗词歌词集》，第16页）

16日，朱祖谋作《东坡引》（庚午岁除）。（朱祖谋：《彊村语业》卷三，第16页。后收入朱惠国、吴平编：《民国名家词集选刊》第2册，第531页）

16日，邵章作《应天长》（庚午除夕，和康伯）。（邵章：《云淙琴趣》卷三，第11页。后收入朱惠国、吴平编：《民国名家词集选刊》第10册，第177页）

16日，袁毓麟作《应天长》（和康伯可。庚午除夕，伯纲、次公同作）。（袁毓麟：《香兰词》，第29页。后收入朱惠国、吴平编：《民国名家词集选刊》第10册，第434页）

16日，吴其昌作《江城子》（庚午除夕，独处清华园作，忽忆明湖打桨时）。（后收入吴令华主编：《吴其昌文集·诗词文在》，第35页）

17日，邵章作《安平乐慢》（辛未元旦，和万俟雅言）。（邵章：《云淙琴趣》卷三，第11页。后收入朱惠国、吴平编：《民国名家词集选刊》第10册，第178页）

18日，夏承焘接沈阳陈思函，函中谈论其所著《白石年谱》。次日，夏承焘即复函陈思。（夏承焘：《天风阁学词日记》，第187、188页）

28日，夏承焘致函安徽大学陆侃如、冯沅君，询问赵万里辑佚宋元词情况，

并附《姜词考证叙例》《白石石帚辨》。（夏承焘:《天风阁学词日记》，第 191 页）

本月

黄石《梅花庵词草》在上海刊行。系作者为悼念亡妻而作。

任中敏《词曲通义》，由上海商务印书馆出版。1935 年 5 月国难后 2 版。该书概述词曲的源流、体制、派别等。

刘毓盘《词史》，由上海群众图书公司出版。该书叙述自隋唐至清代词的发展历史。卷首有查猛济《叙》和刘毓盘《自序》，书后有曹聚仁《跋》。目次如下：第一章"论词之初起由诗与乐府之分"，第二章"论隋唐人词以温庭筠为宗"，第三章"论五代人词以西蜀南唐为盛"，第四章"论慢词兴于北宋"，第五章"论南宋词人之多"，第六章"论宋七大家词"，第七章"论辽金人词以汉人为多"，第八章"论元人词至张翥而衰"，第九章"论明人词之不振"，第十章"论清人词至嘉道而复盛"，第十一章"结论"。

赵万里《校辑宋金元人词》73 卷，由中央研究院历史语言研究所刊行。

剑亮按：该书收辑宋词别集 56 种，金词别集 2 种，元词别集 7 种，宋元词总集 2 种，宋人词话 3 种，补遗 1 卷。有赵万里《自序》及《校辑宋金元人词例言》。

《自序》中曰："长短句为宋世乐府之正声，当时名工巨制，难以数计。书林乘机翻刻，今可得而考者，凡三地焉。一曰'长沙坊刻词'……二曰《典雅词》……三曰《琴趣外编》……余校辑宋金元人词，于《永乐大典》残帙搜得蔡枏《浩歌集》、张孝忠《野逸堂长短句》，疑即长沙本；于《典雅词》得刘子寰《篔嶙词》，而《闲斋琴趣》，余所见赵辑宁星凤阁抄本乃全帙，尤为快意。因详著宋世湘、浙、闽各地刊词始末，以弁其首，俾世人知汇刻宋乐章，以长沙《百家词》始，至余此编乃告一段落，盖所由来者远矣。二十年二月，海宁赵万里书。"

《校辑宋金元人词例言》曰：

一、此编所以补毛氏《六十名家词》、王氏《四印斋刻词》、江氏《宋元名家词》、朱氏《彊村丛书》、吴氏《双照楼影刊宋元本词》之遗，凡诸家所据本未足，如辛弃疾《稼轩词》、王迈《臞轩诗余》、赵文《青山诗余》、洪希文《去华山人词》，均为重加校录，次第列入。至所见、所获异本胜于通行本者，当别撰校记，附拙辑《唐五代宋金元词录》刊之，兹不阑入。

一、编中辑本居大半，录自明写本《四朝名贤词》、毛斧季校《紫芝漫钞》本及集本者，不及十种。盖非力不逮，奈时贤搜刊已富，无多挂漏故也。

一、辑本以调之长短为次，每首后注所出，以书之时代为次。正文依时代最先者，而以成书在后者所引校之。有异文则夹注于行间，可以觇诸书因袭之迹。《词综》《历代诗余》《词谱》，均不无臆改处，然亦有所本，非详校不易知也。

一、词人仕履，《历代诗余·词人姓氏》所载殊简略，当于《词录》中详之。兹所缕陈，涉于版刻源委者居多，其它暂不置论。

一、凡赝作或前人误题，悉入卷后附录，低一格书之，并详为疏证，以免无征不信。

一、句绝处加点，有韵者加圈以别之。

一、此编草创于十六年之秋，至十九年冬竣事。宋元人所著说部、别集，翻阅殆遍，易稿凡三四次，然所得仅此。他日浏览所及，续有补下，当再刊之，未敢云定本也。

又按：夏承焘《天风阁学词日记》1931 年 10 月 8 日记曰："阅赵万里《校辑宋金元人词》共七十三卷，王庭珪《庐溪词》（明抄本）、《稼轩词》丁集（明抄本）、刘子寰《篁嵊词》（《典雅》本）、马廷鸾《碧梧玩芳诗余》（《大典》本）、袁易《静春词》（明抄）、杨宏道《小亨诗余》（《大典》本）、魏初《青崖诗余》（《大典》本）、张之翰《西崖词》（《大典》本）、刘敏中《中庵乐府》（元刻本）、洪希文《去华山人诗》（旧抄本）十种，皆各家汇刻词所未收。其余辑本，亦用力甚勤，见书甚多。此编出，刘子庚所辑六十家可废矣。"10 日记曰："赵君在国内，得见《永乐大典》百余册，搜得佚词甚多，此等勤劳，益人不少。"（夏承焘：《夏承焘集》第 5 册，第 237 页）

3 月

2 日，金天羽作《齐天乐》（超山访梅归卧西湖，雨不止。越日，马湛翁一浮招饮楼外楼赏雨。座间，钟山言，白龙潭瀑布奇胜，恨不得褰裳濡足以往，因谱此阕，呈湛翁、潭秋、钟山。时则辛未上元前一日也）。（金天羽：《红鹤词》，第 1 页。后收入朱惠国、吴平编：《民国名家词集选刊》第 10 册，第 447 页。亦收入金天羽：《红鹤山房词》，第 2 页，曹辛华主编：《民国词集丛刊》第 8 册，第 284 页）

3 日，林葆恒作《一萼红》（辛未元夕，须社同人约饮。即夕南发，车中月色如画。赋寄同社）。（林葆恒：《瀼溪渔唱》，第 24 页。后收入朱惠国、吴平编：《民国名家词集选刊》第 9 册，第 426 页）

3 日，邵瑞彭作《芳草渡》（辛未灯夕）。（邵瑞彭：《扬荷集》卷四，第 17 页。后收入朱惠国、吴平编：《民国名家词集选刊》第 14 册，第 207 页）

9 日，《大公报·文学副刊》第 166 期刊发：胡先骕《〈蜀雅〉序》。参见本年"词籍出版"条。

28 日，夏承焘"接榆生寄所著《东坡乐府笺》《风雨龙吟室丛稿》并一笺，嘱寄《白石词考证》登《暨大学报》"。（夏承焘：《天风阁学词日记》，第 195 页）

本月

汪曾武作《浣溪沙》（辛未二月，李散释以歌者琴雪芳化去，谱《浣溪沙》调，嵌"琴、雪、芳、马、回、回"六字。征和，依韵答之）。（汪曾武：《趣园诗余·味莼词卷三补遗》，第 1 页。后收入朱惠国、吴平编：《民国名家词集选刊》第 6 册，第 98 页）

邓邦述作《忆旧游》（虞山宁静禅院，外舅能静先生之故园也。易主而后，舍以为寺。辛未三月，余与耿吾策杖重游，去光绪己丑就婚之日四十有三年矣。乔木已摧，池亭如故。僧煮茗黛语楼下，兀坐移时，俯仰前尘，凄然无语。归而赋此，不知感涕之何从也）。（邓邦述：《沤梦词》卷三《吴箫集》，第 14 页。后收入朱惠国、吴平编：《民国名家词集选刊》第 7 册，第 83 页）

唐圭璋作《南唐二主词汇笺自序》，吴梅为其题签。

蓼辛词社在南京成立。由仇埰、石凌汉、孙濬源、王孝煃四人组建。活动期约半年。

吴宓作《信芳集序》。（吴宓著，吴学昭整理：《吴宓日记》第 5 册，第 93 页。后收入吕碧城著，李保民笺注：《吕碧城词笺注》附录一，第 524 页）

春，龙榆生作《瑞鹤仙》（入春快晴，桃柳争发，一夕凄风忽起，薄寒中人，念乱思乡，漫谱此阕)、《三姝媚》(春中薄游金陵，寄宿中正街交通旅馆，知本散原精舍。海棠一树，照影方塘，彻夜狂风，零落俱尽，感和梦窗)、《汉宫春》(春晚游张氏园，见杜鹃花盛开，因约彊村、映庵、子有三丈及公渚来看。后期数日，凋谢殆尽，感成此阕，用张三影体)。(后收入龙榆生：《忍寒诗词歌词集》，第 16 页)

春，毛泽东作《渔家傲》(反第一次 "大围剿")。(中共中央文献研究室编：《毛泽东诗词集》，第 29 页)

剑亮按：《毛泽东诗词集》收录该词，词后有注曰："这首词最早发表在《人民文学》一九六二年五月号。"

春，周应昌作《行香子》(辛未春，百洪往沪，赋此留别，次答三阕) 三首。(周应昌：《霞栖诗词续钞》之《霞栖词续钞》，第 9 页。后收入曹辛华主编：《民国词集丛刊》第 10 册，第 281 页)

春，胡汉民为刘伯端《海客词》作《序》，曰："词相将名以诗余久矣。传言始于《碧鸡漫志》，至沈雄、宋翔凤辈，尤列证以实之。近人特尊其体，曰非五七言之余、三百篇之余。是言虽盛，类微过于疑议，独称其为汉魏六朝乐府之遗，则诚不破之论。吾少亦好诵，而作不能工，遂并不潜心于是。出事交游，抱微尚，闻绪论。还而审帘，弥弗能备，略知大凡而已。大抵词肇于唐，昌于两宋，蹶于元明，复振于有清初中叶，而有整齐创革，修进于最近之前，嗣今以后之盛，殆无疑焉。旧友刘子伯端，近以写定所为《海客词》一卷寄示，命为之叙。余固自明不知词者也，然读伯端词而甘之，觉有若吴子律所述，言情之词，景色映托，具深宛流美之致。亦张皋文微言感动，极命风谣；周止庵驰喻比类，翼声容实之说，悉见于斯矣！集中诸作，如《鹧鸪天》之 '东风吹断江南梦，知是相思第几回'、又一首 '都将十载伶俜意，一语酸辛寄雁南'、《临江仙》之 '晓风残月后，都是可怜时' 诸句，及《琵琶仙》(蛮鼓声中) 一首、《摸鱼子》之赋孤雁一首、《惜余春慢》一首等，尽能使人低徊。第吾又闻词以能歌为主，《汉志》载周歌诗周谣，仍附声曲折，是有谱也。谱亡而乐亡，词亦如之。元曲行，词之歌法即无自理董。词人徒矜藻绩，直至迩时，骎骎起探讨之机，审宫律，搜旁谱，归本于恪守四声清浊。海内翕然景从者，似亦越十余霜矣。吾夙知东坡《渭城曲》(济南春好) 一首，与王摩诘 '渭城朝雨' 之一叠《阳关》，以清浊论，殆十得八九，是殆显证，不能肆雌黄长公矣。公豪迈者尚尔如此，况号知律如耆卿、美成、梦窗、白石者耶？今日甚而倡比栉字句，于语文虚实，亦践故迹云，以俟能歌者复生而善之，宏伟极矣。吾拙，益语不及此，未知伯端之诣如何？然素信调声，以吾粤省会北城为至塙，矢口不讹，习亦良易。吾故交中，通是者大有其人。若所为词，故斤斤然，不肯爽铢累，世嗤以迂拙，不之顾，彼谓待其人而后行也。伯端藻缋既成，昕合意内之诂，则于声律，亦必刻苦求之，无待诙于余矣。深居无俚，漫然书以归之，不尽所怀。二十年（一九三一）春，胡汉民。"（刘景堂原著，黄坤尧编纂：《刘伯端沧海楼集》，第 69 页）

4 月

1 日，北平《晨报·学园》第 67 期刊发：赵荫棠《箓斐轩词林要韵的作者》。

3 日，夏承焘与邵潭秋访夏敬观于寓所（上海极司斐尔路 34 号）。记曰："剑翁须髯已白，谈吐谦抑。打听许余《考石帚》一文，谓所引数书有未见者。予问郑叔问校白石词与张啸山互异之故，翁谓与叔问久交，其自许知乐，实欺人之谈。解白石折字，以无射之无为有无之无，可见一斑（原注：此近人任讷亦云然）。著书与沈寐叟同病，常有目无书。翁自谓近作《词调考原》，辨十二律吕乃古尺寸之名，不专言乐。古乐亡于隋，必不可以隋后胡乐强附古乐。"（夏承焘：《天风阁学词日记》，第 196 页）

4 日，夏承焘拜访金松岑。金松岑谓"平生留词止六七首"。（夏承焘：《天风阁学词日记》，第 197 页）

4 日，丁宁作《一萼红》（辛未清明前二日，出北门视文儿墓，归成此解）。（丁宁：《还轩词存》，1957 年油印本。后收入曹辛华主编：《民国词集丛刊》第 1 册，第 72 页。亦收入丁宁著，刘梦芙编校：《还轩词》，第 11 页）

6 日，杨铁夫作《三姝媚》（辛未清明）。（杨铁夫：《抱香词》，第 5 页。后收入朱惠国、吴平编：《民国名家词集选刊》第 8 册，第 504 页）

16 日，夏承焘作《三姝媚》（清明渡太湖至鼋头渚，同金松岑、冯振心、李续川、邵潭秋）。（夏承焘：《天风阁学词日记》，第 198 页）

18 日，刘咸炘作《推十诗·自序》。（后收入刘咸炘：《刘咸炘诗文集》，华东师范大学出版社，2010 年，第 189 页）

剑亮按：刘咸炘《推十诗》收录作者自丙辰（1916）至壬申（1932）诗词。其中，词有《摸鱼儿》（九月晦日）、《祝英台近》（十月初十日，祖别俞敬之赴重庆）、《贺新郎》（本意，赠内弟吴扬廷）、《好事近》（十二月二十七日立春）、《虞美人》（荒庭冷殿秋虫吊）、《乌夜啼》（晖晖残月已西倾）、《摸鱼儿》（二十四日作）、《捣练子》（十五夜游少城公园）、《虞美人》（十六七晒月未见）二首、《望江南》（农家好。四月初三日，试验诸生作短引，用《望江南》调）、《好事近》（二仙庵功德祠境幽静，朱百川设榻于是，吾辈游花市，尝憩其中。厥子虞琴乞书饰壁，因填此调）、《水调歌头》（二月初八日）、《水龙吟》（示君纯。初九日）、《长相思》（初十日）、《南乡子》（铺纸写新词）、《如梦令》（十一日）、《浪淘沙》（十五日）、《法曲献仙音》（三月二日，虔谒天社山老子庙，谱此以颂）、《清平乐》（寿傅凤楼七十一）、《一剪梅》（万用贞冠礼）、《一剪梅》（锦江南下作羿游）。

21 日，夏敬观偕朋辈游叶园赏牡丹，作沤社第 6 集，赋《三姝媚》（怀陈三立）。（陈谊：《夏敬观年谱》，第 138 页）

25 日，夏承焘致函谢玉岑。函中曰："苏锡之游甚畅。金松老吟兴倍健，昨又答弟一词。潭秋不惮和韵，并欲为长文记游。弟病中为一词，塞责而已。效夔白石《庆宫春》，爱其音调谐婉，为全集之最，而弟词不足望玉田《声声慢》（蛾术）、《杏花天》二和作，于石帚无能为役也。"（后收入沈迦编撰：《夏承焘致谢玉岑手札笺释》，第 200 页）

本月

汪曾武作《徵招》（辛未四月，访俞阶青太史，饷以茶点，为题）。（汪曾武：《趣园诗余·味莼词丙稿》，第 1 页。后收入朱惠国、吴平编：《民国名家词集选刊》第 6 册，第 79 页）

湖南省立第一中学校《南风》月刊第 1 期刊发：

静川《忆江南》（更漏静）；

纯《菩萨蛮》（忆人）；

蔓青《西江月》（春夜）；

菊华《忆江南》（闲倚处）。（后收入《民国珍稀短刊断刊·湖南卷》第 18 册，第 9061 页）

郭则沄、黄孝纾分别为夏敬观题所藏《大鹤山人手书词稿》。郭则沄题词末尾曰："《石湖仙》，映庵词长属题所藏大鹤山人词札，即希正拍。辛未暮春，蛰云郭则沄。"黄孝纾题词末尾曰："调寄《石湖仙》，映庵吟长嘱题。辛未春，黄孝纾。"

朱祖谋作《虞社菁华录跋》，曰："庚申春月，俞君鸥侣创立虞社，发行月刊，始与海内友朋邮筒往返，藉结文字之缘。甲子八月，齐卢战起。地方骚然，遂致停顿。而鸥侣亦因事他就，不遑兼顾。乙丑春间，乃由陆君醉樵主编，继续进行。丁卯夏月，醉樵移居江上，又告中止。时越年余之久，各处社友来书，佥以虞社发刊，成绩斐然，际此文化日衰，苟非诸君子提倡其间，其雅道不至于凌夷也几希。戊辰九秋，爰集同人，公推钱君南铁主任编辑，恢复以来，旗帜重新，骚坛生色。社友达三百余人，一时称盛。惟旧刊类多散佚，新刊亦虞不给。社友欲窥全豹，纷函索补，无以应命。当经南铁、醉樵共同商榷，自乙丑至庚午六月止，选录文二十三家、诗一百二十二家、词十八家，汇订一册，曰《虞社菁华录》，以饷阅者。刊既竣，述其缘起如此。民国二十年辛未四月，朱祖谋轶尘谨跋。"（后收入南江涛选编：《清末民国旧体诗词结社文献汇编》第 15 册，第 501 页）

顾宪融《填词百法》（上、下册），由上海中原书局出版。上册分四声辨别法、阴阳辨别法、词谱检用法、二字句作法、三字句作法等 50 讲；下册包括词派研究法和自唐李白至清王半塘共 48 家词人的词研究法 49 讲。《自序》写于 1923 年 2 月。

陈复《春水集》，由北平现代文学社出版。收诗 60 余首、词 17 首。卷首有金曾澄《题词》、作者手写《自序》及《后序》，卷末有《跋》。

陈益标点《花间集》，由上海扫叶山房书局出版。

5 月

1 日，《民中双周》第 6、7、8 期合刊刊发：

谢澄波《捣练子》（星色灿）；

王质直《相思引》（今日愁）。（后收入《民国珍稀短刊断刊·河北卷》第 7 册，第 3425 页）

3 日，邓邦述作《惜余春慢》（辛未三月，先立夏三日，鹤望置酒邀同人饯春，漫成此解）。（邓邦述：《沤梦词》卷三《吴箫集》，第 13 页。后收入朱惠国、吴平编：《民国名家词集选刊》第 7 册，第 82 页）

6 日，张素作《蝶恋花》（立夏日作）。（后收入张素：《南社张素诗文集》，第

759 页）

10 日，安徽大学《塔铃》半月刊创刊号刊发：冰然《词的起源和在文学上的价值》。（后收入《民国珍稀短刊断刊·安徽卷》第 10 册，第 4772 页）

10 日，夏承焘赴延定巷 32 号访马一浮并论词。马一浮主张"词律须凭实验"，夏承焘认为"白石旁谱无节拍，已不可歌"；马一浮谓"宋词可歌者，必音律和谐，梦窗词恐不可唱"，夏承焘"举玉田词题，知梦窗词本可歌"。马一浮表示认同。（夏承焘：《天风阁学词日记》，第 203 页）

11 日，夏承焘接龙榆生函，函中谓夏承焘《三姝媚》（游太湖）词，"用梦窗调，仍近稼轩"。（夏承焘：《天风阁学词日记》，第 204 页）

20 日，辽宁冯庸大学《大学月刊》第 1 卷第 2 期刊发：凌非《卖花声》（民十八，义军北征，赋于出征宴）、《清平乐》（闺别）。（后收入《民国珍稀短刊断刊·东北卷》第 8 册，第 3608 页）

25 日，安徽大学《塔铃》半月刊第 2 号刊发：冰然《词的起源和在文学上的价值》（续）。（后收入《民国珍稀短刊断刊·安徽卷》第 10 册，第 4801 页）

24 日，夏承焘阅陈廷焯《白雨斋词话》，评曰："全书大体可观，立论与张氏《词选》相表里。"（夏承焘：《天风阁学词日记》，第 206 页）

25 日，夏承焘为龙榆生阅《东坡词笺》，删其繁处。（夏承焘：《天风阁学词日记》，第 206 页）

28 日，《燕京月刊》第 8 卷第 1 期刊发：

宝骥《菩萨蛮》（麝云香恋慵春困）、《菩萨蛮》（当时未解温存好）、《菩萨蛮》（危楼帘卷西山醉）、《蝶恋花》（除夕观剧归来）；

常聘三《浪淘沙》（四壁草虫鸣）、《浣溪沙》（晚日东风满翠楼）。

30 日、31 日，《晨报·艺圃》刊发：配生《酹月楼词话》。

本月

朱蕴山作《蝶恋花》（吾妻周佩隐卒于夏历辛未五月丁卯日，填《蝶恋花》词，以示怀念）。（后收入全国政协文史和学习委员会编：《回忆朱蕴山》，中国文史出版社，2016 年，第 182 页）

湖南省立第一中学校《南风》月刊第 2 期刊发：

曼生《清平乐》（寄泛萍）二首；

仁庆《忆江南》（纸鸢）、《菩萨蛮》（桃红柳碧黄莺恋）；

尔庸《点绛唇》（会短离长）；

萍《捣练子》（春夜）、《临江仙》（夜雨）；

离尘《虞美人》（泪别）、《踏莎行》（无聊）。（后收入《民国珍稀短刊断刊·湖南卷》第 18 册，第 9092 页）

《安徽省教育行政人员养成所所刊》第 1 期刊发：高冠三《惜分飞》（立夏前一日）、《惜分飞》（柳外黄鹂声浪里）。（后收入《民国珍稀短刊断刊·安徽卷》第 2 册，第 997 页）

夏敬观《词调溯源》，由上海商务印书馆出版。为《国学小丛书》一种。该书研究词调的源流问题，并用四分之三的篇幅介绍二十八调的词牌名。共十七章。目次如下：一、词体得名之始；二、词与音乐密切的历史；三、词所配的音乐始于隋代；四、腔调与律调；五、律之名称；六、七音八十四调；七、郑译演龟兹乐的真相；八、郑译的图；九、《事林广记》所载的律谱即南宋谱；十、古今谱字表；十一、沈括《笔谈》的二十八调谱字与《事林广记》谱字的比较；十二、图与谱的作用；十三、凌廷堪《燕乐考原》所论谱字十声只是七声；十四、谱字配律唐宋不同；十五、令慢引近等等的区别；十六、凡词言犯有一定的规则；十七、二十八调的词牌名（宫、商、角、羽各七调）。

韦庄著、贺扬灵校《浣花诗词》，由上海光华书局出版。1932 年 9 月再版。为《欣赏丛书》一种。包括"浣花诗集""浣花词集"两部分。收诗 248 首、词 53 首。书后有贺扬灵《浣花诗词与韦庄》一文。

张寿林编校《清照词》，由上海新月书店出版。1933 年 4 月再版。

6 月

1 日，《大公报·文学副刊》第 177 期刊发：叶石荪《菩萨蛮》（月夜）外六种。

1 日，《中学生》月刊第 16 期刊发：平伯《读词偶得》（上之一）《释温飞卿〈菩萨蛮〉五首》。（后收入俞平伯：《读词偶得》，上海开明书店，1934 年，第 8 页。又收入俞平伯：《读词偶得　清真词释》，第 13 页）

剑亮按：《中学生》，月刊，1930 年创刊上海，由开明书局出版发行。1949 年终刊。

3 日,《晨报·艺圃》刊发:配生《酹月楼词话》(续)。5 日、7 日、8 日、11 日、18 日连载。

6 日,夏承焘接苏州金松岑函。金松岑问其日前所托撰写词序是否完稿。(夏承焘:《天风阁学词日记》,第 208 页)

7 日,夏承焘为金松岑《剪淞阁词》作《序》。(夏承焘:《天风阁学词日记》,第 208 页)

9 日,夏承焘接任中敏《词曲通义》,即致函任中敏,询问其《词曲通义》中分自度曲、自制曲为二之说。(夏承焘:《天风阁学词日记》,第 208 页)

10 日,湖南省立第一中学校《南风》半月刊第 3 期刊发:

离尘《捣练子》(秋夜);

理瑾田《捣练子》(感怀);

晨钟《菩萨蛮》(暮春)、《西江月》(献给罗君)二首;

彦《生查子》(有怀)、《丑奴儿》(重重朱户纱窗绿)。(后收入《民国珍稀短刊断刊·湖南卷》第 18 册,第 9135 页)

14 日,夏承焘接任中敏函,函中"自承分自度曲、自制曲为二之非",并告知"南京有唐圭璋,约翰大学有蔡正华,北平有许守白、赵斐云,皆于词造诣甚深"。(夏承焘:《天风阁学词日记》,第 209 页)

15 日,《清华中国文学会月刊》第 1 卷第 3 期刊发:平伯《论清真〈荔枝香近〉第二有无脱误》。(后收入俞平伯:《杂拌儿之二》,江西人民出版社,1983 年,第 94 页。又收入俞平伯:《论诗词曲杂著》,上海古籍出版社,1983 年,第 671 页)

剑亮按:《清华中国文学会月刊》,月刊,1931 年创刊于北京,由清华大学中国文学会出版发行。当年终刊。

22 日,夏承焘接龙榆生函,谓叶遐庵欲选夏承焘词入《后箧中词》。三日后,夏承焘致函龙榆生,并附词十四首请龙榆生转寄叶遐庵。(夏承焘:《天风阁学词日记》,第 212 页)

25 日,湖南省立第一中学校《南风》半月刊第 4 期刊发:

飞白《鹧鸪天》(春暮);

介愚《绮罗香》(舞蝶);

轸东《台城路》(秋草);

默潜《河满子》（怨妇）、《西江月》（夏夜）、《忆江南》（偶题）；

巢父《琐窗寒》（望月）。（后收入《民国珍稀短刊断刊·湖南卷》第 18 册，第 9168 页）

28 日，夏承焘致函吴梅（苏州双林巷 27 号），并附《白石歌曲斠律》。（夏承焘:《天风阁学词日记》，第 213 页）

28 日，《燕京月刊》第 8 卷第 2 期刊发:

徐烈《江南好》（和后主）四首、《忆少年》（和无咎）、《虞美人》（和后主）；

奚谷《满庭芳》（月落波心）、《满庭芳》（游西山）；

观槐《鹧鸪天》（燕子东风不解情）、《采桑子》（绣堤千里连芳草）。

本月

朱孝臧致函陈洵。中曰:"开岁以来，未通只字，衰懒可笑。云天倚望，想同情也。暑期休沐，当多清暇。《说词》已成帙否？如有印本，得睹为快。今年得几词？尤愿一读。去年沪游后所作《大酺》《蓦山溪》《烛影摇红》《三姝媚》《点绛唇》五首已编入卷二，此外尚有未寄者否？卷一写样后已开雕，七月可断手。'谈词图'及词墨十二纸呈教。《望江南》词多未惬处，希削正。否则亦求指疵也。手颂道安。孝臧"（陈洵著，刘斯翰笺注:《海绡词笺注》附录，第 505 页）

剑亮按:据函中"暑期休沐，当多清暇。《说词》已成帙否"，以及"卷一写样后已开雕，七月可断手"诸语，编年于此。

《清华中国文学会月刊》第 1 卷第 3 期刊发:任中敏《常州词派之流变与是非》。（后收入王小盾等主编:《任中敏文集·词学研究》，第 83 页）

夏，毛泽东作《渔家傲》（反第二次"大围剿"）。（中共中央文献研究室编:《毛泽东诗词集》，第 35 页）

剑亮按:《毛泽东诗词集》收录该词，词后有注曰:"这首词最早发表在《人民文学》一九六二年五月号。"

夏，龙榆生作《风入松》（与达安别四年，盛暑重逢沪渎。因偕往吴淞观海，追念南普陀旧游，漫赋此阕）。（后收入龙榆生:《忍寒诗词歌词集》，第 18 页）

7 月

2 日，《晨报·艺圃》刊发:配生《酹月楼词话》（续）。8 日、14 日、21 日，连载完毕。

3 日，夏承焘接龙榆生函。函中评夏承焘词"专从气象方面落笔，琢句稍欠婉丽。或习性使然"。夏承焘表示"此言正中予病。自审才性，似宜于七古诗，而不宜于词。好驱使豪语，又断不能效苏、辛，纵成就亦不过中下之才，如龙洲、竹山而已。梦窗素所不喜，宜多读清真词以药之"。即复函龙榆生，"报其直谅之言"。（夏承焘：《天风阁学词日记》，第214页）

6 日，吴虞作《范午〈张皋文词选注〉序》。（荣孟源审校：《吴虞日记》下，第569页）该序后收入《吴虞集》。曰："予于词罕厝意也，顾性独嗜东坡、稼轩之词。"序中分别论王国维《人间词话》与胡适《词选》，曰："最近王静安著《人间词话》，扫去游谈，独具只眼，将向来传统庸妄之说，摧陷而廓清之。谓东坡之词旷，稼轩之词豪，无二人之胸襟而学其词，犹东施之效颦也。又谓读东坡、稼轩词，须观其雅量高致，有伯夷、柳下惠之风。而且梦窗、梅溪、玉田、草窗、中麓辈为乡愿。静安论词，标举境界，于苏、辛特从雅量高致观之，可以识其旨趣所在，迥异流俗。胡适之著《词选》，分词为歌者之词、诗人之词、词匠之词。以东坡到稼轩、后村，为诗人之词；白石以后，直到宋末元初，为词匠之词。以为词至东坡而大变，以绝顶天才，采用新起之词体，其作词并不希望给十五六岁之女郎在红氍毹下嫋嫋婷婷歌唱。词至东坡，可以咏古，可以悼亡，可以谈禅，可以说理，可以发议论。直至稼轩，词之应用范围愈大，词人之个性风格，愈能表现，不问能歌不能歌，协律不协律。此种诗人之词，起于东坡、荆公，至稼轩而大成。其说将词家所有镣铐枷锁，悉行打破。予于词固未有心解，然每窃观古今人之论，多奴隶之见，而于以上数公之言，深有所契。特未知于此间所谓正统派乃行家之说，果有合乎否也？夫开风气者能传，趋风气者难传；丈夫贵有以自立，又何必求为奴隶之奴隶乎？范君，成都大学高才生，于求学之暇，取张皋文《词选》为之笺注，而请序于予。因略举予之取舍以质之，即用以代序云尔。中华民国二十年七月六日，成都吴虞序于宜隐堂。"（吴虞：《吴虞集》，第248页）

6 日，《大公报·文学副刊》第182期刊发：松《刘毓盘〈词史〉》书评。

10 日，夏承焘接赵叔雍函。函中谈近作《词籍考》，并询问任中敏校勘本《花草粹编》情况。四天后，夏承焘致函任中敏，告知其此事。（夏承焘：《天风阁学词日记》，第215、216页）

16 日（农历六月二日），陈洵致函朱孝臧。中曰："拙稿刻成，尚望赐以一序。盖洵之所为，惟先生知之耳。"（后收入马兴荣等主编：《词学》第 26 辑，第 311 页）

21 日，夏承焘致函刘节，介绍近期词学交往："发刘子植北平图书馆书，托雇抄陈元龙、白石词钞……并问赵斐云（万里）之宋元佚词，告近从事全宋词癸集。"（夏承焘：《天风阁学词日记》，第 218 页）

27 日，夏承焘接吴梅函。吴梅在函中答应待其校读《白石道人歌曲考证》全稿后，为其作序。（夏承焘：《天风阁学词日记》，第 218 页）

30 日，夏承焘致函吴梅，商讨姜夔《扬州慢》词中"角""药"二字的旁谱等问题。（夏承焘：《天风阁学词日记》，第 220 页）

本月

《国衡》半月刊第 1 卷第 6 期刊发：唐圭璋《民族英雄陈龙川》。（后收入唐圭璋：《词学论丛》，第 953 页）

8 月

4 日（农历六月廿一日），陈洵致函朱孝臧。中曰："说词近增六纸，写呈。二十首皆梦窗，再增三五十首，即欲专治清真矣……谈词图如题就，请以八寸纸书寄，后当装裱作卷。至卷首横行'思悲阁谈词图'六字，亦欲得先生书之。"（后收入马兴荣等主编：《词学》第 26 辑，第 311 页）

8 日，张素作《菩萨蛮》（立秋夜坐）。（后收入张素：《南社张素诗文集》，第 762 页）

12 日，夏承焘接吴梅函，函中详细解释姜夔《扬州慢》词中"角""药"二字旁谱等问题。（夏承焘：《天风阁学词日记》，第 225 页）

15 日，夏承焘接任中敏函，以及《花草粹编》影抄本。次日，即复函任中敏。（夏承焘：《天风阁学词日记》，第 227、228 页）

17 日，夏承焘撰写完毕《白石旁谱考》。（夏承焘：《天风阁学词日记》，第 229 页）

20 日，俞平伯作《踏莎行》（辛未七夕寄怀）。（后收入乐齐、孙玉蓉编：《俞平伯诗全编》，第 574 页）

20 日，吴梅为唐圭璋《宋词三百首笺》作《序》。

21 日，夏承焘接赵叔雍函，以及《中华图书馆协会会报》，刊有赵叔雍《词籍考》等论文。（夏承焘：《天风阁学词日记》，第 230 页）

27 日，夏承焘致函刘子植，附《三姝媚》（太湖词）、《金缕曲》（题顾梁汾词筩）二首，并托其购买《双照楼刻词》《宋元三十一家词》。（夏承焘：《天风阁学词日记》，第 230 页）

28 日，刘永济作《倦寻芳》（中元夜，偕证刚、子威、絭龙三君，乘月步登校中高台茗话。翌日，絭龙有诗纪事，赋答）。（刊发于当年 10 月 5 日天津《大公报》。后收入刘永济：《诵帚词集 云巢诗存》，第 34 页）

31 日，夏承焘作《词林索事序》。中曰："曩为《词林补事》成，辄有意为此，顾词籍浩繁，无所措手。因念有宋一代词事之大者，无如南渡及崖山之覆。当时遗民孽子，身丁种族宗社之痛，辞愈隐而志愈哀，实处唐诗人未遭之境。酒边花间之作，至此激为西台朱鸟之音，洵天水一朝文学之异彩矣。而自来声家选录所未及，岂非遗憾哉？兹摭南宋数十家集为此编，亦旁涉选集野记，名曰《词林索事》，虽考证未精，亦不敢稍涉附会。其有疏阙，博雅者详焉。"（夏承焘：《天风阁学词日记》，第 232 页）

本月

唐圭璋开始编纂《全宋词》。

陈思《稼轩先生年谱》，由辽海书社出版。

沈昌眉《长公吟草》四卷、《词钞》一卷铅印本刊行。（吴江图书馆藏。参见董振声、潘丽敏：《吴江艺文志》下册，国家图书馆出版社，2011 年，第 752 页）

夏敬观选注《二晏词》，由上海商务印书馆出版。为《学生国学丛书》一种。选注晏殊词 35 首、晏几道词 40 首。每首词后均有注释。书前有《导言》。

9 月

2 日，夏承焘致函任中敏，"告顷觅人过录《花草粹编》，问可再留半月否"。四天后，得任中敏复函，表示允许。（夏承焘：《天风阁学词日记》，第 232、233 页）

3 日，夏承焘致函谢玉岑。中曰："叔雍寄来《词籍考》数篇，闻总集一类得

书二百余种，全书必甚可观。"（后收入沈迦编撰：《夏承焘致谢玉岑手札笺释》，第 208 页）

7 日，夏承焘"与顾雍如谈辑《全宋词》事"，顾雍如表示欲争取一部分经费支持夏承焘从事此项工作。（夏承焘：《天风阁学词日记》，第 233 页）

9 日，许宝蘅为伯绚写词祝寿。记曰："谱《永遇乐》词祝伯绚六十寿，四时到伯绚处。"（许宝蘅著，许恪儒整理：《许宝蘅日记》第 4 册，第 1354 页）

15 日，《河南大学周刊》第 1 期刊发：

袁郁文《雨中花》（微雨敲窗）、《高阳台》（草逼山亭）；

吴子清《一萼红》（苦淹留）；

次公《〈珠山乐府〉叙》。（后收入《民国珍稀短刊断刊·河南卷》第 5 册，第 2225 页）

26 日，许宝蘅为蛰云写词祝寿。记曰："填《水龙吟》一阕，祝蛰云五十寿。"（许宝蘅著，许恪儒整理：《许宝蘅日记》第 4 册，第 1357 页）

本月

秋，周树年作《烛影摇红》（和伯陶，辛未秋金陵作）。（周树年：《无悔词》，民国三十五年［1946］铅印本，第 7 页。后收入曹辛华主编：《民国词集丛刊》第 10 册，第 198 页）

秋，龙榆生作《安公子》（秋感，和柳屯田）。（后收入龙榆生：《忍寒诗词歌词集》，第 19 页）

10 月

8 日，夏承焘阅赵万里《校辑宋金元人词》73 卷，评曰："王庭珪《卢溪词》（明抄本）、《稼轩词》丁集（明抄本）、刘子寰《篁嵊词》（《典藏》本）、马廷鸾《碧梧玩芳诗余》（《大典》本）、袁易《静春词》（明抄）、杨宏道《小亨诗余》（《大典》本）、魏初《青崖诗余》（《大典》本）、张之翰《西崖词》（《大典》本）、刘敏中《中庵乐府》（元刻本）、洪希文《去华山人诗》（旧抄本）十种，皆各家汇刻词所未收。其余辑本，亦用力甚勤，见书甚多。"（夏承焘：《天风阁学词日记》，第 237 页）

10 日，夏敬观、林葆恒、梁□□、徐绍周、彭醇士、黄孝纾、袁荣法共游

檀园，作沤社第 12 集，各赋《被花恼》。（陈谊：《夏敬观年谱》，第 140 页）

12 日（农历九月初二日），吴梅评顾文彬（子山）集句词。曰："顾有《玉女摇仙佩》二词，一集梦窗句，一集草窗句，绝精妙，附录于此。词云：'巧篆垂簪（略）.'又云：'梦入瑶台（略）.'前集吴，后集周，洵可云天衣无缝矣。"吴梅为贵池刘公鲁（文泗）收藏的仇十洲《洛神图》，倚张孝祥调作《拾翠羽》（微步蘅皋）词。词后自注曰："末用《洛神传》萧旷事，尚觉贴切焉。"（吴梅著，王卫民编校：《吴梅全集·日记卷》上，河北教育出版社，2002 年，第 2 页）

13 日，夏承焘"接刘子植北平十月五日信，及北平图书馆抄来陈元龙《白石词选》一本，版心有'紫芝漫抄'四字"。即复函刘子植，表示感谢，附《浪淘沙》（七里泷）。（夏承焘：《天风阁学词日记》，第 238 页）

19 日，刘肇隅作《贺新郎》（辛未九日午后携三儿国鼎登高，适天欲雨，中止。用宋刘克庄韵填之）。（刘肇隅：《阒伽坛词》卷一，民国二十二年 [1933] 铅印本，第 10 页。后收入朱惠国、吴平编：《民国名家词集选刊》第 12 册，第 36 页）

19 日，潘承谋作《霜叶飞》（辛未重九，感赋，用吴梦窗韵）。（潘承谋：《瘦叶词》，第 29 页。后收入朱惠国、吴平编：《民国名家词集选刊》第 12 册，第 147 页）

19 日，《大公报·文学副刊》第 197 期刊发：刘永济《八声甘州》（带腥风折戟未沉沙）。（后收入刘永济：《诵帚词集 云巢诗存》，第 34 页）

21 日（农历九月十一日），吴梅记载词学教学工作安排。曰："今年排课，每周一、三、五，计三日，九时'词学'，十时'梦窗词'。"（吴梅著，王卫民编校：《吴梅全集·日记卷》上，第 14 页）

22 日（农历九月十二日），吴梅评阅周癸叔《蜀雅》词。曰："助理李吉行送来周癸叔（岸登）词《蜀雅》十二卷。披读之，有胡步曾（先骕）、王晓湘（易）二序，推崇备至。周为威远人，今年三月中由晓湘介而相见。人颇潇洒，旧在厦门大学主讲国文，卸职后来止金陵。余初不知其能词也，今粗读一过，其于滇桂山水，皆有词翰，可作游记观。至词格，刻意二窗，而所造又非二窗至境，有功力而少天才。蕙风所云'重''拙'二字，可以企及，独少一'大'字耳。且好用僻典，喜拈涩调。凡南中风土，备载无遗。耆卿、清真、白石、梦窗诸拗调，无一不备，盖有意显神通也。卷一《邛都词》，卷二《长江词》，卷三、卷四

《北梦词》，卷五、卷六《烬梦词》，卷七、卷八《南潜词》，卷九《丹石词》，卷十《退圃词》，卷十一《海客词》，卷十二《江南春词》。又附《蜀雅别集》卷一和《庚子秋词》一百十六首，卷二《杨柳枝词》一百二首，存稿丰富。据晓湘云：尚几经删薙，始成此定本也。集中涩体，全依四声而琢句，时觉扭拗倔强。举《八六子》一首，可概之矣。词云：'俯危台，一江春浪，滔滔喷雪惊雷。又毒草捻烟自好，野花侵鬓如银，旅魂暗摧。　蛇盘羊窦谁开，仄经迷阳却曲，危梯滑磴昏落。怎奈向羌歌，断肠声外，瘴云如蠹，旧愁如海。更看挂练玉龙自舞，阴崖苍鹘徘徊。荡悲怀，朝暾破山下来。'全首有间架而无生采，以诗文渲染之法作词，实差以千里也。校中同人，皆誉之不去口，余默不做声而已。"（吴梅著，王卫民编校：《吴梅全集·日记卷》上，第 15 页）

25 日（农历九月十五日），吴梅着手校读《梦窗词》。曰："傍晚校《梦窗词》两页。余今授吴词，拟作札记，乃取毛本作注，以王幼霞、杜小舫、朱古微无着庵《彊村丛书》本，汇刻一通，而附以臆说。今日初着手，此后作为日课焉。"（吴梅著，王卫民编校：《吴梅全集·日记卷》上，第 19 页）

26 日（农历九月十六日），吴梅校读《梦窗词》。曰："早起校《梦窗词》一页，得新意一条。凡吴词中所用'燕'字，皆指人言。如《瑞鹤仙》云'最无聊燕去堂空'，又云'缺月孤楼总难留燕'，皆是也。至乙稿《绛都春》词题云'燕亡久矣，京口适见似人'，则自述甚明矣。"（吴梅著，王卫民编校：《吴梅全集·日记卷》上，第 19 页）

30 日（农历九月十八日），吴梅致函张仲清，"询《梦窗词》'黠髯掀舞'来历"。（吴梅著，王卫民编校：《吴梅全集·日记卷》上，第 26 页）

剑亮按：前两日，吴梅读《梦窗词》，发现"《一寸金》（赠笔工刘衍）词，中有'黠髯掀舞'一语，遍检书学各籍，不知来历，闷闷"。至 11 月 2 日，吴梅接张仲清复函。函中"以吴词'黠髯掀舞'句，即义之鼠须笔故事"。吴梅认为，"'黠'者，即鼠也，与下文'流筋春帖'固是符合。但以'黠'字代鼠，终觉未安"。以上参见吴梅著，王卫民编校：《吴梅全集·日记卷》上，第 23、28 页。

本月

龙榆生作《被花恼》（重九后数日，和杨缵自度曲以写旅怀）。（后收入龙榆生：《忍寒诗词歌词集》，第 19 页）

《江苏省立国学图书馆第四年刊》刊发：

丁丙《明钞本〈洞泉诗余〉校记》《钞本〈乐府遗音〉题识》《明嘉靖刊本〈升庵长短句〉题识》《明钞蓝格本〈信斋词〉识语》《明万历刊本〈花草粹编〉题识》；

劳格《精钞本〈莲社词〉校记》；

许宗彦、丁丙《明钞〈宋十六家词〉题记》。

11 月

1日，广州《无价宝杂志》第2号刊发：乐人《如花词钞》（续）。作品有：

梁清标《沁园春》（美人足）；

陈玉基《沁园春》（美人足）；

周实丹《沁园春》（美人足）；

阙名《浪淘沙》（瞎美人）、《少年游》（聋美人）、《点绛唇》（哑美人）、《采桑子》（痴美人）；

徐渭南《菩萨蛮》（美人纤趾）；

尤西堂《菩萨蛮》（咏佳人）；

刘改之《沁园春》（美人指甲）；

邵青溪《沁园春》（美人目）。（后收入《民国珍稀短刊断刊·广东卷》第9册，第3958页）

剑亮按：《无价宝杂志》，月刊，1931年创刊于广东广州，由无价宝月刊社出版发行。当年终刊。

2日，夏承焘致函唐兰（由上海王瑗仲转），就唐兰在《白石歌曲考》（《东方杂志》第28卷第20号）一文中提出的"一拍一句说"等问题进行商榷。（夏承焘：《天风阁学词日记》，第240页）

2日（农历九月廿三日），吴梅记"潜社"往事。曰："潜社者，余自甲子、乙丑间偕东南大学诸生结社习词也。月二集，集必在多丽舫，舫泊秦淮。集时各赋一词，词毕即畅饮，然后散。至丁卯春，此社不废。刊有《潜社》一集，亦有可观处。戊辰之秋，重集多丽舫，后约为南北曲。盖是时余自岭南返京，复主上庠，专授南北曲，故社课不复作词。"（吴梅著，王卫民编校：《吴梅全集·日记卷》上，第28页）

3 日，夏承焘致函吴梅，讨论唐兰《白石歌曲考》文，并通报自己撰写《词源疏证》情况。（夏承焘：《天风阁学词日记》，第 241 页）

4 日，夏承焘致函镇江中学任中敏，问其能否将《花草粹编》借给赵叔雍，问唐兰是否就是唐圭璋，并通报自己撰写《词源疏证》情况。（夏承焘：《天风阁学词日记》，第 242 页）

9 日，《大公报·文学副刊》第 200 期刊发：刘异《八声甘州》（秋雨）。

10 日，夏承焘接任中敏函，以及《满江红》（感东省事作）。（夏承焘：《天风阁学词日记》，第 243 页）

11 日（农历十月初二日），吴梅批改中央大学学生词学试卷。曰："改诸生词卷，以女生曾昭燏，男生戚法仁为佳。而最下为胡元度，平仄句法全然未知，不可改削。"（吴梅著，王卫民编校：《吴梅全集·日记卷》上，第 37 页）

12 日，黄侃"得榆生书并《安公子》词一首"。（黄侃著，黄延祖重辑：《黄侃日记》下，第 751 页）

13 日，夏承焘复函任中敏，附《满江红》（感事作豪语，答任二北）。（夏承焘：《天风阁学词日记》，第 244 页）

15 日，夏承焘阅报获知黑龙江马占山旅长部又战胜日本部队，"思为一词记之"。（夏承焘：《天风阁学词日记》，第 244 页）

19 日，夏承焘致函任中敏，问《花草粹编》能否借给赵叔雍，附《贺新凉》（阅马占山将军嫩江捷报）；致函吴梅，讨论唐兰"宋词一句一拍说"；致函朱彊村，并附《清平乐》（呈彊村先生问疾）、《石湖仙》（孤山白石道人像）。（夏承焘：《天风阁学词日记》，第 245、246 页）

22 日，夏承焘接南京女子中学唐圭璋函。函中不赞同夏承焘"白石即石帚"观点。（夏承焘：《天风阁学词日记》，第 249 页）

26 日（农历十月十七日），吴梅致函夏承焘。曰："作书六通。一复夏瞿禅（承焘），询白石词旁谱，拍眼有无。因《东方杂志》有唐某文，云宋词可不用节拍歌，如南北曲之散板引子然。余告以宋词容有散板，但不可云首首如此。《词源》明有《拍眼》一篇，如何可云皆散拍？书颇备论，略述如是。"（吴梅著，王卫民编校：《吴梅全集·日记卷》上，第 49 页）

27 日（农历十月十八日），吴梅评阅邵瑞彭词。曰："读次公词消遣，余最爱其《生查子》六首。以古乐府入词，蒋鹿潭后，未之见也。词云：'郎唱华山畿，妾唱生查子。愿作箸成双，同卧还同起。有歌莫倦听，有酒休辞醉。将箸化成灰，暖在人心里。'又云：'来船动两桡，去舸摇双桨。日暮采芙蓉，歌发朱弦响。露重月华生，风定秋朝涨。惊起睡鸳鸯，飞泊罗裙上。'又云：'河南桃李荣，河北杨花落。不怨鹧鸪啼，但道东风恶。花发为谁容，花落无人觉。辛苦讳春寒，其奈罗衾薄。'又云：'娟娟陌上花，皎皎机中素。袅袅翠楼人，夜夜啼秋雨。迢迢青海头，去去黄尘暮。恻恻坎侯吟，怅怅公无渡。'又云：'玉剑骏骁冠，跃马邯郸道。白面五陵儿，颜色莲花好。荡妇嫁征夫，恩宠难长保。妾作水中萍，君化边城草。'又云：'名士悦倾城，欢爱诚无匹。譬彼茑萝枝，终古依松柏。凉风一以吹，河汉遥相隔。翘首望青陵，泪堕山头石。'此真戛戛独造之作，并世才彦，无其匹敌。集中佳作如林，得耆卿之高迈，而去其粗率；得梦窗之秾丽，而去其晦涩。卓然大家，尚何疑焉。"（吴梅著，王卫民编校：《吴梅全集·日记卷》上，第50页）

28日，夏承焘接吴梅南京大石桥6号函。中曰："宋词有底拍，当亦有节拍、流拍。《霓裳》前散序，此散板止有底拍也。中序为慢拍，即为节拍；入破则快拍，即为流拍。姜谱中间容或有散拍，但不当谓全科可用散拍歌也。《兰陵王》《破阵子》亦可以有散有节之说解之，又大小住，可作节拍解。"（夏承焘：《天风阁学词日记》，第250页）

本月

《少年》第21卷第11期刊发：唐文治《满江红》（民国耻，犹未雪）。（后收入唐文治著，邓国光辑释：《唐文治文集》第3册，上海古籍出版社，2018年，第1089页）

剑亮按：此词仅存下半阕。

诸宗元为《安吉莫伯衡先生遗著》作序。中曰："安吉莫伯衡同年兄既殁之四年，其孤六笙写定其遗稿为《爱余室杂文》一卷，诗一卷，别集一卷。属宗元为之序。"序落款曰："中华民国二十年十一月，越人诸宗元序于上海。"《安吉莫伯衡先生遗著》收录《爱余室文集》一卷、《爱余室诗集》一卷、《爱余室词集》一卷、《爱余室别集》一卷。（浙江图书馆藏）其中，《爱余室词集》收录：《长相思》（与戴姬及王君孚川同游湖上而作）、《浣溪沙》（春意阑珊日暮时）、《长相思》（风满林）、《清平乐》（题照）、《雪梅香》（用耆卿韵。余既谱《清平乐》因忆踏雪寻梅之趣谈，次日复谱此调）、《瑞鹤仙》（望沧波满地）、《齐天乐》（愁云不锁梨花梦）。

　　王易《词曲史》，由上海神州国光社出版。该书分明义、溯源、衍流、析派、构建、启变、八病、振衰等十章，论述词曲的历史。前有周岸登《序》，末有著者《后序》。

　　陈冠同《中国文学史大纲》，由上海民智书局印行。共七编三十二章。其中第五编"古文时代"有"词：唐和五代的词、宋词"；第六编"大众化时代"有"唐宋以后的诗和词之一""唐宋以后的诗和词之二"。

12 月

　　1 日，《中学生》月刊第 20 期刊发：平伯《读词偶记》（上之二）《释韦端己〈菩萨蛮〉五首》。（后收入俞平伯：《读词偶得》，第 14 页。又收入俞平伯：《读词偶得　清真词释》，第 19 页）

　　1 日，夏承焘接唐圭璋南京城北利济巷 15 号长函，函中陈述最近研究工作有注《词苑丛谈》和作《宋词三百首笺》《南唐二主词补笺》《纳兰词校笺》等。（夏承焘：《天风阁学词日记》，第 251 页）

　　3 日，《大公报·文学副刊》第 203 期刊发：刘永济《满江红》（东北学生军军歌）。（后收入刘永济：《诵帚词集　云巢诗存》，第 35 页）

　　4 日（农历十月廿五日），吴梅批改学生词作。曰："午后改万生云骏、潘生正铎二词，为光华旧徒也。二生以校中同学奔走国事，无形假期，相约作词，倚清真《倒犯》韵，咏新月亦复可观。潘生词云'露影破青娥乍来'（略）。万生词云'病起看清辉半庭'（略）。"（吴梅著，王卫民编校：《吴梅全集·日记卷》上，第 52 页）

　　6 日，夏承焘致函吴梅，讨论宋词词拍。（夏承焘：《天风阁学词日记》，第 252 页）

　　7 日，《大公报·文学副刊》第 204 期刊发：刘异《满江红》（宏度九兄寄示近作军歌及愁坐二阕，调高音苦，激魄凄心，抒愤缰声，颇欲投笔）。（后收入刘永济：《诵帚词集　云巢诗存》，第 36 页）

　　7 日，夏承焘作《减兰》（潜楼嘱题其《秋山图》长句）。（夏承焘：《天风阁学词日记》，第 253 页）

10 日，刘承幹与唐长孺谈词学。刘承幹记曰："唐长孺甥来，与谈学堂情形。长孺颇聪明，惟喜言词曲。予以为小道，劝其从事经史之学。伊又喜与女学生交际，恐入歧途，殊可惜也。"（刘承幹著，陈谊整理：《嘉业堂藏书日记抄》，第632 页）

10 日，夏承焘接程善之函。附其女弟子丁宁《台城路》词，并评曰："女弟子丁氏，虽生长富家，其境遇至可悲诧。兹撷其一词奉阅，盖已现肺痨证候。窃以为扬州治词者，殆莫能尚之也。"（夏承焘：《天风阁学词日记》，第254 页）

11 日（农历十一月初三日），吴梅作《锦堂春》词。曰："早起作衡三母寿词《锦堂春》，云'金姥芝颜未老'（略）。盖今年母方五十，又十一月十五日生，性喜释氏书，故如是云云也。"（吴梅著，王卫民编校：《吴梅全集·日记卷》上，第57 页）

14 日，杨铁夫作《洞仙歌》（忆梅。辛未十二月二十四日夜坐作，用屯田体）。（杨铁夫：《抱香词》，第9 页。后收入朱惠国、吴平编：《民国名家词集选刊》第8 册，第511 页）

15 日，夏承焘致函周岸登，感谢其寄来《蜀雅词》，并告诉自己所进行的《白石歌曲考证》《词源考证》等研究。（夏承焘：《天风阁学词日记》，第255 页）

16 日（农历十一月初八日），张仲清访吴梅，并赠送《艮庐词》与吴梅。吴梅评曰："颇佳。"（吴梅著，王卫民编校：《吴梅全集·日记卷》上，第59 页）

20 日，刘承幹看望朱彊村。曰："至朱古微处问疾，与谈片刻，据云肿虽退而痰多气喘。晤陈又媵（慈溪人，崇甫太史钦之子。壬午浙江解元，陈翊清之弟）、张百鸣（慈溪人，业医，从前乃某省候补知县，严子均之堂舅）。"（刘承幹著，陈谊整理：《嘉业堂藏书日记抄》，第633 页）

23 日，朱孝臧作《鹧鸪天》（辛未长至口占）。（朱孝臧：《彊村语业》卷三，第19 页。后收入朱惠国、吴平编：《民国名家词集选刊》第2 册，第537 页）

剑亮按：论者多谓此为词人之绝笔词，概括其一生经历。词曰："忠孝何曾尽一分，年来姜被减奇温。眼中犀角非耶是，身后牛衣怨抑恩。 泡影事，水云身，枉抛心力作词人。可哀最是人间世，不结他生未了因。"

24 日，邓邦述（孝先）主持"消寒词集"词课。吴梅记曰："盖'消寒词集'，至今日复举也。集者计十一人。孝先作主外，为蔡师愚（宝善）、家伯渊叔（曾源）、陈公孟（任）、杨楞秋（俊）、林肖蛇（黻桢）、亢宙民（惟恭）、张仲清（茂炯）、顾巍成（建勋）、王佩诤（謇）及余也。就席时以齿为序，孝先年最长，佩诤最少，亦四十四岁，余尚未居殿也。遂分拈一题，九日一集，交词一首，尚有姚威伯（凤）、方惟一（还）则邀而未至者。所拟各题刊下：《洞庭春色》（橘），邓孝先（沤梦）；《东风第一枝》（香雪海），蔡师愚（宝善）；《愁春未醒》（唐花），吴伯渊（九珠）；《望海潮》（吊戚南塘），陈公孟（栎寄）；《绛都春》（上元），杨咏裳（楞秋）；《紫萸香慢》（紫萸），林肖蛇（霜杰）；《祝英台近》（除夕立春），亢宙民（惟恭）；《穆护砂》（烛泪），张仲清（艮庐）；《眉妩》（《虢国夫人早朝图》），顾巍成（瓠斋）；《惜寒梅》（过春草闲房），吴瞿安（霜崖）；《笛家》（祝东坡生日），王佩诤（謇）。"（吴梅著，王卫民编校：《吴梅全集·日记卷》上，第62页）

25日（农历十一月十七日），吴梅作《洞庭春色》（咏橘）。曰："午间作'橘'词《洞庭春色》。按是调即《沁园春》变格，故无四声可守，且平仄亦多出入，可纵笔为之。余词曰：'翠叶金丸，故山佳果，艳说洞庭。恰朱橙新荐，黄柑罢贡，同登尊俎，纤手香凝。试摘霜枝三百颗，纵尝尽酸甜难解醒。还堪笑，笑吾家正少，千树江陵。　逾淮恐真化枳，但办得市隐吴城。况越州秋税，未除臣籍，（越多橘柚，岁有常税，名曰橘籍。东吴阚泽上表，请除臣橘籍。见《述异记》。）东坡楚颂，孰建孤亭。雪后园林风色恶，怕玉几华筵寒旧盟。重相问，问白头对弈，此局谁赢。'语语切定'橘'字，而朝市身世，则于言外见之，自谓不恶也。"（吴梅著，王卫民编校：《吴梅全集·日记卷》上，第63页）

26日，吴梅作《东风第一枝》（香雪海）。词后有自注曰："盖此题之难，在避去探访迎春之意，否则成邓尉探梅，非香雪海题矣。余词尚是合题，非探梅口吻也。"（吴梅著，王卫民编校：《吴梅全集·日记卷》上，第64页）

30日（农历十一月二十二日），朱祖谋逝世。

朱祖谋（1857—1931），原名孝臧，字祖谋，一字古微，号沤尹，别署上彊村民，浙江归安（今湖州）人。光绪九年（1883）进士，官礼部右侍郎、广东学政。晚年屏居上海。有《彊村语业》，另辑《沧海遗音集》《湖州词征》《国朝湖州词录》。编选《宋词三百首》《词莂》，校刻《彊村丛书》。

朱祖谋逝世后，龙榆生撰《朱彊村先生永诀记》一文，曰："12月27日，为沤社集会之期。先生已卧病经月，闭门谢客，惫不可支矣。是夕，遣人以长至口占《鹧鸪天》词示同社诸子，传观莫不为之怆然泪下，共讶此殆先生绝笔矣。词云：'忠孝何曾尽一分，年来姜被减奇温。眼中犀角非耶是，身后牛衣怨亦恩。泡露事，水云身。任抛心力作词人。可哀惟有人间世，不结他生未了因。'予读之，感怆忧惶，遽返村居，达旦不能成寐。次日清晨，遂赋二绝句：'信是人间百可哀，无穷恩怨一时来。只应留取心魄在，掺入丹铅泪几堆。''经旬不见病维摩，沾溉余波我独多。万劫此心长耿耿，可怜传钵意云何。'28日午后2时，袖二诗，往上海牯岭路南阳西里先生寓庐。告其家人，坚求一面。旋传先生命登楼，先生方偃卧病榻，以一人抵腰背，相见凄然。先生忽张目，握予手，曰：'数日极相念，子来何迟也。昨词（《鹧鸪天》）殊可笑，笔亦软弱。然一吐，心胸稍快。'又曰：'《沧海遗音》，当以奉托。'《沧海遗音》者，先生汇刻逊清遗民词，如嘉兴沈曾植之《曼陀罗寱词》、江阴夏孙桐之《悔龛词》、祥符裴维侒之《香草亭词》、揭阳曾习经之《蛰庵词》、吴县曹元忠之《凌波词》、钱塘张尔田之《遯庵乐府》、海宁王国维之《静安长短句》、新会陈洵之《海绡词》、慈溪冯开之《回风堂词》、蕲水陈曾寿之《旧月簃词》，由先生一手写定付刻，有数种尚待覆校也。予又以先生诗稿（自题《彊村弃稿》）及未刻词（自题《彊村语业卷三》）为请，先生言：'诗不足存，词待精神稍佳，自行删定，再以奉托。'良久，复曰：'子俱携取去，为吾整理。'俄而叹曰：'名心未死。'又曰：'《云谣集》可取去，为吾续刊矣。'《云谣集》者，敦煌石室藏唐人写本词集，共三十首。往年董授经（康）游伦敦，于彼中图书馆，摄得影片归国。先生取以刻入《丛书》，惟仅得十六首，引为大憾。今年予从刘半农（复）所摄之《敦煌掇琐》（并从巴黎图书馆抄出），发现《云谣集》十六首。取校前刻，删除重复，恰得三十首，遽以告先生。先生大喜，曰：'不图于垂死之年，此书竟能璧合。'因约予同校，写定将付梓矣。而先生疾作，致不克果。予侍病榻半小时，先生屡张目欲有所语，又以手曳之令坐，意甚恋恋。既而曰：'生死吾自知，数日内当不至有变。子可去，或尚有缘相见。'予乃含泪而别。不意未逾两月，而先生遽谢人世矣。伤哉！先生毕生致力学术之精神，与其成就之伟业，自当长留天壤。而世情变幻，绝学可忧。因记先生临殁遗言，俾学者知所观勉。不徒知遇之感，聊哭其私而已。"

冒广生《小三吾亭词话》曰："归安朱古微侍郎祖谋，中岁始填词，而风度矜庄，格调高简。王幼遐云：'世人知学梦窗，知尊梦窗，皆所谓但学兰亭之面，六百年来真得髓者，古微一人而已。'古微词品不可及，人品尤不可及。庚子夏秋之间，黄巾黑山，群情汹汹，古微独昌言其不可恃，几陷不测。比年，乞病却归吴门，与郑叔问、刘光珊辈岁寒唱和，有终焉之志。朝廷知其誓墓之词甚苦，亦不相强。视近时三事大夫之勇猛精进，夜行不休者，真可思量烂熟也已。古微所刊有《庚子秋词》《春蛰吟》，皆与幼遐诸人唱答之什。其《彊村词》三卷，则近从吴中刻成见寄者也。"（唐圭璋编：《词话丛编》第 5 册，第 4690 页）

钱仲联《近百年词坛点将录》曰："彊村领袖晚清民初词坛，世有定论。虽曰楬橥梦窗，实集天水词学大成，结一千年词史之局。《彊村丛书》之刊，整理校勘，厥功至伟，无待赘说。"（钱仲联：《梦苕庵论集》，第 387 页）

31 日，夏承焘接唐圭璋函，附蔡嵩云《词源疏证导言》。夏承焘论曰："余书可以辍笔矣。"（夏承焘：《天风阁学词日记》，第 259 页）

31 日，《申报》刊发：《朱古微逝世》，曰："朱古微侍郎，一代词宗，道德气节，人所共仰。新移居牯岭路南阳西里，未及三月，遽于昨日丑时逝世，享年七十五岁。遗老又弱一个，闻者哀之。"

本月

贺凯《中国文学史纲要》，由北平文化学社印行。共上、下两编十章四十九节。其中第五章"词曲"有"五代的词""北宋词""南宋词"等节。

剑亮按：贺凯（1899—1978），名文玉，字胜旋，山西定襄人。

冬，吴梅作《东风第一枝》（辛未季冬，探梅过香雪海赋此）。（吴梅：《霜厓词录》，第 19 页。后收入朱惠国、吴平编：《民国名家词集选刊》第 13 册，第 459 页）

冬，蔡桢作《无闷》（辛未季冬，和碧山雪意）。（蔡桢：《柯亭长短句》卷上，第 3 页。后收入朱惠国、吴平编：《民国名家词集选刊》第 14 册，第 360 页）

本年

【词人创作】

夏敬观作《三姝媚》（辛未上巳后一日，雨过晓晴，携朋辈游叶园赏牡丹）、《汉宫春》（立夏竟日风雨，适许寄叟写示见和送春词，因复倚声继之）、《渡江云》（有怀秦淮旧游，用清真韵）、《风入松》（六月二十五日夜，立秋作）、《被花恼》（辛未八月晦，偕林子有、梁众异、徐绍周、赵叔雍、黄公渚游古漪园）、《洞仙歌》（为杨铁夫题《桐荫勘书图》）、《一剪梅》（为吴湖帆题宋刊《梅花喜神图》）。

（陈谊:《夏敬观年谱》，第 141 页）

易孺作《玉京谣》（辛未立夏前二生朝后，一复成园，读觉翁引东坡诗"万人如海意"，制此调倚之，分上青山、遐庵、榆生诸公）。（易孺:《大厂词稿》之《欹眠词》，第 3 页。后收入曹辛华主编:《民国词集丛刊》第 8 册，第 56 页）

龙榆生作《石湖仙》（为映庵丈题所藏《大鹤山人手书词卷》）、《石湖仙》（寿切庵六十）、《洞仙歌》（用柳屯田体，为湖帆先生题仇实甫画《长门赋图》）。（张晖:《龙榆生先生年谱》，第 38 页）

顾随作《水龙吟》（正嫌郊外荒凉）、《浣溪沙》（日日春风似虎狂）、《浣溪沙》（记得年时已可哀）、《凤衔杯》（见说人生真无价）、《好儿女》（地可埋忧）、《凤衔杯》（眼前风土又纷纷）、《鹧鸪天》（九陌缁尘染素襟）、《八声甘州》（白夫藁一叶一婴儿）。（闵军:《顾随年谱》，第 90 页）

吴梅作《蕙兰芳》（湖帆得马守真、薛素素画兰，合装成卷，嘱赋此解）、《洞仙歌》（徐积余乃昌《小檀栾室勘词图》）。（王卫民:《吴梅评传》附录引卢前编，徐益藩补:《吴梅先生年谱》，第 292 页）

缪钺作《念奴娇》（偕薛孝宽南海泛舟）。（缪钺:《缪钺全集》第 7、8 合集，第 13 页）

张涤华作《浣溪沙》（白门感旧）。（后收入张涤华:《张涤华文集》第 4 集，第 335 页）

林葆恒作《瑞鹤仙》（辛未正月，超山看梅。相传山故无梅，自唐玉潜植后，绵延几二十里。旧有唐祠，今毁矣）。（林葆恒:《瀼溪渔唱》，第 24 页。后收入朱惠国、吴平编:《民国名家词集选刊》第 9 册，第 425 页）

刘肇隅作《十二时》（再为十发老人题观音大士立像。辛未夏秋之交，洪水发湘、鄂，旋遍南北。民人死亡、荡析者万万计，灾犹未已。殆所谓"天发杀机，龙蛇起陆耶"匪恳）。（刘肇隅:《阏伽坛词》，第 1 页。后收入朱惠国、吴平编:《民国名家词集选刊》第 12 册，第 18 页）

刘肇隅作《紫萸香慢》（忆己巳九日，华安九层楼登高宴集，群贤满座。时十法老人用宋姚江邨韵，酬主人周梦坡、姚虞琴，兼赠座客。余时已丧仲子未久，愁仍未解，强随老人与焉。孰知甫逾月，而余长子复死。岁序倏忽，又二载矣。天灾国变，愈奇愈烈。谨步老人韵，以摅积愫）。（刘肇隅:《阏伽坛词》，第 2 页。后收入朱惠国、吴平编:《民国名家词集选刊》第 12 册，第 35 页）

剑亮按：据词序"忆己巳九日"和该词首句"记前年，层楼高会盛宴"，故编于是年。

刘麟生作《探春慢》（黄花别馆小集）、《浣溪沙》（羊城清明）、《卜算子》（白鹤洞待渡）、《蝶恋花》（将离广州作）、《玉楼春》（愁随永日留深院）、《买陂塘》（杭嘉车中，与兑之联句）、《江月晃重山》（闸口晚发，答铢庵）、《满庭芳》（湘衡索和夜泛玄武湖）、《临江仙》（东沟待月）、《浣溪沙》（答赠玄玄）、《离亭燕》（与铢庵、含章登钓台）、《浣溪沙》（桐江归舟）。（刘麟生：《春灯词》，第 15 页。后收入朱惠国、吴平编：《民国名家词集选刊》第 15 册，第 82 页）

【词籍出版】

余端编《苔岑丛书（己巳庚午汇编）》刊行。（后收入曹辛华、钟振振选编：《清末民国旧体诗词结社文献续编》第 8 册）收录：

俞可《影松山房词》，作品有：《忆江南》（春水）、《苏幕遮》（春山）、《踏莎行》（春风）、《唐多令》（春雨）、《摸鱼儿》（寄怀啸琴叔伉俪）、《临江仙》（寄怀宗子威）、《鹊桥仙》（听雨）、《摸鱼儿》（题邹酒匋《三借庐诗文集》）、《摸鱼儿》（题张静庵《鹤与琴书共一船图》）、《双双燕》（中秋次韵谢吴又园同社贺词，并呈东园词丈）、《金缕曲》（和贺贯一庚午述怀）、《貂裘换酒》（腊雪连朝，离怀萧索，偶倚一阕，寄怀啸琴叔）；

吴放《江东云影楼词》，作品有：《菩萨蛮》（春雨）、《湘月》（雨夜寄方修）、《醉花阴》（社日）、《南柯子》（清明）、《减兰》（杨花）、《踏莎行》（旅夜有怀，并寄湘蘋）、《贺新郎》（述词）、《霜天晓角》（自题《蒲团图》小影）、《陂塘柳》（有赠）、《蝶恋花》（李琴生倩题蝴蝶帐额）、《长亭怨》（送春）、《凤凰台上忆吹箫》（书怀）、《凤凰台上忆吹箫》（有赠）、《百字令》（春意）。

孙雄《旧京诗存》八卷刊行。（后收入昌彼得主编：《近代名家集汇刊》，文史哲出版社，1974 年）

《旧京诗存》卷四有《戴君亮集正诚以其妇翁郑叔问先生〈大鹤山人全集〉见赠，并以〈冷红簃填词图〉乞题，感赋三绝句》。其一："旗亭赌酒唱黄河，绝调樵风感慨多。一片秋魂扶不起，天涯羁客且行歌。"自注曰："叔问所著《樵风乐府》九卷，其卷一第一阕为《齐天乐》，系登虞山兴福寺楼作。有云：'行歌倦矣,更一片秋魂,乱云扶起。'又云:'天涯此楼如寄,画阑零落处,都为愁倚。'余于客中时时诵之。盖余自光绪甲辰别故山,迄今已二十二年矣。"其二:"荒原龙战泽鸿哀,楼阁斜阳剩劫灰。憔悴吴生今宿草,词人一例委蒿莱。"自注曰:"辛亥九月,叔问有哀时书事词云:'旧家楼阁,剩斜阳一线,沉沉帘影,海上忽闻风雨至,平地本涛千顷。'叔问卒于共和七年戊午夏正二月。吴君伯宛昌绶得其凶问,适为江亭禊集之日。伯宛扶病至城南,与叶玉甫恭绰、罗瘿公敦曧商榷赙助之事。今伯宛、瘿公溘逝已一载余矣。"其三:"东床传业有乘龙,瘦碧联吟共倚邛。今日虫沙真阅尽,耐霜我愧岁寒松。"自注曰:"《大鹤山人诗集·从姚彦侍乞书》云:'阅尽虫沙真一笑,岁寒老昧入霜松。'"

张茂炯《艮庐词》刊行。卷首有作者《自序》。(上海图书馆藏。后收入朱惠国、吴平编:《民国名家词集选刊》第 11 册)

作者《自序》曰:"予少不能词,偶为之诗之长短句而已。五十以后,杜门无事,始刻意为词……积岁稍久,得词渐多。自知于古人意内言外之旨,去之甚远,而俯仰身世,感怆今昔,伤心人语,大都寄托于此。亦既为之,不忍自弃,汰存百首,将付写印,以就正海内词宗,谨先述其甘苦如此。岁在重光协洽季夏之月,艮庐自记。"

沈昌眉《长公词钞》刊行。为《长公吟草》之一种。内含《长公词钞》和《长公吟草集外词钞》。卷首有柳弃疾《沈长公诗集序》、沈昌直《长公吟草序》和作者《自序》二篇。(后收入沈昌眉:《吴江沈氏长次二公剩稿》。又收入曹辛华主编:《民国词集丛刊》第 7 册)

周岸登《蜀雅》十二卷、《别集》二卷刊行。内含卷一《邛都词》、卷二《长江词》、卷三《北梦词一》、卷四《北梦词二》、卷五《焞梦词一》、卷六《焞梦词二》、卷七《南潜词一》、卷八《南潜词二》、卷九《丹石词》、卷十《退圃词》、卷十一《海客词》、卷十二《江南春词》。卷首有胡先骕《蜀雅序》和王易《序》,卷尾有作者《跋》。(华东师范大学图书馆藏。后收入曹辛华主编:《民国词集丛刊》第 9、10 册)

王易《序》见 1926 年 7 月。

胡先骕《蜀雅序》曰："庚午岁暮，得北梦翁书，以勘定词集《蜀雅》将竣，属为之序。余不文，何足序翁之词。然自丙辰邂逅翁于金陵舟次，有《大酺》之唱酬，忘年定交，忽忽十余载。关河阻隔，交谊弥挚。知翁之身世，嗜翁之词翰，环顾海内，鲜有余若。则于翁以定稿问世之际，又乌能已于一言？翁，蜀人也。蜀本词邦，相如、子云导之先路，太白、东坡腾其来轸。自汉魏以还，迄于今世，言词赋者，必称蜀彦。而《花间》一集，岿然为词家星宿海。盖其名山大川，郁盘湍激。峰回峡转，亦秀亦雄。清奇瑰伟之气，毓为人灵，有以致之也。尝考风诗雅乐，本处一原，后世莫能兼擅。乐府与诗，遂歧而为二。隋唐嬗衍，倚声代兴，宋贤从而发扬广大之，体洁韵美，陵铄百代。元明以降，此道寖衰。有清初叶，重振坠绪。而斠律铸辞，则光、宣作家乃称最胜。半塘、彊村久为盟主，樵风、蕙风赓相鼓吹。至异军突起，巍峙蜀中者，则香宋与翁也。香宋词人禀过人之姿，运灵奇之笔，刻画山水极隽妙，追踪白石，而生新过之，余夙有文论之矣。翁词则沉酣梦窗，矞皇典丽，与香宋殊轨而异曲同工焉。居尝自谓，古今作家之所成就，系于天赋者半，系于其人之身世遭遇者亦半。翁少年蜚声太学，博闻强记，于学无所不窥。壮岁游宦粤西，娄宰巨邑。退食之余，寄情啸傲。穷桂海之奥区，辑《赤雅》之别乘。柳州、石湖以后，一人而已。迨辛亥国变，更宰会理。抚循夷猓，镇慑反侧。暇则搜讨其异俗，网罗其旧闻，歌咏其诙丽瓌奇之山川风物，一如在桂。已而客居故都，落落寡合。《黍离》《麦秀》之慨，悲天愍人之怀，一寓于词。风格则祖述梦窗、草窗，而气度之弘远，时或过之。盖翁之遍览西南徼山水雄奇之胜，所遭世难，惝恍谲张之局，有非梦窗、草窗所能比拟者也。丙辰参赣帅幕，武夫不足以言治，乃益肆志为词。征考其邦之文献，友其士君子，酬唱谈燕，几无虚日。所作气格益苍坚，笔力益闳肆，差同杜陵客蜀以后之作。乙丙而还，世乱弥剧。翁乃避地海疆，谢绝世事。讲学之暇，闲赓前操，命意渐窥清真，继轨元陆。以杜诗韩文为词，槎枒浑朴，又非梦窗门户所能限矣。余少失学，束发就傅，专治自然科学，于吟事为浅尝。乙卯自美利坚归，间与旧友王简庵、然父昆季学为倚声。于宋人夙宗梦窗，近贤则私淑彊村。与翁所尚，不谋而合。自识翁后，益喜弄翰。篇什渐多，终以不习于声律之束缚，中道舍去。十载以还，虽不时为五七言诗，而倚声久废，惟把卷遣日，尚时翻宋贤之遗编而已。视翁之老而益进，蔚为大宗者，惭恧奚如，而翁不遗其僬陋，一篇脱手，千里写似，宁谓余知词无亦心神契合，有非形骸关塞所能外欤？余之叙翁之词，盖不仅述翁之所造，亦以志余与翁不谖之交云尔。民国二十年二月，新建胡先骕。"

作者《跋》曰："丁巳，旅食北京，曾借《比竹馀音》韵，为《蓟门春柳词》三十首。劳者自歌，亦当世得失之林也。南来十载，德业靡进。世乱日亟，恒幹渐衰。读《尊前》《花间》二集所载唐人《柳枝词》，触绪增感，乃遍和之。自四月十七初度日起，尽此月得七十二首，合之前作，遂赢百首。不自用韵者，初无作意，趁韵为之，随人俯仰，或竟匪夷所思。见智见仁，亦随人甘苦之酸咸之而已。丁卯夏正四月三十日甲子记。将有厦门之行，漫卷诗书矣。旧交星散，孤弦独奏，书竟泫然。"

《蜀雅》卷一《邛都词·自序》曰："不佞向不能词，亦少为诗。壬子，浮湘归蜀。与长宁梁叔子俱，每有所触，辄寓之诗。癸丑，复偕叔子南行。国忧家难，底于劳生，其情弥哀，志弥隐。诗所难达，壹托之词。行部觭暇，恒于舆中枕上为之。自四月逾邛来，讫八月奉权会理，止得日百二十，得词百三十有八。嗟乎！鼎鼎中年，已多哀乐，悠悠当世，莫问兴亡。夫君美人之思，闲情检逸之篇，不无累得之言，抑亦伤心之极致，忆云生盖先我矣。排比既竟，乃付写官，叔子和作附焉。命曰《邛都》，读者但作游记观可也。甲寅腊日，蓬溪官廨舍书。"

《蜀雅》卷二《长江词·自序》，曰："《邛都词》既削稿，明年乃返成都。求词学旧书，渺不可得。华阳林山腴同年（思进）以万红友《词律》见贻，颇用弹正，未暇一一追改也。适再出知蓬溪，蓬兼有唐长江、唐兴、青石三县地，而长江以贾簿故最名。江山文藻，触感弥深。从政之余，引宫比律。倚双白之新声，无小红之低唱。自歌谁答，良用慨然。历秋涉春，亦复成帙。中有《和庚子秋词》百余首，别录为卷，最而刊之，弁以长江，犹是邛都意也。乙卯春分，蓬溪官廨记。时将受代，漫卷诗书矣。"

《蜀雅》卷九《丹石词·自序》曰："昔葛稚川闻勾漏有丹砂，求为令，求长生也，出世法也。予在江右，三为县，一尹庐陵，非求长生偷生而已，无出世法，度世而已。比之稚川，愧已。稚川求长生出世不得，载郁林片石归耳。予求偷生度世不得，载石无石，思归无归，其遇较稚川为何如也。姑亦曰：吾所求丹耳，所载石耳。噫！自诡而已。吾宁好丹，吾岂恶石！今将去赣，哀辛酉至甲子在官日所为词五十八首，命之云尔。丁卯端午，周岸登。"

《蜀雅别集》卷一《和庚子秋词·自序》曰："《庚子秋词》者，临桂王幼遐给谏、归安朱古微侍郎、临桂刘伯崇殿撰所同作也。是时给谏居下斜街，予于五六月间拳祸初亟时曾屡过之。后余先出京，甲辰重入京师，始得《秋词》读之，半塘已归道山。每过斜街，辄踯躅移晷，不能为怀。革除已后，回忆旧所经历，时一展读。俯仰身世，都如梦影之视，今更不知当作何语。簿领多暇，取而和之。起甲寅腊日，讫乙卯灯节，得词百有十六，随所得为先后，不复排次。昔者方、杨、西麓俱和清真，陈三聘亦和石湖。兹之所和，未能终卷，意有愧焉。但以一时思感，寄诸文字，弃之未忍，姑录存之云尔。乙卯花朝，蓬溪县斋写竟记。"

胡士莹《霜红词》刊行。卷首有王焕镳《序》。（浙江图书馆藏。后收入曹辛华主编：《民国词集丛刊》第 10 册）

王焕镳《序》曰："胡子宛春，予故交也。往在江南肄业时，同辈相昵者五六人，以游以嬉，过从无虚夕。暇辄各出诗词古文相劘切，皆年少气锐。寻瑕抵衅，务相胜以为乐。独宛春沉默寡言笑，漠焉不见其喜愠，众心仪之。其后各散去。昨以书来，并示所著《霜红词》。予于词未甚究心，然读宛春词如见宛春，脆而不腻，涩而愈腴。虽未知于古人奚若，盖亦浸淫于片玉、梦窗两家为最深。浙中自竹垞、樊榭、忆云，以逮近世彊村，皆卓然自树风格，无让宋贤。以宛春之词之工，穷日夜为之，其终能侪于作者无疑。惟自东南有烽火之警，音问恒不时至。予去秋来江南，俯仰昔日弦诵之所，五六人者皆不在，今手是集，益令予思宛春于湖山烟雨间而不能置也。戊辰孟冬，南通王焕镳。"

剑亮按：《霜红词》收录词人民国十年（1921）至十八年间的词作。相关作品已分别系于每一年的"词人创作"条。

金兆蕃《药梦词》刊行。内含《药梦词》二卷、《续》一卷、《七十后词》一卷。卷尾有作者《自识》。（后收入曹辛华主编：《民国词集丛刊》第 8 册）

作者《自识》中曰："顷复取辛未后至丁丑所作，录诗若干首，词存者尤少，殆不成卷，故以附焉。身感衰迟，世当离乱。丁丑后作，如尚有可存者，当别题《七十后诗词》。少壮往矣，秉烛余明，庸有当乎？"

徐树铮《碧梦盦词》一卷刊行。为《视昔轩遗稿》之卷五。（后收入曹辛华主编：《民国词集丛刊》第 13 册）

陈复《春水集》刊行。卷首有作者《序》《后序》，卷尾有作者《跋》。（浙江图书馆等有藏。后收入曹辛华主编：《民国词集丛刊》第 16 册）

顾宪融《填词百法》，由中原书局出版。本书设上、下两卷。卷上为理论与实践部分，包含词学基础知识、工具书使用、写作技巧锻炼、创作经验等。卷下为词史与审美部分，包含词派研究法，按时代选取自唐至清 48 位词人做单独研究，各家名下，先列简介，以及前人评析，而后举其作品以为例证。（后收入汪梦川主编：《民国诗词作法丛书》。亦收入孙克强、和希林主编：《民国词学史著集成》第 13 卷）

刘坡公《学词百法》，由上海世界书局出版。本书由音韵、字句、规则、源流、派别、格调六部分组成。卷首有《编辑大意》。（后收入汪梦川主编：《民国诗词作法丛书》。亦收入孙克强、和希林主编：《民国词学史著集成》第 13 卷）

【报刊发表】

《国学丛编》第 1 卷第 2 期《词》栏目刊发：

邵瑞彭《洞仙歌》（洛阳怀古）、《河渎神》（江上草萋萋）、《河渎神》（杜若满潇湘）、《河渎神》（木落洞庭秋）；

朱师辙《惜红衣》（用白石韵）、《西河》（燕都怀古，用清真韵）；

熊正刚（中国大学国学系三年级）《鹊踏枝》（和冯正中）十四首。

《国学丛编》第 1 卷第 3 期《词》栏目刊发：

朱师辙《徵招》（燕市飘零，倏然廿载。阅尽沧桑，尚无归计，知黄岳笑人也。用白石韵，聊写羁怀）、《华胥引》（秋思，和清真韵）；

熊正刚《卜算子慢》（用子野韵）、《绮罗香》（梅溪韵）、《八声甘州》（用元遗山韵）。

《国学丛编》第 1 卷第 4 期《词》栏目刊发：朱师辙《长相思慢》（辛未七夕，用清真韵）。

钱玉仁等辑《虞社菁华录三卷》刊行，卷尾有朱祖赓《跋》。（后收入南江涛选编：《清末民国旧体诗词结社文献汇编》第 15 册）其中，"卷三词"收录：

樊增祥《念奴娇》（靖陶以《看云楼觅句图》属题，因填此解）；

吴承烜《垂杨》（和蒿叟，用陈西麓韵）、《满江红》（和叶肖斋韵）；

陈栩《绮罗香》（干荔枝）、《绮罗香》（鲜桂圆）、《绿意》（莲蓬）、《红情》（菱角）；

杨圻《蝶恋花》（和吕碧城女士在瑞士日内瓦见寄之作）四首；

张茂炯《西子妆》（西湖）、《春风袅娜》（新柳）；

金鹤翔《八声甘州》（季今蕃《雷峰遗影》卷子，为无恙题）、《八声甘州》（题陆醉樵《杞鞠山房词稿》）；

张荣培《惜秋华》（答诸秉彝，兼以述怀）、《满江红》（诸秉彝重游秣陵，次韵和之）；

单恩藻《菩萨蛮》（清明日郊行，即事）二首；

陆庆钰《满江红》（题白门吴麟伯先生小圃记）、《满江红》（救志出扇索题，倚此赠之）；

陆宝树《满江红》（诸秉彝重游秣陵，赋此寄怀，次蛰公韵）、《摸鱼儿》（梁溪张静庵以白香山"鹤与琴书共一船"诗句绘图征题，因填此解）；

诸懿德《满江红》（答陆醉樵，次原韵）；

谢玉岑《甘州》（乙丑正月，避兵初返，与玉虬、桐花、曼士、孔章、湘君、仲易共集玉波酒楼。于时玉虬、桐花皆将远行，伤时惜别，难已乎言）；

许泰《洞仙歌》（河东君墓）；

陆葆昌《离亭燕》（留别瘦蝶、冠秋）；

杨遵路《柳梢青》（村溪春眺，用秦少游春景韵）；

钱元禧《如梦令》（春去）；

邹柳侬《临江仙》（偶成）；

姚莅《虞美人》（题《倦绣图》）。

《明德旬刊》第 4 卷第 3 期刊发：杨世骥"词四首并述"。四首词为：《高阳台》（匆匆竟去）、《清平乐》（丝多红少）、《采桑子》（连宵风雨春消逝）、《更漏子》（柳笼烟）。

"词四首并述"全文如下：

狄纯去后，剩下娴心独守着小楼。虽则正当仲春天气，但她感到周遭比秋深还要凄清。每天傍晚，只见她时而凭栏远眺；时而支首凝思；时而捻弄看窗棂上的几盆樱桃，仿佛是探听春天的消息；时而又拿着一支笔含在口里，宛然有写不尽、写不出的情绪。因此，我为她填了一首《高阳台》："匆匆竟去，何时重聚，黄昏犹剩余寒。临风独倚，无人嗔我衣单。临近小楼收纸鹞，眉加皱、疑是春阑。　花开处，轻轻拈嗅，细细端详。回忆前时同眺远，一丝甜蜜，一担辛酸。炊烟袅袅，几匹林鸦正还。此时诗意如潮涌，怕提笔，提笔心伤。冷清清，D字月儿，凵字阑干。"春天，谁也恋她，但谁也不能留她。她终于将和狄纯一样地要别离娴心了。因此，娴心的愁丝便又多着一缕，可是她极欲将这一缕拒绝，故我代她戏拟了一阕《清平乐》："丝多红少，又是春残了。莫忆前时花正好，何苦自寻烦恼。　无事，多读些书。闲时，少做点诗。因值无题时候，便当牵肠愁思。"几晚的风雨声中，春天悄悄地离开了人间。脆弱的娴心，禁不住离愁的侵扰，她想从酒中避去失眠的苦痛，但仅能得到一时的酩酊而已，孤灯独影，黯然相伴。我从壁隙中觑见她那凄绝的情景，不觉胡乱地凑成一首《采桑子》："连宵风雨春消逝，花也缤纷，人也飘零，深夜和谁话寸衷。　酒渐浅时愁渐满，月正朦胧，发正髻鬟，天转晴来泪又零。"时间，倏地又是一个念头，浸在离愁中的娴心，天天只是希冀着狄纯回来，她的身子也便因此消瘦了，故她对于一切景物，不是感到憎恶，便是感到哀怨；不是感到嫉妒，便是感到惧畏。这天是国历五月里的一日，她在写信给狄纯，那样子，使我禁不住涂了首《更漏子》："柳笼烟，花蘸雨，一染一腔愁绪。推废历，已初三，前天春又残。　从别后，常掩面，怕见莺莺燕燕。一捻笔，便颦眉，那人回不回。"一九三零年旧作。（后收入胡全章编：《杨世骥文存》，第277页）

《新文化》创刊号刊发：衣虹《南唐后主李煜年谱》。

剑亮按：《新文化》，半月刊，1931年创刊于北京，由北平朝阳大学出版发行。1932年终刊。

《津逮季刊》第1卷第1期刊发：韩书文《读李后主词书后》。

剑亮按：《津逮季刊》，季刊，1931年创刊于天津，由河北第一师范学校图书馆出版发行。1934年终刊。

《金陵大学文学院季刊》第 1 卷第 2 期刊发：武酉山《论宋代七家词》。

《学文杂志》第 1 卷第 2 期刊发：孙楷第《所谓宋人词话》。

《暨南大学文学院集刊》第 1 集刊发：龙沐勋《水云楼词跋》《冷红词跋》《清季四大词人》。

《清华中国文学会月刊》第 1 卷第 3 期刊发：

平伯《论清真〈荔枝香近〉第二有无脱误》；

朱保雄《读顾羡季先生荒原词》；

任二北《常州词派之流变与是非》。

《中国新书月报》第 1 卷第 5 期刊发：陈柱《白石道人词笺评》。

《优生》第 1 卷第 1 期刊发：胜斋《清代女词人贺双卿之婚姻》。

《金声》第 1 卷第 1 期刊发：

高文《词品五则》；

张龙炎《读词小纪》。

《新月月刊》第 1 卷第 8 期刊发：张寿林《清照词》。

《岭南大学学报》第 2 卷第 2 期刊发：何格恩《陈亮的生平》。

《中山大学中国语言文学研究会诗词专刊》第 2 卷刊发：陈洵《海绡翁说词》。

《新月月刊》第 3 卷第 8、9 期刊发：吴世昌《辛弃疾》。

《国立北平图书馆馆刊》第 5 卷第 4 期刊发：方《新书介绍——校辑宋金元人词》。

《采社杂志》第 6 期刊发：

腐安《李易安居士评传》；

郭允叔《书俞理初易安居士事辑后》。

《厦大周刊》第 11 卷第 19 期刊发：废名《西湖与〈采桑子〉》。

《燕京大学图书馆报》第 12 期刊发：关瑞梧《蓼绥阁诗钞潞河词跋》。

《妇女杂志》第 17 卷第 7 期刊发：

陈漱琴《朱淑真〈生查子〉词辨诬》；

雪林女士《清代女词人顾太清》。

《艺林》第 21 期刊发：胡云翼《何谓词》。

《东方杂志》第 31 卷第 7 期刊发：唐兰《白石道人歌曲旁谱考》。

《陇海旬刊》第 14 期刊发：《革命先烈文艺选载·廖仲恺先生的词》。

《两周评论》第 1 卷第 7 期刊发：天功《〈词选笺注〉自序》。

《铁路月刊津浦线》第 1 卷第 7 期刊发：静波《玲笙湖楼词书后》。

【词人生平】

宋育仁逝世。

宋育仁（1858—1931），字芸子，一字芸若，号道复，四川富顺人。光绪十二年（1886）进士，官翰林院编修、湖北补用道。与赵熙、林思进等人结词社于成都。有《问琴阁词》《城南词》。

冯开逝世。

冯开（1873—1931），字君木，号阶青，浙江慈溪人。晚年居上海，与朱祖谋、况周颐、程颂万、吴俊卿、陈训正等交往。有《回风堂诗余》。

沈泽棠逝世。

沈泽棠（1846—1931），字莅邻，又字芷邻，号忏庵，广东番禺人。官候选知县。有《忏庵词钞》《词话》。

王式通逝世。

王式通（1864—1931），字志庵，一字许庐，号书衡，山西汾阳人。晚清官至大理院少卿，民国官国务院水利局副总裁。有《志庵词》。

傅尃逝世。

傅尃（1884—1931），字熊湘，一字君剑，号钝安、钝艮，湖南醴陵人。肄业于岳麓书院，长期以办报为业。民国曾任安徽棉税局局长、湖南省图书馆馆长。有《钝安词》。

袁克文逝世。

袁克文（1890—1931），字豹岑，号寒云，别署寒云主人、万寿室主，袁世凯子。有《洹上词》。

1932 年

（民国二十一年　壬申）

1 月

1 日，刘承幹吊唁朱彊村。记曰："至牯岭路吊朱古微，时已大殓。其棺上有自作铭文。吊客甚多，晤王聘三、姚玉琴、宋澄之、陈星华、吴东迈、陈佑丞、罗子经、赵叔雍、陈荣民、陈叔通、姚涤源、孙端甫、蒋雅初、承绍村、许鲁山等。"（刘承幹著，陈谊整理：《嘉业堂藏书日记抄》，第 633 页）

1 日，夏承焘仿《古书疑义举例》体例作《词例》提纲。（夏承焘：《天风阁学词日记》，第 260 页）

3 日，夏承焘作《徵招》（阅彊村先生十二月三十日上海讣，用草窗吊紫霞翁韵）。（夏承焘：《天风阁学词日记》，第 264 页）

4 日（农历辛未十一月廿七日），吴梅在苏州主持词社社集。记曰："适东南大学旧徒赵万里自北京至沪，过苏见访。是日为词社第二集，由余作主，遂留午饭。社集共十四人，除前次十一人外，新加者为黄晓圃（思履）、吴湖帆（翼燕）及万里也。诸君以《洞庭春色》（橘）词交与孝先，而蔡师愚《东风第一枝》亦脱稿，录示。词云：'快雪晴初（略）。'词意颇佳，惜多复字而已。"（吴梅著，王卫民编校：《吴梅全集·日记卷》上，第 67 页）

7 日（农历十一月三十日），吴梅收到亢宙民《东风第一枝》（香雪海）。（吴梅著，王卫民编校：《吴梅全集·日记卷》上，第 70 页）

10 日（农历辛未十二月初三日），吴梅作《愁春未醒》（唐花）。（吴梅著，王卫民编校：《吴梅全集·日记卷》上，第 72 页）

12 日（农历十二月初五日），吴梅修改《金缕曲》（一叠凄凉稿），并叙述写作缘由。曰："此词二十年前为朱梁任（锡梁）题《放翁诗选》者。梁任喜谈革新，选录放翁集中盼望中兴、北伐渡河诸诗，汇抄成帙，得如干首，征余题词，余遂有此作。是时年少才弱，诸多未安。近梁任将以此书付印，不得不删润矣。

词云：'一叠凄凉稿，是平生壮游万里，江山文藻。禾黍荒原金梁下，恨事千秋未了。但托意田园吟啸。忍死从军真豪语，梦沙场血溅红心草。秋塞外，雪飞早。　王师北定中原渺。问他年清明家祭，乃翁谁告。珠玉都收珊瑚网，依旧身栖江表。又引起夜猿哀叫。白雁来时风霜恶，有井中《心史》称同调。今古泪，洒多少。'能将放翁衷曲，一一写出，所以为佳。此词将来不必存稿，因录入日记中。儿辈他日，亦不必为我补遗也。"（吴梅著，王卫民编校：《吴梅全集·日记卷》上，第72页）

14日，夏承焘赴暨南大学访龙榆生，获读彊村遗稿，有《彊村语业》三册，词约百余首，诗集一册，百余首。（夏承焘：《天风阁学词日记》，第267页）

14日，吴湖帆接待赵万里至其梅景书屋观书。吴湖帆记曰："赵万里来，观吾家《梅花喜神谱》及《淮海词》。"（吴湖帆著，梁颖编校，吴元京审订：《吴湖帆文稿》，中国美术学院出版社，2004年，第14页）

14日，刘肇隅作《鹧鸪天》（辛未冬至，彊村老人谱《鹧鸪天》一阕，绝笔词也。前五日，为按脉病榻，神明未乱，后七日逝矣。腊八前夕，梦见老人，宛若生前，因依绝笔词原韵吊之）。（刘肇隅：《阆伽坛词》卷二，第2页。后收入朱惠国、吴平编：《民国名家词集选刊》第12册，第44页）

15日（农历十二月初八日），消寒第三集。蔡师愚做东。参加者有孝先、公孟、咏裳、肖蛇、巍成、晓圃、佩诤、仲清、吴梅等十人。（吴梅著，王卫民编校：《吴梅全集·日记卷》上，第75页）

16日（农历十二月初九日），吴梅赴折枝社之约。席间，陈石遗谈朱彊村临终词《鹧鸪天》（忠孝何曾尽一分）。吴梅评曰："绝佳。"是日，吴梅为慰徐镜清亡妻之痛作《鹧鸪天》（海燕双栖稳玳梁）。（吴梅著，王卫民编校：《吴梅全集·日记卷》上，第75页）

18日，《大公报·文学副刊》第210期刊发：张尔田《玉漏迟》（菊花）。

18日，夏承焘接陈思函，并《三姝媚》（和瞿禅太湖词）。（夏承焘：《天风阁学词日记》，第267页）

21日，许宝蘅访俞阶青。记曰："诣阶丈，遇一山，阶丈以《乐静词二编》见赠。"（许宝蘅著，许恪儒整理：《许宝蘅日记》第4册，第1370页）

23日（农历十二月十六日），吴梅应消寒社作《望海潮》（吊戚南塘）。（吴梅著，王卫民编校：《吴梅全集·日记卷》上，第78页）

25 日，《大公报·文学副刊》第 211 期刊发：

张尔田《望江南》（木兰舟）；

龙沐勋《读彊村丈长至口占〈鹧鸪天〉感赋二绝》。

25 日，夏承焘接程善之寄丁宁手书词。程善之评丁宁词风格近蒋鹿潭。（夏承焘：《天风阁学词日记》，第 268 页）

28 日，"一·二八"事变爆发，龙榆生以彊村遗稿副本存夏敬观处保存。（张晖：《龙榆生先生年谱》，第 39 页）

剑亮按：夏承焘《天风阁学词日记》同年 3 月 15 日记曰："接家书，附来榆生长函，谓沪乱初起，即以彊村遗稿置枕旁，誓与身命共存亡。近又录副数本，存夏剑丞诸人处，以备万一。"（夏承焘：《天风阁学词日记》，第 276 页）

本月

何适《官梅阁诗词集》，由厦门审美书社出版。收诗 143 首、词 63 首。书前有汪煌辉等 6 人的《序》各 1 篇及作者《自序》。

国风社选编《采风录》出版。《采风录》十卷，卷一至卷八为"诗类"，卷九至卷十为"词类"。卷首有《编印略例》和《作者题名录》。

《采风录·作者题名录》以所载诗词先后为次序：

郑□□，字苏戡，一字太夷，福建闽县。

邓镕，字守瑕，一字忍堪，四川成都。

周善培，字孝怀，浙江诸暨。

陈宝琛，字伯潜，一字弢庵，福建闽县。

杨寿楠，字味云，一字苓泉，江苏无锡。

彭粹中，字醇士，江西高安。

郑孝柽，字稚辛，福建闽县。

周贞亮，字子幹，一字退舟，湖北汉阳。

张弧，字岱杉，一字超观，浙江萧山。

周肇祥，字养庵，浙江绍兴。

李宣倜，字释戡，福建闽县。

黄节，字晦闻，广东顺德。

奚侗,字度青,安徽当涂。

李兆珍,字星冶,福建闽县。

章梫,字一山,浙江宁海。

陈中岳,字诵洛,一字侠龛,浙江绍兴。

周学熙,字缉之,一字止庵,安徽建德(今浙江建德)。

吕均,字习恒,一字蹇庐,安徽庐江。

孙雄,字师郑,一字郑斋,江苏常熟,

樊增祥,字云门,一字樊山,湖北恩施。

陈篆,字任先,一字止室,福建闽侯。

徐宗浩,字石雪,江苏武进。

曹经沅,字纕蘅,四川绵竹。

夏继泉,字溥斋,一字渠阁,山东郓城。

刘星楠,字云平,山东清平。

王其康,字慕庄,一字潜夫,江苏淮安。

吴汝澄,字守一,安徽桐城。

段祺瑞,字芝泉,一字正道,安徽合肥。

王揖唐,字逸塘,一字什公,安徽合肥。

洪汝闿,字泽丞,一字勺庐,安徽歙县。

冯飞,字若飞,四川江安。

邓尉梅。

王武禄,字纬斋,江苏江都。

李经方,字伯型,一字伯行,安徽合肥。

陈诗,字子言,一字鹤柴,安徽庐江。

庄羲,字吕尘,江苏奉贤。

黄濬,字秋岳,一字哲维,福建侯官。

梁鸿志,字众异,一字无畏,福建长乐。

林启鸿,字楫民,浙江吴兴。

李国柱,字晓耘,安徽合肥。

柯劭忞,字凤孙,一字蓼园,山东胶县。

朱祖谋,更名孝臧,字古微,一字彊村,浙江归安。

阚铎，字霍初，一字无冰，安徽合肥。

乔曾劬，字勤孙，一字大壮，四川华阳。

王盛英，字翰存，安徽合肥。

张鹏翎，字翰飞，安徽歙县。

欧阳溥存，字仲涛，江西丰城。

吴芳吉，字白庵，陕西。

邓一鹤，字北堂，湖北。

许学源，字游仙，湖北。

郭则沄，字啸麓，一字蛰云，福建侯官。

江庸，字翊云，福建长汀。

章士钊，字行严，一字孤桐，湖南长沙。

黄炎培，字任之，江苏川沙。

赵元礼，字幼梅，一字藏斋，直隶天津。

向迪琮，字仲坚，一字柳溪，四川双流。

严修，字范孙，直隶天津。

徐行恭，字署岑，浙江杭县。

王丕熙，字揆尧，一字韬谷，山东莱阳。

傅岳棻，字治芗，一字清溦，湖北江夏。

宗威，字子威，江苏常熟。

何振岱，字梅生，一字性与，福建闽县。

谭延闿，字组庵，一字无畏，湖南茶陵。

唐兰，字立厂，浙江嘉兴。

周登皞，字熙民，福建闽侯。

邵章，字伯絅，一字倬庵，别署菊庵，浙江杭县。

郭曾炘，字春榆，一字匏庵，福建侯官。已故。

杨庶堪，字沧白，一字邠斋，四川巴县。

光云锦，字农闻，安徽桐城。

胡嗣瑗，字晴初，一字愔仲，贵州开县。

黄式叙，字黎雍，奉天辽阳。

杨晶华，字旸州，广东。

郭宗熙，字侗伯，湖南长沙。

丁传靖，字阉公，江苏丹徒。已故。

周宗岳，字惺樵，云南剑川。

陈衍，字石遗，一字叔伊，福建侯官。

杨圻，字云史，江苏常熟。

吕凤，字桐花，江苏武进。

曾习经，字刚父，一字蛰庵，广东揭阳。已故。

王守恂，字仁安，一字阮南，直隶天津。

朱士煌，字燮辰，江苏江宁。

方御骖，字孝岳，安徽桐城。

夏敬观，字剑丞，一字映庵，江西新建。

周学渊，字立之，一字息庵，安徽建德（今浙江建德）。

孙祥偈，字荪荃，安徽桐城。

李景铭，字石芝，福建侯官。

扬增荦，字昀谷，一字瀚南，江西新建。

徐珂，字仲可，浙江杭县。已故。

叶恭绰，字玉甫，一字遐庵，广东番禺。

许承尧，字疑庵，安徽歙县。

陈三立，字伯严，一字散原，江西义宁。

王式通，字书衡，一字志庵，山西汾阳，原籍浙江绍兴。已故。

黄维翰，字申甫，一字稼溪，江西崇仁。已故。

赵尊岳，字叔雍，江苏武进。

陈世宜，字匜石，一字小树，江苏江宁。

程颂万，字子大，一字十发，湖南宁乡。

汪荣宝，字衮甫，一字太玄，江苏元和。

张元济，字菊生，浙江海盐。

诸宗元，字贞壮，一署贞长，浙江绍兴。

吴宝彝，字桐鸳，江苏武进。

孙宝琦，字慕韩，一字孟晋，浙江杭县。已故。

林志钧，字宰平，一字北云，福建闽县。

王树楠，字晋卿，一字陶庐，直隶新城。

梁敬錞，字和钧，福建长乐。

王潜刚，字观沧，安徽盱眙（今江苏盱眙）。

王国维，字静安，一字观堂，浙江海宁。已故。

马一浮，字一浮，浙江绍兴。

陈曾寿，字仁先，一字苍虬，湖北蕲水。

李宣龚，字拔可，一字观槿，福建闽县。

袁嘉谷，字树五，云南石屏。

林尹，字景伊，浙江临安。

冯开，字君木，浙江慈溪。

黄孝纾，字公渚，一字䌹庵，福建闽县。

胡焕，字眉仙，一字晚晴，江西南昌。

周达，字梅泉，一字无住，安徽建德（今浙江建德）。

潘飞声，字兰史，广东番禺。

汪廷松，字君寒，安徽六安。

吴用威，字董卿，一字屐斋，浙江杭县。

罗惇暖，字复堪，一字悉檀，广东顺德。

黄复，字娄生，一字病蝶，江苏吴江。

由云龙，字夔举，一字定庵，云南姚安。

刘承幹，字翰怡，浙江吴兴。

诸以仁，字季迟，一字拜洪，浙江杭县。

金兆番，字笺生，一字药梦，浙江嘉兴。

袁毓麐，字文楺，浙江杭县。

蒲殿后，字伯英，一字沚庵，四川广安。

李哲明，字惺樵，一字皈民，湖北汉阳。

欧阳成，字集甫，一署吉甫，江西吉水。

朱益藩，字艾卿，一字定园，江西莲花。

刘富槐，字龙伯，一字瑑园，浙江桐乡。

赵熙，字尧生，一字香宋，四川荣县。

廉泉，字惠卿，一字南湖，江苏无锡。已故。

黄侃，字季刚，湖北蕲春。

黄孝平，字君坦，福建闽县。

陈懋鼎，字徽宇，福建闽县。

冒广生，字鹤亭，一字疚斋，江苏如皋。

汪洛，字友箕，江西上饶。

曹熙宇，字靖陶，安徽歙县。

姚华，字重光，一字茫父，贵州贵筑。已故。

章钰，字式之，江苏长洲。

许之衡，字守白，广东番禺。

延鸿，字逵丞，京兆大兴。已故。

林葆恒，字子有，一字讱庵，福建闽县。

钱承钧，字铢郢，浙江嘉善。

阎树善，字乐亭，山东荣成。

廖道傅，字叔度，广东梅县。

黄懋谦，字嘿园，福建永福。

汪鸾翔，字翚庵，一字公严，广西临桂。

颜泽祺，字旨微，河北连平。已故。

李澄宇，字洞庭，湖南岳阳。

王潜，原名乃徵，字聘三，一字病山，四川中江。

萧方骏，字龙友，一字久园，四川三台。

陈朝爵，字苊庵，一字慎登，湖南长沙。

李家煌，字骏孙，安徽合肥。

吴寿贤，字子通，广东南海。

夏孙桐，字悔生，一字闰庵，江苏江阴。

杨宗羲，字子勤，一字雪桥，奉天辽阳。

曾念圣，字风持，一字次公，福建闽县。

陈宗蕃，字莼衷，福建闽县。

李葆光，字子建，直隶南宫。

寿钦，字石工，一字珏庵，浙江绍兴。

吴羲，字海珊，安徽。

赵椿年，字剑秋，一字坡邻，江苏武进。

景禔，字武平，贵州。

陈浏，字亮伯，一字寂叟，江苏江浦。已故。

邵启贤，字莲士，浙江绍兴。

熊冰，字艾畦，江西南昌。

向乃祺，字北翔，湖南永顺。

卓孝复，字芝南，一字巴园，福建闽县。已故。

关赓麟，字颖人，广东南海。

林开謩，字诒书，一字夷俶，一署㭎疏，福建长乐。

陈敬第，字叔通，浙江杭县。

傅增湘，字沅叔，一字薑庵，四川江安。

袁思亮，字伯夔，一字覆庵，湖南湘潭。

刘道铿，字放园，福建闽县。

卓定谋，字君庸，福建闽县。

江翰，字叔海，福建长汀。

三多，字六桥，浙江杭县。

金兆丰，字雪孙，浙江金华。

徐翙，字南州，江苏淮安。已故。

瞿宣颖，字兑之，一字枏庐，湖南善化。

张伯英，字少圃，一字勺圃，江苏铜山。

曾广钧，字重伯，一字皈庵，湖南湘潭。

闵尔昌，字葆之，江苏江都。

黄曾源，字石荪，福建闽县。

吴渊，字霞客，一字潮音，四川达县。

李景埏，字次贡，福建闽侯。

夏仁虎，字蔚如，一字啸庵，江苏江宁。

张志潭，字远伯，直隶丰润。

郑沅，字叔通，一字习叟，湖南长沙。

陈夔龙，字筱石，一字庸庵，贵州贵阳。

袁励华，字珏生，一字中舟，京兆宛平。

张鸣岐，字坚白，一字韩斋，山东无棣。

陈文中，字淑通，四川长寿。

熊式辉，字天翼，江西安义。

余肇康，字尧衢，一字倦知，湖南长沙。已故。

胡汉民，字展堂，广东番禺。

郭同，字天流，江西上饶。

谭祖任，字瑑卿，一字聊园，广东南海。

林世焘，字次煌，广西贺县。

马钟琇，字仲莹，京兆安次。

宋育德，字公威，江西奉新。

吴鼎昌，字达诠，一字前溪，浙江吴兴。

李翊灼，字证刚，江西临川。

杨涑，字鉴资，奉天辽阳。

吴梅，字瞿庵，江苏长洲。

陈宝书，字濠省，湖北汉阳。

戴正诚，字亮集，四川江北。

汪东，字旭初，江苏吴县。

曾学礼，字小鲁，一字则厂，四川筠连。

何刚德，字肖雅，一字平斋，福建闽侯。

吴湖帆，字丑簃，江苏吴县。

孙道毅，字寒厓，江苏无锡。

萧方麒，字紫超，四川三台。

易孺，字大庵，广东鹤山。

涂凤书，字子厚，一字厚庵，四川云阳。

刘异，字蕙农，一字骖龙，湖南衡阳。

王震昌，字孝起，安徽阜阳。

贺良朴，字履之，一字簣公，湖北蒲圻。

虞铭新，字和钦，浙江镇海。

汤尔和，字尔和，浙江杭县。

刘绍瑊，字樵珊，山东昌邑。

杨天骥，字千里，一字茧庐，江苏吴县。

潘式，字伯鹰，安徽怀宁。

夏寿田，字午诒，湖南桂阳。

陈方恪，字彦通，江西义宁。

汪兆镛，字憬吾，广东番禺。

陈训正，字玄林，一字屺怀，浙江鄞县。

游洪范，字允白，湖北汉阳。

靳志，字仲云，河南开封。

王人文，字采臣，一字淡叟，云南大理。

张同书，字玉裁，直隶雄县。

黄孝先，字伯谦，一字半髡，福建闽县。

章炳麟，字太炎，浙江余杭。

容文蔚，字艺菽，一字道孙，广东新会。

王树翰，字维宙，一字惕庵，奉天。

张茂炯，字艮庐，江苏吴县。

黄尚毅，字仲生，四川绵竹。

程演生，字演生，安徽怀宁。

邵元冲，字翼如，浙江绍兴。

傅立鱼，字笠渔，湖北英山。

金天羽，字松岑，江苏吴江。

张尔田，字孟劬，浙江杭县。

邵祖平，字潭秋，江西南昌。

陈祖壬，字君任，一字病树，江西黎川。

谢无量，字无量，四川乐至。

金梁，字息侯，浙江杭县，寄籍辽阳。

周岸登，字癸叔，一字道陵，四川威远。

高志，字尚之，直隶无极。

关霁，字吉符，广东南海。

许崇熙，字季纯，湖南长沙。

"诗类第一卷（自民国十六年七月至十二月）"，其中有：

苏戡《葆生属题先德检讨公手书词稿》；

癹庵《文小坡〈冷红簃填词卷子〉》二首、《朱彊村校词图》；

逸塘《陈葆生属题先德检讨公手书词稿》（二首）。

"诗类第二卷（自民国十七年一月至六月）"，其中有：

贞壮《题徐仲可〈纯飞馆填词图〉》；

君木《吴缶老画〈彊村校词图〉，古微侍郎属题》。

"词类第一卷（自民国十六年七月至十八年六月）"作品有：

味云《清平乐》（丁卯上巳，津门诗社禊饮，分韵赋诗，拈得"奉"字。又滢园禊集，拈得"郊"字，乃以两韵合填一阕）；

醇士《长亭怨慢》（送繴蘅之辽东）；

次公《卜算子》（无计惜余春）、《罗敷艳歌》（玉骢踏遍铜驼陌）、《罗敷艳歌》（倾城一顾惊秋去）、《朝中措》（秋衾铜辇梦全非）；

樊山《摸鱼儿》（丁卯三月晦日，邀午诒同作）；

次公《蓦山溪》（寓楼南邻歌馆，春宵游冶甚盛）二首；

泽丞《鹧鸪天》（虎观横经旧有声）、《鹧鸪天》（扑地苍鹅喋不哗）、《鹧鸪天》（廿载纵横杖剑游）、《鹧鸪天》（亡命圯桥尚受书）；

邓尉梅（清华学生，时年十七岁）、《减字木兰花》（阑干深处）；

樊山《百字令》（午诒以此调题陶然亭，读之不胜怅触，即用其韵）；

彊村《摸鱼子》（龙华看桃花）、《鹧鸪天》（越日重游，遂访石芝居士）；

次公《鹧鸪天》（瑟瑟东风画不成）；

邓尉梅《古别离》（袅袅）；

樊山《百字令》（清明后一日出游，叠前韵）、《百字令》（春兴，叠前韵柬午诒）；

葆生《高阳台》（乙丑九月，啸麓斋赏菊分赋，得"归"字）；

啸麓《齐天乐》（为葆生社兄题《迦陵手书词稿》）；

仲坚《菩萨蛮》（绣襦皓腕回双雪）、《菩萨蛮》（江南春雨闻鹎鵊）；

次公《望湘人》（和东山）；

彊村《隔浦莲近》（甘园盆荷，秋放一花，感赋）；

仲坚《台城路》（双清主人以重阳登森、玉笋有词索和，时方卧疾，旅怀凄黯，因依韵奉酬）；

立厂《菩萨蛮》（夭桃弱柳空如许）；

菿庵《鹧鸪天》（四首。和勺庐）；

仲坚《隔浦莲近》（秋荷，和彊村翁）、《安公子》（丁卯九日，倬庵、次公禊集寓斋，限调赋词，余以行迈沽河，苦不能与，倚此报之）；

次公《迷神引》（落日西沉垂杨渚）；

仲坚《浪淘沙慢》（乡音久阔，归思遄回。卧闻秋声，凄然成调）；

杨晶华（北京大学文科学生）《菩萨蛮》（什刹海晚步）；

侗伯《玉漏迟》（葆生社兄出其先德其年先生手书《迦陵词稿》属题）；

葆生《浣溪沙》（□睐腾光映玉姿）；

次公《六幺令》（晚阴新霁）；

云史《鹧鸪天》（追忆岳阳春游）；

吕凤（武进人）《高阳台》（题和坤妾狄卿怜小影）、《凤凰台上忆吹箫》（研新大妹书来劝归，感而填此）；

孝岳《霜花腴》（偶过次公所，听其与倬庵论词，并观龙泉寺《补罗汉图》）；

次公《月下笛》（秦淮夜饮）；

孙祥偈（北京师范大学毕业女生）《摸鱼子》（衰柳）；

叔雍《南浦》（残寒滞迹，如海藏身。弥月淹留，不能无感。濒行，为山庭之移檄，兼以示诸词客，徇仲坚命也）；

仲坚《少年游》（拟屯田）；

倬庵《隔浦莲》（和次公北海秋莲，兼柬彊村老人）；

仲可《浪淘沙》（泛舟山塘，遂登虎丘）、《虞美人》（别来何事萦心曲）；

吕凤《忆旧游》（七夕）；

小树《秋霁》（次公归后寄赠）；

仲坚《玉楼春》（和小山）四首；

杨晶华《御街行》（旧情回首还如昨）；

次公《归国谣》（乙丑冬作）四首、《金盏倒垂莲》（乙丑岁暮，旅居大连，寒夜赋此）；

旭初《西江月》（秋草将率转绿）；

公渚《雨霖铃》（青岛东山，过劳纫叟故宅，感赋）；

樊山《应天长》（三月十三日，缋蘅、释戡早晚招饮，用美成韵奉酬）；

苍虬《踏莎行》（梦中见桃花数十株，落红满地，以词记之）；

叔雍《满庭芳》（冒雨泛苕溪，桃花零落，怅然感赋）；

仲坚《归朝欢》（陌上喧和催暖律）；

湖帆《兰陵王》（新柳，用清真韵）；

味云《探芳讯》（集林子有飞翠轩看杏花。时子有将南行）；

叔雍《踏莎行》（离乡五稔，归滞信宿。匆匆别去，车程感作）；

苍虬《木兰花慢》（黯金猊冷后）；

公渚《木兰花慢》（和苍虬老人，兼送北上）；

彊村《木兰花慢》（感春，和苍虬）；

仲坚《虞美人》（门前无限关山路）；

弢庵《忆旧游》（丰台芍药）；

樊山《浣溪沙》（偶翻案头近人词，戏书）；

大庵《霜花腴》（九日，浦江园中远望）；

鹤亭《浣溪沙》（题缋蘅《借槐庐图》）；

昀谷《沁园春》（题释戡《握兰簃裁曲图》）；

叔雍《虞美人》（和后主）；

公渚《徵招》（庚午三月，薄游姑苏。彊村丈招同夷叔、苍虬、慎先、笠士诸公集顾氏怡园，苍虬有词，余亦继声）；

守白《西平乐》（金陵怀古，和片玉）；

大庵《丁香结》（秋渐深矣，病废怀远，并忆湖上。呈遐公，约同赋，依清真韵）；

苍虬《徵招》（庚午春三月，同彊村老人、夷叔、公渚集苏州怡园，同公渚作）；

茧庐《念奴娇》（南天溽暑，小病经旬，因赋此解，奉柬圣逸）；

匪石《看花回》（和清真韵）；

大壮《千秋岁引》（簴里飞声）；

弢庵《惜红衣》（立秋后五日，同梅生泛八里台荷湾，用石帚韵）；

大庵《湖雨》（自度腔，西湖旅舍阴雨，同树公）；

公渚《徵招》（公园夜坐，寄怀苍虬老人，与子有同作）；

仲云《八声甘州》（用耆卿韵，示青溪钟社同人）；

彦通《临江仙》（歌断酒阑灯晕冷）；

憬吾《疏帘淡月》（盘香）；

彦通《临江仙》（岸柳萧飕虫语断）；

玄林《惜秋华》（十月三十日赋）；

眛云《无闷》（题苍虬为憕仲写《五峰草堂图》）；

次公《沁园春》（释戡署所居曰"无边华庵"，作图写景，为题一解）；

公渚《玲珑四犯》（夜枕闻雨声，寄怀璺弟，兼示伯冈，用清真韵）；

叔雍《虞美人》（题缳蘅《借槐庐图》）；

次公《石湖仙》（题《遯庵选词图》，寿玉甫五十，和尧章）；

覆庵《玲珑四犯》（暑夜听雨，有怀三弟夏口，兼寄湘中乱后亲友，用清真韵）；

匪石《玉京秋》（凄晚色）；

覆庵《还京乐》（用清真韵）；

叔雍《念奴娇》（青岛暝宿听潮）；

倬庵《浣溪沙》（《借槐庐图》，缳蘅属题）；

公渚《齐天乐》（苍虬老人出示和弢庵丈早蝉词，课余续和）；

半髯《望梅》（中秋对月，用碧山韵，索匑厂弟同赋）；

彊村《齐天乐》（庚午八月，苍虬赴津。余羁吴门，未及执别。既而诵其《渡海四十韵》，感成此阕，即寄苍虬）；

子勤《齐天乐》（雪堂《辽东侨居图》）；

苍虬《八声甘州》（十月返湖庐，晚菊尚有存者）；

彊村《菩萨蛮》（温温药鼎虫吟细）；

君坦《大有》（青州法庆寺在郡城西隅，禅房深窈，水木明瑟。清明佳日，士女翕集，为讨春之会，称极盛焉。乱后重游，抚时感事，怅然成咏）；

次公《浪淘沙》（筼连曾少梅义夫事状，曾孙小鲁索题）；

半髯《古香慢》（腊梅花下作）；

君坦《台城路》（秋暮，偕同半髯大兄、公孟四弟、叔姝妹、湘畹侄，驱车至柳树台望劳山，归途作）；

乐亭《玉胡蝶》（海上泛舟，望月有怀）；

次公《破阵乐》(秋郊,同倬庵、和郛);

铼郛《凄凉犯》(一声恨笛离亭晚);

憎仰《踏莎行》(次韵和听水丈);

立厂《瑞鹤仙》(戊辰重九,会于李园。啸麓、侗伯二公约同作,用梦窗韵);

叔雍《山亭宴》(九日);

乐亭《轮台子》(南海秋感);

次公《罗敷歌》(鲤鱼风起芙蓉老)、《罗敷歌》(高楼目送斜阳去)、《罗敷歌》(梁台月落沉沉夜);

樊山《品令》(用美成韵);

倬庵《湘江静》(和闰庵纪梦,仍用梅溪韵);

惺樵《西江月》(有本事,和樊老韵);

次公《引驾行》(西苑)、《湘江静》(夏闰庵丈梦至梅溪赋《湘江静》旧地,醒而和之,属予同作)、《风流子》(彭城);

彊村《好事近》(赋朱庵台桂。桂为国初一老尼手植,枝柯四周蟠结,分八九层,蔽地径三丈。庵在秀州南十里);

樊山《念奴娇》(靖陶属题《看云楼觅句图》);

次公《八声甘州》(团城古松);

仲坚《瑶华》(法源寺)、《玉蝴蝶》(题《珏庵填词图》);

樊山《一斛珠》(和惺樵韵);

仲坚《浣溪沙》(题《半畊草堂图》);

立庵《虞美人》(冬至后,与侗伯、立之两公市楼望雪。戏用彊村翁拟小山二词韵,并效其体)二首;

啸麓《虞美人》(同立庵用彊村韵咏雪)二首;

闰庵《霜花腴》(彭刚直墨菊);

惺樵《八犯玉交枝》(寒夜,追和竹坨先生);

守白《花心动》(题《秋声集》);

次公《月下笛》(龙笛);

惺樵《浪淘沙慢》(用清真韵);

弢庵《瑞鹤仙》(戊辰,拜坡公生日);

石工《霜天晓角》（王仲初为张二水画扇，宫子行旧藏，今归廉南湖）二首；

文楸《天仙子》（拟子野）；

樊山《祝英台近》（冬夜遣闲）二首；

大壮《浪淘沙》（戊辰短至，示家客高氏兄弟、家弟信孙）；

彊村《采桑子》（靖陶属题《看云楼觅句图》）；

莲士《念奴娇》（示仲涛）、《凤凰台上忆吹箫》（风力掀愁）；

惺樵《八声甘州》（效柳屯田）；

倬庵《留客住》（己巳上巳，社园禊集，分得照字，用耆卿韵）；

芝南《念奴娇》（己巳水榭禊饮未赴，代拈月字）；

巴园《八声甘州》（太夷七十初度）；

颖人《生查子》（题靖陶《看云楼觅句图》）；

释戡《钗头凤》（春夜观《钗头凤》杂剧）；

季迟《解语花》（己巳上巳，志庵诸公招集水榭修禊，以少陵《丽人行》分韵，得背字）；

守白《渡江云》（上巳稷园水榭修禊，分韵得当字。四声依美成）；

惺樵《木兰花》（效毛泽民，追和竹勿先生）；

莲士《高阳台》（秋暮，与粟海小饮市楼，意有所触，偶拈是解）；

熙民《蓦山溪》（寒食）；

惺樵《寿楼春》（感旧）。

"词类第二卷（自民国十八年七月至二十年六月）"作品有：

石工《醉落魄》（题谭步溟所藏箫）；

惺樵《诉衷情》（美人岂惜铸黄金）；

莲士《高阳台》（题《鹣恨集》）；

叔雍《减字浣溪沙》（马上墙头未易酬）、《减字浣溪沙》（三面梳椆揞绛绡）、《减字浣溪沙》（叶对花当事若何）、《减字浣溪沙》（水驿春回未有期）；

守白《金缕曲》（效稼轩体，赠释戡）、《浪淘沙慢》（和美成韵，并依四声）；

释戡《金缕曲》（次韵，答守白）；

次公《金缕曲》（和守白韵，赠释戡）；

茫父《金缕曲》（和守白韵，赠释戡）；

倬庵《金缕曲》（和释戡，兼简守白）；

释戡《金缕曲》（观剧，叠前韵）；

昀谷《金缕曲》（述梦，次释戡观剧均）；

叔雍《金缕曲》（七夕，次韵和散释，效稼轩体）；

茫父《金缕曲》（释戡以和守白均见示，叠韵广之）；

蛰云《金缕曲》（次韵赠散释）；

蔚如《金缕曲》（七夕沉阴，和释戡韵）；

次公《八犯玉交枝》（夹竹桃，社作）；

弢庵《贺新凉》（立秋日赏秋叶饼，感赋）；

味云《龙山会》（己巳九日，云在山房小集）；

侗伯《龙山会》（己巳九日，饮集味云斋中）；

叔进《浣溪沙》（与友人夜游归，赋此讯之）三首；

次公《菩萨蛮》（和韦端己）三首、《菩萨蛮》（和韦端己，五首之二）二首；

茫父《浣溪沙》（和倬庵广和居感旧）；

淑通《丹凤吟》（己巳重九）；

退庵《疏影》（为吴湖帆题《隋董美人墓志》旧拓本）、《慧兰芳引》（步鹤汀丈追和夔老昔赠畹华此调原韵）；

味云《疏影》（咏影）；

次公《慧兰芳引》（和美成）；

樊山《金缕曲》（同社侯君疑始傀居香炉营。时太常仙蝶恒至其家，至则饲以酒果，余尝填词纪实。今都邑南迁，百职星散。疑始渡江后，司推崇明。一夕，北都仙蝶涉江越海，止于推所，驯习如曩时。逾两昼夜，不知所之。疑始为作小记，并索余词，因赋是解）、《东坡引》（自述）、《西江月》（咏忠樟）；

次公《兰陵王》（美成此调，古今和者极众，淑通曾为之。予拟作二首，寄退庵上海。己巳十月末也）二首；

侗伯《玉连环》（塞上客来，相与剧场一醉，话及盛时故事，同感今昔。用彊村韵纪之，即以赠别）；

次公《透碧霄》（己巳上元，和柳）；

退庵《兰陵王》（题红薇居士《百花图卷》）；

仲坚《霜叶飞》（乱烟荒草疏）；

退庵《疏影》（吴湖帆暨静淑夫人以宋椠《梅花喜神谱》索题，偶有所感，因赋）；

　　守白《丹凤吟》（和友人白门感春，步清真韵）；

　　味云《清平乐》（上元灯词）二首；

　　次公《永遇乐》（己巳十二月廿六日，聊园社集。汪仲虎鹣龛、夏闰庵丈携示赵主父箭镞二枚，盖得自邯郸道上者，即以为社题，限此调）；

　　瞿庵《拜星月》（次清真韵）；

　　旭初《拜星月慢》（北湖连日春游，抚景怀人，因拈此解）；

　　次公《三姝媚》（甲子暮春，旅居辽左，忆京师牡丹）；

　　仲可《虞美人》（玉台金屋韶华误）、《点绛唇》（花月因循）、《踏莎行》（雷峰塔圮，谱此哀之，同剑芝作）、《遏方怨》（闲镜槛）；

　　仁先《八声甘州》（西湖雷峰塔圮后作）；

　　映庵《扫花游》（答和徐仲可）；

　　林尹（瑞安，北京中大学生）《蝶恋花》（寒食清明都过了）；

　　吕凤《满庭芳》（潀喜斋夜集）、《雪梅香》（冻云合）；

　　仲坚《六州歌头》（岁暮感怀，拟东山）；

　　泽丞《六州歌头》（南归留别都门诸同社，用东山体）；

　　小树《惜红衣》（晓行江湾道中）；

　　泽丞《念奴娇》（元日游厂甸，书示儿辈）、《念奴娇》（除夕与儿辈博簺为戏，二十年不逢此乐矣。抚今追昔，不能无词）；

　　小树《霓裳中序第一》（垂杨旧巷陌）；

　　大壮《望海潮》（九江怀古）；

　　仲坚《望海潮》（丙寅夏，逭暑匡庐。秋杪，移居九江，日与山妻稚子啸咏山巅水涯间。丧乱频年，清游难再。适大壮寄示此调，因成是解）；

　　林尹《菩萨蛮》（薰炉金鸭香如许）；

　　翰怡《木兰花慢》（莫愁湖访柳如是书"驻鹤"二字石刻不获。壁间有近人书"鸾鹤"字）；

　　倬庵《塞孤》（白海棠）；

　　铦生《六州歌头》（岁暮感怀）；

　　林尹《菩萨蛮》（绿杨堤畔莺声急）；

　　文椒《减字木兰花》（拟六一）；

翰怡《水龙吟》（题《朱彊村侍郎校词图》）；

惺憔《齐天乐》（用清真体赋新燕，和樊山）；

倬庵《六州歌头》（东山体）；

沧白《浣溪沙》（都门春兴）；

公渚《兰陵王》（甲子暮秋，天苏以落叶词索和，爰得此解，兼邀蕙风同作）、《高阳台》（首夏约放园、蔼农小集市楼。放园酒酣畅谈禅理，闻者各有无穷之思，怆然赋此）；

农伯《减字木兰花》（拟六一）、《少年游》（拟屯田）、《海棠春》（拟少游）、《好事近》（拟眉山）；

惺憔《瑞鹤仙》（用清真体，赋承光殿古松）、《斗百花》（闰花朝）、《淡黄柳》（东风几日）；

季刚《鹧鸪天》（苦热）；

季迟《忆旧游》（《春曹话旧图》，缫蘅属题）；

仲坚《大酺》（和草窗）；

次公《减字木兰花》（自玉泉入香山，信宿而返）；

樊山《减字木兰花》（和惺憔）四首；

惺憔《上林春慢》（樊老戏用晁冲之韵，赋风云近事，索和，爰成此解）；

次公《归朝欢》（落照平原肠断色）；

苍虬《六丑》（和彊村《吴门听枫园海棠》韵）；

次公《内家娇》（小树北来，赋赠）；

小树《绛都春》（乡先正许海秋先生供职薇垣，在咸、同之际。故乡烽火之感，时见之于词。丁卯二月社集，限调分咏词人故居，得先生之我园，感而赋此）；

立厂《永遇乐》（呈龙州先生）；

倬庵《铜人奉露盘引》（怀仁堂歌楼，和次公作）；

守白《霜花腴》（题李释戡《重编鞠部丛谈》）；

铢郢《湘江静》（夏闰庵丈梦至梅溪赋《湘江静》旧地，作词和之，余亦继声）；

小树《湘江静》（戊辰初秋，于役蓟门，重晤次公，旋复别去，用梅溪均）二首；

艮庐《庆春泽》（寿退庵五十）；

彊村《鬲溪梅》（乙丑元旦）；

半髡《虞美人》（与幹廷别三年矣。江南书至，怅觞触情，即以寄怀）；

鹤亭《台城路》（缦蕶道出秣陵，同登鸡鸣寺，赋此送其北行）；

彊村《芳草渡》（故里言归，流连浃旬，旋复别去，舟过碧浪湖作）；

闰枝《芳草渡》（古微寄示还乡过碧浪湖作，依韵酬之）；

鹤亭《芳草渡》（同翼如、默君后湖晚眺，赋归鸦）；

覆庵《石湖仙》（庚午仲冬，偕病树过沤尹丈小楼。一角乱书堆几，邻园寒翠掩映，户牖市嚣不到，翛然有空谷之思。病树有词记之，余亦继声）；

彊村《东坡引》（庚午除日偶书）、《浣溪沙》（连日东风结苦阴）；

仲坚《鹧鸪天》（孤山探梅）；

璪卿《花心动》（题顾太清《秋日画杏花轴》）；

次公《八声甘州》（小鲁卜居通州，倚此调见示，次韵）；

倬庵《惜黄花慢》（花朝游东陵，和田不伐）；

季迟《春云怨》（辛未上巳日，什刹海雅集，因病未赴。依冯云月自度曲，并用原韵，赋以遣兴）；

孟劬《虞美人》（缦蕶诸君招同人禊饮，分韵征题，率成一解，得海字）；

癸叔《八声甘州》（禊饮莫愁湖，客有谈阮凌华及徐祁事者，用元遗山体韵）；

子勤《虞美人》（什刹海修禊，分韵得绿字。适见孟劬小词，因成此解）；

彊村《三姝媚》（寒食前一日，梵王渡园作）；

公渚《三姝媚》（春日招同彊村、子有、剑丞、伯夔、绍周、季纯、帅南诸君游梵王渡公园。彊村丈有词，余亦继声）；

仲坚《眉妩》（奔牛镇吊陈圆圆，和白石）；

彊村《瑞鹤仙》（庚子岁晏，尝赋此调，寄夏悔龛长安。今三十年矣。悔龛留滞旧京，欲归不得，倚声见怀，重依美成高平调报之）；

兰史《三姝媚》（重过吴门留园感旧）；

退庵《芳草渡》（病院深冬，忽闻燕语，怅然成咏，依清真体）；

讱庵《三姝媚》（花朝日，偕沤社同人公园观桃花）；

季纯《清平乐》（公渚作画见饷，伯夔传以小词，不禁欢喜读叹，依韵题记）；

次公《八声甘州》（小鲁、叔铮卜宅兰陵，倚声述事，次韵再和）；

倬庵《芳草渡》（怀彊村前辈海上）；

小鲁《八宝妆》（和李景元）、《应天长》（和康伯可）；

次公《金缕曲》（小鲁和此调，迭答）；

小鲁《金缕曲》（感事，和次公，用释戡韵）、《石州引》（和东山）、《望南云慢》（和沈公述）；

淑通《西河》（上海即事）。

剑亮按：《采风录》所收作品，均作于 1927 年 6 月至 1931 年 6 月。原在天津《国闻周刊》上分期登载。1935 年 7 月重排再版。内收词 2 卷。

2 月

5 日，李国模作《一剪梅》（辛未除夕立春有作，仿鹅亭体）。（李国模：《瘦蝶词》，民国二十二年 [1933] 铅印本，第 11 页。后收入曹辛华主编：《民国词集丛刊》第 4 册，第 119 页）

13 日，夏承焘作《减兰》（沪上浩劫，久阙榆生音闻，念其所藏《彊村语业》手稿，寄此讯之）。（夏承焘：《天风阁学词日记》，第 271 页）

15 日，夏承焘作《临江仙》（寿汤璧垣七十）、《水调歌头》（寿张母六十）。（夏承焘：《天风阁学词日记》，第 271 页）

15 日，叶景葵作《乐府雅词校记》。中曰："时中日军在淞口交战，巨炮隆隆，闭门不出，以校书自遣。正月十五日校讫。"（后收入叶景葵：《卷盦书跋》，第 183 页。又收入叶景葵著，柳和城编：《叶景葵文集》，第 975 页）

17 日（农历正月十二日），黄侃作《西江月》（忧国惟能痛哭）。（黄侃著，黄延祖重辑：《黄侃日记》下，第 776 页）

18 日，叶景葵作《乐府雅词校记》（二）。中曰："又检涵芬楼印行鲍渌钦抄校本，对校一过……和平谈判不成，炮声又作。十三日灯下记。"（后收入叶景葵：《卷盦书跋》，第 184 页。又收入叶景葵著，柳和城编：《叶景葵文集》，第 975 页）

20 日，陈方恪为《适屦集》作《序》。《序》曰："刖足适屦言非顺也，然庄生有谓忘足，屦之适也，忘要，带之适也，忘是非，心之适也，则又几乎道矣。予于壬申九月来居匡庐。自秋涉冬，屦愆归轸，时迫岁暮，云雪荒荒，空山寂寥，伏处小楼，轧沕昏旦，每至深夜，狂飙撼屋，石落有声，一灯荧然，饥鼠出壁，彷徨偃啸，无复自聊。枕函适有彊村老人辑刻《观堂长短句》一卷，为海宁王君静安所著。喜其清丽有则，且为词仅二十三阕，率多小令平调，因尽取而和之，不若长调有锵声揣韵之烦也。每夕少则二三阕，多至五六阕。始则比辞按律，句句而为之；继则令家人抱卷于前，随诵而成之，仅数宵而全什毕矣。举凡夜之所思，昼之所接，少之所经，有情无情，有意无意，如呓如呆，如谵如谵，有因有感，无感无因，一寓于此，不独他人读之，不知所谓，即自读之，亦不知所谓何也，亦惟曰藉以自遣而已。或曰为遣之具多矣，博籥弈棋，胥足以为欢，何必自苦若是。不知予夙好退思，且厌苦宾对，博弈皆非一人之事也，苟为遣则同，亦讵定彼之所为乐，斯之为苦乎？初则就其韵以域吾思，久之乃滂洋自恣，不知其果有韵无韵也。古人之所谓既得而忘筌蹄者，非耶？是吾有刖之忘而得屦之适矣，更何有□□于其间哉！于是家人请录一通藏于家。夫所遣者既逝矣，则遣之者亦可以不存。姑委之箧衍，俟他日读之，可以验当时情事。聊志岁月而已。并取王君原作附于后，戏题曰《适屦集》。至谓可以言词而视世，则吾岂敢。岁在昭阳作噩夏正元夕，鸾陂居士识于庐山羖岭之松门别墅。"（《青鹤》1933 年第 1 卷第 9 期）

剑亮按："壬申"，1932 年。"岁在昭阳作噩"即癸酉年。"昭阳"，《尔雅·释天》："（太岁）在癸曰昭阳。""作噩"，《尔雅·释天》："（太岁）在酉曰作噩。"

21 日，刘永济作《解语花》（壬申上元，淞沪鏖战正烈，故京灯市悉罢，客枕无寐，竟夕忧危。翌日，羡龙写示和清真此调，触感万端，继声赋答）。（后收入刘永济：《诵帚词集　云巢诗存》，第 37 页）

24 日（农历正月十九日），吴梅作《紫萸香》（背西风凭高无语）。词后自注："盖即赋紫萸，应社集题也。"（吴梅著，王卫民编校：《吴梅全集·日记卷》上，第 93 页）

28 日，夏承焘接张尔田函。函中称夏承焘词"清空沉着，雅近南宋名家，诵之无斁"，并附《声声慢》（闲步郊原，追念彊村翁不置，赋示榆生、瞿禅诸君，同此凄断也）。（夏承焘：《天风阁学词日记》，第 273 页）

3 月

14 日，夏承焘致函张尔田，通报影印彊村三集，请其作序。（夏承焘：《天风

阁学词日记》，第 276 页）

17 日（农历二月十一日），吴梅为冯超然女公子佩方《嵩山雅集图册》作题画词《浣溪沙》（此是《笄珈社集图》）。（吴梅著，王卫民编校：《吴梅全集·日记卷》上，第 105 页）

21 日，夏承焘作《琐窗寒》（与钟山、雁晴、晓沧游金洞桥许氏榆园、骆驼桥王氏达园、横河桥玉玲珑馆看花岗石。战讯暂息，不废嬉春，诵宋人"更待何时是太平"之句，百感惘惘也）。（夏承焘：《天风阁学词日记》，第 278 页）

23 日（农历二月十七日），吴梅修改《瑞龙吟》（过颐和园）词。记曰："苦思力索，方脱王湘绮诗窠臼，乃信此道之难。录下以备再改。"（吴梅著，王卫民编校：《吴梅全集·日记卷》上，第 110 页）

29 日（农历二月廿三日），吴梅修改《鹧鸪天》（辛苦蜗牛占一庐）。记曰："改旧词《鹧鸪天》一首，为斜街寓斋。"（吴梅著，王卫民编校：《吴梅全集·日记卷》上，第 115 页）

本月

春，沈祖棻作《浣溪沙》（芳草年年记胜游）。程千帆笺曰："此篇一九三二年春作，末句喻日寇进迫，国难日深。世人服其工妙，或遂称为沈斜阳，盖前世王桐花、崔黄叶之比也。祖棻由是受知汪先生，始专力倚声，故编集时列之卷首，以明渊源所自。"（沈祖棻著，程千帆笺：《沈祖棻全集·涉江诗词集》，河北教育出版社，2001 年，第 5 页）

剑亮按：程千帆《沈祖棻小传》："1932 年春天，这个性格沉静的苏州姑娘在中央大学文学院院长兼中文系主任汪东先生讲授的词选课的一次习作中，写了一首《浣溪沙》：'芳草年年记胜游，江山依旧豁吟眸。鼓鼙声里悠悠。　三月莺花谁作赋。一天风絮独登楼。有斜阳处有春愁。'汪先生对 1931 年'九一八'事变后的民族危机在一个少女笔下有如此微婉深刻的反映，感到惊奇，就约她谈话，加以勉励。从此，她对于学词的兴趣更大，也更有信心了。"（沈祖棻著，程千帆笺：《沈祖棻全集·涉江诗词集》附录，第 238 页）

又按：沈祖棻从汪东在南京中央大学学词一事，施蛰存为汪东《唐宋词选评语》所作之《跋》中也有记述，曰："一九三二年，汪旭初在南京中央大学教授词学，其词选教材中有评识语，对唐宋词人有所扬榷。沈祖棻从汪先生学词，所作有出蓝之誉。右《识语》一卷，为沈氏受学时所录存。汪先生为今代词家，卒于一九六三年，遗有词稿千四百余首，尚藏于家。沈祖棻嫁程千帆，夫妻皆任教于武汉大学。沈氏于一九七六年以车祸殒生，遗作有《涉江词》五卷，将由湖南人民出版社印行。千帆今在南京大学。余向千帆征沈氏手泽，千帆觅得此文惠付，因发表于此，以为师弟二词人纪念。一九八〇年十二月二十日，施蛰存记。"（夏承焘等主编：《词学》第 2 辑，华东师范大学出版社，1983 年，第 84 页）

春，王式榘作《西河》（壬申之春，沪战败北，苞桑梦绝，苌楚悲生，登龙亭，和美成韵成此曲）。（邵瑞彭编选：《夷门乐府》，民国二十二年［1933］刻本，第 11 页。后收入曹辛华主编：《民国词集丛刊》第 7 册，第 483 页）

春，周应昌作《眼儿媚》（壬申初春，闻沪乱有感）。（周应昌：《霞栖诗词续钞》之《霞栖词续钞》，第 12 页。后收入曹辛华主编：《民国词集丛刊》第 10 册，第 287 页）

4 月

2 日，夏承焘接龙榆生手抄《彊村语业》卷三、《彊村集外词》。评曰："彊老词宜于拗调、涩调，若《沁园春》诸顺调，似非其胜。"（夏承焘：《天风阁学词日记》，第 281 页）

4 日（寒食节），赵万里访吴湖帆，并为吴湖帆题所藏明万历四年舒伯明刻本《唐宋诸贤绝妙词选·中兴以来绝妙词选》。赵万里记曰："《中兴词选》世尚有淳祐原本，前年自清内廷流出，归南海潘氏。至《唐宋诸贤词选》，宋本已佚，此本终当推甲选，所谓下宋本一等是也。壬申寒食，道出淞滨，湖帆先生出此属题，因拉杂书之。海宁赵万里。"（上海图书馆编：《上海图书馆善本题跋真迹》第 17 册，上海辞书出版社，2013 年，第 158 页）

6 日，夏承焘作《临江仙》（寿鹤生姻丈）。（夏承焘：《天风阁学词日记》，第 282 页）

8 日，邵章作《望海潮》（壬申上巳，和淮海）。（邵章：《云淙琴趣》卷三，第 19 页。后收入朱惠国、吴平编：《民国名家词集选刊》第 10 册，第 194 页）

8 日，张尔田致函夏承焘。中曰："顷榆生亦有书，拟刻彊丈遗词，嘱为作跋。"（夏承焘：《天风阁学词日记》，第 283 页）

10 日，夏承焘接储皖峰寄来《浙江大学学报》，刊有储皖峰《柳永生卒考》。

（夏承焘：《天风阁学词日记》，第 283 页）

10 日（农历三月初五日），吴梅在寓所接待潘景郑、龙榆生、赵万里，谈论词学。吴梅记曰："龙君为彊村弟子，知彊村身后尚有各稿未刊，如《沧海遗音》《彊村语业》第三卷、《彊村诗》，已募集千金，行付剞劂。此足征师生风谊焉。四时许，万里来，长谈版本。云新得汲古抄本《草堂诗余》，知编辑者为何士信，此又为历来词家所未悉矣。"（吴梅著，王卫民编校：《吴梅全集·日记卷》上，第 121 页）

14 日（农历三月初九日），龙榆生访吴梅，谈朱彊村遗著。吴梅记曰："龙榆生来，为言朱丈古微殁后遗著尚多，有《彊村语丛》第三卷（七十四首）、《集外词》一卷（七十八首）、《彊村弃稿》（诗百首左右）、足本《云谣集》、《校订梦窗词定本》。最巨大者为《沧海遗音》一种，盖鸠集朋旧诸稿，为之抉择撰录也。首沈子培《曼陀罗词》，次李孟符《郘云词》，次夏闰枝《悔庵词》，次曹君直《凌波词》，次王静庵《观堂长短句》，次张孟劬《遯庵词》，次陈述叔《海绡词》，次冯君木《回风堂词》，次曾刚甫《蛰庵词》，共十一家。"（吴梅著，王卫民编校：《吴梅全集·日记卷》上，第 124 页）

16 日，《春晓半月刊》第 11、12 期合刊刊发：

绥之《虞美人》（春）、《荆州亭》（登大观亭）；

紫霞《浣溪沙》（钗影模糊鬓影差）、《浣溪沙》（《金缕》歌残万古愁）。（后收入《民国珍稀短刊断刊·安徽卷》第 5 册，第 2102 页）

19 日，夏承焘作《清平乐》（《罗两峰鬼趣图》，顾颉刚藏，前人题咏稠叠，无可着笔矣。然不当无一辞记此眼福也。结语谓颉刚考古史、辨伪书，兼博一笑）。（夏承焘：《天风阁学词日记》，第 284 页）

剑亮按：本月 17 日，夏承焘赴马坡巷余杭查验局访顾颉刚，"颉刚出《罗两峰鬼趣图手卷》，惊为奇观。蒋心余、张维屏、叶衍兰数十家题跋，赫然具在"。

23 日，夏承焘接唐圭璋函，以及续辑《宋金元词目》。（夏承焘：《天风阁学词日记》，第 286 页）

29 日，周庆云与刘承幹谈朱彊村词稿刊印。刘承幹记曰："湘舲谓龙榆生来函，欲为朱古微补刊词稿，嘱予助洋二百元，予允之。榆生又欲为古微作年谱，嘱予代收材料。"（刘承幹著，陈谊整理：《嘉业堂藏书日记抄》，第 642 页）

30 日（农历三月廿五日），吴梅致函龙榆生，"谢赠《海绡悔龛词》"。（吴梅

著，王卫民编校：《吴梅全集·日记卷》上，第 140 页）

本月

胡秋心《秋心》，由天津摩登印务公司出版。收词 38 首，另有白话诗 9 首。书前有著者《自序》。

夏敬观、叶恭绰、易孺、吴梅、赵尊岳、夏承焘等人助龙榆生筹办《词学季刊》。此后，夏敬观撰写《忍古楼词话》在《词学季刊》连载。

胡云翼《新著中国文学史》，由上海北新书局出版。共十编二十八章。其中，第五编"五代文学"设"五代的歌词"一节，第六编"宋代文学"有"宋代的歌词"一节。

5 月

1 日，夏承焘接龙榆生函。龙榆生在函中向夏承焘"询丁宁女士全集。谓《词学》杂志欲先出彊村翁专号，嘱撰一文"。（夏承焘：《天风阁学词日记》，第 287 页）

5 日，龙榆生作《莺啼序》（壬申春尽日，倚觉翁此曲，追悼彊村先生）。（后收入龙榆生：《忍寒诗词歌词集》，第 21 页）

剑亮按：农历壬申年立夏为 1932 年 5 月 6 日，词序所言时间为"壬申春尽日"，故编年于此。

7 日，夏承焘接唐圭璋函。中曰："寄示补《彊村丛书》各家词。谓《四库》著录《紫山大全集》有诗余，《永乐大典》七千二百四十一堂字韵有清真文，《大典》又有白石佚诗，近作《续词林纪事》，补原有词人三十六家。原书所无者，已得一百三十四家，无名氏除外，可与予之《词林补事》并为一书也。附五词。拟容若《踏莎行》云：'赠君那得觅明珠，空余双泪凭君认。'《江城子》（拟《花间》）云：'便作一春细雨，能几日，不飘零。有梦终强无梦也，争忍怨，未分明。'皆甚佳。"（夏承焘：《天风阁学词日记》，第 288 页）

8 日，夏承焘与李雁晴谈治学经历。曰："予谓二十岁以前，得力于李仲骞，在师校时，喝于一堂，胜于师门。旋得交梅冷生，亦多进益。三十以前，则由遍审仲弢先生捐温州图书馆之籀绥阁藏书。平生恨事，不得接一名师耳。"（夏承焘：《天风阁学词日记》，第 288 页）

9 日，夏承焘接谢玉岑函。谢玉岑"寄来悼亡词六首，皆哀感悱恻"。嘱夏承焘"为题其《菱溪图》长卷，纪其送素君夫人葬也"。夏承焘致函程善之，"为榆生问丁宁女士全集及其生平"。（夏承焘：《天风阁学词日记》，第 288 页）

10 日，夏承焘作《鹧鸪天》（哀时）词："唾碧凝红惜旧题，廿年何苦斗双眉。生憎冤鸟千般唤，忍见风花一半飞。　无好梦，负芳期。镜鸾钗燕罢相思。重帷背烛看残局，一倍春寒那得知。"词后自注："首二句谓连年内战，三、四句谓学生救国行动，换头三句谓政府已失民心，结谓当权者勇于内争，昧于国际大势。"（夏承焘：《天风阁学词日记》，第 290 页）

10 日（农历四月初五日），吴梅修改《水龙吟》（昌平州谒明陵）词。（吴梅著，王卫民编校：《吴梅全集·日记卷》上，第 149 页）

15 日，四川省国难救济会《国难特刊》刊发：

敬于《满江红》（海寇鸱张）、《满江红》（动魄惊心）、《金缕曲》（和铁厂永）；

配德《忆秦娥》（寒风冽）。（后收入《民国珍稀短刊断刊·四川卷》第 4 册，2169 页）

16 日（农历四月十一日），吴梅作《倚风娇近》（题蒋梦蘋《密韵楼图》。记曰："早起题蒋梦蘋《密韵楼图》。梦蘋得宋本周密《草窗韵语》，朱古微丈题其楼曰'密韵'，金拱伯（巩）作图张之。余晤梦蘋君谷孙（祖怡），嘱为题词。《韵语》凡六稿，咸淳重光协洽陈存敬序，乙亥李彭老莱老题诗。按《癸辛杂识》至大戊申，草窗年七十七，则生当绍定壬辰。《韵语》纪年至甲戌，年四十三，盖中年以前之作。南宋江湖词人以诗传者，惟姜尧章最著。草窗诗，风格稍逊，而举体修洁卓尔，与白石相并。又生长行都，栖息苕霅间，山水清音，自异凡响。卷中自元代至康熙时人，题识殆遍。顾未入藏家著录，洵希世之秘笈矣。因倚草窗《倚风娇近》一调归之。"（吴梅著，王卫民编校：《吴梅全集·日记卷》上，第 151 页）

16 日，《春晓半月刊》第 13、14 期合刊刊发：笑尊《醉花阴》（春入上林消永昼）、《齐天乐》（昭阳院里鞦韆晓）。（后收入《民国珍稀短刊断刊·安徽卷》第 5 册，第 2162 页）

17 日，夏承焘作《水龙吟》（壬申五月，之江诗社集秦望山之韦斋，倚此奉报潭秋，兼呈天放及诸同社）。次日，又将此词寄与邵潭秋。（夏承焘：《天风阁学

词日记》，第 291 页）

18 日，夏承焘作《踏莎行》（慰玉岑悼亡，并题其《菱溪图长卷》）。次日，又将此词寄与谢玉岑。（夏承焘：《天风阁学词日记》，第 292 页）

剑亮按：该词后收入《玉岑遗稿》卷三（谢建红：《玉树临风：谢玉岑传》，第 447 页）。

24 日（农历四月十九日），吴梅修改其词作。记曰："改旧词《兰陵王》《洞仙歌》《解连环》三首，录入定稿。前张仲清（茂炯）尝谓余云：'各种诗文笔记，及经史论撰，皆可于身后编定，或子孙纂录，或门弟子采集，固无害于事也。惟词非手定不可，一字一音之出入，往往有毫厘千里者。'余深服其言。今日躬自点窜，辄以一言未安，致忘寝馈。即此三词，实自十六日起手，至今午始安。欧阳公谓'不怕先生怕后生'，此之谓矣。"是日，吴梅与龙榆生访夏敬观，并记曰："四时许龙榆生（沐勋）来，邀访夏剑丞（敬观），且言渠假得毛抄本《稼轩词》。余闻之欣然，因先归寓，取四印斋《稼轩词》，雇车冒雨行，至康家桥，则剑丞已候久矣。剑丞，新建人，往由古微丈介绍识之，事在光绪之季，一别将三十年矣。工词，刻有《映庵词》二卷。入民国后，屡任要差，宦囊颇裕。闻近做公债，颇有亏蚀也。坐定，即出辛词传观，计十二卷，分甲、乙、丙次第，与通行大德本不同。首词为《摸鱼子》，即'更能消几番风雨'一首，此大异处，其他词句间，尽多出入。桃花纸精抄，有毛氏汲古阁及子晋印记，朱钤粲然，绝非赝托，洵可宝贵。"（吴梅著，王卫民编校：《吴梅全集·日记卷》上，第 154 页）

25 日（农历四月廿日），吴梅修改其《柳梢青》（上国莺花）、《临江仙》（短衣羸马边尘紧）二首词。记曰："尚可敷衍过去。"（吴梅著，王卫民编校：《吴梅全集·日记卷》上，第 155 页）

26 日（农历四月廿一日），吴梅作《清平乐》（《郑所南画兰卷》）。记曰："题《郑所南画兰卷》，为湖帆所嘱，步玉田《清平乐》韵。玉田赋所南翁兰，有两词皆用此调。一为古微和韵，因取其一，嘱余赋也。词云：'灵修芳草，一笔龙蛇扫。零落北风知懊恼，坚卧深山应好。　孤臣怀抱秋清，那堪遍地笳声。倘见凌波仙子，国香难弟难兄。'赵子固有《水仙长卷》，周草窗为赋《国香慢》，今藏曹君直（元忠）处。君直殁后，此卷当仍宝守，倘能合璧，岂非快事，故末语及之。"（吴梅著，王卫民编校：《吴梅全集·日记卷》上，第 156 页）

29 日，夏承焘接程善之复函，函中介绍丁宁生平："谓丁宁女士幼丧父，十三岁能吟咏，二十能散文，三十善击剑。至其身世，颇类袁素文，恨无简斋为其兄耳。"程善之附来丁宁女士一笺，自谓身世之畸零，非楮墨所能尽。早离椿荫，忧患备经。长适不良，终致离异。孑然一身，依母以活。数年来受种种之摧折，神经激刺，几欲成癫。近乃从善之学佛，稍除昏扰云云。附丁宁《满江红》（逝水沉沉）词。夏承焘评曰："丁词凄婉，似为予问《全集》而发。"（夏承焘：《天风阁学词日记》，第 294 页）

30 日（农历四月廿五日），吴梅作《清平乐》（骚魂呼起）。记曰："又题《所南兰卷》。"（吴梅著，王卫民编校：《吴梅全集·日记卷》上，第 157 页）

本月

鲍焘为周应昌《霞栖诗词续钞》作《序》，落款曰："岁在壬申孟夏，古歙鲍焘序。"（后收入曹辛华主编：《民国词集丛刊》第 10 册，第 253 页。参见本年"词籍出版·周应昌《霞栖诗词续钞》"条）

翟锡纯为周应昌《霞栖诗词续钞》作《序》，落款曰："壬申夏五月，翟锡纯谨识。"（后收入曹辛华主编：《民国词集丛刊》第 10 册，第 261 页。参见本年"词籍出版·周应昌《霞栖诗词续钞》"条）

舒梦兰辑、谢曼考证《白香词谱》，由上海新村书店出版。1933 年 1 月 3 版，5 月 4 版。在原著中的每首词下增加"考"和"填词解"两部分，前者对词牌做考证，后者对词的用韵、排句等做分析。末附《词人小传》《晚翠轩词韵》。书前有周瘦鹃、尤半狂所作的两篇《序》。

夏敬观为龙榆生题《授砚图》诗。诗后有《跋》曰："去岁为榆生世兄写《授砚图》，彊村老人尚及见之。不数旬，老人遽而下世。抚图感喟，爰缀一律教正。壬申五月，映庵夏敬观。"（张晖：《龙榆生先生年谱》，第 40 页注）

王易《词曲史》，由上海神州国光社再版。共分"明义第一""溯源第二""具体第三""衍流第四""析牌第五""构律第六""启变第七""入病第八""振衰第九""测运第十"十个部分。其中，"明义第一"有"词之意义""词曲之界"，"具体第三"有"唐代词体之成立""唐五代词诸家"，"衍流第四"有"北宋慢词之渐兴""南宋词之极盛""两宋词流类纪"，"析牌第五"有"北宋诸词家""南宋诸词家""金诸词家"，"启变第七"有"由词入曲之初期"，"入病第八"有"明代词学及其作家"，"振衰第九"有"清代词学之振兴""清诸词家"，"测运第十"

有"词曲之现状""词曲之前途"。

6 月

2 日，夏承焘致函程善之，并附一宣纸，邀丁宁写词。九日后，接程善之函，谓丁宁女士不敢为夏承焘写词。（夏承焘：《天风阁学词日记》，第 294、296 页）

5 日，夏承焘接唐圭璋函。函中"商辑《全宋词》体例，并示各家佚词"。夏承焘作《题丁宁女士寄词》七古一首，并于 12 日寄程善之，请程善之转交丁宁女士。（夏承焘：《天风阁学词日记》，第 295、297 页）

10 日（农历五月初七日），吴梅作《减字木兰花》（寿居停伯元四十）。记曰："早起作词一首，寿居停伯元四十者，尽删糕桃烛面等浮泛辞藻，致佳。"（吴梅著，王卫民编校：《吴梅全集·日记卷》上，第 161 页）

15 日（农历五月十二日），吴梅作《水龙吟》（朱古微挽词）。词后自注："此词三易稿始成，为古老哀辞，敢潦草耶？"（吴梅著，王卫民编校：《吴梅全集·日记卷》上，第 164 页）

20 日，夏承焘接龙榆生函，函中陈述朱彊村遗稿刻印事宜。中曰："谓《梦窗词》定本，另刻入彊老遗书中，合足本《云谣集》、《词莂》、《语业》三卷、《弃稿》一卷即诗集、《沧海遗音》十一种，并朱氏世系行状为一集，共十本。刻资约八百元，陈述叔、叶遐庵、赵叔雍、周梦坡、李拔可、刘翰怡诸人共负之，当能集事也。"（夏承焘：《天风阁学词日记》，第 297 页）

20 日（农历五月十七日），吴梅作《桂枝香》（题龚半千册）。记曰："又取《龚半千（贤）册》观之。墨沉浓郁，而意致仍觉疏爽。此足见天资之高，不然，满纸涂抹，尚成何物。为作《桂枝香》一词。"（吴梅著，王卫民编校：《吴梅全集·日记卷》上，第 167 页）

27 日（农历五月廿四日），吴梅集宋词句以挽蒋兆兰。记曰："归见蒋香谷讣告，为之凄然。香谷名兆兰，宜兴人。工词，尤善古文辞，为名诸生，五十年藉藉士大夫之口。与余订交垂十年，尝为君邀集黄颂尧、顾巍成、王饮鹤、张蛰公、王佩诤诸君结词会，曰琴社。自丁卯冬至戊辰春，得词凡若干首。今竟溘逝，词友又弱一个矣。因作一联挽之。联云：'长年息影空山，怅玉笴理云，锦袍归水；一舸听风何处，但苔深韦曲，草暗斜川。'盖集宋词句。香谷曾邀游垂虹，故有'一舸听风'之句，自谓颇工也。"（吴梅著，王卫民编校：《吴梅全

集·日记卷》上，第 170 页）

29 日，夏承焘致函龙榆生，希望将其《梦窗年谱后笺》附刊在朱彊村《梦窗词笺》后。（夏承焘:《天风阁学词日记》，第 298 页）

30 日，夏承焘作《丑奴儿》（题小松画荷）。（夏承焘:《天风阁学词日记》，第 299 页）

本月

湖南省教育厅附设国内外避难回湘借读特别班《借读同学会纪念刊》刊发：

弢甫《临江仙》（绿柳深藏谁寄寓）；

铧《减字木兰花》（麓山一瞥）、《临江仙》（麓山一瞥）；

沛铭《江南春》（题友人《江南春图》）、《石湖仙》（春泛）、《满江红》（雅）；

家铮《相见欢》（赠新婚夫妇）；

国贤《菩萨蛮》（新春）、《秦楼月》（春夜感怀）。（后收入《民国珍稀短刊断刊·湖南卷》第 10 册，第 4937 页）

《之江学报》第 1 卷第 1 期刊发：夏承焘《四库全书词曲类提要校议》《词籍考辨——吴仲方虚斋乐府辨伪》。（后收入夏承焘:《夏承焘集》第 2 册，第 180 页）

刘麟生《中国文学史》，由上海世界书局出版。共十编四十一章。其中，第六编"唐五代文学"的第七章为"唐五代词"；第七编"宋代文学"的第一章为"北宋词"，第二章为"南宋词"；第十编"清代文学"的第四章为"诗与词"。

郁达夫在上海撰写《〈永嘉长短句〉序》，曰：

> 自半塘、蕙风诸人逝后，长短句就少有人做了。胡适之氏选词，侧重在苏、辛豪放一派，未为公允。最近且有以语体诗入词，将平仄句读完全推翻者。"自作新词"，亦未始不佳，不过既写了词，则呆板的死律，也还须守着一二才好。可是"杨柳岸，晓风残月"，"斜阳外，流水孤村"，过于纤细造作，也不是已经解放了的词人的口吻。所以我觉得学词，总该在不粗不细之间，以能唱出自己的情绪未为大道，《永嘉长短句》，庶几乎近是了。只有一点白璧之瑕，就是在他的用辞使句，还嫌太为两宋的作家所束缚。举出一首咏樱花的《江月晃重山》来作证，好处瑕处，便都可以在这里看得出：

艳色未输桃杏，清香何异梅花，匀红嫩脸似流霞，娇波溜，年纪正些些。　飞鸟山头曾见，蓬莱原是伊家，风流袅娜小官娃，多春思，碧玉尚无瑕。

永嘉原是风流的渊薮，蒲江佳处，有"碧嶂青池，幽花瘦竹"，再加上以"啼春细雨，笼愁澹月"，词人的材料，自然便取之不尽，用之无不足了。卢祖皋殁后八百余年，先生其努力追随，好"传得西林一派清"也。一九三二年六月在上海。（原载 1932 年 12 月《文艺茶话》月刊第 2 卷第 4 期，题目为《唱出自己的情绪——〈永嘉长短句〉序》。后又收入吴秀明主编：《郁达夫全集·文论》下，第 21 页）

夏，蔡伯亚作《琵琶仙》（壬申夏，遇友人谈西湖近况，因和石帚此解）。（邵瑞彭编选：《夷门乐府》，第 65 页。后收入曹辛华主编：《民国词集丛刊》第 7 册，第 592 页）

夏，龙沐勋为《彊村语业》作《跋》。曰："右《彊村语业》三卷，前二卷为先生所自刻，而卷三则先生卒后，据手稿写定补刊者也。先生始以光绪乙巳从半塘翁旨，删存所自为词三卷，而以己亥以前作为前集。曾见《庚子秋词》《春蛰吟》者为别集附焉。后又增刻一卷，而汰去前集、别集，即世传《彊村词》四卷本是也。晚年复并各集，厘定为《语业》二卷，嗣是不复多作。尝戏语沐勋：'身丁末季，理屈词穷。'使天假之年，庶几足成一卷，而竟不及待矣，伤哉！先生临卒之前二日，呼沐勋至榻前，执手呜咽，以遗稿见授，曰：'使吾疾有闲，犹思细定。'其矜慎不苟如此。兹所编次，一以定稿为准。其散见别本，或出传抄者，不敢妄有增益，虑乖遗志也。壬申初夏，龙沐勋谨跋。"（后收入朱惠国、吴平编：《民国名家词集选刊》第 2 册，第 539 页）

戈铭猷为周应昌《霞栖诗词续钞》作《序》，落款曰："岁直壬申仲夏之月，戈铭猷谨纂"。（后收入曹辛华主编：《民国词集丛刊》第 10 册，第 257 页。参见本年"词籍出版·周应昌《霞栖诗词续钞》"条）

7 月

6 日（农历六月初三日），龙榆生访吴梅，谈论词学。吴梅记曰："龙榆生来，持《敦煌掇琐》二册至，为刘复从法京图书馆钞得者，皆采录通俗文字，惟中有

《云谣曲》十余首，可补《彊村丛书》所未备。而舞拍节奏，又可证姜词旁拍之意。又示夏承焘《梦窗词补笺》及《梦窗年谱》二种，附夏君书，求我酌核。当从容细读也。"（吴梅著，王卫民编校：《吴梅全集·日记卷》上，第 175 页）

11 日（农历六月初八日），吴梅评阅陈家庆词。曰："女徒陈家庆至，以《碧湘阁词》十余首见示，中以《湘月》一首为胜。女子才华，总难沉着，似此者少矣。"（吴梅著，王卫民编校：《吴梅全集·日记卷》上，第 178 页）

18 日，《大公报·文学副刊》第 237 期刊发：刘永济《浣溪沙》（中央公园晚步口占）。（后收入刘永济：《诵帚词集　云巢诗存》，第 37 页）

25 日，《大公报·文学副刊》第 238 期刊发：

朱师辙《玉漏迟》（夏蝉）；

龚遂《玉漏迟》（荷花）；

张尔田《声声慢》（闲步郊原，追念彊村翁，凄然成咏）。

28 日，夏承焘接龙榆生函。函中谓"《词学杂志》决于秋间着手，先出《彊村专号》"，并约夏承焘和唐圭璋撰文。（夏承焘：《天风阁学词日记》，第 302 页）

29 日，《申报》刊发：谢玉岑《遗佩环》（六月二十三日，晨醒不能成梦，念明日素蕖生辰矣。即题大千居士为画白荷丈幅上。"睡老鸳鸯不嫁人"，画中录天池句页）。（后收入谢玉岑：《玉岑遗稿》卷三，谢建红：《玉树临风：谢玉岑传》，第 326 页）

本月

北京大学《百科杂志》创刊号刊发：孙荪荃《词之起源》。（后收入《民国珍稀短刊断刊·北京卷》第 1 册，第 379 页）

剑亮按：《百科杂志》，1932 年创刊于北京，由中华书局出版发行。当年终刊。

杨铁夫笺《梦窗词选笺释》在香港刊行。收词 168 首。书前有笺释者《自序》。

8 月

14 日（农历七月十三日），吴梅作《生查子》（题半千画册）四首。（吴梅著，王卫民编校：《吴梅全集·日记卷》上，第 193 页）

剑亮按：本组词的写作缘由，吴梅本月 9 日（农历七月初八日）《日记》中曰："晚餐后，就伯元谈，吸蓉膏一口。渠云，所藏各画，皆不配先生题，今仍请题《龚半千册》，能一页一诗为妙。又言今岁买画买穷，几将不支。是何言耶？等汸儿下午来后，商酌辞退之法，以勿伤感情为是。案所藏各画，既不配吾题，此说有二义：一则吾诗文不好，有污名迹，故反言之；一则吾因题画加俸，此时无画可题，是为素餐。夫君子而可素餐乎？还是讽吾见机。至以《半千册》嘱题，直是搪塞意思。余当时即欲发作，继思书籍半在此间，负气一行，取书为难，故忍之也。"（吴梅著，王卫民编校：《吴梅全集·日记卷》上，第 191 页）

15 日（农历七月十四日），吴梅作《生查子》（题半千画册）八首、《水龙吟》（密国公《耕读图》）、《水龙吟》（释海云《渔樵问答图》）。有关《水龙吟》（密国公《耕读图》）写作缘由，吴梅本月 13 日《日记》中曰："昨居停以密国公画索题。密国为金完颜琦，《中州集》《归潜志》中所云如庵者是也。"（吴梅著，王卫民编校：《吴梅全集·日记卷》上，第 193 页）

15 日，《壬申》月刊八月号刊发：冬青女士《念奴娇》（秋怀，用坡韵）、《祝英台近》（怀旧）。（后收入《民国珍稀短刊断刊·天津卷》第 13 册，第 6229 页）

15 日，《文艺茶话》第 1 卷第 1 期刊发：

曾仲鸣《风马儿》（分离万里路遥遥）、《鹊桥仙》（旧时流水）；

章铁民《苏幕遮》（别□京，呈佩尹吾友）、《打油词三首》，曰："予闲住南京交通旅馆，晨起，忽接仰之寄来《好事近》一首。乍读之，不知所指。细玩之，似谓予有所恋爱，且曾向人夸弄，对何人含酸也者；不胜'闭门家里坐，祸从天上来'之感。亦即答以《好事近》一首。翌日，与仰之酌，始知仰之曾接一匿名信，中有'癞蛤蟆休想吃天鹅肉'语，字迹稍似予，疑为予发，嗣由发信友人自承，乃释然，相顾一笑。录二词，与衣萍。衣萍又和一首，如左：《好事近》，仰之原词：'老口太荒唐，叫我如何骂你。休把酸情夸弄，那酸情如水。　交通旅馆太凄凉，触动调情意。生怕蛤蟆尝着，说天鹅爱你。'铁民答《好事近》：'谜语口口来，教我如何猜起，哪有酸情夸弄，对行云流水。　人间何处不凄凉，已惯凄凉味。但把闲钱沽酒，管何人爱你。'衣萍戏和仰之、铁民《好事近》：'都是癞蛤蟆，何必怨他骂你。一样酸头呆脑，看女人似水。　人间本来不凄凉，那有凄凉味。何必闲钱沽酒，找个人爱你。'"；

余慕陶《读书杂记——词》。（后收入《民国珍稀短刊断刊·上海卷》第 40

册，第 19592 页）

剑亮按：《文艺茶话》，月刊，1932 年创刊于上海，由嘤嘤书屋出版发行。1934 年终刊。

19 日，夏承焘致函谢玉岑。中曰："弟顷抄成《彊村丛书斠补》一卷、《白石歌曲旁谱辨》一卷。《斠补》拟在《词学杂志》发表，《旁谱辨》顾颉刚君携往《燕京杂志》。《词例》一种，以头绪纷繁，须遍阅宋元词，不欲草率成之。"（后收入沈迦编撰：《夏承焘致谢玉岑手札笺释》，第 234 页）

23 日（农历七月廿二日），吴梅谈叶恭绰《词会》，曰："叶誉虎方欲辑近人词（拟名《词会》），为复堂《箧中》之续，征我近作，当录二三首送去。"（吴梅著，王卫民编校：《吴梅全集·日记卷》上，第 197 页）

26 日（农历七月廿五日），吴梅作《长亭怨慢》（题王东庄山水立幅）。（吴梅著，王卫民编校：《吴梅全集·日记卷》上，第 198 页）

26 日，夏承焘接龙榆生函，函中谓"《词学杂志》至迟当在阳历年底出版"。（夏承焘：《天风阁学词日记》，第 302 页）

28 日，夏承焘接谢玉岑寄来陈思《白石词疏证》《白石年谱》。次日，夏承焘"札陈慈首《白石疏证》入《斠证》中"，并比较曰："为予所未及者十余处。予有考，陈氏无考者甚多，且陈氏止证事，不斠律、不校字、不编年。其编年谱甚精博，予不敢望。其注歌曲，则予作较详。"（夏承焘：《天风阁学词日记》，第 303 页）

本月

龙榆生作《一萼红》（壬申七月，自上海还真如。乱后荒凉，寓居芜没。惟秋花数朵，欹斜于断垣丛棘间，若不胜其憔悴。感怀家国，率拈白石此调写之，即用其韵）。（龙榆生：《忍寒词》之《风雨龙吟词》，民国三十七年 [1948] 铅印本，第 2 页。后收入朱惠国、吴平编：《民国名家词集选刊》第 15 册，第 413 页。亦收入龙榆生：《忍寒诗词歌词集》，第 22 页）

刘永济作《惜秋华》（在武昌大学）。（刊发在 1933 年 1 月 23 日天津《大公报》。又刊发在 1933 年 8 月 1 日《词学季刊》第 1 卷第 2 号。后收入刘永济：《诵帚词集 云巢诗存》，第 38 页）

曾今可《落花》，由上海新时代书局出版。1933 年 1 月再版。收词 30 首。

书前有柳亚子序《词的我见》。

王国维辑《唐五代二十一家词辑》，由上海六艺书局出版。该书选收唐五代李煜、李璟等 21 人的词作。卷首及书口处书名为《唐五代词辑》。书末附王国维《人间词话》。

9 月

8 日，夏承焘接谢玉岑寄来陈思《清真居士年谱》。（夏承焘：《天风阁学词日记》，第 304 页）

15 日，《文艺茶话》第 1 卷第 2 期刊发：

衣萍《减兰》（连朝阴雨）、《蝶恋花》（总为相思清泪重）；

柳亚子《丑奴儿令》（迢迢一小黄□渡）、《蝶恋花》（上巳日，余自武林发武塘。慧云适以是日至，觅余不得，怅怅而归。书来，极哀怨之致，词以慰之）、《蝶恋花》（寒夜忆内）；

哑农《调笑令》（春意）十六首；

江芷《临江仙》（昨夜轻寒料峭）、《高阳台》（蛩诉空阶）、《蝶恋花》（镇日西风吹弱柳）；

曹诚英《满庭芳》（念西湖游伴）、《少年游》（钱塘门外草离离）。（后收入《民国珍稀短刊断刊·上海卷》第 40 册，第 19613 页）

剑亮按：柳亚子三首词，后收入张明观编：《柳亚子集外诗文辑存》，上海人民出版社，2011 年，第 21 页。

17 日，夏承焘接丁宁自扬州双桂巷四号来函。函中"附一长幅及十二小笺，皆精书其所作词"。夏承焘评曰："近日女界文学，以予所知，端推此君矣。"（夏承焘：《天风阁学词日记》，第 305 页）

17 日，《河南大学周报》第 1 期刊发：

次公《珠山乐府叙》；

袁郁文《雨中花》（微雨敲窗）、《高阳台》（草逼山亭）；

吴子清《一萼红》（苦淹留）。（后收入《民国珍稀短刊断刊·河南卷》第 5 册，第 2225 页）

19 日（农历八月十九日），吴梅购得《可斋词》。记曰："过百双楼，得《可斋词》，有古微题跋，伯刚旧藏也。"（吴梅著，王卫民编校：《吴梅全集·日记卷》

上，第 208 页）

本月

张铭编《梅溪山庄唱和集》刊行。收录编者为"梅溪山庄"落成而咏诗歌100 余首。卷首有张铭《梅溪山庄自序》。落款曰："民国十五年张铭自序于英山县廨。"（张铭编：《梅溪山庄唱和集》，民国二十一年［1932］刊本，第 5 页）附录《天长县公园暨图书馆落成纪念汇刊》，收有艺文、诗、词、楹联等。

秋，蔡桢作《鹧鸪天》（壬申仲秋，纪梦）。（蔡桢：《柯亭长短句》卷上，第4 页。后收入朱惠国、吴平编：《民国名家词集选刊》第 14 册，第 362 页）

秋，朱生豪作《唐多令》（西溪，和彭郎）二首。（后收入朱尚刚：《诗侣莎魂：我的父母朱生豪、宋清如》，商务印书馆，2016 年，第 77 页）

秋，吕碧城作《晓珠词自跋》，曰："右词二卷，刊于己巳岁杪。迨庚午春，予皈依佛法，遂绝笔文艺，然旧作已流海内外。世俗言词，多违戒律，疚焉于怀，乃略事删窜，重付锓工。虽绮语仍存，亦蕴微旨；丽情托制，大抵寓言。写重瀛花月，故国沧桑之感。年来十洲浪迹，瑰奇山水，涉览略遍。故于词境渐厌横拓，而耽直陡，多出世之想。闻颇有俗伧，揣以凡情，妄构谣诼。爰为诠释，以辟其误。西昆体晦，自作郑笺，恨未能详也。卷尾若干阕，乃今夏寝疾医舍，无聊之作，遣怀兼以学道。反映前尘，梦幻泡影，无非般若，播梵音于乐苑，此其先声，倘亦士林慧业之一助欤！壬申秋末，圣因识于瑞士国之日内瓦湖畔。"（吕碧城著，李保民笺注：《吕碧城词笺注》，第 526 页）

金民天校《黄仲则诗词》，由上海光华书局出版。为《欣赏丛书》一种。分绝句、律诗、古诗、词选四类，收 200 余首。书前有郁达夫《关于黄仲则》、金民天《黄仲则生平及其作品》等文。

杨铁夫《清真词选笺释》在香港刊行。分校、笺、释三部分。

赵万里兼任国立北京大学中国文学系讲师，授"词史"。

剑亮按：《国立北京大学中国文学系课程指导书［民国二十九年九月订］》载赵万里所授"词史"每周三课时。课程内容为："本学程历述词的起源、词调之变迁、词与曲的关系、各作家作风之特色、各家专集之存佚、词律的研究等。"（《国立北京大学中国文学系课程指导书［民国二十九年九月订］》，第 10、24 页）

刘永济在武汉大学文学院授"词"课程，并为《国立武汉大学一览》撰写文学院"学程内容"。其中，"词"：（一）从史的方面讲体制的变迁，及各代重要作家和作品；（二）从声律方面讲词的宫调宫谱等等。（参见刘永济：《诵帚词集　云巢诗存》，第 318 页）

10 月

1 日，《珊瑚》半月刊第 1 卷第 7 号刊发：闻野鹤《野鹤近词》，有《临江仙》（细草行行逾软）、《蝶恋花》（昨夜梦中窥绣户）、《蝶恋花》（叠前韵，记得钿车停绣户）、《临江仙》（莫道天涯无觅处）、《相见欢》（当时只道寻常）、《浣溪沙》（谁道离魂不可招）、《浣溪沙》（酬荭渔见和）、《浣溪沙》（亚岛斯舟次作）、《鹧鸪天》（旧日摩抄事有□）。（有按语曰：闻野鹤先生掌教广州中山大学，研求甲骨文字，有心得，以余绪为词，侧艳似元人曲子。）

剑亮按：《珊瑚》，半月刊，1932 年创刊于上海，由苏州珊瑚半月刊社、上海民智书局出版发行。1934 年终刊。

1 日，《河南大学周刊》第 3 期刊发：

嵩云《鹧鸪天》（新秋某夕，梦游衡丽，童时钓游地也。归途经湘山别墅，卅年前读书于此，庭馆犹是，蓬蒿没人矣，觉后感赋）；

袁郁文《高阳台》（闺情）；

许敬武《踏莎行》。（后收入《民国珍稀短刊断刊·河南卷》第 5 册，第 2243 页）

8 日，林鹍翔作《石州慢》（壬申九日，昆沪道中作，用东山韵）。（林鹍翔：《半樱词续》，第 12 页。后收入朱惠国、吴平编：《民国名家词集选刊》第 9 册，第 238 页）

8 日，吴梅作《紫萸香》（壬申重九，怡园对菊）。（吴梅：《霜厓词录》，第 19 页。后收入朱惠国、吴平编：《民国名家词集选刊》第 13 册，第 460 页）

8 日，龙榆生为《彊村集外词》作《跋》。曰："《彊村集外词》一卷，据先生手稿写定稿，原二册，于先生遗箧中检得之。大抵皆二十年来往还吴门沪渎间所作。亦有成于国变前者。料其初当为零缣断楮，掇拾汇存，故不尽依岁月编次。各词每自加标识，隐寓去取之意。今悉仍之。"落款曰："壬申重九龙沐勋谨跋于真茹寓居之受砚庐。"（后收入朱惠国、吴平编：《民国名家词集选刊》第 2 册，第 816 页）

8日，《河南大学周刊》第4期刊发：

吴子清《八声甘州》（望飞云、暗淡隐苍霄）；

袁郁文《木兰花慢》（际春冷阴半解）；

汪志中《齐天乐》（和白石原韵）；

戴祥骥《浪淘沙》（碧树绕青溪）；

万葆麕《菩萨蛮》（一帘明月银河夕）、《菩萨蛮》（玉楼夜静鸳衾薄）；

金素人《西河》（和次公师金陵怀古）。（后收入《民国珍稀短刊断刊·河南卷》第5册，第2250页）

9日，龙榆生作《石州慢》（壬申重九后一日，过彊村丈吴门旧居）。（龙榆生：《忍寒词》之《风雨龙吟词》，第2页。后收入朱惠国、吴平编：《民国名家词集选刊》第15册，第414页。亦收入龙榆生：《忍寒诗词歌词集》，第23页）

9日（农历九月初十日），常任侠、唐圭璋访吴梅，并转龙榆生函与吴梅。吴梅记曰："常任侠、唐圭璋来，交到龙榆生一函，询吾引、近、慢、令之理，当作书告之。"（吴梅著，王卫民编校：《吴梅全集·日记卷》上，第221页）

10日，湘乡中学《雨丝》第2期刊发：君士坦丁《捣练子》（烟蔼蔼）。（后收入《民国珍稀短刊断刊·湖南卷》第31册，第15488页）

剑亮按：《雨丝》，月刊，1932年创刊于湖南湘乡，由雨丝文艺社出版发行。当年终刊。

12日，夏承焘嘱夫人抄录邵潭秋《水龙吟》（之江诗社集韦斋，瞿禅作主人，有词感时，倚此报之，并求同社诸君教）。（夏承焘：《天风阁学词日记》，第305页）

15日，《河南大学周刊》第5期刊发：

少滨《减兰》（洛阳归途作）；

汪志中《高阳台》（和金风亭长流虹感事）；

万葆麕《菩萨蛮》（纱窗蝶舞梨花白）、《菩萨蛮》（沉香亭北江南雨）、《菩萨蛮》（杏花微雨烟如织）。（后收入《民国珍稀短刊断刊·河南卷》第5册，第2259页）

16日，《国风》半月刊第6号刊发：

玄婴《金缕曲》（寄布雷）、《金缕曲》（再寄仲弟）；

畏垒《金缕曲》（次韵答伯兄）。

剑亮按：玄婴，陈屺怀号。畏垒，陈布雷号。

20 日，夏承焘接程善之函。函中论王叔涵与丁宁词，谓"叔涵词泽于古者深，感于今者浅。尝戏劝其入淫坊造悲歌，以助词境。扬州工词者，近惟叔涵及丁宁女士。丁女士所谓'百凶成就一词人'，非王君所能望矣"。（夏承焘：《天风阁学词日记》，第 306 页）

20 日，《青年界》第 2 卷第 3 号刊发：赵景深书评《刘大白的诗》。论及沈尹默《秋明集》，中曰："他如较后的严既澄的《初日楼少作》、沈尹默的《秋明集》以及钟敬文的《偶然草》，都在表示对于过去诗体的怀恋。"

29 日，《河南大学周刊》第 7 期刊发：

嵩云《减字木兰花》（车过巩县，遥望嵩山）、《诉衷情》（洛阳怀古）；

蔡伯亚《戚氏》（短长亭）；

吴子清《雨中花慢》（玉树催寒）；

汪志中《桂枝香》（瑶台远隔）。（后收入《民国珍稀短刊断刊·河南卷》第 5 册，第 2275 页）

本月

汪曾武作《感皇恩》（壬申九月，钱菊人姊丈寄赠）。（汪曾武：《趣园诗余·味莼词丙稿》，第 8 页。后收入朱惠国、吴平编：《民国名家词集选刊》第 6 册，第 93 页）

陆侃如、冯沅君合著《中国文学史简编》，由上海大江书铺出版。该书分上、下两编，每编十讲。其中，下编第十三讲为"宋代的词"。

11 月

1 日，《珊瑚》半月刊第 1 卷第 9 号刊发：柳亚子《浪淘沙》（寿冰莹初度）二首。

1 日，夏承焘致函谢玉岑。中曰："榆生君所办《词学季刊》，亦无稿费。今年不知能出书否？闻近缺《通论》一栏，兄有兴为撰《清词通论》，甚快先睹也。"（后收入沈迦编撰：《夏承焘致谢玉岑手札笺释》，第 243 页）

2 日，河南《民国日报》副刊《庠声》第 1 期刊发：

戴祥骥《踏莎行》（蝶舞鹃□）；

蔡伯亚《高阳台》（暗碧啼鸦）；

李培林《玉楼春》（清梦觉来时）、《菩萨蛮》（池塘寂寂芳菲歇）。（后收入《民国珍稀短刊断刊·河南卷》第 14 册，第 6732 页）

剑亮按：上录蔡伯亚、李培林词，为密公《梁苑词录》所录之词。密公在词前有一《小序》，曰："作词之要，首意境，次结构，次修辞。有辞而无意，有句而无篇，非佳制也。上庠诸子从余学词，颇会斯旨。循是而遵，庶不惑于歧趋乎。爰录其课作之可观者。"

5 日，《河南大学周刊》第 8 期刊发：汪志中《风流子》（萧索白蘋州）、《风流子》（迢递江南路）。（后收入《民国珍稀短刊断刊·河南卷》第 5 册，第 2284 页）

9 日，河南《民国日报》副刊《庠声》第 2 期刊发：

伯雅《花犯》（对菊）、《应天长》（明灯帐卷）；

密公《梁苑词录》，作品有：

王式渠《八六子》（雨初歇）；

吴维和《永遇乐》（白雁声残）；

金长瑛《诉衷情》（岫云乍敛落霞横）；

王紫霞《西江月》（夜游湖上）。（后收入《民国珍稀短刊断刊·河南卷》第 14 册，第 6734 页）

12 日，《河南大学周刊》第 9 期刊发：

伯雅《夜半乐》（夷门）；

许敬武《八声甘州》（和《乐章集》）；

刘楚萧《虞美人》（西江潮落孤峰起）、《虞美人》（洞庭碧水三千里）；

郭将苞（英文系本一）《宴桃园》（楼外啼鸦催漏）、《浣溪沙》（小院风微百草霜）、《菩萨蛮》（画楼皎月芦花白）。（后收入《民国珍稀短刊断刊·河南卷》第 5 册，第 2290 页）

13 日，夏承焘作《水调歌头》（甘地像）。（夏承焘：《天风阁学词日记》，第 307 页）

14 日，《大公报·文学副刊》第 254 期刊发：张尔田《鹧鸪天》（前阁风帘自在垂）。

15 日，《珊瑚》半月刊第 1 卷第 10 号刊发：胡越中《朱淑贞与旧道德》。文章"分三段叙述:（一）朱淑贞传略，（二）《断肠诗词》，（三）朱淑贞与旧道德"。
文章结尾曰:"吾国旧道德素以'忠孝节义'四字为中心，虽说做起来都不容易，
可是终要推'节'为最难。现在的一般青年男女，因受欧洲浪漫运动的影响，都
以放浪个人为事，以致发生了出轨的性生活，造成了一塌糊涂的性欲横流的社
会，把道德底的藩篱铲除无余。这种情形一方面固然应归罪于政治的不良，不能
使有为的青年都走入正道，可是，他方面也得由各个青年自己担负一些责任。吾
相信人或者是能够自主的。不信试看朱淑贞不便是一个很好的例吗? 吾希望青年
们能以升华作用来掩蔽他们的性冲动，来挽回吾们既倒的旧道德之狂澜。"

15 日，陈灝一主编《青鹤》杂志创刊。第 1 卷第 1 期刊发:

松风《醉桃源》（秋思）、《菩萨蛮》（感诗）、《忆秦娥》（重阳）;

十发《石湖仙》（题映庵藏郑叔问手书词稿）;

覆庵《齐天乐》（庚午初冬，映庵、公渚续举词社，有怀散原丈庐山苍虬
津门）;

讱庵《东坡引》（庚午十二月十九日，子大、绍周两君招集市楼，作东坡
生日）;

彦通《鹧鸪天》（寿林有道六十）;

翰谷《金缕曲》（赣一姻世弟四十寿）;

璚青《琵琶仙》（题遐庵《词趣图》）。

剑亮按:《青鹤》杂志，半月刊，1932 年 11 月 25 日在上海创刊。连续出刊
历时 5 年，共出版了 114 期，以 1937 年 7 月 30 日出版的第 5 卷第 18 期为末期
（据《1833—1949 全国中文期刊联合目录 [增订本]》）。由陈灝一发起并任总编。
有《词林》《近人词抄》专栏，前后刊发 200 余人 2000 余首诗词。

16 日，河南《民国日报》副刊《庠声》第 3 期刊发:

芋亭《绮罗香》（雨后见月）、《疏影》（过废园有感）;

汪志中《法曲献仙音》（和清真）、《风入松》（绿杨连苑四垂天）。（后收入
《民国珍稀短刊断刊·河南卷》第 14 册，第 6740 页）

19 日（农历十月廿二日），吴梅评程希岳词。曰:"检点旧稿，得老友程希岳
（祖勋）遗词两首。一赠余四十寿，一同游燕子矶作也。录下，以免遗失云。《鹊
桥仙》（寿瞿安四十，兼邀为余五十和词）:'我年五十，君年四十，算只十年前
后。十年一度记从今，每一度须相为寿。　书生事业，无非文字，准备新词百首。

千秋调，与万年欢，便胜似蟠桃仙酬。'《石州慢》（癸亥九日，偕瞿安游燕子矶十二洞，同赋）：'节正重阳，人又素交，乘兴游赏。停车燕子矶边，寻觅洞天三两。白云黄叶，丹崖翠壁相连，红尘隔远千千丈。退想出烟霄，管长江风浪。回望，六朝如梦，一片伤心，凄迷秋莽。破帽枯筇，我辈从来疏放。未须句曲，于此倘有层楼，他年做个山中相。也好约吹笙，与通明还往。'细数年华，已九易寒暑。而希岳作古，亦已五年。所云中年一度，文字为寿，竟不克践言，思之黯然。"（吴梅著，王卫民编校：《吴梅全集·日记卷》上，第235页）

19日，《河南大学周刊》第10期刊发：

汪志中《琐窗寒》（翠苑平烟）；

戴祥骥《八声甘州》（次耆卿原韵）。（后收入《民国珍稀短刊断刊·河南卷》第5册，第2290页）

20日，《学灯》刊发：曾今可《词的解放运动》。

剑亮按：曾今可邀集同在上海的柳亚子、刘大杰、郁达夫等一群文士，提倡"词的解放运动"，宣扬"救国不忘娱乐"，受到鲁迅等人的抨击。

23日，河南《民国日报》副刊《庠声》第4期刊发：

吴和维《莺啼序》（用□□行意）；

澄青《蝶恋花》（杨柳）、《蝶恋花》（红叶）；

汪志中《蓦山溪》（壬申初秋）；

密公《梁苑词录》（三），作品有：

金希庭《画堂春》（数声啼鸫暮烟中）、《吴山青》（哀国难也）；

王荫普《蝶恋花》（一带平芜连翠岸）、《菩萨蛮》（春江两岸烟如织）。（后收入《民国珍稀短刊断刊·河南卷》第14册，第6744页）

30日，《文艺茶话》第1卷第4期刊发：

董每戡《江月晃重山》（咏樱花）、《卜算子》（一捻楚腰肢）、《生查子》（暑退晓风微）、《与柳亚子论词书》；

郁达夫《〈永嘉长短句〉序》。

剑亮按：董每戡词后收入陈寿楠等编：《董每戡集》第5卷，第433页。董每戡文后收入陈寿楠等编：《董每戡集》第5卷，第365页。郁达夫《序》，后又刊于《温州新报·副刊》1933年1月10日。后收入陈寿楠等编：《董每戡集》第5卷，第440页。

本月

《文艺茶话》第 1 卷第 4 期刊发：董每戡《与柳亚子论词书》。中曰："先生对于拙作《永嘉长短句》所提出的许多疑问，真使我佩服你对于治学的仔细之处。过去我不曾把填词当作一件大事看待，只一味胡弄毫不用心地去干，况且词又不是我所专学的，在这一种情形之下，当然免不了有许多未妥和谬误之处，这正可显示出我的'少年浮躁'的性情来……拙作第五十页的《卜算子》：'一捻楚腰肢，体态娇无那，这个人儿式可憎，年纪才瓜坏。 约鬋两眉长，春锁樱桃颗。每一逢时粉颈低，背地横波溜。'末句之'溜'字确实出韵了，'溜'字本属第十二部，我竟将它叶第九部的了，这是一个大大的错误。然而使我犯这错误的，第一果然是不用心，第二案是乡音'溜'与'破'差近之故。现拟将此句改为'教我如何可'，与上句勉强还联得上。第五十一页之《生查子》：'暑退晓风微，云抹遥山岭。闲鸥冲碧波，搅碎楼台影。 湖畔有扁舟，招我游诗境。兴至谱新词，得句饶清警。''闲鸥冲碧波'句，平仄也失粘，现拟改为'鸥鹭漾轻波'，但是已失却清警了。这些地方也就可证明迁就平仄的坏处。"

吴灏编、李白英校《中国历代女子词选》，由上海光华书局出版。为《欣赏丛书》一种。

张尔田作《彊村遗书序》，落款曰："壬申十月，钱唐张尔田撰。"（后收入朱孝臧：《彊村遗书》，第 1 页）

12 月

1 日，《青鹤》第 1 卷第 2 期刊发：

䜣庵《一萼红》（同映庵、众异登华岳，用白石韵）；

蛰云《一萼红》（夏雨初过，小园夜坐，次石帚韵写怀）；

映庵《一萼红》（再题《填词图》）、《渡江云》（公渚用苍虬韵，寄我青岛，依韵奉答）；

綯庵《渡江云》（和映庵秦淮秋感，用清真韵）。

1 日，上海《申江日报·江声》刊发：郁达夫《读大杰词》（七律）。

4 日（农历十一月初七日），吴梅购得《词的》。记曰："唐生圭璋来，交到闽刻套印《词的》一书，余以四十元购之。适闽籍学生林浩求为乃父作寿文，收到润笔百元，以之购书，绰有余裕矣。"（吴梅著，王卫民编校：《吴梅全集·日记

卷》上，第 242 页）

5 日，《河南大学周刊》第 12 期刊发：

赵鸾英《临江仙》（昨夜西风乍起）；

汪志中《兰陵王》（和美成韵）；

戴祥骥《高阳台》（翡翠衾寒）。（后收入《民国珍稀短刊断刊·河南卷》第 5 册，第 2315 页）

7 日，河南《民国日报》副刊《庠声》第 6 期刊发：密公《梁苑词录》（四），作品有：

许敬武《八声甘州》（正□鸦绕树满霜天）；

邢梦秋《桂枝香》（洛阳怀古）；

常芸庭《殢人娇》（登高感怀）；

戴祥骥《点绛唇》（烛烬香销）、《清平乐》（碧纱窗畔）；

高凤池《诉衷情》（龙亭怀古，步嵩云师洛阳怀古原韵）。（后收入《民国珍稀短刊断刊·河南卷》第 14 册，第 6752 页）

10 日，山西教育学院夜光学社《夜光》第 5、6 期合刊刊发：乔如《浪淘沙》（太原水灾）。（后收入《民国珍稀短刊断刊·山西卷》第 15 册，全国图书馆文献缩微复制中心，2006 年，第 6842）

12 日，湖南衡阳学生抗日会《抗日旬刊》第 3、4 期合刊刊发：罗云旭《满江红》（"九一八"以来之感想）、《生查子》（感倭奴之暴，而人民犹酣睡不醒）。（后收入《民国珍稀短刊断刊·湖南卷》第 13 册，第 6431 页）

13 日（农历十一月十六日），吴梅评阅《词的》。评曰："取《词的》一书读之，皆侧艳体。茅映选纂，休宁汪季青旧藏。分小令、中调、长调三类，每一牌列词若干首，按时代为先后，所取皆纤仄香奁语。明人以词为兰苕投赠之具，故于托意比兴之意，全未梦见。佳人才士，期要上宫，不过男女言情而已。首列一序，即茅氏自作，通体仿徐陵《玉台新咏序》，至袭用原文多语，殊笑其才俭也。书共四卷，套印绝佳，留作案头清供，作百嘉室中之珍具可矣。"（吴梅著，王卫民编校：《吴梅全集·日记卷》上，第 247 页）

14 日，河南《民国日报》副刊《庠声》第 7 期刊发：

吴南青《淡黄柳》（寒山）；

张玉璧《蝶恋花》（翠□余香花气漫）、《蝶恋花》（梦里扬州秋色暮）；

郁文《瑞龙吟》；

戴祥骥《青玉案》（柳垂金线平林莫）、《高阳台》（小苑青禽）；

吴和生《八声甘州》（和屯田原韵）；

密公《梁苑词录》（五），作品有：

郑万桢《清商怨》（秋思）、《诉衷情》（龙亭怀古，步嵩云洛阳怀古韵）；

薛珠《减兰》（秋日过偃师南山记胜）；

王鸿儒《菩萨蛮》（丝丝风柳□人面）；

马清江《虞美人》（奉天岭下征鞍驻）。（后收入《民国珍稀短刊断刊·河南卷》第 14 册，第 6756 页）

15 日，《珊瑚》半月刊第 1 卷第 12 号刊发：张仲清《艮庐词》并按语。词有：《一萼红》（灯花）、《倚阑人》（阑干）、《情久长》（七夕有感）。按语："吴门张仲清茂炯先生工词，持律甚严，前年刊旧作百阕为《艮庐词》，今秋以新词见示，皆情至语，盖新有悼亡之戚也。"

16 日，《青鹤》第 1 卷第 3 期刊发：

苍虬《渡江云》（和彊村老人寄怀）；

孟劬《渡江云》（郊居旧名枫湖，颇有花木之胜。适榆生填此词寄示，因和之。兼以告海上故人，知余近状也）；

十发《渡江云》（竹醉日，移居初度，赋谢同社诸公宴集）。

22 日，夏承焘接由邵潭秋转来金松岑《天放楼续集》，其中《红鹤山房词》刊有夏承焘所写《序》。（夏承焘：《天风阁学词日记》，第 308 页）

22 日（农历十一月廿五日），适社社集，亢宙民做东。吴梅记曰："到者有孝先、师愚、公孟、咏裳、仲清、巍成、佩诤及余与主人九位"。（吴梅著，王卫民编校:《吴梅全集·日记卷》上，第 251 页）

28 日，河南《民国日报》副刊《庠声》第 9 期刊发：

吴和生《送征衣》（冬至离恨）；

龚景文《氐州第一》（中秋）；

汪志中《庆春泽慢》（小阁灯寒）；

密公《梁苑词录》（六），作品有：

张玉璧《解语花》（追忆清宫旧游感赋）、《八声甘州》（正霜林、冷艳□群山）；

王元生《祝英台近》（柳丝绿）；

王仪章《御街行》（黄河岸畔）；

郭筱竹《踏莎行》（大野星沉）；

何宝钧《点绛唇》（斜日烘晴）、《点绛唇》（还记樽边）；

刘复武《惜分钗》（秋来到、孤鸿叫）；

侯德远《菩萨蛮》（觉来小美看明月）；

耿庆锡《调笑令》（寒夜寒夜）；

王文忠《捣练子》（深夜月）；

李培林《浪淘沙》（云散雨初收）。（后收入《民国珍稀短刊断刊·河南卷》第 14 册，第 6763 页）

28 日（农历十二月初二日），吴梅谈《词学通论》。记曰："见报载《词学通论》已出版，拟买一册，为教授时用。此稿交去年余，今方行世。商务办事，可云迟矣。"（吴梅著，王卫民编校：《吴梅全集·日记卷》上，第 252 页）

剑亮按：唐圭璋《回忆吴先生》曰："商务印书馆所印先生的《词学通论》《曲学通论》以及《曲选》，都是平日教学时的讲稿。"（唐圭璋：《词学论丛》，第 1034 页）

29 日（农历十二月初三日），吴梅批改学生词作。记曰："改诸生卷，直至下午四时毕。为茆生玉麟大费周折。渠所作皆取涩调，如《拜星月》《春风袅娜》之类，不得不用心润泽也。"（吴梅著，王卫民编校：《吴梅全集·日记卷上》，第 253 页）

本月

《学衡》第 77 期刊发：刘永济《新甲词》（自甲子至辛未），作品有：《临江仙》（移居湘春门外新宅）、《临江仙》（北发寄内子惠君）、《鹧鸪天》（沪上再寄惠君）、《鹧鸪天》（大连公园见孤雁与凫鸭同笼，恻焉悯之，为赋此解）、《西江月》（自撰闲情种树）、《西江月》（东舍笑迎西舍）、《西江月》（不读秦文汉赋）、《西江月》（造物未妨狡狯）、《西江月》（舞彩衣新儿喜）、《西江月》（待筑亭名双喜）、《鹧鸪天》（小河沿酒楼，饯郭学士洽周游美）、《浣溪沙》（赠汪锡箴学长）、《浣溪沙》（万里榆关有梦过）、《满江红》（寿梓北外舅及外姑周宜人）、《浣溪沙》（题自选《唐五代两宋词》后）、《鹧鸪天》（击面黄沙破帽风）、《金缕曲》（和豢龙与奇甫夜谈感赋，原韵）、《金缕曲》（再酬絫龙）、《金缕曲》（和絫龙元日喜雪，再叠前韵）、《金缕曲》（戏效欧苏禁体，四叠前韵，酬絫龙元日喜雪）、《鹧鸪天》（题洽周寓楼孤松）、《鹧鸪天》（读鼎公《南冠集》）（原注：见本志第七十六期）、《菩萨蛮》（今年辟寓庐隙地莳花，而花瘦如我。絫龙有词见调，赋此答之，聊为花解嘲耳）、《菩萨蛮》（晚云如山望久，忽动乡关之思，赋此遣怀）、《倦寻芳》（中元夕，与证刚、子威、絫龙乘月步登校中高台茗话。翌日，絫龙有诗纪事，赋答）。（后收入刘永济：《诵帚词集　云巢诗存》，第 21 页）

《燕京学报》第 12 期刊发：夏承焘《白石歌曲旁谱辨》。文后有《后记》《后记二》《后记三》以及唐兰《跋》。（后收入夏承焘：《夏承焘集》第 2 册，第 370 页）

剑亮按：此文后收录《月轮山词论集》，题为《姜夔词谱学考绩》，文后有附记曰："此文成于一九三二年，阅三十载，重改于一九六二年之夏。唐先生此跋亦成于一九三二年，故于此改本所论有不相应者。与唐先生沪上一面，廿余年不见，不知于此学别有新著否。一九六三年一月，承焘记于杭州道古桥。"

《国学丛编》第 2 卷第 1 期刊发：朱少滨《玉漏迟》（诵张子孟劬弁阳翁调悼古微丈，词旨凄婉，怅触予怀，因和其韵）、《望南云慢》（故宫杏花盛开，用沈述韵咏之）、《蝶恋花》（咏柳，用清真韵）。

《文艺茶话》月刊刊发：郁达夫《永嘉长短句序》。（后又刊发在 1933 年 2 月 1 日《新时代月刊》第 4 卷第 1 期）

《皖二女中校刊》第 2 期刊发：吴雪帆《南乡子》（睡起雨初晴）。（后收入《民国珍稀短刊断刊·安徽卷》第 11 册，第 5188 页）

吴梅《词学通论》，由上海商务印书馆出版。1947 年 2 月 5 版。该书论述平仄四声、音律、词的作法，以及唐至清代的词等。

郑振铎《插图本中国文学史》，由北平朴社出版。该书分为古代、中世、近代三卷。其中，中卷"中世文学"有"词的起来""北宋词人""南宋词人""元及明初的诗词"等章节。

本年

【词人创作】

夏敬观作《浣溪沙》（题李拔可妹樨清《花影吹笙室填词图》）、《石州慢》（自题《填词图》）、《一萼红》（再题《填词图》）、《天香》（寄怀张孟劬燕京）、《塞垣春》（题叶遐庵《梦忆图》）、《浣溪沙》（为杨铁夫作《抱香馆填词图》题之）、《浣溪沙》（为张孟劬作《山居校史图》题之）、《上林春慢》（题林切庵《填词图》）。（陈谊:《夏敬观年谱》，第146页）

龙榆生作《减字木兰花》（乱后返真如。村居夜望，三公司灯塔红光如血，慨然成咏）、《清平乐》（国立音乐专科学校五周年纪念祝词）。（张晖:《龙榆生先生年谱》，第43页）

顾随作《鹧鸪天》（一片生机未可当）、《浣溪沙》（二十余万定省稀）、《水调歌头》（此际小儿女）、《永遇乐》（混沌开前）、《临江仙》（万事都输白发）、《菩萨蛮》（拥炉反复思前事）、《浣溪沙》（满酌蒲桃泛夜光）、《减字木兰花》（明灯影里）、《临江仙》（几处明灯艳舞）、《浪淘沙》（没得买山钱）、《鹧鸪天》（旧日郊居爱醉眠）。（闵军:《顾随年谱》，第92页）

吴其昌作《减字木兰花》（黄鹤楼放歌，二十一年作）。（后收入吴令华主编:《吴其昌文集·诗词文在》，第42页）

金天羽作《甘州》（壬申，博山藏有麓台《丹台春晓卷》，恍然若有会心，为填此解）。（金天羽:《红鹤词》，第3页。后收入朱惠国、吴平编:《民国名家词集选刊》第10册，第451页）

陈世宜作《木兰花慢》（彊村翁下世一年矣，追念感赋）。（陈世宜:《倦鹤近体乐府》卷三，第2页。后收入朱惠国、吴平编:《民国名家词集选刊》第13册，第157页）

剑亮按：朱彊村卒于辛未年，即1931年。亦收入陈世宜:《陈匪石先生遗稿》，第71页。

刘麟生作《鹧鸪天》（细雨春街似泪流）、《鹧鸪天》（春雨打窗，夜阑愁醒。叠前韵，答张淞生和词）、《唐多令》（首夏随柴先生谒朱古微宗伯墓）、《浪淘沙》（浩雨似重帘）、《浣溪沙》（京沪夜车中，示南桥）、《巫山一段云》（张鼎丞使尼泊尔归，征诗）、《西江月》（题金子才周甲诗记）、《踏莎行》（病起）。（刘麟生:《春灯词》，第18页。后收入朱惠国、吴平编:《民国名家词集选刊》第15册，第88页）

黄孝纾作《小重山》（壬申岁朝）。（黄孝纾:《匑厂词乙稿》，民国间铅印本，第1页。后收入朱惠国、吴平编:《民国名家词集选刊》第15册，第315页）

易孺作《安公子》（倚远岸一阕，和榆生秋感。壬申）。（易孺:《大厂词稿》之《依柳词》，第 2 页。后收入曹辛华主编:《民国词集丛刊》第 8 册，第 33 页）

吴其昌作《好事近》（深夜人定独游社坛，于时月寒如水，宵沉比海，四玉关双金鼎无语相对，寂寥伤神。绕行三匝，作是思维:此是我庄严故国，他日魂魄犹当恋此。归作此解，自为息誓云尔）、《金缕衣》（四海两兄弟）、《金缕衣》（弟今长成已）、《减字木兰花》（黄鹤楼放歌，二十一年作）、《采桑子》（恸哭一首，武汉作）、《水龙吟》（与君创业差同）、《惜红衣》（子植二兄步白石原韵，属予同和。感时伤乱，孤愤填膺，走笔写此，不复文饰）。（后收入吴令华主编:《吴其昌文集·诗词文在》，第 41 页）

剑亮按:《吴其昌文集·诗词文在》收入上述作品时，其系年的表述为"壬申及以后"。但未细分何者为壬申之作，何者为壬申以后之作。这里暂且编年于此。

【词籍出版】

严既澄《驻梦词》一卷刊行。卷尾有作者《后记》《自跋》、顾劼刚《跋》和俞平伯《跋》。（后收入曹辛华主编:《民国词集丛刊》第 31 册）

作者《后记》见本年 9 月 20 日条。作者《自跋》见 1921 年 7 月条。

顾颉刚《跋》见 1923 年 11 月 7 日条。

俞平伯《跋》曰:"有至情感之流，殆无往而勿倾注。或奔荡而为江河，或停蓄而为□□，或□束而为谿渚。所弘纤异其趣，而倾注之势毕具焉。故灵襟慧性，密守葳蕤，而芬韶自远。犹彼桃李成蹊，何假言说。兰生空谷，无人亦芳。既非有所为而发，夫岂以其独喻而遂闷之乎? 若必守型度而分正变，画情性以别贞淫，则膠柱调丝，识曲者掩耳。既澄兄此作，其佳处，往往如良金美玉，自发精英。摇人灵魄，再施稠喻。匪持戾作者之素抱，且俟得读是诗者，会心在迩，口契多方。一编行世以来，将闻跫然足音，振于寥廓。既澄自重其业，又何所怅恨耶? 平伯跋于西湖碧霞西舍。"

章衣萍《看月楼词》一卷刊行。卷首有作者《小序》。（后收入曹辛华主编:《民国词集丛刊》第 18 册）

作者《小序》曰:"虽然不过是'而立'之年，自己总觉得颓唐得很，人老，心也老了。但我得感谢海边的少女，她换却了我的衰老的心:'人老了，我到听见世有不老的灵药。至于心老了，我却没有听见有甚么医心的圣品，教我将甚么来告诉你呢？哦，我想到了，我家里的弟妹们，他们都有幼嫩的心，我想剜下来装在你的胸中好不好？只不过他们都是木呆的蠢物，抵不过你的玲珑。'是的，我的心的确换过了，但换的不是她弟妹的心，而是她自己的心。然而，这是悲惨的，拿旁人的眼泪，来换自己的欢笑，毕竟是不应该的事。我的悲哀和烦恼，都只有寄托在我的伤感的词中，大多数的词，只在这样可怜而又浪漫的心情中写下的。本来是不值得留稿的，写过也就丢了，但现在不知为了何故，却把剩下的集成一册，而且付刊了。曙天的诗也附在卷末，表示我的抱歉与罪恶。然而，天下的人尽可放心，我们俩，仍旧是相爱的。感谢柳亚子先生，教正了我一些谬误。衣萍。一九三二，四，二十于法租界。"

袁毓麟《香兰词》刊行。卷尾有《徵招》（自题《香兰词》后）。（上海图书馆藏。后收入朱惠国、吴平编:《民国名家词集选刊》第 10 册）

金天翮《红鹤山房词》刊行。卷首有洪汝闓《序》和夏承焘《序》。（后收入曹辛华主编:《民国词集丛刊》第 8 册）

金嗣芬《睿灵修馆词钞》刊行。（后收入曹辛华主编:《民国词集丛刊》第 8 册）

郭昭文《习静斋诗词钞》一卷刊行。卷首有郭笙《序》。（后收入曹辛华主编:《民国词集丛刊》第 14 册）

郭笙《序》曰:"家姊质之为诗十余年，间有篇章，皆可讽诵。其所作尚古朴典雅，弗为绮丽纤巧之辞。生平好读王右丞诗，以其意境高远，章句冲淡也。然亦不专学一人一体，故虽性喜摩诘而有时亦取法乎樊南，学宗少陵，又兼流览于牧之，此其所异于世俗者。其对诗之主张，重在知诗用诗。偶有所感，遂即书之，不徒为苟作强作而已。故其诗中多寓意比兴之语。又常为词，清新简约，有唐五代之遗风，不涉宋人堆砌之弊，是以多作小令而不甚为长调。今冬检旧稿，取其佳者录之，并词十数阕，编为二卷，名曰《习静斋诗词钞》。习静斋者，姊取右丞诗'山中习静'之句以自名其书室也。又暇诗戏为衲句与隐括词，并附于后。检校评定，刊成书册，非敢目为定稿，不过略免散佚焉尔。中华民国二十一年十二月中旬，妹郭笭谨识。"

梁鼎芬《款红楼词》一卷刊行。卷尾有叶公绰《跋》。（后收入曹辛华主编：《民国词集丛刊》第 19 册）

张逸《笔花草堂词》三卷刊行。卷首有黄荣康《序》和作者《自序》。（后收入曹辛华主编：《民国词集丛刊》第 20 册）

楼巍、张敬熙《瑶瑟余音》一卷、《画眉词》一卷刊行。（后收入曹辛华主编：《民国词集丛刊》第 27 册）

刘冰研《山阳笛语词》一卷刊行。（上海图书馆等有藏。后收入曹辛华主编：《民国词集丛刊》第 28 册）

刘冰研《尘痕烟水词》一卷刊行。（浙江图书馆等有藏。后收入曹辛华主编：《民国词集丛刊》第 28 册）

刘冰研《江山帆影词》一卷刊行。（浙江图书馆等有藏。后收入曹辛华主编：《民国词集丛刊》第 28 册）

刘冰研《剪淞梦雨词》一卷刊行。（上海图书馆等有藏。后收入曹辛华主编：《民国词集丛刊》第 28 册）

周应昌《霞栖诗词续钞》，由上海国光书局印行。内含《霞栖诗续钞》和《霞栖词续钞》一卷。卷首有鲍焘《序》、戈铭猷《序》、翟锡纯《序》。（浙江图书馆藏。后收入曹辛华主编：《民国词集丛刊》第 10 册）

鲍焘《序》曰："自《三百篇》，降而为楚骚，汉魏再降而为六朝。是时，乐府法曲、杂歌、谣辞，往往与诗若离若合一。为溯厥由来，爰知三、五言出于《殷其雷》，二、四言出于'鱼丽于罶'，六、七言出于《还》之三章，不我以为叠句权舆，'我来自东'为换韵嚆矢。至有唐，而诗词始画然分途。盖时代之迁流，文章之嬗变随之也。自时厥后，工诗者或未必工词，工词者或未必工诗，而诗词兼擅者亦代不乏人，如唐之太白、飞卿，宋之子瞻、荆公、秦七、黄九，其大较也。啸溪周先生尝以其所著《霞栖诗词钞》各一册饷我，一刊于戊辰，一刊于己巳。读之弥久，裨益綦宏。今又出其《诗词续钞》，命为之序，因受而读之。慨其蒿目时艰，纵笔所至，皆至情激发，可兴可观，可群可怨，无往不上合《三百》之旨。殆主文谲谏，言之者无罪，闻之者足以戒欤？夫《诗》称三百，变《风》、变《雅》居其大半，皆箴规戒诲、美刺哀闵之言，而其言悉出于仁人志士，伤谗思古，吟咏性情，止乎礼义。故父子之恩缺，则《小弁》之刺作。夫妇之道绝，则古风之篇奏。骨肉之亲离，则《角弓》之怨彰，君子之路塞，则《白驹》之诗赋。下逮《天问》《招魂》《四愁》《五噫》《七发》，与夫陈思、靖节、参军、开府、供奉、拾遗，皆有不得已于其衷者。今读先生近著，与曩构之所以异，能勿怃然于世运衰替，靡有届乎？至其诗之派别与词之源流，前之序《三都》者备言之，末学何由窥其涯涘。然残膏剩馥，沾丐为不鲜矣，敢以质诸世之知言者。岁在壬申孟夏，古歙鲍焘序。"

戈铭猷《序》曰："周秦而后，唐宋以前，凡论诗之教及诗之余，往往有惊人佳句、绝妙好词、衔华佩宝、历久而不朽者，其故何哉？盖《诗》主无邪，无邪斯无为，无为则正，正则真矣，惟真乃不朽也。世之乱也，文言庞杂，云谲波诡，修词立诚，阙焉弗讲。于是乎诗教失，乐章废矣。挚干缭缺，沦落天涯，古调不弹，新声是逞。而纯盗虚声、持伪体，以欺人者方且沾沾自喜也，君子耻焉。铭猷性钝，未尝学问，因而戒欺之志，愈觉不可澌灭。三五知己，尝结一真率会，以互相磨砻。会中人如陈星南、汪作舟、夏浒岑、刘蔚如、吉崇如、吉会甫辈及铭猷，凡志学无间者十有余年。曾几何时，沧桑百变，或服官远域，或游幕他邦，或名山著书，或江楼讲学，当年旧友，风流云散，寥落晨星，吁，可慨也。厥后千里归来，散而复聚。于是真率会相续而起，会中人如霞老与星南、浒岑、会甫，益以张星槎、吕诚斋，后浴蘅、陆鲁瞻、鲍少仲、翟禾夫、杨鹤畴辈先后加入，及铭猷凡十余人。春秋佳日，更唱迭和，其会于慎园者十之四，会于南庄者十之六。吟咏而外，霞老首唱填词，琴鹤山馆中，尝悬石帚老仙及坡仙像，一香一茗，一书一画，俨有师资。昔人所谓'此中有真意，欲辩已忘言'者，其斯之谓欤？先是霞老诗词初集，星南序其词，铭猷序其诗。吾两人皆谓霞老为今之逸民，盖以其真实无妄，率性以行，而与世无竞也。今《霞栖诗词续钞》哀然又成帙矣，铭猷怂恿付梓，霞老乃属为序。窃以真学问必从真性情中出，此诚非世之作伪者所能知。斯编语语出自性情，不屑以浮艳者欺世，究厥旨归，一真而已矣。知言之君子或不以为无当乎？岁直壬申仲夏之月，戈铭猷谨纂。"

翟锡纯《序》曰："昔太史公言，《诗》三百篇，大抵圣贤发愤之所为作。惟诗以道性情，词亦有然。故善作者举幽忧之思，抑塞不平之气，感触慷慨，奋发有动于中，与夫风云月露之态，花草之精神，天地鬼神，怪奇伟丽，可喜可愕之变化万状，莫不寓之于篇。要其可以兴观之旨，皆不徒作者也。词为诗之余，其制虽与诗异，其所以为词之旨，固无以异也。诗教既衰，后之作者不能达此。徒得一二缛巧之句，或无聊之言以充篇章，无关宏旨。降至于今，且以新说白话强号为诗。呜呼！君子于此可以觇世变矣。父执周六丈前既印《霞栖诗钞》及《词钞》，近又哀其所作为《续钞》，不以余之不文，命为点勘。余受而读之。值久病初起，风雨之夕，一灯荧荧。然手此一编，读《苦农》《水灾》诸诗，如读杜子美《垂老别》《无家别》《石壕吏》诸作。读《感物》《怀旧》诸词，则又如听雍门之琴、山阳之笛，感慨莽苍，怵然心凄。而窗外风雨断续之声，与吟讽之声相应答，得不令人荡气回肠，久而不能自已乎？谓非有得于古作者之旨而能如此乎？可谓不徒作矣。吾乡明末遗老吴野人先生，所作《陋轩诗》，尝道煮盐夫及水灾凶荒之苦。其发愤之作，识者谓出之性情，无愧诗史。又有兴化陆种园先生者，尝往来吴乡，游于丈之先世南庄别墅，留连反复，屡形于词，莫非陶泳性情之作，至今丈家遗稿犹存。惟丈之生值世变，有类于二老，而服膺陋轩等尤有年，故发之实词，得古作者之旨，卓出迥绝，固有由矣，夫岂独词句之工也哉！点勘既毕，复于周丈，因书以为之序。壬申夏五月，翟锡纯谨识。"

苏雪林《中国文学史》编成、排印。共三编二十一章。其中，第三编"唐宋文学"的第二十章为"两宋的词（A.宋词在文学上的价值，B.宋词发达之原因）"。

王易《词曲史》，由神州国光发行出版。该书成书于20世纪20年代，为王易执教于南昌心远大学时所撰写的教材。叶恭绰评曰："征引繁博，论断明允。"

（后收入孙克强、和希林主编:《民国词学史著集成》第 9 卷）

梁启勋《词学》，由京城书局出版。中国书店 1985 年据京城书局排印本影印。（后收入孙克强、和希林主编:《民国词学史著集成》第 4 卷）

【报刊发表】

《微音月刊》第 1 卷第 2 期刊发：刘宣阁《浙派词与常州派词》。

剑亮按:《微音月刊》，月刊，1931 年创刊于上海，由神州国光社出版发行。1933 年终刊。

《微音月刊》第 2 卷第 4 期刊发：春痕《读白雨斋词话》。

《微音月刊》第 2 卷第 7、8 期刊发：储皖峰《宋词人柳永生年的推测》。

《湖社月刊》第 53—61 期刊发：寿铄《词学讲义》。参见 1927 年 11 月 15 日 "湖社月刊创刊"。

《文学年报》第 1 期刊发：

杨式昭《读闺秀百家词选札记》；

郭德浩《李后主评传》。

剑亮按:《文学年报》，年刊，1932 年创刊于北京，由燕京大学国文学会出版发行。1941 年终刊。

《燕京大学图书馆报》第 43 期刊发：魏建猷《书蓼绥阁诗钞潞河词跋后》。

《津逮季刊》第 1 卷第 2 期刊发：

马稚青《竹枝词研究》；

杨树棠《淮海词之研究》；

张士宣《南宋布衣姜白石》。

《浙江大学季刊》第 1 卷第 1 期刊发：储皖峰《柳永生卒考》。

《中央时事周报》第 3 卷第 15 期刊发：岩子系《民族词人张孝祥》。

《厦大周刊》第 12 卷第 8 期刊发：区宗坤《叶小鸾及其词》。

《文艺之友》第 1 卷第 7、8 期刊发：《〈落花词〉好评一束》。

剑亮按:《文艺之友》，半月刊，1932 年创刊于上海，由新时代书局出版发行。1935 年终刊。

《工业年刊》第 2 期刊发：梁品如《评〈荒原词〉》。

【词人生平】

陈思逝世。

陈思（1873—1932），字慈首，辽宁辽阳人。与钱名山、谢玉岑、蒋兆兰等有唱和。曾任东北大学教授。有《华藏词》《白石道人歌曲疏证》《白石道人年谱》。

程颂万逝世。

程颂万（1865—1932），字子大，号鹿川、定巢、石巢，晚号十发居士，湖南宁乡人。官湖北高等工业学堂监督、湖北造纸厂总办。有《美人长寿庵词》《定巢词集》等。

夏敬观《忍古楼词话》曰："宁乡程彦清颂芬、子大颂万兄弟，为雨沧教授霖寿之子。雨沧有《湖天晓角》词二卷，彦清有《牧庄词》三卷，子大有《鹿川词》三卷……程氏父子在湖南皆颇有文名，子大尤俊，乃潦倒场屋，始终不获一领青衿，中年以纳粟为知府，老于湖北。辛亥后，避居海上。常相过从，亦沤社中一老将也。"（唐圭璋编：《词话丛编》第 5 册，第 4775 页）

钱仲联《近百年词坛点将录》评曰："宁乡十发居士，湘西才子，袁绪钦称其词'瑰丽谲诡，驱驾气势，劲出横贯，多而不竭'（《湘社集序》）。盖奇情壮采，不知胸中吞几云梦也。光绪辛卯，编《湘社集》词，作者七人，见一时风雅之盛。"（钱仲联：《梦苕庵论集》，第 404 页）

易顺豫逝世。

易顺豫（1865—1932），字由甫，号叔由，又号伏庵，湖南龙阳人。官江西临川知县。晚年曾入沤社。有《琴思楼词》。冒广生《小三吾亭词话》曰："由甫兄弟，尝与文道希、郑叔问、蒋次湘、张子苾结社于壶园。又与王梦湘、陈伯弢、何诗孙、程子大在长沙结湘社，刻《湘社集》行世。"（唐圭璋编：《词话丛编》第 5 册，第 4705 页）

1933 年

（民国二十二年　癸酉）

1月

1日，《青鹤》第1卷第4期刊发：

覆厂《渡江云》（为金悔庵题《霜晓厂裁曲图》）；

蛰云《风入云》（夏夜露坐）；

璪青《石州引》（春日即事，用贺东山韵）；

君坦《瑞鹤仙》（壬申初秋游旧都，君庸招同放庵丈玉泉山麓，自青榭观荷，雪藕茗话。轻阴阁雨，烟柳如幄。风景不殊，感旧成咏）。

1日，《铁血》创刊号刊发：明明《柳梢青》（病后赠答友人，并寄书册）、《清平乐》（云阶月地）。（后收入《民国珍稀短刊断刊·湖北卷》第25册，第11934页）

1日，龙榆生为况周颐遗著《词学讲义》作附记。（张晖：《龙榆生先生年谱》，第44页）

3日，《河南大学周刊》第15期刊发：汪志中《八声甘州》（金梁秋感，和屯田韵）。（后收入《民国珍稀短刊断刊·河南卷》第5册，第2340页）

7日（农历壬申年十二月十二日），吴梅作《金缕曲》（容易芳华歇）。词前有记曰："先是，女伶新艳秋，前四年曾托曹靖陶求我一诗。吾不知为女伶，及以小影赠我，不禁失笑。此时来京奏技，又嘱靖陶题其《凝绿馆图》，而冒鹤亭（广生）先成是调。余见其用韵夹杂，不尽步原韵也。"（吴梅著，王卫民编校：《吴梅全集·日记卷》上，第255页）

8日（农历十二月十三日），吴梅作《桂枝香》（祝东坡生日）。记曰："早赴万全，与诸生雅集，题为《桂枝香》（祝东坡生日）。公生十二月十九日。集者二十五人。"（吴梅著，王卫民编校：《吴梅全集·日记卷》上，第255页）

9日（农历十二月十四日），吴梅作《三姝媚》（冬日过玄武湖）。（吴梅著，

王卫民编校:《吴梅全集·日记卷》上，第 256 页）

10 日,《温州新报·副刊》刊发:

董每戡《浣溪沙》（廿四初度作）;

郁达夫《永嘉长短句读后附注》。

剑亮按: 董每戡《浣溪沙》词，后收入陈寿楠等编:《董每戡集》第 5 卷,
第 434 页; 郁达夫《永嘉长短句读后附注》,《文艺茶话》第 1 卷第 4 期刊发时
题作《〈永嘉长短句〉序》，后收入陈寿楠等编:《董每戡集》第 5 卷，第 440 页。

10 日,《商丘留汴学会会刊》创刊号刊发:（河大）蔡伯亚《澹碧轩词稿》,
作品有《八声甘州》（□□□驻马水云乡）、《西河》（金陵怀古，和美成）、《踏莎
行》（菰叶凝烟）、《踏莎行》（绣户流莺）、《翠楼吟》（□马嘶风）、《扬州慢》（暑
假归里，途次感怀，用石帚韵）、《菩萨蛮》（遥峰一带明欺雪）、《菩萨蛮》（金梁
桥上三更月）、《解连环》（霜华风□）。（后收入《民国珍稀短刊断刊·河南卷》
第 13 册，第 6394 页）

10 日,《河北女师学院期刊》创刊号刊发:

郝淑菊《减字木兰花》（乡居无味）、《减字木兰花》（河山破碎）、《浣溪沙》
（人隔云山百万重）、《浣溪沙》（读尽闲书日未昏）;

许玉娟《虞美人》（长空一抹斜阳晚）、《采桑子》（尘寰碧落频怅望）。

11 日,《温州新报·副刊》刊发: 董每戡《鹧鸪天》（忆江南）。（后收入陈寿
楠等编:《董每戡集》第 5 卷，第 435 页）

11 日, 河南《民国日报》副刊《庠声》第 10 期刊发: 密公《梁苑词录》
（七）。作品有:

张玉璧《应天长》（秋思）;

何宝钧《西河》（洛阳晚眺）;

栗文同《减兰》（春芳欲尽）、《三字令》（春欲去）;

吴益曾《忆王孙》（夕阳西下白蘋州）;

赵鉴璋《减兰》（月明如水）;

侯德远《浪淘沙》（门外雨潇潇）;

张沛霖《菩萨蛮》（荒郊漠漠秋无际）;

王仪章《诉衷情》（几声寒雁唳遥空）。（后收入《民国珍稀短刊断刊·河南
卷》第 14 册，第 6768 页）

12 日,《温州新报·副刊》刊发:董每戡《浣溪沙》(集纳兰词句)。(后收入陈寿楠等编:《董每戡集》第 5 卷,第 435 页)

13 日,《温州新报·副刊》刊发:董每戡《凤凰台上忆吹箫》(戚莼露女士出示《私倚疏楔望皓月》一影索题。予不弹此调久矣,但未忍固辞,即赋《凤凰台上忆吹箫》以答。虽未深美闳约,然较《淮海》小词已胜一筹。写呈柳亚子、林庚白词家)。(后收入陈寿楠等编:《董每戡集》第 5 卷,第 436 页)

14 日,《温州新报·副刊》刊发:董每戡《齐天乐》(仰天窝,在冲霄峰之巅,旁邻瓢饮谷,前有仰天湖。湖畔有松韵台,终年云雾满室。天上耶? 人间耶? 确莫能辨。天骏我友,属题其窝,即谱《齐天乐》以答)。(后收入陈寿楠等编:《董每戡集》第 5 卷,第 436 页)

14 日(农历十二月十九日),吴梅作《减字木兰花》(张卧楼七十寿,应陈小树之请也)。(吴梅著,王卫民编校:《吴梅全集·日记卷》上,第 258 页)

15 日,《温州新报·副刊》刊发:董每戡《南歌子》(雁荡山屏霞庐待月,有所思)二首。(后收入陈寿楠等编:《董每戡集》第 5 卷,第 437 页)

16 日,《青鹤》第 1 卷第 5 期刊发:

闰枝《应天长》(遐厂《选词图》);

鹤亭《霓裳序中第一》(遐厂《选词图》);

伯绚《齐天乐》(题遐庵《选词图》);

次公《石湖仙》(遐庵五十生日题《选词图》为寿);

戴正诚撰《郑叔问先生年谱》(一)。

18 日,《温州新报·副刊》刊发:董每戡《清平乐》(重阳节,寄吾素上海)二首。(后收入陈寿楠等编:《董每戡集》第 5 卷,第 438 页)

18 日,河南《民国日报》副刊《庠声》第 11 期刊发:

王鸿儒《蝶恋花》(窗外寒梅云外月)、《昭君怨》(岸上杨花飞还);

密公《梁苑词录》(八),作品有:

王仪章《满江红》(大梁怀古)、《渔家傲》(绝□早惊山水变);

何宝钧《谒金门》(如钩月);

栗文同《菩萨蛮》(西□雨歇天渐霁);

许敬武《青玉案》(杨花吹乱江南路);

张九如《摊破浣溪沙》(长白山头□未散)、《江南春》(烟漠漠);

赵鉴璋《浣溪沙》（红叶黄花满稻村）；

侯德远《渔歌子》（雁唳霜天月满桥）。（后收入《民国珍稀短刊断刊·河南卷》第 14 册，第 6772 页）

19 日，《温州新报·副刊》刊发：董每戡《好事近》（一夜北风吹）。（后收入陈寿楠等编：《董每戡集》第 5 卷，第 438 页）

21 日（农历十二月廿六日），吴梅作《霜叶飞》（题《艮庐填词图》）。（吴梅著，王卫民编校：《吴梅全集·日记卷》上，第 261 页）

23 日（农历十二月廿八日），吴梅作《飞雪满群山》（题《艮庐填词第二图》）。（吴梅著，王卫民编校：《吴梅全集·日记卷》上，第 262 页）

23 日，天津《大公报》刊发：刘永济《惜秋华》（短鬓惊风）。参见 1932 年 8 月。

24 日，缪钺作《鹧鸪天》（壬申除夕前一夜，留鹤铨小饮）、《蝶恋花》（何处幽兰生小圃）、《浣溪沙》（友人有书询近况者，赋此答之）。（缪元朗：《缪钺先生编年事辑》，中华书局，2014 年，第 21 页）

25 日（农历十二月三十日），吴梅为张仲清《艮庐填词图》题词。记曰：与伯刚“同访张仲清，携其《填词图》归，即将前二词录入卷中，又亲自送去”。（吴梅著，王卫民编校：《吴梅全集·日记卷》上，第 262 页）

25 日，汪曾武作《浪淘沙》（新历除夕，曾赋明日新年词。明朝为癸酉元旦，赓续前韵，再拈二解）二首。（汪曾武：《趣园诗余·味莼词丙稿》，第 9 页。后收入朱惠国、吴平编：《民国名家词集选刊》第 6 册，第 96 页）

25 日（农历壬申除夕），邵章作《风入松》（壬申除夕）。（邵章：《云淙琴趣》卷三，第 24 页。后收入朱惠国、吴平编：《民国名家词集选刊》第 10 册，第 203 页）

25 日（农历壬申除夕），陈曾寿作《天香》（壬申除夕，同君适自大连赴旅顺，车行百里，已昏黑矣。先是，上为僦一小楼，遍寻始至其处。门扃无人，彷徨久立，寒风砭骨。仆人觅屋主取钥来，乃启而入。乞水邻家，热炉煮茗，稍回暖气。相对兀坐，天风海涛中，隐隐闻箫鼓爆竹声，万感无端，因赋此阕）。（陈曾寿著，张彭寅、王培军校点：《苍虬阁诗集》，第 383 页）

26 日，汪曾武作《庆春宫》（癸酉元旦，闻鸡声有感）。（汪曾武：《趣园诗余·味莼词丁稿》，第 1 页。后收入朱惠国、吴平编：《民国名家词集选刊》第 6

册，第 103 页）

26 日，邵章作《祝英台近》（癸酉元旦）。（邵章:《云淙琴趣》卷三，第 24 页。后收入朱惠国、吴平编:《民国名家词集选刊》第 10 册，第 204 页）

26 日，张素作《高阳台》（元日微雨）。（后收入张素:《南社张素诗文集》，第 780 页）

30 日（农历正月初五日），适社社集，巍成值社。吴梅记曰: 出席者有"孝先、师愚、公孟、宙民、仲清、佩诤及余也"。（吴梅著，王卫民编校:《吴梅全集·日记卷》上，第 264 页）

31 日，《申报·自由谈》刊发: 董每戡《踏莎行》（除夜）。（后收入陈寿楠等编:《董每戡集》第 5 卷，第 439 页）

本月

缪钺作《鹧鸪天》（壬申岁暮，日寇西侵，幽燕告警。胡生厚宣、王生鑫章自北京大学辍学南归，途经保定，凄然话别）。（缪钺:《缪钺全集》第 7、8 合集，第 15 页）

龙沐勋为《彊村词賸》作跋。曰:"《彊村词賸》二卷，归安朱先生《语业》删除稿也。先生既以光绪乙巳薙存丁酉以来所为词，刻《彊村词》三卷，《前集》《别集》各一卷。而三卷末有丁未年作，是此集虽开雕乙巳，亦续有增益，以迄于宣统辛亥，足成四卷，而汰其《前集》《别集》不复附印，世几不获见先生词集之全矣。戊午岁，先生复取旧刊各集，益以辛亥后作，删存一百一阕，为《彊村乐府》，与临桂况氏《蕙风琴趣》以活字版合印为《鹜音集》。后五年癸亥，续加订补，刻《语业》二卷。先生词盖以是为本焉。其癸亥以后有手稿题《语业》卷三者，已为写定续刊矣。先生临卒之前数月，曾举手圈《彊村词》四卷本及《前集》《别集》见付。其词为定本所删者过半，在先生固不欲其流传。然先生所不自喜者，往往为世人所乐道。且于当时朝政，以及变乱衰亡之由，可资考镜者甚多，乌可任其散佚？爰商之夏闰枝、张孟劬两丈，仿先生刻半塘翁词例，取诸集中词为《语业》所未收者，次为《賸稿》二卷，而以辛亥后存有手稿不入《语业》卷三者，别为《集外词》，以附遗书之末，俾世之爱诵先生词者，不复以缺失为憾云。壬申冬十二月，龙沐勋谨跋于真如寓居。"（后收入朱惠国、吴平编:《民国名家词集选刊》第 2 册，第 721 页）

2 月

1 日，张素作《临江仙》（人日偶题）。（后收入张素：《南社张素诗文集》，第 780 页）

1 日，《青鹤》第 1 卷第 6 期刊发：

映庵《石州慢》（自题《填词图》）；

公渚《石州慢》（《映庵填词图》）；

释堪《瑞鹤仙》（壬申末伏，君坦绾署北来，过从甚欢，自青榭池荷盛开，君庸约共游赏，余以事不至。越日，君坦赋词见投，欲和未就，秋深玉泉，中东孤往，败荷塞水，丹枫恋晖。意有所怅触，因次韵，寄君坦，兼示蛰云、君庸）；

戴正诚撰《郑叔问先生年谱》（二）。

1 日，《新时代》第 4 卷第 1 期刊发：

董每戡《杨柳枝》（题叶蓁君的《怀云词》五卷）五首；

林庚白、柳亚子《浪淘沙》（嘲曙天）；

章石承《谈词的解放运动》；

张凤《词的反正》；

曾可今《为词的解放运动答张凤问》；

张双红《谱的解放》；

余慕陶《让它过去吧——过去了的词让它过去，写些大众的词》；

褚问鹃《保存与改革——论词之应保存与改革》；

柳亚子《词的我见》；

郁达夫《唱出自己的情绪——〈永嘉长短句〉序》；

淑芳女士《宋代无名女词人》；

董每戡《与曾今可论词书》，中曰："你的《词的解放运动》中的三个意见，与我所主张大致相同，我没有什么反对，不过我想在你这三个主张之外补充一些：我觉得'依谱填词'这一着，在每个学填词的人是必须遵守的，但是可活用'死律'，依我个人的意见，现代人填词，至少须守着以下几个条件：一、不使事（绝对的），二、不讲对仗（相对的），三、要以新事物、新情感入词，四、活用'死律'，五、不凑韵，六、自由选用现代语。"

剑亮按：《新时代》，月刊，1931 年创刊于上海，由新时代书局出版发行。1937 年终刊。

又按：董每戡词、文，后收入陈寿楠等编：《董每戡集》第 5 卷，第 439、369 页；林庚白、柳亚子《浪淘沙》（嘲曙天），后收入张明观：《柳亚子集外诗文辑存》，上海人民出版社，2011 年，第 125 页。

又按：曹聚仁《谈曾今可》："记得 1933 年 2 月间，曾今可先生在他自己主办的《新时代》月刊提倡'词的解放'，他自己写了一首《画堂春》，词云：'一年开始日初长，客来慰我凄凉。偶然消遣本无妨，打打麻将。　且喝干杯中酒，国家事管他娘，樽前犹幸有红妆，但不能狂。'这就给大家当作笑话来说了。因为国难严重，'消遣本无妨，打打麻将'，'国家事管他娘'的说法，总有些那个的。于是鲁迅先生写了一节《曲的解放》说：'词的解放已经有过专号，词里可以骂娘，还可以打打麻将。曲为什么不能解放？也来混账混账。'"（曹聚仁：《听涛室人物谭》，生活·读书·新知三联书店，2007 年，第 235 页）

1 日，河南《民国日报》副刊《庠声》第 13 期刊发：密公《梁苑词录》（九）。作品有：

徐世璜《减兰》（日长人倦）、《捣练子》（朝霭重）；

桑继芬《鹧鸪天》（雨骤风狂送暮春）、《临江仙》（花事阑珊春事了）；

谢兰英《卜算子》（薄暮独凭栏）、《临江仙》（雨霁云收天欲暮）。（后收入《民国珍稀短刊断刊·河南卷》第 14 册，第 6780 页）

5 日，《安徽大学月刊》第 1 卷第 1 期刊发：

李大防《浣溪沙》（金陵大雪）、《满江红》（题崇祯甲申年史阁部铸炮拓本。炮在扬州梅花岭，相传由安庆移置）、《蝶恋花》（悄立危楼贪玩玩）、《临江仙》（高廉昉属题《桃源图手卷》）；

何鲁《浣溪沙》（读《寒翠词》，简李范之先生）、《一剪梅》（短被生寒香梦残）；

宗志黄《纱窗恨》（庭前一夜梧桐响）、《更漏子》（蜡花垂）。

6 日，《大公报·文学副刊》第 266 期刊发：解人《菩萨蛮》（伤心独对湖边月）。（后收入曾贻萱、曾贻椿编：《曾觉之文选》下册，团结出版社，2015 年，第 502 页）

剑亮按：曾觉之（1901—1982），笔名解人，广东兴宁人。曾留学法国巴黎大学等。1929 年回国后，先后在南京中央大学、北平中法大学任教，兼《中法大学》月刊主编。有《曾觉之文选》。

7 日，《申报·自由谈》刊发：阳秋《读〈词的解放运动专号〉后有感》。

剑亮按：阳秋，茅盾笔名。

8 日，河南《民国日报》副刊《庠声》第 14 期刊发：

汪志中《瑞龙吟》（壬申季春，和美成韵）、《蕙兰芳引》（忆故人也）；

吴和生《西河》（和清真）；

李芋亭遗著《芋亭诗词录》，有《虞美人》（壬辰中秋）、《浪淘沙》（晓起依栏看秋色）、《浣溪沙》（信叔以《墀香冢词》见示，依调奉和）、《高阳台》（□荔园词悼徐缄庵）、《声声慢》（苦雨和许鹤巢，用碧山韵）。（后收入《民国珍稀短刊断刊·河南卷》第 14 册，第 6783 页）

龙榆生作《水调歌头》（元夕薄醉，拈东坡句为起调）。（后收入龙榆生:《忍寒诗词歌词集》，第 24 页）

9 日，张素作《齐天乐》（灯夕书事）。（后收入张素:《南社张素诗文集》，第 782 页）

10 日，《河南大学周刊》第 16 期刊发：

汪志中《三姝媚》（昏鸦栖远树）；

王步洲《八声甘州》（和柳）二首。（后收入《民国珍稀短刊断刊·河南卷》第 5 册，第 2348 页）

13 日，《大公报·文学副刊》第 267 期刊发：刘异《惜秋华》（秋色）、《解连环》（雁行）。

13 日，《温州新报·副刊》刊发：董每戡《忆江南》（梦回口占）。（后收入陈寿楠等编:《董每戡集》第 5 卷，第 440 页）

14 日（农历正月廿日），吴梅先后接待姜毓麟、唐圭璋，商谈词学。吴梅记曰:"午间姜毓麟来，交《井眉轩长短句》付刻"；"唐圭璋及族妹珣琪至。余将孙月坡《长啸轩词》交圭璋，抄付龙榆生，刊入《词学季刊》中，原定二月出书也"。（吴梅著，王卫民编校:《吴梅全集·日记卷》上，第 268 页）

15 日，《国风》半月刊第 2 卷第 4 号刊发：徐震堮《鹧鸪天》（读严几道书札，其自述颇多饮恨之词）、《鹧鸪天》（舟次富阳）、《西江月》（初见燕到）、《青玉案》（松江东郭门外，村田弥望，弦诵之隙，时作郊游。景风暄和，春物具美，徘徊于竹篱土巷间，看野犬迎人，饥雀逐食，为之意远。九峰三泖，自古称胜地，惜不能脱略尘鞅，著扁舟一叶于其间也，故于后片及之）、《踏莎行》（哭刘子庚夫子）。

剑亮按：《踏莎行》（哭刘子庚夫子）云："词卷苍凉，儒冠侘傺。先生头白京尘底。一棺万事总成空，天涯归骨知何地。　袖墨犹新，楹书谁寄（先生殁后，子女皆幼，生前著作不可问矣）。江南愁杀闲桃李。西州花发旧经过，十年三下师门泪（朱蓬仙师殁于丁巳［1917］，周国香师殁于己未［1919］，今先生又归道山，前后才十一年耳）。"

15日，河南《民国日报》副刊《庠声》第15期刊发：

汪志中《三姝媚》（昏鸦栖远树）；

吴和生《戚氏》（广寒宫）。（后收入《民国珍稀短刊断刊·河南卷》第14册，第6788页）

16日，《青鹤》第1卷第7期刊发：

苍虬《风入松》（次韵彊村老人病起作，时将南下）；

西神《齐天乐》（病起，薄游焦山）；

湖帆《齐天乐》（题寐叟山水）；

帅南《安公子》（送匑厂归青岛，用乐章八十字体韵）；

戴正诚《郑叔问先生年谱》（三）。

17日，夏承焘作《朝天子》（和潭秋《哭子》）。（吴蓓主编：《夏承焘日记全编》第4册，第2461页）

22日，河南《民国日报》副刊《庠声》第16期刊发：

次公《减字木兰花》（和少滨洛游原韵）；

伯仁《减字木兰花》（秋高人畅）。（后收入《民国珍稀短刊断刊·河南卷》第14册，第6791页）

25日（农历二月初二日），龙榆生作《上林春》（癸酉二月初二日，探梅邓尉。花枝寒勒，含蕊未放。感时抚事，短咏抒哀）。（后收入龙榆生：《忍寒诗词歌词集》，第25页）

26日，叶恭绰致函龙榆生。中曰："至前函所论'选抄不如汇刻'一节，《清词钞》开始时曾屡经讨论，意在网罗一代所作，以彰其盛，且免遗佚放失，故主选抄，而不主汇刻，以汇刻势不能多也。清代词家约计逾四千人，有集者恐亦过千，且多巨帙，如陈迦陵，势难遍刻。将来或选三四十家最著名者汇为一编，仍加别择，如《绝妙好词》例，与《词钞》相辅。一主精严，一主广博，庶无遗憾。

尊意以为然乎？"（张寿平辑释：《近代词人手札墨迹》上，"中央研究院"中国文哲研究所，2005 年，第 216 页）

27 日，《河南大学周刊》第 17 期刊发：

次公《风流子》（和柯山）、《沁园春》（李释龛《无边华庵图》。庵在弓弦胡同）；

袁郁文《八声甘州》（和邵师原韵）、《琐窗寒》（雁景侵霜）。（后收入《民国珍稀短刊断刊·河南卷》第 5 册，第 2355 页）

28 日，夏承焘作《朝天子》（之江寓楼）、《庆宣和》（相送何须酒一卮）。（吴蓓主编：《夏承焘日记全编》第 4 册，第 2464 页）

本月

朱蕴山作《念奴娇》（怀念亡友邓演达）。（后收入全国政协文史和学习委员会编：《回忆朱蕴山》，第 143 页）

阜东生《双木集》，由上海时青社编辑部出版。分"寄双木"（杂言艺术）、"马头新调"、"湾前新诗"、"别后新词"四部分。书前有著者《谈谈新词》（自序）、《双木集题词》及仲举《陌上花词》。

夏宇众《雾净集》，由著者在北平刊行。分甲、乙两集，收作者 1909 年至 1932 年间的诗词 60 余首。

孙俍工、孙怒潮《中华词选》，由上海中华书局出版。1936 年 3 月再版。选收自唐至清的 271 位词人的 574 首词。依词人时代先后编排。卷首有《中华词选序说》一文，对词的起源、体制、派别等进行介绍。

李白英编校《花间集》，由上海光华书局出版。为《欣赏丛书》一种。书前有沈思《前记》、欧阳炯《花间集原序》。

3 月

1 日，《青鹤》第 1 卷第 8 期刊发：

映庵《天香》（寄怀张孟劬燕京）；

次公《踏莎行》（碧漪夫人所画《碧山吟社卷子》）；

晴川《临江仙》（雨过）；

谳谷《高阳台》（和姜庵韵，贻黄咏霓）；

戴正诚《郑叔问先生年谱》（四）。

1日，河南《民国日报》副刊《庠声》第 17 期刊发：

和生《诉衷情》（月当头、夕守岁）、《鹧鸪天》（薄劣东风作意吹）、《鹧鸪天》（倒叠前韵，和志中）；

志中《鹧鸪天》（次和生元韵）、《鹧鸪天》（入夜秋弦动地哀）。（后收入《民国珍稀短刊断刊·河南卷》第 14 册，第 6796 页）

1日，《申报》刊发：阳秋《阳秋答"阳春"》。

4日，《申报》刊发：

张梦麟《所谓"词的解放"专家》；

川《"解放"与"保守"》。

6日，《河南大学周刊》第 18 期刊发：冀野《书无名女郎〈归山词〉后》。（后收入《民国珍稀短刊断刊·河南卷》第 5 册，第 2363 页）

7日（农历二月十二日，花朝日），刘麟生作《百宜娇》（花朝日，寿兑之四十）。（刘麟生：《春灯词》，第 20 页。后收入朱惠国、吴平编：《民国名家词集选刊》第 15 册，第 92 页）

8日，河南《民国日报》副刊《庠声》第 18 期刊发：朱丰苣先生遗著《临啸阁词》。作品有《木兰花慢》（月夜）、《探春慢》（露湿桐绵）。（后收入《民国珍稀短刊断刊·河南卷》第 14 册，第 6800 页）

10日，夏承焘作《折桂令》（月轮楼，效虞道园短柱韵）。（吴蓓主编：《夏承焘日记全编》第 4 册，第 2467 页）

10日，《申报》刊发：玄《何必"解放"》。

13日，《河南大学周刊》第 19 期刊发：康永乐《浣溪沙》（无恙莺花二月天）、《浣溪沙》（晴软香苏杏靥红）、《浣溪沙》（翘首水东野人家）。（后收入《民国珍稀短刊断刊·河南卷》第 5 册，第 2371 页）

14日，叶景葵作《花间集校记》。（后收入叶景葵著，柳和城编：《叶景葵文集》，第 970 页）

15日，河南《民国日报》副刊《庠声》第 19 期刊发：密公《梁苑词录》（十）。作品有：

吴益曾《甘州》（龙亭怀古）；

何宝钧《锦缠道》（芳草连天）、《鹊桥仙》（亭皋叶落）；

邢梦秋《唐多令》（往事夕阳中）；

薛珠《醉落魄》（寒风恻恻）；

张九如《点绛唇》（万鸟齐瘖）。（后收入《民国珍稀短刊断刊·河南卷》第 14 册，第 6804 页）

15 日，《安徽大学月刊》第 1 卷第 2 期刊发：

李大防《西江月》（世事浑同蚁斗）、《西江月》（菱湖晚眺）、《木兰花》（鼓鼙声里干忧饱）；

杨铸秋《瑞鹤仙》（邂□购还其先人《竹西感旧图咏》，属题句）。

16 日，《青鹤》第 1 卷第 9 期刊发：

黄孝纾《彊村校词图序》；

彦通《适屦集》（一）；

戴正诚《郑叔问先生年谱》（五）。

16 日，《国风》第 2 卷第 6 号刊发：唐圭璋《两宋词辑》。

16 日，《论语》半月刊第 1 卷第 13 期刊发：俞平伯《赋得早春》。词作有《浣溪沙》（立春喜晴）、《菩萨蛮》（清华园早春）。（后收入俞平伯：《古槐书屋词》，第 5 页）

剑亮按：《论语》，半月刊，1932 年创刊于上海，由时代图书公司出版发行。1949 年终刊。

16 日，《申报》刊发：《词人林铁尊作古》。

22 日，夏承焘接唐圭璋寄来任中敏《读词概录》一册。（吴蓓主编：《夏承焘日记全编》第 4 册，第 2469 页）

22 日，河南《民国日报》副刊《庠声》第 20 期刊发：

戴祥骥《凤凰台上忆吹箫》（宝篆焚香）、《绮罗香》（凉月横舟）；

密公《梁苑词录》（十一），作品有：

郭筱竹《青玉案》（朔风动地垂杨暮）；

□□□《玉楼春》（□地寒威风凄切）；

刘振真《调笑令》（芳草芳草）、《捣练子》（愁独倚）。（后收入《民国珍稀短刊断刊·河南卷》第 14 册，第 6808 页）

24 日，夏承焘作《贺新郎》（三月五日，之江诗社诸生探梅超山，予病未能从。是夜，闻承德失守，愤慨有作）。（吴蓓主编：《夏承焘日记全编》第 4 册，

第 2471 页）

27 日，《河南大学周刊》第 21 期刊发：绂卿《菩萨蛮》（文梁画阁春光媚）、《归国遥》（湖水绿）、《归国遥》（堤柳碧）。（后收入《民国珍稀短刊断刊·河南卷》第 5 册，第 2388 页）

本月

王国维《静安词》，由上海世界书局出版。收词 110 首。大部分采自《苕华词》及《人间词甲乙稿》。书前有陈乃文《序》及樊志厚《人间词甲稿序》《人间词乙稿序》。

黄福颐《词庵词》刊行。卷首有著者 1933 年 3 月《自序》。

陈子展《中国文学史讲话》上册，由北新书局出版。《讲话》分上、中、下三册。上册，1933 年 3 月出版。中册，1933 年 9 月出版。下册，1937 年 6 月出版。其中，第五讲"诗人与词人"，下设"由诗到词发展的路径""五代词人""北宋诗人与词人""南宋诗人与词人"等章节。

夏承焘为陈思《白石道人年谱》作《叙》。曰："《白石年谱》一卷，辽阳陈慈首先生著也。曩予为《白石歌曲斠证》，尝辑杂书，欲补苴姜虹绿所编年谱。旋闻之彊村老人，乃得见先生此稿，考证详赡，非承焘所能为役。研诵赞叹之余，尝疏疑义十数事拟教于先生，先生赐书宽奖，谓曩属稿于苏州围城中。初拟依冯氏、张氏《玉溪谱例》草年谱，江氏《山中白云例疏词》，并辑佚文，录《绛帖平》及《诗说》《续书谱》，以复白石橐稿之旧。自揣力不及此，于是诗词注后案语皆并入谱，以为编年之证，因而枝蔓横生。又白石为张平甫上客，庆元、开禧间，两党之间皆有知交。征引各传记，非详无以见白石之高，此亦繁冗之一，嘱予为其芟除。语至恳挚可感，予抵书报之，并呈诗以坚觌面之约。不谓书未达而得友人谢君玉岑告先生已以猝病下世矣。函墨犹新，持之叹伤。玉岑属予序此编，谓将刊之行世，因遵先生教为删省三四处、增注四五事归之。前人为白石谱者，姜虹绿止排比诗词，未尝详考生卒，最简略不足观。郑叔问手校白石集，谓曾与张子复合编年谱，而其稿不可求，或竟未属笔。先生此编，贯穿群书，十百于虹绿。若考张平甫、萧千岩、张思顺诸人行实，定杭州舍毁在嘉泰四年，客游浙东在开禧之间，皆前人所未发。自来考白石遗事者，必以此编为首举矣。虽其间于白石洞者，仍从在武康之旧说，未知虹绿曾举数证，定为吴兴之沈家白石洞。《涧泉集》题姜尧章白石洞诗亦有'经行苕溪水，乃见白石清'之句，可为虬绿说之右证。又《梦窗词》中之姜石帚，前人以当白石，颇多论议。予读《梦窗词》，以为梦窗赠石帚数词，明著在西湖作。而考梦窗入杭年代，以《柳梢青》（与龟翁登研意观雪有怀，癸卯岁段桥并马之游）一题为最早。癸卯当淳祐三年，时白石前卒十余年矣。又《随隐漫录》载姜石帚嘲林可山诗，而又别出姜尧章姜白石诗数条。似定二姜非一人为较长。此二事皆未函告先生者，因附疏于此，小疵剩义，固不足为此编病也。先生遗著，闻尚有《西王母通释》《穆天子传疏证》《山海经经籍互证表》《玄奘法师年谱》《浣花年谱》。予皆未见，见者惟此及《白石词注》《辛稼轩年谱》《清真年谱》四种汇编行世。望玉岑及先生后人必能终先生之志，承焘得附以传名，有厚幸矣。癸酉二月，永嘉夏承焘敬志于杭州六和塔西之写江楼。"（后收入焦宝整理:《陈思词学文集》，河南文艺出版社，2016 年，第 73 页）

章崇文编《李后主诗词年谱》，由上海南京书店出版。有编者《序》。附《参考书举要》。

春，林鹍翔作《踏青游》（癸酉春初，偕语冰游无锡，宿梅园。宣统己酉，余与语冰结缡东京，旅居大森明保楼。楼之前后左右皆梅，时正作花，忽忽廿五年矣。大陆沉沉，桑田沧海，而吾两人犹得息影梅树下，仿佛当日琴尊相对情景，是可感已）。（林鹍翔:《半樱词续》，第 16 页。后收入朱惠国、吴平编:《民国名家词集选刊》第 9 册，第 246 页）

春，金兆丰作《海棠春》（癸酉春暮，集萃锦园。咏海棠，分得著字。因忆去岁花时，阻雨未赴，为填是解，录呈心余、叔明两王孙正拍）。（金兆丰:《拾翠轩词稿》，第 11 页。后收入曹辛华主编:《民国词集丛刊》第 8 册，第 392 页）

春，丁宁作《忆秦娥》（癸酉春暮，检视旧稿感赋）。（丁宁:《还轩词存》，第 13 页。后收入曹辛华主编:《民国词集丛刊》第 1 册，第 77 页。亦收入丁宁著，刘梦芙编校:《还轩词》，第 15 页）

春，龙榆生作《扫花游》（虎丘送春，和清真）。（后收入龙榆生:《忍寒诗词歌词集》，第 29 页）

春，汪兆镛作《浪淘沙》（癸酉饯春）。（汪兆镛:《雨屋深灯词》，第 4 页。后收入曹辛华主编:《民国词集丛刊》第 7 册，第 33 页）

春，张茂炯作《内家娇》（癸酉暮春，胥门郭外展谒先祠。见后院榛芜中牡

丹含蕊三，犹未放也，有感而作）。（张茂炯：《艮庐词续集》附《外集》，民国
二十三年［1934］石印本，第 16 页。后收入朱惠国、吴平编：《民国名家词集选
刊》第 11 册，第 543 页）

4 月

1 日，《青鹤》第 1 卷第 10 期刊发：

黄孝纾《彊村校词图序》；

彦通《适屦集》（二）；

陈衍《闽词征序》；

戴正诚《郑叔问先生年谱》（六）。

1 日，龙榆生主编《词学季刊》在上海创刊，由民智书局负责出版。同时成
立"词学季刊社"，由叶恭绰出任董事长。

创刊号设《论述》栏目刊发：

龙沐勋《词体之演进》；

王易《学词目论》。

《专著》栏目刊发：

夏承焘《张子野年谱》《梦窗词集后笺》；

赵尊岳《词集提要》（《草堂嗣响》《纪红集》《同情集词选》）。

《遗著》栏目刊发：

况周颐《词学讲义》；

陈锐《词比：字句第一》；

徐棨《词通：论字》。

《辑佚》栏目刊发：

唐圭璋《从〈永乐大典〉内辑出〈直斋书录解题〉所载之词》《汲古阁所刻
词补遗》；

蒋春霖《水云楼未刻词——军中九秋词》；

龙沐勋《近代名贤论词遗札》。

《杂俎》栏目刊发：易大厂《韦斋杂说》。

《近人词录》栏目刊发：

杨钟羲《雪桥词》，有《虞美人》（褉集，分韵得绿字，同孟劬）一首；

陈洵《海绡词》，有《木兰花慢》（岁暮闻彊村翁逝世，赋此寄哀）一首；

夏敬观《映庵词》，有《还京乐》（庚午闰六月十四日立秋作）、《石州慢》（自题《填词图》）、《乌夜啼》（玉蝇初挂墙）四首；

张尔田《遯庵乐府》，有《鹧鸪天》（前阁风帘自在垂）、《鹧鸪天》（十样宫螺试手均）、《鹧鸪天》（拼醉檀槽不肯休）、《鹧鸪天》（金井梧桐转辘轳）、《鹧鸪天》（小阁回廊认谢家）、《鹧鸪天》（莫谩弹棋近玉枰）、《唐多令》（罗幌掩孤嚬）；

邵瑞彭《扬荷集词》，有《西河》（十八年前曾和美成金陵怀古，今再为之）、《无闷》（残叶霜惊）、《木兰花慢》（彊村师挽词）、《徵招》（客有依草窗韵挽彊翁者，邀同作）、《法曲献仙音》（汪君刚寄词见忆，次韵）五首；

邵章《云淙琴趣》，有《玉漏迟》（孟劬至自海上，和元韵）一首；

叶恭绰《遐庵词》，有《石州慢》（夜气沉山）、《西河》（白门新感，用清真韵）、《天香》（珠澥回潮）、《水调歌头》（程十发以《天台采药图》属题，旋即谢世，追赋此阕）四首；

林鹍翔《半樱词》，有《三姝媚》（新之星使持节巴黎，丐蝶仙作画赠行，媵以此词）、《风入松》（湘湖，在萧山，产莼丝甚美。以境之胜似潇湘，故名。陈见思绘《湘湖渔隐图》征题，因成此解）、《大酺》（乱后归昆山，吊龙洲道人墓）、《浣溪沙》（饮城外某氏园，即席得两解）五首；

黄孝纾《匑庵词》，有《浪淘沙慢》（彊村下世已浃月矣，感念旧游，歌以当哭）、《一萼红》（暮春，偕□弟瓠庵登劳山明霞洞观海）、《小重山》（秋夜闻雨声凄异，达旦不寐）、《锦帐春》（过华严庵，看红蔷薇弥天花雨，有过时之感）四首；

易大厂《宜雅斋词》，有《丁香结》（秋渐深矣，病废怀远，并忆湖上，次清真韵）、《垂丝钓近》（题骆佩香闺秀寿曾宾谷《生时世界尽莲花图卷》，依梦窗声韵）、《惜春郎》（秋翁命补题己未岁汤定之为写《碧云礼佛图》，依《乐章集》声韵）、《高山流水》（绛云不识转商讴）四首；

龙沐勋《风雨龙吟室词》，有《莺啼序》（壬申春昼日觉倚翁此曲，吊彊村先生）、《减字木兰花》（乱后返真如，村居夜望，三公司灯塔红光如血，慨然成咏）、《一萼红》（壬申七月，自上海还真如。乱后荒凉，寓居芜没。惟秋花数朵，欹斜于断垣丛棘间，若不胜其憔悴。感怀家国，率拈白石此调写之，即用其韵）、《石帚慢》(壬申重九后一日,过彊村丈吴门旧居)四首。

《现代女子词录》栏目刊发:

吕碧城《信芳词》,有《应天长》(环峰瞰水)、《洞仙歌》(海软迁客)、《寿楼春》(盟寒梅冬心)、《浪淘沙》(用清真韵)、《玲珑玉》(咏瑞士山中雪橇之戏)、《风入松》(为王式园题书画集)、《法驾引》(英译《阿弥陀经》既竟,感赋此阕)、《喜迁莺》(绀云西迈)八首;

丁宁《昙影楼词》,有《念奴娇》(题虞美人便面)、《凄凉犯》(珮环寂寞)、《庆春泽慢》(梅靥侵帘)、《望江南》(题山水画册四阕)七首;

陈家庆《碧湘阁词》,有《夜合花》(寄怀清畹诸姊)、《高阳台》(新历除日)、《一萼红》(休沐日,与诸生踏青郊外原作)、《解连环》(送别馥姊,依片玉韵)、《水龙吟》(题子庚师《嚼椒室填词图》)、《庆春泽》(中秋寄姊同澄宇作)六首。

《词林文苑》栏目刊发:

夏孙桐《朱彊村先生行状》;

张尔田《彊村遗书序》;

叶恭绰《欸红楼词跋》;

吴梅《词源疏证序一》;

吕澂《词源疏证序二》;

龙沐勋《新刊足本云谣集杂曲子跋》《彊村语业跋》。

《通讯》栏目刊发:

吴梅《与榆生论急慢曲书》;

张尔田《与榆生言彊村遗文书》《与榆生言彊村遗事书》;

程善之《与瞿禅论词书》;

陈匪石《与圭璋书》。

《杂俎》栏目刊发:词籍介绍,有《彊村丛书》《校辑宋金元人词》《闽词征》《影宋本淮海居士长短句》《词源疏证》《映庵词》《饮虹簃所刻曲》《韦斋活页词选》;

《附录》栏目刊发:《词学季刊社简章编辑凡例》;

《补白》栏目刊发:龙沐勋《词论零珠(一)——彊村老人词评三则》《词论零珠(二)——沈寐叟先生手批词话三种》。

剑亮按:"词籍介绍"之《映庵词》曰:"夏剑丞先生少负盛名,年三十许,即已刊行所为《映庵词》一卷。归安朱彊村先生称其'沉思孤迥，切情依黯，能于江西前哲补未逮之境'。武陵陈伯弢先生又称其词'淹有清真、梦窗之长'。钱塘张孟劬先生则谓'近代学北宋词，能得真髓者，非映庵莫属'。惟先生近二十年来，专力于东野、宛陵诗，屏歌词不复作，旧刊词集，传本遂稀，海内声家往往兼金求之不得。前年沪上词流发起沤社，既推彊村翁为盟主，先生亦故调重弹，并取丁未旧刊词，及续刻一卷（原注：丁未至庚戌间作）重印行世。先生往与大鹤、彊村常以词相切磨；造诣既深，近岁新篇，将于本刊次第登载。想爱读先生词者，必以得睹兹集为快也。"（《词学季刊》创刊号，第 217 页）

又按：《辑佚》栏目刊发：蒋春霖《水云楼未刻词——军中九秋词》。《水云楼词》，蒋春霖生前刻于东台，后收入杜文澜《曼陀罗阁丛书》中。蒋春霖去世后，其好友于汉卿搜集未刻之词，与清同治十二年（1873）宗源瀚《水云楼词续》1 卷 49 首合刻成《补遗》1 卷；1926 年丁氏适存庐复刻本；此次《词学季刊》创刊号又发表其未刻词 9 首。《水云楼词》对民国词坛的影响有以下这样一例。1942 年，冯其庸在其启蒙老师指导下阅读《水云楼词》。冯其庸《我的读书》一文中曰："总算，我十七岁那年，镇上办了中学，我得到家里的支持，就去考了中学，入一年级。国文老师叫丁约斋，十分器重我，说我书比他们读得多，领悟得快……我在旧书摊上买到一册《水云楼词》，曼陀罗华阁刊本，刻得很精。著者是蒋春霖，字鹿潭，是咸丰时期的大词人。这本书好用古体字，如'夢'字刻作'𡃇'，'花'字刻作'蔘'，'散'字刻作'㪔'，'西'字刻作'卥'，等等，我开始不认识这些古字，但反复琢磨，也就慢慢地认识了。可是词是长短句，押韵的规律不像诗，所以一时无法准确断句，那时我还不知道有万红友《词律》，也不知道有简易的《白香词谱》，只是自己反复推敲，寻求韵脚，然后琢磨着断句，结果有不少算是蒙对了，有一些却搞错了……后来我又得知有万树的《词律》，又是请我二哥去苏州时买到了，我好不欢喜，随即将《水云楼词》逐阕与《词律》对照断句识韵，至此，一部《水云楼词》算全部读通。我非常喜欢《水云楼词》，所以差不多整本词我大部分能背诵。这是我喜欢'词'的开始。至今我还保存着我启蒙时期读过的这本词集，不但如此，经过五十多年的搜求，我现在拥有的《水云楼词》的版本，可能是最多者，连蒋鹿潭自己的'水云楼'章的本子都被我搜集到了。解放前，我连《水云楼词》的原刻板的下落都弄清了，记得有一位姓周的老先生，是蒋氏的亲戚，刻板在他手里，他愿将全部词集的板子卖给我，我一个穷学生，如何有力买，只好望板兴叹。"（冯其庸：《我的读书》，陈国安等编：《无锡国专史料选辑》，苏州大学出版社，2012年，第315页）

1日，《新时代》月刊第4卷第3期刊发：

张资平《词的解放之我见》；

赵景深、曾今可《词的通信》。

3日，《大公报·文学副刊》第274期刊发：张尔田《鹧鸪天》（十样宫螺试手匀）。

5日，龙榆生作《陌上花》（癸酉清明，过钱王祠）。（后收入龙榆生：《忍寒诗词歌词集》，第23页）

5日，河南《民国日报》副刊《庠声》第22期刊发：次公、柏仁《和珠玉词》，有《如梦令》（池上绿波将满）、《浣溪沙》（一树红霞定子杯）、《浣溪沙》（入镜吴霜点鬓稠）、《浣溪沙》（曾向梁王苑畔过）、《浣溪沙》（日饮休辞酒满卮）、《浣溪沙》（送人出塞）、《清商怨》（青袍连夕浣酒满）。（后收入《民国珍稀短刊断刊·河南卷》第14册，第6816页）

6日，杨铁夫作《扬州慢》（癸酉清明后一日作，依白石韵）。（杨铁夫：《抱香词》，第17页。后收入朱惠国、吴平编：《民国名家词集选刊》第8册，第528页）

9日，龙榆生作《浣溪沙》（清明后四日离湖上，宿嘉禾旅舍）。（后收入龙榆生：《忍寒诗词歌词集》，第29页）

9日，龙榆生自杭州来访刘承幹。刘承幹记曰："出与榆生寒暄。夜宴榆生于宋四史斋，陪者为季苏、谷宜、顾志清、醉愚、韵秋及在楼诸君，邀而未至者为张笃生。席散后与榆生长谈。榆生之父，字赞清，名赓言，光绪庚寅进士，安徽知县，历任繁缺。国变后为遗民，年七十七。余在沪上见过，须发全白矣。榆生昆季五人，长已亡，伊居次，三人皆庶出，为古微词学门生，颇好学。古微交游遍海内，身后无人顾问。其弟梅生尤荒谬绝伦，不谓经理遗稿，乃出此寻常一门士也。为叹息者久之。"（刘承幹著，陈谊整理：《嘉业堂藏书日记抄》，第652页）

10日，《妇女周刊》第9期刊发：端端女士《清平乐》（男子是人，女子也是人）、《霜天晓角》（自己身体，自己会当家）、《长相思》（时事）。（后收入《民国珍稀短刊断刊·河南卷》第2册，第806页）

12日，河南《民国日报》副刊《庠声》第23期刊发：

曹佑民《清平乐》（高城望断）、《如梦令》（无限幽情谁诉）；

次公、柏仁《和珠玉词》，有《诉衷情》（花朝未过柳先青）、《诉衷情》（游仙忽遇杜兰香）、《诉衷情》（庾郎诗句最清新）、《更漏子》（掩画帘）、《更漏子》（贝阙珠）、《望仙门》（蔷薇枝上露华浓）、《望仙门》（蝉鸣高树午阴凉）、《望仙门》（曲池了了见游鳞）。（后收入《民国珍稀短刊断刊·河南卷》第 14 册，第 6819 页）

15 日，《安徽大学月刊》第 1 卷第 3 期刊发：

李大防《高阳台》（东郊看白牡丹）；

宗志黄《西湖》（癸酉上巳，莫愁湖胜棋楼禊集。以梁武帝《河中之水歌》分韵，颖公代拈早字，因寄留京诸公）、《摸鱼儿》（森林局看白牡丹）、《踏莎行》（和壶天韵）、《贺新郎》（读家大人南迁诗）、《满江红》（咏蔷薇，并索范老新作）。

16 日，《青鹤》第 1 卷第 11 期刊发：

彦通《适屦集》（三）；

戴正诚《郑叔问先生年谱》（七）。

17 日，《妇女周刊》第 10 期刊发：端端女士《虞美人》（闻榆关失陷后）。（后收入《民国珍稀短刊断刊·河南卷》第 2 册，第 810 页）

17 日，《河南大学周刊》第 23 期刊发：陈宣化《忆秦娥》（鹃声切）、《长相思》（风未休）。（后收入《民国珍稀短刊断刊·河南卷》第 5 册，第 2403 页）

26 日，河南《民国日报》副刊《庠声》第 25 期刊发：伯雅《长亭怨慢》（望瀛海）、《泛清波摘遍》（和小山韵）。（后收入《民国珍稀短刊断刊·河南卷》第 14 册，第 6826 页）

30 日，《太阳在东方》第 1 卷第 1 期刊发：熊光周《清平乐》（题画）。（后收入《民国珍稀短刊断刊·四川卷》第 14 册，第 6760 页）

本月

《国闻周报》第 10 卷第 17 期刊发：

仲云《八声甘州》（和廖忏庵莫愁湖禊饮之作，用稼轩韵）；

壶天《踏莎行》（苦雨春寒，归鸿哀唳。感时抚事，率尔倚声）；

傅增湘《藏园群书题记》，有《明本三家宫词跋》。

《之江学报》第 1 卷第 2 期刊发：夏承焘《白石道人歌曲考证》。

《国立中山大学江西同学会会刊》刊发：罗时旸《关于词的一般研究》。文尾有作者《附记》，曰："这篇稿子，原来我是打算分八章写完，就是（一）词的界说，（二）词的起源，（三）词的律调，（四）唐五代词家，（五）北宋词家，（六）南宋词家，（七）词在中国文学史上的价值，（八）论近代词的解放运动。但是因为本刊篇幅的关系，只得暂把后面的六章割下，这样残缺的作品，希望读者给我原谅原谅。"

舒梦兰编、范光明标点《白香词谱》，由上海新文化书社出版。1934 年 3 月再版。

5 月

1 日，《青鹤》第 1 卷第 12 期刊发：

彦通《适屦集》（四）；

戴正诚《郑叔问先生年谱》（八）。

1 日，《国风》第 2 卷第 9 号刊发：徐道邻《梦玉词》，有《霜天晓角》（劝君莫去）、《浣溪沙》（柳叶双眉带笑湾）、《醉落魄》（吕未拉山色）、《好事近》（秋色动离人）、《浣溪沙》（佛府中秋）、《浣溪沙》（波泊九日）、《忆旧游》（恰冰弦断雁）。

1 日，《珊瑚》半月刊第 2 卷第 9 号刊发：李大防《寒翠词》，有《太常引》（伯韦有爱姬殁已十年，思之犹常流涕。余论有清一代词人，推重樊榭。伯韦遂忆及月上故事，凄成一阕见示，作此和之）、《国香慢》（同伯韦亲煎雪水，以旧藏佳茗铁观音者取而试之，韵味幽绝。作此并寄子谊）、《西江月》（世事浑同蚁闹）、《清平乐》（别饶滋味）、《浣溪沙》（月夜泛舟菱湖）。（有按语，曰："开县李大防先生范之为安徽大学教授。《寒翠词》初刊三百册，不数月即索尽，后重刊焉。"）

8 日，《大公报·文学副刊》第 279 期刊发：李素英《西江月》（春雨）。

8 日，《太阳在东方》第 1 卷第 2 期刊发：熊光周《清平乐》（戊辰春赋）、《青玉案》（题虞琴为实父画《花外填词图》）、《买陂塘》（浴佛后一日游沙河堡放生池赋）。（后收入《民国珍稀短刊断刊·四川卷》第 14 册，第 6786 页）

9 日（农历四月十五日），吴梅接龙榆生寄《词学季刊》、《彊村集外词》、彊村四校《梦窗词》、张寿镛《四明丛书》本《梦窗词》。（吴梅著，王卫民编校：

《吴梅全集·日记卷》上，第 296 页）

10 日，《越华》月刊第 1 卷第 1 期刊发：

陈于德《宋代的词》；

王新铭《西江月》（感时）、《捣练子》（雨丝风片）。（后收入《民国珍稀短刊断刊·浙江卷》第 15 册，第 6798 页）

剑亮按：陈于德《宋代的词》曰："绍兴中学高中部一部分同学组织了一个文艺社，发行《越华》月刊，定要我替他们写篇文章。我以为他们发刊的精神很好，就把从前在江湾读书时写过的《中国文艺小史》旧稿，抽出一点来凑个热闹。这一部分，是叙述两宋的词的，不妨题为《宋代的词》，以忙于付刊，未及修饰罢了。"

13 日（农历四月十九日），吴梅复函龙榆生，"详告古微逸事一则，并寄旧词四首，为《季刊》资料也"。（吴梅著，王卫民编校：《吴梅全集·日记卷》上，第 297 页）

15 日，《国风》第 2 卷第 10 号刊发：徐道邻《梦玉词》（二），有《如梦令》（秋到人间杨柳）、《采桑子》（危楼独坐浑无赖）、《一斛珠》（芳心如玉）、《千秋岁》（万湖荡舟）、《玉京谣》（游波士丹）。

15 日，《珊瑚》半月刊第 2 卷第 10 号刊发：洪汝阍《勺庐词》，有《露峰》（东华门清史馆有榆叶梅一株，与桃共根，春时著花独盛。咏者多人，余亦用碧山韵继声）、《采桑子》（枕上追忆旧游，偶成四解）四首、《意难忘》（有人自吴中来话近事，赋此寄意）、《踏莎行》（自题词卷，用中仙韵）。（有按语，曰："洪汝阍先生泽丞，安徽歙县人，常居旧京，近刊《勺庐词》，多京华风物。"）

15 日，《太阳在东方》第 1 卷第 3 期刊发：熊光周《眼儿媚》（去矣斑骓不可留）、《满江红》（惆怅词之一）。（后收入《民国珍稀短刊断刊·四川卷》第 14 册，第 6793 页）

16 日，《青鹤》第 1 卷第 13 期刊发：

眉孙《满江红》（挽梁燕孙）、《满江红》（神器潜窥笑一例）、《满江红》（尺地阶前曾置我）、《满江红》（如此江山得归去）；

戴正诚《郑叔问先生年谱》（九）。

21 日，长沙《涟漪旬刊》第 3 期刊发：

逸《少年游》（东风万里几番急）；

花《长相思》(柳丝丝)。(后收入《民国珍稀短刊断刊·湖南卷》第 15 册,第 7143 页)

剑亮按:《涟漪旬刊》,旬刊,1933 年创刊于湖南长沙,由涟漪旬刊社出版发行。当年终刊。

21 日(农历四月廿七日),吴梅作《忆瑶姬》(吴湖帆出示《隋董美人墓志》,为赋此解)。(吴梅著,王卫民编校:《吴梅全集·日记卷》上,第 299 页)

28 日,夏承焘作《贺新郎》(王陆一、江絜生枉顾秦望山中,与陆一别逾十年矣)。(吴蓓主编:《夏承焘日记全编》第 4 册,第 2485 页)

28 日,杨铁夫作《澡兰香》(癸酉闰重午)。(杨铁夫:《抱香词》,第 24 页。后收入朱惠国、吴平编:《民国名家词集选刊》第 8 册,第 540 页)

28 日,林葆恒作《澡兰香》(癸酉闰端阳)。(林葆恒:《襄溪渔唱》,第 7 页。后收入朱惠国、吴平编:《民国名家词集选刊》第 9 册,第 445 页)

29 日,《太阳在东方》第 1 卷第 5 期刊发:兰迹《买陂塘》(怕流年病中偷渡)。(后收入《民国珍稀短刊断刊·四川卷》第 14 册,第 6807 页)

本月

顾宪融《填词门径》,由上海中央书店出版。1934 年 10 月再版,1935 年 3 月 3 版,1939 年新 1 版。分两编。上编论词之作法,分绪论、论词之形式、论词之内容等三章;下编论历代名家词,分论唐五代词、论北宋词、论南宋词、论金元明词、论清词等五章。末附《习用诸调平仄谱》。

李宝琛《绝妙词钞》,由上海黎明书局出版。1933 年 8 月再版,1936 年 6 月 3 版。选收晚唐至金元 185 家的词作。词后有注。书前有编者《序引》。末附《参考书目》。

纳兰性德《纳兰词》,由上海受古书店出版。辑选 270 余首。分 5 卷。卷首收录相关词评、词话。书前有杨芳灿、吴绮等人的《序》,汪元浩的《跋》,徐乾学的《通议大夫一等侍卫进士纳兰君神道碑》。末附《补遗》。

6 月

1 日,《青鹤》第 1 卷第 14 期刊发:

彦通《适屦集》(五);

戴正诚《郑叔问先生年谱》（十）。

1 日，《国风》第 2 卷第 11 号刊发：

欧阳渐《词品甲叙》，曰："菩萨视众生将堕三途而不得不悲，视罗刹之必吃人族而不得不愤。既悲且愤，不得不奔走呼号。盖亦异乎大愚不灵、大哀心死者矣。山河破碎，上下晏然。秉国不均，民将无气。若使无气，则砧俎宰割固无妨，赧颜事仇亦何害。人生至此，尚足问哉，吾焉能忍与此终古！国之强也，气之炽也；国之亡也，气之馁也。谁能使气之炽而终于不馁耶？要此锥心刻骨之事，当目在之而后可也。昔吴王以阖闾之死也，出入必使人呼曰：夫差，汝忘越王之杀汝父乎。则对曰：唯，不敢忘。三年，遂报越。吾不惧乎国破家亡也，吾惧乎灭亡之事与时俱去，曾不一怵惕也。悲愤之激，不得其平，要使穷天地、亘万古而不没者也。果穷天地、亘万古而不没也，无涯之悲愤，必得其平，会有时也。身语意业，无有疲厌。林池树鸟，皆演法音，且将转五浊恶世于极乐国而无难也。痛定思痛，奔走呼号。冤霜夏零，杞哭城崩，天地亦为之动容矣，独有情乎哉！精卫衔木石，群马悲鸣而不食，百族且为之伤感矣，独人类乎哉！农伤于陇，工叹于肆，商忿于市，乃至嫠不恤其纬而忧宗周之陨，举国黔首，日夜腐心，咸扼腕裂眦而不可已矣，独士君子乎哉！士君子者，怀宝栖班，坐视陆沉。帝胄坐祆，歌声裂石穿云，振古而今。是故此一篇者，乃奔走呼号之一声也软。凡物写真，其状至颐。司空图继梁钟嵘作《二十四诗品》，词亦何独不然。《花间》、大晟，秦、黄、耆卿，后梦窗而前美成，此一品也。浩气超尘，东坡、芗林，此一品也。仙风清爽，世外希真，此一品也。胸中不平，议论纵横，稼轩、后村，此一品也。去国哀思，羁愁沉郁，李煜而后，遗山、彦高之伦，此一品也。既谈斯事，应区品类，曲尽其致。然今天下溺矣。救火追亡，直奔走呼号而无及。故其他一俟承平，而先发奔走呼号之一声。事竣，格儿请梓，愿出资，急国难，应如是。从之。民国二十二年五月，欧阳渐叙于支那内学院"；

徐道邻《梦玉词》（三），有《浣溪沙》（素玉窗前挽碧丝）、《祝英台近》（峭云飞）、《谒金门》（柏林早雪）、《别怨》（草绿萋萋）、《点绛唇》（送别）。

1 日，《珊瑚》半月刊第 2 卷第 11 号刊发：蔡师愚《听潮音馆词》，有《醉太平》（山程水程）、《虞美人》（落红千点残春尽）、《金缕曲》（与公璞谈近事感赋）、《采桑子》（沉思十一年前事）、《虞美人》（游莫愁湖）、《高阳台》（秦淮游舫，和廖凤舒韵）、《摸鱼儿》（苏州公园晚步，园为张士诚故宫遗址）。（有按语，曰："《听潮音馆词》，德清蔡师愚先生宝善撰。中分三卷：一为《绿芜秋雨词》，一为《箫心剑气词》，一为《瓶笙花影词》。多绮语，自序所谓'揆诸古音，不乏绮辞'。是宁不食冷猪肉者。"）

1日，《国学商兑》第1卷第1号刊发：唐长孺《解连环》（障窗凄色）。（后收入唐长孺著，王素笺注：《唐长孺诗词集》，中华书局，2016年，第7页）

剑亮按：《国学商兑》，据《金松岑先生年谱简编》1933年曰："五月初九日，国学会会刊《国学商兑》出版，第二期起易名为《国学论衡》。"（金天羽著，周录祥校点：《天放楼诗文集》附录五《金松岑先生年谱简编》，上海古籍出版社，2007年，第1498页）可知，《国学商兑》第1期出版的时间为"五月初九日"，即公历6月1日。从第2期起，《国学商兑》改名为《国学论衡》。

1日，私立南菁小学《菁园》创刊号刊发：缪悔一《投荒词钞》，有《醉花阴》（旅行即景）、《长亭怨慢》（江边听雨）、《虞美人》（江边雨泊）、《清平乐》（好春欲去）。（后收入《民国珍稀短刊断刊·云南卷》第4册，全国图书馆文献缩微复制中心，2006年，第23页）

1日，《新时代》月刊第5卷第1期刊发：李词傭《论词的解放运动》。

2日，《广东邮员总会月刊》创刊号刊发：勿谓《一九二四词稿》，有《忆秦娥》（夏描）、《浪淘沙》（消夏）、《满江红》（夏感）。（后收入《民国珍稀短刊断刊·广东卷》第4册，第490页）

5日，《大公报·文学副刊》第283期刊发：张尔田《谒金门》（情义重）、《卜算子》（洗出两般红）。

10日，夏承焘作《减兰》（为陆丹林题《红树室图》。丹林旧有《碧江柳岸钓月图》。碧江，其故居也）。（吴蓓主编：《夏承焘日记全编》第4册，第2489页）

10日，《越华》月刊第1卷第2期刊发：

陈于德《宋代的词》（续完）；

作斋《南歌子》（校园即事）。（后收入《民国珍稀短刊断刊·浙江卷》第15册，第6830页）

12日，《大公报·文学副刊》第284期刊发：陈永联《〈词的解放运动〉中的作品》。

12日，《太阳在东方》第1卷第7期刊发：甘礼凤《临江仙》（致东方美专校刊）。（后收入《民国珍稀短刊断刊·四川卷》第14册，第6825页）

13 日（农历五月廿一日），卢前邀请吴梅为端木埰手书《宋词心赏录》题字。吴梅记曰："冀野托人以端木埰手书《宋词心赏录》一册，嘱我题字。埰为上元人，官内阁中书，尝与王半塘、许鹤巢、况夔笙诸子同声唱和，即世传《薇省同声集》者是也。是稿即书赠半塘者，选宋词十七家二十一首云。"（吴梅著，王卫民编校：《吴梅全集·日记卷》上，第 305 页）

16 日，《青鹤》第 1 卷第 15 期刊发：

彦通《适屦集》（六），有《清平乐》（重效沈体）、《浣溪沙》（重见萧娘鬓未凋）、《蝶恋花》（人病恹恹春过半）、《菩萨蛮》（溪山输却斜阳半）；

戴正诚《郑叔问先生年谱》（十一）。

19 日，《大公报·文学副刊》第 285 期刊发：吴其昌《燕都八哀词》。

剑亮按：吴其昌《燕都八哀词》分别为：《水龙吟》（哀居庸关）、《疏影》（哀卢沟桥）、《贺新凉》（哀仁寿宫铜兽）、《百字令》（哀远瀛观玉柱）、《八声甘州》（哀长城）、《金缕曲》（哀圆明园）、《临江仙》（哀慈仁寺）、《南乡子》（哀睿王邸）。《序》曰："燕都，我禹域神州之辰枢也。建中立极，庄严崇焕，我羲皇神胄精神文化之所永寄。当其盛时，车书八弦，冕旒万国。而五十年来，海夷欺凌，叠沦异族，至今而几三矣。余，海陬贱士，宾觐上京，目接心悲，不能自胜。南浮江汉，魂索魄系。因料简故箧，得昔所为词，最录其次，以为《燕都八哀词》云。海宁吴其昌子馨。"后收入吴令华主编：《吴其昌文集·诗词文在》，第 38 页。

22 日，《芥舟》创刊号刊发：

翀《十六字令》（花）；

胡鹏飞《浪淘沙》（别意）、《眼儿媚》（衾寒霜重夜沉沉）、《丑奴儿》（一帘月影中秋夜）；

恁《忆江南》（送春）。（后收入《民国珍稀短刊断刊·上海卷》第 13 册，第 6389 页）

22 日，赵万里为赵尊岳辑刻《明词汇刻》本吴道敏《观槿长短句》、胡文焕《全庵诗余》作《跋》。落款曰："癸酉长至，海宁赵万里记。"（赵尊岳辑：《明词汇刊》，上海古籍出版社，1992 年，第 1654 页）

24 日，顾随在茝庵作《静安词》扉页题记。曰："先生词与同时诸老旗帜特异，蹊径殊别，卓然名家，自是不朽之作；诚如杜少陵所云'尔曹身与名俱灭，不废江河万古流'者。然用意太深，下笔太重，长调于曲折开合处，往往得心不

能应手。要其合作，虽不必似古人，而亦决不愧古人，纳兰容若不足道矣。"（闵军:《顾随年谱》，第 93 页）

26 日，《益世报》刊发:（美国）胡佛《中国词的解放家曾今可先生访问记》。

本月

《中国文学会集刊》第 1 期刊发:

彭重熙《放翁词考证》;

张荃《后村长短句考证》;

夏承焘《四库全书词曲类提要校议》。

剑亮按:《中国文学会集刊》，不定期，1933 年创刊于浙江杭州，由之江文理学院中国文学会委员会出版发行。1941 年终刊。

薛综缘作《绮社杂稿叙》，曰:"凡物之耦，必其气合。苟乖于性，鲜得凝汇，存乎天者然也。故注乳入水，则融归一体，莫判其异质。而士君子以文会友，亦恒视此为喻焉。今年春三月，虞虞山自西伯利亚归，纯甫（黎）宴于家，劳其苦役。余与丽川（金）、筱荔（徐）、梦庄（周）、景颜（严）、树滋均左饮。酒酣，虞山慷慨道漠北战倭事，闻者泣下。丽川尤感痛，以为大丈夫生不能执兵解国难，亦当探研文史，发为歌诗，以张皇民气，垂警于将来也。因倡创小集，略师复社之旨。诸人及余和之，字名曰绮，取其织茧纬文，寓经纶章采之意。厥后李薇庐、张博斋、曹晓墅、滕逸孚，并先后附列。月必四集，每集各出金石、书画、诗、古文、辞，相互讨论。虽人之抱遇有别，而沆瀣同心。商旧绪，饫新知，固无或稍懈也。呜呼! 非神志通贯，又孰克契结相得若此者乎? 今绮社汇十集杂稿付梓人，非敢问世也，将以免抄胥之烦，留备同好之传观而已。人事靡常，出处多歧。余不识更历十集而下以至百集、千集，其仍聚欢一室，促膝谈艺邪? 抑散之四方，各行其是邪? 惟以道义交者，不缘居走、悲喜而暌绝，其趣尚可断言矣。用最述其梗概如此，储为左券，且以志一时之鸿雪云尔。是为叙。大中华人民造国之二十二年六月，薛综缘序。"（后收入南江涛选编:《清末民国旧体诗词结社文献汇编》第 21 册，第 533 页）

姜亮夫笺注《词选笺注》，由上海北新书局出版。为张惠言《词选》注释本。有词人传略、题解及词评。书前有笺注者《自序》及张琦原序。书末附录姜亮夫《"词"的原始与形成》一文。

胡云翼《中国词史略》，由上海大陆书局出版。共六章二十节。目次如下：第一章"词的起源"；第二章"晚唐五代词"，设"晚唐""西蜀""南唐词""五代词人补志"；第三章"宋词（上）"，设"北宋词的第一期""北宋词的第二期""北宋词的第三期""北宋词的第四期"；第四章"宋词（下）"，设"南渡词坛""南宋的白话词""南宋的乐府词""晚宋词坛""宋代词人补志"；第五章"金元明词"，设"金词""元词""明词"；第六章"清词"，设"清初""浙派""常州派""清末词"。

沈仁《沈亮钦诗及诗话》，由作者在上海刊行。书末附《亮钦词稿》等。书前有著者《自序》。

夏，毛泽东作《菩萨蛮》（大柏地）。（中共中央文献研究室编：《毛泽东诗词集》，第 38 页）

剑亮按：《毛泽东诗词集》收录该词，词后有注曰："这首词最早发表在《诗刊》一九五七年一月号。"

夏，龙榆生作《金明池》（孟劬翁辞都讲，退居北平西郊之达园。门对扇子湖，夏日荷花甚盛，旧为胜朝侍从觞咏之所。半塘、彊村二老并有词，孟劬索继声，遂用半塘韵漫成一解）。（后收入龙榆生：《忍寒诗词歌词集》，第 31 页）

7 月

1 日，《青鹤》第 1 卷第 16 期刊发：

映庵《映庵词》，有《澡兰香》（癸酉重午）等；

戴正诚《郑叔问先生年谱》（十二）。

1 日，《珊瑚》半月刊第 3 卷第 1 号刊发：金天翮《望鹤词》，有《水龙吟》（湖帆示《董美人墓志》精拓，请以此阕题句）、《烛影摇红》（为湖帆题宋仲温书《七姬权厝志》原石墨本）、《齐天乐》（超山访梅，归卧西湖，雨不止。越日，马湛翁一浮招饮楼外楼赏雨。座间，钟山言白龙潭瀑布奇胜，恨不得搴裳濡足以往。因谱此阕，呈湛翁、潭秋、钟山。时则辛未上元前一日也）、《琵琶仙》（曾宝谷题《襟馆消寒图》，为张夕庵作，梦楼题端，晚年笔也。惜题襟诸人墨迹为人截去，断鹤续凫，良足怅叹。赓南得之，为写此令。余尝三至芜城，吊古惘怅。故末韵及之）、《小楼近苑》（饯春）。（有按语，曰："鹤望师豪放，不肯以思想受声律之拘，故罕填词，然偶一为之，固不弱焉。前年况夔笙先生来吴门，师以词示之，况先生击节称许，以为文人无所不能也。"）

3 日，《大公报·文学副刊》第 287 期刊发：解人《鹧鸪天》（独坐灯前万虑侵）。（后收入曾贻萱、曾贻椿编：《曾觉之文选》下册，第 499 页）

15 日，《珊瑚》半月刊第 3 卷第 2 号刊发：周瘦鹃《紫罗兰庵随笔》，一则曰："以新事物入诗入词，别有一种风味。小蝶、小翠都曾作《单丝曲》，曲咏卡尔顿跳舞。单丝，即英字 Dance 的译音，颇觉新颖。近在故纸堆中，又发见徐澹庐氏《小庭花》一词，寄张月红校书云：'私语凉台遣侍儿，眼帘泪雨不成丝。海红潇碧可怜时。抚罢风琴三五曲，烧残电烛十三支。汽车声里卷罘罳。'中间如风琴、电烛、汽车，都是新事物，眼帘是新名词，羼在词里，倒也不觉陋俗。我以为新流行的有声电影，也大可用作诗料词料，不知诗人词客有意于此否？"

15 日，杭州《民国日报·越国春秋》第 26 期刊发：蘅子《采桑子》（赠达夫）。

16 日，夏承焘作《十二郎》（客杭州之二年，方得尽夜湖之胜）。（吴蓓主编：《夏承焘日记全编》第 4 册，第 2500 页）

16 日，《青鹤》第 1 卷第 17 期刊发：

黄峒庵（公渚）《碧虑簃琴趣》（一），有《满江红》（青州城西访孟尝君淘米□故址）、《南歌子》（信宿金陵作）、《忆江南》（雨乍晴）；

戴正诚《郑叔问先生年谱》（十三）。

19 日，上海《晨报》刊发：林庚白《孑楼诗词话》（十三）。

22 日，杭州《民国日报·越国春秋》第 27 期刊发：郁达夫《采桑子》（和蘅子先生）。词曰："当年同是天涯客，故里来逢，奇事成重，乍见真疑在梦中。 谱翻白石清新句，爱说飘蓬，意淡情浓，可惜今时没小红。"（后收入吴秀明主编：《郁达夫全集》第 7 卷，第 227 页）

剑亮按：《郁达夫全集》收录该词时，附蘅子《采桑子》原词并《序》。《序》曰："与郁达夫君一别十年，消息梗断，近忽于无意中枉过，惊喜交集，畅叙之余，赋此为赠。"词曰："十年离乱音尘断，忽漫相逢，往事重重，犹在鲜明记忆中。 人生踪迹知何在，似梗如蓬。酒洌烟浓，且染今宵醉颊红。"

又按：据王映霞《胡健中先生》一文，蘅子，为胡健中。王映霞记曰："胡健中先生是浙江人，现年大约八十六岁，一九四八年去台湾后，任'立法委员'，至今与陈立夫先生还时相往还。我们一九三三年春迁家杭州后，第一个派人来访问郁达夫的就是这位胡先生。他的夫人王味秋，又名思玫，是我在杭州女师读书时的同学，可惜几年前去世了。由于上述原因，我们两家来往比较多。一九三三年，郁、胡两人在杭州喜相逢，胡先生立即做了一首小词送给郁达夫：'十年离乱音尘断，喜再相逢，往事如虹，就在长宵梦寐中。　湖边茅舍神仙眷，枕帐春浓，豆蔻词工，忘了南屏向晚钟。'胡氏犹记得这阕词寄《采桑子》的赠词，自是故人情深。经查郁达夫诗词集，当年以蘅子一名赠郁达夫的《采桑子》是这样的：'与郁达夫君一别十年，消息梗断，近忽于无意中枉顾，惊喜畅叙之余，赋此为赠：十年离乱音尘断，忽漫相逢，往事重重，犹在鲜明记忆中。　人生踪迹知何在，似梗如蓬。酒洌烟浓，且染今宵醉颊红。'郁达夫的《和蘅子先生》为：'当年同是天涯客，故里来逢，奇事成重，乍见真疑在梦中。　谱翻白石清新句，爱说飘蓬，意淡情浓，可惜今时没小红。'读者自可看到，胡氏新近凭记忆写出这一阕不啻为同一题材之另一首。新作下阕首句'湖边茅舍神仙眷'，可能受易君左赠郁达夫诗中'富春江上神仙侣'的启发。其实郁达夫对此已有诗为复：'敢将眷属比神仙，大难来时倍可怜。''茅舍'无疑指'风雨茅庐'，胡、郁唱和之时，'风雨茅庐'连踪影还没有呢。此庐是一九三六年才完工迁入的。今时隔五十年，重读胡先生文，不胜有今昔之感。"（王映霞：《王映霞自传》，黄山书社，2008 年，第 218 页）

又按：王映霞所述的"胡先生文"，指胡健中《郁达夫与王映霞的悲剧》，该文刊发在《传记文学》1988 年 4 月号第 52 卷第 4 期。后又作为《王映霞自传》代序，收入《王映霞自传》。中曰："事隔十余年，达夫因'左联'的牵累，偕夫人王映霞避居杭州。因杭州市长周象贤与杭州慈善机关负责人沈尔乔的协助，在大学路图书馆附近，建一住宅，取名'风雨茅庐'。虽然名为'风雨茅庐'，而渠渠华屋，不啻一个温柔乡。这时我已在杭州主持杭州《民国日报》（《东南日报》的前身），是'风雨茅庐'的不速之客。我的家，也是他们夫妇联袂常临之地。我和达夫久别重逢，欣慰之余，做了一首小词送他，内容仿佛是这样的，我已记不清了：'十年离乱音尘断，喜再相逢，往事如虹，犹在长宵梦寐中。　湖边茅舍神仙眷，枕帐春浓，豆蔻词工，忘了南屏向晚钟。'南屏晚钟是西湖十景之一，敲起来几乎全城都听得到。"

又按：有关郁达夫词的创作，郭沫若《郁达夫诗词钞序》曰："1914 年我在日本东京和他同班同学时，已经知道他会做旧体诗词，而且已经做到了可以称为

'行家'或者'方家'的地步……在他生前，我曾经向他说过：他的旧诗词比他的新小说更好。他的小说笔调是条畅通达的，而每每一得无余；他的旧诗词却颇耐人寻味。"（郭沫若：《郁达夫诗词钞序》，《光明日报·东风》1962 年 8 月 4 日。后收入王自立、陈子善编：《郁达夫研究资料》，知识产权出版社，2010 年，第454 页）

27 日，夏承焘作《减兰》（题杨铁夫《抱香室填词图》）。（吴蓓主编：《夏承焘日记全编》第 4 册，第 2502 页）

本月

《四川忠县旅宁同学会会刊》刊发：张季良《钗头凤》（二月五日，偕高师诸同乡携酒作竟日游，晚复聚于梅庵）、《暗香》（玉兰）、《唐多令》（台城怀古）、《鹊桥仙》（春日急雨感怀）。（后收入《民国珍稀短刊断刊·江苏卷》第 2 册，第598 页）

凌善清选《历代白话词选》，由上海大东书局出版。选取唐宋至清代 239 家平浅易读的词 330 余首。书前有写于 1923 年 5 月的《序》。

8 月

1 日，《青鹤》第 1 卷第 18 期刊发：

黄鹓庵（公渚）《碧虑簃琴趣》（二），有《雨霖铃》（青岛东山侍家大人访劳韧叟故宅）、《百字令》（仲可舍人属题其女公子新华女士遗墨）；

戴正诚《郑叔问先生年谱》（十四）。

1 日，《珊瑚》半月刊第 3 卷第 3 号刊发：周瘦鹃《紫罗兰庵随笔》，一则曰："余澹心的《板桥杂记》，记明末秦淮曲中情事。嚼蕊吹香，名隽已极，要算是唯美文学中杰作之一。他也擅长填词，可惜不易见到。我曾录得其小令三阕，《清平乐》（隔舡寄王亚西）云：'小青苏小，不道芳魂杳。画出湘娥风月晓，玉琢人儿来了。 去年折取花枝，隔帘愁蹙双眉。阿母傍边撚带，教人肠断多时。'《更漏子》（赠美人）云：'酒盈腮，画黡面，背地风情谁见。虽可恨，剧相怜，只瞒头上天。 枝上雨，都成泪，滴尽两人情意。红玉破，绿珠寒，无端春梦残。'《忆秦娥》（却寄）云：'峨眉淡，芙蓉映日秋将半。秋将半，画楼微醉，阿娘惊叹。 小桥日日娇痴惯，甚无情绪心肠乱。心肠乱，慵拈针线，抛残弦管。'字里行间，都有一美人在。"

7 日，《大公报·文学副刊》第 292 期刊发：知白《〈中国诗词曲之轻重律〉书评》。

剑亮按：《中国诗词曲之轻重律》，王光祈著。

12 日，杭州《民国日报·越国春秋》第 30 期刊发：蘅子《虞美人》（赠达夫）。

16 日，《青鹤》第 1 卷第 19 期刊发：

黄錞庵（公渚）《碧虑簃琴趣》（三），有《金菊对芙蓉》（海棠谢后作）、《满江红》（城南诗春作）；

戴正诚《郑叔问先生年谱》（十五）。

24 日（农历七月初四日），吴梅选词四种，记曰："余选词四种，《真松阁词》（杨伯夔）、《空青词》（边笠潭）、《佩衡词》（金改之）、《西泠词萃》也。"（吴梅著，王卫民编校：《吴梅全集·日记卷》上，第 334 页）

25 日，夏承焘作《清平乐》（酒间，陈庆熙索赋）。（吴蓓主编：《夏承焘日记全编》第 4 册，第 2509 页）

本月

《词学季刊》第 1 卷第 2 号《歌谱》栏目刊发：《陈东墅先生手谱白石道人歌曲》。

《论述》栏目刊发：

龙沐勋《选词的标准》；

卢前《词曲文辨》。

《专著》栏目刊发：

夏承焘《贺方回年谱》；

赵尊岳《词集提要》（续）。

《遗著》栏目刊发：

沈曾植《稼轩长短句小笺》；

梁启超《跋稼轩集外词》；

陈锐《词比（韵协）（律调）》；

失名《词通（论韵）》。

《辑佚》栏目刊发：

唐圭璋辑《石刻宋词》；

林春《东海渔歌》（二）。

《词话》栏目刊发：

汪琼《旅谭（论白石暗香、疏影为伪柔福帝姬作）》；

汪兆镛《棕窗杂记》；

夏敬观《忍古楼词话》。

《近人词录》栏目刊发：

汪兆镛《买陂塘》（晚出北郭，同忏庵韵）、《水龙吟》（澳门送友人返扬州）；

金兆藩《水调歌头》（醉钟馗，和夏闰枝）、《霜叶飞》（悼秦右衡，用清真韵）、《御街行》（又简次公）；

郭则沄《甘州》（露台晚眺）、《倦寻芳》（秋日重过莹园，借彊村韵写感）、《解连环》（岁暮，寄□庵滨江）、《探春慢》（春日雪中，得□庵塞上寄词，即依石帚韵，倚声答之）；

洪汝闿《六丑》（丙寅元夕，用梦窗韵）、《六州歌头》（南归留别都门同社，用东山体）、《迷神引》（次公、匪石、铁尊、仲坚同作）；

陈匪石《竹马子》（当芳草粘天）、《曲玉管》（草长江南）、《内家娇》（寄次公大梁）；

黄侃《小重山》（高坐寺）；

吴梅《瑞龙吟》（过颐和园）、《临江仙》（短衣羸马边尘紧）；

汪东《探春慢》（对雪感怀，用玉田韵，与季刚同作）、《点绛唇》（一棹横塘）；

刘永济《惜秋华》（短髦惊风）；

程善之《鹧鸪天》（南楼野望，因过袁宅听中央播音）；

夏承焘《金缕曲》（顾梁汾寄吴汉槎词笺，今藏胡汀鹭画师，许玉岑属为汀鹭题）、《徵招》（彊村先生挽词，用草窗吊紫霞翁词）。

《近代女子词录》栏目刊发：

吕碧城《鹧鸪天》（沉醉均天簫不闻）、《霜叶飞》（十年迁客沧波外）、《天香》（白莲）、《鹊踏枝》（腥海横流犴狴锁）、《鹊踏枝》（自在天衣舒更卷）、《鹊踏枝》（影事花城闻冕卸）、《玉京谣》（为陆丹林题《红树室图》）；

汤国梨《贺新郎》（为孙象枢题吴越王画象）；

罗庄《采桑子》（戊辰春暮，侍两大人赴杭作湖上之游。是役，尽室偕行。留连数日，殊惬素心。因仿欧阳公《西湖好》词，成短调十阕。地虽不同，景则无殊，故首句皆用原词。醉翁兼咏四时，兹亦仿之。效颦之讥，其曷敢避）、《减兰》（王季淑姊斋中昙花开半日而敛。初放时，以摄影术留其形制，为小帧，分赠同人，悬之壁间，因题此阕）；

叶成绮《忆江南》（兰棹远）、《浪淘沙》（小院伴回廊）、《浣溪沙》（秋夜忆囗姊）；

翟贞元《曲游春》（俊羽轻盈）；

章璠《柳梢青》（雨横风斜）。

《词林文苑》栏目刊发：

陈三立《朱公墓志铭》；

潘飞声《刘廉生词序》；

邵瑞彭《珠山乐府序》；

陈匪石《宋词引自叙》；

黄孝纾《近知词序》；

夏承焘《红鹤山房词序》。

《通讯》栏目刊发：

吴梅《与夏臞禅论白石旁谱书》《与龙榆生言彊村逸事书》；

张尔田《与龙榆生论彊村词书》；

龚絜《与龙榆生言湘人词书》。

《杂俎》栏目刊发：秋蓬《词籍介绍》，有《宋词三百首》《蕙风词话》《词史》《词调溯源》《词学通论》《北宋三家词》《梦窗词选笺释》《词品甲》。

《忍寒庐零拾》栏目刊发：《郑叔问自评所作词一》《郑叔问自评所作词二》《郑叔问石芝西堪宋十二家词选目一》《郑叔问石芝西堪宋十二家词选目二》。

缪钺作《念奴娇》（癸酉初夏，余以事至北平。时值胡骑冯陵，都人惶恐。两月之后，重复北来。势异时移，不胜凄黯。适张孟劬先生出示《槐居唱和诗》，记事哀时，无愧诗史。感赋此阕，并呈孟劬先生）。（缪钺：《缪钺全集》第 7、8 合集，第 15 页）

剑亮按，据词序中"癸酉初夏""两月之后，重复北来"诸语，故编年于此。

赵万里为赵尊岳辑刻《明词汇刊》本《黎阳王太傅诗集》题跋。曰："中附诗余十五首，亟录出以贻叔雍宗兄，聊备明词一格焉。癸酉八月，海宁赵万里记。"（赵尊岳辑：《明词汇刊》，第 1676 页）

巴龙编《二晏词》，由上海启智书局出版。1933 年 10 月再版。收晏殊《珠玉词》和晏几道《小山词》。书前有编者《序》。据汲古阁本排印。

陈永联《嘹唳》，由上海文友社出版。收词 100 余首。书前有曾今可的《序》与著者《自序》。

钱基博《现代中国文学史》，由上海世界书局出版。分上、下两编。其中，上编三"词"设"朱祖谋附王鹏运""冯煦""况周颐附徐珂、邵瑞彭、王蕴章（增订本增附龙沐勋）"等小节。

刘麟生《中国诗词概论》，由上海世界书局出版。共二十章五十节。其中，第一章"中国诗的鸟瞰"设"诗词的选本"，第九章"词的萌芽时代"设"词的起源与温庭筠""韦庄与冯延巳""李煜"，第十章"词的极盛时代"设"宋词的鸟瞰""北宋词婉约派词""南宋婉约派词""苏辛与豪放派""朱陆与闲适派词"，第十一章"词的衰落与复兴"设"金元人词""明人词""清人词"，第十二章"诗话与词话"设"词话"等小节。

9 月

1 日，《青鹤》第 1 卷第 20 期刊发：黄曩庵（公渚）《碧虑簃琴趣》（四），有《蓦山溪》（青岛海滨晚眺，同君坦作）、《高阳台》（上元，次半髭韵）。

1 日，《国风》第 3 卷第 5 号刊发：王瀣（伯沆）《娱生轩词叙》。曰："呜呼！此吾友王木斋遗词也。木斋负奇气，好博览。自客湘抚幕，与当世士大夫游，名益起。余弱冠后识于里中。每聆其论议，声大意远，辞连犴不可穷，不觉气慑。兄事之，益服其性之竺厚，出入必偕，谈谑互作。余生平知交，盖未有相得之深且久如君者也。君举丁酉科副贡。五十后以家渐落，佗傺致疾，呐不能多言。时犹扶一童过余，默坐，相视至移晷。余力慰之，但额首。竟以丁卯年五月十九日卒，年六十有二，不觉哭之至恸也。君于诗文恢疏如其人，然不多作。于词服文道希学士，唱和为多。余闲索阅君新稿，则起检书丛中，往往失去。余怪君不自珍惜，则又笑曰：'吾词达吾意耳，乃欲吾遗后不相知之人耶？'及君卒，就其家求之，久乃得小册三，已非君手稿。讹脱复杂，有为余凤嗜者亦未载，然则君词散佚多矣。今所录，必有非君意所欲存者，余不忍再删。三十年故交，所以谋其身后止此，心不能无负疚。文学士赠君词，称君才气漫逸，风期隽上。兹附入卷中，俾读君词者，知此不足尽君，且知余非阿所私好也。悲夫！壬申十一月，王瀣书于冬饮庐。"附编者按："《娱生轩词》一卷，金陵王德楷撰，卢氏《饮虹簃精刊》不日出书，钟山书局代售。每部实价大洋三角。"

1 日（农历七月十二日），吴梅作《南歌子》（题《焚香读画图》）。（吴梅著，王卫民编校：《吴梅全集·日记卷》上，第 338 页）

3 日（农历七月十四日），吴梅作《鹧鸪天》（伯秋母寿）。（吴梅著，王卫民编校：《吴梅全集·日记卷》上，第 339 页）

10 日（农历七月廿一日），吴梅评阅《词洁》。曰："阅《词洁》，逐调分目，以词选入，皆家弦户诵之作。卷首抄补，为杜孝廉（嗣程）笔，亦余心禅（一鳌）故物也。"（吴梅著，王卫民编校：《吴梅全集·日记卷》上，第 342 页）

10 日，《金刚钻》月刊第 1 集刊发：袁克文《龟厂词》，有《蝶恋花》（离绪东风吹欲断）、《蝶恋花》（宛转流莺窥碧树）、《蝶恋花》（低户疏棂风乍咽）、《满庭芳》（怨锁纤眉）、《疏影》（罗浮梦远）、《西江月》（未是云教月转）、《尉迟杯》（尘沙起）、《踏莎行》（曲巷传声）、《踏莎行》（月共愁凝）、《踏莎行》（倚枕停欢）、《蝶恋花》（吹上花枝还又住）、《蝶恋花》（尽夜西风吹未觉）、《浪淘沙》（中酒又今宵）、《浪淘沙》（往事几回休）、《蝶恋花》（一角红楼春又驻）。

剑亮按：《金刚钻》，月刊，1933 年创刊于上海，由施济群创办，大众书局出版发行。1935 年终刊。

11 日，《大公报·文学副刊》第 297 期刊发：苏荃《蝶恋花》（送别）。

15 日（农历七月廿六日），吴梅作《生查子》（题杨无恙画件）。（吴梅著，王卫民编校：《吴梅全集·日记卷》上，第 343 页）

16 日，《青鹤》第 1 卷第 21 期刊发：黄匋庵（公渚）《碧虑簃琴趣》（五），有《满庭芳》（水仙）、《高阳台》（湖上作，寄君坦）。

18 日，《大公报·文学副刊》第 298 期刊发：俞大纲《玉楼春》（湖）。

25 日，《大公报·文学副刊》第 299 期刊发：李素英《贺新郎》（立春）。

25 日，夏承焘作《水调歌头》（题韩人金九书）。（吴蓓主编：《夏承焘日记全编》第 4 册，第 2518 页）

本月

郑元佐《笺注断肠诗词》，由上海新文化书社出版。分正、后集，共 17 卷。按春景、夏景、秋景、吟商等类编排。书后有《断肠词》31 首。

萍君辑《艳词一束》，由上海北新书局出版。辑录历代所谓香艳之词 60 首。作者有温庭筠、李存勖、韦庄、欧阳修、柳永、苏轼、黄庭坚等 29 人。

金受申《中国纯文学史》（上册），由北平文化学社出版。分五编二十六章。其中，第三篇"隋唐五代时期"第五章为"词的萌芽"，第六章为"五代词家"；第四篇"宋元时期"第二章为"宋词研究"。

胡云翼《中国词史大纲》，由上海北新书局出版。共两编二十三章。目次如下：第一章"词的起源"，第二章"最初的词人温庭筠"，第三章"从晚唐词到五代词"，第四章"西蜀词（上）韦庄"，第五章"西蜀词（下）"，第六章"南唐词人冯延巳"，第七章"词圣李煜"，第八章"五代末年三词人"，第九章"唐五代词人补志"，第十章"北宋词的发展"，第十一章"北宋初期的词坛"，第十二章"晏殊"，第十三章"欧阳修"，第十四章"张先"，第十五章"晏几道等"，第十六章"慢词的起来与柳永"，第十七章"秦观"，第十八章"歌词的革命者苏轼"，第十九章"黄庭坚"，第二十章"元祐前后的词人"，第二十一章"乐府词的复兴与周邦彦"，第二十二章"女词人李清照"，第二十三章"北宋词人补志"。

秋，张尔田作《鹧鸪天》（癸酉秋，罢讲燕庠，退居西苑傀园。其地旧为扇子湖，荷花最盛，半塘老人曾有词，率成一解）。（张尔田：《遯庵乐府》卷下，民国三十年 [1941] 龙氏忍寒庐刻本，第 8 页。后收入朱惠国、吴平编：《民国名家词集选刊》第 11 册，第 335 页）

秋，辛际周作《消息》（秋夜独坐作）。（辛际周：《梦痕词》，民国三十二年 [1943] 铅印本，第 1 页。后收入曹辛华主编：《民国词集丛刊》第 7 册，第 1 页）

10 月

1 日，《青鹤》第 1 卷第 22 期刊发：黄翮庵（公渚）《碧虑簃琴趣》（六），有《兰陵王》（落叶）、《卜算子》（清明）。

1 日，《文艺茶话》第 2 卷第 3 期刊发：

赵征权《望江南》（思母）、《望江南》（忆弟）、《望江南》（怀）；

解人《鹧鸪天》（记得相逢上古城）、《鹧鸪天》（吊影闲来向夕阳）、《鹧鸪天》（影落心波永劫持）。（后收入《民国珍稀短刊断刊·上海卷》第 40 册，第 19902 页）

2 日，《大公报·文学副刊》第 300 期刊发：张尔田《鹧鸪天》（荷花）。

3 日，吴梅评王木斋词。曰："冀野来，以王木斋词刊赠。读之，不脱频伽习气。卷首伯沆（澧）一序，文颇佳，顾亦不着词中肯綮，此道难言矣。"（吴梅著，王卫民编校：《吴梅全集·日记卷》上，第 348 页）

8 日，张尔田致函夏承焘。中曰："彊村诸公，固以词成其家者。然与谓其词之可贵，无宁谓其人之可贵。若以词论，则今之词流，岂不满天下耶？古有所谓试贴诗，若今之词，殆亦所谓试贴词耶？每见近出杂志，必有诗词数首充数。尘羹土饭，了无精彩可言。榆生所编《词刊》，较为纯正。然也不免金锗互陈，尚未尽脱时下结习。盖杂志体裁，本应尔尔……公所纂《词人谱录》，考证皆甚精。他日似当孤行，且须刊木，不宜与牛溲马勃滥厕之也。"（夏承焘：《天风阁学词日记》，第 327 页）

9 日，《大公报·文学副刊》第 301 期刊发：

戴培之《念奴娇》（荷花）；

解人《采桑子》（雨）。（后收入曾贻萱、曾贻椿编：《曾觉之文选》下册，第 506 页）

13 日，夏承焘作《临江仙》（寿谢太君八十）。（吴蓓主编：《夏承焘日记全编》第 4 册，第 2525 页）

14 日（农历八月廿五日），吴梅评夏承焘《词人年谱》。曰："早阅《词学季刊》，夏承焘编《贺方回年谱》，精博异常，不禁叹服。"（吴梅著，王卫民编校：《吴梅全集·日记卷》上，第 351 页）

16 日，《青鹤》第 1 卷第 23 期刊发：鹤亭《疚斋词》（一），有《水调歌头》（代人寄所思）、《水调歌头》（代所思答人）。

16 日，《国风》第 3 卷第 8 期刊发：徐道邻《梦玉词》（四），有《东风第一枝》（暑居魏城，慕一女郎，未通款曲。秋来重游，忽相爱好。而小别之间，翠眉减黛，柳腰无姿，一世风流，殆不可复得矣）、《高阳台》（罗幔生香）、《凄凉犯》（稚松一株，叶微枝嫩，已见奇节）、《浣溪沙》（楚笛秦箫韵总收）、《点绛唇》（倦眼慵开）。

23 日,《大公报·文学副刊》第 303 期刊发:汪玉笙《摸鱼儿》(和稼轩词)。

25 日,辛际周作《如鱼水》(重九前二日遣愁)。(辛际周:《梦痕词》,第 1 页。后收入曹辛华主编:《民国词集丛刊》第 7 册,第 1 页)

27 日,夏敬观赴变风社诸子邀饮于市楼。主人为徐澄宇夫妇。徐夫人陈家庆赋《八声甘州》(重九澄宇宴客海上,即席赋呈同坐诸君)。(《词学季刊》第 1 卷第 3 期,第 173 页)

27 日,溥儒作《鹧鸪天》(癸酉九日登高,和周七韵)。(溥儒:《凝碧余音》,第 3 页。后收入朱惠国、吴平编:《民国名家词集选刊》第 15 册,第 176 页。亦收入毛小庆整理:《溥儒集》,第 493 页)

30 日,《大公报·文学副刊》第 304 期刊发:

"词坛消息";

俞大纲《鹧鸪天》(残阳);

瞿宣颖《鹧鸪天》(苦吟);

解人《虞美人》(窗台花盛开)。

本月

詹安泰作《扬州慢》(癸酉十月,霜风凄紧,缯纩无温。忆枯萍狱中情况,悲痛欲绝。用白石自度腔写寄冰若、逸农)。(詹安泰:《无庵词》,民国二十六年[1937]铅印本,第 2 页。后收入朱惠国、吴平编:《民国名家词集选刊》第 15 册,第 464 页。又收入詹安泰:《詹安泰全集》第 4 集,上海古籍出版社,2011 年,第 215 页)

《嘤友集》(铅印本)刊行。该书收录蒋梅笙门下女弟子戚若英、周炼霞、丁蓉卿、范志超、包超伦、姚洁 6 人诗词作品 140 余首。由蒋梅笙弟子是仪出资私印。蒋梅笙和是仪各作《序》一篇。(郑逸梅:《金闺国士周炼霞》,《艺坛百影》,中州书画社,1982 年,第 37 页)

刘季子编《分类写实恋爱词选》,由上海南京书店出版。辑选张泌、姜夔、苏轼、周邦彦、李清照等 96 人有关恋爱的词。按"恋之献给""恋之憧憬""恋之彷徨"等十类编排。正文前有词人小传。卷首有编者《代序》。

巴龙编《秦黄词》,由上海启智书局再版。收秦观《淮海集》和黄庭坚《山谷词》。书前有《序》。

11 月

1 日，《青鹤》第 1 卷第 23 期刊发：鹤亭《疚斋词》（二），有《水调歌头》（题释戡《握兰簃裁曲图》）、《水调歌头》（秣陵逢后斋，为我歌弹词一阕或赠）。

1 日，《文艺茶话》第 2 卷第 4 期刊发：赵征权《忆仙姿》（梨面刚匀新粉）、《忆仙姿》（寂寞西风楼上）、《忆仙姿》（日日潜行深巷）。（后收入《民国珍稀短刊断刊·上海卷》第 40 册，第 19933 页）

8 日，夏承焘作《鹧鸪天》（与邵潭秋、柳翼谋、陆丹林、陈叔谅、陈荆鸿、李雁晴集湖上，玉岑约不来）。（吴蓓主编：《夏承焘日记全编》第 4 册，第 2532 页）

8 日，董康作《木兰花慢》（代闺人送别）。（董康著，朱慧整理：《书舶庸谭》，第 181 页）

9 日，董康作《水调歌头》（玄海放歌）。（董康著，朱慧整理：《书舶庸谭》，第 181 页）

11 日，广东第二省立师范学校《二师周刊》第 39 期刊发：詹安泰《踏莎行》（严城久闲，愁思如云。篝灯坐忆，怃然成章。时十八年四月廿二夜）十首。（转引自罗克辛：《詹安泰诗词补遗十八首》，《韩山师范学院学报》2016 年第 4 期）

13 日，夏承焘作《水调歌头》（甘地像）。（吴蓓主编：《夏承焘日记全编》第 4 册，第 2533 页）

13 日，《大公报·文学副刊》第 305 期刊发：叶麐（石荪）《轻梦词》。

15 日，《越华》月刊第 1 卷第 4 期刊发：桂孙《望江南》（破晓的西湖）二首、《望江南》（薄暮的西湖）二首、《望江南》（雨中的西湖）二首、《望江南》（月下的西湖）二首。（后收入《民国珍稀短刊断刊·浙江卷》第 15 册，第 6859 页）

16 日，《青鹤》第 2 卷第 1 期刊发：

鹤亭《疚斋词》（三），有《采桑子》（昨宵丹诏随青鸟）、《踏莎行》（月随花初梦回）；

郑文焯《大鹤山人遗著》（一）。

20 日，《大公报·文学副刊》第 307 期刊发：

荪荃《忆秦娥》（落花）；

玉笙《忆秦娥》（中秋）；

解人《浪淘沙》(月夜泛舟)。

21日，董康作《菩萨蛮》(田中夫人晴霭女史绘《云山一角》便面，无恙题此阕于上，余亦倚声)。(董康著，朱慧整理：《书舶庸谭》，第187页)

27日，《大公报·文学副刊》第308期刊发：缪钺《评叶麐〈轻梦词〉》。(后收入缪钺：《冰茧庵随笔》，四川人民出版社，2017年，第178页)

29日(农历十月十二日)，吴梅作《相见欢》(题金松岑《天翻涤园图》)。词前有记曰："松岑游滇，住周悍庵家，即涤园也。归后作此图赠之。"(吴梅著，王卫民编校：《吴梅全集·日记卷》上，第370页)

本月

朱鉴标点《朱淑真断肠诗词》，由上海大达图书供应社出版。1935年4月再版。

舒梦兰辑、寒梅居士句读《白香词谱》，由上海大中书局出版。

12月

1日，《青鹤》第2卷第2期刊发：鹤亭《疢斋词》(四)，有《摸鱼子》(七夕拟游后湖不果，独步台城下作)。

2日，广东第二省立师范学校《二师周刊》第42期刊发：詹安泰、王显诏、冷落、仿真四人联句之作《浪淘沙》及冷落《小序》。曰："联句，本来只是一件玩意儿，在文学上并没有什么意义。用来锻炼思想，使之较敏，或不无益处。能多在浅斟低酌的场合里来弄一弄，当然更有趣。但这都和文学的本身无关。各人有各人的性情，各人有各人的意境。性情如何，在作品里大概隐不去的；意境怎样，又以性情关系各有所近。强把各种不同的心情，各样互异的意境，参合在一起，这还成什么事体？除非二个(或几个)人的性情完全相同，或者可以凑得成；然而世上果有这种事体么？所以，如果每人做了半篇，还易成功，因为句数既多，有时已可自成一个独立的意境。每人两三句，成绩一定较坏。如果每人一句，那必更割碎不堪了。民国廿二年十一月廿九日黄昏，秋风瑟瑟，大雨滂沱。祝南、仿真、显诏诸先生，都因喝茶会在我房里。其时政局正有点变动，各人未免相对默然。就让它这样沉默下去么？那未免太闷煞人。要放声大哭一顿么？男人做起来，未免煞风景。于是，仿真先生忽然心血来潮，提倡联句。大家都一致赞成。因为最先记起李后主的'帘外雨潺潺'，仿真先生说，就联一阕《浪淘沙》吧，并且先起了两句。于是祝南先生便一气接下，显诏先生便翻覆沉吟，而我最摸不着头脑，然而责职所在，不容'抽脚'，终于把它足成。这便是录在下面的第一条。当我和显诏先生在思索时，祝南、仿真两位同时也想起续完后半阕。我和他们说，何不两人互相把做成的后半阕去添上上半阕，再凑两条呢？他们都喜欢，于是又有第二、第三两条。这玩意儿，只想偶一为之而已，并不希望再来一次。原推祝南先生写序，因他忙迫未能，乃不得不由我出马。横竖诗词已割裂至此，那么，说几句白话来当小序，当也无妨吧。廿二年十二月一日，冷落。"三首词，其一曰："秋意正萧疏，秋影模糊。（仿）秋风瑟缩掌初灯。秋雨无端飘梦远，蓦地愁余。（祝）　酒罢倩谁扶，泪湿罗襦，怕看锦带浴双凫。（诏）暗恨柔思都不是，空对庭梧。（冷）"其二曰："风撼一江芦，白尽平芜。恼人雨意正萧疏。醉里寻思浑不解，蓦地愁余。（仿）　辗转不成书，清泪渠渠。天涯何处着孱躯。分付明朝随雁去，和雁都无。（祝）"其三曰："客外一灯孤，着眼模糊。边城风雨镇交呼。归去不归浑不定，蓦地愁余。（祝）　心事有还无，数尽欢娱。情怀未必酒能舒。点滴黄昏和泪下，湿透寒襦。（仿）"（转引自罗克辛:《詹安泰诗词补遗十八首》，《韩山师范学院学报》2016 年第 4 期）

11 日（农历十月廿四日），吴梅托瞿贞元将《百名家词》残本交唐圭璋。唐圭璋当时为吴梅抄补《百名家词》。（吴梅著，王卫民编校:《吴梅全集·日记卷》上，第 374 页）

13 日（农历十月廿六日），吴梅收到龙榆生赠送的《彊村遗书》十二册。由瞿贞元转送。（吴梅著，王卫民编校:《吴梅全集·日记卷》上，第 375 页）

16 日，《青鹤》第 2 卷第 3 期刊发:

四桥《璇闺四序图咏》，有《满庭芳》（春）、《水龙吟》（夏）、《桂枝芳》（秋）、《锁窗寒》（冬）；

郑文焯《大鹤山人遗著》（二）。

16 日，《珊瑚》半月刊第 3 卷第 12 号刊发:陶子珍遗著《湘麇词賸》，有《阮郎归》（连旦风雨，黯然思深）、《浣溪沙》（茸愱萦烟护冷光）、《临江仙》（五月二十五夕，同越缦、复堂、止潜、匡伯、少筼小饮瑞春。花下张筵，春影窈窕。风露明瑟，酒心乍凉。听帘下挢丝声，漫依前腔度之）、《浪淘沙》（银□刺窗棱）、《卖花声》（即事）。（有按语，曰:"子缜太史殁后，其友人在鄂为刊《兰当词》行世。而此数首，似在其后。尝见《越缦堂日记》云：'子缜以所著《兰当词》见赏，云门以所著《茗花春雨楼词》见赏。一宓丽，一疏秀，各极其长。'盖深知陶、樊之词矣。鲍亚白识。"）

19 日（农历十一月初三日），吴梅修改《琐窗寒》（寒山寺）。并记曰："此词前在里中，应消夏社课，吾已久佚，从仲清抄得者也。"（吴梅著，王卫民编校：《吴梅全集·日记卷》上，第 376 页）

23 日，《广州礼拜六》第 3 期刊发：乐人辑《如花词钞》三，作品有：

马壬玉《小重山》（雾袅烟拖卸髻鬟）；

董抡《踏莎行》（懒炙鹅笙）；

周实《浣溪沙》（艳绝《杨妃出浴图》）；

丁澎《山鹧鸪》（雾浸梨花冷画屏）、《银灯映玉人》（定情）；

怡庵《一剪梅》（新婚）；

奚囊《菩萨蛮》（夏闺）；

喻叔芸《菩萨蛮》（闺情）、《念奴娇》（晚浴）、《摸鱼儿》（破东风斩新娇蕊）、《粉蝶儿》（凤仙花）；

石襄臣《昼夜乐》（聪明心情娇无那）；

王世贞《忆江南》（春睡足）。（后收入《民国珍稀短刊断刊·广东卷》第 2 册，第 705 页）

剑亮按：《广州礼拜六》，半月刊，1933 年创刊于广东广州，由礼拜六杂志社出版发行。当年终刊。

30 日，夏承焘接龙榆生函，约其将《梦窗词后笺》《子野年谱》及论词函札投寄《词学季刊》。（夏承焘：《天风阁学词日记》，第 132 页）

30 日，《广州礼拜六》第 4 期刊发：乐人辑《如花词钞》四，作品有：

王无生《齐天乐》（金钶子）；

吴趼人《误佳期》（美人嚏）、《荆州亭》（美人孕）、《一痕沙》（美人乳）；

潘飞声《浣溪沙》（有赠）四首。（后收入《民国珍稀短刊断刊·广东卷》第 2 册，第 785 页）

31 日，夏承焘作《水调歌头》（送岁）。（吴蓓主编：《夏承焘日记全编》第 4 册，第 2549 页）

31 日，董康作《虞美人》（箧中存弟子谢景山闺人毛孟琰绘《弹琴美人》，检

出题此阕寄还。孟琰受业于吾乡冯超然，气韵闲雅，有青胜于蓝之慨）。（董康著，朱慧整理：《书舶庸谭》，第 225 页）

31 日，《河北女师学院期刊》第 2 卷第 1 期刊发：

华钟彦《菩萨蛮调考证》；

郑妍仪《蝶恋花》（落絮飞花春又晚）；

张株梅《蝶恋花》（昨夜朦胧天上月）；

曹瑞贞《蝶恋花》（亚字朱栏风细细）；

孙国英《蝶恋花》（重九金英开满院）；

饶则《蝶恋花》（终日西风吹木叶）；

张乃兰《蝶恋花》（飒飒秋风凉入户）；

姚佩兰《点绛唇》（冷雨寒天）；

王荣志《西江月》（冷眼静观尘世）。

本月

《国学论衡》第 1 卷第 2 号刊发：唐长孺《烛影摇红》（湍石偎厓）、《卜算子》（再题沈宗吴《桂林山水图》）。（后收入唐长孺著，王素笺注：《唐长孺诗词集》，第 9 页）

《词学季刊》第 1 卷第 3 期：《论述》栏目刊发：

龙沐勋《词律质疑》；

夏承焘《白石歌曲旁谱辨校法》；

唐圭璋《蒋鹿潭评传》；

查猛济《刘子庚先生的词学》。

《专著》栏目刊发：

赵尊岳《惜阴堂汇刻明词提要》；

龙沐勋《彊村本事词》。

《遗著》栏目刊发：

陈锐《两宋词人时代先后小录》；

徐棨《词通·论律》；

陈思《白石道人歌曲疏证》。

《辑佚》栏目刊发：

叶恭绰《郑大鹤先生论词手简》；

龙沐勋辑《大鹤山人词集跋尾》《大鹤山人词话》；

李瑞清《李梅庵词》。

《词话》栏目刊发：夏敬观《忍古楼词话》（续）。

《近人词录》栏目刊发：

夏孙桐《徵招》（沚荄老伯招游天平，自赋《徵招》一阕，勉为继声）、《买陂塘》（山塘秋泛）、《惜秋华》（庚子重九，避地洛阳。出郭闲步，感旧伤时，不能无言。沚荄仁丈适用梦窗韵填《惜秋华》一解，依韵奉酬）；

汪曾武《倾杯乐》（癸酉中秋后三日之集词社，风雨骤至。同人清兴不浅，笠屐而来。闰庵以趣园雨集为题，漫成此解）；

陈洵《水龙吟》（《海绡楼填词图》，往者，彊村翁尝欲属吴湖帆为之。余曰，不如写吾两人谈词图，吴画遂不作填词。今年秋，黄兆镇游杭，复请余越园为此。去翁归道山行一年矣。独歌无听，聊复叙怀。欲如曩昔，与翁谈词，何可得哉）；

夏敬观《踏青游》（送春，夕枕上咏荼蘼）、《澡兰香》（癸酉重午）；

张尔田《谒金门》（情意重）、《鹧鸪天》（六十自述）、《卜算子》（庭前月季，多日本种。向晓盛开，词以赏之）、《卜算子》（梦得泪眼五字，足成之）、《烛影摇红》（《握兰簃裁曲图》，为释戡题）、《天香》（映庵海上赋词见怀，依调奉酬）、《鹧鸪天》（癸酉秋罢讲燕庠，退居西苑傲园。其地旧为扇子湖，荷花最盛。半塘老人曾有词，率成一解）；

仇埰《清波引》（秋暑溽蒸，游兴萧索。寄沤示读泛舟北湖新作，极羡雅游。倚声奉酬，藉订后约）、《秋思》（风雨之夜，砌蛩乱鸣。邻机竞织，远笛凄凉，深巷阒寂。室内，庐灯照壁，清漏刻响。兀坐凝思，难乎其为怀也）、《曲玉管》（中秋风雨，叕素北行。临歧握别，谱此为赠，倚屯田韵）；

邵瑞彭《青门饮》（辛未春，约同人和东亩此解。匆匆出游，迄未成章。秋宵寒重，披衣起坐，聊复补之）、《齐天乐》（趣园雨集，予以羁旅返京，未与佳觞。仲老损书见告，已近重九矣。赋寄同社诸老）、《减字木兰花》（榆生得顾太清《东海渔歌》卷二孤本，亡友诸贞壮抄忆昔年读本也。因书醇邸废园，花时吟赏，娄兴雍门之感。灵芬触手，益难为怀。赋短拍，寄榆生）、《秋思》（樊楼秋感，和梦窗）、《木兰花慢》（邺城怀古）；

邵章《戚氏》（宿宝华山，和耆卿）、《哨遍》（游天竺灵隐韬光，和东坡）；

黄孝纾《暗香》（秋夜，有怀孙公达瑞安，并讯其远游期约）、《雪梅香》（九日独游梵天公园。凉秋沈寥，木叶微脱。记去年焦厂招我焦山信宿松寥，正此日也。抚时念远，声为此词）、《梦芙蓉》（秋日偕同众异、□士、切厂，驱车至南翔，访李檀园古漪园旧址作）、《霓裳中序第一》（青岛归途作）；

赵汝绩《如此江山》（疏华手把荷衣冷）、《疏帘淡月》（年芳畹晚）；

王易《绕佛阁》（秋宵读《鹜音集》，慨题卷端，兼寄彊村、蕙风两翁）、《金缕曲》（东湖感旧）、《水龙吟》（集彊村词句，吊彊村先生）；

谢觐虞《小重山》（遣悲怀）、《长亭怨慢》（过半淞园）、《三姝媚》（偕春渠、小梅、子健太湖看梅赋）；

陈文中《秋思》（夜雨，和梦窗）；

龚逸《蓦山溪》（秦淮怀古）、《齐天乐》（零雨送秋，凄风撼树。庭际高梧，渐摇落矣。诵玉田"只有一枝梧叶，不知多少秋声"之句，悄然久之）；

龙沐勋《天香》（遐公以此调咏罗浮仙蝶，即物寓兴，情见乎词。久欲继声，因循未就。会陈生以孤山绿萼梅见贻，怅触予怀，仍用梦窗韵赋此）、《浣溪沙》（湖上曲）、《浣溪沙》（清明后四日离湖上，宿嘉禾旅舍）、《金明池》（孟劬丈辞燕京讲习，退居北平西郊之达园。门对扇子湖，夏日荷花甚盛，为胜国侍从诸公觞咏之所。半塘、彊村二老并有词，孟劬索继声，遂用半塘韵，漫成一解）；

蔡伯雅《秋思》（次师示余《樊楼秋感》和梦窗《听雨小阁》词。适合连宵秋雨，倍极无聊。谨和原韵，兼抒客怀）；

楚士铮《祝英台近》（东海徐园暮春）；

陈配德《木兰花慢》（送友人由日本归国）；

章柱《天香》（榆师以所制《梅花词》见示。格高意远，读之为怅然者累日。谨依韵，呈教）、《西平乐》（新晴）；

陈大法《眼儿媚》（杨花）。

《近代女子词录》栏目刊发：

陈家庆《八声甘州》（重九，澄宇燕客海上，即席赋呈同坐诸君）、《秋霁》（陈鹤柴丈有诗间赠，赋此酬之）；

丁宁《台城路》（画菊）、《甘州》（画菊）、《一萼红》（锦蹁跹）、《水龙吟》（影杜鹃蝴蝶）、《上江红》（臞禅先生函索旧作，并询身世，感赋此阕）、《江城子》

（醕梅庭院晚风柔）；

李澄波《兰陵王》（冶城北）、《玉楼春》（三月江南春雨）、《杨柳枝》（宛展天风掩翠帏）。

《词林文苑》栏目刊发：

陈三立《冯君木墓志铭》；

邵瑞彭《重刊阳泉山庄本〈遗山乐府〉跋》；

王瀣《〈娱生轩词〉序》；

董寿慈《〈云窗授律图〉序》；

严既澄《〈驻梦词〉自序》。

《通讯》栏目刊发：

张尔田《与龙榆生言碧桃仙馆词书》《与龙榆生言郑叔问遗札书》《与龙榆生言词事书》；

查猛济《与龙榆生言刘子庚先生遗著书》《与夏瞿禅言刘子庚先生遗著书》《与夏瞿禅言刘子庚先生遗著第二书》；

唐圭璋《与赵叔雍论百名家词书》；

赵尊岳《报唐圭璋论百名家词书》；

夏承焘《与龙榆生论陈东塾译白石暗香谱书》。

《附载》栏目刊发：唐圭璋《〈全宋词〉编辑凡例》《〈全宋词〉初编目录》。

《补白》栏目刊发：

灵《词林新语》；

龙沐勋《忍寒庐零拾》，有《江蓬仙记彊村先生逸事》《谢榆孙记彊村先生广元裕之宫体〈鹧鸪天〉词本事一》《谢榆孙记彊村先生广元裕之宫体〈鹧鸪天〉词本事二》。

剑亮按：唐圭璋《〈全宋词〉编辑凡例》全文如下：

一是编系总集性质，意在存有宋一代之文献，故网罗散失，虽断句亦收。

一是编仿《全唐诗》例，以人为主，不以词集为主，如有词集见于记载，无论传与不传，均附注于后，至词人仕履，亦略标于姓名之下。

一是编严尊词体，凡五七绝体均不拦入。即《花草粹编》所载，如梅圣俞之《莫打鸭》、李公麟之《四时乐》，实皆诗体，亦并不录。

一是编采用之词集以善本为主，如善本文字讹脱，则用次善之本，如《淮海词》用叶退庵宋本合刊本；《梦窗词》用朱古微四校本；《白石词》不用《彊村丛书》本而用四印斋本，以无琴曲也；《平园乐府》不用《彊村丛书》本，而用《晨风阁丛书》本，以文字胜也。

一丛书中刊本词如有不足者，则统合别本以补之，如陈亮《龙川词》毛刻汲古阁本三十七首，四印斋本《龙川词》补遗二十六首，赵万里续补十首，余亦新补三首，合刻一处，庶称快焉。至各本次序一仍其旧，不敢如毛刻之以意改订卷数，羼乱原文，致失本来面目，使人如堕五里雾中也。

一丛书中辑本词以足本为主，如王迈《臞轩诗余》《大典》本仅有十首，而赵辑本则有十七首，因用赵辑。又赵辑如僧挥、黄人杰、陈造、周端臣诸家之词并有遗佚，因以拙辑补之，至刘子庚所辑《宋词校勘疏略》，并改用赵辑或拙辑云。

一词集中往往有误收之作，兹于确知其误者，则尽删去。若互见而不能定者，则两存之。如毛刻赵长卿《惜香乐府》内《眼儿媚》（楼上黄昏）一首乃阮阅词，《贺新郎》（篆缕销金鼎）一首乃李玉词，《临江仙》（猎猎风蒲）一首乃苏庠词，《好事近》（喜气拥朱门）一首乃王昂词，《玉团儿》（铅华淡伫）一首乃周邦彦词，《一剪梅》（红藕香残）一首乃李易安词，《念奴娇》（见梅惊笑）一首乃朱敦儒词，兹并删去。

一词之异文校记并附注于各家词后，并不注于行间，以免眉目不清。至各家序跋，亦汇列于一处。

一是编分卷拟斟酌词数之多寡而定作者之先后，亦拟略依时代而分，兹先写定初编目录，以为重编之张本。

又，《〈全宋词〉初编目录》开篇曰：

词学极盛于两宋，而自来无总集之刻。今传之《乐府雅词》《花庵词选》《阳春白雪》《绝妙好词》《草堂诗余》《花草粹编》《词统》《历代诗余》诸书，皆选集也，而宋世所传之长沙刻本、临安刻本、闽中刻本，下逮毛、侯、秦、王、江、吴、朱、陶诸氏所刻，皆丛书也，选集严去取，丛书限多寡，俱不足以窥其全也。近日，海宁赵万里复于诸丛书外，辑得宋词五十六家，考校精审，突过前贤，然未尝人尽网罗，犹是丛书性质也。余不揣谫陋，爰排比自来选集，校补自来丛书，旁搜笔记、小说、方志、金石、书画、题跋、花木、谱录、应酬、翰墨及《永乐大典》统汇为一编，钩沉表微，以存一代之文献。计所辑词人已逾千家，篇章万八千有奇，以自昔视为卑卑小道之词，今亦足抵《全唐诗》之半，可快意也。惟是曲海词山，遗阙在所不免，掇拾丛残，何异风前扫叶。兹先写定初编目录，以明采辑之所自，并以俟贤达明教。

沈启无编校《人间词及人间词话》，由北平人文书店出版。为《文艺小丛书》一种。本书系《人间词》和《人间词话》（上、下卷）合订本。《人间词》收词116首。卷首有顾随《序》，曰："作序难，为佳书作序尤难。盖书既佳，则读者具眼，自能领略之，不必待序之说明与吹嘘。况乎珠玉在前，率尔成篇，必贻佛头着粪之讥。或者自家有一段意思，藉为书作序而发，借花献佛，亦自可喜，顾随今者则又无有。然而启无师兄校注《人间词》及《人间词话》行将出版，顾随终于为之序者，则以一者师兄前次曾以序嘱，亦即诺之，若不作，则是不信。二者顾随平日喜读此二书，兹欲假一序结香火因缘。三者尔来坊间翻印旧书，或加标点，或加笺注尔，句读往往讹谬，文字往往错植。每一翻阅，心目俱为之不快。师兄此书，标点正确，笺注详明，校对更为仔细。出版后以一册置案头，明窗净几之间，时一浏览，亦浮世偷生之赏心乐事，故益乐为之序。若夫静安先生之创作与议论，则又何需说明与吹嘘乎？兹亦不赘云。二十二年十月，顾随序于旧京东城之萝月斋。"

毛晋《宋六十名家词》，由上海商务印书馆出版。为《国学基本丛书》一种。收晏殊《珠玉词》至卢炳《烘堂词》，实收61家，各家之后附跋，据汲古阁本缩印。

冬，辛际周作《传言玉女》（冬夜步月作）。（辛际周：《梦痕词》，第1页。后收入曹辛华主编：《民国词集丛刊》第7册，第1页）

本年

【词人创作】

龙榆生作《水调歌头》（送徐悲鸿之巴黎主持中国美术展览会，并索画卷，用贺方回体）、《天香》（陈生贻孤山绿萼梅枝，因用梦窗韵，赋呈退庵正律）、《木兰花慢》（闻汪衮甫下世，伤逝）、《减字木兰花》（二首，以新刊《彊村遗书》寄双照楼主）、《浪淘沙》（以彊翁遗著分寄欧美图书馆，并缀此词）、《浣溪沙》（湖上曲二首）、《生查子》（为章桢女弟归黔中马宗荣作）、《减字木兰花》（为陈斠玄题画像）、《水调歌头》（送孔生一尘东游日本）、《水调歌头》（为林子有题《填词图》）、《六州歌头》（感愤无端，长歌当哭，以东山体写之）。（张晖：《龙榆生先生年谱》，第 51 页）

顾随作《踏莎行》（闹市人喧）、《满江红》（夜雪飞花）、《踏莎行》（百战归来）、《浣溪沙》（春事今年未寂寥）、《临江仙》（春去已成首夏）、《西河》（燕赵地）、《定风波》（把酒高楼欲问他）、《定风波》（把酒高楼欲问伊）、《定风波》（把酒高楼欲问公）、《定风波》（把酒高楼欲问君）、《定风波》（把酒高楼欲问谁）、《定风波》（举起金杯放下愁）、《临江仙》（重向赤栏桥下过）、《风入松》（当时冲雨下南楼）、《青玉案》（诗豪落落人中杰）、《鹧鸪天》（同是燕南赵北人）。（闵军：《顾随年谱》，第 95 页）

缪钺作《蝶恋花》（何处幽兰生小圃）、《浣溪沙》（友人有书询近况者，赋此答之）。（缪元朗：《缪钺先生编年事辑》，第 21 页）

刘永济作《踏莎行》（碧海澄云）、《鹧鸪天》（红湿林峦惜绮罗）、《南乡子》（冰雪自聪明）。（参见刘永济：《诵帚词集 云巢诗存》，第 322 页）

朱生豪作《八声甘州》（又一江春水搅离情）。（后收入朱尚刚：《诗侣莎魂：我的父母朱生豪、宋清如》，第 71 页）

张涤华作《浣溪沙》（初入武汉大学，自题日记扉页）、《水调歌头》（病中记梦）。（后收入张涤华：《张涤华文集》第 4 集，第 336 页）

金天羽作《水龙吟》（癸酉，公愚、汉宗同游花埭）。（金天羽：《红鹤词》，第 3 页。后收入朱惠国、吴平编：《民国名家词集选刊》第 10 册，第 451 页）

刘麟生作《南楼令》（题《映庵丈填词图》）、《水龙吟》（寿子言先生七十）、《清平乐》（寿王沂甫先生七十）、《徵招》（题郁老鹤先生六十六岁书怀吟草，兼示小竞）、《少年游》（题孔肖云《申江送别图》）、《探春》（健生婚后，将之浙东。

其夫人叔和，先生女孙也）、《生查子》（沧浪亭闲眺）、《浣溪沙》（撷芬室小诗属题）。（刘麟生：《春灯词》，第20页。后收入朱惠国、吴平编：《民国名家词集选刊》第15册，第92页）

辛际周作《绕佛阁》（游南普陀，登太虚亭）、《秋霁》（归思）、《一斛珠》（与仲詹观剧作有赠）。（辛际周：《梦痕词》，第1页。后收入曹辛华主编：《民国词集丛刊》第7册，第1页）

【词籍出版】

朱孝臧等著《沤社词钞二十集》刊行。（后收入南江涛选编：《清末民国旧体诗词结社文献汇编》第20册）卷首有《沤社词集同人姓字籍齿录》，共29人。卷后有《和作同人姓字籍贯录》和《附录和作》。

《沤社词集同人姓字籍齿录》：

沤尹	朱孝臧	古微	归安	咸丰丁巳生
老剑	潘飞声	兰史	番禺	咸丰戊午生
梦坡	周庆云	湘舲	乌程	同治甲子生
十发	程颂万	子大	宁乡	同治乙丑生
勺庐	洪汝闿	泽丞	歙县	同治乙丑生
半樱	林鹍翔	铁尊	吴兴	同治辛未生
纫庐	谢抡元	榆孙	余姚	同治壬申生
韧庵	林葆恒	子有	闽县	同治壬申生
铁庵	杨玉衔	铁夫	中山	同治壬申生
亶素	姚景之	景之	吴兴	同治壬申生
沧江	许崇熙	季纯	长沙	同治癸酉生
疢斋	冒广生	鹤亭	如皋	同治癸酉生
澹园	刘肇隅	廉生	湘潭	光绪乙亥生
映庵	夏敬观	剑尘	新建	光绪乙亥生
淞潜	高毓浵	潜子	静海	光绪丁丑生
覆庵	袁思亮	伯夔	湘潭	光绪己卯生
遐庵	叶恭绰	玉虎	番禺	光绪辛巳生

蛰云	郭则沄	啸麓	闽侯	光绪壬午生
无畏	梁鸿志	众异	长乐	光绪癸未生
西神	王蕴章	莼农	无锡	光绪乙酉生
余习	徐祯立	绍周	长沙	光绪庚寅生
病树	陈祖壬	君任	新城	光绪壬辰生
丑簃	吴湖帆	湖帆	吴县	光绪甲午生
鸢陂	陈方恪	彦通	义宁	光绪乙未生
莼思	彭醇士	醇士	高安	光绪丙申生
高梧	赵尊岳	叔雍	武进	光绪戊戌生
匋庵	黄孝纾	公渚	闽县	光绪庚子生
娱生	龙沐勋	榆生	万载	光绪壬寅生
沧洲	袁荣法	帅南	湘潭	光绪丁未生

第一集，收录：

沤尹《齐天乐》（苍虬赴天津，寄示《渡海》四十韵，怆然赋答）；

映庵《齐天乐》（题沈寐叟《山水图》）；

娱生《齐天乐》（秋感，和清真）；

讱庵《齐天乐》（天平山看红叶）；

老剑《齐天乐》（秋日剑丞学使招集映园，同诸子赋）；

十发《齐天乐》（剑丞、公渚始集同人为词社，徐子绍周适辟湘来止淞滨，谱此要绍周同作，并约后集）；

覆庵《齐天乐》（庚午初冬，映庵、公渚续举词社，有怀散原师庐山、苍虬津门）；

匋庵《齐天乐》（海滨尊俎符天意）；

病树《齐天乐》（飞车掠眼江南）；

余习《齐天乐》（和十发韵）；

高梧《齐天乐》（蘅皋凄断斜阳）；

西神《齐天乐》（病起薄游焦山）；

丑簃《齐天乐》（题寐叟山水）；

沤尹《齐天乐》（愔仲别六年矣，枉句见怀，依调寄答）；
鸾陂《齐天乐》（长夜得五兄九江书，怅触岁寒怀抱，率赋遣寄）；
梦坡《齐天乐》（莫干逭暑）；
疚斋《齐天乐》（鸡鸣寺，送纕蘅北归）；
蛰云《齐天乐》（述怀，次和仁先同年，兼呈彊村词丈）；
丑簃《齐天乐》（钱松壶画《辋川图卷》，为潘博山）。

第二集，收录：

沤尹《芳草渡》（故里言归，流连浃旬，旋复别去，舟过碧浪湖作）；

蘉庵《芳草渡》（余故宅在斜桥，居十余年。园中植桃、梅、樱花、海棠。数集朋好，流连咏歌，有终老意。去岁，以偿逋货去。顷复过之，则市楼栉比，花木尽矣。黯然倚声）、《芳草渡》（庚午孟冬，送倦知丈旅厝殡宫。宿雨初霁，寒日无色。湘耗仍恶，归骨难期。追怀平生，属感凄异，同公渚作）；

映庵《芳草渡》（啄饮地）；

鲰庵《芳草渡》（鑑弟自济南寄示《明湖秋泛词》，怅触前尘，因倚此解寄怀）、《芳草渡》（倦知翁下世已数月，旧馆经过，追忆昔游，不觉泫然。赋此以代大招，并邀映庵、蘉庵同作）；

讱庵《芳草渡》（用清真韵，寄怀冰社诸君子）；

高梧《芳草渡》（清真并此调，方、杨未见和章，西麓继周，每乖韵律。兹作悉遵原唱，四声、阴阳平及阴阳平通用，字不少假借，亦矫枉过直也）；

病树《芳草渡》（生日书感）；

亶素《芳草渡》（人事代谢，亲旧凋残。伤今感昔，凄然成咏）；

老剑《芳草渡》（伯夔斋中夜集，忆竺老、鹤亭、仁先、公渚北行，用清真韵）；

十发《芳草渡》（由甫殁半岁矣，为归殓汉寿，计日内可达，检遗著，怆然赋此）；

余习《芳草渡》（薄雾敛）；

沧洲《芳草渡》（过斜桥故居有感，和世父）；

鸾陂《芳草渡》（韦斋、松岑诸君由吴门寄书，坚征洞庭探梅之约。以牵役人事，迄未能赴。清游兴尽，胜赏缘悭。渺渺余怀，倚声代简）；

丑簃《芳草渡》（庚午十月望日，步李长蘅古漪园有感）；

疚斋《芳草渡》（同董卿登扫叶楼，用清真韵）；

蛰云《芳草渡》（答讱庵，用清真韵）、《芳草渡》（前作意有未尽，复成是解）；

半樱《芳草渡》（用美成韵，四声悉依之）；

退庵《芳草渡》（病院深冬，忽闻燕语，怅然成咏。依清真体韵，并协四声清浊）；

西神《芳草渡》（帆影）；

十发《芳草渡》（次韵和寄汪憬吾广州）。

第三集，收录：

沤尹《石湖仙》（味榄翁载书旧燕讨春邓尉归赠梅枝，俨然如见似人也）；

覆庵《石湖仙》（庚午仲冬，偕病树过沤尹丈。小楼一角，乱书堆几。邻园寒翠，掩映户牖。市嚣不到，俨然有空谷之思。病树有词记之，余亦继声）、《石湖仙》（题映厂所藏《大鹤山人词札》）；

娱生《石湖仙》（题映庵丈所藏《大鹤山人手书词卷》）；

病树《石湖仙》（与覆庵同诣彊村先生小楼听雨，景物幽蒨。归后要覆庵同作）、《石湖仙》（用白石韵，题忍古楼藏《大鹤词卷》）；

映庵《石湖仙》（题《郑叔问手书词简》）；

余习《石湖仙》（题映庵藏《大鹤词册》）；

讱庵《石湖仙》（题映庵所藏《大鹤山人手书词卷》）；

十发《石湖仙》（题映庵藏《文叔问手书词稿》）；

高梧《石湖仙》（曩者，于役吴阊，过樵风别业。巢莺宿燕，故垒依然。而花木零落，泉石颓废，已非年时酬唱之盛，辄为怃然。归来拟作词寄意，牵率未果。昨映庵示以遗墨词卷，缅想旧游，益深怅往，为赋此解）；

老剑《石湖仙》（题《郑大鹤舍人手写词册》）；

鸾陂《石湖仙》（映厂丈属题《郑叔问年丈手书词册》）；

蛰云《石湖仙》(题映厂先生所藏《大鹤山人词札》);

半樱《石湖仙》(卜宅昆山,拓小园为觞咏池。唐企林画《贻樱宧填词图》,为六十娱老之祝。适彊村师寄示此调新作,赋此报企兄,并呈彊师);

西神《石湖仙》(题映庵藏《大鹤山人词卷》);

絧庵《石湖仙》(映厂以所藏大鹤山人遗墨属题)。

第四集,收录:

覆庵《东坡引》(庚午嘉平立春后三日,饮子有宅。客有为意钱戏者,亥夜始罢酒。归途,雪大作,楼阁衢术皆琼瑶,用青兕五十九字体写之);

十发《东坡引》(东坡生日社集,题东坡像残石拓本。石为况夔笙于平山堂访得,后归陶斋,有"舒亶谒在"四字耳行);

讱庵《东坡引》(庚午十二月十九日,子大、绍周两君招集市楼川馆,作东坡生日);

病树《东坡引》(比户迎春,穷檐对雪,岁云莫矣,客思凄然,忆辛酉度岁旧京,今十年矣。溯乾淳岁时之祀,值嘉平更腊之年。海市栖迟,蜜房局促。怅触前游,漫倚四解);

沤尹《东坡引》(除夕);

老剑《东坡引》(东坡生日,集丰乐园,题《朝云诵偈图》);

娱生《东坡引》(岁不尽二日,大雪,访彊村先生);

高梧《东坡引》(绀帘慵未卷);

沧洲《东坡引》(人日喜晴);

蛰云《东坡引》(沽上重晤讱庵,赋赠);

絧庵《东坡引》(除夕,寄怀刘潜楼丈)。

第五集,收录:

蛰云《瑞鹤仙》(寄怀映庵词丈海上);

映庵《瑞鹤仙》(寄题临安洞霄宫);

半樱《瑞鹤仙》(西溪词人祠落成后,梦坡丈曾有词纪游,和者甚众。

成此奉赠，从清真四声）；

切庵《瑞鹤仙》（超山看梅作。相传山故无梅，自唐玉潜来植，遂渐繁多。山下故有唐祠，今已圮毁）；

沤尹《瑞鹤仙》（庚子岁晏，尝赋此调寄夏悔庵长安，今三十年矣。悔庵留滞旧京，欲归不得。倚声见怀，重依美成高平调报之）；

老剑《瑞鹤仙》（辛未人日，集正风堂）；

十发《瑞鹤仙》（何诗孙观察旅殡湘馆，逾十稔矣。近岁为影印其手书诗词四卷，盖生平所作仅此耳。屡过殡园，怆而赋此）；

訇庵《瑞鹤仙》（为袁巽初题五十四小影，即送其游日本）、《瑞鹤仙》（辛未春日，薄游济南，挐舟大明湖。蟹弟有词索和，余亦继声）；

娱生《瑞鹤仙》（入春快晴，桃柳争发。一夕凄风忽起，薄寒中人。念乱思乡，漫谱此阕）；

沧洲《瑞鹤仙》（小梅香渐褪）；

覆庵《瑞鹤仙》（上巳后二日新霁，叶氏看花）；

丑簃《瑞鹤仙》（自题《梅影书屋图》，集梦窗句。图作于宋刻《梅花喜神谱》册前）；

梦坡《瑞鹤仙》（怀超山宋梅）；

高梧《瑞鹤仙》（春雨）。

第六集，《三姝媚》收录：

病树《三姝媚》（调颐水）；

覆庵《三姝媚》（公园看花，同同游诸公作）；

沤尹《三姝媚》（寒食前一日，梵王渡阁作）；

切庵《三姝媚》（花朝日，偕沤社同人公园观桃花）；

映庵《三姝媚》（辛未上巳后一日，雨过晓晴。偕朋辈游叶园，赏牡丹）；

专思《三姝媚》（调颐水，同病树作）；

娱生《三姝媚》（春中薄游金陵，寄宿中正街交通旅馆。知本散原精舍，海棠一树，照影方塘。彻夜狂风，零落俱尽，感和梦窗）；

老剑《三姝媚》（重过吴门留园，感旧）；

梦坡《三姝媚》（南湖晚泊）；

十发《三姝媚》（花朝集彦通鸾陂草堂）；

西神《三姝媚》（新柳）；

翙庵《三姝媚》（二月十五日，梵王渡公园作）；

铁庵《三姝媚》（辛未清明，奔走风尘，未得展墓者十余年。令节重逢，南望岭云，黯然意尽，爰成此解）；

余习《三姝媚》（叶园展禊）；

宣素《三姝媚》（寒雨连江，春事江尽有怀病山蜀中）；

沧洲《三姝媚》（一春多雨，花事易阑。触绪成愁，倚声凄断）；

蛰云《三姝媚》（次和兰史留园感旧）。

第七集，收录：

沧江《汉宫春》（辛未立夏，风雨竟日。得映厂拈示此解，倚声奉答）、《汉宫春》（立夏后五日，同剑丞、绍周、公渚、君任集伯夔刚伐邑斋。主人出示钱春新词，绍周、公渚各据案作米山一幅。风雨竟日，谈谐尽欢。即事成声，因仍原韵，博诸君一粲）；

西神《汉宫春》（春暮游江湾叶园）；

退庵《汉宫春》（为颐水题画，赠某山水兼及递香前事，聊供一噱）；

宣素《汉宫春》（送春古申江）；

娱生《汉宫春》（春晚游张氏园，见杜鹃花盛开，因约彊村、映庵、子有三丈及公渚来看。后期数日，凋谢殆尽。感成此阕，用张三影体）；

讱庵《汉宫春》（辛未清明）；

沤尹《汉宫春》（真如张氏园杜鹃盛开，榆生有看花之约。后期而往，零落尽矣。歌和榆生）；

苳思《汉宫春》（乱红舞院，新绿低檐。感事伤春，怅然有作）、《汉宫春》（顾园池上作。忆往岁泛舟北海，水榭邀凉。影事依稀，尚如昨日，不觉及之）；

沧洲《汉宫春》（追赋叶园牡丹，用梦窗韵）；

半樱《汉宫春》（郑朴生以所辑故人手札册属题，中有谭复生、张野秋、欧阳瓣姜、李亦园、黄鹿泉诸公，皆湘贤，感赋此解）；

半樱《汉宫春》（京口，赠孙似松）；

铁庵《汉宫春》（为人题《蓟门秋柳图》）；

蛰云《汉宫春》（赋蛰园牡丹，用梦窗韵）；

䫉庵《汉宫春》（浅醉楼台）；

老剑《汉宫春》（零落神山）；

鸾陂《汉宫春》（为湖帆题仇实甫绘《长门赋图卷》）。

第八集，收录：

蛰云《渡江云》（病怀，兼寄讯讱庵丈海上）；

覆庵《渡江云》（为金悔庐题《霜晓厂裁曲图》）；

病树《渡江云》（愁人天不管）；

讱庵《渡江云》（重五得蛰云见怀新词，抚时感事，即用原调奉答）；

沤尹《渡江云》（望苍虬不至，倚此致声）；

铁庵《渡江云》（为陈柱尊题黄宾虹《桂林山水长卷》）；

十发《渡江云》（竹醉日移居初度，赋谢同社诸公宴集）；

鸾陂《渡江云》（吴淞江滨邓氏草堂题壁）；

映庵《渡江云》（寄怀散原丈，并简苍虬翁）、《渡江云》（有怀秦淮旧游，用清真韵）；

䫉庵《渡江云》（和映厂秦淮秋感，用清真韵）；

退庵《渡江云》（沈成章司令招游劳山，由海道往还，感而有赋）；

高梧《渡江云》（龙华桃花盛开，长卿游倦，几误芳期。风雨声中，每深怀想）；

退庵《渡江云》（公渚用苍虬韵寄我青岛，依韵奉答）；

沧洲《渡江云》（空床明月静）。

第九集，收录：

讱庵《风入松》（雨余月出，凭阑独坐。闻远渚鸣蛙，顿有秋意）；

娱生《风入松》（与达安别四年，盛暑重逢沪渎，因偕往吴淞观海，追念南普陀旧游，漫赋此阕）；

蛰云《风入松》（楼居写感）、《风入松》（琼波夜泛）；

老剑《风入松》（题梦坡《海上获琴图》）；

覆庵《风入松》（青岛海滨浴场书所见）；

映庵《风入松》（六月廿五立秋夜作）；

铁庵《风入松》（赴普陀，泊舟山有感）；

蛰云《风入松》（夏夜露坐）；

退庵《风入松》（年来好游，客有问者，以此答之）；

高梧《风入松》（翠箩筛影覆莓墙）；

沤尹《风入松》（病起戏述）；

半樱《风入松》（题《湘湖渔隐图》。湘湖在萧山，产莼丝甚美，以境胜似潇湘，故名）；

訇庵《风入松》（苍虬书来，慨然增久别之感。赋此代柬）；

梦坡《风入松》（《南溪草堂图》，为余素庵题）。

第十集，收录：

高梧《洞仙歌》（寿讱庵六十）；

退庵《清平乐》（寿讱庵六十）；

訇庵《玉烛新》（寿讱庵六十）；

纫庐《洞仙歌》（寿讱庵六十）；

娱生《石湖仙》（寿讱庵六十）；

半樱《安公子》（寿讱庵六十，从耆卿体）；

鸾陂《鹧鸪天》（寿讱庵六十）。

第十一集，收录：

覆庵《安公子》（病枕惊飞雨）；

铁庵《安公子》（为吴湖帆题仇实父《长门赋图》）、《安公子》（题许奏云《云亭垂钓图》。亭在孤山麓小青墓侧，且营生圹焉）；

　　亶素《安公子》（送黄公渚重游金陵，集清真句，用万红友订正耆卿第二体）；

　　蜩庵《安公子》（和映厂感事之作）；

　　沧江《安公子》（秋夕，伯夔楼斋）；

　　半樱《安公子》（《秋山行旅图》，为沈惕庵姻丈作，从晁无咎体）；

　　娱生《安公子》（秋感，和柳屯田）；

　　沧洲《安公子》（送公渚丈之青岛，用乐章八十字调，即次其韵）；

　　蛰云《安公子》（烛泪）；

　　讱庵《安公子》（烛泪，次蛰云韵）；

　　沧江《安公子》（烛泪，同讱庵和蛰云韵）；

　　余习《安公子》（烛泪）；

　　覆庵《安公子》（烛泪，同讱庵、沧江、宝权作）；

　　病树《安公子》（同社诸公拈此调赋烛泪。讱庵坚索同作，聊为侧艳之辞，用寄无涯之恨）；

　　勺庐《安公子》（烛泪）；

　　铁尊《安公子》（烛泪）；

　　亶素《安公子》（烛泪）；

　　梦坡《安公子》（秋日由武康返杭道中，即景，用屯田体）。

第十二集，收录：

　　沧江《被花恼》（闻雁）；

　　映庵《被花恼》（八月二十九日，偕子有、众异、绍周、醇士、公渚、帅南游李长蘅檀园）；

　　半樱《被花恼》（菊花，依紫霞翁四声）；

　　覆庵《被花恼》（社中诸子期九日赴近地作登高会，伤离念乱，无复游观意，倚此解谢之）；

　　亶素《被花恼》（送人之金陵军幕）；

　　病树《被花恼》（留园感旧）；

娱生《被花恼》(重九后数日,和扬缵自度曲,以写旅怀);

讱庵《被花恼》(八月二十九日,偕映庵、绍周、醇士、公渚、帅南、众异、公渚诸君游南翔李长蘅猗园。映庵先有词,次韵奉正);

缾庐《被花恼》(吹笙陌上钿车忙)、《被花恼》(年来无地买花栽);

铁庵《被花恼》(春慵燕倦户庭闲);

沧洲《被花恼》(用杨守斋韵);

老剑《被花恼》(感旧);

蛰云《被花恼》(为铁夫同年题《桐阴勘书图》,即依所用紫霞翁韵);

铜庵《被花恼》(暮秋,同众异及蟹弟驱车会泉山中作);

退庵《被花恼》(为吴湖帆题所藏马湘兰、薛素素《兰花合卷》)。

第十三集,收录:

讱庵《玉女摇仙珮》(京尘捧袂);

沧江《浣溪沙》(过了西湖更向西);

沧洲《浣溪沙》(涡水依回直到门)、《浣溪沙》(晴雪千畦月一湖);

覆庵《浣溪沙》(王气销沉霸业湮)、《浣溪沙》(泼墨穷年苦作痴);

勺庐《忆旧游》(看溪流萦带);

铁庵《向湖边》(题林畏庐《西溪图》);

高梧《思嘉客》(逝水飞蓬忆旧游);

丑簃《减字木兰花》(伤怀吊古);

老剑《摸鱼子》(把西湖移来深曲);

娱生《南乡子》(题畏庐《西溪图》);

映庵《百字令》(水波不定);

缾庐《踏莎行》(石作筼屏);

亶素《玉女摇仙佩》(天留画本);

十发《被花恼》(词家一库占西溪);

蛰云《南浦》(摇曳一湾秋)。

第十四集，收录：

勺庐《洞仙歌》（从柳耆卿一百二十六字体）；

讱庵《洞仙歌》（送绍周归长沙）；

高梧《洞仙歌》（层阴怅结）；

娱生《洞仙歌》（用柳屯田韵，为湖帆先生题仇实甫画《长门赋图》）；

蛰云《洞仙歌》（赋雪絮，用柳耆卿体，兼和其韵）；

亶素《洞仙歌》（清华池畹）；

覆庵《洞仙歌》（得苍虬津门书，感赋却寄）；

蛰云《洞仙歌》（忆梅，和铁夫韵）；

韵庵《洞仙歌》（欹枕暮更断）。

第十五集，收录：

勺庐《木兰花慢》（挽沤尹社长）；

澹园《鹧鸪天》（辛未冬至，彊村老人口占《鹧鸪天》一阕，绝笔词也。余前五日，为按脉病榻，神明不乱。后七日逝矣。腊八前夕，梦老人宛若生前，因依韵谱之）；

老剑《菩萨蛮》（读彊村词集，追悼彊村先生）；

讱庵《石州慢》（挽彊村丈）；

铁庵《瑞鹤仙》（哭彊村师）；

娱生《莺啼序》（壬申春尽日，倚梦窗此曲，追悼彊村丈）；

映庵《徵招》（花朝社集，追念沤翁下世。各拟挽章，五旦徵调最哀，为燕乐所不备。白石寻韵作谱，音响巉峭。覆杯堕泪，漫倚此声）；

蛰云《水龙吟》（挽彊村词丈）；

梦坡《徵招》（挽沤尹社长）；

半樱《透碧宵》（彊师遽逝沪上，往哭之恸。归后即病，沉迷四阅月，不复知有人世间事，兹甫清醒，赋此敬挽。时壬申四月）；

韵庵《浪淘沙慢》（挽彊村丈）。

第十六集，收录：

勺庐《锦帐春》（和稼轩韵）；

梦坡《锦帐春》（壬申沪上，暮春）；

半樱《锦帐春》（用稼轩体，壬申孟夏夜坐作）、《锦帐春》（《海绡词》
于邻家燕巢之毁，一再感赋，追和之）；

讱庵《锦帐春》（戏集梦窗词）；

老剑《锦帐春》（沪上春暮，次梦坡韵）；

蛰云《锦帐春》（瓮山春感）。

第十七集，收录：

纨庐《大酺》（阅一番寒）、《大酺》（又酒旗飘）；

半樱《大酺》（乱后归昆山，吊龙洲道人墓）；

勺庐《大酺》（壬申重午）；

蛰云《大酺》（闻讱庵游雁宕，却寄）。

第十八集，收录：

讱庵《一萼红》（同暎庵、众异登华岳，用白石韵）；

勺庐《一萼红》（用白石韵）；

纨庐《一萼红》（掩柴关）；

蛰云《一萼红》（宁园纪游，再和白石韵）；

半樱《一萼红》（姚劲秋久居京口，性耽山水。尤蒙于豪吟绘图征题，
倚此应之，用白石韵，并同四声）；

匋庵《一萼红》（暮春，偕蛰弟、瓠庵，登劳山明霞洞观海）；

老剑《一萼红》（憬吾函来，述净土兰若旧游，用白石韵奉答）；

娱生《一萼红》（壬申七月，自上海还真如。乱后荒凉，寓居芜没。惟
余秋花数朵，欹斜断垣丛棘间，若不胜其憔悴。感怀家国，率拈白石此调写
之，即用其韵）；

沧洲《一萼红》（泛棹西溪，小憩秋雪庵，登弹指楼，后为两浙词人祠）。

第十九集，收录：

退庵《石州慢》（中秋夜，游虎丘。适逢月蚀时，星稀露冷，万籁无声。丛薄幽阴，疑非人境。余呼茗坐千人石，忽闻笛音凄异，出自林际。抚时感事，欲泣无从。次日，写以此阕，仍用方回原韵，读者当知断肠固不独在江南也）；

勺庐《石州慢》（题叶退庵《桂游半月记》）；

半樱《石州慢》（九日京沪道中作，用东山韵，依彊村选刻《宋词三百首》，订正东山此调四声）；

蛰云《石州慢》（秋晚涉园，见篱畔残花掩抑可怜，悄然赋之）、《石州慢》（苍虬阁试趵突泉，和病树韵）、《石州慢》（题《映庵填词图》，即和其自题韵）；

映庵《石州慢》（自题《填词图》）；

讱庵《石州慢》（为兰史题张铁桥《元兵出猎图》）；

铁庵《石州慢》（新雁）、《石州慢》（映老以词集见寄，并索题《填词图》，依原韵赋此，代柬）；

亶素《石州慢》（秋斋夜坐，感事伤怀，怅然有作，集梦窗句）；

娱生《石州慢》（壬申重九后一日，过彊村丈吴门寓居）；

疚斋《石州慢》（咏鸥园桂）；

匑庵《石州慢》（题《映庵填词图》）、《石州慢》（题《退庵填词图》）；

病树《石州慢》（携客所饷趵突泉，与苍虬、立之小楼会饮。两君有词纪事，余亦继作）。

第二十集，收录：

纫庐《天香》（影瘦秋肥）；

淞潜《天香》（咏桂第二体）；

勺庐《天香》（东沟看菊有作）；

切庵《天香》（渡江至东沟观菊作）；

半樱《天香》（用碧山韵，和莺巢）、《天香》（寄胡馨老北平，从东山体）；

纲庐《天香》（桂，用梦窗韵）；

退庵《天香》（今秋从汪憬吾丈家见罗浮仙蝶，属为题咏，久未。冬日偶有所感，补填此阕。依东山体，用梦窗韵）；

铁庵《天香》（自题《抱香室填词图》）；

疢斋《天香》（题《映庵填词图》，用王通叟韵）；

映庵《天香》（寄怀张孟劬）；

蛰云《天香》（旧京海棠榆叶梅，秋后再花，倚此赋之）；

老剑《天香》（移居沪西，至枫林桥闲步）；

梦坡《天香》（康桥居看菊）。

《和作同人姓字籍贯录》：

憬吾	汪兆镛	伯序	番禺
香宋	赵熙	尧生	荣县
海绡	陈洵	述叔	新会
艮庐	张茂炯	仲青	吴县
倬庵	邵章	伯褧	仁和
瓠庵	路朝銮	金坡	毕节
遯庵	张尔田	孟劬	钱塘
愔仲	胡嗣瑗	琴初	开州
苍虬	陈曾寿	仁先	蕲水
莺巢	包安保	柚斧	镇江
蜇庵	黄孝平	君坦	闽侯
淑通	陈文中	淑通	长寿

《附录和作》，有：

愔仲《齐天乐》（奉怀疆村前辈海上）；

苍虬《齐天乐》（和彊村老人）；

憬吾《芳草渡》（梦坡、十发、映庵、兰史诸老画松兰石，并赋诗寄赠。同沤社倚清真制调答之）；

伯夔《芳草渡》（题顾太清画杏，和美成）、《芳草渡》（怀彊村前辈海上）；

艮庐《芳草渡》（用清真韵，和退庵冬深闻燕之作）；

憬吾《石湖仙》（映庵先生藏《大鹤山人自写词册》）；

苍虬《渡江云》（和彊村老人寄怀）；

君坦《渡江云》（步退庵韵）；

孟劬《渡江云》（郊居旧名枫湖，颇有花木之胜。适榆生填此词寄示，因和之，兼以告海上故人知余近状也）；

香宋《渡江云》（和答榆生）；

瓠庵《安公子》（辽警日亟，锦县继沦。忧愤填膺，次匔厂韵）；

君坦《被花恼》（秋暮，偕众异游汇泉山作）；

述叔《木兰花慢》（岁暮闻彊村翁逝世，赋此寄哀）；

莺巢《天香》（瓜步停鞭）；

淑通《天香》（和东山）。

绮社编《绮社杂稿》刊行。卷首有薛综缘《序》。（后收入南江涛选编：《清末民国旧体诗词结社文献汇编》第 21 册）内收《词稿》，作品有：

金蜀章（丽川）《浣溪沙》（扬州，自古销魂地。每经此，辄流连不忍去。而今憔悴，减却疏狂，旧日游踪，不堪回溯矣）、《鹧鸪天》（题彊村老人绝笔词后，即用其韵）、《念奴娇》（虞山游黑龙江苏炳文将军幕下，岛夷犯顺，转道归来。相逢席上，寄慨于言。为拈是调劳之，用东坡韵）、《金缕曲》（题宝应刘氏《西浦图》）；

周梦庄《醉桃源》（东风吹老绮年华）；

徐梦榴（筱荔）《台城路》（彊村老人葬有日矣。一代词宗，顿成绝响。哀而赋此，不自知其辞之掩抑也）、《蝶恋花》（小病怏怏如中酒）、《菩萨蛮》（虞山久客龙沙参赞戎幕，自东北沦陷，栖异国，转辗就道，得庆生还。率填此阕，慰之）、《台城路》（题宝应刘氏《西浦图》）、《临江仙》（朱园茗坐，赠虞山）；

张文魁《点绛唇》(闰端阳有感);

虞虞山《念奴娇》(答丽川,用东坡韵);

黎名孝《浣溪沙》(和寱萱姻长韵);

薛综缘《菩萨蛮》(小楼一角垂杨锁)、《减字木兰花》(柳花风定)、《虞美人》(桃花和雨尊前坠)、《惜分飞》(燕子归时春已去)、《浣溪沙》(与绮社诸子踏月窅园)。

郭则沄等撰《烟沽渔唱七卷》刊行。卷首有袁思亮、杨寿枏、徐沅、许钟璐、郭则沄《序》。(后收入南江涛选编:《清末民国旧体诗词结社文献汇编》第 16 册)

《须社词侣题名》:

> 陈恩澍,字止存,号紫荨,湖北蕲水;
>
> 查尔崇,字峻丞,号查湾,顺天宛平;
>
> 李孺,字子申,号口阎,汉军驻防;
>
> 章钰,字式之,号霜根,江苏长洲;
>
> 周登皞,字熙民,号补庐,福建侯官;
>
> 白廷夔,字栗斋,号逊园,满洲京旗;
>
> 杨寿枏,字味云,号苓泉,江苏金匮;
>
> 林葆恒,字子有,号讱庵,福建侯官;
>
> 王承垣,字叔掖,号薇庵,直隶清苑;
>
> 郭宗熙,字诒曰,号臣厂,湖南长沙;
>
> 徐沅,字芷升,号姜庵,江苏吴县;
>
> 陈实铭,字葆生,号踽公,河南商丘;
>
> 周学渊,字立之,号息庵,安徽建德(今浙江建德);
>
> 许钟璐,字佩丞,号辛庵,山东济南;
>
> 胡嗣瑗,字琴初,号惜仲,贵州开州;
>
> 陈曾寿,字仁先,号苍虬,湖北蕲水;
>
> 李书勋,字又尘,号水香,江苏宜兴;
>
> 郭则沄,字歠麓,号蛰云,福建侯官;
>
> 唐兰,字立庵,浙江遂安;

周伟，字君适，湖北黄陂。

又，《社外词侣题名》：

陈宝琛，字伯潜，号弢庵，福建闽县；

樊增祥，字云门，号樊山，湖北恩施；

夏孙桐，字闰枝，号闰庵，江苏江阴；

陈懋鼎，字徵宇，号槐栖，福建闽县；

陈毅，字诒重，号郇庐，湖南长沙；

高德馨，字远香，号鲟隐，江苏吴县；

邵章，字伯䌹，号倬庵，浙江仁和；

夏敬观，字剑丞，号映庵，江西新建；

姚亶素，字景之，浙江吴兴；

万承栻，字公雨，号㑴园，江西南昌；

袁思亮，字伯夔，号蘉庵，湖南湘潭；

钟刚中，字子年，广西宣化；

黄孝纾，字公渚，号匑厂，汉军驻防。

卷一，为第一集至第二十集。

第一集：

查湾《苏幕遮》（词社初集，即事）；

霜根《苏幕遮》（避棋仇）；

诃庵《苏幕遮》（日华暹）；

臣厂《苏幕遮》（竹迎薰）；

姜庵《苏幕遮》（雨蒸梅）；

息庵《苏幕遮》（菊霜前）；

辛庵《苏幕遮》（竹阴凉）；

惜仲《苏幕遮》（折瑶华）。

第二集：

查湾《祝英台近》（咏苔）；
仑阁《祝英台近》（玉阶前）；
讱庵《祝英台近》（上颓垣）；
薇庵《祝英台近》（小庭空）；
臣厂《祝英台近》（缀桐阴）；
辛庵《祝英台近》（槲烟浓）；
愔仲《祝英台近》（废城阴）；
水香《祝英台近》（锁烟浓）；
蛰云《祝英台近》（叠钱轻）；
立庵《祝英台近》（傍陶篱）。

第三集：

查湾《凄凉犯》（咏冬青）；
臣厂《凄凉犯》（竦柯自碧）；
息庵《凄凉犯》（万枝承白）；
愔仲《凄凉犯》（细花散雪）；
蛰云《凄凉犯》（洛宫梦隔）。

第四集：

查湾《蝶恋花》（咏秋蝶）；
仑阁《蝶恋花》（记与春风曾识面）；
薇庵《蝶恋花》（百五韶光春事了）；
姜庵《蝶恋花》（翠幕新凉霏露屑）；
辛庵《蝶恋花》（金粉飘零春梦醒）；
愔仲《蝶恋花》（瘦尽春魂春不住）；
水香《蝶恋花》（漂雨凉阶衣粉湿）；

蛰云《蝶恋花》（飘梦花帘春一瞥）、《蝶恋花》（记否华林芳草碧）。

第五集：

查湾《摸鱼儿》（戊辰七夕，和石帚韵）；

霜根《摸鱼儿》（正人间）；

薇庵《摸鱼儿》（怯西风）；

臣厂《摸鱼儿》（怅秋期）；

姜庵《摸鱼儿》（睇银湾）；

辛庵《摸鱼儿》（又今年）；

息庵《摸鱼儿》（又宵阑）；

惜仲《摸鱼儿》（做新寒）；

蛰云《摸鱼儿》（甚秋河）；

立庵《摸鱼儿》（又金飙）。

第六集：

查湾《齐天乐》（咏秋灯）；

讱庵《齐天乐》（一痕簸梦来新雁）；

薇庵《齐天乐》（铜荷黯黯笼愁夜）；

臣厂《齐天乐》（金风何意飘珠箔）；

姜庵《齐天乐》（风釭颤箔秋如梦）；

惜仲《齐天乐》（愁煎永夕膏兰悴）；

水香《齐天乐》（清辉渐与人亲近）；

蛰云《齐天乐》（窥窗碧飑天如水）。

第七集：

查湾《玉京秋》（咏残荷依草窗体）；

霜根《玉京秋》（天宇阔）；

臣厂《玉京秋》(湘浦阔);

姜庵《玉京秋》(鸳梦阔);

惜仲《玉京秋》(荒苑阔);

水香《玉京秋》(秋水阔);

蛰云《玉京秋》(秋恨阔)。

第八集:

查湾《南楼令》(待月)二首;

霜根《南楼令》(三十六云廊);

讱庵《南楼令》(弦管促飞觞);

姜庵《南楼令》(中酒木犀天)、《南楼令》(扶梦上南楼);

辛庵《南楼令》(消息问清砧);

立庵《南楼令》(凉露浸菱洲)。

第九集:

查湾《尾犯》(咏雁字);

薇庵《尾犯》(冷梦落衡湘);

臣厂《尾犯》(篆就碧烟痕);

息庵《尾犯》(峭影落平沙);

辛庵《尾犯》(去影逐西风);

惜仲《尾犯》(万里一绳秋);

水香《尾犯》(点入蔚蓝天);

蛰云《尾犯》(淡墨一行秋)、《尾犯》(断云似留题);

弢庵《尾犯》(何恨苦笺天)。

第十集:

查湾《霜叶飞》(赋落叶);

讱庵《霜叶飞》（断蛩凉语斜阳外）；

臣厂《霜叶飞》（锦枫宵舞惊霜信）；

姜庵《霜叶飞》（瘦吟无绪孤桐涩）；

辛庵《霜叶飞》（满襟萧绪推窗夜）；

惜仲《霜叶飞》（满天凄绪西风紧）；

水香《霜叶飞》（更谁怜汝经霜后）；

蛰云《霜叶飞》（梦中烟树长安远）；

弢安《霜叶飞》（一秋无绪霜天里）。

第十一集：

讱庵《惜秋华》（栩楼宴集赏菊）；

臣厂《惜秋华》（写恨餐英）；

姜庵《惜秋华》（赖有寒香）；

息庵《惜秋华》（澹写孤芳）；

惜仲《惜秋华》（又过重阳）；

蛰云《惜秋华》（荐与寒泉）。

第十二集：

查湾《百字令》（柳墅感旧）；

霜根《百字令》（蜃台鲛市）；

讱庵《百字令》（碧云低处）；

臣厂《百字令》（园林销歇）；

姜庵《百字令》（荒湾冷墅）；

踽公《百字令》（行宫何处）；

息庵《百字令》（海鸥欲起）；

辛庵《百字令》（沧桑劫尽）；

惜仲《百字令》（废园秋老）；

蛰云《百字令》（萧疏残柳）。

第十三集：

　　查湾《庆春泽慢》（咏初雪）；
　　薇庵《庆春泽慢》（吹水生棱）；
　　息庵《庆春泽慢》（顿洗秋容）；
　　辛庵《庆春泽慢》（虚阁沉阴）；
　　惜仲《庆春泽慢》（衰柳搓绵）；
　　蛰云《庆春泽慢》（意倩云传）。

第十四集：

　　查湾《定风波》（咏夕阳）；
　　讱庵《定风波》（中酒光阴起较迟）；
　　薇庵《定风波》（影上帘钩淡有痕）；
　　辛庵《定风波》（一抹疏林淡有痕）；
　　惜仲《定风波》（红过崦嵫更有天）；
　　水香《定风波》（一抹晴晖晚更宜）；
　　蛰云《定风波》（恅愺浮生短景催）；
　　立庵《定风波》（每到愁时早闭门）。

第十五集：

　　查湾《更漏子》（寒夜）二首；
　　讱庵《更漏子》（傍南荣）；
　　薇庵《更漏子》（减炉薰）；
　　踽公《更漏子》（掩花窗）；
　　息庵《更漏子》（雁啼霜）；
　　辛庵《更漏子》（怕青宵）；
　　惜仲《更漏子》（冻帘波）；
　　蛰云《更漏子》（茝烟沉）。

第十六集：

仑闇《金缕曲》（咏寒鸦）；

补庐《金缕曲》（极目寥天阔）；

讱庵《金缕曲》（秃尽纤纤柳）；

薇庵《金缕曲》（薄暮霜风急）；

姜庵《金缕曲》（流水残云暮）；

踽公《金缕曲》（暮色苍茫里）；

辛庵《金缕曲》（孤馆清飙发）；

愔仲《金缕曲》（坏阵浓堆墨）；

水香《金缕曲》（楼角斜晖冷）；

蛰云《金缕曲》（听到盘空语）；

郐庐《金缕曲》（一阵盘空黑）。

第十七集：

查湾《锦缠道》（长至）；

仑闇《锦缠道》（六琯飞灰）；

霜根《锦缠道》（检点年光）；

补庐《锦缠道》（此节团圆）；

息庵《锦缠道》（一线阳回）；

辛庵《锦缠道》（乍雪还晴）；

愔仲《锦缠道》（八表沉阴）；

水香《锦缠道》（翠阁消寒）；

蛰云《锦缠道》（病后今年）。

第十八集：

查湾《江城子》（忆梅）；

霜根《江城子》（石湖佳处旧家山）；

补庐《江城子》（往时花发小香天）；

薇庵《江城子》（美人消息隔天涯）；

臣厂《江城子》（恼人春信绮窗迟）；

辛庵《江城子》（江南芳讯近来疏）；

愔仲《江城子》（几年香国孕春迟）；

蛰云《江城子》（寻春怕说段家桥）。

第十九集：

查湾《东风第一枝》（咏唐花）；

仑阁《东风第一枝》（腊鼓声阗）；

霜根《东风第一枝》（装点新韶）；

苓泉《东风第一枝》（棠梦惊回）；

臣厂《东风第一枝》（腊破芳容）；

姜庵《东风第一枝》（暖坞红霏）；

息庵《东风第一枝》（雪坞藏春）；

愔仲《东风第一枝》（做锦成茵）；

立庵《东风第一枝》（瑞雪飘绵）。

第二十集：

霜根《法曲献仙音》（咏臣厂家藏陆象山先生珊然琴）；

讱庵《法曲献仙音》（尘幂金徽）；

臣厂《法曲献仙音》（别鹤晨调）；

姜庵《法曲献仙音》（声落寒潮）；

息庵《法曲献仙音》（徽咽湘弦）；

愔仲《法曲献仙音》（释褐雍容）。

卷二，为第二十一集至四十集。

第二十一集：

查湾《瑞鹤仙》（东坡生日）；

仑阁《瑞鹤仙》（眉山千叠秀）；

霜根《瑞鹤仙》（支辰干在戊）；

姜庵《瑞鹤仙》（诗仙招紫府）；

蹋公《瑞鹤仙》（年年当此夕）；

息庵《瑞鹤仙》（命宫磨蝎守）；

辛庵《瑞鹤仙》（眉山停鹤驭）；

惜仲《瑞鹤仙》（命宫磨蝎巧）；

弢庵《瑞鹤仙》（老坡生丙子）。

第二十二集：

查湾《菩萨蛮》（花猪壶鸭羔儿酒）、《菩萨蛮》（流光送尽修蛇尾）、《菩萨蛮》（几家依旧行周腊）；

臣厂《菩萨蛮》（边城岁暮迷烟柳）、《菩萨蛮》（年华逐水留难住）、《菩萨蛮》（宜春有酒今宵醉）；

姜庵《菩萨蛮》（清斋政尔余寒劲）、《菩萨蛮》（流光转烛濒归矣）、《菩萨蛮》（一年情事思量壳）；

息庵《菩萨蛮》（旧时紫蟹银鱼味）、《菩萨蛮》（商量莫放今宵睡）、《菩萨蛮》（痴情欲系修蛇尾）；

惜仲《菩萨蛮》（满筐肴簌钉盘果）、《菩萨蛮》（粞盆红欲喷霄汉）、《菩萨蛮》（画堂烧烛寒无睡）。

第二十三集：

查湾《玉烛新》（人日栖白庽宴集）；

霜根《玉烛新》（官梅红一萼）；

补庐《玉烛新》（椒花初荐福）；

切庵《玉烛新》（水生挑菜渚）；

姜庵《玉烛新》（佳辰晴色透）；

辛庵《玉烛新》（新年清昼暖）；

偓园《玉烛新》（灵辰调玉烛）。

第二十四集：

霜根《金缕曲》（题万红友凤砚，朱鸟庵旧藏，今归水乡村父）；

臣厂《金缕曲》（香胆才人砚）；

姜庵《金缕曲》（片石传红友）；

息庵《金缕曲》（凤尾衔清砚）；

辛庵《金缕曲》（秋冷四岩隙）；

水香《金缕曲》（萝隐轩中物）；

偓园《金缕曲》（瑞石来丹穴）。

第二十五集：

查湾《汉宫春》（咏新燕）；

霜根《汉宫春》（依旧春风）；

补庐《汉宫春》（围杏初红）；

臣厂《汉宫春》（一剪东风）；

姜庵《汉宫春》（柳甸初稊）；

踽公《汉宫春》（翦翦翻风）、《汉宫春》（柳絮池塘）；

息庵《汉宫春》（漫扫巢痕）；

辛庵《汉宫春》（闲逐东风）；

水香《汉宫春》（谁掩朱门）；

弢庵《汉宫春》（社雨初霁）。

第二十六集：

查湾《淡黄柳》（花朝）；

仑阁《淡黄柳》（惊雷起蛰）；

讱庵《淡黄柳》（春光二月）；

息庵《淡黄柳》（花前自惜）；

辛庵《淡黄柳》（裁红剪碧）；

弢庵《淡黄柳》（无花自若）。

第二十七集：

查湾《蓦山溪》（寒食）；

仑阁《蓦山溪》（号春时节）；

霜根《蓦山溪》（好春百五）；

补庐《蓦山溪》（东风乍软）；

苓泉《蓦山溪》（花朝过了）；

讱庵《蓦山溪》（风光百五）；

臣厂《蓦山溪》（一帘梦雨）；

姜庵《蓦山溪》（润花新雨）；

息庵《蓦山溪》（两三倦侣）；

水香《蓦山溪》（莺梭燕翦）；

立庵《蓦山溪》（雨丝烟柳）、《蓦山溪》（征帆乍卸）。

第二十八集：

霜根《一丛花》（用木笔）；

补庐《一丛花》（辋川春入坞中先）；

讱庵《一丛花》（新来红焰倚天开）；

臣厂《一丛花》（瑶丛第一笑春风）；

辛庵《一丛花》（胭脂染出几枝稠）；

弢庵《一丛花》（谪仙梦里揣香妍）。

第二十九集：

霜根《春草碧》（本意）；
补庐《春草碧》（送人南浦才前度）；
苓泉《春草碧》（东风吹尽酴醾雪）；
讱庵《春草碧》（碧阑干外东风急）；
臣厂《春草碧》（玉阶依旧迷行迹）；
辛庵《春草碧》（一痕遮断斜阳陌）。

第三十集：

霜根《买陂塘》（题《渔洋山人戴笠图》。上题渔洋山人三十九岁小影。
风貌清癯，微有髭，藤笠蕉衫，手握灵芝一本，独立悬崖故树之下。旁缀飞
泉曲径，锦石秋花。禹之鼎写真，华亭李藩补景。今藏云在山房）；
补庐《买陂塘》（题《渔洋山人戴笠图》）；
苓泉《买陂塘》（题《渔洋山人戴笠图》）；
臣厂《买陂塘》（题《渔洋山人戴笠图》）；
姜庵《买陂塘》（题《渔洋山人戴笠图》）；
息庵《买陂塘》（题《渔洋山人戴笠图》）。

第三十一集：

查湾《探春令》（咏紫影）；
逊园《探春令》（咏紫影）；
苓泉《探春令》（咏紫影）；
辛庵《探春令》（咏紫影）；
惜仲《探春令》（咏紫影）；
水香《探春令》（咏紫影）；

蛰云《探春令》（咏紫影）。

第三十二集：

霜根《忆旧游》（咏丰台芍药）；
苓泉《忆旧游》（咏丰台芍药）；
姜庵《忆旧游》（咏丰台芍药）；
蹋公《忆旧游》（咏丰台芍药）；
息庵《忆旧游》（咏丰台芍药）；
辛庵《忆旧游》（咏丰台芍药）。

第三十三集：

霜根《满江红》（题《陈季驯先生遗集》。季驯先生为其年检讨之从曾孙、子万户部之曾孙、药洲中丞之子，以孝廉宰山左。户部为侯朝宗赘婿，子孙遂占籍商丘。蹋公刺史则户部之六世孙也。萧绍庭得此集于济南市上，以归蹋公。集分八卷，皆季驯先生手定本。已巳初夏，集栖白廎，蹋公出以征题，为填是解）；
苓泉《满江红》（题《陈季训先生遗集》）；
臣厂《满江红》（题《陈季训先生遗集》）；
姜庵《满江红》（题《陈季训先生遗集》）。

第三十四集：

查湾《虞美人》（咏夹竹桃）；
讱庵《虞美人》（咏夹竹桃）；
臣厂《虞美人》（咏夹竹桃）；
蹋公《虞美人》（咏夹竹桃）；
蛰云《虞美人》（咏夹竹桃）。

第三十五集：

　　补庐《减字木兰花》（咏薛涛笺）；
　　讱庵《减字木兰花》（咏薛涛笺）；
　　臣厂《减字木兰花》（咏薛涛笺）；
　　蛰云《减字木兰花》（咏薛涛笺）。

第三十六集：

　　查湾《琐窗寒》（蛰云病起小集栩楼，适逢快雨，约同填是解）；
　　苓泉《琐窗寒》（蛰云病起小集栩楼，适逢快雨，约同填是解）；
　　讱庵《琐窗寒》（蛰云病起小集栩楼，适逢快雨，约同填是解）；
　　臣厂《琐窗寒》（蛰云病起小集栩楼，适逢快雨，约同填是解）；
　　姜庵《琐窗寒》（蛰云病起小集栩楼，适逢快雨，约同填是解）；
　　樊山《琐窗寒》（苓泉枉过，以栩楼雨集词见示。即同其韵，兼简蛰云）。

第三十七集：

　　讱庵《一斛珠》（咏荔枝）；
　　息庵《一斛珠》（咏荔枝）；
　　蛰云《一斛珠》（咏荔枝）；
　　立庵《一斛珠》（咏荔枝）。

第三十八集：

　　查湾《梦芙蓉》（荷花生日）；
　　霜根《梦芙蓉》（荷花生日）；
　　臣厂《梦芙蓉》（荷花生日）；
　　惜仲《梦芙蓉》（荷花生日）；
　　蛰云《梦芙蓉》（荷花生日）。

第三十九集：

查湾《鹊桥仙》（新秋）二首；

臣厂《鹊桥仙》（新秋）；

息庵《鹊桥仙》（新秋）；

悟仲《鹊桥仙》（新秋）；

蛰云《鹊桥仙》（新秋）二首。

第四十集：

查湾《买陂塘》（咏秋水）二首；

苓泉《买陂塘》（咏秋水）；

姜庵《买陂塘》（咏秋水）；

辛庵《买陂塘》（咏秋水）；

蛰云《买陂塘》（咏秋水）二首。

卷三，为第四十一集至第六十集。

第四十一集：

姜庵《洞仙歌》（咏蟹）；

悟仲《洞仙歌》（咏蟹）；

水香《洞仙歌》（咏蟹）；

蛰云《洞仙歌》（咏蟹）。

第四十二集：

查湾《桂枝香》（咏月饼）；

姜庵《桂枝香》（咏月饼）；

息庵《桂枝香》（咏月饼）；

悟仲《桂枝香》（咏月饼）；

蛰云《桂枝香》（咏月饼）。

第四十三集：

查湾《湘月》（中秋前一夕集冰丝庵）；
逊园《湘月》（中秋前一夕集冰丝庵）；
臣厂《湘月》（中秋前一夕集冰丝庵）；
姜庵《湘月》（中秋前一夕集冰丝庵）；
息庵《湘月》（中秋前一夕集冰丝庵）；
惜仲《湘月》（中秋前一夕集冰丝庵）；
蛰云《湘月》（中秋前一夕集冰丝庵）。

第四十四集：

查湾《声声慢》（咏秋声）；
讱庵《声声慢》（咏秋声）；
惜仲《声声慢》（咏秋声）；
蛰云《声声慢》（咏秋声）。

第四十五集：

查湾《摊破浣溪沙》（咏早菊）二首；
臣厂《摊破浣溪沙》（咏早菊）；
惜仲《摊破浣溪沙》（咏早菊）。

第四十六集：

查湾《龙山会》（九日集云山房）；
讱庵《龙山会》（九日集云山房）；
臣厂《龙山会》（九日集云山房）；

姜庵《龙山会》（九日集云山房）；

息庵《龙山会》（九日集云山房）；

惜仲《龙山会》（九日集云山房）；

蛰云《龙山会》（九日集云山房）；

弢庵《龙山会》（和作）；

樊山《龙山会》（九日集云山房）。

第四十七集：

查湾《南乡子》（咏寒衣）；

讱庵《南乡子》（咏寒衣）；

辛庵《南乡子》（咏寒衣）；

惜仲《南乡子》（咏寒衣）；

水香《南乡子》（咏寒衣）；

蛰云《南乡子》（咏寒衣）。

第四十八集：

霜根《疏影》（咏影）；

苓泉《疏影》（咏影）；

臣厂《疏影》（咏影）；

姜庵《疏影》（咏影）；

息庵《疏影》（咏影）；

蛰云《疏影》（咏影）。

第四十九集：

查湾《满江红》（咏忠樟。杭州南高峰麓法相寺前古樟，纯庙南巡，累经题赏。辛亥逊位诏下，樟忽一夕而枯。过客惊叹，谥为忠樟。同人约填是调，纪之）；

霜根《满江红》(咏忠樟);

臣厂《满江红》(咏忠樟);

姜庵《满江红》(咏忠樟);

息庵《满江红》(咏忠樟);

悟仲《满江红》(咏忠樟);

水香《满江红》(咏忠樟);

蛰云《满江红》(咏忠樟)。

第五十集:

查湾《永遇乐》(词社第五十集,即事);

苓泉《永遇乐》(词社第五十集,即事);

臣厂《永遇乐》(词社第五十集,即事);

姜庵《永遇乐》(词社第五十集,即事);

息庵《永遇乐》(词社第五十集,即事);

悟仲《永遇乐》(词社第五十集,即事);

蛰云《永遇乐》(词社第五十集,即事)。

第五十一集:

查湾《百字令》(讱庵南归,饯集,同赋);

补庐《百字令》(讱庵南归,饯集,同赋);

讱庵《百字令》(讱庵南归,饯集,同赋);

悟仲《百字令》(讱庵南归,饯集,同赋);

蛰云《百字令》(讱庵南归,饯集,同赋)。

第五十二集:

霜根《阮郎归》(拟小山韵)二首;

补庐《阮郎归》(拟小山韵)二首;

息庵《阮郎归》（拟小山韵）二首；

辛庵《阮郎归》（拟小山韵）二首。

第五十三集：

恬仲《瑶华慢》（咏水仙）；

辛庵《瑶华慢》（咏水仙）；

水香《瑶华慢》（咏水仙）；

蛰云《瑶华慢》（咏水仙）。

第五十四集：

霜根《踏莎行》（咏寒菜）；

苓泉《踏莎行》（咏寒菜）二首；

恬仲《踏莎行》（咏寒菜）；

蛰云《踏莎行》（咏寒菜）二首。

第五十五集：

姜庵《行香子》（醉司命）；

息庵《行香子》（醉司命）；

恬仲《行香子》（醉司命）；

蛰云《行香子》（醉司命）。

第五十六集：

查湾《八声甘州》（咏寒鸡）；

霜根《八声甘州》（咏寒鸡）；

讱庵《八声甘州》（咏寒鸡）；

息庵《八声甘州》（咏寒鸡）；

辛庵《八声甘州》（咏寒鸡）；

悟仲《八声甘州》（咏寒鸡）；

蛰云《八声甘州》（咏寒鸡）；

弢庵《八声甘州》（和作）。

第五十七集：

霜根《庆春宫》（赋豹房铜牌。牌为丁阉公所藏。椭圆式，长三寸有奇。一面横刻"豹字七百七十五号"，下镌豹形。一面刻"随驾养豹官军勇士悬带"。此牌盖明正德时豹房虎跱武士所佩也。阉公索赋）；

逊园《庆春宫》（赋豹房铜牌）；

苓泉《庆春宫》（赋豹房铜牌）；

讱庵《庆春宫》（赋豹房铜牌）；

姜庵《庆春宫》（赋豹房铜牌）；

悟仲《庆春宫》（赋豹房铜牌）；

蛰云《庆春宫》（赋豹房铜牌）；

弢庵《庆春宫》（和作）；

樊山《庆春宫》（赋豹房铜牌）。

第五十八集：

查湾《清平乐》（上元灯词）；

仑阁《清平乐》（上元灯词）；

逊园《清平乐》（上元灯词）；

苓泉《清平乐》（上元灯词）二首；

讱庵《清平乐》（上元灯词）；

姜庵《清平乐》（上元灯词）；

息庵《清平乐》（上元灯词）；

蛰云《清平乐》（上元灯词）二首。

第五十九集：

补庐《淡黄柳》（咏新柳）；

讱庵《淡黄柳》（咏新柳）；

息庵《淡黄柳》（咏新柳）；

辛庵《淡黄柳》（咏新柳）；

惜仲《淡黄柳》（咏新柳）；

蛰云《淡黄柳》（咏新柳）二首；

弢庵《淡黄柳》（和作）；

倬庵《淡黄柳》（咏新柳）。

第六十集：

霜根《应天长》（费宫人巷，限美成体）；

逊园《应天长》（费宫人巷，限美成体）；

补庐《应天长》（费宫人巷，限美成体）；

苓泉《应天长》（费宫人巷，限美成体）；

辛庵《应天长》（费宫人巷，限美成体）；

惜仲《应天长》（费宫人巷，限美成体）；

闰枝《应天长》（和作）；

徵宇《应天长》（费宫人巷，限美成体）；

倬庵《应天长》（费宫人巷，限美成体）。

卷四，第六十一集至八十集。

第六十一集：

讱庵《醉乡春》（咏酒痕）；

踽公《醉乡春》（咏酒痕）；

息庵《醉乡春》（咏酒痕）；

蛰云《醉乡春》（咏酒痕）；

弢庵《醉乡春》（和作）；

倬庵《醉乡春》（咏酒痕）。

第六十二集：

仓阁《探芳信》（飞翠轩春集观杏花。时㓥庵南行有日，怅然赋别）；

霜根《探芳信》（飞翠轩春集观杏花。时㓥庵南行有日。怅然赋别）；

逊园《探芳信》（飞翠轩春集观杏花，时㓥庵南行有日，怅然赋别）；

苓泉《探芳信》（飞翠轩春集观杏花，时㓥庵南行有日，怅然赋别）；

蹐公《探芳信》（飞翠轩春集观杏花，时㓥庵南行有日，怅然赋别）；

辛庵《探芳信》（飞翠轩春集观杏花，时㓥庵南行有日，怅然赋别）；

惝仲《探芳信》（飞翠轩春集观杏花，时㓥庵南行有日，怅然赋别）；

蛰云《探芳信》（飞翠轩春集观杏花，时㓥庵南行有日，怅然赋别）。

第六十三集：

查湾《百字令》（题《栩楼词集写影》）；

霜根《百字令》（题《栩楼词集写影》）；

逊园《百字令》（题《栩楼词集写影》）；

姜庵《百字令》（题《栩楼词集写影》）；

辛庵《百字令》（题《栩楼词集写影》）；

惝仲《百字令》（题《栩楼词集写影》）；

蛰云《百字令》（题《栩楼词集写影》）；

立庵《百字令》（题《栩楼词集写影》）。

第六十四集：

仓阁《惜余春慢》（饯春）；

霜根《惜余春慢》（饯春）；

㓥庵《惜余春慢》（饯春）；

姜庵《惜余春慢》（饯春）；

踽公《惜余春慢》（饯春）；

辛庵《惜余春慢》（饯春）；

愔仲《惜余春慢》（饯春）；

水香《惜余春慢》（饯春）；

蛰云《惜余春慢》（饯春）二首；

倬庵《惜余春慢》（和作）。

第六十五集：

查湾《绿意》（咏绿阴）；

补庐《绿意》（咏绿阴）；

逊园《绿意》（咏绿阴）；

讱庵《绿意》（咏绿阴）；

姜庵《绿意》（咏绿阴）；

息庵《绿意》（咏绿阴）；

辛庵《绿意》（咏绿阴）；

愔仲《绿意》（咏绿阴）；

蛰云《绿意》（咏绿阴）；

立庵《绿意》（咏绿阴）。

第六十六集：

查湾《临江仙》（咏新荷）；

霜根《临江仙》（咏新荷）；

讱庵《临江仙》（咏新荷）；

息庵《临江仙》（咏新荷）；

愔仲《临江仙》（咏新荷）；

蛰云《临江仙》（咏新荷）。

第六十七集：

查湾《琵琶仙》（臣厂归自滨江，集于栖白庼，酒阑同赋）；
霜根《琵琶仙》（臣厂归自滨江，集于栖白庼，酒阑同赋）；
苓泉《琵琶仙》（臣厂归自滨江，集于栖白庼，酒阑同赋）；
讱庵《琵琶仙》（臣厂归自滨江，集于栖白庼，酒阑同赋）；
臣厂《琵琶仙》（归自滨江，集于栖白庼，酒阑同赋）；
姜庵《琵琶仙》（臣厂归自滨江，集于栖白庼，酒阑同赋）；
息庵《琵琶仙》（臣厂归自滨江，集于栖白庼，酒阑同赋）；
辛庵《琵琶仙》（臣厂归自滨江，集于栖白庼，酒阑同赋）；
蛰云《琵琶仙》（臣厂归自滨江，集于栖白庼，酒阑同赋）。

第六十八集：

查湾《浣溪沙》（题慧波画箑）；
讱庵《浣溪沙》（题慧波画箑）；
姜庵《浣溪沙》（题慧波画箑）；
惜仲《浣溪沙》（题慧波画箑）；
水香《浣溪沙》（题慧波画箑）；
蛰云《浣溪沙》（题慧波画箑）。

第六十九集：

仑阁《石湖仙》（题《石帚集》）；
霜根《石湖仙》（题《石帚集》）；
补庐《石湖仙》（题《石帚集》）；
讱庵《石湖仙》（题《石帚集》）；
臣厂《石湖仙》（题《石帚集》）；
姜庵《石湖仙》（题《石帚集》）；
蹋公《石湖仙》（题《石帚集》）；

息庵《石湖仙》（题《石帚集》）；

憺仲《石湖仙》（题《石帚集》）；

苍虬《石湖仙》（题《石帚集》）；

蛰云《石湖仙》（题《石帚集》）；

倬庵《石湖仙》（和作）。

第七十集：

查湾《玲珑玉》（夏日赋冰）；

苓泉《玲珑玉》（夏日赋冰）；

姜庵《玲珑玉》（夏日赋冰）；

蹁公《玲珑玉》（夏日赋冰）；

息庵《玲珑玉》（夏日赋冰）；

辛庵《玲珑玉》（夏日赋冰）；

憺仲《玲珑玉》（夏日赋冰）；

蛰云《玲珑玉》（夏日赋冰）；

匑庵《玲珑玉》（和作）。

第七十一集：

查湾《鼓笛令》（咏蛙）；

霜根《鼓笛令》（咏蛙）；

补庐《鼓笛令》（咏蛙）；

苓泉《鼓笛令》（咏蛙）；

讱庵《鼓笛令》（咏蛙）；

蛰云《鼓笛令》（咏蛙）。

第七十二集：

仓阆《还京乐》（喜苍虬至自海上燕集，同赋）；

苓泉《还京乐》（喜苍虬至自海上燕集，同赋）；

臣厂《还京乐》（喜苍虬至自海上燕集，同赋）；

息庵《还京乐》（喜苍虬至自海上燕集，同赋）。

第七十三集：

仑阁《齐天乐》（咏早蝉）；

补庐《齐天乐》（咏早蝉）；

讱庵《齐天乐》（咏早蝉）；

息庵《齐天乐》（咏早蝉）；

惜仲《齐天乐》（咏早蝉）；

苍虬《齐天乐》（咏早蝉）；

水香《齐天乐》（咏早蝉）；

蛰云《齐天乐》（咏早蝉）；

弢庵《齐天乐》（和作）；

闰庵《齐天乐》（咏早蝉）；

倬庵《齐天乐》（咏早蝉）；

覆庵《齐天乐》（咏早蝉）；

景之《齐天乐》（咏早蝉）；

䂄厂《齐天乐》（咏早禅）。

第七十四集：

苓泉《玲珑四犯》（听雨）；

讱庵《玲珑四犯》（听雨）；

息庵《玲珑四犯》（听雨）；

辛庵《玲珑四犯》（听雨）；

惜仲《玲珑四犯》（听雨）；

蛰云《玲珑四犯》（听雨）；

闰庵《玲珑四犯》（和作）；

倬庵《玲珑四犯》（听雨）；

映庵《玲珑四犯》（听雨）；

覆庵《玲珑四犯》（听雨）；

匑厂《玲珑四犯》（听雨）；

佚名《玲珑四犯》（和匑厂韵）。

第七十五集：

仑阆《木兰花慢》（题陈圆圆入道小像）；

霜根《木兰花慢》（题陈圆圆入道小像）；

逊园《木兰花慢》（题陈圆圆入道小像）；

苓泉《木兰花慢》（题陈圆圆入道小像）；

讱庵《木兰花慢》（题陈圆圆入道小像）；

息庵《木兰花慢》（题陈圆圆入道小像）；

辛庵《木兰花慢》（题陈圆圆入道小像）；

愔仲《木兰花慢》（题陈圆圆入道小像）；

蛰云《木兰花慢》（题陈圆圆入道小像）。

第七十六集：

仑阆《齐天乐》（闰荷花生日）；

霜根《齐天乐》（闰荷花生日）；

补庐《齐天乐》（闰荷花生日）；

忉庵《齐天乐》（闰荷花生日）；

姜庵《齐天乐》（闰荷花生日）；

辛庵《齐天乐》（闰荷花生日）；

愔仲《齐天乐》（闰荷花生日）；

蛰云《齐天乐》（闰荷花生日）；

弢庵《齐天乐》（和作）。

第七十七集：

霜根《塞翁吟》（咏残棋）；

讱庵《壶中天》（咏残棋）；

姜庵《壶中天》（咏残棋）；

踽公《壶中天》（咏残棋）；

息庵《壶中天》（咏残棋）；

惜仲《壶中天》（咏残棋）；

蛰云《壶中天》（咏残棋）；

弢庵《壶中天》（和作）。

第七十八集：

霜根《百字谣》（咏破砚）；

讱庵《百字谣》（咏破砚）；

踽公《百字谣》（咏破砚）；

惜仲《百字谣》（咏破砚）；

蛰云《百字谣》（咏破砚）；

弢庵《百字谣》（和作）。

第七十九集：

霜根《无闷》（题《五峰草堂图卷》，苍虬为惜仲所绘）；

补庐《无闷》（题《五峰草堂图卷》，苍虬为惜仲所绘）；

逊园《无闷》（题《五峰草堂图卷》，苍虬为惜仲所绘）；

苓泉《无闷》（题《五峰草堂图卷》，苍虬为惜仲所绘）；

查湾《貂裘换酒》（戊辰九日集李氏园，不限调）；

仑阆《霜花腴》（戊辰九日集李氏园，不限调）；

讱庵《罗敷媚》（戊辰九日集李氏园，不限调）；

薇庵《霜花腴》（戊辰九日集李氏园，不限调）；

姜庵《蓦山溪》（戊辰九日集李氏园，不限调）；

蛰云《蓦山溪》（戊辰九日集李氏园，不限调）。

第八十集：

霜根《渡江云》（咏桂）；

苓泉《渡江云》（咏桂）；

薇庵《渡江云》（咏桂）；

辛庵《渡江云》（咏桂）；

愔仲《渡江云》（咏桂）；

蛰云《渡江云》（咏桂）。

卷五，第八十一集至一百集。

第八十一集：

仑阁《画堂春》（咏烛）；

霜根《画堂春》（咏烛）；

息庵《画堂春》（咏烛）；

苍虬《画堂春》（咏烛）；

水香《画堂春》（咏烛）；

蛰云《画堂春》（咏烛）。

第八十二集：

补庐《剔银灯》（闻雁）；

苓泉《剔银灯》（闻雁）；

切庵《剔银灯》（闻雁）；

辛庵《剔银灯》（闻雁）；

愔仲《剔银灯》（闻雁）；

水香《剔银灯》（闻雁）；

蛰云《剔银灯》(闻雁)。

第八十三集:

霜根《忆王孙双调》(咏秋草);
苓泉《忆王孙双调》(咏秋草);
姜庵《忆王孙双调》(咏秋草);
辛庵《忆王孙双调》(咏秋草);
惜仲《忆王孙双调》(咏秋草);
蛰云《忆王孙双调》(咏秋草)。

第八十四集:

霜根《山亭宴》(立冬日,水香簃社集);
苓泉《山亭宴》(立冬日,水香簃社集);
蛰云《山亭宴》(立冬日,水香簃社集)。

第八十五集:

查湾《苏幕遮》(咏冬柳);
讱庵《苏幕遮》(咏冬柳);
息庵《苏幕遮》(咏冬柳);
惜仲《苏幕遮》(咏冬柳);
水香《苏幕遮》(咏冬柳);
蛰云《苏幕遮》(咏冬柳);
立庵《苏幕遮》(咏冬柳)。

第八十六集:

霜根《一枝春》(题彭刚直绘《红梅小图》,是幅栩楼夫人俞女史所藏。

夫人为刚直孙婿青太史女。兹为其母氏妆奁中物，今归栩楼，属题）；

　　姜庵《一枝春》（题彭刚直绘《红梅小图》）；

　　辛庵《一枝春》（题彭刚直绘《红梅小图》）；

　　惜仲《一枝春》（题彭刚直绘《红梅小图》）；

　　蛰云《一枝春》（题彭刚直绘《红梅小图》）；

　　鲟隐《一枝春》（和作）。

第八十七集：

　　仑阁《声声慢》（题清微道人《空山听雨图》。道人王姓，名岳莲，号韵香，无锡人。所居曰福慧双修庵。工书画，尝绘《空山听雨图》，题咏皆乾、嘉间名士。卷中有道人小像，卷后自题二律，笔仿黄庭坚。今藏南陵徐氏）；

　　苓泉《声声慢》（题清微道人《空山听雨图》）；

　　姜庵《声声慢》（题清微道人《空山听雨图》）；

　　惜仲《声声慢》（题清微道人《空山听雨图》）；

　　苍虬《声声慢》（题清微道人《空山听雨图》）；

　　君适《声声慢》（题清微道人《空山听雨图》）。

第八十八集：

　　止存《风入松》（咏寒钟）；

　　霜根《风入松》（咏寒钟）；

　　补庐《风入松》（咏寒钟）；

　　讱庵《风入松》（咏寒钟）；

　　惜仲《风入松》（咏寒钟）；

　　苍虬《风入松》（咏寒钟）；

　　姜庵《月华清》（咏寒钟）；

　　辛庵《月华清》（咏寒钟）；

　　蛰云《月华清》（咏寒钟）。

第八十九集：

仑闇《芳草渡》（答讱庵寄怀）；

姜庵《芳草渡》（答讱庵寄怀）；

辛庵《芳草渡》（答讱庵寄怀）；

蛰云《芳草渡》（答讱庵寄怀）；

君适《芳草渡》（答讱庵寄怀）；

讱庵《芳草渡》（原作）。

第九十集：

止存《水龙吟》（冰丝庵感旧）；

仑闇《水龙吟》（冰丝庵感旧）；

霜根《水龙吟》（冰丝庵感旧）；

苓泉《水龙吟》（冰丝庵感旧）；

讱庵《水龙吟》（冰丝庵感旧）；

姜庵《水龙吟》（冰丝庵感旧）；

息庵《水龙吟》（冰丝庵感旧）；

辛庵《水龙吟》（冰丝庵感旧）；

苍虬《水龙吟》（冰丝庵感旧）；

蛰云《水龙吟》（冰丝庵感旧）。

第九十一集：

止存《金缕曲》（题吴柳堂先生《罔极编墨迹》）；

霜根《金缕曲》（题吴柳堂先生《罔极编墨迹》）；

讱庵《金缕曲》（题吴柳堂先生《罔极编墨迹》）；

姜庵《金缕曲》（题吴柳堂先生《罔极编墨迹》）；

息庵《金缕曲》（题吴柳堂先生《罔极编墨迹》）；

蛰云《金缕曲》（题吴柳堂先生《罔极编墨迹》）。

第九十二集：

查湾《凤凰台上忆吹箫》（纳兰容若生日，集苍虬阁）；

霜根《凤凰台上忆吹箫》（纳兰容若生日，集苍虬阁）；

讱庵《凤凰台上忆吹箫》（纳兰容若生日，集苍虬阁）；

息庵《凤凰台上忆吹箫》（纳兰容若生日，集苍虬阁）；

蛰云《凤凰台上忆吹箫》（纳兰容若生日，集苍虬阁）；

君适《凤凰台上忆吹箫》（纳兰容若生日，集苍虬阁）。

第九十三集：

止存《郭郎儿近拍》（赋稻孙。时蛰云得长孙，燕集，索赋）；

查湾《郭郎儿近拍》（赋稻孙。时蛰云得长孙，燕集，索赋）；

霜根《郭郎儿近拍》（赋稻孙。时蛰云得长孙，燕集，索赋）；

姜庵《郭郎儿近拍》（赋稻孙。时蛰云得长孙，燕集，索赋）；

立庵《郭郎儿近拍》（赋稻孙。时蛰云得长孙，燕集，索赋）；

映庵《郭郎儿近拍》（和作）。

第九十四集：

止存《一萼红》（人日，栩楼花下觞集）；

讱庵《一萼红》（人日，栩楼花下觞集）；

息庵《一萼红》（人日，栩楼花下觞集）；

辛庵《一萼红》（人日，栩楼花下觞集）；

蛰云《一萼红》（人日，栩楼花下觞集）；

君适《一萼红》（人日，栩楼花下觞集）。

第九十五集，不限调：

止存《减字木兰花》（题清微道人模马湘兰墨长卷）二首；

霜根《浣溪沙》（修到咸宜观里身）；

苓泉《鹧鸪天》（一碧湘魂欲化烟）；

讱庵《虞美人》（图成枫落吴江后）；

姜庵《减字木兰花》（小休禅诵）；

辛庵《潇潇雨》（空山听雨后）；

苍虬《鹧鸪天》（憔悴空山听雨人）；

水香《浣溪沙》（听雨灯前忆白门）；

蛰云《菩萨蛮》（灯唇飐雨秋魂醒）；

君适《太常引》（素心寂寞伴烟萝）。

第九十六集：

霜根《忆旧游》（过水西庄遗迹，追怀查湾）；

补庐《忆旧游》（过水西庄遗迹，追怀查湾）；

苓泉《忆旧游》（过水西庄遗迹，追怀查湾）；

讱庵《忆旧游》（过水西庄遗迹，追怀查湾）；

蛰云《忆旧游》（过水西庄遗迹，追怀查湾）；

君适《忆旧游》（过水西庄遗迹，追怀查湾）。

第九十七集，不限调：

止存《霜天晓角》（题宋王晋卿山水轴。轴为纸本，写香山《林间暖酒石上题诗》诗意，左角署"驸马都尉王诜画。元祐八年，岁次癸酉九月二十八日，宝绘堂东斋题记"二十八字，笔致绝类坡公。朱文印曰"太原晋卿"。画作园林景，远则崇峦叠嶂，霜柯森立，五色斑斓如古锦。中有大方朱文印，曰"复古殿宝"题款。前有朱文印曰"机暇清赏"。复古为南宋临安殿名，高宗尝命毕良史往汴京搜取劫余名品，悉辇而南，汇藏是殿云）；

补庐《念奴娇》（主家阴洞）、《莺啼序》（西园主人兴好）；

辛庵《少年游》（前身缑岭记吹笙）；

蛰云《金菊对芙蓉》（石气迎凉）；

君适《浣溪沙》（宝绘丹青尺素留）。

第九十八集，不限调：

霜根《双调望江南》（辛未清明）；
臣厂《倦寻芳》（桐华报序）；
讱庵《汉宫春》（开到桐华看湔裙）；
辛庵《浣溪沙》（芳草南园载酒迟）；
水香《采桑子》（年年惯寄天涯梦）；
蛰云《祝英台近》（冷饧箫）。

第九十九集：

辛庵《永遇乐》（李园春禊写感）；
水香《永遇乐》（李园春禊写感）；
蛰云《永遇乐》（李园春禊写感）。

第一百集：

止存《百字令》（须社百集，题《填词图》）；
霜根《百字令》（须社百集，题《填词图》）；
讱庵《百字令》（须社百集，题《填词图》）；
薇庵《百字令》（须社百集，题《填词图》）；
姜庵《百字令》（须社百集，题《填词图》）；
息庵《百字令》（须社百集，题《填词图》）；
蛰云《百字令》（须社百集，题《填词图》）。

卷六，集外词：

查湾《更漏子》（赋春阴）；

仑阎《更漏子》（赋春阴）；

讱庵《更漏子》（赋春阴）；

臣厂《更漏子》（赋春阴）；

姜庵《更漏子》（赋春阴）；

蛰云《更漏子》（赋春阴）。

查湾《柳梢青》（李园纪游，用少游韵）；

仑阎《柳梢青》（李园纪游，用少游韵）；

逊园《柳梢青》（李园纪游，用少游韵）；

臣厂《柳梢青》（李园纪游，用少游韵）；

姜庵《柳梢青》（李园纪游，用少游韵）；

蛰云《柳梢青》（李园纪游，用少游韵）。

仑阎《鹧鸪天》（春感）；

姜庵《鹧鸪天》（春感）；

蛰云《鹧鸪天》（春感）。

姜庵《解语花》（闰花朝，栩楼觞集赏花）；

辛庵《解语花》（闰花朝，栩楼觞集赏花）；

蛰云《解语花》（闰花朝，栩楼觞集赏花）。

查湾《西江月》（诗趣轩春禊）；

臣厂《蝶恋花》（诗趣轩春禊）；

姜庵《粉蝶儿》（诗趣轩春禊）；

辛庵《金缕曲》（诗趣轩春禊）；

又尘《浣溪沙》（诗趣轩春禊）；

蛰云《探春慢》（花梦留春）。

臣厂《金缕曲》（咏桃花茶。樊山偕云荘、钝宧游霄坛山，桃花下啜茗。
落英如雪，时坠杯中。笑曰，此桃花茶也。有词，属和）；

姜庵《金缕曲》（咏桃花茶）；

蛰云《金缕曲》（咏桃花茶）；

樊山《金缕曲》（原作）。

臣厂《高阳台》（赋送春）；

姜庵《高阳台》（赋送春）；

蛰云《高阳台》（赋送春）。

查湾《芭蕉雨》（赋春雨，和迦陵韵）；

臣厂《芭蕉雨》（赋春雨，和迦陵韵）；

姜庵《芭蕉雨》（赋春雨，和迦陵韵）；

蛰云《芭蕉雨》（赋春雨，和迦陵韵）。

查湾《洛阳春》（挹清堂畔看牡丹，同赋）；

臣厂《洛阳春》（挹清堂畔看牡丹，同赋）；

姜庵《洛阳春》（挹清堂畔看牡丹，同赋）；

蛰云《洛阳春》（挹清堂畔看牡丹，同赋）。

查湾《临江仙》（初夏）；

臣厂《临江仙》（初夏）；

姜庵《临江仙》（初夏）；

蛰云《临江仙》（初夏）。

查湾《四字令》（南塘泛舟）；

臣厂《四字令》（南塘泛舟）；

蛰云《四字令》（南塘泛舟）。

臣厂《疏影》（和苍虬，湖楼感旧）；

姜庵《疏影》（和苍虬，湖楼感旧）；

惜仲《疏影》（和苍虬，湖楼感旧）；

蛰云《疏影》（和苍虬，湖楼感旧）；

苍虬《疏影》（原作）。

查湾《浣溪沙》（用稼轩赠子文侍人笑笑韵，赠歌姬笑笑）；

臣厂《浣溪沙》（用稼轩赠子文侍人笑笑韵，赠歌姬笑笑）；

息庵《浣溪沙》（用稼轩赠子文侍人笑笑韵，赠歌姬笑笑）二首；

辛庵《浣溪沙》（用稼轩赠子文侍人笑笑韵，赠歌姬笑笑）；

水香《浣溪沙》（用稼轩赠子文侍人笑笑韵，赠歌姬笑笑）；

蛰云《浣溪沙》（用稼轩赠子文侍人笑笑韵，赠歌姬笑笑）。

查湾《青玉案》（春暮园游，用梦窗韵）；

臣厂《青玉案》（春暮园游，用梦窗韵）；

蛰云《青玉案》（春暮园游，用梦窗韵）。

查湾《水龙吟》（咏杨花，用东坡韵）；

苓泉《水龙吟》（咏杨花，用东坡韵）；

臣厂《水龙吟》（咏杨花，用东坡韵）；

姜庵《水龙吟》（咏杨花，用东坡韵）；

息庵《水龙吟》（咏杨花，用东坡韵）；

辛庵《水龙吟》（咏杨花，用东坡韵）；

悟仲《水龙吟》（咏杨花，用东坡韵）；

蛰云《水龙吟》（咏杨花，用东坡韵）；

立庵《水龙吟》（咏杨花，用东坡韵）。

查湾《春光好》（折莹园酴醾数枝供瓶吟赏，倚声写之）；

臣厂《春光好》（折莹园酴醾数枝供瓶吟赏，倚声写之）；

姜庵《春光好》（折莹园酴醾数枝供瓶吟赏，倚声写之）；

辛庵《春光好》（折莹园酴醾数枝供瓶吟赏，倚声写之）；

蛰云《春光好》（折莹园酴醾数枝供瓶吟赏，倚声写之）；

立庵《春光好》（折莹园酴醾数枝供瓶吟赏，倚声写之）。

臣厂《浪淘沙》（词龛夜谈，邈然隔世。追忆前踪，怆然同赋）；

息庵《浪淘沙》（词龛夜谈，邈然隔世。追忆前踪，怆然同赋）；

苍虬《浪淘沙》（词龛夜谈，邈然隔世。追忆前踪，怆然同赋）；

蛰云《浪淘沙》（词龛夜谈，邈然隔世。追忆前踪，怆然同赋）。

查湾《沁园春》（写感）；

臣厂《沁园春》（写感）；

息庵《沁园春》（写感）；

辛庵《沁园春》（写感）；

蛰云《沁园春》（写感）；

查湾《沁园春》（写感，再赋）；

息庵《沁园春》（写感，再赋）；

蛰云《沁园春》（写感，再赋）。

查湾《贺新凉》（观剧）；

臣厂《贺新凉》（观剧）；

辛庵《贺新凉》（观剧）；

蛰云《贺新凉》（观剧）。

查湾《八声甘州》（露台晚秋）；

臣厂《八声甘州》（露台晚秋）；

姜庵《八声甘州》（露台晚秋）；

辛庵《八声甘州》（露台晚秋）；

蛰云《八声甘州》（露台晚秋）。

查湾《点绛唇》（咏新月）；

臣厂《点绛唇》（咏新月）；

辛庵《点绛唇》（咏新月）；

蛰云《点绛唇》（咏新月）。

臣厂《花心动》（赋牵牛花，和子年）；

息庵《花心动》（赋牵牛花，和子年）；

蛰云《花心动》（赋牵牛花，和子年）；

立庵《花心动》（赋牵牛花，和子年）；

子年《花心动》（原作）。

臣厂《临江仙》（赋竹夫人）；

息庵《临江仙》（赋竹夫人）；

蛰云《临江仙》（赋竹夫人）。

臣厂《隔溪梅令》（雨后饮西湖别墅写意）；

息庵《隔溪梅令》（雨后饮西湖别墅写意）；

蛰云《隔溪梅令》（雨后饮西湖别墅写意）；

立庵《隔溪梅令》（雨后饮西湖别墅写意）。

查湾《锦堂春》（咏秋海棠）；

臣厂《锦堂春》（咏秋海棠）；

蛰云《锦堂春》（咏秋海棠）。

臣厂《锁阳台》（凉台夜眺）；

息庵《锁阳台》（凉台夜眺）；

蛰云《锁阳台》（凉台夜眺）；

立庵《锁阳台》（凉台夜眺）。

臣厂《风入松》（湖墅即事）；

蛰云《风入松》（湖墅即事）；

立庵《风入松》（湖墅即事）。

查湾《一络索》（咏草，用湘雨楼韵）；

臣厂《一络索》（咏草，用湘雨楼韵）；

息庵《一络索》（咏草，用湘雨楼韵）；

蛰云《一络索》（咏草，用湘雨楼韵）。

辛庵《六丑》（咏海棠）；

惜仲《六丑》（咏海棠）；

苍虬《六丑》（咏海棠）；

蛰云《六丑》（咏海棠）。

姜庵《双双燕》（送燕）；

辛庵《双双燕》（送燕）；

蛰云《双双燕》（送燕）；

立庵《双双燕》（送燕）。

仑阁《踏莎行》（袖揾啼珠）；

臣厂《踏莎行》（泪蜡成灰）；

讱庵《踏莎行》（窗卷丁帘）；

惜仲《踏莎行》（酌我能狂）；

苍虬《踏莎行》（蠹蚀蛮笺）；

蛰云《踏莎行》（镜翠销香）；

弢庵《踏莎行》（和作）。

查湾《卜算子》（闺意）；

仑阁《卜算子》（闺意）；

臣厂《卜算子》（闺意）；

辛庵《卜算子》（闺意）；

水香《卜算子》（闺意）；

蛰云《卜算子》（闺意）。

息庵《戚氏》（又春旋）；

蛰云《戚氏》（怪东风）；

立庵《戚氏》（正初春）。

卷七，集外词：

惜仲《庆官春》（和苍虬重返湖庐韵）；

蛰云《庆官春》（和苍虬重返湖庐韵）；

苍虬《庆官春》（原作）。

臣厂《一枝春》（莹园秋集，海棠桃梅各放数枝，倚声赋之，用草窗韵）；

蛰云《一枝春》（莹园秋集，海棠桃梅各放数枝，倚声赋之，用草窗韵）；

立庵《一枝春》（莹园秋集，海棠桃梅各放数枝，倚声赋之，用草窗韵）。

春湾《小重山》（和臣厂病中感怀）；

刉庵《小重山》（和臣厂病中感怀）；

姜庵《小重山》（和臣厂病中感怀）；

蛰云《小重山》（和臣厂病中感怀）；

立庵《小重山》（和臣厂病中感怀）；

臣厂《小重山》（原作）。

查湾《满庭芳》（中秋前一夕，刉庵邀集新居飞翠轩赏月）。

刉庵《小重山》（和臣厂病中感怀）；

薇庵《小重山》（和臣厂病中感怀）；

臣厂《小重山》（和臣厂病中感怀）；

姜庵《小重山》（和臣厂病中感怀）；

息庵《小重山》（和臣厂病中感怀）；

辛庵《小重山》（和臣厂病中感怀）；

惜仲《小重山》（和臣厂病中感怀）；

蛰云《小重山》（和臣厂病中感怀）；

立庵《小重山》（和臣厂病中感怀）。

查湾《青玉案》（栩园赏月，用方回韵）；

息庵《青玉案》（栩园赏月，用方回韵）；

辛庵《青玉案》（栩园赏月，用方回韵）；

蛰云《青玉案》（栩园赏月，用方回韵）。

臣厂《月下笛》（咏络纬，和彊村韵）；

息庵《月下笛》（咏络纬，和彊村韵）；

憪仲《月下笛》(咏络纬，和彊村韵)；

蛰云《月下笛》(咏络纬，和彊村韵)；

弢庵《月下笛》(和作)。

臣厂《瑞鹤仙》(宰堵台秋眺，用梦窗韵)；

踽公《瑞鹤仙》(宰堵台秋眺，用梦窗韵)；

蛰云《瑞鹤仙》(宰堵台秋眺，用梦窗韵)；

立庵《瑞鹤仙》(宰堵台秋眺，用梦窗韵)。

戊辰九日集李氏园，不限调：

查湾《貂裘换酒》(地近中条古)；

仑闿《霜花腴》(放歌此地)；

讱庵《罗敷媚》(佳辰不负题糕约)；

薇庵《霜花腴》(桂丛易老)；

姜庵《蓦山溪》(柳阴池馆)；

踽公《龙山会》(侧帽西风里)；

辛庵《百字令》(霜新雨旧)；

水香《点绛唇》(断雁清霜)。

讱庵《声声慢》(赋秋柳，和蛰云)；

薇庵《声声慢》(赋秋柳，和蛰云)；

臣厂《声声慢》(赋秋柳，和蛰云)；

姜庵《声声慢》(赋秋柳，和蛰云)；

息庵《声声慢》(赋秋柳，和蛰云)；

辛庵《声声慢》(赋秋柳，和蛰云)；

憪仲《声声慢》(赋秋柳，和蛰云)；

立庵《声声慢》(赋秋柳，和蛰云)；

蛰云《声声慢》(原作)二首。

臣厂《玉连环》(和彊村)二首；

息庵《玉连环》(和彊村)二首；

蛰云《玉连环》(和彊村)二首。

臣厂《虞美人》（咏雪，拟小山韵）；

息庵《虞美人》（咏雪，拟小山韵）；

蛰云《虞美人》（咏雪，拟小山韵）；

立庵《虞美人》（咏雪，拟小山韵）。

苓前《金缕曲》（樊山丈薄游沽上，获同燕集，倚声纪之）；

臣厂《金缕曲》（樊山丈薄游沽上，获同燕集，倚声纪之）；

讱庵《金缕曲》（樊山丈薄游沽上，获同燕集，倚声纪之）；

息庵《金缕曲》（樊山丈薄游沽上，获同燕集，倚声纪之）；

辛庵《金缕曲》（樊山丈薄游沽上，获同燕集，倚声纪之）；

樊山《金缕曲》（和作）。

霜根《浪淘沙》（千叶莲，和仲远）；

补庐《浪淘沙》（千叶莲，和仲远）；

苓泉《浪淘沙》（千叶莲，和仲远）；

惜仲《浪淘沙》（千叶莲，和仲远）；

苓泉、惜仲合填《浪淘沙》（千叶莲，和仲远）。

苓泉《苏幕遮》（栩楼主人惠藤花饼，赋谢）；

讱庵《鹊踏花翻》（栩楼主人惠藤花饼，赋谢）；

臣厂《一丛花》（栩楼主人惠藤花饼，赋谢）；

蛰云《一丛花》（以藤花制饼，分贻同社，媵以小词）。

查湾《清平乐》（夏夜）；

逊园《清平乐》（夏夜）；

讱庵《清平乐》（夏夜）；

臣厂《清平乐》（夏夜）；

姜庵《清平乐》（夏夜）；

息庵《清平乐》（夏夜）；

蛰云《清平乐》（夏夜）；

立庵《清平乐》（夏夜）。

查湾《点绛唇》（南塘观荷，和讱庵）二阕；

仑阁《点绛唇》（南塘观荷，和讱庵）；

霜根《点绛唇》（南塘观荷，和讱庵）；

逊园《点绛唇》（南塘观荷，和讱庵）；

苓泉《点绛唇》（南塘观荷，和讱庵）；

臣厂《点绛唇》（南塘观荷，和讱庵）二阕；

姜庵《点绛唇》（南塘观荷，和讱庵）二阕；

息庵《点绛唇》（南塘观荷，和讱庵）；

惜仲《点绛唇》（南塘观荷，和讱庵）；

水香《点绛唇》（南塘观荷，和讱庵）；

蛰云《点绛唇》（南塘观荷，和讱庵）二首；

讱庵《点绛唇》（原作）三首；

弢庵《点绛唇》（同和）。

臣厂《眼儿媚》（咏盆兰）；

姜庵《眼儿媚》（咏盆兰）；

蛰云《眼儿媚》（咏盆兰）。

臣厂《倦寻芳》（重过李园写感）；

息庵《倦寻芳》（重过李园写感）；

蛰云《倦寻芳》（重过李园写感）。

霜根《大江东去》（题雷峰塔藏经）；

臣厂《八声甘州》（题雷峰塔藏经）；

息庵《八声甘州》（题雷峰塔藏经）；

惜仲《八声甘州》（题雷峰塔藏经）；

苍虬《八声甘州》（题雷峰塔藏经）；

蛰云《八声甘州》（题雷峰塔藏经）。

臣厂《满江红》（放歌，和息庵）；

薇庵《满江红》（放歌，和息庵）；

水香《满江红》（放歌，和息庵）；

蛰云《满江红》（放歌，和息庵）；

息庵《满江红》（原作）四首。

臣厂《鹧鸪天》（庚午元夕）；

息庵《鹧鸪天》（庚午元夕）；

蛰云《鹧鸪天》（庚午元夕）；

立庵《鹧鸪天》（庚午元夕）。

息庵《菩萨蛮》（吟风台雪望）二首；

蛰云《菩萨蛮》（吟风台雪望）；

立庵《菩萨蛮》（吟风台雪望）。

姜庵《探春慢》（用石帚韵，寄怀臣厂塞上）；

息庵《探春慢》（用石帚韵，寄怀臣厂塞上）；

蛰云《探春慢》（用石帚韵，寄怀臣厂塞上）；

立庵《探春慢》（用石帚韵，寄怀臣厂塞上）；

臣厂《探春慢》（和作）。

息庵《眉妩》（用石帚韵，赋香山行宫桃花）；

惜仲《眉妩》（用石帚韵，赋香山行宫桃花）；

蛰云《眉妩》（用石帚韵，赋香山行宫桃花）。

查湾《清波引》（奉和臣厂长春西园新词，兼述近感）；

姜庵《清波引》（奉和臣厂长春西园新词，兼述近感）；

蛰云《清波引》（奉和臣厂长春西园新词，兼述近感）；

臣厂《清波引》（原作）。

查湾《蝶恋花》（惠中夜饮，书所见）；

臣厂《蝶恋花》（惠中夜饮，书所见）；

息庵《蝶恋花》（惠中夜饮，书所见）；

水香《蝶恋花》（惠中夜饮，书所见）；

蛰云《蝶恋花》（惠中夜饮，书所见）。

息庵《鹧鸪天》（露台夜坐）；

蛰云《鹧鸪天》（露台夜坐）；

立庵《鹧鸪天》（露台夜坐）。

臣厂《惜红衣》（吟风台晚集，时臣厂将东行，同填是解志别）；

息庵《惜红衣》（吟风台晚集，时臣厂将东行，同填是解志别）；

惜仲《惜红衣》（吟风台晚集，时臣厂将东行，同填是解志别）；

蛰云《惜红衣》（吟风台晚集，时臣厂将东行，同填是解志别）。

息庵《蝶恋花》（寄怀臣厂，题梧叶贻之）；

惜仲《蝶恋花》（寄怀臣厂，题梧叶贻之）；

蛰云《蝶恋花》（寄怀臣厂，题梧叶贻之）二首；

臣厂《蝶恋花》（和作）。

惜仲《齐天乐》（和彊村）；

苍虬《齐天乐》（和彊村）；

蛰云《齐天乐》（和彊村）。

《彊村词賸稿》二卷刊行。卷首有王鹏运函、作者《自序》。卷尾有龙榆生《跋》，已见 1932 年 12 月。（后收入朱惠国、吴平编：《民国名家词集选刊》第 2 册）

王鹏运函曰："沤尹大兄阁下，前上书之次日，邮局即将《东塾读书记》《无邪堂答问》各书交来。大集琳琅，读之尤欢快无量。日来料量课事讫，即焚香展卷，细意披吟，宛与故人酬对。昨况夔笙渡江见访，出大集共读之。以目空一世之况舍人，读至《梅州送春》《人境庐话旧》诸作，亦复降心低首。曰：'吾不能不畏之矣。'夔笙素不满某某尝与吾两人易趣，至公作则直以独步江东相推，非过誉也。若编集之例，则弟日来一再推求，有与公意见不同之处，请一陈之。公词，庚、辛之际是一大界限。自辛丑夏与公别后，词境日趋于浑，气息亦益静。而格调之高简，风度之矜庄，不惟他人不能及，即视彊村己亥以前词，亦颇有天机人事之别。鄙意欲以已见《庚子秋词》《春蛰吟》者编为别集，己亥以前词为前集，而以庚子《三姝媚》以次以迄来者为正集。各制嘉名，各不相杂，则后之读者亦易分别。叔问词刻，集胜一集，亦此意也。至于去取，则公自为沙汰之严，已毫无尘杂。俟放暑假后，再为吹求，续行奉告。自世之人知学梦窗，知尊梦窗，皆所谓但学兰亭面者。六百年来，真得髓者，非公更有谁耶？夔笙喜自咤，读大集竟，浩然曰：'此道作者固难，知之者并世能有几人。'可想见其倾倒矣。拙集既用《味梨》体例，则春明花事诸词，其题目拟《金明池》下，'书扇子湖荷花'，题序则另行低一格，而去其第一、第二等字，似较大方。公集去之良是，体例决请如此改缮。暑假不远，拟之若耶上冢，便游西湖。江干暑湿，不可久留。南方名胜当亟游，以便北首。此颂起居。弟王鹏运再拜上言，五月廿六日。"

朱彊村《自序》曰："予素不解倚声，岁丙申重至京师，半塘翁时举词社，强邀同作。翁喜奖借后进，于予则绳检不少贷。微叩之，则曰：'君于两宋途径固未深涉，亦幸不睹明以后词耳.'贻予《四印斋所刻词》十许家，复约校《梦窗四稿》。时时语以源流正变之故，旁皇求索，为之且三寒暑。则又曰：'可以视今人词矣.'示以梁汾、珂雪、樊榭、稚圭、忆云、鹿潭诸作。会庚子之变，依翁以居者弥岁。相对咄咄，倚兹事度日，意似稍稍有所领受，而翁则翩然投劾去。明年秋，遇翁于沪上，出示所为词九集。将都为《半塘定稿》，且坚以互相订正为约。予强作解事，于翁之闳指高韵，无能举似万一。翁则敦促录副去，许任删削，复书至，未浃月，而翁已归道山矣。自维劣下，靡索成就，即此趑趄小言，度不能复有进益。而人琴俱逝，赏音阒然。感叹畴昔，惟有腹痛。既刊翁《半塘定稿》，复用翁旨，薙存拙词若干首，姑付剞氏，即以翁书弁之首，以永予哀云。乙巳夏五月，上彊村人记。"

李岳瑞《郢云词》（《彊村遗书》本）刊行。卷首有作者《自序》。（浙江图书馆藏。后收入朱惠国、吴平编：《民国名家词集选刊》第 1 册）

作者《自序》曰："少嗜倚声，困于帖括，未暇致力。通籍后稍稍为之，十年以来，簿书鞅掌，辄复中辍。归田以后，杜门谢客，尽戒笔墨，吟事遂废。惟乐府小技，无关大道，偶一寄意。零笺断纸，辄弃之敝簏中，不自惜也。庚子春，抱骑省之感，忧伤憔悴，侘傺无俚。残灯虚幌，月夕花晨。时有所作，篇什遂积。璩儿惜其零弃，手录成帙。儒者率卑填词为小道，几于俳优畜之。然其体肇始于《三百篇》，滥觞于汉魏乐府，由风、雅、颂而五、七言，由古而律，由律而长短句。此亦三统质文迭嬗之故，非人力所能为者。周、秦、欧、柳、辛、姜、吴、王诸大家，皆能以忠君爱国之感，微词讽谏之义，自尊其体，非可以一二侧艳之辞、狭邪之语，摒诸文章之外也。此事在关陇竟成绝学。刻羽引商，素谢不敏。浊酒孤吟，幺弦无和。自写沉忧，不计其声韵之合否也。光绪辛丑花朝，岳瑞自记于荄滋盦。"

夏孙桐《悔龛词》（《彊村遗书》本）刊行。卷末有作者丙寅（1926）《自记》。（上海图书馆藏。后收入朱惠国、吴平编：《民国名家词集选刊》第 2 册）

《自记》曰："余自光绪乙未侨居吴门，郑叔问、刘光珊诸君结词社，始学倚声。社作散佚，仅存一二。丁酉、戊戌间在京师，时从王半塘、朱古微游，强拉入社。所作甚少，稿亦多佚。己亥、庚子之作，则尽在此册。旧作偶得一二，录之于前。壬寅后，唱和者多，出京遂辍笔。阅二十年，至癸亥春，偶咏史馆榆梅二首，同人和之，乃复谈此事，时时遣闷为之。乙丑冬，谭篆青诸君又结聊园词社，一岁中积十余阕。平生所作，斯为最多，不足存也。丙寅冬，闰庵偶记。"

魏元旷《潜园词》四卷、《续钞》一卷刊行。（上海图书馆藏。后收入朱惠国、吴平编：《民国名家词集选刊》第 2 册）

许南英《窥园词》一卷刊行。（后收入曹辛华主编：《民国词集丛刊》第 18 册）

裴维侒《香草亭词》刊行。（后收入朱孝臧辑，夏敬观手批评点：《彊村遗书·沧海遗音集》。亦收入曹辛华主编：《民国词集丛刊》第 25 册。黄山书社 2014 年亦出版裴维侒著、裴元秀整理、徐晋如标校、刘梦芙审订《香草亭诗词》）

李孺《仑闇词》刊行。卷首有王嵩儒《仑闇先生传略》。（上海图书馆等有藏。后收入朱惠国、吴平编：《民国名家词集选刊》第 3 册）

周庆云《梦坡词存》刊行。卷首有朱祖谋《序》、戴振声《题辞》、王蕴章《序》、作者《自识》。（上海图书馆藏。后收入朱惠国、吴平编：《民国名家词集选刊》第 5 册）

朱祖谋《序》中曰："梦坡抗心希古，按拍厉清。裒所作以示予，并乞一言。读其词，言情则萦纡善达，体物则婉约多姿，不泥琢雕，而能律谐吕协，真清真之贤裔也。"

王蕴章《序》曰："词盛于宋，衰于元，中绝于明，至清而复成地天之泰，贞下之元焉。有清一代，作者辈起。粤在初叶，宗尚小令，犹是《花间》余韵。竹垞、樊榭出，一以姜、张为主，清空婉约，遂开浙派词风。及其弊也，饾饤琐屑。张皋文、周止庵救之以拙直重大，而常州一派爰继浙派而代兴。光、宣之间，王半塘、郑叔问、况夔笙、朱沤尹喁于互唱，笙磬迭和，造诣所及，圭臬两宋，导源风骚，极体正变，后有作者，莫之或逾矣。梦坡先生，生浙中山水之乡，涵濡其乡先生之流风逸韵。诗文而外，兼善倚声。尝于杭之西溪秋雪庵旁，建两宋词人祠堂。春露秋霜，湖山俎豆。其微尚所寄，不仅为桑梓之敬恭，故其所作亦与浙派为近。国步既更，海上一隅，词流云集，吟事斯盛。沤尹以灵光一老迭主敦盘，先之以春音，继之以沤社。感兴遣时，补题乐府，比于汐社之诸贤，先生淬厉其间，所作益进，骎骎由浙派而上追两宋。顾意特矜慎，不立异而求新，不夸多而斗富。每一篇出，朋辈传唱殆遍。先生复不自满，假丐沤尹为之删定。抽芜撷英，都为一卷。千辟万濯，光气非常。略待推敲，便付割弃。今读其所存诸什，冲和澹雅，一如其人。则信乎胸襟学问，自关酝酿，此事非可以强求者也。抑更有进者。诗词虽同为天籁，发于自然。然长言咏叹，词之取境，更进于诗。非玲珑其声，连犿其辞，不足以语于金荃之遗响。并世名流，工诗者未必能为'残月晓风'之唱，工词者又未必尽能为五言七字之师。词宗《饮水》，但传《侧帽》之吟，渔洋《菁华》，仅著'桐花'之句。凫短鹤长，两美难合。先生独嗜风雅若性命，名山盛业，著作等身。诗既成家，词又春容。大雅若此，斯可见贤者之无所不能，亦无所不工，非苟焉而作者所可同日语也。曩读蒋鹿潭《水云楼》感怀时事之作，及沤尹《庚子秋词》、半塘老人《咏史》诸什，皆言之有物，足备一朝掌故，上比之少陵诗史，方今世变日亟，视昔人所遭，更为过之。先生倘有意含宫嚼徵，以成一代词史之伟业乎？仆不敏，犹将拈题分咏，自附于同声之末也已。壬申清明日，西神王蕴章拜序。"

作者《自识》曰："右词经沤尹点定一卷，尚未付梓，而沤尹遽归道山。后复益以近作，分为两卷，并附挽沤尹及题遗照之词，为之腹痛者累日。庆云自识。"

王德楷《娱生轩词》刊行。卷首有王蕴《序》和作者《自识》。王蕴《序》文已见本年9月1日条。浙江图书馆藏。（后收入朱惠国、吴平编：《民国名家词集选刊》第5册）

邓邦述《沤梦词》四卷刊行。卷首有蔡宝善《甘州》、林鹣桢《高阳台》、张茂炯《阳春》三首题词，有作者《自叙》。（上海图书馆藏。后收入朱惠国、吴平编：《民国名家词集选刊》第7册）

作者《自叙》曰："右词辑为四编，都若干首，则余自宣统己酉迄今壬申所录存之作也。"

剑亮按：据作者《自序》，卷一《霜箌集》，收清宣统元年（1909）至民国二年（1913）词作；卷二《燕筑集》，收民国三年至民国十年的词作；卷三《吴箫集》，收词人返归故里吴门之后至"壬申（1932）五月"的词作；卷四《齐竽集》，收民国十八年的词作。

吴曾源《井眉轩长短句》刊行。卷首有张茂炯《序》及作者《自序》，卷尾有吴梅《跋》。（上海图书馆藏。后收入朱惠国、吴平编：《民国名家词集选刊》第9册）

张茂炯《序》中曰："予交九珠深且久。所唱和者诗耳，初未知其工于词也。岁己巳，君与从子霜厓倡议结社消夏。一时词流翕集，以予谫陋，亦得滥竽其间。更唱迭和，再阅寒暑。每一社集，君所为词，练字琢句，精警绝伦，同人皆俯首叹服，而后知君固词坛老斫轮手也。唱酬之暇，出示平昔所为词，将付写定，属以一言为之序。"

吴梅《跋》中曰："吾九珠叔父博学，工诗、古文，尤喜作词。其为词也，镂心雕肾，刻意出之。一字未安，至忘寝食。人服其律细，吾服其才多也。叔父尝谓余曰：'吾词无派，自写胸臆，独守律略严耳。'余曰：'集中多《乐章》、清真、梦窗涩体，且动以四声，见者将目为浙派，奈何？'叔父笑曰：'浙词安有协四声者。甘苦自知，人言奚足患也？'呜呼！此可见叔父之志矣。己巳、庚午间，沤梦、艮庐诸君结社为词，两易寒暑。叔父与余偕，一篇甫就，同人咸为俯首。兹编所录，社作亦列入也。平心籀讽，此岂毗陵、浙西足以限之耶？今岁孟冬，缮成定稿，属为校律，因书其后。壬申十二月，侄梅跋。"

刘肇隅《阆伽坛词》刊行。卷首有潘飞声《序》。（上海图书馆藏。后收入朱惠国、吴平编：《民国名家词集选刊》第12册）

潘飞声《序》中曰："廉生先生博览群书，不竞名利。向工诗、古文辞，近复嗜倚声，力戒摹仿。笃风谊于师门，汰淫哇于薄俗，如眉山、稼轩，托体高迈，真意贯串，即秦七、黄九，无以难之也。间常编为一集，持以示余。余读而赏之，感近日词派之枝蔓，趋附之日深也，当必有如明代文人见归震川而低首者，因为之序。癸酉孟陬，番禺潘飞声。"

施祖皋《硕果斋词》一卷，由上海国立暨南大学南洋文化事业部刊行。卷首有作者《自序》和刘士木、潘四存、尤惜阴、陈宗山、高冠吾、沈汝梅《序》。（上海图书馆等有藏。后收入朱惠国、吴平编：《民国名家词集选刊》第 16 册）

施祖皋《自序》中曰："己未，予来南洋。辛酉，任书业职于星岛。癸亥春，兼应华侨中学校国学教授之聘。群弟子知予喜填词，每日课后，咸集问津。乃搜辑旧稿，更以新撰，得小令、中调、长调共八十二谱，为词九十首，以略示门径。惜课余暑短，不及一年，予又因事告辞，未能尽我力以深造之，辜负雅意，在所难免。嗟乎！技之传不传，虽曰小道，不有运会乎？今方重理成帙，将付梓人，以待后之学者。"

王国维《观堂长短句》刊行。（后收入曹辛华主编：《民国词集丛刊》第 2 册）

莫永贞《爱余室词集》一卷刊行。（后收入曹辛华主编：《民国词集丛刊》第 12 册）

黄福颐《词庵词》四卷刊行。内含《煮字集》《阿凤集》《抱珠集》《采绿集》。卷首有池汉功、程学恂、关赓麟《序》和作者《自序》。（浙江图书馆等有藏。后收入曹辛华主编：《民国词集丛刊》第 17 册）

李国模《瘦蝶词》一卷刊行。卷首有李国环、蔡杰《序》。（浙江图书馆藏。后收入曹辛华主编：《民国词集丛刊》第 4 册）

李国环《序》中曰："鼎革后，杜门谢客，益耽酣典坟。每当晓风残月之际，青山红树之秋，浅斟低吟，抽秘骋妍。论者谓其情真恬洁之作，足以继龚（芝麓）、李（容斋）诸人之遗踪也……兄孤怀超洁，淡于荣利。故其词悱恻邀绵，窥倚声之正宗。复慨乡贤遗作淹没不传，乃勤搜辑。自清初迄并世，积十年之久，得五十二家，名曰《合肥词钞》，蔚然大观，诚吾乡文献之征，功亦伟矣。壬申春，兄由皖至沪，忽遘时役。予时亦由吴门避兵之沪，望衡而居，日往问疾。弥留以所著《吟梅馆诗》《瘦蝶词》分授从兄少厓与予，嘱为刊行。噫！兄之才识，百未一展，仅托诗词之学以寄写怀抱芳菲之旨，可哀也已。"

蔡杰《序》中曰："李筱厓观察，合肥著族，今世白石也。所为词章清腴弥甚，识别者谓为仿佛少游、梅溪、梦窗之作。盖观察擅情韵、富词藻、善音律，故能奋起于六百年后，直绍宋人遗响，诚当代之词宗也。余与观察初未相识，近始纳交，而遂相得。观察恒悯词学废坠，慨然思有以振起。曾选辑《合肥词钞》刊行，以提倡之矣。近将梓其所著《瘦蝶词》，而命序于余。余知是集一出，果能人人获而研究之，使吾国国粹之学不于斯世而遽沦亡，其不负观察倡导之苦心也夫。民国辛未秋七月，怀宁蔡杰。"

石志泉《殆隐遗稿》刊行。内含《剪春词》。卷首有王自舆《殆隐遗稿叙》、刘东父《石殆隐遗著叙》、钝庵《石殆隐传》。(后收入曹辛华主编:《民国词集丛刊》第 2 册)

姚倚云《蕴素轩词》一卷刊行。卷尾有习良枢、毓谨《跋》。(后收入曹辛华主编:《民国词集丛刊》第 11 册)

姚倚云《沧海归来集词》一卷刊行。(后收入曹辛华主编:《民国词集丛刊》第 11 册)
剑亮按:《沧海归来集词》全录《蕴素轩词》，不知何故。

徐钟恂《花隐词滕》一卷刊行。卷尾有裴楠《跋》。(后收入曹辛华主编:《民国词集丛刊》第 13 册)

曾今可《落花词》刊行。卷首有作者《落花词小序》。(后收入曹辛华主编:《民国词集丛刊》第 22 册)
《落花词小序》曰:"在我的词稿付印的时候，我想说几句话，虽然这些话是不说也可以的。这里我自己选集了三十首小词，从我十年来的词稿中。其中且是近作居了多数。这些小词，只不过小词而已，不惟不是'绝妙好词'，也不能称为'白描好手'，当然其中也有缠绵，也有天真。当我从庐山回到上海的时候，章衣萍兄送给我一册《看月楼词》，便引起了我印词稿的兴趣。后来又有几位朋友催促我速将词稿付印，又增加了我不少的勇气。现在，听说《看月楼词》已在再版了，证明了喜欢读词的人是不在少数。于是我才决心把这些自行选定的词稿拿去付印。本来我也可以先去找一二位名流看看，在他们那里骗取一两句赞语来作为广告材料的，但我却以为可以不必多此一举。衣萍兄在他底《看月楼词小序》里说：'虽然不过是而立之年，自己总觉得颓唐得很，人老，心也老了。'我亦有同感也，虽然我比他年轻一点。我虽不像衣萍般多愁善病，然而我底头发已白去十分之一二了，我在十七八岁时便有了白发。不久以前，我同邵洵美诗人和他的夫人盛佩玉女士在霞飞路 La Rena-Ssance 午餐。邵夫人也问我：'怎么你就有了这许多白头发？'我说：'老了。'邵诗人说：'这叫做少年白头。'我那天回来接到南京某刊索稿的信，我就写了一首《青春与白发》寄去。喜欢填填词，也许有人会以为这是老辈去干着消遣的事，但老辈既能干着消遣，我辈又何独不能？我以为自己不喜欢填词和读词的人，也不必去反对别人填词或读词。我并非敢以'词客'或'词人'自居，不过有时心里有了一个这样的想念，而这想念又非用诗或散文来抒写所适宜，于是我就来填词。这样我便积下了几十首词稿了，除了那些已经散失了的和不愿发表的。现在仅仅选出了这三十首，这些是我自己比较满意的。虽自知不免贻笑于大方，终于是付印了。愿读者诸君给我以不客气地的批评和指示。曾今可，一九三二，七，二十，将往普陀避暑之前，上海。"

蔡晋镛《雁村词》一卷附《外编》刊行。卷首有作者《自序》。（后收入曹辛华主编：《民国词集丛刊》第 24 册）

刘虚《实君词稿》一卷，由杭州虎林中学出版。（后收入曹辛华主编：《民国词集丛刊》第 29 册）

卢葆华《相思词》刊行。卷首有方志超、林文选、何宋之《题辞》，以及作者《自序》。卷尾有作者《编后》。（后收入曹辛华主编：《民国词集丛刊》第 30 册）

作者在《自序》中曰："我对于填词，可以说是门外汉，虽然我小的时候也曾跟着我名传千古的父亲母亲学过一些，但是，笄年离膝的我，物质痛苦的我，十年漂泊的我，缓性自杀的我，那有闲情来重加研究呢？唉唉！大自然虽说给我不少的材料——这悲欢离合的材料——可我不懂，又怎样办呢？最近我这浅薄的《飘零集》已经和朋友们相见了，又有许多的朋友，在长崎，在东京、北平、南京的来信，要我整理词来出版。我是很惭愧的，出版词也许是太大胆了。我应该虚心的细腻的再研究几年，多读一些词坛上新兴作家的名著，切实地创造出伟大的作品来。但是，一切朋友的盛意是难却的，我不得不开始整理献丑，请教于关心我的朋友们的面前。事实真是出我意外，我在'一·二八'事变前填的词，在日本帝国主义的炮轰淞沪中，因避难的缘故而遗失了。在杭一年中填的词，一大半又是在刘记宿舍的火灾中而丧失了。在从前损失的，我只能记忆数阕，其余的都是去年秋天的一部分。而最痛恨的是我的父亲和母亲由故乡写来纪念我的百余阕，也都完全丧失无遗了，这是我怎样抱恨的一回事啊！所以，整理的结果，分量是非常少的，而且和词里面竟找不出一阕是我父母的教训来，伤心啊！这永远含着血泪的我！我在这少量的词里，发现了一个惊人的事实，就是题的取材，大半都是属于秋天的。这秋是给了我无限的相思，这秋是给了我无限的苦味。其实，可怜的我，这相思并没有异性的爱友，这相思更没有同性的知己。我是孤独的，我永远是孤独的。我是木偶、顽石，我什么也不懂，我什么也没有人要我懂，我只是一个人在那悬崖绝壁上攀登，我只是一个人在那狂涛大海里挣扎。朋友，你如果一定要说我有寄托的话，那么，我就勇敢的承认着我这空虚的呐喊、哀歌、长啸，是准备着献给我未来的理想的神圣的伟大的富于文艺天才的国际作家×××。22，2，2。在杭州。"

邵瑞彭编选《夷门乐府》一卷刊行。 卷首有邵瑞彭《序》和卢前题词《减字木兰花》，卷尾有汪志中《跋》。（上海图书馆等有藏。后收入曹辛华主编:《民国词集丛刊》第7册）

邵瑞彭《序》中曰："近世词流，抗心希古。播芳旷代者，宜推鹜、沤二老，而心甘居士实导先路。居士梁人，二老则梁之寄公也。夫其望斜阳之冉冉，感岁华于乔木。澧浦遗玦，致其灵襟；枯桑海水，振其壮采。不有三公言外之教，或几乎息矣。嗟乎！自北宋诸贤以逮三公者，其人已往，其文采风流，方且与河声岳色齐光比寿。后之示今，奚异今之示昔哉？（河南）大学诸生，治经余暇，偶效乐府歌曲。每以远师北宋，近法三公，交相敦勉，托兴造端，动中型镬，才及二祀，积稿盈箧。因随录如干首，最而刊之，名曰《夷门乐府》。"

汪志中《跋》中曰："吾师淳安邵次公先生以朴学训迪我辈。课余，间及词学，能使瞽瞆顿开。同时上犹蔡嵩云先生、金陵卢冀野先生皆深通声学，乐与裁成。风晨月夕，弦歌相和。虽小言詹詹，无当大雅，而感物抒怀，足以益人神智。鹧鸪再更，积稿盈尺。一时兴到，集为此编。籀诵之暇，藉以自娱。"

《夷门乐府》收录：

桑继芬（字曼渌，浙江绍兴人）6 首：《鹧鸪天》（雨骤风狂送暮春）、《临江仙》（花事阑珊春事了）、《踏莎行》（雨湿飞红）、《蝶恋花》（昨夜东风吹暗雨）、《浪淘沙》（斜月满雕栏）、《如梦令》（曾记落梅时候）；

金希庭（字韵珠，民权人）7 首：《散天花》（雨霁云开挂远虹）、《燕归梁》（手熟鹅梨拨凤苒）、《唐多令》（身似海中鸥）、《画堂春》（数声啼鸠暮烟中）、《阮郎归》（熟梅天气）、《吴山青》（柳如丝）、《满宫花》（雨霏霏）；

徐世璜（字稚珺，杞县人）5 首：《醉花阴》（细雨初停）、《蝶恋花》（庭户无声飘落絮）、《减字木兰花》（日长人倦）、《浪淘沙》（深院晚秋天）、《忆江南》（残梦里）；

谢兰英（字冠群，信阳人）4 首：《踏莎行》（柳苑烟深花斋梦）、《减字木兰花》（春郊见人上冢）、《卜算子》（薄暮倚雕栏）、《临江仙》（微雨初晴天欲暮）；

王鸿儒（字冰如，汝南人）2 首：《昭君怨》（岸上杨花飞遍）、《蝶恋花》（窗外寒梅云外月）；

王元生（字念初，汜水人）4 首：《醉花阴》（博雨收寒黄菊瘦）、《蝶恋花》（无数残花催急雨）、《祝英台近》（柳丝长）、《满庭芳》（芳草连天）；

王式渠（字鸣弦，偃师人）5 首：《西河》（壬申之春，沪战败北。苍桑梦绝，芄楚悲生。登龙亭，和美成韵，成此曲）、《渔父家风》（春恨）、《蝶恋花》（寄郭翠轩汝南）、《八六子》（雨初收）、《飞雪满群山》（叶乱隋堤）；

王文忠（字荩臣，鄢陵人）3 首：《如梦令》（小苑风光如画）、《捣练子》（深夜月照西楼）、《眼儿媚》（艳阳如海最撩人）；

汪志中（字大铁，固始人。有《淮上集》）21 首：《鹧鸪天》（入夜秋弦动地哀）、《鹧鸪天》（和稣生元韵）、《南乡子》（大道起朱楼）、《青玉案》（和东山）、《虞美人》（斜阳一带伤心色）、《虞美人》（朦胧夜月平桥渡）、《虞美人》（断肠泪洒春衫袖）、《踏莎行》（远树昏鸦）、《踏莎行》（过雨楼台）、《蓦山溪》（骄阳破晓）、《齐天乐》（和白石）、《高阳台》（和竹垞）、《桂枝香》（瑶台远隔）、《风流子》（露冷白蘋洲）、《瑞龙吟》（和美成）、《法曲献仙音》（和美成）、《兰陵王》（和美成）、《踏莎行》（叶落空阶）、《蕙兰芳引》（珠露满衣）、《三姝媚》（昏鸦栖远树）、《风入松》（时客许昌）；

何宝钧（字杏甫，南阳人）6首：《谒金门》（如钩月）、《菩萨蛮》（柳阴绿暗深深院）、《点绛唇》（斜日烘帘）、《点绛唇》（还记樽前）、《庆春泽》（送友）、《西河》（洛阳晚眺）；

吴维和（字穌笙，固始人。有《茜窗韵语》）14首：《捣练子》（思寂寞）、《菩萨蛮》（盈盈脉脉相思处）、《菩萨蛮》（西风吹老青蘋岸）、《眼儿媚》（汀州新雁落平沙）、《雨中花》（一阵残英飞过了）、《诉衷情》（月当头夕守岁）、《鹧鸪天》（薄劣东风作意吹）、《鹧鸪天》（和大铁）、《浪淘沙》（花事已凋残）、《临江仙》（此曲生平难再遇）、《苏幕遮》（艳阳天）、《满庭芳》（和淮海）、《永遇乐》（白雁声残）、《琐窗寒》（败苇吟风）；

吴重辉（字子清，南阳人。有《沧浪渔笛谱》）9首：《踏莎行》（游齐鲁废园）、《满庭芳》（清明）、《八声甘州》（望飞云暗淡隐苍霄）、《一萼红》（苦淹留）、《雨中花慢》（偶效宋人侵、真通用）、《木兰花慢》（挽彊村先生，和次公师韵）、《水龙吟》（再挽彊村先生）、《西河》（金陵怀古，和美成）、《戚氏》（暮春，和柳）；

金长瑛（字素人，民权人）4首：《诉衷情》（岫云乍敛）、《琴调相思引》（画阁雕栏映曲溪）、《瑞龙吟》（龙亭）、《西河》（金陵怀古，和清真）；

范凝池（字化塘，修武人）12首：《蝶恋花》（别情）、《踏莎行》（红杏新凋）、《御街行》（柔风细雨浓如雾）、《浪淘沙》（岁暮将归，阻雪填此）、《忆江南》（中秋）、《多丽》（清明后三日，午梦初醒，斜阳将落，凭栏远眺，予怀怆然，思昔抚今，度曲见志）、《春风袅娜》（暮春中旬，徘徊荷花池畔。皎月留照，夜色凄凉，顿起离索之感，爰赋此阕，以抒客怀）、《捣练子》（闺思）、《踏莎行》（绿暗红疏）、《鹧鸪天》（犹记年时劝进觞）、《十六字令》（花红杏枝头）、《南歌子》（照眼花如锦）；

袁郁文（字采臣，延津人）10首：《夜游宫》（陌上残英）、《菩萨蛮》（角声吹彻清寒月）、《菩萨蛮》（辽阳归雁无消息）、《高阳台》（草逼山亭）、《雨中花》（微雨敲窗）、《琐窗寒》（雁景侵霜蛄声叫）、《八声甘州》（叹枫林麓就晚霞）、《高阳台》（闺情）、《木兰花慢》（际春阴半解峭寒）、《齐天乐》（荒池苔绿秋烟细）；

常芸庭（字阶菜，唐河人）4首：《踏莎行》（辽东）、《诉衷情》（湖天寂寂景清幽）、《菩萨蛮》（新寒砭骨金风疾）、《渔歌子》（秋感）；

许敬武（字颐修，开封人。有《卯桥韵语》）13 首:《鹊踏枝》（碧洺红芳春意晚）、《菩萨蛮》（华烟初幕吴宫暖）、《高阳台》（绕树莺啼）、《踏莎行》（红板桥头）、《踏莎行》（汴水风光）、《御街行》（宜春苑内春光早）、《青玉案》（杨花吹软江南路）、《青玉案》（平林遥接西江岸）、《虞美人》（画屏掩映晴烟楼）、《八声甘州》（和柳耆卿）、《庆春泽慢》（疏柳迎风）、《菩萨蛮》（汉宫春锁丁香结）、《木兰花慢》（小园春意闹）;

康永乐（字智府，开封人）3 首:《浣溪沙》（烟薄寒轻春草池）、《瑞龙吟》（登临处）、《莺啼序》（高楼梦回）;

郭登峦（字翠轩，偃师人）9 首:《减字浣溪沙》（淡淡西风落叶天）、《减字浣溪沙》（灯火西楼梦洛阳）、《菩萨蛮》（玉楼皓月金风起）、《菩萨蛮》（满天秋色庭除冷）、《菩萨蛮》（北风不解离人苦）、《菩萨蛮》（画堂明灭鸳鸯锦）、《踏莎行》（碧剑霜寒）、《踏莎行》（惨淡遥山）、《河满子》（往事不堪回首）;

郭筱竹（字豫才，滑县人。有《觚竹余音》）5 首:《鹧鸪天》（萍梗生涯恨未休）、《踏莎行》（银汉波沉）、《人月圆》（晚来一阵帘纤雨）、《蝶恋花》（垂柳堤边人再遇）、《青玉案》（清秋城郭垂杨暮）;

张承祖（字了且，安阳人）2 首:《满江红》（破碎山河）、《渔家傲》（塞外霜天风物异）;

张沛霖（字润苍，泌阳人）4 首:《菩萨蛮》（良宵独步寒霜径）、《菩萨蛮》（炊烟缕缕斜阳里）、《菩萨蛮》（荒郊漠漠秋无际）、《蝶恋花》（夜静灯残人不寐）;

张玉璧（字蒲青，修武人）12 首:《蝶恋花》（翠幕余香花气散）、《蝶恋花》（梦里扬州秋色暮）、《蝶恋花》（检点残妆朱阁闭）、《解语花》（追忆旧游感赋）、《八声甘州》（正霜林冷艳斗群山）、《菩萨蛮》（烛残漏断纱窗寂）、《菩萨蛮》（凤楼清晓搴珠箔）、《浣溪沙》（柳浪弥天影万层）、《浣溪沙》（紫陌垂杨万缕青）、《虞美人》（春来寒雨花开晚）、《点绛唇》（昨夜东风透帘碎）、《青玉案》（纱窗向晚霏寒露）;

刘楚萧（字初晓，修武人）8 首:《鹧鸪天》（日落千山散彩霞）、《鹧鸪天》（绿树无尘夏气清）、《虞美人》（湘皋碧水三千里）、《虞美人》（西江潮落孤城远）、《菩萨蛮》（西陵夜雨春江暖）、《菩萨蛮》（堂前紫燕双飞影）、《蝶恋花》（芦叶荻花风瑟瑟）、《蝶恋花》（昨夜霜风南北陌）;

刘惠民（字伯康，柘城人）3 首：《菩萨蛮》（繁霜醉染枫千树）、《虞美人》（浮云掩尽中天月）、《柳梢青》（古戌鸣笳）；

蔡伯亚（字伯雅，商丘人。有《澹碧轩长短句》）23 首：《解连环》（露华凝咽）、《花犯》（好风光）、《应天长》（明灯帐卷）、《琐窗寒》（瓮酒香浓）、《夜飞鹊》（凉月）、《兰陵王》（冬日忆旧）、《大酺》（讶碧天低）、《六丑》（和美成）、《瑞龙吟》（和美成）、《蓦山溪》（和美成韵）、《扬州慢》（暑假归里，途次感怀，和石帚韵）、《八犯玉交枝》（玉簪）、《琵琶仙》（壬申夏，遇友人谈西湖近况，因和石帚此解）、《戚氏》（短长亭）、《夜半乐》（夷门）、《八声甘州》（甚匆匆驻马水云乡）、《蝶恋花》（豆蔻花开寒食近）、《蝶恋花》（别殿春深风雨重）、《踏莎行》（菰叶凝烟）、《踏莎行》（绣户流莺）、《菩萨蛮》（遥峰一带明欺雪）、《菩萨蛮》（金梁桥上三更月）、《瑞龙吟》（冬至后一日，雪中倚此，再用美成韵）；

戴祥骥（字耀德，考城人。有《听骊余吹》）24 首：《浪淘沙》（碧树绕青溪）、《菩萨蛮》（断桥流水归帆渡）、《忆秦娥》（更漏歇）、《点绛唇》（莺语春深）、《踏莎行》（蝶舞莺啼）、《八声甘州》（听凉柯蝉咽满霜天）、《减字木兰花》（夕阳芳草）、《菩萨蛮》（迢迢万里关山道）、《青玉案》（柳垂金线平林暮）、《清平乐》（碧纱窗畔）、《点绛唇》（烛烬香销）、《点绛唇》（落日荒城）、《蝶恋花》（金络雕鞍芳草渡）、《庆春泽慢》（小苑青禽）、《青玉案》（衡阳归雁初传语）、《高阳台》（翡翠衾寒）、《木兰花慢》（望东风）、《齐天乐》（和白石）、《八声甘州》（听声声归雁噪高城）、《绮罗香》（凉月横舟）、《凤凰台上忆吹箫》（宝篆焚香）、《桂枝香》（孤篷泊处）、《东风第一枝》（雪柳垂金）、《夜游宫》（陌上流莺乱语）；

龚化南（字景文，遂平人）4 首：《浣溪沙》（泪粉脂香染绣衣）、《氐州第一》（中秋）、《一萼红》（忆旧）、《六州歌头》（居庸北）；

栗文同（字子均，睢县人）6 首：《菩萨蛮》（回文，春闺怨）、《菩萨蛮》（回文，夏闺怨）、《菩萨蛮》（回文，秋闺怨）、《菩萨蛮》（回文，冬闺怨）、《三字令》（春欲去）、《八声甘州》（汴垣怀古）。

汪孙仪《延秋声馆词》，由苏州文新公司出版。

剑亮按：汪孙仪（生卒年不详），字士松，江苏长洲（今苏州）人。

英国克拉拉·坎德林 (Clara M.Candlin) 译著《信风：宋代诗词歌赋选》，

由伦敦约翰默里出版社出版。卷首有胡适和克莱默·宾分别撰写的《序》。（葛桂录：《中英文学关系编年史》，上海三联书店，2004 年）

王国维辑《唐五代二十一家词辑》二十卷，由上海六艺书局刊行。（后收入谢维扬、房鑫主编：《王国维全集》第 1 卷）

尤半狂《考证白香词谱》，由上海春明书店出版。

剑亮按：尤半狂（生卒年不详），江苏苏州人。1916 年《新世界报》创刊时任编辑助理。

徐敬修《词学常识》，由上海大东书局出版。（后收入汪梦川主编：《民国诗词作法丛书》）

剑亮按：本书为《国学常识》十种之一。凡三章。第一章"总说"，阐述词的起源衍变与文体特点。第二章"历代词学之变迁"，将词的发展分唐代、五代、宋代、金元、明代、清代六节，每节列举该时代主要词人和词作。第三章"研究词学之方法"，设"入手法""格式""词韵"和"取材"四节。

夏敬观《词调溯源》，由上海商务印书馆出版。（后收入孙克强、和希林主编：《民国词学史著集成》第 3 卷）

平襟亚《填词门径》，由上海中央书店出版。

剑亮按：平襟亚（1894—1980），原名平衡，字襟亚，别号秋翁，江苏常熟人。1918 年至 1923 年间任上海世界书局编辑，同时编辑《滑稽新报》《武侠世界》。1941 年主办《万象》。

高不基《中国文学史》刊印。共四编。其中，第三编"近古期"第一章"唐代文学"的第五节为"唐代词学之兴起"，第三章"宋代文学"的第五节为"宋之诗学及词学"，第五章"明代文学"的第四节为"明之诗学及词学"，第四编"近世期"第一章"清代文学"的第四节为"清之诗学及词学"。

【报刊发表】

《文学》创刊号刊发：陈子展《两宋词人与诗人与道学家》。中曰："总之，我以为词在两宋所以发展，有两个重大的意义。一则因为同时因为道学家的发展，不仅思想界大受影响，文学上也沾染了不少的道气。有道学的诗人，有道学的古文家，邵雍、朱熹可为代表。只有词毕竟是剪红刻翠、滴粉搓酥的东西，本来就只有富贵气，勉强可以有一点蔬笋气，却不许你有头巾气——或说道气、腐气。所以尽管有道学家偶然填词，也不能不稍入情语，而不能成为一种道学的词。正因为词的本质是如此，所以它就能够在被道气侵袭的文坛里保存最后的一角，作为文学上避难的桃源，也就在无形之中替被压抑了的'人欲'留了一条出路，因而就发生了严守'诗教'的诗人兼为'语涉淫亵'的词人，满口'天理流行'的道学家不废'人欲横行'词，体现出这种似乎不可解的矛盾。再从它的社会根据来说，词在两宋适应统治阶级生活上的要求，而表现了他们的姿态，正继续着五代而没有两样。不过，五代是一个大乱的时代，两宋是一个苟安的时代。尤其是在北宋盛时，除掉北方契丹民族建立的辽国占据了燕云十六州（今属北平山西的北境）以外，中国本部还算保持了一种统一的局面。直到女真民族强大起来，建立了金国并吞了辽国，宋朝君臣还抱着苟安的态度，过着歌舞升平、醅态享乐的生活。这在《宣和遗事》以及蔡絛《铁围山丛谈》等书可以看得到的。南渡以后，虽然那位皇帝词人——徽宗赵佶——早已被金人掳去，重演了南唐李后主一样的悲剧，可是当时君臣宴安的生活依然如故。高宗洞达音律，自制曲，命小臣赋词，俾内人歌以侑觞。唐与之就以会做诌谀粉饰的应制歌词而得到高宗的宠眷。孝宗也和高宗一样，《齐东野语》载孝宗内宴，酒酣，内人以帕子从曾觌乞词。曾觌、吴琚、张抡、王千秋一流词人都以会做应制酬贺的歌词有名于当时。南渡以来号为三大奸相的秦桧、韩侂胄、贾似道，他们的门下都搜罗了一些贡谀献媚的词人。例如朱希真依附秦桧，陆游依附韩侂胄，吴文英依附贾似道，贤者如此，其他可知了。醇酒妇人，歌唱之外，再加诌谀，这是两宋词坛的风气所以异于五代的地方。在粉饰太平的苟安的社会，统治阶级的生活上要求享乐，也要求诌谀。何况粉饰太平、歌功颂德，更足以掩饰他们自己的罪恶，和他们不能抵御外侮的耻辱呢。"

剑亮按：《文学》，月刊，1933 年创刊于上海，由生活书店出版发行。1937年终刊。

《礼拜六》第 528 期刊发：周鍊霞《浣溪沙》（多事东风故故吹）。（后收入刘聪著辑：《无灯无月两心知：周鍊霞其人与其诗》，第 132 页）

《无锡国专季刊》第 1 期刊发：

张尊五《北宋词论》；

谢之勃《论词话》；

小薇《三子令》（变温庭筠调）、《鹧鸪天》（秋夜）、《凤凰台上忆吹箫》（秋夜伤别）；

叶炜白《如梦令》（春晓）；

刘猗《菩萨蛮》（绕炉烟碧）；

戴传安《忆江南》（寒夜静）、《菩萨蛮》（水晶帘外潇潇雨）；

鉴华《如梦令》（镇日病窗局瘦）。

《安徽大学月刊》第 6 期刊发：徐英《复潘生元宪论词为诗余书》。中曰："承询词非诗余之说，议论驰骋，颇多可观，然非鄙人之意也。"

剑亮按：徐英（1902—1980），字澄宇，湖北汉川人。先后任教于安徽大学、中央大学、复旦大学等学校。与妻陈家庆（1904—1970）俱擅长诗词。著有《天风阁集》等。

《现代史学》第 1 卷第 2 期刊发：朱谦之《宋代的歌词》。

《黄钟》第 1 卷第 23 期刊发：白桦《南宋爱国词人》。

《文史丛刊》第 1 期刊发：龙沐勋《苏辛派词之渊源流变》（一）。

《中国语文学会丛刊》第 1 集刊发：

董启俊《旷代女词人李易安》；

龙沐勋《论贺方回词质胡适之先生》。

《励学》第 1、2 期刊发：马维新《姜白石先生年谱》。

《无锡国专季刊》第 1 期刊发：张尊五《北宋词论》。

《之江学报》第 1 卷第 1 期刊发：夏承焘《词籍考辨——〈词旨〉作者考》。

《河北女师学院期刊》第 1 卷第 2 期刊发：华钟彦《词学引论》。

《文学》第 1 卷第 4 期刊发：郑振铎《词的存在问题》。（后收入郑振铎：《短剑集》，文化生活出版社，1936 年，第 3 页。又收入郑振铎：《郑振铎古典文学论文集》，上海古籍出版社，1984 年，第 586 页）

《微音月刊》第 2 卷第 9 期刊发：余慕陶《论旧诗与旧词》。

《大陆杂志》第 2 卷第 5 期刊发：郑师许《论乐工之词变而为文学家之词》。

《现代学生》第 2 卷第 7 期刊发：胡云翼《词的起源》。

《文艺战线》第 2 卷第 33 期刊发：白杰《秋天谈词》。

《读书杂志》第 3 卷第 7 期刊发：陈子展《由诗到词发展的路径》。

《新垒月刊》第 4 期刊发：柳风《论词的解放运动》。

剑亮按:《新垒月刊》，月刊，1933 年创刊于上海，由新垒文艺月刊社出版发行。1935 年终刊。

《青年界》第 4 卷第 4 期刊发：陈友琴《唐宋词与唐寅妒花歌雷同》。

《青年界》第 4 卷第 5 期刊发：洪为法《从张三影谈起》。

《大夏周报》第 9 卷第 17 期刊发：吴家桢《韦庄诗词之研究》。

《东方杂志》第 30 卷第 22 期刊发：范义田《词与诗的关系及其形成发展》。

《湖社月刊》第 62—73 期刊发：寿铄《词学讲义》。参见 1927 年 11 月 15 日"《湖社月刊》创刊"条。

《中学生月刊》第 31 期刊发：平伯《读词偶得》（上之三）。

《燕大图书馆报》第 46 期刊发：因百《跋稼轩集钞存》。

《海滨》第 7、8 期刊发：沈达材《论所谓词的解放》。

《涛声》第 2 卷第 11 期刊发：挺岫《词的解放专号礼赞》。

《新垒月刊》第 2 卷第 1 期刊发：柳风《柳亚子先生的一首歪词》。

【词人生平】

王乃徵逝世。

王乃徵（1861—1933），字聘三，又字病山，号平珊，四川中江人。光绪十六年（1890）进士，官至贵州布政使。有《王病山先生遗词》。钱仲联《近百年词坛点将录》曰："病山身登瓯仕，晚托悬壶，《霜叶飞》《八声甘州》等与彊村酬唱之作，居然当行。"（钱仲联：《梦苕庵论集》，第 411 页）

吕凤逝世。

吕凤（1869—1933），女，字桐花，江苏阳湖人。赵椿年室。有《清声阁诗余》，向迪琮作《序》。中曰："尊作《清声阁诗余》和婉、正秾、淡远。初似规橅常州宗派，但其浑俊槃薄之气，不惟超迈常州，亦且平视汴京。盖夫人于唐季、两宋词籍无所不窥，寝馈既久，造诣益深。以故小令诸作，谐婉明丽，深得温、韦、欧、晏之旨。至于慢、近诸词，朴茂稅挚，虽柳、苏、秦、晁，亦何多让。"

叶玉森逝世。

叶玉森（1880—1933），字冰瑱，号中泠，别署荭渔，江苏丹徒人。官安徽当塗知县。南社社员。有《啸叶庵词》、《春冰词存》、《戊午春词》（与袁天庚合著）。钱仲联《近百年词坛点将录》曰："荭渔词藻彩飞腾，才气亦大。《甘州》（夜度太平洋）、《浣溪沙》诸阕，可谓'逸气入云高'。'试问雄飞战史，有几家血泪，几种哀潮？是分明祸水，飓母扇惊飙。待何时波魂涛魄，化中流铜柱压天骄？楼钟震，蚕扶桑晓，海日红烧。'张乐洞庭之野，无此大声鞳鞳。"（钱仲联：《梦苕庵论集》，第 397 页）

民国词学编年史

（下 册）

李剑亮 著

商务印书馆
The Commercial Press

1934 年

（民国二十三年　甲戌）

1 月

1 日，《青鹤》第 2 卷第 4 期刊发：鹤亭《疚斋词》（五），有《摸鱼子》（早安排听歌清泪）、《虞美人》（后湖夜归，忆今日是荷花生日，补成此解）。

1 日，《文学季刊》第 1 期刊发：李长之《王国维文艺批评著作评判》。其中，第四部分为"《人间词话》单行本及未刊稿"，曰："以体裁论，《人间词话》是不及《红楼梦评论》有组织的。但是以见解论，却比《红楼梦评论》成熟，到底是晚一点的著作了。其中还有一种特色，便是特别有中国传统的文艺批评气息。王国维渐渐脱离西洋而跑到中国园地里来了。"认为《人间词话》"有五个要点"："一是论作品中的世界。我们日常生活，是处于一个世界里，而在鉴赏文学作品时，我们便仿佛另处于一个世界。这个世界乃是作者所创造的。有的作品可以给我们这一个世界的感觉，有的作品却不能够，这就分出高下来。即在能够使我们有这种感觉的作品之中，而我们所感得的作品的世界也不尽相同，依然有着优劣的悬殊，用王国维的术语，便是'境界'，一方面是不同于作品以外的世界的意思，一方面还有评价的层次的意思。前者是有没有境界的问题，后者是到什么境界的问题。""第二个要点，即作了境界的主要成分的诗人的个性。只就不同而言，便是所谓'气象'，带了评价的意味，便是所谓'格''品''格韵'。""第三个要点，即如何而在作品中有高尚的主观成分，这就专谈到诗人的问题了。意见又分成两层：（一）是诗人究竟是怎么回事，（二）是诗人应该怎样修养。""第四个要点，在正面，他主张自然，他主张直接，由自然、直接以达到真切的目的。""第五个要点，是文学的进化观念。他说一个时代有一个时代的文学。"该部分最后曰："《人间词话》五个要点叙述已完成，现在再总括了看：论境界，是非常可靠的一种说明，融化了古人之说而超过了古人。"（后收入李长之：《李长之文集》第 7 卷，河北教育出版社，2006 年，第 207 页）

剑亮按:《文学季刊》，季刊，1934 年创刊于北京，由立达书局、文学季刊社出版发行。1935 年终刊。

3 日，吴梅作《卜算子》(谢冒鹤亭馈石榴)。(吴梅著，王卫民编校:《吴梅全集·日记卷》上，第 380 页)

5 日，刘半农推荐赵万里指导北京大学研究生研究宋元词史。刘半农记曰:"下午到研究所，四时开文史部部务会议。有一研究生欲研究宋元词史，余以为可请赵万里指导，而万里本年已改为讲师，□□以为不可，然按之院章，讲师亦可任研究生导师，余检出院务会议议案相示。□□遂大闹，状如发狂，余惟有冷笑置之。想此君一生，无学问事业之可言，唯欲以发脾气自成一家耳，亦可怜矣。"(刘小蕙:《父亲刘半农》，上海人民出版社，2000 年，第 237 页)

6 日，冒鹤亭访吴梅，并作《青玉案》(以萧县石榴赠瞿安，瞿安赋《卜算子》见赠，倚此答之)。吴梅记曰:"晚冒鹤亭(广生)过访，以所作《青玉案》词，和我《卜算子》者也。"吴梅评冒鹤亭《青玉案》词曰:"词境颇似频伽，且无老态，然未免油滑也。吾与鹤亭交浅，故未敢言。"(吴梅著，王卫民编校:《吴梅全集·日记卷》上，第 381 页)

8 日(农历癸酉年十一月廿三日)，吴梅为卢前作《水仙子》(《饮虹簃填词图》)。(吴梅著，王卫民编校:《吴梅全集·日记卷》上，第 382 页)

13 日，《广州礼拜六》第 5 期刊发:玉蕊《春词》，有《河满子》(寂寞春残深院)、《女王曲》(朱楼十二经行遍)、《留春令》(薄罗初试)、《望江东》(一幅春光明更美)、《解佩令》(春山如梦)、《连理枝》(花落鹃啼早)、《眉峰碧》(一水分双岸)、《玉楼春》(罗帷小帐残寒浅)、《忆少年》(春睡倦)。(后收入《民国珍稀短刊断刊·广东卷》第 2 册，第 881 页)

14 日，董康抄录松邻《风入松》(董授经兄游京都，新营吉田居，写真寄示，率赋此阕。昌绥辛亥冬，驻居庸南口。兄屡来相访，展画如睹旧游。而吉田远近，山树葱蔚，风景尤胜，恨不得移家过从)。董康记曰:"归途至小林别庄，亦在东山境内，推窗可挹比叡诸峰。惜时已昏黑，无从辨识。但俯视下方，万家灯火而已。小林出示画帖，内有松邻题余《东山寄庐词》，录之以归。"(董康著，朱慧整理:《书舶庸谭》，第 232 页)

15 日，董康作《凤凰台上忆吹箫》(题紫式部小像。所著《源氏物语》，为和学最高深课本)。(董康著，朱慧整理:《书舶庸谭》，第 234 页)

15 日，云南省立昆华中学《昆华校刊》第 2 期刊发：《鹤厂艺圃》，有《长相思》（赠别）、《忆江南》（春去也）、《点绛唇》（一夜相思）。（后收入《民国珍稀短刊断刊·云南卷》第 7 册，第 39 页）

16 日，《青鹤》第 2 卷第 5 期刊发：

剑丞《映庵词》，有《浣溪沙》（为杨铁夫作《抱香馆填词图》题之）、《浣溪沙》（为张孟劬作《山居校史图》题之）、《一剪梅》（为吴湖帆题宋刊《梅花喜神谱》）；

郑文焯《大鹤山人遗著》（三）。

16 日，溥儒作《减字木兰花》（送弟出关），曰："落花随水，费尽东风吹不起。送罢王孙，又是平芜绿到门。　踌躇无语，仗剑孤行辽海去。变作残秋，冷雁边云满客愁。"（词见溥儒：《凝碧余音》，第 3 页。后收入朱惠国、吴平编：《民国名家词集选刊》第 15 册，第 176 页。又收入溥儒著，毛小庆校点：《溥儒集》下册，浙江人民美术出版社，2019 年，第 493 页）

剑亮按：是日，溥仪改"满洲国"为"满洲帝国"，登基为"满洲帝国皇帝"，伪号"康德"。

21 日，董康作《买陂塘》（过二枝，购玳瑁怀中镜。因赋此阕，用代铭词）。董康记曰："九时，见窗外长崎丸停泊山下。别居停主人，诣领事署辞行。时羽生领事尚偃卧，至东滨町二枝鳖甲店购饰物数事。"（董康著，朱慧整理：《书舶庸谭》，第 241 页）

29 日（农历癸酉腊月十五日），杨铁夫作《上林春慢》（癸酉公腊未尽半月作）。（杨铁夫：《抱香词》，第 26 页。后收入朱惠国、吴平编：《民国名家词集选刊》第 8 册，第 545 页）

29 日（农历癸酉年十二月十五日），吴梅作《王饮鹤〈柯亭残笛谱〉叙》。中曰："大抵君之为人也，思深而言寡。故其词亦沉挚窅冥，无轻易语。并世才彦，历梦窗以达清真之境者，彊村、述叔而外，君可继轨。"（吴梅著，王卫民编校：《吴梅全集·日记卷》上，第 388 页）

本月

国风社选编诗词集《采风录》第 2 集，由天津国闻周报社出版。内收"词类一卷（自民国二十年七月至二十二年六月）"，作品有：

璩卿《浪淘沙慢》（索居杜门，不知春已过也，抚时感事，用片玉韵写之）；

公渚《汉宫春》（真茹张氏园杜鹃盛开，榆生有看花之约。后期而往，零落尽矣。彊丈有词，余亦继声）；

彊村《汉宫春》（真茹张氏园杜鹃盛开，榆生有看花之约。后期而往，零落尽矣。歌和榆生）；

小鲁《八声甘州》（西海位通城西隅，风景清佳。入夏，夫渠尤甚，因移家焉。叔铮授课之余，辄相与唱和其间，洵可乐也）；

仲坚《桂枝香》（无锡鼋头渚望太湖，和荆公韵）；

倬庵《青门饮》（东皋雅集，和曹元宠）；

覆庵《芳草渡》（余故宅在斜桥，居十余年。园中植桃、梅、樱花、海棠。数集朋好，流连咏歌，有终老意。去岁，以偿通货去。顷复过之，则市楼栉比，花木尽矣。黯然倚声）；

小鲁《三姝媚》（汤山晚眺，和彊村老人韵）；

彊村《渡江云》（望苍虬不至，倚此致声）；

倬庵《过秦楼》（青溪渡书所见，和李景元）；

季迟《八声甘州》（次和小鲁叔铮《西海移居》元韵）；

醇士《汉宫春》（乱红舞院，新绿低檐。感事伤春，怅然有作）；

映庵《渡江云》（有怀秦淮旧游，用清真韵）；

公渚《渡江云》（寄怀散原丈，并简苍虬翁）；

惺吾《石湖仙》（映庵先生藏大鹤山人自写词曲）；

遁庵《渡江云》（沈成章司令招游劳山，由海道往还，感而有赋）；

苍虬《渡江云》（和彊村老人寄怀）；

映庵《风入松》（立秋夜作）；

子勤《临江仙》（感逝）；

榆生《风入松》（与达安别四年。盛暑重逢沪渎，因偕往吴淞观海，追念南普陀旧游，漫赋此阕）；

铁尊《汉宫春》（郑朴生以所辑故人手札册属题。中有谭复生、张野秋、欧阳瓣薑、李亦园、黄鹿泉诸公，皆乡贤，感赋此解）；

映庵《安公子》（积潦浮平楚）；

蛰云《翠楼吟》（什刹海春禊，未赴，分得万字）；

　　匔厂《风入松》（苍虬书来，慨然增久别之感，赋此代柬）；

　　彊村《风入松》（病起戏述）；

　　退庵《风入松》（年来好游，客有问者，以此答之）；

　　覆庵《风入松》（青岛海滨浴场书所见）；

　　叔雍《安公子》（拟屯田）；

　　君坦《渡江云》（步退庵韵）；

　　小鲁《风入松》（赏秋西海，夕月凭栏。感事伤时，抚然有作）；

　　覆庵《安公子》（辛未七月，残暑犹炽。一夕风雨，飒然深秋。帆樯绝航，江流溢岸。因念大江南北，降水为虐。赈恤未及遍，缮塞未及施，而吾湘兵警又见告矣。黯然倚声，用屯田体）；

　　孟劬《渡江云》（郊居旧名枫湖，颇有花木之胜。适榆生填此词寄示，因和之，兼以告海上故人知余近状）；

　　尧生《渡江云》（和答榆生）；

　　叔雍《思嘉客》（曩年壬戌，买棹杭州。遂泛西溪，倚舷览胜，于焉终日。竭来十易寒暑，无复此乐。沤社社集，子有出《畏庐翁图卷》属题，以归词人祠。怅惘昔游，为赋此解）；

　　仲坚《一寸金》（璞卿词长以《聊园填词图》属题。维时辽阳告警，海内震惊。"我瞻四方，蹙蹙靡聘。"感时抚事，怅触万端，因倚美成此调题寄）；

　　映庵《被花恼》（八月二十九日，偕子有、众异、绍周、公渚、帅南游李长蘅檀园）；

　　榆生《安公子》（用彊村师韵）；

　　泽丞《忆旧游》（辛卯冬日，客杭州。月夜为秋雪庵之游，风景清绝。忽忽卅年，沤社词课，以畏庐《西溪图》命题。怅触前游，用厉太鸿《晚宿西溪》韵）；

　　彊村《鹧鸪天》（辛未长至，口占，博同社诸君一粲）；

　　孟劬《玉漏迟》（古微丈逝世海上，读弇阳翁吊梦窗"锦鲸仙去"句，怆怀万端。即用其调，以当哀些）；

　　闰枝《卜算子》（忆菊，效白石道人梅花八咏）三首；

　　覆庵《洞仙歌》（得苍虬津门书，感赋欲寄）；

　　苍虬《鹧鸪天》（横海青峰占小楼）；

芚厂《被花恼》(暮秋,同众异及堃弟驱车会泉山中作);

石工《鹧鸪天》(用彊村翁自挽韵,挽彊村翁);

仲坚《鹧鸪天》(辛未除夕,客居沪渎。时寇焰方张,阵云如幕。旅怀凄黯,情见乎词);

苍虬《天香》(海上客邸除夕);

叔通《虞美人》(门前萧瑟人如旧)、《虞美人》(穷阴天地烽尘隔);

琭卿《鹧鸪天》(题缬蘅《借槐庐图》);

仲坚等《望海潮》(壬申上巳,湖楼禊集。遂至北海联句,和少游);

式子《浣溪沙》(壬申上巳,什刹海修禊。分韵得丝字,赋诗未就,漫倚此调);

弘度《蝶恋花》(壬申上巳,什刹海禊集,分韵得任字);

次公《蝶恋花》(上巳,燕都例集。予在汴中,未与,主人代拈黛韵);

倬庵《望海潮》(和淮海,柬释戡、子威、仲坚、季刚);

仲坚《望海潮》(上巳禊辰,余既与释戡、季刚、子威诸君联句,赋词纪之矣。夜枕不寐,客怀纡结,复和少游);

小鲁《桂枝香》(和荆公);

仲坚《玉楼春》(次公《扬荷集》之《玉楼春》有"东城榆荚"句,戏效其体);

子愚《夜行船》(壬申春暮,成都作);

芚庵《洞天歌》(欹枕暮更断);

劼庵《石州慢》(挽彊村丈);

晋卿《金菊对芙蓉》(烽火连天);

小鲁《过秦楼》(和李景元);

兰史《菩萨蛮》(读《彊村词集》,追悼彊村先生);

叔雍《清平乐》(题小鲁《饧蟾集》);

蛰云《水龙吟》(挽彊村词丈);

梦坡《锦帐春》(壬申沪上暮春);

芚庵《浪淘沙慢》(挽彊村社长);

映庵《洞天歌》(依白石体,为杨铁夫题《桐阴勘书图》);

癸叔《拜星月慢》(先七夕一日,同人壶碟第五集。因风雨,假座寒翠园,分韵得洗字）；

百越《锦帐春》（赤柱山初夏）；

仲坚《浣溪沙》（明湖杂咏）二首；

季迟《解连环》（菱湖第八社集，依美成体韵）；

仲坚《虞美人》（为献唐题所藏鹿床画帧）四首；

季迟《浪淘沙》（送癸叔之重庆）；

金坡《安公子》（送公渚之申江，即用其《感事》韵，兼柬霜崖）；

伯臧《惜红衣》（菱湖消夏之集，两旬未与。今重来湖上，则红荷摧谢，惟余败叶，苍凉满眼。会有黄门之悼，感逝伤秋，因和石帚此阕）；

映庵《百字令》（题林琴南《西溪图》，用稼轩韵）；

梦坡《徵招》（挽沤尹社长）；

东湖《念奴娇》（壬申莫秋，旧京稷园，丁香、海棠皆放。又城东榆叶梅亦作花，赋以纪之）；

鹤亭《石州慢》（咏鸥园桂）；

公渚《雪梅香》（九日独游梵王园，归得苍虬书，却寄）；

讱庵《一萼红》（同映庵、众异登华岳，用白石韵）；

公渚《霓裳序第一》（大连归途作）、《鹧鸪天》（聘月高楼炙玉笙）；

退庵《石州慢》（中秋夜，游虎丘，适逢月蚀。时星稀露冷，万籁无声。丛薄幽阴，疑非人境。余呼茗坐千人石，忽闻笛音凄异，出自林际。抚时感事，欲泣无从。次日，写以此阕，仍用方回原韵，读者当知断肠固不在江南也）；

凝生《百字令》（雪）；

榆生《石州慢》（壬申重九后一日，过彊村丈吴门寓居）；

映庵《石州慢》（自题《填词图》）；

公渚《暗香》（寄孙公达瑞安）；

榆孙《一萼红》（榆关为旧游地，近闻边事日棘，不可为怀。思悲调苦，几不成声）；

蛰斋《如此江山》（残冬大雪，漫成此解）；

季迟《满庭芳》（雪夜，和蛰斋韵）；

公渚《梦芙蓉》（秋末，古漪园作）；

映庵《一萼红》（再题《填词图》）；

仲坚《新雁过妆楼》（题《春华倚醉图》，用彊村翁韵）；

鹤亭《塞垣春》（欲写朝云片）；

忉庵《扬州慢》（自题《填词图》）；

泽丞《塞垣春》（题冒鹤亭所藏陈迦陵《洗桐图》）；

榆孙《塞垣春》（题周梦坡丈《渔洋手书词稿》）；

倬庵《八声甘州》（游摄山栖霞寺）；

梦坡《塞垣春》（题退庵所藏《王晋卿词卷》）；

倬庵《风入松》（壬申除夕）；

兰史《扬州慢》（重过扬州）；

仲坚《念奴娇》（荒村侨居，时闻边声。堠火成烽，凄然增感。以东坡《赤壁怀古》韵写之）；

仲云《满庭芳》（癸酉上巳，莫愁湖胜棋楼修禊。分韵得阳字，用戴复古韵）；

蔚如《沁园春》（癸酉上巳，江叔海丈暨长公冀云约修禊北海，分韵得余字。时风鹤数惊，殊无好怀，遂成此解）；

仲云《八声甘州》（和廖忏庵《莫愁湖禊饮》之作，用稼轩韵）；

壶天《踏莎行》（癸酉春日）；

映庵《上林春慢》（题《忉庵填词图》）；

䍐庵《一萼红》（暮春，偕鋆弟、瓠庵登劳山明霞洞观海）；

映庵《浣溪沙》（为靖陶题《昆明艳泛图》）；

子愚《扬州慢》（秾春老矣，矧遭时艰，倚醉行吟，百端交集。次白石韵，以写幽怀，不仅司马青衫之感也）；

琢卿《探芳信》（题金仲孙《霜晓庵裁曲图》）；

释戡《鹧鸪天》（水榭茗坐，次韵和息庵，兼视易庐、中舟。立夏且至，而风霾凝寒，息庵犹着羊裘，故篇中及之）；

息庵《鹧鸪天》（水榭同散释、易庐久坐）；

闰枝《浣溪沙》（看云主人属题《昆明艳泛图》）；

琢卿《烛影摇红》（题杨铁夫《抱香室填词图》）；

仲云《渡江云》（用彊村韵再和廖忏庵《莫愁湖胜棋楼禊饮》之作。时新归自夷门，印泉邓尉探梅之约愆期矣）；

璪卿《齐天乐》（题李释戡《渥兰簃裁曲图》）；

泽丞《扬州慢》（题徐丹甫《芳罍心室集》）；

榆孙《扬州慢》（腊鼓声残）；

公渚《大酺》（四月初一日作）；

遐庵《菩萨蛮》（题靖陶《昆明艳泛图》）。

湖南永郡联立濂溪中学《濂溪学生》第 1 期刊发：

周汉辅《浪淘沙》（秋夜）、《如梦令》（湘江晚眺）；

袁勖《浪淘沙》（烽火起榆关）。（后收入《民国珍稀短刊断刊·湖南卷》第 15 册，第 7321 页）

姜亮夫笺注《词选笺注》，由上海北新书局出版。

剑亮按：该书为张惠言《词选》笺注，具体内容包括："作者小传""词评""题解""本事""笺注"。其《自序》之"引子"曰："独坐斗室，举目无可瞩，遂引念天表，作泻水涌泉之思，往往髹发，一二时不止。偶读案头残书而好之，即武进张皋文《词选》也。于是每月有伊郁奇思之感，必以是为解悦。偶得一义之足以发其蕴，或一事之足证其义者，皆笔之于简端。今年长夏苦热，空对四壁，既无所事于公卿间，遂即一周之力，修饰写定。"其"笺注之说明"曰："诗词不宜笺注，盖作者之心所会于我者，为正、为反、为上下、为四旁，皆不可料。故言外之旨，求诸读者之神会为得，求诸字句则失之矣。注《诗》莫早于毛公，但求训诂，不言大义（《传》与《小序》必非一人之作）。康成笺《诗》，亦但顺释文字而已。意盖斯乎？自骈俪风兴，以典实入诗，借花鸟以喻人，指风月而托情，字句之义，大异实情，时势之异，有其固然，不为笺注，难以理解。"（姜亮夫：《姜亮夫全集》第 21 册，第 403 页）

2 月

1 日，《青鹤》第 2 卷第 6 期刊发：

夏敬观《谭军部词序》，曰："词之源，出于隋唐之际。被诸管弦，惟用郑译所演苏祗婆胡琵琶四旦七均二十八调。其始制词，不过五、七言。乐工增以散声，代以谱字，犹汉魏乐府杂写声辞艳也。贞元、元和间，文学之士，逐声置字，乃渐广为令、慢、引、近。制调者，乐工耳。而未文词以就其范，谓之填词。拘以句豆不足，又限之以四声，非必若是始制合于乐工所用均调。然好之者必习而为之，不苦其束缚，才思久而出于自然，此非柳子厚所谓凡人好词工书皆病癖者耶？昔在吴会，予尝好为小词，与武陵陈伯弢极论当世病癖类己者。伯弢举其乡人王梦湘太守、谭祖庚军部。梦湘官江西，予去乡里早，未之识。祖庚军部，则茶陵文勤公子也。予于文勤通家子弟，又生于湖南，从先君子罢官归，才十龄。后至湖南数月辄去亦来。尝一月与祖庚近接言论，倚声唱酬。顾尝闻伯弢于座中诵其所制，窃怪其方当盛年，独寄思无端，若有千百侘傺忧伤，抑郁于怀，而莫可谁语者。予于是益想象其为古之伤心人也。比客上海，得尽交其昆季慈卫、瓶斋，文酒过从，踪迹密迩，而祖庚已前死矣。庚午，公子仲辉将梓遗词，出以相示，始获殚窥其生平造诣，为之编次弁端。掩卷太息，重惜其坐病癖，以促其年。而予与之生并世，终不克聚首，一挹其哀乐之抱，为可憾也。祖庚初问学于湘绮翁，其为词用湘绮体者，虽知其句豆差失，犹因而从之。至其所自为，则守调甚严。然则挽近明词之源，而不惜病癖如吾徒者，其沉冥孤往，祖庚盖尤为不可及也与"；

切庵《芬陀利室词》，有《更漏子》（春阴）、《一萼红》（偕峻丞、呆斋、约厂、姜庵、臣厂，同游莹园，用石帚韵）、《柳梢青》（莹园桃花）、《蝶恋花》（秋蝶）、《祝英台近》（苔）。

6 日，蔡云笙访吴梅，并以词稿请吴梅鉴定。次日，吴梅评阅蔡云笙词，曰："词虽不多，可读也。"（吴梅著，王卫民编校：《吴梅全集·日记卷》上，第391 页）

13 日，丁宁作《莺啼序》（癸酉除夕，烛光如梦，往事萦心。文儿殁已十稔矣）。（丁宁：《还轩词》卷上，第 5 页。后收入曹辛华主编：《民国词集丛刊》第 1 册，第 78 页）

14 日，汪曾武作《昼夜乐》（甲戌元旦，和耆卿）。（汪曾武：《趣园诗余·味莼词丁稿》，第 3 页。后收入朱惠国、吴平编：《民国名家词集选刊》第 6 册，第 47 页）

14 日，邵章作《昼夜乐》（甲戌元旦，和耆卿）。（邵章：《云淙琴趣》卷三，第 29 页。后收入朱惠国、吴平编：《民国名家词集选刊》第 10 册，第 214 页）

16 日，《青鹤》第 2 卷第 7 期刊发：

鹤亭《疚斋词》（六），有《青玉案》（多生欠泪无偿处）、《醉花阴》（后湖，同攘衡、公渚、秋岳、释戡）、《浣溪沙》（记得麻姑降蔡家）、《鹊桥仙》（似他才调似他心）；

郑文焯《大鹤山人遗著》（四）。

24 日（农历甲戌年一月十一日），吴梅研读《百名家词》。记曰："晚将《百名家词》逐卷点检。始知初集六十家，甲集四十家。而甲集中目，亦有在初集。初集所刻，亦有为目中所未载者。盖随时随刻，刻成后又将子目重订也。总计有一百十种，按诸《例言》中'不限百种'一语，恰合。清初词人汇集，以此为最富矣。"（吴梅著，王卫民编校：《吴梅全集·日记卷》上，第 395 页）

本月

叶恭绰作《法曲献仙音》（探梅超山，吊吴仓硕墓。适方寒雨，景物萧寥，感往伤今，因成此解。时新历二十三年二月中也）。（叶恭绰：《遐庵词甲稿》，民国三十一年 [1942] 铅印本，第 18 页。后收入朱惠国、吴平编：《民国名家词集选刊》第 12 册，第 344 页）

张伯驹作《鹧鸪天》（甲戌正月下旬，偕韵绮同西明夜至无锡，借笼灯入梅园宿。次日，冒雨登鼋头渚望太湖，归谱此词）。（张伯驹：《丛碧词》上，民国二十七年 [1938] 刻本，第 14 页。后收入朱惠国、吴平编：《民国名家词集选刊》第 15 册，第 227 页）

《兴仁季刊》第 2 期刊发：

斑《点绛唇》（新秋）、《卜算子》（松放）、《忆秦娥》（竹）、《摊破浣溪沙》（梅）；

澂放《虞美人》（感怀）。

剑亮按：《兴仁季刊》为伪满洲国时期奉天省立女子师范学校学友会会刊。1934 年在沈阳出刊。

3 月

1 日，《青鹤》第 2 卷第 8 期刊发：秋岳《氐州第一》（金陵初雪，和清真）、《庆清朝》（和玉田，为卢冀野题《饮虹簃填词图》）、《还京乐》（和清真，宁沪道中大雪）、《绮寮怨》（和清真）、《齐天乐》（别西湖一年矣。闻杭州大雪，游侣暌隔，爱而不见。辄和美成此曲寄意）、《琵琶仙》（和碧栖丈韵。丈归道山四年，偶检遗札，酸心旧游，追和集中此解志感）。

3 日，龙榆生致函夏敬观为《词学季刊》约稿。中曰："《词刊》四期付印，一年已满，民智要求续约。二卷一期又须集稿矣。尊撰词话尚恳早日赐寄，以便誊录。拙词数首乞斧正，采录一二。"（张晖：《龙榆生先生年谱》，第 53 页）

9 日（农历二月廿四日），黄侃收到"（龙）榆生寄来《彊村遗书》十二册，外红印四校《梦窗词》一册"。（黄侃著，黄延祖重辑：《黄侃日记》下册，第 969 页）

10 日（农历二月廿五日），吴梅为天津徐兰雪作《采桑子》（题女伶张蕴馨小影）。（吴梅著，王卫民编校：《吴梅全集·日记卷》上，第 400 页）

11 日，《涛声月刊》第 1 卷第 3 期刊发：翁克斋《翠楼吟》（秋风乍起，忽动归思。愁绪乡心，不觉满纸）、《秋波媚》（月冷灯昏，凄然忆远）。（后收入《民国珍稀短刊断刊·天津卷》第 15 册，第 7322 页）

剑亮按：《涛声月刊》，月刊，1934 年创刊于上海，由群众图书公司出版发行。当年终刊。

16 日，《青鹤》第 2 卷第 9 期刊发：

剑丞《映庵词》，有《瑞鹤仙》（汤定之梦登吴兴道场山，杂群羽流中，闻呼孙太初仙去，异香四溢。觉而语人，初不知太初为何如人。继而，知太初为明代秦人，名一元，著《太白山人集》，殁后遗鹤瓢、铁笛各一具。今道场山有挂瓢堂，其遗迹也。定之前身，其太初之道侣耶？因为作《梦仙图》，并赋此词纪之。图中诸羽流，定之所自补也）、《长相思》（为赵叔雍题《高梧轩图》）；

郑文焯《大鹤山人遗著》（五）。

22 日，《盛京时报》刊发：柳亚子《〈每戡词钞〉叙》。曰："关于词的话，我现在不愿意多讲，怕被人拉入什么'运动'之类。我更没有'昌明词学'的野心和企图。我以为词的确是落伍的了，已成为没有着落的尸骸了。在现在，还要来哼几句，只是表现着小布尔乔亚'眷恋过去'的意识而已。我自己便是这一种不可救药的人。董每戡兄，和我大概是'同病者'吧。他对于词，用过深刻的功夫。天才和学力，都非我所能企及。他并且是一位思想能够前进的人。在词的中间，不知不觉都会很流露着。不过，旧皮袋盛新酒，总是不适宜的，而且近于浪费的。要把'怒吼吧中国'一般的情绪在词的中间表现出来，写的人当然不容易。能够了解的人，怕也是最少数吧。我以为董君是应该转变方向了。董君过去，一方面致力于戏剧，一方面又从事于词学，实在是一位不可多得的人才。

现在，我希望他对后者断念，而对前者努力。这也是时代必然的进展吧。这一卷《每戡词钞》，正是对于他以前文学阶段的清算，我现在便是这样的介绍着他。一九三四年一月十八日。"（后收入陈寿楠等编：《董每戡集》第 5 卷，第 442 页）

23 日（农历二月九日），吴梅谈《词学通论》。记曰："见商务馆寄到拙著《词学通论》二册，已为王云五列入《万有文库》中，惟错误百出，句读且多误，不知谁为校勘，拟重校一通，为再版改正计。"（吴梅著，王卫民编校：《吴梅全集·日记卷》上，第 403 页）

本月

刘大杰《春波楼诗词》，由上海北新书局出版。分"春波楼诗""春波楼词"2卷，收诗 70 首、词 54 首。书前有作者自《序》。

舒梦兰辑、叶玉麟标点《白香词谱》，由上海大达图书供应社出版。

张惠言、董毅选编，朱太忙标点《正续词选》，由上海大达图书供应社出版。1935 年 12 月再版。

丘琼荪《诗赋词曲概论》，由上海中华书局出版。共四编。其中，第三编"词之部"凡四章：第一章"词的起源"；第二章"词的体制"，设第一节"均拍上的分类"，第二节"字数上的分类"，第三节"风格上的分类"；第三章"词的声律"，设第一节"四声"，第二节"音律"，第三节"词调"，第四节"词韵"，第五节"句法"；第四章"词的演进"，设第一节"词的发生期"，第二节"词的分期与演进"。

春，辛际周作《东风第一枝》（初春早起，用梅溪韵）。（辛际周：《梦痕词》，第 2 页。后收入曹辛华主编：《民国词集丛刊》第 7 册，第 3 页）

春，詹安泰作《夜行船》（甲戌初春，韩山）。（詹安泰：《无庵词》，第 6 页。后收入朱惠国、吴平编：《民国名家词集选刊》第 15 册，第 471 页）

春，黄孝纾作《浣溪沙慢》（甲戌春日，招同众异、映厂、榆生、冀野真茹张氏园看花。劫后重来，非复当年裙裾之盛矣。映厂约填此解，并邀诸子同作）、《瑞龙吟》（甲戌春感，依清真韵）。（黄孝纾：《匒厂词乙稿》，第 8 页。后收入朱惠国、吴平编：《民国名家词集选刊》第 15 册，第 329 页）

朱衣作《法曲献仙音》（廿三年春，遐公以近作《超山探梅》词见示。寄托遥深，固不止中仙、草窗、雪香之徒为凭吊而已也。谨依韵赋一解）。（叶恭绰：

《遯庵词甲稿》，第 19 页。后收入朱惠国、吴平编：《民国名家词集选刊》第 12 册，第 345 页）

春，龙榆生作《浣溪沙慢》（甲戌暮春，映庵、众异、公渚、蒙庵、冀野枉过村居，重游张氏园，伤时感旧，相约谱清真此曲，漫成一解）、《惜秋华》（春中薄游金陵，双照楼主招饮，席间出示方君璧女士补绘《秋庭晨课图》，为倚觉翁此曲）。（龙榆生：《忍寒词》，第 4 页。后收入朱惠国、吴平编：《民国名家词集选刊》第 15 册，第 418 页。亦后收入龙榆生：《忍寒诗词歌词集》，第 33 页）

春，唐圭璋作《琵琶仙》（甲戌春，同榆生游莫愁湖。湖涸楼空，四顾凄清，因相约为赋，依白石四声）词一阕，以纪其事。（词收入唐圭璋：《词学论丛》附录《梦桐词》，第 1072 页）

春，朱生豪将《芳草词撷》送彭重熙。朱尚刚记曰："父亲毕业后不久，出于对之江诗社的留恋和对诗友们的怀念，曾将自己手头积存的词稿（包括诗社诗友们酬和的篇章）经过精选之后，略加评述，汇抄成这本《芳草词撷》。他于1934 年春回之江看望母亲并和诗友们重聚，也会见了当时在之江附中工作的彭重熙。父亲将这本《芳草词撷》送给了彭重熙。彭重熙自然也珍视万分，小心收藏。1948 年彭重熙去四川工作，因时局不稳，就把《芳草词撷》藏在了苏州老家。谁知这一去就是几十年，后来到了到处破'四旧'的年头，老知识分子的家很少有能幸免于难的，彭老对此也难抱什么希望了。他 1978 年回了一次苏州，忽然发现他的侄儿在用的草稿纸的反面，正是拆成单页的那本《芳草词撷》，赶紧收集起来，重新装订成册，居然完整无缺，当然是喜出望外……《芳草词撷》共收录诗社八个人的词五十六首，其中父亲自己有十三首，母亲有四首，彭重熙有十二首，此外还有文振叔（夜子）五首，张荃、朱宝昌（希曼）各八首，郑天然、任铭善（即任三）各三首。父亲对这些词都作了句读，在佳句警句上加了密圈，而且对各个作者的风格也作了精当的评价。如对彭郎的评价是'早作风流宛转，神似饮水。迩来风骨既备，清俊蕴藉，洵是词人本色'。女诗人张荃诗词并佳，古诗苍劲俊逸、才气纵横。父亲对她的评价是'清华绵丽，徘徊无厌，有李易安之精神'。而对于气质相近、才学超群的任铭善，则许为'造句生新冷隽，逸才无两，然颇自珍重，不多作'。对母亲的评价是'才本敏婉，习作四章，颇见思致'。既有肯定赞许，又谦逊适度，可谓恰到好处。对父亲自己做的十三首词，则自称为'以当敝帚之供'，谦让有加了。父亲在《芳草词撷》珍重的十三首词，大部分是和诗友们之间的唱和之作，其中和（次韵）彭重熙四首，次韵张荃两首，郑天然及'诸君'各一首，寄希曼一首。"（朱尚刚：《诗侣莎魂：我的父母朱生豪、宋清如》，第 95 页）

4 月

1 日，《青鹤》第 2 卷第 10 期刊发：鹤亭《疚斋词》，有《蝶恋花》（题卢冀野《饮虹簃填词图》）、《青玉案》（和霜厓《咏安石榴》）、《虞美人》（读《司马相如传》）。

1 日，《文艺茶话》第 2 卷第 9 期（纪念刘大白先生特刊）刊发：刘大白《旧诗词三十首》，有《金缕曲》（送闾里陈伯平）、《浪淘沙》（舟行扬子江上）、《浪淘沙》（游日本□□□□□□，□后观□田□晚景）、《太常引》（薄寒恻恻到孤衾）、《一痕沙》（别情）、《浪淘沙》（夜舟观景）。（后收入《民国珍稀短刊断刊·上海卷》第 40 册，第 20042 页）

4 日（农历二月廿一日），龙榆生自上海来南京看望黄侃，黄侃劝其"勿专为词"。（黄侃著，黄延祖重辑：《黄侃日记》下册，第 976 页）

5 日，《人间世》半月刊第 1 期刊发：朱光潜《诗的隐与显——关于王静安的〈人间词话〉的几点意见》。开篇曰："从前中国谈诗的人往往欢喜拈出一两个字来做出发点，比如严沧浪所说的'兴趣'，王渔洋所说的'神韵'，以及近来王静安所说的'境界'，都是显著的例。这种办法确实有许多方便，不过它的毛病在笼统。我以为诗的要素有三种：就骨子里说，它要表现一种情趣；就表面说，它有意象，有声音。我们可以说，诗以情趣为主，情趣见于声音，寓于意象。这三个要素本来息息相关，拆不开来的；但是为正名析理的方便，我们不妨把它们分开来说。诗的声音问题牵涉太广，因为篇幅的限制，我把它丢开。现在专谈情趣与意象的关系。近二三十年来，中国学者关于文学批评的著作，就我个人所读过的来说，似以王静安先生的《人间词话》为最精到。比如他所说的诗词中'隔'与'不隔'的分别，是从前人所未道破的。我现在就拿这个分别做讨论'诗的情趣和意象'的出发点。"

剑亮按：《人间世》，半月刊，1934 年创刊于上海，由良友图书印刷公司出版发行。1935 年终刊。

5 日，杨铁夫作《玉楼春》（甲戌清明）。（杨铁夫：《抱香词》，第 27 页。后

收入朱惠国、吴平编:《民国名家词集选刊》第 8 册，第 547 页）

11 日（农历二月廿八日），黄侃收到"榆生寄来沈曾植刊《白石词》四明本、吴文英词大本、四校吴文英词、郑文焯校《清真词》，及红本《彊村词剩稿》"。（黄侃著，黄延祖重辑:《黄侃日记》下册，第 978 页）

15 日，《广州礼拜六》第 11 期刊发:乐人辑《如花词钞》（续）。作品有:

高冲《减字木兰花》（深深劝酒）;

黄侃《减字木兰花》（低鬟一笑）、《山花子》（蓦地相逢似梦中）;

成德《减字木兰花》（相逢不语）;

陈荣杰《更漏子》（早梅红）;

王叔从《阮郎归》（东风吹就雨廉纤）;

项廷纪《山花子》（醉结红绡约翠钿）;

魏学渠《西江月》（月落青苔院）;

姚燮《卖花声》（春雨怯单衣）;

赵而忭《菩萨蛮》（涛笺细叠红书押）;

孙廷璋《菩萨蛮》（钿筝拥髻秋灯驿）、《菩萨蛮》（子城络角儿家是）;

吴秉钧《海棠春》（昨宵枕上堆红泪）;

车伯雅《海棠春》（晓风微扬帘钩响）;

王时翔《醉太平》（兔华镜明）;

□尤之《点绛唇》（径相逢）;

丁澎《点绛唇》（未是春来）。（后收入《民国珍稀短刊断刊·广东卷》第 2 册，第 1007 页）

15 日，《安徽大学月刊》第 1 卷第 6 期刊发:

陈家庆《秋霁》（庐江陈子言先生有诗见赠云:绣原女士文章杰，藻绘山川独擅能）、《水调歌头》（云水故乡好）、《齐天乐》（水云隔断花南北）、《高阳台》（新历除日）、《水龙吟》（长江舟次大雪）、《台城路》（颐和园感事）、《好事近》（题画）三首;

宗志黄《绮罗香》（啸楼翁属赋碧桃花。时方有感于薄俗移人，故词意及之）、《贺新郎》（春暮，携内子过范老宅。时碧桃已谢，枝头尚余一花，因赋）、《六丑》（落花）。

15 日，《福建省立龙溪中学师范校刊》第 1 卷第 1 期刊发:星舫《西溪词语三篇》。篇首曰："余向编《词话》，以校勘为多，间及评泊，唯朋辈词，未曾提及。雨窗无俚，检点破簏，择优纪之，非云'标榜'，聊志友生交谊，及一时杯酒间闻见云尔。"

其一："词傭《拨香灰》：'香沉睡鸭黄昏后，吹客梦，西风还又。把定心儿不想伊，怎抛却，愁时候。 桃花人面都依旧。恨只恨，自寻僝僽。眠食因卿不准时，何须待，秋来瘦。'善以白话入词。"

其二："栖霞自谓其作品：'风云气多，儿女情少。'然其《绮罗香》：'纵不伤春，何堪恨别，生怕愁如烟缕。怯数归期，也只为关山阻。立尽了多少黄昏，但满目乱红飞絮。渐天涯芳草萋萋，美人消息又迟暮。 楼头新月眉妩。犹恋兰桂倦去。漫贪延伫，曲巷回廊，都是断人肠处。梦里钗钿谛难真，无情最是潇潇雨。正疑芳貌尚依稀，复相思几许。'风流狎昵，柔情一缕，能令读者销魂意尽。所谓才人之笔，信乎不可测度。"

其三："余学诗始于民七，诜愚者为同里谷怀夫子，而获益于延平范秋帆夫子为多。学词始于民八，陈敬恒先生引其端。尔后，既无良师指导，唯是闭户造车，花辰月夕，风雨怀人，辄手一编，藉以遣兴而已。十六年癸师来厦，乃以所学，时就问难，始恍然于学词须从校勘入手。乃着手校美成、梦窗……诸名家词集。于是购词，校词，读词。填词，遂为余之癖嗜。云郎初学为诗，含思凄婉，时病婉弱。既而学词，出笔便隽。时相倡和，于是而映雪楼之一灯双影室中，记烛传笺，拈图分韵，遂平添一段韵事矣。余与云郎初约联句和《小山全集》，惜以事牵，仅成四十余阕而已，录八阕于此。"

剑亮按：八阕为《玉楼春》（恼人绪绪斜阳暮）、《玉楼春》（峨眉胜雪嗍秋暮）、《蝶恋花》（醉倚危栏频怅望）、《锦田乐》（莫把飞鸿数）、《蝶恋花》（黄菊时开秋意晚）、《玉楼春》（风云变幻终难计）、《醉落魄》（一弯眉月）、《六幺令》（数根枫树）。

16 日，《青鹤》第 2 卷第 11 期刊发：

冒广生《重刻小山诗余序》；

心畲《醉花阴》（寄刘脁深学博）、《鹧鸪天》（一雁惊秋破晚空）；

郑文焯《大鹤山人遗著》（六）。

16 日（农历三月三日），吴梅谈《江南春词》。记曰："溥西园（侗）携《江南春词》刻本来，邀同会者属和。《江南春词》始于倪云林，明中叶吾乡名流，如祝希哲、唐子畏、文氏群从，及金陵顾太初、朱兰隅辈，皆有和章。道光十八年，顺德梁廷楠精刻。江宁邓嶰筠有《高阳台》词，题于卷端，余颇思一和焉。"（吴梅著，王卫民编校：《吴梅全集·日记卷》上，第413页）

16日，夏敬观接龙榆生函，约其为《词学季刊》撰稿，并谈及刘宣阁（麟生）入词刊社事。（张晖：《龙榆生先生年谱》，第53页）

16日，林葆恒作《眉峰碧》（甲戌上巳，玄武湖禊集，缥蒨代拈复字）。（林葆恒：《瀼溪渔唱》，第37页。后收入朱惠国、吴平编：《民国名家词集选刊》第9册，第452页）

16日，龙榆生作《满江红》（甲戌上巳，禊集玄武湖，以孙兴公三日兰亭诗序分韵，缥蒨代拈得浊字）。（龙榆生：《忍寒词》之《风雨龙吟词》，第4页。后收入朱惠国、吴平编：《民国名家词集选刊》第15册，第418页；亦收入龙榆生：《忍寒诗词歌词集》，第34页）

21日，《广州礼拜六》第12期刊发：乐人辑《如花词钞》（续）。作品有：

王时翔《芭蕉雨》（墙脚水仙初发）、《眉峰碧》（盎菊残还未）、《清平乐》（水阑斜靠）；

周实《卜算子》（风峭雨霏霏）；

张台注《思帝乡》（问欢期）；

王策《兰陵王》（小楼阁）；

顾贞观《虞美人》（内家结束庄严相）；

顾皋《虞美人》（泥影衫子红罗扇）；

江承庆《临江仙》（阑月流波银箭咽）；

袁通《临江仙》（记得小乔初嫁了）、《临江仙》（记得阑期初七夜）、《临江仙》（记得春寒寒恻恻）、《临江仙》（记得船回邀笛步）；

杨敬传《菩萨蛮》（春灯谜语分明记）、《菩萨蛮》（杨花满路香绵扑）。（后收入《民国珍稀短刊断刊·广东卷》第3册，第1067页）

22日，潘飞声卒于上海。夏敬观与叶恭绰等为其安排丧事。复于7月1日假湖社举行追悼大会。（《词学季刊》第2卷第1号"词坛消息"）

剑亮按：潘飞声（1858—1934），字兰史，号剑士，广东番禺人。有《说剑堂词》《饮琼浆馆词》《春明词》等。

25日，《正中校刊》第19、20期合刊刊发：娄影《菩萨蛮》（青袍处处怜芳

草)、《菩萨蛮》(娇花宠柳清明路)、《菩萨蛮》(春慵正困垂杨醉)、《菩萨蛮》(春愁恰似春波皱)。(后收入《民国珍稀短刊断刊·河北卷》第 15 册，第 6943 页)

30 日，夏承焘作《水调歌头》(自题词卷)。(吴蓓主编：《夏承焘日记全编》第 5 册，第 2586 页)

30 日，《涛声月刊》第 1 卷第 4 期刊发：《听涛斋诗词集》，词作有振芳《减字木兰花》(题曼殊遗照) 二首。(后收入《民国珍稀短刊断刊·天津卷》第 15 册，第 7338 页)

30 日，《福建省立龙溪中学师范校刊》第 1 卷第 2 期刊发：

莹影《忆江南》(情几许)；

宛因《忆江南》(天涯恨)。

本月

《词学季刊》第 1 卷第 4 号《论述》栏目刊发：

龙沐勋《研究词学之商榷》；

夏承焘《姜石帚非姜白石辨》；

杨铁夫《石帚非白石之考证》。

《专著》栏目刊发：

夏承焘《韦端己年谱》；

赵尊岳《蕙风词史》。

《遗著》栏目刊发：失名《词通 (论歌　论名　论谱)》。

《辑佚》栏目刊发：

唐圭璋《四库全书宋人集部补词》；

彭贞隐《铿尔词上》，《近代名贤佚词》(叶衍兰、梁鼎芬、张丙炎)。

《词话》栏目刊发：

潘飞声《粤词雅》；

夏敬观《忍古楼词话》(续)。

《近人词录》栏目刊发：

陈洵《宴山亭》(九日风雨登高，同风余诸子)；

邵章《夜飞鹊》(趣园雨集，和美成)、《绮寮怨》(癸酉月当头日社集，和美成)、《昼夜乐》(甲戌元旦，和耆卿)、《献金杯》(题《受砚庐山图》，和东山)；

冒广生《水调歌头》(丝竹不如肉)、《柳梢青》(后湖,同缤衡、释戡、秋岳、公渚)、《醉花阴》(豁蒙楼,同公渚茗话)、《惜双双令》(灵谷寺,和公渚);

谭祖壬《探芳信》(月当头日,聊园社集,呈同座诸公);

邵瑞彭《祝英台近》(碧云轻)、《长相思》二首;

易孺《青门饮》(甲子饯春半淞园,和黎六禾,寄都门)、《瑞龙吟》(甘翰翁非园龙石树立,兕生枉约同赏,各依梦窗韵);

陈世宜《木兰花慢》(鹧鸪声未了);

石凌汉《大酺》(依清真韵,答茳渔)、《解连环》(依清真韵,和述庵)、《八声甘州》(甚佳人独立遏娇憨)、《清波引》(和寄沤泛舟北湖作);

黄濬《秋霁》(用梅溪韵题林子有《填词图》);

路朝銮《琐窗寒》(癸酉八月,重游故都。仲虎觞余趣园,载赓词社。时凉雨萧瑟,秋意满衿。余亦将遄返海滨矣。别后用清真韵,赋寄仲虎,兼讯同社诸子);

蔡桢《徵招》(彊村先生挽词,用草窗怀杨守斋韵)、《鹧鸪天》(纪梦)、《减兰》(车过巩县,遥望嵩山)、《诉衷情》(洛阳怀古);

严既澄《玉楼春》(耄然万窍号风紧)、《鹧鸪天》(咏史)、《浣溪沙》(有赠)、《减字木兰花》(新都开会日感赋)。

《词林文苑》栏目刊发:

陈三立《受砚庐图题记》;

潘飞声《沤社词选序》;

冒广生《重刻小山诗余序》《疢斋口业弁言》;

黄孝纾《重刊苍梧词序》。

《通讯》栏目刊发:

张尔田《与龙榆生论彊村词事书》《再与龙榆生论彊村词事书》《三与龙榆生论彊村词事书》《四与龙榆生论彊村词事书》;

龙沐勋《报张孟劬先生书》;

吴梅《与唐圭璋言刘子庚遗事及往还事实书》;

邵瑞彭《与龙榆生论词书》。

《附载》栏目刊发:唐圭璋《全宋词初编目录》(续)。

《杂缀》栏目刊发:邵锐《衲词楹帖》(叶恭绰《序》、《自序》、楹帖),《词

籍介绍》（众香词、蘧庐词、端木子畴手写《宋词赏心录》、《饮虹簃所刻曲续集》
三种）。

《补白》栏目刊发：

曼殊、启功《书顾太清事》；

毕几庵《芳菲菲堂词话》；

赵叔雍《唐人写本曲子》。

郑作民《中国文学史纲要》，由上海合众书店出版。共十二章。其中，第九
章"宋代文学"有"宋词源流""北宋词人""南宋词人"等小节。

柯敦伯《宋文学史》，由上海商务印书馆出版。共八章。其中，第五章"宋
之词"，设第一节"词之由来"，第二节"宋词之概观"，第三节"宋初词人"，第
四节"苏轼及其门下词人"，第五节"周邦彦与宋徽宗"，第六节"女词人李清
照"，第七节"辛弃疾及辛派词人"，第八节"姜夔及姜派词人"，第九节"吴文
英、王沂孙、张炎"，第十节"南宋词人补遗"；第八章"宋文学作者小传"，设
第四节"宋词作者"。

谭正璧《女性词话》，由上海中央书店出版。目次如下：一、李清照，二、
王娇娘，三、吴淑姬，四、紫竺，五、唐夫人，六、严蕊，七、朱淑真，八、胡
与可，九、范仲胤妻，十、马琼琼，十一、张淑芳，十二、王清惠，十三、张
玉娘，十四、管道升，十五、罗爱爱，十六、张红桥，十七、徐灿，十八、周
琼，十九、吴皎临，二十、左锡璇，二十一、左锡嘉，二十二、寇湄，二十三、
钱念生，二十四、柳绛子，二十五、吴榴阁，二十六、冯弦，二十七、黄媛介，
二十八、董琬贞，二十九、胡慎容，三十、吴山，三十一、王韵梅，三十二、纪
映淮，三十三、关瑛，三十四、范贞仪，三十五、张学雅，三十六、张学典与张
学象，三十七、浦映绿，三十八、江珠，三十九、张令仪，四十、顾贞立与王
朗，四十一、吴藻，四十二、张襄，四十三、沈善宝，四十四、查慧，四十五、
查清与查鉴冰，四十六、浦梦珠，四十七、陈敬，四十八、何桂珍，四十九、赵
我佩，五十、宗婉，五十一、熊琏，五十二、孙荪莴，五十三、陈嘉，五十四、
俞庆曾，五十五、陆惠，五十六、沈鹊应。

5 月

1 日，《金刚钻》月刊第 8 集刊发：海上漱石生《退醒庐谐著》三十则。其

中有《师师令》（沪上私塾之多，不可以搂指计。近虽教育改良，学堂林立，而此辈俨亦窃学堂之名，悬牌设塾，误人子弟。太半俱在北市，以视学员无从考察故也。塾中所延教员，类系粗识之无，毫无程度之人。以故功课一切，殊不可问。而入其门，咿呀嘈杂，跳踉叫号，更有令人不可以言语形容者。爰填《师师令》一阕，为若辈写照，且愿从师者知所择焉）、《浪淘沙》（租界定章，凡肩挑步担之小贩等，如无捐照，不准沿街设摊歇担。违干拘罚不贷，禁令甚严。为清除街道计，固应尔也。然各小贩只图觅利，往往阳奉阴违。于是倘为巡捕所见，必加驱逐，若辈狠命奔逃，迟恐被拘，且虑摊担等为捕掀翻，其情形之狼狈，可怜亦复可慨。爰填《浪淘沙》一阕哀之）、《相见欢》（自泰西摄影法盛行，妓女莫不摄有小影，而尤好以所摄之小影赠客。迹其用意，盖客获此小影之后，必时时展玩，可增无限爱情之故。余著《海上繁华录》二集中有句云"小照是相思之影，先赠郎看"，窃谓深得三昧。今再倚《相见欢》二阕，以引申其义）、《一剪梅》（钮子花，始于西人。有以绸绢为之者，亦有以鲜花制成者。悬之胸前，颇为耀目。华人效之。近来男女俱有，惟以妇女为多，且大半皆喜鲜花，取其香艳。爰题《一剪梅》一阕，以志幽趣）、《一络索》（乞丐沿街求乞，虽属可怜，而阛阓中忽有此辈出现，或向铺户哓哓，或向行人喋喋，既足取厌，亦非繁盛市区所宜出此，故租界捕房禁令甚严。如遇乞丐，必令巡捕驱逐。有不服者，拘送捕房收押，亦清除街道之善政也。爰填《一络索》二阕）。

1 日，《青鹤》第 2 卷第 12 期刊发：切庵《芬陀利室词》（二），有《凄凉犯》（冬青）、《齐天乐》（秋灯）、《南楼令》（待月）、《尾犯》（雁字）。

1 日，《文艺茶话》第 2 卷第 10 期刊发：佩文《轮台子》（水底琼楼玉宇）、《菩萨蛮》（塞上早春有感）。（后收入《民国珍稀短刊断刊·上海卷》第 40 册，第 20061 页）

10 日，《江苏省立南通中学校刊》5 月号刊发：周呆（高二丙）《沁园春》（书愤）。

11 日，吴湖帆作《西河》（佳丽地）。记曰："叶遐庵嘱题谢樗仙《金阊佳丽图》卷，有王百穀题字，吴平斋旧物。余填《西河》词，用清真韵（略）。"（吴湖帆著，梁颖编校，吴元京审订：《吴湖帆文稿》，第 51 页）

16 日，《青鹤》第 2 卷第 13 期刊发：

释戡《青玉案》（岁暮，和方回）；

秋岳《法曲献仙音》（和清真）、《清波引》（吴门赏春，酒次讱庵出示映庵、公渚此词，皆甚美。越日微明，车次龙潭雨中，望山色凝黛，辄倚白石韵抒意）；

郑文焯《大鹤山人遗著》（七）。

18 日，夏承焘作《减兰》（题《彊村语业》卷三手稿）。（吴蓓主编：《夏承焘日记全编》第 5 册，第 2591 页）

19 日，《广州礼拜六》第 14 期刊发：乐人辑《如花词钞》（续）。作品有：

蝶仙《一落索》（晓莺啼遍垂杨树）、《浣溪沙》（高罻连云燕子飞）、《浣溪沙》（帘外莺啼晓梦残）、《浣溪沙》（几曲红桥接短廊）；

蝶醉《浣溪沙》（日影笼烟小阁明）、《菩萨蛮》（夏闺）二首、《菩萨蛮》（冬闺）、《菩萨蛮》（秋闺）；

忏公《蝶恋花》（香风吹颤银荷小）；

鹧鸪诗裔《蝶恋花》（闺晓）；

槐园旧主《昭君怨》（宝马香车侬嫁）、《小阑干》（传言郎至）、《风蝶令》（嘱婿防金钥）、《巫山一段云》（绰约因房喜）、《踏莎行》（楚楚花姿）；

陈小蝶《浣溪沙》（帘押金钩玉漏轻）、《浣溪沙》（最是娇痴最易嗔）、《浣溪沙》（领袖新桃茉莉针）。（后收入《民国珍稀短刊断刊·广东卷》第 3 册，第 1141 页）

23 日，《越国春秋》刊发：周鍊霞《摊破浣溪沙》（题陆丹林《顶湖感旧图》）、《清平乐》（《淞南吊梦图》，为丹林作）。（后收入刘聪著辑：《无灯无月两心知：周鍊霞其人与其诗》，第 156 页）

剑亮按：郑逸梅评曰："我友陆丹林，与鉴湖韦心丹女士相友善。女士工刺绣，能诗词，擅丹青。后客死星洲。丹林悲悼之，请郑昌午作《淞南吊梦图》以寄意。"（郑逸梅：《尺牍丛话》，当代中国出版社，2018 年，第 147 页）

25 日，《正中校刊》第 21、22 期合刊刊发：娄影《念奴娇》（落红庭院）、《浣溪沙》（无奈春归渺去程）、《浣溪沙》（彩笔空题只断肠）、《菩萨蛮》（千山啼鴂悲声冷）、《菩萨蛮》（春窗春梦春愁续）。（后收入《民国珍稀短刊断刊·河北卷》第 15 册，第 6983 页）

27 日（农历四月十五日），吴梅作《洞仙歌》（题潘轶仲《瘦叶词稿》）。吴梅修改卢前《浣溪沙慢》（甲戌三月，梁众异、夏映庵、黄公渚偕来真茹，游张氏园，先后作此调，余与榆生赓和）词。（吴梅著，王卫民编校：《吴梅全集·日

记卷》上，第 423 页）

31 日，《福建省立龙溪中学师范校刊》第 1 卷第 3 期刊发：

宛因《霜花腴》（空江久绝惊鸿之影，是日偶见，辄复相左，并劳动问感，和梦窗韵）；

忏因《凤凰台上忆吹箫》（有悼）。

本月

溥儒作《青玉案》（甲戌四月，东园樱桃已熟，披寻蔓草，零落尽矣，怅然有作）。（溥儒：《凝碧余音》，第 4 页。后收入朱惠国、吴平编：《民国名家词集选刊》第 15 册，第 178 页。又收入毛小庆整理：《溥儒集》，第 467 页）

湖南大学中国文学会《文学期刊》创刊号刊发：

安石《醉花阴》（重九）、《金缕曲》（偕友登伏龙山，谒曾文正公墓）、《台城路》（友某近有樊川之感，扼腕之余，戏填此阕）、《菩萨蛮》（闺情）四首；

啸秋《菩萨蛮》（归思）；

大翔《江城子》（春怀）、《丑奴儿》（别情）、《女冠子》（江干即事）；

训古《虞美人》（衰柳）、《潇湘夜雨》（潇湘秋雨）。（后收入《民国珍稀短刊断刊·湖南卷》第 24 册，第 11924 页）

剑亮按：《文学期刊》，1934 年创刊于湖南长沙，由湖南大学中国文学会出版发行。当年终刊。

6 月

1 日，《青鹤》第 2 卷第 14 期刊发：

黄孝纾《匑庵骈文稿》（七）《近知词序》；

秋岳《聆风簃词》，有《浣溪沙慢》（霜腴以此解见示。丹阳车次，春雨乍霁。新月掩映云外，客心怅然。辄和其韵，却寄霜腴海上）、《瑞鹤仙》（和清真，为散释题《握兰簃裁曲图》）、《满庭芳》（和清真）；

霜腴《碧虑簃词》，有《瑞龙吟》（和清真）、《浣溪沙慢》（春日访龙榆生真如，重游张氏园）、《浣溪沙慢》（梦熨凤尾拨心冷）。

3 日，夏承焘作《浣溪沙》（示之江诸生）。（吴蓓主编：《夏承焘日记全编》第 5 册，第 2595 页）

16 日，《青鹤》第 2 卷第 15 期刊发：

姜庵《风入松》（题《睥向斋授经图》）；

刌庵《忆江南》（四月二日，偕鹤亭、众异、霜腴游常熟虞山，承杨君无恙、瞿君旭初导游，归填此解八阕）；

郑文焯《大鹤山人遗著》（八）。

16 日，《广州礼拜六》第 16 期刊发：乐人辑《如花词钞》（续）。作品有：

佚名《菩萨蛮》（牡丹带露真珠颗）；

吴梅村《采桑子》（闺情）；

汪懋麟《忆秦娥》（梳头）、《好女儿》（本意）；

欧阳修《风蝶令》（佳人）；

陈玉基《踏莎行》（背立灯边）；

马相如《一痕沙》（记得绿窗人静）；

李煮梦《昭君怨》（者样玲珑娇小）、《菩萨蛮》（携手碧桃花下立）；

吴研人《望汉月》（恩爱夫妻年少）；

瘦梅《眉峰碧》（梨梦朝来醒）、《虞美人》（绣衾香暖留人住）；

蝶仙《清平乐》（题画）、《菩萨蛮》（春闺怨）；

慕滔《清平乐》（歌衫相称）；

周禧《虞美人》（团扇）、《菩萨蛮》（美人画扇）、《清平乐》（题画）。（后收入《民国珍稀短刊断刊·广东卷》第 3 册，第 1181 页）

16 日，杨铁夫作《丹凤吟》（甲戌端午）。（杨铁夫：《抱香词》，第 28 页。后收入朱惠国、吴平编：《民国名家词集选刊》第 8 册，第 549 页）

25 日，俞平伯致函叶圣陶。中曰："《词学季刊》近由龙榆生君赠阅，故得全读其四期。内容瑕瑜互见，观念亦稍旧一点，但颇实在，总算不差。"（俞平伯：《俞平伯全集》第 8 卷，花山文艺出版社，1997 年，第 76 页）

本月

傅汝舟《最浅学词法》，由上海大东书局出版。本书包括寻源、述体、论韵、考音、协律、填辞、立式等七章。卷首有庞三省写于 1920 年 4 月的《绪言》。

夏，宋清如作《满庭芳》（诗社雅集）。（后收入朱尚刚：《诗侣莎魂：我的父母朱生豪、宋清如》，第 79 页）

夏，毛泽东作《清平乐》(会昌)。(中共中央文献研究室编:《毛泽东诗词集》，第40页)

剑亮按:《毛泽东诗词集》收录该词，词后有注曰:"这首词最早发表在《诗刊》一九五七年一月号。"

夏，俞平伯为来薰阁影印明万历四十八年（1620）谭尔进刊本《南唐二主词》作《序》。曰:"南唐词变五代之俳优，开两宋之弘雅。中主词虽仅见，而《浣溪沙》二阕风流可怀，独传千载;后主则犹孤峰拔地，倚傍俱空，柔厚之情，不由薰习，又乌可以词尽耶? 自来二主词佳椠至尠，以明万历庚申墨华斋本为最善。斐云我兄，倚声当家。又耽玩芸编，欲广其传，付诸影写。既成，属言于余。夫吾辈居今之世而思古之人，是一痴也。然得遣此有涯，未为无益，况藉永兰菊之芬于异日乎! 民国二十三年甲戌初夏，德清俞平伯识于北平。"（民国二十三年［1934］北平来薰阁影印《南唐二主词》卷首）

7月

1日，《青鹤》第2卷第16期刊发:

仲云《曲玉管》(题《睇向斋授经图》);

榆生《浣溪沙》(甲戌暮春，映庵、众异、公渚汪顾村居，重游张氏园，感旧。相约谱清真此曲，漫成一解);

冀野《浣溪沙》(甲戌三月，映庵、众异、霜腴偕至真如张氏园，先后作此调，余与榆生复庚和之)。

1日，《金刚钻》月刊第1卷第10期刊发:海上漱石生《退醒庐谐著》，有《十六字令》(沪地房租昂贵，故凡公馆宅堂，皆在小弄为多。而一班俗所谓私门头者类，俱杂厕其间。门口高贴公馆字条，局面堂皇，排场阔绰。骤观之，几乎不敢遽入，或恐错认桃源，而真公馆宅堂因是大受厥害。每有绿弄中借居此等人家，急谋迁地为良，不屑与流莺比邻者。戏填《十六字令》六阕，以别混充，而志真相)、《菩萨蛮》(马甲，一名背心，亦曰领衣，即古之半臂也。古时妇女之服此者，厥惟婢女。故昆剧中，昔演婢女，必穿此服。即以沪上而论，二三十年前亦惟娘姨大姐辈衣之。自妓院中有一二婢学夫人者出，巧制艳色马甲，饰以外国各色花边，标新领异，以炫美观。于是妓女等亦尤而效之。近则公馆宅堂几乎共染此习。爰戏填《菩萨蛮》词二阕以讽之，非深恶此种马甲也。盖慨昔之婢学夫人者，今将夫人学婢，窃期期以为不可耳)、《踏莎行》(自脚踏车风行沪地后，初惟一二矫健男子，喜其便捷，互相乘坐。近则妇女亦有以此为戏，藉出风头者。每当马路人迹略稀之地，时有女郎试车飞行。燕掠莺梭，钗飞鬓亸，别呈一种娇媚之态。因戏填《踏莎行》一阕曰)、《贺新郎》(田舍翁多收十斛麦，便憎家中黄脸婆子，欲图娶妾，自昔传为笑谈。今住居沪地之人，非田舍翁，而娶妾者则实繁有徒。爰戏填《贺新郎》一阕调之)、《高阳台》(沪地房屋精美，沿街每建阳台，以便吸收空气。而家有妇女者，恒于夕阳将下时，悄倚阑干，频频眺望。至点火通明后，犹迟迟不忍遽入。虽非荡检逾闲可比，然一任儇薄子眈眈注视，谑翠嘲红，甚或密探芳讯，是岂不可以已乎？爰戏填《高阳台》一阕调之)、《阮郎归》(妓女以色身事人，其主义固金钱两字耳。然若无假惺惺一法以惑客，则安能使客共掷缠头，以饱欲壑？于是每逢去，必相送至房门口，或楼梯口，循例曰晏歇来，明朝来，一若有万分留恋者。至于客如远行，则或送登火车，或送至轮船，且必媵以水果点心等物。其依依惜别情状，有甚于平日数倍者。其实皆假惺惺也。因戏填《阮郎归》二阕以释客惑)。

1 日，赵万里将影印明万历《南唐二主词》赠予钱玄同。钱玄同记曰："下午至来薰阁，晤赵万里，见赠影印明刻□□本《南唐二主词》一本。"(杨天石主编：《钱玄同日记》下，第 1021 页)

10 日，《河北女师学院期刊》第 2 卷第 2 期刊发：

杨洁珍《满江红》(感时)；

郑妍仪《唐多令》(重逢)、《满江红》(感时)、《满江红》(冬夜)；

杨淑珍《满江红》(春寒)；

罗承云《浣溪沙》(杨柳枝头一色齐)、《浣溪沙》(短着轻裙露膝长)、《浣溪沙》(连夜凉飙未肯休)、《浣溪沙》(潇洒风流入户疏)、《浣溪沙》(烊月窥人过女墙)。

15 日，《山西佛教杂志》第 1 年第 7 期刊发：力空《浪淘沙》(霍邑道中。甲戌仲夏之初，余送恩师妙公归霍山。行至霍县站，汽车损坏，不能前进。恩师遂改乘本地马车上山，余亦改乘客车旋里省亲。而契友王春霆适亦自北归来，同车把晤，旧雨情殷。路过千佛崖，停车偕春霆等瞻礼佛像。虽夙愿已偿，然所愿究亦不只此焉。因放《浪淘沙》而为之)。(后收入《民国珍稀短刊断刊·山西卷》第 6 册，第 2624 页)

16 日，《青鹤》第 2 卷第 17 期刊发：鹤亭《疚斋词》（八），有《眼儿媚》（非雾非烟隔帘旌）、《水调歌头》（丝竹不如肉）、《塞垣春》（欲写朝云）、《摸鱼子》（七夕拟游后湖，不果，独步台城下作）、《水调歌头》（中秋无月）。

22 日，郁达夫评阅《珂雪词》。记曰："午前在家读《珂雪词》，觉好的词不过几首而已。"（后收入吴秀明主编：《郁达夫全集》第 5 卷，第 351 页）

24 日（农历六月十三日），吴梅修改《飞雪满群山》词。记曰："《飞雪满群山》调，止《蔡友古集》有之。两宋中无他词可校，只得字字依从，而为上声字所窘，竟费三小时之久。"（吴梅著，王卫民编校：《吴梅全集·日记卷》上，第 447 页）

28 日（农历六月十七日），吴梅为范烟桥作《鹧鸪天》词。词曰："午夜挥翰烛一条，感时怀旧命风骚。发人嘔噱新谐铎，触我梳蓖支诺皋。 携俊友，话通宵，填胸哀乐未全消。可怜南部莺花歇，四十安仁早二毛。"（吴梅著，王卫民编校：《吴梅全集·日记卷》上，第 448 页）

本月

湖南永郡联立濂溪中学《濂溪学生》第 2 期刊发：

袁勗《唐多令》（踏青）、《浪淘沙》（踏青）、《虞美人》（三月游园）；

张伯勤《蝶恋花》（花褪残红春事了）、《离亭燕》（赋罢骊歌天曙）。（后收入《民国珍稀短刊断刊·湖南卷》第 15 册，第 7403 页）

金铁庵《词学入门填词百日通》，由上海中西书局出版。后又由上海大通图书社于 1937 年 5 月出版。

陈洵《海绡词》二卷、《海绡说词》一卷出版。初，朱孝臧汇刻《沧海遗音集》，欲收《海绡词》及《说词》，因朱氏逝世，未果。至是由龙榆生踵成之。（陈洵著，刘斯翰笺注：《海绡词笺注》附录三《年谱简编》，第 510 页）

吴虞为姜方锬《蜀词人评传》作《序》。中曰："夫词家之说，言人人殊。而作词不可为乡愿、为词匠，则断断然也。《提要》谓，文之体格有高卑，人之学力有强弱。学力不足副其体格则举之不足，学力足以副其体格则举之有余。然则作词者，仍贵乎学而已。姜君方锬著《蜀词人评传》成书，索吾为序。聊述鄙见贻之，冀姜君其继蜀之先达而起也。中华民国二十三年七月，成都吴虞又陵序于宜隐堂，时年六十三。"（后收入田苗苗整理：《吴虞集》，第 385 页）

8 月

1 日，《青鹤》第 2 卷第 18 期刊发：

郦承诠《饮虹乐府序》；

鹤亭《疚斋词》（九），有《桃源忆故人》（紫霞洞）、《蓦山溪》（阑干十二）。

1 日，《金刚钻》月刊第 1 卷第 11 期刊发：海上漱石生《退醒庐谐著》，有《喝火令》（沪地人烟稠密，平日火患之多，固已甲于他处。而一届冬令，尤必层见叠出，钟楼报警之声，令人闻而丧胆。或谓无心失慎者半，有心纵火图赔保险者亦半。其然，岂其然乎？戏填《喝火令》一支，愿居民触目惊心，其各慎益加慎也可）、《花非花》（自妓女有以色衰爱弛，改为跟局青衣包一雏妓应客之后，各妓见其颇可获利，纷纷尤而效之。于是，向惟年逾花信一班人则然者，近则虽十七八岁女郎亦俱愿操斯役。一时非花非叶，见者惝恍迷离，实为花世界之特别现象。爰戏仿白香山《花非花》词三阕）、《西江月》（沪上每届年终，必有一辈作中为业之人希得中金，代做货物、地皮、房产押款，相聚于茶坊酒肆。某言我有银根，某言我有货根，终日营营。一若此事之成，不费吹灰之力者。逮至转辗交涉，或则有银无货，或则有货无银，而所议乃卒成画饼，可笑孰甚。爰戏填《西江月》一阕）、《醉花间》（沪地妓院俗例，每届三节，必以鱼翅、火腿、鸭子、鲜鱼等菜四碗嫐客往食，曰吃司菜。客犒以洋二三十元不等，昔只十洋八洋。其实此等菜肴，不甚适口者多，且尽有前客食过，添配一二肴，复饷后客，以博犒洋者。戏填《醉花间》一阕以谑之）。

11 日，夏承焘作《齐天乐》（季夏陪杨铁夫游西溪，和梦窗《会江湖友泛湖》韵）、《减兰》（过西溪词人祠，议奉彊村先生铜像入祠）。（吴蓓主编：《夏承焘日记全编》第 5 册，第 2614 页）

16 日，《青鹤》第 2 卷第 19 期刊发：

鹤亭《疚斋词》（十），有《石州慢》（咏鸥园桂）、水调歌头（句漏倘容乞）；

郑文焯《大鹤山人遗著》（九）；

李宣龚《碧栖诗词序》。

18 日，《广州礼拜六》第 18 期刊发：绿花《续某年词》，有《南乡子》（纪事）、《浣溪沙》（偶忆）、《定风波》（香岛怀旧）、《定风波》（即景）、《踏莎行》（酒记当年）、《罗敷艳歌》（含颦欲笑堪倾国）、《蝶恋花》（纪梦）、《南歌子》（长记相逢日）、《踏莎行》（灯前怀旧，寄明兄）。（后收入《民国珍稀短刊断刊·广

东卷》第 3 册，第 1245 页）

20 日，《人间世》第 1 卷第 10 期刊发：平伯《读词偶得》之周邦彦《玉楼春》。（后收入《读词偶得》，又收入《清真词释》，上海开明书店，1948 年，第 28 页。又收入俞平伯：《读词偶得　清真词释》，第 84 页）

23 日（农历七月十四日），吴梅作《齐天乐》（题蔡云笙《雁村填词图》）。吴梅记曰："蔡官河南知县，又榷税梁溪。老作童子师，殊可悯也。其女佩秋，余之旧徒，今儿女成行矣。余词仅及交谊，不备述者，词体应尔也。"（吴梅著，王卫民编校：《吴梅全集·日记卷》上，第 456 页）

本月

夏承焘作《齐天乐》（陪杨铁夫游西溪）、《减兰》（过西溪词人祠，议奉彊村先生铜像入祠）。（吴无闻：《夏承焘教授纪念集》第 232 页）

赵万里赠周叔弢影印本《南唐二主词》。周叔弢题曰："《南唐二主词》，甲戌七月斐云先生见贻。叔弢。"（李国庆编著：《弢翁藏书题跋》，紫禁城出版社，2007 年，第 113 页）

范烟桥编《销魂词选》，由上海中央书店出版。选取历代女词人作品。每篇前有作者简介，篇后有短评。

龙沐勋《中国韵文史》，由上海商务印书馆出版。分"上篇：诗歌""下篇：词曲"。上篇二十二章，下篇二十七章，共四十九章。其中，"下篇：词曲"设第一章"词曲与音乐之关系"，第二章"燕乐杂曲词之兴起"，第三章"杂曲子词在民间之发展"，第四章"唐诗人对于令词之尝试"，第五章"令词在西蜀之发展"，第六章"令词在南唐之发展"，第七章"令词之极盛"，第八章"慢词之发展"，第九章"词体之解放"，第十章"正宗词派之建立"，第十一章"民族词人之兴起"，第十二章"南宋词之典雅化"，第十三章"南宋咏物词之特盛"，第十四章"豪放词派在金朝之发展"，第二十三章"清词之复盛"，第二十四章"浙西词派之构成及其流变"，第二十六章"常州词派之兴起与道咸以来词风"，第二十七章"清词之结句"。

9 月

1 日，《青鹤》第 2 卷第 20 期刊发：

《花影吹笙室词人李棷清遗影》（李女士，福建闽县人，李佛客员外之女，拔可先生之妹）；

夏敬观《周梦坡先生墓表》；

公渚《碧虑簃词》，有《八六子》（寄怀映庵上海，兼秋岳，与讱庵同作）、《望海潮》（海滨公园暝坐，与讱厂同作，用淮海韵）。

4 日（农历八月廿六日），吴梅作《艮庐词续集序》。（吴梅著，王卫民编校：《吴梅全集·日记卷》上，第 460 页）

5 日，《人间世》半月刊第 11 期刊发：平伯《读词偶得》（周邦彦词一首续）。（后收入俞平伯：《读词偶得　清真词释》，第 62 页）

7 日，张尔田致函夏承焘。函中曰："先生湛深于词人谱牒之学，文苑春秋，史家别子，求之近古，未易多觏……金松岑与石遗、太炎合办之《国学杂志》，顷寄到数册。考据之末流，辞章之颓响。噫！三百年汉宋宗传之绪斩矣。游魂为变，曾何足当腐鼠之一赫。使人见此，良用增叹。"（夏承焘：《天风阁学词日记》，第 317 页）

16 日，《青鹤》第 2 卷第 21 期刊发：鹤亭《疚斋词》（十一），有《蝶恋花》（糖霜著醋调梅子）、《浪淘沙》（栖霞看红叶）。

20 日，《人间世》半月刊第 12 期刊发：憨庐《谈词》。

22 日，天津《大公报·文艺副刊》第 104 期刊发：平伯《读词偶得缘起》。（后收入俞平伯：《读词偶得　清真词释》，第 3 页）

24 日，刘永济作《水调歌头》（甲戌中秋，置酒易简斋，待月泛舟。是夕微云淡伫，风露浩然。酒罢，客多畏凉辞去，独与蓥龙自珞伽山步至团山，放棹东湖，容与水云间，久之始归。翌日用东坡丙辰中秋韵约同作）。（后收入刘永济：《诵帚词集　云巢诗存》，第 40 页）

26 日，天津《大公报·文艺副刊》第 105 期刊发：平伯《读词偶得零稿》。

27 日，吴梅作《酒泉子》（中秋前一夕）。记曰："夜为金大研究生班改词，得《酒泉子》一首。"（吴梅著，王卫民编校：《吴梅全集·日记卷》上，第 473 页）

28 日（农历八月二十日），吴梅作《醉太平》词和冒鹤亭。吴梅记曰："傍晚得鹤亭书，仍以《醉太平》祝余妇寿，次韵答之。"（吴梅著，王卫民编校：《吴梅全集·日记卷》上，第 473 页）

29 日,《大公报》刊发:俞平伯评夏承焘《韦庄年谱》文。(夏承焘:《天风阁学词日记》,第 323 页)

本月

詹安泰作《石州慢》(甲戌九月,信步东津堤上。沙白草黄,寒水流碧。夹岸人家稠密,鸡犬之声,隐约可闻。远处山容,犹清能见骨。客怀幽郁,对此凄然欲涕也。和东山)。(詹安泰:《无庵词》,第 11 页。后收入朱惠国、吴平编:《民国名家词集选刊》第 15 册,第 482 页。又收入詹安泰:《詹安泰全集》第 4 册,第 228 页)

《福星》第 2 卷第 1 期刊发:醉憨《醉花阴》(嵌词牌名)。(后收入《民国珍稀短刊断刊·上海卷》第 8 册,第 3694 页)

《南社湘集》第 4 期在长沙出版。收录 11 位词人 96 首词。(后收入曹辛华、钟振振选编:《清末民国旧体诗词结社文献续编》第 20 册)词作有:

邵瑞彭《华胥引》(乙丑孟冬二十二日,和小树)、《玲珑玉》(京师危城中,夜坐不寐,怅然念远。寄叔雍上海、瞿安金陵)、《新雁过妆楼》(丁巳秋前二日,自京师南归。道出上海,乌程周梦坡广文招集倡家。坐有二妓度曲,音节凄厉,满座怆然。彊村老人赋词纪之,要予同作。当筵搦管,殊不称意。今年七月,旅居京师。遥夜寡欢,感时怀旧。审易前稿,索伯纲和)、《相见欢》(西楼惊雁飞还)、《曲玉管》(金陵怀古,乙丑仲冬,在京师作)、《霜叶飞》(十一月十五日,与荝庵约赋此调)、《永遇乐》(辽东怀古)、《定风波》(十一月十六日夜作)、《菩萨蛮》(湖上春来翠作漪);

洪焕《卜算子》(晓起听黄鹂)、《好事近》(日暮客愁飞)、《钗头凤》(别意)、《虞美人》(怀扬卜诚)、《水龙吟》(用邵次公题潘兰史《桃叶渡填词图》韵)、《柳长春》(景陶二弟强仕初度)、《菩萨蛮》(月明遥夜天如水)、《解佩令》(卅年游骋)、《卜算子》(纪游)、《木兰花慢》(对冰轮似镜)、《醉太平》(风声雨声)、《千秋岁》(如兄程挺生五旬晋一双庆)、《高阳台》(淳城火后感作)、《虞美人》(题画兰)、《清平乐》(饧箫声里);

叶玉森《水调歌头》(谖斋为予作山水立幅,一变常法,颇似日本画家手笔,特题一词张之)、《玲珑四犯》(谖斋藏明刻竹笔筒,上写"四围山色中,一鞭残照里",别意深入显出,刀法绝工。谖斋以卣绚夫人精拓本属题,慢赋一阕,即希贤俪拍正）、《清平乐》（谑斋画瓜，余补一壶。忆吾曹丁浊乱世，避秦无地，安得卧瓜牛庐中，以壶公自署耶）、《清平乐》（题谑斋社兄淑配卣绚夫人以直百小泉所制耳珰拓本）；

崔师贯《锦堂春慢》（白月词）、《转调二郎神》（食蕨，忆汕头旧游，潮俗以蕨芽和糖瓜丁作酒筵盘供。癸亥年作）、《望海潮》（七夕，澳门阻风，寄羊石为柳□问）、《台城路》（徐善伯属题《扫叶庐联句图》，林琴南为康游存、陈散原作）、《醉落魄》（秋阴，用《花外集》韵）；

吴恭亨《壶中天》（黄河决，次陈弢庵先生《残棋》韵）、《玉楼春》（刺学制）、《减字木兰花》（楼景）、《减字木兰花》（看山）、《卜算子》（初冬看山）、《满江红》（论县诗派，寄少巽睢县）；

田兴奎《齐天乐》（书愤，次灼三韵）二首、《风流子》（感时，寄沪上友人）、《金缕曲》（自题澹宜楼）、《金缕曲》（登四佳楼怀远。楼在凤凰西城上）、《百字令》（五十八岁初度日）、《春从天上来》（钝园手种梅十余株，皆花。春晴，坐花间，感而有作）、《金缕曲》（咏鹰）、《柳梢青》（即兴）、《夺锦标》（闻喜峰口大捷，喜赋）、《唐多令》（次晦悔见怀韵）、《卜算子》（冬日山居忆友，次悔晦韵）、《疏影》（蔡哲夫夫人谈月色写梅寄赠。赋以谢之，正雪满山中也）、《惜琼花》（题哲夫寄示唐美人画像砖拓）、《声声慢》（西湖）、《满庭芳》（岳王祠坟即在祠右，下跪贼桧等铁像）、《西子妆》（苏公堤）、《山亭宴》（林孤山祠墓）、《倦寻芳》（苏小小墓，在西泠桥畔，其上有小亭）、《绕佛阁》（游灵隐韬光，观飞来峰、冷泉亭、呼猿洞、观日台诸胜）、《高山流水》（行我李君贻山水画，赋谢）、《百字令》（寄怀吹万闲闲山庄）；

陈家英《离亭燕》（断续蝉声来去）；

陈家庆《鹧鸪天》（元夕寄玉姊合肥，集姜白石句）、《卜算子》（探梅，集白石句）、《探春慢》（郊游，过隶华园，见牡丹盛开）、《满江红》（甲戌三月，与澄宇及罗、张、谢、周、姚、雷、翟诸君，同游小姑山。冒雨偕行，舟泊绝壁下，因填此解）、《木兰花慢》（晚泊长江，感赋）；

龚逸《一萼红》（碧苔阴）、《倦寻芳》（漫游城北朱氏废园。姹紫嫣红，已易荒烟蔓草。不无怅触，赋词寄慨，效梦窗体）、《长亭怨慢》（癸酉重阳后一日，蕉窗听雨作）、《齐天乐》（零雨送秋，凄风撼树。庭际高梧，渐摇落矣。诵玉田"只有一枝梧叶，不知多少秋声"之句，悄然欲愁）；

唐德度《扫花游》（开利寺作，步补谷老农韵）；

刘鹏年《水龙吟》（题芃生《天荒地老图》）、《百字令》（遨汝新赋悼亡，意绪悲抑。寄示《俪云山馆合稿》征题，君与其夫人淑庄女士唱酬之作也。抚卷怆感，为题二阕）二首、《琐窗寒》（洞庭先生得湘绮翁所书白香亭主题《桃花燕子图》词扇面，持示属题，为填此阕）、《长亭怨慢》（洞庭先生以所存先师钝安先生诗札手迹数纸见示，盖劫余之遗也，属为题词，怆然赋此）、《湘月》（题李洞庭先生所藏康南海遗札墨迹）、《玉漏迟》（题吴白屋遗书）、《倦寻芳》（长沙城北朱园，地极爽旷，饶池台花木之胜。昔尝一游，忽忽遂二十年。读綮真新词，怅触前尘，不胜海桑之感，因次其韵）、《八声甘州》（和碧湘词人重九社集韵）、《八声甘州》（叠前韵，报碧湘词人，兼酬天风阁主）、《迈陂塘》（漾湘天一篙新碧）、《水龙吟》（自题《鞭影楼图》，长沙李行我先生绘）、《临江仙》（一枕梦回灯影畔）、《庆春泽》（雨夜）、《疏影》（霜风射眼）。

林大椿《词式》（上、下册），由上海商务印书馆出版。1935年2月再版。本书分十卷，共收录840调、924体，每调取一首常见的、规范的词作为示例，均附关于该调的源流、宫调、种类等注释，卷首有《导言》。书末附《词韵目录》《词调通检表》及《四十八宫调表》。

朱古微辑、唐圭璋笺注《宋词三百首笺》，由上海神州国光社出版。书前有况周颐《序》和吴梅《笺序》。末附《上彊村民重编稿本增加之词十一首》《上彊村民三编稿本增加之词二首》。

林之棠《新著中国文学史》，由北平华盛书局发行。分上、中、下三卷，八编，共五十三章。其中，第七编"五代文学"设第三十二章"五代词学发达之原因"，第三十三章"五代词家（冯延巳、李后主）"；第八编"宋文学"设第三十五章"宋代词学家"，第三十六章"宋词总述"，第五十三章"清代之词曲小说"。

秋，林鹍翔作《过秦楼》（甲戌春，客金陵。郊游感赋，用清真韵）。（林鹍翔：《半樱词续》，第18页。后收入朱惠国、吴平编：《民国名家词集选刊》第9册，第250页）

秋，丁宁作《灼灼花》（甲戌秋，题《玉壶佳色》摄影，和虹玫韵）。（后收入丁宁著，刘梦芙编校：《还轩词》，第23页）

辛际周作《高阳台》（中秋前夕凭阑作，继碧山韵）、《扫花游》（秋怀，继草

窗韵）。（辛际周:《梦痕词》，第 2 页。后收入曹辛华主编:《民国词集丛刊》第 7 册，第 3 页）

10 月

1 日，《青鹤》第 2 卷第 22 期刊发:

《崦楼词人沈孟雅遗影》（沈敬裕公之女，林暾谷京卿之妻）;

秋岳《聆风簃词》（二），有《梅子黄时雨》（和玉田）、《长亭怨慢》（和玉田）、《苏幕遮》（一江秋千）。

1 日，《国风》第 5 卷第 6、7 号刊发:缪钺《彦威词稿》。

1 日，吴梅接李冰若《花间集笺注》，受邀为此书作序。吴梅记曰:"冀野来，交到旧生李冰若所作《花间集笺注》一巨册，又索引一册。则以每句首一字分笔画部次，按笔多少，依次检查，盖为未读此集者用也。此又近日各书铺之通例也。求余作序，拟略书数语归之。"（吴梅著，王卫民编校:《吴梅全集·日记卷》上，第 475 页）

2 日，《晨报·艺圃》刊发:于因《凝寒室词话》。至 10 日连载完毕。

2 日，《武进商报》刊发:吕思勉《吕颂宜女士遗稿》，收录吕颂宜词。中曰:"我邑吕颂宜女士，名永萱，丁蒲臣大令之元配也。女士自幼敏慧，工诗词，善书画。适丁，才貌相当，唱酬甚乐。在闺房中，手不释卷，博览群书。不幸罹瘵疾，病榻呻吟中，犹日读《太平广记》，以资消遣。及卒，竟尽二百余卷。其好学如此，惜年仅三十，所作诗词，大半散佚耳。兹觅得其遗词数首，清丽缠绵。急录以下，以饷阅者。"（后收入吕思勉:《吕思勉遗文集》下册，华东师范大学出版社，1997 年，第 723 页，题作《记吕颂宜女士》）

剑亮按:吕思勉《吕颂宜女士遗稿》中所录吕颂宜词有《高阳台》（春阴，代外子作）、《念奴娇》（清明）、《念奴娇》（春阴）、《壶中天》（词寄外子湖北）。

3 日，《晨报·艺圃》刊发:于因《杂碎词话》。连载至 10 日完毕。

7 日，夏承焘谈词学研究。曰:"年来为十种《词人年谱》，如负重负，弃之可惜，为之又惜费精力过大，殊不值得。"（夏承焘:《天风阁学词日记》，第 325 页）

15 日，《安徽大学月刊》第 2 卷第 1 期刊发:陈家庆《木兰花慢》（晚泊长江感赋）、《百字令》（题豫南老人遗札）、《满江红》（登小姑山）、《探春慢》（郊游过棣华园，见牡丹盛开）。

16 日，《青鹤》第 2 卷第 23 期刊发：

鹤亭《疚斋词》（十二），有《浣溪沙》（心上温馨那得忘）、《浣溪沙》（镜槛书床一倚肩）、《浣溪沙》（便学丹青那画成）、《浣溪沙》（香泽微闻竟体兰）；

郑文焯《大鹤山人遗著》（十）。

16 日，《词学季刊》第 2 卷第 1 期《论述》栏目刊发：

龙沐勋《两宋词风转变论》；

卢前《令词引论》。

《专著》栏目刊发：

夏承焘《晏同叔年谱（附晏叔原）》；

唐圭璋《两宋词人时代先后考》；

赵尊岳《惜阴堂汇刻明词提要》（续）。

《遗著》栏目刊发：

奕绘《写春精舍词》；

彭贞隐《铿尔词》（下）；

潘飞声《粤词雅》（续）；

姚华《与邵伯䌹论词用四声书》。

《校辑》栏目刊发：杨易霖《紫阳真人词校补》。

《词话》栏目刊发：夏敬观《忍古楼词话》（续）。

《近人词录》栏目刊发：

汪兆镛《声声慢》（遯翁先生以追怀彊村翁词见示。惜往悲回，百感迸集。依调寄答，含毫泫然。翁督粤学乞病别西园词，有"花药澄湖"句，今湮废矣）；

邵章《还京乐》（甲戌灯节后有感，和美成）、《八声甘州》（游摄山栖霞寺）、《青门饮》（东皋雅集，和曹元龙）、《过秦楼》（青溪渡书所见，和李景元）；

夏敬观《千秋岁》（题沤尹侍郎手写词集）、《浣溪沙》（春日访龙榆生真如。因重游张氏园，榆生设酒寓斋，尽欢而别。赋谢主人，兼柬卢冀野）；

廖恩焘《蓦山溪》（癸酉岁未尽十日，立甲戌春，玄武湖上作）、《秋思》（十二年前，亡弟仲恺为季公题《秋庭晨课图》一词，图旋失去，而词独存。季公倩人补图并词，重付装潢。览之泫然，为题此曲）、《高山流水》（甲戌禊集玄武湖，分韵得羲字。鹤亭约红豆馆主度昆曲，一座为之黯然。因赋）、《三部乐》

（榆生书来，言彊翁《语业》将付印，属题词。黯然抚此，声依梦窗）；

李权《阳春》（海澜狂）、《白雪》（光阴过客）、《瑞龙吟》（用清真韵）、《念奴娇》（题王青垞《考订李孝子鹏飞夏忠节璠事略》）；

叶恭绰《五彩结同心》（前身金粟）、《踏莎行》（为李拔可题其妹《花影吹笙室填词图》）、《法曲献仙音》（探梅超山，吊吴仓硕墓。时方寒雨，景物萧寥。感往伤今，因成此解。时新历二十三年二月中也）、《水调歌头》（去岁重九，扫叶楼盛集。缫蕙为拈鉴字韵，久未成诗，兹乃补作一词。晏叔原所谓"殷勤理旧狂"也）；

谭祖壬《烛影摇红》（为榆生题《受砚庐图》）；

路朝銮《渡江云》（退庵见示沈成章句司令招游劳山泛海往还之作，次韵赋柬）、《疏影》（闰老、琢青以月当头夕燕集聊园书来索词，赋此奉寄）；

黄璿《浣溪沙》（暮色赴近堞）、《蝶恋花》（和公渚）、《探春慢》（和白石寄蛰云析津）；

曾□□《百字令》（满湖月色）、《浣溪沙》（一发青山夕照斜）、《百字令》（扁舟千里）；

黄孝纾《浣溪沙慢》（甲戌三月，与映庵、众异、榆生、冀野重游张氏园作）、《浣溪沙慢》（梦熨凤尾拨）、《醉吟商小品》（和姜白石原韵）；

钱十严《蝶恋花》（新秋）、《菩萨蛮》（别意）、《桂枝香》（春日金陵怀古，步介甫韵）；

杨易霖《长相思》（一径霜花）、《长相思》（玉露惊秋）、《戚氏》（马蹄轻）、《何满子》（明镜频添白发）；

卢前《凤凰台上忆吹箫》（过西城凤游寺，怀李供奉）；

唐圭璋《琵琶仙》（甲戌春，同榆生游莫愁湖。湖涸楼空，四顾凄清，因相约为赋）；

朱衣《法曲献仙音》（万树寒香）。

《近代女子词录》栏目刊发：

吕凤《蝶恋花》（秋蛩）、《浪淘沙》（镇日雨潇潇）；

陈翠娜《洞仙歌》（回廊虫静）、《洞仙歌》（载春船小）、《浣溪沙》（十二回廊拥碧筼）、《高阳台》（病柳敬风）；

丁宁《一萼红》（芦雁）、《喝火令》（题湖石水仙）、《莺啼序》（癸酉除夕）；

陈家庆《探春慢》（郊游过棣华园，见牡丹盛开）、《满江红》（甲戌三月，与澄宇同游小姑山。冒雨偕行，舟泊绝壁下，因填此解）、《木兰花慢》（晚泊长江，感赋）；

王兰馨《唐多令》（罗幕峭寒生）、《菩萨蛮》（黄昏一霎敲窗雨）、《二郎神》（夕阳乱絮）、《浣溪沙》（梦觉清寒透碧橱）、《念奴娇》（闻雁）；

翟贞元《八六子》（月夜泛舟北湖）；

张荃《喜迁莺》（玄武湖）。

《词林文苑》栏目刊发：

汪曾武《萍乡文道希学士事略》；

王瀣《云起轩词手稿跋》；

唐圭璋《梦庵词跋》。

《通讯》栏目刊发：

张尔田《与龙榆生论温飞卿贬尉事》、《再论温飞卿贬尉事》、《三论温飞卿贬尉事》；

路朝銮《与龙榆生言词通作者》；

许之衡《与夏瞿禅论白石词谱》；

夏承焘《与龙榆生论白石词谱非琴曲》《再与榆生论白石词谱》。

16日，沈祖棻作《雨霖铃》（甲戌重九，用柳韵）。（沈祖棻著，程千帆笺：《沈祖棻全集·涉江诗词集》，第126页）

16日，龙榆生作《八声甘州》（九日，鸡鸣寺分韵得沙字）。（后收入龙榆生《忍寒诗词歌词集》，第37页）

剑亮按：是日，吴梅因故未能参与登高，至本月31日完成此次社集之作。参见本月31日。

17日，辛际周作《醉蓬莱》（重九后一日，继碧山韵）。（辛际周：《梦痕词》，第2页。后收入曹辛华主编：《民国词集丛刊》第7册，第3页）

20日，《人间世》半月刊第14期刊发：憨庐《谈词》（续）。

20日，《海王》第7年第4期刊发：今文作家《时人任仁乐传》。开篇为《西江月》词，曰："人世一场春梦，国家几度沧桑，劝君收拾旧行藏，且学时人模样。 先习蟹行文字，回头精研东洋。如今国际趁强梁，须向远方着想。""技艺多多愈好，青衣花旦皮黄。闲来熟练舞娇娘，交际场中去闯。 蓝布衫儿脱去，摩登端在西装。新括鬓髭致致光，站到潮流尖上。"

剑亮按：《海王》，1928 年创刊，由海王社编印出版，每月逢十出刊。为久大精盐公司、永利化学工业公司、黄海化学工业研究社、永欲盐业公司四机构及各处分机关、全体研究所讨论和传达消息而设。内容分言论、科学、新闻、文艺、杂俎等。

23 日，夏承焘致函龙榆生，附去《东坡词笺序》。（夏承焘：《天风阁学词日记》，第 328 页）

25 日，云南省立昆华中学《昆华校刊》第 5 期刊发：佚名《满庭芳》（花是将离）。（后收入《民国珍稀短刊断刊·云南卷》第 7 册，第 24 页）

30 日，《海王》第 7 年第 5 期刊发：玉《满庭芳》词，曰："笑骂由他，好官自我，开口总是要钱。堂高帘远，双手可遮天。满分双收名利，大功记就得花边。又谁料水中捞月，事实不其然。　冤家从此结，弥漫空气，设网罗钳。又侦骑四出，欲得心甘。毕竟恼羞成怒，贪污史料任频添。最堪噱，哭丧面目，曲背武装穿。"

30 日，夏承焘接唐圭璋函，谓"《词话丛编》已印成十册，尚有十册"，附来备选目录，请夏承焘协助取舍。（夏承焘：《天风阁学词日记》，第 332 页）

31 日（农历九月廿四日），吴梅作《齐天乐》（甲戌重九，鸡鸣寺登高，分韵得坐字）。（吴梅著，王卫民编校：《吴梅全集·日记卷》上，第 488 页。后收入朱惠国、吴平编：《民国名家词集选刊》第 13 册，第 465 页，题作《齐天乐》[甲戌重九，登豁蒙楼]）

剑亮按：甲戌重九，为 10 月 16 日。是日，吴梅《日记》曰："衡三、冀野来，留午饭，将邀余同应曹缵蘅登高之约，余适以金大有课，未能同行，但嘱冀野为我签名，代取分韵一纸而已。课罢归，知分韵得坐字。"（吴梅著，王卫民编校：《吴梅全集·日记卷》上，第 481 页）

本月

饶谷亦编《周美成词选》，由上海乐华图书公司出版。末附《周美成先生词的渊源及其影响》。

张振镛《中国文学史分论》，由上海商务印书馆出版。共三册。其中，第三册"叙词"，有：一、词学通论：（1）词定义及体制，（2）词调释义，（3）词律与词韵,(4)古今人评作词之大要,(5)词之起原。二、晚唐五代词人。三、两宋词人。四、金元明之词人。五、清之词人。六、当代词人。

11 月

1 日,《青鹤》第 2 卷第 24 期刊发:

钱基博《琴趣居词话序》;

释戡《蝶恋花》(沪西春晚,同韬园、秋岳);

秋岳《鹧鸪天》(秋日,兆丰公园);

冀野《壶中天》(成都秋思)。

5 日,《人间世》半月刊第 15 期刊发:郁达夫《钱唐汪水云的诗词》。

15 日,《安徽大学月刊》第 2 卷第 2 期刊发:

李大防《齐天乐》(小园菊花怒开);

陈家庆《百字令》(秋暮,与澄宇闲步郊坰,感赋)、《齐天乐》(寄玉姊白门,集姜白石词)、《千秋岁》(赋碧螺春晓茶)、《水调歌头》(凌叔华姊索题所临夏珪《溪山无尽图》)、《南歌子》(对菊)、《百字令》(题《空山觅句图》)、《高阳台》(新历初日)。

16 日,《青鹤》第 3 卷第 1 期刊发:

俞樾《曲园未刊词稿》(一),有按语,曰:"德清俞荫甫先生(樾),号曲园,清代经师也。其学以高邮王氏为宗,大要在正句读、审字义。由经以及诸子,皆循此法。自少至老,著述不倦。一时学者归之。著有《春在堂全集》,都五百余卷。此词调寄《金缕曲》,廿四叠韵,未刊稿也。"有《金缕曲》(和笏山方伯,同用《两当轩》韵)、《金缕曲》(别有琪花放)、《金缕曲》(笑我真疏放)、《金缕曲》(灿烂天葩放。四叠前韵,赋谢真一子);

秋岳《聆风簃词》,有《玉京秋》(甲戌中秋,金陵旅次,和弁阳翁韵)、《惜红衣》(连过润州,渚莲凋谢,和白石韵)。

20 日,《人间世》半月刊第 16 期刊发:憾庐《谈词》(续)。

20 日,夏承焘作《朝中措》(寿淡风七十)。(夏承焘:《天风阁学词日记》,第 336 页)

25 日,夏承焘偕其父亲赴南京利济巷六十三号访唐圭璋。唐圭璋谓"瞿安有张奕枢刻《白石词》,卷数与江炳炎本同"。(夏承焘:《天风阁学词日记》,第

337 页）

26 日，夏承焘在南京由唐圭璋陪同，先后访问陈匪石、汪辟疆、林公铎、吴梅、蔡嵩云、曹缵蘅。在实业部，听陈匪石谈白石词版本，谓"瞿安所藏张奕枢本即彼物，沈寐叟影印即此本，字迹皆同，惟有数字稍异"。在晒布厂五号访汪辟疆，汪辟疆以近著《目录学研究》相赠。在中央大学公寓汪东家，阅《汪衮甫遗稿》。在王府园五号蔡嵩云家，听蔡嵩云谈白石旁谱，以及郑叔问、况蕙风遗事。（夏承焘：《天风阁学词日记》，第 337 页）

27 日，陈匪石至夏承焘旅舍回访，谈白石词版本。曹缵蘅回访，赠送《庐山雅集》诗集和《扫叶楼登高诗集》二册，夏承焘以《白石旁谱辨》二册相赠，其中一册转赠黄秋岳。蔡嵩云回访，"自谓好梦窗而服清真及三变"。又谓："彊村于梦窗外，兼得力于东坡甚深。"（夏承焘：《天风阁学词日记》，第 338 页）

30 日，夏承焘在苏州由黄云眉陪同，先后访吴梅、金松岑。与吴梅谈及刘子庚，吴梅谓："子庚《词史》，在北大讲，实非其杰作。"与金松岑谈及《国学会刊》。金松岑招待午餐，并函邀陈石遗。金松岑为夏承焘通名，陈石遗谓已将夏承焘诗收入其《诗话》。吴梅招待晚餐。同席云眉、松岑、佩诤、巍成四人。吴梅谈郑叔问、况蕙风遗事。（夏承焘：《天风阁学词日记》，第 340 页）

剑亮按：夏承焘《日记》记吴梅所谈况周颐遗事，乃况周颐为刘承幹撰写《历代词人考略》一事。曰："蕙风晚年尝倩彊村介于刘翰怡编《词人征略》，恐其懒于属笔，乃仿商务书馆例，以千字五元计酬金。所抄泛滥，遂极详。瞿安谓可名《词人征详》。蕙风谓贫不得已也。"有关况周颐为刘承幹撰写《历代词人考略》事，况周颐学生赵尊岳在《惜阴堂明词丛书叙录》中记曰："蕙风师又应吴兴刘氏之请，为撰《历代词人考鉴》。上溯隋唐，至于金元，凡数百家。甄采笺订，掇拾旧闻，论断风令，已逾百卷。亦付尊岳盥手读之。"王国维致罗振玉信中，也谈及况周颐撰写《历代词人征略》事。曰："近来哈园又因做寿大热闹七月。孙益庵招往作夜谈，坐有夔笙、张孟劬。夔笙在沪颇不理于人口，然其人尚有志节，议论亦平，其追述湨阳知遇，几至涕零，文采亦远在缪种诸人之上。近为翰怡编《历代词人征略》，仅可自了耳。"（谢维扬、房鑫亮主编：《王国维全集·书信》，第 208 页）《历代词人考略》以词人为目，以词人时代前后为序。每位词人有小传，以下分列"词话""词评""词考"及"按语"四项。

本月

郁达夫在杭州作《减字木兰花》（寄刘大杰）。（后收入吴秀明主编:《郁达夫全集》第7卷，第228页）

剑亮按：郁达夫1934年12月6日致函刘大杰，函中曰:"《减兰》欲和未成，现在且先抄一首最近之诗，助你酒兴。因美人名马句，原为你所乐诵者。"（吴秀明主编:《郁达夫全集》第6卷，第241页）

《国画月刊》第1卷第1期《文苑》栏目刊发：谢公展《忆萝月》（秋菊）。

剑亮按：《国画月刊》，月刊，1934年11月创刊于上海，由中国画会月刊社出版发行。编辑人员有黄宾虹、汪亚尘、郑午昌、陆丹林、贺天健、谢海燕等。1935年8月（第11、12期合刊）终刊。

俞平伯《读词偶得》，由上海开明书店出版。分两部分。第一部分评释唐宋词人温庭筠、韦庄、李璟、李煜、周邦彦的词24首。第二部分选收唐宋词人20家的词百余首。1947年8月《读词偶得（修订版）》，由上海开明书店出版。本修订版第一部分删去评释周邦彦的词7首，改收评释史达祖的词4首。第二部分删去周邦彦的词1首。卷首增加《诗余闲评》一文，末附《新版跋语》。

龙榆生作《唐宋词名家词选自序》。曰:"予曩从先生学词，先生辑刻《彊村丛书》方竟时，使予分任覆勘，因得尽窥先生手订各家词集，朱墨灿然，一集有圈识至三五遍者。因为录出，益以郑文焯手订《花间集》及《白石道人歌曲》，复参己意，辑为兹编，以授暨南大学国文系诸生。忽忽又三载矣。顷应开明书店之约，重理印行。既略纪因缘，愿更一申微旨。"（张晖:《龙榆生先生年谱》，第57页）

剑亮按：该序1949年后版本皆被删去。

12月

1日，《青鹤》第3卷第2期刊发：

展堂《齐天乐》（咏沙罗密剧）；

释戡《浪淘沙》（甲戌中秋）。

2日，夏承焘赴陈遗石家午宴。同席有金松岑、云眉、范烟桥、曹纕蘅、漱午、佐耕。作《台城路》（甲戌冬，侍父游金陵，登豁蒙楼。纕蘅嘱补重九登高词，用霜厓韵，访霜翁即用其登豁蒙楼韵）。（夏承焘:《天风阁学词日记》，第

344 页）

2 日（农历十月廿六日），夏承焘访吴梅。吴梅记曰："早起方欲出门，而夏瞿禅至。和我《齐天乐》，殊不见佳。"（吴梅著，王卫民编校：《吴梅全集·日记卷》上，第 498 页）

剑亮按：夏承焘访吴梅之事，夏承焘《天风阁学词日记》也有记载。然夏承焘所记时间为 11 月 26 日。这一差异，盖因所用农历与公历之不同造成。吴梅《日记》的表述为"农历十月廿六"，按西历则为 11 月 2 日。如此，则夏承焘《日记》所记"26 日"，亦当为农历。

3 日，夏承焘赴暨南大学访龙榆生，并于国文系办公室晤黄公渚。（夏承焘：《天风阁学词日记》，第 344 页）

5 日，《晨报·艺圃》刊发：于因《诗词丛谈》。7 日、10 日、11 日，连载完毕。

7 日，夏承焘作《水调歌头》（自京过吴门，鹤望、瞿安、石遗诸老，取次招饮。鹤望导游大鹤山人故居，已易主矣。赋此记之，并奉约游杭）。（夏承焘：《天风阁学词日记》，第 345 页）

10 日，夏承焘写作《词法》，评曰："无谓之作，颇以为悔。"（夏承焘：《天风阁学词日记》，第 345 页）

11 日，夏承焘作《水调歌头》（自京还过吴门，鹤望、霜崖、石遗取次招饮，赋此为谢，兼与诸老坚来杭州之约）。（吴蓓主编：《夏承焘日记全编》第 5 册，第 2663 页）

12 日，夏承焘致函苏州陈石遗，附《水调歌头》词；致函李仲骞，附《水调歌头》词。（夏承焘：《天风阁学词日记》，第 346 页）

14 日，夏承焘接唐圭璋寄来《词话丛编》预约本。（夏承焘：《天风阁学词日记》，第 347 页）

15 日，《安徽大学月刊》第 2 卷第 3 期刊发：

宗志黄《解连环》（啸楼翁招饮寒翠园作词会）、《腊梅香》（野馨林荒）；

陈家庆《多丽》（黄鹤楼怀古）、《临江仙》（寄怀珍姊）、《好事近》（何处絮飞来）、《浪淘沙》（寄姊）、《夜合花》（寄清畹姊）。

15 日（农历十一月九日），唐圭璋访吴梅，呈示《词话丛编》目录。吴梅记曰："唐圭璋来，示我《词话丛编》目录，由龙蟠里代为发行，洋洋乎大观也。"

（吴梅著，王卫民编校:《吴梅全集·日记卷》下，第504页）

　　剑亮按：1934年南京词话丛编社刊行的《词话丛编》目录如下：

　　《碧鸡漫志》五卷，（宋）王灼撰；

　　《苕溪渔隐词话》前集二卷、后集一卷，（宋）胡仔撰；

　　《浩然斋雅谈》一卷，（宋）周密撰；

　　《乐府指迷》一卷，（宋）沈义父撰；

　　《词旨》一卷，（元）陆辅之撰，（清）胡元仪原释，陈去病重订；

　　《弇州山人词评》一卷，（明）王世贞撰；

　　《西河词话》二卷，（清）毛奇龄撰；

　　《七颂堂词绎》一卷，（清）刘体仁撰；

　　《远志斋词衷》一卷，（清）邹祇谟撰；

　　《皱水轩词筌》一卷，（明）贺裳撰；

　　《古今词话》八卷，（清）沈雄撰；

　　《雨村词话》四卷，（清）李调元撰；

　　《铜鼓书堂词话》一卷，（清）查礼撰；

　　《灵芬馆词话》二卷，（清）郭麐撰；

　　《介存斋论词杂著》一卷，（清）周济撰；

　　《本事词》二卷，（清）叶申芗撰；

　　《乐府余论》一卷，（清）宋翔凤撰；

　　《双砚斋词话》一卷，（清）邓廷桢撰；

　　《词径》一卷;（清）孙麟趾撰；

　　《憩园词话》六卷，（清）杜文澜撰；

　　《赌棋山庄词话》十二卷、《续词话》五卷，（清）谢章铤撰；

　　《芬陀利室词话》三卷，（清）蒋敦复撰；

　　《白雨斋词话》八卷，（清）陈廷焯撰；

　　《岁寒居词话》一卷，（清）胡薇元撰；

　　《词征》六卷，（清）张德瀛撰；

　　《词论》一卷，（清）张祥龄撰；

　　《人间词话》二卷，（清）王国维撰；

《小三吾亭词话》五卷，冒广生撰；

《粤词雅》一卷，潘飞声撰；

《能改斋漫录》二卷，（宋）吴曾撰；

《诗人玉屑》一卷，（宋）魏庆之撰；

《词源》二卷，附杨守斋《作词五要》，（宋）张炎撰；

《吴礼部词话》一卷，（元）吴师道撰；

《渚山堂词话》三卷，（明）陈霆撰；

《爰园词话》一卷，（明）俞彦撰；

《窥词管见》一卷，（清）李渔撰；

《古今词论》一卷，（清）王又华撰；

《填词杂说》一卷，（清）沈谦撰；

《花草蒙拾》一卷，（清）王士禛撰；

《金粟词话》一卷，（清）彭孙遹撰；

《御选历代诗余话》十卷，（清）王奕清等撰；

《西圃词说》一卷，（清）田同之撰；

《雕菰楼词话》一卷，（清）焦循撰；

《词综偶评》一卷，（清）许昂霄撰，（清）张载华辑；

《词苑萃编》二十四卷，（清）冯金伯辑；

《莲子居词话》四卷，（清）吴衡照撰；

《填词浅说》一卷，（清）谢元淮撰；

《问花楼词话》一卷，（清）陆蓥撰；

《听秋声馆词话》二十卷，（清）丁绍仪撰；

《词学集成》八卷，（清）江顺诒辑，（清）宗山参订；

《蒿庵词话》一卷，（清）冯煦撰；

《菌阁琐谈》一卷，（清）沈曾植撰；

《词概》一卷，（清）刘熙载撰；

《谭仲修先生复堂词话》一卷，（清）谭献撰；

《论词随笔》一卷，（清）沈祥龙撰；

《袌碧斋词话》二卷，（清）陈锐撰；

《近词丛话》一卷，徐珂撰；

《词说》一卷，蒋兆兰撰；

《海绡翁说词稿》一卷，陈洵撰。

16日，《青鹤》第3卷第3期刊发：俞樾《曲园未刊词》（二），有《金缕曲》（五叠前韵，赠笏山方伯）、《金缕曲》（六叠前韵，祝笏翁生日。笏翁十二月八日生，后余六日）、《金缕曲》（七叠前韵）、《金缕曲》（八叠前韵）、《金缕曲》（九叠前韵，赠笏翁）。

18日（农历十一月十二日），林鹍翔访吴梅，谈论词稿。吴梅记曰："改诸生词卷，而林铁尊（昆翔）至，以词稿就商，遂停止改卷。林词名《半樱》，已刊一卷，今其第二卷也。林为古微门生，又同为湖州人。其词有古老遗法，而出语欠精卓。又与近世要人往来，余故劝其大改题目也。尚待细看，签粘归之。"（吴梅著，王卫民编校:《吴梅全集·日记卷》下，第505页）

20日，《海王》第7年第10期刊发：

何无是《氐州第一》（柬无咎淮阴）、《东坡引》（寒光依旧满）；

翼云《忆凤曲》之一（江东独步）、《忆凤曲》之二（古道残阳）。

20日，夏承焘作《一萼红》（鹤望导游通德里大鹤山人故居。水石未荒，而已易主矣。大鹤尝倚白石此解，赋园居。仍和原韵，邀鹤望同作）。（夏承焘:《天风阁学词日记》，第348页）

21日，夏承焘作《蓦山溪》（过南京，寓白下路交通旅馆。嵩云谓，蕙风晚年尝应军幕招宿此逾月。倚此吊之）。（夏承焘:《天风阁学词日记》，第348页）

28日（农历十一月廿二日），吴梅访廖恩焘，评《忏庵词》。吴梅记曰："应林铁耕之约，往江苏路赤壁路九号廖宅午饭，觅良久方到。廖名恩焘，字凤书，即仲恺之兄，亦喜词，刻有《忏庵词》，皆丙寅至辛未出使古巴时作。虽分八卷，实止一小册也。卷首朱古丈评语，有'江山文藻，助其纵横，几为倚声家别开世界'之语，洵然。第细读一过，殊少真性情。与周岸登《蜀雅》同病。惟七十老翁，执谦自下，嘱余评骘，似不可却矣。"（吴梅著，王卫民编校:《吴梅全集·日记卷》下，第510页）

30日（农历十一月廿四日），徐公肃访吴梅，约词稿。吴梅记曰："徐公肃来，为《正论特刊》（为正社出专号）索我词充补白。与《忆瑶姬》一词去。"（吴梅著，王卫民编校:《吴梅全集·日记卷》下，第511页）

31 日，夏承焘接金松岑寄《国学论衡》第 4 期，刊有夏承焘《白石歌曲考证》及数诗一词。（夏承焘：《天风阁学词日记》，第 351 页）

本月

詹安泰作《大酺》（为吴君琳题《彊村先生遗墨》。时甲戌十二月，先生下世三年矣）。（詹安泰：《无庵词》，第 15 页。后收入朱惠国、吴平编：《民国名家词集选刊》第 15 册，第 490 页。又收入詹安泰：《詹安泰全集》第 4 册，第 233 页）

《文艺掆华》第 1 卷第 6 册刊发：唐长孺《鹧鸪天》（拟绾薞波短梦时）。（后收入唐长孺著，王素笺注：《唐长孺诗词集》，第 22 页）

剑亮按：《文艺掆华》，双月刊，1934 年创刊于江苏苏州，由文艺掆华社出版发行。1936 年终刊。

《国画月刊》第 1 卷第 2 期《文苑》栏目刊发：赵叔雍《八声甘州》（题陆丹林《红树室图》）。

龙沐勋辑录《唐宋名家词选》，由上海开明书店出版。邵瑞彭题签。1947 年 2 月 5 版。1948 年 12 月 7 版。选收唐五代 15 位词人的 90 首词作及宋代 20 位词人的 380 首词作。后附金元好问的词 19 首。有词人小传。所录之词除加标点句读韵叶外，还辑录有关评语。

卢冀野《词曲研究》，由上海中华书局出版。共八章。其中，第一章为"词的启源和创始"，第二章为"词各方面的观察"，第三章为"几个重要的词家（上）"，第四章为"几个重要的词家（下）"，第五章为"从词到曲的转变"。（后收入孙克强、和希林主编：《民国词学史著集成》第 10 卷，第 1 页）

冬，蔡桢作《蓦山溪》（甲戌冬日，过惠风老人故居。追维昔游，怆然有作，和夏瞿禅韵）。（蔡桢：《柯亭长短句》卷上，第 6 页。后收入朱惠国、吴平编：《民国名家词集选刊》第 14 册，第 365 页）

冬，邵章作《菩萨蛮》（甲戌冬夜作）十首。（邵章：《云淙琴趣》卷三，第 35 页。后收入朱惠国、吴平编：《民国名家词集选刊》第 10 册，第 225 页）

冬，辛际周作《系梧桐》（秋尽寒犹浅）、《宴清都》（冬杪晨起，继清真韵）。（辛际周：《梦痕词》，第 2 页。后收入曹辛华主编：《民国词集丛刊》第 7 册，第 3 页）

本年

【词人创作】

龙榆生作《鹧鸪天》(寄昙影扬州)、《浣溪沙》(扬州戏赠刘大杰)、《减字木兰花》(扬州香影廊题壁)、《鹧鸪天》(夜深不寐,书此志感)、《减字木兰花》(为湖帆题马湘兰、薛素素画兰合卷)、《鹧鸪天》(病中日对汤定翁所绘《上彊村授砚图》及书赠《陶诗立轴》,偶成寄谢,兼索画松)。(龙榆生:《忍寒诗词歌词集》,第33页。又见张晖:《龙榆生先生年谱》,第59页)

夏承焘作《临江仙》(掩恨墙东通一顾)。(吴无闻:《夏承焘教授纪念集》,第233页)

缪钺作《浣溪沙》(犹有心情似旧时)。(缪钺:《缪钺全集》第7、8合卷,第18页)

詹安泰作《望湘人》(李冰若远贻《宋词十九首》《饮虹曲五种》,赋此报谢,并简卢冀野)。(詹安泰:《无庵词》,第15页。后收入朱惠国、吴平编:《民国名家词集选刊》第15册,第490页。又收入詹安泰:《詹安泰全集》第4册,第233页)

金天羽作《忆瑶姬》(甲戌。王雪聪女士真曩离苏返闽,赠余所绘《鼓山万松亭幨子》。今来福州,得历其境,如旧相识。归馆,听雪聪抚琴,奏《醉渔》之曲。雪聪雅多才艺,矢北宫婴儿之志,近且慨然有学佛之心云)。(金天羽:《红鹤词》,第3页。后收入朱惠国、吴平编:《民国名家词集选刊》第10册,第452页)

刘麟生作《点绛唇》(茗椀微醒)、《浣溪沙》(绮阁疏帘镇日垂)、《思嘉客》(和梦窗词)、《采桑子》(中秋,青阳港小集)、《浣溪沙》(忆陶谷,和玄玄)、《渔家傲》(陶谷秋兴)、《浣溪沙》(浅笑微嗔两不分)、《清平乐》(寒鸦争树)、《字字双》(题《程蘋香女士事略》)。(刘麟生:《春灯词》,第23页。后收入朱惠国、吴平编:《民国名家词集选刊》第15册,第97页)

李宣龚作《卜算子》(极乐寺观心畲王孙画松。甲戌)。(李宣龚:《墨巢词》,第1页。后收入曹辛华主编:《民国词集丛刊》第4册,第63页)

辛际周作《瑞鹤仙》(颂周丈仍叔重游泮水)、《桂枝香》(为苦泪女士赋,兼调双寂寞馆主)、《高阳台》(有意,寄歇浦,用竹山送翠英韵)、《浣溪沙》(散入相思酒里浓)、《玉漏迟》(乱离人易老)。(辛际周:《梦痕词》,第2页。后收入

曹辛华主编：《民国词集丛刊》第 7 册，第 3 页）

刘永济作《摊破浣溪沙》（题启南女史《九歌》册）、《鹧鸪天》（奉题皓白所藏梨洲先生画像）。（参见刘永济：《诵帚词集 云巢诗存》，第 324 页）

【词籍出版】

杨铁夫《抱香词》刊行。卷首有《抱香室填词图题辞》，收录洪泽丞《六幺令》、陈石遗《浣溪沙》、夏敬观《浣溪沙》、郭则沄《天香》、林子有《辘轳金井》、夏承焘《减兰》《关赓麟》《齐天乐》、姚亶素《蝶恋花》、潘飞声《浪淘沙》、谭祖壬《烛影摇红》、谢榆孙《卜算子》、崔伯樾《石州慢》、高拱元《鹧鸪天》、周梦坡《天香》、张苏移《金缕曲》，以及夏承焘《序》。（上海图书馆藏。后收入朱惠国、吴平编：《民国名家词集选刊》第 8 册）

夏承焘《序》曰："甲戌夏，铁夫先生来游西溪。月夜泛湖，论词。予赞彊村翁殆集大成，其视觉翁犹栗里之于休琏。铁夫唯唯，云尝选《古今三家词》。前人主问途碧山，由觉翁入清真者，今可桃碧山而奉彊翁。予叹为硕论。翌朝，出此卷命读，神凝气敛，居然彊翁法嗣，伏读击节。予于彊翁亦勉欲追摹万一，读铁夫作，益缩手噤口，不敢出一语矣。小弟夏承焘拜题。"

吕景蕙《纫佩轩诗词草》刊行。卷首有赵尊岳《序》，卷尾有吕雪俦《跋》。（浙江图书馆藏。后收入朱惠国、吴平编：《民国名家词集选刊》第 11 册）

赵尊岳《序》中曰："余夙嗜雅音，尤好词事。将以昌吾乡之宗派，进兰苑于珠林。讽诵之余，渐求珍籍。缙绅而外，遂及笄珈。夙藏《众香》六卷孤版以自矜。继得南陵百家，众流所率汇。反而求之吾宗，将以厕于大雅。遂获斯集，吾景蕙嫂氏撰也。著籍阳湖，受姓河南，幼舲舍人之妹也。孝绰题门，涪皤寄咏。视左思之悼离，方柳州之志墓。迨归吾茗卿大兄，赁庑相春，皋桥伯鸾之乐；赌书泼盏，中州绍圣之年。"

吕雪俦《跋》中曰："吾四姊名景蕙，字若苏，又号璇友。性亢爽，嗜学。年十五即博通今古，善诗文。经伯兄幼舲指绶，艺益进。同里金粟香世丈刊《毗陵闺秀诗文集》，搜采及之，一时士林脍炙……综其生平，殆无日不在拂逆之中。然虽处困顿，一编不去手。志洁气愉，时时流露于感怀触兴之作，无焦杀愁苦音，其胸次淡定若此。"

张茂炯《艮庐词续集附外集》刊行。卷首有吴梅《序》和作者《自序》。（上海图书馆藏。后收入朱惠国、吴平编：《民国名家词集选刊》第11册）

吴梅《序》中曰："丈早膺甲科，综笾筭策。中丁丧乱，犹手取成法，勒为巨制。年未五十，南归谢客。其平生所历悲愉，大不同也，故其所作，显晦亦不一也。余读前集《玉京谣》云：'白雁西风，早夜雨，冬青暗洒词人泪。'外集《金缕曲》云：'何地堪晞发，恨销沉，故宫钟簴，铜驼芜没。'盖身负玉潜、皋羽之痛，至自拟于梅村。是不欲以词人自显，昭然可知。而世之读者，辄服其持律之严峻，属辞之渊雅。是仅识词体也，犹未见丈之词心也。或谓丈近岁学佛矣，佛家戒绮语，焉用词为？不知宗镜既明，何分语默；慈航未济，正赖文辞。丈前集所存，皆'东京梦华'之感。此集所录，以黄门伤逝为多。而'泥絮禅心''池莲自在'二词，又直陈西竺故实，以坚向往之志。斯犹功德之莲，频伽之鸟，同生极乐，聆微妙音，正可见丈近日之词心也，绮语云乎哉！嗟乎！丈五十学词，今六十矣。此十年中，精进如此。余早岁操翰，即喜声律之文。年事逾艾，迄无成书。手此一编，触我百感。承命墨首，益思有所自奋矣。甲戌七月，晚生长洲吴梅。"

潘承谋《瘦叶词》刊行。录词95首。卷首有张茂炯《序》。附录二卷，为《己巳消寒词》和《庚午消夏词》。（上海图书馆藏。后收入朱惠国、吴平编：《民国名家词集选刊》第12册）

张茂炯《序》中曰："当光、宣之交，予与君同官京曹。君于退食之余，辄喜倚声。予为簿书所困，未暇从君一唱和。岁己巳，结词社里中，始与君以声律相切劘。予向谓宋人词韵传世者，惟《菉斐轩词林韵释》一书。词本慢曲，说详张叔夏《词源》。在宋时实无词韵曲韵之别。填词用韵，宜依《菉斐》。君则力主翠薇花馆戈氏之说，一以《词林正韵》为标准。虽同拈以调，同依四声，而彼此用字微有出入者，所据韵本异也。辛未十月，君遭太夫人丧，吟事遂废。故稿中编次至是年重九《霜叶飞》词而止，又孰知其哀毁至疾，竟以此词为绝笔哉！君既病，以词稿属予斠律。予受而读之，手录副本，储之箧衍。其中间有一二签注之处，将俟君病少间从容商榷。乃墨沈未干，凶问遽至，所欲与君商榷者已无及矣。"

潘飞声《说剑堂词集》刊行。（后收入曹辛华主编：《民国词集丛刊》第 30 册）

汪曾保《悔庵诗词钞》刊行。内含《悔庵词钞》。卷首有张宇《序》、朱文熊《序》。（浙江图书馆藏。后收入曹辛华主编：《民国词集丛刊》第 7 册）

王允皙《碧栖词》一卷刊行。（后收入曹辛华主编：《民国词集丛刊》第 1 册）

杨调元《绵桐馆词》一卷刊行。卷首有李岳瑞《叙》。（后收入曹辛华主编：《民国词集丛刊》第 24 册）

徐大坤《蚁珠精舍遗稿》一卷刊行。（后收入曹辛华主编：《民国词集丛刊》第 13 册）

高旭《天梅遗集》之《词》六卷刊行。词作自甲辰讫民国二年，分别为《徂东词》《歇浦渔唱》《箫心剑胆词》《沧桑红泪词》《愿无尽庐词》《鸳鸯湖上词》。（后收入曹辛华主编：《民国词集丛刊》第 14 册）

张昭汉《红树白云山馆词草》一卷刊行。卷首有邵瑞彭《序》。（浙江图书馆等有藏。后收入曹辛华主编：《民国词集丛刊》第 20 册）

卢敏《卧云楼词草》一卷刊行。卷首有张叔梅《序》，以及作者《自序》。（后收入曹辛华主编：《民国词集丛刊》第 30 册）

魏友枋《端夷阁近三年诗词》一卷刊行。卷首有作者《自叙》。（后收入曹辛华主编：《民国词集丛刊》第 31 册）

顾随《留春词》一卷刊行。卷首有作者《自叙》。（后收入曹辛华主编：《民国词集丛刊》第 32 册）

《自叙》中曰："此《留春词》一卷，计词四十又六首，除卷尾二首外，皆十九年秋至二十二年夏所作。三年之中仅有此数，较之以往荒疏多矣。"

沙鸥《红豆山庄吟草初编》，由作者在松江刊行。收诗词 117 首。

华钟彦《花间集注》，由上海商务印书馆刊行。

唐圭璋《宋词三百首笺注》，由神州国光社出版。

唐圭璋《南唐二主词汇笺注》，由上海正中书局出版。

范烟桥《销魂词选》，由上海中央书店铅印本出版。（南京图书馆存。董振声、潘丽敏主编：《吴江艺文志》）

张默君《红树白云山馆词》刻本刊行。 邵瑞彭作《序》。（浙江图书馆藏）

邵瑞彭《序》中曰："世有善知识，慎勿以古来闺秀相提并论，庶几可以读默君词矣。"

傅汝楫《最浅学词法》，由上海大东书局出版。（后收入汪梦川主编：《民国诗词作法丛书》）

剑亮按：本书分寻源、述体、论韵、考音、协律、填辞、立式七章。"寻源"一章讲述词的起源，认为其近绍乐府，远溯《诗经》。"述体"一章论述词调的衍变。"论韵"一章介绍词的用韵，主张以戈载《词林正韵》为准绳。"考音"一章论词的乐律。"协律"一章论文字的合乐。"填辞"一章论述词创作的基本原则与取舍。"立式"一章为简明词谱，列词调七十九调，每调有简介，并引词例。

林大椿《词式》十卷，由上海商务印书馆出版。（后收入汪梦川主编：《民国诗词作法丛书》）

张振镛《叙词》，由上海商务印书馆出版。1939 年再版。该书从《中国文学史分论》中辑出。（后收入孙克强、和希林主编：《民国词学史著集成》第 16 卷）

谭正璧《女性词话》，由上海中央书店出版。该书收录古代 59 位女性词人，其中宋代 13 位、元代 2 位、明代 1 位、清代 43 位。本书为第一部从女性角度来研究词史的著作。（后收入孙克强、和希林主编：《民国词学史著集成》第 5 卷）

姜方锬《蜀词人评传》，由成都协美公司铅印出版。卷首有吴虞《序》。（后收入孙克强、和希林主编：《民国词学史著集成》第 12 卷）

【报刊发表】

《燕京学报》第 16 期刊发：夏承焘《白石道人歌曲斠律》。

《国闻周报·采风录》第 11 卷第 2 期刊发：郭则沄《朝中措》（残菊离披，犹见新蕾，感叹有赋）。

《青年界》第 5 卷第 4 期刊发：邹啸《温飞卿与柔卿》《温飞卿与鱼玄机》。

《青年界》第 6 卷第 1 期刊发：

邹啸《论词亦有泛声》《论花间集确有五百首》《论花间集不仅秾丽一体》《温飞卿的用字》《温韦词之比较》《韦冯词相似之点》《论秦观词之感伤》《姜白石词编年》《姜白石词的风度》《论辛弃疾之崇拜陶潜》；

洪为法《表演恋爱悲剧的专家——陆放翁》。

《青年界》第 6 卷第 2 期刊发：邹啸《论晏殊词之庸俗》。

《大夏》第 1 卷第 7 期刊发：萧莫寒《上陈柱尊导师论诗词书》。中曰："考词之初作，本甚简单。迨盛行之后，始有格律。是则古人创词者，其本志不拘拘于字句之多寡。而后之学词者，自封其步也……此如《菩萨蛮》词，在未有《菩萨蛮》谱以前，首先创《菩萨蛮》谱调者，复凭何人之格式，按何人之字句乎？如无前人之词谱，则吾人将永不能创作乎？为何后人则必如此固执前规，以缩小词之范围耶？原夫词之产生，正欲解诗之束缚，缘何吾人复以铁链加于词耶？由是观之，可知古人作词，并不拘于字句之多寡，乃贵乎能表达情意，及音韵之和谐为原则，而吾人亦不必拘于古人格式也明矣。"

《效实学生》第 4 期刊发：铧《唐五代词述略》。

《学风》第 4 卷第 8 期刊发：张振佩《词在中国文学史上的地位》。（后收入闵定庆整理：《唐五代词研究论文集》，第 58 页）

《绸缪月刊》第 1 卷第 4 期刊发：王玉章《唐五代词述要》。（后收入闵定庆整理：《唐五代词研究论文集》，第 66 页）

《新文化》第 1 卷第 9、10 期刊发：双龄《近人诗词曲钞》。

剑亮按：《新文化》，月刊，1934 年创刊于江苏南京，由新文化月刊社出版发行。1936 年终刊。

《国民文学》第 1 卷第 1 期刊发：吴烈《浣花词与阳春词》。

剑亮按：《国民文学》，月刊，1934 年创刊于上海，由汗血书店出版发行。1935 年终刊。

《之江学报》第 1 卷第 3 期刊发：张荃《刘后村先生年谱》。

《刁斗》第 1 卷第 3 期刊发：周嘉琪《宋词史话》。

剑亮按：《刁斗》，季刊，1934 年创刊于山东青岛，由山东大学刁斗文艺社出版发行。1935 年终刊。

《大夏》第 1 卷第 6 期刊发：顾奈《说词》。

《广州大学图书馆季刊》第 1 卷第 3、4 期刊发：陈德芸《丛书中关于词学书目索引》。

《安徽大学月刊》第 1 卷第 6 期刊发：徐英《复潘生元宪论词为诗余书》。

《红豆》第 1 卷第 6 期刊发：梁之盘《五代的词人》。

《津逮季刊》第 1 卷第 3 期刊发：马稚青《竹枝词研究》。

《安徽大学月刊》第 1 卷第 6 期刊发：宛敏灏《晏同叔年谱》。

《文学》第 2 卷第 6 期刊发：

夏承焘《姜白石议大乐辨》；

龙沐勋《苏门四学士词》。

《中国文学》第 2 辑刊发：赵瑞霖《永嘉词人卢蒲江》。

剑亮按：《中国文学》，月刊，1934 年创刊于江苏南京，由读者书店、现代书局出版发行。当年终刊。

《励学》第 2 期刊发：弓英德《李后主亡国诗词辩证》。

《海滨》第 3、5 期刊发：沈奎阁《西溪词话》。

《光华大学半月刊》第 3 卷第 3 期刊发：潘正铎《读钱子泉先生琴趣居词话序》。

《光华大学半月刊》第 3 卷第 4 期刊发：章桢《词》。

《光华大学半月刊》第 3 卷第 5 期刊发：万云骏《读彊村词》。

《学风》第 4 卷第 2—6 期刊发：宛敏灏《二晏及其词》。

《学风》第 4 卷第 8 期刊发：张振珮《词在中国文学史上的地位》。

《学风》第 4 卷第 9 期刊发：巴壶天《读词杂记》。

《国学论衡》第 4 期刊发：夏承焘《白石道人歌曲考》。

《国风半月刊》第 5 卷第 2 期刊发：王宗浚《李清照评传》。

《青年界》第 6 卷第 1 期刊发：邹啸《姜夔自度曲及其摹拟者》。

《江苏省立国学图书馆年刊》第 7 期刊发：柳诒徵《花草粹编跋》。

《国闻周报》第 11 卷第 43 期刊发：刘寿松《辛稼轩的爱国词》。

《勤勤师院月刊》第 12 期刊发：梁汉生《浣花词中的离情别绪》。

《勤勤师院月刊》第 13 期刊发：黄承蕊、梁汉生《傅著李清照的讨论》。

《厦大周刊》第 14 卷第 4 期刊发：免军《人间词中的人间》。

《厦大周刊》第 14 卷第 10、11 期刊发：苏鸣瑞《词人柳永及其作品》。

《厦大周刊》第 14 卷第 12 期刊发：陈仲英《柳屯田评传》。

《清华周刊》第 41 卷第 1 期刊发：郭清寰《从〈断肠集〉所窥见的朱淑真的身世及其行为》。

《南开大学半月刊》第 18 期刊发：李田意《论词中愁的描写》。

《东方杂志》第 31 卷第 7 期刊发：夏承焘《重考唐兰白石歌曲旁谱考》。

《清华周刊》第 41 卷第 3、4 期刊发：

霍世林《词调的来历与佛教经唱》；

李维《词调变名考》。

《中学生月刊》第 43 期刊发：平伯《读词偶得》（上之四）。

《中兴周刊》第 71 期刊发：黄宝实《读辛弃疾传》。

《湖社月刊》第 74—85 期刊发：寿钵《词学讲义》（续）。

《中华周刊》第 490 期刊发：鸣佩《词之起源时间考》。

《北京图书馆月刊》第 8 卷第 6 期刊发：饴《王半塘老人传略》。

《人间世》第 1 期刊发：朱光潜《关于王静安的〈人间词话〉的几点意见》。

《摄影画报》第 10 卷第 17 期刊发：《卢保华女士之情词》。

《蕙兰》第 3 期刊发：徐兴业《清词研究》。（后收入孙克强、和希林主编：《民国词学史著集成补编》下卷，第 611 页）

剑亮按：该书共三章：一、清词概论；二、清词流派；三、清词人评传。其中，"清词人评传"共评价清初吴梅村、龚鼎孳至晚清朱彊村、况周颐等 28 位词人。

【词人生平】

金兆丰逝世。

金兆丰（1870—1934），字瑞六，号雪荪，一作雪生，浙江金华人。官翰林院编修、国子监师范学堂监督。有《拾翠轩词稿》。

周庆云逝世。

周庆云（1864—1934），字景星，号湘舲，别号梦坡，浙江乌程人。官直隶知州、民政部主事。民国寓居上海，屡主词社。有《梦坡词存》。钱仲联《近百年词坛点将录》曰："叶退庵曰：'梦坡建两浙词人祠堂于西溪，复编《两浙词人小传》《浔溪词征》，沆瀣流传，用意良美。所作亦清拔殊俗。'林黻桢《齐天乐》挽词云：'华发清愁，黄金古调，天与遨头声价。晨风宇下，便一寸青苔，也饶风雅。钟鼎山林，一生心力更无暇。'足为晨风庐主人写照。"（钱仲联：《梦苕庵论集》，第403页）

潘飞声逝世。

潘飞声（1857—1934），字兰史，号剑士，别署说剑词人、十劫居士、剪淞阁主等，广东番禺人。早年为南社社员，后入希社、沤社、题襟金石书画社等。词学于叶衍兰。有《说剑堂词》《在山泉诗话》《饮琼浆馆骈文词钞》。

夏敬观《忍古楼词话》曰："番禺潘兰史征君飞声，壮岁游柏林。归，寄迹南洋群岛间，被征不出。辛亥后，赁庑上海，鬻文为活。今年三月逝世，年七十有三。所著有《饮琼浆室词》，余初未之见也。殁前数日，写示词十首。来笺，谓少时曾刻《海山词》，作于外洋，《花语词》《珠江低唱词》，又《相思词》，悼亡所作。凡四卷，入《说剑堂集》，板存广州，不能重印。又在北京有《春明词》，排板散去。殁后，其门人就其家搜集遗稿，则惟《说剑堂集》在，其词稿竟佚去。迩年与余结沤社，月一赋词，已见《沤社词钞》矣。生平老友，性情耿直如兰史者最可念。殁前写词尚在我箧中，检视不觉泪下也。"（唐圭璋编：《词话丛编》第5册，第4793页）

钱仲联《近百年词坛点将录》曰："兰史早岁蜚声域外。《双双燕》（追和人境庐罗浮）一词，仙袂飘举，足与公度抗手。然《说剑堂词》才华艳发，与公度亦不尽同也。"（钱仲联：《梦苕庵论集》，第 398 页）

吴曾源逝世。

吴曾源（1870—1934），字守经，号伯渊，又号九珠，吴梅大父，江苏吴县（今苏州市）人。官内阁中书。民国归里。有《井眉轩长短句》。

袁毓麐逝世。

袁毓麐（1873—1934），字文薮，浙江钱塘人。光绪二十三年（1897）副贡。民国入沤社、午社。有《香阑词》《爱日轩诗存》。

陶牧逝世。

陶牧（1874—1934），字伯荪，号小柳，又号病鲽，江西南昌人。南社社员。师承夏敬观。有《了庵剩稿词》。

1935 年

（民国二十四年　乙亥）

1 月

1 日，《青鹤》第 3 卷第 4 期刊发：鹤亭《疚斋词》（十三），有《山亭宴》（元武湖晚眺，赋归鸦）、《蝶恋花》（平生枉说量江手）。

1 日，《正论特刊·正社书画会展览专号》刊发：潘景郑词八首，吴瞿安词一首。

剑亮按：《正论特刊·正社书画会展览专号》，由南京《正论》杂志社为苏州正社书画会出版的特刊。苏州正社书画会由张大千主持。1934 年元旦，正社在苏州举办第一次会员作品展览会。

5 日，夏承焘接蔡嵩云函，以及《蓦山溪》（步瞿禅吊蕙风先生原韵）词。（夏承焘：《天风阁学词日记》，第 353 页）

7 日，林铁尊访吴梅，谈论词学。（吴梅著，王卫民编校：《吴梅全集·日记卷》下，第 513 页）

7 日，夏承焘接《燕京学报》第 16 期，刊其《白石歌曲斠律》；接《东方杂志》元旦特刊，刊其《研究白石歌曲旁谱之经过》。（夏承焘：《天风阁学词日记》，第 354 页）

8 日（农历甲戌年十二月四日），吴梅评阅林铁尊词。记曰："阅铁尊词，为之订律。"（吴梅著，王卫民编校：《吴梅全集·日记卷》下，第 513 页）

10 日，夏承焘接龙榆生寄来《唐宋名家词选》一册。（夏承焘：《天风阁学词日记》，第 355 页）

11 日（农历甲戌年十二月七日），吴梅作《洞仙歌》（题林铁尊《半樱词》）。次日，吴梅"访林铁尊，交去手抄词稿，略坐归"。（吴梅著，王卫民编校：《吴梅全集·日记卷》下，第 514 页）

14 日，夏承焘完成《南唐二主年谱》初稿。（夏承焘：《天风阁学词日记》，

第 356 页）

15 日，《中央日报》刊发：郭金仪《吴梅村的诗词》。

16 日，《青鹤》第 3 卷第 5 期刊发：俞樾《曲园未刊词》，有《金缕曲》（笏翁已十叠韵，余亦如之，亦足成数）、《金缕曲》（前韵前调，至十叠韵，可以已矣。乃笏翁又叠至十二，且发高唱，寄怀泰伯。余谓泰伯尚矣。然吴在春秋之初，尚是南蛮之国。及吴季子出，而文采风流，照耀上国，文身旧壤，至今为声明文物之邦，皆此君开之也。因成此阕，以酬笏翁）、《金缕曲》（十二叠韵，再质笏翁）、《金缕曲》（十三叠韵，客或言，日本国有铁棒开井之法。用木制长梯，驾铁棒一枝，每枝长四闲，重六十贯。日本以六尺为一闲，以百两为一贯目也。将此棒砸入地中，尽一棒，又以一棒继之。两棒相接处，有三孔以横铁贯之，随地浅深，以及泉为度，尽十二棒，无不及泉矣。抽出铁棒，以巨竹如棒粗细者，通其中节，首尾相衔，插入原穴中，即有清泉，上涌如箭。盛夏不竭，一井之水，可溉田十反。日本以方六尺为一坪，三百坪为一反也。笏山方伯考试属官，以海运河运孰利为问。余同乡宋蕉午晴初言，二者皆有利弊，不如开西北水利，以减东南之漕。方伯韪之，置第一。余因倚此阕，进此说，为西北开水利之捷法，是否可用，则余固不知也）。

16 日，《词学季刊》第 2 卷第 2 期《论述》栏目刊发：

龙沐勋《今日学词应取之途径》；

李文郁《大晟府考略》。

《专著》栏目刊发：

夏承焘《晏同叔年谱》（续）；

唐圭璋《两宋词人时代先后考》（续）。

《遗著》栏目刊发：

奕绘《写春精舍词》（续）；

徐棨《词律笺榷》（卷一）。

《词话》栏目刊发：夏敬观《忍古楼词话》（续）。

《近人词录》栏目刊发：

夏孙桐《摸鱼子》（甲戌七夕社集，和次公）、《壶中天》（甲戌九秋，题《受砚庐图》）；

张尔田《石州慢》（为榆生题《受砚庐图》）；

邵章《蝶恋花》（和次公）四首；

邵瑞彭《陂塘柳》（甲戌初秋，遄归北都度七夕）、《陂塘柳》（七夕，倬庵和白石，予复和倬庵）、《清平乐》（为榆生题《传砚图》）、《渡江云》（和美成）、《蝶恋花》（过了中秋秋已半）、《蝶恋花》（千里清秋风色紧）、《蝶恋花》（十二楼前生碧草）、《蝶恋花》（东去伯劳西去燕）、《蝶恋花》（目极梁王台畔路）、《蝶恋花》（冉冉中原歌舞地）；

桥川时雄《珠帘卷》（新竹）；

向迪琮《鹧鸪天》（辛未残腊，薄游海上。适值倭警，哭彊村翁不得。旅社凄黯，追和绝命词原韵）四首；

溥儒《虞美人》（送章一山左丞南归）、《踏莎行》（边塞秋深）、《御街行》（怀刘腴深湘浦）；

朱师辙《满江红》（春恨，和溥心畬）、《水龙吟》（春望，和心畬）、《绛都春》（蛰园牡丹）、《摸鱼儿》（甲戌七夕社集，和白石）、《御街行》（送春，和心畬）；

廖恩焘《水调歌头》（《东坡乐府笺》题词，即用坡韵）、《笛家弄》（榆生属题《授砚图》，检柳耆卿谱填此）；

胡汉民《齐天乐》（后庭花借前朝树）；

吴梅《玉京谣》（客广南三月，龟冈独酌，乡思渺然，倚梦窗调）、《高山流水》（自题《霜厓填词图》）、《凄凉犯》（戊辰端午）、《虞美人》（刘子庚毓盘《断梦离恨图》）、《齐天乐》（甲戌重九，鸡鸣寺登高，分韵得坐字）；

汪东《琴调相思引》（闻继湘有鄂渚之行，病不及送。因用贺方回韵成此，并寄敬之武昌）；

黄璿《瑞龙吟》（和清真，为散释题《握兰簃裁曲图》）、《浣溪沙》（春尽日，宁沪道中）、《选冠子》（和清真，初夏重游鉴园）、《氐州第一》（金陵初雪，和清真）、《齐天乐》（别西湖一年矣。闻杭州大雪，游侣暌隔，爱而不见。辄和美成此曲，寄意）、《琵琶仙》（和碧栖丈韵。丈归道山四年，偶检遗札，酸心旧游，追和集中此解志感）、《宴清都》（和清真，歇浦春夜闻雨声，写示夕秀）、《念奴娇》（花朝，与兑之、纕蘅、散释山行。前一日风雪，红杏狼藉，而野梅犹著数花，赋呈同游）；

李宜倜《南浦》（题《坅庵填词图》）；

黄孝平《菩萨蛮》（卓君庸瓶贮玉泉山水，縢以莲蕊茶见惠，赋答）、《虞美人》（题《讱庵填词图》）；

夏承焘《十二郎》（华梦去水）、《水龙吟》（秦望山席上）、《浪淘沙》（桐庐）；

辛际周《高阳台》（中秋前一夕，凭阑作。碧山韵）、《念奴娇》（中秋后五日，凭阑晚眺作）；

何达安《清平乐》（不成春瘦）、《清平乐》（觉来非久）、《西江月》（镜里似生华发）；

龙沐勋《浣溪沙慢》（甲戌暮春，映庵、众异、公渚、蒙庵、冀野枉过村居，重游张氏园。伤时伤旧，相约谱清真此曲，漫成一解）、《满江红》（甲戌上巳，禊集玄武湖，纕蘅代拈得浊字）、《浪淘沙》（以彊翁遗著分寄欧美图书馆，并缀此词）、《八声甘州》（九日鸡鸣寺，分韵得沙字）、《鹧鸪天》（病中对汤定翁所绘《上彊村授砚图》及书赠陶诗立轴，偶成寄谢，兼索画松）；

陈大法《水调歌头》（月夜放歌）。

《近代女子词录》栏目刊发：

张默君《浪淘沙》（欧战后，过法梵萨依宫）、《齐天乐》（甲子冬月，夜渡珠江，偕翼如作）、《暮山溪》（乙丑秋，怀翼如张垣）、《水龙吟》（偶成，再叠伯秋韵）、《翠楼吟》（晓起对雪，再用瞿安韵）；

李瑷灿《陂塘柳》（七夕，和白石）；

马素蘋《虞美人》（枫林又见飘红叶）、《虞美人》（黄花开遍怜秋暮）、《浣溪沙》（接水长堤晚照寒）、《浣溪沙》（红烛纱窗梦不成）、《鹧鸪天》（寂寞梧桐小院秋）、《鹧鸪天》（暮雨潺潺客枕凉）、《浣溪沙》（落尽杨花不卷帘）；

丁宁《鹧鸪天》（小劫轻尘梦已残）；

俞令默《清平乐》（落红无数）、《蝶恋花》（宵深见月）；

刘嘉慎《浣溪沙》（游虎丘作）。

《词林文苑》栏目刊发：

欧阳渐《词品甲序》；

邵瑞彭《红树白云山馆词草序》；

夏承焘《东坡乐府笺序》。

16 日，夏承焘接杨铁夫寄来新印《抱香词》，载有夏承焘一词一跋。（夏承焘：《天风阁学词日记》，第 357 页）

18 日，《中央日报》刊发：傅贤《五代时的两位外国词人（李珣、李存勖）》。

19 日，夏承焘致函谢玉岑谈词学研究进展。中曰："近日于两种宋人野记中考得李后主不姓李，此亦新奇，可博一笑。《二主谱》极繁，近犹未成也（李煜或是姓潘，湖州人）。"（后收入沈迦编撰：《夏承焘致谢玉岑手札笺释》，第283 页）

剑亮按：函中所说"《二主谱》"指《南唐二主年谱》，刊《词学季刊》第2 卷第 4 期，1935 年。

20 日，《人间世》半月刊第 20 期刊发：憾庐《怎样读词》。

23 日，夏承焘致函龙榆生，商量《唐宋词人年谱》出版事宜。（夏承焘：《天风阁学词日记》，第358 页）

28 日，暨南大学毕业生周泳先经龙榆生介绍来拜访夏承焘，谈冯延巳词籍，谓"陈世修《阳春集序》或伪托，其称正中为外舍，而作序年代，距正中卒已九十年，不合情理"。夏承焘嘱其撰写一文，作为其《冯正中年谱》跋文。（夏承焘：《天风阁学词日记》，第359 页）

本月

广州市立美术学校《美术》第 2 期刊发：谭乔上《玉漏迟》（辛丑七年同文道希作）、《永遇乐》（黄颖传《红楼惜别图》乙卯北平作）。（后收入《民国珍稀短刊断刊·广东卷》第 9 册，第4342 页）

南京《建国月刊》第 12 卷第 1 期刊发：唐圭璋《南宋词侠刘龙洲》。

吴梅为唐圭璋《词话丛编》作《序》。曰："江宁唐君圭璋汇刊《词话丛编》书成，问序于余。余曰：倚声之学，源于隋之燕乐，三唐导其流，五季扬其波，至宋大盛。山含海负，制作如林。然北宋诸贤，多精律吕。依声下字，井然有法。而词论之书，寂寞无闻，知者不言，盖有由焉。南渡以还，音律之学日渐陵夷。作者既无准绳，歌者益乖矩矱。知音之士，乃详考声律，细究文辞。玉田《词源》，晦叔《漫志》，伯时《指迷》，一时并作，三者之外，犹罕专篇。元明以降，精言蔚起。顾诸书大抵单行，或采入丛籍。旧刊流传，日益鲜少，志学之士，遍睹为难，识者憾焉。圭璋广罗群籍，会为兹编，校勘增补，用力弥勤。所收诸书，多出善本。未刊之籍，亦得二三。推求牌调，则有《漫志》之精核。考订律吕，则有《词源》之详赡。白雨开沉郁之途，融斋严泾渭之辨。其余诸家，亦各有雅言。学者手此一编，悠然融贯，则命意遣辞，俱有法度。圭璋此书，洵词林之巨制，艺苑之功臣矣。且圭璋复有《全宋词》之辑，潜搜专集，旁及金石方志之书。暝写晨抄，逾历年载，杀青将竟，付梓有期。它日书出，与此编兼行，不尤为词林之盛事哉！甲戌涂月，长洲同学兄吴梅。"

刘经庵《中国纯文学史纲》，由北平著者书店出版。共四编二十五章。其中，第二编"词"，设第一章"词的来源"，第二章"唐代的词"，第三章"五代的词"，第四章"北宋的词"，第五章"南宋的词"，第六章"元明的词"，第七章"清代的词"。

2 月

1 日，夏承焘作《醉太平》（潭秋笺报冯小青墓侧绿萼梅一树甚艳，嘱琢小词）。（夏承焘：《天风阁学词日记》，第 360 页）

1 日，《青鹤》第 3 卷第 6 期刊发：

秋岳《秋霁》（用梅溪韵，题子有《填词图》）；

文薮《徵招》（题《切庵填词图》）。

3 日，沈祖棻访吴梅，吴梅赠《艮庐词》《抱香词》《艮庐自述诗》《湘真阁》《联语辑存》等书与沈祖棻。（吴梅著，王卫民编校：《吴梅全集·日记卷》下，第 522 页）

4 日，汪曾武作《春从天上来》（乙亥元旦）。（汪曾武：《趣园诗余·味莼词丁稿》，第 10 页。后收入朱惠国、吴平编：《民国名家词集选刊》第 6 册，第 122 页）

4 日，夏承焘接百辛函，评夏承焘《词人年谱》"十种并行，可代一部词学史，此彊村未为之业，不但足吞任公而已"。（夏承焘：《天风阁学词日记》，第 361 页）

8 日，夏承焘接谢玉岑函。函中评夏承焘词"已由白石入梦窗"。夏承焘自述："于二家实皆未用心也。"（夏承焘：《天风阁学词日记》，第 362 页）

10 日，《海王》第 7 年第 15 期刊发：海擎《蝶恋花》（帘卷西风桐叶舞）、《点绛唇》（枕上楠柯）、《买陂塘》（又潇湘）。

13 日，林鹍翔访吴梅，谈成立词社事。吴梅记曰："林铁尊来，欲结词社，余颇以为然。"（吴梅著，王卫民编校：《吴梅全集·日记卷》下，第 526 页）

16 日，《青鹤》第 3 卷第 7 期刊发：

《曲园未刊词》(四),有《金缕曲》(十四十五叠韵,再质笏翁)、《金缕曲》(花本年年放)、《金缕曲》(十六叠韵,情想二义,申笏词意)、《金缕曲》(十七叠韵,读《弥陀经》,申笏翁之意)、《金缕曲》(十八十九叠韵,送灶作)、《金缕曲》(绛蜡花频放);

雪桥《浣溪沙》(题李樨清女士《花影吹笙室填词图》)二首。

20日,《大公报》刊发:昌公《岳武穆诗词中的精忠报国》。

25日,上海大夏诗社编辑委员会《诗经》创刊号《词曲》栏目刊发:

顾名《菩萨蛮》(闺情);

陈配德《绿头鸭》(渡鸭绿江)、《戚氏》(游沈阳福陵、昭陵)、《西河》(金陵怀古,用周清真韵)、《水龙吟》(谒成都丞相祠堂,用朱竹垞谒子房词韵);

庄挺勋《醉桃源》(榕城西畔记游踪)、《菩萨蛮》(梅花开遍江南岸)、《秦楼月》(东风急)、《忆江南》(春日即事);

天韵女士《归国谣》(闺怨);

胡坤达《八声甘州》(次韵星伯燕子矶感赋)、《永遇乐》(美槐归蜀,索此赠行,用漱玉韵)、《青玉案》(送治裳还嘉州,用东坡韵)、《摸鱼儿》(星伯步稼轩韵索和,黯此言愁)、《满庭芳》(秋水眸双);

钟朗华《蝶恋花》(怕忆当时断肠处)、《临江仙》(凭栏载泪眺神州);

胡友三《临江仙》(春日郊居)、《鹧鸪天》(春日郊居)。(后收入《民国珍稀短刊断刊·上海卷》第27册,第13454页)

剑亮按:《诗经》,1935年2月创刊于上海,由上海大夏诗社编辑,封面题字为马公愚集《尹宇碑》。1936年4月(第6期)终刊。大夏诗社是上海大夏大学的社团组织,由在校学生钟朗华发起创建,成立于1934年,《大夏周报》有相关的报道。主编钟朗华(1909—2006),四川自贡人。抗战时在五战区孙震部任少将文职。抗战胜利后,返乡从事教育工作,后于蜀光中学退休。

28日,吴梅评阅《淮海词》。曰:"晚读《淮海词》第三卷,《调笑曲》有'采莲''烟中怨''离魂'三事,惟'离魂'一节记在陈玄祐《离魂记》中,为王宙、张倩娘事,《太平广记》亦载之。元郑德辉《倩女离魂》剧即本此。余二则当再查。"(吴梅著,王卫民编校:《吴梅全集·日记卷》下,第531页)

剑亮按:吴梅对"余二则当再查",在随后几天付诸行动。3月1日:"早三课毕,查《烟中怨》事仍无着,沈亚之《湘中怨》事,非此谓也。因托辟疆一检,亦无有。"3 月 2 日："早至商馆，购旧小说一，为《烟中怨》事也。"3 月 3 日：
"早起，查《烟中怨》典，仍无着。"3 月 8 日："闻辟疆言《烟中怨》事，或在南
卓《羯鼓录》内，拟明晨借阅之。"3 月 9 日："陆恩涌送到《羯鼓录》合守山阁
《墨海金壶》二本，皆无《烟中怨》事，废然太息而已。"（吴梅著，王卫民编校：
《吴梅全集·日记卷》下，第 531、532、536 页）

本月

毛泽东作《忆秦娥》（娄山关）。（中共中央文献研究室编：《毛泽东诗词集》，
第 45 页）

剑亮按：《毛泽东诗词集》收录该词，词后有注曰："这首词最早发表在《诗
刊》一九五七年一月号。"

又按：《毛泽东诗词集》收录《〈忆秦娥·娄山关〉的写作背景》（一九六二
年五月）文，曰："我对于《娄山关》这首词作过一番研究，初以为是写一天的
事。后来又觉得不对，是在写两次的事，头一阕一次，第二阕一次。我曾在广州
文艺座谈会上发表了意见，主张后者（写两次的事），而否定前者（写一天），可
是我错了。这是作者告诉我的。一九三五年一月党的遵义会议以后，红军第一次
打娄山关，胜利了。企图经过川南，渡江北上，进入川西，直取成都，击灭刘
湘，在川西建立根据地。但是事与愿违，遇到了川军的重重阻力。红军由娄山关
一直向西，经过古蔺、古宋诸县打到了川滇黔三省交界的一个地方，叫做'鸡
鸣三省'，突然遇到了云南军队的强大阻力，无法前进。中央政治局开了一个会，
立即决定循原路反攻遵义，出敌不意，打回马枪，这是当年二月。在接近娄山关
几十华里的地点，清晨出发，还有月亮，午后二三时到达娄山关，一战攻克，消
灭敌军一个师，这时已近黄昏了。乘胜直追，夜战遵义，又消灭敌军一个师。此
役共消灭敌军两个师，重占遵义。词是后来追写的，那天走了一百多华里，指挥
作战，哪有时间和精力去哼词呢？南方有好多个省，冬天无雪，或多年无雪，而
只下霜，长空有雁，晓日不甚寒，正像北方的深秋，云贵川诸省，就是这样。'苍
山如海，残阳如血'两句，据作者说，是在战争中积累了多年的景物观察，一到
娄山关这种战争胜利和自然景物的突然遇合，就造成了作者自以为颇为成功的这
两句话。由此看来，我在广州座谈会上所说的一段话，竟是错了。解诗之难，由
此可见。"《毛泽东诗词集》收录该文时，有一注文，曰："一九六二年《人民文

学》准备在五月号发表毛泽东的词六首，郭沫若应约于五月一日撰写了《喜读毛主席〈词六首〉》一文。五月九日，郭沫若将这篇文章的清样送毛泽东审改。毛泽东阅后将这篇文章中关于《忆秦娥·娄山关》写作背景的一段话全部删去，以郭沫若的口吻重新写了本篇的文字。"（中共中央文献研究室编：《毛泽东诗词集》，第 241 页）

夏承焘作《宴山亭》（元日，超山宋梅亭作）。（夏承焘：《天风阁学词日记》，第 363 页）

林鹍翔作《倾杯》（乙亥二月，与陈倦鹤、吴霜厓举词社，曰如社，是为第一课。用屯田散水调，并同声韵）。（林鹍翔：《半樱词续》卷二，第 2 页。后收入朱惠国、吴平编：《民国名家词集选刊》第 9 册，第 267 页）

詹安泰作《鹧鸪天》（乙亥二月，积雨初晴，胶柏街楼居作）。（詹安泰：《无庵词》，第 16 页。后收入朱惠国、吴平编：《民国名家词集选刊》第 15 册，第 492 页。又收入詹安泰：《詹安泰全集》第 4 册，第 235 页）

田汉作《菩萨蛮》（遇许）、《虞美人》（狱中赠伯修）、《如梦令》（虱子）。（后收入本书编委会编：《田汉全集》第 11 卷，第 129 页）

剑亮按：《田汉全集》编者将上述两词编年于此，并在《虞美人》（狱中赠伯修）后有注释，曰："本篇原题《菩萨蛮》（狱中赠伯修），词牌误。伯修，即杜国庠（1889—1961），一名林伯修。1935 年 8 月 4 日，《青岛民报》发表此词时，洪深有注：'友人田汉以三月间入狱，昨得南京信，已于七月二十七日保释。' 3 月，当为 2 月。1935 年 2 月 19 日，中共上海中央局遭到敌人的破坏，田汉、阳翰笙、许涤新、林伯修（杜国庠）、朱镜我、黄文杰等于同一天被捕。3 月 6 日，法租界地方法院开庭审讯，田汉等被引渡至国民党上海市公安局。3 月 18 日深夜，大雨滂沱，田汉、阳翰笙等 8 人被悄悄解往南京宪兵司令部看守所。"

《国画月刊》第 1 卷第 4 期（中西山水画思想专号）《文苑》栏目刊发：

吴湖帆《菩萨蛮》（轻衫罗袖秋风嫩）；

贺天健《天健词钞》：《江城子》（咏香雪海）、《声声慢》（阳历元旦有感，寄味厂词丈）。

曾乃敦《中国女词人》，由上海女子书店出版。为《女子文库：文艺指导丛书》一种。共六章。其中，第一章为"导言——词的起源"，第二章为"唐女词的胚胎"，第三章为"五代宋辽女词的繁荣"，第四章为"元明女词人的衰落"，

第五章为"清代女词人的极盛"，第六章为"结论——中国妇女与词"。末附《参考书目》。

3 月

1 日，《青鹤》第 3 卷第 8 期刊发：

蔚云《甘州》（题《讱庵填词图》）；

彦通《石州慢》（题《讱庵填词图》）。

1 日，夏承焘接龙榆生寄来《淮海集》及《词系》凡例。（夏承焘:《天风阁学词日记》，第 368 页）

1 日，林鹍翔与吴梅同访陈匪石，商谈成立词社事。吴梅记曰:"铁尊来，为词社事，同访匪石，至吴园食点心。社事粗有头绪，定下月初六请客，再商一切。"（吴梅著，王卫民编校:《吴梅全集·日记卷》下，第 532 页）

2 日，夏承焘接唐圭璋函，谓编译馆已印制其《全宋词》，邀请夏承焘与赵万里为校阅人。（夏承焘:《天风阁学词日记》，第 368 页）

5 日，《人间世》半月刊第 23 期刊发：田子贞《词调来源与佛教舞曲》。

6 日，夏承焘接陈石遗寄《蝶恋花》（残月）字轴，夏承焘即和词一首《蝶恋花》（和石遗韵，感事）；作《临江仙》（修阻灵山书一纸）。（夏承焘:《天风阁学词日记》，第 370 页）

9 日，由林鹍翔、吴梅等组建的词社第一次活动在南京美丽川菜馆举行。吴梅记曰:

> 余应铁尊召，至美丽川菜馆，为词社第一集也。到者列下，以齿为序。
> 廖恩涛：字凤书，广东惠州人，年七十一。
> 林鹍翔：字铁尊，浙江吴兴人，年六十五。
> 石凌汉：字云轩，又字弢素，安徽婺源人，年六十五。
> 仇埰：字亮卿，江苏江宁人，年六十三。
> 沈士远：以字行，浙江吴兴人，年五十四。
> 陈世宜：字匪石，江苏江宁人，年五十二。
> 吴梅：字瞿安，又字霜崖，江苏吴县人，年五十二。
> 汪东：字旭初，江苏吴县人，年四十六。

乔曾劬：字大壮，四川□□人，年四十四。

唐圭璋：以字行，江苏江宁人，年三十八。（吴梅著，王卫民编校：《吴梅全集·日记卷》下，第536页）

剑亮按：有关词社的活动内容，吴梅在次日《日记》中记曰："昨社集议定，月举一集，集必交卷，由值课者汇录成帙，分赠同人。此次题为《倾杯》，倚耆卿'木落霜洲'一首格。"（吴梅著，王卫民编校：《吴梅全集·日记卷》下，第537页）

10日，龙榆生从湖州顺道来杭州访夏承焘。前日，龙榆生赴湖州道场山安葬朱彊村。（夏承焘：《天风阁学词日记》，第372页）

11日，夏承焘作《踏莎行》（为燮柽题《雁山图志》）。（夏承焘：《天风阁学词日记》，第372页）

15日，《安徽大学月刊》第2卷第5期刊发：

陈家庆《浪淘沙》（武昌凤凰山远眺）、《清平乐》（琪姊偕鸿儿亲送红梅，赋此为谢）、《摸鱼儿》（咏梅）；

胡一贯《金缕曲》（二十三年过泗县霸王庙）、《绮罗香》（二十三年过盱眙，宿敬一书院）。

16日，夏承焘接唐圭璋函，谈《全宋词》编写体例。（夏承焘：《天风阁学词日记》，第373页）

剑亮按：唐圭璋《〈全宋词〉编辑凡例》刊于《词学季刊》第1卷第3期。参见本书1933年12月。

16日，《青鹤》第3卷第9期刊发：

《曲园未刊词》（四），有《金缕曲》（二十叠韵。前调叠至十九，笏翁谓可以已矣，雪窗无事，又倚此阕，以足两成数）、《金缕曲》（二十一叠韵，咏古和洗蕉老人。前调已廿叠矣，今春洗蕉老人以七叠韵见示，因又有所作，凫颈乎，蛇足乎）、《金缕曲》（二十二叠韵，花朝雨坐，呈洗蕉老人）、《金缕曲》（二十三叠韵。洗蕉老人有句云"地下应知无敌国，剑三千，何必深深葬"，笏山方伯因推论火器之祸，余亦谱此，附陈所见）、《金缕曲》（二十四叠韵。前韵已叠至二十三，又谱此，则二十四矣。即以二十四为题，聊资一噱）；

蛰云《扬州慢》（题《切庵填词图》）；

立之《扬州慢》（题《讱庵填词图》，即用原韵）。

16 日，杭州《东南日报·吴越春秋》第 266 期刊发：郁达夫《西江月》（白话词一首，贺救济院举办之集团结婚）。（后收入吴秀明主编：《郁达夫全集》第 7 卷，第 228 页）

24 日（农历二月二十日），吴梅作《倾杯》（南城歌酒，无异承平。回首前尘，为之凄黯。倚屯田散水调，为如社第一课）。（吴梅著，王卫民编校：《吴梅全集·日记卷》下，第 542 页）

27 日（农历二月二十三日），吴伯匋访吴梅，讨论词学。吴梅记曰："吴伯匋至，交《白石词小笺》、夏瞿禅《姜词考证》，又以《三姝媚》《玉楼春》二词见示，为改三字。"（吴梅著，王卫民编校：《吴梅全集·日记卷》下，第 544 页）

30 日，夏承焘作《减兰》（寄印西上人二华精舍）。（夏承焘：《天风阁学词日记》，第 376 页）

本月

田汉作《如梦令》（赠杜谈）。（后收入本书编委会主编：《田汉全集》第 11 卷，第 137 页）

剑亮按：《田汉全集》编者将上述词编年于此。

芍印《逝水集》，由上海新民书局出版。分"长短句"和"白话诗"两辑。分别收词 38 首、白话诗 10 首。有作者写于 1931 年 8 月的《序》一篇。

丁宁作《临江仙》（乙亥春日）。（丁宁：《还轩词》卷中，第 2 页。后收入曹辛华主编：《民国词集丛刊》第 1 册，第 84 页）

春，辛际周作《蝶恋花》（乙亥初春作）。（辛际周：《梦痕词》，第 4 页。后收入曹辛华主编：《民国词集丛刊》第 7 册，第 8 页）

春，邵章作《青玉案》（乙亥中春，和东山）。（邵章：《云淙琴趣》，第 68 页。后收入曹辛华主编：《民国词集丛刊》第 7 册，第 411 页）

春，溥儒作《蝶恋花》（乙亥暮春，夜雨初晴）。（后收入毛小庆整理：《溥儒集》，第 496 页）

乔曾劬作《瑞龙吟》（乙亥，白下送春。喜柳溪至，又言别，和清真）。（乔曾劬：《波外乐章》卷二，第 9 页。后收入朱惠国、吴平编：《民国名家词集选刊》第 14 册，第 503 页）

春，顾随为华钟彦《花间集注》作叙，曰："文之隶事，其起于文之将衰乎？六朝兰成、孝穆之文也，晚唐义山、樊川之诗也，南宋白石、梦窗之词也，几非隶事不能成篇，而六朝之文，唐之诗，宋之词，于是乎衰。盖王静安先生曾先我言之矣。意足则不暇代，语妙则不必代。代字且不必用，何有于隶事？《诗三百》为后来韵语不祧之祖，'沃若'拟桑，'灼灼'言桃，何必代字，何必隶事，方为妙文乎？元遗山《论诗绝句》曰'诗家都爱西昆好，但恨无人作郑笺'，夫诗之必待笺注而后解者，则其为诗亦可知矣。华子钟彦与余同学于北大，又俱爱读《花间集》，又先后讲词于河北女师学院。今岁之春，以所注《花间集》属余为叙，盖其讲义本也。夫五代词人之作，本不以隶事为工，似亦无需于笺注，然又有不尽然者。《花间》一集，简古精润，事长则约之使短，意广则渟之使深。及夫当时之服饰、习语、风俗、地域，在其时固人人口熟而耳习之者，千百年后，时移世改。诵读之下，辄觉格格不相入。今得华子此编，遂使千载上古人心事昭然若揭，而所谓格格不相入者，亦一笔而廓清之。其嘉惠后学，岂浅鲜哉？余故乐为之叙。民国二十四年仲春之月，河北顾随叙于旧京东城之习堇庵。"（闵军：《顾随年谱》，第 98 页）

4月

1 日，《青鹤》第 3 卷第 10 期刊发：

君坦《虞美人》（题《切庵填词图》）；

瑾叔《扬州慢》（题《切庵填词图》）。

1 日，锦江留平同学会《锦江》第 2 号刊发：坤达《芸梦词录》，有《西子妆慢》（闻西蜀军营，披衣绕室。寒月映窗，倚声长啸，怆然兮余怀也。时寓北平西郊之达园）、《朝中措》（圆明园步口）、《清平乐》（燕京未名湖，上巳作）、《新荷叶》（北海五口亭泛舟，有寄）、《鹊桥仙》（乱红翻片）、《蝶恋花》（水阔云平仙掌渡）、《浣溪沙》（清华园道上）、《诉衷情》（旧来春梦太无凭）。（后收入《民国珍稀短刊断刊·北京卷》第 14 册，第 6749 页）

2 日（农历二月二十九日），吴梅评阅潘轶仲词稿。记曰："晚张仲清交到亡友潘轶仲词稿，展读一过，不无凄黯。"（吴梅著，王卫民编校：《吴梅全集·日记卷》下，第 544 页）

3 日，詹安泰作《翠楼吟》（乙亥清明前三日，写寄黄叶）。（詹安泰：《无庵词》，第 17 页。后收入朱惠国、吴平编：《民国名家词集选刊》第 15 册，第 494 页。又收入詹安泰：《詹安泰全集》第 4 册，第 236 页）

5 日，陈世宜作《瑞龙吟》（乙亥元巳，禊集乌龙潭景陶堂。潭侧旧有绰禊，曰"何必西湖"，堂即惜阴书舍，今为国学图书馆。余游牛渚，未至。翼谋代拈"舞"字韵，和清真报之）。（陈世宜：《倦鹤近体乐府》卷三，第 4 页。后收入朱惠国、吴平编：《民国名家词集选刊》第 13 册，第 161 页。亦收入陈世宜著，刘梦芙校：《陈匪石先生遗稿》，第 75 页）

5 日，仇埰作《倾杯》（乙亥上巳，乌龙潭禊集，分韵得入字）。（仇埰：《鞠谥词》卷二，民国三十六年 [1947] 铅印本，第 15 页。后收入朱惠国、吴平编：《民国名家词集选刊》第 10 册，第 353 页）

5 日，吴梅作《三姝媚》（乙亥上巳，乌龙潭修禊，分韵得满字，次梦窗《都城旧居》韵）。（吴梅：《霜厓词录》，第 23 页。后收入朱惠国、吴平编：《民国名家词集选刊》第 13 册，第 466 页）

剑亮按：此词写作缘由，吴梅 4 月 8 日《日记》曰："三月三日上巳修禊，曹纕蘅为我代拈韵得满字。"（吴梅著，王卫民编校：《吴梅全集·日记卷》下，第 547 页）

6 日（农历三月四日），吴梅评王君九《太常引》词。记曰："昨君九示近作《太常引》，云是题刘公鲁所藏《太常仙蝶图》。图为戴文节画。彊村先有此调，余次其韵。今君九复次原韵。词云：'图中觅遍旧巢痕，沧海已扬尘。栩栩漆园身，问津处桃源笑人。　故宫离黍，容台茂草，寒尽自生春。静待八风均，且休恨生逢不辰。'此词亦过得去，惟尚有遗老气息耳。"（吴梅著，王卫民编校：《吴梅全集·日记卷》下，第 546 页）

7 日，夏承焘"始着手《周草窗年谱》"。（夏承焘：《天风阁学词日记》，第 378 页）

10 日，詹安泰作《长亭怨慢》（乙亥三月初八日，大水冲城，往还阻绝。夜复风雨交作，因篝灯倚此）。（詹安泰：《无庵词》，第 19 页。后收入朱惠国、吴平编：《民国名家词集选刊》第 15 册，第 497 页。又收入詹安泰：《詹安泰全集》第 4 册，第 238 页）

12 日（农历三月十日），仇埰访吴梅，谈论词学。吴梅记曰："仇良卿（埰）来，谈词甚适，渠所作《倾杯》亦可诵也。六时去。得铁铮函，读其《倾杯》词，

殊佳。"（吴梅著，王卫民编校:《吴梅全集·日记卷》下，第548页）

13日，夏承焘与周泳先论词人生平。夏承焘记曰:"于栖霞岭紫云里廿六号晤周泳先，云:考得陈世修乃执中子恕孙。恕年十六，延巳卒，世修似不能为延巳外孙。"（夏承焘:《天风阁学词日记》，第378页）

13日（农历三月十一日），吴梅作《减字木兰花》（题子毅小象）。（吴梅著，王卫民编校:《吴梅全集·日记卷》下，第549页）

15日，《国专月刊》第1卷第2号刊发:

徐兴业《凝寒室词话》。开篇曰:"作词当尚真情，不当夸才大。惟其情真，而后有板拙语、至性语。惟其才大，而后有敷衍语、堆砌语。北宋诸家，除东坡外，才实不逮，后人但以其情真，遂觉脱语天籁，自有浑璞之旨。南宋诸词人，才大而气密，故能独创词境，不剽袭前人。然以其真挚之情稍逊，味之至觉隔一层";

杨铁夫《解语花》（游宜兴善卷洞。按，《庄子》，舜以天下让善卷，善卷曰:"余逍遥于天地之间，而心意自得，吾何以天下为哉!"遂不受。于是去而入深山，莫知其处）。

15日，《安徽大学月刊》第2卷第6期刊发:陈家庆《绮罗香》（后湖观樱花，晚宴浣花楼）。

15日，夏承焘作《虞美人》（乙亥上巳，南京乌龙潭禊集，沮事未往，缬蘅代拈缀字）。（夏承焘:《天风阁学词日记》，第379页）

16日，《青鹤》第3卷第11期刊发:铁尊《陌上花》（从蜕岩四声，题《切庵填词图》）。

16日，《词学季刊》第2卷第3期《论述》栏目刊发:

龙沐勋《东坡乐府综论》;

庄一拂《槜李闺阁词人征略》。

《专著》栏目刊发:

夏承焘《冯正中年谱》;

赵尊岳《词集提要》之《唐词纪》《词原》《词觏》《晚香室词录》。

《遗著》栏目刊发:

徐荣《词律笺榷》（卷二）;

劳纺《织文词稿》（卷上）。

《辑佚》栏目刊发：

陈洪绶《陈老莲佚词》；

王乃徵《王病山先生遗词》；

梁鼎芬等《雁来红词录》；

郑文焯《大鹤山人词籍跋尾》。

《词话》栏目刊发：夏敬观《忍古楼词话》（续编）。

《近人词录》栏目刊发：

邵章《菩萨蛮》（小窗凄冷炉烟歇）、《菩萨蛮》（锦衾重叠回文织）、《菩萨蛮》（新声细点签篌谱）、《菩萨蛮》（朔风尽日吹帘幕）、《菩萨蛮》（奉宸昔日陪游辇）、《菩萨蛮》（瑶台缥缈霓旌影）、《菩萨蛮》（霜棱密扫辞柯叶）、《菩萨蛮》（高楼客散歌钟寂）、《菩萨蛮》（五陵年少朱楼下）、《菩萨蛮》（蹉跎二分芳华减）；

张尔田《水龙吟》（挽黄晦闻）、《沁园春》（再挽晦闻）、《沁园春》（甲戌岁除，读遗山词，戏效其体）；

蒋兆兰《浪淘沙》（庚子重九后一夕，泊垂虹桥，梦白石）、《唐多令》（碧碗泻冰浆）、《西江月》（万顷堂题壁）、《凤栖梧》（陈迦陵先生《洗桐图》，为冒鹤亭题）、《虞美人》（垂虹桥，与援道同赋）；

冒广生《减字木兰花》（题薛刚生为陈元孝所作画）、《虞美人》（汪孝博属题伊墨卿寄叶耘谷诗卷，“此行已似他生晤”，及“践来陈迹了瞿昙”，皆诗中句也）；

易孺《雪梅香》（故乡白云山云泉山馆老梅，别数十年矣。乡人来道复理要赋一阕，依乐章）、《卜算子慢》（乞兰携呈诗庭，依《乐章》）；

胡汉民《满江红》（民十五年，自题旧稿）、《卜算子》（集《曹全碑》字，寄怀协之）、《蝶恋花》（月蚀，和李八）、《浪淘沙》（新除夕寄内，依李八韵）、《金缕曲》（既和李八寄内词，更作此以广之）、《水调歌头》（朱子英贫困，思家不已。赋此慰之，非调之也）、《百字令》（寄怀协之，闻游西湖，用东坡《赤壁》韵）、《贺新郎》（再用前韵，赠李八）、《点绛唇》（集《曹全碑字》，示刘芦隐）二首、《蝶恋花》（答刘芦隐见和集《曹全》字）、《高阳台》（代杨若珩寄外）、《浣溪沙》（和舒信道词，大厂居士同作）；

叶恭绰《木兰花慢》（送春）；

寿铄《鹧鸪天》（辛未岁暮，彊村翁讣至。烽烟海上，南望凄然，追和绝命词原韵）、《高阳台》（趣园词集，主人先有词，奉和一首，用原韵）、《绛都春》（蛰园牡丹盛开，觞客花下，限调成此）、《水龙吟》（话春点点无凭）、《惜黄花慢》（琼岛登高，借彊翁韵和燕雏）；

　　黄璿《尉迟杯》（用片玉韵，奉题《上彊村授砚图》）；

　　林鹃翔《蝶恋花》（和夔庵，用六一韵）；

　　黄福颐《潇潇雨》（喜帘纤小雨宛如酥）、《秋宵吟》（晚波平）；

　　梁启勋《水龙吟》（可怜无限江山）、《双双燕》（梦同昼永）、《望江南》（秋容淡）二首；

　　任援道《高阳台》（云涌金波）、《念奴娇》（煌煌天汉）；

　　郑秋铎《齐天乐》（宝奁争把朱颜怨）；

　　鲍亚白《台城路》（临安荒草千年恨）；

　　甘大昕《浣溪沙》（小阁留春不卷帘）、《少年游》（清凉山色冷悠悠）；

　　詹安泰《水龙吟》（感旧，用稼轩登建康赏心亭韵）、《扬州慢》（癸酉十月，霜风凄紧，堕指裂肤。念枯萍久羁狱中，悲痛欲绝。用白石自度腔，写寄冰若、逸农）二首；

　　陈配德《水调歌头》（自题《万里千秋室词》）二首、《莺啼序》（乙亥春暮，倚梦窗此曲，吊石青阳世丈）；

　　胡坤达《金缕曲》（叠韵，再答星伯）、《如此江山》（如此江山，极可念也。乙亥元日，声为此曲，即用抒怀。碧山韵）。

　　《近代女子词录》栏目刊发：

　　徐小淑《水调歌头》（和林宗孟词人观菊）、《金缕曲》（题《贰香词》）、《浪淘沙》（和宗孟词人忆旧感事）、《满庭芳》（送别宗孟词人）、《清平乐》（扇囊）、《金缕曲》（题《忏慧词》）、《满庭芳》（寄亮奇）、《齐天乐》（莲飙不约斜晖住）、《惜红衣》（盎石堆冰）、《思佳客》（莲社诗人爱挂钱）、《意难忘》（递眼高轩）、《点绛唇》（云染鲛绡）、《点绛唇》（旧是凌波）、《西江月》（一片莲香绮落）、《新雁过壮楼》（翠宇高寒）、《丑奴儿令》（题叶楚伧居士《汾堤吊梦图》）、《声声慢》（鸥夷泛舸）、《壶中天》（云巢垂看）、《花犯》（樱花步调）、《百字令》（游虎丘）；

　　蒯彦范《霜花腴》（石工师令题《珏庵填词图》）、《高阳台》（和趣园词集原韵）、《绛都春》（蛰园牡丹，步石工师原韵）、《惜黄花慢》（琼岛登高，借彊村翁韵）、《菩萨蛮》（大堤一夜风吹暖）、《菩萨蛮》（轻寒作弄愁时候）；

刘敏思《临江仙》(秦淮烟雨)、《清平乐》(广陵佳种)、《菩萨蛮》(春风妆出花如许)、《金缕曲》(归国有感)。

《词林文苑》栏目刊发：

冒广生《青菾庵词叙》；

汪曾武《鸳摩馆词稿序》；

叶恭绰《东坡乐府笺序》《菉斐轩所刊词林要韵跋》；

吴梅《词话丛编序》。

《通讯》栏目刊发：

张尔田《与龙榆生论苏辛词》《再与龙榆生论苏辛词》；

龙沐勋《答张孟劬先生》；

陈彦畴《与龙榆生言陈老莲词事》。

《杂缀》栏目刊发：大厂居士《宋词集联》。

16 日，《公论半月刊》创刊号刊发：陈家庆女士《踏莎行》(寄怀)、《西河》(雨后，豁梦楼远眺，用清真韵)。(后收入《民国珍稀短刊断刊·安徽卷》第 6 册，第 2830 页)

18 日，《中央日报》刊发：彦修《谈谈温飞卿》。连载至 21 日完毕。

21 日，林鹍翔访吴梅，谈词社事。吴梅记曰："饭后林铁尊来，为词社第二期事，知廖凤书尚未回京，社集须略缓矣。"(吴梅著，王卫民编校：《吴梅全集·日记卷》下，第 555 页)

24 日，《中央日报》刊发：沧波《挽玉岑词人》。

25 日，《诗经》第 1 卷第 2 期刊发：

龙榆生《鹧鸪天》(与星伯兄相见淞滨，欢然如旧相识。时星伯方自扶桑归国，又将有欧美之游，因赋此阕赠之)；

张孟劬《浣溪沙》(翠袖红阑倚处同)；

江亢虎《凤凰台上忆吹箫》(燕醉风前)；

陈配德《水调歌头》(自题《万里千秋一室诗词集》)两首、《鹧鸪天》(归沪日，龙榆生教授辱赠以词，次韵却赋)两首、《凤凰台上忆吹箫》(亢德先生见示春词，依韵奉和)、《青玉案》(半淞园送友返蜀，用东坡韵)；

胡坤达《鹧鸪天》(敬和孟劬夫子《六十自述》韵)、《齐天乐》(春分前夕，萧斋坐雨。回忆庚午离家，正此日也)、《石州慢》(题《万里千秋一室词集》)、

《凄凉犯》（志某明星作）；

　　大鲁《调笑令》（清泪）、《调笑令》（风露）、《调笑令》（春雨）；

　　黄剑鸣《清平乐》（梅花）、《品令》（见时实在则过）、《踏莎行》（三月三日，与王一苇及其夫人林之启、王延绥女史游颐和园。连云宫阙，山色湖光。远望长城，抚今追昔，慨然于怀）；

　　庄挺勋《忆秦娥》（黄花节纪念）二首、《采桑子》（平津道中，与友谈天）；

　　孟杰《望海潮》（吊吴淞）；

　　胡友兰《浪淘沙》（相见恨迟迟）；

　　杨宗适《八声甘州》（和叔远燕子矶感赋）；

　　武强侬《浪淘沙》（驹隙似流霞）、《浪淘沙》（此别已堪嗟）、《南歌子》（晨起远眺）；

　　李全基《捣练子》（梅）；

　　迦叶《浣溪沙》（别情）。（后收入《民国珍稀短刊断刊·上海卷》第27册，第13489页）

本月

　　蔡桢作《倾杯》（乙亥三月，游燕郊感赋，效屯田散水调第一体）。（蔡桢：《柯亭长短句》卷上，第6页。后收入朱惠国、吴平编：《民国名家词集选刊》第14册，第366页）

　　詹安泰作《庆春宫》（乙亥三月）。（詹安泰：《无庵词》，第17页。后收入朱惠国、吴平编：《民国名家词集选刊》第15册，第494页。又收入詹安泰：《詹安泰全集》第4册，第236页）

　　《崇明陈陛云先生传记》由崇明崇明报馆刊行。卷末有黄明明《拨不断》（挽陈陛云先生）。（后收入上海文献汇编编委会编：《上海文献汇编·史地卷》第5册，第3040页）

　　《国画月刊》第1卷第6期《文苑》栏目刊发：柳亚子《摸鱼儿》（题陆丹林《鼎湖感旧图》，叠前韵）。

5月

　　1日，《青鹤》第3卷第12期刊发：霜杰《齐天乐》（挽周梦坡）、《西江月》

（有遇调郭六）。

1 日，《国风》第 6 卷第 9、10 期合刊刊发：刘永济《水调歌头》（澄碧媚晶宇）。

2 日，《公论半月刊》第 1 卷第 2 期刊发：

李范之《满江红》（题崇祯甲申年史阁部铸炮拓本。炮在扬州梅花岭，由□□移置）；

宗志黄《鹊华怨》（清真、白石多喜制腔，余近亦颇治律，率意为此，以今谱度之。拥炉呼酒，对景怀人，聊以自遣云尔）。（后收入《民国珍稀短刊断刊·安徽卷》第 6 册，第 2888 页）

6 日，夏承焘接正中书局叶溯中函，约其撰写《词史》或《词学》。（夏承焘：《天风阁学词日记》，第 383 页）

7 日，夏承焘接龙榆生函，约其为下一期《词学季刊》撰稿。（夏承焘：《天风阁学词日记》，第 383 页）

10 日，《武汉日报·现代文艺》刊发：吴其昌《读词》。至下月 14 日连载完毕。（后收入吴令华主编：《吴其昌文集·诗词文在》，第 170 页）

13 日，《武进商报》刊发：陈倚楼《凤凰台上忆吹箫》（余久仰玉岑先生名，常以缘悭一面，未能执经问难为憾。昨读报章，惊传噩耗，一代词人，遽尔谢世。痛也何如，爰赋小词，以当歌哭）。（后收入谢建红：《玉树临风：谢玉岑传》，第 454 页）

14 日，夏承焘接龙榆生函，谈《词学季刊》以及郑大鹤手写词稿。谓"《词学季刊》近销二千册，并达海外，书局犹谓每期赔累数百元，拟勉力维持到底"。谓"新于刘翰怡处假得郑大鹤手写词集，涂改甚多，可与彊村稿称双璧。近付中华书局印三百本，约需二百元"。（夏承焘：《天风阁学词日记》，第 384 页）

14 日，《武进商报》刊发：谢玉岑《柳梢青》（和默飞新柳）二首。其一："试暖风狂，洪烟草醒，春到堪惊。红索柔枝，赤栏低影，几日晴阴。　东皇颜色重匀。问可有、眉云鬓云。只恐伤心，断钗碧玉，尘箧罗裙。"其二："病榻眉颦，天涯亭堠，依旧情牵。谁信沉沉，碧城阑槛，不在人间。　清明寒食年年。镇听过、啼莺万千。黄已堪怜，况教绿后，带雨拖烟。"词后有自注："两词成后，低讽泪下。然以王静安境界之说绳之，则尚恨其隔也。玉岑记于海上孤鸾室。"（后收入谢玉岑：《玉岑遗稿》卷三，谢建红：《玉树临风：谢玉岑传》，第 331 页）

15 日，《武进商报》刊发：谢玉岑《秋蕊香》（介子属题时敏夫人菊花横幅）、《题自书词作》。其中，《题自书词作》曰："仆为词，尚恨太落言筌，不能超乎象外。此读古人作品不多，体不广，思不深，化不穷之故也。质之玉虹，以为何如。"（后收入谢玉岑：《玉岑遗稿》卷三，谢建红：《玉树临风：谢玉岑传》，第 392 页）

16 日，《青鹤》第 3 卷第 13 期刊发：铁尊《玉烛新》（公武以《农隐园图》征题，积久未报。旅居多暇，遂成此解，用清真韵）。

16 日，《中央日报》刊发：曹懋《谈谈李后主》。

21 日（农历四月十九日），吴梅评阅《词话丛编》。评曰："早阅《词话丛编》，误字甚多。以一人之力，校数百卷书，且又铅字印刷，安得有完善之望耶？"（吴梅著，王卫民编校：《吴梅全集·日记卷》下，第 564 页）

21 日，《武进商报》刊发：谢玉岑《水龙吟》（湖上阻风，赋示昇初）、《贺新凉》（挽俞君实方伯）、《南楼令》（晴绿晚来天）。（后收入谢玉岑：《玉岑遗稿》卷三，谢建红：《玉树临风：谢玉岑传》，第 365 页）

22 日，《武进商报》刊发：谢玉岑《疏影》（甲子上元后八日，吴门金松岑丈招饮虎丘冷香阁观梅。松丈有诗，赋此奉和，并寄吹万丈闲闲山庄）、《垂杨》（梁溪梅园，有梅千许枝。傍山带湖，为南中佳处。兵乱后，闻花多摧折，存者亦憔悴不胜矣。行往吊之，赋此为券）、《虞美人》（前词方就，友人书来，云"憔悴摧残"之语，皆传闻失实，不足凭信。园中三日东风，固已春光如海也。感喜交集，重倚此解）、《蝶恋花》（清明感旧，缦公索赋）、《鹧鸪天》（雁帖寒云欲下迟）。（后收入谢玉岑：《玉岑遗稿》卷三，谢建红：《玉树临风：谢玉岑传》，第 318、364 页）

23 日，《武进商报》刊发：谢玉岑《烛影摇红》（春莫登楼）、《金缕曲》（题聊园志盛，寿集吴我才先生六十，用《弹指词》韵）、《菩萨蛮》（题宏庐恽《怀莲集》）。（后收入谢玉岑：《玉岑遗稿》卷三，谢建红：《玉树临风：谢玉岑传》，第 317 页、365 页）

23 日，夏承焘作《征求谢君玉岑遗词启》。曰："敬启者：常州谢君玉岑，擢云溪之孤秀，夙以才称；疑仲则之后身，仅免客死。听歌井水，当世许以必传；写集名山，临终悔之既晚。搜梦窗四稿，凄其霜花之吟；赎淮海百身，邈矣微云之唱。及芳馨之未沫，期神理而终绵；缟纻纷其如云，梨枣迟之何日。孝标绪论，难求泉路之书；季札交情，余此荒山之剑。乞瓵无靳，载笔以须。此启。"

（夏承焘:《天风阁学词日记》，第 385 页）

23 日（农历四月二十一日），吴梅收读林鹍翔新词《换巢鸾凤》（纕蘅被命之黔，赋此送别）。（吴梅著，王卫民编校:《吴梅全集·日记卷》下，第 565 页）

26 日，夏承焘接唐圭璋寄赠《词话丛编》二部。（夏承焘:《天风阁学词日记》，第 386 页）

27 日，《中央日报》刊发：杨惕《谈谈纳兰性德》。

27 日（农历四月二十五日），吴梅接石凌汉、仇埰函，约词社社集时间。记曰:"得石凌汉、仇亮卿书，约月底为如社第三集。余《换巢鸾凤》尚未交卷也。"（吴梅著，王卫民编校:《吴梅全集·日记卷》下，第 565 页）

28 日，《武进商报》刊发：谢玉岑《浣溪沙》（题丹林《红树室图》）。（后收入谢玉岑:《谢玉岑诗词集》卷四《补遗》，常州市文学工作者协会编印，1989 年，第 92 页。亦收入谢玉岑:《玉岑遗稿补辑》卷三，谢建红:《玉树临风：谢玉岑传》，第 362 页）

31 日（农历四月二十九日），如社第三次社集。吴梅作《换巢鸾凤》（花发雕阑），为如社第二集社课。吴梅记曰:"晚赴如社之约，为仇亮卿、石云卿作东，余与木安同去。木安止得半阕，未能交卷。同集者为廖凤书、林铁尊、陈匪石、乔大壮也，尽欢而散。三集题为《绮寮怨》。"（吴梅著，王卫民编校:《吴梅全集·日记卷》下，第 566 页）

本月

吴宓《吴宓诗集》，由上海中华书局出版。汇集作者 1908 年至 1934 年诗作。诗中夹有释文及他人诗词。

梁令娴编《艺蘅馆词选》，由上海中华书局出版。1936 年 8 月再版。选收唐、五代、南北宋、清及近代作家词共 4 卷，并有《补遗》1 卷。眉端附前人批评语。书前有编者序。书后附李易安、张玉田等人关于词的论述。

《道慈杂志》第 2 卷第 10 号刊发：伯惠《摊破浣溪沙》（入春，雾雨连朝，寒风侵骨。屡欲出游未得，酒后谱此，聊以遣怀）。（后收入刘晓丽主编:《伪满洲国旧体诗集》，北方文艺出版社，2017 年，第 33 页）

剑亮按:《道慈杂志》创刊于 1934 年 9 月 16 日，由红十字会沈阳小南关分会主办。1936 年 12 月 16 日终刊，共 55 期。

6 月

1 日，《青鹤》第 3 卷第 14 期刊发：亶素《绮寮怨》（送疑厂归黄山，借清真韵）。

3 日（农历五月三日），吴梅评阅黄苹怡《词庵词》。记曰："王惕山来，赠我宜黄人黄苹怡（福颐）词一册，名《词庵词》。词尚可看，而印刷如坊间小说书，太不自爱矣。据惕山云：苹怡识我于京师。余记忆不真也。"（吴梅著，王卫民编校：《吴梅全集·日记卷》下，第 569 页）

4 日，夏承焘接唐圭璋函，谈《词话丛编》销售情况。谓"《词话》印五百部，费五千元，已销三百部"。（夏承焘：《天风阁学词日记》，第 388 页）

6 日（农历五月六日），吴梅评阅谭万先词。记曰："夜饭时，万先持小词求改。为润色《忆秦娥》一首云：'今宵月，此时妆卸欹床歇。欹床歇，最难排遣，日长时节。 年来故国音尘绝，关山不许蟾光隔。蟾光隔，胭脂夺去，江南无色。'如此寄托，方不即不离。若专言情，便是恶道。"（吴梅著，王卫民编校：《吴梅全集·日记卷》下，第 569 页）

7 日，《武进商报》刊发：谢玉岑《忆旧游》（秋怀）。（后收入谢玉岑：《玉岑遗稿》卷三，谢建红：《玉树临风：谢玉岑传》，第 365 页）

11 日，《武进商报》刊发：谢玉岑《丑奴儿》（当年旧事重重记）、《蝶恋花》（荷花）。（后收入谢玉岑：《玉岑遗稿》卷三，谢建红：《玉树临风：谢玉岑传》，第 369 页）

14 日，《中央日报》刊发：陆丹林《哀念玉岑词人》。至 16 日连载完毕。

14 日，《武汉日报·现代文艺》刊发：吴其昌《读词》。

16 日，《艺芳》第 2 卷第 6 期刊发：黄肃华（高二学生）《双红豆》（薰风生）、《捣练子》（幽径折）。（后收入《民国珍稀短刊断刊·湖南卷》第 31 册，第 15056 页）

16 日，夏承焘致函正中书局叶溯中，表示愿意编撰《词史》。本月 30 日，夏承焘接"溯中寄来的《词史》委托书，本年底交稿"。（夏承焘：《天风阁学词日记》，391 页）

16 日，《青鹤》第 3 卷第 15 期刊发：陈启泰《癯庵未刊词》（一），有《浪淘沙》（重过武昌）、《摸鱼儿》（自题小像）、《齐天乐》（酬周石君集杜五言见寄）、《齐天乐》（樱桃，和石君韵）、《齐天乐》（周石君以题画词见寄，依韵答之）、《绿意》（芭蕉，和石君韵）、《摸鱼儿》（和石君韵）、《醉太平》（香残茜襟）、《齐天乐》（题俞亦仙《卧游图》）、《谒金门》（声不住）、《卜算子》（草色渐青青减了）、《高阳台》（雨夜，和韵）、《金缕曲》（有寄，用周石君感旧韵）。

17 日（农历五月十七日），吴梅评唐圭璋《全宋词草目》。评曰："唐圭璋持《全宋词草目》至，洋洋大观。其辑录之法，约有四端：一、综合诸家所刻；二、搜求宋集附词；三、汇列选本各书；四、增补遗佚。于是博采笔记、小说、金石、方志、书画题跋、花木谱录、应酬翰墨，及《永乐大典》仅存者，统为一编，钩沉表微，以存一代文献。嗟乎唐生，可以不朽矣。"（吴梅著，王卫民编校：《吴梅全集·日记卷》下，第 573 页）

剑亮按:《全宋词草目》排列以词人姓氏笔画为顺序，当初所谓的姓氏笔画数以繁体字为依据，今使用简体词，然词人姓氏排列仍按《全宋词草目》原顺序排列如下：

二画

丁谓二首（《唐宋词选》卷二）；

丁注一首（《阳春白雪》卷一）；

丁宥二首、断句三（《绝妙好词》卷五一首，《翰墨全书》丙集卷二二首。附《词旨》上断句二,《词旨》下断句一）；

丁仙现一首（《类编草堂诗余》卷三）；

丁大监一首（《翰墨全书》丁集卷一）；

丁羲叟一首（《花草粹编》）；

丁持正一首（《翰墨全书》乙集卷九）；

丁默三首（《阳春白雪》卷六二首、卷八一首）；

三画

万俟咏二十七首（赵辑《大声集》）；

万俟绍之四首（赵辑《郢庄词》）；

于真人二首（《词综》卷二十四）；

四画

方千里九十三首（毛本《和清真词》）；

方乔二首（《词统》卷三）；

方有开四首（《新安文献志》甲卷六十二首，《花草粹编》卷一二首）；

方味道一首（《翰墨大全》丁集卷二）；

方岳七十四首（王本《秋崖词》）；

方信孺一首（《粤西金石略》卷十一）；

方□一首（《泊宅编》，方勺之父曾官邓州）；

毛滂二百零三首（朱本《东堂词》二百零二首。《洞仙歌》"绿烟深处"一首，乃晁无咎绝笔，因删去。予据《花草粹编》卷十一，补《木兰花慢》"记当初"一首。据《词汇》卷一，补《乌夜啼》"十年湖海"一首）；

毛开四十二首（毛本《樵隐词》）；

毛珝二首（《绝妙好词》卷五一首，《词综》卷二十二一首）；

元绛一首（《花草粹编》卷十一）；

元鼎一首（《阳春白雪》卷四）；

尹焕三首（《绝妙好词》卷三）；

尹温仪一首（《岁时广记》卷三十五）；

尹洙断句（《东原录》）；

文珏一首（《全芳备祖》后集卷十一"虞美人草"门）；

文天祥九首（江本《文山乐府》八首，予据《耆旧续闻》补《南楼令》"雨过水明霞"一首。《元草堂诗余》作邓光荐词，非也）；

文及翁一首（《花草粹编》卷十一首。卷十又载《念奴娇》"没巴没鼻"一首，据《庶斋老学丛谈》，此乃陈郁词，因删去）；

文同二首（《浙江通志》卷三）；

孔平仲一首（《能改斋漫录》卷十七）；

孔武仲一首（《梅苑》卷一载"淡烟池馆"一首，不注撰人。《历代诗余》卷七十四作孔武仲词，并非涉前首而误，所见当必有据。又《诗余》载武仲"数枝凌雪"一首，今本明注孔处度，则《诗余》之误也，因删去）；

孔夷四首（《唐宋词选》卷六三首，《历代诗余》卷七十六一首。案孔夷诸书并作鲁逸仲，盖用其隐名也）；

孔处度三首（《梅苑》卷一一首、卷六一首。《永乐大典》二千八百十"梅"字韵一首）；

尤袤二首（《梁溪遗稿》附词）；

巴谈一首（《岁时广记》卷十三引《古今词话》）；

太学生一首（《谈薮》）；

太尉夫人一首（《墨客挥犀》四）；

天宁则禅师一首（《罗野湖录》卷二）；

王禹偁一首（《唐宋词选》卷二）；

王益一首（《能改斋漫录》卷十六）；

王琪十一首（《花草粹编》卷五十首，《山谷题跋》卷之九一首）；

王珪二首（《花草粹编》卷四）；

王益柔一首（《花草粹编》卷二）；

王安石二十四首（朱本《临川先生歌曲》）；

王安国三首（《唐宋词选》卷二）；

王雱二首（《扪虱新语》一首，《类编草堂诗余》卷一一首）；

王齐叟一首（《轩渠录》）；

王仲二首（《能改斋漫录》卷十七）；

王赏一首（《梅苑》卷五）；

王安礼三首（《四库全书·王安礼集》本附词一首，《乐府雅词》拾遗上一首，《花草粹编》卷十一首。《历代诗余》卷五载安礼《点绛唇》"秋晚寒斋"一首，乃葛胜仲之误，兹删去）；

王观十五首（赵辑《冠柳集》）；

王诜十五首（赵辑《王晋卿词》十二首，余据《永乐大典》卷二百零九"梅"字韵补《画堂春令》一首、《黄莺儿》一首，又据卷二百十"梅"字韵补《玉梅香慢》一首）；

王庭珪四十二首（赵辑《卢溪词》）；

王公明一首（《阳春白雪》卷三）；

王玉贞一首（《林下词选》卷四）；

王寀十三首（《全芳备祖》前集卷二一首、前集卷七一首、前集卷八一首、前集卷九一首、后集卷八一首，《能改斋漫录》卷十七五首，《梅苑》卷六一首，《群芳谱》卷二一首，《广群芳谱》卷四十三一首）；

王苍一首（《阳春白雪》卷七）；

王澜一首（《辛巳泣蕲录》）；

王安中四十一首（毛本《初寮词》五十首，但《生查子》"春绛蜂赶梅"一首乃朱翌词，《安阳好》九首乃韩琦词，当删。予又据《苕溪渔隐丛话》补《点绛唇》"岘首亭空"一首）；

王柏一首（《永乐大典》卷二千八百十三"梅"字韵）；

王炎五十二首（王本《双溪诗余》）；

王亿之一首（《绝妙好词》卷六）；

王十朋十首（《全芳备祖》前集卷一一首、前集卷二一首、前集卷三一首、前集卷四一首、前集卷七二首、前集卷十五一首、前集卷十七一首、前集卷二十二二首）；

王之道一百八十三首（朱本《相山居士词》）；

王淮一首（《景定建康志》卷二十二）；

王冠卿四首（《全芳备祖》前集卷一"梅花"门一首、前集卷二十"月季花"门一首、后集卷"杨梅"门二首）；

王千秋七十二首（毛本《审斋词》）；

王大简二首（《阳春白雪》卷六一首、卷七一首）；

王曼之一首（《阳春白雪》卷五）；

王沂孙六十四首、断句四（王本《花外集》六十五首，但《望梅》"画阑人寂"一首见《梅苑》，非碧山之作，因删去。断句四见《词旨》下）；

王道亨四首（《梅苑》卷八一首，《永乐大典》卷二千九百零九"梅"字韵三首。《大典》三首，《梅苑》卷八亦有，但不注撰人。道亨，字逸民）；

王月山一首（《阳春白雪》卷五）；

王云焕一首（《景定建康志》卷二十二）；

王玉一首（《阳春白雪》卷七）；

王氏一首（《永乐大典》引《蕙亩拾英集》）；

王埜三首（《中兴词选》卷九一首，《翰墨全书》一首，《焦氏笔乘续集》卷七一首）；

王以宁三十二首（朱本《王周士词》）；

王去疾一首（《太平府志》卷四十三，《宋人诗余》）；

王琼奴一首（《剪灯余话》卷三）；

王居安一首（《阳春白雪》外集）；

王灼二十一首（朱本《颐堂词》）；

王炎午一首（《宋遗民录》）；

王师锡一首（《阳春白雪》卷六）；

王文甫二首（《花草粹编》卷六一首、卷七一首）；

王质七十五首（朱本《雪山词》）；

王槐建一首（《翰墨全书》壬集卷八）；

王□□一首（《阳春白雪》卷五）；

王广文一首（《琼花集》）；

王楸一首（《野客丛书》卷二十九）；

王乐道一首（《阳春白雪》卷五）；

王季明二首（《夷坚三志》卷八）；

王迈十七首（赵辑《臞轩诗余》）；

王自仲一首（《词综》卷三十一）；

王易简八首（《绝妙好词》卷六三首，《乐府补题》五首）；

王茂孙二首（《绝妙好词》卷六）；

王平子一首（《吹剑录》）；

王昂一首（《唐宋词选》卷八）；

王庚一首（《翰墨全书》丁集卷一）；

王同祖三首（《阳春白雪》卷五一首、卷六一首、卷八一首）；

王之望二十七首（朱本《汉滨诗余》三十首，但补遗三首《捣练子》，见《梅苑》卷五，不注撰人，当删去）；

王澡二首（《深雪偶谈》一首，《浩然斋雅谈》下一首）；

王武子二首（《阳春白雪》卷二一首，《花草粹编》卷六一首）；

王娇娘七首（《林下词选》卷三）；

王氏二首（简帖和尚。王氏，字文绥妻）；

王清惠一首（《辍耕录》卷三）；

王绍一首（《翰墨全书》丁集卷一）。

五画

史愚一首（《花草粹编》卷三）；

史可堂二首（《全芳备祖》前集卷十五"荼蘼"门一首，《阳春白雪》卷七一首）；

史达祖一百十二首（王本《梅溪词》）；

史深三首（《阳春白雪》卷五）；

史介翁一首（《绝妙好词》卷五）；

史弥鞏一首（《宝真斋法书赞》卷四十三）；

史远道一首（《梅苑》卷八）；

史隽之一首（《词综》卷十八）；

史弥远一首（《四明近体乐府》卷四）；

史浩一百三十七首（朱本《□峰真隐大曲》）；

玉真一首（《续夷坚志》卷三）；

玉英一首（《夷坚志》卷四十四）；

石耆翁一首（《梅苑》卷八）；

石正伦四首（《阳春白雪》卷六一首、卷七二首、卷八一首）；

石孝友一百四十九首（毛本《金谷遗音》）；

石延年二首（《唐宋词选》卷四一首，《岁时广记》卷二十六一首）；

石麟一首（《翰墨全书》丁集卷一）；

田为六首（赵辑《晔呕集》。为，字不伐）；

左誉一首（《玉照新志》卷四）；

司马光三首（《青箱杂记》卷八一首，《阳春白雪》一首，《苕溪渔隐丛话》后集卷二十一首）；

平江妓一首（《豹隐纪谈》）；

丘崈七十五首（朱本《文定公词》）；

正同三首（《翰墨全书》丁集卷一一首、壬集卷八二首）；

幼卿二首（《能改斋漫录》卷十六一首，《花草粹编》卷五一首）；

白君瑞二首（《永乐大典》卷二千八百十三"梅"字韵一首、卷二千六百零三"台"字韵一首）；

玄同子三首（《翰墨全书》壬集卷二）；

申纯十二首（《情史》卷十四）。

六画

朱子厚一首（《翰墨全书》丁集卷二。《花草粹编》卷五载朱作《思越人》

一首，盖据《翰墨》而误也，今删去）；

朱端朝一首（《青泥莲花记》卷八）；

朱敦儒二百四十五首（朱本《樵歌》）；

朱熹十八首（江本《晦庵词》，赵补一首，乃胡明仲词，兹不补入）；

朱耆寿一首（《清波杂志》卷十二）；

朱晞颜一首（《粤西诗载》卷二十五）；

朱松一首（《韦斋集》附词）；

朱雍二十首（王本《梅词》）；

朱埴三首（《阳春白雪》卷六一首、卷七二首）；

朱敦复一首（《过庭录》）；

朱用之一首（《阳春白雪》卷五）；

朱翌五首（朱本《潟山诗余》）；

朱好山二首（《翰墨全书》丁集卷一一首、壬集卷九一首）；

朱屏孙一首（《绝妙好词》卷六）；

朱藻一首（《绝妙好词》卷六）；

朱淑真二十八首（王本三十首。《生查子》“年年玉镜台”一首，见朱敦儒《樵歌》；“去年元夜时”一首，乃欧公词，因并删去）；

朱希真六首（《林下词选》卷三四首，《情史》卷二十四一首，《词苑丛谈》卷八引《名媛集》一首）；

朱某一首（《词苑丛谈》卷十二引《冷斋夜话》）；

朱服一首（《泊宅篇》）；

江开四首（《绝妙好词》卷四二首，《阳春白雪》卷一二首）；

江致和一首（《花草粹编》卷九）；

江无□一首（《金石补正》卷九十三载《浯溪题刻》）；

江纬一首（《花草粹编》卷十一）；

江汉一首（《铁围山丛谈》）；

江史君一首（《翰墨全书》丁集卷二）；

江万里一首（《翰墨全书》丁集卷一）；

向子諲一百七十六首（一百七十八首，其中有韩叔夏及曾伯端之和词。又《永乐大典》“帅”字韵，载《水调歌头》“凭深负阻”一首，乃刘褒之误，因不补入）；

　　向滈四十三首（江本《乐斋词》四十二首，赵补一首）；

　　任昉一首（《花草粹编》卷十）；

　　任翔龙一首（《翰墨全书》壬集卷八）；

　　米芾十九首（朱本《宝晋长短句》十六首，予据《珊瑚网名画跋》卷四补《念奴娇》"洞天昼永"一首、卷六补《醉太平》"风炉煮茶"一首。又据《花草粹编》卷二补《减字木兰花》"山阴道士"一首）；

　　米友仁十八首（朱本《阳春乐府》）；

　　仲并三十二首（朱本《浮山诗余》）；

　　竹卿一首（《翰墨全书》癸集卷二十四）；

　　凫仙二首（《齐东野语》一首，《词的》卷二一首）；

　　回仙一首（《苕溪渔隐丛话》后集三十八）；

　　牟子才一首（《花草粹编》卷十二）；

　　牟巘九首（朱本《陵阳词》）；

　　危西麓一首（《翰墨全书》庚集卷二十四）；

　　危稹三首（《中兴词选》卷四）；

　　危昂霄一首（《光泽县志》）；

　　宇文虚中一首（《碧鸡漫志》卷二）；

　　宇文绥三首（简帖和尚）；

　　仲殊四十三首（赵辑《宝月集》三十首，予从《嘉定镇江志》卷二十一补十三首）；

　　仲皎一首（《唐宋词选》卷九。皎，字如晦）；

　　如愚居士一首（《江宁金石记》卷八载牛首山石刻）。

　七画

　李仲光一首（《翰墨全书》丁集卷一）；

　李亿三首（《阳春白雪》卷五二首、卷七一首）；

　李西美二首（《梅苑》卷三一首，《花草粹编》卷九一首）；

　李仁本三首（《洞霄诗集》）；

　李次山一首（《阳春白雪》卷二）；

　李振祖一首（《绝妙好词》卷三）；

李祁十四首（《乐府雅词》卷下）；

李震一首（《大观录》卷十八）；

李秀兰一首（《花草粹编》卷三）；

李刘六首（《中兴词选》卷八一首，《翰墨全书》丁集卷二二首，《花草粹编》卷七一首、卷十一一首、卷十三一首）；

李石才一首（《翰墨大全》乙集卷九）；

李古溪二首（《全芳备祖》后集卷三"橘"门）；

李公昂三十首（毛本《文溪词》）；

李肩吾十首（赵辑《蜾洲词》）；

李子正十首（《梅苑》卷六）；

李霜涯一首（《花草粹编》卷一）；

李居仁二首（《乐府补题》）；

李季蓴一首（《夷坚丁志》卷十九。季蓴，字英华）；

李敬则二首（《翰墨全书》丁集卷一一首、壬集卷八一首）；

李好古十四首（王本《碎锦词》《阳春白雪》载《谒金门》"花过雨"一首，《贵耳集》作卫元卿词，既误作李好古，又误作李好义）；

李玉一首（《唐宋词选》卷八）；

李宏模（《阳春白雪》卷六）；

李流谦二十五首（朱本《澹斋集》）；

李瓒一首（《词苑丛谈》卷六）；

李弥逊八十八首（王本《筠溪词》八十七首，赵补《菩萨蛮》"江城烽火"一首）；

李芸子三首（《中兴词选》卷十一一首，《群芳谱》卷第六十三"荔枝"门一首、卷第四十一"腊梅"门一首）；

李君行一首（《翰墨全书》辛集卷三）；

李吕十九首（朱本《澹轩诗余》二十四首，但《念奴娇》"海天向晚"一首乃于湖词，《八宝妆门》"掩黄昏"一首乃刘焘词，《临江仙》"湘水连天"一首乃滕宗谅词，《念奴娇》"素光练静"一首、《木兰花》"沉吟不语"一首并李邴词，因删去）；

李肯堂一首（《翰墨全书》丁集卷一）；

李演七首（《绝妙好词》卷五六首，《浩然斋雅谈》下一首）；

李氏五首（《花草粹编》卷四一首、卷六二首，《林下词选》卷三一首，《历代诗余》卷七一首。李氏，即延安夫人）；

李如坚一首（眉县石刻）；

李乘三首（《永乐大典》卷二千零八"梅"字韵一首，《花草粹编》卷四二首。乘，字德载）；

李长庚一首（《阳春白雪》卷五。长庚，字子西，号冰壶）；

李曾伯二百零一首（吴本《可斋词》）；

李致远一首（《花草粹编》卷九）；

李铨一首（《全芳备祖》前集卷一"梅花"门）；

李士举一首（《梅苑》卷七）；

李之问断句（《岁时广记》卷二十一引《岁时杂记》）；

李肃一首（《阳春白雪》卷四）；

李清照五十二首（增补赵辑《漱玉词》）；

李延忠十一首（赵辑《橘山乐府》）；

李洪十首（朱本《芸庵诗余》）；

李南金一首（《鹤林玉露》卷一）；

李处全四首（王本《晦庵词》）；

李重元四首（《唐宋词选》卷九）；

李石三十九首（朱本《方舟词》三十四首，赵补五首）；

李珏二首（《绝妙好词》卷六）；

李敦诗一首（《乐府雅词》拾遗上）；

李漳四首（赵辑《李氏花萼集》）；

李洪二首（赵辑《李氏花萼集》）；

李涮一首（赵辑《李氏花萼集》）；

李泳四首（赵辑《李氏花萼集》）；

李洤二首（赵辑《李氏花萼集》）；

李元卓一首（《乐府雅词》拾遗上）；

李彭老二十一首、断句一（朱本《龟溪二隐集》，断句见《词旨》）；

李莱老十七首（朱本《龟溪二隐集》）；

李坦然一首（《梅苑》卷三）；

李久善一首、断句一（《梅苑》卷一，附《能改斋漫录》卷十七断句）；

李遵勖二首（《能改斋漫录》卷十六）；

李清臣一首（《花草粹编》卷二）；

李师中一首（《粤西诗载》卷二十五）；

李冠四首（《唐宋词选》卷六二首，《花草粹编》卷七一首、卷八一首）；

李甲十首（《乐府雅词》下八首，《乐府雅词》拾遗一首，《梅苑》卷十一首）；

李之仪九十四首（毛本《姑溪词》八十六首，据毛斧季校本补八首。又《花草粹编》卷四载《鬲梅溪令》一首，乃白石词之误，因删去）；

李婴一首（《唐宋词选》卷四）；

李元膺九首（赵辑《李元膺词》）；

李光十三首（王本《庄简词》）；

李豸四首（《乐府雅词》拾遗一首，《唐宋词选》卷四一首，《梅苑》卷七一首，《碧鸡漫志》卷二一首。《历代诗余》卷十二亦载方叔“落日水镕金”一首，乃廖世美之误，兹删去）；

李邴九首、断句二（《中兴词选》卷一三首，《乐府雅词》拾遗上二首，《能改斋漫录》卷十七一首，《类编草堂诗余》卷一一首，《花草粹编》一首。又《乐府雅词》卷四十一首中载徐师川“素光练静”一首，据倪称和词实为汉老之作，兹补入。附《岁时广记》卷五及卷三十五断句二。又《词统》卷三载汉老《调笑令》一首，实毛滂之误，兹删去）；

李纲五十首（王本《梁溪词》）；

李持正二首（《能改斋漫录》卷十六一首，《花草粹编》卷七一首）；

沈唐六首、断句二（《唐宋词选》卷六二首，《乐府雅词》拾遗上一首，《花草粹编》卷六一首、卷十一一首，《钦定词谱》卷三十五一首，附《画墁录》卷一断句二首。唐，字公述）；

沈与求四首（朱本《龟溪长短句》）；

沈子山二首（《能改斋漫录》卷十七，《词综》误作“波子山”）；

沈端节四十四首（毛本《克斋词》）；

沈会宗二十三首（赵辑《沈文伯词》）；

沈瀛九十首（朱本《竹斋词》八十六首，赵补四首）；

沈刚孙一首（《花草粹编》卷十）；

沈晦一首（《永乐大典》卷二千二百六十五"湖"字韵）；

沈钦一首（《大观录》卷十五）；

沈注断句（《泊宅篇》）；

汪元量三十三首（朱本《水云词》三十首，赵补三首）；

汪莘六十六首（朱本《方壶诗余》）；

汪晫十二首（朱本《康范诗余》）；

汪辅之一首（《唐宋词选》卷五）；

汪存一首（《花草粹编》卷六）；

汪藻三首（朱本三首。赵补《霜天晓角》"疏朗瘦直"一首乃王澡词，兹并删去）；

汪梦斗六首（朱本《北游词》）；

阮逸女一首（《唐宋词选》卷十。《类编草堂诗余》又载阮氏"鱼游春水"一首，但据《复斋漫录》云"此词得于古碑，无名无谱，则非阮氏之作矣"）；

阮华一首（《情史》卷三）；

阮秀实一首（《翰墨全书》丁集卷二）；

阮阅六首（朱本《阮户部词》四首，赵补二首）；

阮槃溪一首（《翰墨全书》庚集卷二十四）；

何大圭二首（《花草粹编》卷六一首，《岁时广记》卷三十三一首）；

何楠二首（《梅苑》一首，《碧鸡漫志》卷二一首）；

何守谦二首（《武夷山志》卷十五）；

何梦桂四十首（王本《潜斋词》）；

何光大一首（《绝妙好词》卷五）；

何澹一首（《永乐大典》三千零零五"人"字韵）；

何籀三首（《类编草堂诗余》卷一二首、卷四一首）；

何自明一首（《夷坚志》丙卷六）；

宋祁六首（赵辑《宋景文公长短句》）；

宋徽宗十八首（朱本十八首，《玲珑四犯》乃曹松山词，删去。予又据《可书》补一首）；

宋江一首（《瓮天脞语》）；

宋齐愈一首（《唐宋词选》卷八）；

宋高宗十七首（《绍兴府志》卷七十一十五首，《贵耳集》下一首，《辇下纪事》一首）；

宋钦宗三首（《可书》二首，《宣和遗事》一首）；

宋宁宗一首（《皱水轩词筌》）；

宋德广一首（《阳春白雪》卷十）；

宋自道一首（《阳春白雪》卷六）；

宋自逊七首（赵辑《渔樵笛谱》）；

吴感一首（《中吴纪闻》卷一）；

吴师孟一首（《梅苑》卷四）；

吴则礼二十七首（朱本《北湖诗余》）；

吴益一首（《湖州词征》卷二十五）；

吴礼之十七首（赵辑《顺受老人词》）；

吴叔断句（《词旨》上）；

吴大有一首（《绝妙好词》卷六）；

吴敏德断句（《岁时广记》卷二十一引《岁时杂记》）；

吴国夫人断句（《苕溪渔隐丛话》前集卷六十）；

吴城小龙女一首（《唐宋词选》卷十）；

吴景伯一首（《景定建康志》卷十七）；

吴千能一首（《金石萃编》卷一百三十五）；

吴儆三十首（江本《竹洲词》二十一首，赵补九首）；

吴申一首（《翰墨全书》丙集卷三）；

吴季子二首（《翰墨全书》丁集卷一）；

吴国夫人断句（《苕溪渔隐丛话》前集卷六十）；

吴文英二百四十首、断句一（朱古微四校本，附《词旨》上断句）；

吴弈一首（《乐府雅词》拾遗上）；

吴潜二百五十五首（朱本《履斋先生诗余》）；

吴云一首（《烬余录》）；

吴镒二首（《永乐大典》卷二千二百六十五"湖"字韵）；

吴渊六首（朱本《退庵词》）；

吴亿七首（《乐府雅词》拾遗上五首，《花草粹编》一首，《翰墨全书》丁集卷二一首）；

吴泳三十二首（朱本《鹤林词》三十首，予从《永乐大典》二千二百六十五"湖"字韵，补《满江红》"风约湖船"一首、《贺新郎》"一片湖光"一首）；

吴淑姬四首（《唐宋词选》卷十三首，《夷坚支志》庚十一首）；

吴琚七首（《阳春白雪》卷二一首，《阳春白雪》卷四二首，《武林旧事》卷七二首，《嘉定镇江志》卷二十一一首，《历代诗余》卷五一首）；

吕本中二十七首（赵辑《紫薇词》二十六首，予据《艇斋诗话》补《浪淘沙》"柳色过疏篱"一首）；

吕喦二首（《青泥莲花记》卷二引上阳子《悟真篇》注一首，《湖海新闻》前集一首，当与回仙合并）；

吕直夫一首（《乐府雅词》拾遗上）；

吕渭老一百三十四首（毛本《圣求词》）；

吕胜己八十九首（朱本《渭川居士词》）；

吕同老四首（《乐府补提》）；

吕颐浩一首（《忠穆集》附词）；

杜旃三首（《词品》卷五）；

杜安道一首（《梅苑》卷八）；

杜大中断句（《苕溪渔隐丛话》前集卷六十引《今是堂手录》）；

杜良臣一首（《阳春白雪》卷六）；

杜龙沙四首（《阳春白雪》卷七三首、卷八一首）；

杜安世八十一首（毛本《寿域词》八十六首，但《菩萨蛮》"花明月暗"一首乃李煜词，《生查子》"关山魂梦长"一首乃王观词，《诉衷情》"烧残绛蜡"一首乃王益词，《虞美人》"炉香昼永"一首乃欧阳修词，《凤衔杯》"留花不住"一首乃晏殊词，《折红梅》"喜轻澌"一首乃吴感词，因并删去。又赵补一首）；

杜郎中一首（《全芳备祖》前集卷一"梅花"门）；

余玠一首（《阳春白雪》卷七）；

余桂英一首（《绝妙好词》卷六）；

利登十二首、断句一（赵辑十首，予据《隐居通义》卷九补二首及断句）；

杏倩一首（《林下词选》卷一）；

巫山神女九首（《夷坚乙志》卷十三）；

辛弃疾六百二十三首（王本《稼轩词》五百七十三首，加入辛启泰补词三十三首，四卷本十五首，《清波别志》一首，《草堂诗余》一首）；

邢俊臣断句（《寓简》卷十）。

八画

林逋四首（《唐宋词选》卷二二首，《全芳备祖》前集卷一"梅花"门一首，《梅苑》卷八一首）；

林仰一首（《唐宋词选》卷七）；

林革一首（《金石萃编》卷一百三十二）；

林表民一首（《阳春白雪》卷五）；

林淳七首（《永乐大典》卷二千八百十三"梅"字韵一首、卷二千二百六十五"湖"字韵六首）；

林外一首（《四朝闻见录》，《烬余录》作李山民词）；

周文璞二首（《绝妙好词》卷一一首，《词品》卷二一首）；

周纯八首（《永乐大典》卷二千八百十"梅"字韵三首、卷二千八百十三"梅"字韵三首，《花草粹编》卷三一首、卷六一首。纯，字忘机）；

周必大十三首（晨风阁丛书《平园近体乐府》）；

周端臣九首（赵辑五首。予据《永乐大典》"湖"字韵补四首）；

周埜舟一首（《随隐漫录》卷三）；

周文谟一首（《珊瑚录》法书题跋卷十引郭天锡手录《诗文杂记》）；

周格非一首（《乐府雅词》拾遗上）；

周容一首（《浩然斋雅谈》下）；

周密一百五十三首（朱本《蘋州渔笛谱》，《草窗词》）；

周晋三首（《绝妙好词》卷三）；

周弼二首（《阳春白雪》卷六）；

周暕一首（《花草粹编》卷十一。暕，字伯阳）；

周德材子断句（《夷坚三志》辛十）；

周煇断句（《清波杂志》卷九）；

周氏一首（《阳春白雪》卷四。周氏，号得趣居士，丁基仲侧室）；

周邦彦一百九十四首（王本《清真词》一百二十七首，予据毛刻补六十四首。毛刻补遗中如"月影穿窗"一首乃周晴川词，《齐天乐》"疏疏几点"一首乃杨无咎词，"小院闲窗"一首乃李易安词，并删去。又据《能改斋漫录》卷十六补《烛影摇红》一首，《花草粹编》卷六补《忆秦娥》"双溪月"一首、卷四补"滴滴金梅花漏泄"一首）；

周紫芝一百五十首（毛本《竹坡词》）；

周铢一首（四明《近体乐府》卷二）；

邵怀英一首（《翰墨全书》丁集卷一）；

邵公序一首（《渚山堂词话》）；

邵博一首（《梅苑》）；

岳飞二首（《花草粹编》卷六一首、卷九一首）；

岳甫二首（《宝真斋法书赞》卷二十八）；

岳珂八首（《阳春白雪》卷四一首，《绝妙好词》卷一一首，《全芳备祖》前集卷一一首、前集卷七一首、前集卷十三一首，明杨端《琼花集》卷三一首，《京口三山志》一首，《词品》卷五一首）；

卓田四首（《中兴词选》三首，《山房随笔》一首）；

金德淑一首（《宋旧宫人诗词》）；

金叔柔一首（《古杭杂记》）；

易少夫人二首（《花草粹编》卷七一首，《女史》卷十二一首。二首《历代诗余》卷三十八并作刘鼎臣妻词，殆不可信）；

易祓妻一首（《古杭杂记》）；

京镗四十二首（朱本《松坡词》）；

京师妓一首（《青泥莲花记》卷十二）；

尚希尹二首（《阳春白雪》卷六一首，《绝妙好词》卷六一首）；

披云子一首（《太原府志》石刻）；

房舜卿五首（《永乐大典》二千八百十"梅"字韵二首、二千零九十"梅"字韵一首，《梅苑》卷六一首、卷八一首）；

法常一首（《蕙风簃随笔》）；

武当山真武一首（《辍耕录》卷二十六）；

邱氏一首（《夷坚志补》卷二十二）；

青幕子妇断句（《后山诗话》）；

两地一首（《挥麈录》卷二）。

九画

俞国宝六首（《阳春白雪》卷一二首、卷四三首，《花草粹编》卷八一首）；

俞良三首（《题诗遇上皇》）；

俞灏一首（《绝妙好词》卷一）；

俞处俊一首（《独醒杂志》卷六）；

俞克成二首（《类编草堂诗余》卷一一首、卷二一首）；

俞子芝三首（《乐府雅词》拾遗上一首，《词品》卷三一首，明杨端《琼花集》一首）；

马光祖一首（《三朝野史》）；

马廷鸾四首（赵辑《碧梧玩芳诗余》）；

马子岩二十七首（赵辑《古洲词》）；

马琼琼一首（《青泥莲花记》卷八）；

马天骥一首（《花草粹编》卷四）；

马清泉四首（《永乐大典》三千零零六"人"字韵引马清泉《需庵集》）；

马成一首（《玉照新志》卷一）；

施翠岩二首（《阳春白雪》卷八）；

施枢三首（《阳春白雪》卷五一首、卷六一首、卷七一首）；

施乘之一首（《中兴词选》卷八）；

施岳六首、断句三（《绝妙好词》卷四，断句见《词旨》）；

施监酒一首（《花草粹编》卷二引《古今词话》）；

范仲淹六首（朱本《范文正公诗余》）；

范纯仁一首（《忠宣公集》附词）；

范致虚一首（《岁时广记》卷十）；

范周二首（《中吴纪闻》卷五）；

范成大九十三首（朱本《石湖词》八十九首，赵补四首）；

范端臣二首（《类编草堂诗余》卷一一首、卷三一首）；

范梦龙一首（《梅苑》卷九）；

范智闻一首（《乐府雅词》拾遗上）；

范靖江一首（《花草粹编》卷二）；

范晞文一首（《绝妙好词》卷六）；

范仲胤一首（《花草粹编》卷三）；

范仲胤妻一首（《花草粹编》卷三）；

胡翼龙十三首（《阳春白雪》卷六四首、卷七三首、卷八六首）；

胡仔二首（《苕溪渔隐丛话》后集卷五一首、后集卷十二一首）；

胡寅一首（《渚山堂词话》卷二）；

胡平仲二首（《翰墨全书》后戊集卷六，又《渚山堂词话》载其一首）；

胡铨十五首（王本十五首）；

胡仲弓一首（《绝妙好词》卷六）；

胡与可二首（《皇宋书录》外编一首，《花草粹编》卷九一首）；

胡浩然八首（《类编草堂诗余》卷二一首、卷三二首、卷四四首，《笺注草堂诗余》卷之上一首）；

胡世将一首（《词综补遗》十二引《陕西通志》）；

胡舜涉二首（《中兴词选》卷三一首，《苕溪渔隐丛话》后集卷三十九一首）；

姚镛一首（《阳春白雪》卷八）；

姚孝宁一首（《类编草堂诗余》卷三）；

姚述尧七十九首（朱本《箫台公余词》）；

姚宽五首（《中兴词选》卷三）；

姚卞一首（《花草粹编》卷十）；

姚勉三十二首（江本《雪坡词》）；

洪皓十七首（朱本《鄱阳词》）；

洪子大一首（《全芳备祖》后集"樱桃"门，《词综》及《历代诗余》并引作李洪词，并误）；

洪适一百四十首（朱本《盘州乐章》）；

洪迈四首（《绝妙词选》卷一一首，《夷坚支志》丙卷四一首、卷六一首，附见洪适《盘州乐章》内一首）；

　　洪咨夔四十四首（毛本《平斋词》四十三首，予据《花草粹编》卷七补一首）；

　　洪瑹十六首（毛本《空同词》十七首，但"阵鸿惊处"一首乃连可久之误，因删去）；

　　洪惠英一首（《夷坚支志》乙卷六）；

　　侯寘九十四首（毛本《懒窝词》九十五首，《风入松》"昔年心醉"一首乃赵闻礼词，因删去）；

　　侯蒙一首（《苕溪渔隐丛话》前集卷五十九）；

　　侯彭老一首（《清波杂志》卷十二）；

　　柳永二百十九首（朱本《乐章集》二百零六首。予从《类编草堂诗余》卷二补《爪茉莉》"每到秋来"一首，卷四补《十二时》"晚晴初"一首、《女冠子》"火云初布"一首、《望梅》"小寒时节"一首，又从《花草粹编》卷三补《清平乐》"阴晴未定"一首，从卷七补《凤凰阁》"匆匆相见"一首，又从《历代诗余》卷七十四补《鼓笛慢》"雪霏冰结"一首。至曹君直所补《江梅引》"年年江上"一首乃王观词，《三台令》"鱼藻池边"一首乃王建词，《白苎》"绣帘垂"一首乃紫姑词，《绛都春》"融和又报"一首乃丁仙现词，《女冠子》"同云密布"一首乃周邦彦词，兹并删去）；

　　柳富一首（《王幼玉记》）；

　　柳棨十八首（《柳子藏书》）；

　　姜夔八十四首（王本《白石词》）；

　　姜特立二十首（王本《梅山词》）；

　　查荎一首（《唐宋词选》卷七）；

　　飞红一首（《词统》卷十二）；

　　洛阳女一首（《花草粹编》卷八）；

　　盼盼一首（《绿窗新话》上引《古今词话》）；

　　南山居士一首（《梅苑》卷四）；

　　昭顺老人一首（《全芳备祖》后集卷一"艾"门）；

　　哀长吉四首（《翰墨全书》乙集卷九二首、丙集卷三一首，《花草粹编》卷九一首）；

　　柘山一首（《翰墨全书》丁集卷一）；

美奴二首（《苕溪渔隐丛话》后集卷四十。美奴，陆氏侍儿）；

某邑妓断句（《青泥莲花记》卷十二引《行都纪事》）；

珍娘二首（《花草粹编》卷二）；

春娘一首（《林下词选》卷三）。

十画

徐介轩一首（《全芳备祖》前集卷七"海棠"门）；

徐宝之四首（《阳春白雪》卷六一首、卷八一首、卷十一一首，《翰墨全书》丁集卷三一首）；

徐□一首（《阳春白雪》卷八）；

徐霖一首（《阳春白雪》卷八）；

徐照五首（《阳春白雪》卷一一首、卷三一首、卷四二首、卷五一首）；

徐冲渊一首（《洞霄诗集》）；

徐鹿卿十二首（朱本《徐清正公词》）；

徐元杰一首（《梅埜集》附词）；

徐一初一首（《词品》卷六）；

徐梦龙一首（《阳春白雪》卷六）；

徐俨夫一首（《阳春白雪》卷八）；

徐君宝妻二首（《辍耕录》卷三一首，《太平府志》卷四十三一首）；

徐架阁一首（《翰墨全书》丁集卷二）；

徐理一首（《阳春白雪》卷五）；

徐玑二首（《云谷杂记》卷三）；

徐逸二首（《阳春白雪》卷四一首，《剪灯新话》一首）；

徐安国一首（《永乐大典》二千八百零八"梅"字韵）；

徐经孙四首（朱本《矩山词》）；

徐似道四首、断句一（《鹤林玉露》卷十四一首，《阳春白雪》卷三一首，《谈薮》一首，《花草粹编》卷七一首，断句见《词旨》）；

徐俯十六首（《乐府雅词》中，《雅词》中别有《念奴娇》"素光练静"一首，乃李汉老之词。又《花草粹编》四载徐师川《画堂春》"落红铺径"一首，乃秦淮海之词，并删去）；

徐伸一首（《唐宋词选》卷八）；

徐积一首（《节孝集》附词）；

徐昌图三首（《尊前集》）；

孙锐一首（《耕闲先生集》）；

孙洙三首（《唐宋词选》卷三二首，《群芳谱》卷一一首）；

孙觌二首（《乐府雅词》拾遗上一首，《梅苑》卷六一首）；

孙惟信十一首（赵辑《花翁词》）；

孙居敬六首（《永乐大典》二千二百六十五"湖"字韵三首、三千零零六"人"字韵二首，《阳春白雪》卷三一首）；

孙楚望一首（《新安文献志》卷八）；

孙道绚九首（赵辑《冲虚词》）；

孙舣一首（《唐宋词选》卷三）；

孙浩然二首（《唐宋词选》卷六一首，《花草粹编》卷五一首）；

孙肖之一首（《乐府雅词》拾遗上。《雅词》又载孙作《长相思》"云一窝"一首，盖李后主之误，今删去）；

孙尚之一首（《花草粹编》卷一）；

晁公武一百六十一首（吴本《琴趣外篇》一百五十七首，《朝天子》"酒醒情怀"一首乃冯延巳词，因删去。赵补三首，予复据毛本补《洞仙歌》"青烟幕处"绝笔一首，据《全芳备祖》后卷三"柑"门补《洞仙歌》"江陵种橘"一首、"温江异果"一首）；

晁冲之十六首（赵辑《晁叔用词》）；

秦观一百二首、断句二（宋本七十七首。案李之藻本、汲古阁本、王敬之本淮海词补遗，伪作甚多。如《昭君怨》"隔叶乳鸦"一首乃赵长卿词，《如梦令》"门外绿阴"一首乃曹元宠词，《生查子》"眉黛远山"一首乃张于湖词，《浣溪沙》"青杏园林"一首乃欧阳永叔词，《眼儿媚》"楼上黄昏"一首乃左誉词，《柳梢青》"岸草平沙"一首乃僧挥词，《蝶恋花》"钟送黄昏"一首乃王晋卿词，《忆王孙》"萋萋芳草"一首乃李重元词，又《草堂诗余》所载《南乡子》"万籁无声"一首乃黄叔旸词，《花草粹编》所载《西江月》"愁黛颦成"一首乃晏小山词，共十首，皆非秦作。至其佚词，可考者，《阳春白雪》：《木兰花慢》"过长淮"一首；《草堂诗余》：《金明池》"琼筵金池"一首、《阮郎归》"春风吹雨"一首；《花草粹编》：《捣练子》"心耿耿"一首、

《南柯子》"霭霭凝春态"一首、"楼迥迷云日"一首、"夕露沾芳草"一首、《夜游宫》"何事东君"一首、《菩萨蛮》"金风簌簌"一首、《画堂春》"东风吹柳"一首、《海棠春》"流莺窗外"一首、《鹧鸪天》"枝上流莺"一首、《青门饮》"风起云间"一首;汲古阁本:《如梦令》"莺嘴啄花"一首、《醉乡春》"唤起一声"一首、《虞美人》"碧纱弄影"一首;《草堂诗余续集》:《满江红》"越艳风流"一首;《草堂诗余别集》:《一斛珠》"碧云寥廓"一首;明杨端《琼花集》:《醉蓬莱》"见扬州"一首;《历代诗余》:《尾犯》"客里过重阳"一首;《钦定词谱》:《忆秦娥》"灞桥雪"一首、"曲江花"一首、《解语花》"窗涵月影"一首、《兰陵王》"雨初歇"一首;《皖词纪胜》:《长江滚滚》一首。共二十五首,断句一见《侯鲭录》,一见《瓮牖闲评》);

秦觏一首(《春渚纪闻》卷七);

秦湛一首(《唐宋词选》卷四);

袁绹三首(《宣和遗事》一首,《乐府雅词》一首,《词律》拾遗六卷一首);

袁士则一首(《阳春白雪》卷六);

袁去华九十九首(王本《宣卿词》);

袁正真一首(《宋旧宫人诗词》);

袁易三十一首(赵辑《静春词》);

翁定一首(《翰墨全书》丁集卷二);

翁丹山一首(《翰墨全书》丁集卷一);

翁元龙二十首(赵辑《处静词》);

翁孟寅五首(赵辑《五峰词》);

梁栋二首(《宋遗民录》);

梁安世一首(《粤西金石略》卷九);

梁寅一首(《乐府雅词》拾遗上。著《石门集》之梁寅,当别为一人);

梁意娘二首(《花草粹编》卷七一首,《林下词选》卷三一首);

梁梅境一首(《翰墨全书》丁集卷二);

晏殊一百三十三首(毛本《珠玉词》一百三十二首,《蝶恋花》"六曲阑干"一首乃冯延巳词,因删去。又据《花庵词选》卷三,补《玉楼春》"绿杨芳草"一首、《破阵子》"燕子来时"一首。晏端书《珠玉词钞》,据《草堂诗余》补《如梦令》"楼外残阳"一首，据《历代诗余》补《玉楼春》"去年寻处"一首、《忆人人》"密传春信"一首、"前村满雪"一首，皆涉《梅苑》而误，《梅苑》并不注撰人，兹并不取）；

晏几道二百五十三首（朱本《小山词》二百五十五首，但《蝶恋花》"欲减罗衣"一首、"卷絮风头"一首乃赵德麟词，《生查子》"关山魂梦长"一首乃王观词，实得二百五十二首。予据《花草粹编》补《探春令》"绿杨枝上"一首。至《历代诗余》载《真珠髻》"重重山外"一首，乃涉《梅苑》之上首而误；《诗余》又载《满江红》"七十人稀"一首，乃据《翰墨全书》而误。《翰墨》注作小山寿大山兄，大山萧峛，小山乃萧泰来也）；

晏璧二首（《花草粹编》卷七一首、卷九一首）；

高惟月一首（《金石补正》卷九十六载澹山岩题刻）；

高翥二首（《菊磵稿》）；

高似孙三首（《阳春白雪》卷二一首、卷三一首、卷四一首）；

高登十二首（王本《东溪词》）；

高观国一百八首（朱本《竹屋痴语》，附《词旨》上断句）；

唐庚一首（《唐宋词选》卷八）；

唐氏一首（《词统》卷十）；

唐珏四首（《乐府补题》）；

唐仲实一首（《武夷山志》卷十五）；

倪称三十三首（王本《绮川词》）；

倪君奭一首（《随隐漫录》卷三）；

夏倪一首（《能改斋漫录》卷三）；

夏元鼎三十首（朱本《蓬莱鼓吹》）；

夏竦一首（《青箱杂记》卷五。《词林万选》卷二载《鹧鸪天》"镇日无心"一首，亦作夏竦，盖无名氏之作，升庵误属英公也）；

祖可三首（《唐宋词选》卷九一首，《能改斋漫录》卷十七二首）；

祖兵一首（《翰墨全书》丁集卷一）；

韦彦温一首（《花草粹编》卷六）；

韦骧十一首（朱本《韦先生词》）；

柴望十三首（朱本《秋堂诗余》）；

祝穆二首（《全芳备祖》前集卷十六一首，《花草粹编》卷十二一首）；

时彦一首（《花草粹编》卷三）；

真德秀一首（《绝妙好词》卷一）；

奚灭十首（赵辑《秋厓词》）；

耿时举一首（《阳春白雪》卷二）；

净端四首（《长兴词存》）；

海哥一首（《玉照新志》卷五）；

家铉翁三首（朱本《则堂诗余》）。

十一画

曹遇三首（《永乐大典》卷二千二百六十五"湖"字韵引《曹遇集》二首，二千八百零九"梅"字韵引《曹遇集》一首）；

曹希蕴二首（《花草粹编》卷六一首，《词统》卷六一首）；

曹组三十二首（易大厂藏抄本《曹元宠词》）；

曹良史一首（《绝妙好词》卷六）；

曹邍六首（赵辑《松山词》）；

曹冠六十三首（王本《燕喜词》）；

曹勋一百七十七首（朱本《松隐乐府》）；

曹豳二首（《中兴词选》卷九一首，《檐曝杂记》一首）；

章良能一首（《绝妙好词》卷一）；

章华三十二首（王本《章华词》）；

章丽贞一首（《宋旧宫人诗词》）；

章棨一首（《唐宋词选》卷五）；

章耐轩一首（《全芳备祖》前集卷二十一"山礬花"门）；

章谦亨七首（《湖州词征》卷三）；

许庭五首（《花草粹编》卷七）；

许及之一首（《阳春白雪》外集）；

许棐十八首（吴本《梅屋诗余》）；

许将三首（《岁时广记》卷三十一一首，《钦定词谱》卷十五二首）；

许玠一首（《阳春白雪》卷七）；

郭居安一首（《齐东野语》卷十二）；

郭梅石一首（《翰墨全书》丁集卷一）；

郭子正一首、断句一（《花草粹编》卷十，断句见《岁时广记》卷三十三）；

郭应祥一百二十九首（朱本《笑笑词》）；

郭生一首（《花草粹编》卷六引《志林》）；

郭章一首（《山西通志》二百二十六）；

郭□□一首（《阳春白雪》卷六）；

郭诓一首（《画墁录》）；

郭仲循一首（《梅苑》卷八）；

郭世模六首（《阳春白雪》卷三三首、卷五二首，《花草粹编》卷六一首。世模，字从范）；

郭仲宣一首（《梅苑》卷四）；

陈造八首（赵辑三首，予据《永乐大典》一万五千一百三十八"帅"字韵补四首、二千二百六十五"湖"字韵补一首）；

陈咏三首（《全芳备祖》前集一"牡丹"门一首、前集卷十六"紫薇花"门一首、前集卷二十一"金凤花"门一首。《三台词录》：陈咏，字景沂，号肥遁，天台人）；

陈从古一首（《全芳备祖》前集卷三"芍药"门）；

陈秤一首（《翰墨全书》癸集卷二十四）；

陈东甫三首（《全芳备祖》后集卷十六"竹"门一首，《阳春白雪》卷五一首、卷六一首）；

陈惟喆一首（《翰墨全书》丁集卷一）；

陈璧二首（《阳春白雪》卷五二首）；

陈纪一首（《词综》卷三十三）；

陈恕可四首（《乐府补题》）；

陈若晦一首（《洞霄诗集》）；

陈逢辰二首（《绝妙好词》卷四）；

陈草阁一首（《全芳备祖》前集卷一"梅花"门）；

陈彦章妻一首（《湖海新闻》后集）；

陈成之一首（《阳春白雪》卷六）；

陈坦之五首（《阳春白雪》卷八）；

陈耆卿三首（朱本《筼窗词》）；

陈策二首（《绝妙好词》卷三）；

陈人杰三十一首（王本《龟峰词》）；

陈亮七十五首（毛本《龙川词》三十七首，四印斋本《龙川词》补二十八首，但《滴滴金》"断桥雪霁"一首、《清平乐》"银屏绣阁"一首并已见毛刻，又赵补十首，予复从《全芳备祖》前集卷三"芍药"门补《暮花天》"天意微悭"一首，《永乐大典》卷二千二百六十五"湖"字韵补《浣溪沙》"爽气朝来"一首）；

陈合一首（《齐东野语》卷十二。《钦定词谱》卷三十八录陈合《宝鼎现》一首、卷二十七又录《声声慢》一首，据《随隐漫录》卷十一，此二首乃陈郁词，《词谱》误也）；

陈允平二百九首（朱本《日湖渔唱》《西麓继周集》）；

陈以庄二首（《中兴词选》卷十。《历代诗余》卷九载《菩萨蛮》"举头忽见衡阳雁"一首，乃陈达叟之误）；

陈袭善二首（《苕溪渔隐丛话》后集卷三十七一首，《花草粹编》卷七一首）；

陈著一百二十四首（朱本《本堂词》）；

陈凤仪一首（《唐宋词选》卷十）；

陈睦二首（《绿窗新话》上引《古今词话》）；

陈诜一首（《贵耳集》卷下）；

陈可斋一首（《阳春白雪》外集）；

陈参政一首（《志雅堂杂钞》）；

陈尧佐一首（《唐宋词选》卷三）；

陈瓘二十三首（赵辑《了斋词》）；

陈亚四首（《青箱杂记》卷一三首，《花草粹编》卷一一首）；

陈彭年一首（《花草粹编》卷六）；

陈师道五十四首（毛本《后山词》五十首，予据《花草粹编》卷三补四首）；

陈汝羲一首（《岁时广记》卷八引《复雅歌词》）；

陈与义十八首（毛本《无住词》）；

陈舜翁一首（《全芳备祖》后集卷五"杨梅"门）；

陈郁四首（《随隐漫录》卷二二首、卷十一一首，《古杭杂记》一首）；

陈达叟一首（《花草粹编》卷三）；

陈康伯一首（《花草粹编》卷四）；

陈德武六十五首（朱本《白雪遗音》）；

陈梦协一首（《翰墨全书》丁集卷二）；

陈师师一首（《柳耆卿诗酒玩江楼记》）；

陈抑斋一首（《阳春白雪》卷七）；

陈妙常一首（《林下词选》卷二）；

陈深七首（朱本《宁极斋乐府》）；

陈义四首（京本通俗小说《菩萨蛮》）；

陈偕三首（《阳春白雪》卷五一首、卷八二首）；

陈三聘八十一首（朱本《和石湖词》）；

陈济翁三首（《能改斋漫录》卷十七一首，《全芳备祖》前集卷三"芍药"门一首、前集卷七"海棠"门一首）；

陈克四十三首（赵辑《赤城词》四十一首，余从《永乐大典》三千零零六"人"字韵补《临江仙》"老屋风悲"一首、《清平乐》"枕边清血"一首）；

张镃八十六首（朱本《南湖诗余》七十九首，赵补五首，余从《永乐大典》卷二千二百六十五"湖"字韵补《柳梢青》"丈风漪"一首，从《全芳备祖》前集卷十"荷花"门补《乌夜啼》"晓来闲立"一首）；

张辑四十一首（朱本三十五首，赵补三首，予从《永乐大典》二千二百六十五"湖"字韵补《醉蓬莱》"记澄湖"一首，又从《花草粹编》卷三补《谒金门》二首）；

张炎三百一首（朱本《山中白云词》二百九十六首，据《词源》跋补《甘州》一首，据《大观录》补《齐天乐》一首，据《永乐大典》补三首）；

张震五首（《中兴词选》卷三）；

张风子一首（《夷坚丙志》卷十八）；

张履信二首（《绝妙好词》卷一）；

张颃一首（《洞霄诗集》）；

张枢九首、断句二（《绝妙好词》卷五六首，《浩然斋雅谈》下三首，断句见《词旨》）；

张艾三首（《阳春白雪》卷八）；

张□□一首（《金石补正》卷九十三载浯溪题刻）；

张磬二首（《绝妙好词》卷六）；

张绍文四首（《江湖后集》卷十四）；

张继先五十六首（朱本《虚靖真君词》五十首，予据抄本《虚靖真君词》补六首）；

张孝纯一首（《朝野遗记》）；

张潞一首（《阳春白雪》卷八）；

张杜一首（《景定建康志》卷二十二）；

张表臣二首（《珊瑚钩诗话》卷二）；

张友仁一首（《金石萃编》卷一百三十五）；

张拭一首（《花草粹编》卷十）；

张良臣二首（《绝妙好词》卷一一首，《词综》补遗卷六一首）；

张孝忠五首（《永乐大典》卷二千二百六十五"湖"字韵四首、卷六千五百二十三一首）；

张生二首（《词统》卷六）；

张伯端二十五首（朱本《紫阳真人词》十二首，杨补十三首）；

张玉娘十六首（朱本《兰雪词》）；

张林二首（《绝妙好词》卷六）；

张方仲一首（《乐府雅词》拾遗上）；

张孝祥二百二十二首（陶本《于湖居士乐府》一百六十九首，据吴本补四十六首，据毛本补四首，又赵补二首。予据《永乐大典》二千八百十"梅"字韵补一首。至陶本又载《生查子》"宫纱蜂赶梅"一首，乃朱翌之词，既误于《于湖乐府》，又误入王安中《初寮词》）；

张阁一首（《夷坚丁志》卷十）；

张珍奴一首（《青泥莲花记》卷一引上阳子《悟真篇注》）；

张淑芳三首（《宋元遗事》一首，《林下词选》卷十四二首）；

张才翁一首（《岁时广记》卷九引《古今词话》）；

张幼谦三首（《情史》卷三）；

张矩十二首（赵辑《梅渊词》）；

张天师一首（《花草粹编》卷七）；

张老一首（《花草粹编》卷六）；

张韫一首（《洞霄诗集》）；

张榘五十首（毛本《芸窗词》）；

张端义一首（《阳春白雪》卷五）；

张抡一百十首（朱本《莲社词》）；

张桂三首（《绝妙好词》卷六）；

张才父一首（《阳春白雪》卷四）；

张子功一首（《梅苑》卷九）；

张侃四首（赵辑《拙轩词》）；

张任国一首（《古杭杂记》）；

张涅一首（《浩然斋雅谈》下）；

张先一百七十七首（朱本《子野词》一百八十五首，但《醉桃源》"湘天风雨破寒初"一首、《浣溪沙》"锦帐重重"一首并少游词，《虞美人》"画堂新霁"一首、"碧波帘幕"一首并冯延巳词，《更漏子》"星斗稀"乃温飞卿词，《蝶恋花》"槛菊愁烟"一首乃晏殊词，《生查子》"含羞整翠鬟"一首、《浣溪沙》"楼倚春江"一首并欧公词，《菩萨蛮》"哀筝一弄"一首乃晏几道词，《菩萨蛮》"牡丹含露"一首乃唐人词，此并删去，实得词一百七十五首，又赵补二首）；

张昇一首（《青箱杂记》卷八载"无利无名"一首，《花草粹编》《历代诗余》《词综补遗》并作杜衍词，非是）；

张耒六首（赵辑《柯山诗余》）；

张舜民四首（朱本《画墁词》）；

张扩三首（《乐府雅词》拾遗上一首，《全芳备祖》前集卷七"海棠"门一首，《钦定词谱》卷十六一首）；

张元幹一百八十三首（吴本《芦川词》一百八十五首，但《南歌子》"桂魄分余晕"一首乃清真词，《江神子》"银涛无际"一首、《鹧鸪天》"不怕微霜"一首并石林词,《沁园春》"攲枕深轩"一首乃李弥逊词,因并删去。予据毛本补《踏莎行》"芳草平沙"一首,据《花草粹编》卷四补《阮郎归》"长杨风软"一首,至毛本又多《豆叶黄》"轻罗团扇"一首,乃吕渭老之词,并删去);

张景修二首(《乐府雅词》拾遗上);

张商英二首(《宣和遗事》上);

张纲三十五首(朱本《华阳长短句》);

陆蕴一首(《唐宋词选》卷八。蕴,字敦信);

陆淞二首(《绝妙好词》卷一一首,《花草粹编》卷十一首);

陆叡二首(《绝妙好词》卷三一首,《阳春白雪》卷六一首);

陆象泽一首(《阳春白雪》外集);

陆游妾一首(《随隐漫录》卷五);

陆游一百三十八首(吴本《渭南词》一百三十首,予据《中兴词选》卷二补五首,据《花草粹编》卷五补三首);

陆游妓一首(《齐东野语》卷十一);

陆凝之一首(《洞霄图志》卷五);

寇准四首(《唐宋词选》卷二二首,《湘山野录》卷中一首,《类编草堂诗余》卷二一首。《温公诗话》载《江南春》一首,乃诗体,因删去);

寇寺丞一首(《花草粹编》卷一);

冯应瑞一首(《乐府补题》);

冯去非三首(《阳春白雪》卷四二首、卷五一首);

冯艾之六首(《中兴词选》卷十);

冯取洽二十三首(朱本《双溪词》);

冯时行一首(《永乐大典》卷二千八百十"梅"字韵);

梅尧臣二首(《能改斋漫录》卷十七一首,《全芳备祖》后集卷十七"杨柳"门一首);

梅城四首(《翰墨全书》丙集卷三二首、庚集卷二十四二首);

梅娇一首(《林下词选》卷一);

莫仑五首(《词品》卷五一首,《词综》卷三十六一首,《历代诗余》卷四一首、卷三十二一首、卷七十六一首）；

莫将十五首（《梅苑》卷八一首、卷七十首，《夷坚志》卷四十四三首，《花草粹编》一首。将，字少虚）；

连仲宣一首（《岁时广记》卷十一）；

连可久一首（《中兴词选》卷十）；

哑女一首（《宁波府志》卷四十一）；

国学生一首（《花草粹编》卷十二）；

康与之三十五首（赵辑《顺庵乐府》）；

康仲伯三首（《乐府雅词》拾遗上二首，《花草粹编》卷十一一首）；

紫姑神二首（《碧鸡漫志》卷二一首，《花草粹编》卷二一首）；

紫竹六首（《林下词选》卷二）；

留元崇一首（《阳春白雪》卷七）；

留元刚一首（《阳春白雪》外集）；

崔与之一首（《中兴词选》卷七）；

陶氏一首（《花草粹编》卷七）；

船子和尚一首（《蕙风簃随笔》）；

晦庵一首（《鹤林玉露》卷十四）；

皎然一首（《类编草堂诗余》卷三）；

都下妓一首（《花草粹编》卷四引《古今词话》）。

十二画

黄谈一首（《永乐大典》卷二千二百六十五"湖"字韵）；

黄时龙三首（《阳春白雪》卷六一首、卷七二首）；

黄夫人一首（京本通俗小说《碾玉观音》）；

黄人杰九首（赵记录本《可轩曲林》七首。予据《永乐大典》卷二千八百十"湖"字韵，增补二首）；

黄右曹一首（《翰墨全书》丁集卷一。《花草粹编》卷七载黄作《庆寿椿》一首，盖据《翰墨》而误也，今删去）；

黄铸二首（《阳春白雪》卷六一首，《阳春白雪》卷七一首）；

黄简三首（《绝妙好词》卷三二首，《阳春白雪》卷五一首）；

黄定一首（《翰墨大全》丁集卷二）；

黄中一首（《阳春白雪》卷五）；

黄廷琦六首（《阳春白雪》卷八）；

黄庭坚一百八十首（朱本《山谷琴趣》八十九首。原本九十一首，《满庭芳》"北苑春风"一首、《丑奴儿》"夜来酒醒"一首，并少游词，因删去。据汲古阁本《山谷词》补八十九首。原本一百七十九首，删其与朱本同者八十九首，又《浣溪沙》"飞鹊台前"一首，乃小山词，删去）；

黄大临二首（《唐宋词选》卷四一首，《能改斋漫录》卷十七一首）；

黄裳五十四首（江本《演山集》中）；

黄载五首（《阳春白雪》卷五三首、卷六二首）；

黄诚之一首（《翰墨全书》丁集卷二）；

黄机九十六首（毛本《竹斋词》）；

黄孝迈二首（《绝妙好词》卷四二首，附后村跋中断句）；

黄公绍三十一首（朱本《在轩词》二十八首，赵补三首）；

黄岩叟一首（《阳春白雪》卷二）；

黄铢三首（《中兴词选》卷四）；

黄师参一首（《中兴词选》卷九）；

黄应武一首（《粤西金石略》卷十二）；

黄坚叟断句（《清波杂志》下）；

黄妙修一首（《拍案惊奇》卷十七）；

黄昇三十九首（毛本《散花庵词》四十三首，但后五首为戴石屏词，并删去。又赵补一首）；

黄公度十五首（毛本《知稼翁词》）；

黄童一首（《知稼翁集》附）；

黄大舆二首（《碧鸡漫志》卷二）；

程大昌四十六首（朱本《文简公词》）；

程珌四十三首（毛本《洺水词》四十首，赵补三首）；

程公许三首（《阳春白雪》外集三首）；

程先一首（《花草粹编》卷十）；

程过四首（《梅苑》卷四二首，《乐府雅词》拾遗上二首）；

程武三首（《阳春白雪》卷五）；

程钦之一首（《乐府雅词》拾遗上）；

程梅斋一首（《翰墨全书》壬集卷八）；

程节斋六首（《翰墨全书》丙集卷三三首、丁集卷一一首、壬集卷八二首）；

程垓一百五十八首（毛本《书舟词》一百五十六首，毛斧季校本补《意难忘》"花拥鸳房"一首，毛本《东坡词》有此首，但《花草粹编》卷九作《书舟词》，斧季殆据此补入。予又从《花草粹编》卷三补《谒金门》"春漠漠"一首）；

曾协十四首（朱本《云庄词》）；

曾乾曜一首（《鸡肋篇》卷上）；

曾寅孙一首（《珊瑚网名画题跋》）；

曾揆四首（《绝妙好词》卷三一首，《花草粹编》卷三一首、卷四一首、卷五一首。卷三《谒金门》"山街落日"一首，《词综》卷二十八录之，作曾允元词。允元，元人，字舜卿，号瓯江。揆，宋人，字舜卿，号懒翁，非一人也）；

曾栋二首（《阳春白雪》卷六一首、卷七一首）；

曾原一二首（《阳春白雪》卷五一首、卷六一首）；

曾悰六首（《花草粹编》五首，《酒边集》内附一首）；

曾觌一百四首（毛本《海野词》）；

曾惇六首（《中兴词选》卷一三首，《全芳备祖》前集卷二十一"水仙花"门二首，《词综》卷十二一首）；

曾宏正一首（《粤西金石略》卷十二）；

曾翚二首（《梅苑》卷一）；

曾布八首（《挥麈余话》一首，《玉照新志》卷二大曲七首）；

曾肇一首（《过庭录》）；

曾纡十首（《乐府雅词》卷下九首，《梅苑》卷四一首）；

舒亶五十首（易大厂藏抄本《信道词》）；

舒氏一首（《碧鸡漫志》卷二）；

彭虚寮四首（《翰墨全书》丁集卷三三首，《花草粹编》卷十一首）；

彭耜二首（附葛长庚《玉蟾先生诗余》内，即鹤林靖）；

游次公四首（《中兴词选》卷四三首，《后村诗话》前集卷二一首）；

游九言四首（朱本《默斋词》）；

游文仲一首（《翰墨全书》丁集卷一）；

游穉仙一首（《翰墨全书》丙集卷三）；

汤思退一首（《词综》卷三十一）；

惠洪十八首（《冷斋夜话》七首，《乐府雅词》拾遗上一首，《能改斋漫录》卷十六一首，《苕溪渔隐丛话》后集卷三十七一首，《词综》卷十六一首，《永乐大典》二千八百十一"梅"字韵二首。《梅苑》卷十又载洪作《点绛唇》"流水泠泠"一首，乃朱翌作，因删去）；

惠应庙神一首（《异闻总录》云此词乃江衍传，非衍作也。《花草粹编》卷十四即以为江衍作，误矣。《钦定词谱》卷十四从《粹编》，亦非）；

贺铸二百八十四首（朱本《东山词》一百九首，去其已见《方回词》者八首，实得一百一首。《方回词》一百四十三首。原本一百四十四首，《望扬州》一首乃少游词，因删。《东山词》补三十八首，共二百八十三首。予据王惠庵本补《谒金门》"花满院"一首，又赵补三首，共二百八十七首。但《柳梢青》"子规啼血"一首乃蔡伸词，《点绛唇》"红杏飘香"一首乃东坡词，兹删去）；

强至一首（《永乐大典》二千八百十"梅"字韵）；

覃怀高一首（《武夷山志》卷十五）；

富修钟一首（《翰墨全书》丁集卷一）；

傅大询一首（《鹤林玉露》卷五）；

琴操二首（《能改斋漫录》卷十八一首，《林下词选》卷十四一首）；

喻陟一首（《梅苑》卷四）；

邬文伯一首（《阳春白雪》卷七）；

报恩和尚一首（《词品》卷二）；

费时举五首（《永乐大典》卷二千八百十一"梅"字韵，引《费时举词》，此五首亦见《梅苑》，惟不注撰人，可据《大典》以补也）；

十三画

杨炎正三十七首（毛本《西樵语业》）；

杨景一首（《乐府雅词》拾遗上）；

杨适一首（《唐宋词选》卷六）；

杨无咎一百七十三首（毛本《逃禅词》）；

杨韶父三首（《阳春白雪》卷六）；

杨师纯二首（《绿窗新语》引《古今词话》）；

杨端臣三首（《绿窗新语》引《古今词话》）；

杨泽民九十三首（江本《和清真词》）；

杨冠卿三十六首（朱本《客亭乐府》）；

杨观一首（《清远县志》卷十五）；

杨恢七首、断句一（《绝妙好词》卷五六首，《语溪集》一首，《词旨》载其断句）；

杨亿一首（《梅苑》卷十）；

杨适一首（《四明近体乐府》卷一）；

杨本然一首（《江村诗词剩语》。本然，字舜举）；

杨万里八首（朱本《诚斋乐府》）；

杨缵三首（《绝妙好词》卷三）；

杨伯嵒一首（《绝妙好词》卷三）；

杨子咸一首（《绝妙好词》卷五）；

杨彦龄二首（《花草粹编》卷二）；

杨妹子一首（《韵石斋笔谈》下）；

杨太尉一首（《花草粹编》卷十二）；

杨金判一首（《随隐漫录》卷之二）；

葛立三十九首（毛本《归愚词》）；

葛长庚一百三十五首（朱本《玉蟾先生诗余》）；

葛剡三十首（江本《信斋词》）；

葛胜仲八十三首（毛本《丹阳词》七十九首，据集本补四首）；

叶清臣二首（《唐宋词选》卷六一首，《类编草堂诗余》卷二一首）；

叶梦得一百零五首（叶廷琯刊本《石林词》一百四首，较毛本多五首，但《卜算子》"娇艳醉杨妃"一首乃坦庵词，因删去。予又据《永乐大典》二千八百十"梅"字韵补二首）；

叶祖义三首（《夷坚支志》卷六）；

叶阊一首（《阳春白雪》卷五）；

叶润一首（《景定建康志》卷二十二）；

董参政一首（《花草粹编》卷四）；

董嗣杲二首（《绝妙好词》卷六一首，《大观》卷十五一首）；

董颖十首（《乐府雅词》卷上）；

董解元一首（《花草粹编》卷十）；

贾昌朝一首（《唐宋词选》卷二）；

贾奕一首（《宣和遗事》）；

虞俦一首（《永乐大典》卷二千百八十"梅"字韵）；

虞祺一首（朱存理《铁网珊瑚》）；

虞策一首（《花草粹编》卷七引《古今词话》）；

虞允文一首（《词综补遗》卷四）；

圆禅师一首（《罗湖野录》卷二）；

福建士子一首（《花草粹编》卷二）；

邹浩一首（《苕溪渔隐丛话》后集卷三十九）；

雷应春二首（《阳春白雪》卷四一首、外集一首）；

褚复生一首（《坚瓠十集》卷四）；

解昉二首（《唐宋词选》卷三一首，《花草粹编》卷六一首）；

楚娘一首（《青泥莲花记》卷六引《吟堂集》）；

闻人武子一首（《阳春白雪》卷一）；

詹克爱三首（《岁时广记》卷二十六二首、卷三十四一首）；

蜀中妓一首（《花草粹编》卷六）；

道山公子一首（《花草粹编》卷六）；

十四画

蒲宗孟三首（《梅苑》卷三二首，《花草粹编》卷八一首）；

赵轧一首（《过庭录》）；

赵希彭二首（《绝妙好词》卷二）；

赵某一首（《金石补正》卷九十二载浯溪石刻词）；

赵孟坚十一首（朱本《彝斋诗余》）；

赵师侠一百五十四首（毛本《坦庵词》）；

赵秋官妻一首（《花草粹编》卷四）；

赵汝晃九首（赵辑《退斋词》）；

赵以夫六十八首（陶本《虚斋乐府》，江刻少《沁园春》"自笑生来"一首）；

赵从橐一首（《齐东野语》卷十二）；

赵与铻一首（《绝妙好词》卷三）；

赵温之二首（《梅苑》卷四）；

赵必璩三十一首（王本《覆瓿词》）；

赵时奚四首（《阳春白雪》卷六）；

赵德仁一首（《类编草堂诗余》卷二）；

赵缩手二首（《夷坚丙志》二）；

赵才卿一首（《青泥莲花记》卷十二）；

赵长卿三百五十一首（毛本《惜香乐府》三百五十八首，但《眼儿媚》"楼上黄昏"一首乃阮阅词，《贺新郎》"篆缕销金鼎"一首乃李玉词，《菩萨蛮》"江城烽火"一首乃李弥逊词，《临江仙》"猎猎风蒲"一首乃苏庠词，《好事近》"气喜拥朱门"一首乃王昂词，《玉团儿》"铅华淡伫"一首乃周邦彦词，《一剪梅》"红藕香残"一首乃李易安词，《念奴娇》"见梅惊笑"一首乃朱敦儒词，兹并删去。又据明抄本补《昭君怨》"隔叶乳鸦"一首）；

赵彦端一百五十七首（毛本《介庵词》一百五十三首，予据《彊村丛书》补《桃源忆故人》《卜算子》《生查子》《生查子》四首）；

赵与仁五首（《绝妙好词》卷七）；

赵希迈二首（《绝妙好词》卷三一首，《浩然斋雅谈》下一首）；

赵君举十七首（赵辑《赵子发词》）；

赵崇嶓九十首（朱本《白云小稿》）；

赵必岊一首（《隐居通义》卷九）；

赵善扛十四首（《中兴词选》卷四）；

赵闻礼十五首（赵辑《钓月词》）；

赵善括四十八首（朱本《应斋词》）；

赵昂一首（《话腴内篇》卷下）；

赵汝钠一首（《乐府补题》）；

赵浦夫一首（《阳春白雪》卷五）；

赵野云一首（《阳春白雪》卷四）；

赵湆二首（《绝妙好词》卷五）；

赵希汰一首（《翰墨全书》丁集卷一）；

赵旭一首（《花草粹编》卷五）；

赵与洽二首（《阳春白雪》卷六一首、卷七一首）；

赵磻老十八首（王本《拙庵词》）；

赵时行一首（《阳春白雪》卷六）；

赵福元一首（《翰墨全书》壬集卷八）；

赵龙图一首（《翰墨全书》丁集卷一）；

赵蕃二首（《中兴词选》卷四）；

赵师蕐一首（《永乐大典》卷二千八百零九"梅"字韵引《维扬志》）；

赵耆孙二首（《梅苑》卷一一首，《花草粹编》卷八一首）；

赵淇一首（《绝妙好词》卷五）；

赵汝愚一首（《阳春白雪》卷二）；

赵汝迕一首（《绝妙好词》卷五）；

赵崇霄一首（《绝妙好词》卷六）；

赵葵一首（《钱塘遗事》卷二）；

赵抃一首（《乐府雅词》拾遗上。《历代诗余》卷五载《点绛唇》"秋气微凉"一首，乃王平甫之误，因删去）；

赵令畤三十六首（赵辑《聊复集》）；

赵企一首（《唐宋词选》卷八）；

赵仲御一首（《墨庄漫录》卷十）；

赵士暕四首（《永乐大典》二千八百十一"梅"字韵）；

赵鼎臣一首（《唐宋词选》卷五）；

赵鼎四十五首（王本《得全居士词》）；

邓有功二首（《隐居通义》卷九）；

邓剡十一首（赵辑《中斋词》十二首，"雨过水明霞"一首据《贵耳录》言乃文山词，因删去）；

邓肃四十五首（王本《栟榈词》）；

廖世美二首（《唐宋词选》卷四一首，《乐府雅词》拾遗上一首）；

廖行之四十一首（朱本《省斋诗余》）；

廖莹中二首（《齐东野语》卷十二一首，《钦定词谱》卷三十八一首）；

廖正一一首（《乐府雅词》拾遗上）；

荣樵仲一首（《阳春白雪》外集）；

荣諲一首（《梅苑》卷七）；

熊节一首（《翰墨全书》丁集卷一）；

熊禾三首（朱本《勿轩长短句》）；

熊则轩一首（《翰墨全书》癸集卷二十四）；

碧虚一首（《翰墨全书》丁集卷一）；

静山二首（《翰墨全书》辛集卷八一首、庚集卷二十四一首）；

闾丘次杲一首（《词综》卷十六）；

甄龙友二首（《阳春白雪》外集一首，《庶斋老学丛谈》卷三一首）；

蒲寿宬二十一首（朱本《心泉诗余》）；

僧儿一首（《苕溪渔隐丛话》后集卷四十）；

裴湘一首（《青箱杂记》卷十）；

管鉴六十七首（王本《养拙堂词》）；

寿涯禅师一首（《词品》卷二）；

厉寺正一首（《翰墨全书》丁集卷一）。

十五画

楼钥二首、断句一（《四明近体乐府》，附《攻媿集》断句）；

楼锷一首（《词综》卷十四）；

楼采六首、断句二（《绝妙好词》卷四，附《词旨》上断句二）；

楼槃二首（《绝妙好词》卷三）；

楼扶三首（《绝妙好词》卷五二首，《延祐四明志》一首）；

郑无党一首（《岁时广记》卷三十一引《古今词话》）；

郑觉斋三首（《阳春白雪》卷一二首、卷七一首）；

郑熏初三首（《阳春白雪》卷六二首、卷八一首）；

郑子玉一首（《全芳备祖》后集卷十“草”门）；

郑云娘一首（《花草粹编》卷四）；

郑意娘三首（《花草粹编》卷三一首、卷五一首、卷十二一首）；

郑梦协一首（《阳春白雪》卷六）；

郑宣抚二首（《永乐大典》二千八百十"梅"字韵一首，《花草粹编》卷六一首）；

郑楷一首（《绝妙好词》卷四）；

郑清之一首（《阳春白雪》卷八）；

郑文妻三首（《古杭杂记》一首，《类编草堂诗余》卷一一首、卷三一首）；

郑斗焕一首（《绝妙好词》卷六）；

郑黻一首（《武夷山志》卷十五）；

郑明举二首（《梅苑》卷六一首，《花草粹编》卷五一首）；

郑域十一首（赵辑《松窗词》）；

郑雪严一首（《阳春白雪》外集）；

郑闻断句（《瓮牖闲评》）；

郑獬一首、断句一（《唐宋词选》卷六，断句见《能改斋漫录》卷十六）；

郑仅十二首（《乐府雅词》卷上）；

刘震孙断句（《庶斋老学丛谈》卷三）；

刘菊房一首（《阳春白雪》卷七）；

刘之翰一首（《夷坚支志》卷四）；

刘褒五首（《中兴词选》卷七）；

刘锜一首（京本通俗小说《志诚张主管》）；

刘过八十五首（�隐庐刊本《龙洲词》八十六首，但《玉楼春》"春风只在"一首乃严仁词，因删）；

刘子翚四首（朱本《屏山词》）；

刘濬一首（《花草粹编》卷十一）；

刘德秀一首（《永乐大典》卷二千二百六十五"湖"字韵）；

刘仲方二首（《唐宋词选》卷五）；

刘鉴一首（《翰墨全书》丙集卷三。鉴，字清叟，号立雪）；

刘仙伦二十七首（赵辑《招山乐章》）；

刘清父五首（《中兴词选》卷八）；

刘翰七首（《阳春白雪》卷二一首、卷三二首、卷四一首、卷七一首，《小山集》二首）；

刘天游一首（《阳春白雪》卷四）；

刘光祖十一首（赵辑《鹤林词》）；

刘金坛一首（《花草粹编》卷四）；

刘辰翁三百五十一首（朱本《须溪词》）；

刘氏一首（《梅磵诗话》卷下）；

刘斧一首（《花草粹编》卷四）；

刘澜五首（《绝妙好词》卷五四首，《浩然斋雅谈》下一首）；

刘子寰十九首（赵辑《篁嵊词》）；

刘之才六首（《阳春白雪》卷七五首、卷八一首。《词综补遗》卷九载《声声慢》"羞朱妒粉"一首乃史可堂之误，因删去）；

刘镇二十六首（赵辑《随如百咏》二十六首，但《点绛唇》"倚天绝壁"一首乃韩南涧词，又予据《广群芳谱》卷第五《天时谱》"七月"门补《念奴娇》"嫩凉生晓"一首）；

刘沆一首（《大观录》卷十五）；

刘仁父一首（《翰墨全书》壬集卷八）；

刘省斋一首（《翰墨全书》壬集卷八）；

刘均国一首（《梅苑》卷二）；

刘彤一首（《苕溪渔隐丛话》后集四十）；

刘元英一首（《花草粹编》卷十一）；

刘鼎臣妻一首（《古杭杂记》）；

刘衮断句（《皱水轩词筌》）；

刘克庄二百五十五首（朱本《后村长短句》二百五十三首，赵补二首）；

刘颉一首（《阳春白雪》卷五）；

刘学箕三十八首（朱本《方是闲居士词》）；

刘爱山一首（《翰墨全书》丁集卷一）；

刘述一首（《湘山野录》卷中）；

刘敞二首（《能改斋漫录》卷十七一首，《乐府雅词》拾遗上一首）；

刘弇七首（朱本《龙云先生乐府》）；

刘泾三首（《类编草堂诗余》卷三二首，《词统》卷五一首）；

刘几四首（《梅苑》卷三）；

刘焘四首（《乐府雅词》拾遗上三首，《花草粹编》卷三一首）；

刘一止四十二首（朱本《苕溪乐章》）；

蔡襄一首（《花草粹编》卷三）；

蔡挺二首（《唐宋词选》卷六一首，《花草粹编》卷十一一首）；

蔡京一首（《挥麈后录》卷八）；

蔡柟五首（赵辑《浩歌集》）；

蔡真人一首（《苕溪渔隐丛话》前集卷五十八引《夷坚志》）；

蔡伸一百七十五首（毛本《友古词》）；

蔡戡三首（朱本《定斋诗余》）；

蔡幼学一首（《中兴词选》卷四）；

蔡持正断句（《岁时广记》卷二十六）；

欧阳修二百四十三首（吴本《近体乐府》二百零四首，从《醉翁琴趣》补七十三首，两本合计共二百七十七首，删去与《阳春集》同者十三首，与晏殊同者十首，与张先同者五首，又《长相思》"深画眉"一首乃白居易词，《阮郎归》"东风吹水"一首、《一斛珠》"晓妆初过"一首乃李煜词，《凤栖梧》"帘下清歌"一首、"伫倚危楼"一首乃柳永词，《应天长》"绿槐阴里"一首乃韦庄词，《应天长》"一弯初月"一首乃李璟词，兹并删去。又从《能改斋漫录》卷十七补"阑干十二独凭春"一首）；

欧阳珣一首（《独醒杂志》卷八）；

欧阳澈七首（朱本《飘然先生词》）；

欧良十八首（王本《抚掌词》）；

欧阳后林一首（《翰墨全书》丁集卷一）；

欧庆嗣一首（《花草粹编》卷九）；

蒋兴祖女一首（《梅磵诗话》）；

蒋元龙三首（《唐宋词选》卷六）；

蒋捷九十四首（校补朱本《竹山词》。《昭君怨》"担子挑春"一首，据《永乐大典》补全）；

潘牥五首（赵辑《紫岩词》）；

潘希白一首（《绝妙好词》卷五）；

潘阆十首（王本《逍遥词》）；

潘良贵一首（《默成集》附词）；

潘汾五首（《唐宋词选》卷七一首，《阳春白雪》卷一二首、卷三一首）；

滕宗谅一首（《能改斋漫录》卷十六）；

滕鲁卿一首（《花草粹编》卷六）；

慕容嵓卿妻一首（《竹坡诗话》）；

德祐太学生二首（《湖海新闻》）；

乐婉一首（《花草粹编》卷二引《古今词话》）。

十六画

卢祖皋九十六首（朱本《蒲江词》）；

卢炳五十九首（毛本《烘堂词》）；

卢氏一首（《墨客挥麈》四）；

钱□孙一首（《阳春白雪》卷五）；

钱继卓一首（《西湖志》）；

钱惟演三首（《全芳备祖》后集卷二十三"笋"门一首，《唐宋词选》卷二一首，《能改斋漫录》卷十六一首）；

卫芳华一首（《词统》卷十三）；

卫宗武十一首（朱本《秋声诗余》）；

卫元卿二首（《贵耳录》下卷一首，《历代诗余》卷八十三一首）；

阎苍舒一首（《芦浦笔记》卷十）；

随车娘子一首（《夷坚支志》丁集卷六）。

十七画

韩疁四首（赵辑《萧闲词》）；

韩玉二十八首（毛本《东浦词》）；

韩世忠二首（《梁溪漫志》卷八）；

韩淲一百九十七首（朱本《涧泉诗余》）；

韩元吉八十首（宋本《南涧诗余》）；

韩□一首（《景定建康志》卷二十二）；

韩嘉彦一首（《花草粹编》卷九）；

韩璜一首（《唐宋词选》卷八）；

韩师厚一首（《花草粹编》卷八）；

韩伯循一首（《翰墨全书》丁集卷一）；

韩琦十三首（《能改斋漫录》卷十七二首，《青箱杂记》卷八一首，《琼花集》卷三一首，据《初寮集》补《安阳好》九首）；

韩维五首（朱本《南阳词》）；

韩绛一首（附《南阳词》内）；

韩缜一首（《石林诗话》）；

韩缜妾词一首（《乐府纪闻》）；

韩驹一首（《类编草堂诗余》卷三。《花草粹编》卷九载《水调歌头》"江山自雄丽"一首乃于湖词。《词统》又载《昭君怨》"昨日樵村"一首，但据《夷坚志》，此乃金主亮之词，因删去）；

谢懋十四首（赵辑《静寄居士乐章》）；

谢直一首（《谈薮》）；

谢枋得一首（《叠山集》附词）；

谢明远二首（《阳春白雪》卷二一首、卷四一首）；

谢绛三首（《唐宋词选》卷二）；

谢逸六十三首（毛本《溪堂词》）；

谢薖十七首（朱本《竹友词》十六首，赵补一首）；

谢克家一首（《花草粹编》卷一引《避戎夜话》）；

萧泰来二首（《绝妙好词》卷三一首，《翰墨全书》丁集一首）；

萧元之三首（《阳春白雪》卷六二首、外集一首）；

萧回一首（《花草粹编》卷八）；

萧育三首（《花草粹编》卷九一首、卷十二首）；

萧淑兰三首（《花草粹编》卷三）；

萧崱三首（《阳春白雪》卷二一首、卷九一首、外集一首）；

萧某一首（《钱塘遗事》卷六）；

薛师石七首（《瓜庐集》）；

薛梦桂四首（《绝妙好词》三首，《浩然斋雅谈》卷下一首）；

薛子新一首（《阳春白雪》卷三）；

薛冰一首（《深雪偶谈》）；

薛几圣一首（《梅苑》卷九）；

薛嵎七首（《云泉集》）；

钟容斋一首（《翰墨全书》丁集卷一）；

钟仲远三首（《永乐大典》卷二千二百六十五"湖"字韵）；

钟过一首（《绝妙好词》卷三）；

储泳一首（《绝妙好词》卷五）；

鞠花翁二首（《阳春白雪》外集一首，《元草堂诗余》中一首）；

应次遽一首（《深雪偶谈》）；

应法孙二首（《绝妙好词》卷六）。

十八画

魏杞一首（《全芳备祖》全集卷一"梅花"门）；

魏了翁一百八十八首（吴本《鹤山先生长短句》）；

魏泰三首（《翰墨全书》丁集卷一一首，《花草粹编》卷七一首、卷十一首）；

魏子敬一首（《芦浦笔记》卷十）；

魏夫人十三首（《乐府雅词》下十首，《花草粹编》卷七三首）；

魏庭玉二首（《阳春白雪》外集）；

魏元履断句（《岁时广记》卷二十一引《岁时杂记》）；

聂胜琼一首（《唐宋词选》卷十）；

聂冠卿一首（《能改斋漫录》卷十六）；

戴复古四十一首（吴本《石屏词》四十首，据毛本补《满庭芳》"草木生春"一首，而毛本原仅三十三首）；

戴复古妻一首（《辍耕录》卷四，又《三台词录》金伯华，相传戴石屏妻）；

颜博文二首（《能改斋漫录》卷十七）。

十九画

关咏一首（《诗话总龟》卷三十三引《古今诗话》）；

关注二首（《洞霄图志》卷五一首，《花草粹编》卷四一首）；

谭宣子十三首（赵辑《在庵词》）；

谭方平一首（《花草粹编》卷十）；

罗椿一首（《花草粹编》卷十）；

罗子衎一首（《花草粹编》卷八）；

罗椅四首（《阳春白雪》卷四一首、卷六一首、卷七二首）；

罗惜惜一首（《情史》卷三）；

罗庆一首（《武夷山志》卷十五）；

罗愿一首（《鄂州小集》附词）。

二十画

苏易简二首（《续湘山野录》一首，《花草粹编》卷四一首）；

苏舜钦一首（《唐宋词选》卷三）；

苏轼三百四十二首、断句二（朱本《东坡词》三百四十二首，但《永遇乐》"天末山横"一首、《江城子》"银涛无际"一首、《虞美人》"落花已作"一首并石林词，《意难忘》"花拥鸳房"一首乃程垓词，因删去。又录赵补二首，予据《广群芳谱》卷二十一"茶"谱补《水调歌头》"已过几番雨"一首，《事林广记》癸集补《踏莎行》"判词"一首。断句见《诗集施注》，一见《岁时广记》）；

苏辙二首、断句一（《花草粹编》卷七一首，附《东坡乐府》一首，附《艇斋诗话》断句）；

苏庠二十三首（易大厂藏抄本《后湖词》，《墨客挥犀》载其《清江曲》乃诗体，又《花草粹编》卷十六载《倦寻芳》"兽环半掩"一首乃潘元质之误，兹并删去）；

苏小小一首（《青泥莲花记》卷八《元遗山词》题有引宋苏小小所寄诗）；

苏仲及一首（《梅苑》卷一）；

苏茂一三首（《阳春白雪》卷六二首、卷八一首）；

苏雪坡四首（《翰墨全书》庚集卷二十四三首，又《词品》卷五载其一首）；

苏泂二首（《游宦纪闻》卷八）；

苏琼一首（《苕溪渔隐丛话》后集卷四十）；

苏小娘一首（《花草粹编》卷十）；

苏十能一首（《花草粹编》卷五）；

严蕊三首（《夷坚支志》庚十二首，《齐东野语》卷二十一首）；

严参二首（《中兴词选》卷七）；

严羽二首（《沧浪吟》）；

严仁三十首（《中兴词选》卷五）；

醴陵士人一首（《花草粹编》卷七）。

二十一画

顾卞一首（《全芳备祖》后集十一《虞美人》"草"门）；

顾淡云一首（《烬余录》）；

铁笔翁一首（《翰墨全书》丁集卷一）；

续雪谷三首（《阳春白雪》卷八）；

护戎女一首（《岁时广记》卷二十一引《蕙亩拾英集》）；

二十二画

权无染五首（《永乐大典》卷二千二百十"梅"字韵三首，《梅苑》卷三一首，《历代诗余》卷二十二一首）；

窃杯女子一首（《宣和遗事》上）。

无名氏

无名氏九百七十一首（《宋史·乐志》一百二十一首，《高丽史》五十九首，《梅苑》二百六十首，《全芳备祖》十五首，《乐府雅词》九十七首，《阳春白雪》二十五首，《翰墨全书》一百零五首、断句二百五十五则，《能改斋漫录》六首，《宣和遗事》二首，《钱塘遗事》二首，《芦浦笔记》十五首，《中吴纪闻》二首，《苕溪渔隐丛话》二首，《随隐漫录》三首，《夷坚志》五首，《岁时广记》一首、断句三十一则，《容斋随笔》一首，《明道杂志》一首，《玉照新志》一首，《因话录》一首，《山房随笔》一首，《谈薮》一首，《豹隐纪谈》一首，《江湖纪闻》一首，《乐府补题》一首，《西湖志余》二首，《洞霄图志》二首，《话腴》一首，京本小说《冯玉梅团员》一首，《类编草堂诗余》一首，《花草粹编》一百零二首，《钦定词谱》引《复雅歌词》二首、引《古今词话》二首，《四明近体乐府》引《宝庆志》一首，《平阳石刻》一首，《莲女成佛记》一首，《戒指儿》一首，《事林广记》十首，《简帖和尚》二首，《刎颈鸳鸯会》一首，《西湖三塔记》一首）。

18 日（农历五月十八日），吴梅接如社第四次社集请帖。吴梅记曰："接乔大壮、唐圭璋请帖，知如社第四集在老万全。而《绮寮怨》尚未作也。"（吴梅著，王卫民编校：《吴梅全集·日记卷》下，第 574 页）

剑亮按：吴梅所说的《绮寮怨》是指如社第三社集社课。次日，吴梅就社课之作，在《日记》中记曰："欲作《绮寮怨》，仍未成，而匪石、大壮、亮卿皆先我稿成矣。明晚社集，拟将旧作塞责也。"（吴梅著，王卫民编校：《吴梅全集·日记卷》下，第 574 页）

18 日，上海词人聚会夏敬观康家桥宅，成立词社声社。"主其事者为夏敬观（映庵）、高毓浤（潜子）、叶恭绰（遐庵）、杨玉衔（铁夫）、林葆恒（讱庵）、黄璿（秋岳）、吴湖帆（丑簃）、陈方恪（彦通）、赵尊岳（叔雍）、黄孝纾（公渚）、龙榆生（榆生）、卢前（冀野），亦以十二人为限。"（《词学季刊》第 2 卷第 4 期"词坛消息"）

20 日（农历五月二十日），如社第四次社集。吴梅记曰："又应如社之约，往夫子庙老万全，则铁尊、仲坚、凌汉、伯匋及主人大壮、圭璋，匪石后至。亮卿以家人有恙，凤书有他约，皆未至。"（吴梅著，王卫民编校：《吴梅全集·日记卷》下，第 575 页）

23 日，乔雅郔致函《唯美》杂志。中曰："词的谱虽失传，可是他的格调还在，爱好艺术化文字的人，对于词，当然还有欣赏的价值。近几年里，我最爱填词，有了余闲，就胡乱地填一下。"（《唯美》1935 年第 5 期）

25 日（农历五月二十五日），吴梅校阅《双溪乐府》。记曰："将《双溪乐府》校毕，明日可寄还冀野矣。双溪为明代武功县张炼别字，与王渼陂、康对山并名。集中有寿对山舅诸词，又有自寿九十词，知其词学得诸对山，且又耆寿多福。惟抄本脱讹至多，末页自跋一通，又佚去前半篇，令人无法补全矣。"（吴梅著，王卫民编校：《吴梅全集·日记卷》下，第 576 页）

本月

《学术世界》第 1 卷第 1 期《文苑》栏目刊发：

杨铁夫《解语花》（游宜兴善卷洞）、《最高楼》（铁尊先生招饮鸡鸣寺景阳楼，尽读忏庵、铁尊唱和诸作，以此继声）、《何满子》（题子毅市长近像。时将赴模范县长任）；

王玉章《水龙吟》（金凤谢后作）；

冯振《自然室诗词杂话》。

广州市立美术学校《美术》第 2 期刊发：乔上《玉漏迟》（辛丑七七，同文道希作）、《永遇乐》（黄颖传《红楼惜别图》，乙卯北平作）。（后收入《民国珍稀短刊断刊·广东卷》第 9 册，第 4342 页）

《中学生》月刊第 56 期刊发：《读词偶得》广告。

上海群英书社《波罗蜜》第 2 辑刊发：翁漫栖 1933 年 5 月 3 日所撰《词改善的意见》。中曰："关于词解放这个名词，传到人们的耳朵可以说是很久，但是各处对此项的解放工作似乎不甚热闹。这因为为了一般人对这工作提起不满而加以论骂的缘故。自《新时代月刊》的'词解放运动专号'后，词解放的工作仍然如是的寥若晨星，只是在每一期的《新时代月刊》中，可以见到一两封词解放的谈话信件而已。"

剑亮按：翁漫栖（1911—2008），又名克庶、文楷，广东潮安人。著有诗集《祭》，词集《漫音》等。

宛敏灏《二晏及其词》，由上海商务印书馆出版。为《国学小丛书》一种。介绍北宋词坛的一般情况，论述北宋词人晏殊、晏几道在词坛上的地位，二晏的故乡和家世、个性、交游、年谱，二晏词的时代背景、历史根源、风格、影响等。有夏承焘《序》。附录《二晏轶事》。

夏，瞿秋白作《卜算子》（寂寞此人间）。（后收入于友发、吴三元编著：《新文学旧体诗选注》，山东教育出版社，1987 年，第 181 页）

《兴仁季刊》第 3 期刊发：文澂放《临江仙》（春柳）、《蝶恋花》（春花）、《南乡子》（春草）、《鹧鸪天》（春韭）。（后收入刘晓丽主编：《伪满洲国旧体诗集》，第 404 页）

剑亮按：《兴仁季刊》为伪满洲国时期奉天省立女子师范学校学友会会刊。1934 年在沈阳出刊。

7 月

1 日，《青鹤》第 3 卷第 16 期刊发：

映庵《广箧中词序》；

蛣庵《木兰花慢》（梦坡下世，忽忽一年矣。忆自甲子岁，奉手淞社，自后息园画课，沤社词集，文字之饮，靡役不从。慨岁月之如流，惜交期之渐尽。伤离念往，声为此词，聊伸鸡酒之情，用寄虎贲之慕云尔）；

雨生《一萼红》（为戴亮吉题所藏大鹤山人《冷红簃填词图》，用白石韵）。

1日，《国立四川大学周刊》第3卷第39期刊发：张文成《评唐五代词》。（后收入闵定庆整理：《唐五代词研究论文集》，第78页）

1日，湖南孔道学校《孔道期刊》第6期刊发：

熊希龄《满江红》（辛未重九后三日，感事有作。香山红叶，昔日过之，欣赏不已。今则情随境变，哀乐殊矣。赋此以警诸生，并示同志）；

赵日生《满江红》（应秉三先生感事有作韵）、《临江仙》（喜有高楼能望远）；

刘志贤《相见欢》（《易》称兑为少女，圣人以朋友讲席系之。离为中女，圣人以文明丽正系之。《葛覃》《卷耳》，皆后妃、夫人勤劳、节俭。尊师进贤，永歌其志，以化成天下，孰谓女子不当为诗乎？一日，郭君良佐出其夫人遗稿，乞题于余。观其诗辞清丽，情意悱恻，温柔敦厚，深得风人之旨。且字法劲秀，风神洒落，绝无脂粉习气。顾之古贤女诗中，当不易为伯仲也。今不幸甫二十而殒，未竟其志。宜为良佐之所深念，而亦同人之所敬叹也。因为词吊之，以塞郭君之悲）。（后收入《民国珍稀短刊断刊·湖南卷》第14册，第6804页）

1日，《湖南大学季刊》第1卷第3期刊发：

苍石《陌上花》（晚晴）、《青玉案》（饯春）；

苍坡《齐天乐》（六亭怀古）、《满庭芳》（百花生日）；

安石《莺啼序》（用升庵体，题刘师寅先生《木屏记》）、《燕山亭》（郊外见梅花。第五期词选考试作）；

子廉《点绛唇》（广苍坡老人意，次寒夜韵）；

梦僧《点绛唇》（三叠苍石、苍坡二老寒夜元韵）、《东风第一枝》（送别）、《满庭芳》（百花生日，次和苍石老人）；

大烈《减字木兰花》（无题）。

16日，夏承焘将《南唐二主年谱》校样寄开明书店叶圣陶。（夏承焘：《天风阁学词日记》，第394页）

16日，《青鹤》第3卷第17期刊发：陈启泰《癯庵未刊词》（二），有《虞美人》（中秋客夜）、《鹊桥仙》（尊前浊酒）、《醉太平》（鸳屏燕唼）、《高阳台》（倦柳扶凉）、《念奴娇》（云中怀古）、《齐天乐》（晋阳怀古）、《太常引》（游晋祠）、《蝶恋花》（度雁门关）、《浣溪沙》（元夕）、《阮郎归》（琼觚闲弄便愁春）、《摸鱼子》（栾城旅夜）、《念奴娇》（病中得仲弟书）、《蝶恋花》（泊临清）、《减字木兰花》（游莲池，和小汀叔韵）、《水调歌头》（赠罗顺循）、《南歌子》（题马东垣《来禽寿母图》）、《满江红》（席间与友人论词）、《水调歌头》（寄怀王益吾）。

16 日，《词学季刊》第 2 卷第 4 期《论述》栏目刊发：

龙沐勋《清真词叙论》；

卢前《陈大声评记辑》。

《专著》栏目刊发：

夏承焘《南唐二主年谱》；

唐圭璋《宋词互见考》。

《遗著》栏目刊发：

徐棨《词律笺榷》卷三；

劳纺《织文词稿》卷下；

冯煦《蒉月词序》；

周作镕《蒉月词》；

钱斐仲《雨华庵词话》。

《辑佚》栏目刊发：

周泳先《永乐大典所收宋元人词补辑》《宋十三家词辑》；

谢觐虞《孤鸾词零拾》；

龙沐勋《大鹤山人论词遗札》。

《词话》栏目刊发：

夏敬观《忍古楼词话》（续）；

张尔田《近代词人逸事（蒋鹿潭遗事　大鹤山人逸事　况夔笙逸事　沈寐叟逸事）》；

杨易霖《读词杂记》。

《近人词录》栏目刊发：

陈洵《玉楼春》（野亭惯为寻春到）、《临江仙》（花埭李氏庄看杜鹃）；

路朝銮《满庭芳》（孙子誉清以元夕词见示，依韵继声）、《菩萨蛮》（仲虎寄近词属和，次韵报之）四首；

廖恩焘《倾杯》（用屯田散水调）、《倾杯》（上阕成，案头水仙谢，久未忍弃也，适得阮玲玉香消之耗，怅触百忧。依乐章韵，再赠之）、《换巢鸾凤》（桃叶无踪）；

夏仁虎《倾杯》（鹤说尧年）、《换巢鸾凤》（贪说茶娇）；

林葆恒《凤凰台上忆吹箫》（纳兰容若生日，集苍虬阁）、《汉宫春》（辛未清明）、《三姝媚》（登临休费泪）；

向迪琮《倾杯》（用屯田散水调）；

陈世宜《换巢鸾凤》（送疚斋之广州）；

蔡宝善《倾杯》（缺月窥帘）；

李权《摸鱼儿》（送春日，用碧山韵，怀季英汉上，适得沈小藩同年噩耗，故及之）、《花心动》（和石斜柳絮）；

唐兰《瑞鹤仙》（夕阳迷远峤）；

雷崧生《桂枝香》（扫叶楼）、《满江红》（和喻慕韩韵）；

陈方恪《齐天乐》（十年零梦浔阳岸）、《芳草渡》（客梦醒）、《渡江云》（残霞明远烧）；

赵尊岳《石湖仙》（沧波吴苑）、《渡江云》（番风知剩几）；

黄孝纾《满江红》（过孟尝君淘米涧故址）、《满江红》（水郭低杨）、《卜算子》（殢酒卷帘迟）；

卢前《临江仙》（重审属题方密之《江天晓雾图》）；

龙沐勋《水龙吟》（杨花，和东坡）、《水龙吟》（送缧蘅之官黔中）、《水龙吟》（赋示同学诸子）、《南乡子》（题林畏庐画《西溪图》）。

《词林文苑》栏目刊发：

邵瑞彭《柳溪长短句序》；

蔡宝善《听潮音馆词自序》；

王瑞瑶《花雨楼词草序》。

《通讯》栏目刊发：夏承焘《与龙榆生言谢玉岑之死》。

17日，詹安泰作《应天长》（廿四年七月十七日，同龙榆生、李冰若茗话真茹别墅。时将有湖上之游）。（詹安泰：《无庵词》，第21页。后收入朱惠国、吴平编：《民国名家词集选刊》第15册，第507页。又收入詹安泰：《詹安泰全集》第4册，第241页）

20日，《人间世》半月刊第32期刊发：陈适《纳兰容若》。

23 日，《中央日报》刊发：马星野《悼谢师玉岑》。

24 日，夏承焘阅《词话丛编》。论曰："清初人论词，多不可据，拟平亭之，作《词话丛话》。"（夏承焘：《天风阁学词日记》，第 395 页）

26 日，周咏先访夏承焘。夏承焘"以《历代诗余》一部借周咏先，见其所辑宋元人文集中各词集题跋甚多，云将集作《词籍考》。留其家午饭，饭后同往紫云洞久谈。咏先南京人，其曾祖官大理府，遂为大理人。祖进士，自谓与清室有世仇，年六十，尚有志为革命党。父举人，留学日本，民元以革命党被戕于陆荣廷，才二十余岁"。（夏承焘：《天风阁学词日记》，第 395 页）

26 日，《北平晨报·艺圃》发表：丁易《词中叠字》。

30 日，詹安泰由龙榆生介绍而来杭州，访夏承焘。夏承焘记曰"词学甚深"，陪游虎跑，并以韩愈书《白鹦鹉》拓本相赠。詹安泰时为潮州中学教员。（夏承焘：《天风阁学词日记》，第 396 页）

本月

《国画月刊》第 1 卷第 9、10 期合刊《论述》栏目刊发：陈翠侯《绘事与诗词之关系》。

南京《国衡》半月刊第 1 卷第 6 期刊发：唐圭璋《民族英雄陈龙川》。

吴遁生《宋词选注》，由上海商务印书馆出版。为《学生国学丛书》一种。

8 月

1 日，夏承焘赴詹安泰住地做回访。记曰："詹君词甚工。"（夏承焘：《天风阁学词日记》，第 396 页）

1 日，《青鹤》第 3 卷第 18 期刊发：子有《讱庵词》（二），有《金缕曲》（寒鸦）、《定风波》（斜阳）、《百字令》（柳墅感旧）。

2 日，夏承焘修改《蝶恋花》（乙亥三月感事，寄天然日本）词。（夏承焘：《天风阁学词日记》，第 396 页）

4 日，夏承焘接龙榆生南京函，谓下学期将往广州中山大学，询问夏承焘是否愿意同往。夏承焘作《江城子》（榆生掌教春申，不得酬其志，贻书招游岭南，共励岁寒之操，抚事寄此）。（夏承焘：《天风阁学词日记》，第 397 页）

8 日，邵瑞彭作《山禽余响自序》，曰："乙亥仲秋，大梁旅处。籀诵余暇，每取遗山乐府，随意讴吟。觉其缘情感物，芳烈动人，信乎古诗之遗意，词林之变雅矣。向岁，彊村老人曾广《鹧鸪天》宫体八首，辄为变通其意，依韵继声。或比换旧题，或直抒孤抱。寿陵蒲伏，奚敢遥跂邯郸，聊以寄要眇之思而已。愚所据空青馆重斠华氏刻本，网罗最备，计《鹧鸪天》五十二首。今属和者四十五首，自余寿人之曲七首，且涩盖阙。草端于桭华香里，断手于腊鼓声中，凡百二十日而写成定稿。托烟水之迷离，哀众芳之芜薆；答清商之幽唳，振山禽之余响。千载比肩，风声未远。发情思古，只益欷歔，盖天时人事为之也。貙刘日，自记。"（后收入施蛰存：《北山楼词话》，华东师范大学出版社，2012 年，第709 页）

剑亮按：貙刘，古代天子于立秋日射牲以祭宗庙之礼。《周礼·夏官·射人》"祭祀则赞射牲"汉郑玄注："《国语》曰：'禘郊之事，天子必自射其牲。'今立秋有貙刘云。"《后汉书·礼仪志中》）："立秋之日，白郊礼毕，始扬威武，斩牲於郊东门，以荐陵庙。"故编年于此。

14 日（农历七月十六日），吴梅评阅《芬陀利室词》。曰："阅剑人《芬陀利室词》，中论宫调亦多中肯。惟不知宫调为乐器高低之用，并非主腔。腔格如何，则除白石十七谱外，无从探索。而此十七谱，仅有工尺，而无拍板，故仍不可歌。剑人之言，不过与大鹤语等而已。余意凡不能按歌者，万勿轻论音律。"（吴梅著，王卫民编校：《吴梅全集·日记卷》下，第 600 页）

16 日，《青鹤》第 3 卷第 19 期刊发：子有《讱庵词》（三），有《苏幕遮》（词社初集即事）、《高阳台》（初雪时正客京师）、《更漏子》（寒夜）、《江城子》（滇城外黑龙潭，唐梅数枝，兵燹之余，不知何似。追念昔游，因成是解）。

20 日，詹安泰作《淡黄柳》（廿四年七月廿二日，侍斠玄夫子游后湖。时四山淡漠，一雨霏微，景光凄绝）。（后收入詹安泰：《詹安泰全集》第 4 册，第242 页）

本月

吴其昌作《鹧鸪天》（葛岭抱朴庐避暑，二十四年七月杭州作）。（后收入吴令华主编：《吴其昌文集·诗词文在》，第 43 页）

剑亮按：吴其昌此词词序所用纪年为农历纪年法，故编年于此。

《学术世界》第 1 卷第 3 期《文苑》栏目刊发：王玉章《踏莎行》（姑苏道

上）、《点绛唇》（夜泊）。

《国风》第 7 卷第 1 号刊发：缪钺《冰茧庵诗词稿》。

任二北《词学研究法》，由上海商务印书馆出版。分"作法""词律""词乐""专集选集总集"四章，讲述词学的研究方法。

何适《官梅阁诗余》在厦门刊行。取唐宋词人名作之韵而填新词，共 140 余首。前有汪煌辉《序》及著者《自序》。

易孺《大厂词稿》，由上海商务印书馆出版。内含《依柳词》《欹眠词》《双清词馆词》《宜雅斋词》《湖舠词》《花邻词》《绝影楼词》《简宧词》《湖梦词》九种。（华东师范大学图书馆藏。后收入曹辛华主编：《民国词集丛刊》第 8 册）卷首有陈运彰、吕传元"乙亥五月""连句分书"的《序言》和作者《自述》。《自述》中曰："今岁春，诸词友会晤颇数数。群以为孺年已及矣，可哀而删定之，使后亦知有颛颛措意者。孺懒，不遑毕录，则又同起任焉，盛谊可感。爰荽存什一成稿，其为次，则由近而逮远，亦思误之一义也。年六十一以后作，当别存，少作亦不必具，仅百数十章耳。分写者吕贞白、陈蒙庵、郑雪耘、阮季湖四公，附书以谢。乙亥夏五望，大厂居士孺述并书。"

《兴仁季刊》第 4 期刊发：文濧放《苏幕遮》（夏日即景）、《锦缠道》（夏日晚凉）、《河传》（忆馨姊）、《鹧鸪天》（春韭）。（后收入刘晓丽主编：《伪满洲国旧体诗集》，第 406 页）

9 月

1 日，《青鹤》第 3 卷第 20 期刊发：

拔可《浣溪沙》（为榆生题《受砚图》）；

秋岳《尉迟杯》（为榆生题《彊村授砚图》，用清真韵）。

2 日，《国闻周报》第 12 卷第 34 期《采风录》栏目刊发：赵叔雍《探春慢》（京师西郊寿安山，旧有马武寨金章宗看花台、孙氏退谷诸胜。周养庵近营缮别业，约作胜赏，正值杏花盛开，赋此留题）。

9 日，《江苏广播双周刊》第 6 期刊发：邓鲁学《木兰花慢》（落花）、《凤栖梧》（新燕，和家大人韵）二首。

10 日，龙榆生举家离沪赴广州。行前赋《水调歌头》（留别沪上及门诸子）词。门人朱辑有和词。（《艺文杂志》第 1 卷第 5 期。又见张晖：《龙榆生先生年

谱》，第63页）

10日，章柱作《浪淘沙》（乙亥中秋前二日，送榆生师南游主讲中山大学）。（章柱：《藕香馆词》，民国三十年［1941］石印本，第17页。后收入朱惠国、吴平编：《民国名家词集选刊》第16册，第197页）

10日，龙榆生作《水调歌头》（乙亥中秋，海元轮舟上作，用东坡韵）。（龙榆生：《忍寒词》之甲稿《风雨龙吟词》，第5页。后收入朱惠国、吴平编：《民国名家词集选刊》第15册，第420页。亦收入龙榆生：《忍寒诗词歌词集》，第40页）

15日，《国专月刊》第2卷第1号刊发：杨铁夫《月中行》（题爪哇陈寒光《天上人间集》）。

15日（农历八月十八日），吴梅作《念奴娇》（题《冷红簃填词图》）。记曰："十时后，至山西路琅琊路戴亮吉处，开国学会，见靳仲云等十余人。亮吉，为文小坡女婿，示我小坡与古微论词诸书，有六巨册，嘱余题签。余即为染墨，未盖章。又以《冷红簃填词图》见示，为顾若波作。余亦有题句，盖即集大鹤句，成《念奴娇》一首也。"（吴梅著，王卫民编校：《吴梅全集·日记卷》下，第611页）

16日，《青鹤》第3卷第21期刊发：鹤亭《疢斋词》，有《祝英台近》（为余伯陶题《词隐斋品研图》）、《媚妩》（正微凉）。

18日（农历八月二十一日），吴梅评程木安社课词作。曰："木安《绮寮怨》《换巢鸾凤》二词皆不佳，嘱吾改，吾实无法云。"（吴梅著，王卫民编校：《吴梅全集·日记卷》下，第612页）

20日，《海王》第8年第1期刊发：骧《虞美人》（病中作）。

21日（农历八月二十四日），吴梅作《减字木兰花》（鄂丈箧室张硕人小影）。记曰："下午，为仲培外舅王鄂莘题二图。一为太夫人《四知图》，一为其箧室张氏小影也。"（吴梅著，王卫民编校：《吴梅全集·日记卷》下，第614页）

28日（农历九月一日），吴梅作《玉蝴蝶》（残秋重过玄武湖）。记曰："早起作《玉蝴蝶》一词，应如社课。"（吴梅著，王卫民编校：《吴梅全集·日记卷》下，第620页）

本月

《制言》半月刊创刊。为章氏国学讲习会会刊。章太炎《制言发刊宣言》称，讲习会"言有不尽，更与同志作杂志以宣之，命曰《制言》，窃取曾子制言之义。先是，集国学会时，余未尝别作文字；今为《制言》，稍以翼讲学之缺"。《制言》每月 1 日及 16 日出版。至第 47 期，苏州沦陷，被迫停刊。1939 年 1 月，在上海复刊，期数续前，但改为月刊，共出版 63 期。其中有多期刊发词作及词学研究论著等。

《学术世界》第 1 卷第 4 期《文苑》栏目刊发：

汪兆镛《浪淘沙》（夜泊闻歌声）、《台城路》（春晚微雨，冻醪罢斟。倦疴孤吟，不自知其凄凉黯也）、《金缕曲》（九日，次沈忾庵韵）、《月下笛》（红楼感旧）、《台城路》（自题《雨屋深灯填词图》）、《清平乐》（柳慵花懒）；

杨铁夫《八声甘州》（题李云仙先生《抱琴独立图》）。

《冷月画评》由冷月画室刊行（编辑陈健中，发行张蓝宵）。内收：

吴梅《减兰》（溪山无恙），词后署曰："冷月先生教正，霜厓吴梅。"

汪仲韦《西江月》（没骨能传恽格），词后署曰："调寄《西江月》，题奉冷月先生拍正，汪仲韦初稿。"

王朝阳《瑞龙吟》（良工巧）、《瑞龙吟》（公输巧），词后署曰："小词二阕，调寄《瑞龙吟》，奉题《冷月画集》，即希词坛正谱，饮鹤王朝阳初稿。"

徐兰墅《缠绵道》（吴门陶子冷月，以苍劲古秀之笔，绘山水松月之图。其染法、皴法、点缀、浓淡、浅深，得古今之三昧，集中西之大成，为近时美术家巨擘。谬以题词见属，率填一阕，即乞冷月方家正拍），词后署曰："丙寅初夏，徐兰墅敬题。"

徐绿猗《满江红》（潇洒风流），词后署曰："假日偕友往观冷月画会于虞山公园，填此寄赠鹿尘冷月大画家一粲。娄东徐绿猗初稿题图。"

黄太玄《十六字令》（题《朱门柳色图》），词前记曰："冷月乡台写飞卿词意，风致绝佳，拈《十六字令》系之。甲戌仲春，黄太玄。"

蔡宝善《减字木兰花》（万方仪态），词前记曰："奉题冷月先生法绘《朱门杨柳诗意》立帧录希正拍，德清蔡宝善初稿。"

王謇《减字木兰花》（岱宗观日），词前记曰："题冷月表阮作《岱顶观日》《巫峡放潮》《衡阳铺海》《湘水转帆》四图，调寄《减字木兰花》。乙亥春日，佩诤王謇倚声。"《桃源忆故人》（渔翁拔棹闲游处），词前记曰："题《富春一角图》，调寄《桃源忆故人》，用北宋相山居士韵，冷月贤表阮正拍。乙亥陬月中浣，瓠庐王謇倚声。"《十六字令》（风），词前记曰："题冷月表阮《乱石丛竹图》，媵以《十六字令》小词一阕，犹不尽低回之意也。乙亥春日，瓠庐王謇倚声。"

曹元燕《点绛唇》（瞿塘夜月）、《十六字令》（岱峰秋云），词前记曰："岁乙亥，冷月先生张绘画会于珂乡之北局。燕素钦先生名重鸡林，雅擅六法。然猎屐所至，于衡、岳、楚、蜀间，咸多适兴之作。所谓画宗诗圣，先生其当之矣。先后松岑、瞿安、佩诤、烟桥诸先生暨敬婉同志咸有题词，堪称绝代才艺，绝妙好词，竟为之搁笔。兹冷月先生不以谫陋，持素纸索题，乃不自藏拙，以樵唱渔歌应之，聊博画宗词坛一粲。吴县曹元燕待正稿。"（后收入陶为衍编：《陶冷月》下，上海书画出版社，2005 年，第 465 页。亦收入上海文献汇编编委会编：《上海文献汇编·艺术卷》第 5 册，第 352 页）

太湖旅省同学会会刊《湖光》第 1 期刊发：

刘凤梧《词学概言》；

刘凤梧《望海潮》（菱湖公园菊花展览会，偕友往观，赋成此解，次刘平山先生广陵赏菊原韵）、《双双燕》（春情）、《探春慢》（桃花）、《临江仙》（辛未元旦，即景）；

朱化纯《金缕曲》（纪恨）、《一斛珠》（中秋对月，感赋）、《忆江南》（秋闺怨）；

飘蓬《声声慢》（暮秋）、《齐天乐》（秋雨）；

张科《浪淘沙》（赠别）；

陈荣芬《浪淘沙》（咏柳）、《捣练子》（离别）。（后收入《民国珍稀短刊断刊·安徽卷》第 8 册，第 3541 页）

施蛰存校点《宋六十名家词》（甲集），由上海杂志公司出版。为《中国文学珍本丛书》一种。书前有夏树芳《刻宋名家词序》和胡震亨《宋词叙》，封面为卢冀野题签。

张长弓《中国文学史新编》，由开明书店出版。共二十八章，七十二节。其中，第十七章为"唐代的词"，有"词的兴起""唐代词作的考察""五代词"小节。第二十章为"两宋的词"，有"婉约派""豪放派与闲适派"小节。

容肇祖《中国文学史大纲》，由景山书社发行。共四十七章。其中，第三十一章为"唐及五代的词"，第三十七章为"宋代的词"，第四十三章为"清代的诗词"。

秋，詹安泰作《翠楼吟》（乙亥新秋，登清凉山扫叶楼）。（詹安泰：《无庵词》，第 22 页。后收入朱惠国、吴平编：《民国名家词集选刊》第 15 册，第 503 页。又收入詹安泰：《詹安泰全集》第 4 册，第 241 页）

秋，蔡桢作《高阳台》（乙亥季秋，访媚香楼遗址）。（蔡桢：《柯亭长短句》卷上，第 8 页。后收入朱惠国、吴平编：《民国名家词集选刊》第 14 册，第 369 页）

秋，汪曾武作《女王曲》（乙亥仲秋，寓斋词集，闰庵属以所藏《埃及女王画像》拓本为题。是碑，端忠敏同门考察政治西洋，购石携归。拓本罕觏，溥心畲知女王为殷时人，生时有文在手，左右各一，曰水陆。卓有武功，雄长欧西。像戴凤冠，手持明镜。姑就所知，率成二解）二首。（汪曾武：《趣园诗余·味莼词丁稿》，第 12 页。后收入朱惠国、吴平编：《民国名家词集选刊》第 6 册，第 125 页）

秋，溥儒作《念奴娇》（乙亥暮秋，陶然亭题壁）。（溥儒：《凝碧余音》，第 6 页。后收入朱惠国、吴平编：《民国名家词集选刊》第 15 册，第 182 页。又收入毛小庆整理：《溥儒集》，第 473、497 页）

《萃文季刊》第 8 期（秋季号）刊发：李克淑（中五级）《水调歌头》（秋夜）。（后收入刘晓丽主编：《伪满洲国旧体诗集》，第 17 页）

剑亮按：《萃文季刊》为"新京"（长春）萃文女子国民高等学校校刊，1932 年创刊，每年两期，春学期和秋学期各一期，所见最后一期为第 15 期（1939 年春学期）。

10 月

1 日，《青鹤》第 3 卷第 22 期刊发：鹤亭《疢斋词》，有《芳草渡》（扫叶楼，用清真韵，同董卿）、《浪淘沙》（同董卿，雪后游莫愁湖。是日，得召南讣音）。

2 日，吴梅评阅《西泠词萃》。曰："饭后阅《西泠词萃》，此为钱塘丁氏校刊。计清真《片玉词》、姚进道《箫台词》、朱淑真《断肠词》、仇仁近《无弦琴谱》、《张贞居词》五种，皆浙人，故书名云云。旧为余心禅（一鳌）藏，有'心禅居士''记当日门掩梨花，剪灯深夜语''撍淡''依样葫芦'诸印。心禅殁后，止有孤女。余去岁由王佩净之介，得见所藏。时方标值出售，因市二十种左右，此其一也。五种中，惟《箫台词》不多见，而出语亦尘下。丁松生喜搜乡邦文献，故有此刻。今初印不常有，亦可珍矣。"（吴梅著，王卫民编校：《吴梅全集·日记卷》下，第 621 页）

剑亮按：《西泠词萃》，清丁丙辑录，共录历代词别集六种九卷。其中宋人四种，元人一种，明人一种。宋人四种为：周邦彦《片玉词》二卷、《补遗》一卷，姚述尧《箫台公余词》一卷，朱淑真《断肠词》一卷，仇远《无弦琴谱》二卷。皆钱塘人氏。有光绪十二年（1886）钱塘丁氏校刻本。

3 日，夏承焘修改《临江仙》（乙亥秋半，与室人俱婴危疾。重阳初起，作此为更生庆，兼谢诸亲朋）。（夏承焘：《天风阁学词日记》，第 400 页）

4 日，周咏先访夏承焘，谈张孝祥词。谓"于湖词分宫调，前人未尝注意"。（夏承焘：《天风阁学词日记》，第 400 页）

5 日，夏承焘作《减兰》（沉冥中，印西上人抱疾来看，凄然出涕。病起，闻之家人，感寄此章）。（夏承焘：《天风阁学词日记》，第 400 页）

6 日，沈祖棻作《齐天乐》（乙亥重九，登鸡鸣寺，步霜厓师韵）。（沈祖棻：《沈祖棻全集·涉江诗词集》，第 127 页）

6 日，汪曾武作《罗敷艳歌》（乙亥重九，同人宝藏寺登高，归饮聊园题壁）。（汪曾武：《趣园诗余·味莼词丁稿》，第 12 页。后收入朱惠国、吴平编：《民国名家词集选刊》第 6 册，第 125 页）

7 日，夏承焘作《虞美人》（病起，闻海西战讯）。（夏承焘：《天风阁学词日记》，第 400 页）

7 日，刘衡如撰国立编译馆辑印《全宋词》启。曰："谨启者，本馆顷拟印行唐君圭璋近编之《全宋词》一书，为力求完备起见，特将《草目》奉请台览。唐君编辑是书，系由（一）综合诸家所刻丛集，（二）搜求集部附词，（三）汇列选集所录，（四）增补诸书遗佚而成。然遗漏要所不免，如《四库存目》所著录之宋伯仁《烟波渔隐词》、张德瀛《词征》所著录之闽刻本李元伯《大观升平词》，唐君即深以未得寓目为憾，海内藏书家或竟有其书未可知也。又如零篇断简散见于《永乐大典》及金石地志诸书为唐君所未留意者，恐尚有遗漏。夙仰先生词学湛深，见闻广博，幸乞赞助，俾臻完善。其有精刊旧抄及零章断句为本书所未搜入者，务希不吝珠玉，赐寄本馆。如需报酬，亦恳示及，俾便承商。事关有宋一代文献，务祈拨冗赐教，无任感荷。此上，刘衡如先生。国立编译馆谨启，十月七日。"

剑亮按：《全宋词草目》，见本年 6 月 17 日"吴梅评唐圭璋《全宋词草目》"条。

8 日，夏承焘作《减兰》（病亟时，闻姊氏为予诵《高王经》）。（夏承焘：《天风阁学词日记》，第 401 页）

8 日，黄侃逝世。

剑亮按：黄侃逝世后，章太炎撰文曰："季刚既殁七月，其弟子思慕者，为刻其遗著十九通。大率成卷者三四，其余单篇尺札为多，未及篇次者不与焉。季刚自幼能辨音韵，壮则治《说文》《尔雅》。往往卓砾，出人虑外，及按之故籍，成证确然，未尝从意，以为奇巧，此学者所周知也。说经，独本汉唐传注正文。读之数周，然不欲轻著书。以为敦古不暇，无劳于自造。清世说制度者，若金氏《求古录》；辨义训者，若王氏《经义述闻》。陈义精审，能道人所不能道，季刚犹不好也。或病其执守泰笃者。余以为昔明清间说经者，人自为师，无所取正。元和惠氏出，独以汉儒为归，虽迂滞不可通者，独顺之不改，非惠氏之戆不如是不足以断倚魁之说也。自清末迄今，几四十年，学者好为傀异，又过于明清间。故季刚所守，视惠氏弥笃焉。独取注疏，所谓犹愈于野者也。若夫文字之学，以十口相授，非依据前闻不可得。清儒妄为彝器释文，自用其私，以与字书相竞，其谬与马头长人持十无异。宿学如瑞安孙氏，犹云李斯作小篆废古籀为文字大厄。伏生、毛公、张苍已不能精究古文。《说文》以秦篆为正，所录古书盖摭拾漆书及款识为之。籀文则出于史篇仓沮旧文，虽杂厕其间而叵复识别。观其意直谓自知黄帝时书者，一言不智，索隐行怪乃如是。季刚为四难破之，学者亦殆于悟矣。十九通者，余不能尽睹，观其一节，亦足以知大体。愿诸弟子守其师说，有所恢彉以就其业，毋捷径窘步为也。民国二十五年四月，章炳麟序。"（章太炎：《中央大学文艺丛刊黄季刚先生遗著专号序》）

10 日，夏承焘作《减兰》（寿冷生四十）。（夏承焘：《天风阁学词日记》，第 402 页）

12 日，周咏先访夏承焘，谈茶词汤词。谓"茶词、汤词乃进茶汤时所唱曲，非咏茶汤"。（夏承焘：《天风阁学词日记》，第 402 页）

14 日，夏承焘作《减兰》（玉岑亡后，尝欲写其遗词行世。病中恨此愿未偿，

伤逝自念，词不胜情）。（夏承焘：《天风阁学词日记》，第 402 页）

15 日，《国专月刊》第 2 卷第 2 期发表：

夏维梓《临江仙》（西下斜阳东上月）；

徐兴业《浪淘沙》（花气逼红楼）；

戴传安《〈诗词精选〉述评》。

剑亮按：《诗词精选》，苏渊雷编选，1934 年由世界书局出版。

15 日，《诗经》第 1 卷第 3、4 期刊发：

龙榆生《水龙吟》（杨花，和东坡）、《水龙吟》（自题纪念册，并索诸子同和）；

陈配德《水龙吟》（榆生以纪念册属题、依韵奉和）、《水龙吟》（杨花，同榆生用质夫、子瞻唱和韵）、《金缕曲》（用稼轩、同甫唱和韵，送龙教授榆生赴粤）、《水调歌头》（中秋，和东坡）、《酹江月》（中秋，和张于湖韵）、《秋思耗》（凉雨连宵，凄风送暑。砌蛩鸣苦，秋思黯然。用梦窗《听雨小阁》韵赋此）、《台城路》（秋蝉，和碧山）、《永遇乐》（同叔远登北固山，即送其之金陵，用稼轩韵）；

龙铁志《蝶恋花》（弱柳依依人已老）、《江城子》（满江风雨送春归）、《千秋岁》（女儿池畔）、《品令》（落红成阵）、《虞美人》（今朝却被春光虑）、《如梦令》（细雨如丝似雾）、《如梦令》（花落闲庭未扫）、《如梦令》（阵阵落红庭院）、《浣溪沙》（寂寂深春闭院门）、《好事近》（风动卷残红）；

李劼人《西楼月》（题画）；

李挚宾《满江红》（自题毕业纪念册）、《台城路》（暮烟凄绕台城路）；

种石《水龙吟》（白莲，步草窗韵）、《鹧鸪天》（次少游韵）；

胡坤达《永遇乐》（京口渡江望北固山，与星伯相约，共和辛稼轩韵）、《曲玉管》（吴淞口晚眺）、《探芳信》（乙亥春日，复有姑苏之行，倚此寄之）、《曲玉管》（虎丘，用屯田韵）、《凤凰台上忆吹箫》（雨霁访灵厓旧苑）、《鹧鸪天》（孟劬夫子移寓北平西郊之达园，有词。依事依韵，敬和一律）、《浣溪沙》（集句）；

胡友三《昭君怨》（寂寂月明窗下）。（后收入《民国珍稀短刊断刊·上海卷》第 27 册，第 13514 页）

16 日，夏承焘作《小重山》（九月望夕）。（夏承焘：《天风阁学词日记》，第 402 页）

16 日，《青鹤》第 3 卷第 23 期刊发：

释堪《绛都春》（为榆生题《授砚图》，即送其之岭南）；

帅南《天香》（鹤亭丈自罗浮归，以女儿香见贻，为成此解）。

16 日，《越风》半月刊第 1 期刊发：

俞平伯《双调忆江南》（湖上三忆词）；

胡建中《李清照在金华》。

剑亮按：《越风》，半月刊，1935 年创刊于浙江杭州，由越风社、上海杂志公司出版发行。1937 年终刊。

16 日，《制言》第 3 期《词》栏目刊发：

邓孝先《高山流水》（题《霜厓填词图》）、《瑞鹤仙影》（题郑大鹤年丈《冷红簃填词图》）；

吴瞿安《清平乐》（次玉田韵，郑所南画兰卷）、（次玉田韵，又题所南兰卷）、《桂枝香》（龚半千画册）、《长亭怨慢》（王东庄昱山水立幅）、《虞美人》（题潘干臣画兰图卷）；

潘承弼《盫广群书校跋》之《词林万选》。

25 日，《盍旦》月刊创刊号刊发：李笑庵《读〈读词偶得〉偶得》。（后收入《民国珍稀短刊断刊·北京卷》第 9 册，第 4220 页）

剑亮按：《盍旦》，月刊，1935 年创刊于北京，由盍旦月刊社出版发行。1936 年终刊。

本月

毛泽东作《念奴娇》（昆仑）、《清平乐》（六盘山）。（中共中央文献研究室编：《毛泽东诗词集》，第 52 页）

剑亮按：《毛泽东诗词集》收录该词，词后有注曰："这首词最早发表在《诗刊》一九五七年一月号。"

《学术世界》第 1 卷第 5 期《文苑》栏目刊发：

汪兆镛《诉衷情》（人间何处是桃源）、《点绛唇》（壬子冬暮，偶过学海堂。壁间石刻，为乱兵椎毁，此君亭竹亦摧残尽矣。倚声写哀）、《湘月》（节庵自梁格庄寄海棠、木瓜，赋简）、《柳梢青》（雨暗烟昏）、《少年游》（广州承平时，灯事甚盛。内城亚婆塘大珠灯，正南街莲花灯，天平街大树灯，其最著也。乱后物力凋敝，一切罢去。庚申元夕，徘徊巷陌，慨然兴怀，倚小令纪之）、《壶中天》

（题煮石所藏宝晋斋砚山）；

顾培懋《两宋词人小传》，有《自序》，曰："忆予十九年秋，求学上海，赍潘兰史师之命，诣归安彊村先生之门。先生为指示词家宗派甚详，而尤推重梦窗。座谈良久，亹亹无倦容。既退，先生授《宋词三百首》一册而告之曰：'初学得此，较叔旸《花庵词选》、草窗《绝妙好词》不更易领悟耶？子曷归而细味斯旨。'予唯唯。自是欣然始有志于倚声之学。顾予赋性愚阍，不谙音律，以致年来，了无所得。二十年冬，先生捐馆。时世变方殷，人事抢攘。家鲜藏书，独学是惧。盖此一年中，迄未与先生更谋一面也。二十三年春，得江山刘子庚先生《词史》。读之，会山阴俞夆山年伯又贻以刘先生《嚼椒词》一卷。故于词学一道，益有专嗜。是年秋，来学北平。课余辄就平市各大图书馆，札录有宋一代词家琐事，恒诣杭县张孟劬师请益。每语以年辈幼远，未得师事彊村先生为憾。偶语及先生流风韵事，为之唏嘘下涕不能已。追阅《古香唐丛刻》，其目有《宋词纪事》四十卷。惜其书未梓行，稿亦不知何往。兹积累月之功，辑录所得，成《两宋词人小传》，凡五百余人。盖予深慨王氏《宋词纪事》之不存，李氏《词坛纪事》、张氏《词林纪事》之人次错杂，不易检阅，故始以二书未据，旁采他书。首录其姓名爵里，次录其逸事作品，以为爱好此道之一助。只冀初学检阅之便，不避自身抄袭之嫌。纂辑之初，盖以词人姓氏笔画多寡排比之。旋得唐君圭璋《两宋词人时代先后考》，阅之，乃尽弃笔画而一以时代先后为律。所得益众，都六百七十七人。较唐君所辑，约增四五人。然尚有如干人，因时世不详，未便窜入，附之卷后。其无事实者亦列其名，又作品之可查得者，检而录之。其不可得，俟之后来。其人之政事文章，宋史文集，强半有之，故不赘录。若冀广增识见，则古人诗词话、笔记之书具在，异日予《宋人词谱》《宋人词话》编纂有成，亦足以暂聚一编之中也。内子沇南女史检予旧箧，得若干条，邮以示予，皆向欲觅而未得者，记之于此。二十四年四月，序于北平燕京大学研究院。"

《江苏省立国学图书馆第八年刊》刊发：唐圭璋《全宋词跋尾》。

李辉群编《注释历代女子词选》，由上海中华书局出版。1941 年 1 月 4 版。为《初中学生文库》一种。辑选宋、明、清三代女词人李清照、徐元端等 10 余人词作 200 余首。

纳兰性德《饮水·侧帽词》，由上海中国图书馆出版部出版。收词 98 首，诗 72 首。书前有张预等人《序》及著者《墓志铭》等。

朱谦之《中国音乐文学史》，由上海商务印书馆出版。共八章。其中，第七章为"宋代的歌词"，有"音乐起源说""词的唱法""词谱考"三节。

《兴仁季刊》第 5 期刊发：文澂放《一斛珠》（春山）、《踏莎行》（春城）。（后收入刘晓丽主编：《伪满洲国旧体诗集》，第 411 页）

11 月

1 日，《青鹤》第 3 卷第 24 期刊发：

醇庵《蕙兰芳引》（公渚有岭海之行，赋此志别，兼呈映庵）；

霜腴《如此江山》（和赵孝陆四方公园词原韵）。

1 日，《湖南大学季刊》第 1 卷第 4 期刊发：

苍坡《摸鱼儿》（秋眺）、《千秋岁》（秋思）、《瑶台聚八仙》（秋雁）；

苍石《千秋岁》（秋思）；

梦僧《永遇乐》（七夕）、《沁园春》（帽影鞭丝）、《多丽》（寄律躬渌江）；

国万《临江仙》（中秋月夜）、《雨霖铃》（梦亡友）。

2 日，《越风》半月刊第 2 期刊发：胡栗长《惜秋华》（乙亥秋分后六日，钟子让家优昙花开，鲜华可爱，惜逾时即谢。记四年前曾邀目赏，率缀一词，以写幽感）。

3 日（农历十月八日），吴梅作《水调歌头》（对菊，依东山格）。（吴梅著，王卫民编校：《吴梅全集·日记卷》下，第 637 页）

10 日，夏承焘接杨铁夫寄《梦窗词笺释》手稿，邀其校订。夏承焘曰："此老于此用力至勤，其虚心尤足感也。"（夏承焘：《天风阁学词日记》，第 405 页）

剑亮按：夏承焘接杨铁夫此手稿后，即校读，并于 11 月 13 日"邮《梦窗词笺释》还铁夫，并复一函，有所献替"。11 月 17 日，又"接铁夫片及《梦窗词笺释》第二本"。11 月 27 日，"接铁夫函，并《梦窗词笺释》第三册"。11 月 30 日，"阅《梦窗词笺释》完"。12 月 4 日，"接铁夫《梦窗词笺释》第四本"。12 月 5 日，"发铁夫《梦窗词》二本，为制一序附去"。

10 日（农历十月十五日），吴梅作《三姝媚》（乙亥上巳，乌龙潭禊集，分得满字，因次梦窗《过都城旧居》韵）。词前有记曰："又补作今年上巳修禊词一首，亦缀蘅召集也。"（吴梅著，王卫民编校：《吴梅全集·日记卷》下，第 640 页）

15 日，《国专月刊》第 2 卷第 3 期刊发：《国风社词选》，有徐兴业《菩萨蛮》

（而今解道杭州好）、《高阳台》（棹影横波）。

16 日，《青鹤》第 4 卷第 1 期刊发：剑丞《映庵词》（一），有《蝶恋花》（阆苑泪花凉泫露）、《蝶恋花》（薇帐逗烟朝选梦）、《蝶恋花》（天上云居真不易）、《霜花腴》（寿朱沤尹六十）、《新雁过妆楼》（春音社席上闻歌）。

16 日，《越风》半月刊第 3 期刊发：胡栗长《氐州第一》（西溪泛舟看芦花，用清真韵）。

23 日，夏承焘接李劬函，邀夏承焘为其《饮水词笺》作序。（夏承焘:《天风阁学词日记》，第 408 页）

24 日（农历十月廿九日），吴梅评唐圭璋词。曰："唐生圭璋来，示我近作《高阳台》，不佳。"（吴梅著，王卫民编校:《吴梅全集·日记卷》下，第 648 页）

25 日（农历十月三十日），吴梅作《高阳台》（访媚香楼遗址）。词前有记曰："铁尊书至，商量《高阳台》词，易稿至四次。此老真不耻下问，近人所难也。余亦作一首，尽删芜杂，自谓颇佳。"（吴梅著，王卫民编校:《吴梅全集·日记卷》下，第 649 页）

28 日（农历十一月三日），吴梅评《忏庵词》。曰："阅廖凤书《忏庵词》，误书余名为胡霜奎。往返琴尊，约有四五次，乃胡、吴以音误，奎、崖以形讹，可知此老惯惯矣。刻工为姜毓麟，当嘱其改正也。"（吴梅著，王卫民编校:《吴梅全集·日记卷》下，第 650 页）

29 日（农历十一月四日），吴梅作《翁志吾〈南峰诗草〉序》。叙述翁志吾与刘毓盘交往，曰："先生与子庚交至厚。子庚殁，尝欲赡恤孤寡，其风谊可媲昔贤。今先生诗已行世，子庚仅刊《濯绛宧词》一卷，诗稿则亡佚不可问。读先生作，更不禁怆念故交焉。"（吴梅著，王卫民编校:《吴梅全集·日记卷》下，第 651 页）

本月

詹安泰作《宴山亭》（书感分寄榆生羊石、瞿禅杭州，时廿四年十一月）。（詹安泰:《无庵词》，第 23 页。后收入朱惠国、吴平编:《民国名家词集选刊》第 15 册，第 506 页。又收入詹安泰:《詹安泰全集》第 4 册，第 243 页）

查为仁、厉鹗笺《花间集 绝妙好词笺》，由上海国学整理社出版。

李冰若评注《花间集评注》，由上海开明书店出版。有作者介绍及详注，书前有欧阳炯《序》及评注者《自序》。

华连圃注《花间集注》，由上海商务印书馆出版。1937 年 4 月增订 3 版。卷首有顾随《花间集注顾叙》，注者的《自叙》《发凡》，以及欧阳炯《花间集原序》。

12 月

1 日，《青鹤》第 4 卷第 2 期刊发：

夏敬观《映庵词话》（一）；

子有《讱庵词》，有《瑞鹤仙》（十二月十九日集栖白庼，拜坡公生日）、《菩萨蛮》（馈岁）、《菩萨蛮》（别岁）、《菩萨蛮》（守岁）。

1 日，夏承焘致函南京国立编译馆，"催印《全宋词》，为圭璋托也"。夏承焘接詹安泰函，以及一首词、数首诗。夏承焘评曰："此君极虚心，无粤人习气。"（夏承焘：《天风阁学词日记》，第 409 页）

剑亮按：詹安泰来函所附词，当为《宴山亭》（书感分寄榆生羊石、瞿禅杭州，时廿四年十一月）。

3 日，吴梅作《减字木兰花》（题《秋灯课子图》）。（吴梅著，王卫民编校：《吴梅全集·日记卷》下，第 652 页）

剑亮按：此词的写作缘由及酬金，吴梅有记载。本月 2 日《日记》云："黄君荫圃，携《秋灯课子图》求题，追念太夫人也。"本月 6 日《日记》云："树文来，送交黄荫圃题词，润货十元。约休沐日游燕子矶，即开销此项云。"（吴梅著，王卫民编校：《吴梅全集·日记卷》下，第 653 页）

5 日，夏承焘校读完毕《梦窗词笺释》二本，寄还杨铁夫，作一序。评曰："铁夫此稿用心甚勤，惟犹嫌过繁。他日拟私为删节为一编，不致以瓦砾掩其金沙。"（夏承焘：《天风阁学词日记》，第 409 页）

5 日，辛际周作《扬州慢》（乙亥寒夜，积雨初止，弦月流光，与槐陂村人蹈月作小游。返斋，共读白石老仙词，因借《扬州慢》原韵填一解寄感。子月十日）。（辛际周：《梦痕词》，第 4 页。后收入曹辛华主编：《民国词集丛刊》第 7 册，第 8 页）

剑亮按：词序中"子月十日"，为农历十一月十日，即公历 12 月 5 日，故编年于此。

7 日，辛际周作《霜飞叶》（子月十二，趁煦偕槐陂、君白同游鹿云山，

访主僧不遇）。（辛际周：《梦痕词》，第4页。后收入曹辛华主编：《民国词集丛刊》第7册，第9页）

8日，王伯祥题识李冰若《花间集评注》。曰："此书排印尚精，惜正文未排较大一号之字，终欠醒目耳。调孚于出版之后，检此示予，深感厚意。因识缺陷，以备再版之或能改正也。二十四年十二月八日记。容堂。"（后收入王伯祥：《庋榢偶识》，中华书局，2008年，第53页）

15日，《国专月刊》第2卷第4期《文苑》栏目刊发：

铁夫《水调歌头》（游焦山，用贺方回平仄通叶体）；

《国风社词选》，有高树《少年游》（秋风容易上衣襟）。

16日，《青鹤》第4卷第3期刊发：霜腴《軥庵词》，有《庆春宫》（为瞿良士题《铁琴铜剑楼藏书图》）、《绛都春》（路瓠厂梦至一处，峭壁摩天，石上大书"汪水云濯发处"，罔识其奥，君殆水云后身耶？感念胜因，声为此词，以贻瓠厂，并题其《仙山濯发图卷》）。

17日，卢前作《西江月》（喜收复通县。自二十四年十一月二十五日为贼所据者，二十又三日）。（卢前：《中兴鼓吹》，第22页。后收入朱惠国、吴平编：《民国名家词集选刊》第16册，第45页）

20日，《海王》第8年第10期刊发：海擎《长相思》（寄远）、《相见欢》（晚眺）。

20日，《盛京时报》刊发：香囊《浪淘沙》（乱世一贫儒）、《渔家傲》（槁笔经秋尝铁砚）。（后收入刘晓丽主编：《伪满洲国旧体诗集》，第268页）

20日，应杨铁夫之邀，夏承焘将《梦窗词笺序》分别寄《词学季刊》和杨铁夫。（夏承焘：《天风阁学词日记》，第415页）

20日，《人间世》半月刊第42期刊发：王闿运《论词宗派——示萧幹》。全文曰：

> 唐诗宋词，天下风靡，贩夫走卒皆能之，无宗派也。既就其多者为家数，则有二派：曰苏辛，曰姜吴。其近似者，各以是准之。盖豪迈旖旎之殊耳，而词之本用不因此。人心日灵，文思日巧。有不可为诗赋者，则以词写之。故词至卑，而实至难也。能于其中捭阖变化者，斯为名手。其工之不外多做多看，与诗文一也。然诗文之用，动天地，感鬼神。而词则微感人心，

曲通物性。大小颇异，玄妙难论。盖诗词皆乐章，词之旨尤幽曲易移情也。诗所能言者，词皆能之。诗所不能言者，词独能之。皆所以宣志达情，使人自悟。至其佳处，自有专家。短令长调，各有曲折。作者自知，非可言也。词家以周、姜为准，本朝尤多作手。余间以游艺为之，非专家也。所选分三编，不过二百首，大要尽美善矣。其要在胸无俗尘，意致高深。前人亦有品卑而词佳者，其以佳必偶然合道，不似其素行也。若刻意求工，是如俳优，必无品矣。词所以多言闺房者，患其陈腐，故以芬芳文之。亦犹六朝官体，只是诗料，而论者乃以妖艳讥之，是不知文体也。常笑后人说思无邪，误以邪正解之。□诗必正，又何待言。后世淫亵之言，岂可以对君子教子孙乎？凡读词必不可有邪见，由毛、郑说《诗》，刺奔误之。见人淫奔，讳之不暇，邪淫之人，又何足刺。此由不知文致不知事，不足与多语矣。然词自足荡人，由情之所感，因文而发，即犹声有雅、郑，不必有词，如琴能使人静，笛能使人怨，非以词也。百兽率舞，只为声感。此乐之本原，无关文理。文人之词，具于前说。超逸幽曲，不能言传。人各有性情，自得所近而已。但取前人名家之作，反复吟之，自有拍凑会心之处。吟成自审，有不安者斟酌易之。此词之所独也。无理而有韵，无事而有情。怡然自乐，快然自足。亦复上接千古，下笼百族，岂小道哉！但不可雕镂字句，强作摇曳，使致纤俗耳。宋人论词以用唐诗为工雅，此自时赏真，无关雅俗。其有超妙自然者，如"吹皱一池春水""待折玫瑰，飞下粉黄蝶""闷来弹鹊，又搅碎、一帘花影"，皆偶然得景，配以妍词，如嫱施艳妆，绝世风神。又有作意，使工入深出显者，如"春慵恰似春塘水，一片縠文愁。溶溶曳曳，东风无力，欲皱还休"，此则几经锤炼，几番斟酌而后得之。所谓"明月照积雪"羌无故实，亦不可言传也。

20 日，湖南孔道学校《孔道期刊》第 7 期刊发：

朱宗桓《捣练子》（秋雨）、《调笑令》（秋闺）、《捣练子》（思亲）、《如梦令》（忆友）；

刘志贤《满江红》（感时，次熊秉老《辛未感事》原韵）。（后收入《民国珍稀短刊断刊·湖南卷》第 14 册，第 6863 页）

21 日，如社第八次社集。社课题目为《泛清波摘遍》。（吴梅著，王卫民编校：

《吴梅全集·日记卷》下，第 658 页）

25 日，《诗经》第 1 卷第 5 期刊发：

李青崖《忆江南》（即事）二首；

陈配德《望江南》（虞山纪行）六首、《霜叶飞》（落叶，用梦窗均）、《绮罗香》（红叶，和碧山）、《新雁过妆楼》（万里潇湘秋风起）、《祝英台近》（秋又深矣，巨川录示近词，次韵却寄）、《霜花腴》（秋色向阑，病怀渐索。依梦窗韵，依此寄慨）；

王巨川《祝英台近》（晚云疏）、《霓裳中序第一》（七妹远贶荔枝，追念前游，已逾一载。于时秋也，皎月当头，怆然为怀）；

朱青长《台城路》（自遣）、《少年游》（第九次为朱山儿剪篷金沙桥）；

黄剑鸣《小重山》（三月三日，游颐和园排云殿。山后败瓦颓垣，怆然为怀）、《念奴娇》（是什因缘）、《鹧鸪天》（乙亥初春，约王一苇夫妇、林之启、王延绥女史游西山及浴温泉）四首、《苏幕遮》（碧云寺）；

龙铁志《伤情怨》（游蜂未忘凤怨）、《踏莎行》（月照栏杆）、《问东皇》（我欲奔天叩金阙）、《点绛唇》（乱絮飘零）。（后收入《民国珍稀短刊断刊·上海卷》第 27 册，第 13571 页）

本月

《平江旅省学友会会刊》第 1 期刊发：

兴奋《如梦令》（三七年华初度）；

可人《一剪梅》（窗外连朝细雨濛）。（后收入《民国珍稀短刊断刊·湖南卷》第 19 册，第 9376 页）

《学术世界》第 1 卷第 7 期刊发：顾易生《汪水云集跋》。

韩天锡编《名家词选笺释》，由上海大华书局出版。选收温庭筠等 28 家的词。每首词后均分别有"笺"和"释"。书前有编者《自序》，末附《词家生卒年月及其著作》。

冬，章柱作《眼儿媚》（乙亥冬，送别杨淑庄女士，兼题纪念手册）。（章柱：《藕香馆词》，第 18 页。后收入朱惠国、吴平编：《民国名家词集选刊》第 16 册，第 199 页）

冬，壶天醉客（沈傲樵）作《貂裘换酒》（乙亥冬日，菽庄主人归自沪渎，置酒亦爱吾庐，招同社侣赏菊，醉倚是解）。（后收入林尔嘉：《菽庄相关诗文集》，陈支平主编：《台湾文献汇刊》第 7 辑第 4 册，第 318 页）

本年

【词人创作】

龙榆生作《水龙吟》（杨花，和东坡）、《水龙吟》（送缥蕗之官黔中）、《水龙吟》（将之岭表，赋示暨南大学诸生）、《朝中措》（用元好问韵，赠睦宇）、《水调歌头》（留别沪上及门诸子）、《满江红》（赠杨雪公熙绩，即用其十八年三月生日原韵）、《鹊踏枝》（八首，半塘老人谓冯正中《鹊踏枝》十四阕"郁伊惝恍，义兼比兴"，次和十阕，载在《鹜翁集》中。予转徙岭南，抑塞谁语。因忆不匮室赠诗，有"君如静女姝，十年贞不字"之句，感音而作，更和八章。以无益遣有涯，不自知其言之掩抑零乱也）。（龙榆生：《忍寒诗词歌词集》，第 38—43 页。又见张晖：《龙榆生先生年谱》，第 67 页）

顾随作《浣溪沙》（和韦庄，塞北江南各一天）、《浣溪沙》（拈得金针还觉慵）、《浣溪沙》（门外遥山一带斜）、《浣溪沙》（无那杜鹃花外啼）、《浣溪沙》（鬓未残时春已残）、《菩萨蛮》（烛光相伴生怊怅）、《菩萨蛮》（中年莫说青年乐）、《菩萨蛮》（玉瓶绿酒难成醉）、《菩萨蛮》（别离不似相逢好）、《谒金门》（抛思忆）、《江城子》（拈得金针还自伤）、《江城子》（碧橱冰簟夏天长）、《天仙子》（恰是归期未有期）、《天仙子》（似絮晴云惹碧空）、《天仙子》（飞絮飞花乱扑身）、《清平乐》（三春将暮）、《清平乐》（春风春雨）、《梦江南》（和温庭筠，人世间）、《梦江南》（秋已晚）、《梦江南》（和皇甫松，花事了）、《梦江南》（秋千架）、《荷叶杯》（和顾夐，帘外碧桃零落）、《荷叶杯》（长夜自期音信）、《虞美人》（幽闺愁坐浑如梦）、《虞美人》（夕阳风送数声钟）、《虞美人》（今年自是春来晚）、《虞美人》（天公不为愁人想）、《女冠子》（和牛峤，摘花簪髻）、《女冠子》（莺歌蝶舞）、《玉楼春》（和魏承班，愁听花间双燕语）、《渔歌子》（笑花颜）、《满宫花》（和尹鹗，意深沉）、《浣溪沙》（和毛熙震，一自相逢到别前）、《浣溪沙》（芳草萋萋作绿茵）、《采桑子》（和冯延巳，小园三月花开遍）、《采桑子》（窗前种得相思树）、《采桑子》（年年江海常为客）、《采桑子》（熏笼对倚情无限）、《鹊踏枝》（风里落花飞片片）、《鹊踏枝》（一曲高歌声欲裂）、《鹊踏枝》（明月寒光疑向曙）、《鹊踏枝》（长夜迢迢凉露坠）、《鹊踏枝》（眼尾眉梢心共许）、《鹊踏枝》（一曲高歌春日宴）、《鹊踏枝》（盼得君来君又去）、《鹊踏枝》（楼外落花深尺许）、《浣溪沙》（意懒心灰未是闲）、《浣溪沙》（花底移灯独自归）。（闵军:《顾随年谱》,第99页）

缪钺作《摸鱼儿》（倚危栏、汉京西北）、《齐天乐》（余居保定,每值芳春佳日,辄约诸友清游。揭来岭表,阴雨愁人。闻隔户乐声,感念旧踪,悲吟成调）。（缪钺:《缪钺全集》第7、8合集,第23页）

张充和作《蝶恋花》（病榻初欣春意好）、《浣溪沙》（长记天平笑语声）、《菩萨蛮》（松林月黑风初动）、《渔家傲》（睡起欲成流水调）、《虞美人》（晚晴天气春寒峭）。五首词后均有注语:"1935年卧病北京香山碧云寺时作。"（〔美〕张充和著,白谦慎编:《张充和诗文集》,生活·读书·新知三联书店,2016年,第12页）

张涤华作《蝶恋花》（拟冯正中）。（后收入张涤华:《张涤华文集》第4集,第336页）

李宣龚作《千秋岁》（和太虚韵,为切庵丈题《填词图》。乙亥）。（李宣龚:《墨巢词》,第1页。后收入曹辛华主编:《民国词集丛刊》第4册,第64页）

金天羽作《鹤回翔》（自度曲,乙亥纪梦）。（金天羽:《红鹤词》,第4页。后收入朱惠国、吴平编:《民国名家词集选刊》第10册,第453页）

刘麟生作《庆春泽》（观故宫古物展览,即步至水上试茗）、《水龙吟》（雪窦岭畅游,遂至慈湖）、《玉寒春》（狮子林晚眺）、《临江仙》（佘山道中,与镜人、玄玄话旧）、《蝶恋花》（栖霞山,车中望红叶）。（刘麟生:《春灯词》,第25页。后收入朱惠国、吴平编:《民国名家词集选刊》第15册,第101页）

卢前作《太常引》（答榆生）词,赠予龙榆生。（后收入卢前:《卢前诗词曲选》,中华书局,2006年,第114页）

刘永济作《鹧鸪天》（戏记娇女阿绒语,女方三龄也）、《鹧鸪天》（绍周移居新宅,寄此为贺）、《鹧鸪天》（大风中作）。（参见刘永济:《诵帚词集　云巢诗存》,第327页）

【词籍出版】

叶恭绰编选《广箧中词》刊行。夏孙桐、夏敬观分别作《序》。

夏孙桐《序》曰:"退庵先生匡济伟才,余事关怀文献。比年退居沪上,笃嗜倚声,于是有编辑清词之举。博搜沉佚,已得数千家。又以先辈甄录今词者莫善于复堂谭氏《箧中词》，因其例为广录。先告成贻书征序。以孙桐之固陋不足为识途之马，谨就先生自定例言阐绎之。夫词虽小道，有风会，有渊源。风会者，天时人事之所趋，无论正变，一代之特色存焉。渊源者，守先待后之所在，以持正变，一代之定论系焉。清初，鸿硕蔚兴，斯文间气，词亦起明代之衰。竹垞、樊榭以通才为词学专家，上承两宋之遗绪，而词乃有轨辙可循。茗柯、止庵发表'意内言外'经旨，实有关于温柔敦厚之教，而词体益尊。复堂学派，私淑毗陵，本其说以抑扬二百余年之作者，评骘精而宗旨正，光绪以来，言词者奉为导师。今先生更有以广之，于有清一代词家之风会、渊源，综括靡遗，指掌可辨，洵足成复堂未竟之志矣。先生甄录宗旨，既一本于复堂，而编辑之胜于复堂者有二端。复堂取材半出选本，而于专集所见未博；今则所得专集多至倍蓰，补词补人，庶免遗珠之憾，此一善也。复堂正集斟酌精审再三，继补不避重复，究涉琐碎；今则条理贯串，首尾秩如，合成完璧之观，此二善也。为功臣，为净友，复堂有知，定当把臂入林耳。半塘、叔问、彊村诸公，与复堂同时或稍后，允称同调。其研古精博，或且过之，而于今词未尽措意。彊村《词莂》一编，仅录大家，未暇遍及。先生为是编，彊村所亲见，迨书成而彊村墓草已宿，为之慨然。世所尤切望者，清词全编早日观成，与是编相副而行。声家渊薮，文献英灵，于斯为盛。孙桐虽老，愿拭目俟之。乙亥六月，江阴夏孙桐序。"（叶恭绰选辑：《广箧中词》，人民文学出版社，2011 年，第 1 页）

夏敬观《序》曰："甄选清代词者，先后有佟世南、蒋重光、王昶、黄燮清、姚阶、孙麟趾诸家。其最晚出，厥惟仁和谭献《箧中词》。嘉、道前，词人大抵祖祢陈维崧、朱彝尊、厉鹗、郭麟，豪者称苏、辛，清婉者称白石、梅溪、玉田、碧山而已。武进张惠言与弟琦撰《宛陵词选》，琦子曜孙复叙录嘉庆词人为《同声集》，荆溪周济与张氏甥董士锡善，继为《词辨》，于是风气稍变，浙派外常州别树一帜。顾二百年来，所薰习濡染莫能尽涤。谭氏于《词辨》有评，辑《箧中词》，剖析精微，议论恰当。至其自为词，则结习仍所不免。临桂王给谏鹏运在中书日振衰扶雅，况舍人周仪辈翕然从之。同时，文学士廷式、郑舍人文焯、朱侍郎祖谋、陈大令锐蔚起为词宗。海内益响，风趋正轨。故评清词者愈晚出，愈胜于前，此不易之论也。叶君退庵早承先世莲裳、南雪先生之学，词旨闳美。予尝疑前人盛道姜、张，未尝有姜君，韪予言且曰盛道苏、辛者，亦何尝有苏？盖东坡、白石自有其超妙者在，未可执后之不善学者之词，而病苏为粗豪，诋姜为俗也。此其所见不又精于张、董、周、谭之流耶？谭氏殁于光绪中叶，于近人词固不及见。今遐庵取而广之，又补其所当有而阙者，录其所当取而遗者，都为若干卷。合谭选观之，于一代盛衰之故，与夫后胜于前之迹，可朗然矣。新建夏敬观序。"（叶恭绰选辑：《广箧中词》，第2页）

荣孟枚等撰《冷社诗集》四卷刊行。收录词有槃公《摸鱼儿》（题《冷吟图》）。（后收入南江涛选编：《清末民国旧体诗词结社文献汇编》第3册）

《吴宓诗集》，由上海中华书局出版。该诗集附录七为《空轩诗话》。《诗话》第32则评顾随词曰："顾随君（字羡季，河北省沧县人）为词，能以新材料入旧格律，戛戛独造，有《无病词》《味辛词》《荒原词》《留春词》（与《苦水诗存》合刊）诸集，先后印行，予昔年曾于《大公报》文学副刊（七十三）期中为文评赞之，其后始与顾君误识。今录选其三词为例，皆《味辛词》中之作也。"第33则评顾随弟子李素英诗词曰："李素英女士肄业燕京大学，尝从予受课（翻译术）。其诗与词均卓然独到，能以新材料入旧格律。所作苍凉悲壮、劲健幽深，而词较诗尤胜……李女士从顾君学词，故颇肖其师体，然价值光辉自在，实可称今之作者。"

邵章《云淙琴趣》刊行。卷首有作者《自叙》。（上海图书馆藏。后收入朱惠国、吴平编：《民国名家词集选刊》第10册）
作者《自叙》曰："余弱冠游复堂先师门，习闻词学绪论。中岁，人事牵萦，未遑操翰。迄癸亥春，年五十二矣，与江阴夏闰庵前辈、同里张君孟劬、家次公过从论词，怦然有会。偶倚数阕，闰庵诸君谓可取径梦窗，上追周、柳，日唱月和，积稿遂多。戊辰秋，曾录《引驾行》《破阵乐》《夜半乐》诸篇，就正彊村前辈。谬以词笔重大，雅相推许，未敢承也。顷者，次公哀其所作，刻成《扬荷集》，促余付刊。爰选令、慢二百首，依年次分二卷，命曰《云淙琴趣》，授之剞氏。乱离身世，劳歌消忧，称心而言，匪以炫俗，览者谅之。庚午春季，倬庵记于北平寓斋。"

白采《绝俗楼词》一卷刊行。内含《高卧集》（壬子至辛酉存二十三阕）、《旅怀草》（壬戌、癸亥存二十一阕）和《甲子后词》。卷首有陈南士《题记》。（浙江图书馆等有藏。后收入曹辛华主编：《民国词集丛刊》第 2 册）

陈南士《题记》中曰："君姓董，名汉章，字国华，籍江西高安。客沪后，变姓名为白采，自称瞿唐人。稿中并友人姓字而窜易之，不欲人知其身世也。均仍之，藉符君志云尔。"

朱彦臣《片玉山庄词存》一卷刊行。 卷首有沈惟贤《片玉山庄词存略序》，卷尾有朱孔文《跋》。（后收入曹辛华主编：《民国词集丛刊》第 3 册）

沈惟贤《序》中曰："余自癸丑乡居，一倚声自遣，宗仰小山、清真，而博考诸家，以求其律切。久之，乃悟前贤度曲虽本师承，实关天籁。取径既隘，属辞维艰。致力数年，略可存者十余阕耳。奔走南北，此事遂废。比归乡枌，读陈大樽全集，叹湘真之不可复作。不意垂老乃得乡先生朱君语绿《片玉山庄词》，纯取天籁，而稽合律度，不失分刌。盖先生尝抒心得为《词略》一卷，声音之道，剖别极微，而开示弥显。"

朱孔文《跋》中曰："朱君语绿工吟咏，尤精声律。所著《片玉山庄诗》，手自订刊，行久矣。《词存》《词略》则迄未问世。其词虽寥寥十数阕，而气骨雄秀，辞藻绮丽。于宋贤中求之，颇近眉山、淮海。《词略》一卷，尤为不传之秘。少时馆君家，偶填长短句。君辄辨其清浊高下，为谱宫商，被之管弦，其声翕然以和。"

何适《官梅阁诗余》一卷刊行。 卷首有汪煌辉《序》和作者《自序》。（浙江图书馆藏。后收入曹辛华主编：《民国词集丛刊》第 6 册）

汪煌辉《序》中曰："同学访仙，日出其尊前惜别、灯下谈心之作，计若干阕，属为序其首……访仙但从兰泉王氏《词综》、茝阶姚氏《词雅》，子宣蒋氏、惠言张氏《词选》所标正法眼藏者为之鹄。"

作者《自序》中曰："余于民二十年夏，辞故邑党委职，仍赁厦嘉禾，授徒厦之中校。课余往往携酒园林，翱翔原野，或更作异地游。举凡山水草树，虫鱼花鸟，以及人间之愁情，自然之妙响，触于目，感于心，入于耳，有足以发泄天机者，则取唐宋词人名作，依次其韵填之。"

易孺《大厂词稿》九卷刊行。卷首有吕传元《序言》、作者《自序》。参见本年 8 月。(后收入曹辛华主编:《民国词集丛刊》第 8 册)

高德馨《鲟隐词钞》一卷刊行。卷首有张茂炯《序》。(后收入曹辛华主编:《民国词集丛刊》第 14 册)

张茂炯《序》中曰:"岁己巳,予与同年吴九珠、潘省安诸君结词社吴中。时鲟隐方橐笔北游,每值社集,辄以吟筒遥和,一时唱酬极盛。忽忽七年,词流星散。九珠、省安墓草已宿,鲟隐亦于去夏归道山。人事迁谢,如梦幻泡影,良可悲也。九珠有《井眉轩长短句》及身定稿早寿梨枣,省安有《瘦叶词》亦于身后授梓。一生心血,犹得赖之以传。独鲟隐病中以诗词稿属陈渭士同年移录副墨,谋付剞劂。今不幸渭士又捐馆舍,此议遂不克果。呜呼!鲟隐一生以高才绝学,困踬场屋,可谓文章憎命矣。乃并此身后之名,彼苍亦若或靳之,抑何数奇乃尔。偶检箧衍,获其平昔见寄诸词,益以社作,得五十首。"

郭延《丹隐词》一卷、王德方《滋兰馆词》一卷刊行。(浙江图书馆等有藏。后收入曹辛华主编:《民国词集丛刊》第 14 册)

梁思顺辑《艺蘅馆词选近人词》二卷刊行。卷首有潘博《声声慢》(为令娴女史题《艺蘅馆词选》)、麦孟华《声声慢》(为令娴题《艺蘅馆词选》)、梁令娴《自序》,以及《例言》。(后收入曹辛华主编:《民国词集丛刊》第 19 册)

《例言》中曰:"是编分甲、乙、丙、丁四卷,甲卷为唐五代词,乙卷为北宋词,丙卷为南宋词,丁卷为清朝及近人词。"其中,丁卷,清朝及近人词收录:

吴伟业一首,吴兆骞一首,王士正二首,孔尚任一首,曹贞吉一首,沈谦一首,顾贞观二首,性德十四首,朱彝尊五首,陈维崧二首,厉鹗三首,王时翔一首,黄景仁一首,恽敬二首,吴翌凤一首,郭麐一首,杨夔生一首,左辅二首,张惠言七首,张琦一首,董祐诚一首,刘逢禄一首,张景祁二首,周济二首,汪士进二首,承龄一首,潘德舆一首,周之琦一首,汪潮生一首,项鸿祚九首,龚自珍五首,吴葆晋一首,孙鼎臣一首,边浴礼一首,陈澧二首,许宗衡一首,何兆瀛一首,刘履芬一首,薛时雨一首,蒋春霖十一首，丁至和一首，冯焌一首，顾翰二首，许增一首，端木埰一首，叶英华一首，王闿运六首，庄棫一首，谭献十二首，勒方锜一首，盛昱一首，王鹏运十一首，郑文焯十一首，张祖同二首，杜贵墀一首，王仁堪一首，何维朴一首，况周仪二首，朱祖谋四首，潘博四首，曾习经一首，麦孟华三首，梁启超二首。

国风社选编诗词集《采风录》第 3 集，由天津国闻周报社出版。收 1933 年下半年至 1935 年上半年发表在《国闻周报》上的作品。为抽印合订本。

任中敏《词学研究法》，由上海商务印书馆出版。为《国学小丛书》一种。

清徐釚《词苑丛谈》，由上海开明书店出版。1937 年 3 月该书由上海商务印书馆出版，为《万有文库》一种。

【报刊发表】

《青年界》第 7 卷第 1 期刊发：卢冀野《陈大声及其词》。中曰："假使我们认为宋代是'词'集大成的时期，就应当以明代为'曲'的大成时期。何以故？因为元代虽已有了南戏，但南词并不发达。惟有明代才南曲与北曲相并的进展，散曲与戏曲一般的到了极盛时代。这时，词是衰微极了。然而在成化、弘治年间，有一位大家，不独兼擅南北曲，且为明代惟一的大词人。那就是号为'乐王'的陈铎。"

《青年界》第 7 卷第 4 期刊发：洪为法《秦少游的慕道与多情》。中曰："大约情感丰富的人，对于人世最易于发生缺陷之感。想修真，想出世，无非从这'缺陷之感'中生出来的。不过想尽管想，他对于人世，依然不能忘情。于是情海之又堕入，亦是事之可能，无足诧异的了。此在他人，或讥其言行矛盾，文人轻薄无行。然而人生原都是如此，谁又能不在矛盾中讨生活，何必独责少游？并且少游既是一文人，文人之情感又较常人为丰富，因情感的波澜起伏，而影响到日常言行的矛盾不一致，尤是泛常的现象。我们想到这里，对于少游的言行之矛盾处，当可释然于怀。《宋史》上记少游于徽宗立，复宣德郎，放还。至藤州，出游华光亭（一说醉卧光化亭），为客道梦中长短句（词名《好事近》，有'飞云当面化龙蛇，夭矫转空碧。醉卧古藤阴下，了不知南北'句，人以为词谶），索水欲饮。水至，笑视之而卒（卷四百四十《秦观传》）。如此死法，颇有昔人所传的'羽化而登仙'的情况，少游欲修真，修真的成绩如何，故举此为之解嘲罢。"

《青年界》第 8 卷第 1 期刊发：徐蔚南《纳兰词》。

《青年界》第 8 卷第 3 期刊发：谭正璧《恋张女欧阳修受劾》。

《青年界》第 8 卷第 5 期刊发：谭正璧《传卞赛吴梅村忏情》。

《之江年刊》刊发：宋清如《蝶恋花》（愁到旧时分手处）。

《礼拜六》第 603 期刊发：周錬霞《菩萨蛮》（冰纱细结玲珑雾）、《菩萨蛮》（连朝病殢心情恶）。（后收入刘聪著辑：《无灯无月两心知：周錬霞其人与其诗》，第 153 页）

《学术世界》第 1 卷第 12 期刊发：叶恭绰致陈柱函。中曰："年来于词学，略有探讨。承询《自由词》一节，敢狂所见，藉塞明问。诗词曲本一贯之物，以种种关系而异其体裁与名称，其为叙事、抒情之韵文则一也……尊著《自由词》，实即愚所主之歌，鄙意应不必仍袭词之名，盖词继诗、曲继词，皆实近而名殊……愚所主之歌，以能合乐与咏唱为主，合乐事本奥赜，姑不细叙。所求能咏唱则事并不难，但一必须句末有韵（或二句、三句再用韵），二腔调必须谱协，三须通俗浅显而不俚俗，能此三者，可合今日之所需。"

《绸缪月刊》第 1 卷第 5 期刊发：王玉章《唐五代词述要》（续）。（后收入闵定庆整理：《唐五代词研究论文集》，第 66 页）

剑亮按：《绸缪月刊》，月刊，1934 年创刊于上海，由绸业银行出版发行。1937 年终刊。

《师大月刊》第 22 期刊发：叶鼎彝《唐五代词略述》。（后收入闵定庆整理：《唐五代词研究论文集》，第 83 页）

《礼拜六》第 588 期刊发：枫园《薄命词人谢玉岑》。

《老实话》第 66 期刊发：龙龙《广州中山大学之白话词》。

《中国新文学大系》第 1 期刊发：胡适《谈新诗·论及词》。

《协大艺文》第 1 期刊发：

郭毓麟《白香词谱中衬字之用法》；

黄展慎《辛弃疾的文艺及其时代背景》。

剑亮按：《协大艺文》，半年刊，1935 年创刊于福建福州，由协大艺文编辑处出版发行。1948 年终刊。

《协大艺文》第 3 期刊发：陈易园《词之弊害及其改革》。

《复旦学报》创刊号刊发：赵景深《女词人李清照》。

《待旦》创刊号刊发：

林德占《爱国词人辛弃疾作品之研究》；

武酋山《听鹃榭词话》。

《民钟季刊》创刊号刊发：刘树棠《词的解放之我见》。

《安大文史丛刊》第 1 卷第 1 期刊发：李炳埁《北宋词体的转变及其派别》。

《文章》第 1 期刊发：陈友琴《文芸阁〈云起轩词〉与吴趼人小说》。

《法政》第 1 卷第 11 期刊发：梅笙《研究词学的几段经验谈》。

《中国学生》第 1 卷第 11、12 期刊发：漱英《怎么样读词》。

《中华邮工》第 1 卷第 4 期刊发：唐弢《读词闲话》。

《青年文化》第 1 卷第 4 期刊发：知任《词人李煜》。

《文澜学报》第 1 期刊发：陈豪楚《陈同甫先生学说管窥》。

《文史汇刊》第 1 卷第 2 期刊发：杜哲全《欧阳修词的研究》。

《正中半月刊》第 2 卷第 1、5 期刊发：王延杰《关于李后主的词》。

《遗族校刊》第 2 卷第 4 期刊发：杨磊《宋朝民族英雄的诗词》。

《教育生活》第 2 卷第 5—10 期刊发：张云史《宋女词人及其他》。

《教育生活》第 2 卷第 10、11 期刊发：钱顺之《李易安之研究》。

《太白》第 2 卷第 11 期刊发：罗根泽《水调歌小考》。

《北强月刊》第 2 卷第 1 期刊发：华连圃《词学的起源时间考》。

《民族》第 3 卷第 8 期刊发：何格恩《陈亮之思想》。

《民族》第 3 卷第 9、10 期刊发：李素《词的发展》。

《民族》第 3 卷第 11 期刊发：何格恩《宋史陈亮传考证及陈亮年谱》。

《红豆》第 3 卷第 5 期刊发：郎润之《李清照与黄花》。

《光华大学半月刊》第 3 卷第 8 期刊发：万云骏《南宋三大词人》。

《文饭小品》第 3 期刊发：施蛰存《无相庵断残录》。

《民智月报》第 4 卷第 5、6 期刊发：江菊林《词与愁》。

《之江期刊》第 4 期刊发：蒋礼鸿《读词偶记》。

《金陵学报》第 5 卷第 2 期刊发：吴徵铸《白石道人词小笺》。

《武汉大学文哲季刊》第5卷第1期刊发：厉啸桐《评唐刻词话丛编》。

《学风》第5卷第2期刊发：王璠《金石录后序作年考》。

《国民文学》第6期刊发：李冰若《中世纪我国的新文学——词》。

《中法大学月刊》第7卷第3期刊发：任访秋《王国维〈人间词话〉与胡适〈词选〉》。

《国风》第7卷第3、5期刊发：缪钺《元遗山年谱汇纂》。

《建国月刊》第12卷第1期刊发：唐圭璋《南宋词侠刘龙洲》。

《厦大周刊》第15卷第12、13期刊发：叶德荣《亡国词人李后主论》。

《师大月刊》第17、22期刊发：朱芳春《李清照词研究》。

《师大月刊》第22期刊发：叶鼎彝《唐五代词略述》（一）。

《正中校刊》第29期刊发：吕绍汉《词至宋而大盛，其故安在，试申论之》。

《中学生月刊》第46、50期刊发：平伯《读词偶得》（上之五、七）。

《燕京大学图书馆报》第83期刊发：顾培懋《钞本汉阳叶氏选钞宋元七家词宋徐经孙〈哨遍〉读后记》。

《出版周刊》第112期刊发：

胡适《宋词人朱敦儒小传》；

林大椿《词之矩律》；

刘麟生《词的研究法》；

吴梅《词之作法》。

《国语周刊》第169期刊发：曾周《词的秘密语》。

《国立武汉大学四川同学会会刊》第2卷第1期刊发：刘爽《清末四大词人》。

《国学论衡》第5期刊发：戴增元《题许贞女莲芳〈芸窗小草书札诗词稿〉》。

《细流》创刊号刊发：朱肇洛《温庭筠评传》。

剑亮按：《细流》，月刊，1935年创刊于北京，由辅仁大学细流社出版发行。

《长沙市新化同乡会会刊》第2期刊发：

清《鹧鸪天》（弃妇吟）四首、《蝶恋花》（弃妇吟）四首、《鹧鸪天》（慰弃妇）、《锦堂春》（寄友）二首；

铁铮《烛影摇红》（纪恨）、《多丽》（中秋游麓山）、《满庭芳》（赠友）。

【词人生平】

谢觐虞逝世。

谢觐虞（1897—1935），字玉岑，江苏武进人。客永嘉时与夏承焘订交，后从朱祖谋学词，任教于上海南洋中学。有《白菡苕香室词》《孤鸾词》。钱仲联《近百年词坛点将录》曰："玉岑多才艺，常州词人后劲。不幸短命，未能大成。其词盖《金梁梦月》之遗，悼亡之作，如'人天长恨，便化圆冰，夜深伴汝'，可谓断尽猿肠者。《疏影》《木兰花慢·感事》二阕，辽海扬尘时之词史，后一首本事，即余《蝴蝶曲》所咏者。"（钱仲联:《梦苕庵论集》，第 400 页）

陈宝琛逝世。

陈宝琛（1848—1935），字敬嘉，又字伯潜，号弢庵，别署听水老人、铁石道人等，福建闽县人。官至山西巡抚。有《听水斋词》等。

许之衡逝世。

许之衡（1877—1935），字守白，自号饮流斋主人，广东番禺人。毕业于日本明治大学，历任北京大学教授兼研究所国学门导师。有《守白词》《词选及作法》。

许崇熙逝世。

许崇熙（1873—1935），字季纯，号沧江，湖南长沙人。有《沧江诗余》。

1936年

（民国二十五年　丙子）

1月

1日，卢前作《好事记》（二十五年元日）。（后收入卢前：《卢前诗词曲选》，第115页）

1日，《青鹤》第4卷第4期刊发：

夏敬观《映庵词话》（二）；

文薮《香兰词》，有《满江红》（登清凉山顶远眺）、《金缕曲》（游北戴河）、《浣溪沙》（游狮子岛）二首。

1日，《制言》第8期刊发：唐圭璋《全宋词跋尾续录》。中曰："《江苏省立国学图书馆第八年刊》，尝载予所撰《全宋词跋尾》六十家，以校补毛刻居多。兹续录四十家，大抵校补《四印斋》《灵鹣阁》及《彊村丛书》所刻词。校例以正误、补阙、辑佚为主，至异文纷纭，则姑从略。藏诸家丛书者，庶可就此跋正之。独惜半唐、建霞、蕙风、彊村诸老，俱归道山，不及见此也。圭璋识。"

7日（农历乙亥年十二月十三日），吴梅评林鹍翔社课之作《泛清波》，曰："铁尊寄《泛清波》词至，写信谀之，其实不佳也。"（吴梅著，王卫民编校：《吴梅全集·日记卷》下，第666页）

11日（农历乙亥年十二月十七日），吴梅评价唐圭璋词，曰："唐生圭璋之词，卢生冀野之曲，王生驾吾之文，皆可传世行后，得此亦足自豪矣。"（吴梅著，王卫民编校：《吴梅全集·日记卷》下，第667页）

15日，《国专月刊》第2卷第5期刊发：《国风社词选》，有高树《蝶恋花》（湖行值雨）。

15日，湖南星光学术研究会《星光》第1卷第1期刊发：

玄玄《桃源忆故人》（闲花缭乱心多少）、《桃源忆故人》（春工绿染庭前草）、《天净沙》（碧塘蒲展新裙）、《天净沙》（杜声春梦阑珊）；

何播扬《风入松》（游麓山）、《夺锦标》（一二三双）；

秉珪《浪淘沙》（倭寇太无情）。（后收入《民国珍稀短刊断刊·湖南卷》第29册，第14429页）

16日，《青鹤》第4卷第5期刊发：

逋翁《蝶恋花》（榆荚粘钱谁是主）；

味云《金缕曲》（送春）。

16日，《越风》半月刊第6期刊发：

胡栗长《瑞鹤仙》（乙亥重九，登孤山，用梦窗韵）；

叶恭绰《惜红衣》（题吴湖帆藏《七姬权厝志》原石孤本）。

20日，夏承焘接杨铁夫寄来新印《梦窗词笺》一部，有夏承焘《序》和钱萼孙《序》。（夏承焘：《天风阁学词日记》，第422页）

23日，林葆恒作《沁园春》（乙亥除夕，次遗山韵）。（林葆恒：《瀼溪渔唱》，第43页。后收入朱惠国、吴平编：《民国名家词集选刊》第9册，第463页）

24日，汪曾武作《月华清》（丙子元旦）。（汪曾武：《趣园诗余·味莼词戊稿》，第1页。后收入朱惠国、吴平编：《民国名家词集选刊》第6册，第131页）

24日，张尔田作《水龙吟》（丙子元日，客燕山赋）。（张尔田：《遯庵乐府》卷下，第10页。后收入朱惠国、吴平编：《民国名家词集选刊》第11册，第240页）

27日（农历一月二十四日），吴梅评蔡云笙《风入松》（乙亥九日，庄剑丞席上听琴）词，曰："蔡云笙来，以一词求正，至佳。"吴梅应邀参加消寒第四集。出席者还有陈石遗、胡心宛等。（吴梅著，王卫民编校：《吴梅全集·日记卷》下，第673页）

30日，《海王》第8年第40期刊发：粲菊《忆江南》（梧桐叶）六首。

本月

《学术世界》第1卷第8期《文苑》栏目刊发：

钱名山《蝶恋花》（戏题罗浮仙影）；

钱小山《清平乐》（题秀水朱其石画）；

顾培懋《两宋词人小传》（续）。

30日，陈曾寿作《旧月簃词选叙》。中曰："余素工愁恨，雅好倚声。开卷获心，曼吟自遣。而古今选本，微涉异同。酸咸之品，嗜好攸殊。丹素之分，是非在我，一也。区派别者，多门户之见；矜位置者，严升降之殊。兹则悦异暖姝，迹混爱薄，二也。义取别裁者，必审矜式之篇；志发幽潜者，每劳罔象之索。兹则染指不嫌乎异味，适口惟厌乎常羞，三也。网罗期乎备盛，燕雀贵乎均平。则江海只尝其一勺，涓滴或重乎千流。兹则或录多篇，或从盖阙，无事兼收，从吾所好，四也。具兹四异，趣向自殊。盖饷世必谨乎义例，而适己但挹其芳香也。虽然，此不必证之于人，斯有异同之别。即验之于己，亦有先后之歧焉……综兹数端，自标微尚。取称褊衷，无关宏旨。未得驱除，学钝禅之遮眼；聊寻温燠，同彼美之晤言。一韩远略，不无惆怅之辞；小范先忧，都化相思之泪。芳菲菲其袭予，风缥缥而如诉。日月不居，将忍而与之终古也。丙子人日，苍虬陈曾寿识。"（后收入白帅敏整理：《词选四种》，河南文艺出版社，2006 年，第 249 页）

本月

广州市立美术学校《美术》第 4 期刊发：乔上《蓦山溪》（花埭看牡丹）。（后收入《民国珍稀短刊断刊·广东卷》第 9 册，第 4450 页）

彭民一《水木集》，由北平自然文艺社出版。收诗词 100 余首。书前有作者《自序》。

龙榆生《东坡乐府笺》，由上海商务印书馆出版。卷首有夏敬观、叶恭绰、夏承焘《序》。朱祖谋题签。廖恩焘有《水调歌头》（《东坡乐府笺》题词，即用东坡韵）词。（张晖：《龙榆生先生年谱》，第 67 页）

赵景深《中国文学史新编》，由北新书局出版。分三编。其中第二编有"词的起源""晚唐五代""十国词（一）""十国词（二）""宋初词""苏派词与周派词""辛派词""姜派词"，第三编有"明代诗词""清代词"等小节。

2 月

1 日，《青鹤》第 4 卷第 6 期刊发：

夏敬观《映庵词话》（三）；

秋岳《聆风簃词》，有《蝶恋花》（和公渚）、《蝶恋花》（和珠玉）四首。

2 日，《越风》半月刊第 7 期刊发：

柳亚子《金缕曲》（为朱其华题《洪明达女士纪念册》）；

黄秋岳《齐天乐》(别西湖一年矣。闻杭州大雪，游侣暌隔，爱而不见，辄和美成此曲寄意)；

刘宣阁《清平乐》(栖鸦争树)。

5 日，辛际周作《江城子》(寅月十三立春雨)。(辛际周：《梦痕词》，第 5 页。后收入曹辛华主编：《民国词集丛刊》第 7 册，第 10 页)

　　剑亮按：寅月，又称正月，是干支历中的第一个月份，节气从立春到惊蛰之间。丙子年寅月十三立春日，为公历 2 月 5 日，故编年于此。

6 日，消寒第五集。出席者有陈石遗、沈祖绵、金松岑、吴梅等。吴梅作《齐天乐》(九珠叔《苦吟入定图》，时叔下世年余矣)。(吴梅著，王卫民编校：《吴梅全集·日记卷》下，第 677 页)

13 日（农历一月二十一日），吴梅作《泛清波摘遍》(丙子元夕，还京，次小山韵)。记曰："下午作如社课题，预为下次交卷也。"(吴梅著，王卫民编校：《吴梅全集·日记卷》下，第 680 页)

14 日，唐圭璋访吴梅，谈《全宋词》体例。吴梅记曰："下午唐圭璋来，商订《全宋词》例。"(吴梅著，王卫民编校：《吴梅全集·日记卷》下，第 681 页)

15 日，《国专月刊》第 3 卷第 1 号刊发：

钱萼孙《梦窗词笺释序》；

杨铁夫《水调歌头》(形胜任争战。案此词曾载本刊二卷四期中，因字句舛误极多，故特为校正重刊如下)；

高树《江亭怨》(春寒)；

邓戛鸣《红窗听》(细雨黄昏人病后)。

16 日，《青鹤》第 4 卷第 7 期刊发：

沈惟贤《片玉山庄词存词略序》；

莼心《蝶恋花》(浩荡江南春到处)、《蝶恋花》(机炫鲛绡楼幻蜃)。

16 日，《越风》半月刊第 8 期刊发：

柳亚子《金缕曲》(其华书来，述其女友王觉影事，感赋此阕)；

胡栗长《浣溪沙》(题朱秋农《种树图》)、《浣溪沙》(题朱秋农《听泉图》)。

22 日，夏承焘致函吴梅，谈小令的起源，并询问"引""近"之义。(夏承焘：《天风阁学词日记》，第 426 页)

23 日（农历二月一日），如社社集。社课为《倚风娇近》，为草窗创格。吴

梅等人参加。（吴梅著，王卫民编校：《吴梅全集·日记卷》下，第 683 页）

25 日，壶天醉客（沈傲樵）作《虞美人》（丙子二月三日，菽庄小兰亭修禊。余病新愈，不可以风。觞咏未亲，良辰辜负，爰制小词，以坚闰约）。（后收入林尔嘉：《菽庄相关诗文集》，陈支平主编：《台湾文献汇刊》第 7 辑第 4 册，第 238 页）

26 日（农历二月四日），吴梅谈词作修改。曰："旧词稿须痛改方可问世。故誊写时，往往以一字未妥，牵动全篇，心思不属，乃至搁笔，此境常有之。奈何。"（吴梅著，王卫民编校：《吴梅全集·日记卷》下，第 684 页）

28 日，夏承焘应李勘之约，为其《纳兰词笺》作《序》。（夏承焘：《天风阁学词日记》，第 428 页）

本月

毛泽东作《沁园春》（雪）。（中共中央文献研究室编：《毛泽东诗词集》，第 59 页）

剑亮按：《毛泽东诗词集》收录该词，词后有注曰："这首词最早发表在《诗刊》一九五七年一月号。在这以前，一九四五年十月，毛泽东在重庆曾把这首词书赠柳亚子（参看《七律·和柳亚子先生》'索句渝州叶正黄'注），因而被重庆《新民报晚刊》在十一月十四日传抄发表，以后别的报纸陆续转载，但多有讹误，不足为据。"

又按：毛泽东《七律·和柳亚子先生》"索句渝州叶正黄"句，《毛泽东诗词集》注曰："渝州，即四川的重庆。毛泽东于一九四五年八月至十月曾到重庆，和国民党进行了四十多天的和平谈判。当时柳亚子曾索取诗稿，作者即手书《沁园春·雪》相赠。"（中共中央文献研究室编：《毛泽东诗词集》，第 70 页）

又按：1957 年 1 月号《诗刊》发表的《沁园春》（雪，1936 年 2 月）全文为："北国风光，千里冰封，万里雪飘。望长城内外，惟余莽莽；大河上下，顿失滔滔。山舞银蛇，原驰蜡象，欲与天公试比高。须晴日，看红装素裹，分外妖娆。　江山如此多娇，引无数英雄竞折腰。惜秦皇汉武，略输文采；唐宗宋祖，稍逊风骚。一代天骄，成吉思汗，只识弯弓射大雕。俱往矣，数风流人物，还看今朝。"1945 年 11 月 14 日重庆《新民报晚刊》发表的全文为："北国风光，千里冰封，万里雪飘。望长城内外，惟余莽莽；大河上下，尽失滔滔。山舞银蛇，原驰腊象，欲与天公共比高。须晴日，看红妆素裹，分外妖娆。　山河如此多娇，引无数英雄尽折腰。惜秦皇汉武，略输文彩；唐宗宋祖，稍欠风骚。一代天骄，成吉思汗，只识弯弓射大鹏。俱往矣，数风流人物，还看今朝。"词后有编者《按语》，曰："毛润之氏能诗词，似鲜为人知。客有抄得其《沁园春》咏雪词一首，风调独绝，文情并茂，而气魄之大，乃不可及。据氏自称，则游戏之作，殊不为青年法，尤不足为外人道也。"

又按：参见本书 1945 年 11 月 11 日、14 日、15 日、28 日有关条目。

《学术世界》第 1 卷第 9 期刊发：

钱萼孙《梦窗词笺释序》；

邓邦达（诵藏）遗著《蹇庵词》，并田一贯题识。田一贯题识曰："此为诵藏二叔岳之遗著，费南内弟所手录也。丈贞夷粹温，耿介拔俗。为笏臣太守次子。□□科与族叔嘉禾，从弟邦述，同举于乡，一时称盛。端午桥抚苏，电招入幕，参预机要。才识恒出侪辈上，端益倚重之。泪听鼓赣恒，一权瑞金，一榷筠门岭，一任总巡。力守清慎官箴，处脂不润。因见时事日棘，即赋遂初。逍遥里闬，以书遣日，与二三老友纵谈为乐。当七十寿诞时，费弟拟将词稿付印，于诞辰分赠戚友作为纪念。事为丈闻，力持不可，遂作罢，藏之箧衍。越有岁年，丈与费弟先后殂逝。展卷追思，岂胜惋痛。予蒲柳先衰，骎骎老境，来日苦少。惧或遗失，适柱尊师许两兄办《学术世界》，收罗遗轶，检付印行，俾成文壤。至于词境之高，词律之细，渊渊家学，游夏莫赞，自有知音者，能惜其歌言也。乙亥中冬，田一贯谨识。"

邓邦达《蹇庵词》作品有：《菩萨蛮》（天涯处处皆芳草）、《忆秦娥》（红桥霁）、《洞仙歌》（闻赵君坚、郑俊三沽酒湖上，作竟日之游。烟水云峦，积想成痗，赋此简之）、《燕山亭》（甲午下第，渡海南归。波平风静，旅梦告安，遂赋此解）、《减字木兰花》（秋日两宜楼小饮）、《祝英台近》（秋蟹上市，客囊萧涩，辄有思乡之感）、《忆旧游》（寄怀易熙士礼部，步啸吾中书）、《酷相思》（生小居家桃叶渡）、《柳梢青》（箫谱零残）、《绮罗香》（留别杨瑞生质君昆仲，时予将有公车之役）、《高阳台》（花须）、《高阳台》（柳眼）、《蝶恋花》（豆蔻梢头寒恻恻）、《卖花声》（延睇望归人）、《西窗烛》（春日奉怀外舅郑伯英先生）、《点绛唇》（梦醒深阁）、《湘春夜月》（趁新晴）；

蔡松云《水调歌头》（倚东山声韵）、《水调歌头》（白门秋意）、《醉公子》（拟梅溪格，咏蟹）、《换巢鸾凤》（花弱莺娇）、《倾杯》（燕郊春感，用屯田散水调）、《绮寮怨》（旅馆宵深离话）、《惜红衣》（暮雨增寒）、《玉蝴蝶》（和屯田韵）；

杨铁夫《水调歌头》（效方回仄平通叶体，游焦山）；

陈柱《蝶恋花》（踏遍天涯情未老）、《卜算子》（到桂林，重过大学预科）、《天仙子》（第二体，往日风情卿记否）。

剑亮按：钱萼孙《梦窗词笺释序》中曰："香山杨丈铁夫笺释《梦窗词》，数易其稿，写定绣之梓。吾友永嘉夏子瞿禅既序而发其蕴矣，铁夫复授予命一言。余于词无所得，不能重违铁夫意，谨书其端曰。"落款曰："乙亥冬十一月，虞山钱萼孙谨序。"该《序》后收入钱仲联：《梦苕庵诗文集》，第 537 页。

《国立北平图书馆馆刊》第 10 卷第 1 号刊发：王国维《人间校词札记》。（后收入谢维扬、房鑫亮主编：《王国维全集》第 14 卷，第 716 页）

剑亮按：此文系罗庄汇集王国维 1909 年 2 月至 6 月间对柳永《乐章集》和黄庭坚《山谷词》所作校勘。《乐章集》下有罗庄按语，曰："此以汲古阁刻《六十家词》为底本，而以毛斧季校宋本及叶芗申《闽词钞》校之。毛本原用朱笔，叶本墨笔，今于据《闽词钞》校者加'叶本'三字以示区别。"《山谷词》下有罗庄按语，曰："此以汲古阁刻为底本，而以宁州祠堂本校之，并录劳氏《琴趣》本校语。宁州本原用墨笔，《琴趣》本朱笔，今于墨笔校者加'宁本'二字别之。"

伊砭《花间词人研究》，由上海元新书局出版。

张友鹤、吴廉铭编《注释白话词选》，由上海中华书局出版。1936 年 11 月再版。1941 年 4 月 4 版。辑选唐、宋、元、明、清浅近易读的词作 2000 余首，作者有李白等百余人。

龙榆生在广州倡立夏声社。《词学季刊》第 3 卷第 1 号"词坛消息"有《夏声社之发起》文。最终未果。

3 月

1 日，《青鹤》第 4 卷第 8 期刊发：

夏敬观《映庵词话》（四）；

伯驹《丛碧词》（一），有《八声甘州》（三十自寿）、《踏莎行》（送寒云宿蔼兰室）、《薄倖》（和寒云韵）、《浪淘沙》（香雾湿汍澜）。

2 日，《越风》半月刊第 9 期刊发：严既澄《鹧鸪天》（元宵志感）。

3 日，夏承焘作《摸鱼子》（二月二十七日，感东国昨夕事）。（夏承焘：《天风阁学词日记》，第 428 页）

3 日（农历二月十日），吴梅谈《倚风娇》词格。记曰："仇亮卿、蔡嵩云皆询《倚风娇》一词定格，为籀讨数四，答之如下。《倚风娇近》，草窗倚杨紫霞谱《词律拾遗》分句不当，为重订之。下叠不误。"（吴梅著，王卫民编校：《吴梅全集·日记卷》下，第 686 页）

6 日，《中央日报》刊发：逸珠《清代词人况周颐》。连载至 8 日完毕。

8 日，云南省妇女会三周年纪念特刊《云南妇女》刊发：革命先烈秋瑾女士遗作《满江红》（肮脏尘寰）。（后收入《民国珍稀短刊断刊·云南卷》第 10 册，第 4816 页）

12 日，天津《益世报》刊发：邓广铭《陈亮狱事考》。

15 日，《国专月刊》第 3 卷第 2 号刊发：

徐兴业《蝶恋花》（有酒登临须拚醉）；

邓夏鸣《眼儿媚》（惺忪晓梦觉来初）、《好女儿》（杵捣蓝桥）；

冯蕙心《临江仙》（春晚）；

张树梓《眼儿媚》（落花流水证前身）、《蝶恋花》（秦淮曲榭多佳丽）；

朱长乐《忆王孙》（春闺）。

15 日（农历二月二十二日），吴梅参加潜社。吴梅记曰："下午余与中大诸生，赓续潜社，至吴宫饭店集会，计六人：徐益藩（南屏）、张乃香（馨吾）、王凌云（重生）、周法高、梁蓼（庸生）、周鼎（礼堂）。期而未至者一人，刘润贤也。课题为《江城梅花引》，自未至酉，陆续脱稿，亦可喜也。余亦作一首，录如下。《江城梅花引》（潜社久废，吟事日荒。丙子之春，复与上庠诸子赓续雅音，赋此与诸子首唱）。"（吴梅著，王卫民编校：《吴梅全集·日记卷》下，第 689 页）

16 日，《青鹤》第 4 卷第 9 期刊发：

王易《词话丛编序》；

伯驹《丛碧词》（二），有《蝶恋花》（十里城西杨柳路）、《霓裳中序第一》（西山赏雪）、《浪淘沙》（由广州至汉口飞机上作）。

16 日，《越风》半月刊第 10 期刊发：叶誉虎《疏影》（题吴湖帆藏《隋董美人墓志》）。

18 日（农历二月二十五日），吴梅作《倚风娇近》（如社第九集，赋柳，次草窗韵）。吴梅评廖恩焘《倚风娇近》（倦鹤自沪寄示《泛清波》词，因拈此调率赠），曰："涂金错采，不知于意云何。此学梦窗而得其晦涩者也。"（吴梅著，王卫民编校：《吴梅全集·日记卷》下，第 691 页）

20 日，夏承焘接张尔田函，函中评《蕙风词话》曰："《蕙风词话》，标举纤仄，堂庑不高。重拙指归，直欺人语。愚昔年即不以为然，而彊老推之，殊不可解。彊老与蕙风合刻所为词曰《鹜音集》，愚亦颇持异议。尝有论词绝句，其彊村、蕙风两首云：'矜严高简鹜翁评，此事湖州有正声。临老自删新乐府，绝怜低首况餐樱。''少年侧艳有微辞，老见弹丸脱手时。欲把金针频度与，莫教唐突道潜师。'即咏其事。彊老当日见之，颇为怃然。此亦词坛一逸掌也。"（夏承焘：《天风阁学词日记》，第 433 页）

22 日，夏承焘接张尔田函，函中评朱彊村词曰："蕙风生平最不满意者，厥为大鹤。仆尝比之两贤相厄，其于彊老恐亦未必引为同调。尝谓古微但知词耳，叔问则并词而不知。又曰：作词不可做样。叔问太作样，太好太好。实则大鹤词曲绚烂归平淡。其绚烂处近于雕琢，可议；其平淡处，断非蕙风所及，不可议也。在沪时，与彊老合刻《鹜音集》，欲以半塘压倒大鹤，彊老竟为之屈服。愚殊不以为然。惟亡友王静安则极称之，谓蕙风在彊老之上。蕙风词固自有其可传者，然其得盛名于一时，不见弃于白话文豪，未始非《人间词话》之估价者偶尔揄扬之力也。大鹤为人不似蕙风，少许可，独生平绝口不及蕙风。又尝病彊老词不能清浑，无大臣体。举水云为例，谓词必须从白石入手，屯田、梦窗，皆不可学。《词刊》载与映庵论词书，往往流露此意。盖两家门庭皆尽窄，以视彊老为大鹤刻《苕雅余集》，为蕙风刻《鹜音词》，度量相去，直不可道里计。"（夏承焘：《天风阁学词日记》，第 435 页）

27 日，夏承焘致函周咏先，论词的分阕与换头。（夏承焘：《天风阁学词日记》，第 436 页）

28 日（农历三月六日），吴梅作《清十一家词钞序》。中曰："今岁之春，蜀生王煜示余《清十一家词钞》。余受而读之，则生所录者，孟劬亦备录也；生所未录者，孟劬亦间录也。孟劬十五家，大可、其年、竹垞、珂雪、梁汾、容若、樊榭、皋文、稚圭、莲生、鹿潭、幼霞、大鹤、彊村、蕙风也。生录仅十一家，大都与之同，惟大可、珂雪、梁汾、稚圭、蕙风五家未与，而萍乡文氏《云起轩》，则生所独取也。所录诸词，较孟劬为丰富矣。"（吴梅著，王卫民编校：《吴

梅全集·日记卷》下，第 694 页）

28 日（农历三月六日），汪东将如社第九集社课《倚风娇》送交吴梅。吴梅记曰："下午旭初《倚风娇》词至，甚佳。"（吴梅著，王卫民编校：《吴梅全集·日记卷》下，第 694 页）

31 日，《词学季刊》第 3 卷第 1 期《论述》栏目刊发：龙沐勋《漱玉词叙论》。

《专著》栏目刊发：

夏承焘《南唐二主年谱》（续）；

赵尊岳《词籍提要》之《花草粹编》《草堂诗余别录》《宋四家词选》《鸣鹤余音》；

唐圭璋《宋词互见考》（续）。

《遗著》栏目刊发：

徐棨《词律笺榷》卷四；

易顺鼎、易顺豫、蒋文鸿、张祥龄、郑文焯《吴波鸥语》（和石帚词联句）。

《辑佚》栏目刊发：周咏先《宋元名家词补遗》。

《词话》栏目刊发：夏敬观《忍古楼词话》（续）。

《近人词录》栏目刊发：

汪兆镛《减字木兰花》（为榆生题《上彊村授砚图》）、《浣溪沙》（为榆生题所藏彊村翁手写词稿）、《声声慢》（洲回裁药）；

张尔田《水龙吟》（丙子元日，客燕山作）、《临江仙》（一自中原鼙鼓后）、《浣溪沙》（镜面繁红写倒枝）、《浣溪沙》（翠袖红阑倚处同）；

冒广生《惜红衣》（药里惊秋）；

李宣龚《浣溪沙》（为榆生题《受砚图》）、《千秋岁》（和太虚韵，为忉庵题《填词图》）；

赵汝绩《木兰花慢》（素秋朱鸟去）、《高阳台》（凉夜）、《高阳台》（夕阳）、《长亭怨慢》（画湖重到，风叶漫天，渺渺兮余怀也）、《金缕曲》（层楼风雨，感音而作）；

向迪琮《倾杯》（冻萼融酥）、《瑞龙吟》（白下送春，和清真，兼谢大壮）、《绮寮怨》（津浦道中）、《虞美人》（舟中对鄂赣水灾，感赋）、《抛球乐》（问翠寻红兴未阑）、《如梦令》（枕畔香云犹漾）、《如梦令》（绮席谁歌河传）、《水龙吟》

（题自藏沈石田杨花诗画卷，和东坡）；

李权《霜叶飞》（和石斜）；

吴梅《高阳台》（访媚香楼遗址）、《忆瑶姬》（湖帆出示《董美人墓志》属题此解）、《寿楼春》（过春风旗亭）、《洞仙歌》（读林铁尊《半樱词》）；

溥儒《月下笛》（极乐寺题壁）、《念奴娇》（九月，陶然亭题壁）、《八声甘州》（望幽燕暮色）；

黄璿《长亭怨慢》（和玉田）、《惜红衣》（车过润州，渚莲凋谢，用白石道人韵）、《玉京秋》（甲戌中秋，和弇阳翁韵）、《鹧鸪天》（秋日，兆丰公园）、《浣溪沙》（留旧京五日，大千以《巫峡清秋图》为赠，因题）；

杨熙绩《满江红》（十八年三月生日）、《金缕曲》（二十三年十月悼古湘翁）；

蔡桢《换巢鸾凤》（花弱莺娇）、《倾杯》（燕郊春感，用屯田散水调）、《绮寮怨》（和清真韵）、《惜红衣》（和白石韵）、《玉蝴蝶》（和屯田韵）；

李宣倜《绛都春》（为榆生题《授砚图》，即送其之岭南）；

黄孝纾《蕙兰芳引》（湖海倦游）；

魏在田《貂裘换酒》（甲戌生日，自嘲）、《庆春泽》（青社第二课，题易安居士像）；

夏承焘《江城子》（榆生掌教春申，不得行其志。贻书招游岭海，共厉岁寒之操。阻病不行，寄此为赠）、《临江仙》（丁亥秋半，与室人俱婴危疾。重阳初起，作此为更生庆）、《减兰》（病亟时，闻姊氏诵《高王经》）、《减兰》（玉岑亡后，尝欲写其遗词行世，病中恨此愿未偿，伤逝自念，词不胜情）、《虞美人》（病起，闻海西战讯）、《小重山》（九月望夕）；

唐圭璋《惜红衣》（远岫笼烟）、《玉蝴蝶》（玉岑病中寄笺索书，匆匆未报，遽隔人天。念东坡高山流水之语，不禁辛酸。聊赋此阕，以寄幽恨）；

龙沐勋《水调歌头》（乙亥中秋，海元轮舟上作，用东坡韵）、《水调歌头》（留别暨南诸同学）、《满江红》（赠杨雪公，即用其生日述怀原韵）、《鹊踏枝》（半塘老人谓冯正中《鹊踏枝》十四阕"郁伊惝况，义兼比兴"，爱尽和焉。予客居无俚，复和八章，念怀乱人，不自知其言之掩抑零乱也）八首；

朱守一《兀令》（楼头惊声传隔苑）、《生查子》（妾是镜中花）、《长相思》（月榭风清）、《安公子》（和邵师重九韵）；

罗时旸《小重山》（不寐）、《扬州慢》（闻平津警报）；

孔宪铨《扬州慢》（闻平津警报）、《更漏子》（不寐）。

《近代女子词录》栏目刊发：

丁宁《台城路》（孝昂先生以近作见示，漫成一解）、《临江仙》（题湖石水仙）、《临江仙》（感赋）；

陈家庆《扫花游》（森林公园晚坐）、《木兰花慢》（石门湖秋泛）、《浪淘沙》（疏柳不藏鸦）、《虞美人》（菱湖晓行）、《满江红》（闻日人陈兵南翔，感赋）；

翟贞元《满江红》（秋思）、《拜星月慢》（槛菊开残）、《东风第一枝》（春柳）、《过秦楼》（拟清真）；

翟兆复《小重山》（淅淅萧萧竹打墙）、《鹧鸪天》（为避斜风户不开）；

程倩薇《扬州慢》（闻平津警报）；

黄庆云《虞美人》（桃英飞扑秋千架）。

《词林文苑》栏目刊发：

邵瑞彭《周词订律序》；

夏承焘《杨铁夫〈梦窗词笺释〉序》。

《通讯》栏目刊发：

夏承焘《征求谢君玉岑遗词启》；

张尔田《与夏瞿禅论词人谱牒》《与龙榆生言况蕙风逸事》；

周咏先《与夏瞿禅言船子和尚事》。

本月

《学术世界》第 1 卷第 10 期刊发：

顾培懋《两宋词人小传》（续）；

邓邦达（诵藏）遗著《謇庵词》（续），有《好事近》（寒夜山行）、《沁园春》（哭郑寄申文）、《疏影》（并头兰）、《暗香》（红兰）、《一萼红》（病中赋寄何勉之）、《踏莎行》（袅凤龙钗）、《卖花声》（飞絮扑帘旌）、《虞美人》（春寒恻恻春阴浅）、《清平乐》（年年憔悴）、《鹧鸪天》（题程心一马湘兰小印卷子，印文"藏莺深处"四字为王伯毂所赠）、《卜算子慢》（飞英邈矣）、《菩萨蛮》（去年送别经行处）、《菩萨蛮》（锦书三月归期准）、《菩萨蛮》（花枝袅似珊珊影）、《菩萨蛮》（题黄左臣《说瓠册子》）；

唐圭璋《高阳台》（媚香楼，楼为侯朝宗与李香君定情之所。相传在秦淮，实不知遗址所在）；

杨铁夫《高阳台》（柳媚春残）、《西江月》（题谈月色、蔡寒琼合画梅石）；

刘鹏年《临江仙》（题画，为李洞庭先生）；

陈柱《菩萨蛮》（民国八年，柱游平西山。山有小溪，清浅可爱。爰置卧几于溪中，卧吟于其上。因思平生乐事，如此正复无几也，聊填词二阕，以志嘉游云尔）二首、《夜合花》（西山小溪中，与诸友筑堤捕鱼）、《思帝乡》（浴西山小溪中）、《高阳台》（重游西山，倦卧观音岩畔）、《七娘子》（山亭风雨）、《戚氏》（舟夜酌酒即景，八年）、《自由词序》、《饮酒乐》（落红看尽看新绿）、《懊恼歌》（一别而今真已矣）、《醉后对月》（与内子及大儿一百、次儿三百、长女松英、次女梧英、侄女荔英等夜酌，以诗文为酒令，醉后到校园赏月）。

《文澜学报》第2卷第1期刊发：夏承焘《元名家词辑考》。

《虞社》第219期刊发：

陈瘦愚《千秋岁》（醉樵社长六十双庆，憩园同社拈此调致祝，敬为继声）；

庞独笑《渡江云》（乙亥初秋，偕心支、艾生、翔凌、瑞书诸子游虞山。晨附汽车行，瞬息而至。遂登破山寺，陟三峰，还过黄四娘家憩饮。兴阑返苏，日斜犹在三春。归车回睇，虞山拥髻，如笑送焉。赋示同游诸子，并呈观翁正和，兼订吾谷）；

吴东园《双红豆》（百花生日，寄子桥将军沪上）；

俞啸琴《菩萨蛮》（集玉溪生句）；

盛小鹤《西江月》（简邓青城先生）、《醉太平》（风声雨声）；

俞蔡青人《愁倚栏令》（去年手植白兰一株，开花甚茂，加意防护，过冬无恙。而春寒绵延，竟致枯萎无救，愿与世上惜花者同哭之）；

俞鸥侣《集贤宾》（金山高吹万前辈近以《围炉遣兴》诗见示，令人搁笔。寄此约游虞山，愿事为师）；

高曾植《减字木兰花》（紫藤棚下，解放词。忆二三年前，海上词坛如林庚白、柳亚子先生等，首创词的解放。盖时代迈进，诗词为表现一时风尚，不必墨守古人以成骨董也，因师其体）。（后收入曹辛华、钟振振选编：《清末民国旧体诗词结社文献续编》第37册，第181页）

陈洵为黎国廉《玉蕊楼词钞》作《序》。曰："余年三十，始学为词。从吾家简庵借书，得见《宋四家词选》，则黎季裴所藏也。简庵为言季裴工为词。后十余年，余始识季裴，则赠余《倾杯乐》'沧波坐渺'云云，辞情俱到，知其蕴蓄者深矣。尔后迹日密，月必数见，见必有词，如是数年，至于癸亥季裴去郡，则欲汇吾两人唱和者为《秌音集》，因循未果。今四十年矣。中间与季裴相见仅四面，音问亦数年一通。季裴年年北游，余亦索居寡侣，偶一出门，则昔之登临、吟赏、谈笑、饮酒之地，皆变迁而不可复识。时思季裴，则讽其词。知其词之必传，而无待余言。惟观余两人离合之迹，于以知其人，论其世，倘亦后之人之欲得于余，而不能无言者，必欲于古人中求之，远则碧山、蜕庵，近则金梁、萝月，可无疑也。"（陈洵著，刘斯翰笺注：《海绡词笺注》附录，第 495 页）

朱彝尊编《词综》，由上海国学整理社出版。选收唐五代、宋、金、元 600 余位词人 2352 首词作。有词人小传及注释。

徐嘉瑞《近古文学概论》，由上海北新书局出版。分五编十八章。其中第三编 "词史" 第一章 "大曲" 第五节为 "大曲与慢词"，第十三节为 "大曲一变而为词"；第二章 "词" 第一节为 "词之分类"，第二节为 "七绝体民谣的起源"，第三节为 "民众之词与文人之词"，第四节为 "平民化之词"，第五节为 "词之衰老"，第六节为 "词调之来源"，第七节为 "慢词"，第八节为 "调笑、转踏"，第九节为 "宋代歌法"。

春，溥儒作《殢人娇》（丙子早春）。（溥儒：《凝碧余音》，第 6 页。后收入朱惠国、吴平编：《民国名家词集选刊》第 15 册，第 182 页。亦收入毛小庆整理：《溥儒集》，第 473 页）

春，詹安泰作《齐天乐》（丙子首春，有怀榆生广州）。（詹安泰：《无庵词》，第 24 页。后收入朱惠国、吴平编：《民国名家词集选刊》第 15 册，第 508 页。又收入詹安泰：《詹安泰全集》第 4 册，第 244 页）

春，林鹍翔作《应天长》（丙子仲春，寄姚劲秋苏州，并寿七十）。（林鹍翔：《半樱词续》卷二，第 9 页。后收入朱惠国、吴平编：《民国名家词集选刊》第 9 册，第 282 页）

春，蔡桢作《泛清波摘遍》（燕京杂忆，拟小山格。丙子春暮，与铁尊、弢素、述庵、倦鹤、霜厓、壮殹同作）。（蔡桢：《柯亭长短句》卷上，第 8 页。后收入朱惠国、吴平编：《民国名家词集选刊》第 14 册，第 369 页）

春，龙榆生作《贺新郎》（予转徙岭南，情怀牢落。适得双照楼主二月二十七日书云，将转地疗养，且殷殷以三百年来词选为询。二十一日，先生舟经香港，不克趋前握别，赋此寄之)、《南乡子》(任生睦宇自沪南来，既偕登越王台，泛荔枝湾，于春寒料峭中得少佳趣。漫拈此阕，以纪胜游。时红棉作花，正是岭南好风景也)、《浪淘沙》(春晚，偕中山大学及门诸子泛荔枝湾，赏红棉，吊昌华故苑。以渔洋歌舞冈绝句分韵，得冈字)。(后收入龙榆生：《忍寒诗词歌词集》，第 45 页)

4 月

1 日，《青鹤》第 4 卷第 10 期刊发：

夏敬观《映庵词话》(五)；

伯驹《丛碧词》(三)，有《秋霁》(中秋，同韵倚、鹤孙、西明泛舟昆明赏月，由迟景荣吹笛，王瑞芝掺弦和之)、《满江红》(长江怀古)、《暗香》(邓尉咏梅)。

1 日，《诗经》第 1 卷第 6 期刊发：

张孟劬《水龙吟》(丙子元旦，客燕山赋)；

李青崖《忆江南》(秋思，拟人)、《忆江南》(过青阳，怀人)；

王巨川《摸鱼子》(薄游闽峤，诸君厚意殷拳，文字之饮，殆无虚夕。濒行，复承宗妹雪聪，偕同玲碧女士暨张、黄二君远游，送马尾，伤春惜声，先寄此阕，聊当喤引)；

陈配德《高山流水》(三叠梦窗韵，哭徐霁园夫子) 三首、《惜秋华》(乙亥九日，虞山望海楼登高，倏见天桃一枝，倩妆凄绝。越日，至兆丰园，则樱华艳发，若不胜情。回忆十年前游扶桑，曾遇此花凌霜独放，诧为奇遇。比岁客燕山，亦见稷园牡丹以初冬花开，事若不经见而已数数见者，岂独天时之异，抑亦人事之间真有若相感召也。率赋二解，梦窗韵)、《齐天乐》(落梅)、《一枝春》(无锡探梅，薄游太湖，感时成咏)、《鹧鸪天》(太湖梅园题咏) 二首、《东风第一枝》(腊八前，适新历改岁，梅溪韵)；

曹民风《浪淘沙》(金陵客邸)；

钱步恒《相思引》(人世原知有别离)、《满江红》(雁带愁来)、《沁园春》(为遇斋题《同心图》)；

凌杰《一剪梅》(池馆凄清漏正迢)、《浣溪沙》(愁雨感怀)、《赤枣子》(冬景)、《天仙子》(听雨)；

周弃子《浣溪沙》（撼托微波一致辞）、《菩萨蛮》（有时一面都难得）、《谒金门》（心太苦）；

孔宪铨《扬州慢》（石牌，吊刘义炮台故址）；

刘啸云《点绛唇》（雪柳）、《生查子》（昨夜月华明）、《鹧鸪天》（梅花）；

武焕斗《水调歌头》（有感）；

卧霞《点绛唇》（秋情）；

罗之固《临江仙》（题画）、《临江仙》（雨过云收风定）；

陈熙《浪淘沙》（葬花）；

魏均德《忆江南》（兵去后）；

王梁彦《采桑子》（有感）、《满庭芳》（天外春归）、《卜算子》（陌上有怀）、《少年游》（感旧）；

李挚宾《贺新郎》（友人朱君结褵，赋此）；

钟朗华《浣溪沙》（似绮韶华指一弹）、《浣溪沙》（俊眼含波脉脉羞）、《浣溪沙》（曾与梅花作比邻）、《浣溪沙》（斜月笼烟过板桥）、《浣溪沙》（万斛思量不自禁）、《浣溪沙》（杏眼桃腮貌似花）。（后收入《民国珍稀短刊断刊·上海卷》第 27 册，第 13617 页）

1 日，夏承焘接张尔田函，函中论朱彊村词，曰："仆谓彊村词深于碧山，谓其从寄托中来也。学梦窗者多不尚寄托，彊翁不然，此非梦窗法乳。盖彊翁早年从半塘游，渐染于周止庵《绪论》也深。止庵论词，以有托入，以无托出。彊翁实深得此秘。若论其面貌，则同梦窗也。此非识曲听真者，未易辨之。虽其晚年感于秦晦明师词贵清雄之言，间效东坡，然大都系小令，至于长调，则仍不尔。故彊翁之学梦窗，与近人陈述叔不同。述叔守一先生之言，彊翁则颇参异己之长，而要其得力，则实以碧山为之骨，以梦窗为之神，以东坡为之姿态而已。此其所以大软。尝与汪景吾先生论之，亦颇以愚言为然。尊意以为如何？"（夏承焘：《天风阁学词日记》，第 437 页）

1 日，夏敬观主编《艺文杂志》创刊。栏目有《诗文词曲及论诗文词曲之著作》。

1 日，龙榆生为其暨南大学门生李勖（志遒）撰《饮水词笺序》。（张晖：《龙榆生先生年谱》，第 73 页）

2 日，《越风》半月刊第 11 期刊发：叶誉虎《惜红衣》（题吴湖帆藏《七姬权厝志》原石孤本)。

4日，夏承焘撰写《释令》一文，论令词出于酒令。(夏承焘:《天风阁学词日记》，第438页)

5日，如社第十次社课。出席者有吴梅、乔大壮、吴伯匋等十二人。(吴梅著，王卫民编校:《吴梅全集·日记卷》下，第700页)

5日，吴梅作《声声令》(丙子清明，偕南雍诸子谒孝陵)。(吴梅:《霜厓词录》，第25页。后收入朱惠国、吴平编:《民国名家词集选刊》第13册，第471页)

9日，张素作《浣溪沙》(三月十八日作)。(后收入张素:《南社张素诗文集》，第784页)

12日(农历三月二十一日)，潜社第二次社集。吴梅记曰:"余亦往夫子庙万全，举潜社第二集，到诸生十一人，较上月二十二日多五人矣。蒋维松、杨志溥、刘润贤、周鼎、张乃香、陈舜年、常任侠、徐益藩、李孝定、梁璆、王凌云。课题为《看花回》(咏荷花)。余词先成，诸生亦陆续交卷。"(吴梅著，王卫民编校:《吴梅全集·日记卷》下，第708页)

13日(农历三月二十二日)，吴梅接唐圭璋函。吴梅记曰:"唐生圭璋函催《全宋词叙》，亦拟日内报之。"(吴梅著，王卫民编校:《吴梅全集·日记卷》下，第709页)

15日，《国学专刊》第3卷第3号刊发:

邓夔鸣《巫山一段云》(夜静天光远)、《忆少年》(悲来歌哭);

高树《踏莎行》(归途)、《蝶恋花》(玉骢衔散随风絮);

张树祥《蝶恋花》(卖饧天气香风暖)。

15日(农历三月二十四日)，吴梅作唐圭璋《全宋词序》，并于次日交与唐圭璋。中曰:"今唐子以一人之耳目，十年之岁月，毅然成此巨著，举凡山川琐志、书画题跋、花木谱录，无不备采，已非馆阁诸臣所及。而《互见表》一卷，尤足息前人之争，祛来学之惑，此岂清代词臣得望其项背哉!"(吴梅著，王卫民编校:《吴梅全集·日记卷》下，第709页)

15日，夏承焘致函张尔田，论《乐府补题》本事，附《虞美人》(奉答孟劬先生北平，并谢寄照像)。(夏承焘:《天风阁学词日记》，第442页)

16日，夏承焘接李佩秋函，函中评夏承焘《冯延巳年谱》。(夏承焘:《天风

阁学词日记》，第 442 页）

16 日，《青鹤》第 4 卷第 11 期刊发：伯驹《丛碧词》（四），有《金缕曲》（病后有怀，用饮水韵）、《忆江南》（秋萧瑟）、《如梦令》（寂寞黄昏庭院）、《调笑令》（明月）。

21 日（农历闰三月一日），吴梅作《红林檎近》（今岁作候，寒暖失序，拥炉挥扇，旦夕易境，都人士咸以为奇。泛舟后湖，归读寄庵新词，亦有梅桃相错，沦于绛灌之叹。因次清真韵答之）。（吴梅著，王卫民编校：《吴梅全集·日记卷》下，第 712 页）

22 日，夏承焘接张尔田函，函中评夏承焘《乐府补题》本事研究。曰："尊论《补题》遗掌，昭若发蒙。碧山诸人，生丁季运，寄兴篇翰。缠绵掩抑，要当于言外领之，会心正复不远。然非详稽博考，则亦不能证明也。碧山他词如《庆清朝》咏榴花，当亦暗寓六陵事，托意尤显。张皋文谓指乱世尚有人才，殊不得其解，得尊说乃可通矣。"（夏承焘：《天风阁学词日记》，第 443 页）

23 日，龙榆生作《摸鱼儿》（丙子上巳，秦淮水榭禊集。释戡来书索赋，走笔报之）。（龙榆生：《忍寒词》之甲稿《风雨龙吟词》，第 7 页。后收入朱惠国、吴平编：《民国名家词集选刊》第 15 册，第 424 页。亦收入龙榆生：《忍寒诗词歌词集》，第 49 页）

23 日（农历闰三月三日），吴梅寄《词学通论》与杨铁夫。（吴梅著，王卫民编校：《吴梅全集·日记卷》下，第 713 页）

30 日，《越风》半月刊第 12 期刊发：姚民哀《浪淘沙》（浒浦口晚眺）。

30 日，夏承焘作《临江仙》（家兄为予买宅谢池）。（夏承焘：《天风阁学词日记》，第 443 页）

本月

《学术世界》第 1 卷第 11 期刊发：
顾培懋《两宋词人小传》（续）；
杨铁夫《泛清波摘遍》（邓尉探梅，和小山）、《倚风娇近》（探梅）；
林鹍翔《泛清波摘遍》（和小山）；
唐圭璋《倚风娇近》（赋辛夷）；
黄剑鸣《摸鱼儿》（寄陈柱尊）；

李澍《蝶恋花》（春宵听雨，书此遣闷）；

黄勉《行香子》（坐不任劳）、《画堂春》（春归何处费寻思）；

陈柱《柳梢青》（平乐曾公庙即事）、《望江南》（漓江即景）、《离燕亭》（漓江舟中，与谭介甫饮酒）、《画堂春》（恼人春色太癫狂）、《相见欢》（多情虽耐春深）、《摊破浣溪沙》（集句）、《南乡子》（集句）、《风流子》（寄内，民国二年）。

《艺文》第1卷第1期刊发：沈尹默《玉楼春》（春日寄玄同）、《减字木兰花》（为援庵题陈白沙所书《心贺诗卷》）词二阕。

张咏青标点《花间集》，由上海中央书店再版。

5月

1日，《青鹤》第4卷第12期刊发：

夏敬观《映庵词话》（六）；

王易《词曲史后序》；

剑丞《映庵词》，有《六么令》（为周梦坡题所藏《汤贞愍香雪草堂图》）、《婆罗门令》（调彦通）、《秋霁》（丁巳中秋作）、《霜叶飞》（曩借宅吴门，岁辄一登天平，览枫林之胜。自来海滨，遂疏游屐。丁巳九月，始挈词侣重登此山。酒畔倚声，不胜衰感）。

1日，《制言》第16期刊发：邵次公《〈周词订律〉序》。

1日，《湖南大学季刊》第2卷第2期刊发：

苍石《潇湘夜雨》（春寒）；

苍坡《潇湘夜雨》（春寒，次韵）；

梦僧《潇湘夜雨》（春寒，次韵）；

章浩《清平调》（二舍庭前有红梅盛开，水草君误以为桃也，因作小词嘲之）、《青玉案》（友人过新亭旧址，示余书，不胜今昔之感，因本其意，为赋此词）；

竹友《忆江南》（本意）二首；

璧《满庭芳》（昭山雅集，分韵得凭字）、《燕归来》（本意）二首；

梅《意难忘》（节近清明，庭梅犹未谢也）。

1日，吴梅作《看花回》（咏荷花）。（吴梅著，王卫民编校：《吴梅全集·日记卷》下，第715页）

3日（农历闰三月十三日），潜社第三次社集。吴梅记曰："下午往夫子庙老万全举潜社第三集。到十一人如下：蒋维松、周鼎、王凌云以有他事未与；杨志溥、陈松龄、彭铎、李孝定、徐益藩、陈舜年、刘润贤、张乃香、梁璆、常任侠、翟贞元。课题为《声声令》（拜孝陵）。诸子陆续交卷，余亦成一解。"（吴梅著，王卫民编校：《吴梅全集·日记卷》下，第 715 页）

3 日，夏承焘接《词学季刊》第 9 期，评曰："嫌无新鲜材料。"（夏承焘：《天风阁学词日记》，第 445 页）

4 日（农历闰三月十四日），吴梅修改唐圭璋《红林檎》词。记曰："圭璋《红林檎》词求改，尚过得去，为易数字。"（吴梅著，王卫民编校：《吴梅全集·日记卷》下，第 716 页）

5 日，《逸经》文史半月刊第 5 期刊发：任中敏《满江红》（还我河山）。

剑亮按：《逸经》，半月刊，1936 年创刊于上海，由人间书屋出版发行。1937 年终刊。

6 日（农历闰三月十六日），唐圭璋访吴梅，谈论词学。吴梅记曰："唐圭璋来，谈《花草粹编》之误，实非佳书，不过以书不经见，群相尊贵而已。此说极确。"杨铁夫赠《梦窗词笺》与吴梅。吴梅记曰："杨铁夫以《梦窗词笺》见赠，已三易稿矣。"（吴梅著，王卫民编校：《吴梅全集·日记卷》下，第 717 页）

6 日，俞平伯作《〈积木词〉序》。中曰："及读自序之文，有曰：'顾醉时所说，乃醒时之言。无心之语，亦往往为真心之声。'知其于疾徐甘苦之诣，居之安而资之深，将有左右逢源之乐矣。则于吾言也，殆有苔岑之雅，而曰'于我心有戚戚焉'乎。今兹之作，得《浣花词》之全，更杂和《花间》，其用力之劬与夫匠心之巧，异日披卷重寻，作者固当忆其遇，而读者能不思其人乎？若夫微婉善讽，触类兴怀，方之原作，亦鲜惭德。虽复深自□抑而曰：'但求其似词，焉敢望其似《浣花》。'窃有说焉。夫似是者实非，似词则足矣，似《浣花》胡为耶？当曰相当于《浣花》可耳。然吾逆知羡季于斯言也必不之许，以其方谦让未遑也。其昔年所作，善以新意境入旧格律，而《积木》新词，则合意境、格律为一体，固缘述作有殊，而真积力久，宜其然耳。其发扬蹈厉，少日之豪情，夫亦稍稍衰矣。中年哀乐，端赖丝竹以陶之。今之词客，已无复西园羽盖之欢，南国莲舟之宠，宁如《花间》耶？荒斋暝写，灯明未央，故纸秃毫，亦吾人之丝竹矣。以'积木'名词者，据序文言，亦婴婉之戏耳。此殆作者深自□抑之又一面，然吾观《积木》之形，后来者居上，其亦有意否乎？亦曾想及否乎？羡季近方治南北曲，会将深通近代乐府之原委。其业方兴未有艾，则吾之放言高论也，亦为日方长而机会方多，故乐为之序。丙子闰三月既望，俞平伯于北平之清华园。"（后收入俞平伯：《燕郊集》，上海良友图书印刷公司印行，1936 年，第 216 页。亦收入俞平伯：《燕郊集》，中国国际广播出版社，2013 年，第 145）

7 日，夏承焘阅李佩秋《书俞理初〈易安事辑〉后》。评曰："觉易安论词，纯是清真作词之旨。二人同时，而易安评论作家，不及清真。以清真词当时流传之广，易安不应不知其人，此不可解。"接唐圭璋函，商讨《全宋词》及《宋词互见考》。夏承焘曰："《互见考》须分编三部，一、有确据者，二、可推见者，三、不能决定者。"（夏承焘：《天风阁学词日记》，第 446 页）

8 日（农历闰三月十八日），吴梅作《减兰》（题《莲香集》）。记曰："广东蔡哲夫以重刻《莲香集》索题，成《减兰》一首。"（吴梅著，王卫民编校：《吴梅全集·日记卷》下，第 717 页）

9 日，卢前访问夏承焘，并与夏承焘谈所藏刘咸炘《稼轩年谱》。（夏承焘：《天风阁学词日记》，第 447 页）

10 日（农历闰三月二十日），如社第十一次社集。吴梅记曰："又未几汪旭初至，邀余与伯匋同赴如社之约。陈、潘、黄三人去，遂与汪、吴同至老万全。是为第十一期，题为《绕佛阁》，集者共十二人。"（吴梅著，王卫民编校：《吴梅全集·日记卷》下，第 718 页）

12 日，夏承焘接詹安泰函，函中"商量注《花外集》"，夏承焘"即复一函，寄《乐府补题考》"与詹安泰。（夏承焘：《天风阁学词日记》，第 448 页）

13 日，《晨报·艺圃》刊发：林花谢《读词小笺》。22 日、25 日、27 日、29 日，连载完毕。

15 日，《国学专刊》第 3 卷第 4 号刊发：

杨铁夫《念奴娇》（丙子暮春，探梅邓尉，登玄慕山。寺僧智谷出示游客题名册，得读戊子岁叔问、子复两先生联句，调寄《念奴娇》云……爰录携归，今检出追和，亦已两阅月矣。大鹤山人有知，不亦笑续貂者之多事乎）、《红林檎近》（枕絮偎逾湿）；

冯蕙心《忆江南》（愁欲遣）、《减字木兰花》（新燕）；

周嘉志《忆王孙》（苏小小墓）；

邓戛鸣《西施》（夜阑拥髻话分离）。

15 日，《越风》半月刊第 13 期刊发：章文旬《读激昂慷慨凄凉悲壮之作》。中曰："'国破山河在，城春草木深。'当此山河破碎、外族凭夷之秋，每读古人激昂慷慨、凄凉悲壮之作，辄复悲愤填膺，感慨不已。'亡国之音哀而思'，诚者然也。今日之下，得乎悲歌当哭，怆然有《黍离》《麦秀》之感耶？前阅《越风》，有是之辑，爱忆南宋悲词，拉杂记之，以为续貂。至词之遗阙，句之工拙，固未计及。所希冀者，惟望国人有所警惕而已。"

16 日，《青鹤》第 4 卷第 13 期刊发：琹堂《不匮室词》（和大厂，次文信国致王昭仪作）、《满江红》（再和大厂居士）、《满江红》（和大厂居士《清明日》，再用文信国致王昭仪韵）。

20 日，《滇声》第 4 期刊发：杨履中《桃源忆故人》（登初阳台）、《一剪梅》（踏青）。

22 日，《武汉日报》刊发：马文珍《词人王静安》。

25 日（农历四月五日），吴梅作《绕佛阁》（寓斋独坐，枯藤忽花，拈清真韵赋之），为如社社课。（吴梅著，王卫民编校：《吴梅全集·日记卷》下，第 724 页）

26 日（农历四月六日），吴梅修改《绕佛阁》（寓斋独坐，枯藤忽花，拈清真韵赋之）词。记曰："下午课毕归。圭璋、公铎陆续至，余以昨词示之。圭璋据《天籁轩词谱》云，首句亦韵，因将首二句改易如右。"（吴梅著，王卫民编校：《吴梅全集·日记卷》下，第 724 页）

剑亮按：吴梅《绕佛阁》（寓斋独坐，枯藤忽花，拈清真韵赋之）词，首句曰："故山雾敛。搔遍短发，高卧江馆。"

27 日，夏承焘作《木兰花慢》（丙子上巳，京中诸老禊饮乌龙潭。潭秋为拈得陈字嘱赋，久无以报。四月送孟晋还温，即用其韵）。（夏承焘：《天风阁学词日记》，第 449 页）

29 日，北平《晨报·学园》刊发：

王信之《冯延巳的词》；

肇洛《欧阳炯及其词》。

30 日，《越风》半月刊第 14 期刊发：

汪辟疆《法曲献仙音》（邵次公寄示《山嚋余响》，即用其汪君刚寄词见□韵却寄）；

高越天《渔家傲》（飘白坠红春去矣）。

30 日，《时事新报》刊发：一石《朱淑真的生查子》。

30 日，潜社第四次社集。吴梅记曰："下午举潜社第四集，到九人：陈伯永、陈舜年、蒋维松、杨志溥、徐一帆、梁璆、张乃香、刘润贤、卢冀野。课作如下：《洞仙歌》（拟东坡摩珂池纳凉词，即次原韵）。霜崖。（词略）"（吴梅著，王卫民编校：《吴梅全集·日记卷》下，第 726 页）

本月

《虞社》第 220 期（复兴第 2 号）刊发：

陈瘦愚《双双燕》（仆与室人杨贞安同丁酉生，日月不居，行年四十。回忆自二十三岁出校门，入社会为记者、为教员、为公务员，莫非藉笔杆为生活。近五年来流寓尤溪，浮沉末秩，已四易主人。读"苦恨年年压金线，为他人作嫁衣裳"句，黯然神伤矣。今当母难之日，偶拈此调，聊抒所感，非敢效大人先生征诗刻集也。光绪丁酉后三十九年天穿节后一日，瘦愚附识）；

俞鸥侣《双双燕》（和陈瘦愚，即以寄怀）；

鲍桂荪《集贤宾》（鸥侣老友以致高吹老词索和，依韵奉酬）；

吴东园《集贤宾》（鸥侣老友倚此寄高老在远不遗见示索和，因依韵奉酬）二首；

陆醉樵《集贤宾》（和鸥侣韵，兼写近怀）；

俞蔡青人《集贤宾》（外子谱此寄高吹老，同社诸公纷纷玉和，喜而续之）；

邹萍倩女士《点绛唇》（才褪轻裘）；

青人女士《点绛唇》（才过花朝）；

单黼卿《黄金缕》（写怀）；

张蛰公《探春慢》（翕圃吟梅，用玉田韵）；

彭淼《浪淘沙》（白桃花）；

花病鹤《惜分钗》（清明风雨，辄忆旧游，为填此解，寄鸥侣社丈正拍）二首；

潘逸园《高阳台》（屏影笼花）；

沈方舟《醉花阴》（女儿酒）；

盛小鹤《踏莎行》（春寒）；

赵耦萱《豆叶黄》（桃花）；

俞安之《醉花阴》（题《赏荷图》）；

东园老人《集贤宾》（再寄鸥侣老友，仍用前韵）；

沤庐居士《回波词》（题沈爱庐《焚香读易图》）。（后收入曹辛华、钟振振选编：《清末民国旧体诗词结社文献续编》第 37 册，第 241 页）

《中国文学会集刊》第 2 期刊发：夏承焘《词逐》。

张思岩辑、张静庐校点《词林纪事》，由上海杂志公司出版。为《中国文学珍本丛书》一种。共 22 卷。辑录唐、宋、金、元 422 家词，词前有作者简介，词后附注释或前人评语。有陆以谦《序》。

朱庆堂、冼得霖合编《文学要览》，由南中图书供应社出版。分上、下编。其中，上编"文艺概述"第五章为"词学"。

6 月

1 日，《青鹤》第 4 卷第 14 期刊发：剑丞《映庵词》（三），有《解语花》（题骆佩香女史画折枝卷子）、《雪梅香》（感春）、《高山流水》（梦坡斋中有宋徽宗松风琴、赵子昂风入松琴，因并赋之）、《婆罗门令》（寄赵尧生荣德山中）。

1 日，《甘院学生》第 4 卷第 2 期刊发：

霞《不能归》（乙亥暑期，因事未能即归。事甫毕，方谋就道。天忽淫雨，数日不霁。愁闷之余，抒此作解）、《海棠春》（忆别，集古人词句）二首、《竹枝词》（篮球）四首、《捣练子》（暴风紧）；

起冬《春日游》（昨日绿杨堤畔）；

辞静《虞美人》（谁家皎皎非凡表）、《长相思》（春日游）；

春阳《阑干万里心》（偶感）、《十六字令》（求）；

仰《踏莎行》（枯叶积山）。（后收入《民国珍稀短刊断刊·甘肃卷》第 5 册，第 2169 页）

2 日，《晨报·艺圃》刊发：林花谢《读词小笺》。3 日、8 日、9 日、12 日，连载完毕。

13 日（农历四月廿四日），吴梅作《沁园春》（寿庸庵尚书八十，代陆宋振）。词后自注："此词亦工，惜不堪存稿耳。"（吴梅著，王卫民编校：《吴梅全集·日记卷》下，第 735 页）

14日（农历四月廿五日），如社第十二集、十三集合并举行。吴梅记曰："早旭初来。方坐，而匪石、大壮继至。同往后湖泛舟，停泊柳阴，纵谈词学，意甚闲适。又往隐者孙少江家略坐，竹篱矮屋，杂花满园。临窗一望，全湖在目。据云，孙为行伍出身，弃官居此，可云高致。出孙室，乃至廖风书青云巷居，举行如社。到者十人，新社员有杨君圣褒，能饮，为铁尊同乡。廖氏酒肴皆精，余亦畅饮。此次合十二、十三两集。十二集题《诉衷情》《女冠子》，十三集题为《碧牡丹》。三时席散。余方返寓，而旭初驱车接我去，急往，知太炎先生已于今晨逝世。余等后湖谈词之时，即先生启手易箦之际。旭初衔悲无已，且云半载之中，师友凋谢，泪潸潸下。余略作慰藉语而已。"（吴梅著，王卫民编校：《吴梅全集·日记卷》下，第 735 页）

15日，《国专月刊》第 3 卷第 5 号刊发：

阮真《评两宋词》。开篇曰："词至两宋，作家辈出，并称极盛。论者谓唐诗宋词可以并驾。顾唐诗有盛、中、晚之分，体格愈降而愈下。宋词则竟一代而迄未少衰，亦可见其盛矣。兹取南北宋词家之尤著者而评论之。"结尾总结道："余于斯篇，仅取两宋词家之尤著者，评其概略而已。故于北宋之初取二晏、一欧，中则取秦、柳、苏、张、黄，末则独取周美成为之殿。于南宋则取辛、陆、朱三家，南宋末则取姜、张、王、史、吴、周六家为之殿。两宋词人之卓卓者，殆尽于此矣"；

高树《鹊桥仙》（莺啼人倦）；

邓戛鸣《卜算子》（为李君题牡丹绣被）；

濮之琦《鹧鸪天》（玄武湖）、《浪淘沙》（暮春）；

吴中《调笑令》（春老）、《调笑令》（离别）；

鲍傅简《忆江南》（梦醒也）、《长相思》（寄友）；

石志远《蝶恋花》（乡思）、《蝶恋花》（送行）。

15日，《越风》半月刊第 15 期刊发：汪辟疆《红林檎近》（暮春，虎丘作，用清真韵）。

16日，《青鹤》第 4 卷第 15 期刊发：

夏敬观《映庵词话》（七）；

钱萼孙《〈梦窗词笺释〉序》；

次公《三姝媚》（丙子闰上巳，后湖集，予在大梁，未及与会，玄圃主人代拈泗字韵）；

榆生《摸鱼儿》（丙子上巳，秦淮禊集。予方栖迟岭表，释戡先生为拈鸳字见寄，怆然赋此）；

澂波《踏莎行》（闰重三，后湖宴集，次公师得泗字）、《台城路》（丙子闰上巳，玄圃禊集，主人为次公师拈得泗字，辄同其韵）。

18 日，刘麟生作《木兰花慢》（重五前五日，偕依林游香山）。（刘麟生：《春灯词》，第 26 页。后收入朱惠国、吴平编：《民国名家词集选刊》第 15 册，第 104 页）

20 日，《私立无锡国学专修学校十五周年纪念册》刊发：杨铁夫《十五年来之词学》。

23 日，夏承焘接杨铁夫寄来《私立无锡国学专修学校十五周年纪念册》，刊有杨铁夫《十五年来之词学》，论及夏承焘词学成就。（夏承焘：《天风阁学词日记》，第 453 页）

30 日，《海王》第 8 年第 29 期刊发：海擎《念奴娇》（荼蘼开罢）。

30 日，《越风》半月刊第 16 期刊发：甘大昕《少年游》（与方南渚重过扫叶楼，纵饮题壁）、《点绛唇》（婺州试鉴夜初晴，用梦窗韵）。

30 日，《词学季刊》第 3 卷第 2 期《论述》栏目刊发：

龙沐勋《南唐二主词叙论》《论平仄四声》；

夏承焘《令词出于酒令考》。

《专著》栏目刊发：

夏承焘《南唐二主年谱》（三）；

唐圭璋《宋词互见考》（续）；

缪钺《遗山乐府编年小笺》。

《遗著》栏目刊发：

徐荣《词律笺榷》卷五；

白毫子《鼓枻词》；

吕蕙如《蕙如长短句》。

《辑佚》栏目刊发：

周咏先《宋元名家词补遗》（续）；

曾福谦《梅月龛词》。

《词话》栏目刊发：夏敬观《忍古楼词话》（续）。

《近人词录》栏目刊发：

汪兆镛《水龙吟》（题叶南雪丈画李香君小影）、《蝶恋花》（榆生以咏木棉词见示，奉和一阕）；

张尔田《浣溪沙》（十里珠尘暖欲飞）、《浪淘沙》（渌水漾轻鸥）、《蝶恋花》（送学佛友人南归）、《虞美人》（奉答瞿禅之江）、《浣溪沙》（枝上红稀绿渐成）、《浣溪沙》（著意人前晕翠娥）；

汪曾武《鹊踏枝》（香阁帘栊烟阁柳）、《鹊踏枝》（落尽残红春不管）、《鹊踏枝》（门巷斜遮浓荫绿）、《鹊踏枝》（烂漫芳韶随水去）、《鹊踏枝》（黯黯清愁休远睇）、《鹊踏枝》（不待黄昏帘幕闭）、《鹊踏枝》（录曲回阑凭悄碧）、《鹊踏枝》（一树槐阴低掩映）、《如此江山》（题《切庵填词图》）、《八声甘州》（心畲王孙招赏萃锦园海棠，分得还字）；

邵瑞彭《三姝媚》（丙子闰上巳，后湖禊饮。予在大梁，翼如代拈得泗字）、《齐天乐》（南海木棉花瓣作鞓红色，榆生赋小令见示，报以此解）；

路朝銮《鹧鸪天》（贺浮玉移居）、《鹧鸪天》（浮玉耽剑术，仍用前韵赋赠）；

易孺《满江红》（丙子清明，再用文信国改王昭仪词韵，上呈延公长老，同致忍寒）、《满江红》（一叶舆图）；

胡汉民《满江红》（和大厂次文信国改王昭仪作）、《满江红》（再和大厂居士）、《满江红》（和大厂居士，清明日，再用文信国改王昭仪韵）、《浪淘沙》（和榆生教授赏红棉访昌华故苑之作）、《浣溪沙》（闻大厂居士新词有"百涩词心已不支"之句，悲壮极矣，辄以寻常论调解之）；

李权《摸鱼儿》（生日感赋）二首；

仇埰《鹧鸪天》（剑白自青岛赠精镌梅燕印章，赋此酬答）二首、《还京乐》（拟清真）、《鹧鸪天》（自笑无钱欲买山）、《鹧鸪天》（不剔灯花祝梦图）；

叶麐《水龙吟》（几多密意柔情）、《水龙吟》（数年侣伴光阴）；

缪钺《摸鱼儿》（和榆生原韵）、《齐天乐》（湿云低压天如梦）；

夏承焘《虞美人》（奉答孟劬先生燕京）；

卢前《水调歌头》（乔木绕荒井）、《沁园春》（晨偕东野携侃儿游玄武湖）；

汪怡《雨中花》（镇日花前长缱绻）、《一落索》（几度风亭水榭）、《卜算子》（梵王渡园看玉兰）、《水调歌头》（游华山，自云台峰看云海，并经苍龙岭至落

雁峰)。

《近代女子词录》栏目刊发：

陈家庆《陌上花》(丙子上元前一日，同澄宇登黄鹤楼)、《齐天乐》(春望)、《八声甘州》(春雨，寄玉姊湘江)、《蝶恋花》(寄怀竹轩姊)、《琴调相思引》(与畹姊话旧)、《蓦山溪》(幽燕蓟冀)、《高阳台》(和瞿安师访媚香楼遗址韵)、《卜算子》(废圃寻梅，集白石道人句)；

丁宁《鹊踏枝》(和忍寒) 八首。

《词苑文林》栏目刊发：

汪兆镛《汲古阁本尊前集书后》；

曹元忠《趣园味莼词序》；

俞平伯《积木词序》；

叶恭绰《清名家词》；

叶恭绰《毛刻宋六十家词》。

《通讯》栏目刊发：

陈思《与夏瞿禅论词乐及白石行实》《与夏瞿禅论白石清真年谱》；

夏承焘《与张孟劬论乐府补题》。

本月

《虞社》第 221 期（复兴第 3 号）刊发：

银鬓词人《双双燕》(和陈瘦愚再寄)；

陈瘦愚《千秋岁》(有感)；

单黼卿《金缕曲》(严苙庄先生过访，见赠佳词。依调奉和，并简汪冠瀛有道)；

陆孟芙《明月生南浦》(闲居偶述)；

潘清《高阳台》(丙子清明后五日，游澉浦南北湖。遇雨，登鹰巢顶云岫寺，匆匆归，游怀未畅。逾六日天晴，复往，前后各得词一阕。回忆数年前，高金山夫子曾偕诸及门来游，因呈请诲正夫子，其亦旧梦重温而为之掀髯微笑乎) 二首；

高曾植《恋绣衾》(午窗梦醒，谱此写意)；

彭少海《忆江南》(淮山留云亭题壁)；

朱蜕庵《忆江南》（春闺）；

赵耦萱《眼儿媚》（争春蝴蝶醉春红）、《眼儿媚》（踏青常唤老诗翁）；

韦永和《如梦令》（春归）。（后收入曹辛华、钟振振选编：《清末民国旧体诗词结社文献续编》第 37 册，第 301 页）

《学术世界》第 1 卷第 12 期刊发：

顾培懋《两宋词人小传》（续）；

陈柱《答陈斠玄教授论自由词书》，曰："斠玄吾兄，前书想达左右。贵恙已痊愈否，念念。小儿一百病已日愈，昨已能起坐，远蒙垂注，感激无量。承平论自由词，诱进之意，且感且惭。柱尝谓文学界中，唐以前且勿论，论自唐以后者。唐以后者若文则有韩退之，诗则有杜子美，字则有颜平原，后之人虽好恶各有不同，然其巍为自唐以来一大宗师，包罗万有，则古今无异辞也。惟词则无论何人，举不出一人足以配韩、杜、颜者。清末好梦窗、清真者，或欲举以相拟，不知大小之不相侔，无异泰山之于丘陵也。或拟举苏、辛，则诚较为伟大，然即东坡而论，其词已不及其诗之伟大，他更何说。故欲于词坛中，推一人足以配韩、杜、颜者，终无有也。此其何故哉？岂非以词拘泥于刻板之律，缚于不可知之谱之故乎？此如缠足女子，虽不无美者，而求其能高举阔步则难矣。今若只取其天然之音调，解其向来之束缚，则既不失词之体格，而又无向来之顾忌，则作者既可高举阔步，而知音者亦可按词制谱，似于最初创词之原意，乃或反有合也。想兄同调，必以为然，并望教正。弟柱顿首。五月二十九日"；

叶恭绰《祝英台近》（树景）、《浣溪沙》（寂寞帘栊驻故香）、《浣溪沙》（题狄平子《落花垂柳画卷》）、《南柯子》（暗牖窥饥鼠）、《梦芙蓉》（闰中秋无月）；

李澍《迈陂塘》（春去矣，落红满径，歌以侑之）、《迈陂塘》（怪天公不留春住）；

蔡嵩云《西河》（汴梁怀古，壬申旧作）、《鹧鸪天》（《夷门乐府》题辞。癸酉旧作。汴京在宋、金二代为南北词人所萃，流风余韵，迄今犹有存者。辛未岁，予来开封上庠，主词学讲席，而淳安邵次公亦讲学于斯，一时词风蔚然。越岁，乃有《夷门乐府》之选，其中不乏斐然成章者。学子请序于予，爰拈此调以应之）、《蓦山溪》（冬日过蕙风故居，追维昔游，怆然有作，次瞿禅韵）；

陈柱《虞美人》（洞房曾醉金杯酒）、《江城子》（风流旧事怕重提）、《思帝乡》（民国六年）三首。

剑亮按：蔡嵩《鹧鸪天》词后面有一条按语，曰："按是集所选十之六七，出予评定课作底稿。今存予处，中亦间有未安者。癸酉孟夏，予以疾南还。次公独主选事，故采录颇宽，或亦奖掖后进之意欤。又予题辞寄去稍迟，致未列入，附识于此当鸿雪。嵩云并识。"

广州市立美术学校《美术》第 5 期刊发：

乔上《风入松》（甲戌十月，揽溪菊花会）、《浣溪沙》（题柳燕便面，戏孟思）；

季谋《少年游》（华灯初上夜来时）。（后收入《民国珍稀短刊断刊·广东卷》第 9 册，第 4504 页）

姚楚英《楚英诗存》刊行。有"诗余附"，收 22 首。

柳如是编《绛云楼历代女子词选》，由上海大通图书社出版。收隋、唐、宋、辽、元、明时期 138 位女词人的 407 首词。书前有铁庵居士 1936 年 6 月所作《弁言》。

胡朴安编《南社词选》，由上海国学社出版。收录宁调远、傅熊湘、郑泽、张昭汉、黄钧、傅道博、汪兆铭等 59 人的 392 首词。每位词人均有小传。

《中山文化教育馆季刊》刊发：吴世昌《吕恰慈的批评学说述评》。文章结合中国古典诗词从价值论、读诗的心理分析、艺术的传达方面讨论吕恰慈（又作瑞恰慈）的学说。（葛桂录：《中英文学关系编年史》，第 220 页）

叶恭绰作《毛刻〈宋六十家词勘误〉序》。中曰："朱子居易从予治清词有年，复助唐君圭璋研考宋词，精勤不苟。因感毛刻之多疏舛，欲整治之，使无疵颣，兼以见诸家抄刻之异同、善否。遂发箧为《勘误》一书，钩考综贯，以存作者之真，而匡汲古之谬。累月脱稿，持以示予。予维校勘之学，莫盛于清。虽厘剔爬梳，有时或嫌破碎，然有功古籍，则为事实。第所治率以经史子为多，集部浩瀚，难以遍及。若夫词，则又益未遑焉。自古微老人校刊宋、元诸词，网罗各本，字柝而句梳之，斯道乃大光。而龙榆生之于东坡、杨铁夫之于梦窗，则为之愈专，而效亦益著。今居易乃取六十一家而悉校之，吾未知较朱、龙、杨诸家何如，而其为毛氏之功臣，则无疑也。因怂恿其付刊，而为之序。中华民国二十五年六月。"（原载《矩园余墨序跋》第 2 辑，第 83 页。后收入彭玉平、姜波整理：《叶恭绰词学文集》，第 24 页）

夏，杨铁夫作《菩萨蛮引》（丙子夏，与揭阳姚秋园、长洲黄镜轩暨作甫侄，作罗浮之游，阻雨冲虚观。临行日，始得经白鹤上黄龙，抵华首台，遍揽涤尘桥、虾公岩朱明洞、抱珠桥诸胜，恍置身天台、雁荡间。盖已极罗浮之壮观矣，因成此解）。（杨铁夫：《双树居词》，民国间铅印本，第 2 页。后收入朱惠国、吴平编：《民国名家词集选刊》第 8 册，第 560 页）

夏，詹安泰作《鹧鸪天》（丙子夏，旅居广州。潭秋适亦因事南下，客里相逢，晤谈至快。别后赋此，寄东山梅花村，兼简王秘书守诒）。（詹安泰：《无庵词》，第 26 页。后收入朱惠国、吴平编：《民国名家词集选刊》第 15 册，第 512 页。又收入詹安泰：《詹安泰全集》第 4 册，第 247 页）

夏，辛际周作《春风袅娜》（丙子夏，于洪都戚家，得常熟江香女史马荃设色海棠一小立帧绢本）。（辛际周：《梦痕词》，第 5 页。后收入曹辛华主编：《民国词集丛刊》第 7 册，第 10 页）

7 月

1 日，《青鹤》第 4 卷第 16 期刊发：胡汉民《不匮室诗词遗稿》，词有《浪淘沙》（和榆生教授赏红棉访昌华故苑之作）。

1 日，《安东教育》创刊号刊发：刘彦协《竹枝词》（年年寄迹庄滨，每值阳春天好，时见有女如云，浣衣河畔，斗饰争妍，花间频引狂浪之蝶；涸泥流秽，满城尽是逐臭之夫。既有伤风化，尤有碍于卫生。当局禁之不止，余目击而心恶之，爰缀诗以嘲，知我罪我，固不计也）。（后收入刘晓丽主编：《伪满洲国旧体诗集》，第 281 页）

1 日，铭贤学校《铭贤学报》创刊号刊发：黄振镛《南歌子》（二十三年九月十五日，铭贤学校全体师生举行劳作运动，其目的在铲除第五院中之草。夫草，微物也，既无祸于人，人又何必苛责于草，因作小词，戏责该校师生为多事）、《满江红》（倚马雄关）。（后收入《民国珍稀短刊断刊·山西卷》第 3 册，第 1286 页）

1 日，《甘院学生》第 4 卷第 3 期刊发：

霞《蝶恋花》（夏，睡起）、《苏幕遮》（柳絮飞）、《客途吟》（关山重绕烟雾）；

尤寒《西江月》（《阳关》一曲别离）、《浪淘沙》（晚霞夕阳天）；

华如《愁倚阑干》（忆旧）、《青杏儿》（咏怀）；

西铭《忆江南》（丽春花）；

青山《一络索》（日落天色薄暮）、《清平乐》（闺情）、《一剪梅》（闺情）。（后收入《民国珍稀短刊断刊·甘肃卷》第 5 册，第 2204 页）

1 日，《湖南大学季刊》第 2 卷第 3 期刊发：

怡《何满子》（沈约见齐宫伎师）、《何满子》（李后主与金陵旧宫人书）；

厚《燕山亭》（燕归来）；

梦僧《虞美人》（豌豆）；

玳《兰陵王》（年来每梦至一所，有小桥流泉，垂杨跋地。行吟得句，颖捷迥常。醒却不复能忆，操管冥索，依约有"绿"字，故依韵纪之）；

璧《木兰花慢》（赠琳君）；

竹友《忆江南》（本意）三首；

薇《蝶恋花》（长日恹恹颦黛浅）；

餐菊《高阳台》（春感）；

水草《翠楼吟》（朝宗书□饯别）；

起凤《蝶恋花》（有寄）。

3 日（农历五月十五日），吴梅作《诉衷情》（庭锁花朵秋梦妥）、《女冠子》（纱幮孤睡），为如社社课。（吴梅著，王卫民编校：《吴梅全集·日记卷》下，第 742 页）

10 日，杨素在东京为马念祖《筎音词钞》作《序》。落款为："杨素写于东京牛込区之客邸。一九三六，七，十日。"（后收入曹辛华主编：《民国词集丛刊》第 12 册，第 20 页。参见本年"词籍出版"）

15 日，四川江津留学同学会《几水声》第 2 卷第 1 号刊发：婉君女士《清平乐》（春）、《清平乐》（夏）、《清平乐》（秋）、《清平乐》（冬）。（后收入《民国珍稀短刊断刊·北京卷》第 12 册，第 6007 页）

16 日，《青鹤》第 4 卷第 17 期刊发：

沈宗畸《便佳簃杂钞》（四十一），有《词苑珠尘序》；

夏敬观《映庵词话》（八）；

伯驹《丛碧词》（五），有《探春慢》（咏山茶）、《念奴娇》（用东坡韵，偕韵绮同南田、西明旸台山看杏花）、《东风第一枝》（春雪）；

蒙庵《蒙庵词》，有《汉宫春》（先师临桂先生幼习绘事，太夫人以妨治经为戒，乃弃去不复为。晚岁偶尔遣兴，绝不示人。余与巨来各得梅花一帧。师既逝，而余所得画未有款记，因乞彊村老人为补题词。旋老人亦归道山，余画遂不可踪迹矣。巨来所藏，曾制影本见诒。近理箧得之，感逝伤怀，不能自已。先师遗画之存于余处者，便面二事外，并此而三耳。漫拈此解，永志不忘）。

24 日，《时事新报》刊发：一石《李清照的晚年》。

24 日（农历六月七日），吴梅谈《影刊宋金元明本词四十种》。记曰："小丁来，交到陶湘所刻词，名《影刊宋金元明本词四十种》，此即世称《双照楼词》也。吴昌绶创之，陶兰皋续之，其精美不让《古逸丛书》。措大得此，非易易矣。因录其目录如下（略）。"（吴梅著，王卫民编校：《吴梅全集·日记卷》下，第751 页）

26 日（农历六月九日），吴梅谈《六一词》版本。曰："早阅欧阳《六一词》，可见宋刻之精。犹记十年前，见《六一居士全集》，为宋刊残本，诗文皆有缺，词独完备，惜未置诸箧衍，此时可一勘也。"（吴梅著，王卫民编校：《吴梅全集·日记卷》下，第754 页）

26 日，《长沙周报》第 196 期刊发：谭曼华《拜星月慢》（自题戎服小影）、《少年游》（为□恒作）、《苏幕遮》（为夫人题影）。

27 日，《中央日报》刊发：碧山《谈谈周美成的词》。连载至 29 日完毕。

30 日，《越风》半月刊第 17 期刊发：黄秋岳《宴清都》（和清真。欲游杭州不果，春夜闻雨声，写示夕秀）。

本月

《虞社》第 222 期（复兴第 4 号）刊发：

杨云史《好事近》（雨夜看海棠）、《菩萨蛮》（海棠红了丁香雪）、《好事近》（春雨鸣巷饮罢，夜归石花林，时杂花满院，着雨更幽）；

高吹万《浪淘沙》（重九登北高峰，由后山而下，写所见）；

许久庵《集贤宾》（寄怀鸥侣伉俪，兼述近况，即和见示元玉）；

陈瘦愚《浪淘沙》（敬挽胡展堂先生）；

高曾植《千秋岁》（陈瘦愚社长近谱此阕，修词绵渺，缀句风流，名士本色，依调效颦）；

孙天哀《蝶恋花》（题徐筑心《送春词》后）；

洪焕《双双燕》（和瘦愚四十生日元韵）；

胡西麓《如梦令》（追忆蓉湖画舫）四首；

曹叙彝《南歌子》（春闺）；

潘寄梦《菩萨蛮》（送春）；

沈方舟《青玉案》（春暮）；

俞安之《满江红》（寿李午云同社五十）；

单蕭卿《满江红》（张鼎丞先生《使尼纪略》征题，倚声应之）；

陆孟芙《满江红》（题泰县韦致中同社《三十唱和集》）。（后收入曹辛华、钟振振选编：《清末民国旧体诗词结社文献续编》第 37 册，第 355 页）

赵尊岳为唐圭璋《南唐二主词汇笺》作《序》。

《学术世界》第 2 卷第 1 期刊发：

钱尊孙《一年来之学术世界》，曰：“比年来，国内定期刊物，风起云涌，殆不下数百种之多。括其内容，有偏于政治者，如《外交评论》等是；有政治学术柔于一编中者，如《东方》等是；有偏重于文艺者，如《青鹤》等是。其专为新旧学术之探讨者，殊不多见。有之，则为各大学所出之专刊，如《清华学报》《武大文哲季刊》《大夏学报》等是，则又未免域于一校，不能普遍为一切学术界之公共园地。吾师陈柱尊先生所以有《学术世界》月刊之创办，揭阐明学术发扬文化之帜，托世界书局印刷发行。除创办诸人自撰稿件外，尽量容纳外稿。自去岁六月创刊以来，迄今一年矣。以其论撰之充实精美，已能在学术界中占一重要地位”；

杨铁夫《喜迁莺》（崔龙弟以太仓尚书万言手稿卷索题，漫成一解）、《倾杯乐》（陈松英世女侄，柱尊先生之女公子也。毕业国专，以手册索题，为书此解）、《忆少年》（题施省之《松阴共证图》）；

钱基博《八声甘州》（送杨铁夫词丈南归）；

陈柱《大圣乐》（送友人归里，元年）、《鹧鸪天》（六年）；

“世界学者介绍”，有一则曰：“夏剑丞先生，名敬观，号映庵。曾任中国公学监督。民国后，曾任教育厅长。工诗，宗梅宛陵。晚工词，与黄公渚、龙榆生诸先生成沤社于沪上，盖奉朱彊村为大宗师者也。近年并工画，与黄公渚先生为忘年交。精通训诂，深沉经史，与晚近不学无术之词家画家，卓然不侔矣。”

《江苏省立苏州图书馆年刊》刊发：谔公《平湖葛氏所藏清人精本词目》。

剑亮按：《词目》后有一跋语，曰："南海叶遐庵先生操《清词钞》选政，遍搜海内藏家，得清人词集四千余种，其数已超乎王兰泉、黄韵珊、丁杏舲诸家而上之。即就吴中论，寒家海粟楼所藏词，汰其与各地重出者，亦得罕见本三百余种，而燕营巢顾氏所藏罕见本百八十余种，尚不在此列也。颇闻东莞伦氏藏清人词七百种，而绝不易见之孤本居十之一。此目为平湖葛君咏莪祖遗秘笈，汰其习见之本，犹得近八十种，可与东莞并称双绝。两君达人，当不吝一瓻之借，附志于此，以告遐公。"

又按：所著录词目有：《陈素庵诗余》一卷，《耐歌词》四卷，《辛斋诗余》一卷，《他山词稿》一卷，《旷庵词》一卷，《息深斋诗余》一卷，《竹窗词》一卷，《蔬香词》一卷，《玉山词》三卷，《小石林诗余》一卷，《玲珑帘词》一卷，《饴山诗余》一卷，《秋林琴雅》四卷，《押帘词》一卷，《扪腹斋诗余》二卷，《计树园诗余》一卷，《云川阁词》一卷，《庑堂词》一卷，《十诵斋词》一卷，《旧雨草堂词》一卷，《□亭词钞》七卷，《藕村词存》一卷，《红薇翠竹词》一卷，《漱花集诗余》一卷，《因柳阁词钞》一卷，《白华诗余》二卷，《桃花亭词》一卷，《芳荪书屋词》一卷，《梦隐词》三卷，《铿尔词》二卷，《湖船箫谱词》一卷，《青莲馆诗余》一卷，《瑶潭诗余》一卷，《曼香词》二卷，《月在轩琴趣》二卷，《谦受堂词》一卷，《葆冲书屋诗余》一卷，《六花词》一卷，《凭隐诗余》一卷，《晒书堂诗余》一卷，《弦秋词》四卷、《清江词》一卷，《香草堂词》一卷，《松风老屋诗余》一卷，《三李堂词》一卷，《韫玉楼词钞》一卷，《苕溪渔隐词》三卷，《金屑词》一卷，《笛家词》一卷，《蕴真居诗余》一卷，《竹所词稿》一卷，《余栖书屋词稿》一卷，《甲子生梦余词》一卷，《古铁斋词钞》四卷，《绿语楼倚声续集》二卷，《小清容山馆词钞》二卷，《眠琴仙馆词》一卷，《山满楼词钞》三卷，《无尽灯词》一卷，《留云山馆诗余》一卷，《病饮词》一卷，《闲云潭影词》二卷，《三秀斋词钞》一卷，《吴趋词钞》一卷，《知止庵诗余》一卷，《明秋馆词》一卷，《梦影庵诗余》一卷，《曼庐词》一卷，《瘦玉词钞》一卷，《消愁集》一卷，《寿恺堂词编》一卷，《黛韵楼词集》二卷，《竹沪渔唱》一卷，《劳山词存》一卷，《龙顾山房诗余》三卷，《雷塘词》一卷，《霜红词》一卷，《澹庐诗余》一卷，《竹樊山庄词》一卷。

8 月

1 日，夏承焘着手选编《永嘉词征》。（夏承焘:《天风阁学词日记》，第
456 页）

1 日，《青鹤》第 4 卷第 18 期刊发：伯驹《丛碧词》（六），有《疏影》（用
寒云韵，题画梅赠疏影楼主人）、《绮罗香》（咏红叶）、《金缕曲》（寿孙蔼仁弟
三十）。

6 日，夏承焘应周咏先之邀，校勘《敦煌词辑》并作《序》。中曰:"世人谓
坡词覆《花间》旧辙，始廓大词之内容。其实敦煌词已有咏身世，咏战争者，与
晚唐诗无别。至飞卿诸人，专以为酒边花间之作。五季承之，乃成敝风。坡公可
谓复古，而非开新。"（夏承焘:《天风阁学词日记》，第 457 页）

10 日，张素作《清平乐》（寿哲夫、月色双庆）。（后收入张素:《南社张素诗
文集》，第 785 页）

13 日，《大公报·图书副刊》刊发：赵叔雍《惜阴堂汇刻明词记略》。

16 日，《青鹤》第 4 卷第 19 期刊发：

沈宗畸《便佳簃杂钞》（四十二），有《都门本事词》；

夏敬观《映庵词话》（九）；

伯驹《丛碧词》（七），有《金缕曲》（题陈尚书遗墨册子）、《念奴娇》（和寒
云庚午立秋北海宴集原韵）、《卜算子》（落叶掩重门）、《浣溪沙》（飒霜寒透碧
山纱）。

20 日，《海王》第 8 年第 34 期刊发：海擎《满江红》（丙子夏夜，纳凉塘沽
新村，闻二胡）、《点绛唇》（藤王导游新村后花园）、《点绛唇》（自题词集）。

20 日，天津《益世报》刊发：因百《珠玉词版本考》。

23 日，沈祖棻作《鹊桥仙》（七夕，用少游韵）。（沈祖棻著，程千帆笺:《沈
祖棻全集·涉江诗词集》，第 128 页）

25 日，《中央日报》刊发：祖荫《秋女侠之遗词》。

26 日，董康作《江城子》（裙腰宽褪病新瘥）。（董康著，朱慧整理:《书舶庸
谭》，第 303 页）

27 日，《盛京时报》刊发：张玉书《渔家傲》（秋思）、《浣溪沙》（凤凰山春
行）。（后收入刘晓丽主编:《伪满洲国旧体诗集》，第 272 页）

30 日，《海王》第 8 年第 35 期刊发：萱苏阁《绿意》（春草）。

31 日，董康作《水调歌头》（即事，书示玉姬）。（董康著，朱慧整理：《书舶庸谭》，第 309 页）

剑亮按：词人本月 30 日《日记》记曰："午后三时，偕玉姬赴海滨散步，抚金色夜叉松，盘桓久之。"

本月

《诗林》第 1 卷第 2 期刊发：

王陆一《浣溪沙》（樽俎谋官不定忧）、《浣溪沙》（谁使张元负汉多）、《浣溪沙》（梦落中原大野春）；

练永江《南乡子》（清明）、《减字木兰花》（寒夜闻笛）、《满庭芳》（秋日向晚，登越秀山，感赋长调）。（后收入《民国珍稀短刊断刊·上海卷》第 28 册，第 13900 页）

剑亮按：《诗林》，双月刊，1936 年创刊于上海，由诗林社、上海杂志公司出版发行。1937 年终刊。

汪染青等编校《南音》第 1 集，由汉口南音社出版。为南音社作品集。内分"诗选"和"词选"两部分。

贺扬灵编校《小山词》，由上海大光书局出版。为《欣赏丛书》一种。收词255 首。书末附贺扬灵《谈谈小晏和他的词》。

9 月

1 日，《青鹤》第 4 卷第 20 期刊发：

夏敬观《映庵词话》（十）；

秋岳《踏莎行》（春尽日作）；

伯驹《浣溪沙》（隔院笙歌隔寺钟）；

道真《水龙吟》（哭梦旦丈）；

守一《天香》（丙子上巳，释戡先生招集秦淮水榭，以沈休文诗分韵，先生代拈得袂字）；

素蓣《陂塘柳》（丙子上巳，秦淮禊集，主人为次公师拈得戏字，拟作）。

6 日，董康作《念奴娇》（旅邸）。（董康著，朱慧整理：《书舶庸谭》，第317 页）

12 日，董康作《满庭芳》（题玉姬和装小影）。词人记曰："回别庄，长文送摄影来，内玉姬和服者神情尤毕肖。"（董康著，朱慧整理：《书舶庸谭》，第325 页）

15 日，《越风》半月刊第 19 期刊发：宣阁《眼儿媚》（容宓出示所藏宋坑鹣鹣砚，背刻为文衡山、梁蕉林旧物。海绵翁题其砚曰星云）。

15 日，长沙璎珞读书会《璎珞》月刊第 2 卷第 3、4 期合刊刊发：

白心《浪淘沙》（别情）；

冰痕《南唐二主的诗词》；

陈子玉《湿红词及其作者》，中曰："我认识《湿红词》的作者匡绍仪君，是在四年前的事。仿佛记得是一个秋的季节，黄昏细雨的天气。在一个友人家里坐谈中，会见了一群年龄相等的青年伙伴们，而绍仪便是其中的一员……《湿红词集》是古式线装册子，其中共收录长短句百七十四阕，卷首有□厂曹典球和少湘彭清蔡两君的序。"（后收入《民国珍稀短刊断刊·湖南卷》第 31 册，第15288 页）

16 日，《青鹤》第 4 卷第 21 期刊发：剑丞《映庵词》（四），有《卜算子》（己未始春，邓尉山探梅，次韵白石道人梅花八韵）八首。

20 日（农历八月五日），如社社集。吴梅记曰："晚至万全，是如社词集。到亮卿、弢素、匪石、大壮、伯匋、木安及余，值课者为唐圭璋、蔡嵩云也。社题为《梦扬州》。圭璋言，社刊已成，共一百四十七元，十二人分摊，每人十四元半，可取三十五部，余多则分赠课外人。课外人者，仅作社课，不入雅集者也。此法极是。又言，《淮海词·烟中怨》一题，已寻得根据，在《嘉业堂丛书·绿窗新话》上卷，所引南卓解题序中。今录此以备遗忘云。"（吴梅著，王卫民编校：《吴梅全集·日记卷》下，第 782 页）

24 日，北平《晨报·艺圃》刊发：琼《阮圆海之词》。

24 日，龙榆生为周咏先《唐宋金元词钩沉》作《序》。（张晖：《龙榆生先生年谱》，第 78 页）

27 日（农历八月十二日），吴梅作《碧牡丹》（秋杪读邸报，依小山格。如社十三集）。词前记曰："圭璋《碧牡丹》词至，不见佳，因亦作一首。"（吴梅著，王卫民编校：《吴梅全集·日记卷》下，第 785 页）

30 日，《词学季刊》第 3 卷第 3 期《论述》栏目刊发：

龙沐勋《论贺方回词，质胡适之先生》；

詹安泰《论寄托》。

《专著》栏目刊发：

夏承焘《南唐二主年谱》（续）；

赵尊岳《词籍提要》之《花间集》《尊前集》《兰畹集》；

唐圭璋《宋词互见考》（续）；

缪钺《遗山乐府编年小笺》。

《遗著》栏目刊发：释澹归《遍行堂集词之一》。

《辑佚》栏目刊发：戴正诚辑《大鹤先生手札汇钞》。

《词话》栏目刊发：夏敬观《忍古楼词话》（续）。

《近人词录》栏目刊发：

汪兆镛《水调歌头》（坡老去千载）；

夏敬观《玉梅令》（斜阳做暝）、《小重山》（人事支离到岁残）、《八声甘州》（听秋霖）、《八声甘州》（题《避暑山庄图》）、《竹马子》（寻芳梦沧洲）；

汪曾武《四犯翠连环》（水阁搴芳）、《古香慢》（暝萤闪影）、《踏莎行》（硐屋题襟）；

郭则沄《忆江南》（沽上水香洲杂咏）十首；

李宣龚《鹧鸪天》（再世文鸳半渺茫）；

董康《满庭芳》（题玉儿和装小影）、《水调歌头》（即事，书示玉儿）；

叶恭绰《八声甘州》（甚凭高）、《兰陵王》（锦笺直）；

吴湖帆《华胥引》（为退庵题《梦忆图》）；

寿钵《泛清波摘遍》（踵小山韵）、《烛影摇红》（前题意有未尽，再赋一解）、《浣溪沙》（观舞，和燕雏）、《华胥引》（甲戌岁不尽十日，津上初度，重过钩桥感赋）、《华胥引》（乙亥人日，水堂集饮，用前韵）；

陈方恪《八声甘州》（匡庐山中作）、《霜叶飞》（息庵由旧京缄寄西山红叶，和君任）、《石州慢》（为林子有题《䚡庵填词图卷》）、《菩萨蛮》（和子栗黄陵夜泊）、《八声甘州》（吊雷峰塔）、《玉烛新》（秋夕）、《蝶恋花》（和王静安韵）；

黄孝纾《玉京谣》（董授经丈属题《曼殊留视册子》）；

黄孝平《菩萨蛮》（乙亥暮春，北都感事）三首；

汪国垣《红林檎近》（暮春虎丘作，和清真）、《倚风娇近》（读映庵、众异观舞诗，如社诸君有谱此调继声者，因亦戏和，依草窗四声）、《洞仙歌》（黄梅）、《瑞龙吟》（白下饯春，和清真）、《曲游春》（燕）、《鹧鸪天》（春隐江南作暝阴）、《法曲献仙音》（次公寄示《山禽余响》，为题此阕，即用其和汪君刚寄词见忆韵却寄）；

蔡桢《侧犯》（《半樱集》题辞，次彊村韵）、《碧牡丹》（拟小山格）、《扬州慢》（野烟收）、《临江仙》（莫愁湖晚眺）、《秋宵吟》（次白石韵）、《解连环》（闻《长生殿》歌曲，和美成韵）；

柳肇嘉《点绛唇》（肠断前欢）、《鹧鸪天》（乙丑初夏，诸生索题同学录，时又铮将军已宿草矣）二首；

郭延《忆王孙》（凉散荷花惊夏老）、《山花子》（秋鬓沧浪怨夜寒）、《摊破浣溪沙》（深院无人扫桂花）、《楼上曲》（楼上月明窗促曙）；

鲍亚白《摸鱼子》（怅天涯）、《御街行》（题养畦《种树图》）。

《词林文苑》栏目刊发：

况周颐《半塘老人传》；

孟森《惜阴堂明词丛书序》。

《补遗》栏目刊发：

郑文焯《郑大鹤先生寄半塘老人遗札》；

《漱红馆主词》。

本月

《学术世界》第 2 卷第 2 期刊发：

邓邦达《蹇庵词》，有《高阳台》（癸卯秋，浭阳尚书侍姬殁于武吕节署。公治事如平日，了无戚容。居尝谓幕僚曰，时事孔棘，齿粱刺肥，据高位而好内者，其人必全无心肝。虽然，贤者岂尽忘情哉！樱桃、樊素，白傅遣愁。朝云、琴操，苏子感逝。乃谱斯曲，以慰其私）、《蝶恋花》（一树梧桐分两院）、《南浦》（送季垂叔之黄州）、《鹧鸪天》（销夏杂咏）八首、《四字令》（甲辰春闱前，病中作）；

蔡嵩云《高阳台》（访媚香楼遗址，如社第七集）、《泛清波摘遍》（燕京杂忆，如社第八集）、《浪淘沙慢》（观田汉《洪水》新剧，恻然动容，词以纪之，倚清真晓阴重一体）；

杨铁夫《点绛唇》(宿香港竹林寺,有怀钱仲联)、《诉衷情》(用温飞卿体)、《女冠子》(用牛峤体)、《碧牡丹》(用晏小山体,时近中秋)、《水龙吟》(中秋夕,陪姚秋园、关柳亭步月登粤秀山)。

《虞社》第223期(复兴第5号)刊发:

杨云史《念奴娇》(偶遂亭高台,雪后望夜色);

邹萍倩女士《清平乐》(青人女士惠诗,有"欲呼阿姊还留口,刚巧年华是你输"之句,是愿妹我也,喜极欲狂,因赋小词,即呈贤伉俪)、《清平乐》(病中遣怀);

陆醉樵《满江红》(题柳如是《初访半野图》);

陈瘦愚《苏幕遮》(闻太炎先生之丧)、《惜双双令》(鸥侣先生有爱猫阿双,为犬所害。赋诗哀之,寄示及愚,因赋此以助叹息);

吴东园《庆春泽》(仲英使君家天津,别久矣,以词代柬);

沈湘孙《鬓云松》(新秋夜起);

张蛰公《大江东去》(怀爽楼吊袁爽秋。楼由柯德发集资重建);

胡西麓《沁园春》(石城怀古);

单黼卿《临江仙》(有赠)二首;

潘寄梦《浪淘沙》(三潭印月回望感赋)、《临江仙》(西泠印社四照阁晚眺,用晏小山体);

胡癯鹤《行香子》(花影);

韦致中《画堂春》(游莫愁湖)。(后收入曹辛华、钟振振选编:《清末民国旧体诗词结社文献续编》第37册,第395页)

秋,章柱作《金缕曲》(丙子秋东渡,留别京沪诸师友)。(章柱:《藕香馆词》,第19页。后收入朱惠国、吴平编:《民国名家词集选刊》第16册,第201页)

秋,蔡桢作《碧牡丹》(丙子秋日,效小山体)。(蔡桢:《柯亭长短句》卷上,第9页。后收入朱惠国、吴平编:《民国名家词集选刊》第14册,第372页)

秋,黄孝纾作《乌夜啼》(丙子秋,登泰山绝顶对月,邀依隐、会川、舜伯同赋)。(黄孝纾:《匔厂词乙稿》,第25页。后收入朱惠国、吴平编:《民国名家词集选刊》第15册,第363页)

秋,丁宁作《蓦山溪》(江南故里一别,且二十年。丙子秋,登平山堂,望隔江山色。感事怀乡,遽成此阕,用美成韵)。(丁宁著,刘梦芙编校:《还轩词》

卷中，第 4 页。后收入曹辛华主编：《民国词集丛刊》第 1 册，第 88 页）

秋，汪东作《碧牡丹》词缅怀黄侃。词序曰："季刚殁后，欲述哀词，久而未就。今秋卧病经旬，追感旧游，始成此解。"（后收入汪东：《梦秋词》卷一，第 19 页）

秋，龙榆生作《临江仙》（丙子秋，自岭表避乱北还。适得香宋老人峨眉寄诗，因赋小词为报）。（后收入龙榆生：《忍寒诗词歌词集》，第 52 页）

秋，沈祖棻作《声声慢》（丙子新秋，由苏之京，邂逅天白，共就友人所止校舍宿。时方暑假，池馆荒寂，剪烛凄然，因赋此阕）。（沈祖棻著，程千帆笺：《沈祖棻全集·涉江诗词集》，第 128 页）

李次九《词选续词选校读》刊印。该书附词话、词评、词注及异字。有《自序》和俞寰澄等人 3 篇《序》及《校读书目》。书末有各词人传略和《词谱录》。沈尹默题签书名。

杨易霖选《词范》，由上海开明书店出版。选录唐宋词人 100 余首词作。

龚启昌《中国文学史读本》，由上海乐华图书公司印行。共二十五章。其中，第十七章"晚唐及五代文学"有"词之起源"，第十八章"宋代文学"有"词之极盛"，第二十二章"元明文学"有"词人"，第二十三章"清代文学"有"词"等小节。

施蛰存校点《宋六十名家词》（戊集），由上海杂志公司初版印行。为《中国文学珍本丛书》之一。

秋，陈乃乾汇辑清代词一百种，成《清名家词》，由开明书店印行。

秋，赵万里为赵尊岳辑刻《明词汇刻》本杨琢《心远楼词》题跋。（赵尊岳辑：《明词汇刊》，第 1877 页）

10 月

1 日，《青鹤》第 4 卷第 22 期刊发：

陈锐《襄碧斋诗词话》（一）；

夏敬观《映庵词话》（十一）；

疢斋《好事近》（为湖帆题马湘兰、薛素素画兰合卷）；

大千《三姝媚》（丙子上巳，散释招饮淮榭，即席命写《春禊图》，因题）；

帅南《南乡子》（丙子上巳，独饮寓斋，用释戡丈秦淮禊集分韵得当字）。

3 日, 夏承焘作《望江南》(之江好)。(夏承焘:《天风阁学词日记》, 第 466 页)

10 日, 辛际周作《霜叶飞》(丙子中秋后十日, 与槐陂村人共游大庾, 访牡丹亭及杜丽娘墓故址。行人指点东西, 莫定埋香胜地, 护存无人, 为叹息者久之。槐陂以古树数枝为的, 作画数帧, 聊记仿佛。更十数年后, 恐无能知亭与墓之名者矣)。(辛际周:《梦痕词》, 第 6 页。后收入曹辛华主编:《民国词集丛刊》第 7 册, 第 11 页)

10 日,《海王》第 8 年第 36 期刊发: 萱苏阁《琐窗寒》(春柳)。

11 日(农历八月廿六日), 潜社社集。吴梅记曰:"下午举行潜社。人如下: 蒋维崧、刘德曜、梁瓒、徐益藩、陶希华、刘润贤、陈舜年、杨志溥、张乃香、吴南青。题为《祝英台》(赋雁)。余词用梦窗韵(词略)。"(吴梅著, 王卫民编校:《吴梅全集·日记卷》下, 第 792 页)

15 日, 天津《益世报·读书周刊》刊发:

恭三《陈龙川斩马盗马故事考辨》;

晶明《读〈花间集注〉书后》。

16 日(农历九月二日), 吴梅评夏承焘《乐府补题考》。曰:"读夏承焘《乐府补题考》。近人考核之学, 确胜前贤, 此不可诬也。"(吴梅著, 王卫民编校:《吴梅全集·日记卷》下, 第 794 页)

16 日,《青鹤》第 4 卷第 23 期刊发:

释戡《梦江南》(寻断梦);

癯禅《木兰花慢》(丙子重上巳褉集玄圃, 潭秋为拈得陈字, 久无以报。暮春送孙孟晋还温州, 即用其韵);

章甫《玉烛新》(重上巳褉集白下玄圃, 分得奏字)。

20 日, 詹安泰作《一萼红》(秋老风高, 繁声激耳。山楼坐对, 情见乎词内。丙子重九前三日)。(詹安泰:《无庵词》, 第 24 页。后收入朱惠国、吴平编:《民国名家词集选刊》第 15 册, 第 512 页。又收入詹安泰:《詹安泰全集》第 4 册, 第 248 页)

23 日, 龙榆生作《卜算子》(丙子重阳, 游吴下, 于余杭章夫人宅见庭前小梅忽放数花。夫人为置酒, 命以小词纪之)。(后收入龙榆生:《忍寒诗词歌词集》, 第 52 页)

25 日，《诗林》第 1 卷第 3 期刊发：

王冰瘦《壶中天》（题《木兰舟觞月图》）；

黄之汪《虞美人》（榆关遗恨何时雪）；

李介卿《水龙吟》（悼顾沛景）；

傅伟业《浪淘沙》（客窗秋雨）；

陈莅裳《菩萨蛮》（有赠）、《虞美人》（春寒）；

李铁僧《人月圆》（有感）、《浪淘沙》（未度半春秋）、《浪淘沙》（天地一沙鸥）、《满江红》（万里河山）。（后收入《民国珍稀短刊断刊·上海卷》第 28 册，第 13956 页）

26 日，张尔田致函夏承焘。中曰："须溪词洵为稼轩后劲，昔彊村亦言须溪在后村上，与尊论不谋而合。培老学须溪者也，而生平言谈，未尝一及须溪。文人狡狯，得力处多不轻以示人，惟知言者会之于微耳。"（后收入夏承焘：《天风阁学词日记》，第 474 页）

27 日，《中央日报》刊发：犀《写在谢枋得〈辛稼轩墓记〉后面》。

29 日，《凤哕月刊》第 1 卷第 1 期刊发：杨寿椿《一剪梅》（寄怀绍濂、盛很二君）。（后收入《民国珍稀短刊断刊·湖南卷》第 5 册，第 2203 页）

31 日，《越风》半月刊第 21 期刊发：

余十眉《南社三哀》，有《百字令》（王玄穆）、《沁园春》（陈去病）、《木兰花慢》（张心芜）；

夏瞿禅《临江仙》（家兄为予买宅春草池畔，命名谢邻，作词□之）。

本月

《虞社》第 224 期（复兴第 6 号）刊发：

吴东园《思佳客》（寄怀子桥将军沪上）；

张蛰公《迈陂塘》（申江消夏词）；

邹萍倩《虞美人》（画梅竹仕女便面，寿纬成宗长七秩）；

俞安之《风中柳》（回里，次绍曹车次韵）；

戴吟石《浪淘沙》（惜别）；

胡西麓《明月生南浦》（晚眺偶吟）二首；

沈湘孙《金缕曲》（寄园感旧）；

韦致中《江城子》(闺怨);

花病鹤《菩萨蛮》(十三楼上人如月)、《菩萨蛮》(金钗才向西楼折);

许宾九《集贤宾》(祝虞社复兴,用鸥侣韵);

陆醉樵《金缕曲》(题花病鹤同社《鹤庐诗草》);

陆孟芙《沁园春》(题丹徒刘洧如《红豆吟后》)、《鱼水同欢》(贺胡孟玺夫妇水晶婚)。(后收入曹辛华、钟振振选编:《清末民国旧体诗词结社文献续编》第37册,第435页)

柳亚子主编:《南社词集》第1、2册,由上海开华书局出版。收南社成员丁以布、王德钟、王汉章、王横、胡怀琛等145位词人的词作。后收入曹辛华、钟振振选编:《清末民国旧体诗词结社文献续编》第31、32册。《南社词集》第1册末附《南社词集姓名籍贯考》(一),词人有:

一、丁以布,字宣之,一字仙芝,号展庵,浙江杭县人。

二、丁三在,一名三厄,字善之,号不识,浙江杭县人。以布兄,已故。

三、王德钟,字玄穆,号大觉,别号幻花,江苏青浦人。已故。

四、王汉章,字吉乐,山东福山人。

五、王横,字瘦月,安徽歙县人。

六、王钟麒,字毓仁,一作郁仁,号无生,别号天僇,安徽歙县人,寄籍江苏江都。已故。

七、王蕴章,字莼农,号西神,江苏无锡人。

八、古直,字公愚,号孤生,别号层冰,广东梅县人。

九、白炎,字卧义,号中垒,河北宛平人。已故。

十、朱霞,原名组绶,字佩侯,号剑锋,江苏吴江人。已故。

十一、朱慕家,原名长绶,字仲康,号剑芒,一作剑铓,别号太赤,今以剑芒行,江苏吴江人。霞弟。

十二、朱锡梁,字梁任,号纬军,别号君仇,江苏吴县人。已故。

十三、朱玺,字鸳雏,号孽儿,江苏松江人。已故。

十四、余一,原名其锵,字秋槎,号十眉,今以十眉行,浙江嘉善人。

十五、余寿颐,字祝瘿,号瘿阁,别号疢侬,更名天遂,字颠公,号大颠，江苏昆山人。已故。

十六、吴有章，字镜予，号漫庵，江苏武进人。

十七、吴梅，字瞿安，一字癯庵，号霜厓，江苏吴县人。

十八、吴虞，字又陵，号爱智，四川成都人。

十九、吴清庠，字眉孙，江苏镇江人。

二十、吕志伊，字旭初，号天民，云南思茅人。

二十一、吕碧城，字遁天，号圣因女士，安徽旌德人。

二十二、宋一鸿，字心白，号痴萍，江苏无锡人。已故。

二十三、成本璞，字琢如，号天民，湖南湘乡人。

二十四、李凡，原名哀，字哀公，一字叔同，号息霜，别号息翁，亦称黄昏老人，后披薙为僧，释名演音，法号弘一大师，天津人。

二十五、李拙，字康弼，号康佛，今以康佛行，浙江嘉善人。

二十六、李煮梦，字小白，广东梅县人。已故。

二十七、杜羲，字宥前，号仲恳，一作仲宓，河北静海人。已故。

二十八、汪文溥，字幼安，号兰皋，别号忏庵，江苏武进人。已故。

二十九、□□□，□□□，□□□，广东番禺人。

三十、沈次约，字剑霜，一字剑双，号秋魂，江苏吴江人，原籍浙江嘉兴。已故。

三十一、沈宗畸，字太侔，号南雅，广东番禺人。已故。

三十二、沈昌眉，字长公，号眉公，江苏吴江人。已故。

三十三、沈汝瑾，字石友，江苏常熟人。

三十四、沈云，字秋凡，浙江嘉兴人，迁居江苏吴江。已故。

三十五、沈砺，字勉后，号道非，别号嘐公，江苏松江人，原籍浙江嘉善。

三十六、沈毓清，字咏裳，江苏吴江人。

三十七、狄膺，原名福鼎，字君武，号雁月，江苏太仓人。

三十八、周宗泽，字景瞻，湖北襄阳人。

三十九、周亮，字亮才，号天石，今以亮才行，浙江嘉兴人。

四十、周伟仁，一名伟，字人菊，今以人菊行，江苏淮安人。

四十一、周斌，字志颐，一字芷畦，号渔侠，浙江嘉善人。已故。

四十二、周云，原名世恩，字一粟，号湛伯，别号酒痴，江苏吴江人，原籍浙江杭县。

四十三、周实，字实丹，一字桂生，号无尽，别号和劲，江苏淮安人。已故。

四十四、易象，字枚丞，号梅僧，湖南长沙人。已故。

四十五、林之夏，字凉笙，号秋叶，别号黄须，福建闽侯人。

四十六、林百举，原名钟铄，号一厂，今以一厂行，广东梅县人。

四十七、林学衡，字浚南，号愚公，别号庚白，今以庚白行，福建闽侯人。

四十八、邱志贞，字梅白，浙江诸暨人。

四十九、邵瑞彭，字次珊，号次公，浙江淳安人。

五十、金光弼，字梦良，江苏吴江人。已故。

五十一、金燕，字翼谋，江苏太仓人。

五十二、俞锷，字剑华，号一粟，原名侧，字则人，江苏太仓人。已故。

五十三、姚光，原名后超，字凤石，号石子，江苏金山人。

五十四、姚肖尧，字民哀，江苏常熟人。

五十五、姚锡钧，字雄伯，号鹓雏，别号宛若，以鹓雏行，江苏松江人。

五十六、姜胎石，一名若，字参兰，号枕仙，别号证禅，今以证禅行，江苏丹阳人。

五十七、姜岔，字君西，一字俊兮，号可生，又号杏痴，别号泪杏，今以可生行，江苏丹阳人。胎石弟。

五十八、柳弃疾，原名慰高，字安如，更名人权，号亚庐，别号亚子，今以亚子行，江苏吴江人。

五十九、洪夹，字董父，浙江淳安人。

六十、洪为藩，字白蘋，号北平，今以北平行，江苏仪征人。

六十一、胡先骕，字步曾，号忏庵，江西新建人。

六十二、胡颖之，字栗长，号力涨，浙江绍兴人。

六十三、胡韫玉，字仲明，号朴庵，一号朴安，今以朴安行，安徽泾县人。

六十四、胡怀琛，字季仁，号寄尘，安徽泾县人。韫玉弟。

六十五、孙景贤，字龙尾，江苏常熟人。

六十六、徐自华，字寄尘，号忏慧，浙江崇德人。已故。

六十七、徐蕴华，字小淑，浙江崇德人，自华妹。

六十八、徐珂，字仲可，浙江杭县人。已故。

六十九、徐梦，原名儳，字云石，号冻佛，别号半梦，江苏宜兴人。

七十、浦军年，更名武，字君彦，号醒华，江苏无锡人。已故。

七十一、马骏声，字小进，号退之，别号梦寄，广东台山人。

七十二、高燮，字时若，亦作慈石，一字黄天，又字志攘，号吹万，别号寒隐，江苏金山人。

七十三、高旭，原名垕，又名堪，字天梅，一字慧云，号剑公，别号钝剑，江苏金山人。燮兄子，已故。

七十四、高增，字卓庵，号佛子，别号大雄，江苏金山人。旭弟。

七十五、张光厚，字天民，号荔丹，四川富顺人。已故。

七十六、张光蕙，字稚阑，一字蕴香，号琅姑，别号心琼女士，四川营山人。

七十七、张长，更名一鸣，字心无，一字心抚，号洗桐，浙江桐乡人。已故。

七十八、张昭汉，字默君，号涵秋，今以默君行，女士，湖南湘乡人。

七十九、张启汉，字平子，湖南湘潭人。

《南社词集》第 2 册末附《南社词集姓名籍贯考》（二），词人有：

八十、张素，字挥孙，号婴公，江苏丹阳人。

八十一、庄山，字秋水，江苏武进人。

八十二、庄先识，字通百，一字感孺，号恫百，江苏武进人。

八十三、陈无用，原名夔，字子韶，号伯瓠，别号虑尊，浙江诸暨人。已故。

八十四、陈无名，原名际清，字微庐，一字化庐，浙江诸暨人。无用弟。

八十五、陈梨梦，字梨梦，号亚子，浙江诸暨人。无名弟，已故。

八十六、陈樗，字药叉，号越流，浙江诸暨人。梨梦弟，已故。

八十七、陈世宜，字小树，号匪石，别号倦鹤，南京人。

八十八、陈去病，原名庆林，字伯儒，一字汲楼，号佩忍，别号巢南，亦称病倩，江苏吴江人。已故。

八十九、陈其槎，字安澜，江苏吴县人，移居吴江。已故。

九十、陈洪涛，字天梅，号屋厂，别号淮海，江苏吴江人。已故。

九十一、陈郁珺，更名柱，字柱尊，广西北流人。

九十二、陈蜕，原名范，一名彝范，字梦坡，号蜕庵，别号蜕翁，湖南衡山人，寄居江苏武进。已故。

九十三、陈翼郎，字翼郎，湖南湘乡人。

九十四、陶牧，字伯荪，号小柳，江西南昌人。已故。

九十五、陆绍棠，字衷奇，号鄂不，浙江杭县人。

九十六、陆峤南，字侠飞，号更存，广西容县人。

九十七、傅尃，原名熊湘，字文渠，一字钝根，亦作钝艮，号君剑，别号钝安，湖南醴陵人。已故。

九十八、傅纲，字介修，江苏武进人。

九十九、傅道博，字绍禹，湖南醴陵人。

一〇〇、宁调元，字仙霞，号仙甫，别号太一，湖南醴陵人。已故。

一〇一、景定成，字梅九，山西安邑人。

一〇二、温见，字著叔，广东梅县人。

一〇三、程善之，字善之，安徽歙县人。

一〇四、黄人，原名振元，字慕庵，号摩西，江苏常熟人。已故。

一〇五、黄侃，字季刚，号运甓，湖北蕲春人。已故。

一〇六、黄埻，字巽卿，湖南湘潭人。

一〇七、黄复，字娄生，号□蝶，江苏吴江人。

一〇八、黄钧，字梦蘧，号栩园，湖南醴陵人。

一〇九、黄兴，原名轸，字廑午，一字经武，号克强，湖南长沙人。已故。

一一〇、黄澜，字□孙，号定禅，广东梅县人。

一一一、杨贻谋，字少碧，浙江桐庐人。

一一二、杨铨，字衡甫，号杏佛，别号死灰，江西清江人。已故。

一一三、杨锡章，字几园，号了公，江苏松江人。已故。

一一四、叶玉森，字镔虹，一字荭渔，号中泠，江苏镇江人。已故。

一一五、叶宗源，字卓书，更名叶，字楚伧，号小凤，今以楚伧行，江苏吴县人。

一一六、邹铨，字亚云，号天一，江苏青浦人。已故。

一一七、寿玺，字石工，号珏庵，浙江绍兴人。

一一八、赵逸贤，字朗斋，号念梦，江苏镇江人。

一一九、刘伯端，字伯端，福建闽侯人。

一二〇、刘师陶，字少樵，号苍霞，湖南醴陵人。

一二一、刘瑗，字昆孙，号仲蘧，湖北黄梅人。已故。

一二二、刘筠，字筱墅，一字十庵，号蒨侬，别号花隐，浙江镇海人。

一二三、刘谦，字约真，湖南醴陵人。

一二四、刘鹏年，字雪耘，湖南醴陵人。谦兄子。

一二五、潘有猷，字干卿，号公展，今以公展行，浙江吴兴人。

一二六、潘飞声，字剑士，号兰史，别号老兰，广东番禺人。已故。

一二七、潘普恩，字少文，浙江上虞人。

一二八、蔡有守，一名守，原名珣，字奇璧，一字哲夫，号成城，别号寒琼，广东顺德人。

一二九、蔡寅，字清任，别字怀庐，号冶民，江苏吴江人。已故。

一三〇、蒋士超，更名同超，字万里，江苏无锡人。已故。

一三一、邓家彦，字孟硕，广西桂林人。

一三二、邓溥，更名万岁，字季雨，一字尔雅，广东东莞人。

一三三、郑泽，字叔容，号萝庵，湖南长沙人。已故。

一三四、诸宗元，字贞壮，一作真长，号大至，别号迦诗，又号长公，浙江绍兴人。已故。

一三五、钱鸿宾，原名厚贻，字鸿炳，号红冰，浙江平湖人。

一三六、钱润瑷，字景蘧，一字壤百，号剑魂，别号镜明，江苏金山人。

一三七、骆鹏，字迈南，湖南湘阴人。

一三八、谢良牧，字叔野，号园人，广东梅县人。

一三九、谢英伯，一名华国，字抱香，广东梅县人。

一四〇、萧笃平，字中权，江西太和人。

一四一、谭作民，字介圃，一字介夫，号天噫，更名铭，字戒甫，湖南湘乡人。

一四二、庞树松，字栋材，号独笑，别号樗农，江苏常熟人。

一四三、庞树柏，字芑庵，号檗子，别号龙禅，江苏常熟人。树松弟，已故。

一四四、顾无咎，字退斋，一字崧臣，号悼秋，别号灵云，江苏吴江人。已故。

一四五、顾保瑢，字幼芙，号婉娟，女士，江苏松江人。

11月

1日（农历九月十八日），吴梅作《梦扬州》（燕亡久矣。秋夜入梦，依依平生，且多慰藉语，因次淮海韵记之）。（吴梅著，王卫民编校：《吴梅全集·日记卷》下，第803页）

1日，《青鹤》第4卷第24期刊发：

陈锐《襄碧斋诗词话》（二）；

夏敬观《映庵词话》（十二）；

敏生《听雨簃词》，有《浪淘沙》（白桃）、《满江红》（用岳武穆韵）、《风入松》（柬周社同人）、《蝶恋花》（心力平生抛已久）。

1日，《制言》第28期刊发：《黄季刚先生小祥会奠志略》，曰："二十五年十月二十五日（即重九后二日）为黄季刚先生逝世周年纪念。先期由门人黄建中、金毓黻、龙沐勋、孙世扬、伍俶、朱羲胄、童第德、潘重规、殷孟伦、徐复十人，发起同门公祭于南京量守庐。其通启已见本刊二十七期。届期上午，来宾致奠有胡小石、吴瞿安、朱逖先、汪旭初、汪辟疆、刘剑翛、刘衡如、刘确杲、谢寿康、陈中凡、孙本文、居觉生、邓孟硕、方觉慧、陈冕雅等七十余人。林公铎自太原寄诗表哀。诗曰（略）。汪旭初致《碧牡丹》词曰。《碧牡丹》（季刚伤时纵酒，遂以身殉。欲述哀辞，久而未就。今秋卧病旬日，追感旧游，始成此解）：'阵阵边筊起，暝色共愁无际。斗酒狂吟，似续三闾遗制。佩袭芳兰，更唾壶敲碎。伤今时有谁继。　泪难制，冠盖长安市。偏容个人憔悴。月黑枫青，梦中此夕来未。试托巫阳，赋大招哀只。且归魂楚江水。'"

1 日，夏承焘接世界书局胡山源函，约请夏承焘为其《全宋词集》作序。夏承焘论曰："此与圭璋所辑重复矣。山源未必能为辑佚工作耳。"（夏承焘：《天风阁学词日记》，第 475 页）

8 日，夏承焘致函张玉田，邀请张玉田为其《词人年谱》作序。（夏承焘：《天风阁学词日记》，第 476 页）

12 日，《广播周报》刊发：沄澶《龙川学说》。

12 日（农历九月廿九日），潜社社集。吴梅记曰："诸生邀我举行潜社。遂于午后偕光华同去，盖仍在万全集会也。到十二人，名如下：杨志溥、张乃香、蒋维崧、陈舜年、刘润贤、刘德曜、盛静霞、梁璆、陶希华、彭铎、李孝定、朱子武。题为《菩萨蛮》五首，分咏五都，长安、洛阳、汴梁、建业、临安也。又《蝶恋花》一首，闻钟。余五都词先成，记之如左（词略）。"（吴梅著，王卫民编校：《吴梅全集·日记卷》下，第 807 页）

15 日，天津《益世报》刊发：品明《读〈花间集注〉书后》。

16 日，《青鹤》第 5 卷第 1 期刊发：

吴湖帆《联珠集》（一），有《莺啼序》（集周美成句，答静淑）、《千秋岁》（集宋人句，答静淑）；

俞镇《聘花媚竹馆宋词集联》（一）；

伯驹《丛碧词》（八），有《人月圆》（晚归，和寒云韵）、《水调歌头》（去岁大觉寺玉兰盛开，同雨生携眷往观。今春又携姬人往，花如昔，而人不可见矣，转为惘然）、《浪淘沙》（金陵怀古）；

吴庠《鱼水同欢》（甘簃词兄续弦，授简索词。戏就缔婚佳话，谱《鱼水同欢》两阕为贺，并博椒若女士词家一粲）；

李启琛《齐天乐》（红墙不隔莺声送）；

姜若《百字令》（朱陈村后）；

冒广生《菩萨蛮》（夫君当代才名满）；

徐沅《鹧鸪天》（玉镜台前宝烛明）；

袁思亮《减字木兰花》（名门毓秀）；

秦更年《好事近》（嫁娶又成图）；

郭则沄《贺新郎》（吟到梅花句）；

陈方恪《洞仙歌》（三商灿晓）；

张素《浣溪沙》（青鹤文章噪管城）；

杨圻《高阳台》（锦帐灯明）；

黄曾樾《浣溪沙》（月底吹箫谱自谐）；

黄襄成《金缕曲》（更软重阳酒）；

龙沐勋《浣溪沙》（琴瑟新调敞玳筵）。

20日，《逸经》文史半月刊第18期刊发：大厂居士《守愚斋题画诗词残存录》，有《踏莎行》（合作梅鹤）、《生查子》（合作鸳鸯莲）、《南乡子》（合作紫藤秦吉）、《西子妆慢》（乙丑清明，直余生朝。适休沐，未出游，而春寒特甚。依梦窗赋此题所作《忧居图》）、《浣溪沙》（癸亥岁朝，画木兰花牡丹贻南公）、《月中行》（《湖楼小课图》）、《玉漏迟》（西湖中秋）、《黄柳村》（半梦中，题画赠道原山水扇自度）、《解语花》（题画梅菊，为友昏礼，依梦窗）、《一丘一壑》（《仰天图》，赠榆生自度）、《绛都春》（依梦窗题画玫瑰，为绵庵祝）。

25日，《湖南大学季刊》第2卷第4期刊发：

苍石《何满子》（秋雨）、《更漏子》（初夏）；

苍坡《菩萨蛮》（春阴）、《青玉案》（饯春）；

牧天《踏莎行》（读南唐后主词）；

衣荷《清平乐》（别情）、《菩萨蛮》（闺情）；

陈起凤《点绛唇》（七夕，用万俟雅言闺情韵）、《荆州亭》（秋夜）；

餐菊《贺新郎》（集词牌，贺馨甫新婚）二首。

26日，天津《益世报·读书周刊》刊发：匡明《陈亮年谱纠谬》。

29日，《凤哕月刊》第1卷第2期刊发：希江《青玉案》（寄绮芳）、《婆罗门令》（别王姬）。（后收入《民国珍稀短刊断刊·湖南卷》第5册，第2217、2219页）

30日，夏承焘作《鹧鸪天》（与寥士游九溪十八涧，茗话）。（夏承焘：《天风阁学词日记》，第480页）

本月

《虞社》第 225 期（复兴第 7 号）刊发：

单黼卿《百字令》（题喻水声君《幽丛小憩图》）、《点绛唇》（村馆旧作）；

钱松椒《南乡子》（暮秋，自远埠访友。承主人款留数日，别后寄怀）；

童听情《西江月》（覆子仰同社）；

陈瘦愚《贺新凉》（首秋寄怀天怡海上）；

沈方舟《满江红》（感兴）；

胡西麓《金缕曲》（祭孔感旧）；

庞独笑《摸鱼儿》（微笑有津沽之行，倚声赠别）、《浣溪沙》（留园晚坐）、《浣溪沙》（秋日游西园）；

胡癯鹤《踏莎行》（春暮遣兴）；

何练秋《鹧鸪天》（萧瑟金风上玉楼）；

易伯昂《玉楼春》（疏烟淡月深闺寂）。（后收入曹辛华、钟振振选编：《清末民国旧体诗词结社文献续编》第 37 册，第 483 页）

本月

李冰若《怎样研究词学》出版，为《图书展望》月刊第 2 卷第 1 期抽印本。

12 月

1 日，《青鹤》第 5 卷第 2 期刊发：

夏敬观《唐圭璋全宋词序》；

伯驹《丛碧词》（九），有《贺新郎》（贺赣一兄新婚）；

剑丞《映庵词》，有《湘月》（坏塔）、《百字令》（西溪词人堂祭赋寄梦坡）、《扬州慢》（昔于役淮徐，曾系舟维扬城下，一宿而去，不及登览胜地。距今十八年，乱离瘼矣。居者转徙迁避，非复富庶之邦，因林铁铮寄示游观诸词，感赋此解，即以为答）。

1 日，《中央日报》刊发：若愚《林更新先生之诗词》。

3 日，《天津益世报·读书周刊》刊发：李家瑞《清代京师〈竹枝词〉四十种提要》。

5 日，《逸经》文史半月刊第 19 期刊发：大厂居士《守愚斋题画诗词残存录》，有《杏花天》（大桃实，依梦窗）、《琐寒窗》（梅）、《诉衷情》（紫芍药）、《月中行》（莲）、《醉桃源》（绿梅）、《浣溪沙》（山茶）、《乌夜啼》（依梦窗，题杜鹃花）。

16日，《青鹤》第5卷第3期刊发：剑丞《映庵词》（六），有《湘春夜月》（癸亥中秋）、《大酺》（望朔烟昏晴）、《百字令》（左南生游西溪观芦花，次稼轩韵见寄。念往辄同游，自顷避兵海隅，遂负秋雪。因倚声寄感，写付杭邮）。

20日，《逸经》文史半月刊第20期刊发：大厂居士《守愚斋题画诗词残存录》，有《浣溪沙》（与小厂合为鹣花鹣鸟）、《秋池引》（访葭丈不遇。至顾宅园，自度赋病荷，归而绘题之）、《浪淘沙慢》（壬申春尽，病足初瘥。依梦窗《赋李尚书山园》一阕，奉祝退庵，即作词寿图，题其上）、《双双燕》（蔼翁长女公子新与华文学缔姻于西子湖。翁损书言新人即日偕赴比利时，度蜜于印洋、红海之间，倚此艳而壮之，仍绘《双红矜》以贻）、《柳梢青》（正有汉皋行，为友人写《襟痕图》，依梦窗）。

24日，天津《益世报》刊发：因百《稼轩词版本考》。

25日，《越风》半月刊第22、23、24合刊刊发：

胡栗长《南乡子》（泛舟西溪看芦花）；

陈无咎《状元红慢》（秋容渐老）；

易大厂《浣溪沙》（西湖南阳小庐绿菊）；

李仲乾《苏幕遮》（张善子为丹林作《丹枫白凤朝囗图》）；

俞阶青《一萼红》（游香山团城。乾隆平金川讲武策勋于此）；

《王鹏运致龙松岑书》（铁厓山馆藏稿），中曰："开正以来，与二三同人为词社之集，月再三聚。以故今年得词极富，存稿逾百，尚有不录存者，实为平生所无。胸中热血，藉以倾洒。不独消日，亦可却病也。回首龙蛇之际，觅句堂中，撰吟光景，情事略同，怀抱迥别。当时杯酒，亦颇有流连光景，俯仰身世之感。以今视之，已同乐国。世事日新，变故不可测度。正未卜后之视今，又将何如，吁，可畏哉！"

27日，夏承焘作《水调歌头》（廿五年岁尽，感事寄冷生西安）。（夏承焘：《天风阁学词日记》，第483页）

29日，如社社集。汪东、吴梅做东。吴梅记曰："往吴宫举行如社，到者十二人。余与旭初为主，客十人：石戕素、仇亮卿、林铁尊、陈匪石、程木安、乔大壮、吴白匋、唐圭璋、蔡嵩云、杨圣葆。惟廖凤书未到。题拟定《解连环》。余前课《秋宵吟》尚未作也。"（吴梅著，王卫民编校：《吴梅全集·日记卷》下，第 828 页）

本月

毛泽东作《临江仙》（给丁玲同志）。（中共中央文献研究室编：《毛泽东诗词集》，第 153 页）

剑亮按：《毛泽东诗词集》收录该词，词曰："壁上红旗飘落照，西风漫卷孤城。保安人物一时新。洞中开宴会，招待出牢人。　纤笔一枝谁与似，三千毛瑟精兵。阵图开向陇山东。昨天文小姐，今日武将军。"词后有注曰："这首词最早发表在《新观察》一九八〇年第七期。"

《学术世界》第 2 卷第 3 期刊发：

邓邦达《蹇庵词》，有《甘州》（蝶）、《水调歌头》（浔阳张致庵司马招饮琵琶亭，慨风雅之道衰，怀佳人兮难得。尘网束缚，庐山笑人，酒酣耳热，书此以遣旅怀）、《八声甘州》（蛙）、《高阳台》（新霜，和孝先舍弟）、《江城梅花引》（绿窗唤醒梦迷离）、《满庭芳》（萍）、《满庭芳》（苔）、《齐天乐》（寄奉天季垂家叔，时余将赴南昌）；

叶恭绰《百字令》（寄友）、《兰陵王》（题张红薇女士《百花卷》）、《渡江云》（得公渚海上寄词，依韵和之）。

陈希哲《瞰江楼词》（抄本）结集，署名沧海老渔倚声。作品有：《虞美人》（春夜）、《误佳期》（中秋）、《一剪梅》（题《海棠春睡图》）、《更漏子》（寄远）、《望海潮》（珠江）、《夺锦标》（京口）、《相见欢》（筵会）、《醉花阴》（宴叙）、《阳台梦》（谈情）、《恋情深》（惜别）、《寻芳草》（访旧）、《喜团圆》（藏娇）、《浪淘沙》（春暖雨飘飘）、《庆春泽》（新月）、《醉花阴》（春闺）、《解佩令》（《珠江三友图》，梁司马叔耀、容茂才彦宗及余也）、《御街行》（清明）、《菩萨蛮》（理妆）、《菩萨蛮》（刺绣）、《菩萨蛮》（伴读）、《菩萨蛮》（低唱）、《桂枝香》（寄友）、《两同心》（本意）、《阳关引》（一榻茶烟歇）、《虞美人》（秋闺）、《如梦令》（半榻炉烟香茗）、《潇湘逢故人慢》（《看剑引杯图》）、《意难忘》（赠翠翘）、《意难忘》（一点春光）、《迈陂塘》（和西相客）、《婆罗门引》（旗亭低唱）、《烛影摇红》（贺西相纳小星）、《薄倖》（秦楼置酒）、《杏花天》（病起）、《玉堂春》（南濠

即事)、《玉堂春》(东堤即事)、《风中柳》(恨意)、《两同心》(七夕)、《金缕曲》
(三月十六,忏广老人张二乔作生日故事,依韵奉和)、《拜星月慢》(观剧)、《减
字木兰花》(寒夜闻笛)、《风入松》(菊花会)、《探春慢》(甲戌除夕)、《采桑子》
(笙歌沉寂人何去)、《菩萨蛮》(文章误我须眉雪)、《菩萨蛮》(人人只说桃花薄)、
《菩萨蛮》(□□□□人何处)、《菩萨蛮》(风狂雨虐无情绪)、《菩萨蛮》(横斜疏
影粘窗槅)、《望江南》(怀旧雨)、《望江南》(深夜梦)。(后收入桑兵主编:《民国
稿抄本》第1辑第9册,广东人民出版社,2016年,第318页)

剑亮按:该词集卷末有"国历廿五年拾贰月结",卷中有《探春慢》(甲戌除
夕)词,故编年于此。

李词慵《槟榔乐府》,由南京长风出版社出版。收词88首。卷首有朱右白
《序》。

冬,蔡嵩云作《乐府指迷笺释·引言》。中曰:"沈氏是编,除首段为总论
外,余二十八则,每则或数语,或数十语,而含义颇广。前所征引,皆其荦荦大
者。此外如论造句,论押韵,论虚字,论句中韵,论词腔,俱独标新义,可资
研讨。第以篇幅过短,故世鲜单行本。曩附刻于《花草粹编》,著录于《四库全
书》,学者多未易寓目。近世虽有《四印斋所刻词》本及《百尺楼丛书》本,最
近虽有《词话丛编》本,流传仍未甚广。且以言辞简略,草草读过,亦未易窥其
蕴奥。予性嗜词学,始作长短句,取则于《词源》及是编者良多。岁辛未,既成
《词源疏证》稿,屡欲取是编逐条笺释,以阐扬宋贤词说,而谋初学治词者人人
得手是编。癸酉前,已成如干条,累年病困,弃置久矣。近有从予治词者,辄取
材是编,以资讲论,因足成之。笺释之作,旨在引申其义,其间颇有借题发抒己
见者。读者倘不遗而辱教之,幸甚。丙子季冬,蔡嵩云作于南京。"(后收入张响
整理:《蔡嵩云词学文集》,河南文艺出版社,2016年,第105页)

本年

【词人创作】

夏敬观作《玉梅令》(斜阳做暝)、《小重山》(人事支离到岁残)、《八声甘
州》(听秋霖一阵打窗来)、《八声甘州》(题《避暑山庄图》)、《竹马子》(寻荒梦
沧州)、《烛影摇红》(和恽瑾叔)、《江城子》(好春曾未细思量)等。(陈谊:《夏
敬观年谱》,第162页)

金天羽作《壶中天》（丙子，灌口二郎神庙）。（金天羽：《红鹤词》，第 4 页。后收入朱惠国、吴平编：《民国名家词集选刊》第 10 册，第 454 页）

龙榆生作《卜算子》（赋呈不匮翁）、《浣溪沙》（题杨耕香诗简）、《满江红》（大厂居士以次韵文信国改作王昭仪词见示，怆然继声，即呈不匮室主）、《满江红》（大厂居士以丙子清明再用文信国改王昭仪词韵见寄，走笔奉酬，兼呈不匮室主）、《满江红》（不匮三和大厂此阕，凄壮沉郁，感不绝于予心。辄更步趋，兼寄大厂）、《贺新郎》（用张仲宗寄李伯纪丞相韵，赋呈不匮，兼示大厂。更端以进，亦无聊之极思也）、《浪淘沙》（红棉）、《鹧鸪天》（寄怀谌生季范申江）、《减字木兰花》（赠孔生北涯）、《减字木兰花》（越秀山看红棉作）、《鹧鸪天》（再赠北涯）、《鹧鸪天》（陈乃乾属题所辑《清百名家词》）、《鹧鸪天》（和元遗山《薄命妾辞》三首）。（张晖：《龙榆生先生年谱》，第 80 页）

顾随作《南乡子》（争不爱秋光）、《南乡子》（衰草遍山长）、《南乡子》（镜里鬓星星）、《南乡子》（记得海中央）。（闵军：《顾随年谱》，第 102 页）

夏承焘作《鹧鸪天》（九溪十八涧茗坐）。（吴无闻：《夏承焘教授纪念集》，第 237 页）

蒋礼鸿作《减字木兰花》（九溪别宴，和瞿禅师）。（后收入蒋礼鸿：《蒋礼鸿集》第 6 卷，浙江教育出版社，2001 年，第 556 页）

张涤华作《浣溪沙》（咏梅）。（后收入张涤华：《张涤华文集》第 4 集，第 336 页）

李宣龚作《鹧鸪天》（为朱象甫题《海天梦月图》。丙子）。（李宣龚：《墨巢词》，第 2 页。后收入曹辛华主编：《民国词集丛刊》第 4 册，第 65 页）

辛际周作《四字令》（题姚宜生《听蕉馆印存》）、《醉花阴》（题文念清女士绘《美人坐蕉图》）、《桂枝香》（本意，咏廉泉畔桂似性初）。（辛际周：《梦痕词》，第 5 页。后收入曹辛华主编：《民国词集丛刊》第 7 册，第 10 页）

刘麟生作《鹧鸪天》（乡人公祭潘琴轩先生，且上私谥曰襄勤。鹤柴先生主祭）、《浣溪沙》（芜湖车中）、《浣溪沙》（鸟娜腰肢懒不支）、《踏莎行》（阙观巍峨）、《庆春宫》（与雨生游云岗，兼揽长城之胜）、《眼儿媚》（摩挲古物忒关情）、《浪淘沙》（登西天目山）。（刘麟生：《春灯词》，第 26 页。后收入朱惠国、吴平编：《民国名家词集选刊》第 15 册，第 104 页）

刘永济作《定风波》（有讥卖文价贱者，赋此解嘲）、《金缕曲》（戏为吾家后

村翁体)。(后收入刘永济:《诵帚词集 云巢诗存》, 第 328 页)

【词人交往】

沈尹默为顾随题写《积木词》集名。署"尹默"二字。顾之京《尹默大师和顾随的墨缘》云:"1936 年, 父亲将两年来和《花间集》的 153 首词辑为一集, 准备印行。这是父亲的第五部词集了。尹默先生特为弟子在宽一寸、长半尺的小条幅上题写了集名'积木词'三字, 并署以'尹默'二字, 再加盖一朱红小印章。工笔正楷, 端庄整肃, 又分外精美。篇幅虽小, 分量弥重。大约是由于时局的不宁 (次年即发生七七事变), 词集终未得印。一纸题签父亲作为珍品加以保存。不幸中之大幸是《积木词》虽已散佚, 而这帧'微型'精品在十年动乱中竟躲过了'造反派'的两次查抄, 而得以完好保留至今。"(《中国书画》2003 年第 4 期)

【词籍出版】

关赓麟编辑《青溪诗社诗钞》第一辑刊行。(后收入南江涛选编:《清末民国旧体诗词结社文献汇编》第 12 册) 内收词作有:

黄福颐《齐天乐》(庚午重阳前五日, 青溪社同人公饯桂君东原之任雪梨, 兼祝伉俪六十双寿, 即席分韵得道字);

靳志《大酺》(用梦窗韵, 青溪诗社公饯桂十, 用王右丞送李判官赴江东诗, 分韵拈得璧字);

靳志《贺新郎》(用稼轩韵, 寿桂十东原暨德配詹夫人六十, 即送别赴澳洲雪梨)、《无闷》(用王碧山韵, 再祝桂十东原六十双寿, 并饯别);

黄福颐《念奴娇》(辛未十二月十九日为东坡先生生日, 青溪社同人燕集稊园, 分韵得子字, 漫填此解);

黄福颐《烛影摇红》(夏历壬申上巳, 颖公司长招青溪社同人禊集玄武湖, 适以小病未克践约, 张季老代拈得理字, 率赋此解);

郑兆松《沁园春》(壬申三月三日, 修禊玄武湖, 得差字);

王汝昌《百字令》(癸酉重三, 莫愁湖修禊, 分韵得洛字);

靳志《满庭芳》(用戴复古韵, 癸酉上巳, 莫愁湖胜棋楼修禊, 拈得阳字);

罗复堪《百字令》(癸酉莫愁湖修禊, 拈得绮字);

廖恩焘《八声甘州》(三月三日, 诸名士集莫愁湖上禊饮, 分韵赋诗。余检得文字，不能诗，代之以词）；

靳志《八声甘州》（用稼轩韵，和廖忏庵莫愁湖禊饮之作）；

廖恩焘《渡江云》（禊集莫愁湖上胜棋楼，分韵得文字。既成《八声甘州》一阕，再媵此解）；

靳志《渡江云》（用彊村韵，再和忏庵莫愁湖胜棋楼禊饮之作。时新归自夷门，李印泉邓尉探梅之约愆期矣）；

张焘《凤凰台上忆吹箫》（癸酉上巳，青溪社友修禊莫愁湖胜棋楼，拈韵得箱字）；

宗之潢《西湖》（癸酉上巳，莫愁湖胜棋楼禊集，以梁武帝《河中之水歌》分韵，得早字）；

张元群《春风袅娜》（青溪诗社修禊莫愁湖，承折柬相招，因事未赴。读颖人社长长诗序，感赋此阕，以志景仰）；

廖恩焘《声声慢》（放翁生日，颖人招集青溪社分韵赋诗，未赴。鹤亭为拈得师字，因成此词）；

黄福颐《寿楼春》（放翁生日，燕集，分韵得时字。前诗意有未尽，复拈一词，词句多橐栝剑南诗意）；

关霁《烛影摇红》（癸酉腊月，同人集青溪诗社，为坡公作生日。予向罗复堪乞借公像，供奉社中。像为陈半丁手笔，疏朗高古，众为惊叹。是日，到社者三十余人，以公《游祖塔院诗》分韵，予得紫字）；

张元群《水调歌头》（东坡诞日，青溪雅集，分韵得风字）；

廖恩焘《双荷叶》（青溪社东坡生日，分韵拈得惜字。公"湖州赠贾耘老小妓"词，改《忆秦娥》为是名，因谱）。

倦鹤等著《如社词钞》十二集刊行。（后收入南江涛选编：《清末民国旧体诗词结社文献汇编》第 2 册）十二集，共 226 首词。卷首有《如社词集同人姓字籍齿录》：

忏庵	廖恩焘	凤舒	惠阳	同治乙丑生
无悔	周树年	毅人	江都	同治丁卯生
纯飞	邵启贤	莲士	余姚	同治己巳生

晦翁	夏仁沂	梅叔	江宁	同治己巳生
听潮	蔡宝善	师愚	德清	同治己巳生
弢素	石凌汉	云轩	婺源	同治辛未生
半樱	林鹍翔	铁尊	吴兴	同治辛未生
铁庵	杨玉衔	铁夫	中山	同治壬申生
述庵	仇埰	亮卿	江宁	同治壬申生
太狷	孙瑞源	阆仙	江宁	同治壬申生
枝巢	夏仁虎	蔚如	江宁	同治癸酉生
夔厂	吴锡永	仲言	吴兴	光绪辛巳生
霜厓	吴梅	瞿安	吴县	光绪甲申生
倦鹤	陈世宜	匪石	江宁	光绪甲申生
珏庵	寿鈫	石工	山阴	光绪乙酉生
柯亭	蔡嵩云	嵩云	上犹	光绪戊子生
寄庵	汪东	旭初	吴县	光绪辛卯生
柳溪	向迪琮	仲坚	双流	光绪辛卯生
壮殴	乔曾劬	大壮	华阳	光绪癸巳生
木安	程龙骧	木安	吴县	光绪丁酉生
圭璋	唐圭璋	圭璋	江宁	光绪庚子生
冀野	卢前	冀野	江宁	光绪甲辰生
灵琐	吴徵铸	白匋	仪征	光绪丙午生
二同轩主	杨胜保	圣褒	吴兴光绪丁未生

《如社词钞》第一集：

倦鹤《倾杯》（限屯田"木落霜洲"体）；

纯飞《倾杯》（简半樱，用屯田韵）；

弢素《倾杯》（白发吟春）；

述庵《倾杯》（绿萼凝香）；

壮殴《倾杯》（玉笛飞花）；

晦翁《倾杯》（烛刻琼筵）；

柳溪《倾杯》（冻萼融酥）；

半樱《倾杯》（雪遍庭花）；

霜厓《倾杯》（南城歌酒，无异承平。回首前尘，凄迷欲绝。倚屯田散水调格）；

寄庵《倾杯》（秦淮夜集，赠半樱及同社诸子）；

圭璋《倾杯》（密幄香愁）；

太狷《倾杯》（一曲箫声）；

忏庵《倾杯》（鹤栅烟新）；

忏庵《倾杯》（上阕成，案头水仙谢，久未忍弃也。适得阮玲玉香消之耗，怅触百忧，依乐章韵再谱）；

枝巢《倾杯》（仲春南归，与涑之诸老泛舟秦淮，饮陆家水榭，强温绮罗，同话曩游，女歌玉树之花，客如华表之鹤，前尘影事，怆怏难怀。适叔兄与社友同作此调，亦成一阕）；

白匋《倾杯》（秦淮灯夜，有客怀人，因效柳七情语代作）；

珏庵《倾杯》（一抹晴烟）；

夔厂《倾杯》（和半樱）；

木安《倾杯》（铁笛吹寒）；

听潮《倾杯》（缺月窥帘）；

嵩云《倾杯》（燕郊春感）；

縠人《倾杯》（三弟自粤归省大兄，作此劳之）；

壮殹《倾杯》（社集，示半樱、霜厓、倦鹤）；

述庵《倾杯》（乙亥上巳，乌龙潭禊集，分韵得入字）；

半樱《倾杯》（乌龙潭修禊，闻疢斋翁远来，亟图一晤。以午睡误，未与会。而疢斋又有粤行，赋此赠别）。

《如社词钞》第二集：

忏厂《换巢鸾凤》（清和后天气骤然热。自桃叶渡买舟，至复成桥下小泊，纳凉。华灯甫上，笙歌盈耳矣。拈如社题，依韵）；

述庵《换巢鸾凤》（春别江南）；

弢素《换巢鸾凤》（风促飞轺）；

半樱《换巢鸾凤》（乌潭修褉，缫蘅代拈劝字见示，久未成吟。适缫蘅被命之黔，赋此送别）、《换巢鸾凤》（闻歌感赋，有赠）；

倦鹤《换巢鸾凤》（送疚斋之广州）；

听潮《换巢鸾凤》（春暮，游南京第一公园，感赋）；

纯飞《换巢鸾凤》（用梅溪韵）、《换巢鸾凤》（和听潮同年之作）；

壮殴《换巢鸾凤》（同半樱翁，送缫蘅之官贵阳）；

霜厓《换巢鸾凤》（不至秦淮经年矣。夏初，偕木安重过，凄然成咏。应如社第二集）；

晦翁《换巢鸾凤》（秦淮感旧）；

枝巢《换巢鸾凤》（复别秦淮，寄呈两兄，及诸知旧，和梅溪声韵）；

太狷《换巢鸾凤》（凄绝啼鹃）；

圭璋《换巢鸾凤》（花落春归）；

嵩云《换巢鸾凤》（花弱莺娇）；

縠人《换巢鸾凤》（用梅溪韵，仿白石戏张仲远意）；

木安《换巢鸾凤》（花落春城）。

《如社词钞》第三集：

倦鹤《绮寮怨》（缥缈神仙何处）；

壮殴《绮寮怨》（走马兰台迟莫）；

弢素《绮寮怨》（茧纸空书鸾誓）；

述庵《绮寮怨》（饮马咸池无地）；

半樱《绮寮怨》（转眼酴醾开到）；

纯飞《绮寮怨》（用清真韵）；

晦翁《绮寮怨》（乙亥端午，风暍盼雨，闲居感赋）、《绮寮怨》（静掩闲门清昼）；

木安《绮寮怨》（雨打梨花深院）；

霜厓《绮寮怨》（重过台城，倚清真格）；

白匋《绮寮怨》（长堤春柳，又结愁阴。忆士豪下世，弹指经年。寇乱日深，怆然成咏）；

柳溪《绮寮怨》（津浦道中）；

太狷《绮寮怨》（左徒骚赋，为千古词人哀怨之祖。乙亥五日，祀以香茗，赋此聊当《神弦》）；

圭璋《绮寮怨》（满眼神州沉醉）；

听潮《绮寮怨》（游拙政园）；

忏庵《绮寮怨》（美酒宁同愁酽）；

嵩云《绮寮怨》（旅馆宵深离话）。

《如社词钞》第四集：

半樱《玉蝴蝶》（老病怎禁祥暑）；

倦鹤《玉蝴蝶》（过尽雨丝风片）；

弢素《玉蝴蝶》（顿是海翻波涌）；

晦翁《玉蝴蝶》（漫问吠蛙何事）；

壮殴《玉蝴蝶》（四面采菱歌起）；

述庵《玉蝴蝶》（怅望紫藤阴下）；

柳溪《玉蝴蝶》（乙亥中元，与二三友人泛舟玄武湖。月明如霜，荷香欲醉。和乐章此解，示同游诸子）；

霜厓《玉蝴蝶》（残秋重过后湖）；

纯飞《玉蝴蝶》（用梅溪韵）；

听潮《玉蝴蝶》（正仪顾园，东亭池荷，为天竺种。花时重台并蒂，有一茎多至六七蓓蕾者。眼日往游，风景幽绝。奇葩异卉，悦目赏心，赋此宠之）；

穀人《玉蝴蝶》（不见铁老数年矣。今夏获遇于金陵酒家，知其近结如社，因追念沤社耆宿如彊村、湘舲、兰史、子大先后下世，感人事之代谢，因作此解，用柳屯田韵）；

太狷《玉蝴蝶》（秋兰作花，词以宠之）；

嵩云《玉蝴蝶》（怅恨马烦车殆）；

圭璋《玉蝴蝶》（玉岑病中寄篆索书，匆匆未报。遽隔人天，念东坡高山流水之语，不禁辛酸，赋此悼之）。

《如社词钞》第五集：

半樱《惜红衣》（别莫愁湖十年矣。重来，光景凄异，归途漫赋）；

叕素《惜红衣》（浅水浮烟）；

倦鹤《惜红衣》（夜泛玄武湖，经慵庐未泊，用梦窗韵赋写）；

晦翁《惜红衣》（荷花，依白石声韵）、《惜红衣》（后湖荷花水灾后今年复盛。蔚第秋中南来，偕同赘叟往游。填此调，以和倦鹤，因亦倚此和之）；

枝巢《惜红衣》（秋日，偕赘叟叔兄泛舟玄武，各纪以诗。倦鹤以和梦窗韵见示，更成此解）；

壮殴《惜红衣》（羽葆新秋）；

述庵《惜红衣》（北湖观荷，清欢易逝。秋风向晚，怅触余怀，倚白石无射宫调）；

柳溪《惜红衣》（和白石）；

霜厓《惜红衣》（越溪山住，与田畯往还，极野适之趣，归赋此解）；

纯飞《惜红衣》（玄武湖观荷，用白石韵）；

听潮《惜红衣》（夜雨瞒花）；

穀人《惜红衣》（夏日游玄武湖，用白石韵）；

木安《惜红衣》（柳咽新蝉）；

白匋《惜红衣》（扬州连性寺前景色，旧云似琼岛春阴。乙亥七月，北游未得，荡舟其间，顿起幽思，爰和白石）；

太狷《惜红衣》（游莫愁湖，风景凄异，依白石韵写之）；

嵩云《惜红衣》（暮雨增寒）；

圭璋《惜红衣》（远岫笼烟）。

《如社词钞》第六集：

晦翁《水调歌头》（秋夕，歌楼感赋，和东山韵）；

枝巢《水调歌头》（秋雨既集，园中海棠，非时复开，娟楚欲绝。叔兄旧曾有咏，亦欲歌以赏之。时社中方限此体，懒于检韵，亦并和之。调与韵，皆与题意不宜，不足存录，但博倦鹤诸公一噱耳）；

述庵《水调歌头》（重阳书感，兼速枝巢南归）；

弢素《水调歌头》（重九，登雨花台）；

太狷《水调歌头》（凉夜不寐，秋声满庭，怅触予怀，依东山体写之）；

半樱《水调歌头》（秋疟未已，僵卧空斋。忽忆明日已重九矣，拥被赋此，依东山四声）；

柳溪《水调歌头》（和东山，并效其体）；

晦翁《水调歌头》（金陵怀古，用东山体）；

枝巢《水调歌头》（答述庵，即依其体均）；

嵩云《水调歌头》（和东山韵）；

忏庵《水调歌头》（楼月引箫起）；

圭璋《水调歌头》（櫽栝《桃花源记》，依东山四声）；

倦鹤《水调歌头》（贺方回平仄互协体，为金陵怀古之作，依原体及原意，并下转语，藉为金粉解嘲）；

霜厓《水调歌头》（客有馈菊者，雨中独对，感赋，倚东山格）；

冀野《水调歌头》（紫老归来，自伤迟暮。念其少日声华，浮沉宦海，都如梦寐。余感其言，谱成此解。本东山台城游体，并依四声）；

白匋《水调歌头》（久不得瑟君书，却寄，用方回体）；

铁夫《水调歌头》（游焦山，用贺方回平仄通叶体）；

縠人《水调歌头》（秋感）。

《如社词钞》第七集：

弢素《高阳台》（限访媚香楼遗址题）；

半樱《高阳台》（哀柳长桥）；

倦鹤《高阳台》（鹃血啼春）；

晦翁《高阳台》（香扇尘埋）；

枝巢《高阳台》（血冷绯桃）；

嵩云《高阳台》（柳共桥湮）；

述庵《高阳台》（几曲回波）；

圭璋《高阳台》（晓梦迷莺）；

忏庵《高阳台》（筵烛摇情）、《高阳台》（烟麤林容）、《高阳台》（一曲鹍弦）、《高阳台》（啼鴂山河）；

太狷《高阳台》（红泪啼痕）；

白匋《高阳台》（明月县珰）；

霜厓《高阳台》（乱石荒街）；

铁夫《高阳台》（柳媚春残）；

穀人《高阳台》（吊古秦淮）；

木安《高阳台》（衰柳栖鸦）；

冀野《高阳台》（扇底桃花）。

《如社词钞》第八集：

嵩云《泛清波摘遍》（燕京杂忆）；

述庵《泛清波摘遍》（怀倦鹤）；

彀素《泛清波摘遍》（小山原作，似咏莫春。社集在冬，适拈此调。爰倚声韵，赋雪寄怀）；

倦鹤《泛清波摘遍》（沪滨雪中度岁，寄怀同社诸友）；

半樱《泛清波摘遍》（和小山）；

太狷《泛清波摘遍》（金猊篆冷）；

壮殴《泛清波摘遍》（金盘彩小）；

晦翁《泛清波摘遍》（后湖苕雪）；

霜厓《泛清波摘遍》（长堤柳小）；

白匋《泛清波摘遍》（凌波桨小）；

圭璋《泛清波摘遍》（晴波桨小）。

《如社词钞》第九集：

嵩云《倚风娇近》（元夕忆梦）、《红林檎近》（别情）；

述庵《倚风娇近》（和草窗赋大花）；

半樱《倚风娇近》（读映庵诸君观舞诗，和以此词，用草窗声韵）；

圭璋《倚风娇近》（赋辛夷）；

寄庵《倚风娇近》（春寒酿雪，花讯屡愆，倚草窗赋大花韵催之）；

忏庵《倚风娇近》（怀倦鹤海上）、《倚风娇近》（半樱读若飞、映庵、秋岳、众异观舞诗有感，依草窗韵成词示余，因复继声）；

晦翁《倚风娇近》（和草窗）；

太狷《倚风娇近》（游小盘谷归云堂）；

壮殴《倚风娇近》（春雪连朝）；

弢素《倚风娇近》（和草窗赋大花）；

木安《倚风娇近》（春夜不寐，赋此志慨）；

霜厓《倚风娇近》（湖堤杨柳，经雪依依，春寒，不复出门，倚草窗韵）；

白匋《倚风娇近》（春夜醉归，闻人家歌声，颇有梦窗龟溪之感）；

倦鹤《倚风娇近》（初日瞳瞳）；

铁庵《倚风娇近》（巢鹤惺忪）；

冀野《倚风娇近》（映庵、众异既相约赋舞诗，铁尊翁谱为此调，爰倚声和之）；

縠人《倚风娇近》（遵草窗四声，题《明湖秋泛图》）。

《如社词钞》第十集：

寄庵《红林檎近》（今年三月，梅始盛开，与桃、杏、樱桃相错，蔚为奇观。然有沦于绛灌之悲，违其素操矣。因念虎丘香阁梅数百，本无杂树。乡邦人士，每于此时，极游宴之乐。羁旅都城，怅不获与。用清真韵，作此示瞿安）；

霜厓《红林檎近》（旭初示新词，有梅桃相错、节令失常之感。余方后湖泛舟归田，亦继声，次清真韵）；

弢素《红林檎近》（如社十集，宴于吴宫酒馆，地为某都阃故第，当年选伎征歌，殆无虚夕，予恒与焉。重来，伤今感旧，依清真声韵谱之）；

述庵《红林檎近》（春雨）、《红林檎近》（雨晴）；

圭璋《红林檎近》（春老莺声懒）；

太狷《红林檎近》（新燕）；

晦翁《红林檎近》（北郊春游，用清真声韵）、《红林檎近》（清明日，游南郊，用清真声韵）；

倦鹤《红林檎近》（春暮游钟山，深入林薄中。绿阴蔽亏，时闻鸟语、流泉互答。山花媚人，翛然有出尘之想）；

嵩云《红林檎近》（孤馆春还浅）、《红林檎近》（北海观雾凇）；

枝巢《红林檎近》（初归金陵，展垄东山，书道中风物，用片玉咏雪作声韵）、《红林檎近》（丙子三月中南归，春阴沍寒，游事盖稀。偶用片玉"雪晴"一首声韵成此遣闷，与叔兄同作，呈博兄）；

半樱《红林檎近》（社课拈是调，积久未成。偶谈香山和元九《梦游春》诗，有所感触，略取其意，分赋之。正如所云，不可使不知吾者知，知吾者亦不可使不知也）、《红林檎近》（京国膺清望）；

忏庵《红林檎近》（闰三月立夏遣怀）；

铁庵《红林檎近》（枕絮偎逾湿）；

纯飞《红林檎近》（老去收残泪）；

縠人《红林檎近》（再题《明湖秋泛图》）。

《如社词钞》第十一集：

忏厂《绕佛阁》（哭展堂，声依清真）；

寄庵《绕佛阁》（中夜不寐，有怀汉江诸弟，依梦窗声韵）；

霜厓《绕佛阁》（寓斋枯坐，忆家园藤花，次清真韵）；

铁庵《绕佛阁》（黛眉翠敛）；

述庵《绕佛阁》（东园感事）；

太狷《绕佛阁》（游祖堂山幽栖寺）；

嵩云《绕佛阁》（邗江重宿某氏园，感赋）；

弢素《绕佛阁》（如社十一集，宴于秦淮，即旧题停艇听笛之水榭也。送春感事，依清真声韵谱之）；

半樱《绕佛阁》（用清真韵，和忏厂）；

圭璋《绕佛阁》（暗风乍敛）；

枝巢《绕佛阁》（暮春北归，向夕独游稷园，赏迟开牡丹。时南中社友方限此调，亦成一阕。和清真韵，寄□叔两兄，并示倦鹤、述庵诸友）；

縠人《绕佛阁》（山雨欲来，慨然赋此）；

纯飞《绕佛阁》（峭寒骤敛）；

倦鹤《绕佛阁》（霁霞照晚）；

晦翁《绕佛阁》（忆故都崇效寺牡丹）。

《如社词钞》第十二集：

忏厂《诉衷情》（帘卷天晚人去远）、《诉衷情》（花貌娟好春易老）、《女冠子》（蝶寻花到）、《女冠子》（密围红雾）；

霜厓《诉衷情》（庭锁花朵同梦妥）、《女冠子》（纱幮孤睡）；

嵩云《诉衷情》（星耿波静荷弄影）、《女冠子》（鸦鬟蝉鬓）；

弢素《诉衷情》（房悄人杳琴韵渺）、《女冠子》（玉宫瑶殿）；

纯飞《诉衷情》（疏雨侵曙灯自语）、《女冠子》（天涯春老）；

寄庵《诉衷情》（湖尾花里风渐起）、《女冠子》（双眉微斗）；

倦鹤《诉衷情》（啼鸟春晓烟絮袅）、《女冠子》（跳珠白雨）；

太狷《诉衷情》（春暖风软人意懒）、《女冠子》（朱阑独倚）；

晦翁《诉衷情》（风静烟冷云弄影）、《女冠子》（多愁多病）；

圭璋《诉衷情》（风转钗偃蝉鬓浅）、《女冠子》（拍堤湖水）；

縠人《诉衷情》（春老莺悄花意恼）、《女冠子》（蓬莱仙远）；

半樱《诉衷情》（寒忍春尽人瘦损）、《女冠子》（怜花憎鸟）；

述庵《诉衷情》（眉语心许金凤侣）、《女冠子》（蛮莺娇鸟）；

木安《诉衷情》（无语停舞良夜午）；

圣褒《诉衷情》（衾冷更永残梦醒）、《女冠子》（鬓云低残）；

縠人《泛清波摘遍》（予旧藏红豆，偶出把玩，遵小山声律咏之）；

耐庐《惜红衣》（登雨花台，吊高青邱，用白石自度曲韵）。

成都茹古书局刊刻吴虞《文录》《续录·别录》。内收《朝华词》，作品有：

胡薇元《望湘人》(为爱智所赏陈朝华碧秀作);

吴虞《望湘人》(酬玉津老人赠陈朝华碧秀作);

江子愚《望湘人》(陈朝华碧秀为爱智所赏,玉津老人有词赠之。爱智既和,录以示予。予与朝华止一面缘,固不及两公见惯也,书此奉嘲);

刘德馨《望湘人》(和爱智酬玉津老人为陈朝华碧秀作);

李思纯《望湘人》(和爱智酬玉津老人为陈朝华碧秀作);

方旭《摸鱼儿》(美陈朝华碧秀,嘲爱智也);

邓鸿荃《摸鱼儿》(和鹤叟,赠陈朝华碧秀);

林思进《摸鱼儿》(次鹤叟韵,赠陈朝华碧秀,兼调爱智);

吴虞《摸鱼儿》(次山腴和鹤叟赠朝华碧秀韵)、《摸鱼儿》(成都乱后,予方卧病。陈朝华碧秀来视,感成此阕);

方旭《摸鱼儿》(和爱智成都乱后感怀);

吴虞《摸鱼儿》(用前韵,和鹤叟成都乱后感怀);

萧其祥《望湘人》(爱智庐主人以赠陈朝华碧秀词见示,继成此阕);

邓维琪《摸鱼儿》(为陈朝华碧秀作,朝华为爱智所赏也);

吴永权《摸鱼儿》(次鹤叟韵,赠陈朝华碧秀作。时在日本东京,闻成都乱事,故及之);

吴虞《摸鱼儿》(成都再乱,得陈朝华碧秀渝中书。予既不知兵,又未能辟世,慨然于怀,因用前韵题寄);

江子愚《望湘人》(渝中留别陈朝华碧秀,叠春初韵);

黄振镛《望湘人》(次子愚韵,赠陈朝华碧秀);

高培英《孤鸾》(赠陈朝华碧秀);

辛楷《霓裳中序第一》(赠陈朝华碧秀);

钟炳麟《念奴娇》(题陈朝华碧秀小照);

方旭《春风袅娜》(陈朝华碧秀自渝归,爱智喜可知也,情见乎词,鹤叟述焉);

邓鸿荃《金缕曲》(虬髯斋中晏集,陈朝华碧秀适至,爱智所欣赏也,即席率赋);

沈宗元《摸鱼儿》(和爱智题寄陈朝华碧秀)。(后收入田苗苗整理:《吴虞集》,第333页)

张仲炘《瞻园词续》刊行。 卷首有夏敬观《序》，卷尾有陈世宜《跋》。（上海图书馆藏。后收入朱惠国、吴平编：《民国名家词集选刊》第 3 册）

夏敬观《序》曰：" 光绪间，朝官以言事获谴或投劾竟去者，江夏张次珊通参、萍乡文芸阁学士、临桂王幼霞给谏三人者，皆以词名于海内者也⋯⋯通参有《瞻园词》刊于乙巳。其未刊者，大率丙午至辛亥所作。壬子、癸丑，再遇于上海，意态极萧索。予请读新词，则曰：'小雅不歌，吾曹复奚用词为？'以故及身无续刊，而遗稿亦放散。顷陈君倦鹤获自其孙，辑录成帙，将为刊行。陈君，通参高第弟子也，重其师遗文，莫敢仓卒写定。以予列通参文字交游之末，于校讹审律不恤往返质疑⋯⋯丙子四月，新建夏敬观序。"

陈世宜《跋》曰：" 瞻园师词二卷，清光绪乙巳刻于金陵。嗣由宁而皖而苏而鄂而沪，暂游燕京，复归鄂渚。己未秋，谢宾客。晚年之作竟未付刊。世宜屡求遗著于公家。去年九月，公嗣孙忠似就手稿移写见寄。凡六十首⋯⋯中华民国二十五年二月，弟子陈世宜谨跋。"

吕凤《清声阁词四种》六卷刊行。 内含《清声阁诗余》三卷，《和小山词》《和漱玉词》《和淑贞词》各一卷。卷首有董康、樊增祥和向迪琮《序》，以及徐兆玮等人 " 题诗 "。（上海图书馆藏。后收入朱惠国、吴平编：《民国名家词集选刊》第 8 册）

邵瑞彭《山禽余响》一卷刊行。 卷首有作者《记》。（上海图书馆藏。后收入曹辛华主编：《民国词集丛刊》第 7 册）

作者《记》曰：" 乙亥仲秋，大梁旅处，籀诵余暇，每取《遗山乐府》，随意讴吟。觉其缘情感物，芳烈动人。信乎古诗之遗音，词林之变雅矣。向岁，彊村老人曾广《鹧鸪天》宫体八首，辄为变通其意，依韵继声。或比援旧题，或直抒孤抱。寿陵蒲伏，奚敢遥跂邯郸，聊以寄要眇之思而已。愚所据空青馆重斠华氏刻本，网罗最备，计《鹧鸪天》五十二首。今属和者四十五首。自余寿人之曲七首，且从盖阙。草端于棔华香里，断手于腊鼓声中，凡百二十日而写成定稿。托烟水之迷离，哀众芳之芜秽。答清商之幽喉，振山禽之余响。千载比肩，风声未远。发情思古，只益欷歔。盖天时人事为之也。犰刘日，自记。"

冼景熙《维心亨斋诗词集》四卷刊行。卷首有张巽《序》。卷一至卷三为诗，卷四为词。（后收入曹辛华主编：《民国词集丛刊》第 10 册）

张巽《序》中曰："回忆甲寅之秋，绍勤嘱镌'维心亨斋'小印以自携。今百言乃以《维心亨诗词》序为请。在此二十余年中，衰健之迹，悲欢之怀，历历在目。余方游燕、赵还，虽老态日益，犹能执笔而序故人之诗词，亦义所不容辞。何贤乔梓之属意于鄙人者，至深且笃，既刻印于前，复作序于后，虽不足以壮故人，亦聊以慰故人之灵于九天。质之百言，以为何如。"

吴士鉴《式溪词》一卷刊行。（浙江图书馆藏。后收入曹辛华主编：《民国词集丛刊》第 5 册）

姚华《弗堂词》二卷、附录二卷刊行。（浙江图书馆等有藏。后收入曹辛华主编：《民国词集丛刊》第 11 册）

马念祖《篍音词钞》一卷刊行。卷首有杨素《序》，卷尾有方丽群《后序》。（浙江图书馆等有藏。后收入曹辛华主编：《民国词集丛刊》第 12 册）

杨素《序》中曰："素识念祖先生于东京客邸。自后，时以诗词相过从，并得其《蔓草秋窗词》一帙。据云，乃其二十岁以前之作，从今视之，已无足观。至于近数年来所积，尚未暇整理，故迟迟未以示人也。然偶有所作，辄以示余，因得先睹为快之乐。不幸其以困顿归，自是远隔云泥，鱼雁音稀，倡和之举，遂成梦忆。顷乃走书，语以四五年来之作，凡六十余阕付手民，兼且问叙于不肖。"

方丽群《后序》中曰："吾师以真挚之感情，吐清逸淡远之幽思。若所作《伤心诗稿》《留东诗草》《蔓草秋窗词》，皆真情溢于楮墨之外。索之无穷，低徊凝思，爱不忍释……兹者《篍音词》又将付梓，真乃好之者所渴望者也。因赞数语于编后，以示狂悖爱读之诚。若云附骥，则吾岂敢。民国第一丙子桂月于於潜，方丽群识于西天目禅源寺。"

刘师培《左庵词录》一卷刊行。（后收入曹辛华主编：《民国词集丛刊》第 29 册）

邢蓝田辑《明湖顾曲集》，由济南邢氏后思适斋刊行。1936 年 7 月，北方昆剧名家韩世昌、白云生在济南上演《长生殿》。王献唐等应邀观看，并以诗词纪其事。诗词汇编为《明湖顾曲集》。内有王献唐《疏帘淡月》（蓦开鲛箔）词。（后收入山东文献集成编纂委员会编：《山东文献集成》，山东大学出版社，2011 年）

詹安泰作《花外集笺注》。《自序》曰："碧山词，格高意远，类多咏物，寻绎甚难。又其生平，不见史传，考索匪易。是以往昔载笔，罕尝论及。终明之世，词话辈出，杂识尤繁。求其关于碧山之论述，片言只字，不可得也。有清一代，词学复兴，竹垞《词综》，于碧山词，多所选录。皋文所收，富于姜、史、梦窗之作，反见遗焉。自时厥后，《花外》一集，始见重视。保绪继起，既凿源派，标立四家，尊碧山为一宗，示学子以'问途'。于是倚声之士，几无不知有碧山矣。挽近名手，胎息碧山，为数至多。半塘、彊村，其尤著者（张尔田先生谓，半塘、彊村均得力于碧山）。顾碧山词，则迄无注本，讵非词林一大憾事哉？余以颛愚，粗闻雅音，于碧山词嗜之颇笃，研习之余，遇有疑滞，随笔札出。积时既多，割弃未忍，爰为之校注笺释。兹编所录，仅其一部，即专言寄托，间疏名物。其诸彩藻之注释、文艺之批评，有关旨要者，亦为屦入。昔人云：'作者未必然，读者又何必不然。'区区之心，窃本斯义。然仁智所见，未必从同。揣摩作意，或至傅会。蠡测管窥，固难抉其精微；掣笺染翰，庶有异乎抄胥云尔。"（后收入詹安泰：《詹安泰全集》第 3 册，第 301 页）

冯明权《且安居诗稿劫存》刊行。分七绝、七律、词等部分。书前有作者《自述》。

张寿镛《约园杂著》出版。书前有著者《自叙》，书后有其子女于民国二十五年（1936）六月所作《识》。著者《自叙》署曰："丙子夏五，约园识。"丙子年，为民国二十五年。据此，将该书编年系于 1936 年。《约园杂著》卷三有《梦窗词稿序》《梦窗词稿跋》。（该书后收入上海书店出版社 1992 年出版的《民国丛书》第 4 编；浙江古籍出版社 2019 年亦出版《约园杂著四编》，俞信芳整理）

陈柱《四十年来吾国之文学略谈》, 由交通大学出版社出版。共五章。其中,第四章"论词",有"文廷式""沈曾植""张尔田""陈洵""叶恭绰""杨玉衔""唐圭璋""夏承焘""汪兆镛""黄公渚""龙沐勋""易大厂""赵尊岳""陈柱自由词"小节。

顾宪融《填词门径》, 由上海中央书店出版。(后收入汪梦川主编:《民国诗词作法丛书》))

剑亮按: 本书分上、下两编。上编论作法。其中,"绪论"论述词与诗文及音乐的关系,第二章论词的形式,第三章论词的内容。下编论历代名家。按时代分为唐五代、北宋、南宋、金元明及清代五章,每章设有"总说",并列若干代表性词人词作。

【报刊发表】

《词学季刊》第 3 卷第 4 号《论述》栏目刊发:

龙沐勋《填词与选调》;

蔡嵩云《乐府指迷笺释引言》;

赵尊岳《惜阴堂明词丛书叙录》(续);

唐圭璋《柳永传》;

夏承焘《俞理初易安居士事辑后案》。

《专著》栏目刊发:沈茂彰《万氏词律订误例》。

《礼拜六》第 650 期刊发:周錬霞《虞美人》(新雅酒楼新开冷气)。(后收入刘聪著辑:《无灯无月两心知:周錬霞其人与其诗》,第 154 页)

《文艺月刊》第 9 卷第 2 期刊发:汪东《国难教育声中发挥词学的新标准》。中曰:"诗词正变,既是世道隆污、国势盛衰必然的结果。那么,我们今日谈词、作词,便该感觉到自身所处的地位环境是怎么样。虽然国家尚未至整个沦亡,而敌寇交侵,疆土日蹙,民生憔悴,纲纪不申。如果我们将内心底感触坦白地流露出来,纵然不当效法亡国之音,纯以悲哀为主,而怨怒之情,岂能强抑?包蕴着这种情感,不要说写出来的词,自然而然归之于变,便是读前人的词,也只有与我情感相同相类的,才格外容易字字打入心坎。周、柳的技巧确是最高的,而他的意境是安乐的,是欢愉的,虽未尝不作愁语,只是限于伤春、惜别、旅恨、闺情。要知道在周、柳的时代，本用不着无病呻吟，假使生于南渡以后，周、柳的意境，也决不止是如此。我们今日环境既与周、柳大异，倘再作歌颂升平之语，固是言不由衷；即专为伤离感旧之辞，也有点未暇及此。（若言近旨远，别有寄托，自然不在其内。）'男儿西北有神州，莫滴水西桥畔泪。'刘后村的两句话，正可以当我们今日的座右铭看。"

《文风月刊》第 2 期刊发：焦邑《当代词坛概况》。

剑亮按:《文风月刊》，月刊，1936 年创刊于上海，由正风学院文风社出版发行。1937 年终刊。

《语文文学专刊》第 1 卷第 1 期刊发：龙沐勋《论词谱》。

《艺文杂志》第 1 卷第 2 期刊发：吴梅《唐圭璋全宋词序》。

《艺文杂志》第 1 卷第 4 期刊发：唐圭璋《圭塘欸乃》。

《学术世界》第 1 卷第 6—12 期刊发：顾培懋《两宋词人小传》（续）。

《新苗》第 1 期刊发：介西《东坡词意境》。

剑亮按:《新苗》，半月刊，1936 年创刊于北京，由北京大学出版发行。1937 年终刊。

《暨南学报》第 1 卷第 1 期刊发：郑振铎《评图书集成词曲部》。

《艺文》第 1 卷第 4 期刊发：刘永缙《词林纪事补正》。

《文澜学报》第 2 卷第 2 期刊发：夏承焘《乐府补题考》。

《文学年报》第 2 期刊发：邓懿《纳兰词的几种作风》。

《文学季刊》第 2 期刊发：潘承弼《柳三变事迹考略》。

《江苏研究》第 2 卷第 9 期刊发：陆树楠《道咸以来的江浙词风》。

《中国文学会集刊》第 2 期刊发：蒋礼鸿《跋纳兰词》。（又见《秀州钟》第 15 期）

《中国文学会集刊》第 3 期刊发：

夏承焘《词迻》；

顾敦铩《李笠翁词学》。

《复旦学报》第 3 期刊发：

吴鹤琴《周邦彦及其词》；

方子川《性灵词人龚自珍》。

《国专月刊》第 3 卷第 1 期刊发：钱萼孙《梦窗词笺释序》。

《国专月刊》第 3 卷第 5 期刊发：阮真《评两宋词》。

《女师学院期刊》第 4 卷第 1、2 期刊发：王洪佳《清代词学》。（后收入孙克强、和希林主编：《民国词学史著集成补编》下卷，第 681 页）

剑亮按：该书共有四部分：一、绪论；二、清代词学复兴之原因；三、清代词学之特征；四、清代词学之概况。

《民族》第 4 卷第 2 期刊发：何格恩《龙川文集版本考》。

《学风》第 6 卷第 2 期刊发：宛敏灏《方岳与秋崖词》。

《学风》第 6 卷第 3 期刊发：宛敏灏《胡舜陟父子及汪晫祖孙》。

《学风》第 6 卷第 4 期刊发：宛敏灏《休歙十词人》。

《学风》第 6 卷第 7、8 期刊发：宛敏灏《二汪二朱及王炎》。

《河南政治月刊》第 6 卷第 8、9 期刊发：陈述《宋词元剧作者考略》。

《细流》第 7 期刊发：张骏骥《读清真词》。

《制言》第 8 期刊发：唐圭璋《全宋词跋尾续录》。

《文艺月刊》第 8 卷第 3 期刊发：圣旦《朱淑真的恋爱事迹及其诗词》。

《文艺月刊》第 9 卷第 5 期刊发：周幼农《辛稼轩与陶渊明》。

《制言》第 10 期刊发：潘承弼《盍宀群书校跋——瓢泉词》。

《国闻周报·采风录》第 13 卷第 4 期刊发：张公量《花间集评注》。

《国闻周报·采风录》第 13 卷第 29 期刊发：郭则沄《风入松》（夏夜露坐）。

《国闻周报·采风录》第 13 卷第 43 期刊发：《石州慢》（秋晚，涉园见篱畔残花，掩抑可怜，惓然赋之）。

《制言》第 16 期刊发：邵次公《周词订律序》。

《国光杂志》第 18 期刊发：周策纵《龚定庵的诗和词》。

《师大月刊》第 26 期刊发：叶鼎彝《唐五代词述略》（二）。

《师大月刊》第 26、30 期刊发：祝芳春《李清照词研究》（续）。

《正中校刊》第 36 期发表：松如《白荼斋说词》。

《知行月刊》第 1 卷第 5 期刊发：《胡主席最后遗作:〈浣溪沙〉词寄友易大厂》。

《扬中校刊》第 103 期刊发：曹寅亮《许莲荪君的诗词》。

【词人生平】

胡汉民逝世。

胡汉民（1879—1936），字展堂，广东番禺人。曾任国民政府主席。与冒鹤亭、龙榆生等唱和。有《不匮室诗余》。

李哲明逝世。

李哲明（1868—1936），字惺樵，号皈民，湖北汉阳人。曾任翰林院秘书郎，民国任清史馆协修。有《皈民词学》。

张茂炯逝世。

张茂炯（1875—1936），字仲清，号君鉴，别号忏庵，江苏吴县（今苏州市）人。与吴梅交好。官至盐政院总务厅厅长。曾入消夏词社。有《艮庐词》。

曾传轺逝世。

曾传轺（？—1936），字云馗，广东南海人。有《玉梦庵乐府》。

1937 年

（民国二十六年　丁丑）

1 月

1 日，《青鹤》第 5 卷第 4 期刊发：葆初《金缕曲》（九日，南音社集武昌凌霄阁秋禊，仲宣代拈酒字）、《疏影》（题《郢客词》）。

1 日，《凤唠月刊》第 1 卷第 4 期刊发：

希江《酷相思》（别后）、《一剪梅》（寄天香楼主人）；

智根《一剪梅》（秋思）；

国璋《浪淘沙》（江边晚景）。（后收入《民国珍稀短刊断刊·湖南卷》第 5 册，第 2260 页）

1 日（农历丙子年十一月十九日），吴梅作《秋宵吟》（月当头夕作，丙子）。（吴梅著，王卫民编校：《吴梅全集·日记卷》下，第 829 页）

剑亮按：该词为如社社课之作。其写作过程，词人 1936 年 12 月 30 日《日记》曰："九时余归，欲作《秋宵吟》未成。" 31 日《日记》曰："早作《秋宵吟》，得半首。" 1937 年 1 月 1 日《日记》曰："又将《秋宵吟》下半首续成。如下。"

5 日，《逸经》文史半月刊第 21 期刊发：大厂居士《守愚斋题画诗词残存录》，有《风流子》（鹃影图幅，依清真韵）、《风流子》（湖上有念）、《浣溪沙》（南阳小庐，绿菊）。

5 日，长沙集益学社《霞波》半月刊第 1 卷第 1 期刊发：彤云《浪淘沙》（感时）。（后收入《民国珍稀短刊断刊·湖南卷》第 25 册，第 12469 页）

9 日，夏承焘接张尔田函，谈沈寐叟词本事。曰："仆于寐叟，踪迹过从不似彊翁之密。又其门庭峻绝，亦不似彊翁和易近人。燕闲，既不轻道其生平，人亦未敢轻问。故其词事多未能尽知。尝记在海上出一卷词，嘱为删去小令两首。叟曰：'此词诚可去，但其本事颇欲存之。'问其事，亦不之言。又尝示以诗，满纸佛典。曰：'此诗子能为我笺注。'余阅之曰：'诗中典故，我能注出，但本意则不敢知。'叟笑曰：'此亦当然。本意本非尽人能知者。'举此二事，则笺注其词殆甚难也。"（夏承焘：《天风阁学词日记》，第 486 页）

剑亮按：1936 年 12 月 30 日，夏承焘曾致函张尔田，"求笺注庥叟词之隐事及僻典"（参见夏承焘：《天风阁学词日记》，第 484 页）。

13 日（农历丙子年十二月一日），吴梅作《减兰》（题《五清图》）、《减兰》（《鹭鸶临水图》）。（吴梅著，王卫民编校：《吴梅全集·日记卷》下，第 833 页）

14 日，夏承焘接唐圭璋函，告其《全宋词》已编成付印。夏承焘评曰："此不朽之业也。"（夏承焘：《天风阁学词日记》，第 488 页）

15 日，夏承焘谈其词学研究规划，"思以十年力成《词学史》《词学志》《词学考》三书"。（夏承焘：《天风阁学词日记》，第 488 页）

15 日（农历丙子年十二月三日），吴梅访汪东。记曰："访汪旭初，渠《解连环》已成。记之如下。"（吴梅著，王卫民编校：《吴梅全集·日记卷》下，第 833 页）

16 日，《青鹤》第 5 卷第 5 期刊发：

俞震《聘花媚竹馆宋词集联》（二）；

剑丞《映庵词》（七），有《满庭芳》（题汪璇甫《静寄庐写词图》）、《浣溪沙》（为吴湖帆题《隋董美人墓志铭》，即集铭字）、《摸鱼儿》（为高野侯题许玉年先生《孤山补梅图》）。

16 日，长沙集益学社《霞波》半月刊第 1 卷第 2 期刊发：益《庆春泽》（书感）。（后收入《民国珍稀短刊断刊·湖南卷》第 25 册，第 12493 页）

18 日（农历丙子年十二月六日），吴梅作《忏庵词续集跋》。记曰："又为廖凤老作《忏庵词续集跋》一首，文不好，不录。"（吴梅著，王卫民编校：《吴梅全集·日记卷》下，第 835 页）

20 日（农历丙子年十二月八日），吴梅作《词林丛录序》。记曰："为李生符中作《词林丛录序》，文虽不工，气机亦利，记如左。"（吴梅著，王卫民编校：《吴梅全集·日记卷》下，第 835 页）

20 日，《逸经》文史半月刊第 22 期刊发：大厂居士《守愚斋题画诗词残存录》，有《风入松》（画寿砺老）、《三部乐》（松鹤屏风寿老族兄道生夫妇，梦窗韵）、《齐天乐》（壬申岁旦，例成花朵，赠南）、《露华》（白牡丹，崇净也，依碧山）。

25 日，《湖南大学季刊》第 3 卷第 1 期刊发：

苍坡《沁园春》（变寿）；

璧《贺新凉》（容园雅集，分得更字）；

衣荷《金缕曲》（书怀）。

本月

张惠言著，董毅选录、曹振勋注《词选详注》，由北平君中书社出版。有注者《自序》。

2 月

1 日，《青鹤》第 5 卷第 6 期刊发：

夏敬观《映庵词话》（十三）；

鹤亭《疚斋词》，有《惜红衣》（用石帚韵，题《雁来红册》。册为汪莘伯先生旧在菊坡精舍，与梁节庵、陶子政、朱棣垞、杨叔□、易实甫、陈□阶、徐巨卿、石星巢、王子展、文芸阁暨先生弟憬吾倡和词，彦平世兄属为继声）、《唐多令》（再咏《雁来红》）。

5 日（农历丙子年十二月廿四日），《逸经》文史半月刊第 23 期刊发：大厂居士《守愚斋题画诗词残存录》，有"词录尾声"一则曰："孺应《逸经》君子之诏，录信意所作画之题诗与词残存稿，刊企世教，互数袭矣。诗尚未竟，词已馨焉。仍余与吕贞、陈蒙二公，年前合为之《寿楼春课画卷子诸倚声》，悉孺依宋精心谱撰，分赋群卉，亦颇有致。原思别为单行，或竟□存，兹取以殿是录，爰即作尾声视之可也。丙子长至，大厂识。"

词作有《锦帐春》（依丘宗卿，山茶）、《绣带儿》（依曾纯父，紫藤）、《胜胜令》（依曹功显，枇杷）、《越江吟》（依苏太简，莲）、《恋绣衾》（依赵汉宗，水仙）、《伊州三台》（依赵介之，萱）、《迎仙谷》（依史直翁，西瓜）、《恨来迟》（依王晦叔，黄菊）、《冉冉云》（依韩仲止，芭蕉）、《洛阳春》（依韦子骏，鸡冠）、《归国谣》（依刘会孟，葡萄）、《人月圆》（依张彦正，芝石）、《天门谣》（依李端叔，笋、莱菔、荸荠）、《楼上曲》（依张芦川，芍药）、《玉团儿》（依张功甫，兰）、《滴滴金》（依王景文，白菜）。词前有标题"寿楼春课画，大厂填词"。

5 日（农历丙子年十二月廿四日），吴梅评阅《翰怡勘书图》。评曰："早起阅

《翰怡勘书图》，方知为汪洛年手笔。徐仲可（珂）题《鹧鸪天》一词，翰怡亦题《买陂塘》一首，即写在画左。帧首为铁宝臣（良）书，学苏书而不能流走，吾未见为佳也。其他诗文，共三十三家，今列其名如左。"（吴梅著，王卫民编校：《吴梅全集·日记卷》下，第839页）

剑亮按：据吴梅《日记》，"三十三家"中，有况周颐词一首，其余均为诗。

10日，张素作《清平乐》（除夕）。（后收入张素：《南社张素诗文集》，第785页）

11日，汪曾武作《迎春乐》（丁丑元旦，寄词社同人，从屯田体）。（汪曾武：《趣园诗余·味莼词戊稿》，第3页。后收入朱惠国、吴平编：《民国名家词集选刊》第6册，第135页）

11日，邵章作《迎春乐》（屯田体，丁丑元旦，和鹣龛韵）。（邵章：《云淙琴趣》，第68页。后收入曹辛华主编：《民国词集丛刊》第7册，第411页）

11日，夏承焘致函吴梅，商榷白石歌曲旁谱指法。至26日，夏承焘接吴梅复函，谓"白石指法难得定论，译谱但书工尺为合阒疑之理"。（夏承焘：《天风阁学词日记》，第491、498页）

15日，刘永济作《思佳客》（丁丑元夕，山斋观校丁试灯，怅触儿时里居事，感赋）。（后收入刘永济：《诵帚词集 云巢诗存》，第43页）

16日，《青鹤》第5卷第7期刊发：

俞震《聘花媚竹馆宋词集联》（三）；

王易《稼轩词象序》；

伯驹《丛碧词》（十），有《摸鱼儿》（同南田韵，绮登万寿山）、《念奴娇》（无人庭院坠夜霜）、《蝶恋花》（眼底江山零落尽）。

20日，《逸经》文史半月刊第24期刊发：大厂居士《守愚斋题画诗词残存录》，有《天香》（黄牡丹，托禅也。依梦窗）、《阳春》（紫牡丹，示密也。依清夷）。

22日，夏承焘作《小重山》（丁丑感事）："心事东西沟水流，已春还愿夏，却成秋。待喷霜竹向层楼。斜河影，一片是离愁。 薄媚只宜勾软舞，更能翻几调，一篓篌。漫贪眉语错伊州。东家月，凝睇在高丘。"词后有自注："伊州，谓西北联俄也。上片谓和战之议不决，虚延数月。下片谓亲日与联俄。"（夏承焘：《天风阁学词日记》，第496页）

25日,夏承焘作《齐天乐》(咏沙罗密剧和展堂)。(夏承焘:《天风阁学词日记》,第497页)

25日,《国专月刊》第5卷第1期刊发:

吴养涵《红情》(校园红梅盛开,一树春风,胭脂欲滴。适新谱《红情》一阕,移以赠此);

郝肃仪《忆江南》(呻吟曲)。

25日,邵章作《望月婆罗门引》(丁丑上元,和遯斋元宵声韵)。(邵章:《云淙琴趣》,第68页。后收入曹辛华主编:《民国词集丛刊》第7册,第412页)

28日(农历一月十八日),如社社集。吴梅记曰:"夜,如社词集,匪石、木安值课,读社作十首,尽兴归。"(吴梅著,王卫民编校:《吴梅全集·日记卷》下,第853页)

28日,杨铁夫作《风入松》(丁丑正月十八日,离梓舍赴山作)。(杨铁夫:《双树居词》,第4页。后收入朱惠国、吴平编:《民国名家词集选刊》第8册,第564页)

28日,《越风》半月刊第2卷第2期刊发:陈霭麓《满江红》(黄山文殊院阻雨)、《念奴娇》(宿黄山□林精,寄人海上)。

本月

许文雨编著《人间词话讲疏》,由南京正中书局出版。为《国学丛刊》一种。

李勔编注《饮水词笺》,由南京正中书局出版。为《国学丛刊》一种。收词200余首。每首后有笺释。有叶恭绰、黄孝纾两人题扉页,后有纳兰容若二十小影、三十小影,并有纳兰容若手书词稿一页。卷首有龙沐勋《序》及夏承焘《题辞》。又有李勔《序》及张纯修《饮水诗词集序》,还有著者墓志铭、神道碑、小传、年谱、词评、丛录、遗著考略等。

剑亮按:李勔,据龙榆生《饮水词笺序》:"乐清李君志遐,曩岁游学沪上,从予治学特勤,先后为《花外》《饮水》二笺。既写定有年,稿毁于淞沪之乱。乱定,复理旧业,当先以《饮水词笺》初版行世。"又,夏承焘《天风阁学词日记》1936年2月28日:"接李勔函,催作《纳兰词笺序》,即草一编复之。"

王伯祥作《白雨斋词话题记》。曰:"丹徒陈亦峰(廷焯)撰。是书为圣陶自苏城冷摊所购赠。《丛刊》全目有七种,凡四册。此仅《白雨斋词话》两册,余

帙或尚未印出，或已分散，不可知已。虽抎失堪惜，而即此亦大足怡适，殊可珍
也。丙子腊月不尽十日，与雪村、叔琴夜饮甚快，饭后偶翻及之，因记所自如
此。容翁识于沪上沙泾寓庐之西窗。"（后收入王伯祥：《庋橡偶识》，第 41 页）

3 月

1 日，《青鹤》第 5 卷第 8 期刊发：

夏敬观《映庵词话》（十四）；

吴湖帆《联珠集》（二），有《瑞龙吟》（集宋人句，和周清真韵）、《金缕曲》
（集宋人句，《隋董美人墓志铭》）、《满江红》（集刘后村句，题李印泉先生《西山
访古记》）、《春风袅娜》（集宋人句，庭中红梅忽放绿华）；

秋岳《聆风簃词》，有《蝶恋花》（嚼尽红绒羞倚柱）、《蝶恋花》（骄马红尘
轻试酒）、《三姝媚》（剑知斋中三莲并蒂，笙伯为图，使予赋之，为和玉田此解）、
《三乐部》（叔雍岁首薄游金陵，适观大雪，约和清真）；

秋岳《无边华庵词》，有《南乡子》（喜人还京）。

1 日，《制言》第 36 期刊登《寄勤闲室词钞》出版预告。由金陵大学中国文
学会（左焕仁、陈华轩、宋家淇、王纪武、鲁佩兰、李英复、余济时、曾子宽）
编辑，制言半月刊社校印。

1 日，《五月》创刊号刊发：凝云《一剪梅》（有感）、《长相思》（长相思）
四首。（后收入《民国珍稀短刊断刊·江西卷》第 14 册，第 6648 页）

9 日，夏承焘接北京大学邓广铭函，谓《辛词笺》及《年谱》明年此时可成。
夏承焘评曰："此君用力至勤，所成必甚可观。"（夏承焘：《天风阁学词日记》，第
500 页）

10 日，夏承焘谈苏轼诗词。曰："东坡四五十时贬黄州，词比诗多且好；南
迁以后，则诗比词多且好。"（夏承焘：《天风阁学词日记》，第 500 页）

12 日，吴湖帆阅评清许宝善编《自怡轩词谱》。记曰："晚饭后，校阅《自怡
轩词谱》，凡句读上偶与韵无意之叶，彼俱注明，强作叶韵，此皆文人过作解事
之病。"（吴湖帆著，梁颖编校，吴元京审订：《吴湖帆文稿》，第 62 页）

15 日，《国专月刊》第 5 卷第 2 期刊发：徐兴业《如梦令》（相见才将几许）。

16 日，《青鹤》第 5 卷第 9 期刊发：

俞震《聘花媚竹馆宋词集联》（四）；

剑丞《映庵词》（七），有《还京乐》（庚午闰六月十四日立秋作）、《玲珑四犯》（暑枕听雨，感念长沙之乱，却寄妇弟）、《齐天乐》（题沈子培《山水图》）。

17日（农历二月五日），吴梅作《菩萨蛮》（题杨无补梅）、《浣溪沙》（黄皆令《岁朝春图》）、《阮郎归》（吴湖帆、潘静淑夫妇梅花卷）。（吴梅著，王卫民编校：《吴梅全集·日记卷》下，第859页）

剑亮按：前两首集白石句而作，词人记曰："归寓后，亦集白石句，得二词，此真见猎心喜也。复录之。"

19日，赵尊岳致函龙榆生，谓拟完成《词总籍考》。（张晖：《龙榆生先生年谱》，第82页）

19日（农历二月七日），吴梅评汪东词。曰："至文学院晤旭初，示我《引驾行》词，雅有柳七风格。录之。"（吴梅著，王卫民编校：《吴梅全集·日记卷》下，第860页）

20日，龙榆生作《玉阑干》（二月初八日大雪作，用杜安世声韵）。（后收入龙榆生：《忍寒诗词歌词集》，第55页）

21日（农历二月九日），潜社社集。吴梅记曰："下午至老万全，举行潜社，到十三人，题为《摸鱼子》（过旧贡院）。"（吴梅著，王卫民编校：《吴梅全集·日记卷》下，第861页）

23日，夏承焘作《浣溪沙》（空翠遥山不可名）。（夏承焘：《天风阁学词日记》，第502页）

25日，天津《益世报·读书周刊》刊发：邓广铭《辨陈龙川之不得令终》。

26日，夏承焘接邓广铭函，希望与其合撰《辛词笺》。（夏承焘：《天风阁学词日记》，第502页）

29日（农历二月十七日），吴梅作《引驾行》（述梦，次屯田韵）。记曰："早起作《引驾行》词，至十时毕。"（吴梅著，王卫民编校：《吴梅全集·日记卷》下，第864页）

30日，《越风》半月刊第2卷第3期刊发：夏瞿禅《摸鱼子》（廿五年二月廿七日，感东国昨夕事）。

本月

邵章作《寿楼春》（丁丑二月，赵剑秋七十寿）。（邵章：《云淙琴趣》，第68

页。后收入曹辛华主编：《民国词集丛刊》第 7 册，第 412 页）

《学术世界》第 2 卷第 4 期刊发：

邓邦达《蹇庵词》，有《□□□》（登滕王阁）、《山花子》（一鼓瑶琴感玉清）、《相见欢》（春城独自徘徊）、《相见欢》（离魂重渡河桥）、《相见欢》（断肠点点飞红）、《迈陂塘》（讶苍波）、《丑奴儿慢》（苍苔径掩）、《南歌子》（题龚蕴清女士络丝美人画帧）、《疏影》（夜宿僧寮，书寄姚璧垣）、《浣溪沙》（风信阑珊不肯晴）、《踏莎行》（澹日烘帘）、《水龙吟》（琴书瑟索天涯）、《扬州慢》（雨夜迟孙太狷梵云阁不至）、《浪淘沙》（人在郁金堂）、《唐多令》（容易日西斜）、《鹧鸪天》（题孙太狷所藏道、咸间秦淮名妓宫小婷画兰便面）、《水龙吟》（赠孙太狷）、《金缕曲》（赠潘和卿）、《卜算子》（人在别离时）、《金缕曲》（题金楚青《睿灵修馆集》）；

叶恭绰《惜红衣》（用白石体，题湖帆所藏《七姬权厝志》旧拓）、《石州慢》（夜气沉山）、《天香》（秋日，从憬吾丈处见罗浮仙蝶，属为题咏，久而未就。冬初，偶有所感，因成此阕。依东山体，用梦窗韵）、《木兰花慢》（竹山体，梦中得三句，因足成之。当时暮春伤逝之作也）、《虞美人》（为徐公肃题□□所书自作《美蓉诗》）；

张荃女士《齐天乐》（独立楼头，百感纷集，书此寄慨）。

罗芳洲《词学研究》，由上海中国文化服务社出版第 10 版。为《词学小丛书》之一种。分词源、乐府指迷、古今词论、论词杂著、人间词话、论词法 6 辑。序文写于 1933 年 5 月。

万树《词律》，由上海商务印书馆出版。为《万有文库》之一种。附录徐本立《词律拾遗》八卷及杜文澜的《词律补遗》一卷。

吕碧城《晓珠词》（卷三）刊行。为手稿影印。收词 26 首。前有著者写于 1937 年 3 月的《自记》。

薛建吾《中国文学常识》，由上海大华书局出版社发行。分两编。其中，第二编"历代文学之变迁"的第五章"词"，设第一节"词之由来"，第二节"词之沿革"，第三节"词作家略论"，第四节"词调之缘起"。

春，詹安泰作《醉蓬莱》（丁丑首春，归故山，和中仙）。（詹安泰：《无庵词》，第 27 页。后收入朱惠国、吴平编：《民国名家词集选刊》第 15 册，第 513 页。又收入詹安泰：《詹安泰全集》第 4 册，第 248 页）

春，蔡桢作《引嘉行》（丁丑季春，效屯田第一体）。（蔡桢：《柯亭长短句》卷上，第 10 页。后收入朱惠国、吴平编：《民国名家词集选刊》第 14 册，第374 页）

春，溥儒作《河满子》（丁丑暮春，送苍虬出关）。（溥儒：《凝碧余音》，第 8页。后收入朱惠国、吴平编：《民国名家词集选刊》第 15 册，第 185 页。亦收入毛小庆整理：《溥儒集》，第 478 页）

金天羽作《醉溪山》（自制曲，丁丑，杭州理安寺外，当九溪十八涧尾间入江处，春暮来游，赏花饮酒）。（金天羽：《红鹤词》，第 5 页。后收入朱惠国、吴平编：《民国名家词集选刊》第 10 册，第 455 页）

章柱作《鹊踏枝》（春暮，寄大法，时岁在丁丑）。（章柱：《藕香馆词》，第20 页。后收入朱惠国、吴平编：《民国名家词集选刊》第 16 册，第 203 页）

4月

1 日，《青鹤》第 5 卷第 10 期刊发：

夏敬观《映庵词话》（十五）；

吴湖帆《联珠集》（三），有《酹江月》（集辛稼轩句，题《清湘感旧图》）、《八声甘州》（集宋人句，题赵叔雍《罗浮梦》剧本）、《玲珑四犯》（集宋人句，慰张心秋）、《玉漏迟》（集吴梦窗句，柬庞京周）、《陌上花》（集宋人句，涤舸画桃花）、《桃源忆故人》（集宋人句，题自画《桃花小卷》）、《点绛唇》（集吴梦窗句，涤舸画樱桃）、《摸鱼儿》（集辛稼轩句，题《渔隐图》）。

1 日，《章氏国学讲习会学报》第 1 号刊发：

龙沐勋《令词之声韵组织》；

汪东《寄庵词录》（起戊辰，讫丙子），有《浣溪沙》（日日寻春到北湖）、《水调歌头》（为潘□庵题顾鹤逸《北固云山图》）、《洞仙歌》（与季刚晚步至古林寺，同作）、《探春慢》（寓楼对雪，颇动羁愁。季刚次玉田韵，先成此解，邀余同赋）、《金人捧露盘》（题湖帆所藏《隋董美人墓志》）、《虞美人》（后湖，与季刚连句）、《拜星月慢》（瘦竹通桥）、《点绛唇》（梦窗"明月茫茫"之词，为去姬而作也。季刚、小石忽有所感，各追和其韵，余亦继声）、《最高楼》（三月三十日春尽）、《虞美人》（登北极阁故址，今为气象台）、《琴调相思引》（闻□湘弟有鄂渚之行，病不得送。用贺方回韵成此，并寄敬之武昌）、《倾杯》（秦淮夜集，呈半樱及同社诸子）、《转应曲》（戏题屋后废沼，其旁叠石有佳者，盖拙政园故物也）、《倚风娇近》（南陌春迟）、《红林檎近》（春景方融软）、《山花子》（金谷空余陌土尘）、《太平时》（拟贺方回晚云高体）、《虞美人》（拟放翁）、《绕佛阁》（中夜不寐，有怀汉江诸弟，依梦窗声韵）、《减兰》（题马湘兰画兰卷子，湖帆所藏）、《诉衷情》（湖尾）、《女冠子》（双眉微斗）、《卜算子》（戏用辛稼轩小词韵，自题《哦松图》）、《卜算子》（从子、星伯见余和辛词而好之，因持所作《天风海涛》之图，乞用前韵）、《碧牡丹》（季刚殁后，欲述哀词，久而未就。今秋卧病经旬，追感旧游，始成此解）、《解连环》（和清真韵）、《水龙吟》（置身天半层楼）；

汤国梨《影观楼近稿》，有《点绛唇》（小院沉沉）、《点绛唇》（白露清霜）、《鹧鸪天》（孤雁）、《清平乐》（人间离别）、《荆州亭》（万种离情别绪）、《何满子》（谁向瑶台阆苑）、《浪淘沙》（独上小楼西）、《人月圆》（人间不少闲山水）、《菩萨蛮》（蹉跎过了芳菲节）、《菩萨蛮》（飘零莫自伤憔悴）、《菩萨蛮》（如今却忆青墩号）六首、《南歌子》（风雨满高楼）、《采桑子》（晚凉庭院轻罗薄）、《采桑子》（晚来风雨催残暑）、《采桑子》（药炉茶灶浑无赖）、《虞美人》（轻罗已薄更衣懒）、《卜算子》（菊蕊发东篱）、《临江仙》（乍雨还晴三月暮）、《临江仙》（辛苦天涯都是客）、《蝶恋花》（白露初生寒尚浅）、《蝶恋花》（怅望长河天欲黑）、《蝶恋花》（红尊将残人去后）、《蝶恋花》（垂老依然归计误）、《蝶恋花》（殢酒恹恹人闷损）、《蝶恋花》（夜迥楼高堪听雨）、《浣溪沙》（雾阁云窗面面开）、《浣溪沙》（瀑挂晶帘月挂钩）、《浣溪沙》（陌上遥闻缓缓歌）、《浣溪沙》（往事侵寻付奈何）、《浣溪沙》（骤雨才过月半明）、《浣溪沙》（离乱浮生似转蓬）、《浣溪沙》（雨过疏帘向晚晴）、《浣溪沙》（炉静微留药泽香）、《浣溪沙》（开到孤芳雪后姿）、《浣溪沙》（幽思撩人未许闲）、《浣溪沙》（杨柳阴阴覆寺桥）、《念奴娇》（重阳前二日，寄仲弟闽江）、《高阳台》（红褪池莲）、《高阳台》（风紧霜浓）、《满江红》（寄仲弟）、《陌上花》（归舟正好）、《满庭芳》（花映重门）。

剑亮按：《章氏国学讲习会学报》第 1 号，由《制言》第 37、38 期合刊而成。委员会由孙世扬、王乘六、诸祖耿、潘承弼、沈延国组成。

1 日，《五月》第 1 卷第 2 期刊发：袁学良《武陵春》（嫩绿新黄初带雨）。（后收入《民国珍稀短刊断刊·江西卷》第 14 册，第 6690 页）

5 日，张素作《菩萨蛮》（清明）。（后收入张素：《南社张素诗文集》，第 786 页）

6 日（农历二月二十五日），如社第十七次社集。吴梅记曰："晚至郭家巷，应仇亮卿之约，如社第十七集也。拈调得《卜算子慢》，菜用家厨，颇佳。"（吴梅著，王卫民编校：《吴梅全集·日记卷》下，第 868 页）

9 日（农历二月二十八日），吴梅作《减兰》（题璃华遗墨）。记曰："七时返。夜作一词一诗，皆诔孙璃华。孙为超然女弟子，不得于夫，抑郁死。"（吴梅著，王卫民编校：《吴梅全集·日记卷》下，第 869 页）

10 日，广州市立中山图书馆《书林》第 1 卷第 3 期刊发：罗香林辑《梅水诗余》之吴兰修词：《浪淘沙》（题张南山《海天霞唱词稿》）。（后收入《民国珍稀短刊断刊·广东卷》第 7 册，第 3416 页）

13 日，邵章作《金缕曲》（丁丑上巳，稷园修禊）。（邵章：《云淙琴趣》，第 69 页。后收入曹辛华主编：《民国词集丛刊》第 7 册，第 413 页）

13 日，张素作《清平乐》（禊日与子均豫园茗坐）。（后收入张素：《南社张素诗文集》，第 786 页）

15 日，《国专月刊》第 5 卷第 3 期刊发：

张尊五《东坡行史录》；

冯蕙心《虞美人》（他年回首成空事）；

童雷云《浣溪沙》（怨粉愁香一段痴）。

16 日，《青鹤》第 5 卷第 11 期刊发：

俞震《聘花媚竹馆宋词集联》（五）；

葆初《木兰花慢》（和郢客题《秦淮歌姬教战题名录》）；

释戡《解连环》（题黄公渚《墨谑顾画隐图》）。

18 日，夏承焘作《减兰》（丁丑暮春，来鉴湖小云栖募梅精舍）、《减兰》（谢梦白雪侯惠画）。（夏承焘：《天风阁学词日记》，第 508 页）

22 日，夏承焘接蔡嵩云南京来函，以及《乐府指迷笺释引言》。（夏承焘：《天风阁学词日记》，第 509 页）

23 日，李佩秋将《白石行实考》校勘稿送还夏承焘。李佩秋为该书稿校订二三十处。夏承焘评曰："此情感刻无地矣。"（夏承焘：《天风阁学词日记》，第 509 页）

25 日（农历三月十五日），潜社社集。吴梅记曰："饭后至万全，举行潜社，到常任侠、鲁佩兰、宋家淇、杨志溥、陈永柏、盛静霞、梁璆、陶希华、徐一藩、周法高、张乃香、刘润贤、彭铎、陈昭华十四人，独刘光华、陈维崧未至。课作为《齐天乐》题《黄瘿瓢芦雁图》。"（吴梅著，王卫民编校：《吴梅全集·日记卷》下，第 873 页）

30 日，张素作《浣溪沙》（可生四十五初度）。（后收入张素：《南社张素诗文集》，第 786 页）

30 日，《越风》半月刊第 2 卷第 4 期刊发：

刘麟生《齐天乐》（谷雨前一日，偕炽甫、飞琼游溪谷寺看花）；

无咎《念奴娇》（登扫叶楼，谒张睢阳像）。

本月

邵章作《金菊对芙蓉》（丁丑三月，俞陛青七十寿）。（邵章：《云淙琴趣》，第 69 页。后收入曹辛华主编：《民国词集丛刊》第 7 册，第 413 页）

《学术·文艺》栏目刊发：

姚楚英《念奴娇》（登枪城升旗山，坐电车而上）；

李素《忆旧游》（海棠）、《玉楼春》（夜来不管东风怨）、《满江红》（游普陀）、《浣溪沙》（无限相思有限身）、《浣溪沙》（有限年光无限情）、《浣溪沙》（月冷衾寒两地同）。（后收入《民国珍稀短刊断刊·江苏卷》第 18 册，第 8508 页）

胡山源《词准》，由上海世界书局出版。收夏承焘著《作词法》、舒梦兰辑《白香词谱》、成肇麟编《唐五代词选》、朱孝臧编《宋词三百首》《词莂》、戈载辑《词林正韵》。

徐兴业《清代词学批评家述评》脱稿于无锡国专。（后收入孙克强、和希林主编：《民国词学史著集成补编》下卷，第 653 页）

剑亮按：该书卷尾有作者附识"廿六年四月于无锡国专"，故编年于此。全书共四个部分：一、绪论；二、陈廷焯；三、谭献；四、王国维。

清彭孙贻《茗斋诗余》，由上海商务印书馆出版。为《国学基本丛书》一种。分二卷。末有清蒋光煦《跋》。

大庵居士《守愚斋题画诗词残存录》，由上海逸经社出版。有作者画数幅。

朱孝移《词释》，由保定协生印书局出版。选收唐宋词 20 首。附录《金圣叹批欧阳永叔词十二首》。

孙正祁《忆香词》，由上海仿古书店出版。收词 95 首。书前有著者小传及

《自序》。

陈三立为杨圻《江山万里楼诗词续钞》题辞，曰："才气之宏放，情思之邈绵，标格之高逸，浸淫骚雅，牢笼百态，洵无愧为挺出作者、名世盛业也。丁丑孟夏，散原老人陈三立读迄题记，时客故都，年八十有五。集中无言律，孤接襄阳，尤推胜绝。立附识。"（后收入陈三立著，潘益民、李开军注：《散原精舍诗文集补编·诗文补遗》，江西人民出版社，2007年，第340页）

吕碧城作《晓珠词自跋》，曰："予慨世事艰虞，家难奇剧。凡有著作，宜及身而定，随时付梓，庶免身后湮没。曩刊《晓珠词》即本此旨。时虽远客海外，未能校雠，版漶字讹，均未遑计。迩以旧刊告罄，索者踵接，无以应也。乃谋重锓，厘为三卷。初稿多髫龄之作，次旅欧之作，归国后，专以佉卢文字迻译释典，三载始竣。重拈词笔，月余得如干阕，即此卷也。手写新稿先付景印，将与前二卷合刊，俾成全璧。敝帚自珍，深愧结习之未蠲也。丁丑三月，吕碧城自记。"（吕碧城著，李保民笺注：《吕碧城词笺注》，第525页）

5月

1日，《青鹤》第5卷第12期刊发：剑丞《映庵词》，有《芳草渡》（啄饮地）、《芳草渡》（长至后一日，庸庵招作消寒会。忆去岁倦知居首，治具饬客，正是今夕。倏忽奄逝，遂逾十旬。方撤奠宾阶，行箙载路，公谱是调，以当挽歌。宋贤以伤逝命题，惟梦窗、龟翁下世后登研意《探春慢》一解。爰师其意，覆杯而吟。凄怆继声，非有佳韵）。

2日，杨铁夫作《长亭怨慢》（丁丑生日作）。（杨铁夫：《双树居词》，第5页。后收入朱惠国、吴平编：《民国名家词集选刊》第8册，第566页）

剑亮按：杨铁夫生于清同治年八年（1869）5月2日，故将此词编年于此。

5日，缪钺致函龙榆生，评龙榆生词作。中曰："日前在《国闻周报》中得读大作和元遗山韵《鹧鸪天》词三首。深婉醇至，殆伤感不匮室主之作耶？"（后收入缪钺著，缪元朗整理：《冰茧庵论学书札》上，第6页）

剑亮按：《冰茧庵论学书札》收入时，有注曰："原载张晖《龙榆生先生年谱》卷二，学林出版社2001年5月版，第82页。系于1937年。又见龙沐勋等著，张寿平辑释《近代词人手札墨迹》（中），（台北）'中央研究院'中国文哲研究所2005年11月版，第552页。张寿平按：'此民国二十六年五月五日札。'"

又按：龙榆生《鹧鸪天》（和元遗山薄命妾辞）三首。其一："冷雨凄风暗画楼，惊飞海燕落南州。山头黛共双眉蹙，陌上蓬飘两鬓秋。　情更苦，泪恒流。年年赚得为花愁。海棠容有轻阴护，尽自飘零也罢休。"其二："赢得伤心画不成，更于何处忏多生。深宵自数更长短，大道愁看客送迎。　莺历历，水盈盈。轻颦浅笑若为情。个人无奈先朝露，忍听残蝉曳尾声。"其三："暗数君恩本自深，画堂闲锁昼阴阴。宫砂点臂痕犹湿，纨扇迎秋恨怎禁。　惊雾重，怅更沉。只余魂梦苦追寻。分明留得前情在，一纸书来抵万金。"

15 日，吴湖帆抄录明陈继儒题扇词。记曰："又获见陈眉公书扇，有《渔家傲》词，因录于下：'笠泽茫茫青不了，篷儿如扇船如乌。两岸芙蓉枫叶早，闲更悄，白鸥数点还嫌闹。　酒具寻常真草草，道人只爱茶炉小。活水快风波浪少，山月晓，渔童拍手英雄老。'"（吴湖帆著，梁颖编校，吴元京审订：《吴湖帆文稿》，第 79 页）

15 日，《国专月刊》第 5 卷第 4 期刊发：张尊五《东坡行实录》（续完）、《东坡文学》。

15 日，《虞社》第 226 期刊发：

醉樵《蝶恋花》（香国百咏）；

孙颂陀《春水词自序》，曰："余非曰能赋，颇好倚声。旧作已附存于《箫心剑气楼诗存》。五十以后续有所作，得若干首，名《春水词》，以示余友。友曰：'古人有以春水名词者，子未知见耶，胡不避雷同之嫌耶？'余曰：'同者其名，不同者其实。古人先得我心，并存庸何伤！'噫！良辰不再，春去无端，来日大难，人间何世。谓春水有情耶，东流到海，逝矣年华。谓春水无情耶，南浦送君，伤哉离别，落花水面，莫问升沉。明月波心，无从捉摸。江关愧余，萧瑟沧海，任其横流。虫经秋而谁语，哀怨偏多；蚕自缚兮堪怜，缠绵无尽。唱到铜琵琶铁板，自知逊此豪情；比诸残月晓风，已落寻常词境。读余词者，勿谓一池吹皱，何事干卿，而遂以词律相绳也"；

俞翳尹《念奴娇》（《春水词》题词）；

强小竞《南浦》（《春水词》题词）；

陈瘦愚《满庭芳》（二十五年十二月六日，移居财务委员会内余屋。此地旧为典史署，经改建，颇弘敞。宋时朱松尉尤溪遗址也。晦翁手书"韦斋旧治"四大字泐于石。余眷属初来寓县府来青轩者年余，赁屋于升平坊者半载，今三迁矣，故词中并及之）、《法曲献仙音》（去冬，奉贤朱遯叟丈重宴鹿鸣，并八秩大庆。敬填此解，藉以补祝）；

花病鹤《疏影》（江亭日暮）、《高阳台》（王栖霞以黄昏词寄示，为填此解和之）；

徐渊如《点绛唇》（明儿入藏，行次西宁，航空来函，却寄）；

胡癯鹤《柳梢青》（安定闺秀三十矣，拟为之作寒修，扣其意，不以谓然，盖欲证菩提侍母以终焉，嘉其志，为填是解）、《踏莎行》（不是悲秋）、《眼儿媚》（楼台倒影碧波涵）；

陆醉樵《大江东去》（题张进人《松窗听鹤集》）；

陆孟芙《高阳台》（赠沈玉英女弹词家）；

林华《蕙兰芳引》（朱母王太夫人挽词）。（后收入曹辛华、钟振振选编：《清末民国旧体诗词结社文献续编》第 38 册，第 31 页）

16 日，《青鹤》第 5 卷第 13 期刊发：

俞震《聘花媚竹馆宋词集联》（六）；

释戡《水调歌头》（为黄荫亭题《瀛槎重泛图》）；

榆生《西江月》（寿右任先生六十）。

20 日，天津《天风报》刊发：郑□□《卜算子》（题《春风梦回记》）。

剑亮按：报刊版面为："苍虬老人手录郑苏戡先生所题刘云若著《春风回梦记》说部词稿。《卜算子》（书戡题《春风回梦记》）：矢死妾不辞，共命郎难舍。取道杨花逐水流，未是知音者。　短梦苦懵腾，长恨空摹写。花落春归骨亦销，莫更闲愁惹。苍虬阁手抄。"

又按：刘云若，天津人，小说家。民国时，天津许多报刊连载其小说。据刘云若《待起楼诗稿》，郑□□为其《春风梦回记》题写此词，为郑□□现存唯一一首词作。该词发表时，郑□□在长春伪满洲国任伪职。

27 日，天津《益世报·读书周刊》刊发：邓广铭《朱唐交忤中的陈同甫》。

本月

《卫星》杂志第 1 卷第 4 期刊发：夏承焘《摸鱼子》（感东国往岁事）。

《今虞琴刊》刊发：黄花瘦《百字令》（忆彭七祉卿弹琴，却寄）。

《新学校刊》第 5 期刊发：易经香《清平乐》（西山夏日）。（后收入《民国珍

稀短刊断刊·天津卷》第 21 册，第 10495 页）

陈乃乾编辑《清名家词》（1—10 册），由上海开明书店出版。所收起自李雯《蓼斋词》，止于王国维《观堂长短句》，共 100 家。卷首有叶恭绰、赵高岳、龙沐勋等人之《序》《题辞》。每集前有作者简介及序。

龙榆生选注《唐五代宋词选》上、下册，由上海商务印书馆出版。（张晖：《龙榆生先生年谱》，第 83 页）

6 月

1 日，《青鹤》第 5 卷第 14 期刊发：

夏敬观《映庵词话》（十六）；

吴湖帆《联珠集》（五）；

讱庵《金缕曲》（丁丑上巳，鹣庵、蛰云招集稷园修禊，以先期赴阳台探杏，不克与会。归次闰老原韵）；

秋岳《百字令》（和□□先生春暮郊行）。

4 日，吕碧城作《八声甘州》（丁丑阳历六月四日，为予十年前卜居瑞士雪山之始。感旧伤时，漫成此解）。（吕碧城：《晓珠词》，第 54 页。后收入朱惠国、吴平编：《民国名家词集选刊》第 13 册，第 396 页）

5 日（农历四月廿七日），如社第十八次社集。吴梅记曰："今日为如社十八集，由林铁尊、唐圭璋值课。而词尚未作，因尽半日力成之。《卜算子慢》：'江城一带，春树万家，极目采兰天远。碧草晴波，载尽画船歌扇。重看，白头人苦恨韵华短。问故国风花，可惜王侯第宅都换。　古柳斜阳馆，但静坐听钟，客尘先浣。六代云山，黍梦废兴谁管。轻暖，正幽栖地僻衣冠懒。又芳节樱桃荐食，对南洲浩叹。'……晚赴如社，交前词，晤旭初、亮卿、彀素、嵩云、匪石等。匪石以末韵'浩叹'之'浩'字，应平，据柳词为证，且言子野'湖城那见'之'那'，当作平读，余未敢从也。"（吴梅著，王卫民编校：《吴梅全集·日记卷》下，第 886 页）

6 日，夏承焘作《减兰》（六月五日，之江成业诸友生招饮九溪十八涧，尽欢醉归。二十余年，未尝有此也）。（夏承焘：《天风阁学词日记》，第 518 页）

13 日，邵章作《浣溪沙》（丁丑端阳，题钟进士《歌舞图》付锐）。（邵章：《云淙琴趣》，第 69 页。后收入曹辛华主编：《民国词集丛刊》第 7 册，第 414 页）

13 日，夏承焘作《柳枝词》(年芳已在鸠声中)、《柳枝词》(垂垂雨雪一春愁)、《摸鱼子》(送刘子植赴日本结婚)。(夏承焘:《天风阁学词日记》, 第 519 页)

13 日，杨铁夫作《苏武慢》(丁丑端节)。(杨铁夫:《双树居词》, 第 8 页。后收入朱惠国、吴平编:《民国名家词集选刊》第 8 册, 第 572 页)

14 日，夏承焘接世界书局寄《词准》。《词准》将夏承焘《作词法》、龙榆生《唐五代词选》、朱彊村《宋词三百首》《词荟》、舒氏《白香词谱》、戈氏《词林正韵》合为一编, 胡山源编。(夏承焘:《天风阁学词日记》, 第 520 页)

15 日，《国专月刊》第 5 卷第 5 期刊发: 高树《烛影摇红》(三载屠龙)。

15 日，《虞社》第 227 期刊发:

韩道明《沁园春》(题《香国百咏》);

孔宪铨《台城路》(荔湾小集，以渔洋《广州绝句》分韵，得路字。旧地重游，竟已隔岁矣);

陈世宜《还京乐》(画帘卷);

朱遽叟《浣溪沙》(悼常熟朱母王太夫人);

周企言《临江仙》(和吴兴朱古微，次原调韵) 二首;

鲍香萍《鹧鸪天》(中秋望月);

胡瘭鹤《青玉案》(贺景虞砚兄重赓燕好);

陆醉樵《钟声花影词》。(后收入曹辛华、钟振振选编:《清末民国旧体诗词结社文献续编》第 38 册, 第 85 页)

剑亮按: 陆醉樵《钟声花影词》收录《好事近》二十首。题首有《小序》曰: "乙丑旧作。筱金钟，金闾名校书也。丰姿娟楚，雅具可人之致。甲子冬杪，寄居虞麓，枇杷花下，一见倾心。檀板金尊，颇多韵事。乙丑四月，仍返苏台，回忆前尘，重寻旧梦，谱得《好事近》二十四阕，书赠锦屏，以留纪念。虽绮业未除，不免为法秀所诃。然写情而不著迹，要亦无伤于大雅也。"

16 日，《青鹤》第 5 卷第 15 期刊发:

俞震《聘花媚竹馆宋词集联》(七);

秋岳《浣溪沙》(眼熟吴江路七程)、《临江仙》(已褪梅风寒未了);

公渚《浣溪沙》(和释戡见寄之韵)。

16 日，《制言》第 43 期刊发: 龙沐勋《卢冀野〈饮虹乐府〉序》《〈中兴鼓吹〉跋尾》。

17 日，天津《益世报·读书周刊》刊发：苦水《读词谑》。

18 日（农历五月十日），吴梅为汪辟疆词集题跋。吴梅记曰："为辟疆题《菊庄词》小跋数十字，不录。"（吴梅著，王卫民编校：《吴梅全集·日记卷》下，第900 页）

25 日，夏承焘作《浣溪沙》（题相人《耦耕填词图》）。（夏承焘：《天风阁学词日记》，第 524 页）

本月

林葆恒作《六丑》（丁丑六月，感时抚事，寄京津诸友）。（林葆恒：《瀼溪渔唱》，第 45 页。后收入朱惠国、吴平编：《民国名家词集选刊》第 9 册，第467 页）

《南昌女中》第 5、6 期合刊刊发：刘峻《忆江南》（偶成）、《踏莎行》（秋江晚眺）、《西江月》（秋感）。

《新学校刊》第 6 期刊发：王维祺《南歌子》（一夜萧萧雨）、《蝶恋花》（夜已五更犹未睡）。（后收入《民国珍稀短刊断刊·天津卷》第 21 册，第 10534 页）

薛若砺《宋词通论》，由上海开明书店出版。七编二十七章。其中，第一编"总论"，有第一章"作家及其词集"，第二章"宋词中所表现的一个宋代社会素描"，第三章"宋词作风的时间分剖"，第四章"北宋与南宋词风的一般比较和观察"，第五章"宋代乐曲概论"。第二编"宋词第一期"，有第一章"晏欧以前的作家"，第二章"北宋初期四大开祖"，第三章"一般作家"。第三编"宋词第二期"，有第一章"柳永时期的意义与五大词派的并起"，第二章"一般作家"。第四编"宋词第三期"，有第一章"集大成的周邦彦"，第二章"天才的徽宗赵佶与最大女词人李清照"，第三章"一般作家"。第五编"宋词第四期"，有第一章"颓废的词人"，第二章"愤世的诗人"，第三章"柳永的余波"。第六编"宋词第五期"，有第一章"风雅派（或古典派）的三大导师"，第二章"一般附庸作家"，第三章"辛派词人"。第七编"宋词第六期"，有第一章"南宋末期三大作家"，第二章"一般附庸作家"，第三章"哀时的诗人"。

夏，吕碧城作《晓珠词自跋》，曰："年来潜心梵文，久辍倚声。由欧归国后，专以佉卢文字逐译释典。三载始竣，形神交瘁。乃重拈词笔，以游戏文章息养心力。顾既触凤嗜,流连忘返,百日内得六十余阕。爰合旧稿,厘为四卷。草草写定,从今搁笔。盖深慨夫浮生有限,学道未成。移情夺境,以词为最。风皱池水,狎而玩之,终必沉溺,凛乎其不可留也。至若感怀身世,发为心声,微辞写忠爱之忱,《小雅》抒怨悱之旨,弦歌变徵,振作士气,词虽末艺,亦未尝无补焉。予惟避席前贤,倒屣来哲,作壁上观可耳。丁丑孟夏,圣因再识。"(吕碧城著,李保民笺注:《吕碧城词笺注》,第 527 页)

夏,蔡桢作《庆春宫》(丁丑孟夏,同贡禾谒李文洁公墓。望祠堂不能至,怆然赋此,并简晋丞章门)。(蔡桢:《柯亭长短句》卷上,第 11 页。后收入朱惠国、吴平编:《民国名家词集选刊》第 14 册,第 375 页)

夏,林鹍翔作《水调歌头》(丁丑夏五,菊坡以朱画钟馗见贻。戏题此解,以供奉半樱宧中)。(林鹍翔:《半樱词续》卷二,第 14 页。后收入朱惠国、吴平编:《民国名家词集选刊》第 9 册,第 291 页)

7月

1 日,《青鹤》第 5 卷第 16 期刊发:

夏敬观《映庵词话》(十七);

吴湖帆《联珠集》(六),有《凉州令》(集晏小山句)、《淡黄柳》(集宋人句)、《花心动》(集吴梦窗句,西泠感怀)、《西子妆》(集吴梦窗句,泊舟三潭印月听箫声)、《水龙吟》(集宋人句)、《八宝妆》(集张蜕岩句)、《洞仙歌》(集周美成句,白莲);

伯驹《丛碧词》,有《高阳台》(西湖春感)、《浣溪沙》(重九香山登高)、《清平乐》(诸暨至金华道中)、《金缕曲》(别故都)、《疏影》(咏梅,用白石韵)。

15 日,《虞社》第 228 期刊发:

蛰公《满庭芳》(题《香国百咏》);

周企言《沁园春》(和卜词英咏汪八校书)、《醉花阴》(咏蝶);

孔宪铨《祝英台近》(红棉花下作);

庞独笑《瑞龙吟》(春老花飞,恹恹病矣,旅窗枯坐,荒寂可念,效梦窗体)、《解连环》(送佛士赴沈阳);

胡瘿鹤《转应曲》(红豆);

林实馨《青衫湿》(题翟悔尘女生绘《远浦归舟》)、《人月圆》(夏夜,同内子梅君赏月北海，倚吴彦高韵）；

　　俞憩园《踏莎行》（乙亥三月，暮雨溟濛，步行无锡公园）；

　　陈瘦愚《解语花》（题轶尘社兄所辑《香国百咏》）；

　　俞安之《瑞鹧鸪》（题《月下清砧图》）。（后收入曹辛华、钟振振选编：《清末民国旧体诗词结社文献续编》第 38 册，第 145 页）

　　16 日，《青鹤》第 5 卷第 17 期刊发：

　　云史《青玉案》（二月二十日，闰枝丈、璱青兄招饮词集。是日游北海）、《青玉案》（二月二十三日，春雨如膏，明日游北海看杏花，饮于春雨林塘水殿）；

　　心盦《诉衷情》（寄苍虬）、《金明池》（春日观花，忆西山草堂偶作）。

本月

　　吴梅作《〈乐府指迷笺释〉序》。中曰："往岁辛未，嵩云著《词源疏证》成。余既序而行世矣。今岁丁丑，又成《乐府指迷笺释》。郑重故人，一言弁首……《词源疏证》为已学者正歧讹。此书笺释，为初学者端趋向。二书卓立，炳耀天壤，吾敢决其必传焉。丁丑六月，吴梅叙。"（后收入张响整理：《蔡嵩云词学文集》，第 97 页）

　　《清华学报》第 12 卷第 3 期刊发：俞平伯《周词订律》书评。（后收入俞平伯：《论诗词曲杂著》，第 679 页，题目易为《〈周词订律〉评》）

8 月

　　7 日，夏承焘接陆丹林寄来吕碧城《晓珠词》。（夏承焘：《天风阁学词日记》，第 530 页）

　　12 日，龙榆生作《虞美人》（丁丑七夕，退庵招集上海寓庐，为李后主忌日千年纪念。鹤亭翁先成此曲，依韵和之）、《临江仙》（七夕，大厂用后主原韵倚此曲，率尔继声。时海氛方炽，仓皇杯酒，正似当年也）。（龙榆生：《忍寒词》之乙稿《忍寒词》，第 2 页。后收入朱惠国、吴平编：《民国名家词集选刊》第 15 册，第 432 页。亦收入龙榆生：《忍寒诗词歌词集》，第 56 页）

　　12 日，吴湖帆应冒鹤亭之约为李后主千岁周辰作《虞美人》（宫罗延月承平事）。记曰："七夕（十二日）退翁约饭，为李后主千年周辰，是日适沪市紧张，翌辰即开火。是晚，冒鹤翁填《虞美人》词索和，退翁等皆有也（略）。风云紧

张到如此，勉强制词，真是不知所云矣。"（吴湖帆著，梁颖编校，吴元京审订：《吴湖帆文稿》，第 105 页）

13 日，卢前作《浣溪沙》（八月十三日敌复犯我上海）、《浣溪沙》（不辨雷声与炮声）。（后收入卢前：《卢前诗词曲选》，第 127 页）

30 日，《宇宙风逸经西风》第 1 期刊发：周味山《宋人文学中的国难词》。中曰："词以有宋一代为最盛，国难亦以有宋一代最甚。虽然以体制的关系，当时人之写述国破家亡之惨状的多以诗，而不多以词。处在这种时代环境之下，自然人们会不恤打破'晓残风月'的藩篱，来作'黍离''麦秀'之悲歌的，何况东坡已早开豪放一派之风呢？如是我们在宋代作家的词里，也是找得到慷慨悲歌和其国难文献了。"

剑亮按：《宇宙风逸经西风》，旬刊，1937 年创刊于上海，为《宇宙风》《逸经》《西风》在非常时期的联合旬刊，随三刊原渠道发行。当年终刊。

又按：本期刊有一则"征文启事"，曰："沪战爆发，前线将士浴血抗敌，后方民众为国牺牲，悲壮热烈，绝于人寰，本刊深盼能得火线将士战地难民身受目击之实在记述，文字工拙，在所不计。稿请寄愚园路愚谷村二十号。"

本月

夏承焘作《虞美人》（丁丑秋期，叶遐庵在沪，集词流为李后主作千年周忌。读榆生词感赋）。（吴无闻：《夏承焘教授纪念集》，第 238 页）

汪兆镛作《减字木兰花》（丁丑七月，辟地澳门，偕沧萍过普济禅院，憨山、天然、澹归、迹删、石濂诸名僧遗墨，藏弆阅三百年矣）。（汪兆镛：《雨屋深灯词》，第 6 页。后收入曹辛华主编：《民国词集丛刊》第 7 册，第 38 页）

谢觉哉自兰州将所作之词寄妻子何敦秀。记曰："寄敦秀《望江南》数阕：'家乡好，屋小入山深。河里水清堪洗脚，门前树大好遮阴，六月冷冰冰。''家乡好，吃得十分香。腊肉干鱼煎豆腐，细茶甜酒嫩盐姜，擦菜打清汤。''家乡好，一个老婆婆。园里栽树兼扯草，庭前扫地又烧锅，喂只大肥猪。''家乡好，时序快如风。两岁笠儿能写信，张胡子已做公公，多少个儿童。''家乡好，何日整归鞭。革命已成容我还，田园无恙赖妻贤，过过太平年。'春初因未得家信，词询谷谦：调寄《菩萨蛮》：'堤柳庭篁永苍碧，勺园双井都陈迹。册载记依稀，远游人未归。 未必便桑海，只愁颜色改。梦魂幻也真，驰书问比邻。'焕南。"（谢

觉哉著，谢飞编选:《谢觉哉家书》，生活书店出版有限公司，2015 年，第 19 页）

9 月

9 日，蔡元培记中央社关于高校迁徙新闻。曰:"又载中央社南京八日电：教部决定在湘、陕设两临时大学，师资设备，长沙方面以南开、北大、清华等校为基干；西安方面以平大、师大、北洋工学院等为基干。并派张伯苓、蒋梦麟、梅贻琦、杨振声、胡适、何廉、周炳琳、傅斯年、朱经农、皮宗石等为长沙临时大学筹委。徐诵明、李蒸、李书田、童冠颜、陈剑修、周伯敏、辛树帜为西安临大筹委。筹委会已决定，除以上平津校院原有学生外，并酌收一部分他校借读生及若干新生云。"（蔡元培著，王世儒编:《蔡元培日记》下，第 503 页）

10 日，《宇宙风逸经西风》第 2 期刊发：凤侣《关于黄秋岳》文。中曰:"黄璿，别字秋岳，一字哲维。曾在京师大学堂读书，人极聪明。后来在北京办报，也有相当地位。因为他做旧体诗文很有功夫，和一般诗人词客都有往来，且得名甚早，在十六七岁的时候，许多老诗人对他都看做后起之秀。汪辟疆的《光宣诗坛点将录》，是用'地佑星赛仁贵郭盛'来比拟他。并说:'秋岳诗工甚深，天才学力，皆能相辅而出。有杜、韩之骨干，兼苏、黄之诙诡。其沉著隐秀之作，一时名辈，无以易之。近服膺散原，气体益苍秀矣。'这几句话批评得很的当，也可知他在诗坛的地位了。"

11 日，夏承焘与周季纶相会，谈张伯驹及其词。周季纶"以中州张伯驹《六州歌头》（登天都）词见示，写作皆佳。南京盐业银行经理，有《丛碧词》"。（夏承焘:《天风阁学词日记》，第 534 页）

20 日，吴湖帆作《临江仙》（稀星明月秋空里）。记曰:"前日遐庵丈嘱和后主《临江仙》，搁置数日未有题，兹以'九·一八'与中秋两夜所历空战为义，词云（略）。"（吴湖帆著，梁颖编校，吴元京审订:《吴湖帆文稿》，第 121 页）

本月

卢前作《满江红》（平型关大捷）。（后收入卢前:《卢前诗词曲选》，第 131 页）

剑亮按：平型关大捷发生在 1937 年 9 月，故将此词编年于此。

林葆恒作《甘州》（丁丑八月，沪乱方亟，伯玉兄出其尊甫几道丈《江亭饯别图》属题，为填是解）。（林葆恒:《瀼溪渔唱》，第 45 页。后收入朱惠国、吴

平编:《民国名家词集选刊》第 9 册，第 468 页）

秋，龙榆生作《虞美人》（丁丑秋日，寄怀孟劬先生燕京）。（龙榆生:《忍寒词》之乙稿《忍寒词》，第 2 页。后收入朱惠国、吴平编:《民国名家词集选刊》第 15 册，第 431 页。亦收入龙榆生:《忍寒诗词歌词集》，第 55 页）

秋，唐圭璋作《虞美人》（丁丑秋，避乱真州）。（唐圭璋:《雍园词抄》，民国三十五年［1946］铅印本，第 64 页。后收入朱惠国、吴平编:《民国名家词集选刊》第 15 册，第 389 页）

秋，詹安泰作《天香》（丁丑新秋，为陈寥士题《单云阁图》）。（后收入詹安泰:《詹安泰全集》第 4 册，第 249 页）

秋，邵章作《洞仙歌》（丁丑九秋，讯徐森玉岳麓虎岑堂）。（邵章:《云淙琴趣》，第 69 页。后收入曹辛华主编:《民国词集丛刊》第 7 册，第 414 页）

10 月

10 日，《呐喊》第 5 期刊发：叶圣陶《木兰花》（红蕉书来）。（后收入《民国珍稀短刊断刊·上海卷》第 21 册，第 10197 页）

12 日，张尔田作《满江红》（丁丑重九，感赋）。（张尔田:《遯庵乐府》卷下，第 11 页。后收入朱惠国、吴平编:《民国名家词集选刊》第 11 册，第 241 页）

12 日，陈曾寿作《鹧鸪天》（丁丑九日次憺仲韵）。（后收入陈曾寿著，张彭寅、王培军校点《苍虬阁诗集》，第 388 页）

16 日，醒狮文艺社《醒狮》半月刊第 1 卷第 2 期刊发：雨人《满江红》（为征兵作）。（后收入《民国珍稀短刊断刊·湖南卷》第 30 册，第 14688 页）

剑亮按:《醒狮》，半月刊，1937 年创刊于湖南长沙，由醒狮文艺社出版发行。当年终刊。

16 日，《救亡》第 1 卷第 2 期刊发：孙澄宇《鹧鸪天》（感时）。（后收入《民国珍稀短刊断刊·福建卷》第 6 册，全国图书馆文献缩微复制中心，2006 年，第 2825 页）

23 日，林葆恒作《南楼令》（丁丑重九）。（林葆恒:《瀼溪渔唱》，第 46 页。后收入朱惠国、吴平编:《民国名家词集选刊》第 9 册，第 469 页）

23 日，《救亡》第 1 卷第 3 期刊发：孙澄宇《台城路》（秋夜旅怀）。（后收入《民国珍稀短刊断刊·福建卷》第 6 册，第 2838 页）

26 日，吴梅致函夏承焘。中曰："承询词乐蜕化为曲，此本自然之理，但旧籍皆不载蜕化之迹。弟前读《董西厢》，略有所悟，愿呈酌择焉。董词所用《哨遍》《醉落魄》《点绛唇》等等，固与词同；即创调如《文序子》《倬倬戚》《甘草子》等（备载《燕乐考原》），亦概用双叠，与词无异；亦间有三叠者（词亦有《秋宵吟》《瑞龙吟》等），与元人套剧之单用前叠迥然不同，此足证歌法与词不甚相远也。又南北词中，如《浪淘沙》《风入松》二谱，较普通唱法大异，其声低咽幽怨，与昆腔绝不相类。弟尝谓宋词谱之存于今者，或仅余此二调。他若南词中借作引子者，皆非词腔，可勿论也。总此二端，是词曲递嬗之迹，虽不甚可考，而尚留一二支为后人研讨之地，或可佐足下一篑也。"（后刊发于《文献》1980 年第 4 辑）

28 日，夏承焘作《水调歌头》（廿六年中秋，南北寇讯方亟，和榆生）。（夏承焘：《天风阁学词日记》，第 544 页）

30 日，浙江大学《国命旬刊》第 3 期刊发：柳诒徵《江南好》（民国廿六年八月十八日夜十二时，避敌山洞，月色皓然。仰视碧天银汉，我机上下飞腾，赋二小词）。其一："空军好，云汉任翱翔。保障封疆三万里，歼除敌舰几重洋。一弹赭扶桑。"其二："空军好，神武胜鹰扬。但抱丹心冲斗极，不愁碧血溅沙场。姓字万年香。"（后收入《民国珍稀短刊断刊·浙江卷》第 2 册，第 872 页）

本月

张尔田作《满庭芳》（丁丑九月，客燕京，书感）。（张尔田：《遯庵乐府》卷下，第 12 页。后收入朱惠国、吴平编：《民国名家词集选刊》第 11 册，第 243 页）

卢前作《满江红》（谢晋元团附杨瑞符营长共死守闸北据点者八百士）。（后收入卢前：《卢前诗词曲选》，第 132 页）

剑亮按：1937 年 10 月，谢晋元率领中国军队八十八师五二五团掩护主力部队撤退，在上海苏州河河畔的四行仓库抵挡日军进攻，故将此词编年于此。

《文艺月刊》第 6 卷第 4 期刊发：唐圭璋《宋代女词人张玉娘》。

11 月

21 日，夏承焘作《临江仙》（寿高性朴先生七十）。（夏承焘：《天风阁学词日

记》，第 546 页）

本月

何遂作《满江红》（与虞薰同离南京）。（何达：《何遂遗踪：从辛亥走进新中国》，人民出版社，2008 年，第 143 页）

卢前作《西江月》（闻傅作义守太原）。（后收入卢前：《卢前诗词曲选》，第 133 页）

剑亮按：词序中"傅作义守太原"指抗日战争期间傅作义将军奉命抗击日军、守卫太原之战，时间为 1937 年 11 月，故将此词编年于此。

12 月

19 日，夏承焘作《水龙吟》（天五导谒慈山叶水心墓）。（夏承焘：《天风阁学词日记》，第 548 页）

剑亮按：12 月 16 日，夏承焘在吴天五陪同下谒叶水心墓。"晚，天五导谒慈山叶水心墓。在康乐坊底保生宫后，康熙、道光重修。二翁仲仅出土数尺，他无足观。水心曾守建康，近南京新失，思为一词吊之。"（夏承焘：《天风阁学词日记》，第 548 页）30 日，夏承焘修改此词，题作《水龙吟》（廿六年冬，天五导谒慈山叶水心墓）。（夏承焘：《天风阁学词日记》，第 550 页）

25 日，卢前作《满江红》（丁丑圣诞日，感赋）。（卢前：《中兴鼓吹》，第 25 页。后收入朱惠国、吴平编：《民国名家词集选刊》第 16 册，第 51 页）

本月

《船山期刊》刊发：

陈代文《长相思》（仿白居易体）；

陈海航《浪淘沙》（薄暮遍神州）、《浪淘沙》（湘水映霞流）。（后收入《民国珍稀短刊断刊·湖南卷》第 3 册，1383 页）

张炎《词源》，由上海商务印书馆出版。为《万有文库》一种。分两卷。上卷详述音律，兼及唱曲方法。末附《讴曲旨要》一篇。下卷论作词原则和赏鉴。

王昶《明词综》，由上海商务印书馆出版。为《国学基本丛书》一种。辑明代 380 位词人约 600 首词。

张炎《山中白云词》，由长沙商务印书馆出版。为《国学基本丛书》一种。所附逸事为清王昶撰。书前有《四库全书总目提要》对本书的介绍及重刻序等。

周密《草窗词》，由上海商务印书馆出版。为《国学基本丛书》一种。

赵孟頫《松雪斋词》，由长沙商务印书馆出版。为《国学基本丛书》一种。

曹贞吉《珂雪词》，由上海商务印书馆出版。为《国学基本丛书》一种。书前有陈维崧等人的《序》及《题辞》，以及相关词评和词话。

顾贞观《弹指词》，由上海商务印书馆出版。为《国学基本丛书》一种。分上、下卷及补遗。书前有秦赓彤、杜诏等人的《序》4篇。书后有杨兆槐等人的《跋》。并附顾景文《匏园词》、顾衡文《清琴词》、顾贞立《栖香词》《井华词》、朱蕙贞《绣余词》等。

彭孙遹《延露词》，由长沙商务印书馆出版。为《国学基本丛书》一种。

冬，邵章作《台城路》（丁丑冬，本意，和竹屋）。（邵章：《云淙琴趣》，第70页。后收入曹辛华主编：《民国词集丛刊》第7册，第416页）

冬，尉素秋作《疏影》（飞仙唤雪），后请汪东指正。尉素秋记曰："旭初师嘱我把近作抄给他看，其中有一首《疏影》，是二十六年冬天，首都沦陷后到万县探梅时作的。他特别激赏，写在下面：'飞仙唤雪，趁碧云冉冉，烟水空阔。浅萼凝香，一派横斜，溪边照影清绝。何郎俊赏成追忆，负几度黄昏初月。但低回流水空山，脉脉此情谁说。　寂寞江皋岁晚，有苍松翠竹，曾共盟约。一夜狂风，吹到江南，忽报万溪花落。孤山千树谁为主，想曲径屡迷归鹤。探赏处酒醒天寒，换得满腔离索。'旭初师在来信上指出，这首词的上阕用的是月韵，下阕用的是药韵。他说：'月、药通押，虽宋词中亦有先例，但前后两阕截然不同，有类换韵。'他把下阕改成与上阕同押月韵如次：'寂寞江皋岁晚，有苍松翠竹，曾共盟结。一夜狂风，吹到江南，忍看花随人别。孤山千树谁为主，想鹤径屡迷归屟。探赏处酒醒天寒，换得满怀凄咽。'两三天后，又奉到来信，说：'《疏影》下阕改后，反不若原作之浑成，请仍其旧。'后来我把这首词收入《秋声集》，仍遵照老师的意思。但由此一件小事，足证他老人家教诲之认真。"（尉素秋：《〈梦秋词〉跋》，汪东：《汪旭初先生遗集》，《近代中国史料丛刊续辑》第40辑，第135页。后收入薛玉坤整理：《汪东文集》，河南文艺出版社，2016年，第283页）

冬，夏敬观为龙榆生作《风雨龙吟室词序》。曰："榆生初自闽来，为海上文学教授。归安朱古微侍郎，一见叹赏。侍郎为《东坡词编年》，榆生踵而笺注，予曾序之矣。其文章尔雅，词宗清真、梦窗，兼嗜苏、辛。盖其旨趋与侍郎默契，所取法为词家之上乘也。乾嘉人类皆学白石、稼轩、玉田、草窗、碧山。是数家者，非不可学。学之者易之，而其实又皆学其同时人之所为，于诸家无所得也。侍郎出，斠律审体，严辨四声，海内尊之，风气始一变。侍郎词蕴情高敻，含味醇厚，藻采芬溢，铸字造辞，莫不有来历。体涩而不滞，语深而不晦。晚亦颇取东坡以疏其气。学者不察，或龂龂破碎，填砌四声，甚且判析阴阳，以为此即符合音律。古今来文人操笔，未有若是之自求梏桎者也，岂非好为其难哉！大抵有韵之文，或可入乐，或不入乐。词者，韵文之一体耳。士制其文，工谐其律，作者初无可事乎拘牵。而词旨之美，则在其人之胸臆吐属，与夫情感优尚。言而无物，虽可入乐，无取也。榆生固深韪吾言者，因书简端，俾读榆生词者知其旨也。丁丑仲冬，夏敬观。"（该《序》后刊于 1942 年 8 月 15 日出版的《同声月刊》第 2 卷第 8 号。又收入龙榆生：《忍寒诗词歌词集》，第 1 页）

冬，吴秋山自刊《白云轩诗词集》，前有郁达夫《序》。（王自立、陈子善编：《郁达夫研究资料》，第 660 页）

本年

【词人创作】

龙榆生作《采桑子》（春工费尽闲妆点）、《鹧鸪天》（陈含光先生为作《忍寒庐图》并题句，有"蛰龙三冬卧"之语，辄用元遗山韵赋谢）、《八声甘州》（溥心畬以所作《山水》见寄，赋此报之）、《临江仙》（金陵喜晤曾仲鸣，赋赠）、《水调歌头》（汪憬吾丈以近制《东坡生日》词寄示，兼致慰勉，依韵报之）、《定风波》（郎静山将自上海取道滇南，转乘飞机入蜀，视其家人峨眉山内，遂用东坡韵谱此赠行）、《临江仙》（爱居以手拓韩蕲王绍兴十二年翠微亭题名见示，率拈蕲王词韵赋之）。（张晖：《龙榆生先生年谱》，第 87 页）

顾随作《鹧鸪天》（四十光阴比似飞）、《鹧鸪天》（四十光阴下水船）、《浣溪沙》（上尽层楼意茫然）、《浣溪沙》（借酒销愁愁更愁）、《浣溪沙》（开尽窗前夜合花）、《鹧鸪天》（落日秋风蜀道难）、《临江仙》（千古六朝文物）。（闵军：《顾随年谱》，第 108 页）

缪钺作《念奴娇》（寄友人沪上，时余自保定违难开封，而沪战方起也）、《齐

天乐》（乱离避地，又值重阳，阴雨经旬，倍增闷损。时客信阳）。（缪钺：《缪钺全集》第 7、8 合卷，第 27 页）

于右任作《鹧鸪天》（十道琅嬛去不回）、《鹧鸪天》（万里河山染血痕）、《鹧鸪天》（十道嬚嬛去不回）、《鹧鸪天》（万里河山染血痕）、《鹧鸪天》（无限精诚接万方）三首。（后收入刘永平编：《于右任诗集》，团结出版社，1996 年，第 240 页）

刘麟生作《浣溪沙》（春梦婆娑下翠楼）、《菩萨蛮》（林峦含雨春如瘦）、《齐天乐》（谷雨前一日，偕炽甫、飞琼游灵谷寺看花）、《浣溪沙》（茶罢归来语尚温）、《南乡子》（送寿宇威阁南行）、《谒金门》（和浣溪花词，答容宓）、《齐天乐》（天涯忘却冬寒峭）。（刘麟生：《春灯词》，第 28 页。后收入朱惠国、吴平编：《民国名家词集选刊》第 15 册，第 108 页）

李宣龚作《月上海棠》（为瓶斋题林今雪女史《玉步摇画幅》，丁丑）。（李宣龚：《墨巢词》，第 2 页。后收入曹辛华主编：《民国词集丛刊》第 4 册，第 66 页）

辛际周作《念奴娇》（惜春）、《瑶台》（聚八仙）。（辛际周：《梦痕词》，第 7 页。后收入曹辛华主编：《民国词集丛刊》第 7 册，第 13 页）

苏渊雷作《忆江南》（空军好）二首。其一："空军好，天半献奇才。赤手屠龙羞白日，回身鬐凤落轻雷。千里起尘埃。"其二："空军好，星夜上征机。击水长鲸焦铁尾，冲霄紫电闪寒衣。高唱凯歌归。"（苏渊雷：《苏渊雷全集·诗词卷》，华东师范大学出版社，2008 年，第 401 页）

【词籍出版】
宋育仁《哀怨集》铅印本刊行。为《问琴阁丛书》一种。附《城南词》。（后收入董凌锋选编：《宋育仁文集》第 12 册，国家图书馆出版社，2016 年）

剑亮按：《词集卷》卷末有作者《跋》，曰："二十六年八月，在京师与王幼遐给事、朱古微学士朝夕过从，相慰劳苦。先是，古微前辈与刘伯崇修撰皆移寓半塘舍，相与拈诗牌、限字填小令，已得者若干阕。余别居，往还道路有戒，乃取三君词卷，每调就所倚之阕内拈字依声为一阕，以嗣其音。不知其为渐离之筑，雍门之琴，麦秀之歌也。写本存半塘书阿。余濒行，赀书索稿。云：毛虫填词，乐不可支。然而我将去之，如何勿思三君。行迟迟，不如以稿见遗，携往大江南北。付之灾梨，留此泪墨。代君彤赀七十二大夫，牟坛大吹之虫，喔吰咿妃呼狶。初，诗筒往复，余署款作一毳字。贻问曰：易名三毛，何所取义？岂九牛之一耶，抑拔一而利天下耶？三君更题曰七十二牛。余答曰：三九二十七者，大夫之数，其亡国之大夫欤？相与嗟笑，取一蚊两蝇之谚，每署之虫哼哼，来签遂署曰哼坛，以牛鸣曰牟，因转题曰牟坛矣。索全稿不得，遂行出都，小憩鄂渚，搜箧得残稿数纸，仅三十余阕。因录附记，遂寄一诗与三君，云：大笑苍蝇蚓窍闻，联吟石鼎调翻新。欲言不敢思公子，私泣何嫌近妇人。后四句不复省记，聊自比于牌官云尔。"据此，将该词集出版编于是年。

刘子芬编校《石城诗社同人诗草第二集》刊行。（后收入南江涛选编：《清末民国旧体诗词结社文献汇编》第 2 册）内收词作有：

黄介民《望江东》（秣陵春意）、《浪淘沙》（怀往事）、《凤凰台上忆吹箫》（春思）、《忆秦娥》（莫愁湖怀古）、《西江月》（春感）；

刘琬《金缕曲》（丙子立秋前一日，夜坐偶成）。

詹安泰《无盦词》自印本刊行。收录词作七十六题，一百首。卷首有作者《序》，曰："余志学之年即喜填词。风晨月夕，春雨秋声，有触辄书，书罢旋弃。三十以后，爱我者颇劝以存稿，积今五年，得百首，亦才十余六七耳。蔡生起贤见而好之，为茸抄成册。呜呼！兵火满天，举家避难，尚不知葬身何所，守此区区，宁非至愚？顾敝帚自珍，贤者不免，余亦不恤人间耻笑矣。随身行李，尚有《鹪鹩巢诗·丙丁稿》《花外集笺注》《宋人词题集录》等稿本。丁丑秋中，无盦自识于枫溪途次。"（浙江图书馆藏。后收入朱惠国、吴平编：《民国名家词集选刊》第 15 册。又收入詹安泰：《詹安泰全集》第 4 册）

吕碧城《晓珠词》四卷合刊附《惠如长短句》刊行。卷首有陈完、徐沅、樊增祥《题词》；卷二尾有作者民国二十一年（1932）《跋》；卷四尾有作者民国二十六年《跋》，分别参见 1932 年秋及本年 4 月、夏。（上海图书馆藏。后收入朱惠国、吴平编：《民国名家词集选刊》第 13 册）

陈锐《袌碧斋词》一卷刊行。（后收入曹辛华主编：《民国词集丛刊》第 16 册）

陈景寔《观尘因室词曲合钞》一卷刊行。 卷首有作者《观尘因室词曲合钞小引》。（浙江图书馆等有藏。后收入曹辛华主编：《民国词集丛刊》第 16 册）

杨俊《梦花馆词》一卷刊行。（后收入曹辛华主编：《民国词集丛刊》第 23 册）

魏崛《寄榆词》一卷刊行。 卷首有徐沅《序》，卷尾有袁涤庵《跋》。（后收入曹辛华主编：《民国词集丛刊》第 31 册）

中央大学师生的"潜社"成员集资刻印《潜社词刊》《潜社词续刊》。 其中，《潜社词刊》收录有四集，共 63 阕。

第一集《千秋岁》（题归玄恭《击筑余音》）11 阕；

第二集《风入松》（宋徽宗琴名松风）19 阕；

第三集《桂枝香》（扫叶楼，秋禊）22 阕；

第四集《霜花腴》（红叶）11 阕。

《潜社词续刊》收录有六集，共 151 阕。

第一集《江城梅花引》（丙子春禊）15 阕；

第二集《看花回》（杏花）15 阕；

第三集《声声令》（拜孝陵）12 阕；

第四集《洞仙歌》（拟东坡摩诃池纳凉词）10 阕；

第五集《祝英台近》（秦淮，秋禊）16 阕；

第六集《菩萨蛮》（五都词）70 阕、《蝶恋花》（闻钟）13 阕。

周咏先辑《唐宋金元词钩沉》， 由上海商务印书馆刊行。龙沐勋作《序》，曰："自临桂王氏与彊村先生合校《梦窗四稿》，明定义例，始取清儒治经之法，转而治词，纠谬正讹，词籍乃渐为世人所重视。厥后《彊村丛书》出，网络盖富，勘校盖精。海内之言倚声者，莫不奉为圭臬……晚近之专精于此者，则有江山刘子庚氏之《唐五代宋辽金元名家词辑》，辑录失传已久之唐宋金人词集近六十家。采摭之勤，有足多者。然真赝杂糅，抉择未精，识者憾焉。海宁赵斐云君，继兹有作，遂成《校辑宋金元人词》七十三卷。谨严缜密，远胜刘书。词林辑佚之功，于是灿然大备矣。大理周咏先，往岁从予治斯学，斐然有述作之意。淞滨重晤，出其三年来所辑《唐宋金元词钩沉》一书，问序于予……予观其书，体例一遵赵氏，而其所辑录，又皆赵书所未及，且得向未为人所知之词集近二十家。想见作者坐文渊阁，遍检宋金元人集部及诸家选本、类书、笔记、谱录、方志时，其神与古会，乐以忘忧，又远非频年转徙、都无成就如予者，所能仿佛其万一。"

剑亮按：周咏先此书搜辑《彊村丛书》《四印斋所刻词》《校辑宋金元人词》所遗，凡宋人词27家，金人词4家，元人词11家，宋元词总集4种，词话1种，补遗1种。

赵万里《词概》，由北京大学出版部印行。（后收入赵万里：《赵万里文集》第2卷，上海科学技术文献出版社、国家图书馆出版社，2012年。亦收入孙克强、和希林主编：《民国词学史著集成补编》上卷）

剑亮按：据刘波《赵万里先生年谱长编》，赵万里1929年至1937年6月间，在北京大学任教，讲授词史课程，编写讲义《词概》，故编年于此。该书共七章：第一章"唐人词概"，第二章"五代十国人词概"，第三章"宋人词概上"，第四章"宋人词概下"，第五章"金人词概"，第六章"元人词概"，第七章"明人词概"。

【报刊发表】

《之江年刊》刊发：蒋礼鸿《蝶恋花》（登秦望绝顶，观日出）。（后收入蒋礼鸿：《蒋礼鸿集》第6卷，第556页）

《新学校刊》第5期刊发：易经香《清平乐》（西山夏日）。（后收入《民国珍稀短刊断刊·天津卷》第21册，第10495页）

《新学校刊》第6期刊发：王维祺《荒庭词选》，有《南歌子》（一夜萧萧雨）、《南歌子》（夜已五更犹未睡）。（后收入《民国珍稀短刊断刊·天津卷》第21册，第10534页）

《学筌》第1期刊发：胡国瑞《论宋三家词》。

剑亮按：《学筌》，1937年创刊于湖北武昌，由武汉大学中国文学系学筌期刊社出版发行。当年终刊。

《暨南大学图书馆报》第1期刊发：郑振铎《嘉靖本篆文〈阳春白雪〉跋》。

《学术世界》第2卷第5期刊发：顾培懋《两宋词人小传》（八）。

《文学年报》第 3 期刊发：于式玉等《词源流考》。

《文澜学报》第 3 卷第 1 期刊发：曹熙宇《奉题朱古微先生〈彊村校词图〉》。

《文澜学报》第 3 卷第 2 期刊发：谭献遗著《复堂词录》。

《江苏研究》第 3 卷第 1 期刊发：沈鹍《秦少游的词》。

《年华》第 6 卷第 25 期刊发：淡华《读词杂记——陆游〈乌夜啼〉》《读词杂记——姜夔〈扬州慢〉》。

《协大艺文》第 6 期刊发：

陈明盛《独步千古之女词人李清照》；

杨树芬《华派词家姜白石》；

林世英《晚宋词人刘克庄》。

《协大艺文》第 7 期刊发：林辰《朱淑真之身世及其诗词》。

《学风》第 7 卷第 1 期刊发：宛敏灏《词人周紫芝暨吴潜兄弟》。

《学风》第 7 卷第 2 期刊发：宛敏灏《于湖先生张孝祥》。

《学风》第 7 卷第 3 期刊发：宛敏灏《相山居士王之道》。

《学风》第 7 卷第 5 期刊发：宛敏灏《阮阅及朱翌》。

《文艺月刊》第 11 卷第 1 期刊发：

逸珠《李后主诞生千年纪念》；

施仲言《南宋民族诗人陆放翁辛幼安》。

《北平图书馆馆刊》第 11 卷第 1 期刊发：赵万里《〈清真集〉校辑》。

《青年界》第 11 卷第 2 期刊发：凌沅祥《国防词人辛弃疾》。

《清华学报》第 12 卷第 3 期刊发：俞平伯《周词订律》（书评）。

《新苗》第 14 期刊发：介西《稼轩词意境》。

《制言》第 44 期刊发：龙沐勋《朱辇瘦石词序》。

《国闻周报》第 14 卷第 7 期刊发：邓恭三《辛稼轩年谱及稼轩词疏证总辩证》。

《逸经》第 24 期刊发：陶祖曜《壬寅京口夷乱竹枝词》。

《制言》第 37、38 期刊发：龙沐勋《令词之声韵组织》。

《海滨》第 12 期刊发：丽贞《秋瑾女侠及其诗词》。

《良友》第 125 期刊发：陆丹林《〈云影秋词〉：王秋斋的治学》。

《四川教育评论》第 1 卷第 5 期刊发：成善楷《白石道人词研究叙》。

【词人生平】

黄濬逝世。

黄濬（1891—1937），字秋岳，号哲维，福建侯官人，师陈衍。民国为国务院参议，后任汪伪政权行政院秘书。有《聆风簃词》。夏敬观《忍古楼词话》曰："闽县黄秋岳濬，记问渊博，诗文功力甚深，与长乐梁众异鸿志齐名。惟素不作词，闽县林子有葆恒辑刊闽词，得众异幼作数阕，秋岳则付阙如。余顷得其词二阕，盖近日始为之也……二词意味蕴藉，出手即迥不犹人。可证倚声一道，不必专在词中致力也。"（唐圭璋编：《词话丛编》第5册，第4773页）

陈衍逝世。

陈衍（1856—1937），字叔伊，号石遗老人，福建侯官人。清季曾任京师大学堂教习，民国后任无锡国专教授，尤精于诗，为同光派领袖之一。著有《石遗室诗话》《朱丝词》。冒广生《小三吾亭词话》曰："侯官陈石遗学部衍，《朱丝词》二卷，其亡妇萧道安所手书也。姿制遒媚，似《瘗鹤铭》。石遗有悼亡五言排律，长至三百韵，真空前绝后之作。卷端有沈子培题字云：'慧情冶思，欲界天人，正使绝笔于斯，不妨与晚明诸公分席。若为之不已，将恐华鬘渐凋，身香浸灭。耆卿、美成晚作皆尔，达者当有味斯言。'石遗近方辑《全闽诗》，无复留意声律，沈诗任笔，兼擅者鲜，海内推许于吾石遗无间也。《六丑》云：'尽乘船骑马，甚客里、光阴虚掷。无多薄游，真飞鸿过翼，雪爪留迹。且住为佳耳，尚梅花千古，湖山香国。难居纵遣伤兰泽，今日桃蹊，明朝柳陌。春来更当追惜。奈镜台病后，遥念窗槅。　酒阑人寂，望江天空碧。鱼雁沉沉，忒无信息。布帆明日行客，似前月浮梁，迢迢何极。蒙头睡、不掀巾帻。浑不管、重利商人轻别，鼾声床侧。离魂共、上下潮汐。只景纯、未取文通笔，差能赋得。'……数词殆善学稼轩者。"（唐圭璋编：《词话丛编》第5册，第4728页）

1938 年

（民国二十七年　戊寅）

1 月

1 日，《音乐月刊》第 3 号刊发：冯延巳《长相思》（红满枝）词，微明作曲。

剑亮按：《音乐月刊》，月刊，1937 年 11 月 1 日创刊于上海，由国立音乐专科学校发行。陈洪主编。1938 年 2 月 1 日（第 4 号）终刊。

4 日（丁丑十二月四日），邵瑞彭逝世。

邵瑞彭（1888—1938），字次公，浙江淳安人，毕业于浙江省优级师范学堂。民国初为众议员。后为北京大学、河南大学教授。有《扬荷集》。夏敬观《忍古楼词话》曰："淳安邵次公瑞彭，早年在春音社席上相晤，今二十年不见矣。著有《扬荷集》词四卷，已行世。次公为词，宗尚清真，笔力雄健，藻彩丰赡。近自中州寄示所作五词，则体格又稍变，运用典实，如出自然。博综经籍之光，油然于词见之。盖托体高，乃无所不可耳。"（唐圭璋编：《词话丛编》第 5 册，第 4789 页）钱仲联《近百年词坛点将录》曰："次公出彊村门下，夏映庵称其词'宗尚清真，笔力雄健，藻彩丰赡'。退庵叹其'残膏剩馥，正可沾溉千人'。《蝶恋花》句云：'一路秋虫啼未已，汝南遥夜鸡声起。'知人论世者所当知。"（钱仲联：《梦苕庵论集》，第 395 页）

8 日，蒋礼鸿作《好事近》（丁丑十二月八日，夜梦与心叔同榻，咏秋柳）。（后收入蒋礼鸿：《蒋礼鸿集》第 6 卷，第 556 页）

22 日，夏承焘完成《暗香》（丁丑腊月，与天五、菫侯、介堪、云从诸子探梅茶山，诵白石"千树压西湖寒碧，又片片吹尽也，几时见得"之句，黯然成咏。何日重到杭州，当补填《疏影》也）。词后自注："研练三四日，犹未定稿，姑写如右。黄竹句，谓国府西迁。寒暖二句，谓联俄联英美。"（夏承焘：《天风阁学词日记》[二]，浙江古籍出版社，1992 年，第 2 页）

剑亮按：夏承焘当天《日记》还记有蒋礼鸿作《暗香》（和瞿禅师茶山探梅，

用白石韵）词，该词后收入蒋礼鸿:《蒋礼鸿集》第 6 卷，第 561 页。

24 日，夏承焘作《玲珑四犯》（丁丑岁暮，避寇返里。旋闻杭州沦陷，月轮楼已在劫中。追念曩昔，北顾依黯。与礼鸿夜话，用白石韵联句。诸旧游流离邈然，无从寄与也）。（夏承焘:《天风阁学词日记》[二]，第 4 页）

30 日，蒋礼鸿作《水龙吟》（丁丑，永嘉除夕）。（后收入蒋礼鸿:《蒋礼鸿集》第 6 卷，第 557 页）

30 日，丁宁作《摸鱼子》（丁丑，江州岁除，大雪尽日。时倭寇乱方炽，又将南迁矣）。（丁宁著，刘梦芙校:《还轩词》卷中，第 6 页。后收入曹辛华主编:《民国词集丛刊》第 1 册，第 92 页）

30 日，吴湖帆校阅吴梦窗词。记曰:"傍晚客散后校《梦窗词丙稿》一卷，原为黄荛圃校本也。"（吴湖帆著，梁颖编校，吴元京审订:《吴湖帆文稿》，第 190 页）

2 月

7 日，甘大昕作《青玉案》（戊寅二月初七日，雪中与弱君归宁。舟行运河，沧波浩渺。俯仰兴怀，叩舷倚声，不尽凄异之致）。（甘大昕:《击缶词》，民国三十四年[1945]木活字本，第 19 页。后收入曹辛华主编:《民国词集丛刊》第 2 册，第 184 页）

7 日，夏承焘作《虞美人》（寄榆生，并谢孟劬先生自燕京邮示近词）。（夏承焘:《天风阁学词日记》[二]，第 6 页）

8 日，吴湖帆为庞京周题《清平乐》（聪明绝世）词，为东翠寒山寺画册题《减兰》（枫江夜泊）词。（吴湖帆著，梁颖编校，吴元京审订:《吴湖帆文稿》，第 192 页）

14 日，夏承焘接张尔田函。函中论夏承焘词曰:"尊词胎息深厚，足为白石老仙嗣响，不易得也。"（夏承焘:《天风阁学词日记》[二]，第 8 页）

18 日，吴湖帆改毕《唐多令》（兵气已全消）。（吴湖帆著，梁颖编校，吴元京审订:《吴湖帆文稿》，第 194 页）

22 日，叶恭绰致函龙榆生，谈《词学季刊》改版等事。中曰:"《季刊》改为诗词，弟不赞成。或改为词曲亦可。因诗太泛滥，将来必流于肤浅无价值，可不必也。"（张晖:《龙榆生先生年谱》，第 88 页）

本月

詹安泰作《台城路》（为黄丽贞女弟题其母氏遗像。丽贞孤苦零丁，依母长养，以至于成人。卜居潮州西湖虹桥东畔。客秋，其母病故，丽贞犹掌教汕头聿怀中学也。清明后三日，余将有滇、蜀之游，途次枫溪，丽贞奉母像乞题，率成此解归之。己卯二月）。（后收入詹安泰：《詹安泰全集》第 4 册，第 258 页）

3 月

10 日，夏承焘作《虞美人》（家山舞破犹眉语），自注曰："成一词，隐指时事。"（夏承焘：《天风阁学词日记》[二]，第 12 页）

12 日，夏承焘评阅《彊村语业》，曰："彊村词繁缛沉丽，亦有过晦处。当时叔问与映庵书已有微辞。"（夏承焘：《天风阁学词日记》[二]，第 12 页）

14 日，夏承焘作《玉楼春》（樱桃蝶粉伤春地）。（夏承焘：《天风阁学词日记》[二]，第 13 页）

17 日，夏承焘作《小重山》（避地瞿溪，怀天五）、《小重山》（文文山中川寺拓本）。（夏承焘：《天风阁学词日记》[二]，第 13 页）

20 日，夏承焘阅评黄庭坚、柳永词曰："山谷、三变词，皆大半为应歌而作，偏重声律而不大顾文字。其情状与今日俗曲相同，山谷《醉落魄》序所云可见。"（夏承焘：《天风阁学词日记》[二]，第 14 页）

本月

《斯文》3 月号刊发：唐圭璋《评〈人间词话〉》。曰：

海宁王静安氏，曾著《人间词话》，议论精到，夙为人所传诵。然其评诸家得失，亦间有未尽当者，因略论之。王氏论词，首标"境界"二字。其第一则即曰："词以境界为上，有境界则自成高格，自有名句。五代、北宋之词，所以独绝者在此。"予谓，境界固为词中紧要之事，然不可舍情韵而专倡此二字。境界亦自人心中体会得来，不能截然独立。五代、北宋之词所以独绝者，并不专在境界上。而只是一二名句，亦不足包括境界，且不足以尽全词之美妙。上乘作品，往往情境交融，一片浑成，不能强分；即如《花间集》及二主之词，吾人岂能割裂单句，以为独绝在是耶？

　　王氏尝言境非独景物，然王氏所举之例，如"明月照积雪""大江流日夜""中天悬明月""黄河落日圆""红杏枝头春意闹""绿杨楼外出秋千""一一风荷举""柳昏花暝""夜深千帐灯""独鸟冲波去意闲"等，皆重在描写景物。描写景物，何能尽词之能事？即就描写景物言，亦非有一二语所能描写尽致者：如于湖月夜泛洞庭与白石雪夜泛垂虹之作，皆集合眼前许多见闻感触，而构成一空灵壮阔之境界。若举一二句，何足明其所处之真境及其胸襟之浩荡？

　　刘融斋尝谓贺方回《青玉案》词"一川烟草，满城风絮，梅子黄时雨"三句固好，然尤好在上一句"试问闲愁都几许"能唤起也。又如小山之"落花人独立，微雨燕双飞"，原是唐人翁宏诗，然亦好在上一句"去年春恨却来时"能点明也。是知景自生情，情亦寓于景，内心外物，是二是一。严沧浪专言兴趣，王阮亭专言神韵，王氏专言境界，各执一说，未能会通。王氏自以境界为主，而严、王二氏又何尝不各以其兴趣、神韵为主，入主出奴，孰能定其是非？要之，专言兴趣、神韵，易流于空虚；专言境界，易流于质实，合之则醇美，离之则不免偏颇。

　　东坡极赏少游之"郴江幸自绕郴山，为谁流下潇湘去"两句，正以其情韵绵邈，令人低回不尽，而王氏讥为"皮相"，可知王氏过执境界之说，遂并情韵而忽视之矣。原词上片"可堪孤馆闭春寒，杜鹃声里斜阳暮"二句固好，但东坡所赏者，已岂"皮相"？东坡既赏屯田之"霜风凄紧，关河冷落，残照当楼"，以为唐人高处不过如此，但又赏少游"郴江"两句，可知东坡以境界、情韵并重，不主一偏也。且昔人所谓沉郁顿挫、缠绵悱恻，有合于温柔敦厚之旨者，皆就情韵言之，苟忽视情韵，其何以能令人百读不厌？

　　王氏既倡境界之说，而对于描写景物，又有隔与不隔之说，此亦非公论。推王氏之意，在专尚赋体，而以白描为主，故举"池塘生春草""采菊东篱下"为不隔之例。夫诗原有赋、比、兴三体，赋体白描，固是一法；然不能谓除此一法外，即无他法。比兴从来也是一法，用来言近旨远，有含蓄，有寄托，香草美人，寄慨遥深，固不能谓之隔也。东坡之《卜算子》咏鸿，放翁之《卜算子》咏梅，碧山之《齐天乐》咏蝉，咏物即以喻人，语语双关，何能以隔讥之？若尽以浅露直率为不隔，则亦何贵有此不隔？后主天才卓越，吐属自然，纯用白描，后人难以企及；吾人若不从凝炼入手，漫思效颦，其不流为浅露直率者几希。

白石天籁人力，两臻高绝，所写景物，往往体会入微，而王氏以隔少之，殊为皮相。"二十四桥仍在，波心荡、冷月无声"极写扬州乱后荒凉景象，令人哀伤，何尝有隔？"数峰清苦。商略黄昏雨"则写云山幽寂境界，"清苦""商略"皆从山容、云意体会出来，极细切，极生动，岂能谓之为隔？"高树晚蝉，说西风消息"以一"说"字拟人，何等灵活，而王氏概以"隔"字少之，是深刻精炼之描写皆为隔矣。王氏只爱白石"淮南皓月冷千山，冥冥归去无人管"两句，而顾不爱其他佳处，殊不可解。即如"千树压西湖寒碧"之咏梅，"冷香飞上诗句"之咏荷，亦何尝非妙语妙境，不同凡响。王氏盛称稼轩《贺新郎》（别茂嘉十二弟）词，以为有境界。其实此词罗列古代庄姜、荆轲、苏武、陈皇后、昭君许多离别故事，可谓隔之至者，何以又独称之？

王氏极诋白石，不一而足，有谓"白石有格而无情"者，有谓"无言外之味，弦外之响"者，有谓"白石之旷在貌。白石如王衍口不言阿堵物，而暗中为营三窟之计，此其所以可鄙"者，有谓"白石《暗香》《疏影》格调虽高，然无一语道着"者。余谓王氏之论白石，实无一语道着。白石以健笔写柔情，出语峭拔俊逸，最有神味，如《鹧鸪天》云："春未绿，鬓先丝。人间别久不成悲。谁教岁岁红莲夜，两处沉吟各自知。"写得何等深刻，何等沉痛。又如《长亭怨慢》写别词云："日暮。望高城不见，只见乱山无数。韦郎去也，怎忘得、玉环分付。第一是、早早归来，怕红萼、无人为主。算空有并刀，难剪离愁千缕。"亦深情缱绻，笔妙如环。其他自度名篇，举不胜举。而《暗香》《疏影》两词，藉梅寄意，怀念君国，尤后世所传诵。或谓"昭君不惯胡沙远，但暗忆、江南江北"与梅无关，不知唐王建诗云："天山路边一株梅，年年花发黄云下。昭君已没汉使回，前后征人谁系马。"白石正用王建诗，并非无关。且江南是偏安王朝，江北是沦陷区，白石"但暗忆、江南江北"，亦岂无因？宋于庭谓"白石念念君国，似杜陵之诗"，谭复堂亦以为"有骚辨之余"，皆非虚言。戈顺卿、陈亦峰俱誉白石为"词圣"，固不免过当，然王氏率意极诋，亦系偏见。

此外，王氏论柳、周之处，亦不符合实际。至谓"北宋名家，以方回为最次"，尤为不知方回者。张柯山谓方回有"盛丽、妖冶、幽洁、悲壮"之美，岂可轻诋？南宋诸家如梦窗、梅溪、草窗、玉田、碧山各有艺术特色，亦不应一概抹杀。王氏谓梦窗"映梦窗凌乱碧"，谓玉田"玉老田荒"，攻其一端，不及其余，尤非实事求是之道。（后收入唐圭璋：《词学论丛》，第1028页）

唐圭璋作《〈宋词纪事〉自序》。中曰："余既惜宋人词话之失传，又慨夫明、清人所述之词话，多剪裁节取，不尽依宋人书籍原文，因重辑此书，以宋证宋，以供研究词学者之参考。惟涉及评语及无关本事者，则概置不录云。戊寅三月，唐圭璋自序于武昌黄鹤楼。"（唐圭璋编著：《宋词纪事》，上海古籍出版社，1982年，第3页）

剑亮按：据唐圭璋《吴先生哀词》，吴梅应唐圭璋之请，为其《宋词纪事》作序。《吴先生哀词》曰："去年（1938年。——引者注）春，予浮江西上，方抵宜昌，先生犹书屏条四幅，及为余撰《宋词纪事序》寄来。"（唐圭璋：《词学论丛》，第1039页）

李宗邺编《满江红爱国词百首》，由长沙商务印书馆出版。1938年6月再版。为《学生国学丛书》一种。选收《满江红》词100首。作者有岳飞、梁启超、胡汉民等。书前有陶琴《满江红考证》一文代序，以及柳诒徵等人《题词》。另附词人小传。书末有黄炎培《跋》。

吴梅手定《霜厓词录》，并作《序》，曰："霜厓手定旧词，凡三易寒暑。缮录既竟，遂书其端曰：梅出辞鄙倍，忝窃时誉。总三十年，得如干首。身丁离乱，未遑润色，诣力所在，可得而言……戊寅二月，长洲吴梅，时年五十有五，避兵湘潭作。"

春，林鹍翔作《河传》（拟《花间》。《蛾术词》乐府十拟，颇有唐宋人意度。次韵追和，聊寄客感，时戊寅孟春也）。（林鹍翔：《半樱词续》卷二，第17页。后收入朱惠国、吴平编：《民国名家词集选刊》第9册，第298页）

春，章柱作《浣溪沙》（戊寅春感）。（章柱：《藕香馆词》，第22页。后收入朱惠国、吴平编：《民国名家词集选刊》第16册，第207页）

春，丁宁作《莺啼序》（戊寅春暮，避乱淞滨，萍梗屡移，烽烟未已。触绪怀归，漫吟成韵）。（丁宁著，刘梦芙编校：《还轩词》卷中，第7页。后收入曹辛华主编：《民国词集丛刊》第1册，第93页）

春，金天羽作《解连环》（戊寅，淮阴王则先于钱春筵上，赠我嘉庆时顾涛所作《李清照荼蘼春晚图》，韵致独绝。戊寅春，避地归来，此图无恙，因题其上，并怀则先）。（金天羽：《红鹤词》，第 5 页。后收入朱惠国、吴平编：《民国名家词集选刊》第 10 册，第 455 页）

4 月

3 日，邵章作《金缕曲》（戊寅上巳，和闰庵前辈韵）。（邵章：《云淙琴趣》，第 73 页。后收入曹辛华主编：《民国词集丛刊》第 7 册，第 422 页）

3 日，张素作《浣溪沙》（禊日作）。（后收入张素：《南社张素诗文集》，第 788 页）

4 日，夏承焘接詹安泰函。函中邀夏承焘为其《无庵词》及饶宗颐《广东易学》作题签。（郑晓燕：《詹安泰先生年谱》，《詹安泰全集》第 6 册，第 386 页）

5 日，张素作《菩萨蛮》（蛰居未觉春阳煦）。（后收入张素：《南社张素诗文集》，第 788 页）

30 日，夏承焘接吴梅函，谈唐圭璋、龙榆生近况。曰："圭璋仍在宜昌，渠《宋词纪事》已成，弟虽作一序寄去，尚无复音。榆生近亦有书，又有《玉阑干》词见示，知近况安谧也。"（夏承焘：《天风阁学词日记》[二]，第 22 页）

30 日，《抗日周报》第 5 期刊发：仙舟《临江仙》（抗战）。（后收入《民国珍稀短刊断刊·西北卷》第 17 册，全国图书馆文献缩微复制中心，2006 年，第 8407 页）

本月

周铁汉编《铁血诗词社社刊》（渝字第 1 号）出版。收刘一真、杜元贞、李修甫、朱叔涵、谭镇、李星楼、王笃、白君锡等 47 人诗、词 170 余首。

5 月

5 日，杨铁夫作《摸鱼儿》（戊寅五月五日，哭惠文女）。（杨铁夫：《双树居词》，第 10 页。后收入朱惠国、吴平编：《民国名家词集选刊》第 8 册，第 576 页）

7 日，《抗日周报》第 6 期刊发：明《临江仙》（讨贼）。（后收入《民国珍稀

短刊断刊·西北卷》第 17 册，第 8413 页）

14 日，《抗日周报》第 7 期刊发：仙舟《满江红》（忆金陵，步岳武穆原韵）。（后收入《民国珍稀短刊断刊·西北卷》第 17 册，第 8421 页）

30 日，《贵州文献季刊》创刊号刊发：

陈德谦《〈春芜词〉评述》；

屋廧《八声甘州》（重九前五日，独游灵岩）、《满江红》（舟出吴淞，沿海溯江，望狼山）、《百字令》（过小姑山）、《百字令》（题林子有《㓣庵填词图》）；

聱园《百字令》（游东山）、《一萼红》（志公招赏牡丹茶）；

覃生《贺新郎》（茅栗）、《念奴娇》（刺梨）；

壶天《小重山》（风雨边楼故故寒）；

恒堪《齐天乐》（乙亥九日，集栖霞寺，步清真秋思原韵）、《水调歌头》（池华兄以初锲《邶亭诗文集》见贻，赋此为谢）、《甘州》（寄仲麐南京）、《疏影》（晓莲以近作《疏影》见示，秋怀暗结，惘惘难持。依原调和成一章，聊纪一时兴感耳）、《霜叶飞》（丙子九日，饮水明楼。和梦窗原韵，依字循声，期不悖古人。意繁词涩，非吾所计）。

本月

《民族诗坛》第 1 辑刊发：

卢冀野作、独立出版社印行《中兴鼓吹》书讯，曰："作者自'九一八'后，颇多慷慨之词。兹定为三卷。其第二卷后半部与第三卷，皆抗战以来作也。共词一百二十首。欧阳竟无先生云：'能词者必若是。'潘伯鹰先生评云：'中兴之音，充沛而雄，闻之者懦夫有立志。'龙榆生教授云：'以激扬蹈厉之音，振发聋聩。'前有陈立夫部长一序，尤推许备至。关心抗战文艺者，首当购读此集"；

于右任《浪淘沙》（形胜望中收）、《眼儿媚》（衰时容易盛时难）；

王陆一《东风齐著力》（别京）、《一萼红》（湘西感怀）、《东风第一枝》（芷江校经书院，见红梅初蕊，知山城已春矣。因念吴越平原，飘沦香雪。京华万树，陵庙震惊。哀恫中怀，寄之长调）；

仇述庵《鹧鸪天》（倦鸟仓皇绕别枝）、《鹧鸪天》（琴剑飘零溯上游）、《鹧鸪天》（谁与驱车骋夕阳）、《鹧鸪天》（垂老何堪感乱离）、《鹧鸪天》（甘蔗犹萦客邸思）、《鹧鸪天》（坐看平山眼欲低）、《鹧鸪天》（秋影楼栏怅隔离）、《鹧鸪天》（煮酒何尝即疗饥）、《鹧鸪天》（往事迁移似转车）、《鹧鸪天》（客里清明夙愿违）；

张庚由《齐天乐》（寿右任先生，民国二十六年作）；

卢前《临江仙》（待张佛千至）二首、《定风波》（喜日本学人鹿地亘来归）、《探春慢》（踏雨过王陆一逆旅。陆一握手叹曰："金陵之别，岂意遂相见于此乎？"余感其言，托咏垂柳，次姜白石去沔阳时自度曲调。依依之情，殆过之无不及焉）；

江絜生《一萼红》（中山公园即事，和白石人日登长沙定王台元韵）、《高阳台》（赠日人鹿地亘君）；

缪钺《摸鱼儿》（和榆生原韵）；

易孺《满江红》（丙子清明，再用文信国改王昭仪词韵上呈延公长老，同致忍寒）、《满江红》（不匮、忍寒皆赐和拙作，欢感何既，别触怆伤，更次前韵）；

陈匪石《念奴娇》（夜来风雨）、《卜算子慢》（沤梦、半樱各有追忆卢沟晓月之咏，踵赋此解）、《金缕曲》（大地春光好）；

陈逸云《满江红》（眼底中原）、《点绛唇》（远水斜阳）；

杉山《沁园春》（寄怀疆场诸将士）；

"诗坛消息"，曰："词人龙榆生氏执教光华沪校，所主编《词学季刊》暂行停刊。"

剑亮按：《民族诗坛》，1938 年 5 月创刊于武汉。主编卢冀野，发行人项学儒，独立出版社印行。1938 年 5 月出版创刊号以后，每月一册，到 10 月第六册为第一卷，此后仍然是六册为一卷。到 1945 年 12 月为止，共出版五卷二十九册停刊。

《遏云集》由天津金石书画社刊行。内收各界题赠京剧女演员章遏云诗词 120 余首。书前有题词和序言。

陈维崧《乌丝词》，由长沙商务印书馆出版。为《国学基本丛书》一种。

6 月

3 日，辛际周作《浪淘沙慢》（戊寅重五后一日，用近人韵。距寇机肆虐才八日，课余杜门，百兴都衰。居邻屯军，随闻笳角。旅绪国忧，丛触方寸。挥汗赋此解）。（辛际周：《梦痕词》，第 7 页。后收入曹辛华主编：《民国词集丛刊》第

7 册，第 14 页）

7 日，夏承焘作《金缕曲》（戊寅五月，避寇瞿溪，居停为予治舍，而覆燕巢。入晚，倦羽哀鸣，恻然成咏）。（夏承焘：《天风阁学词日记》[二]，第 28 页 ）

9 日，吴湖帆为林子有画《䎃庵填词图》。（吴湖帆著，梁颖编校，吴元京审订：《吴湖帆文稿》，第 218 页 ）

16 日，吴湖帆受邀赴"林子有招夜饭"，"同席为林铁尊、冒鹤亭、夏剑丞、袁伯夔、帅南叔侄、陈彦通、龙榆生及子有与余，共九人，发起词社。今晚即作第一集，题为《雨中花》调，林铁尊所指定也"。（吴湖帆著，梁颖编校，吴元京审订：《吴湖帆文稿》，第 219 页 ）

22 日，汪曾武作《夏初临》（戊寅长至，枝巢词集限调）。（汪曾武：《趣园诗余·味莼词己稿》，第 2 页。后收入朱惠国、吴平编：《民国名家词集选刊》第 6 册，第 155 页 ）

剑亮按：长至，农历夏至日，故编年于此。

本月

《民族诗坛》第 2 辑刊发：

于右任《鹧鸪天》（四首之二，二十七年 ）；

王陆一《暗香》（芷江春忆）、《疏影》（梅影入窗，有怀不寐。此楚分也，因诵《楚辞》，知得似旧时月色乎 ）；

赵尧生《满庭芳》（风替花愁 ）；

龙榆生《水调歌头》（留别暨南诸同学）、《减字木兰花》（丁丑夏，赋赠辇吾仁弟 ）；

仇述庵《鹧鸪天》（汉皋杂感）、《鹧鸪天》（琴剑飘零溯上游）、《鹧鸪天》（谁与驱车骋夕阳）、《鹧鸪天》（垂老何堪感乱离）、《鹧鸪天》（甘蔗犹萦客邸思）、《鹧鸪天》（坐看平山眼欲低）、《鹧鸪天》（秋影楼阑怅隔离）、《鹧鸪天》（煮酒何尝即疗饥）、《鹧鸪天》（往事迁移似转车）、《鹧鸪天》（客里清明凤愿违 ）；

甘豫源《浣溪沙》（除夕夜，西江道中即景 ）；

贺敏生《满江红》（用岳武穆韵 ）；

王东培《浣溪沙》（感怀，简盋园丈）、《定风波》（东坡问歌儿，有"此心安处便是吾乡"句，因读坡公词有感 ）；

潘大年《瑞鹤仙》（与成华别八年矣，重逢汉上，过从无虚日。旋君将随军之豫北，作此别其行）；

卢前《乌夜啼》（丁树本率民团克清丰城）、《摸鱼子》（陆凤孙先生言，杨宾叔死矣）、《菩萨蛮》（寄题徐州）；

朱辉《鹧鸪天》（闻台儿庄之捷）三首、《水调歌头》（敬次榆师南行留别词韵）。

沈钧儒《寥寥集》，由生活书店出版，有作者 1938 年 3 月 27 日所作《自序》。1944 年 10 月，在重庆由峨眉出版社再版，有作者 1943 年 12 月所作《再版自序》。中曰："诗词这一类东西，我认为是无用之物，尤其是旧体的，太不大众化。所以我对于青年们谈话，总是劝他们不要靡费心力在这里面。现在中学校国文有教男女学生学做词的，词比诗更加麻烦，那真是'枉抛心力作词人'了，我是有些反对的。反对诗词，还来印这册《寥寥集》，不免有些惭愧，这也许就是历年来写东西的人一点点所谓'敝帚自珍'的心理吧。"该书 1946 年 5 月在上海由艺术书店 3 版。1978 年 5 月，沈钧儒《寥寥集》改由生活·读书·新知三联书店出版。

杨荫深《中国文学史大纲》，由长沙商务印书馆出版。三十章。其中，第十五章为"词的黄金时代：北宋作家、苏轼、南宋作家"，第二十七章为"诗词的复盛时代：清代的诗人、词人"。

7 月

1 日，《红茶》半月刊第 2 期刊发：金艺华《蠛居杂缀》，有《汪□□〈金缕曲〉词》文，曰："近见汪□□先生清末幽囚京中时，寄剌凤山志士《金缕曲》词云：'别后平安否，便相逢凄凉旧事，不堪回首。国破家亡无限恨。禁得此生消受。既添了离愁万斗。眼底心头如昨日，数襟期，梦里空携手。一腔血，为君剖。　泪痕莫滴新词透。倚寒襟循环细读，残灯如豆，留此余生成底事，空令多情僝僽。愧戴却头颅如旧。跋涉山河知不易，愿孤魂绕护车前后。肠已断。歌难又。'词意缠绵悱恻，不忍足读。因忆清初吴汉槎，以棘闱案遣戍宁古塔。吴门顾贞观填《念奴娇》词以慰之，以示纳兰容德。容德感泣，慨任营救，吴得赐环。其词为'季子平安否。便归来人生万事，那堪回首。行路悠悠谁慰藉，母老家贫子幼……'（此词脍炙人口，不全录）。两词对照，汪词实脱胎顾词无疑。然一代伟人之吉光片羽，亦弥足珍贵。"

剑亮按：《红茶》，半月刊，1938 年 6 月创刊于上海，为胡山源在上海租界内创办文艺杂志。由文粹社、中国图书杂志公司出版发行。1939 年终刊。

7 日，夏承焘接张尔田函，函中谈叶恭绰《广箧中词》选词特点。曰："叶遐庵《广箧中词》选录拙制五首，谓具冷红神理，可谓知音。然何不选《莺啼序》，此词乃吾所最得意者。"（夏承焘：《天风阁学词日记》[二]，第 32 页）

14 日，夏承焘作《摊破浣溪沙》（避地瞿溪，月夜追凉至虹桥）。（夏承焘：《天风阁学词日记》[二]，第 34 页）

本月

詹安泰作《玲珑四犯》（廿四年七月，余自沪之杭，访夏瞿禅教授于秦望山，因与纵游湖上，忽忽周三年矣。大好湖山，已非复我有。余寄食枫里，瞿禅亦避地瞿溪。寇氛载途，清欢难再。月夜怀思，凄然欲涕。因仿白石旧体谱倚此，寄瞿禅）。（后收入詹安泰：《詹安泰全集》第 4 册，第 253 页）

《民族诗坛》第 3 辑刊发：

于右任《鹧鸪天》（四首之三，廿七年）；

王陆一《满庭芳》（夏口公园，与丹符、仲伟共话南京旧事，漫成）；

张庚由《临江仙》（三十初度自述）、《霜天晓角》（二十五年，右任先生命题韩国《安溪先生诗卷》。安溪先生为安重根父）；

张镜明《水调歌头》（廿六年九日，岳麓山登眺）、《鹧鸪天》（二十六年八月，倭寇深入，京畿震惊。适古枝兄由海上来，将由湘之粤，因浼为余送眷属赴湘，濒行赋此赠之）；

陈瑞林《鹧鸪天》（实父兄恫于外寇益急，与其夫人邹慧修女士商定，移寓湘垣，以壹国事自矢。夫人子女众多，予适由都门逾岭南行，及见其间关江汉，崎岖难险之状。实兄有词见惠。依韵奉题报之，即希双照）；

唐圭璋《百字令》（吊姚营殉国志士）、《浪淘沙》（峰际雾初收）；

甘豫源《鹧鸪天》（行在奔随患难中）；

陈海天《金缕曲》（哭家修己师少将客死燕京，民国廿五年作）；

贺敏生《沁园春》（千古兴亡）；

苏渊雷《忆江南》（空军好）二首；

汪巨伯《鹧鸪天》（吊王铭章师长）；

周沛霖《菩萨蛮》（烽烟久绝金陵讯）；

吴隆赫《齐天乐》（咏雪霁，兼讽伪组织。作于庐江沙溪草庐）；

范雪筠《满江红》（偕啸天李夫人等登黄鹤楼，寄怀瑞箴）；

邓尉梅《台城路》（丘迟书谓：暮春三月，江南草长。杂花生树，群莺乱飞。昔每低徊感叹，不能自已。乃今胡马窥江，封狼居胥，伤时怀事，慨怆何如。激愤之情，感而为词，调寄《台城路》符本意也）。

周之琦《金梁梦月词》，由长沙商务印书馆出版。为《国学基本丛书》一种。分上、下卷。共收词 56 首。

吴梅自湖南湘潭寄其手定《霜厓词录》与龙榆生。（张晖：《龙榆生先生年谱》，第 91 页）

叶圣陶作《鹧鸪天》（不定阴晴落叶飞）。（叶至善、叶至美、叶至诚编：《叶圣陶集》第 8 卷，江苏教育出版社，2004 年，第 253 页）

8 月

10 日，《红茶》半月刊第 5 期刊发：朱生豪《满江红》（用任、彭二子元韵）、《水调歌头》（酬清如四川，仍用元韵）、《高阳台》（和清如，用玉田韵）。

剑亮按：朱尚刚曰："胡山源先生曾于 1980 年将父亲先后发表在《红茶》上的《新诗三章》《词三首》以及翻译小说两篇《钟先生的报纸》和《如汤沃雪》等文抄赠母亲。"（朱尚刚：《诗侣莎魂：我的父母朱生豪、宋清如》，第 171 页）又，朱尚刚曰：《满江红》（用任、彭二子元韵）词中"'屈原是，陶潜否'则表现父亲精神世界的又一次升华。父亲过去对屈原的悃款忠诚和陶渊明的超然高蹈都十分喜欢，特别是他平日为人沉静超然，似乎倾向于出世，颇有渊明风度。而在这民族危亡的关头，父亲鲜明地表白了自己的立场。他否定了陶潜那种在社会矛盾目前明哲保身的隐逸思想，而热情地肯定了屈原置自身荣辱祸福于不顾，为国家的利益上天入地，死而无悔，'亦余心之所善兮，虽九死其犹未悔'的精神……那时母亲随家人逃难去了四川，并在四川写了几首词设法寄给了父亲。这首《高阳台》就是父亲酬和母亲的词。母亲的原词已经没有了，但从和词中可以看出，那是描述了自己背井离乡在外漂泊的生活，并抒写了自己对家乡和亲人的思念之情，特别是对故乡在日寇铁蹄下横遭蹂躏的忧虑。父亲的词则对这些内容作了进一步的发挥"（朱尚刚：《诗侣莎魂：我的父母朱生豪、宋清如》，第176页）。

11日，《社会日报》刊发：周錬霞《浣溪沙》（习习风来投晓凉）、《浣溪沙》（欺尽相思直到今）。（后收入刘聪著辑：《无灯无月两心知：周錬霞其人与其诗》，第163页）

11日，夏承焘作《金缕曲》（题名山先生遗札。先生常州陷时骂贼死。此十余札，大半八九年前抵余严州者）。（夏承焘：《天风阁学词日记》[二]，第38页）

13日，吴梅致函龙榆生，托龙榆生请夏敬观为其《霜厓词录》作序。（张晖：《龙榆生先生年谱》，第92页）

13日，《抗日周报》第20期刊发：燕虚白《忆故乡》（思家乡、路几千）。（后收入《民国珍稀短刊断刊·西北卷》第18册，第8523页）

20日，浙江大学《国命旬刊》第13期刊发：王玉章《瑶台聚八仙》（台庄捷讯，用玉田韵）。词曰："凉月婵娟，曾照否、多士树绩军笺。料量当日，浑是戚氏营边。沙岸频传征戍鼓，铁鞋踏破倭人船。恨无眠，凯歌一阕，飞上银川。　台庄劫运似许，纵庬骑去后，剩下寒烟。满目凄怆，何忍诉说从前。最怜千百俊义，有谁愿遗香归九原。丹青阔，便万年忠义，可薄云天。"（后收入《民国珍稀短刊断刊·浙江卷》第2册，第1052页）

剑亮按：该期《编后记》曰："同时，同济大学国文教授王玉章先生投送本刊诗词数首，也在此期发表。"

21日，丰子恺作《望江南》（逃难也，逃到桂江西）、《望江南》（闻警报，逃到酒楼中）、《望江南》（逃难也，万事不周全）、《望江南》（空袭也，炸弹向谁投）、《望江南》（逃难也，行路最艰难）、《望江南》（防空也，日夜暗惊魂）。（后收入丰子恺：《丰子恺全集》第6卷，第213页）

22日，夏承焘作《祝英台近》（刘贞晦翁作庭中花木诗，嗣君叔扬为绘作图）。（夏承焘：《天风阁学词日记》[二]，第42页）

26日，《社会日报》刊发：周錬霞《明月生南浦》（云母天阶光似洗）。（后收入刘聪著辑：《无灯无月两心知：周錬霞其人与其诗》，第164页）

28日，《社会日报》刊发：周錬霞《临江仙》（几树浓阴垂绿幕）。（后收入刘聪著辑：《无灯无月两心知：周錬霞其人与其诗》，第164页）

本月

《民族诗坛》第 4 辑刊发：

王陆一《浪淘沙》（客心江汉，悲来未央。京国昔游，悠悠怀矣）二十首、《百字令》（去年玄武湖泛舟，张庚由弟属同白石韵为此词。音节悲楚，若将去国，斯乃知为今日之事道也）、《沁园春》（二十六年，由杭县登天目山有作）；

曾小鲁《阮郎归》（丁丑九日，金陵有寄）、《满庭芳》（胡氏愚园，为明中山王西园故址。迭经易主，荒废不治。丁丑秋，避地花露冈，一墙之隔，时往游焉，因成此阕）、《满庭芳》（峰黯吴云）；

谢树英《满江红》（歼倭寇）；

张庚由《生查子》（善子先生画虎赠我，因题此词。二十七年六月）；

陈逸云《忆江南》（忆南京）三首；

陈苍麟《满江红》（用岳武穆，游黄鹤楼）、《满江红》（用岳武穆韵）；

甘豫源《水调歌头》（登东岳有感）；

林隅《临江仙》（祝"二一八"空战大捷，并悼殉难烈士）；

卢前《琵琶仙》（答巽观）；

朱辂《鹧鸪天》（将别汉口）。

施慎之《中国文学史讲话》，由上海世界书局出版。九章。其中，第五章"五代两宋文学"有"词的黄金时代"，第七章"明的文学"有"诗词文总述"，第八章"清的文学"有"诗词"等小节。

9 月

1 日，夏承焘与蒋礼鸿赴上海极司非而路（今万航渡路）访龙榆生，并与丁宁初次相见。（夏承焘：《天风阁学词日记》[二]，第 42 页）

4 日，林铁尊访夏承焘，请夏承焘为其《半樱词续》作序。夏承焘记曰："民国二年，四十余岁，在东京学生监督处时，有吴、冯二同事好此事，冯君曾亲见半塘老人每作必邀翁和，乃薰染为之。作书请益于古微先生，先生好谦，乃转求于蕙风先生。民国九年，宦瓯海时，犹时时请益于两公，距初学才六七年耳。"（夏承焘：《天风阁学词日记》[二]，第 43 页）

5 日，《社会日报》刊发：周炼霞《满江红》（湿雨晴烟）。署名"娑红"。（后收入刘聪著辑：《无灯无月两心知：周炼霞其人与其诗》，第 165 页）

7日，夏承焘作《〈半樱词续〉序》。（夏承焘：《天风阁学词日记》[二]，第44页）

10日，夏承焘赴福熙路模范村廿二号访冒鹤亭。记曰："此老读词极细心，尝遍校方千里与清真词四声多不合。谓文小坡、万红友谓其尽依四声，实等放屁。大抵反四声、反梦窗，为此老论词宗旨。"（夏承焘：《天风阁学词日记》[二]，第45页）

12日，夏承焘访林铁尊，将《〈半樱词续集〉序》修改稿交与林铁尊。中曰："此吾师铁尊先生戊辰以后词也。予之获闻绪论，始于辛酉、壬戌之交。"（夏承焘：《天风阁学词日记》[二]，第46页）

14日，夏承焘听冒鹤亭谈学词经历。记曰："自谓填词早于朱古老，而所治不专，遂无成业。"（夏承焘：《天风阁学词日记》[二]，第47页）

15日，《社会日报》刊发：周炼霞《醉花阴》（打叠心情千万语）、《醉花阴》（闻道新来刚病酒）、《醉花阴》（粉面团圞如满月）、《醉花阴》（听罢蝉吟阑半倚）。署名"娑红"。（后收入刘聪著辑：《无灯无月两心知：周炼霞其人与其诗》，第166页）

20日，吴湖帆作《霓裳中序第一》（次姜白石韵），并寄予叶恭绰。（吴湖帆著，梁颖编校，吴元京审订：《吴湖帆文稿》，第229页）

20日，吴梅致函夏敬观，请其为《霜厓词录》作序。中曰："梅拙词写成，适值世变。故里荡析，避处边陲。幸录副册，寄存榆兄。虽刻意半生，粗陈梗概。而弁首一序，尚仉高明。海内灵光，惟公健在。倘承慨诺，宠以藻华……区区鄙忱，幸公垂察。"（吴梅著，王卫民编校：《吴梅全集·日记卷》下，第982页）

剑亮按：夏敬观《霜厓词录序》曰："岁己卯春，吴县吴君瞿安殁于云南之大姚县。殁前数月，寄湘潭柚园，写定其所作为《霜厓词录》。以书抵余，乞为序。值人事牵役，卒未报。又闻君丧，始为之，而君不及见也。"

22日，《社会日报》刊发：周炼霞《浪淘沙》（丝雨过银塘）。（《词学》1988年第6辑亦刊出。后收入刘聪著辑：《无灯无月两心知：周炼霞其人与其诗》，第168页）

23日，夏承焘访赵叔雍，赵叔雍介绍《词总集提要》撰写过程。（夏承焘：《天风阁学词日记》[二]，第49页）

27 日，丁宁作《谒金门》（戊寅九月二十日作）。（丁宁著，刘梦芙编校：《还轩词》卷下，第 1 页。后收入曹辛华主编：《民国词集丛刊》第 1 册，第 95 页）

本月

夏承焘作《江城子》（戊寅秋，避寇上海。林𠜎庵、龙榆生预为重阳之会，半樱师、夏映庵、冒疚斋、李墨巢、陈彦通、杨无恙同集）、《点绛唇》（上海租界"八一三"纪念日，大捕爱国青年）。（吴无闻：《夏承焘教授纪念集》，第 239 页）

《民族诗坛》第 5 辑刊发：

陈匪石《霜叶飞》（游岳麓山爱晚亭，和梦窗）；

吴徵铸《卜算子》（峡江纪行）八首；

曾小鲁《浪淘沙》（丁丑秋，携家避寇合肥，谒包孝肃祠作）；

许凝生《蓦山溪》（悼次公）、《夺锦标》（寄怀芊庵成都）；

缪钺《念奴娇》（寄龙榆生海上。时余自保定违难开封，而沪战初起也）、《齐天乐》（乱离远客，又值重阳。阴雨经旬，倍增闷损。时在信阳）；

董巽观《长亭怨慢》（沈三将去江南，以此赠别）、《甘州》（雨中登黄鹤楼）；

叶恭绰《近词案记》。

剑亮按：《近词案记》全文曰：

陈廷焯，亦峰，《白雨斋词存》。《白雨斋词话》极力提倡柔厚之旨，识解甚高。所作亦足相副。

王僧保，西御，《秋莲子词》。西御湛深词学，所作《学词纪要》《词律参论》《词律调体》《补隋唐五代十国辽宋金元词人姓氏爵里汇录》《词评所见录》《词林书目》及《松雪书屋词选正副篇》，惜皆失传。

张德瀛，采珊，《耕烟词》。采珊先生于词学研讨至深，所作《词征》六卷，深美平实，足与《艺概》抗衡。

李绮青，汉父，《听风听水词》《草间词》。汉父丈为词卅载，功力甚深，清迥严密，可匹草窗、竹屋。

潘之博，若海，《弱庵词》。若海为词孟晋，思深力沉。天假以年，足以大成。惜哉！

谭献，仲修，《复堂词》。仲修先生承常州派之绪，力尊词体，上溯风骚。词之门庭，缘是益廓，遂开近三十年之风尚。论清词者，当在不祧之列。

郑文焯，叔问，《樵风乐府》。叔问先生沉酣百家，撷芳漱润，一寓于词。故格调独高，声采超异，卓然为一代作家。读者知人论世，方益见其词之工。

王鹏运，幼遐，《半塘定稿》。幼遐先生于词学独探本原，兼穷蕴奥。转移风会，领袖时流。吾常戏称为"桂派先河"，非过论也。彊村翁学词，实受先生引导。文道希丈之词，受先生攻错处，亦正不少。清季能为东坡、片玉、碧山之词者，吾于先生无间焉。

况周颐，夔笙，《蕙风词》。夔笙先生与幼遐翁崛起天南，各树旗鼓。半塘气势宏阔，笼罩一切，蔚然词宗。蕙风则寄兴渊微，沉思独往，足称巨匠。各有真价，固无庸为之轩轾。

缪荃孙，小山，《碧香词》。艺风先生作词不多，而所藏历代精椠名抄之词甚富。所辑《常州词录》，亦极详审。

刘毓盘，子庚，《濯绛宧存稿》。濯绛宧所编《词史》及辑《唐五代宋金元人词》，极见辛勤。自作词亦负盛名，而稍伤于碎。

王以敏，梦湘，《筑坞词存》。余年十五，学词于梦湘丈，今遂四十载。丈词奄有梅溪、梦窗之胜。以不为标榜，故知者较稀。然实湘社中翘楚，足与湘雨、梦颂并驱中原。

吴昌绶，伯宛，《松邻遗集》。伯宛校刊《双照楼宋元人词》，精密绝伦，有功词苑。自为词不多，皆温雅可诵。

徐珂，仲可，《天苏阁词》。仲可先生著述甚富，关于词者，有《近词丛话》及《清代词学概论》暨《历代词选集评》，为时传诵。

洪汝冲，味丹，《候蛩词》。味丹同学中年专力词学，秀韵不凡。

蒋兆兰，香谷，《青蕊庵词》。蒋先生《词说》一卷，论词颇有见地，自作者不逮所见。

曾习经，刚甫，《蛰庵词》。蛰庵诗深美粹洁，于同、光间独标一帜。词罕作，而迥非凡响。彊村翁收入《沧海遗音》，有以也。

沈曾植，子培，《曼陀罗龛词》。子培丈词，力矫凡庸，乃词中玉川魁纪公也。

沈泽棠，芷邻，《忏庵词钞》。芷邻丈词取径朱、厉，而能去其碎。

陈锐，伯弢，《抱碧斋集》。抱碧居吴，与朱、郑齐名，但功力稍逊。

王允皙，又点，《碧栖词》。碧栖词脱胎玉田，而无其率滑。

程颂万，子大，《定巢词》。子大少日填词，与易五抗手，而无其荒率。此选多晚年作，所谓文章老更成也。

朱祖谋，古微，《彊村语业》。彊村翁词，集清季词学大成，公论翕然，无待扬榷。余意词之境界，前此已开拓殆尽。今兹欲求于声家特开领域，非别寻途径不可。故彊村翁或且为词学之一大结穴，开来启后，应有继起而负其责者，此今日论文学者所宜知也。至所作之兼备众长，不俟再论。

周庆云，梦坡，《梦坡词存》。梦坡建两浙词人祠堂于西溪，复编《两浙词人小传》《浔溪词征》，沆瀣流传，用意良美，所作亦清拔殊俗。

蔡桢，嵩云，《柯亭长短句》。嵩云邃于词学，所作《词源疏证》，于音律剖析精微，多发前人未尽之意，自填词亦当行出色，无愧作者。

郭则沄，啸麓，《龙顾山房诗余》。啸麓为词未五年，高者遂已火攻南宋，能者固不可测也。

陈曾寿，仁先，《旧月簃词》。仁先四十为词，门庑甚大。写情寓感，骨采骞腾。并世殆罕俦匹，所谓文外独绝也。

黄侃，季刚；汪东，旭初。黄、汪二君，并太炎先生高足弟子，词皆有家数，殆所谓教外别传也。

仇埰，亮卿，《鞠谦词》等。南都蓼辛社同人守律极严，择言尤严，哀然成集，足式浮靡。

易孺，大厂，《宜雅斋词》。大厂词审音琢句，取径艰涩。录其较疏快之作，解人当不难索也。

张尔田，孟劬，《遯庵乐府》。孟劬词渊源家学，濡染甚深。与大鹤研讨，复究极幽微，故所作亦具冷红神理。

林鹍翔，铁尊，《半樱词》。铁尊词深得彊翁神髓，短调尤胜，可谓升堂入室。

陈洵，述叔，《海绡词》。述叔词最为彊村翁所推崇，称为一时无两。述叔词固非襞积为工者，读之可知梦窗真谛。

吴梅，瞿安，《霜厓词》。瞿庵为曲学专家，海内推挹。词其余事，亦高逸不凡。

陈宝琛，伯潜，《弢庵词》。弢庵先生七十后始为词，犹是诗人本色。

王易，晓湘，《简庵词》。晓湘所著《词曲史》，征引繁博，论断明允。所作亦渊雅可诵。

黎国廉，季裴，《秣音集》。季裴丈老去填词，刻意梦窗，功力深至。

赵尊岳，叔雍，《珍重阁词》。叔雍早岁学词于况夔笙先生，克传衣钵。近作益臻深美，曾汇刊明人词至二百余种，信大观也。

夏孙桐，闰枝，《悔庵词》。悔庵填词极早，平生不事表襮，故知者较稀。今岿然为坛坫灵光，正法眼藏，非公莫属已。

林葆恒，子有，《讱庵词》。子有《闽词征》六卷，采集略备，已作亦足称后劲。

夏敬观，盥人，《映庵词》。剑丞平生所学，皆力辟径途。词尤颖异，三十后已卓然成家，今又廿余载矣。词坛尊宿，合继王、朱，固不徒为西江社里人也。

张茂炯，仲清，《艮庐词》。艮庐词审律甚严，而绝无粘滞肤廓之病，当在乡先辈红友、顺卿之上。

邵瑞彭，次公，《扬荷集》。次公词清晖高华，工于镂剪。残膏剩馥，正可沾溉千人。

邵章，伯絅，《云淙琴趣》。云淙词精力弥满，而审律綦严，无一字不经洗炼，足称苦心孤诣。

廖恩焘，忏庵，《忏庵词》。忏庵先生填词力仿觉翁。

梁启勋，仲策，《海波词》。仲策著《稼轩词疏证》及《词学》二书，识超义卓，考证精详，足称佳著。

冒广生，鹤亭，《小三吾亭词》。鹤亭丈少学于先大父南雪公，为词瓣香朱、陈。中年以后，兼采众长，而才情横溢，时露本色。

袁荣法，帅南。帅南近辑《湖南词征》，搜采甚广，有功桑梓。

杨玉卫，铁夫，《抱香词》。铁夫校梦窗词至于再三，可谓觉翁功臣。所作亦日趋浑成，七宝楼台，拆之可成片段。

龙沐勋，榆生，《风雨龙吟室词》。榆生承彊村先生之教，以词学传授东南，苕溪一脉，可云不坠。近年余与诸友倡《词学季刊》，榆生实任主编，主持风会，愿力甚宏。

唐圭璋，圭璋，《春水绿波词》。圭璋致力词学，精勤不懈。所辑《词话丛话》《全宋词》《宋词三百首》及《南唐二主词笺》诸书，风行一时，有功词苑。

卢前，冀野，《红冰词》。冀野曲学专家，驰名海内外。词不多作，恂是出色当行。

朱衣，居易，《清湖欸乃》。居易为榆生高足弟子，于词学备得真传。助余编选清词，能别具手眼，所作亦不愧师承。

又按，《近词案记》前有编者按，曰："退庵先生纂录光、宣以还诸家词，继谭仲修《箧中词》为《广箧中词》四卷。间加案语，足供文学史料，兹录刊于此。藉觇近数年词坛述作，且足示初学以阶梯焉。"

陈曾寿选《旧月簃词选》，由长春"满日文化协会"出版。为《东方国民文库》一种。选唐、宋 84 位词人 302 首词。书前有选者《自叙》。

秋，辛际周作《卜算子》（初秋月夜，继坡公韵）。（辛际周：《梦痕词》，第 7 页。后收入曹辛华主编：《民国词集丛刊》第 7 册，第 14 页）

秋，乔曾劬作《梅香慢》（戊寅秋，巴县遇寒梧下峨眉，复有贵筑之役，和东山）。（乔曾劬：《波外乐章》卷三，第 8 页。后收入朱惠国、吴平编：《民国名家词集选刊》第 14 册，第 529 页）

秋，任援道作《菩萨蛮》（戊寅秋，余寓居金陵宝华庵之西楼。宝华庵者，端陶斋督两江时燕集宾朋研讨金石之所也。三十年来倾圮，已非旧观。余既重修葺之，每逢月夜，辄与幕客数人，徘徊庭前。刁斗寂静，万籁无声。遥望钟山之麓，灯火烛天。营垒接连数十里，不胜其军旅之思。偶谱此阕，高君冠吾以为能好暇整焉）。（任援道：《青萍词》，第 35 页。后收入曹辛华主编：《民国词集丛刊》第 3 册，第 476 页）

秋，邵章作《醉蓬莱》（戊寅九秋，题傅藏园《蓬山话旧图》）。（邵章：《云淙琴趣》，第 73 页。后收入曹辛华主编：《民国词集丛刊》第 7 册，第 422 页）

《萃文季刊》第 14 期（秋季号）刊发：

葛发恩（中九级）《长相思》（秋情）；

高玉英《鹧鸪天》（月夜清风景色幽）。（后收入刘晓丽主编：《伪满洲国旧体

诗集》，第 21 页）

10 月

2 日，夏承焘、龙榆生、马公愚三人访夏敬观。夏敬观谈及朝鲜歌曲与唐宋词调之关系，以及冒鹤亭词学研究方法。谓"往年有朝鲜乐人来沪奏技，所歌词牌有《佳人摘牡丹》等，有见于《宋史·乐志》者，此事或须求证于彼邦"。又谓"鹤亭翁减令词衬字，欲求词本来面目，未必有用，可云劳而无功"。（夏承焘：《天风阁学词日记》[二]，第 50 页）

4 日，夏承焘与丁宁在龙榆生家会晤，而后与龙榆生一起到丁宁寓所，借《还轩词》而归。至 6 日，夏承焘将《还轩词》送还丁宁。（夏承焘：《天风阁学词日记》[二]，第 51、52 页）

5 日，《社会日报》刊发：周铼霞《眼儿媚》（西风多事唱帘钩）。（后收入刘聪著辑：《无灯无月两心知：周铼霞其人与其诗》，第 169 页）

7 日，夏承焘访冒鹤亭。冒鹤亭谈校勘方法。"自谓所校《清真》《乐章》诸集，首以本词上下片相校，次以本集各首相校，又次及他家词字句相同者，定为一尊。不同者以字数少者为准，而定他首羡出者为衬字。"（夏承焘：《天风阁学词日记》[二]，第 52 页）

8 日，《社会日报》刊发：周铼霞《菩萨蛮》（警告宋词人）。（后收入刘聪著辑：《无灯无月两心知：周铼霞其人与其诗》，第 170 页）

11 日，夏承焘接邓广铭 9 月 23 日北平来函。中曰："《辛稼轩年谱》已交卷，《辛词笺注》尚未及半。"夏承焘评曰："二书皆词林佳著，恨未识其人。"（夏承焘：《天风阁学词日记》[二]，第 53 页）

12 日，《社会日报》刊发：周铼霞《踏莎行》（小翠不喜烫发，与其薰砧隔室而居，写此调之）。（《海报》1945 年 5 月 3 日亦刊出。后收入刘聪著辑：《无灯无月两心知：周铼霞其人与其诗》，第 170 页）

14 日，《社会日报》刊发：周铼霞《菩萨蛮》（水晶双嵌玲珑扣）。（《力报》1945 年 5 月 2 日、《艺坛》1946 年第 2 期、《铁报》1946 年 8 月 18 日亦刊出。后收入刘聪著辑：《无灯无月两心知：周铼霞其人与其诗》，第 172 页）

15 日，丁宁访夏承焘，谈其名字。夏承焘记曰："丁宁女士来，谓丧母以后，但名怀枫，而废其姓矣。"（夏承焘：《天风阁学词日记》[二]，第 54 页）

16 日，《社会日报》刊发：周铼霞《浣溪沙》（一枕乌云雪腕埋）、《浣溪沙》（几曲屏山路万千）。（后收入刘聪著辑：《无灯无月两心知：周铼霞其人与其诗》，第 173 页）

18 日，《社会日报》刊发：周铼霞《菩萨蛮》（访紫英留作）。（后收入刘聪著辑：《无灯无月两心知：周铼霞其人与其诗》，第 173 页）

20 日，《社会日报》刊发：周铼霞《虞美人》（爱俪园赏月，淑韵微酡）、《明月生南浦》（维也纳，偕舜华歌舞解醉）。署名"紫姑"。（后收入刘聪著辑：《无灯无月两心知：周铼霞其人与其诗》，第 173 页）

21 日，吴湖帆记录午社活动。曰："今年四月间，夏剑丞先生发起词社，同人分值词课。余预定今日，不料静淑病殁，迄今已过百日矣。词社值课，不克在家宴客，因假尤怀皋自由农场。余因感冒未愈，约博山代作主人，因与博山同去，介绍诸君后，余先归。每期值课二人，余与龙榆生兄同请也。词社名午社……社中年最长者为廖忏庵恩焘、金篯孙兆藩、林铁尊鹍翔、林子有葆恒、冒鹤亭广生、夏剑丞敬观、仇述庵埰、吴眉孙庠、夏瞿禅承焘、龙榆生沐勋、何之硕嘉、吕贞白、黄梦招孟超及余，为十四人第一次《归国谣》《荷叶杯》二调，第二次《卜算子》，第三次《绿盖舞风轻》，第四次《玉京谣》。今日为第五次，余因先返，由龙榆生兄主之矣。"（吴湖帆著，梁颖编校，吴元京审订：《吴湖帆文稿》，第 272 页）

27 日，《社会日报》刊发：周铼霞《苏幕遮》（晚烟沉）。（后收入刘聪著辑：《无灯无月两心知：周铼霞其人与其诗》，第 177 页）

30 日，龙榆生、林子有招饮于渔光村林子有家。夏剑丞、林铁尊、廖恩焘、李拔可、陈彦通、吕贞白、杨无恙、夏承焘出席。龙榆生嘱为重九词。林子有以《讱庵填词图》嘱题。（夏承焘：《天风阁学词日记》[二]，第 57 页）

30 日，廖恩焘作《龙山会》（戊寅重九前一日，榆生招饮讱庵斋中。诸名胜毕集，榆生出纸索词，次梦窗韵成此）。（廖恩焘：《半舫斋诗余》，民国二十九年[1940]铅印本，第 5 页。后收入朱惠国、吴平编：《民国名家词集选刊》第 11 册，第 77 页）

31 日，《社会日报》刊发：周铼霞《虞美人》（惺忪薄醉愁无那）。署名"娑红"。（后收入刘聪著辑：《无灯无月两心知：周铼霞其人与其诗》，第 178 页）

本月

《民族诗坛》第 6 辑刊发:

于右任《鹧鸪天》(偕庚由自西安往成都机中);

陈匪石《芳草渡》(戊寅夏五,岷、嘉两江之交,每值薄暮,飞燕集樯竿不去。因念数月以来,避地西上者,乡音盈耳,情景正相类也);

张庚由《暗香》(西湖。廿六年春)、《祝英台近》(右任先生奉命宣慰西北军民,予以记室偕行。车阻潼关十日,感作此词。廿五年)、《祝英台近》(来渝后,每苦行路。晴日,文炳、絜生、育五约赴南山纵目。归晤冀野,出词索赋,因倚此阕);

孙澄宇《金缕曲》(旅次福州,闽师诸女弟知余有重庆之行,群请为词留念。爰赋此曲);

朱辖《鹧鸪天》(送梦野丈之蜀)。

11 月

1 日,龙榆生访吴湖帆,"交到夏闰枝孙桐、赵尧生熙、张孟劬尔田及榆生四家题《绿遍池塘草》诗词笺"。(吴湖帆著,梁颖编校,吴元京审订:《吴湖帆文稿》,第 273 页)

5 日,《社会日报》刊发:周錬霞《苏幕遮》(莲花)、《苏幕遮》(红豆)。(后收入刘聪著辑:《无灯无月两心知:周錬霞其人与其诗》,第 179 页)

5 日,夏承焘将其所作《江城子》(戊寅夏,避寇上海,林切庵、龙榆生预为重阳之会,半樱师、夏映庵、冒疚斋、李墨巢、陈彦通、杨无恙同集)、《临江仙》(饮切庵翁家,归得鹭山书)二首词,寄予林铁尊求教。(夏承焘:《天风阁学词日记》[二],第 46 页)

15 日,《社会日报》刊发:周錬霞《浣溪沙》(雾縠披肩半觳轻)、《浣溪沙》(小扇裁成比月新)。(后收入刘聪著辑:《无灯无月两心知:周錬霞其人与其诗》,第 147 页)

16 日,《社会日报》刊发:芍姝《踏莎行》(錬霞晓诵《心经》,夜游舞树。赋此嘲其矛盾也)。(后收入刘聪著辑:《无灯无月两心知:周錬霞其人与其诗》,第 148 页。并注曰:"芍姝,即錬霞梅社社友戚若英。")

20 日,冒鹤亭访夏承焘,谈《乐府雅词》校勘,谓"《乐府雅词》末卷无姓

名者，可据《花草粹编》《历代诗余》校补"。（夏承焘：《天风阁学词日记》[二]，第 60 页）

24 日，何遂作《满江红》（戊寅十一月廿四日，晓雾。发仙峰寺至华严顶）。（何遂：《叙圃词》，民国三十七年 [1948] 铅印本，第 8 页。后收入曹辛华主编：《民国词集丛刊》第 6 册，第 32 页。后亦收入何达：《何遂遗踪：从辛亥走进新中国》，第 145 页）

29 日，夏承焘作《水龙吟》（心叔、云从各示落叶词。念碧山有是解，依韵报之）。（夏承焘：《天风阁学词日记》[二]，第 62 页）

本月

《民族诗坛》第 2 卷第 1 辑刊发：

于右任《减字木兰花》（武汉飞渝，机中回望）；

唐圭璋《雨霖铃》（题梁鼎铭兄战画三帧，《流亡图》）、《八声甘州》（《血刃图》）、《凄凉犯》（《火鞭图》）；

林庚白《高阳台》（读吴文英词有"能几花前，顿老相如"，及"伤春不在高楼上，在灯边倚枕，雨外薰炉"之句，此殆梦窗之所以为梦窗也。因反其意，成此解）；

何鲁《满江红》（南桥怀古，用平韵）；

缪钺《石州慢》（戊寅秋日，流转蜀中。念远忧时，漫成此解）；

施绍文《青玉案》（太原、上海于十一月十一日同时沦陷。定倾扶危，统兵将校，责无旁贷，词以勖之）、《夺锦标》（劝从军）；

赵文炳《百字令》（游南山，寄感）；

何雪梅《满江红》（灭倭寇）；

朱辅《鹧鸪天》（渝州谒饮虹师，赋呈）、《鹧鸪天》（由宜昌西上，舟中赋）、《减字木兰花》（吊抗战殉国诸将士）、《浪淘沙》（戊寅杂感）。

12 月

6 日，《社会日报》刊发：周链霞《虞美人》（临风短帔飘纱结）。（后收入刘聪著辑：《无灯无月两心知：周链霞其人与其诗》，第 182 页）

15 日，《甘院学生》第 8 卷第 1 期刊发：朱晋祥《浪淘沙》（集训有感）。（后

收入《民国珍稀短刊断刊·甘肃卷》第5册，第2284页）

16日，《红茶》半月刊第13期刊发：陈寂《鱼尾集》，有《卜算子》（看山认翠眉）、《浣溪沙》（入梦烟波水色浮）、《鹧鸪天》（晚登漳州西城）、《临江仙》（晚春午晴过远山楼）、《蝶恋花》（三月灞陵桥上别）。

22日，夏承焘接邓广铭函，谈稼轩词研究进展。谓"《辛词笺注》阴历年内可成。于《永乐大典》及元、明二代纂修各书中，辑得稼轩佚诗文，为抄成所失收者，共有四五十首之多。欲于全部编定寄予，为最后之校阅"。（夏承焘：《天风阁学词日记》[二]，第67页）

23日，《社会日报》刊发：周鍊霞《满江红》（题小翠《终南夜猎手卷》）。（后收入刘聪著辑：《无灯无月两心知：周鍊霞其人与其诗》，第185页）

24日，《社会日报》刊发：周鍊霞《采桑子》（调蕙珍）。（后收入刘聪著辑：《无灯无月两心知：周鍊霞其人与其诗》，第186页）

27日，《社会日报》刊发：周鍊霞《采桑子》（朝云飞送车儿急）、《采桑子》（红窗六扇当风启）、《采桑子》（关心已是经年别）、《采桑子》（松烟细洒朱丝格）。（后收入刘聪著辑：《无灯无月两心知：周鍊霞其人与其诗》，第186页）

28日，《社会日报》刊发：周鍊霞《喝火令》（题画）。（《海风》1945年12月15日、《词学》1990年第8辑亦刊出。后收入刘聪著辑：《无灯无月两心知：周鍊霞其人与其诗》，第188页）

本月

《民族诗坛》第2卷第2辑刊发：

吴霜崖《水调歌头》（戊寅中秋）；

周癸叔《大酺》（题王仁泉郊居）、《破阵子》（巨鳌断足）；

汪旭初《平调满江红》（送顾希平从军）；

杨熙绩《满江红》（和龙榆生教授依文文山先生和王昭仪原韵，四月作）、《浣溪沙》（五月十二日，为胡展堂先生逝世两周年纪念日，感赋）；

林庚白《暗香》（青年会楼居，坐雨）、《满江红》（纯阳洞，同北丽）、《满江红》（读报，有感欧洲事）；

龙沐勋《水调歌头》（丁丑沪上，中秋作）、《玉阑干》（戊戌二月八日，大雪作，依杜安世声韵）、《满江红》（清明，有忆岭表旧游，用东坡）；

王驾吾《高阳台》（泰和中秋感怀，步草窗韵）；

刘翼凌《满庭芳》（送干乔之郑州）、《卖花声》（早春，游中山公园）；

许伯建《满江红》（建国抗战已经年矣，检点舆图，浩劫满眼。因叠事变时和王昭仪词韵，略抒愤慨）、《八犯玉交枝》（渝州中秋，用仇山邨招宝山观月词韵）；

曾小鲁《甘州》（《石宝寨图》。许武公先生溯江入蜀，一夕，忽梦至一地，适秦良玉过访。白发英姿，絮絮始去。越日，舟泊石宝寨，见与梦中情景无殊，流连久之。因遣人为图以志，属题此词）；

江絜生《鹧鸪天》（九日，山楼东眺）；

张庚由《鹧鸪天》（与文炳、絜生重游灵岩。二十六年春）。

《燕京学报》第 24 期刊发：夏承焘《白石道人行实考》。该文考究姜夔的世系、生卒、行迹、著述、交游等。

陈曾寿作《旧月簃词自序》，曰："余自与彊村侍郎定交，始知所为词，有涉于纤巧轻倩者。既极力改正，嗣后有作，辄请侍郎定之，得益不少。顾侍郎谬谓：'他人费尽气力所不能到者，苍虬以一语道尽，自是得之于天，不可强为。'记之以志吾愧。戊寅冬十二月，苍虬。"（陈曾寿著，张寅彭、王培军校点：《苍虬阁诗集》，第 496 页）

蒋伯潜、蒋祖怡《词曲》，由上海世界书局出版。十八章。其中，第一章为"词曲的文艺价值与名称的商榷"，第二章为"唐宋乐制的复杂与词的起来"，第七章为"从格律形式文字上来辨别诗词的不同"，第八章为"词曲风格音律上的差异"，第九章为"题目与调名"，第十章为"长调中调小令及其他"，第十一章为"词韵和曲韵"，第十二章为"词的初韧时期"，第十三章为"全盛时期的词坛概况"，第十六章为"词的衰落时期之名作"，第十七章为"词的复兴"，第十八章为"填词与作曲"。

丁宁作《鹧鸪天》（戊寅岁暮，明仪以小册索题，漫成一解。十年前事，固历历如昨也）。（丁宁著，刘梦芙编校：《还轩词》卷下，第 3 页。后收入曹辛华主编：《民国词集丛刊》第 1 册，第 99 页）

贺昌群作《南柯子》（宜山与迪生、弘度乡居写意）。时浙江大学文学院贺昌群与梅光迪、缪钺，以及刘永济等教授在广西宜山乡村。（参见刘永济：《诵帚词集　云巢诗存》，第 332 页）

本年

【词人创作】

龙榆生作《采桑子》（悼黄自先生）、《祝英台近》（丹阳吕凤子避兵入蜀，取稼轩词意，为写落花、美人见寄。爰依原韵，赋此报之）。（张晖：《龙榆生先生年谱》，第94页）

顾随作《临江仙》（记向春宵融蜡）、《蝶恋花》（午夜月明同散步）、《灼灼花》（日落苍茫里）、《浣溪沙》（袅袅秋风到敝庐）、《江神子》（苍空昨夜梦骖鸾）、《虞美人》（去年祖饯咸阳道）、《鹧鸪天》（不是新来怯凭栏）、《南柯子》（黄菊东篱下）、《灼灼花》（不是昏昏睡）、《踏莎行》（落日云埋）、《临江仙》（去岁衰于前岁）。（闵军：《顾随年谱》，第114页）

缪钺作《石州慢》（丧乱弥载，流转蜀中。感事怀人，漫成此解）、《鹧鸪天》（蜀黔道中）。（缪钺：《缪钺全集》第7、8合集，第29页）

张充和作《菩萨蛮》（小轩凉纳千山绿）、《鹧鸪天》（上轩辕台，归时迷路）、《鹊桥仙》（有些凉意）、《浣溪沙》（梦魂惯不畏鸥枭）。（白谦慎编：《张充和诗文集》，第18页）

丰子恺作《望江南》（青春伴）。（后收入丰子恺：《丰子恺全集》第6卷，第213页）

于右任作《金缕曲》（乡人来述家山之美，劝北归者，作此答之）、《鹧鸪天》（偕庚由自西安往成都机中作）、《减字木兰花》（武汉回渝，机中回望）、《菩萨蛮》（有述北战场事者，因赋此）、《捣练子》（题"与石居"。衡山兄爱石成性，所至选石携归陈列室中，以为旅行纪念。求题斋额"与石居"，因缀以词）。（后收入刘永平编：《于右任诗集》，团结出版社，1996年，第245页）

剑亮按：曹聚仁曰："近人诗词，我最爱髯老的，鲜活有气魄，不带腐儒的酸气。他的《青年回忆录》，以《金缕曲》作结，也是我所爱好的一首。词云：'百事从头起。数髯翁，平生湖海，故人余几。褒鄂应刘寒之友，多少成仁去矣。到今日，风云谁倚。人说家山真壮丽。好家山，须费功夫理。南与北，况多垒。乾坤大战前无比。愧余生，嵯峨山下，卫公同里。不作名儒兼名将，白首沉吟有以。料当世，知君何似。闻道伤亡三百万，更甘心，血染开天史。求祖国，自由耳。'"（曹聚仁：《听涛室人物谭》，第6页）

金克木作《西江月》（治乱兴衰有定）。（后收入金克木：《金克木集》第1卷，

生活·读书·新知三联书店，2011 年，第 194 页）

吴其昌作《鹧鸪天》（中华民国二十七年，逆虏滔天，神京蒙秽。提挈稚弱，间关万里，始于春杪，憩息成都。谒拜工部草堂，念氈胡凌汉，古今同辱。率成此解，不觉声之楚也）。（后收入吴令华主编：《吴其昌文集·诗词文在》，第 43 页）

汪曾武作《采桑子》（戊寅，七十三初度述怀）二十首。（汪曾武：《趣园诗余·味莼词已稿》，第 5 页。后收入朱惠国、吴平编：《民国名家词集选刊》第 6 册，第 161 页）

刘麟生作《踏莎行》（石澳观浪）、《浣溪沙》（浅水湾观雨，移时始去）、《满庭芳》（孟秋阴翳，偕孝岳、威阁游杯渡山青山禅院）、《烛影摇红》（寓居半山中宁养台，屋西向，夕阳幻变，所览独多，因有此解）。（刘麟生：《春灯词》，第 30 页。后收入朱惠国、吴平编：《民国名家词集选刊》第 15 册，第 112 页）

李宣龚作《浪淘沙》（墨巢作墨庵太守生日。戊寅）。（李宣龚：《墨巢词》，第 3 页。后收入曹辛华主编：《民国词集丛刊》第 4 册，第 67 页）

【词籍出版】

林鹍翔《半樱词续》刊行。卷首有夏敬观《序》和夏承焘《序》，以及金兆藩、洪汝闿、吴梅、向迪琮、蔡桢、陈世宜的题词。（上海图书馆藏。后收入朱惠国、吴平编：《民国名家词集选刊》第 9 册）

夏敬观《序》中曰："吾友吴兴林君铁尊，朱古微侍郎之高第弟子也。侍郎词，上接两宋，独具机杼。在近代突出，为词坛祭酒，胥人知之矣。君学于侍郎，而旨趣稍异。溯君乡先哲张子野、刘行简、周公谨诸家，君于子野微近，而亲承侍郎指示，铸词命意，又莫不有家法存乎其间。"

夏承焘《序》中曰："此吾师铁尊先生戊辰以后词也。予之获闻绪论，始于辛酉、壬戌之交。师时观政瓯海，暇尝举瓯社，以导词学，唱酬之雅，无虚月也……师之于词，固取径于周、吴，而亲炙彊翁者。今诵其伤乱哀时诸什，取诸肺肝，而出以宫徵。真气元音，已非周、吴之所能囿。"

林葆恒《瀼溪渔唱》刊行。卷首有徐沅《序》，卷尾有作者《跋》。（上海图书馆藏。后收入朱惠国、吴平编：《民国名家词集选刊》第 9 册）

徐沅《序》中曰："林切庵词兄盖亦以诗为词者也。忆庚戌之岁，切庵与余同居天津节幕，暇辄论诗，相唱和。于时新法繁兴，乱机潜伏。每诵坡公讽时之作，旷世相感，若有不胜其隐忧者。辛亥变后，世事益奇，身世家国之感，诗所不毕达者，惟长短句足以写之。切庵与余乃以词相唱和。然切庵虽遇艰时，而意气殊不衰弱。凡所为词，满心而发，肆口而成，不待艰思而工，不烦细琢而丽。使人举首高歌，而浩气逸怀，超乎尘垢之外。盖其忠爱之旨既已举，似楼宇高寒，而悲感苍凉，遇事发抒，则又与玉田、碧山为近。斯声家之逸致矣。丙子初秋，切庵将刻其自为词，而命序于余。"

作者《跋》曰："余夙不工填词。戊辰夏，徐丈姜庵、郭君啸麓结须社于析津，强余入社。遂勉学为之，前后得百余阕。庚午南下，从朱丈彊村、程君十发结沤社于上海，又得百余阕。朱、程徂谢，社事星散。徐、郭诸君，远在析津。追思昔日文燕之乐，渺不可得。丙子冬，移居愚园路之静园。其地在《县志》为瀼溪，因综前后所为词，汰去大半，名为《瀼溪渔唱》，以授梓人。非敢自炫，亦聊以识良朋劝诱之力云尔。岁在著雍摄提格十月，切庵居士识于瀼溪精舍。"

卢前《中兴鼓吹》，由独立出版社出版。卷首有陈立夫《序》，以及欧阳竟无、潘伯鹰、龙榆生、任中敏、李冰若、郦承铨、许凝生、江絜生等人题识。（上海图书馆藏。后收入朱惠国、吴平编：《民国名家词集选刊》第 16 册）

陈□□《序》中曰："卢冀野先生以所著《中兴鼓吹》见示，翻阅一过，觉其爱国情绪横溢纸上。昔人谓，长短句只宜于浅斟低唱，使闻冀野之说，《花间》绮语，徒然丧志。后来柳、贺搔首弄姿，当必面赤心折。况当兹山河震撼之秋，吾民族方与暴寇作生死存亡之斗争，而精神动员，文人负责最重。岂宜尚有流连光景、儿女相思之作。是冀野以中兴名其集，不特为现时所需要，亦全国作家所应尔……吾观冀野之作，曾不自觉其感慨之深，而企望之切也。文学之道，止如冀野所言，真诚二字足以尽之。盖必对事物有正确之认识，而后有真诚之言论。不诚则无物，对己不忠，遑论格人。世有处此民族存亡大变之今日，未能体认自身之任务，仍作无病呻吟者，吾请熟读冀野之书。中华民国二十七年三月，吴兴陈立夫序于汉皋。"

袁克文《洹上词》刊行。内含《寒云词》《豹龛诗余》《庚申词》三种。《寒

云词》卷首有张伯驹《序》和夏仁虎《序》。（国家图书馆藏。后收入朱惠国、吴平编：《民国名家词集选刊》第 14 册）

张伯驹《序》曰："余与寒云为中表戚。方其盛时，未尝见也。已巳岁，始与过从，共相唱酬。北归，与方大地山访寒云故庐，索其词稿，谋付之梓。其夫人及方大之女公子手写畀余，即今所刊稿也。寒云词跌宕风流，自发天籁，如太原公子不修边幅而自豪，洛川神女不假铅华而自丽。呜呼！霸图衰歇，文采犹存，亦足以传寒云矣。刊词既竣，方大亦逝。已碎汉水之琴，复哀山阳之笛。沽上桃花，墓前宿草，怆怀故旧，何忍卒读邪！戊寅秋，愚表弟张伯驹序。"（后又收入袁克文：《辛丙秘苑》，上海书店出版社，2000 年，第 100 页）

夏仁虎《序》曰："凡学可以人力致，惟词则得于天事者为多。好鸟鸣春，幽蛩响夕。微风振松篁，寒泉咽危石。孰为之节奏？自赴其欢娱哀戚之旨，杜陵、昌黎无其天，弗强作也。惟天故真，惟真故不为境所限。若南唐二主，若张功父、若纳兰容若，或偏霸江介，或贵公子，宜无弗得于志矣，然其为词，郁伊善感，含情绵漠，有过于劳人思妇者，岂人力所能致耶？袁子寒云生长华胈，耽好儒素，当时誉者拟诸陈思，兹非仆之所敢知。第得见其所为词，则固功父、容若之流亚也。中岁，湛隐放废、饮醇近妇如信陵。时时为词以寄意，多侧艳琐碎、燕私儿女之语，或乃病之然，此实词家本色也。颇闻近代主词坛者，悬所谓拙重大之旨为揭橥，以饰门面、召来学，而世之学为词者，亦群焉奉为圭臬，然此特相率而为伪耳！寒云之词，独能任天而动交，谡谡若松风，泠泠若泉石，凄凄若寒云。初意亦有志于考律，与赵逸叟诸人游，相与讨论。然其为宫调之失传久矣，今之教人为词者，颇以四声并和为尽能事。梏桎性灵，伤词害义，其弊已不胜言。古今之音异，南北之音异，一声而阴阳异，乃至一名家词而数本互异，又孰从而正是之？寒云之词，自鸣其天，不欲扶篱倚壁，趋于窘涩之途，亦不肯描头画角，殆为有其天而能自全者欤。寒云病中，恒手自定稿，命其闺人录之，凡得词如干首，自署曰《洹上词》。既殁，家人以属其中表张伯驹。伯驹将为梓之，问序于余。余病夫无其天而强为之者之多，而号称能为词者，又曰以涂饰摹拟相矜尚。词之天寖失，而词学益以微，乃信寒云之词为必可传。若夫哀鸟遗音，时于恻恻微吟中寓其家国难言之隐，则尤足慨念云。枝巢夏仁虎序。"（后收入袁克文：《辛丙秘苑》，第 100 页）

张伯驹《丛碧词》《丛碧词续》刊行。卷首有夏仁虎《序》、郭则沄《序》。（上海图书馆藏。后收入朱惠国、吴平编：《民国名家词集选刊》第15册）

剑亮按：朱惠国本编年为1938年，但《丛碧词》内有《戚氏》（己卯上巳）的作品，为1939年。《丛碧词续》则注"己卯"。

陈宝琛《听水斋词》一卷（《沧趣楼诗集》本）刊行。（后收入曹辛华主编：《民国词集丛刊》第16册）

夏仁虎《和白石词》一卷刊行。卷首有作者《和白石自制曲序》。（后收入曹辛华主编：《民国词集丛刊》第12册）

作者《和白石自制曲序》中曰："白石自制曲，今世所传殊有异同，要当以一卷十三调为准。《四库》所收宋椠本如是，许氏《榆园丛刻》、王氏《四印斋所刻词》并依之。世复有陶南村手写本析自制、自度为二卷。然其为十三调亦均同，其强分二卷，殆转写之误，甚无谓也……余于去年冬，畏寒简出，雪窗枯坐，则取此十三调悉和之。朋辈颇有同作者，以自缚于石帚之声韵也，乃题曰《雪窗缚帚》，而丐蛰园为之图，因录所作，次列当时同作者为一卷云。戊寅夏至前，江宁夏仁虎并记于北京枝巢。"

剑亮按：夏仁虎《序》中所谓"次列当时同作者"，有闰庵、倬庵、太虚、毓麐、蛰云、宣颖、龚元凯、张伯驹等词作。

【报刊发表】
《橄榄》第2期刊发：吟秋《山居回味录》，全文为：

去年的冬天，我正寄居山中，足足住了三个月。借了山家一榻之地，纸窗竹屋，容我看山读书，有时偶写小诗短令，以遣岑寂。差不多随便的写了好几百首，不过代替当时的日记罢了。现在呢？重被饥驱，来到孤岛，另度一种生活。想到去年的情景，当然不大相同。人生本来和电影一般，一幕过了，又是一幕。可是影幕的印象，有时往往不易磨灭，一经回想，况味如昨，仿佛吃橄榄的值得回味；姑就记忆所及，摘录《山居词》十首，以代补白。

山居词（调寄《望江南》）

山居好，幽僻绝尘缘。静掩柴扉聊谢客，闲翻经卷欲逃禅。俗虑已全捐。

山居好，镇日静无哗。茶味爱尝青橄榄，粉香新炒黑芝麻。风趣自堪夸。

山居好，点缀岁寒姿。白石盆栽红杞子，紫沙瓶插绿梅枝。夙好未能移。

山居好，风日喜晴和。一曲樵歌迎夕照，数声渔唱荡烟波。画稿不嫌多。

山居好，斗室且苟安。枕上寻诗诗意暖，床前对月月光寒。一梦地天宽。

山居好，梦觉日初升。野老上街量黍豆，村童到处卖乌菱。早起访山僧。

山居好，闲里讨生涯。一角小楼晨读画，数弓隙地晚浇花。到处便为家。

山居好，雪意满荒江。试取残炉烘冻砚，闲裁废纸补寒窗。独坐对银釭。

山居好，寂寞动幽情。山下鸡啼天欲曙，林间鸟语雨初晴。诗意自然生。

山居好，几净小窗明。离乱不闻心旷达，穷通由命气和平。何必与人争。

剑亮按：《橄榄》，月刊，1938 年创刊于上海。1939 年终刊。

《贵州文献季刊》创刊号刊发：陈德谦《〈春芜词〉评述》。

1939 年

（民国二十八年 己卯）

1 月

1 日，《红茶》半月刊刊发：朱小可《重庆竹枝词》（古自巴人擅竹枝）、（天富由来夸蜀邦）、（遗爱于今说武侯）、（秋来淫雨苦连绵）、（家家市肆挂开堂）、（霓虹灯映市招新）、（禹王遗迹已难稽）、（綦江柑子味堪夸）、（梦里湖山委劫尘）、（玉树歌残事可哀）、（年时村舍两三家）、（松顶山头屋数楹）、（山城到处苦岖崎）、（牙祭今朝喜动人）、（无事何妨充壳子）。

1 日，《民族诗坛》第 2 卷第 3 辑刊发：

杨熙绩《忆旧游》（依张叔夏体）、《徵招》（依姜白石体。时倭寇犯我安庆）；

张镜明《鹧鸪天》（题宁儿周岁照）；

曾缄《木兰花慢》（四桥雪浪）、《木兰花慢》（双寺烟林）、《木兰花慢》（雅迦积雪）、《木兰花慢》（柳峪芳游）、《木兰花慢》（仙海澄波）；

刘衡如《琐窗寒》（雅加积雪。雅加埂位于康定之南，群峰积雪，终岁皑皑。居人偶一瞻望，凉意即悠然生于几席间，故康城无盛暑）、《浪淘沙慢》（四桥雪浪。康定城中，自东而南，下、中、上三桥及将军桥，依序纵列折多。山水横贯其下，浪翻作雪，令临观者视听洒然。子夜枕上闻之，乃恍若卧于松间石上矣）；

刘冰研《金缕曲》（接亚子寄词，有"残月晓风无恙否"之句，读之弥增怅触。次韵二阕，报之）二首；

谢芸皋《满庭芳》（南泉怀旧）；

曾小鲁《高阳台》（亮吉招同二适饮高家庄寓园，展观所藏大鹤山人词翰，述及吴门近事，感题此解）；

黄棨《望湘人》（得陈海天衡阳书）；

蔡济舒《念奴娇》（危楼风雨）；

董巽观《石门引》（台城荒烟）；

陈颂平《满庭芳》（戊寅春日书怀）；

洪守方《解珮令》（五更风雨）；

孙澄宇《八声甘州》（嘉陵江畔）；

编者《词之英文译本》，曰：

　　初大告教授出示所译《中华隽词》（*Chinese Lyrics*）剑桥大学本。出版于一九三七年，前有 Sir Arthur Ouiller-coucl 序，对于我国"词体"有相当详尽之介绍，甚至赞美之辞。以彼邦无此词制也。初君所译之词，凡五十六首。其最得意者，有冯延巳之《长命女》，李后主之《渔父》《相见欢》《浪淘沙》《虞美人》，范仲淹之《渔家傲》，宋祁之《浪淘沙》，欧阳修之《生查子》，苏轼之《水调歌头》，朱敦儒之《鹧鸪天》，辛弃疾之《生查子》，与管道升夫人之《我侬词》。'词可译乎？'怀此疑问者当不乏人。虽然，词各有调，以彼拼音字译我独立单体字所构成之牌调为不可能，然词之意境、句法，亦未使不可以异国文字写之。余读初君译本，以为有两大成功：

　　（一）使西人略知我国所特有之"对仗法"。例如朱敦儒《鹧鸪天》咏梅花一首中，第三、四两句："轻红偏写鸳鸯带，浓碧争斟翡翠卮。"译为：

In light red ink I wrote on there emproidered girdless.

With thick green wine they filled up my emerald goblet.

　　虽不能辨分平仄，然逐字以语性类者相对，非于英国文字有深造者，曷克臻此。

　　（二）词中有类"顶真"之句法与语气；初君独能译出，如辛弃疾之《生查子》（独游雨岩）一首之上半阕："溪边照影行，天在清溪底。天上有行云，人在行云里。"译为：

Walking by the stream, fair images I see.

At the bottom of the stream low Iies the sky;

Across the sky are sailing clouds,

And within the clouds I find myself.

　　此本在英国发行后，所最为读者爱诵者为管夫人《我侬词》一首："我侬两个，忒煞情多，譬如将一块泥，捏一个你，塑一个我。忽然间欢喜啊，将他来都打破，重来下水，再团再炼再调和，重塑一个你，再捏一个我。那其间啊，我身子里有了你，你身子里有了我。"译为：

> You and I
>
> Love each other so
>
> As from the same jump of clay
>
> Is moulded an image of you
>
> And one of me.
>
> In a moment of ecstasy,
>
> We dash the image of pieces,
>
> Put them in water,
>
> And with stirring and kneading
>
> Mould again an image of you
>
> And another of me.
>
> There and them
>
> You will find youself in me,
>
> I myself in you.

按，此并非正式词体，与曲略近。曲体较词尤活泼，使初君他日果以畅达之笔，继此本而译曲，吾知其必能轰动海西文坛也。

2 日，夏承焘访龙榆生，向龙榆生借阅朱彊村圈点《彊村语业》。次日，夏承焘阅《彊村语业》，并论曰："叶玉虎谓词至古老，为古今结穴，信哉！"（夏承焘：《天风阁学词日记》[二]，第 70、71 页）

9 日，龙榆生应邀为夏承焘父亲作寿词《水调歌头》，并将词函寄夏承焘。（夏承焘：《天风阁学词日记》[二]，第 72 页）

10 日，《社会日报》刊发：周錬霞《倦寻访》（丁府席次，为雪艳作）。（后收入刘聪著辑：《无灯无月两心知：周錬霞其人与其诗》，第 188 页）

11 日，《社会日报》刊发：周錬霞《减字木兰花》（香罗六叠）。署名"秋棠"。（后收入刘聪著辑：《无灯无月两心知：周錬霞其人与其诗》，第 190 页）

23 日，《社会日报》刊发：周錬霞《采桑子》（沁范先生为夫人玉韦女士画像。以铁线描作宫妆，风鬟雾鬓，玉带紫袍，有古趣盎然之感。昨日索题，即写小词应教。词固浅薄，聊志鸿雪因缘耳）。（后收入刘聪著辑：《无灯无月两心知：

周铼霞其人与其诗》，第 191 页）

25 日，《制言》第 48 期刊发：吴瞿安《霜厓词录》，有《虞美人》（刘子庚毓盘《断梦离痕图》）、《清波引》（可园送春）、《摸鱼子》（秦淮秋集，有歌旧作《折桂令》北词者，赋此寄慨）、《秋霁》（访朱古微祖谋丈于听枫园。庭菊盛开，玄言彻悟，次梅溪韵）、《眉妩》（河东君妆镜，偕曹君直元忠作）、《眉妩》（长安秋感）、《玉漏迟》（路金坡朝銮访我斜街寓斋。次草窗韵，即题其《瓠庐词》后）、《寿楼春》（吹琼箫商声）、《洞仙歌》（出居庸关，登八达岭）、《瑞龙吟》（过颐和园）、《鹧鸪天》（崇效寺牡丹）、《鹧鸪天》（答徐又诤树铮）、《水龙吟》（昌平州谒明陵）、《清平乐》（和张孟劬尔田）、《兰陵王》（南归，别京华故人，次清真韵）、《洞仙歌》（癸亥除夕）。词前有一《序》，曰："霜厓手定旧词，凡三易寒暑，缮录既竟，遂书其端曰：梅出词鄙倍，忝窃时誉，总三十年，得如干首。身丁乱离，未遑润色，诣力所在，可得而言。长调涩体，如耆卿、清真、白石、梦窗诸家创调，概依四声。至习见各牌，若《摸鱼子》《水龙吟》《水调歌头》《六州歌头》《玉蝴蝶》《甘州》《台城路》等，宋贤作者，不可胜数，去取从违，安敢臆定？因止及平侧，聊以自宽。中调小令，古人传作，尤多同异，亦无劳断断焉。又去上之分，当从菉斐轩韵，阳上作去，实利歌喉。秦敦夫以此书为北曲而设，盖以入配三声，别无专韵耳。不知此分配之三声，即入韵之标准，持校宋词，莫不吻合。爰悉依据，非云矫异。其它酬应之作，删汰颇严。区区一编，已难藏拙，惠而好我，慎勿补遗。嗟乎！世变方殷，言归何日？敛滂沛于尺素，吐哀乐于寸心，粗记鸿泥，贤于博弈，览者幸哀其遇也。戊寅二月，长洲吴梅，时避寇湘潭之柚园。"

25 日，夏承焘接龙榆生函。龙榆生约其为《制言》投稿。（夏承焘：《天风阁学词日记》[二]，第 74 页）

31 日（戊寅十二月十二日），陈曾寿作《摸鱼儿》（戊寅冬十二月十二日夜，梦随太夫人肩舆寻西湖上旧居。蹊径迷离，至一处似旧居，又觉稍异。启门而入，明窗素榻，低回久之。醒后凄然。时新购红梅一盆，浓香深色，出关数年以来所未有也。起坐相对，因成此阕）。（后收入陈曾寿著，张彭寅、王培军校点：《苍虬阁诗集》，第 389 页）

本月

刘尧民《废墟诗词》，由云南省财政厅印刷局代印。浙江图书馆等有藏。卷首有刘尧民《自序》，曰："结集年来所为诗词，都为一册，取第一篇诗名，曰《废墟》。其中新诗七篇，为十八九年所作。旧诗与词之大部分，皆为三年前病神经衰弱时所为。病中涉笔，有同梦寐，无印行之价值。况当国难日亟、山河变色之际，不能为抗战之前奏，而为此有病之呻吟，更无付梓之理由。忽见悟善社同人正印行洞宝临济之《鸾笔诗词》，念彼神仙之辈尚可灾梨，顾我血肉之躯亦得祸枣，遂印成书。然而促成之者，老友孙东明之力也，是不可以不谢。二十七年九月，刘尧民识。"

"卷下"收录词一百零四调。

2月

4日，夏承焘谈词学研究计划。"思为《词学考》，分作《作家考》、《典籍考》、《乐律考》（宫调音谱等等）、《名物考》（人地、方言、甲子等附）、《年表》等各考，皆视作家地位，定其详略。如名物不能尽考，但取名家十余集为主（可作唐宋词统笺单行，东坡、稼轩、白石、梦窗各集，近皆有笺注，为此不难），再汇为《词学辞典》，以为此道总结束，亦编《中国大辞典》者所不可废。目前拟先为《典籍考》，不必求速成也。"（夏承焘:《天风阁学词日记》[二]，第76页）

9日，《星洲日报晚版·繁星》刊发：郁达夫《满江红》（福州于山戚武公祠新修落成，于社同人广征纪念文字，为填一阕，用岳武穆公原韵）。

16日，夏承焘作《洞仙歌》（题林子有《讱庵填词图》。子有有《闽词征》）。（夏承焘:《天风阁学词日记》[二]，第78页）

17日，丁宁访夏承焘，指出夏承焘旧作《临江仙》（病起）词首二句用典不当。夏承焘表示认同。（夏承焘:《天风阁学词日记》[二]，第78页）

剑亮按：夏承焘旧作《临江仙》（病起），指夏承焘作于1935年10月3日的《临江仙》（乙亥秋半，与室人俱婴危疾，重阳初起，作此为更生庆，兼谢诸亲朋）。词见当日《日记》，首二句曰："出世扁舟拼并载，挂帆商略何人。"

18日，仇埰作《薄倖》（戊寅除岁，羁栖海上，寄怀天涯吟侣）。（仇埰:《鞠谦词》卷一，第4页。后收入朱惠国、吴平编:《民国名家词集选刊》第10册，

第 272 页）

18 日，辛际周作《东风第一枝》（除日，得绍东寄示《太原观梅联吟录》，因成此解报之）。（辛际周：《梦痕词》，第 7 页。后收入曹辛华主编：《民国词集丛刊》第 7 册，第 14 页）

19 日，汪曾武作《扬州慢》（己卯元旦）。（汪曾武：《趣园诗余·味莼词己稿》，第 6 页。后收入朱惠国、吴平编：《民国名家词集选刊》第 6 册，第 164 页）

19 日，邵章作《满庭芳》（己卯元旦，和闰庵）。（邵章：《云淙琴趣》，第 74 页。后收入曹辛华主编：《民国词集丛刊》第 7 册，第 423 页）

25 日，辛际周作《青衫湿遍》（此纳兰容若自度曲。稚圭所谓虽非宋贤遗谱，音节有可述者也。初春寒旅，雨宵孤坐。耿灯一豆，烬火半枕。念乱忧生，怊怅无俚，学填此解以遣。己卯人日）。（辛际周：《梦痕词》，第 8 页。后收入曹辛华主编：《民国词集丛刊》第 7 册，第 15 页）

25 日，《制言》第 49 期刊发：

吴瞿安《霜厓词录》（二），有《解连环》（独游怡园，感赋）、《玉簟凉》（重至金陵，寓斋寥寂，闲庭对月，凄然其为秋也）、《石湖仙》（溪山怀古）、《醉蓬莱》（竹叶青，酒中清品也。有客馈我，索赋新句，为倚圣求体）、《六州歌头》（过淮张故宫）、《曲玉管》（赋蝉）、《八六子》（白莲，次淮海韵）、《玲珑玉》（赋藕，倚圣瑞体）、《玉簟凉》（客有以凉枕遗者，倚此谢之）、《月华清》（客见前词，辗然曰，凉枕与团扇并咏，则团扇亦当张之。复作此调）、《四园竹》（过水竹居，倚清真格）、《雨霖铃》（秋夕，蕉庭独步）；

龙沐勋编录《变风集》。《变风集》由诗、词两部分。词部分作品有：

湛翁《浪淘沙》（题彦威《杜牧之年谱》）；

鹤亭《龙山会》（戊寅九日，榆生同社招饮，各赋小词，用赵虚斋韵）；

孟劬《满庭芳》（照野江峰）、《木兰花令》（繁华催送）；

雪公《满江红》（和榆生，并依东坡原韵）、《满江红》（感事，依文山先生和王昭仪原韵）；

碧城《鹧鸪天》（戊寅二月，重返阿尔伯士雪山）、《小重山》（春到龙沙柳不知）。

本月

《民族诗坛》第 2 卷第 4 辑刊发：

易君左《建立"民国诗学"刍议》；

于右任《菩萨蛮》（有述北战场事者，因赋此）；

刘冰研《踏莎行》（军中夜感，次克生元韵）；

赵文炳《玉漏迟》（元旦）；

唐圭璋《水调歌头》（慰同学千里行军）、《望海潮》（七七抗战纪念献词）；

范雪筠《浪淘沙》（十二月十二日，国都沦陷日志感）、《鹧鸪天》（落日，玄湖旧柳条）、《鹧鸪天》（寄怀在真）、《鹧鸪天》（由桂入渝道中）、《蝶恋花》（门外青山屏障列）、《蝶恋花》（长忆陵园山下路）；

翟贞元《百字令》（北碚见芙蓉，有感江南旧游）；

谭振民《浪淘沙》（和圭璋过夔门韵）；

陈海天《临江仙》（读《中兴鼓吹》）；

张庚由《菩萨蛮》（轻阴散尽春长见）；

江絜生《应天长》（元日，陶园即事）；

朱辐《鹧鸪天》（读饮虹师《烽火集》）。

3 月

2 日，邵章作《青玉案》（己卯上元前三日，雨窗题蒋雪瑛女史临燕文贵《山水卷》）。（邵章：《云淙琴趣》，第 74 页。后收入曹辛华主编：《民国词集丛刊》第 7 册，第 423 页）

5 日，香港《大风》十日刊第 30 期刊发：郁达夫《贺新郎》（忧患余生矣）。

15 日，《社会日报》刊发：周錬霞《如梦令》（题画）。（后收入刘聪著辑：《无灯无月两心知：周錬霞其人与其诗》，第 190 页）

17 日，吴梅卒于云南大姚，年五十六。卢前《吴瞿安先生事略》："以民国二十八年三月十七日殁于云南大姚县李旗屯，年五十六。"

剑亮按：吴梅先生逝世后，唐圭璋撰《吴瞿安先生哀词》刊发于《黄埔》1939 年第 3 卷第 11 期。全文曰："先生长洲人，主南北大学讲席三十年，为现代唯一之曲学大师。少作《血花飞》传奇，吊戊戌六君子。复题《西泠悲秋图》，吊秋烈士瑾，慷慨悲凉，传诵海内。后有述作，亦多激发民族思想，令人感奋。

今不幸殁于云南大姚，举世哀之。予以亲炙之久，尤深惆怅，因为文哭之。民国二十八年三月十七日，吴瞿安先生客死于滇之大姚。呜呼！天丧斯文，痛何可言。先生年才五十有六，寿不为高；而喉瘤经年，亦非难治；然不意竟致不起也。予固知伤乱哀时，动多感喟；旅途困顿，倍损精神；然亦不意逝世竟若是其速也。遗函在箧，遗诗在壁，检点高情，不□于邑。前年冬，予过长沙时，尝买舟谒先生于潭州柚园。天外相逢，恍疑梦寐。在先生则喜闻足音，在予则快接光仪。然予见先生白发苍颜，冻足蹒跚，心窃忧之。是夕，酒阑灯灺，倾谈不倦；言念家国，欷歔无限。予亦无以塞先生之悲，但劝以颐养天和，静待春转。翌日，予拜别。先生执手丁宁，颇盼重来有日；衡门相送，弥深缱绻之情。呜呼！自今思之，纵予得重往，而先生已不可重见矣。去年春，予浮江西上。方抵彝陵时，先生犹为予撰《宋词纪事序》寄来。迨入蜀后，即不闻先生消息矣。予尝数访先生居址于渝友，卒不能详。近沪友始以先生居址相告，并言先生患怔忡甚剧。乃飞柬问讯，不图柬未达而凶问已传矣。先生外谦冲而内方正，上孝下慈，举室怡怡。其视及门，亦如家人。了无厉言疾色，亦无隐而不宣。肝胆照人，人咸感激；体念孤寒，尤见风义。生平博极群书，精于雠校，有筑圃千里之风。而诗文词曲，尤无一不工。大抵感愤沧桑，每多故国承平之思；登山涉水，尽是苍凉悲壮之音。或当筵制曲，或当筵订谱，或当筵抆笛；豪情胜概，一时无匹；鲁殿灵光，四方拱揖。盖以文学兼音乐之长，自洪昉思以来，未之有也。呜呼！倭寇不淑，天胡宽之。先生纯懿，天胡酷之。所谓天者诚难问，而理者诚难知矣。计予从先生且十六载，勉予上进，慰予零丁，示予奇书，询予南音；予书成，乐为予序；序词成，乐为予评。柳暗波澄，曾记秦淮拈韵；枫红秋老，几回灵谷车停。呜呼！而今已矣。纵予谱得新声，教从何处是正耶？先生名垂天下，故交门人满国中。今闻先生之噩耗，谅无不同声一恸。况在予立雪已久，亲炙尤深乎？自予入蜀来，故乡杳隔，稚子生离。日闻顽敌暴行之惨，目击亲朋死丧之戚，盖已不胜其悲愤恒怛，况今兹又伤先生之逝耶？先生四子俱英发，先生遗书可付梓。迨寰宇宁静，先生亦得归骨长洲，长依先人之庐墓。虎丘风月，尽可徜徉。先生有知，应无遗憾。独是予不闻钧诲，永失瞻依。抚今思昔，有不禁临风泣然者矣。天遥地远，未悉魂归何处，酹酒陈花，聊作招魂宋玉。"后收入唐圭璋：《词学论集》，第 1039 页，文字有改动。

　　18 日，夏承焘作《临江仙》（集切庵园林，归得天五书）。（吴蓓主编：《夏承

焘日记全编》第 6 册，第 3185 页）

19 日，夏承焘阅读丁宁所校《遗山词》而作《减兰》（前诗送愿同，愿同意不足，谓予词胜诗，坚索一首）词。（夏承焘：《天风阁学词日记》[二]，第 84 页）

22 日，姚亶素访夏承焘，谈朱彊村、王鹏运、刘伯崇《春蛰吟》。次日，夏承焘赴哈同路慈厚南里回访姚亶素。姚亶素谈王鹏运与朱彊村轶事。姚为王半塘侄女婿，年轻时与朱彊村同从王鹏运学词。（夏承焘：《天风阁学词日记》[二]，第 85 页）

23 日，夏承焘作《减兰》（送谢邻人）。（夏承焘：《天风阁学词日记》[二]，第 86 页）

23 日，《社会日报》刊发：周錬霞《明月生南浦》（读《有竹居吟稿》）二首。（后收入刘聪著辑：《无灯无月两心知：周錬霞其人与其诗》，第 192 页）

25 日，《制言》第 50 期刊发：

吴瞿安《霜厓词录》（三），有《八宝妆》（甫里保圣寺罗汉像，旧传杨惠之作。庚午九秋，挈舟参谒。又读太仓奚中石士柱长歌，欢喜赞叹，因成此解）、《秋思》（读旧作《落叶诗》，次梦窗韵）、《烛影摇红》（寒夜，过仲清斋话旧）、《霜花腴》（岁寒堂拜范文正公遗像）、《三姝媚》（重过花步，次梅溪韵）、《太常引》（戴文节公太常《仙蝶画卷》，次彊村韵）、《蕙兰芳》（湖帆得马守真、薛素素画兰合装成卷，嘱赋此解）、《洞仙歌》（徐积馀乃昌《小檀栾室勘词图》）、《洞庭春色》（咏橘）、《东风第一枝》（辛未季冬，探梅过香雪海，赋此）、《丑奴儿慢》（唐花，倚梦窗格）、《望海潮》（吊戚南塘）、《紫萸香》（壬申重九，怡园对菊）、《倚风娇》（蒋孟苹《密韵楼图》，有序，孟苹得宋椠《草窗韵语》，颜所居曰密韵楼，绘图征题。是调始自草窗，而《词律拾遗》以第三句作上三下四，误，兹正之）、《水龙吟》（古微丈挽词）、《生查子》（再登扫叶楼，读龚半千画）七首；

龙沐勋编录《变风集》，含诗、词两部分。词部分有沤梦《花犯》（庭坳老桂一枝，久不著花。今秋缀蕾满树，璀璨悦目。依清真咏梅花中吕调纪之）。

27 日，夏承焘接邓广铭函，附唐立厂与夏承焘商榷《白石事考之生卒考》文。（夏承焘：《天风阁学词日记》[二]，第 87 页）

本月

蔡桢作《薄倖》（江淮春感，己卯三月，次仇述庵韵，倚东山）。（蔡桢：《柯

亭长短句》卷上，第 11 页。后收入朱惠国、吴平编:《民国名家词集选刊》第 14 册，第 379 页）

冼玉清作《高阳台》（题《海天踯躅图》）词。曰:"锦水魂飞，巴山泪冷，断肠愁绕珍丛。海角逢春，鹧鸪啼碎羁踪。故园花事凭谁主，怕麝香、都属东风。望中原，一发依稀，烟雨冥蒙。　万方多难登临苦，揽沧江危涕，洒向长空。阅尽芳菲，幽情难诉归鸿。青山忍道非吾土，也凄然一片啼红。更销凝、度劫文章，徒悔雕虫。"词后原注:"民国廿七年十一月廿一日，广州沦陷，岭南大学迁校香港，余亦随来讲学，栖皇羁旅，自冬涉春。如画青山，啼红鹃血，忍泪构此，用写癫忧，宁作寻常丹粉看耶? 廿八年三月，西樵冼玉清识。"（后收入徐爽编:《冼玉清研究纪念文集》，广西师范大学出版社，2015 年，第 370 页）

《民族诗坛》第 2 卷第 5 辑刊发:

张元群《雨霖铃》（翼如姊丈殉国二周年志感）;

刘冰研《大江东去》（晓雨初霁，远山如画。登浮图关晚眺，慨然成词）、《踏莎行》（和克生寻梅，次元韵）;

王陆一《卷珠帘》（记忆）、《清平乐》（峡行见祀神者，效神弦曲）二首;

缪钺《忆旧游》（乙亥、丙子之间，余居广州，颇极游赏之乐。既去粤西，怆然度此）;

吴徵铸《木兰花》（渝州内江道中）;

漆颂平《鹧鸪天》（阅《抗敌画展特刊》后，增我英气百倍，赋此见意）、《浣溪沙》（胡马窥江劫火侵）;

巴壶天《浪淘沙》（寄石虚渑池）;

朱辒《临江仙》（和导伯先生）;

周礼《水调歌头》（游吉安观音岩感赋）。

欧阳渐作《词品乙叙》。中曰:"抗敌以不受尔汝之忠，气不愤悱不能忠，《词品甲》语悲歌慷慨;建国以不受尔汝之恕，气不和顺不能恕，《词品乙》语清净幽闲。非相违也，而相从也。不娴斯意，不能读是词也……民国二十八年三月，欧阳渐叙于江津支那内学院蜀院。"（后收入白帅敏整理:《词选四种》，第 113 页）

初春，缪钺作《鹧鸪天》（刘弘度移居燕山村，小桃花开，三日即谢，惜余未之见也。弘度有词记之，余亦赋此解）、《鹧鸪天》（弘度依原韵见和小桃词，再赋一首奉答）。（后收入缪钺:《冰茧盦诗词稿》，河北教育出版社，1997 年，第

31 页。亦收入刘永济:《诵帚词集　云巢诗存》,第 334 页)

春,丁宁作《薄媚摘遍》(己卯春日,感赋)。(后收入曹辛华主编:《民国词集丛刊》第 1 册,第 100 页。亦收入丁宁著,刘梦芙编校:《还轩词》,第 39 页)

《萃文季刊》第 15 期(春季号)刊发:

李坤影(中九级)《醉花阴》(迎夏)、《捣练子》(思友);

王遇真《画堂春》(乳鸭频啼夏初长)。(后收入刘晓丽主编:《伪满洲国旧体诗集》,第 22 页)

4 月

1 日,《精诚旬刊》第 3 期刊发:萧振凯《甘州》(问人间)。(后收入《民国珍稀短刊断刊·四川卷》第 8 册,第 2 页)

6 日,邵章作《忆旧游》(己卯清明,和旧友落叶)。(邵章:《云淙琴趣》,第 74 页。后收入曹辛华主编:《民国词集丛刊》第 7 册,第 424 页)

11 日,《精诚旬刊》第 4 期刊发:罗成珩《十六字令》:"伤,千载京畿入敌邦。空惆怅,悔未习刀枪。"(后收入《民国珍稀短刊断刊·四川卷》第 8 册,第 4 页)

14 日,丁宁访夏承焘,示其用扬州方言创作的三首小令。(夏承焘:《天风阁学词日记》[二],第 93 页)

22 日,金兆蕃作《水调歌头》(己卯上巳,与同里诸君客上海者,共饮酒家)。(金兆蕃:《药梦词》之《七十后词》,第 4 页。后收入曹辛华主编:《民国词集丛刊》第 8 册,第 360 页)

22 日,张伯驹作《戚氏》(己卯上巳,北海镜清斋禊集,分韵得师字)。(张伯驹:《丛碧词》,第 15 页。后收入朱惠国、吴平编:《民国名家词集选刊》第 15 册,第 280 页)

23 日,夏承焘赴无锡国学专修学校讲演《唐宋词演变之背景》。(夏承焘:《天风阁学词日记》[二],第 94 页)

25 日,《制言》第 51 期刊发:吴瞿安《霜厓词录》(四),有《霜叶飞》(仲清《艮庐填词第一图》)、《飞雪满群山》(又第二图)、《甘州》(读蔡师愚宝善《听潮音馆词》)、《洞仙歌》(读潘轶仲承谋《瘦叶词遗稿》)、《洞仙歌》(读林铁尊鹃翔《半樱词》)、《齐天乐》(蔡云笙晋镛《雁村填词图》)、《齐天乐》(甲戌重九,

登豁蒙楼)、《倾杯》(南城歌酒，无异盛时。回首前尘，凄然欲绝。倚屯田散水调格)、《换巢鸾凤》(偕匪石过丁家水榭)、《水调歌头》(客有馈菊者，雨中独对，倚方回体)、《高阳台》(石霸街访媚香楼)。

30 日，夏承焘作《扬州慢》(送丁怀枫女士归扬州)。(夏承焘:《天风阁学词日记》[二]，第 96 页)

本月

《民族诗坛》第 2 卷第 6 辑刊发:

顾佛影《少年游》(杜鹃啼血渐成暗);

朱经农《浣溪沙》(送健中);

胡健中《浣溪沙》(双鬓重逢半已皤);

江絜生《江月晃重山》(赠出征将士)、《忆旧游》(落叶，次友人韵);

王陆一《水龙吟》(江行)、《好事近》(宜昌晚泊);

刘衡如《法曲献仙音》(乐顶梵呗。乐顶俗名跑马山，高不逾四十丈，山麓即康定市廛。大刚上师聚汉番僧伽修法其上，梵呗之声，市中隐约可闻);

陈曼若《水调歌头》(戊寅除夕);

贺敏生《满庭芳》(巴东罗溪校中见百言校歌，感而和此);

李蕙苏女士《减兰》(从军乐三首);

陈家庆《百字令》(楚江秋澹)、《满江红》(游小孤山);

周国新《如此江山》(惊风袭破窗棂纸)、《鹧鸪天》(别友，时有鄂省之行)。

《艺术文献》(附刊) 第 1 册《文化动态》栏目刊发:《名词曲家吴梅逝世》。

剑亮按:《艺术文献》，1939 年 4 月创刊于上海，由上海文献丛刊社编辑出版，阿英主编。

5 月

1 日，夏承焘接邓广铭函，谈词籍校勘。谓"赵斐云新于友人处假得明刊高丽本《遗山词》，行款悉与涉园影印本不同，字句亦与彊村本有异，谓可代予作校语寄示"。(夏承焘:《天风阁学词日记》[二]，第 97 页)

4 日，夏承焘往国专听唐立厂讲座，由此思索词学研究方法。曰:"念治词方法，亦必须自开新径，不蹈故常，如籀庼、静安之于龟文，思用科学方法解析词

之体例。旧作《词例》，仅能襞裯，尚须再用深力。"（夏承焘：《天风阁学词日记》[二]，第98页）

4日，《社会日报》刊发：周鍊霞《卜算子》（鬓边花）。（后收入刘聪著辑：《无灯无月两心知：周鍊霞其人与其诗》，第193页）

8日，《大美报》刊发：夏敬观《〈霜厓词录〉序》。

12日，夏承焘访廖恩焘。廖恩焘谈学词经历，曰："为词三十余年，初学稼轩，后专为梦窗，近稍稍学清真。谓梦窗以三变为骨，不仅从清真出。"（夏承焘：《天风阁学词日记》[二]，第99页）

13日，王春渠将谢玉岑词稿二卷清本送至夏承焘，并邀请夏承焘作《弁言》。（夏承焘：《天风阁学词日记》[二]，第100页）

21日，夏承焘访冒鹤亭，谈论词学。冒鹤亭谓"陶兰泉印宋本词，其于词实全外行"，"鹤亭于清人治词，最佩曹君直，于近人则赵万里。谓赵万里间且胜于曹，以其处境多书也"。（夏承焘：《天风阁学词日记》[二]，第101页）

24日，夏承焘接邓广铭北平函，以及高丽本《遗山词》校记。（夏承焘：《天风阁学词日记》[二]，第102页）

25日，《制言》第52期刊发：吴瞿安《霜厓词录》（五），有《玉簟凉》（重至金陵，寓斋寥寂。闲庭对月，凄然其为秋也）、《柳梢青》（上国莺花）、《临江仙》（短衣羸马边尘紧）、《多丽》（秦淮秋集）、《柳色黄》（登燕子矶，遍游十二洞）、《翠楼吟》（金陵秋感，寄张仲清茂炯）、《翠楼吟》（得京华故人书，次前韵寄答）、《桂枝香》（登扫叶楼，依王介甫体）、《鹧鸪天》（咏史）三首、《木兰花慢》（丙寅岁杪，吴中长吏有迎春之举。已而未果，蒋香谷兆兰赋此见示，余亦继声）、《解花语》（丁卯元夕，倚清真体）、《曲游春》（面郭青山睡）、《浣溪沙》（黄瘿瓢《芦雁图》）。

本月

《民族诗坛》第3卷第1辑（总第13辑）刊发：

吴瞿安遗作《菩萨蛮》（五都咏）五首、《高山流水》（自题《霜崖填词图》）；

杨熙绩《水龙吟》（可怜寸寸山河）、《金缕曲》（生怕元规污）；

汪旭初《水龙吟》（相伯先生百岁寿词）；

王陆一《扬州慢》（于役襄樊，闻武汉不守。历历犹记前游，恫怀有作）、《陌上桑》（题董巽观君《春雨斋填词图》。君自禾中避乱，来西南天地间也）；

　　陈家庆《浪淘沙》（疏柳不藏鸦）、《虞美人》（菱湖晓行）、《西江月》（栏角微风乍起）、《满江红》（残照关河）、《木兰花慢》（石门湖秋泛）；

　　陈配德《水调歌头》（戊寅十二月十九日，巨川集幼宰斋中，作东坡九百有三岁生日，用公《集柏堂》诗韵赋诗。予既踵和，复倚声为此词，敬次公韵，寄巨川淞滨）、《雪梅香》（己卯元夕，得巨川沪上书。忆年前邓尉之游，光景依稀，感怀成咏）、《鹧鸪天》（戊寅除夕，坐雨不寐，悄焉书此）、《鹧鸪天》（灵琐有金陵忆旧之作，惜往悲回，感音成和）；

　　刘冰研《貂裘换酒》（岁暮感怀，寄右任先生）；

　　吴徵铸《鹧鸪天》（金陵忆旧）、《水龙吟》（哭瞿安先生）；

　　李蕙苏《水调歌头》（勒马酒家饮）、《虞美人》（夜战）、《满江红》（残月寒舟）、《满江红》（忧时事，兼哭谢将军升枢）、《满江红》（买剑江南）、《满江红》（北望关山）、《大江东去》（用坡公韵）、《大江东去》（拟被难者哭江浙，用张叔夏《夜渡古黄河》与沈尧道、曾子敬同赋韵）；

　　丰子恺《忆江南》（广州所见）；

　　易君左《鹧鸪天》（送梅魂飞滇）；

　　曾小鲁《一剪梅》（九日，渝江）；

　　江絜生《疏影》（用白石韵，送庚由词兄之北碚）。

　　剑亮按：丰子恺《忆江南》（广州所见）词，后收入丰子恺：《丰子恺全集》第 6 卷，第 214 页。

6 月

　　1 日，《甘院学生》第 8 卷第 5 期刊发：刚刚《满江红》（偶成）。（后收入《民国珍稀短刊断刊·甘肃卷》第 5 册，第 2298 页）

　　6 日，辛际周作《青衫湿遍》（己卯四月十九夜）。（辛际周：《梦痕词》，第 8 页。后收入曹辛华主编：《民国词集丛刊》第 7 册，第 15 页）

　　11 日，夏敬观招海上词流宴集，建议每月举行一次词社活动。夏承焘赴宴，记曰："午过榆生，同赴夏映翁招宴，座客十二人，飱甚丰。映翁约每月举词社一次。是日，年最长者廖忏庵，七十五岁。金箴孙亦七十余。吴湖帆自谓今年四十六，与梅兰芳同年。予与吕贞白轮作第六期东道。"（夏承焘：《天风阁学词日

记》[二]，第 105 页）

剑亮按：据《午社词七集》卷首《午社同人姓字籍齿录》（后收入南江涛选编：《清末民国旧体诗词结社文献汇编》第 1 册），先后入午社者有 15 人：廖恩焘（字凤舒，号忏庵，惠阳人，同治乙丑生）、金兆藩（字篯孙，号药梦，嘉兴人，同治戊辰生）、林鹍翔（字铁尊，号半樱，吴兴人，同治辛未生）、林葆恒（字子有，号讱庵，闽县人，同治壬申生）、冒广生（字鹤亭，号疢庵，如皋人，同治癸酉生）、仇埰（字亮卿，号述庵，江宁人，同治癸酉生）、吴庠（字眉孙，号寒宇，镇江人，光绪戊寅生）、吴湖帆（字湖帆，号倩庵，吴县人，光绪甲午生）、郑昶（字午昌，号弱龛，嵊县人，光绪甲午生）、夏承焘（字瞿禅，号瞿禅，永嘉人，光绪庚子生）、龙榆生（字榆生，号忍寒，万载人，光绪壬寅生）、吕贞白（字贞白，号茄庵，德化人，光绪戊申生）、何嘉（字之硕，号颐斋，嘉定人，宣统辛亥生）、黄孟超（字梦招，号清庵，川沙人，民国乙卯生）。社集时断时续至 1940 年，后成《午社词》一卷，仇埰题签，后附《半樱翁挽词》，有庚辰冬林葆恒题署。收七次社集词作，拈调依次为：《归国谣》（赋崇效寺牡丹极乐寺海棠及旧京景色）、《荷叶杯》（拟韦庄）、《卜算子》（六月荷花生日咏荷）、《绿盖舞轻风》（七月六日咏秋荷）、《玉京谣》（八月十二日）、《霜叶飞》（重九）、《垂丝钓》（十月）、《雪梅香》（忆孝陵雪后观梅）、《小梅香》（十一月）。

18 日，詹安泰作《虞美人》（旅食澂江，生意垂尽。中怀凄郁，难已于言。己卯端午前三日）。（后收入詹安泰：《詹安泰全集》第 4 册，第 258 页）

25 日，夏承焘赴愚园路林葆恒家参加词社社集。林鹍翔、廖恩焘做东。拈得《归国谣》《荷叶杯》二调，不限题。关于词社名，林鹍翔"拟名夏社，映翁谓不可牵惹人名，因作罢"。5 日后，林鹍翔又将词社"定名申社、午社，征求意见"。（夏承焘：《天风阁学词日记》[二]，第 108、109 页）

25 日，《制言》第 53 期刊发：吴瞿安《霜厓词录》，有《玉京谣》（客广南三月。龟冈独酌，辄动乡思，倚梦窗调）、《湘春夜月》（亡楸阴）、《忆瑶姬》（吴湖帆翼燕出示《隋董美人墓志》，为赋此解）、《清平乐》（溪山秋晚）、《减字木兰花》（过胥江，有悼）、《寿楼春》（观演《湘真阁》南剧，仲清、九珠叔、曾源各赋此解，余亦继声）、《凄凉犯》（戊辰端午）、《绮寮怨》（淮张旧基，新拓池圃。酣嬉士女，彻夜行歌。偶过瞻眺，余怀凄黯。爰倚此解，索仲清和。清真此词下叠，暗韵至多，如江陵、何曾、歌声三语，皆是协处，自来声家多未知也）、《六丑》（虎阜秋眺，偕仲清作）、《浣溪沙》（河东君小像，集牧斋诗）、《浣溪沙慢》（海上遇旧燕）、《瑞龙吟》（邓尉归舟感赋，次清真韵）。

本月

《民族诗坛》第 3 卷第 2 辑刊发：

于右任《金缕曲》（乡人有述家山之美，劝北归者，作此答之）；

夏瞿禅《水龙吟》（慈山谒叶水心先生墓，时闻南京沦陷）；

陈蒙庵《三姝媚》（心观南归，用弁阳翁送圣与还越韵志别）；

影观《卜算子》（春是断肠时）；

许崇灏《鹧鸪天》（忆西安）；

冯飞《高阳台》（醇士画《巫山图》，为赋此解）；

王陆一《减字木兰花》（南京垂破矣，于和平门外遇避兵自苏州来者。夹毂惊欢，城阃凄黯，各不胜来日天地之痛，惘惘心情，酷去京邑，成此二词）二首、《菩萨蛮》（长沙遇文逸，云自京中辛险来湘，将去香港。因问讯吴中遭乱事，凄然于怀。悲哉，流离之子也）三首、《南乡子》（忆后湖）；

黄棪《忆江南》（岭南杂咏）十首；

曾通一《金缕曲》（奉题右任先生前清归里省亲，选词六阕）；

熊昌翼《风入松》（廿八年五月三、四两日，寇机袭渝，焚烧甚惨。追怀今昔，怆然赋此）；

缪钺《鹧鸪天》（蜀黔道中）；

朱守一《满庭芳》（和少游，二十六年秋）；

无名氏《踏莎行》（春归）；

无名氏《金缕曲》（五月二十五日，入城，遇警报。遂往川盐银行，避地窟中。敌机至，投弹中窟。余自分死矣，乃囗定心神以俟。窟之外，土崩裂而石未破，竟得生还。明日，记之以词）；

无名氏《高阳台》（丙子之春，与陆一、文炳、庚由及双文姊弟同往光福探梅，寻旧约也。游侣簪花，鸣囗度雨，感时抚事，遂付新词，用玉田西湖春感韵）、《薄倖》（丙子作）；

周礼《沁园春》（春日，登青原山，吊文信国公）。

朱星元《星元诗集》在天津刊行。收诗 116 首、词 28 首。书前有作者

《自序》。

夏，王伯祥题识《唐宋名家词选》。曰："榆生此选全依彊村之说，末附元遗山词，尤见托迹先朝之微意。衡以当世坛坫之律，实不胜背时之憾。顾词宗规范，无以越此，言情倚声，举难乖违，则甄择之功，已足见多，矧附辑事评，弥见精勤乎。初版颇有植误，再印已多改正，惜战后纸贵，用纸未免降劣耳。己卯初夏，调孚检余存者贻予，因随笔识之。"（后收入王伯祥：《庋榢偶识》，第24页）

7月

1日，郭沫若作《蝶恋花》（近日已移乡居住，因城里寓所被炸。计算起来，敌机对我光顾，要算是第二次了。前年在桂林的住所，全被炸毁，今次则炸得屋顶分飞。住乡比住城闲适，三厅图书馆薄有储藏，拟多多拿些时间来读书，有余暇时从事写作。究竟还是读书要紧，三年来实在使脑里的田园太荒芜了。日前连日快晴，热不可耐，颇呈旱象，昨朝大雨一番，今日复连绵竟日，农人皆大欢喜。米价虽不必锐减，但米荒可不成问题了。杜老之夫人由潮汕步行至香港，更经越南、昆明、贵阳，于今日抵此。草《蝶恋花》一词赠之）。并有按语曰："该词初见于1940年11月桂林《自由中国》新1卷1期《短简·致孙陵书》。"（后收入郭沫若：《郭沫若全集·文学编》第2卷，人民文学出版社，1982年，第109页）

2日，夏承焘致函廖恩焘，附《荷叶杯》（贺夏映翁新居，并谢招饮）词，作为词社社课。（夏承焘：《天风阁学词日记》[二]，第109页）

5日，夏承焘与吴天五、金松岑等商定《谢玉岑遗稿题辞》。中曰："予以丙寅春，始识玉岑于永嘉。别十余年，书问往复无虚月。其为词，每俾予先读。春渠乃谓予知玉岑，嘱序其遗书。""玉岑，常州谢氏，讳觐虞。悼亡后自号孤鸾。久教授苏浙间。又尝浮沉为税吏，救贫而已。卒于民国二十四年三月十八日，年三十有七。"（夏承焘：《天风阁学词日记》[二]，第110页）

7日，夏承焘作《归国谣》（鹤望翁《吴门饯春图》，苏州陷后逾年嘱题，时同客上海）。（夏承焘：《天风阁学词日记》[二]，第112页）

10日，夏承焘与冒鹤亭在巨川惠尔康茶叙、论词。冒鹤亭"极不主词辨四声之说。谓同一词体，岂有《鹧鸪天》《满江红》与《侧犯》《兰陵王》异其作法。

又谓白石词上下片有同工尺而不同四声者"。（夏承焘：《天风阁学词日记》[二]，第 113 页）

14 日，《申报》刊发：《东南词学界近况》。

15 日，龙榆生以午社社课《归国谣》（拟温尉）词寄瑞士吕碧城。（张晖：《龙榆生先生年谱》，第 95 页）

17 日，吴湖帆作《洞仙歌》（己卯七月十七日，静淑夫人返魂之期。对象凝视久之，因作《洞仙歌》题于后，正不知泪涕之盈笺也）。（吴湖帆：《梅景书屋词集》之《佞宋集》，第 12 页。后收入朱惠国、吴平编：《民国名家词集选刊》第 15 册，第 32 页）

20 日，夏承焘接夏敬观函。函中评夏承焘"贺移居词，比饯春词尤胜"。（夏承焘：《天风阁学词日记》[二]，第 116 页）

剑亮按："贺移居词"，指《荷叶杯》（贺夏映翁新居，并谢招饮）词。"饯春词"，指《归国谣》（鹤望翁《吴门饯春图》，苏州陷后逾年嘱题，时同客上海）。

25 日，《制言》第 54 期刊发：吴瞿安《霜厓词录》（七），有《西子妆》（重过西湖）、《徵招》（南塘观荷，次白石韵）、《拜星月》（咏萤，次清真韵）、《采绿吟》（荷叶，次草窗韵）、《惜红衣》（断浦霞飞）、《琐窗寒》（重过寒山寺）、《减字木兰花慢》（临邛车骑）、《减字木兰花慢》（白头吟望）、《水调歌头》（过沧浪亭）、《瑞云浓》（过旧尚衣使署，赋瑞云峰）、《霓裳中序第一》（晴波记泛宅）、《垂杨》（秋柳，倚陈西麓体）、《露华》（咏桂，倚碧山体）、《念奴娇》（追题郑叔问文焯《冷红簃填词图》。时先生归道山逾十稔矣，即集先生集中语）。

27 日，夏承焘与徐一帆访夏敬观于霞飞路寓所。"映翁自谓廿四五客南京。为词，始好清真、三变、少游、梦窗。"（夏承焘：《天风阁学词日记》[二]，第 117 页）

28 日，夏承焘赴凌云里九号访陈病树。陈病树谈其词集《后无住词》。词集收录其避乱以后所作之词，意为"沪上赁居不得也"。（夏承焘：《天风阁学词日记》[二]，第 117 页）

30 日，午社在林葆恒家举行社集。夏敬观与金兆藩做东。新入社的成员有吴眉孙。拈调《卜算子》咏荷花。（夏承焘：《天风阁学词日记》[二]，第 117 页）

31 日，《社会日报》刊发：周铄霞《浣溪沙》（向晚风来暑渐消）、《浣溪沙》（玉栉兰香嵌鬓鸦）。（《礼拜六》1935 年第 611 期亦刊出。后收入刘聪著辑：《无

灯无月两心知：周铄霞其人与其诗》，第 193 页）

本月

《民族诗坛》第 3 卷第 3 辑刊发：

陈匪石《水龙吟》（寄呈右公）、《水龙吟》（吴瞿安挽词）；

仇述庵《薄倖》（戊寅岁除，羁栖海上，寄怀天涯吟侣，倚东山）；

沈尹默《虞美人》（和离垢，用南唐后主韵）、《浪淘沙》（和离垢《被薄不寐》，用南唐后主韵）；

吕碧城《鹧鸪天》（戊寅二月，重返阿尔伯士雪山）、《小重山》（春到龙沙柳不知）、《小重山》（铃响牛羊下翠峰）；

周癸叔《八犯玉交枝》（题雪，王龛邮片诗词暨玉津阁自书诗词合册）；

蔡嵩云《木兰花慢》（霜厓先生挽词）；

林少和《金缕曲》（敬步右公韵）、《金缕曲》（自重庆飞归成都，再用右任先生韵）；

王陆一《曲游春》（忆采石行别）、《玉京秋》（忆京城外与诸友人山居）、《永遇乐》（樊城春望）；

朱荫龙《浣溪沙》（赠显珑）；

卢前《木兰花慢》（与公暌别久矣。顷相见中白沙，示北泉道中所为词，有"风吹杨柳波成碧，水映桃花影亦红"之语，余甚爱诵之。时公暌方练兵合江，以检阅来也）。

冯都良选注《宋词面目》，由上海珠林书店出版。收 66 家的词 187 首，有作者简介及词义诠释。书后附《宋词撷隽》文。

8 月

2 日，《社会日报》刊发：周铄霞《苏幕遮》（束紫英）。（后收入刘聪著辑：《无灯无月两心知：周铄霞其人与其诗》，第 194 页）

2 日，夏承焘接张尔田北平函，谈宋词四声。中曰："宋词四声，须依调而定，有当严守者，有可通融者，恐非一律。白石《满江红》序所云，但指《满江红》一调而言，未必通于他调。"（夏承焘：《天风阁学词日记》[二]，第 118 页）

5 日，吕碧城复函龙榆生并附和词《归国谣》（和龙榆生君拟飞卿之作）。中

曰："昨奉七月十五日函及新作，词笔突进，凄丽隽永，非城所及，甘拜下风矣。"（张晖:《龙榆生先生年谱》，第 96 页）

5 日，夏承焘作《鹊桥仙》（挽吴湖帆夫人）。（夏承焘:《天风阁学词日记》[二]，第 119 页）

8 日，夏敬观致函夏承焘论宋词四声。中曰："近人只知入声，而不知入声亦派入平上去三声。至宫调与腔调不同，守四声与宫调无关，不过文人好为其难耳。白石《长亭怨慢》谓，初率意为长短句，然后协以律。既是文人填词，毋庸光顾及宫调之理，自制曲岂复有守四声可言。今人以此自缚，何曾知宫调。言之过分，徒使无佳词佳句耳。"（夏承焘:《天风阁学词日记》[二]，第 121 页）

9 日，夏承焘接徐一帆转交林庚白 7 月 26 日重庆立法院函。中谓"清一代无词，清初或可，如朱、陈、饮水、樊榭，差能各擅所怀。迄乎晚清，则彊村、半塘，直是恶札，无已，其惟蒋鹿潭乎"。夏承焘对此评曰"其论可谓甚高"，并于次日复函林庚白，曰："论作新诗若摒弃一切旧有而从欧化，等于丧其家资，借外债以度日。唐律对仗虽有流弊，然古来名语，千奇万变，为全体文学之精粹，亦不可一笔抹杀，要看有本领者如何利用驾驭耳。"（夏承焘:《天风阁学词日记》[二]，第 121、122 页）

10 日，夏承焘作《卜算子》（午社题）。词曰："何处冷香多，愁忆凌波路。千舸围灯梦里湖，有泪如盘露。　待问几时运莲，惊散双飞羽。夜夜秋塘听雨心，商略阴晴苦。"词后自注曰："结谓近传和议。"（夏承焘:《天风阁学词日记》[二]，第 122 页）

16 日，夏承焘致函王欣夫，附题《饯春图》词。（夏承焘:《天风阁学词日记》[二]，第 124 页）

18 日，李拔可招饮赵万里，夏承焘出席。夏承焘记曰："始晤赵斐云万里、袁守和同礼、孙子书楷第、朱少滨师辙、钱默存锺书。"（夏承焘:《天风阁学词日记》[二]，第 124 页）

20 日，龙榆生作《绿盖舞风轻》（己卯七夕前一日，海上词流集李公祠看荷花，拈此曲同赋，依草窗韵）。（后收入龙榆生:《忍寒诗词歌词集》，第 60 页）

20 日，冒鹤亭、林子有做东在复旦中学举行词社活动，夏承焘、吴湖帆、吴眉孙等出席。（夏承焘:《天风阁学词日记》[二]，第 125 页）

21 日，夏敬观作《绿盖舞风轻》（己卯七夕作）。（陈谊:《夏敬观年谱》，第

172 页）

22 日，黄孟超招饮友人论词。出席者有夏敬观、林铁尊、沈惟贤、龙榆生、何之硕、胡士莹、徐声越、陆维钊、戴筱尧、夏承焘等。夏敬观论宋词声律，谓"古人辨阴阳声之说，本不斠。若宋词究用阴阳否，为一疑问"。（夏承焘：《天风阁学词日记》[二]，第 125 页）

23 日，夏承焘接邓广铭寄《稼轩词笺注》及《稼轩年谱》八册，评曰："恭三钩稽极博，其例言谓于四部之书，已参考逾千数百种，诚专家之业矣。"（夏承焘：《天风阁学词日记》[二]，第 126 页）

25 日，《制言》第 55 期刊发：

吴瞿安《霜厓词录》（八），有《扁舟寻旧约》（寓斋对雪，有怀九珠叔。适陈匪石世宜至，邀城南探梅，赋此索和）、《雪梅香》（蜡梅）、《醉翁子》（仲清、九珠叔过百嘉室夜话）、《满江红》（寒鸦）、《早梅芳》（雪中放舟西崦）、《雪狮儿》（登冷香阁）、《绕佛阁》（沈石田《竹堂寺探梅图》）、《梦横塘》（胥江村店独酌，倚苔溪体）、《玉蝴蝶》（残秋独游后湖）、《泛清波摘遍》（春暮，次小山韵。从红友说，分四段。惟空有浓春句，杜小舫据《钦定词谱》，谓应七字，而《词谱》不详所自出，未敢从）；

龙沐勋编录《变风集》，含诗、词两部分。词部分有映厂《卜算子》（咏荷，仿白石梅花八咏）八首。

26 日，冒鹤亭访夏承焘，谈《白石行实考》文，"觉石帚非白石之说，终甚可疑"。并已撰文驳夏承焘文中所举四证。（夏承焘：《天风阁学词日记》[二]，第 126 页）

28 日，夏承焘作《醉花间》（为顾公雄题《归梅图》）。词前记曰："为顾公雄则扬题《归梅图》。苏州人，鹤逸先生嗣君。林子有前买得三梅，顾君认为其家旧物，丐林君归之，作图为偿。"（夏承焘：《天风阁学词日记》[二]，第 127 页）

30 日，夏承焘接林庚白重庆函。中谓"有人推邵次公词为晚清民国之冠，彼不以为然。自谓军兴以来，诗甚富，词亦有一卷"。夏承焘评曰："其词素未见也。"（夏承焘：《天风阁学词日记》[二]，第 128 页）

本月

《民族诗坛》第 3 卷第 4 辑刊发：

沈尹默《思佳客》（飞鸟长空未是闲）；

王陆一《八声甘州》（闻警）；

顾一樵《满江红》（自题古城烽火）；

陈家庆《蓦山溪》（幽燕蓟冀）、《菩萨蛮》（寄兄妹）；

蔡济舒《思佳客》（除夕）；

范雪筠《菩萨蛮》（蜀地春早，海棠盛开。回忆旧京丁园中海棠，浩劫后魑魅在道，感慨□之）。

9 月

2 日，夏承焘校读邓广铭《稼轩词笺注》，记曰："其考证部分，用力最勤，远胜二梁之作。注辞释典实，不免遗漏。此非短时所易奏功，且亦难能完好。"（夏承焘：《天风阁学词日记》[二]，第 128 页）

3 日，朱剑心访夏承焘，谈周诵先近况。谓"周诵先《宋词钩沉》，前年已在商务出版"。赵万里偕邓广铭来访夏承焘。夏承焘感叹曰："与恭三通书三四年，今才识面也。"次日，夏承焘往惠中旅馆回访邓广铭，并与邓广铭一同赴青年会访赵万里。（夏承焘：《天风阁学词日记》[二]，第 129 页）

5 日，邓广铭访夏承焘，商讨《稼轩词笺注》，并约请夏承焘作《弁言》。夏承焘作《减兰》（题《颉斋填词图》）。（夏承焘：《天风阁学词日记》[二]，第 129 页）

9 日，夏承焘作《虞美人》（大暑，与天五夜行沪西，烦蒸不堪）。词前有记曰："夜读王逢原诗，因成一词。思以韩王诗笔为词，取材在寻常词苑之外，为苏、辛再开生面。"词曰："九衢尘底千虫保，火狱当前堕。人间无价一丝风，却在腥廛角落豕栏东。　灯窗如水归摊卷，独享成长叹。层阴古雪塞高空，安得手提天下上昆仑。"词后附王令《暑旱苦热》诗："昆仑之高有积雪，蓬莱之远常遗寒。不能手提天下往，何忍身去游其间。"（夏承焘：《天风阁学词日记》[二]，第 130 页）

10 日，邓广铭访夏承焘，谈《稼轩词笺注》。夏承焘"劝其多删注语"。（夏承焘：《天风阁学词日记》[二]，第 131 页）

24 日，中秋，午社集于林葆恒家。仇述庵、何之硕做东。是日拈调《玉京谣》。吴湖帆征求社员为其夫人词集题词。夏承焘作《千秋岁》（和潘静淑夫人，

慰吴湖帆悼亡）。（夏承焘：《天风阁学词日记》[二]，第 134、135 页）

24 日，辛际周作《扬州慢》（秋风嘘爽，独旅添愁，填此自遣，并依白石四声。己卯中秋月）。（辛际周：《梦痕词》，第 8 页。后收入曹辛华主编：《民国词集丛刊》第 7 册，第 15 页）

24 日，龙榆生作《玉京谣》（己卯中秋，和贞白）。（后收入龙榆生：《忍寒诗词歌词集》，第 61 页）

24 日，夏敬观作《玉京谣》（己卯中秋，阴雨。夜半开霁，月色甚微。贞白、眉孙先有作，因步之）。（陈谊：《夏敬观年谱》，第 172 页）

25 日，《制言》第 56 期刊发：吴瞿安《霜厓词录》（终），有《倚风娇》（湖堤万柳，经雪依依，春寒不出，次草窗韵）、《红林檎》（汪旭初东首作此调，有梅桃相错，节令失常之感，因亦继声，次清真韵）、《绕佛阁》（寓斋枯坐，忆家山藤花，复次清真韵）、《诉衷情》（庭锁花朵同梦妥）、《女冠子》（纱幬孤睡）、《齐天乐》（追题九珠叔《苦吟入定图》）、《看花回》（杏花）、《声声令》（丙子清明，偕南雍诸子谒孝陵）、《碧牡丹》（秋暮，读《小山词》，即效其体）、《梦扬州》（燕亡久矣，秋夜入梦，依依平生，次淮海韵记之）、《秋宵吟》（月当头夕作）、《引驾行》（读《乐章集》，戏效其体，并次韵）、《卜算子慢》（过复成桥有感，倚子野体）、《虞美人》（潘生景郑承弼嘱题先德《兰石卷》）、《拾翠羽》（仇十洲《洛神图》，为刘公鲁之泗赋）、《采桑子》（闻歌有赠）、《菩萨蛮》（五都咏，五首，长安）、《菩萨蛮》（洛阳）、《菩萨蛮》（汴梁）、《菩萨蛮》（临安）、《菩萨蛮》（建业）、《高山流水》（自题《霜厓填词图》）。

本月

《民族诗坛》第 3 卷第 5 辑刊发：

马一浮《浪淘沙》（题彦威《杜牧之年谱》）；

冒鹤亭《龙山会》（戊寅九日，榆生同社招饮，各赋小词，用赵虚斋韵）；

张孟劬《满庭芳》（照野江烽）；

石戣素《一笭金》（题勰丞藏百卉园时彦书札）、《金缕曲》（题勰丞藏其亡师李审言先生□手札百通）；

王陆一《南乡子》（流来观，在巴东江水间）、《摊破浣溪沙》（峡中）、《兰陵王》（怀往）；

陈家庆《齐天乐》（水云隔断花南北）、《木兰花》（晚泊长江）；

黄棨《阳关引》（送陈璇珍北上）；

刘彦韬《金缕曲》（依韵和草庐主人。时值农历端午，溽雨初霁，斜阳欲坠）。

秋，溥儒作《玉楼春》（己卯秋日，卧佛寺作）。（溥儒：《凝碧余音》，第 8 页。后收入朱惠国、吴平编：《民国名家词集选刊》第 15 册，第 186 页）

秋，沈祖棻作《霜叶飞》（岁次己卯，余卧疾巴县界石场，由春历秋。时千帆于役西陲，间关来视，因共西上，过渝州止宿。寇机肆虐，一夕数惊。久病之躯，不任步履，艰苦备尝，幸免于难，词以纪之）。（后收入沈祖棻著，程千帆笺：《沈祖棻全集·涉江诗词集》，第 14 页）

秋，沈祖棻作《金缕曲》（己卯秋，扶病西迁雅州，得《浣溪沙》十阕，分呈寄庵师及素秋。师寄书远问，秋嗣笺来，复举梁汾"我亦飘零久"之语，用相慰藉。秋固泪书，余亦泣诵。盖万人如海，诚鲜能共哀如秋与余者也。因次顾词原韵）。（后收入沈祖棻著，程千帆笺：《沈祖棻全集·涉江诗词集》，第 130 页）

秋，溥儒作《玉楼春》（己卯秋日卧佛寺作）。（后收入毛小庆整理：《溥儒集》，第 481 页）

秋，欧阳渐作《风雨龙吟室诗词叙》，曰："南宋困于夷，羞恶之良未替，宗、岳则发于武力。稼轩不如意，悲壮愤怒，一寓诸文字。纤弦微吟，忽变鼓鼙之声。自我开先，遂成风气。改之、后村、龙川、放翁，和者累累。千载而下，瘳瘰起痼，矧当时哉！南渡之气，不在士大夫，而在君王；今日之气，不在君王，而在士大夫；然亦不可谓国遂无人也。榆生词学苏、辛，颇相似，诗亦工稳。予欲纠诸子共发夏声也，羁滞上海不果，惜哉！《风雨龙吟室诗词》成，索叙，应之。二十八年秋，欧阳渐叙于江津支那学院蜀院。"（后收入龙榆生：《忍寒庐诗词歌词集》，第 2 页）

10 月

10，夏承焘访廖恩焘。廖恩焘谈学词经历，"自谓十余龄即作词，读五代小令甚熟，近亦好为小令"。（夏承焘：《天风阁学词日记》[二]，第 140 页）

13 日，夏承焘接丁宁寄来词作，评曰："怀枫之遇奇惨，其人亦奇。胸襟坦白，自忘为一女子，朋友亦忘其为女子，宜其词必传也。"夏承焘访吴眉孙。吴眉孙谈学词经历，"幼从陈亦峰廷焯学词。谓白雨斋论词，实从常州之绪而充廓

之。曾得亦峰《词则》稿，拟印之行世"。（夏承焘：《天风阁学词日记》[二]，第141页）

14日，夏承焘作《虞美人》（送徐绮琴往北平结婚，并呈雍如。绮琴善画。雍如苏州人）。（夏承焘：《天风阁学词日记》[二]，第142页）

17日，夏承焘接唐圭璋成都函，谓"《全宋词》付印，尚无消息"。（夏承焘：《天风阁学词日记》[二]，第143页）

21日，吴湖帆、龙榆生做东，邀夏敬观等午社同人在沪西延平路自由农场举行社集。冒鹤亭"排击作词守四声者，颇多议论"。（夏承焘：《天风阁学词日记》[二]，第144页）

21日，夏敬观作《霜叶飞》（己卯重九，践湖帆、榆生沪西农场之约，因过康桥旧居，感喟系之，用梦窗体谱此）。词曰："垮桥成市，疏篱畔，吾家阑槛谁倚。露廊烟皋，梦重经，都堕兵尘底。径屈曲，车穿巷尾。无端聋耳喧繁吹。记往日窗栊，柳浪隔横衢，距我一牛鸣地。 堪叹换谷移陵，深杯在手，旧节聊唤相对。缀秋场圃，有黄花籍野成嘉会。看叠叠霞峰峻岿，难酬怀远伤高意。料夜来、霜风紧，更促哀鸿，怨噭天际。"定稿后，作者抄写数份，一份寄龙榆生，并在词后曰"榆生世兄正拍"；一份寄廖恩焘，在词尾注曰"忏庵先生社长教正"。廖恩焘得此词后，评注曰："'垮桥成市，疏篱畔，吾家阑槛谁倚'，第三句便入'过旧居'意，一唱三叹，无限感怆。'露廊烟皋，梦重经，都堕兵尘底。径屈曲，车穿巷尾'，纡徐为妍，精警得未曾有。'无端聋耳喧繁吹。记往日窗栊，柳浪隔横衢，距我一牛鸣地'，一勒收止。千里来龙，至此结穴，非老斫轮手，决不能办。'缀秋场圃，有黄花籍野成嘉会。看叠叠霞峰峻岿，难酬怀远伤高意'，入时序，兼游农场；再接再厉，劲笔精思，到底不懈，令人拜倒。老气横秋，夹写夹叙，兼清真、梦窗之长，而挥洒如意，笔大如椽，当为此次社作之冠。恩焘拜读并评注。"（后收入龙沐勋等著，张寿平辑释：《近代词人手札墨迹》上册，第183页。参见陈谊：《夏敬观年谱》，第172页）

剑亮按：《夏敬观年谱》词题作《霜叶飞》（己卯重九，践湖帆、榆生沪西农场之约）。

21日，仇埰作《霜叶飞》（己卯，羁栖淞滨，虚度重九。倚清真书感）。（仇埰：《鞠谦词》卷一，第4页。后收入朱惠国、吴平编：《民国名家词集选刊》第10册，第272页）

21 日，金天羽作《龙山会》（己卯，重阳醉菊。因忆癸未客都门，载酒登八达岭情事。抚今感昔，悄乎有思）。（金天羽：《红鹤词》，第 1 页。后收入朱惠国、吴平编：《民国名家词集选刊》第 10 册，第 447 页）

21 日，龙榆生作（己卯重阳，和贞白）。（后收入龙榆生：《忍寒诗词歌词集》，第 61 页）

25 日，夏承焘作《临江仙》（寿张震轩师）。（夏承焘：《天风阁学词日记》［二］，第 146 页）

25 日，《制言》第 57 期刊发：夏剑丞《张孟劬〈遯庵乐府续集〉序》。曰："昔与君同官吴中，归安朱古微侍郎侨寓听枫园，一时所往来者，皆当世词人。张次珊通参、郑叔问舍人、陈伯弢大令及君尊人泫丞先生常在座。吾曹获以燕闲承绪论，参校乐文，研讨声律。或旦夕得一词，则传简互欣赏。是时君方肆力经史，著书曰《史微》，其为词，特寄兴所及耳。辛亥后，君始写定词一卷。侍郎为编入《沧海遗音》者是也。君慊然自以为未足，而侪辈已绝叹君造诣之深。矧君自遭世蹇屯，益勤士节，勤撰述。其寓思于词也，时一倾吐，肝肺芳馨。微吟斗室间，叩于窈冥，诉于真宰。心癯而文茂，旨隐而义正，岂余子所能几及哉！予尝谓词人易致，学人难致，学人而兼词人尤难致。有学人之词，有词人之词。君乡先辈沈寐叟，学人也；《曼陀罗寱词》，学人之词也。叟遗书他人不能董理，而君优为之。其笺注《蒙古源流》，散布丹墨于眉行间，及身未写定，君为校补，发正者又数十百事，勒成完书。叟固不能为君之词也。词于文体为末，而思致则可极于无上。学者虽淹贯群籍，或不能为。盖记丑无所施于用，强之则伤其格。若于学无所窥者，但求诸古昔人之词，又浅薄无足道。弥卑其体，其上焉止于词人之词而已。君，学人也，亦词人也，二者相因相济而不相扞格，词境之至极者也。君又尝为《清史》撰《乐志》，于一朝言律吕之书剖析明朗，条列精简。谓隋唐登歌杂苏祇婆龟兹乐，以律吕文之，神瞽弗世，等于诗亡。其分别古今，使不淆溷。诸泥古乐以求唐宋词律者，可资以发矇止惑矣。平日论词及字音阴阳清浊之辨，谓词兴于唐。唐人读音，有异于今，引慧琳《一切经音义》之反切为证，则尤前人所未言者。君今将刊其续所为词，因书弁简端，以告承学之士。己卯季秋，新建夏敬观序。"

28 日，龙榆生致函夏敬观。中曰："读尊制《遯庵乐府序》定稿，精深雅健，持论极为警辟。信乎，佳文亦待好题乃相得益彰也。"（张晖：《龙榆生先生年谱》，

第 96 页)

本月

《民族诗坛》第 3 卷第 6 辑刊发：

王去病《齐天乐》(元龙来诗，赋此答之)、《还京乐》(读《大隐庐诗草》，再赋呈公武先生)、《珍珠帘》(予有《还京乐》词，为读《大隐庐诗草》作。草成，复成此解)；

廖辅叔《水龙吟》(陈庆之挽词)；

王陆一《永遇乐》(樊城春望)、《齐天乐》(兵间梨花)、《浣溪沙》(村中梨花) 三首、《摸鱼儿》(渡湖篷舟中读白石词，漫怀成调，却寄絜生、文炳、志先、伉欧诸君)、《高阳台》(读襄阳古乐府感旧)；

成善楷《念奴娇》(己卯中秋，饮黑石山鹤年堂。同集为湖北王寄北夫妇、湖南巢□曜先生、安徽杨善基先生)、《念奴娇》(是夜，更同淑媛山头赏月。婚后七年，此第一次同过中秋节。后视茫茫，吾不知为悲为喜矣。叠前韵)、《念奴娇》(意有未尽，再叠前韵)、《琐窗寒》(丁丑夏，余与龚七海雏别成都。其年冬，君与修《巴县志》，余过重庆，遇之于巴县文献委员会。国都西迁，海雏饮酒感慨，甚于昔日。去年，余在万县，海雏以书来叙隔阔，情志切至，若不胜于危弦独奏之思。而余懒惰莫报，遂至于今。今寇难未已，良朋间阻，不知吾海雏将何以为怀也，作此寄之)、《水龙吟》(高洞)、《满江红》(寄欧阳枢北□化)、《台城路》(过重庆)、《瑞鹤仙》(先师白屋先生墓在墨石山之阳。予有拜先生门小诗云："浮沉人海看循环，后死何心入此山。世□纷拏谁及料，墓前默数十年间。" 盖自庚午夏别先生重庆即不复见，今且十年矣)、《瑶华慢》(今年七月，苏君粲瑶，约予主讲聚奎学校。及予之至，而粲瑶已远适湘中矣。他日，周君心鹤为说其逼而引走之故。□赋此词，以悲其故，且以写予之思焉)、《忆旧游》(儆伯见寄，次韵答之)、《三姝媚》(雨中同心鹤访冀野先生月亮井九号)。

11 月

4 日，《燕京新闻》刊发：偶然《顾随先生谈填词之经验》。

16 日，夏承焘致函邓广铭，谈《稼轩词笺注序》写作进展，并询问周诏先近况。(夏承焘：《天风阁学词日记》[二]，第 150 页)

19 日，《社会日报》刊发：周鍊霞《减兰》（桃花）。（后收入刘聪著辑：《无灯无月两心知：周鍊霞其人与其诗》，第 195 页）

20 日，《社会日报》刊发：周鍊霞《芭蕉雨》（《秋江明月图》，为秋帆、月如缔婚纪念）。（后收入刘聪著辑：《无灯无月两心知：周鍊霞其人与其诗》，第 195 页）

21 日，《社会日报》刊发：周鍊霞《明月生南浦》（道是悲秋秋过了）。（后收入刘聪著辑：《无灯无月两心知：周鍊霞其人与其诗》，第 196 页）

25 日，《制言》第 58 期刊发：

景观《鹊踏枝》（题吴潘夫人遗词《绿遍池塘草》图）；

忏厂《绿盖舞风轻》（乞巧前一日，午社召集于李文忠祠，拟弁阳老人作）；

镂孙《绿盖舞风轻》（七夕前一日，切庵、疚斋二君约李祠观荷、社集，用草窗韵）；

铁尊《绿盖舞风轻》（沪西李文忠祠，余屋未毁。园池残荷作花，有憔悴可怜之色。七月六日同人聚此，用草窗声韵赋之）；

切厂《绿盖舞风轻》（七月六日，与午社诸君集李文忠祠观荷）；

疚斋《绿盖舞风轻》（八月二十日，李公祠看残荷）；

述厂《绿盖舞风轻》（独酌困殊乡）；

映厂《绿盖舞风轻》（己卯七夕作）；

眉孙《绿盖舞风轻》（重过沪西李文忠祠观荷）；

榆生《绿盖舞风轻》（己卯七夕前一日，海上词流集李公祠看荷花，拈此曲同赋，依草窗韵）；

贞白《绿盖舞风轻》（李公祠观荷，红香零落殆尽，感成此阕）；

之硕《绿盖舞风轻》（秋莲，用映厂师韵）；

梦招《绿盖舞风轻》（七月六日，午社诸君子燕集李公祠观荷作）；

疚斋《卜算子》（忆水绘园池荷）。

29 日，沈祖棻作《三姝媚》（十一月二十九日，感梦而作）。（后收入沈祖棻著，程千帆笺：《沈祖棻全集·涉江诗词集》，第 129 页）

本月

仇埰作《垂丝钓》（题《流行坎止图》。戊寅秋，余从鄂转粤到沪。旧时从游诸子，由各地流浪到处者，先后达数十人。离乱相逢，况经久别。班荆道故，情话依依。感沦落于天涯，聊潜藏乎人海。己卯十一月摄影为记。余题句有云："心上蘼芜衣上尘，流行坎止倍情亲。"丁冠颜为绘《流行坎止图》，复倚清真此调写之）。（仇埰：《鞠谭词》卷一，第6页。后收入朱惠国、吴平编：《民国名家词集选刊》第10册，第281页）

《文学集林》第1辑刊发：徐调孚《吴梅著述考略》。曰："吴瞿安先生，我没有见过他，可是'心仪其人'却已很久了。他的著作，大部分我也都读过。三年前，我和圣陶、伯祥诸兄同校《六十种曲》。每遇原件漫漶不可读，辄访问藏有初印本者，求其抄示，以成完璧。瞿安先生藏有初印本多种，因此我得有机会和他通函询问。承他好意，几次的把我们的疑问给解决了。只可惜这些宝贵的信札，已和开明书店其他许多稿件同葬于炮火之中了。如今瞿安先生客死滇南，我们欲再得其片纸只字而不可得，思之曷胜愤恨。兹列举瞿安先生的著作，略加敷衍，成此短文以作纪念。"

剑亮按：徐调孚《吴梅著述考略》著录的瞿安先生著作有："甲，创作之部。（二）《霜厓词录》，民国二十八年《制言》月刊第四—八期起刊载。这是瞿安先生的词集。二十七年二月手定。到现在（第五十三期）还没有刊完。""乙，论著之部。（四）《词余讲义》，北京大学出版部本。（六）《词学通论》，东南大学油印本，民国二十一年商务印书馆《国学小丛书》本。本书乃东南大学之讲义，凡九章。一、绪论。二、论平仄四声。三、论韵。四、论音律。五、作法。六、概论一（唐五代）。七、概论二（两宋）。八、概论三（金元）。九、概论四（明清）。（七）《辽金元文学史》，民国二十三年商务印书馆《国学小丛书》本。全书分三章，首章论辽之文家及诗家，次两章论及金元之文家、诗家、词家、曲家。"

又按：李本德《谈谈〈文学集林〉》曰："《文学集林》是创办于上海'孤岛'时期的大型综合性文学期刊。《文学集林》在一年多的时间里，仅出了五期，且每一期另有书名，印成大字，再在书名旁印上'文学集林第×辑'一行小字。五期的名字依次为《山程》《望》《创作特辑》《译文特辑》《殖荒者》。我只藏有《文学集林》创刊号，但属开明书店1940年4月在桂林出版的重印本。读陈福康著、商务印书馆1991年6月版《郑振铎论》得知，该刊创刊于1939年11月，由郑振铎、徐调孚主编，开明书店出版。"

12 月

7 日，蔡元培作《满江红》词。记曰："为国际反侵略大会中国分会作歌词，用《满江红》词调。"（蔡元培著，王世儒编：《蔡元培日记》下，第 650 页）

9 日，蔡元培将《满江红》歌词函寄中国分会。记曰："致国际反侵略大会中国分会函，寄去拟作会歌。"（蔡元培著，王世儒编：《蔡元培日记》下，第 650 页）

10 日，晃县十七补训处特别党部《兵声》第 1 卷第 3 期刊发：云《夺锦标》（感怀）。（后收入《民国珍稀短刊断刊·湖南卷》第 1 册，第 185 页）

15 日，《大公报》等刊发：蔡元培《满江红》歌词。记曰："本日《大公报》《星岛日报》等均根据中央社电，载我为反侵略分会所作之歌，特别注意于'独立宁辞经百战'一句，而于其对句'众擎无愧参全责'，乃误全为僻，不知何故。"（蔡元培著，王世儒编：《蔡元培日记》下，第 651 页）

20 日，廖恩焘招午社同人集会于安登别墅。出席者有夏敬观、冒广生、林葆恒、龙榆生、吕传元、黄孟超、何之硕、夏承焘等。（夏承焘：《天风阁学词日记》[二]，第 159 页）

20 日，《社会日报》刊发：周铼霞《浣溪沙》（文凤仁兄命题）。（后收入刘聪著辑：《无灯无月两心知：周铼霞其人与其诗》，第 198 页）

23 日，《社会日报》刊发：周铼霞《清平乐》（愁多如许）、《清平乐》（浑忘瘦损）。（后收入刘聪著辑：《无灯无月两心知：周铼霞其人与其诗》，第 199 页）

23 日，杨铁夫作《玉蝴蝶》（己卯冬至）。（杨铁夫：《双树居词》，第 6 页。后收入朱惠国、吴平编：《民国名家词集选刊》第 8 册，第 591 页）

24 日，《社会日报》刊发：周铼霞《蝶恋花》（梅花）。（后收入刘聪著辑：《无灯无月两心知：周铼霞其人与其诗》，第 200 页）

25 日，《制言》第 59 期刊发：彦威《鹧鸪天》（刘弘度移居燕山村，小桃花开三日即谢，惜余未之见也。弘度有词记之，余亦赋此阕）。

27 日，《社会日报》刊发：周铼霞《踏莎行》（秋闺）。（后收入刘聪著辑：《无灯无月两心知：周铼霞其人与其诗》，第 200 页）

本月

《文学集林》第 2 辑刊发：

西谛《劫中得书记》，其中，第十八则，曰："《唐宋诸贤绝妙词选》，黄玉林辑，十卷二册，万历甲寅秦堳刊本。""黄玉林《绝妙词选》原分《唐宋诸贤》与《中兴以来诸贤》二集。今所见于毛晋刊《词苑英华》本外，罕睹他本。《四部丛刊》所影印者为《英华》外之别一明刊本，所谓明翻宋本者是也。未知为何人何时所刻。余见万历丙寅秦堳刊本于朱瑞轩许，即《丛刊》所据之祖本也，以其价昂，未收。不数日，乃于来青阁得之，价已大削。虽仅为'唐宋诸贤'一集，未获全璧，亦自得意。首有茹天成一《序》，《四部丛刊》本已夺去。殆坊贾有意取下，以欺藏家，冒为明初本者。兹录茹《序》于下，以证刊刻源流。"

剑亮按：西谛所言茹天成《序》，即为《重刻绝妙词选引》，全文曰："自汉武立乐府官采诗，以四方之声，合八音之调，而乐府之名所由始。历世以来，作者不乏。上追三代，下逮六朝，凡歌词可以被之管弦者，通谓之乐府。至唐人作长短词，乃古乐府之滥觞也。太白倡之，仲初、乐天继之。及宋之名流，益以词为尚。如东坡、少游辈，才情俊逸，籍籍人口，往往象题措语，不失乐府之遗意。然多散在各家之集，求其汇而传之者，惟玉林黄叔旸所选为备。自盛唐迄宋宣和间为十卷，自宋中兴以后，又为十卷。凡七百余年，得人二百三十，词千三百五十。词家之精英，可谓尽富尽美矣。盖玉林乃泉石清士，尤长于词，为当时名家所赏。观其附录三十八篇，隽语秀发，风流蕴藉，则其选可知矣。余友本婴秦太学堳，夙好古雅，每见其鼻祖少游词章，辄讽玩不休。今得是编，颇惬其向往之初心。既乐多词之妙丽，又慨旧刻之舛伪，遂详校而重梓之。余重玉林之词，嘉本婴之志，因缀数语，以引其端。万历岁在阏逢摄提格（甲寅）仲春上浣之吉，河内茹天成懋集甫书。"

第三十五则，曰："《宋元名人词十六家》，旧抄本，四册。""宋元人词自《彊村丛书》出，罕传之作已少。友人赵万里先生及周咏先君并有补辑。大凡传世之词集，几无不被收入此三书中。然旧本亦自可贵。十年前，缪筱珊抄本《典雅词》散出，价甚廉。余思得之而未果，后归北平图书馆。顷于听涛山房得旧抄本《宋元名人词十六家》（张纲《华阳词》，高登《东溪词》，朱雍《梅词》，朱熹《晦庵词》，吴儆《竹洲词》，许棐《梅屋诗余》，欧良《抚掌词》，文天祥《文山乐府》，赵闻礼《钓月词》，朱淑真《断肠词》，欧阳彻《飘然词》，赵孟頫《松雪斋词》，刘因《樵庵词》，萨都剌《雁门词》，倪瓒《云林词》，陶宗仪《南村词》）。十年前，此十余家皆秘笈也，足补毛氏《六十一家词》，今则皆行世矣。

此书每册皆有陈仲鱼印，为坊贾伪托。然抄本甚旧，至晚亦在道、咸中。惜未知校辑者何人耳。"

第八十七则，曰："《花草粹编》，明陈耀文辑，十二卷附录一卷，存四、六、九至十二卷六册。明万历间刊本。""陈耀文尝著《正杨》，纠正升庵谬处不少。又著《天中记》，盖博雅之士也。《花草粹编》十二卷，又附录一卷，选辑唐宋人词。于诸明人词选中，为甚谨严之著作。所谓'花草'者，盖以'花'代《花间集》（唐五代词），'草'代《草堂诗余》（宋词）也。惟实非'花''草'之合编，其所选尽多出二书外者。此书原刊本甚不易得，即清金氏活字本亦罕见（国学图书馆有影印袖珍本，甚易得）。余尝在中国书店见残本二册，为《四库》底本。馆员改易卷次，整齐词例之笔迹尚在。（《四库》析为二十二卷，不知何故）。以余未有《四库》底本一册，故收之，以备一格。叶铭三顷又携残本四册来，亦收之。合之，仅得原书之半耳。"

冬，缪钺作《淡黄柳》（己卯冬日，旅泊都匀，客馆无俚，赋此自遣）。（后收入缪钺:《缪钺全集》第7、8合集，第31页）

本年

【词人创作】

张充和作《鹧鸪天》（万绿初晴压水新）。（白谦慎编:《张充和诗文集》，第23页）

杨铁夫作《轮台子》（己卯生日）。（杨铁夫:《双树居词》，第12页。后收入朱惠国、吴平编:《民国名家词集选刊》第8册，第579页）

李宣龚作《相见欢》（为病树题《佳住楼词意图》，己卯）。（李宣龚:《墨巢词》，第3页。后收入曹辛华主编:《民国词集丛刊》第4册，第68页）

辛际周作《烛影摇红》（桃江晚眺，继彊村韵）。（辛际周:《梦痕词》，第8页。后收入曹辛华主编:《民国词集丛刊》第7册，第15页）

夏敬观作《归国谣》（忆崇孝寺牡丹）、《荷叶杯》（忆极乐寺海棠）、《垂丝钓》（黄公渚、君坦兄弟寄示新词，赋此报之）、《雪梅香》（忏庵斋中茗茶，谈展诵所著《半舫词卷》，因赋此。题之半舫者，其出使古巴所颜居也）。（陈谊:《夏敬观年谱》，第172页）

龙榆生作《归国谣》（拟温尉）、《荷叶杯》（拟韦相）、《卜算子》（荷花四咏）

四首、《垂丝钓》（和贞白，依清真）。（后收入龙榆生：《忍寒诗词歌词集》，第59页）

顾随作《浣溪沙》（又是人间落叶时）、《浣溪沙》（凉雨多时病已多）、《临江仙》（凉雨声中草树）、《临江仙》（飘忽断云来去）、《浣溪沙》（露脚斜飞月似烟）、《定风波》（昨夕银缸一穗金）、《临江仙》（岁月如流才几日）、《清平乐》（屏山六扇）、《虞美人》（无人行处都行遍）、《蝶恋花》（当日别离犹觉易）、《临江仙》（又到年时重九）、《少年游》（季韶书来，言屏兄死矣，泫然赋此）、《思佳客》（一局残棋化劫灰）、《思佳客》（动地悲风迫岁阑）、《玉楼春》（秋花不似春花落）、《鹧鸪天》（日日尊前赋式微）、《思佳客》（真把人间比梦间）、《鹧鸪天》（莫莫休休意自甘）、《鹧鸪天》（少年胸怀未肯平）、《定风波》（把酒高楼欲问他）、《定风波》（把酒高楼欲问伊）、《定风波》（把酒高楼欲问公）、《定风波》（把酒灯前只自哀）、《定风波》（把酒高楼欲问谁）、《定风波》（举起金杯放下愁）、《鹧鸪天》（侃如自澄江来函，嘱作南游，赋此答之）、《玉楼春》（含愁坐久和衣卧）、《鹧鸪天》（一半秋江雾影涵）。（闵军：《顾随年谱》，第117页）

刘永济作《点绛唇》（过宜山暂留浙江大学，移居宜山燕山村舍，示内子惠君）、《蝶恋花》（将随浙江大学迁于滇边之建水，感赋两阕，简寅恪、雨僧昆明）、《高阳台》（昨梦放棹东湖，露明荷净，中微波乍生，冰轮忽碎，化为千万，光景绝奇，得层波四字而醒，时急雨捎屋，余寒在衾，凄然其如秋也。追怀昔游，足成此解）、《南柯子》（赴辰溪湖南大学途中，晓发六寨）、《鹧鸪天》（筑阳市楼饮散与迪生别，迪生以浙江大学事入重庆，即遇空袭，念之不已，词以讯之）、《鹧鸪天》（寓辰溪，暂任湖大教授）、《木兰花慢》（在嘉定，寿夑龙母太夫人八十）、《满江红》（暮雨千山）。（后收入刘永济：《诵帚词集　云巢诗存》，第343页）

缪钺作《清平乐》（小园风絮）、《玉楼春》（萋萋已遍天涯路）、《一萼红》（子植自重庆来宜山。离乱相逢，话旧增慨）。（后收入缪钺：《缪钺全集》第7、8合集，第31页）

张元济作《题徐仲可〈纯飞馆填词图〉》诗。曰："十年不见古人面，太息沧桑世事非。寂寞康桥旧门巷，更从何处认纯飞。""词人，自昔婴天忌，居亦诗穷而后工。底事佳儿偏被夺，噫嘻吾欲问苍穹。"张元济自注："仲可同年能文章，尤善倚声。怀才不遇，橐笔沪壖。晚年卜居康桥，与余结邻，年未六十，遽尔下世。其子新六为余掌教南洋公学时所取得士，卒业后留学于英、法等国。归国后，初供职财政部，旋改入浙江兴业银行，发扬光大，成绩昭著。不幸于去秋乘飞机赴渝，中途遇敌殒命，可伤孰甚。顷忽检得仲可民国十二年九月八日手札一叶，属题《纯飞馆填词图》。久久未报，怅歉无似。因补两绝，聊赎食言之愆，兼志哀戚，并乞墨君年嫂夫人教正。"编者注："诗稿无题。商务印书馆 1986 年版《张元济诗文》第 79 页将诗后注文作多处文字增删后，移至诗前充作诗题。今恢复诗稿原貌。诗题为编者所加。诗稿无创作时间，诗注内徐新六'不幸于去秋……殒命'，系 1938 年 8 月 24 日事。"（张元济:《张元济全集》第 4 卷，第 76 页）

卢前作《水调歌头》（右任先生今年六十，中国公学诸生称觞以祝，即席致辞，语至可味。爰檃括入词，俾开国佳话流传久远，兼寄先生以为寿）。（后收入卢前:《卢前诗词曲选》，第 123 页）

剑亮按：于右任生于 1879 年，故将此词编年于此。

【词籍出版】

周葆贻等辑《武进兰社弟子诗词集》（附《双溪毓秀馆吟草》）刊行。前有陈名珂、姜光迪、戴春生、周企言、邹文渊、蒋荣怿《序》，后有邹文渊《跋》。（后收入南江涛选编:《清末民国旧体诗词结社文献汇编》第 4 册）

内收《陈倚楼诗词》，有《相见欢》（别意）、《如梦令》（午梦）、《点绛唇》（春暮）、《一剪梅》（绣倦人慵倚楼）、《浪淘沙》（奉和周师原韵）二首、《浪淘沙》（夏景）二首、《满庭芳》（夏闺）、《满庭芳》（秋闺）、《梅子黄时雨》（六曲阑干）、《满江红》（怅望乡关）、《临江仙》（雨过凉生残暑）；

《华纪清词》，有《浪淘沙》（题《烟雨春江图》）、《摊破浣溪沙》（报道书来客打门）；

《徐元鼎诗词》，有《浪淘沙》（夜雨感怀）、《虞美人》（丙子六月夜，公园饯别，感赋）、《浪淘沙》（秋感）、《醉花阴》（中秋）；

《解浚源诗词》，有《浪淘沙》（残春）、《虞美人》（秋感）、《好事近》（别意）、《蝶恋花》（本意）、《点绛唇》（别意）；

《朱铭新诗词》，有《瑞鹤仙》（寿周师七旬）、《多丽》（亶素先生以《天醉楼填词图》嘱画，并题）、《鹧鸪天》（题画，赠双文女师）、《金缕曲》（春暮）；

《童祥宝诗词》，有《浪淘沙》（七夕）；

《张山声诗词》，有《浪淘沙》（雨霁）、《浪淘沙》（雨后）；

《庄俊诗词》，有《浪淘沙》（暮春感怀）、《苏幕遮》（堆絮体，秋夜）、《生查子》（惜花）、《浣溪沙》（深夜述怀）；

《刘钰诗词》，有《双红豆》（山重重）、《南歌子》（乍暖还寒日）；

《刘鸿逵诗词》，有《菩萨蛮》（遣怀）；

《薛凤超诗词》，有《如梦令》（雨夜）、《浣溪沙》（暮春）、《菩萨蛮》（壬申八月）、《虞美人》（中秋望月有感）、《浪淘沙》（壬申九月）、《浪淘沙》（重阳）；

《周文渊诗词》，有《苏幕遮》（春情）、《菩萨蛮》（中秋）；

《陈超然诗词》，有《生查子》（忆菊）；

《金雨野诗词》，有《南歌子》（冬夜感怀）；

《黄友鹤诗词》，有《清平乐》（雪）；

《丁泽民诗词》，有《减兰》（闻雁）、《醉花阴》（秋虫）；

《屠湘生诗词》，有《诉衷情》（荷花）；

《恽柽诗词》，有《眼儿媚》（秋柳）、《蝶恋花》（岁云尽矣，未息干戈。一家离散，各在异乡。忆旧悲今，除夕填此）、《解珮令》（庭中秋海棠凋矣，感拈此解）；

《王天祥诗词》，有《蝶恋花》（夏夜）；

《刘翼如诗词》，有《虞美人》（忆姊）、《如梦令》（叠字别意）、《浪淘沙》（瘦影怯轻寒）、《醉花阴》（夏夜）、《青衣湿》（哀沈澹如同学）、《忆江南》（春游，忆女友澹如）、《长相思》（春暮）、《点绛唇》（落花）、《浪淘沙》（夜雨）、《菩萨蛮》（不寐）、《如梦令》（春深）二首、《调笑令》（无语无语）、《清平乐》（送春）、《齐天乐》（惊心岁月愁中换）；

《秦洛英诗词》，有《浪淘沙》（乙亥仲夏，苦旱，喜得甘霖）、《惜分飞》（丁丑春仲，悼胞弟晋翰，用毛泽民韵）、《满江红》（戊寅三月初二三日，次女凤南，年七岁；三女燕南，四岁，患白喉，相继殇。葬洛阳高坝外家桑田内，嗣经其地，凄然赋此，用元萨都剌《金陵怀古》韵）；

《张蕴林诗词》，有《临江仙》（感怀）、《菩萨蛮》（柳絮）；

《李文心诗词》，有《临江仙》（敬步周师和朱古微、林铁尊诸词家原韵）、《浣溪沙》（怅望江干欲断魂）《浣溪沙》（一树高梧透碧空）；

《周佩玉诗词》，有《醉花阴》（有怀）。

《双溪毓秀馆吟草》内收：

蒋荣怿《踏莎行》（题《兰社男女弟子诗词百人集》)、《菩萨蛮》(寻梅)；

蒋文婷《浪淘沙》(采菱)。

蒋兆兰《青薆庵词》四卷刊行。卷首有顾云、金石夔、冒广生《叙》，卷尾有其弟蒋兆燮《后叙》。(上海图书馆等有藏。后收入朱惠国、吴平编：《民国名家词集选刊》第 1 册)

冒广生《叙》中曰：“岁癸亥，余游宜兴，始识蒋香谷先生。明年，先生以书来招余同过永定看东坡手植之海棠，又往亳村拜迦陵四世墓。宿先生青薆庵中，始稍稍与先生论词。先生少日随其尊人醉园先生客江右，濡染家学，则已以词鸣于时。其后，归宜兴，与上元顾石公为群纪之交，学益进。同时所与游者，若刘子光珊、恽子季庵、金子夔伯，皆班孟坚所谓词赋之流也。先生词以白石为宗……所撰曰《青薆庵词》。其近年与里中诸子唱和者曰《乐府补题后集》，与其女夫任援道所合撰者曰《冰玉词》。而《青薆庵词》所抉择为最精确，所存才二百首，而婉约清微，其于白石，殆火尽则薪传焉。向者，先生尝以叙属余，而余未有以报也。今几何时，人事颎洞，干戈满目。宜兴，一弹丸地，五年之间，被兵者三。先生亦避地苏、淞间，余即欲再为善卷之游，谁东道者。而问先生所居之青薆，则亦毁于火矣。顾庵虽毁，而词不毁，是天之所以昌先生也。天欲昌先生，则先生之词固非兵火之所能劫也。夫能历劫，是以能存也。戊午十一月，如皋弟冒广生撰。”

吴湖帆、潘静淑《梅景书屋词集》，由吴氏四欧堂刊行。内含吴湖帆《佞宋集》和潘静淑《绿草集》等。卷首有王謇《序》，卷尾有作者《跋》。(浙江图书馆藏。后收入朱惠国、吴平编：《民国名家词集选刊》第 15 册)

王謇《序》中曰：“我友吴湖帆公孙与德配潘静淑夫人均出自吴中乔木故家，闺房挥洒，鉴赏唱随之乐，既能兼而有之，而又雅善倚声。”

吴湖帆《跋》中曰：“民国乙卯，静淑年二十四来归。越岁，即就余习兰、竹。迄甲子迁沪，复学山水。未几皆辍。后吴瞿安先生避难来沪，因执弟子礼学词焉。”

刘麟生《春灯词》《春灯词续》刊行。卷首陈诗题诗、方孝岳题诗和江家珣《浣溪沙》题词。（上海图书馆藏。后收入朱惠国、吴平编：《民国名家词集选刊》第 15 册）

庄梦龄《静妙斋诗文集》附词一卷刊行。卷首有高景宪《静妙斋诗文集序》和张学翰《序》，卷尾有章伯源《后序》。（后收入曹辛华主编：《民国词集丛刊》第 12 册）

夏敬观《映庵词》三卷刊行。卷首有陈锐、朱祖谋《序》。（后收入曹辛华主编：《民国词集丛刊》第 12 册）

张鸿《蛮巢词稿》一卷、《怀琼词》一卷刊行。卷首有徐兆玮《序》。（后收入曹辛华主编：《民国词集丛刊》第 21 册）

徐兆玮《序》曰："蛮公于丁丑冬月，避地南行，止于桂林。戊寅夏五，有空袭之警，复由香港返沪渎。劫后重逢，秉烛谈旧事，恍忽如梦寐。君言，行时仓卒，诗文稿未及携出。山城沦陷，文物荡然，不为人攫取，恐亦化灰烬矣。会予令女曾桂回家取物，过□城，于燕园屋壁间乱纸中，搜得稿本十余帙，挈以来。君喜过望，辑录为诗一卷，词二卷。瞿凤起、杨无恙请雠校付刊，而属予叙其首，以知君深者莫予若也。君志在经世，不屑沉浸于词章。每有述作，凭臆而出，不假雕琢，自然合度。其于诗也，初学昌谷，继由玉溪窥少陵之堂奥，后又研习王荆公。时贤以摹拟西江为职志，视之蔑如也。尝与曹君直、汪衮夫倡和，仿西昆体，成《西砖酬唱集》。今曹、汪俱逝，遗诗存亡不可知。而君独于地老天荒之日，竟编年分月之功，一编手定，万本争传，鹤立鲸跳。然为光、宣作家后劲，不可谓非幸事已。君自甲午登朝，亲见戊戌之变政，庚子之构乱，辛亥之让位。逮弃官归隐，又直齐卢内哄，淞沪抗战，耳目睹闻，有触即发。或微文刺讥，或长言咏叹，皆足企风人之逸旨，追变雅之余音。知人论世，考史者将于是参证焉。世之读君诗者，必有取于予言也。己卯九月，徐兆玮。"

剑亮按：张鸿（1867—1941），原名澂，字师曾、隐南，别署蛮公、燕谷老人，江苏常熟人。1904 年进士，历官内阁中书、户部主事、外务部郎中、记名御史等。1906 年后，出任驻日本长崎、神户及朝鲜仁川领事。1916 年归故里，居燕园。后受友人曾朴之托，撰写《续孽海花》。

夏敬观手批《彊村丛书》。

剑亮按：由《东山词》正文末"己卯冬至后，映庵题记"推断，其手批《彊村丛书》的时间当再在 1939 年前后，故系于此年。手批包含眉批及卷末评识，内容涉及校勘、音韵、考释、评论、鉴赏等方面。参见《彊村丛书·影印出版说明》，上海古籍出版社，1988 年。

【报刊发表】

《古学丛刊·词录》第 1 期刊发：郭则沄《双双燕》（蛰园灯社，以新燕命题，同人写新燕为灯，因题小词）；第 2 期刊发：郭则沄《宴清都》（和浦江韵，题兼龛还来《涉江图卷》）；第 4 期刊发：郭则沄《西子妆》（敬跻堂秋望，和石工）、《西子妆》（中元后一日，北渚泛月）。

《文艺》第 1 期刊发：于蓉生《朱彝尊评传》。

剑亮按：《文艺》，不定期，1939 年创刊于北京，由北京女子师范学院文艺研究会出版发行。当年终刊。

《新民报》第 1 卷第 5 期刊发：许颖《谈诗词的用字》。

剑亮按：《新民报》，半月刊，1939 年创刊于北京，由新民中央总会出版发行。1943 年终刊。

《华光》第 1 卷第 6 期刊发：洪夸《谈谈李清照》。

《近代杂志》第 1 卷第 7 期刊发：衡庐《纳兰容若本传》。

《战时中学生》第 1 卷第 11 期刊发：王季思《词的正变》。

剑亮按：《战时中学生》，月刊，1939 年创刊于浙江丽水，由正中书局出版发行。1941 年终刊。

《辅仁文苑》第 2 辑刊发：

刘缓扈《词中理想郎和娘》；

孙蜀丞《词沈》（一）。

剑亮按：《辅仁文苑》，季刊，1939 年创刊于北京，由辅仁大学文苑社出版发行。1942 年终刊。

《黄埔月刊》第 11 期刊发：唐圭璋《悼念瞿安师》。

《经世》第 47、48 期刊发：梁品如《稼轩词研究》。

《沙漠画报》第 2 卷第 46 期刊发：雪冰《中国文学家速写："解放词人"曾今可》。

剑亮按：《沙漠画报》，周刊，1938 年创刊于北京，由江汉生发行。1943 年终刊。

《杂志》第 4 卷第 5 期刊发：逸《汪精卫卖国付东流，吴稚老填词扫落叶》。

《现世报》第 48 期刊发：《今批汪精卫〈落叶词〉》。

【词人生平】

汪兆镛逝世。

汪兆镛（1861—1939），字伯序，号憬吾，广东番禺人。著有《晋会要》《雨屋深灯词》。

夏敬观《忍古楼词话》曰："番禺汪兆镛憬吾，先世世居山阴，游宦海南，遂占其籍。辛亥后，定迹远屏，闭户撰述，所著有《雨屋深灯词》。其尊翁与先叔子新公在粤，往还至密。曩年，憬吾归越修墓，道经沪上，得与握手，亟道先世交谊，语挚情深，貌温而粹，望而知为绩学之耆旧也。曾为余赋《三部乐》（次梦窗韵题《填词图》）……其词致力姜、辛，自抒怀抱。其品概亦今日之邝湛若也。"（唐圭璋编：《词话丛编》第 5 册，第 4760 页）

钱仲联《近百年词坛点将录》曰："憬吾《雨屋深灯词》，夏敬观《忍古楼词话》谓其'致力姜、辛，自抒怀抱，兰甫门下，斯亦治经治史以外，能分词坛一席者'。"（钱仲联：《梦苕庵论集》，第 407 页）

蔡宝善逝世。

蔡宝善（1869—1939），字孟庵，号师愚，浙江德清人。民国时任江苏政务厅厅长。有《沧浪渔笛谱》《听潮音馆词集》等。张茂炯作《序》，曰："君生德清，晚而侨吴，踪迹略似梦窗。以所得山川清淑之气发而为词，宜其词之芬芳悱恻，有南宋遗音焉，此地灵之说也。若以时会言，君所遭遇殆又与草窗差近。草窗当咸淳时，亦尝居吴兴矣……今君词以《沧浪渔笛谱》命名，隐然以蘋州自况，则君之感怀身世，寄托遥深，又可知也。"

王蕴章逝世。

王蕴章（1884—1939），字莼农，江苏无锡人。南社社员，任职于商务印书馆，曾组织春音词社，有《春平云室词》《梁溪词话》。钱仲联《近百年词坛点将录》曰："金天翮《艺中九友歌》云：'大鹤沤尹双词仙，莼农后起少不解。杨帆直挂南溟天，象王宫阙蠓山粘。桄榔面涩椰酒甜，蛮姬红语娇胜莲。讵知秋士心肠煎，泪下檀板金樽前。'又《序》称莼农'弱冠美少年，慷慨世事'，'忧患迭更，陶写丝竹，妍唱遂多，《西神樵唱》数十首，庶几梅溪、草窗之遗，东南人士谈及莼农，无不知为梁溪王蕴章也'。莼农为南社初期眉目，方之几社词人，则云间三子之李蓉斋，得无身世相同？"（钱仲联：《梦苕庵论集》，第 406 页）

邓邦述逝世。

邓邦述（1868—1939），字孝先，号正阁，晚号群碧翁，江苏江宁（今南京）人。官奉天交涉使、吉林民政使。有《沤梦词》。

1940 年

（民国二十九年　庚辰）

1月

2日，午社第七次社集于林葆恒家。夏承焘与黄孟超做东。出席者有夏敬观、冒鹤亭、龙榆生等。夏承焘与钱仲联初次相见。夏承焘记曰："钱仲联新自北流归，渴慕十年，方得握手。"（夏承焘：《天风阁学词日记》[二]，第163页）

5日，夏承焘评况周颐词论。曰："蕙风论词多不可信，如姜抄《越女镜心》明是楼采词，洪正治误以刊入姜词。蕙风乃谓自是白石风格，律调甚密。陈蒙庵谓蕙风甚自负，其《词话》谓前人但有词录而无词话，奈其话不可信何。"（夏承焘：《天风阁学词日记》[二]，第164页）

14日，夏承焘阅评《北京大学四十周年专号》所刊罗膺中、叶玉华合著《唐人打令考》，曰："比予旧作之《令词出于酒令考》详备多多。灯下阅一过，予所得各证，彼皆采用矣。"（夏承焘：《天风阁学词日记》[二]，第167页）

16日，午社社友林鹍翔卒。（夏承焘：《天风阁学词日记》[二]，第168页）

林鹍翔（1871—1940），字铁尊，号半樱，浙江归安人。学词于朱祖谋，民国任瓯海道员，晚年倡结瓯社于越中。有《半樱词》《半樱词续》。钱仲联《近百年词坛点将录》曰："铁尊为彊村、蕙风高第弟子。蕙风谓'趾美彊村，非君莫属'。夏映庵序其《半樱词续》，许其'思精体大'。宦游永嘉时，曾举瓯社以导词学。其门下士夏承焘谓其词'固取径周、吴，而亲炙彊村者'，其伤乱哀时诸什，取诸肺肝而出以宫徵，真气元音，已非周、吴之所能囿。"（钱仲联：《梦苕庵论集》，第394页）

17日，蔡元培接黄离明函，函中谈蔡元培《满江红》词。蔡元培记曰："得黄离明八日函，言年前渝报纸竟载夫子近填《满江红》词，读者莫不振奋。"（蔡元培著，王世儒编：《蔡元培日记》下，第656页）

21日，午社成员廖恩焘、夏敬观、龙榆生、黄孟超、何之硕、夏承焘等，吊

林鹍翔于海格路中国殡仪馆。（夏承焘：《天风阁学词日记》[二]，第 170 页）

23 日，郑振铎购阅词籍。记曰："九时，赴校授课。饭后，至中国书店一行。无意中得《林下词选》二本，为之大喜。我收词集不少，未见此书。今得之，于'词山'中又增一珍石了。《林下词选》为吴江周铭编集，凡十四卷，刊于康熙辛亥，首有尤侗序。所选皆闺秀词，自宋至清初，搜辑甚备。叶仲韶有《填词集艳》，沈慕爆有《初蓉集》，皆未刊，铭得之，遂增益之，以成此选。其间明清二代词，颇多失传之作。四时归，灯下阅《词选》，颇高兴。"（郑振铎著，陈福康整理：《为国家保存文化——郑振铎抢救珍稀文献书信日记辑录》，中华书局，2016 年，第 400 页）

27 日，夏承焘作《木兰花慢》（半樱师挽词）。（夏承焘：《天风阁学词日记》[二]，第 173 页）

29 日，夏承焘作《稼轩词笺序》，收录 30 日《日记》中。31 日，又与吴天五商讨该《序》。（夏承焘：《天风阁学词日记》[二]，第 174、175 页）

30 日，《社会日报》刊发：周炼霞《浣溪沙》（题润楣女士手册，即寄）。（后收入刘聪著辑：《无灯无月两心知：周炼霞其人与其诗》，第 202 页）

本月

《雅言》第 1 卷刊发：

心畲《点绛唇》（春日极乐寺题壁）、《巫山一片云》（湖上）、《唐多令》（泛舟）；

圣逸《过秦楼》（舸庵《碧庐商歌》题辞）；

丛碧《风入松》（题枝巢主人《楼台梦影图》）；

娟静《渡江云》（喜丛碧归自海上）；

《延秋词社第一集》（甲题），作品有：

文薮《蕙兰芳引》（丛碧山房主人蓄养心兰数十本，招饮共赏）；

枝巢《蕙兰芳引》（丛碧斋中，咏素心兰，用清真四声）、《蕙兰芳引》（阶前病蕙，憔悴久矣。秋来忽擢数花，姚冶芬郁，歌以歚之）；

莼农《蕙兰芳引》（丛碧招赏素心兰，限调，同赋）；

蛰云《蕙兰芳引》（丛碧山房词集，咏素心兰，限调）；

丛碧《蕙兰芳引》（咏斋中素心兰，依清真声韵）；

笠似《蕙兰芳引》（过丛碧山房，素心兰秋中犹盛，留题一解）；

君武《蕙兰芳引》（咏素心兰，依美成四声）；

碧虑《偷声木兰花》（丛碧山房素心兰）。

剑亮按：《雅言》，月刊，1940年创刊于北京，由雅言社出版发行。1944年终刊。

《湖南妇女》第1卷第1期刊发：赵萧尚纶《浪淘沙》（题《湖南妇女》）。

2月

1日，龙榆生作《雪梅香》（己卯祀灶日，大雪，灯下用贞白韵赋此）。（后收入龙榆生：《忍寒诗词歌词集》，第62页）

剑亮按：词序中"祀灶日"，为农历十二月廿四，故编年于此。

2日，《社会日报》刊发：周铼霞《浣溪沙》（一折屏山恨万重）。（后收入刘聪著辑：《无灯无月两心知：周铼霞其人与其诗》，第203页）

3日，《社会日报》刊发：周铼霞《浣溪沙》（淡梦扶愁到谢桥）、《浣溪沙》（密电飞传万里书）。（后收入刘聪著辑：《无灯无月两心知：周铼霞其人与其诗》，第204页）

3日，郑振铎购词籍于书坊。记曰："至中国、来青等肆，得残本《六十一家词》六册。系愚园图书馆散出者，初印甚精。我从前所用《六十一家词》是博古斋石印小本，取其廉便，颇想得原本一读。此虽残帙，亦足快意。淮海、小山二家，均为予所深喜，亦均在其中。灯下披卷快读，浑忘门外是何世界。"（郑振铎著，陈福康整理：《为国家保存文化——郑振铎抢救珍稀文献书信日记辑录》，第406页）

4日，张元济作《影印汲古阁毛氏精写本〈稼轩词〉跋》，曰："光绪季年，余为涵芬楼收得太仓谀闻斋顾氏藏书，中有汲古阁毛氏精写《稼轩词》甲、乙、丙三集，诧为罕见。取与所刊《宋六十一家词》相校，则绝然不同。刊本以词调长短为次，此则以撰作先后为次也。久思复印，以缺丁集不果行。未几，双照楼景印《宋金元明人词》，刊是三集。顾不言其所自来，而行款悉合，意必同出一源。然何以亦缺丁集，殆分散后而始传录者欤？吾友赵斐云据抄明吴文恪辑本补印丁集，同一旧抄，滋多误字，拾遗补缺，美犹有憾。去岁，斐云南来，语余近见某估得精写丁集，为虞山旧山楼赵氏故物，正可配涵芬楼本，且或为一书两析者。余踪迹得之，介吾友潘博山、顾起潜索观，果如斐云言。毛氏印记与前三集悉同，且原装亦未改易，遂斥重金得之。龙剑必合，不可谓非书林佳话矣。娅婿夏剑丞精于倚声，亟亟假阅，谓与行世诸本有霄壤之别，定为源出宋椠。余初不能无疑，回环复诵，乃知毛氏写校即一点一画之微，亦不肯轻率从事。丹铅杂出，其为字不成，暨空格未填补者，凡数十见，盖为当时校而未竟之书。然即此未竟之工，尤足证其有独具之胜。如乙集:《最高楼》第三首，《答晋臣》'甚唤得雪来白倒雪，□唤得月来香杀月'，诸本空格均作'便'，而是本涂去者却是'便'字。《水龙吟》第二见第一首，《过南剑双溪楼》'峡□□江对起'，诸本'峡'下二字，均作'束苍'，而是本涂去者上为'夹'字，下却是'苍'字。《鹧鸪天》第二首，《席上再用韵》'落日残□更断肠'，诸本空格作'鸦'，而是本涂去者却是'鸦'字。又第三首，《败棋，赋梅雨》'漠漠轻□拨不开'，诸本空格均作'阴'，而是本涂去者却是'阴'字。丙集:《木兰花慢》第二首，《题上饶郡圃翠微楼》'笙歌雾鬓□鬟'，诸本空格均作'风'，而是本涂去者却是'风'字。《踏莎行》，《赋稼轩集经句》'日之夕矣□□下'，诸本'夕矣'下二字均作'牛羊'，而是本涂去者却是'牛羊'二字。《雨中花慢》（登新楼有怀昌父斯远仲止子似民瞻）'旧雨常来，今□不来'，诸本空格均作'雨'，而是本涂去者却是'雨'字。揣其所以涂改之故，必为误书而非本字。诸本臆改，适踬其非。其他窜补与既涂之字，绝不同者，为数尤多。原存空格，亦大都填注，无迹可寻。以上文之例推之，决不能与原书吻合。得见是本，殊令人有犹及阙文之感矣。《稼轩词》为世推重，余既得此仅存之本，且赖良友之助，得为完璧，其何敢不公诸同好。剑丞既为之《书后》，胡君文楷又取行世诸本勘其异同，撰为《校记》，其为是本独有，而不见于他本者，亦一一胪举。今俱附印于后，俾阅者有所参核。范开《序》谓'裒集冥搜，才逾百首'。是编乃有四百三十九首。梁任公疑丙、丁二集未经范手厘订，然即甲、乙二集，亦已得二百二十五首。或范《序》专为甲集而作，乙集而下，续《序》不无散佚。又诸家所刊在是编外者，有词一百七十九首，岂即出于范《序》所言近时流布海内之赝本欤？吾甚望他日或有更胜之本出，得以一释斯疑也。民国纪元二十有九年二月四日，海盐张元济。"（后收入北京图书馆善本组:《1911—1984 影印善本书序跋集录》，中华书局，1995 年，第 368 页。亦收入张元济:《张元济全集》第 10 卷，第 212 页）

5 日，甘大昕作《迎春乐》（己卯岁未尽三日，立庚辰春。忧生闵乱，情见乎词）。（甘大昕:《击缶词》，第 21 页。后收入曹辛华主编:《民国词集丛刊》第

2 册，第 187 页）

5 日，辛际周作《浣溪沙》（己卯除前二夕，华林寺村屋夜坐）。（辛际周：《梦痕词》，第 8 页。后收入曹辛华主编：《民国词集丛刊》第 7 册，第 15 页）

7 日，何遂作《青玉案》（己卯除夕，柳州）。（何遂：《叙圃词》，第 38 页。后收入曹辛华主编：《民国词集丛刊》第 6 册，第 62 页。亦收入何达：《何遂遗踪：从辛亥走进新中国》，第 155 页）

7 日，杨铁夫作《声声慢》（己卯除夕）。（杨铁夫：《双树居词》，第 8 页。后收入朱惠国、吴平编：《民国名家词集选刊》第 8 册，第 596 页）

7 日，龙榆生作《金人捧露盘》（己卯除夜，同大厂、贞白）。（龙榆生：《忍寒词》之乙稿《忍寒词》，第 3 页。后收入朱惠国、吴平编：《民国名家词集选刊》第 15 册，第 434 页。亦收入龙榆生：《忍寒诗词歌词集》，第 63 页）

7 日，周树年作《鹧鸪天》（己卯除夕）。（周树年：《无悔词》，第 23 页。后收入曹辛华主编：《民国词集丛刊》第 10 册，第 230 页）

7 日，周麟书作《卜算子》（己卯除夕）。（周麟书：《笏园词钞》卷五，第 3 页。后收入曹辛华主编：《民国词集丛刊》第 10 册，第 303 页）

7 日，夏承焘致函邓广铭，寄予《稼轩词笺序》。（夏承焘：《天风阁学词日记》[二]，第 176 页）

8 日，何遂作《探春慢》（庚辰元旦，扬州军次寄内）。（何遂：《叙圃词》，第 39 页。后收入曹辛华主编：《民国词集丛刊》第 6 册，第 63 页。后亦收入何达：《何遂遗踪：从辛亥走进新中国》，第 155 页）

8 日，汪曾武作《东风齐着力》（庚辰元旦）。（汪曾武：《趣园诗余·味莼词己稿》，第 8 页。后收入朱惠国、吴平编：《民国名家词集选刊》第 6 册，第 168 页）

8 日，杨铁夫作《浣溪沙》（庚辰元旦）。（杨铁夫：《双树居词》，第 9 页。后收入朱惠国、吴平编：《民国名家词集选刊》第 8 册，第 598 页）

14 日，周树年作《鹧鸪天》（庚辰人日）。（周树年：《无悔词》，第 23 页。后收入曹辛华主编：《民国词集丛刊》第 10 册，第 230 页）

25 日，叶景葵作《半樱词跋》。中曰："庚辰正月十八日，林世兄以此册见付，谓印本余存，已遭火焚，家中仅存此册。余允俟纸价稍平，必践续印之约。敬书之以为息壤。"（后收入叶景葵：《卷盦书跋》，第 172 页。又收入叶景葵著，

柳和城编：《叶景葵文集》，第965页）

25日，午社宴集于廖恩焘家。仇埰、冒鹤亭、夏敬观、夏承焘、胡宛春等12人出席。席上仇埰谈叶恭绰《清词钞》。（夏承焘：《天风阁学词日记》[二]，第181页）

27日，周麟书作《点绛唇》（落梅，庚辰正月十九日作）。（周麟书：《笏园词钞》卷五，第3页。后收入曹辛华主编：《民国词集丛刊》第10册，第304页）

28日，周麟书作《解语花》（春雪，庚辰正月二十日作）。（周麟书：《笏园词钞》卷五，第3页。后收入曹辛华主编：《民国词集丛刊》第10册，第304页）

本月

刘永济作《浣溪沙》（程君千帆出纸张索书，赋此赠之）。（后收入刘永济：《诵帚词集　云巢诗存》，第345页）

剑亮按：本月，程千帆应聘到四川乐山中央技艺专科学校任教。到乐山后，他便以诗词求教刘永济先生，刘永济先生便填写了这首《浣溪沙》词。

龙榆生作《小梅花》（己卯，淞滨岁晏，同大厂、贞白）。（后收入龙榆生：《忍寒诗词歌词集》，第63页）

周麟书作《鹧鸪天》（己卯岁暮即事）二首、《金缕曲》（生平素不作长短句。己卯岁暮，偶自效颦，四十日中积成两卷。长歌当哭，忘乎其为词之工不工也。录呈咫天、涧秋两先生郢正。即填此调，聊代短束）。（周麟书：《笏园词钞》卷五，第2页。后收入曹辛华主编：《民国词集丛刊》第10册，第302页）

3月

3日，詹安泰作《莺啼序》（冰若客死渝中，余既为诗哭之，忽忽近半年矣。顷者，整比旧稿，触拨前尘。叹逝伤离，益难自已。因复倚觉翁此曲，以永余哀。庚辰天穿节后五日）。（后收入詹安泰：《詹安泰全集》第4册，第268页）

剑亮按："天穿节"为正月二十，故编年于此日。

19日，宋云彬接叶圣陶函及词作。宋云彬记曰："圣陶自乐山来书，录示去秋所作《浣溪沙》四首，写野居情况。其词曰：'几日云阴郁不开，远山愁黛锁江隈。乡关漫动庾郎哀。　风叶洒空疑急雨，昏鸦翻乱似飞灰。入房出户只徘徊。''野菊芦花共瓦瓶，萧然秋意透疏棂。粉墙三两欲僵蝇。　章句年年销壮思，音书日日望遥青。可堪暝色压眉棱。''尽日无人叩竹扉，家鸡邻犬偶穿篱。罗阶小雀亦忘机。 观钓颇逾垂钓趣，种花何问看花谁。细推物理一凝思。''曳杖铿然独往还，小桥流水自潺潺。数枝红叶点秋山。 渐看清霜欺短鬓，稍怜瘦骨怯新寒。中年情味未阑珊。'"（海宁市档案局［馆］整理：《宋云彬日记》，中华书局，2016 年，第 86 页）

20 日，夏敬观作《祝英台近》（花朝，示忏庵）。（陈谊：《夏敬观年谱》，第 177 页）

21 日，夏敬观作《祝英台近》（庚辰二月十三日春分，和忏庵）。（陈谊：《夏敬观年谱》，第 177 页）

23 日，夏承焘访冒鹤亭，谈词学。冒鹤亭谓"郑大鹤为词初学白石，继学清真，晚年讲四声，作《比竹余音》。古微正于是时始为词，乃大倡依四声之说。郑之《瘦碧》《冷红》二集，犹不依四声"。（夏承焘：《天风阁学词日记》［二］，第 187 页）

31 日，午社于林葆恒家举行社集。冒鹤亭、夏敬观、吴湖帆、夏承焘、陆维钊等出席。席上，夏承焘"闻□□将离沪，为之大讶。为家累过重耶，抑羡高爵耶"。（夏承焘：《天风阁学词日记》［二］，第 189 页）

本月

卢前作《齐天乐》（二十九年三月于役老河口，李德邻将军招饮秦村，席上赋示第五战区诸友）。（后收入卢前：《卢前诗词曲选》，第 142 页）

蒋礼鸿作《长亭怨慢》（庚辰三月，病中见杨花作，用白石韵）。（后收入蒋礼鸿：《蒋礼鸿集》第 6 卷，第 568 页）

《雅言》第 2 卷刊发：《延秋词第一集》（乙题）。作品有：

蛰云《换巢鸾凤》（咏故宫五色鹦鹉，有序）、《换巢鸾凤》（前作意有未尽，衍为是解）；

枝巢《换巢鸾凤》（故宫五色鹦鹉）、《换巢鸾凤》（再赋故宫五色鹦鹉）、《换巢鸾凤》（三赋故宫五色鹦鹉）；

莼农《换巢鸾凤》（赋故宫五色鹦鹉）；

丛碧《换巢鸾凤》（稷园五色鹦鹉，出自深宫，曾经沧海。旧记词陵之贡，虚传岐府之文。悯其失时，凄然有赋）、《换巢鸾凤》（再赋故宫五色鹦鹉）；

笠似《换巢鸾凤》(和延秋社，咏故宫五色鹦鹉)；

君武《换巢鸾凤》(故宫五色鹦鹉)；

文薮《霜花腴》(咏稷园五色鹦鹉)；

碧虑《换巢鸾凤》(五色鹦鹉)；

缃庵《高阳台》(稷园五色鹦鹉，传是南内旧禽。怅触无端，凄成此解)。

春，丁宁作《鹊踏枝》(庚辰暮春)。(丁宁著，刘梦芙编校：《还轩词》卷下，第 5 页。后收入曹辛华主编：《民国词集丛刊》第 1 册，第 103 页)

春，蔡桢作《南乡子》(庚辰早春，和柳贡禾)。(蔡桢：《柯亭长短句》卷中，第 6 页。后收入朱惠国、吴平编：《民国名家词集选刊》第 14 册，第 388 页)

春，辛际周作《百字令》(庚辰暮春，王母渡讲舍书感，用东坡韵)。(辛际周：《梦痕词》第 9 页。后收入曹辛华主编：《民国词集丛刊》第 7 册，第 18 页)

4 月

1 日，《群雅》第 1 集第 1 卷刊发：金天翮《谢玉岑遗词序》。中曰："玉岑具独至之才，博览群籍，而独致力于长短言。其为艺几于成矣，懒不自珍惜，中年徂谢，幸诸友好为之辑综。而其里人毗陵王君曼士于破城之日，图籍灰烬，独护兹稿。流迁万里，迂道至于沪渎，谋付梓人焉。昔欧阳永叔叙子美之文，比之金玉，虽弃掷埋没粪土，而精气光怪常自发现。玉岑之艺，虽未底于大成，要其过人之哀乐，凝为灵芝瑞露，而吐为仙音者，虽有兵火之劫，乌从而烁之哉！己卯夏五，书于海上觉园。"(后收入曹辛华、钟振振选编：《清末民国旧体诗词结社文献续编》第 40 册，第 283 页)

剑亮按：《群雅》，月刊，1940 年 4 月 1 日创刊于上海，由群雅月刊社出版发行。李寅文、吴荣鬯、叶百丰、方德修编辑。1941 年终刊。

3 日，夏承焘将《稼轩词》四卷本寄赠邓广铭。记曰："发恭三函，郁文为寄《稼轩集》去，邮费二元五角，乃贵于书费。"(夏承焘：《天风阁学词日记》[二]，第 189 页)

5 日，邵章作《汉宫春》(庚辰清明，题姚芒父黄梅遗画)。(邵章：《云淙琴趣》，第 74 页。后收入曹辛华主编：《民国词集丛刊》第 7 册，第 425 页)

8 日，夏承焘作《贺新郎》(余气归应诧)。(吴蓓主编：《夏承焘日记全编》第 6 册，第 3360 页)

28日，午社社集。吴眉孙、仇亮卿做东。新加入者有郑午昌、陆维钊、胡士莹三人。（夏承焘:《天风阁学词日记》[二]，第196页）

5月

1日，《群雅》第1集第2卷刊发：

张元济《跋汲古阁毛氏精写〈稼轩词〉》；

忏庵《雪梅香》（七十六自寿词成，梦招袖示秦颂尧六十初度诗八章索和，即书以应之）、《雪梅香》（健腰脚）；

讱庵《黄鹂绕碧树》（庚辰元夕）、《雪梅香》（手种盆梅初开，因忆京华事之盛，填此志感）、《垂丝钓》（仲立同年丧其女蕉琴，赋诗征词，填此奉慰）；

映庵《霜叶飞》（己卯重九，践湖帆沪西农圃之约。因过康桥旧居，感喟赋此，用梦窗体）、《垂丝钓》（徙宅静村，南窗下腊梅著花，嫣然独绝，尚是康桥园中旧莳也）；

眉孙《黄鹂绕碧树》（寒雨连绵，芳事沉寂，客怀郁郁，谱此催香）；

辰老《点绛唇》（题《湘江烟雨图》）；

射翟《蝶恋花》（忆故乡旧游）。（后收入曹辛华、钟振振选编:《清末民国旧体诗词结社文献续编》第40册，第363页）

2日，夏承焘作《齐天乐》（皂泡词，和陈仲彝）。（夏承焘:《天风阁学词日记》[二]，第197页）

11日，安徽党政军工作人员训练班《古碑冲》第7期刊发：陈敢《满江红》（大别山中行军）、《满江红》（樊枣车中感作）。（后收入《民国珍稀短刊断刊·安徽卷》第6册，第2989页）

本月

《雅言》第4卷刊发：

蛰云《满路花》（愚山、略厂、藏园三诗家招集镜清斋展禊，分得得字）；

枝巢《鹊踏枝》（偕坡邻泛舟北渚，赴镜清斋展禊之约，口占此解）、《玉京秋》（咏桂花栗子）、《玉京秋》（咏玫瑰葡萄）；

公渚《兰陵王》（庚辰上巳，沅叔、味云、剑秋、蔚如、伯驹、啸麓招集北海镜清斋修禊，分韵得被字）；

丛碧《西子妆》（己卯中元，液池泛月）、《木兰花慢》（题马湘兰画山水）、《瑶华》（咏斋中腊梅，用吴梦窗韵）。

《金陵学报》第 10 卷第 1、2 期刊发：唐圭璋《宋词版本考》。

唐圭璋编《全宋词》，由国立编译馆（商务印书馆）排印出版线装本。凡 20 册，300 卷，《附录》2 卷，《索引》1 卷。辑录两宋词人 1300 余家，词两万余首。此书编纂起始于 1931 年。

剑亮按：任中敏《词学研究法》谈《全宋词》编纂，曰："兹所以列总集于研究范围以内者，仅有一意，编纂《全宋词》。宋词之不可以不一全者，犹之汉文、唐诗之所以全，盖三者同为时代之文学也。以汉文、唐诗著作之繁，前人尚且全之，则宋词篇章，比较有限，全之何难？观于唐五代词，既已附全于《全唐诗》之后，乃益觉《全宋词》之不可以不有矣。宋词不全，实清代词业之大憾。清初《钦定词谱》《御选历代诗余》两部官书之编定也，一时词臣，以为即此卷帙，于词业已大有成就，足以自豪；且词毕竟为小道，不足与诗骖驾，毋庸如诗之所为。此种心理，旧时不除，故觉宋词不必全而存之，但选而存之已足。至近人朱祖谋先生之编刻《彊村丛书》，于宋人之作，凡附见于诗文之刻者，虽三四首，亦不计工拙，编为一家，始浸浸有全而存之之意。然编纂《历代诗余》之时，《永乐大典》犹存，宋人之集，散见甚多。故今日不见之宋词专集，《诗余》中动辄有数十首存储之富。使当时即有全而存之之计划，所成就者必大有可观，尚何待彊村今日之三四首即编为一集乎？夫昔日有全词之材，而无全词之志。今日有全词之志，而全词之材已愈益零落，致宋词终不得以全，岂非清人词业之大憾乎？今及零落之余，若急为掇拾，犹足为桑榆之补。过此以往，只恐艺林日益繁冗，而典籍日益消沉，求如彊村之别为三四首一集者，且必有不可能之一日，岂非又成今日词业之憾乎？大概综明之毛刻，清之侯刻、王刻、江刻，近人之吴刻、朱刻，共若干集，是第一步；搜求现存宋集附词，为诸刻所未列者，是第二步；就宋以来诸选集所登，汇为新集，是第三步；就宋以来笔记、杂书，增补遗佚，是第四步。如此进行以后，总得卷帙几何，在未曾从事之前，虽无从估定，然料其全业，舍抄缮以外，多不过一人之力，一年之功，十人之力，一月之功而已。有志者正不必以烦为惮也。至于体例，则全文全诗，典型俱在，毋庸泛及。所宜有别者，《全宋词》之篇幅，既不过多，各家所用版本，及所据书卷，不妨全体注明，以备他日之复按。示其书虽一时编就，内容则千载公开，犹赖后人之陆续增

订而无已，毋蹈清时官书自大之习也。"（任中敏：《词学研究法》，凤凰出版社，2013年，第131页）

又按：任中敏《研究词集之方法》（《东方杂志》第25卷第9号，1928年5月）文中曰："续集研究中，于编纂《全宋词》一事，尤三致意焉。"唐圭璋编纂《全宋词》始于1931年，任中敏论述《全宋词》编纂之文，发表于1928年。

6月

1日，《民声》创刊号刊发：早生《醉春风》（游春）、《思佳客》（小憩）、《玉楼春》（泛舟）、《桂枝香》（垂纶）、《两同心》（夜宴）、《西江月》（赏月）。（后收入《民国珍稀短刊断刊·北京卷》第17册，第8228页）

1日，《群雅》第1集第3卷刊发：

夏敬观《张次珊通参瞻园词序》。中曰："通参有《瞻园词》刊于乙巳。其未刊者，大率丙午至辛亥所作。壬子、癸丑，再遇于上海，意态极萧索。予请读新词，则曰：'小雅不歌，吾曹复奚用词为？'以故及身无续刊，而遗稿亦放散。顷陈君倦鹤获自其孙，辑录成帙，将为刊行。陈君，通参高第弟子也，重其师遗文，莫敢仓卒写定。以予列通参文字交游之末，于校讹审律，不惜往返质疑。此其矜慎，抑何异通参手自定本耶"；

讱庵《霜叶飞》（己卯重九）；

映庵《雪梅香》（忏庵斋中茗谈，展诵所著《半舫斋词卷》，因赋题之。半舫者，其出使古巴所颜居也）；

眉孙《雪梅香》（二十九年一月廿二日作）；

病树《浣溪沙》（听歌有感）二首、《惜分飞》（歌筵录别）；

墨巢《应天长》（为帅南题《芭蕉画册》）、《相见欢》（为病树题《佳住楼词意图》）；

吹万《点绛唇》（病中）、《浪淘沙》（梦中得首二句，因成此阕）；

孟康《浣溪沙》（起插瓶花倦拥衾）、《浣溪沙》（盆兰将萎，词以慰之）。（后收入曹辛华、钟振振选编：《清末民国旧体诗词结社文献续编》第40册，第449页）

2日，午社集于廖恩焘寓所。夏承焘与陆维钊做东。与会者有夏敬观、林子有、仇埰、吴庠、郑午昌、胡士莹、吕传元。（夏承焘：《天风阁学词日记》[二]，

第 205 页）

10 日，潘希真访夏承焘，携示陈小翠《翠楼吟草》。夏承焘评曰："诗词皆大佳，诚不易得。"（夏承焘：《天风阁学词日记》[二]，第 207 页）

10 日，刘永济作《水龙吟》（庚辰嘉定重午）。（后收入刘永济：《诵帚词集　云巢诗存》，第 48 页）

14 日，夏承焘接杨铁夫寄来《双树居词稿》，托其删减和印制。为此，夏承焘往访郑午昌于汉文正楷印字局谈价。至 8 月 31 日，夏承焘接郑午昌函，言"铁夫印词集三百本，至少需二百二十元"。夏承焘即复函杨铁夫。9 月 27 日，夏承焘接杨铁夫寄来的二百二十五元刊印其词集。夏承焘即交百元与汉文正楷印书局。（夏承焘：《天风阁学词日记》[二]，第 208 、225、233 页）

21 日，夏承焘接吴眉孙函，函中"论近人学梦窗者为伪体。谓私心不喜，约有三端：一填涩体，二依四声，三饾饤襞襀。土木形骸，毫无妙趣"。（夏承焘：《天风阁学词日记》[二]，第 209 页）

本月

沈祖棻作《过秦楼》（六月，重入四圣祠医院作）。（后收入沈祖棻著，程千帆笺：《沈祖棻全集·涉江诗词集》，第 23 页）

《民族诗坛》第 4 卷第 1 辑刊发：

仇埰《鹧鸪天》（粤港道中）、《鹧鸪天》（抵九龙）、《十二时》（霜崖故于云南大姚，倚屯田体悼之）、《归国谣》（拟温飞卿）、《荷叶杯》（拟端己）二首、《绿盖舞风轻》（独酌困殊乡）、《西江月》（怀卢冀野渝州）；

沈尹默《减字木兰花》（寄森玉安顺）；

王陆一《金缕曲》（忆扬州春行）、《曲游春》（忆采石）、《买陂塘》（忆浦口九江问别）、《意难忘》（忆鄂东去年行处，寄内子沛霖）；

成善楷《西江月》（书《中兴鼓吹》后）；

何若《膏渥居摭谭》第一则，曰："岳武穆《满江红》词共二阕，世但传其'怒发冲冠'，不知'登黄鹤楼'壮情亦不减此。其全辞云：'遥望中原，荒烟外，许多城郭。想当年、花遮柳护，凤楼龙阁。万岁山前珠翠绕，蓬壶殿里笙歌作。到而今，铁骑满郊畿，风尘恶。　兵安在，膏锋锷。民安在，填沟壑。叹江山如故，千村寥落。何日请缨提锐旅，一鞭直渡清河洛。却归来、再续汉阳游，骑黄鹤。'曾见石刻，诚然武穆手迹，非伪托也。余尝论武穆之词，《小重山》一首，'知音少，弦断有谁听'，以主战不得当时谅解，有危弦独抚之叹，是'比'义也。'待从头、收拾旧山河，朝天阙'，则纯乎其为'兴'矣。而此词在'想当年'下，状以往之繁华；'到而今'下，上承开端两语，写眼前之寥落；'何日'以次，始独抒其怀抱。盖所谓'赋'者。寥寥三首，用三种写法。浅见者遂为赝笔，误已。"

《雅言》第 5 卷刊发：

诵芬《望江南》（刘慕云为姬人绘《望江南图》五帧，分填本调，用志前尘）五首、《踏莎行》（花朝）、《高阳台》（题蘅芜小影）、《菩萨蛮》（题闺人绣洛神镜奁）；

丛碧《菩萨蛮》（偕闺人南游，春暮未归，客邸忆故园海棠作）二首、《酹江月》（客中清明）；

太虚《鹧鸪天》（题玉霜主人所藏彡道人画并蒂芙蓉卷子）、《汉宫春》（庚辰春都，邵茗生以姚茫父画黄梅立帧属题）；

《延秋词社第二集》（甲题），词作有：

丛碧《绕佛阁》（秋阴，依清真声）；

枝巢《绕佛阁》（蛰园词集，赋秋阴，和清真声）；

莼农《绕佛阁》（蛰园词集，咏秋阴）；

蛰云《绕佛阁》（蛰园词集，限调，赋秋阴）。

本月

《图书季刊》新 2 卷第 2 期刊发：

夏承焘《稼轩词编年笺注序》；

张元济《毛钞〈稼轩词〉甲乙丙丁集跋》（一）；

夏敬观《毛钞〈稼轩词〉甲乙丙丁集跋》（二）。

7月

1 日，《民声》第 1 卷第 2 期刊发：早生《醉花阴》（崇效寺赏牡丹）、《醉太平》（万牲园）、《满庭芳》（天桥）、《双双燕》（白云观）、《五福降中央》（昆明湖、万寿山）。（后收入《民国珍稀短刊断刊·北京卷》第 17 册，第 8342 页）

2 日，夏承焘接吴眉孙函，谈词社。函中谓"词社吟兴日减，来年欲随冒鹤翁同避席矣"。（夏承焘：《天风阁学词日记》[二]，第 211 页）

18 日，顾廷龙作《杭县袁氏藏清词目跋》。曰："杭县袁文薮先生闻本馆之创设，极表赞助，曾函陈仲恕先生愿以所藏词集见赠，先示草目，即录存之，共二百二种，二百六十一册。一九四〇年七月十八日，廷龙记。"（后收入顾廷龙：《顾廷龙文集》，上海科学技术文献出版社，2002 年，第 364 页。亦收入顾廷龙著，《顾廷龙全集》编辑委员会编：《顾廷龙全集·文集卷》，上海辞书出版社，2015 年，第 909 页）

27 日，夏承焘接张尔田函，函中谓"梦窗以清空为骨，而以辞藻掩饰之。初学词人不可学。前人为周稚圭词全是起承转合，乃词中八股。其实，为词不可不讲起承转合，近人学梦窗者，正坐不讲此，并无新意境，惟知猎取其字面，则词安得不伪云云"。（夏承焘：《天风阁学词日记》[二]，第 214 页）

30 日，刘永济作《江城子》（六月廿八日偕家人放棹至市湾，访登恪八兄草堂，饭后坐邬保良兄岩下屋，凉既宜人，顿忘炎暑，曛黑始归）。（后收入刘永济：《诵帚词集　云巢诗存》，第 50 页）

剑亮按：词序中所记日期"六月廿八日"为农历，公历为 7 月 30 日，故系年于此。

本月

刘永济作《浣溪沙》（赠登恪，放意无何广莫天）、《浣溪沙》（迟日暄风度水船）。（后收入刘永济：《诵帚词集　云巢诗存》，第 50 页）

剑亮按：据刘永济《江城子》（岷江如掌水如油）词序"六月廿八日偕家人放棹至市湾，访登恪八兄草堂，饭后坐邬保良兄岩下屋，凉既宜人，顿忘炎暑，曛黑始归"诸语，故将这两首"赠登恪"的《浣溪沙》系年于此。

《民族诗坛》第 4 卷第 2 辑刊发：

贺衷寒《满江红》（谒洛阳周公庙）；

王去病《浪淘沙》（山中秋感，寄□蜀诸旧友）六首、《临江仙》（山居写怀）、《临江仙》（秋□）、《忆旧游》（读《大隐庐诗草》）；

朱守一《忆旧游》（落叶，和阿植）、《满庭芳》（过二峨山）、《解连环》（次犀浦，借彊村老人《坐雨》韵）；

阿植《忆旧游》（步韵和《落叶》词，并柬守一同作）；

许伯建《满江红》（抗战建国两周年纪念日，四叠和王昭仪词韵）、《惜红衣》（有以杜鹃应选重庆市花者，借白石老仙韵赋之）；

胡伯峰《水龙吟》（和黎季裴、杨铁夫、黄词博《落叶》词原韵）；

殷芷沅《中兴乐》（读卢冀野《中兴鼓吹》）、《点绛唇》（偕□师屏、周少哲等小酌）；

果玲《浣溪沙》（题《民族诗坛》奉寄冀野参政）。

《雅言》第 6 卷刊发：

诵芬《高阳台》（陶然亭感旧）、《满江红》（题《天上人间卷子》）；

《延安秋词社第二集》（乙题，以交卷先后为序），词作有：

丛碧《倦寻芳》（蛰云郊园海棠，秋日重花，依王元泽韵咏之）、《倦寻芳》（再咏蛰云郊园海棠，秋日重花）；

枝巢《倦寻芳》（亦云巢秋日海棠复花，主人约同赋）二首；

莼农《倦寻芳》（亦云巢海棠秋日再花，主人索赋）；

蛰云《倦寻芳》（亦云巢秋日重开海棠，约社侣限调同赋）、《花犯》（亦云巢海棠秋后忽开数枝，阶下秋海棠亦盛开，各折一枝合作瓶供，赏之以词）；

蓼厂《倦寻芳》（蛰师郊园海棠秋日重花，限调同赏）。

赵景深选注《民族词选注》，由长沙商务印书馆出版。1941 年 3 月再版。为《学生国学丛书》一种。选录五代至明清及现代具有民族气节的词人的作品 100 余首。词前有词人简介，词后附注释。

8 月

1 日，吴庠致函夏承焘。中曰："拜读大著《四声平亭》一卷，元元本本，切理餍心，洵今日词林中不刊之论。最后谓，死守四声，一字不许变通者，名为崇律，实将亡词。尤为大声疾呼，发人深省。"（后刊发于《同声月刊》1941 年 2 月第 1 卷第 3 号）

1 日，《民声》第 1 卷第 3 期刊发：早生《明月棹孤舟》（佛）、《步蟾宫》（孔调）、《春从天上来》（耶调）、《醉桃源》（回调）。（后收入《民国珍稀短刊断刊·北京卷》第 17 册，第 8417 页）

1 日，《群雅》第 1 集第 5 卷刊发：

切厂《夏初临》（本意）；

映庵《夏初临》（依刘巨济体）；

心儒《醉公子》（怀墨巢居士）；

墨巢《菩萨蛮》（和心儒逸士见忆之作）；

病树《浣溪沙》（戊寅小春，重见歌者联幼茹于海上。魂销甲舞，浅笑当筵。劫换丁沽，坠欢如梦。闻歌易感，写恨难工。幼茹出册求题，为倚此解）、《蝶恋花》（一角危楼荒鼓板）；

孟康《减兰》（高梧耸翠）、《千秋岁》（病怀萧瑟）；

圣彦《浣溪沙》（旧日珠帘剩燕飞）、《昼夜乐》（弄花人在云深处）；

定可《浣溪沙》（窥尽南云缓缓轻）；

雅初《满江红》（送育英毕业同学）。（后收入曹辛华、钟振振选编：《清末民国旧体诗词结社文献续编》第 40 册，第 623 页）

7 日，刘永济作《减字木兰花》（琳宫幽邃）、《减字木兰花》（江山犹是）。（后收入刘永济：《诵帚词集　云巢诗存》，第 52 页）

剑亮按：当天，刘永济教授全家受贺昌群（藏云）教授之约，游览尤山、大佛寺。游览完毕回家后，刘永济填写了这两首词。有一词序曰："岷、沫二水会合处陡起一峰，林壑幽美，步磴周曲，曳杖其间，如入梦窗翁词境中也。其巅为唐凌云寺，开元初寺僧海通因岩石造大佛像，高三百六十尺，顶围十丈，目广二丈，至称瑰玮。近岁川军内哄，炮毁其首，邑子补缀，顿失旧观。七月四日，藏云兄约予挈家往游，予适病耳，苦于酬对，山僧款曲，唯唯而已。下山有水一湾，两山介之，相传秦李冰凿离堆杀江势者也。由此唤鱼艇二，主客六人分载之，荣与衍波浅渚中，恍惚行江南水乡间，不自知在天西也。停午，至贺兄白云山居饭焉。山居清深不受暑，坐至夕始归，调此以记一日之胜，兼谢贺兄。是日城中传空警，山居了不惊扰，倘得葺茆山间，相从晨夕，亦乱离中一乐事也。"词序中"七月四日"为农历，公历为 8 月 7 日，故系年于此。

8 日，夏承焘与徐一帆同访冒鹤亭，谈宋词四声。冒鹤亭于夏承焘《四声平亭》"颇不以为然"。（夏承焘：《天风阁学词日记》[二]，第 218 页）

10 日，午社于林葆恒家举行社集。（夏承焘：《天风阁学词日记》[二]，第 219 页）

10 日，夏敬观作《河传》（温教授三阕音响略异，而皆入南吕。昔年曾谱其

一，兹补其二。庚辰七夕作）。（陈谊:《夏敬观年谱》，第 177 页）

11 日，夏承焘函请陆维钊、胡士莹论其《四声平亭》。中曰："以《四声平亭》寄陆微昭、胡宛春，请举反证以相辩难，为学术明此一义。社中老辈于此多不尽了了，且各有成见。惟不知映翁有何议论耳。"（夏承焘:《天风阁学词日记》[二]，第 219 页）

17 日，夏敬观复函夏承焘，论《四声平亭》。函中谓"文人作词，付乐工作谱，乐工编谱二十八调，有一调合者，即为合律，否则须改动字句。故宋词有二调句法、平仄同而入二律者，或同调而句法、平仄有变更者，皆是作成后，迁就音律所致。此说甚新。又谓研求音律，四声阴阳，皆不可抹杀。鹤亭以曲证词，似尤不可，嘱转请孟劬翁印可"。（夏承焘:《天风阁学词日记》[二]，第 221 页）

22 日，夏承焘接徐一帆送《南社词集》。（夏承焘:《天风阁学词日记》[二]，第 223 页）

26 日，郭沫若作《水调歌头》（赠广东艺人）。（后收入郭沫若:《郭沫若全集·文学编》第 2 卷，第 378 页）

29 日，郭沫若作《望海潮》（挽张曙）。（后收入郭沫若:《郭沫若全集·文学编》第 2 卷，第 375 页）

剑亮按:《郭沫若全集》收录时，有注曰："张曙（1909—1938），原名张恩袭，安徽歙县人，作曲家。三十年代，曾参加左翼音乐家联盟。抗战期间，曾在第三厅工作。1938 年 12 月 24 日，他和他的 3 岁幼女大大在敌机轰炸桂林时殉难。后葬于桂林城外冷水亭边。1940 年 9 月 3 日在重庆举行了追悼会。"

本月

《雅言》第 7 卷刊发:

诵芬《风入松》（七夕）、《金缕曲》（题《酒醒何处册子》，写屯田《雨霖铃》词意，盖与闺人惜别者，为续是阕，以畅其旨）、《丑奴儿令》（题汉程愁人穿带印幂程君姁）;

娟净《八声甘州》（题陈拜松所藏《雷峰塔图卷》）;

文薮《台城路》（本意，和竹屋）、《徵招》（悼邵次公和白石）、《祝英台近》（陈纯农室马夫人七月七日生，逝后作《秋河怅望图》征题）。

唐圭璋《全宋词》出版。夏敬观作《序》。

剑亮按：《全宋词审稿笔记·出版说明》曰：唐圭璋先生"自一九三一年起，独力创编《全宋词》，综合诸家所刻，搜求宋集附词，汇列各种选集，增补遗佚互见，'旁采笔记小说，金石方志，书画题跋，花木谱录，应酬翰墨及《永乐大典》，统汇为一编，钩沉表微，以存一代之文献。计所辑词人已逾千家，篇章已逾两万'（引自《全宋词缘起》）。编辑过程中得到夏承焘、赵万里、王仲闻等友人协助其补遗、辨讹、校订。于一九三七年完成初稿，一九四零年在长沙正式出版发行。初版印行三百套，线装四函二十册，受到学术界的关注和读者的欢迎。但初版《全宋词》存在着明显的缺失，一是编排体例陈旧而不合理；二是漏收误注者较多；三是文字错讹、小传失考尚待订正；四是正文无标点断句，使用不便；五是印本太少，流传不广。至二十世纪五十年代中叶，不仅各地古旧书店已无存货，而且许多大型专业图书馆亦未见收藏。为此，唐圭璋先生用两年多时间对《全宋词》初版加以增补改编，并曾到北京图书馆复核若干善本。一九五九年六月，他将修订稿转交中华书局编辑部。唐先生又推荐其老友、曾参与初印本校订的王仲闻先生再对全稿进行订补复核。时逢王仲闻因历史问题赋闲，遂受聘于中华书局担任《全宋词》修订稿的特约责任编辑。'王先生没有辜负老友的嘱托，倾其全部心力足足工作了四年，几乎踏破了北京图书馆的门槛，举凡有关的总集、别集、史籍、方志、类书、笔记、道藏、佛典，几乎一网打尽，只要翻一下卷首所列的引用书目，任何人都会理解需要花费多少日以继夜的辛勤。王先生的劳动，补充了唐先生所不及见到或无法见到的不少材料，并且以他山之石的精神，和唐先生共同修订了原稿中的若干考据结论。应当实事求是地说，新版《全宋词》较之旧版的优胜之处，是唐、王两位先生共同努力的结果'（沈玉成《自称'宋朝人'的王仲闻先生》，载《回忆中华书局》下编，中华书局，一九八七年）。对此事唐圭璋先生亦有充满感激的记述：'《全宋词》弟亦无力整理，去年交与北京中华书局，编辑部托王仲闻整理，费尽他九牛二虎之力，彻底修订，修改小传（本来只是沿袭朱、厉之书），增补佚词，删去错误，校对原书，重排目次，改分卷数，在在需时。现闻已大致就绪，不过出书恐又在明年矣。'（一九六〇年九月一日唐圭璋致龙榆生函，见《近代词人手札墨迹》，台湾'中研院'文哲所，二〇〇五年）王仲闻本人也曾向友人透露：'近为《全宋词》补词一千六百首，改正补充小传三四百人，举出错误不下三四千处（一九六〇年六月三日王仲闻致夏承焘函，见《天风阁学词日记》，浙江古籍出版社，一九八四年）。'

一九六五年六月由中华书局出版的《全宋词》新本，面目焕然一新，其内容和体例比初版线装本有了脱胎换骨的改变。新本的优胜处表现在诸多方面：（一）以某些较好的底本取代了从前的底本；（二）增补词人二百四十余家，词作一千四百余首（不计残篇），汇辑有宋一代词作更加翔实完备；（三）删去可以考得的唐五代、金元明词人和作品，断限有标准，资料纯粹无伪；（四）重新考订词人行实，改写小传；（五）调整原来的编排方式；（六）增加了若干附录；（七）正文统一加新式标点（参见《全宋词·编订说明》及《凡例》）。书后有《全宋词作者索引》，便于检索"。（王仲闻撰，唐圭璋批注：《全宋词审稿笔记》，中华书局，2009 年，第 1 页）

9 月

1 日，《警友》第 9 月号刊发：崔广生（抚松）《秋闺怨》（寂坐小楼生）。（后收入刘晓丽主编：《伪满洲国旧体诗集》，第 205 页）

1 日，《群雅》第 1 集第 6 卷刊发：

焦厂《踏莎行》（新绿）；

纫庐《玉楼春》（为君拆笛歌金缕）、《蝶恋花》（万古晴天谁补空）；

病树《鹧鸪天》（居恒寡欢，听歌度日。歌辞中有"枉费才人一片心"一语，情殊子野，也唤奈何，泪尽雍门，安能遣此，爱拈作首句，成词三阕）三首；

孟康《念奴娇》（徐行可丈得汉镜三，皆吴中人造，属为题词）。（后收入曹辛华、钟振振选编：《清末民国旧体诗词结社文献续编》第 40 册，第 707 页）

3 日，夏承焘访仇埰，谈词社。仇埰"甚不满社中拈调太草草"。夏承焘也表示："于应社工作极厌其无聊，四、五月无一首，颇欲永不着笔。"（夏承焘：《天风阁学词日记》[二]，第 226 页）

4 日，郭沫若作《鹧鸪天》（吊杨二妹）四首。（后收入郭沫若：《郭沫若全集·文学编》第 2 卷，第 371 页）

5 日，夏承焘接龙榆生函，函中曰："近办《同声月刊》，缘起谓欲为东亚和平、为振诗教开来学，其志大矣。"并约夏承焘投稿。（夏承焘：《天风阁学词日记》[二]，第 226 页）

剑亮按：检视《同声月刊》所刊全部文稿，无夏承焘之作。

14 日，赵万里访夏承焘，谈宋人文献辑录，谓"所辑宋人集已得千余卷，

将在商务印书馆印行"。（夏承焘：《天风阁学词日记》[二]，第 229 页 ）

15 日，午社于廖恩焘安登别墅举行社集。夏敬观与廖恩焘做东。席间，仇垛谈唐圭璋近况，唐圭璋调中央大学任教，其《全宋词》已出版。（夏承焘：《天风阁学词日记》[二]，第 230 页 ）

16 日，仇垛作《月当厅》（庚辰中秋夜清坐，寄怀寄沤、默庵东川）。（仇垛：《鞠谦词》卷一，第 15 页。后收入朱惠国、吴平编：《民国名家词集选刊》第 10 册，第 293 页 ）

16 日，夏敬观作《月当厅》（庚辰中秋作）。（陈谊：《夏敬观年谱》，第 177 页 ）

16 日，蔡桢作《月华清》（庚辰中秋）。（蔡桢：《柯亭长短句》卷下，第 1 页。后收入朱惠国、吴平编：《民国名家词集选刊》第 14 册，第 397 页 ）

16 日，周树年作《月华清》（庚辰中秋，和柯亭）。（周树年：《无悔词》，第 25 页。后收入曹辛华主编：《民国词集丛刊》第 10 册，第 233 页 ）

16 日，刘永济作《减字木兰花》（中秋）。（后收入刘永济：《诵帚词集　云巢诗存》，第 57 页 ）

17 日，夏承焘作《蝶恋花》（昔昔青青今在否）。（夏承焘：《天风阁学词日记》[二]，第 230 页 ）

19 日，夏承焘作《木兰花慢》（陈含光先生画白石"胡马窥江"词意，自扬州寄贻。欲奉以词为报，未成半阕，而廖忏翁以郭频伽、奚铁生《湖上饯春图》嘱题，因得成章）。（夏承焘：《天风阁学词日记》[二]，第 231 页 ）

20 日，缪钺致函陈槃，谈词学教学。中曰："假中多暇，以暑后将授《词选》，故每日编讲稿数页，以为遣日之资。曩在开封河南大学授长短句，曾有选本，遍征宋人笔记短书，于本事、评语搜罗颇富。违难南下，稿弃于家。丧乱三年，播迁万里。惠施历物，无复五车；杜林漆书，惟余一卷。今兹辑录，采获尠资。"（后收入缪钺著，缪元朗整理：《冰茧庵论学书札》上，第 26 页 ）

27 日，夏承焘接夏敬观函。函中谓"戈顺卿《词韵》宜加订正。其平、上、去三声过严，尚未能详。考宋词知其分合出入，如清真颇有以侵、覃叶入元、阮或真、淳者，他家词尤多出入。戈韵虽有增补之例，而限于有《切韵》者，或不理会，或以为方音。至于入韵，尤为疏略"。（夏承焘：《天风阁学词日记》[二]，第 233 页 ）

本月

《雅言》第 8 卷刊发：

诵芬《望江南》（约梁元帝《荡妇》《秋思赋》课双慈二女）七首；

文薮《摸鱼儿》（癸酉辜月十五日，聊园聚饮。夏闰老以"月当头"命题，同赋）、《迎春乐》（君刚以元旦词索和）、《婆罗门引》（伯纲用遯斋韵索和）、《金缕曲》（丁丑，和夏闰老稷园修禊）；

珊村《金缕曲》（庚辰首夏，胡楚卿邀津楼茶宴，述此记之）、《剔银灯》（题跫喜为夏娘画扇）。

徐调孚《校注〈人间词话〉》，由上海开明书店出版。1948 年 3 月 3 版，1949 年 4 月 5 版。有俞平伯《序》及校注者《跋》。

秋，龙榆生作《念奴娇》（庚辰初秋，重游玄武湖，用白石韵）。（龙榆生：《忍寒词》之乙稿《忍寒词》，第 3 页。后收入朱惠国、吴平编：《民国名家词集选刊》第 15 册，第 434 页。亦收入龙榆生：《忍寒诗词歌词集》，第 64 页）

10 月

8 日，龙榆生作《摸鱼儿》（庚辰重阳前一夕作）。（龙榆生：《忍寒词》之乙稿《忍寒词》，第 4 页。后收入朱惠国、吴平编：《民国名家词集选刊》第 15 册，第 435 页。亦收入龙榆生：《忍寒诗词歌词集》，第 65 页）

9 日，夏敬观作《惜黄花慢》（庚辰重九，对菊作）。（陈谊：《夏敬观年谱》，第 177 页）

9 日，龙榆生作《八声甘州》（庚辰重九，蔡寒琼招登冶城，分韵得寒字）。（龙榆生：《忍寒词》之乙稿《忍寒词》，第 4 页。后收入朱惠国、吴平编：《民国名家词集选刊》第 15 册，第 435 页。亦收入龙榆生：《忍寒诗词歌词集》，第 65 页）

9 日，刘永济作《江城子》（庚辰重阳）。（后收入刘永济：《诵帚词集 云巢诗存》，第 59 页）

9 日，辛际周作《蝶恋花》（九日登高作）。（辛际周：《梦痕词》，第 9 页。后收入曹辛华主编：《民国词集丛刊》第 7 册，第 18 页）

9 日，郭沫若作《解佩令》（贺友人结婚）。（后收入郭沫若：《郭沫若全集·文学编》第 2 卷，第 368 页）

17 日，夏承焘作《十六字令》（题陈病树《住住楼词意图》）。（夏承焘：《天风阁学词日记》[二]，第 239 页）

19 日，郑振铎评《词曲合考》。记曰："在来薰阁见娄东王扶所辑《词曲合考》六本（共五卷，又余编一卷），系稿本，未经刊行。扶，'字匡令，为烟客先生第四子也。工古文词，一时名公巨卿，争与之交。惜夭卒。曾选唐、宋、元、明词曲甚精，稍有瑕疵者均不采入。可谓曲之董狐矣'（《池北偶谈》）。王氏所谓'曾选唐、宋、元、明词曲'，未知即系是书否？是书以唐宋词调为祖，而以元明南北曲之同名者列后，以证其渊源有自。而调名相似之义可通者，则采入余编。按，南北曲中多袭用词调。而元明以来，无人为之比勘考订其异同，是书始创为之，后《南北九宫大成谱》坐享其成。谢元淮之《碎金词谱》则又食《大成谱》之赐，自是匡令是书之祢孙矣。是书序次，取调名首一字，依韵编缀。"（郑振铎著，陈福康整理：《为国家保存文化——郑振铎抢救珍稀文献书信日记辑录》，第 432 页）

21 日，夏承焘阅报获知唐圭璋《全宋词》已出版。评曰："圭璋费十年心血为此，前惧其劫中失坠，今幸如愿出书。予曩亦有献替之劳，尤为欣慰。"次日，夏承焘赴商务印书馆浏览由国立编译馆新出版《全宋词》二十册。23 日，夏承焘致函唐圭璋，请其向国立编译馆乞赠《全宋词》。12 月 2 日，夏承焘接唐圭璋函，谓将向国立编译馆乞得《全宋词》相赠。12 月 15 日，夏承焘接唐圭璋函，谓"编译馆允赠《全宋词》六折购书证"。（夏承焘：《天风阁学词日记》[二]，第 240、241、251、255 页）

24 日，夏承焘校读杨铁夫《双树居词》印样，并作《题杨铁夫〈双树居词卷〉》二绝，其一曰："一揖苍颜气早降，哦君词卷过桐江。二豪狂态何人识，残劫旗亭说梦窗。"自注："七八年前初识翁于上海，招饮北四川路酒家，四顾断壁颓垣，时沪战方息也。"其二曰："荷花桂子莫轻讴，南北峰前烟水愁。迟我珠桥一枝笛，明年骑鹤看罗浮。"自注："曩翁游南岳归，尝过予杭州。"（夏承焘：《天风阁学词日记》[二]，第 242 页）

27 日，午社社集。林葆恒、仇垛做东。拈调《惜黄花慢》。（夏承焘：《天风阁学词日记》[二]，第 242、243 页）

30 日，夏承焘作《惜黄花慢》（送怀枫归扬州）。记曰："作一词应午社，所谓以文造情。"次日，夏承焘修改此词，并论曰："予素不好为拗调，尤厌梦窗涩

体。此词迫促而成，仍能流走。"（夏承焘:《天风阁学词日记》[二]，第243、244页）

本月

《雅言》第9卷刊发:

文薮《木兰花慢》（寿徐芷生）、《倦寻芳》（西郊亦云庐秋日海棠忽开，主人属同赋，用梦窗韵）;

姜庵《减字木兰花》（题仑阉画梅，为孙氏所藏）、《蝶恋花》（濠园藏王百穀、马湘兰双砚。一长方式，题曰"半偈庵藏研"；一椭圆式，镌湘兰小象。两砚皆妙而佳，侠含光于片石间，遇之尤可珍也）、《金缕曲》（挽袁覆庵）。

11月

11日，唐长孺作《霜华腴》（咏英、法仳离也）。（后收入唐长孺著，王素笺注:《唐长孺诗词集》，第39页）编者注曰:"此词录自先生是年十一月十一日日记。"唐长孺1992年6月28日致函汪荣祖。函中论及此词，曰:"今再呈上旧作《霜华腴》一阕指正。此首似为情催决绝、叹怨之词，其实乃咏二次战时，法国贝当降德，丘吉尔试图挽回，未得如愿，遂有仳离之事。英、法联盟解体之事，所谓'机丝夜织，千重锦笺，邀勒玉人看'，及'楼阁去鸿三两，任栏杆凭热，不到伊边'，皆述丘吉尔数次致电，欲维持联合阵线，而法置之不理。所谓'迤田山愁，尊前电笑，阴晴未必无端'，则言英、法间果有矛盾。此亦一时感叹，弄笔而已。"（汪荣祖:《义宁而后祭酒——悼念史学家唐长孺先生》，台北《历史月刊》1995年3月号，第88页）

16日，午社于廖恩焘家之半舫斋举行社集。吕贞白、吴眉孙做东。是日为陆游生日，即以此为题，不限调。（夏承焘:《天风阁学词日记》[二]，第246页）

16日，夏敬观作《水调歌头》（十月十七日，陆放翁生日，眉孙、贞白招集半舫斋同会）。（陈谊:《夏敬观年谱》，第177页）

26日，夏承焘访冒鹤亭，谈敦煌曲子词。（夏承焘:《天风阁学词日记》[二]，第248页）

29日，唐长孺作七律《题小山词》。诗曰:"晏郎秀句妙无端，二主风流梦往还。倘逐刀圭误后学，应如妙手解连环。落花微雨疏帘隔，彩袖朱颜良夜阑。

要识美人香草意，呕心千载解人难。"（录自唐长孺 1940 年 11 月 29 日《日记》。后收入唐长孺著，王素笺注：《唐长孺诗词集》，第 43 页）

本月

玉澜词社在天津成立。社员有林修竹、张梦熊、王伯龙、俞伯明等。

12 月

1 日，《贵州文献丛刊》第 4 期刊发：

顾屋《齐天乐》（辛未，铁光济南书来，以《齐天乐》词相寿，依韵奉酬）、《齐天乐》（再叠《齐天乐》词韵，并酬同和诸公）、《齐天乐》（董渠坝观海）；

聱园《齐天乐》（董渠坝观梅）；

罨生《齐天乐》（和志公得铁光济南寄寿词，依韵奉答原韵）、《齐天乐》（旧时文武衣冠换）、《齐天乐》（董渠坝观梅，用前韵）；

百铸《齐天乐》（题《聱园晓望图》）、《扬州慢》（题《一壶庵图》）、《菩萨蛮》（己卯重九）；

质夫《长亭怨慢》（巴黎陷落感赋）、《长亭怨慢》（越警有感）、《念奴娇》（题后所祖师庙，用坡公韵）、《浪淘沙》（十首选五。晴窗无事，俯仰寡欢。命笔遣辞，藉浇吾闷）五首；

晓莲《齐天乐》（寿志公，用张铁光原韵）、《齐天乐》（辛未残腊，观梅董坝，步志公韵）；

恒堪《风流子》（排日理春□）、《虞美人》（归鸦犹带斜阳色）、《水龙吟》（挽耆斋主人）、《如梦令》（家在□山深处）、《如梦令》（憔悴一双春燕）、《如梦令》（蓦地飞腾万马）、《如梦令》（林外数峰青苦）、《换巢鸾凤》（春燕）、《洞仙歌》（小风栏角）、《甘州》（花溪）、《新雁过妆楼》（咏菊）、《齐天乐》（街西蟋蟀争鸣，嘈切终宵，不成秋梦，偶托白石旧调，歌以代讽）、《祝英台近》（庚辰重九，仲衡、青崖、志明、晓莲、独清、中素集文萃乡，未及约余与会，书此奉质诸君，末句谓罨师惕安居是乡也）；

独清《高阳台》（秋蝶）、《浪淘沙》（仲庆自蜀来月余，别归赋赠）、《水龙吟》（游地母洞）。

5 日，唐长孺作《琵琶仙》（观剧赋）。（录自唐长孺 1940 年 12 月 5 日《日

记》。后收入唐长孺著，王素笺注：《唐长孺诗词集》，第44页）

6日，夏承焘作《满江红》（寄刘生）、《唐多令》（感事）。（夏承焘：《天风阁学词日记》[二]，第252页）

7日，夏承焘应吕剑吾之招，赴泰丰酒楼晚宴。出席者有夏敬观、钱名山、朱大可、钱仲联、马公愚、陈柱尊、郑质庵、白蕉等。朱大可谓"古微翁有《清词点将录》一册，殁前一年交大可"，并表示可让夏承焘抄录一本。（夏承焘：《天风阁学词日记》[二]，第252页）

15日，午社于廖恩焘家举行社集。夏承焘与陆维钊做东。拈调《长亭怨慢》。（夏承焘：《天风阁学词日记》[二]，第255页）

20日，《同声月刊》创刊号刊发：

高齐贤《苏东坡〈水调歌头〉谱附记》；

赵叔雍《金荃玉屑（歌词臆说）》，中曰："夫词之能歌与否，贵以谱定律，而不贵以词准律。词通于谱而不径通于律，谱通于律而兼通于词。无词有谱，则今日俗乐之牌子，如《夜深沉》《柳摇金》等，可以使于弦索管色者也。有词无谱，则词虽工，亦终不可歌，且莫能入之管弦。无论其谨守四声句读，亦复徒劳。盖所以施其宫律，被之弦管者亡失矣。故谱贵有律，而词不必贵于有律。今之论四声、辨词律者，于此当知所返矣"；

李宣倜《弁言》；

张尔田《遯庵乐府》，有《满庭芳》（丁丑九月，客燕京书感）、《木兰花令》（繁华催送）、《临江仙》（一自中原鼙鼓后）、《丹凤吟》（倚断惊尘楼望）；

陈曾寿《旧月簃词》，有《浣溪沙》（花径冥冥取次行）、《鹧鸪天》（九日，次憺仲韵）；

郭则沄《龙顾山房词》，有《西子妆慢》（北渚泛月）、《风入松》（咏圃中牵牛花）；

溥心畬词，有《虞美人》（送章一山太史）、《踏莎行》（送章一山太史）；

黄孝纾《碧虑簃琴趣》，有《摸鱼儿》（法原寺牡丹，用诵芬室主人韵）；

黄君坦词，有《八声甘州》（暮登鸡鸣寺远眺）、《满江红》（重游金陵感作）；

龙沐勋《风雨龙吟室词》，有《高阳台》（秦淮水榭书所见）、《念奴娇》（庚辰初秋，重游玄武湖，用白石道人韵）、《水调歌头》（赠刘定一将军）、《摸鱼儿》（庚辰重阳前一夕作）；

夏纬明词，有《高阳台》（残荷）、《霜叶飞》（重九，饮香山郭氏园，看红叶，用梦窗韵）；

西神《春音余响》；

俞耿《寒蛩碎语》，中曰："予最喜诵岳鄂王《小重山》词：'昨夜寒蛩不住鸣'（略）。以为沉郁凄壮，远胜于世共传诵之《满江红》一阕。惟欲戏为作一转语云：'尽管没有人听，我依旧要拼命的弹，好教一般醉生梦死的人，有些警觉，何况知音还有呢。'"；

"词林近讯"，载《彊村丛书》及《彊村遗书》版片皆无恙，赵氏《惜阴堂汇刊明词》仍在续刻中，《青蕖庵词》刻成，《青萍词》刻成，《半舫斋诗余》出版。

剑亮按：《同声月刊》，月刊，1940 年创刊于南京，由同声月刊社出版发行。社长龙榆生。1945 年终刊。

21 日，丁宁作《浪淘沙慢》（庚辰冬至前一日，夜寒无寐，往事如潮。忽忆医士言，胃疾将不治。生无少乐，死亦复佳。倚枕成歌，漫吟待曙）。（丁宁：《还轩词存》，第 6 页。后收入曹辛华主编：《民国词集丛刊》第 1 册，第 106 页。亦收入丁宁著，刘梦芙编校：《还轩词》，第 47 页）

29 日，夏承焘访郑振铎，以郑振铎所藏许增《山中白云词》注本，与江昱注本相校。次日，继续校录。校录后发现，许增注本比江昱注本只多两三条注文。故而夏承焘评曰：许注本"实抄录江注"。又记曰："往年彊村先生语予，江注二种，邓秋枚得于一逆旅破纸中，疑由许氏流出也。"（夏承焘：《天风阁学词日记》[二]，第 260 页）

31 日，夏承焘接龙榆生寄《同声月刊》。（夏承焘：《天风阁学词日记》[二]，第 260 页）

本月

丁寿田、丁亦飞选注《唐五代四大名家词》，由长沙商务印书馆出版。为《学生国学丛书》一种。选收温庭筠词 35 首，韦庄词 28 首，冯延巳词 54 首，李煜词 22 首。各家作品前有作者小传以及对其词作的评语集要。词后有注释。附录李璟词 4 首。

岁暮，沈祖棻作《凤凰台上忆吹箫》（岁暮，寄千帆雅州）。程千帆笺曰："时余执教乐山技艺专科学校，以寒假归省雅安，故祖棻有此寄也。"（后收入沈祖棻

著，程千帆笺：《沈祖棻全集·涉江诗词集》，第 27 页）

本年

【词人创作】

吴湖帆作《忆旧游》（退庵丈六十寿，次周清真韵。庚辰在粤）。（吴湖帆：《佞宋词痕》卷三，第 4 页。后收入曹辛华主编：《民国词集丛刊》第 5 册，第 280 页）

周树年作《齐天乐》（庚辰生日）。（周树年：《无悔词》，第 25 页。后收入曹辛华主编：《民国词集丛刊》第 10 册，第 234 页）

夏敬观作《淡黄柳》（题厉樊榭《西湖饯春图》）。（陈谊：《夏敬观年谱》，第 177 页）

龙榆生作《高阳台》（秦淮水榭书所见）、《水调歌头》（赠刘定一将军）、《南楼令》（戏赠康哥）。（后收入龙榆生：《忍寒诗词歌词集》，第 63 页）

顾随作《鹧鸪天》（城外遥山渐杳冥）、《临江仙》（巷陌疏疏落落）、《鹧鸪天》（谁唱《阳关》第四声）、《蝶恋花》（才送春归秋已暮）、《风入松》（吐丝作茧愧春蚕）、《临江仙》（独坐空斋无意绪）、《御街行》（相思便似丹枫树）、《醉太平》（戏仿曲中短柱体）、《江神子》（秋来何事爱登楼）、《减字木兰花》（栖鸦满树）、《南乡子》（卷地起风沙）、《浣溪沙》（渐觉宵寒恻恻生）、《临江仙》（卷地风来尘漠漠）。（闵军：《顾随年谱》，第 119 页）

夏承焘作《最高楼》（杯与筑一日几摩挲）、《虞美人》（高楼意绪残霜后）、《水龙吟》（皂泡词，与吴眉孙、秦曼青同作）。（吴无闻：《夏承焘教授纪念集》，第 242 页）

缪钺作《鹧鸪天》（贵阳候车，七日不得）、《玉楼春》（风帘水榭犹相认）。（后收入缪钺：《缪钺全集》第 7、8 合集，第 35 页）

于右任作《浣溪沙》（题章太炎先生《赠丁鼎丞兄诗卷》）。（后收入刘永平编：《于右任诗集》，第 260 页）

张涤华作《浣溪沙》（兰室初逢忆旧游）、《浣溪沙》（偶曳长裾过小桥）、《浣溪沙》（闲画楸枰角两棋）、《浣溪沙》（翠竹檀栾欲过墙）、《浣溪沙》（未觉敲窗落叶多）、《浣溪沙》（明月撩人入梦迟）、《浣溪沙》（青鸟能传云外音）、《浣溪沙》（小别还惊沈带宽）、《浣溪沙》（梧影亭亭映画栏）、《浣溪沙》（落拓江湖未定居）

十首。（后收入张涤华：《张涤华文集》第 4 集，第 337 页）

金天羽作《辘轳金井》（庚辰，避暑天赐庄，东吴大学）。（金天羽：《红鹤词》，第 5 页。后收入朱惠国、吴平编：《民国名家词集选刊》第 10 册，第 456 页）

刘麟生作《南柯子》（蝴蝶谷）、《台城路》（含笑花）、《八声甘州》（题容宓所临书谱手卷）。（刘麟生：《春灯词续》，1949 年影印本，第 1 页。后收入朱惠国、吴平编：《民国名家词集选刊》第 15 册，第 125 页）

刘永济作《鹧鸪天》（奉酬詧龙、疏盦辰溪寄怀原韵）、《鹧鸪天》（回武汉大学，寓居乐山城外竹公溪上。惠君巡檐，见田家缚豆架，凄然顾余曰："豆架又成矣。"盖念去秋来居时，方除架也）、《忆秦娥》（乾坤阔）、《忆秦娥》（乾坤窄）、《忆江南》（晴日晒）、《浣溪沙》（庚辰，回武汉大学，寓乐山竹公溪上）、《浣溪沙》（文庙晚归，去年日寇空袭乐山，全城被毁，文庙独存，武大本部即设于此）、《浣溪沙》（昨梦成尘记不真）、《清平乐》（独弦谁和）、《朝中措》（不缘幽恨损欢惊）、《减字木兰花》（吊法军凯旋门，门有纪念战胜之碑，二十年前欧战后建，今闻已为德军移置柏林矣）、《木兰花》（连日苦暑，得雨喜赋）、《生查子》（赋云巢。巢本无，而未始无也。巢非我有，而未始非我有也。如云浮空，故曰云巢耳）、《西江月》（病余日课小词，惠君嘲我如蚕吐丝，赋此为解）、《虞美人》（绮疏渐觉风光悄）、《江城子》（詧龙戒余吟多损神，劝写《金刚经》以结胜缘，词以报之）、《菩萨蛮》（往客辽右，一日乘敞车行大雪中，负辕一马，骨相殊俊，问之御者，乃辽军中战马也。曾经战役，今老矣，货以驾车耳。当时颇动杜老瘦马之感，而未有所作。今日追忆其事，补赋此调）、《祝英台近》（酒迷天）、《蝶恋花》（雨外河山生晓梦）、《浣溪沙》（蝉）、《浣溪沙》（雨中桂花零落，用梦窗韵赋之）、《浣溪沙》（咏时表）、《忆江南》（秦淮月）、《玉楼春》（从来懒下伤春泪）、《鹧鸪天》（偶检论文旧稿，有感于伪江南近事，赋寄《学衡》社友迪生、雨僧两兄）、《浣溪沙》（行到蚕丛地尽头）、《临江仙》（闻道锦江成渭水）、《南乡子》（度水黑云平）、《浣溪沙》（湖水湖云历劫中）、《浣溪沙》（寄湘弟遂园）、《鹧鸪天》（抚五出示见草堂牵牛花感赋新篇，赋此奉酬）、《浣溪沙》（煮字难充众口饥）。（后收入刘永济：《诵帚词集　云巢诗存》，第 47 页）

【词人交往】

冬，贺昌群离开乐山回故乡四川马边县，创作了《八声甘州》（自乐山返马边，居南郊遣怀）等作品，并赠送刘永济等乐山好友。刘永济阅读贺昌群词作后，也填写了《好事近》（送藏云归马边）。此前，贺昌群教授协助马一浮创建复性书院。（两位词人的作品均收入刘永济：《诵帚词集 云巢诗存》，第 355 页）

【词籍出版】

午社辑《午社词七集》刊行。收录词 167 首。卷首有《午社词集同人姓字籍齿录》，详见 1939 年 6 月。（后收入南江涛选编：《清末民国旧体诗词结社文献汇编》第 1 册）

乔曾劬《波外乐章》，由成都茹古书局出版。卷尾有作者《跋》。（复旦大学图书馆藏。后收入朱惠国、吴平编：《民国名家词集选刊》第 14 册）

作者《跋》曰："岁乙巳、丙午间，始事声律。中更驰骛，晚即怠荒。兴至抽琴，境迁辄止。积草盈寸，久贮箧中。比偶取观，十九已忘所指，举从芟汰，犹余三卷，以付写官。嗣今有得寻当手定外，则初筵口号、坊曲传歌，尤无当永言之谊，庶不烦掇辑已。民国第一庚辰夏至，壮殴书。"

丁立棠、杨世沅《寄沤、止广词合钞》二卷刊行。含丁立棠《寄沤词稿》和杨世沅《止广词》。卷首有吉城《寄沤、止广词合钞序》。《止广词》卷首有陈祺寿《止广词序》。卷尾有杨祚职《寄沤、止广词合钞跋》。落款为："大岁在上章执徐相月既望，男甥杨祚职敬识于海陵鹤天精舍。"（浙江图书馆藏。后收入曹辛华主编：《民国词集丛刊》第 1 册）

任援道《青萍词》刊行。卷首有赵尊岳《序》和作者《自序》。（华东师范大学图书馆藏。后收入曹辛华主编：《民国词集丛刊》第 3 册）

作者《自序》中曰："少习病家言，以其余暑审阅他籍，于倚声一道心焉识之，以为可以晖丽万有，独莹心灵，顾录录未有以深讨也。世变孔亟，擐甲枕戈，迄无宁岁。癸丑东渡，投闲讲艺，发箧陈书，乃刺取宋以来词流杰作，篝灯讽籀。偶倚一解，朋好或奖掖之，以趣其深造。"

李宣龚《墨巢词》刊行。为《墨巢丛刻》一种。《墨巢丛刻》含《硕果亭诗》

《墨巢词》和《硕果亭文剩》。（浙江图书馆藏。《墨巢词》后收入曹辛华主编:《民国词集丛刊》第 4 册。亦收入李宣龚著，黄曙辉点校:《李宣龚诗文集》，华东师范大学出版社，2010 年）

《墨巢词》卷首有夏敬观《词序》，曰:“拔可同年将刊其《硕果亭诗》二卷、《墨巢词》一卷，持以示予。曰:‘生平作词少矣，仅此十余阕。知不足，不欲以示人。而朋曹纵臾之，以此区区者附于后，君视此为何如?’予曰：词者，诗之余也。词人或不能诗，诗人未有不能为词者也。宋贤若六一、东坡、山谷，其词与诗并著无论矣。即宛陵、半山岂乏数篇传诵人口耶？君喜后山诗，致力尤深。后山固亦不废此也。顾为之者有专不专耳。君尝于广座间诵东坡词，琅琅然，一唱三叹。予虽不谙闽语，而聆其音节甚美。故君出手为词，即似坡公。矧君幼承先人绪余，比之玉田得渊源于寄闲翁，正复相类。君亡妹，又以工词名。观君校勘遗集，考宫订角，无有舛误。予以是知君之好此，不后于予也。君为词，晚得词尠，是不为，非不能也。君诗得杨梓勤先生为文弁首。君又叙述朋辈评骘，以自道甘苦，不待予言。窃叹君自壮至老，天厄其遇，不许以事功，徒昌其诗，使名于世，所遭际盖与予若。嗣是所作，益以倾泻肝肺所蓄，诗或不足以尽之。君之词且弥进，又何疑焉奚少之云。己卯冬，新建夏敬观。”

剑亮按:《硕果亭文剩》有《双辛夷楼词跋》和《碧栖诗词序》。《双辛夷楼词跋》曰:“先府君词凡再刻。初刻为《零鸳词》，时在光绪癸未、甲申。吾母何太淑人见背之后，再刻为《双辛夷楼词》，则府君殁后之二年，先世父偿园老人编梓于江西者。宣龚生二十岁而孤，奔走旅食，故于府君撰著未能随时编录。今校印之《诗余》一卷，大都府君年二十五岁以前所制。以府君他著多未留稿，前二刻板佚失，用谨补印，以存家集。后附《花影吹笙室词》一卷，则为孙氏妹慎溶之遗作，曩者南陵徐积余观察曾刻入《小檀栾室闺秀词》中。妹以光绪戊寅生，癸卯卒，年仅二十有六。所填《蝶恋花》一阕，有‘飒飒墙蕉，恐是秋来路’之句，当时传诵，称之为‘李墙蕉’。府君嗜倚声，而宣龚未能承学。妹工此，复不永年，良可追痛。校竟，谨志卷末。时距府君之殁，已二十有六年。妹之即世，亦十有八年矣。庚申九月二十日。”

又按:《硕果亭诗》卷上，有《题映庵诗词集》七绝二首、《题徐仲可〈纯飞馆填词图〉》、《为沤尹年丈题〈彊村校词图〉，时距焦岩之游已十有二年矣》、《题亡妹樨清〈花影吹笙室填词图〉，书毕怆然》。

　　廖恩焘《半舫斋诗余》刊行。卷首有夏敬观、夏承焘、姚肇松、龙榆生《序》和作者《自序》。（上海图书馆藏。后收入朱惠国、吴平编：《民国名家词集选刊》第 11 册）

　　夏敬观《序》中曰："诸评君词者，或惟知其为梦窗词而已。惟沤尹侍郎称为'能潜气内转，专于顺逆伸缩处求索消息'。信乎，穷流溯源，有所从入，有所从出，莫君若也。君前已刊词十二卷。方在古巴时，赋其山川，词藻奇丽，辉映异域，世诧为辛轩绝代语复见于今。兹续刊是卷，虽曰别集，所存精彩，未之稍减。予于此，益叹君之才力为不可几及矣。庚辰初春，新建夏敬观。"

　　夏承焘《序》中曰："戊寅秋，违难上海，始获奉手于惠阳廖翁，年七十五，而气度磊隗如四五十。文章翰墨，老而愈捷。间出其《半舫斋词》，督为一言。趋叩其渊源，则中岁为稼轩，晚乃折入梦窗也。既又求得其旧刻《忏厂词》读之，运密丽而能飞舞，信乎非貌似七宝楼台者。夫辛、吴殊尚，翁一手为之。才大，诚无不可，然非其身世阅历之所摩渐，亦乌以臻此哉……予于翁词，不敢妄有辞赞。谨举辛、吴相通之义，以求印可。世之读翁词者，不以为河汉耶？己卯大暑，永嘉夏承焘序于沪西绿杨村。"

　　作者《自序》开篇曰："自己丑迄乙巳，于役美洲之古巴。于乡落间，置地辟园，极亭台花竹之胜。塘六亩，累石为假山。山之下，仿珠江画舫式筑斋焉。山衔其半，其半曲栏绕出水之中央。颜曰半舫，因自号半舫翁……秩满，解组归国，园遂为西班牙某巨室购作别业。民国改元，持节再至其地，则栋宇如新，手植树已合抱。而所谓半舫者，荡然无零砖断瓦之存矣。顷者，避兵淞滨，端居闭门，得词若干首。复搜旧箧，得金陵病中所为慢、令十四首。不忍投败纸篓中，又不及增入《忏庵稿》，故别以《半舫斋诗余》名之。"

　　剑亮按：《半舫斋诗余》目录之首有"丙子冬迄庚辰春"之语，目录之后有"右小令五十三首，中调十首，慢调词四十三首，综一百又六首"之语。

　　汪兆镛《雨屋深灯词》三编一卷刊行。（浙江图书馆藏。后收入曹辛华主编：《民国词集丛刊》第 7 册）

　　蒋萼《醉园庵臼词》一卷刊行。卷首有顾云《序》，卷尾有李恩绶《跋》。（后收入曹辛华主编：《民国词集丛刊》第 25 册）

顾云《序》曰："国朝常州词人特盛，而宜兴陈迦陵为之先导。迦陵骈文若诗，已自名一代，其词气骨俱劲，无柔靡之音、涂泽之习，得白石清刚，而于辛氏为近，盖亦名其家矣。后百数十年，有荆溪周保绪。荆则宜之分邑也，词与郡人董晋卿，由张皋文、恽子居而上溯迦陵。虽所诣或殊乡先，正风流不亦绵绵勿替矣乎！宜兴蒋君醉园，性闲静寡合，用举人官高邮州学正。旋弃去，以诗词自娱。诗已刊未刊累数寸，既皆读之。一日，出所为《蒿臼词》属序，云：'于此事无能为役也，又不可以辞。'试一展卷，其绮语如'最怕伤春容易病，又是残红满径'，其苦语如'知道今生还见否，且共片时相守'，其缠绵语如'愁丝恨绪，便剪断金刀不堪分与'，其慷慨语如'卫霍勋名尔尔，一例都疑前代'，类动人心魄，擅有词家胜场。而悼亡诸阕尤凄断。于是知醉园所业，致力也勤，程功也久，而迦陵、保绪，皆乡先生取资也尤便，譬生庄岳之间，欲不为齐语得哉？其地故多名胜，配储啸凤夫人著有《哦月楼诗词》，子并克承家学。春秋佳日，挐舟览胜。一门风雅，照映溪山。宜醉园虽寡合，有以自娱，而四方闻者，恒想见神仙中人在离墨罨画间拍乌皮几也。上元顾云序。"

秦之济《谦斋诗词集》刊行。（后收入曹辛华主编：《民国词集丛刊》第 11 册）

杨庄《湘潭杨庄词录》一卷刊行。卷首有王代懿、夏寿田、王闿运《序》。（后收入曹辛华主编：《民国词集丛刊》第 24 册）

裘岳《呻吟诗词》一卷刊行。卷首有黄进《弁言》。（后收入曹辛华主编：《民国词集丛刊》第 24 册）

陈能群《词源笺释》刊印。卷首有张应铭《序》。

【词人交往】

沈祖棻致函汪东、汪辟疆。中曰："受业向爱文学，甚于生命。曩在界石避警，每挟词稿与俱。一日，偶自问，设人与词稿分在二地，而二处必有一处遭劫，则宁愿人亡乎？词亡乎？初犹不能决，继则毅然愿人亡而词留也。"（后收入沈祖棻：《沈祖棻全集·微波辞（外二种）》，第 211 页）

【报刊发表】

《古学丛刊·词录》第 6 期刊发：郭则沄《换巢鸾凤》（咏故宫五色鹦鹉，今置稷园）。

《群雅》第 1 卷第 2 期刊发：张元济《跋汲古阁毛氏精写〈稼轩词〉》。

剑亮按：《群雅》，月刊，1940 年创刊于上海，由群雅月刊社出版发行。1941 年终刊。

《国艺》第 1 卷第 2 期刊发：陈耐充《〈天籁轩词谱〉后跋》。

剑亮按：《国艺》，月刊，1940 年创刊于江苏南京，由中国文艺家协会出版发行。1942 年终刊。

《斯文》第 1 卷第 2 期刊发：吴徵铸《李白〈菩萨蛮〉〈忆秦娥〉词考》。

剑亮按：《斯文》，半月刊，1940 年创刊于四川成都，由金陵大学文学院出版发行。1944 年终刊。

《新光》第 1 卷第 3 期刊发：李业勤《五代词与宋词的美人描写》（一）。

剑亮按：《新光》，月刊，1940 年创刊于北京，由新光杂志社出版发行。1944 年终刊。

《新光》第 1 卷第 4 期刊发：

李业勤《五代词与宋词的美人描写》（二）；

江寄萍《词名考源》（一）。

《国艺》第 1 卷 4 期刊发：

耐充《姜白石歌曲旁注宫调谱字解释》；

张应铭《词源笺释序》。

《新认识》第 1 卷第 5 期刊发：祝世德《爱国词人辛弃疾》。

《国艺》第 1 卷第 5、6 期刊发：汪曾武《李易安居士传》。

《新光》第 1 卷第 5 期刊发：江寄萍《词名考源》（二）。

《新东方杂志》第 1 卷第 6 期刊发：一叶《顾〈味辛词〉评》。

剑亮按：《新东方杂志》，月刊，1940 年创刊于上海，由中华洪道社新东方杂志社出版发行。1942 年终刊。

《新东方杂志》第 1 卷第 8 期刊发：刘辑熙《词的演变和派别》。

《新民报》第 2 卷第 1 期刊发：白葆仁《历代女词人评介》。

《国艺》第 2 卷第 1 期刊发：耐亮《词家写真之回忆》。

《国艺》第 2 卷第 2 期刊发：王蕴章《历代两浙词人祠堂碑记》。

《国文月刊》第 2 期刊发：浦江清《李清照〈金石录后序〉》。

《新东方杂志》第 2 卷第 2 期刊发：何一鸣《郑板桥及其作品》。

《图书季刊》新 2 卷 3 期刊发：邓恭三《论四卷本〈稼轩词〉》。

《新民报》第 2 卷第 5 期刊发：金受申《诗词曲之考证校勘学》。

《新民报》第 2 卷第 9 期刊发：李济时《姜白石及其词》。

《国艺》第 2 卷第 3 期刊发：樊增祥《〈耐充室词话〉序》。

《国艺》第 2 卷第 4 期刊发：雨樱子《小山词的风格与艺术》。

《新民报》第 2 卷第 4—6 期刊发：金麓诌《韦端己及其词》。

《国风》第 2 卷第 5 期刊发：金性尧《宋文学中之国难词》。

《国风》第 2 卷第 8、9 期刊发：咏先《论李后主词之真伪与后主之死》。

《中国文艺》第 3 卷第 1 期刊发：王光波《宋代词人的享乐》。

《辅仁文苑》第 3 辑刊发：孙蜀丞《词沈》（二）。

《文学年报》第 6 期刊发：郑骞《三十家词选目录（附集评）》。

《朔风》第 18—25 期刊发：砚斋《北宋的词人》。

《宇宙风（乙刊）》第 34 期刊发：赵冈《南宋的遗民文学》。

剑亮按：《宇宙风（乙刊）》，半月刊，1939 年创刊于上海，由西风社、宇宙风社出版发行。1941 年终刊。

《宇宙风》第 102 期刊发：管本笋《韦庄的生平及其词》。

《国学通讯》第 3 期刊发：吴瞿庵《〈全宋词〉序》。

《燕大研究院同学会会刊》第 2 期刊发：阎简弼《宋人词集考略小引》。

《图书季刊》第 2 期刊发：

张元济《毛抄〈稼轩词〉甲乙丙丁集跋》；

夏敬观《毛抄〈稼轩词〉甲乙丙丁集跋》。

【词人生平】

杨钟羲逝世。

杨钟羲（1865—1940），字子勤，号留垞、雪桥，汉军正黄旗人，民国寓沪。有《雪桥词》《圣遗诗集》《雪桥诗话》等，并辑有八旗词人总集《白山词介》。

夏敬观《忍古楼词话》曰："辽阳杨钟羲太守梓勤，亦字留垞，为八旗知名士。端忠愍督两江时，梓勤知江宁府。生平讷于语言，然所著《雪桥诗话》凡四续，共四十卷。近代为诗话，未有过之者，笔谈固甚豪也。梓勤胸次博雅，尤熟于一代掌故，诗词均臻上品。"（唐圭璋编：《词话丛编》第5册，第4776页）

钱仲联《近百年词坛点将录》曰："雪桥，汉军旗人，于诗有《雪桥诗话》，于词有《白山词介》，皆有功满洲文献之书。其自为《雪桥词》，功力匪浅。《浪淘沙慢》（和身云），讽樊山出仕，遯庵所谓'深心托豪素'者。《东坡第一枝》云：'那堪向易主楼台，又见定巢语燕。'虽属遗老口吻，而对当时袍笏登场之北洋新贵，亦备致揶揄矣。"（钱仲联：《梦苕庵论集》，第405页）

袁思亮逝世。

袁思亮（1880—1940），字伯夔，号蘉庵，湖南湘潭人。官农工商部郎中。有《蘉庵词》。余绍宋有《挽袁伯夔四首》，其一："交情都在乱离中，踪迹虽疏意气通。摈尽豪华归简朴，世家毕竟有儒风。"其二："栖迟海上叹芳菲，寄迹孤高托兴微。凄绝佳篇成恶谶，落花阴里送君归。"其三："散原妙笔此传薪，并世文辞孰与伦。太息广陵今绝响，起衰匡俗更何人。"其四："清江三孔皆吾友，平昔壎篪夙所知。世乱先归亦何憾，独怜两地脊令悲。"诗题下有一序，曰："予于民国元年始识君于旧都梁任公所，时相过从。任公罢官，君亦弃官南下，居上海，往还遂鲜。十六年后，予弃官南归，卜居杭州，一岁或间岁始得与君一晤，而与其从兄巽初、从弟潜修则朝夕相聚。其昆季间极友爱，因获知其景况。倭变既起，巽初避居道州，潜修归湘潭故里，君仍蛰居上海。近得巽初书，始闻噩耗，因作此挽之，并唁其昆仲。"（余绍宋：《余绍宋集》，浙江人民美术出版社，2015年，第105页）

1941 年

（民国三十年　辛巳）

1 月

6 日，夏承焘接杨铁夫香港来函，询问词集刊印事。夏承焘记曰："印局屡催无效，夜为此琐事失眠。"次日，"印局送铁夫词印样来"。（夏承焘：《天风阁学词日记》[二]，第 263 页）

9 日，夏承焘作《虞美人》（高楼不信秋难晓）。词后有自注："时巴黎陷德。"（夏承焘：《天风阁学词日记》[二]，第 264 页）

10 日，夏承焘作《鹧鸪天》（自杭州返严陵，坐雨）。词前有记曰："成一词，殊自爱，嫌情境不真耳。"（夏承焘：《天风阁学词日记》[二]，第 264 页）

12 日，夏承焘访郑振铎，向郑振铎借旧抄《须溪集》、戈顺卿校《梦窗词稿》。（夏承焘：《天风阁学词日记》[二]，第 265 页）

16 日，午社于廖恩焘之半舫斋举行社集。陈运彰、胡士莹做东。席间，吴眉孙谈社课形式，"眉孙翁谈明年社约，须每人每期必作，切须限题限调。值课者选题拈调，他人不得批评"。夏敬观谈朱彊村《宋词三百首》，"映厂翁谓冯梦华大不满此书，谓其不当收周、柳侧艳，且收梦窗太多，谓不能望《唐诗三百首》。殆以古微《词荟》不选其词也"。（夏承焘：《天风阁学词日记》[二]，第 266 页）

16 日，夏敬观作《满庭芳》（十二月十九日为东坡生日，陈蒙庵、胡士莹招集半舫斋作会）。（陈谊：《夏敬观年谱》，第 177 页）

17 日，夏承焘接邓广铭四川南溪县李庄张家祠历史语言所来函，托夏承焘修改其《稼轩词笺注》。（夏承焘：《天风阁学词日记》[二]，第 267 页）

20 日，《同声月刊》第 1 卷第 2 期刊发：

崔嵚拟谱《李后主〈浪淘沙〉词》；

赵叔雍《〈金荃玉屑〉玉田生〈讴曲旨要〉详解》；

俞感音《填词与选调》；

龙沐勋《读词随笔》；

高齐贤《乐史零缣》；

张尔田《卜算子慢》（别意）、《拜星月慢》（梦地重来，坠欢怅触，和友人《怊怅词》）、《永遇乐》（落叶虫吟）；

陈曾寿《摸鱼儿》（最难忘一湖寒碧）、《木兰花》（闲居寂静同僧院）；

夏仁虎《换巢鸾凤》（今日临风）、《换巢鸾凤》（狂客弥生）、《换巢鸾凤》（笙鹤难留）、《蕙兰芳引》（丛碧斋中咏素心，用清真四声）、《蕙兰芳引》（秋气转清）、《绕佛阁》（蛰园词集，赋秋阴，和清真声韵）、《倦寻芳》（亦云巢秋日海棠复花，主人约同赋）、《倦寻芳》（茜裙画了）、《水调歌头》（烟水款佳节）；

袁毓麐《蕙兰芳引》（丛碧山房主人蓄素心兰数十本，招饮共赏）、《霜花腴》（咏稷园五色鹦鹉）；

张伯驹《换巢鸾凤》（花外斜曛）、《换巢鸾凤》（天上瑶宫）；

吕碧城《石州慢》（自题《晓珠词》）、《减字木兰花》（题先长姊《惠如词集》）、《烛影摇红》（蔺璧完归）、《临江仙》（奉和榆生词家丁丑七夕，李后主忌辰之作）、《法驾导引》（榆生词家皈依弥佛，由大厂居士为造圣像一尊，以拓片本见寄。乞题，为赋此阕）；

朱庸斋《霜花腴》（圮桥废阁）、《秋波媚》（伤心天外夕阳过）；

宗宛《易实甫遗事》；

西神《寒琼忆语》；

箨公《忍寒慢录》。

剑亮按：夏承焘《天风阁学词日记》（二）1941年2月15日云："阅《同声月刊》二期，冬士《八代诗评》，当是映厂作……俞感音《填词与选调》，当榆生作。"（夏承焘：《天风阁学词日记》[二]，第276页）

21日，夏承焘作《洞仙歌》（刘白小令，本蜕自唐绝，飞卿一以梁陈宫体为之，实是别调。东坡合诗词之裂，世顾以为非本色，予夙惑之。腊月十九，坡生日，午社会饮，归和此曲）。（夏承焘：《天风阁学词日记》[二]，第268页）

剑亮按：夏承焘这首《洞仙歌》上阕为："温馗贺鬼，望惊尘喘汗。回首高寒一轮满。试夔门双手，倒挽词源，看天际、九派分明不乱。"吴眉孙将此改定为："词场几辈，总望尘喘汗。回首高寒一轮满。料仙山今夕，一曲清歌，看下界，

多少丝繁絮乱。"（夏承焘：《天风阁学词日记》[二]，第 268 页）

25 日，夏承焘赴商务印书馆，向出版部主任姚心吾了解邓广铭《稼轩词笺注》编印进展。"姚君谓书已发排，以邓君原稿空字甚多，正欲寄香港辗转寄邓。"次日，夏承焘又"与姚心吾君乘车往戈登路印书厂改恭三《稼轩词笺》稿，晤汪彦叔君，知书稿已排成打纸版，重理出，添入三条。其漏《庄子》《世说》篇名两处，则由汪君代查添入"。（夏承焘：《天风阁学词日记》[二]，第 270 页）

26 日，蔡桢作《南乡子》（庚辰除夕）。（蔡桢：《柯亭长短句》卷下，第 3 页。后收入朱惠国、吴平编：《民国名家词集选刊》第 14 册，第 402 页）

26 日，龙榆生作《台城路》（庚辰除夕）。（后收入龙榆生：《忍寒诗词歌词集》，第 67 页）

本月

沈祖棻在乐山作《六幺令》（残年新岁，有感京都旧游，赋寄千帆）。（后收入沈祖棻著，程千帆笺：《沈祖棻全集·涉江诗词集》，第 28 页）

李焰生《呼气集》，由桂林生路书店出版。收录作者创作于 1933 年至 1939 年间诗词 180 余首。有万民一《叙》及作者《自序》。1941 年 11 月再版本由桂林新文苑社出版，比初版本增收诗 43 首、词 34 首。有作者《再版自序》。

2 月

1 日，夏承焘访吴眉孙。吴眉孙谈《午社词刊序》写作，谓"近以撰《午社词刊序》，隐讥社中死守四声者。仇述翁不以为然，坚欲以改。眉翁执不肯易，各甚愤愤。眉孙欲退社"。（夏承焘：《天风阁学词日记》[二]，第 272 页）

2 日，顾廷龙作《顾亭林〈游庐山词〉跋》。曰："此亭林先生《游庐山词》一册，余从曹氏玉研斋抄本传写得之。前后无序跋，不详所自。惟同时散出曹氏抄本数种，皆理斋秉章见诸卷轴墨迹，命胥移录成书，则此词或亦从手卷录出者也。时方遭国难，草间偷活。徙室再三，促居无聊。草草走笔，藉遣烦虑。写竟即以寄赠景郑三弟，慰其寂寞，未遑记岁月。庆三弟检示此册，恍如隔世，然亦足以资纪念矣。亭林先生词，乡无流传。一代大儒，于倚声余事，或不爱惜，致无存稿。而它人则重其人、重其学、重其书，珍护不替，遂得长留霄壤。理斋好藏弃书画，必精鉴别，谅非鱼目可以相眩也。异时若辑丛书，首当实之，书此为

券。辛巳人日，顾廷龙补记。"（后收入顾廷龙：《顾廷龙文集》，第 365 页）

2 日，夏承焘致函邓广铭，"告增改《稼轩词笺》经过"。（夏承焘：《天风阁学词日记》[二]，第 272 页）

3 日，夏承焘致函杨铁夫，谈词集刊印情况，并附《鹧鸪天》（题铁夫〈双树居词〉）词。结句曰："人生大好杭州住，桂子荷花奈断肠。"自注曰："六七年前，与铁夫游西湖。"（夏承焘：《天风阁学词日记》[二]，第 273 页）

8 日，夏承焘访吴眉孙，并请吴眉孙点评词稿。为此，吴眉孙"伏案二日，读五过，有数句数字极费心"。五日后，将词稿送还夏承焘。认为"全编以'病起'《临江仙》三首为最"。对此，夏承焘表示"正合予意"。（夏承焘：《天风阁学词日记》[二]，第 273、276 页）

10 日（正月十五），龙榆生作《虞美人》（辛巳上元，太疏招集桥西草堂作）。（后收入龙榆生：《忍寒诗词歌词集》，第 67 页）

19 日，夏承焘校阅《稼轩词》入声韵，认为稼轩词"用韵比苏词更滥。十五、十六两部，坡颇分明，除卷一页三十一《满江红》一首，十五、十六、十七、十八四部合叶为例外。辛则十五、十六屡与十七、十八部合用"。夏承焘接丁宁扬州来函，附和夏承焘《惜黄花慢》（送别）词。（夏承焘：《天风阁学词日记》[二]，第 277 页）

20 日，夏承焘校阅《花间集》入声韵，认为"十五与十六部及十七与十八部，皆甚分明"。（夏承焘：《天风阁学词日记》[二]，第 278 页）

20 日，《同声月刊》第 1 卷第 3 期刊发：

赵叔雍《金荃玉屑、珍重阁词话》；

龙沐勋《晚近词风之转变》；

陈能群《词用平仄四声要诀》；

石狮头儿《词话》。

《今词林》栏目刊发：

夏孙桐《扬州慢》（沉锁寒洲）、《浣溪沙》（白杏花）、《长亭怨慢》（任遮断漫天飞絮）、《小重山令》（秋士从来易感秋）；

张尔田《沁园春》（六十三年）、《满江红》（泪眼黄花）、《木兰花慢》（遍昆池灰劫）、《相见欢》（惜花常怕花残）；

董康《水调歌头》（宇宙一何窄）、《金缕曲》（僝僽经年也）、《水调歌头》（上

下玻璃碧)、《凤凰台上忆吹箫》(宫漏移砖)；

任援道《鹧鸪天》(四面歌声壁垒空)、《木兰花慢》(小楼人去远)；

梁启勋《行香子》(压水飞梁)、《渔家傲》(昨夜扶头今日又)、《越溪春》(梅萼破寒春已透)、《碧牡丹》(陌上莺声老)、《满庭芳》(檀板清歌)、《万年欢》(日落平沙)；

黄孝纾《高阳台》(鹻砚凝尘)、《琵琶仙》(火凤惊弦)、《兰陵王》(镜波阔)、《暗香》(晕来血色)、《夏初临》(蹢柳光阴)、《烛影摇红》(灯影机声)；

黄孝平《霜叶飞》(猩屏不识人间世)；

沈蕊《来禽仙馆词》，词集后有龙沐勋《跋》文，曰："右《来禽仙馆词》一卷，嘉兴女史沈蕊遗著。蕊，字芷芗，西雍先生之女，桐乡劳玉初 (乃宣) 先生之母也。生于嘉庆二十年，以光绪八年卒，享年六十七。葬苏州木渎荣家山。此家藏未刊稿。往年承劳笃文先生寄示，将以载入《词学季刊》。会因时变，未果刊出。适检旧箧得之，亟为印布。至其词之清丽典雅，亦晚清闺阁中未易之才也。辛巳孟春，龙沐勋谨识"；

张尔田《与龙榆生论词书》；

吴庠《与夏瞿禅等论词书》《与友人论填词四声书》《致夏瞿禅书》《复夏瞿禅书》。

22 日，夏承焘校侯本《古山乐府》。论曰："古山虽学苏、辛，而才力殊窘，尚不足望后村、须溪。其娴婉之作，赋景咏物，却与玉田、草窗为近。"(夏承焘：《天风阁学词日记》[二]，第 278 页)

23 日，午社社集，夏敬观与廖恩焘做东。出席者有夏承焘、仇埰、吕贞白、陆维钊、胡士莹等七人。席间，夏敬观谈朱祖谋、郑文焯、文廷式词学之别。又与夏承焘谈作词人年谱事。夏承焘记曰："映翁谓，'年谱'体裁较正，若温、柳、姜、吴，无生年可考者，不妨别为'行实考'。"(夏承焘：《天风阁学词日记》[二]，第 279 页)

本月

夏承焘作《鹧鸪天》(辛巳正月十一生日，示妇)。(吴无闻：《夏承焘教授纪念集》，第 242 页)

《雅言》第 12 卷刊发：

诵芬《高阳台》(题陶北溟藏大周国宝玺)、《绮罗香》(拓曹新妇六面印成,系以小词);

味芸《高阳台》(趣园词社,两集)、《唱大令》(题漱江女士手书词稿);

姜庵《扫花游》(闷对残英,泚笔成弄)、《蝶恋花》(客中春老,倚此写怀)、《踏莎行》(自题词卷);

寥士《金缕曲》("绿遍池塘草",吴湖帆夫人遗句。双照楼主用为《金缕曲》起句,褚公重行征和,因步原韵继声);

经笙《一萼红》(连阴未霁,丛梅初放。因念旧雨,音尘断绝,遂赋此解,用白石韵)。

《国学通讯》第5辑刊发:《王伯沆先生致徐君一帆词学书》。中曰:"仆尤不工为词,惟好之,故乐观之。尊作已捧读,窃谓词难于诗,全在会意尚巧,选言贵妍,固不可歇后做韵,尤不可满纸词语,竟无一句是词。即以《花外》《咏蝉》两作而论,仆最喜前一首'晚来频断续,都是秋意'数语。若一味寄托,反少意味。"

3月

3日,日本东北大学"支那学"研究室致函《同声月刊》社。中曰:"顷承赠贵刊第二号。展读之下,轴轴金声,大雅不废,实赖贵刊。钦想高风,景仰何似。"(张晖:《龙榆生先生年谱》,第109页)

7日,浦江清由陆维钊引荐与夏承焘初次会晤,谈白石词旁谱。(夏承焘:《天风阁学词日记》[二],第281页)

9日,夏承焘访潘景郑,阅潘景郑藏《词律》批注本。夏承焘记曰:"有署名真迁,又称迁客者,于红友攻击甚苛。"(夏承焘:《天风阁学词日记》[二],第282页)

13日,夏承焘接龙榆生寄《同声月刊》第三期,刊有吴眉孙与夏承焘论词三函,皆攻斥死守四声者。夏承焘论曰:"自古微开梦窗风气,近日物极必反矣。"(夏承焘:《天风阁学词日记》[二],第285页)

20日,《同声月刊》第1卷第4期刊发:

眉孙《宋词阳上作去辨》;

赵叔雍《金荃玉屑 珍重阁词话》(续);

龙沐勋《词林要籍解题(水云楼词)》;

廖恩焘《霜花腴》（媚瓶瘦菊）、《定风波》（团扇歌残带月回）、《长亭怨慢》（又飞满江南霜讯）、《长亭怨慢》（惯消受千岩风露）；

夏敬观《水调歌头》（放翁生日作）、《满庭芳》（枕上轩裳）；

吴庠《水调歌头》（词□大瀛海）、《木兰花慢》（四方靡所聘）、《水调歌头》（声律不能缚）；

（日本）细野燕台《长相思》（昭和辛巳元旦，最明庵即兴）；

林贞黻《丁香结》（法源寺丁香花下宴集，用清真韵）、《浪淘沙》（占得夕阳城）、《夜行船》（寒重湖云愁未醒）、《采桑子》（仪征城南海棠）；

王蕴章《高阳台》（辛巳元日）、《三姝媚》（交枝香满院）、《满江红》（长揖山灵）、《满江红》（石破天惊）；

陈能群《八声甘州》（占诗人、吟趣画楼东）、《徵招》（红花血色空坏土）、《湘月》（旧时园寝）；

何嘉《瑞云浓》（题林礽庵学使《填词图》）、《醉桃源》（谁家玉笛小楼东）、《芰荷香》（暝烟飞）；

汪彦斌《齐天乐》（夕阳多处秋光老）；

朱居易辑《近贤论词遗札》，有《冀召南与夏闰庵论词书》《刘炳熙与程心庐论白石〈暗香〉〈疏影〉书》《郑文焯与张孟劬论词书》。

22 日，午社于林葆恒多福里寓所举行社集。仇垛、林葆恒做东。仇垛主张词社社集两月一课，课出两题。拈《醉春风》《卜算子》二调。夏承焘接邓广铭函，谓"《稼轩词笺》出书，将以二部见赠"。夏承焘作《瑶华》（冰花同仇述翁）词。（夏承焘：《天风阁学词日记》［二］，第 287 页）

27 日，夏承焘复函杨铁夫，谈杨铁夫词集刊印。曰："其词集印本，仍屡催不来，印书真大苦事。"（夏承焘：《天风阁学词日记》［二］，第 289 页）

29 日，夏承焘与陆维钊访浦江清，谈姜夔词。浦江清认为"白石《扬州慢》有'重到须惊'句，不应二十余岁作。淳熙丙申，疑为丙午之误"。夏承焘认为"'重到'指上文'杜郎'，非自谓"。（夏承焘：《天风阁学词日记》［二］，第 290 页）

本月

春，周麟书作《清平乐》（辛巳暮春，病中有忆）。（周麟书：《笏园词钞》卷

五，第 4 页。后收入曹辛华主编：《民国词集丛刊》第 10 册，第 305 页）

龙榆生作《忆旧游》（江南春尽，夜闻鹃声，感赋）。（后收入龙榆生：《忍寒诗词歌词集》，第 68 页）

4 月

1 日，唐长孺作《瑞鹤仙》（海角寻春，倏已三载，睹兹景色，弥念家山。而况昊天不宁，四郊多垒，悠悠江水，我其济乎。凄然成章）。（录自唐长孺 1941 年 4 月 1 日《日记》。后收入唐长孺著，王素笺注：《唐长孺诗词集》，第 49 页）

6 日，詹安泰作《声声慢》（辛巳清明后一日，罗元一、李白华两兄约同出游。自清洞经井水门单竹径罗家祠，归莲溪寓所）。（后收入詹安泰：《詹安泰全集》第 4 册，第 272 页）

8 日，夏承焘阅林庚白《孑楼随笔》。记曰："阅庚白《孑楼随笔》，载皖江芷女士词云：'夜凉如水楼休倚，怕西风、吹冷温柔。'庚白谓足抗手易安，信然。江女士卒业浙江大学化学系，在杭时尝于储皖峰席上见之。"（夏承焘：《天风阁学词日记》[二]，第 293 页）

剑亮按：夏承焘所论"夜凉如水楼休倚，怕西风、吹冷温柔"，为江芷《高阳台》（蛮语空阶）词句。该词后收入江芷子女自刊本《春云秋梦集诗词合刊》之《秋梦词》，第 7 页。

19 日，唐长孺访夏承焘。夏承焘记曰："唐君能词，治辽金元史甚博洽。教授光华大学。"（夏承焘：《天风阁学词日记》[二]，第 296 页）

20 日，《同声月刊》第 1 卷第 5 期刊发：

俞阶青《五代词选释》；

赵叔雍《金荃玉屑 珍重阁词话》（续）；

西神《词史卮谈》；

陈能群《诗律与词律》；

夏孙桐《鹧鸪天》（黄公渚《匑厂乙稿》题辞）、《小重山令》（黄君坦《天风海涛楼图》）、《玉楼春》（梨花，用欧阳炯体）、《瑞鹤仙》（劫灰吟未了）；

俞陛云《清平乐》（沙沉万劫）、《徵招》（空山黄叶萧梁寺）、《甘州》（白塔登眺）、《贺新郎》（湖楼春望，与枝头双燕，相对久之）；

林葆恒《汉宫春》（放翁生日）、《中兴乐》（坡公生日）；

梁□□《木兰花慢》（依韵，和援道悼亡）、《玉楼春》（昆明湖作）、《巫山一片云》（夏日湖上）、《唐多令》（玉泉山下泛舟）、《踏莎行》（白玉楼台）；

溥儒《雨中花》（细柳舒眉桃破吻）、《雨中花》（桃杏当春舒笑吻）、《倦寻芳》（戍笳送暝）、《行香子》（无尽烽烟）；

吕傅元《月当厅》（秋夜大风雨中，寄答忍寒）、《鹧鸪天》（宛春、蒙庵邀客作东坡生日词会。蒙庵拈调《醉翁操》，索同作，愧未能也，戏拈小令，赋示蒙庵）；

胡子敬《陌上花》（游兆丰公园有感）、《高阳台》（香雾空濛）、《绮罗香》（峭峭风寒）、《临江仙》（细细疏灯人不寐）；

郑文焯《大鹤山房未刊词》。

本月

《之江中国文学会集刊》第 6 期刊发：夏承焘《易安居士事辑后语》。（后收入夏承焘：《夏承焘集》第 2 册，第 170 页）

林修竹《澄怀阁词》在天津刊行。收词 132 首。卷首有金梁、张豫骏及著者《序》。

5 月

11 日，午社于廖恩焘家举行社集。夏承焘、郑午昌做东。拈调《唐多令》《惜双双》。吴庠重入午社。（夏承焘：《天风阁学词日记》[二]，第 303 页）

20 日，《同声月刊》第 1 卷第 6 期刊发：

吴眉孙《四声说一》《四声说二》；

俞阶青《五代词选释》（续）；

赵叔雍《金荃玉屑（珍重阁词话）》；

夏孙桐《蕙兰芳引》（为傅沅叔题万历本薛涛诗）、《玲珑四犯》（天女遗香）、《卜算子慢》（闲居独赋）、《踏莎行》（暗柳凝烟）；

俞陛云《凄凉犯》（旂常俎豆消沉尽）、《南歌子》（霜意惊寒早）、《一萼红》（策疲驴）、《南歌子》（吴语吹香软）、《清平乐》（翠深红浅）；

郭则沄《凤凰台上忆吹箫》（夏夕，同枝巢、北渚桥亭纳凉，纵谈旧事）、《西子妆慢》（和石工敬跻堂秋望）；

溥儒《倦寻芳》(范阳古道)、《雪梅香》(斜阳外)、《绮罗香》(塞口遥村)、《八声甘州》(望空林、客路冷西风);

蔡晋镛《红林檎近》(汪旭初寄示社作,遂亦继声,题其《后湖看花图卷》,依清真声韵)、《江南春》(本意,题石谷临赵大年图卷)、《冰花》(层阴始结);

杨秀先《浣溪沙》(虚道金铃与护持)、《浣溪沙》(见惯麻姑亦可怜)、《浣溪沙》(青鸟西飞日又斜)、《浣溪沙》(一角文楸劫尚争)、《浣溪沙》(峦翠江南展画屏)、《念奴娇》(隔帘霜月)、《高阳台》(感春);

夏纬明《百字令》(赵武灵王箭镞)、《满江红》(费宫人故里);

郑文焯《大鹤山房未刊词》(续);

孟心史《词总籍考序》。

26日,夏承焘观看大新公司四女士书画展。四女士之一陈小翠以新印《翠楼吟草》二册赠夏承焘。(夏承焘:《天风阁学词日记》[二],第305页)

30日,辛际周作《青衫湿》(辛巳重五,西昌橘园村中搁笔。时寇机方隆隆屋上过也)。(辛际周:《梦痕词》,第10页。后收入曹辛华主编:《民国词集丛刊》第7册,第19页)

30日,龙沐勋作《遁庵乐府序》。落款:"辛巳端阳日,万载龙沐勋。"

本月

《民族诗坛》第4卷第3辑刊发:

王东培《月当厅》(秋雨昏临,苦吟自遣。和述庵见怀,用原调,倚梅溪);

管雪斋《菩萨蛮》(暮春,集宋人词句)二首;

萧家霖《木兰花慢》(读《中兴鼓吹》,赠冀野先生);

江絜生《探春慢》(渝州春感,和白石韵);

成善楷《澡兰香》(庚辰重午)、《八声甘州》(白沙送淑媛母子);

孙澄宇《八声甘州》(东泉秋暝,感赋);

杨白华《高阳台》(彦如随姊西上,相见于渝城逆旅中)、《浣溪沙》(莫费冰纨写洛神)。

《潭风旬刊》第1卷第1期刊发:鹏《浪淘沙》(寄窗友钟期荣)。(后收入《民国珍稀短刊断刊·福建卷》第11册,第5242页)

丁宁自扬州赴南京协助龙榆生编《同声月刊》。(夏承焘:《天风阁学词日记》

［二］，第 309 页）

6 月

10 日，夏承焘致函龙榆生，附致丁宁函。（夏承焘：《天风阁学词日记》［二］，第 310 页）

14 日，午社于林葆恒新居举行社集。吴眉孙、吕贞白做东。（夏承焘：《天风阁学词日记》［二］，第 311 页）

15 日，夏承焘接龙榆生函，并《金缕曲》词。（夏承焘：《天风阁学词日记》［二］，第 311 页）

16 日，唐长孺作《玲珑四犯》（樱花词）。（录自唐长孺 1941 年 6 月 16 日《日记》）《日记》又曰："作《樱花词》一首。予久思作此，今日兴到，遂成此阕。平生倾倒石帚，而所作乃更不类。冲夷之度，岂谢前贤，而造句之工，乃同鼠坻，思之弥愧。今日自胡适张帜，掎摘姜、张，高论五代。立无根之说，以误后学。至谓南宋诸贤，半皆词匠。不知学问者，固不可与谈乎？然自古始离宗风，归重梦窗，音律之严，设色之重，陵夷至今，至于句读难分，旨趣莫辨，堆砌之风，亦一弊也。"（后收入唐长孺著，王素笺注：《唐长孺诗词集》，第 52 页）

20 日，《同声月刊》第 1 卷第 7 期刊发：

吴眉孙《四声说三》《四声说四》；

俞阶青《五代词选释》（续）；

存影老人《〈花犯〉四声之比勘》；

赵叔雍《〈惜阴堂明词丛刻〉叙例》；

西神《词史卮谈》（续）；

夏纬明《清季词家述闻》；

今关天彭著，汪吉人译《清代及现代之词界》；

陈洵《蓦山溪》（与圆虚道人湖上薄游，晚过高氏湖庄作）、《应天长》（庚午秋，谒彊村翁沪上，日坐思悲阁谭词。吴湖帆为图以张之，赋此谢湖帆，并索翁和）、《烛影摇红》（沪上留别彊村先生）、《三姝媚》（风怀销未尽）、《水龙吟》（看人如此溪山）、《大酺》（湖上怀梦窗故居）、《临江仙》（花埭李氏庄看杜鹃）、《踏莎行》（仄径花余）、《玉楼春》（野亭惯为寻春到）、《清平乐》（飞花似梦）；

郭则沄《烛影摇红》（为蔚如题《楼台梦影图》）、《双双燕》（旧帘剪短斜阳影）；

吴庠《永遇乐》（读孟劬翁旧京近作，乱离身世，其音绝哀。和韵奉酬，不胜依黯）、《醉春风》（白首伤羁旅）；

陈方恪《春从天上来》（翠拥红幢）、《瑞鹤仙》（题遐庵《梦忆图》）、《三姝媚》（崇效寺牡丹）、《临江仙》（岸柳萧飗虫语断）；

向迪琮《踏莎行》（题少梅所作《桃源图卷》）、《鹧鸪天》（鼓角悲凉咽晚风）、《洞仙歌》（亭皋秋尽）；

罗庄《虞美人》（余春陌上看犹好）、《金缕曲》（杨柳风掀袂）；

丁宁《菩萨蛮》（小庭日暖花枝舞）、《木兰花慢》（枕寒残醉解）；

郑文焯《大鹤山房未刊词》（续）；

夏敬观《〈遯庵乐府〉序》。

26 日，夏承焘完成午社社课《玲珑四犯》（乱笛江关）词。（夏承焘：《天风阁学词日记》[二]，第 313 页）

27 日，辛际周作《念奴娇》（辛巳六月初三夕）。（辛际周：《梦痕词》，第 10 页。后收入曹辛华主编：《民国词集丛刊》第 7 册，第 20 页）

29 日，朱荫龙作《莺啼序》（辛巳六月廿九日，半塘翁逝世三十六年，共李重毅、区得潜二先生于翁故宅小集，同人聊修薄奠。适长沙章孤桐先生来自行都，亦欣然莅止，辄赋此解，用志胜集）。（后收入朱龙华主编：《朱荫龙诗文集》，广西师大出版社，2018 年，第 17 页）

剑亮按：朱荫龙，字琴可。章士钊有《莺啼序》（和琴可，用梦窗韵）以及《水龙吟》（王半塘逝世三十六周年，席上作，示琴可）。该词后收入《长沙章先生桂游词钞》。亦收入朱龙华主编：《朱荫龙诗文集》附录，第 446 页。

本月

詹安泰作《菩萨蛮》（辛巳六月，坪石作）二首。（后收入詹安泰：《詹安泰全集》第 4 册，第 272 页）

夏，杨荫浏作《人月圆》（三十年初夏，病后）、《人月圆》（三十初夏，作于四川碧山青木关）。（后收入中国艺术研究院音乐研究所编：《杨荫浏全集》，江苏文艺出版社，2009 年，第 77 页）

夏，辛际周作《二郎神》（辛巳初夏，排闷作，用徐干臣体）。（辛际周：《梦

痕词》，第 10 页。后收入曹辛华主编：《民国词集丛刊》第 7 册，第 19 页）

夏，蔡桢作《十二时》（辛巳季夏，雨后观荷，用屯田韵）。（蔡桢：《柯亭长短句》卷下，第 6 页。后收入朱惠国、吴平编：《民国名家词集选刊》第 14 册，第 407 页）

7 月

2 日（农历六月初八日），刘永济作《谒金门》（帘不卷，帘外鸟声千啭）、《谒金门》（帘不卷，天意阴晴难算）。（后收入刘永济：《诵帚词集　云巢诗存》，第 62 页）

3 日，夏承焘接丁宁函。函中谈及协助编辑《同声月刊》事。（夏承焘：《天风阁学词日记》[二]，第 316 页）

5 日，夏承焘赴拉都路大方新村，访章太炎夫人汤影观。汤影观"出示所作《观影诗稿词稿》两册，自拈出数首，皆大佳。小令雅近永叔，长调似玉田、碧山。谓平生所作，未尝示太炎。太炎雅不好词，谓词之字面仅此数十百字，汤夫人则数十百字而能颠倒变化无穷，正词之胜诗处"。（夏承焘：《天风阁学词日记》[二]，第 317 页）

7 日，夏承焘作《临江仙》（记名山翁语）。词前有记曰："忆前日名山翁语予：南京新贵，处境甚难。其言颇有味，今日为成一词。"（夏承焘：《天风阁学词日记》[二]，第 317 页）

9 日，章太炎夫人汤影观访夏承焘。夏承焘评汤影观诗词曰："其诗有唐音，词有五代北宋意味。"（夏承焘：《天风阁学词日记》[二]，第 318 页）

20 日，《同声月刊》第 1 卷第 8 期刊发：

俞阶青《唐词选释》；

赵叔雍《金荃玉屑（珍重阁词话）》；

陈能群《论鬲指声》《填词句读及平仄格式》；

汪曾武《琵琶仙》（近事有感）、《卜算子慢》（和切庵）；

任道援《燕归梁》（为叔雍题《高梧轩图》）；

陈方恪《浣溪沙》（隐隐津亭叠鼓催）、《浣溪沙》（一曲《霓裳》兴未终）、《浣溪沙》（昨夜春寒透锦茵）、《浣溪沙》（伏枕炉烟睡起迟）、《蝶恋花》（青嶂露零山月小）、《蝶恋花》（惆怅年时歌舞地）、《蝶恋花》（喜鹊桥成催凤驾）、《蝶恋花》（目送横塘来往道）；

赵尊岳《南乡子》（李散释夫人《桥西草堂图》征题。曩在北都，辄就游宴，因述旧怀）、《鹧鸪天》（绿树秾阴匝地闲）、《鹧鸪天》（歌者贾云挽词，不聆爨弄，盖三十年矣）；

寿森《庆清朝》（校印《东海渔歌》既竟，因拟作《校词图》，先制此解为券）；

刘祖霞《醉春风》（眼被飞花醉）；

龙沐勋《〈冷红词〉跋》《〈邃庵乐府〉小引》；

吴眉孙《与张孟劬论四声第一书》《与张孟劬论四声第二书》；

张尔田《与龙榆生论四声书》《与龙榆生论词书》。

24 日，夏承焘接章太炎夫人电话，邀请夏承焘为其诗词稿题词。（夏承焘：《天风阁学词日记》[二]，第 322 页）

27 日，《万象》第 1 年第 1 期刊发：范烟桥《陆放翁寄恨〈钗头凤〉》。

剑亮按：《万象》，综合性文学月刊，1941 年 7 月 27 日创刊于上海，由陈蝶衣编辑，万象书屋出版，上海中央书店发行。发行人为平襟亚。1943 年 7 月改由柯灵编辑，至 1945 年 6 月停刊（本年仅出这一期），前后共 43 期，另有号外一期。

本月

贺昌群作《金缕曲》（弘度前作《祝英台近》，近作《谒金门》二首赐寄索和，聊以酬高情云尔）。（后收入刘永济：《诵帚词集 云巢诗存》，第 365 页。参见本月 2 日条）

《民族诗坛》刊发：

仇述庵《黄鹂绕碧树》（驹隙流光骤）、《破阵子》（效小山）、《淡黄柳》（昆玄路隔）、《惜黄花慢》（效梦窗赋菊，寄怀冀野、倦鹤、东川）；

杨熙绩《婆罗门引》（元旦试笔）；

陈瘦愚《金缕曲》（战时，代束寄□父盟兄）；

成善楷《寿楼春》（题先师吴芳吉《碧柳遗书》，时先生归道山八年矣）；

朱居易《西江月》（湘北大捷，举国欢腾，爰缀小词，以当鞭炮。用冀野原韵，兼询蜀况）；

孙澄宇《小重山》（寒梦惊回玉漏迟）。

《江西文物》第 1 卷第 4 期刊发：

黄履思《好事近》（野紫丁香，用蒋子云四声）、《长亭怨慢》（饯春，拈得月字）；

黄介民《千秋岁》（忆彭素民，用山谷悼少游韵）。（后收入《民国珍稀短刊断刊·江西》第 6 册，第 2742 页）

8 月

1 日，夏承焘接张尔田函。张尔田函中谓"王静安为词，本从纳兰入手，后又染于曲学，于宋词本是门外谈。其意境之说，流弊甚大。晚年绝口不提《人间词话》，有时盛赞皋文寄托之说，盖亦悔之矣"。（夏承焘：《天风阁学词日记》[二]，第 323 页）

8 日，夏承焘接张尔田函。张尔田函中"引晏小山词'疏梅清唱替哀弦'句，谓宋小令多不被管弦，故多不讲四声。美成诸人长调，始以字声吻合管弦，而不必以管弦凑合字声，于是四声之说起。又谓今词既不可歌，斤斤四声，亦属多事。按谱填词，但期大体无误足矣"。（夏承焘：《天风阁学词日记》[二]，第 325 页）

15 日，午社于辣斐德路（今复兴中路）565 号林子有新居举行社集。黄梦招做东。（夏承焘：《天风阁学词日记》[二]，第 327 页）

18 日，夏承焘作《踏莎行》（重熙、苏簃先后自万县、香港来会。欣慨交心，不能无言）。（夏承焘：《天风阁学词日记》[二]，第 327 页）

20 日，《同声月刊》第 1 卷第 9 期刊发：

《双照楼词》；

崔嵚拟谱《摸鱼儿》；

冒广生《新斠云谣杂曲子发凡》《新斠云谣杂曲子》；

俞阶青《唐词选释》（续）；

吴眉孙《清空质实说》；

赵叔雍《金荃玉屑（读〈乐学轨范〉札记）》；

陈能群《论四清声寄煞》《论宋大曲与小唱之不同》；

夏孙桐《玲珑四犯》（夏夜听雨，用白石体）、《望南云慢》（和少滨故宫杏花，用沈公述韵）、《临江仙》（枝上花迎人笑）、《花犯》（古藤阴、年年置酒）、《西河》（法梧门旧砚，为李惺樵侍讲作）、《浣溪沙》（李释戡《握兰簃裁曲图》）；

俞陛云《东风第一枝》（秋蛰）、《浣溪沙》（连日轻寒掩小楼）、《风蝶令》（桃涨鸥乡润）、《四字令》（香霏绛绡）、《四字令》（晶奁罢妆）、《点绛唇》（社毂饧箫）、《鹧鸪天》（一桁帘衣掩碧窗）；

蔡晋镛《烛影摇红》（庚午长至，消寒夜集）、《风入松》（篆烟漾碧碎花阴）、《玉京谣》（题湖帆所藏旧拓《七姬志》）；

溥儒《拂霓裳》（暮秋天）、《探春令》（上林依旧杜鹃啼）、《凤衔杯》（羽阳宫殿悲何处）、《踏莎行》（冷月池塘）；

吕傅元《八六子》（倚青屏）；

杨秀先《忆旧游》（正烟笼缟袂）、《真珠帘》（红楼灯火深深处）、《倦寻芳》（题柳河东初访牧翁小像）；

龙沐勋《蝶恋花》（总为多情曾惹怨）、《梦江南》（悲落叶）、《木兰花慢》（秋宵闻雨作）；

觉谛山人《清词坛点将录》；

吕惠如《吕惠如长短句》。

22日，夏承焘接丁宁函，附丁宁《柳枝词》及龙榆生《鹧鸪天》词。（夏承焘：《天风阁学词日记》[二]，第329页）

29日，汪曾武作《〈漱红馆词賸〉后记》，曰："室人漱红馆主，别署浣芸。沉默寡言，端重有法度。自幼灵敏，精于烹饪、女红，有针神之誉。侍奉舅姑，先意承志，颇得欢心。喜读唐宋诗词，尤爱南田画法。治家余力，随意濡染，而深自韬晦，不求人知。辛未八月卒于燕京，年六十有四。殁后检得手写遗箧诗词仅二十余首，题曰《漱红馆遗稿》。知交如陈散原、夏闰庵辈咸有题咏。词只三阕，兹附《味莼词》之末。虽违逝者本意，亦聊存鸿爪云尔。辛巳七夕，趣园老人志于吴郡客次，距其逝期已十年矣。"（后收入朱惠国、吴平编：《民国名家词集选刊》第6册，第172页）

本月

缪钺自贵州遵义浙江大学文学院致函刘永济评价其诗词创作成就。中曰："弘度长兄道席：两手奉书并盟诵尊著诗词，喜钦无量。吾兄入蜀后诸作如老树著

花，发浓纤于简古，境界又进一层。"（后收入刘永济：《诵帚词集　云巢诗存》，第 367 页）

《万象》第 1 年第 2 期刊发：丹蕨《浣溪沙》（月照绯帷透暗香）。

《斯文》第 1 卷第 21、22 期刊发：唐圭璋《评〈人间词话〉》。

9 月

1 日，夏承焘访吴眉孙，谈论词学。吴眉孙谓"北宋已有寄托，东坡'我欲乘风归去'为不忘爱君。王安礼'不管华堂朱户，春风自在杨花'为诮安石"。夏承焘认为"诗人比兴之例，其来甚古。唐五代词，除为歌妓作者之外，亦必有寄托。惟飞卿则断无有，后人以'士不遇赋'说其《菩萨蛮》，可谓梦话。常州派论寄托，能令词体高深，是其功，然不可据以论词史"。（夏承焘：《天风阁学词日记》[二]，第 332 页）

2 日，夏承焘接《燕京学报》，刊有郑骞评其《全宋词》文。夏承焘评曰：郑骞文"颇中其病。此等宏业，本非一人所能办。圭璋未十年即杀青，自有不满人意处也"。（夏承焘：《天风阁学词日记》[二]，第 332 页）

10 日，夏承焘致函唐圭璋，"劝其以五六年力，校改《全宋词》"。（夏承焘：《天风阁学词日记》[二]，第 333 页）

13 日，夏承焘读王国维、陈仁先词。评曰："静安、陈仁先诸家词，以哲理入词最妙，静安偶有之，造辞似不如仁先。"（夏承焘：《天风阁学词日记》[二]，第 334 页）

20 日，《同声月刊》第 1 卷第 10 期刊发：

龙沐勋《论常州词派》；

叠空居士《宋法曲大曲索隐》；

俞阶青《南唐二主词辑述》；

冒广生《〈珠玉集〉校记》；

赵叔雍《金荃玉屑（读词札记）》；

夏孙桐《望江南》（儿时喜）十二首、《买陂塘》（俞阶青为作《山塘秋泛第二图》，用旧作韵）；

廖恩焘《一寸金》（飞雪山巅）、《瑶华》（春光早洩）、《唐多令》（高阁倚晴空）、《唐多令》（华屋几山丘）、《唐多令》（窗月太多情）；

俞陛云《浣溪沙》(三月杨枝作絮飞)、《浣溪沙》(淡淡云天雁去遥)、《虞美人》(送陈仲恕南归)、《蝶恋花》(为访江梅侵晓出)、《蝶恋花》(旧日池台春寂寂);

张尔田《金缕曲》(熊述陶自作《生圹记》,属为题词)、《鹧鸪天》(戏咏跳舞);

杨涛楠《渡江云》(咏桂)、《剔银灯》(闻雁)、《双调忆王孙》(秋草)、《金缕曲》(送春);

陈方恪《河传》(春雨)、《疏影》(梨花);

郑德涵《好事近》(石潭);

张伊珍《浣溪沙》(绣箔依灯揽镜看)、《木兰花》(江天极目秋如醉)、《浣溪沙》(玄武湖上作);

莫友芝《影山词》(凌惕安序);

施则敬《与龙榆生论四声书》。

23日,夏承焘接龙榆生寄来其新刊张尔田《遯庵乐府》二卷。夏敬观作《遯庵乐府序》。夏承焘记曰:"映厂《序》推其以学人兼词人,沈寐叟但能为学人之词,孟劬则词人之词也云云。"(夏承焘:《天风阁学词日记》[二],第336页)

本月

詹安泰作《倦寻芳》(芳草易逝,欢事去心。慨乎言之,不自知其意之谁属矣。辛巳九月)。(后收入詹安泰:《詹安泰全集》第4册,第274页)

《万象》第1年第3期刊发:范烟桥《花蕊夫人》(历史小说)。

秋,丁宁作《烛影摇红》(辛巳秋,怀味琴)。(丁宁著,刘梦芙编校:《还轩词》卷下,第7页。后收入曹辛华主编:《民国词集丛刊》第1册,第107页)

秋,刘永济撰写《诵帚词筏》六则。第一则"总术第一"刊发在1942年4月15日《读书通讯》(半月刊)第40期。第二则"取经第二"刊发在1942年5月1日《读书通讯》第41期。后重刊于中国古代文学理论学会编《古代文学理论研究丛刊》1981年10月第4辑、1982年11月第7辑。(参见刘永济:《诵帚词集 云巢诗存》,第47页)

秋,龙榆生作《木兰花慢》(秋宵闻雨)、《定风波》(秋尽,独行三步两桥间,赋呈太疏楼主)、《浣溪沙》(辛巳秋尽日,留影于桥西草堂之幽篁怪石间,自题

曰《枯木竹石图》，漫缀此阕）。（后收入龙榆生:《忍寒诗词歌词集》，第71页）

秋，夏承焘作《浣溪沙》（秋夜，时上海将陷）、《鹧鸪天》（秋夜读楼攻媿《使金日记》，感北士近事，黯然有作）。（吴无闻:《夏承焘教授纪念集》，第244页）

秋，辛际周作《高阳台》（秋宵乍凉，灯窗写闷，继玉田韵）、《高阳台》（秋感，仍借玉田韵）、《氐州第一》（秋晨风雨中写感）、《摸鱼儿》（秋枕，继梦窗韵）。（辛际周:《梦痕词》，第10页。后收入曹辛华主编:《民国词集丛刊》第7册，第19页）

10月

2日，夏承焘作《减兰》（辛巳八月十二日，与瑗仲集诸友好，为龚定庵百年周祭）词。夏承焘记曰:“与同人集静安寺路清华同学会，举行龚定庵百年祭，到瑗仲、仲联、心叔、一帆、鬲衡、欣夫、胜白、大可、其石、巨川、小山、任芝荪、唐尧夫、吴伟治、卢景纯、王绍唐、胡宛春等二十七人。七时祭，推胜白主祭，仲联为祭文极工。”（夏承焘:《天风阁学词日记》[二]，第338页）

剑亮按：詹安泰有《念奴娇》（沪上胜流于八月十二日为龚定庵百年祭，瞿禅词来，约同作）。后收入詹安泰:《詹安泰全集》第4册，第274页。

4日，龙榆生作《水调歌头》（辛巳中秋前一日，柱尊招饮北极阁下。酒罢登山，素月流天，繁灯缀地。与数客歌啸林樾间，不知今夕何夕也）。（龙榆生:《忍寒词》之乙稿《忍寒词》，第5页。后收入朱惠国、吴平编:《民国名家词集选刊》第15册，第438页。后收入龙榆生:《忍寒诗词歌词集》，第70页）

4日，辛际周作《蝶恋花》（中秋前一夕，月地徘徊，万感横集，灯下填此。世乱未已，身老难休，不自知其词之苦也）。（辛际周:《梦痕词》，第11页。后收入曹辛华主编:《民国词集丛刊》第7册，第21页）

4日，刘永济作《浣溪沙》（中秋前夕闻湘捷）。（后收入刘永济:《诵帚词集　云巢诗存》，第72页）

5日，刘永济作《琵琶仙》（辛巳嘉洲中秋，约子苾、千帆夫妇味橄，薄饮云巢。念辛未、甲戌此夕曾与豢龙和坡仙《水调》，以写幽忧穷蹙之音。今时境远非昔比，而豢龙深隐衡云，予窜身荒谷，奇情胜概，久堕苍茫，顾影婆娑，怅然成咏）。（后收入刘永济:《诵帚词集　云巢诗存》，第72页）

5日，丁宁作《水调歌头》（辛巳中秋，步月北极阁，万象空明，凉波荡影，几疑身在冰壶玉镜中。回顾林隙楼台，灯火灿然，知骚人夜宴，犹未已也）。（后收入丁宁著，刘梦芙编校：《还轩词》，第50页）

7日，夏承焘作《木兰花慢》（嫁杏）词。（夏承焘：《天风阁学词日记》[二]，第339页）

12日，午社于林子有家举行社集。林子有做东。出席者有夏敬观、廖恩焘、仇埰、冒鹤亭、金兆藩、夏承焘。（夏承焘：《天风阁学词日记》[二]，第340页）

17日，夏承焘接仇埰转来唐圭璋函。唐圭璋将完成《词话丛编》与《金元词汇》，交国立编译馆出版。（夏承焘：《天风阁学词日记》[二]，第341页）

20日，《同声月刊》第1卷第11期刊发：

冬士《为初学说作诗词门径》；

俞阶青《南唐二主词辑述》（续）；

冒广生《〈小山词〉校记》；

赵叔雍《金荃玉屑（读词杂记）》；

陈能群《论燕乐四声二十八调》；

戴正诚《郑叔问先生年谱》；

夏敬观《潇湘夜雨》（题《潇湘图》）、《月上海棠》（赋秋海棠）；

陈曾寿《鹧鸪天》（横海青峰占小楼）、《浣溪沙》（画卷抛残夜未残）、《木兰花》（趵突泉）、《扬州慢》（忆烟霞洞梅）；

任援道《水调歌头》（举手邀明月）；

向迪琮《踏莎行》（柳外红楼）、《鹧鸪天》（消得扬州十载狂）；

龙沐勋《水调歌头》（坐拥一螺翠）、《水调歌头》（可望不可即）；

丁庆余《鹧鸪天》（风里轻逢水上萍）、《鹧鸪天》（寂寞危楼夜已阑）；

黄璧如《琐窗寒》（细籁敲窗）；

《影山词》（续）；

张尔田《与龙榆生论云谣集书》。

25日，夏承焘拟定词学研究计划，"拟《词学考》目录，收入《词谱考》《系年考》《词籍考》《词人行实考》，若收入《词例》《词人年谱》诸书，则改称《词学志》。再记如下：《词人行实考》（各大家改年谱为之）、《词林系年》、《词林地表》、《词例》、《词谱考》、《词乐考》、《词籍志》、《词籍提要》、《词史》。若能每日写二百字，五六年间，或可成此巨编也"。是日，夏承焘致函唐圭璋，寄去郑骞评《全宋词》文。此前，10 月 4 日，唐圭璋致函夏承焘，并邮票二元，"嘱寄郑骞所为《全宋词》评文"。（夏承焘：《天风阁学词日记》[二]，第 342 页）

26 日，午社于廖恩焘家举行社集。廖恩焘与陈运彰做东。拈调《紫荑花慢》《玲珑玉》。（夏承焘：《天风阁学词日记》[二]，第 343 页）

28 日，夏承焘作《金缕曲》（辛巳重阳，闻雁念西南诸故人）。（吴无闻：《夏承焘教授纪念集》，第 244 页）

28 日，龙榆生作《台城路》（辛巳重九，北极阁登高，分韵得气字）。（龙榆生：《忍寒词》之乙稿《忍寒词》，第 6 页。后收入朱惠国、吴平编：《民国名家词集选刊》第 15 册，第 439 页。后收入龙榆生：《忍寒诗词歌词集》，第 71 页）

28 日，刘永济作《浣溪沙》（辛巳重午）。（后收入刘永济：《诵帚词集 云巢诗存》，第 63 页）

29 日，缪钺致函刘永济，评刘永济词。中曰："前承惠书并大词《浣溪沙》二首，近又从沿兄处拜读《月下笛》《念奴娇》《鹊踏枝》诸新作，钦佩无已。兄词皆发于哀乐之深，称心而言，风格遒上，有掉臂游行之乐。使读者吟玩讽味，如见其伤时怨生、悲往追来之感。又词中凄艳与沉健，鲜能兼美，兄独浑合为一，此皆古人所难者。《鹊踏枝》于正中、永叔之外，自辟境界；《念奴娇》咏燕，苍凉悲咽，怆怀身世，与梅溪异曲同工。弟尤爱'电络灯竿'三句，运用新材料，别有意味。弟近年来教学相长，于此事弥谙甘苦。惟自愧才弱不足以发之。故每诵兄作，弥深钦慰也。"（后收入刘永济：《诵帚词集 云巢诗存（附年谱、传略）》，第 369 页。又收入缪钺著，缪元朗整理：《冰茧庵论学书札》上，第 57 页）

剑亮按：缪钺函中评价的刘永济新作，分别为：《浣溪沙》（客有阿好，称许过情者，赋谢），其一曰："朱况灵踪久邈然，敢驱下泽望高轩。苦吟凭仗故人怜。　燕子斜阳犹有世，桃花流水已迷源。言愁休止倍前贤。"其二曰："神草难医自圣颠，多生结习未全捐。年来著句苦难妍。　刺绣倚门移贵贱，寸莲尘麝费缠绵。卷帘通顾语微酸。"《月下笛》（用清真体）词曰："雨咽蝉筝，寒迟雁缀，转添愁寂。羁愁易积，未比年时禁得。怕无多、残水剩山，西风万一霜讯急。唤新亭旧感，沧江零梦，并成凄恻。　三年倦旅，惯节序惊心，浪吟销日。游情顿减，负了岷峨灵迹。料芳期、望春尚赊，无心记省东去驿。闭闲庭，暗怯荒城画角凉吹入。"《念奴娇》(秋燕)词曰:"禁秋翠羽,恁凄凉、犹恋曾巢阿阁。剪剪荒云,来又往、倦柳衰荷城郭。电络灯竿,差池欲上,愁认秋千索。天涯如此,奈何归计迟暮。 最是淡霭残晖,衣单竹冷,特逗人情恶。软语风樯相劳苦,还共殊方栖托。迟日妆楼,微飔筝院,梦浅浑忘却。烟昏雨晓,啅枝慵伴寒雀。"《鹊踏枝》四首(秋气动物,予怀万端。音赴情流,罔知所谓。虽然枝鸟草虫,何必有谓,亦自动其天耳),其一曰:"秋入沧江葭苇白。瑟瑟萧萧,做弄愁声息。万雪千霜须拌得,春光犹隔枝南北。 欲唤清尊输酒力。如此人间,何处寻芳迹。空外蝉筝弦渐急,无端勾引闲思忆。"其二曰:"四合文纱云海隔。艳蜡鸳屏,回首成秋色。谩道人心非卷席,从严凤纸轻蝉翼。 思梦情怀颠倒极。何似从今,独抱幽芳立。扫却门前狂辙迹,由他鸾凤谁双只。"其三曰:"早是惊心欢易失。叵耐春人,歌酒围香密。不见嘶骢杨柳陌,阴阴换尽鞖蛾色。 蕙想兰怀私自惜。伫苦停辛,尘影难端的。盼断番番花信息,可怜只当闲风日。"其四曰:"过眼纷纷朱变碧。始信人生,不似琴弦直。费尽晶盘鲛泪滴,思量不及山头石。 锦瑟年华驹过隙。柱柱弦弦,犹自成追惜。渺渺觚棱星斗北,罗衣夜久支寒立。"(后收入刘永济:《诵帚词集 云巢诗存》,第370页)

本月

《万象》第1年第4期刊发:丽丝《流线型学生竹枝词》,曰:

雅号新鲜流线型,果然玉立貌亭亭。中西学术寻常事,第一专心恋爱经。

红花艳曲(电影名)口中吟,乱世佳人向往深。国事蜩螗何足问,周严婚恋最关心。(周璇、严华婚恋之事,最为学生所关心。)

丁香枝上雨初晴,腻友相招结伴行。借问影城何处有,南京国泰大光明。

温柔不住住何乡,游泳名园旧性张。绿水一泓明似镜,同来戏水效鸳鸯。

欲擒故纵女茶花,闪电拉锯法术佳。多角何能邀幸福,可怜误尽小冤家。(之江学生秦理游书场,恋一女招待,竟造成桃色惨剧。)

一掷千金无吝色,五陵年少本豪华。沧桑劫后余灰烬,车马何人访到家。（大学生跑赌窟，为寻常习见之事。）

爱欲其生恶欲死，恩情从此付烟云。舞宫春色扬州梦，一例秋风纨扇捐。（SW 大学生，恋舞女怀孕后，遗弃不顾，于是有向法院诉讼之事。）

焙赤标金看紧缩，廿枝双马买空头。投机岂是陶朱术，太息鱼儿自上钩。（SI 大学生做投机生意，有因失败而自杀者。）

草草光阴倏数年，论文到手未精研。捉刀代价毛诗数，赚取爷娘辛苦钱。

半壁河山土尽焦，忧时志士尚寥寥。鬒宫多少痴儿女，魂兮归来赋大招。

秋，章士钊作《声声慢》（寄弘度嘉定并柬豢龙）。（后收入刘永济：《诵帚词集　云巢诗存》，第 371 页）

11 月

1 日，《大鹏月刊》第 1 卷第 1 期刊发：刘天行《夺锦标》（山静留去）、《齐天乐》（是谁劈破乾坤骨）、《水调歌头》（闻道昆湖好）、《过秦楼》（树撮山青）。

1 日，朱荫龙作《〈长沙章先生桂游词钞〉跋》。（后收入曹辛华主编：《民国词集丛刊》第 18 册，第 411 页。亦收入朱龙华主编：《朱荫龙诗文集》，第 115 页。参见本年"词籍出版"）

20 日，《同声月刊》第 1 卷第 12 期刊发：

咉庵《词律拾遗》（补）；

冒广生《〈金荃集〉校记》；

赵叔雍《金荃玉屑（读词杂记）》；

戴正诚《郑叔问先生年谱》（续）；

陈洵《玉楼春》（酒边偶赋寄榆生）；

张尔田《定风波》（写出凌波一段奇）；

夏敬观《玲珑玉》（为榆生题郑叔问水仙画扇）；

陈曾寿《清平乐》（笛声幽怨）、《疏影》（忆湖上旧月篴梅花）、《蝶恋花》（万化途中为伴侣）、《减字木兰花》（心畬王孙蓄倒挂乌一双，属赋。一名收香）；

李宣倜《台城路》（白蘋红蓼桥西路）；

赵尊岳《台城路》（断雁残甓斜阳外）；

向迪琮《满江红》（辛巳重九，和孟劬翁）、《菩萨蛮》（东坡此调有回文体，因效之）二首、《金人捧露盘引》（七夕，感赋），龙沐勋《台城路》（摘星楼观高寒甚）、《定风波》（黄叶疏林带竹篱）、《浣溪沙》（梦醒南柯亦可哈）；

莫友芝《影山词外集》。

20 日，辅仁大学《辅仁生活》第 3 卷第 3 期刊发：荫甫《一夕西风满院秋：俳体词三首并序》，词三首分别为：《虞美人》（厕所文学）、《浣溪沙》（新教室秋望）二首。（后收入《民国珍稀短刊断刊·北京卷》第 7 册，第 3272 页）

剑亮按：荫甫《一夕西风满院秋：俳体词三首并序》全文为：

文章不论韵散，苦在无题可作。不作则无可发泄，苦在心里，自家晓，固无得需他人强作解事，曲为之说也。亦或眼前题目到来，而不能陡然捉住。转瞬间，去而千里，纵"升天入地求之遍"，亦不可得也。一二语闲话以过，书归本传。前日课罢，本刊编者索稿于余，以此题相嘱。盖编者知余喜读词、喜为词，而不知余之以"俳体"为难也。夫"俳体"本为游戏之品，而差近俳优说者是也，是又何难？亦有说焉；词之体，本歌诗之衍流，亦俳优之主质。今日只以文学度之，仅得其半耳。且俳体之作，易流于"滑"。"滑"者无含蓄之谓也，一说便尽，一看即完，如《西游记》之悟能食人参果，纵食千百个，口无余味也。是知俳体既易流于"滑"，必使其不滑，其难一也。设有手腕，有精神，使不流于"滑"而择题又发生问题矣。盖题目之要，重在新颖，即或人家已用之旧题，使能有新意境在内，而不蹈袭前人整套语意，亦足以警人。故择题之要，其难二也。有此两大难关，陬生何敢身先独破之哉！转而一想，往日苦无题可作，今日有题到来，而又不能抓住，冤乎冤哉，徒叫负负耳。是以亟归斗斋，将所抓来之题目——词之头目也——努力以十二分钟之光阴，勉为之词，不过俱属实情，毫无虚语。字句之间，请勿吹毛。

（一）《虞美人》（厕所文学）

日来乍觉伤秋甚，秃袖尖风凉，策车漫踱小桥头。赢得满身黄叶满心愁。　思量没个消愁处，步向楼东路。板墙垩壁拂蛛丝，不道人生真谛在于斯。

传：今文学家以六经为孔子手定，而后人或加以传，所以释之也，而余亦取其体，固有诬经之罪，料无刖劓之刑，故斗胆以《虞美人》词为经，释语为传笺也。掷开闲话，却说近来西风渐紧，秋气填膺，且喜今年无"叫早"之课，高枕可忘愁也。然杜门兀坐，更所不堪，遂策车漫游净业湖边，穿柳堤，过小桥，浅水腻流，稍有可流，孰知西风骤起，云峰甚锐，窄袖秃襟，何所抗之，更加黄叶飘来，一身尽满。夫黄叶者，秋之代表物也，正好，身外秋，心上秋，两两相映，却小有意思。然而秋即愁也，秋来而冬即至矣。春花秋月，皆属索然之物，后主已叹其"何时了"，此实终古不易之情也。亟思抛却，漫过东楼，眼前巍巍者，标题首二字是也。见猎心喜，缓步入之，则一面白墙三面板，蛛丝尘网，似有字迹在焉，大有"绣罗衫与红尘"之感，乃追而读之，实"人生真谛"也。看官若问"真谛"如何，请往其地，一观便知。

笺：秃袖本不常用，衬尖风之凛，明寒气之易入也。垩，白土子也，此本死字眼，不可施于词，今日戏一用之，实生平之第一次。"真谛"本佛家语，以之代表余所附之"厕所革命"，真有泥犁之过，而请同校佛教信仰家，三谅其不得适当名词也。至传内所说"绣罗衫"句，乃坡公《行香子》词，用《青箱杂记》寇莱公事也。

（二）《浣溪沙》（新教室秋望）

怅望迢迢一道间，秋凉如水渗重帘。裌衣难敌晓来寒。　林木渐凋宽眼界，小楼独上展心田。浓云薄雾又茫然。

传：月之某日，见某君尝于晨起之时，伫新教室楼梯转寰处，望恭王府秋色，其意差可臆得，其苦亦少可测焉，因为小词一首，真滥调也。请一说之。新教室与恭府只隔一街，而此街竟如鸿沟楚界，故虽近而却说"迢迢"也。不能至，故用"怅望"形容之。此君晨晓登楼，岂欲未赋也耶？其意余不知之，然卒可测也，何不代言以喻其苦心，下二句是矣。棉衫已著，裌衣何足，且当晓霜之甚，彼亦知之，然而奈何又上楼耶？彼自难言，盖欲观恭府人家之重帘犹挂，能否敌如水之秋凉也。过片说登楼一看，林木半凋，乍宽眼界，往日阻碍物已去，可一展心田矣；然事兼利弊，运有胜衰，此君冒寒而来，至此眼界乍宽，可一望而及矣，而薄雾浓氛，红楼迷茫，其可不拂袖而归哉！不然，虽迟到旷课不惜也。

笺：首句不说自然知是个成套，"盈盈一水间"是也，然亦须费一番改造之功，道也非水也，故用迢迢而不用盈盈。二句"渗"字由水字来，重帘所不能禁者也。过片一对，只是把"眼界""心田"二较新名词凑上，像不像词，也说不定。"薄雾浓氛"，见《西京杂记》，易安居士可偷来一用，余岂不能夺来一使之哉？

（三）又（前题）

一夕西风满院秋，夕阳斜映小红楼。问君何事伫墙头。 恨隔蓬山千万里，暮云霭霭眼前收。六街灯火射青眸。

传：此君既为早雾所敝，死不敢休，暮则又往，至则夕阳彻黄，斜映红楼，美不可言，故伫立墙头，楼门恰齐墙头，不能去，君若问其因，则我犹欲问彼也。故有三句。此君但见此，幽恨重重矣，盖见虽咫尺，若不能迫之，犹千万里相隔也。此君初来，晓雾芬氲；既来，夕阳斜映。今则伫立已久，则暮云霭霭矣，然犹不能去，霎时则灯火满市矣，青眸有泪，当亦晶晶，惜余未之见也！

笺：西风一夕，满院皆秋，俗语也；小楼已是红色而又加夕阳之微黄淡拂，当更美焉，极力形容之，故此君之伫立墙头，为此景之美耶？抑有他耶？足值一问。蓬山句，本于商隐诗。而宋人有用之者，宋子京也，今戏以此句缀之于此，犹冀此君有后望焉。霭霭，本靖节诗"伫云霭霭"也。末语用"射"字，读者知清真词者，当能掀翻底案，盖片玉有夜游宫词"桥上酸风射眸子"之句也。然清真亦盗李贺句耳，长吉诗"东关酸风射眸子"是矣，转而相袭，在用之当与不当耳，清真此作，可谓神合，彻妙之处，不待余说之也。

缀语：传笺既竟，稍有感焉。校内生活，处处有令人欣赏之处，作文艺亦然，方草寸木，足悟人生，何必苦无题旨哉？抓来即作，即可抒一时之情也。聊为韵语，虽无伤大雅，通者见之，当亦一笑。至传笺之说，文不文，白不白，而掉书袋之气，早已成习，说则必掉，否则不说也。卅，十，廿八，夜。

22日，沈尹默书自作词15首赠张充和。15首词分别为：《鹧鸪天》（新夜楼头月似梳）、《拜新月慢》（匝地垂杨）、《临江仙》（经岁不归归已晚）、《祝英台近》

（日迟迟）、《渔家傲》（红乱春衣花满袖）、《水龙吟》（一椽准拟幽栖）、《清平乐》
（黄梅过了）、《西平乐慢》（翠荇鸳盟）、《高阳台》（乍饮冰浆）、《水龙吟》（高蝉
嘒嘒惊秋）、《高阳台》（无限江山）、《绮罗香》（瑶殿旋空）、《酒泉子》（题旭初
画水仙）、《绛都春》（和竹山韵）、《生查子》（秋红霜未添）。（后收入张充和藏：
《沈尹默蜀中墨迹》，广西美术出版社，2001 年，第 39 页）

24 日，夏承焘作《虞美人》（高楼意绪残箫后）。词后自注："时海西战氛
甚恶，英、法败绩。"又作《最高楼》（杯与筑）。（夏承焘：《天风阁学词日记》
[二]，第 350 页）

本月

湖海艺文社在江苏阜宁成立。

剑亮按：湖海文艺社由陈毅、彭康、李亚农、庞友兰、杨湘、唐碧澄、计雨
亭、姜指庵、李一氓等组成。诗社创办《新知识》杂志，设诗词专栏。

12 月

1 日，《上海艺术》月刊第 2 期刊发：栖霞《浪淘沙》（春思涌如潮）。（后收
入上海文献汇编编委会编：《上海文献汇编·艺术卷》第 18 册，第 421 页）

18 日，夏承焘与予闻谈词，自评其词，曰："尚不能自艰深返平易。"（夏承
焘：《天风阁学词日记》[二]，第 354 页）

21 日，午社于静安寺路绿杨村茶室举行社集。夏敬观与林葆恒做东。午社自
此改用茶点。到 10 人。拈《八宝妆》《六幺令》二调。（夏承焘：《天风阁学词日
记》[二]，第 356 页）

28 日，夏承焘作《鹧鸪天》（题《梦苕庵图》，送仲联翁归常熟）。（夏承焘：
《天风阁学词日记》[二]，第 358 页）

31 日，夏承焘接丁宁寄来手抄《还轩词存》一册，分《昙影词》《丁宁词》
《怀枫词》三卷。（夏承焘：《天风阁学词日记》[二]，第 359 页）

本月

陈文鉴《雪沙行草》，由重庆中国边疆学会出版。为《中国边疆学会丛书》一
种。书前有顾颉刚《雪沙行草序》、黄奋生《序》以及作者《自序》。书末附词 5 首。

冬，陈枚先作《〈珍庐诗词集〉序》。中曰："余甥磊霞，生长江淮之间，出入于名山胜水。纵观乎古今贤圣之所遗，参酌乎中外兴亡之所致，与乎名人硕彦日夕之所涵濡。固宜有以发扬蹈厉，抒其所蕴以鸣于时。乃始则痛时时之日非，继则苦国难之卒逼，终且流离转徙，羁縻千万里，竟一病而不能起。"落款为："辛巳孟冬，长沙惜余老人陈枚先序于渝寓。"（后收入王爱荣等整理：《陈匪石佘磊霞诗文集》，河南文艺出版社，2016 年，第 67 页）

冬，陈泽珩作《〈珍庐诗词集〉序》。中曰："至于词曲，大抵皆甲戌以前作。缠绵悱恻，恰尽当日心情。入蜀后，以事繁，且草《中国诗学》一书，更欲专心于诗，乃弃词不为，故所存至少。去岁，避暑青城归，将余所集者删订，得百余首。今岁端阳日，忽自为序，有'将使何人为订吾稿'之谶，岂自知其不永于年耶？何其语之悲也。君居常曰：'年过三十，碌碌无所成就。'语毕而叹，怅然不乐。及病笃，犹以此为言，深自悼惜。君卒之次月，乃复理君旧稿。遗著《中国诗学》一书百余万言，犹未竣事。遗诗，君所自订百首外，盖以删改者数十首，请丘元高君订正之，凡一百四十八首。词十八首，曲仅一首，合成一册，名曰《珍庐诗集》。盖君原体余珍惜之意而命名者也。余今日所集，必有为君所不喜者。然以为皆君心血之所构制，昔日感怀所寄，不忍弃置。欲使其义蕴得传于世，聊以报君昔日教诲恩爱之私耳。并勉为歌，以代词注。庶免后人附会，有伤君之令节焉。辛巳冬月，长沙陈泽珩谨识于蓉城。"（后收入王爱荣等整理：《陈匪石佘磊霞诗文集》，第 70 页）

本年

【词人创作】

龙榆生作《八声甘州》（白下遇今关、天彭，用《云起轩词》韵赋赠）、《金缕曲》（闻瞿禅去岁得予告别书，为不寐者数日，感成此解）、《鹧鸪天》（曾与移根向白门）、《梦江南》（和翁山）二首、《蝶恋花》（衰柳和船山）、《浣溪沙》（大厂写衰柳残荷见寄，并缀小词，依韵报之）。（后收入龙榆生：《忍寒诗词歌词集》，第 67 页）

顾随作《眼儿媚》（山光薄暮欲沉烟）、《临江仙》（幻梦连环不断）、《蓦山溪》（大雪西郊道上作）、《踏莎行》（大雾中早行）、《鹧鸪天》（不是消魂是断魂）。（闵军：《顾随年谱》，第 125 页）

　　夏承焘作《满江红》（抱香翁香港书来，备述流离之苦，并嘱题画像，寄此相劳）、《临江仙》（古津席上，名山翁示诗，云"明岁春风二三月，吾曹犹及看花否"。有感，作此为报）、《鹧鸪天》（为去宁旧友惜也）、《水龙吟》（题霜厓遗札）、《玲珑四犯》（闻某君投金陵而作）、《唐多令》（决绝词）。（吴无闻：《夏承焘教授纪念集》，第 244 页）

　　刘永济作《鹧鸪天》（岁月匆匆去似飞）、《鹧鸪天》（凄绝琼楼待旦人）、《浣溪沙》（镜里欢情渐化尘）、《浣溪沙》（奉酬抚五归燕之什，即用原韵）、《减字木兰花》（通伯索题双佳楼墨水仙卷子）、《唐多令》（做暝柳丝多）、《玲珑四犯》（闻鹃，用白石韵赋之）、《法曲献仙音》（看鸦）、《南乡子》（欢去杳难寻）、《南乡子》（压梦漆云深）、《水龙吟》（前夕梦蒙龙翩然莅止，袖出诗卷相示）、《浣溪沙》（楼主惠赠藏香笺纸，赋谢）、《减字木兰花》（斜阳恋郭）、《木兰花慢》（绍周六兄前岁五十初度，同好咸以诗文为寿。予时方崎岖道路中，无一语相觇，补赋此调寄之）、《浣溪沙》（走壁金蛇绕屋雷）、《鹧鸪天》（宿雾笼窗作晓阴）、《减字木兰花》（草间偷活）、《摊破浣溪沙》（千帆嘱题香宋翁所书玄览斋榜余纸）、《浣溪沙》（酿雨烘晴两不忺）、《虞美人》（风烟撼顿兰成树）、《小重山》（劫墨平飞又一时）、《满宫花》（赠竹杖）、《减字木兰花》（观德军入巴黎照片）、《谒金门》（春去骤）、《浣溪沙》（客有阿好，称许过情者，赋谢）、《浣溪沙》（神草难医自圣颠）、《采桑子》（雨坐示惠君）、《减字木兰花》（读须溪词）、《鹊踏枝》（秋气动物，予怀万端，音赴情流，罔知所谓，虽然，枝鸟草虫，何必有谱，亦自动其天耳）、《月下笛》（用清真体）、《鹧鸪天》（天闵惠示新词，赋此奉酬）、《念奴娇》（秋燕）、《浣溪沙》（中夜梦醒，瓶桂香甚，偶忆遂园双桂）、《雨霖铃》（闻湘北寇警感赋）、《浣溪沙》（酒罢，偕天闵踏月闲话有作）、《浣溪沙》（枕上闻雁过）、《鹧鸪天》（久闻黄冈十力熊君今世奇士，任道精勇，心存目想，无缘会合。昨忽邮书贻我近著《语要》一册，纸尾称道拙词，赋此酬谢）。（收入刘永济：《诵帚词集　云巢诗存》，第 60 页）

　　石声淮作《清平乐》（漫挑青镜）词，并请刘永济指教。刘永济读后作《鹧鸪天》（镜里朱颜别有春），并书以条幅赠送石声淮，并附题跋。曰："《荔尾集》有读《人间词·清平乐》一调。石君自序，谓静安先生两以蛾眉谣诼为怨，而欲自媚于镜里朱颜，窃有所疑，因有'休问人间谣诼，妆成不画蛾眉'之句，辞意甚美，偶有所触，别成此解，质之石君，当相视而笑也。"（后收入刘永济：《诵帚

词集 云巢诗存》，第 373 页）

张充和作《浣溪沙》（修竹当窗翠欲流）、《江神子》（四川江安）。（后收入白谦慎编：《张充和诗文集》，第 25 页）

于右任作《减字木兰花》（寿内子仲林六十）、《诉衷情》（同庚由自渝飞兰州机中）、《极相思》（题恕庵《礼佛图》）、《菩萨蛮》（题张秉三《适园忆旧图》）。（后收入刘永平编：《于右任诗集》，第 288 页）

张涤华作《虞美人》（送宫玉珊返皖）。（后收入张涤华：《张涤华文集》第 4 集，第 338 页）

金天羽作《双调荷叶杯》（辛巳，《秋凉饮补图》）。（金天羽：《红鹤词》，第 5 页。后收入朱惠国、吴平编：《民国名家词集选刊》第 10 册，第 456 页）

刘麟生作《三姝媚》（舶来品剑兰一丛）。（刘麟生：《春灯词续》，第 2 页。后收入朱惠国、吴平编：《民国名家词集选刊》第 15 册，第 128 页）

辛际周作《念奴娇》（贞木寄示酬《匏瓜夜话》诗，怅触旧惊，因填此解，寄似二公）。（辛际周：《梦痕词》，第 10 页。后收入曹辛华主编：《民国词集丛刊》第 7 册，第 19 页）

何遂作《水调歌头》（辛巳，北泉修禊，分韵得修字，补图并题上陈尧老，兼示同人）二首。（何达：《何遂遗踪：从辛亥走进新中国》，第 165 页）

【词籍出版】

吴锺善《守砚庵诗稿、荷华生词合刻》刊行。卷首有作者《自序》，以及"辛巳仲春，社弟苏镜潭菱槎甫拜序"。（后收入陈支平主编：《台湾文献汇刊》第 4 辑，第 11 册）

苏镜潭《序》中曰："吴子元甫，擅兰畹之清才，耽竹屋之痴癖。曼声度月，句挹古芬。刻意裁云，语增绮债。往往莺晓杏红，乌啼孤黑。饮钱塘之渌，暧就鸥盟；杜守砚之庵，温存蝶意。香弦挑而花痕露，纤歌凝而天籁传。尝抄集东坡、稼轩词，爱其豪气，弁以序言，瓣香两家，绣丝百拜。千古《大江东》，手按铜琶铁板；一阕《西江月》，眼看云散烟销。然而，青衫沦落，白纻阑珊；狂客囊空，微官屣弃。关河匹马，几断方回之肠；雨雪孤帆，空下小山之泪。对此茫茫，安能郁郁。盖不自知其情之一往深也。仆与君同是天涯，相逢台畔。抛阑干之红豆，东园烟花；串鹦鹉之珠喉，南都金粉。鬓丝禅榻，梦醒扬州；小扇单衫，魂销苏幕。今则黄缸酒冷，宿草霜凄。原诗龛之旧主，君竟先归；问白社之故人，吾衰已甚。落叶满山，如听向秀山阳之笛；招魂何处，更无成连海上之琴。抚是编，不禁掩卷欷歔，三起而三叹也。辛巳仲春，社弟苏镜潭菱槎甫拜序。"

作者《自序》中曰："余素不解倚声。戊午渡台，二三朋好，花间酒边，行谣坐歌，导扬幽瘴，藻畅襟林。时一为之，用以自遣。岁月既多，简牍遂繁。律乎否也，所不计焉，亦犹今之诗人之拟古乐府也。丙寅冬日，大儿普霖为余写出旧作。薙其大半，次为两卷。昔易安居士尝谓，词之不入律者为句读不葺之诗。视余斯篇，知漱玉之讥不谬矣。余之生也，适值荷华生日，尝用自署，遂以目之，并粗虑臆见，以冠于篇。元甫吴锺善自序于守砚庵。"

剑亮按：据作者《自序》，该词集初编于"丙寅冬日"，即 1926 年。作者《自序》也当作于是年。又，苏镜潭《序》作于"辛巳仲春"，则该词集当刊行于"辛巳"年，即 1941 年。故编年于此。

郭则沄辑《蛰园律集前后编》刊行。（后收入南江涛选编：《清末民国旧体诗词结社文献汇编》第 25 册）内收《榕荫堂律集》，词作有：

叶大遒（铎人）《李易安漱玉词》二首；

郭传昌（子冶）《李易安漱玉词》；

郭曾炘（春榆）《李易安漱玉词》；

魏秀琦（挺生）《李易安漱玉词》；

叶在琦（肖韩）《李易安漱玉词》；

叶在廷（迺谨）《李易安漱玉词》；

陈懋鼎（徵宇）《李易安漱玉词》三首；

叶在藻（肖文）《李易安漱玉词》；

郭则沄（啸虎）《李易安漱玉词》二首。

江孔殷《兰斋诗词存》五卷刊行。（后收入桑兵主编：《民国稿抄本》第 1 辑，第 11 册）

剑亮按：该卷卷尾有"以上戊辰至庚辰"，卷内《初夏即事用东坡次刘韵》诗，有"公历一九四一年七十六"，故系于是年。

汪曾武《味莼词》六卷（又名《趣园诗余》《趣园味莼词》）刊行。卷首有曹元忠《序》、作者《自识》和郭则沄《题辞》。（上海图书馆藏。后收入朱惠国、吴平编：《民国名家词集选刊》第6册）

曹元忠《序》曰："庚子三月，予既署名味莼矣，今属弁言。予素喜倚声，比以精神日衰，转多自废。读仲虎词，藻思灵衿，神味隽永。谢康乐所谓'初日出芙蓉，天然去雕饰'者，庶几近之。特就夙所闻诸庭训，及仲虎居游大略，以为序。具见家学自有渊源，亦喜同调有人，词学不坠云尔。"

作者《自识》曰："余少年好读长短句。小令，宗南唐；长调，喜南宋。虽心好之，而未敢从事也。迨出而与贤士大夫游，故人如道希、幼遐、小坡、屺怀、君直诸君子，时以近作见示。或绮密如八宝流苏，或豪宕类铜琶激响。间有幽窈空凉，逼近清真、白石，分剖合度，各尽其能。余或偶尔学步，诸君辄相期许。侵寻三十年，故人皆已宿草，余亦马齿加长。昔梦窗从吴履斋诸公游，晚年始好为词。竹垞翁自题其集，亦有'老去填词，一半是空中传恨'之句。以余屡弱多病，未能则效前贤。惟念昔年朋侪之乐不可附得，因检道希所加墨者，写与曼仙商榷，复为删削。益以近年所作，掇拾之余，强颜存之。既乖音律，无当体裁。深愿同志为我纠正之，亦结习难忘之意耳。辛酉长至日，鹣盦自识。"

张尔田《遯庵乐府》刊行。卷首有夏敬观、龙榆生《序》。夏敬观《序》全文见1939年10月25日条。（上海图书馆藏。后收入朱惠国、吴平编：《民国名家词集选刊》第11册）

龙榆生《序》曰："孟劬先生生平所为词，往往不自存稿，多散在朋好间。此乐府前一卷，吾师彊村翁曾刻之《沧海遗音》。后一卷，则勋从箧衍中选录者也。孟劬尝奉教于吾师，又尝从郑君叔问研讨声律，故所作清商变徵，一唱三叹，有《小雅·匪风》之思焉。流离北渡，投老依人。其厄穷之所遭，亦复似之。今海内承吾师衣钵者，尚有其人，而亲接大鹤坠绪者，盖寥寥矣。眷伐木之相劳，感知音于为沫。忝附玄赏，以代引喤。此后续有所得，尚当春之为集外词云。辛巳端阳日，万载龙沐勋。"

章柱《藕香馆词》刊行。卷首有龙榆生《序》。（上海图书馆藏。后收入朱惠国、吴平编：《民国名家词集选刊》第16册）

龙榆生《序》中曰："章子石承曩岁就学于暨南外文系，既工为新诗，复从予讲论词学。是时所作已超迈流辈，温馨绵丽，有纳兰容若之遗风。予既远适岭南，石承旋亦赴日本求深造。犹忆当予离沪之前夕，石承置酒真如村舍，相与促膝快谭，已而歔欷相泣，若不胜其依恋。是其赋性之笃厚，所以酝酿其词心者，又复轶群绝伦，迥非晚近儇薄少年，惟趋炎附势者之所能几及于万一也。数载暌违，沧桑骤变。石承归自海外，壹意于乡邦教育。仓皇戎马，不废弦歌。而情之所钟，又有达士之所不能自已者。宜其词之缠绵凄怨，益进于婉约之域。淮海俊人，当之无愧矣。"

章士钊《长沙章先生桂游词钞》一卷刊行。卷首有作者《自序》，卷尾有朱荫龙《跋》。（后收入曹辛华主编：《民国词集丛刊》第 18 册）

作者《自序》中曰："人有谓东坡之词为词诗，稼轩之词为词论。即诗即词，即词即论。质之苏、辛二者，或且樊然，艰于别白。何也？恒偶之道通内外之迹，往往沆瀣如一，骤不明其所以分也。吾于词作如是观，吾草词亦作如是观。此谊与琴可口讲面论，未见违忤，因表而出之如右，冀为当世不甚读书自命为词人者进一解焉可。辛巳八月，在桂林。章士钊。"

朱荫龙《跋》中曰："右词七十五阕，长沙章先生行严游桂时所作也。先生治词盖自辛巳六月始。是月中旬，蒲轮莅桂，登览之余，用力綦勤，有所作，辄命荫龙录存之，积日成帙。比以先生还都有日，爰请择其十之三四，付诸铅椠，聊为斯行记注，且以省传抄之劳也。"（亦收入朱龙华主编：《朱荫龙诗文集》，第 115 页。可参见"本年 11 月 1 日"条）

汤国梨《影观词稿》一卷刊行。卷首有黄朴《序》。（浙江图书馆等有藏。后收入曹辛华主编：《民国词集丛刊》第 23 册）

黄朴《序》开篇曰："志莹大家以所为《影观楼词》一卷都若干阕，令朴序之。朴惟词者，诗余也；诗，声教也；声者，乐之象也；文采节奏，声之饰也。"

刘得天《苍斋词录》一卷刊行。卷首有作者《自序》。（浙江图书馆等有藏。后收入曹辛华主编：《民国词集丛刊》第 29 册）

作者《自序》曰："予以有涯之生，逐无涯之知。三十年来，于经史百家、内典西学，稍涉其藩。遇有所得，随笔记之。历时既久，有《经说》三十万言，诗、词、曲各若干卷。遭世大乱，藉谢君斯骏之力，仅后者得西还耳。自顾不工，弃之可念。友人怂恿付梓，因重加删汰，勉成兹刻。然数斗心血已呕吐殆尽矣。时无美成，于何索解。掩书三叹，吾其为下里乎？辛巳冬十月，刘得天。"

周麟书《笏园词钞》一卷刊行。（后收入曹辛华主编：《民国词集丛刊》第10册）

张德瀛《耕烟词》五卷刊行。卷首有胡汉民《序》，以及作者《自序》。（后收入曹辛华主编：《民国词集丛刊》第20、21册）

胡汉民《序》曰："采珊师《耕烟词》及所著《词征》，曾印于广州。未几，遇陈炯明之乱，板遂遗失。师词品近苏、辛，不屑屑于南宋以后，异于粤中他词家。生平穷约，力学不遇，辄以诗句发抒其怀抱。诗不存而存词，盖自珍也。《词征》脱稿时，同里汪莘伯先生即许为创作而必传。汪先生固以诗词名于粤者，人知其倾倒之不易。汉民仅八岁时从师受诗礼句读。其后格于人事，不复能获文学之教于师门。每展遗编，未尝不引以为憾。迩者，人鹤同志谋再版二书，索序于余。嗟夫！废学多惭，赏奇同快，余犹是十余年来之感想耳，岂能有益于师之所学耶？民国十八年十月，汉民识。"

作者《自序》中曰："德瀛幼而荒落，既顽且默。少长读古籍，懵然无所得。惟于词稍窥涯涘，检旧制得三百余阕，甄录之，析为五篇，颜曰《耕烟词》。"

【报刊发表】

《雅言》（辛巳卷二）刊发：

诵芬《木兰花慢》（四忆词。按梁沈约《六忆词》，为"来""坐""食""眠"四首，而佚其二。隋炀帝有《夜饮朝眠曲》，仅"睡""起"二首，词与沈同。是知"起"亦"六忆"之一也。兹酌采其四，悉据原词，协以今体。闺人之幽情妍态，约略尽之矣）四首、《木兰花慢》（前词意有未尽，复据沈词，以补此阕）；

耐充《满江红》（岁暮自寿，用白石寿神姥体。起丁丑，讫庚辰，得词四首）；

姜庵《法曲献仙音》（辛丑春暮，赋送左迦厂北行，依留别原韵）、《法曲献仙音》（赋送金夔伯之桐乡，和迦厂韵）；

君武《春迁莺》（辛巳上巳，北海画舫斋修禊，分韵得摘字）。

《雅言》（辛巳卷三）刊发：

诵芬《绮罗香》（辛巳上巳，傅沅叔同年招赴画舫斋修禊）、《满江红》（书辽道宗皇后萧氏《回心院词》后）；

姜庵《百字令》（姜如农先生遗砚，背镌"宣州老兵"四字，为迦厂所藏。拓本见贻，敬赋是解）、《紫萸香慢》（题《迦厂词卷》）、《八声甘州》（题金夔伯《如此溪山填词图》）。

《雅言》（辛巳卷四）刊发：

诵芬《菩萨蛮》（约《木兰词》，课双慈二女）六首、《高阳台》（题秦氏镜）；

姜庵《燕山亭》（题文叔向《蓟门秋柳图》）、《百字令》（辛丑初冬，偕于渊若同年登南峰，越翁家山，至开化寺茶憩）；

丛碧《木兰花慢》（题枝巢翁《清宫词》）。

《雅言》（辛巳卷六）刊发：

味云《满庭芳》（张君颂平精于鉴古，出示铜变香炉。上刻宋高宗御笔书画款，为"德基"二字，盖南宋德寿宫中物。精光宝气，奕奕照人，洵奇品也。自诧眼福，倚声记之）；

姜庵《台城路》（癸卯初夏，遇曹君直于京邸。出示《溪堂谯别图》，属补题词，为赋是解）、《瑞鹤仙》（秋夜闻笛）、《三部乐》（暑夜，明湖纪游，用梦窗体韵）、《永遇乐》（戊申春晚，偕傅沅叔太史游法源寺）。

《雅言》（辛巳卷八）刊发：

潜子《秋思耗》（北海残荷，用梦窗韵）、《惜红衣》（荷花生日，游十刹海）、《忆旧游》（题仵崇如同年埠乡会试蓝墨原批卷）、《惜余春慢》（题陈纯衷《淑园感旧图》）；

枝巢《菩萨蛮》（和温飞卿原韵）十四首。

《雅言》（辛巳卷九）刊发：

夏孙桐《水龙吟》（名山事业无穷）；

吴煦《永遇乐》（佳日秋逢）；

龚元凯《醉花阴》（彩毫著录千秋寿）；

董康《满江红》（故苑秋深早）；

郭则沄《紫萸香慢》（借西风红萸新酿）；

高毓浵《寿星明》（冠冕蓬山）；

彭望恕《最高楼》（先重九天地）；

向迪琮《水龙吟》（意天不丧斯文）；

陈邦达《临江仙》（曾记薇垣簪笔）；

袁毓麐《水调歌头》（旗翼在天朗）；

徐沅《寿星明》（四海藏园久历）；

杨秀先《渡江云》（年光摇梦绮）；

李作宾《洞仙歌》（藏园秋色）；

黄孝纾《烛影摇红》（福地琅嬛）；

汪怡《壶中天》（花黄人健）；

张鹤《金缕曲》（一老尊双鉴）。

《雅言》（辛巳卷十一、十二）刊发：

枝巢《摸鱼儿》（授经约赏法源寺牡丹，并示近作。时春风多厉，花事阑珊，叶底残红，但增惆怅，依韵奉酬）、《摸鱼儿》（社坛芍药甚盛，惟坛后菊圃，篱下黄色者一丛，姚冶独绝。偕伯驹、公渚往观。叠法源寺牡丹韵，作此解）、《浣溪沙》（秋词）八首；

怀园《沁园春》（烟灯）、《沁园春》（烟枪）、《摸鱼儿》（南海打水）；

菊谶《一萼红》（题映庵《填词图》）、《长亭怨慢》（倚白石）、《醉春风》（春尽日游觉园归后作）；

匑厂《蓦山溪》（芳菲满眼）、《望南云慢》（落拓京华）、《氐州第一》（恼恨瑶台）、《桂枝香》（江邮信宿）、《安公子》（秋感，和映庵）、《洞仙歌》（欹枕蟆更断）、《浪淘沙》（白门秋感）、《汉宫春》（浅醉楼台）、《桂枝香》（辛未正月，薄游津沽，小住苍虬阁。南旋有期，留别沽上诸公）、《南乡子》（花发已无端）；

吉甫《一剪梅》（重阳，北海公园登高感赋）、《罗敷媚》（立冬有感）。

《文学集林》第5辑刊发：西谛《劫中得书续记》。其中，第一则"《中州集》十卷《中州乐府》，金元好问辑，一卷十册，汲古阁刊本"，曰："汲古阁刻《中州集》，后附《中州乐府》，余久欲得之。以其有石印本，因循未收。近校《中州乐府》，乃亟思得一本。月前在中国书店见到一本，印工尚好，价亦甚廉，欲取之而未言。适性尧亦在，为其捷足先得。余询性尧，可否见让。性尧却坚欲得之。余甚怏怏。石麒云：此书不难得。再有，必代留。不及旬日，果复见一部，印本极佳，远胜性尧所得者。乃即携归。惜中阙一册。石麒云：原系全书，必不阙。然在该肆桌上、架上却遍索不获。数日后，该肆送来所阙之一册，盖得之乱书堆中者。此不难得之书也，得之，乃亦大费周折，可叹也！《中州集》以董氏影刊元本为佳。《四部丛刊》曾据以复印。汲古本《中州乐府》尽去作者小传，却不知张中孚、王浍、'宗室从郁'及折元礼四传，未见《中州集》，不应一并删去。此可见毛氏校勘之疏忽，而影元刊本之足贵益著。书贵旧刊，实非仅保存古董也。乾嘉诸老，往往重视影抄旧本，几与宋元刊本等量齐观，良有以也。"

第六十则"《国朝词综补》，清无锡丁绍仪辑，五十八卷，清光绪九年刊本"，曰："余喜收词曲书。清词选本及别集，二十年来，所得不少。惟丁绍仪《国朝词综补》一书，久访未得。后闻无锡丁氏藏有一本，亦无暇向之借抄。午后，春雨连绵，百无聊赖。友人道始先生电告云：有书贾送丁氏《国朝词综补》一书来，索一百八十金，意不欲留。知子索此书久未得，可送来否？余闻之狂喜，即告以欲得意。不数刻，书果至。盖即无锡丁氏所藏之本也。置之案头，摩挲未已。森玉先生恰在此，见之，亦甚慰悦，云：亦未见此书。价虽昂，仍勉力收之。亦词曲藏中不可阙之物也。丁氏此书，所收清词凡一千三百余家；有补王氏原书所未备者，有续王氏未及见收者，亦有仅补'词'者。弘富过于王、黄二家。闽侯林氏别藏有丁氏《续补》八卷；无锡图书馆亦藏有丁氏手稿本三卷，皆溢出此本外。当借抄配全之。惜丁氏于原词每改易字句，又往往不注明各词所从出处；仍不免蹈明人编书之陋习。右劫中所得，多为明刊小品。经史巨著，宋元善本，以至明抄名校之书，虽多经眼，却无力收之矣。书生本色，舌耕笔耘，其不能网罗散佚，汇为巨观者，势所必然。'巧取'固所不忍，'豪夺'更无可能。入春以来，书值暴涨，若山洪之奔湃，一发不可复收，我辈更无'问津'之力矣。《得书记》之着笔殆与收书之兴同归阑珊矣！虽尚有若干去岁所收之书，颇值一记者，亦竟无意于续笔，不禁搁笔三叹！中华民国三十年五月十八日，西谛跋。"

《中山学报》第 1 卷第 1 期刊发：詹安泰《中国文学上之倚声问题》。

《国民杂志》第 1 卷第 1 期刊发：刘雁声《两宋词人之蜂起与颓风之演进》。

剑亮按：《国民杂志》，月刊，1941 年创刊于北京，由武德报社出版发行。1944 年终刊。

《中日文化》第 1 卷第 3 期刊发：梅诚《苏东坡词研究》。

《中日文化》第 1 卷第 4 期刊发：张裕京《满洲词人纳兰成德丛录》。

《斯文》第 1 卷第 14 期刊发：吴徵铸《论词之句法》。

《斯文》第 1 卷第 21、22 期刊发：

唐圭璋《评人间词话》（一）、（二）；

吴徵铸《评人间词话》（一）、（二）。

《思想与时代》第 3 期刊发：缪钺《论词》。

《图书季刊》新 3 卷第 1、2 期刊发：悟《唐圭璋编〈全宋词〉》（一）、（二）。

《新民报》第 3 卷第 1、2 期刊发：梅花旧客《元夕词与元夜曲》（一）、（二）。

《新民报》第 3 卷第 3 期刊发：砚斋《清汉南春柳词选》。

《新民报》第 3 卷第 5 期刊发：砚斋《清汉南春柳词选》。

《中国文艺》第 3 卷第 5 期刊发：许颖《诗词辨异》。

《新民报》第 3 卷第 6、7 期刊发：砚斋《清龙翰臣之汉南词》（一）、（二）。

《新民报》第 3 卷第 8 期刊发：砚斋《龚定安及其诗词》。

《新民报》第 3 卷 9 期刊发：黄薏《〈钗头凤〉与〈安公子〉》。

《新民报》第 3 卷第 10 期刊发：

冰厂《描写女性的词》；

黄薏《金缕衣与黄金缕》。

《新民报》第 3 卷第 13 期刊发：蒙钰《词名的创作》。

《新民报》第 3 卷第 24 期刊发：刘雁声《美人体与香奁体》。

《中国公论》第 5 卷第 5 期刊发：卓天祺《五代词之发展及其社会背景》。

《燕京学报》第 29 期刊发：郑骞《〈全宋词〉（唐圭璋编）》。

《大风》第 97 期刊发：饶宗颐《读〈全宋词〉》。

《永安月刊》第 115 期刊发：

陈蒙庵《蓬斋脞记·王半塘校词》；

英云《鹤山词人易大庵》。

《天文台》第 456 期刊发：希卉《香宋词人赵熙》。

《责善》半月刊第 2 卷第 14 期刊发：邓恭三《书诸家跋四卷本稼轩词后》。

《沙磁文化》第 1 卷第 1、2、3、4、5 期刊发：蒋梅笙《词学概论》。1960 年由台北"国民"出版社出版（蒋碧薇整理）。（后收入孙克强、和希林主编：《民国词学史著集成补编》下卷，第 697 页）

【词人生平】

杨圻逝世。

杨圻（1875—1941），初名朝庆，更名鉴莹，又更名圻，字云史，号野王，江苏常熟人。官邮传部郎中。有《江山万里楼诗词钞》。钱仲联《近百年词坛点将录》评曰："杨云史词，奇丽俊美，自《花间》、南唐以逮宋人，不取一法，不舍一法，如此江山，消魂绝代。"（钱仲联：《梦苕庵论集》，第 397 页）

易孺逝世。

易孺（1874—1941），原名重熹，字季复，后改名韦斋，号大厂，又号宜雅翁、待公，广东鹤山人。南社社员。曾任北京师范大学音乐系教授、上海音乐专科学校教授。有《双清池馆诗词稿》《大厂词稿》《和珠玉词》等。

夏敬观《忍古楼词话》曰："鹤山易大厂孺，工诗词、书画、篆刻。其《大厂词稿》，手写印行，巾箱携取，良可珍玩。"（唐圭璋编：《词话丛编》第 5 册，第 4825 页）

钱仲联《近百年词坛点将录》曰："大庵为陈兰甫弟子，其词审音琢句，取径生僻，所谓'百涩词心不要通'也。"（钱仲联：《梦苕庵论集》，第 401 页）

卓孝复逝世。

卓孝复（1866—1941），字芝南，号毅斋，晚号巴园老人，福建闽县人。光绪乙未（1895）进士，官湖南岳常澧道。民国与冒广生等唱和。有《双翠轩词稿》。

张鸿逝世。

张鸿（1867—1941），初名澂，字映南，别署璚隐、蛮公，江苏常熟人。官户部主事，与杨圻、翁之润、曹元忠、章华等唱和。民国归里。有《长勿相忘词》《蛮巢诗词稿》。

林学衡逝世。

林学衡（1896—1941），字庚白，以字行，福建闽侯人。北京师范大学毕业。有《丽白楼词剩》。钱仲联《近百年词坛点将录》曰："庚白自诩其诗古今第一，杜甫第二。《丽白楼词剩》自云:'狂澜砥柱,舍我谁哉?''殷忧能启圣,终见黄流净。'亦可谓敢于大言者。张坚骑白雀,飞上南天门,能夺刘翁之座则未必。"(钱仲联:《梦苕庵论集》,第400页)

1942 年

（民国三十一年　壬午）

1 月

15 日，《同声月刊》第 2 卷第 1 期刊发：

映庵《词律拾遗补》（续）；

俞陛云《宋词选释》（卷一）；

冒广生《知不足斋钞本词七种校记》；

戴正诚《郑叔问先生年谱》（续）；

廖恩焘《紫萸香慢》（闹重阳虽悭风雨）、《玲珑玉》（花对笙箫）、《琐窗寒》（絮影漫天）、《紫萸香慢》（暮年抛芬芳秾绪）；

夏敬观《紫萸香慢》（忏老有词追忆昔放琴客，赋此调之）；

陈曾寿《南歌子》（鸡唱催将息）、《玉迟漏》（殿春春已去）、《六幺令》（花朝，次愔仲韵）、《踏莎行》（新绿）；

陈方恪《玉楼春》（洞房红烛花枝暖）、《踏莎行》（凤帕题红）、《满宫花》（七夕）、《朝中措》（花光凉节夜痕秋）、《少年游》（东风著意弄轻寒）、《点绛唇》（书《庚子行役诗》后）、《秦楼月》（银塘路）、《南浦》（柳外驻轩车）、《琐窗寒》（咏帘）、《满庭芳》（楼傍春阴）；

周麟书《减字木兰花》（念家山破）、《高阳台》（朔气侵帘）、《点绛唇》（落梅，庚辰正月十九日作）、《沁园春》（一棹烟波）；

丁宁《望江南》（旅窗杂忆）十三首、《好事近》（雨夜）、《小梅花》（春醅绿）；

陈巢其《高阳台》（题《桃坞春折枝菊画册》）；

黄璧如《水龙吟》（杨花，用东坡韵）；

邹森运《秦楼月》（春宵）、《高阳台》（月）；

今释澹归《遍行堂集词之二》；

陈毅《罃谇词》。

22 日，夏承焘作《洞仙歌》(沪市见卖盆梅，念西湖红萼，有天末故人之思也)。词前有自注："亦为白门人士发也。"(夏承焘:《天风阁学词日记》[二]，第364页)

27 日，夏承焘作《好事近》(寿严重儒，尝开无锡河道溉田)。(夏承焘:《天风阁学词日记》[二]，第364页)

本月

《万象》第1年第7期刊发:朱凤蔚《记于右任先生生平》(上)。中曰:"髯公二十九岁时，受聘主编《舆论日报》。旋又辞去，自创《民呼日报》。其出版预告中，有'为民请命'等语，引起清廷注意。出版以后，提倡革命，言论激烈，益为清吏所忌。竟假甘肃赈款事，诬陷髯公于狱。后狱得平反，而《民呼》卒因阻碍横生，自动停刊。盖清吏以停办《民呼报》，为髯公恢复自由之要挟条件也。宣统元年己酉，复创办《民吁报》，改'呼'为'吁'，表示民不堪命，又不能大声疾呼，唯有吁气耳。顾未及一年，上海道蔡乃煌又藉故诬害，下之于狱，仍以停办《民吁》为出狱条件。髯公二次东渡，次年返国，纠合同志沈缦云等，再创《民立报》，于庚午九月九日出版。人才之盛，无以复加。但髯公以《民呼》《民吁》皆遭摧残，而清廷防范革命又变本加厉，不得已变更方法，避免清吏罗织。故编辑言论上改用暗示，为避耳目计，乃与耆宿朱彊村、郑叔问、李梦符等相互往来，探讨学术、诗词，意气极为融洽。髯公之文学、诗词、书法，斯时益见进步，盛名之来，相得益彰。"

李雪痕诗词集《雪痕诗草》刊行。书末有《跋》。

刘国钧作《〈珍庐诗词集〉跋》，中曰:"《珍庐诗词稿》，佘君磊霞之遗作也。君籍隶无为，来学白下。英年秀发，雅好文词……君著述甚富，多未杀青。独于诗稿，时加手定。心力所寄，盖在于斯。予乃请于学校，付之梓人，以永其传，以遂君志。君间为词，疏宕宏阔，仿佛宋人。而居谦守默，不以词闻。今附诗后，用章其能。君夫人陈氏泽珩，亲为雠校，并序其端。予因缀数语，以志始末。时中华民国三十一年元月，刘国钧识于成都之金陵大学文学院。"(后收入王爱荣等整理:《陈匪石佘磊霞诗文集》，第138页)

2月

3 日，夏承焘作《减兰》（辛巳腊月十八，予妇来归第十八腊也。小酌相劳，念别月轮楼四年矣）。（吴无闻：《夏承焘教授纪念集》，第 244 页）

4 日，张素作《浣溪沙》（立春日书事）。（后收入张素：《南社张素诗文集》，第 789 页）

4 日，龙榆生作《水调歌头》（辛巳十二月十九日，太疏招同向之、爱居、篆青、霜杰、佩秋、彦通、伯冶、次溪集桥西草堂，为东坡作生日。是日，立春微雪）。（后收入龙榆生：《忍寒诗词歌词集》，第 75 页）

7 日（农历辛巳十二月二十二日），夏孙桐卒于北平。

夏孙桐（1857—1941），字闰枝，一字悔生，晚号闰庵，江苏江阴人。光绪十八年（1892）进士，官至湖州知府。民国初入清史馆，为《清史稿》主要执笔人。又佐徐世昌辑《晚晴簃诗汇》及《清儒学案》。著有《悔龛词》二卷。叶恭绰《广箧中词》谓："悔庵填词极早，平生不事表暴，故知者较稀。"顾廷龙《悔龛词附文补遗跋》："先生之词，绵丽高骞，出入白石、玉田之间，而又融合梦窗，得其神韵。平生交游，与江阴缪荃孙艺风、临桂王鹏运半塘、归安朱孝臧彊村、长洲章钰霜根、德清俞陛云乐静诸先生，尤为投契，唱和特多。"夏孙桐《悔龛词偶记》述其学词经历："余自光绪乙未侨居吴门，郑叔问、刘光珊诸君结词社，始学倚声。社作散佚，仅存一二。丁酉、戊戌间在京师时，从王半塘、朱古微游，强拉入社，所作甚少，稿亦多佚。己亥、庚子之作则尽在此册。旧作偶得一二录之于前。壬寅后，唱和者多出京，遂辍笔。阅二十年，至癸亥春，偶咏史馆《榆》《梅》二首，同人和之，乃复谈此事，时时遣闷为之。乙丑冬，谭篆卿诸君又结聊园词社，一岁中积十余阕，平生所作，斯为最多，要不足存也。"钱仲联《近百年词坛点将录》评曰："龙榆生曰：'孙桐与朱祖谋为儿女亲家，祖谋尝言其从事倚声，实由孙桐诱导。'叶退庵以为'正法眼藏，非公莫属'。此是彊村词派之月旦。"（钱仲联：《梦苕庵论集》，第 390 页）

13 日，夏承焘访吴眉孙。吴眉孙转述张尔田观点："词不可大作，不可多作。近人以词为学者，不知词外有学。"夏承焘评曰："眉孙则谓南绡北劬，觅第三人不得。榆生近与劬翁书，甚推陈仁先，正合予意。劬翁尚谓是诗人之词。"吴眉孙建议改革词社活动方式。"午社聚餐太费，开春可不举行，但拈调作词可耳。"（夏承焘：《天风阁学词日记》[二]，第 369 页）

14 日，仇垛作《玲珑玉》（辛巳除夕，大雪）。（仇垛：《鞠谦词》卷一，第 21 页。后收入朱惠国、吴平编：《民国名家词集选刊》第 10 册，第 306 页）

15 日，《同声月刊》第 2 卷第 2 期刊发：

映庵《词律拾遗补》（续）；

玄修《况夔笙〈蕙风词话〉诠评》；

俞陛云《宋词选释》（卷二）；

冒广生《〈花间集〉校记（附〈花间集〉补校记）》；

戴正诚《郑叔问先生年谱》（续）；

刘云翔《吴歌与词》；

廖恩焘《水调歌头》（罗君任挽词）、《八宝妆》（寻鳞逃嚣）；

夏敬观《玲珑玉》（墙牖生涯）；

陈曾寿《鹧鸪天》（燕子瞑帘不上钩）、《鹧鸪天》（偏爱沉吟白石词）；

李宣倜《满江红》（题《易水送别图》）、《高阳台》（展重阳钱秋酒次）；

龙沐勋《水龙吟》（为豁庵上将题高奇虹画《易水送别图》）、《水调歌头》（涉世本为□）；

刘祖霞《忆旧游》（又凉生翠幕）；

何嘉《一萼红》（重过秦园，和白石老仙）、《渡江云》（题高君《秋怀集》，用退庵丈韵）；

许廷芬《烛影摇红》（残月犹明）；

俞天楫《踏莎行》；

今释澹归《遍行堂集词之二》；

易孺《和玉田词》。

28 日，夏承焘作《水龙吟》（题霜厓翁遗札。翁以己卯三月十八日谢世云南大姚村。后八日，方闻其讣。后半月，接其三月十日书，作此志痛）。（夏承焘：《天风阁学词日记》[二]，第 372 页）

本月

龙榆生作《玉漏迟》（夏悔盦丈逝世旧京，因用遯庵乐府吊彊村翁韵，以当哀些）。（后收入龙榆生：《忍寒诗词歌词集》，第 76 页）

剑亮按：夏孙桐（悔盦）于本月 7 日逝世，故将此词编年于此。

《万象》第 1 年第 8 期刊发：

丹蘋《浪淘沙》（《低徊词》之二）；

朱凤蔚《记于右任先生生平》（下）。

《民族诗坛》第 4 卷第 5 辑刊发：

唐圭璋《宋词作法概说》；

叶恭绰《卜算子》（和东坡）、《清平乐》（感旧）、《浣溪沙》（春宵杂忆）、《渔家傲》（和铁夫韵，与六禾□公芊园同作）、《临江仙》（□明林秋香女士画芙蓉，用沈石田题秋香画词韵）；

乔曾劬《踏莎行》（马足关河）；

唐圭璋《诉衷情近》（题《抱香词》）、《夏初临》（密叶延莺）；

王用宾《雨中花》（一夜西风卷万木）、《貂裘换酒》（重阳□菊）；

张镜明《水调歌头》（长怀谁可语）、《思佳客》（赠李定宇）、《思佳客》（赠卢滇生）；

沈天泽《浪淘沙》（用辛稼轩韵）四首、《满江红》（塞外西风）；

殷芷沅《浪淘沙》（萍迹滞渝州）；

王去病《蝶恋花》（□□秋声常在树）。

苏拙忍《拙忍集》，由作者在北平刊行。收诗 30 余首、词 70 余首。书前有彭一卣等五人的《拙忍先生诗词合稿序》五篇及作者《自序》。

3 月

15 日，夏承焘访夏敬观。夏敬观谈学词经历："映庵自谓学词由道希奖掖而成"。（夏承焘：《天风阁学词日记》[二]，第 377 页）

15 日，《同声月刊》第 2 卷第 3 期刊发：

冒广生《〈倾杯〉考》；

俞陛云《宋词选释》（卷三）；

映庵《汇辑宋人词话》；

戴正诚《郑叔问先生年谱》（续）；

汪曾武《多丽》（似园词集，限调哀江南）、《离亭燕》（和君坦）、《满庭芳》（游目春郊）；

俞陛云《浣溪沙》（清露初收晓日妍）、《浣溪沙》（流水游龙日夜忙）、《浣溪沙》(倚棹徐行断洞滨)、《浣溪沙》(雪后登临手一杯)、《浣溪沙》(风色寒林落叶深)、《摸鱼儿》(故宫)、《风入松》(过吴门旧居)、《风入松》(过西湖旧居);

陈洵《珍珠帘》(灯约阻雨)、《庆春宫》(人日光孝寺谒虞仲翔先生祠)、《浣溪沙》(小港看桃花,午饮志园,漫成二首);

陈曾寿《木兰花慢》(囊岁湖居,元夕花下作);

李宣倜《踏莎行》(题吴湖帆夫人《绿遍池塘草图册》)、《临江仙》(题《淞雨吴讴图卷》));

向迪琮《六幺令》(岁阑寒紧,夜枕无眠,爱倚此调,寄感);

陈方恪《陌上花》(东风换了)、《虞美人》(平田汩汩鸣沟水)、《菩萨蛮》(和子栗,黄陵夜泊)、《浣溪沙》(锦瑟流尘未忍弹);

今释澹归《遍行堂集词之二》(续);

易孺《和玉田词补篇一》《和玉田词补篇二》《和玉田词后篇》。

17 日,《戏曲》第 1 卷第 3 辑刊发:

徐益藩辑《霜厓叙跋》;

梁瑴辑《霜厓书札》;

卢前编、徐益藩补《霜厓先生年谱》;

徐调孚《霜厓先生著述考略》;

郑逸梅《霜厓先生别传》;

浦江清《悼吴瞿安先生》;

李一平《瞿安先生逝世后略述》。

剑亮按:梁瑴辑《霜厓书札》有吴梅《与龙榆生言古微挽词书》以及吴梅致吴湖帆函四通。吴梅致吴湖帆函(一)曰:"辛词取归后,至昨日方读毕。忽发现一大问题,自七卷《四犯玲珑》起,全非辛作,八卷亦然。"吴梅《与龙榆生言古微挽词书》中曰:"拙稿《水龙吟》(古微丈挽词)一首,今已改易,兹录于下:(略)请兄据此改入拙稿。此词已八易稿矣。景郑续办《制言》,以拙词刊入,自无不可。但景郑前曾允刊拙稿,此言不知何日可践,望婉转一问之。"

又按:《戏曲》,月刊,1942 年 1 月 1 日创刊于上海,赵景深、庄一拂编。由曲学丛刊出版。1942 年 5 月 1 日(第 1 卷第 5 辑)终刊。

26 日,夏承焘作《蝶恋花》(将归雁荡,诸从游张宴为别,钱君仲联并赐长句,念陈苍虬"来去堂堂"之语,足成俚词奉报)。(夏承焘:《天风阁学词日记》

[二]，第379页）

28日（农历二月十二），张素作《菩萨蛮》（花朝）。（后收入张素：《南社张素诗文集》，第789页）

本月

詹安泰作《绕佛阁》（壬午三月，偕黄叶游紫霞洞）。（后收入詹安泰：《詹安泰全集》第4册，第278页）

《民族诗坛》第4卷第6辑刊发：

唐圭璋《宋词作法概说》（二）；

王去病《木兰花慢》（洞庭波浪阔）、《沁园春》（素不解倚声。闻湘北大捷，感成此解，不自知其为词也）；

王华村《桂枝香》（艻泽山馆，双桂盛开）；

胡伯孝《醉蓬莱》（重九，和江霞公、黎季裴、黄词博，用东坡韵）、《永遇乐》（题杨竹轩尊人墓，用杨竹轩韵）、《百字令》（内弟以童时外舅课字裱册嘱题）、《百字令》（齐大乐冬日雅集，与江霞公、杨铁夫、黎季裴、黄词博分题合谱，余拈得寒鹭）；

黄介民《蝶恋花》（春怀）；

周礼《水调歌头》（移破秦筝柱）；

《沙坪词集》，词作有：

汪辟疆（方湖）《点绛唇》（上巳前一日，社集沙坪，即感赋此）；

李证□（甦庵）《点绛唇》（沙坪词集，诸贤多拈此调，续声步作）；

方东美（圣□）《忆秦娥》（沙坪春宴，拈得此解）、《忆秦娥》（纱窗绿）；

何兆清（本初）《虞美人》（夜雨）、《虞美人》（辛巳三月二十九日感赋）；

李法白《点绛唇》（拟闺情）；

黎超庭《忆秦娥》（井梧凋）、《忆秦娥》（饯秋日）；

周仁济《蝶恋花》（四载光阴情易误）；

金启华《少年游》（依清真南都石黛一首体）；

宋树屏《点绛唇》（春恨）；

陈守礼《点绛唇》（此日登楼）；

张恕《点绛唇》（柳绿桃红）；

唐圭璋《点绛唇》(辛巳上巳前一日,集沙坪赋)。

《真知学报》第 1 卷第 1 期刊发:龙沐勋《创制新体乐府之途径》。中曰:"用词曲之声韵组织,加以融通变化,以创制富有新思想、新题材而能表现我国国民性之歌词……私意创制新体歌词,一面宜选取古诗及词曲中之字面,尚未为多数人口耳所犹习者,随所描写之情事,斟酌用之;一面采用现代新语,无论市井俚言,或域外名词,一一加以声调上之陶冶,而使之艺术化,期渐与固有之成语相融合,以造成一种适应表现新时代、新思想而不背乎中华民族之新语汇。"

剑亮按:龙沐勋此论,与陈柱 1936 年《学术世界》第 1 卷第 10 期上提出的"自由词"理论中的"用其句调,不守其律谱"等观点有明显的渊源关系。

春,仇埰作《氐州第一》(壬午暮春,返里后作)。(仇埰:《鞠谭词》卷一,第 22 页。后收入朱惠国、吴平编:《民国名家词集选刊》第 10 册,第 307 页)

春,沈祖棻作《渡江云》(壬午春,寄红妹海上,时闻有入蜀之意)。(沈祖棻:《涉江词》,民国三十五年 [1946] 铅印本,第 52 页。后收入朱惠国、吴平编:《民国名家词集选刊》第 16 册,第 147 页)

春,蔡桢作《八声甘州》(壬午春初,和谢西来韵)。(蔡桢:《柯亭长短句》卷下,第 8 页。后收入朱惠国、吴平编:《民国名家词集选刊》第 14 册,第 412 页)

春,丁宁作《满江红》(壬午春暮,重过伯先公园)。(丁宁著,刘梦芙编校:《还轩词》卷下,第 8 页。后收入曹辛华主编:《民国词集丛刊》第 1 册,第 110 页)

4 月

1 日,《斯文》第 2 卷第 10 期刊发:沈尹默《念远词》,有《临江仙》(细雨还晴晴又雨)、《鹧鸪天》(四月山居物候移)、《拜星月慢》(覆地轻阴)、《鹧鸪天》(新夜楼头月似梳)、《拜新月慢》(匝地垂杨)、《祝英台近》(日迟迟)、《西平乐慢》(翠荇鸳盟)、《高阳台》(明日立秋,愀然赋此寄远)。

3 日,夏敬观与林葆恒、吴庠、吕传元、夏承焘在林葆恒家为仇埰、冒广生二人祝七十寿。冒广生未到。廖恩焘、仇埰和夏承焘将离开上海。此为午社最后一次社集。午社自 1939 年己卯夏成立至今,已持续四年。(夏承焘:《天风阁学词日记》[二],第 381 页)

10 日，夏承焘与钱仲联论沈曾植诗词。夏承焘评曰："沈词受刘辰翁影响，为稼轩之再变。"夏承焘作《学词经历》，曰："予年十五六，始解为诗。偶于学侣处见《白香词谱》，假归过录。试填小令，张振轩师见之，赏其《调笑令》结句'鹦鹉，鹦鹉，知否梦中言语'二句。民国十年廿二岁，林铁尊师来宦瓯海，与同里诸子结瓯社，得读常州张、周诸家书，略知源流正变。林师尝以所作请质于况蕙风、朱彊村二先生。其年秋，出游冀、陕。在陕四五年，治宋明儒学。归里后，僦居邻籀园图书馆，颇事博览，遂废置文艺。三十左右，客授四明、严州，无书可读，乃复理词学。并时学人，方重乾嘉考据。予既稍涉群书，遂亦稍稍摭拾词家遗章。居杭州数年，成书数种，而词则不常作。大劫以来，违难上海，怅触时事，其不可明言者，辄拈此体为之发抒。林师与映厂、鹤亭、眉孙诸老结午社，予亦预座末。拈题撰调，虽不耐为，而颇得诸老商量之益。昔沈寐叟自谓诗学深，诗功浅。予于寐叟无能为役，自忖为词，则正同此。故涉猎虽广，而作者甘苦，心获殊鲜。若夫时流填涩体、辨宗派之论，尤期期不敢苟同。早年妄意欲合稼轩、遗山、白石、碧山为一家，终仅差近蒋竹山而已。逸群、怡和夫妇抄予词成，嘱记学词经历，爰略书如此。他日拟再录数十年来日记为学词记，匆匆未遑属笔也。"文末有自注："籀园，邑人孙仲容先生庋黄仲弢先生藏书。"（夏承焘：《天风阁学词日记》[二]，第 383 页）

14 日，陆维钊画《瓯江归棹图》、填《鹧鸪天》词，为夏承焘送行。夏承焘作《蝶恋花》（留得尊前相见面）词以回报。（夏承焘：《天风阁学词日记》[二]，第 384 页）

15 日，《同声月刊》第 2 卷第 4 期刊发：

俞陛云《宋词选释》（卷三）；

映庵《词律拾遗补》（续）、《汇集宋人词话》（续）；

冒广生《〈六一词〉校记》；

李霨湫《跋王周士词》；

戴正诚《郑叔问先生年谱》（续）；

廖恩焘《扫花游》（访梅探鹤）；

夏敬观《淡黄柳》（题《西湖饯春图》）；

林葆恒《意难忘》（题《西湖饯春图》）；

仇埰《夏初临》（题《西湖饯春图》）；

吴庠《西子妆慢》（题《西湖饯春图》）；

吕傅元《虞美人》（题《西湖饯春图》）；

龙沐勋《蝶恋花》（壬午，金陵风雨夕作）、《玉漏迟》（赏音人海少）、《虞美人》（河山变色雕梁毁）；

今释澹归《遍行堂集词之三》（续）。

16日，夏承焘修改柳子依《长亭怨慢》（闻乡讯，惊心作）。三日后，夏承焘作和词一首《长亭怨慢》（和子依）。（夏承焘：《天风阁学词日记》[二]，第384、386页）

18日，章太炎夫人汤影观访夏承焘，出示其新词七首。夏承焘记曰："彼自谦仅能依《白香词谱》填小令。其长调实有如玉田、水云楼者。"（夏承焘：《天风阁学词日记》[二]，第385页）

22日，夏承焘回访汤影观，并以《午社词》《半樱词续》相赠。汤影观邀夏承焘为其词集作序。（夏承焘：《天风阁学词日记》[二]，第386页）

剑亮按：是日，章太炎夫人与夏承焘访马叙伦。马叙伦《石屋余沈》记曰："三十一年四月廿二日，章太炎夫人与夏瞿禅来访。章夫人贻余《章氏丛书三编》，然皆太炎杂文，其中实多不必存者，盖酬应及有润笔之作，不免多所迁就，如太炎之文学，无此已堪百世也。及门以广搜为贵，故片纸只字，将在所必录矣。"（马叙伦：《马叙伦自述》，第128页）

22日，顾随致函周汝昌，并附其《浣溪沙》（城北城南一片尘）、《浣溪沙》（自着袈裟爱闭关）、《浣溪沙》（久别依然似暂离）、《临江仙》（上得层楼穷远目）、《浣溪沙》（但得无风即好天）。中曰："拙词不敢望宋贤，若宋贤集中亦殊少苦水此一番意境也。"（顾随：《顾随全集》第9卷，第65页）

30日，夏承焘从上海外滩太古码头启程回温州。同行者有予闻、小岚。至此，夏承焘结束了在上海的五年生活。（夏承焘：《天风阁学词日记》[二]，第390页）

本月

夏承焘作《长亭怨慢》（壬午三月，上海周园看樱花，缤纷谢矣。感时事作）。（吴无闻：《夏承焘教授纪念集》，第246页）

吴其昌作《水龙吟》（嘉定寓宅，感双燕赋。三十一年四月下旬，病中作）

二首。（后收入吴令华主编:《吴其昌文集·诗词文在》,第 43 页）

何遂作《水调歌头》（送罗卓英将军飞印）。（何达:《何遂遗踪:从辛亥走进新中国》,第 163 页）

5 月

4 日,夏承焘作《鹧鸪天》（壬午春,携眷属友生离沪返温,于甬台道中,日行七八十里,过郭卿庙日军岗哨作）。（夏承焘:《天风阁学词日记》[二],第 391 页）

15 日,《同声月刊》第 2 卷第 5 期刊发:

冒广生《疢斋词论》（卷一）;

俞陛云《宋词选释》（卷四）;

映庵《词律拾遗再补》《词调索隐》;

冒广生《六一词校记》（续）;

俞陛云《买陂塘》（题丹石五弟所著言情小说）、《菩萨蛮》（花磁绮石沉檀几）;

汪曾武《惜余春慢》（蕙亩光迟）;

叶恭绰《水调歌头》（此叶可休扫）;

李宣倜《蝶恋花》（乳鸭呼群翻浅渚）;

陈方恪《齐天乐》（十年零梦浔阳岸）、《高阳台》（梁苑樽空）;

陈允文《南楼令》（汪先生庚戌蒙难,别录题词）;

何嘉《鹊踏枝》（和冯正中韵）十四首;

今释澹归《遍行堂集词之三》（续）。

24 日,叶圣陶作《木兰花》（游花溪,听雨竟夕）。叶圣陶《蓉桂往返日记》记曰:"雇得一马车,价六十元。此种马车形式颇简陋难看,连马夫载六人。贵阳、花溪间一趟例为每客十元,而此车夫定须多索十元,则以今日星期,游花溪者众,遂破例涨价,亦如其他物品之有所谓'黑市'也。车以十二时开,沿路见苗人中所谓'仲家'之男女甚众,皆来赶场者。在甘荫塘打尖,吃糍粑……余于马车中成一《木兰花》词（游花溪,听雨竟夕）,写示晓先、彬然。'五年彼此西南寓,颇异寻常愁寄旅。无多意兴作清游,却借清游聊晤叙。 瀑流泻玉,堪延助仁,稍爱麟峰能秀举。良云草草亦难忘。一夕花溪同卧雨。'"（叶圣陶:《旅途

日记五种》, 生活·读书·新知三联书店, 2002 年, 第 35 页）

26 日, 顾随致函周汝昌, 评《读词偶得》。中曰: "兄论《读词偶得》与余见多合。余与平伯先生有同学之谊, 又相识已久, 燃总觉彼此不能融洽, '吾友之一' 云云者, 乃是沈启无之言, 而非苦水之言也。"（顾随:《顾随全集》第 9 卷, 第 68 页）

本月

吴其昌作《水龙吟》（嘉定寓宅感双燕赋, 三十一年四月下旬病中作）。（后收入吴令华主编:《吴其昌文集·诗词文在》, 第 41 页）

《万象》第 1 年第 10 期刊发: 丹蘋《一斛珠》（《低佪词》之三）。

《万象》第 1 年第 11 期刊发: 丹蘋《浪淘沙》（《低佪词》之四）。

6 月

8 日, 夏承焘作《贺新郎》（雁荡灵岩寺, 与天五夜坐）。（夏承焘:《天风阁学词日记》[二], 第 399 页）

15 日,《同声月刊》第 2 卷第 6 期刊发:

冒广生《疚斋词论》（卷中）、《〈尊前集〉校记》;

曡空居士《宋法曲大曲索隐》;

俞陛云《宋词选释》（六一、淮海）;

龙榆生《陈海绡先生之词学》;

伯沆《台城路》（题周椿年遗事）;

阶青《水龙吟》（酒边断句飘零）;

心畬《诉衷情》（有赠）、《柳梢青》（净业湖滨）、《更漏子》（无题）;

今释澹归《遍行堂集词之三》（续）;

陈洵《海绡说词》;

陈曾寿《旧月簃词选序》。

18 日, 张素作《清平乐》（未佽梅暑）。（后收入张素:《南社张素诗文集》, 第 789 页）

19 日, 陈洵逝世。

陈洵（1871—1942）, 字述叔, 号海绡, 广东新会人。晚年任中山大学教授。

有《海绡词》、《海绡说词》。钱仲联《近百年词坛点将录》曰："海绡词极为彊村推许，与蕙风并举，称为'并世两雄，无与抗手'，《望江南》词有'新拜海南为上将，试要临桂角中原，来者孰登坛'之语。谓其词'处处见腾踏之势'，可以知其概矣。"（钱仲联:《梦苕庵论集》，第 389 页）

19 日，龙榆生赋《木兰花慢》（闻海绡翁端午后一日在广州下世，倚此抒哀）。（后收入龙榆生:《忍寒诗词歌词集》，第 78 页）

23 日，任铭善作《读瞿禅师词后》，曰："予十余岁时赴杭州，始拜见瞿禅师。闻师与座人论词曰：人谓梦窗如七宝楼台，拆碎不成片段。朱古微前辈曰：七宝楼台，原不可拆碎看。时古微先生犹在也。予方好为《说文》《广韵》，未尝读梦窗词，不知七宝楼台为何语，然颇因之以悟读书学文之法。其后，间读师论词诸作，又于侍坐颇得见其草稿。考作者，究韵律，爬梳整齐，如程易畴、王怀祖治经、小学之术。乃稍求其所作词读之，有碧山、遗山之音，而寄托隐奥，猝不易解，师为一一疏释，每相与叹喟。予未尝学为词，至是亦渐知好之，而尤好师之所作也。夷祸既作，予自湖上别师后一年，又相聚海上。意绪甚恶，益读词。偶有所得，以语师，辄为莞尔。而师有所作，必俾予先读，盖其音尤抑遏，往复不可已。于时海上词事甚盛，辨四声，订律吕，张徽帜，断断然为攻斥附和之举。师独不之与，以为今日欲兴此事，宜不破词体，不诬词体，不为空疏绮靡之语。以予观之，自张皋文、周止庵以来，惟师为能尊高词体也。师所为《词例》，最为巨制，又为《宋词事系》，取《毛诗序》'以一人之事系一国之本'以为名，盖其心固有愤激难言者在，不徒为词作也。今年春，予归如皋，师亦返温州，欲相约游闽北，乃予复来上海，而浙变作，道阻不得行，师于是得遂龙湫、雁荡之想，而予亦浩然有家居之志矣。逸群以手录师所为词二卷示予，命识数语。予久耽襞襀细碎之学，于师所作，无能妄赞，因书平昔从游之迹以归之。予亦尝抄师词，僻居闲处之际，将深读而详玩之。感发兴起，依声永言，将俟澄清之日，追随而请质焉尔。三十一年六月二十三日。"（吴无闻:《夏承焘教授纪念集》，第 30 页）

本月

《万象》第 1 年第 12 期刊发：

周炼霞《采桑子》（题画）；

丹蘋《浣溪沙》（人在云霄我辱泥）。

夏，顾随致函周汝昌，并附其《临江仙》（出游见有叫卖樱桃者，纳兰容若词曰"深巷卖樱桃，雨余红更娇"，因用其意赋小艳词一章）、《鹧鸪天》（梨树花开有作）。函中曰："卅一年初夏所作小词二首，俱不佳，写奉玉言兄一看。"（顾随：《顾随全集》第9卷，第69页）

7月

7日，叶剑英作《满江红》（悼左权同志）。（后收入中共中央文献研究室编：《叶剑英诗词集》，第31页）

7日，卢前作《临江仙》（三十一年七月七日）、《临江仙》（剑弩到时还一发）、《临江仙》（极目岭云犹嵽嵲）、《临江仙》（师出仰光寒敌胆）。（后收入卢前：《卢前诗词曲选》，第143页）

15日，《同声月刊》第2卷第7期刊发：

冒广生《疚斋词论》（卷下）；

映庵《词律拾遗再补》、《汇辑宋人词话》（续）；

俞陛云《宋词选释》（东山）；

疚斋《金缕曲》（荷花生日，答默园）；

忏庵《木兰花慢》（海绡翁挽词）；

䜣庵《浣溪沙》（睡起炉烟袅碧纱）；

孤桐《忆旧游》（拔可远贻近刻诗词，作此酬之）；

公孟《望海潮》（暮饮秦淮河畔酒楼）；

榆生《木兰花慢》（闻海绡翁端午后一日下世，倚此抒哀）；

陈洵《海绡词》（卷三）。

28日，龙榆生作《水龙吟》（六月既望，挈儿辈泛舟玄武湖。夜静归来，写以此曲）。（后收入龙榆生：《忍寒诗词歌词集》，第77页）

本月

吴梅《霜崖词录》，由贵阳文通书局出版。卷首有吴梅《自序》和夏敬观《霜崖词录序》。吴梅《自序》曰："霜厓手定旧词，凡三易寒暑。缮录既竟，遂书其端曰：梅出词鄙倍，忝窃时誉，总三十年，得如干首。身丁乱离，未遑润色。

诣力所在，可得而言。长调涩体，如耆卿、清真、白石、梦窗诸家创调，概依四声。至习见各牌，若《摸鱼子》《水龙吟》《水调歌头》《六州歌头》《玉蝴蝶》《甘州》《台城路》等，宋贤作者，不可胜数，去取从违，安敢臆定？因止及平侧，聊以自宽。中调、小令，古人传作，尤多同异，亦无劳断断焉。又去、上之分，当从《箓斐轩韵》，阳、上作去，实利歌喉。秦敦夫以此书为北曲而设，盖以入配三声，别无专韵耳。不知此分配之三声，即入韵之标准，持校宋词，莫不吻合。爰悉依据，非云矫异。其它酬应之作，删汰颇严。区区一编，已难藏拙。惠而好我，慎勿补遗。嗟乎！世变方殷，言归何日？敛滂沛于尺素，吐哀乐于寸心，粗记鸿泥，贤于博弈，览者幸哀其遇也。戊寅二月，长洲吴梅，时年五十有五，避兵湘潭作。"（后收入吴梅著，王卫民编校：《吴梅全集·作品卷》，第106页）

夏敬观《霜厓词录序》曰："岁己卯春，吴县吴君瞿安殁于云南之大姚县。殁前数月，寄湘潭釉园，写定其所作为《霜厓词录》。以书抵予，乞为序。值人事牵役，卒未报。又闻君丧，始为之，而君不及见也。方兵事起，君扶衰病，走避鄂、湘间，复转徙，历桂林、昆明而至大姚，遂不起。读君书及君《自序》，惝惝焉若亟为身后之托者，初不料其果死异域也。执笔怆念，吁！可伤已！君记诵博洽，文辞尔雅。以金元乐曲之学，教授于南北大学者历二十年。海内推明音律，惟首举君，而亦以是掩君他长。世辄谓元曲兴而宋词亡，工于曲者于词为病，观君所为不尔。君审律至精，尝论：'曲韵以入配三声之音为正，准之宋贤诸词，凡以入作平或上去者，无不符合。近人词守四声者，知入可代他声而已，未悟韵部之分配不可乱也。'又曰：'阳上作去，实利歌喉。'此皆前人所未言，君自乐曲中获之，而尤有裨于词者也。宋词人谙音律者，每一篇出，莫不谐于歌者之口。君词亦犹是矣，不待精彩之美耳。颉颃前贤，其斗南继翁之比欤？柳耆卿乐章喜用俗语，开南北曲先例。君既工曲，而词必雅驯，不屑屑效彼，非才力有余，孰尽能事若此耶？吾乡蒋心馀以《九种曲》著，其词实超于并时诸贤，具有定论。然则君虽以曲名，终不相掩可知已。君他著述，有文二卷，诗四卷，《曲录》二卷，《南北词简谱》十卷，《霜厓三剧》一卷。其行谊别具于君门人卢前所撰《事略》焉。新建夏敬观。"（后收入吴梅著，王卫民编校：《吴梅全集·作品卷》，第153页）

8月

7日，郭沫若作《水龙吟》（沈衡山先生爱石，凡游迹所至，必取一二小石归，以为纪念。后外庐兄榜其斋曰"与石居"）。（后收入郭沫若：《郭沫若全集·文学编》第2卷，第113页。亦收入沈钧儒：《寥寥集》，生活·读书·新知三联书店，1978年，第89页）

剑亮按：《寥寥集》中所收《水龙吟》词中"后外庐兄榜其斋曰'与石居'"句，作"自名其斋曰'与石居'"。

10日，杨荫浏作《江南好》（三十一年八月十日）。（后收入中国艺术研究院音乐研究所编：《杨荫浏全集》，第78页）

12日，郭沫若作《烛影摇红》（"八·一三"之前夜，昆仑急简相邀，言于七时有半谋作秉烛之聚。备麻酱凉拌面、冰冻绿豆沙，以代茶点。借聆艺坛雅讯，文化新猷。惜余清晨入城，未午即返，失诸交臂，作此解以谢）。（后收入郭沫若：《郭沫若全集·文学编》第2卷，第115页）

15日，《同声月刊》第2卷第8期刊发：

冒广生《宋曲章句》；

映庵《词律拾遗再补》（续）、《汇辑宋人词话》（续）；

俞陛云《宋词选释》（苏轼）；

蛰云《戚氏》（好东风）；

絧厂《风入松》（维摩丈室托吟身）；

翌厂《木兰花慢》（戊寅二月，重游大明湖，舟中遇风）、《宴山亭》（戊寅长至，一日望雪）；

沛霖《金缕曲》（大厂先生挽词）；

郑文焯《大鹤山人遗札》；

大厂居士《集宋词帖》；

夏敬观《风雨龙吟室词序》。

21日，杨荫浏作《菩萨蛮》（三十一年八月二十一日，离青城山之前夕）。（后收入中国艺术研究院音乐研究所编：《杨荫浏全集》，第80页）

22日，郭沫若作《西江月》（可染作《风雨归牧图》索题，因托牧童与水牛唱和）。（后收入郭沫若：《郭沫若全集·文学编》第2卷，第262页）

23日，刘永济致函缪钺，询问其词创作近况。中曰："彦威我兄先生侍者：

久阙疏候，念与日积，不知新词又增几许矣。"（后收入刘永济：《诵帚词集 云巢诗存》，第 382 页）

24 日，张素作《减兰》（七月十三日夜大风）。（后收入张素：《南社张素诗文集》，第 791 页）

25 日，林思进作《八声甘州》（壬午秋禊，初晤梁韵喜赠）。（林思进：《清寂词录》卷二，第 1 页。后收入朱惠国、吴平编：《民国名家词集选刊》第 10 册，第 481 页）

30 日（农历七月十九日），缪钺致函刘永济。中曰："奉到手示及大词《浣溪沙》六阕，幽忆怨断，自成馨逸，敬佩无已……茅生于美，明夏卒业。此君两年以来于词颇致力，兹嘱其录近作十余首，附呈尊察，并乞不吝赐教为幸。"（后收入刘永济：《诵帚词集 云巢诗存》，第 384 页。又收入缪钺著，缪元朗整理：《冰茧庵论学书札》上，第 62 页）

剑亮按：缪钺函中评价的刘永济《浣溪沙》六阕，为《浣溪沙》（戊寅春夏间，予再至珞伽山，独居易简斋。时江淮战事方亟，人情汹汹，触物兴怀，辄以此调写寄惠君长沙。今稿已全失，追惟当时情景，有不能忘者，补成六阕，亦庚兰成所谓去故之悲也）。其一："宿雨新晴水满湖，旧来楼外燕相呼。寻思何事似当初？ 月季添香供插髻，梧桐分绿佐雠书。此时闲忆断肠无。"其二："点笔摊书总不宜，倦怀惟有砚尘知。海槐栏槛夕阳迟。 几日酣风荷叶大，一畦新雨菊苗肥。可能看到作花时。"其三："千古长江不尽流，绮罗城郭几荒丘。含情凝望海东头。 晕色灯衣笼浅夜，贮声歌匣带边愁。人家犹是画中楼。"其四："同种藤阴已满窗，旧移篆绿渐遮墙。小楼今负十分凉。 琉碗冰瓢新浴爽，罗衣画扇午妆香。当时只道是寻常。"其五："海样罗衫乍剪成，湖游争趁月新晴。相逢柳下宝车鸣。 沙鸟几回惊艳冶，汀花长是困喧腾。而今寂寂转伤情。"其六："猎猎东风转绣旗，断红零粉尽西尽。情知春去重低徊。 锦字欲封愁惹泪，篆香频爇奈成灰。商量百计不如归。"

又按：缪钺函中提到的茅于美，系茅以升女儿，师从吴宓和缪钺教授。

本月

《万象》第 2 年第 2 期刊发：丹蘋《浪淘沙》（《低徊词》之五）。

9 月

10 日，夏承焘作《鹧鸪天》（桥北桥南叶亦香）。（夏承焘:《天风阁学词日记》[二]，第 415 页）

19 日，夏承焘作《念奴娇》（永嘉寇退，梅庵、天五先后来会。时新得心叔如皋书，日与非人为伍，而著述不倦，艰贞可念也）。（夏承焘:《天风阁学词日记》[二]，第 418 页）

24 日，陈世宜作《三部乐》（壬午中秋无月）。（陈世宜:《倦鹤近体乐府》卷四，第 6 页。后收入朱惠国、吴平编:《民国名家词集选刊》第 13 册，第 179 页。亦收入陈匪石著，刘梦芙校:《陈匪石先生遗稿》，第 94 页）

25 日，夏承焘作《西江月》（三十一年中秋，寿伯枢伯父八十）。（夏承焘:《天风阁学词日记》[二]，第 419 页）

26 日，《海报》刊发: 周鍊霞《苏幕遮》（动微吟）。（后刊于《词学》1992年第 9 辑。后收入刘聪著辑:《无灯无月两心知: 周鍊霞其人与其诗》，第 220 页）

本月

卢前著、任中敏选《中兴鼓吹选》，由贵阳文通书局出版。卷首有任中敏评记。

秋，邵章作《宴山亭》（壬午秋，和胡惜仲同年柳边寄词韵）。（邵章:《云淙琴趣》，第 75 页。后收入曹辛华主编:《民国词集丛刊》第 7 册，第 426 页）

秋，汪东作《尉迟杯》（废登临）并寄予尉素秋，尉素秋也作《渡江云》（蕉窗风送雨）寄呈汪东。尉素秋记曰:"民国三十一年秋天，我从江西回到重庆，闻旭初师患脊椎骨结核症，卧病于歌乐山静石湾。我前往探视，见他僵卧在石膏作成模型的病榻上，须发皆白。诉说近来的情况，热泪盈眶。别后数日，接到他寄来的一首《尉迟杯》词，记述那天的情景。录如次: '废登临。下霜叶，叹惜秋渐深。残螺点染遥岑，如笑我老难任。摊书未成，睡倦枕欹，寂历少知心。嗟此意、欲说还休，数行低雁沉沉。　昨暮步屧相寻。乍轻飞温语，已散烦襟。仿佛精庐开白下，夜阑同赏药抽簪。如今待收聚豪端，画那时、笠屐北湖阴。更几人、白首扶携，但消沉醉狂吟。'我捧读再三，写一首《渡江云》词寄呈。旭初师替我发表在某报的副刊《国民文苑》之中。词的内容也是写当日经过: '蕉窗风送雨，晚秋节后，故馆暮愁宽。杜陵嗟病损，白发千茎，犹自理残篇。文章信美，漫赢得刻骨辛酸。回首处，茫茫天地，几度海成田。　怆然。巴山小驻，绛帐重过，诉心期何限。悬后约，鸿飞不到，咫尺云山。池塘渐次生春草，待追随，藜杖翩翩。能几日，看花又是明年。'"（尉素秋：《〈梦秋词〉跋》，汪东：《汪旭初先生遗集》，《近代中国史料丛刊续辑》第 40 辑，第 135 页。后收入薛玉坤整理：《汪东文集》，第 282 页）

秋，章士钊作《满庭芳》（寄怀弘度嘉洲）。（后收入刘永济：《诵帚词集　云巢诗存》，第 390 页）

秋，龙榆生作《水调歌头》（秋日，寄方君璧女士燕京）。（后收入龙榆生：《忍寒诗词歌词集》，第 82 页）

10 月

8 日，《中央日报》刊发：王绍麒《读〈中兴鼓吹〉》。

15 日，《同声月刊》第 2 卷第 9 期刊发：

钱万选《宫调辨歧》；

映庵《词律拾遗再补》（续）、《汇辑宋人词话》（续）；

俞陛云《宋词选释》（梅溪）；

冒广生《〈尊前集〉校记》（续）、《〈乐府补题〉校记》；

忏庵《婆罗门引》（吴刚砍处）；

翑厂《高阳台》（《天上人间卷》，为诵芬室主人作）；

翠厂《瑞鹤仙》（雨中抵春申江上）、《念奴娇》（移居南京三条巷寓庐，感赋）、《三姝媚》（暮过萨家湾旧居）、《花犯》（金陵旅舍墙阴，植白梅一枝，花时凄然，感赋）；

茄庵《鹧鸪天》（压线年年伫苦辛）、《鹧鸪天》（屏上烟云隔九疑）、《鹧鸪天》（有限年光逐逝波）；

伯亚《齐天乐》（夏日避兵小村中，卧大树下，听钟声聒耳，用碧山韵赋之）。

18 日，沈祖棻、程千帆在成都作《霜花腴》（壬午九日）。程千帆笺曰："壬午九日词，作者八人，限《霜花腴》调。庞石帚先生首唱，用阳韵。和者多依之……一九四二年秋，余夫妇亦应聘自乐山移居其地。先在光华街，与刘君惠兄为邻，后又赁庑小福建营李哲生宅。旅寓三年，极平生唱和之乐。壬午九日之作，其一事也。"（后收入沈祖棻著，程千帆笺：《沈祖棻全集·涉江诗词集》，第

56 页）

18 日，龙榆生作《卜算子》（壬午重九，集桥西草堂。以杜诗分韵，得老字，爰拈小调，赋呈主人）。（后收入龙榆生：《忍寒诗词歌词集》，第 81 页）

18 日，张素作《浣溪沙》（九日，用东坡韵）、《南乡子》（九日，用山谷韵）、《武陵春》（九日，用小山词韵示瞻弟）。（后收入张素：《南社张素诗文集》，第 791 页）

本月

《万象》第 2 年第 4 期刊发：

周炼霞《忏红轩近作》，有《采桑子》（当时记得曾携手）；

钱名山《鹊踏枝》（题画）。

11 月

1 日，《古今》第 10 期刊发：吴咏《朱竹垞的恋爱事迹》（上）。

剑亮按：《古今》，月刊，1942 年创刊于上海，由上海古今出版社出版，朱朴发行。1944 年终刊。

15 日，《同声月刊》第 2 卷第 10 期刊发：

钱万选《宫调辨歧》（续）；

映庵《词律拾遗再补》（续）、《王碧山年岁考》、《汇辑宋人词话》（续）；

俞陛云《宋词选释》（小山乐章）；

无恙《千秋岁》（几年秋久）；

墨巢《千秋岁》（四年重九）；

巽堪《水龙吟》（幽花小巷斜阳）、《水龙吟》（园林一角虚廊）；

榆生《高阳台》（闻北湖游观之盛，词以记之）；

夏敬观《宋人词集跋尾》；

叶恭绰《龚氏词断跋》；

钱萼孙《张璚隐传》。

16 日，《古今》第 11 期刊发：吴咏《朱竹垞的恋爱事迹》（下）。

18 日，夏承焘作《菩萨蛮》（题幼和画寿带竹枝）。（夏承焘：《天风阁学词日记》[二]，第 430 页）

本月

张尔田作《龙榆生词序》，曰："榆生裒其生平所为词若干阕，将付写官，属余一言。余尝谓，乾、嘉以来词人，大都取径于南宋。其宗豪放者，则又艳称苏、辛。实则苏、辛非一派也。苏为北宋别祖，辛实南宋开宗。自来词家不知南北宋之所以不同，貌稼轩则有之矣，无一人能学东坡者。惟朱彊村侍郎词，晚年颇取法于苏。榆生学于侍郎者，曩尝评榆生词似晁无咎。夫东坡不易学矣。学东坡者必自无咎始，再降则为叶石林，此北宋正轨也。由稼轩必不能复于东坡。极其所至，上焉者不过龙洲、后村，下焉者则如仇山村所讥掊几击缶，如梵呗，如步虚矣。榆生年力方富，固尝以余为知言者，由是而之焉，锲而不舍，吾又安知夫异日者不一蹴而为东坡哉，是又在乎榆生所自信者何如矣。词小艺也，其遂于道也盖末。然而斯文之一綖，未尝不可于此徵焉。今中国文化将亡矣，四夷交侵，王风委草。榆生独奋于举世沉晦之中，尽其心力以从事于此，其亦有空谷跫音之感欤。斯则余与榆生有同情也。壬午十月，嘉遯翁张尔田引。"（龙榆生：《忍寒庐诗词歌词集》，第 3 页）

12 月

1 日，《文学季刊》创刊号刊发：谢若田《菩萨蛮》（题李后主词）、《菩萨蛮》（春寒晓起）三首。（后收入《民国珍稀短刊断刊·广东卷》第 12 册，第 6165 页）

剑亮按：《文学季刊》，季刊，1942 年创刊于广东开平，由国民大学文学研究会出版发行。当年终刊。

3 日，夏承焘作《浣溪沙》（壬午冬，应龙泉浙大聘，维舟丽水，怀心叔、云从）。（夏承焘：《天风阁学词日记》[二]，第 434 页）

7 日，夏承焘作《临江仙》（龙泉学舍，在乱松中，名风雨龙吟楼。呈养臞翁暨诸社侣）。词后自注："时有国军反攻金华之讯。"（夏承焘：《天风阁学词日记》[二]，第 436 页）

9 日，夏承焘作《小重山》（龙泉学舍，在乱松中，名风雨龙吟楼。壬午应聘来居，爱其萧爽，欲招心叔共之。适得心叔如皋寄诗，即用其结语为发端，止其邵武之行，并示诸社侣）。词曰："我自沉沉无酒兴。不成看众醉，独成眠。斜阳时候此山川。啼不住，辛苦几残鹃。　　休问武夷船。何如来抵足，宿松颠。理安吹笛更何年。匡床下，万顷是风烟。"词后有自注："杭州理安寺有松颠阁，往年屡与钟山、潭秋、雁晴、心叔及之江诸从游吟宴其下。"本月 16 日，又修改此词。（夏承焘：《天风阁学词日记》[二]，第 434、440 页）

15 日，《同声月刊》第 2 卷第 11 期刊发：

映庵《词律拾遗再补》（续）、《汇辑宋人词话》（续）；

俞陛云《宋词选释》（花外）；

钱萼孙《文芸阁先生年谱》；

阶青《忆江南》三十二首；

彦通《渡江云》（吴淞邓氏草堂题壁）；

贞白《河传》（金井）、《河传》（南浦）、《河传》（星粲）；

公孟《安公子》（同寥士访梅毗庐寺）；

达安《踏莎行》（庭藓侵阶）；

郑文焯《大鹤山人遗札》。

16 日，夏承焘修改 9 日所作《小重山》（风雨龙吟楼答心叔寄诗。诗云："我自沉沉无酒兴，却看人醉便成眠。"拈为起句）。词云："愁自依然醉偶然。拼看人酩酊，独无眠。阑干高下月明边。听箫地，忽有雁连天。 招手武夷仙。何时重抵足，宿松颠。待招南鹤问归年。匡床下，一片是风烟。"词后自注："心叔将应武夷之聘。"（夏承焘：《天风阁学词日记》[二]，第 440 页）

19 日，夏承焘与王季思、徐震堮在孙传瑗家相聚。夏承焘记曰：徐震堮谓"清季词皆用义山辞藻，而以宋诗作法出之"。（夏承焘：《天风阁学词日记》[二]，第 441 页）

19 日，詹安泰作《齐天乐》（壬午冬至前三日，和竹屋）。（后收入詹安泰：《詹安泰全集》第 4 册，第 281 页）

本月

冬，詹安泰作《三姝媚》（得瞿禅永嘉书却寄。壬午仲冬）。（后收入詹安泰：《詹安泰全集》第 4 册，第 281 页）

本年

【词人创作】

顾随作《浣溪沙》（城北城南一片尘）、《浣溪沙》（自着袈裟爱闭关）、《浣溪沙》（久别依然似暂离）、《鹧鸪天》（赠北河沿柳）、《浣溪沙》（但得无风即好天）、《鹧鸪天》（一梦钧天只偶然）、《浣溪沙》（极目西山返照中）、《临江仙》（上得层楼穷远目）、《临江仙》（出游见叫卖樱桃者，纳兰容若曰"深巷卖樱桃，雨余红更娇"，因用其意赋小艳词一章）、《鹧鸪天》（梨树花开有作）。（闵军：《顾随年谱》，第 140 页）

夏承焘作《鹧鸪天》（鹭山函诫，须有岩岩气象）、《鹧鸪天》（感冒疚翁语作此，示心叔）、《鹧鸪天》（示无闻）、《虞美人》（与心叔、逸群、从周诸从游，小集法租界公园）、《木兰花慢》（心叔画《嫁杏图》）。（吴无闻：《夏承焘教授纪念集》，第 246 页）

蒋礼鸿作《鹧鸪天》（和遗山薄命妾辞）三首。并有盛静霞注："这三首词，是 1942 年作。因我与云从初见，不能融洽，为拉开距离，便于继续观察，我到白沙先修班任教。后，他寄我此三首词，词中表露了不惜为相思而病而瘦的痴情，委婉曲折，我看了十分感动，原已动摇的情绪稳定了下来。"（后收入蒋礼鸿：《蒋礼鸿集》第 6 卷，第 570 页）

吴寿彭作《水调歌头》（梅溪，西苕北源，汇合处有梅溪镇，属安吉县，离湖州吴兴城六十里。溪东吴兴县，其北长兴县界。时日寇一联队侵占州城，营为京杭间据点）。（后收入吴寿彭：《大树山房诗集》，上海古籍出版社，2008 年，第 80 页）

刘麟生作《齐天乐》（辽宁养台看木棉）、《八声甘州》（寿叔母张太夫人六十）、《风入松》（谢筠叟馈诗）、《风入松》（脆凉新注倦匡床）、《高阳台》（罗伯昭园中木芙蓉初放，招饮）、《菩萨蛮》（闷春重把柔荑剪）、《摸鱼儿》（庆均属题明胡元润《春江烟雨图》）、《鹧鸪天》（题顾氏《辟疆图》）、《浣溪沙》（瑶珮玎琤捧玉卮）。（刘麟生：《春灯词续》，第 3 页。后收入朱惠国、吴平编：《民国名家词集选刊》第 15 册，第 130 页）

龙榆生作《水龙吟》（题高奇峰画《易水送别图》）、《蝶恋花》（壬午金陵风雨夕作）二首、《虞美人》（旅居白下二年，去春即有飞燕翔集，以寓宅无梁栋，巢不果成。今岁重来，卒依壁隙构垒。因感其意，为赋此词）、《点绛唇》（孝鲁属题陈小翠画天寒倚竹便面）、《鹧鸪天》（有限年光逐逝波）、《高阳台》（闻后湖游观之盛，词以纪之）、《临江仙》（用石林词韵，寄怀吕碧城香港）。（后收入龙榆生：《忍寒诗词歌词集》，第 74 页）

刘永济作《鹧鸪天》（梅）、《摊破浣溪沙。（病起作）、《临江仙》（次韵答蓦龙）、《浣溪沙》（劫人得佳酿，约石荪聚客会饮。予虽病胃止酒，亦在客中。主人不乐曰："刘君不饮，当填词抵偿"。众客和之。因赋三阕，以为笑乐）、《浣溪沙》（三载江城似梦过）、《浣溪沙》（止酒谁言惨不欢）、《鹧鸪天》（得蓦龙惠书并词，万感云集，既作复书，意有未尽，谱此却寄）、《阮郎归》（春风换梦一番番）、《喜迁莺》（香港陷落数月，始闻寅恪脱自贼中，将取道桂黔入蜀，已约登恪致书，劝其来乐山讲学，词以坚之）、《虞美人》（髻林平楚迷烟陌）、《木兰花》（岭海画人关君山月，以所作古木栖禽题曰《双栖》见贶，奉此为谢）、《诉衷情》（偕家人步出西城，至露济寺苗圃看菊）、《诉衷情》（销金匀粉弄妍柔）、《风流子》（淑卿结褵归来，假眉生寓庐遍宴师友，余偕内子预焉。小斋幽静，觞酌情娱，违难以来无此乐也。为拈美成慢调，以纪一时胜概）、《鹧鸪天》（昨梦少年事）。（后收入刘永济：《诵帚词集　云巢诗存》，第 74 页）

张充和作《浣溪沙》（道是春来梦更遥）。（后收入白谦慎：《张充和诗文集》，第 28 页）

金天羽作《齐天乐》（壬午，如皋许来青世讲《题水绘园图》，嘉庆三年休宁戴松门画。园已易主，辟疆后人妙隐赎而修之）。（金天羽：《红鹤词》，第 6 页。后收入朱惠国、吴平编：《民国名家词集选刊》第 10 册，第 457 页）

王显诏为詹安泰作《漱宋室填词图》，詹安泰作《翠楼吟》词。（郑晓燕：《詹安泰先生年谱》，中山大学中国古代文学专业学位论文，2015 年）

剑亮按：王显诏（1902—1973），原名观宝，字严，自称居易居主，广东潮安人。1923 年上海大学美术专科毕业后，任教于韩山师范学院。

郭沫若在重庆作《满江红》（日本泷川龟太郎博士著《史记会注考证》一书，在彼邦诩为空前著作。宁乡鲁君实先近成《驳议》一书，标举七事纠斥之。曰体例未精，曰校刊未善，曰采辑未备，曰无所发明，曰立说疵谬，曰多所剽窃，曰去取不明。鲁君与余，初无面识，远道将其书见惠，赋此赠之。鲁君之年，闻仅二十有六也）。（后收入郭沫若：《郭沫若全集·文学编》第 2 卷，第 111 页）

金克木在印度作《蝶恋花》词。词为："少年总被蹉跎误，待得归时，忘却来时路。风雨满城无意绪，仰天不见鸿来处。　莫道别时真个苦，不见伤情，见也无从诉。一任春来秋又去，拼成杜宇啼终古。"（后收入金克木：《金克木集》，第205 页）

【词籍出版】

叶恭绰《退庵词甲稿》刊行。卷首有冒广生、夏敬观《序》。（国家图书馆藏。后收入朱惠国、吴平编：《民国名家词集选刊》第 12 册）

冒广生《序》中曰："番禺叶裕甫，博雅嗜古，有名于时。其曾祖父莲裳先生、祖南雪先生，两世皆以词鸣。自其垂髫，濡染家学，即能为词，而所为又辄工。中岁从政，出而膺国家付托之巨，时或作辍。迨流寓江左，避兵香江，而所作乃精且多。新建夏映庵为选定得如干首，颜曰《退庵词稿》。刻既竣，而以书抵余。曰：吾词之平凡，丈之所知也。于多事之秋而为此不急之务，又无谓也。顾念词学渊源关系之深，无如丈者，丈其为我序之。余少时客岭南，从吾师南雪先生学为词。师所居越华讲舍，有竹木池亭之胜，后堂丝竹。余与潘兰史、姚伯怀恒得与闻……初见裕甫，才十一二岁。余所学百无一就，而裕甫亦年过六十矣。裕甫平时常病词家缚于声病，逐末忘本，杂乎人而弥远乎天，因求各地风谣，合之今乐，别为新体。以上接风骚，正承乐府，后继词曲，旁绍五七言诗，为群众抒情写实之用。此其识为甚伟，而兹事体大，非国家设大晟府，得美成者流相与扬挖，而徒持一人手足之烈，则终无以观厥成。今兹所存之词，诚不足以尽其百一，若更出其所学，大之若叶大庆之《考古质疑》、叶适之《习学记言》，次之若先德石林公之《避暑录话》，又次之若叶盛之《水东日记》，其为沾溉来学，流布更广，盍亦董而理之乎？因序《退庵词》一及之，欲使世之读其词者，知裕甫之学，亦无所不窥，而词特其家学云尔。"

夏敬观《序》中曰："余与君皆曾从萍乡文芸阁学士游。君为词最早，其词旨盖承先世莲裳、南雪两先生之绪，而又多本之学士。晚年益洗绮罗香泽之态，浩歌逸思，恒杰出尘壒之外，而缠绵悱恻又微近东山。此甲稿所存，少作汰其泰半，大抵十数年来退休林下之什也……君年逾六十，犹若四五十许人，精力过于流辈，达兹一间，犹反掌也，岂遑多让哉！然则制词以合今乐，又非君所难矣。"

李维藩《潭心诗余》一卷刊行。卷首有戴克宽《序》。（后收入曹辛华主编：

《民国词集丛刊》第 5 册）

戴克宽《序》中曰："余初识李君于光绪丁未之岁，同膺青城竞新小学教席。李君沉默寡言，目炯炯，正襟危坐，若不可近，而即之也温。知其深于情者，又知其事亲从兄，内行敦笃，心益敬之。遂相莫逆，间或相喻于无言。厥后，李君喜度曲，与余同好，相交益深。偶有唱和，尚不多作。自淮安段蔗叟先生主青浦诗社月旦，李君得其法乳，所作遂多，艺乃大进，而余瞠乎后矣。李君生平足迹，历燕蓟而国府，于邵诸公又皆其旧好，故其胸襟愈广，其抱负愈阔，是固非无用世之才者。然风雨一庐，刻意孤吟，大有高蹈为怀，深造自得之乐，又何其恬且淡也。今其诗裒然盈帙耳，所咏者，多关于家庭天伦孝悌之事，赠内诸什，亦清婉可诵。"

三多六桥（蒙古族）《粉云庵词》刊行。书前有俞曲园《序》两篇，书末有董毓舒《跋》。后附《可园诗抄》《可园外集》。

【报刊发表】

《雅言》（壬午卷二）刊发：

枝巢《买陂塘》（题陈莼衷《淑园偕隐感旧图》）、《齐天乐》（补桐书屋，在瀛台东偏，昔为张文端高江村入值处。今赁作官舍，刘鲤门挈眷居焉，作《补桐养疴图》索题，成此）、《烛影摇红》（蛰园为题《楼台梦影图》，即和其韵）；

蛰云《沁园春》（壬午上巳春禊，分得山字）、《木兰花慢》（寿袁文薮七十）；

太虚《鹧鸪天》（葆之嘱题其先德小白先生绘《四皓图》）、《虞美人》（蛰人嘱题《寻山图》中西湖之一）；

丛碧《菩萨蛮》（朔风不与征人便）、《菩萨蛮》（乱红转眼随春去）、《菩萨蛮》（举头怕见团圆月）、《菩萨蛮》（看它去后都依旧）、《菩萨蛮》（画帘日暖春如醉）、《菩萨蛮》（阑干落尽梨花雪）；

舸厂《风入松》（《僧寮赁庑图》，为授经丈作）、《浣溪沙》（池玉夫人散花小影，为诵芬室主人作）；

蓼厂《踏莎行》（薄醉欹寒）、《浣溪沙》（小颗樱唇点墨华）、《浣溪沙》（一笑梨涡晕绛霞）、《浣溪沙》（催醒花阴一枕眠）、《浣溪沙》（动是飞仙静是神）、《浣溪沙》（百级琼楼响玉梯）、《浣溪沙》（十二回廊拥碧筇）、《浣溪沙》（月殿虚

开窈窕云)。

《雅言》(壬午卷三) 刊发：

枝巢《西子妆慢》(七月十六日夜，北渚连舟赏月。子厂先有作，依梦窗韵和之)、《阮郎归》(赏盆栽海棠)；

太虚《八声甘州》(残卷吴越黄妃塔《宝箧印经》，为郭侗伯所藏。壬午夏六月，余由侗伯姬人处购得。前题者，郭侗伯、章式之、胡晴初、陈仁先、郭章、胡三君，皆余旧友。依调和之)、《壶中天》(用平体，冷摊中得一砚)；

翌厂《木兰花慢》(戊寅二月，重游大明湖，舟中遇风)、《望海潮》(暮春，秦淮河畔酒楼)、《燕山亭》(戊寅长至，一日望雪)；

蓼厂《忆旧游》(庭前植白芍药，三载始华。孤萼殿春，靓妆伤晚。漫拈此解，相对凄然)、《高阳台》(感春)、《南浦》(赋西苑太液池春水，用玉田韵)、《高阳台》(芍药)。

《雅言》(壬午卷四) 刊发：

充隐《醉红妆》(司铎书院看海棠)；

吉甫《满庭芳》(题碧梧《红蕉馆月下度曲图》)；

翈厂《高阳台》(《天上人间卷》，为诵芬室主人作)、《翠楼吟》(董授金丈以《画兰双影图》属题)；

翌厂《三姝媚》(暮过萨家湾旧寓)、《花犯》(金陵旅舍，墙阴植白梅一株，花时凄然，感赋)、《安公子》(同寥士访梅毗卢寺)；

蓼厂《浣溪沙》(白门新秋)、《苏幕遮》(中秋，北海泛月，依蛰师韵)、《桂枝香》(兑之丈招饮蛰园，赏桂)、《踏莎行》(题陈踽公先生《烟雨楼图》)、《绛都春》(西苑丰泽园海棠)、《真珠帘》(题马湘兰画《山水兰花册子》)；

任霖《玉楼春》(梦中重上西洲路)、《玉楼春》(自怜身似孤明烛)、《玉楼春》(辘轳心事琵琶语)、《生查子》(调弦度夜阑)；

梁云坡《蝶恋花》(碧树深深莺语切)；

方德秀《诉衷情》(梨花寂寂闭朱门)。

《雅言》(壬午卷五) 刊发：

姜庵《一萼红》(钱心垞邀新河看花，扣舷歌此)、《鬌云松令》(傍砌白秋海棠，楚楚有致，聊以词写)、《踏莎行》(壬子春感)、《秋波媚》(魏匏公邀饮，酒边漫倚)；

季迟《夏日宴簧堂》；

潜子《金菊对芙蓉》（寿郭啸麓同年六十）；

翆厂《倦寻芳》（西园，即两江督署西偏煦园。暮春，登夕佳亭眺望）、《汉宫春》（己卯上巳后一日，同陈彦通、王西神、蔡寒琼、张次溪、陈蓼士、曹靖陶泛舟后湖）、《高阳台》（春日，同西神、彦通、蓼士、次溪、靖陶重游鸡鸣寺）、《瑞鹤仙》（雨中抵春申）；

蓼厂《八声甘州》（题茅麟为颜修来所作《羽猎图》，碧庐属赋）、《倦寻芳》（题柳河东初访牧翁小像）、《瑞鹤仙》（庚辰除夕）、《宴清都》（寿蛰云师六十）、《解连环》（司铎书院，旧为恭邸萃锦园，海棠擅名都下。壬午春，藏园丈垣厂先生折柬招赏。风光澹沱，花气袭裾。漫倚此阕，为花写照）、《点绛唇》（夏夜）。

《雅言》（壬午卷六）刊发：

李采荷《望海潮》（梅英疏落）、《鹧鸪天》（怅望西风有所思）；

梁云坡《浣溪沙》（一曲骊歌别恨长）、《高阳台》（远水涵秋）、《满庭芳》（月坠乌稀）。

《读书通讯》第40期刊发：刘永济《诵帚词笺》。

《万象》第1年第12期刊发：周鍊霞《采桑子》（题画）。（后收入刘聪著辑：《无灯无月两心知：周鍊霞其人与其诗》，第217页）

《万象》第2年第4期刊发：周鍊霞《采桑子》（当时记得曾携手）。（《海风》1945年11月24日亦刊出。后收入刘聪著辑：《无灯无月两心知：周鍊霞其人与其诗》，第217页）

剑亮按：冒鹤亭在《螺川韵语序》中评周鍊霞此词曰："余所喜螺川之作，则为《采桑子》词，有云'人醉花扶，花醉人扶'，又云'灯背人孤，人背灯孤'，尝举以语人，以为此十六字置之《花间集》中，几于乱楮。"

《江苏文献》第9—10期刊发：惠心可《虞山词人庞檗子》文。中曰："先生于倚声之学，墨守南宋门户，而为词家之正宗。柳亚子称其诗上窥王、孟，而词则姜、张之遗（语见柳弃疾《庞檗子遗集序》）。先生诗室名'龙禅'，词馆名'玉玓珑'。柳弃疾有题庞檗子《玉玓珑馆填词图》诗云：'浅斟低唱尽名家，独秀江东合自夸。一卷新词弹墨泪，销魂底事为梅花。''格律精严故不磨，姜张门户自嵯峨。狂生独抱辛刘癖，零落江才奈汝何。'岁在己酉（清宣统元年），时先生馆香水溪上，将生平所制词，勒为一卷，眉曰《灵岩樵唱》。自序云：'岁己酉，馆香水溪上。香水溪者，旧传夷光之遗迹也。地接灵岩，吴王尝建离宫于此。今废为伽蓝，萧寺钟声，似闻故厒；麇台柳色，犹展新睎。霸图何在，感怀不已。余与稼秋、阖如诸子，春秋佳日，载酒琴台。遥望五湖，烟水灏淼。估帆来去，名隐鸥皮；铁网纵横，骨枯鱼腹。踞石狂吟，辄不能去。至今思之，殆如梦影。灯窗孤坐，爰为当时所得词若干阕，别为一卷，眉曰《灵岩樵唱》。或以洞箫按之，凄咽怨断，谓有残山剩水之音也。'丙辰（民国五年）秋，遘疾而殁，年三十三。所制《玉琤玖馆词》，朱古微前辈更为删定，徐仲可、王弢农、柳亚子为刊其遗集，附以《龙禅室诗》《龙禅室摭谈》及遗文数十篇。朱谦良《读庞檗子遗集》诗，有'挑灯忍泪读遗编，展卷凝眸意惘然。侠骨峥嵘天亦妒，奇才璀璨俗无缘'之句，而柳弃疾《庞檗子遗集序》中，亦有'如此人才，曾不得四十，何其丰于文而啬于命也'之忾叹。"

　　剑亮按：《江苏文献》，月刊，1942 年创刊于江苏苏州，由江苏省文献史料馆出版发行。1945 年终刊。

　　《真知学报》第 1 卷第 1 期刊发：龙沐勋《创制新体乐歌之途径》。

　　《中国公论》第 1 卷第 7 期刊发：振维《评李白清平调》。

　　《国文月刊》第 1 卷第 14 期刊发：萧涤非《乐府填词与韦昭》。

　　《中日文化》第 2 卷第 6、7 期刊发：郑嘉莆《宋七家词评》。

　　《斯文》第 2 卷第 7 期刊发：吴徵铸《晚清史词》。

　　《新民报》第 4 卷第 24 期刊发：王亮《谈纳兰性德的词》。

　　吴梅著、卢前编《霜厓词录》，由文通书局出版。

　　《寿香社词钞》刊行。（南京图书馆藏）

【词人生平】

　　董康逝世。

　　董康（1867—1942），字授经，江苏武进人。曾任刑部主事，民国曾为北京大学教授，后任职日伪华北临时政府。有《课花庵词》。傅增湘曾以"清词丽句，早擅名家"（傅增湘：《书舶庸谭序》，《书舶庸谭》，第 4 页）评价董康的诗词成就。

　　周岸登逝世。

周岸登（1875—1942），字道援，号二窗，一号癸叔，别号癸辛词人，四川威远人。官广西阳朔知县，民国历任厦门大学、四川大学教授。有词集《蜀雅》。夏敬观《忍古楼词话》曰："威远周岸登道援，亦字二窗，又字北梦。昨年因姚景之寄予所著《蜀雅》十二卷，《蜀雅别集》二卷。岸登虽曾官江右，予未之常共文讌也。集中有《东园暝坐》用予韵《宴清都》云：'画省喧笳鼓。边风急、穷秋烟暝催暮。蛮熏未洗，吴棉自检，薄寒珍护。筝弦也识愁端，渐瑟瑟、偷移雁柱。更送冷、败叶声乾，敲窗点点如雨。 琴心寄远难凭，孙源闲蜀，巴水连楚。流波断锦，孤衾怨绮，梦抽离绪。寒声已度关塞，任碎捣繁砧急杵。数丽谯、廿五秋更，乌啼向曙。'岸登才思富丽，亦非余子可及者。"（唐圭璋编:《词话丛编》第 5 册，第 4786 页）

程善之逝世。

程善之（1880—1942），名庆余，字善之，号小斋，别署一粟，以字行。安徽歙县人，侨居江苏扬州。南社社员，"鸳鸯蝴蝶派"作家。有《沤和室词存》。

1943 年

（民国三十二年　癸未）

1 月

8 日，夏承焘作《鹧鸪天》（养翁有《山中忧饥词》，依声和之）、《鹧鸪天》（和养翁《忆杭州》）、《鹧鸪天》（答养翁、声越）。（夏承焘：《天风阁学词日记》[二]，第 450 页）

10 日，夏承焘作《虞美人》（意行未倦宜深坐）。（夏承焘：《天风阁学词日记》[二]，第 452 页）

15 日，《同声月刊》第 2 卷第 12 期刊发：

疊空居士《宋法曲大曲索隐》；

映庵《汇辑宋人词话》（续）；

文廷式著、龙沐勋校辑《重校集评〈云起轩〉词》；

龙沐勋校辑《〈起轩词〉补遗》《文芸阁先生词话》；

钱萼孙辑《文芸阁先生年谱》；

忏庵《春从天上来》（云里珠宫）；

孟劬《贺新郎》（剧迹云烟供）；

榆生《小重山》（万里迢递一纸书）；

仲联《高阳台》（读榆生后湖纪游之作，效颦继声）；

帅南《千秋岁》（年年重九）；

伯亚《大酺》（雪）。

15 日，《河南民众》第 2 卷第 4 期刊发：百印轩主《蝶恋花》（柳絮随风满地绕）。（后收入《民国珍稀短刊断刊·河南卷》第 8 册，第 3762 页）

20 日，夏承焘作《水调歌头》（壬午腊望，与声越、江冷行月龙泉山中。岚光松吹，境界清绝。声越归，就灯下走笔为此调，予亦继声。念十年来严州、杭州行迹，历历如梦也）。（夏承焘：《天风阁学词日记》[二]，第 455 页）

24 日，吕碧城卒于香港。

《同声月刊》第 3 卷第 1 号《词林近讯》栏目刊发："顷得上海《觉有情》半月刊编者陈无我君转示东莲觉苑林楞真女士来信，略称吕女士已于本年一月二十四日生西。"

剑亮按：吕碧城（1883—1943），字遁天，号圣因，安徽旌德人。南社社员。中年去国居瑞士，晚寓中国香港。有《信芳词》《晓珠词》。关于吕碧城逝世时间，李保民笺注《吕碧城词笺注》附录五《吕碧城年谱》曰："一九四三年（民国三十二年癸未），六十一岁。一月四日，以梦中所得诗等寄示张次溪，诗云：'护首探花亦可哀，平身功绩忍重埋。匆匆说法谈经后，我到人间只此回。'二十三日上午八时，病逝于香港东莲觉苑。"（吕碧城著，李保民笺注：《吕碧城词笺注》，第 590 页）

吕碧城逝世后，陆丹林撰写《记吕碧城女士》文，曰："'护首探花亦可哀，平身功绩忍重埋。匆匆说法谈经后，我到人间只此回。'这是旌德吕碧城女士，于民国卅二年一月廿四日在香港临终的时候最后的吟咏。看这首诗，是悟彻生死之理，了无挂碍似的。当时香港是在沦陷时期，国内也在抗战中，消息梗塞。因此，她在逝世了几年，最近还常有人探询她的芳踪近况的。她在十二岁的时候丁父（瑞田）忧。有一次，她的母亲严夫人给强徒掳掠，她便写信飞报给年伯樊云门求援。那时，樊任江苏布政使，设法援救，才得安全释放。袁世凯任直隶总督时，拨公款派她筹办天津北洋女子公学。先任总教习，后升任监督（即今之校长）。那时，她只有廿一岁，是民国前八年的事。她未办学之前，曾一度任《大公报》撰述。秋瑾很钦慕她，后来秋瑾出版《中国女报》，发刊词就是出于她的手笔。她好游历，两度赴欧美，如美国、法国、英国、意大利、瑞士等都有她的踪迹，尤其是住在日内瓦的时候最久。在美国，曾入哥伦比亚大学学习美术。在欧洲，和各国慈善家发起护生戒杀运动，同时用英文翻译佛经，传播佛学。她为了信佛，实行茹素戒杀。为了这，她在民廿四年在香港购屋居住，搬入不久，发现梁柱白蚁丛生，如果把它消灭，便违背杀生之旨，不然，白蚁蛀烂梁柱，屋宇倾圮，人物遭殃。不得已，索性平价地把住屋让给别人。她生平的著作很多，除了中西文的论著外，词集先后印过数次，如《信芳词》《晓珠词》。她在《自序》里说明自己定稿付印的原因，如云：'予慨世事难虞，家难奇剧，凡有著作，宜及身而定，随时付梓，庶免身后湮没。'从这几句话，便知道她自行编印词集的目的了。她的词，樊云门最为推重，《信芳词》付印时，樊氏逐首有评语，如'南唐二主之遗''松于梅溪，细于龙洲''陈君衡所不能到''稼轩宝钗分，桃叶渡，不能专美于前''清深苍秀，不减樊榭山房''此词居然北宋'等，都可以见到她的词学的造诣与成就。她饱经忧患，独身终老，平生起居服用，过的是豪华的生活。后来感悟，专研内典，传扬佛法以终身，所遗下的只有平生著述的诗文词。一代才人，死于乱世期间，寂寞无闻，不禁的使人感慨系之。无怪她最后的诗有'我到人间只此回'的凄音了。"（原载 1948 年 8 月 31 日《申报》。后收入吕碧城著，李保民笺注：《吕碧城词笺注》附录一，第 518 页）

钱仲联《近百年词坛点将录》曰："圣因近代女词人第一，不徒皖中之秀。早岁，《祝英台近》词，樊山赏为稼轩宝钗分，桃叶渡一阕，不得专美于前。中年去国，卜居瑞士。慢词《玲珑玉》《旧罗怨》《陌上花》《瑞鹤仙》，俱前无古人之奇作……《晓珠词》中，杰构尚多，'明霞照海，渲异艳，远天外'（《瑞鹤仙》），尽足资谈艺家探索也。"（钱仲联：《梦苕庵论集》，第 404 页）

26 日，夏承焘与徐震堮、孙传瑗、江冷游万松岭，谈论词学。夏承焘记曰：徐震堮"谈世传孟昶《玉楼春》（冰肌玉骨）一首，必出伪托。一、东坡《洞仙歌》序明云，仅记首两句，不应全首十九相同。以东坡之才，何至掠人之美。二、'水殿风来暗香满，时间疏星渡河汉，只恐流年暗中换'，在《洞仙歌》为拗句，与《玉楼春》句调不合。以文词论，数虚字省去便逊色。'琼户启无声'及'绣帘一点，月窥人'二句，尤有语病"。夏承焘评曰："此说甚好，可为此词定谳矣。"（夏承焘：《天风阁学词日记》[二]，第 456 页）

30 日，《云南日报》第 4 版刊发：刘文典《唐代乐谱》。中曰："中国古乐久亡，即唐宋乐谱已不传。今世所传最古者，莫如姜白石词谱，此上不得而见之矣。"（后收入刘文典：《刘文典全集[增订本]》，安徽大学出版社，2013 年，第 250 页）

31 日，夏承焘作《定风波》（壬午腊月十九，东坡生日，与各社友携酒具就王敬翁小酌。敬翁先坡一日生，范肯堂先生为取名髯先。声越、养老各制词补祝，予亦继声）。（夏承焘：《天风阁学词日记》[二]，第 458 页）

本月

卢前作《清平乐》（三十二年一月在永安，闻我与英美缔平等新约，收拾百

年世局，安得而不喜也。灯下写付诸生歌之）。（后收入卢前:《卢前诗词曲选》，第 145 页）

龙榆生作《声声慢》（吕碧城女士怛化香港，倚声寄悼）。（后收入龙榆生:《忍寒诗词歌词集》，第 84 页）

剑亮按：吕碧城于 1 月 24 日卒于香港，故将此词编年于此。

刘永济作《木兰花慢》（挽豢龙）。（后收入刘永济:《诵帚词集　云巢诗存》，第 80 页）

剑亮按：刘异，字豢龙，为刘永济好友，本月在湖南衡阳病逝。同年 9 月，曾经跟从刘永济、刘异两教授学词的胡国瑞作《木兰花慢》（奉和新宁师原韵，挽豢龙师兼怀珞珈黉宇）。后收入刘永济:《诵帚词集　云巢诗存》，第 394 页。亦收入胡国瑞:《湘珍室诗词稿》，武汉大学出版社，1992 年，第 23 页。

重庆《中国学报》第 1 卷第 1 期刊发: 唐圭璋《论词之作法》。

重庆《文史哲季刊》第 1 卷第 1 期刊发: 唐圭璋《〈云谣集杂曲子〉校释》。

剑亮按:《文史哲季刊》，季刊，1943 年创刊于重庆，由中央大学出版发行。1945 年终刊。

2 月

3 日，夏承焘作《蝶恋花》（声越于芳野山中觅得梅枝，与养翁各以词宠之）、《好事近》（岁尽，瓶梅初吐，和声越）、《好事近》（策杖去冲寒）。（夏承焘:《天风阁学词日记》[二]，第 459 页）

4 日，何遂作《金缕曲》（壬午岁除，中宵不寐。纸窗大明，则已新正元旦矣。枕上作）。（何遂:《叙圃词》，第 55 页。后收入曹辛华主编:《民国词集丛刊》第 6 册，第 79 页。后亦收入何达:《何遂遗踪: 从辛亥走进新中国》，第 166 页）

4 日，林思进作《满庭芳》（壬午除岁）。（林思进:《清寂词录》卷二，第 10 页。后收入朱惠国、吴平编:《民国名家词集选刊》第 10 册，第 499 页）

4 日，刘永济作《南柯子》（除夕）。（后收入刘永济:《诵帚词集　云巢诗存》，第 80 页）

5 日，林思进作《满庭芳》（癸未元日，立春）。（林思进:《清寂词录》卷三，第 1 页。后收入朱惠国、吴平编:《民国名家词集选刊》第 10 册，第 501 页）

5 日，夏承焘作《鹧鸪天》（芳野除夕，寄天五、无闻，当想见萧寥况味也）。

（夏承焘：《天风阁学词日记》[二]，第 461 页 ）

11 日，夏承焘作《洞仙歌》（癸未开岁五日，偕友生自大沙渡江看梅，同养翁、声越、季思作 ）。（夏承焘：《天风阁学词日记》[二]，第 462 页 ）

14 日，夏承焘与孙传瑗、徐震堮谈论词学。"声越谓大晏高处胜小晏，小晏字面太工。又甚赏欧公。谓欲选一本，五代取温、韦、后主，北宋小晏、苏、秦、欧、柳，南宋辛、姜、须溪，金遗山。又谓姜、张一派，至水云楼而极，好词比项莲生多。"（夏承焘：《天风阁学词日记》[二]，第 463 页 ）

15 日，夏承焘作《唐多令》（和养翁，落梅 ）。（夏承焘：《天风阁学词日记》[二]，第 464 页 ）

17 日，夏承焘作《菩萨蛮》（答养翁，嘲梅，示同游女生 ）。（夏承焘：《天风阁学词日记》[二]，第 465 页 ）

17 日，龙榆生作《鹧鸪天》（癸未元宵前二日五更灯下作 ）。（龙榆生：《忍寒词》之乙稿《忍寒词》，第 7 页。后收入朱惠国、吴平编：《民国名家词集选刊》第 15 册，第 441 页。亦收入龙榆生：《忍寒诗词歌词集》，第 83 页 ）

22 日，夏承焘《好事近》（送养翁宁家景宁 ）。（夏承焘：《天风阁学词日记》[二]，第 467 页 ）

27 日，龙榆生作《好事近》（一九四三年二月二十七日，偕第三次全国教育行政会议会员同往孝陵看红梅，归赋此阕 ）。（后收入龙榆生：《忍寒诗词歌词集》，第 83 页 ）

本月

叶恭绰《遐庵词甲稿》付刊。《叶遐庵先生年谱》民国三十二年癸未："二月，《遐庵词甲稿》付刊。先生寝馈于词学者四十余年。生平所作，迄未示人。《遐庵汇稿》之刊，朋僚数请付印，先生坚不肯应。嗣经新建夏映庵敬观为选定若干首，颜曰《遐庵词甲稿》。昔日朋僚以先生本岁六秩，晋三大庆，特为付刊，以垂纪念。"（后收入彭玉平、姜波整理：《叶恭绰词学文集》，第 280 页 ）

柳诒徵作《〈夜珠词〉序》，曰："韶令靓深，窥温、李而摩琴、柳，孟晋不已，镕冶风雅、楚辞，推暨玉田、白石，行且弁冕词坛矣。"（后收入柳定生、柳曾符编：《柳诒徵劬堂题跋》，华正书局，1996 年，第 146 页 ）

3月

15日,《同声月刊》第3卷第1期刊发:

冒广生《东鳞西爪录》;

俞陛云《宋词选释》(花外集·萍洲渔笛谱);

映庵《词律拾遗再补》(续);

神田喜一郎著、李圭海译《高野竹隐与森槐南之词学》;

龙沐勋辑《〈云起轩词〉评校补编》;

钱萼孙《文芸阁先生年谱补正》;

碧城《一萼红》(旅欧,被困危城之作)、《金缕曲》(灼灼朱华艳);

榆生《声声慢》(吕碧城女士怛化香港,倚此抒哀)、《鹧鸪天》(癸未正月十三,五更灯下作)、《好事近》(一点是冰心);

英三《高阳台》(荒驿啼鸡);

遁堪《龙榆生词序》。

16日,《古今》半月刊第19期刊发:龙沐勋《苜蓿生涯过廿年》。

19日,丁宁作《临江仙》(癸未三月十九日作)。(丁宁著,刘梦芙编校:《还轩词》卷下,第9页。后收入曹辛华编:《民国词集丛刊》第1册,第111页)

20日,《海报》刊发:周炼霞《浣溪沙》(题吴曼青女士画《坐看云起图》)。(后收入刘聪著辑:《无灯无月两心知:周炼霞其人与其诗》,第211页)

20日,江家琥(眉仲)访夏承焘,谈江芷词。"眉仲谓其侄女江沚(沉芝),近在婺源高中教英文。"夏承焘记曰:"前于林庚白《孑楼笔记》中见其词句云:'夜凉如水楼休倚,怕西风、吹冷温柔。'女子中难得才也。浙大化学系毕业。"(夏承焘:《天风阁学词日记》[二],第473页)

剑亮按:参见1941年4月8日。

21日,江家琥向夏承焘出示诗词稿。夏承焘记曰:"有江沉芝女士《摸鱼子》(看花)词甚佳。予所见女子能词者,怀枫、珍怀外,无过沉芝者。"(夏承焘:《天风阁学词日记》[二],第473页)

剑亮按:夏承焘所论江芷《摸鱼子》(看花)词,后收入《春云秋梦集诗词合刊》之《秋梦词》。词曰:"正长空、微云不雨。乱山一带无语。还巢莺燕原相识,同认旧时游处。指那许,有数亩寒梅,三五人家住。陌头凝伫。更细话童年,一回惆怅,烟外碧天暮。 村桥畔,犹自低徊不去。残香历乱归路。看花纵是人依旧，不似那时情绪。君信否，便隔岁、重来此事寻无据。幽怀莫诉，且折取寒花，将愁归去，伴我赋长句。"（《春云秋梦集诗词合刊》之《秋梦词》，自刊本，第 16 页）

本月

夏承焘作《鹧鸪天》（吟过梅花便见几）、《鹧鸪天》（答影观夫人问乡居生活）。（吴无闻：《夏承焘教授纪念集》，第 247 页）

重庆《文史杂志》第 3 卷第 5、6 期刊发：唐圭璋《唐宋两代蜀词》。（后收入唐圭璋：《词学论丛》，第 866 页）

重庆《读书月刊》刊发：唐圭璋《论梦窗词》。（后收入唐圭璋：《词学论丛》，第 981 页）

文廷式《云起轩词》，由南京同声月刊社刊行。为《同声社丛书》一种。书前有龙沐勋《云起轩词钞序》，末附龙沐勋《文芸阁先生词话》及《云起轩词评校补编》。

卢前《中兴鼓吹抄》，由福建永安建国出版社出版。书前有作者《我怎样写〈中兴鼓吹〉的》文。

洪汝闿作《〈柯亭长短句〉序》。曰："柯亭蔡君以词集寄汝闿于江都，命为之序。且曰：余词不足存，敝帚自珍，文人结习尔。汝闿读既竟，作而叹曰：'呜呼！此古人之词，非近世之词也，乌可以敝帚少之哉？'盖以词学之在今日，可谓盛矣。五六十年来，经晚清名公巨卿竭其心思才力，发扬昌大之。内正厥志，悱恻沉绵。以楚些之离忧，写蘅茞之逸韵。于是斯体遂尊，与风雅同其正变。新进后生饫闻其绪论，知言词之可以发名而成业也，故今日士人之稍能文者，莫不习为词。为之者既多，于是今人治词，遂分二派：一曰社派，一曰校派。社派以修辞叶律为工，重在才；校派以考订研究为主，重在学。而其别裁伪体，上探本源，守先正之明清，慨六义之放失，怀旧俗而远事变，则二派之所揭橥靡弗同。君盖兼有二派之长者，所为词，又能自出手眼，开径独行，才与学相资，声与文并懋。不附和今人，亦不全依傍古人。其为体也，直而不窳，文而不缛，曲而不纤，朴而不野。一语之发，咸出中诚。意内言外，自然优美。卓然自成为柯亭之词，不同于世之但有其表而无其里者，兹其尤为难能可贵者与？抑余与君由词缔交之始末，犹有可言焉。余初不工词，漫咏之，以自娱而已。君以友人之绍介，片语之契，许为知言。叠寄篇章，属为商榷，旋又命序其所注之沈氏《乐府指迷》，今且为君词两次执笔作序矣。然在五年中，书问往复，如对晤言，而君与余固始终未有一面之雅也……中华民国三十有二年，岁次癸未季春月，歙县洪汝闿泽丞书于扬州何园之寓斋，时年七十有五。"（后收入张响整理：《蔡嵩云词学文集》，第 163 页）

剑亮按：为《柯亭长短句》作《序》者，还有夏敬观、柳诒徵、卢前。

春，章士钊作《齐天乐》（弘度见寄所著《笺屈六论》，服其精博，为拈此）。（后收入刘永济：《诵帚词集 云巢诗存》，第 396 页）

剑亮按：刘永济作《鹧鸪天》（孤桐寄示《齐天乐》词，惠题拙著《笺屈六论》，兼及骞龙永逝之哀，赋此答谢）。后收入刘永济：《诵帚词集 云巢诗存》，第 396 页。章士钊，字行严，笔名孤桐。

4 月

4 日，夏承焘作《临江仙》（小极初起，出看月色。诵"贫过中年病过春"句，作此示诸生）、《鹧鸪天》（龙泉春半，寄养臞翁景宁）。（夏承焘：《天风阁学词日记》[二]，第 477 页）

6 日，夏承焘作《玉楼春》（龙泉学舍，生计日艰）。（夏承焘：《天风阁学词日记》[二]，第 478 页）

7 日，陈匪石作《鹧鸪天》（癸未元巳，风雨中卧病花岩僧舍）。（后收入陈匪石著，刘梦芙校：《陈匪石先生遗稿》，第 95 页）

8 日，夏承焘作《菩萨蛮》（儿时弟妹围灯味）。（夏承焘：《天风阁学词日记》[二]，第 479 页）

8 日，顾随致函滕茂椿，并附其《浣溪沙》词三首。中曰："昨夕有友人来小斋坐谈，不觉遂进一盏茶。友人既去，解衣上床，竟不成眠。枕上口占小词三章，晨起录出，殊不自以为佳。下午睡起，更益数字，稍近平妥。莘园学词，甚有思致，故即以此稿寄之，不复重抄也。"（顾随：《顾随全集》第 9 卷，第 49 页）

剑亮按：顾随函中所谓"枕上口占小词三章"为《浣溪沙》三首。其一："城北城南一片尘，人天无处不昏昏。可怜花月要清新。 药苦堪同谁玩味，心寒不解自温存。又成虚度一番春。"其二："自着袈裟爱闭关，《楞严》一卷懒重翻。任教春去复春还。 南浦送君才几日，东邻窥玉已三年。嫌他新月似眉弯。"其三：

"久别依然似暂离，当春携手凤城西。碧云缥缈柳花飞。　一片心随流水远，四围山学翠眉低。不成又是隔年期。"

9 日，夏承焘作《鹧鸪天》（病中示诸从游）。夏承焘接缪钺遵义浙江大学来函，附词数首，并询问其《词人年谱》是否有续作。（夏承焘：《天风阁学词日记》[二]，第 480 页）

10 日，夏承焘接施亚西函，以及两首新词。其一为《浣溪沙》，曰："点点平湖雨脚明，一波才起一波平。无穷生灭是人生。　醉里长知身是梦，不知梦又怎能成。夜窗风雨一声声。"夏承焘作和词《浣溪沙》，曰："懒听杨枝少正声，长怜鸳侣易多情。闲鸥冷眼最分明。　悟得水流非水逝，休惊沤灭与沤生。春江长是这般平。"（夏承焘：《天风阁学词日记》[二]，第 480 页）

11 日，顾随致函滕茂椿，谈学词体会。中曰："久不作词，近中颇有词意，已作得三章，见另纸。尚有二章腹稿犹未就也。义山诗，六一词，可常读之。"（顾随：《顾随全集》第 9 卷，第 49 页）

14 日，孙家珺为夏承焘借来《寿香社词钞》。夏承焘记曰：《寿香社词钞》为"壬午，南华老人何振岱选王德愔至王真八家，皆闽中女子也"。（夏承焘：《天风阁学词日记》[二]，第 482 页）

15 日，《同声月刊》第 3 卷第 2 期刊发：

冒广生《东鳞西爪录》（续）；

俞陛云《宋词选释》（蘋洲渔笛谱　山中白云词）；

映庵《词律拾遗再补》（续）、《汇辑宋人词话》（续）；

龙沐勋《词林逸响述要》；

趣园《浣溪沙》（记否簪裾集趣园）、《倚风娇近》（癸未元日立春，寄怀南北友好）；

公孟《竹马子》（算零粉南朝）、《浣溪沙》（桥畔波纹镜面平）；

榆生《卖花声》（斜日媚三姝）；

仲联《台城路》（东风占了南朝路）（附套曲）。

16 日，《古今》半月刊第 20、21 期刊发：龙沐勋《苜蓿生涯过廿年》（续）。

30 日，《大鹏月刊》第 1 卷第 10 期刊发：刘天行《〈广箧中词〉略评》。

本月

《中央大学文史哲季刊》第 1 期刊发：唐圭璋《〈云谣集〉杂曲子校释》。(后收入唐圭璋:《词学论丛》, 第 721 页)

《风雨谈》第 1 期刊发:《同声月刊》广告:"龙沐勋先生主编, 三卷一期, 业已出版。龙榆生先生为国内词曲名家, 历任南北各大学中国文学教授, 主编《词学季刊》, 每届刊行, 纸贵洛阳。《同声》为《词学季刊》之续, 亦为研究词曲者惟一之良好参考读物。南京汉口路十九号同声社发行。"

剑亮按:《风雨谈》, 月刊, 1943 年创刊于上海, 由文汇书报社出版发行。1945 年终刊。

5 月

1 日,《古今》半月刊第 22 期刊发：龙沐勋《苜蓿生涯过廿年》(续)。

15 日,《同声月刊》第 3 卷第 3 期刊发：

夏敬观《〈叶遐庵词〉序》;

瞿兑之《〈花随人圣庵摭忆〉序》;

俞陛云《宋词选释》(山中白云词);

映庵《汇辑宋人词话》(续);

文廷式《琴风余谭》。

16 日,《古今》半月刊第 23 期刊发：龙沐勋《苜蓿生涯过廿年》(续完)。

20 日,《华北作家月报》第 6 期刊发：平伯《词曲同异浅说》。(后收入俞平伯:《论诗词曲杂著》, 第 691 页)

26 日, 夏承焘接汤影观 3 月 28 日寄自上海拉都路 444 弄 31 号信。夏承焘记曰:"附来其词集自序一首, 寒食寄怀《菩萨蛮》二首, 有 '重寻离别处, 绿到回黄树。试问谢池旁, 垂杨几许长' 之句, 谓去春在上海同访马夷初, 出别于巷口树下也。"(夏承焘:《天风阁学词日记》[二], 第 492 页)

本月

《民族诗坛》第 5 卷第 1 辑刊发：

于右任《诉衷情》(三十年九月十八日, 同庚由自渝飞兰机中);

章士钊《水调歌头》(岁辛亥, 亡弟勤士年二十六, 充广西全省警察厅厅长,佐中丞沈公秉堃办新政有声。后沈公以广西响应武昌，实由亡弟定计左右沈公，为之桴鼓不惊，坐更国变，此间能谈此事原委者，今无人矣。昨过抚署旧址，只余短墙。一园化为广众技击之所。抚今追昔，情见乎词）、《送入我门来》（示侄东岩、东浩）、《满江红》（八月十三日，张向华席上作）、《高阳台》（桂林，怀叶遐庵）；

黄介民《鹧鸪天》（巴山春暮，用放翁韵）；

王去病《临江仙》（烟锁蓬莱千万里）；

李靖烈《满江红》（诵《中兴鼓吹》）、《满江红》（秋将尽矣，寄庆光先生）；

张庚由《桃源忆故人》（自渝飞兰机中）、《卜算子》（侍右公赴关外道中）、《满庭芳》（霜老园林）、《金缕曲》（敦煌纪事）、《西江月》（敦煌纪事）；

成善楷《浣溪沙》（闻敌向英美宣战，辄纪以词）、《菩萨蛮》（奉怀卢参政渝州）。

上海《风雨谈》杂志第 2 期刊发：龙榆生《记吴瞿安先生》。

6 月

1 日，《思想与时代》第 23 期刊发：缪钺《论辛稼轩词》。

剑亮按："思想与时代社"成立于 1940 年 6 月。竺可桢《日记》1940 年 6 月 14 日云："晓峰来谈思想与时代社之组织。此社乃为蒋总裁所授意，其目的在于根据三民主义以讨论有关学术与思想。基本社员六人，即钱宾四（穆）、朱光潜、贺麟、张荫麟、郭洽周、张晓峰六人。主要任务在于刊行《思想与时代》月刊及丛刊，与浙大文科研究所合作进行研究工作。月刊定于七月发行，每月由总裁拨 7500 元作事业费，其中 2500 为出版费，1500 为稿费，编辑研究 2000，与史地部合作研究 1500 元。据晓峰云，拟设边疆、气象、南洋、东北四研究计划，补助文科研究所之不足云。"（竺可桢:《竺可桢日记》第 9 卷，上海科技教育出版社，2010 年，第 261 页）其中张晓峰、张荫麟、郭斌龢、贺麟是原"学衡派"成员。朱光潜为郭斌龢香港大学读书时的同学。

13 日，夏承焘与徐震堮、王季思谈论词学。徐震堮"爱少游过于小山"。夏承焘谓"一后主，二少游，三清真，四梦窗，正分四境。少游如游丝袅空，清真便有意布置矣"。（夏承焘:《天风阁学词日记》[二]，第 498 页）

15 日，《同声月刊》第 3 卷第 4 期刊发：

映庵《戈顺卿〈词林正韵〉纠正》；

俞陛云《宋词选释》（山中白云词）；

孟劬《望江南》（题彊村丈词集。丈有《望江南》词，题清代名家词集略备。而丈词实为清代词家一大殿，不可以无述。爰仿其体，补题二解）；

映庵《木兰花慢》（秋夜闻雁，用柳耆卿韵）；

忏庵《木兰花慢》（淫雨达旦，夏映老书来，录示旧作。谓柳耆卿此调，三首平仄皆一律。于"数千万里"及"向庭院静"二句中间，二字相连，步之不易云。原韵，勉和一阕）、《满江红》（老画师黄宾虹先生年八十二矣，为余作《半舫斋填词图》，因索题其先族祖凤六公《村居图》，率成二首应之）；

茄庵《破阵子》（镜里香尘都满）、《破阵子》（解道沧波终浅）、《虞美人》（春魂栖稳双飞蝶）、《采桑子》（春灯压酒怜清夜）、《古倾杯》（忆与季湖塘西之游）；

瞿禅《鹧鸪天》（辛巳冬，送仲联返虞山，即题其《梦苕庵图》）；

仲联《卖花声》（榆生园中，观杏已零落矣。榆生填此词，邀同作）。

15 日，《新云梦月刊》创刊号刊发：梅道人《〈劫余诗词剩稿〉自序》。（后收入《民国珍稀短刊断刊·湖北卷》第 28 册，第 13386 页）

本月

重庆《新中华杂志》第 1 卷第 6 期刊发：杨世骥《刘毓盘》。中曰："毓盘的词，我所见到的有《濯绛宧词》一卷，系光绪自刊本。集中刻字多作古体，经过手民勾描上版，误植颇多。他的弟子查猛济在《刘子庚先生的词学》一文中（载《词学季刊》第三期，国内介绍他的词学的文字，似仅此一篇），称述他的《噙椒词》，据云亦系光绪自刊本。我却不曾见过，想必即是此集重刻时更改过题名的，最显著的证明是：（一）《濯绛宧词》所录亦不足百首，与《噙椒词》相同；（二）《濯绛宧词》第一首也是《菩萨蛮》，他的名句'花约夕阳迟，一齐红几时'便是出自这首里面的。"（后收入胡全章编：《杨世骥文存》，第 63 页）

重庆《新中华杂志》第 1 卷第 6 期刊发：唐圭璋《姜白石评传》。（后收入唐圭璋：《词学论丛》，第 963 页）

初夏，杨绮尘作《浣溪沙》（奉读《忆珞珈》词，往复欢念，较白石桥边红药之咏尤为悱恻，因成忆武昌词六章，即次原韵，当讥我为东施也）。（后收入刘永济：《诵帚词集 云巢诗存》，第 397 页）

剑亮按：杨绮尘所作六首为：《浣溪沙》（春画晴风想旧湖）、《浣溪沙》（花韵琴心却两宜）、《浣溪沙》（笛外晴湖水倒流）、《浣溪沙》（四面琉璃照画窗）、《浣溪沙》（春社新词偶倚成）、《浣溪沙》（落日何年照大旗）。

夏，何遂作《摸鱼儿》（癸未盛夏，客贵阳。一晴十雨，气候如秋。重展《长江万里图》，纷然往事都在心头。叠赠劬堂韵，再题此阕）。（何达：《何遂遗踪：从辛亥走进新中国》，第 169 页）

7 月

15 日，《同声月刊》第 3 卷第 5 期刊发：

弢素《扫花游》（题《桥西草堂图》，依清真四声）、《浪淘沙》（痛曾孙祥麟）、《蝶恋花》（看曾孙祥麟墓感赋）；

固叟《贺新郎》（叟也何曾固）；

石泉《念奴娇》（除夕寄怀继华姊丈、干芳二姊长沙）、《鹧鸪天》（二月十九夜不寐）、《浣溪沙》（暮春）。

26 日，缪钺致函刘永济，评刘永济词。中曰："顷又奉手笔并大词，反复浣诵，快同觌面。尊词蕃艳其外，醇至其内，极往复低徊、掩抑零乱之致。而其苦衷之万不得已，大都流露于不自知。常与洽兄谭论，自彊村、夔笙诸老辈凋谢，并世词人，惟吾兄沉健深挚，独树一帜，远非雕绘满眼者所能及。此乃称心而言，非阿好之语也。"（后收入刘永济：《诵帚词集　云巢诗存》，第 400 页。又收入缪钺著，缪元朗整理：《冰茧庵论学书札》上，第 64 页）

8 月

12 日，顾随作《〈稼轩词说〉后记》。中曰："去岁拟说稼轩词时，选词既定，曾有记如右……又旧所选不曾分卷，今厘而二之。上卷多飞动之作，下卷所选稍较恬静。"（后收入顾随：《顾随文集》，第 61 页）

13 日，卢前作《念奴娇》（八月十三日感怀，用东坡韵寄达云桂林）。（后收入卢前：《卢前诗词曲选》，第 147 页）

15 日，《同声月刊》第 3 卷第 6 期刊发：

映庵《戈顺卿〈词林正韵〉纠正》（续）；

俞陛云《宋词选释》（晏殊　张先　黄庭坚　刘克庄）；

孟劬《忆旧游》(榆生北来见访,不相见者十四年矣,喜而赋之);

陜青《浣溪沙》(碧玉年光记不真)、《虞美人》(送陈仲恕南归)、《清平乐》(乱帆望尽);

平伯《风入松》(高城不见暮天长);

榆生《浣溪沙》(过玉泉山作)、《采桑子》(癸未初秋,访心畬于万寿山之介寿堂,赋赠)、《临江仙》(癸未中元前一日,与丰一同游北海,口占为赠)。

15日,《国力月刊》第3卷第7、8期合刊刊发:钱基博《章孤桐先生有词〈鹧鸪天〉见怀,奉寄〈近百年湖南学风〉,率答二律》。(后收入钱基博著,傅宏星校订:《潜庐诗文存稿》,华中师范大学出版社,2016年,第485页)

16日,顾随致函周汝昌,并附其《南歌子》(夜深雨过无寐口占)。中曰:"小词一章,昨夕所得,附呈。"(顾随:《顾随全集》第9卷,第81页)

本月

沈钧儒作《菩萨蛮》(题叔羊画《海鸥图》)。(后收入沈钧儒:《寥寥集》,第122页)

龙榆生作《临江仙》(中元前一日,与周丰一北海纳凉,赋赠)。(后收入龙榆生:《忍寒诗词歌词集》,第74页)

9月

2日,顾随致函周汝昌,并附其《鹧鸪天》(秋日晚霁有作)、《浣溪沙》(偶得"后期"七字,已谱前章,叶九见而喜之,因再赋此阕)、《临江仙》("后期"七字意仍不尽,再赋)、《南乡子》(秋势未渠高)、《鹧鸪天》(不寐口占)。中曰:"惟秋阴不散,心绪难佳,夜间每苦失眠。辗转无聊,则口占小词,今日录出,已有五章,即以原稿奉寄。忙于写《词说》,不及另抄叶也,阅后请寄还原稿。如有闲,抄一遍寄来更好(若尔则原稿可留兄处,不必寄还矣),苦水处尚未留稿也。"(顾随:《顾随全集》第9卷,第83页)

10日,顾随作《〈东坡词说〉后叙》。中曰:"东坡之词,写景而含韵;稼轩之作,言情以折心。稼轩非无写景之作,要其韵短于坡。东坡亦多言情之什,总之意微于辛。至其议论说理,统为蹊径别开。而辛多为入世,苏或涉仙佛。说中所立出入二名,即几乎是。"(后收入顾随:《顾随文集》,第42页)

13 日，顾随致函叶嘉莹，谈论词学。中曰："携去'词说'想已读得一过，不知于行文、说理两方面觉有败阙处否？务希直言见告，勿客气也。友人某谓用'会不会'太多，又称稼轩每曰'老汉'，亦不甚妥。君于此评有同感否？'说苏'亦脱稿，自视较之前作为佳，到校时可便道移步蜗寓，取去一看。"（后收入赵林涛：《顾随和他的弟子》，第 113 页）

14 日，何遂作《百字令》（癸未中秋，虞薰无事初度，尔汝交期，能无对酒当歌，一洗胸中块垒）。（何达：《何遂遗踪：从辛亥走进新中国》，第 169 页）

14 日，查猛济作《虞美人》（癸未中秋，云和对月）。（查猛济：《为无为堂诗词集林》，民国三十四年［1945］铅印本，第 33 页。后收入曹辛华主编：《民国词集丛刊》第 10 册，第 479 页）

14 日，杨绮尘作《八声甘州》（癸未中秋），并呈请刘永济教正。（后收入刘永济：《诵帚词集 云巢诗存》，第 403 页）

14 日，刘永济作《三部乐》（癸未中秋）。（后收入刘永济：《诵帚词集 云巢诗存》，第 86 页）

15 日，《同声月刊》第 3 卷第 7 期刊发：

映庵《戈顺卿〈词林正韵〉纠正》（续）；

阶青《满江红》（青岛）、《鹧鸪天》（清溪道中）、《南歌子》（示章式子词盟）、《临江仙》（掩尽青骢门外迹）；

蛰云《霜花腴》（赠孟劬）；

孤桐《鹧鸪天》（念远伤离意各疲）；

榆生《水调歌头》（送郝腾霄将军出任苏淮特区行政长官）。

17 日，顾随致函周汝昌谈词，并附其《青玉案》（行行芳草湖边路）、《鹧鸪天》（日光浴后作）、《浣溪沙》（比来日日读《珠玉词》及六一近体乐府，因借其语成一章）、《临江仙》（巽甫寄示近作《八声甘州》一章，自嘲浅视。适谱此曲未就，过片因采其语，足成之，却寄巽甫为一笑也。时为中秋节）。中曰："驼庵于《珠玉词》实有独到之见，向来二晏词皆以为雏凤声清，吾则以为老姜辣味耳。"（顾随：《顾随全集》第 9 卷，第 83 页）

22 日，夏承焘作《清平乐》（题方介堪结婚纪念册。王夫人即世数载矣。此玉田慰陆壶天悼亡调也）。词后自注："王夫人治小学，尝助介堪著《古契文综》。卷中有谢玉岑《双松遗墨》。"（夏承焘：《天风阁学词日记》［二］，第 511 页）

17 日，顾随致函周汝昌谈词，并附其《破阵子》（吾既说辛词竟，一日取《稼轩长短句》读之，觉其《鹧鸪天·徐抚干惠琴不受》一章，自为写照，极饶奇气，遗而未说，真遗珠矣，乃复为小词二章云）。（顾随：《顾随全集》第 9 卷，第 89 页）

本月

徐谦《徐季龙先生遗诗》手抄影印刊行。收诗 135 首、词 7 首。卷首有沈仪彬《序》。

秋，林思进作《惜黄花慢》（自乱离来，不到江楼，殆二十年。癸未之秋，偶以事过东郊，循江岸至薛湾井，睹其石刻小像，感往怅今，抽管赋之）。（林思进：《清寂词录》卷五，第 15 页。后收入朱惠国、吴平编：《民国名家词集选刊》第 10 册，第 608 页）

秋，龙榆生作《浣溪沙》（癸未初秋，北游过玉泉山作）、《采桑子》（癸未初秋，于万寿山之介寿堂，获晤溥心畬，赋赠）。（龙榆生：《忍寒词》之乙稿《忍寒词》，第 8 页。后收入朱惠国、吴平编：《民国名家词集选刊》第 15 册，第 443 页。亦收入龙榆生：《忍寒诗词歌词集》，第 88 页）

秋，柳诒徵作《〈何叙甫词〉序》。中曰："叙甫将军词，自运机杼，不落恒蹊。庚白评之允矣。"（后收入柳定生、柳曾符编：《柳诒徵劬堂题跋》，第 149 页）

秋，刘永济作《浣溪沙》（啸苏六十，远赋新词，下征拙句，依韵奉酬）。（后收入刘永济：《诵帚词集 云巢诗存》，第 86 页）

秋，唐文治为王次清诗词集作《序》。中曰："癸未孟秋，族侄松源携其外舅同邑王次清先生诗词稿，属为序言，余雒诵数四不忍释，曰：'是殆今世之渊明欤？'……即以词论，亦抒写性情，非风花雪月，纤佻秾砌者可比。惟冀松源永宝兹集，俾传诸艺林讽诵而弗替也。"（原载《茹经堂文集》五编卷五。后收入唐文治著，邓国光辑释：《唐文治文集》第 3 册，上海古籍出版社，2018 年，第 1606 页）

剑亮按：《唐文治文集》第 3 册收录该文时，将标题误作"王君次《清诗词集》序"。

10 月

1 日，顾随致函周汝昌，评周汝昌词。中曰："前所寄《八声甘州》，吾所最爱。'叶开爽籁，波剔明纹'八字，非短视人着目镜后不能见此境界，不能作此语。妙，妙。惟心思过密，雕镂过甚。虽是梦窗家法，不免伤气。"（赵林涛、顾之京整理校注：《顾随致周汝昌书》，河北教育出版社，2010 年，第 28 页）

3 日，顾随致函周汝昌谈词，并附其《风流子》（旧恭、定二邸见红蕉有作）、《木兰花令》（什刹海薄暮散策口占）。中曰："吾于清真、梦窗，二十年前俱下过苦工，惟所喜则为珠玉、六一、东坡、稼轩耳。"（顾随：《顾随全集》第 9 卷，第 91 页）

7 日，卢前作《玉楼春》（癸未重九）。（后收入卢前：《卢前诗词曲选》，第 148 页）

13 日，《社会日报》刊发：周铢霞《浣溪沙》（题陈小翠女士湖楼梦影之一《驰马垂纶图》）三首。（后收入刘聪著辑：《无灯无月两心知：周铢霞其人与其诗》，第 211 页）

14 日，《社会日报》刊发：周铢霞《浣溪沙》（题陈小翠女士湖楼梦影之二《采舟敲句图》）三首。（后收入刘聪著辑：《无灯无月两心知：周铢霞其人与其诗》，第 212 页）

15 日，《同声月刊》第 3 卷第 8 期刊发：

俞陛云《宋词选释》（范成大等）；

神田喜一郎著、李圭海译《日本填词史话》；

忏庵《金缕曲》（久不得榆生书，忽一纸飞来，知患牙痛，倚此寄怀，聊博莞尔）；

映庵《壶中天》（题巢章甫《海天楼读书图》）；

平伯《减字浣溪沙》（为榆生题《彊村授砚图》）；

榆生《鹧鸪天》（避世桃源别有村）；

仲联《鹧鸪天》（十月十七日桥西草堂作，放翁生日）、《满江红》（是日分韵得寿字）；

梦雨《玉楼春》（寄瞿禅）。

22 日，顾随致函滕茂椿，并附其《临江仙》（秋宵无寐口占）。中曰："小词是昨夕枕上口占，附呈。"（顾随：《顾随全集》第 9 卷，第 55 页）

24 日，顾随致函周汝昌，并附其《临江仙》（过却中秋几日）、《鹧鸪天》（谁信狂夫老不狂）、《南歌子》（雨洗清秋月）。中曰："下录三词，皆重阳前后所作。

计今秋得词廿余首，大半都写寄矣。"（顾随:《顾随全集》第9卷，第93页）

本月

唐长孺作《水龙吟》（贺蒋礼鸿、盛静霞订婚）。（后收入唐长孺著，王素笺注:《唐长孺诗词集》，第62页）

梁寒操诗词集《西行乱唱》，由重庆五十年代出版社出版。1944年10月再版。有作者《自序》。

刘永济作《菩萨蛮》（师梅以摄影券要我入国民党，久之未报，今始检出却还，媵以小词，用致庄生泽雉之意，兼博老友一笑）。（后收入刘永济:《诵帚词集 云巢诗存》，第82页）

11月

1日，北京《艺文杂志》第1卷第5期刊发:

龙榆生《忍寒居士自述》；

平伯《说清真〈醉桃源〉词》（《读词偶得》续稿之一）。

10日，夏承焘作《鹧鸪天》（绿鸭滩头白鹭飞）。（夏承焘:《天风阁学词日记》[二]，第518页）

11日，《海报》刊发:周錬霞《菩萨蛮》（倦绣）、《重叠金》（落叶）。（后收入刘聪著辑:《无灯无月两心知:周錬霞其人与其诗》，第222页）

15日，夏承焘作《卜算子》（一笑相逢）。词前有记曰:"前日（徐）渊若来书乞词，为作一首，有规勉之意。"（夏承焘:《天风阁学词日记》[二]，第519页）

15日，《同声月刊》第3卷第9期刊发:

疢斋《淮海集笺长编》；

映庵《汇辑宋人词话》；

俞陛云《宋词选释》；

忏庵《霓裳中序第一》（千秋漫再说）；

释戡《贺新郎》（送张次溪之官徐州）；

羡季《临江仙》（重向赤栏桥下过）、《浣溪沙》（梦未成时酒半醒）；

英三《一萼红》（过秦淮）、《木兰花慢》（过嘉兴古镇）。

24 日，杨绮尘作《三部乐》（奉和诵帚九兄癸未中秋词韵，写乞教拍）。（后收入刘永济：《诵帚词集　云巢诗存》，第 404 页。参见本年 9 月 14 日）

27 日，夏承焘接唐圭璋重庆函，询问夏承焘是否愿意将《词人年谱》在渝出版。（夏承焘：《天风阁学词日记》[二]，第 521 页）

12 月

7 日，夏承焘作《鹧鸪天》（甲申冬，龙泉山中有断炊之虞，寄鹭山）、《鹧鸪天》（龙泉山居）。（夏承焘：《天风阁学词日记》[二]，第 524 页）

7 日，龙榆生致函夏敬观。中曰："补寄《同声月刊》想承察入。《戈韵斠正》能在开明出版，有功于词林者至大。《汇辑词话》未刊之稿，谨代保存，以后仍拟陆续刊出。他日老伯别印专书，可随时寄上也。"（张晖：《龙榆生先生年谱》，第 130 页）

9 日，夏承焘作《好事近》（寄云从、弢青夫妇渝州）。（夏承焘：《天风阁学词日记》[二]，第 524 页）

18 日，夏承焘作《玉楼春》（读放翁诗，忆桐江旧游）。（夏承焘：《天风阁学词日记》[二]，第 526 页）

27 日，夏承焘作《风入松》（番番风雨过林亭）。（夏承焘：《天风阁学词日记》[二]，第 527 页）

30 日，缪钺致函陈盘。中曰："《人间词·序》，弟终疑为静安自撰，托名于樊志厚者。因其见解及文笔皆极似静安也，未审盘庵兄以为如何？"（后收入缪钺著，缪元朗整理：《冰茧庵论学书札》上，第 39 页）

本月

《民族诗坛》第 5 卷第 2 辑刊发：

吴禄贞《戍延草》附录词四首，有《水调歌头》（中秋前三日，干承眷属到延，戏赠）、《西江月》（戊申秋，延边偶题）、《菩萨蛮》（咏老兵）、《忆旧游》（罢戍归京陈二厂）；

朱乐之《满庭芳》（水饮虹桥）、《满庭芳》（车走雷□）、《凤凰台上忆吹箫》（悟彻禅观）、《凤凰台上忆吹箫》（琴音）、《扬州慢》（题相子大，用白石韵）、《金缕曲》（读子大《诉衷情》词有感）、《人月圆》（韦庄尽说江南好）、《明月棹孤舟》（十万人家千古在）、《疏影》（□丝竹，冀野名之曰情丝竹）、《国香慢》（鱼子阑）；

王季思《风入松》（温州俗谓，旧历七、八月间乍晴乍雨时，曰酿禾天。民国三十年九月十日，自梧湖买舟至茶山，时野荷齐开，盖萍之别种，花叶颤漾水中，绝可怜爱。有感于谢文节公"云萍无情之物"之言，赋此自解）；

黄绍庭《贺新凉》（新秋卧病，乡居岑家。希平自渝寄书，兼示新词，蛮然脚音，□起继声，兼陈近况，却寄）、《临江仙》（懊恼情里能中酒）；

葛天民《浪淘沙》（携家渝州，行五年矣。怅望乡关，感而赋此）；

周礼《水龙吟》（于役粤北，晤张世禄教授，伤怀往事，赋呈此作）、《念奴娇》（寄鸣孙汀洲）；

胡家祚《水调歌头》（济川桥即景）、《清平乐》（柔肠千结）；

施亚西《采桑子》（苍山入暝平堤远）；

胡附《南乡子》（斜日弄初晴）；

张德舆《诉衷情》（二月八日夜作）、《夜游宫》（午夜□起）。

缪钺《中国史上之民族词人》，由重庆青年出版社出版。为《青年丛书》一种。论述南宋词人，并着重介绍辛弃疾和辛派词人。（后收入孙克强、和希林主编：《民国词学史著集成》第 17 卷，第 1 页）

本年

【词人创作】

汪东作《浣溪沙》（时命由来即事功）。汪东记曰："一九四三年，我在重庆黑石冲养病。国民政府有个禁烟委员会设在那里，会长是李侠公。下分两处，第二处处长是王葆斋，我就住在王家里。有一天，王对我提起第二处有个书记（抄写档的）叫殷竹林，是亲身参加广州起义、攻打总督衙门的人。我听了，便托王把他找来，谈了一次话。殷为人很朴实拘谨，讲话不多，然有问必答。事隔多年，谈话的内容记忆不详了，大概是这样。殷说，他一直在赵声部下，广州这件事，赵声在后方布置接应，也到过广州一次，因事又走了。他留下帮忙。起事这一天，他跟着黄兴他们一路，直攻总督衙门，众寡不敌，在忙乱中也不知同志们死伤了多少。他只紧紧护着黄兴，从旁冲出，躲到一个居民家里，把板门横下来，伏在门后打枪，追来的人被打退了，枪弹也完了。居民很义气，借衣服给我们换。出来不敢一路走，他同黄兴也分散了。他说到这里为止，以下的事我没细问。殷竹林这个名字，从来没有人提起过，但我确认他不是假造历史。当时我作了一首词，并还有几句小序，并告诉过于右任。于也有所闻，有提用他之意。隔了一年，于对我说殷竹林已经死了。那时我早已离开黑石冲，便不再问。现在把这首词并小序附录于下：《浣溪沙》（殷竹林，余杭人。清末，从赵声奔走革命事。广州之役，与黄兴等共攻总督衙门，死者枕藉，护兴突旁舍出，伏民居，被围，奋起射击，弹尽而围亦解，易衣得脱去。民国后，无知其姓名者。既老，不能治产，播迁入蜀，因人荐，为禁烟委员会书记，仅足糊口。葆斋长禁烟会第二处，殷适隶其下。葆斋偶为余言，招之来，谈旧事甚悉。意态萧闲，无不平状。余欲达之于上，而殷殊无所可否。岂非所谓知命君子者耶？因述短词，以抒感慨）：'时命由来即事功，贩缯屠狗是英雄。竹林谁与挹清风。 碧血几人同化磷，青编无笔更褒忠。此生元合老书傭。'"（汪东：《同盟会和〈民报〉片段回忆》，全国政协文史资料委员会编：《辛亥革命回忆录》第 6 册，中华书局，1963 年，第 23 页）

龙榆生作《小重山》（得衡叔黔中来书，却寄）、《卖花声》（寓园杏花三株，烂若绛霞。风雨连宵，零落殆尽。感赋此阕）、《水调歌头》（送腾霄将军出任苏淮特区行政长官）、《鹧鸪天》（红豆馆主溥西园栖隐后湖，赋此寄之，兼求画竹）。（后收入龙榆生：《忍寒诗词歌词集》，第 74 页）

顾随作《南歌子》（澹澹新秋月）、《鹧鸪天》（高树鸣蝉取次稀）、《浣溪沙》（阶下寒蛩彻夜鸣）、《临江仙》（病沉新来真个病）、《南乡子》（秋势未渠高）、《鹧鸪天》（老去从教壮志灰）、《青玉案》（行行芳草湖边路）、《鹧鸪天》（暴背茅檐太早生）、《浣溪沙》（一片西飞一片东）、《临江仙》（薄酒难消浓恨）、《破阵子》（落落真成奇特）、《临江仙》（可惜九城落照）、《风流子》（秋色未萧骚）、《木兰花令》（晚来风定无尘土）、《临江仙》（过却中秋几日）、《鹧鸪天》（谁识先生老更狂）、《烛影摇红》（十里秋塘）、《踏莎行》（尘世多歧）、《南歌子》（雨洗新秋月）。（闵军：《顾随年谱》，第 161 页）

唐长孺作《金缕曲》（题影）。（后收入唐长孺著，王素笺注：《唐长孺诗词集》，第 65 页）

刘永济作《鹧鸪天》（残劫关河赚泪多）、《鹧鸪天》（骤雨生凉，诵天闵惠示新词，快答一首）、《鹧鸪天》（寄怀章孤桐重庆）、《鹧鸪天》（电火光中海又桑）、

《渔家傲》（一雨人间炎景换）、《鹧鸪天》（伏枕巴山雨正狂）、《定风波》（两年以来，屡约藏云来武汉大学讲学，辄因故不果，拈此调之）、《南乡子》（拟冯正中）、《二郎神》（寸肠万绪）、《浣溪沙》（客谈北平广播荀慧生歌曲）、《虞美人》（赠朱经农）、《鹧鸪天》（烟雨中望凌云山）、《鹧鸪天》（君允设酒为经农延客，肴核新美，谈谐欢洽，翌日拈此索同作）、《玉楼春》（寄怀枣园辰溪）、《踏莎行》（怯冷吟怀）。（后收入刘永济：《诵帚词集　云巢诗存》，第 80 页）

张充和作《临江仙》（咏桃花鱼。嘉陵江曲有所谓桃花鱼者，每桃花开时出，形似皂泡。余盛以玻璃盏，灯下细看，如落花点点。余首咏之，诸师友亦和咏，并附）。和作有汪东、王韬甫、冯白华、卢前、韦均一。（后收入白谦慎：《张充和诗文集》，第 29 页）

钱仲联作《烛影摇红》（廖忏庵先生于守玄阁座上题赠新词，并媵以夏映庵先生仿石田画便面，次韵报谢。癸未）。（后收入钱仲联：《梦苕庵诗文集》上，第 433 页）

金天羽作《月下笛》（癸未，秋窗写恨，因寄唐长孺湘中、袁希文贵筑。山谷所谓思两国士不可见，渺渺兮予怀也）。（金天羽：《红鹤词》，第 6 页。后收入朱惠国、吴平编：《民国名家词集选刊》第 10 册，第 457 页）

刘麟生作《虞美人》（丰园海棠不见五年矣，缓步闲咏）、《望江南》（题《箫心剑气楼纪事诗》，用东坡韵）、《烛影摇红》（唤起吟魂）、《浣溪沙》（惜诵年华镜里姿）、《浣溪沙》（中夜无寐，枕上偶占）、《摸鱼儿》（五十初度）。（刘麟生：《春灯词续》，第 7 页。后收入朱惠国、吴平编：《民国名家词集选刊》第 15 册，第 138 页）

【词籍出版】

章士钊《入秦草》刊行。卷首有作者《自序》。（上海图书馆藏。后收入朱惠国、吴平编：《民国名家词集选刊》第 12 册）

作者《自序》曰："壬午冬，余游秦，得小词若干首，同人就手稿读之，芜杂不可理，因怂恿付之剞劂。"

剑亮按：依此《自序》"壬午冬，余游秦，得小词若干首"，卷中又有《小阑干》（国历除夕）一词，则本词集当刊于壬午除夕（1943 年 2 月 4 日）后，故将该词集的刊行时间系年于此。

林思进《清寂词录》刊行。卷首有庞俊《清寂词录叙》。（上海图书馆藏。后收入朱惠国、吴平编：《民国名家词集选刊》第 10 册）

庞俊《清寂词录叙》中曰："癸未十月，翁于是始满七秩，知旧弟子相与率钱为翁寿。谓寿莫寿于文字，乃先撮录词五卷，移其钱剞劂氏。刻既成，咸欲俾余言发其意，促之再，不获已，辄就平生所见及常与翁相谐论者，识之如此。"

吴梅《霜厓词录》刊行。卷首有夏敬观《自序》和作者《序》，卷尾有潘承弼《跋》《续跋》。夏敬观《序》、作者《自序》已见 1942 年 7 月 "本月" 条。（浙江图书馆等有藏。后收入朱惠国、吴平编：《民国名家词集选刊》第 13 册）

史树青《几士居词甲稿》不分卷刊行。内含《念春词》《待秋词》。卷首有顾随、孙人和《序》。（首都图书馆藏。后收入曹辛华主编：《民国词集丛刊》第 2 册）

顾随《序》曰："古之人有悔其少作者。夫少之作，或以学浅识隘遂致灭裂支离，壮而有进，悔之亦宜。若其藻思清丽，吾殊未见壮老必胜于少也，奚以悔为？此亦犹夫春日花蕊，虽曰浮浪，不似清秋雨露所濡，而甘苦齐实，风姿情韵，区以别矣。《几士居词》诚少作也。然吾读其《采桑子》之 '宫墙十里丝丝柳，红也成堆，绿也成堆。夕照低迷燕子飞'。《浪淘沙》之 '泪是相思花是恨，梦是无聊'。若斯之类，适宜少作。及壮且老，殆难为役。此吾三十年来为词之所得，作者或不河汉斯言也。民国三十二年初秋，清河顾随。"

孙人和《序》曰："庶卿从予习长短句，致力甚勤。有质有文，词情俱到。予谓令、慢，当以冯正中、周美成为主。阳春微而凄婉，淡而能腴，上合温、韦，下开二晏，最为词家之正宗。清真出入变化，万户千门，得其一端，亦足自立。庶卿年少才高，若进以二家，则庶几矣。"

辛际周《灰木词存·梦痕词》刊行。（后收入曹辛华主编：《民国词集丛刊》第 7 册）

赵藩《小鸥波馆词钞》六卷刊行。六卷分题《谧箫词》《淬剑词》《味茗词》《眠琴词》《炙砚词》《煮石词》。卷首有作者《自叙》。（后收入曹辛华主编：《民国

词集丛刊》第 24 册）

蔡璧珍《文笔峰词章》一卷刊行。卷首有温怡、诸葛克明《序》及作者《自序》。（后收入曹辛华主编：《民国词集丛刊》第 24 册）

《文笔峰词章》收录：

璧珍《捣练子》（思亲）、《菩萨蛮》（雨纤帘冷风飞絮）、《虞美人》（挽陈陶庵先生）、《鹧鸪天》（留别辅山君）、《夺锦标》（梅雨潭）、《如梦令》（给君缙）、《南乡子》（深秋）、《浪淘沙》（秋恨）、《丑奴儿》（秋夜）、《忆江南》（游荆山寺归来）、《画堂春》（恭祝双亲大人六旬俪庆）、《捣练子》（题画）四首、《清平乐》（民国廿三年春，客居杭垣。与知友鲁君惜别后，光阴迅速，前后又已三年。而劳燕西东，各沦一方，彼此之萍踪音问，亦于无形中杳然隔绝。至今春，不知其从何探得余之行迹，居然一纸飞来，内附《清平乐》一阕，小照一帧。展阅之下，深觉其语之凄切，含有无限友情。因次原韵，感赋一阕，聊以酬答。词句之不工，所不计也）二首、《浪淘沙》（浙东中学立校初周纪念）、《鹧鸪天》（留别）、《捣练子》（思家）、《浪淘沙》（辛巳冬，吾友吴君芳庆以江冷先生居闽近作调寄《浪淘沙》次鲁玙韵见示。旧痛涌起，百感麋集。再叠原韵，以简吴君，兼示予怀）、《如梦令》（空有青山如绣）、《临江仙》（咏南雁即景）、《忆江南》（寄友）、《忆江南》（空回首）、《减字木兰花》（追怀畴昔）、《多丽》（冬夜）；

平庐《浣溪沙》（题抗建亭落成）；

黄绍竑《减字木兰花》（留赠张县长力行）、《浪淘沙》（雁荡杂感）三首、《南乡子》（雁荡大龙湫）；

黄光《南乡子》（即席，和呈阮厅长）；

蒋礼鸿《踏莎行》（对月心情）、《玉楼春》（西楼日日飘红满）、《玲珑四犯》（戊寅之秋，大盗攘我武汉。予在流离之会，不无噍杀之音，作此词以振之，用白石韵）、《摸鱼儿》（丁丑季春，野鸿、化莲诸君集武林天香楼。野鸿拈兰志别，余子群焉和之。余既和其兰，复拈此调以为娄。斯乐难常，子恒已先我言之矣）；

吴江冷《浣溪沙》（书问归期未有期）；

邵梦兰《浣溪沙》（和吴江冷《浣溪沙》）、《好事近》（和徐声越《好事近》）二首、《好事近》（和孙养癯《好事近》）、《唐多令》（和孙养癯《唐多令》）、《点绛唇》（和孙养癯《点绛唇》）；

徐声越《好事近》（独自去冲寒）；

夏瞿禅《好事近》（和徐声越《好事近》）；

王季思《好事近》（和徐声越《好事近》）；

孙养癯《好事近》（人日晴煦，与瞿禅、声越、季思、施生亚西、毛生振寰、罗生斯文、黄生达晶，溪边寻梅，因成五阕）五首、《唐多令》（瓶花零落尽矣，惘然）、《好事近》（爱好一枝梅）、《好事近》（三日未来探）、《点绛唇》（细雨东风）。

【报刊发表】

《雅言》（癸未卷一）刊发：

秣陵夏仁溥博言《盉庵词》，有《齐天乐》（六七生辰自述）、《踏莎行》（白鹭洲茶花，和龚铭三韵）、《水龙吟》（过愚园有感，和仇亮卿韵）、《南浦》（春水，和亮卿韵）、《瑞鹤仙》（绿萼梅，和程一夔韵）、《绮寮怨》（送春，依清真韵和述庵）、《被花恼》（咏萍，依守斋声韵和述庵）、《解语花》（题明张庄节可大海石园，依草窗声韵和寄沤）、《玉京秋》（题贺双卿种瓜小影，依草窗声韵和述庵）、《安公子》（空庭雨过，新绿如洗，依屯田百六字体和太狷韵）、《竹马子》（旧巢已破，新巢未定，为燕子写怀，依屯田四声和寄沤韵）、《解连环》（次清真韵）、《解连环》（岁暮，感边警，依清真声韵）、《薄倖》（和述庵赏雪作，兼怀家弟北平。步原韵，依东山四声）、《洞仙歌》（用东坡八十三字体。蔚如甲春游西湖于石室洞，坐东坡石像旁，命子承棂用西法摄影，名曰《侍坡图》，赋此纪之）、《洞仙歌》（用东坡八十三字体，题《侍坡图》第二稿）、《六幺令》（癸酉除夕，和寄沤韵）、《疏影》（咏秋燕，和孙太狷，用白石韵）、《齐天乐》（咏寒蛩夜吟，和王寄沤，用原韵）、《子夜歌》（哭祖辰孙）、《一枝春》（咏松花蛋，和程一夔）、《无闷》（雪意，和述庵，用碧山韵）、《一寸金》（咏腊梅，同枝弟作，用清真韵）、《西平乐》（雪霁寒峭，和鞠谭用屯田仄韵。微雪乍止，晴曦未放。殁来先成词，鞠谭和之。余以题用霁字，未征确实，用作翻案。是夜果大雪，四顾一白）、《琐窗寒》（枝弟述夜起情事，倚声为赠）。

《雅言》（癸未卷二）刊发：《闰枝先生乡举重逢纪恩唱和集》，作品有：

诸以仁《桂枝香》（麓鸣载赋）；

关赓麟《桂枝香》（蟾宫旧籍）；

梁启勋《水龙吟》（先生杖履）。

《雅言》（癸未卷三）刊发：

蛰云《绛都春》（和君武咏丰泽园海棠）；

蓼厂《珍珠帘》（寿枝巢先生七十）；

翚厂《琐窗寒》（沪宁道中作）、《念奴娇》（移居南京三条巷寓庐，感赋）。

《雅言》（癸未卷五、六）合刊刊发：

秣陵夏仁沂《晦庐词稿》，有《南浦》（春水，用玉田韵）、《红情》（花朝，用玉田韵）、《浣溪沙》（新秋）、《浣溪沙》（春日）、《浣溪沙》（山中）、《浣溪沙》（题画）、《凤凰台上忆吹箫》（题孙太狷《凤麓杂咏》，用懒窟韵）、《金缕曲》（雨中送春，和述庵韵）、《换巢鸾凤》（凤仙花，同博兄作）、《莺啼序》（蟹蝶，和程一夔）、《西河》（金陵怀古，用清真韵）、《疏影》（秋海棠）、《惜红衣》（落花生）、《一枝春》（松花蛋）、《宴清都》（鲥鱼）；

墨巢《浣溪沙》（题止庵丈《辛卯梦游图》，为叔通作）、《应天长》（为帅南题《芭蕉手册》）；

太疏《蝶恋花》（乳鸭呼群翻浅渚）；

繁霞《相见欢》（为病树题佳作《住楼词意图》）；

翚厂《竹马子》（煦园池畔，白梅盛开）、《浣溪沙》（春日，同李释戡、高子攇坐不系舟）；

榆生《卖花声》（寓园杏花三株，烂若红霞。风雨彻宵，零落略尽。感赋此阕，兼邀仲联同作）；

仲联《台城路》（二月初二，偕之硕、任戡买棹后湖，至台城种柳。之硕将乞剑老为图，余填此阕）；

经笙《双双燕》（新燕，和蛰云师韵）。

《雅言》（癸未卷八）刊发：

秣陵夏仁沂《晦庐词稿》，有《声声慢》（荷叶蒸肉）、《国香慢》（玫瑰膏霜）、《摸鱼子》（明故宫）、《摸鱼子》（闻雁）、《穆护砂》（辛未中秋，月蚀全尽，感赋）、《琵琶仙》（络纬，用白石韵）、《紫荑香慢》（是何声凄然庭宇）、《满江红》（平调，咏寒鸦，和沤梦韵）、《被花恼》（咏萍，用守斋韵）。

《雅言》（癸未卷九、十）合刊刊发：

戣素《扫花游》（题《桥西草堂图》，依清真四声）、《浪淘沙》（痛曾孙祥麟）；

固叟《贺新郎》（叟也何曾固）；

篯孙《水龙吟》（江村布谷声中）；

君坦《浣溪沙》（题敦煌六朝梵画）；

巽庵《高阳台》（榴花）、《糖多令》（夹竹桃）、《虞美人》（秋燕）、《虞美人》（秋萤）、《一萼红》（癸未，独登琼岛感怀，用石帚登定王台韵）。

国立四川大学文学系编《文学集刊》第 1 集刊发：沈祖棻《白石词"暗香""疏影"说》。（后又刊载在《国文月刊》1949 年 9 月第 59 期）

剑亮按：《文学集刊》，1943 年创刊于四川成都，由四川大学文科研究所出版发行。当年终刊。

《风雨谈》第 3 期刊发：叶梦雨《唐五代歌词四论》。

《风雨谈》第 6 期刊刊发：朱衣《龚定庵诗词中的恋爱故事》。

《风雨谈》第 10 期刊发：钱毅《八声甘州》（题《雷峰塔砖经手卷》）、《汉宫春》（咏北平中山公园鹦鹉）。《汉宫春》词曰："伫立前头，纵含情欲说，旧事都休。多年漂泊，长门冷落清秋。声声般惹，怕来生慧业难修。漫记得开元天宝，无端又起新愁。　莫问上皇安否。只追陪凤辇，遥认荒丘。陶然梦，犹未醒，艳迹空留。沧桑一度，最难言换了神州。相望处，秋梧叶，金笼尚在西楼。"

《中和月刊》第 4 卷第 6 期刊发：鹏南《郑叔问小传》。

《立言画刊》第 250 期刊发：金受申《旧词一束》。

《中国学报》创刊号刊发：唐圭璋《论词之作法》。

《艺文杂志》第 1 卷第 5 期刊发：

俞平伯《说清真〈醉桃源〉词》；

龙沐勋《忍寒居士自述》。

剑亮按：《艺文杂志》，月刊，1943 年创刊于北京，由新民印书馆、艺文社出版发行。1945 年终刊。

《国文杂志》第 2 卷第 4 期刊发：吴世昌《论词的章法》。

《华北作家月报》第 3 期刊发：俞平伯《词曲同异浅说》。

《斯文》第 3 卷第 8 期刊发：杨国权《略论词之章法》。

《学灯》第 4 期刊发：唐圭璋《屈原与李后主》。

《中山大学文学院专刊》第 4 期刊发：詹安泰《王沂孙天香》。

《政治月刊》第 5 卷第 2 期刊发：沤庵《词之起源与音乐之关系》。

《杂志》第 10 卷第 6 期刊发：沤庵《李后主与小周后》。

《教育时报》第 14 期刊发：黎洵《漱玉词之研究》。

《古今》半月刊第 19—23 期刊发：龙沐勋《苜蓿生涯过廿年》。

《思想与时代》第 23 期刊发：缪钺《论辛稼轩词》。

《人间味》第 2 卷第 1 期刊发：陈寥士《吕碧城〈山中白雪词〉》。

《改进》第 11、12 期刊发：卢前《我是怎样写〈中兴鼓吹〉的》。

《江苏文献》第 2 卷第 3、4 期刊发：工尔《女词家吕桐花》。

【词人生平】

杨铁夫逝世。

杨铁夫（1869—1943），原名玉衔，以字行，号抱香，广东香山人，后定居香港。师从朱祖谋，入沤社、午社。有《双树居词》《抱香词》《梦窗词笺释》等。

夏敬观《忍古楼词话》曰："香山杨铁夫玉衔，吴兴林铁铮鹍翔，皆沤尹侍郎之弟子。铁夫著有《抱香室词》，铁铮著有《半樱词》，造诣皆极精深，力避凡近。"（唐圭璋编:《词话丛编》第 5 册，第 4784 页）

钱仲联《近百年词坛点将录》曰："铁夫升彊村之堂，为《梦窗词笺释》，再易其稿，曾浼余为序。《抱香词》步趋觉翁，楼台虽是装成，而乏七宝瑰丽。"（钱仲联:《梦苕庵论集》，第 394 页）

沈惟贤逝世。

沈惟贤（1869—1943），字宝生，号思齐，晚号逋翁，江苏华亭（今上海）人。光绪十七年（1891）举人。官浙江候补知府。入民国为江苏省参政院议员。有《平原村人词》。

谭祖壬逝世。

谭祖壬（1876—1943），字瑑青，广东南海人。官邮传部员外郎，民国时任交通部秘书。1925 年倡立聊园词社。有《聊园词》。

潘承厚逝世。

潘承厚（1904—1943），字温甫，号博山，又号蘧庵，江苏吴县（今苏州）人。曾任故宫博物院顾问。有《蘧庵词稿》。

1944 年

（民国三十三年　甲申）

1 月

11 日，夏承焘接缪钺寄《思想与时代》刊物，刊有缪钺《论辛稼轩》文。（夏承焘：《天风阁学词日记》[二]，第 530 页）

19 日，夏承焘与"声越、心叔、季思往明波宅旁看梅花，归拈韵作诗词"，词调《东风第一枝》。（夏承焘：《天风阁学词日记》[二]，第 532 页）

23 日，詹安泰作《浪淘沙》（癸未腊不尽二日）。（后收入詹安泰：《詹安泰全集》第 4 册，第 283 页）

剑亮按：1944 年 1 月 23 日，为癸未腊月二十八，故编年于此。

24 日，仇埰作《八声甘州》（癸未岁除，遇雨，赋此遣怀）。（仇埰：《鞠谦词》卷一，第 24 页。后收入朱惠国、吴平编：《民国名家词集选刊》第 10 册，第 312 页）

31 日（正月初七），张素作《寿星明》（甲申人日，石如兄七十生朝，以述怀诗四首见示，倚此寿之）。（后收入张素：《南社张素诗文集》，第 792 页）

本月

夏承焘作《玉楼春》（不须着句愁枯槁）、《玉楼春》（两山对出雄狮坐）。（吴无闻：《夏承焘教授纪念集》，第 248 页）

重庆《中国学报》第 1 期刊发：佚名《纳兰容若评传》。

2 月

1 日，贵州省地方自治月刊社《地方自治·乙刊》第 31 期刊发：敬汉《文艺大师姚茫父先生》文。文中引姚茫父《行香子》（吟人力车）词。（后收入《民国珍稀短刊断刊·贵州卷》第 1 册，全国图书馆文献缩微复制中心，2006 年，

第 340 页)

2 日，夏承焘作《洞仙歌》(龙泉夜读《中州集》。念靖康、建炎间，北方故老当有抱首阳之节者，遗山不录生存，遂不传以字。感近事，作此)。(夏承焘：《天风阁学词日记》[二]，第 535 页)

4 日，蔡桢作《倦寻芳》(甲申立春前夜书感，用彊村韵)。(蔡桢：《柯亭长短句》卷下，第 9 页。后收入朱惠国、吴平编：《民国名家词集选刊》第 14 册，第 414 页)

5 日，詹安泰作《庆宫春》(甲申立春，阴寒)。(后收入詹安泰：《詹安泰全集》第 4 册，第 284 页)

10 日，林一厂读胡朴安词。记曰："接元龙弟三日来函，附剪一月十五日《东南日报》一角，内有胡朴安词一首。读之喜慰。录左。《琐窗寒》(春寒，胡朴安寄自沪上)。"(林一厂著，李吉奎整理：《林一厂日记》上，中华书局，2012年，第 161 页)

18 日，杨荫浏作《江南好》(忆除夕，三十三年二月十八日枕上口占)。(中国艺术研究院音乐研究所编：《杨荫浏全集》，第 82 页)

本月

北平《中国文学》第 1 卷第 1 期刊发：唐圭璋《敦煌唐词校释》。

剑亮按：《中国文学》，月刊，1944 年创刊于北京，由华北作家协会出版发行。当年终刊。

《艺文杂志》第 2 卷第 1 期刊发：斐云《谈柳词》。

3 月

5 日，夏承焘作《洞仙歌》。此词"为念怀枫作也"。(夏承焘：《天风阁学词日记》[二]，第 542 页)

5 日，《同声月刊》第 3 卷第 10 期刊发：

俞陛云《宋词选释》(续)；

映庵《汇辑宋人词话》(续)；

夏敬观《〈胡漱如诗词〉序》《陈孟农手抄〈春雨楼集〉跋》；

吹万《望江南》(名山老人见示近作此调五阕，以"家园好"为首句。余读之而叹，因念寒家闲闲山庄为余一手所营。吟啸忘忧，山林坐享，冀长作农夫以没世，奈骤惊浩劫之弥天，虽敝庐犹存，而百物荡尽。溯自避乱离乡，于今六载。觉飞潜动植，无一不足以系我怀思。遂亦效颦，藉为止渴云耳）十六首；

骏丞《金缕曲》（重话天涯角）。

30 日，龙榆生致函夏敬观。中曰："《同声月刊》承赐各稿，将于最近两期内刊完。近日诗坛殊为寂寞，尊处有新咏，恳即寄示，以便编登。陆微昭、胡士莹两兄之词亦乞转求录寄。"（张晖：《龙榆生先生年谱》，第 134 页）

本月

卢前作《山禽余响跋》，曰："《山禽余响》者，淳安邵次公先生瑞彭作。辛癸间，前与次公同教授豫庠，居大梁三载，其间数举社集。次公论词，主从柳、周上窥五代，以为南渡诸贤不足挂齿。时有《杨荷集》之刊，视并世作手无与抗衡。而前偏嗜稼轩、白石，尤好《遗山集》《中州乐府》，谓是本地风光，未可废置。次公亦不与较。癸酉秋南归，不通音问已久。及抗战军兴，乞黄西走，过豫庠旧徒于南昌，始知次公即以其年秋侘傺死。回首昔时谈艺之乐，不觉其为十年事也。顷从泗阳杨君案头得见此作，盖殁前一年所为。次遗山原韵，都四十五首。持校《杨荷集》诸词，面目迥异。其音激以厉，殆极苍凉之致。细味其语，意有难言之隐。迷离烟水，故闪其辞，不然，何取遗山之宫体为？恨不能起次公九原而问之也。可不悲哉！可不悲哉！甲申二月，卢前跋尾。"（邵瑞彭：《山禽余响》，民国二十五年 [1936] 刻本，第 14 页）

春，丁宁作《鹊踏枝》（甲申仲春，寄味琴）。（丁宁著，刘梦芙编校：《还轩词》卷下，第 9 页。后收入曹辛华主编：《民国词集丛刊》第 1 册，第 112 页）

春，曾缄作《原刻〈量守庐词钞〉序》。落款为："甲申仲春，弟子曾缄谨序于锦官城西之人外庐"。（后收入黄侃著，黄延祖重辑：《黄季刚诗文集》，第 337 页）

春，詹安泰作《鹧鸪天》（甲申残春）。（后收入詹安泰：《詹安泰全集》第 4 册，第 287 页）

4 月

4 日，龙榆生作《念奴娇》（甲申清明前一日，腾霄招登云龙山作）。（后收

入龙榆生:《忍寒诗词歌词集》，第 92 页）

5 日，詹安泰作《菩萨蛮》（甲申清明）。（后收入詹安泰:《詹安泰全集》第 4 册，第 286 页）

5 日，《同声月刊》第 3 卷第 11 期刊发：

俞陛云《宋词选释》（续）；

映庵《汇辑宋人词话》（续）。

15 日，《求是月刊》第 1 卷第 2 号刊发：篝公《念奴娇》（甲申清明前三日，郝腾宵将军招登云龙山作）。（后收入《民国珍稀短刊断刊·江苏卷》第 10 册，第 4732 页）

剑亮按:《求是月刊》，月刊，1944 年创刊于江苏南京，由中央书报所经售、求是月刊社出版。当年终刊。

30 日，东方美术专科学校《太阳在东方》第 1 卷合刊，内收：

第 1 期，甘礼凤《临江仙》（祝词，致东方美专校校刊）；

第 2 期，熊光周《清平乐》（戊辰春赋）、《青玉案》（题虞琴为实父画《花外填词图》）、《买陂塘》（浴佛后一日，游沙河堡放生池赋）；

第 3 期，熊光周《眼儿媚》（去矣斑雅不可留）、《满江红》（惆怅词之一）；

第 5 期，兰迹《买陂塘》（怕流年病中偷渡）。（后收入《民国珍稀短刊断刊·四川卷》第 14 册，第 6925 页）

本月

夏承焘作《洞仙歌》（甲申寒食，同敬老、季思、声越、心叔游龙泉白云山）。（吴无闻:《夏承焘教授纪念集》，第 248 页）

剑亮按：夏承焘《天风阁学词日记》（二）1944 年 4 月 3 日记曰："早与敬老、声越、季思、心叔游离城十五里之白云山。"

缪钺作《夜珠词》序。（后收入缪钺:《缪钺全集》第 7、8 合卷，第 6 页）

5 月

1 日，夏承焘接郑希真函，附郑希真父亲青田法院院长郑文礼和夏承焘《洞仙歌》（梅）词。（夏承焘:《天风阁学词日记》[二]，第 553 页）

4 日，任铭善、徐震堮访夏承焘。夏承焘记曰："心叔谓予治白石甚久，无一语相似。声越谓予大似王半塘，此甚惬予意。惟谓王伯沆评半塘北宋，彊村南宋，蕙风清人。声越亦谓半塘骨重神寒，此非下劣所能望耳。声越又谓予近作渐似随园，所谓老笔颓唐，才人胆大，不免为名之累。心叔亦谓予近词过多有关系之作，亦是习气。又谓功力胜于意境。此语则恰与予近所祈望者相反。"（夏承焘：《天风阁学词日记》[二]，第 554 页）

9 日，徐震堮将其在龙泉期间所作诗词书赠夏承焘。夏承焘记曰："声越诗词，卓然成家，坚苍在骨，予谓其在此间得松之气。"次日，王季思向夏承焘转述徐震堮对夏承焘评语："谓声越评予好玩弄光景，戏谐不择人地，且成名之后，一切太随便，有温州人习气云云。"对此，夏承焘表示："闻此药石之言，深以自幸。"（夏承焘：《天风阁学词日记》[二]，第 555 页）

12 日，夏承焘与王季思谈论研究计划。夏承焘"拟为《词最》一书，每一时代选一二代表作家，每家选二三代表作品，详解释其体裁、源流、文术等等。季思注《西厢》成，拟注《汉宫秋》《梧桐雨》《窦娥冤》《倩女离魂》四大杂剧为一编"。（夏承焘：《天风阁学词日记》[二]，第 555 页）

16 日，夏承焘接汤影观函，附《生查子》词二首。（夏承焘：《天风阁学词日记》[二]，第 556 页）

18 日，《海报》刊发：周鍊霞《庆清平》（寒夜）。（后收入刘聪著辑：《无灯无月两心知：周鍊霞其人与其诗》，第 224 页）

剑亮按：郑逸梅转述冒鹤亭评语曰："周鍊霞词，'但得两心相照，无灯无月何妨'。冒鹤亭亟称之，谓不让李漱玉。"（郑逸梅：《艺林散叶》，中华书局，2005 年，第 106 页）

19 日，《海报》刊发：周鍊霞《卜算子》（又一体）三首。（后收入刘聪著辑：《无灯无月两心知：周鍊霞其人与其诗》，第 230 页）

本月

夏承焘作《菩萨蛮》（得南京友人书）、《玉楼春》（将去龙泉，作计入雁荡）。（吴无闻：《夏承焘教授纪念集》，第 248 页）

顾随词集《濡露词》印行。

贾修龄《蓓蕾集》刊行。收诗词 180 余首。书前有孙俍工《题蓓蕾集》，书末有编者刘丽叶《跋》。

6月

4日，《海报》刊发：周铄霞《苏幕遮》（玉绳斜）。（后收入刘聪著辑：《无灯无月两心知：周铄霞其人与其诗》，第232页）

7日，《海报》刊发：周铄霞《苏幕遮》（玉壶空）。（后收入刘聪著辑：《无灯无月两心知：周铄霞其人与其诗》，第233页）

10日，《海报》刊发：周铄霞《垂杨碧》（初病起）、《垂杨碧》（长寂寂）二首。（后收入刘聪著辑：《无灯无月两心知：周铄霞其人与其诗》，第234页）

15日，《同声月刊》第3卷第12期刊发：

映庵《汇辑宋人词话》（续）；

铢庵《烛影摇红》（赠钱仲联）；

铢郢《醉吟商小品》（听朱荇青弹琵琶，演明妃故事）、《扬州慢》（为金潜庵题董小宛病榻小影）、《绮寮怨》（几许云平烟淡）、《古阳关》（张家口旅次）、《祭天神》（兀坐苦吟，通夕不寐）；

丁日昌《百兰山馆词》。

19日，《海报》刊发：周铄霞《书落魄》（憎命文章）、《书落魄》（放眼嚣尘）。（后收入刘聪著辑：《无灯无月两心知：周铄霞其人与其诗》，第234页）

20日，《海报》刊发：周铄霞《金缕曲》（休问今何世）。（后收入刘聪著辑：《无灯无月两心知：周铄霞其人与其诗》，第235页）

26日，缪钺致函杨联陞。中曰："去年重庆某文化机构编青年丛书，请钺作《中国史上之民族词人》一书。钺作成寄去，约五万字，近已印成（由青年书店出版）。又成都某书店欲为钺印书，钺即集旧作中之论文学者，共得九篇：一《论词》、二《论宋诗》、三《论李易安词》、四《六朝五言诗之流变》、五《〈文选〉与〈玉台新咏〉》、六《论辛稼轩词》、七《论李义山诗》、八《王静安与叔本华》、九《汪容甫诞生二百年纪念》，名曰《缪钺文论甲集》，共约四万言，可印一小册。"（后收入缪钺著，缪元朗整理：《冰茧庵论学书札》上，第76页）

本月

夏承焘作《玉楼春》（丽水舟中苦热）。（吴无闻：《夏承焘教授纪念集》，第248页）

余毅恒《词筌》，由重庆正中书局出版。论述词的意义、起源、体裁、词与诗，词调及词之歌咏、创作、流派等。

徐泽人编《人间词话　人间词合刊》，由重庆出版界月刊社出版。为《中国词学参考书》一种。

7月

15日，《同声月刊》第4卷第1期刊发：

夏映庵《忍古楼词话》；

俞陛青《忆旧游》（问琱梁归燕）、《鹧鸪天》（郊行）、《南乡子》（秋色上征袍）、《徵招》（空山黄叶萧梁寺）、《木兰花慢》（焦山登眺）、《扬州慢》（翠暖红酣）；

张孟劬《金缕曲》（题王欣夫《抱蜀庐校书图》）；

俞平伯《菩萨蛮》（好天良夜秋如水）、《菩萨蛮》（凭肩几处同油壁）、《菩萨蛮》（清华园早春）、《双调望江南》（西湖忆，第一三忆湖堧）、《双调望江南》（西湖忆，二忆忆山家）、《双调望江南》（西湖忆，三忆酒边鸥）；

赵叔雍《被花恼》（甲申五月，后湖作）；

鲍亚白《尉迟杯》（汀洲外）、《天香》（初暝口灯）。

本月

丁宁作《满江红》（甲申七月）。（后收入丁宁著，刘梦芙编校：《还轩词》，第56页）

杨国权等著《风雨同声集》，由成都正声诗词社出版。为《正声诗词社丛书》一种。收杨国权《苾馨词》30首，池锡胤《镂香词》25首，崔致学《寻梦词》31首，卢兆显《风雨楼词》36首。卷首有沈祖棻《序》。中曰："壬午、甲申间，余来成都，以词授金陵大学诸生。病近世侻言傀说之盛，欲少进之于清明之域，乃本凤所闻于本师汪寄庵、吴霜厓两先生者，标雅正、沉郁之旨为宗，纤巧妥溜之藩，所弗敢涉也。及门既信受余说，则时出所作，用相切劘，颇有可观省者。"（后收入沈祖棻著，程千帆笺：《沈祖棻全集·涉江诗词集》，第104页）

8月

8日，刘永济作《浪淘沙》（衡阳之役，闻方军苦战四十七昼夜，将士伤亡

殆尽，而援军不至，遂陷。死事之烈，亘古罕有，词以哀之）。（后收入刘永济：《诵帚词集　云巢诗存》，第 87 页）

剑亮按：方军，指衡阳守军方先觉部第十军。

26 日，《海报》刊发：周鍊霞《虞美人》（题丹桂《仕女图》）。（后收入刘聪著辑：《无灯无月两心知：周鍊霞其人与其诗》，第 239 页）

27 日，《海报》刊发：周鍊霞《庆清平》（好是疏灯小阁）。（后收入刘聪著辑：《无灯无月两心知：周鍊霞其人与其诗》，第 239 页）

本月

沈祖棻作《一萼红》（甲申八月，倭寇陷衡阳。守将方先觉等电枢府，誓以身殉，有"来生再见"之语。南服英灵，锦城丝管。怆怏相对，不可为怀。因赋此解，亦长歌当哭之意云尔）。（沈祖棻：《涉江词》，第 56 页。后收入朱惠国、吴平编：《民国名家词集选刊》第 16 册，第 155 页）

9 月

15 日，《求是月刊》第 1 卷第 6 号刊发：叶梦雨《词曲琐话》。（后收入《民国珍稀短刊断刊·江苏卷》第 10 册，第 4907 页）

本月

梁方仲作《浣溪沙》（印度洋舟中）。（后收入梁承邺：《无悔是书生：父亲梁方仲实录》，中华书局，2016 年，第 144 页）

王国维《谈词曲》，由重庆中周出版社出版。为《中国百科丛书》第 1 辑。

10 月

1 日，刘永济作《虞美人》（甲申中秋无月，歌此为云巢酒客劝）。（后收入刘永济：《诵帚词集　云巢诗存》，第 91 页）

15 日，夏承焘作《临江仙》（将入雁荡，寄心叔闽北）。（夏承焘：《天风阁学词日记》[二]，第 569 页）

剑亮按：吴无闻《夏承焘教授学术活动年表》将该词系于 9 月，见《夏承焘教授纪念集》，第 249 页。

17 日，夏承焘作《鹧鸪天》（山中诸生迎予至灵岩）。（夏承焘：《天风阁学词日记》[二]，第 570 页）

20 日，夏承焘作《临江仙》（甲申九月，避寇雁荡灵岩寺。岳希约九日登高常云峰）。（夏承焘：《天风阁学词日记》[二]，第 571 页）

25 日，夏承焘作《鹧鸪天》（到灵岩，示诸从游）、《临江仙》（灵岩病起，招鹭山）、《临江仙》（灵岩重九，示成圆上人）。（夏承焘：《天风阁学词日记》[二]，第 571 页）

11 月

1 日，夏承焘作《鹧鸪天》（报张云雷先生问山居近况）、《清平乐》（九月望，登常云峰）。（夏承焘：《天风阁学词日记》[二]，第 574 页）

2 日，夏承焘作《水调歌头》（九月十七日，灵岩寺楼，夜起看月，万峰雪玉相映，光景奇绝，作此寄鹭山）。（夏承焘：《天风阁学词日记》[二]，第 574 页）

15 日，夏承焘作《玉楼春》（梦赵百辛）。（夏承焘：《天风阁学词日记》[二]，第 577 页）

15 日，卢前作《鹊踏枝》（三十三年十一月十五夜书）。（后收入卢前：《卢前诗词曲选》，第 150 页）

15 日，《同声月刊》第 4 卷第 2 期刊发：

夏映庵《忍古楼词话》（续）；

包鸾巢《醉太平》（蟾窥画屏）、《浣溪沙》（小步沿钟未觉暝）；

黄匑庵《百字令》（词仙归去）；

章石承《减字木兰花》（轻寒如剪）、《扬州慢》（孙大珂兄出手卷索题，填此奉赠）、《浣溪沙》（送郑念非归吴江）、《浣溪沙》（云璧女弟寄赠新词，赋此代简）；

梁鼎芬《〈款红楼词〉未刊稿》。

31 日，夏承焘作《贺圣朝》（与鹭山游显胜门，归灵岩作）、《鹧鸪天》（游显胜门归，过真际寺）、《一络索》（北阁访子瑾不遇）。（夏承焘：《天风阁学词日记》[二]，第 579 页）

本月

汪东作《摸鱼儿》（闻桂林、柳州相继失陷之信）。（后收入汪东:《梦秋词》卷四，第 73 页）

剑亮按：桂林、柳州于 1944 年 11 月相继失陷，故将此词编年于此。

《读书青年》第 1 卷第 4 期刊发：郑骞《温庭筠、韦庄与词的创始》。中曰："温、韦两家，面目各殊，到底都是甚么样的面目呢？《花间集》所收词人，十有八家，我何以单举温、韦两家作为创始时期的代表呢？因为一部词史，始终是婉约与豪放两派并流对峙的局面，而温、韦两人的作风，正好分别代表这词史上的两派。这是他们面目各殊的情形，也就是我单举出他们的缘故。我旧作《三十家词选目录序论》上有一段说：'飞卿托物寄情，端己直抒胸臆。飞卿词深美，端己词清隽。后世所谓婉约派，多自温出；豪放派，多自韦出。虽发扬光大，后来居上，而探本寻源，莫能或易。此所以温、韦并称，为词家开山祖也。'我写本篇，就是要发挥这段话的主旨，欲明此旨，当然先要说明甚么叫婉约派，甚么叫豪放派。"（后收入闵定庆整理：《唐五代词研究论文集》，第 363 页）

剑亮按：《读书青年》，半月刊，1944 年创刊于北京，由读书青年社出版发行。1945 年终刊。

12 月

5 日，李子瑾访夏承焘，谈词籍收藏。夏承焘记曰：李子瑾谓"藏郑叔问手批《梦窗四稿》及所著《墨子诂》一书，皆得之康南海家"。（夏承焘：《天风阁学词日记》[二]，第 580 页）

9 日，于右任作《满江红》（平韵，新中国寿无疆。十二月九日夜四时，不寐。用白石之调写成武穆之心，遂成此词）。并刊于当月 22 日《大公报》。（后收入杨博文辑录：《于右任诗词集》，湖南人民出版社，1984 年，第 325 页。又收入林一厂著，李吉奎整理：《林一厂日记》，第 463 页）

13 日，夏承焘接一帆上海函，获知"林子有撰《清词综补》百卷。叶遐庵《清词钞》则由微昭代为编审。林坚之（大椿）校定吴讷《百家词》，已由商务印行"。（夏承焘：《天风阁学词日记》[二]，第 581 页）

21 日，丁宁作《临江仙》（甲申冬至前夕，寄迁园世丈海上）。（后收入丁宁著，刘梦芙编校：《还轩词》，第 57 页）

23 日，林一厂读于右任词。林一厂记曰："复阅昨日《大公报》，内有于右任新词，录左：《满江红》（平韵），于右任。（词略。——引者注）"（林一厂著，李吉奎整理：《林一厂日记》，第 463 页）

31 日，夏承焘作《玉楼春》（石门潭夜游，同鹭山）。（夏承焘：《天风阁学词日记》[二]，第 584 页）

本月

冬，朱庸斋《分春馆词》（初印本），由广州大盛印局印行。凡二卷。卷一为《怀霜集》，始自壬午，讫于甲申，凡 50 阕，删存 19 阕；卷二为《平居集》，始自庚辰，讫于壬午，凡 40 阕，删存 13 阕。两卷共 32 阕。该词集先后有四种印本。除上述外，还有：第二印本刊于 1949 年秋，广州奇文印局印行，一卷，录词 48 阕。第三次印本刊于 1981 年，由香港何氏至乐楼刊行，录词 104 阕。第四次印本刊于 2001 年，为分春馆门人编辑刊行，录词 123 阕，附录诗 20 首。（陈永正：《沚斋丛稿》，第 168 页）

本年

【词人创作】

刘麟生作《潇湘夜雨》（和琴戡《芭蕉词》）、《浣溪沙》（效饮水体）。（刘麟生：《春灯词续》，第 10 页。后收入朱惠国、吴平编：《民国名家词集选刊》第 15 册，第 144 页）

于右任作《齐天乐》（勉青年军人）、《暗香》（野人山下一战士）、《浣溪沙》（小园）、《浣溪沙》（往事）、《百字令》（题《标准草书》）、《破阵子》（祝《中华乐府》）、《鹧鸪天》（题楚伧夫人吴孟芙女士《忆亲图》）、《乌夜啼》（南岸观梅住康心茹别墅，夜谈新闻事业）。（后收入刘永平编：《于右任诗集》，第 300 页）

吴寿彭作《临江仙》（千秋岭上），词后有自注："浙南界与闽北接境者，有南雁荡之分水关，仙霞岭之黄阬隘。浙西北界天目山脉与皖南接境者，有於潜千秋关，昌化昱岭关。于役十年，历陟两浙山川城邑，尽其边隅。顷重莅前迹，有感赋此。强虏未灭，何敢劳思。"（后收入吴寿彭：《大树山房诗集》，第 96 页）

唐长孺作《鹧鸪天》（良夜微风起井澜）、《鹧鸪天》（依约眉痕醉里看）、《临江仙》（醉里鸣榔鱼市）。（后收入唐长孺著，王素笺注：《唐长孺诗词集》，第 67 页）

刘永济作《清平乐》（停云待雨）、《鹧鸪天》（别久湖山无梦通）、《清平乐》（拌花猛雨）、《齐天乐》（西风偷换鸣蝉树）、《浣溪沙》（蟂蠓鲲鹏各有天）、《蓦山溪》（迎秋一雨）、《步蟾宫》（寇氛逼新宁，怀故园兄弟）、《浣溪沙》（久阙高情作胜游）、《浣溪沙》（短鬓逢秋意向阑）、《浣溪沙》（绵雨生凉断又连）、《浣溪沙》（风散残云乍放晴）、《浣溪沙》（雨过溪堂野涨昏）、《惜秋华》（雾隐林峦）、《玉楼春》（村墟日上人声集）、《倦寻芳》（马君叔平约文院同好，观安谷庋藏故宫书画。予方患失眠不赴。天闵有词，依调奉酬）、《玉楼春》（星夜露坐，书示惠君）、《踏莎行》（归牸寻溪）、《忆旧游》（正猿岩照雨）。（后收入刘永济：《诵帚词集 云巢诗存》，第86页）

《中国文艺》第1卷第1期刊发：唐圭璋《敦煌唐词校释》。（后收入王婵、曹辛华整理：《唐圭璋文集》，河南文艺出版社，2006年，第39页）

【词籍出版】

郭则沄《龙顾山房诗余续集》刊行。内含《独茧词》一种。卷首有邢端《序》。（上海图书馆藏。后收入朱惠国、吴平编：《民国名家词集选刊》第13册）

徐礼辅《渌水余音》刊行。卷首有李盛铎、朱孝臧、邵章、许之衡、叶恭绰、邵瑞彭《序》。（上海图书馆藏。后收入朱惠国、吴平编：《民国名家词集选刊》第14册）

李盛铎《序》曰："香山徐氏五十年来，声华藉甚，以通晓时务见称。文史之业，非所长也。隽村以乌衣子弟，壮而好学。近从次公习填词，锐志研阅，所造甚远。寄示《渌水余音》一卷，湛思妙句，烟逸风高，绳尺谨严，不失豪黍。信乎，有目共赏之作！故家乔树，滋长兰茞，展帙为之沂然。己巳岁除，李盛铎。"

朱孝臧《序》曰："己巳秋冬间，海上朋辈议撰录三百年来声家所作，都为一编。扇花草之余芬，存兰荃之堕绪。张皇幽渺，开示来兹。予以残年，获与盛业，欣幸何似。同时叶君退庵亦有编次《后箧中词》之役，循半厂旧例甄采，所逮弗遗并世。天机文锦，烂然在目。邵君次公书告退庵，谓有香山徐君隽村，从受词学，才质颖发，姿性慧朗。才及两月，篝灯搦翰，藻思绮合，步趋之捷，一时无匹。并以词稿寄退庵，介其丐予题识。予受而观之，觉其神采飙举，妙语霞起。思深而笔茂，质厚而旨远。从此孟晋不舍，允升宋贤之堂而晞其藏。予叹隽村天才之美，益征次公排檠之功矣。隽村刊所为词，名曰《渌水余音》，方将追踪白纻，托志阳春。予苦无以相益，率书数语，用质遐庵，并谂次公。庚午仲春之月，归安朱孝臧。"

邵章《序》曰："词者，诗之余。意内而言外，本诸性情，而托于咏叹。曰赋，曰比，曰兴，有《三百篇》之遗则焉。世谓欢愉之音难好，牢愁之音易工。理所必然。特未足以概词之大全。要之，词必以诚立，犹之乐不可以伪为。登山情满，观海气溢。神思所发，动搜无形。万涂竞萌，无待缘饰。反之规模古人，优孟衣冠，虽复盘桓门户，含咀宫商，犹糟粕也，欲其感人而行远难矣。是以申媱之行吟，韩娥之振乡，宁公之敏角，迈乎驺忌之挥弦，惟其诚也。余以端居多暇，偶习长短言。同声相应，奉手群雅。族弟次公，晤言尤密。每览篇翰，辄相穷究。乃知心与境融，然后才与神会。思苟无邪，则言必有中。至若膏腴害骨，繁华损枝，皆词之忌也。尔来学者渐知诵法汴京诸贤，风气一变，盖千载一时之会也。余谓凡效倚声，宜立三埶：觉翁植其体，清真导其路，柳公神其用。然后撷采众长，自抒灵抱，庶几不远香山。徐子隽村，为次公升堂弟子，近撰所为词一卷，镌版以行，要余题辞。余览其托志高远，有得乎意内言外之旨，爰所怀怀归之。庚午春二月，邵章。"

许之衡《序》曰："吾粤夐隔中原，僻处南峤，声名文物，未能与大江南北相颉颃，而倚声一道，作者尤尠。赵宋一代，惟南海刘随如，名动海宇，今《百咏》一编虽已散佚，幸《中兴以来绝妙词选》采辑尚多，足资讽咏。此外，若李文溪词搜于汲古阁，赵玉渊词刊于四印斋，皆足以骖之靳，余则罕闻矣。有清以来，斯学几绝。迨至同、光后，始稍稍复振。其间，揖让风骚、驰骋坛墠者，亦间有人。然求如刘随如词之冲雅，殆犹未易觏也。香山徐君隽村，世业货殖，兼习估庐。近居旧都，于治商余暇，忽锐志为倚声。朝夕专研，寝馈忘倦。复得吾友邵次公词宿与之切磋，每一阕成，侪辈辄惊诧骇叹，辄不料造诣孟晋至此，真所谓天授，非人力也。词集成，属余为弁言。余愧怍滋甚，辞不获已，环诵再四，觉其振采掞华，一日千里，岂惟平揖随如，直将入北宋之堂而嗜其胾矣。喜吾道之不孤，更为乡邦张目，不禁踊跃而三百也。爰略述里乘文献与词有关者，以期一洗鸩俗，发扬南音。若夫君词之工与时会之成其词者，则次公已罄之，固无俟余赘陈也。己巳岁腊，番禺许之衡。"

叶恭绰《序》曰："两月前，次公以俊村此帙寄余，且述俊村学词之经过。余携示彊村翁，同为叹异，因及次公指授之得法，暨次公及门陈文中、姜可能诸人词学之孟晋。余曰：'次公之道无他，不令学者读宋以后词，独学诗者从风骚入，习字者从篆籀入，虽无言累句，拙体败笔，独为风骚、篆籀而非徘谐、钉铰、馆阁体也。昔曹子桓《典论》谓请将军捐弃故技，唐名乐工教其子弟须十年不近乐器，以涤前习。盖学之云者，乃神识间事，一经镌刻，深入无间，迷途迁道，不远而复，盖犹易于伐毛洗髓也。故次公之法，似远而实近，似拙而实巧。'翁莞尔曰：'有是乎，子之善于昭晰也。'因书以为跋，且以券俊村之词之日进焉。共和十有九年四月，退庵叶恭绰。"

溥儒《凝碧余音》刊行。卷尾有管翼贤《跋》。（上海图书馆藏。后收入朱惠国、吴平编：《民国名家词集选刊》第 15 册。又收入毛小庆点校：《溥儒集》下册）

管翼贤《跋》曰："心畬先生年来以书画自娱，人得其寸缣尺幅，咸知珍如拱璧。上视宋明二雪，论品诣殆过之也。先生落笔清暇，复耽吟咏，顾未闻其更长倚声也。客岁，偶出其《凝碧余音》一帙见示，则婉辞逸句，雅韵欲流。其苍凉，既如唱'大江东去'；而哀艳所至，又似歌'晓风残月'。盖直入眉山之室，而夺屯田之席矣。因付锓公诸同好，将使后之览者知今日燕赵之间，犹有旧王孙云。甲申春季，管翼贤谨跋。"

宣哲《寸灰词》一卷刊行。卷尾有宣彭《跋》。（浙江图书馆等有藏。后收入曹辛华主编：《民国词集丛刊》第 11 册）

宣彭《跋》中曰："右《寸灰词》一卷，都一百十四首。先考愚公府君所作也。先考姓宣氏，讳哲，字古愚，亦字愚公。少壮时，好声律之学。晚乃专致力于金石考证，诗尚恒为之，词则搁笔久矣。此卷所录，皆作于四十岁前。比时徇朋好之请，授之梓人，顾雅不愿以词人名世，特署别号，以自掩晦，本无改之训，彭何敢有所更张。"

【报刊发表】
《江苏文献》第 1、2 期合刊刊发：从五《鹧鸪天》（记得相逢蟪唱天）、《鹧鸪天》（漠漠寒江夕照天）。

《江苏文献》第 3、4 期合刊刊发：崇贤辑《江苏现代碑传集五·寓吴两大词家郑大鹤朱彊村》，开篇曰："词学至晚清而风气丕变。海内所称三大家，临桂王半塘先生外，则有高密郑大鹤、归安朱彊村两先生，皆吴下之寓贤也。因搜录其碑传，以备采风之助。"所辑录者为康有为《清词人郑大鹤先生墓表》、孙雄《高密郑叔问先生别传》和夏孙桐《清光禄大夫前礼部右侍郎朱公行状》。

《中国学报》第 1 期刊发：唐圭璋《纳兰容若评传》。（后收入唐圭璋：《词学论丛》，第 993 页）

《中国文艺》第 1 卷第 4 期刊发：唐圭璋《清真词释》。（后收入王婵、曹辛华整理：《唐圭璋文集》，第 49 页）

《军事与政治》第 6 卷第 4、5 期刊发：唐圭璋《辛稼轩词释》。（后收入王婵、曹辛华整理：《唐圭璋文集》，第 55 页）

《雅言》（甲申季刊）卷一刊发：《甲申上巳修禊集》，作品有：

蓼厂《扫花游》（甲申上巳，镜清斋修禊。羁绪渐温，馨轨近接。忧生念乱，安得好怀。分韵得柳字）；

梦湘《齐天乐》（甲申暮春，北海静心斋禊集）。

东北大学《艺苑丛刊》刊发：董每戡《金缕曲》（潼川唐节度使署，桃李争发。盐局陈燕昌先生邀饮赏花，用日前奉和金老钱梅词之首句谱《金缕曲》，呈主人并同席诸公）。（后收入陈寿楠等编：《董每戡集》第 5 卷，第 443 页）

《正声》第 1 卷第 1 期刊发：杨国权《论近人研治诗词之弊》。

《真理杂志》第 1 卷第 1 期刊发：

缪钺《论李易安词》；

詹锳《李白〈菩萨蛮〉〈忆秦娥〉词辨伪》。

《读书青年》第 1 卷第 3 期刊发：郑骞《柳永苏轼与词的发展》。

《读书青年》第 1 卷第 4 期刊发：郑骞《温庭筠韦庄与词的创造》《刘秉忠的〈藏春乐府〉》。

《协大艺文》第 2 卷第 1 期刊发：蔡奇《苏词析微》。

《文友》第 2 卷第 6 期刊发：欧阳械《南宋的热血词人及其作品》。

《艺文杂志》第 2 卷第 10 期发：郑骞《论词衰于明曲衰于清》。

《文友》第 2 卷第 10 期刊发：鸥庵《谈李清照的再嫁问题》。

《妇女月刊》第 3 卷第 4 期刊发：季维真《大词人李清照》。

《文史杂志》第 4 卷第 3、4 期刊发：王芃生《四犯今考》。

《文史杂志》第 4 卷第 11、12 期刊发：王玉章《词和曲的界限》。

《新生命》第 6 期刊发：沈平《英雄词人辛弃疾》。

《风雨谈》第 8 期刊发：沈风《词人李后主及其作品》。

《文史半月刊》第 11 期刊发：何之《难得糊涂（后主浪淘沙）》。

《协大艺文》第 16、17 期刊发：陈遵统《词选目录序》。

《国文月刊》第 26 期刊发：萧涤非《论词之起源》。

《国文月刊》第 31、32 期刊发：徐嘉瑞《词曲与交通》。

《国文月刊》第 28—30、33 期刊发：浦江清《词的讲解——李白〈菩萨蛮〉〈忆秦娥〉》。

《思想与时代》第 32 期刊发：缪钺《姜白石之文学批评及其作品》。

《华侨文阵》第 4 期刊发：温树《清代二女词人——吴藻与秋瑾》。

【词人生平】

王瀣逝世。

王瀣（1871—1944），字伯沆，一字伯谦，号无想居士，晚号冬饮，学者称冬饮先生，江苏江宁（今南京）人。清末任两江师范学堂教习，民国任南京高等师范学校、东南大学、中央大学教授。有《冬饮庐词》《冬饮丛书》等。

陈柱逝世。

陈柱（1890—1944），字柱尊，号守玄，广西北流人。1924 年至 1928 年，龙榆生在厦门大学结识陈柱，并拜陈为师。

1945年

（民国三十四年　乙酉）

1月

本月

龙榆生《词曲概论》完稿并油印。全书共两编。其中，上编"论源流"设：第一章"词曲的特性和两者的差别"，第二章"唐代民间词和诗人的尝试写作"，第三章"令词在五代北宋间的发展"，第四章"论唐宋大曲和转踏"，第五章"慢曲盛行和柳永在歌词发展史上的地位"，第六章"宋词的两股潮流"。

剑亮按：据姜德明《零刊杂拾》："《东南风》，一九四五年一月南京创刊，大三十二开本。名为综合性杂志，却偏重于文艺……《学术》栏载有龙沐勋的《词曲概论》、李长之的《中国自然地理之变迁》等……但我近见《东南风》创刊号，估计第二期未能问世。"（《开卷》第1卷第2期，2000年5月）

《文史杂志》第5卷第1、2期合刊刊发：詹安泰《论填词可不必严守声韵》。曰："欲证实四声之不必拘守，大约不出两途：一，取精通音律的词家底作品中调之各词互相比勘；二，于各个精通音律的词家中取其同调或唱和之作品互相比勘。这样，一方既可避免'非名家不足为据'的驳议，一方更可下一个'虽名家犹复如是，则非名者更可推知'以偏概全的断语，而且也可以见那些自我作古而作茧自缚者之无谓。"（后收入詹安泰：《詹安泰全集》第5册，第324页）

2月

5日，张素逝世。

张素（1877—1945），谱名诵清，字穆如，又字次醒、挥孙（苏），号婴公，光绪壬寅（二十八年，1902）补行庚子、辛丑恩正科举人，江苏丹阳人。曾供职于《远东报》。1911年加入南社。有《瘦眉词卷》《丹阳乡献词传》。

12 日，龙榆生作《虞美人》（甲申除夕，德国霍福民博士来饮寓斋，乞作疏篁，并缀小词为赠）。（后收入龙榆生：《忍寒诗词歌词集》，第 94 页）

12 日，唐长孺作《花犯》（甲申除夜），末署："云从尊兄正律，弟长孺贡稿。"（后收入唐长孺著，王素笺注：《唐长孺诗词集》，第 67 页）

13 日，余绍宋作《烛影摇红》（新年大雪）。

剑亮按：阮毅成《记余绍宋先生》叙述此词背景，曰："民国三十四年新春，云和大雪。樾老住在离城 10 华里的大坪，为雪所困，不能出门。我约其来大庆寺梨园我家中饮春酒，他无法践约，却填了一首词送来：《烛影摇红》（新年大雪）：'不道新年，门庭阒寂堪罗雀。雪深三尺断行人，有酒和谁酌。矫首西南非昨。细思量，已殊苦乐。窜身穷谷，茧足荒山，冲寒徒蹀。　莫漫多愁，天涯何处容安泊。已能高卧复何求，奚事嗔衾薄。蓦地开缄欢跃，又生憎，缤纷洒落。青樽红烛，辜负居停，难酬佳约。'过了几天，雪止。樾老约我到他家中午饭。酒酣，樾老对客挥毫，送在座者每人红梅一幅。黄季宽当即在我的一幅上题道：'忆孤山初换新装，湖上影飘谁伴得，应只有，鹤翱翔。'同座的项慈园先生也在画上题道：'一枝春意逗，慎勿误桃花。'于是宾主皆抚掌大笑，尽欢而散。樾老对项的题句，颇为欣赏。他说：'大雪之后，把酒画梅，乃是不久可以回到孤山寻梅的预兆。是年八月，抗战果然胜利了。可惜这一幅梅花，连同《石门观瀑图》均因大陆□□时失去了。'"（余绍宋：《余绍宋集》，第 433 页。亦可参见余子安：《亭亭寒柯：余绍宋》，商务印书馆，2015 年，第 170 页）

19 日，张尔田逝世。

张尔田（1874—1945），一名采田，字孟劬，号遯庵，又号许村樵人，室名多伽罗香馆，浙江钱塘人。候补江苏知府。少承家学，嗜词。曾任北京大学教授。晚年任燕京大学国学总导师。有《遯庵乐府》《史微》等著作。夏敬观《忍古楼词话》曰："嘉兴张孟劬太守尔田，绩学之士也。著述丰富。曩同需次在吴中，与沤尹侍郎、叔问舍人，过从尤密。辛亥后，闭门不出，其品学皆非予所能及也。所著《遯庵乐府》，沤尹为刊之《沧海遗音》中。余箧中有其词数阕，为尚未见于《遯庵乐府》者，亟录于此。"（唐圭璋编：《词话丛编》第 5 册，第 4775 页）钱仲联《近百年词坛点将录》曰："孟劬史学山斗，填词渊源家学，复与大鹤探讨，濡染者深。《遯庵乐府》，感时抒愤之作，魄力沉雄，诉真宰，泣精灵，声家之杜陵、玉溪也。"（钱仲联：《梦苕庵论集》，第 389 页）

27 日，《海报》刊发：周链霞《庆清平》（耐得慵情困雨）。（后收入刘聪著辑：《无灯无月两心知：周链霞其人与其诗》，第 247 页）

27 日，仇埰作《花心动》（乙酉上元）。（仇埰：《鞠谦词》卷一，第 27 页。后收入朱惠国、吴平编：《民国名家词集选刊》第 10 册，第 316 页）

3 月

1 日，《海报》刊发：周链霞《庆清平》（锁住春光满屋）。（后收入刘聪著辑：《无灯无月两心知：周链霞其人与其诗》，第 247 页）

6 日，夏承焘接汤影观上海函，附《鹧鸪天》词五首。（夏承焘：《天风阁学词日记》［二］，第 592 页）

剑亮按：汤影观五首词为《鹧鸪天》（问梅）、《鹧鸪天》（见梅花得句）、《鹧鸪天》（忆家）、《鹧鸪天》（读瞿禅词后作）、《鹧鸪天》（有怀苏州寓庐）。后收入汤国梨：《影观集》，南京师范大学《文教资料》编辑部，2001 年，第 73 页。

25 日，夏承焘作《好事近》（乙酉仲春，自灵岩访鹭山于大荆，不见三月矣。二灵双湖，花事甚盛，惜匆匆在兵尘间也）。（夏承焘：《天风阁学词日记》［二］，第 593 页）

本月

春，刘永济作《蝶恋花》（挽曾枣园）。（后收入刘永济：《诵帚词集　云巢诗存》，第 92 页）

剑亮按：曾运乾，字星笠，晚年自号枣园，湖南益阳人。曾任东北大学、湖南大学教授。

春，龙榆生作《减字木兰花》（乙酉春，沪上重遇郎静山，赋赠）。（后收入龙榆生：《忍寒诗词歌词集》，第 95 页）

春，刘麟生作《绮罗香》（春雨，和梅溪词）、《临江仙》（和蒙庵花朝词）。（刘麟生：《春灯词续》，第 11 页。后收入朱惠国、吴平编：《民国名家词集选刊》第 15 册，第 146 页）

余謇编《唐宋词选注集评》，由福建长汀青年图书出版社出版。选注唐宋词人 105 位的 200 余首词作。

4 月

22 日，夏承焘作《玉楼春》（过李五峰墓）。（夏承焘：《天风阁学词日记》[二]，第 597 页）

30 日，《力报》刊发：周錬霞《菩萨蛮》（杨丝短短春犹小）。（后收入刘聪著辑：《无灯无月两心知：周錬霞其人与其诗》，第 255 页）

30 日，《龙凤月刊》创刊号刊发：朱剑芒《台湾诗词丛话》。（后收入《民国珍稀短刊断刊·福建卷》第 7 册，第 3127 页）

剑亮按：《龙凤月刊》，月刊，1945 年创刊于福建永安，由新阵地图书社、龙凤月刊社出版发行。当年终刊。

本月

詹安泰作《木兰花慢》（乙酉三月，大学文学院东迁梅州，赁居角塘。惊魂未定，又传风鹤，不知来者之何如今也。为成一解，寄呈雁师龙泉，并示瞿禅）。（后收入詹安泰：《詹安泰全集》第 4 册，第 290 页）

夏承焘作《清平乐》（深夜行净名道中，望铁城嶂）。（吴无闻：《夏承焘教授纪念集》，第 250 页）

成惕轩作《浣溪沙》（美总统罗斯福逝世，杜鲁门继任）。词曰："盟会金山正及期。白宫一夕赋骑箕。斯人斯疾竟斯时。　四海狂澜资砥柱，九天泪雨湿旌旗。曹随谅不废萧规。"（后收入陈庆煌、成怡夏编著：《成惕轩先生年谱》，台北文史哲出版社，1999 年，第 15 页。又收入成惕轩著，龚鹏程编，刘梦芙审订：《楚望楼诗文集》附录一《楚望楼词》，黄山书社，2014 年，第 372 页）

剑亮按：《成惕轩先生年谱》曰："是年四月十二日，美国总统罗斯福逝世，副总统杜鲁门继任，先生作《浣溪沙》词一阕悼之。"故编年于此。

乔曾劬作《倦寻芳》（乙酉清明前夕雨，和王元泽）。（乔曾劬：《波外乐章》卷四，第 4 页。后收入朱惠国、吴平编：《民国名家词集选刊》第 14 册，第 546 页）

5 月

1 日，《力报》刊发：周錬霞《菩萨蛮》（灯前笑说新妆换）。（《艺坛》1946 年第 2 期亦刊出。后收入刘聪著辑：《无灯无月两心知：周錬霞其人与其诗》，第

254 页）

3 日，夏承焘作《浣溪沙》（山中闻名山翁在沪谢世），并致函上海王欣夫，请王欣夫将该词转与钱小山。（夏承焘：《天风阁学词日记》[二]，第 599 页）

4 日，《力报》刊发：周链霞《菩萨蛮》（落花吹遍红楼笛）。（《艺坛》1946年第 2 期亦刊出。后收入刘聪著辑：《无灯无月两心知：周链霞其人与其诗》，第 142 页）

5 日，《力报》刊发：周链霞《菩萨蛮》（蕙兰瑟瑟知心病）。（《艺坛》1946年第 2 期亦刊出。后收入刘聪著辑：《无灯无月两心知：周链霞其人与其诗》，第 143 页）

8 日，夏承焘作《临江仙》（乙酉立夏，攀登雁荡百冈尖绝顶。内子堕险重甦，二更相携返灵峰寺）。词后自注："是日鹭山夫妇方自大荆馈馔挂夏。又得希真南田书，谓中秋寇将退矣。"（夏承焘：《天风阁学词日记》[二]，第 600 页）

10 日，《海报》刊发：周链霞《一剪梅》（相见何如只怆神）。（《艺坛》1946年第 2 期、《铁报》1946 年 8 月 20 日亦刊出。后收入刘聪著辑：《无灯无月两心知：周链霞其人与其诗》，第 143 页）

剑亮按：林庚白评此词曰："白蕉过谈，出所抄链霞女士《一剪梅》词，甚美。录如下：'相见何如只怆神。眉上愁颦，襟上啼痕。相思何苦太殷勤。有限温存，无限酸辛。 相忆何时最断魂。倚尽斜曛，坐尽灯昏。相怜何事忒情真。减了厨珍，瘦了腰身。'上半阕之'相思何苦太殷勤。有限温存，无限辛酸'数语，不仅缠绵，尤极深刻。"（林庚白：《子楼诗词话》，张寅彭主编：《民国诗话丛编》，上海书店出版社，2002 年，第 123 页）

20 日，《仁风季刊》创刊号刊发：幼璘《南歌子》（画栋巢如旧）、《南歌子》（掠□□何限）、《木兰花慢》（方君思齐，余至友也。南京陷后，音讯鲜闻。念彼无家，何所栖止。追怀旧游，赋此以志其耿耿云）、《八声甘州》（趁阑珊、春事未全休）、《浣溪沙》（今日花前且共杯）。（后收入《民国珍稀短刊断刊·四川卷》第 12 册，第 5423 页）

23 日，夏承焘作《浣溪沙》（雁荡灵峰晓行）。（夏承焘：《天风阁学词日记》[二]，第 602 页）

28 日，夏承焘作《清平乐》（四月望，偕适一宿龙鍪轩。夜半，沐大龙湫下看月）。（夏承焘：《天风阁学词日记》[二]，第 604 页）

本月

《文教丛刊》（东方文教研究院主办）第 1 卷第 2 期刊发：刘永济《鹊踏枝》（秋入沧江兼葭白）、《鹊踏枝》（四合文纱云海隔）、《鹊踏枝》（早是惊心欢易失）、《倦寻芳》（旧家燕老）、《鹧鸪天》（伏枕巴山雨正狂）、《浣溪沙》（久阙高情作胜游）、《浣溪沙》（短鬓逢秋意向阑）、《浣溪沙》（绵雨生凉断又连）。（参见刘永济：《诵帚词集　云巢诗存》，第 428 页）

6 月

1 日，《中华乐府》第 1 卷第 2 期刊发：沈尹默《浣溪沙》（酬辱湛翁）四首。词前有自注曰："乙酉仲春，湛翁自乐山寄书来，附小词一阕。盖山居寂寞，聊复陶写，以遣幽忧。昔者，小山自叙所作谓为《乐府补遗》，良以词意所涉，皆古今来人人胸臆所蓄未经道出者耳，正是所遗，非今日新有之事也。尝思人情相去不远，古之与今，南之与北，哀乐谅复相同，其间但有浅深之分，无根本之异。湛翁寂寞之心，正余怀之所具，亦即众感所必然者也。诗人每言，解人难得，此曰别是一事，若夫当情惬理，言必由衷，斯长言往复，自相契合，又安见其得解之难哉？"

8 日，《力报》刊发：周錬霞《虞美人》（湘纹帘外新篁绿）。（后收入刘聪著辑：《无灯无月两心知：周錬霞其人与其诗》，第 257 页）

12 日，夏承焘访吴无闻，得吴天五和其《临江仙》（乙酉立夏，攀登雁荡百冈尖绝顶，内子堕险重甦，二更相携返灵峰寺）词。（夏承焘：《天风阁学词日记》[二]，第 605 页）

14 日，龙榆生作《朝中措》（乙酉端阳，冰如夫人遣人馈节礼，感时伤逝，悲不绝于予心，赋呈此阕）。（龙榆生：《忍寒词》之乙稿《忍寒词》，第 8 页。后收入朱惠国、吴平编：《民国名家词集选刊》第 15 册，第 443 页。亦收入龙榆生：《忍寒诗词歌词集》，第 96 页）

17 日，《台湾研究季刊》第 1 卷第 2 期刊发：朱剑芒《台湾诗词续话》。（后收入《民国珍稀短刊断刊·福建卷》第 11 册，第 5205 页）

本月

夏，何遂作《满江红》（乙酉夏，余同江宁杨家骆、鄞马衡应陈陈习删先生约考大足石刻。以四月廿七日涉龙岗，访永昌寨故址，遍历碑像塔庙，分任编拓、测绳、摄影、记载诸事。经旬，将以所得勒为图志。时任向导者，邑人刘永汉、刘行健；期而未至者，金华金兆梓、江宁步清悚、闽侯何昂、南海罗香林、鄂州王长炳也。用岳忠武《满江红》韵纪其事）。（何遂:《叙圃词》, 第 60 页。后收入曹辛华主编:《民国词集丛刊》第 6 册, 第 84 页）

夏初，沈尹默书自作词《虞美人》（林花惯作新装束）、《虞美人》（清和时候怜芳草）、《虞美人》（此生一任兵间老）三首赠张充和。自注曰:"《虞美人》词三首答马湛翁。充和来，以旧笺见示，因为录此词一过。乙酉夏始雨中，石田小筑尹默。"（后收入张充和藏:《沈尹默蜀中墨迹》, 第 66 页）

7 月

7 日，夏承焘作《清平乐》（偕燮一重宿灵岩寺，为藏经写目。成圆老逝前嘱也）。（夏承焘:《天风阁学词日记》[二], 第 607 页）

11 日，夏承焘作《鹧鸪天》（乙酉夏，寇退离雁荡）。（夏承焘:《天风阁学词日记》[二], 第 608 页）

15 日，《同声月刊》第 4 卷第 3 期刊发:

夏敬观《忍古楼词话》;

忏庵《高山流水》（□□□挽词）、《定风波》（检李德润《琼瑶集》, 有感于"莫道渔人只为鱼"句，怃然衍成三解）三首;

孟劬《念奴娇》（归安钱君仲联倚其大母占籍虞山，绘《梦苕庵图》索题，效"吴蔡体"赋此）;

蛰云《水龙吟》（挽孟劬）、《瑞龙吟》（延寿寺，济公招赏雨中牡丹）;

忍寒《朝中措》（乙酉重阳，汪夫人遣人馈节礼。感时伤逝，悲不绝于予心，赋呈此阕）;

孝苹《烛影摇红》（和沈草农《阑干词》）、《庆春泽》（春感）;

若水《鹧鸪天》（甲申秋日作）二首。

剑亮按:《同声月刊》至本期停刊。

8 月

1 日，《中华乐府》第 1 卷第 4 期刊发: 沈尹默《西江月》（梦里江山无恙）、

《西江月》(豪兴差同海岳)。

10日,刘永济作《玉楼春》(八月十日感事有作)、《玉楼春》(银屏一曲天涯似)、《玉楼春》(西园雨过风犹劲)、《玉楼春》(青山缺处平芜远)。(后收入刘永济:《诵帚词集　云巢诗存》,第92页)

剑亮按:13日,日本政府正式宣布无条件投降,抗日战争胜利结束。10日,在乐山的武汉大学工学院电机工程系学生在实验室电台上首先获知日本投降的消息,立即告知乐山《诚报》。上午8时许,《诚报》正式接获日本无条件投降消息后,印发《号外》。

10日,卢前作《点绛唇》(八月十日夜闻倭请降)、《点绛唇》(皖鄂东川)。(后收入卢前:《卢前诗词曲选》,第154页)

12日,卢前作《鹧鸪天》(十二日读第四号《号外》)。(后收入卢前:《卢前诗词曲选》,第154页)

13日,卢前作《鹧鸪天》(十三日书示儿辈)。(后收入卢前:《卢前诗词曲选》,第155页)

13日,中华全国文艺界协会举行抗日战争胜利欢庆会。

剑亮按:欢庆会主要商议三件事:(一)"文协"改名问题;(二)立即废除战时图书杂志审查制度,要求言论、著作、出版自由;(三)成立"附逆文化人调查委员会",并推选老舍、夏衍、以群、巴金、姚蓬子、孙伏园、徐迟、于伶、曹靖华、靳以、梅林、张骏祥、邵荃麟、黄芝冈、徐蔚南、马彦祥、赵家璧、史东山十八人为委员,负责调查附逆文化人的问题。

15日,《龙凤月刊》第2期刊发:

叶恭绰《虞美人》(题研山作《□月簃消夏图》);

查猛济《壶中天》(宣平晚秋,寄怀)。(后收入《民国珍稀短刊断刊·福建卷》第7册,第3227页)

30日,《海报》刊发:周錬霞《庆清平》(任使无灯无月)。(后收入刘聪著辑:《无灯无月两心知:周錬霞其人与其诗》,第249页)

本月

刘永济作《醉落魄》(病窗兀坐,偶忆壬午岁月日全蚀奇景,作此调记之。当金轮半蚀顷,天色曛黄,叶际微阳,布影地上,悉成半规,景象凄异。盖日圆则隙影亦圆，平时所未经意。既蚀，四宇埁黩，群鸟归林，大星闪闪吐芒角，似天地将闭者，写以入词，聊补古题之未备云尔）。（后收入刘永济：《诵帚词集　云巢诗存》，第 94 页）

杨绮尘作《醉落魄》（奉和弘度九兄见示补咏壬午日蚀词韵）。（后收入刘永济：《诵帚词集　云巢诗存》，第 434 页。参见本月"刘永济作《醉落魄》"条）

《民族诗坛》第 5 卷第 3 辑刊发：

朱乐之《木兰花慢》（送沈延平东游）、《八声甘州》（寄虞琴成都）、《八声甘州》（寄城中子大）二首、《高阳台》（红烛烧残）、《一萼红》（莽神州）、《疏影》（为实父题公彦画五色梅花，用白石韵）；

王去病《临江仙》（山中遣闷）、《临江仙》（寄公武先生）、《临江仙》（兵动后，友人多入蜀，予独留山。每得蜀信，辄为神往，因成此辞）、《临江仙》（清明节天气奇寒，竟杂雨雪）、《唐多令》（何事最添愁）、《唐多令》（笑问欲何之）；

卢昀原《兰陵王》（辛巳清和月，归自蓉城，展慈亲吕太宜公墓，用清真韵）、《扫花游》（柳絮，用清真韵）、《琐窗寒》（用清真韵）；

周礼《齐天乐》（秋柳）、《高阳台》（暮春）、《摸鱼子》（对缤纷乱红如雨）；

孙澄宇《鹧鸪天》（日日花前醉酒厄）、《八声甘州》（月夜，忆亡友雪映）、《忆江南》（离别恨）；

周方嫚《南乡子》（中秋夜，金华山赏月）。

9 月

9 日，夏承焘作《浣溪沙》（九月九日夕，观祝捷）。（夏承焘：《天风阁学词日记》[二]，第 614 页）

15 日，张充和作《临江仙》（瘴雨顽云何日罢）、《鹧鸪天》（十二阑干百尺楼）。（后收入白谦慎编：《张充和诗文集》，第 40 页）

17 日，张充和作《临江仙》（竹径兰阶蛩语寂）、《临江仙》（待发云程十万里）。（后收入白谦慎编：《张充和诗文集》，第 42 页）

19 日，张充和作《临江仙》（破晓罗帷如昼色）。（后收入白谦慎编：《张充和诗文集》，第 44 页）

20 日，姚奠中作《人月圆》（1945 年中秋，旅寓渝州杨氏琴韵草堂。是夜，为庆抗战胜利，主人置酒芭蕉下。座客皆擅音乐，而主人琵琶尤绝。既各奏艺，主人则以《飞花点翠》一曲终之。余赋此，书以横幅，以赠主人）。（后收入姚奠中：《诗文杂录》，商务印书馆，2015 年，第 39 页）

剑亮按：姚奠中《课余随笔（1945—1948）》叙述该词写作背景，月："9 月 20 日，是中秋节，余在渝，寓杨氏琴韵草堂。是夜，杨君召广播电台刘、吴二君来，于小院芭蕉下共饮。刘、吴二君，皆能琵琶，而吾友尤为卓绝。既各奏二曲，而吾友则以《飞花点翠》一曲终之。音声之好，不可言传。彼二人，则自叹望尘莫及也。余以无技可献，乃填《人月圆》一调。次晨，书横幅以赠吾友，其词云：'晴空万里悬明月，烟笼万千家。百年羞辱，一朝尽雪，泪满天涯。（吴君言，此夜月明如此，当是胜利之瑞。） 月光如水，梧围篱落，蕉影窗纱。最堪记取《飞花点翠》，一曲琵琶。'所写皆实景也。"（姚奠中：《诗文杂录》，第 152 页）

22 日，姚奠中作《菩萨蛮》（巴山蜀水重重叠）。（后收入姚奠中：《诗文杂录》，第 152 页）

剑亮按：姚奠中《课余随笔（1945—1948）》叙述该词写作背景，曰："旧八月十七日（9 月 22 日），由渝赴筑，应贵阳师范学院聘也。夜宿东溪。以月色可爱，遂出门独步。因以《菩萨蛮》记之云：'巴山蜀水重重叠，无端更看东溪月。策杖度街头，月光如水流。 街头人影乱，客舍明灯烂。万里逐风尘，胡为浪苦辛。'孤寂之中，殊不禁天涯羁旅之怀也。"（姚奠中：《诗文杂录》，第 152 页）

25 日，《龙凤月刊》第 3 期刊发：

王易《清平乐》（题黄若舟《泛湖图》）、《临江仙》（题黄若舟《松竹双清图》）、《长亭怨慢》（秋阴忧思，如不可任。适客话金陵旧事，倚白石谱抒感）、《玉蝴蝶》（环阶蕉丛，日就凋瘁，用清真谱吊之）、《忆旧游》（九日，杏岭寓庐坐雨。忆甲戌此日，莫愁湖阁茗集留影胜棋楼，瞬息十载，支离漂泊，契阔死生，渺渺兮予怀也）、《山花子》（杏岭晚步）；

詹安泰《台城路》（为高吹万丈题《风雨勘诗图》）、《山亭宴》（寄呈夏映庵先生）。（后收入《民国珍稀短刊断刊·福建卷》第 7 册，3309 页）

30 日，夏承焘与王季思论词。夏承焘谓"其初起之体，十九冶丽，由歌妓以此娱狎可，似非由飞卿诗风使然"。（夏承焘：《天风阁学词日记》[二]，第 616 页）

本月

姚奠中作《八声甘州》（看溪光月色醉迷离）。（后收入姚奠中：《诗文杂录》，第 39 页）

剑亮按：姚奠中《课余随笔（1945—1948）》叙述写作背景，曰："游花溪之夜，诸生有倡言作诗者，虽未作，余则于就寝时构思欲填一词。既归，田生视民以所为诗来求正，并言同学皆有所作。余为其诗易数字，因遂就前所思，足成《八声甘州》一首云：'看溪光、月色醉迷离，那得此良宵。正麟山静寂，旗亭冷落，四野悄悄。岸草任他绿减，不须问花娇。但树簇楼飞，嵬嵬翘翘。 应有闲情逸致，俯清流垂瀑，小伫长桥。况良朋携酒，笑傲动云霄。念平生江湖落拓，问壮怀前路复迢迢。徒凝望，晴空如洗，月冷天高。'"（姚奠中：《诗文杂录》，第 153 页）

邵祖平作《词心笺评·自序》。中曰："余三十年客渝沙坪坝，教授国立中央大学，每与诸生讲长短句，辄标词心之说；三十三年客授成都国立四川大学，因选唐宋名家词凡二百六十阕，为之笺评，备为课本；三十六年复来渝授课国立重庆大学，主讲诗词，发行箧出前稿付郁明社排印，命名曰《词心笺评》，并叙词之所以为诗余如上，深冀海内词人及好词者，进而教之，匡其不逮。《诗》云：'他人有心，予忖度之。'唐宋作家往矣，而其心声之精英，固不难就其所赋掩卷揣知，是则编者区区瞩望之意云尔。民国三十七年九月，南昌邵祖平识于重庆沙坪坝国立重庆大学中信新村赘庐。"（邵祖平：《词心笺评》，复旦大学出版社，2007 年，第 1 页）

10 月

1 日，《生存月刊》创刊号刊发：詹安泰《无庵词》，有《木兰花慢》（试排阊细叩）、《阮郎归》（风帘长日净无尘）、《定风波》（百叠词心不可磨）、《浣溪沙》（一雨漂花碾作泥）、《浣溪沙》（瘴海尘天可奈何）、《浪淘沙》（黄月涨流星）、《鹧鸪天》（万激愁潮不可平）、《鹧鸪天》（不断虫声哭四围）、《鹧鸪天》（旧日恩情定有无）、《鹧鸪天》（号痛无门骨化灰）、《南乡子》（雨中偶成）。（罗克平：《詹安泰诗词补遗十八首》，《韩山师范学院学报》2016 年第 4 期）

7 日，毛泽东致函柳亚子，谈《沁园春》（雪）。曰："亚子先生吾兄道席：迭示均悉。最后一信慨乎言之，感念最深。赤膊上阵，有时可行，作为经常办法则有缺点，先生业已了如指掌。目前发表文章、谈话，仍嫌过早。人选种种均谈不到，置之脑后为佳。初到陕北看见大雪时，填过一首词（指1936年2月写的《沁园春·雪》。——引者注），似与先生诗格略近，录呈审正。敬颂道安。毛泽东。十月七日。"（后收入中共中央文献研究室编：《毛泽东书信选集》，人民出版社，1983年，第263页）

10日，蔡桢作《还京乐》（乙酉双十节，倚梦窗声韵）。（蔡桢：《柯亭长短句》卷下，第11页。后收入朱惠国、吴平编：《民国名家词集选刊》第14册，第417页）

14日，刘永济作《西平乐慢》（乙酉重九）。（后收入刘永济：《诵帚词集 云巢诗存》，第94页）

14日，张充和作《醉吟商》（十月十四日，为红叶楼主题琵琶园）。（后收入白谦慎编：《张充和诗文集》，第45页）

21日，柳亚子作《〈沁园春·雪〉跋》，曰："毛润之《沁园春》一阕，余推为千古绝唱。虽东坡、幼安，犹瞠乎其后，更无论南唐小令、南宋慢词矣。中共诸子，禁余流播，讳莫如深。实则小节出入，何伤日月之明。固哉高叟，暇日当与润之详论之。余意润之豁达大度，决不以此自歉，否则又何必写与余哉！情与天道，不可得而闻。恩来殆犹不免自郐以下之（无）讥欤？余词坛跋扈，不自讳其狂，技痒效颦，以视润之，始逊一筹，殊自愧汗耳！瘦石既为润之绘像，以志崇拜英雄之慨；更爱此词，欲乞其无路以去，余忍痛诺之，并写和作，庶几词坛双璧欤？瘦石其永宝之！一九四五年十月二十一日，亚子记于渝州津南村寓庐。"（后收入包立民：《柳亚子评说〈沁园春·雪〉》，《人民日报》1987年5月16日）

本月

刘永济作《浣溪沙》（乙酉小春，元慎携眉生与张君继禹定情双照索题）。（后收入刘永济：《诵帚词集 云巢诗存》，第96页）

桂中枢《待旦楼诗词稿》，由上海中国评论周报社出版。收诗词50首。卷首有著者《自序》。

11月

8日，国民党教育部以了解学潮为由带走龙榆生，并将其囚禁于南京老虎桥看守所。（参见龙榆生1956年3月12日填写的《干部自传》）

11 日，重庆《新华日报》刊发：柳亚子《沁园春》（次韵和润之咏雪之作，不尽依原题意也）。词后《附记》曰："余索润之长征诗见惠，乃得其初到陕北看大雪作《沁园春》（雪）一词。展读之余，叹为中国有词以来第一作手，虽苏、辛犹未能抗乎？效颦技痒，辄复成此。"

14 日，《新民报》晚刊《西方夜谈》刊发：毛润之（泽东）《沁园春》（雪）词。有编者《按语》，曰："毛润之氏能诗词，似鲜为人知。客有抄得其《沁园春》咏雪词一首，风调独绝，文情并茂，而气魄之大，乃不可及。据氏自称，则游戏之作，殊不为青年法，尤不足为外人道也。"

15 日，重庆《新华日报》转载毛润之《沁园春》（雪）。

20 日，缪钺致函刘永济。中曰："前奉惠简并大词五阕，久稽裁覆，为歉。尊作思远忧深，弟殊有同感，'此身也似知秋叶，独向高梧策策鸣'。'新词刻意说伤春，谁信伤春情已倦'。何其凄怆动人耶？"（后收入刘永济：《诵帚词集　云巢诗存》，第 437 页。又收入缪钺著，缪元朗整理：《冰茧庵论学书札》上，第 66 页）

剑亮按：缪钺函中所论"此身也似知秋叶，独向高梧策策鸣"词句，出自刘永济《鹧鸪天》词，曰："半月重阴未放晴，岷峨长夏气凄清。此身也似知秋叶，独向高梧策策鸣。　濠濮想，武陵情，一灯摇碧辘轳生。云荒雨怪犹如此，知道阳台梦是醒。""新词刻意说伤春，谁信伤春情已倦"词句，出自刘永济《玉楼春》（新历 8 月 10 日感事有作。日本投降，战事结束）其四："青山缺处平芜远，不见江南芳草岸。待凭春水送归舟，还恐归期同电幻。　愁情久似春云乱，谁信言愁情已倦。风池水皱底干卿，枉费龙琶金凤管。"

28 日，《自由谈周报》刊发：周鍊霞《点绛唇》（灯影筛寒）。（后收入刘聪著辑：《无灯无月两心知：周鍊霞其人与其诗》，第 123 页）

28 日，重庆《大公报》刊发：毛泽东《沁园春》、柳亚子《沁园春》。编者冠以总题目：《转载两首新词》。

剑亮按：1945 年 12 月 4 日至 1946 年 2 月底，《中央日报》《和平日报》《益世报》等报刊先后发表的"反对者"的"和韵之作"有：

1945 年 12 月 4 日《中央日报》刊发：东鲁《沁园春》（和毛润之《沁园春》词韵），耘实《沁园春》（和毛润之咏雪原韵）。

1945 年 12 月 4 日《和平日报》刊发：易君左《沁园春》（乡居寂寞，近始得读《大公报》转载毛泽东、柳亚子二词。毛词粗犷而气雄，柳词幽怨而心苦。因次韵成一阕，表全民心声，非一人私见，望天下词家闻风兴起），扬依群《毛词〈沁园春〉笺注》，董令狐《封建余孽的抬头》。

1945 年 12 月 4 日《益世报》刊发：张宿恢《沁园春》（吊北战场，次毛韵）。

1945 年 12 月 5 日《和平日报》刊发：吴诚《沁园春》（步和润之兄）。

1945 年 12 月 6 日《合川日报》刊发：老酸丁《沁园春》（和毛泽东）、《沁园春》（和柳亚子），石昙《沁园春》（忠告共产党）。

1945 年 12 月 10 日《和平日报》刊发：颜霁《沁园春》（一夜风寒），尉素秋女士《沁园春》（十载延安），械林《沁园春》（万里风行），慰农《沁园春》（四海妖氛）。

1945 年 12 月 13 日《和平日报》刊发：颜霁《沁园春》（叠韵，和致柳亚子），孙俍工《沁园春》（和毛泽东韵），樊旦初《沁园春》（应易君左先生呼声，依韵和毛泽东氏咏雪一阕，因物寓劝，切望深思），吕耀先《沁园春》（北望边城）。

1945 年 12 月 14 日《益世报》刊发：小完《谈谈〈沁园春〉》，附《沁园春》（雪，和毛）、《沁园春》（读原词，和作，重有感，依原韵）。

1945 年 12 月 16 日《益世报》刊发：张宿恢《沁园春》（再次毛韵"难民行"）。

1945 年 12 月 28 日《益世报》刊发：雷鸣《沁园春》（眼底龙沙）。

1946 年 1 月 3 日《和平日报》刊发：胡竞先《沁园春》（次毛柳之作），元鼎《读柳词有感》（七绝）。

1946 年 1 月 25 日《和平日报》刊发：易左君《再谱〈沁园春〉》，尉素秋女士《沁园春》，械林《沁园春》，慰侬《沁园春》。

1946 年 2 月《新闻天地》第 10 期以《毛泽东"红装素裹"，一首〈沁园春〉画出心底事》为题，辑录 1945 年 12 月 4 日东鲁词人、易左君《沁园春》词，至《大公晚报》1945 年 12 月 19 日蜀青《沁园春》和词止，共收集 16 首和词，编成一组刊出。

又按：1945 年 12 月 11 日至 1946 年 3 月，《客观》《新民报晚刊》《大公报》等报刊先后发表的"赞成者"的"和韵之作"有：

1945 年第 8 期《客观》刊发：郭沫若《沁园春》（说甚帝王），聂绀弩《沁园春》（谬种龙阳），《毛词解》，犀《毛词溯源》。

剑亮按：《客观》，周刊，1945 年创刊于重庆，由客观周刊社出版发行。1946 年终刊。

又按：聂绀弩《毛词解》全文曰：

毛词《沁园春》发表后，有人以为是封建残余，是帝王思想的表现。本月四日《和平日报》副刊上刊载的董令狐先生《封建余孽的抬头》及扬依琴先生的《毛词〈沁园春〉笺注》可为代表。董先生说："离开爱新觉罗朝的统治，已经有三十四年了。在这段岁月的洪流中，封建的沉渣却时时泛起，项城称帝，张勋复辟，至于军阀争霸的混战，历史重重叠叠地演着悲剧。'山河如此多娇'，不但'引无数英雄尽折腰'，而且强邻侧目，连延安的'领袖'也'欲与天公共比高'了，一阕《沁园春》，'还看今朝'！抱负自然不平凡；只惜一念之中，离开了向所借用的幌子，于是乎大众文学、民间口语，都丢之脑后，在腐臭的裹脚布缝隙中，却现出了秦始皇的面目！"扬先生说："口气真是不凡，项羽《拔山吟》，汉高的《大风歌》，以之相较，渺乎其小，何足道哉！在作者的意思，秦皇汉武的武功是可以了，论'文'则还差一点；唐太宗、宋太祖'风骚'不够；就是武功顶呱呱的成吉思汗，也不过是一个不开化的野蛮人罢了。作者拿他们的事业私下和自己比上一比，结果觉得都不满意。所以，接着就说：'俱往矣，数风流人物，还看今朝！'自况之余，盖自负也。"……"中国人民只求能安居乐业，决不盼望再诞生这样一位前无古人的'英雄霸主'。因为实在没有这么多的老百姓的血，来做栽培'英雄霸主'的肥料。"

恐怕从来没有文章比这首词被误解得更厉害的了。

今天的中国，新文化和旧文化，新思想和旧思想已截然分为两道，不但内容不同，就是彼此所用的语言，所设的比喻，也互不了解。对毛词的误解，是从这儿产生的。

艾青的名诗："雪落在中国的土地上，寒冷封锁着中国呀！"

这雪不仅指自然的雪，寒冷也不仅指天气的寒冷，它们象征着日本法西斯强盗、汉奸政权，真正的封建余孽们对于中国人民的压制。雪是人降的，寒冷也是人造的。而用雪、用白色、用寒冷来象征残暴的统治，不仅艾青一人如此，早已成为世界的常识了。毛词的上半阕"长城内外，惟余莽莽；大河上下，顿失滔滔。山舞银蛇，原驱腊象，欲与天公试比高"，不过铺列那些强盗们、汉奸们、封建余孽们在中国大地上的"群魔乱舞"，而且说他们主观上以为可以靠武力胜利，想以武力扭转历史发展法则，这一点评论家反说作者欲与天公比高，完全胡扯。诗人雪莱说："冬天来了，春天还会远吗？"毛词高瞻远瞩，告诉我们，一定会胜利。但胜利后，并非没有斗争，而斗争反更壮丽，正像雪住之后，尚有积雪，雪中红梅，益见妍艳。这就是"须晴日，看红装素裹，分外妖娆"，也并非毛氏一个人这样用，叫做"雪里红"的刊物，我看见过不止一个了。我们的评论家，大概只懂得拢翠庵的"白雪红梅"，雪里红的说法，或者还是初次听见咧！

评论家们以为最成问题的还是下半阕："惜秦皇汉武，略输文采；唐宗宋祖，稍欠风骚。一代天骄，成吉思汗，只识弯弓射大雕。俱往矣，数风流人物，还看今朝！"但这有什么问题呢？翻成白话，不过说：强盗们，汉奸们，封建余孽们，你们想用武力统一中国么，你们想做皇帝么？你们以为自己可以成为秦始皇、汉武帝、唐太宗、宋太祖、成吉思汗么？你们错了；那不过是历史上的一些无知识、无思想的野蛮家伙。他们过去了，他们的时代过去了。今天，不是光靠武力、光靠蛮横可以得到"天下"的。要在今天成为一个人物，必须理解得多一些，必须自己成为一个知识者乃至思想家，必须能够代表人民的利益……试问这与封建余孽或帝王思想有一丝一毫的相同么？不！刚刚相反，它是反封建的，反帝王的，它把有些学者教授们现在还在歌颂的汉武帝、唐太宗一齐否定了！这否定，评论家说，是作者的"自况"，多么可笑。天下有以自己所否定的人自况的么？不能自圆其说。于是又说对秦皇汉武们不满，是要比他们更了不得，是"自负"。但这自负，岂不是每个现代中国人所应有的么，我们现在没有机会执政带兵，是另一问题，如其有，还不想比过去了几千年几百年的独夫民贼专制魔王们干得像样一些，那算什么东西呢？

只有满脑子封建残余，满脑子帝王思想，说准些帝王的走狗思想，才以为帝王是不能提起的，不能比拟的，不能否定的，不能超过的，不但董、扬两人，易左君的"杀吏黄巢，坑兵白起"，东鲁词人的"翼王投笔"，"押司题壁"，耘实的"公孙拒命"等等，也都充满着这种思想。而"翼王投笔"

云云，简直还是汉奸思想。毛词不是写给他们读的，他们读到了，简直是毛词的羞辱！

　　一阕《沁园春》，不过百余字，就像一条鸿沟，对不起，把旧时代的骚人墨客都隔住了。兴之所至，倚声一章，写在下面，并就正于易君左先生：

　　谬种龙阳，三十年来，人海浮飘。忆问题丘九，昭昭白白；扬州闲话，江水滔滔。惯驶倒车，常骑瞎马，论出风头手段高。君左矣，似无盐对镜，自惹妖娆。　时代不管人娇，抛糊涂虫于半路腰。喜流风所被，人民竟起；望尘莫及，竖子牢骚。万姓生机，千秋大业，岂惧文工曲意雕？凝眸处，是谁家天下，宇内今朝！

　　耶稣诞生一九四五年于伤风楼。（原载《客观》1945 年第 8 期）

1945 年 11 月 30 日《大公晚报》刊发：崔敬伯《沁园春》（顷者，读报见近人多作《沁园春》，怅触衷怀，辄成短句。顶天立地之老百姓，亦当自有其立场也）。

1945 年 12 月 15 日《新民报晚刊》刊发：景洲《沁园春》（咏雾，用毛润之先生咏雪原韵）。

1946 年 1 月 25 日《民主星期刊》第 16 期刊发：圣徒《沁园春》（读润之、亚子两先生唱和词有感而作）。

此外还有，1945 年 12 月 10 日重庆《新蜀报》刊发：董隆熙《沁园春》（读老舍先生"如此江山，空暮雨、有谁文笔奋云雷"有感。十一月二十八日于市民医院）。

1945 年 12 月 11 日重庆《新民报晚刊》刊发：郭沫若《沁园春》（国步艰难）。（后收入郭沫若：《郭沫若全集·文学编》第 2 卷，第 128 页）

1945 年《平论》第 9 期刊发：张厚墉《毛泽东先生的词》。

1945 年 12 月 15 日，谢觉哉作《沁园春》（为诸孩）。

剑亮按：谢飞《读懂父亲》叙述该词写作缘起，曰："1945 年 12 月 15 日，在八年艰苦抗战胜利后，父亲步毛泽东刚刚发表的震动全国的《沁园春》（雪）之韵，作了一首《沁园春》（为诸孩）：'三男一女，飞飞列列，定定飘飘。记汤饼三朝，瞳光灼灼，束脩周载，口弁滔滔。饥则倾饼，倦则索抱，攀上肩头试比高。扭秧歌，又持竿打仗，也算妖娆。　一群骄而又娇，不盼他年紫束腰。只父是愚公，坚持真理，子非措大，不事文骚。居新社会学新本事，纵是庸才亦可雕。吾衰矣，作长久打算，记取今朝。'好一幅'群孩戏父'的图画啊。那时候的姐姐哥哥七八岁，我三岁，弟弟不满一岁，'一群骄而又娇'，围着六十出头的老父亲，'攀肩、索抱、持竿打仗、扭秧歌'，在父亲心中，将养儿育女的辛劳化为快乐，把培育后代与自己终生追求的'真理''新社会'理想结合起来，岂非人生幸福的极致。"（谢飞：《读懂父亲》，谢觉哉著，谢飞编选：《谢觉哉家书》，生活书店出版有限公司，2015年，第10页）

1945年12月16日重庆《国民公报》刊发：昌政《沁园春》（北国风光）。

1945年12月19日重庆《大公晚报》刊发：蜀青《沁园春》（用原字句，敬献作者暨出席政治协商会议诸公）。

郭沫若有《摩登唐吉坷德的一种手法》，中曰：

> 毛泽东先生有一首调寄《沁园春》的"咏雪"，脍炙人口。反对他的人，赞美他的人，和韵之作布满天下。这首词听说本是毛先生的旧作，作于何时不得而知，但传播了出来是在去年的双十节前后。那时候毛先生接受了蒋先生的邀请，由延安到了重庆，共策国内的和平，在少数友人间便流传出了这首词。听说在毛先生认为是游戏之作，并没有发表的意思，《新华日报》的副刊上也始终没有看见过发表。首先发表了它的是重庆《新民晚报》的副刊。经这一发表，于是便洛阳纸贵，不翼而飞了。《新民报》副刊的编者系出诸传闻，所记不免有些误字，以讹传讹传遍了中国。我在柳亚子先生的手册上，看见过毛先生所亲笔写出的原文，不妨把它再录在下边：
>
> 北国风光，千里冰封，万里雪飘。望长城内外，惟余莽莽；大河上下，顿失滔滔。山舞银蛇，原驱腊象，欲与天公试比高。须晴日，看红装素裹，分外妖娆。　江山如此多娇，引无数英雄竞折腰，惜秦皇汉武，略输文采；唐宗宋祖，稍逊风骚。一代天骄，成吉思汗，只识弯弓射大雕。俱往矣，数风流人物，还看今朝。
>
> 就词论词，在专门研究声律的人看来，或许有些地方犯了毛病。然而气魄宏大，实在是前无古人，可以使一些尚绮丽、竞雕琢的靡靡者流骇得倒退。词的意境，从表面上看，自然是咏雪，但它的骨子似乎是另外一种情况。我没有向毛先生请教过，不知道他的明确寓意，但我们作为一个读者却

应该有揣测的自由。我的揣测是这样：那是说北国被白色的力量所封锁着了，气势汹汹，"欲与天公试比高"的那些银蛇蜡象，遍山遍野都是，那些是冰雪，但同时也就是像秦皇汉武、唐宗宋祖甚至外来的成吉思汗的那样一大批"英雄"。那些有帝王思想的"英雄"们依然在争夺江山，单凭武力，一味蛮干。但他们迟早是会和冰雪一样完全消灭的。这，似乎就是这首词的底子。

自从《新民晚报》把这首词发表了以后，不久便有一件出人意外的事呈现，在重庆的《大公报》上忽然也把这首词和柳亚子先生的和词一道发表了。起初大家都有点惊异，有的朋友以为奇文共欣赏，《大公报》真不愧为"大公"，乐于把好文字传播于世。然而疑团不久就冰释了。解铃还是系铃人，《大公报》那么慷慨地发表了那两首唱和之作的用意，其实是采取的"尸诸市朝"的办法：先把犯人推出示众，然后再来宣布罪状，加以斩决。在毛唱柳和发表后不两天，王芸生先生的《我对中国历史的一种看法》的皇皇大文便在他自己的报上公布了。请看他在冒头上的这几句话吧：

近见今人述怀之作，还看见"秦皇汉武""唐宗宋祖"的比量，因此觉得我这篇斥复古、破迷信、反帝王思想的文章，还值得拿出来与世人见面。

这就是"醉翁之意"所在的地方了。然而可惜，王先生实在借错了题。王先生把别人的寓意之作认为"述怀"，心血来潮，于是乎得到了一个惊人的发现：毛泽东才不外是一位复古派、迷信家，怀抱着"帝王思想"的人物。人赃俱获，铁案难移，于是乎他要"斥复古"也就是斥毛泽东的复古，"破迷信"是破毛泽东的迷信，"反帝王思想"是反毛泽东的帝王思想。射人先射马，擒贼先擒王，打倒毛泽东自然也就是打倒了共产党。打倒共产党自然也就护卫了和共产党对立的党系。这偷天换日的本领是多可爱！王先生在发号施令："翻身吧，中华民族！必兢兢于今，忽恋恋于古，小百姓们起来，向民主进步！"多么响亮呀！然而这儿所响亮着的正是铿锵的戡乱之声！这明白地是在说：毛泽东所领导的共产党并不"民主"，他们是压迫"中华民族"的，"小老百姓们赶快起来"把他打倒！正是这一手法，乃王先生的得意之作，所以他才把他的大文来自行四处发表。传单标语的放发，你还会嫌重复吗？宣布罪状的布告，你还会嫌多贴了吗？《大公报》之所以为"大公"，照我以前的拟议，是帝俄时代替沙皇效忠的那些"大公"，但我今天却又感觉着有点两样了。

毛泽东是不是在提倡"复古"、奖励"迷信"、鼓吹"帝王思想"？这些问题要拿出来谈论都觉得有点无聊。王先生当然也会明白不会有头脑正常的人来和他纠缠这些问题的，所以他也就敢于阔步论坛，单枪独往了。威风是很威风，戳穿了毕竟还是有点像唐吉坷德。

好的，"必兢兢于今，忽恋恋于古"，那么我们今天所"兢兢"的是反对所谓"法统"的问题，而不是什么"正统""道统"。不要扯淡！在今天什么"正统""道统"已经老早不成问题了，我们倒要请勇敢的王先生来反对一下一般"小百姓们"所反对的什么"法统"，以及什么"军统""中统"的那些统。毛先生是反对那些统的。反对那些统也正是今天的民意，请王先生和他所主编的《大公报》也来伸张一下民意吧！手法尽管怎样高妙，在一篇文章里面尽管怎样善于藏头盖面，自圆其说，然而今天已经不是靠着一篇文章取士的时代了。可惜的是，《大公报》的态度一向是维持"法统"的。一面在尽力维持"法统"，一面却在高呼打倒"正统""道统"，这就是真正意义的"必兢兢于今，忽恋恋于古"了！

除开打倒"正统""道统"之外，王先生的大作还有一个更重要的用意，便是取消中国历史上历代的农民革命，更干脆地说，也就是取消革命。你看他很大胆地这样放言：

中国历史上打天下争正统，严格讲来，皆是争统治人民，杀人流血，根本与人民的意思不相干。

这断案下得多么大胆！历代的农民革命，在起初时都能顺从民意，只有在革命成功之后，一些领导者才开始背叛人民，这本是极粗浅的历史常识。然而王先生对于这样的常识，竟根本没有"看"在眼里。"争正统"，"争统治"，简单的两句话便把一切革命运动都取消了。一切都只是"成则为王，败则为寇"的家伙在捣乱，假使没有那些家伙，事实上是为寇的家伙，那天下便会太平无事的。打倒"正统"原来为的是要打倒"争正统"，"正统"不存，何有乎"争"！"争"如打倒，"正统"永在！故尔王先生虽然也在骂那些"为王"者，而实际上他是在为"为王"者诛除"为寇"者的。

关于这层意思，他说得很露骨，并没有丝毫的掩饰：

胜利了的，为秦皇汉武，为唐宗宋祖，失败了的，为项羽，为王世充、窦建德。若使失败者反为胜利者，他们也一样高据皇位，凌驾万民，发号施令，作威作福，或者更甚。更不肖的，如石敬瑭、刘豫、张邦昌之辈，勾结外援，盗卖祖国，做儿皇帝，建树汉奸政权，劫夺政柄，以鱼肉人民。

真是义正辞严，把"为寇"们骂得有声有色。然而"勾结外援"以维持政柄的那些正统派的儿皇帝们，却在王先生的笔下得到了超度了。言外之意是要让人自行领会的，率性替王先生说穿吧，今天的毛泽东也在"争统治人民的"，假使毛泽东当权说不定更坏，而且还有"勾结外援"的嫌疑啦！文章虽然冗长，做得也煞费苦心。打倒"正统""道统"是糖衣，取消革命是心核，取消革命也就是维持"法统"，也就是"只许变，不许乱"的《大公报》的一贯的传统。因此，责骂诸葛亮，责骂曾国藩也不外是糖衣，而责骂毛泽东倒是本意。王先生画龙点睛，他在号召"中国应该拨乱反治了"。这还有什么两样呢？"拨乱"不就是戡乱么？

直直愎愎的说戡乱，我们还可以表示反对的意思，弯弯曲曲的说"拨乱反治"，我们便被卷进云里雾里了。尽管是借题发挥，而且借错了题，我对于王芸生先生的手法，依然是佩服的。然而这也就是我宁愿读《扫荡》报，而不愿读《大公报》的主要原因了。对不住：抱歉，抱歉。一九四六年七月十日。（原载《萌芽月刊》1946 第 7 期）

柳亚子有《关于毛主席咏雪词的考证》，全文曰：

锡纶先生：在一月八日《文汇报》上，读到你关于毛主席咏雪词的考证，很高兴。但你说"毛主席原作，最初公开发表，是在一九四五年的重庆版《大公报》上"，那就弄错了。毛主席原作，是他从延安到重庆时，手写给我的。我立刻和了他一首，并把两首词抄好，送给《新华日报》，要他们发表，在这个时候，毛主席又回延安去了。新华负责人不敢发表毛主席的原作。他说，照他们的规矩，发表毛主席的作品，非得到他的同意不行，要到延安去请示。我认为，这样办，太浪费时间了。我主张，把毛主席的原作（是我手抄的）还我，暂缓发表，把我的和作先在新华发表好了。这样，我的和作，便首先在新华发表出来。外边看报的人，知道有我的和作，必定有毛主席的原作，希望看原作的人太多了。新华日报社里面，大家也把原作传诵起来，但还是不敢发表。最后，不知如何，被一位《新民报》的记者弄得了一份原作（不知是口授的，还是手抄的，弄不清楚了），便发表出来。不多几日，《大公报》便把《新民报》上所登的毛主席原作和《新华日报》上所登我的和作，合并发表。于是赞成者和反对者都大和特和，成为一个轰动全国的高潮。但《新民报》发表的毛主席的原作，本来是有误字的。《大公报》转载起来，当然以误传误，甚至郭沫若先生替我在纪念册上写毛主席的赝作，也还不免有误字呢！真正的古本，却有两份，一份是毛主席写在信笺上给我的；另一份是替我写在纪念册上的，字句完全相同。后来，写在信笺上的一份，被友人尹瘦石同志拿去了，他现在张家口《内蒙古画报》当编辑，此稿想还在他处。写在纪念册的一份，当然在我那儿保存着。我从重庆迁到上海，这纪念册便带了过来。国共和谈破裂后，我由上海再度亡命香港，听说我家中的人，留在上海的，还把这本纪念册和其他在蒋匪政权下认为反动的东西都藏到四层楼上的复壁中间呢。解放以后，才取了出来。我去年十月南归后再北上，便把那些东西都带到北京来了。《文汇报》登载的锌版，就是我拍了照寄给他们的，照倒照得不坏，可惜锌版弄得太蹩脚，我有些不高兴呢。关于《大公报》最初发表的谬说，我认为是应该由我来负责声明的。不然，真相就淹没不彰了。为此，我就写此信给先生，希望能在《文汇报》发表，感谢不尽。此致，敬礼。柳亚子上，1951 年 1 月 12 日夜。（原载《文汇报》1951 年 1 月 31 日）

吴祖光有《话说〈沁园春〉（雪）》，中曰：

1945 年，我在重庆担任一家民营报纸《新民报晚刊》副刊《西方夜谈》的编辑。在毛主席离开重庆不久，我得到一首传抄但却不全的《沁园春》（雪）词，抄稿中漏了三个短句，但大致还能理解它的大意。这首词从漫天飞雪的北国风光写起，从长城内外到大河上下，从妖娆多娇的壮丽山河到历朝历代的开国君主，从景到人，从古到今，归结为"数风流人物，还看今朝"。从风格上的涵浑奔放来看，颇近苏辛词派，但是遍找苏辛词亦找不出任何一首这样大气磅礴的词作，真可谓睥睨六合，气雄万古，一空依傍，自铸伟词。当我听说这首词出自毛主席的手笔之时，我只有一个想法，就是

"只有这一个人才能写出这一首词"。

为了补足词中遗漏的几句，我跑了几处，又找了几个人，却都没有掌握全词的，但把一共三个传抄本凑起来，我终于得到了完整的《沁园春》（雪）词了。当时我惟一的念头便是在我编的《西方夜谈》上发表。可也就在这时，我受到一位可尊敬的友人的劝阻，理由是：毛主席本人不愿意教人们知道他能写旧体诗词，他认为旧体诗词太重格律，束缚人的性灵，不宜提倡。这和全国解放以后毛主席发表对旧体诗词的看法的论述是一致的。而作为一个报纸副刊编辑，这样的稿件是可遇难求的最精彩的稿件，是无论如何也不能放弃的稿件啊！友人为我举了重庆当时的中共机关报《新华日报》为例，说柳亚子先生写了"咏雪"的和词，要求《新华日报》把他的和词连同毛主席原词一并发表。但是由于上述的原因，《新华日报》不得不拒绝了亚子先生的请求。然而我想，《新华日报》是中共党报，当然应受党主席的约束，而我编的却是一家民营报纸，发表这首词又有何妨呢？就在这时却出乎意外地，《新华日报》单独发表了柳亚子《和毛润之先生咏雪词》，而毛主席原词却未发表。这显然是在柳亚子先生的极力要求之下，《新华日报》采取的折衷办法，但实际上已经违背了毛主席不愿意让人们知道他写作旧体诗词的原意了。既然如此，我就也不再顾及什么友人的劝阻，而在 11 月 14 日的重庆《新民报晚刊》第二版副刊《西方夜谈》上发表了这首"咏雪"词，标题是《毛词·沁园春》，并在后面加写了一段按语："毛润之先生能诗词，似鲜为人知。客有抄得其《沁园春》咏雪词一首，风调独绝，文情并茂，而气魄之大，乃不可及。据氏自称，则游戏之作，殊不为青年法，尤不足为外人道也。"

《新民报晚刊》发表了毛主席的"咏雪"词，顿时轰动了山城，并及于全国。世人从而知道了毛泽东主席不独是伟大的政治家、军事家，而且还是卓越的文学家，伟大诗人。这首咏雪的《沁园春》词无论置诸任何古今中外的伟大诗作之中，也都是第一流的杰作中之杰作。

两天以后，重庆《大公报》又转载了这首词。

这首词在重庆的发表，引起了一场轩然大波。首先是国民党中央宣传部召见《新民报》的主管人大加申斥和警告，认为这是为共党"张目"，向共党"投降"。接着是重庆的几乎所有报纸——就我如今回忆，当时重庆除《新民报》日、晚两刊及《新华日报》《大公报》，还有国民党的《中央日报》，国民党的军报《和平日报》，以及《新蜀报》《时事新报》《商务日报》等等约十来种报纸——几无例外地长时间地连续发表了对"咏雪"词的步韵唱和之作。对这首"咏雪"词显示了种种不同的观点，表现出种种不同的态度。归纳之，又不外是两种态度，肯定的即赞美、欣赏的态度和否定的甚至是谩骂的态度。尤其是《中央日报》和《和平日报》上的"和作"，对此展开了放肆的嘲讽和攻击，攻击作者宣扬封建帝王思想，说作者想当皇帝云云……上述的唱和旋踵而及于全国的报纸。

然而那种攻击性的"唱和"如狂犬吠日，终究丝毫无损于日月之明。毛主席在"咏雪"词中列举我国历史上的秦皇、汉武、唐宗、宋祖以及元代的成吉思汗，主题所指只为说明"数风流人物，还看今朝"的今胜于昔的思想。"六亿神州尽舜尧"，这是毛主席一贯的厚今薄古的思想。在此之前，一百多年的中国近代历史，伟大的、具有光荣传统的中国人民忍辱负重度过了几代人的沉沉暗夜，只是在毛主席领导的中国共产党的革命洪流冲击之下，才得奋发图强，雪冤洗耻，使睡狮怒吼，病夫转强，导致全民族的觉醒复兴。毛主席回转延安之后，伪善奸狡的国民党立即悍然撕毁了墨迹未干的"双十协定"，掀起了全面内战，而毛泽东创建并领导的中国人民解放军处于忍无可忍的境地，也就不得不展开了全面反击。三年的解放战争以弱敌强，以寡胜众，愈战愈勇，愈战愈强，如摧枯拉朽，击溃了武装到牙齿的美式配备的国民党蒋军，将盘踞在中国的蒋介石集团驱逐出了中国内地。铁的事实证明了毛主席"数风流人物，还看今朝"的科学论断，而蒋介石一帮不过是昙花一现的小丑而已。回想我在重庆及上海作过两年报纸副刊编辑的经历，留给我最深的纪念的就是首先发表了毛主席的《沁园春》(雪)。

1951 年 1 月，北京出版的《诗刊》第一次发表了毛主席一封论诗的信及包括《沁园春》(雪)在内的诗词 18 首。距离重庆《新民报晚刊》发表《沁园春》(雪)已经 12 年了。1978 年 7 月 20 日北京。(原载《新文学史料》第1 期)

又按："赞成者"和韵之作列举：

柳亚子《沁园春》(次韵毛润之初到陕北看大雪之作)："廿载重逢，一阕新词，意共云飘。叹青梅酒滞，余意惘惘；黄河流浊，举世滔滔。邻笛山阳，伯仁由我，拔剑难平块垒高。伤心甚，哭无双国士，绝代妖娆。　才华信美多娇，看千古词人共折腰。算黄州太守，犹输气概；稼轩居士，只解牢骚。更笑胡儿，纳兰容若，艳想浓情着意雕。君与我，要上天下地，把握今朝。"

景洲《沁园春》（咏雾）："极目层峦，千里沙笼，万叠云飘。看风车上下，徒增惘惘；江流掩映，不尽滔滔。似实还虚，不竞不伐，无止无涯孰比高？尽舒卷，要气弥六合，涵盖妖娆！　浑莽不事妆娇，更不自矜持不折腰。对荡荡尧封，空怀缱绻；茫茫禹迹，何限离骚？　飞絮漫天，哀鸿遍野，温暖斯民学大雕。思往昔，只天晴雨过，昨日今朝。"

郭沫若《沁园春》（步毛泽东原韵）："说甚帝王，道甚英雄，皮相轻飘。看古今成败，片言狱折；恭宽信敏，无器民滔。岂等沛风，还殊易水，气度雍容格调高。开生面，是堂堂大雅，谢绝妖娆。　传声鹦鹉翻娇，又款摆扬州闲话腰。说红船满载，王师大捷；黄巾再起，蛾贼群骚。叹尔能言，不离飞鸟，朽木之材未可雕。何足道！纵漫天迷雾，无损晴朝。"

黄齐生《沁园春》（步毛韵）："是有天缘，握别红岩，意气飘飘。忆郭舍联欢，君嗟负负，衡门痛饮，我慨滔滔。民主如船，民权如水，水涨奚愁船不高？分明甚，彼褒嫠姐笑，只解妖娆。　何曾宋子真娇，偏作势装腔惯扭腰。看羊胃羊头，满坑满谷；密探密捕，横扰横骚。天道好还，物极必反，朽木凭他怎样雕。安排定，看居父，走马来朝。"

圣徒《沁园春》（读润之、亚子两先生唱和有感而作）："放眼西南，千家鬼嚎，万家魂飘。叹民间老少，饥寒累累；朝中上下，罪恶滔滔。惟我独尊，至高无上，莫言道高志更高。君不见，入美人怀抱，更觉妖娆。　任她百媚千娇，俺怒目横眉不折腰。我工农大众，只求生活；青年学子，不解牢骚。休想独裁，还我民主，朽木之材不可雕。去你的，看人民胜利，定在今朝。"

剑亮按："反对者"和韵之作列举：

易君左《沁园春》（乡居寂寞，近始得读《大公报》转载毛泽东、柳亚子二词。毛词粗犷而气雄，柳词幽怨而心苦。因次成一韵，表全民心声，非一人私见；望天下词家，闻我兴起）："国脉如丝，叶落花飞，梗断蓬飘。痛纷纷万象，徒呼负负；茫茫百感，对此滔滔。杀吏黄巢，坑兵白起，几见降魔道愈高？明神胄，忍支离破碎，葬送妖娆。　黄金堆贮阿娇，任冶态妖容学细腰。看大漠孤烟，生擒颉利；美人香草，死剩离骚。一念参差，千秋功罪，青史无私细细雕。才天亮，又漫漫长夜，更待明朝。"

又按：参见本书 1936 年 2 月 "毛泽东作《沁园春》(雪)" 条目。

12 月

8 日，《海风》刊发：周錬霞《潇湘夜雨》(凉月一弯)。(后收入刘聪著辑：《无灯无月两心知：周錬霞其人与其诗》，第 116 页)

剑亮按：《海风》，周刊，1945 年创刊于山东青岛，由海风周刊社出版发行。1947 年终刊。

8 日，《燕大双周刊》第 2 期刊发：赵紫宸《长相思》(咏陆志韦)、《摊破浣溪沙》(咏洪煨莲)、《浣溪沙》(咏蔡一谔)、《虞美人》(咏张东荪)、《菩萨蛮》(咏林嘉通)、《生查子》(咏赵承信)、《忆江南》(咏侯仁之)、《浪淘沙》(自咏)。

剑亮按：篇首有作者《序》，曰："昔在庈狱，孤坐无聊，曾填词数首，以咏同系之素相往还者数人，亦苦中寻乐，闲里思忙之法也。"

15 日，《海风》刊发：周錬霞《眼儿媚》(东风落尽海棠花)。(《词学》1992 年第 9 辑亦刊出。后收入刘聪著辑：《无灯无月两心知：周錬霞其人与其诗》，第 230 页)

15 日，《中庸》创刊号刊发：少荣《浪淘沙》(桃放满江涛)。(后收入《民国珍稀短刊断刊·安徽卷》第 13 册，第 6546 页)

21 日，夏承焘接唐圭璋中央大学函，获悉仇埰 "今夏四月廿六逝世"。夏承焘忆昔日与仇埰交往前景："曩在沪别时，嘱予题其《鞠谦词》，久久未报，甚以为疚。"(夏承焘：《天风阁学词日记》[二]，第 622 页)

22 日，许宝蘅获赠《寄榆词》。记曰："涤庵赠所刻魏铁珊《寄榆词》。铁珊精击剑，行侠，久客诸侯幕，余未与识面也。"(许宝蘅著，许恪儒整理：《许宝蘅日记》第 4 册，第 1447 页)

22 日，《海风》刊发：周錬霞《点绛唇》(小梦初醒)。(后收入刘聪著辑：《无灯无月两心知：周錬霞其人与其诗》，第 137 页)

22 日，朱荫龙作《甘寂寞词稿·前言》，曰："余为词自二十岁始，时居北平北柳巷广西新馆。初填《南乡子》一阕，识者见谓可学，遂稍稍留意。然方治文字、声韵之学，虑防正业，作辍不常。其后南旋，偃蹇多忧，始泛滥为之。三十岁时结集一卷，除酬酢之作例不存留外，十汰六七，得词一百廿余首。长沙章士钊、吴江柳亚子、梅县李维源曾为之序。正谋付刊，而倭寇忽逼湘衡，桂林岌岌，旦夕不保。余走匿邑西六十里之洪岭村，居不及月，即遭洗劫。词稿置衣箧中，遂与服饰金珠同归于尽。此中华民国三十三年十二月二十五日事也。倭寇既靖，颇欲甄录旧作，一慰苦辛，而城居书藏，又复悉毁于劫火，历年所为稿草，片纸无遗。敝帚自珍，结习难免，其为痛于心者为何如，固不可喻矣。此卷所录，凡甲申以前之作，仅就记忆所及漫存十一。然淡忘于昔者，不必皆劣；忆存于今者，亦未必尽佳。世之贤者，哀其遇而怒其狂可耳。"（后收入朱龙华主编：《朱荫龙诗文集》，第 11 页）

22 日，《燕大双周刊》第 3 期刊发：滕茂椿《浣溪沙》（十里桃花一分水）、《浣溪沙》（弱柳垂丝草作茵）、《鹧鸪天》（春尽游人迹已稀）、《江神子》（古城摇落感离群）、《浪淘沙》（窝头颂）。

剑亮按：篇首有作者《自序》，曰："余入燕园适值卢变之次年，三十年十二月八日被迫离校以后，困处故都，如坐愁城。每念昔日同学聚首之乐，未尝不感慨系之。前年冬，印集《感春词》一卷，泰半追写燕园之作。今抗战胜利，母校重开，吾又得重作学生，真奇遇也。因就《感春词》择录数首，以助故旧知交之吟兴云耳。三十四年十二月十日，滕茂椿记。"

24 日，天津《民国日报·文艺副刊》第 7 期刊发：平伯《清真词浅释·〈瑞龙吟〉（章台路）》。（后收入俞平伯：《读词偶得　清真词释》，第 112 页）

本月

龙榆生作《黄莺儿》（岁暮羁留白下，与吕、曹诸君炉边谈艺，戏效升庵小曲）。（后收入龙榆生：《忍寒诗词歌词集》，第 97 页）

刘永济作《木兰花慢》（挽梅迪生）。（后收入刘永济：《诵帚词集　云巢诗存》，第 95 页）

剑亮按：本月 27 日，浙江大学文学院院长梅光迪在贵阳病逝。刘永济闻讯后作《木兰花慢》词表达哀悼之情。故系年于此。

《民族诗坛》第 5 卷第 4、5 辑刊发：

陈家庆《陌上花》（上元前一日，同澄宇登黄鹤楼）、《卜算子》（废圃寻梅，集白石道人句）、《水龙吟》（重九社集，余以小极未往，澄宇代拈得话字）、《高阳台》（梅萼雪晴）、《齐天乐》（春望）、《西江月》（栏角微风乍起）、《浪淘沙》

（疏柳不藏鸦）、《扫花游》（森林公园晚坐）、《台城路》（吊黄季刚先生）；

汪岳尊《汉宫春》（登青溪东山）、《满江红》（酬友人寄红豆）、《虞美人》（春感）、《采桑子》（送粲瑶之渝，并柬王贡父）、《临江仙》（昭觉寺前携手）、《临江仙》（长记当年牛市口）、《浪淘沙》（得家书，妻儿皆病）、《八声甘州》（辛巳暮春，赋呈王贡父）、《鹧鸪天》（谒梦华叔父丰都军次）、《淡黄柳》（巴台夜月，吾州八景之一也。其上白公祠，为少日燕游之所。竭来登临，荒凉可悲。为赋此词，以寄哀怨）、《卖花声》（陆宣公祠。祠在翠屏山麓）、《鹧鸪天》（谒外舅李公墓）、《鹧鸪天》（秋日，赋示周生应嘉，用彊村翁《辛未长至，口占博同礼诸君一粲》词原韵）、《唐多令》（日与月相驰）；

朱乐之《木兰花慢》（秋声）、《疏影》（旧游）、《凤凰台上忆吹箫》（仲青自海上惠寄故都名笔，谢以新词）、《水调歌头》（实父邀访李定宇，先以词往）。

本年

【词人创作】

于右任作《清平乐》（隐约燕京道。心远家中有余与内子仲林十年前在北京丁香树下摄影，适外孙北大与汶梅君女士结婚，写之以祝）。（后收入刘永平编：《于右任诗集》，第 308 页）

龙榆生作《临江仙》（许生学受以予忠耿被灾，屡来相慰，且为代谋设帐授徒之地，藉脱尘网。宵深握别，相向黯然。近事惟有痛心，伏枥壮怀，固未已也。为写修竹三竿，并缀小词为赠）、《沁园春》（金陵大雪中作）。（后收入龙榆生：《忍寒诗词歌词集》，第 95 页）

刘永济作《虞美人》（河山未浣金仙泪）、《鹧鸪天》（半月重阴未放晴）、《声声慢》（人如花瘦）、《塞翁吟》（古木斜曛）。（后收入刘永济：《诵帚词集 云巢诗存》，第 94 页）

张充和作《凤凰台上忆吹箫》（咏荷珠）、《望江南》（题蒋风白《竹菊图》）、《临江仙》（题蒋风白《双鱼图》）。（后收入白谦慎编：《张充和诗文集》，第 39 页）

刘麟生作《金缕曲》（威阁五十初度）。（刘麟生：《春灯词续》，第 11 页。后收入朱惠国、吴平编：《民国名家词集选刊》第 15 册，第 146 页）

陈匪石作《蕙清风》（大壮和东山，余同作）、《丹凤吟》（杏雨沾衣时候）、《虞美人》（一年一度桐花冻）、《下水船》（和东山）、《高阳台》（溅泪花开）。（后

收入陈匪石著，刘梦芙校：《陈匪石先生遗稿》，第 100 页）

吴寿彭作《贺新凉》（杭州候潮门外观海，赋浙江山川）。（后收入吴寿彭：《大树山房诗集》，第 103 页）

汪东为沈祖棻作《涉江填词图》并题《木兰花慢》词。程千帆记曰："1945 年，即瞿安老师死后六年，汪先生给沈祖棻画了一幅《涉江填词图》。"（程千帆：《黄季刚和吴瞿安老师及其他》，巩本栋编：《俭腹抄》，上海文艺出版社，1998 年，第 429 页）

剑亮按：汪东《木兰花慢》（为祖棻作《涉江填词图》并题）词曰："问词人南渡，有谁似、李夫人。羡宠柳娇花，镕金合璧，吐语清新。前身更何处是，是东阳转作女儿身。盥手十分薇露，惊心一曲《阳春》。　知君福慧自相因。镜里扫愁痕。待采罢芙容，移将桃李，归隐湖濆。阊门最佳丽地，料只凭斑管答芳辰。已办绿杨深处，纸窗不受纤尘。"该词后收入汪东：《梦秋词》卷四，第 76 页。

吴小如作《浣溪沙》（柳系孤篷蝶恋花）。（后收入吴小如：《吴小如文集・诗词编》，中国书籍出版社，2022 年，第 324 页）

【词籍出版】

甘大昕《击缶词》刊行。卷首有苏灵迦《序》。（浙江图书馆等有藏。后收入曹辛华主编：《民国词集丛刊》第 2 册）

苏灵迦《序》曰："词于我国各体文字中号称难治，第在昔文人或以小道而薄视之。此吾师况蕙风先生以为非有天分有学力而性情有襟抱，不足与言词者也。郑叔问先生亦尝言：词无学以辅文，则失之黪浅；无文以达意，则失之隐怪。而猥曰小道，吾不知其所为远大者又何如耶？二公之言，洵乎其不谬也。此《击缶词》者，吾友甘子蓬庵之所作也。予之识蓬庵焉，始于《越风》及《词学季刊》等文史志中。往往见其所为词，清丽韶秀，历落有风格。心仪其人，遍访久之而不得相见。丁丑之岁，邂逅于婺州。相与论交，遂为莫逆。其时，蓬庵之致力于词，甚勤而特工。即其旅居，得遍观其所藏词学之书凡千二百余种。其结撰所成，有《词学丛话》《中国词学史》《读词脞录》《孤灯词》《砚北词话》《蘋风阁宋词集联》等稿，亦累数十卷。复出其与吴瞿安、龙榆生辈往还论词书札十余通。盖于倚声之学，能与诸先进作邃密之商量者，于是益知其素养之深，非仆所能望其项背也。攻错之助，益我良多。惜自丧乱以来，君困学庵所藏词籍数罹兵燹，散失殆尽。而蓬庵流徙道途，忧生念乱，不复如前之颛力于声学矣。然君于辞章，植基深厚。兴来落笔，情至文生。结习所存，曷能自已。朋辈复以重理旧业相勖，乃选定劫余存稿，得长短句百阕，名曰《击缶词》，公之同好。比自宁海来告，属为弁言于其首。自愧谫陋，何足以序蓬庵？但本其所交于蓬庵者，为赘一言，而君于词天分之高、学力之富、性情之真、襟抱之旷，则读其词者，胥可于是觇之矣，固无待于区区者之荣华其辞以加誉之。为词岂小道，蓬庵勉乎哉！中华民国三十三年腊月，吴县苏灵迦可庵序于龙泉之听松仙馆。"

查猛济《为无为堂诗词集林》刊行。卷首有作者《附记》，内含诗集《陋巷集》《渡集》，词集《绮语集》。（浙江图书馆等有藏。后收入曹辛华主编：《民国词集丛刊》第 10 册）

作者《附记》曰："自选四十以前古今体诗四十首，曰《陋巷集》。四十以后古今体诗亦四十首，曰《渡集》。又将平生填词四十首，曰《绮语集》。合成《为无为堂诗词集林》，以为毅成学长兄四十华诞纪念。宽之附记。民国三十二年三月于国立英大。"

王芃生《莫哀歌草》一卷刊行。卷首有刘鹏年《序》，以及作者《自序》。卷上收诗，卷下收词。（后收入曹辛华主编：《民国词集丛刊》第 1 册）

《莫哀歌草》附录《白话词》收录：《蝶恋花》（新闻情，并序）二十二首。《序》中曰："世传白居易诗老妪可解，有井水处能歌柳词。以其深入浅出，近俗易解。故传习自易，而风行甚广也。诗故不论，当词极盛之宋代，亦曾有文言、白话之争。宋徐度《却扫篇》云：'柳永耆卿以歌词显名于仁宗朝，官为屯田员外郎，故世号柳屯田。其词虽极工致，然多杂以鄙语，故流俗人喜道之。其后，欧、苏诸公辈出，文格一变，至为歌词，体制高雅。柳氏之作，殆不复称，然流俗好之自若也。刘季高侍郎，宣和间尝饭于相国寺之智海院，因谈歌词，力诋柳氏，傍若无人者。有老宦者闻之，默然而起，徐取纸笔，跪于季高之前，请曰："子以柳词为不佳者，盖自为一篇示我乎？"刘默然无以应。而后知稠人广众之中，甚不可有所藏否也。'黄昇亦谓，永长于纤艳之词，然多近俚俗，故市井之人悦之。徐所谓鄙语，黄所谓俚俗，皆指柳词多用白话耳……予非故扬柳而抑其余，特柳词曾为大内教坊及民间歌坛所争唱。其传播之广，为任何词家所不及。史实俱在，不可掩也。其所以致此者，不全在于协律谐声，亦不全在于旖旎纤艳。盖两宋词家精音律、能旖旎者多矣。然播之管弦，传诸口耳，无能如柳词势力之深厚者，非因其最能深入浅出，近俗易解，故感人深而传之者多欤？倘俚俗而能工致，则白话词有未可厚非者。予学词聊为自遣，无家数，亦无成就，好柳词而未能学。今兹所作，仅取其近俗易解之遗意而已，神貌皆无似处。故附存之，以备一格。"

高燮《天人合评吹万楼词》 一卷刊行。卷首有陈运彰《吹万楼〈望江南〉词序》以及作者《自序》。卷尾有俞锡畴、董玉书等人《题辞》，以及金兆芬《读吹万楼〈望江南〉词谨书于后》。（浙江图书馆等有藏。后收入曹辛华主编：《民国词集丛刊》第 14 册）

《天人合评吹万楼词》收录：《望江南》（六十四阕。前老友阳湖钱名山先生见示近作《望江南》词五阕，以"家园好"为首句。余读之而叹曰，因念寒家闲闲山庄为余一手所营，吟啸忘忧，山林坐享。冀长作农夫以殁世。奈骤惊浩劫之弥天，虽敝庐犹存，而百物荡尽。自避乱离乡，于今七载。追维往昔，觉四时之景，靡不可爱。飞潜动植，无一不足系我怀思，遂亦效響，藉为止渴。积以日月，共得六十有四阕。处羁旅之地而写回溯之情，叹欢愉之辞而屏愁苦之语。所自信言皆真实，意出肺肝，读者其亦相喻于音声之外者耶）。

马涟清《自在吟》 刊行。收词 12 首，叙著者生平往事，各词内容相互关系。刊者为著者之孙。书前有《序》，书后有《跋》。

叶恭绰《遐庵汇稿》 出版。该书"中编诗文"收词 175 首。收录《东坡乐府笺序》（民国十一年）、《俞伯扬水周堂诗词序》（民国十八年）、《跋徐俊村词》、《汇合宋本两部重印淮海长短句序》（民国十九年）、《宋版淮海词校印随记》（民国十九年）、《款红楼词跋》（民国廿一年）、《说剑堂词集跋》（民国廿三年）、《龚氏词断跋》（民国廿四年）、《菉斐轩所刊词林要韵跋》（民国廿四年）、《清名家词序》（民国廿五年）。"下编演讲"收录《清代词学之摄影》。

【报刊发表】

《新上海》第 1 期刊发：周錬霞《七娘子》（纱窗风雨黄昏后）。（后收入刘聪著辑：《无灯无月两心知：周錬霞其人与其诗》，第 124 页）

《新上海》第 2 期刊发：周錬霞《临江仙》（底事相逢无一语）。（后收入刘聪著辑：《无灯无月两心知：周錬霞其人与其诗》，第 257 页）

《学海》第 2 卷第 1 期刊发：张尔田《念奴娇》（归安钱君仲联，依其大母占籍虞山，绘《梦笤庵图》索题，效吴蔡体赋此）。

剑亮按：《学海》，1944 年创刊于江苏南京，由学海月刊社出版发行。1945 年终刊。

《中华周报》第 2 卷第 5 期刊发：陈英三《晚晴词人的印象》。

《中国文化》第 1 期刊发：金鹏《温庭筠〈菩萨蛮〉十四阕之表现法》。

剑亮按：《中国文化》，不定期，1945 年创刊于四川璧山（今重庆市璧山区），由钟芳铭出版发行。1946 年终刊。

《新中华》复刊第 3 卷第 10 期刊发：杨宪益《李白与〈菩萨蛮〉》。（后收入杨宪益：《译余偶拾》，生活·读书·新知三联书店，1983 年，第 1 页）

《文友》第 4 卷第 11 期刊发：徐慰慈《词的发展史》。

《文史杂志》第 5 卷第 1、2 期刊发：詹安泰《论填词可不必严守声韵》。

《中国青年》第 13 卷第 3 期刊发：罗先高《英雄词人辛弃疾》。

《国文月刊》第 30、33、34、38 期刊发：浦江清《词的讲解》。

《国文月刊》第 35、36、38 期刊发：浦江清《温庭筠〈菩萨蛮〉笺释》。

《国文月刊》第 37 期刊发：萧涤非《延秋门的商榷》。

《国文月刊》第 39 期刊发：

刘永济《姜白石〈暗香〉〈疏影〉释义》；

梁品如《辛词〈念奴娇·书东流村壁〉辨伪》。

《新潮》第 3 卷第 5、6 期刊发：司马文伟《柳亚子的诗词近作》。

剑亮按：《新潮》，月刊，1944 年创刊于吉林"新京"（长春），由"满洲经济社"出版发行。当年终刊。

【词人生平】

仇埰逝世。

仇埰（1872—1945），字亮卿，号述庵，江苏上元（今属南京）人。宣统拔贡；试用浙江知县。民国时居里，抗战后寓沪。与夏敬观、林葆恒、吴眉孙等唱和。著有《鞠谦词》，辑有《国朝金陵词综续》。

张尔田逝世。
参见本年 2 月 19 日。

郁达夫逝世。
郁达夫（1896—1945），名郁文，字达夫，浙江富阳人。新文学作家。7 岁起在家乡受启蒙教育，继而到嘉兴、杭州等地求学。1913 年赴日本学习，1922 年毕业于东京帝国大学经济学部。1925 年赴武昌师范大学文科任教，1926 年赴广州任教于中山大学。有《郁达夫诗词集》等。

1946 年

（民国三十五年　丙戌）

1月

3日，龙榆生作《浪淘沙》（乙酉十二月一日昧旦，有怀留京儿女作）。（龙榆生：《忍寒词》之乙稿《忍寒词》，第8页。后收入朱惠国、吴平编：《民国名家词集选刊》第15册，第443页。亦收入龙榆生：《忍寒诗词歌词集》，第97页）

3日，《和平日报》刊发：胡竞先《沁园春》（和毛、柳之作）。

7日，天津《民国日报·文艺副刊》第9期刊发：平伯《清真词浅释》之《琐窗寒》（暗柳啼鸦）。（后收入俞平伯：《读词偶得　清真词释》，第114页）

14日，陆维钊请夏承焘审阅其所撰《清词钞》"词人小传"。（夏承焘：《天风阁学词日记》[二]，第626页）

15日，马一浮致函沈尹默，论词。中曰："顷于报端见近制《西江月》二阕，偶思学步，只成戏作，自亦讶其不伦。寒夜无俚，姑写奉，博一笑莞尔。鼓缶之音，谬希斥诲为幸。"（马一浮著，吴光主编：《马一浮全集》第2册，浙江古籍出版社，2013年，第728页）

25日，重庆《民主星期刊》第16期刊发：圣徒《沁园春》（读润之、亚子两先生唱和，有感而作）。

25日，《和平日报》刊发：易君左《沁园春》（前和毛泽东《沁园春》原韵一阕。久不作调，生疏已极。刊登《和平日报》后，幸承海内词人，闻风兴起，竞制新腔，同申大义。乡居落寂，忽接教书，皆刊《客观》八期。有因"毛词"谩骂及余而致其愤慨者，并询余见之否？然余实未之见。余意《客观》编者储君安平与余尚有旧谊，其尊伯南强先生尤为余忘年深交；郭、聂诸君，神交已久，或不致逞一时之意气，贻文人无行之机，故淡然置之。至昨日有友自城返乡，乃以《客观》八期见示。捧读一过，心仍淡然。而旁观之诗友文朋，则怒目奋张，代抱不平甚矣。余心国本之飘摇，群言之庞杂，如政府已开诚布公，而士大夫不尚肯互谅互让，则将沦国家、民族于万劫不复之境。余一生不靠党吃饭，亦从不阿谀善颂善祷之词。凡欲所言，一本良知。知我罪我，在所不计。且如其为"民主"，则但宜批评，何效王婆骂街之丑态也。以此致海内词坛）。

27 日，《民国日报·觉悟》刊发：陈乃乾《评人间词话》。全文为：

王静安先生（幼安）致力于词曲，是他三十岁以前的事。后来任事上海广仓学窘、北平清华学院以至逝世，他专门研究古器物来考证古史和文学，不再发表关于词的作品。他早年写了一卷《人间词话》，刊登在《国粹学报》。虽仅寥寥十余页，但确能指出一条词的新途径。和一般普通的词话不同，引起现代文学家热烈的钦佩。民国八九年，朴社想把它翻印，去信征求他的意见。他回信说："《人间词话》乃弟十四五前之作，弟无底稿，不知其中所言如何？请将原本寄来一阅，或有所删定，再行付印。"但原本寄去后，他并没有删定，仅改正了几个错别字。答信说："发行时，请声明系弟十五年前所作，今觅得手稿，因加标点印行云云为要。"可见他对于此事，已不再理会，不愿加以修改了。

静安对于词，确曾用过极深的苦功，所以能造成独特的见解。偶然写一二句，便可启发后学的神智。我见他旧藏的各家词集，眉间有他手写的批语：

欧公《蝶恋花》"面旋落花"云云：字字沉响，殊不可及。（《六一词》）

《片玉词》"良夜灯光簇如豆"一首，乃改山谷《忆帝京》词为之者，似屯田最下之作，非美成所宜有也。（《片玉词》）

温飞卿《菩萨蛮》"雨后却斜阳，杏花零落香"。少游之"雨余芳草斜阳，杏花零落燕泥香"，虽自此脱胎，而实有出蓝之妙。

白石尚有骨，玉田则一乞人耳。

美成词多作态，故不是大家气象。若同叔、永叔虽不作态，而一笑百媚生矣。此天才与人力之别也。

周介存谓："白石以诗法入词，门径浅狭。如孙过庭书，但便后人模仿。"予谓近人所以崇拜玉田，亦由于此。

予于词，五代喜李后主、冯正中，而不喜《花间》。宋喜同叔、永叔、子瞻、少游，而不喜美成。南宋只爱稼轩一人，而最恶梦窗、玉田。

介存《词辨》所选词，颇多不当人意，而其论词则独到之语。始知天下固有具眼人，非予人之私见也。（《词辨》）

此数条皆静安读词心得之言，而未曾收入《人间词话》者。后有翻印者，可以此附在卷后，当作补遗。（后收入陈乃乾著，虞坤林整理：《陈乃乾文集》上册，国家图书馆出版社，2009 年，第 61 页）

本月

夏承焘作《洞仙歌》（重到杭州）、《鹧鸪天》（初到湖楼寄鹭山）、《浣溪沙》（乱后超山看梅）、《浣溪沙》（超山归，寄鹭山）。（吴无闻：《夏承焘教授纪念集》，第 250 页）

刘永济作《浣溪沙》（迁居城内凤湾武大招待所）、《浣溪沙》（听雨僧说《石头记》人物）。（后收入刘永济：《诵帚词集　云巢诗存》，第 96 页）

胡国瑞作《玉楼春》（赋呈新宁夫子）。（后收入胡国瑞：《湘珍室诗词稿》，武汉大学出版社，1992 年，第 116 页。亦收入刘永济：《诵帚词集　云巢诗存》，第 441 页）

顾一樵《蕉舍吟草》，由上海世界书局出版。1948 年 10 月增订再版。该书初版时分两卷。卷一为诗，收 200 首。卷二为词，收 50 首。书前有作者《序》。增订再版时分五卷，除原有诗、词各一卷外，又增续诗、续词各一卷及译诗一卷。

2 月

6 日，夏承焘致函唐圭璋，请其向中央研究院询问日本《破阵乐》等词谱。（夏承焘：《天风阁学词日记》［二］，第 630 页）

8 日，刘麟生作《齐天乐》（人日）。（刘麟生：《春灯词续》，第 13 页。后收入朱惠国、吴平编：《民国名家词集选刊》第 15 册，第 149 页）

12 日，雨香访问许宝蘅。许宝蘅记曰："雨香来，雨香之祖芷卿公有《秋影庵诗》《蕉石轩词》各一卷，昔年茹香抄寄者。雨香处别有诗稿曰《剪愁吟》，又有《秋影庵词》，与茹香抄本不同，嘱雨香校录之。"（许宝蘅著，许恪儒整理：《许宝蘅日记》第 4 册，第 1454 页）

13 日，夏承焘接丁宁函，并《好事近》（丙戌孟春十日，读髯公常云峰词，赋此词云）。词曰："摇首一长吟，岚翠浮空欲滴。天与好山好水，壮先生行

色。 几回屈指问偕游，往事已陈迹。却忆月轮湖上，正明朝生日。"（夏承焘：《天风阁学词日记》[二]，第 632 页）

剑亮按：丁宁所读"髯公常云峰词"，当为夏承焘 1944 年 10 月 20 日作《临江仙》（甲申九月，避寇雁荡灵岩寺，岳希约九日登高常云峰）词。词曰："不恨同时无管乐，过江容续清游。一筇来领四山秋。佳人应笑问，诗里几龙湫。 腰脚明年当更健，茱萸莫替人愁。蒲团携向万峰头。相望天柱月，吹笛未应休。"词见夏承焘：《天风阁学词日记》（二），第 571 页。

16 日，缪秋况作《沁园春》（顷读《大公报》毛润之、柳亚子《沁园春》联咏，适雪飘南国。念天下求定已久，而犹子祥烈竟以此捐其一足，因撼辞步韵，聊以写忧。忧弗自胜，非敢效颦也）。（后收入龚纪一编：《一二·二诗选》，人民文学出版社，1983 年，第 229 页）

17 日，夏承焘接唐圭璋自中央大学寄来新著《宋词版本考》。（夏承焘：《天风阁学词日记》[二]，第 633 页）

28 日，任铭善评夏承焘雁荡所作之词曰："较旧作有异，虽能自成一意境，而即入此意境而不能出，其病在太着意、太求胜云云。"夏承焘表示，"欲求胜古人，诚无此心。然刻意过度，不肯有率尔之作，遂无流行自在之致，实中予病"。（夏承焘：《天风阁学词日记》[二]，第 634 页）

本月

夏承焘作《贺圣朝》（湖上春游，劫后仍盛）、《洞仙歌》（四更，自孤山独行至断桥）。（吴无闻：《夏承焘教授纪念集》，第 250 页）

陈毅作《沁园春》（山东春雪压境。读毛主席、柳亚子咏雪唱和词，有作）。（后收入陈毅：《陈毅诗词集》，中央文献出版社，2011 年，第 189 页）

3 月

1 日，云南绥江旅蓉会学友会《然犀季刊》第 5 期刊发：

吴颖《菩萨蛮》（淡烟霭霭游丝绕）、《菩萨蛮》（杏花落尽鹃声歇）、《菩萨蛮》（清秋堕地谁人拾）、《菩萨蛮》（少时领略□□苦）；

萧心唯《鹧鸪天》（十载飘零一卷书）。（后收入《民国珍稀短刊断刊·云南卷》第 7 册，第 3218 页）

3日，夏承焘致函唐圭璋，谈《全宋词》编辑体例。夏承焘建议"《全宋词》作家，当依时代为序。圭璋原书以帝王首列，又以赵姓人入宗室，汇为同卷，殊不妥也"。（夏承焘:《天风阁学词日记》[二]，第634页）

8日，龙榆生自南京老虎桥看守所移至苏州狮子口监狱看守所。（张晖:《龙榆生先生年谱》，第147页）

剑亮按：夏承焘3月15日《日记》记曰："见上海小报，榆君近自南京移押苏州。前疑其已他逸，不谓有此，念之浩叹。"（夏承焘:《天风阁学词日记》[二]，第636页）

11日，杨绮尘致函刘永济南，请其指正自己新创作的《过秦楼》（乙酉深冬长晴馆梅花下有怀）词。（参见刘永济:《诵帚词集 云巢诗存》，第446页）

22日，陆维钊拜访夏承焘，并带来章太炎夫人汤影观诗歌和叶退庵新刊词。（夏承焘:《天风阁学词日记》[二]，第638页）

本月

刘永济作《三媚姝》（烟中望峨眉三峰，云气氤氲，黛螺娟好，极惝恍迷离之致，词以写之）。（后收入刘永济:《诵帚词集 云巢诗存》，第97页）

杨绮尘作《三媚姝》（奉和弘度九兄"烟中望峨眉三峰"词原韵）。（后收入刘永济:《诵帚词集 云巢诗存》，第447页）

春，沈祖棻在成都作《喜迁莺》（丙戌春，素秋至成都，漪如来会，共论旧事，兼讯新愁，因赋此阕）。（沈祖棻著，程千帆笺:《沈祖棻全集·涉江诗词集》，第92页）

春，吴寿彭作《望海潮》（丙戌春，至钱塘，追迹旧游）。（后收入吴寿彭:《大树山房诗集》，第104页）

春，张充和作《临江仙》（卅五年春，别蜀中曲友）。（后收入白谦慎编:《张充和诗文集》，第54页）

4月

1日，上海《文选》月刊第2期刊发：郭沫若《西江月》（可染作《风雨归牧图》索题，因托牧童与水牛唱和）。（后收入郭沫若:《郭沫若全集·文学编》第2卷，第262页）

剑亮按：《文选》，月刊，1946 年创刊于上海，由文汇书报社出版发行。当年终刊。

3 日，《海光》刊发：周铼霞《满江红》（题心丹女士《青山红树图遗墨》，兼祝枫园居士寿）。（后收入刘聪著辑：《无灯无月两心知：周铼霞其人与其诗》，第 259 页）

5 日，刘永济作《八声甘州》（丙戌清明，乐山作）。（后收入刘永济：《诵帚词集　云巢诗存》，第 97 页。参本年 12 月 9 日）

剑亮按：杨绮尘见示刘永济《八声甘州》后，作《八声甘州》（奉和弘度九兄见示词韵）。后收入刘永济：《诵帚词集　云巢诗存》，第 448 页。

6 日，陆维钊受叶恭绰之托，携《清词钞》10 册请夏承焘审读。全书共 40 册。（夏承焘：《天风阁学词日记》[二]，第 640 页）

9 日，许宝蘅阅读词集。记曰："检阅马兰台孝廉词稿，选抄数首，拟送林切庵。三时到林家，夜十一时后归。"（许宝蘅著，许恪儒整理：《许宝蘅日记》第 4 册，第 1460 页）

18 日，许宝蘅访林子有。记曰："又访子有，以马兰台先生词及伯兄词，请其入选，又晤黄君坦、公渚。六时余，自东四牌楼乘公共汽车归。"（许宝蘅著，许恪儒整理：《许宝蘅日记》第 4 册，第 1460 页）

30 日，夏承焘致函章太炎夫人汤影观，附寄为其词集所作之序。（夏承焘：《天风阁学词日记》[二]，第 644 页）

剑亮按：词序全文见李剑亮：《夏承焘年谱》，光明日报出版社，2011 年，第 112 页。

5 月

13 日，《是非》周刊第 8 期刊发：沈尹默《珍珠帘》（心事千般各有因）、《西江月》（梦里江山无恙）。

29 日，《申报》刊发：沈尹默《鹧鸪天》（四月山居物候移）。

6 月

1 日，云南绥江旅蓉会学友会《然犀季刊》第 6 期刊发：王德宣《满庭芳》（癸未除夕于四川大学与梁君绍礼、杨君远谟、凌君发舒、陈君国俊诸同乡共饮，酒酣赋此阕，共起故园情）、《半夜乐》（送杨君远谟返梓葬父）、《高阳台》（甲申初冬，与旦期于望江楼，祖饯汪师奠基之湖北恩施，长国立师范学院）、《声声慢》（送李君祖德从军）、《高阳台》（吊白君尚文）。（后收入《民国珍稀短刊断刊·云南卷》第7册，3263页）

1日，《晨曦》创刊号刊发：陈铉《满江红》（黛染山眉）。（后收入《民国珍稀短刊断刊·天津卷》第4册，第1599页）

剑亮按：《晨曦》，月刊，1946年创刊于天津，由晨曦社出版发行。1947年终刊。

3日，龙榆生作《朝中措》（丙戌端阳前一日作）。（后收入龙榆生：《忍寒诗词歌词集》，第98页）

9日，沈祖棻在成都作《八声甘州》（岁在丁丑，寇祲大作。余与千帆自南都窜身屯溪，教读自给。从游有叶万敏、田盛育、张贻谋、吴玉润四生，皆流人也。讲贯多暇，屡接谈谦。已而倭势日张，叶生偕友间道归省。车过宣城，觌逢不若。其友死于轰炸，生则跟跄返校。是年冬，兵祸连结，名都迭陷。千帆以督课有责，不欲遽行。诸生乃先侍余出安庆，溯江至汉皋。榛梗塞途，苦辛备历。明年夏，余始由长沙西上，流寓渝州。诸生并先后来集，犹得时获晤对。叶生旋慷慨投笔，改习警政。空袭既频，余子因亦散处。其后余旋徙巴蜀，疾病侵寻，遂不相闻。顷者，田生偶从沪渎得余消息，书问起居。且告以叶生学成，服官湘中，芷江之战，捐躯殉国。英才减耀，离而不惩。抚情追往，戚然终日。忆余鼓箧上庠，适值辽海之变，汪师寄庵每谆谆以民族大义相诰谕。卒业而还，天步尤艰，承乏讲席，亦莫敢不以此勉勖学者。十载偷生，常自恨未能执干戈，卫社稷，今乃得知门下尚有叶生其人者，不禁为之悲喜交萦。抑生平居温雅若处子，初不料其舍身赴义，视死如归也。方今寇平期年，而内争愈烈，忠魂有知，其何以堪。因赋此篇志痛，并寄田生，俾同哭焉。天中节后五日）。（沈祖棻著，程千帆笺：《沈祖棻全集·涉江诗词集》，第95页）

剑亮按：天中节，即端午节。

20日，苏州市高等法院审判龙榆生。（《申报》1946年6月21日第2版、6月27日第2版）

本月

刘尧民《词与音乐》，由昆明国立云南大学文史系出版。为《国立云南大学文史丛书》一种。

夏，龙榆生作《木兰花慢》（吴门初夏）。（后收入龙榆生：《忍寒诗词歌词集》，第 98 页）

夏，刘麟生作《鹧鸪天》（孟夏既望）。（刘麟生：《春灯词续》，第 13 页。后收入朱惠国、吴平编：《民国名家词集选刊》第 15 册，第 149 页）

7 月

1 日，《晨曦》第 2 期刊发：云影《如鱼水》（杨柳□风）。（后收入《民国珍稀短刊断刊·天津卷》第 4 册，第 1607 页）

10 日，《文化杂志》第 1 卷第 2 期刊发：朱居易《浣溪沙》（题西湖飞来峰下与亡室合摄旧影）、《木兰花慢》（落叶，用简庵先生韵）。（后收入《民国珍稀短刊断刊·湖南卷》第 24 册，第 11696 页）

剑亮按：《文化杂志》，月刊，1946 年创刊于湖南长沙，由文化杂志社出版发行。当年终刊。

14 日，《中央日报》副刊《泱泱》刊发：何曼叔《齐天乐》（卅五年七月七日玄武湖上作。荷花生日已过矣）。（后收入何冀：《曼叔诗文存》，上海古籍出版社，2011 年，第 120 页）

20 日，《安徽文献》创刊号刊发：陈敢《沁园春》（咏怀）。（后收入《民国珍稀短刊断刊·安徽卷》第 3 册，第 1434 页）

31 日，《中央日报》副刊《泱泱》刊发：何曼叔《夜飞鹊》（下关送别）。（后收入何冀：《曼叔诗文存》，第 121 页）

31 日，台湾《心声》创刊号刊发：

张天春《清平乐》（风行一纸）；

吴醉莲《蝶恋花》（中秋）；

吴恨五《浪淘沙》（秋柳）。（后收入方宝川、谢必震主编：《台湾文献汇刊续编》第 97 册，第 125 页）

8月

1日,《晨曦》第 3 期刊发:俞平伯《古槐书屋丁丑以后词》,有《南楼令》(寒□□缘阶)、《忆江南》(茶时分)、《沁园春》(戏答胡静娟)。(后收入《民国珍稀短刊断刊·天津卷》第 4 册, 第 1622 页)

3日,刘麟生作《南歌子》(七夕)。(刘麟生:《春灯词续》, 第 13 页。后收入朱惠国、吴平编:《民国名家词集选刊》第 15 册, 第 149 页)

3日,《中央日报》副刊《泱泱》刊发:何曼叔《扬州慢》(卅五年七月十七日, 正月明之夜, 有凉风吹人, 秦淮河畔上海咖啡室, 索笔赋此)、《玉楼春》(同事苏君, 其眷属自重庆还都, 淹滞未至, 以新诗示余, 因赋此章)。(后收入何冀:《曼叔诗文存》, 第 122 页)

7日,《中央日报》副刊《泱泱》刊发:何曼叔《洞仙歌》("苏北遍地都是玉蜀黍, 尽成熟了, 但从飞机低飞下瞰, 村落绝无人迹。"茗座上, 迅强这样向我说。茗罢还寓就寝, 大概茶多了, 辗转苦不能合眼, 乃更起亮电灯, 写成此词)。(后收入何冀:《曼叔诗文存》, 第 124 页)

16日,天津《民国日报·图书副刊》第 11 期刊发:平伯《读词偶得》之《应天长》(寒食)、《满江红》(昼夜移荫)。(后收入俞平伯:《读词偶得 清真词释》, 第 121 页)

17日,《铁报》刊发:周錬霞《浪淘沙》(题红、白牡丹)。(后收入刘聪著辑:《无灯无月两心知:周錬霞其人与其诗》, 第 264 页)

19日,《中央日报》副刊《泱泱》刊发:何曼叔《满庭芳》(江岸独步)。(后收入何冀:《曼叔诗文存》, 第 124 页)

30日,天津《民国日报·图书副刊》第 12 期刊发:平伯《读词偶得》之《解连环》(怨怀无托)。(后收入俞平伯:《读词偶得 清真词释》, 第 123 页)

9月

1日,《晨曦》第 4 期刊发:俞平伯《古槐书屋丁丑以后词》,有《鹧鸪天》(莫问林居果否安)、《鹧鸪天》(中央公园作)、《沁园春》(兰□人归)。(后收入《民国珍稀短刊断刊·天津卷》第 4 册, 第 1636 页)

3日,《新中国月报》新第 1 卷第 1 期(总第 9 卷第 1 期)刊发:
于右任《浣溪沙》(哈密西行机中作)、《人月圆》(迪化至阿克苏机中)、《江城子》（阿克苏至喀什机中）、《浣溪沙》（戈壁机中，忆阿克苏温宿之游）；

朱烟农《满江红》（战后重游西湖）、《满庭芳》（游西湖，复至浙江大学，夜宿清波门外，望月有感）；

许君武《沁园春》（题与鲁莽海上合影）。（后收入《民国珍稀短刊断刊·江苏卷》第 18 册，第 8184 页）

6 日，《中央日报》副刊《泱泱》刊发：何曼叔《有询余词中本事者，书此示之》，曰："乱世元来忧患长，只从顺笔写文章。美人香草离骚体，那有萧娘恋古狂。"（后收入何冀：《曼叔诗文存》，第 126 页）

10 日，何遂作《满江红》（丙戌中秋，虞薰五十初度，尔汝交期，能无对酒当歌，一洗胸中块垒）。（何遂：《叙圃词》，第 62 页。后收入曹辛华主编：《民国词集丛刊》第 6 册，第 86 页）

15 日，《中央日报》刊发：程青云《中秋词话》。

15 日，《中央日报》副刊《泱泱》刊发：何曼叔《水龙吟》（卅五年九月三日，紫金山下作）。（后收入何冀：《曼叔诗文存》，第 127 页）

19 日，《大晚报·新青年》刊发：陈乃乾《初稿和改定本》。该文论述《曝书亭集》收录曹倦圃《满江红》词原作及其改本。（后收入陈乃乾著，虞坤林整理：《陈乃乾文集》上册，第 67 页）

24 日，《中央日报》刊发：

吴世昌《论词的句读》；

金启华《流浪词人柳永》。

本月

镇、丹、金、溧、扬《联合月刊》创刊号刊发：张素《丹阳乡献词传序》。参见 1927 年 11 月 8 日"张素"条。

秋，龙榆生作《点绛唇》（秋尽江南，重门深锁。墙阴月季，偶放两三花，楚楚可怜。既倩沈铭竹翁为写真，因题此曲）。（后收入龙榆生：《忍寒诗词歌词集》，第 99 页）

10 月

1 日，《中央日报》刊发：吴世昌《谈词中的名物、训诂和隶事》。

1日，《晨曦》第5期刊发：俞平伯《古槐书屋丁丑以后词》，有《鹧鸪天》（萧□兰书来却寄）、《鹧鸪天》（赠许潜庵）。（后收入《民国珍稀短刊断刊·河北卷》第4册，第1651页）

3日，丁宁作《浣溪沙》（丙戌重九）。（丁宁著，刘梦芙编校：《还轩词》卷下，第10页。后收入曹辛华主编：《民国词集丛刊》第1册，第114页）

3日，汪东作《龙山会》（丙戌九日，大集成酒家会饮，赋呈同坐诸公）。（后收入汪东：《梦秋词》卷五，第86页）

剑亮按：于右任有《大集成酒楼，九日宴集》诗，曰："百战艰难败复兴，沿江守望老犹能。还京名士知多少，置酒高楼望二陵。"（杨博文辑录：《于右任诗词集》，湖南人民出版社，1984年，第261页）

8日，《中央日报》刊发：赵瑞霦《南宋永嘉词人卢蒲江》。

16日，《申报》刊发：孙约翰《欧阳修与朱淑真之〈生查子〉案》。

18日，《新中国月报》新第1卷第2期（总第9卷第2期）刊发：于右任《南乡子》（兰州东行机中作）、《采桑子》（迪化至哈密机中望天山，时新降雪）、《浣溪沙》（兰州东行机中作）、《浪淘沙》（哈密东归乌沙岭，遇雨，机转甘州）。（后收入《民国珍稀短刊断刊·江苏卷》第18册，第8220页）

26日，《申报》刊发：羊仁《朱熹与朱淑真之关系》。

本月

詹安泰作《庆春宫》（白云山潮州义庄拜黄任初先生，际遇灵柩，时丙戌九月）。（后收入詹安泰：《詹安泰全集》第4册，第294页）

剑亮按：黄际遇（1885—1945），字任初，号畴庵，广东澄海人，著名数学家。

11月

1日，《晨曦》第6期刊发：俞平伯《古槐书屋丁丑以后词》，有《风入松》（高城不见暮天长）。（后收入《民国珍稀短刊断刊·天津卷》第4册，第1668页）

1日，《世界半月刊》第1卷第1期刊发：沈尹默《浣溪沙》（酬辱湛翁）四首、《睿思新》（和珠玉词韵）、《临江仙》（新燕交飞浑未惯）。

7 日，《申报》刊发：唐敬德《陆放翁与唐蕙仙》。

30 日，《中央日报》刊发：詹幼馨《李后主〈临江仙〉词校勘记》。

本月

詹安泰作《庆春泽慢》（题戴文节《竹石图》，图不署名，仅左上角一小朱印，尚依稀可认。丙戌十月，余得之冷摊中。归悬小堂，颇自爱赏。因成此解，以志因缘）。（后收入詹安泰：《詹安泰全集》第 4 册，第 295 页）

胡云翼编《女性词选》，由上海文力出版社出版。为《词学小丛书》一种。辑选杨贵妃、杜秋娘、魏夫人、李清照、吴淑姬、朱淑贞、叶静宜、冯兰因、宗婉 70 余人的 80 余首词。书前有编者《小序》。

孙人和编著《唐宋词选》，由北平辅仁、中大联合出版。分三编，每首词后有注及平仄谱。书末附"词韵"，分 19 部。

谢秋萍编《唐五代词选》，由上海文力出版社出版。为《词学小丛书》一种。选辑张志和、白居易等 39 人的词 256 首。书前有编者写于 1933 年 4 月的《小序》。

胡云翼编《宋名家词选》，由上海文力出版社出版。为《词学小丛书》一种。上编九辑，收欧阳修、晏殊、张先、晏几道、苏轼、秦观、朱敦儒、陆游、蒋捷九人的词。下编四辑，收柳永、周邦彦、姜夔、张炎四人的词。每辑前有《小引》，介绍作者简历，书末有写于 1933 年 4 月的《题记》。

胡云翼编《清代词选》，由上海文力出版社出版。为《词学小丛书》一种。选录吴伟业、宋琬、王士禄、纳兰性德、毛奇龄、朱彝尊、王鹏运、郑文焯、冯煦等 129 位词人的 228 首词作。书前有编者写于 1933 年 5 月的《题记》。

胡云翼编《李后主词》，由上海文力出版社出版。为《词学小丛书》一种。

胡云翼编《李清照词》，由上海文力出版社出版。为《词学小丛书》一种。收《漱玉词》37 首，书前有《李清照评传》，末附诗 8 首及《词论》《金石录后序》两文。

胡云翼编《辛弃疾词》，由上海文力出版社出版。为《词学小丛书》一种。

罗芳洲编《纳兰性德词》，由上海文力出版社出版。为《词学小丛书》一种。书前有编者所撰《词人纳兰性德》文。

蒋祖怡编著《诗歌文学纂要》，由重庆中正书局出版。共四篇。其中，第二篇"歌唱文学"第七章"词曲系统",设第一节"词的起来",第二节"词的勃兴与衰老"。

12月

8日,天津《大公报·星期文艺》第9期刊发:平伯《诗余闲评》演讲词（吴小如笔录）。（后收入俞平伯:《读词偶得 清真词释》,第5页）

9日,《武汉日报·文学副刊》第1期刊发:

沈祖棻《浣溪沙》（乙酉冬,成都作）;

刘永济《八声甘州》（丙戌清明,乐山作）。

剑亮按:《武汉日报·文学副刊》,1946年12月9日在汉口创刊。主编吴宓,编辑程千帆,外加一位助理编辑盛丽生。至1947年12月29日终刊,每周一出版,共出50期。

10日,《中央日报》刊发:李鼎芳《秦少游》。

16日,《武汉日报·文学副刊》第2期刊发:沈祖棻《减字木兰花》（成渝纪闻）。

16日,《世界半月刊》第1卷第4期刊发:沈尹默《金盏子》（刘子季平清末与余邂逅于杭州,过从既久,诗酒相得。季平家华泾,有黄叶楼之胜,一往访焉。斯人云亡,寒燠屡易,感今思昔,殆难为怀。会繁霜夫人命题其遗稿,因用梦窗词韵,赋此解以寄慨）、《金盏子》（乱后,来湖上赋此,仍用前韵）、《西江月》（听雨轩中漫吟,呈湛翁）、《西江月》（用湛翁见和酩字韵,留别）、《浣溪沙》（京沪道上,晨车过陆家浜,望中有作）、《浣溪沙》（犹似明灯照夜分）。

17日,《中央日报》刊发:

陈家庆《历代女词人述评序》;

李鼎芳《秦少游》（续）。

17日,《铁报》刊发:周链霞《采桑子》（拜师）、《百尺楼》（听琴）。（后收入刘聪著辑:《无灯无月两心知:周链霞其人与其诗》,第265页）

19日,《中央日报》刊发:詹幼馨《李中主词解说》。

20日,《新中国月报》新第1卷第3期（总第9卷第3期）刊发:胡健中《临江仙》（过杭州故居）。（后收入《民国珍稀短刊断刊·江苏卷》第18册,第8270页）

22 日，《中央日报》刊发：任骕《道情词之演变》。

23 日，《武汉日报·文学副刊》第 3 期刊发：徐嘉瑞《〈辛稼轩评传〉自序》。

24 日，《中央日报》刊发：任骕《红豆词人吴蘭次》。

30 日，杨绮尘作《鹧鸪天》（奉和弘度九兄感辽事词韵）、《鹧鸪天》（谁见城边折柳人）。（后收入刘永济：《诵帚词集　云巢诗存》，第 453 页）

30 日，《武汉日报·文学副刊》第 4 期刊发：君超《双燕楼词话》。

本月

冬，龙榆生作《高阳台》（丙戌初冬，赋呈冰姊）。（后收入龙榆生：《忍寒诗词歌词集》，第 99 页）

冬，龙榆生作《黄莺儿》（岁阑，得顺宜长女所寄字）。（后收入龙榆生：《忍寒诗词歌词集》，第 98 页）

《笔与刀》新 1 期刊发：

晏萍《叠字词与叠字诗》；

高墙《虞美人》。

剑亮按：《笔与刀》，月刊，1942 年创刊于江西宜春，由笔与刀月刊社出版发行。1942 年（第 2 期）后停刊，1946 年 12 月（新 1 期）改版发行。

蒋伯潜、蒋祖怡《词曲》，由上海世界书局再版，1948 年 12 月 3 版。本书分别对词、南北曲、散曲、小令以及词韵、曲韵等做了介绍。末附《词话曲话与词曲集》《双声叠韵与宫调》。初版年月不详，《自序》写于 1941 年 12 月。

本年

【词人创作】

刘永济作《浣溪沙》（海燕初来不下帘）、《浣溪沙》（风定尘香净扫除）、《摸鱼子》（嘉洲送春，用沤尹梅州送春韵）、《浣溪沙》（重过云巢旧居）、《祝英台近》（海摇天）、《鹧鸪天》（听登恪话西湖匡庐之胜）、《浪淘沙》（挽陈凤荒）、《点绛唇》（随校复员回武昌，湖山无恙，幕燕重归，旧来花竹，半沦烟草，惟宅畔红白梅花六七株依然娟好，此亦老杜之五桃树也。为赋两阕以宠之）、《点绛唇》（残湖画山）、《鹧鸪天》（随武汉大学复员回武昌，彦威书来问近状，赋此代柬）。（后

收入刘永济:《诵帚词集　云巢诗存》, 第 97 页)

剑亮按: 刘永济指导的研究生高眉生毕业之际, 将近年所作之词寄示刘永济, 请求指正。高眉生寄示的词作有:《更漏子》(寄倩若金陵)、《清平乐》(月明风袅)、《南乡子》(感事丙戌二月)、《生查子》(轻注薄唇朱)、《生查子》(舞会)、《玉楼春》(丙戌二月感事)、《临江仙》(新春感旧)、《临江仙》(得倩若自渝来书赋此以答)、《生查子》(歌转曲中珠)、《浣溪沙》(秋感)、《鹧鸪天》(絮影萍根辨总非)、《临江仙》(丙戌中秋前二日, 闻桂湖丛桂盛开, 驱车往看, 则零落已尽, 唯池荷数朵, 点缀于冷烟寒雾中耳, 怅而赋此)。(参见刘永济:《诵帚词集　云巢诗存》, 第 453 页)

于右任作《减字木兰花》(题沈联璧家传《御墨图》。七七事变后, 沈生联璧来京, 以其远祖自乐公皮宣德《御墨图》属题。嗣因寇深日急, 余将去京。沈先生不知所在, 乃寄存其册于重庆汇丰银行库中。还京时, 沈先生以工作病逝海上, 因觅其家人所在而归之, 乃为此词)、《浣溪沙》(哈密, 西行机中作)、《人月圆》(迪化至阿克苏机中)、《江城子》(阿克苏至喀什机中作)、《浣溪沙》(塔里木戈壁, 机中忆阿克苏温宿之游)、《采桑子》(九月一日, 迪化东归机中。时天山初降雪)、《浪淘沙》(哈密东归皋兰, 因乌沙岭大雨, 机转甘州)、《浣溪沙》(兰州东行, 机中作)、《南乡子》(兰州东行, 机中作)、《减字木兰花》(西安至南京机中作)。(后收入刘永平编:《于右任诗集》, 第 316 页)

刘麟生作《鹧鸪天》(和□陀赠别词)、《齐天乐》(谢蠡甫画簾)、《百字令》(日光初雪, 游华岩泷、白云泷诸胜)。(刘麟生:《春灯词续》, 第 13 页。后收入朱惠国、吴平编:《民国名家词集选刊》第 15 册, 第 149 页)

吴小如作《蝶恋花》(寄内)。(后收入吴小如:《吴小如文集·诗词篇》, 第 325 页)

【词籍出版】

沈祖棻《涉江词》一卷刊行。 为《雍园词钞》一种。(上海图书馆藏。后收入朱惠国、吴平编:《民国名家词集选刊》第 16 册)

汪东《寄庵词》刊行。 为《雍园词钞》一种。(上海图书馆藏。后收入朱惠国、吴平编:《民国名家词集选刊》第 14 册)

唐圭璋《南云小稿》刊行。为《雍园词钞》一种。（上海图书馆藏。后收入朱惠国、吴平编：《民国名家词集选刊》第 15 册）

汪浣沄《瘦梅馆词钞》一卷刊行。（后收入朱惠国、吴平编：《民国名家词集选刊》第 7 册）

周树年《无悔词》刊行。（首都图书馆藏。后收入曹辛华主编：《民国词集丛刊》第 10 册）

魏友枌《端夷六十后诗词》一卷刊行。（后收入曹辛华主编：《民国词集丛刊》第 31 册）

《叶遐庵先生年谱》，由遐庵年谱汇稿编印会刊印。前有凌鸿勋作于"中华民国三十五年十月"《序》，以及杜镇远作于"中华民国三十五年"《序》。（后收入彭玉平、姜波整理：《叶恭绰词学文集》）

《遐庵汇稿》第 2 辑出版。内收：叶恭绰《与黄渐磐书》《致刘天行函（民国卅五年二月）》《〈东坡乐府笺〉序》《汇合宋本两部重印〈淮海长短句〉序》《菉斐轩所刊〈词林要韵〉跋》《〈清名家词〉序》《歌之建立——民国廿八年四月在香港岭南大学演讲稿》《龚氏〈词断〉跋》《〈款红楼词〉跋》《〈说剑堂词集〉跋》。（后收入彭玉平、姜波整理：《叶恭绰词学文集》）

《与黄渐磐书》中曰："兄拟学清真，此已可云取法乎上。盖清真之用笔，正如昔人评右军之佳处曰：雄秀。固不必如稼轩、后村之张眉怒目，而筋摇脉转，乃如天马行空。以清真之法度，写东坡之胸襟、意境，于词之道，至矣，尽矣。兄诗笔之精炼，业已九转丹成。一转而用之于词，只须注意于其规矩准绳，其神而明之之处，可一以诗之法行之，便万无一失。近作数首，细读之下，似才情为声韵所缚，略有怯场状态，尤以《齐天乐》为逊（《绮寮怨》最完善，《还京乐》次之，余未尽公所长也）。此殆因机杼稍生之故。多做后，自然纯熟。"

《致刘天行函（民国卅五年二月）》中曰："现《清词钞》将次成编。其中体例，正略如尊旨。只作者历史一种，已费了八年心力，尚未就绪。其编次先后，亦极繁难，而不易无疵，至所选之词，是否能为其人代表之作，则更不敢言。若词中本事之诠释，各词家派别授受之源流、正变，本将有所记述。但兹事似无人可以代理，而鄙人病中已无法着笔，故全书久未完成。"（后收入彭玉平、姜波整理:《叶恭绰词学文集》）

《〈东坡乐府笺〉序》中曰:"东坡词夙少定本，兹龙君莫生萃各本互勘，写定本为《东坡乐府笺》三卷，体例详赡，搜集广博，于词之独到处，尤多发微。余喜其志之同也，漫述所见如右，期相印证。至编校之精核，有目共赏，固无事赘言也。是为序。民国十一年。"

《汇合宋本两部重印〈淮海长短句〉序》中曰:"余居海上，数与湖帆往还，因得见滂喜斋一本。嗣袁守和（同礼）寓书，谓将景印故宫藏本，阅数月而寄沪。于是，两本原状皆得寓目。余审谛数四，觉宋椠佳处不一而足，且可释明、清两代校刻家无数之疑。因取所见《淮海词》凡十三种，汇而校之，编为四表:一、《淮海词版本系统表》;二、《淮海词经见各本概要表》;三、《淮海词经见各本字句异同表》;四、《现存淮海词两宋本比较表》。条分缕析，自谓颇极详密。盖前此固尚无人以此十三种本从事汇校者也。《淮海词》经此整理，版本、字句之异同、变迁，胥可了然。"

邓广铭《辛稼轩先生年谱》，由上海商务印书馆出版。

徐嘉瑞《辛稼轩评传》，由重庆文通书局出版。

【报刊发表】
《人文月刊》第 7 卷第 6 期刊发:陈乃乾评《二陆词》。（后收入陈乃乾著，虞坤林整理:《陈乃乾文集》上册，第 206 页）

《人文月刊》第 7 卷第 7 期刊发:陈乃乾评《海宁三家词》。（后收入陈乃乾著，虞坤林整理:《陈乃乾文集》上册，第 362 页）

《人文月刊》第 7 卷第 8 期刊发:陈乃乾评《东海渔歌》《柯家山馆词》。（后收入陈乃乾著，虞坤林整理:《陈乃乾文集》上册，第 206 页）

《人文月刊》第 7 卷第 9 期刊发:陈乃乾评《曹倦圃词》《曝书亭集外词》《庄中白词》《清名家词序例》。（后收入陈乃乾著，虞坤林整理:《陈乃乾文集》上册，第 205、206、209、363 页）

《茶话》第 1 期刊发：施瑛《浪淘沙》(杨柳碧如丝)。

剑亮按:《茶话》, 月刊, 1946 年创刊于上海, 由联华图书公司出版发行。1949 年终刊。

又按：施瑛《浪淘沙》词, 为作者同名小说开篇词。

《茶花》第 6 期刊发：心史《天瓢一勺》, 曰:"词家警句, 有百读不厌者, 如刘小山《一剪梅》云:'一般离思两销魂。马上黄昏, 楼上黄昏。'张东泽《桂枝香》云:'悠悠岁月天涯。一分秋, 一分憔悴。'王碧山《醉蓬莱》云:'一室秋灯, 一庭秋雨, 更一声秋雁。'周草窗《少年游》云:'花深深处。柳阴阴处。一片笙歌。'"

《鲁青月刊》第 1 卷第 1 期刊发：问耕《北宋柳永词的作风与影响》。

《新思潮》第 1 卷第 5、6 期刊发：俞平伯《周美成词释》。

剑亮按:《新思潮》, 月刊, 1946 年创刊于北京, 由红蓝出版社出版发行。1947 年终刊。

《雄风》第 1 卷第 6、7 期刊发：陈郁文《漫谈晏小山与纳兰性德》。

《学术季刊》第 2 期刊发：顾学颉《李后主传论》。

《新中华》复刊第 4 卷第 19 期刊发：杨宪益《论词的起源》。

《妇女月刊》第 5 卷第 3 期刊发：赵景深《女词人张玉娘》。

《国文月刊》第 42 期刊发：郑振铎《记吴瞿安先生》。

《国文月刊》第 43、44 期刊发：徐德庵《由词中螺旋式句法说到使用标点符号》。

《国文月刊》第 50 期刊发：陈奇猷《蜀主孟昶〈玉楼春〉伪作考》。

《论语》第 119 期刊发：俞平伯《古槐树屋清真词浅释》。

《读书通讯》第 120 期刊发：夏承焘《章夫人词集题词》。

《交通部津浦区铁路管理局日报》第 41 期刊发:《黄绍竑填词别浙江》。

《新纪元周刊》第 1 期刊发：王匡川《两忘簃杂缀·了公遗词》。

《真话》第 6 期刊发：鸣疚《李烈钧词》。

《新上海》第 17 期刊发：纸帐铜瓶室主《奸逆中之四词人》。

《海光》第 21 期刊发：旧燕《何应钦词唱〈浪淘沙〉》。

《周播》第 15 期刊发：萧冰《名律师章士钊不废长短句》。

《吉普》第 15 期刊发：燃犀《唱和毛泽东词：易左君大讨没趣》。

《民声》第 1 卷第 2 期刊发：岳震霆《和毛泽东〈沁园春〉词（慨时）》。

【词人生平】

郭则沄逝世。

郭则沄（1882—1946），字啸麓，号蛰云、蛰园、龙顾山人等，福建侯官人。民国任铨叙局局长等职，后隐退。在北京结聊园、蛰园词社。在天津结须社。有《龙顾山房全集》《十朝诗乘》《清词玉屑》等。

夏敬观《忍古楼词话》曰："侯官郭啸麓提学则沄，娶余僚婿俞堦青女，夫妇皆能文章，今之孙子潇、席长真辈也。著有《龙顾山房诗集》，渊茂俊上，蕴蓄雅正。词三卷，附于诗后，曰《潇梦》，曰《镜波》，曰《絮尘》。余尝谓南宋惟史邦卿《梅溪词》为能炼铸精粹，上比清真，得其大雅，下方梦窗，不伤于涩。今能为梅溪词者，除况夔笙略似之外，厥惟啸麓。"（唐圭璋编：《词话丛编》第 5 册，第 4790 页）

钱仲联《近百年词坛点将录》曰："啸麓闽海名家，《龙顾山房诗余》，退庵誉其'高者火攻南宋'。"（钱仲联：《梦苕庵论集》，第 399 页）

1947 年

（民国三十六年　丁亥）

1 月

4 日，《和平日报》刊发：杨荫浏《白石歌曲旁谱释》。

4 日，《温州日报·笔阵》副刊刊发：李勖《东风第一枝》（过印心居士画展，见壁间新绘梅花百幅，喜其造态各殊，能传寒香之神，赋此以赠）。

剑亮按：李勖（1907—1994），温州乐成（今乐清）人。国立暨南大学文学院毕业。

4 日，李絜非为夏承焘送来《思想与时代》廿余册，其中刊有缪钺《论姜白石》文。缪文谓"姜词特色在以江西诗法为词，遂开新境。沈伯时谓清劲而未免有生硬处。此正江西派诗之长短。《角招》《长亭怨慢》《徵招》等瘦硬隽淡，与黄、陈诗有笙磬同音之妙。其生硬，正其独诣也云云"。夏承焘评曰："此语未经人道。"（夏承焘：《天风阁学词日记》[二]，第 662 页）

10 日，天津《民国日报·图书副刊》第 25 期刊发：平伯《读词偶得》之《阮郎归》（菖蒲叶老水平沙）。（后收入俞平伯：《读词偶得　清真词释》，第 135 页）

11 日，《和平日报》刊发：杨荫浏《白石歌曲旁谱释》（续）。

14 日，《中央日报》刊发：吴世昌《论读词须有想象》。

18 日，《和平日报》刊发：杨荫浏《白石歌曲旁谱释》（续）。

20 日，《武汉日报·文学副刊》第 7 期刊发：

沈祖棻《白石词〈暗香〉〈疏影〉说》；

君超《双燕楼词话》；

刘永济《浣溪沙》（壬午年补作，嘉定）、《浣溪沙》（癸未秋，嘉定作）；

何君超《解语花》（听吴宓教授夜讲《石头记》）；

杨慕村《蝶恋花》（寄祝春琼生日）。

22 日，沈祖棻在武汉大学抄录诗词寄赠施蛰存，并作《跋记》，曰："丁亥新岁录奉蛰存先生方家正律。海盐沈祖棻拜记于落伽山居。"

剑亮按：施蛰存《北山楼钞本〈涉江词钞〉后记》曰："晤鹓雏姚先生于沪，先生为余言战时蜀中文酒之盛，因谓女词人沈祖棻者，名噪于巴渝间，为词甚工，可敌易安居士。余求其词，猝不可得，心识之。"（施蛰存：《施蛰存全集·北山楼词话》，华东师范大学，2012 年，第 95 页）

23 日，夏承焘与陆维钊商讨词人年谱写作体例。陆维钊谓"著述以采拾原料，易垂久远，但要能做到无可增减"。建议夏承焘不要将"年谱"改写成"事辑"。（夏承焘：《天风阁学词日记》[二]，第 670 页）

本月

邵章作《满江红》（丁亥元月作）。（邵章：《云淙琴趣》，第 76 页。后收入曹辛华主编：《民国词集丛刊》第 7 册，第 428 页）

《图书展望》第 2 期刊发：夏承焘《讲词散记》。

陈璇珍《微尘吟草》，由广州友声出版社出版。分上、下卷。上卷收词 70 余首，下卷收诗 116 首。书前有姚宝献、黄启等人的《序》4 篇及作者《自序》。

2 月

1 日，江西南昌《四海杂志》第 2 期刊发：陈仲镔《中国词学概论》（一）。（后收入孙克强、和希林主编：《民国词学史著集成补编》下卷，第 805 页）

剑亮按：陈仲镔《中国词学概论》分别在《四海杂志》本期，以及 3 月 15 日第 3 期、5 月 16 日第 4 期刊发。今存三章：第一章词学的定义，第二章词学的价值，第三章词学的起源。

3 日，《武汉日报·文学副刊》第 8 期刊发：

君超《双燕楼词话》；

萧公权《木兰花令》（丙戌冬，生朝）。

9 日，《京沪周刊》第 1 卷第 5 期刊发：沈尹默《浣溪沙》（京沪道上，晨车过陆家浜，望中有作）。

13 日，夏承焘评况周颐、朱彊村词。曰："读况蕙风词，多酬应率意之作，不如彊村之精严。彊村有过晦处，蕙风有过滑处。"（夏承焘：《天风阁学词日记》

［二］，第 675 页）

16 日，夏承焘访马一浮，浏览马一浮《诗草》及《词稿》。《词稿》中有"和沈尹默《浣溪沙》数首，又集义山诗为《浣溪沙》七八首，以舞会为题，指南京国共会议事"。（夏承焘：《天风阁学词日记》［二］，第 675 页）

16 日，《京沪周刊》第 1 卷第 6 期刊发：廖仲恺先生遗著《双清词草》，有《金缕曲》（题八大山人《松壑图》）、《渔家傲》（题画）、《罗敷媚》（有赠）、《相见欢》（秋柳）、《虞美人》（赴日本舟中）、《临江仙》（题柳亚子《江楼秋思图》）、《南歌子》（落花，为某君赋）、《青玉案》（泉州道中纪见）、《一斛珠》（壬戌岁暮，张君星羽赴福州谒许总戎为陈炯明说合，值余旅次，因出所购张子祥花鸟直幅索题，赋此寄意）。

17 日，《武汉日报 · 文学副刊》第 10 期刊发：林之棠《〈词讲〉自序》。

19 日，夏承焘作《风入松》（丁亥春，湖上晤李哲生翁，听谈蜀土风物，油然动西征之兴。二月，哲翁还成都，作此送行）。（夏承焘：《天风阁学词日记》［二］，第 676 页）

20 日，《国文月刊》第 52 期刊发：平伯《清真词浅释》之《忆旧游》（记愁横浅黛）。（后收入俞平伯：《读词偶得　清真词释》，第 126 页）

21 日，夏承焘作《浣溪沙》（湛翁示舞会词，感金陵近事，继声求教）、《菩萨蛮》（宝奁虚护团团月）。（夏承焘：《天风阁学词日记》［二］，第 676 页）

23 日，《大公报》刊发：施蛰存《后唐庄宗〈如梦令〉小考》。

本月

《国文月刊》第 45 期刊发：夏承焘《词韵约例》。

3 月

2 日，《京沪周刊》第 1 卷第 8 期刊发：沈尹默《浣溪沙》（犹似明灯照夜分）、《金盏子》（乱后来湖上，赋此，仍用前韵）。

3 日，《武汉日报 · 文学副刊》第 12 期刊发：何君超《关于吴梦窗〈莺啼序〉》。

9 日，《京沪周刊》第 1 卷第 9 期刊发：沈尹默《金盏子》（刘子季平清末与余邂逅于杭州。过从既久，诗酒相得。季平家华泾，有黄叶楼之胜，一往访焉。

斯人云亡，寒燠屡易，感今思昔，殆难为怀。会繁霜夫人命题其遗稿，因用梦窗词韵，赋此解以寄慨)、《西江月》(听雨轩中漫吟，呈湛翁)、《西江月》(用湛翁见和酢字韵留别)、《菩萨蛮》(叶匀红粉清于绮)。

10 日，《武汉日报·文学副刊》第 13 期刊发：君超《双燕楼词话》(续第八期)。

15 日，江西南昌《四海杂志》第 3 期刊发：陈仲镕《中国词学概论》(二)。(后收入孙克强、和希林主编：《民国词学史著集成补编》下卷，第 805 页。参见本年 2 月 1 日)

17 日，《武汉日报·文学副刊》第 14 期刊发：

君超《双燕楼词话》(续第九期)；

沈祖棻《浣溪沙》(帘幕重重护烛枝)、《鹧鸪天》(长夜漫漫忍独醒)。

17 日，于右任作《浪淘沙》(三月十七日，携想想、北大、梅君孝陵前看梅花。至旧温室前小坐，感赋)、《浣溪沙》(辋溪翁消寒之约，遇雨。到台湾后作)、《点绛唇》(看天山之行摄影)。(后收入杨博文辑录：《于右任诗词集》，第 334 页)

22 日，天津《民国日报·民园副刊》刊发：平伯《祝英台近》(倦流尘)。(后收入乐齐、孙玉蓉编：《俞平伯诗全编》，第 579 页)

24 日，《武汉日报·文学副刊》第 15 期刊发：君超《双燕楼词话》(续第十期)。

24 日，天津《民国日报·文艺副刊》刊发：平伯《读词偶得·史邦卿词三首》。(后收入俞平伯：《读词偶得　清真词释》，第 39 页)

24 日，沈祖棻致函卢兆显。中曰："尝与千帆论及古今第一流诗人 (广义的)，无不具有至崇高之人格，至伟大之胸襟，至纯洁之灵魂，至深挚之感情。眷怀家国，感慨兴衰，关心胞与，忘怀得丧，俯仰古今，流连光景；悲世事之无常，叹人生之多艰，识生死之大，深哀乐之情，为天地立心，为生民立命，夫然后有伟大之作品。其作品即其人格、心灵、情感之反映与表现，是为文学之本。本植自然枝茂。舍本逐末，无益也。此吟风弄月、寻章摘句所以为古今有识之士所讥也。因共数自灵均、子建、嗣宗、渊明、工部、东坡、稼轩、小山、遗山、临川等先贤不过十余人。于是知文学之难，作者之不易也。"(后收入海盐沈祖棻诗词研究会：《正声诗刊四种》，海盐沈祖棻诗词研究会，2009 年重印，第 172 页)

28 日，夏承焘接唐圭璋函。中谓"南京《和平日报》有杨荫浏《白石旁谱

今译》一文"，夏承焘记曰："不知何许人。"（夏承焘：《天风阁学词日记》[二]，第 684 页）

30 日，《武汉日报·文学副刊》第 16 期刊发：君超《双燕楼词话》（续第十一期）。

31 日，天津《民国日报·文艺副刊》刊发：平伯《周美成词浅释》之《尉迟杯》（隋堤路）、《满庭芳》（凤老莺雏）、《庆春宫》（云接平冈）。（后收入俞平伯：《读词偶得　清真词释》，第 128 页）

本月

陈曾寿作《高阳台》（丁亥二月，墨巢阁中看花茗坐，海棠已将残矣，感赋一阕）。（后收入陈曾寿著，张彭寅、王培军校点：《苍虬阁诗集》，第 391 页）

夏承焘作《迈陂塘》（咏蚕）。（吴无闻：《夏承焘教授纪念集》，第 252 页）

宋云彬编著《中国文学史简编》，由香港文化供应社出版。共十一章。其中，第六章为"宋词与语录"。

春，钱仲联作《八声甘州》（丁亥春，偕妇登虞山望海楼）。（后收入钱仲联：《梦苕庵诗文集》上，第 435 页）

春，姚奠中作《踏莎行》（对坐围炉）、《菩萨蛮》（1947 年春，题像）、《鹊桥仙》（风天月夜）。（后收入姚奠中：《诗文杂录》，第 40 页）

春，龙榆生作《望江南》（丁亥春日，自题画竹赠家珠）。（后收入龙榆生：《忍寒诗词歌词集》，第 100 页）

春，丁宁作《木兰花慢》（丁亥春暮，为峋芝丈题悼亡册子）。（后收入曹辛华主编：《民国词集丛刊》第 1 册，第 115 页。亦收入丁宁著，刘梦芙编校：《还轩词》，第 60 页）

4 月

1 日，《文潮月刊》第 2 卷第 6 期刊发：施蛰存《谈〈六州歌头〉》。

5 日，刘麟生作《水龙吟》（清明日，随雄冠、仁豪由热海之箱根，沿途樱花怒放）。（刘麟生：《春灯词续》，第 16 页。后收入朱惠国、吴平编：《民国名家词集选刊》第 15 册，第 155 页）

7 日，天津《民国日报·文艺副刊》刊发：平伯《读词偶得》之史邦卿《绮

罗香》(春雨)。(后收入俞平伯:《读词偶得　清真词释》,第 42 页)

11 日,马一浮访夏承焘,送来新词二首。(夏承焘:《天风阁学词日记》[二],第 688 页)

12 日,《中央日报》刊发:王镇坤《评〈人间词话〉》。

14 日,《武汉日报·文学副刊》第 18 期刊发:

君超《双燕楼词话》(续第十二期);

刘永济《思佳客》(彦威书问近况,赋答)、《烛影摇红》(寄怀舍弟湘生);

张敬《南乡子》(丙戌秋初,抵金陵结念诸弟)。

14 日,天津《民国日报·文艺副刊》刊发:平伯《周美成词浅释》之《还京乐》(禁烟近)、《扫地花》(晓阴翳日)、《意难忘》(衣染黄莺)、《阮郎归》(菖蒲叶老水平沙)。(后收入俞平伯:《读词偶得　清真词释》,第 131 页)

14 日,《中央日报》刊发:唐圭璋《李后主之书法》。

15 日,《中央日报》刊发:王镇坤《评〈人间词话〉》(续)。

21 日,天津《民国日报·文艺副刊》刊发:平伯《三十六年新版〈读词偶得〉跋》。(后收入俞平伯:《读词偶得　清真词释》,第 65 页)

27 日,唐圭璋访夏承焘于之江大学,谈词坛近况。"圭璋谓上海发现《清平乐》唐人乐谱,杨君尝得照片。"(夏承焘:《天风阁学词日记》[二],第 693 页)

剑亮按:杨君,指杨荫浏,无锡人,时供职礼乐馆。

28 日,《武汉日报·文学副刊》第 20 期刊发:君超《双燕楼词话》(续第十三期)。

28 日,《中央日报》刊发:唐圭璋《李后主之画》。

本月

夏承焘作《玉楼春》(和湛翁)。(吴无闻:《夏承焘教授纪念集》,第 252 页)

詹安泰作《鹧鸪天》(丁亥三月)。(后收入詹安泰:《詹安泰全集》第 4 册,第 296 页)

刘永济作《玉楼春》(韶华肯为愁人好)。(后收入刘永济:《诵帚词集　云巢诗存》,第 101 页)

杨绮尘作《玉楼春》(奉次弘度九兄原韵)。(后收入刘永济:《诵帚词集　云巢诗存》,第 461 页)

剑亮按：杨绮尘这首《玉楼春》（奉次弘度九兄原韵），所次韵者即为刘永济作《玉楼春》（韶华肯为愁人好）。

陈匪石编著《宋词举》，由上海正中书局出版。选收张炎、王沂孙等 12 人的词 53 首。每家词前有作者介绍、版本源流、名人评语等。每首词后有校记、考律、论词。书前有《叙》。

夏承焘为钱仲联《文芸阁先生年谱》作《序》。（李剑亮：《夏承焘年谱》，第 117 页）

5 月

5 日，《武汉日报·文学副刊》第 21 期刊发：君超《双燕楼词话》（续第十四期）。

10 日，《草书月刊》第 1 卷第 2 期（复刊号）刊发：

于右任《百字令》（题标准草书）；

刘延涛《百字令》（恭和右公题标准草书）。

剑亮按：《草书月刊》，月刊，1941 年 12 月 1 日创刊于上海，由草书月刊社编辑出版，刘延涛主编。第 1 卷第 1 期后停刊。1947 年 5 月 10 日（复刊号，第 1 卷第 2 期）复刊。1948 年 3 月 10 日（第 1 卷第 5、6 期合刊）终刊。

12 日，《武汉日报·文学副刊》第 22 期刊发：君超《双燕楼词话》（续第十五期）。

12 日，天津《民国日报·文艺副刊》刊发：平伯《周美成词浅释》之《满庭芳》（夏日溧水无想山作）。（后收入俞平伯：《读词偶得 清真词释》，第 129 页）

14 日，《中央日报》刊发：程云青《论解放词》。

16 日，江西南昌《四海杂志》第 4 期刊发：陈仲镔《中国词学概论》（三）。（后收入孙克强、和希林主编：《民国词学史著集成补编》下卷，第 805 页。参见本年 2 月 1 日、3 月 15 日）

19 日，天津《民国日报·文艺副刊》刊发：平伯《周美成词浅释》之《齐天乐》（绿芜凋尽台城路）、《早梅芳近》（花竹深）。（后收入俞平伯：《读词偶得 清真词释》，第 116 页）

20 日，叶恭绰致函陆维钊，谈《全清词钞》。中曰："昨函计达。兹有陈者，弟所藏清人词千种，不少罕见之本。兹为其得所起见，拟一概奉赠台端，藉资保守。何时惠临取去，并希预示，鄙意则甚望早日交托也。此上，微昭先生。弟恭绰。卅六，五，廿日。"（后收入陆昭徽、陆昭怀：《书如其人：回忆父亲陆维钊》，上海书画出版社，2013 年，第 73 页）

26 日，《武汉日报·文学副刊》第 24 期刊发：朱君允《采桑子》（三十五年，留□乐山）。

26 日，天津《民国日报·文艺副刊》刊发：平伯《周美成词浅释》之《醉桃源》（冬衣初染远山青）。

剑亮按：该文即为 1943 年 11 月 1 日北京《艺文杂志》第 1 卷第 5 期所刊《说清真〈醉桃源〉词》（《读词偶得》续稿之一）。

6 月

1 日，沈祖棻作《谒金门》（丁亥六月一日，珞珈山纪事二首）。

剑亮按：程千帆笺此词曰："此二词，为六一惨案作。一九四七年六月一日凌晨三时，国民党政府军事委员会武汉行辕及武汉警备司令部纠集军警特务数千人，包围武汉大学，用国际禁用之达姆弹，枪杀历史系学生黄鸣岗、土木工程系学生王志德、政治系台湾籍学生陈如丰三人，重伤三人，轻伤十六人，所谓'血花空化碧'也。逮捕外文系教授缪朗山、朱君允，哲学系教授金克木，历史系教授梁园东，经济系副教授陈家芷，机械工程系教授刘颖及其他员工共二十人，所谓'暗尘愁去客'也。至此，蒋政权之凶残面目，乃更大白于天下。当时哀挽死难学生诸联，颇沉痛悲愤。如武汉大学全体学生云：'那边高谈人权，这边捕杀青年，好一部新宪法，吓诈欺敲，杀杀杀，自由哄人，民主哄鬼；只准大打内战，不准呼吁和平，看三位亲兄弟，牺牲惨痛，惨惨惨，万方同哭，薄海同悲。'缪郎山云：'黑夜正浓，闲话和平皆有罪；黎明未启，蓦然觉醒竟捐生。'此等皆实录真情，足以发扬士气，鼓舞斗志。自经此现实教训，知识分子思想变化之进程遂以加速，作者亦不外也。"（沈祖棻著，程千帆笺：《沈祖棻全集·涉江诗词集》，第 109 页）

1 日，《中央日报》刊发：唐圭璋《李后主知音》。

2 日，詹安泰作《塞翁吟》（风雨弥天，震撼林野。小楼坐对，中心如焚。声为此词，勉自敛抑。昔紫霞翁谓此调衰飒，戒人莫为。然嚼徵吟宫，情各有合。择腔应运，势难偏废。世有解人，当不余哂尔。三十六年六月二日）。（后收

入詹安泰:《詹安泰全集》第4册，第297页）

2日，天津《益世报·人文周刊》刊发：陈奇猷《词调增韵换韵及句末平仄通用例》。

2日，《武汉日报·文学副刊》第25期刊发：君超《双燕楼词话》（续第十六期）。

4日，《中央日报》刊发：许梦因《论词之起源》。

6日，夏承焘接陆维钊送来叶恭绰函，约请夏承焘复审《清词钞》。叶恭绰函中谓"有不少名家，只据友好选寄，未睹原集，深恐或有偏漏。至选取标准，依彊村老人旨，以词存人，故汰去不少，与地方词选务期广博者稍殊云云"。（夏承焘:《天风阁学词日记》[二]，第699页）

7日，夏承焘重改《章夫人词集题辞》。中曰："夫人词最工小令，婉约深厚，沨沨移人。几更丧乱，不以忧患纷其用志，而取境且屡变益上，其与太炎之治朴学，择术虽殊，精诣固无二也。太炎以其学皋牢一代，视词为不屑为。夫人则以其不屑为者，为人所不能为，深造自得，不假太炎之盛名。是庄生无待之说，又不但喻其词品而已。"（夏承焘:《天风阁学词日记》[二]，第700页）

11日，《中央日报》刊发：金启华《李后主的悲欢》。

11日，《武汉日报·文学副刊》第26期刊发：钱基博《〈关友声词集〉序》。曰：

> 历下关友声先生与余未尝相见，而相知余十年。先生读余所著《现代中国文学史》，不以为刺谬，而遗书通殷勤。余报以书，而縢所著以相质证。呜呼！余生斯世，多迕少可，而所贬损多闻人，当世有足以聚徒成群之居处，肆足以饰邪荧众之言谈，天下望风奔走，如恐弗及，而余奋其笔舌，以此颇不为时所容。而先生独相赏于声气之外，千里通问，与俗殊酸咸，得一知己，夫复何恨？此自古贤人君子之所不易乎世，不见是而无闷，而余独何幸得之于先生也。
>
> 及去岁，余弟子吴生忠匡，以随王佐民将军管第二绥靖区司令部秘书游历下，与先生相见。而以书告，传语道无恙。且言先生将以词集付梓，而命为之序。余未见先生词，迟回未即为。先生则寄一画，画松一株，竹数茎，下荫一渔父，据石垂钓。着墨不多，而神情栩栩，出苦瓜和尚。而继以一

词，不为翦红刻翠之语，萧疏淡远，如其画境也。

余尝谓词惟宋人为工，而大要不出二者。晏、欧、姜、张，清切婉丽，沿《花间》之旧腔；苏、黄、辛、刘，跌宕排奡，开一代之新裁。降而益下，乃至以寻花问柳为调情偷欢，如诗家之有《香奁》《疑雨》，而滥觞于南唐后主，曼衍于《乐章》《片玉》，虽山谷、淮海亦不免此累。争风拈酸，无不入词。《国风》好色不淫，斯为滥矣。顾独少萧疏淡远之一境，如诗家之有陶，有韦、柳，清旷自怡，萧然人外。《四库全书提要》著录词集五十九家一百有三卷，而以萧疏淡远为称者只两家：其一，宋赵师使《坦庵词》一卷，《提要》称"观其集，萧疏淡远，不肯为翦红刻翠之文，洵词中之高格"。其一，宋赵长卿《惜香乐府》十卷，则谓："长卿恬于仕进，觞咏自娱，随意行吟，多得淡远萧疏之致。"然《坦庵词》抚时感序，无翦红刻翠，亦尽风情绮靡。萧疏淡远，谈何容易？余独爱其《谒金门》一词，曰："沙畔路，记得旧时行处。蔼蔼疏烟迷远树，野航横不渡。　竹里疏花梅吐，照眼一川鸥鹭。家在清江江上住，水流愁不去。"其他摘句，如《生查子》起句"庭虚任雀喧，院静无人到"，《南柯子》起句"木落千山瘦，风微一水澄"及《满江红》结语"听掀帘，疑是故人来，风敲竹"。所作四十九调一百五十四首，由静得深，天然淡远而有萧疏之致者，披沙之检，得此而已。至长卿，则恬于仕进而耽于声色。花间莺外，醇酒妇人，调笑偷情，形之翰墨。靡丽冶荡有余，淡远萧疏何曾？独君家东庑先生，（注）以绍兴十七年七月九日序叶梦得《石林词》谓"落其华而实之，能于简淡时出雄杰，合处不减靖节、东坡之妙"。然《石林词》取径东坡，于风流婉约之中得词笔顿挫之妙，时出雄杰而未简淡。独《南乡子》曰："小院雨新晴，初听黄鹂第一声。满地绿阴人不到，盈盈，一点飞花尚有情。　却傍水边行，叶底跳鱼浪自惊。日暮小舟何处去，斜横，冲破浪痕久未平。"《卜算子》上半阕曰："新月挂林梢，暗水鸣枯沼。时见疏星落画檐，几点流萤小。"《点绛唇》下半阕曰："深闭柴门，听尽空檐雨。秋还暮，小窗低户，惟有寒蛩语。"状难写之景，含不尽之意，简淡不减靖节。而诵所作三十调一百又九首，如此者十不得一，固未见时出也。

然则萧疏淡远，固为词中之高格，而未易诣之境。抑何幸，并吾世而得见先生，诜极其所诣，必能别出于古人，而为词家之陶靖节、韦苏州。自我开山，不亦沐乎？独念先生以词宗而工画，画居逸品，词境如之。吾乡倪云林高士，则以画家而能诗，画品萧散，诗亦如之。顾贤者之不可测。而诵云林词，浩歌激越。如《人月圆》曰："惊回一枕当年梦，渔唱起南津。画屏云幛，池塘春草，无限消魂。　旧家应在，梧桐覆井，杨柳藏门。闲身空老，孤蓬听雨，灯火江村。"《鹊桥仙》曰："富豪休恃，英雄休使，一旦繁华如洗。鹊巢何事占鸠居，看数载主三易矣。　东家烟起，西家酒起，无复碧翠朱荣。我来重宿碧云闻，算旧制，惟余此耳。"《折桂令》曰："草茫茫，秦汉陵阙，世代兴亡，却更似月影圆缺。山人家堆案图书，当窗松桂，满地薇蕨。侯门深、何须刺谒，白云自可怡悦。到如今、世事难说。天地间，不见一个英雄，不见一个豪杰。"凡此之类，以光景流连之词，发沧桑身历之感，慷慨悲歌，声动简外，直而致，沉而姚，靡而不曼，意趣殊常，直欲作倚声杜老，而《四库》不见著录（《四库全书》收《清闷阁集》十二卷，内诗一卷，文二卷，《外记》二卷而无词），论词者亦罕肆业及之。今先生以画自娱，摹山范水，白云自可怡悦。特未晓生当此日，戎马生郊，历千古未有之变，而不见一个英雄豪杰。世事难说，百倍云林。傥亦有发愤一道，以如云林之浩歌激越者乎？遂以复于忠匡，而请先生有以语我来。三十六年四月，无锡基博，时客武昌。（后收入傅宏星主编，龚琼芳校订：《序跋合编》，第269页）

18日，《中央日报》刊发：任鼒《吴山尊〈百萼红词〉》。

18日，张珍怀访夏承焘，并展示新作词。夏承焘评曰："皆甚好。"（夏承焘：《天风阁学词日记》[二]，第707页）

20日，《中央日报》刊发：唐圭璋《李后主之天性》。

21日，夏承焘接章太炎夫人函，感谢夏承焘撰写《章夫人词集题辞》。（夏承焘：《天风阁学词日记》[二]，第703页）

22日，《中央日报》刊发：任鼒《黄季刚所为词》。

23日，《中央日报》刊发：唐超《评〈宋词举〉》。

25日，《瀚海潮》第1卷第5期刊发：黄季宽《南乡子》（沪滨即景）。（后收入《民国珍稀短刊断刊·西北卷》第21册，第10086页）

本月

李伯鲲《含茹斋吟草》在南京刊行。共收作者 1917 年春至 1947 年春间所作诗词 302 首，分"长啸集""鹤梦集"等九集。书前有张简孙《序》及作者《自序》。

林葆恒完成《词综补遗》一百卷。夏敬观题《浣溪沙》词一首以咏之。词曰："南北兵间去住频，选楼无定史随身。卷中又见蛰园春。　我愧寓匏无补助，君兼青士益精勤。一篇唤起古骚魂。"（林葆恒纂：《词综补遗》，北京书目文献出版社，1992 年，第 23 页）

夏，刘永济作《临江仙》（今夏，余与登恪有匡庐避暑之约，因循未往，而登恪归来为语劫后灵山，感而成咏）。（后收入刘永济：《诵帚词集　云巢诗存》，第 100 页）

夏，《鼎湖集》刊行，收录邓家兆《满江红》（莽莽乾坤）。（后收入桑兵主编：《民国稿抄本》第 1 辑第 16 册，第 529 页）

剑亮按：《鼎湖集》卷首有陈家骅《序》，曰："中华民国卅六年夏，邓家兆暨刘秉衡老师领导高二甲、高一乙班诸生作鼎湖游。山色潭声，红鱼□磬。领略自多，发为吟咏，收入画图，哀集成帙。因为书之，号《鼎湖集》。"故编年于此。

7 月

7 日，《武汉日报·文学副刊》第 29 期刊发：君超《双燕楼词话》（续第十七期）。

9 日，《东南日报》刊发：刘永潘《李后主〈破阵子〉词》。

10 日，《申报》刊发：睡禅《陈匪石的〈宋词举〉》。

15 日，国立中山大学文学院院刊《文学》第 1 期刊发：詹安泰《无盦说词》文。该文结尾曰："右居澄江时为同学讲授诗词，谈锋偶及，随笔札出者，故意甚浅近，辞不加点。以其尚非抄袭，或于初学有裨，爰为过录于此。语止于词，其谈诗部分，容后再录。"词有《凤箫吟》（春意模糊，寒风凄厉，伤离念远，难已以言）、《庆春宫》（甲申立春，阴寒）、《南歌子》（正月十三，坐雨有忆）、《点绛唇》（费尽炉红）、《台城路》（龙思鹤丈属题《璇玑图》，图为管仲姬书，仇十洲绘）。（后收入詹安泰：《詹安泰全集》第 5 册，第 58 页）

剑亮按：《文学》，年刊，1947 年创刊于广东广州，由中山大学文学院出版发行。1948 年终刊。

21 日，《中央日报》刊发：唐圭璋《〈金陵词钞续编〉序》。

本月

谢秋萍编《吴藻词》，由上海文力出版社出版。为《词学小丛书》一种。为编者《吴藻女士的白话词》改名重版。

陈克文听人谈诗词。陈克文记曰："同年（卅六年。——引者注）七月初，第二次探视璧君；这一次是从上海动身的，同行的有她的女儿。上午，我们便到了狮子口。大家在她专用的会客室里见面，和上一次不同。而且还在那里吃了一顿颇为讲究的午膳。当时螃蟹已经上市，许多年后，我太太还记得璧君吃蟹，弄得满脸蟹黄的样子。吃完了饭，又谈了不少话。下午三时，我们分手乘火车回南京。这一次见面，还有其他狱中难友在座，是璧君请来的。其中给我印象较深的是词人龙沐勋榆生……这一次，大家谈的，除了希望早得自由外，也兼及大局时事，璧君又详述她日常生活情形。她说，每日眠食读书外，又拨出一定时间，抄录她丈夫精卫先生的《双照楼诗词稿》；她已许下一个私愿，要抄成几部，分赠亲友，作为羁囚生活的纪念，并且要我们代她在南京买纸和笔墨，后来我们给她买了寄去。这一部手抄诗词后来是否如数完成，不得而知。不过，璧君确实托人带来一部送给了我，这是一件很可宝贵的赠品。"（陈方正编辑、校订：《陈克文日记［1937—1952］》附录，社会科学文献出版社，2014 年，第 1438 页）

剑亮按：陈克文在此文后有"作者附志"之《关于龙沐勋》文，曰："龙沐勋，字榆生，又自号龙七或忍寒居士，江西萍乡人。与清末词人文廷式为同乡，曾在中山大学当过教授。我于卅六年（一九四七）第一次和他见面，是苏州狮子口狱中。卅七年春天，他获释出狱，回到南京，住慈悲社某号，又见过几次面。榆生回到南京后，贫病交困，十分狼狈。我曾经陪他去看过觉生院长及其他朋友，也曾有过同情的援手。那年五月十日，他给我寄来一封信，并附以手写赠词一阕。信及赠词写得过分谀扬，我实不敢当。赠词书法极美，富书卷味。我把它装裱起来，挂在寓所里，如对故人。可惜我卅八年四月离开南京后，便和榆生隔绝，至今消息渺然。他的信和赠词，有关文坛掌故的地方不少，特录之如下。榆生来函：'XX 先生道长左右，奉七日还示，深感济拔之盛情，使贱躯能获较长时间安心疗养，他日稍转顽健以图报效国家，皆先生及谢公之赐也。项每日打针服药，略有进步，暇日写定拙作《忍寒词》二卷，将寄门人戴君代印。继此当从事《近代名家词选》之纂辑，以继《唐宋名家词选》之后，交开明书局印行。十年前双照楼主出国养病，即以此事相属。忧患余生，亦思早了此愿也。今晨漫赋俚词一阕，以酬高义，随函附上，乞公有以指正之。往在中山大学有赠尊乡孔君宪铨词云"情知拨乱扶倾器，定在三湘五岭间"，稍见弟对尊乡人士之景仰，他日有缘，当图重效驰驱也。临桂王、况二公亦近代词坛之杰出者，与敝乡文廷式并有志于世，故末语及之。匆书陈谢，即颂俪福。弟勋拜启，五月十日。谢公处便乞代致拳拳为感。弟作新体歌词，如今广播中日常闻及之玫瑰三愿，以龙七署名，附书一笑。'"

又按：榆生赠词如下："瓣香低首，数三湘五岭，眼中豪侠。高义如君能几个，看取盈怀芳洁。跃马东归，惊尘北顾，此意那堪说。情殷念旧，令人肝胆长热。 应记秋尽江南，傲霜枝瘦，珠泪还承睫。此是词心凄断处，和以流泉幽咽。派衍江西，宗开临桂，精爽如相接。扬鞭慷慨，余生痴望犹切。（《百字令》）戊子初夏赋赠 XX 先生哂政。忍寒居士龙七书于金陵。"（陈方正编辑、校订：《陈克文日记 [1937—1952]》附录，第 1445 页）

8 月

5 日，张珍怀访夏承焘。夏承焘为其书写二首词作。（夏承焘：《天风阁学词日记》[二]，第 712 页）

5 日，叶恭绰致函陆维钊，谈《全清词钞》。中曰："廿七日示悉。印清词事，恐希望益小，只可先作完成工作，即复核前选之当否，及编《清词存目》是也。前此交来底本尚在舍间，该稿不能据以核计印费，故望即来取还，或由弟送交何处？又：清词又捡得数种，拟一并送赠，并乞示以处所是荷。此上，微昭先生。弟绰。卅六，八，五。"（后收入陆昭徽、陆昭怀：《书如其人：回忆父亲陆维钊》，第 69 页）

8 日，《时代风》复刊第 1 期刊发：易左君《沁园春》（步毛泽东原韵）。

剑亮按：《时代风》，1946 年 4 月创刊于江苏南京，由时代风出版社出版。周俊元、方铭卿主编。1947 年 3 月（第 5 期）停刊。1947 年 8 月 8 日（复刊第 1 期）复刊。

9 日，曹大铁作《鹧鸪天》（蜀腴酒家座上，衍葱玉句）。词曰："主去宾留景太饶，清樽暗对话滔滔。东南地美黄金贵，西北天骄白雁高（葱玉）。　穷侈丽、极煎熬，强弩还射大江潮。马龙车水驱驰便，塞草尘沙征战鏖。"词后有自注："丁亥农历六月廿三日午，王氏昆仲约饭蜀腴酒家，谓有要人召见，葱玉亦在其列。及时，葱玉称病谢却，与余两人对饮，畅谈天下事，又于点菜纸上赋'东南、西北'一联，属余续赋，席上成此解。"（后收入张珩：《张葱玉日记·诗稿》，上海书画出版社，2011 年，第 255 页）

剑亮按：张葱玉（1914—1963），名珩，字葱玉，号希逸，浙江南浔（今属湖州）人。早年为上海滩富家子弟，工诗擅书。曹大铁（1916—2009），号菱花馆主，江苏常熟人。有《梓人韵语》（南京出版社，1993 年版）。

10 日，《中央日报》刊发：唐圭璋《李后主之豪侈》。

11 日，《武汉日报·文学副刊》第 33 期刊发：

王璠《校笺〈漱玉集〉序》；

君超《双燕楼词话》（续第十八期）。

13 日，《中央日报》刊发：唐圭璋《梦桐室词话》之《李西涯辑南词》《南宋吴淑姬》《陈凤仪非元人》《美奴〈卜算子〉》《〈花庵词选〉错简》。

15 日，《中央日报》刊发：唐圭璋《梦桐室词话》之《独自莫凭栏》《花间不载冯李词》。

20 日，《中央日报》刊发：章石承《词史：蒋鹿潭的生平及其作品》。22 日、24 日、25 日、27 日、31 日连载完毕

24 日，《中央日报》刊发：唐圭璋《梦桐室词话》之《名宦柳永》《清真怀远堂诗》《补〈全唐诗〉吕洞宾词》《宋金元道士词纪》。

29 日，夏承焘致函南京唐圭璋，附寄《浣溪沙》（题仇述翁遗词《鞠谦集》）。词后自注："述翁与予别于沪上，殷殷嘱为其词集题词。光复前遽闻其讣。圭璋屡来书述翁遗命，今日始践前诺，忝负忝负。"（夏承焘：《天风阁学词日记》[二]，第 718 页）

本月

詹安泰作《玉京秋》（新秋过雨，凉意上楼，心境莹然，属思弥永。骚情客感，殆不自胜，又不止伤春病酒时也。丁亥七月）。（后收入詹安泰：《詹安泰全集》第 4 册，第 299 页）

何遂《叙圃词》付印。该词集收录作者 1937 年至 1946 年词作。前有商衍鎏、林庚白《序》。2009 年香港中国书局出版《何遂遗踪》收录该词集。人民出版社 2012 年出版《何遂遗踪：从辛亥走进新中国》亦收录该词集。

陈铁凡《辛弃疾评传》，由正风出版社出版。

唐圭璋编注《南唐二主词汇笺注》，由上海正中书局出版。

9 月

1 日，夏承焘作《好事近》（广厦万间心）。词前有记曰："为模楼作一寿词。其人今之沪上豪客巨贾，本不应着笔。以模楼儿时同学，情不可却，以数分钟成《好事近》一首。"（夏承焘：《天风阁学词日记》[二]，第 719 页）

1 日，《中央日报》刊发：唐圭璋《梦桐室词话》之《苏子由词》《韦应物〈调笑令〉》《晏小山词之误》《田中行〈捣练子〉》。

8 日，《中央日报》刊发：唐圭璋《梦桐室词话》之《唐庄宗〈忆仙姿〉》《〈词林纪事〉体例不善》《金陵石刻词》《白玉蟾改少游词》。

20 日，夏承焘访宓逸群，翻阅宓逸群夫人所抄夏承焘词两卷。词卷末有马夷初、汤影观、任铭善、徐南屏四人跋文。（夏承焘：《天风阁学词日记》[二]，第 720 页）

22 日，《武汉日报·文学副刊》第 39 期刊发：

缪钺《水调歌头》（圆月向人好）；

刘永济《临江仙》（闻道锦江成渭水）。

23 日，夏承焘接詹安泰《无盫说词》一册。该书为詹安泰在中山大学讲词笔记。（夏承焘：《天风阁学词日记》[二]，第 721 页）

24 日，《中央日报》刊发：陈云青《艺坛怪杰郑文焯》。

28 日，《申报》副刊《春秋》刊发：沈尹默《玉楼春》（垂垂又见红梅发）、《玉楼春》（年年常作梅花伴）、《玉楼春》（新来天气阴晴半）、《玉楼春》（十年前哥思量遍）、《玉楼春》（清明恰称斟芳醖）、《玉楼春》（湖水无声流漫漫）。

本月

陈子展《唐宋文学史》，由作家书屋印行。分"唐代部分""宋代部分"。其中，"唐代部分"有"晚唐五代词人"，"宋代部分"有"宋代词人（上）""宋代词人（下）"。

季灏《李后主著作考》，由上海治民出版社刊行。卷首有蔡正华《序》，曰："有许多词，读时惊心动魄，读后却不想再读了。有的读而又读，因为读得太多了，所以也觉得有一点腻。有的则无论你怎么读来读去，万古常新，依然咀嚼不尽。李后主的词，便是如此。任凭'家经户诵'，永远不会变成'滥调'。而且每一次读，总会发现出一点新意味，感觉到一点新刺激……声如先生写成这本精审的《著作考》，可见他对于李后主词爱好之深，也是'百读不厌'者的一个。记得从前曾写过一首绝句，录之为同好者解嘲：'小词拆碎不成章，见说楼台七宝装。换得春花秋月尽，心香一瓣在南唐。'蔡正华，卅六年九月。"

秋，刘永济作《鹧鸪天》（晓起行园）、《临江仙》（闻道东湖春色好）、《临江仙》（满意故山林壑美）、《临江仙》（前词良苦，赋此自解）。（后收入刘永济：《诵帚词集　云巢诗存》，第 102 页）

秋，胡国瑞作《鹧鸪天》（奉和新宁夫子"新秋晓起"原韵）。（后收入胡国瑞：《湘珍室诗词稿》，第 153 页。亦收入刘永济：《诵帚词集　云巢诗存》，第463 页）

秋，何君超作《临江仙》（小别重来湖上路）、《临江仙》（鲈鳜已肥归计左）、《临江仙》（安顿蒲团何处可）。（后收入刘永济：《诵帚词集　云巢诗存》，第466 页）

秋，王啸苏作《临江仙》（奉和弘度九兄先生珞珈秋感词，敬希采正）。（后收入刘永济：《诵帚词集　云巢诗存》，第 467 页）

秋，夏敬观为汪旭初《梦秋词》题词。曰："耆卿用六朝小品赋作法，层层铺叙，情景兼容，一笔到底，始终不懈。美成特行以张弛控送之笔，使潜气内转，开合自如。一篇之中，回环往复，一唱三叹。作者深得此诀，可谓善学周、柳者也。其最上乘者泯迹蹊径，直入堂奥，意到辞谐，超然神理，功力到此，曷胜佩赞。丁亥初秋，映庵夏敬观识。"（汪东：《梦秋词》，第 1 页）

10 月

3 日，许宝蘅评阅词集。记曰："读《洺水词》《归愚词》，均无甚意趣。"（许宝蘅著，许恪儒整理：《许宝蘅日记》第 4 册，第 1518 页）

4 日，詹安泰作《南乡子》（丁亥中秋后五日，夜诣阎宗临、万仲丈寓斋，

归有所感，因赋）。（后收入詹安泰：《詹安泰全集》第 4 册，第 300 页）

8 日，《经世日报》副刊刊发：王念慈《柳永的词》。

8 日，夏承焘接唐圭璋寄来杨公庶编《雍园词钞》。该《词钞》所录"皆军兴时流亡西南各词人作，有叶麐、吴白匋、乔大壮、沈祖棻、汪东、唐圭璋、沈尹默、陈匪石八家"。（夏承焘：《天风阁学词日记》[二]，第 724 页）

9 日，杨绮尘作《临江仙》（都道不如归去好）、《临江仙》（都道不如为客好）、《临江仙》（去往商量都不是）。（后收入刘永济：《诵帚词集　云巢诗存》，第 466 页）

剑亮按：作者在词后有注曰："奉和弘度九兄原韵乞教。弟绮尘上。丁亥中秋后十日。"可知，这三首词为和韵之作，所和之作为刘永济《临江仙》词。参见本年 9 月。

19 日，上海美术茶会《美》第 6 号刊发：

郑昌午《西河》（及门吕子哲民以肠胃病施手术，痛不起，词以□之）；

陈小翠《齐天乐》（咏蟹）。（后收入上海文献汇编编委会编：《上海文献汇编·艺术卷》第 18 册，第 541 页）

27 日，《武汉日报·文学副刊》第 41 期刊发：君超《双燕楼词话》（续第十九期）。

28 日，夏承焘赴复性书院访马一浮，谈论宋词旁谱无拍节的原因。"湛翁谓：古琴谱亦但一字一音，陈兰甫《声律通考》载《鹿鸣》诸谱如此，善琴者神而明之，自能作泛声。"（夏承焘：《天风阁学词日记》[二]，第 731 页）

本月

夏承焘作《小重山》（阅〈山中白云词〉）。（吴无闻：《夏承焘教授纪念集》，第 252 页）

吴湖帆作《八六子》（为遐翁《罔极图卷》。丁亥十月，送翁南归志别）。（吴湖帆：《佞宋词痕》卷三，第 9 页。后收入曹辛华主编：《民国词集丛刊》第 5 册，第 289 页）

吴次风等《渌源四友集》（上、下册）刊行。内含吴次风《来虚室诗附词》、孙念希《花知屋诗词骈文联语》等作品集。卷首有萨镇冰《序》。

周香畹《力行集》在南京刊行。收诗词 130 余首。书前有著者《自序》。

11 月

2 日，上海美术茶会《美》第 7 号刊发：

郑午昌《长相思》（虫啾啾）；

陈定山《紫萸香慢》（九日□□河午醉留影）、《一萼红》（登妙高台）。（后收入上海文献汇编编委会编：《上海文献汇编·艺术卷》第 18 册，第 543 页）

3 日，《武汉日报·文学副刊》第 42 期刊发：何君超《黄弦隽碧山〈花外集笺证〉序》。

8 日，《正阳法学院二周年纪念专刊》刊发：萧弨《千秋岁》（重庆朝阳学院恪遵部令，改名正阳法学院。创设在对日抗战胜利之际，经营于时事扰攘之中，艰难辛苦，初具规模，学生数近千人。兹值二周年纪念，首次举行校庆，弨不文，谨填此阕为祝）。（后收入《民国珍稀短刊断刊·重庆卷》第 9 册，第 4253 页）

15 日，顾廷龙作《自怡轩词选跋》。曰："余访求修能遗事久矣。近袁君帅南以所藏严氏朱墨手批《自怡轩词选》见示，皆确有见地。观质诸同学一语，似为课徒之资。此册索之沪肆不可得，因从北平觅来，价六万元，可谓奇昂。原有人红笔圈点，今罩其上，或加于隙，尚易辨也。一九四七年十一月十五日过录毕，龙记。"（后收入顾廷龙：《顾廷龙文集》，第 366 页。亦收入顾廷龙：《顾廷龙全集·文集卷》，第 910 页）

15 日，《经世日报》副刊刊发：艾治平《韦庄》。17 日、18 日，连载完毕。

19 日，《东南日报》刊发：刘永濟《白石词〈暗香〉〈疏影〉说商榷》。

24 日，《经世日报》副刊刊发：伯凌《朱淑真》。25 日连载完毕。

25 日，夏承焘评阅盛静霞词卷。评曰："最爱其《鹧鸪天》云：'近来处处成酣睡，何必佳人锦瑟旁。'《蝶恋花》云：'的的心膏煎复煮，信他一刹能明汝。'望其能躬行实践，乃是真词人。"（夏承焘：《天风阁学词日记》[二]，第 738 页）

27 日，夏承焘作《减兰》（孙籀庼先生降诞百周，孟晋辑《经微室遗集》成，嘱题）。（夏承焘：《天风阁学词日记》[二]，第 740 页）

29 日，夏承焘作《减兰》（觥觥金宋）。词前有记曰："成《减兰》一首，为孟晋嘱题籀公遗集也。"（夏承焘：《天风阁学词日记》[二]，第 740 页）

本月

夏承焘将其刊发在《浙江学报》第1卷第2期上的长篇论文《白石词乐说笺证》，从浙江大学文学院寄给珞珈山刘永济。(参见刘永济:《诵帚词集 云巢诗存》，第467页)

汪东作《惜黄花慢》(浅碧笼裳)。尉素秋记曰:"三十六年十一月，玄武湖的菊花盛开。我约旭初师、汪辟疆师、李证刚师及章璠、李宣两位学友午餐。饭后同去泛舟赏菊，事后，旭初师给我看一首他的《惜黄花慢》长调:'浅碧笼裳。印麝尘步屟，尚识秋娘。共惊劫后，岁华渐晚，游踪到处，偏近斜阳。绣围锦绕湖山畔，似窥镜重理新妆。胜故乡颓垣废圃，难藉壶觞。 芙蓉谩说宜霜。恨化工未与，蝶粉蜂黄。斗将春艳，万花避色，移来燕席，一水都香。暮筯鸣咽西风紧，送回棹灯影飘凉。系寸肠，更追旧日清狂。'"(尉素秋:《〈梦秋词〉跋》，汪东:《汪旭初先生遗集》，《近代中国史料丛刊续辑》第40辑，第135页。后收入薛玉坤整理:《汪东文集》，第284页)

吴小如作《鹧鸪天》(丁亥燕南园作)。(后收入吴小如:《吴小如文集·诗词篇》，第326页)

王焕猷笺《小山词》，由上海商务印书馆出版。有笺注和按语。书前冠无名氏《小山词序》、黄庭坚《小山集原序》、王焕猷《小山词笺自序》、刘毓盘《小山词校记》。

夏敬观作《〈长短句〉序》。中曰:"数年前，蔡君柯亭以仇君述庵介，质所为词及所笺释沈伯时《乐府指迷》。时君居维扬，海内寇氛正炽，途为之梗，末由执手，然驰书论词，多惬心语……今集中诸词，扫涤尘近，能以质直疗甜熟，沉酣用笔之道，为可畏也。来书又言，昔尝就正于况子夔笙，得其指点疵病。夔笙创'重拙大'之说，特有见解，顾以是归之南宋，则余所未谙。夫南宋词人偏重音律，除吴君特外，大率以妥溜清圆为上，适于其说相反耳。君今欣赏周、柳，固有其重者、拙者、大者，窃恐夔笙见之，或即以为疵病也。君将刊所为词，责序于余，因述所见，以相印证，抑以示世之知言者焉。丁亥冬十月，新建夏敬观。"(后收入张响整理:《蔡嵩云词学文集》，第165页)

12月

4日，《经世日报》副刊刊发:艾治平《秦观》。6日，连载完毕。

8 日，天津《国民日报》刊发：顾随《倦驼庵东坡词说》，至次年 4 月 1 日，连载完毕。

15 日，上海美术茶会《美》第 9 号刊发：胡亚光《江南好》（湖上）、《江南好》（春暮）。（后收入上海文献汇编编委会：《上海文献汇编·艺术卷》第 18 册，第 549 页）

15 日，天津《民国日报·文艺副刊》第 106 期刊发：少若《温知随录·〈读词偶得〉》。

17 日，《申报》刊发：王梦鸥《词的感觉》。

19 日，《经世日报》副刊刊发：艾治平《张先》。

20 日，新加坡《星洲日报·星云》刊发：丹林《郁达夫的诗词》。

22 日（农历十一月十一日），刘永湘作《寿星明》（丁亥仲冬，弘度九兄六十有一，赋寄珞珈山申祝）。（后收入刘永湘：《寸心集　快心居词稿》，中华诗词出版社，2009 年，第 59 页。亦收入刘永济：《诵帚词集　云巢诗存》，第 468 页）

22 日，《中央日报》刊发：翟钟秀《为朱淑真伸冤》。

本月

卢前作《好事近》（烧烛影摇红）、《好事近》（光复旧河山）、《好事近》（枕上梦徒圆）、《好事近》（屈指好花时）、《好事近》（我未毕其辞）、《好事近》（客语不曾终）、《好事近》（客退我濡笔）。

剑亮按：这七首词前有一词序，曰："三十六年在寒斋守岁，有客扣扉，抵掌作长谈，且语且书，客去而七词成，不复排次，亦不知其为愿望语、愤诽语、伤感语、勉勖语，抑祝贺语也。聊写一时心影，不足计词之工拙耳。"（卢前：《卢前诗词曲选》，第 164 页）

冬，龙榆生作《八六子》（丁亥冬，湖帆寄示送遐庵南归词，兼及遐庵和作，动余凄感，爰亦继声）。（后收入龙榆生：《忍寒诗词歌词集》，第 101 页）

冬，刘永济作《水调歌头》（绍周惺园新筑成，歌此贺之）、《水调歌头》（贺无咎新居落成）。（后收入刘永济：《诵帚词集　云巢诗存》，第 103 页）

本年

【词人创作】

刘永济作《烛影摇红》(寄怀湘弟长沙)、《唐多令》(潮汐打空城)、《浣溪沙》(春草)、《浣溪沙》(春草春波惹恨长)、《南乡子》(古恨未全裁)、《菩萨蛮》(题倩若、善康结褵双影)。(后收入刘永济:《诵帚词集 云巢诗存》,第100页)

张充和作《鹧鸪天》(战后返苏,昆曲同期)。(后收入白谦慎编:《张充和诗文集》,第55页)

谢鼎镕辑《陶社丛编丙集》刊行。(后收入南江涛选编:《清末民国旧体诗词结社文献汇编》第9册,第263页)作品有:

缪僧保《贺新凉》(文无约作,展重九集。不佞小极,杜门重九诗社,已两度岑寂矣。明岁当鼓兴来,与诸社长晋一觞也);

陈名珂《贺新凉》(和缪僧保作)二首、《虞美人》(甲申春社,风雨终宵。念明日修禊之约,竟不成寐,倚枕谱此)。

【词人交往】

柳诒徵为蔡嵩云《柯亭长短句》作《序》。中曰:"今岁杪,持所为《竹西鹧唱》词一帙视诒徵,属为弁言。诒徵不能词,第与道人雅故。君在战前,过从尤稔,知其志洁行芳,渊源有自,蕴于中久之,未有以报。君复贻书督之曰:生平慕少陵作诗之旨,以为不如是则词体不尊……词体之尊,倡自茗柯,至鹿潭、彊村,寓家国身世之痛于词,而其道益峻。君之贫病困厄,视鹿潭、彊村之丁变革离乱尤甚,而抗志不屈若是。词人之席,继《小雅》《离骚》者在是,非惟斠律错采名其家而已也。道人不作,求道人之嗣音者,曷从《鹧唱》测之? 丁亥嘉平,柳诒徵。"(后收入柳定生、柳曾符编:《柳诒徵劬堂题跋》,第158页。亦收入张响整理:《蔡嵩云词学文集》,第114页)

蒋礼鸿手录盛静霞词一册,题为《碧簏词》,送夏承焘审阅,并作《以弢青词卷呈瞿禅师,□以一诗》。诗中曰:"有妇解涂鸦,下笔稍滴滴。愿师与拂拭,三沐三薰之。他年续薪传,或在此蛾眉。"(后收入蒋礼鸿:《蒋礼鸿集》第6卷,第580页)

吴湖帆为龙榆生绘《哀江南图》。题曰:"榆生吾兄来沪,出近作《哀江南词集》见示,属写小图。爰用倪高士荒率之法相应,庶几与词旨略合。即博榆兄哂

正。吴湖帆倩庵识。"（张晖:《龙榆生先生年谱》，第 158 页）

【词籍出版】

仇垛《鞠谦词》刊行。卷首有王孝煃《仇君述庵传》、夏敬观《序》、夏仁虎《序》、陈世宜《叙》以及柯亭、圭璋、弢素、寄沤的《题辞》，卷尾有方长玉《跋》。（浙江图书馆藏。后收入朱惠国、吴平编:《民国名家词集选刊》第 10 册）

王孝煃《仇君述庵传》中曰:"宣统己酉，选拔贡生，廷试用浙江县令。毛太夫人诏之曰:'世将乱，不宜仕。仕则弋名利，忘读书人本色。'君奉命挂冠归。益致力讲学，工书法。骨秀神恬，喜吟咏，尤肆力于词。宫徵之求协，格律之遵循，恨不起古人而与商邃密。朋辈二三，旦暮怡情。一字未洽，一声未协，一调未谐，或撜挃往籍，或邮伻投赠，或风雨一庐，聚谈竟日。序《蓼辛词》曰:期四声之必合，督责甚于严师，非聱言也。初依半塘、彊村、忍庵辈，《庚子秋词》拈韵分咏成《仓庚词》，复有选调联句，得令慢百余成《蓼辛词》。丁丑之秋，倭难作，出亡汉上，又蛰沪渎。苦思缠绵，辄托吟咏，泉返故庐，杜门谢客，自编《鞠谦词》上、下二卷，《续金陵词钞》如干卷。君息影留沪凡三四年，瞻近吟侣若映庵、遐庵辈诸先生，多与酬唱。忧患之余，词心不变。读君词，可以觇志节、观世殊，与吟风弄月、摅写胸臆不同。"

夏敬观《序》中曰:"今君出手所写定之《鞠谦词》，亦泰半近数岁所为。前乎此者，记忆忘佚，或录自他刊，才不过十之三四尔。君词守声律，历梦窗藩篱，取材质朴，而冶其芬丽，盖骎骎乎成一家之言矣。"

方长玉《跋》中曰:"时年七十，余力促定稿，乃写定《鞠谦词》二卷。乱后近稿为卷上，乱前旧稿为下卷。皆集散于友人处者，共得词百十五阕。"

金天羽《红鹤词》刊行。（浙江图书馆藏。后收入朱惠国、吴平编:《民国名家词集选刊》第 10 册。又称《红鹤山房词》，收入曹辛华主编:《民国词集丛刊》第 8 册）

卷首有作者"甲申春仲"作《自叙》。曰:"词非吾所专业也。吾年十四五，人贻吾祖以聚头扇，上绘女子戏蝶图，吾祖弗御也。余案《白香词谱》填《浪淘沙》一阕于其左，询愚顾师。见而诧曰:'伊谁之作与?'余曰:'弟子所学制也。'师熟视余曰:'不堕绮语障耶?'余自是戒绮语终身，不复为之矣。已得万氏《词律》，畏其严，屏弃词学且三十余载。欧战敉平，中外学者争言解放。余欲适用于词律，因稍复为之，不敢苟为同异也。岁甲申，吾年七十有二。检所业，仅得三十一首……余惧夫今之为词者见吾所作而诟病焉，先冠是文于其首。有知言者，其将与吾把臂而入林乎？甲申春仲，金天羽。"

高肇桢《半秋轩词续》一卷刊行。卷首有汤钜《序》、万钟祥《序》和作者《自序》。（后收入曹辛华主编：《民国词集丛刊》第 14 册）

汤钜《序》曰："吾友高君慕周前刻《半秋轩词》，钜曾勉力叙引。至今思之，犹觉率尔操觚，浅陋殊甚。自中日战事发生后，钜避难汉皋，慕周亦由安庆到汉。彼此相对戚然，均感有家归不得之苦。别后，钜往来于重庆、香港两地，劳顿百倍于昔。慕周则由湘经桂，往黔入川，其离乡背井之隐痛，比诸钜有过之者。钜以草草劳人，无暇握管，慕周则借登山临水，惜别怀人，一一托之于词，以寄忧怨。钜于音律略而不精，每读慕周词，殊觉悠然心会。盖其词，言情不假托莺花，言景不拾人牙慧，用意非美人香草，用笔求曲折清新，耐人寻味。而以辗转征途，四年跋涉，复得八九十阕。与前刻之词，意境迥乎不侔，殆伤心人别有怀抱也。昔人云，诗以穷而后工。穷极也，夫以荆棘充途，豺狼入室，家山万里，魂梦难安。所见所闻，无一非可泣可歌之事，忧愤达于极端。故于所谱之词，穷理尽性以研讨之，斯亦穷而后工之别境也。惟珠光易匿，剑气易埋。钜遂怂恿付梓，不令散佚，将来作伴还乡，友好中有知音者见之，可知慕周流离颠沛，悲从中来，直与老杜以感慨身世托于诗者，同出一辙。钜历境略与相似，读其词不觉有生不逢辰之叹，又不禁为离乱之人同声一叹。是为序。民国三十年八月，如弟汤钜筱斋序于重庆。"

万钟祥《序》中曰："然慕周磊落性成，徒以蒿目时艰，借《黍离》之感，写忧怨之怀。噫！亦可悲矣。今筱斋劝其将新作付梓，钟遂不揣浅陋，勉作小序，继筱斋以续貂。益以见乱离之际，虽同是天涯漂泊，而相求相应，其道义犹未磨灭。是举也，谓序慕周之词可，谓序吾三人平日相知之素亦可。民国三十年九月，如弟万钟祥毓芝序于贵阳。"

作者《自序》曰："按此序乃三十年九月余由川复至黔道经贵阳，下榻于毓芝私邸，风雨连床，朝夕研讨。渠颇心赏，又先于八月道出重庆，筱斋见近作又有八九十阕，劝余续刻，并序颠末。毓芝乃亦作序，同冠简端。未几，余即转趋平越，又作流民，故遂置诸行箧。旅平年余，又得六七十阕，略加厘定，共付手民。非敢比古人名山料理身后，不过藉以副友好之企望而已。惜乎！毓芝作古，不及见其成印也。哀哉！慕周自记。"

朱祖谋撰、王煜纂录《彊村词钞》一卷刊行。（后收入曹辛华主编：《民国词集丛刊》第 3 册）

龙榆生《忍寒词》，由其门人钱仁康、戴天吉出资校印 300 册，铅印线装本。分甲、乙两稿。甲稿为《风雨龙吟词》（1930 年至 1936 年）33 首。乙稿为《哀江南词》（1937 年至 1947 年）27 首。书前冠有方君璧所画像，夏敬观新绘《授砚图》，以及夏敬观、张尔田《序》。陈曾寿题签。（张晖：《龙榆生先生年谱》）

夏承焘《白石词乐说笺证》，由浙江大学出版。为《浙江学报》第 1 卷第 2 期抽印本。

【报刊发表】

《半月戏剧》第 6 卷第 5 期刊发：周炼霞《浣溪沙》（长记倾杯照画筵）、《蝶恋花》（白袷乌纱围砚席）。（后收入刘聪著辑：《无灯无月两心知：周炼霞其人与其诗》，第 263 页）

《宇宙文摘》第 6 期刊发：明仁《沈尹默〈西江月〉词》。中曰："沈尹默氏于五四时代曾提倡新诗，今则又钻于故纸堆中，与旧诗人争一日之长矣。"

《民主时代》第 1 卷第 2 期刊发：詹安泰《关于词的批判》。

《史地丛刊》第 1—3 期刊发：顾学颉《温飞卿论》。

《图书展望》第 2 期刊发：夏瞿禅《讲词散记》。

《雄风》第 2 卷第 2 期刊发：蒙庵《双白龛词话》。

《文学杂志》第 2 卷第 4 期刊发：李长之《李清照论》。

《文化先锋》第 6 卷第 21 期刊发：吴吕才《欧阳永叔词研究》。

《中兴周刊》第 7 期刊发：魏明经《宋词漫释》。

剑亮按：《中兴周刊》，周刊，1947 年创刊于山东青岛，由中兴周刊社出版。当年终刊。

《图书季刊》新 8 卷第 1、2 期刊发：愚《评词曲史》。

天津《大公报》第 11 期刊发：吴小如《读俞平伯先生 1947 年新版〈读词偶得〉》。

《协大艺文》第 20 期刊发：

黄清《柳永与秦观词之比较》；

康家乐《姜白石与纳兰性德词的比较》。

《国文月刊》第 51 期刊发：徐沁君《温词蠡测》。

《国文月刊》第 52 期刊发：俞平伯《清真词浅释》。

《国文月刊》第 55 期刊发：夏承焘《词韵约例》。

《国文月刊》第 56 期刊发：俞平伯《周美成词浅释》。

《国文月刊》第 59 期刊发：沈祖棻《白石词〈暗香〉〈疏影〉说》。

《国文月刊》第 62 期刊发：俞平伯《新旧唐书温庭筠传订补》。

《读书通讯》第 136 期刊发：徐士亮《李后主及其词》。

《上海卫生》第 1 卷第 4 期刊发：《先烈秋瑾女士词》。

《集成》第 1 卷第 2 期刊发：泽丞《蔡嵩云〈柯亭长短句〉序》。

【词人生平】

金天羽逝世。

金天羽（1874—1947），初名天翮，又名天羽，字松岑，号鹤望、天放楼主人、鹤舫老人等，江苏吴江人。清季参加爱国学社，民国时与章炳麟主讲苏州国学会。后任上海光华大学教授。有《红鹤词》《孤根集》《天放楼诗集》《天放楼遗集》等。钱仲联《近百年词坛点将录》曰："天放楼主人才气横溢，诗界革命继人境庐而起。其论词宗旨，于《红鹤词序》中见之。阐说音理，并针砭晚近声家墨守词律之失。通人之论，振聋发聩。《水龙吟》（《罗汉观瀑图》）、《台城路》（病起入都，会大雪，亮吉招游中山陵，光景奇绝）、《壶中天》（灌口二郎神庙），皆石破天惊之作，足令彊村、大鹤缩手。《广箧中词》《全清词钞》乃仅录其《琵琶仙》一阕，其无乃遗山所云'少陵自有连城璧，争奈微之识碔砆'乎？"（钱仲联：《梦苕庵论集》，第 396 页）

董康逝世。

董康（1867—1947），字绥金（或受经），号诵芬室主人，化名沈玉声，江苏武进人。有《课花庵词》《书舶庸谭》等。

李权逝世。

李权（1868—1947），字巽孚，号郢客，湖北钟祥人。有《郢客词》。李启琛《序》曰："其辞丽以则，其意凄而婉，其用心要不失温柔敦厚之旨，后之读者其亦有《匪风》《下泉》之思乎？"

王孝煃逝世。

王孝煃（1877—1947），字东培，号寄沤，江苏上元（今属南京）人。有《蓼辛词》（与石凌汉合作）。

石凌汉逝世。

石凌汉（1871—1947），字云轩，号弢素、淮水东边词人，安徽婺源人。有《淮水东边词》、《蓼辛词》（与王孝煃合撰）。

章衣萍逝世。

章衣萍（1900—1947），乳名灶辉，又名洪熙，字衣萍，安徽绩溪人。以新诗驰名，任《文艺春秋》主编。有《看月楼稿》。林庚白《孑楼诗词话》曰："章衣萍词，读者颇病其浅薄。平心而论，衣萍工力诚未深造，音律亦未工稳，而才语则间亦有之。如'素手偷亲亲不得，在人前'，刻画封建社会中男女之交际，良复神似。又《摸鱼儿》词，有句云：'君记取，是瞒了那人，来诉匆匆语。'此中情景，呼之欲出。盖有妇使君，别有所欢，而于故剑，又未能恝然，其矛盾之情绪至可咏，殆昔贤所谓'未免有情，谁能遣此'。"（张寅彭主编：《民国诗话丛编》第6册，第123页）

1948 年

（民国三十七年　戊子）

1 月

1 日，上海美术茶会《美》第 10 号刊发：蒋孝游《浪淘沙》（客馆黯伤神）。（后收入上海文献汇编编委会编：《上海文献汇编·艺术卷》第 18 册，第 563 页）

6 日，《经世日报》副刊刊发：艾治平《李珣》。

7 日，《东南日报》刊发：刘永湑《比兴论词》。

14 日，《东南日报》刊发：刘永湑《〈白香词谱〉与〈香岩词约〉》。

20 日，《中央日报》刊发：唐圭璋《东坡乐府笺补》。

22 日，《申报·出版界》刊发：睡禅《读〈雍园词钞〉》。中曰："这是一本入蜀'流人'的词集，由杨公庶撮集而成的。"

24 日，《经世日报》副刊刊发：艾治平《孙光宪》。

25 日，梅青学术研究会《梅青》第 11 期刊发：

暖哥《忆秦娥》（忆基兄）、《忆江南》（念吴君）；

雪明《浪淘沙》（雨后放新晴）、《虞美人》（雨夜对孤灯）；

逸青《菩萨蛮》（春日忆征郎）。（后收入《民国珍稀短刊断刊·福建卷》第 7 册，第 3416 页）

剑亮按：《梅青》，月刊，1947 年创刊于福建闽清，由梅青文书研究会出版发行。1948 年终刊。

26 日，《中央日报》刊发：

王重民《记敦煌新出的〈菩萨蛮〉》；

任鼐《从〈东海渔歌〉看太清行迹》。

本月

陈曾寿作《菩萨蛮》（丁亥十二月舟中作）。（后收入陈曾寿著，张彭寅、王

培军校点:《苍虬阁诗集》，第 391 页)

施瑛编《词选》，由上海启明书局出版。1949 年 2 月再版。收李白、白居易、温庭筠等 101 位词人的 6605 首词。有作者略传和简注。卷首有《小引》，略论词的发展历史。

2 月

1 日，上海美术茶会《美》第 11 号刊发：陈定山《南浦》(香山渐老)。(后收入上海文献汇编编委会编:《上海文献汇编·艺术卷》第 18 册，第 569 页)

4 日，台湾《新生报》刊发：陈健夫《苏东坡的才气词章》。

4 日，《东南日报》刊发：刘永济《东坡初夏词本事辨伪》。

5 日，龙榆生出狱。(张晖:《龙榆生先生年谱》，第 157 页)

10 日，陈希豪作《南疆词草小志》。落款为："中华民国三十七年二月十日陈希豪于乌垣。"(《南疆词草》，陈希豪作，抄本石印本，浙江图书馆藏)

12 日，台湾《新生报》刊发：陈健夫《苏东坡的才气词章》(续)。

12 日，《晨曦》第 1 卷第 4 期刊发：陆丹林《郁达夫的诗词》。(后收入《民国珍稀短刊断刊·湖南卷》第 2 册，第 886 页)

21 日，吴宓致函金月波，评金月波词。中曰："奉除夕词函，深佩公之缠绵多情而能'洒脱'如是。"(后收入吴宓著，吴学昭编:《吴宓书信集》，第 308 页)

剑亮按：吴宓函中所称金月波除夕词，待考。

26 日，台湾《新生报》刊发：曾今可《词的起源与演变》。

本月

詹安泰作《解连环》(丁亥岁阑，言归不得，感事成咏)。(后收入詹安泰:《詹安泰全集》第 4 册，第 302 页)

刘永济作《鹧鸪天》(读寅恪丁亥除夕诗感赋)。(后收入刘永济:《诵帚词集　云巢诗存》，第 105 页)

剑亮按：本月 9 日，陈寅恪作《丁亥除夕》诗并抄寄刘永济。刘永济读后作此词，故系年于此。参见本年 10 月 20 日"刘永济"条。

邵章作《沁园春》(和鹈鴂韵，戊子元月作。春雨初霁，旋成小雪，气甚润也。然辽警频传，冀防亦亟，言之慨叹)。(邵章:《云淙琴趣》，第 77 页。后收

入曹辛华主编:《民国词集丛刊》第 7 册, 第 429 页)

3 月

1 日, 长沙市银行业从业员业余进修社《银讯》第 9 期刊发: 谷《多丽》(醉初醒)。(后收入《民国珍稀短刊断刊·湖南卷》第 31 册, 第 15253 页)

6 日,《经世日报》副刊刊发: 艾治平《史达祖》。

9 日,《经世日报》副刊刊发: 艾治平《史达祖》(续)。

11 日, 台湾《新生报》刊发: 凌风《词中之帝——李后主》。

13 日,《申报》刊发: 邓广铭《辛稼轩晚年的降官和叙后》。

15 日,《中央日报》刊发: 吴志远《为朱淑真伸冤的商榷》。

21 日, 王献唐作《水调歌头》(旧藏赖刻《河岳英灵集》乱后散出, 为友声先生所收。顷来济上, 出以归余。填《水调歌头》记之。时军书告急, 环市骚然, 与十年前失书时, 情势相似。中怀怅触, 步原韵奉答)。(王献唐:《平乐印庐日记》1948 年 3 月 21 日, 未刊稿)

21 日, 刘永济作《减字木兰花》(寿鳏生校长六十)。(后收入刘永济:《诵帚词集　云巢诗存》, 第 106 页)

22 日, 天津《民国日报·文艺副刊》第 119 期刊发: 平伯《论〈读词偶得〉与王君书——温飞卿〈菩萨蛮〉》。

本月

春, 詹安泰作《鹧鸪天》(戊子首春) 三首。(后收入詹安泰:《詹安泰全集》第 4 册, 第 303 页)

4 月

2 日,《中央日报》刊发: 柳诒徵《蔡嵩云〈竹西鸥唱词〉序》。参见 1947 年 "词人交往"。

4 日,《协风》创刊号刊发: 罗敬威《踏莎行》(赣江春色)。(后收入《民国珍稀短刊断刊·江西卷》第 14 册, 第 6710 页)

5 日,《中央日报》刊发: 李敦勤《元夕〈生查子〉词的作者小考》。

10 日,《申报》刊发: 邓广铭《辛稼轩集中误收秦桧诗》。

19 日，《中央日报》刊发：詹幼馨《词中之朦胧境界》。

20 日，梅青学术研究会《梅青》第 13 期刊发：雨山《忆江南》（春几许）、《捣练子》（花俏杏）、《清平乐》（芸窗别意）、《相见欢》（无言独步庭中）。（后收入《民国珍稀短刊断刊·福建卷》第 7 册，第 3429 页）

24 日，《申报·文史》第 20 期刊发：夏承焘《白石词选辨伪》。

27 日，《东南日报》刊发：夏承焘《西湖与宋词》。

28 日，《东南日报》刊发：夏承焘《西湖与宋词》（续）。

本月，张静庐校点《词林纪事》，由上海杂志公司初版印行。为《中国文学珍本丛书》之一。

本月

马叙伦《石屋续沈》，由上海建文书店出版。内收《袁巽初词》《〈西江月〉词》。

《袁巽初词》曰："袁巽初，名思永，湖南人，故清两广总督袁树勋之子，曾从吾浙汤蛰先丈寿潜学。少年，即以道员官吾浙。清末，任督练公所总参议。蒋介石之赴日留学，曾受其试，称弟子焉。十八年，余解教育部政务次长职归杭州，余樾园亦自北平来，遂有东皋雅集之会，巽初与之。顷读其《木兰花慢》（登豁蒙楼远眺）词云：'一层楼更上，趁薄醉，倚危阑。望险堑龙蟠，雄关虎踞，大好江山。神州陆沉岂忍，待凭谁、横海挽危澜。记否六朝金粉，南都此地偏安。　朱轮翠盖自班班，几辈济时艰。把纸上经纶，刀头策略，冷眼偷看。浮云尚笼暗影，在乱鸦、残柳夕阳间。剩取秋光可爱，栾花红照愁颜。'（自注：鸡鸣寺山麓，有栾木数株，秋深作花，红艳可爱，为他处所无。）此词讥蒋介石也，有宋人气息，在辛稼轩、王圣与间。"（后收入马叙伦：《马叙伦自述》，第 331 页）

《〈西江月〉词》："《西江月》调，宜于慷慨悲歌，《水浒传》宋江题反诗用此调，极其致矣。十五年重五日，张宗昌至北平，余以奔走革命，颇为人属目，乃亟避居东交民巷法国医院，孑然无俚，亦作此调四阕以见意。云：'身世真如蓬转，客中几过端阳。艾旗蒲剑忆江乡，云水重重惘怅。　朝里七零八落，民间十室九空（洽如康）。今年节景异寻常，满眼车骑甲仗。'二云：'宋子空谈救斗，墨家乱说非攻。如今拥众便称雄，愧我无拳无勇。　敢比望门张俭，原非投阁扬雄。走胡走越且从容，权住东交民巷。'三云：'背后风波渺茫，眼前云狗苍黄。

谁秦谁楚总都忘，只是群儿相王。 却为天公沉醉，便教长夜未央。一卮浊酒荡胸肠，杀尽魑魅魍魉。'四云：'暑往寒来奔走，朝三暮四纵横。赵钱孙李不须详，都是一般混账。 楚馆秦楼面目，城狐社鼠心肠。有官捷足去投降，幌子居然革党。'"（后收入马叙伦：《马叙伦自述》，第 337 页）

5 月

1 日，《文潮月刊》第 5 卷第 1 期刊发：郑子瑜《〈达夫诗词集〉序》。（后收入郑子瑜编：《达夫诗词集》，现代出版社，1954 年，第 1 页。亦收入郑子瑜：《挑灯集：郑子瑜散文选》，人民文学出版社，1992 年，第 246 页）

1 日，长沙市银行业从业员业余进修社《银讯》第 11 期刊发：若英《沁园春》（奉和吴眉老七十自寿原韵两阕）二首。（后收入《民国珍稀短刊断刊·湖南卷》第 31 册，第 15260 页）

3 日，《广州日报》副刊《岭雅》刊发：詹安泰《浣溪沙》（帘卷东风又一声）。

5 日，詹安泰作《琐窗寒》（戊子春尽日，雨）。（后收入詹安泰：《詹安泰全集》第 4 册，第 304 页）

剑亮按：春尽日，即立夏。戊子春尽日，为 1948 年 5 月 5 日，故系年于此。

10 日，《台湾文化》第 3 卷第 4 期刊发：

汪怡《水调歌头》（余与季莆先生于民国二年春教育部开读音统一会时相识。去岁来台养病，殊少外出。近以偶有撰述，行箧无多书，拟往访，或可略略借观。遽闻被害，率成此解）、《水调歌头》（前词拍成后三日，闻案已破获。贼因被觉行凶，抑亦冤矣。再赋此解，用志哀悼）；

马襟光、程时烬《水调歌头》（霜刃忽然赤）；

马襟光《凄凉犯》（静山兄出示《过季莆先生旧居》诗，凄然增□。余亦时过其地，因赋此解）。（后收入方宝川、谢必震主编：《台湾文献汇刊续编》第 98 册，第 328 页）

10 日，《中央日报》刊发：任鼐《东坡〈卜算子〉词考》。

15 日，《府光》月刊创刊号刊发：谭瑞登《庆春泽》（三十五年旧历八月七日，过江西桥，时晨□犹□，曦彩将出，举目远眺，见桥左小楼，素手弄桂，剪枝择叶，容态可喜，因感而作）。（后收入《民国珍稀短刊断刊·四川卷》第 1 册，

第 42 页)

24 日，天津《民国日报·文艺副刊》第 127 期刊发：平伯《新刊〈清真词释〉自序》。

24 日，《中央日报》刊发：唐圭璋《梦桐室词话》之《〈东坡乐府笺〉补》《端木子畴与近代词坛》。

25 日，《子曰》丛刊第 1 辑刊发：

夏剑丞《醉春风》（依赵元镇体)；

詹安泰《论词心》。(后收入《民国珍稀短刊断刊·上海卷》第 64 册，第 31804 页)

剑亮按：詹安泰《论词心》文中曰："词人的心，随感变动，固然不是某一种或某几种类型可以概括的。可是，词心表现在词作里面的却并不是不可捉摸的东西，虽然所捉摸到的也只是仿佛如此，大概如此。"文章从五个方面来论述词心："一、婉约的与豪放的"，"二、软性的美，女性的美"，"三、苦闷的，感伤的"，"四、恋爱的，追慕的"，"五、艺术的创造，不是实际的人生"。文章结尾曰："最后，词人尚有一种矛盾的心理得在这儿附带说明的：即是对那越是渺茫的体会得越真切，要使人从真切中感到渺茫；越是真切的抒写得越渺茫，要使人从渺茫中感到真切，这就所谓'惝恍迷离之境'，所谓'可解不可解之间'。"

又按：《子曰》，丛刊，不定期，1948 年创刊于上海，黄萍孙主编。由子曰社出版发行。1949 年终刊，共出 6 期。

26 日，《中央日报》刊发：唐圭璋《梦桐室词话》之《花间词人著作记》《胡恢〈南唐书〉》。

29 日，《中央日报》刊发：唐圭璋《梦桐室词话》之《胡民表本〈淮海词〉》《东坡〈卜算子〉词》《朱淑真〈断肠词〉》。

30 日，《公论报》刊发：乔大壮《近代词发展的途径》。

30 日，詹安泰作《醉蓬莱》（戊子四月廿二日，张北海宴同人于广州之北园。黎六禾季裴、陈颙庵融、胡隋斋毅生诸老宿咸与焉，觥筹交错。行辈浑忘，庄谑杂宣。昔今在抱，爰赋此曲，以志胜缘。生不百年，清欢能几？刻此古音，殆不胜江山零落之感矣)。(后收入詹安泰：《詹安泰全集》第 4 册，第 305 页)

剑亮按：和詹安泰之作有：胡伯孝《醉蓬莱》（北园追和无庵、六禾、荫亭、伯端、秋雪诸公原韵)、黎季裴六禾《醉蓬莱》（北园宴集，无庵寄词，次韵和之）、黄咏雩《醉蓬莱》（北园宴集，次韵和无庵、六禾）、张荫庭《醉蓬莱》（北园宴集，詹君首唱，六禾先生继声，并命和作）、冯秋雪《醉蓬莱》（六禾丈示北园宴集词，属依韵继声）、刘伯端《醉蓬莱》（六禾丈以北园宴集词相示，别后追和，并次无庵原韵）、张叔俦《醉蓬莱》（北园宴集，次和无庵）。后收入詹安泰：《詹安泰全集》第 4 册，第 305 页。

本月

夏承焘辑、蓝江注《唐宋词录最》，由上海华夏图书出版公司出版。为《现代文库》一种。选收 26 位唐宋词人的 48 首词。

卢前为蔡嵩云《柯亭长短句》作《序》。中曰："十四五年前，前与上犹蔡嵩云先生同教授河南大学，比屋而居，谈艺无间。偶及片玉《瑞龙吟》《兰陵王》《西河》诸词，闻先生论议，一字不忽，一言无废，探寻脉理，昭然不紊，心窃敬之。而先生所以教诸生者，从可知之。所谓能以金针度人者，非耶？未几别去，先生养疴金陵，时或相见。及丁丑变作，不闻动定已久。前居蜀九年而归，始闻先生隐于竹西，备尝艰苦。时有感发，托诸鸪唱。前既得读其近稿，益叹服先生持律之细，工力之深，守法愈密。而流离琐尾，卓绝之节行，悉见于是。辱书属序于前，夫前何足以序，惟念旧所得于先生者，曰词必有法，知词之有义法，然后可读先生之词矣。中华民国三十七年五月。"（后收入张响整理：《蔡嵩云词学文集》，第 167 页）

6 月

5 日，《中央日报》刊发：李敦勤《王静安论周美成词》。

10 日，《子曰》丛刊第 2 辑刊发：陈小翠《金缕曲》（寄答瑶青）、《蝶恋花》（小榭玲珑花满树）、《蝶恋花》（如茧波光心上印）。（后收入《民国珍稀短刊断刊·上海卷》第 64 册，第 31898 页）

12 日，《申报》刊发：程千帆《〈复堂词序〉试释》。

17 日，《台湾研究季刊》第 1 卷第 2 期刊发：朱剑芒《台湾诗词续话》。（后收入《民国珍稀短刊断刊·福建卷》第 11 册，第 5205 页）

19 日，《中央日报》刊发：李敦勤《〈清真词〉版本考》。

19 日，《申报》刊发：邓广铭《稼轩词笺证:〈感皇恩〉》。

本月

郑子瑜编《达夫诗词集》，由广州宇宙风社初版。收郁达夫 1924 年至 1944 年间所作诗词。书前有《编者序》，书后附有郑子瑜诗词集《蕲春笺》。

《学原》第 2 卷第 2 期刊发：蔡嵩云《乐府指迷笺释引言》。

剑亮按：《学原》，1947 年 5 月创刊于南京，由上海商务印书馆出版发行。徐复观具体主持，洪谦、沙学浚编辑。

陈曾寿作《蕙愔阁词序》，曰："词者诗之余，诗不能达者，词以达之。情之至者，无论所感之大小，其词皆洽于人人之心，故历久而不可废。必欲尊词之体，如张皋文《词选》之论，抑拘矣。词莫盛于两宋，苏、辛之豪宕激楚，玉田、碧山之幽咽凄断，乃至二晏、秦、柳恻艳之作，虽所感不同，其为惊心动魄，回肠荡气，固各极其致。后人为之者，未尝不工，而其韵味相远，则袭貌遗神之过也。近世彊村、半塘力矫此弊，彊村尤肆力梦窗，词境为之一变，不可谓非起衰之健者。而今之承流从风者，昧于梦窗缜密沉著，意内言外之旨，但求貌似，堆砌结塞，至不可句读，又岂彊村所及料哉！吴蕙愔夫人以所为词一卷见示，气息深静，无近世纤薄晦涩之病，即境别有会心，常语转为妙谛，庶几善学古人者。属为之序，因妄抒所见以质之。戊子夏五月，陈曾寿。"（后收入何振岱著，刘建萍、陈叔侗点校：《何振岱集》，福建人民出版社，2009 年，第 30 页）

何振岱作《蕙愔阁词序》，曰："蕙愔词笔清妙，较所撰古今体诗尤近自然。诚以填词一道肇自晚唐，至赵宋，姜、张诸子拓而充之，更觉能事悉备。窃谓此事须聪明、学力兼具无缺，乃可成一家言。兹既取所作加以批点，佳处已显，然个中境界犹有宜用浚求者，蕙愔其勉之，勿囿其所已至也。戊子孟夏，南华何振岱，时年八十有二。"（后收入何振岱著，刘建萍、陈叔侗点校：《何振岱集》，第 30 页）

7 月

8 日，吴宓致函金月波，评金月波词。中曰："尊作《临江仙》，写国事政局，极真而婉。已示何君超兄等人。"（后收入吴宓著，吴学昭编：《吴宓书信集》，第 309 页）

剑亮按：吴宓函中所称金月波《临江仙》词，待考。

又按：何君超，即何传骝（1892—？），字君超，福建闽侯人。清华学校肄业，留学德国。曾任四川大学、西南联合大学师范学院教授。时任武汉大学化学系教授兼系主任。为作者之诗友。

15 日，《中央日报》刊发：圭璋《哀壮翁》。

剑亮按：壮翁，指乔大壮。

本月

刘永湘作《菩萨蛮》(戊子中伏，评文御书楼之前厅，坐对老桂双株，悠然意远，赋寄珞珈山。时弘度九兄蹶后破骨，初告转危为安也)。(后收入刘永湘：《寸心集·快心居词稿》，第 48 页。亦收入刘永济：《诵帚词集　云巢诗存》，第482 页)

俞平伯释注《清真词释》，由上海开明书店出版。分上、中、下卷。每首之后有详解。书前有俞平伯《序》。

马叙伦《石屋余沈》，由上海建文书店出版。有《乙卯词》文。全文曰：

> 余二十岁前即学填词，然无师承，亦未研究，姑妄为之，仍不讲宫调也。四十后所为益少，今竟不敢下笔矣。往时，曾以稿本就正于亡友刘子庚毓盘、吴瞿安梅，均有题词，以示张孟劬尔田，亦为小令宠之。然故人皆假借之，望其有成而已。前年虽欲尽焚之，终以一时鳞爪，难以割爱，遂芟薙其甚不足存者，手录一通，而三家题词，竟尔失去。今乃检得瞿安手迹，而瞿安物故矣，亟录于此。其书云：大著神似子瞻，小令亦具二王、二晏之长。间有献疑，签标眉轴，索西子之瑕垢，不自知其妄且愚也，系以小词，录呈藻削。《浣溪沙》云："身世沧波落照边，青城别梦渺如烟（谓集中《浣溪沙》乙卯诸词）。无多青鬓况霜天。　子夜新声怜宛转，丁年旧事倍缠绵。不应憔悴柳屯田。"瞿安词注中所谓《浣溪沙》乙卯词，余已剪除之矣。今亦从字篆中检录于下，然不足存也。乙卯寒仲，国将改步，谢太学南归，车次无聊，口占无解："铜笛声声断禁烟，别情无语更凄然。不堪回首是离筵。旧事漫劳飞燕说，来时春草碧于天。锦城争唱乐尧年（余于癸丑二月入都，正召集国会时也）。""无色旗飘古象坊（参众两院均在象坊桥东），马龙车水忒匆忙。为言军国费平章。遗恨那堪重记取，空闻揖让说黄唐。议郎终是怕儿郎（选举正式总统之日，两院内外伏衷甲之士，议员欲离席者，皆为遮

止，袁世凯迫两院以己应选也）。""雉堞森森对故宫，新开双阙度流虹（京师正阳门，毁其子城，其其南楼，以为观瞻，于此楼左右，各开一阙，以通车马）。大师兀自阅哀隆（两楼间饰以石狮子二，故清藩邸物也）。　帘影沉沉飞燕隔，微闻细语怨东风。凄凉烟月逗寒枕（清室有移居西郊之说）。""绵蕞诸生功最高（谓筹安会诸人），如何胙土后萧曹。君王明圣重初交。　仪注春官新奏进，如闻舞蹈异前朝。九重传语属娇娆（袁世凯明令废阉人，用女官）。""谶语从来数盛周，分明天意那能留（先是有术者言，中华民国终于四年，袁世凯所授意）。斜阳无语下西楼。　把酒高歌歌断续，飘零身世感沧州。年年春水只流愁。"（后收入马叙伦：《马叙伦自述》，第 252 页）

8 月

5 日，《中央日报》刊发：张友仁《词之解放发端》。

22 日，《中央日报》刊发：王漱汝《栖霞竹枝词》。

24 日，《中央日报》刊发：李敦勤《〈清真词〉版本续考》。

31 日，《子曰》丛刊第 3 辑刊发：

洪荆山《蝶恋花》（画阁歌尘风细细）；

陈蒙庵、况又韩《临江仙》（昔李公垂有追昔游诗，白石道人继之。顷与又韩话旧，因效连咏体成此，亦所谓情随事迁，犹不能不以之兴怀者也）；

陈蒙庵《校词札记》。（后收入《民国珍稀短刊断刊·上海卷》第 64 册，第 31840 页）

31 日，《申报》刊发：陆丹林《记吕碧城女士》文。（后收入吕碧城著，李保民笺注：《吕碧城词笺注》附录一，第 517 页。参见本书 1943 年 1 月 24 日）

31 日，吴宓致函金月波，谈茅于美词。中曰："茅于美女士有《夜珠词》行世，原名《灵珊词》，盖字灵珊，镇江籍。今诗中凡灵字，甚至'扬舲漱江'，均指此。女士后与以奥国少年定婚，今在美国留学，此其大概。三十七年八月三十一日，宓顿首。"（后收入吴宓著，吴学昭编：《吴宓书信集》，第 310 页）

本月

成惕轩作《浣溪沙》（别南京兰园，时民国三十七年八月也）四首。（后收入成惕轩著，龚鹏程编，刘梦芙审订：《楚望楼诗文集》附录一《楚望楼词》，第

373 页）

《国文月刊》第 70 期刊发：孙玄常《读〈读词偶得〉》。

9 月

1 日，《论语》半月刊第 160 期刊发：平伯《清真词释》之《浪淘沙慢》（昼阴重）。（后收入俞平伯：《读词偶得　清真词释》，第 125 页）

10 日，《西北月刊》第 1 卷第 3 期刊发：

刘子健《望海潮》（将去兰州，喜右生至）；

姚佑生《望海潮》（酬子健）。（后收入《民国珍稀短刊断刊·甘肃卷》第 10 册，第 4662 页）

15 日，《子曰》丛刊第 4 辑刊发：

宣阁《迈陂塘》（和泰所居，擅泉石之胜。休暇禊集，赋长句为贶）、《浣溪沙》（中秋病齿罢酒）；

拙言《水龙吟》（读颂橘，赠林大家诗有感）。（后收入《民国珍稀短刊断刊·上海卷》第 64 册，第 31937 页）

17 日，卢前作《水调歌头》（戊子中秋夜，偕叔清、可瑞泛舟北湖玩月。还都后，年年此夕有雨。旧与黄达云约，迄未得践。今达云在长沙，恨是游之不与共也。因再次坡韵寄之，并柬宋荫国汉口）。（后收入卢前：《卢前诗词曲选》，第 166 页）

剑亮按：戊子中秋，公历为 1948 年 9 月 17 日，故编年于此。

18 日，天津《民国日报·民园副刊》刊发：平伯《清真词释》之《浪淘沙慢》（昼阴重）。（后收入俞平伯：《读词偶得　清真词释》，第 125 页）

20 日，许宝蘅作《满江红》。记曰："谱《满江红》一首，为波阳阁主人写屏条。"（许宝蘅著，许恪儒整理：《许宝蘅日记》第 4 册，第 1553 页）

20 日，《艺芳》三十周年纪念特刊刊发：昭燏《浣溪沙》（秋月凄清倍可怜）、《浣溪沙》（拼剔银灯话夜凉）、《鹧鸪天》（咏史）二首。（后收入《民国珍稀短刊断刊·湖南卷》第 31 册，第 15123 页）

23 日，杨绮尘作《浣溪沙》（顷读知秋九兄梦中得句词，因忆上月亦梦到天际云月互映，中有桥，榜书第六，林木幽然，翩其人影，乃次韵成此，仰乞大教，戊子中秋后六日）。（后收入刘永济：《诵帚词集　云巢诗存》，第 486 页）

24 日，夏承焘读曾刚父《蛰庵词》而作《洞仙歌》（渡海看月）词。（夏承焘：《天风阁学词日记三》，第 3 页）

本月

夏承焘作《洞仙歌》（戊子中秋前夕，钱塘江口王盘洋看月，与季思、修龄各动蹈海之念）、《蝶恋花》（戊子秋，得姚鹓雏、丁怀枫、陈从周上海书）、《浣溪沙》（压堤桥看芙蓉）。（吴闻：《夏承焘教授纪念集》，第 253 页）

王鹏运《半塘定稿》，由南京京华印书馆出版。收词 139 首。卷首有钟德祥像赞和叙目，书末附《王鹏运传》及蔡济舒《跋》。

秋，丁宁作《庆春泽慢》（戊子孟秋，乌龙潭步月，闻络纬感赋）。（丁宁著，刘梦芙编订：《还轩词》卷下，第 12 页。后收入曹辛华主编：《民国词集丛刊》第 1 册，第 117 页）

秋，邵章作《山亭宴》（戊子初秋，鹣龛书来，捡得余甲子上元趣园雅集词束，赋词征和，仍用原韵答之）。（邵章：《云淙琴趣》，第 77 页。后收入曹辛华主编：《民国词集丛刊》第 7 册，第 430 页）

秋，詹安泰作《霜花腴》（雁来红，一名老莱娇。禾丈词来，命同作。品草描花，非所夙尚，即其名而写所感，必非工于体物矣。戊子杪秋）。（后收入詹安泰：《詹安泰全集》第 4 册，第 314 页）

秋，詹安泰作《氐州第一》（戊子杪秋，六禾丈约同胡伯孝、张叔俦、黄咏雩、朱庸斋雅集广州九曜园）。（后收入詹安泰：《詹安泰全集》第 4 册，第 316 页）

秋，刘永济作《浣溪沙》（夏间下阶，倾跌伤肋，病热昏瞀，恍落一境，岩树森秀，流水漾纡，曳杖独吟，悠然清远。醒后惟记一湾七字，而幽境俨然，尚可追写，因足成之）。（后收入刘永济：《诵帚词集　云巢诗存》，第 104 页。可参见本月 23 日"杨绮尘"条）

秋，蔡嵩云作《〈唐宋名家词选〉跋》。曰："右《唐宋名家词选》三卷，为予主河大词学讲席时选本，所以诏示诸学子者也。中经事变，其稿幸存，然久扃箧中，已无心问世矣。岁戊子，拙集《柯亭长短句》刊成，金陵卢冀野声家为之序。有云：'十四五年前，与先生同教授河大，比屋而居，谈艺无间。偶及片玉《瑞龙吟》《兰陵王》《西河》诸词，闻先生论议，一字不忽，一言无废，探寻脉理，昭然不紊，心窃敬之。而先生所以发诸生者，从可知之。所谓能以金针度人者，非耶？'金针度人，予何敢承。第念当时说词，屡以词之义法诏示诸子，俾成为有物、有序、有则之言。岁癸酉，诸子裒集二三年来课卷，有《夷门乐府》之刊，有物之言，虽尚有待，亦既有序、有则，斐然成章矣。兹友人见卢序，索阅旧选稿，多从耳惠付梓，连年衰病，且兼老懒，颇惮执笔。而广陵老词人哈蓉邨先生哲嗣与之，愿独任缮写及校雠之役。因略加诠次、删节，以成是编。溝瞀之见，臆断之辞，实不足存。惟狂夫之言，圣人择之一得，愚或亦识者所不弃也。戊子秋九月，蔡嵩云附识。"（后收入张响整理：《蔡嵩云词学文集》，第313页）

10 月

1 日，新加坡《星洲日报·星云》刊发：鸿瑞《郁达夫词》。

20 日，刘永济将《鹧鸪天》（读寅恪《丁亥除夕》诗感赋）抄送吴宓。吴宓遂将该词抄录当天日记。（吴宓著，吴学昭整理：《吴宓日记》第 10 册，第 455 页。参见本年 2 月"刘永济"条）

22 日，朱荫龙撰文论魏铁珊词。曰："铁珊好填词，顾不甚精，且时有流于疏旷处，恐亦气性使然，兹录其二三小令可诵者：《定风波》：'一夕西风玉簟凉。芙蓉井上有微霜，今夜月明风又定。谁信。残荷零乱满池塘。　打起鸳鸯同不睡。心醉。孤衾怯对合欢床。好倩鲤鱼传尺素。休误。恁将消息报檀郎。'《蝶恋花》：'小院悄悄花事幕。落了黄梅，减了青梅数。水漾帘痕风约住。有人立向无人处。　全线抛残闲绣谱。叶叶芭蕉，渐渐蒙窗户。一片晚烟消不去。鹧鸪先定黄昏雨。'十月二十二日侵晨写竟。"（后收入朱龙华主编：《朱荫龙诗文集》，第335页）

25 日，《子曰》丛刊第 5 辑刊发：

吴湖帆《清平乐》（集辛稼轩、刘后村词句）；

宣阁《虞美人》（中元节，镰仓看月，用东坡韵）、《卜算子》（午夜无寐，效无著词）。（后收入《民国珍稀短刊断刊·上海卷》第 65 册，第 31969 页）

25 日，许宝蘅作《浣溪沙》词。记曰："读宋词，填《浣溪沙》，谢娟净馈面。"（许宝蘅著，许恪儒整理：《许宝蘅日记》第 4 册，第 1556 页）

26 日，许宝蘅评阅黄庭坚词。记曰："读山谷词，有云'要识世间平坦路，

常使人人，各有安身处'，真可谓当今棒喝。"（许宝蘅著，许恪儒整理:《许宝蘅日记》第 4 册，第 1556 页）

29 日，詹安泰作《南乡子》（戊子九月廿七日，游潄珠岗，同行者黎丈六禾、胡伯孝、黄咏雩、朱庸斋）。（后收入詹安泰:《詹安泰全集》第 4 册，第 315 页）

31 日，许宝蘅"谱《西江月》词四首"。其一:"三百万元法币，换来一纸金圆。手中反复细寻看，不见金元字面。　三四年前旧钞，本来废物一般。愚民手段太新鲜，秦政莽新不敢。"（许宝蘅著，许恪儒整理:《许宝蘅日记》第 4 册，第 1556 页）

31 日，天津《大公报·星期文艺》第 105 期刊发:少岩《清真词释》。

本月

詹安泰作《凄凉犯》（扬州卞孝萱之母氏李，孀居守节。不知书，就学邻家，以教子，以至于成人，前古所未有也。孝萱书来，乞为词以张之。戊子九月）。（后收入詹安泰:《詹安泰全集》第 4 册，第 314 页）

11 月

3 日，夏承焘接邵潭秋函，邀请夏承焘为其《词心笺评》作《序》。（夏承焘:《天风阁学词日记》[三]，《夏承焘集》第 7 册，浙江古籍出版社、浙江教育出版社，1997 年，第 11 页）

5 日，夏承焘为邵祖平《词心笺评》作《序》。曰:"词之初起，托体至卑，《云谣》《花间》，大率倡优僮士兵戏弄之为。常州词人以飞卿《菩萨蛮》比董生《士不遇赋》，或且已上拟屈《骚》，皆过情之誉也。后主、正中，伊郁惝恍，始孕词心。两宋坡、稼以还，于湖、芦川、碧山、须溪之作，沉哀激楚，乃与《匪风》《下泉》不相远。盖身世际遇为之，非偶然矣。夫有身世际遇，乃有真性情。有真性情，则境界自别。世士不能修洁其志行，而欲以涂饰缔绣馨悦之工，仰规古人，宜其去古人远矣。予友邵潭秋，以善诗有声海内。出其绪余，治唐宋词，成《词心》一卷，廓然能见其大。夫论文字而指归心性，此佛家所谓第一义也。学者于兹编沉潜反复，可以与古人精魄相来往。词虽小品，诣其至极，由倡优而才士而学人，三百年来，殆骎骎方驾《诗》《骚》已。彼犹以闺襜初体卑视词者，读邵子书，其亦知所反哉! 一九四八年十一月，夏承焘序于西湖罗苑。"（夏承焘:

《天风阁学词日记》[三]，第 11 页。亦见于邵祖平:《词心笺评》，第 1 页。个别文字有异同）

7 日，夏承焘作《减兰》（为施叔范题黄晦木遗砚）。（夏承焘:《天风阁学词日记》[三]，第 12 页）

8 日，夏承焘致函中山大学王季思，并附《洞仙歌》（大赤洋对月）词。（夏承焘:《天风阁学词日记》[三]，第 12 页）

13 日，台湾《新生报》刊发:刘兆熊《词家三李》。

15 日，夏承焘致函丁宁，并《蝶恋花》（九日）词。（夏承焘:《天风阁学词日记》[三]，第 13 页）

16 日，许宝蘅访友，友人和其词作。记曰:"勉甫来，同访治芗，见其和余《浣溪沙》词并《满江红》（叠前韵）三首。"（许宝蘅著，许恪儒整理:《许宝蘅日记》第 4 册，第 1558 页）

18 日，夏承焘致函姚鹓雏，并《蝶恋花》（欲报新诗闻雁语）、《太常引》（离愁未了醉先醒）二首词。（夏承焘:《天风阁学词日记》[三]，第 14 页）

20 日，《中央日报》刊发:止庵《可谓明代辛稼轩之易震吉》。

23 日，许宝蘅接挈园寄《满江红》词。记曰:"接挈园寄《满江红》二首，一和余箧字韵，一咏辽事用岳武穆韵。"（许宝蘅著，许恪儒整理:《许宝蘅日记》第 4 册，第 1559 页）

28 日，夏承焘接姚鹓雏函。姚鹓雏函中附《七古》诗一首，论夏承焘校白石词。诗曰:"词流海内定谁辈，手疏钩天记宫律。野云灭尽去来踪，一一鹤声犹可识。旧时波外曾相语，细意钩稽舒艺笔。烬残掇拾丧乱余，同光魁儒庶可匹。"（夏承焘:《天风阁学词日记》[三]，第 18 页）

本月

刘永济作《鹧鸪天》（题绮尘《云想山庄诗词集》）。（后收入刘永济:《诵帚词集 云巢诗存》，第 106 页）

杨绮尘作《鹧鸪天》（弘度九兄倚此调惠题拙集，赋以奉谢，仰乞正律）。（后收入刘永济:《诵帚词集 云巢诗存》，第 488 页）

陈世宜作《〈倦鹤近体乐府〉自记》，曰:"学词四十年，癸酉、丁丑，两写清本。甲申旅渝，复厘为五卷，皆未移时，辄多改削。盖词之为事，条理密、消息微，惬心綦难也。尝谓即卑无高论，亦须妥溜中律，意境气格，不涉鄙倍卑浅。斯未能信，曷敢示人。毛德孙、李敦勤、霍松林、唐冶乾诸君，坚乞录副，履川老友，力予怂恿。日暮途远，姑徇其意，益以近作，过而存之。一息尚存，仍待商榷，若曰定稿，则非所承矣。一九四八年十一月，自记于南冈赁庑，时年六十有五。"（后收入陈匪石著，刘梦芙校：《陈匪石先生遗稿》，第 110 页）

詹安泰作《玉蝴蝶》（戊子十月，还乡作）。（后收入詹安泰：《詹安泰全集》第 4 册，第 317 页）

12 月

8 日，夏承焘接王季思广州函，附有王季思和夏承焘《洞仙歌》（大赤洋看月）词。（夏承焘：《天风阁学词日记》[三]，第 22 页）

12 日，刘永济作《鹧鸪天》（贱辰，承雨僧兄惠食物，君超兄赠佳词，子通兄设酒俾寿，感荷良朋，顿忘衰朽，赋此为谢）。（后收入刘永济：《诵帚词集　云巢诗存》，第 106 页）

11 日，《铁报》刊发：周铼霞《满江红》（无风无雨）。（后收入刘聪著辑：《无灯无月两心知：周铼霞其人与其诗》，第 271 页）

12 日，《铁报》刊发：周铼霞《虞美人》（琼楼宴敞灯如梦）。（后收入刘聪著辑：《无灯无月两心知：周铼霞其人与其诗》，第 272 页）

12 日，《人文艺刊》（《人文艺苑》五周年纪念刊）刊发：

梅魂《浪淘沙》（题《秋夜月美人图》）、《采桑子》（赠别）；

馨《虞美人》（烽烟八载催人老）。（后收入《民国珍稀短刊断刊·广东卷》第 11 册，第 5347 页）

19 日，夏承焘接龙榆生寄《忍寒词》一册。次日，夏承焘《日记》曰："昨榆生寄来新《忍寒词》一册，灯下阅数首，予曩劝其应删各篇已尽删矣。"（夏承焘：《天风阁学词日记》[三]，第 26 页）

22 日，夏承焘论周邦彦词。曰："美成概括唐诗之外，尚有敷衍唐诗之例，如《夜游宫》《瑞龙吟》乃衍'肠断萧娘一纸书''人面桃花相映红'二句而成，集中此例当尚不乏。"（夏承焘：《天风阁学词日记》[三]，第 26 页）

剑亮按：周邦彦《夜游宫》（叶下斜阳照水）词结尾曰："不恋单衾再三起，有谁知，为萧娘，书一纸。"《瑞龙吟》（章台路）词开篇曰："章台路，还见褪粉梅梢，试花桃树。悁悁坊陌人家，定巢燕子，归来旧处。"

30 日，刘永湘作《玉楼春》（弘度九兄书示"山梅初绽忽逢大雪"新词二首，次韵却寄，时戊子冬至后八日也）。（后收入刘永湘：《寸心集·快心居词稿》，第 49 页。亦收入刘永济：《诵帚词集　云巢诗存》，第 490 页）

30 日（农历十二月初一日），何君超作《玉楼春》（敬和弘度院长山梅初绽逢雪韵，即呈教正）、《玉楼春》（旧寒一缕同云遏）。（后收入刘永济：《诵帚词集　云巢诗存》，第 490 页）

本月

夏承焘作《水调歌头》（行月孤山）。（吴无闻：《夏承焘教授纪念集》，第 253 页）

冬，邵章作《高阳台》（戊子冬仲，围城作）。（邵章：《云淙琴趣》，第 77 页。后收入曹辛华主编：《民国词集丛刊》第 7 册，第 430 页）

刘永济作《玉楼春》（山梅初绽，适值大雪，赋此索湘弟和）、《玉楼春》（当年际此狂难遏）。（后收入刘永济：《诵帚词集　云巢诗存》，第 107 页。参见本月 30 日"刘永湘"条）

冬，何君超作《水龙吟》（敬寿弘度院长）。（后收入刘永济：《诵帚词集　云巢诗存》，第 489 页）

剑亮按：据吴宓《日记》，吴宓于本年 12 月 9 日将何君超这首《水龙吟》词带呈刘永济。参见《吴宓日记》第 10 册，第 480 页。

本年

【词人创作】

吴寿彭作《临江仙》（思孝丰山居）。（后收入吴寿彭：《大树山房诗集》，第 115 页）

顾随作《踏莎行》（平中春来多风，而今岁独时时阴雨，戏赋）。（闵军：《顾随年谱》，第 211 页）

刘麟生作《临江仙》（久原山庄茶事）、《卜算子》（午夜无寐，效无著词）、《虞美人》（涤烦荡虑婵娟月）、《浣溪沙》（颂德刘伶枉费才）、《迈陂塘》（诉离程西风又起）、《浣溪沙》（归路冲寒茗尚温）。（刘麟生：《春灯词续》，第 19 页。后

收入朱惠国、吴平编：《民国名家词集选刊》第 15 册，第 162 页）

刘永济作《一斛珠》（题寄心词，即用其卷中韵）、《鹧鸪天》（绮尘三兄自锦城寄画松一帧，为俾寿之贶。自惟衰朽，深惭故人，再用前韵答谢）、《临江仙》（惠君携两儿归长沙，寄泊无所，书此慰之）。（后收入刘永济：《诵帚词集　云巢诗存》，第 105 页）

【词籍出版】

朱庸《分春馆词》，由广州奇文印局出版。卷首有佟绍弼于民国三十三年（1944）和民国三十七年所作《序》两篇，卷尾有邓圻同于民国三十七年所作《跋》。（浙江图书馆藏。后收入朱惠国、吴平编：《民国名家词集选刊》第 16 册）

佟绍弼《序》曰："粤东，文明之郁，人才之众，挽近最矣。至于藻翰之士，前世诗为盛，文笔次之，词为逊。而迩来能词者，陈述叔一人而已。庸斋佛然卒起于少年，游于中原士夫，以词知名。充其所诣，群聚同好，或将以词光前世未竟之绪，而与当代事功之士相互竞爽，则余之所望也。中原能词者，推朱彊村为至，而彊村又盛推述叔。述叔壮而遗佚，晚始讲词于中山大学。其治词，取途梦窗，而极诣于清真婉约隐秀之境。少年如曾传韶，如马庆余，如邓次卿，皆问业，而庸斋亦以年家子从述叔游。此四君者，述叔皆许之。唯余独及交庸斋，其余短命死矣。庸斋年才二十余，而遭逢变乱，其遇又或得或失，故其志微，其情惝恍。夫兴怀于绮罗芳菲之间，而发其空凉深窈之旨，亦庸斋之天性然也。述叔死矣，而庸斋春秋方富，绍述叔起而讲词，更十年或二十年，行见弦歌之声，洋洋盈耳。余虽不能词，异时海内乂治，亦愿从庸斋遨嬉于山绿湖光，歌云舞绣，以寄其击壤欣忭之情，听庸斋及其徒高歌相酬答也。甲申十一月，佟绍弼序。"

佟绍弼于民国三十七年《序》曰："诚有以信于心，则纵浪自恣，而不以己徇人。君之于词，将以为寄耶？抑将与古为徒，而相狎于寥邈亢浪之表耶？君处人和易，从容步趋，内外开朗。人所不足，君独有余。惟至于言词，则反是。而人知与不知，大率指目君以为笑者，可慨也。余识君至七八岁，而聚合日多，知之颇悉。从丧乱以迄于今，君际遇之奇，有为众人所嗟叹骇异而蕲至弗获者矣。君乃恬然自若，无所形色，至其跋踬厄塞挫辱，而为人所难堪，则又处之泰然。凡人患得患失，宠辱若惊者众矣。君得失，盖皆以词致，而曾不以间其专好之心。治之弥坚，钻之弥至。日群其徒侣，声出乎沉酣，意广乎冥漠，滂沛洋溢，口吟指画，若将以此终身者然。夫唯君有以自得，然后敢聘其才，睥睨自快，而于当世无避就也。夫士可以辞天下之至荣，而不可夺其自尊；可以出众人之胯下，而不可易其素守。乃世往往谓其大言为狂，彼乌测乎君意量所在。甲申初刻，余尝为作序。故其词今不复论，而言其人，既以坚君之趣，抑亦以自发也。戊子，佟绍弼。"

邓圻同《跋》曰："词乃文学之一技耳，欲期其成就，亦属匪易，非有胸襟性情，正途径、严声律者不为功。有清一代，词复极盛，然周止庵辟四家之径，王半塘倡重拙大之说，晚近学者始有所归。新会朱庸斋先生，以英年特起，即能融会周、王二家之说，而造诣独深。当读其所制《分春馆词》，规矩法度，莫不一一与赵宋周、辛、吴、王四家相合。然能拓开境界，独抒性情，而不为古人所囿。浑厚重拙之处，正足为清季朱彊村、郑大鹤、况蕙风等大家之接武也。至集中《烛影摇红》赋落叶、《东风第一枝》赋寒梅二阕，沉郁秾厚，尤臻上乘，而寄意命笔，抑又能言近指远者，殆所谓登山临水之际，绮罗香泽之间，兴感所及，而发于不自克者欤？其对于四声，则复矜矜相守，与其人之疏狂洒落，竟不相类，则尤可异耳。客腊先生自湘汉返粤，以手写《分春馆词》一卷以贻家兄又同。取而读之，视前刊者又略有增损。亟与王珩同学乞归校阅一过，重付手民，并略志先生为词之造境所在。戊子五月，邓圻同谨跋。"

蔡桢《柯亭长短句》三卷、附《柯亭词论》一卷，由上海中华书局出版。卷首有洪汝闿、夏敬观、柳诒徵、卢前《序》，以及哈礼堂、吕潜、柳肇嘉、陈匪石、唐圭璋、陈廷杰《题辞》。（浙江图书馆藏。后收入朱惠国、吴平编：《民国名家词集选刊》第 14 册）

剑亮按：洪汝闿《序》已见 1943 年 3 月，夏敬观《序》已见 1947 年 11 月，柳诒徵《序》已见 1947 年"词人交往"，卢前《序》见本年 5 月。

龙榆生《忍寒词》刊行。含甲稿《风雨龙吟词》和乙稿《哀江南词》。卷首有夏敬观《序》、张尔田《序》。（上海图书馆藏。后收入朱惠国、吴平编：《民国名家词集选刊》第 15 册）

剑亮按：两《序》已分别见 1937 年冬、1942 年 11 月。

何遂《叙圃词》刊行。卷首有商衍鎏《词梦楼词序》、林庚白《序》、柳贻徵《序》，卷尾有作者《叙圃六十自述》。（浙江图书馆藏。后收入曹辛华主编：《民国词集丛刊》第 6 册）

林庚白《序》曰："词盛于五季两宋，而衰于清。有清一代，词人辈出，铺张排比，蔚为大观。然竹垞、樊榭仅存风致，其年、容若略擅才华，欲求如二主之哀感顽艳，漱玉之悱恻缠绵与庐陵之淡远，淮海之俊逸，苏、辛之雄秀，姜、张之清丽，盖邈不可得。清末作者墨守声律，取清真、梦窗之貌而遗其神，但填塞上、去、入、阴阳平，更雕镂字句，辄以为周、吴去今未远。其高者，差有虎贲中郎之似，下者则满纸堆砌生涩，胡适之诋以词匠，非无见也。庚辰伏日，避寇郊居，友人何叙圃出所作词，嘱为一言。叙圃天分甚高，不屑屑以兵家自限，旁通六艺，兼能敏捷其词。于平易之中一存其真，以性情之人宜有性情之词，此其所以迥殊凡响欤？余意诗词莫不贵深入浅出，情感真者无取藻饰，独怪晚近人矜师承、泥古法，捋撆荆公、后山、清真、梦窗之残骸于墟墓而涂泽之，非惟自贼，并污古人矣。彼不善读古人之诗词，害乃至是，岂若叙圃之率真，余故乐为之序以壮之。庚辰中秋日，闽县林庚白识。"

柳贻徵《序》曰："叙圃将军词，自运机杼，不落恒蹊，庚白评之允矣。比客筑垣，相于村舍，狮峰充隐，麈尾深谈。击王处仲之唾壶，数赵明诚之藏石。典衣以还酒债，乞钱而挂画叉。黄河远上，跌宕旗亭；白雪高吟，诙嘲巴国。披腹中之鳞甲，抉皮里之阳秋。不问炎凉，乐数晨夕。都录旧制，订为斯编。鸿爪湖山，鹤年城郭。斜阳烟柳，凄恻平生。玉宇琼楼，缠绵忠悃。《谷音》抒其孤抱，《樵歌》得之自然。行云梦雨，不胜《匪风》《下泉》之思；轰雷怒涛，依然缓带轻裘之度。并世工词，犹莫测其际，不佞不能词，恶能标其境地哉！癸未八月，柳贻徵识。"

陈希豪《南疆词草》一卷刊行。卷首有作者《南疆词草小志》。（浙江图书馆藏。后收入曹辛华主编：《民国词集丛刊》第 15 册）

张学华《闿斋词》一卷刊行。卷首有作者《自序》和廖景曾《序》。（后收入曹辛华主编：《民国词集丛刊》第 21 册）

作者《自序》曰："余少孤陋，未尝学问。中岁仕宦，奔走鲜暇。晚遭世变，辄多感触。仓皇避地，憔悴行吟。所作诗文，诮痴符耳。了因诸君索取付印，重违其意，明知覆瓿，大雅所笑。顾平生心迹，略可考见。若碑传志状，朋辈敦迫，亦勉为之，其人多可传者，蔡愧韩谀，免贻诮责，他日志乘，或有取焉。诗词自写牢愁，类皆凄苦之音，亦不暇计工拙也，识者谅之。戊子八月，阁道人自识。"

廖景曾《序》曰："阁公世丈，辛亥后遁迹海滨先后十余年，屏绝人事，以阁斋颜其室。每言子遗之民，不当以文采自炫。间有所作，未尝出以示人。顾其遭际乱离，仓皇迁徙，牢愁自写，不能无所寄托。伤时感事，纸墨遂多。又尝与吴澹庵、丁潜客、陈真逸诸公游，迭相酬唱。诸公前卒，传状之作，责无可辞。晚岁，惟汪恸叟过从最密。恸叟辑《碑传续集》，于所作悉数采录，未及付梓，终恐散佚。弟子黄君、了因等以印行为请，阁公逊谢。而了因索之益坚，且与高圆悟、董仲伟、董鹤年、胡太初诸君鸠赀，促其付印。阁公重违其意，遂检箧中存稿，属景曾编次，引丁敬礼定吾文为比。愧不敢承，谨从事校雠之役而已。《诗》云：'风雨如晦，鸡鸣不已。'毛《序》谓：'乱世思君子，不改其度焉。'世变日亟，沧海横流，举国竞趋于权利之途，而诸君独惓念师门，更欲寿以文字，殆所谓乱世不改其度者欤？编印毕事，特述其缘起，以告后贤，未敢云商量旧学也。戊子仲秋，南海廖景曾识。"

廖恩涛《扪虱谈室词》一卷、《外词》一卷刊行。卷首有夏敬观、冒广生《序》。（浙江图书馆等有藏。后收入曹辛华主编：《民国词集丛刊》第 25 册）

储蕴华《餐菊词》一卷刊行。（后收入曹辛华主编：《民国词集丛刊》第 31 册）

郝树《不废江河集》刊行。收诗 400 余首、词 40 余首。

许行彬《十年流亡生日吟》刊行。为作者 65 岁至 74 岁（1938—1947）生日时所作的诗词。

【报刊发表】

中国青年文艺通讯社《文艺通讯》创刊号刊发：顾学颉《关于辛稼轩词》。（后收入《民国珍稀短刊断刊·湖南卷》第 25 册，第 12074 页）

《南华学报》第 1 期刊发：黄勖吾《词的体制格调及句的组织法》。

《文会丛刊》第 1 辑刊发：谢若田《论词境的虚实》。

剑亮按：《文会丛刊》，丛刊，1948 年创刊于广东广州，由国民大学中国文学系出版发行。1949 年终刊。

《文艺复兴》第 6 期刊发：李嘉言《词的起源与唐代政治》。

《文史杂志》第 6 卷第 1 期刊发：赵景深《词统与明曲家词》。

《妇女月刊》第 7 卷第 1 期刊发：龙熠厚《现代女词人吕碧城》。

《文艺复兴》第 9 期刊发：黄贤俊《二隐及其词》。

《图书季刊》新 9 卷第 3、4 期刊发：王重民《跋〈类编草堂诗余〉》。

《华侨先锋》第 10 卷第 5、6 期刊发：梁华炎《词之鉴赏及其作法》。

《东方杂志》第 44 卷第 3 期刊发：胡文楷《宋代闺秀艺文考略》。

《东方杂志》第 44 卷第 11 期刊发：邵祖平《说词心》。

《东方杂志》第 44 卷第 12 期刊发：黄盛璋《李清照〈金石录后序〉作年考辨——兼辨生年、嫁年、卒年》。

《国文月刊》第 68 期刊发：夏承焘《阳上作去、入派三声说》。

《国文月刊》第 70 期刊发：王季思《词曲异同的分析》。

《国文月刊》第 73 期刊发：傅庚生《说三瘦》。

《国文月刊》第 74 期刊发：何汉章《谈"阳上作去、入派三声说"后》。

《读书通讯》第 148 期刊发：邱汉生《关于诗词的音韵》。

《前锋》第 7 期刊发：王谢燕《谈〈人间词〉》。

《永安月刊》第 112 期刊发：陆丹林《女词人吕碧城》。

《永安月刊》第 113 期刊发：陆丹林《淮南三吕的诗词》。

【词人生平】

乔大壮逝世。

乔大壮（1892—1948），原名曾劬，字大壮，以字行，号波外居士，四川华阳（今双流）人。

汪东《乔大壮悲愤遗书》曰："大壮，四川华阳人，为乔树楠孙。性最谨伤，与客言，必正襟危坐。值道中，垂手唯诺，如见执友，论事不臧否人物。"（汪东：《寄庵随笔》，上海书店出版社，1987年，第31页）

唐圭璋赋《齐天乐》（悼壮翁自沉），词曰："伤心天外吴波绿，风前大招初赋。醉墨豪情，金荃彩笔，一梦匆匆迅羽。沙坪共语。念剪烛西窗，白头羁旅。半死桐枯，那堪重咏东山句。　平生沉恨未吐。但愁眠永昼，心系幽素。浊世茫茫，孤怀落落，自纫秋兰芳杜。难寻旧侣。问酒会文期，凭谁为主。夜寂凉侵，败垣蛩乱诉。"（后收入唐圭璋：《词学论丛》附录《梦桐词》，第1088页）

唐圭璋又撰《回忆词坛飞将乔壮翁》文，中曰："居雍园时，有请出为高官者，翁深恶痛绝，作《菩萨蛮》以明志云：'夕阳红过街南树，飞雁不到春归处。翠羽共明珰，为君申礼防。　东风寒食节，帘外花如雪。百褶缕金裙，去年沉水熏。'以美人自喻，身分高绝。至其出语俊爽，尤类小山。此时又有《江城子》悼亡词，尝为公庶书之，惜集中未载，余亦不省记。为余书《菩萨蛮》亦散矣。翁词集名《波外乐章》，共四卷，为翁所手订。其部分词作，曾刊入《雍园词钞》中，深婉密丽，灿如舒锦。盖翁自致力于小山外，更倾服东山。宋张未评贺词云：'盛丽如游金、张之堂，而妖冶如揽嫱、施之袪，幽洁如屈、宋，悲壮如苏、李。'翁词似亦近之。翁素遵古老之教，力趋拙重，不涉轻薄，于严守四声之中，更求自然妥帖，如柳词《倾杯》云：'何人月下临风处，起一声羌笛。'翁依其四声云：'流莺不管兴亡恨，道六朝如昨。'又如东坡《八声甘州》词云：'有情风万里卷潮来，无情送潮归。'翁和之云：'好江山送我乱离来，依然未成归。'大气包举，固不仅以雕琢为工，盖翁深入西蜀、南唐及两宋诸家，用赋、比、兴诸体，融会贯通，自臻上乘。由于翁素工六朝文、晚唐诗，故其词自然入妙。小词如《清平乐》用温体云：'画帘钩重，惊起孤衾梦。二月初还桐花冻，何处绿毛么凤。　日日苦雾巴江，岁岁江波路长。楼上熏衣对镜，楼外芳草斜阳。'深美闳约，可比温尉。末两句对比，不着一字，尽得风流。白匋尝取此两句画扇赠翁，翁颇欣然。翁除长于诗、文、词、赋外，书法、篆刻亦无一不工，鲁迅曾请其书联，徐悲鸿曾请其教篆刻，中大师范学院曾请其教词学，重庆文艺才士一致推为大师。曾记五十年前，余与翁随诸老结词社于金陵，翁卷词作精妙，书写秀逸，印章奇劲，一时称为三绝。翁在雍园时，兼中大课，余因得朝夕过从，谈词解忧。翁尝出示墨谷词，激赏逾恒，指导峻斋刻印，亦竭尽心力。胜利后，应友人许寿裳之约，赴台任教。许死，翁归，住峻斋所。余方期赴峻斋寓所访翁，不图凶问遽传，悲痛曷极。昔方回卜居苏州，有词云'凌波不过横塘路'，横塘正在苏州盘门。后梦窗亦有词云'可惜人生，不向吴城住'，是梦窗亦念念不忘苏州。晚清词人王半塘、郑叔问皆卒于苏州，今翁之自沉于苏州，岂亦爱苏州为今古词人归宿之所耶？呜呼！伤已。"（原载《大公报·艺林》1983 年 5 月。后收入唐圭璋:《词学论丛》，第 1041 页）

赵熙逝世。

赵熙（1867—1948），字尧生，号香宋，四川荣县人。曾任江西道监察御史，民国后归里。有《香宋词》。钱仲联《近百年词坛点将录》曰:"尧生工诗，世称捷才。壬子归蜀，始为词，于六百日中成《香宋词》三卷，能得尧章神理。夏映庵以为'芬芳悱恻，骚雅之遗'。"（钱仲联:《梦苕庵论集》，第 391 页）

闵尔昌逝世。

闵尔昌（1872—1948），字葆之，号香翁，别署雷塘，室名云海楼，自号云海楼主，江苏江都（今扬州）人。与孙雄、谢无量等有唱和。有《雷塘词》。

杨寿楠逝世。

杨寿楠（1868—1948），字味云，晚号苓泉居士，江苏无锡人。光绪十七年（1891）举人，官农工商部主事、度支部左参议。民国以后任财政部次长等。有《鸳摩馆词》《鸳摩馆词补钞》。

1949 年

（中华人民共和国成立　己丑）

1 月

1 日，《贵州文献汇刊》第 5 期《词录》栏目刊发：

覃生《乡居蔬菜词》，有《水调歌头》（胡豆）、《水调歌头》（豌豆）、《水调歌头》（饭豆）、《水调歌头》（黄豆附豆腐）、《念奴娇》（辣椒）、《念奴娇》（南瓜）、《念奴娇》（菌子）、《念奴娇》（笋子）、《鹧鸪天》（莲花白）、《鹧鸪天》（葱）、《鹧鸪天》（蒜）、《鹧鸪天》（姜）、《菩萨蛮》（绿豆附绿豆芽）、《菩萨蛮》（架豆）、《菩萨蛮》（豇豆）、《菩萨蛮》（四季豆）、《菩萨蛮》（青菜）、《菩萨蛮》（瓮菜）、《菩萨蛮》（木姜菜）、《菩萨蛮》（倭笋）、《西江月》（茄子）、《菩萨蛮》（菠菜）、《菩萨蛮》（荠菜）、《菩萨蛮》（萝卜）、《菩萨蛮》（山药）、《菩萨蛮》（蕨菜）、《鹧鸪天》（春菜）、《鹧鸪天》（汗菜）、《鹧鸪天》（瓢儿菜）、《鹧鸪天》（姨妈菜）、《定风波》（韭菜）、《定风波》（白菜）、《定风波》（油菜）、《定风波》（芹菜）、《卜算子》（木耳）、《卜算子》（芋头）、《卜算子》（番薯）、《卜算子》（元荽）、《卜算子》（黄花）、《卜算子》（粉条）、《鹧鸪天》（蕺菜）、《鹧鸪天》（鸡蛋）、《鹧鸪天》（莼菜）、《鹧鸪天》（黄瓜）、《瓠瓜》、《水调歌头》（同蒿菜）、《水调歌头》（莴苣菜）、《水调歌头》（冬瓜）、《念奴娇》（抗蛋）、《齐天乐》（皮蛋）、《齐天乐》（牛皮菜）、《菩萨蛮》（苦瓜）、《江神子》（醋）、《江神子》（酱）、《江神子》（酱油）；

何遂《摸鱼儿》（为劬堂写长江，步前韵并饮）；

百铸《凄凉犯》（哭志公）、《凄凉犯》（麟悲凤泣双眉皱）；

李藻荪《兰陵王》（西风急）；

质夫《水调歌头》（五首，用东坡韵。苏文忠公生日，应丁亥诗社之约，集大觉寺精舍楼上。酒罢，邵伯铸先生取所藏东坡琴弹之）、《水调歌头》（肌粟苦寒起）、《水调歌头》（陈迹睹多少）、《水调歌头》（裳织古云锦）、《水调歌头》（瑶席举杯饮）、《六丑》（悼山茶，四声照片玉）、《高阳台》（除夕前一日大雪，用梦窗韵）、《高阳台》（海日将生）、《高阳台》（戊子元日，三叠前韵）、《高阳台》（初二得女昌华渝州之信，言明晨飞京。凄然有作，四叠前韵）、《秋霁》（陈庸庵尚书挽词，倚史梅溪体，并用其韵）、《六州歌头》（倚于湖体。戊子仲秋，公葬志师于花溪麟山附近，始殡于南明河上寓庐篱下已三年矣，倚此志感）；

松农《多丽》（重阳后五日，偕杜君伯铸、郑君梦兰至南明堂观菊。时花事将阑，尚余冷艳残英。徘徊篱下，流连风景。待夕阳西下，月上东山，始联袂缓步还家。入城，已万家灯火齐明矣。回寓后，追忆情景，赋此纪念）、《南乡子》（和杨倚尘《秋日游花溪》原调）；

恒安《浣溪沙》（花溪）、《浣溪沙》（沉醉风光远不辞）、《浣溪沙》（薄晚凉生到茗边）、《浣溪沙》（一段清光破夕岚）、《浣溪沙》（不是名姝炫晚妆）、《浣溪沙》（借得江南舴艋舟）、《浣溪沙》（月满溪桥夜气寒）、《浣溪沙》（碧树楼台惘惘思）、《浣溪沙》（路转烟开入画屏）、《浣溪沙》（六代精灵上笔端）；

独清《浣溪沙》（花溪，次恒安韵）、《浣溪沙》（仿佛雕梁燕乍辞）、《浣溪沙》（侧帽行吟傍水边）、《浣溪沙》（未许苍岩隔浅风）、《浣溪沙》（远树遥山浅黛妆）、《浣溪沙》（双桨涵春晚荡舟）、《浣溪沙》（梦雨昨宵曙色寒）、《浣溪沙》（帘瘦筝哀滞远思）、《浣溪沙》（直下蛇山列翠屏）、《浣溪沙》（尽逐残星出树端）。

13 日，胡士莹将盐官彭贞隐（玉嵌）《铿尔词》赠予夏承焘。《铿尔词》，上、下两卷，共五十首。由平湖葛昌楣（字咏裁）新印。夏承焘评曰："往年曾登《词学季刊》，词实无足观。其《满江红》（赠虹屏）一首，结云：'姱容修态，纽洞房些，离骚曰。'读'些'为平，以《招魂》为《离骚》，句律亦不合，十一字而有三误矣。彭氏为梅谷嫡妇，虹屏则其妾，集中赠虹屏各词，见其嫡庶相爱之情，《瑞鹤仙》（题虹屏集）云：'青灯膏火聚，似好友良昆，连床夜雨。'梅谷何人，有此艳福，然近于不情。"（夏承焘：《天风阁学词日记》[三]，第 34 页）

18 日，《铁报》刊发：周铼霞《忆萝月》（空阶雨碎）。（后收入刘聪著辑：《无灯无月两心知：周铼霞其人与其诗》，第 274 页）

28 日，邵章作《阮郎归》（戊子新岁除作）。（邵章：《云淙琴趣》，第 78 页。后收入曹辛华主编：《民国词集丛刊》第 7 册，第 431 页）

29 日，邵章作《好事近》（己丑新元旦作）。（邵章：《云淙琴趣》，第 78 页。后收入曹辛华主编：《民国词集丛刊》第 7 册，第 431 页）

本月

刘永济作《小重山》（梅开正盛，忽为兵子戕伤，赋此吊之）。（后收入刘永济：《诵帚词集　云巢诗存》，第108页）

剑亮按：刘永济将该词抄送吴宓，吴宓有如下按语："按近日常有军兵多人持斧及扁担至珞珈山国立武汉大学校内砍伐树木，以为柴薪。所损树木亦已甚多。一月二十五日，更至珞珈山上某院长宅旁砍伐盛开之梅树一株。某院长力阻，不听。卒允留梅枝若干，其余尽行持去。见者伤心，遂有此词。报载北平故都围城而两军未交替前，天坛古柏被砍伐。'弘佑天民'牌楼为军用卡车撞到，中央公园花木夷为兵操场。凡此皆不必要之损失，岂但为不应有之行动。窃愿武汉长官注意，士兵勖勉，勿有类似之事也。吴宓识。一九四九年一月下旬。"（吴宓著，吴学昭整理：《吴宓诗集》，第447页）

2月

4日，夏承焘作《鹧鸪天》（己丑人日立春，答王伯尹寄诗）、《好事近》（前词成，偶读裴韵珊《香草亭词》，辛亥人日立春《好事近》有"三十八年风味"句，自辛亥迄今适符此数，聊复继声，示伯尹、心叔）。（后收入夏承焘：《天风阁词集前编》，《夏承焘集》第4册，第206页）

17日，夏承焘作《好事近》（千尺玉无瑕）。词前有记曰："雁迅以其《慈竹平安馆图》属题，寿其节母六十。灯下为填《好事近》一首。"（夏承焘：《天风阁学词日记》[三]，第41页）

22日，夏承焘作《太常引》《玉楼春》二词。记曰："为陈公洽、任显群去杭作。阅报，昨日杭州市民欢送二君，情绪甚热烈。"（夏承焘：《天风阁学词日记》[三]，第43页）

剑亮按：吴无闻《夏承焘教授学术活动年表》作"《太常引》（送别）、《玉楼春》（送别）"（吴无闻：《夏承焘教授纪念集》，第254页）。

24日，夏承焘评阅陈曾寿《旧月簃词》。曰："文字用思诚甚工，然终未为第一流之作。"（夏承焘：《天风阁学词日记》[三]，第43页）

25日，柳亚子作《浣溪沙》（生小才华气吐虹）。记曰："昨夜仲元索句，为撰《浣溪沙》一阕云：'生小才华气吐虹，萍踪漂泊惯西东。扶余岛畔喜相逢。　百级唐梯劳响屟，几回驰道共扶筇。布袍纤手替亲缝。'久不填词，逾

三稔矣。"（杨亚子著，柳无忌、柳无非整理：《柳亚子日记》，上海人民出版社，2015 年，第 43 页）

本月

夏承焘作《鹧鸪天》（五十初度，示妇）。（吴无闻：《夏承焘教授纪念集》，第 254 页）

3 月

11 日，邵章作《水调歌头》（己丑花朝作）。（邵章：《云淙琴趣》，第 78 页。后收入曹辛华主编：《民国词集丛刊》第 7 册，第 431 页）

本月

沈祖棻在上海作《水龙吟》（丁亥之冬，余在武昌分娩，庸医陈某误诊为难产，劝令剖腹取胎；乃奏刀之际，复遗手术巾一方于余腹中，遂致卧疾经年，迄今不愈。淹缠岁月，黯暗河山。聊赋此篇，以申幽愤。己丑二月，记于沪滨）。（后收入沈祖棻著，程千帆笺：《沈祖棻全集·涉江诗词集》，第 116 页）

春，上海《新闻报》副刊刊发：汪东《寄庵随笔》，其中有评价沈祖棻与尉素秋词。曰："余女弟子能词者，海盐沈祖棻第一，有《涉江词》传抄遍海内，其《蝶恋花》《临江仙》诸阕，杂置《阳春集》中，几不可辨。余尝年余不作词，沈尹默以为问，遂戏占绝句云：'绮语柔情渐两忘，茂陵何意更求皇。才人况有君家秀，试听新声已断肠。'君家秀，指祖棻也。冯若飞获《明妃出塞图》，乞余题《高阳台》词。词成，若飞甚喜，不知亦祖棻代作。惜体弱多病，常与医药为缘，恐遂妨其所业。婿宁乡程千帆，于十发老人为从孙辈，学术文辞，并有根柢。老人名颂万，字子大，有《美人长寿庵词》行世。又有尉素秋者，萧县人，亦卒业中央大学。读词课时，初无表见。及余卧病歌乐山，素秋亦入蜀，频来探问。出其词，音节忼爽，与祖棻之凄丽婉曲者异，盖各如其人也。胜利东归，独于丁亥冬重游巴蜀，执教四川教育学院，诸生亲附。忽得其弟凶问，乃辞归。诸生不忍别，饯之于嘉陵江畔。素秋当筵赋《水龙吟》一阕云：'夕阳远水长天，倦游人似离群雁。西风劲头疾，千山木落，飘零何限。橘绿橙黄，一年佳景，者番重见。奈萧萧易水，衣冠满座，荆卿去，豪情换。　难忘翠阴庭院。趁清辉，夜凉开宴。春江一曲，兰桡载酒，锦笺写怨。渺渺予怀，飘然归去，江南池馆。剩梦魂夜夜，关河万里，逐鹃声断。'尽洗绮罗香泽之气，几欲神似坡公。"（后收入汪东:《寄庵随笔》，第131页）

剑亮按：尉素秋《〈梦秋词〉跋》曰："三十八年春天，旭初师在《时事新报》的《新园林》副刊上发表《寄庵随笔》，有一篇《尉素秋与沈祖棻》为标题，谈我与沈祖棻是学生中之有成就者，在比较两人的词风之后，把我三十六年冬天的一首《水龙吟》引出为例。老师处处在勉励我们，使我们不敢懈怠。"（汪东:《汪旭初先生遗迹集》，《近代中国史料丛刊续辑》第40辑，第135页）

春，刘永济编定《诵帚盦词集》两卷，并撰写《自序》。《自序》结尾述其学词经历，曰："余少时得古今词集于姑丈松岑龙先生家。久之，亦稍习为之，而不自知其合否。既壮，游沪滨，适清社已屋，胜朝遗老若蕙风、彊村皆词坛巨手，均寓斯土。偶从请益，或邀许可，心知此乃长者诱掖之雅意，然亦窃窃自喜。及历世既久，更事既多，人间忧患，纷纭交午。有不得不受，受之而郁结于中；有不得不吐者，辄于词发之。所为渐多，斯事之甘苦，亦知之渐深。然衡以古词人之所为，无一得当焉者。至其所遇之世，有非古词人所得想象，其艰屯则且倍蓰之。故其所言，有非可范以往矩者。既已不得起蕙风、彊村诸老而质正之，终将弃之乱烟衰草中耳。爰以暇日，删存一二，断自辛未，迄于今兹。既竟，因自为之序。三十八年己丑春，知秋词客于武昌珞珈山。"

全书目次如下：自序；卷一《语寒集》（20首，起1931年辛未秋农历七月在沈阳大学，至1939年己卯春）；卷一《惊燕集》（130首，起1938年己卯春正月在宜山浙江大学，至1945年乙酉秋）；卷二《知秋集》（57首，起1945年乙酉秋八月在乐山武汉大学，至1949年己丑夏）；卷二《翠尾集》（起1949年己丑夏五月在武昌武汉大学）。（参见刘永济:《诵帚词集 云巢诗存》，第494页）

春，刘永济作《南柯子》（题删存词卷后）。（后收入刘永济:《诵帚词集 云巢诗存》，第108页）

春，邵章作《沁园春》（己丑花朝后，和鹣龛元日词）。（邵章:《云淙琴趣》，第78页。后收入曹辛华主编:《民国词集丛刊》第7册，第431页）

4月

1日，《子曰》丛刊第6辑刊发：陈小翠《临江仙》（万树梅花深窈窕）。（后

收入《民国珍稀短刊断刊·上海卷》第 65 册，第 32050 页）

12 日，吴虞病卒于成都。

剑亮按：范朴斋有《吴又陵先生事略》文。后收入田苗苗整理:《吴虞集》，第 487 页。

24 日，刘永济作《蝶恋花》（一九四九年南京解放，四月廿四日作）、《蝶恋花》（一曲伊州真错舞）、《蝶恋花》（可惜良缘天不与）、《蝶恋花》（玉树歌停鸾罢舞）。（后收入刘永济:《诵帚词集　云巢诗存》，第 111 页）

剑亮按：何君超见示刘永济上述四首词作后，依原韵奉和四首:《蝶恋花》（笑撚花枝归绣户）、《蝶恋花》（自逞腰肢才罢舞）、《蝶恋花》（色授还教魂付与）。四首词后收入刘永济:《诵帚词集　云巢诗存》，第 500 页。

30 日，何曼叔作《玉楼春》（卅八年四月卅日，访祺园赠子春）。（后收入何冀:《曼叔诗文存》，第 138 页）

本月

黄绍竑作《好事近》（翘首睇长天）。

剑亮按：曹聚仁有文叙述该词，曰:"那年 4 月中旬，时局气氛非常沉闷，传说非常多。我们读了黄绍竑的《好事近》，说:'翘首睇长天，人定淡烟笼碧。待晚一弦新月，欲问几时圆得。　昨宵小睡江南，野火烧寒食。幸有一番风送，报燕云消息。''北国正花开，已是江南花落。剩有墙边红杏，客里漫愁寂寞。　此时遇着这冤家，误了寻春约。但祝东君仔细，莫任多漂泊。'正代表着他们一群人的情谊。末后这几句，暗示性极浓，即是说，桂系这时再失去把握和平的机会，那就数十年事业，付诸东流了。在桂系说，二十四条款虽十分苛刻，黄氏认为并不是不可承认。'反正政府以促进和平为目标，管他共产党的条件怎样，和平反正比不和平好。与其再打下去，终归失败，何不就此忍辱收兵? 将来再看有无机会，如果没有机会，一了百了。有机会，大家再联合起来，未尝不是另有一个天下。我们又怕什么。'"（曹聚仁:《听涛室人物谭》，第 83 页）

5 月

本月

夏承焘作《贺新郎》(一九四九年五月三日,杭州解放,予年五十,作此示妇)二首。(吴无闻:《夏承焘教授纪念集》,第 254 页)

刘永济作《鹧鸪天》(几日西风咽晚蝉)。(后收入刘永济:《诵帚词集 云巢诗存》,第 112 页)

汪东作《涉江词稿序》,曰:"今年春,泛舟石湖。湖澄如镜,与远山为际。微风荡襟,水波相属。舟中展祖棻词,湖山之美,与词境合而为一。心有玄感,不能以言宣也。祖棻写《涉江词》成,乞余序首,盖数年于兹。余始卧病歌乐山,思力无损,而身不能转侧,则姑为腹稿,且以书告祖棻曰:序已成矣。翌年起,乃尽忘之。今之所言,非曩日之言也。虽然,曩者,与尹默同居鉴斋。大壮、匪石往来视疾。之数君者,见必论词,论词必及祖棻。之数君者,皆不轻许人,独于祖棻词咏叹赞誉如一口。于是友人素不为词者,亦竞取传抄,诧为未有。当世得名之盛,盖过于易安远矣。顾以祖棻出余门,众又谓能知其词者,宜莫余若。余惟祖棻所为,十余年来,亦有三变:方其肆业上庠,覃思多暇,摹绘景物,才情妍妙,故其辞窈然以舒。迨遭世板荡,奔窜殊域,骨肉凋谢之痛,思妇离别之感,国忧家恤,萃此一身,言之则触忌讳,茹之则有未甘,憔悴呻吟,唯取自喻,故其辞沉咽而多风。寇难旋夷,杼轴益匮。政治日坏,民生日艰。向所冀望于恢复之后者,悉为泡幻。加以弱质善病,意气不扬,灵襟绮思,都成灰槁,故其辞澹而弥哀。夫声音之道,与政相通;情感之生,与物相应。彼处成周之盛世者,必不得怀《黍离》之思;睹褒、妲之淫乱者,又岂能咏《关雎》之什?彼其忧欢欣戚,有不期然而然者,非作者所能自主也。祖棻词于其少作删除独多,或有不能尽窥其变者。所谓唯余能知者,其在是乎?春夏之际,乍阴乍阳,天地解而雷雨作,而百果草木皆甲坼。解之时义大矣,受之以损,其损而终益乎!自今以往,复有咏歌,其为欢愉之音,抑重之以哀思,将犹非祖棻所能主也。虽然,祖棻海盐人而家于吴。苕霅之畔,胥台之下,白石、梦窗之所行吟往还也。声应气求,千载无间。异日者,归隐阊门,访我于石湖,杨柳绕屋,梅花侑尊,诵鹧鸪之词,继疏影之作,遂若与治乱不相涉者。而非由乱至治,不克有此。是退藏之愿,仍望治之心也。言近而旨远,祖棻其益进于词矣。己丑四月,

汪东。"（沈祖棻著，程千帆笺:《沈祖棻全集·涉江诗词集》，第 3 页）

剑亮按：1945 年，汪东曾为沈祖棻作《涉江填词图》，并题《木兰花慢》词，曰:"问词人南渡，有谁似、李夫人? 羡宠柳娇花，熔金合璧，吐语清新。前身更何处是，是东阳、转作女儿身。盟手十分薇露，惊心一曲《阳春》。　知君。福慧自相因。镜里扫愁痕。待采罢芙蓉，移将桃李，归隐湖湄。阊门最佳丽地，料只凭、斑管答芳辰。已办绿杨深处，纸窗不受纤尘。"1946 年，汪东又有《声声慢》（读《涉江词》，和其闻日本败投之作）。

顾佛影《大漠呼声》在上海刊行。收诗词 30 余首。书前有作者《自序》。

6 月

3 日，台湾《新生报》刊发：詹幼馨《词》。

10 日，许宝蘅阅读《玉田词》。记曰:"阅《玉田词》，每调择白石、梅溪、梦窗一首录于眉，其有用韵、断句歧异者，并采录之。"（许宝蘅著，许恪儒整理:《许宝蘅日记》第 4 册，第 1581 页）

本月

刘永湘作《齐天乐》（入夏初晴，赋此致谢疏庵过存，并寄怀珞珈山弘度九兄）。（后收入刘永湘:《寸心集　快心居词稿》，第 49 页。亦收入刘永济:《诵帚词集　云巢诗存》，第 503 页）

7 月

3 日，许宝蘅抄录陆游《沁园春》词。记曰:"为元初写扇，录放翁《沁园春》词，加跋云：'己丑六月元初老友见过，纵谈，感时念旧，俯仰怆怀，以吴君绘《江乡渔乐》扇箑嘱书，录放词寄意。吾两人年皆逾七十，羁留故都，安得归享江乡之乐耶？'"（许宝蘅著，许恪儒整理:《许宝蘅日记》第 4 册，第 1583 页）

5 日，《中央日报》刊发：邓又同《清代广东词林表并序》。

8 月

10 日，詹安泰致函刘景堂，并附词三首，分别为:《拜星月》（七夕，和禾丈伯端瑞京）、《惜秋华》（六禾丈自香港寄示七夕后风雨连宵之什，奉和并简伯端、

叔俦)、《齐天乐》(奉答禾丈见怀之什，并简伯端长)。(詹安泰:《詹安泰全集》第 6 册，第 420 页)

10 日，社会学术座谈会《社会月刊》第 1 卷第 1 期刊发: 陶少泽女士《桂枝香》(彭山晚眺，呈蕴师)。(后收入《民国珍稀短刊断刊·四川卷》第 12 册，第 5532 页)

30 日 (七夕)，丁宁作《卜算子》(牵牛花，己丑七夕作)。(后收入曹辛华主编:《民国词集丛刊》第 1 册，第 118 页。亦收入丁宁著，刘梦芙编校:《还轩词》，第 63 页)

本月

陈曾寿作《浣溪沙》(己丑秋七月病中赋此)。(陈曾寿著，张彭寅、王培军校点:《苍虬阁诗集》，第 392 页)

9 月

30 日，金声 (蜜公) 作《踏莎行》(秋夜读知秋词宗四月廿四日之作，不胜感叹，奉成多阕)、《踏莎行》(柳不禁秋)。(后收入刘永济:《诵帚词集 云巢诗存》，第 501 页。参见本年 4 月 24 日"刘永济"条)

本月

秋，吴寿彭作《西江月》(嘉兴鸳湖中烟雨楼，五代时吴越钱元璙初筑。湖树迷濛，久著为江南胜景。棹歌菱唱，千年相继，诚咏叹之不足耶? 余自丙戌来秀州，乘月邀晴，亦曾几度登览。己丑之秋，行将离去，黯然赋此)。(后收入吴寿彭:《大树山房诗集》，第 119 页)

秋，刘景堂为黎国廉《玉蕊楼词钞》作《跋》，曰:"余癸丑、甲寅间 (1913—1914)，旅居香港，与六禾丈比邻。丈导余为词，析四声，辨雅俗。春秋佳日，唱酬无间。忽忽三十余年，虽无所成，然得稍窥词之窔奥，而不致歧趋者，皆丈力也。丈所为词，持律至严，审音精细，其造诣之深，实非余所能测。今将梓其《玉蕊楼集》，而先付览诵。余不敏，谨就所知，略述一二。丈于两宋词人格调，类能探讨幽窅，搜遗抉奇，发前人之所未见。集中如考证草窗《月边娇》《采绿吟》二词中'凝'字、'裹'字韵，均有创获。又如宋词全首叶上声韵者，近人但知白石《秋宵吟》，而龙洲《西吴曲》、玉田《珍珠令》、李元晖之《击梧桐》及无名氏之《鱼游春水》，亦全协上韵，皆所忽视。丈独四声不紊，举而和之。他作恪依宋词四声者，更不胜指数。且有五声并具者，尤为难能。至于平仄，则无一不守成调。又如白石之《莺声绕红楼》及《杏花天影》，皆为《谱》《律》所未载。而白石《摸鱼子》中二句，一为'斜河旧约今再整'，一为'年年野鹊曾并影'，每句下四字皆入平去上，四声具备，音韵绝妙，乃清代词家，竟无用其体者，丈并依和无遗。其他宋词所存，今孤调未经人用，而集中亦多依和，且严整出《谱》《律》之上。后之读者，手此一编，当知正法眼藏之所在，其有功词学，岂亚前人哉！己丑（1949 年）秋月，刘景堂。"（刘景堂原著，黄坤尧编纂：《刘伯端沧海楼集》，第 237 页）

本年

【词人创作】

夏承焘作《减字木兰花》（题《樵歌》）。（后收入夏承焘：《天风阁词集前编》第 4 册，第 206 页）

刘麟生作《烛影摇红》（风卷余寒）、《思嘉客》（道瞻属题其尊人绍安先生手书诗册）、《南柯子》（为致民题板桥居士墨菊）、《扫花游》（重九日，盐原看红叶）。（刘麟生：《春灯词续》，第 22 页。后收入朱惠国、吴平编：《民国名家词集选刊》第 15 册，第 167 页）

刘永济作《玉楼春》（寒窗独坐，偶忆昔年"思量百计不如归"旧句，写此寄惠君）、《金缕曲》（拟稼轩）、《金缕曲》（寿剑农七十）、《烛影摇红》（和三月三日黄鹤楼修禊之作）、《减字木兰花》（江南花落）、《阮郎归》（无名秋病已三年）、《声声慢》（残花凄蝶）、《浣溪沙》（老去何心惜岁华）、《诉衷情》（湖阴云静日晶莹）、《小重山》（待剪愁丝理坠欢）、《鹧鸪天》（夏凉偶成示惠君）、《朝中措》（十年辛苦阅兴亡）。（后收入刘永济：《诵帚词集　云巢诗存》，第 109 页）

【词籍出版】

陈世宜《倦鹤近体乐府》五卷刊行。卷尾有作者《自记》和李敦勤《跋》。《自记》已见 1948 年 11 月。（华东师范大学图书馆藏。后收入朱惠国、吴平编：《民国名家词集选刊》第 13 册）

李敦勤《跋》曰:" 著者陈匪石先生,为中央大学教授,生于民国纪元前二十八年。民十一至十六年间,授词北京,著《宋词举》一书,治词者传录为研究资料。三十五年冬,始得先生许可,付正中书局印行。此为其四十年来所作,敦勤等就手稿迻录,自视欿然,尚未许付梓也。先生学于张仲炘,远承张惠言、周济之绪论,近被王鹏运、郑文焯、朱孝臧之薰陶,心所向往,欲以南宋之面,北宋之骨,融合为一;兼采柳永、贺铸、苏轼、秦观、姜夔、吴文英、王沂孙之长,而折衷于周邦彦,论者许为正宗云。受业李敦勤识。"

金兆丰《拾翠轩词稿》刊行。(后收入曹辛华主编:《民国词集丛刊》第 8 册)

陈协泰《和白香词》一卷刊行。卷尾有作者《跋》。(华东师范大学图书馆有藏。后收入曹辛华主编:《民国词集丛刊》第 15 册)

作者《跋》曰:"岁丁亥冬,余客个旧。应友人之招,饮于市楼。酒未三巡,遽患疯痹之症。归卧月余,方得复起居停。以余衰弱,委办事少,循例画诺而已。两年以来,公余多暇,手足已废,而心志尚清。案头惟有韩楚原先生所编《白香词谱》百首,循环洛诵至再三。闲时偶步韵,积之既久,遂成一册。今秋乃毕其事,其间写景写情,怀人忆旧,不拘一体。同人怂恿付印,聊珍敝帚云尔。"

黎国廉《玉蕊庼集》刊行。卷三、卷四、卷五为《词钞》,卷尾有刘景堂《跋》。(华东师范大学图书馆有藏。后收入曹辛华主编:《民国词集丛刊》第 28 册)

刘景堂《跋》中曰:"余癸丑、甲寅间旅居香港,与六禾丈比邻。丈导余为词,析四声,辨雅俗。春秋佳日,唱酬无间。忽忽三十余年,虽无所成,然得稍窥词之奥窔,而不致歧趋者,皆丈力也。丈所为词,持律至严,审音精细。其造诣之深,实非余所能测。今将梓其《玉蕊庼集》,而先付览诵。余不敏,谨就所知,略述一二。"

薛砺若《宋词通论》,由开明书店出版发行。

【报刊发表】

《国文月刊》第 77 期刊发：张友仁《词与诗曲》。

《国文月刊》第 78、79 期刊发：程千帆《诗词代语缘起说》。（后收入程千帆：《程千帆全集》第 8 卷，河北教育出版社，2001 年，第 376 页）

《国文月刊》第 79 期刊发：王镇坤《评〈人间词话〉》。

《风土什志》第 2 卷第 5 期刊发：潜庵《〈香宋词〉读后》。

《文艺复兴》第 4 期刊发：

怀玖《论词的特性和诗词分界》；

于在春《秋千在宋词里》。

【词人生平】

吴虞逝世。

吴虞（1871—1949），原名姬传、永宽，字又陵，笔名吴吾，号黎明老人，四川新繁（今成都市新都区）人。有《朝华词》。

陈曾寿逝世。

陈曾寿（1878—1949），字仁先，号苍虬，别署耐寂，湖北蕲水（今浠水）人。清季官至广东道监察御史、学部右侍郎。晚年居沪上。以诗名。40 岁以后习词，有《旧月簃词》《旧月簃词选》。钱仲联《近百年词坛点将录》曰："苍虬四十为词，瑶台婵娟，天生丽质，写情寓感，时杂悲凉。遐庵以为'门庑甚大'，'并世殆罕俦匹'，则不知其置彊村、大鹤于何地。孟劬谓'苍虬诗人之思，泽而为词，似欠本色'。又谓'苍虬颇能用思，不尚浮藻，然是诗意，非曲意，此境亦前人所未到者'。斯乃持平之论也。"（钱仲联：《梦苕庵论集》，第 390 页）

附录：

主要引用文献

B

白采：《绝俗楼词》，民国二十四年（1935）铅印本。

白谦慎编：《张充和诗文集》，生活·读书·新知三联书店，2016年。

白帅敏整理：《词选四种》，河南文艺出版社，2006年。

北京图书馆善本组编：《1911—1984影印善本书序跋集录》，中华书局，1995年。

C

蔡宝善：《听潮音馆词集》三卷，民国十九年（1930）铅印本。

蔡璧珍：《文笔峰词章》一卷，民国三十二年（1943）铅印本。

蔡晋镛：《雁村词》一卷、附《外编》，民国二十二年（1933）刻本。

蔡元培：《蔡元培日记》上，北京大学出版社，2010年。

蔡桢：《柯亭长短句》三卷，民国三十七年（1948）上海中华书局铅印本。

仓石武四郎著，荣新江、朱玉麒辑注：《仓石武四郎中国留学记》，中华书局，2005年。

曹聚仁：《听涛室人物谭》，生活·读书·新知三联书店，2007年。

曹辛华、钟振振选编：《清末民国旧体诗词结社文献续编》，国家图书馆出版社，2015年。

曹辛华主编：《民国词集丛刊》，国家图书馆出版社，2016年。

昌彼得主编：《近代名家集汇刊》，文史哲出版社，1974年。

陈曾寿：《旧月簃词》一卷，民国十年（1921）铅印本。

陈曾寿著，张彭寅、王培军校点：《苍虬阁诗集》，上海古籍出版社，2009年。

陈方正编辑、校订：《陈克文日记（1937—1952）》，社会科学文献出版社，2014年。

陈匪石编著,钟振振校注:《宋词举(外三种)》,上海古籍出版社,2016 年。

陈匪石编著:《宗词举》,金陵书画社,1983 年。

陈匪石著,刘梦芙校:《陈匪石先生遗稿》,黄山书社,2012 年。

陈国安等编:《无锡国专史料选辑》,苏州大学出版社,2012 年。

陈夔:《虑尊词》一卷,民国十一年(1922)铅印本。

陈乃乾:《陈乃乾文集》,国家图书馆出版社,2009 年。

陈庆煌、成怡夏:《成惕轩先生年谱》,台北文史哲出版社,1999 年。

陈三立著,潘益民、李开军注:《散原精舍诗文集补编·诗文补遗》,江西人民出版社,2007 年。

陈世宜:《倦鹤近体乐府》五卷,1949 年油印本。

陈寿楠等编:《董每戡集》,岳麓书社,2011 年。

成惕轩:《楚望楼诗文集》附录一《楚望楼词》,黄山书社,2013 年。

陈希:《岭南诗宗:黄节》,广东人民出版社,2008 年。

陈希豪:《南疆词草》一卷,民国三十七年(1948)石印本。

陈献章:《陈献章集》,中华书局,1987 年。

陈星等主编:《丰子恺全集》,海豚出版社,2016 年。

陈洵:《海绡词》一卷,民国十二年(1923)铅印本。

陈洵著,刘斯翰笺注:《海绡词笺注》附录《年谱简编》,上海古籍出版社,2002 年。

陈衍:《朱丝词》二卷,民国七年(1918)刻本。

陈谊:《夏敬观年谱》,黄山书社,2007 年。

陈毅:《陈毅诗词集》,中央文献出版社,2011 年。

陈永正:《沚斋丛稿》,中山大学出版社,2012 年。

陈支平主编:《台湾文献汇刊》,九州出版社、厦门大学出版社,2004 年。

程千帆:《程千帆全集》第 8 卷,河北教育出版社,2001 年。

程松生:《纫秋轩词钞》一卷,民国十年(1921)铅印本。

程颂万:《定巢词集》十卷,民国十八年(1929)刻本。

储蕴华:《餐菊词》一卷,民国三十七年(1948)铅印本。

D

邓邦述辑：《六一消夏词十八集附和作》一卷，民国十八年（1929）石印本。

邓邦述：《沤梦词》四卷，民国二十二年（1933）刻本。

邓嘉缜：《晴花暖玉词》二卷，民国八年（1919）刻《双砚斋丛书》本。

邓潜：《牟珠词》一卷、《补遗》一卷，民国十一年（1922）刻本。

丁立棠、杨世沅：《寄沤止厂词合钞》二卷，民国二十九年（1940）鹤天精舍
　刻本。

丁宁：《还轩词存》三卷，1957 年油印本。

丁宁著，刘梦芙编校：《还轩词》，黄山书社，2012 年。

董康：《书舶庸谭》，中华书局，2013 年。

董振声、潘丽敏：《吴江艺文志》，国家图书馆出版社，2011 年。

窦镇：《小绿天盦词草》一卷，民国八年（1919）活字本。

F

樊增祥：《樊山词稿》二卷，民国十五年（1926）铅印《樊山诗词文稿》本。

方宝川、谢必震主编：《台湾文献汇刊续编》，九州出版社，2016 年。

冯煦：《蒿盦词賸》一卷，民国十三年（1924）刻本。

G

甘大昕：《击缶词》一卷，民国三十四年（1945）木活字本。

葛桂录：《中英文学关系编年史》，上海三联书店，2004 年。

耿云志主编：《胡适遗稿及秘藏书信》，黄山书社，1992 年。

巩本栋编：《俭腹抄》，上海文艺出版社，1998 年。

龚纪一编：《一二·二诗选》，人民文学出版社，1983 年。

龚元凯：《鸥影词稿》五卷，民国十七年（1928）刻本。

顾颉刚：《顾颉刚全集·宝树园文存》，中华书局，2011 年。

顾随：《顾随全集》，河北教育出版社，2000 年。

顾随：《顾随文集》，上海古籍出版社，1986 年。

顾随：《荒原词》一卷、《弃余词》一卷，民国十九年（1930）铅印本。

顾随：《留春词》一卷，民国二十三年（1934）铅印本。

顾随:《味辛词》二卷,民国十七年(1928)铅印本。

顾随:《无病词》三卷,民国十六年(1927)铅印本。

顾随:《霰集词》二卷,民国铅印本。

顾廷龙:《顾廷龙全集·文集卷》,上海辞书出版社,2015年。

顾廷龙:《顾廷龙文集》,上海科学技术文献出版社,2002年。

顾廷龙校阅:《艺风堂友朋书札》,上海古籍出版社,1980年。

顾之京:《尹默大师和顾随的墨缘》,《中国书画》2003年第4期。

关赓麟辑:《咫社词钞》四卷,1953年油印本。

贵州省文史研究馆主编:《黔南丛书》,贵州人民出版社,2009年。

郭沫若:《郭沫若全集·文学编》第2卷,人民文学出版社,1982年。

郭延礼、郭蓁编:《秋瑾集　徐自华集》,中华书局,2015年。

郭则沄:《龙顾山房诗余》三卷,民国十七年(1928)栩楼刻本。

郭则沄:《龙顾山房诗余续集》一卷,民国三十三年(1944)铅印本。

郭则沄等:《烟沽渔唱》七卷,民国二十二年(1933)铅印本。

国家图书馆善本部编:《赵凤昌藏札》,国家图书馆出版社,2009年。

H

海宁市档案局(馆)整理:《宋云彬日记》,中华书局,2016年。

海盐沈祖棻诗词研究会:《正声诗刊四种》,海盐沈祖棻诗词研究会,2009年重印版。

何达:《何遂遗踪:从辛亥走进新中国》,人民出版社,2008年。

何冀:《曼叔诗文存》,上海古籍出版社,2011年。

何振岱:《何振岱集》,福建人民出版社,2009年。

洪汝闿撰,陈匪石校勘:《勺庐词》一卷,民国间尹山堂刻本。

胡适:《尝试集》,亚东图书馆,1920年。

胡适:《胡适之先生诗歌手迹》,台湾商务印书馆,1964年。

胡士莹:《霜红词》,民国二十年(1931)刻本。

胡适著,欧阳哲生主编:《胡适文集》,北京大学出版社,1998年。

胡先骕著,熊盛元、胡启鹏编校:《胡先骕诗文集》,黄山书社,2013年。

胡香生辑录,严昌洪编:《朱峙三日记(1893—1919)》,华中师范大学出版社,

2011 年。

胡宗刚:《胡先骕先生年谱长编》,江西教育出版社,2008 年。

黄侃:《黄季刚诗文集》,中华书局,2016 年。

黄侃:《黄侃日记》,中华书局,2007 年。

黄萍荪主编:《越风》,广陵书社,2010 年。

黄显功、严峰主编:《夏敬观友朋书札》,复旦大学出版社,2021 年。

黄孝纾:《碧虑商歌》一卷,民国间铅印本。

J

蒋萼:《醉园奩臼词》一卷,民国二十九年(1940)铅印本。

蒋礼鸿:《蒋礼鸿集》,浙江教育出版社,2001 年。

姜亮夫:《姜亮夫全集》,云南人民出版社,2002 年。

蒋兆兰:《青蓉盦词》四卷,民国二十八年(1939)刻本。

焦宝整理:《陈思词学文集》,河南文艺出版社,2016 年。

金克木:《金克木集》,生活·读书·新知三联书店,2011 年。

金绍城主编:《湖社》影印本,天津古籍出版社,2005 年。

金嗣芬:《謇灵修馆词钞》一卷,民国二十一年(1932)铅印本。

金天翮:《红鹤山房词》一卷,民国二十一年(1932)铅印本。

金天翮:《红鹤词》一卷,民国三十六年(1947)刻本。

金天羽著,周录祥校点:《天放楼文集》,上海古籍出版社,2007 年。

金毓黻:《静晤室日记》,辽沈书社,1993 年。

金兆蕃:《药梦词》二卷、《续》一卷、《七十后词》一卷,民国二十年(1931)
铅印本。

金兆丰:《拾翠轩词稿》一卷,1949 年铅印本。

倦鹤等:《如社词钞十二集》,民国二十五年(1936)铅印本。

K

康有为著,姜义华、张荣华主编:《康有为全集》,中国人民大学出版社,2007 年。

况周颐:《餐樱词》一卷,民国五年(1916)刻本。

况周颐:《第一生修梅花馆词》,上海中国书店,1926 年刊本。

况周颐:《蕙风词》,民国十四年(1925)刻本。

况周颐:《况周颐集·蕙风丛书》,广西师范大学出版社,2012年。

况周颐撰,屈兴国辑注:《蕙风词话辑注》,江西人民出版社,2000年。

况周颐原著,孙克强辑考:《蕙风词话 广蕙风词话》,中州古籍出版社,2003年。

L

劳祖德整理:《郑孝胥日记》,中华书局,1993年。

李宝淦:《问月词》,民国十一年(1922)铅印本。

黎国廉:《玉蕊庼词钞》五卷,1949年铅印本。

李国模:《瘦蝶词》,民国二十二年(1933)铅印本。

李剑亮:《民国词的多元解读》,浙江大学出版社,2012年。

李剑亮:《夏承焘年谱》,光明日报出版社,2011年。

李绮青:《草间词》一卷,民国七年(1918)铅印本。

李孺:《仑阁词》一卷,民国二十二年(1933)铅印本。

李遂贤:《懊侬词》,民国十九年(1930)铅印本。

李宜龚:《墨巢丛刻》,民国二十九年(1940)铅印本。

李谊辑校:《历代蜀词全辑》,重庆出版社,2007年。

李岳瑞:《郢云词》一卷,民国二十二年(1933)《彊村遗书》本。

梁承邺:《无悔是书生:父亲梁方仲实录》,中华书局,2016年。

梁启超著,张品兴主编:《梁启超全集》,北京出版社,1999年。

梁文灿:《蒙拾堂词稿》一卷,民国十八年(1929)铅印本。

廖恩焘:《扪虱谈室词》一卷、《外词》一卷,民国三十七年(1948)铅印本。

廖仲恺:《廖仲恺集》,中华书局,2011年。

廖仲恺:《廖仲恺先生自书词稿》一卷,民国十九年(1930)影印本。

廖仲恺:《双青词草》一卷,民国十七年(1928)上海开明书店影印原稿本。

林葆恒:《瀼溪渔唱》一卷,民国二十七年(1938)刻本。

林葆恒纂:《词综补遗》,北京书目文献出版社,1992年。

林抗曾整理:《林一厂集》,广东人民出版社,2015年。

林鹍翔:《半樱词》二卷,民国十六年(1927)铅印本。

林鹍翔:《半樱词续》二卷,民国二十七年(1938)铅印本。

林鹍翔：《广咏梅词》一卷，民国九年（1920）铅印本。

林思进：《清寂词录》五卷，民国三十二年（1943）刻本。

柳定生、柳曾符编：《柳诒徵劬堂题跋》，华正书局，1996年。

柳亚子：《柳亚子日记》，上海人民出版社，2015年。

柳亚子编：《南社词集》，民国二十五年（1936）铅印本。

刘冰研：《山阳笛语词》一卷，民国二十一年（1932）铅印《寒杉馆丛书》本。

刘冰研：《尘痕烟水词》一卷，民国二十一年（1932）铅印《寒杉馆丛书》本。

刘冰研：《江山帆影词》一卷，民国二十一年（1932）铅印《寒杉馆丛书》本。

刘冰研：《翦淞梦雨词》一卷，民国二十一年（1932）铅印《寒杉馆丛书》本。

刘炳照：《无长物斋词存三种》，民国三年（1914）刻本。

刘波：《赵万里先生年谱长编》，中华书局，2018年。

刘承幹：《嘉业堂藏书日记抄》，凤凰出版社，2016年。

刘聪著辑：《无灯无月两心知：周炼霞其人与其诗》，北京出版社，2012年。

刘得天：《苍斋词录》一卷，民国三十年（1941）刻本。

刘富槐：《瑟园词录》一卷，民国十五年（1926）刻本。

刘翰棻：《花雨楼词草》一卷，民国刻本。

刘鉴：《分绿窗词钞》一卷，民国三年（1914）铅印本。

刘景堂原著，黄坤尧编纂：《刘伯端沧海楼集》，商务印书馆香港有限公司，2001年。

刘麟生：《春灯词》一卷，民国二十八年（1939）铅印本。

刘麟生：《春灯词续》一卷，1949年影印本。

刘师培：《左盫词录》一卷，民国二十五年（1936）铅印《刘申叔先生遗书》本。

刘文典：《刘文典全集》，安徽大学出版社，2013年。

刘咸炘：《刘咸炘诗文集》，华东师范大学出版社，2010年。

刘咸炘：《推十书》，上海科学技术文献出版，2009年。

刘小惠：《父亲刘半农》，上海人民出版社，2000年。

刘晓丽主编：《伪满洲国旧体诗集》，北方文艺出版社，2017年。

刘虚：《实君词稿》一卷，民国二十二年（1933）《实君词稿》《丰年诗草》合刻本。

刘泱泱编：《黄兴集》，湖南人民出版社，2008年。

刘尧民：《废墟词》一卷，民国二十八年（1939）铅印《废墟诗词》本。

刘永济：《刘永济词集》，湖南人民出版社，1984 年。

刘永济：《诵帚词集　云巢诗存》，中华书局，2010 年。

刘永平：《于右任诗集》，团结出版社，1996 年。

刘永湘：《寸心集　快心居词稿》，中华诗词出版社，2009 年。

刘永翔、李露蕾编：《胡云翼说词》，华东师范大学出版社，2004 年。

刘肇隅：《阇伽坛词》二卷，民国二十二年（1933）铅印本。

龙榆生：《忍寒词》二卷，民国三十七年（1948）铅印本。

龙榆生：《忍寒诗词歌词集》，复旦大学出版社，2012 年。

楼巍、张敬熙：《瑶瑟余音》一卷、《画眉词》一卷，民国二十一年（1932）铅印
　　《楼幼静张穆生诗词合稿》本。

卢葆华：《相思词》，民国二十二年（1933）铅印本。

卢敏：《卧云楼词草》一卷，民国二十三年（1934）铅印《卧云楼吟草》本。

卢前：《红冰词》一卷，民国铅印本。

卢前：《卢前诗词曲选》，中华书局，2006 年。

卢前：《中兴鼓吹》三卷，民国二十七年（1938）独立出版社铅印本。

陆日曛：《花村词滕》一卷，民国十六年（1927）刻本。

陆日章：《西邨词草》二卷，民国十六年（1927）刻本。

陆昭徽、陆昭怀：《书如其人：回忆父亲陆维钊》，上海书画出版社，2013 年。

罗惠缙：《从〈亚洲学术杂志〉看民初遗民的文化倾向》，《武汉大学学报（人文科
　　学版）》2008 年第 2 期。

罗克辛：《詹安泰诗词补遗十八首》，《韩山师范学院学报》2016 年第 4 期。

罗振常：《征声集》一卷，民国十年（1921）刻本。

罗庄：《初日楼正续稿》二卷，民国十年（1921）刻本。

吕碧城：《晓珠词》四卷，民国二十六年（1937）铅印本。

吕碧城著，李保民笺注：《吕碧城词笺注》，上海古籍出版社，2001 年。

吕凤：《清声阁词四种》六卷，民国二十五年（1936）刻本。

吕惠如：《晓珠词》刊附《惠如长短句》，民国二十六年（1937）铅印本。

吕景蕙：《纫佩轩诗词草》一卷，民国二十三年（1934）铅印本。

吕思勉：《吕思勉全集》，上海古籍出版社，2016 年。

吕思勉：《吕思勉遗文集》，华东师范大学出版社，1997 年。

M

马国权：《沈尹默论书丛稿》，岭南美术出版社、三联书店香港分店，1981 年。

马俊芬、程诚整理：《民国人选民国词之一》，河南文艺出版社，2016 年。

马兴荣：《朱孝臧年谱》下，马兴荣等主编：《词学》第 15 辑，华东师范大学出版社，2004 年。

马叙伦：《马叙伦自述·石屋余沈》，中国大百科全书出版社，2012 年。

马一浮：《马一浮全集》第 2 册，浙江古籍出版社，2013 年。

马以君编：《黄节诗集》，中国人民大学出版社，1989 年。

毛小庆整理：《溥儒集》，浙江人民美术出版社，2019 年。

冒广生著，冒怀辛整理：《冒鹤亭词曲论文集》，上海古籍出版社，1992 年。

冒怀苏：《冒鹤亭先生年谱》，学林出版社，1998 年。

梦白等：《戊午春词》，民国七年（1918）石印本。

缪金源：《鸡肋集》二卷，民国十七年（1928）铅印本。

缪金源：《灾梨集》一卷，民国十七年（1928）铅印本。

缪荃孙：《艺风老人日记》北京大学出版社，1984 年。

缪元朗：《缪钺先生编年事辑》，中华书局，2014 年。

缪钺：《冰茧庵序跋辑存》，巴蜀书社，1989 年。

缪钺：《缪钺全集》，河北教育出版社，2004 年。

缪钺著，缪元朗整理：《冰茧庵论学书札》，商务印书馆，2014 年。

闵定庆整理：《唐五代词研究论文集》，河南文艺出版社，2016 年。

闵尔昌：《雷塘词》一卷，民国十三年（1924）刻《云海楼诗存》本。

闵军：《顾随年谱》，中华书局，2006 年。

《民国珍稀短刊断刊·安徽卷》，全国图书馆文献缩微复制中心，2006 年。

《民国珍稀短刊断刊·北京卷》，全国图书馆文献缩微复制中心，2006 年。

《民国珍稀短刊断刊·重庆卷》，全国图书馆文献缩微复制中心，2006 年。

《民国珍稀短刊断刊·东北卷》，全国图书馆文献缩微复制中心，2006 年。

《民国珍稀短刊断刊·福建卷》，全国图书馆文献缩微复制中心，2006 年。

《民国珍稀短刊断刊·甘肃卷》，全国图书馆文献缩微复制中心，2006 年。

《民国珍稀短刊断刊·广东卷》，全国图书馆文献缩微复制中心，2006 年。

《民国珍稀短刊断刊·贵州卷》，全国图书馆文献缩微复制中心，2006 年。

《民国珍稀短刊断刊·河北卷》，全国图书馆文献缩微复制中心，2006 年。

《民国珍稀短刊断刊·河南卷》，全国图书馆文献缩微复制中心，2006 年。

《民国珍稀短刊断刊·湖北卷》，全国图书馆文献缩微复制中心，2006 年。

《民国珍稀短刊断刊·湖南卷》，全国图书馆文献缩微复制中心，2006 年。

《民国珍稀短刊断刊·江苏卷》，全国图书馆文献缩微复制中心，2006 年。

《民国珍稀短刊断刊·江西卷》，全国图书馆文献缩微复制中心，2006 年。

《民国珍稀短刊断刊·山西卷》，全国图书馆文献缩微复制中心，2006 年。

《民国珍稀短刊断刊·上海卷》，全国图书馆文献缩微复制中心，2006 年。

《民国珍稀短刊断刊·四川卷》，全国图书馆文献缩微复制中心，2006 年。

《民国珍稀短刊断刊·天津卷》，全国图书馆文献缩微复制中心，2006 年。

《民国珍稀短刊断刊·西北卷》，全国图书馆文献缩微复制中心，2006 年。

《民国珍稀短刊断刊·云南卷》，全国图书馆文献缩微复制中心，2006 年。

《民国珍稀短刊断刊·浙江卷》，全国图书馆文献缩微复制中心，2007 年。

N

南江涛选编：《清末民国旧体诗词结社文献汇编》，国家图书馆出版社，2013 年。

宁调元：《太一词钞》一卷，1956 年油印《太一诗词合钞》本。

P

潘承谋：《瘦叶词》一卷，民国二十三年（1934）石印本。

潘飞声：《说剑堂集词》一卷，民国二十三年（1934）铅印本。

潘益民、李开军辑注：《散原精舍诗文补编·诗文补遗》，江西人民出版社，2007 年。

庞树柏：《玉玎珑馆词》一卷，民国六年（1917）铅印《庞檗子遗集》本。

裴维侒：《香草亭词》一卷，民国二十二年（1933）刻本。

裴喆、李雪整理：《民国人选民国词之三》，河南文艺出版社，2016 年。

彭玉平等整理：《叶恭绰词学文集》，河南文艺出版社，2016 年。

溥儒：《凝碧余音》一卷，民国三十三年（1944）北平铅印本。

Q

钱基博：《钱基博集·序跋合编》，华中师范大学出版社，2014 年。

钱世：《放如斋词草》一卷，民国十年（1921）铅印本。

钱玄同:《钱玄同日记》,北京大学出版社,2014 年。

钱振锽:《海上词四编》一卷,民国木活字本。

钱振锽:《名山词》一卷,民国木活字本。

钱振锽:《名山词续》一卷,民国木活字本。

钱仲联:《梦苕庵论集》,中华书局,1993 年。

钱仲联:《钱仲联自选集·近百年词坛点将录》,安徽教育出版社,1999 年。

钱仲联选:《清八大名家词集》,岳麓书社,1992 年。

钱仲联主编:《历代别集序跋综录》,江苏教育出版社,2005 年。

乔曾劬:《波外乐章》四卷,民国二十九年(1940)成都茹古书局印本。

仇采:《鞠谦词》二卷,民国三十六年(1947)铅印本。

全国政协文史和学习委员会编:《回忆朱蕴山》,中国文史出版社,2016 年。

全国政协文史资料委员会编:《辛亥革命回忆录》第 6 册,中华书局,1963 年。

R

任援道:《青萍词》,民国二十九年(1940)刻本。

任中敏:《词学研究法》,凤凰出版社,2013 年。

荣孟源审校:《吴虞日记》,四川人民出版社,1986 年。

S

桑兵主编:《民国稿抄本》,广东人民出版社,2016 年。

山东文献集成编纂委员会编:《山东文献集成》,山东大学出版社,2011 年。

上海图书馆:《上海图书馆善本题跋真迹》,上海辞书出版社,2013 年。

上海图书馆中国文化名人手稿馆编:《尘封的记忆:茅盾友朋手札》,文汇出版社,2004 年。

上海文献汇编编委会:《上海文献汇编·史地卷》,天津古籍出版社,2014 年。

上海文献汇编编委会:《上海文献汇编·艺术卷》,天津古籍出版社,2017 年。

邵瑞彭编选:《夷门乐府》一卷,民国二十二年(1933)刻本。

邵瑞彭:《山禽余响》一卷,民国二十五年(1936)刻本。

邵瑞彭:《扬荷集》四卷,民国十九年(1930)双玉蝉馆刻本。

邵章:《云淙琴趣》三卷,民国二十四年(1935)刻本。

邵章:《云淙琴趣》一卷，1953年油印本。

沈昌眉:《长公词钞》一卷，民国二十年（1931）铅印本。

沈迦编撰:《夏承焘致谢玉岑手札笺释》，国家图书馆出版社，2011年。

沈钧儒:《寥寥集》，生活·读书·新知三联书店，1978年。

沈文泉:《朱彊村年谱》，浙江古籍出版社，2013年。

沈尹默:《秋明集词》一卷，民国十八年（1929）北京书局铅印本。

沈尹默:《沈尹默蜀中墨迹》，广西美术出版社，2001年。

沈泽棠:《忏庵遗稿·词》一卷，民国十八年（1929）刻本。

沈曾植:《曼陀罗䑈词》一卷，民国十三年（1924）铅印本。

沈宗畸:《繁霜词》一卷，民国五年（1916）铅印本。

沈祖棻:《涉江词》一卷，民国三十五年（1946）《雍园词抄》铅印本。

沈祖棻:《沈祖棻全集·涉江诗词集》，河北教育出版社，2001年。

奭良:《野棠轩词集》四卷，民国十八年（1929）刻本。

施蛰存:《北山楼词话》，华东师范大学出版社，2012年。

施祖皋:《硕果斋词》一卷，民国二十二年（1933）铅印本。

寿铄:《珏盦词》二卷，民国刻本。

司马朝军、王文晖:《黄侃年谱》，湖北人民出版社，2005年。

宋伯鲁:《蕤红词》一卷，民国三年（1914）铅印本。

宋育仁:《宋育仁文集》，国家图书馆出版社，2016年。

苏渊雷:《苏渊雷全集·诗词卷》，华东师范大学出版社，2008年。

孙克强、和希林主编:《民国词学史著作集成补编》，南开大学出版社，2018年。

T

谭新红等整理:《刘毓盘词学文集》，河南文艺出版社，2016年。

汤宝荣:《宾香词》一卷，民国十四年（1925）刻《汤氏家集》本。

汤国梨:《影观词稿》一卷，民国三十年（1941）油印本。

汤声清:《怡怡室词》一卷，民国十二年（1923）刻本。

唐长孺著，王素笺注:《唐长孺诗词集》，中华书局，2016年。

唐圭璋编:《词话丛编》，中华书局，1986年。

唐圭璋编著:《宋词纪事》，上海古籍出版社，1982年。

唐圭璋:《梦桐词》,江苏古籍出版社,1987 年。

唐圭璋:《词学论丛》,上海古籍出版社,1986 年。

唐文治著,邓国光辑释:《唐文治文集》,上海古籍出版社,2018 年。

田汉:《田汉全集》,花山文艺出版社,2000 年。

天津城南诗社编:《快哉亭诗词》,民国十五至十六年(1926—1927)粘贴本。

W

王爱荣等整理:《陈匪石佘磊霞诗文集》,河南文艺出版社,2016 年。

王伯祥:《庋榁偶识》,中华书局,2008 年。

王婵、曹辛华整理:《唐圭璋文集》,河南文艺出版社,2006 年。

王德楷:《味纯词》六卷,民国三十年(1941)铅印本。

王德楷:《娱生轩词》一卷,民国二十二年(1933)金陵卢氏饮虹簃刻本。

王国维:《观堂长短句》一卷,民国二十二年(1933)刻《彊村遗书》本。

王国维:《人间词话》,北京朴社,1926 年。

王鸿年:《南华词存中集》二卷,民国十九年(1930)铅印本。

王嘉诜:《蛰庵词》一卷,民国十三年(1924)彭城王氏刻本。

王嘉诜:《劫余词》一卷,民国十三年(1924)彭城王氏刻本。

王景山主编:《国学家夏仁虎》,浙江文艺出版社,2009 年。

王佩净撰,王学雷辑校:《瓠庐笔记》,山东画报出版社,2017 年。

王芃生:《莫哀歌草》一卷,民国三十四年(1945)油印本。

王世儒编:《蔡元培日记》,北京大学出版社,2010 年。

王守恂:《仁安词稿》二卷,民国十年(1921)刻本。

王守恂:《传恨词》一卷,民国铅印本。

王渭:《花周集》一卷,民国十三年(1924)铅印本。

王卫民:《吴梅评传》,河北教育出版社,2002 年。

王献唐:《平乐印庐日记》,1948 年 3 月 21 日未刊稿。

王小盾等主编:《任中敏文集》之《词学研究》,凤凰出版社,2013 年。

王映霞:《王映霞自传》,黄山书社,2008 年。

王永江:《铁龛诗余》一卷,民国铅印本。

王允晳:《碧栖词》一卷,民国二十三年(1934)铅印本。

王仲闻撰，唐圭璋批注：《全宋词审稿笔记》，中华书局，2009 年。

王自立编：《郁达夫研究资料》，知识产权出版社，2010 年。

汪东：《寄庵词》一卷，民国三十五年（1946）《雍园词抄》铅印本。

汪东：《寄庵随笔》，上海书店出版社，1987 年。

汪东：《梦秋词》，齐鲁书社，1985 年。

汪东：《汪旭初先生遗集》，《近代中国史料丛刊续辑》第 40 辑，台北文海出版社，
　　1973 年。

汪梦川主编：《民国诗词作法丛书》，凤凰出版社，2016 年。

汪渊：《瑶天笙鹤词》二卷，民国四年（1915）铅印本。

汪曾保：《悔盦词钞》一卷，民国二十三年（1934）铅印本。

汪兆镛：《雨屋深镫词》一卷、《续稿》一卷，民国十七年（1928）铅印本。

汪兆镛：《雨屋深镫词三编》一卷，民国二十九年（1940）铅印本。

魏友枋：《端夷阁近三年诗词》一卷，民国二十三年（1934）铅印本。

魏友枋：《端夷六十后诗词》一卷，民国三十五年（1946）铅印本。

魏元旷：《潜园词》四卷、《续抄》一卷，民国二十二年（1933）《魏氏全书》本。

温甸辑录：《长兴词存》，民国十五年（1926）刊本。

吴蓓主编：《夏承焘日记全编》，浙江古籍出版社，2021 年。

吴曾源：《井眉轩长短句》一卷，民国二十二年（1933）刻本。

吴重憙：《石莲阘词》，民国四年（1915）刻本。

吴芳吉著，傅宏星编校：《吴芳吉全集》，华东师范大学出版社，2014 年。

吴汉声：《莽庐词稿》一卷，民国十九年（1930）铅印本。

吴湖帆：《佞宋词痕》，1954 年石印本。

吴湖帆：《吴湖帆文稿》，中国美术学院出版社，2004 年。

吴湖帆、潘静淑：《梅景书屋词集》二卷，民国二十八年（1939）吴氏四欧堂铅
　　印本。

吴令华主编：《吴其昌文集·诗词文在》，三晋出版社，2009 年。

吴梅：《霜厓词录》一卷，民国三十二年（1943）影印本。

吴梅：《吴梅全集·作品卷》，河北教育出版社，2002 年。

吴梅：《吴梅全集·日记卷》，河北教育出版社，2002 年。

吴宓著，吴学昭编：《吴宓书信集》，生活·读书·新知三联书店，2011 年。

吴宓著，吴学昭整理：《吴宓日记》，生活·读书·新知三联书店，1998年。

吴宓著，吴学昭整理：《吴宓诗集》第7卷，商务印书馆，2004年。

午社辑：《午社词七集》，民国二十九年（1940）铅印本。

吴寿彭：《大樹山房诗集》，上海古籍出版社，2008年。

吴无闻：《夏承焘教授纪念集》，中国文联出版公司，1988年。

吴小如：《吴小如文集·诗词编》，中国书籍出版社，2022年。

吴秀明主编：《郁达夫全集》，浙江大学出版社，2007年。

吴虞：《吴虞日记》上册，四川人民出版社，1986年。

吴虞著，赵清郑城编：《吴虞集》，中华书局，2013年。

吴元京审定，梁颖编校：《吴湖帆文稿》，中国美术学院出版社，2004年。

X

夏承焘：《夏承焘集》，浙江古籍出版社、浙江教育出版社，1997年。

夏承焘：《天风阁学词日记》，浙江古籍出版社，1984年。

夏承焘：《天风阁学词日记》（二），浙江古籍出版社，1992年。

夏承焘等主编：《词学》第2辑，华东师范大学出版社，1983年。

夏承焘研究会编：《夏承焘研究》第1辑，线装书局，2017年。

夏敬观：《映盦词》三卷，民国二十八年（1939）铅字本。

夏仁虎：《啸盦词》，民国九年（1920）刻本。

夏孙桐：《悔龛词》一卷，民国二十二年（1933）《彊村遗书》本。

夏孙桐：《悔龛词》一卷、《续》一卷，1962年铅印本。

向迪琮：《柳溪长短句》，民国十八年（1929）刻本。

萧三主编：《革命烈士诗抄》，中国青年出版社，1989年。

谢建红：《玉树临风：谢玉岑传》，上海书店出版社，2017年。

谢觉哉著，谢飞编选：《谢觉哉家书》，生活书店出版有限公司，2015年。

谢维扬、房鑫亮主编：《王国维全集》，浙江教育出版社、广东教育出版社，
　2009年。

谢无量：《谢无量文集》，中国人民大学出版社，2011年。

辛际周：《灰木词存·梦痕词》一卷，民国三十二年（1943）铅印本。

徐珂：《纯飞馆词》一卷，民国三年（1914）上海商务印书馆《天苏阁丛刊》本。

徐珂:《纯飞馆词三集》一卷,民国十四年(1925)胥山朱氏宝彝室铅印本。

徐礼辅:《绿水余音》,民国三十三年(1944)影印本。

徐爽编:《冼玉清研究纪念文集》,广西师范大学出版社,2015 年。

许宝蘅:《许宝蘅日记》第 2 册,中华书局,2010 年。

许全胜:《沈曾植年谱长编》,中华书局,2007 年。

许禧身、周韵珠等:《亭秋馆词钞》四卷、《附录词》一卷,民国元年(1912)刻本。

许志浩:《1911—1949 中国美术期刊过眼录》,上海书画出版社,1992 年。

薛玉坤整理:《汪东文集》,河南文艺出版社,2016 年。

薛绍徽:《黛韵楼词集》二卷,民国三年(1914)刻本。

Y

严迪昌:《近代词钞》,江苏古籍出版社,1996 年。

严既澄:《初日楼少作词》一卷,民国十三年(1924)铅印本。

严既澄:《驻梦词》一卷,民国二十一年(1932)铅印本。

杨博文辑录:《于右任诗词集》,湖南人民出版社,1984 年。

杨共乐、张昭军主编:《柳诒徵文集》,商务印书馆,2018 年。

杨圻:《江山万里楼诗词钞》,上海古籍出版社,2003 年。

杨圻、李国香:《江山万里楼词钞》四卷、《饮露词》一卷,民国十五年(1926)铅印《江山万里楼诗词钞》本。

杨世骥:《杨世骥文存》,中国大百科全书出版社,2015 年。

杨铁夫:《抱香词》一卷,民国二十三年(1934)铅印本。

杨铁夫:《双树居词》二卷,民国间铅印本。

杨宪益:《译余偶拾》,生活·读书·新知三联书店,1983 年。

杨荫浏:《杨荫浏全集》,江苏文艺出版社,2009 年。

姚奠中:《诗文杂录》,商务印书馆,2015 年。

姚华:《弗堂词》二卷、《附录》二卷,民国二十五年(1936)铅印《黔南丛书》本。

叶德辉:《郋园读书志》,上海古籍出版社,2010 年。

叶恭绰:《遐庵词甲稿》不分卷,民国三十一年(1942)铅印本。

叶恭绰选辑:《广箧中词》,人民文学出版社,2011 年。

叶剑英:《叶剑英诗词集》,中央文献出版社,2008 年。

叶景葵:《卷盦书跋》,上海古籍出版社,2006年。

叶景葵:《叶景葵文集》,上海科学技术文献出版社,2016年。

叶圣陶:《旅途日记五种》,生活·读书·新知三联书店,2002年。

叶玉森等:《戊午春词》一卷,民国七年(1918)石印本。

叶至善、叶至美、叶至诚:《叶圣陶集》,江苏教育出版社,2004年。

易孺:《大厂词稿》九卷,民国二十四年(1935)影印手写本。

易顺豫:《琴思楼词》一卷,民国三年(1914)石印本。

殷安如、刘颖白编:《陈去病诗文集》,社会科学文献出版社,2009年。

于友发、吴三元编著:《新文学旧体诗选》,山东教育出版社,1987年。

俞陛云:《乐静词 乐静词二编》,民国十八年(1929)刻本。

俞平伯:《读词偶得 清真词释》,人民文学出版社,2000年。

俞平伯:《古槐书屋词》一卷,民国间刻本。

俞平伯:《古槐书屋词》,香港书谱出版社,1980年。

俞平伯:《论诗词曲杂著》,上海古籍出版社,1983年。

俞平伯:《燕郊集》,上海良友图书印刷公司,1936年。

俞平伯:《忆》,北京朴社,1925年。

俞平伯:《俞平伯全集》,花山文艺出版社,1997年。

俞平伯:《杂拌儿》,上海开明书店,1928年。

俞平伯:《杂拌儿之二》,江西人民出版社,1983年。

余端辑:《苔岑丛书》,民国九年(1920)铅印本。

余绍宋:《余绍宋集》,浙江人民美术出版社,2015年。

余子安:《亭亭寒柯:余绍宋》,商务印书馆,2015年。

袁克文:《辛丙秘苑》,上海书店出版社,2000年。

袁克文:《洹上词》不分卷,民国二十七年(1938)油印本。

袁英光、刘寅生:《王国维年谱长编》,天津人民出版社,2005年。

袁毓麟:《香兰词》一卷,民国二十一年(1932)刻本。

乐齐、孙玉蓉编:《俞平伯诗全编》,浙江文艺出版社,1992年。

Z

詹安泰:《无盦词》一卷,民国二十六年(1937)铅印本。

詹安泰:《詹安泰全集》,上海古籍出版社,2011 年。

曾今可:《落花词》,民国二十二年(1933)铅印本。

曾念圣:《桃叶词别集》一卷,1960 年铅印本。

曾习经:《蛰庵词》一卷,民国二十二年(1933)《彊村遗书》本。

张伯驹:《丛碧词》二卷、《续》一卷,民国二十七年(1938)刻本。

张伯驹主编:《春游社琐谈 素月楼联语》之夏纬明《近五十年北京词人社集之梗概》,北京出版社,1998 年。

张涤华:《张涤华文集》第 4 集,安徽师范大学出版社,2011 年。

张尔田:《遯庵乐府》二卷、《续集》一卷,民国三十年(1941)龙氏忍寒庐刻本。

张珩:《张葱玉日记·诗稿》,上海书画出版社,2011 年。

张晖:《龙榆生先生年谱》,学林出版社,2001 年。

张茂炯:《艮庐词》一卷,民国二十年(1931)石印本。

张茂炯:《艮庐词续集》一卷、附《外集》一卷,民国二十三年(1934)石印本。

张明观编:《柳亚子集外诗文辑存》,上海人民出版社,2011 年。

张品兴主编:《梁启超全集》,北京出版社,1999 年。

张慎仪:《今悔庵词》一卷,民国八年(1919)刻本。

张寿林:《张寿林著作集——古典文学论著》,台北"中央研究院"中国文哲研究所,2009 年。

张寿平辑释:《近代词人手札墨迹》,台北"中央研究院"中国文哲研究所,2005 年。

张寿镛著,俞信芳整理:《约园杂著四编》,浙江古籍出版社,2019 年。

张素:《南社张素诗文集》,大众文艺出版社,2008 年。

张祥龄、王鹏运、况周颐:《和珠玉词》,民国十二年(1923)癸亥重刊本。

张响整理:《蔡嵩云词学文集》,河南文艺出版社,2016 年。

张寅彭主编:《民国诗话丛编》,上海书店出版社,2002 年。

张元济:《张元济全集》,商务印书馆,2010 年。

张仲炘:《瞻园词续》一卷,民国二十五年(1936)刻本。

章衣萍:《看月楼词》一卷,民国二十一年(1932)铅印本。

章衣萍:《古庙集》,上海科学技术文献出版社,2015 年。

章柱:《藕香馆词》一卷,民国三十年(1941)石印本。

赵藩:《小鸥波馆词钞》六卷,民国三十二年(1943)石印本。

赵林涛：《顾随和他的弟子》，中华书局，2017年。

赵林涛：《顾随与现代学人》，中华书局，2012年。

赵林涛、顾之京整理校注：《顾随致周汝昌书》，河北教育出版社，2010年。

赵万里：《赵万里文存》，江苏人民出版社，2016年。

赵万里：《赵万里文集》，上海科学技术文献出版社，2012年。

赵熙：《春禅词社词》，民国六年（1917）铅印本。

赵熙：《香宋词》二卷，民国六年（1917）成都图书馆刻本。

赵元成：《赵元成日记（外一种）》，凤凰出版社，2015年。

赵尊岳辑：《明词汇刊》，上海古籍出版社，1992年。

浙江安定中学校编：《浙江安定中学校课余诗学社吟稿》，民国四年（1915）铅印本。

郑骞：《永阴集》一卷、附《永阴存稿》一卷，民国十八年（1929）铅印本。

郑炜明：《况周颐先生年谱》，上海古籍出版社，2009年。

郑文焯：《冷红词》四卷，民国九年（1920）刻本。

郑文焯：《瘦碧词》二卷，民国九年（1920）刻本。

郑元昭：《天香室词集》一卷，民国油印本。

郑文焯：《苕雅余集》一卷，民国九年（1920）刻本。

郑文焯撰，王煜纂录：《樵风词钞》一卷，民国三十六年（1947）铅印本。

郑逸梅：《尺牍丛话》，上海古籍出版社，2004年。

郑逸梅：《艺林散叶》，中华书局，2005年。

郑逸梅：《艺坛百影》，中州书画社，1982年。

郑振铎：《短剑集》，文化生活出版社，1936年。

郑振铎：《郑振铎古典文学论文集》，上海古籍出版社，1984年。

郑振铎著，陈福康整理：《为国家保存文化——郑振铎抢救珍稀文献书信日记辑录》，中华书局，2016年。

郑子瑜：《挑灯集：郑子瑜散文选》，人民文学出版社，1992年。

中共中央文献研究室编：《陈毅诗词集》，中央文献出版社，2011年。

中共中央文献研究室编：《毛泽东诗词集》，中央文献出版社，2003年。

中共中央文献研究室编：《毛泽东书信选集》，人民出版社，1983年。

中共中央文献研究室编：《叶剑英诗词集》，中央文献出版社，2008年。

中国历史博物馆编:《郑孝胥日记》,中华书局,1993 年。

周岸登:《长江词》二卷,民国三年(1914)刻本。

周岸登:《蜀雅》十二卷、《别集》二卷,民国二十年(1931)铅印本。

周曾锦:《香草词》,民国十年(1921)铅印本。

周麟书:《笏园词钞》一卷,民国三十年(1941)铅印本。

周庆云:《梦坡词存》二卷,民国二十二年(1933)刻本。

周庆云编:《历代两浙词人小传》,周氏梦坡室,1922 年刊本。

周庆云辑:《淞滨吟社集甲集》一卷、《乙集》一卷,民国四年(1915)刻本。

周树年:《无悔词》一卷,民国三十五年(1946)铅印本。

周延祁编:《吴兴周梦坡(庆云)先生年谱》,《近代中国史料丛刊》第 82 辑。

周应昌:《霞栖词续钞》一卷,民国二十一年(1932)铅印本。

朱㼆:《分春馆词》一卷,民国三十七年(1948)广州奇文印局铅印本。

朱惠国、吴平编:《民国名家词集选刊》,国家图书馆出版社,2015 年。

朱龙华主编:《朱荫龙诗文集》,广西师大出版社,2018 年。

朱青长:《朱青长词集》二十八卷,民国十四年(1925)东华学社石印手稿本。

朱尚刚:《诗侣莎魂:我的父母朱生豪、宋清如》,商务印书馆,2016 年。

朱孝臧:《湖州词征 渚山堂词话 国朝湖州词录》,文物出版社,1987 年。

朱孝臧:《彊村集外词》,民国二十二年(1933)《彊村遗书》本。

朱孝臧:《彊村语业》三卷,民国十三年(1924)刻本。

朱孝臧:《鹜音集》,民国七年(1918)铅印本。

朱孝臧编,张尔田补录,朱德慈校笺辑评:《清代最美的词:词荔》,浙江大学出
    版社,2018 年。

朱孝臧辑校:《彊村丛书》,上海书店出版社、江苏广陵古籍刻印社,1989 年。

朱孝臧著,白敦仁笺注:《彊村语业笺注》,巴蜀书社,2002 年。

朱孝臧、张尔田选编,罗仲鼎、钱之江校注:《词荔校注》,浙江人民美术出版
    社,2019 年。

朱自清著,朱乔森主编:《朱自清全集》,江苏教育出版社,1999 年。

邹弢:《三借庐词滕》一卷,民国三年(1914)铅印《三借庐滕稿》本。

左又宜:《缀芬阁词》一卷,民国二年(1913)刻本。

左桢:《甓湖草堂诗余》,民国十一年(1922)铅印本。

词人名录

说明：

本名录资料来源有叶恭绰编《全清词钞》《广箧中词》、林葆恒辑《词综补遗》、施议对辑《当代词综》、唐圭璋辑《词话丛编》、严迪昌编著《近代词钞》、钱仲联著《近百年词坛点将录》、朱德慈著《近代词人考录》、吴熊和等合编《清词别集知见目录汇编》、徐友春主编《民国人物大辞典》、蔡鸿源主编《民国人物别名索引》、陈玉堂编著《中国近现代人物名号大辞典》及所见各家词集。

B

白采，原名童汉章，字国华，又字爱智、瘦吟，江西高安人。

白廷夔，字栗斋，号逊园，满洲京旗（今北京市）人。

白炎，字卧义，号中垒，河北宛平人。

包安保，字柚斧，号莺巢，江苏镇江人。

包兰英，字者香，一字佩棻，江苏丹徒（今镇江市）人。

毕振达，又名倚虹，号几庵，江苏仪征人。

C

蔡伯亚，字伯雅，河南商丘人。

蔡宝善，字师愚，号孟庵，又号听潮，浙江德清人。

蔡晋镛，字云笙，号雁村，一号巽堪，江苏吴县（今苏州市）人。

蔡桢，字嵩云，号柯亭，江西上犹人。

蔡寅，字清任，别字怀庐，号冶民，江苏吴江（今苏州市）人。

蔡有守，一名守，原名珣，字奇璧，一字哲夫，号成城，别号寒琼，广东顺德人。

常芸庭，字阶棻，河南唐河人。

曹经沅，一名经源，字纕蘅，四川绵竹人。

曹熙宇，字靖陶，安徽歙县人。

曹元忠，字夔，一作揆，号君直，晚号凌波居士，江苏吴县人。

陈宝琛，字伯潜，号弢庵、听水、沧趣，福建闽县（今福州市）人。

陈宝书，字濠省，湖北汉阳（今武汉市）人。

陈步墀，字子丹，广东饶平人。

陈翠娜，字小翠，别署翠侯、翠吟楼主，浙江钱塘（今杭州市）人。

陈樗，字药叉，号越流，浙江诸暨人。梨梦弟。

陈恩澍，字止存，号紫荨，湖北蕲水（今浠水县）人。

陈方恪，字彦通，号弢陂，江西义宁人。

陈洪涛，字天梅，号匲厂，别号淮海，江苏吴江人。

陈家庆，字秀元，一作绣原，号碧湘，室名有碧湘阁、丽湘阁，湖南宁乡人。

陈敬第，字叔通，浙江杭县（今杭州市）人。

陈景寔，字梦初，安徽凤台人。

陈复，又名志复，广东番禺（今广州市）人。

陈夔龙，字筱石，一字庸庵，贵州贵阳人。

陈梨梦，字梨梦，号亚子，浙江诸暨人。

陈浏，字亮伯，一字寂叟，江苏江浦（今南京市）人。

陈篆，字任先，一字止室，福建闽侯人。

陈懋鼎，字徵宇，号槐栖，福建闽县（今福州市）人。

陈梦坡，原名彝范，字叔柔，号梦坡、蜕翁、蜕庵，江苏武进人。

陈其槎，字安澜，江苏吴县（今苏州市）人。

陈去病，原名庆林，字伯儒，一字汲楼，号佩忍，别号巢南，亦称病倩，江苏吴
　江（今苏州市）人。

陈锐，字伯弢，一字伯涛，号褒碧，湖南武陵（今常德市）人。

陈三立，字伯严，号散原，江西义宁（今修水县）人。

陈诗，字子言，一字鹤柴，安徽庐江人。

陈实铭，字葆生，号踽公，河南商丘人。

陈世宜，字匪石，一字小树，号倦鹤，江苏南京人。

陈瘦愚，原名陈守治，号乐观翁，福建南平人。

陈思，字慈首，辽宁辽阳人。

陈蜕，原名范，一名彝范，字梦坡，号蜕庵，别号蜕翁，湖南衡山人。

陈栩，原名寿嵩，字栩园，号蝶仙，别署天虚我生，浙江钱塘（今杭州市）人。

陈洵，字述叔，号海绡，广东新会（今江门市）人。

陈衍，字叔伊，号石遗，福建侯官（今闽侯县）人。

陈翼郎，字翼郎，湖南湘乡人。

陈郁珰，更名柱，字柱尊，广西北流人。

陈朝爵，字芚庵，一字慎登，湖南长沙人。

陈曾寿，字仁先，一字苍虬，湖北蕲水（今浠水县）人。

陈中岳，字诵洛，一字侠龛，浙江绍兴人。

陈宗蕃，字莼衷，福建闽县（今福州市）人。

陈文中，字淑通，四川长寿（今重庆市长寿区）人。

陈无用，原名夔，字子韶，号伯瓠，别号虑尊，浙江诸暨人。

陈无名，原名际清，字微庐，一字化庐，浙江诸暨人。无用弟。

陈希豪，字亦昂，浙江东阳人。

陈协恭，号研因，江苏武进（今常州市）人。

陈洵，字述叔，号海绡，广东新会（今广州市）人。

陈训正，字屺怀，又字无邪，号玄婴儿、天婴，浙江慈溪人。

陈毅，字诒重，号郇庐，湖南长沙人。

陈昭常，字平叔，号谏墀，一字简始，又作简持、简始，广东新会（今广州市）人。

陈祖壬，字君任，号病树，江西黎川人。

陈曾寿，字仁先，号苍虬，湖北蕲水（今浠水县）人。

成本璞，字琢如，号天民，湖南湘乡人。

程龙骧，字木安，号木安，江苏吴县（今苏州市）人。

程善之，字庆余，号小斋，别署一粟，安徽歙县人。

程颂万，字子大，号鹿川、定巢，晚号十发居士，湖南宁乡人。

程演生，字演生，安徽怀宁人。

程宗岱，字青岳，江苏仪征人。

储蕴华，字朴诚，号餐菊，江苏宜兴人。

崔瑛，字瑶斋，号匏叟，广西桂平人。

崔肇琳，字湘琪，又字天畸，号玉汝，广西桂平人。

崔宗武，字骥云，浙江海盐人。

D

戴祥骧，字耀德，河南考城（今兰考县）人。

戴正诚，字亮吉，四川江北（今重庆市江北区）人。

邓邦述，字孝先，号正闇，晚号群碧翁，江苏江宁（今南京市江宁区）人。

邓家彦，字孟硕，广西桂林人。

邓嘉缜，字季垂，江苏江宁（今南京市）人。

邓溥，更名万岁，字季雨，一字尔雅，广东东莞人。

邓镕，字守瑕，一字忍堪，四川成都人。

狄膺，原名福鼎，字君武，号雁月，江苏太仓人。

丁传靖，字闇公，江苏丹徒（今镇江市）人。

丁立棠，字禾生，号切庵，江苏丹徒（今镇江市）人。

丁宁，字怀枫，号还轩，江苏镇江人。

丁三在，一名三厄，字善之，号不识，浙江杭县（今杭州市）人。

丁以布，字宣之，一字仙芝，号展庵，浙江杭县（今杭州市）人。

董康，字授经，江苏武进（今常州市）人。

董祺，又名绥祺，字绥紫，江苏阳湖（今常州市）人。

窦镇，字叔英，号拙翁，江苏无锡人。

杜敬义，字立夫，号荔圃，直隶永年（今河北邯郸）人。

杜羲，字宥前，号仲虑，一作仲宓，河北静海（今天津市静海区）人。

段祺瑞，字芝泉，一字正道，安徽合肥人。

F

樊增祥，字云门，号樊山，湖北恩施人。

范凝池，字化塘，河南修武人。

方御骖，字孝岳，安徽桐城人。

冯飞，字若飞，四川江安人。

冯开，字君木，浙江慈溪人。

傅道博，字绍禹，湖南醴陵人。

傅尃，原名熊湘，字文渠，一字钝根，亦作钝艮，号君剑，别号钝安，湖南醴
　陵人。

傅绹，字介修，江苏武进（今常州市）人。

傅立鱼，字笠渔，湖北英山人。

傅岳棻，字治芗，一字清濑，湖北江夏（今武汉市）人。

傅增湘，字沅叔，一字薑庵，四川江安人。

G

甘大昕，字蓬庵，浙江绍兴人。

高德馨，字远香，号鲟隐，江苏吴县（今苏州市）人。

高燮，字时若，亦作慈石，号吹万，别号寒隐，江苏金山（今上海市金山区）人。

高旭，字天梅，一字慧云，号剑公，别号钝剑，江苏金山（今上海市金山区）人。
　燮兄子。

高毓浵，字潜子，号淞潜，河北静海（今天津市静海区）人。

高增，字卓庵，号佛子，别号大雄，江苏金山（今上海市金山区）人。旭弟。

高肇桢，字慕周，号且园，江都（今江苏扬州市）人。

高志，字尚之，直隶无极（今河北省石家庄市）人。

龚化南，字景文，河南遂平人。

关赓麟，字颖人，广东南海（今佛山市）人。

关霁，字吉符，广东南海（今佛山市）人。

光云锦，字农闻，安徽桐城。

古直，字公愚，号孤生，别号层冰，广东梅县（今梅州市）人。

顾保瑢，字幼芙，号婉娟，女士，江苏松江（今上海市松江区）人。

顾随，字羡季，号苦水，河北清河人。

顾无咎，字退斋，一字崧臣，号悼秋，别号灵云，江苏吴江（今苏州市）人。

郭传昌，字学裘，号子冶，又号惜斋，福建侯官（今闽侯县）人。

郭登峦，字翠轩，河南偃师（今洛阳市）人。

郭同，字天流，江西上饶人。

郭筱竹，字豫才，河南滑县人。

郭延，字季吾，一作季武，四川叙永人。

郭则沄，字啸麓，号蛰云、蛰园、龙顾山人，福建侯官（今闽侯县）人。

郭曾炘，字春榆，一字匏庵，福建侯官（今闽侯县）人。

郭昭文，字质之，河北定兴人。

郭宗熙，字诇曰，号臣厂，湖南长沙人。

H

何宝钧，字杏甫，河南南阳人。

何刚德，字肖雅，一字平斋，福建闽侯人。

何适，字访仙，福建惠安人。

何遂，字叙圃，福建福清人。

何振岱，字梅生，一字性与，福建闽县（今福州市）人。

何震彝，字鬯威，号苍苇，江苏江阴人。

贺良朴，字履之，一字箕公，湖北蒲圻人。

洪奂，字堇父，浙江淳安人。

洪汝冲，字未丹，一作味聃，湖南宁乡人。

洪汝闿，字泽丞，号勺庐，安徽歙县人。

洪为藩，字白蘋，号北平，今以北平行，江苏仪征人。

胡汉民，字展堂，广东番禺（今广州市）人。

胡怀琛，字季仁，号寄尘，安徽泾县人。韫玉弟。

胡焕，字眉仙，一字晚晴，江西南昌人。

胡念修，字灵和，号右阶、幼嘉，浙江建德人。

胡士莹，字宛春，浙江平湖人。

胡嗣瑗，字琴初，号愔仲，贵州开州（今重庆市开州区）人。

胡先骕，字步曾，号忏庵，江西新建（今南昌市）人。

胡颖之，字栗长，号力涨，浙江绍兴人。

胡韫玉，字仲明，号朴庵，一号朴安，今以朴安行，安徽泾县人。

华諟，字子敬，又字痴石，浙江仁和（今杭州市）人。

黄复，字娄生，号病蝶，江苏吴江（今苏州市）人。

黄福颐，又名茀怡，江西宜黄人。

黄光，字梅僧，一字梅生，浙江平阳人。

黄节，字晦闻，广东顺德人。

黄钧，字梦蘧，号栩园，湖南醴陵人。

黄侃，字季刚，又字梅君，号运甓，别署量守居士，湖北蕲春人。

黄堃，字巽卿，湖南湘潭人。

黄澜，字□孙，号定禅，广东梅县（今梅州市）人。

黄懋谦，字嘿园，福建永福（今永泰县）人。

黄人，原名振元，字慕庵，号摩西，江苏常熟人。

黄濬，字秋岳，号哲维，福建侯官（今闽侯县）人。

黄荣康，字祝蕖，号凹园，别号大荒道人，晚号蕨庵，广东三水（今佛山市）人。

黄尚毅，字仲生，四川绵竹人。

黄式叙，字黎雍，奉天辽阳（今辽宁省辽阳市）人。

黄维翰，字申甫，一字稼溪，江西崇仁人。

黄孝平，字君坦，号甦宇、魇庵，福建闽县（今福州市）人。

黄孝纾，字公渚，号匑庵，福建闽侯人。

黄孝先，字伯谦，号半髡，福建闽县（今福州市）人。

黄兴，原名轸，字廑午，一字经武，号克强，湖南长沙人。

黄炎培，字任之，江苏川沙（今上海市）人。

黄曾源，字石荪，福建闽县（今福州市）人。

J

江翰，字叔海，福建长汀人。

江庸，字翊云，福建长汀人。

姜继襄，号劲草词人，又号曙叟，安徽怀宁人。

姜耸，字君西，一字俊兮，号可生，又号杏痴，别号泪杏，江苏丹阳人。胎石弟。

姜胎石，一名若，字参兰，号枕仙，别号证禅，江苏丹阳人。

蒋彬若，字次园，号山樵，江苏宜兴人。

蒋萼，字跗棠，自号醉园居士，江苏宜兴人。

蒋士超，更名同超，字万里，江苏无锡人。

蒋学坚，字子贞，号怀宁，别号石南老人，浙江海宁人。

蒋兆兰，字香谷，江苏宜兴人。

金长瑛，字素人，河南民权人。

金光弼，字梦良，江苏吴江（今苏州市）人。

金梁，字息侯，浙江杭县（今杭州市）人，寄籍辽宁辽阳。

金嗣芬，字楚青，自号睿灵修馆主人，江苏江宁（今南京市）人。

金天羽，字松岑，号鹤望、天放楼主人，江苏吴江（今苏州市）人。

金希庭，字韵珠，河南民权人。

金燕，字翼谋，江苏太仓人。

金兆蕃，字篯孙，别署安乐乡人，浙江嘉兴人。

金兆丰，字瑞六，号雪荪，浙江金华人。

靳志，字仲云，河南开封人。

景定成，字梅九，山西安邑（今夏县）人。

景禔，字武平，贵州贵阳人。

K

阚铎，字霍初，一字无冰，安徽合肥人。

康永乐，字智府，河南开封人。

柯劭忞，字凤孙，一字蓼园，山东胶县（今胶州市）人。

况周颐，原名周仪，字夔笙，别号玉梅词人，晚号蕙风词隐，广西临桂（今桂林市）人。

L

黎国廉，字季裴，号六禾，广东顺德人。

李宝淦，字经彝，汉堂，晚号荆遗，江苏武进（今常州市）人。

李葆光，字子建，直隶南宫（今河北省南宫市）人。

李澄宇，字洞庭，湖南岳阳人。

李凡，原名哀，字哀公，一字叔同，号息霜，释名演音，法号弘一大师，天津人。

李国模，字方儒，号筱厓，又号吟梅馆主，安徽合肥人。

李国香，字清道，号味兰，安徽合肥人。

李国柱，字晓耘，安徽合肥人。

李家煌，字骏孙，安徽合肥人。

李景堃，字次贡，福建闽侯人。

李经方，字伯型，一字伯行，安徽合肥人。

李景铭，字石芝，福建侯官（今闽侯县）人。

李绮青，字汉父，一字汉珍，别号倦斋老人，广东归善（今惠州市）人。

李权，字巽孚，号郢客，湖北钟祥人。

李孺，字子申，号□阁，河北遵化人。

李瑞清，字仲麟，号梅庵，晚号清道人，江西临川（今抚州市）人。

李书勋，字又尘，号水香，江苏宜兴人。

李维藩，字秉心，上海青浦（今上海市青浦区）人。

李宣倜，字释戡，一作释堪，号散释，福建闽县（今福州市）人。

李宣龚，字拔可，号观槿，又号墨巢，福建闽县（今福州市）人。

李翊灼，字证刚，江西临川（今抚州市）人。

李藻，字蘋秋，江苏江宁（今南京市）人。

李兆珍，字星冶，福建闽县（今福州市）人。

李之鼎，字振唐，江西南城人。

李哲明，字惺樵，号艧民，湖北汉阳（今武汉市）人。

李拙，字康弼，号康佛，浙江嘉善人。

李煮梦，字小白，广东梅县（今梅州市）人。

栗文同，字子均，河南睢县人。

廉泉，字惠卿，号南湖，江苏无锡人。

梁鼎芬，字星海，一字伯烈，号节庵，广东番禺（今广州市）人。

梁□□，字众异，号无畏，福建长乐人。

梁敬錞，字和钧，福建长乐人。

梁启勋，字仲策，广东新会（今江门市）人。

梁思顺，字令娴，广东新会（今江门市）人。

廖道傅，字叔度，广东梅县（今梅州市）人。

廖恩焘，字凤舒，号忏庵，广东惠阳（今惠州市）人。

廖仲恺，原名恩煦，又名夷白，字仲恺，广东惠阳（今惠州市）人。

林百举，原名钟铄，号一厂，广东梅县（今梅州市）人。

林葆恒，字子有，号讱庵，福建闽侯人。

林开謩，字诒书，一字夷俶，又字移疏，福建长乐人。

林鹍翔，字铁尊，号半樱，浙江归安（今湖州市）人。

林启鸿，字楫民，浙江吴兴（今湖州市）人。

林世焘，字次煌，广西贺县（今贺州市）人。

林学衡，字浚南，号愚公，别号庚白，福建闽侯人。

林岩，字松峰，福建闽县（今福州市）人。

林尹，字景伊，浙江临安人。

林志钧，字宰平，号北云，福建闽县（今福州市）人。

林之夏，字凉笙，号秋叶，别号黄须，福建闽侯人。

凌学放，原名凌霄，字伯昇，号溉泉楼，江苏无锡人。

刘冰研，字冬心，四川华阳（今成都市）人。

刘炳照，原名铭照，字伯荫，一字光珊，号龚塘，又号语石，晚号复丁老人，江苏阳湖（今常州市）人。

刘伯端，字伯端，福建闽侯人。

刘承幹，字翰怡，浙江吴兴（今湖州市）人。

刘楚萧，字初晓，河南修武人。

刘道铿，字放园，福建闽县（今福州市）人。

刘富槐，字树声，号龙伯，一字璪园，晚号蒙叟，浙江桐乡人。

刘翰棻，字俊盦，号冷禅，广东南海（今佛山市）人。

刘惠民，字伯康，河南柘城人。

刘鉴，字惠叔，一字惠卿，湖南长沙人。

刘鹏年，字雪耘，湖南醴陵人。谦兄子。

刘谦，字约真，湖南醴陵人。

刘绍琜，字樵珊，山东昌邑人。

刘师培，字申叔，号左盦，别署光汉子，江苏仪征人。

刘师陶，字少樵，号苍霞，湖南醴陵人。

刘星楠，字云平，山东清平（今聊城市）人。

刘尧民，原名治雍，以字行，云南会泽人。

刘异，字蕙农，一字豢龙，湖南衡阳人。

刘永济，字弘度，号诵帚，湖南新宁人。

刘瑗，字昆孙，号仲蘧，湖北黄梅人。

刘筠，字筱墅，一字十庵，号蒨侬，别号花隐，浙江镇海（今宁波市）人。

刘肇隅，字廉生，号澹园，湖南湘潭人。

柳弃疾，原名慰高，字安如，更名人权，号亚庐，别号亚子，江苏吴江（今苏州
　　市）人。

龙沐勋，字榆生，号忍寒，江西万载人。

楼巍，字幼静，浙江诸暨人。

卢前，字冀野，江苏南京人。

卢敏，字霞九，浙江乐清人。

卢葆华，字韵秋，号雪梅，贵州遵义人。

陆峤南，字侠飞，号更存，广西容县人。

陆绍棠，字衷奇，号鄂不，浙江杭县（今杭州市）人。

路朝銮，字金坡，别号瓠庵，贵州毕节人。

罗惇暖，字复堪，一字悉檀，广东顺德人。

罗振常，字经之，号邈园，浙江上虞人。

罗庄，字孟康，浙江上虞人。

骆鹏，字迈南，湖南湘阴人。

吕碧城，字遁天，号圣因，法号宝莲，安徽旌德人。

吕凤，字桐花，江苏阳湖（今常州市）人。

吕光辰，字绪承，号药伽，江苏武进（今常州市）人。

吕惠如，名湘，字惠如，安徽旌德人。吕碧城姊。

吕均，字习恒，一字蹇庐，安徽庐江人。

吕志伊，字旭初，号天民，云南思茅（今普洱市）人。

M

马骏声，字小进，号退之，别号梦寄，广东台山人。

马汝邺，字书成，四川成都人。

马一浮，字一浮，号湛翁，晚号蠲叟、蠲戏老人，浙江会稽（今绍兴市）人。

马钟琇，字仲莹，京兆安次（今河北省廊坊市）人。

冒广生，字鹤亭，号疚斋，江苏如皋人。

闵尔昌，字葆之，号香翁，江苏江都（今扬州市）人。

缪金源，字渊如，江苏东台人。

缪钺，字彦威，江苏溧阳人。

莫永贞，字伯衡，浙江安吉人。

N

宁调元，字仙霞，号仙甫，别号太一，湖南醴陵人。

O

欧阳成，字集甫，一署吉甫，江西吉水人。

欧阳渐，字竟无，江西宜黄人。

欧阳溥存，字仲涛，江西丰城人。

P

潘飞声，字兰史，号剑士，别署说剑词人、剪淞阁主，广东番禺（今广州市）人。

潘鸿，字义甫，号凤洲，浙江仁和（今杭州市）人。

潘静淑，名树春，江苏吴县（今苏州市）人。

潘普恩，字少文，浙江上虞人。

潘式，字伯鹰，安徽怀宁人。

潘有猷，字干卿，号公展，浙江吴兴（今湖州市）人。

庞树柏，字檗子，号芑庵，别号龙禅，江苏常熟人。树松弟。

庞树松，字栋材，号独笑，别号樗农，江苏常熟人。

裴维侒，字君复，号韵珊，又号云衫，河南祥符（今开封市）人。

彭粹中，原名康祺，改名粹中，字醇士，号芳思，江西高安人。

蒲殿后，字伯英，一字沚庵，四川广安人。

浦军年，更名武，字君彦，号醒华，江苏无锡人。

溥儒，字心畬，北京人。

Q

钱承钧，字铢郚，浙江嘉善人。

钱鸿宾，原名厚贻，字鸿炳，号红冰，浙江平湖人。

钱耆孙，字仲英，浙江嘉兴人。

钱润瑗，字景蘧，一字壤百，号剑魂，别号镜明，江苏金山（今上海市金山区）人。

钱世，字秉钧，江苏阳湖（今常州市）人。

钱锡宷，字亮臣，号惠仲，晚号味青老人，浙江仁和（今杭州市）人。

钱振锽，字梦鲸，号谪星，又号名山，江苏阳湖（今常州市）人。

乔曾劬，字勤孙，一字大壮，号壮殹，四川华阳（今成都市）人。

秦之济，号谦斋，上海人。

邱志贞，字梅白，浙江诸暨人。

仇埰，字亮卿，号述庵，江苏上元（今南京市）人。

裘岊，字载岊，号知节，浙江宁海人。

瞿宣颖，字兑之，一字枏庐，湖南善化（今长沙市）人。

R

任援道，号豁盦，江苏宜兴人。

容文蔚，字艺菽，一字道孙，广东新会（今江门市）人。

S

三多，字六桥，浙江杭县（今杭州市）人。

桑继芬，字曼渌，浙江绍兴人。

邵启贤，字莲士，号纯飞，浙江余姚人。

邵瑞彭，字次公，浙江淳安人。

邵元冲，字翼如，浙江绍兴人。

邵章，字伯绚，又字伯褧，号崇百，别号倬庵，浙江仁和（今杭州市）人。

邵祖平，字潭秋，江西南昌人。

沈昌眉，字长公，号眉若，江苏吴江（今苏州市）人。

沈次约，字剑霜，一字剑双，号秋魂，江苏吴江（今苏州市）人。

沈砺，字勉后，号道非，别号嘤公，江苏松江（今上海市松江区）人。

沈汝瑾，字石友，江苏常熟人。

沈修，字绥成、休穆，江苏长洲（今苏州市）人。

沈毓清，字咏裳，江苏吴江（今苏州市）人。

沈云，字秋凡，浙江嘉兴人，迁居江苏吴江（今苏州市）。

沈韵兰，字淑英，浙江钱塘（今杭州市）人。

沈宗畸，字太侔，号南雅，广东番禺（今广州市）人。

施赞唐，字琴甫，别号四红词人，江苏宝山（今上海市宝山区）人。

奭良，字召南，满洲镶黄旗（今北京市）人。

石凌汉，字云轩，号弢素，安徽婺源（今江西省婺源县）人。

石志泉，又名美瑜，号有儒，湖北孝感人。

寿钦，字石工，号珏庵、尊者，浙江绍兴人。

宋伯鲁，字子钝，一字芝栋，号芝友，陕西醴泉（今礼泉县）人。

宋一鸿，字心白，号痴萍，江苏无锡人。

宋育德，字公威，江西奉新人。

孙宝琦，字慕韩，一字孟晋，浙江杭县（今杭州市）人。

孙景贤，字龙尾，江苏常熟人。

孙道毅，字寒厓，江苏无锡人。

孙汝怿，字星垞，浙江会稽（今绍兴市）人。

孙瑞源，字阆仙，号太狷，江苏江宁（今南京市）人。

孙祥偈，字荪荃，安徽桐城人。

孙雄，字师郑，一字郑斋，江苏常熟人。

孙肇圻，字北萱，号颂陀，江苏无锡人。

T

谭延闿，字组庵，号无畏，湖南茶陵人。

谭祖壬，字琢青，号聊园，广东南海（今佛山市）人。

谭作民，字介圃，一字介夫，号天噫，更名铭，字戒甫，湖南湘乡人。

汤宝荣，原名鞠荣，字伯达，号颐琐，斋号颐琐室，江苏吴县（今苏州市）人。

汤尔和，字尔和，浙江杭县（今杭州市）人。

汤国梨，字志莹，号影观、苕上老人，浙江吴兴（今湖州市）人。

汤声清，字叔英，江苏吴县（今苏州市）人。

唐圭璋，字君特，江苏南京人。

唐兰，原名张佩，号立厂，又作立庵，浙江嘉兴人。

唐咏裳，字襄伯，别号健堂老人，浙江钱塘（今杭州市）人。

陶牧，字伯荪，号小柳，江西南昌人。

涂凤书，字子厚，一字厚庵，四川云阳人。

W

万承栻，字公雨，号偯园，江西南昌人。

王承垣，字叔掖，号薇庵，直隶清苑（今河北省保定市）人。

王德钟，字玄穆，号大觉，别号幻花，江苏青浦（今上海市青浦区）人。

王东寅，字平子，号柳亭，江苏高邮人。

王国维，字静安，一字伯隅，号永观，晚号观堂，浙江海宁人。

王汉章，字吉乐，山东福山（今烟台市）人。

王横，字瘦月，安徽歙县人。

王鸿年，字世珍，号鲁璠，浙江永嘉人。

王鸿儒，字冰如，河南汝南人。

王嘉诜，原名如曾，字少沂，一字劭宜，晚号蛰庵，江苏铜山（今徐州市）人。

王景沂，字义门，号味如，江苏江都（今扬州市）人。

王耒，字耕木，浙江杭县（今杭州市）人。

王留福，原名王福荣，字欣仲，号森堂，江苏高邮人。

王乃徵，字聘三，又字病三，号平珊，四川中江人。

王芃生，原名大桢，别署曰叟，湖南醴陵人。

王丕熙，字揆尧，一字韬谷，山东莱阳人。

王其康，字慕庄，一字潜夫，江苏淮安人。

王潜刚，字观沧，安徽盱眙（今江苏省盱眙县）人。

王人文，字采臣，一字淡叟，云南大理人。

王盛英，字翰存，安徽合肥人。

王式渠，字鸣弦，河南偃师（今洛阳市）人。

王式通，字书衡，一字志庵，山西汾阳人。

王守恂，字仁安，一字韧庵，号阮南，直隶天津（今天津市）人。

王树翰，字维宙，一字惕庵，奉天盛京（今辽宁省沈阳市）人。

王树楠，字晋卿，一字陶庐，直隶新城（今河北省保定市）人。

王文忠，字荩臣，河南鄢陵人。

王武禄，字纬斋，江苏江都（今扬州市）人。

王瀣，字伯沆，一字伯谦，号无想居士，晚号冬饮，江苏江宁（今南京市）人。

王揆墀，字季彤，号蠖叟，江苏金坛人。

王以敏，原名以慜，字子捷，又字梦湘，湖南武陵人。

王易，原名朝琮，字晓湘，号简庵，江西南昌人。

王揖唐，字逸塘，一字什公，安徽合肥人。

王永江，字岷源，号铁龛，辽宁大连人。

王元生，字念初，江苏氾水（今扬州市）人。

王允皙，字又点，号碧栖，福建长乐人。

王蕴章，字莼农，号西神，江苏无锡人。

王震昌，字孝起，安徽阜阳人。

王钟麒，字毓仁，一作郁仁，号无生，别号天僇，安徽歙县人。

汪东，字旭初，号寄庵，江苏吴县（今苏州市）人。

汪国垣，号辟疆，晚号方湖，江西彭泽人。

汪鸾翔，字翚庵，一字公严，广西临桂（今桂林市）人。

汪洛，字友箕，江西上饶人。

汪荣宝，字衮甫，一字太玄，江苏元和（今苏州市）人。

汪廷松，字君寒，安徽六安人。

汪文溥，字幼安，号兰皋，别号忏庵，江苏武进（今常州市）人。

汪渊，字时甫，安徽绩溪人。

汪兆镛，字伯序，一字憬吾，自号憍叟，广东番禺（今广州市）人。

汪志中，字大铁，河南固始人。

汪曾保，字艾民，江苏太仓人。

汪曾武，字仲虎，一字君刚，号鹣龛，江苏太仓人。

魏秀琦，字挺生。其他不详。

魏友枋，字仲章、仲车，号端夷阁，浙江慈溪人。

魏缄，字铁三，又作铁珊，晚号匏公，别号龙藏居士，浙江山阴（今绍兴市）人。

魏在田，自号春影词人，浙江杭县（今杭州市）人。

温见，字著叔，广东梅县（今梅州市）人。

温甸，字彝罨，广东嘉应州（今梅州市）人。

吴宝彝，字桐鸳，江苏武进（今常州市）人。

吴昌绶，字伯宛，一字甘遁，号印丞，晚号松邻，浙江仁和（今杭州市）人。

吴重辉，字子清，河南南阳人。

吴重憙，字仲怿、仲怡，号石莲，山东海丰（今无棣县）人。

吴鼎昌，字达诠，一字前溪，浙江吴兴（今湖州市）人。

吴芳吉，字碧柳，号白屋吴生，四川江津（今重庆市江津区）人。

吴梅，字瞿安，号霜厓，江苏长洲（今苏州市）人。

吴庆焘，字实仲、文鹿，一字仲宽，号炯然，别号金粟庵头陀，湖北襄阳人。

吴清庠，字眉孙，江苏镇江人。

吴汝澄，字守一，安徽桐城人。

吴士鉴，字公察，号絅斋，浙江钱塘（今杭州市）人。

吴寿贤，字子通，广东南海（今佛山市）人。

吴维和，字稣笙，河南固始人。

吴锡永，字仲言，号夔厂，浙江吴兴（今湖州市）人。

吴羲，字海珊，安徽合肥人。

吴翼燕，字湖帆，号丑簃，江苏吴县（今苏州市）人。

吴用威，字董卿，一字展斋，浙江杭县（今杭州市）人。

吴有章，字镜予，号漫庵，江苏武进（今常州市）人。

吴虞，字又陵，号爱智，四川成都人。

吴渊，字霞客，一字潮音，四川达县（今达州市）人。

吴徵，字白匋，号灵琐，江苏仪征人。

X

奚侗，字度青，安徽当涂人。

夏承焘，字瞿禅，晚年改字瞿髯，浙江永嘉人。

夏继泉，字溥斋，号渠阁，山东郓城人。

夏敬观，字剑丞，号盦人，又号映庵，江西新建（今南昌市）人。

夏仁虎，字蔚如，号啸庵，别号枝巢子，江苏上元（今南京市）人。

夏仁沂，字梅叔，号晦翁，江苏江宁（今南京市）人。

夏寿田，字午诒，湖南桂阳人。

夏孙桐，字闰枝，一字晦生，号闰庵，江苏江阴人。

冼景熙，字绍勤，广东南海（今佛山市）人。

向迪琮，字仲坚，号柳溪，四川双流（今成都市）人。

向乃祺，字北翔，湖南永顺人。

项炳珩，字季麟，号冰夫，又号斌圃，浙江临海人。

萧笃平，字中权，江西太和（今泰和县）人。

萧方骏，字龙友，号久园，四川三台人。

萧方麒，字紫超，四川三台人。

谢觐虞，字玉岑，江苏武进（今常州市）人。

谢兰英，字冠群，河南信阳人。

谢良牧，字叔野，号园人，广东梅县（今梅州市）人。

谢抡元，字榆孙，号纫庐，浙江余姚人。

谢英伯，一名华国，字抱香，广东梅县（今梅州市）人。

谢无量，字无量，四川乐至人。

辛际周，字祥云，自号心禅居士，晚号灰木散人，江西万载人。

熊冰，字艾畦，江西南昌人。

熊式辉，字天翼，江西安义人。

徐炳煃，原名元基，字伯昂，号晓兰、天台扫花生，室名碧月楼，浙江平湖人。

徐承禄，字小雅，号步青，又号蒲卿，浙江德清人。

徐翙，字南州，江苏淮安人。

徐大坤，字贞六，又字芥龛，江苏常熟人。

徐珂，字仲可，浙江仁和（今杭州市）人。

徐梦，原名儴，字云石，号冻佛，别号半梦，江苏宜兴人。

徐世璜，字稚珺，河南杞县人。

徐寿兹，原名谦，字受之，一字袖之，号宄盦，江苏元和（今苏州市）人。

徐树铮，字又铮，号铁珊，江苏萧县（今安徽省萧县）人。

徐行恭，字署岑，浙江杭县（今杭州市）人。

徐小淑，字蕴华，浙江崇德（今桐乡市）人。自华妹。

徐沅，字芷升，号姜庵，江苏吴县（今苏州市）人。

徐映璞，原名礼玑，号清平山人，浙江衢州人。

徐鋆，字贯恦，号澹庐，别号紫琅山民，江苏南通人。

徐宗浩，字石雪，江苏武进（今常州市）人。

徐钟恂，字绍泉，别号书俑，晚号花隐，江苏山阳（今扬州市）人。

徐祯立，字绍周，号余习，湖南长沙人。

徐自华，字寄尘，号忏慧，浙江崇德（今桐乡市）人。

许承尧，字疑庵，安徽歙县人。

许崇熙，字季纯，号沧江，湖南长沙人。

许敬武，字颐修，河南开封人。

许南英，字子蕴，号蕴白，一作允白，别号窥园主人，台湾台南人。

许禧身，字仲萱，一字亭秋，浙江钱塘（今杭州市）人。

许学源，字游仙，湖北武汉人。

许之衡，字守白，自号饮流斋主人，广东番禺（今广州市）人。

许钟璐，字佩丞，号辛庵，山东济南人。

宣哲，字人哲，号古愚，别署黄叶翁，江苏高邮人。

薛绍徽，字秀玉，号男姒，福建侯官（今闽侯县）人。

Y

延鸿，字遂丞，京兆大兴（今北京市）人。

阎树善，字乐亭，山东荣成人。

严既澄，原名锲，字既澄，广东四会人。

严修，字范孙，直隶天津（今天津市）人。

颜泽祺，字旨微，河北连平人。

杨晶华，字旸州，广东广州人。

杨俊，原名蟾桂，字楞秋，号咏裳，江苏元和（今苏州市）人。

杨圻，原名朝庆，字云史，号野王，江苏常熟人。

杨其光，字仑西，号公亮，别号双溪词客，广东番禺（今广州市）人。

杨铨，字衡甫，号杏佛，江西清江（今樟树市）人。

杨涑，字鉴资，奉天辽阳（今辽宁省辽阳市）人。

杨胜保，字圣褒，号二同轩主，浙江吴兴（今湖州市）人。

杨世沅，字芷湘，号蘅皋，江苏句容人。

杨庶堪，字沧白，一字邠斋，四川巴县（今重庆市巴南区）人。

杨寿楠，字味云，晚号苓泉居士，江苏无锡人。

杨天骥，字千里，号茧庐，江苏吴县（今苏州市）人。

杨锡章，字几园，号了公，江苏松江（今上海市松江区）人。

杨延年，字玉晖，湖南长沙人。

杨贻谋，字少碧，浙江桐庐人。

杨玉衔，字铁夫，号抱香，广东香山（今中山市）人。

扬增荦，字昀谷，一字瀚南，江西新建（今南昌市）人。

杨庄，字叔姬，湖南湘潭人。

杨钟羲，字子勤，号留宅、雪桥，奉天辽阳（今辽宁省辽阳市）人。

姚亶素，字景之，浙江吴兴（今湖州市）人。

姚光，原名后超，字凤石，号石子，江苏金山（今上海市金山区）人。

姚华，字一鄂，号重光，晚字茫父，号弗堂，贵州贵筑（今贵阳市）人。

姚锡钧，字雄伯，号鹓雏，别号宛若，江苏松江（今上海市金山区）人。

姚肖尧，字民哀，江苏常熟人。

姚倚云，字蕴素，安徽桐城人。

叶大遒，字敷恭，号铎人，福建闽县（今福州市）人。

叶恭绰，字裕甫，一作玉甫，号遐庵，别署矩园，广东番禺（今广州市）人。

叶麐，字石荪，四川宜宾人。

叶玉森，字镔虹，一字荭渔，号中泠，江苏丹徒（今镇江市）人。

叶在琦，字肖韩，号稚愔，福建闽县（今福州市）人。

叶在廷，字乃谨，福建闽县（今福州市）人。

叶在藻，字肖文，福建闽县（今福州市）人。

叶宗源，字卓书，更名叶，字楚伧，号小凤，江苏吴县（今苏州市）人。

易孺，原名重熹，字季复，后改名韦斋，号大厂，广东鹤山人。

易顺鼎，字实甫，一字仲实，别号一厂居士，湖南龙阳（今常德市）人。

易顺豫，字由甫，号叔由，又号伏庵，湖南龙阳（今常德市）人。

易象，字枚丞，号梅僧，湖南长沙人。

游洪范，字允白，湖北汉阳（今武汉市）人。

由云龙，字夔举，一字定庵，云南姚安人。

于右任，原名伯循，字诱人、右任，别署骚心、髯翁，陕西三原人。

俞锷，字剑华，号一粟，原名侧，字则人，江苏太仓人。

俞琎，字佩瑗，晚年自号湛持居士，浙江德清人。

俞铭衡，字平伯，浙江德清人。

虞铭新，字和钦，浙江镇海（今宁波市）人。

余寿颐，字祝瘖，号瘖阁，别号疢侬，更名天遂，字颠公，号大颠，江苏昆山人。

余肇康，字尧衢，一字倦知，湖南长沙人。

袁励华，字珏生，一字中舟，京兆宛平（今北京市）人。

袁嘉榖，字树五，云南石屏人。

袁荣法，字帅南，号沧洲，湖南湘潭人。

袁思亮，字伯夔，号蘉庵，湖南湘潭人。

袁毓麐，字文椒，浙江杭县（今杭州市）人。

袁郁文，字采臣，河南延津人。

Z

曾今可，名国珍，江西泰和人。

曾福谦，字伯厚，福建闽县（今福州市）人。

曾广钧，字重伯，一字觙庵，湖南湘潭人。

曾念圣，字次公，号风持，福建闽县（今福州市）人。

曾习经，字刚父，一字蛰庵，广东揭阳人。

曾学礼，字小鲁，一字则厂，四川筠连人。

曾懿，字朗秋，一字伯渊，四川华阳（今成都市）人。

查尔崇，字峻丞，号查湾，顺天宛平（今北京市）人。

查猛济，字太爻、宽之，别号寂翁，浙江海宁人。

詹安泰，字祝南，号无庵，广东饶平人。

章炳麟，字太炎，浙江余杭（今杭州市）人。

章华，字缦仙，号啸苏，湖南长沙人。

章梫，字一山，浙江宁海人。

章士钊，字行严，一字孤桐、秋桐、青桐，湖南长沙人。

章衣萍，名洪熙，安徽绩溪人。

章钰，字式之，号霜根，江苏长洲（今苏州市）人。

章柱，字石承，号澄心词客，江苏泰县（今泰州市）人。

张伯英，字少圃，一字勺圃，江苏铜山（今徐州市）人。

张长，更名一鸣，字心无，一字心抚，号冼桐，浙江桐乡人。

张承祖，字了且，河南安阳人。

张德瀛，字采珊，别号山阴道上人，广东番禺（今广州市）人。

张尔田，字孟劬，号遯庵，浙江钱塘（今杭州市）人。

张光厚，字天民，号荔丹，四川富顺人。

张光蕙，字稚阑，一字蕴香，号琅姑，别号心琼女士，四川营山人。

张弧，字岱杉，一字超观，浙江萧山（今杭州市）人。

张鸿，字映南，又字师曾，别署隐南、蛮公，又称燕谷老人，江苏常熟人。

张敬熙，字穆生，浙江山阴（今绍兴市）人。

张克家，字仲佳，号如法老人，直隶天津（今天津市）人。

张茂炯 字仲青，号艮庐 江苏吴县（今苏州市）人。

张鸣岐，字坚白，一字韩斋，山东无棣人。

张沛霖，字润苍，河南泌阳人。

张鹏翎，字翰飞，安徽歙县人。

张启汉，字平子，湖南湘潭人。

张荣培，字蛰公，江苏长洲（今苏州市）人。

张汝钊，字曙蕉，浙江慈溪人。

张素，字挥孙，号婴公，江苏丹阳人。

张同书，字玉裁，直隶雄县（今河北省雄县）人。

张锡麟，字务洪，广东番禺（今广州市）人。

张学华，字汉三，晚号暗斋，广东番禺（今广州市）人。

张逸，字纯初，别署禺山山人，晚号无竞老人，广东番禺（今广州市）人。

张玉璧，字蒲青，河南修武人。

张元济，字菊生，浙江海盐人。

张昭汉，字默君，号涵秋，湖南湘乡人。

张志潭，字远伯，直隶丰润（今河北省唐山区）人。

张仲炘，字慕京，号次珊，湖北江夏（今武汉市）人。

张祖廉，字彦云，号山荷，浙江嘉善人。

赵椿年，字剑秋，一字坡邻，江苏武进（今常州市）人。

赵藩，字樾村，号介庵，晚号石禅老人，云南剑川人。

赵恒，字次咸，号乙庐，贵州遵义人。

赵熙，字尧生，号香宋，四川荣县人。

赵逸贤，字朗斋，号念梦，江苏镇江人。

赵元礼，字幼梅，一字藏斋，直隶天津（今天津市）人。

赵尊岳，字叔雍，号高梧，江苏武进（今常州市）人。

郑文焯，字俊臣，号小坡，又号叔问、瘦碧，晚号大鹤山人，别号冷红词客，奉
　　天铁岭（今辽宁省铁岭市）人。

郑孝柽，字稚辛，福建闽县（今福州市）人。

郑□□，字苏戡，一字太夷，福建闽县（今福州市）人。

郑沅，字叔通，一字习叟，湖南长沙人。

郑元昭，字岚屏，福建福州人。

郑泽，字叔容，号萝庵，湖南长沙人。

志锐，字伯愚，号廓轩，又号公颖，别号穷塞主，满洲镶红旗人。

钟刚中，字子年，广西宣化（今南宁市）人。

庄梦龄，字与九，江苏武进（今常州市）人。

庄山，字秋水，江苏武进（今常州市）人。

庄羲，字吕尘，江苏奉贤（今上海市奉贤区）人。

庄先识，字通百，一字感孺，号恫百，江苏武进（今常州市）人。

周岸登，又名周彦威，字道援，号二窗，一号癸叔，别号癸辛词人，四川威
　　远人。

周斌，字志颐，一字芷畦，号渔侠，浙江嘉善人。

周曾锦，字晋琦，号卧庐，江苏通州（今南通市）人。

周达，字梅泉，一字无住，安徽建德（今浙江省建德市）人。

周登皞，字熙民，号补庐，福建侯官（今闽侯县）人。

周亮，字亮才，号天石，浙江嘉兴人。

周麟书，字嘉林，一字迦陵，号笏园，江苏吴江（今苏州市）人。

周庆云，字湘舲，号梦坡，浙江乌程（今湖州市）人。

周善培，字孝怀；浙江诸暨人。

周实，字实丹，一字桂生，号无尽，别号和劲，江苏淮安人。

周树年，字毂人，别号无悔，江苏江都（今扬州市）人。

周伟，字君适，湖北黄陂（今武汉市）人。

周伟仁，一名伟，字人菊，今以人菊行，江苏淮安人。

周学熙，字缉之，号止庵，安徽建德（今浙江省建德市）人。

周学渊，字立之，号息庵，安徽建德（今浙江省建德市）人。

周应昌，字啸溪，号霞栖，江苏东台人。

周云，原名世恩，字一粟，号湛伯，别号酒痴，江苏吴江（今苏州市）人。

周韵珠，字芷缃，浙江仁和（今杭州市）人。

周肇祥，字养庵，浙江绍兴人。

周贞亮，字子干，一字退舟，湖北汉阳人。

周宗泽，字景瞻，湖北襄阳人。

周宗岳，字惺樵，云南剑川人。

朱慕家，原名长绶，字仲康，号剑芒，一作剑铓，别号太赤，江苏吴江（今苏州
　　市）人。霞弟。

朱师辙，字少滨，江苏吴县（今苏州市）人。

朱士焕，字爕辰，江苏江宁（今南京市）人。

朱锡梁，字梁任，号纬军，别号君仇，江苏吴县（今苏州市）人。

朱玺，字鸳雏，号孽儿，江苏松江（今上海市松江区）人。

朱霞，原名组绶，字佩侯，号剑锋，江苏吴江（今苏州市）人。

朱彦臣，字大正，又字雨绿、语绿，江苏华亭（今上海市松江区）人。

朱益藩，字艾卿，一字定园，江西莲花人。

朱应徵，字保之，湖南长沙人。

朱兆蓉，字芙镜，一字镜夫，自号秋江外史，江苏如皋人。

朱祖谋，原名孝臧，字古微，一字彊村，号沤尹，别署上彊村民，浙江归安（今湖州市）人。

诸以仁，字季迟，一字拜洪，浙江杭县（今杭州市）人。

诸宗元，字贞壮，一作贞长，号大至，别号迦诗，又号长公，浙江绍兴人。

卓定谋，字君庸，福建闽县（今福州市）人。

卓孝复，字芝南，一字巴园，福建闽县（今福州市）人。

宗威，字子威，江苏常熟人。

邹铨，字亚云，号天一，江苏青浦（今上海市青浦区）人。

邹弢，字翰飞，自号酒丐，别号瘦鹤词人，江苏金匮（今无锡市）人。

左又宜，字鹿孙，湖南湘阴人。

左桢，字绍臣，别号甓湖居士，江苏高邮人。